U0692792

本書出版得到國家古籍整理出版專項經費資助
本書爲教育部人文社科重點研究基地安徽師範大學中國詩學研究中心資助項目

中國古典文學基本叢書

松陵集校注

第一册

〔唐〕皮日休 陸龜蒙 等撰
王錫九 校注

中華書局

圖書在版編目(CIP)數據

松陵集校注/(唐)皮日休等撰;王錫九校注. —北京:
中華書局,2018.5
(中國古典文學基本叢書)
ISBN 978-7-101-13147-5

Ⅰ.松… Ⅱ.①皮…②王… Ⅲ.唐詩-選集
Ⅳ.I222.742

中國版本圖書館 CIP 數據核字(2018)第 056836 號

責任編輯:許慶江

中國古典文學基本叢書

松陵集校注

(全五册)

〔唐〕皮日休 〔唐〕陸龜蒙 等撰

王錫九 校注

*

中 華 書 局 出 版 發 行

(北京市豐臺區太平橋西里 38 號 100073)

http://www.zhbc.com.cn

E-mail:zhbc@ zhbc.com.cn

北京市白帆印務有限公司印刷

*

850×1168 毫米 1/32 · 80 印張 · 11 插頁 · 1560 千字

2018 年 5 月北京第 1 版 2018 年 5 月北京第 1 次印刷

印數:1-3000 册 定價:256.00 元

ISBN 978-7-101-13147-5

松陵集序

前進士皮日休 撰

詩有六義其一曰比比者定物之情狀也則必謂之才才之備者於聖爲六藝在賢爲聲詩噫春秋之後頌聲亡寢降及漢氏詩道若作然二雅之風委而不興矣在詩有三言四言五言六言七言九言之作三言者曰振振鷺鷺于飛是也五言者曰誰謂雀無角何以穿我屋是也六言者曰我姑酌

汲古閣本《松陵集》

宋板連序末

往體已下七字宋本小字在卷第一下後同此

松陵集卷第一

往體詩一十二首

讀襄陽耆舊傳因作詩五百言寄皮襲美

鄉貢進士陸龜蒙

漢臯古來雄山水天下秀高當軫翼分化作英髦圄暴秦之前人灰滅不可究自從宋生賢特立冠耆舊離騷既日月九辯即列宿卓哉悲秋辭合在風雅右龎公樂幽隱辟聘無所就秪愛鹿門泉泠

松陵集 卷之一

清顧廣圻傳録毛扆斠宋本《松陵集》

目録

松陵集校注卷第二　往體詩二十八首

松陵集校注卷第三　往體詩四十首

松陵集校注卷第四　往體詩一百十二首

松陵集校注卷第五　今體五言詩六十八首

松陵集校注卷第六　今體七言詩九十二首

松陵集校注卷第七　今體七言詩九十首

松陵集校注卷第八　今體七言詩八十四首

松陵集校注卷第九　今體五七言詩八十六首

松陵集校注卷第十　雜體詩八十六首

附録　史志書目著録及各本序跋

序

二〇〇四年，錫九出版了《皮陸詩歌研究》，該書第一次對晚唐詩人皮日休、陸龜蒙的詩歌作了全面的研究。得錫九贈書後，我爲該書所取得的成就興奮不已，曾多次慫恿錫九，認爲如能在此基礎上，再行將《松陵集》整理出來，一定更有功於學界。由於錫九當時正在撰寫《劉克莊詩學研究》一稿，未能及時措手。從二〇〇七年開始，錫九心無旁騖，經過六年的不懈努力，現在終於完成了《松陵集校注》，並將由中華書局出版。看到當初的建言，通過錫九的努力，終成現實，我也分享到了一份成功的喜悦。緣於此，當錫九提出要我爲本書作序時，雖然深知自己不配承擔此事，但由於我對錫九撰寫此書情況長期關注，覺得畢竟有些話要説，所以還是不免覥顔爲之。

唐代的唱和詩結集甚夥，但在宋代以後逐漸散佚，只有《松陵集》，由陸龜蒙編輯，皮日休作序，結成集子，此後歷代流傳，一直完整地保存到今天。像這樣一部重要的唐代文學文獻，向來没有人進行校注整理，實在是一件憾事。錫九的這部《松陵集校注》，填補了一個重要的學術空白，其意義是不言自明的。

《松陵集》是皮、陸等人的唱和詩集，内容上以日常生活題材爲主。但是，皮、陸善於發掘詩料，如《太湖詩》二十首、《四明山詩》九題兩個組詩，以及大量的漁、樵、茶、酒等詩篇，均極力搜尋，超出前人範圍，他們以此施展詩藝，顯示才學，創造詩中新境，追求新的詩趣。歷代文人在唱和詩創作中逞强争勝的意識一直很强，到中唐元稹、白居易等人唱和時，更是以難相挑，把詩做得「韻劇辭殫，瑰奇怪譎」（白居易《和微之詩二十三首序》）。皮、陸是唐代唱和詩的殿軍，他們對前人幾乎所有的唱和形式都加以學習、繼承，並且創造了幾種全新的所謂「雜體詩」的體式，炫才鬥巧，影響後代甚鉅。這些自然極大地增加了注解其詩歌的難度。上世紀八十年代初，當古籍整理工作全面恢復以後，上海古籍出版社曾組織出版唐人小集。我本以爲皮、陸二人的詩集會列入其中，但後來從該小集《出版説明》中得知，這套叢書所出的是「雖非大家而其作品卓有可觀的唐代詩人數十家的詩集」，而「李杜、王孟、高岑、韓柳、元白、皮陸」屬於「大家」，故皮、陸詩就不在入選之列了。一晃近三十年過去了，無論是皮、陸兩家專集，還是他們的唱和詩集，均未見有注本問世。現在錫九的這部《松陵集校注》雖非皮、陸詩集全注，但其書詩歌作品數量達六百九十八首之多，其中皮、陸二人的詩六百五十七首，已經占到二人全部傳世作品的大半，而且這些詩在皮、陸作品中又屬誇侈鬥靡、在詩法和詞語上都不易把握者，因而《松陵集校注》一出，皮、陸二人專集注釋的難度，也就約略減其大半了。錫九從事這項工作，數年間，不論寒暑，以全部心力投入，凡詩中歷史事實、典故詞語、方言俗語、詩體形式，都傾力搜索，詳爲注釋，由此可以看出他扎實的學術功力。儘管以一個人的精力和學識，完成這樣一部一百餘萬字規模的大書，不可能盡善盡美，有些地方還有待今後仔細打磨，填補漏缺，精益求精，但就目前的成書而言，它無疑是一部具有重要意義的古籍整理著作，對唐詩乃至中國古代詩歌史研究，會起到應有的推動作用。

錫九是安徽師範大學中文系一九七五級學生。在校期間，勤奮學習，成績優秀。當時擔任他們唐宋文學課程的是劉學鍇老師。錫九在學業上得到劉老師的親自指點。大學畢業的當年，國家恢復研究生招生制度，錫九考入南京師範學院中文系，師從詞學大師唐圭璋先生、著名唐詩專家孫望先生，攻讀碩士學位，打下了扎實的學術功底，爲他以後的學術研究奠定了基礎。研究生畢業以後三十多年，錫九一直在高等學校從事中國古代文學的教學和研究。他在唐宋詩歌研究上成果豐碩，出版過《唐代的七言古詩》、《宋代的七言古詩》（北宋卷、南宋卷）、《金元的七言古詩》，以及上文提到的學術著作多部，受到學術界的推重。《松陵集校注》的出版，更是他的一項重要學術成果。我祈盼錫九今後有更多更好的著作問世，在學術研究上取得更大的成績。

余恕誠

二〇一二年十二月於安徽師範大學中國詩學研究中心

前言

《松陵集》是一部晚唐詩人群體的唱和集。唐懿宗咸通十一、十二年（八七〇—八七一）間，崔璞任蘇州刺史，辟詩人皮日休爲從事。皮日休在蘇州任職一個月後，即與本地的隱士、詩人陸龜蒙結識，兩人意氣相投，過從甚密，在此後一年有餘的時間裏，頻繁地進行詩歌唱和活動。除了他們二人之外，還有蘇州刺史崔璞、浙東觀察推官李縠、流寓吴中的張賁、崔璐，以及吴地文士魏朴、司馬都、顔萱、鄭璧、羊昭業等人，也參與了唱和詩的寫作，從而形成了這一詩人唱和的群體。在文學史上，這一群體被人們稱作「松陵詩人」。由於它是以皮日休、陸龜蒙爲代表的，所以通常也被稱爲「皮陸詩派」。「皮陸」并稱也是因爲這一唱和活動而形成的。隨着咸通十二年暮春崔璞罷職，這一個詩人群體也就不復存在了。大約就在此時，陸龜蒙將以上詩人的唱和之作編輯成集，請皮日休作序。比較特殊的是，本集中還收録了無法知曉其人的清遠道士和幽獨君這兩位無名氏的作品，以及顔真卿、李德裕和皮、陸的追和之作，開創了文學史上一種新的唱和方式。皮日休在《松陵集序》裏詳述了詩歌史上唱和詩的發展變化和相關的理論問題，以及此集中詩人往來唱和的具體情況，并將其命名爲《松陵集》。這就是《松陵集》結集的大致情況。從此，

《松陵集》一直被完整地保存下來，流傳至今。現存的明代以來的版本頗多。這與其他衆多的唐代詩人唱和詩集都已經殘缺甚至散佚不存不同①。明胡應麟就説過：「唐人倡和寄贈，往往類集成編。然今傳世絶少，以未經刊落，故尤難傳遠。……至《通考》則僅存《漢上題襟》、《松陵》三種數。今惟《松陵》行世，餘悉不存。」②對於這個唯一留存下來的唐人唱和詩集，我們應當格外珍視。

根據我們的統計，《松陵集》共收録詩歌六百九十八首，詩序（包括皮日休《松陵集序》）二十篇。除了皮、陸以外，集中其他人創作的詩歌（包括參與其中的聯句、問答等）總共只有五十餘首，這就簡單而明白地告訴我們，皮、陸二人在《松陵集》裏具有絶對主導的重要地位。皮、陸二人的作品，分别還有詩文集《皮子文藪》和《笠澤叢書》。但是，他們并稱爲「皮陸」，其詩歌被稱作「皮陸體」，則都是由他們的松陵唱和詩所獲得的。可見，《松陵集》是他們在詩歌創作上取得的主要成就，他們在詩歌史上的地位和對後世産生的影響，也主要是松陵唱和詩決定的。至少，歷代的詩人和詩論家是這樣看待他們的詩歌的。當然，他們在《皮子文藪》和《笠澤叢書》裏的詩歌也别具特色，不可忽視，這是另外一個問題了。正因爲如此，所以才會在《皮子文藪》和《笠澤叢書》流傳的情況下，論者往往以《松陵集》來評述他們的詩歌。這種情況，從宋代直到明、清時期仍然如此。如宋人反復稱説「皮日休《松陵集》」、「《松陵唱和集》」③，「今蜀中惟《松陵集》盛行，《笠澤叢書》未有」④。王夫之《唐詩評選》評皮日休《西塞山泊漁家》詩，明明是《皮子文藪》裏的詩篇，但他却從皮、陸唱和的角度立論：「皮陸松陵唱和詩，奕奕自別，巧心佳句，誠不可掩。」賀裳《載酒園詩話·又編》有《皮日休陸龜蒙》的專條，也是僅從《松陵集》來論他們的詩歌：「讀《松陵集》，仿佛猶存其致。」都可以説明這個問題。其實，注意一下人們歷來以「皮陸體」⑤、「松陵體」⑥來概括皮、陸詩歌的成就和特色，就更能够説明問題了。下面，我們擬扣住「皮陸體」這一命題，來對《松陵集》裏的皮、陸作品在題材内容和藝術風格上的基本特徵，作一番簡要的論列。

在《松陵集》裏，皮、陸反復唱和，比較集中表現的是三個方面的題材内容，一是隱士的閑逸曠放，二是貧士的貧病困頓，三是瑣細的日常生活。而這一切又都是以展現隱逸的趣尚爲結穴的。皮、陸很善於通過刻畫山水來表達隱逸的閑適曠放情懷。如皮、陸《太湖詩二十首》、《四明山九題》等，都表現了他們徜徉山水、探奇訪幽，以企求遠離塵囂的隱逸情趣。皮日休在《太湖詩二十首序》中説：「道之不行者，有困辱危殆；志之可適者，有山水遊玩，則休戚不孤矣。」陸龜蒙在《四明山九題序》裏説這組詩是「語不及世務」的「有道之士」，向他「語吾山之奇者」，要他寫出其「佳處」的作品，都將這一層意藴表述得十分清晰明白。也有的是通過欣賞景物，興感抒懷，來表現隱逸的閑適情趣，如《夏景無事因懷章來二上人》、《夏景冲澹偶然作二首》、《初夏即事寄魯望》、《秋日遣懷十六韻寄道侶》、《新秋言懷三十韻》、《江南書情二十韻，寄秘閣韋校書貽之、商洛宋先輩垂文二同年》等唱和詩中，所見、所聞、所感，無不具有隱逸的意緒和情趣。「泉爲葛天味，松作羲皇聲」、「覽物正摇思，得君《初夏行》」。誠明復散誕，化匠安能争」等相同意旨的詩句，常在詩中出現，正表現了所謂「閑心放羈靮」的閑適疏放之情。

皮、陸還有大量的叙寫有關漁、樵、酒、茶的詩篇，《松陵集》第四卷共一百一十二首詩，全部都是上述四個題材的篇章。他們以此爲載體，直接表現了文人的隱逸生活内容和生活方式，表達了寄情於其中的隱逸思想和情趣。除此以外，《松陵集》裏更有許許多多涉及漁、樵、酒、茶的詩篇，如皮日休《釣侣二章》、《魯望以輪鉤相示緬懷高致因作三篇》以及陸龜蒙的唱和之作，就是明顯的例子。有關漁、樵、酒、茶之事在《松陵集》裏廣泛而頻繁地出現在衆多的詩篇裏，正是皮、陸濃厚的隱逸情趣的表現。通過咏物抒懷的方式表現隱逸的閑適高放的情趣，在《松陵集》裏也頗爲突出。它們與上述直接刻畫器具或叙寫有關漁樵之事的詩篇不同，而是皮、陸筆下另一種類型的咏物詩，它們往往將刻畫物象與抒發情趣結合得更緊密，藝術形象更生動一些，興會也更爲濃厚，所以借物寄寓隱逸之情要更爲透脱。如他們二人咏白鶴、咏白鷗、咏白蓮、咏浮萍、咏松桂、咏古杉等詩篇，都是顯例。還有皮日休《公齋四咏》（分别咏小松、小桂、新竹、鶴屏），《五貺詩》（分别咏五瀉舟、華頂杖、太湖硯、烏龍養和、訶陵尊）這兩組咏物詩，以及陸龜蒙的唱和之作，非常惹人注目。它們本來就有濃厚的文人氣息和雅士趣尚，皮、陸更在詩中滲透了雅潔脱俗、清閑高放的隱逸情懷。《松陵集》裏，皮、陸表現習禪慕道的作品頗多，有的直接寫作者的禪道活動，較多的是遊楞伽、訪上人、懷念學道的友人等，更多的是他們經常在詩篇裏表現出一股濃厚的道氣，如清余成教就指出：「襲美好以『僧』、『鶴』爲對仗」⑦，并列舉了若干詩例。皮氏的這種寫法，實際上就是反復借「僧」、「鶴」以表現脱略世俗、清雅閑逸的隱逸情趣。綜上所述，可見《松陵集》裏，皮、陸表現其閑雅的隱逸情懷，是一個十分重要的題材内容。

在《松陵集》裏，皮、陸經常表現他們貧病的窘況。相比較而言，皮日休寫其病寫得較多，差不多伴隨了松陵唱和時期的終始，陸龜蒙則與其酬唱。但在表現貧或貧病交加上，則是陸龜蒙的原唱寫的較多，而且皮日休的原唱也對陸龜蒙的貧病表現得很充分。皮日休《早春病中書情寄魯望》、《病中有人惠海蟹轉寄魯望》、《病中庭際海石榴花盛發感而有寄》、《聞魯望遊顏家林亭病中有寄》、《魯望春日多尋野景，日休抱疾杜門，因有是寄》、《卧疾感春寄魯望》、《病後春思》、《夏首病愈招魯望》、《病中偶作寄魯望》等許多詩，都是主動地寫自己的病，而陸龜蒙只有《病中秋懷寄襲美》等不多的詩篇直接寫自己的病。陸龜蒙自嘆貧賤窮困的詩就比較多了。長篇五古《讀〈襄陽耆舊傳〉，因作五百言寄皮襲美》、《襲美先輩以龜蒙所獻五百言，既蒙見和，復示榮唱，至于千字，提獎之重，蔑有稱實，再抒鄙懷，用伸詶謝》、《奉詶襲美先輩吴中苦雨一百韻見寄》、《奉詶苦雨見寄》、《奉詶秋晚見題二首》、《襲美見題郊居十首因次韻詶之以伸榮謝》等許多篇章，都悲憫痛切地寫到自己的貧困艱窘。皮日休與陸龜蒙上述相對應的或原唱或酬答的詩篇裏，也都寫到其貧病交困特別是貧窮的窘境。這些詩篇，雖然在一定程度上反映了皮、陸二人貧病的實際情況，但在深層意蘊上仍然是隱逸情懷的一種表現。因爲這樣的貧病相兼的貧士，其實還是清高孤傲的隱士形象，所以，它們也還是展示了皮、陸的隱逸趣尚和精神風貌。細讀作品，我們很容易從中得到明確的體認。

叙寫日常生活的瑣細情事，也是《松陵集》裏皮、陸表現閑適的隱逸情懷的一個方面。諸如欣賞花草、遊覽林亭、參訪寺廟、設宴待客、蒔草種藥、趁晴曬書，甚至是朋友之間最平常最普通的往來饋贈

（物品上如魚牋、紫石硯、書印囊、紗巾、緑罽、竹夾膝等，食品上如魚、海蟹、橘子、野菜、酒等），都連篇累牘地付諸筆端，它們既富有文人的氣息，又都具有隱士生活的意藴和趣尚。這種瑣細的日常生活情事，在《松陵集》裏得到了比較集中的表現，正反映了在皮、陸唱和時期他們清閑貧儉的生活狀況和高雅疏放的精神風貌。而這些無不都有一種隱逸的情趣。

顯然，以上所述的三大類作品，占了《松陵集》裏絶大多數篇章。其題材上的基本特徵，可以用清陸次雲論《松陵集》皮、陸唱和詩時所説的一句話加以歸納概括，他説：「皮陸此種詩雅正可法，令人觸處皆可成詩。」⑧「觸處成詩」，生活中凡事都可以入詩，對于《松陵集》來説，是頗中肯綮的。甚至可以説，它也是《松陵集》歷來受到人們重視的一個基本原因。我們説，它所表現的最核心的思想情感，就是隱逸的趣尚，應當説是切合實際的。《松陵集》裏也有一些關注現實、關心民生，表現用世志向的詩篇。如陸龜蒙《徐方平後聞赦因寄襲美》及皮日休的和作，反映了當時朝廷平定在徐州一帶發生的龐勛叛亂一事，就是一個突出的例子。更多的情況下，他們是在一些詩篇裏觸興而發，偶爾發出有關社會衰亂和民生艱難的慨嘆。如皮日休《太湖詩·崦裏》「苦力供征賦」，《茶中雜咏·茶竈》「如何重辛苦，一一輸膏粱」，陸龜蒙《奉和太湖詩·崦裏》「今來九州内，未得皆恬然」，《奉詶苦雨見寄》「去歲王師東下急，輸兵粟盡民相泣」等等，都可以説明這一點。但是它們在《松陵集》裏并没有多大的份量。所以，上文論列的三大類作品是《松陵集》在題材上絶對的重點，也是後人看重它的原因，因此也就可以説它是「皮陸體」在題材内容上的基本面所在。

「皮陸體」另一方面的涵義，當然是指《松陵集》裏皮、陸作品在藝術表現上的特色，它實際上是包括了皮、陸唱和詩的形式特點和風格特色兩個方面而言的。明費經虞説：「皮陸體，晚唐皮日休、陸龜蒙之詩。酬唱往復和韻，莫盛於皮、陸。」⑨就可以看出，前人是將皮、陸唱和詩形式特點，作爲「皮陸體」的應有之義看待的。我們即從上面的兩個層面，對「皮陸體」藝術表現上的特點，作出簡要的論析。

「皮陸體」在詩歌形式上的創獲，主要表現在唱和次韻、聯句和雜體詩上。作詩唱和，早已有之，而「和韻」詩較早較著者，則是中唐元、白，宋人已有明確的論斷，清賀裳説「和韻」「始于元、白作俑」⑩，最爲簡明扼要。宋劉攽將「和韻」歸納爲三個類型，他説：「唐詩賡和，有次韻（先後無易）、有依韻（同在一韻）、有用韻（用彼韻不必次）。」⑪這三種「和韻」的方式，在中唐元、白的詩裏，都已經有相當明顯的表現，而到了《松陵集》，在皮、陸唱和詩裏就表現得極爲突出了。皮、陸只有很少數的前人所謂「和意」不「和韻」的詩篇，絶大多數都屬於上述三種「和韻」詩。這三種「和韻」形式，依照其演進過程和難易程度，應當依次爲：依韻—用韻—次韻。皮、陸對三種形式都創作了不少詩篇，但無論是就他們自己而言，還是與其他詩人相比較，皮、陸對出現得晚，但是最難工的次韻寫得最多，作了大力的拓展，也最爲歷代論者所重視。南宋大詩人陸游説：「最後始有次韻，則一皆如其韻之次，自元、白至皮、陸，此體乃成，天下靡然從之。」⑫確實，《松陵集》裏次韻詩數量之大，是詩人中前所未有的。皮、陸對於後來次韻詩的廣泛流行，靡然成風，起到了很大的推波助瀾的作用。宋代以來詩論家，都反復指出了這一點。宋嚴羽《滄浪詩話·詩評》：「古人酬唱不次韻，此風始盛于元白、皮陸。」明許學夷《詩源辯體》（卷三一）：「陸龜蒙、皮日休唱和，多次韻之作。」清吴喬《圍爐詩話》（卷一）：「步韻（按即次韻），元、白猶少，皮、陸已多。」他們的説法，是符合次韻詩發展的基本事實的。所以，唱和次韻確乎是「皮陸體」很重要的一點。

聯句也是唱和的一種形式，論者往往溯源至漢代，此處不詳述。唐代創作聯句詩的詩人頗多，成就最高的是韓、孟，皮、陸的聯句詩正是承韓、孟而來。皮日休《雜體詩序》云：「如聯句，則莫若孟東野與韓文公之多，他集罕見，足知爲之之難也。」《松陵集》裏皮、陸的聯句詩，也對後代詩人産生過一定的影響。清翁方綱説：「聯句體，自以韓、孟爲極致。然韓、孟太險，皮、陸一種，固是韓、孟後所不可少。」⑬皮、陸的聯句詩，顯然是「皮陸體」在詩歌體式上的一個特徵。

《松陵集》卷十專門收録皮、陸等人的「雜體詩」，上文所述聯句詩也在其中。但更多的還是一題一式，體式龐雜，紛繁多樣的詩體，確乎是所謂的「雜體」。它與南朝梁代詩人江淹《雜體詩三十首》側重於風格特徵是不同的。本卷前有皮日休《雜體詩序》一文，略述了「雜體詩」的發展，表明了他對「雜體詩」的認識和重視，也可以瞭解皮、陸二人在這方面的創獲。此文是文學史上有關「雜體詩」的第一篇專論。此前，歐陽詢《藝文類聚》（卷七〇）收録了不少後來被認爲屬於「雜體詩」概念的作品，吴兢《樂府古題要解》則初步從名稱含義上闡釋了屬於「雜體詩」的作品。只有到了皮日休作出這篇序文，才從文學發展史的高度對「雜體詩」進行了比較全面深入的理論概括，這在詩歌史上是一個貢獻。我們特别重視的當然還是他們在短短的一年多的時間裏，所創作的八十餘首雜體詩。在這當中，除了沿襲前人已有的迴文、雙聲、疊韻、離合、縣名、人名、藥名、風人詩等體式以外，還進行創變，創造了諸如縣名離合、藥名離合等合成型的「雜體詩」的形式。尤其是陸龜蒙，還創造了四聲詩、全篇雙聲疊韻等全新的體式。皮日休對此深表贊賞，不僅逐篇與之唱和，而且還在《雜體詩序》中充分地肯定了他的這一創獲：「至如四聲詩、三字離合、全篇雙聲疊韻之作，悉陸生所爲，又足見其多能也。」後人在論述皮、陸「雜體詩」時，也都注意到了這一點。如明許學夷説：「皮、陸集中有全篇字皆平聲者，有上五字皆平聲，下五字或上聲、或去聲、或入聲者。」⑭胡震亨也説：「又有故犯聲病，全篇字皆平聲、皆側聲者，又一句全平、一句全側者，全篇雙聲、全篇疊韻者。」⑮都表明了皮、陸在「雜體詩」上的獨特貢獻，它理所當然地屬於「皮陸體」的一個因素。

「皮陸體」在藝術風格上有一個十分明顯的特色，就是鋪陳排比，肆意展衍，繁富新奇，險怪僻澀。在《松陵集》裏，它主要表現在五言古詩和五言排律上。如卷一開頭的六首詩，都是「五百字」以上直到「千言」的長篇，長於鋪陳叙寫，馳騁筆力，體制宏大，奇崛險怪是很明顯的，已經開了宋人以文爲詩、以才學爲詩、以議論爲詩的先聲。卷五中《武丘寺殿前有古杉一本……》《新秋言懷……》《江南書情二十韻……》《秋日遣懷十六韻……》等皮、陸二人唱和次韻的長篇五言排律，短則十六韻，長至三十韻，也都有極力馳騁、鋪張排比、刻畫雕琢、偶對工整的特點，自然也就造成了一種「奥衍」、「澀險」的詩風。前人或概論，或評鑒具體作品，都指出了皮、陸唱和詩的這一特點。清葉燮批評當時詩壇風氣説：「澀險則自以爲皮、陸。」⑯沈德潛説：「龜蒙與皮日休唱和，另開僻澀一體。」⑰李重華説：「詩家奥衍一派，開自昌黎。……後此陸魯望頗造其境。」⑱皮、陸這些詩多鬥靡、繁富新奇的詩篇所表現出來的藝術風尚，固然承傳了韓詩，其實也與杜詩中的五言長篇有一定的關係。宋育仁説陸龜蒙詩歌：「其源出於杜子美、韓退之，極力馳騁，排比爲多。」⑲陸時雍評陸龜蒙五言排律《奉和次韻江南書情二十韻》説：「語語新琢，其言皆築筆而成。」又評陸龜蒙五古長篇《奉詶襲美先輩吴中苦雨一百韻見寄》説：「滚滚汩汩，相注而來，絶無排叠堆垛之病，所以爲難，自少陵以來可稱絶響。」⑳所以，皮、陸唱和詩「奥衍」、「澀險」之風，承杜、韓而來，又自有特色，成爲「皮陸體」藝術風尚的一個重要特色。

輕靈秀美、蕭散奇縱的詩風，在《松陵集》詩歌尤其是其中的近體詩裏，表現得非常顯著，也是「皮陸體」爲人重視的方面。皮、陸唱和詩，最普遍的是叙寫平居的日常生活，瑣細的情事，具體的景物，它們往往被寫得清麗靈秀、簡潔淺切、瀏亮疏快，而又時時帶有幽僻新奇、琢飾精巧的風尚。明清時期的詩論家，很注意這一點。明胡應麟説：「唐七言律……皮日休、陸龜蒙馳鶩新奇，又一變也。」㉑王夫之説「松陵體」是「無句不巧也，然皮、陸二子，差有興會，猶堪諷咏」㉒。清田雯在論七言律詩時説：「松陵一派，西山爽氣，碧水澄波，『白雲蓊欲歸，遠樹忽削半。』詩境似之。」㉓諸家大體上都指出了皮、陸以七律爲主的近體詩的藝術風貌。他們基本上是從肯定的角度來議論的。與他們明顯不同，明許學夷在詩學上貶斥晚唐，他從這一觀點出發，嚴厲批評皮、陸唱和中七律是「怪惡奇醜」。如果客觀地看這一問題，從他比較詳細論述的一段話來看，其實他還是指皮、陸七律的奇巧幽僻的特點而言。他説：「陸龜蒙、皮日休唱和，多次韻之作。七言律，《鼓吹》所選，僅得一二可觀，其他多怪惡奇醜矣。陸如『何慚謝雪中情咏，不羡劉梅貴色妝』（《白菊》），『梁殿得非蕭帝瑞，齊宫應是玉兒媒』（《野梅》），『自昔稻粱高鳥畏，至今珪組野人讎』（《鵁鶄》），『澄沙脆弱聞應伏，青鐵沉埋見亦羞』（《紫石硯》），『須知日富爲神授，祇有家貧免盜憎』（《次韻日休》），『君隱輪蹄名未了，我依琴鶴性相攻』（《寄吴融》），『魂應絶地爲才鬼，名與遺編在史臣』（《張處士故居》），『飲啄斷年同鶴儉，風波終日看人争』（《壓新醅》）；皮如『因思桂蠹傷肌骨，爲憶松鵝捐性靈』（《病孔雀》），『騷人白芷傷心暗，狎客紅筵奪眼明』（《紫石硯》），『并出亦如鵝管合，各生還似犬牙分』（《汝園》），『映竹認人多錯誤，透花窺鳥最分明』（《春游》），『秦吴只恐篘來近，劉項真應釀得平。酒德有神多客頌，醉鄉無貨没人争』（《新醅》）等句，皆怪惡奇醜者也。」㉔許學夷所録詩句，很少寫景清秀明麗的句子，而多爲比較新奇疏宕的詩例，帶有較大的個人偏好的色彩。平心而論，上述諸人都認識到了，他們所説的皮、陸七律的風尚，是「皮陸體」的一部分，并對後世産生了一定的影響。

這種所謂的「馳騖新奇」，不僅在皮陸唱和的近體詩裏表現得很顯著，在上文説到的如瑣細題材的擷取，五言長篇「奥衍」、「澀險」的風尚，雜體詩的拓展等方面，其實都有這一傾向蕴含在内。就是在皮、陸唱和詩的用典上也突出地表現了這一點。皮、陸用典的特色是比較冷僻俚俗，其明顯的新特點是它的廣博性和通俗性。考察一下《松陵集》，皮陸唱和詩不僅用典多，而且典源也從傳統的經、史、子、集，更多地向佛道書籍、方志、醫書、農書裏拓展，非常生僻，炫耀了他們的博學，有「以學問爲詩」的明顯傾向。這一點，從他們在詩中的自注裏就可以看出來，如《吕氏春秋》、《尚書》、《典論・論文》、《文賦》、《文心雕龍》、《沈約集》、《竹譜》、《相鶴經》、《名山記》、《交州記》、《方言》、《爾雅》、《本草》、佛律、道書等等。由這個挂一漏萬的舉隅，我們就可以感受到皮、陸詩歌用典的豐富多樣，生僻艱深。問題還不止於此。我們注意到，皮、陸也喜愛用事物的别稱，從而給作品增添一種陌生感和新奇感，如蘇嶺（鹿門山）、湖目（蓮子）、水花（荷花或浮萍）、神草（人參）、兔縷金弦（兔絲）、延年（白菊）等等，不勝枚舉。對這些，他們也大多加以自注，顯現其學問的淵博。更有甚者，皮、陸還喜愛運用一些地方性、通俗性的事物入詩，如皮日休《寄題羅浮軒轅先生所居》：「紅翠數聲瑶室響」（自注：紅翠，山鳥名），《寒日書齋即事三首》（其三）：「合向烟波爲玉魚」（自注：松江有玉魚），《釣侣二章》（其一）：「一斗霜鱗换濁醪」（自注：吴中賣魚論斗）；陸龜蒙《奉酬襲美先輩吴中苦雨一百韻》：「茶槍露中擷」（自注：茶芽未展者曰槍，已展者曰旗），《漁具詩・罩》：「忽值朱衣起」（自注：松江有朱衣鮒），《樵人十咏・樵子》：「能諳白雲養」（自注：山家謂養柴地爲養）等等，這些都是某些地區對某一種事物的專稱或俗稱，作者不加以注解，讀者是很難搞清楚的。皮、陸偏愛這種做法，實際上開辟了詩歌中用典的新途徑、新門類，大大拓展了前人的用典方式，尤其是向日常化、生活化推衍了，它影響了宋人「以才學爲詩」和「化俗爲雅」的風氣。清人説《松陵集》「詩亦多近宋調」㉕，「皮、陸二家，已浸淫乎宋氏矣」㉖，是很有見地的。顯然，我們認爲這也是「皮陸體」的一個藝術風尚，完全是有理由的。

以上，我們對《松陵集》特别是皮、陸唱和詩作了簡要的論述，庶幾可以瞭解其基本特色和在文學史上的影響。希望這篇短文能够有助於人們研讀《松陵集》。本書校注方面的有關問題，已在《凡例》中作出了説明，不再贅述。本書從最初確定選題直到最後成書，都得到了我的大學老師余恕誠先生的關心和幫助。遺憾的是，余老師未能看到本書的出版面世，已於二〇一四年八月二十三日因病仙逝了。我深切地懷念余老師。承蒙我素所敬重的學術前輩、中華書局程毅中先生爲本書題籤。本書初校時的責任編輯是李天飛先生，由於他的工作變動，中華書局安排許慶江先生擔任責任編輯。慶江認真審稿，提出了許多修改意見，使本書避免了不少錯誤。在此，謹對二位先生表示衷心的感謝！

王錫九於安徽師範大學中國詩學研究中心

二〇一二年十二月初稿，二〇一七年一月改定

【注釋】

①參賈晋華《唐代集會總集和詩人群研究》，北京大學出版社二〇〇一年版。

②胡應麟《詩藪·雜編》卷二，上海古籍出版社一九七九年新一版。

③吴曾《能改齋漫録》卷六、卷七，上海古籍出版社一九七九年新一版。吴幵《優古堂詩話》，丁福保輯《歷代詩話續編》，中華書局一九八三年版。

④樊開《陸魯望文集序》，録自清顧氏碧筠草堂刻本《重刊校正笠澤蘩書四卷補遺詩一卷》，上海圖書館藏本。

⑤張耒《伏暑日唯食粥一甌盡屏人事頗逍遥效皮陸體》，《張耒集》卷十六，中華書局一九九〇年版。

⑥王夫之著、戴鴻森箋注《薑齋詩話箋注》卷二，人民文學出版社一九八一年版。

⑦余成教《石園詩話》卷二，郭紹虞編《清詩話續編》，上海古籍出版社一九八三年版。

⑧陸次雲《晚唐詩善鳴集》（卷下），清康熙蓉江懷古堂刻本。

⑨費經虞《雅倫》卷二《體調》，周維德集校《全明詩話》，齊魯書社二〇〇五年版。
⑩賀裳《載酒園詩話》卷一，郭紹虞編《清詩話續編》，上海古籍出版社一九八三年版。
⑪劉攽《中山詩話》，何文焕輯《歷代詩話》，中華書局一九八一年版。
⑫陸游《跋吕成叔和東坡尖叉韻雪詩》，《陸游集·渭南文集》卷三十，中華書局一九七六年版。
⑬翁方綱《石洲詩話》卷二，人民文學出版社一九八一年版。
⑭許學夷《詩源辯體》卷三十一，人民文學出版社一九八七年版。
⑮胡震亨《唐音癸籤》卷二十九，上海古籍出版社一九八一年版。
⑯葉燮《原詩》内篇下，人民文學出版社一九七九年版。
⑰沈德潛《唐詩别裁集》卷四，中華書局一九七五年影印本。
⑱李重華《貞一齋詩説》，丁福保輯《清詩話》，上海古籍出版社一九七八年版。
⑲宋育仁《三唐詩品》，考雋堂刻本。
⑳陸時雍《唐詩鏡》卷五十二，文淵閣《四庫全書》，上海古籍出版社二〇〇三年影印本。
㉑胡應麟《詩藪·内編》卷五，上海古籍出版社一九七九年新一版。
㉒王夫之著、戴鴻森箋注《薑齋詩話箋注》卷二，人民文學出版社一九八一年版。
㉓田雯《古歡堂雜著》卷二，郭紹虞編《清詩話續編》，上海古籍出版社一九八三年版。
㉔許學夷《詩源辯體》卷三十一，人民文學出版社一九八七年版。
㉕賀裳《載酒園詩話》又編，郭紹虞編《清詩話續編》，上海古籍出版社一九八三年版。
㉖袁枚《答沈大宗伯論詩書》，《小倉山房文集》卷十七，《四部備要》本。

凡例

一、本書以民國壬申武進陶湘涉園影宋本《松陵集》爲底本，以下列各本爲校本：

（一）明末毛扆購得宋本《松陵集》，即以汲古閣刻本《松陵集》爲底本校之。此校本已不存，清顧廣圻傳録本現存臺北「中央圖書館」。國家圖書館、南京圖書館現藏該傳録本膠片。南京圖書館編號爲「膠八〇七」。此膠片係美國國會圖書館製作。王重民曾在北平圖書館得見顧廣圻傳録本，其所撰《中國善本書提要》徑將此書著録爲汲古閣本，不確。南京圖書館「膠八〇七」本卷四、卷五之間有書影「斠宋本松陵集」六字。本書將其作爲校本，簡稱「斠宋本」。

（二）上海圖書館藏明弘治十五年劉濟民刻本《松陵集》，簡稱「弘治本」。

（三）南京圖書館藏明毛晋汲古閣刻本《松陵集》，簡稱「汲古閣本」。

（四）國家圖書館藏明崇禎九年顧凝遠刻顧氏詩瘦閣本《松陵集》，簡稱「詩瘦閣本」。

（五）上海圖書館藏據明弘治十五年劉濟民刻本影抄《松陵集》，清初錢求赤校，簡稱「錢校本」。

（六）清文淵閣《四庫全書》本《松陵集》，簡稱「四庫本」。

（七）南京圖書館藏清盧文弨校汲古閣刻本《松陵集》，簡稱「盧校本」。

（八）北京大學圖書館藏李盛鐸批校汲古閣刻本清因樹樓印本《松陵集》，簡稱「李校本」。

（九）國家圖書館藏章鈺校汲古閣刻本清因樹樓印本《松陵集》，簡稱「章校本」。

〔十〕國家圖書館藏傅增湘校汲古閣刻本《松陵集》，簡稱「傅校本」。

二、除以上各本《松陵集》外，本書又以下列皮日休、陸龜蒙别集進行校勘：

〔一〕南京圖書館藏明許自昌刻《唐皮從事倡酬詩》（八卷），佚名批校，清丁丙跋，簡稱「皮詩本」。

〔二〕國家圖書館藏明項真刻本《項氏瓶笙榭新刻皮襲美詩》（二卷），簡稱「項刻本」。

〔三〕南京圖書館藏明許自昌合刻陸魯望、皮襲美二先生集中《唐甫里先生集》（二十卷），清王振聲校并跋，簡稱「陸詩甲本」。

〔四〕國家圖書館藏明萬曆三十二年許自昌刻本《唐甫里先生集》（二十卷），清陳揆校并跋，簡稱「陸詩乙本」。

〔五〕南京圖書館藏明鈔本《唐甫里先生文集》（二十卷），清黄丕烈校并跋，丁丙跋，張元濟補校，此書即《四部叢刊》影印本，簡稱「陸詩丙本」。

三、本書還以下列總集及選本進行校勘：

〔一〕上海圖書館藏元劉氏京兆日新堂刻本《唐詩鼓吹》，簡稱「鼓吹本」。

〔二〕中華書局影印明刊配補宋殘本《文苑英華》，簡稱「英華本」。

〔三〕文學古籍刊行社影印明嘉靖本《萬首唐人絶句》，簡稱「萬絶本」。

〔四〕上海古籍出版社影印北京故宫博物院圖書館藏明胡震亨輯、清范希仁抄補本《唐音統籤》，簡稱「統籤本」。

〔五〕上海古籍出版社影印明萬曆二十九年刊張之象編《唐詩類苑》，簡稱「類苑本」。
〔六〕海南出版社出版故宫博物院編故宫珍本叢刊《全唐詩季振宜寫本》，簡稱「季寫本」。
〔七〕上海古籍出版社影印清康熙揚州詩局本《全唐詩》，簡稱「全唐詩本」。
〔八〕中華書局影印清嘉慶十九年刻本《全唐文》，簡稱「全唐文本」。

四、凡底本有訛、脱、衍、倒者，一律據他本校改，并出校記。底本與他本異文兩通者，亦出校，但不改底本。異文相同的各本，按《松陵集》各本、皮陸别集和其他總集三類，略依時代先後順序臚列。各家校語悉加引録，如有采納，亦出校記説明。

五、《松陵集》爲唱和詩集，有關詩人的别集，或以人爲目的各類總集輯入其詩篇，對詩題多作技術處理改動（尤其是原屬和作的詩題），除少數篇章外，本書對此不出校記。

六、底本諸如「匡（連同「筐」等字）」、「胤」、「恒」、「玄」、「敬（連同「驚」、「警」、「鏡」等字）」、「構」等字，都因避宋帝諱缺筆，本書加以改正并出校記。但底本避諱并不嚴格，以上諸字也有不避諱的情形。還有「通」、「肥」等字也有缺筆現象，前人已指出大概是刻工避家諱，但無法落實，因此徑改。

七、《松陵集》向無注本。本書注釋力求詳明，主要爲訓釋詞語，點明典故來源，交代有關史實，適當解説詩意。前人有關意見，酌加引録。

八、在注釋後别立箋評一項，略以時代先後爲序，輯録歷代詩話、筆記以及選本中有關該詩的箋解評鑒資料。

九、本書爲每一首詩編號，每一篇序文（包括皮日休《松陵集序》以及集中皮、陸等所撰詩序）亦加編號，以正歷來各家統計之誤。

十、本書卷末附録史志書目著録及各本序跋。

松陵集序〔一〕

前進士〔二〕　皮日休撰①〔三〕

《詩》有六義②〔四〕，其一曰比。比者，定物之情狀也〔五〕，則必謂之才〔六〕。才之備者，於聖爲六藝〔七〕，在賢爲聲詩③〔八〕。噫！春秋之後〔九〕，頌聲亡寢〔一〇〕；降及漢氏〔一一〕，詩道若作④〔一二〕，然《二雅》之風委而不興矣〔一三〕。在《詩》有三言、四言、五言、六言、七言、九言之作⑤。三言者曰：「振振鷺，鷺于飛」是也〔一四〕。五言者曰：「誰謂雀無角，何以穿我屋」是也〔一五〕。六言者曰⑥：「我姑酌彼金罍」是也〔一六〕。七言者曰⑦：「交交黄鳥止于桑」是也〔一七〕。九言者曰：「洞酌彼行潦挹彼注兹」是也⑧〔一八〕。蓋古詩率以四言爲本〔一九〕，而漢氏方以五言、七言爲之也〔二〇〕。其句亦出於《毛詩》⑨〔二一〕。五言者，李陵曰：「攜手上河梁」是也〔二二〕。七言者，漢武曰：「日月星辰和四時」是也〔二三〕。爾後盛於建安〔二四〕。建安以降⑩〔二五〕，江左君臣得以浮艷之⑪〔二六〕，然《詩》之六義微矣〔二七〕。逮及吾唐開元之世〔二八〕，易其體爲律焉〔二九〕，始切於儷偶〔三〇〕，拘於聲勢〔三一〕。然《詩》云：「覯憫既多⑫，受侮不少〔三二〕。」其對也工矣。《堯典》曰：「聲依永，律和聲〔三三〕。」其爲律也甚矣。由漢及唐，詩之道盡矣〔三四〕。吾又不知千祀之後〔三五〕，詩之道止於斯而已耶⑬〔三六〕？後有變而作者⑭〔三七〕，予不得以知之⑮。

夫才之備者，猶天地之氣乎〔三八〕！氣者，止乎一也〔三九〕，分而爲四時。其爲春，則煦枯發枿〔四〇〕，如育如護⑯〔四一〕，百蘤融冶⑰〔四二〕，酣人肌骨。其爲夏，則赫曦朝升⑱〔四三〕，天地如窑〔四四〕，草焦木渴⑲，若燎毛髮〔四五〕。其爲秋，則涼颸高瞥〔四六〕，若露天骨〔四七〕，景爽夕清，神不蔽形〔四八〕。其爲冬，則霜陣一凄⑳〔四九〕，萬物皆瘁㉑〔五〇〕，雲沮日慘〔五一〕，若憚天責〔五二〕。夫如是，豈拘於一哉〔五三〕！亦變之而已。人之有才者不變則已，苟變之，豈異於是乎〔五四〕？故才之用也，廣之爲滄溟〔五五〕，細之爲溝竇〔五六〕，高之爲山嶽〔五七〕，碎之爲瓦礫〔五八〕，美之爲西子〔五九〕，惡之爲敦洽㉒〔六〇〕，壯之爲武賁〔六一〕，弱之爲處女〔六二〕；大則八荒之外不可窮〔六三〕，小則一毫之末不可見〔六四〕。苟其才如是，復能善用之，則庖丁之牛〔六五〕，扁之輪㉓〔六六〕，郢之斤〔六七〕，不足謂其神解也㉔〔六八〕。意古之士窮達必形於歌咏㉕〔六九〕，苟欲見乎志〔七〇〕，非文不能宣也，於是爲其詞〔七一〕。詞之作，固不能獨善，必須人以成之〔七二〕。

昔周公爲詩以貽成王㉖〔七三〕，吉甫作頌以贈申伯〔七四〕，詩之詶贈其來尚矣。後每爲詩，必多以斯爲事㉗。咸通七年〔七五〕，今兵部令狐員外在淮南〔七六〕，今中書舍人弘農公守毗陵㉘〔七七〕，日休皆以詞獲幸〔七八〕，悉蒙以所製命之和〔七九〕，各盈編軸㉙，亦有名其首者㉚〔八〇〕。

十年〔八一〕，大司諫清河公出牧於吴〔八二〕，日休爲郡從事㉛〔八三〕。居一月〔八四〕，有進士陸龜蒙字魯望者〔八五〕，以其業見造〔八六〕，凡數編。其才之變，真天地之氣也。近代稱温飛卿〔八七〕、李義山爲之最〔八八〕，俾陸生參之㉜〔八九〕，於知其孰爲之後先也㉝〔九〇〕。《太玄》曰㉞：「稽其門，闢其户，眼其鍵，然後乃應，況其不者乎〔九一〕？」余遂以詞誘之㉟〔九二〕，果復之不移刻〔九三〕。由是風雨晦冥〔九四〕，蓬蒿翳薈〔九五〕，未嘗不以其應而爲事〔九六〕。苟其詞之來，食則輟之而自飫〔九七〕，寢則聞之而必驚。凡一年〔九八〕，爲往體各九十三首〔九九〕，今體各一百九十三首〔一〇〇〕，雜體各三十八首〔一〇一〕，聯句、問答十有八篇在其外〔一〇二〕，合之凡六百五十八首〔一〇三〕。南陽廣文潤卿〔一〇四〕、隴西侍御德師〔一〇五〕，或旅泊之際〔一〇六〕，善其所爲〔一〇七〕，皆以詞致〔一〇八〕。師詞之不多〔一〇九〕，去之速也。大司諫清河公有作〔一一〇〕，或命之和〔一一一〕，亦著焉〔一一二〕。其餘則吴中名士，又得三十首〔一一三〕。除詩外，有序十九首〔一一四〕。總録之，得十通〔一一五〕，載詩六百八十五首〔一一六〕。

《漢書》曰：「古者諸侯卿大夫交以鄰國，以微言相感，當揖讓之時，必稱《詩》以喻其志，蓋以别賢不肖也〔一一七〕。」余之與㊱，道義志氣〔一一八〕，窮達是非〔一一九〕，莫不見于是。士君子或爲之覽〔一二〇〕，賢不肖可不别乎哉〔一二一〕！噫！古之將有交綏而退者〔一二二〕，今生之於余豈是耶？生既編其詞，請於余曰：「爾有文，當爲我序。詩道兼十通以名之〔一二三〕。」日休曰：

「諸。」由是爲之序。松江〔二四〕，吴之望也〔二五〕，别名曰松陵，請目之曰《松陵集》〔二六〕。

（序一）

【校記】

①四庫本題下無「前進士皮日休撰」，文末署「皮日休撰」。②「義」全唐文本作「藝」。③「在」全唐文本作「於」。④「若」全唐文本作「洊」。⑤全唐文本無「九言」。⑥全唐文本無「曰」。⑦全唐文本無「曰」。⑧「洞」原作「泂」，據弘治本、汲古閣本、詩瘦閣本、全唐文本改。詳注釋。⑨「毛」全唐文本作「周」。⑩「爾後盛於建安，建安以降」全唐文本作「爾後盛於建安以降」。⑪盧校本圈出「得以浮艷之」五字，批曰：「訛缺。」「以」全唐文本作「其」。全唐文本無「之」。⑫「覯」原作「見」，據盧校本、全唐文本改。詳注釋。⑬「耶」弘治本、詩瘦閣本作「邪」。全唐文本無「耶」。⑭全唐文本此句前有「即」字。⑮「予」汲古閣本、四庫本作「余」。全唐文本無「予」。⑯「如育如護」全唐文本作「如棄如濩」。⑰「百藹融治」全唐文本作「百物融洽」。⑱「赫」詩瘦閣本作「赤」。⑲「渴」全唐文本作「暍」。⑳「凄」原作「捷」，據全唐文本改。㉑「皆瘁」原作「昔率」，據全唐文本改。㉒「洽」原作「治」，斠宋本眉批：「治疑洽。《吕氏春秋·遇合篇》云：陳有惡人焉曰敦洽，□□而□準（校者按：三字不清楚）。《玉篇》引作敦治，云衛之醜人也。未詳何據。」全唐文本作「洽」，據改。詳注釋。㉓「扁」原作「慶」，據全唐文本改。㉔全唐文本無「其」。㉕「意」全唐文本作「噫」。㉖「貽」原作「賂」，據弘治本、汲古閣本、詩瘦閣本、四

庫本改。全唐文本作「遺」。㉗「以斯」全唐文本注：「闕二字。」「事」全唐文本注：「闕一字。」㉘「弘農」全唐文本注：「闕二字。」「弘」原缺末筆，避宋太祖父親趙弘殷諱。㉙「盈編」全唐文本注：「闕二字。」㉚「首」全唐文本作「守」。㉛「郡」原作「部」，據全唐文本改。㉜「俾陸」原作「□□」，斠宋本旁批：「宋本缺俾陸二字。」汲古閣本、四庫本作「俾陸」，據改。章校本眉批：「明本缺二字。」全唐文本作「俾」，無「陸」。㉝「於」汲古閣本、四庫本、全唐文本作「未」。錢校本眉批：「於，毛刻作未，案於與烏通，不必改未。」此句以下全唐文本無。㉞「玄」原缺末筆，避宋太祖始祖趙玄朗諱。㉟「余」弘治本、詩瘦閣本作「予」。下文同。

【注釋】

〔一〕此序當作於咸通十二年（八七一）暮春或稍後，時崔璞已罷蘇州刺史任，皮、陸等人的「松陵唱和」亦告結束。《松陵集》：以皮日休、陸龜蒙爲主要作者的詩歌唱和集。後世「皮、陸」并稱以及「松陵詩派」得名均緣於此。唐代唱和詩集頗多，如《斷金集》（李逢吉、令狐楚唱和）、《元白繼和集》（元稹、白居易唱和）、《劉白唱和集》（劉禹錫、白居易唱和）、《漢上題襟集》（段成式、温庭筠、余知古唱和）等。唯《松陵集》完整保存至今，頗足珍貴。宋代以來，書目多有著録。歐陽修、宋祁《新唐書》（卷六〇）《藝文志》（四）：「《松陵集》十卷，皮日休、陸龜蒙唱和。」張觀、王堯臣《崇文總目》（卷五）：「《松陵集》十卷，皮日休、陸龜蒙撰。」晁公武《郡齋讀書志》（卷二〇）：「《松陵集》十卷，右唐皮日休與陸龜蒙酬唱詩，凡六百五十八首。」陳振孫《直齋書録解題》（卷一五）：「《松陵集》十卷，唐皮日休、陸龜蒙吴淞倡和詩也。」脱脱《宋史》（卷二〇九）《藝文志・集類》：「皮日休《松陵集》十卷。」明、清以來，書目著録更夥，不具録。

〔二〕前進士：唐代稱應試進士科者爲進士，稱其及第者爲前進士。李肇《唐國史補》（卷下）：「得第謂之前進士」。宋程大昌《演繁露》（卷一）：「唐世呼舉人已第者爲先輩，其自目則曰前進士。故後世稱先試而得第者爲先輩由此也。前進士者云，亦放此也。猶曰早第進士，而其輩行在先也。」晁公武《郡齋讀書志》（卷一八）：「（日休）咸通八年登進士第。」陳振孫《直齋書録解題》（卷一六）：「日休，咸通八年進士。」觀此序下文所述，日休于咸通十年應蘇州刺史崔璞辟，爲其從事，《松陵集》即是在此期間與陸龜蒙唱和詩的結集，故稱前進士。

〔三〕皮日休：（八三四？—八八三？），復州竟陵（今湖北天門）人，曾隱居襄陽（今湖北襄陽市）鹿門山。字逸少，後字襲美，自稱「鹿門子」，自號「醉士」、「醉吟先生」、「間氣布衣」。晚唐詩人、散文家。應試進士科爲行卷而自編的詩文集《皮子文藪》（原名《文藪》，自北宋初柳開《皮日休文集序》稱爲《皮子文藪》，即行用此名。）流傳至今。《全唐詩》編其詩九卷，《全唐文》存其文四卷。咸通八年（八六七）中進士第。咸通十年應辟爲蘇州刺史崔璞從事，任軍事院判官。咸通十三年後爲著作局校書郎，遷太常博士。出爲毗陵（今江蘇常州）副使。乾符六年（八七九）入黄巢軍。其死因有爲黄巢所害、黄巢敗後流落江南病死、逃至杭州依錢鏐等諸説。生平事迹參孫光憲《北夢瑣言》（卷二）、計有功《唐詩紀事》（卷六四）、晁公武《郡齋讀書志》（卷一八）、傅璇琮主編《唐才子傳校箋》（卷八）。

〔四〕《詩》：《詩經》，又稱《詩三百》。我國古代第一部詩歌總集，收集西周至春秋中期約五百年間詩歌三〇五首，另有六首有目無詩的「笙詩」，共三一一首。六義：指《詩經》的風、賦、比、興、雅、頌。《周禮·春官·大師》：「大師……教六詩：曰風、曰賦、曰比、曰興、曰雅、曰頌。」《毛詩序》：「故詩有六義焉：一曰風、二曰賦、三曰比、四曰興、五曰雅、六曰頌。」孔穎達《毛詩正義》（卷一）：「風、雅、頌者，《詩》篇之異體；賦、比、興者，《詩》文之異辭耳。」可見，風、雅、頌，是指《詩經》的種類，賦、比、興，是指《詩經》的表現方法。

〔五〕這是作者對「比」的闡釋。他認爲「比」是用來擬定、形容客觀事物真實情狀的寫作方法，側重於就其功能作用而言。與其前代的傳統説法可以互參。《周禮·春官·大師》鄭玄引鄭衆注：「比者，比方於物也。」《藝文類聚》（卷五六）引晋摯虞《文章流别論》：「比者，喻類之言也。」劉勰《文心雕龍·比興》：「夫比之爲義，取類不常：或喻於聲，或方於貌，或擬於心，或譬於事。」鍾嶸《詩品序》：「故詩有三義焉：一曰興，二曰比，三曰賦：……因物喻志，比也。」

〔六〕才：才能，此指創作詩歌的才華。先秦時期，諸子即喜談「才」，如《論語·泰伯》：「才難，不其然乎？」《莊子·天下》：「惠施之才」，《莊子·山木》：「此木以不材得終其天年」。漢代以後，人們多談此事。班固《離騷序》説屈原「露才揚己」，王充《論衡·儒增》説「（董）仲舒材力劣於聖」，王逸《楚辭章句序》：「故智彌盛者其言傳，才益多者其識遠。」范曄《後漢書》（卷六〇下）《蔡邕傳》：「夫書畫辭賦，才之小者。」魏晋以後，文論中則往往以「才」來銓衡文士和作品。曹丕《典論·論文》：「唯通才能備其體」。曹植《與楊德祖書》：「孔璋之才」，「僕自以才不過若人」。陸機《文賦》：「辭程才以效伎」。劉勰《文心雕龍·才略》專論作家之「才」。鍾嶸《詩品序》：「郭景純用雋上之才，變創其體。」「謝靈運才高詞盛，富艷難踪。」此後，論「才」乃文論中常談。

〔七〕聖：古代指道德才能臻于最高境界的完人。六藝：本指禮、樂、射、御、書、數六種科目，《周禮·地官·保氏》：「保氏掌諫王惡，而養國子以道。乃教之六藝：一曰五禮，二曰六樂，三曰五射，四曰五馭，五曰六書，六曰九數。」此指儒家經典「六經」，即《詩經》《尚書》《周禮》《樂》《易》《春秋》，又稱「六藝」。司馬遷《史記》（卷一二一）《儒林列傳》：「及至秦之季世，焚《詩》《書》，坑術士，《六藝》從此缺焉。」班固《漢書》（卷三〇）《藝文志》：「（劉）歆於是總群書而奏其《七略》，故有《輯略》，有《六藝略》，有《諸子略》，有《詩賦略》，有《兵書略》，有《術數略》，有《方技略》。」顏師古注：「《六藝》，《六經》也。」

〔八〕賢：有道德有才能的人。聲詩：樂歌，即指詩歌。古代詩歌入樂歌唱，故云。《禮記·樂記》：「樂師辨乎聲詩，故北面而弦。」

〔九〕春秋：指先秦春秋時代。史稱孔子《春秋》記事，從魯隱公元年至哀公十四年（公元前七二二—前四八一）共二四二年爲春秋時代。史學上又以周平王東遷至韓、趙、魏三家分晋（公元前七七〇—前四七六)共二九五年爲春秋時代。

〔一〇〕頌聲:歌頌贊美的詩歌,指《詩經》中《周頌》《魯頌》《商頌》,本是在廟堂祭祀時用以贊神的舞歌。《毛詩序》:「頌者,美盛德之形容,以其成功告於神明者也。」亡寢:消歇,消亡。古人認爲春秋時代衰亂,「變風」、「變雅」盛行,而「頌聲」消亡,《詩》也就衰微了。此説源於《孟子·離婁章句下》:「王者之迹熄而《詩》亡,《詩》亡然後《春秋》作。」趙岐注:「太平道衰,王迹止熄,頌聲不作,故《詩》亡。《春秋》撥亂,作於衰世也。」

〔一一〕降及:下及,下到。漢氏,漢王朝(公元前二〇六—公元二一九)。

〔一二〕詩道若作:詩歌乃再度興起繁榮。作,興起。

〔一三〕《二雅》:《詩經》中「大雅」、「小雅」,周王朝貴族的作品。「大雅」多贊美詩,「小雅」多怨刺詩。《毛詩序》:「雅者,正也,言王政之所由廢興也。政有小大,故有小雅焉,有大雅焉。」委而不興:萎頓衰微而不能興起。

〔一四〕《詩經·魯頌·有駜》:「振振鷺,鷺于飛。」意謂鷺鳥成群飛翔。形容舞者穿上鷺羽跳舞,好像鷺鳥飛翔一樣優美。振振:鳥群飛貌。

〔一五〕《詩經·召南·行露》:「誰謂雀無角?何以穿我屋。」

〔一六〕《詩經·周南·卷耳》:「我姑酌彼金罍。」意謂我姑且斟滿酒杯。酌:斟酒。金罍:盛酒的器具。

〔一七〕《詩經·秦風·黄鳥》：「交交黄鳥止于桑。」意謂黄鳥嘰嘰叫着，飛來桑樹上。交交：鳥鳴聲。止：栖息。

〔一八〕《詩經·大雅·泂酌》：「泂酌彼行潦挹彼注兹。」意謂舀取道路邊的積水灌到器具中來。泂(jiǒng)：遠，「迥」的假借字。酌：舀取。行潦：路邊的積水。挹：舀。彼：指行潦。兹：此，指盛水的器皿。

〔一九〕古詩：此指《詩經》。從「在《詩》有三言、四言……蓋古詩率以四言爲本」一段，係沿襲摯虞《文章流别論》而來：「古之詩有三言、四言、五言、六言、七言、九言。古詩率以四言爲體，而時有一句二句雜在四言之間。後世演之，遂以爲篇。古詩之三言者，『振振鷺，鷺于飛』之屬是也，漢郊廟歌多用之。五言者，『誰謂雀無角？何以穿我屋』之屬是也，于俳諧倡樂多用之。六言者，『我姑酌彼金罍』之屬是也，樂府亦用之。七言者，『交交黄鳥止于桑』之屬是也，于俳諧倡樂多用之。古詩之九言者，『泂酌彼行潦挹彼注兹』之屬是也，不入歌謡之章，故世希爲之。夫詩雖以情志爲本，而以成聲爲節。然則雅音之韻，四言爲正，其餘雖備曲折之體，而非音之正也。」

〔二〇〕此句肯定五言詩、七言詩起源於漢代。劉勰《文心雕龍·明詩》：「至成帝品録，三百餘篇，朝章國采，亦云周備，而辭人遺翰，莫見五言，所以李陵、班婕妤見疑於後代也。」鍾嶸《詩品序》：「逮漢李陵，始著五言之目矣。古詩眇邈，人世難詳，推其文體，固是炎漢之製，非衰周之倡也。」傅玄《擬張衡〈四愁詩〉序》：「張平子作《四愁詩》，體小而俗，七言類也。」要之，五、七言詩起源於漢代，但究竟昉于何人何章，異議較多。

〔二〕《毛詩》：即今《詩經》。漢代傳授《詩經》有四家：《齊詩》《魯詩》《韓詩》《毛詩》。後來前三家亡佚，獨《毛詩》傳世。班固《漢書》（卷三〇）《藝文志》：「漢興，魯申公爲《詩》訓故，而齊轅固、燕韓生皆爲之傳。……三家皆列於學官。又有毛公之學，自謂子夏所傳，而河間獻王好之，未得立。」《隋書》（卷三二）《經籍志》：「鄭衆、賈逵、馬融并作《毛詩傳》，鄭玄作《毛詩箋》。《齊詩》，魏代已亡；《魯詩》，亡于西晋；《韓詩》雖存，無傳之者。唯《毛詩》鄭《箋》，至今獨立。」

〔三〕李陵：《文選》（卷二九）李陵《與蘇武三首》（其三）：「携手上河梁，遊子暮何之。」李陵字少卿，西漢成紀人。武帝時任騎都尉。天漢二年，率步兵五千抗擊匈奴，兵敗被俘，後死於匈奴。生平事迹詳《史記》（卷一〇九）《李將軍列傳》附李陵傳、《漢書》（卷五四）《李廣蘇建傳》附李陵傳。

〔三〕漢武：漢武帝劉徹，生平事迹詳《史記》（卷一二）《孝武本紀》、《漢書》（卷六）《武帝紀》。相傳漢武帝等人的《柏梁詩》，爲每人一句連綴而成的聯句詩，被認爲是最早的七言詩。首句「日月星辰和四時」，傳爲漢武帝所作。《三秦記輯注》：「武帝作柏梁臺，詔群臣二千石，有能爲七言詩者乃得上座。帝曰：『日月星辰和四時』，梁王曰：『驂駕駟馬從南來』，……（文長不具録）。」顧炎武《日知録》（卷二一）「柏梁臺詩」條：「漢武《柏梁臺詩》，本出《三秦記》，云是元封三年作，而考之於史，則多不符。按《史記》及《漢書·孝景紀》……反復考證，無一合者。蓋是後人擬作，剽取武帝以來官名及《梁孝王世家》『乘輿駟馬』之事以合之，而不悟時代之乖舛也。」

〔二四〕建安：東漢獻帝劉協年號（公元一九六—二一九）。此時爲亂世，但詩歌創作極有成就，「三曹父子」即曹操、曹丕、曹植，「建安七子」即孔融、陳琳、王粲、徐幹、阮瑀、應瑒、劉楨是代表作家。在詩體上以五言詩成就最高。劉勰《文心雕龍·明詩》：「暨建安之初，五言騰踊。」鍾嶸《詩品序》：「東京二百載中，惟有班固《咏史》，質木無文。降及建安，曹公父子，篤好斯文；平原兄弟，鬱爲文棟；劉楨、王粲，爲其羽翼。次有攀龍托鳳，自致於屬車者，蓋將百計。彬彬之盛，大備於時矣。……斯皆五言之冠冕，文詞之命世也。」

〔二五〕以降：以下。

〔二六〕江左君臣：指東晋、宋、齊、梁、陳偏安江南的朝廷。尤其是梁、陳宫體詩盛行，唐人多批評它「淫靡」、「綺艷」，此處「浮艷」之意與之相同。《梁書》（卷四）《簡文帝本紀》：「雅好題詩，其序云：『余七歲有詩癖，長而不倦。』然傷於輕艷，當時號曰『宫體』。」《北史》（卷八三）《庾信傳》：「父肩吾，爲梁太子中庶子，掌管記。東海徐摛爲右衛率。摛子陵及信并爲抄撰學士。父子在東宫，出入禁闥，恩禮莫與比隆。既文并綺艷，故世號爲徐、庾體焉。」陳子昂《與東方左史虬《修竹篇》序》(《全唐詩》卷八三):「僕嘗暇時觀齊梁間詩,彩麗競繁,而興寄都絶。」李白《古風五十九首·其一》(《李太白全集》卷二):「自從建安來,綺麗不足珍。」白居易《與元九書》(《白居易集》卷四五):「至于梁、陳間,率不過嘲風雪,弄花草而已。」

〔二七〕微:衰微,消失。

〔二八〕逮及:等到,及至。開元:唐玄宗李隆基年號(公元七一三—七四一)。

〔二九〕易其體爲律:指古體詩變化而成格律詩。律,講究聲韻的格律詩、近體詩,唐人又稱「今體詩」。殷璠《河嶽英靈集序》:「開元十五年後,聲律風骨始備矣。」元稹《唐故工部員外郎杜君墓係銘并序》(《元稹集》卷五六):「沈、宋之流,研練精切,穩順聲勢,謂之爲律詩。由是而後,文變之體極焉。」

〔三〇〕切於儷偶:講究對仗精嚴切當。

〔三一〕拘於聲勢:拘限於聲韻氣勢。意謂格律詩嚴格遵守聲韻要求而有所拘執也。

〔三二〕《詩經·邶風·柏舟》:「覯閔既多,受侮不少。」意謂遭遇憂傷已經很多,受到欺侮也不少。「覯」通「遘」,遇到。

〔三三〕《尚書·堯典》:「聲依永,律和聲。」意謂聲音高低與長言相配合,律呂用來調和歌聲。聲,五聲,宫、商、角、徵、羽。永,長言,歌唱詩的語言時徐徐咏唱。律呂,六律六吕。六律,黄鐘、太簇、姑洗、蕤賓、夷則、無射。六吕,大吕、應鐘、南吕、林鐘、仲吕、夾鐘。

〔三四〕盡：完，極限。此句謂從漢代到唐代詩體由古到律發展到了一個極限。

〔三五〕千祀：千年。

〔三六〕詩之道：作詩之事。止于斯：停頓在這裏（而没有發展變化）。

〔三七〕後有變而作者：後世有變化産生的話。者：句末表假設、擬度。觀下文談「才之備者」變化無窮，皮日休認識到在後世詩道還會有新變化。

〔三八〕天地之氣：《孟子·公孫丑章句上》：「『我善養吾浩然之氣。』『敢問何謂浩然之氣？』曰：『難言也。其爲氣也，至大至剛，以直養而無害，則塞於天地之間。』」曹丕《典論·論文》：「文以氣爲主，氣之輕濁有體，不可力强而致。」劉勰《文心雕龍·養氣》可參看。

〔三九〕止乎一也：集合起來是一個整體。止：處，停止，集合。

〔四〇〕煦枯發枿：春天和暖的陽光使枯萎的草木蓬勃生長，老樹根也萌發新芽。枿（niè）：樹木被砍伐後留下的根株。

〔四一〕如育如護：如同生息、如同護持萬物一樣。

〔四二〕百蘤融冶：百花生長茂盛，和順明媚。蘤（wěi）：花。

〔四三〕赫曦朝升：早晨升起明亮火熱的太陽。赫：紅色。曦：陽光。

〔四四〕天地如窑：天地間猶如一個燒制陶器的窑洞。形容天氣極爲炎熱。

〔四五〕燎：延燒。毛髮：頭髮。此喻夏天燒焦的草木。

〔四六〕涼颸：涼風。颸（sī）：疾速的涼風。高瞥：在高空中掠過。瞥：目光掠過，此指秋天的涼風倏忽而過。

〔四七〕若露天骨：譬秋天天高氣爽，景象畢現。

〔四八〕神不蔽形：神靈也完全暴露出它的原形。蔽：遮蔽，掩蔽。

〔四九〕霜陣一凄：寒霜一陣比一陣凄厲。

〔五〇〕萬物皆瘁：萬物蕭條枯槁。瘁（cuì）：本有勞累、毀壞之意，此爲蕭條枯萎之意。

〔五一〕雲沮日慘：天空慘淡昏黯。沮：滯塞。

〔五二〕若憚天責：好像是害怕老天的責罰。

〔五三〕拘於一：拘執於某一個方面。此節以四季變化各不相同，譬喻文才變化多樣，各有特色，似受到魏晉六朝「感物説」的啓發。陸機《文賦》：「遵四時以嘆逝，瞻萬物而思紛。悲落葉於勁秋，喜柔條於芳春。」劉勰《文心雕龍·物色》：「是以獻歲發春，悦豫之情暢；滔滔孟夏，鬱陶之心凝；天高氣清，陰沈之志遠；霰雪無垠，矜肅之慮深。歲有其物，物有其容；情以物遷，辭以情發。」鍾嶸《詩品序》：「若乃春風春鳥，秋月秋蟬，夏雲暑雨，冬月祁寒，斯四候之感諸詩者也。」

〔五四〕人之有才者三句：謂人才之變猶如春夏秋冬之景，豐富多樣，各具特色。這種説法顯有沿襲。《周易·繫辭上》：「參伍以變，錯綜其數，通其變，遂成天地之文。」《周易·繫辭下》：「窮則變，變則通，通則久。」劉勰《文心雕龍·通變》：「夫設文之體有常，變文之數無方，何以明其然耶？凡詩、賦、書、記，名理相因，此有常之體也；文辭氣力，通變則久，此無方之數也。」

〔五五〕滄溟：大海。海水藍色，渺無際涯，故云。《漢武帝内傳》：「并在滄流大海元津之中，水則碧黑俱流，波則振蕩群精。諸仙玉女，聚於滄溟，其名難測，其實分明。」

〔五六〕溝竇：猶「溝瀆」，小水溝。《周易·説卦傳》：「坎爲水，爲溝竇。」

〔五七〕山嶽：高大的山。《左傳·莊公二十二年》：「山嶽則配天。」

〔五八〕瓦礫：碎小的瓦片石頭。《吕氏春秋·樂成》：「禹之决江水也，民聚瓦礫。」

〔五九〕西子：西施，春秋末越國苧羅（今浙江諸暨）人，古代著名美女。事迹見趙曄《吴越春秋》（卷九）《勾踐陰謀外傳》。《管子》（卷一一）《小稱》：「毛嬙、西施，天下之美人也。」《孟子·離婁章句下》：「西子蒙不潔，則人皆掩鼻而過之。」趙岐注：「西子，古之好女西施也。」

〔六〇〕敦洽：古代醜女名。《吕氏春秋·遇合》：「陳有惡人焉，曰敦洽讎糜，雄顙廣顔，色如漆赬，垂眼臨鼻，長肘而盭。」《文選》（卷五四）劉孝標《辯命論》：「猗頓之與黔婁，陽文之與敦洽。」吕延濟注：「陽文，美女；敦洽，醜女。」

〔六一〕武賁：即虎賁，古代勇士之稱。唐人避太祖李虎諱，改「虎」爲「武」。《尚書·周書·牧誓》：「武王戎車三百兩，虎賁三百人，與受戰于牧野，作《牧誓》。」孔《傳》：「勇士稱也，若虎賁獸，言其猛也。」

〔六二〕處女：未出嫁的女子。《孫子·九地篇》：「是故始如處女，敵人開户，後如脱兔，敵不及拒。」《荀子·非相》：「婦人莫不願得以爲夫，處女莫不願得以爲士。」

〔六三〕八荒：八方極遠之地。《史記》（卷六）《秦始皇本紀·贊》引賈誼《過秦論》：「囊括四海之意，并吞八荒之心。」《漢書》（卷三一）《項籍傳》：「并吞八荒之心。」顏師古注：「八荒，八方荒忽極遠之地也。」

〔六四〕一毫之末：一根毫毛的末端。形容極其微小。禽獸秋天新生的細毛叫毫毛。《老子》第六四章：「合抱之木，生於毫末。」《孟子·梁惠王章句上》：「明足以察秋毫之末，而不見輿薪。」

〔六五〕庖丁之牛：《莊子·養生主》：「庖丁爲惠文君解牛，手之所觸……奏刀騞然，莫不中音。」後世以「庖丁解牛」比喻熟練掌握客觀規律的人，做事得心應手，運用自如。

〔六六〕扁之輪：《莊子·天道》：「桓公讀書於堂上，輪扁斫輪於堂下。」郭慶藩《莊子集釋》引成玄英《疏》：「桓公，齊桓公也。輪，車輪也。扁，匠人名也。」後世以「輪扁斫輪」喻技藝精湛。

〔六七〕郢之斤：《莊子·徐無鬼》：「莊子送葬，過惠子之墓，顧謂從者曰：『郢人堊慢其鼻端若蠅翼，使匠石斫之。匠石運斤成風，聽而斫之，盡斫而鼻不傷，郢人立不失容。』」郢：楚國都城，在今湖北省江陵市。《元和郡縣圖志》（闕卷佚文卷一）《山南道》：「江陵府江陵縣：故郢，在縣□三里，即楚舊都也。」斤：斧子。後世以「運斤成風」比喻技藝高超入神。

〔六八〕神解：悟性過人。《世説新語·術解》：「荀勖善解音聲，時論謂之闇解。遂調律吕，正雅樂。

每至正會，殿庭作樂，自調宫商，無不諧韻。阮咸妙賞，時謂神解。」

〔六九〕意：意想、料想。窮達：困頓潦倒或亨通顯達。《墨子·非儒下》：「窮達、賞罰、幸否，有極，人之知力，不能爲焉。」《孟子·盡心章句上》：「窮則獨善其身，達則兼善天下。」

〔七〇〕苟欲見乎志：如果要表現情志。「見」同「現」。

〔七一〕以上三句，是對《毛詩序》：「詩者，志之所之也，在心爲志，發言爲詩」的發揮。

〔七二〕詞之作三句：謂詩文的寫作，本來就不是一個人能使之精美完善的，一定需要别人的參與纔能成功。

〔七三〕周公：周文王子、武王弟姬旦，古代賢臣。成王：周武王子。成王年幼繼位，由其叔父周公攝政輔佐。相傳周公曾作詩誡成王。《吕氏春秋·古樂》：「周公旦乃作詩曰：『文王在上，於昭于天。周雖舊邦，其命維新。』以繩文王之德。」所引詩見《詩經·大雅·文王》。據説是周公贈成王的詩篇之一（參孔穎達《毛詩正義》、朱熹《詩集傳》有關本詩的闡釋）。

〔七四〕吉甫：尹吉甫，周宣王大臣。申伯：姜姓，周宣王舅父。《詩經·大雅·崧高》：「吉甫作誦，其詩孔碩。其風肆好，以贈申伯。」《毛詩·小序》：「《崧高》，尹吉甫美宣王也。天下復平，能建國親諸侯，褒賞申伯焉。」鄭玄《箋》：「尹吉甫、申伯，皆周之卿士也。尹，官氏。申，國名。……吉甫爲此誦也，言其詩之意甚美大，風切申伯，又使之長行善道。以此贈申伯者，送之令以爲樂。」朱熹《詩集傳》：「宣王之舅申伯出封于謝，而尹吉甫作詩以送之。」

〔七五〕咸通：唐懿宗李漼年號。咸通七年是公元八六六年。

〔七六〕兵部令狐員外：兵部員外郎令狐滈。李林甫《唐六典》（卷五）：「（兵部）員外郎二人，從六品上。」淮南：唐淮南道，治所揚州（今江蘇省揚州市）。尹楚兵《令狐綯年譜》（咸通七年）云：「令狐滈已遷左補闕，本年曾赴淮南覲省。……（皮日休《松陵集序》）『今兵部令狐員外』，亦即令狐滈。兵部員外係皮日休後來撰《松陵集序》時令狐滈所歷官。」該譜咸通十二年云：「本年或稍後，（令狐綯）子滈遷兵部員外。」此序中「今」字即應是咸通十二年或稍後。

〔七七〕中書舍人：李林甫《唐六典》（卷九）：「（中書省）中書舍人六人，正五品上。中書舍人掌侍奉進奏，參議表章。凡詔旨、制敕及璽書、册命，皆按典故起草進畫；既下，則署而行之。」弘農公：據傅璇琮主編《唐才子傳校箋》（卷八「皮日休」條），指楊假。弘農爲其郡望，今河南省靈寶縣。守毗陵：作常州刺史。守，太守，秦漢官名，郡的長官，與唐代州的長官刺史地位等同，故云。此作動詞用。毗陵，常州古名。郁賢皓《唐刺史考》：「則楊假刺常疑在大中、咸通間。」考《舊唐書》（卷一七七）《楊收傳》附傳：「（楊假）出爲常州刺史，卒。」《新唐書》（卷一八四）《楊收傳》附傳：「（楊假）仕終常州刺史」。均未言及其任中書舍人一職，且二傳都明確記載其弟楊收爲同州馮翊（今陝西省高陵縣）人，與此序所稱弘農公不合。一説：中書舍人弘農公爲楊知至。《唐才子傳校箋補正》：「弘農，楊姓著望。弘農公當是楊知至。《舊唐書》卷一七六《楊汝士傳》：『子知温……知温弟知至，累官至比部郎中、知制誥。坐故府劉瞻罷相貶官，知至亦貶瓊州司馬。』唐時以他官知制誥，亦得稱舍人，故皮日休有《寄瓊州楊舍人》詩（《全唐詩》卷六一四）。《舊唐書》卷一九下《懿宗紀》：『（咸通十一年）九月丙辰，制以……比部郎中、知制誥……楊知至爲瓊州司馬。』知咸通十、十一年楊知至在舍人任。」序中稱「今」云云，但皮氏作此序最早在咸通十二年（八七一）春，楊知至已貶瓊州司馬，且其仕履中無「守毗陵」，仍有疑問。俟考。

〔七八〕以詞獲幸：因爲所作詩文得到獎掖。幸，褒賞。

〔七九〕悉蒙句：謂都承蒙以其所作命我唱和。尹楚兵《令狐綯年譜》（咸通七年）云：「皮日休尚有《奉和令狐補闕白蓮詩》，即本年在淮南與令狐滈唱和之作。」皮作《全唐詩》失收，詩見高麗釋子山《夾注名賢十抄詩》（上海古籍出版社二〇〇五年版）。惟日休與楊假（或楊知至）的唱和詩無考，《全唐詩》《全唐詩補編》亦不載楊假（或楊知至）的此類詩。

〔八〇〕名其首：將名字書寫於其（詩卷）上，似指日休的首唱之作而言。

〔八一〕十年：唐懿宗李漼咸通十年（公元八六九）。此年，崔璞除蘇州刺史（日休此序是最早最權威的記載）。吴在慶《唐五代文史叢考·皮日休爲蘇州郡從事及初識陸龜蒙之時間》：「（崔璞）其除蘇州既在咸通十年冬，而到任十二個月後之春日離任，則其離任必在咸通十二年暮春。」又云：「崔璞雖於咸通十年冬除蘇州刺史，則其離任必在咸通十二年暮春。」（文長不具録）

〔八二〕大司諫：即大諫，唐時諫議大夫的俗稱。皮日休《吴中苦雨因書一百韻寄魯望》：「我公大司諫」。皮日休《太湖詩并序》：「大司諫清河公」，以及《以毛公泉一瓶獻上諫議因寄》《諫議以罷郡將歸，以六韻賜示，因伫詶獻》等作，均可證崔璞是以諫議大夫出任蘇州刺史。孫棨《北里志》（「王蘇蘇」條）：「有進士李標者，自言李英公勣之後，久在大諫王致君門下。」《太平廣記》（卷一八七）引《劉賓客嘉話録·韋絢》：「俄兼大諫，入閣秉筆，直聲遠聞，帝倚以爲相者，期在旦暮。」鄭谷有《府中寓止寄趙大諫》詩。洪邁《容齋隨筆·四筆》（卷一五）：「唐人好以它名標榜官稱……諫議爲大坡、大諫。」李林甫《唐六典》（卷八）：「（門下省）諫議大夫四人，正五品上。諫議大夫掌侍從贊相，規諫諷諭。」清河公：崔璞，清河（今屬河北省縣名）人。曾任户部郎中，咸通中累遷諫議大夫，咸通十年出爲蘇州刺史。後任同州刺史，乾符元年授右散騎常侍。其事迹除見於《松陵集》外，尚可參《舊唐書》（卷一九下）《僖宗本紀》、計有功《唐詩紀事》（卷六四）。出牧於吴：出爲蘇州刺史。牧，本指州長官，此作動詞用，做州牧。《禮記·曲禮下》：「九州之長，入天子之國，曰牧。」吴，吴郡，即蘇州（今江蘇省市名）。《元和郡縣圖志》（卷二五）《江南道一》：「蘇州：《禹貢》揚州之地，周時爲吴國。太伯初置城，在今吴縣西北五十里。至闔閭遷都於此。……後漢順帝永建四年，……遂割浙江以東爲會稽，浙江以西爲吴郡。孫氏創業，亦肇迹於此。歷晋至陳不改，常爲吴郡，與吴興、丹陽號爲『三吴』。隋開皇九年平陳，改爲蘇州，因姑蘇山爲名。山在州西四十里，其上闔閭起臺。」

〔八三〕郡從事：即州刺史的僚屬佐吏。郡爲秦、漢地方建制，與漢代以後州同。漢代州郡的佐吏稱從事，由郡守自辟本州人士擔任。唐代州刺史僚佐稱參軍，由朝廷任命，但二者地位大體相當，故云。《漢書》（卷七四）《丙吉傳》：「坐法失官，歸爲州從事。」《後漢書》（志第二七）《百官志四》：「司隸校尉一人，比二千石。……并領一州。從事史十二人。本注曰：都官從事，主察舉百官犯法者。功曹從事，主州選署及衆事。别駕從事，校尉行部則奉引，録衆事。簿曹從事，主財穀簿書。其有軍事，則置兵曹從事，主兵事。其餘部郡國從事，每郡國各一人，主督促文書，察舉非法，皆州自辟除。」據崔璞《蒙恩除替，將還京洛，偶叙所懷，因成六韻，呈軍事院諸公、郡中一二秀才》及皮日休和作《諫議以罷郡將歸，以六韻賜示，因伫訓獻》，以及《軍事院霜菊盛開，因書一絶，寄上諫議》，日休應是崔璞爲蘇州刺史時的軍事院僚佐。據李林甫《唐六典》（卷三〇）州有録事參軍事、司功參軍事、司倉參軍事、司户參軍事、司兵參軍事、司法參軍事、參軍事等職。

〔八四〕居一月：指皮日休任蘇州郡從事一個月。據吴在慶《唐五代文史叢考·皮日休爲蘇州郡從事及初識陸龜蒙之時間》考證，崔璞在咸通十年冬授蘇州刺史，到任在十一年春，「日休爲崔璞從事踰月即識龜蒙，則日休之爲郡從事蓋亦在咸通十一年春崔璞始抵蘇州任時。」

〔八五〕進士：唐代稱應進士科的舉子爲進士。考皮日休《太湖詩并序》，吴中在咸通十一年六月霖雨爲患，而皮、陸《吴中苦雨一百韻》唱和之作即應作於此時。陸龜蒙《奉酬襲美先輩吴中苦雨一百韻》：「射策亦何爲，春卿遂聊輟。伊余將貢技，未有耻可刷。却問漁樵津，重耕煙雨墢。」詳詩意，他應於咸通十年赴進士第，因朝廷罷停而未成。考《舊唐書》（卷一九上）《懿宗本紀》：「詔以兵戈纔罷，且務撫寧，其禮部貢舉，宜權停一年。」雖然如此，稱陸龜蒙爲進士，符合唐人的習慣。陸龜蒙：字魯望（？—八八一？），自號江湖散人、天隨子、甫里先生。蘇州吴縣（今江蘇省蘇州市）人。父賓虞，曾官浙東從事、侍御史。咸通六年，至睦州謁刺史陸墉。咸通十年舉進士，因朝廷停試，不復應試。遂隱居於松江甫里。皮日休爲蘇州從事，過從甚密，後世被稱爲「皮陸」。中和初疾卒。生平事迹詳《新唐書》（卷一九六）本傳、《唐詩紀事》（卷六四）、《唐才子傳校箋》（卷八）。

〔八六〕以其業見造：帶着他的詩文作品謁見造訪我。造：拜訪。

〔八七〕温飛卿：温庭筠（八一二？—八七〇？），一作廷筠、庭云。本名岐，字飛卿，行十六，太原祁（今山西省祁縣）人。詩人、詞人、散文家。詩歌與李商隱并稱「温李」，詞與韋莊并稱「温韋」，又被譽爲「花間鼻祖」。駢文與段成式、李商隱并稱「三十六」。才思敏捷，凡八叉手八韻成，時號「温八叉」、「温八吟」。咸通七年爲國子助教，後人稱爲「温助教」。作品以劉學鍇師《温庭筠全集校注》最精善。生平事迹詳《舊唐書》（卷一九〇）本傳、《新唐書》（卷九一）《温大雅傳》附、《唐才子傳校箋》（卷八）、夏承燾《温飛卿繫年》、劉學鍇師《温庭筠傳論》。

〔八八〕李義山：李商隱（八一三？—八五八），字義山，號玉谿生，行十六，懷州河内（今河南省沁陽市）人。早年受知于令狐楚。開成二年登進士第。後歷任王茂元、鄭亞、盧弘止、柳仲郢等幕職，其間及其後亦任過秘書省校書郎、弘農尉、秘書省正字、京兆尹掾曹、鹽鐵推官等職。緣於晚唐牛李黨争，一生失意潦倒。詩歌與杜牧并稱「小李杜」。作品以劉學鍇、余恕誠師《李商隱詩歌集解》、《李商隱文編年校注》最精善。生平事迹詳《舊唐書》（卷一九〇）《新唐書》（卷二〇三）本傳、《唐詩紀事》（卷五三）、《唐才子傳校箋》（卷七）、張采田《玉谿生年譜會箋》、劉學鍇師《李商隱傳論》。

〔八九〕俾：使。陸生：陸龜蒙。生，古代對有才學的人的通稱。《詩經・小雅・常棣》：「雖有兄弟，不如友生。」《史記》（卷一二一）《儒林列傳》：「言《禮》自魯高堂生。」《索隱》：「自漢以來，儒者皆號『生』，亦『先生』省字呼之耳。」

〔九〇〕於知：烏知，何知，何以知道的意思。《漢書》（卷八一）《孔光傳》：「於虖！君其上丞相博山侯印綬，罷歸。」顏師古注：「『於』讀曰『烏』。『虖』讀曰『呼』。」

〔九一〕《太玄》曰云云：揚雄《太玄》（卷七）《玄攡》：「稽其門，闢其户，叩其鍵，然後乃應，况其否者乎？」司馬光注：「夫爲玄者，外稽其門，弗應。内闢其户，弗應。密叩其鍵，然後乃應。而况不爲者乎。入之罙深，索之益薄，於是玄感應焉。非玄應之也，至精之通也。」意謂做事只有專一精誠纔能够感應通達，獲得成功。

〔九二〕誘：誘導、引導。此句謂皮日休作詩誘導陸龜蒙。

〔九三〕移刻：推移晷刻，一會兒。不移刻：一會兒也不推延。刻，古代漏壺計時的單位。一晝夜爲百刻。

〔九四〕風雨晦冥：即「風雨晦暝」，風雨交加，天氣昏暗猶如黑夜。《詩經·鄭風·風雨》：「風雨如晦，鷄鳴不已。」

〔九五〕蓬蒿翳薈：蓬蒿叢生，茂盛繁密。《禮記·月令》：「藜莠蓬蒿并興。」《文選》（卷一三）張華《鷦鷯賦》：「翳薈蒙籠，是焉游集。」李善注：「《孫子兵法》曰：『林木翳薈，草樹蒙籠』。」李周翰注：「翳薈蒙籠，蒿草密貌。」

〔九六〕未嘗句：謂總是將應答唱和陸龜蒙的詩歌當作一件事認真做。

〔九七〕輟：停止。飫（yù）：飽。

〔九八〕凡一年：《松陵集》（卷九）崔璞《蒙恩除替，將還京洛，偶叙所懷，因成六韻，呈軍事院諸公、郡中一二秀才》：「遽蒙交郡印」，原注：「到郡十二個月，除替未及三年。」此「一年」，正指這十二個月。據吴在慶《唐五代文史叢考·皮日休爲蘇州郡從事及初識陸龜蒙之時間》考證，崔璞授蘇州刺史在咸通十年冬，到任則在十一年春，十二個月以後離任，「則其離任必在咸通十二年暮春」。此可作爲「凡一年」的解釋。

〔九九〕往體：唐人以不講究聲韻格律的古體詩爲「往體」。胡震亨《唐音癸籤》（卷一）：「今考唐人集録所標體名，凡效漢魏以下詩，聲律未叶者名『往體』。」經仔細統計，《松陵集》所録古體詩，皮日休爲九十二首（序中所云九十三首，誤。），陸龜蒙爲九十三首，其他作者共七首，計一百九十二首。

〔一〇〇〕今體：唐人將符合聲韻格律要求的詩歌稱作「今體」、「今體詩」，又稱作律詩、近體詩。張籍《酬秘書王丞見寄》：「今體詩中偏出格，常參官裏每同班。」參本文前注〔二九〕。胡震亨《唐音癸籤》（卷一）：「（唐人）其所變詩體，則聲律之叶者，不論長句、絶句，概名爲律詩，爲近體。」《松陵集》所録近體詩，皮日休、陸龜蒙各爲一百九十三首，其他作者共三十四首，計四百二十首。

〔一〇一〕雜體詩：雜體詩名稱最早見《文選》（卷三一）江淹《雜體詩三十首》。其序云：「關西鄴下，既已罕同；河外江南，頗爲異法。今作三十首詩，斅其文體。」可見江氏是模仿前人詩歌的體制風格而言。此則指古代詩歌正式體類以外各式各樣的詩體，諸如雜句、雜體、雜名等形式。就體制格式而言的「雜體詩」概念，最早即出現於皮日休此序及《松陵集》卷十《雜體詩序》。胡震亨《唐音癸籤》（卷三）：「雜詩，自孔融離合，鮑照建除，温嶠迴文，傅咸集句而下，字謎、人名、鳥獸、花木，摹仿日煩，不可勝數。」《松陵集》所録雜體詩，皮日休、陸龜蒙各爲三十四首，計六十八首。

〔一〇二〕聯句：由二人及二人以上者，每人一次或多次撰作一句或多句連綴成章的詩歌體式叫「聯句」。前人謂聯句始於漢武帝等人的《柏梁詩》，而正式出現「聯句」標題則在南朝。梁代何遜、范雲、劉孝綽等人均有「聯句」詩存世。胡震亨《唐音癸籤》（卷三）：「聯句始《柏梁》，人賦一句，至唐韓愈、孟郊有錯賦上句，博下句聯對者。」　問答：一人問，另一人回答，連綴成章的詩歌體式。可看作是聯句的特殊方式，也是雜體詩之一種。儘管在古代政論、策問、辭賦中早已有以問答方式成章的文體，詩歌中也有以許多問話成篇的，但通俗淺顯的問答體很少見到。皮日休、陸龜蒙等人的《問答》十首，應是汲取吴中民歌創造出來的新的雜體詩。《松陵集》收録聯句八首，問答十首，計十八首。

〔一〇三〕六百五十八首：據我們上述各項統計，《松陵集》中收録皮日休、陸龜蒙的作品（包括他們參與的聯句、問答在内），共計六百五十七首。皮日休的統計爲六百五十八首，原因是他統計自己的往體詩有誤，多出了一首，參本文注〔九九〕。

〔一〇四〕南陽廣文潤卿：張賁，字潤卿，南陽（今河南省鄧縣）人。大中年間進士及第，曾官廣文館博士。咸通前後隱居於茅山（在今江蘇省句容縣）學道，世稱「華陽山人」、「華陽道士」。游歷吴中，與皮日休、陸龜蒙交游酬唱。《松陵集》存其詩十六首，《全唐詩》即據此輯録其詩。生平事迹見王定保《唐摭言》（卷一一）、《唐詩紀事》（卷六四）。

〔一〇五〕隴西侍御德師：李縠，字德師，隴西敦煌（今屬甘肅省）人。咸通中進士，曾任浙東觀察推官，兼殿中侍御史。乾符中爲户部郎中。後任王鐸都統判官佐滑州幕，以功擢右諫議大夫。《松陵集》存其詩四首，《全唐詩》即據此輯録其詩。生平事迹見《舊五代史》（卷二四）《李珽傳》、（卷五八）《李琪傳》附、《唐詩紀事》（卷六四）、岑仲勉《郎官石柱題名新著録》。

〔一〇六〕旅泊之際：在旅途中舟船短暫停泊之時。此指張賁流寓蘇州。梁蕭繹《登堤望水》：「旅泊依村樹，江槎擁戍樓。」

〔一〇七〕善其所爲：意謂張賁、李縠二人在旅泊中正宜其作詩（也就是稱贊他們在旅泊中所作的詩歌很好）。善：宜。

〔一〇八〕皆以詞致：意謂上述二人都創作了詩歌。致，到，至，送。

〔一〇九〕師詞之不多：指李縠的詩歌數量不多。師，李縠字德師，故省稱。

〔一一〇〕大司諫清河公：崔璞。詳本篇注〔八二〕。《松陵集》存其詩二首。

〔一一一〕或命之和：有時命令我唱和他的詩篇。《松陵集》中，崔璞《奉詶霜菊見贈之什》，係和皮日休之作；《蒙恩除替，將還京洛，偶叙所懷，因成六韻，呈軍事院諸公、郡中一二秀才》係原唱，皮日休、陸龜蒙有和詩。

〔一一二〕亦著焉：也著録於《松陵集》之意。

〔一一三〕吴中：蘇州。《史記》（卷七）《項羽本紀》：「項梁殺人，與籍避仇於吴中。吴中賢士大夫皆出項梁下。」又得三十首：《松陵集》中除皮日休、陸龜蒙的作品以外，所録吴中人士的作品有：魏朴二首，鄭璧四首，羊昭業一首，司馬都二首，顔萱三首，計十二首（另有穰嵩起，只參與聯句和問答的創作，未計算在内。其他人相同情况也未計算在内）。非吴中人士（或不易確定者）的作品有：清遠道士一首，幽獨君二首，顔真卿一首，李德裕一首，崔璐一首，無名氏一首，張賁十六首，李縠四首，崔璞二首，計二十九首。皮日休的統計并不精確。

〔一四〕序十九首：除這篇《松陵集序》外，集中確實共有詩序十九首。

〔一五〕十通：十卷。《文選》（卷四三）劉歆《移書讓太常博士》：「皆古文舊書，多者二十餘通。」吕延濟注：「通，卷。」劉禹錫《傳信方述》：「薛景晦以所著《古今集驗方》十通爲贈。」唐宋人又多以十卷爲一帙。陸德明《經典釋文序》：「合爲三帙，三十卷。」李清照《金石録後序》：「裝卷初就，芸籤縹帶，束十卷爲一帙。」

〔一六〕六百八十五首：《松陵集》所收詩歌（包括聯句、問答）總計實爲六百九十八首。皮日休的統計不準確。

〔一七〕《漢書》云云：班固《漢書》（卷三〇）《藝文志》：「古者諸侯卿大夫交接鄰國，以微言相感，當揖讓之時，必稱《詩》以諭其志，蓋以別賢不肖而觀盛衰焉。」此處皮日休借以强調詩歌可以顯現人們的思想感情和身世際遇。

〔一八〕余之與生：指皮氏自己和陸龜蒙二人。生，猶先生，參本文注〔八九〕。指陸氏。道義志氣：道德義理和意志精神。《周易·繫辭上》：「成性存存，道義之門。」《莊子·盜跖》：「目欲視色，耳欲聽聲，口欲察味，志氣欲盈。」

〔一九〕窮達是非：窮困顯達（的際遇）和正確錯誤（的準則）。窮達，見本篇注〔六九〕。是非，《禮記·曲禮上》：「夫禮者，所以定親疏，決嫌疑，別同異，明是非也。」

〔二〇〕或：假使，倘若。

〔二一〕可：何。此句謂賢與不肖何不作出辨别區分呢。

〔二二〕古之將有交綏而退者：《左傳·文公十二年》：「秦以勝歸，我何以報？乃皆出戰，交綏。」杜預注：「古名退軍爲綏。秦、晋志未能堅戰，短兵未至争而兩退，故曰交綏。」此喻皮日休、陸龜蒙的松陵唱和只有一年左右時間，猶如古代兩軍剛交戰就均撤退一樣。

〔二三〕詩道：本指作詩之事，此即指所作詩歌而言。兼：全部。名：命名。

〔二四〕松江：别名較多，如吴江、吴淞江、笠澤、松陵江，太湖最大的支流，上游在吴江縣（唐時屬吴縣），下游是流經上海市的蘇州河。唐陸廣微《吴地記》：「松江，一名松陵，又名笠澤。」故下文云：「别名曰松陵。」顧炎武《肇域志·蘇州府》：「吴江縣，府南四十里。古名松陵。」顧祖禹《讀史方輿紀要》（卷二四）：「吴江縣：……本吴縣地，唐曰松陵鎮。」清錢大昕《十駕齋養新録》（卷二十）：「唐人詩文稱松江者，即今吴江縣地，非今松江府也。松江首受太湖，經吴江、崑山、嘉定、青浦，至上海縣合黄浦入海。亦名吴松江。」

〔二五〕吴之望也：吴中有聲望之地。

〔二六〕目：題名、標目。

【箋評】

唐宋以來，諸評詩者，或概論風氣，或指論一人，一篇一語，單辭複句，不可殫數。其間有合有離，有得有失。如皎然曰：「作者須知復變，若惟復不變，則陷於相似，置古集中，視之眩目，何異宋人以燕石爲璞。」劉禹錫曰：「工生於才，達生於識，二者相爲用而詩道備。」李德裕曰：「譬如日月，終古常見，而光景常新。」皮日休曰：「才猶天地之氣，分爲四時，景色各異；人之才變，豈異於是？」以上數則語，足以啓蒙砭俗，異於諸家悠悠之論，而合於詩人之旨爲得之。其餘非戾則腐，如聾如瞶不少，而最厭於聽聞，錮蔽學者耳目心思者，則嚴羽、高棅、劉辰翁及李攀龍諸人是也。（葉燮《原詩·外篇》上）

《隋書·經籍志》曰：「集之名，漢東京所創。」……有數人唱和而成集者，元、白之《因繼集》，皮、陸之《松陵集》，温飛卿之《漢上題襟集》是也。（袁枚《隨園隨筆》卷二十四《文集之名始東京》）

李文公翱《答朱載言書》：「《詩》曰：『憂心悄悄，愠於群小。』此非對也。又曰：『覯閔既多，受侮不少。』此非不對也。」皮日休《松陵集叙》：「逮及吾唐開元之世，易其體爲律焉，始切於儷偶，拘於聲勢。《詩》云：『覯閔既多，受侮不少。』其對也工矣。《堯典》曰：『聲依永，律和聲。』其爲律也甚矣。」吴山尊撰《八家四六叙》云：「『暘谷』、『幽都』之名，古史工於屬對；『覯閔』、『受侮』之句，葩經已有儷言。」即本二文。（平步青《霞外攟屑》卷七下）

松陵集卷第一　往體詩一十二首①

讀《襄陽耆舊傳》〔一〕，因作詩五百言寄皮襲美②〔二〕

鄉貢進士③〔三〕　陸龜蒙〔四〕

漢皋古來雄〔五〕，山水天下秀〔六〕。高當軫翼分④〔七〕，化作英髦囿〔八〕。暴秦之前人〔九〕，灰滅不可究〔一〇〕。自從宋生賢〔一一〕，特立冠耆舊〔一二〕。《離騷》既日月⑤〔一三〕，《九辯》即列宿⑥〔一四〕。卓哉悲秋辭〔一五〕，合在《風》、《雅》右〔一六〕。龐公樂幽隱〔一七〕，辟聘無所就〔一八〕。祇愛鹿門泉⑦〔一九〕，泠泠倚巖漱⑧〔二〇〕。孔明卧龍者〔二一〕，潛伏躬耕耨。忽遭玄德雲⑨〔二二〕，遂起麟角門〔二三〕。三胡節皆峻⑩〔二四〕，二習名亦茂⑪〔二五〕。其餘文武家，相望如斥候⑫〔二六〕。緬思齊梁降〔二七〕，寂寞寡清胄⑬〔二八〕。凝融爲漪瀾⑭〔二九〕，復結作瑩琇⑮〔三〇〕。不知粹和氣〔三一〕，有得方大授⑯〔三二〕。將生皮夫子〔三三〕，上帝可其奏〔三四〕⑰。并包數公才〔三五〕，用以殿厥後〔三六〕。嘗聞兒童歲，嬉戲陳俎豆〔三七〕。積漸開詞源⑱〔三八〕，一派分萬流⑲。先崇丘旦室〔三九〕，大懼隳結構〔四〇〕。次補荀孟垣⑳〔四一〕，所貴亡罅漏㉑〔四二〕。仰瞻三皇道〔四三〕，蟣虱在宇宙〔四四〕。却視五霸圖㉒〔四五〕，股掌弄孩幼〔四六〕。或能醢髖髀〔四七〕，或與翼鶵鷇〔四八〕。或喜掉直舌〔四九〕，或樂斬邪胵㉓〔五〇〕。或耨鉏翳薈㉔〔五一〕，或整理錯謬〔五二〕。或如百千騎，合沓原野狩〔五三〕。又如曉江平，風死波不皺〔五四〕。幽埋力須掘〔五五〕，遺落貲必購㉕〔五六〕。乃於文學中㉖〔五七〕，十倍猗頓富〔五八〕。囊之向咸鎬㉗〔五九〕，馬重遲步驟〔六〇〕。專場射策時〔六一〕，縛虎當羿彀㉘〔六二〕。歸來把通籍〔六三〕，且作高堂壽〔六四〕。未足逞戈矛〔六五〕，誰云被文綉〔六六〕。從知偶東下㉙〔六七〕，帆影拂吴岫。物象悉摧藏〔六八〕，精靈畏雕鏤〔六九〕。伊余抱沈疾㉚〔七〇〕，憔悴守圭竇〔七一〕。方推《洪範》疇〔七二〕，更念《太玄》首去㉛〔七三〕。陳詩采風俗〔七四〕，學古窮篆籀〔七五〕。朝朝貰薪米〔七六〕，往往逢責詬〔七七〕。既被鄰里輕，亦爲妻子陋〔七八〕。持冠適甌越〔七九〕，敢怨不得售〔八〇〕。窘若曬沙魚〔八一〕，悲如哭霜狖〔八二〕。唯君枉車轍〔八三〕，以逐海上臭〔八四〕。披襟兩相對〔八五〕，半夜忽白晝〔八六〕。執熱濯清風〔八七〕，忘憂飲醇酎〔八八〕。驅爲文翰侣〔八九〕，駑皂參驥廐〔九〇〕。有時諧宫商〔九一〕，自喜真邂逅〔九二〕。道孤情易苦，語直詩還瘦〔九三〕。藻匠如見訓〔九四〕，終身致懷袖㉜〔九五〕。（詩一）

【校記】

①詩瘦閣本在「松陵集卷第一」與詩題之間另行有「皮陸二先生倡和」。②陸詩甲本、陸詩丙本在「襲美」下小字側行注：「日休字也。」③四庫本無「鄉貢進士」。④「分」類苑本作「公」。⑤「既」陸詩甲本、陸詩丙本、季寫本、全唐詩本注：「一作紀。」「日」原作「曰」，據弘治本、汲古閣本、詩瘦閣本、四庫本、陸詩甲本、陸詩丙本、統籤本、類苑本、季寫本、全唐詩本改。⑥「辯」類苑本作

「辨」。⑦「衹」陸詩丙本作「秋」，全唐詩本作「衹」。⑧「泠泠」季寫本作「冷冷」。⑨「玄」原缺末筆，避宋太祖始祖趙玄朗諱。⑩「胡」季寫本作「吳」。⑪「茂」原作「舊」，據弘治本、汲古閣本、詩瘦閣本、四庫本、陸詩甲本、陸詩丙本、統籤本、類苑本、季寫本、全唐詩本改。皮日休和詩亦作「茂」。⑫「候」汲古閣本、四庫本、陸詩甲本、陸詩丙本、統籤本、類苑本、季寫本、全唐詩本作「堠」。⑬「清」汲古閣本作「凊」。⑭「凝」原作「疑」，據弘治本、詩瘦閣本、四庫本、章校本、陸詩甲本、陸詩丙本黄校、統籤本、類苑本、季寫本、全唐詩本改。⑮「琇」類苑本作「璓」。⑯「授」陸詩甲本、陸詩丙本、統籤本、季寫本、全唐詩本作「受」。全唐詩本注：「一作授。」⑰「可其」陸詩丙本黄校作「其可」。⑱「積」陸詩丙本作「積」。⑲「流」四庫本、陸詩甲本、陸詩丙本、統籤本、季寫本、全唐詩本作「溜」。⑳「垣」原作「桓」，據弘治本、汲古閣本、詩瘦閣本、四庫本、陸詩甲本、陸詩丙本、統籤本、類苑本、季寫本、全唐詩本改。㉑「鎛」汲古閣本作「鏄」。㉒「霸」弘治本、詩瘦閣本、類苑本作「伯」。㉓「邪」弘治本、汲古閣本、詩瘦閣本、四庫本、類苑本作「斜」。㉔「翳」汲古閣本作「蘙」。㉕「購」原作「貝（衹留左偏旁）」，據弘治本、汲古閣本、詩瘦閣本、四庫本、陸詩甲本、陸詩丙本、統籤本、類苑本、季寫本、全唐詩本改。李校本眉批：「『購』字韻，原、和兩作僅留『貝』旁，偶避高宗嫌名。」㉖「於」統籤本、季寫本作「于」。㉗「之」弘治本、詩瘦閣本、四庫本、陸詩甲本、陸詩丙本、統籤本、類苑本、季寫本、全唐詩本作「乏」。㉘「縛」汲古閣本作「縳」。㉙「偶」類苑本作「隅」。㉚「余」弘治本、汲古閣本、詩瘦閣本、四庫本、類苑本作「予」。㉛「太」

陸詩丙本、統籤本、全唐詩本作「大」。「玄」原缺末筆，避宋太祖始祖趙玄朗諱。「去」汲古閣本、詩瘦閣本、統籤本、類苑本、全唐詩本作「去聲」，季寫本無「去」字。　㉜「致」汲古閣本、類苑本作「置」。

【注釋】

〔一〕《襄陽耆舊傳》：《隋書》（卷三三）《經籍志》（二）：「《襄陽耆舊記》（五卷），習鑿齒撰。」《舊唐書》（卷四六）《經籍志》（上）：「《襄陽耆舊傳》（五卷），習鑿齒撰。」《新唐書》（卷五八）《藝文志》（二）：「習鑿齒《襄陽耆舊傳》（五卷）。」陳振孫《直齋書録解題》（卷七）：「《襄陽耆舊傳》（五卷），晋滎陽太守襄陽習鑿齒彦威撰。」晁公武《郡齋讀書志》（卷九）：「《襄陽耆舊記》（五卷）。右晋習鑿齒撰。前載襄陽人物，中載其山川城邑，後載其牧守。《隋經籍志》曰《耆舊記》，《唐藝文志》曰《耆舊傳》。觀其書紀録叢脞，非傳體也，名當從《經籍志》云。」章宗源《隋書經籍志考證》（卷一三）：「《續漢郡國志》注：『蔡陽有松子亭，下有神陂。』引《襄陽耆舊傳》，《文選·南都賦》注同引之，則稱《耆舊記》。劉昭生處梁代，其所見在《隋志》前，則知稱《傳》之名，其來久矣。」

〔二〕五百言：五百字。言，字。皮襲美：皮日休，參（序一）注〔三〕。據詩中説皮日休「從知偶東下，帆影拂吴岫」，「藻匠如見訓，終身致懷袖」，可證此詩作於咸通十一年春皮日休任蘇州從事不久，即作於《松陵集序》所云皮日休「居一月」，陸龜蒙「以所業見造」稍後。

〔三〕鄉貢進士：唐代稱應試進士科的舉子爲進士。舉子的來源有兩途，由中央及地方的各類學館選拔薦送者爲生徒，經過縣、州、府逐級淘汰後報送朝廷者爲鄉貢。李肇《唐國史補》（卷下）：「投刺謂之鄉貢。」《新唐書》（卷四四）《選舉志》（上）：「由學館者曰生徒，由州縣者曰鄉貢，皆升于有司而進退之。」又云：「而舉選不繇館、學者，謂之鄉貢，皆懷牒自列於州、縣。」陸龜蒙曾應進士科試，因朝廷停試作罷（參（序一）注〔八五〕）。他從蘇州赴舉，屬鄉貢進士。

〔四〕陸龜蒙：參（序一）注〔八五〕。後文不再出注。

〔五〕漢皋：李吉甫《元和郡縣圖志》（卷二一）《山南道》（二）：「襄州襄陽縣，萬山，一名漢皋山，在縣西十一里。」此以漢皋統指襄陽群山，其地尚有峴山、鹿門山、隆中山、虎頭山諸名山，均以峻峭秀美，人文深厚著稱。加之漢江流經襄陽城北，確爲山水奥區，雄視天下。

〔六〕開頭兩句贊美襄陽山水雄峻奇秀，形勝之區，要衝之地，可以祝穆《方輿勝覽》（卷三二）《京西路襄陽府·形勝》作爲概括：「北據漢、沔，西接梁、益，外帶江、漢。北接宛、許，南包臨沮，獨雄漢上。西控蜀漢，吴會上游。峴山亘其南，挾大漢以爲池，壓平楚之千里，南北必争之地。襄陽、江陵，勢同唇齒。臂淮、楚，面巴、蜀。」

〔七〕當：對。分：分野。古代星相家將天象上的二十八星宿與地上州、國的地理區域相對應，稱作分野。軫翼：二十八星宿中南方七宿的兩個星宿名，爲楚地分野。《越絶書》（卷一二）《越絶外傳記軍氣第一五》：「楚故治郢，今南郡、南陽、汝南、淮陽、六安、九江、廬江、豫章、長沙，翼、軫也。」

〔八〕英髦：俊秀傑出的人。亦作「英旄」。《全漢賦》枚乘《柳賦》：「儁乂英旄，列襟聯袍。」囿：事物薈萃聚集之處。

〔九〕暴秦：秦始皇暴戾殘酷，故稱。《史記》（卷六）《秦始皇本紀》引賈誼《過秦論》：「秦王懷貪鄙之心，行自奮之智，不信功臣，不親士民，廢王道，立私權，禁文書而酷刑法，先詐力而後仁義，以暴虐爲天下始。」

〔一〇〕灰滅：比喻人或事物徹底消失。《圓覺經》（卷上）：「譬如鉆火，兩木相因，火出木盡，灰飛煙滅。」

〔一一〕宋生：宋玉，楚國鄢（今湖北省宜城市）人，辭賦家。曾師事屈原，後世并稱爲「屈宋」。與景差爲友。《漢書》（卷三〇）《藝文志》著録其作品十六篇。《楚辭章句》有《九辯》、《招魂》；《文選》有《風賦》、《高唐賦》、《神女賦》、《登徒子好色賦》、《對楚王問》。《古文苑》有《笛賦》、《大言賦》、《小言賦》、《諷賦》、《釣賦》、《舞賦》。其中真僞相雜，《九辯》歷來無異辭，《文選》所録也較可信。生平事迹見《史記》（卷八四）《屈原賈生列傳》、《韓詩外傳》、《新序》、《襄陽耆舊傳》。生：參（序一）注〔八九〕。

〔一二〕特立：挺立。指志向操守高尚傑出的人。冠：帽子。此是在其上，居于首位之意。耆舊：年高望重的人。

〔一三〕《離騷》：屈原代表作，見漢王逸《楚辭章句》。日月：贊美《離騷》猶如日月一樣輝映天地。《史記》（卷八四）《屈原賈生列傳》：「屈平之作《離騷》，蓋自怨生也。《國風》好色而不淫，《小雅》怨誹而不亂。若《離騷》者，可謂兼之矣。上稱帝嚳，下道齊桓，中述湯武，以刺世事。明道德之廣崇，治亂之條貫，靡不畢見。其文約，其辭微，其志絜，其行廉，其稱文小而其指極大，舉類邇而見義遠。其志絜，故其稱物芳。其行廉，故死而不容自疏。濯淖汙泥之中，蟬蜕於濁穢，以浮游塵埃之外，不獲世之滋垢，皭然泥而不滓者也。推此志也，雖與日月争光可也。」

〔一四〕《九辯》：宋玉代表作，見王逸《楚辭章句》。列宿：衆星宿，特指二十八星宿。借以贊美宋玉《九辯》猶如天上閃耀的星宿。《楚辭章句》劉向《九嘆·遠逝》：「指列宿以白情兮，訴五帝以置詞。」王逸注：「言己願復指語二十八宿，以列己清白之情，告訴五方之帝，令受我詞而聽之也。」

〔一五〕悲秋辭：即指宋玉《九辯》。它歷來被認爲是悲秋之祖。其文開頭兩句云：「悲哉秋之爲氣也，蕭瑟兮草木摇落而變衰。」

〔一六〕合：應也，當也。《風》、《雅》：《詩經》中的《國風》和《大雅》、《小雅》，是《詩經》最重要的部分，確立了我國古代詩歌史上的風雅傳統。右：上。《管子·七法》：「春秋角試，以練精鋭爲右。」尹知章注：「右，上也。」《史記》（卷八一）《廉頗藺相如列傳》：「既罷歸國，以相如功大，拜爲上卿，位在廉頗之右。」司馬貞《索隱》：「王劭按：董勛《答禮》曰：『職高者名録在上，於人爲右；職卑者名録在下，於人爲左。是以謂下遷爲左。』」張守節《正義》：「秦漢以前，用右爲上。」

〔一七〕龐公：《襄陽耆舊傳》稱作龐德公，襄陽人，東漢著名隱士。《後漢書》（卷八三）《逸民列傳》本傳：「龐公者，南郡襄陽人也。居峴山之南，未嘗入城府。夫妻相敬如賓。荆州刺史劉表數延請，不能屈，乃就候之。謂曰：『夫保全一身，孰若保全天下乎？』龐公笑曰：『鴻鵠巢於高林之上，暮而得所棲；黿鼉穴於深淵之下，夕而得所宿。夫趣舍行止，亦人之巢穴也。且各得其棲宿而已，天下非所保也。』因釋耕於壟上，而妻子耘於前。表指而問曰：『先生苦居畎畝而不肯官禄，後世何以遺子孫乎？』龐公曰：『世人皆遺之以危，今獨遺之以安，雖所遺不同，未爲無所遺也。』表嘆息而去。後遂携其妻子登鹿門山，因采藥不反。」幽隱：隱居。《楚辭·哀時命》：「寧幽隱以遠禍兮，孰侵辱之可爲？」

〔一八〕辟聘：徵召、聘任。指朝廷任命做官。

〔一九〕祇：但也。祇愛：但愛。鹿門泉：鹿門山的泉水。參上注〔一七〕引《後漢書》（卷八三）《逸民列傳》龐公本傳：「後遂携其妻子登鹿門山，因采藥不反。」李賢注引《襄陽記》曰：「鹿門山舊名蘇嶺山，建武中，襄陽侯習郁立神祠於山，刻二石鹿，夾神道口，俗因謂之鹿門廟，遂以廟名山也。」《方輿勝覽》（卷三二）《襄陽府》：「鹿門山，在宜城東北六十里。上有二石鹿，故名。後漢龐德公與龐蘊、孟浩然、皮日休俱隱於此。」

〔二〇〕泠泠：清涼貌。《文選》（卷一三）宋玉《風賦》：「清清泠泠，愈病析酲。」李善注：「清清泠泠，清涼之貌也。」倚巖漱：依倚山崖以漱泉水，喻隱居生活。《世説新語·排調》：「孫子荆年少時欲隱，語王武子『當枕石漱流』，誤曰『漱石枕流』。王曰：『流可枕，石可漱乎？』孫曰：『所以枕流，欲洗其耳；所以漱石，欲礪其齒。』」

〔二一〕孔明卧龍：諸葛亮（一八一—二三四），字孔明，琅玡陽都（今山東省臨沂市北）人。三國蜀政治家、散文家。早年隨從父玄至荆州依劉表，後隱居南陽隆中（在今湖北省襄陽市）。徐庶向劉備薦亮，譽爲卧龍。劉備三顧茅廬，爲其所用，先後輔佐劉備、劉禪。死後謚忠武。《三國志》（卷三五）《蜀書》（五）《諸葛亮傳》：「玄卒，亮躬耕隴畝，好爲《梁父吟》。身長八尺，每自比於管仲、樂毅。……（徐庶）謂先主曰：『諸葛孔明者，卧龍也，將軍豈願見之乎？』」

〔二二〕玄德：劉備（一六一—二二三），字玄德，涿縣（今河北省涿州市）人。三國蜀漢先主。早年孤貧。漢末募兵討黄巾義軍。先後任安喜尉、高唐令、徐州牧。得諸葛亮輔佐，聯吴主孫權，大敗曹操於赤壁，取荆州、益州、漢中，建立蜀漢。病死永安，謚昭烈。《三國志》（卷三二）《蜀書》有傳。此句謂諸葛亮與劉備風雲際會，君臣遇合。

〔二三〕麟角鬥：麒麟角鬥。比喻群雄紛争。此指三國時期豪傑的争鬥。麟角：比喻雄才大略的人或罕見的事物。《詩經·周南·麟之趾》：「麟之角，振振公族。」

〔二四〕三胡：無法確指，有下述三種可能。一、胡修、胡奮、胡烈。三人均曾官荆州刺史守襄陽。參清光緒重修《襄陽府志》（卷一九）《職官志》。二、胡廣、胡奮、胡烈。胡廣爲荆州華容（今湖北省監利縣北）人。東漢名士，京師諺曰：「萬事不理問伯始，天下中庸有胡公。」《後漢書》（卷四四）有傳。胡奮、胡烈，安定臨涇（今甘肅省鎮原縣東南）人。二人是兄弟關係，又都曾官荆州刺史鎮守襄陽。參本條注上引《襄陽府志》。三、胡奮、胡烈、胡廣兄弟三人。《晉書》（卷五七）《胡奮傳》附胡烈、胡廣傳云：「奮兄弟六人，兄廣，弟烈，并知名。」節峻：名節操守高尚卓越。

〔二五〕二習：習郁、習鑿齒。《襄陽耆舊傳》（卷一）：「（習）郁字文通，爲黄門侍郎，封襄陽公。」劉義慶《世説新語》（卷二三）《任誕》：「山季倫爲荆州，時出酣暢。人爲之歌曰：『山公時一醉，徑造高陽池。』」劉孝標注引《襄陽記》曰：「漢侍中習郁於峴山南，依范蠡養魚法作魚池，池邊有高堤，種竹及長楸，芙蓉菱芡覆水，是遊燕名處也。山簡每臨此池，未嘗不大醉而還，曰：『此是我高陽池也！』襄陽小兒歌之。」王象之《輿地紀勝》（卷八二）《襄陽府·古迹》：「習家池，《襄陽記》云：峴山南有習郁池。按郁後漢人，爲黄門侍郎，封襄陽公，即習鑿齒之先也。」習鑿齒（？—三八四）字彦威，襄陽（今湖北省襄陽市）人，晋史學家、詩人。著有《漢晋春秋》（五十卷）、《襄陽耆舊傳》（五卷，《續修四庫全書》爲三卷，已殘缺），有詩文傳世。生平事迹詳《晋書》（卷八二）本傳。

〔二六〕斥候：古代軍隊站崗放哨、偵察敵情的人，按照一定的距離由近到遠排列。此喻襄陽的傑出人才層出不窮。《史記》（卷一〇九）《李將軍列傳》：「然亦遠斥候，未嘗遇害。」司馬貞《索隱》：「案：許慎注《淮南子》云：『斥，度也。候，視也，望也。』」

〔二七〕緬思：遥想。齊梁：南朝齊代、梁代。齊（四八〇—五〇二），歷高帝蕭道成、武帝蕭賾、明帝蕭鸞、東昏侯蕭寶卷、和帝蕭寶融。梁（五〇二—五五七），歷武帝蕭衍、簡文帝蕭綱、元帝蕭繹、敬帝蕭方智。降：下，以下。《詩經・大雅・公劉》：「陟則在巘，復降在原。」鄭玄箋：「陟，升；降，下也。」

〔二八〕清胄：清白嘉美的子孫。古代多指皇族和貴要的後代。

〔二九〕凝融句：謂凝結物融化而爲波瀾。漪瀾：《文選》（卷五）左思《吴都賦》：「湛淡羽儀，隨波參差。理翮整翰，容與自玩。彫啄蔓藻，刷蕩漪瀾。」李善注：「漪瀾，水波也。」

〔三〇〕復結句：謂又凝結而成爲精美的玉石。瑩琇：光潔如玉的寶石。《詩經・衛風・淇奥》：「有匪君子，充耳琇瑩。」鄭玄箋：「琇瑩，美石也。」

〔三一〕粹和：精美平和。

〔三二〕大授：重大的授予，重要的付與。一作「大受」（參校記），承擔重任，接受重任。《論語・衛靈公》：「君子不可小知而可大受也，小人不可大受而可小知也。」

〔三三〕皮夫子：皮日休，參（序一）注〔三〕。下文不再出注。夫子，對人的尊稱。《論語・學而》：「夫子温、良、恭、儉、讓以得之。」

〔三四〕上帝句：上帝許可了皮日休出生的奏章。秦漢時期，皇帝批準臣下的奏章，即署曰「可」字。《史記》（卷六）《秦始皇本紀》：「丞相李斯曰：『……所不去者，醫藥卜筮種樹之書。若欲有學法令，以吏爲師。』制曰：『可。』」《漢書》（卷五）《景帝紀》：「丞相臣嘉等奏曰：『……諸侯王列侯使者侍祠天子所獻祖宗之廟。請宣布天下。』制曰：『可。』」

〔三五〕并包：包括衆多方面。《莊子·徐無鬼》：「聖人并包天地，澤及天下。」

〔三六〕殿厥後：置放於其後。殿後，本指行軍時居于最後。《論語·雍也》：「孟之反不伐，奔而殿，將入門，策其馬，曰：『非敢後也，馬不進也。』」何晏《集解》引馬融曰：「殿，在軍後。前曰啓，後曰殿。孟之反賢而有勇，軍大奔，獨在後。」

〔三七〕嬉戲陳俎豆：《史記》（卷四七）《孔子世家》：「孔子爲兒嬉戲，常陳俎豆，設禮容。」《正義》：「俎豆以木爲之，受四升，高尺二寸。大夫以上赤雲氣，諸侯加象飾足，天子玉飾也。」陳俎豆：排列俎豆。俎、豆是古代舉行禮儀時用以盛放肉食的禮器。《論語·衛靈公》：「衛靈公問陳于孔子，孔子對曰：『俎豆之事，則嘗聞之矣；軍旅之事，未之學也。』」何晏《集解》引孔安國曰：「俎、豆，禮器。」

〔三八〕積漸開詞源：積聚而逐漸打開了滔滔不絕的文思詞藻。沈約《沈約集》（卷八）《齊竟陵王發講疏并頌》：「詞源海廣，理塗靈奥。」

〔三九〕丘：孔子名丘，字仲尼（前五五一—前四七九）。我國古代最偉大的思想家、教育家。《史記》（卷四七）《孔子世家》：「（叔梁）紇禱於尼丘得孔子。魯襄公二十二年而孔子生。生而首上圩頂，故因名曰丘云。字仲尼，姓孔氏。……太史公曰：『……孔子布衣，傳十餘世，學者宗之。自天子王侯，中國言《六藝》者折中於夫子，可謂至聖矣。』」旦：姓姬名旦，世稱周公。周代禮樂的制訂者，儒家最理想的政治家之一。《史記》（卷三三）《魯周公世家》：「周公旦者，周武王弟也。自文王在時，旦爲子孝，篤仁，異於群子。及武王即位，旦常輔翼武王，用事居多。……其後武王既崩，成王少，在强葆之中。周公恐天下聞武王崩而畔，周公乃踐阼代成王攝行政當國。」

〔四〇〕大懼：很擔憂。隳：毁壞，廢棄。結構：本指連結架構而成房屋，此喻學説思想的完整體系。《文選》（卷一一）王延壽《魯靈光殿賦》：「於是詳察其棟宇，觀其結構。」李善注：「高誘《吕氏春秋注》曰：『結，交也；構，架也。』」以上兩句意謂首先尊崇孔子、周公思想理論的殿堂，最擔心他們的思想體系被毁壞掉。可參皮日休《襄州孔子廟學記》（《全唐文》卷七九七）贊美孔子「至廣」、「至明」、「至大」，「夫子之道，久而彌芳，遠而彌光。用之則昌，捨之則亡。昔否於周，今泰於唐」。還可參其《文中子碑》一文。

〔四一〕荀孟：荀子、孟子。荀子（前三一四？—前二一七？），名况，字卿。趙（今河北省南部及山西省一帶）人，先秦儒家思想代表人物之一。孟子（前三八五—？），名軻，或曰字子車，或曰字子輿。鄒（今山東省鄒城市）人。孔子以後儒家的代表人物，在思想史上合稱「孔孟」。《史記》（卷七四）《孟子荀卿列傳》可參。垣：院牆。此喻孟、荀的學説園地。《尚書・梓材》：「若作室家，既勤垣墉，惟其塗塈茨。」陸德明《經典釋文》（卷四）：「馬云：卑曰垣，高曰墉。」皮日休《請韓文公配饗太學書》：「夫孟子、荀卿翼傳孔道，以至于文中子。」

〔四二〕亡：同「無」。《論語・子張》：「日知其所亡，月無忘其所能，可謂好學也已矣。」邢昺疏：「亡，無也。」罅漏：縫隙，漏洞。韓愈《進學解》：「補苴罅漏，張皇幽眇。」皮日休《文中子碑》《請韓文公配饗太學書》《請孟子學科書》《題後魏釋老志》《題叔孫通傳》《讀韓詩外傳》《鹿門隱書》中有關論述，可見其在韓愈之後，欲構建三皇、五帝、文、武、周公、孔、孟、荀、文中子、韓愈一脉儒家體統，排抵楊、墨直至釋教的學説思想。

〔四三〕三皇：傳説中上古皇帝。《周禮・春官・外史》：「（外史）掌三皇五帝之書。」鄭玄注：「楚靈王所謂《三墳》《五典》。」孔穎達疏：「《三墳》，三皇時書。」孔安國《書序》：「伏犧、神農、黄帝之書謂之《三墳》。」《莊子・天運》：「余語汝三皇五帝之治天下。」成玄英疏：「三皇者，伏羲、神農、黄帝也。」一説伏羲、神農、女媧（《吕氏春秋・天運》）。一説伏羲、神農、燧人（班固《白虎通義・號》）。一説伏羲、神農、祝融（班固《白虎通義・號》）。一説天皇、地皇、泰皇（《史記・秦始皇本紀》）。

〔四四〕蟣虱：虱和虱卵。比喻骯髒而微小之物。《韓非子・喻老》：「天下無道，攻擊不休，相守數年不已，甲冑生蟣虱，燕雀處帷幄，而兵不歸，故曰：『戎馬生於郊。』」

〔四五〕五霸：又作「五伯」。共有以下數説。一、《莊子·大宗師》：「彭祖得之，上及有虞，下及五伯。」成玄英疏：「五伯者：昆吾爲夏伯，大彭、豕韋爲殷伯，齊桓、晉文爲周伯，合爲五伯。」二、《吕氏春秋·當務》：「備説非六王五伯。」高誘注：「五伯，齊桓、晉文、宋襄、楚莊、秦繆也。」三、《荀子·王霸》：「雖在僻陋之國，威動天下，五伯是也。……故齊桓、晉文、楚莊、吴闔閭、越勾踐，是皆僻陋之國也，威動天下，彊殆中國。」四、《漢書·諸侯王表》：「故盛則周、邵相其治，致刑措；衰則五伯扶其弱，與共守。」顔師古注：「伯讀曰霸。此五霸謂齊桓、宋襄、晉文、秦穆、吴夫差也。」

〔四六〕股掌：大腿與手掌。弄：《説文·廾部》：「玩也。」孩幼：嬰兒。《國語》（卷一九）《吴語》：「大夫種勇而善謀，將還玩吴國於股掌之上，以得其志。」晉袁宏《後漢紀》（卷二六）《孝獻皇帝紀》：「袁紹孤客窮軍，仰我鼻息，譬如嬰兒在股掌之上，絶其哺乳，立可餓殺。」

〔四七〕醢（hǎi）：肉醬。此作動詞用，剁成肉醬。也是古代一種酷刑，將人剁成肉醬。《禮記·檀弓上》：「孔子哭子路於中庭，有人吊者，而夫子拜之。既哭，進使者而問故，使者曰：『醢之矣。』」髖髀（kuān bì）：胯骨與股骨，即臀部與大腿。《漢書》（卷四八）《賈誼傳》引《治安策》：「至於髖髀之所，非斤則斧。夫仁義恩厚，人主之芒刃也；權勢法制，人主之斤斧也。今諸侯王皆衆髖髀也，釋斤斧之用，而欲嬰以芒刃，臣以爲不缺則折。」顔師古注：「髀，股骨也。髖，髀上也。

言其骨大，故須斤斧也。髖音寬，髀音陛，又音必爾反。」

〔四八〕翼：鳥的翅膀。此作動詞用。翼護，遮護。《詩經·大雅·生民》：「誕寘之寒冰，鳥覆翼之。」鷇鷇（chú kòu）：幼小的禽鳥。鶵，幼禽。《楚辭》劉向《九嘆·怨思》：「閔空宇之孤子兮，哀枯楊之寃鶵。」洪興祖補注：「鶵，鳥子生而能自啄者。」鷇，依賴哺食的幼鳥。《國語》（卷四）《魯語》（上）：「鳥翼鷇卵，蟲舍蚳蝝。」韋昭注：「翼，成也。生哺曰鷇，未乳曰卵。」

〔四九〕掉直舌：即掉舌，摇唇鼓舌。鼓動游説之意。《史記》（卷九二）《淮陰侯列傳》：「且酈生一士，伏軾掉三寸之舌，下齊七十餘城。」

〔五〇〕脰（dòu）：頸項。邪脰：似爲歪脖子之意。斬：通「儳」，不齊貌。《荀子·榮辱》：「斬而齊，枉而順，不同而一。」王先謙《集解》引劉台拱曰：「斬，讀如儳。《説文》：『儳，儳互不齊也。』……言多儳互不齊，乃其所以爲齊也。」

〔五一〕耨鉏（nòu chú）：翻地鋤草。耨，除草的小鋤。劉熙《釋名》（卷七）：「耨，以鋤嫗耨禾也。」鉏，鋤草翻地的農具。《説文·金部》：「鉏，立薅所用也。从金，且聲。」翳薈：參（序一）注〔九五〕。

〔五二〕整理：整治，清理。錯謬：錯亂，錯誤。《漢書》（卷九）《元帝紀》：「間者陰陽錯謬，風雨不時。」

〔五三〕合沓：攢聚，聚集。賈誼《旱雲賦》：「遂積聚而合沓兮，相紛薄而慷慨。」

〔五四〕風死波不皺：形容絲毫没有風浪。死，息，滅。

〔五五〕幽埋：沉埋，潛藏。力須掘：盡力發掘。

〔五六〕遺落：遺失，散失。貲：《玉篇·貝部》：「貲，小罰以財自贖也。財也，貨也。」購：買。《玉篇·貝部》：「購，以財有所求償。」以上兩句謂沉埋之物要盡力發掘，遺失的東西也要將其買回。用比喻方法，稱贊皮日休對儒家文化傳統的學習、探索不遺餘力。

〔五七〕文學：指儒家《六經》。《論語·先進》：「德行：顔淵、閔子騫、冉伯牛、仲弓。言語：宰我、子貢。政事：冉有、季路。文學：子游、子夏。」邢昺疏：「若文章博學，則有子游、子夏二人也。」《韓非子·六反》：「學道立方，離法之民也，而世尊之曰文學之士。」

〔五八〕十倍猗頓富：財富超過猗頓十倍。比喻皮日休文章博學，罕有人能與之相比。《史記》（卷一二九）《貨殖列傳》：「猗頓用鹽鹽起，而邯鄲郭縱以鐵冶成業，與王者埒富。」《集解》：「《孔叢子》曰：『猗頓，魯之窮士也。耕則常飢，桑則常寒。聞朱公富，往而問術焉。朱公告之曰：「子欲速富，當畜五牸。」於是乃適西河，大畜牛羊于猗氏之南，十年之間其息不可計，貲擬王公，馳名天下。以興富於猗氏，故曰猗頓。』」

〔五九〕囊：袋子。此作動詞用，用袋子裝。咸鎬：秦王朝都城咸陽和西周王朝都城鎬京。舊址都在長安一帶。此指唐代京城長安。

〔六〇〕馬重：馬背負重物。遲：緩慢行走。《説文·辵部》：「遲，徐行也。」步驟：脚步，步伐。

〔六一〕專場：在一定場合裏發揮出色，無人能與之相比。射策：《漢書》（卷七八）《蕭望之傳》：「望之以射策甲科爲郎。」顔師古注：「射策者，謂爲難問疑義書之於策，量其大小署爲甲乙之科，列而置之，不使彰顯。有欲射者，隨其所取得而釋之，以知優劣。射之，言投射也。對策者，顯問以政事經義，令各對之，而觀其（人）〔文〕辭定高下也。」此指唐代科舉考試。皮日休所應爲進士科。

〔六二〕羿：古代善於射箭者。《荀子·正論》：「羿、蠭門者，天下之善射者也。」《淮南子·説林訓》：「百發之中，必有羿、逢蒙之巧。」彀（gòu）：箭靶。《孟子·告子章句上》：「羿之教人射，必志於彀。」當：如，相當。《玉篇·田部》：「當，任也，直也，敵也。」此句説縛虎猶羿射中的。意謂皮日休應試中舉。

〔六三〕把通籍：謂皮日休進士及第。把，《説文·手部》：「把，握也。」通籍，官員的名籍。此謂皮日休進士及第，可以進入仕途。《漢書》（卷九）《元帝紀》：「令從官給事司馬中者，得爲大父母、父母、兄弟通籍。」顔師古注：「應劭曰：『籍者，爲二尺竹牒，記其年紀名字物色，縣之宫門，案省相應，乃得入也。』師古曰：『應説非也。從官，親近天子常侍從者皆是也。』」

〔六四〕高堂壽：爲父母親祝壽。高堂，本指高敞的大堂，後來用以指父母。《楚辭·招魂》：「高堂邃宇，檻層軒些。」王逸注：「言所造之室，其堂高顯。」《論衡·薄葬》：「親之生也，坐之高堂之上。其死也，葬之黄泉之下。」柳宗元《哭連州凌員外司馬》：「高堂傾故國，葬祭限囚羈。」據此句，可知皮日休在咸通八年進士及第後，十年爲蘇州從事前，曾回襄陽（隱居處）或竟陵（出生地）省親。書此存疑。

〔六五〕未足逞戈矛：意謂未能盡顯才幹。似指皮日休咸通八年進士及第後，次年博學宏詞科落第。參其《宏詞下第感恩獻兵部侍郎》（《全唐詩》卷六一三）「分明仙籍列清虚，自是還丹九轉疏」云云可見。逞：顯示。《玉篇·辵部》：「逞，丑井切。快也，極也，盡也，解也。《説文》云：『通也。』楚謂疾行爲『逞』。《春秋傳》曰：『何所不逞。』」戈矛：古代兩種武器。

〔六六〕文綉：彩色的錦綉，此指華麗的服飾。此句謂皮日休未能做官後返鄉。似用衣綉晝行之類的典故。《三國志》（卷一五）《魏書·張既傳》：「魏國既建，爲尚書，出爲雍州刺史。太祖謂既曰：『還君本州，可謂衣綉晝行矣。』」

〔六七〕從知：跟隨相知者。咸通十年，崔璞出任蘇州刺史，辟皮日休爲從事。但皮日休是在咸通九年從京城一路漫游抵蘇州的。「東下」指此。皮日休《太湖詩序》云：「咸通九年，自京東遊，復得宿太華，樂荆山，賞女几，度轘轅，窮嵩高，入京索，浮汴渠，至揚州，又航天塹，從北固至姑蘇。」

〔六八〕物象：客觀事物，自然景象。賈島《吊孟協律》：「集詩應萬首，物象遍曾題。」攡藏：隱藏。此句謂皮日休詩文刻畫外界事物工致逼真，使它們無以遁形，只好隱藏起來。

〔六九〕精靈：神仙、精怪。《文選》（卷五）左思《吴都賦》：「精靈留其山阿，玩其奇麗也。」吕向注：「精靈，神仙之類。」雕鏤：雕刻。《大戴禮記·哀公問于孔子》：「有成事，然後治其雕鏤文章黼黻以嗣。」此句意謂皮日休詩文刻畫入微，甚至連精靈都感到畏懼。

〔七〇〕伊余：余，我。伊，惟，語助辭。沈疾：重病。

〔七一〕圭竇：形制如圭的門墻。指微賤貧窮之家的屋舍。《左傳·襄公十年》：「篳門圭竇之人，而皆陵其上，其難爲上矣。」杜預注：「圭竇，小户，穿壁爲户，上鋭下方，狀如圭也。」

〔七二〕《洪範》疇：《尚書·周書·洪範》：「箕子乃言曰：『我聞在昔，鯀堙洪水，汩陳其五行，帝乃震怒，不畀《洪範》九疇，彝倫攸斁。鯀則殛死，禹乃嗣興，天乃錫禹《洪範》九疇，彝倫攸叙。』初一曰五行，次二曰敬用五事，次三曰農用八政，次四曰協用五紀，次五曰建用皇極，次六曰乂用三德，次七曰明用稽疑，次八曰念用庶徵，次九曰嚮用五福，威用六極。」孔安國傳：「洪，大也；範，法也。言天地之大法。」又云：「疇，類也。」又云：「天與禹，洛出書，神龜負文而出，列於背，有數至于九。禹遂因而第之以成九類，常道所以次叙。」此句謂我正在探究、推演《洪範》九疇這個天帝授給禹治理天下的九類大法（即《洛書》）。實謂推究自己的命運否泰。

〔七三〕《太玄》首：揚雄《太玄》，共分十一部分，《首》列于第一。《漢書》（卷八七下）《揚雄傳》：「故觀《易》者，見其卦而名之；觀《玄》者，數其畫而定之。……爲其泰曼漶而不可知，故有《首》《衝》《錯》《測》《攡》《瑩》《數》《文》《掜》《圖》《告》十一篇，皆以解剥《玄》體，離散其文，章句尚不存焉。」此句謂又想到《太玄》，以之觀察事物的變化規律。以上兩句實謂自己時運舛錯。

〔七四〕陳詩采風俗：《禮記·王制》：「天子五年一巡守（狩）。歲二月，東巡守，至于岱宗，柴而望祀山川。覲諸侯，問百年者，就見之。命大師陳詩，以觀民風。」鄭玄注：「陳詩謂采其詩而視之。」此句自謂作詩以表現風俗民情。

〔七五〕篆籀：篆，篆文，包括大篆、小篆。籀，籀文，即大篆。相傳爲周宣王時太史籀所造。窮篆籀，傾力學習古字篆文，即刻苦研讀古代經籍之意。

〔七六〕貰(shì)：賒欠。《説文・貝部》：「貰，貸也。」

〔七七〕逢：遭遇。責詬：斥責詬駡。

〔七八〕鄰里輕、妻子陋：用漢代朱買臣事，以比自己在親友中受冷落的境遇。《漢書》(卷六四上)《朱買臣傳》：「朱買臣，字翁子，吴人也。家貧，好讀書，不治産業，常艾薪樵，賣以給食，擔束薪，行且誦書。其妻亦負戴相隨，數止買臣毋歌嘔道中。買臣愈益疾歌，妻羞之，求去。買臣笑曰：『我年五十當富貴，今已四十餘矣。女苦日久，待我富貴報女功。』妻恚怒曰：『如公等，終餓死溝中耳，何能富貴？』買臣不能留，即聽去。其後，買臣獨行歌道中，負薪墓間。故妻與夫家俱上冢，見買臣饑寒，呼飯飲之。」又云：「初，買臣免，待詔，常從會稽守邸者寄居飯食。拜爲太守，買臣衣故衣，懷其印綬，步歸郡邸。直上計時，會稽吏方相與群飲，不視買臣。買臣入室中，守邸與共食，食且飽，少見其綬。守邸怪之，前引其綬，視其印，會稽太守章也。守邸驚，出語上計掾吏。皆醉，大呼曰：『妄誕耳！』守邸曰：『試來視之。』其故人素輕買臣者入〔內〕視之，還走，疾呼曰：『實然！』坐中驚駭，白守丞，相推排陳列中庭拜謁。」或前者用韓信事，後者用蘇秦事。《史記》（卷九二）《淮陰侯列傳》：「淮陰屠中少年有侮信者。……衆辱之曰：『信能死，刺我；不能死，出我袴下。』於是信孰視之，俛出袴下，蒲伏。一市人皆笑信，以爲怯。」《集解》：「徐廣曰：『袴一作胯，胯，股也。音同。』」《戰國策·秦策一》：「説秦王書十上而説不行，黑貂之裘弊，黄金百斤盡，資用乏絶，去秦而歸，羸縢履蹻，負書擔橐，形容枯槁，面目犂黑，狀有歸色。歸至家，妻不下絍，嫂不爲炊，父母不與言。蘇秦喟嘆曰：『妻不以我爲夫，嫂不以我爲叔，父母不以我爲子，是皆秦之罪也。』」

〔七九〕持冠：持有帽子。此「冠」本指商代的「章甫」，後用以稱儒者之冠。《禮記·儒行》：「孔子對曰：『丘少居魯，衣逢掖之衣；長居宋，冠章甫之冠。』」鄭玄注：「章甫，殷冠也。」甌越：泛指中國古代南方地區。《史記》（卷四三）《趙世家》：「夫翦髮文身，錯臂左衽，甌越之民也。」《索隱》：「劉氏云：『今珠崖、儋耳謂之甌人，是有甌越。』」《正義》：「按：屬南越，故言甌越也。」

〔八〇〕敢怨句：豈敢怨恨售不出（所持的帽子）呢？《莊子·逍遥遊》：「宋人資章甫而適諸越，越人斷髮文身，無所用之。」以上兩句似當指咸通六年陸龜蒙前往睦州（今浙江省建德市）拜謁刺史陸墉事。陸龜蒙《引泉詩》（《全唐詩》卷六一九）云：「上嗣位六載，吾宗刺桐川。余來拜旌戟，詔下之明年。」據本詩二句，則龜蒙此行未能得到陸墉的任用，失意而返，故有此牢騷之詞。

〔八一〕窘若句：困窘得猶如被曬在沙灘上的魚。

〔八二〕狖（yòu）：長臂猿。此句謂悲傷得猶如在肅殺的秋天裏哀鳴的猴子。酈道元《水經注》（卷三四）《江水》：「每至晴初霜旦，林寒澗肅，常有高猿長嘯，屬引淒異，空谷傳響，哀轉久絶。故漁者歌曰：『巴東三峽巫峽長，猿鳴三聲淚沾裳。』」

〔八三〕枉車轍：枉駕。對人來訪的敬詞。

〔八四〕以逐句：喻氣味相投。《吕氏春秋·遇合》：「人有大臭者，其親戚兄弟妻妾知識無能與居者，自苦而居海上。海上人有説其臭者，晝夜隨之而弗能去。説亦有若此者。」

〔八五〕披襟：敞開衣襟，喻心情舒暢。《文選》（卷一三）宋玉《風賦》：「楚襄王游於蘭臺之宫，宋玉、景差侍。有風颯然而至，王乃披襟而當之，曰：『快哉此風，寡人所與庶人共者邪？』」

〔八六〕半夜句：漆黑的半夜忽然變得像大白天一樣明亮。喻兩人見面時高興的心情。

〔八七〕執熱：手持灼熱之物。《詩經·大雅·桑柔》：「誰能執熱，逝不以濯。」《毛傳》：「濯所以救熱也。」鄭玄《箋》：「當如手持熱物之用濯。」

〔八八〕忘憂句：意謂如飲美酒而忘却憂愁煩惱。《論語·述而》：「其爲人也，發憤忘食，樂以忘憂。」醇酎（zhòu）：醇厚的美酒。《初學記》（卷二六）《酒》引鄒陽《酒賦》：「凝醳醇酎，千日一醒。」

〔八九〕文翰侣：文友。文翰，文章，文辭。《晉書》（卷四九）《劉伶傳》：「未嘗厝意文翰，惟著《酒德頌》一篇。」韋應物《扈亭西陂燕賞》：「况逢文翰侣，愛此孤舟漾。」

〔九〇〕駑皂（zào）：劣馬的食槽。《方言》（卷五）：「櫪，梁、宋、齊、楚、北燕之間或謂之皂。」郭璞

注：「櫪，養馬器也。」參：羅列，并列。驥厩：駿馬的馬厩。

〔九一〕諧宫商：音調和諧，聲韻優美。宫商爲古代音樂上五音宫、商、角、徵、羽中的兩種。此句謂陸龜蒙與皮日休結識後，情趣相投，猶如五音相諧。

〔九二〕邂逅：歡欣喜悦貌。《詩經·唐風·綢繆》：「今夕何夕，見此邂逅。」《毛傳》：「邂逅，解説之貌。」

〔九三〕道孤兩句：自謂道義上孤特，作詩很容易攄發愁苦之情；詩語直致而詩風瘦硬，缺少諧美之音。

〔九四〕藻匠：作文章的人，詩人，此指皮日休。藻，華麗的文詞。見訓：酬答唱和。見，表謙詞。

〔九五〕終身句：承上句謂如能得到您的酬唱，我一輩子都將您的作品珍藏在衣袖中。《文選》（卷二九）《古詩十九首》（其十七）：「置書懷袖中，三歲字不滅。」

【箋評】

所謂磊落英多。（陸時雍《唐詩鏡》卷五二）

《錢考功集》，凡古詩皆題曰往體。皮、陸《松陵倡和集》猶然。（馮班著、何焯評《鈍吟雜録》（卷三）《正俗》）

余嘗得汲古閣所藏宋版《松陵集》，每卷標題下云：往體詩若干首，今體詩若干首。以古體爲往體，此處僅見。宋趙崇鉘有往體三首，見《江湖小集》。（沈濤《銅熨斗齋隨筆》（卷八）《往體詩》）

晚唐詩人之相得者，以陸魯望龜蒙、皮襲美日休爲最。陸寄皮云：「將生皮夫子，上帝可其奏。并包數公才，用以殿厥後。」又云：「鹿門先生才，大小無不怡。就彼六籍内，説詩直解頤。不敢負建鼓，唯憂掉降旗。希君念餘勇，挽袖登文陴。」又云：「鹿門皮夫子，氣調真俊逸。截海上雲鷹，横空下霜鶻。文壇如命將，可以持玉鉞。」皮寄陸云：「惟有陸夫子，盡力提客卿。各負出俗才，俱懷超世情。」又云：「相逢似丹漆，相望如朓朒。論業敢并驅，量分合繼躅。」又云：「既見陸夫子，駑心却伏厩。結彼世外交，遇之于邂逅。兩鶴思競閒，雙松格争瘦。」玩兩公往復稱述之辭，皆有一種相視莫逆之心。如陸所云：「俱懷出塵想，共有吟詩癖。」皮所云：「我思方泬寥，君詞復凄切。」真意孚洽，不比後人之退有後言，而面相標榜也。（余成教《石園詩話》卷二）

魯望讀《襄陽耆舊傳》見贈五百言①〔一〕，過褒庸材，靡有稱是，然襄陽曩事歷歷在目。夫《耆舊傳》所未載者，漢陽王則宗社元勛②〔二〕，孟浩然則文章大匠③〔三〕。余次而贊之④，因而寄答，亦詩人無言不訓之義也〔四〕，次韻⑤〔五〕

皮日休

漢水碧於天〔六〕，南荆廓然秀〔七〕。廬羅遵古俗⑥〔八〕，鄢郢迷昔囿〔九〕。幽奇無得狀〔一〇〕，巉絶不能究〔一一〕。興替忽矣新〔一二〕，山川悄然舊〔一三〕。班班生造士⑦〔一四〕，一一應玄宿⑧〔一五〕。巴庸乃嶮岨⑨〔一六〕，屈景寔豪右⑩〔一七〕。是非既自分〔一八〕，涇渭不相就〔一九〕。粵自靈均來〔二〇〕，清才若天漱〔二一〕。偉哉洞上隱⑪〔二二〕，卓爾隆中耨〔二三〕。始將麋鹿狎〔二四〕，遂與麒麟鬥〔二五〕。萬乘不可謁〔二六〕，千鍾固非茂〔二七〕。爰從景升死〔二八〕，境上多兵候⑫〔二九〕。檀溪試戈船〔三〇〕，峴嶺屯貝冑〔三一〕。寂寞數百年，質唯包礫琇〔三二〕。上玄賞唐德⑬〔三三〕，生賢命之授。是爲漢陽王⑭〔三四〕，帝曰俞爾奏〔三五〕。巨德聳神鬼〔三六〕，宏才轢前後〔三七〕。勢端唯金莖〔三八〕，質古乃玉豆〔三九〕。行葉蔭大椿〔四〇〕，詞源叱洪流⑮〔四一〕。六成清廟音〔四二〕，一柱明堂構〔四三〕。在昔房陵遷⑯〔四四〕，圓穹正中漏〔四五〕。緊王揭然出〔四六〕，上下拓宇宙。俯視三事者〔四七〕，騃騃若童幼〔四八〕。低摧護中興〔四九〕，若鳳視其鷇〔五〇〕。遇險必伸足〔五一〕，逢誅將引脰⑰〔五二〕。既正北極尊〔五三〕，遂治衆星謬。重聞章陵幸⑱〔五四〕，再見岐陽狩〔五五〕。日似新刮膜〔五六〕，天如重熨皺⑲〔五七〕。易政疾似欬〔五八〕，求賢甚於購⑳〔五九〕。化之未期年㉑〔六〇〕，民安而國富。翼衛兩舜趨〔六一〕，鈎陳十堯驟〔六二〕。忽然遺相印〔六三〕，如羿御其彀㉒〔六四〕。奸倖却乘釁〔六五〕，播遷遂終壽〔六六〕。遺廟屹峰崿〔六七〕，功名紛組綉㉓〔六八〕。開元文物盛〔六九〕，孟子生荆岫〔七〇〕。斯文縱奇巧〔七一〕，秦璽新雕鏤〔七二〕。甘窮卧牛衣〔七三〕，受辱對狗竇㉔〔七四〕。思變如《易》爻〔七五〕，才通似《玄首》㉕〔七六〕。秘於龍宫室〔七七〕，怪即天篆籀㉖〔七八〕。知者競欲戴〔七九〕，嫉者或將詬㉗。任達且百觚〔八〇〕，遂爲當時陋。既作才鬼終〔八一〕，恐爲仙籍售〔八二〕。余生二賢末㉘〔八三〕，得作升木狖〔八四〕。兼濟與獨善〔八五〕，俱敢懷其臬〔八六〕。江漢稱炳靈〔八七〕，克明嗣清晝〔八八〕。繼彼欲爲三，如醨和醇酎㉙〔八九〕。既見陸夫子〔九〇〕，駑心却伏廐〔九一〕。結彼世外交〔九二〕，遇之於邂逅〔九三〕。兩鶴思競閑〔九四〕，雙松格争瘦〔九五〕。唯恐別仙才〔九六〕，漣漣涕襟袖〔九七〕。　（詩二）

【校記】

①「魯望」前汲古閣本、四庫本有「陸」。②盧校本在「漢陽王」旁注：「張柬之。」③「浩」斠宋本作「皓」。④「余」弘治本、汲古閣本、四庫本、皮詩本、統籤本、類苑本、季寫本、全唐詩本作「予」。⑤類苑本題作「《答魯望讀〈襄陽耆舊傳〉見寄并序》」，而以本詩題作序。⑥「廬」盧校本作「盧」。⑦「班班」四庫本、皮詩本、統籤本、季寫本、全唐詩本作「斑斑」。⑧「玄」原缺末筆，避宋太祖始祖趙玄朗諱。⑨「嶮岨」類苑本作「險阻」。⑩「寔」詩瘦閣本、四庫本、全唐詩本作「實」。⑪「洞」四庫本、全唐詩本作「洞」，類苑本作「洞」。⑫「候」汲古閣本、四庫本作「堠」，季寫本注：「一作堠。」⑬「玄」原缺末筆，避宋太祖始祖趙玄朗諱。⑭「漢陽王」下皮詩本批校：「張柬之字孟將，洛□（校者按：此字不清楚），唐社稷，封漢陽郡王。」⑮「叱」弘治本、汲古閣本、詩瘦閣本、四庫本、皮詩本、統籤本、類苑本、季寫本、全唐詩本作「吐」。「流」四庫本、統籤本、全唐詩本作「溜」。⑯「房陵遷」下皮詩本批校：「《漢・武帝紀》，□（校者按：此字不清楚）以王明廢，遷房陵，借指盧陵王也。」⑰「逢」季寫本作「逄」。⑱「章陵幸」下皮詩本批校：「光武改春陵鄉爲章陵縣，世世

復從彼比豊、沛。」⑲「皺」皮詩本、統籤本、季寫本、全唐詩本作「縐」。⑳「購」原作「貝（因避宋高宗趙構嫌名祇留左偏旁）」，據弘治本、汲古閣本、詩瘦閣本、四庫本、皮詩本、統籤本、類苑本、季寫本、全唐詩本改。㉑此句斠宋本眉批：「化之以下至七葉後五行宋刻係補板。」㉒「御」四庫本、統籤本、全唐詩本作「卸」。全唐詩本注：「一作御。」皮詩本批校：「御字應作馳也。」㉓「功」類苑本作「巧」。㉔「狗竇」下皮詩本批校：「狗竇用東方朔事。又陸贄貶忠州，土塞玄門，鹽萊皆由狗竇中出……」㉕「玄」字原缺末筆，避宋太祖始祖趙玄朗諱。㉖「即」統籤本、全唐詩本作「於」。全唐詩本注：「一作即。」㉗斠宋本眉批：「詬，宋作后。因嫌名避諱，非后也。」弘治本、季寫本作「后」。錢校本改作「詬」。㉘「余」弘治本、汲古閣本、詩瘦閣本、四庫本、皮詩本、統籤本、類苑本、全唐詩本作「予」。「末」皮詩本作「未」。㉙「和」弘治本、皮詩本、統籤本、類苑本、全唐詩本作「如」。全唐詩本注：「一作和。」

【注釋】

〔一〕魯望：陸龜蒙字，參（序一）注〔八五〕。《襄陽耆舊傳》：參本卷（詩一）注〔一〕。此詩當作於咸通十一年（八七〇）春。

〔二〕漢陽王：張柬之（六二五—七〇六），字孟將，襄州襄陽（今湖北省襄陽市）人。武則天朝任鳳閣侍郎，定謀恢復唐室，助中宗復位，封漢陽郡公，後又封漢陽王。晚年貶新州司馬，憂憤辭世。生平事迹見《舊唐書》（卷九一）、《新唐書》（卷一二〇）本傳。宗社元勛：國家功臣。宗社，宗廟和社稷，指國家。元勛：首功，大功。《漢書》（卷一〇〇下）《叙傳下》：「太祖元勛，啓立輔臣，支庶藩屏，侯王并尊。」

〔三〕孟浩然：孟浩然（六八九—七四〇），字浩然。襄州襄陽（今湖北省襄陽市）人。盛唐早期重要的山水田園詩人，與王維并稱「王孟」。一生主要隱居襄陽。生平事迹見《舊唐書》（卷一九〇下）、《新唐書》（卷二〇三）本傳，《唐才子傳校箋》（卷二）。文章大匠：詩文大家。皮日休《郢州孟亭記》（《皮子文藪》卷七）云：「明皇世，章句之風，大得建安體。論者推李翰林、杜工部爲之尤。介其間能不愧者，唯吾鄉之孟先生也。」

〔四〕無言不詶：任何話都會有酬答。《詩經·大雅·抑》：「無言不讎，無德不報。」《毛傳》：「讎，用也。」

〔五〕次韻：古代詩歌的一種押韻方式，唱和詩采用原作的韻字，并且次序也完全一樣。劉攽《中山詩話》：「唐詩賡和，有次韻——先後無易；有依韻——同在一韻；有用韻——用彼韻不必次。」金埴《不下帶編》（卷三）：「今人概言和韻，而不知唐詩賡和有三體：一曰依韻（用在一韻，不用其字）；一曰次韻（和元韻，效其次第。此創于元、白，其集中曰次用本韻是也。又次韻亦曰步韻、曰踵韻）；一曰用韻（但用彼韻，不次先後）。此見宋劉攽《貢父詩話》。今人屏去依韻、用韻，而專以次韻爲能事，當稱次韻，不當混稱和韻。」此詩亦當作於皮、陸相識後不久。

〔六〕漢水：漢江。起源於陝西省南部漢中市，流經襄陽（今湖北省襄陽市），至武漢市漢口注入長江。碧於天：杜甫《絶句二首》（其二）：「江碧鳥逾白，山青花欲燃。」白居易《和答詩十首·和思歸樂》：「漢水照天碧，楚山插雲青。」又《遊襄陽懷孟浩然》：「楚山碧巖巖，漢水碧湯湯。」

〔七〕南荆：應是指襄州南漳縣荆山。《元和郡縣圖志》（卷二一）《山南道二·襄州》：「南漳縣，荆山在縣西北八十里。三面險絶，惟東南一隅，纔通人徑。」此代指襄陽衆多的山峰。廓然：遠大貌。揚雄《法言》（卷四）《問道》：「大哉，聖人言之至也！開之，廓然見四海；閉之，閛然不睹墻之裹。」

〔八〕廬羅：即指襄陽地區而言。廬，廬邑，本春秋廬戎國，後爲楚所滅，爲楚邑，在襄陽（今湖北省襄陽市）西南。羅，羅國，春秋時國名，後爲楚所滅，在唐襄州宜城縣（今湖北省宜城市）西。

〔九〕鄢郢：亦指當時的襄陽地區。鄢，春秋戰國時楚都，在今湖北省宜城市西南。顧祖禹《讀史方輿紀要》（卷七九）《湖廣五》：「襄陽府宜城縣，鄢城，在縣西南九里。古鄢子國，楚爲鄢縣。《左傳》昭十二年：『王沿夏將欲入鄢』。杜預曰：『順漢水入鄢也。鄢，楚之别都。』」郢，戰國時，楚昭王建都於鄀城（唐屬襄州樂鄉縣，今在湖北省鐘祥市西北），稱作郢。李泰《括地志輯校》（卷四）《襄州樂鄉縣》：「楚昭王故城在襄州樂鄉縣東北三十二里，在故（都）〔鄀〕城東五里，即楚（國故）昭王徙都鄀城也。」迷昔囿：昔日楚都的苑囿消失不見。

〔一〇〕幽奇：幽邃奇妙。無得狀：不可描狀，難以描寫刻畫出來。

〔一一〕巉絶：險峻陡峭。李白《江上望皖公山》：「清宴皖公山，巉絶稱人意。」

〔一二〕興替：興廢盛衰。

〔一三〕悄然：依然，渾然。

〔一四〕班班：顯著貌，明顯貌。《後漢書》（卷八〇下）《文苑傳·趙壹傳》：「余畏禁，不敢班班顯言，竊爲《窮鳥賦》一篇。」李賢注：「班班，明貌。」生：産生，出現。造士：學業有成就的士子。《禮記·王制》：「升於司徒者，不征於鄉；升於學者，不征於司徒，曰造士。」孔穎達疏：「學業既成，即爲造士。」

〔一五〕玄宿（xiù）：天上的星宿。

〔一六〕巴庸：巴，巴國，商至戰國時國名，地屬今重慶市東部一帶。庸，庸國，商至春秋時國名，爲楚所滅。地屬今湖北省竹山縣一帶。嶮岨：同「險阻」。陡峭險峻。

〔一七〕屈景：屈姓、景姓，春秋戰國時楚國貴族大姓。《史記》（卷八四）《屈原賈生列傳》：「屈原者，名平，楚之同姓也。」《正義》：「屈、景、昭，皆楚之族。」豪右：豪權貴族，世家大户。《後漢書》（卷二）《明帝紀》：「濱渠下田，賦與貧人，無令豪右得固其利。」李賢注：「豪右，大家也。」

〔一八〕是非：參（序一）注〔二九〕。

〔一九〕涇渭句：意謂界限清晰，不容混淆。《詩經·邶風·谷風》：「涇以渭濁，湜湜其沚。」《毛傳》：「涇渭相入而清濁異。」《三秦記輯注》（五）《山水·涇水》：「涇水出安定朝郡縣西幵頭山，東南經新平、扶風，至京兆高陵縣而入渭，與渭水合流三百里，清濁不相雜。」

〔二〇〕粵自：自從。粵，發語詞。靈均：屈原（前三三九—？），名平，字原。《離騷》自叙名正則，字靈均。戰國楚人，政治家，詩人。主張抗秦，追求美政。遭受打擊，先後兩次流放。楚國爲秦所滅，悲憤不已，自沉汨羅江。屈原是《楚辭》代表作家。《漢書·藝文志》著録「屈原賦二十五篇」，具體篇目有異説。《離騷》《九歌》《九章》《天問》諸篇無異辭。《史記·屈原賈生列傳》稱其《離騷》「雖與日月争光可也。」劉勰《文心雕龍·辨騷》：「故氣往轢古，辭來切今，驚采絶艷，難與能并矣。……其衣被詞人，非一代也。」後世以「詩騷」并舉，充分肯定了屈原在文學史上的重要地位和深遠影響。

〔二一〕清才：卓越的才能。潘岳《楊仲武誄》：「清才儁茂，盛德日新。」《晋書》（卷六二）《劉輿傳》：「時稱越府有三才：潘滔大才，劉輿長才，裴邈清才。」天漱：老天洗滌鍛煉而成。

〔二二〕洞上隱：指後漢龐德公隱居鹿門山的居處。參本卷（詩一）注〔一七〕。洞上，洞湖。在本集中，皮日休四次寫到洞湖或洞上。除此處外，尚有卷三（序五）「洞湖」，卷四（序七）「洞上」，同卷（詩一一一）「上洞」，雖未點明其具體所在，但詳審這四處所涉及的人和事，可以認定，洞湖在襄陽鹿門山一帶無疑。這與皮、陸詩中寫龐德公隱居於鹿門山的水邊，完全是一致的。此詩言「偉哉洞上隱」，上面陸詩云「衹愛鹿門泉」，可證。

〔二三〕卓爾句：贊美諸葛亮躬耕隆中，而胸懷天下，向劉備提出《隆中對》，精闢地分析天下形勢。卓爾，才能超群出衆。《論語・子罕》：「既竭吾才，如有所立卓爾。」隆中：在襄州襄陽（今湖北省襄陽市），後漢末諸葛亮隱居處。《三國志》（卷三五）《蜀書》（第五）《諸葛亮傳》：「亮躬耕隴畝，好爲《梁父吟》。」裴松之注：「《漢晋春秋》曰：『亮家于南陽之鄧縣，在襄陽城西二十里，號曰隆中。』」顧祖禹《讀史方輿紀要》（卷七九）《湖廣》（五）《襄陽府》：「襄陽縣，隆中山，府西北二十五里，諸葛武侯隱此。」

〔二四〕麋鹿狎：與麋鹿相親近。應上「偉哉洞上隱」，指龐德公隱居生活。將：與。古代隱士與麋鹿爲伍，乃爲常典。《晋書》（卷九四）《陶淡傳》：「於長沙臨湘山中結廬居之，養一白鹿以自偶。」《藝文類聚》（卷九五）引《三輔決録》：「辛繕，字公文，少治《春秋》《詩》《易》。隱居弘農華陰，弟子受業者六百餘人。所居旁有白鹿，甚馴，不畏人。」

〔二五〕麒麟鬥：麒麟角鬥。指諸葛亮輔佐劉備、劉禪，與曹操、孫權、周瑜等人風雲際會，豪傑相争。參本卷（詩一）注〔三〕。

〔二六〕萬乘句：贊美龐德公決意隱居，貴爲天子也不能屈的精神。萬乘，帝王之謂。周制，天子地方千里，兵車萬乘。故以萬乘稱天子。《孟子・梁惠王上》：「萬乘之國，弑其君者，必千乘之家。」趙岐注：「萬乘，兵車萬乘，謂天子也。千乘，諸侯也。」

〔二七〕千鍾：本謂糧食極多。古代以六斛四斗爲一鍾。《孔子家語・致思》：「季孫之賜我粟千鍾也，而交益親。」此謂優厚的俸禄。《史記》（卷四四）《魏世家》：「魏成子以食禄千鍾，什九在外，什一在内，是以東得卜子夏、田子方、段干木。」此句謂諸葛亮功勞蓋世，再多的俸禄也不爲過。

〔二八〕景升：劉表（一四二—二〇八），字景升，山陽高平（今山東省魚臺縣東北）人。東漢遠支皇族。漢末，任荆州刺史，占據今湖北、湖南地區。在當時軍閥混戰，中原大亂的社會背景下，基本保持了這一地區的和平安定。後病死於荆州。《後漢書》（卷七四下）《劉表傳》：「初平元年，長沙太守孫堅殺荆州刺史王叡，詔書以表爲荆州刺史。時江南宗賊大盛，……（蒯越曰：）『兵集衆附，南據江陵，北守襄陽，荆州八郡，可傳檄而定。』……江南悉平。諸守令聞表威名，多解印綬去。表遂理兵襄陽，以觀時變。……（建安）十三年，曹操自將征表，未至。八月，表疽發背卒。在荆州幾二十年，家無餘積。」

〔二九〕境上：境内。指東漢末劉表統治的地區。兵候：軍事上偵察敵情的土堡哨所。「候」同「堠」。劉表死後，其次子劉琮投降曹操，從此，荆州地區陷入三國時期的軍閥混戰狀態，故詩云。參《後漢書》（卷七四下）《劉表傳》。

〔三〇〕檀溪：《元和郡縣圖志》（卷二一）《山南道》（二）：「襄州襄陽縣，檀溪，在縣西南。初，梁高祖鎮荆州，聞齊主崩，令蕭遥光等五人輔政，謂之『五貴』。嘆曰：『政出多門，亂其階矣！』陰懷平京師之意。潛造器械，多伐砍竹木，沈於檀溪，爲舟裝之備。參軍吕僧珍獨悟其旨，亦私具櫓數百張。及義師起，乃取檀溪竹木，裝戰艦。諸將争櫓，僧珍每船付二張，事克集。今溪已淵，非其舊矣。」梁高祖武皇帝蕭衍、吕僧珍事見《梁書》（卷一）《武帝紀上》、（卷一一）《吕僧珍傳》。戈船：一種戰船。《漢書》（卷六）《武帝紀》：「歸義越侯嚴爲戈船將軍，出零陵，下離水。」顔師古注：「張晏曰：『嚴故越人，降爲歸義侯。越人於水中負人船，又有蛟龍之害，故置戈於船下，因以爲名也。』臣瓚曰：『《伍子胥書》有戈船，以載干戈，因謂之戈船也。離水出零陵。』師古曰：『以樓船之例言之，則非爲載干戈也。此蓋船下安戈戟以禦蛟鼉水蟲之害。張説近之。』」《文選》（卷五）左思《吴都賦》：「戈船掩乎江湖。」李善注：「戈船，船下有戈也。……《越絶書》：『伍子胥船有戈。』」

〔三一〕峴嶺：峴山，又名峴首山。《元和郡縣圖志》（卷二一）《山南道》（二）：「襄州襄陽縣，峴山，在縣東南九里。山東臨漢水，古今大路。羊祜鎮襄陽，與鄒潤甫共登此山。後人立碑，謂之墮淚碑，其銘文即蜀人李安所製。」貝胄：以文貝裝飾的頭盔，此指士兵。《詩經・魯頌・閟宫》：「公徒三萬，貝胄朱綅。」《毛傳》：「貝胄，貝飾也。」《文選》（卷五）左思《吴都賦》：「貝胄象弭，織文鳥章。」李善注：「胄，兜鍪，以貝飾之。」峴山屯兵事未詳，然亦情理中事。

〔三二〕礫琇：瓦礫和美石。比喻人才上的庸才和賢才混雜。

〔三三〕上玄：上天。《文選》（卷七）楊子雲《甘泉賦》：「惟漢十世，將郊上玄。」李善注：「上玄，天也。」賞唐德：賞賜給唐王朝的恩德。

〔三四〕漢陽王：參本篇注〔二〕。

〔三五〕帝曰句：上帝説同意你的奏章（誕生賢人的請求）。俞，是，對，表示允諾之意。《尚書·堯典》：「帝曰：俞。予聞，如何。」《孔傳》：「俞，然也。然其所舉言。我亦聞之，其德行如何。」

〔三六〕巨德句：品德高潔使神鬼爲之驚聳。巨德：大德。

〔三七〕宏才句：才幹卓越超過前後的人。轢（lì）：超越。

〔三八〕勢端句：有權勢而端正挺立猶如銅柱。金莖：《文選》（卷一）班固《西都賦》：「抗仙掌以承露，擢雙立之金莖。」李善注：「言承露之高也。《漢書》曰：『孝武又作柏梁、銅柱、承露仙人掌之屬矣。』……金莖，銅柱也。」

〔三九〕質古句：質樸古雅就像玉豆一樣。玉豆：古代君王玉飾的禮器。豆，盛食物的器具。《周禮·春官·外宗》：「外宗掌宗廟之祭祀，佐王后薦玉豆。」賈公彦疏：「凡王之豆籩，皆玉飾之。」《禮記·明堂位》：「薦用玉豆雕篹，爵用玉琖仍雕。」孔穎達疏：「以玉飾豆，故曰玉豆。」

〔四〇〕行葉句：道德功業足以蔭庇千年大椿。此謂張束之功業極高。行葉：似即「行業」，德行功業。《三國志》（卷一）《魏書·武帝紀》：「太祖少機警，有權數，而任俠放蕩，不治行業，故世人未之奇也。」大椿：古代寓言中的神木。《莊子·逍遥遊》：「上古有大椿者，以八千歲爲春，八千歲爲秋，此大年也。」陸德明《經典釋文》（卷二六）《莊子音義上》：「大椿，丑倫反。司馬云：『木一名橓。橓，木槿也。崔音橓華，同。』李云：『生江南，一云生北户南。此木三萬二千歲爲一年。』」

〔四一〕詞源：滔滔不盡的文詞。南朝梁沈約《齊竟陵王發講疏》：「詞源海廣，理塗靈奥。」杜甫《醉歌行》：「詞源倒流三峽水，筆陣獨掃千人軍。」叱：吆喝，命令。洪流：宋玉《小言賦》：「唐勒曰：『析飛塵以爲輿，剖秕糠以爲舟，泛然投乎梧水中，澹若巨海之洪流。』」此句謂張柬之文才浩大。

〔四二〕六成：《禮記·樂記》：「且夫《武》始而北出，再成而滅商，三成而南，四成而南國是疆，五成而分，周公左，召公右，六成復綴以崇。」鄭玄注：「成猶奏也，每奏《武》曲一終爲一成。」清廟：古代帝王的祖廟。清廟音：古代君主祭祀先祖的廟堂樂章。《詩經·周頌·清廟》：「於穆清廟，肅雝顯相。」《毛詩序》：「《清廟》，祀文王也。」《毛傳》：「《清廟》者，祭有清明之德者之宫也。謂祭文王也。……故祭之而歌此詩也。」《禮記·樂記》：「《清廟》之瑟，朱弦而疏越，壹倡而三嘆，有遺音者矣。」此句應是贊揚張柬之維護唐王朝的功勛。

〔四三〕一柱：一根柱子。擎天一柱之意。明堂：古代帝王宣明政教之所。凡朝會、祭祀、慶賞、選士、教學等重大典禮舉辦的地方。《孟子·梁惠王下》：「夫明堂者，王者之堂也。王欲行仁政，則勿毁之矣。」此句謂一柱架起了明堂的結構，喻張柬之在朝廷擔負重任，獨立支撑局面。

〔四四〕房陵遷：《舊唐書》（卷七）《中宗紀》：「中宗大和聖昭孝皇帝諱顯，高宗第七子，母曰則天順聖皇后。……（嗣聖）元年二月，皇太后廢帝爲廬陵王，幽於别所。其年五月，遷於均州，尋徙居房陵。」房陵，唐房州（今湖北省房縣）。《元和郡縣圖志》（卷二一）《山南道》（二）：「襄陽大都督府，房州房陵縣，本漢舊縣，屬漢中郡。後漢改『防』爲『房』。後魏以爲光遷縣，貞觀十年復改爲房陵。」

〔四五〕圓穹：圓形的天穹。此句謂唐中宗被廢，武則天建立新朝，唐王朝的天下猶如天空出現漏洞一樣。

〔四六〕緊王：指漢陽王張柬之。緊，語助詞。揭然：顯露貌。《舊唐書》（卷七）《中宗紀》：「聖曆元年，（則天）召（中宗）還東都，立爲皇太子，依舊名顯。時張易之與弟昌宗潛圖逆亂。神龍元年正月，鳳閣侍郎張柬之……等定策率羽林兵誅易之、昌宗，迎皇太子監國，總司庶政。大赦天下。」《舊唐書》（卷九一）《張柬之傳》：「及誅張易之兄弟，柬之首謀其事。中宗即位，以功擢拜天官尚書，鳳閣鸞臺三品，封漢陽郡公，……月餘，進封漢陽郡王。」

〔四七〕三事：指宰相職位。《漢書》（卷七三）《韋賢傳》：「天子我監，登我三事。」顔師古注：「監，察也。三事，三公之位，謂丞相也。」

〔四八〕騃騃（ái ái）：天真無邪。童幼：兒童。顔之推《顔氏家訓·治家》：「（書籍）或有狼籍几案，分散部帙，多爲童幼婢妾之所點汙。」

〔四九〕低摧：低首摧眉，即低頭狀，形容勞苦憔悴。柳宗元《閔生賦》：「心沉抑以不舒兮，形低摧而自愍。」護中興：指張柬之首謀，誅滅張易之、昌宗兄弟，逼迫武則天，幫助中宗復位，興唐室事。

〔五〇〕若鳳句：猶如鳳凰對待哺食的雛鳳一樣，悉心庇護照料。鷇（kòu）：待母哺食的幼鳥。《爾雅·釋鳥》：「生哺，鷇。」郭璞注：「鳥子，須母食子。」

〔五一〕遇險句：遇到危險一定伸出脚來排除，敢于承擔。

〔五二〕逢誅：遭遇誅戮就伸長頸子，毫不退縮。脰（dòu）：頸項。《説文·肉部》：「脰，項也。」《玉篇·肉部》：「脰，頸也。」

〔五三〕北極：北極星，又名北辰。《論語·爲政》：「爲政以德，譬如北辰居其所而衆星共之。」連下句謂既端正了北極星應有的尊貴的位置，又整治了拱衛它的衆星的錯謬。意指張柬之恢復唐室的史事。

〔五四〕章陵：東漢光武帝劉秀的祖陵。《後漢書》（卷一四）《城陽恭王祉傳》：「初，建武二年，以皇祖、皇考墓爲昌陵，置陵令守視；後改爲章陵，因以春陵爲章陵縣。」《後漢書》（卷一上）《光武帝紀上》：「（建武三年）冬十月壬申，幸春陵，祠園廟，因置酒舊宅，大會故人父老。」又（卷一下）《光武帝紀下》：「（建武）六年春正月丙辰，改春陵鄉爲章陵縣。世世復徭役，比豐、沛，無有所豫。……（建武十七年冬十月）甲申，幸章陵，脩園廟，祠舊宅，觀田廬，置酒作樂，賞賜。」此句以光武帝興復漢室，巡幸祖廟故宅，喻中宗復位，中興唐室。

〔五五〕岐陽守：《左傳·昭公四年》：「成有岐陽之蒐。」杜預注：「周成王歸自奄，大蒐於岐山之陽。」《國語》（卷一四）《晋語八·叔向論務德無争先》：「昔成王盟諸侯于岐陽。」韋昭注：「岐山之陽。」岐陽：地名，在今陝西省岐山縣東北。此句以周成王時天下太平，大會諸侯，喻指唐中宗時唐王朝的復興。

〔五六〕日似句：太陽似乎剛被刮去了一層膜，特别明亮。借用金篦刮眼膜事。《涅槃經》（卷八）：「如目盲人爲治目故，造詣良醫，是時良醫即以金篦決其眼膜。」

〔五七〕天如句：天空好像被重新熨過，更加平展寬闊。兩句喻張柬之等人興復唐室後國家面貌一新的情形。

〔五八〕易政句：改變舊政猶如人咳嗽一樣迅速。欬（kài）：咳嗽。

〔五九〕求賢句：意謂求賢的迫切心情超過了古代千金購賢的故事。《戰國策》（卷二九）《燕一·燕昭王收破燕後即位》：「昭王曰：『寡人將誰朝而可？』郭隗先生曰：『臣聞古之君人，有以千金求千里馬者，三年不能得。涓人言於君曰：「請求之。」君遣之。三月得千里馬，馬已死，買其首五百金，反以報君。君大怒曰：「所求者生馬，安事死馬而捐五百金？」涓人對曰：「死馬且買之五百金，况生馬乎？天下必以王爲能市馬，馬今至矣。」於是不能期年，千里之馬至者三。今王誠欲致士，先從隗始；隗且見事，况賢於隗者乎？豈遠千里哉？』」

〔六〇〕期（jī）年：一整年。《論語·子路》：「子曰：『苟有用我者，期月而已可也。三年有成。』」期月即期年。

〔六一〕翼衛：護衛。《逸周書》（卷二）《大明武》：「陣若雲布，侵若風行，輕車翼衛，在戎一方。」兩舜：意謂唐中宗的聖明超過兩個舜。趨：小步快走。《説文・走部》：「趨，走也。」《玉篇・走部》：「趨，且俞切，疾行貌。《禮》曰：『堂上不趨。』」

〔六二〕鈎陳：星名，靠近北極星，主兵象。此處有鈎陳星拱衛北極星之意。《文選》（卷七）揚雄《甘泉賦》：「詔招摇與太陰兮，伏鈎陳使當兵。」李善注：「服虔曰：『鈎陳，神名也。紫微宫外營陳星也。』……鄭玄《禮記》注曰：『當，主也。』主，謂典領也。」十堯：意謂唐中宗的聖明超過十個堯。《韓非子》（卷八）《功名》：「明君之所以立功成名者四：一曰天時，二曰人心，三曰技能，四曰勢位。非天時，雖十堯不能冬生一穗；逆人心，雖賁、育不能盡人力。」驟：馬奔馳。《説文・馬部》：「驟，馬疾步也。」以上兩句均意謂張柬之竭盡心力，護衛唐中宗。

〔六三〕忽然句：張柬之在唐中宗復位後不久即去宰相職位。《舊唐書》（卷七）《中宗紀》：神龍元年正月，張柬之等誅張易之、昌宗兄弟，「則天傳位於皇太子」。任張柬之爲宰相，封漢陽郡公。「二月甲寅，復國號，依舊爲唐。」四月，任張柬之爲中書令。五月，加授特進，封漢陽郡王，罷知政事。由此失去相位，故詩云「忽然」。遺：丢下，留下。《説文・辵部》：「遺，亡也。」《玉篇・辵部》：「余隹切，亡也。又余恚切，貽也。」

〔六四〕羿：古代善射者。參本卷（詩一）注〔六二〕。御：使用。《玉篇・彳部》：「御，治也，侍也。」彀（gòu）箭靶。此句謂張柬之離開相位猶如羿射箭時箭頭離開箭靶一樣，（順其自然）。

〔六五〕奸倖：邪惡得寵的人。此指武三思等人。乘釁：趁機。《舊唐書》（卷七）《中宗紀》：「（神龍元年七月，）以特進、漢陽郡王張柬之爲襄州刺史，仍不知州事。……（神龍二年六月，）特進、襄州刺史、漢陽郡王張柬之新州司馬，并員外置，長任，舊官封爵并追奪。」《舊唐書》（卷九一）《張柬之傳》：「（神龍元年五月，）進封漢陽郡王，加授特進，令罷知政事。其年秋，柬之表請歸襄州養疾，許之，仍特授襄州刺史，……尋爲武三思所構，貶授新州司馬。柬之至新州，憤恚而卒，年八十餘。」

〔六六〕播遷：遷徙，流放。終壽：直至去世，一生，終身。

〔六七〕遺廟：指爲紀念張柬之所立的祠廟。皮日休《襄州漢陽王故宅》（《全唐詩》卷六一三）：「碑字依稀廟已荒，猶聞耆舊憶賢王。園林一半爲他主，山水虚言是故鄉。戟户野蒿生翠瓦，舞樓栖鴿汙雕梁。柱天功業緣何事，不得終身似霍光。」可見，在唐代襄陽確有漢陽王廟以紀念張柬之。峰㠋：高峻的山峰。

〔六八〕功名句：意謂張柬之功業昭彰，流播後世。組綉：文飾華麗的絲綉。《舊唐書》（卷九一）《張柬之傳》：「景雲元年，制曰：『褒德紀功，事華典册；飾終追遠，理光名教。故吏部尚書張柬之翼戴興運，謨明帝道，經綸謇諤，風範猶存。往屬回邪，構成釁咎，無辜放逐，淪没荒遐。言念勛賢，良深軫悼，宜加寵贈，式賁幽泉。可贈中書令，封漢陽郡公。』建中初，又贈司徒。」

〔六九〕開元：唐玄宗李隆基年號（七一三—七四一），共二十九年，是歷史上艷稱的「開元盛世」。杜甫《憶昔二首》（其二）：「憶昔開元全盛日，小邑猶藏萬家室。」文物：禮樂制度。

〔七〇〕孟子：孟浩然。子是古代對人的敬稱，如孔子、老子。荆岫：楚山。指襄陽的山。楚國古稱荆楚，襄陽屬楚地，故云。襄陽有峴山、萬山、卧龍山、鹿門山、白馬山、百丈山等。《舊唐書》（卷一九〇下）《文苑傳下·孟浩然傳》：「孟浩然，隱鹿門山，以詩自適。年四十來遊京師，應進士不第，還襄陽。張九齡鎮荆州，署爲從事，與之唱和。不達而卒。」《新唐書》（卷二〇三）《文藝傳下·孟浩然傳》：「孟浩然字浩然，襄州襄陽人。少好節義，喜振人患難。隱鹿門山。年四十，乃游京師。……張九齡爲荆州，辟置于府，府罷。開元末，病疽背卒。」

〔七一〕斯文：此文，此詩，指孟浩然詩歌。《論語·子罕》：「天之將喪斯文也，後死者不得與於斯文也。」皮日休《郢州孟亭記》（《皮子文藪》卷七）：「先生之作，遇景入咏，不拘奇抉異，令齷齪束人口者，涵涵然有干霄之興，若公輸氏當巧而不巧者也。」杜甫《解悶十二首》（其六）：「復憶襄陽孟浩然，清詩句句盡堪傳。」縱奇巧：任意奇肆巧妙。縱，《玉篇·糸部》：「縱，恣也，放也。」皮氏云「不拘奇抉異」、「當巧而不巧」，正是不巧之巧也。

〔七二〕秦璽：本是秦始皇的大印，象徵皇權的符瑞之物，上刻有李斯所書篆文。後世歷代相傳，又稱傳國璽，唐稱傳國寶。《史記》（卷六）《秦始皇本紀》：「長信侯毐作亂而覺，矯王御璽及太后璽以發縣卒。」《集解》：「衛宏曰：『秦以前，民皆以金玉爲印，龍虎鈕，唯其所好。秦以來，天子獨以印稱璽，又獨以玉，群臣莫敢用。』」《正義》：「崔浩云：『李斯磨和璧作之，漢諸帝世傳服之，謂「傳國璽」。』韋曜《吴書》云璽方四寸，上句交五龍，文曰：『受命于天，既壽永昌。』《漢書》云文曰：『昊天之命，皇帝壽昌。』按：二文不同。」《漢書》（卷九八）《元后傳》：「初，漢高祖入咸陽至霸上，秦王子嬰降於軹道，奉上始皇璽。及高祖誅項籍，即天子位，因御服其璽，世世傳受，號曰漢傳國璽。」以上二句意謂孟浩然詩歌新奇巧妙，猶如秦璽重新雕鏤一樣。

〔七三〕牛衣：《漢書》（卷七六）《王章傳》：「初，章爲諸生學長安，獨與妻居。章疾病，無被，卧牛衣中。與妻决，涕泣。」顔師古注：「牛衣，編亂麻爲之，即今俗呼爲龍具者。」王先謙《漢書補注》引程大昌《演繁露》：「牛衣者，編草使暖，以被牛體，蓋蓑衣之類也。」此句謂孟浩然甘於貧賤生活。

〔七四〕狗竇：狗洞。《晉書》（卷四九）《光逸傳》：「光逸字孟祖。……尋以世難，避亂渡江，復依（胡毋）輔之。初至，屬輔之與謝鯤、阮放、畢卓、羊曼、桓彝、阮孚散髮裸裎，閉室酣飲已累日。逸將排户入，守者不聽，逸便於户外脱衣露頭於狗竇中窺之而大叫。輔之驚曰：『他人决不能爾，必我孟祖也。』遽呼入，遂與飲，不捨晝夜。時人謂之八達。」此句謂孟浩然性格豪邁曠達。《新唐書》（卷二〇三）《文藝傳下·孟浩然傳》：「采訪使韓朝宗約浩然偕至京師，欲薦諸朝。會故人至，劇飲歡甚。或曰：『君與韓公有期。』浩然叱曰：『業已飲，遑恤他！』卒不赴。朝宗怒，辭行，浩然不悔也。」可證。

〔七五〕《易》爻：《周易》六十四卦，每卦六爻，有陰爻，有陽爻。《周易·繫辭上》：「六爻之動，三極之道也。……彖者，言乎象者也；爻者，言乎變者也。」此句謂孟浩然詩思變化有如《易》爻一樣。

〔七六〕《玄首》：《玄》，《太玄》，揚雄摹擬《周易》之作。《玄首》，《太玄》中的一篇。《太玄·玄首序》：「馴乎玄，渾行無窮正象天。陰陽坒參，以一陽乘一統，萬物資形。方州部家，三位疏成。曰陳其九九，以爲數生。贊上群綱，乃綜乎名。八十一首，歲事咸貞。」此句謂孟浩然才智通暢恰似《玄首》一樣。

〔七七〕龍宮室：即龍宮。傳説大海底部有龍王的宫殿，珍奇珠寶極多。《法華經·提婆達多品》：「爾時文殊師利坐于千葉蓮花，大如車輪，俱來菩薩亦坐寶蓮花，從于大海娑竭羅龍宫，自然涌出。」《龍樹菩薩傳》：「大龍菩薩見其如是，惜而愍之。即接之入海，于宫殿中開七寶藏，發七寶華函，以諸方等深奥經典無量妙法授之。龍樹受讀，九十日中通解甚多。」

〔七八〕天篆籀：天上的字，天書。篆籀，參本卷（詩一）注〔七五〕。以上兩句説孟浩然的詩歌猶如天書一樣被秘藏，格外受人珍視。

〔七九〕知者句：相知者争着事奉敬慕他。戴：《玉篇·異部》：「戴，奉也，在首也，事也。」王士源《孟浩然集序》：「交游之中，通脱傾蓋，機警無匿。學不爲儒，務掇菁藻；文不按古，匠心獨妙。五言詩天下稱其盡美矣。……丞相范陽張九齡、侍御史京兆王維、尚書侍郎河東裴朏、范陽盧僎、大理評事河東裴總、華陰太守滎陽鄭倩之、太守河南獨孤册，率與浩然爲忘形之交。」《新唐書》（卷二〇三）《文藝傳下·孟浩然傳》：「嘗於太學賦詩，一座嗟伏，無敢抗。張九齡、王維雅稱道之。」李白《贈孟浩然》：「吾愛孟夫子，風流天下聞。紅顔棄軒冕，白首卧松雲。醉月頻中聖，迷花不事君。高山安可仰，徒此揖清芬。」殷璠《河嶽英靈集》（卷中）：「余嘗謂禰衡不遇，趙壹無禄，其過在人也。及觀襄陽孟浩然罄折謙退，才名日高，天下籍臺，竟淪落明代，終於布衣，悲夫！浩然詩，文彩丰茸，經緯綿密，半遵雅調，全削凡體。至如『衆山遥對酒，孤嶼共題詩。』無論興象，兼復故實。又『氣蒸雲夢澤，波動岳陽城。』亦爲高唱。」杜甫《解悶十二首》（其六）：「復憶襄陽孟浩然，清詩句句盡堪傳。即今耆舊無新語，漫釣槎頭縮頸鯿。」時人推尊孟浩然，可見一斑。

〔八〇〕任達：曠達率真。百觚（gū）：多觚。泛指許多杯酒。觚，古代盛酒器具。《説文·角部》：「鄉飲酒之爵也。一曰：觴受三升者謂之觚。」《孔叢子·儒服》：「堯舜千鍾，孔子百觚。」王士源《孟浩然集序》：「山南采訪使本郡守昌黎韓朝宗，謂浩然間代清律，寘諸周行，必咏穆如之頌。因入秦，與偕行，先揚于朝。與期，約日引謁。及期，浩然會寮友文酒講好甚適。或曰：『子與韓公預約而怠之，無乃不可乎？』浩然叱曰：『僕已飲矣，身行樂耳，遑恤其他！』遂畢席不赴，由是間罷。既而浩然亦不之悔也。其好樂忘名如此。」

〔八一〕才鬼：有才華的鬼。稱贊孟浩然很有詩才，去世後仍是鬼中才子。唐人常稱贊孟浩然有才。王迥《同孟浩然宴賦》（《全唐詩》卷一一五）：「屈宋英聲今止已，江山繼嗣多才子，作者于今盡相似，聚宴王家其樂矣。」施肩吾《登峴亭懷孟生》（《全唐詩》卷四九四）：「鹿門才子不再生，怪景幽奇無管屬。」張祜《題孟處士宅》（《全唐詩》卷五一一）：「高才何必貴，下位不妨賢。」朱慶餘《過孟浩然舊居》（《全唐詩》卷五一五）：「命合終山水，才非不稱時。」

〔八二〕恐爲：恐作。仙籍：神仙的名籍。道教認爲仙籍有名者方得成仙。《太平廣記》（卷六三）《驪山姥》條：「受此符者，當須名列仙籍，骨相應仙，而後可以語至道之幽妙，啓玄關之鎖鑰耳。」售：賣出。《説文・口部》：「售，賣去手也。《詩》曰：『賈用不售。』」此句謂孟浩然去世後名入仙籍。

〔八三〕二賢：張柬之、孟浩然。末：此作「後」解。《説文・木部》：「末，木上曰末。」《玉篇・木部》：「末，端也，顛也，盡也。」

〔八四〕升木狖：爬上樹木的猴子。《文選》（卷五）左思《吴都賦》：「其上則猿父哀吟，貚子長嘯。狖鼯猓然，騰趠飛超。」李善注：「《異物志》曰：『狖，猿類，露鼻，尾長四五尺。居樹上，雨則以尾塞鼻。』」

〔八五〕兼濟句：《孟子・盡心上》：「窮則獨善其身，達則兼善天下。」趙岐注：「獨治其身，以立於世間，不失其操也，是故獨善其身。達謂得行其道，故能兼善天下也。」《莊子・列禦寇》：「小夫之知，不離苞苴竿牘，敝精神乎蹇淺，而欲兼濟道物。」韓愈《争臣論》：「得其道，不敢獨善其身，而必以兼濟天下也。」「兼濟」即「兼善」之意，謂得志道行，施恩澤於民衆。此指張柬之。獨善謂自身遭遇困厄，但注重修養，保持節操。此指孟浩然。

〔八六〕懷其臭：思慕敬仰其清芬氣息。懷，《説文·心部》：「懷，念思也。」臭（chòu），香氣。《周易·繫辭上》：「同心之言，其臭如蘭。」此句謂對張柬之的「兼濟」和孟浩然的「獨善」都懷有欽慕之心。

〔八七〕江漢：長江、漢江。漢江爲長江最大支流，流經襄陽，其地屬江漢地區。炳靈：神靈，神靈顯明。《文選》（卷四）左思《蜀都賦》：「近則江漢炳靈，世載其英。」吕向注：「炳，明也。載，猶生也。言江漢明靈，故代生英哲。」

〔八八〕克明：《尚書·堯典》：「克明俊德，以親九族。」孔安國傳：「能明俊德之士任用之，以睦高祖玄孫之親。」清晝：白天。此喻時代清明，天下太平。此句謂太平時代賢明之人相繼出現（含蓄表達了作者繼承故鄉先賢的志趣）。

〔八九〕醨（lí）：《説文·酉部》：「醨，薄酒也。」和：融會在一起。《説文·口部》：「和，相應也。」醇酎：美酒。參本卷（詩一）注〔八〕。

〔九〇〕陸夫子：陸龜蒙。夫子，古代對人的尊稱。參本卷（詩一）注〔三〕。

〔九一〕駑心：智力低下。駑，劣馬。伏櫪：猶伏櫪。曹操《步出夏門行》：「老驥伏櫪，志在千里。」馬伏在食槽上，受人馴養，等待馳騁千里之時，喻人等待時機，以展現抱負。

〔九二〕世外交：超脱世俗的交往。《晋書》（卷八〇）《王羲之傳》附《許邁傳》：「許邁字叔玄，一名映，丹楊句容人也。……初采藥於桐廬縣之桓山，……永和二年，移入臨安西山，登巖茹芝，眇爾自得，有終焉之志。……義之造之，未嘗不彌日忘歸，相與爲世外之交。」

〔九三〕邂逅：《詩經・鄭風・野有蔓草》：「有美一人，清揚婉兮。邂逅相遇，適我願兮。」《毛傳》：「邂逅，不期而會。」

〔九四〕兩鶴：喻作者自己和陸龜蒙。鶴閑，鶴的神態閑逸高雅，蕭散自得。古人多用以喻高士的生活和情趣。

〔九五〕雙松：亦喻作者和陸龜蒙。松格瘦，松樹貞剛挺拔的格調氣度謂之瘦。古人亦用以喻高士的儀態風度。

〔九六〕仙才：超凡脱俗的才華。《漢武帝内傳》：「劉徹好道，適來視之，見徹了了，似可成進。然形慢神穢，腦血淫漏，……語之至道，殆恐非仙才。」

〔九七〕漣漣：《詩經・衛風・氓》：「不見復關，泣涕漣漣。」鄭玄箋：「漣，泣貌。」《玉篇・水部》：「《詩》曰：『泣涕漣漣』，淚下貌。」

【箋評】

温庭筠樂府：「春水碧於天，畫船聽雨眠。」皮日休《松陵集》詩云：「漢水碧於天，南荆廓然秀。」豫章取以作《演雅》云：「江南野水碧於天，中有白鷗閒似我。」（吴曾《能改齋漫録》卷八《沿襲・春水碧於天》）

白樂天：「金斗熨波刀剪紋」，陸龜蒙：「波平熨不如」，又「天如重熨皺」，温庭筠：「緑波如熨

豁愁腸」，王君玉：「金斗熨沉香」，又「金斗熨秋江」。（龔頤正《芥隱筆記》）

《説文》：「熨，持火申繒也。一曰火斗。」柳文所謂「鈷鉧」也。古音「鬱」，今轉音「暈」。杜工部詩「美人細意熨帖平」，白樂天詩「金斗熨波刀剪文」，温庭筠詩「緑波如熨割愁腸」，陸魯望詩「波平熨不如」，又「天如重熨皺」，王君玉詞「金斗熨秋江」，晁次膺詞「去日玉刀封斷恨，見時金斗熨愁眉。」（楊慎《升庵詩話》卷十一《詩用熨字》）

《演雅》云：「江南野水碧於天。」天社注引盧仝：「水泛碧天色。」按吴曾《能改齋漫録》卷八引温庭筠樂府「春水碧於天」，皮日休《松陵集》「漢水碧於天」，以此爲長。又按《演雅》云：「江南野水碧於天，中有白鷗閑似我。」明楊基《眉菴集·寓江寧村居病起寫懷》第七首云：「無數白鷗閑似我，一江春水碧於天。」疑即取此二語入七律爲一聯也。（錢鍾書《談藝録》二《黄山谷詩補注》）

魯望昨以五百言見貽①，過有褒美〔一〕，内揣庸陋〔二〕，彌增愧悚②，因成一千言，上述吾唐文物之盛〔三〕，次叙相得之歡〔四〕，亦迭和之微旨也〔五〕

日休③

三辰至精氣〔六〕，生自蒼頡前〔七〕。粤從有文字〔八〕，精氣銖於綿④〔九〕。所以楊墨後〔一〇〕，文詞縱横顛⑤〔一一〕。元狩富材術〔一二〕，建安儼英賢〔一三〕。厥祀四百餘〔一四〕，作者如排穿〔一五〕。五馬渡江日〔一六〕，群魚食蒲年〔一七〕。大風蕩天地〔一八〕，萬陣黄鬚羶〔一九〕。縱有命世才⑥〔二〇〕，不如一空拳⑦〔二一〕。後至陳隋世〔二二〕，得之拘且緛〔二三〕。太浮如瀲灩〔二四〕，太細如蚳蝝〔二五〕。太亂如靡靡〔二六〕，太輕如芊芊〔二七〕。流之爲酗醟⑧〔二八〕，變之爲遊畋〔二九〕。百足雖云衆⑨〔三〇〕，不救殺馬蚿⑩〔三一〕。君臣作降虜〔三二〕，北走如獼猭〔三三〕。所以文字妖〔三四〕，致其國朝遷〔三五〕。吾唐革其弊〔三六〕，取士將科懸⑪〔三七〕。文星下爲人〔三八〕，洪秀密於緶⑫〔三九〕。大開紫宸扉⑬〔四〇〕，來者皆詳延⑭〔四一〕。日晏朝不罷〔四二〕，龍姿歡軥軥〔四三〕（原注：音句⑮。《吕氏春秋》云：「天子軥軥」〔四四〕。）。於焉周道反〔四五〕，由是秦法悛⑯〔四六〕。射洪陳子昂〔四七〕，其聲亦喧闐〔四八〕。惜哉不得時，將奮猶拘攣〔四九〕。玉壘李太白〔五〇〕，銅堤孟浩然⑰〔五一〕。李寬包堪輿⑱〔五二〕，孟澹凝漪漣⑲〔五三〕。埋骨采石壙〔五四〕，留神鹿門埏〔五五〕。俾其羈旅死⑳，實覺天地孱〔五六〕。猗歟子美思㉑〔五七〕，不盡如轉輇〔五八〕（原注：筌㉒）。縱爲三十車〔五九〕，一字不可捐〔六〇〕。既作風雅主〔六一〕，遂司歌咏權㉓〔六二〕。誰知耒陽土㉔〔六三〕，埋却真神仙。當於李杜際〔六四〕，名輩或溯沿〔六五〕。良御非異馬〔六六〕，由弓非他弦㉕〔六七〕。其物無同異，其人有媸妍㉖〔六八〕。自開元至今〔六九〕，宗匠紛如煙〔七〇〕。爽若沆瀣英〔七一〕，高如崑崙巔〔七二〕。百家囂浮説〔七三〕，諸子率寓篇〔七四〕。築之爲京觀〔七五〕，解之爲牲牷〔七六〕。各持天地維〔七七〕，率意東西牽。競抵元化首〔七八〕，爭扼真宰咽㉗〔七九〕。或作制誥藪㉘〔八〇〕，或爲宫體淵〔八一〕。或堪被金石〔八二〕，或可投花鈿〔八三〕。或爲輿隸唱〔八四〕，或被兒童憐〔八五〕。烏壘虜亦寫〔八六〕，鷄林夷爭傳〔八七〕。披猖覆載樞㉙〔八八〕，捭闔神異鍵㉚〔八九〕。力掀尾閭立㉛〔九〇〕，鬼軋大塊旋㉜〔九一〕。降氣或若虹㉝，耀影或如蔑㉞〔九二〕。萬象瘡復痏〔九三〕，百靈瘠且癵㉟〔九四〕。謂乎數十公㊱〔九五〕，筆若明堂椽〔九六〕。其中有擬者㊲，不絶當如綖〔九七〕。齊驅不讓策，并駕或爭駢㊳〔九八〕。所以吾唐風，直將三代甄〔九九〕。被此文物盛㊴〔一〇〇〕，由乎聲詩宣㊵〔一〇一〕。采彼風人謡〔一〇二〕，輶軒輕似鸇〔一〇三〕。麗者固不捨〔一〇四〕，鄙者亦爲銓〔一〇五〕。其中有鑒戒〔一〇六〕，一一堪雕鐫。乙夜以觀之〔一〇七〕，吾君無釋焉〔一〇八〕。遂命大司樂〔一〇九〕，度之如星躔〔一一〇〕。播於樂府中㊶〔一一一〕，俾爲萬代蠲〔一一二〕。吹彼圓丘竹〔一一三〕，誦茲清廟絃㊷〔一一四〕。不唯娛列祖㊸〔一一五〕，兼可格上玄㊹〔一一六〕。粵余何爲者㊺，生自江海壖㊻〔一一七〕。騃騃自總角㊼〔一一八〕，不甘耕一壥㊽〔一一九〕。諸昆指倉庫〔一二〇〕，謂我死道邊㊾。何爲不力農〔一二一〕，稽古真可嘕㊿〔一二二〕。遂與襏襫著(51)〔一二三〕，兼之簦笠全〔一二四〕。風吹蔓草花，颯颯盈荒田〔一二五〕。老牛瞪不行(52)，力弱誰能鞭。乃將耒與耜(53)〔一二六〕，并換槧與鉛〔一二七〕。閲彼圖籍肆〔一二八〕，致之千百編〔一二九〕。携將入蘇嶺（原注：鹿門別名）〔一三〇〕，不就無出緣〔一三一〕。堆書塞低屋，添硯涸小泉(54)。對燈任髻爇〔一三二〕，憑案從肘研(55)〔一三三〕。苟無切玉刀〔一三四〕，難除指上胼(56)〔一三五〕。爾來五寒暑〔一三六〕，試藝稱精專(57)〔一三七〕。昌黎道未著(58)〔一三八〕，文教如欲騫〔一三九〕。其中有聲病〔一四〇〕，於我如誕譚(59)〔一四一〕（原注：天譚二音，語不正貌(60)。）是敢驅頹波〔一四二〕，歸之于大川(61)。其文如可用，不敢佞與便〔一四三〕。明水在藁秸〔一四四〕，大羹臨豆籩[62]〔一四五〕。將來示時人〔一四六〕，猰貐垂饞涎[63]〔一四七〕。亦或尚華縟〔一四八〕，亦曾爲便嬛〔一四九〕。亦能制灝灝〔一五〇〕，亦解攻翩翩〔一五一〕。唯思逢陣敵[64]，與彼争後先。避兵入勾吴[65]〔一五二〕，窮悴祇自跧[66]〔一五三〕。平原陸夫子〔一五四〕，投刺來蹁躚[67]〔一五五〕。開卷讀數行[68]，爲之加敬虔〔一五六〕。忽窮一兩首，反顧唯曲拳〔一五七〕。始來遺巾幗〔一五八〕，乃敢排戈鋋〔一五九〕。或爲拔幟走〔一六〇〕，或遭劘壘還〔一六一〕。不能收亂轍〔一六二〕，豈暇重爲箄[69]〔一六三〕。雖然未三北〔一六四〕，亦可輸千鐉[70]〔一六五〕（原注：止專反，《尚書》云：「贖罪千鐉。」[71]）。向來説文士[72]〔一六六〕，爾汝名可聯〔一六七〕。聖人病没世[73]〔一六八〕，不患窮而蹎[74]〔一六九〕。我未九品位〔一七〇〕，君無一囊錢〔一七一〕。相逢得何事[75]，兩籠訓唱牋〔一七二〕。無顔解媮合〔一七三〕，底事居冗員〔一七四〕。方知萬鍾禄〔一七五〕，不博五湖船〔一七六〕。夷險但明月[76]〔一七七〕，死生應白蓮〔一七八〕。吟餘凭几飲〔一七九〕，釣罷隈蓑眠[77]〔一八〇〕。終抛峴山業〔一八一〕，相共此留連〔一八二〕。（詩三）

【校記】

①「魯望」前汲古閣本有「陸」。「五百言」季寫本作「五言詩」。②「增」皮詩本、統籤本作「憎」。③「日休」前四庫本有「皮」。底本在作者姓名第二次出現時只署名，不稱姓。四庫本則是名、姓全署。以下不再一一出校。④「於」項刻本作「于」。⑤「詞」項刻本作「祠」。⑥「有」項刻本作「云」。⑦詩瘦閣本眉批：「眷音捲，弩弓。」皮詩本批校：「眷，弩絭也。《前漢・李陵傳》：『士張

空拳，冒白刃。』注：『拳，絭也，無張弩之空弓，非拳手也。』」項刻本作「拳」。⑧「酌」原作「酳」，據斠宋本、弘治本、汲古閣本、詩瘦閣本、四庫本、皮詩本、項刻本、統籤本、類苑本、季寫本、全唐詩本改。皮詩本批校：「酌音煦，醬音咏。《玉篇》：『兇酒曰酌醬。』」⑨皮詩本批校：「《博物志》：『百足一名馬蚿，中斷成兩段，各行而去。』蚿音賢。」⑩「蚿」原缺「玄」末筆，避宋太祖始祖趙玄朗諱。⑪「懸」統籤本、類苑本、季寫本、全唐詩本作「縣」。⑫「密」皮詩本、統籤本作「蜜」。「緶」皮詩本批校：「緶，《説文》：『交枲也。』」統籤本作「緶」。⑬「大」皮詩本、統籤本、季寫本作「太」。⑭「詳」項刻本作「許」。⑮「句」汲古閣本、詩瘦閣本、四庫本、皮詩本、統籤本、類苑本、季寫本、全唐詩本作「田」。⑯「由」汲古閣本作「繇」。⑰「堤」詩瘦閣本、項刻本作「鍉」。⑱「輿」斠宋本作「與」。⑲「凝」詩瘦閣本、皮詩本、項刻本、統籤本、季寫本、全唐詩本作「擬」。全唐詩本注：「一作凝。」「漪」季寫本作「猗」。⑳「俾」項刻本作「埤」。㉑「歟」皮詩本、統籤本、季寫本作「與」。㉒「筌」前汲古閣本、詩瘦閣本、皮詩本、統籤本有「音」字。類苑本、季寫本無「筌」字。㉓「咏」原作「詠」，據類苑本改。㉔「土」原作「上」，據弘治本、汲古閣本、詩瘦閣本、四庫本、皮詩本、項刻本、統籤本、類苑本、季寫本、全唐詩本改。「耒」項刻本作「來」。㉕「由」汲古閣本作「繇」。㉖「媸」原作「嗤」，據弘治本、汲古閣本、詩瘦閣本、四庫本、盧校本、皮詩本、項刻本、統籤本、季寫本、全唐詩本改。㉗「真」項刻本作「其」。㉘「詰」原作「浩」，據弘治本、汲古閣本、詩瘦閣本、四庫本、皮詩本、項刻本、統籤本、類苑本、季寫本、全唐詩本改。㉙「狷」詩瘦閣本作

「褐」，皮詩本、項刻本、統籤本、類苑本、季寫本、全唐詩本作「揭」。全唐詩本注：「一作猖。」「載」弘治本作「□」。㉚「捭」原作「摒」，據四庫本、皮詩本、項刻本、統籤本、季寫本、全唐詩本改。㉛「尾」項刻本作「瓦」。㉜「鬼」四庫本、全唐詩本作「思」，全唐詩本注：「一作鬼。」季寫本注：「一作思。」㉝「氣」弘治本作「□」。㉞皮詩本批校：「『薉』，此字無考，疑刻誤。」㉟「癵」原作「戀」，據四庫本、皮詩本、統籤本、季寫本、全唐詩本改。弘治本作「□」。項刻本作「癧」。㊱「謂」項刻本作「爲」。㊲「擬」原作「礙」，據弘治本、汲古閣本、詩瘦閣本、四庫本、皮詩本、項刻本、統籤本、類苑本、季寫本、全唐詩本改。㊳「或」原作「戒」，據弘治本、汲古閣本、詩瘦閣本、四庫本、皮詩本、項刻本、統籤本、類苑本、季寫本、全唐詩本改。㊴斠宋本眉批：「『被』疑『致』。」㊵「由」汲古閣本、四庫本作「繇」。㊶「於」項刻本、統籤本、季寫本作「于」。㊷「絃」原缺「玄」末筆，避宋太祖始祖趙玄朗諱。㊸「唯」弘治本、汲古閣本、詩瘦閣本、皮詩本、項刻本、季寫本、全唐詩本作「惟」。㊹「玄」原缺末筆，避宋太祖始祖趙玄朗諱。㊺「余」弘治本、汲古閣本、詩瘦閣本、四庫本、皮詩本、項刻本、統籤本、季寫本、全唐詩本作「予」。㊻「壖」汲古閣本、四庫本作「堧」。㊼「總」盧校本作「捴」，項刻本作「鬆」。㊽「壢」原作「堙」，據弘治本、汲古閣本、詩瘦閣本、四庫本、皮詩本、統籤本、類苑本、季寫本、全唐詩本改。㊾「死」項刻本作「使」。㊿詩瘦閣本眉批：「嘕音軒，笑貌。」項刻本作「墕」。(51)「襏襰」斠宋本作「撥襰」。「著」皮詩本、項刻本、類苑本作「着」。(52)「瞪」項刻本作「蹬」。(53)「耜」類苑本作「耕」。(54)「硯」全唐詩本作「研」。(55)「斫」弘治本、汲古閣本、四庫本、皮詩本、項刻本、統籤本、類苑本、季寫本作「研」。(56)「賆」季寫本作「駢」。(57)「專」項刻本作「奇」。(58)「未」原作「耒」，據弘治本、汲古閣本、詩瘦閣本、四庫本、皮詩本、項刻本、統籤本、類苑本、季寫本、全唐詩本改。(59)「於」項刻本作「于」。「硟磾」項刻本作「蜒蟬」。(60)「天磾二音，語不正貌」鄣宋本眉批：「宋刻補板止此。」「磾」汲古閣本、四庫本、皮詩本、統籤本作「蟬」。類苑本無此注語。「天磾二音」季寫本作「音天蟬」。(61)「于」汲古閣本、四庫本、統籤本、季寫本、全唐詩本作「於」。(62)「大」全唐詩本作「太」。(63)「嚵」四庫本、全唐詩本作「饞」。(64)「唯」汲古閣本、四庫本作「惟」。「逢」季寫本作「逄」。(65)「勾」弘治本、汲古閣本、詩瘦閣本、四庫本、皮詩本、項刻本、統籤本、類苑本、季寫本、全唐詩本作「句」。(66)皮詩本批校：「跧，《說文》：『蹴也，一曰：卑也，絭也。』又《廣韻》：『伏也。』應從伏字解。」(67)「刺」原作「剌」，據詩瘦閣本、項刻本、類苑本、季寫本、全唐詩本作改。「蹁躚」全唐詩本作「翩躚」。(68)「行」類苑本作「篇」。(69)詩瘦閣本眉批：「篿音專，結草折竹。」(70)皮詩本批校：「鐉，當與鍰同。鍰重六兩，鋝亦如之。」(71)「止」汲古閣本、皮詩本、統籤本、全唐詩本作「丑」，詩瘦閣本作「尹」，四庫本作「且」。類苑本無此注語。季寫本無「止專反」三字。(72)「士」四庫本、皮詩本、統籤本、季寫本、全唐詩本作「字」。(73)「没」全唐詩本作「殁」。(74)皮詩本批校：「蹎音顛，《説文》：『跋也。』《前漢·貢禹傳》：『誠恐一旦蹎仆。』章竭注：『蹷蹪也。』從蹪解是。」(75)「逢」季寫本作「逄」。(76)「險」全唐詩本作「儉」。(77)「限」錢校本眉批：「『限』疑當是『佷』。」四庫本、全唐詩本作「佷」。

【注釋】

〔一〕褒美：嘉獎贊美。《後漢書》（卷一六）《鄧寇傳》：「帝嘉之，數賜書褒美。」

〔二〕庸陋：平庸淺陋。葛洪《抱朴子·外篇》（卷五〇）《自叙》：「余以庸陋，沈抑婆娑，用不合時，行舛於世。」此詩當作於唐懿宗咸通十一年（八七〇）春皮日休任蘇州從事，與陸龜蒙相識不久。

〔三〕文物：禮樂制度，法令典章。

〔四〕相得：彼此投緣，兩相契合。《史記》（卷一〇七）《魏其武安侯列傳》：「相得歡甚，無厭，恨相知晚也。」

〔五〕迭和：互相反復唱和。《文選》（卷一九）宋玉《高唐賦》：「當年遨遊，更唱迭和，赴曲隨流。」微旨：隱而未露的意願。《漢書》（卷八四）《翟方進傳》：「奏事亡不當意，内求人主微指以固其位。」

〔六〕三辰：《左傳·桓公二年》：「三辰旂旗，昭其明也。」杜預注：「三辰，日、月、星也。」至精氣：最爲精妙粹美的事物。《吕氏春秋·審分覽·君守》：「天無形而萬物以成，至精無象而萬物以化。」

〔七〕蒼頡：即倉頡，古代傳説中黄帝的史官，漢字的創造者。《荀子·解蔽》：「故好書者衆矣，而倉頡獨傳者，壹也。」許慎《説文解字叙》：「黄帝之史倉頡見鳥獸蹏迒之迹，知分理之可相别異也，初造書契。」

〔八〕粤從：自從。粤，句首助詞。

〔九〕銖於綿：重量極輕，猶如絲綿。此喻綿密幽細。銖，古代重量單位。劉向《説苑》（卷一八）《辨物》：「六豆爲一銖，二十四銖爲一兩，十六兩爲一斤。」

〔一〇〕楊墨：戰國時，楊朱、墨翟并稱楊墨。楊朱主張「爲我」，墨翟提倡「兼愛」，在當時極有影響，對儒家學説衝擊很大。《孟子·滕文公下》：「聖王不作，諸侯放恣，處士横議，楊朱、墨翟之言盈天下。天下之言不歸楊，則歸墨。楊氏爲我，是無君也；墨氏兼愛，是無父也。無父無君，是禽獸也。……楊、墨之道不息，孔子之道不著，是邪説誣民，充塞仁義也。」

〔一一〕縱横顛：縱横顛倒，雜陳混亂。此句謂戰國時期百家蜂起，諸子異説。《漢書》（卷三〇）《藝文志》：「諸子十家，其可觀者九家而已。皆起於王道既微，諸侯力政，時君世主，好惡殊方，是以九家之（説）〔術〕蜂出并作，各引一端，崇其所善，以此馳説，取合諸侯。其言雖殊，辟猶水火，相滅亦相生也。仁之與義，敬之與和，相反而皆相成也。」

〔一二〕元狩：漢武帝劉徹年號（前一二二—前一一七），此代指其整個統治時期。富材術：謂漢武帝時期人才輩出，文武隆盛。《漢書》（卷五八）《公孫弘卜式兒寬傳》：「上方欲用文武，求之如弗及，始以蒲輪迎枚生，見主父而嘆息。群士慕嚮，異人并出。卜式拔於芻牧，弘羊擢於賈豎，衛青奮於奴僕，日磾出於降虜，斯亦曩時版築飯牛之（明）〔朋〕已。漢之得人，於兹爲盛。儒雅則公孫弘、董仲舒、兒寬，篤行則石建、石慶，質直則汲黯、卜式，推賢則韓安國、鄭當時，定令則趙禹、張湯，文章則司馬遷、相如，滑稽則東方朔、枚皋，應對則嚴助、朱買臣，曆數則唐都、洛下閎，協律則李延年，運籌則桑弘羊，奉使則張騫、蘇武，將率則衛青、霍去病，受遺則霍光、金日磾，其餘不可勝紀。是以興造功業，制度遺文，後世莫及。」

〔一三〕建安：東漢最後一個皇帝漢獻帝劉協年號（一九六—二二〇）。儼英賢：謂英賢之士衆多。儼：《説文·人部》：「儼，昂頭也。一曰：好貌。」《玉篇·人部》：「儼，《詩》云：『碩大且儼。』矜莊貌。」建安時代，以「三曹」、「建安七子」爲代表，詩歌繁榮，後世盛稱「建安風骨」、「建安風力」。劉勰《文心雕龍·時序》：「自獻帝播遷，文學蓬轉，建安之末，區宇方輯。魏武以相王之尊，雅愛詩章；文帝以副君之重，妙善辭賦；陳思以公子之豪，下筆琳瑯：并體貌英逸，故俊才雲蒸。仲宣委質於漢南，孔璋歸命於河北，偉長從宦於青土，公幹徇質於海隅，德璉綜其斐然之思，元瑜展其翩翩之樂，文蔚休伯之儔，于叔德祖之侣，傲雅觴豆之前，雍容衽席之上，灑筆以成酣歌，和墨以藉談笑，觀其時文，雅好慷慨，良由世積亂離，風衰俗怨，并志深而筆長，故梗概而多氣也。」鍾嶸《詩品序》：「降及建安，曹公父子，篤好斯文；平原兄弟，鬱爲文棟；劉楨、王粲，爲其羽翼。次有攀龍托鳳，自致于屬車者，蓋將百計。彬彬之盛，大備于時矣！」

〔一四〕厥祀四百餘：兩漢從高祖劉邦于公元前二〇六年立國至東漢獻帝劉協延康元年（公元二二

○)亡國,歷四二四年。厥,其。祀,《尚書·伊訓》:「惟元祀,十有二月。乙丑,伊尹祠于先王。」《孔傳》:「祀,年也。夏曰歲,商曰祀,周曰年,唐虞曰載。」

〔一五〕排穿:排成隊依次而過。喻人才輩出。

〔一六〕五馬渡江:指西晋亡國,南北分裂,東晋建立的史事。《晋書》(卷六)《元帝紀》:「太安之際,童謡云:『五馬浮渡江,一馬化爲龍。』及永嘉中,歲、鎮、熒惑、太白聚斗、牛之間,識者以爲吴越之地當興王者。是歲,王室淪覆,帝(司馬睿)與西陽(司馬羕)、汝南(司馬祐)、南頓(司馬宇)、彭城(司馬繹)五王獲濟,而帝竟登大位焉。」

〔一七〕群魚食蒲:比喻西晋末永嘉之亂。蒲,水草,可食。《詩經·小雅·魚藻》:「魚在在藻,依于其蒲。」《毛詩小序》曰:「《魚藻》,刺幽王也。言萬物失其性。王居鎬京,將不能以自樂,故君子思古之武王焉。」《毛傳》:「萬物失其性者,王政教衰,陰陽不和,群生不得其所也。將不能以自樂,言必自是有危亡之禍。」

〔一八〕大風句:形容國家南北分裂,社會混亂,猶如大風震蕩天地。

〔一九〕黄鬚:黄羊。似非用曹彰事。此句意謂五胡亂華,天下大亂。西晋末,北方匈奴、鮮卑、羯、氐、羌五個少數民族相繼占領中原,西晋覆亡,帝室南遷。《晋書》(卷六)《元帝紀論》:「史臣曰:晋氏不虞,自中流外,五胡扛鼎,七廟隳尊。」羶(shān):羊的氣味。《説文·羴部》:「羴(羶),羊臭也。」

〔二〇〕命世才：著名于時的英才。《漢書》（卷三六）《楚元王傳》：「傳曰：『聖人不出，其間必有命世者焉。』」

〔二一〕空弮（quān）：無箭的弓。《漢書》（卷六二）《司馬遷傳》：「然李陵一呼勞軍，士無不起，躬流涕，沫血飲泣，張空弮，冒白刃，北首争死敵。」顔師古注：「李奇曰：『弮，弩弓也。』師古曰：『……讀者乃以拳擘之拳，大謬矣。拳則屈指，不當言張。陵時矢盡，故張弩之空弓，非是手拳也。』」

〔二二〕陳隋世：陳代（五六一—五八九），陳霸先建立，南朝最後一個王朝。隋代（五八九—六一八），楊堅建立的王朝，它結束東漢末以來國家的分裂局面，實現了南北統一。

〔二三〕拘且緛（ruǎn）：局促而短暫。陳、隋立國均二十餘年，故云。緛，縮義，短義。《説文・糸部》：「緛，衣戚也。」《玉篇・糸部》：「緛，衣蹙也，縮也，減維衣也。」

〔二四〕潋灔：水上微波泛起貌。《玉篇・水部》：「潋灔，水溢貌，又水波貌。」

〔二五〕蚳蝝（chī yuán）：蟻卵和幼蝗。《國語・魯語上》：「且夫山不槎蘖，澤不伐夭，魚禁鯤鮞，獸長麑䴠，鳥翼鷇卵，蟲舍蚳蝝，蕃庶物也，古之訓也。」韋昭注：「蚳，蟻子也，可以爲醢。蝝，蝠陶也，可以食。舍，不取也。」蝠陶，即蝮蜪。《爾雅・釋蟲》：「蝝，蝮蜪。」郭璞注：「蝗子未有翅者。」

〔二六〕靡靡：雜亂貌。《文選》（卷一九）宋玉《高唐賦》：「薄草靡靡，聯延夭夭。」李善注：「靡靡，相依倚貌。」

〔二七〕芊芊：草長得茂盛細密貌。《説文·艸部》：「芊，草盛也。」

〔二八〕流：流蕩不返。䣴醟（xù yòng）：酗酒。《玉篇·酉部》：「醟，酗也。」同部又曰：「䣴，兇酒曰䣴醟。」同部又曰：「酗，同上（按：指同䣴）。」

〔二九〕變：變異詭譎。遊畋：過度的遊獵。《尚書·伊訓》：「敢有殉于貨色，恒于遊畋，時謂淫風。」

〔三〇〕百足：晉張華《博物志》（卷四）：「百足，一名馬蚿，中斷成兩段，各行而去。」

〔三一〕殺馬蚿：被剁成兩段的百足。

〔三二〕君臣句：用陳後主叔寶爲隋所俘，將帥投降者多人的史事。《陳書》（卷六）《後主本紀》：「是時韓擒虎率衆自新林至于石子岡，任忠出降於擒虎，仍引擒虎經朱雀航趣宮城，自南掖門而入。於是城内文武百司皆遁出，唯尚書僕射袁憲在殿内。尚書令江總、吏部尚書姚察、度支尚書袁權、前度支尚書王瑗、侍中王寬居省中。後主聞兵至，從宮人十餘出後堂景陽殿，將自投于井，袁憲侍側，苦諫不從，後閤舍人夏侯公韻又以身蔽井，後主與争久之，方得入焉。及夜，爲隋軍所執。景戌，晉王廣入據京城。」

〔三三〕獵猭（lián chuán）：野獸奔跑逃竄貌。《文選》（卷五）左思《吴都賦》：「跇踰竹柏，獵猭杞柟。」李善注：「《埤蒼》曰：『獵猭，逃也。』」

〔三四〕文字妖：指梁、陳以來宮體艷詩盛行。《隋書》（卷七六）《文學傳序》：「梁自大同之後，雅道淪缺，漸乖典則，爭馳新巧。簡文、湘東，啓其淫放，徐陵、庾信，分路揚鑣。其意淺而繁，其文匿而彩，詞尚輕險，情多哀思。格以延陵之聽，蓋亦亡國之音乎！」姚思廉《陳書》（卷六）《後主本紀》引魏徵曰：「古人有言，亡國之主，多有才藝，考之梁、陳及隋，信非虛論。然則不崇教義之本，偏尚淫麗之文，徒長澆僞之風，無救亂亡之禍矣。」

〔三五〕國朝：國家，朝廷。遷：遷轉，遷滅。

〔三六〕吾唐：唐王朝（六一八—九〇七）。此詩作於懿宗咸通十一年（八七〇）春，自指屆至此時爲止。

〔三七〕取士句：謂以科舉考試録取任用士子。科，指考試的科目。《新唐書》（卷四四）《選舉志》：「唐制，取士之科，多因隋舊，然其大要有三。由學館者曰生徒，由州縣者曰鄉貢，皆升于有司而進退之。其科之目，有秀才，有明經，有俊士，有進士，有明法，有明字，有明算，有一史，有三史，有開元禮，有道舉，有童子。而明經之别，有五經，有三經，有二經，有學究一經，有三禮，有三傳，有史科。此歲舉之常選也。其天子自詔者曰制舉，所以待非常之才焉。」

〔三八〕文星：文昌星，亦稱文曲星。舊時稱有文才之士爲文曲星下凡。《史記》（卷二七）《天官書》：「斗魁戴匡六星曰文昌宫：一曰上將，二曰次將，三曰貴相，四曰司命，五曰司中，六曰司禄。」《索隱》：「《文耀鉤》曰：『文昌宫爲天府。』《孝經援神契》云：『文者精所聚，昌者揚天紀。』輔拂并居，以成天象，故曰文昌。」

〔三九〕洪秀：猶言大才。洪，大。秀，美好。緶（biàn）：用針綫縫衣。《説文·糸部》：「緶，交枲也。一曰：緁衣也。」《玉篇·糸部》：「緶，交枲縫衣也。」此句喻傑出的人才非常多。

〔四〇〕紫宸扉：紫宸殿。此指唐代皇帝所居之處。程大昌《雍録》（卷三）《宣政紫宸螭頭》條：「蓋三殿也者，南北相重，先含元，次宣政，又次紫宸，皆在龍首山上。」

〔四一〕詳延：全部予以延攬。《漢書》（卷六）《武帝紀》：「故詳延天下方聞之士，咸薦諸朝。」顔師古注：「詳，悉也。延，引也。方，道也。聞，博聞也。言悉引有道博聞之士而進於朝也。」

〔四二〕日晏：天色已晚。《吕氏春秋·似順論·慎小》：「明日日晏矣，莫有僨表者。」《史記》（卷一二二）《酷吏列傳·張湯傳》：「湯每朝奏事，語國家用，日晏，天子忘食。」朝：臨朝問政。不罷：不停止。《玉篇·网部》：「罷，皮解切，休也。又音疲，極也。」

〔四三〕龍姿：皇帝的姿質神態。《後漢書》（卷二二）《朱景王杜馬劉傅馬傳·贊》：「婉孌龍姿，儷景同翻。」李賢注：「龍姿，謂光武也。」輷輷（tián tián）：喜悦貌。

〔四四〕天子輷輷：《廣韻·先韻》引《吕氏春秋》：「天子輷輷啟啟，莫不載悦。」《吕氏春秋·孝行覽·慎人篇》：「其遇時也，登爲天子，賢士歸之，萬民譽之，丈夫女子，振振殷殷，無不戴説。」陳奇猷《吕氏春秋校釋》曰：「畢沅曰：『孫云：「振振」，王元長《曲水詩序》：「殷殷均乎姚澤」，李善注先引此作「陳陳殷殷，無不戴説。」高誘曰：「殷，盛也。」後又引此作「輒輒啟啟，莫不戴説。」高誘曰：「啟啟，動而喜貌也。」「殷殷」或作「啟啟」，故兩引之。輒，知葉切。啟，仕勤切。』案此所引蓋《呂覽》别本。又《廣韻》一先有『軥』字在田字紐下，引『天子軥軥㱿㱿，莫不載悦。』注：『喜悦之貌』；又十九臻有『㱿』字，引《呂氏春秋》，注云：『㱿㱿，動而喜貌』。『輒』、『軥』、『㱿』、『㱿』皆與《呂氏》今本不同，而又互異。……⊙李詳曰：『《皮子文藪·悼賈篇》：「既軥㕡以召之」。案《文選》王元長《曲水詩序》李善注引《呂氏春秋》「輒輒㕡㕡，莫不戴悦。」高誘曰：「㕡㕡，動而喜貌也」。今本《呂覽》作「振振殷殷」。《廣韻》一先、十六軫引《呂覽》作「軥軥㱿㱿」，皆《呂》書之異文。襲美所見當是「軥軥㕡㕡」也。』

〔四五〕周道反：返回周王朝以禮樂治國之道。「反」同「返」。

〔四六〕秦法悛（quān）：停止實行嚴刑峻法的秦朝制度。《説文·心部》：「悛，止也。」《玉篇·心部》：「悛，改也，敬貌，亦止也。」

〔四七〕射洪：今四川省射洪縣。《元和郡縣圖志》（卷三三）《劍南道》（下）：「東川節度使，梓州射洪縣，本漢郪縣地，後魏分置射洪縣。縣有梓潼水，與涪江合流，急如箭，奔射涪江口。蜀人謂水口曰『洪』，因名射洪。」陳子昂：字伯玉（六六一—七〇二），文明元年登進士第，歷任麟臺正字、補右衛胄參軍，右拾遺。以父老解職歸侍。爲縣令段簡構陷，死於獄中。世稱陳拾遺。初唐重要的政論家、散文家，唐詩革新的先驅者，其主張「漢魏風骨」、「風雅」、「興寄」的理論對唐詩發展的影響深遠。生平事迹見《舊唐書》（卷一九〇中）、《新唐書》（卷一〇七）本傳、《唐才子傳校箋》（卷一）。

〔四八〕喧闐：喧嘩，熱鬧。此處指陳子昂聲名隆盛。唐人對陳子昂評價極高。杜甫《陳拾遺故宅》：「有才繼《騷》《雅》，哲匠不比肩。公生揚、馬後，名與日月懸。」韓愈《薦士》：「國朝盛文章，子昂始高蹈。」《新唐書》（卷一〇七）《陳子昂傳》：「唐興，文章承徐、庾餘風，天下祖尚，子昂始變雅正。初，爲《感遇詩》三十八章，王適曰：『是必爲海内文宗。』乃請交。子昂所論著，當世以爲法。」

〔四九〕拘攣（luán）：拘束，束縛。《後漢書》（卷三五）《曹褒傳》：「帝知群僚拘攣，難與圖始，朝廷禮憲，宜時刊立。」李賢注：「拘攣，猶拘束也。《前書》鄒陽曰：『能越拘攣之語』也。」以上兩句謂陳子昂頗有志向，可惜不得時用，且又被拘束甚至遭構陷入獄，一生不幸。《新唐書》（卷一〇七）《陳子昂傳》：「雖數召見問政事，論亦詳切，故奏聞輒罷。……子昂多病，居職不樂。會武攸宜討契丹，高置幕府，表子昂參謀。……子昂諫曰……攸宜以其儒者，謝不納。居數日，復進計，攸宜怒，徙署軍曹。子昂知不合，不復言。……聖曆初，以父老，表解官歸侍，……縣令段簡貪暴，聞其富，欲害子昂，家人納錢二十萬緡，簡薄其賂，捕送獄中。子昂之見捕，自筮，卦成，驚曰：『天命不祐，吾殆死乎！』果死獄中，年四十三。」沈亞之《上九江鄭使君書》（《全唐文》卷七三五）：「國朝天后之時，使四裔達威德之令皆儒臣，自喬知之、陳子昂受命通西北兩塞，封玉門關，戎虜遁避，而無酬勞之命，斯蓋大有之時，體臣之常理也。然喬死於讒，陳死於枉，皆由武三思嫉怒於一時之情，致力尅害。一則奪其伎妾以加害，一則疑其擯排以爲累，陰令桑梓之宰拉辱之，皆死於不命，嗟乎！嗟乎！」

〔五〇〕玉壘：山名，在今四川省灌縣。《元和郡縣圖志》（卷三一）《劍南道》（上）：「成都府彭州導江縣：玉壘山，在縣西北二十九里。《蜀都賦》曰：『包玉壘而爲宇』。」李太白：李白（七〇一—七六二），字太白。自稱隴西成紀（今甘肅省秦安縣）人。出生於中亞碎葉城（今吉爾吉斯斯坦托克馬克市），五歲時隨父定居於綿州彰明縣青蓮鄉（在今四川省江油縣）。唐代最偉大的詩人之一，與杜甫并稱「李杜」。生平事迹見《舊唐書》（卷一九〇下）、《新唐書》（卷二〇二）本傳、《唐詩紀事》（卷一八）、《唐才子傳校箋》（卷二）。

〔五一〕銅堤：李白《襄陽歌》：「襄陽小兒齊拍手，攔街爭唱《白銅鞮》。」銅堤即銅鞮。《白銅鞮》即《白銅蹄》，南朝齊、梁時襄陽歌謡。《隋書》（卷一三）《音樂志上》：「初武帝（按：指梁武帝蕭衍）之在雍鎮，有童謡云：『襄陽白銅蹄，反縛揚州兒。』識者言，白銅蹄謂馬也。白，金色也。及義師之興，實以鐵騎，揚州之士，皆面縛，果如謡言。」此事發生在襄陽，孟浩然即襄陽人。此處即以銅堤代指襄陽。孟浩然：參本卷（詩二）注〔三〕。

〔五二〕李寬：李白詩歌雄奇壯美，波瀾跌宕，故云。包堪輿：把天地包括在其中。《漢書》（卷八七上）《揚雄傳上》：「屬堪輿以壁壘兮，梢夔魖而抶獝狂。」顔師古注：「張晏曰：『堪輿，天地總名也』。」皮日休《七愛詩·李翰林白》（《皮子文藪》卷一〇）：「五岳爲辭鋒，四溟作胸臆。」《劉棗强碑》（《皮子文藪》卷四）：「言出天地外，思出鬼神表。讀之則神馳八極，測之則心懷四溟，磊磊落落，真非世間語者，有李太白。」

〔五三〕孟澹：孟浩然詩歌澹泊古雅。凝漪漣：凝成微波蕩漾的樣子。漪漣，水面上微小的波紋。《詩經·魏風·伐檀》：「河水清且漣猗。」王士源《孟浩然集序》：「學不爲儒，務掇菁華；文不按古，匠心獨妙。五言詩天下稱其盡善。閑游秘省，秋月新霽，諸英聯詩，次當浩然，句曰：『微雲淡河漢，疏雨滴梧桐。』舉座嗟其清絶，咸以之閣筆，不復爲繼。」

〔五四〕采石：今安徽省馬鞍山市采石鎮。唐時屬當塗縣。《元和郡縣圖志》（卷二八）《江南道四》：「宣州當塗縣：采石戍，在縣西北三十五里。西接烏江，北連建業，城在牛渚山上，與和州横江渡相對，隋師伐陳，賀若弼從此渡。隋平陳置鎮，貞觀初改鎮爲戍。」壙（kuàng）：墓穴。《説文·土部》：「壙，塹穴也。」《新唐書》（卷二〇二）《李白傳》：「白晚好黄老，度牛渚磯至姑孰，悦謝家青山，欲終焉。及卒，葬東麓。」范傳正《唐左拾遺翰林學士李公新墓碑并序》：「至姑孰，悦謝家青山，有終焉之志。盤桓利居，竟卒於此。」《方輿勝覽》（卷一五）：「江東路太平州：李白墓。《郡志》：『李白初葬采石，後遷青山，去舊墳六里』。」洪邁《容齋隨筆》（卷三）《李太白》條：「世俗多言李太白在當塗采石因醉泛舟於江，見月影俯而取之，遂溺死，故其地有捉月臺。」

〔五五〕鹿門：鹿門山。《方輿勝覽》（卷三二）：「京西路襄陽府：鹿門山，在宜城東北六十里，上有二石鹿，故名。後漢龐德公與龐藴、孟浩然、皮日休俱隱于此。」埏（yán）：地域的邊際。《説文·

土部》：「埏，八方之地也。」《玉篇・土部》：「埏，地之八際也。司馬相如《封禪書》云：『上暢九垓，下溯八埏。』又隰也，地也。」此句謂孟浩然隱居鹿門直至去世。參本卷（詩二）注〔七〇〕。

〔五六〕孱（chán）：《玉篇・尸部》：「孱，不肖也。」以上二句痛惜李、孟二人一生不幸，羈旅顛波而死，實使人覺得是天地不肖的結果。

〔五七〕猗歟：亦作「猗與」。《詩經・周頌・潛》：「猗與漆沮，潛有多魚。」鄭玄箋：「猗與，嘆美之言也。」子美：杜甫（七一二—七七〇）字子美。原籍襄陽。曾任右拾遺、華州司功參軍。寓居成都後，于浣花溪營建草堂，世稱「杜甫草堂」。檢校工部員外郎，後世稱「杜工部」。後漂泊於夔州、湖湘一帶，病卒於舟中。唐代最偉大的詩人之一。孟棨《本事詩》稱其詩爲「詩史」。韓愈《調張籍》：「李杜文章在，光焰萬丈長。」元稹《唐故工部員外郎杜君墓係銘并序》：「盡得古今之體勢，而兼今人之所獨專矣。」生平事迹見《舊唐書》（卷一九〇下）、《新唐書》（卷二〇一）本傳、《唐詩紀事》（卷一八）、《唐才子傳校箋》（卷二）。

〔五八〕轉輇（quán）：轉動的車輪。輇：《說文・車部》：「輇，蕃車下庳輪也。一曰：無輻也。」《玉篇・車部》：「有輻曰輪，無輻曰輇。」

〔五九〕三十車：極言杜甫博學多才。《莊子・天下》：「惠施多方，其書五車。」

〔六〇〕捐：丢棄。《說文・手部》：「捐，棄也。」

〔六一〕風雅主：詩壇盟主。風，《詩經》中《國風》；雅，《詩經》中《小雅》《大雅》。後人亦以風雅指詩文創作之事。

〔六二〕司：《玉篇·司部》：「司者，主也。《説文》云：『臣司事於外者』也。」歌咏權：詩歌創作評判的標準。權，《論語·堯曰》：「謹權量，審法度，修廢官，四方之政行焉。」何晏《集解》：「包曰：『權，秤也。』」《玉篇·木部》：「權，黄英木也，又稱錘也。」

〔六三〕耒陽：今湖南省耒陽縣。《元和郡縣圖志》（卷二九）《江南道五》：「衡州，耒陽縣。本秦縣，因耒水在縣東爲名。」耒陽土：指杜甫墓。《舊唐書》（卷一九〇下）《杜甫傳》：「永泰二年，啗牛肉白酒，一夕而卒於耒陽，時年五十九。」中晚唐詩人亦多言杜甫墓在耒陽。鄭谷《送田光》：「耒陽江口春山緑，慟哭應尋杜甫墳。」羅隱《經耒陽杜工部墓》：「紫菊馨香覆楚醪，奠君江畔雨蕭騷。旅魂自是才相累，閑骨何妨冢更高。」

〔六四〕李杜：李白、杜甫。唐人自中唐起明確將「李杜」并稱。如韓愈《薦士》：「李杜文章在，光焰萬丈長。」白居易《與元九書》：「又詩之豪者，世稱李、杜。」元稹《唐故工部員外郎杜君墓係銘并序》：「則詩人以來，未有如子美者。時山東人李白，亦以奇文取稱。時人謂之李、杜。」《舊唐書》（卷一九〇下）《杜甫傳》：「天寶末詩人，（杜）甫與李白齊名，而白自負文格放達，譏甫齷齪，而有飯顆山之嘲誚。元和中，詞人元稹論李、杜之優劣。」

〔六五〕溯（sù）沿：在水流的上下盤旋。此處謂名家衆多，如水之回旋激蕩。溯，《説文·水部》：「溯，逆流而上曰泝洄，泝，向也，水欲下，違之而上也。」《説文·水部》：「沿，緣水而下也。」

〔六六〕良御句：謂并非馬有何特别之處，而是駕御者（騎手）的優秀。

〔六七〕由弓句：謂不是所用的弦有何特異之處，而是所用的弓的精良。

〔六八〕媸妍：醜陋與美好。此句謂人的才性有優劣之分。

〔六九〕開元：唐玄宗李隆基年號。參本卷（詩二）注〔六九〕。

〔七〇〕宗匠：技藝高超的工匠。此喻詩文上成就卓越的作家。《文選》（卷四七）袁宏《三國名臣序贊》：「然則三五迭隆，歷世承基，揖讓之與干戈，文德之與武功，莫不宗匠陶鈞，而群才緝熙。」

〔七一〕沆瀣（hàng xiè）：夜間凝成的清露。舊時謂仙人所飲。《楚辭·遠游》：「餐六氣而飲沆瀣兮，漱正陽而含朝霞。」王逸注：「沆瀣者，北方夜半氣也。」《文選》（卷一八）嵇康《琴賦》：「餐沆瀣兮帶朝霞。」張銑注：「沆瀣，清露也。」英：精華。

〔七二〕崑崙：山名。在今新疆、西藏之間，綿延東至青海。《山海經》（卷一三）《海内東經》：「西胡白玉山，在大夏東，蒼梧在白玉山西南，皆在流沙西，崑崙虚東南。崑崙山在西胡西，皆在西北。」郭璞注：「《地理志》：崑崙山在臨羌西，又有西王母祠也。」

〔七三〕百家：泛言學説流派衆多。囂浮説：浮薄淺陋、誇大其詞的學説。酈道元《水經注》（卷一三）《㶟水》：「臺榭高廣，超出雲間，欲令上延霄客，下絶囂浮。」

〔七四〕率寓篇：都寄托在篇什之中。

〔七五〕京觀：高丘。《左傳·宣公十二年》：「君盍築武軍而收晋尸，以爲京觀。」杜預注：「積尸封土，其上謂之京觀。」

〔七六〕牲牷(quán)：祭祀用的牲畜。《左傳·桓公六年》：「吾牲牷肥腯，粢盛豐備，何則不信？」杜預注：「牲，牛、羊、豕也；牷，純色完全也。」

〔七七〕天地維：連接天地的長繩。《玉篇·糸部》：「維，紘也，繫也，隔也。」

〔七八〕抵(zhǐ)：《説文·手部》：「抵，側擊也。」《玉篇·手部》：「抵，側擊也，《戰國策》曰：『抵掌而言。』」元化：造化。陳子昂《感遇詩》(其六)：「古之得仙道，信與元化并。」

〔七九〕真宰：上天，宇宙的主宰。《莊子·齊物論》：「若有真宰，而特不得其眹。」

〔八〇〕制誥：古代帝王的詔令。此種文體典雅富贍，厚重平正。元稹《制語序》(《元稹集》卷四〇)：「制誥本於《書》，《書》之誥、命、訓、誓，皆一時之約束也。」

〔八一〕宫體：本指梁、陳浮靡綺麗的詩體，此指艷麗詩風。《梁書》(卷四)《簡文帝紀》：「(蕭綱)雅好題詩，其序云：『余七歲有詩癖，長而不倦。』然傷於輕艷，當時號曰『宫體』。」《南史》(卷六二)《徐摛傳》：「摛文體既别，春坊盡學之。『宫體』之號，自斯而始。」

〔八二〕被：施加。金石：金屬和美石之類。比喻有價值而又可以長久存在的東西。《荀子·勸學》：「鍥而舍之，朽木不折；鍥而不舍，金石可鏤。」

〔八三〕花鈿：用金玉珠寶製成的花形的女子首飾，即花釵。沈約《麗人賦》：「陸離羽珮，雜錯花鈿。」

〔八四〕輿隸：奴隸。泛指地位低微的人。《左傳·昭公七年》：「天有十日，人有十等……士臣皂，皂臣輿，輿臣隸。」

〔八五〕憐：愛，喜愛。《莊子·秋水》：「夔憐蚿，蚿憐蛇，蛇憐風，風憐目，目憐心。」成玄英疏：「憐是愛尚之名。」

〔八六〕烏壘：烏壘國，古代西域國名，都城在今新疆維吾爾自治區輪臺縣境内。西漢在此建都護府。《漢書》（卷九六下）《西域傳·烏壘國》：「烏壘，户百一十，口千二百，勝兵三百人。都城尉、譯長各一人。與都護同治。」虜：我國古代南方人對北方少數民族的稱呼。荀悦《漢紀》（卷一四）《武帝紀五》：「虜還走上山，（李）陵追擊之，殺數千人。單于大驚。」

〔八七〕鷄林：即新羅，今屬朝鮮。《隋書》（卷八一）《東夷列傳·新羅國》：「新羅國，在高麗東南，居漢時樂浪之地，或稱斯羅。魏將毋丘儉討高麗，破之，奔沃沮。其後復歸故國，留者遂爲新羅焉。」《舊唐書》（卷一九九上）《東夷·新羅》：「自是新羅漸有高麗、百濟之地，其界益大，西至于海，……（龍朔）三年，詔以其國爲鷄林州都督府，授法敏爲鷄林州都督。」夷：我國古代對東方少數民族的稱呼。《禮記·王制》：「中國戎夷，五方之民，皆有性也，不可推移。東方曰夷，被髮文身，有不火食者矣。」

〔八八〕披猖：披拂貌，飛揚貌。《北齊書》（卷三一）《王昕傳》（附《王晞傳》）：「人主恩私，何由可保，萬一披猖，求退無地。非不愛作熱官，但思之爛熟耳。」唐彦謙《春深獨行馬上有作》：「日烈風高野草香，百花狼籍柳披猖。」覆載：猶天地。《禮記·中庸》：「天之所覆，地之所載，日月所照，霜露所隊，凡有血氣者，莫不尊親，故曰配天。」樞：樞紐。

〔八九〕捭闔（bǎi hé）：開合。《鬼谷子·捭闔》：「捭之者，開也，言也，陽也；闔之者，閉也，默也，陰也。」神異：神怪，鬼神。《左傳·莊公三十二年》：「故有得神以興，亦有以亡。」杜預注：「亦有神異。」

〔九〇〕尾閭：古代傳説中泄海水之處。《莊子·秋水》：「天下之水，莫大於海，萬川歸之，不知何時止而不盈；尾閭泄之，不知何時已而不虚。」成玄英疏：「尾閭者，泄海水之所也。在碧海之東，其處有石，闊四萬里，厚四萬里，居百川之下尾而爲閭族，故曰尾閭。」

〔九一〕大塊：大地，大自然。《莊子·齊物論》：「夫大塊噫氣，其名爲風。」成玄英疏：「大塊者，造物之名，亦自然之稱也。」《文選》（卷二四）張華《答何劭二首》（其二）：「洪鈞陶萬類，大塊禀群生。」李善注：「大塊，謂地也。」

〔九二〕⿱艹⿱冖殘：此字字書不見。此詩押先、仙韻，除此字外，其他韻脚字皆見於《廣韻》先、仙韻（只有「綅」字在獮韻）。檢《廣韻》先、仙二韻諸字，有「籛」字與「⿱艹⿱冖殘」字形近。《廣韻·先韻》：「籛，楚人革馬韝鞍韉，又彭祖姓。」則前切，今音jiān。從字形看，「籛」字從竹，錢聲。「⿱艹⿱冖殘」字上從艸，偏旁艸與竹往往相通用。「⿱艹⿱冖殘」字下從「殘」，當爲聲符；錢、殘聲近，作聲符亦可通用。如《集韻·寒韻》：「⿱艹殘，艸名，財干切。」「⿱艹殘」與「⿱艹⿱冖殘」實爲替换聲符之異體字，此亦可爲一證。「⿱艹⿱冖殘」字中從「冖」，蓋傳寫致誤。從字義看，《廣韻》釋「籛」爲鞍韉。此詩「降氣或若虹，耀影或如籛。」上下二句對仗，「虹」與「籛」相對。降氣若虹，其影如籛。鞍韉與虹形似，故有此喻。因此，「薞」字當是「籛」字之訛，蓋形近傳抄致誤。（此條采用友人王永吉先生意見）

〔九三〕萬象：自然界的各種客觀事物。瘡復痏：創口傷痕。復，連詞。

〔九四〕百靈：泛言各種神靈。癵(luán)：瘠瘦，病體拘曲。《集韻·僊韻》：「癵，病體拘曲也。」《廣韻·桓韻》：「癵，病也，瘦也。」

〔九五〕數十公：指「自開元至今」即盛唐以來數十位有成就的詩人。

〔九六〕明堂椽：朝廷宮殿的椽子。明堂，參本卷(詩二)注〔四三〕。《晉書》(卷六五)《王珣傳》：「珣夢人以大筆如椽與之，既覺，語人云：『此當有大手筆事。』俄而帝崩，哀册謚議，皆珣所草。」

〔九七〕綖(yán)：《左傳·桓公二年》：「衡、紞、紘、綖，昭其度也。」杜預注：「綖，冠上覆。」本指冠冕上的裝飾，此即作「綫」解。

〔九八〕争駢：争着齊頭并進。駢，兩馬并駕。《説文·馬部》：「駢，駕二馬也。」

〔九九〕將：與。三代：夏、商、周王朝。甄：鑒別，彰明。

〔一〇〇〕被：及。《尚書·禹貢》：「東漸于海，西被于流沙。」《孔傳》：「被，及也。」文物：參本詩注〔三〕。

〔一〇一〕聲詩：本指樂歌。此即指詩歌。《禮記·樂記》：「樂師辨乎聲詩，故北面而弦。」

〔一〇二〕風人謠：民間歌謠。此句謂采詩以觀民風。《孔叢子·巡狩篇》：「古者天子命史采詩謠，以觀民風。」《漢書》（卷二四上）《食貨志上》：「孟春之月，群居者將散，行人振木鐸徇于路，以采詩，獻之大師，比其音律，以聞於天子。故曰王者不窺牖户而知天下。」《文選》（卷三七）曹植《求通親親表》：「是以雍雍穆穆，風人咏之。」劉勰《文心雕龍·明詩》：「自王澤殄竭，風人輟采。」

〔一〇三〕輶（yóu）軒：古代使臣所乘的輕便車子。揚雄《答劉歆書》：「嘗聞先代輶軒之使，奏籍之書，皆藏於周、秦之室。」應劭《風俗通序》：「周、秦常以歲八月遣輶軒之使，求異代方言，還奏籍之，藏於秘室。」《文選》（卷五）左思《吴都賦》：「輶軒蓼擾，彀騎煒煌。」李周翰注：「輶軒，輕車也。」鸇（zhān）：一種鷹類的猛禽，又名晨風。《孟子·離婁上》：「爲叢驅爵者，鸇也。」

〔一〇四〕麗者：高華綺麗的詩歌作品。

〔一〇五〕鄙者：指粗陋淺率的詩歌作品。銓（quán）：本是衡量輕重的器具即秤。此爲解説、評議之義。《説文·金部》：「銓，衡也。」《漢書》（卷九九中）《王莽傳中》：「白煒象平，考量以銓。」顔師古注：「應劭曰：『量，斗斛也。銓，權衡也。』」

〔一〇六〕鑒戒：鑒察往事，警戒未來。《國語》（卷一八）《楚語下》：「人求多聞善敗，以監戒也。」

〔一〇七〕乙夜：二更時辰。《後漢書·志》（第二六）《百官志》（三）：「右丞假署印綬，及紙筆墨諸財用庫藏。」劉昭注引蔡質《漢儀》：「凡中宫漏夜盡，鼓鳴則起，鍾鳴則息。衛士甲乙徼相傳。甲夜畢，傳乙夜，相傳盡五更。」北齊顔之推《顔氏家訓·書證》：「或問：『一夜何故五更？更何所訓？』答曰：『漢魏以來，謂爲甲夜、乙夜、丙夜、丁夜、戊夜；又云鼓，一鼓、二鼓、三鼓、四鼓、五鼓；亦云一更、二更、三更、四更、五更。皆以五爲節。……更，歷也，經也，故曰五更爾。』」

〔一〇八〕釋：放棄。《玉篇·采部》：「釋，廢也，放也，解也，除也。」

〔一〇九〕大司樂：古代樂官之首。《周禮》（卷一七）《春官宗伯》（第三）：「大司樂中大夫二人，樂師下大夫四人。……大司樂掌成均之法，……以樂舞教國子，舞《雲門》《大卷》《大咸》《大韶》《大夏》《大濩》《大武》。」鄭玄注：「大司樂，樂官之長。」此指唐朝廷樂官。《唐六典》（卷一四）：「太樂署，令一人，從七品下。丞一人，從八品下。……太樂令掌教樂人調合鍾律，以供邦國之祭祀、饗燕。丞爲之貳。」

〔一一〇〕度：度曲，製作樂曲。星躔（chán）：本指天上日月星辰所在的位置以及次序。此指樂曲一定的曲調。

〔一一一〕樂府：漢代以來朝廷的音樂機關。《漢書》（卷二二）《禮樂志》：「（武帝）乃立樂府，采詩夜誦，有趙、代、秦、楚之謳。以李延年爲協律都尉，多舉司馬相如等數十人造爲詩賦，略論律呂，以合八音之調，作十九章之歌。」

〔一一二〕蠲（juān）：明。《玉篇·蟲部》：「蠲，蟲也，明也，除也。又疾也。」

〔一一三〕圓丘：古代神話傳説中産竹的一座山丘。圓丘竹，代指以竹制作的笛子一類管樂器。南朝宋戴凱之《竹譜》：「員丘帝竹，一節爲船。巨細已聞，形名未傳。」《山海經·大荒北經》：「丘方圓三百里，丘南帝俊竹林在焉，大可爲舟。」

〔二四〕清廟：太廟，帝王的宗廟。《詩經·周頌》有《清廟》篇。《毛詩·清廟序》：「《清廟》，祀文王也。」絃：弦樂器。《禮記·樂記》：「清廟之瑟，朱弦而疏越，壹倡而三嘆，有遺音者矣。」

〔二五〕列祖：歷代祖先。

〔二六〕格：感通。《尚書·商書·説命下》：「佑我烈祖，格于皇天。」《玉篇·木部》：「格，式也，量也，度也，至也，來也。」上玄：上天，蒼天。

〔二七〕江海壖（ruán）：江海邊。壖：同「堧」，邊緣之地。《史記》（卷二九）《河渠書》：「五千頃故盡河壖弃地，民茭牧其中耳。」裴駰《集解》：「韋昭曰：『壖，音而緣反。謂緣河邊地也。』」

〔二八〕騃騃（ái ái）：愚鈍貌。《玉篇·馬部》：「騃，馬行也；又無知也。」總角：束髮爲髻。古代兒童髮式。《詩經·衛風·氓》：「總角之宴，言笑晏晏。」《詩經·齊風·甫田》：「婉兮孌兮，總角丱兮。」

〔二九〕一壥：即「一廛」。古代一個民家在城邑中所占的房地。《周禮·地官·遂人》：「上地，夫一廛，田百畝，萊五十畝，餘夫亦如之。」《説文·广部》：「廛，一畝半，一家之居。」《玉篇·广部》：「廛，居也，市邸也，百畝也。」

〔三〇〕諸昆：諸兄。《詩經·王風·葛藟》：「終遠兄弟，謂他人昆。」《毛傳》：「昆，兄也。」

〔三一〕力農：致力於農事。《管子》（卷五）《重令》：「畜長樹藝，務時殖穀，力農墾草，禁止末事者，民之經産也。」

〔二二〕稽古：考察探求古事。《尚書·堯典》：「曰若稽古帝堯，曰放勛。」嘕（xiān）：《楚辭·大招》：「靨輔奇牙，宜笑嘕只。」王逸注：「嘕，笑貌也。」

〔二三〕襏襫（bó shì）：蓑衣。《國語》（卷六）《齊語》：「脱衣就功，首戴茅蒲，身衣襏襫，霑體塗足，暴其髮膚，盡其四支之敏，以從事於田野。」韋昭注：「茅蒲，簦笠也。襏襫，蓑襞衣也。」

〔二四〕薹笠（tái lì）：蓑衣斗笠。《詩經·小雅·都人士》：「彼都人士，臺笠緇撮。」《毛傳》：「臺所以禦暑，笠所以禦雨也。」《鄭箋》：「臺如字，《爾雅》作薹，草名。笠音立。」《文選》（卷二六）謝朓《在郡卧病呈沈尚書》：「連陰盛農節，薹笠聚東菑。」李善注：「《毛詩》曰：『彼都人士，薹笠緇撮。』毛萇曰：『薹，所以禦雨。音臺。』」

〔二五〕颯颯：象聲詞。《楚辭·九歌·山鬼》：「風颯颯兮木蕭蕭，思公子兮徒離憂。」

〔二六〕耒耜（lěi sì）：翻地的農具。《説文·耒部》：「手耕曲木也。從木推丯。古者垂作耒相以振民也。凡耒之屬皆從耒。」《易·繫辭下》：「神農氏作，斫木爲耜，揉木爲耒。」《莊子·天下》：「禹親自操稿耜而九雜天下之川，腓無胈，脛無毛，沐甚雨，櫛疾風。」成玄英疏：「耜，掘土具也。」

〔二七〕槧（qiàn）：書版。古代削木爲牘，未經使用的素牘爲槧。揚雄《答劉歆書》：「雄常把三寸弱翰，賫油素四尺，以問其異語，歸即以鉛摘次之於槧，二十七歲於今矣。」王充《論衡·量知》：

「斷木爲槧，析之爲板，力加刮削，乃成奏牘。」鉛：鉛粉筆，古代用以校理圖書和繪畫。《西京雜記》（卷三）：「楊子雲好事，常懷鉛提槧，從諸計吏，訪殊方絶域四方之語，以爲裨補《輶軒》所載，亦洪意也。」故槧、鉛都是書寫工具。

〔二八〕圖籍肆：書坊或書市之類。《玉篇·長部》：「肆，次也，陳也，緩也，放也，列也，遂也，恣也，踞也，量也。」

〔二九〕千百編：衆多的書籍。編，本是指穿聯竹簡、木簡的皮條或繩子，後即指書籍。《史記》（卷四七）《孔子世家》：「孔子晚而喜《易》，……讀《易》，韋編三絶。」

〔三〇〕蘇嶺（原注：鹿門別名）：鹿門山又稱蘇嶺，在襄陽襄州（今湖北省襄陽市）。《後漢書》（卷八三）《龐公傳》：「後遂携其妻子登鹿門山，因采藥不反。」李賢注引《襄陽記》曰：「鹿門山舊名蘇嶺山，建武中，襄陽侯習郁立神祠於山，刻二石鹿，夾神道口，俗因謂之鹿門廟，遂以廟名山也。」《讀史方輿紀要》（卷七九）《湖廣五》：「襄陽府，鹿門山，府東三十里。舊名蘇嶺，上有二石鹿，因改今名。」皮日休及第前嘗隱居於此，故云。皮日休《酒箴并序》（《皮子文藪》卷六）：「（皮子）居襄陽之鹿門山，以山税之餘，繼日而釀，終年荒醉，自戲曰『醉士』。居襄陽之泂（洞？）湖，以舶艣載醇酎一甔，往來湖上，遇興將酌，因自諧曰『醉民』。」

〔三一〕不就句：意謂隱居鹿門山是爲了將來有出仕的機緣。這正是唐人「終南捷徑」式的仕途。

〔三二〕髻爇（ruò）：火燒頭髮。髻，髮式，指頭髮。爇：《説文·火部》：「爇，燒也。」《春秋傳》曰：

『爇僖負羈』。」

〔三三〕憑案：靠着書案。《說文·木部》：「案，几屬。」從：任從，任隨。

〔三四〕切玉刀：昆吾刀。刀刃極鋒利。張華《博物志》（卷二）：「《周書》曰：西域獻火浣布，昆吾氏獻切玉刀。火浣布汙則燒之則潔，刀切玉如臈。」

〔三五〕指上胼（pián）：手指上的老繭。《荀子·子道》：「有人於此，夙興夜寐，耕耘樹藝，手足胼胝，以養其親。」《玉篇·肉部》：「胼，皮厚也。《史記》曰：『手足胼胝。』」

〔三六〕爾來：此來，自那時以來。五寒暑：五年。皮日休咸通八年進士及第。上推五年，即咸通四年。此即爲其隱居鹿門山至應試所經歷的時間乎？

〔三七〕試藝：應科舉考試的文字。唐代科舉考試主要有策、詩、賦等文體。

〔三八〕昌黎：韓愈（七六八—八二五），字退之，河陽（今河南省孟州市）人，郡望昌黎，世稱韓昌黎。曾官吏部侍郎，謚文，又稱韓吏部、韓文公。唐代思想家、散文家、詩人。他以儒家道統繼承者自居，崇儒抑佛。皮日休十分推崇韓愈，曾作《請韓文公配饗太學書》。生平事迹見《舊唐書》（卷一六〇）、《新唐書》（卷一七六）本傳、《唐詩紀事》（卷三四）、《唐才子傳校箋》（卷五）。

〔三九〕文教：文章教化。《尚書·禹貢》：「三百里揆文教。」騫（qiān）：《詩經·小雅·無羊》：「矜矜兢兢，不騫不崩。」《毛傳》：「騫，虧也。」

〔四〇〕聲病：詩文在聲律上的毛病。沈約《宋書》（卷六七）《謝靈運傳·論》：「夫五色相宜，八音協暢，由乎玄黃律呂，各適物宜。欲使宮羽相變，仰昂互節，若前有浮聲，則後須切響。一簡之內，音韻盡殊；兩句之中，輕重悉異。妙達此旨，始可言文。」這是最早比較完整的聲律論。《南史》（卷四八）《陸厥傳》：「（沈）約等文皆用宮商，將平上去入四聲，以此制韻，有平頭、上尾、蜂腰、鶴膝。五字之中，音韻悉異，兩句之內，角徵不同，不可增減。世呼爲『永明體』。」這是最早有關沈約等人在五言詩創作上運用「聲病」説的記載。唐人始有「聲病」一詞，如元稹《叙詩寄樂天書》：「年十五六，粗識聲病。」唐代已經形成「四聲八病」之説。日人遍照金剛《文鏡秘府論·天·四聲論》：「宋末以來，始有四聲之目。沈氏乃著其譜、論，云起自周顒。」又《文鏡秘府論·西·文二十八種病》中所列前八病：「平頭、上尾、蜂腰、鶴膝、大韻、小韻、傍紐、正紐。」此乃後世「四聲八病」説的較早記述。

〔四二〕䑙𦧺（tiān tān）：據皮日休自注：「語不正貌。」應指語音不正。《玉篇·舌部》：「𦧺䑙，言不正。」《廣韻·先韻》：「䑙，䑙𦧺，語不正也。」又《廣韻·寒韻》：「𦧺，𦧺䑙，言不正也。」可見，「䑙𦧺」同「𦧺䑙」。

〔四三〕頽波：向下流的水波。此指泛濫的流水，實喻詩壇上的弊端很流行。酈道元《水經注·沔水》：「泉涌山頂，望之交橫，似若瀑布，頽波激石，散若雨灑，勢同厭源風雨之池。」

〔四四〕佞與便：能言善辯，誇誇其談。《論語·季氏》：「友便辟，友善柔，友便佞，損矣。」何晏《集解》引鄭玄注：「便，辯也。謂佞而辨。」

〔一四四〕明水：古代祭祀時所取用的露水。《周禮·秋官·司烜氏》：「以鑒取明水於月。」藁秸：古代祭祀時所用的草薦。荀悦《漢紀》（卷二四）《成帝紀一》：「其牲用犢，其席用藁秸，其器用陶匏，皆因天地之性。」

〔一四五〕大羹：古代祭祀時所用的肉汁。《左傳·桓公二年》：「是以清廟茅屋，大路越席，大羹不致，粢食不鑿，昭其儉也。」杜預注：「大羹，肉汁，不致五味。」豆籩：古代盛食物的器具，多作祭器用。《爾雅·釋器》：「木豆謂之豆，竹豆謂之籩。」郭璞注：「豆，禮器也。」又注：「籩，亦禮器。」《説文·豆部》：「豆，古食肉器也。」《説文·竹部》：「籩，竹豆也。」《尚書·周書·武成》：「丁未，祀于周廟，邦甸侯衛，駿奔走，執豆籩。」

〔一四六〕將來：拿來。時人：當時的人們。

〔一四七〕猰貐（yà yǔ）：古代傳説中的一種猛獸。《淮南子·本經訓》：「逮至堯之時，十日并出，焦禾稼，殺草木，而民無所食。猰貐、鑿齒、九嬰、大風、封豨、修蛇皆爲民害。」高誘注：「猰貐，獸名也，狀若龍首。或曰似狸，善走而食人，在西方也。」嚵（chán）涎：即饞涎。

〔一四八〕華縟：華麗繁盛的詞藻。

〔一四九〕便嬛（xuān）：輕盈美好。《漢書》（卷五十七上）《司馬相如傳》（上）：「靚莊刻飾，便嬛綽約。」顏師古注：「郭璞曰：『靚莊，粉白黛黑也。刻，刻畫鬋鬢也。便嬛，輕麗也。綽約，婉約也。』」

〔一五〇〕制：制作，創造。灝灝：宏闊遠大貌。揚雄《法言·寡見》：「灝灝之海，濟，樓航之力也。」《法言·問神》：「虞、夏之《書》渾渾爾，《商書》灝灝爾，《周書》噩噩爾。」

〔一五一〕攻：治。《玉篇·攴部》：「攻，善也。」翩翩：輕盈飛動貌。《周易·泰卦》：「六四，翩翩，不富，以其鄰不戒以孚。」《説文·羽部》：「翩，疾飛也。」《玉篇·羽部》：「翩，聯翩也。」

〔一五二〕避兵：逃避戰亂。應是避咸通九年（八六八）、十年（八六九）以龐勛爲首的亂兵作亂於徐州、泗州等江淮州郡的史事。參《舊唐書》（卷一九上）、《新唐書》（卷九）《懿宗紀》、《資治通鑑》（卷二五一）。此期間，皮日休正從京城長安向東南地區游歷，最後到達蘇州。在這一過程中，他應親歷了戰亂。可參皮氏《太湖詩序》云：「咸通九年，自京東游，復得宿太華，樂荆山，賞女几，度轘轅，窮嵩高，入京索，浮汴渠，至揚州，又航天塹，從北固至姑蘇。」勾吴：句吴，春秋時吴國，即指蘇州。《史記》（卷三一）《吴太伯世家》：「太伯之犇荆蠻，自號句吴。」《索隱》：「顔師古注《漢書》，以吴言『句』者，夷語之發聲，猶言『於越』耳。此言『號句吴』，當如顔解。」

〔一五三〕窮悴：窮困憔悴。跧（quán）：跼，蹴。或作屈伏解。《説文·足部》：「跧，蹴也。一曰：卑也，絭也。」《廣韻·仙韻》：「跧，屈也，伏也，蹴也。」

〔一五四〕平原陸夫子：此指陸龜蒙。西晋陸機，吴郡吴（今江蘇省蘇州市）人。《晉書》（卷五四）《陸機傳》：「陸機字士衡，吴郡人也。……時成都王穎推功不居，勞謙下士。機既感全濟之恩，又見朝廷屢有變難，謂穎必能康隆晋室，遂委身焉。穎以機參大將軍軍事，表爲平原内史。」後世因稱其爲「陸平原」。夫子：參本卷（詩一）注〔三〕。

〔一五五〕投刺：投遞名帖。刺，名片。古代于竹簡上刺名字，故曰刺。《後漢書》（卷七六）《童恢傳》：「及（楊）賜被劾當免，掾屬悉投刺去，恢獨詣闕争之。」《洛陽伽藍記》（卷二）《景寧寺》：「或有人慕其高義，投刺在門，元慎稱疾高卧。」蹁躚（piān xiān）：行走貌，舞貌。

〔一五六〕敬虔：敬佩虔誠。

〔一五七〕反顧：回過頭看。《楚辭·九章·涉江》：「乘鄂渚而反顧兮，欸秋冬之緒風。」曲拳：鞠躬行禮。《莊子·人間世》：「擎跽曲拳，人臣之禮也。」成玄英疏：「擎手跽足，磬折曲躬，俯仰拜伏者，人臣之禮也。」

〔一五八〕遺（wèi）巾幗：送給婦女的頭巾和首飾。幗（guó）：《説文·巾部》：「幗，婦人首飾。」《三國志·魏書》（卷三）《明帝紀》：「（青龍二年四月）是月，諸葛亮出斜谷。」裴松之注：「《魏氏春秋》曰：『亮既屢遺使交書，又致巾幗婦人之飾，以怒宣王。』」

〔一五九〕排戈鋋（chán）：排列兵器形成戰陣。戈，《尚書·周書·牧誓》：「稱爾戈，比爾干，立爾矛，予其誓。」《孔傳》：「戈，戟；干，楯也。」《小爾雅·廣器》：「戈，句孑戟也。」《説文·戈部》：「戈，平頭戟也。從弋，一横之。象形。凡戈之屬皆從戈。」鋋，《説文·金部》：「鋋，小矛也。」《文選》（卷一）班固《東都賦》：「元戎竟野，戈鋋彗雲。」《方言》（卷九）：「矛，吴、揚、江淮、南楚、五湖之間謂之鍦，或謂之鋋。」

〔一六〇〕拔幟走：《史記》（卷九二）《淮陰侯列傳》：「（韓信）誡曰：『趙見我走，必空壁逐我，若疾入趙壁，拔趙幟，立漢赤幟。』」

〔一六一〕劘（mó）壘：迫近營壘。此二句用「或」字開頭，前亦有六句連用「或」字，四句連用「亦」字，此種文法，遠祖《詩經·小雅·無羊》及《北山》等篇，近祧韓愈《南山》詩。

〔一六二〕亂轍：戰鬥中，車轍混亂的一方，乃其戰敗的表現。《左傳·莊公十年》：「夫大國難測也，懼有伏焉。吾視其轍亂，望其旗靡，故逐之。」

〔一六三〕篿（zhuān）：古代的一種占卜。《楚辭·離騷》：「索藑茅以筳篿兮，命靈氛爲余占之。」王逸注：「藑茅，靈草也。筳，小折竹也。楚人名結草折竹以卜曰篿。」

〔一六四〕三北：三次敗逃。《韓詩外傳》（卷一〇）《第十三章》：「傳曰：卞莊子好勇，母無恙時，三戰而三北。交遊非之，國君辱之。卞莊子受命，顔色不變。」

〔一六五〕千鐉（quān）：詳詩意，此「鐉」字似作容器解。乃作者以訛傳訛。鐉本爲門框上承受門樞的鐵環。《説文·金部》：「鐉，所以鉤門户樞也。一曰：治門户器也。」《玉篇·金部》：「鐉，門鉤也，六兩也。」本詩原注：「《尚書》云：『贖罪千鐉。』」所引乃《尚書大傳》語。段玉裁《説文解字注》：「（鐉），按《玉篇》釋爲六兩，所劣切者，此《尚書大傳》『鐉』訓六兩，誤字。」《尚書大傳》（卷三）：「夏后氏不殺不刑，死罪罰二千鐉。」

〔一六六〕説：同「悦」。歡欣，高興。《論語·子路》：「君子易事而難説也。」文士：善作文章的人。

《戰國策·秦策一》：「文士并餝，諸侯亂惑，萬端俱起，不可勝理。」

〔一六七〕爾汝：古代尊長者對卑幼者之稱，引申爲輕賤之稱。後又作彼此親昵的稱呼，表示親密無間。此處用後一義。《孟子·盡心下》：「人能充無受爾汝之實，無所往而不爲義也。」《世説新語·排調》：「晉武帝問孫皓：『聞南人好作《爾汝歌》，頗能爲不？』」《爾汝歌》乃古代江南民間情歌，故情調親暱。韓愈《聽穎師彈琴》：「昵昵兒女語，恩怨相爾汝。」

〔一六八〕聖人句：《論語·衛靈公》：「子曰：『君子疾没世而名不稱焉。』」聖人：指孔子。《孟子·萬章下》：「孔子，聖之時者也。」没世：逝世，死去。

〔一六九〕不患：不擔心憂慮。《論語·季氏》：「丘也聞有國有家者，不患貧而患不均，不患寡而患不安。」　蹎（diān）：跌倒，此指窮困潦倒。《漢書》（卷七二）《貢禹傳》：「誠恐一旦蹎仆氣竭，不復自還。」顏師古注：「蹎音顛，蹷躓也。」

〔一七〇〕九品位：九品的官位。唐代官職分爲一品至九品，九品是最卑微的官職品位。皮日休此時爲蘇州刺史崔璞的從事。觀崔璞《蒙恩除替，將還京洛，偶叙所懷，因成六韻，呈軍事院諸公、郡中一二秀才》及皮日休和作《諫議以罷郡將歸，以六韻賜示，因伫詶謝》詩（二詩見卷九（詩六一〇）、（詩六一一）），皮日休任諸司參軍事之類的職務。據《舊唐書》（卷四〇）《地理志三》，蘇州在唐代屬上州。《唐六典》（卷三〇）《三府督護州縣官吏》：上州諸司參軍事，録事參軍事爲從七品上，其它參軍事均爲從七品下，諸司佐吏均無品位。詩自言「我未九品位」，難道此時作者任諸司參軍事的佐吏乎？疑不能明。

〔七一〕一囊錢：漢趙壹《刺世嫉邪賦》：「文籍雖滿腹，不如一囊錢。」

〔七二〕兩籠：數量詞，兩隻竹籠子。《説文·竹部》：「籠，舉土器也。一曰：笭也。」《玉篇·竹部》：「籠，竹籠也。」詶唱：互相唱和贈答詩歌。牋：古代本指狹長小竹片，用以表識簡策。此處即指題詩用的紙張爲箋。《説文·竹部》：「箋，表識書也。」《玉篇·竹部》：「箋，表識書也。與牋同。」

〔七三〕無顔：没有臉面，羞愧。《史記》（卷七）《項羽本紀》：「縱江東父兄憐而王我，我何面目見之？」《法苑珠林》（卷二三）引《雜寶藏經》：「爲問不止，兒不獲已而語母曰：『我正不道，恐命不全。止欲具述，無顔之甚。』」媮（tōu）合：苟且迎合。《漢書》（卷五一）《賈山傳》：「（秦皇帝）退誹謗之人，殺直諫之士，是以道諛媮合苟容。」顔師古注：「媮與偷同。」

〔七四〕底事：何事，爲什麽。冗員：無專職的閑散官吏。

〔七五〕萬鍾禄：極言官職高，俸禄優厚。《孟子·告子上》：「萬鍾則不辯禮義而受之，萬鍾於我何加焉？」鍾，古代量器名。《左傳·襄公二十九年》：「餼國人粟，户一鍾。」杜預注：「六斛四斗曰鍾。」禄，俸給。《周易·夬卦》：「君子以施禄及下，居德則忌。」《玉篇·示部》：「禄，賞賜也，又福禄也。」

〔七六〕不博：比不上，换不到。博，獲取，换取。五湖船：意謂江湖上閑適的隱居生活。此指陸龜蒙在其家鄉蘇州太湖一帶的隱居生活。五湖，即太湖。《史記》（卷二九）《河渠書》：「於吴，則通渠三江、五湖。」《集解》：「韋昭曰：『五湖，湖名耳，實一湖，今太湖是也，在吴西南。』」此句當活用范蠡事。《史記》（卷一二九）《貨殖列傳》：「范蠡既雪會稽之耻，……乃乘扁舟，浮於江湖，變名易姓，適齊爲鴟夷子皮，之陶爲朱公。」

〔七七〕夷險句：意謂無論太湖上風波是平坦還是險惡，都有明月相對，境界澄明。

〔七八〕死生句：意謂無論生前還是死後，也都有白蓮相伴，生活趣尚高潔。

〔七九〕吟餘：吟罷，作好詩歌。凭几：倚靠在几上。《説文·几部》：「几，踞几也。象形。《周禮》：五几：玉几、雕几、彤几、髹几、素几。凡几之屬皆從几。」《玉篇·几部》：「几，案也，亦作机。」

〔八〇〕隈（wēi）蓑眠：身體裹着蓑衣而眠。隈，本爲水邊彎曲處。亦作隱蔽義。中晚唐詩人常用。柳宗元《重贈二首》（其二）：「如今試遣隈墻問，已道世人那得知。」杜荀鶴《途中春》：「牧童向日眠春草，漁父隈巖避晚風。」韋莊《塗次逢李氏兄弟感舊》：「曉傍柳陰騎竹馬，夜隈燈影弄先生。」路德延《小兒詩》：「傍枝粘舞蝶，隈樹捉鳴蟬。」

〔八一〕峴山：山名，在今湖北省襄陽市。《元和郡縣圖志》（卷二一）《山南道二》：「襄州襄陽縣：峴山，在縣東南九里。山東臨漢水，古今大路。羊祜鎮襄陽，與鄒潤甫共登此山，後人立碑，謂之墮淚碑，其銘文即蜀人李安所製。」業：別業，別墅。《文選》（卷四五）石崇《思歸引序》：「晚節更樂放逸，篤好林藪，遂肥遁於河陽別業。」皮日休爲復州竟陵人，屬襄陽府轄内，且又在襄州宜城縣鹿門山隱居過，實視此爲家鄉，故云。

〔一六三〕相共：共同，一道，一同。寒山《止宿鴛鴦鳥》：「銜花相共食，刷羽每相隨。」盧仝《石答竹》：「石報孤竹君，此客甚高調。共我相共癡，不怕主人天下笑。」留連：樂而忘返。《孟子·梁惠王下》：「流連荒亡，爲諸侯憂。從流下而忘反謂之流，從流上而忘反謂之連。」曹丕《燕歌行二首》（其二）：「飛鶬晨鳴聲可憐，留連顧懷不能存。」《南史》（卷四九）《劉訏傳》：「訏嘗著穀皮衣，披納衣，每遊山澤，輒留連忘返。」

【箋評】

「乙夜以觀之」二句：超忽。

「堆書塞低屋」二句：人想不到。

「夷險但明月，……相共此留連」：語語解脱，結勢如飛絲不可斷。（項真評、項真刻《項氏瓶笙榭新刻皮襲美詩》卷一）

李空同曰：「元、白、韓、孟、皮、陸之輩，連聯鬥押數千百言，何異入市攫金，登場角戲也哉？」（譚浚《説詩》卷之上《充贍》）

以多爲貴，取之作唐詩序。（王闓運《王闓運手批唐詩選》卷二《五言古詩》）

襲美先輩以龜蒙所獻五百言〔一〕，既蒙見和，復示榮唱〔二〕，至于千字①，提獎之重〔三〕，蔑有稱實〔四〕。再抒鄙懷②〔五〕，用伸訓謝〔六〕

龜蒙

《洪範》分九疇〔七〕，轉成天下規③〔八〕。《河圖》孕八卦〔九〕，煥作玄中奇④〔一〇〕。先開否臧源⑤〔一一〕，次築經緯基〔一二〕。粵若魯聖出〔一三〕，正當周德衰〔一四〕。越疆必載質〔一五〕，歷國將扶危〔一六〕。諸侯恣崛强⑥〔一七〕，王室方淩遲⑦〔一八〕。歌鳳時不偶〔一九〕，獲麟心益悲〔二〇〕。始嗟吾道窮，竟使空言垂〔二一〕。首贊五十《易》⑧〔二二〕，又删三百《詩》〔二三〕。遂令篇籍光，可并日月姿〔二四〕。向非筆削功〔二五〕，未必無瑕疵。迨至夫子没⑨〔二六〕，微言散如枝⑩〔二七〕。所宗既不同〔二八〕，所得亦異宜〔二九〕。名法在深刻〔三〇〕，虚玄致希夷⑪〔三一〕。自從戰伐來〔三二〕，一派從横馳⑫〔三三〕。寒谷生艷木〔三四〕，沸潭結流澌〔三五〕。驚奔失壯士〔三六〕，好惡隨纖兒〔三七〕。嬴氏并六合〔三八〕，勢尊丞相斯〔三九〕。加于挾書律⑬〔四〇〕，盡取坑焚之〔四一〕。南勒會稽頌〔四二〕，北恢胡亥阺〔四三〕。猶懷遍巡狩，不暇親維持〔四四〕。及漢文景後〔四五〕，鴻生方鋠摫⑭〔四六〕。簸揚堯舜風⑮〔四七〕，反作三代吹〔四八〕。飄飖四百載⑯〔四九〕，左右爲藩籬〔五〇〕。鄴下曹父子〔五一〕，獵賢甚熊羆〔五二〕發論若霞駮〔五三〕（原注：魏文帝著《典論》，有《論文》篇⑰〔五四〕。），裁詩如錦摛〔五五〕。徐王應劉輩〔五六〕，頭角咸相哀⑱〔五七〕。或有妙絶賞〔五八〕，或爲獨步推〔五九〕。或許潤色美〔六〇〕，或嫌詆訶癡〔六一〕。倏以中利病〔六二〕，且非混醇醨〔六三〕。雅當乎魏文〔六四〕，麗矣哉陳思〔六五〕。不肯少選妄⑲〔六六〕，恐貽後世嗤。吾祖杖才力⑳〔六七〕（原注：士衡《文賦》〔六八〕。），革車蒙虎皮〔六九〕。手將一白旄㉑〔七〇〕，直向文場麾〔七一〕。輕（原注：去。）若脱鉗鈦㉒〔七二〕，豁如抽扊扅〔七三〕（原注：上恢下移㉓。）。精鋼不足利〔七四〕，騕褭何勞追〔七五〕。大可罩山岳，微堪析毫氂㉔〔七六〕。十體免負贅〔七七〕，百家咸起痿〔七八〕。争入鬼神奥，不容天地私。一篇邁華藻〔七九〕，萬古無孑遺〔八〇〕。刻鵠尚未已〔八一〕，《雕龍》奮而爲㉕〔八二〕（原注：劉勰有《文心雕龍》㉖。）。劉生吐英辯〔八三〕，上下窮高卑〔八四〕。下臻宋與齊〔八五〕，上指軒從羲〔八六〕。豈但摽《八索》㉗〔八七〕，殆將包兩儀〔八八〕。人謡洞野老〔八九〕，騷怨明湘纍〔九〇〕。立本以致詰〔九一〕，驅宏來抵巇〔九二〕。清如朔雪嚴〔九三〕，緩若春煙羸〔九四〕。或欲開户牖〔九五〕，或將飾纓緌〔九六〕。雖非猗天劍㉘〔九七〕，亦是囊中錐〔九八〕。皆由内史意㉙〔九九〕，致得東莞詞㉚〔一〇〇〕。梁元盡索虜㉛〔一〇一〕，後主終亡隋㉜〔一〇二〕。哀音但浮脆〔一〇三〕，豈望分雄雌〔一〇四〕。吾唐揖讓初㉝〔一〇五〕，陛列森咎夔〔一〇六〕。作頌媲吉甫〔一〇七〕，直言過祖伊〔一〇八〕。明皇踐中日〔一〇九〕，墨客肩參差〔一一〇〕。岳浄秀擢削〔一一一〕，海寒光陸離〔一一二〕。皆能取穴鳳〔一一三〕，盡擬乘雲螭〔一一四〕。邇來二十祀㉞〔一一五〕，俊造相追隨〔一一六〕。余生落其下㉟，亦值文明時〔一一七〕。少小不好弄〔一一八〕，逡巡奉弓箕〔一一九〕。雖然苦貧賤㊱，未省親嚅唲㊲〔一二〇〕。秋倚抱風桂〔一二一〕，曉烹承露葵〔一二二〕。窮年只敗袍〔一二三〕，積日無晨炊〔一二四〕。遠訪賣藥客〔一二五〕，閑尋捕魚師㊳〔一二六〕。歸來蠹編上〔一二七〕，得以含情窺〔一二八〕。抗韻吟比雅〔一二九〕，覃思念梲攡㊴〔一三〇〕。因知昭明前〔一三一〕，剖石呈清琪〔一三二〕。又嗟昭明後，敗葉埋芳蕤〔一三三〕。縱有月旦評〔一三四〕，未能天下知。徒爲强貔豹〔一三五〕，不免參狐狸㊵〔一三六〕。誰蹇行地足〔一三七〕，誰抽刺天鬐〔一三八〕。誰作河畔草〔一三九〕，誰爲洞中芝〔一四〇〕。誰若靈囿鹿〔一四一〕，誰猶清廟犧〔一四二〕。誰輕如舉毛㊶〔一四三〕，誰密如凝脂㊷〔一四四〕。誰比蜀嚴靜〔一四五〕，誰方巴賨貲㊸〔一四六〕。誰能釣抃鼇〔一四七〕，誰能灼神龜〔一四八〕。誰背如水火㊹〔一四九〕，誰同若塤篪〔一五〇〕。誰可征弄棟㊺〔一五一〕，誰敢驅谷蠡㊻〔一五二〕（原注：鹿黎二音）㊼。用此常不快㊽，無人動交鈹〔一五三〕。空消病裏骨㊾〔一五四〕，枉白愁中髭〔一五五〕。鹿門先生才〔一五六〕，大小無不怡〔一五七〕。就彼六籍内㊿〔一五八〕，説《詩》直解頤(51)〔一五九〕。顧我迷未遠(52)〔一六〇〕，開懷潰其疑〔一六一〕。初看鑿本源(53)〔一六二〕，漸乃疏旁支。遂古派泛濫(54)〔一六三〕，皇朝光赫曦(55)〔一六四〕。揣摩是非際〔一六五〕，一一如襟期〔一六六〕。李杜氣不易(56)〔一六七〕，孟陳節難移〔一六八〕。信知君子言，可并神明蓍〔一六九〕。枯腐尚求律〔一七〇〕，膏肓猶謁醫〔一七一〕。況將太牢味〔一七二〕，見啗逋懸飢(57)〔一七三〕。今來置家地〔一七四〕，正枕吴江湄〔一七五〕。餌薄鉤不曲〔一七六〕，蹔然守空坻〔一七七〕。嘿坐無影響〔一七八〕，唯君款茅茨(58)〔一七九〕。抽書亂籤帙〔一八〇〕，酌茗煩甌犧(59)〔一八一〕。或伴補缺砌〔一八二〕，或偕詣荒祠〔一八三〕。孤筇倚煙蔓〔一八四〕，細木横風漪〔一八五〕。觸雨妨扉屨(60)〔一八六〕，臨流泥江蘺〔一八七〕。既狎野人調〔一八八〕，甘爲豪士嗤[61]〔一八九〕。不敢負建鼓〔一九〇〕，唯憂掉降旗〔一九一〕。希君念餘勇〔一九二〕，挽袖登文陣〔一九三〕。

（詩四）

【校記】

①「于」四庫本作「於」。　②「杼」弘治本、詩瘦閣本、四庫本、陸詩甲本、統籤本、季寫本、全唐詩本作「抒」。　③「轉」季寫本作「輔」。　④「玄」原缺末筆，避宋太祖始祖趙玄朗諱。　⑤「臧」陸詩丙本黃校作「藏」。　⑥「崛」詩瘦閣本作「屈」。　⑦「淩」詩瘦閣本、四庫本、統籤本、季寫本、全唐詩本作「陵」。　⑧「贇」陸詩丙本黃校作「質」。　⑨「没」全唐詩本注：「一作遐。」　⑩「枝」下陸詩甲本、陸詩丙本、統籤本、全唐詩本注：「一作披，」季寫本注：「一作彼。」　⑪「玄」原缺末筆，避宋太祖始祖趙玄朗諱。　⑫「從」四庫本、陸詩丙本、統籤本、全唐詩本作「縱」。「横」汲古閣本作「衡」。　⑬「于」詩瘦閣本、全唐詩本作「於」。　⑭「鎃摫」原作「鈲䙆」，據季寫本、全唐詩本改。弘治本、詩瘦閣本、陸詩甲本作「鎃摫」，統籤本作「鈲摫」，陸詩甲本、陸詩丙本、統籤本、季寫本、全唐詩本并注：「出《三都賦》。」「䙆」四庫本、陸詩丙本作「摫」。「鈲」盧校本作「鎃」。　⑮「簸」陸詩丙本作「篏」。　⑯「飄颻」李校本、陸詩甲本、統籤本作「飄飄」。　⑰季寫本、全唐詩本無「著」。　「篇」前汲古閣本、四庫本有「一」。　⑱「衰」下陸詩甲本、陸詩丙本注：「初危切。」　⑲「妄」陸詩丙本黃校作「妾」，統籤本作「忘」。　⑳「吾」季寫本作「五」。「杖」汲古閣本、詩瘦閣本、四庫本、陸詩甲本、陸詩丙本、統籤本、季寫本、全唐詩本作「仗」。　㉑「將」統籤本作「持」。　㉒「去」後汲古

閣本、弘治本、統籤本有「音」字，全唐詩本有「聲」字。季寫本無「去」字。「鈇」弘治本、詩瘦閣本、四庫本、陸詩甲本、全唐詩本作「鈌」，汲古閣本、季寫本作「鈦」，陸詩丙本作「鈇」。㉓上惔下移：汲古閣本、統籤本、季寫本、全唐詩本無此四字。「惔」陸詩甲本作「琰」。㉔「毫」盧校本作「豪」。㉕「雕」原作「彫」，據汲古閣本、詩瘦閣本、四庫本、陸詩甲本、陸詩丙本、季寫本、全唐詩本改。㉖「雕」原作「彫」，據汲古閣本、詩瘦閣本、四庫本、陸詩甲本、陸詩丙本、統籤本、季寫本、全唐詩本改。㉗「摽」弘治本、汲古閣本、詩瘦閣本、四庫本、陸詩甲本、陸詩丙本、統籤本、季寫本、全唐詩本作「標」。㉘「猗」弘治本、詩瘦閣本、四庫本、陸詩甲本、陸詩丙本、季寫本、全唐詩本作「倚」。㉙「由」汲古閣本、四庫本作「繇」。㉚「莞」原作「莧」，據汲古閣本、錢校本、四庫本、統籤本、全唐詩本改。㉛「盡索虜」四庫本作「竟降魏」。㉜「亡」四庫本作「歸」。㉝「讓」原作「嚷」，據弘治本、汲古閣本、詩瘦閣本、四庫本、陸詩甲本、統籤本、季寫本、全唐詩本改。李校本眉批：「『讓』，避諱缺『言』旁。」㉞「祀」陸詩丙本黄校作「杞」。㉟「余」弘治本、汲古閣本、詩瘦閣本、四庫本作「予」。㊱「苦」弘治本作「若」。㊲「哂」陸詩甲本、季寫本注：「一作哯。」陸詩丙本注：「一作哯。」㊳「閑」統籤本、季寫本作「閒」。㊴「攤」原作「⿰木難」，據陸詩丙本、統籤本、季寫本、全唐詩本改。㊵「狐」陸詩丙本作「孤」。㊶「舉」四庫本、全唐詩本作「鳴」。㊷「密」陸詩丙本作「蜜」。㊸「賓」盧校本作「寡」。㊹「背」原作「皆」，據汲古閣本、詩瘦閣本、錢校本、四庫本、統籤本、季寫本、全唐詩本改。㊺「征弄」弘治本、汲古閣本、四庫本、陸詩甲本、陸詩丙本、統籤本、季寫本、全唐詩本作「作梁」。㊻斠宋本眉批：「宋刻誰敢以下至十八葉八行皆補板，錢氏殘本係宋刻原本用墨筆補入。」㊼統籤本、季寫本無此四字注語。㊽「快」陸詩丙本作「快」。㊾「消」汲古閣本作「銷」。㊿「籍」統籤本作「藉」。㊿①「直」斠宋本眉批：「『直』疑原作『直』。」㊿②「遠」陸詩乙本批校：「『遠』舊本作『達』。」陸詩丙本作「達」。㊿③「看」陸詩甲本、統籤本、季寫本、全唐詩本作「開」。全唐詩本注：「一作看。」㊿④「遂」弘治本、汲古閣本、詩瘦閣本、四庫本、陸詩甲本、陸詩丙本、統籤本、季寫本、全唐詩本作「邃」。㊿⑤「光」陸詩丙本作「先」。「曦」陸詩丙本作「曦」。㊿⑥「易」原作「易」，據弘治本、詩瘦閣本、四庫本、統籤本、季寫本、全唐詩本改。㊿⑦「飢」統籤本作「饑」。㊿⑧「款」原作「嘆」，據弘治本、汲古閣本、詩瘦閣本、四庫本、盧校本、陸詩甲本、陸詩丙本張校、統籤本、季寫本、全唐詩本改。㊿⑨「檥」陸詩丙本作「檥」，陸詩丙本黄校作「艤」。⑥⓪「扉」原作「扉」。斠宋本眉批：「宋刻原本『扉』。」汲古閣本作「扉」。據改。⑥①「嗤」陸詩甲本、統籤本、季寫本、全唐詩本作「呰」。全唐詩本注：「一作嗤。」

【注釋】

〔一〕先輩：唐人對進士的尊稱。其説有二：一是進士互相間的敬稱。李肇《唐國史補》（卷下）：「進士爲時所尚久矣。是故俊乂實集其中，由此出者，終身爲聞人。……得第謂之前進士。互相推敬謂之先輩。」王讜《唐語林》（卷二）：「得第謂之前輩，相推敬謂之先輩。」二是稱已及第者。程大昌《演繁露》（卷一）《先輩進士》：「唐世呼舉人已第者爲先輩，其自目則曰前進士。

案：魏文帝黄初五年立太學，初詣學者爲門人，滿一歲試通一經者補弟子，不通一經，罷遣。弟子滿二歲通二經者補文學掌故，不通經者聽須後試。故後世稱先試而得第者爲先輩，由此也。前進士者云，亦放此也。猶曰早第進士，而其輩行在先也。」明胡震亨《唐音癸籤》（卷一八）：「先輩原以稱及第者，觀諸家詩集中題有下第獻新先輩詩可見。後乃以爲應試舉子通稱。」清顧炎武《日知録》（卷十七）：「先輩乃同試而先得第者之稱。……而唐李肇《國史補》謂『互相推敬謂之先輩』，此又後人之濫矣。」龜蒙此詩所説，屬於第二種。此詩作於咸通十一年（八七〇）春。

〔二〕榮唱：謂華美的詩歌。唱，指首唱之作，與「和」對應。

〔三〕提奬：提携奬掖。《北齊書》（卷三八）《趙彦深傳》：「凡諸選舉，先令銓定，提奬人物，皆行業爲先，輕薄之徒，弗之齒也。」

〔四〕蔑有：没有。《左傳·昭公元年》：「封疆之削，何國蔑有？」稱實：合乎實際。

〔五〕杼：通「抒」，表達。《楚辭·九章·惜誦》：「惜誦以致愍兮，發憤以杼情。」鄙懷：内心情感，情懷。鄙，自謙之詞。《史記》（卷一〇二）《張釋之馮唐列傳》：「唐謝曰：『鄙人不知忌諱。』」

〔六〕伸：表白。訓謝：報答感謝。

〔七〕《洪範》句：參本卷（詩一）注〔七二〕。

〔八〕轉成句：意謂逐漸變化而成爲天下遵循的規則。

〔九〕《河圖》：古代儒家有關《周易》卦形形成來源的傳説。《尚書·周書·顧命》：「大玉、夷玉、天球、《河圖》，在東序。」《孔傳》：「三玉爲三重。夷，常也。球，雍州所貢《河圖》八卦，伏犧王天下，龍馬出河，遂則其文以畫八卦，謂之《河圖》及典謨，皆歷代傳寶之。」

〔一〇〕焕作句：焕發爲玄妙深奥的奇異道理。

〔一一〕否臧：善惡是非，成敗優劣。《周易·師卦》：「初六，師出以律，否臧，凶。」孔穎達疏：「否謂破敗，臧謂有功。」

〔一二〕經緯：織物的縱綫和横綫，比喻條理、秩序，引申爲規劃治理。《左傳·昭公二十五年》：「禮，上下之紀，天地之經緯也。」孔穎達疏：「言禮之於天地，猶織之有經緯，得經緯相錯乃成文，如天地得禮始成就。」

〔一三〕粵若：發語詞。魯聖：孔子。古代被尊稱爲聖人。因其爲魯國人，故稱魯聖。《論語·子罕》：「太宰問於子貢曰：『夫子聖者與？何其多能也？』」《孟子·萬章下》：「伯夷，聖之清者也；伊尹，聖之任者也；柳下惠，聖之和者也；孔子，聖之時者也。」《史記》（卷四七）《孔子世家》：「於是吴客曰：『善哉聖人！』」

〔一四〕周德衰：周王朝德行衰微。《論語·微子》：「楚狂接輿歌而過孔子曰：『鳳兮鳳兮！何德之衰？往者不可諫，來者猶可追。已而，已而！今之從政者殆而！』孔子下，欲與之言。趨而辟之，不得與之言。」

〔一五〕越疆：越出疆界，指孔子周游列國而言。載質：帶着晋見的禮物。《孟子・滕文公下》：「周霄問曰：『古之君子仕乎？』孟子曰：『仕。《傳》曰：「孔子三月無君，則皇皇如也，出疆必載質。」公明儀曰：「古之人三月無君，則吊。」』」

〔一六〕歷國：游歷諸侯國。將：想要。《廣雅・釋詁》：「將，欲也。」扶危：《論語・季氏》：「危而不持，顛而不扶，則將焉用彼相矣？」《史記》（卷四七）《孔子世家》：「孔子之去魯凡十四歲而反乎魯。……孔子之時，周室微而禮樂廢，《詩》《書》缺。追迹三代之禮，序《書傳》，上紀唐虞之際，下至秦繆，編次其事。曰：『夏禮吾能言之，杞不足徵也。殷禮吾能言之，宋不足徵也。足，則吾能徵之矣。』觀殷夏所損益，曰：『後雖百世可知也，以一文一質。周監二代，郁郁乎文哉。吾從周。』故《書傳》《禮記》自孔氏。」

〔一七〕諸侯：諸侯國。崛强（jué jiàng）：桀驁不馴。孔子所處的春秋時代，諸侯力政，社會動蕩，故此句云。

〔一八〕王室：周天子的公室，即指周王朝。方：正當。凌遲：衰敗。

〔一九〕歌鳳句：參本篇注〔一四〕。

〔二〇〕獲麟句：《春秋經・哀公十四年》：「十有四年春，西狩獲麟。」《左傳・哀公十四年》：「十四年春，西狩於大野，叔孫氏之車子鉏商獲麟，以爲不祥，以賜虞人。仲尼觀之，曰：『麟也。』然後取之。」《史記》（卷四七）《孔子世家》：「魯哀公十四年春，狩大野。叔孫氏車子鉏商獲獸，以爲不祥。仲尼視之，曰：『麟也。』取之。曰：『河不出圖，雒不出書，吾已矣夫！』顔淵死，孔子曰：『天喪予！』及西狩見麟，曰：『吾道窮矣！』」《孔叢子·記問》載孔子《獲麟歌》：「唐虞世兮麟鳳游，今非其時來何求？麟兮麟兮我心憂。」

〔二一〕空言：未能在社會現實中實行的言論。《史記》（卷一三〇）《太史公自序》：「子曰：『我欲載之空言，不如見之於行事之深切著明也。』」司馬貞《索隱》：「孔子之言見《春秋緯》，太史公引之以成説也。空言謂褒貶是非也。空立此文，而亂臣賊子懼也。」

〔二二〕首贊句：《史記》（卷四七）《孔子世家》：「孔子晚而喜《易》，序《彖》《繫》《象》《説卦》《文言》，讀《易》，韋編三絶。曰：『假我數年，若是，我於《易》則彬彬矣。』」贊：《漢書》（卷一〇〇下）《叙傳》（下）：「總百氏，贊篇章。」顔師古注：「贊，明也。」五十《易》：《論語·述而》：「子曰：『加我數年，五十以學《易》，可以無大過矣。』」

〔二三〕又删句：《史記》（卷四七）《孔子世家》：「古者《詩》三千餘篇，及至孔子，去其重，取可施於禮義，上采契、后稷，中述殷、周之盛，至幽、厲之缺，始於衽席，故曰：『《關雎》之亂以爲《風》始，《鹿鳴》爲《小雅》始，《文王》爲《大雅》始，《清廟》爲《頌》始。』三百五篇孔子皆弦歌之，以求合《韶》《武》《雅》《頌》之音。禮樂自此可得而述，以備王道，成六藝。」《三百詩》：即《詩經》，又稱《詩》《詩》三百。《論語·爲政》：「《詩》三百，一言以蔽之，曰：『思無邪』。」

〔二四〕遂令二句：意謂經過孔子的闡述，于是古典經籍的光耀，可與日月相稱。《莊子·在宥》：「吾與日月參光，吾與天地爲常。」參本卷（詩一）注〔二三〕。

〔二五〕向非：假如不是。向，假設連詞。筆削功：指孔子對於儒家典籍的增删潤色，闡述申説。《史記》（卷四七）《孔子世家》：「至於爲《春秋》，筆則筆，削則削，子夏之徒不能贊一辭。」

〔二六〕迨至：及至，等到。夫子：孔子。《論語·學而》：「夫子温良恭儉讓以得之。」没：死亡。《論語·學而》：「父在，觀其志；父没，觀其行。」

〔二七〕微言：微妙精粹之言。《逸周書》（卷五）《大戒》：「微言入心，夙喻動衆，大乃不驕。」劉歆《移書讓太常博士》：「及夫子没而微言絶，七十子卒而大義乖。」散如枝：散落零亂猶如樹枝。《周易·繫辭下》：「中心疑者其辭枝。」孔穎達疏：「枝謂樹枝也。中心於事疑惑，則其心不定，其辭分散，若閒枝也。」

〔二八〕宗：宗尚，推崇，效法。

〔二九〕異宜：各自所適宜的不相同。《禮記·王制》：「民生其間者異俗，剛柔輕重，遲速異齊，五味異和，器械異制，衣服異宜。」

〔三〇〕名法：名家和法家。深刻：嚴酷苛刻。《史記》（卷一三〇）《太史公自序》：「法家不别親疏，不殊貴賤，……名家苛察繳繞，使人不得反其意，專决於名而失人情，……。」《漢書》（卷三〇）《藝文志》：「法家者流，……名家者流，……。」

〔三一〕虚玄：玄妙虚無，指道家思想。希夷：虚寂玄妙。《老子》（第十四章）：「視之不見名曰夷，聽之不聞名曰希，搏之不得名曰微。此三者不可致詰，故混而爲一。」河上公注：「無色曰夷，無聲曰希。」《史記》（卷一三〇）《太史公自序》：「道家無爲，又曰無不爲，其實易行，其辭難知。其術以虚無爲本，以因循爲用。」《漢書》（卷三〇）《藝文志》：「道家者流，蓋出於史官，歷記成敗存亡禍福古今之道，然後知秉要執本，清虚以自守，卑弱以自持，此君人南面之術也。合於堯之克攘，《易》之嗛嗛，一謙而四益，此其所長也。及放者爲之，則欲絶去禮學，兼棄仁義，曰獨任清虚可以爲治。」

〔三〕戰伐：征戰。此指戰國時期（公元前四七五—公元前二二一）而言。

〔三〕從横：即縱横，指縱横家。《漢書》（卷三〇）《藝文志》：「從横家者流，蓋出於行人之官。孔子曰：『誦《詩》三百，使於四方，不能專對，雖多亦奚以爲？』又曰：『使乎！使乎！』言其當權事制宜，受命而不受辭，此其所長也。及邪人爲之，則上詐諼而棄其信。」

〔四〕寒谷：劉向《别録》（嚴可均《全漢文》卷三八）：「《方士傳》言：鄒衍在燕，燕有谷，地美而寒，不生五穀。鄒子居之，吹律而温氣至，而黍生，今名黍谷。」艷木：艷麗的花木。指樹木茂盛。

〔五〕沸潭：劉敬叔《異苑》（卷一）《沸井》條：「句容縣有延陵季子廟。廟前井及瀆，恒自涌沸，故曰『沸井』。于今猶然。亦曰『沸潭』。」《文選》（卷一三）謝惠連《雪賦》：「沸潭無涌，炎風不興。」李善注：「酈元《水經注》曰：『以生物投之，須臾即熟。』又曰：『曲阿季子廟前，井及潭常沸，故名井曰沸井，潭曰沸潭。』」流澌：江河解凍時隨水流動的冰塊。《楚辭・九歌・河伯》：

「與女游兮河之渚，流澌紛兮將來下。」

〔三六〕驚奔：驚駭而奔跑。指戰國時期社會動蕩，人們播遷離散。

〔三七〕纖兒：小兒。《晉書》（卷七七）《陸納傳》：「時會稽王道子以少年專政，委任群小，納望闕而嘆曰：『好家居，纖兒欲撞壞之邪！』朝士咸服其忠亮。」

〔三八〕嬴氏：《史記》（卷五）《秦本紀》：「太史公曰：秦之先爲嬴姓。」此指秦始皇，姓嬴名政。并六合：兼并天下，統一全國。六合：《莊子·齊物論》：「六合之外，聖人存而不論；六合之內，聖人論而不議。」成玄英疏：「六合者，謂天地四方也。」賈誼《過秦論》（上）：「及至秦王，續六世之餘烈，振長策而御宇內，吞二周而亡諸侯，履至尊而制六合，執棰拊以鞭笞天下，威震四海。」

〔三九〕丞相斯：秦始皇的丞相李斯。《史記》（卷八七）《李斯列傳》：「太史公曰：李斯以閭閻歷諸侯，入事秦，因以瑕釁，以輔始皇，卒成帝業，斯爲三公，可謂尊用矣。」

〔四〇〕挾書律：指秦始皇頒布的禁止藏書的律令。《史記》（卷六）《秦始皇本紀》：「（始皇三十四年）丞相李斯曰：『……臣請史官非秦記皆燒之。非博士官所職，天下敢有藏《詩》《書》百家語者，悉詣守、尉雜燒之。有敢偶語《詩》《書》者弃世。以古非今者族。吏見知不舉者與同罪。令下三十日不燒，黥爲城旦。所不去者，醫藥卜筮種樹之書。若欲有學法令，以吏爲師。』制曰：『可』。」

〔四一〕坑焚：焚燒書籍，坑殺儒士。焚書，已見上注〔四〇〕。坑殺儒生，《史記》（卷六）《秦始皇本紀》：「侯生、盧生相與謀曰：『始皇爲人，天性剛戾自用，起諸侯，并天下，意得欲從，以爲自古莫及己。專任獄吏，獄吏得親幸。博士雖七十人，特備員弗用。……。』於是乃亡去。始皇聞亡，乃大怒曰：『吾前收天下書不中用者盡去之。……盧生等吾尊賜之甚厚，今乃誹謗我，以重吾不德也。諸生在咸陽者，吾使人廉問，或爲訞言以亂黔首。』於是使御史悉案問諸生，諸生傳相告引，乃自除犯禁者四百六十餘人，皆坑之咸陽，使天下知之，以懲後。益發謫徙邊。」

〔四二〕南勒句：《史記》（卷六）《秦始皇本紀》：「三十七年十月癸丑，始皇出游。……上會稽，祭大禹，望于南海，而立石刻，頌秦德。其文曰：『皇帝休烈，平一宇内，德惠修長。三十有七年，親巡天下，周覽遠方。遂登會稽，宣省習俗，黔首齋莊。……從臣誦烈，請刻此石，光垂休銘。』」《正義》：「越州會稽山上有夏禹穴及廟。」又曰：「此二頌三句爲韻。其碑見在會稽山上。其文及書皆李斯，其字四寸，畫如小描，圓鐫。今文字整頓，是小篆字。」勒：刻，此指在石頭上鐫刻文字。會稽山：在今浙江省紹興市。《元和郡縣圖志》（卷二六）《江南道二》：「越州會稽縣，會稽山，在州東南一十里。」

〔四三〕北恢句：此句指秦始皇在北巡途中死去，少子胡亥、丞相李斯、宦者趙高共謀篡改秦始皇賜長子扶蘇，立其爲太子的璽書，并賜扶蘇死，而立胡亥爲太子，使其襲位爲秦二世的史事。詳參《史記》（卷八七）《李斯列傳》。恢，《説文・心部》：「恢，大也。」阺（dǐ），《説文・自部》：

「阺，秦謂陵阪曰阺。」

〔四四〕猶懷二句：謂秦二世繼位後，仍然效法秦始皇巡游各地，并實施暴政，導致政權很快覆亡。《史記》（卷六）《秦始皇本紀》：「（二世皇帝元年）二世與趙高謀曰：『朕年少，初即位，黔首未集附。先帝巡行郡縣，以示彊，威服海内。今晏然不巡行，即見弱，毋以臣畜天下。』春，二世東行郡縣，李斯從。到碣石，并海，南至會稽，而盡刻始皇所立刻石，石旁著大臣從者名，以章先帝成功盛德焉：……遂至遼東而還。於是二世乃遵用趙高，申法令。……宗室振恐。群臣諫者以爲誹謗，大吏持禄取容，黔首振恐。……用法益刻深。」巡狩：古代帝王巡視各地州郡。維持：此謂維護正常的社會秩序。

〔四五〕漢文景：西漢文帝劉恒（前二〇二—前一五七）和景帝劉啓（前一八八—前一四一）。時社會安定，天下太平，史稱「文景之治」。文景後：指漢武帝劉徹（前一五六—前八七）時期。

〔四六〕鴻生：大儒，博學之士。漢武帝獨尊儒術，重用儒生，故云。鎃摫（pì guī）：裁，剪裁。此喻治理社會政治。《方言》（卷二）：「鎃，摫，裁也。梁、益之間裁木爲器曰鎃，裂帛爲衣曰摫。」《文選》（卷四）左思《蜀都賦》：「藏鏹巨萬，鎃摫兼呈。亦以財雄，翕習邊城。」

〔四七〕簸揚：本作揚去，此作張揚、宣揚義。《詩經·小雅·大東》：「維南有箕，不可以簸揚。」堯舜風：謂儒學之風。堯、舜，古代傳説中的君主，後世儒家奉爲聖人。《論語·雍也》：「子貢曰：『如有博施於民而能濟衆，何如？可謂仁乎？』子曰：『何事於仁，必也聖乎！堯舜其猶病諸！』」《史記》（卷一）《五帝本紀》：「帝堯者，放勛。其仁如天，其知如神。」又曰：「堯立七十年得舜，二十年而老，令舜攝行天子之政，薦之於天。」

〔四八〕三代：夏、商、周三代。此句謂漢武帝時期儒風流行，猶如返回三代一樣。

〔四九〕飄飖：風吹動貌。四百載：漢王朝（前二〇六—二二〇）共歷四二六年。此舉其成數。此句謂儒學之風流行漢代。

〔五〇〕左右：似指西漢、東漢而言。藩籬：本指竹、木編成的籬笆或柵欄。此指國家的疆界。

〔五一〕鄴下：漢代鄴縣，《元和郡縣圖志》（卷一六）《河北道一》：「相州鄴縣，本漢舊縣，屬魏郡。」今河北省臨漳縣。漢末曹操受封魏王，建都於此，故又稱鄴都。此即指三國魏而言。曹父子：魏武帝曹操以及他的兩個兒子魏文帝曹丕、陳思王曹植。既都有王侯之尊，又都是著名詩人。曹操（一五五—二二〇），字孟德，一名吉利，小字阿瞞。沛國譙（今安徽亳州市）人。著名政治家、軍事家、詩人。漢獻帝建安十三年爲丞相。其子曹丕代漢，追謚武帝。曹丕（一八七—二二六），字子桓，史稱文皇帝，即魏文帝。曹操第二子。其兄曹昂早世，丕乃得爲曹操長子。詩人，辭賦家。建安年間，爲五官中郎將，副丞相。曹操卒，繼位爲魏王。建安二十五年，漢獻帝禪位於曹丕，改元黄初。黄初七年病卒。曹植（一九二—二三二），字子建，曹操第四子。著名詩人、辭賦家、散文家。曾先後受封平原侯、鄄城侯、鄄城王、雍丘王、東阿王、陳王。謚思。後世稱陳思王。生平事迹分別參《三國志·魏書》（卷一）《武帝操紀》、（卷二）《文帝丕紀》、（卷一九)《陳思王植傳》。

〔五二〕獵賢句:意謂招攬賢才。漢末獻帝建安時期,「三曹父子」曹操、曹丕、曹植賞愛、重用一大批文人,稱首者是「建安七子」。曹丕《典論·論文》:「今之文人,魯國孔融文舉,廣陵陳琳孔璋,山陽王粲仲宣,北海徐幹偉長,陳留阮瑀元瑜,汝南應瑒德璉,東平劉楨公幹。斯七子者,於學無所遺,於辭無所假,咸以自騁驥騄於千里,仰齊足而并馳,以此相服,亦良難矣。」此句用周西伯出獵得賢人吕尚事。《史記》(卷三十二)《齊太公世家》:「西伯將出獵,卜之,曰:『所獲非龍非螭,非虎非羆;所獲霸王之師。』於是周西伯獵,果遇太公於渭之陽,與語大説,……故號之曰『太公望』,載與俱歸,立爲師。」

〔五三〕發論:指曹丕《典論·論文》。文中對作家的個性,文學的價值,作品的文體特點、風格特色,文學批評的態度等問題,都作了闡論。霞駮(bó):光彩斑爛貌。《文選》(卷一一)王延壽《魯靈光殿賦》:「霞駮雲蔚,若陰若陽。」吕延濟注:「霞駮雲蔚言有光明如霞之斑駮。」

〔五四〕《典論》有《論文》篇:《典論》,書名,曹丕的一部重要著作,《論文》是其中的一篇。《典論》一書已佚,《論文》一篇則因被蕭統收入《文選》(卷五二)得以存世。《三國志·魏書》(卷二)《文帝紀》:「初,帝好文學,以著述爲務,自所勒成垂百篇。又使諸儒撰集經傳,隨類相從,凡千餘篇,號曰《皇覽》。」裴松之注:「《魏書》曰:帝初在東宫,疫癘大起,時人凋傷,帝深感嘆,與素所敬者大理王朗書曰:『生有七尺之形,死唯一棺之土,唯立德揚名,可以不朽,其次莫如著篇籍。疫癘數起，士人凋落，余獨何人，能全其壽？』故論撰所著《典論》、詩賦，蓋百餘篇，集諸儒於肅城門内，講論大義，侃侃無倦。」

〔五五〕裁詩句：謂作詩如鋪列錦綉，指詩歌華美。裁詩：作詩。李商隱《韓冬郎即席爲詩相送，一座盡驚。他日余方追吟「連宵侍坐徘徊久」之句，有老成之風，因成二絶寄酬，兼呈畏之員外》：「十歲裁詩走馬成，冷灰殘燭動離情。」此句似指曹植而言。《三國志·魏書》（卷一九）《陳思王植傳》：「陳思文才富艷，足以自通後葉。」鍾嶸《詩品》（上）：「（陳思王植）骨氣奇高，詞采華茂。」劉勰《文心雕龍·才略》：「子建思捷而才儁，詩麗而表逸。」摛（chī）：鋪陳。《文選》（卷一）班固《西都賦》：「茂樹蔭蔚，芳草被堤。蘭茝發色，曄曄猗猗，若摛錦布綉，燭耀乎其陂。」

〔五六〕徐王應劉：徐幹（一七一—二一八），字偉長。漢末詩人、學者，著有《中論》。「建安七子」之一。王粲（一七七—二一七），字仲宣。漢末詩人、辭賦家。「建安七子」之一。劉勰《文心雕龍·才略》稱譽其爲「七子之冠冕」。應瑒（？—二一七），字德璉。漢末詩人、散文家。「建安七子」之一。劉楨（？—二一七），字公幹。漢末詩人。「建安七子」之一。四人生平事迹參見《三國志·魏書》（卷二一）《王粲傳》《徐幹傳》《應瑒傳》《劉楨傳》。

〔五七〕頭角：喻才華顯露。《三國志·蜀書·魏延傳》：「（諸葛）亮出北谷口，延爲前鋒。出亮營十里，延夢頭上生角。」相袁：此謂上述諸人互相之間的長短優劣難以區分。《廣韻·支韻》：

「衰，小也，減也。」

〔五八〕妙絶賞：欣賞其才華精妙絶倫。《文選》（卷四二）曹丕《與吴質書》：「偉長獨懷文抱質，恬淡寡欲，有箕山之志，可謂彬彬君子者矣。著《中論》二十餘篇，成一家之言，辭義典雅，足傳于後。此子爲不朽矣。德璉常斐然有述作之意，其才學足以著書，美志不遂，良可痛惜。間者歷覽諸子之文，對之抆淚，既痛逝者，行自念也。孔璋章表殊健，微爲繁富。公幹有逸氣，但未遒耳。其五言詩之善者，妙絶時人。元瑜書記翩翩，致足樂也。仲宣獨自善於辭賦，惜其體弱，不足起其文。至於所善，古人無以遠過。昔伯牙絶絃於鍾期，仲尼覆醢於子路，痛知音之難遇，傷門人之莫逮。諸子但爲未及古人，自一時之雋也。」

〔五九〕獨步推：推崇其獨一無二。《文選》（卷四二）曹植《與楊德祖書》：「昔仲宣獨步於漢南，孔璋鷹揚於河朔，偉長擅名於青土，公幹振藻於海隅，德璉發迹於此魏，足下高視於上京。當此之時，人人自謂握靈蛇之珠，家家自謂抱荆山之玉。」李善注：「仲長子《昌言》曰：『清如冰碧，潔如霜露；輕賤世俗，高立獨步，此士之次也。』」

〔六〇〕潤色美：修飾文字，使表達上更爲準確、華美。《論語·憲問》：「爲命，裨諶草創之，世叔討論之，行人子羽修飾之，東里子産潤色之。」曹植《與楊德祖書》：「世人之著述，不能無病。僕常好人譏彈其文，有不善者，應時改定。昔丁敬禮嘗作小文，使僕潤色之，僕自以才不過若人，辭不爲也。敬禮謂僕：『卿何所疑難？文之佳惡，吾自得之，後世誰相知定吾文者邪？』吾常嘆此達言，以爲美談。」

〔六一〕詆訶癡：詆毀、指責別人的愚癡。《文選》（卷四二）曹植《與楊德祖書》：「劉季緒才不能逮於作者，而好詆訶文章，掎摭利病。昔田巴毀五帝、罪三王、呰五霸於稷下，一旦而服千人；魯連一說，使終身杜口。劉生之辯，未若田氏；今之仲連，求之不難，可無嘆息乎？」

〔六二〕中利病：切中其好壞利弊的要害之處。

〔六三〕醇：酒味醲厚。《文選》（卷一八）嵇康《琴賦》：「蘭肴兼御，旨酒清醇。」李善注：「醇，厚也。」醨（lí）：薄酒。《楚辭·漁父》：「衆人皆醉，何不餔其糟而歠其醨？」以上兩句謂曹丕、曹植對建安詩人多所評騭，對其得失利病、優劣長短有着中肯的批評。可參曹丕《典論·論文》《與吴質書》、曹植《與楊德祖書》等文。

〔六四〕雅當句：此句謂魏文帝曹丕的詩文風格雅正恰當。

〔六五〕麗矣句：贊賞陳思王曹植的詩文風格高華秀美。此是時人的共識。《文選》（卷四〇）陳琳《答東阿王牋》：「音義既遠，清辭妙句，焱絶焕炳。」《文選》（卷四二）吴質《答東阿王書》：「奉所惠貺，發函伸紙，是何文采之巨麗。」《三國志·魏書》（卷一九）《陳思王植傳》裴松之注引魚豢曰：「余每覽植之華采，思若有神。」并可參本篇注〔五五〕。

〔六六〕少選妄：意謂曹丕、曹植對所選擇、評騭的對象力求做到無虛妄，合乎事實。妄，虛妄，没有事實根據。

〔六七〕吾祖：指西晋陸機。陸龜蒙稱其爲自己的祖先。陸機（二六一—三〇三），字士衡，吴郡吴（今江蘇省蘇州市）人。西晋著名詩人、辭賦家、散文家。與其弟陸雲并稱「二陸」，與潘岳并稱「潘陸」。生平事迹見《晋書》（卷五四）本傳。

〔六八〕《文賦》：陸機所作的一篇重要的文學理論的文章。文見《文選》（卷一七）。

〔六九〕革車：古代的一種兵車。《左傳・閔公二年》：「元年，革車三十乘，季年，乃三百乘。」杜預注：「革車，兵車。」虎皮：謂其既威猛又美麗。此句以革車蒙上虎皮，喻陸機的才華傑出，其作品光彩絢爛。

〔七〇〕將：拿，持。白旄（máo）：《尚書・牧誓》：「王左杖黄鉞，右秉白旄以麾。」陸德明《經典釋文》（卷四）《尚書音義》（下）：「旄音毛。馬云：白旄，旄牛尾。」旄是古代用牦牛尾作竿飾的旗子。《詩經・鄘風・干旄》：「孑孑干旄，在浚之郊。」《毛傳》：「孑孑，干旄之貌。注旄於干首，大夫之旃也。」

〔七一〕文場麾（huī）：在文場上揮動旗幟，意謂乃是文壇上的旗手。麾：本是旗幟，此謂以旗幟作指揮。《玉篇・麻部》：「麾，指麾也。」

〔七二〕鉗鈇（fū）：鉗子和剉刀。鉗：《説文・金部》：「鉗，以鐵有所劫束也。」鈇：《説文・金部》：「鈇，莝斫刀也。」

〔七三〕扊扅（yǎn yí）：門栓。《廣韻・琰韻》：「扊，扊扅，户牡所以止扉。或作剡移。」

〔七四〕精鋼：精純鋒利的鋼刀。漢陳琳《武軍賦》：「鎧則東胡闕鞏，百煉精剛，函師振旅，韋人制縫。」

〔七五〕騕褭（yǎo niǎo）：古代的良馬。《文選》（卷一五）張衡《思玄賦》：「斥西施而弗御兮，縶騕褭以服箱。」李善注：「《漢書音義》：應劭曰：『騕褭，古之駿馬也。赤喙，玄身，日行五千里。』」

〔七六〕毫釐：極微小之物。毫、釐都是極小的長度單位。《禮記·經解》：「《易》曰：『君子慎始，差若毫氂，繆以千里。』此之謂也。」

〔七七〕十體句：指陸機《文賦》中所論的十種文體的特色，并要防止其弊端。「詩緣情而綺靡，賦體物而瀏亮，碑披文以相質，誄纏綿而凄愴，銘博約而溫潤，箴頓挫而清壯，頌優遊以彬蔚，論精微而朗暢，奏平徹以閑雅，説煒曄而譎誑。雖區分之在兹，亦禁邪而制放。要辭達而理舉，故無取乎冗長。」免負贅：避免了上述十種文體可能産生的弊端，使之得以正常發展。負贅，背負多餘之物。

〔七八〕百家：泛指衆多的詩人。起痿：振作起來。痿，《説文·疒部》：「痿，痹也。」《玉篇·疒部》：「痿，不能行也，痺濕病也。」

〔七九〕一篇：指陸機《文賦》。邁華藻：詞藻華麗，超越儕輩的文章。

〔八〇〕無孑遺：没有任何的殘存遺留。即囊括無遺，一切都被包羅殆盡的意思。《詩經·大雅·雲漢》：「周餘黎民，靡有孑遺。」

〔八一〕刻鵠：刻鵠類鶩的省略語。比喻學習模仿不成功，此應是批評模仿《文賦》之作。鵠，天鵝。鶩，野鴨。《後漢書》（卷二十四）《馬援傳》：「所謂刻鵠不成尚類鶩者也。」

〔八二〕《雕龍》：《文心雕龍》，南朝梁劉勰著，是我國第一部全面係統闡述文學理論的專著。劉勰（四六六？—五三七？），字彦和，法名慧地。原籍東莞莒縣（今屬山東省）人，世居京口（今江蘇省鎮江市）。少時家貧，依沙門僧祐居定林寺十餘年。梁初入仕，曾官太子蕭統的通事舍人。晚年又出家。《文心雕龍》約作於其三十餘歲的壯年，歷時五年，成書於齊末。生平事迹參《梁書》（卷五十）本傳。

〔八三〕劉生：劉勰。生，讀書人的通稱。《史記》（卷九七）《酈生陸賈列傳》：「若見沛公，謂曰：『臣里中有酈生，年六十餘，長八尺，人皆謂之狂生，生自謂我非狂生。』騎士曰：『沛公不好儒，諸客冠儒冠來者，沛公輒解其冠，溲溺其中。與人言，常大罵。未可以儒生説也。』」英辯：精闢的論辯。曹植《輔臣論》：「英辯博通，見傳異度。德實充塞於内，知謀縱横於外。」

〔八四〕上下：古今。《漢書》（卷一〇〇下）《叙傳下》：「篇章博舉，通于上下。」王先謙補注：「上下謂古今也。」高卑：高下。

〔八五〕宋：南朝宋代（四二〇—四七九）。齊：南朝齊代（四八〇—五〇二）。劉勰《文心雕龍》約成書於齊末，故云。

〔八六〕軒從羲：軒轅黄帝至于伏羲（犧）。指開天闢地的上古時代。《史記》（卷一）《五帝本紀》：

「黄帝者，少典之子，姓公孫，名曰軒轅。」《索隱》：「此以黄帝爲五帝之首，蓋依《大戴禮·五帝德》。又譙周、宋均亦以爲然。而孔安國、皇甫謐《帝王代紀》及孫氏注《系本》并以伏犧、神農、黄帝爲三皇，少昊、高陽、高辛、唐、虞爲五帝。」

〔八七〕摽（piāo）：標舉。《管子·侈靡》：「摽然若秋雲之遠，動人心之悲。」《八索》：上古書籍名。《左傳·昭公十二年》：「王曰：『是良史也，子善視之！是能讀《三墳》《五典》《八索》《九丘》。』」杜預注：「皆古書名。」

〔八八〕包：包含，包括。兩儀：天地。《易·繫辭上》：「是故易有太極，是生兩儀。」孔穎達疏：「不言天地而言兩儀者，指其物體下與四象相對，故曰兩儀，謂兩體容儀也。」

〔八九〕人謡：即民謡，民間歌謡。唐人避唐太宗李世民諱，改「民」爲「人」。洞：明白，瞭解。野老：村野老人。此泛指平民百姓。丘遲《旦發漁浦潭》：「村童忽相聚，野老時一望。」此句稱贊《文心雕龍》對樂府歌謡的肯定。

〔九〇〕騷怨：本是對以《離騷》爲代表的屈原作品的思想精神的概括歸納，此即指屈原作品而言。此句稱贊劉勰《文心雕龍·辨騷》深得屈原作品的精神實質。李白《古風》（五十九首其一）：「正聲何微茫，哀怨起騷人。」湘纍（léi）：指屈原。《漢書》（卷八七）《揚雄傳上》：「因江潭而淮記兮，欽吊楚之湘纍。」顔師古注：「李奇曰：『諸不以罪死曰纍，荀息、仇牧皆是也。屈原赴湘死，故曰湘纍也。』」

〔九一〕立本：確立爲文的根本。《易・繫辭下》：「剛柔者，立本者也。」致詰：詰問，推究。《老子》（第一四章）：「視之不見名曰夷，聽之不聞名曰希，搏之不得名曰微。此三者不可致詰，故混而爲一。」此句謂確立爲文根本以探討文壇現象。《文心雕龍》開頭三篇《原道》《徵聖》《宗經》及第五十篇《序志》，確立了以儒家思想爲文的基本原則。

〔九二〕驅宏：驅遣宏才。抵隵（xī）：抵擊罅隙。隵同巇。《鬼谷子・抵巇》：「巇者，罅也。罅者，澗也。澗者，成大隙也。巇始有朕，可抵而塞，可抵而却，可抵而息，可抵而匿，可抵而得，此謂抵巇之理也。」陶弘景題注：「抵，擊實也。隵，釁隙也。」抵，《説文・手部》：「抵，擠也。」隵，《玉篇・阜部》：「隵，險也。」此句謂宏博之才消除文壇上的弊端。

〔九三〕朔雪：北方的雪。嚴：凜冽，寒冷。《文選》（卷三一）鮑照《學劉公幹體詩》：「胡風吹朔雪，千里度龍山。」

〔九四〕春煙：春天的雲煙霧氣，輕柔縹緲。《魏書》（卷八二）《常景傳》：「鬱若春煙舉，皎如秋月映。」羸（léi）：《玉篇・羊部》：「羸，弱也。」

〔九五〕户牖：門窗。《老子》（第一一章）：「鑿户牖以爲室，當其無，有室之用。」開户牖：意謂《文心雕龍》在文學批評上開創門户，别立一宗。

〔九六〕纓緌（ruí）：冠帶和冠飾。《禮記・内則》：「冠緌纓。」孔穎達疏：「結纓頷下以固冠，結之餘者，散而下垂，謂之緌。」飾纓緌，在冠帶上裝飾上飾物。喻文學上的藻飾華美。

〔九七〕猗天劍：即倚天劍。形容極長的劍。宋玉《大言賦》：「方地爲車，圓天爲蓋。長劍耿介，倚乎天外。」

〔九八〕囊中錐：《史記》（卷七六）《平原君虞卿列傳》：「平原君曰：『夫賢士之處世也，譬若錐之處囊中，其末立見。……』毛遂曰：『臣乃今日請處囊中耳。使遂蚤得處囊中，乃穎脱而出，非特其末見而已。』」

〔九九〕内史：指陸機。曾任平原内史，故云。參本卷（詩三）注〔二五〕。

〔一〇〇〕東莞：指劉勰。其原籍東莞，故云。參本篇注〔八二〕。

〔一〇一〕梁元：梁元帝蕭繹（五〇八—五五五），字世誠。梁武帝蕭衍第七子。侯景亂平，稱帝，定都江陵。西魏破江陵，被囚。後被蕭詧以土囊壓殺之。生平事迹見《梁書》（卷五）、《南史》（卷八）本紀。索虜：索頭虜。南北朝時期，南朝人稱北方人爲索虜。此指滅梁的西魏。《宋書》（卷九五）《索虜傳》：「索頭虜，姓托跋氏，其先漢將李陵後也。」《資治通鑑》（卷六九）：「臣光曰：……宋、魏以降，南、北分治，各有國史，互相排黜，南謂北爲索虜，北謂南爲島夷。」胡三省注：「索虜者，以北人辮髮，謂之索頭也。」

〔一〇二〕後主：陳叔寶（五五三—六〇四），字元秀。陳王朝末代君主，史稱陳後主。生平事迹參《陳書》（卷六）本紀。亡隋：指陳後主爲隋所亡。隋（五八九—六一八），有隋文帝楊堅、隋煬帝楊廣兩代君主，爲唐所滅。

〔一〇三〕哀音：指亡國之音。浮脆：輕浮脆弱。此句意謂梁、陳綺靡的詩風導致亡國。《隋書》（卷七六）《文學傳序》：「梁自大同之後，雅道淪缺，漸乖典則，争馳新巧。簡文、湘東，啓其淫放；徐陵、庾信，分路揚鑣。其意淺而繁，其文匿而彩，詞尚輕險，情多哀思。格以延陵之聽，蓋亦亡國之音乎！周氏吞并梁、荆，此風扇於關右，狂簡斐然成俗，流宕忘反，無所取裁。」

〔一〇四〕分雄雌：分辨雄雌的性别。《詩經·小雅·正月》：「具曰予聖，誰知烏之雌雄。」此喻浮靡纖細和雄渾剛健兩種不同的詩風。

〔一〇五〕吾唐：唐王朝。作者是本朝人，故云。揖讓：古代賓主相見的禮儀。此指帝王間的禪讓。《韓非子·八説》：「古者人寡而相親，物多而輕利易讓，故有揖讓而傳天下者。」此句是唐滅隋而興的委婉説法。

〔一〇六〕陛列：宫殿的臺階。森：多的意思。《説文·林部》：「森，木多貌。」此謂宰執賢臣衆多。咎夔：咎指咎繇。「咎」通「皋」。皋繇即皋陶。皋陶是古代傳説中舜的賢臣，夔則是舜的樂官。《楚辭·離騷》：「湯禹嚴而求合兮，摯咎繇而能調。」《禮記·樂記》：「昔者舜作五弦之琴，以歌《南風》，夔始制樂，以賞諸侯。」鄭玄注：「夔，舜時典樂者也。」

〔一〇七〕媲：比匹。《説文·女部》：「媲，妃也。」吉甫：尹吉甫，周王朝卿士。吉甫作頌，相傳他是《詩經·大雅》中《崧高》《烝民》《江漢》等篇的作者，用以贊美周宣王。參（序一）注〔七四〕。此句謂唐初宰臣歌功頌德之作可與吉甫作頌相比美。

〔一〇八〕直言：正直的話，直諫之言。《國語·晋語三》：「下有直言，臣之行也。」祖伊：殷紂王時賢臣，曾直言勸諫紂王天命、民情可畏，紂王不聽。《尚書·商書·西伯戡黎》：「殷始咎周，周人乘黎。祖伊恐，奔告于受，作《西伯戡黎》。」祖伊，《孔傳》曰：「祖己後賢士。」此句當指唐太宗時期魏徵等人諷諫朝政，有過於古代諍臣。

〔一〇九〕明皇：唐玄宗李隆基（六八五—七六二），《舊唐書》（卷八）《玄宗本紀上》：「玄宗至道大聖大明孝皇帝諱隆基。」史稱「唐明皇」。踐中：登上帝位。中，中心，此指封建王朝政治中心皇宫。

〔一一〇〕墨客：文人。《文選》（卷九）揚雄《長楊賦》：「子墨客卿問於翰林主人曰：……言未卒，墨客降席，再拜稽首。」參差：長短不齊貌。肩參差，人們在一起，身材高矮不一，肩膀不齊，意謂人數衆多，人才濟濟。《詩經·周南·關雎》：「參差荇菜，左右流之。」

〔一一一〕岳净：山峰清秀美麗。擢削：高聳陡峭。

〔一一二〕海寒：大海浩淼而寒光閃耀。陸離：光彩絢麗貌。《楚辭·招魂》：「長髮曼鬋，艷陸離些。」

〔一一三〕穴鳳：丹穴山的鳳凰。《山海經·南山經》：「又東五百里，曰丹穴之山，其上多金玉。丹水出焉，而南流注于渤海。有鳥焉，其狀如鷄，五采而文，名曰鳳皇，首文曰德，翼文曰義，背文曰禮，膺文曰仁，腹文曰信。是鳥也，飲食自然，自歌自舞，見則天下安寧。」

〔一一四〕雲螭：龍的别稱。《文選》（卷二一）郭璞《游仙詩》（其四）：「雖欲騰丹谿，雲螭非我駕。」吕延濟曰：「雲螭，龍也。」乘龍，當化用《史記》（卷二十八）《封禪書》中「有龍垂胡髯，下迎黄帝，黄帝上騎，群臣後宫從上者七十餘人，龍乃上去」的故實。

〔一五〕邇來：近來。二十祀：二十年。祀，年。《玉篇·示部》：「祀，《周書》八政，『三曰祀。』《爾雅》云：『祭也。』又『年』也。」

〔一六〕俊造：才俊傑出之士。《禮記·王制》：「司徒論選士之秀者而升之學曰俊士。升於司徒者不征於鄉，升於學者不征於司徒曰造士。」

〔一七〕值：遇到。《説文·人部》：「值，措也。」《玉篇·人部》：「《詩》云：『值其鷺羽。』值，持也。」文明：文治教化昌盛繁榮。

〔一八〕不好弄：不喜好弄瓦弄璋的小兒游戲。《詩經·小雅·斯干》：「乃生女子，載寢之地，載衣之裼，載弄之瓦。」「乃生男子，載寢之床，載衣之裳，載弄之璋。」弄，《説文·収部》：「弄，玩也。」《玉篇·収部》：「弄，玩也。《詩》云：『載弄之璋。』」

〔一九〕逡巡：恭順貌。《公羊傳·宣公六年》：「趙盾逡巡北面再拜稽首，趨而出。」奉弓箕：意謂遵循子承父業的規矩。此應是指繼承家世爲文明道的儒素事業。《禮記·學記》：「良工之子，必學爲箕。」孔穎達疏：「善爲弓之家，使幹角撓屈調和成其弓，故其子弟亦睹其父兄世業，仍學取柳和軟撓之成箕也。」箕：《説文·箕部》：「箕，簸也。」《玉篇·箕部》：「箕，簸箕也。」

〔二〇〕嚅唲（rú ér）：同「嚅唲」，强作歡笑貌。《文選》（卷三三）屈原《卜居》：「喔咿嚅唲，以事婦人乎？」王逸注：「嚅唲，强笑噱也。」

〔二一〕抱風：捕風。此句謂秋天裏依靠風中的桂樹（而無濟於事）。

〔二二〕承露葵：菜名。《爾雅·釋草》：「蔠葵，蘩露。」郭璞注：「承露也，大莖小葉，華紫黄色。」邢昺疏：「郭云：『承露也，大莖小葉，華紫黄色。』」

〔二三〕窮年：全年，一年到頭。敗袍：破舊的長袍。

〔二四〕積日：累日，連日。

〔二五〕賣藥客：靠賣藥糊口的人，指隱者而言。《後漢書》（卷八三）《韓康傳》：「韓康字伯休，一名恬休，京兆霸陵人。家世著姓。常采藥名山，賣於長安市，口不二價，三十餘年。……乃遁入霸陵山中。……康因中道逃遁，以壽終。」

〔二六〕捕魚師：在江湖上以捕魚爲生的人，亦指隱者。

〔二七〕蠹編：被蟲蛀蝕的古籍舊書。蠹，蛀蟲。編，古代用以貫串竹簡、木簡的皮帶或繩索。代指書籍。

〔二八〕含情：懷着感情。《文選》（卷二〇）王粲《公讌詩》：「今日不極歡，含情欲待誰。」

〔二九〕抗韻：高聲。比雅：指《風》、《雅》、《頌》、賦、比、興而言，代指《詩經》。此泛指詩歌。

〔三〇〕覃（tán）思：深思。《尚書序》：「於是遂研精覃思，博考經籍，采摭群言，以立訓傳。」棿攡（nǐ chī）：應即「掜攡」，指揚雄《太玄》。《太玄》有《玄首》《玄測》《玄衝》《玄錯》《玄攡》《玄瑩》《玄數》《玄文》《玄掜》《玄圖》《玄告》等篇。《漢書》（卷八七下）《揚雄傳》（下）：「爲其泰曼漶而不可知，故有《首》《衝》《錯》《測》《攡》《瑩》《數》《文》《掜》《圖》《告》十一篇，皆以解剥《玄》體，離散其文，章句尚不存焉。」掜，《太玄·玄掜》：「掜，擬也。」攡，《太玄·玄攡》題下注：「音樆，張也。」《太玄·玄掜》：「《攡》，張之。」

〔二一〕昭明：蕭統（五〇一—五三一），字德施，小字維摩，南蘭陵（今江蘇省常州市）人，梁武帝蕭衍長子。天監元年（五〇二）立爲皇太子。死後謚昭明，史稱「昭明太子」。主持編定《文選》三十卷（唐人分爲六十卷），按文體分類編次，收録先秦以來的主要作家作品，是一部重要的文學總集，世稱「昭明文選」。生平事迹見《梁書》（卷八）、《南史》（卷五三）《昭明太子統傳》。

〔二二〕清琪（qí）：美玉。《玉篇·玉部》：「琪，玉屬。」

〔二三〕敗葉：落葉。芳蕤（ruí）：鮮花。陸機《文賦》：「播芳蕤之馥馥，發青條之森森。」

〔二四〕月旦評：品評人物。《後漢書》（卷六八）《許劭傳》：「初，劭與靖俱有高名，好共覈論鄉黨人物，每月輒更其品題，故汝南俗有『月旦評』焉。」月旦，每月的初一。

〔二五〕强貔豹：勉强地與貔豹并稱，意謂逞其才技。

〔二六〕參狐狸：與狐狸等同，意謂才技終遜一籌。參：《玉篇·厽部》：「參，相參也；相謁也；分也；即三也；參差也。」

〔二七〕蹇（jiǎn）：本跛行義，此爲留滯義。《説文·足部》：「蹇，跛也。」行地足：行走于地的脚。《祖庭事苑》（卷八）：「行脚者，謂遠離鄉曲，脚行天下，脱情捐累，尋訪師友，求法記悟也。所以學無常師，遍歷爲尚。」

〔三八〕刺天鬐：直插雲天的鯨鬐。《文選》（卷一二）木華《海賦》：「巨鱗插雲，鬐鬣刺天。」

〔三九〕河畔草：《文選》（卷二九）《古詩十九首》（其二）：「青青河畔草，鬱鬱園中柳。」

〔四〇〕洞中芝：山洞中的靈芝。道家認爲服食靈芝可以延年益壽。南朝梁陶弘景《真誥》（卷六）：「御六氣者定壽，服靈芝者神逸。」

〔四一〕靈囿鹿：《詩經·大雅·靈臺》：「王在靈囿，麀鹿攸伏。」《毛傳》：「囿，所以域養禽獸也。天子百里，諸侯四十里。靈囿，言靈道行於囿也。」

〔四二〕猶：如。清廟犧：宗廟裏的祭祀物品。犧，供祭祀用的純色牛、羊、豕。《尚書·微子》：「今殷民乃攘竊神祇之犧、牷、牲。」《孔傳》：「色純曰犧，體完曰牷，牛、羊、豕曰牲。」清廟：《詩經·周頌·清廟》：「於穆清廟，肅雝顯相。」《文選》（卷八）司馬相如《上林賦》：「登明堂，坐清廟。」李善注：「郭璞曰：『清廟，太廟也。』」

〔四三〕輕如舉毛：輕得如舉起鴻毛。《漢書》（卷六二）《司馬遷傳》：「人固有一死，死有重於泰山，或輕於鴻毛，用之所趨異也。」

〔四四〕密如凝脂：密實猶如凝結的油脂。《詩經·衛風·碩人》：「手如柔荑，膚如凝脂。」

〔四五〕蜀嚴靜：漢代蜀人嚴君平爲人沉靜。嚴君平本姓莊，東漢避明帝劉莊諱，改爲嚴姓。揚雄《法言·問明》：「蜀莊沈冥。」注：「蜀人，姓莊，名遵，字君平。沈冥猶玄寂，泯然無迹之貌。」《漢書》（卷二八下）《地理志下》：「後有王褒、嚴遵、揚雄之徒，文章冠天下。」顏師古注：「遵即嚴君平。」《漢書》（卷七二）《王貢兩龔鮑傳》：「其後谷口有鄭子真，蜀有嚴君平，皆修身自保，非其服弗服，非其食弗食。……君平卜筮於成都市，以爲『卜筮者賤業，而可以惠衆人。有邪惡非正之問，則依蓍龜爲言利害。……』裁日閲數人，得百錢足自養，則閉肆下簾而授《老子》。博覽亡不通，依老子、嚴周之指著書十餘萬言。……及（揚）雄著書言當世士，稱此二人。其論曰：『……蜀嚴湛冥，不作苟見，不治苟得，久幽而不改其操。』」顏師古注：「《地理志》謂君平爲嚴遵。《三輔決録》云子真名樸，君平名尊。則君平、子真皆其字也。」顏師古又注：「孟康曰：『蜀郡嚴君平湛深玄默無欲也。』師古曰：『湛讀曰沈。』」

〔一四六〕方：相當于，等同。《詩經·大雅·生民》：「實方實包。」鄭玄箋：「方，齊等也。」巴賨（cóng）：古代巴中地區的賨人。揚雄《蜀都賦》：「東有巴賨，綿亘百濮。」《文選》（卷四）左思《蜀都賦》：「若乃剛悍生其方，風謡尚其武，奮之則賨。」李善注：「應劭《風俗通》曰：『巴有賨人，剽勇。高祖爲漢王時，閬中人范目，説高祖募取賨人。定三秦，封目爲閬中慈鳧鄉侯，并復除目所發賨人盧、朴、沓、鄂、度、夕、襲七姓，不供租賦。閬中有渝水，賨人左右居。』」巴賨，一説古代巴人所繳納的賦税。《説文·貝部》：「賨，南蠻賦也。」貲（zī）：同「資」，財貨。《玉篇·貝部》：「貲，財也，貨也。」

〔一四七〕釣抃鰲：釣起跳躍的大鰲。抃（biàn）：拍手跳躍。《玉篇·手部》：「拚，《説文》云：『拊手也。』」《玉篇·手部》：「抃，同上（按指同拚）。」屈原《天問》：「鰲戴山抃，何以安之？」《列子·湯問篇》：「（渤海之東）其中有五山焉：一曰岱輿，二曰員嶠，三曰方壺，四曰瀛洲，五曰蓬萊。其山高下周旋三萬里，其頂平處九千里。山之中間相去七萬里，以爲鄰居焉。……而五山之根無所連著，常隨潮波上下往還，不得暫峙焉。仙聖毒之，訴之於帝。帝恐流於西極，失群仙聖之居，乃命禺彊使巨鰲十五舉首而戴之。迭爲三番，六萬歲一交焉。五山始峙而不動。而龍伯之國有大人，舉足不盈數步而暨五山之所，一釣而連六鰲，合負而趣歸其國，灼其骨以數焉。」

〔一四八〕灼神龜：古代以火灼龜所産生的裂紋占卜吉凶。《國語·魯語下》：「如龜焉，灼其中，必文於外。」《史記》（卷一二八）《龜策列傳》：「夫揲策定數，灼龜觀兆，變化無窮，是以擇賢而用占焉，可謂聖人重事者乎！」

〔一四九〕背如水火：相背離猶如水火一樣，不可相容。

〔一五〇〕塤篪（xūn chí）：古代的兩種樂器，其樂聲和諧相應。塤，用陶土燒制的吹奏樂器。篪，用竹管制成的樂器。《詩經·小雅·何人斯》：「伯氏吹塤，仲氏吹篪。」《毛傳》：「土曰塤，竹曰篪。」鄭玄箋：「伯、仲喻兄弟也。我與汝恩如兄弟，其相應和如塤篪，以言俱爲王臣，宜相親愛。」

〔一五一〕征弄棟：弘治本等作「作梁棟」（參校記），傅增湘《影宋本〈松陵集〉序》認爲原作「征弄棟」不誤。是。弄棟：東漢益州郡有弄棟縣。其地在今雲南省姚南縣北。《後漢書·志》（第二三）

《郡國志五》：「益州郡，梇棟。」王鳴盛《十七史商榷》（卷三三）《後漢書五・郡國雜辨證》：「『梇棟』，『梇』一作『弄』。」

〔一五二〕谷蠡：谷蠡王，匈奴官名。《史記》（卷一一〇）《匈奴列傳》：「（冒頓單于）置左右賢王，左右谷蠡王，左右大將，左右大都尉，左右大當户，左右骨都侯，……而左右賢王、左右谷蠡王爲最大（國），左右骨都侯輔政。」《集解》：「服虔曰：『谷音鹿，蠡音離。』」以上十六句，均用「誰」字開頭。錢仲聯《韓昌黎詩繫年集釋》（《南山詩》注一三六）引姚範曰：「《華嚴・法界品》言三昧光明，多用『或』字文法。然韓公自本《小雅》，兼用《説卦》傳耳。陸魯望和皮襲美千言詩，多用『誰』字，文法同此。」

〔一五三〕交鈹（pī）：執鈹互相攻戰。此喻在詩歌創作上互相酬唱，以逞才藝。鈹，鈹刀，兩邊有刃，劍屬。《玉篇・金部》：「鈹，大針也，又劍如刀裝者。」一説：鈹即大矛。《方言》（卷九）：「錟謂之鈹。」郭璞注：「今江東呼大矛爲鈹。」

〔一五四〕空消句：白白地消耗多病瘦損的身體。

〔一五五〕枉白句：在悲愁中徒然地白了鬍鬚。

〔一五六〕鹿門先生：皮日休。曾隱居鹿門山，自稱「鹿門子」，故陸龜蒙有此稱。《皮子文藪》（卷六）《酒箴并序》：「皮子性嗜酒，雖行止窮泰，非酒不能適。居襄陽之鹿門山，以山税之餘，繼日而釀，終年荒醉，自戲曰『醉士』。」并參本書卷三（序五）。

〔一五七〕怡：適宜和順。《說文·心部》：「怡，和也。」

〔一五八〕六籍：六經，儒家經典《詩經》《尚書》《周禮》《樂經》《周易》《春秋》。《文選》（卷一）班固《東都賦》：「蓋六籍所不能談，前聖靡得言焉。」李善注：「六籍，六經也。……《封禪書》曰：『六經載籍之傳。』《左氏傳》曰：『籍談司晉之典籍。』」

〔一五九〕說《詩》句：《漢書》（卷八一）《匡衡傳》：「匡衡字稚圭，東海承人也。父世農夫，至衡好學，家貧，庸作以供資用，尤精力過絶人。諸儒爲之語曰：『無說《詩》，匡鼎來；匡說《詩》，解人頤。』」解頤：顔師古注：「如淳曰：『使人笑不能止也。』」《詩》，《詩經》。直，《玉篇·乚部》：「直，準當也。」

〔一六〇〕顧我句：陶淵明《歸去來兮辭》：「實迷途其未遠，覺今是而昨非。」

〔一六一〕開懷：敞開心扉，以誠相待。潰其疑：猶決其疑，解決疑難問題。《左傳·桓公十一年》：「卜以決疑。不疑，何卜？」

〔一六二〕本源：源頭。王充《論衡·效力》：「江河之水，馳涌滑漏，席地長遠，無枯竭之流，本源盛矣。」

〔一六三〕遂古：遠古。屈原《天問》：「遂古之初，誰傳道之？」王逸注：「遂，往也。初，始也。言往古太始之元，虚廓無形，神物未生，誰傳道此事也。」派：水的支流。《說文·水部》：「派，別水也。」泛濫：大水橫溢。《孟子·滕文公上》：「洪水橫流，氾濫於天下。」

〔一六四〕皇朝：本朝（指唐王朝）。赫曦：本指太陽的光耀，此形容光明盛大貌。

〔一六五〕揣摩：探究研討。《戰國策・秦策一》：「（蘇秦）乃夜發書，陳篋數十，得《太公陰符》之謀，伏而誦之，簡練以爲揣摩。」韋昭注：「揣，量也；摩，研也。」

〔一六六〕襟期：襟懷，心中期待。《北史》（卷四三）《李諧傳》：「庶弟蔚，少清秀，有襟期倫理，涉觀史傳，兼屬文詞。」一一：一個一個地。《韓非子・内儲説上》：「齊宣王使人吹竽，必三百人。南郭處士請爲王吹竽，宣王説之，廩食以數百人。宣王死，湣王立，好一一聽之，處士逃。」

〔一六七〕李杜：李白、杜甫。分别參本卷（詩三）注〔五〇〕、〔五七〕。

〔一六八〕孟陳：孟浩然，參本卷（詩二）注〔三〕。陳子昂：參本卷（詩三）注〔四七〕。

〔一六九〕神明蓍：受神靈助佑，極爲靈驗的占卜。蓍（shī）：古代卜筮所用的草。《周易・説卦》：「昔者聖人之作《易》也，幽贊於神明而生蓍。」《史記》（卷一二八）《龜策列傳》：「余至江南，觀其行事，問其長老，云龜千歲乃遊蓮葉之上，蓍百莖共一根。」《集解》：「徐廣曰：『劉向云龜千歲而靈，蓍百年而一本生百莖。』」

〔一七〇〕枯腐：枯萎腐朽之物。求律：意謂希望得到暖和氣息。《藝文類聚》（卷九）引劉向《别録》：「《方士傳》言，鄒衍在燕，燕有谷，地美而寒，不生五穀。鄒子居之，吹律而温氣至，而穀生，今名黍谷。」一説，求律，希望從頭開始。《方言》（卷一二）：「律，始也。」

〔一七一〕膏肓（huāng）句：意謂雖然疾病危重，但仍然要求醫治療。膏肓：危重而不可救治的疾病。《左傳・成公十年》：「公疾病，求醫於秦。秦伯使醫緩爲之。未至，公夢疾爲二豎子，曰：『彼良醫也，懼傷我，焉逃之？』其一曰：『居肓之上，膏之下，若我何？』醫至，曰：『疾不可爲也。在肓之上，膏之下，攻之不可，達之不及，藥不至焉，不可爲也。』公曰：『良醫也。』厚爲之禮而歸之。」杜預注：「心下爲膏。」又注：「肓，鬲也。」《説文·肉部》：「肓，心上鬲下也。」

〔一七二〕太牢：古代在祭祀時并用牛、羊、豕三牲謂之太牢。《吕氏春秋·仲春紀·仲春》：「以太牢祀於高禖。」高誘注：「三牲具曰太牢。」後又專指以牛爲太牢，以羊爲少牢。《大戴禮記·曾子天圓》：「諸侯之祭，牛，曰太牢。大夫之祭牲，羊，曰少牢。士之祭牲，特豕，曰饋食。」

〔一七三〕見啗（dàn）：給食。逋懸飢：長時間吃不飽的人。逋懸，拖欠。《後漢書》（卷七三）《劉虞傳》：「後車騎將軍張温討賊邊章等，發幽州烏桓三千突騎，而牢稟逋懸，皆畔還本國。」李賢注：「《前書音義》曰：『牢，賈直也。』稟，食也。言軍糧不續也。」

〔一七四〕置家地：置買田地，建造房舍。

〔一七五〕枕：靠近，臨近。《漢書》（卷六四上）《嚴助傳》：「會稽東接於海，南近諸越，北枕大江。」顔師古注：「枕，臨也。」吴江：參（序一）注〔三四〕。湄（méi）：岸邊。《説文·水部》：「湄，水草交爲湄。」《新唐書》（卷一九六）《陸龜蒙傳》：「居松江甫里，……有田數百畝，屋三十楹，田苦下，雨潦則與江通，故常苦飢。」陸龜蒙《甫里先生傳》（《全唐文》卷八〇一）：「先生之居，有池數畝，有屋三十楹，有田畸十萬步，有牛不減四十蹄，有耕夫百餘指，而田汙下，暑雨一晝夜，則與江通，無別己田他田也，先生由是苦饑。」

〔一七六〕餌薄句：用直鈎釣魚，且釣餌又少。應是活用姜太公用直鈎無餌釣魚的傳説故事，喻自己的窮困潦倒。《太平御覽》（卷八三四）引《符子·方外》：「太公釣隱溪，五十有六年矣，而未嘗得一魚。魯連聞之，往而觀其釣。太公跪石隱崖，且不餌而釣，仰咏俯吟，及暮而釋竿。」

〔一七七〕跫（qióng）然：欣喜貌。《莊子·徐無鬼》：「聞人足音跫然而喜矣。」成玄英疏：「跫，行聲也。」陸德明《經典釋文》（卷二八）《莊子音義·徐無鬼》：「司馬（彪）云：『喜貌。』」坻（chí）：水中小洲。《説文·土部》：「坻，小渚也。《詩》曰：『宛在水中坻。』」

〔一七八〕嘿（mò）坐：無言静坐。「嘿」同「默」。影響：形影和聲音。《尚書·大禹謨》：「惠迪吉，從逆凶，惟影響。」《孔傳》：「吉凶之報，若影之隨形，響之應聲，言不虚。」

〔一七九〕款茅茨：敲開茅屋的門（來拜訪）。款：叩，敲擊。《文選》（卷二六）范雲《贈張徐州稷》：「還聞稚子説，有客款柴扉。」李善注：「《吕氏春秋》曰：『款門而謁。』高誘曰：『款，叩也。』」茅茨：茅屋，後世多作貧士的居所。《墨子·三辯》：「昔者堯舜有茅茨者，且以爲禮，且以爲樂。」《説文·艸部》：「茨，以茅葦蓋屋。」

〔一八〇〕籤帙：書籤和書籍套子。籤，書籤，有關書籍的標識。帙，包裹書籍的書衣。《新唐書》（卷五七）《藝文志一》：「其本有正有副，軸帶帙籤皆異色以别之。」

〔一八一〕酌茗：飲茶。甌犧：此指飲茶的碗、勺之類的器具。甌，《説文·瓦部》：「甌，小盆也。」《玉篇·瓦部》：「甌，碗小者。」犧，《集韻·支韻》：「巇，或作犧。」《方言》（卷五）：「蠡，陳、楚、宋、魏之間或謂之簞，或謂之櫼，或謂之瓢。」郭璞注：「今江東通呼勺爲櫼。」

〔一八二〕缺砌：殘破的臺階。意謂自己的居處破敗簡陋。

〔一八三〕荒祠：荒蕪淒涼的野外祠廟。

〔一八四〕孤笻（qióng）：一隻手杖。笻，一種竹名，古人常用以製作手杖。南朝宋戴凱之《竹譜》：「竹之堪杖，莫尚於笻。磥砢不凡，狀若人功。」《漢書》（卷六一）《張騫傳》：「騫曰：『臣在大夏時，見邛竹杖、蜀布。』」顔師古注：「臣瓚曰：『邛，山名，生此竹，高節，可作杖。』」煙蔓：煙霧彌漫籠罩藤蘿，指山林幽深茂密。

〔一八五〕細木：小樹。風漪：水面上泛起的微波。漪，水面波紋。

〔一八六〕觸雨：冒雨，遇雨。于鵠《長安遊》：「綉簾朱轂逢花住，錦幨銀珂觸雨遊。」姚合《客遊旅懷》：「詩書愁觸雨，店舍喜逢山。」喻鳧《送衛尉之延陵》：「草木正花時，交親觸雨辭。」屝屨（fèi jù）：草鞋。《左傳·僖公四年》：「若出於陳、鄭之間，共其資糧屝屨，其可也。」杜預注：「屝，草屨。」

〔一八七〕泥（nì）：纏，阻滯。《廣韻·霽韻》：「泥，滯陷不通。《語》云：『致遠恐泥。』」曹植《贈白馬王彪》（其二）：「霖雨泥我塗，流潦浩縱横。」《唐音癸籤》（卷二四）引《升庵外集》：「泥，俗謂柔言索物曰泥，乃計切，諺所謂軟纏也。杜子美詩：『忽忽窮愁泥殺人，』元微之憶内詩：『泥他沽酒拔金釵，』非煙傳詩：『脉脉春情更泥誰？』楊乘詩：『晝泥琴聲夜泥書，』又元鄧文原贈妓詩有『銀燈影裏泥人嬌，』後人用者不一。」江蘺：一種生長在水邊的香草。《楚辭·離騷》：「扈江離與辟芷兮，紉秋蘭以爲佩。」王逸注：「江離、芷，皆香草名。」

〔一八八〕狎：親近，接近。《玉篇·犬部》：「狎，近也。」野人：農夫，平民。《論語·先進》：「先進於禮樂，野人也；後進於禮樂，君子也。」野人調：作者自比詩歌通俗淺近。

〔一八九〕豪士：豪放任俠之士。也指才德、威望出衆的人。

〔一九〇〕負建鼓：置放建鼓。古代軍隊立鼓敲擊以作號令，進攻敵人。《左傳·哀公十三年》：「建鼓整列，二臣死之，長幼必可知也。」孔穎達疏：「建，立也。立鼓擊之與戰也。」《莊子·天運》：「吾子使天下無失其朴，吾子亦放風而動，總德而立矣，又奚傑然若負建鼓而求亡子者邪？」

〔一九一〕掉降旗：搖旗投降。掉，《説文·手部》：「掉，搖也。」《漢書》（卷六三）《燕刺王劉旦傳》：「萬夫長，千夫長，三十有二帥，降旗奔師。」

〔一九二〕餘勇：尚有未用盡的勇氣和力量。《左傳·成公二年》：「齊高固入晉師，桀石以投人，禽之而乘其車，繫桑本焉，以徇齊壘，曰：『欲勇者賈余餘勇！』」

〔一九三〕挽袖：束起袖子，拱手。文陴（pí）：文壇。陴，城上矮墻。《左傳·宣公十二年》：「國人大臨，守陴者皆哭。」杜預注：「陴，城上俾倪。」孔穎達疏：「陴，城上小墻。俾倪者，看視之名。」

【箋評】

鍾記室《詩品》稱淵明爲「隱逸詩人之宗」；陸魯望自號「江湖散人」，甫里一集，莫非批抹風月，放浪山水，宜與淵明曠世相契。集中《襲美先輩以龜蒙獻五百言，提奬之重，蔑有稱實，再抒鄙懷，用伸酬謝》一篇亦溯風騷沿革，尤述魏晉來談藝名篇，如子桓《典論》、士衡《文賦》，更道彦和《文心》，唐人所罕，而竟隻字不及淵明。（錢鍾書《談藝録》二十四《陶淵明詩顯晦》）

魏慶之《詩人玉屑》卷一九引黄玉林云：「唐皇甫冉《問李二司直詩》：『門前水流何處？天邊樹繞誰家？山絶東西多少？朝朝幾度雲遮？』此蓋用屈原《天問》體。荆公《勘會賀蘭山主絶句》：『賀蘭山上幾株松？南北東西共幾峰？買得住來今幾日？尋常誰與坐從容？』全用其意。此體甚新。」頗似造作譜牒，遠攀華胄。實未須於五七言詩外別溯。……若杜牧《杜秋娘詩》：「地盡有何物？天外復何之？指何爲而捉？足何爲而馳？耳何爲而聽？目所爲而窺？」陸龜蒙《襲美先輩以龜蒙所獻五百言，既蒙見和，復示榮唱，再抒鄙懷》：「誰塞行地足？誰抽刺天鬐？誰作河畔草？誰能洞中芝？誰若靈囿鹿？誰猶清廟犧？誰輕如鴻毛？誰密如凝脂？誰比蜀嚴静？誰方巴賨貲？誰能釣抃鰲？誰能灼神龜？誰背如水火？誰同若塤篪？誰可作梁棟？誰敢去谷蠡？」六合萬彙，無不究詰及之，庶幾如黄氏所謂「用屈原《天問》體」者歟？（錢鍾書《管錐編》第二册六〇九頁）

然詞章自注，又當別論。……蓋詩、賦中僻典難字，自注便人解會，如劉禹錫、白居易、陸龜蒙等所習爲，斯尚無礙；又本事非本人莫明，如顔之推《觀我生賦》自注專釋身世，不及其他，謹嚴堪式，讀庾信《哀江南賦》時，正憾其乏此類自注。至於宣意陳情，斷宜文中言下，尋味可會，取足於己，事同無待；苟須自注，適見本文未能詞妥意暢，或欠或漏，端賴彌補，則不若更張改作之爲愈矣。（錢鍾書《管錐編》第四册一二八七頁）

昭明《文選》，文章奧府，入唐尤家弦户誦，口沫手胝。……《文宗本紀》下又《裴潾傳》記潾撰集《太和通選》三〇卷，以「續梁昭明太子《文選》」，而「所取偏僻」，文士「非素與潾游者，文章少在其選」，爲「時論」所「薄」，後亦不傳，《經籍志》并未著録。蓋欲追踪蕭《選》而望塵莫及；故陸龜蒙《襲美先輩以龜蒙所獻五百言，既蒙見和，復示榮唱，至於千字，再抒鄙懷，用申酬謝》深嘆無繼昭明而操選政者：「因知昭明前，剖石呈清琪，又嗟昭明後，敗葉埋芳蕤。」詞人衣被，學士鑽研，不舍相循，曹憲、李善以降，「文選學」專門名家（參觀阮元《揅經室二集》卷二《揚州文選樓記》）。（錢鍾書《管錐編》第四册一四〇〇頁）

吴中苦雨因書一百韻寄魯望〔一〕

日休

全吴臨巨溟〔二〕，百里到滬瀆〔三〕。海物競駢羅〔四〕，水怪争滲漉〔五〕。狂蜃吐其氣〔六〕，千尋勃然蹙〔七〕。一刷半天墨〔八〕，架爲欹危屋〔九〕。怒鯨瞪相向①〔一〇〕吹浪山轂轂〔一一〕。倏忽腥杳冥〔一二〕，須臾坼崖谷〔一三〕。帝命有嚴程〔一四〕，慈物敢潛伏②〔一五〕。嘘之爲玄雲③〔一六〕，彌亘千萬幅〔一七〕。直拔倚天劍〔一八〕，又建横海纛〔一九〕。化之爲暴雨，滌滌射平陸〔二〇〕。如將月窟寫〔二一〕，似把天河撲〔二二〕。著樹勝戟支④〔二三〕，中人過箭鏃⑤〔二四〕。龍光倏閃照〔二五〕，虬角搊琤觸⑥〔二六〕。此時一千里，平下天台瀑〔二七〕。雷公恣其志〔二八〕，礮礋裂電目⑦〔二九〕。蹋破霹靂車⑧〔三〇〕，折却三四輻〔三一〕。雨工避罪者〔三二〕，必在蚊睫宿⑨〔三三〕。狂發鏗訇音〔三四〕，不得懈怠僇⑩〔三五〕。頃刻勢稍止，尚自傾蔌蔌⑪〔三六〕。不敢履洿處〔三七〕，恐蹋爛地軸〔三八〕。自爾凡十日，茫然晦林麓〔三九〕。只是遇滂沱〔四〇〕，少曾逢霢霂⑫〔四一〕。伊余之廨宇⑬〔四二〕，古製拙卜築〔四三〕。頽檐倒菌黄〔四四〕，破砌頑莎緑⑭〔四五〕。只有方丈居〔四六〕，其中蹐且局⑮〔四七〕。朽處或似醉，漏時又如沃〔四八〕。堦前平泛濫，墻下深趚趚⑯〔四九〕。唯堪著簦笠⑰〔五〇〕，復可乘艒縮⑱〔五一〕。鷄犬并淋漓，兒童但咿噢〔五二〕。勃勃生濕氣〔五三〕，人人牢於鍋⑲〔五四〕。鬢眉漬將斷⑳〔五五〕，肝膈蒸欲熟〔五六〕。當庭死蘭芷〔五七〕，四垣盛薋菉〔五八〕。解帙展斷書㉑〔五九〕，拂床安壞櫝㉒〔六〇〕。跳梁老蛙黽〔六一〕，直向床前浴。蹲前但相聒〔六二〕，似把白丁辱〔六三〕。空厨方欲炊，漬米未離籅㉓〔六四〕。薪蒸濕不著㉔〔六五〕，白晝須燃燭㉕〔六六〕。汙萊既已濘㉖〔六七〕，買魚不獲鯫㉗〔六八〕。竟未成麥饘〔六九〕，安能得粱肉㉘〔七〇〕。更有陸先生〔七一〕，荒林抱窮蹙〔七二〕。壞宅四五舍〔七三〕，病篠三兩束〔七四〕。蓋檐低礙首㉙〔七五〕，蘚地滑澾足〔七六〕。注欲透承塵〔七七〕，濕難庇厨簏〔七八〕。低摧在圭竇㉚〔七九〕，索漠抛偏裻〔八〇〕。手指既已胼㉛〔八一〕，肌膚又將瘯㉜〔八二〕。一庖勢欲陊㉝〔八三〕，將撐乏寸木㉞〔八四〕。盡日欠束薪〔八五〕，經時無斗粟㉟〔八六〕。蠨蝓將入甑㊱〔八七〕，蟚蜞已臨鍑〔八八〕（原注：音腹㊲。《説文》云：「如釜而大口。」㊳）嬌兒未十歲〔八九〕，枵然自啼哭㊴〔九〇〕。一錢買粔籹㊵〔九一〕，數里走病僕〔九二〕。破碎舊鶴籠〔九三〕，狼籍晚蠶簇㊶〔九四〕。千卷素書外㊷〔九五〕，此外無餘蓄。著處紵衣裂㊸〔九六〕，戴次紗帽醭㊹〔九七〕。惡陰潛過午〔九八〕，未及烹葵菽〔九九〕。吴中銅臭户〔一〇〇〕，七萬沸如臛〔一〇一〕。嗇止甘蟹胥㊺〔一〇二〕，侈惟僭車服㊻〔一〇三〕。皆希尉吏旨〔一〇四〕，盡怕里胥録〔一〇五〕。低眉事庸奴〔一〇六〕，開顔納金玉〔一〇七〕。唯到陸先生，不能分一斛〔一〇八〕。先生之志氣，薄漢如鴻鵠〔一〇九〕。遇善必擎跽㊼〔一一〇〕，見才輒馳逐〔一一一〕。廉不受一芥㊽〔一一二〕，其餘安可黷〔一一三〕。如何鄉里輩〔一一四〕，見之乃猬縮〔一一五〕。粤余苦心者㊾〔一一六〕，師仰但踖踧〔一一七〕。受《易》既可注〔一一八〕，請《玄》又堪卜㊿〔一一九〕。百家皆搜蕩〔一二〇〕，六藝盡翻覆〔一二一〕。似餧見太牢〔一二二〕，如迷遇華燭〔一二三〕。半年得訓唱〔一二四〕，一日屢往復。三秀間稂莠(51)〔一二五〕，九成雜巴濮〔一二六〕。奔命既不暇〔一二七〕，乞降但相續〔一二八〕。吟詩口吻嗎〔一二九〕，把筆指節瘃〔一三〇〕。君才既不窮，吾道由是篤(52)。所益諒弘多〔一三一〕，厥交過親族。相逢似丹漆(53)〔一三二〕，相望如朓朒(54)〔一三三〕。論業敢并驅〔一三四〕，量分合繼躅〔一三五〕。相違始兩日，忡忡想華縟(55)〔一三六〕。出門泥漫漶(56)〔一三七〕，恨無直轅輂〔一三八〕。十錢貰一輪〔一三九〕，篷上鳴斛觫(57)〔一四〇〕。赤脚枕書帙(58)〔一四一〕，訪余穿詰曲(59)〔一四二〕。入門且抵掌〔一四三〕，大噱時碌碌〔一四四〕。兹淋既浹旬(60)〔一四五〕，無乃害九穀〔一四六〕。予惟餓不死(61)，得非道之福〔一四七〕。手中捉詩卷〔一四八〕，語快還共讀。解帶似歸來〔一四九〕，脱巾若沐浴〔一五〇〕。疎如松間篁〔一五一〕，野甚麋對鹿〔一五二〕。行譚弄書籤〔一五三〕，卧話枕棋局〔一五四〕。呼童具盤飧(62)〔一五五〕，攦衣換鷄鶩(63)〔一五六〕。或蒸一升麻〔一五七〕，或煠兩把菊(64)〔一五八〕。用以閲幽奇，豈能資口腹(65)。十分煎皋盧(66)〔一五九〕，半榼挽酃醁(67)〔一六〇〕。高談繄無盡(68)〔一六一〕，晝漏何太促〔一六二〕。我公大司諫〔一六三〕，一切從民欲。梅潤侵束杖〔一六四〕，和氣生空獄(69)〔一六五〕。而民當斯時，不覺有煩溽〔一六六〕。念澇爲之灾(70)，拜神再三告〔一六七〕。太陰霍然收〔一六八〕，天地一澄肅〔一六八〕。燔炙既芬芬〔一七〇〕，威儀乃毣毣（原注：音木(71)。）〔一七一〕。須權元化柄〔一七二〕，用拯中夏酷〔一七三〕。我願薦先生，左右輔司牧〔一七四〕。茲雨何足云，唯思舉顔歜〔一七五〕。（詩五）

【校記】

①「相」原作「榴」，據弘治本、汲古閣本、詩瘦閣本、四庫本、皮詩本、項刻本、統籤本、類苑本、季寫本、全唐詩本改。②「慈」盧校本作「玆」。③「玄」原缺末筆，避宋太祖始祖趙玄朗諱。④「樹」項刻本作「榭」。⑤「過」項刻本作「返」。⑥「搊」皮詩本批校：「『搊』，初尤切，五指摳檻攙也。」「琤」項刻本作「浄」。⑦「礸碑」皮詩本批校：「『礸』音『簟』，『碑』音『燮』，去聲。『礸碑』，電光也。」「礸」全唐詩本作「礒」。⑧「蹋」項刻本作「踏」。⑨「睫」汲古閣本作「蜨」。⑩「懈怠」項刻本作「解忽」，季寫本無此二字，并注：「缺。」⑪「蔌蔌」項刻本作「簌簌」。⑫「逢」季寫本作「逢」。⑬「余」弘治本、汲古閣本、四庫本、皮詩本、項刻本、統籤本、類苑本、季寫本作「予」。⑭

「頏」弘治本作「潁」。 ⑮「局」原作「跼」，據弘治本、汲古閣本、詩瘦閣本、皮詩本、項刻本、類苑本、季寫本、全唐詩本改。 ⑯「深」四庫本、全唐詩本作「起」。「趚」原作「趢」。斠宋本眉批：「原本『趚』。」弘治本、詩瘦閣本、皮詩本、項刻本、類苑本、季寫本作「趚」。據改。 ⑰「著」皮詩本、項刻本、統籤本作「着」。「簺」類苑本作「臺」。 ⑱「舶」詩瘦閣本作「艏」，全唐詩本作「舶」。「艏」統籤本、季寫本、全唐詩本作「宿」。 季寫本、全唐詩本注：「一作艏。」 ⑲「於」項刻本作「于」。 ⑳「漬」項刻本作「清」。 ㉑「展斷書」項刻本作「斷腸出」。 ㉒「牘」四庫本、皮詩本、項刻本、統籤本、季寫本、全唐詩本作「櫝」。 全唐詩本注：「一作牘。」 ㉓「簊」皮詩本批校：「『簊』音『郁』。可以淘米。」 ㉔「著」弘治本、汲古閣本、四庫本、皮詩本、項刻本作「着」。 ㉕「燃」季寫本作「撚」。 ㉖「汙萊」原作「汗來」，據斠宋本、汲古閣本、四庫本、全唐詩本改。「汙」詩瘦閣本作「汗」。 ㉗「鮛」皮詩本批校：「鮛，《爾雅·釋魚》注：『鮪，鱣屬也。大者名王鮪，小者名鮛。』又名鮛魚。」 ㉘「粱」原作「梁」，據弘治本、汲古閣本、詩瘦閣本、四庫本、類苑本、季寫本、全唐詩本改。 ㉙「蓋」項刻本作「茅」。 ㉚「低摧」項刻本作「摧頹」。 ㉛「已胼」項刻本作「胼胝」。 ㉜「又」盧校本、統籤本作「亦」。 ㉝「庖」弘治本、章校本、皮詩本、項刻本、統籤本、類苑本、全唐詩本作「苞」，全唐詩注：「一作庖。」「哆」項刻本作「侈」。 ㉞「乏」原作「之」，據弘治本、汲古閣本、詩瘦閣本、四庫本、皮詩本、項刻本、統籤本、類苑本、季寫本、全唐詩本改。 ㉟「無」原作「□」。 弘治本、汲古閣本、詩瘦閣本、四庫本、皮詩本、項刻本、統籤本、類苑本、季寫本、全唐詩本作「無」。 斠宋本眉批：「原本有無字。」據改。「斗」全唐詩本作「寸」。 ㊱「蝛蝓」皮詩本眉批：「蝛蝓音移俞。《爾雅・釋魚》：『蚹蠃，蝛蝓。』注：『即蝸牛也。』」 ㊲「腹」皮詩本、季寫本、全唐詩本作「復」。 ㊳「而」原作「口」。弘治本、汲古閣本、詩瘦閣本、四庫本、皮詩本、季寫本、全唐詩本作「而」。斠宋本眉批：「原本而。」據改。「大口」皮詩本、全唐詩本作「口大」。統籤本無此注。 ㊴「枵」原作「拐」，據弘治本、汲古閣詩瘦閣本、四庫本、項刻本、統籤本、類苑本、季寫本、全唐詩本改。「自」原作「目」，據弘治本、汲古閣本、詩瘦閣本、四庫本、皮詩本、項刻本、統籤本、類苑本、季寫本、全唐詩本改。 ㊵「敉」項刻本作「粧」。 ㊶「籍」四庫本、季寫本、全唐詩本作「藉」。「簇」全唐詩本作「蔟」。 ㊷「素」項刻本作「殘」。 ㊸「著」弘治本、汲古閣本、四庫本、皮詩本、項刻本、統籤本作「着」。 ㊹「醭」項刻本作「襆」。 ㊺「鮹」盧校本、項刻本作「胥」。皮詩本批校：「『鮹』音『胥』。《説文》：『魚也。』」 ㊻「惟」全唐詩本作「唯」。 ㊼「跽」項刻本、統籤本作「跪」。 ㊽「芥」盧校本、項刻本、類苑本作「介」。 ㊾「余」弘治本、汲古閣本、詩瘦閣本、四庫本、皮詩本、項刻本、統籤本、季寫本、全唐詩本作「予」。 ㊿「玄」原缺末筆，避宋太祖始祖趙玄朗諱。 51「間」項刻本作「見」。 52「由」汲古閣本、四庫本作「繇」。 53「逢」季寫本作「逄」。 54「朒」弘治本、皮詩本、項刻本、季寫本、全唐詩本作「肭」。 55「縟」項刻本作「褥」。 56「漶」弘治本、詩瘦閣本、類苑本作「患」。 57「篷」原作「蓬」，據四庫本改。「蓬」弘治本、詩瘦閣本、皮詩本、統籤本、類苑本、全唐詩本作「逢」，項刻本作「逮」，季寫本作「逄」。全唐詩本注：「一作篷。」「斛」盧校本作「觳」，項刻本作「斛」。 58「枕」盧校本作「枕」，項刻本作「抱」。 59「余」弘治本、汲古閣本、詩瘦閣本、四庫本、項刻本、統籤本、季寫本、全唐詩本作「予」。 60「茲」弘治本、詩瘦閣本、四庫本、皮詩本、類苑本作「滋」。全唐詩本注：「一作滋。」 61「予惟」原作「佘淮」。弘治本、詩瘦閣本、皮詩本、項刻本、統籤本、類苑本、季寫本、全唐詩本作「予惟」。據改。斠宋本、李校本作「佘淮」，汲古閣本、四庫本作「予唯」。 62「飧」皮詩本、類苑本、季寫本、全唐詩本作「餐」，統籤本作「飡」。 63「鶩」原作「鶩」。據弘治本、汲古閣本、詩瘦閣本、四庫本、皮詩本、項刻本、統籤本、類苑本、季寫本、全唐詩本改。 64「牒」皮詩本批校：「牒音葉，爚也，又瀹也。」 65「資」盧校本、統籤本作「恣」。 66「皋盧」統籤本注：「《廣州記》：『皋盧，茗之別名。出西平縣。葉大而澀，南人以爲飲。』」 67「酃」四庫本、全唐詩本作「醽」。 68「談」類苑本作「譚」。 69「獄」原作「嶽」，據詩瘦閣本、四庫本、項刻本、全唐詩本改。 70「澇」項刻本作「勞」。 71統籤本、類苑本、季寫本無原注：「音木。」

【注釋】

〔一〕吳中：本指吳縣，也泛指吳地，此即指蘇州。《史記》（卷七）《項羽本紀》：「項梁殺人，與籍避仇於吳中。」苦雨：久下成災的雨。《左傳·昭公四年》：「春無淒風，秋無苦雨。」杜預注：「霖雨爲人所患苦。」《初學記》（卷二）引《纂要》：「雨久曰苦雨，亦曰愁霖。」皮日休於懿宗咸通十一年春任蘇州刺史崔璞的從事，參（序一）注〔八二〕、〔八四〕。考本書卷三（序五）云：「（咸通）十一年夏六月，會大司諫清河公憂霖雨之爲患，乃擇日休，將公命，禱于震澤。祀事既畢，神應如響。」本詩中云：「半年得酬唱，一日屢往復。」故此詩即當作於咸通十一年夏六月或稍後。魯望：陸龜蒙字。參〔序一〕注〔八五〕。

〔二〕全吴：蘇州的别稱。陸廣微《吴地記》：「地名甄冑，水名通波，城號闔閭，臺曰姑蘇。隩壤千里，是號全吴。」此即指吴中（今蘇州）一帶。臨：近，靠近。巨溟：大海。溟，海。《莊子·逍遥遊》：「北冥有魚，其名爲鯤。鯤之大，不知其幾千里也。」成玄英疏：「溟，猶海也。取其溟漠無涯，故謂之溟。」《文選》（卷二九）張協《雜詩十首》（其十）：「雲根臨八極，雨足灑四溟。」李善注：「四溟，四海也。」《元和郡縣圖志》（卷二五）（江南道一）：「蘇州吴縣：松江，在縣南五十里，經崑山入海。」

〔三〕滬瀆：水名，指松江下游入海的一段，即今上海市黄浦江下游。陸廣微《吴地記》：「崑山縣……東南一百九十里，有晉將軍袁山松城，隆安二年築。時爲吴郡太守，以禦孫恩軍，在滬瀆江濱，半毁江中。」

〔四〕駢羅：衆多，羅列。《楚辭·九思·哀歲》：「群行兮上下，駢羅兮列陳。」

〔五〕滲漉：《史記》（卷一一七）《司馬相如列傳》：「滋液滲漉，何生不育？」司馬貞《索隱》：「案《説文》云：『滲漉，水下流之貌也。』」

〔六〕蜃（shèn）：《左傳·昭公二十年》：「海之鹽蜃，祈望守之。」《玉篇·虫部》：「蜃，大蛤也。」吐其氣：舊説蜃能吐氣成樓閣狀。《史記》（卷二七）《天官書》：「海旁蜃氣象樓臺；廣野氣成宮闕然。」

〔七〕千尋：極言其長。《釋名》（卷七）《釋兵》：「八尺曰尋。」勃然：突然。《莊子・天地》：「蕩蕩乎！忽然出，勃然動，而萬物從之乎！」蹙（cù）：迫近。《説文・足部》：「蹙，迫也。」《玉篇・足部》：「蹙，促也。」

〔八〕一刷：一刹那。半天：大半個天空。

〔九〕攲（qī）危：歪斜不平貌。

〔一〇〕怒鯨句：意謂黑雲翻騰，猶如發怒的巨鯨互相瞪眼一般。

〔一一〕轂轂（gǔ gǔ）：形容波浪撞擊山崖聲。晋崔豹《古今注・魚蟲》：「鯨魚者，海魚也。大者長千里，小者數十丈。……至七八月，導從其子還大海中，鼓浪成雷，噴沫成雨，水族驚畏，皆逃匿莫敢當者。」

〔一二〕倏（shū）忽：突然，頃刻間。杳冥：高遠廣漠的天空。《文選》（卷四五）宋玉《對楚王問》：「鳳皇上擊九千里，絶雲霓，負蒼天，翱翔乎杳冥之上。」

〔一三〕須臾：一會兒，片刻。《荀子・勸學》：「吾嘗終日而思矣，不如須臾之所學也。」洪邁《容齋隨筆・三筆》（卷一四）《瞬息須臾》條：「瞬息、須臾、頃刻，皆不久之辭，與釋氏『一彈指間』、『一刹那頃』之義同，而釋書分别甚備。」坼（chè）：《説文・土部》：「坼，裂也。」

〔一四〕帝：天帝。嚴程：緊迫的期限，期限很緊迫的路程。

〔一五〕慈物：指上文「蜃」而言。敢：豈敢，哪敢。

〔一六〕玄雲：黑雲。《楚辭·九歌·大司命》：「廣開兮天門，紛吾乘兮玄雲。」

〔一七〕彌亘：綿延。《後漢書》（卷二四）《馬援傳》附《馬防傳》：「又大起第觀，連閣臨道，彌亘街路，多聚聲樂，曲度比諸郊廟。」千萬幅：形容極廣大。古代以二尺二寸爲一幅。《漢書》（卷二四下）《食貨志下》：「布帛廣二尺二寸爲幅，長四丈爲匹。」

〔一八〕倚天劍：參本卷（詩四）〔九七〕。

〔一九〕横海纛：遮蔽大海的巨大旗幟。横，横越，横渡。

〔二〇〕潀潀（cóng cóng）：水聲。平陸：平原，原野。《孫子》（卷九）《行軍》：「平陸處易，而右背高，前死後生，此處平陸之軍也。」

〔二一〕月窟：古代傳説月的歸宿處。《文選》（卷九）揚雄《長楊賦》：「西厭月䖓，東震日域。」李善注：「服虔曰：『䖓音窟，月所生也。』」五臣本《文選》「䖓」即作「窟」。寫：同「瀉」，傾注。

〔二二〕天河：銀河。《詩經·大雅·雲漢》：「倬彼雲漢。」鄭玄箋：「雲漢，謂天河也。」撲：傾倒，傾瀉

〔二三〕戟支：戟上横出的刀刃。《後漢書》（卷七五）《吕布傳》：「布彎弓顧曰：『諸君觀布射（戟）小支，中者當各解兵，不中可留決鬭。』布即一發，正中戟支。」李賢注：「《周禮·考工記》曰：『爲戟博二寸，内倍之，胡參之，援四之。』鄭注云：『援，直刃。胡，其孑也。』小支謂胡也，即今

之戟傍曲支。」

〔二四〕中（zhòng）人：傷害人。《楚辭》宋玉《九辯》：「憯悽增欷兮，薄寒之中人。」箭簇：本指箭頭上的金屬尖部，此即指箭而言。《後漢書》（卷八八）《西域傳·西夜》：「地生白草，有毒，國人煎以爲藥，傅箭簇，所中即死。」

〔二五〕龍光：本指龍身上所發出的光芒，此指暴雨時雷電所形成的奇異光亮。酈道元《水經注》（卷二八）《沔水》：「惟此君子，作漢之英，德爲龍光，聲化鶴鳴。」

〔二六〕虬角句：意謂暴雨時雷電産生了猶如虬龍角撞擊玉器發出的聲響。虬角：有角的龍。《説文·蟲部》：「虬，龍子有角者。」搊（chōu）：用手彈撥。此指龍角敲擊。琤（chēng）：《説文·玉部》：「琤，玉聲也。」觸：用角碰撞。《説文·角部》：「觸，抵也。」

〔二七〕平下句：意謂雨勢凶猛，猶如天台山的瀑布傾瀉而下。《文選》（卷一一）孫綽《遊天台山賦》：「赤城霞起而建標，瀑布飛流以界道。」李善注：「《會稽記》曰：『赤城，山名。色皆赤，狀似雲霞。懸霤千仞，謂之瀑布。飛流灑散，冬夏不竭。』《天台山圖》曰：『赤城山，天台之南門也。瀑布山，天台之西南峰。水從南巖懸注，望之如曳布。』」

〔二八〕雷公：古代神話中的雷神。《楚辭·遠遊》：「左雨師使徑侍兮，右雷公以爲衛。」《初學記》（卷一）《雷》：「《抱朴子》云：『雷，天之鼓也。雷神曰雷公。』」

〔二九〕礹磹（xiàn diàn）：《玉篇·石部》：「礹磹，電光也。」東方朔《海内十洲記·聚窟洲》：「于是帝使使者令猛獸發聲，試聽之。使者乃指獸，命喚一聲。獸舐唇良久，忽叫，如天大雷霹靂。又兩目如礮礰之交光，光朗衝天，良久乃止。」電目：閃電的眼睛。即指閃電。

〔三〇〕霹靂車：古代傳説中的雷車。《文選》（卷八）揚雄《羽獵賦》：「霹靂烈缺，吐火施鞭。」李善注：「應劭曰：『霹靂，雷也。』」

〔三一〕折却：折斷。却，語助詞。三四輻：車輪上三四根直條。輻：連接車轂和車輞的直條，古代又叫作「轑」。《説文・車部》：「輻，輪轑也。」《老子》（第一一章）：「三十輻共一轂。」

〔三二〕雨工：雨師。古代傳説中行雨之神。李朝威《柳毅傳》：「（柳毅）問曰：『吾不知子之牧羊，何所用哉？神祇豈宰殺乎？』女曰：『非羊也，雨工也。』『何爲雨工？』曰：『雷霆之類也。』」

〔三三〕蚊睫：蚊子的睫毛，形容極小之處。《晏子春秋》（卷八）《外篇・不合經術者》（景公問天下有極大極細，晏子對第十四）：「東海有蟲，巢于蚊睫，再乳再飛，而蚊不爲驚。臣嬰不知其名，而東海漁者命曰焦冥。」《文選》（卷一三）張華《鷦鷯賦》：「鷦螟巢於蚊睫，大鵬彌乎天隅。」李善注引《晏子春秋》：「景公曰：『天下有極細者乎？』對曰：『有。東海有蟲，巢於蚊睫。再飛而蚊不爲驚，臣不知其名。而東海有通者，命曰鷦螟。』」

〔三四〕鏗訇（hōng）：巨大的聲音。訇，《説文・言部》：「訇，駭言聲。」《玉篇・言部》：「訇，駭言聲也。」

〔三五〕懈怠：松懈懶散。《吴子・論將》：「停久不移，將上懈怠，其軍不備，可潛而襲。」　僇（lù）：

行動遲緩。《説文・人部》：「僇，癡行僇僇也。」

〔三六〕蔌蔌（sù sù）：飄落貌。

〔三七〕洿（wū）處：低窪地。《説文・水部》：「洿，濁水不流也。」《玉篇・水部》：「洿，潢洿，行潦也。」

〔三八〕地軸：古代傳説大地有軸。張華《博物志》（卷一）《地》條：「地有三千六百軸，犬牙相舉。」

〔三九〕林麓：山林。《文選》（卷二）張衡《西京賦》：「林麓之饒，于何不有？」李善注：「（薛綜注）：『木叢生曰林。』善曰：『《穀梁傳》曰：「林屬於山曰麓。」注曰：「麓，山足也。」』」

〔四〇〕滂沱（pāng tuó）：雨大貌。《文選》（卷四）左思《蜀都賦》：「雖星畢之滂沱，尚未齊其膏液。」李善注引劉淵林注：「《詩》曰：『月離于畢，俾滂沱矣。』」

〔四一〕霢霂（mài mù）：小雨。《詩經・小雅・信南山》：「益之以霢霂。」《毛傳》：「小雨曰霢霂。」

〔四二〕伊余：我。伊，語首助詞。廨宇：官署。

〔四三〕古製：指廨宇的形製古樸。卜築：擇地建造房屋。

〔四四〕頽檐句：破敗的屋檐下倒長着瘦黄的菌子。《爾雅・釋草》：「中馗，菌。小者菌。」郭璞注：「地蕈也，似蓋，今江東名爲土菌，亦曰馗厨，可啖之。」

〔四五〕破砌句：殘缺破舊的臺階上生長着緑色的莎草。頑莎，瘋長的莎草。唐人喜在庭院中種植莎草。《太平廣記》（卷一八七）《莎廳》條：「西士曹廳爲莎廳，廳前有莎，週迴可十五步。」盧綸

《同柳侍郎題侯釗侍郎新昌里》：「庭莎成野席，闌藥是家蔬。」鄭谷《寄懷元秀上人》：「得句如相憶，莎齋且見招。」

〔四六〕方丈居：只有一丈見方的窄小居室。方丈，本是僧徒修禪之室，得名於維摩詰臥疾之室，以其狹小，故名。《釋氏要覽》（卷上）：「方丈，蓋寺院之正寢也。始因唐顯慶年中，敕差衛尉寺丞李義表、前融州黄水令王玄策往西域充使，至毗耶黎城東北四里許，維摩居士宅示疾之室遺址，疊石爲之，玄策躬以手板縱横量之，得十笏，故號方丈。」

〔四七〕蹐且局：小步行走且彎腰曲身。《詩經·小雅·正月》：「謂天蓋高，不敢不局；謂地蓋厚，不敢不蹐。」蹐（jí），《説文·足部》：「蹐，小步也。《詩》曰：『不敢不蹐。』」局（jú）：《玉篇·足部》：「跼，踡跼。」

〔四八〕沃：用水澆灌。《玉篇·水部》：「沃，溉灌也。」

〔四九〕趢趚（lù sù）：小步行走貌。也作「趢趗」。《玉篇·走部》：「趢趗，小貌。《東京賦》曰：『狹三王之趢趗。』」

〔五〇〕籉（tái）笠：禦雨的蓑衣和斗笠。參本卷（詩三）注〔二四〕。

〔五一〕艒䑿（mù sù）：小船。又作「䑵䑿」。《方言》（卷九）：「舟，自關而西謂之船，自關而東或謂之舟，或謂之航。南楚、江、湘凡船大者謂之舸，小舸謂之艖。艖謂之䑵䑿（目宿二音），小䑵䑿謂之艇。」

〔五二〕咿噢(yī yǔ)：哭泣聲。象聲詞。一作「噢咿」，又同「懊咿」。《玉篇·口篇》：「噢，噢咿，内悲也。」《文選》(卷一八)嵇康《琴賦》：「愀愴傷心，含哀懊咿。」李善注：「《字林》曰：『懊咿，内悲也。』」

〔五三〕勃勃：興盛貌。此喻濕氣升騰貌。

〔五四〕牢於鋦：意謂被束縛得猶如用鐵制器具捆住一般。鋦(jū)：鐵類用具。《玉篇·金部》：「鋦，以鐵縛物。」

〔五五〕漬：浸在水中。此謂鬚眉被雨後的濕氣浸漬。《説文·水部》：「漬，漚也。」《玉篇·水部》：「漬，浸也。」

〔五六〕肝膈(gé)：肺腑。此句謂雨後悶熱潮濕的氣息透入人的肺腑，難以忍受。

〔五七〕蘭芷(zhǐ)：蘭草、白芷，兩種香草。《楚辭·離騷》：「蘭芷變而不芳兮，荃蕙化而爲茅。」

〔五八〕四垣：圍墻四周。薋菉(cí lù)：蒺藜，惡草。《楚辭·離騷》：「薋菉葹以盈室兮，判獨離而不服。」王逸注：「薋，蒺藜也。菉，王芻也。」

〔五九〕解帙(zhì)：解開包書的書套子。斷書：猶言斷編，殘缺不全的書籍。

〔六〇〕拂床：撣去床上的灰塵。床，在唐代爲坐具，類似今天的凳子、沙發。《説文·木部》：「床，安身之坐者。」壞牘：殘破的書版。牘，《説文·片部》：「牘，書版也。」

〔六一〕跳梁：跳躍。《莊子·逍遥遊》：「子獨不見狸狌乎？卑身而伏，以候敖者；東西跳梁，不辟高下。」成玄英疏：「跳梁，猶走躑也。」蛙黽（měng）：蛙。《説文・黽部》：「黽，蛙黽也。」

〔六二〕蹲前：向前蹲坐的姿態。相聒（guō）：互相對着盡情鳴叫。聒，《説文・耳部》：「聒，歡語也。」

〔六三〕白丁：平民，没有功名的人。《隋書》（卷三七）《李敏傳》：「（隋文帝）謂公主曰：『李敏何官？』對曰：『一白丁耳。』」劉禹錫《陋室銘》：「談笑有鴻儒，往來無白丁。」

〔六四〕籅（yù）：淘米籮。《説文・竹部》：「籅，漉米籔也。」《方言》（卷五）：「炊箕謂之縮（漉米籅也）。」《玉篇・竹部》：「籅，炊籅，所以漉米也。」

〔六五〕薪蒸：柴草。《玉篇・艸部》：「薪，柴也。」又曰：「蒸，粗曰薪，細曰蒸。」

〔六六〕白晝句：謂白天天氣陰暗，燃燭照明。

〔六七〕汙萊：田地荒廢。《詩經・小雅・十月之交》：「徹我墻屋，田卒汙萊。」《毛傳》：「下則汙，高則萊。」《説文・水部》：「汙，薉也。一曰：小池爲汙。一曰：涂也。」《玉篇・艸部》：「萊，藜草也。」

〔六八〕鮛（shū）：黃魚，屬鱘魚類。字又作「鮇」。《爾雅・釋魚》：「鮥，鮇鮪。」郭璞注：「鮥，鱣屬也。大者名王鮪，小者名鮇鮪。」《玉篇・魚部》：「鮇，鮪也。」《集韻・屋韻》：「鮇，鮛，魚名。王鮪也，小者曰鮇。」

〔六九〕麥饘（zhān）：麥粥。《説文・食部》：「饘，糜也。周謂之饘，宋謂之餬。」《方言》（卷一）：

「餥，飵，食也。陳、楚之内相謁而食麥饘謂之餥，楚曰飵。」

〔七〇〕安能：何能，何以。李白《夢遊天姥吟留别》：「安能摧眉折腰事權貴，使我不得開心顔。」粱肉：粱米作飯，肉作肴，指精美的飯菜。《管子·小匡》：「食必粱肉，衣必文綉。」

〔七一〕陸先生：指陸龜蒙。

〔七二〕窮蹙：窮困窘迫。《文選》（卷三三）宋玉《九辯》：「悲憂窮蹙兮獨處廓，有美一人兮心不繹。」

〔七三〕四五舍：四五間。

〔七四〕病篠（xiǎo）：生長不良的竹子。「篠」同「筱」。《説文·竹部》：「筱，箭屬。小竹也。」《玉篇·竹部》：「篠，箭也，小竹也。」

〔七五〕蓋檐：茅草蓋的屋檐，即茅屋。《爾雅·釋器》：「白蓋謂之苫。」郭璞注：「白茅苫也，今江東呼爲蓋。」《説文·艸部》：「蓋，苫也。」又曰：「苫，蓋也。」《玉篇·艸部》：「蓋，苫蓋也。」礙首：形容茅屋低矮，能碰到頭。

〔七六〕蘚地：長有蘚苔的地面。澾（tà）：《玉篇·水部》：「澾，滑也。」

〔七七〕注：水向下流淌。《説文·水部》：「注，灌也。」《玉篇·水部》：「注，灌也，寫（瀉）也。」承塵：房屋上承受塵土的藻井，即天花板。《禮記·檀弓上》：「君於士有賜帟。」鄭玄注：「帟，幕之小者，可以承塵。」後世演變成天花板。《後漢書》（卷八一）《獨行傳·雷義傳》：「金主伺義不在，默投金於承塵上。後葺理屋宇，乃得之。」

〔七八〕庇：覆蓋。《説文·广部》：「庇，蔭也。」厨簏（lù）：書橱書箱。《説文·竹部》：「簏，竹高篋也。」

〔七九〕低摧：低首摧眉。形容困頓憔悴的樣子。參本卷（詩二）注〔四九〕。圭竇：參本卷（詩一）注〔七二〕。

〔八〇〕索漠：寂寞無聊。鮑照《擬行路難十八首》（其九）：「今日見我顏色衰，意中索寞與先異。」賈島《即事》：「索漠對孤燈，陰雲積幾層。」偏裻（dū）：偏衣。裻，《説文·衣部》：「裻，新衣聲。一曰：背縫。」裻爲衣背縫。以衣背縫爲界，衣服的兩半顏色不同。《國語·晋語一》：「是故使申生伐東山，衣之偏裻之衣，佩之以金玦。」韋昭注：「裻在中，左右異，故曰偏。」

〔八一〕胼（pián）：厚皮，俗稱老繭。此謂手指上結成厚皮。《莊子·讓王》：「顏色腫噲，手足胼胝。」《玉篇·肉部》：「胼，胼胝，皮厚也。」

〔八二〕瘯（cù）：癬疥。《玉篇·疒部》：「瘯，瘯蠡，皮膚病。」《左傳·桓公六年》：「謂其不疾瘯蠡也。」杜預注：「皮毛無疥癬。」

〔八三〕一庖：一間厨房。《説文·广部》：「庖，厨也。」陊（duò）：塌落。《玉篇·阜部》：「陊，落也，壞也，小崩也。」

〔八四〕寸木：形容木料很小。《孟子·告子下》：「不揣其本而齊其末，方寸之木，可使高於岑樓。」

〔八五〕盡日：終日，整天。《淮南子·氾論訓》：「盡日極慮而無益於治，勞形竭智而無補於主也。」束薪：一捆柴草。《詩經・王風・揚之水》：「揚之水，不流束薪。」

〔八六〕經時：謂歷時之久。《文選》（卷二九）《古詩十九首》（其九）：「此物何足貢，但感别經時。」斗粟：一斗之粟，形容糧食之少。《漢書》（卷四四）《淮南王傳》：「一尺布，尚可縫；一斗粟，尚可舂。兄弟二人不相容！」

〔八七〕螔蝓（yí yú）：蝸牛。《爾雅・釋魚》：「蚹蠃，螔蝓。蠃小者蜬。」郭璞注：「螔蝓，即蝸牛也。」

甑（zèng）：古代蒸食炊具。陶製，後世多用木製。《周禮・考工記・陶人》：「陶人爲……甑，實二鬴，厚半寸，脣寸，七穿。」

〔八八〕蟚蜞（péng qí）：似蟹而小，穴居近海地區江河沼澤地帶。晉崔豹《古今注・魚蟲》：「蟚蜞，小蟹，生海邊泥中，食土。」《晉書》（卷七七）《蔡謨傳》：「謨初渡江，見蟚蜞，大喜曰：『蟹有八足，加以二螯。』令烹之。既食，吐下委頓，方知非蟹。」陶宗儀《南村輟耕録》（卷九）《食品有名》條：「若鱝魚子名螳螂子，及松江之上海、杭州之海寧人，皆喜食蟚蜞螯，名曰鸚哥嘴，以有極紅者似之故也。」鍑（fù）：《方言》（卷五）：「釜，自關而西或謂之釜，或謂之鍑。」郭璞注：「鍑，亦釜之總名。」《説文・金部》：「鍑，釜大口者。」《玉篇・金部》：「鍑，似釜而大也。」

〔八九〕嬌兒：對兒女的愛稱。陶淵明《挽歌詩三首》（其一）：「嬌兒索父啼，良友撫我哭。」

〔九〇〕枵（xiāo）然：木大而中空，引申爲腹空而飢餓。《説文・木部》：「枵，木根也。《春秋傳》曰：『歲在玄枵。』玄枵，虚也。」《左傳・襄公二十八年》：「歲在星紀，而淫于玄枵。……玄枵，虚中也。枵，秏名也。」

〔九一〕一錢：一文錢。形容極少的錢。《史記》（卷八）《高祖本紀》：「高祖爲亭長，素易諸吏，乃紿爲謁曰：『賀錢萬。』實不持一錢。」粔籹（jù nǚ）：古代的一種食品。《楚辭·招魂》：「粔籹蜜餌，有餦餭些。」王逸注：「餦餭，餳也。言以蜜和米麵熬煎作粔籹，擣黍作餌，又有美餳，衆味甘美也。」

〔九二〕病僕：勞頓的僕人。

〔九三〕破碎：毀壞，損壞。《荀子·法行》：「《詩》曰：『涓涓源水，不雝不塞。轂已破碎，乃大其輻。事已敗矣，乃重太息。』其云益乎！」

〔九四〕狼籍：亦作「狼藉」。散亂貌。《史記》（卷一二六）《滑稽列傳》：「日暮酒闌，合尊促坐，男女同席，履舄交錯，杯盤狼藉。」蠶簇：亦作「蠶蔟」。供蠶吐絲作繭的用具。多以竹、木、草等扎成。《晉書》（卷三一）《后妃傳上·左貴嬪》：「修成蠶蔟，分繭理絲。女工是察，祭服是治。」《說文·艸部》：「蔟，行蠶蓐。」《玉篇·艸部》：「蔟，巢也，亦蠶蓐也。」

〔九五〕素書：本指以白絹作書，故以素書指書信。後世即指書籍。《文選》（卷二七）樂府古辭《飲馬長城窟行》：「客從遠方來，遺我雙鯉魚。呼兒烹鯉魚，中有尺素書。長跪讀素書，書上竟何如？上有加餐食，下有長相憶。」《周書》（卷三七）《張軌傳》：「軌性清素，臨終之日，家無餘財，唯有素書數百卷。」

〔九六〕著處句：穿的是裁製紵衣所殘餘的布料製成的衣服。「著」即穿的意思。「處」無實義。紵(zhù)衣：苧麻所織之衣。《玉篇·糸部》：「紵，麻屬，所以緝布也。」裂：用剩布製衣。《說文·衣部》：「裂，繒餘也。」裁剪後的殘餘之意。

〔九七〕戴次句：所戴的紗帽上因受潮生出了霉斑。紗帽：唐代士庶均可服用，有烏紗帽、白紗帽等，杜佑《通典》(卷五七)《帽》門：「大唐因之，制白紗帽，又制烏紗帽，視朝、聽訟、宴見賓客則服之。」馬縞《中華古今注·烏紗帽》：「(唐高祖)武德九年十一月，太宗詔曰：『自今已後，天子服烏紗帽，百官士庶皆同服之。』」醭(bú)：衣服沾上酒、醋等，或受潮後所生出的白霉。《玉篇·酉部》：「醭，醋生白。」

〔九八〕惡陰：濃重陰沉的天氣。惡，醜陋。形容壞的程度很深。《莊子·德充符》：「衛有惡人焉，曰哀駘它。」成玄英疏：「惡，醜也。」《左傳·昭公二十八年》：「昔賈大夫惡，娶妻而美。」杜預注：「惡，亦醜也。」

〔九九〕葵菽：蔬菜和豆類。《詩經·豳風·七月》：「六月食鬱及薁，七月亨葵及菽。」《說文·艸部》：「葵，菜也。」菽(shū)：豆類總稱。《說文·尗部》：「尗，豆也。」《玉篇·艸部》：「菽，豆名也。亦作尗。」

〔一〇〇〕銅臭户：豪奢人家。《後漢書》(卷五二)《崔寔傳》：「鈞曰：『大人少有英稱，歷位卿守，論者不謂不當爲三公；而今登其位，天下失望。』烈曰：『何爲然也？』鈞曰：『論者嫌其銅臭。』」

〔一〇一〕七萬：當爲實指其時蘇州富家數目。臛（huò）：肉羹。《楚辭・招魂》：「露鷄臛蠵，厲而不爽些。」王逸注：「有菜曰羹，無菜曰臛。」

〔一〇二〕嗇：此作節儉解。《韓非子・解老》：「聖人之用神也静，静則少費，少費之謂嗇。」《説文・嗇部》：「嗇，愛濇也。」《玉篇・嗇部》：「嗇，愛也，慳貪也。」止：只，僅。鱮（xū）：魚名。《説文・魚部》：「鱮，魚也。」

〔一〇三〕侈（chǐ）：豪奢。《説文・人部》：「侈，一曰奢也。」《玉篇・人部》：「《書》曰：『禄弗期侈。』侈，泰也。」僭（jiàn）：超越身份等級，在下者濫用在上者纔該用的事物。車服：車輿禮服。古代的車服制度有嚴格的身份等級規定。《尚書・舜典》：「敷奏以言，明試以功，車服以庸。」《孔傳》：「功成則賜車服，以表顯其能用。」孔穎達疏：「人以車服爲榮，故天子之賞諸侯，皆以車服賜之。」

〔一〇四〕希旨：亦作「希指」。奉承在上者的旨意，阿諛諂媚。《漢書》（卷八一）《孔光傳》：「上有所問，據經法以心所安而對，不希指苟合。」顔師古注：「希指，希望天子之旨意也。」尉吏：縣尉。唐代視之爲俗吏。此指下級官吏。

〔一〇五〕里胥：里長。鄉里之長。此指里長、衙役之類最下級的俗吏。《漢書》（卷二四上）《食貨志上》：「春，將出民，里胥平旦坐於右塾，鄰長坐於左塾，畢出然後歸，夕亦如之。」顔師古注：「孟康曰：『里胥，如今里吏也。』」録：此作逮捕意。《漢書》（卷一〇〇上）《叙傳上》：「諸所賓禮皆名豪，懷恩醉酒，共諫伯宜頗攝録盜賊，具言本謀亡匿處。」

〔一〇六〕低眉：低頭彎腰。《史記》（卷三〇）《平準書》：「富商大賈或蹛財役貧，轉轂百數，廢居居邑，封君皆低首仰給。」事：侍奉。庸奴：愚夫，卑鄙淺陋之人。《史記》（卷八九）《張耳陳餘列傳》：「外黄富人女甚美，嫁庸奴。」

〔一〇七〕開顔：臉上露出笑容。《文選》（卷二五）謝靈運《酬從弟惠連》：「末路值令弟，開顔披心胸。」

〔一〇八〕斛（hú）：古代量器，也作量詞用。《説文・斗部》：「斛，十斗也。」

〔一〇九〕薄漢：迫近雲漢。《楚辭・九章・涉江》：「腥臊并御，芳不得薄兮。」洪興祖補注：「《左傳》曰：『薄而觀之。』薄，迫也，逼近之意。」鴻鵠志：遠大志向。《吕氏春秋・士容》：「夫驥驁之氣，鴻鵠之志，有諭乎人心者，誠也。」《史記》（卷四八）《陳涉世家》：「陳涉太息曰：『嗟乎！燕雀安知鴻鵠之志哉！』」

〔一一〇〕擎跽（jì）：古代的一種拜跪禮。《莊子・人間世》：「擎跽曲拳，人臣之禮也。」成玄英疏：「擎手跽足，磬折曲躬，俯仰拜伏者，人臣之禮也。」擎，《玉篇・手部》：「擎，持也。」擎手，舉手。跽，《説文・足部》：「跽，長跪也。」

〔一一一〕馳逐：本爲騎馬追逐，此即奔走追隨意。《楚辭・九嘆・愍命》：「却騏驥以轉運兮，騰驢騾以馳逐。」

〔一一二〕廉不受句：清廉而不接受任何細小之物。一芥：一根草。《方言》（卷三）：「蘇、芥，草也。

江、淮、南楚之間曰蘇，自關而西或曰草，或曰芥。」

〔一二三〕黷：玷污。《説文・黑部》：「黷，握持垢也。《易》曰：『再三黷。』」《玉篇・黑部》：「黷，垢也。」

〔一二四〕鄉里輩：同鄉的人。鄉、里是古代民衆聚居之處。鄉，《玉篇・邑部》：「鄉，五黨名。」里，《説文・里部》：「里，居也。」《玉篇・里部》：「里，邑里也。《周禮》曰：『五鄰爲里。』《國語》曰：『管仲制國，五家爲軌，十軌爲里。』」《漢書》（卷二四上）《食貨志上》：「在壄爲廬，在邑爲里。五家爲鄰，五鄰爲里，四里爲族，五族爲黨，五黨爲州，五州爲鄉。鄉，萬二千五百户也。」

〔一二五〕猬縮：像刺猬一樣遇敵就縮起來。

〔一二六〕粤余：我。粤，發語辭。《漢書》（卷八四）《翟方進傳》：「粤天輔誠，爾不得易定。」顔師古注：「粤，辭也。天道輔誠，爾不得改易天之定命。」孟浩然《田園作》：「粤余任推遷，三十猶未遇。」苦心：本指極用心思。此指勤奮學習，耗盡心力。

〔一二七〕師仰：師法仰慕。但：只。踖踧（jí cù）：恭敬貌。《論語・鄉黨》：「君在，踧踖如也，與與如也。」

〔一二八〕受《易》句：謂受教《易經》，可以注解闡發其旨意。

〔一二九〕請《玄》句：謂請益《太玄》，又能够卜筮其深奥的道理。《太玄》，參本卷（詩一）注〔七三〕。

〔一三〇〕百家：我國先秦時期諸子思想學説形成許多流派，有「百家」之説。《荀子・解蔽》：「今諸侯異政，百家異說，則必或是或非，或治或亂。」《史記》（卷一二六）《滑稽列傳》：「今子大夫修先王之術，慕聖人之義，諷誦《詩》、《書》、百家之言，不可勝數。」搜蕩：搜索蕩滌，有整理、選擇，加以運用之意。

〔二一〕六藝：即六經。《史記》（卷一二六）《滑稽列傳》：「孔子曰：『六藝於治一也。《禮》以節人，《樂》以發和，《書》以道事，《詩》以達意，《易》以神化，《春秋》以義。』」翻覆：多次反復，即反復研讀，掌握其精髓的意思。

〔二二〕太牢：參本卷（詩四）注〔一三〕。

〔二三〕迷：迷失方向，迷路。華燭：華美明亮的燈燭。《文選》（卷三四）曹植《七啓》：「華燭爛，幄幕張，動朱脣，發清商。」

〔二四〕半年句：此爲實寫，即指皮、陸相識半年來進行詩歌唱和。此時當咸通十一年夏六月。詶唱：一唱一和。指皮、陸二人彼此詩歌唱和。

〔二五〕三秀句：靈芝草夾雜着稂、莠。此以三秀喻陸詩，以稂莠喻己作。三秀：《楚辭・九歌・山鬼》：「采三秀兮於山間，石磊磊兮葛蔓蔓。」王逸注：「三秀，謂芝草也。」稂莠（láng yǒu）：稂是莊稼的癟子，莠是莊稼地裏的雜草。《國語・魯語上》：「馬餼不過稂莠。」韋昭注：「稂，童稂也。莠，草，似稷而無實也。」

〔二六〕九成句：在高雅樂曲《簫》《韶》中雜有民歌俗樂巴濮。以前者喻陸作，以後者比己作。九成：

九闋。樂曲演奏終止叫成。《尚書・虞書・益稷》：「《簫》《韶》九成，鳳皇來儀。」孔穎達疏：「鄭云：『成，猶終也。』每曲一終，必變更奏，故《經》言九成，《傳》言九奏，《周禮》謂之九變，其實一也。」《簫》《韶》相傳爲舜時樂曲。巴濮：巴、濮是我國古代西南地區兩個少數民族。巴歈、濮上，則分别是其民歌俗曲。桓寬《鹽鐵論・刺權》：「鳴鼓《巴歈》，作於堂下。」《漢書》（卷二八下）《地理志下》：「衛地有桑間濮上之阻，男女亦亟聚會，聲色生焉，故俗稱鄭、衛之音。」

〔二七〕奔命：忙於應付。《左傳・襄公二十六年》：「吴於是伐巢、取駕、克棘、入州來，楚罷於奔命。」

〔二八〕乞降（xiáng）：請求投降。

〔二九〕吟詩：吟讀朗誦詩歌。噅（huī）：張口不正。《玉篇・口部》：「噅，口不正也，醜也。」

〔三〇〕把筆：執筆。瘃（zhú）：凍瘡。此即指生瘡。《説文・疒部》：「瘃，中寒腫核。」

〔三一〕所益句：所得到的益處確實太多了。《論語・季氏》：「益者三友，損者三友。友直，友諒，友多聞，益矣。」諒，確實。《説文・言部》：「諒，信也。」弘多：甚多。《詩經・小雅・節南山》：「天方薦瘥，喪亂弘多。」

〔三二〕相逢句：意謂皮、陸相逢後情誼深篤，猶如紅漆和黑漆一樣膠着。

〔三三〕朓朒（tiǎo nǜ）：朓，舊曆月底月現於西方。朒，舊曆月初月現於東方。《初學記》（卷一）引《漢書》云：「月，……晦而見西方謂之朓，朔而見東方謂之朒，亦謂之側匿。」《説文・月部》：

「朓，晦而月見西方謂朓。」又曰：「朔而月見東方謂之縮朒。」「朒」同「肭」。此句謂皮、陸二人如月初月底之月始終相接，關係緊密。

〔二四〕論業：論究學業。

〔二五〕量分（fèn）：思量自己的才分。繼躅：（zhú）：跟隨其足迹。

〔二六〕忡忡（chōng chōng）：憂心貌。《説文・心部》：「忡，憂也。《詩》曰：『憂心忡忡。』」華縟：華彩繁富的埶縟。思念其人的委婉説法。

〔二七〕漫漶（huàn）：本指模糊不清。《玉篇・水部》：「漶，漫漶，不可知也。」此謂雨後泥水泛濫的景象。

〔二八〕直轅輂（jú）：能够走過古代隘道的直轅的大車。《左傳・定公四年》：「左司馬戌謂子常曰：『子沿漢而與之上下，我悉方城外以毀其舟，還塞大隧、直轅、冥阨。』」大隧、直轅、冥阨皆爲古代漢東險隘，在今豫、鄂邊界地區。輂，《説文・車部》：「輂，大車駕馬也。」

〔二九〕十錢：十文錢。賃（lìn）：租賃，僱用。于此可見唐代已有車輛租借行業。一輪：此即指一輛車而言。

〔三〇〕篷上：指牛拉的車子上的篷。斛觫：即觳觫，恐懼發抖貌。此借指牛。《孟子・梁惠王上》：「王坐於堂上，有牽牛而過堂下者。王見之，曰：『牛何之？』對曰：『將以釁鐘。』王曰：『舍之！吾不忍其觳觫，若無罪而就死地。』」

〔一四二〕赤脚句：枕着書籍而卧，又是赤脚。閑散生活的情態。帙：書籍的外套。《説文·巾部》：「帙，書衣也。」

〔一四三〕詰曲：屈折，彎曲。此指道路曲折。宋之問《秋蓮賦》：「複道兮詰曲，離宫兮相屬。」

〔一四三〕抵掌：擊掌。形容興奮貌。《戰國策·秦策一》：「於是乃摩燕烏集闕，見説趙王於華屋之下，抵掌而談。」鮑彪注：「《集韻》：『抵，側擊也。』」

〔一四四〕大噱（jué）：大笑貌。《説文·口部》：「噱，大笑也。」《漢書》（卷一〇〇上）《叙傳上》：「（張放等）入侍禁中，設宴飲之會，及趙、李諸侍中皆引滿舉白，談矣大噱。」顔師古注：「矣，古笑字也。噱噱，笑聲也。」

〔一四五〕兹淋：指霖雨。浹旬：滿了十天。此句寫實。作者《苦雨雜言寄魯望》詩（見本書卷十）也説：「吴中十日涔涔雨。」

〔一四六〕無乃：莫非。《論語·雍也》：「居敬而行簡，以臨其民，不亦可乎？居簡而行簡，無乃大簡乎？」九穀：古代指最重要的九種穀物，後用以總稱穀物。《周禮·天官·大宰》：「三農生九穀。」鄭玄注：「鄭司農云：『三農，平地、山、澤也。九穀：黍、稷、秫、稻、麻、大小豆、大小麥。』……九穀無秫、大麥，而有粱、苽。」

〔一四七〕道之福：遵循客觀道理的好處（福氣）。

〔一四八〕捉：把、握之意。《説文·手部》：「捉，搤也。一曰：握也。」

〔一四九〕解帶：解下衣帶。家居的閑散狀態。歸來：離開官場，歸田隱居。《文選》（卷四五）陶淵明《歸去來辭》：「歸去來兮，田園將蕪胡不歸。」

〔一五〇〕脱巾：脱下頭巾。亦是家居的閑散生活狀態。《通典》（卷五七）《幅巾》條：「後漢末，王公名士以幅巾爲雅，是以袁紹、崔鈞之徒雖爲將帥，皆著縑巾。……後周武帝因裁幅巾爲四脚。」原注曰：「按巾，六國時，趙、魏之間，通謂之承露。袁紹戰敗，幅巾渡河。按此則庶人及軍旅皆服之。用全幅皂而向後幞髮，謂之頭巾，俗人謂之幞頭。」

〔一五一〕疎如句：疏朗蕭散猶如松柏間竹子。以松、竹喻挺拔清高的氣度。

〔一五二〕野甚句：樸野閑散就像是麋鹿相對。古人常以麋鹿喻有隱逸志趣的人。參本卷（詩二）注〔二四〕。

〔一五三〕行譚句：一邊交談一邊擺弄書籤。「譚」通「談」。弄：《説文·収部》：「弄，玩也。」

〔一五四〕卧話句：一面躺着一面交談，頭下則枕着圍棋盤。棊（qí）局：圍棋盤。棊：《玉篇·石部》：「棊，圍棋也。亦作棋。」

〔一五五〕具盤飧（sūn）：備辦菜肴。具，備辦，置辦。《説文·収部》：「具，共置也。」段玉裁注：「共、供，古今字，當從人部作供。」盤飧：盤子盛食物，概指菜肴。《左傳·僖公二十三年》：「乃饋盤飧，寘璧焉。公子受飧反璧。」

〔一五六〕擫（yè）：用手指按。《説文·手部》：「擫，一指按也。」《玉篇·手部》：「擫，指按也。亦作攧。」鷟：鴨子。《玉篇・鳥部》：「鷟，鴨屬。」此句似謂典衣换來了鷄鴨。

〔一五七〕蒸：烹飪方法之一，當即「煮」之義。王維《積雨輞川莊作》：「積雨空林煙火遲，蒸藜炊黍餉東菑。」一升：古代容量單位。《漢書》（卷二十一上）《律曆志上》：「量者，龠、合、升、斗、斛也，所以量多少也。……合龠爲合，十合爲升，十升爲斗，十斗爲斛，而五量嘉矣。」麻：胡麻，即芝麻。

〔一五八〕煠（zhá）：將食物放入湯或油中，一沸而撈出稱作煠。現也寫作「炸」。

〔一五九〕十分：唐人以酒杯斟滿酒爲十分。此用其意。指煎茶的容器盛滿。白居易《久雨閑悶對酒偶吟》：「賴有杯中神聖物，百憂無奈十分何。」劉禹錫《和樂天以鏡换杯》：「把取菱花百煉鏡，换他竹葉十分杯。」《敦煌變文集・葉净能詩》：「帝又問：『尊師飲户大小？』净能奏曰：『此尊大户，直是飲流，每巡可加三十五十分，卒難不醉。』其道士巡到便飲，都不推遲。」皋盧：裴淵《廣州記》：「西平縣出皋盧，茗之别名，葉大而澀，南人以爲飲。」

〔一六〇〕半榼（kē）：半榼酒。《説文・木部》：「榼，酒器也。」挽：《説文・車部》：「輓，引之也。」《玉篇・手部》：「挽，引之，與輓同。」酃醁（líng lù）：酒名。亦作「酃渌」。《樂府詩集》（卷四八）《三洲歌》：「湘東酃醁酒，廣州龍頭鐺。」《文選》（卷三五）張協《七命》：「乃有荆南、烏程。」李善注：「盛弘之《荆州記》曰：『渌水出豫章康樂縣，其間烏程鄉，有酒官，取水爲酒。酒極甘美，與湘東酃湖酒，年常獻之，世稱酃渌酒。』」

〔一六一〕繄（yī）：語助詞。

〔一六二〕晝漏：白天的時間。漏，漏壺，古代計時器具，上有漏孔，以滴去壺中水的多少來計算時辰。《東林蓮社十八高賢傳·慧遠法師》：「釋惠安患山中無刻漏，乃於水上立十二葉芙蓉，因波隨轉，分定晝夜，以爲行道之節，謂之蓮花漏。」

〔一六三〕我公：指時任蘇州刺史崔璞。大司諫：崔璞曾任諫議大夫，故云。參〈序一〉注〔八三〕。

〔一六四〕梅潤：江南梅雨季節空氣濕潤。漢應劭《風俗通》（《太平御覽》卷九七〇）：「五月有落梅風，江淮以爲信風。又有霖霪，號爲梅雨。沾衣服皆敗黦。」束杖：捆起的刑杖。杖，本指手杖，亦可擊人，後世用作行刑時鞭撻人的器具。《孟子·梁惠王上》：「殺人以梃與刃，有以異乎？」《小爾雅》（第六）《廣服》：「杖謂之梃。」即指刑具而言。

〔一六五〕和氣：古代人認爲天地間陰陽之氣交合而成謂之和氣。和氣可以生成萬物，亦可致祥瑞。《老子》（第四二章）：「萬物負陰而抱陽，冲氣以爲和。」空獄：獄中没有關押的罪犯。以上二句贊頌崔璞體恤人民，刑措而不用。

〔一六六〕煩溽：夏天潮濕而悶熱。隋盧思道《納涼賦》：「積歊蒸於簾櫳，流煩溽於園籞。」

〔一六七〕拜神句：指崔璞派遣皮日休赴太湖中包山祠禱告祀神，請求停止霖雨事。參本篇注〔一〕。

〔一六八〕太陰：指北方。《淮南子·道應訓》：「盧敖遊乎北海，經乎太陰，入乎玄闕，至於蒙轂之上。」高誘注：「太陰，北方也。」古代陰陽家認爲太陰主水，此即指霖雨而言。杜甫《灩澦》：「灩澦既没孤根深，西來水多愁太陰。」霍然：迅速貌。《玉篇・隹部》：「霍，鳥飛急疾貌也。揮霍也。」

〔一六九〕澄肅：清朗肅穆。謂天氣晴朗，高空遼闊

〔一七〇〕燔炙（fán zhì）：燒與烤。此指祭神的食物而言。芬芬：香氣濃郁。《詩經・大雅・鳧鷖》：「旨酒欣欣，燔炙芬芬。」

〔一七一〕威儀：古代祭享典禮中的儀節及接人待物的禮儀。《禮記・中庸》：「禮儀三百，威儀三千。」毣毣（mù mù）：謹愿貌。虔誠嚴肅的情態。《漢書》（卷七二）《鮑宣傳》：「願賜數刻之間，極竭毣毣之思，退入三泉，死亡所恨。」顔師古注：「毣音沐。沐沐，猶蒙蒙也。如淳曰：『謹愿之貌也。』」

〔一七二〕權：權衡，變通。《説文・木部》：「權，一曰：反常。」《玉篇・木部》：「權，稱錘也。」元化：造化，天地。陳子昂《感遇三十八首》（其六）：「古之得仙道，信與元化并。」韋應物《洛都游寓》：「東風日已和，元化亮無私。」

〔一七三〕中夏：華夏，中國。《文選》（卷一）班固《東都賦》：「目中夏而布德，瞰四裔而抗棱。」吕向注：「中夏，中國。」酷：灾禍。此指苦雨。

〔一七四〕司牧：職有所司的官吏。此指時任蘇州刺史的崔璞。《禮記・曲禮下》：「九州之長，入天子之國，曰牧。」上古的州牧類同於秦漢的郡守，以及漢以來的州刺史。

〔一五〕顔歜（chù）：戰國時齊國的隱士，曾游説齊宣王尊賢禮士。此指陸龜蒙。《戰國策·齊策四》：「齊宣王見顔斶，（説宣王）……夫堯傳舜，舜傳禹，周成王任周公旦，而世世稱曰明主，是以明乎士之貴也。」鮑彪注：「斶，《集韻》音觸。引《呂春秋》，齊有顔斶。」黄丕烈《戰國策札記》：「《古今人表》中上作顔歜。」觀以上四句，可知皮日休確實向崔璞薦舉過陸龜蒙。

【箋評】

皋盧，茶名也。皮日休云：「石盆煎皋盧。」（趙令畤《侯鯖録》卷四《皋盧》）

茶之所産，《六經》載之詳矣，獨異美之名未備。謝氏論茶曰：「此丹邱之仙茶，勝烏程之御舞。不止味同露液，白況霜華。豈可爲酪蒼頭，便應代酒從事。」楊衒之作《洛陽伽藍記》：「日食有酪奴。」指茶爲酪粥之奴也。杜牧之詩：「山實東南秀，茶稱瑞草魁。」皮日休詩：「十分煎皋盧。」曹鄴詩：「劍外尤華美。」施肩吾詩：「茶爲滌煩子，酒爲忘憂君。」此見於詩文者。（楊伯喦《臆乘》）

（皋盧）葉大味苦澀，似茗而非。南越茶艱致，煎此爲飲以代之，非佳品也。皮日休有「石盆煎皋盧」，取其名之僻入句耳。詳《本草》及《南越志》。（胡震亨《唐音癸籤》卷二十《詁箋五》）

「一刷半天墨」二句：持然警句。

「如將月窟寫」二句：壯而猛。

「此時一千里」二句：快句。

「鬢眉漬將斷」二句：奇甚。

「高談緊無盡」：新。（項真評、項真刻《項氏瓶笙榭新刻皮襲美詩》卷一）

皮、陸《苦雨詩》，俱善鋪叙而各有佳處，視陳思王之《愁霖賦》，謝康樂之《愁霖詩》，較勝數倍。陸之境窘于皮，故其自寫及皮代爲寫處，更覺動情。其《雨夜》《看雨聯句》諸作，皆可觀也。（余成教《石園詩話》卷二）

奉詶襲美先輩吴中苦雨一百韻見寄①〔一〕

龜蒙

微生參最靈〔二〕，天與意緒拙〔三〕。人皆機巧求〔四〕，百逕無一達〔五〕。家爲唐臣來，奕世唯稷卨②〔六〕。只垂清白風〔七〕，凛凛自貽厥〔八〕（原注：龜蒙五代祖、六代祖皇朝繼在台輔③〔九〕）。猶殘賜書在〔一〇〕，編簡苦斷絶〔一一〕。其間忠孝字〔一二〕，萬古光不滅。孱孫誠瞢昧〔一三〕，有志常搰搰④〔一四〕。敢云嗣良弓〔一五〕，但欲終守節〔一六〕。喧嘩不入耳〔一七〕，讒佞不挂舌〔一八〕。仰咏堯舜言〔一九〕，俯遵周孔轍〔二〇〕。所貪既仁義〔二一〕，豈暇理生活〔二二〕。縱有舊田園，抛來亦蕪没〔二三〕。因之成否塞〔二四〕，十載真契闊〔二五〕。凍骭一襜褕⑤〔二六〕，飢腸少糠籺⑥〔二七〕。甘心付天壤〔二八〕，委分任迴斡〔二九〕。笠澤卧孤雲〔三〇〕，桐江釣明月〔三一〕。盈筐盛芡芰⑦〔三二〕，滿釜煮鱸鱖〔三三〕。酒幟風外攲〔三四〕，茶槍露中擷〔三五〕（原注：江南謂茶牙未展者曰槍，已展者曰旗也⑧。）。歌謡非大雅〔三六〕，捃摭爲小説〔三七〕。上可補薰莖⑨〔三八〕，傍堪跐牙蘖⑩〔三九〕（原注：龜蒙嘗著《稗説》三卷⑪〔四〇〕）。方當賣罾罩〔四一〕，盡以易紙札⑫〔四二〕。踪迹尚吴門⑬〔四三〕，夢魂先魏闕⑭〔四四〕。尋聞天子詔〔四五〕，赫怒誅叛卒〔四六〕。宵旰憫蒸黎⑮〔四七〕，謨明問征伐⑯〔四八〕。王師雖繼下〔四九〕，賊壘未即拔〔五〇〕。此時淮海波〔五一〕，半是生人血〔五二〕。霜戈驅少壯〔五三〕，敗屋弃羸耋〔五四〕。踐蹋比塵埃⑰〔五五〕，焚燒同藁秸⑱〔五六〕。吾皇自神聖〔五七〕，執事皆間傑⑲〔五八〕。射策亦何爲〔五九〕，春卿遂聊輟⑳〔六〇〕。伊余將貢技㉑〔六一〕，未有恥可刷〔六二〕。却問漁樵津〔六三〕，重耕煙雨墢〔六四〕。諸侯急兵食〔六五〕，冗牘方翦截〔六六〕。不可抱詞章㉒〔六七〕，巡門事干謁〔六八〕。歸來闔蓬楗〔六九〕，壁立空豎褐㉓〔七〇〕。煖手抱孤煙〔七一〕，披書向殘雪〔七二〕。幽憂和憤懣〔七三〕，忽愁自驚蹶㉔〔七四〕。文兮乏寸毫〔七五〕，武也無尺鐵〔七六〕。平生所韜蓄〔七七〕，到死不開豁〔七八〕。念此令人悲㉕，翕然生内熱〔七九〕。加之被皸瘃㉖〔八〇〕，况復久藜糲〔八一〕。既爲霜露侵，一卧增百疾㉗。筋骸將束縛㉘〔八二〕，腠理如篳撻〔八三〕。初謂抵狂貙㉙〔八四〕，又疑當毒蝎㉚。江南多事鬼〔八五〕，巫覡連甌粤〔八六〕。可口是妖訛〔八七〕，恣情專賞罰〔八八〕。良醫只備位〔八九〕，藥肆成虚設〔九〇〕。而我正萎瘵〔九一〕，安能致訶咄〔九二〕。椒蘭任芳苾〔九三〕，糈粣從羅列㉛〔九四〕。醆斝既屢傾〔九五〕，錢刀亦隨爇〔九六〕。兼之瀆財賄〔九七〕，不止行諂竊㉜〔九八〕。天地如有知，微妖豈逃殺㉝〔九九〕。其時心力憤㉞〔一〇〇〕，益使氣息惙〔一〇一〕。永夜更呻吟〔一〇二〕，空床但皮骨〔一〇三〕。君來贊賢牧㉟〔一〇四〕，野鶴聊簪笏〔一〇五〕。謂我同光塵〔一〇六〕，心中有溟渤〔一〇七〕。輪蹄相壓至〔一〇八〕，問遺無虛月㊱〔一〇九〕。首到春鴻濛㊲〔一一〇〕，猶殘病根茇㊳〔一一一〕。看花雖眼暈〔一一二〕，見酒忘肺渴〔一一三〕。隱几還自怡㊴〔一一四〕，逢盧亦爭喝〔一一五〕。抽毫更唱和〔一一六〕，劍戟相磨戛㊵〔一一七〕。何大不苞羅㊶〔一一八〕，何微不挑刮㊷〔一一九〕。今來值霖雨〔一二〇〕，晝夜無暫息。雜若碎淵淪〔一二一〕，高如破轇轕㊸〔一二二〕。何勞鼉吼岸〔一二三〕，詎要鸛鳴垤㊹〔一二四〕。祇意江海翻㊺〔一二五〕，更愁山岳裂。初驚蚩尤陣〔一二六〕，虎豹爭搏噬〔一二七〕。又疑伍胥濤〔一二八〕，蛟蜃相蹙拶〔一二九〕。千家濛瀑練〔一三〇〕，忽似好披拂〔一三一〕。萬瓦垂玉繩〔一三二〕，如堪取縈結〔一三三〕。況余居底下㊻〔一三四〕，本是蛙蚓窟〔一三五〕。邇來增號呼㊼〔一三六〕，得以恣唐突〔一三七〕。先夸屋舍好㊽〔一三八〕，又恃頭角凸〔一三九〕。厚地雖直方〔一四〇〕，身能遍穿穴〔一四一〕。常參莊辯裏㊾〔一四二〕，亦造揚《玄》末㊿〔一四三〕。偃仰縱無機〔一四四〕，形容且相忽〔一四五〕。低頭增嘆㤞(51)〔一四六〕，到口復咽嗢(52)〔一四七〕。沮洳漬琴書〔一四八〕，莓苔染巾襪〔一四九〕。解衣換倉粟〔一五〇〕，秕稗猶未脫(53)〔一五一〕。飢鳥屢窺臨(54)〔一五二〕，泥僮苦春帥(55)〔一五三〕（原注：伐(56)）。或聞秋稼穡〔一五四〕，太半沈澎汃(57)〔一五五〕。耕父蠹齊民〔一五六〕，農夫思旱魃(58)〔一五七〕。吾觀天之意(59)，未必洪水割(60)〔一五八〕。且要虐飛龍〔一五九〕，又圖滋跛鱉〔一六〇〕。三吴明太守〔一六一〕，左右皆儒哲〔一六二〕。有力即扶危〔一六三〕，懷仁過救暍〔一六四〕。鹿門皮夫子〔一六五〕，氣調真俊逸〔一六六〕。截海上雲鷹〔一六七〕，橫天下鞲鶻(61)〔一六八〕。文壇如命將〔一六九〕，可以持玉鉞(62)〔一七〇〕。不獨扆羲軒〔一七一〕，便當城老佛(63)〔一七二〕。顧余爲山者(64)，所得才篔撮65〔一七三〕。譬如飾箭材66〔一七四〕，尚欠鏃與筈67〔一七五〕。閑將歙兒唱68〔一七六〕，强倚帝子瑟〔一七七〕。幸得遠瀟湘〔一七八〕，不然嗤賈屈69〔一七九〕。開緘窺寶肆〔一八〇〕，璣貝光櫛比70〔一八一〕。朗咏衡樂懸〔一八二〕，陶匏響鏗揭71〔一八三〕。古來《愁霖賦》〔一八四〕，不是不清越〔一八五〕。非君頓挫才〔一八六〕，瀰氣難摧折〔一八七〕。馳情扣虛寂72〔一八八〕，力盡無所掇〔一八九〕。不足謝徽音〔一九〇〕，衹令凋鬢髮73。（詩六）

【校記】

①陸詩甲本、統籤本、季寫本、全唐詩本無「見寄」。 ②「奕」原作「弈」，據弘治本、汲古閣本、詩瘦閣本、四庫本、陸詩甲本、陸詩丙本、統籤本、類苑本、季寫本、全唐詩本改。「唯」類苑本作「惟」。 ③斠宋本眉批：「六、五。」「五」汲古閣本作「六」，「六」汲古閣本作「五」。「繼」陸詩丙本作「維」。類苑本無此注語。 ④「常」斠宋本眉批：「嘗。」汲古閣本、四庫本作「嘗」。「搰搰」原作「糈糈」，據全唐詩本改。「糈」弘治本、汲古閣本、詩瘦閣本、四庫本、陸詩甲本、陸詩丙本、類苑本、季寫本作「糈」。「糈糈」統籤本作「糈相」。 ⑤「襜褕」原作「檐榆」，據弘治本、汲古閣本、詩瘦閣本、四庫本、陸詩甲本、陸詩丙本、統籤本、類苑本、季寫本、全唐詩本改。 ⑥「飢」統籤本、季寫本作「饑」。 ⑦「筐」原缺末筆，避宋太祖趙匡胤諱。 ⑧「牙」四庫本、陸詩丙本、統籤本、季寫本、全唐詩本作「芽」。類苑本無此注語。季寫本、全唐詩本無「江南」、「也」三字。 ⑨「補」原作「捕」。斠宋本眉批：

「補。」汲古閣本、統籤本、類苑本、全唐詩本作「補」。據改。「薰」四庫本、全唐詩本作「熏」。⑩「跐」陸詩甲本、陸詩丙本、全唐詩本作「跐」。全唐詩本注：「一作蹈。」「牙」四庫本、陸詩甲本、季寫本、全唐詩本作「芽」。「蘗」斠宋本作「孽」。⑪「稗」原作「□」。斠宋本眉批：「原本有稗字。」弘治本、汲古閣本、詩瘦閣本、四庫本、陸詩甲本、陸詩丙本、統籤本、季寫本、全唐詩本作「稗」。據改。類苑本無此注語。⑫「札」原作「紮」。斠宋本眉批：「原本『札』。」汲古閣本、詩瘦閣本、四庫本、陸詩甲本、陸詩丙本、統籤本、類苑本、季寫本、全唐詩本作「札」。據改。⑬「踪」全唐詩本作「縱」。⑭「闕」陸詩丙本作「闗」。陸詩丙本張校：「墨釘應作『闕』。」⑮「蒸」斠宋本眉批：「原本蒸。」弘治本、汲古閣本、詩瘦閣本、四庫本、陸詩甲本、陸詩丙本、統籤本、類苑本、季寫本、全唐詩本作「烝」。⑯「謨」陸詩甲本、陸詩丙本、季寫本注：「一作暮。」全唐詩本注：「一作謀。」⑰「蹋」原作「蹈」，據弘治本、汲古閣本、四庫本、陸詩甲本、陸詩丙本、統籤本、類苑本改。「比」原作「此」，據弘治本、汲古閣本、詩瘦閣本、四庫本、陸詩甲本、陸詩丙本、統籤本、類苑本、季寫本、全唐詩本改。「埃」原作「□」。「□」斠宋本眉批：「原本『埃』。」弘治本、汲古閣本、詩瘦閣本、四庫本、陸詩甲本、陸詩丙本、統籤本、類苑本、季寫本、全唐詩本作「埃」。據改。⑱「藁」統籤本、季寫本、全唐詩本作「稿」。⑲「間」汲古閣本作「閒」。⑳「遂」陸詩甲本作「送」。㉑「余」弘治本、汲古閣本、四庫本、類苑本作「予」。㉒「抱」斠宋本眉批：「把。」汲古閣本、四庫本作「把」，全唐詩本注：「一作把。」㉓「豎」汲古閣本、四庫本、類苑本作「裋」。㉔「忽愁」斠宋本眉批：「忽忽。」汲古閣本、四庫本作「忽忽」。「愁」全唐詩本注：「一作忽。」「蹶」原作「飛」。蔛宋本眉批：「原作『蹶』。」弘治本、汲古閣本、詩瘦閣本、四庫本、陸詩丙本、統籤本、類苑本、季寫本、全唐詩本作「蹶」。據改。㉕「此」原作「北」，據弘治本、汲古閣本、詩瘦閣本、四庫本、陸詩甲本、陸詩丙本、季寫本、全唐詩本改。㉖「加」陸詩丙本黄校作「如」。㉗「疾」原作「病」。蔛宋本眉批：「原作疾。」弘治本、汲古閣本、詩瘦閣本、四庫本、陸詩甲本、陸詩丙本、統籤本、類苑本作「疾」。據改。㉘「束」陸詩丙本作「東」。㉙「貙」原作「䝙」。「䝙」蔛宋本眉批：「原作『貙』。」弘治本、汲古閣本、詩瘦閣本、四庫本、陸詩甲本、陸詩丙本、統籤本、類苑本、季寫本、全唐詩本作「貙」。據改。㉚「疑」全唐詩本作「如」。㉛「糈粣」原作「精粣」。蔛宋本眉批：「糈粣。」汲古閣本、四庫本作「糈粣」。「精」全唐詩本注：「一作糈。」據改。「粣」陸詩乙本批校：「粣舊本粓。夸屋舍，參莊辯裏。」陸詩丙本作「粓」。㉜「諂」陸詩甲本、統籤本、季寫本、全唐詩本作「盜」。全唐詩本注：「一作諂。」㉝「逃」類苑本作「逊」。㉞「憒」陸詩丙本作「憒」。㉟「贊」原作「替」。蔛宋本眉批：「原作『贊』。」弘治本、汲古閣本、四庫本、陸詩甲本、陸詩丙本、統籤本、類苑本、季寫本、全唐詩本作「贊」。據改。詩瘦閣本作「蕒」。㊱「月」四庫本作「日」。㊲「首」汲古閣本、四庫本作「直」，全唐詩本注：「一作直。」㊳「茇」原作「茇」。蔛宋本眉批：「原作『茇』。」弘治本、汲古閣本、詩瘦閣本、四庫本作「茇」。據改。㊴「怡」詩瘦閣本作「貽」。㊵「磨」弘治本、類苑本作「摩」。㊶「苞」汲古閣本、詩瘦閣本、陸詩甲本、陸詩丙本、統籤本、類苑本、季寫本、全唐詩本作「包」。㊷「挑」原作「桃」，據弘治本、汲古閣本、詩瘦閣本、四庫本、陸詩甲本、陸詩丙本、統籤本、類苑本、季寫本、全唐詩本改。　㊸「轇」原作「軫」，據弘治本、詩瘦閣本、四庫本、陸詩甲本、陸詩丙本、統籤本、類苑本、季寫本、全唐詩本改。「轕」斠宋本眉批：「原作『轇』。」汲古閣本作「轇」。　㊹「鸛」原作「鶴」。據汲古閣本、陸詩甲本、季寫本、全唐詩本改。斠宋本作「鴻」。　㊺「祇」全唐詩本作「祇」。　㊻「余」弘治本、汲古閣本、詩瘦閣本、四庫本、類苑本作「予」。「底」弘治本、汲古閣本、詩瘦閣本、四庫本、陸詩甲本、陸詩丙本、統籤本、類苑本、季寫本、全唐詩本作「低」。　㊼「增」詩瘦閣本作「争」。　㊽「先」陸詩丙本作「光」。　㊾「辯」類苑本作「辨」。　㊿「揚」原作「楊」，據弘治本、汲古閣本、詩瘦閣本、四庫本、全唐詩本改。「玄」原缺末筆，避宋太祖始祖趙玄朗諱。　(51)「恱」四庫本、陸詩甲本、陸詩丙本、統籤本、季寫本、全唐詩本作「詫」。　(52)「咽嗢」四庫本、陸詩甲本、陸詩丙本、統籤本、季寫本、全唐詩本作「嗢咽」。　(53)「稗」原作「稊」。「稊」斠宋本眉批：「原作『稗』。」汲古閣本、詩瘦閣本、四庫本、陸詩甲本、陸詩丙本、統籤本、類苑本、季寫本、全唐詩本作「稗」。據改。　(54)「飢」統籤本作「饑」。　(55)「憧」汲古閣本、四庫本作「童」。「帥」陸詩甲本作「師」，統籤本、類苑本、全唐詩本作「帥」。季寫本作「昁」。　(56)「伐」原作「□」。「□」斠宋本眉批：「『伐』，宋板『帥』下有『伐』字，蓋音『伐』也，應小字右偏。」又眉批：「原作帥，伐。原本小字。」陸詩甲本、陸詩丙本、季寫本、全唐詩本作小字側行注：「音伐。」據改。汲古閣本、詩瘦閣本、四庫本無「□」。　(57)「太」全唐詩本作「大」。「汃」原作「八」。「八」斠宋本眉批：「原本『汃』。」弘治本、汲古閣本、詩瘦閣本、四庫本、陸詩甲本、陸詩丙本、統籤本、類苑本、季寫本、全唐詩本作「汎」。據改。(58)「魃」原作「□」。據弘治本、汲古閣本、詩瘦閣本、四庫本、陸詩甲本、陸詩丙本、統籤本、類苑本、季寫本、全唐詩本改。(59)斠宋本眉批：「補板至吾字止。」「吾」季寫本作「五」。(60)「未」原作「末」，據弘治本、汲古閣本、陸詩丙本、類苑本、季寫本、全唐詩本改。(61)「天」盧校本、陸詩甲本、陸詩丙本、統籤本、全唐詩本作「空」。全唐詩本注：「一作天。」「韝」盧校本、陸詩甲本、陸詩丙本、統籤本、季寫本、全唐詩本作「霜」。全唐詩本注：「一作韝。」(62)「鉞」陸詩甲本、全唐詩本作「鉞」。(63)「城」陸詩乙本批校：「舊本作成。」類苑本作「成」。(64)「余」弘治本、汲古閣本、詩瘦閣本、四庫本、類苑本作「予」。(65)「才」陸詩甲本、統籤本、季寫本、全唐詩本作「纔」。(66)「譬」盧校本作「匹」。「材」陸詩丙本作「村」。(67)「鏃」陸詩丙本作「鏃」。(68)「閑」季寫本作「間」。「歈」原作「俞」，據弘治本、詩瘦閣本、四庫本、陸詩甲本、陸詩丙本、統籤本、類苑本、季寫本、全唐詩本改。(69)「嗤」原作「蚩」，據弘治本、汲古閣本、詩瘦閣本、四庫本、陸詩甲本、陸詩丙本、統籤本、類苑本、季寫本、全唐詩本改。(70)「櫛比」弘治本、汲古閣本、詩瘦閣本、四庫本、陸詩甲本、陸詩丙本、統籤本、類苑本、季寫本、全唐詩本作「比櫛」。(71)「響」弘治本作「嚮」。(72)「扣」詩瘦閣本作「叩」。(73)「祇」季寫本作「祗」。「凋」汲古閣本、四庫本作「彫」。

【注釋】

〔一〕先輩：參本卷（詩四）注〔一〕。此詩作於咸通十一年（八七〇）夏六月或稍後不久。參皮日休原唱詩注〔一〕。

〔二〕微生：微小的生命。此作者自指。參：與，在……其中。最靈：指人。人爲萬物的靈長，故云。《尚書·泰誓上》：「惟天地，萬物父母；惟人，萬物之靈。」

〔三〕意緒拙：爲人愚鈍笨拙。杜甫《自京赴奉先縣咏懷五百字》：「杜陵有布衣，老大意轉拙。」

〔四〕機巧：奸巧詭詐。《莊子·天地》：「功利機巧，必忘夫人之心。」

〔五〕百逕：許許多多的途徑。此句自謂愚拙而百途無一可通達。

〔六〕奕世：累世，一代接一代。稷卨：稷契。「卨」同「契」。相傳爲虞舜時的兩位賢臣。《尚書·舜典》：「禹拜稽首，讓于稷契暨皋陶。」

〔七〕垂：留傳。清白風：清廉的家風。《新唐書》（卷一九六）《陸龜蒙傳》：「陸氏在姑蘇，其門有巨石，遠祖績嘗事吴爲鬱林太守，罷歸無裝，舟輕不可越海，取石爲重，人稱其廉，號『鬱林石』，世保其居云。」

〔八〕貽厥：遺留給子孫。《尚書·五子之歌》：「明明我祖，萬邦之君。有典有則，貽厥子孫。」《孔傳》：「貽，遺也。言仁及後世。」

〔九〕五代祖：龜蒙五代祖陸象先，本名景初，玄宗朝宰相。六代祖：龜蒙六代祖陸元方，字希仲，武后朝宰相。分别參《舊唐書》（卷八八）、《新唐書》（卷一一六）《陸元方傳》、《陸象先傳》。《新唐書》（卷一九六）《陸龜蒙傳》：「陸龜蒙，字魯望，元方七世孫也。」《新唐書》（卷七三下）《宰相世系表三下》：陸元方、陸象先至陸龜蒙，確實分别爲七代、六代。但如將陸龜蒙自己所屬的這一代不計在内，則當分别爲六代、五代。詩中原注應是采用的這種表述。台輔：宰執大臣，宰相。

〔一〇〕賜書：應是指武后賜陸元方詔書，或玄宗賜陸象先詔書的史事。

〔一一〕編簡句：指皇帝的賜書破損殘闕。編簡：用繩索編織起來的竹簡或木簡。古代書籍即如此。

〔一二〕忠孝字：指皇帝賜給陸龜蒙五代祖或六代祖敕書上褒揚旌贊其「忠孝」的文字。

〔一三〕孱孫：淺陋懦弱的裔孫。陸龜蒙自指。瞢昧：愚蠢無知。

〔一四〕搰搰（kū kū）：勤勉努力。《莊子·天地》：「子貢南遊於楚，反於晋，過漢陰，見一丈人方將爲圃畦，鑿隧而入井，抱甕而出灌，搰搰然用力甚多而見功寡。」陸德明《經典釋文》（卷二七）《莊子音義》（中）：「搰搰，用力貌。」

〔一五〕嗣良弓：意謂繼承先祖的德業。良弓，善于製作弓的人。《禮記·學記》：「良冶之子，必學爲裘；良弓之子，必學爲箕。」即謂子承父業之意。

〔一六〕守節：堅持名節操守。《左傳·成公十五年》：「前《志》有之，曰：『聖達節，次守節，下失節。』爲君，非吾節也。雖不能聖，敢失守乎？」

〔一七〕喧嘩：聲音大而嘈雜。《吕氏春秋·樂成》：「誠能决善，衆雖喧嘩而弗爲變。」

〔一八〕讒佞：誣妄奸邪之言。

〔一九〕堯舜：遠古傳説中的聖君。《史記》（卷一）《五帝本紀》：「帝堯者，放勛，其仁如天，其知如神。就之如日，望之如雲。富而不驕，貴而不舒。黄收純衣，彤車乘白馬，能明馴德，以親九族。九族既睦，便章百姓。百姓昭明，合和萬國。」又曰：「虞舜者，名曰重華。……四海之内，咸戴帝舜之功。於是禹乃興《九招》之樂，致異物，鳳皇來翔。天下明德皆自虞帝始。」

〔二〇〕周孔：周公姬旦、孔子。古代儒家尊奉他們爲聖人。參《史記》（卷三三）《魯周公世家》。《史記》（卷四七）《孔子世家》：「太史公曰：《詩》有之：『高山仰止，景行行止。』雖不能至，然心鄉往之。余讀孔氏書，想見其爲人。……自天子王侯，中國言《六藝》者折中於夫子，可謂至聖矣！」

〔二一〕貪仁義：在追求仁義上不知滿足。仁義是孔子提倡的核心理念。《論語・堯曰》：「欲仁而得仁，又焉貪？」

〔二二〕理生活：經營生計。唐人避高宗李治諱，以「理」字代「治」。

〔二三〕縱有二句：意謂雖有田園，但未曾耕耘，拋荒蕪没。化用陶淵明《歸去來兮辭》：「歸去來兮，田園將蕪胡不歸。」

〔二四〕否（pǐ）塞：阻隔閉塞，命運困頓不順。《後漢書》（卷六一）《周舉傳》：「夫陰陽閉隔，則二氣否塞；二氣否塞，則人物不昌；人物不昌，則風雨不時；風雨不時，則水旱成灾。」

〔二五〕契闊：勞苦。《詩經・邶風・擊鼓》：「死生契闊，與子成説。」《毛傳》：「契闊，勤苦也。」

〔二六〕凍骭(gàn)：(因衣短)小腿受凍。骭，小腿。《詩經・小雅・巧言》：「既微且尰，爾勇伊何。」《毛傳》：「骭瘍爲微，腫足爲尰。」鄭玄箋：「骭，脚脛也。」襜褕(chān yú)：古代的一種單衣。《説文・衣部》：「襜，衣蔽前。」又曰：「褕，翟，羽飾衣。一曰：直裾謂之襜褕。」《方言》(卷四)：「襜褕，江淮、南楚謂之褈褣，自關而西謂之襜褕，其短者謂之裋褕。」可見，襜褕有長短之分。也有直裾、曲裾之不同。《漢書》(卷七一)《雋不疑傳》：「始元五年，有一男子乘黃犢車，建黃旐，衣黃襜褕，著黃冒，詣北闕，自謂衛太子。」顔師古注：「襜褕，直裾襌衣。」《漢書》(卷七七)《何并傳》：「行數十里，林卿迫窘，乃令奴冠其冠被其襜褕自代，乘車從童騎，身變服從間徑馳去。」顔師古注：「襜褕，曲裾襌衣也。」

〔二七〕糠籺(hé)：米麥的糠皮和碎屑。《説文・麥部》：「麧，堅麥也。」《集韻・没韻》：「麧，《説文》：『堅麥也。』一曰：俗謂粗屑爲麧。或從米。」一説：米麥的糠皮細粉。《玉篇・米部》：「籺，粉。」

〔二八〕甘心：情願。《詩經・衛風・伯兮》：「願言思伯，甘心首疾。」天壤：天地之間。《管子・幼官》：「修春秋冬夏之常祭，食天壤山川之故祀，必以時。」

〔二九〕委分(fèn)：任憑天命。陸雲《晉故豫章内史夏府君誄》：「任道委分，亮曰斯然。」陶淵明《自祭文》：「勤靡餘勞，心有常閑。樂天委分，以致百年。」迴斡(wò)：旋轉。杜甫《上水遣懷》：「歌謳互激越，回斡明受授。」

〔三〇〕笠澤：松江，今吴淞江。《元和郡縣圖志》（卷二五）《江南道一》：「蘇州吴縣：松江，在縣南五十里，經崑山入海。《左傳》云：『越伐吴，軍於笠澤。』即此江。」陸廣微《吴地記》：「松江，一名松陵，又名笠澤。《左傳》曰：『越伐吴，禦之笠澤。』其江之源，連接太湖。」《左傳·哀公十七年》：「越子伐吴，吴子禦之笠澤，夾水而陳。」一説：松江和太湖通稱笠澤。范成大《吴郡志》（卷四八）：「《史記正義》又引《吴地記》云：『笠澤江，松江之别名。』又云：『笠澤，即太湖。』則江、湖通爲笠澤矣。《揚州記》曰：『太湖，一名震澤，一名笠澤，一名洞庭。』」卧孤雲：指隱逸于笠澤之上。李白《贈孟浩然》：「紅顔棄軒冕，白首卧松雲。」

〔三一〕桐江：桐廬江，即今浙江省桐廬縣富春江段。《元和郡縣圖志》（卷二五）《江南道一》：「睦州桐廬縣：桐廬江，源出杭州於潛縣界天目山，南流至縣東一里入浙江。嚴子陵釣臺，在縣西三十里，浙江北岸也。」釣明月：明月下垂釣。指隱逸江湖。暗用嚴光事。《後漢書》（卷八三）《逸民·嚴光傳》：「嚴光字子陵，一名遵，會稽余姚人也。少有高名，與光武同遊學。及光武即位，乃變名姓，隱身不見。……除爲諫議大夫，不屈，乃耕於富春山，後人名其釣處爲嚴陵瀨焉。」李賢注：「顧野王《輿地志》曰：『七里瀨在東陽江下，與嚴陵瀨相接，有嚴山。桐廬縣南有嚴子陵漁釣處，今山邊有石，上平，可坐十人，臨水，名爲嚴陵釣壇』也。」實指自己在咸通六年往睦州謁刺史陸墉而無果之事。參本卷（詩一）注〔八〇〕。

〔三二〕盈筐：滿筐。《詩經·周南·卷耳》：「采采卷耳，不盈頃筐。」芡芰（qiàn jì）：芡，芡實，又名鷄頭。《説文・艸部》：「芡，鷄頭也。」《方言》（卷三）：「芡，鷄頭也。北燕謂之葰，青、徐、淮、泗之間謂之芡，南楚、江、湘之間謂之鷄頭，或謂之雁頭，或謂之烏頭。」芰，菱角。《説文・艸部》：「芰，菱也。」《楚辭・離騷》：「製芰荷以爲衣兮，集芙蓉以爲裳。」王逸注：「芰，菱也，秦人曰薢茩。」洪興祖補注：「芰，奇寄切，生水中，葉浮水上，花黄白色。」

〔三三〕釜：古代的一種炊具。《説文・鬲部》：「鬴，鍑屬。釜，鬴或從金。」《玉篇・金部》：「釜，鍑屬，亦作鬴。」《急就篇》（第一一章）：「鐵鈇鑽錐釜鍑鍪。」顔師古注：「釜所以炊煮也。大者曰釜，小者曰鍑。」鱸鱖（lú guì）：兩種魚名。鱸，鱸魚，松江的名魚。《晋書》（卷九二）《張翰傳》：「翰因見秋風起，乃思吴中菰菜、蒓羹、鱸魚膾。」劉餗《隋唐嘉話・補遺》：「吴郡獻松江鱸，煬帝曰：『所謂金齏玉膾，東南佳味也。』」孔平仲《談苑》（卷一）：「松江鱸魚，長橋南所出者四腮，天生膾材也。味美肉緊，切下終日色不變。橋北近崑山，大江入海，所出者三腮，味帶鹹，肉稍慢，迥不及松江所出。」鱖，鱖魚，也是江南的名魚。《玉篇・魚部》：「鱖，魚，大口，細鱗，班彩。」張志和《漁父》：「西塞山前白鷺飛，桃花流水鱖魚肥。」

〔三四〕酒幟：酒旗。酒店門外挂的招牌。攲（qī）：傾斜。「攲」是「攲」的訛字。《廣韻・支韻》：「攲，不正也。」

〔三五〕茶槍：據陸龜蒙自注，茶的葉片未展開的嫩芽謂之茶槍。宋沈括《夢溪筆談》（卷二四）《雜志一》：「茶芽，古人謂之『雀舌』、『麥顆』，言其至嫩也。今茶之美者，其質素良而所植之土又美，則新芽一發便長寸餘，其細如針，唯芽長爲上品，以其質榦、土力皆有餘故也。」擷（xié）：摘取。《廣韻・屑韻》：「擷，捋取。」

〔三六〕歌謡：民歌和謡諺。此陸龜蒙指其自作詩歌，意謂其俚俗淺近。大雅：意謂雅正之作。《詩經》有《大雅》之什，多爲社會上層的貴族作品。《詩大序》：「雅者，正也，言王政之所由廢興也。政有小大，故有《小雅》焉，有《大雅》焉。」

〔三七〕捃摭（jùn zhí）：拾取，采集。《史記》（卷一四）《十二諸侯年表序》：「及如荀卿、孟子、公孫固、韓非之徒，各往往捃摭《春秋》之文以著書，不可勝紀。」小説（shuō）：瑣屑細小的言論。《莊子・外物》：「飾小説以干縣令，其於大達亦遠矣。」《漢書》（卷三〇）《藝文志》：「小説家者流，蓋出於稗官。街談巷語，道聽塗説者之所造也。」

〔三八〕薰莖：薰草，香草名，一名蕙草。《説文・艸部》：「薰，香草也。」此句應是用舜造《南風歌》的典故，以表關心民衆的意藴。《孔子家語・辯樂解》：「昔者舜彈五弦之琴，造《南風》之詩。其詩曰：『南風之薰兮，可以解吾民之愠兮。南風之時兮，可以阜吾民之財兮。』」

〔三九〕跐（bié）：《龍龕手鑑・足部》：「跐，蹩俗體，行不正貌。」此謂芽蘖從側旁生長。牙蘖：草木新生的枝芽。《淮南子・俶真訓》：「所謂有始者，繁憤未發，萌兆牙蘖，未有形埒垠堮。」

〔四〇〕《稗説》三卷：陸龜蒙著，應是小説雜記類著述，未見史志書目著録，當已佚。

〔四一〕方當：將要。罾罩（zēng zhào）：捕魚工具。罾，《説文・网部》：「罾，魚网也。」罩，《説文・

网部》："罩，捕魚器也。"《爾雅·釋器》："箌謂之罩。"郭璞注："捕魚籠也。"

〔四二〕紙札：紙張。指書籍而言。此處含有習文應試，以求入仕之意。

〔四三〕吴門：即指蘇州。因是春秋時吴國故地，故稱。《韓詩外傳》（卷七）："則伍子胥何爲抉目而懸吴東門？"古代蘇州以門多著稱。《文選》（卷五）左思《吴都賦》："通門二八，水道陸衢。"李善注："《越絶書》曰：吴郭周匝六十八里六十步，大城周匝四十七里二百一十步。水門八，陸門八，其二有樓。名門者車船并入。昌門今見在，銅柱石填地。大城中有小城，周十二里，亦有水陸門，皆闔閭宫，在高平里。言經營造作之始，使子孫累代保居也。"李善爲節引，原文見《越絶書》（卷二）《越絶外傳記吴地傳第三》。《吴越春秋》（卷四）《闔閭内傳》："子胥乃使相土嘗水，象天法地，造築大城，周迴四十七里。陸門八，以象天八風。水門八，以法地八聰。築小城，周十里，陵門三。"

〔四四〕魏闕：古代宫門外兩旁的樓觀。此指朝廷。《莊子·讓王》："身在江海之上，心居乎魏闕之下。"

〔四五〕尋聞：隨即聽到。劉淇《助字辨略》（卷二）："尋，旋也，隨也。……凡相因而及曰尋，猶今云隨即如何也。"《文選》（卷三七）羊祜《讓開府表》："臣有何功可以堪之？何心可以安之？以身誤陛下，辱高位，傾覆亦尋而至。"　天子詔：指唐懿宗下詔討伐龐勛事。《資治通鑑》（卷二五一）："（咸通九年十一月）詔以右金吾大將軍康承訓爲義成節度使、徐州行營都招討使，神武大將軍王晏權爲徐州北面行營招討使，羽林將軍戴可師爲徐州南面行營招討使，」討伐龐勛。

〔四六〕赫怒：大怒，盛怒。《詩經·大雅·皇矣》：「王赫斯怒，爰整其旅。」

〔四七〕宵旰（gàn）：宵衣旰食，意謂帝王勤於政事，天未明就起身穿衣，天很晚纔吃飯。旰，《説文·日部》：「旰，晚也。《春秋傳》曰：『日旰君勞。』」 烝黎：老百姓。

〔四八〕謨明：好的謀略。《尚書·皋陶謨》：「允迪厥德，謨明弼諧。」《孔傳》：「謨廣聰明，以輔諧其政。」

〔四九〕王師句：謂朝廷頻繁調遣軍隊，征討龐勛。參《資治通鑑》（卷二五一、二五二）。

〔五〇〕賊壘句：指未能很快消滅叛將龐勛的軍隊。龐勛作亂，歷時一年，終伏誅。《資治通鑑》（卷二五一）《考異》引《彭門紀亂》曰：「初，龐勛之求節也，必希歲内得之，於是閭里小兒競歌之曰：『得節不得節，不過十二月。』即龐勛（咸通）九年十月十七日作亂，十年九月十九日就戮，通其閏月計之，正一歲而滅。』」

〔五一〕淮海：指淮河流域一帶。龐勛作亂，主要在以徐州爲中心的淮河流域，故云。《尚書·禹貢》：「海岱及淮惟徐州。」又云：「淮海惟揚州。」

〔五二〕半：大半的省語。張若虚《春江花月夜》：「可憐春半不還家。」高適《燕歌行》：「戰士軍前半死生。」皆同義。 生人：生民，泛指民衆。唐人避唐太宗李世民諱，以「人」代「民」。

〔五三〕霜戈：明亮鋒利的戈矛，借指戰争。謝朓《從戎曲》：「日起霜戈照，風迴連旗翻。」少壯：青壯年。劉徹《秋風辭》：「簫鼓鳴兮發棹歌，歡樂極兮哀情多，少壯幾時兮奈老何。」漢樂府《長歌行》：「少壯不努力，老大徒傷悲。」

〔五四〕敗屋：破屋。羸耋（léi dié）：病弱的老人。《説文·羊部》：「羸，瘦也。」《國語·魯語上》：「饑饉薦降，民羸幾卒。」韋昭注：「羸，病也。」耋：《説文·老部》：「耋，年八十曰耋。」《玉篇·老部》：「耋，八十曰耋。亦作耊。」

〔五五〕踐蹋：踩踏。塵埃：喻老百姓。

〔五六〕藁秸（gǎo jiē）：即「稿秸」，稻、麥等農作物的杆莖。亦喻老百姓。

〔五七〕吾皇：指唐懿宗李漼。參《舊唐書》（卷一九上）、《新唐書》（卷九）《懿宗本紀》。

〔五八〕執事：主管其事。此指朝廷官員而言。《周禮·天官·大宰》：「九曰閒民，無常職，轉移執事。」間（jiàn）傑：難得出現的卓越人物。

〔五九〕射策：本是漢代考試取士方法，此指唐代科舉考試。《漢書》（卷七八）《蕭望之傳》：「望之以射策甲科爲郎。」顔師古注：「射策者，謂爲難問疑義書之於策，量其大小署爲甲乙之科，列而置之，不使彰顯。有欲射者，隨其所取得而釋之，以知優劣。射之，言投射也。」

〔六〇〕春卿：春官之長稱爲春卿，爲古代六卿之一，掌禮法祭祀。後世稱禮部長官爲春卿。唐代即指禮部侍郎，主持科舉考試。《周禮·天官·小宰》：「一曰天官……二曰地官……三曰春官，其屬六十，掌邦禮。大事則從其長，小事則專達。四曰夏官……五曰秋官……六曰冬官……。」遂聊輟：指因發生龐勛叛亂，朝廷下詔停止科舉一年。《舊唐書》（卷一九上）《懿宗本紀》：「（咸通十年十二月）詔以兵戈纔罷，且務撫寧，其禮部貢舉，宜權停一年，付中書行敕指揮，其兩省官等，不用論奏。」此詔所停的是咸通十一年的科舉試，陸龜蒙當在咸通十年的鄉貢之列，以應十一年的科舉。他應在聞詔停止科試後返回故鄉蘇州。故詩下數句云云。這與本詩作於咸通十一年夏六月亦正相合。

〔六一〕伊余：我。伊，語助詞。貢技：貢獻出自己的技藝。指應科舉而言。

〔六二〕未有句：意謂没有機會洗刷耻辱。因停貢舉，無法展現才藝，故云。《史記》（卷四〇）《楚世家》：「昭雎曰：『王雖東取地於越，不足以刷耻；必且取地於秦，而後足以刷耻於諸侯。』」

〔六三〕却問：又向。問，張相《詩詞曲語辭匯釋》（卷五）：「『問』條作『向』字解，可通。漁樵津：捕魚打柴的水邊。指隱逸閑居之處。

〔六四〕重耕：再耕。「却問」、「重耕」云云，意指無法應試，又回鄉隱逸而言。墢（bá）：耕地，此即指田地。《玉篇·土部》：「墢，與坺同。亦耕土也。」

〔六五〕諸侯：此指征討龐勛的將領。兵食：軍餉。《舊唐書》（卷一九上）《懿宗本紀》：「（咸通九年）是歲，江、淮蝗食稼，大旱。」又「（咸通十年）初，龐勛據徐州，倉庫素無貯蓄，乃令群兇四出，於揚、楚、廬、壽、滁、和、兖、海、沂、密、曹、濮等州界剽牛馬輓運糧糗，以夜繼晝。」《資治通鑑》

（卷二五一）：「（咸通十年）馬舉攻濠州，自夏及冬不克，城中糧盡，殺人而食之，官軍深塹重圍以守之。」以上諸條，可見當時軍餉之匱乏。

〔六六〕冗膹：冗員，閑散多餘的官吏。剪截：剪裁删除。蕭統《文選序》：「重以芟夷，加之剪截。」

〔六七〕詞章：詩文作品。

〔六八〕巡門：沿門，挨家挨户。《敦煌變文集》（卷五）《佛説阿彌陀經講經文》：「周遊雲水不爲難，掌鉢巡門化一餐。」　干謁：對别人有所求而請見。《北史》（卷二七）《酈道元傳》：「（弟道約）好以榮利干謁，乞丐不已，多爲人所笑弄。」杜甫《自京赴奉先縣咏懷五百字》：「以兹悟生理，獨耻事干謁。」

〔六九〕闔（hé）：關閉。《説文·門部》：「闔，門扇也。一曰：閉也。」蓬楗（jiàn）：蓬門的木閂。蓬，以蓬草爲門，義同柴門，指貧寒人家。丘巨源《聽鄰妓詩》：「蓬門長自寂，虚席視生埃。」杜甫《客至》：「花徑不曾緣客掃，蓬門今始爲君開。」楗：關門的木閂。《説文·木部》：「楗，限門也。」

〔七〇〕壁立：家徒四壁，清貧窮困。《史記》（卷一一七）《司馬相如傳》：「文君夜亡奔相如，相如乃與馳歸成都。家居徒四壁立。」豎褐：貧寒人所穿的粗布短衣。《荀子·大略》：「古之賢人，賤爲布衣，貧爲匹夫，食則饘粥不足，衣則豎褐不完。」楊倞注：「豎褐，僮豎之褐，亦短褐也。」《史記》（卷六）《秦始皇本紀》：「夫寒者利裋褐。」《索隱》：「裋，一音豎。謂褐布豎裁，爲勞役之衣，裋而且狹，故謂之短褐，亦曰豎褐。」

〔七一〕煖手句：謂只有在燒柴的煙火上暖手。

〔七二〕披書句：意謂打開書對着殘雪的光亮閲讀，表示刻苦問學。《文選》（卷三八）任昉《爲蕭揚州薦士表》：「至乃集螢映雪，編蒲緝柳。」李善注：「檀道鸞《晉陽春秋》曰：『車胤，字武子，學而不倦。貧不常得油，夏月則囊盛數十螢火，以夜繼日焉。』《孫氏世録》曰：『孫康家貧，常映雪讀書。清介，交遊不雜。』」

〔七三〕幽憂：過度憂傷。《莊子·讓王》：「我適有幽憂之病，方且治之，未暇治天下也。」成玄英疏：「幽，深也。憂，勞也。」憤懣：悲憤抑鬱。《文選》（卷四一）司馬遷《報任少卿書》：「恐卒然不可爲諱，是僕終已不得舒憤懣以曉左右。」

〔七四〕驚蹶（jué）：心情慌亂而顛仆跌倒。

〔七五〕文兮句：意謂自己從文却缺乏文才。寸毫，寸長之毫毛，指毛筆。

〔七六〕武也句：意謂自己習武又没有武將之才。尺鐵，尺長之鐵，指武器。《文選》（卷四一）李陵《答蘇武書》：「兵盡矢窮，人無尺鐵。」劉良注：「尺鐵，兵器。」

〔七七〕韜（tāo）蓄：蓄積蘊藏。

〔七八〕開豁：開闊明朗。此指才幹得到施展。

〔七九〕翕（xī）然：忽然。内熱：内心焦灼憂憤。《莊子·人間世》：「今吾朝受命而夕飲冰，我其内熱與！」

〔八〇〕被：遭受。皸瘃(jūn zhú)：手足受凍，坼裂生瘡。《漢書》(卷六九)《趙充國傳》：「將軍士寒，手足皸瘃，寧有利哉？」顏師古注：「文穎曰：『皸，坼裂也。瘃，寒創也。』」

〔八一〕藜糲(lì)：粗劣的飯菜。藜，草名，可食。《説文·艸部》：「藜，草也。」《玉篇·艸部》：「藜，蒿類。」糲，粗糙的米糧。《玉篇·米部》：「糲，粗糲也。」《後漢書》(卷二六)《伏湛傳》：「乃共食粗糲，悉分奉禄以賑鄉里，來客者百餘家。」李賢注：「糲，粗米也。」

〔八二〕筋骸句：身體像是被繩索所縛。筋骸，筋骨，即身體。束縛，以繩索捆綁。

〔八三〕腠(còu)理句：意謂身體如同被棍棒敲打。腠理，身體的關節和皮肉的紋理。亦指身體。《韓非子·喻老》：「故良醫之治病也，攻之於腠理，此皆争之於小者也。夫事之禍福亦有腠理之地，故曰聖人蚤從事焉。」箠撻，用棍棒鞭子敲打。

〔八四〕抵(dǐ)：值，碰到。狂貙(chū)：凶猛的貙狼。《説文·豸部》：「貙，貙獌，似狸者。」

〔八五〕事鬼：尊奉鬼神。《漢書》(卷二八下)《地理志下》：「(楚地)信巫鬼，重淫祀。」此風延及廣義的江南，包括吴越之地。

〔八六〕巫覡(xí)：祝禱鬼神的巫師。女巫稱巫，男巫稱覡。《荀子·正論》：「出户而巫覡有事。」楊倞注：「女曰巫，男曰覡。有事，祓除不祥。」甌粤：又作甌越。主要指今浙江省甌江(今在温州市)流域一帶。

〔八七〕可口：信口，隨嘴胡説。吴地方言俗語。妖訛：怪誕虚妄。《抱朴子·内篇·明本》：「而邪俗之黨繁，既不信道，好爲訕毁，謂真正爲妖訛，以神仙爲誕妄，或曰惑衆，或曰亂群，是以上士耻居其中也。」

〔八八〕恣情：縱情，任意。

〔八九〕備位：徒有這個位置，充數。

〔九〇〕藥肆：賣藥的店鋪。肆，集市，商店。《周禮·天官·内宰》：「正其肆，陳其貨賄。」

〔九一〕萎痿（wěi）：體弱衰病。痿，《説文·疒部》：「痿，痹也。」《玉篇·疒部》：「痿，不能行也，痹濕病也。」即風痹病。

〔九二〕訶咄（hē duō）：斥責。

〔九三〕椒蘭：兩種芳草名。《荀子·禮論》：「芻豢稻粱，五味調香，所以養口也；椒蘭芬苾，所以養鼻也。」芳苾（bì）：芬苾，即芳香意。《詩經·小雅·信南山》：「苾苾芬芬，祀事孔明。」

〔九四〕糈粣（xǔ cè）：古代祭神的食物。糈，祭神的精米。《楚辭·離騷》：「巫咸將夕降兮，懷椒糈而要之。」王逸注：「糈，精米，所以享神。」粣，《集韻·麥韻》：「粣，粽也。」從：張相《詩詞曲語辭匯釋》（卷一）：「從，猶任也，聽也。」

〔九五〕醆斝（zhǎn jiǎ）：古代酒器。醆，《説文·酉部》：「醆，爵也。」斝，《説文·斗部》：「斝，玉爵也。夏曰琖，殷曰斝，周曰爵。與爵同意。或説斝受六升。」醆、琖，均爲酒器，而琖專指玉制酒器。《説文·玉部》：「琖，玉爵也。」

〔九六〕錢刀：錢幣。刀，古代一種刀形錢幣。《史記》（卷三〇）《平準書》：「太史公曰：農工商交易之路通，而龜貝金錢刀布之幣興焉。……虞夏之幣，金爲三品，或黄，或白，或赤；或錢，或布，或刀，或龜貝。」《集解》：「如淳曰：『名錢爲刀者，以其利於民也。』」《索隱》：「刀者，錢也。《食貨志》有契刀、錯刀，形如刀，長二寸，值五千。以其形如刀，故曰刀，以其利於人也。」爇（ruó）：點燃，燃燒。《説文·火部》：「爇，燒也。」

〔九七〕瀆：貪求。同「黷」。財賄：財物。《周禮·天官·大宰》：「以九賦斂財賄。」

〔九八〕不止：不只是。諂竊：諂諛偷盜。

〔九九〕微妖：隱藏而又微小的鬼妖。逃殺：逃脱被殺的命運。

〔一〇〇〕心力：精神和體力。指整個人的身心而言。《左傳·昭公十九年》：「君子曰：『盡心力以事君，舍藥物可也。』」

〔一〇一〕氣息：呼吸，亦指人的精神情緒而言。惙（chuò）：憂傷，疲憊。《説文·心部》：「惙，憂也。《詩》曰：『憂心惙惙。』一曰：意不定也。」《玉篇·心部》：「惙，疲也，又憂也。」

〔一〇二〕永夜：長夜。呻吟：因痛苦而發出的嗟嘆聲。《吕氏春秋·大樂》：「君臣失位，父子失處，夫婦失宜，民人呻吟，其以爲樂也，若之何哉？」

〔一〇三〕空床：獨宿的卧具（此處并不强調其無偶）。《文選》（卷二九）《古詩十九首》（青青河畔草）：

「蕩子行不歸，空床難獨守。」

〔一〇四〕贊：輔佐，幫助。《小爾雅·廣詁》：「贊，佐也。」《呂氏春秋·務大》：「細大賤貴，交相爲贊。」高誘注：「贊，助也。」賢牧：賢能的牧守。指時任蘇州刺史崔璞。崔氏於咸通十年冬被命爲蘇州刺史，十一年春到任。聘皮日休爲從事。

〔一〇五〕野鶴：不受世俗牽累的仙鶴。喻皮日休。皮日休此前曾隱居襄陽鹿門山和洞湖，故云。《皮子文藪》（卷六）《酒箴序》：「皮子性嗜酒，雖行止窮泰，非酒不能適。居襄陽之鹿門山，以山稅之餘，繼日而釀，終年荒醉，自戲曰『醉士』。居襄陽之洞湖，以舶艫載醇酎一甔，往來湖上，遇興將酌，因自諧曰『醉民』。」《松陵集》（卷三）《太湖詩并序》：「余頃在江、漢，嘗耨鹿門，漁洞湖。」簪笏（hù）：指做官。簪，冠簪，用以插冠或繫冠。笏，手版，象牙或竹、木製成的長板，用以記事。古代大臣上朝所用之物。

〔一〇六〕光塵：光彩，風彩。對他人的敬詞。《老子》（第四章）：「和其光，同其塵。」《文選》（卷四〇）繁欽《與魏文帝牋》：「伏想御聞，必含餘歡。冀事速訖，旋侍光塵。寓目階庭，與聽斯調。」

〔一〇七〕溟渤：溟海和渤海。此泛指大海。東方朔《海内十洲記》：「外別有圓海繞山，圓海水正黑，而謂之冥海也。無風而洪波百丈，不可得往來。」《文選》（卷七）司馬相如《子虛賦》：「浮渤澥。」李善注：「應劭曰：『渤澥，海別枝也』。」此句意謂心胸廣大。

〔一〇八〕輪蹄句：謂車馬頻繁到來。意謂皮氏頻繁來訪。輪蹄：車輪和馬蹄，指車馬。

〔一〇九〕問遺(wèi)：慰問饋贈。《漢書》(卷四三)《婁敬傳》：「陛下以歲時漢所餘彼所鮮數問遺，使辯士風諭以禮節。」顔師古注：「問遺，謂餉饋之也。」

〔一一〇〕鴻濛：迷離廣大貌。《漢書》(卷八七上)《揚雄傳上》：「外則正南極海，邪界虞淵，鴻濛沆茫，碣以崇山。」顔師古注：「鴻濛沆茫，廣大貌。」

〔一一一〕猶殘句：謂自己的病根尚未除去。茇(bá)：《説文·艸部》：「草根也。春草根枯，引之而發土爲撥，故謂之茇。」

〔一一二〕眼暈：眼睛昏眩，視物不清晰。

〔一一三〕見酒句：意謂嗜好飲酒。肺渴當飲茶而不當飲酒。肺渴：燥熱思飲。白居易《東院》：「老去齒衰嫌橘醋，病來肺渴覺茶香。」五代王仁裕《開元天寶遺事》(卷下)：「貴妃素有肉體，至夏苦熱，常有肺渴，每日含一玉魚兒於口中，蓋藉其凉津沃肺也。」

〔一一四〕隱几(yǐn jī)：靠着几案。形容自由蕭散的神態。亦作「隱机」。《孟子·公孫丑下》：「孟子去齊，宿於晝。有欲爲王留行者，坐而言。不應，隱几而卧。」《莊子·齊物論》：「南郭子綦隱机而坐，仰天而噓。」成玄英疏：「隱，憑也。……子綦憑几坐忘，凝神遐想。」

〔一一五〕逢盧句：意謂在盧博戲時也盡力争勝。盧，盧博，古代摴蒲(蒱)戲别稱。此博戲投擲五子全黑者稱作盧，爲頭彩。《晋書》(卷八五)《劉毅傳》：「後於東府聚摴蒱大擲，一判應至數百萬，餘人并黑犢以還，唯劉裕及毅在後。毅次擲得雉，大喜，褰衣繞床，叫謂同坐曰：『非不能盧，不事此耳。』裕惡之，因挼五木久之，曰：『老兄試爲卿答。』既而四子俱黑，其一子轉躍未定，裕厲聲喝之，即成盧焉。」

〔一六〕抽毫：拿出筆來（古代筆裝在套子裏，故云）。指寫作而言。唱和：本指歌唱時此唱彼和，後指詩歌創作上倆人及倆人以上反復唱和。《詩經・鄭風・蘀兮》：「叔兮伯兮，倡予和女。」

〔一七〕劍戟句：劍與戟互相摩擦撞擊發出尖鋭刺耳的聲音。意謂倆人的唱和詩生新險怪。

〔一八〕苞羅：即包羅，包括。

〔一九〕挑刮：挑明刮出（使之明白清晰）。此二句「何大」、「何微」云云，當隱栝宋玉《大言賦》《小言賦》的意蘊。

〔二〇〕值：逢，遭遇。霖雨：連綿不斷的下雨。《左傳・隱公九年》：「凡雨，自三日以往爲霖。」《初學記》（卷二）：「《爾雅》云：『小雨曰霢霂，雨三日已上曰霖。』」

〔二一〕淵淪：池潭中波紋蕩漾。

〔二二〕轇輵（jiāo gé）：廣大深遠貌。亦作「轇轕」。《史記》（卷一一七）《司馬相如傳》：「置酒乎昊天之臺，張樂乎轇輵之宇。」《索隱》：「郭璞云：『言曠遠深貌也』。」

〔二三〕鼉（tuó）吼岸：鼉是鰐魚的一種，俗傳鼉鳴則天下雨，故云。陸佃《埤雅》（卷二）：「今豚將風則涌，鼉欲雨則鳴。故里俗以豚識風，以鼉識雨。」

〔二四〕鸛（guàn）鳴垤（dié）：古人認爲鸛鳴將要有陰雨天。《詩經・豳風・東山》：「我來自東，零雨其濛。鸛鳴于垤，婦嘆于室。」鄭玄箋：「鸛，水鳥也，將陰雨則鳴。行者於陰雨尤苦，婦念之，則嘆於室也。」

〔一二五〕衹意：直意，真的感覺到。江海翻：江海翻騰，形容水大。

〔一二六〕蚩尤陣：意謂像蚩尤的戰陣一樣，展開虎豹争鬥。蚩尤，炎帝裔，古代神話中的戰神，爲黄帝所殺。《太平御覽》（卷七九）引《龍魚河圖》：「黄帝攝政，前有蚩尤兄弟八十一人，并獸身人語，銅頭鐵額，食沙石子。造立兵杖刀戟大弩，威振天下，誅殺無道，不仁不慈……天遣玄女下，授黄帝兵信神符，制伏蚩尤，以制八方。」

〔一二七〕搏嚙（niè）：搏鬥啃咬之狀。

〔一二八〕伍胥濤：像伍胥濤那樣巨浪滔天。伍胥：伍子胥，名員。春秋時吴王夫差的大臣，後被冤殺。趙曄《吴越春秋》（卷五）《夫差内傳》：「吴王乃取子胥屍，盛以鴟夷之器，投之於江中。……子胥因隨流揚波，依潮來往，蕩激崩岸。」後人謂之「伍胥濤」、「伍員濤」、「子胥濤」。

〔一二九〕蛟蜃：泛指水中動物。蛟，古代傳説中的一種龍，居於水中。《楚辭·九歌·湘夫人》：「麋何食兮庭中？蛟何爲兮水裔？」王逸注：「蛟，龍類也。」蜃（shèn）：大蛤。蹙拶（cù zā）：逼迫，擠壓。

〔一三〇〕濛瀑練：猶如籠罩在白練一般的瀑布之中。參本卷（詩五）注〔一七〕。

〔一三一〕披拂：飄動。《莊子·天運》：「風起北方，一西一東，有上彷徨，孰嘘吸是？孰居無事而披拂是？」成玄英疏：「披拂，猶扇動也。」

〔三二〕萬瓦句：意謂雨水从屋瓦凹處流下，綿延不絶，猶如玉繩一樣垂挂下來。玉繩，古代天文學星名。此喻雨水成白綫之狀。《文選》（卷二）張衡《西京賦》：「上飛闥而仰眺，正睹瑶光與玉繩。」李善注：「《春秋元命苞》曰：『玉衡北兩星爲玉繩』。」

〔三三〕縈結：纏繞糾結。

〔三四〕底下：即低下。「底」同「低」。《説文・廣部》：「底，一曰：下也。」《釋名》（卷二）《釋地》：「地者，底也，其體底下，載萬物也。」

〔三五〕蛙蚓窟：青蛙、蚯蚓的窟穴。

〔三六〕邇來：近來。號呼：指青蛙、蚯蚓的鳴叫聲。《南齊書》（卷四八）《孔稚珪傳》：「（稚珪）不樂世務，居宅盛營山水，憑机獨酌，傍無雜事。門庭之内，草萊不剪，中有蛙鳴，或問之曰：『欲爲陳蕃乎？』稚珪笑曰：『我以此當兩部鼓吹，何必期效仲舉？』」蚯蚓可鳴叫事，見韓愈、軒轅彌明《石鼎聯句》：「時於蚯蚓竅，微作蒼蠅鳴。」

〔三七〕唐突：冒犯。《後漢書》（卷七〇）《孔融傳》：「融爲九列，不遵朝儀，秃巾微行，唐突宫掖。」

〔三八〕屋舍：房屋。《詩經・小雅・鴻雁》：「之子于垣，百堵皆作。」鄭玄箋：「起屋舍，築墻壁。」

〔三九〕頭角：頭上長的角，指頭頂上。《三國志・蜀書・魏延傳》：「出（諸葛）亮營十里，延夢頭上生角，以問占夢趙直。」以上兩句寫蛙。

〔一四〇〕直方：平直端正。《易·坤卦》：「六二，直方大，不習無不利。《象》曰：六二之動，直以方也；『不習無不利』，地道光也。」

〔一四一〕穿穴：穿越洞穴。以上兩句寫蚓。

〔一四二〕參：參與，加入。莊辯：莊子好辯論説理，故云。《莊子·天下》：「古之道術有在於是者，莊周聞其風而悦之。以謬悠之説，荒唐之言，無端崖之辭，時恣縱而不儻，不以觭見之也。」此句意謂莊子曾以蛙蚓來論辯説理，如《莊子·秋水》中有名的「井蛙」故事等。

〔一四三〕造：至，到。揚《玄》：揚雄的《太玄》。揚雄是西漢文學家，《太玄》是他模仿《易經》的著作。參《漢書》（卷八七）《揚雄傳》。此句意謂揚雄《太玄》也曾以蛙蚓來闡明道理，如該書卷二《鋭》中「蟹之郭索，後蚓黄泉」云云。

〔一四四〕偃仰：俯仰。無機：没有機心，不事奸巧。

〔一四五〕形容：形體容貌，此指容態而言。相忽：忽視。

〔一四六〕嘆咤(chà)：驚詫嗟嘆。

〔一四七〕咽嘔(yān wà)：聲音滯澀悲切。

〔一四八〕沮洳(jù rù)：低濕之地。《詩經·魏風·汾沮洳》：「彼汾沮洳，言采其莫。」孔穎達疏：「沮洳，潤澤之處。」漬(zì)：浸濕。《説文·水部》：「漬，漚也。」《玉篇·水部》：「漬，浸也。」

〔一四九〕莓苔：蘚苔。《文選》（卷一一）孫綽《遊天台山賦》：「踐莓苔之滑石，搏壁立之翠屏。」李善

注：「莓苔，即石橋之苔也。」巾襪：頭巾和襪子。泛指服飾。

〔一五〇〕解衣句：脱下衣服典當，换來倉庫裏的糧食。意謂自己窮困窘迫。

〔一五一〕秕稗（bǐ bài）：糧食作物不飽滿的穀粒和草之似穀者。秕，《説文·禾部》：「秕，不成粟也。」稗，《説文·禾部》：「稗，禾别也。」《左傳·定公十年》：「饗而既具，是棄禮也；若其不具，用秕稗也。」杜預注：「秕，穀不成者。稗，草之似穀者。」

〔一五二〕窺臨：從高處偷看。

〔一五三〕泥僮：渾身泥水的傭人。僮，奴僕。《漢書》（卷五七上）《司馬相如傳》（上）：「臨邛多富人，卓王孫僮客八百人。」顔師古注：「僮謂奴。」春畘（fèi）：即「舂」意。畘：《玉篇·臼部》：「畘，舂也。」

〔一五四〕稼穡（jià sè）：種植和收穫。此指農作物。《詩經·魏風·伐檀》：「不稼不穡，胡取禾三百廛兮？」《毛傳》：「種之曰稼，斂之曰穡。」

〔一五五〕澎汃（pà）：波濤聲。韓愈《征蜀聯句》：「獠江息澎汃，戍寒絶朝乘。」《文選》（卷四）張衡《南都賦》：「流湍投濈，砏汃輣軋。」李善注：「砏汃、輣軋，波相激之聲也。」

〔一五六〕耕父：古代神話傳説中的旱鬼。《山海經·山經》（卷五）《中山經·中次十一經》：「又東南三百里，曰豐山。……神耕父處之，常遊清泠之淵，出入有光，見則其國爲敗。」《文選》（卷三）張衡《東京賦》：「囚耕父於清泠，溺女魃於神潢。」李善注：「《山海經》曰：有神耕父處豐山，常遊清泠之淵，出入有光。又曰：大荒之中，有山名不勾，有人衣青衣，名曰黄帝女魃，所居不雨。」《後漢書・禮儀志中》：「甲作食殈，胇胃食虎……後者爲糧。」注曰：「《東京賦》曰：『……囚耕父於清泠，溺女魃於神潢。……』注曰：『……耕父、女魃皆旱鬼。惡水，故囚溺於水中，使不能爲害。』」蠹：殘害。齊民：平民。《莊子・漁父》：「上以忠於世主，下以化於齊民，將以利天下。」

〔一五七〕旱魃(bá)：古代神話傳説中的旱神女魃。《詩經・大雅・雲漢》：「旱魃爲虐，如惔如焚。」《毛傳》：「魃，旱神也。」《山海經・海經》(卷一二)《大荒北經》：「大荒之中，有山名不句，海水入焉。有係崑之山者，有共工之臺，射者不敢北鄉。有人衣青衣，名曰黄帝女魃。蚩尤作兵伐黄帝，黄帝乃令應龍攻之冀州之野。應龍畜水，蚩尤請風伯雨師，縱大風雨。黄帝乃下天女曰魃，雨止，遂殺蚩尤。魃不得復上，所居不雨。」

〔一五八〕洪水割：洪水成爲灾害。《尚書・堯典》：「湯湯洪水方割。」《孔傳》：「湯湯，流貌。洪，大。割，害也。」

〔一五九〕虐飛龍：戲謔飛龍。「虐」通「謔」，戲謔，開玩笑。《詩・大雅・抑》：「匪用爲教，覆用爲虐。」俞樾《群經平議》：「虐讀爲謔，言反以爲戲虐也。」飛龍：天上飛的龍。《莊子・逍遥遊》：「藐姑射之山，有神人居焉。……乘雲氣，御飛龍，而遊乎四海之外。」一説：飛龍，鳥名。

〔一六〇〕滋跛鱉：潤澤跛脚難行的鱉。《荀子・修身》：「故蹞步而不休，跛鱉千里。」

〔一六一〕三吴：古代吴地分爲三部分，故云。此指吴郡（今蘇州市）而言。酈道元《水經注》（卷四〇）《漸江水》：「漢高帝十二年，一吴也，後分爲三，世號三吴：吴興、吴郡、會稽其一焉。」《元和郡縣圖志》（卷二五）《江南道一》：「蘇州：《禹貢》揚州之地。周時爲吴國。太伯初置城，在今吴縣西北五十里。……秦置會稽郡二十六縣於吴。……後漢順帝永建四年，陽羡令周喜、山陰令殷重上書，求分爲二郡，遂割浙江以東爲會稽，浙江以西爲吴郡。孫氏創業，亦肇迹於此。歷晋至陳不改，常爲吴郡，與吴興、丹陽號爲『三吴』。隨開皇九年平陳，改爲蘇州，因姑蘇山爲名。」「三吴」雖有不同説法，但此詩中實指吴郡，即蘇州而言。「三吴」的辨證，可參王鳴盛《十七史商榷》（卷四五）《三吴》條。明太守：賢明的太守，指時任蘇州刺史崔璞。太守，秦代分天下爲三十六郡，郡長官爲郡守。漢代則將郡守改稱太守。唐代州長官刺史與太守職位相等，故云。《漢書》（卷五）《景帝本紀》：「（中元二年）秋七月，更郡守爲太守，郡尉爲都尉。」

〔一六二〕左右：指蘇州刺史崔璞的佐吏，包括皮日休在内。唐代稱爲參軍。嚴耕望《怎樣學歷史·治史經驗談》：「隋唐州政府佐官曰參軍，由中央任命，與漢代州政府佐吏曰從事，由州長官任用本州人的制度完全不同。」唐代州的「參軍」與漢代州的「從事」在職事上是相同的。儒哲：有學問有才智的人。

〔一六三〕扶危：扶危濟困，意謂對有困難的人給予救援幫助。《論語·季氏》：「危而不持，顛而不扶，則將焉用彼相矣？」

〔一六四〕懷仁：懷抱仁義之心。《孟子·告子下》：「爲人臣者懷仁義以事其君，爲人子者懷仁義以事其父。」救暍（yē）：救護中暑的人。暍，《説文·日部》：「暍，傷暑也。」《淮南子·説林訓》：「病熱而强之餐，救暍而飲之寒。」

〔一六五〕鹿門：鹿門山，在今湖北省襄陽市。祝穆《方輿勝覽》（卷三二）《京西路襄陽府》：「鹿門山，在宜城東北六十里。上有二石鹿，故名。後漢龐德公與龐藴、孟浩然、皮日休俱隱於此。」皮夫子：皮日休。夫子，對人的尊稱。《論語·季氏》：「夫子欲之，吾二臣者皆不欲也。」

〔一六六〕氣調：氣概風度。俊逸：俊邁灑脱。劉昭《人物志·自序》：「制禮樂，則考六藝祗庸之德；躬南面，則援俊逸輔相之材。」杜甫《春日憶李白》：「清新庾開府，俊逸鮑參軍。」

〔一六七〕截海：渡海。《文選》（卷一二）郭璞《江賦》：「鼓帆迅越，趙漲截洞。」李善注：「截，直度也。」雲鷹：翱翔高空的蒼鷹。

〔一六八〕横天：在天上飛過。鞲鶻（gōu hú）：捕獵的蒼鶻。鞲，停息蒼鶻的臂套。《説文·韋部》：「鞲，射臂决也。」鶻，猛禽，鷹屬。飛行敏捷，常馴以捕鳥，故稱鞲鶻。

〔一六九〕文壇：文學的壇坫。命將：命名大將。

〔一七〇〕玉鉞（yuè）：古代一種武器大斧的美稱。《尚書·牧誓》：「王左杖黄鉞。」《孔傳》：「鉞，以黄金飾斧。」《小爾雅·廣器》：「鉞，斧也。」

〔一七一〕扆羲軒：護衛伏羲和軒轅。意謂輔翼儒家思想。扆（yǐ），《爾雅·釋宫》：「牖户之間謂之扆。」郭璞注：「窗東户西也。」邢昺疏：「牖者，户西窗也。此牖東户西爲牖户之間，其處名扆。」所以，扆指置於門窗之間的屏風而言。此處有護持義。羲軒：古代傳説中的伏羲和軒轅黄帝，古代儒家理想的代表人物。

〔一七二〕城老佛：據城守禦道教、佛教，即排拒佛、道之意。城，築城。老，老子，姓李名耳，字聃，故稱老聃，道家的開創者，也被認爲是道教的創始人。參《史記》（卷六三）《老子韓非列傳》。佛教：本是印度教，創始者釋迦牟尼。東漢傳入我國。袁宏《後漢紀》（卷一〇）《明帝紀下》：「浮屠者，佛也。西域天竺有佛道焉。佛者，漢言覺，將悟群生也。其教以修善慈心爲主，不殺生，專務清净。」皮日休排抵佛老甚鉅，可參其《皮子文藪》（卷八）《題後魏釋老志》、（卷九）《請韓文公配饗太學書》等文。

〔一七三〕顧余二句：自謙之詞，意謂我只是一座山的一杯土而已。簣撮（kuì cuō）：一簣一撮，極言其少。簣，盛土的竹筐。《玉篇·竹部》：「簣，土籠也。」《論語·子罕》：「譬如爲山，未成一簣，止，吾止也。」撮，以三只手指取物曰撮。《説文·手部》：「撮，四圭也。一曰：兩指撮也。」《玉篇·手部》：「撮，三指取也。」

〔一七四〕飾箭材：即製作箭的意思。飾，通「飭」，整治。《集韻·職韻》：「飭，《説文》：『致堅也。』或作飾。」箭材，製作箭竿的細竹。《説文·竹部》：「箭，矢也。」《爾雅·釋地》：「東南之美者，有會稽之竹箭焉。」南朝宋戴凱之《竹譜》：「會稽之箭，東南之美。古人嘉之，因以命矢。箭竹，高者不過一丈，節間三尺，堅勁中矢。江南諸山皆有之，會稽所生最精好，故《爾雅》云：『東南之美者，有會稽之竹箭焉。』」

〔一五〕鏃（zú）：箭頭的金屬部分。《説文・金部》：「鏃，利也。」《廣雅・釋器》：「鏃，鏑也。」筈（kuò）：箭的尾部。箭在發射時搭在弓弦上的部分。

〔一六〕閑將：空將，只把。歈（yú）兒唱：此指吴地民歌。《楚辭・招魂》：「吴歈蔡謳，奏大吕些。」王逸注：「吴、蔡，國名也。歈、謳，皆歌也。」

〔一七〕强倚句：勉强地倚用帝子瑟來伴奏。帝子：相傳是堯之二女，舜之二妃，名娥皇、女英。《楚辭・九歌・湘夫人》：「帝子降兮北渚，目眇眇兮愁予。」王逸注：「帝子，謂堯女也。」《楚辭・遠游》：「使湘靈鼓瑟兮，令海若舞馮夷。」瑟：一種古樂器。傳説古瑟本爲五十弦，後改爲二十五弦。《漢書》（卷二五上）《郊祀志上》：「泰帝使素女鼓五十弦瑟，悲，帝禁不止，故破其瑟爲二十五弦。」

〔一八〕瀟湘：二水名。瀟水、湘水，在今湖南省零陵縣合流，稱作瀟湘，流入洞庭湖。《讀史方輿紀要》（卷七五）《湖廣一》：「湘水出廣西興安縣南九十里之海陽山。其初出處曰靈渠，流五里分爲二派，流而南者曰灕水，流而北者湘水。……引而北有瀟水會焉。……有烝水會焉。……又北而達青草湖注於洞庭湖。……自其合瀟水而言之則曰瀟湘，自其合烝水而言之則曰烝湘，自其下洞庭會沅水而言之則曰沅湘，實同一湘水也。」

〔一七九〕賈屈：賈誼、屈原。屈原（前三三九—？），名平，字原，戰國時楚國辭賦家、政治家。抱負遠大但以失敗告終。人生很不幸，但文學上獲得極大成功。《漢書·藝文志》録其作品二十五篇，其代表作有《離騷》《九章》《九歌》《天問》等。以他爲代表的《楚辭》，成爲我國詩歌史上與《詩經》并稱爲「詩騷」的兩大傳統，影響深遠。賈誼（前二〇〇—前一六八），西漢政治家、思想家、文學家。其不幸遭遇，類似于屈原。他曾吊屈原以自傷，後人常以「屈賈」并稱。參《史記》（卷八四）《屈原賈生列傳》。

〔一八〇〕開緘：打開詩緘。指皮日休作品。李白《久别離》：「況有錦字書，開緘使人嗟。」寶肆：陳設有珠寶的店鋪。

〔一八一〕璣貝：珍珠寶貝。比喻皮日休作品。璣，小珠或不圓的珠。《説文·玉部》：「璣，珠不圜也。」《尚書·禹貢》：「厥篚玄纁璣組。」陸德明《經典釋文》（卷三）《尚書音義》（上）：「《字書》云：『（璣），小珠也。』」貝，蛤螺等貝殻，古人視之爲珍寶。光櫛比：光彩閃耀，猶如梳篦一樣層層密密地排列着。《詩經·周頌·良耜》：「其崇如墉，其比如櫛。」櫛（zhì）：《説文·木部》：「櫛，梳比之總名也。」

〔一八二〕朗咏：高聲吟誦。《文選》（卷一一）孫綽《遊天台山賦》：「凝思幽巖，朗咏長川。」李周翰注：「朗，高也。凝思坐於幽巖，高咏臨於長川。」衝（chōng）：動，此作振動解。《方言》（卷一二）：「衝，動也。」樂懸：懸挂着鍾磬一類的打擊樂器。《周禮·春官·小胥》：「正樂縣之位。王宫縣，諸侯軒縣，卿大夫判縣，士特縣，辨其聲。」鄭玄注：「樂縣，謂鍾磬之屬縣於笋虡者。」

〔一八三〕陶匏（páo）：古代樂器。《周禮・春官・大師》：「皆文之以五聲：宫、商、角、徵、羽；皆播之以八音：金、石、土、革、絲、木、匏、竹。」陶，土製樂器，即塤。《説文・土部》：「塤，樂器也。以土爲之，六孔。」匏，笙竽類樂器。《釋名》（卷七）《釋樂器》：「笙，生也，象物貫地而生也。竹之貫匏，以瓠爲之，故曰『匏』也。竽亦是也。其中汙空，以受簧也。」鏗揭（kēng qià）：金石玉木等器物碰撞磨刮所發出的聲音。鏗，《禮記・樂記》：「鍾聲鏗，鏗以立號。」揭，《説文・手部》：「揭，刮也。」

〔一八四〕《愁霖賦》：曹丕、曹植、應瑒、陸雲等人都有《愁霖賦》。《初學記》（卷二）《雨》門引《纂要》云：「雨久曰苦雨，亦曰愁霖。晋潘尼、宋伍緝之并作《苦雨賦》。後漢應瑒、魏文帝、晋傅玄、陸雲、胡濟、袁豹并作《愁霖賦》。」愁霖：因久雨而産生愁緒。

〔一八五〕清越：清朗悠揚。《禮記・聘義》：「叩之，其聲清越以長。其終詘然，樂也。」鄭玄注：「越，猶揚也。」

〔一八六〕頓挫才：抑揚跌宕的才華。多指文才。《後漢書》（卷七〇）《孔融傳贊》：「北海天逸，音情頓挫。」李賢注：「頓挫猶抑揚也。」陸機《文賦》：「銘博約而温潤，箴頓挫而清壯。」

〔一八七〕濔（lì）氣：灾害不祥之氣。此指霖雨。「濔」是「沴」的異體字。《莊子・大宗師》：「陰陽之氣有沴。」《漢書》（卷二七中之上）《五行志》（中之上）：「氣相傷，謂之沴。」摧折：毁壞，打擊。

此指將霖雨摧毀之意。《漢書》（卷五一）《賈山傳》：「雷霆之所擊，無不摧折者；萬鈞之所壓，無不糜滅者。」

〔一八〕馳情：神往。《文選》（卷二九）《古詩十九首》（東城高且長）：「音響一何悲，絃急知柱促。馳情整中帶，沉吟聊躑躅。」虚寂：虚無寂静，指廣大無垠的境界。《淮南子·俶真訓》：「若夫神無所掩，心無所載，通洞條達，恬漠無事，無所凝滯，虚寂以待，勢利不能誘也，……勇者不能恐也，此真人之道也。」《文選》（卷二〇）范曄《樂遊應詔詩》：「崇盛歸朝闕，虚寂在川岑。」李善注：「《方言》曰：『寂，安静也。』」吕向注：「虚寂謂空静之士。」

〔一九〕掇（duō）：《説文·手部》：「掇，拾取也。」

〔二〇〕謝：酬答，報答。徽音：美好之音。此指皮日休原唱詩。《詩經·大雅·思齊》：「大姒嗣徽音，則百斯男。」鄭玄箋：「徽，美也。」

【箋評】

滚滚汩汩，相注而來，絶無排叠堆垛之病，所以爲難，自少陵以來可稱絶響。（陸時雍《唐詩鏡》卷五十二）

唐人詩句多攔入方言助語，如杜甫「劃見公子面」，「劃見」猶「瞥見」也。「遮莫鄰鷄下五更」，「遮莫」猶「儘教」也。……陸龜蒙「可口是妖譌」，「可口」猶「信口」也。……皮日休「開時的定合雲液」，「檜身渾箇矮，石面得能皺。」「貧養山禽能箇瘦」……。（湯大奎《炙硯瑣談》卷下）

又按馬遷於叙扁鵲事後，插入議論一段，言「病有六不治」，其六曰「信巫不信醫」。夫初民之巫，即醫（shaman）耳。……蓋醫始出巫，巫本行醫。故《論語·子路》引「南人有言」，以「巫醫」連類合稱。醫藥既興，未能盡取巫祝而代之。……可考見舊俗於巫與醫之兼收并用也。巫祝甚且僭取醫藥而代之，不許後來者居上。……陸龜蒙《奉酬襲美先輩吴中苦雨一百韻》：「江南多事鬼，巫覡連甌粤。可口是妖訛，恣情專賞罰。良醫只備位，藥肆或虚設。」……馬遷乃以「巫」與「醫」分背如水火冰炭，斷言「信巫」爲「不治之由」，識卓空前。（錢鍾書《管錐編》第一册三四五頁）

初夏即事寄魯望〔一〕

日休

夏景恬且曠〔二〕，遠人疾初平〔三〕。黄鳥語方熟〔四〕，紫桐陰正清〔五〕。廨宇有幽處〔六〕，私遊無定程〔七〕。歸來閉雙關〔八〕，亦忘枯與榮〔九〕。土室作深谷①〔一〇〕，蘚垣爲干城〔一一〕。颭杉突杝架②〔一二〕，迸笋支檐楹〔一三〕。片石共坐穩〔一四〕，病鶴同喜晴〔一五〕。癭木四五器〔一六〕，筇杖一兩莖〔一七〕。泉爲葛天味〔一八〕，松作羲皇聲〔一九〕。或看名畫徹〔二〇〕，或吟閑詩成〔二一〕。忽枕素琴睡〔二二〕，時把仙書行〔二三〕。自然寡儔侣〔二四〕，莫説更紛争③〔二五〕。具區包地髓〔二六〕，震澤含天英〔二七〕。粤從三讓來④〔二八〕，俊造紛然生〔二九〕。顧余客茲地⑤〔三〇〕，薄我皆爲傖⑥〔三一〕。唯有陸夫子⑦〔三二〕，盡力提客卿〔三三〕。各負出俗才〔三四〕，俱懷超世情〔三五〕。駐我一棧車〔三六〕，啜君數藜羹〔三七〕。敲門若我訪，倒屧忻逢迎⑧〔三八〕。胡餅蒸甚熟〔三九〕，貊盤舉尤輕〔四〇〕。茗脆不禁炙〔四一〕，酒肥或難傾〔四二〕。掃除就藤下⑨，移榻尋虛明〔四三〕。唯共陸夫子⑩〔四四〕，醉與天壤并〔四五〕。（詩七）

【校記】

①「土」項刻本作「玉」。②「杉」詩瘦閣本作「松」。③「紛」項刻本作「分」。④「粤」項刻本作「地」，類苑本作「力」。⑤「余」弘治本、汲古閣本、四庫本、皮詩本、項刻本、統籤本、類苑本、季寫本、全唐詩本作「予」。⑥「皆」項刻本作「共」。「傖」弘治本、章校本、皮詩本、項刻本、統籤本、季寫本作「伧」。⑦「唯」統籤本作「惟」。⑧「屧」弘治本、詩瘦閣本、皮詩本、項刻本、統籤本、類苑本、季寫本、全唐詩本作「屧」。全唐詩本注：「一作屧。」「忻」弘治本、汲古閣本、詩瘦閣本、四庫本、皮詩本、項刻本、統籤本、類苑本、季寫本、全唐詩本作「欣」。「逢」季寫本作「逢」。⑨「就」原作「蔬」，據弘治本、汲古閣本、詩瘦閣本、四庫本、皮詩本、項刻本、統籤本、類苑本、季寫本、全唐詩本改。⑩「唯」汲古閣本、四庫本作「惟」。

【注釋】

〔一〕初夏：應是懿宗咸通十一年（八七〇）初夏。皮、陸唱和從十一年春至十二年春，只有這個夏天。參（序一）注〔八二〕〔九八〕。即事：就眼前事物成詩。陶潛《癸卯歲始春懷古田舍二首》（其二）：「雖未量歲功，即事多所欣。」魏慶之《詩人玉屑》（卷六）《命意·陵陽謂須先命意》：「凡作詩須命終篇之意，切勿以先得一句一聯，因而成章；如此則意不多屬。然古人亦不免如此。如述懷、即事之類，皆先成詩，而後命題者也。」魯望：陸龜蒙字，參（序一）注〔八五〕。

〔二〕恬且曠：恬淡平静而且清疏朗暢。《文選》（卷二四）張華《答何劭》（其二）：「恬曠苦不足，煩促每有餘。」李善注：「《廣雅》曰：『恬，静也。』《蒼頡篇》曰：『曠，疏曠也。』」

〔三〕遠人：游歷遠方的人。此作者自謂。《詩經·齊風·甫田》：「無思遠人，勞心忉忉。」疾初平：疾病初癒。

〔四〕黄鳥：鳥名，即黄鶯。《爾雅·釋鳥》：「皇，黄鳥。」郭璞注：「俗呼黄離留，亦名搏黍。」《詩經·周南·葛覃》：「黄鳥于飛，集于灌木，其鳴喈喈。」此處以用《詩經·小雅·伐木》更爲貼近。其云：「伐木丁丁，鳥鳴嚶嚶。出自幽谷，遷于喬木。嚶其鳴矣，求其友聲。」聽鳥鳴而懷友，正符合此詩意。雖然詩未明言黄鳥，但從漢代開始，人們即牽合黄鳥。張衡《東京賦》：「雎鳩鸝黄，關關嚶嚶。」梁元帝蕭繹《言志賦》：「因置酒於南軒，聞鶯鳴而懷友。」李嶠《鶯》（明銅活字本《唐五十家詩集·李嶠集》）：「晛睆度花紅，關關亂曉空。乍離幽谷日，先囀上林風。」皮詩正承此意而來。語方熟：謂鳥鳴聲恰好達到圓潤和悦的程度。

〔五〕紫桐：梧桐樹的一種。古人喜在庭院裏種植桐樹，本詩即屬此一情況。《藝文類聚》（卷八八）《木部》：「《爾雅》曰：『榮，桐木。梧桐也。』……《詩義疏》曰：『有青桐、赤桐、白桐。』」紫桐或即赤桐之謂。陰正清：謂紫桐樹陰清淨涼爽。陶淵明《歸鳥詩》：「顧儔相鳴，景庇清陰。」

〔六〕廨宇：官署房舍。《南史》（卷二九）《蔡凝傳》：「及將之郡，更令左右修中書廨宇，謂賓友曰：『庶來者無勞。』」

〔七〕私遊：私人的遊憩。定程：固定的程式，一定的規律。

〔八〕雙關：門後的兩個門閂。即指兩扇門。

〔九〕枯與榮：草木的枯萎和茂盛。喻指事物的盛衰（主要指人生遭遇的順逆）。《文選》（卷二一）顏延年《秋胡詩》：「孰知寒暑積，僶俛見榮枯。」李善注：「程曉《女典》曰：『春榮冬枯，自然之理。』」梁簡文帝蕭綱《蒙華林園戒詩》：「伊余久齊物，本自一枯榮。」

〔一〇〕土室：土屋。以土築起的房屋。《史記》（卷一一〇）《匈奴列傳》：「夫力耕桑以求衣食，築城廓以自備，故其民急則不習戰功，緩則罷於作業。嗟土室之人，顧無多辭，令喋喋而占占，冠固何當？」深谷：幽深的山谷。《詩經·小雅·十月之交》：「高岸爲谷，深谷爲陵。」

〔一一〕蘚垣：生長蘚苔的圍墻。干城：捍衛的城池。比喻護衛或護衛者。《詩經·周南·兔罝》：「赳赳武夫，公侯干城。」

〔一二〕攲（qī）杉句：傾斜的古杉穿過籬笆。攲杉，生長得傾斜的古杉。突，穿，穿破。《玉篇·穴部》：「突，穿也。」杝（lí）架：籬笆。杝，《説文·木部》：「杝，落也。」

〔一三〕迸笋句：意謂春笋長得很高，一直達到屋檐。迸笋，破土急速長高的竹笋。岑參《范公叢竹歌》：「爲君成陰將蔽日，迸笋穿階踏不出。」支檐楹，支撑起屋檐。支，支撑，承載。《爾雅·釋言》：「支，載也。」

〔一四〕片石：片狀的石塊。李頎《題璿公山池》：「片石孤峰窺色相，清池皓月照禪心。」

〔一五〕病鶴：生病的鶴。皮日休任蘇州從事期間，確實養過鶴，最後病死。卷九（詩五四七）可證。

〔一六〕癭（yǐng）木：楠樹樹根。因其贅肬很大，故云。可用以製作器具。《説文·疒部》：「癭，頸瘤也。」段玉裁注：「凡楠樹樹根贅肬甚大，析之，中有山川花木之文，可爲器械。《吴都賦》所謂『楠瘤之木』。三國張昭作《楠瘤枕賦》。今人謂之癭木是也。」

〔一七〕筇（qióng）杖：筇竹製成的手杖。筇，竹名。南朝宋戴凱之《竹譜》：「竹之堪杖，莫尚於筇，磥砢不凡，狀若人功。」又云：「筇竹，高節實中，狀若人刻，爲杖之極。《廣志》云：『出南廣邛都縣。』」一兩莖：一兩根。

〔一八〕葛天味：天然澹泊的滋味。葛天，葛天氏，傳説中遠古的帝王。《吕氏春秋·古樂》：「昔葛天氏之樂，三人操牛尾，投足以歌八闋。」高誘注：「葛天氏，古帝名。」

〔一九〕羲皇聲：淳正古樸的天籟之音。羲皇：伏羲，一作伏犧，古代傳説中的三皇之一。孔安國《尚書序》：「伏犧、神農、黄帝之書，謂之《三墳》，言大道也。少昊、顓頊、高辛、唐、虞之書，謂之《五典》，言常道也。」前者列爲三皇，後者列爲五帝。

〔二〇〕徹：盡，畢。王瑛《詩詞曲語辭例釋》：「徹，有『畢』、『盡』、『停歇』的意思，和常見的『通』、

『透』義有所不同。動詞。」

〔二一〕閑詩：表達閑情逸致的詩篇。

〔二二〕素琴：不加裝飾的琴。《禮記·喪服四制》：「祥之日，鼓素琴，告民有終也，以節制者也。」《宋書》（卷九三）《陶潛傳》：「潛不解音聲，而畜素琴一張，無絃，每有酒適，輒撫弄以寄其意。貴賤造之者，有酒輒設，潛若先醉，便語客：『我醉欲眠，卿可去。』其真率如此。」

〔二三〕仙書：記載神仙事迹的書籍。如《列仙傳》《神仙傳》之類。

〔二四〕自然：已經。王瑛《詩詞曲語辭例釋》：「詩作中常有『自然』一詞，意即『已然』、『已經』，和表示『天然』、『固然』義的一般用法不同。」儔侶：朋友，伴侶。

〔二五〕更紛争：豈有争執糾紛。更，張相《詩詞曲語辭匯釋》（卷一）：「更，猶豈也。」

〔二六〕具區：即太湖，又名笠澤、震澤。《爾雅·釋地》：「吴、越之間有具區。」《漢書》（卷二八上）《地理志上》：「會稽郡……縣二十六，吴，故國，周太伯所邑。具區澤在西，揚州藪，古文以爲震澤。」《元和郡縣圖志》（卷二五）《江南道一》：「蘇州吴縣：太湖，在縣西南五十里。《禹貢》謂之震澤，《周禮》謂之具區。」《尚書·禹貢》：「三江既入，震澤底定。」孔安國傳：「震澤，吴南大湖名。言三江已入，致定爲震澤。」《周禮·夏官·職方氏》：「東南曰揚州，其山鎮曰會稽，其澤藪曰具區，其川三江，其浸五湖。」地髓：大地的精髓核心。

〔二七〕天英：天空中的美麗色彩。南朝齊張融《海賦》：「於是乎山海藏陰，雲塵入岫。天英遍華，日色盈秀。」

〔二八〕粤從：自從。粤，語首助詞。三讓：用泰伯三次謙讓王位的故事。《論語・泰伯》：「子曰：『泰伯，其可謂至德也已矣。三以天下讓，民無得而稱焉。』」邢昺疏引鄭玄注：「泰伯，周太王之長子，次子仲雍，次子季歷。太王見季歷賢，又生文王，有聖人表，故欲立之，而未有命。太王疾，太伯因適吴越采藥。太王殁而不返。季歷爲喪主，一讓也；季歷赴之，不來奔喪，二讓也；免喪之後，遂斷髮文身，三讓也。」泰伯，一作太伯，吴國的立國君主。參《史記》（卷三一）《吴太伯世家》。

〔二九〕俊造：傑出的人才。《禮記・王制》：「司徒論選士之秀者而升之學，曰俊士。升於司徒者，不征於鄉；升於學者，不征於司徒，曰造士。」《三國志・魏書・武帝紀》：「（《修學令》云：）其令郡國各修文學，縣滿五百户置校官，選其鄉之俊造者而教學之，庶幾先王之道不廢，而有以益于天下。」紛然：衆多貌。《楚辭・離騷》：「紛吾既有此内美兮，又重之以脩能。」

〔三〇〕顧余：但是我……。顧，但，轉折連詞。

〔三一〕薄我：鄙薄我。傖（cāng）：粗鄙，村野之人。魏晋南北朝時，南方人蔑稱北方人爲「傖人」、「傖父」；吴人又輕侮楚人爲「傖楚」。皮日休爲襄陽竟陵人，正爲楚人。現在吴地蘇州任從事，故詩云吴人鄙視他爲「傖」。《宋書》（卷八六）《殷孝祖傳》：「義興賊垂至延陵，内外憂危，咸欲奔散。孝祖忽至，衆力不少，并傖楚壯士，人情於是大安。」

〔三一〕陸夫子：指陸龜蒙。參本卷（詩二一）注〔九〇〕。

〔三二〕提：提携。客卿：戰國時秦國任用其他諸侯國的人士做官，稱爲客卿。後指在本國做官的外國人。此爲作者自擬。《戰國策・秦策三》（蔡澤見逐於趙）：「秦昭王召見，與語，大説之，拜爲客卿。」

〔三四〕出俗才：超出凡俗的傑出才幹。夏靖《答陸士衡詩》：「允誠伊何，拔群出俗。華文不修，抱此素樸。」

〔三五〕超世情：出世脱俗的情懷。

〔三六〕棧車：以竹木制成的車。《周禮・春官・巾車》：「服車五乘：孤乘夏篆，卿乘夏縵，大夫乘墨車，士乘棧車，庶人乘役車。」鄭玄注：「棧車，不革輓而漆之。」

〔三七〕啜（chuò）：嘗，食，喝。《説文・口部》：「啜，嘗也。」《爾雅・釋言》：「啜，茹也。」《廣雅》（卷二下）《釋詁》：「啜，食也。」藜羹：藜菜湯。藜，蒿類野菜，可食。參本卷（詩六）注〔八二〕。

〔三八〕倒屣（xiè）：倒穿着木板拖鞋。形容倉促慌忙的樣子。亦作「倒屣」。《三國志・魏書・王粲傳》：「時（蔡）邕才學顯著，貴重朝廷，常車騎填巷，賓客盈坐。聞粲在門，倒屣迎之。粲至，年既幼弱，容狀短小，一坐盡驚。邕曰：『此王公孫也，有異才，吾不如也。吾家書籍文章，盡當與之。』」忻（xīn）：喜悦，歡欣。逢迎：迎接。《戰國策・燕策三》（燕太子丹質於秦亡歸）：「太子跪而逢迎，却行爲道，跪而拂席。」

〔三九〕胡餅：詳本詩，實即指胡餅中之一種蒸餅。《釋名·釋飲食》：「胡餅，作之大漫沍也。亦言以胡麻著上也。蒸餅、湯餅、蝎餅、髓餅、金餅、索餅之屬，皆隨形而名之也。」此餅制作方法原出胡地，故名。《資治通鑑》（卷二一八）：「楊國忠自市胡餅以獻。」胡三省注：「胡餅，今之蒸餅。高似孫曰：『胡餅，言以胡麻著之也。崔鴻《前趙録》：「石虎諱胡，改胡餅曰麻餅。」』」高承《事物紀原》（卷九）：「胡餅，《續漢書》曰：『靈帝好胡餅，京師皆食胡餅。』胡餅之起，疑自此始也。然則餅有胡、漢之異矣。胡餅，蓋今俗所爲者是，而漢餅疑是今餅也。後趙石勒諱胡，改爲麻餅。」

〔四〇〕貊（mò）盤：古代少數民族貊族製作的盤子，用以盛食物。《宋書》（卷三〇）《五行志》（一）：「晉武帝泰始後，中國相尚用胡床、貊盤，及爲羌煮、貊炙。貴人富室，必置其器，吉享嘉會，皆此爲先。」

〔四一〕茗脆：茶葉的碎末。茗（míng），嫩的茶芽。一説，晚采的茶。《説文·艸部》：「茗，茶芽也。」《説文·艸部》：「荼，苦荼也。」徐鉉注：「此即今之茶字。」《爾雅·釋木》：「檟，苦荼。」郭璞注：「今呼早采者爲荼，晚取者爲茗。」脆：《説文·肉部》：「脃，小耎易斷也。」此指茶葉碎小。《韓非子·揚權》：「夫香美脆味，厚酒肥肉，甘口而病形。」不禁：經受不住。

〔四二〕酒肥：酒厚。唐人所飲乃米酒，故云。《廣雅》（卷二上）《釋詁》：「肥，盛也。」《戰國策·秦策四》（頃襄王二十年）：「王若能持功守威，省攻伐之心而肥仁義之誡，使無復後患，三王不足四，五伯不足六也。」高誘注：「肥，猶厚也。」

〔四三〕移榻：移床。《説文・木部》：「榻，床也。」《玉篇・木部》：「榻，床狹而長謂之榻。」《初學記》（卷二五）引服虔《通俗文》曰：「床三尺五曰榻板，獨坐曰枰，八尺曰床。」虚明：空明。《文選》（卷二六）陶淵明《辛丑歲七月赴假還江陵夜行塗口》：「凉風起將夕，夜景湛虚明。」

〔四四〕共：與。

〔四五〕與：將。張相《詩詞曲語辭匯釋》（卷四）：「與，猶將也；把也。」天壤并：謂與天地相融合。《世説新語・任誕》：「劉伶恒縱酒放達，或脱衣裸形在屋中，人見譏之。伶曰：『我以天地爲棟宇，屋室爲褌衣，諸君何爲入我褌中？』」

【箋評】

「攲杉突杌架……病鶴同喜晴」：異想卓句。

「茗脆不禁炙」：奇。（項真評、項真刻《項氏瓶笙樹新刻皮襲美詩》卷一）

今俗中市小餅曰胡餅，見皮日休《初夏呈魯望》詩：「胡餅蒸甚熟，貊盤舉尤輕。」（〔方東〕樹按：「貊盤」二字未詳，大約如韓公「荒餐茹獠蠱」及「南食」、「南烹」之類。）（姚範《援鶉堂筆記》卷四十八）

奉詶襲美先輩初夏見寄次韻〔一〕

龜蒙

積雨晦皋圃〔二〕，門前煙水平〔三〕。蘋蘅增遥吹〔四〕，枕席分餘清〔五〕。村旆詫酒美〔六〕，賒來滿鋞程①〔七〕。未必減宣子〔八〕，何羨謝公榮②〔九〕。借宅去人遠〔一〇〕，敗墻逮古城③〔一一〕。愁鴟占枯栟〔一二〕，野鼠趨前楹〔一三〕。昨日雲破損〔一四〕，晚林先覺晴。幽篁倚微照〔一五〕，碧粉含疎莖〔一六〕。蠹簡有遺字〔一七〕，痝琴無泛聲④〔一八〕。蠶寒繭尚薄⑤，燕喜雛新成。覽物正摇思〔一九〕，得君《初夏行》〔二〇〕。誠明復散誕〔二一〕，化匠安能争⑥〔二二〕。海浪刷三島⑦〔二三〕，天風吹六英〔二四〕。洪崖領玉節〔二五〕，坐使虚音生〔二六〕。吾祖傲洛客〔二七〕，因言幾爲傖。末裔寔漁者⑧〔二八〕，敢懷干墨卿⑨〔二九〕。唯思釣璜老⑩〔三〇〕，遂得持竿情〔三一〕。何須乞鵝炙〔三二〕，豈在斟羊羹〔三三〕。畦蔬與甕醁〔三四〕，便可相携迎〔三五〕。蟠木几甚曲〔三六〕，笋皮冠且輕〔三七〕。閑心放羈靮⑪〔三八〕，醉脚從欹傾〔三九〕。一逕有餘遠〔四〇〕，一窗有餘明〔四一〕。秦皇苦不達⑫〔四二〕，天下何足并〔四三〕。（詩八）

【校記】

①「程」陸詩甲本、陸詩丙本、統籤本、季寫本、全唐詩本注：「一作鋐。」 ②「謝」類苑本作「劉」。

③「逮」弘治本、汲古閣本、四庫本、陸詩甲本、陸詩丙本、統籤本、類苑本、季寫本、全唐詩本作「連」。④「疣」陸詩甲本、陸詩丙本、季寫本、全唐詩本作「敊」。全唐詩本注：「一作疣。」⑤「繭」詩瘦閣本作「絸」。⑥「化匠」陸詩甲本、陸詩丙本、季寫本注：「一作化工。」「匠」全唐詩本注：「一作工。」⑦「三」陸詩丙本張校作「工」。⑧「末」原作「未」，據弘治本、汲古閣本、詩瘦閣本、四庫本、陸詩甲本、陸詩丙本、類苑本、季寫本、全唐詩本作改。「寔」統籤本、全唐詩本作「實」。⑨「干」原作「千」，據弘治本、汲古閣本、詩瘦閣本、四庫本、陸詩甲本、陸詩丙本、統籤本、類苑本、季寫本、全唐詩本改。⑩「唯」詩瘦閣本作「惟」。⑪「閑」統籤本、類苑本、季寫本作「閒」。⑫「秦」陸詩丙本作「□」。

【注釋】

〔一〕先輩：參本卷（詩四）注〔一〕。次韻：參本卷（詩二）注〔五〕。本詩是上篇皮日休作品的和詩，亦作於咸通十一年（八七〇）初夏無疑。

〔二〕積雨句：意謂下雨多而岸邊園圃裏花草凋零。積雨，久雨。晦，此指花草凋零。《文選》（卷三一）江淹《雜體詩三十首·王徵君微養疾》：「寂歷百草晦，欻吸鶗鴂悲。」李善注：「《說文》曰：『晦，盡也。』謂凋盡也。一曰：毛萇《詩傳》曰：『晦，昧也。』凡草木華實榮茂謂之明，枝葉凋傷謂之晦。」皋圃：水邊高地的園圃。

〔三〕煙水平：霧氣迷濛的水面漲滿起來了。平，多用以形容春天的水面漲起來但又不是大水泛濫。

隋煬帝楊廣《春江花月夜》：「暮江平不動。」張若虛《春江花月夜》：「春江潮水連海平。」白居易《錢塘湖春行》：「水面初平雲脚低。」均可證。

〔四〕蘋蘅：蘋，水草名，浮萍的一種。開白花，又稱白蘋。蘅，杜蘅，香草名。此泛指水上和岸邊的香草。遥吹：遠處的鳴叫聲。應是用孔稚珪聽蛙鳴「當兩部鼓吹」事。參本卷（詩六）注〔三六〕。

〔五〕餘清：呼應皮氏原唱，指桐陰的清凉透到室内來，故有「枕席」云云。

〔六〕村旆：村莊酒店的酒旗。宋洪邁《容齋隨筆・續筆》（卷一六）《酒肆旗望》：「今都城與郡縣酒務，及凡鬻酒之肆，皆揭大帘於外，以青白布數幅爲之，微者隨其高卑小大，村店或挂瓶瓢，標帚秆。唐人多咏於詩，然其制蓋自古以然矣。《韓非子》云：『宋人有酤酒者，斗概甚平，遇客甚謹，爲酒甚美，懸幟甚高，而酒不售，遂至於酸。』所謂懸幟者此也。」詑：誇。《史記》（卷一一七）《司馬相如列傳》：「田罷，子虚過詑烏有先生，而無是公在焉。」《集解》：「郭璞曰：『詑，誇也。』」

〔七〕鋞（xíng）：一種温器。此指用以盛酒的器具。《説文・金部》：「鋞，温器也。圜直上。」程：此謂裝滿容器。《説文・禾部》：「程，品也。」段玉裁《説文解字注》：「品者，衆庶也。因衆庶而立之法則，斯謂之程品。……荀卿曰：『程者，物之準也。』《月令》：『陳祭器，按度程。』注：『程，謂器所容也。』」

〔八〕未必句：意謂勝過烈日當空的炎炎盛夏。宣子，春秋時晋大夫趙盾，爲正卿，掌國政，卒謚宣子。《左傳・文公七年》：「酆舒問於賈季曰：『趙衰、趙盾孰賢？』對曰：『趙衰，冬日之日也；趙盾，夏日之日也。』」杜預注：「冬日可愛，夏日可畏。」後世因以趙盾代指炎夏。

〔九〕謝公榮：意謂謝公筆下欣欣向榮的幽美景色。謝公，應指南朝宋代詩人謝靈運。謝靈運（三八五—四三三），東晋名將謝玄孫。小名客兒，習稱謝客。襲封康樂公，後世稱謝康樂。山水詩人之祖，與田園詩人陶淵明并稱「陶謝」。與鮑照、顔延之并稱「元嘉三大家」。參《宋書》（卷六七）《謝靈運傳》。謝靈運在文學史上影響極大，常被人們稱爲「謝公」。李白《夢游天姥吟留别》「脚著謝公屐」，「謝公宿處今尚在」，可證。謝靈運《登池上樓》：「初景革緒風，新陽改故陰。池塘生春草，園柳變鳴禽。」歌咏春天景色。

〔一〇〕借宅：借居的房屋。

〔一一〕敗墻：殘破的墻垣。逮：及，到。《説文・辵部》：「逮，及也。」

〔一二〕愁鵰：發出悲鳴聲的鳶鳥。鵰，鷂子，即鳶鷹，老鷹。《玉篇・鳥部》：「鵰，鳶屬。」枯枿（niè）：枯枝。枿，本指草木砍伐後重生的枝條，此即指枝條而言。《説文・木部》：「巘，櫱，伐木餘也。」《玉篇・木部》：「枿，并同上（指與巘、櫱同）。」

〔一三〕趨：跑。《説文・走部》：「趨，走也。」又：「走，趨也。」《釋名・釋姿容》：「徐行曰步，……疾行曰趨，……疾趨曰走。」故「趨」即「跑」義。前楹（yíng）：前廳。楹：廳堂的前柱。《説文・木部》：「楹，柱也。」

〔一四〕破損：殘破。此指濃密的陰雲開始消散（天要放晴了）。

〔一五〕幽篁：竹林。《楚辭·九歌·山鬼》：「余處幽篁兮終不見天。」王逸注：「幽篁，竹林也。」微照：從雲中微微透露的陽光。

〔一六〕碧粉：指新生竹莖上淡緑色的粉末。疎莖：疏朗修長的竹竿。

〔一七〕蠹簡：蟲蛀壞的書簡，指殘破的舊書。

〔一八〕痃（xián）琴：因潮濕而生霉斑的琴。痃，《龍龕手鑑·疒部》：「痃，癬，俗。」泛聲：爲了使音樂更爲和諧悦耳而襯墊的虚音，叫作泛聲，也叫作散聲或和聲。

〔一九〕覽物句：意謂觀覽初夏景物而觸發内心情思。摇思：思緒起伏。劉勰《文心雕龍·物色》：「春秋代序，陰陽慘舒，物色之動，心亦摇焉。」鍾嶸《詩品序》：「氣之動物，物之感人，故摇蕩性情，形諸舞咏。」均可與此句參讀。

〔二〇〕《初夏行》：即指上篇皮日休《初夏即事寄魯望》詩。

〔二一〕誠明：聖賢所具備的真誠至明的心性道德修養。《禮記·中庸》：「自誠明謂之性，自明誠謂之教，誠則明矣，明則誠矣。」鄭玄注：「由至誠而有明德，是聖人之性者也；由明德而有至誠，是賢人學以知之也。有至誠則必有明德，有明德則必有至誠。」散誕：逍遥閑散，放誕不羈。南朝梁陶弘景《題所居壁》：「夷甫任散誕，平叔坐談空。」

〔二二〕化匠：化工。指造物者，即大自然。安能：何能，怎能。李白《夢遊天姥吟留别》：「安能摧眉折腰事權貴，使我不得開心顔。」

〔二三〕三島：神話傳説中海上的蓬萊、方丈、瀛洲三座仙山。《史記》（卷二八）《封禪書》：「自威、宣、燕昭使人入海求蓬萊、方丈、瀛洲。此三神山者，其傅在勃海中，去人不遠；患且至，則船風引而去。蓋嘗有至者，諸僊人及不死之藥皆在焉。」

〔二四〕天風：即風。因風在天空中，故云。《文選》（卷二七）樂府古辭《飲馬長城窟行》：「枯桑知天風，海水知天寒。」六英：相傳爲古代帝嚳或顓頊時的音樂。《吕氏春秋·古樂》：「帝嚳令咸黑作爲《聲歌》：《九招》《六列》《六英》。」《淮南子·齊俗訓》：「《咸池》《承雲》《九韶》《六英》。」高誘注：「（《六英》，）帝顓頊樂。」

〔二五〕洪崖：古代傳説中黄帝的樂官伶倫的仙號。《吕氏春秋·古樂》：「昔黄帝令伶倫作爲律。伶倫自大夏之西，乃之阮隃之陰，取竹於嶰谿之谷，以生空竅厚鈞者，斷兩節間，其長三寸九分而吹之，以爲黄鐘之宫，吹曰『舍少』。次制十二筒，以之阮隃之下，聽鳳皇之鳴，以别十二律。其雄鳴爲六，雌鳴亦六，以比黄鐘之宫，適合。……黄帝又命伶倫與榮將鑄十二鐘，以和五音，以施《英韶》，……命之曰《咸池》。」高誘注：「伶倫，黄帝臣。」《文選》（卷二）張衡《西京賦》：「洪涯立而指麾，被毛羽之襳襹。」李善注：「洪涯，三皇時伎人。」《文選》（卷二一）郭璞《遊仙詩七首》（其三）：「左挹浮丘袖，右拍洪崖肩。」李善注：「《西京賦》曰：『洪崖立而指麾。』《神仙傳》曰：『衛叔卿與數人博，其子度曰：「向與博者爲誰？」叔卿曰：「是洪崖先生。」』」

玉節：即玉管，律管。古代用以調節樂聲的一種樂器。以竹爲之，竹有節；或以玉爲之，故云。庾信《北園新齋成應趙王教》：「玉節調笙管，金船代酒卮。」倪璠注：「《漢書音義》曰：『管，漆竹，長一尺，六孔。古以玉作，不但竹也。』按琯从玉，管从竹。節，竹約也。以玉爲之，故云玉節矣。」

〔二六〕坐使：致使。張相《詩詞曲語辭匯釋》（卷四）：「坐，猶致也。」虚音：輕虚舒緩之音。

〔二七〕吾祖：指陸機。參本卷（詩四）注〔六七〕。傲洛客：傲視洛陽的客人。《晉書》（卷九二）《左思傳》：「初，陸機入洛，欲爲此賦，聞思作之，撫掌而笑，與弟雲書曰：『此間有傖父，欲作《三都賦》，須其成，當以覆酒甕耳。』及思賦出，機絶嘆伏，以爲不能加也，遂輟筆焉。」

〔二八〕末裔：後代子孫。裔，裔孫。寔，通「實」，真是。

〔二九〕敢懷：豈敢懷有。干：干謁，求取。《爾雅·釋言》：「干，求也。」《論語·爲政》：「子張學干禄。」何晏集解：「干，求也。」墨卿：子墨客卿的縮語。此指皮日休。《文選》（卷九）揚雄《長楊賦序》：「是時，農民不得收斂。雄從至射熊館。還，上《長楊賦》。聊因筆墨之成文章，故藉翰林以爲主人，子墨爲客卿以風。」賦中即以「翰林主人」和「子墨客卿」展開對話。

〔三〇〕釣璜老：指周代姜太公吕尚。釣璜：用吕尚垂釣而得到玉璜事。意謂吕尚佐周文王。《尚書大傳》（卷二）：「周文王至磻溪，見吕望，文王拜之。尚父望釣得玉璜，刻曰：『周受命，吕佐，檢德合，于今昌來提。』」玉璜，半圓形的璧。《説文·玉部》：「璜，半璧也。」《山海經·海外西經》：「（夏后啓）左手操翳，右手操環，佩玉璜。」郭璞注：「半璧曰璜。」

〔三一〕持竿情：手持漁竿垂釣的實情。《莊子·秋水》：「莊子釣於濮水，楚王使大夫二人往先焉，曰：『願以境内累矣！』莊子持竿不顧。」「唯思」二句表達了陸龜蒙雖隱逸江湖，而渴求入仕的意願。

〔三二〕乞鵝炙：乞求得到烤鵝肉。《南史》（卷三五）《庾悦傳》：「初，劉毅家在京口，酷貧。……悦厨饌甚盛，不以及毅，毅既不去，悦甚不歡。毅又相聞曰：『身今年未得子鵝，豈能以殘炙見惠。』悦又不答。」

〔三三〕斟羊羹：斟上羊肉做成的羹湯。古人以羊肉羹爲美味。《戰國策·中山策》（中山君饗都士）：「中山君饗都士，大夫司馬子期在焉。羊羹不遍，司馬子期怒而走於楚，説楚王伐中山，中山君亡。」《南史》（卷一六）《毛脩之傳》：「脩之嘗爲羊羹薦魏尚書，尚書以爲絶味，獻之太武，大悦，……。」

〔三四〕畦蔬：園圃的蔬菜。甕醁：裝在甕中的酒。唐代有「甕頭春」酒。岑參《喜韓樽相過》：「甕頭春酒黄花脂，禄米只充沽酒資。」

〔三五〕携迎：携手相迎。

〔三六〕蟠木几：彎曲不成材的樹木製成的几案。意謂几案的簡陋怪巧。

〔三七〕笋皮冠：用竹笋皮殼製成的帽子。亦意謂其簡陋。《漢書》（卷一上）《高帝本紀》：「高祖爲亭長，乃以竹皮爲冠，令求盜之薛治，時時冠之，及貴常冠，所謂『劉氏冠』也。」顔師古注：「應劭曰：『以竹始生皮作冠，今鵲尾冠是也。』……竹皮，笋皮，謂笋上所解之籜耳，非竹筠也。今人亦往往爲笋皮巾，古之遺制也。」

〔三八〕閑心：閑逸蕭散之心。謂離絶世俗的情懷。放：棄，去。《廣雅》（卷二上）《釋詁》：「放，去也。」《小爾雅·廣言》：「放，棄也。」羈靮（dí）：馬絡頭和繮繩。此指對人的牽絆束縛。《禮記·檀弓下》：「如皆守社稷，則孰執羈靮而從？」

〔三九〕醉脚句：形容醉酒後散誕不羈，略無拘束的情狀。從：任。張相《詩詞曲語辭匯釋》（卷一）：「從，猶任也；聽也。」欹（qī）傾：歪斜。《文選》（卷一一）王延壽《魯靈光殿賦》：「連拳偃蹇，崙菌蜷嵼，傍欹傾兮。」

〔四〇〕一逕：一條小路。杜甫《遣意二首》（其一）：「一逕野花落，孤村春水生。」餘遠：伸展向遠方。此句意謂一條伸向遠方的小路足以漫步游憩。

〔四一〕一窗：一只窗户。餘明：餘光。此指從窗户透出的光亮。《戰國策·秦策二》（甘茂亡秦且之齊）：「夫江上之處女，有家貧而無燭者，處女相與語，欲去之。家貧無燭者將去矣，謂處女曰：『妾以無燭，故常先至，掃室布席，何愛餘明之照四壁者？幸以賜妾，何妨於處女？妾自以有益於處女，何爲去我？』」此句意謂只要有從窗口透出的餘光即可，無須更多。表現的是清心寡欲。

〔四二〕秦皇：秦始皇嬴政（前二五九—前二一〇），戰國後期秦國國君。後消滅六國，統一全國，建立了中國歷史上第一個中央集權的封建王朝。參《史記》（卷六）《秦始皇本紀》。苦不達：極不通達。苦，張相《詩詞曲語辭匯釋》（卷二）：「苦，甚辭，又猶偏也；極也；多或久也。」

〔四三〕天下句：意謂兼并天下有什麼了不起呢？賈誼《過秦論》（中）：「秦并海内，兼諸侯，南面稱帝，以養四海。」《史記》（卷六）《秦始皇本紀》：「（秦皇）二十六年，齊王建與其相后勝發兵守其西界，不通秦。秦使將王賁從燕南攻齊，得齊王建。」《索隱》：「六國皆滅也。十七年得韓王安，十九年得趙王遷，二十二年魏王假降，二十三年虜荆王負芻，二十五年得燕王喜，二十六年得齊王建。」

二遊詩（并序）①〔一〕

日休

吴之士有恩王府參軍徐修矩者〔二〕，守世書萬卷〔三〕，優遊自適〔四〕。余假其書數千卷〔五〕，未一年②，悉償夙志〔六〕，酣飫經史〔七〕，或日晏忘飲食〔八〕。次有前涇縣尉任晦者〔九〕，其居有深林曲沼〔一〇〕，危亭幽砌〔一一〕，余并次以見之。或退公之暇〔一二〕，必造以息焉〔一三〕。林泉隱事〔一四〕，恣用研咏〔一五〕。大凡遊於二君宅〔一六〕，無浹旬之間〔一七〕。因作

詩以留贈，目之曰《二遊》③〔一八〕，兼寄陸魯望。（序二）

徐詩

東莞爲著姓④〔一九〕，奕代皆雋喆⑤〔二〇〕。强學取科第〔二一〕，名聲盡孤揭〔二二〕。自爲方州來〔二三〕，清操稱凜冽〔二四〕。唯寫墳籍多〔二五〕，必云清俸絶〔二六〕。宣毫利若風〔二七〕，剡紙光於月⑥〔二八〕札史指欲胼⑦〔二九〕，萬通排未闋〔三〇〕。樓船若夏屋〔三一〕，欲載如垤塊〔三二〕。轉徙入吴都⑧〔三三〕，縱横礙門闑〔三四〕。縹囊輕似霧〔三五〕，緗帙殷於血〔三六〕。以此爲基構〔三七〕，將斯用貽厥〔三八〕。重於通侯印〔三九〕，貴却全師節〔四〇〕。我愛參卿道〔四一〕，承家能介絜⑨〔四二〕。潮田五萬步〔四三〕，草屋十數楶⑩〔四四〕。微宦不能去⑪〔四五〕，歸來坐如刖〔四六〕。保兹萬卷書，守慎如羈紲〔四七〕。念我曾苦心〔四八〕，相逢無間别⑫〔四九〕。引之看秘寶〔五〇〕，任得窮披閲〔五一〕。軸閑翠鈿剥〔五二〕，籤古紅牙折〔五三〕。帙解帶芸香〔五四〕，卷開和桂屑〔五五〕。枕兼石鋒刃〔五六〕，榻共松瘡癤⑬〔五七〕。一卧寂無喧，數編看盡徹〔五八〕。或携歸廨宇〔五九〕，或把穿林樾〔六〇〕。挈過太湖風〔六一〕，抱宿支硎雪〔六二〕。如斯未星紀〔六三〕，悉得分毫末〔六四〕。翦除幽僻藪〔六五〕，滌蕩玄微窟⑭〔六六〕。學海正狂波⑮〔六七〕，余頭向中頞⑯〔六八〕（原注：烏没反）⑰。聖人患不學〔六九〕，垂誡尤爲切〔七〇〕。曷昧古與今⑱〔七一〕，何殊瘖共聵〔七二〕（原注：五滑反⑲。）。昔之慕經史〔七三〕，有以傭筆札〔七四〕。何况遇斯文〔七五〕，借之不曾輟。吾衣任縠纑〔七六〕，吾食甘糠覈〔七七〕。其道苟可光，斯文那自伐⑳〔七八〕。何竹青堪殺〔七九〕，何蒲重好截〔八〇〕。如能盈兼兩㉑〔八一〕，便足訓飢渴〔八二〕。有此競苟榮〔八三〕，聞之兼可噦〔八四〕。東皋耨煙雨〔八五〕，南嶺提薇蕨〔八六〕。何以謝徐君〔八七〕，公車不聞設〔八八〕。（詩九）

【校記】

①「并」四庫本作「有」。季寫本無「并序」。②「未」斠宋本作「末」。③「目」皮詩本、統籤本、季寫本、全唐詩本作「名」。全唐詩本注：「一作目。」④「莞」斠宋本眉批：「莞，宋本缺元，避完諱也。」⑤「奕」原作「弈」，據弘治本、汲古閣本、詩瘦閣本、四庫本、皮詩本、項刻本、統籤本、類苑本、季寫本、全唐詩本改。「喆」皮詩本、季寫本作「詰」。⑥「於」項刻本作「于」。⑦「札」汲古閣本、四庫本作「紮」。⑧「徙」項刻本作「屣」。⑨「絜」弘治本、汲古閣本、詩瘦閣本、四庫本、皮詩本、項刻本、統籤本、類苑本、季寫本、全唐詩本作「潔」。⑩「數」皮詩本、統籤本、季寫本、全唐詩本作「餘」。全唐詩本注：「一作數。」⑪「微宧」原作「徵宧」，據弘治本、汲古閣本、詩瘦閣本、四庫本、皮詩本、項刻本、統籤本、季寫本、全唐詩本改。⑫「逄」季寫本作「逢」。⑬項刻本漏刻「帙解帶芸香」至「榻共松瘡癤」四句。⑭「玄」原缺末筆，避宋太祖始祖趙玄朗諱。⑮「海」原作「侮」，據汲古閣本、詩瘦閣本、四庫本、項刻本、統籤本、類苑本、季寫本、全唐詩本改。⑯「余」弘治本、汲古閣本、詩瘦閣本、四庫本、皮詩本、項刻本、統籤本、類苑本、季寫本、全唐詩本作「予」。⑰「烏没反」統籤本作「音没，納頭水中也。」全唐詩本作「烏没切」。季寫本無此三字注語。⑱「曷」

弘治本、汲古閣本、詩瘦閣本、四庫本、皮詩本、項刻本、統籤本、類苑本、季寫本、全唐詩本作「苛」。⑲「滑」弘治本、詩瘦閣本、皮詩本、統籤本、類苑本、全唐詩本作「骨」。「反」全唐詩本作「切」。季寫本無此三字注語。⑳項刻本漏刻「借之不曾輟」至「斯文」此數句。㉑「兼兩」項刻本作「兩肩」。

【注釋】

〔一〕二遊：二位交往遊從的朋友。此指徐修矩、任晦。

〔二〕吴：吴郡，即唐代蘇州（今江蘇省蘇州市）。自東漢至隋，蘇州名吴郡。《元和郡縣圖志》（卷二五）《江南道一》：「蘇州……後漢順帝永建四年，……遂割浙江以東爲會稽，浙江以西爲吴郡。……隋開皇九年平陳，改爲蘇州，因姑蘇山爲名。」恩王：通檢《舊唐書》宗室諸子傳，僅卷一一六《肅宗代宗諸子傳》曰：「恩王連，代宗第六子。大曆十年封，元和十二年薨。」詩中應是指李連後人繼承恩王爵位者。恩王府參軍：唐代宗室王府有參軍事屬官多人。《新唐書》（卷四九下）《百官志四下》王府屬官有記室參軍事、録事參軍事、功曹參軍事、倉曹參軍事、騎曹參軍事、法曹參軍事、士曹參軍事、參軍事、行參軍事等，均可稱爲參軍。徐修矩：范成大《吴郡志》（卷二五）《人物》：「徐修矩，吴人。仕爲恩王府記室參軍。奕世才賢，承家介潔。守世書萬卷，優游自適。有潮田五萬步，草屋十數間，不復出仕。皮日休嘗就借書讀之，與任晦同時。日休與陸龜蒙作《二游詩》，謂修矩與任晦也。」

〔三〕世書：祖先遺留下來的藏書。

〔四〕優遊自適：悠閑適意。《詩經·大雅·卷阿》：「伴奂爾游矣，優游爾休矣。」《莊子·駢拇》：「夫不自見而見彼，不自得而得彼者，是得人之得而不自得其得者也，適人之適而不自適其適者也。」

〔五〕假：借。《玉篇·人部》：「假，《書》：『假手于我有命。』假，借也。」

〔六〕悉償夙志：素來的志願都實現了。此指早就有的博覽典籍的心願。償，《説文·人部》：「償，還也。」此作實現、滿足解。

〔七〕酣飫(yù)經史：意謂飽讀各種文獻典籍。酣飫，醉飽。此比喻廣泛閲讀書籍。經史，經書和史書，泛指經、史、子、集各類書籍。

〔八〕或日宴句：意謂有時閲讀書籍到天晚，忘記了吃飯。晏，晚。《小爾雅·廣言》：「晏，晚也。」

〔九〕涇縣：今安徽省涇縣。《元和郡縣圖志》（卷二八）《江南道四》：「宣州涇縣，本漢舊縣，因涇水以爲名。」尉：縣尉。其稱早在先秦已有之。漢代以來，在縣令下置縣尉，主管一縣的社會治安。《商君書·境内》：「故爵爲大夫。爵吏而爲縣尉，則賜虜六加五千六百。」《唐六典》（卷三〇）《三府督護州縣官吏》：「皇朝復爲縣尉，……諸州上縣……尉二人，從九品上。中縣……尉一人，從九品下。中下縣……尉一人，從九品下。下縣……尉一人，從九品下。」任晦：范成大《吴郡志》（卷二五）《人物》：「任晦，吴人。仕爲涇縣尉，退居里中。有深林曲沼，危亭幽砌。池中又爲島嶼，修篁嘉木，掩映隈奥。晦資高放寡合，好奇樂異。喜文學名理之士，得顧辟彊舊圃以居云。(《松陵集》)」(附注：顧辟彊，「彊」字《世説新語·排調》作「疆」。本書依《晉書·王獻之傳》作「彊」。後同此。)

〔一〇〕深林曲沼：茂密的樹林和彎曲的池塘。深林，《荀子·宥坐》：「且夫芷蘭生於深林，非以無人而不芳。」曲沼，《洛陽伽藍記·沖覺寺》：「斜峰入牖，曲沼環堂。樹響飛嚶，堦叢花藥。」

〔一一〕危亭幽砌：聳立於高處的亭臺和建於幽静之處的房舍。砌，臺階，指房屋而言。

〔一二〕退公之暇：辦完公事之餘的閑暇。退公：指做完公事，退出官署。白居易《與陳給事書》：「謹獻雜文二十首，詩一百首，伏願俯察悃誠，不遺賤小，退公之暇，賜精鑒之一加焉。」

〔一三〕造以息：前往而憩息。《廣雅》(卷五上)《釋言》：「造，詣也。」《小爾雅》(卷一)《廣詁》：「造，適也。」

〔一四〕林泉隱事：閑居隱逸於林下泉畔的情事。《北史》(卷六四)《韋敻傳》：「所居之宅，枕帶林泉。敻對玩琴書，蕭然自逸。」《梁書》(卷五一)《庾詵傳》：「性托夷簡，特愛林泉。」

〔一五〕恣用研咏：盡情地探究、歌咏。恣，恣意，盡情。用，以。楊樹達《詞詮》(卷九)：「《一切經音義》七引《倉頡篇》云：『用，以也。』以、用一聲之轉，故義同。」

〔一六〕大凡：大抵，大概。《禮記·祭法》：「大凡生於天地之間者皆曰命，其萬物死皆曰折，人死曰鬼，此五代之所不變也。」

〔一七〕無浹旬之間：没有十天以上的間隔。唐代官府十天一休息，謂之「旬休」，故詩云。浹旬：滿一旬的時間。浹，《爾雅·釋言》：「浹，徹也。」《小爾雅》（卷二）《廣言》：「浹，匝也。」間，間隔，間斷。

〔一八〕目之：將它命名爲。

〔一九〕東莞：東莞郡，漢末建安初置，治所在今山東省忻水縣東北，西晋元康間移治今山東省莒縣。東晋僑置於晋陵（今江蘇省常州市西南），南齊末廢。其地本屬吴郡。《讀史方輿紀要》（卷二五）《南直七》：「（晋太康初）分吴郡置毗陵郡，永嘉五年改曰晋陵郡。」徐修矩爲吴人，故此東莞指東晋僑置而言。《晋書》（卷一四）《地理志上》：「晋武帝太康元年，既平孫氏，凡增置郡國二十有三。」其中有東莞。《南齊書》（卷一四）《州郡上》：「南東莞郡：東莞、莒、姑幕（建武三年省）。」《讀史方輿紀要》（卷二五）《南直七》：「常州府，姑幕城，府西南六十里。東晋僑置南東莞郡於晋陵南境，僑置莒縣爲治，又僑置姑幕等縣屬焉，此其舊址也。」著姓：有聲望的家族。《後漢書》（卷五九）《張衡傳》：「張衡字平子，南陽西鄂人也。世爲著姓。」

〔二〇〕奕代：累代，世世代代。雋喆：聰明睿智，才幹出衆。「喆」同「哲」。

〔二一〕强學：力學，勤勉學習。《禮記·儒行》：「儒有席上之珍以待聘，夙夜强學以待問，懷忠信以待舉，力行以待取。」揚雄《法言·修身》：「君子强學而力行。」科第：科舉及第。檢徐松《登科記考》及孟二冬《登科記考補正》，未得徐修矩登第的記録。

〔二二〕名聲：名譽聲望。《國語·越語下》（范蠡進諫勾踐持盈定傾節事）：「兵勝於外，福生於内，用力甚少而名聲章明，種亦不如蠡也。」孤揭：峻拔突出。

〔二三〕方州：本義爲大地，此指所在州郡的區域内。《淮南子·覽冥訓》：「狡蟲死，顓民生。背方州，抱圓天。」高誘注：「方州，地也。」

〔二四〕清操：清白高尚的操守。《後漢書》（卷六七）《尹勛傳》：「宗族多居貴位者，而勛獨持清操，不以地埶尚人。」　凛冽：本指天氣寒冷，引申爲人品峻潔，令人敬畏。

〔二五〕墳籍：古代文獻典籍的通稱。《左傳·昭公十二年》：「是能讀《三墳》《五典》《八索》《九丘》。」杜預注：「皆古書名。」

〔二六〕清俸：古代官吏的薪酬。

〔二七〕宣毫：唐代宣州（今安徽省宣城市）是生産毛筆的著名地區，故云。王建《宮詞一百首》（其七）：「延英引對碧衣郎，江硯宣毫各别床。」王定保《唐摭言》（卷一二）《酒失》：「（薛書記）醒來乃作《十離詩》上獻座主。」其中《筆離毛》云：「越管宣毫始稱情，紅箋紙上撒花瓊。都緣用久鋒頭盡，不得羲之手裏擎。」

〔二八〕剡（shān）紙：唐代越州嵊縣（今浙江省嵊州市）剡溪盛産紙，稱作剡紙。李肇《唐國史補》（卷下）：「紙則有越之剡藤苔牋，蜀之麻面、屑末、滑石、金花、長麻、魚子、十色牋，揚之六合牋，韶之竹牋，蒲之白薄、重抄，臨川之滑薄。」陶穀《清異録》（卷下）：「先君蓄白樂天墨迹兩幅，背之右角有方長小黄印，文曰：『剡溪小等月面松紋紙，臣彦古等上。』彦古得非守臣之名乎？」

〔二九〕札吏：官府裏從事文字抄撰工作的小吏。指欲胼：手指上快要結起厚皮老繭。胼，《玉篇・肉部》：「胼，皮厚也。《史記》曰：『手足胼胝。』」

〔三〇〕萬通：文獻典籍極多，即萬卷義。「通」，量詞。《漢書》（卷三六）《劉歆傳》：「及《春秋》左氏丘明所修，皆古文舊書，多者二十餘通，臧於秘府，伏而未發。」排未闋：没有排比整理完了。闋，息，止。凡事已完成曰闋。《玉篇・門部》：「闋，止也，訖也，息也，終也。」

〔三一〕樓船：本指有上下層的戰船，後泛指大船。《史記》（卷三〇）《平準書》：「是時越欲與漢用船戰逐，乃大修昆明池，列觀環之。治樓船，高十餘丈，旗幟加其上，甚壯。」夏屋：大屋。《詩經・秦風・權輿》：「於我乎！夏屋渠渠，今也每食無餘。」《毛傳》：「夏，大也。」

〔三二〕垤堄（dié niè）：小山丘。垤，螞蟻在穴口做成的小土堆。《説文・土部》：「垤，蟻封也。《詩》曰：『鸛鳴于垤。』」《詩經・豳風・東山》：「鸛鳴于垤，婦嘆于室。」《毛傳》：「垤，蟻冢也。」一説，垤即小山丘。《孟子・公孫丑上》：「太山之於丘垤，河海之於行潦，類也。」堄：小山。《玉篇・土部》：「堄，小山也。」

〔三三〕轉徙：輾轉遷移。晁錯《守邊勸農書疏》：「往來轉徙，時至時去，此胡人之生業。」吴都：即今蘇州市。本是春秋時吴國都城，故云。《元和郡縣圖志》（卷二五）《江南道一》：「蘇州，《禹貢》揚州之地。周時爲吴國。太伯初置城，在今吴縣西北五十里。至闔閭遷都於此。」

〔三四〕門闑（niè）：門中央所竪立的短木。此即指門。闑：《説文・門部》：「闑，門梱也。」

〔三五〕縹囊：淡青色的絲綢做成的書袋。此泛指書籍。蕭統《文選序》：「詞人才子，則名溢於縹囊。」呂向注：「縹，青白色。囊，有底袋也，用以盛書。」輕似霧：指絲綢輕薄如霧。《文選》（卷一九）宋玉《神女賦》：「動霧縠以徐步兮，拂墀聲之珊珊。」李善注：「縠，今之輕紗，薄如霧也。」

〔三六〕緗帙：淺黄色書套。此亦泛指書籍。帙：包裹書籍的外套。《宋書》（卷一〇）《順帝紀》：「姬、夏典載，猶傳緗帙；漢、魏餘文，布在方册。」蕭統《文選序》：「飛文染翰，則卷盈乎緗帙。」呂向注：「緗，淺黄色也。帙，書衣。」殷（yān）於血：比血色更爲暗紅一些。殷，赤黑色。《左傳・成公二年》：「左輪朱殷，豈敢言病？」杜預注：「殷，音近烟。今人謂赤黑爲殷色。」

〔三七〕基構：建築物的基礎結構。劉勰《文心雕龍・附會》：「若築室之須基構，裁衣之待縫緝矣。」

〔三八〕將斯句：將這些書籍遺留給子孫。斯，這，此，指書籍。用，以，參本詩注〔一五〕。貽厥：意謂遺留給子孫後代。《尚書・五子之歌》：「有典有則，貽厥子孫。」《孔傳》：「典，謂經籍。則，法。貽，遺也，言仁及後世。」

〔三九〕通侯：列侯。此指貴爲封侯而言。漢代分侯爵爲二十等，最高一等爲通侯。《漢書》（卷一九上）《百官公卿表》：「爵：一級曰公士……十九關内侯，二十徹侯。皆秦制，以賞功勞。徹侯金印紫綬，避武帝諱，曰通侯，或曰列侯。」顔師古注：「言其爵位上通於天子。」

〔四〇〕貴却句：貴重超過了保全軍隊的符節。却，與上句「於」互文。張相《詩詞曲語辭匯釋》（卷一）：

「却，猶於也。」節，符節。古代軍隊的兵符和使者所持的節通稱符節。它是一種符信，以金、玉、竹、木等制成，上刻文字，分爲兩半，使用時以兩半相合爲驗證。《史記》（卷八）《高祖本紀》：「秦王子嬰素車白馬，係頸以組，封皇帝璽符節，降軹道旁。」《索隱》：「韋昭云：『天子印稱璽，又獨以玉。符，發兵符也。節，使者所擁也。』《説文》云：『符，信也。漢制以竹，長六寸，分而相合。』《釋名》云：『節爲號令賞罰之節也。又節毛上下相重，取象竹節。』」

〔四一〕參卿：即參軍。《晉書》（卷五六）《孫楚傳》：「楚後遷佐著作郎，復參石苞驃騎軍事。楚既負其材氣，頗侮易於苞。初至，長揖曰：『天子命我參卿軍事。』」後世以「參卿」稱參軍。

〔四二〕承家：繼承家業。《周易·師卦》：「開國承家，小人勿用。」介絜：高尚廉潔。

〔四三〕潮田：靠近水邊的低窪田地。漲潮即灌水的田地。五萬步：大約爲五百畝。步，古代的長度單位。周代以八尺爲步，秦、漢以六尺四寸爲步。也有以六尺爲步。《莊子·庚桑楚》：「步仞之丘陵，巨獸無所隱其軀，而孽狐爲之祥。」陸德明《經典釋文》（卷二八）《莊子音義》（下）：「六尺爲步，七尺爲仞。」《禮記·王制》：「古者以周尺八尺爲步，今以周尺六尺四寸爲步。古者百畝，當今東田百四十六畝三十步。」孔穎達疏：「古之一畝之田，長百步，得爲今田一百二十五步。是今田每一畝之上剩出二十五步。則方百畝之田，從北嚮南每畝剩二十五步，總爲二千五百步。從東嚮西每畝剩二十五步，亦總爲二千五百步，相并爲五千步，是總爲五十畝。」則詩中「五萬步」，應爲五百畝。

〔四四〕楶（jié）：斗拱，柱上承載大梁的方木。《爾雅・釋宫》：「栭謂之楶。」邢昺疏：「皆謂斗拱也。」十數楶：十幾間房屋。

〔四五〕微宦：卑微的官職。孟郊《送青陽上人游越》：「秋風吹白髮，微宦自蕭索。」

〔四六〕坐：因。張相《詩詞曲語辭匯釋》（卷四）：「坐，猶因也；爲也。」刖（yuè）：古代砍去脚的酷刑。《説文・刀部》：「刖，絶也。」《左傳・莊公十六年》：「殺公子閼，刖强鉏。」杜預注：「斷足曰刖。」

〔四七〕守慎：堅守慎重行事的態度。《管子・正》：「守慎正名，僞詐自止。」羈紲（jīxiè）：馬絡頭和馬繮繩。此爲束縛義。《左傳・僖公二十四年》：「臣負羈紲從君巡於天下。」杜預注：「羈，馬羈。紲，馬繮。」

〔四八〕苦心：勤勉刻苦。《莊子・漁父》：「仁則仁矣，恐不免其身。苦心勞形以危其真。」杜甫《韋諷録事宅觀曹將軍畫馬圖歌》：「借問苦心愛者誰？後有韋諷前支遁。」

〔四九〕間别：離别。

〔五〇〕秘寶：不常見的珍異寶物。多指書籍。《後漢書》（卷四〇下）《班固傳下》：「啓恭館之金縢，御東序之秘寶，以流其占。」李賢注：「秘寶，謂《河圖》之屬。」

〔五一〕任得：任隨。得，語助辭。窮：盡。披閲：展開書籍閲讀。

〔五二〕軸閑句：卷軸上的題籤已經斑剥脱落。閑，《説文・門部》：「閑，闌也。從門中有木。」此即指卷軸。翠鈿：本是古代婦女用翠玉製成的首飾。南朝樂府《西洲曲》：「樹下即門前，門中露翠鈿。」唐代則婦女的面飾即面靨，用緑色的「花子」粘在眉心，或製成小圓形貼在面頰上如同酒靨，稱作翠鈿，又作花鈿。温庭筠《南歌子》：「臉上金霞細，眉間翠鈿深。」此指卷軸上翠緑色的鑲嵌物。以金、玉等鑲嵌在器物上，稱作「鈿」。《魏書》（卷一一〇）《食貨志》：「鏤以白銀，鈿以玫瑰。」南朝梁吴均《和蕭洗馬子顯古意詩六首》（其二）：「蓮花銜青雀，寶粟鈿金蟲。」參本詩下注〔五三〕。

〔五三〕籤：書套外的帙籤。紅牙：用象牙製成的書套的紅色帙籤。《新唐書》（卷五七）《藝文志一》：「兩都各聚書四部，以甲、乙、丙、丁爲次，列經、史、子、集四庫。其本有正有副，軸帶帙籤皆異色以别之。」《舊唐書》（卷四七）《經籍志下》：「其集賢院御書：經庫皆鈿白牙軸，黄縹帶，紅牙籤；史書庫鈿青牙軸，縹帶，緑牙籤；子庫皆雕紫檀軸，紫帶，碧牙籤；集庫皆緑牙軸，朱帶，白牙籤，以分别之。」

〔五四〕帙解：打開書套。芸香：芸草，香草名。花葉香氣濃郁，可防蟲蛀書。古人常用以放置書籍中，以避蠹蟲。

〔五五〕桂屑：桂樹的木屑。桂樹也是一種香木，此處即取其芳香之意。

〔五六〕兼：同。《廣雅》（卷四上）《釋詁》：「兼，同也。」石鋒刃：如石頭一樣鋒利。似指石枕的堅硬而言。石枕，常指僧、道、隱士的卧具。《列仙傳·邛疏》：「邛疏者，周封史也。能行氣練形，煮石髓而服之，謂之石鍾乳，至數百年。往來入太室山，中有卧石床枕焉。」

〔五七〕榻：床。參本卷（詩七）注〔四三〕。共：極。張相《詩詞曲語辭匯釋》（卷二）：「共，甚辭，猶極也。」瘡癤（chuāng jiē）：瘻瘤。樹木上結疤的畸形硬塊。

〔五八〕數編：數編書，即數卷書。編，本是繫竹簡的皮帶或繩子，後即指一卷書或一部書。《史記》（卷四七）《孔子世家》：「讀《易》，韋編三絶。」《説文・糸部》：「編，次簡也。」徹：盡，畢。參本卷（詩七）注〔二〇〕。

〔五九〕廨宇：官署。參本卷（詩七）注〔六〕。

〔六〇〕林樾：林蔭。《玉篇・木部》：「樾，楚謂兩樹交陰之下曰樾。」

〔六一〕挈（qiè）過：携帶着經過。《説文・手部》：「挈，縣持也。」《玉篇・手部》：「挈，提挈也。」太湖：即今太湖。《元和郡縣圖志》（卷二五）《江南道一》：「蘇州吴縣，太湖，在縣西南五十里。《禹貢》謂之震澤，《周禮》謂之具區。湖中有山，名洞庭山。」

〔六二〕支硎：山名，在今江蘇省蘇州市西。陸廣微《吴地記》：「支硎山在吴縣西十五里。晋支遁，字道林，嘗隱於此山，後得道，乘白馬升雲而去。山中有寺，號曰報恩，梁武帝置。」

〔六三〕未星紀：未滿一年，即序中「未一年」之意。星紀，本是星次名，十二次之一。循環一個星紀即一年。

〔六四〕毫末：毫毛的末端，謂極微小之物。《老子》（第六四章）：「合抱之木，生於毫末；九層之臺，起於累土；千里之行，始於足下。」

〔六五〕翦除：消滅。幽僻藪：幽隱偏僻的淵藪。藪，茂草繁密的沼澤地帶。《説文・艸部》：「藪，大澤也。」此喻膚淺雜亂的學説。

〔六六〕滌蕩：蕩洗，衝刷。玄微窟：深奥微妙的洞窟。此喻深邃精妙的學問。

〔六七〕學海：此指學界。狂波：洶涌的波瀾。此謂學界流派紛繁，異端横行。晋王嘉《拾遺記》（卷六）：「何休木訥多智，《三墳》《五典》，陰陽算術，河洛讖緯，及遠年古諺，歷代圖籍，莫不咸誦也。作《左氏膏肓》《公羊廢疾》《穀梁墨守》，謂之『三闕』。……及鄭康成鋒起而攻之，求學者不遠千里，贏糧而至，如細流之赴巨海。京師謂康成爲『經神』，何休爲『學海』。」

〔六八〕余頭句：意謂我却置身於其中（指學界）。𩠐（mò）：即「没」字，把頭潛入水中。《説文・頁部》：「𩠐，内頭水中也。」段玉裁《説文解字注》：「内者，入也。入頭水中，故字從頁𠬛。與水部之没義同而别。今則𠬛𩠐廢而没專行矣。」

〔六九〕聖人句：聖人（指孔子）最憂慮的是人們不願學習。如《論語・學而》：「子曰：『學而時習之，不亦説乎？』」「子曰：『君子不重，則不威；學則不固。』」「子曰：『君子食無求飽，居無求安，敏於事而慎於言，就有道而正焉，可謂好學也已。』」可以參證。

〔七〇〕垂誡：留給後人的規勸訓誡。

〔七一〕曷（hé）：同「盍」，何。

〔七二〕瘖(yīn)共聵(wà):既啞巴又耳聾。瘖,失音,啞。《説文·疒部》:「瘖,不能言也。」聵:耳聾。一説,無耳。《説文·耳部》:「吴、楚之外,凡無耳者謂之聵。」《方言》(卷六):「聾之甚者,秦、晋之間謂之聵。吴、楚之外郊凡無有耳者亦謂之聵。」共:與。與上句「與」字互文。

〔七三〕經史:經書和史書,泛指書籍。參本詩注〔七〕。

〔七四〕有:對無之辭。劉淇《助字辨略》(卷三):「有,《易·繫辭》:『聖人有以見天下之賾。』『聖人有以見天下之動。』《漢書·賈誼傳》:『臣有以知陛下之不能也。』有者,對無之辭;確知見其如此,故云有以也。」傭筆札:僱傭抄寫書籍的人。筆札,本指毛筆和簡牘,此處指專司文字抄寫工作的人。

〔七五〕斯文:本指禮樂教化、典章制度。《論語·子罕》:「天之將喪斯文也,後死者不得與於斯文也。」後亦指此詩、此文,泛指詩文作品。本詩即此義。王羲之《蘭亭集序》:「後之覽者,亦將有感於斯文。」

〔七六〕縠纑(hú lú):縐紗和麻綫。此指粗布衣裳。縠,輕薄的縐紗。《説文·糸部》:「縠,細縛也。」《玉篇·糸部》:「縠,細纆也,紗縠也。」纑,綫縷,麻縷。《説文·糸部》:「纑,布縷也。」

〔七七〕糠覈(hé):指粗劣的飯食。核,麥舂後的粗屑。《漢書》(卷四〇)《陳平傳》:「平爲人長大美色,人或謂平:『貧何食而肥若是?』其嫂疾平之不親家生産,曰:『亦食糠覈耳。有叔如此,不如無有!』」顔師古注:「孟康曰:『覈,麥糠中不破者也。』晋灼曰:『覈音紇。京師人謂粗屑爲紇頭。』」

〔七八〕斯文：此指文士、讀書人。《後漢書》（卷四八）《應劭傳》：「夫睹之者掩口盧胡而笑，斯文之族，無乃類旃。」 那：何，奈何。 自伐：自誇，自我炫耀。《老子》（第二二章）：「不自見，故明；不自是，故彰；不自伐，故有功；不自矜，故長。」

〔七九〕殺青：古代取竹製成竹簡書寫文字，爲了使其不易被蟲蛀，以火烤竹，竹上出汗，名曰殺青。《後漢書》（卷六四）《吴祐傳》：「（吴）恢欲殺青簡以寫經書。」李賢注：「殺青者，以火炙簡令汗，取其青易書，復不蠹，謂之殺青，亦謂汗簡。 義見劉向《别録》也。」《文選》（卷四三）劉孝標《重答劉秣陵沼書》：「青簡尚新，而宿草將列。」李善注：「《風俗通》曰：『劉向《别録》：殺青者，直治青竹作簡書之耳。』」

〔八〇〕截蒲：截取蒲葉爲牒以書寫文字。《漢書》（卷五一）《路温舒傳》：「温舒取澤中蒲，截以爲牒，編用寫書。」顔師古注：「小簡曰牒，編聯次之。」

〔八一〕盈：充盈，充滿。《説文·皿部》：「盈，滿器也。」兼兩（liàng）：所書寫的書籍一輛車裝不下。兩，車輛。 兼兩，不止一輛車。《後漢書》（卷六四）《吴祐傳》：「祐年十二，隨從到官。（其父）恢欲殺青簡以寫經書，祐諫曰：『……此書著成，則載之兼兩。』」李賢注：「車有兩輪，故稱『兩』也。」

〔八二〕詶飢渴：報償忍受飢渴的艱辛。

〔八三〕苟榮：貪求榮利。

〔八四〕兼可噦（yuē）：頗爲令人作嘔。兼，王瑛《詩詞曲語辭例釋》：「兼，有『頗』、『甚』義，有『全』、『絶』義，副詞。」噦，作呃，干嘔。《説文·口部》：「噦，氣忤也。」《玉篇·口部》：「噦，逆氣也。」

〔八五〕東皋：泛指田地。《文選》（卷四〇）阮籍《奏記詣蔣公》：「方將耕於東皋之陽，輸黍稷之税，以避當塗者之路。」陶淵明《歸去來兮辭》：「登東皋以舒嘯，臨清流而賦詩。」耨（nòu）：原指形似鋤子的鋤草農具。《釋名·釋用器》：「耨，似鋤，嫗耨禾也。」後即作除草義。《玉篇·耒部》：「耨，耘也。」耨煙雨：在煙雨中耘地除草。

〔八六〕南嶺：南山，泛指山嶺。提：携帶，擷取。《説文·手部》：「提，挈也。」薇蕨：薇菜，蕨菜，兩種野菜，可食。《詩經·召南·草蟲》：「陟彼南山，言采其蕨。……陟彼南山，言采其薇。」《毛傳》：「薇，菜也。」《玉篇·艸部》：「蕨，菜也。」南山采擷薇蕨，意謂過隱士清貧的生活。《史記》（卷六一）《伯夷列傳》：「登彼西山兮，采其薇矣。」

〔八七〕謝：報答，酬謝。徐君：指徐修矩。

〔八八〕公車句：意謂不設公車徵召徐君，而讓其守萬卷書，過隱居生活。公車：漢代官署名，設公車令，主管天下上書及徵召事宜。亦以公車遞送應徵者。《史記》（卷一二六）《滑稽列傳》：「（東方）朔初入長安，至公車上書，凡用三千奏牘。」《正義》：「《百官表》云：『衛尉屬官有公車司馬。』《漢儀注》云：『公車司馬掌殿司馬門，夜徼宫，天下上事及闕下，凡所徵召皆總領之。秩六百石。』」《後漢書》（卷三七）《丁鴻傳》：「賜御衣及綬，禀食公車，與博士同禮。」李賢注：「公車，署名。公車所在，因以名。諸待詔者，皆居以待命，故令給食焉。」不聞：不趁。張相《詩詞曲語辭匯釋》（卷五）：「聞，猶趁也；乘也。與聽聞之本義異。」

【箋評】

「軸閑翠鈿剥」二句：下字新。

「東皋耨煙雨」二句：字法高遠。（項真評、項真刻《項氏瓶笙榭新刻皮襲美詩》卷一）

淵明《五柳先生贊》曰：「不汲汲于富貴，不戚戚于貧賤。」讀《松陵集》髣髴猶存其致。詩不爲佳，筆墨之外，自覺高韻可欽，其神明襟度勝耳。吾尤喜其詩序，或數十百言，或數百言，皆踈落有古意。皮、陸并稱，吾之景皮，更甚于陸。一從事禄入幾何，既以給其地之高流，餘波猶沾他郡之賢者。讀其《五覫》諸篇，令人忽忽與之神游，視馬戴僅周一許棠，又不足言矣。竟不克保厥身，并不克保厥名，此文人之重不幸，真可悲可涕也。（賀裳《載酒園詩話》又編《皮日休陸龜蒙》）

任　詩

任君恣高放〔一〕，斯道能寡合〔二〕。一宅閑林泉〔三〕，終身遠囂雜〔四〕。嘗聞佐浩穰〔五〕，散性多傷僒〔六〕（原注：上五盍反，下音沓。不著事貌①。）。欻爾解其綬〔七〕，遺之如棄靸〔八〕。歸來鄉黨內〔九〕，却與親朋洽〔一〇〕。開溪未讓丁②〔一一〕，列第方稱甲〔一二〕。入門約百步，古木聲霎霎③〔一三〕。廣檻小山敧④〔一四〕，斜廊怪石夾。白蓮倚欄楯⑤〔一五〕，翠鳥緣簾押〔一六〕。地勢似五瀉〔一七〕，巖形若三峽⑥〔一八〕。猿眠但膃肭⑦〔一九〕，鳧食時唼喋〔二〇〕。撥荇下文竿〔二一〕，結藤縈桂楫〔二二〕。門留醫樹客⑧〔二三〕，壁倚栽花鍤〔二四〕。度歲止褐衣〔二五〕，經旬唯白帢〔二六〕。多君方閉户〔二七〕，顧我能倒屣〔二八〕。請題在茅棟〔二九〕，留坐於石榻〔三〇〕。魂從清景遥⑨〔三一〕，衣任煙霞裛〔三二〕。階墀龜任上〔三三〕，枕席鷗方狎〔三四〕。沼似頗黎鏡⑩〔三五〕，當中見魚眨⑪〔三六〕。杯杓悉杉瘤〔三七〕，盤筵盡荷葉〔三八〕。閑斟不置罰〔三九〕，閑弈無争劫〔四〇〕。閑日不整冠〔四一〕，閑風無用箑〔四二〕。以斯爲思慮⑫〔四三〕，吾道寧疲薾⑬〔四四〕。衮衣競璀璨⑭〔四五〕，鼓吹争鞺鞈⑮〔四六〕。欲者解擠排〔四七〕，詬者能呫囁⑯〔四八〕。權豪暫翻覆〔四九〕，刑禍相填壓〔五〇〕。此時一圭竇〔五一〕，不肯饒閶闔〔五二〕。有第可栖息〔五三〕，有書可漁獵〔五四〕。吾欲與任君〔五五〕，終身以斯愜〔五六〕。（詩一〇）

【校記】

①類苑本、季寫本無此注語。全唐詩本無「上」、「下音」，「反」作「切」，「著」作「任」。②「讓」原作「襄」，原缺左偏旁，據弘治本、汲古閣本、詩瘦閣本、四庫本、皮詩本、項刻本、統籤本、類苑本、季寫本、全唐詩本改。李校本眉批：「讓缺言旁。」③皮詩本批校：「古字疑客字。」「木」皮詩本作

「來」。④「皷」季寫本作「歌」。⑤「欄」全唐詩本作「闌」。⑥「三」統籤本作「二」。⑦「猿」項刻本作「狹」。「腽」皮詩本批校：「腽，温，入字。肭音訥。腽肭，《集韻》：『肥也。』」「腽」類苑本作「膽」。⑧「樹」項刻本作「榭」。⑨「遥」斠宋本作「逼」，弘治本、汲古閣本、詩瘦閣本、四庫本、皮詩本、項刻本、統籤本、類苑本、季寫本、全唐詩本作「遛」。⑩「似」全唐詩本作「以」。「頗」項刻本作「玻」。「鏡」原缺末筆，李校本眉批：「鏡缺末筆。」⑪「眨」原作「貶」，據弘治本、汲古閣本、詩瘦閣本、皮詩本、項刻本、全唐詩本改。⑫「慮」類苑本作「虜」。⑬「藺」汲古閣本、四庫本、盧校本批校：「荼即茶。」⑭「璀璨」原作「縴綵」，據四庫本、全唐詩本改。⑮「軨」全唐詩本作「轄」。⑯「詬」原作「后」。「后」斠宋本眉批：「排下宋本作『后』，按前有『詬』字避諱作『后』，此亦疑『詬』。」汲古閣本、四庫本、全唐詩本作「詬」。李校本眉批：「詬，缺言旁。」據改。弘治本、詩瘦閣本、皮詩本、統籤本、類苑本作「□」，項刻本作「欲」。季寫本注：「缺。」「呫」原作「詀」，據盧校本改。「囁」弘治本、汲古閣本、詩瘦閣本、四庫本、皮詩本、統籤本、類苑本、全唐詩本作「讘」。皮詩本批校：「詀，襜入聲。讘音囁。詀讘，細語。《唐書・徐彥伯傳》：『用詀讘爲全計。』」「詀囁」項刻本作「站躡」。

【注釋】

〔一〕恣：任憑，盡情。高放：清高曠放。

〔二〕斯道：指上句「高放」的情趣。能：這樣，如此。張相《詩詞曲語辭匯釋》（卷三）：「能，摹擬辭，猶云這樣也。」寡合：很少與人相投合，爲人獨立不移。

〔三〕一宅句：意謂一心隱逸於林泉之中。一宅，猶如一心，安心於至一之道。《莊子·人間世》：「無門無毒，一宅而寓於不得已，則幾矣。」成玄英疏：「宅，居處也。處心至一之道，不得止而應之，機感冥合，非預謀也。」閑：熟習。《爾雅·釋詁》：「閑，習也。」林泉：參本卷（詩九）注〔一四〕。此指任晦所得東晋顧辟彊舊園。范成大《吴郡志》（卷一四）《園林》：「任晦園池。晦嘗爲涇縣尉，歸吴作圃，爲時所稱。皮日休云：『有深林曲沼，危亭幽〔砌〕物。』陸龜蒙詩云：『吴之辟彊園，在昔勝概敵。不知佳景在，盡付任君宅。』蓋任晦得顧辟彊舊園以爲宅也。」

〔四〕囂雜：喧鬧嘈雜。孟郊《南陽公請東櫻桃亭子春宴》：「賞異出囂雜，折芳積歡忻。」

〔五〕浩穰（rǎng）：盛大，指人的衆多。《漢書》（卷七六）《張敞傳》：「京兆典京師，長安中浩穰，於三輔尤爲劇。」顔師古注：「浩，大也。穰，盛也。言人衆之多也。」此指大縣而言。唐代以户口數定州縣等級。《唐會要》（卷七〇）《量户口定州縣等第例》：「《武德令》，户五千已上爲上縣，二千户已上爲中縣，一千户已上爲中下縣。至開元十八年三月七日，以六千户已上爲上縣，三千户已上爲中縣，不滿三千户爲中下縣。其赤、畿、望、緊等縣，不限户數，并爲上縣。去京五百里内，并緣邊州縣，户五千已上亦爲上縣，二千已上爲中縣，一千已上爲中下縣。」據《元和郡縣圖志》（卷二八）《江南道四》宣州涇縣爲「緊縣」，故爲上縣。任氏曾官涇縣尉，故云「佐浩穰」。

〔六〕散性：散誕的性格情致。儑偺：（àn dá）：閑散，不任事貌。《廣韻・盍韻》：「儑，傝儑，不著事也。」

〔七〕欻（xū）爾：忽然。《玉篇・欠部》：「欻，忽也。」解其綬：脱下身上的印綬。指棄官歸隱。解，解開，脱掉。綬，古代官員繫在腰間的帶子，用以挂印章和玉飾等物。其因官品不同而有異。任晦嘗任涇縣尉，應是黄綬。《漢書》（卷八三）《朱博傳》：「（博）使從事明敕告吏民：『欲言縣丞尉者，刺史不察黄綬，各自詣郡。』」顔師古注：「丞尉職卑，皆黄綬。」

〔八〕靸（sǎ）：鞋子。《玉篇・革部》：「靸，履也。」

〔九〕鄉黨：鄉、黨均是古代基層社會行政單位名稱，後世指家鄉。任晦本爲吴人，現退居家鄉，故云。《論語・雍也》：「原思爲之宰，與之粟九百，辭。子曰：『毋！以與爾鄰里鄉黨乎！』」何晏《集解》引鄭玄注：「五家爲鄰，五鄰爲里。萬二千五百家爲鄉，五百家爲黨。」

〔一〇〕親朋：親戚朋友。《晋書》（卷七九）《謝安傳》：「安遂命駕出山墅，親朋畢集，方與玄圍棋賭别墅。」

〔一一〕開溪：開鑿溪塘。未讓丁：不在丁等之列。意謂所挖掘的溪塘很有規模。丁，甲、乙、丙、丁四等的末等。

〔一二〕列第：宅第。《史記》（卷四六）《田敬仲完世家》：「宣王喜文學游説之士，自如騶衍、淳于髡、田駢、接予、慎到、環淵之徒七十六人，皆賜列第，爲上大夫，不治而議論。」方：當。稱甲：稱得上甲第（頭等宅第）。

〔一三〕霎霎（shà shà）：象聲詞。本指風雨聲，此指樹木在風中發出的窸窸聲。

〔一四〕廣檻：寬敞的亭臺。檻（jiàn）：欄干，指亭臺的欄干。攲（qī）：傾斜。

〔一五〕欄楯（shǔn）：欄杆。亦作「闌楯」。《説文・木部》：「楯，闌楯也。」段玉裁《説文解字注》：「此云闌檻者，謂凡遮闌之檻，今之闌干是也。王逸《楚辭》注曰：『檻，楯也。從曰檻，横曰楯。』」唐玄應《一切經音義》（卷二）：「欄楯，謂鈎闌也。今皆從木作欄。……《説文》：『楯，闌檻也。』從曰檻，横曰楯是也。」

〔一六〕翠鳥：翡翠鳥。《楚辭・九歌・東君》：「翾飛兮翠曾。」王逸注：「言巫舞工巧，身體翾然若飛，似翠鳥之舉也。」《楚辭・招魂》：「翡翠珠被，爛齊光些。」王逸注：「雄曰翡，雌曰翠。」洪興祖補注：「翡，赤羽雀。翠，青羽雀。《異物志》云：『翠鳥形如燕，赤而雄曰翡，青而雌曰翠。』」《太平御覽》（卷九二四）引《異物志》：「翠鳥，似燕。翡赤而翠青，其羽可以爲飾。」《禽經》張華注：「翡翠，狀如鵁鶄，而色正碧，鮮縟可愛。飲啄於澄瀾洄淵之側，尤惜其羽，日濯于水中。今王公之家，以爲婦人首飾，其羽直千金。」簾押：一作「簾柙」。「押」通「壓」。簾押指簾軸，起到鎮簾作用。《漢武故事》：「上于是於宮外起神明殿九間，……以白珠爲簾，玳瑁押之，以象牙爲蔑，……雖崑崙玄圃，不是過也。」徐陵《玉臺新詠序》：「玉樹以珊瑚作枝，珠簾以玳瑁爲押。」

〔一七〕五瀉：又作「五泄」，山名。在今浙江省諸暨縣。《水經注》（卷四〇）《漸江水》：「（浦陽江）江水導源烏傷縣，東逕諸暨縣，與泄溪合。溪廣數丈，中道有兩高山夾溪，造雲壁立，凡有五泄。下泄懸三十餘丈，廣十丈；中三泄不可得至，登山遠望，乃得見之，懸百餘丈，水勢高急，聲震水外；上泄懸二百餘丈，望若雲垂。此是瀑布，土人號爲泄也。」《方輿勝覽》（卷六）《浙東路紹興府》：「五泄山，在諸暨。山西南四十里沿歷五級，始下注溪壑，故曰五泄。飛沫如雪，淙激之聲雄於雷霆，俗謂之小雁蕩。下有龍湫，禱雨輒應。」

〔一八〕三峽：長江上游瞿塘峽、巫峽、西陵峽，合稱三峽。在今重慶市、湖北省交界地帶。《水經注》（卷三四）《江水》：「自三峽七百里中，兩岸連山，略無闕處。重巖叠嶂，隱天蔽日，自非停午夜分，不見曦月。至于夏水襄陵，沿溯阻絶，……春冬之時，則素湍緑潭，迴清倒影。絶巘多生怪柏，懸泉瀑布，飛漱其間，清榮峻茂，良多趣味。」

〔一九〕膃肭（wà nà）：肥軟貌。《玉篇·月部》：「膃，膃肭，肥也。」

〔二〇〕鳧（fú）：水鳥，俗稱野鴨。唼喋（shà shà）：水鳥吃食貌。唼，《玉篇·口部》：「唼，唼喋，鴨食也。亦作啑。」啑，《玉篇·口部》：「《楚辭》云：『鳧雁皆唼夫粱藻兮。』」

〔二一〕撥荇（xìng）：撥開荇菜。荇，多年生水生草本植物。莖細長，節上生鬚根，沉没水中；葉對生，漂浮水面。《詩經·周南·關雎》：「參差荇菜，左右流之。」文竿：以翠羽爲裝飾的釣魚竿子。《文選》（卷一）班固《西都賦》：「揄文竿，出比目。」李善注：「文竿，竿以翠羽爲文飾也。」

〔二二〕桂楫（jí）：桂木做成的船槳。代指船。《楚辭·九歌·湘君》：「桂棹兮蘭枻，斫冰兮積雪。」王逸注：「棹，楫也。」王嘉《拾遺記》（卷六）《前漢下》：「桂楫松舟，其猶重朴。」

〔二三〕醫樹客：似指栽培樹木花草的人。

〔二四〕鍤（chā）：挖土的工具。《釋名·釋用器》：「鍤，插也，插地起土也。」

〔二五〕止：只，僅。褐（hè）衣：貧賤者所穿的粗布衣服。《詩經·豳風·七月》：「無衣無褐，何以卒歲？」《史記》（卷七六）《平原君虞卿列傳》：「邯鄲之民，炊骨易子而食，可謂急矣，而君之後宮以百數，婢妾被綺縠，餘粱肉，而民褐衣不完，糟糠不厭。」

〔二六〕白帢（qià）：白色便帽。亦作「白帢」。《後漢書》（卷六八）《郭太傳》：「嘗於陳、梁間行遇雨，巾一角墊，時人乃故折巾一角，以爲『林宗巾』。」李賢注：「周遷《輿服雜事》曰：『巾以葛爲之，形如（幍）〔帢〕，音口洽反。本居士野人所服。魏武造（幍）〔帢〕，其巾乃廢。今國子學生服焉。以白紗爲之。』」張華《博物志》（卷六）《服飾考》：「漢中興，士人皆冠葛巾。建安中，魏武帝造白帢，於是遂廢，唯二學書生猶著也。」

〔二七〕多君：重君。多，贊許之詞。《說文·多部》：「多，重也。」方：且，將。

〔二八〕顧：視，看。《玉篇·頁部》：「顧，瞻也。迴首曰顧。」倒屣：倒穿鞋子。形容匆忙而熱情。參本卷（詩七）注〔三八〕。

〔二九〕請題：請求題詩或留字。茅棟：茅屋。《文選》（卷二二）沈約《宿東園》：「茅棟嘯愁鴟，平崗走寒兔。」

〔三〇〕石榻：狹而長的石床，多指隱士、僧道的簡樸居處。《列仙傳·修羊公》：「修羊公者，魏人也。在華陰山上石室中，有懸石榻，卧其上，石盡穿陷，略不食，時取黄精食之。」

〔三一〕魂：魂魄。指精神，内心情感。從：任，隨。清景：清雅的景色。《文選》（卷二〇）曹植《公讌詩》：「明月澄清景，列宿正參差。」遥：逍遥，遨游。

〔三二〕煙霞：泛指自然景象。裛（yì）：纏繞。段玉裁《説文解字注·衣部》：「裛，纏也。各本作書囊也。今依《西都賦》、《琴賦》注、《後漢書·班固傳》注所引正。」《文選》（卷一）班固《西都賦》：「屋不呈材，墻不露形，裛以藻綉，絡以綸連。」李善注：「《説文》曰：『裛，纏也。』」（《後漢書》卷四〇上《班固傳》李賢注與李善注所引同）《文選》（卷一八）嵇康《琴賦》：「鏤會裛厠，朗密調均。」李善注：「裛厠，謂裛纏其填厠之處也。《説文》曰：『裛，纏也。』」

〔三三〕階墀（chí）：臺階。

〔三四〕鷗狎：意謂鷗鳥與之親近。《列子·黄帝篇》：「海上之人有好鷗鳥者，每旦之海上，從鷗鳥游，鷗鳥之至者百住而不止。」

〔三五〕沼（zhǎo）：水池。《説文·水部》：「沼，池水。」《詩經·召南·采蘩》：「于以采蘩，于沼于沚。」《毛傳》：「沼，池。」　頗黎：又作「頗瓈」、「玻瓈」。一種狀似水晶的寶玉。東方朔《十洲記》（《太平御覽》卷八〇八引）：「崑崙山上有紅碧頗黎宫，名七寶堂是也。」李時珍《本草綱目・金石・玻璃》：「本作『頗黎』。頗黎，國名也。其瑩如水，其堅如玉，故名如水玉，與水精同名。」鏡：形容池水清澈透明如鏡。《世説新語・言語》：「王子敬云：『從山陰道上行，山川自相映發，使人應接不暇。若秋冬之際，尤難爲懷。』」劉孝標注：「《會稽郡記》曰：『會稽境特多名山水，峰崿隆峻，吐納雲霧。松栝楓柏，擢榦竦條，潭壑鏡徹，清流瀉注。』」

〔三六〕眨（zhǎ）：眼睛開閉。《説文・目部》：「眨，動目也。」此處形容池中魚眨眼睛都清晰可見，不僅描寫細致，而且見出池水清澈。

〔三七〕杯杓（sháo）：酒杯和杓子。亦作「桮杓」。《史記》（卷七）《項羽本紀》：「張良入謝，曰：『沛公不勝桮杓，不能辭。』」杉瘤：杉贅，杉樹上贅生的木疙瘩。此謂杯杓的材料粗糙質朴。

〔三八〕盤筵：宴席。韓愈《示爽》：「念汝欲別我，解裝具盤筵。」白居易《遊平泉宴浥澗宿香山石樓贈座客》：「采摘助盤筵，芳滋盈口腹。」

〔三九〕閑斟：猶言平常小酌也。張相《詩詞曲語辭匯釋》（卷四）：「閒，猶空也；平常也；没關係也。」置罰：設立罰酒的規矩。《世説新語・品藻》：「謝公云：『金谷中蘇紹最勝。』紹是石崇姊夫，蘇則孫，愉子也。」劉孝標注引石崇《金谷詩叙》曰：「余以元康六年，從太僕卿出爲使，持節監青、徐諸軍事、征虜將軍。有別廬在河南縣界金谷澗中，或高或下，有清泉茂林，衆果、竹柏、藥草之屬，莫不畢備。又有水碓、魚池、土窟，其爲娱目歡心之物備矣。時征西大將軍祭酒王詡當還長安，余與衆賢共送往澗中，晝夜遊宴，屢遷其坐。或登高臨下，或列坐水濱。時琴瑟笙筑，合載車中，道路并作。及住，令與鼓吹遞奏。遂各賦詩，以叙中懷。或不能者，罰酒三斗。感性命之不永，懼凋落之無期。」李白《春夜宴桃李園序》：「如詩不成，罰依金谷酒數。」

〔四〇〕閑弈：猶言平常隨意下棋也。弈，圍棋。争劫：打劫。圍棋術語，謂雙方在一處互吃一子的争奪。它往往能决定一盤棋的勝負。

〔四一〕閑日：猶言平素的清閑日子。《史記》（卷八七）《李斯列傳》：「二世怒曰：『吾常多閒日，丞相不來。吾方燕私，丞相輒來請事。丞相豈少我哉？且固我哉？』」整冠：將帽子戴正。

〔四二〕閑風：謂凉爽的風。箑（shà）：扇子。《説文·竹部》：「箑，扇也。」《方言》（卷五）：「扇，自關而東謂之箑，自關而西謂之扇。」郭璞注：「今江東亦通名扇爲箑。」

〔四三〕思慮：思索考慮。《楚辭·九章·悲回風》：「曾歔欷之嗟嗟兮，獨隱伏而思慮。」

〔四四〕寧：何。疲薾（ěr）：疲倦困頓貌。此謂不振作、無生氣。《文選》（卷二六）謝靈運《過始寧墅》：「淄磷謝清曠，疲薾慚貞堅。」李善注：「《莊子》曰：『薾然疲而不知所歸。』司馬彪曰：『薾，極貌也。』」

〔四五〕衮（gǔn）衣：綉有龍紋的禮服。一是古代天子祭祀時所穿的禮服。《説文·衣部》：「衮，天子享先王，卷龍綉於下幅，一龍蟠阿上鄉。」二是古代上公的禮服，也綉有龍紋，但與天子禮服有别。《詩經·豳風·九罭》：「我覯之子，衮衣綉裳。」鄭玄箋：「王迎周公，當以上公之服往見之。」孔疏：「天子畫升龍於衣，上公但畫降龍。」此指官服而言。璀璨：光彩絢麗。《文選》

（卷一一）王延壽《魯靈光殿賦》：「汩磑磑以璀璨，赫燡燡而燭坤。」《文選》（卷一九）曹植《洛神賦》：「披羅衣之璀粲兮，珥瑶碧之華琚。」張銑注：「璀粲，明净貌。」

〔四六〕鼓吹（chuì）：鼓吹曲。漢樂府用鼓、簫、笳等樂器演奏的軍樂，樂聲高亢雄壯。後亦用於朝廷宴饗。崔豹《古今注·音樂》：「漢樂有《黄門鼓吹》，天子所以宴樂群臣。《短簫鐃歌》，鼓吹之一章耳，亦以賜有功諸侯。」鞺鞳（tāng tà）：鼓聲。象聲詞。此指鼓吹聲交互成一片。鞺，或作鼞。《説文·鼓部》：「鼞，鼓聲也。《詩》曰：『擊鼓其鼞。』」鞳，《説文·鼓部》：「鼛，鼓聲也。鞳，古文鼛。」

〔四七〕欲者：有欲望的人。解：會，懂得。張相《詩詞曲語辭匯釋》（卷一）：「解，猶會也；得也；能也。」擠排：排擠，傾軋。

〔四八〕訴者：誹謗的人。能：這樣。張相《詩詞曲語辭匯釋》（卷三）：「能，摹擬辭，猶云這樣也。」呫囁（chè niè）：形容低聲私語。《史記》（卷一〇七）《魏其武安侯列傳》：「生平毀程不識不直一錢，今日長者爲壽，乃效女兒呫囁耳語！」《集解》：「韋昭曰：『呫囁，附耳小語聲。』」《索隱》：「呫，鄒氏音蚩輒反。囁音女輒反。《説文》：『附耳小語也。』」

〔四九〕權豪：權貴豪强。《後漢書》（卷五三）《周黄徐姜申屠列傳序》：「今後宫千數，其可損乎？厩馬萬匹，其可減乎？左右悉權豪，其可去乎？」暫：且。張相《詩詞曲語辭匯釋》（卷二）：「暫，猶且也。」翻覆：反覆無常，變化不定。《文選》（卷四三）孔稚珪《北山移文》：「豈期終始參差，蒼黃翻覆。」呂延濟注：「翻覆，不定也。」

〔五〇〕刑禍：灾禍。填壓：填充枕壓，此意謂一個又一個相繼而來。

〔五一〕圭竇：貧窮人家的房屋。參本卷（詩一）注〔七二〕。

〔五二〕饒：讓。張相《詩詞曲語辭匯釋》（卷一）：「饒，猶讓也。」閶闔：傳説中天帝的天門。此指朝廷。《楚辭·離騷》：「吾令帝閽開關兮，倚閶闔而望予。」王逸注：「閶闔，天門也。」

〔五三〕栖息：止息。《史記》（卷一一七）《司馬相如傳》：「於是玄猿素雌，蜼玃飛鸓，蛭蜩蠼蝚，螹胡豰蛫，栖息乎其間。」

〔五四〕漁獵：打魚捕獵。此喻廣泛閱讀，涉獵各種書籍。《管子·輕重丁》：「漁獵取薪，蒸而爲食。」南朝陳徐陵《在北齊與宗室書》：「或有漁獵三史，紛綸五經，都講開黌，詩生負帙。」

〔五五〕任君：指任晦。

〔五六〕斯：此，這。指讀書。

【箋評】

「廣檻小山攲……翠鳥緣簾押」：好光景。

「留坐於石榻……衣任煙霞裛」：句古而自然。

「閑日不整冠」：得閑日似不損。（項真評、項真刻《項氏瓶笙榭新刻皮襲美詩》卷一）

顧辟彊園（原注：其地至今不可考，自晉以來，最爲有名，故追賦一首。）

江左風流遠，園中池館平。賓客久寂寞，狐兔自縱橫。秋草猶故緑，春花非昔榮。市朝亦屢改，高臺能不傾。（高啓《高青丘集》卷五）

深杯百罰。《酒史》：「桑乂在江總席上曰：『雖深杯百罰，吾亦不辭。』皮襲美詩：『閑斟不置罰，閑弈無争劫。』素心子最喜此二語。」（郎廷極《勝飲編》卷八）

奉和二遊詩①

龜蒙

徐詩

嘗聞四書曰②〔一〕，經史子集焉。苟非天禄中〔二〕，此事無由全③〔三〕。自從秦火來〔四〕，歷代逢迍邅④〔五〕。漢祖入關日〔六〕，蕭何爲政年〔七〕。盡力取圖籍〔八〕，遂持天下權〔九〕。中興熹平時⑤〔一〇〕，教化還相宣〔一一〕。立石刻《五經》〔一二〕，置於太學前⑥〔一三〕。賊卓亂王室⑦〔一四〕，君臣如轉圜〔一五〕。洛陽且煨燼〔一六〕，載籍宜爲煙〔一七〕。逮晋武革命〔一八〕，生民纔息肩⑧〔一九〕。惠懷亟寡昧⑨〔二〇〕，戎羯俄腥膻〔二一〕。已覺天地閉，競爲東南遷⑩〔二二〕。日既不暇給〔二三〕，《墳》《索》何由專⑪〔二四〕。爾後國脆弱〔二五〕，人多尚虚玄⑫〔二六〕。任學者得謗〔二七〕，清言者爲賢〔二八〕。

直至沈范輩（原注：沈約、范雲皆藏書數萬卷。）〔二九〕，始家藏簡編〔三〇〕。御府有不足〔三一〕，仍令就之傳〔三二〕。梁元渚宮日〔三三〕，盡取如蚳蝝〔三四〕。兵威忽破碎〔三五〕，焚爇無遺篇〔三六〕。近者隋後主〔三七〕，搜羅勢騈闐〔三八〕。寶函映玉軸〔三九〕，彩翠明霞鮮〔四〇〕。伊唐受命初〔四一〕，載史聲連延〔四二〕。砥柱不我助〔四三〕，驚波涌淪漣〔四四〕。遂令因去書⑬，半在餘浮泉〔四五〕。貞觀購亡逸⑭〔四六〕，蓬瀛漸周旋⑮〔四七〕。炅然東壁光〔四八〕，與月争流天〔四九〕。偉夫開元中⑯〔五〇〕，王道真平平〔五一〕。八萬五千卷〔五二〕，一一皆塗鉛〔五三〕（原注：案開元麗正殿書録云⑰〔五四〕。）。人間盛傳寫〔五五〕，海内奔窮研⑱〔五六〕。目云西齋書⑲〔五七〕，有過東皋田〔五八〕。吾聞徐氏子〔五九〕，奕世皆才賢⑳〔六〇〕。因知遺孫謀〔六一〕，不在黄金錢〔六二〕。插架幾萬軸〔六三〕，森森若戈鋋〔六四〕。風吹籤牌聲〔六五〕，滿室鏗鏘然〔六六〕。佳哉鹿門子〔六七〕，好問如除痟㉑〔六八〕。倏來參卿處㉒〔六九〕，遂得參卿憐㉓〔七〇〕。開懷展厨簏㉔〔七一〕，唯在性所便㉕〔七二〕。素業已千仞〔七三〕，今爲峻雲巔〔七四〕。雄才舊百派〔七五〕，相近浮白川㉖〔七六〕。君苞王佐圖㉗〔七七〕，縱步凌陶甄〔七八〕。他時若報德〔七九〕，誰在參卿先〔八〇〕。

（詩一一）

【校記】

①「奉和」下統籤本、季寫本、全唐詩本有「襲美」二字。②「曰」盧校本作「目」。③「由」汲古閣本、四庫本作「繇」。④「代」原作「伐」，據弘治本、汲古閣本、詩瘦閣本、四庫本、陸詩甲本、陸詩丙

本、統籤本、類苑本、季寫本、全唐詩本改。⑤「熹平」原作「延嘉」，據盧校本、陸詩甲本、陸詩丙本、統籤本、季寫本、全唐詩本改。全唐詩本注：「一作延嘉。」⑥「於」統籤本、季寫本作「于」。⑦「卓」原作「莾」，據全唐詩本改。⑧「息」陸詩丙本作「息」。⑨「惠」陸詩丙本作「惠」。⑩「南」類苑本作「西」。⑪「由」汲古閣本、四庫本作「繇」。⑫「玄」原缺末筆，避宋太祖始祖趙玄朗諱。⑬：「因去」盧校本作「往古」，陸詩甲本、統籤本、全唐詩本注：「一作往古。」陸詩丙本注：「一作住古。」「住」陸詩丙本黃校作「往」。季寫本作「仁士」。⑭「購」字底本、㪺宋本缺「冉」，避宋高宗趙構諱。弘治本、汲古閣本、詩瘦閣本、四庫本、陸詩丙本、統籤本、全唐詩本作「購」。據改。⑮「瀛」汲古閣本作「嬴」。⑯「夫」弘治本、詩瘦閣本、四庫本、盧校本、陸詩甲本、陸詩丙本、統籤本、類苑本、季寫本、全唐詩本作「矣」。⑰陸詩甲本、季寫本無此小注。陸詩乙本批校：「舊本有『案開』二字。」陸詩丙本亦只有「案開」二字，陸詩丙本黃校：「『開』作大字采入，有墨釘八格。」陸詩丙本張校：「『案開』大字，下不空格。」⑱陸詩乙本批校：「『奔』字下空八字未刻。」⑲「目」弘治本、詩瘦閣本、類苑本作「自」。⑳「奕」原作「弈」，據弘治本、汲古閣本、詩瘦閣本、四庫本、陸詩甲本、陸詩丙本、統籤本、類苑本、季寫本、全唐詩本改。㉑「如」陸詩甲本、陸詩丙本作「好」。㉒「倏」原作「倐」，據弘治本、汲古閣本、詩瘦閣本、四庫本、陸詩甲本、陸詩丙本、統籤本、類苑本、季寫本、全唐詩本改。㉓陸詩丙本缺上句「處」，此句「遂得參卿」五字。黃校已補。㉔「厨」陸詩甲本、統籤本、季寫本、全唐詩本作「橱」。㉕「唯」統籤本作「惟」。㉖「白」弘治本、汲古閣本、詩瘦閣本、四庫本、陸詩甲本、陸詩丙本、類苑本、季寫本、全唐詩本作「日」，統籤本作「□」，陸詩甲本、陸詩丙本、季寫本、全唐詩本注：「一作百。」㉗「苞」陸詩甲本、陸詩丙本、統籤本、類苑本、季寫本、全唐詩本作「抱」。全唐詩本注：「一作苞。」

【注釋】

〔一〕四書：四部書，指古代將書籍分類爲經、史、子、集四部分。中國古代書籍分類，最早是漢代劉歆《七略》，分圖書爲六部（《六藝略》《諸子略》《詩賦略》《兵書略》《術數略》《方技略》），另一部爲各書提要《輯略》。西晋荀勖《中經新簿》變六部爲四部。東晋李充《晋元帝四部書目》則最早將四部分别稱作甲、乙、丙、丁。梁元帝蕭繹《金樓子》又將甲、乙、丙、丁四部分别與經、史、子、集四部對應。唐初魏徵《隋書》（卷三二—三五）《經籍志》最早以經、史、子、集四部著録書籍。《新唐書》（卷五七）《藝文志一》：「自漢以來，史官列其名氏篇第，以爲六藝、九種、七略；至唐始分爲四類，曰經、史、子、集。」

〔二〕天禄：天禄閣，蕭何造，漢代朝廷藏書處。後世指朝廷藏書之所。《三輔黄圖》（卷六）：「天禄閣，藏典籍之所。《漢宮殿疏》云：『天禄、麒麟閣，蕭何造，以藏秘書、處賢才也。』」

〔三〕無由：没有辦法。《儀禮・士相見禮》：「某也願見，無由達。」鄭玄注：「無由達，言久無因緣以自達也。」

〔四〕秦火：指秦始皇焚書坑儒事。《史記》（卷六）《秦始皇本紀》：「丞相李斯曰：『……臣請史官非秦記皆燒之。非博士官所職，天下敢有藏《詩》《書》、百家語者，悉詣守、尉雜燒之。有敢偶語《詩》《書》者弃世。以古非今者族。吏見知不舉者與同罪。令下三十日不燒，黥爲城旦。所不去者，醫藥卜筮種樹之書。若欲有學法令，以吏爲師。』制曰：『可。』」

〔五〕逢：遭，遇。《説文·辵部》：「逢，遇也。」迍邅（zhūn zhān）：艱難行進貌。《周易·屯卦》：「六二，屯如，邅如，乘馬班如。」蔡邕《述行賦》：「塗迍邅其蹇連兮，潦汙滯而爲灾。」

〔六〕漢祖：漢高祖劉邦。入關日：指漢元年劉邦率兵進入函谷關事。《史記》（卷八）《高祖本紀》：「漢元年十月，沛公兵遂先諸侯至霸上。……乃以秦王屬吏，遂西入咸陽。……（沛公曰）：『吾與諸侯約，先入關者王之，吾當王關中。』」

〔七〕蕭何句：蕭何是漢高祖劉邦建立漢王朝前後最重要的輔弼大臣，故云。《史記》（卷五三）《蕭相國世家》：「蕭相國何者，沛、豐人也。以文無害爲沛主吏掾。……及高祖起爲沛公，何常爲丞督事。……沛公爲漢王，以何爲丞相。」

〔八〕取圖籍：《史記》（卷五三）《蕭相國世家》：「沛公至咸陽，諸將皆争走金帛財物之府分之，何獨先入收秦丞相御史律令圖書藏之。」

〔九〕遂持句：意謂于是就掌握了治理天下的權柄。《史記》（卷五三）《蕭相國世家》：「漢王所以具知天下阸塞，户口多少，彊弱之處，民所疾苦者，以何具得秦圖書也。」

〔一〇〕熹平：東漢孝靈帝劉宏年號（一七二—一七七）。熹平中興：指儒家經典再度得到重視，儒學中興。

〔一二〕教化：政教風化。相宣：互相映照顯現。

〔一三〕立石句：指東漢蔡邕等人石刻《五經》事。《後漢書》（卷六〇下）《蔡邕傳》：「邕以經籍去聖久遠，文字多謬，俗儒穿鑿，疑誤後學。熹平四年，乃與五官中郎將堂谿典、光禄大夫楊賜、諫議大夫馬日磾、議郎張馴、韓説、太史令單颺等，奏求正定《六經》文字。靈帝許之，邕乃自書〔丹〕於碑，使工鎸刻立於太學門外。於是後儒晚學，咸取正焉。」《五經》：指儒家五部經典《周易》《尚書》《詩經》《禮記》《春秋》。其名始於漢武帝置《五經》博士。《漢書》（卷六）《武帝本紀》：「（建元五年）置《五經》博士。」《漢書》（卷八八）《儒林傳》：「贊曰：自武帝立《五經》博士，開弟子員，設科射策，勸以官禄。」

〔一三〕太學：漢代朝廷開始設立的國家最高學府。《漢書》（卷六）《武帝本紀》：「（元朔五年）丞相（公孫）弘請爲博士置弟子員，學者益廣。」此即漢代建太學之始。此句謂蔡邕等石刻《五經》立於東漢太學門前。《後漢書》（卷八）《孝靈帝本紀》：「（熹平）四年春三月，詔諸儒正《五經》文字，刻石立于太學門外。」《後漢書》（卷六十下）《蔡邕傳》李賢注：「《洛陽記》曰：『太學在洛城南開陽門外，講堂長十丈，廣二丈。堂前《石經》四部。本碑凡四十六枚。西行，《尚書》《周易》《公羊傳》十六碑存，十二碑毁。南行，《禮記》十五碑悉崩壞。東行，《論語》三碑，二碑毁。《禮記》碑上有諫議大夫馬日磾、議郎蔡邕名。』」

〔一四〕卓：董卓（？—一九二），字仲穎。東漢靈帝時爲前將軍，少帝時與何進共誅宦官。後擅權，自爲相國，廢少帝，立獻帝。後又自爲太師，位列諸侯之上。專權恣肆，殘暴乖戾，縱火焚燒洛陽二百餘里。最終爲王允、吕布所殺。參《後漢書》（卷七二）《董卓列傳》。

〔一五〕君臣句：意謂董卓作亂，挾持漢獻帝從洛陽遷都長安，君臣顛沛流離，天下大亂。《後漢書》（卷九）《孝獻帝本紀》：「（初平元年）遷都長安。董卓驅徙京師百姓悉西入關，自留屯畢圭苑。」《後漢書》（卷七二）《董卓列傳》：「於是盡徙洛陽人數百萬口於長安，步騎驅蹙，更相蹈藉，飢餓寇掠，積尸盈路。」轉圜（huán）：轉動圓形器具。喻社會事物變化之快。《漢書》（卷六七）《梅福傳》：「昔高祖納善若不及，從諫若轉圜。」

〔一六〕洛陽：東漢都城，即今河南省洛陽市。《元和郡縣圖志》（卷五）《河南道一》：「河南府，洛州，東都。……漢改爲河南郡，後漢光武帝建武元年入洛陽，遂定都焉。及董卓逼遷獻帝西都長安，盡燒洛陽宫廟，後又都焉。」煨燼（wēi jìn）：焚燒後的灰燼。《文選》（卷六）左思《魏都賦》：「于時運距陽九，漢綱絶維，奸回内贔，兵纏紫微。翼翼京室，眈眈帝宇，巢焚原燎，變爲煨燼，故荆棘旅庭也。殷殷寰内，繩繩八區，鋒鏑縱横，化爲戰場，故麋鹿寓城也。」《後漢書》（卷九）《孝獻帝本紀》：「（初平元年三月）己酉，董卓焚洛陽宫廟及人家。」《後漢書》（卷七二）《董卓列傳》：「卓自屯留畢圭苑中，悉燒（洛陽）宫廟官府居家，二百里内無復孑遺。」

〔一七〕載籍：書籍。《史記》（卷六一）《伯夷列傳》：「夫學者載籍極博，猶考信於六藝。」宜：應。劉淇《助字辨略》（卷一）：「諸宜字，應合之辭也。」宜爲煙：意謂書籍在漢末董卓之亂中煙消雲散，亡佚殆盡。《太平御覽》（卷六一九）：「《風俗通》曰：『董卓蕩覆王室，天子西移，所載書七十車，遇雨道難，分半投弃，即於處燒燔，糜爲灰燼。』」《隋書》（卷三二）《經籍志一》：「董卓之亂，獻帝西遷，圖書縑帛，軍人皆取爲帷囊。所收而西，猶七十餘載。兩京大亂，掃地皆盡。」

〔一八〕晋武革命：晋武帝司馬炎廢魏，建立晋朝。隨後又滅東吴，統一南北，使社會比較安定，經濟得到一定發展，史稱「太康之治」。其在位時間自泰始元年至太熙元年（二六五—二九〇）。參《晋書》（卷三）《武帝本紀》。

〔一九〕生民：人民，老百姓。《尚書·畢命》：「三后協心，同底于道。道洽政治，澤潤生民。」息肩：本謂卸去肩上的負擔，後謂休養生息。《左傳·襄公二年》：「鄭成公疾，子駟請息肩於晋。」杜預注：「欲辟楚役，以負擔喻。」《史記》（卷二五）《律書》：「故百姓無内外之繇，得息肩於田畝，天下殷富。」

〔二〇〕惠懷：晋惠帝、晋懷帝。晋惠帝司馬衷，永熙元年至永興二年（二九〇—三〇五）在位。晋懷帝司馬熾，光熙元年至永嘉六年（三〇六—三一二）在位。參《晋書》（卷四）《孝惠帝本紀》、（卷五）《孝懷帝本紀》。二帝在位期間，晋王朝急劇衰亡，最終導致「永嘉之亂」。亟（jí）：極。寡昧：孤弱淺陋，愚昧無知。《晋書》（卷五）《孝懷帝本紀》：「史臣曰：……惠帝以放蕩之德臨之（天下）。」又曰：「懷帝承亂得位，羈於强臣。」可見二帝愚弱。

〔二一〕戎羯（jié）：少數民族羯族。戎，古代對西北少數民族的稱呼。戎羯概指西晉末年趁「八王之亂」攻占黄河流域中原地區的羯、氐、羌、匈奴、鮮卑五個少數民族，史稱「五胡亂華」。俄：極短的時間。《説文·人部》：「俄，行頃也。」《玉篇·人部》：「俄，俄頃，須臾也。」腥膻：牛羊的腥臊氣。因上述五個少數民族都是游牧民族，故云。

〔二二〕東南遷：西晉末年，中原人士紛紛渡江，避亂東南。晉元帝司馬睿渡江後建立東晉王朝。參《晉書》（卷六）《元帝本紀》：「太安之際，童謠云：『五馬浮渡江，一馬化爲龍。』及永嘉中，歲、鎮、熒惑、太白聚斗、牛之間，識者以爲吴、越之地當興王者。是歲，王室淪覆，帝與西陽、汝南、南頓、彭城五王獲濟，而帝竟登大位焉。」

〔二三〕日既句：意謂時當天下大亂，人們没有空暇時間。《史記》（卷二八）《封禪書》：「雖受命而功不至，至梁父矣而德不洽，洽矣而日有不暇給，是以即事用希。」

〔二四〕《墳》《索》：《三墳》、《八索》，都是上古書籍，此概指書籍。參本卷（詩四）注〔八七〕。何由專：意謂怎能得到專門保護呢？《隋書》（卷三二）《經籍志一》：「惠、懷之亂，京華蕩覆，渠閣文籍，靡有孑遺。」

〔二五〕脆弱：此指國家軟弱無力。《國語·晉語六》：「德刑不立，奸宄并至，臣脆弱，不能忍俟也。」

〔二六〕尚虚玄：指東晉士人尚玄言，好清談。《晉書》（卷九一）《儒林傳》：「有晉始自中朝，迄於江左，莫不崇飾華競，祖述虚玄，擯闕里之典經，習正始之餘論，指禮法爲流俗，目縱誕以清高，遂使憲章弛廢，名教頽毁，五胡乘間而競逐，二京繼踵以淪胥，運極道消，可爲長嘆息者矣。」

〔二七〕任學者：從事實學的人。

〔二八〕清言者：愛好清談的人。

〔二九〕沈范：沈約、范雲。沈約（四四一—五一三），字休文。南朝宋、齊、梁間詩人、史學家。爲齊竟陵王蕭子良「竟陵八友」之一。曾任東陽太守，世稱「沈東陽」。與周顒等人創建永明「聲律論」，在詩歌史上産生巨大影響。范雲（四五一—五〇三），字彦龍。齊、梁間詩人，亦「竟陵八友」之一。與沈約同爲梁武帝蕭衍的重臣。《梁書》（卷一三）、《南史》（卷五七）均爲二人立傳。

〔三〇〕簡編：竹簡和串聯竹簡的帶子。此指書籍。《梁書》（卷一三）《沈約傳》：「好墳籍，聚書至二萬卷，京師莫比。」《南史》（卷五七）《沈約傳》略同。范雲藏書數萬卷，未詳。

〔三一〕御府：帝王的府庫，此指朝廷藏書的官署。《史記》（卷三〇）《平凖書》：「胡降者皆衣食縣官，縣官不給，天子乃損膳，解乘輿駟，出御府禁藏以贍之。」韓愈《送鄭十校理序》：「秘書，御府也。天子猶以爲外且遠，不得朝夕視，始更聚書集賢殿，别置校讎官，曰『學士』，曰『校理』。」

〔三二〕仍令句：意謂皇帝下令以沈、范家藏的珍貴書籍加以傳寫，以補朝廷藏書之缺。傳：傳寫，轉抄。檢《梁書》、《南史》沈約、范雲傳，未得其事，但合乎當時情理。任昉《爲梁武帝集墳籍令》：「下車所務，非此孰先？便宜選陳農之才，采河間之闕。懷鉛握素，汗簡殺青，依秘閣舊録，速加繕寫。便施行。」可見當時朝廷聚書的情形。

〔三三〕梁元：梁元帝蕭繹（五〇八—五五四），字世誠。梁武帝蕭衍第七子。七歲封湘東王。侯景之亂平定後，稱帝，定都江陵。蕭繹也是著名詩人、辭賦家。參《梁書》（卷五）、《南史》（卷八）《梁本紀下·元帝本紀》。渚宫日：指蕭繹做皇帝的日子（五五二—五五四）。渚宫，春秋時楚國别宫，故址在今湖北省江陵城内。蕭繹稱帝後，即以此爲皇宫。《左傳·文公十年》：「（子西）沿漢泝江，將入郢。王在渚宫，下見之。」《元和郡縣圖志》（逸文卷一）《山南道》：「江陵府，江陵縣：渚宫，楚别宫。《左傳》曰：『王在楚宫』。《水經注》云：『今城，楚船宫地也，春秋之渚宫。』」又云：「楚宫，梁元帝即位于楚宫，蓋取渚宫以名宫。」

〔三四〕蠹取句：意謂蕭繹不遺餘力搜集、收藏書籍。《隋書》（卷三二）《經籍志一》：「（梁）元帝克平侯景，收文德之書及公私經籍，歸于江陵，大凡七萬餘卷。」蚳蝝（chí yuán）：蟻卵和幼蝗。此喻書籍之多。參本卷（詩三）注〔三五〕。

〔三五〕兵威句：指梁元帝蕭繹承聖三年（五五四），西魏軍隊攻陷江陵，俘元帝，并于十二月將其殺害。參《梁書》（卷五）、《南史》（卷八）《梁本紀下·元帝本紀》。兵威：軍威。《史記》（卷一一五）《朝鮮列傳》：「以故滿得兵威財物侵降其旁小邑。」破碎：毀壞，破滅。此指梁元帝身死國滅。《荀子·法行》：「《詩》曰：『涓涓源水，不雝不塞。轂已破碎，乃大其輻。』」

〔三六〕焚爇（ruò）句：指梁元帝被俘前下令焚燒朝廷所有藏書一事。《南史》（卷八）《梁本紀下·元帝本紀》：「及魏人燒栅，（朱）買臣、謝答仁勸帝乘暗潰圍出就任約。……乃聚圖書十餘萬卷盡燒之。」《太平御覽》（卷六一九）引《三國典略》：「周師陷江陵，梁王知事不濟，入東閣竹殿，命舍人高善寶焚古今圖書十四萬卷。欲自投火與之俱滅，宫人引衣，遂及火滅盡。并以寶劍斫柱，令折，嘆曰：『文武之道，今夜窮矣。』」焚爇：焚燒，燒毁。爇，《説文・火部》：「爇，燒也。」

〔三七〕隋後主：隋煬帝楊廣（五六九—六一九），他是隋王朝的末帝，故云。參《隋書》（卷三—四）《煬帝紀》。

〔三八〕搜羅句：意謂楊廣盡力搜集書籍。駢闐（pián tián）：多貌。亦作「駢田」、「駢填」。《文選》（卷二）張衡《西京賦》：「麀鹿麌麌，駢田偪仄。」薛綜注：「駢田偪仄，聚會之意。」《文選》（卷一一）何晏《景福殿賦》：「故其增構如積，植木如林，區連域絶，葉比枝分，離背別趣，駢填胥附。」吕向注：「駢填，多貌。」《隋書》（卷三二）《經籍志一》：「隋開皇三年，秘書監牛弘，表請分遣使人，搜訪異本。每書一卷，賞絹一匹，校寫既定，本即歸主。於是民間異書，往往間出。及平陳已後，經籍漸備。……煬帝即位，秘閣之書，限寫五十副本，分爲三品：上品紅瑠璃軸，中品紺瑠璃軸，下品漆軸。於東都觀文殿東西廂構屋以貯之，東屋藏甲乙，西屋藏丙丁。又聚魏已來古迹名畫，於殿後起二臺，東曰妙楷臺，藏古迹；西曰寶迹臺，藏古畫。又於内道場集道、佛經，別撰目録。」《新唐書》（卷五七）《藝文志一》：「初，隋嘉則殿書三十七萬卷，至武德初，有書八萬卷，重複相糅。」《舊唐書》（卷四六）《經籍志上》：「及隋氏建邦，寰區一統，煬皇好學，喜聚逸書，而隋世簡編，最爲博洽。」

〔三九〕寶函：此指書套。玉軸：書籍的卷軸，有玉、木等不同材質製成。

〔四〇〕彩翠句：形容書籍裝幀精美，色彩華麗。彩翠，鮮艷的翠緑色。霞鮮，絢爛明麗。本詩注〔三八〕所引《隋書》（卷三二）《經籍志一》，可見隋代書籍之古雅典麗。唐韋述《集賢注記》：「隋舊書用廣陵麻紙寫，作蕭子雲書體，赤軸綺帶，最麗好。」《資治通鑑》（卷一八二）：「（煬帝大業十一年）於觀文殿前爲書室十四間，窗户床褥厨幔，咸極珍麗。每三間開方户，垂錦幔，上有二飛仙，户外地中施機發。」又云：「其正書皆裝翦華净，寶軸錦縹。」

〔四一〕伊唐：唐王朝。伊，發語詞。受命初：接受天命建立政權之初。指唐高祖時期。

〔四二〕載史句：謂唐初君臣搜求遺佚，收藏圖書，聲譽特盛，不斷見之于史册記載。連延：連續，綿延。《文選》（卷一九）宋玉《高唐賦》：「薄草靡靡，聯延夭夭。」《文選》（卷三四）枚乘《七發》：「魚鱉失勢，顛倒偃側。沋沋湲湲，蒲伏連延。」李善注：「連延，相續貌。」《新唐書》（卷一）《高祖本紀》：「（大業十三年）十一月丙辰，克京城。命主符郎宋公弼收圖籍。」《舊唐書》（卷二）《太宗本紀上》：「太宗入據宮城，令蕭瑀、竇軌等封守府庫，一無所取，令記室房玄齡收隋圖籍。」《唐會要》（卷三五）《經籍》：「武德五年，秘書監令狐德棻奏：『今乘喪亂之餘，經籍亡逸，請購募遺書，重加錢帛，增置楷書，專令繕寫。』數年間，群書畢備。」

〔四三〕砥柱句：指唐初武德年間從洛陽船載書籍至長安，途經砥柱山船翻書毁事。《隋書》（卷三二）《經籍志一》：「大唐武德五年，克平僞鄭，盡收其圖書及古迹焉。命司農少卿宋遵貴載之以船，溯河西上，將致京師。行經底柱，多被漂没，其所存者，十不一二。其《目録》亦爲所漸濡，時有殘缺。」《新唐書》（卷五七）《藝文志一》：「初，隋嘉則殿書三十七萬卷。至武德初，有書八萬卷，重複相糅。王世充平，得隋舊書八千餘卷。太府卿宋遵貴監運東都，浮舟溯河，西致京師，經砥柱舟覆，盡亡其書。」砥柱：山名，在今河南省陝縣東北黄河中。《元和郡縣圖志》（卷六）《河南道二》：「陝州硤石縣：底柱山，俗名三門山，在縣東北五十里黄河中。《禹貢》曰：『導河積石，至於龍門，東至於底柱。』河水分流包山，山見水中，若柱然也。」

〔四四〕淪漣：水波蕩漾。《詩經·魏風·伐檀》：「坎坎伐檀兮，寘之河之干兮，河水清且漣猗。……坎坎伐輪兮，寘之河之漘兮，河水清且淪猗。」

〔四五〕半在句：意謂隋朝所收藏書籍一半被水漂没毁壞。《隋書》（卷三二）《經籍志一》：「今考見存，分爲四部，合條爲一萬四千四百六十六部，有八萬九千六百六十六卷。」《舊唐書》（卷四七）《經籍志下》：「國家平王世充，收其圖籍，溯河西上，多有沈没，存者重復八萬卷。」

〔四六〕貞觀：唐太宗李世民年號（六二七—六四九）。購亡逸：搜求購買散佚的書籍。《舊唐書》（卷四六）《經籍志上》：「貞觀中，令狐德棻、魏徵相次爲秘書監，上言經籍亡逸，請行購募，并奏引學士校定，群書大備。」《新唐書》（卷五七）《藝文志一》：「貞觀中，魏徵、虞世南、顔師古繼爲秘書監，請購天下書，選五品以上子孫工書者爲書手，繕寫藏于内庫，以宮人掌之。」《唐會要》（卷三五）《經籍》：「至貞觀二年，秘書監魏徵以喪亂以後，典章紛雜，奏引學者，校定四部書。數年之間，秘府粲然畢備。」

〔四七〕蓬瀛：蓬萊、瀛洲。古代傳説中東海的神山。此借指唐初朝廷的藏書之所秘書省等。《後漢書》（卷二三）《竇章傳》：「是時學者稱東觀爲老氏藏室，道家蓬萊山，（鄧）康遂薦章入東觀爲校書郎。」李賢注：「老子爲守藏史，復爲柱下史，四方所記文書皆歸柱下，事見《史記》。言東觀經籍多也。蓬萊，海中神山，爲仙府，幽經秘録并皆在焉。」唐初朝廷藏書之所，參《唐六典》（卷八）、《唐會要》（卷六四）「弘文館」條，《唐六典》（卷一〇）「秘書省」條等。

〔四八〕炅（jiǒng）然：明亮貌。東壁：本是古代天文學上壁宿名，此指朝廷藏書之所。《晉書》（卷一一）《天文志上》：「東壁二星，主文章，天下圖書之秘府也。星明，王者興，道術行，國多君子。」

〔四九〕與月句：意謂東壁星可與明月爭輝。喻唐初廣事搜求，終使藏書豐富，取得巨大成功。

〔五〇〕開元：唐玄宗李隆基年號（七一三—七四一），史稱「開元之治」，是唐王朝極盛時期，杜甫《憶昔》詩就有「開元全盛日」之説。

〔五一〕王道句：意謂社會安定，天下太平。《尚書·洪範》：「無黨無偏，王道平平。」平平（pián pián）：謂社會公平有序。

〔五二〕八萬句：指唐玄宗開元年間朝廷藏書的概數。《新唐書》（卷五七）《藝文志一》：「藏書之盛，莫盛於開元。其著録者，五萬三千九百一十五卷。而唐之學者自爲之書者，又二萬八千四百六十九卷。嗚呼，可謂盛矣！」《唐會要》（卷三五）《經籍》：「（開元）十九年冬，車駕發京師。集賢院四庫書，總八萬九千卷。經庫一萬三千七百五十二卷，史庫二萬六千八百二十卷，子庫二萬一千五百四十八卷，集庫一萬七千九百六十卷。」

〔五三〕塗鉛：謂校勘、整理書籍。鉛，鉛粉，古代校書的基本用料。玄宗開元年間，大規模搜集、繕寫、整理圖書，此句故云。《新唐書》（卷五七）《藝文志一》：「玄宗命左散騎常侍、昭文館學士馬懷素爲修圖書使，與右散騎常侍、崇文館學士褚无量整比。會幸東都，乃就乾元殿東序檢校。无量建議：御書以宰相宋璟、蘇頲同署，如貞觀故事。又借民間異本傳録。及還京師，遷書東宮麗正殿，置修書院於著作院。其後大明宮光順門外、東都明福門外，皆創集賢書院，學士通籍出入。既而太府月給蜀郡麻紙五千番，季給上谷墨三百三十六丸，歲給河間、景城、清河、博平四郡兔千五百皮爲筆材。兩都各聚書四部，以甲、乙、丙、丁爲次，列經、史、子、集四庫。其本有正有副，軸帶帙籤皆異色以別之。」《舊唐書》（卷四六）《經籍志上》：「至（開元）七年，詔公卿士庶之家，所有異書，官借繕寫。及四部書成，上令百官入乾元殿東廊觀之，無不駭其廣。」

〔五四〕開元麗正殿書録：此指玄宗開元年間校理圖書過程中所完成的書目著録。《舊唐書》（卷四六）《經籍志上》：「（開元九年）重修成《群書四部録》二百卷，右散騎常侍元行冲奏上之。自後毋煚又略爲四十卷，名爲《古今書録》，大凡五萬一千八百五十二卷。」此二書是玄宗開元年間整理圖書最重要的機構集賢殿書院的書録。西都長安、東都洛陽皆有集賢殿書院。而其前身則先後是乾元殿、麗正殿。故詩中原注「開元麗正殿書録」云云。《舊唐書》（卷四三）《職官志二》：「集賢殿書院：……玄宗即位，大校群書。開元五年，於乾元殿東廊下寫四部書，以充内庫，置校定官四人。七年，駕在東都，於麗正殿置修書使。十二年，駕在東都。十三年，與學士張説等宴於集仙殿，因改名集賢，改修書使爲集賢書院學士。」《新唐書》（卷四七）《百官志二》：「集賢殿書院：……開元五年，乾元殿寫四部書，置乾元院使，……六年，乾元院更號麗正修書院，置使及檢校官，改修書官爲麗正殿學士。……十一年，置麗正院修書學士；光順門外亦置書院。十二年，東都明福門外亦置麗正書院。十三年，改麗正修書院爲集賢殿書院。」

〔五五〕傳寫：傳録抄寫書籍。《漢書》（卷八六）《師丹傳》：「大臣奏事，不宜漏泄，令吏民傳寫，流聞四方。」

〔五六〕奔：形容竭力追求貌。窮研：深入研究。《陳書》（卷二七）《江總傳·贊》：「至於九流、《七略》之書，名山石室之記，汲郡、孔堂之書，玉箱金板之文，莫不窮研旨奥，遍探坎井。」

〔五七〕目云：視作，看待。云，語助辭。西齋：多用以指文人書齋。《南史》（卷一九）《謝惠連傳》：「族兄靈運嘉賞之，云：『每有篇章，對惠連輒得佳語。』嘗於永嘉西堂思詩，竟日不就，忽夢見惠連，即得『池塘生春草』，大以爲工。常云：『此語有神助，非吾語也。』」

〔五八〕東皋：泛指田地。《文選》（卷四〇）阮籍《奏記詣蔣公》：「方將耕於東皋之陽，輸黍稷之稅，以避當塗者之路。」《文選》（卷四五）陶淵明《歸去來兮辭》：「登東皋以舒嘯，臨清流而賦詩。」

〔五九〕徐氏子：指徐修矩。參本卷（詩九）注〔二〕。

〔六〇〕奕世：累代，世世代代。才賢：有才能、品德的人。《史記》（卷一二七）《日者列傳》：「才賢不爲，是不忠也；才不賢而托官位，利上奉，妨賢者處，是竊位也；有人者進，有財者禮，是僞也。」

〔六一〕遺孫謀：遺留給子孫的謀劃。《詩經·大雅·文王有聲》：「詒厥孫謀，以燕翼子。」

〔六二〕不在句：意謂遺留給子孫的遺産不在于金錢。《漢書》（卷七三）《韋賢傳》：「遺子黄金滿籯，不如一經。」

〔六三〕插架：將書籍插入書架。即藏書之意。幾：近，差不多。《爾雅·釋詁》：「幾，近也。」韓愈《送諸葛覺往隨州讀書》：「鄴侯家多書，插架三萬軸。」萬軸：萬卷。唐代書籍是卷軸形式，一卷由一根軸粘連着。

〔六四〕森森：此謂井然有序貌。戈鋋：古代的兩種武器。此以整齊竪立的戈鋋，喻書籍的卷軸排列整齊。參本卷（詩三）注〔一五〕。

〔六五〕籤牌：書籍的標籤。唐代書籍卷軸裝幀精美，籤牌爲其中的一項。《唐六典》（卷九）《集賢殿書院》：「其經庫書鈿白牙軸、黄帶、紅牙籤，史庫書鈿青牙軸、縹帶、緑牙籤，子庫書彫紫檀軸、紫帶、碧牙籤，集庫書緑牙軸、朱帶、白牙籤，以爲分别。」

〔六六〕鏗鏘：金、玉等物碰撞發出的清脆響亮的聲音。

〔六七〕鹿門子：皮日休自署的别號。因其曾隱居鹿門山，故云。參本卷（詩四）注〔一五六〕。

〔六八〕好問：勤于向别人求教。《尚書・仲虺之誥》：「好問則裕，自用則小。」《孔傳》：「問則有得，所以足。不問專固，所以小。」除㾓（yuān）：除去病痛。《玉篇・疒部》：「㾓，骨節疼。」一説，㾓，疲勞，憂愁。《説文・心部》：「悁，一曰：憂也。」《文選》（卷二五）謝靈運《登臨海嶠初發彊中作與從弟惠連見羊何共和之》：「顧望脰未悁，汀曲舟已隱。」李善注：「《説文》曰：『㾓，疲也。』㾓與悁通。」

〔六九〕倏（shū）來：忽然來到。參卿：參軍，指徐修矩。參本卷（詩九）注〔四二〕。

〔七〇〕憐：愛也。《爾雅・釋詁》：「憐，愛也。」《方言》（卷一）：「憐，愛也。汝、潁之間曰憐，宋、魯之間曰牟，或曰憐。憐，通語也。」

〔七一〕開懷：暢開懷抱，以誠相待。厨簏：書櫃書簏。簏（lù）：竹編的盛物器具。《説文・竹部》：「簏，竹高篋也。」多爲圓形。《楚辭・九嘆・愍命》：「莞芎棄於澤洲兮，瓟蠡蠹於筐簏。」王逸注：「方爲筐，圓爲簏。」

〔七二〕性所便：任隨性情之所喜愛。便，適合，喜愛。孟浩然《冬至後過吴張二子檀溪别業》：「外事情都遠，中流性所便。」劉長卿《歸弋陽山居留别盧邵二侍御》：「偶俗機偏少，安閑性所便。」元積《送林復夢赴韋令辟》：「野性便荒飲，時風忌酒徒。」

〔七三〕素業：先世遺留下來的儒業。此指徐氏的先世遺留的書籍而言。千仞：形容極爲高峻。古代以八尺爲仞。《莊子·秋水》：「夫千里之遠，不足以舉其大；千仞之高，不足以極其深。」

〔七四〕峻雲巔：高峻的山峰，聳立直入雲空。此喻徐氏「守世書萬卷，優游自適」的儒素事業。

〔七五〕雄才：卓越傑出的才幹。《後漢書》（卷七〇）《鄭孔荀傳·論》：「方時運之屯邅，非雄才無以濟其溺，功高埶彊，則皇器自移矣。」舊：舊有，久已。《小爾雅·廣詁》：「舊，久也。」百派：上百的支流。泛指江河的支流衆多。此喻徐氏學説上廣納百家。

〔七六〕相近：接近，差不多。《論語·陽貨》：「性相近也，習相遠也。」白川：白水，指清水而言。

〔七七〕君：指皮日休。苞：包含，積聚。王佐圖：輔佐君王成就大業的宏圖大志。《漢書》（卷五六）《董仲舒傳·贊》：「劉向稱『董仲舒有王佐之材，雖伊、吕亡以加，管、晏之屬，伯者之佐，殆不及也。』」

〔七八〕縱步：箭步，邁開大步。柳宗元《夢歸賦》：「老聃遁而適戎兮，指淳茫以縱步。」陶甄：燒制陶器，比喻造化。《文選》（卷五六）張華《女史箴》：「茫茫造化，二儀既分。散氣流形，既陶既甄。」李善注：「如淳曰：『陶人作瓦器謂之甄。』」

〔七九〕他時：他年，將來。報德：報答他人的恩德。《詩經·小雅·蓼莪》：「欲報之德，昊天罔極。」《論語·憲問》：「以直報怨，以德報德。」

〔八〇〕參卿：參軍，指徐修矩。參本卷（詩九）注〔四二〕。

【箋評】

毛西河譏朱文公集注《學》《庸》《論》《孟》爲「四書」，以爲其名不通，有《四書改錯》一書。余案：陸魯望和皮日休詩曰：「嘗聞四書曰，經史子集焉。」則「四書」二字未爲不典雅也。蓋西河有意與文公爲難，故於「四書」之注往往吹毛求疵，并其書名亦譏之也。真可爲文人相輕也。（蔡澄《鷄窗叢話》）

以語助字入詩，則其聲韻尤佳，故我王考青莊館先生采古人語助字作韻語者數句矣。今得陸魯望龜蒙詩用語助字者五言一句。其《借書》詩曰：「嘗聞四書曰，經史子集焉。」可作詩家一體也，不可易得。（李圭景《詩家點燈・陸魯望語助詩》，鄺健行、陳永明、吴淑鈿選編《韓國詩話中論中國詩資料選粹》）

任詩

吴之辟彊園①〔一〕，在昔勝概敵〔二〕。前聞富修竹〔三〕，後説紛怪石（原注：竟陵子陸羽《玩月詩》云②：「辟彊舊林園③，怪石紛相向④。」）〔四〕。風煙慘無主⑤〔五〕，載祀將六百〔六〕。草色與行人〔七〕，誰能問遺迹。不知清景在〔八〕，盡付任君宅〔九〕。却是五湖光〔一〇〕，偷來傍檐隙⑥〔一一〕。出門向城路，車馬聲轥轢⑦〔一二〕。入門望亭隈〔一三〕，水木氣岑寂〔一四〕。犨墻繞曲岸〔一五〕，勢似行無極⑧〔一六〕。十步一危梁〔一七〕，乍疑當絶壁〔一八〕。池容澹而古⑨〔一九〕，樹意蒼然僻〔二〇〕。魚驚尾半紅⑩〔二一〕，鳥下衣全碧〔二二〕。斜來島嶼隱，恍若瀟湘隔〔二三〕。雨静挂殘絲〔二四〕，煙消有餘脉。竭來任公子⑪〔二五〕，擺落名利役〔二六〕。雖將禄代耕〔二七〕，頗愛巾隨策〔二八〕。秋籠支遁鶴〔二九〕，夜榻戴顒客〔三〇〕。説史足爲師，譚禪差作伯〔三一〕。君多鹿門思〔三二〕，到此情便適〔三三〕。偶蔭桂堪帷〔三四〕，縱吟苔可席〔三五〕。顧余真任誕⑫〔三六〕，雅遂中心獲〔三七〕。但喜醉還醒⑬〔三八〕，豈知玄尚白⑭〔三九〕。甘閑在鷄口⑮〔四〇〕，不貴封龍額⑯〔四一〕。即此自怡神，何勞謝公屐〔四二〕。（詩一二）

【校記】

①「彊」汲古閣本、詩瘦閣本、四庫本、統籤本、類苑本、季寫本、全唐詩本作「疆」，陸詩甲本作「强」。

②「玩」陸詩乙本批校：「舊本『玩』字未刻。」陸詩丙本張校作墨釘。③「彊」汲古閣本、詩瘦閣本、統籤本、類苑本、全唐詩本作「疆」，季寫本作「强」。「園」鄴宋本作「閒」，陸詩甲本、陸詩丙本、統籤本作「閬」，季寫本作「間」。④「紛」陸詩丙本張校作「分」。⑤「慘」鄴宋本作「瞜」。⑥「傍」原作「榜」，據弘治本、汲古閣本、詩瘦閣本、四庫本、陸詩甲本、統籤本、類苑本、季寫本、全唐詩本改。

⑦「轥」陸詩丙本、類苑本作「轥」，統籤本作「躪」。「轥轢」全唐詩本作「躪躒」，并注：「一作轥轢。」

⑧「似」詩瘦閣本、章校本作「若」。⑨「澹」陸詩丙本張校作「淡」。⑩「驚」原缺「敬」末筆，避宋太祖祖父趙敬諱。⑪「竭」陸詩丙本作「揭」。⑫「余」弘治本、汲古閣本、詩瘦閣本、四庫本、類

苑本作「予」。⑬「喜」全唐詩本作「知」。⑭「玄」原缺末筆，避宋太祖始祖趙玄朗諱。⑮「閑」統籤本、類苑本、季寫本作「閒」。⑯「額」季寫本作「頟」。

【注釋】

〔一〕辟彊園：東晉吴郡顧辟彊之名園。《世説新語·簡傲》：「王子敬自會稽經吴，聞顧辟彊（疆）有名園。先不識主人，徑往其家，值顧方集賓友酣燕。」劉孝標注引《顧氏譜》曰：「辟彊（疆），吴郡人。歷郡功曹、平北參軍。」《晉書》（卷八〇）《王獻之傳》：「嘗經吴郡，聞顧辟彊有名園，先不相識，乘平肩輿徑入。時辟彊方集賓友，而獻之游歷既畢，傍若無人。」龔明之《中吴紀聞》（卷一）《辟彊園》條：「吴中舊傳，池館林木之勝，惟辟彊園爲第一。辟彊姓顧氏，晋人。見於題咏者甚衆。李太白云：『柳深陶令宅，竹暗辟彊園。』陸羽曰：『辟彊舊林園，怪石紛相向。』陸龜蒙云：『吴之辟彊園，在昔勝概敵。』皮日休云：『更葺園中景，應爲顧辟彊。』近世如張伯玉亦云：『于公門館辟彊園，放蕩襟懷水石間。』今莫知其遺迹所在。」范成大《吴郡志》（卷一四）《園亭》：「晋辟彊園，自西晋以來傳之。池館林泉之勝，號吴中第一。辟彊，姓顧氏。晋、唐題咏甚多。陸羽詩云：『辟彊舊林園，怪石紛相向。』陸龜蒙云：『吴之辟彊園，在昔勝概敵。』皮日休云：『更葺園中景，應爲顧辟彊。』本朝張伯玉云：『于公門館辟彊園，放蕩襟懷水石間。』今莫知遺迹所在。考龜蒙之詩，則在唐爲任晦園亭，今任園亦不可考矣。」顧辟彊與王子敬（獻之）同時，固是東晋人。《吴郡志》云其爲「西晋」，誤。

〔二〕在昔句：意謂任晦園池可與昔日的辟疆園相比匹。勝概：美景。李白《夏日陪司馬武公與群賢宴姑熟亭序》：「嘉名勝概，自我作也。」又《留别龔處士》：「柳深陶令宅，竹暗辟疆園。」王琦注：「按陸龜蒙詩：『吴之辟疆園，在昔勝概敵。前聞富修竹，後説紛怪石。』張南史詩：『深竹閑園暗辟疆。』蓋其地饒修竹，多怪石，往往見於題詠。」

〔三〕富：盛，多。修竹：高高的竹子。枚乘《梁王菟園賦》：「修竹檀欒，夾池水，旋菟園，并馳道。」辟疆園饒修竹，唐人詩中多有歌咏。李白《留别龔處士》：「竹暗辟疆園。」張南史《陸勝宅秋暮雨中探韻同作》：「深竹閒園偶辟疆。」

〔四〕竟陵子陸羽：陸羽（七三三—？），字鴻漸。一名疾，字季疵。自號竟陵子、東崗子、桑苧翁。復州竟陵（今湖北省天門市）人。後長期寓居湖州（今浙江省市名）一帶，與詩僧皎然等人過從甚密，曾做過湖州刺史顔真卿幕客。著有我國古代第一部論茶著作《茶經》。生平參《陸文學自傳》、《新唐書》（卷一九六）本傳、《唐才子傳校箋》（卷三）。陸羽《玩月詩》僅存此二殘句。《唐詩紀事》（卷四〇）《陸鴻漸》條云：「吴門有辟疆園，地多怪石。鴻漸《玩月詩》云：『辟疆舊林閬，怪石紛相向。』」

〔五〕風煙：景色。《文選》（卷三〇）謝朓《和王著作八公山》：「風煙四時犯，霜雨朝夜沐。」吴均《與朱元思書》：「風煙俱净，天山共色。」無主：没有主人。此句謂辟疆園後來成爲無主荒園，風景荒蕪凄凉。

〔六〕載祀：年。載，祀，均爲年、歲義。參本卷（詩三）注〔一四〕。將：將近，近。劉淇《助字辨略》（卷二）：「方欲如此而猶未如此，曰『將』，故『將』又通爲幾及之辭。」六百：此指六百年。從顧辟彊生活的東晋至晚唐時期，計五百餘年。詩取其約數。

〔七〕草色：指青緑色。行人：游人。《文選》（卷二七）樂府古辭《飲馬長城窟行》：「青青河邊草，綿綿思遠道。」

〔八〕清景：清麗秀美的景色。《文選》（卷二〇）曹植《公讌詩》：「明月澄清景，列宿正參差。」

〔九〕任君宅：任晦的宅第林園。參本卷（序二）：「前涇縣尉任晦者，」「其居有深林曲沼，危亭幽砌」云云。據陸龜蒙此詩，任氏園即辟彊園舊址。

〔一〇〕五湖：太湖的别稱。《元和郡縣圖志》（卷二五）《江南道一》：「蘇州吴縣：太湖，在縣西南五十里。《禹貢》謂之震澤，《周禮》謂之具區。湖中有山，名洞庭山。」《國語·越語下》：「果興師而伐吴，戰於五湖。」韋昭注：「五湖，今太湖。」《吴越春秋》（卷一〇）《勾踐伐吴外傳》：「（范蠡）乃乘扁舟，出三江，入五湖，人莫知其所適。」《文選》（卷一二）郭璞《江賦》：「注五湖以漫漭，灌三江而湖沛。」李善注：「五湖，張勃《吴録》曰：『五湖者，太湖之别名也。周行五百餘里。』」五湖之説紛歧。還有一説較著。即古代太湖一帶湖泊衆多，其中有五個較重要（具體名稱又不盡相同），後世即以太湖統稱之，或稱五湖。

〔一一〕檐隟：屋檐下。隟，隙的俗體字。

〔一二〕轥轢（lìn lì）：本爲車輪踐踏碾壓之意，此爲象聲詞，車輪行進聲。《文選》（卷八）司馬相如《上林賦》：「徒車之所轥轢，步騎之所蹂若。」李善注：「郭璞曰：『徒，步也。轢，輾也。』」
〔一三〕亭隈（wēi）：亭臺周圍池水的彎曲處。《説文·自部》：「隈，水曲，隩也。」
〔一四〕水木：清水和草木。泛指美麗的自然景物。《文選》（卷二二）謝混《游西池》：「景昃鳴禽集，水木湛清華。」岑寂：寂静，幽静。《文選》（卷一四）鮑照《舞鶴賦》：「去帝鄉之岑寂，歸人寰之喧卑。」李善注：「岑寂，猶高静也。」
〔一五〕犨（chōu）墻：突出的墻，此指環繞任氏園的圍墻。犨，突出。《吕氏春秋·召類》：「士尹池爲荆使於宋，司城子罕觴之。南家之墻，犨於前而不直；西家之潦，徑其宫而不止。」高誘注：「犨，猶出。曲出子罕堂前也。」
〔一六〕無極：無窮盡，没有盡頭。《左傳·僖公二十四年》：「女德無極，婦怨無終。」
〔一七〕危梁：指高高的的堤堰或魚堰。
〔一八〕乍疑：忽疑，突然以爲。絶壁：陡峭的山崖。《文選》（卷二二）謝靈運《登石門最高頂》：「晨策尋絶壁，夕息在山栖。」李善注：「《江賦》曰：『絶岸萬丈，壁立霞駮。』」
〔一九〕池容：池水的容態。澮而古：形容池水蕩漾而古樸貌。《説文·水部》：「澮，水摇也。」
〔二〇〕樹意：池邊樹木顯現出的意境。蒼然：深青色貌。僻：此形容幽静貌。
〔二一〕尾半紅：半紅的魚尾巴。《詩經·周南·汝墳》：「魴魚赬尾。」《毛傳》：「赬，赤也。」

〔二二〕衣全碧：指全身羽毛碧緑的青鳥，即指翡翠鳥。《文選》（卷五）左思《吴都賦》：「山鷄歸飛而來棲，翡翠列巢以重行。」李善注：「翡翠，巢於樹顛。」參本卷（詩一〇）注〔一六〕。

〔二三〕瀟湘：瀟水，湘水，二江名，在今湖南省境内。此喻任氏園中的溪水。《讀史方輿紀要》（卷七五）《湖廣一》：「湘水，出廣西興安縣南九十里之海陽山。……經永州府東安縣南至府城西南（去府城十里），引而北有瀟水會焉。……又北而達青草湖注於洞庭湖。……自其合瀟水而言之則曰瀟湘。」同書（卷八一）《湖廣七》：「永州府：瀟水，在府西。源出寧遠縣九疑山，流至道州東北三江口與江華縣之沱水、寧遠縣之舜源水合。又西北流至府城外，又北流至湘口，會于湘江。」

〔二四〕雨絲：雨細如絲。《文選》（卷二九）張協《雜詩十首》（其三）：「騰雲似涌煙，密雨如散絲。」

〔二五〕朅（qiè）來：句首發語辭。張相《詩詞曲語辭匯釋》（卷四）：「朅來，語助辭……蓋朅與來皆爲語助辭，合爲一辭，以之發語，不爲義也。」任公子：指任晦。

〔二六〕擺落：擺脱。陶淵明《飲酒二十首》（其十二）：「擺落悠悠談，請從余所之。」名利役：被名與利所驅使。東方朔《與友人書》：「不可使塵網名韁拘鎖，怡然長笑。」

〔二七〕禄代耕：官府俸禄可以代替耕種來養活自己。《孟子·萬章下》：「下士與庶人在官者同禄，禄足以代其耕也。」

〔二八〕巾隨策：頭巾與手杖。意謂戴着頭巾，手持拐杖。指隱士的閑適生活。隨：任隨，伴隨。

〔二九〕籠：用籠子裝。作動詞。支遁鶴：即指鶴。東晉支遁因養鶴而著名，故云。支遁（三一四—三六六），字道林，東晉高僧、詩人。俗姓關。陳留（今河南省開封市）人。長于佛理，廣交名士。《世説新語・言語》：「支公好鶴，住剡東岇山。有人遺其雙鶴，少時翅長欲飛。支意惜之，乃鎩其翮。鶴軒翥不復能飛，乃反顧翅，垂頭視之，如有懊喪意。林曰：『既有凌霄之姿，何肯爲人作耳目近玩？』養令翮成，置使飛去。」

〔三〇〕榻：一種狹長的床。參本卷（詩七）注〔四三〕。此謂下榻待客。作動詞。戴顒客：指隱居的友人。戴顒不願做官，樂於隱逸，以琴書著述爲娱，故云。戴顒（三七八—四四一），字仲若。南朝宋音樂家、文人。譙郡（今安徽省宿州市）人，徙居會稽剡縣（今浙江省嵊州市）。宋武帝劉裕、文帝劉義隆屢次徵辟，均不就。《宋書》（卷九三）本傳云：「父逵，兄勃，并隱遁有高名。……乃出居吴下。吴下士人共爲築室，聚石引水，植林開澗，少時繁密，有若自然。……三吴將守及郡内衣冠要其同游野澤，堪行便往，不爲矯介，衆論以此多之。」

〔三一〕譚禪：談論禪理。「譚」同「談」。差作：差不多可作。伯：古代對文才出衆或技藝超群者的尊稱，如詩伯、文伯、匠伯等等。《説文・人部》：「伯，長也。」《莊子・人間世》：「匠石之齊，至於曲轅，見櫟社樹。其大蔽數千牛，絜之百圍，其高臨山十仞而後有枝，其可以爲舟者旁十數。觀者如市，匠伯不顧，遂行不輟。」唐人稱禪師爲禪伯。李白《答族侄僧中孚贈玉泉仙人掌茶》：「宗英乃禪伯，投贈有佳篇。」孟郊《酬友人見寄新文》：「安閑賴禪伯，復得疏塵蒙。」

〔三二〕君：指皮日休。鹿門思：指隱逸山林的情思。皮日休早年曾隱居于襄陽鹿門山，自號鹿門子，故云。參本卷（詩三）注〔三〇〕。

〔三三〕情便適：心情閑逸蕭散。適，舒暢自得貌。

〔三四〕偶蔭：對着樹蔭。桂堪帷：桂樹成蔭，堪作帷幕。自《楚辭·招隱士》以來，詩人常用桂樹指隱士的隱逸生活和高潔品格。

〔三五〕縱吟：縱情吟詩。苔可席：柔軟的青苔可以作席而坐。

〔三六〕顧余：我。顧，猶「乃」也。任誕：任意放誕，縱情爲之。《世説新語》有《任誕》篇。

〔三七〕雅遂：頗遂。張相《詩詞曲語辭匯釋》（卷二）：「雅，猶頗也。」中心獲：心中獲得了（滿足）。《詩經·王風·黍離》：「行邁靡靡，中心摇摇。」

〔三八〕醉還醒：醉酒其如清醒一般。謂縱情酣飲。還，張相《詩詞曲語辭匯釋》（卷一）：「還，猶云其如也。」

〔三九〕玄尚白：意謂黑白没有變化，實指没有官職禄位。《漢書》（卷八七下）《揚雄傳》：「哀帝時，丁、傅、董賢用事，諸附離之者或起家至二千石。時雄方草《太玄》，有以自守，泊如也。或嘲雄以玄尚白，而雄解之，號曰《解嘲》。」顔師古注：「玄，黑色也。言雄作之不成，其色猶白，故無禄位也。」

〔四〇〕甘：甘心，甘願。閑：閑散。鷄口：鷄喙，比喻卑微而有尊嚴的地位。《戰國策》（卷二六）《韓策一》：「臣聞鄙語曰：『寧爲鷄口，無爲牛後。』」《史記》（卷六九）《蘇秦列傳》：「臣聞鄙諺曰：『寧爲鷄口，無爲牛後。』今西面交臂而臣事秦，何異於牛後乎？」《正義》：「鷄口雖小，猶進食；牛後雖大，乃出糞也。」

〔四二〕不貴句：意謂不以封侯爲顯貴。龍頟：龍頟侯。《漢書》（卷五五）《衛青傳》：「都尉韓説從大軍出寘渾，至匈奴右賢王庭，爲戲下搏戰獲王。封説爲龍頟侯。」顔師古注：「頟字或作額。」

〔四三〕謝公屐：南朝宋詩人謝靈運好游山，特制一種登山木鞋，後世稱謝公屐。《宋書》（卷六七）《謝靈運傳》：「（靈運）尋山陟嶺，必造幽峻，巖嶂千重，莫不備盡。登躡常著木屐，上山則去前齒，下山去其後齒。」

【箋評】

吴中舊傳，池館林木之勝，惟辟彊園爲第一。辟彊姓顧氏，晋人。見於題咏者甚衆。李太白云：「柳深陶令宅，竹暗辟彊園。」陸羽曰：「辟彊舊林園，怪石紛相向。」陸龜蒙云：「吴之辟彊園，在昔勝概敵。」皮日休云：「更葺園中景，應爲顧辟彊。」近世如張伯玉亦云：「于公門館辟彊園，放蕩襟懷水石間。」今莫知其遺迹所在。（龔明之《中吴紀聞》卷一《辟彊園》）

陸甫里詩「犨墻繞曲岸，勢似行無極」，「犨墻」字有本。《吕氏春秋》：「士尹池爲荆使於宋，司城子罕觴之。南家之墻，犨於前而不直；西家之潦，徑其宫而不止。」（蔣伯超輯《通齋詩話》下

卷）

斠宋本卷一末批語：「始余從錢氏借得宋刻，第二卷已有是正處。兹又借得第一卷，『化之』至『𨁂䩞』，錢本已缺，『誰敢』至『魃吾』，殘本係宋刻原板，用墨筆校改。又正十一字：汙萊、六五、嘗、補、把、忽、糈、直、伐。」

〔一一〕吟挽句：吟唱着挽手遊覽于水之陰（水南爲陰）。

〔一二〕山之岸：指虎丘山的高處。岸，《小爾雅·廣詁》：「岸，高也。」

〔一三〕澄澈：清澈明潔。王獻之《雜帖》：「鏡湖澄澈，清流瀉注。山川之美，使人應接不暇。」

〔一四〕光彩：指自然物的光彩和色澤。《文選》（卷二二）曹丕《芙蓉池作》：「上天垂光采，五色一何鮮。」凌亂：紛亂錯雜。此形容「光彩」的多姿多態。

〔一五〕蓊（wěng）：聚集貌。《文選》（卷一九）宋玉《高唐賦》：「滂洋洋而四施兮，蓊湛湛而弗止。」李善注：「蓊然，聚貌。」

〔一六〕中見日：謂日中方見太陽。

〔一七〕曉非旦：看到天色亮了，但并非是早晨（因爲山深谷幽）。

〔一八〕子：指沈恭子。盛：《廣雅》（卷三下）《釋詁》：「盛，多也。」遊遨：游覽，漫游。《詩經·齊風·載驅》：「魯道有蕩，齊子遊敖。」「遊敖」同「遊遨」。

〔一九〕風流：此指文學才華出衆。足：多。與上句「盛」同義。詞翰：詩文。

〔二〇〕松石：松樹和石頭。泛指山林泉石。《文選》（卷四六）顔延之《三月三日曲水詩序》：「松石峻垝，葱翠陰煙。」

〔二一〕累嘆：反復贊嘆。

〔二二〕余：我，清遠道士自稱。

〔三〕忻（xīn）：歡欣，喜悦。《玉篇·心部》：「忻，喜也。」君：指沈恭子。幽贊：深深的祈祝。《周易·説卦》：「昔者聖人之作《易》也，幽贊於神明而生蓍。」

【箋評】

唐時，有清遠道士《同沈恭子遊虎丘詩》曰：「余本長殷周，遭罹歷秦漢。」計之至唐，則二千餘歲矣。顔魯公愛而刻之，且有詩曰：「客有神仙者，於兹雅麗傳。」蓋指爲神仙也。李衛公《追和魯公刻清遠道士詩》曰：「逸人綴清藻，前哲留篇翰。」則逸人指清遠，而前哲謂魯公也。其後，皮日休、陸龜蒙輩皆和之。仙耶？鬼耶？則不必問。然僕獨深愛其詩中數句云：「吟眺川之陰，步上山之岸。山川共澄澈，光彩交凌亂。白雲蓊欲歸，青霧忽消半。」嗚呼！借使非神仙，亦一才鬼也。（許顗《彦周詩話》）

清遠道士《同沈恭子游虎丘寺》詩云：「我本長殷周，遭罹歷秦漢。……勿謂予鬼神，忻君共幽贊。」清遠道士，竟不知其爲何人？以鬼神自謂，亦怪之甚者。顔魯公、李德裕、皮日休、陸龜蒙皆有和篇。沈恭子，亦莫詳其因，詩中有「風流」、「詞翰」之稱，必神怪之儔也。（龔明之《中吴紀聞》卷三《清遠道士詩》）

神仙不可羈，乘螭躡雲漢。豈將避嬴劉？荒山事窮竄。何年東觀海，一至此峰玩。悠悠清詩傳，窅窅遺迹漫。我來繼登臨，長嘯幘初岸。既秋煙蘿疎，欲雨風竹亂。夜深空潭黑，月吐石壁半。龍驚汲僧來，鳥喜遊客散。閣掩林下夕，鐘鳴巖中旦。勝賞誰能窮，今古付篇翰。飛騰子何之，汩没

余可嘆！安得契真期，超然豁靈贊。（高啓《高青丘集》卷五《虎丘次清遠道士詩韻》）

春風吹我游，閉門真癡漢。最近數虎邱，而無猛虎竄。平平轉多奇，小小頗堪玩。陳生今雲卿，肯伴元結漫。舟繫青山橋，人行緑楊岸。劍池水清淺，講臺石零亂。摩娑題名字，殘缺已失半。俗生不好古，遺文日放散。安能呼蜉蝣，與之語昏旦。日高花坼房，雨過禽刷翰。撫景良可咍，學道遲自嘆。皈心《普門品》，合掌人天贊。石觀音殿壁間刻《大乘妙法蓮華經·觀世音菩薩普門品》一部，下方列銜者，自右僕射兼門下侍郎平章事曾公亮而下，凡九十餘人，不署年月。以《宋史·宰輔表》公亮除授次第推之，當在熙寧初矣。（錢大昕《虎邱追和清遠道士韻同陳藥耘作》，《潛研堂文集·詩集》卷九）

刻清遠道士詩因而繼作〔一〕

太師魯公①〔二〕

不到東西寺〔三〕，于今五十春②〔四〕。朅來從舊賞〔五〕，林壑宛相親〔六〕。吴子多藏日〔七〕，秦皇厭聖辰③〔八〕。劍池穿萬仞，盤石坐千人〔九〕。金氣騰爲虎〔一〇〕，琴臺化若神〔一一〕。登壇仰生一〔一二〕，捨宅嘆珣珉〔一三〕。中嶺分雙樹，迴巒絶四鄰〔一四〕。窺臨江海接〔一五〕，崇飾四時新〔一六〕。客有神仙者〔一七〕，於兹雅麗陳④〔一八〕。名高清遠峽〔一九〕，文聚斗牛津〔二〇〕。迹異心寧間〔二一〕，聲同質豈均〔二二〕。悠然千載後，知我揖光塵〔二三〕。（詩一四）

【校記】

①四庫本、類苑本作「顔真卿」。章校本眉批：「『顔』，明本『太』字上。」②「于」詩瘦閣本、四庫本作「於」。③「聖」汲古閣本作「勝」。④「於」類苑本作「于」。

【注釋】

〔一〕清遠道士詩：見本卷（詩一三）。顔真卿刻清遠道士詩於虎丘山，除顔氏此詩自明外，本卷（序三）云：「顔太師魯公愛之不暇，遂刻於巖際。」也是確證。

〔二〕太師魯公：顔真卿。參本卷（序三）注〔三五〕。

〔三〕東西寺：虎丘寺原分爲東寺、西寺，故云。參本卷（序三）注〔一〕。龔明之《中吳紀聞》（卷二）《海涌山》條云：「虎丘，舊名海涌山。闔閭王既葬之後，金精之氣化爲虎，踞其墳，故號『虎丘』。山椒有二伽藍，列爲東西。白樂天有東武丘、西武丘詩。顔魯公亦云：『不到東西寺，於今五十春。』今之西庵，所謂西武丘也。『虎』字避唐諱，改曰『武』。」

〔四〕于今：至今。《尚書·盤庚上》：「先王有服，恪謹天命。兹猶不常寧，不常厥邑，于今五邦。」五十春：五十年。顔真卿（七〇九—七八四）一生七十六歲，未詳此五十年應如何斷限。

〔五〕朅（qiè）來：來。張相《詩詞曲語辭匯釋》（卷四）：「朅來，猶云來也。『朅』爲發語辭，以『來』爲義，略同聿來。……顔真卿《刻清遠道士詩》：『不到東西寺，於今五十春。朅來從舊賞，林壑宛相親。』言重來舊遊之地也。」舊賞：昔時游賞之地。

〔六〕林壑句：意謂虎丘山的林泉景物好像與我相親近（緣於舊時相識之故）。宛：若，好像。

〔七〕吴子多藏：吴王闔閭當年在虎丘山的墓穴中埋藏了許多金玉珍寶。《藝文類聚》（卷八）引《吴越春秋》曰：「闔廬死，葬於國西北，名虎丘。穿土爲川，積壤爲丘。發五都之士十萬人，共治千里，使象摙土。冢池四周，水深丈餘。椁三重，傾水銀爲池，池廣六十步。黄金珠玉爲鳧雁，扁諸之劍，魚腸三千在焉。」闔閭（？—前四九六），亦作闔廬，春秋時吴國國君，名光，吴王諸樊子，吴王夫差之父。弑吴王僚自立，後在伐越中受傷而死。

〔八〕秦皇：秦始皇嬴政。參卷一（詩四）注〔三八〕。厭（yā）聖：即厭勝，古代以巫術鎮住、制服他人的手段。此句指秦始皇以爲東南有天子之氣，東游厭聖，經過吴地虎丘山，穿鑿劍池求寶事。《史記》（卷八）《高祖本紀》：「秦始皇帝常曰：『東南有天子氣』，於是因東游以厭之。」《索隱》：「《廣雅》云：『厭，鎮也。』」《元和郡縣圖志》（卷二五）《江南道一》：「蘇州，吴縣，虎丘山，在縣西北八里。《吴越春秋》云闔閭葬於此。秦皇鑿其珍異，莫知所在；孫權穿之，亦無所得。其鑿處，今成深澗。」《吴郡志》（卷三二）《郭外寺》引《世説》云：「秦皇帝因游海右，自滬瀆經此山。乃欲發墳取寶，忽有白虎出而拒之。始皇挺劍刺虎，虎奔而隱，因改爲虎丘焉。故上有劍池，或曰秦皇試劍池，亦謂之磨劍池。今則長十有三丈，闊餘三尋，其深則莫可測矣。」

〔九〕劍池、盤石：劍池和千人石都是虎丘山的著名歷史遺迹。《吴地記》：「秦始皇東巡，至虎邱，求吴王寶劍。其虎當墳而踞。始皇以劍擊之，不及，誤中于石。其虎西走二十五里，忽失。于今虎嘐，唐諱虎，錢氏諱嘐，改爲滸墅。劍無復獲，乃陷成池，故號劍池。池旁有石，可坐千人，號千人石。」

〔一〇〕金氣句：意謂帝王的金精之氣化爲虎。用闔閭葬於虎丘的故事。參本詩注〔七〕。《藝文類聚》（卷八）《虎丘山》條引《吴越春秋》曰：「（闔廬）葬之已三日，金精上揚，爲白虎據墳，故曰虎丘。」

〔一一〕琴臺：在今蘇州市靈巖山上。《吴郡志》（卷一五）：「靈巖山，即古石鼓山，又名硯石山。……今按《吴越春秋》《吴地記》等書云：……（山）在吴縣西三十里，上有吴館娃宫、琴臺、響屧廊。」

〔一二〕登壇句：謂登上虎丘山的生公講壇，凛然産生一種對神靈的敬慕之情。用晋末高僧竺道生（後世稱生公）在虎丘山説法事。《吴郡志》（卷一六）：「（虎丘）千人坐，生公講經處也。大石盤陀數畝，高下如刻削，亦它山所無。又有秦王試劍石、點頭石、憨憨泉，皆山中之景。」《方輿勝覽》（卷二）《浙西路平江府》：「生公講堂，在虎丘寺。生公，異僧竺道生也。講經於此，無人信者，乃聚石爲徒，與講至理，石皆點頭。」生一：此指生公。《蓮社高賢傳》：「（竺道生）南還，入虎丘寺，聚石爲徒，講《涅槃經》，至闡提處，則説有佛性，且曰：『如我所説，契佛心否？』群石皆爲點頭。」

〔一三〕捨宅句：贊嘆東晋王珣、王珉兄弟捐宅爲寺，即虎丘山東、西二寺。陸廣微《吴地記》：「（虎邱山）其山本晉司徒王珣與弟司空王珉之别墅。咸和二年，捨山宅爲東、西二寺。立祠於山。」王珣：《世説新語·言語》：「人謂王東亭曰：……。」劉孝標注：「《王司徒傳》曰：『王珣字元琳，丞相導之孫，領軍洽之子也。少以清秀稱。大司馬桓温辟爲主簿，從討袁真，封交趾望海縣東亭侯。累遷尚書左僕射、領選、進尚書令。』王珉：《世説新語·政事》：「王僧彌來，聊出示之。」劉孝標注：「僧彌，王珉小字也。《珉别傳》曰：『珉字季琰，琅邪人，丞相導孫，中領軍洽少子。有才藝，善行書，名出兄珣右。累遷侍中、中書令。贈太常。』」另參《晉書》（卷六五）《王珣王珉傳》。

〔一四〕中嶺二句：寫出虎丘山山勢嵯峨，樹木茂盛。張種《與沈炯書》（《藝文類聚》卷八）：「虎丘山者，吴岳之神秀者也。雖復峻極異於九天，隱磷殊於太一，衿帶城傍，獨超衆嶺，控繞川澤，顧絶群岑。若其峰崖刻削，窮造化之瑰詭；絶澗杳冥，若鬼神之髣髴。珍木靈草，茂瓊枝與碧葉；飛禽走獸，必負義而膺仁。」

〔一五〕窺臨句：意謂在虎丘山上遠眺，可與江海相連接。窺臨：從高處遠望。江海：蘇州濱臨長江，又靠近東海，故云。《尚書·禹貢》：「沿于江海，達于淮泗。」

〔一六〕崇飾：修飾。此句謂虎丘寺風光華美，四季常新。《左傳·文公十八年》：「少皞氏有不才子，毁信廢忠，崇飾惡言，靖譖庸回，服讒蒐慝，以誣盛德。」

〔一七〕客有句：即指清遠道士、沈恭子。

〔一八〕雅麗：典雅華麗。指清遠道士的詩歌。陳：呈現，顯示。指清遠道士將詩歌留給後世。

〔一九〕清遠峽：未詳。清遠道士乃「神仙者」，此清遠峽是詩人臆造，取其清麗幽遠之意，又與隱士的名號相一致乎？

〔二〇〕斗牛津：天上星河中的斗星、牛星。屬古代二十八星宿，是吴、越一帶的分野，蘇州正在其内。《史記》（卷二七）《天官書》：「二十八舍主十二州，斗秉兼之，所從來久矣。」《正義》：「南斗、牽牛，吴、越之分野，揚州。」津：岸，水邊。寒山《故林又斬新》：「天姥峽關嶺，通同次海津。」此句謂清遠道士、沈恭子游虎丘作詩，正如文星會聚。

〔二一〕迹異句：意謂我與清遠道士雖是人、神之異，但心靈相通，没有間阻。間（jiàn）：間隔。《廣韻·襇韻》：「間，隔也。」

〔二二〕聲同句：意謂我與清遠道士之間在作詩上雖同聲相應，而在物質本體上却是不同的（亦即有人、神之異）。質：形體。

〔二三〕光塵：稱贊對方的風采。《三國志·吴書·陸遜傳》：「遜至陸口，書與（關）羽曰：『近以不敏，受任來西，延慕光塵，思禀良規。』」《文選》（卷四〇）繁欽《與魏文帝牋》：「冀事速訖，旋侍光塵。寓目階庭，與聽斯調。」張銑注：「光塵，美言之。」

【箋評】

虎丘顏真卿詩云：「劍池穿萬仞，盤石坐千人。」故名「千人坐」。（陳繼儒《宗山詩話》卷中）

顔魯公好仙佛，王仲光《咏公書虎丘道士詩刻》云：「長坐只慕神仙侶，終不貪生奉逆臣。」（支允堅《藝苑閑評》）

追和太師魯公刻清遠道士詩〔一〕

太尉衛公①〔二〕

茂苑有靈峰〔三〕，嗟余未遊觀②〔四〕。藏山在平陸③〔五〕，壞谷爲高岸④〔六〕。岡繞數仞墻〔七〕，巖潜千丈幹〔八〕。乃知造化意，迴斡資奇玩⑤〔九〕。鏐騰昔虎踞〔一〇〕，劍没嘗龍焕⑥〔一一〕。潭黛入海底〔一二〕，崟岑聳霄半〔一三〕。層巒未升日〔一四〕，哀狖寧知旦〔一五〕。緑篠夏凝陰〔一六〕，碧林秋不换。冥搜既窈窕〔一七〕，迴望何蕭散⑦〔一八〕。川映嵐氣收⑧〔一九〕，江春雜英亂〔二〇〕。逸人綴清藻〔二一〕，前哲留篇翰〔二二〕。共扣哀玉音〔二三〕，皆舒文綉段〔二四〕。難追彦回賞（原注：褚彦回曰：「凡人所稱，常過其實。唯見虎丘，則逾其所聞⑨。」）〔二五〕，徒起興公嘆〔二六〕。一夕如再升〔二七〕，含毫星斗爛〔二八〕。

（詩一五）

【校記】

①四庫本、類苑本作「李德裕」。章校本眉批：「『李』，明本『太』字上。」　②「余」弘治本、汲古閣本、詩瘦閣本、四庫本、類苑本作「予」。　③「在」全唐詩本作「半」。全唐詩本注：「一作在。」　④

「壞」統籤本作「瓌」。⑤「斡」統籤本、類苑本作「幹」。⑥「嘗」弘治本、汲古閣本、詩瘦閣本、統籤本、類苑本作「常」。⑦「迥」弘治本、詩瘦閣本、統籤本、類苑本作「迴」，全唐詩本作「回」。全唐詩本注：「一作迴。」⑧「映」錢校本、統籤本、類苑本、全唐詩本作「晴」，四庫本作「曉」。全唐詩本注：「一作曉。」⑨全唐詩本無此注。「實」統籤本作「寔」。統籤本、類苑本無「唯」字。

【注釋】

〔一〕追和：參本卷（序三）注〔一〕。太師魯公：參本卷（序三）注〔三五〕。清遠道士：參本卷（詩一三）注〔二〕。

〔二〕太尉衛公：李德裕。參本卷（序三）注〔三八〕。

〔三〕茂苑：又名長洲苑。在唐代蘇州長洲縣（今蘇州市所屬吴縣市）境内。此即指蘇州。《元和郡縣圖志》（卷二五）《江南道一》：「蘇州長洲縣，本萬歲通天元年析吴縣置，取長洲苑爲名。苑在縣西南七十里。」陸廣微《吴地記》：「長洲縣，望，在郡下，貞觀七年，分吴縣界，以苑爲名。地名茂苑，水名仙山鄉。」《文選》（卷五）左思《吴都賦》：「造姑蘇之高臺，臨四遠而特建。帶朝夕之濬池，佩長洲之茂苑。」靈峰：指虎丘山。

〔四〕遊觀：游覽觀賞。《荀子·君道》：「人主不能不有遊觀安燕之時，則不得不有疾病物故之變焉。」《文選》（卷二九）劉楨《雜詩》：「釋此出西城，登高且遊觀。」

〔五〕平陸：平原。《孫子·行軍》：「平陸處易，而右背高，前死後生，此處平陸之軍也。」

〔六〕壞谷句：謂陵谷變遷形成虎丘山。《詩經·小雅·十月之交》：「百川沸騰，山冢崒崩。高岸爲谷，深谷爲陵。」高岸：高峻的山崖。參本卷（詩一三）注〔三〕。

〔七〕岡繞句：山岡環繞，壁立陡峭。數仞墻：《論語·子張》：「夫子之墻數仞，不得其門而入，不見宗廟之美，百官之富。」

〔八〕巖潛句：山巖之下潛藏着山峰千丈長的骨幹。

〔九〕迴斡：迴環旋轉，變化奇巧。奇玩：奇異的景象。玩：耽玩，喜愛。

〔一〇〕鏐（liú）騰句：用闔閭葬三日金精之氣化爲白虎，當墳而踞的故事。陸廣微《吴地記》：「《吴越春秋》云：『闔閭葬虎邱，十萬人治葬。經三日，金精化爲白虎，蹲其上，因號虎邱。』」《吴郡志》（卷三九）：「吴王闔廬墓，在虎丘山劍池下。《吴越春秋》云：『闔閭葬於國西北虎丘，穿土爲山，積壤爲丘。發五郡之士十萬人，共治千里，使象摙土（土？）鑿池。四周水深丈餘，銅槨三重。澒水銀爲池，池廣六十步。黄金珠玉爲鳧雁，扁諸之劍，魚腸之干在焉。葬之三日，金精上揚，爲白虎據墳，故曰虎丘。』」鏐：純美的黄金。《史記》（卷二）《夏本紀》：「貢璆、鐵、銀、鏤……。」《集解》：「孔安國曰：『璆，玉名。』鄭玄曰：『黄金之美者謂之鏐。』」

〔一一〕劍没句：用秦始皇以劍擊虎，虎走劍失的故事。陸廣微《吴地記》：「始皇以劍擊之（指白虎），不及，誤中于石。其虎西走二十五里，忽失。于今虎疁，唐諱虎，錢氏諱疁，改爲滸墅。劍無復獲，乃陷成池，故號劍池。」龍焕：喻劍像龍一樣發出光耀，騰空化去。關合晉張華豐城寶劍事。《晉書》（卷三六）《張華傳》：龍泉、太阿二寶劍，後來一失所在，一躍出墮水，「使人没水取之，不見劍，但見兩龍各長數丈，蟠縈有文章，没者懼而反。須臾，光彩照水，波浪驚沸，於是失劍。」

〔一二〕潭黛：指劍池深青色的水。潭：深。《漢書》（卷八七下）《揚雄傳下》：「而大潭思渾天，參摹而四分之，極於八十一。」顔師古注：「潭，深也。」

〔一三〕崟（yín）岑：高聳的山峰。霄半：九霄的半空，高空。九霄是天的極高處。晉葛洪《抱朴子·内篇·暢玄》：「其高則冠蓋乎九霄，其曠則籠罩乎八隅。」

〔一四〕層巒句：山峰高峻，看不到升起的太陽。層巒，高聳重疊的山巖。

〔一五〕哀狖（yòu）句：意謂山中的猴子也不知已到了早晨。哀狖：鳴叫聲凄清哀惋的猴子。狖，猴子的一種。

〔一六〕緑篠（xiǎo）：緑竹。《文選》（卷二六）謝靈運《過始寧墅》：「白雲抱幽石，緑篠媚清漣。」劉良注：「篠，竹箭也。」

〔一七〕冥搜：深搜，盡力搜索。《文選》（卷一一）孫綽《遊天台山賦》：「非夫遠寄冥搜，篤信通神者，何肯遥想而存之？」窈窕（yǎo tiǎo）：美好貌。此形容山水的幽深曲折。《詩經·周南·關雎》：「窈窕淑女，君子好逑。」

〔一八〕迴望：遠望。蕭散：瀟灑閑散。《文選》（卷三〇）謝朓《始出尚書省》：「乘此終蕭散，垂竿深澗底。」

〔一九〕川映：意謂劍池渌水和蒼翠的虎丘山互相映照。《世説新語·言語》：「王子敬云：『從山陰道上行，山川自相映發，使人應接不暇。』」嵐氣：山中淡薄的霧氣。

〔二〇〕雜英亂：各種各樣的花朵繽紛錯雜。《文選》（卷四三）丘遲《與陳伯之書》：「暮春三月，江南草長，雜花生樹，群鶯亂飛。」

〔二一〕逸人：逸民，隱士。此指清遠道士。《後漢書》（卷六四）《趙岐傳》：「漢有逸人，姓趙名嘉。有志無時，命也奈何！」清藻：清麗的藻飾。此指清遠道士《同沈恭子遊虎丘寺有作》詩，即本卷（詩一三）。《文選》（卷二四）潘尼《贈陸機出爲吴王郎中令》：「玩爾清藻，味爾芳風。」

〔二二〕前哲：前代的賢哲。此指顔真卿。《左傳·成公八年》：「夫豈無辟王？賴前哲以免也。」篇翰：篇章，指詩文作品。此指顔真卿《刻清遠道士詩因而繼作》，即本卷（詩一四）。《文選》（卷三一）鮑照《擬古三首》（其三）：「十五諷《詩》《書》，篇翰靡不通。」

〔二三〕哀玉音：清揚哀惋的聲響。此指上述「逸人」、「前哲」的詩歌在聲律風調上清亮新妙。

〔二四〕文綉段：喻文彩華美的詩文。此喻上述「逸人」、「前哲」的詩歌在辭藻上華美艷麗。《墨子·節葬下》：「文綉素練，大鞅萬領。」

〔二五〕彦回賞：褚淵對虎丘山的賞愛。褚淵（四三五—四八二），字彦回，南朝宋、齊間人。尚宋文帝女余姚公主，拜駙馬都尉。歷任吏部尚書、丹陽尹、吴興太守、中書令等。生平參《南齊書》（卷

〔二三〕本傳。南朝齊王僧虔《吴地記》：「虎丘山絶巖聳壑，茂林深篁，爲江左丘壑之表。吴興太守褚淵昔嘗述職，路經吴境，淹留數日，登覽不足，乃嘆曰：『人之所游，多過其實。今睹虎丘，逾於所聞。』斯言得之矣。」

〔二六〕興公：孫綽（三一四—三七一），字興公，東晉詩人、辭賦家。與許詢俱有高尚之志，又以玄言詩齊名，并稱「孫許」。生平參《晉書》（卷五六）本傳。此句似活用孫綽游賞天台山事，意謂其稱賞天台山只是徒然，如何能與虎丘山相比呢？《文選》（卷一一）孫綽《遊天台山賦》：「天台山者，蓋山嶽之神秀者也。涉海則有方丈、蓬萊，登陸則有四明、天台。皆玄聖之所遊化，靈仙之所窟宅。」

〔二七〕一夕句：意謂如一夕再登上虎丘山觀賞的話。

〔二八〕含毫：含筆於口中。指詩文創作上精心結撰。晉陸機《文賦》：「或操觚以率爾，或含毫而邈然。」星斗爛：如天上星斗般燦爛絢麗。此喻文才卓著，詩歌華美。

追和清遠道士詩兼次本韻〔一〕

日休

成道自衰周〔二〕，避世窮炎漢〔三〕。荆杞雖云梗〔四〕，煙霞尚容竄〔五〕。兹岑信靈異〔六〕，吾懷愜流玩〔七〕。石澀古鐵銼①〔八〕，嵐重輕埃漫〔九〕。松膏膩幽逕②〔一〇〕，蘋沫著孤岸③〔一一〕。諸蘿幄幕暗④〔一二〕，衆鳥陶匏亂⑤〔一三〕。巖罅地中心〔一四〕，海光天一半〔一五〕。玄猿行列歸⑥〔一六〕，白雲次第散。蟾蜍生夕景〔一七〕，沆瀣餘清旦〔一八〕。風日采幽什〔一九〕，墨客學靈翰〔二〇〕。嗟余慕斯文⑦〔二一〕，一咏復三嘆〔二二〕。顯晦雖不同〔二三〕，茲吟粗堪贊〔二四〕。（詩一六）

【校記】

①「石」錢校本作「古」，「古」錢校本作「石」。皮詩本批校：「銼音生，鐵衣。」　②「逕」弘治本作「經」。　③「沫」原作「沬」，據弘治本、汲古閣本、四庫本、類苑本、全唐詩本改。錢校本作「末」。　④「暗」統籤本作「晴」。　⑤「鳥」統籤本作「島」。　⑥「玄」原缺末筆，避宋太祖始祖趙玄朗諱。　⑦「余」弘治本、汲古閣本、詩瘦閣本、四庫本、皮詩本、統籤本、類苑本、季寫本、全唐詩本作「予」。

【注釋】

〔一〕追和：參本卷（序三）注〔一〕。清遠道士詩：即本卷（詩一三）。次本韻：即次其原韻（指清遠道士詩韻）。次韻：參卷一（詩二）注〔五〕。

〔二〕成道：指清遠道士在「道」上獲得成功，成爲神仙。。《後漢書》（卷三〇下）《襄楷傳》：「天神遺以好女，浮屠曰：『此但革囊盛血。』遂不眄之。其守一如此，乃能成道。」衰周：衰微的周王朝。指西周末、東周初。《左傳·襄公十三年》：「周之興也，其《詩》曰：『儀刑文王，萬邦作孚。』言刑善也。及其衰也，其《詩》曰：『大夫不均，我從事獨賢。』言不讓也。」

〔三〕避世：逃避塵世。《莊子・刻意》：「此江海之人，避世之人，閒暇者之所好也。」炎漢：漢王朝。漢代自稱以火德勝，故云。曹植《徙封雍丘王朝京師上疏》：「受禪炎漢，臨君萬邦。」《文選》（卷四七）袁宏《三國名臣序贊》：「火德既微，運纏大過。」李善注：「火德謂漢也。班固《漢書・高紀贊》曰：『旗幟尚赤，協于火德。』」

〔四〕荆杞：荆棘、枸杞，都是帶刺的灌木。此指山崖間的荒涼蕭條。梗：草木刺人。《方言》（卷三）：「凡草木刺人，北燕、朝鮮之間謂之茦，或謂之壯；自關而東或謂之梗，或謂之劌；自關而西謂之刺；江、湘之間謂之棘。」

〔五〕煙霞：美麗的自然景物。謝朓《擬宋玉風賦》：「煙霞潤色，荃荑結芳。出澗幽而泉冽，入山户而松涼。」

〔六〕茲岑：這座山。指虎丘山。岑：山，山峰。《説文・山部》：「岑，山小而高。」《爾雅・釋山》：「山小而高，岑。」信：誠，確實。靈異：神靈。《文選》（卷二七）謝朓《敬亭山詩》：「隱淪既已托，靈異俱然栖。」

〔七〕流玩（wán）：流連觀賞。

〔八〕石澀句：山中石頭長了蘚苔，猶如生銹的鐵一般。鉎（shēng）：鐵銹。

〔九〕嵐重句：山中的霧氣迷濛，猶如輕薄的塵埃瀰漫。輕埃漫：謝朓《觀朝雨》：「空濛如薄霧，散漫似輕埃。」

〔一〇〕松膏：松脂。幽逕：僻静的山間小路。唐王績《贈李徵君大壽》：「灞陵幽逕近，磻谿隱路長。」

〔一一〕蘋（pín）沫：錢校本作「蘋末」，較順。蘋，水生植物，浮萍的一種，較大，開白花，故又稱「白蘋」。《爾雅·釋草》：「萍，其大者蘋。」孤岸：孤峭的岸邊。

〔一二〕諸蘿：女蘿等多種藤蔓植物的總稱。幄幕：帳幕。此喻諸蘿綴結交織在一起，猶如帷帳。《左傳·昭公十三年》：「子産以幄幕九張行。」杜預注：「幄幕，軍旅之帳。……四合象宫室曰幄，在上曰幕。」

〔一三〕陶匏：陶指古代用陶土制成的樂器，匏指笙、竽一類樂器。泛指樂器。此喻鳥鳴聲猶如樂聲悦耳。蕭統《文選序》：「譬陶匏異器，并爲入耳之娱；黼黻不同，俱爲悦目之玩。」吕向注：「陶，塤；匏，笙也。」

〔一四〕巖罅句：意謂山巖的裂縫直達地下的中心。

〔一五〕海光句：意謂海上的光亮照耀了半邊天。

〔一六〕玄猿：黑色的猴子。司馬相如《長門賦》：「孔雀集而相存兮，玄猿嘯而長吟。」行列：列隊，排成隊。《禮記·樂記》：「行其綴兆，要其節奏，行列得正焉，進退得齊焉。」

〔一七〕蟾蜍：俗稱癩蛤蟆。此指月亮。《淮南子·精神訓》：「日中有踆烏，而月中有蟾蜍。」高誘注：「蟾蜍，蝦蟆。」夕景：傍晚的景象。摯虞《思游賦》：「星鳥逝而時返兮，夕景潛而且融。」

〔一八〕沆瀣（hàng xiè）：夜間的露水。古人以爲仙人所飲。《楚辭·遠游》：「餐六氣而飲沆瀣兮，漱正陽而含朝霞。」王逸注：「《陵陽子明經》言：『春食朝霞……冬飲沆瀣。沆瀣者，北方夜半氣也。』」清旦：清晨。《列子·説符》：「昔齊人有欲金者，清旦衣冠而之市。」

〔一九〕風日：風與日。此指風光，景物美好。陶淵明《五柳先生傳》：「環堵蕭然，不蔽風日。」杜審言《春日京中有懷》：「寄語洛城風日道，明年春色倍還人。」幽什：玄奥微妙的篇什。此指清遠道士詩。什，《詩經》中的《雅》《頌》多以十篇爲一組，稱作「什」。後用以泛指詩文篇章。《文選》（卷三九）任昉《奉答敕示七夕詩啓》：「竊惟帝迹多緒，俯同不一。托情風什，希世罕工。」李善注：「《毛詩》題曰：『《關雎》之什』。」

〔二〇〕墨客：文人，詩人。此作者自指。《文選》（卷九）揚雄《長楊賦》：「言未卒，墨客降席，再拜稽首。」靈翰：靈妙神奇的篇章。此亦指清遠道士詩。

〔二一〕斯文：此指詩文作品。參卷一（詩九）注〔七五〕。

〔二二〕一咏句：意謂吟咏清遠道士的詩歌，饒有餘韻，令人反復贊嘆。《荀子·禮論》：「《清廟》之歌，一倡而三嘆也。」《禮記·樂記》：「清廟之瑟，朱弦而疏越，壹倡而三嘆，有遺音者矣。」

〔二三〕顯晦：明顯和晦暗。此分别指作者自己和神怪的清遠道士之間陰陽相隔。《晋書》（卷九四）《隱逸傳》：「史臣曰：君子之行殊塗，顯晦之謂也。」

〔二四〕兹吟：作者指自己所作的這首詩。贊：佐助。《文選》（卷二四）潘岳《爲賈謐作贈陸機》：

「齊轡群龍，光贊納言。」李善注：「鄭玄《周禮注》曰：『贊，佐也。』」

【箋評】

「石澀古鐵鉎，……蘋沫著孤岸。」：奇秀深奧，恰似李長吉。

「玄猿行列歸，……沆瀣餘清旦。」：點景妙絕。（項真評、項真刻《項氏瓶笙榭新刻皮襲美詩》卷二）

同前亦次本韻

龜蒙

一代先後賢〔一〕，聲容劇河漢〔二〕。况茲邁古士〔三〕，復歷蒼崖竄〔四〕。辰經幾十萬〔五〕，邈與靈壽玩〔六〕。海嶽尚推移〔七〕，都鄙固蕪漫〔八〕。羸僧下高閣〔九〕，獨鳥没遠岸。嘯初風雨來〔一〇〕，吟餘鍾唄亂①〔一一〕。如何煉精魄②〔一二〕，萬祀忽欲半〔一三〕。寧爲斷臂憂〔一四〕，肯作秋柏散③〔一五〕。吾聞酆宫内〔一六〕，日月自昏旦〔一七〕。左右修文郎④〔一八〕，縱横灑篇翰〔一九〕。斯人久冥漠〔二〇〕，得不垂慨嘆〔二一〕。庶或有神交〔二二〕，相從重興贊〔二三〕。（詩一七）

【校記】

①「鍾」弘治本、詩瘦閣本、四庫本、陸詩甲本、統籤本、季寫本、全唐詩本作「鐘」。　②「煉」類苑本

作「練」。 ③「柏」盧校本作「拍」，全唐詩本注：「一作拍。」 ④「修」詩瘦閣本、陸詩甲本、季寫本、全唐詩本作「脩」。

【注釋】

〔一〕一代句：意謂顔真卿、李德裕等人是先後的一代賢哲。

〔二〕聲容：聲音容貌。指名聲威望。韓愈《答李秀才書》：「今者辱惠書及文章，觀其姓名，元賓之聲容恍若相接。」劇（jù）：超過，甚于。《説文・刀部》：「劇，尤甚也。」河漢：星漢，天河。《文選》（卷二九）《古詩十九首》（其十）：「迢迢牽牛星，皎皎河漢女。」李善注：「《毛詩》曰：『維天有漢，……』毛萇曰：『河漢，天河也。』」

〔三〕邁古：超越往古。陳子昂《諫曹仁師出軍書》：「將欲郊祭天地，巡拜河洛，建明堂，朝萬國，斯邁古之盛禮也。」邁古士：超越古今的傑出人士。指清遠道士。

〔四〕蒼崖竄：竄逐於蒼翠的山崖間。

〔五〕辰：辰時。此即指一日而言。古代分一日爲十二時，其中之一爲辰時。趙翼《陔餘叢考》（卷三四）《一日十二時始於漢》：「古時本無一日十二時之分……其以一日分十二時，而以干支爲紀，蓋自太初改正朔之後。曆家之術益精，故定此法。如《五行志》『日加辰巳』之類，皆漢法也。」幾十萬：指幾十萬個日子。據本卷（序三），清遠道士「自殷、周而歷秦、漢，迄于近代，抑二千年。」與此相符。

〔六〕邈：遠。靈壽：神靈長壽之物。玩（wán）：觀賞。《文選》（卷三）張衡《東京賦》：「是以西匠營宫，目玩阿房。」李善注：「玩，習也。」

〔七〕海嶽句：意謂大海和高山都會移動變化。海嶽：葛洪《抱朴子·外篇·逸民》：「吕尚長於用兵，短於爲國，不能儀玄黄以覆載，擬海嶽以博納。」推移：《禮記·王制》：「中國戎夷，五方之民，皆有性也，不可推移。」此句暗用滄海桑田事。《神仙傳》（卷三）《王遠》：「麻姑自説：『接待以來，已見東海三爲桑田。向到蓬萊，水又淺於往昔，會時略半也，豈將復還爲陵陸乎？』方平笑曰：『聖人皆言，海中行復揚塵也。』」

〔八〕都鄙：京都和邊地。《左傳·襄公三十年》：「子産使都鄙有章。」杜預注：「國都及邊鄙。」蕪漫：荒蕪淒凉。韋應物《簡郡中諸生》：「藥園日蕪漫，書帷長自閑。」

〔九〕羸（léi）僧：疲憊瘦弱的僧人。

〔一〇〕嘯初：剛剛撮口吹出聲音。《詩經·召南·江有汜》：「不我過，其嘯也歌。」鄭玄箋：「嘯，蹙口而出聲。」

〔一一〕吟餘：吟誦歌唱之餘。鍾唄：僧人作法事時的撞鐘聲和梵唄聲。唄，梵唄，僧人作法事時誦經的歌唱贊嘆之聲。

〔一二〕精魄：精神魂魄。徐幹《中論·夭壽》：「夫形體者，人之精魄也；德義令聞者，人之榮華也。」

〔一三〕萬祀：萬年。祀，年。

〔一四〕斷臂：砍斷手臂，用禪宗二代祖慧可學法精誠，矢志苦心修煉的故實。《景德傳燈録》（卷三）：達摩祖師於少林寺面壁九年，時僧人慧可欲習禪宗之法於達摩，於洞外立雪没膝，達摩不予理睬。慧可于是斷左臂以獻，表示决心，達摩終被感動，傳授禪宗心法與慧可。慧可傳法於僧璨，僧璨傳道信，道信傳弘忍，弘忍傳惠能。惠能以後，禪宗大行天下。

〔一五〕肯作：豈作。張相《詩詞曲語辭匯釋》（卷二）：「肯，猶豈也。」秋柏散：像秋天柏樹的果實散落。《莊子·列禦寇》：「闔胡嘗視其良，既爲秋柏之實矣？」

〔一六〕酆（fēng）宫：酆都宫，道教所説的陰府冥獄。段成式《酉陽雜俎》（前集卷二）《玉格》：「有羅酆山，在北方癸地，周迴三萬里，高二千六百里。洞天六宫，周一萬里，高二千六百里，是爲六天鬼神之宫。……人死皆至其中……項梁城《酆都宫頌》曰：『紂絶標帝晨，諒事構重阿。炎如霄漢烟，勃如景耀華。武陽帶神鋒，怙照吞清河。閒闔臨丹井，雲門鬱嵯峨。七非通奇靈，連苑亦敷魔。六天横北道，此是鬼神家。』凡有二萬言，此唯天宫名耳。夜中微讀之，辟鬼魅。」

〔一七〕日月句：白天黑夜很自然地運行變化。日月，太陽和月亮，指白天和夜晚。《周易·離卦》：「日月麗乎天，百穀草木麗乎土。」昏旦，黄昏和清晨。《文選》（卷二二）謝靈運《石壁精舍還湖中作》：「昏旦變氣候，山水含清暉。」

〔一八〕修文郎：古代道教稱陰曹掌著作的冥官。此處似指清遠道士、沈恭子之類神怪人物。《太平廣記》（卷三一九）引王隱《晋書》（蘇韶）條：晋蘇韶死後現形，對其夢中的堂弟蘇節説：「顔淵、卜商，今見在爲修文郎。修文郎凡有八人，鬼之聖者。……韶與節別曰：『吾今見爲修文郎，守職不得來也。』」

〔一九〕篇翰：篇章，指詩文。參本卷（詩一五）注〔三〕。

〔二〇〕斯人：此人。指清遠道士、沈恭子。《論語·雍也》：「斯人也，而有斯疾也！」冥漠：空無所有，杳無聲息。常謂死亡。《文選》（卷六〇）陸機《吊魏武帝文》：「悼繐帳之冥漠，怨西陵之茫茫。」《文選》（卷二三）顔延之《拜陵廟作》：「衣冠終冥漠，陵邑轉葱青。」劉良注：「冥漠，虚無也。」

〔二一〕得不：豈能不。劉淇《助字辨略》（卷五）：「得，能也。……得不，猶云豈能不。省文也。」垂：留下。慨嘆：感慨嘆息。《晉書》（卷六二）《祖逖傳》：「中流擊楫而誓曰：『祖逖不能清中原而復濟者，有如大江！』辭色壯烈，衆皆慨嘆。」

〔二二〕庶或：或許，也許。神交：精神上的交往契合。《文選》（卷四五）班固《答賓戲》：「殷説夢發於傅巖，周望兆動於渭濱，齊甯激聲於康衢，漢良受書於邳垠，皆俟命而神交。」劉良注：「言上四人皆待天命，是神靈之交。」

〔二三〕相從：相隨，跟隨。《史記》（卷一二七）《日者列傳》：「宋忠爲中大夫，賈誼爲博士，同日俱出洗沐，相從論議，誦易先王聖人之道術，究遍人情，相視而嘆。」重：又，再。興贊：興起贊嘆之詞。意謂作詩贊頌。

補沈恭子詩(并序)〔一〕

龜蒙①

案清遠道士詩題中有「沈恭子同遊」②〔二〕，既爲神怪之儔，得非姓氏謚爲恭子乎③〔三〕？趙宣子、韓獻子之類耶④〔四〕？恭子，美謚也。而詩中有「風流詞翰」之稱〔五〕，豈獨唱而不和者歟⑤〔六〕？疑闕其文〔七〕，以爲恭子之恨〔八〕。乃作一章〔九〕，存于編中⑥〔一〇〕，亦補亡之義也〔一一〕。（序四）

【校記】

①底本無署名。汲古閣本署「龜蒙」。四庫本、統籤本、類苑本、季寫本、全唐詩本署「陸龜蒙」。陸詩甲本、陸詩丙本收録此詩。各本應是依前首爲陸龜蒙詩而定，是。亦符合本書題下署名的體例，據補。②「案」原作「葉」。「葉」蔛宋本、陸詩甲本、陸詩丙本、季寫本、全唐詩本作「案」，弘治本、汲古閣本、詩瘦閣本、四庫本、類苑本作「按」，據改。③「乎」弘治本、汲古閣本、詩瘦閣本、四庫本、陸詩甲本、陸詩丙本、類苑本、季寫本、全唐詩本注：「一作若。」盧校本作「若」。統籤本無「乎」字。④「類」陸詩丙本作「顃」。「耶」弘治本、汲古閣本、四庫本作「邪」。⑤「歟」類苑本作「與」。⑥「于」汲古閣本、四庫本、全唐詩本作「於」。

【注釋】

〔一〕沈恭子：參本卷（詩一三）注〔一〕。

〔二〕沈恭子同遊：清遠道士詩題中原作「同沈恭子遊」。

〔三〕得非：莫不是。謚（shì）：古代在人死後，依其生平行事給予的稱號叫謚號。此制産生於西周初。《逸周書·謚法》：「維周公旦、太公望開嗣王業，攻于牧野之中，終葬，乃制謚叙法。謚者，行之迹也；號者，功之表也。」

〔四〕趙宣子：趙盾，趙衰之子，春秋時晋國執政，卒謚宣子。韓獻子：春秋時晋國韓厥，卒謚獻子。

〔五〕風流詞翰：指本卷（詩一三）中「聞子盛遊遨，風流足詞翰」的詩句。

〔六〕唱而不和：只有原唱而無人酬和。《詩經·鄭風·蘀兮》：「叔兮伯兮，倡予和女。」

〔七〕闕其文：闕失其詩，即其詩亡佚之意。《論語·衛靈公》：「吾猶及史之闕文也。」陸機《文賦》：「收百世之闕文，采千載之遺韻。」

〔八〕恨：遺憾。《説文·心部》：「恨，怨也。」《荀子·成相》：「不知戒，後必有，恨後遂過不肯悔。」楊倞注：「恨，悔。」

〔九〕一章：古代詩歌可唱，其中的一段（一節）稱作一章，後世一首詩也稱作一章。此處即此意。

〔一〇〕存于編中：存録于書籍（編）中（此指《松陵集》）。

〔一一〕補亡：補充亡佚的篇章。《詩經》中《南陔》《白華》《華黍》《由庚》《崇丘》《由儀》六篇，文辭亡佚，晉束晳補寫其詞，是較早的補亡詩。《文選》（卷一九）即以《補亡詩》名篇。《補亡詩序》云：「晳與司業疇人，肄修鄉飲之禮。然所咏之詩，或有義無辭，音樂取節，闕而不備。於是遥想既往，存思在昔，補著其文，以綴舊制。」

詩①

靈質貫軒昊〔一〕，遐年越商周〔二〕。自然失遠裔〔三〕，安得怨寡儔〔四〕。我亦小國胤②〔五〕，易名慚見優〔六〕。雖非放曠懷〔七〕，雅奉《逍遥遊》〔八〕。携手桂枝下〔九〕，屬詞山之幽〔一〇〕。風雨一以過，林麓颯然秋〔一一〕。落日依石壁〔一二〕，天寒登古丘〔一三〕。荒泉已無多③，敗葉翳不流〔一四〕。亂翠缺月隱〔一五〕，衰紅清露愁〔一六〕。覽物性未逸〔一七〕，反爲情所囚〔一八〕。異才偶絶境〔一九〕，佳藻窮冥搜〔二〇〕。虚傾寂寞音④〔二一〕，敢作雜珮訓⑤〔二二〕。（詩一八）

【校記】

①汲古閣本、四庫本、統籤本、類苑本、季寫本、全唐詩本無此「詩」。章校本眉批：「『詩』，明本有此一行。」盧校本眉批：「序後有『詩』字作一行。」②「胤」字原缺末筆，避宋太祖趙匡胤諱。③「多」原作「夕」，據詩瘦閣本、統籤本改。④「寞」詩瘦閣本作「莫」。⑤「珮」季寫本作「佩」

【注釋】

〔一〕靈質：靈異美好的姿質。指清遠道士。貫：貫通，連接。《玉篇·毌部》：「貫，穿也。」軒昊：

軒轅黄帝和少昊。前者是三皇之一，後者是五帝之一。代指三皇五帝的遠古時代。

〔二〕遐年：長壽。曹植《王仲宣誄》：「庶幾遐年，携手同征。如何奄忽，棄我夙零。」越：超越，越過。商周：殷商和西周。與本卷（詩一三）清遠道士詩：「我本長殷周，遭罹歷秦漢」正相呼應。

〔三〕自然：已然，當然。遠裔：後代子孫。

〔四〕安得：怎麽。得，語助詞。劉邦《大風歌》：「安得猛士兮守四方。」寡儔：伴侣很少。《三國志·魏書·董昭傳》：「曹公慤其守志清恪，離群寡儔，故特遣使江東。」

〔五〕我：擬沈恭子自稱。胤：後嗣，後代。

〔六〕易名：變易姓名。古代在人死後爲其定謚號，叫做易名。《禮記·檀弓下》：「公叔文子卒，其子戍請謚於君，曰：『日月有時，將葬矣。請所以易其名者。』」慚：慚愧，感激，多謝。王梵志《撩亂失精神》：「前人多貯積，後人無慚愧。」李商隱《李夫人三首》（其一）：「慚愧白茅人，月没教星替。」見優：被優待。指給予「恭子」的美謚。

〔七〕放曠懷：豪放曠達的襟懷。《文選》（卷一三）潘岳《秋興賦》：「逍遥乎山水之阿，放曠乎人間之世。優哉游哉，聊以卒歲。」

〔八〕雅奉：素來尊奉。《逍遥遊》：《莊子》裏的一個篇名。文中闡述了莊子萬事萬物各適本性的基本學説，發揮了逍遥無爲的思想，後世多承襲其略無拘束，自由自在的意旨。

〔九〕携手：指清遠道士和沈恭子携手結伴，同遊山中。桂枝：此用《楚辭・招隱士》之意。其文中云：「桂樹叢生兮山之幽，偃蹇連蜷兮枝相繚。」「攀援桂枝兮聊淹留。」

〔一〇〕屬詞：連綴文字成詩文。寫作。《世説新語・文學》：「孫興公道：『曹輔佐才如白地明光錦』。」劉孝標注：「《中興書》曰：『曹毗字輔佐，譙國人，魏大司馬休曾孫也。好文籍，能屬詞。』」山之幽：山中幽深僻静之處。參本詩注〔九〕。《楚辭・九歌・山鬼》：「若有人兮山之阿，被薜荔兮帶女蘿。」

〔一一〕林麓：山林。《周禮・地官・林衡》：「林衡掌巡林麓之禁令，而平其守，以時計林麓而賞罰之。」《文選》（卷二）張衡《西京賦》：「林麓之饒，于何不有？」李善注：「木叢生曰林。善曰：《穀梁傳》曰：『林屬於山曰麓。』注曰：『麓，山足也。』」颯然：蕭條冷落貌。《文選》（卷五九）沈約《齊故安陸昭王碑文》：「城府颯然，庶寮如賈。」李善注：「颯然，吹木葉落貌。」

〔一二〕石壁：陡峭的山巖。

〔一三〕古丘：指虎丘山。丘亦墓冢之義。《周禮・春官・冢人》：「冢人掌公墓之地，……以爵等爲丘封之度。」鄭玄注：「別尊卑也。王公曰丘，諸臣曰封。」後世「丘墳」、「丘壟」、「丘冢」，皆墳墓之稱。

〔一四〕敗葉：落葉。翳（yì）：遮蔽。《方言》（卷一三）：「翳，掩也。」郭璞注：「謂掩覆也。」

〔一五〕亂翠：紛亂叢生的緑葉。缺月隱：隱没了不圓的月亮。缺月：不圓月。

〔一六〕衰紅：凋謝的花朵。李商隱《贈荷花》：「此花此葉長相映，翠減紅衰愁殺人。」清露愁：沾上清露的花朵像是在發愁。

〔一七〕覽物：觀賞景物。《文選》（卷二二）謝靈運《於南山往北山經湖中瞻眺》：「撫化心無厭，覽物眷彌重。」又《從游京口北固應詔》：「曾是縈舊想，覽物奏長謡。」李善注：「《嘆逝賦》曰：『覽前物而懷之。』」性未逸：没有能够使性情閑逸愉悦。

〔一八〕情所囚：爲情所束縛困擾。

〔一九〕異才：才能卓越。《後漢書》（卷七〇）《孔融傳》：「融幼有異才。」偶：遇，不期而遇。《爾雅·釋言》：「遇，偶也。」郭璞注：「偶爾相值遇。」絶境：此指風景絶佳之地。晋陶淵明《桃花源詩并序》：「自云先世避秦時亂，率妻子邑人來此絶境，不復出焉，遂與外人間隔。」

〔二〇〕佳藻：優美華麗的詞藻。指詩文佳作。冥搜：盡力搜索。參本卷（詩一五）注〔一七〕。

〔二一〕虚傾：徒然傾訴。寂寞音：此謂沈恭子詩「獨唱而不和」，没有酬唱之作。

〔二二〕雜珮詶：以各種華美的玉佩作爲酬答。雜珮，此喻詩文佳作。《詩經·鄭風·女曰鷄鳴》：「知子之來之，雜佩以贈之。」《毛傳》：「雜佩者，珩、璜、琚、瑀、衝牙之類。」

【箋評】

《補沈恭子詩》：「亂翠」二語新穎。（陸時雍《唐詩鏡》卷五十二）

魯望《補沈恭子詩》，不知「恭子」爲何人。予以《南史》證之，蓋吴興沈初明也。初明仕梁爲吴令，陳文帝時以明威將軍還鄉，卒于吴中。其《答張種書》，極道虎邱之勝，誠不愧「風流詞翰」之目矣。所謂清遠道士者，或寓言如茂陵通天臺之比，抑世果有僊人千年不死，而游戲人間者邪？晉、宋已降，未至臺司，又無五等之封，而得謚者例稱「子」。

安期曾干楚，柱下亦仕周。誰云列僊人，非即爾我儔。關洛一枰弈，秦漢兩部優。日月眼中過，山水脚底游。栖神遨八極，煉形藏九幽。不知何時臘，但覺天易秋。適來與我遇，勾吴有故邱。并坐千人石，偶配劍池流。彭殤孰爲夭，今昔奚足愁。翩然化鶴去，肯作樊籠囚。桃源津已問，干寶《記》獨搜。恍兮成夢覺，爾唱我且詶。（錢大昕《和陸魯望補沈恭子詩有序》，《潛研堂文集·詩集》卷九）

詩二首①

幽獨君②〔一〕

幽明雖異路〔二〕，平昔忝工文③〔三〕。欲知潛昧處〔四〕，山北首孤墳④〔五〕。（詩一九）

【校記】

①詩題開頭原有「幽獨君」三字，今移作署名。②底本無署名。類苑本署幽獨君。既符合作品實際，又符合本書題下署名的體例，據改。③「忝」汲古閣本作「黍」。④「首」弘治本、汲古閣本、

類苑本作「有」，四庫本作「兩」。

【注釋】

〔一〕幽獨君：未詳。當是超脱世俗的隱士。龔明之《中吴紀聞》（卷三）《幽獨君詩》條云：「唐時虎丘石壁，隱出幽獨君詩二首，其一云：『幽明雖異路，……。』其二云：『高松多悲風，……。』其辭甚奇愴。」有關幽獨君《詩二首》及下無名氏《答幽獨君》詩，《吴郡志》（卷四五）云：「大曆十三年，虎丘寺有鬼題詩，隱于石壁之上。云：『青松多悲風，蕭蕭聲且哀。南山接北山，幽壟空崔嵬。白日空昭昭，不照長夜臺。雖知生者樂，魂魄安能回。況復念所親，痛哭心肝摧。慟哭復何言，哀哉復哀哉。』又曰：『神仙不可學，形化空游魂。白日非我朝，青松爲我門。雖復隔幽壟，猶知念子孫。何以遣悲怨，萬物歸其根。寄言世上人，莫厭臨芳樽。莊生問枯骨，王樂復虚言。』蘇州觀察使李道昌異其事，遂具奏聞，敕令致祭。道昌祭文曰：『嗚呼！萬古丘陵，化無再出。君是何人？能閑詩筆。何代而亡？誰人子侄？曾作何官？是誰仙室？寂寞夜臺，悲呼白日。不向紙上，石中隱出。桃源三月，緑草垂楊。黄鶯百轉，猿聲斷腸。不題姓字，寧辨賢良。嗚呼痛哉！嘆惜先賢。空傳經史，終無再還。青松嶺上，嵯峨碧山。大唐政集，已記詩言。痛復痛兮何處賓，悲復悲兮萬古墳。能作詩兮動天地，聲哀怨兮淚沾巾。感我皇兮列清酌，願當生兮事明君。』祭後數日，石上復隱出詩一絶云：『幽冥雖異路，平昔忝攻文。欲知潛寐處，山北兩孤墳。』寺山之北有二墳，甚高大，荆蓁叢蔚。詢諸耆艾，莫知何人所葬？至今猶存。」李道昌《祭幽獨君文》（《全唐文》卷四五八）：「嗚呼！萬古邱陵，化無再出。君是何人？能閑詩筆。何代而亡？誰人子侄？曾作何官？是誰仙室？寂寞夜臺，悲乎白日。不向紙上，石中隱出。桃源三月，緑草垂楊。黄鶯百囀，猿聲斷腸。不題姓字，寧辨賢良。嗚呼痛哉！嘆惜先賢。空傳經史，終無再還。青松嶺上，嵯峨碧山。」

〔二〕幽明：此指生死陰陽之隔。《禮記·祭義》：「祭日於壇，祭月於坎，以别幽明，以制上下。」《史記》（卷一）《五帝本紀》：「順天地之紀，幽明之占，死生之説，存亡之難。」《正義》：「幽，陰；明，陽也。」異路：不同路。《文子·精誠》：「三皇、五帝、三王，殊事而同心，異路而同歸。」

〔三〕平昔：平時，往常。《世説新語·德行》：「（殷仲堪）每語子弟云：『勿以我受任方州，云我豁平昔時意。』」忝（tiǎn）：自謙詞。工文：習文，擅長寫作詩文。

〔四〕潛昧處：潛藏的暗處。此指墳墓而言。

〔五〕山北句：虎丘山北面正對着山的孤墳（就是我的歸葬處）。《禮記·檀弓上》：「古之人有言曰：『狐死正丘首，仁也。』」鄭玄注：「正丘首，正首丘也。」《楚辭·九章·哀郢》：「鳥飛反故鄉兮，狐死必首丘。」

【箋評】

君本何代人，姓名復爲誰？何年棄人間，長眠此山陲？荆榛鬱蒙蘢，孤墳上無碑。游魂久未化，哽咽還能詩。人殁乃歸滅，憂樂豈復知。君何獨煩冤，猶有親愛思。一死衆所同，已矣焉足悲。

陳辭爲相吊，此理君當推。（高啓《高青丘集》卷五《吊幽獨君》）

高松多悲風〔一〕，蕭蕭清且哀〔二〕。南山接幽壟①〔三〕，幽壟空崔嵬②〔四〕。白日徒昭昭〔五〕，不照長夜臺〔六〕。雖知生者樂〔七〕，魂魄安能迴〔八〕。况復念所親，慟哭心肝摧〔九〕。慟哭更何言，哀哉復哀哉。（詩二一〇）

【校記】

①「壟」汲古閣本、詩瘦閣本、四庫本作「隴」。　②「壟」汲古閣本、詩瘦閣本、四庫本作「隴」。

【注釋】

〔一〕高松：古代墓地多植松，故云。《文選》（卷二九）《古詩十九首》（其十三）：「驅車上東門，遥望郭北墓。白楊何蕭蕭，松柏夾廣路。」李善注：「仲長子《昌言》曰：『古之葬者，松柏、梧桐，以識其墳也。』」又（其十四）：「出郭門直視，但見丘與墳。古墓犂爲田，松柏摧爲薪。」南朝梁劉孝綽《銅雀妓》：「况復西陵晚，松風吹繐帷。」悲風：凄凉的風。《文選》（卷二九）《古詩十九首》（其十四）：「白楊多悲風，蕭蕭愁殺人。」李善注：「《楚辭》曰：『哀江介之悲風。』又曰：『秋風兮蕭蕭。』」

〔二〕蕭蕭：形容風聲。參本詩注〔一〕。清且哀：凄清而哀惋。劉向《别録》（《藝文類聚》卷四三）：「漢興以來，善雅歌者魯人虞公，發聲清哀，蓋動梁塵。」

〔三〕南山：泛指南面的山。此應指虎丘山。幽壟：墳墓。「壟」同「隴」。《禮記·曲禮上》：「適墓不登壟。」鄭玄注：「壟，冢也。墓，塋域。」《文選》（卷五九）任昉《劉先生夫人墓志》：「暫啓荒埏，長扃幽隴。」

〔四〕崔嵬：高聳貌。《詩經·小雅·谷風》：「習習谷風，維山崔嵬。」《毛傳》：「崔嵬，山巔也。」《楚辭·九章·涉江》：「帶長鋏之陸離兮，冠切雲之崔嵬。」王逸注：「崔嵬，高貌也。」

〔五〕白日：太陽。《楚辭·九辯》：「去白日之昭昭兮，襲長夜之悠悠。」昭昭：明亮。《楚辭·九歌·雲中君》：「靈連蜷兮既留，爛昭昭兮未央。」王逸注：「昭昭，明也。」

〔六〕長夜臺：墳墓。阮瑀《七哀詩》：「冥冥九泉室，漫漫長夜臺。」《文選》（卷二八）陸機《挽歌詩三首》（其一）：「按轡遵長薄，送子長夜臺。」李周翰注：「墳墓一閉，無復見明，故云長夜臺。」

〔七〕生者樂：人活着是快樂的。《論語·子張》：「其生也榮，其死也哀，如之何其可及也？」

〔八〕魂魄：古人所認爲的人的生命中能够脱離人的形體而獨立存在的精神。《楚辭·招魂》：「魂魄離散，汝筮予之！」安能：怎麽能。李白《夢遊天姥吟留别》：「安能摧眉折腰事權貴，使我不得開心顔。」

〔九〕慟（tòng）哭：痛哭。《論語·先進》：「顔淵死，子哭之慟。」心肝摧：形容極爲傷心悲痛。摧，悲傷。《文選》（卷二九）蘇武《詩四首》（其二）：「長歌正激烈，中心愴以摧。」晋潘岳《寡婦賦》：「少伶俜而偏孤兮，痛切怛以摧心。」李白《長相思》：「天長路遠魂飛苦，夢魂不到關山難。長相思，摧心肝。」又《古朗月行》：「憂來其如何，淒愴摧心肝。」

【箋評】

道昌，唐大曆十三年爲蘇州觀察使。一日，郡城外虎邱山有鬼題詩二首，隱于石壁之上，云：「青松多悲風，蕭蕭聲且哀。南山接幽隴，幽隴空崔巍。白日徒昭昭，不照長夜臺。雖知生者樂，魂魄安能迴？況復念所親，慟哭心肝摧。慟哭更何言，哀哉復哀哉！」又曰：「神仙不可學，形化空游魂。白日非我朝，青松爲我門。雖復隔幽顯，猶知念子孫。何以遣悲惋，萬物歸其根。寄語世上人，莫厭臨芳樽。莊生問枯骨，王樂成虚言。」道昌異其事，遂具奏聞，准敕令致祭。道昌爲其文曰：「嗚呼！萬古邱陵，化無再出。君若何人，能閑詩筆？何代而亡？誰人子侄？曾作何官？是誰仙室？寂寞夜臺，悲乎白日。不向紙上，石中隱出。桃源三月，深草垂楊。黄鶯百囀，猿聲斷腸。不題姓字，寧辨賢良？嗚呼哀哉！嘆昔先賢。空傳經史，終無再還。青松嶺上，嵯峨碧山。大唐王業，已紀詩言。痛復痛兮何處賓，悲復悲兮萬古墳。能作詩兮動天地，聲悲怨兮淚霑巾。感我皇兮列清酌，願當生兮事明君。」祭後經數日，再有詩一絶于石，云：「幽冥雖異路，平昔忝攻文。欲知潛昧處，山北兩孤墳。」後于寺山之北，果有二墳極高大，荆榛叢茂。詢諸耆老，竟不知何姓氏，至今猶存。

皮日休和云：「念爾風雅魂，幽咽能攻文。空令傷魂鳥，啼破山邊墳。」陸龜蒙和云：「靈氣猶不死，尚能成綺文。如何孤窆裏，猶自讀《三墳》。」（尤袤《全唐詩話》卷二《李道昌》）

答幽獨君〔一〕

無名氏①〔二〕

神仙不可學，形化空遊魂〔三〕。白日非我朝，青松爲我門〔四〕。雖復隔幽顯〔五〕，猶知念子孫。何以遺悲惋〔六〕，萬物歸其根〔七〕。寄語世上人〔八〕，莫厭臨芳樽〔九〕。莊生問枯骨〔一〇〕，王樂成虛言②〔一一〕。（詩二一一）

【校記】

①底本無署名。本卷（序三）云：「《答幽獨君》一篇，不知孰氏之作。」依本書體例，署名作「無名氏」。②「王」弘治本、汲古閣本、詩瘦閣本、四庫本作「三」。

【注釋】

〔一〕幽獨君：孤獨寂寞者。《楚辭·九章·涉江》：「哀吾生之無樂兮，幽獨處乎山中。」孟浩然《閑園懷蘇子》：「林園雖少事，幽獨自多違。」參本卷（詩一九）注〔一〕。

〔二〕無名氏：參本詩校記①，可知在皮日休時，即無以知曉此詩作者。宋龔明之《中吳紀聞》（卷三）《幽獨君詩》條：「後人又有賦《答幽獨君》一詩，不知誰氏所作。」所述與皮日休及《松陵集》的編次一致。若依范成大《吴郡志》（卷四五）的記叙（參本卷（詩一九）注〔一〕），此首《答幽獨君》與上述幽獨君《詩二首》（其二）同爲幽獨君所作，而幽獨君《詩二首》（其一），則爲蘇州觀察使李道昌致祭以後，幽獨君的顯靈之作，可聊備一說。

〔三〕形化句：謂人死去形體（軀體）化去，只有靈魂到處游蕩。形化，即物化。《文選》（卷二九）《古詩十九首》（其十）：「奄忽隨物化，榮名以爲寶。」李善注：「化謂變化而死也。不忍斥言其死，故言隨物而化也。《莊子》曰：『聖人之生也天行，其死也物化。』」

〔四〕青松句：古代在墳墓周圍多植松柏，故云。參本卷（詩二〇）注〔一〕。

〔五〕幽顯：陰陽。幽爲陰間，顯爲陽世。隔幽顯：陰陽相隔，謂人已死去。李商隱《重有感》：「晝號夜哭兼幽顯，早晚星關雪涕收。」

〔六〕何以：怎樣。遣：排解。《玉篇·辵部》：「遣，送也，去也。」悲惋：悲傷。鮑照《擬行路難十八首》（其八）：「西家思婦見悲惋，零淚霑衣撫心嘆。」《晋書》（卷三四）《羊祜傳》：「乳母具言之，李氏悲惋。」

〔七〕萬物句：意謂萬物終將歸於本原。《老子》（第一六章）：「致虚極，守静篤。萬物并作，吾以觀復。夫物芸芸，各復歸其根。歸根曰静，是曰復命。」

〔八〕寄語：傳話，捎話。鮑照《代少年時至衰老行》：「寄語後生子，作樂當及春。」《宋書》（卷六九）《范曄傳》：「又語人：『寄語何僕射，天下决無佛鬼。若有靈，自當相報。』」

〔九〕芳樽：精美的酒樽。指美酒。《晋書》（卷四九）《阮籍傳·論》：「嵇、阮竹林之會，劉、畢芳樽之友，馳騁莊門，排登李室。」

〔一〇〕莊生：莊周（前三六九？—前二九五？），戰國時思想家、散文家。後世習稱「莊子」、「莊生」。先秦道家學派代表人物之一，與老子并稱「老莊」。《莊子》一書是道家經典，也是先秦諸子散文中的傑作。生平參《史記》（卷六三）《老子韓非列傳》。問枯骨：《莊子·至樂》：「莊子之楚，見空髑髏，髐然有形，撽以馬捶，因而問之，曰：『夫子貪生失理，而爲此乎？將子有亡國之事，斧鉞之誅，而爲此乎？將子有不善之行，愧遺父母妻子之醜，而爲此乎？將子有凍餒之患，而爲此乎？將子之春秋故及此乎？』於是語卒，援髑髏，枕而卧。」

〔一一〕王樂句：意謂王侯之樂不過是空洞不實的話。《莊子·至樂》：「夜半，髑髏見夢曰：『子之談者似辯士。視子所言，皆生人之累也，死則無此矣。子欲聞死之説乎？』莊子曰：『然。』髑髏曰：『死，無君於上，無臣於下；亦無四時之事，從然以天地爲春秋，雖南面王樂不能過也。』莊子不信，曰：『吾使司命復生子形，爲子骨肉肌膚，反子父母妻子閭里知識，子欲之乎？』髑髏深矉蹙額曰：『吾安能棄南面王樂而復爲人間之勞乎！』」

追和幽獨君詩次韻

日休

念爾風雅魄〔一〕，幽咽猶能文〔二〕。空令傷魂鳥〔三〕，啼破山邊墳〔四〕。（詩二一二）

【注釋】

〔一〕風雅魄：能作詩文的魂魄。此指幽獨君。風雅：此指創作詩文之事。蕭統《文選序》：「故風雅之道，粲然可觀。」

〔二〕幽咽：低聲悲傷的哭泣聲。《樂府詩集》（卷二五）《隴頭歌辭》（三首之三）：「隴頭流水，鳴聲幽咽。遥望秦川，心肝斷絶。」

〔三〕傷魂鳥：悲痛傷心的鳥。當指杜鵑鳥。《禽經》：「（杜鵑），《爾雅》曰：『巂、周，甌越間曰怨鳥。』江介曰子規。」《埤雅》（卷九）：「杜鵑，一名子規，苦啼，啼血不止。一名怨鳥，夜啼達旦，血漬草木。」

〔四〕啼破：啼煞，叫斷。張相《詩詞曲語辭匯釋》（卷三）：「破，猶盡也；遍也；煞也。」山邊墳：指虎丘山邊幽獨君的墳墓。呼應本卷（詩一九）中「山北首孤墳」的句子。

恨劇但埋土〔一〕，聲幽難放哀。墳古春自晚，愁緒空崔嵬〔二〕。白楊老無花〔三〕，枯根侵夜臺〔四〕。天高有時裂〔五〕，川去何時迴〔六〕。雙睫不能濡〔七〕，六藏無可摧〔八〕。不聞搴蓬事①〔九〕，何必深悲哉。

（詩二二三）

【校記】

①皮詩本批校：「『搴蓬』出《莊子》。」

【注釋】

〔一〕恨劇：猶恨深、恨極。《說文・刀部》：「劇，尤甚也。」埋土：《世說新語・傷逝》：「庾文康亡，何揚州臨葬，云：『埋玉樹著土中，使人情何能已已！』」

〔二〕崔嵬：本指山的高聳貌。此猶塊壘，胸中鬱積的不平之氣。

〔三〕白楊，白楊樹，古人常在墳墓周圍種白楊。《文選》（卷二九）《古詩十九首》（其十三）：「白楊何蕭蕭，松柏夾廣路。」（其十四）：「白楊多悲風，蕭蕭愁殺人。」李善注：「《白虎通》曰：『庶人無墳，樹以楊柳。』」

〔四〕夜臺：即長夜臺，墳墓。參本卷（詩二〇）注〔六〕。

〔五〕天裂：應是用有關女媧補天的神話傳說。《淮南子・覽冥訓》：「往古之時，四極廢，九州裂；天不兼覆，地不周載；火爁炎而不滅，水浩洋而不息；猛獸食顓民，鷙鳥攫老弱。」

〔六〕川去句：意謂水一旦流去就無法再回來。《論語・子罕》：「子在川上曰：『逝者如斯夫！不舍晝夜。』」

〔七〕雙睫：雙眼。睫（jié），眼瞼上下邊所生的細毛。《釋名・釋形體》：「睫，插也，接也，插於眼眶而相接也。」

〔八〕六藏（zàng）：六腑，人體的六個重要器官。《莊子・齊物論》：「百骸、九竅、六藏，賅而存焉。」成玄英疏：「六藏，六腑也，謂大腸、小腸、膀胱、三焦也。藏，謂五藏，肝、心、脾、肺、腎也。」

〔九〕不聞：豈不聞。搴（qiān）蓬：拔取蓬草。搴蓬事，指莊子所説的生死憂樂難以區别的事。《莊子·至樂》：「列子行食於道從，見百歲髑髏，攓蓬而指之曰：『唯予與汝知而未嘗死，未嘗生也。若果養乎？予果歡乎？』」郭慶藩《莊子集釋》：「慶藩案：『攓』正字作『搴』。《説文》：『搴，拔取也。』『攓』爲『搴』之借字，故司馬訓爲『拔』也。亦通作『搴』。《離騷》：『朝搴阰之木蘭。』」

【箋評】

「聲幽難放哀，……川去何時迴。」：幽慘之致，不忍再讀。（項真評、項真刻《項氏瓶笙樹新刻皮襲美詩》卷一）

同前次韻

龜蒙

靈氣獨不死①〔一〕，尚能成綺文〔二〕。如何孤窆裏②〔三〕，猶自讀《三墳》〔四〕。（詩二一四）

【校記】

①「死」陸詩丙本作「□」。　②「如何」陸詩丙本作「如□何」，陸詩丙本黄校作「如何不空」。「窆」

陸詩甲本作「定」，陸詩丙本作「□」。

【注釋】

〔一〕靈氣：靈異之氣。古代的迷信説法，人死以後，其魂魄不死，即爲靈氣。《管子·内業》：「靈氣在心，一來一逝。其細無内，其大無外。」

〔二〕綺文：華美的詩文。此指幽獨君《詩二首》，即本卷（詩一九）、（詩二〇）。

〔三〕孤窆（biǎn）：孤獨的墳墓。窆：《説文·穴部》：「窆，葬下棺也。」此即指墳墓。

〔四〕《三墳》：上古時代的典籍。參卷一（詩四）注〔八七〕。《文選》（卷三）張衡《東京賦》：「昔常恨《三墳》《五典》既泯，仰不睹炎帝帝魁之美。」薛綜注：「《三墳》，三皇之書也。《五典》，五帝之書也。」

落日送萬古〔一〕，秋聲含七哀〔二〕。枯株不蕭瑟〔三〕，枝幹虚崔嵬〔四〕。伊昔臨大道〔五〕，歌鍾醉高臺①〔六〕。臺今已平地②，祇有春風迴③。明月白草死〔七〕，積陰荒壠摧④〔八〕。聖賢亦如此，慟絶真悠哉〔九〕。（詩二五）

【校記】

①「鍾」全唐詩本作「鐘」。「臺」陸詩丙本作「□」。②「臺今已平地」盧校本作「高臺今已平」，季寫本、全唐詩本注：「一作高臺今已平。」「臺」陸詩丙本作「□」。③「祇」詩瘦閣本作「秖」。④

「壟」弘治本、汲古閣本、詩瘦閣本、四庫本、季寫本作「隴」。

【注釋】

〔一〕萬古：萬代。極言漫長的世代。晉葛洪《抱朴子·外篇·勖學》：「故能究覽道奥，窮測微言，觀萬古如同日，知八荒若户庭。」杜甫《戲爲六絶句》（其二）：「爾曹身與名俱滅，不廢江河萬古流。」

〔二〕七哀：本是魏晉樂府古題，多反映傷亂之情。王粲、曹植等都有《七哀詩》。《宋書》（卷二一）《樂志三》（楚調怨詩）類載：「《明月》，東阿王詞，七解。」即指曹植《七哀詩》，可見此題是樂府歌辭。《文選》（卷二三）曹植《七哀詩》吕向注：「七哀，謂痛而哀、義而哀、感而哀、怨而哀、耳目聞見而哀、口嘆而哀、鼻酸而哀也。」

〔三〕蕭瑟：秋風聲。《楚辭·九辯》：「悲哉！秋之爲氣也。蕭瑟兮草木摇落而變衰。」不蕭瑟，因枯株已無可摇落，故云。

〔四〕崔嵬：高貌。參本卷（詩二一〇）注〔四〕。

〔五〕伊昔：昔日，從前。伊，語助詞。臨大道：意謂其以前的居處靠近繁華的大路。

〔六〕歌鍾：歌舞鐘鼓之聲。泛指歌曲音樂的聲音。此句謂在高臺上歌舞酣飲，極盡享樂生活。

〔七〕白草：一種草名，呈白色，故云。全句以明月、白草構成一幅墓地凄凉慘淡的景象。岑參《白雪歌送武判官歸京》：「北風捲地白草折，胡天八月即飛雪。」

〔八〕積陰：陰氣聚集之處。《文子·上仁》：「故積陰不生，積陽不化。陰陽交接，乃能成和。」荒壟：荒墳。壟，墳墓。《方言》（卷一三）：「冢，秦、晉之間謂之墳，……或謂之壟。」郭璞注：「有界埒似耕壟，因名之。」摧：毀壞，墮毀。《詩經·大雅·雲漢》：「胡不相畏，先祖于摧。」

〔九〕慟絶句：意謂極度悲傷，過於憂愁。慟絶：極度悲傷痛苦。悠哉：憂思。哉，語氣詞。《詩經·周南·關雎》：「悠哉悠哉，輾轉反側。」《毛傳》：「悠，思也。」《説文·心部》：「悠，憂也。」

讀《黄帝陰符經》寄鹿門子①〔一〕

龜蒙

清晨整冠坐〔二〕，朗咏三百言〔三〕。備識天地意〔四〕，獻詞犯乾坤〔五〕。何事不隱德〔六〕，降靈生軒轅〔七〕。口銜造化斧②〔八〕，鑿破機關門〔九〕。五賊忽迸逸〔一〇〕，萬物争崩奔〔一一〕。虚施神仙要〔一二〕，莫救華池源〔一三〕。但學戰勝術〔一四〕，相高甲兵屯〔一五〕。龍蛇競起陸〔一六〕，鬥血浮中原〔一七〕。成湯與周武〔一八〕，反覆更爲尊〔一九〕。下及秦漢得③〔二〇〕，瀆弄兵亦煩④〔二一〕。奸强自林據〔二二〕，仁弱無枝蹲〔二三〕。狂喉恣吞噬〔二四〕，逆翼争飛翻⑤〔二五〕。家家伺天發〔二六〕，不肯匡淫昏⑥〔二七〕。生民墜塗炭〔二八〕，比屋爲冤魂〔二九〕。祇爲讀此書〔三〇〕，大樸難久存〔三一〕。微臣與軒轅〔三二〕，亦是萬世孫。未能窮意義，豈敢求瑕痕〔三三〕。曾亦愛兩句，可與賢達論〔三四〕。生者死之根〔三五〕，死者生之根。方寸了十字〔三六〕，萬化皆胚渾⑦〔三七〕。身外更何事〔三八〕，眼前徒自喧〔三九〕。黄河但東注〔四〇〕，不見歸崑崙⑧〔四一〕。晝短苦夜永⑨〔四二〕，勸君傾一樽⑩〔四三〕。

（詩二一六）

【校記】

①陸詩甲本、統籤本、全唐詩本無「黄帝」。②「銜」陸詩丙本黄校作「御」。③「得」斠宋本眉批：「『得』疑作『後』。」陸詩甲本、陸詩丙本、統籤本、季寫本、全唐詩本注：「一作傳。」④「瀆」陸詩甲本、統籤本作「黷」。⑤「逆」弘治本、類苑本作「逸」。⑥「匡」字原缺末筆，避宋太祖趙匡胤諱。「淫」原作「浮」。據弘治本、汲古閣本、詩瘦閣本、四庫本、陸詩甲本、統籤本、類苑本、季寫本、全唐詩本改。陸詩丙本作「滛」。⑦「渾」陸詩甲本、陸詩丙本、統籤本、全唐詩本作「腪」。⑧「不」陸詩丙本作「下」。⑨「苦」陸詩丙本作「若」。⑩「君」斠宋本作「若」。「樽」全唐詩本作「尊」。

【注釋】

〔一〕《黄帝陰符經》：道家重要經典，書名一作《陰符經》，舊題黄帝撰，一卷，三百八十字。《新唐書》（卷五九）《藝文志三》：「《集注陰符經》一卷，太公、范蠡、鬼谷子、張良、諸葛亮、李淳風、李筌、李洽、李鑒、李鋭、楊晟。」以「陰符」名書者甚早，《戰國策·秦策一》：「（蘇秦）乃夜發書，陳篋數十，得《太公陰符》之謀，伏而誦之。」鹿門子：皮日休曾隱居襄陽鹿門山，故自稱鹿門子。參卷一（詩四）注〔三六〕。此處龜蒙亦以鹿門子稱日休。

〔二〕整冠：整理衣帽，謂自己穿戴整齊。

〔三〕朗咏：高聲吟誦。《文選》（卷一一）孫綽《遊天台山賦》：「凝思幽巖，朗咏長川。」李周翰注：「朗，高也。凝思坐於幽巖，高咏臨於長川。」三百言：指《黄帝陰符經》。其書有三百字、四百一十四字不同的文本。皮日休和作則云：「三百八十言。」

〔四〕備識：盡識，瞭解其全部。

〔五〕獻詞：呈上文詞，指自己所作的這首詩。犯乾坤：冒犯了天地。

〔六〕何事：爲何，爲什麽。《文選》（卷二二）左思《招隱詩二首》（其一）：「何事待嘯歌，灌木自悲吟。」隱德：將德行隱藏起來，施德行於人而不使人知。《晋書》（卷七五）《王湛傳》：「初有隱德，人莫能知，兄弟宗族皆以爲癡，其父昶獨異焉。」

〔七〕降靈：降生神靈。此指黄帝。軒轅：即黄帝。《史記》（卷一）《五帝本紀》：「黄帝者，少典之子，姓公孫，名曰軒轅，生而神靈。」

〔八〕造化斧：造物者之斧。意謂創造天地萬物。《史記》（卷一）《五帝本紀》：「（黄帝）順天地之紀，幽明之占，死生之説，存亡之難。時播百穀草木，淳化鳥獸蟲蛾，旁羅日月星辰水波土石金玉，勞勤心力耳目，節用水火材物，有土德之瑞，故號黄帝。」

〔九〕鑿破機關門：砍掉了權謀機詐之門。意謂其以德治天下，致世風淳厚。《史記》（卷一）《五帝本紀》：「軒轅乃修德振兵，治五氣，藝五種，撫萬民，度四方。」

〔一〇〕五賊：《陰符經》：「天有五賊，見之者昌。五賊在心，施行於天。」《陰符經集注》：「太公曰：『其一賊命，其次賊物，其次賊時，其次賊功，其次賊神。』」又曰：「聖人謂之五賊，天下謂之五德。」夏元鼎《陰符經講義》：「五賊者，五行也。」迸逸：逃竄。

〔一一〕崩奔：謂萬物奔散逃竄。《文選》（卷二六）謝靈運《入彭蠡湖口》：「洲島驟迴合，圻岸屢崩奔。」吕向注：「水激其岸，崩頽奔波也。」

〔一二〕神仙要：成爲神仙的要旨秘術。

〔一三〕華池源：華池的源頭。華池，道教以口爲華池。《太平御覽》（卷三六七）《口》條引《養生經》曰：「口爲華池。」《雲笈七籤》（卷一二）《太上黄庭外景經》：「沐浴華池生靈根。」務成子注：「沐浴華池，煉身丹田之中，主潤靈根。華池，玉池。」又（卷一一）《太上黄庭内景經》：「口爲玉池太和官。」梁丘子注：「口中津液爲玉液，一名醴泉，亦名玉漿。貯水爲池，百節調柔，五藏和適，皆以口爲官主也。」

〔一四〕戰勝術：以武力征戰取勝之道。

〔一五〕相高句：謂以屯集甲兵，炫耀武力爲高。甲兵：鎧甲和兵器，泛指軍隊。

〔一六〕龍蛇句：龍蛇奮起争鬥，意謂天下崇尚武力，争戰不休。龍蛇：喻桀驁不馴，兇狠暴戾之人。起陸：騰躍而起貌。《陰符經》：「天發殺機，龍蛇起陸。人發殺機，天地反覆。」

〔一七〕鬥血句：謂戰争的殘酷殺戮，使中原地區鮮血漂流。《史記》（卷一）《五帝本紀》：「軒轅之時，神農氏世衰，諸侯相侵伐，暴虐百姓，……而蚩尤最爲暴，莫能伐。炎帝欲侵陵諸侯，諸侯咸歸軒轅。……教熊羆貔貅貙虎，以與炎帝戰於阪泉之野。三戰，然後得其志。蚩尤作亂，不用帝命。於是黄帝乃徵師諸侯，與蚩尤戰於涿鹿之野，遂禽殺蚩尤。」《尚書·武成》：「會于牧野，罔有敵于我師。前徒倒戈，攻于後以北，血流漂杵。」孔穎達疏：「自攻其後，必殺人不多。血流漂春杵，甚之言也。」賈誼《新書·益壤》：「炎帝無道，黄帝伐之涿鹿之野，血流漂杵，誅炎帝而兼其地，天下乃治。」

〔一八〕成湯：商朝的開國君主，亦作「成商」。契的後代，子姓，名履，又名天乙。伐夏桀，建立商朝，都於亳。參《史記》（卷三）《殷本紀》。周武：周武王，姓姬，名發，周文王之子，西周的强國之君。《史記》（卷四）《周本紀》：「明年，西伯崩，太子發立，是爲武王。……武王即位，太公望爲師，周公旦爲輔，召公、畢公之徒左右王，師脩文王緒業。」

〔一九〕更：更替，變换。《方言》（卷三）：「更，代也。」《小爾雅·廣詁》：「更，易也。」尊：至尊，指帝王之位。

〔二〇〕秦漢：秦王朝和漢王朝。參本卷（序三）注〔二八〕。得：斠宋本眉批：「『得』疑作『後』。」于詩意較順。

〔二一〕瀆弄：過於濫用。「瀆」通「黷」。兵亦煩：用兵也很頻繁。《釋名·釋言語》：「煩，繁也。物繁則相雜撓也。」

〔二二〕奸强：邪惡豪强的人。林據：占據着樹林。喻豪强的侵奪。

〔二三〕仁弱：仁愛懦弱的人。《史記》（卷九）《吕太后本紀》：「孝惠爲人仁弱。」枝蹲：蹲坐的樹枝。此喻仁弱之人一無所有。

〔二四〕狂喉：大口。此指猛獸，實指豪强之人。吞噬：吞咽，吞吃。《後漢書》（卷八九）《南匈奴傳》：「（論曰）……降及後世，玩爲常俗，終於吞噬神鄉，丘墟帝宅。」

〔二五〕逆翼：倒飛的鳥，實喻爲非作歹之人。飛翻：飛翔貌。《文選》（卷二三）王粲《贈蔡子篤詩》：「苟非鴻鵰，孰能飛翻。」

〔二六〕伺：暗中偵候、窺探。《説文・人部》：「伺，候望也。」《玉篇・司部》：「伺，候也，察也。」天發：上天的發作。

〔二七〕匡：正。《爾雅・釋言》：「匡，正也。」淫昏：淫靡昏憒。《尚書・多方》：「有夏誕厥逸，不肯戚言于民，乃大淫昏，不克終日勸于帝之迪。」

〔二八〕生民：人民。《尚書・畢命》：「道洽政治，澤潤生民。」《詩經・大雅・生民》：「厥初生民，時維姜嫄。」墜塗炭：陷入泥沼和炭火之中。《尚書・仲虺之誥》：「有夏昏德，民墜塗炭。」《孔傳》：「夏桀昏亂，不恤下民，民之危險，若陷泥墜火，無救之者。」

〔二九〕比屋：房屋相連。此有家家户户之意。徐幹《中論・譴交》：「有策名於朝，而稱門生於富貴之家，比屋有之。」冤魂：冤枉而死的鬼魂。

〔三〇〕此書：指《黄帝陰符經》。

〔三一〕大樸：最爲原始質樸的風尚。嵇康《難自然好學論》：「昔鴻荒之世，大樸未虧，君無文於上，民無競於下，物全理順，莫不自得。飽則安寢，饑則求食，怡然鼓腹，不知爲至德之世也。」

〔三二〕微臣：作者自稱的謙詞。此二句謂自己也是軒轅黄帝的遠裔。黄帝是中華民族的始祖，故云。

〔三三〕瑕痕：玉上的斑點。喻缺點、毛病。

〔三四〕賢達：賢明通達。王充《論衡·效力》：「文儒非必諸生也，賢達用文則是矣。」

〔三五〕生者二句：此二句爲《陰符經》原文。意謂生與死是互相轉化的，本質上是相同的。根：事物的本源。《廣雅》（卷一上）《釋詁》：「根，始也。」

〔三六〕方寸：心。《列子·仲尼》：「嘻！吾見子之心矣，方寸之地虚矣。」了：瞭解，明白，懂得。十字：即「生者死之根，死者生之根」十字。

〔三七〕萬化：世間的萬事萬物。胚渾：混沌不清。形容宇宙萬物形成之前的渾茫景象。《文選》（卷一二）郭璞《江賦》：「類胚渾之未凝，象太極之構天。」李善注：「言雲氣杳冥，似胚胎渾混，尚未凝結。……《淮南子》曰：『孕婦三月而胚胎。』《春秋命曆序》曰：『冥莖無形，濛鴻萌兆，渾渾混混。』宋均曰：『渾渾混混，雖卵未分也。』」

〔三八〕更何事：又有什麽呢。

〔三九〕徒自喧：徒然的熱鬧而已。此句謂眼前的名利不過是暫時的榮耀。

〔四〇〕黄河：中國第二大河，源出今青海省巴顔喀拉山脉雅拉達澤山東麓，古人統稱這一帶的山脉爲崑崙墟，故有河出崑崙之説。《水經》（卷一）《河水》：「崑崙墟在西北，去嵩高五萬里，地之中也。其高萬一千里，河水出其東北陬，屈從其東南流，入渤海。」東注：向東流。

〔四一〕崑崙：山名，即今崑崙山脉，幅員遼闊，古人稱爲崑崙墟。《元和郡縣圖志》（卷四〇）《隴右道下》：「肅州酒泉縣：崑崙山，在縣西南八十里。周穆王見西王母，樂而忘歸，即此山。」黄河發源於此山。《水經注》（卷一）《河水》：「《山海經》曰：『崑崙墟在西北，河水出其東北隅。』《爾雅》曰：『河出崑崙虚，色白，所渠并千七百一川，色黄。』《物理論》曰：『河色黄者，衆川之流，蓋濁之也。』」李白《將進酒》：「君不見黄河之水天上來，奔流到海不復迴。」

〔四二〕晝短句：謂人們爲白天短暫，黑夜漫長而苦惱。《文選》（卷二九）《古詩十九首》（其十五）：「晝短苦夜長，何不秉燭遊？」

〔四三〕一樽：一杯酒。《晉書》（卷九二）《張翰傳》：「使我有身後名，不如即時一杯酒。」李白《魯郡堯祠送竇明府薄華還西京》：「長風吹月渡海來，遥勸仙人一杯酒。」李賀《苦晝短》：「飛光飛光，勸爾一杯酒。」

【箋評】

《陰符經》三百言，唐荆川先生叙之，力闢譚兵養生家言，謂聖人垂世之文，精以治身，粗以治天下。「五賊」之説，千條萬貫畢具，非大聖人判玄黄於混沌，正蒙否於乾坤，隻字不能道。蓋深信其爲軒轅書，而若有心得者。然予讀之，不得其微奥，復取湯臨川先生解讀之，義卒不明。天隨子詩云：「曾亦愛兩句」，「生者死之根，死者生之根。方寸了十字，萬代皆胚渾。」數語實獲我心。（龔煒《巢林筆談》卷三《讀〈陰符經〉》）

余愛陸魯望《讀〈陰符經〉》詩云：「但學戰勝術，相高甲兵屯。龍蛇競起陸，鬥血浮中原。成湯與周武，反覆更爲尊。下及秦漢傳，黷弄兵亦繁。奸強自林據，仁弱無枝蹲。狂喉恣吞噬，逆翼争飛翻。家家伺天發，不肯匡淫昏。生民墜塗炭，比屋爲冤魂。祇爲讀此書，大樸難久存。」可謂能知《陰符》之用者，其所感又甚深耳。皮日休和魯望詩云：「三百八十言，出自伊祁氏。上以生神仙，次云立仁義。」徑以爲神仙家言固誤，而以爲出自伊祁，是以《陰符》爲堯時作，尤不可解。（文廷式《純常子枝語》卷三十五）

奉和讀《陰符經》見寄①〔一〕

日休

三百八十言②〔二〕，出自伊祁氏〔三〕。上以生神仙〔四〕，次云立仁義。玄機一以發〔五〕，五賊紛然起。結爲日月精〔六〕，融作天地髓〔七〕。不測似陰陽〔八〕，難名若神鬼。得之升高天〔九〕，失之沈厚地③。具茨雲木老〔一〇〕，大塊煙霞委④〔一一〕。自顓頊以降〔一二〕，賊爲聖人軌〔一三〕。堯乃一庶人〔一四〕，得之賊帝摯〔一五〕。摯見其德尊，脱身授其位。舜惟一鰥民⑤〔一六〕，冗冗作什器〔一七〕。得之賊帝堯〔一八〕，白丁作天子〔一九〕。禹本刑人後⑥〔二〇〕，以功繼其嗣〔二一〕。得之賊帝舜〔二二〕，用以平洚水⑦〔二三〕。自禹及文武〔二四〕，天機嗒然弛⑧〔二五〕。姬公樹其綱〔二六〕，賊之爲聖智〔二七〕。聲詩川競大〔二八〕，禮樂山争峙〔二九〕。爰從幽厲餘〔三〇〕，宸極若孩稚〔三一〕。九伯真犬彘⑨〔三二〕，諸侯實虎兕〔三三〕。五星合其耀〔三四〕，白日下闕里〔三五〕。由是生聖人⑩〔三六〕，於焉當亂紀⑪〔三七〕。黄帝之五賊〔三八〕，拾之若青紫〔三九〕。高揮《春秋》筆〔四〇〕，不可刊一字〔四一〕。賊子虐甚斯⑫〔四二〕，奸臣痛於箠〔四三〕。至今千餘年〔四四〕，蚩蚩受其賜〔四五〕。時代更復改，刑政崩且隊〔四六〕。余將賊其道⑬〔四七〕，所動多訾毀〔四八〕。叔孫與臧倉〔四九〕，賢聖多如此。如何黄帝機〔五〇〕，吾得多坎躓〔五一〕。縱失生前禄〔五二〕，亦多身後利。我欲賊其名〔五三〕，垂之千萬祀。（詩二七）

【校記】

①「奉和」後全唐詩本有「魯望」。②「三」類苑本作「二」。③「沈」皮詩本、項刻本、統籤本、類苑本、季寫本作「沉」。④「塊」盧校本作「隗」，皮詩本作「魂」。皮詩本批校：「『魂』字應『隗』字誤。」⑤「惟」皮詩本、季寫本、全唐詩本作「唯」。⑥「刑」項刻本作「行」⑦「洚」原作「降」，據

弘治本、汲古閣本、詩瘦閣本、四庫本、皮詩本、項刻本、統籤本、類苑本、季寫本、全唐詩本改。⑧「愔」類苑本作「嗒」。⑨「犬」原作「大」，據弘治本、汲古閣本、詩瘦閣本、四庫本、皮詩本、項刻本、類苑本、全唐詩本改。⑩「由」汲古閣本、四庫本作「繇」。「生聖人」統籤本、季寫本、全唐詩本作「聖人生」。季寫本、全唐詩本注：「一作生聖人。」⑪「於」項刻本作「于」。⑫「甚」項刻本作「其」。⑬「余」弘治本、汲古閣本、詩瘦閣本、四庫本、皮詩本、項刻本、統籤本、類苑本、全唐詩本作「予」。

【注釋】

〔一〕《陰符經》：參本卷（詩二六）注〔一〕。

〔二〕三百八十言：即指《黄帝陰符經》，共三百八十字。參本卷（詩二六）注〔三〕。言：字。

〔三〕伊祁氏：亦作伊耆氏，上古帝堯，或謂神農。《史記》（卷一）《五帝本紀》：「帝堯者，放勛，其仁如天，其知如神。」《索隱》：「堯，謚也。放勛，名。帝嚳之子，姓伊祁氏。」《禮記·郊特牲》：「伊耆氏，始爲蜡。」鄭玄注：「伊耆氏，古天子號也。或云即帝堯是也。」孔穎達疏：「伊耆氏，神農也。」

〔四〕上以二句：意謂《黄帝陰符經》既創造了神仙之説，又標立了仁義的原則。

〔五〕玄機二句：謂深奥玄妙的道理一旦被打開，五賊也就不斷地紛紛産生了。玄機：微妙的義理，天意。五賊：參本卷（詩二六）注〔一〇〕。

〔六〕結爲句：凝結成爲日月的精華。道家有日精、月精之説。《雲笈七籤》（卷五一）《玉珮金璫》：「經曰：『欲求長生，宜先取諸身。月華月精，日霞日精。』」

〔七〕融作句：融匯凝煉成爲天地的精髓。

〔八〕不測二句：謂像陰陽變化一樣不可預測，如鬼神隱現一般難以名狀。《周易·繫辭上》：「一陰一陽之謂道。」「陰陽不測之謂神。」

〔九〕得之二句：謂得陰陽之變，鬼神之狀，就可以升天而示成功，否則就會墜落於地下。二「之」字指代「陰陽」、「神鬼」。《陰符經集注》：「李筌曰：『黄帝得賊命之機，白日上升。』」

〔一〇〕具茨：山名。一名大騩山，又作大隗山。在今河南省禹縣北。《元和郡縣圖志》（卷五）《河南道一》：「河南府密縣：大騩山，在縣東南五十里。本具茨山，黄帝見大隗於具茨之山，故亦謂之大騩山。」《莊子·徐無鬼》：「黄帝將見大隗乎具茨之山。」成玄英疏：「黄帝，軒轅也。大隗，大道廣大而隗然空寂也。亦言：大隗，古之至人也。具茨，山名也。在滎陽密縣界，亦名泰隗山。黄帝聖人，久冥至理，方欲寄尋玄道，故托迹具茨。」雲木老：形容雲煙樹木淒涼蕭條貌。喻黄帝尋道之事早已寂然無存。

〔一一〕大塊：大地，大自然。《莊子·齊物論》：「夫大塊噫氣，其名爲風。」成玄英疏：「大塊者，造物之名，亦自然之稱也。」李白《春夜宴從弟桃花園序》：「陽春召我以煙景，大塊假我以文章。」煙霞：美麗的自然景色。參本卷（詩一六）注〔五〕。委：委頓蕭條。

〔一二〕顓頊：上古帝王，五帝之一。《史記》（卷一）《五帝本紀》：「帝顓頊高陽者，黄帝之孫而昌意之子也。」《史記》本卷題下《正義》：「太史公依《世本》《大戴禮》，以黄帝、顓頊、帝嚳、唐堯、虞舜爲五帝。譙周、應劭、宋均皆同。而孔安國《尚書序》、皇甫謐《帝王世紀》、孫氏注《世本》，并以伏犧、神農、黄帝爲三皇，少昊、顓頊、高辛、唐、虞爲五帝。」

〔一三〕賊：五賊。參本卷（詩二六）注〔一〇〕。軌：軌範，準則。

〔一四〕堯：唐堯，或稱唐侯，即帝堯。參本詩注〔三〕。《史記》（卷一）《五帝本紀》：「虞舜者，名曰重華。……窮蟬父曰帝顓頊，顓頊父曰昌意，以至舜七世矣。自從窮蟬以至帝舜，皆微爲庶人。」

〔一五〕得之句：謂帝堯用「五賊」之法奪取了其兄帝摯的王位。《史記》（卷一）《五帝本紀》：「帝嚳娶陳鋒氏女，生放勛。娶娵訾氏女，生摯。帝嚳崩，而摯代立。帝摯立，不善，而弟放勛立，是爲帝堯。」《正義》：「《帝王紀》云：『帝摯之母於四人中班最在下，而摯於兄弟最長，得登帝位。封異母弟放勛爲唐侯。摯在位九年，政微弱，而唐侯德盛，諸侯歸之，摯服其義，乃率群臣造唐而致禪。唐侯自知有天命，乃受帝禪。乃封摯於高辛。』」

〔一六〕舜：虞舜，五帝之一。鰥：鰥夫，無妻的男子。《尚書·堯典》：「師錫帝曰：『有鰥在下，曰虞舜。』」《孔傳》：「無妻曰鰥。虞氏舜名，在下民之中。」

〔一七〕冗冗：衆多貌。作什器：制作日常生活器具。《史記》（卷一）《五帝本紀》：「舜，冀州之人也。舜耕歷山，漁雷澤，陶河濱，作什器於壽丘，就時於負夏。」《索隱》：「什器，什，數也。蓋人家常用之器非一，故以十爲數，猶今云『什物』也。」《正義》：「顔師古云：『軍法：伍人爲伍，二伍爲什，則共器物，故謂生生之具爲什器，亦猶從軍及作役者十人爲火，共畜調度也。』」

〔一八〕得之句：意謂虞舜以「五賊」之法奪取了唐堯的帝位。《史記》（卷一）《五帝本紀》：「舜年二十以孝聞，年三十堯舉之，年五十攝行天子事，年五十八堯崩，年六十一代堯踐帝位。踐帝位三十九年，南巡狩，崩於蒼梧之野。」

〔一九〕白丁：平民，無官職者。《隋書》（卷三七）《李敏傳》：「謂公主曰：『李敏何官？』對曰：『一白丁耳。』」韋應物《采玉行》：「官府徵白丁，言采藍溪玉。」牟融《題朱慶餘閒居四首》（其一）：「白丁門外遠，俗子眼前無。」

〔二〇〕禹：大禹，上古帝王，鯀之子，在虞舜後即位。刑人後：犯罪獲刑的人的後代。《史記》（卷二）《夏本紀》：「當帝堯之時，鴻水滔天，浩浩懷山襄陵，下民其憂。堯求能治水者，群臣四嶽皆曰鯀可。……於是堯聽四嶽，用鯀治水。九年而水不息，功用不成。於是帝堯乃求人，更得舜。舜登用，攝行天子之政。巡狩，行視鯀之治水無狀，乃殛鯀於羽山以死。天下皆以舜之誅爲是。於是舜舉鯀之子禹，而使續鯀之業。」

〔二一〕以功句：謂大禹繼承其父鯀治水獲得成功。事參《尚書·禹貢》、《史記》（卷二）《夏本紀》。

〔二二〕得之句：謂大禹以「五賊」的權謀奪取虞舜的帝位。《史記》（卷二）《夏本紀》：「帝舜薦禹於天，爲嗣。十七年而帝舜崩。三年喪畢，禹辭辟舜之子商均於陽城。天下諸侯皆去商均而朝禹。禹於是遂即天子位，南面朝天下，國號曰夏后，姓姒氏。」

〔二三〕洚(hóng)水：洪水。《孟子·滕文公下》：「《書》曰：『洚水警余。』洚水者，洪水也。使禹治之。」《説文·水部》：「洚，水不遵道。」此句謂大禹治水成功。《史記》(卷二)《夏本紀》：「禹傷先人父鯀功之不成受誅，乃勞身焦思，居外十三年，過家門不敢入。……左準繩，右規矩，載四時，以開九州，通九道，陂九澤，度九山。……禹乃行相地宜所有以貢，及山川之便利。」

〔二四〕文武：周文王、周武王。周文王，姓姬名昌。《史記》(卷四)《周本紀》：「公季卒，子昌立，是爲西伯。西伯曰文王。遵后稷、公劉之業，則古公、公季之法，篤仁，敬老，慈少，禮下賢者，日中不暇食以待士，士以此多歸之。」周武王，周文王之子。參本卷(詩二六)注〔一八〕。

〔二五〕天機：天生賦予的神機。《莊子·大宗師》：「其耆欲深者，其天機淺。」嗒(tà)然：松弛貌，精神不振貌。弛(chí)：松弛，松散。

〔二六〕姬公：周公姬旦，文王子，武王弟。武王卒，成王年幼，周公攝政，後還政成王。樹其綱：謂周公制訂了西周政治教化的綱常。周公制禮作樂，西周典章制度多爲其創制，《尚書》中《大誥》、《康誥》、《多士》、《無逸》、《立政》等，記録了其言論。參《史記》(卷四)《周本紀》、(卷三三)《魯周公世家》。

〔二七〕賊之句：謂周公制作禮樂，過於運用人的聰明智慧，實際上違反了自然的天道，故曰「賊」。《陰符經》云：「自然之道静，故天地萬物生。」聖智：超出常人的聰明才智。《中庸》(第三十二章）：「苟不固聰明聖知達天德者，其孰能知之？」

〔二八〕聲詩：樂歌。此實指《詩經》中的《雅》《頌》而言。參卷一（詩三）注〔一〇〕。川競大：百川會聚成爲波瀾浩蕩的大川。似用「山峙淵停」的故實，詳下句注。此句謂周公大力創作聲詩，頌揚周之先王和德政。陸德明《經典釋文》（卷七）《毛詩音義下》：「自此（按：指《大雅·文王》）以下，至《卷阿》十八篇，是文王、武王、成王、周公之正《大雅》。據盛隆之時而推序天命，上述祖考之美，皆國之大事，故爲正《大雅》焉。」這些作品，歷來認爲多是周公所作。

〔二九〕禮樂：禮制和音樂。二者在古代是最重要的政治教化的内容。《禮記·樂記》：「樂也者，情之不可變者也。禮也者，理之不可易者也。樂統同，禮辨異。禮樂之説，管乎人情矣！」又曰：「樂者，天地之和也。禮者，天地之序也。和，故百物皆化；序，故群物皆别。」山争峙：猶如群峰聳立，争着比高一般。意謂禮樂等級森嚴的嚴肅性。連上句「川競大」，似用「山峙淵停」的故實。《世説新語·賞譽》：「謝子微見許子將兄弟」條，劉孝標注引《海内先賢傳》曰：「許劭字子將，虔弟也。山峙淵停，行應規表。邵陵、謝子微高才遠識，見劭十歲時，嘆曰：『此乃希世之偉人也！』」

〔三〇〕爰從：自從。爰，發語辭。幽厲：西周末的周幽王、周厲王，都是昏庸的君主。周幽王（公元前？—前七七一），姬姓，名宫涅，寵愛褒姒，廢申后及太子，後被殺於驪山下，西周亡。周厲王（公元前？—前八二八），名胡，爲政暴虐，民不堪命，後被國人放逐於彘。參《國語·周語》

《史記》（卷四）《周本紀》。餘：其餘，其他。劉淇《助字辨略》（卷一）：「餘，《廣韻》云：『賸也。』……奇零之辭。」

〔三一〕宸極：北極星，喻帝王或帝位。《文選》（卷三七）劉琨《勸進表》：「宸極失御，登遐醜裔。」李善注：「宸極，喻帝位。」孩稚：幼兒。顏之推《顏氏家訓·音辭》：「吾家兒女，雖在孩稚，便漸督正之；一言訛替，以爲己罪矣。」

〔三二〕九伯：九州之伯，即九州的長官。古代將中國分爲九州（兗、冀、青、徐、豫、荆、揚、雍、梁），故云。《左傳·僖公四年》：「五侯九伯，女實征之，以夾輔周室。」杜預注：「五等諸侯，九州之伯，皆得征討其罪。」犬彘：狗和猪。喻愚蠢卑劣的人。《吕氏春秋·明理》：「國有游蛇西東，馬牛乃言，犬彘乃連，有狼入於國。」

〔三三〕虎兕（sì）：老虎和犀牛。喻殘暴之人。《論語·季氏》：「虎兕出於柙，龜玉毁於櫝中，是誰之過與？」

〔三四〕五星：也稱五曜，指金、木、水、火、土五星。《史記》（卷二七）《天官書》：「太史公曰：……水、火、金、木、填星。此五星者，天之五佐。」此句謂五星一起出現，發出它們的光芒。古人認爲五星合曜，或稱作五星連珠，是祥瑞的現象。《今本竹書紀年》（卷上）：「帝在位七十年，景星出翼，鳳皇在庭，朱草生，嘉禾秀，甘露潤，醴泉出，日月如合璧，五星如連珠。」《史記》（卷二七）《天官書》：「五星皆從而聚于一舍，其下之國可以義致天下。」又曰：「五星皆從而聚于一舍，其下國可以禮致天下。」

〔三五〕闕里：地名，在今山東省曲阜市，是孔子居住、講學之地。《元和郡縣圖志》（卷一〇）《河南道六》：「兖州曲阜縣：闕里，在縣西南三里魯城中，北去洙水百餘步。」白日下闕里，是要出現聖人的祥瑞之兆。《史記》（卷四七）《孔子世家》：「孔子生魯昌平鄉陬邑。」《索隱》：「陬是邑名，昌平，鄉號。孔子居魯之鄒邑昌平鄉之闕里也。」《正義》：「《括地志》云：『兖州曲阜縣魯城西南三里有闕里，中有孔子宅，宅中有廟……』按：夫子生在鄒，長徙曲阜，仍號闕里。」

〔三六〕生聖人：謂孔子應世運而生。聖人，指孔子。《論語·子罕》：「太宰問於子貢曰：『夫子聖者與？何其多能也？』」《孟子·萬章下》：「孟子曰：『伯夷，聖之清者也；伊尹，聖之任者也；柳下惠，聖之和者也，孔子，聖之時者也。』」

〔三七〕於焉：于是。《詩經·小雅·白駒》：「所謂伊人，於焉逍遥。」《玉篇·烏部》：「焉，語已之詞也，是也。」當亂紀：正當亂世。古代以十二年爲一紀（因木星十二年繞日一周）。

〔三八〕黄帝句：謂黄帝《陰符經》的「五賊」之説。

〔三九〕拾之句：謂取用它可以説太容易了。拾青紫：《漢書》（卷七五）《夏侯勝傳》：「士病不明經術；經術苟明，其取青紫如俯拾地芥耳。」顔師古注：「地芥謂草芥之横在地上者。俯而拾之，言其易而必得也。青紫，卿大夫之服也。」

〔四〇〕《春秋》筆：《春秋》筆法。舊説是孔子作《春秋》的基本原則，意思是説是非褒貶寓於筆下的一字一句之中。《史記》（卷四七）《孔子世家》：「至於爲《春秋》，筆則筆，削則削，子夏之徒不能贊一辭。」

〔四一〕刊：删，削。《説文·刀部》：「刊，剟也。」《廣雅》（卷三上）《釋詁》：「刊，削也。」劉歆《答揚雄書》：「是縣諸日月，不刊之書也。」此句謂孔子所作的《春秋》一字也不可删改。

〔四二〕賊子句：謂敗壞仁義道德的人，其殘暴超過了用斧頭砍人。《孟子·滕文公下》：「孔子成《春秋》而亂臣賊子懼。」虐：殘暴。斨（qiāng）：古代的一種斧頭。此用作動詞。《説文·斤部》：「斨，方銎斧也。」

〔四三〕奸臣：弄權誤國之臣。箠（chuí）：馬鞭。此作動詞用，鞭打。《説文·竹部》：「箠，擊馬也。」此句謂奸臣懼怕《春秋》大義，甚於被鞭子抽打。

〔四四〕千餘年：指從孔子（前五五一—前四七九）的時代到作者生活的晚唐，約一千四百年左右（此詩應作於咸通十一年，即公元八七〇年）。

〔四五〕蚩蚩：純樸敦厚貌。此指普通百姓。《詩經·衛風·氓》：「氓之蚩蚩，抱布貿絲。」《毛傳》：「氓，民也。蚩蚩者，敦厚之貌。」受其賜：受到了恩惠，得到了好處。《左傳·僖公二十三年》：「公子（重耳）出於五鹿，乞食於野人，野人與之塊。公子怒，欲鞭之。子犯曰：『天賜也。』稽首，受而載之。」

〔四六〕刑政：刑法政令。《國語·周語下》：「出令不信，刑政放紛。」崩且陊（duò）：倒塌毁壞。《説文·自部》："「陊，落也。」《廣雅》（卷一上）《釋詁》："「陊，壞也。」

〔四七〕賊其道：破壞《陰符經》之道。《説文·戈部》："「賊，敗也。」段玉裁《説文解字注》："「敗者，毁也。毁者，缺也。」

〔四八〕訾（zǐ）毁：詆毁，指責。《漢書》（卷二八下）《地理志下》："「俗儉嗇愛財，趨商賈，好訾毁，多巧僞。」顔師古注："「以言相毁曰訾。」

〔四九〕叔孫：叔孫武叔，名州仇，春秋魯國大夫。臧倉：戰國時魯平公寵臣。前者曾訾毁孔子，後者曾訾毁孟子。《論語·子張》："「叔孫武叔毁仲尼。子貢曰：『無以爲也！仲尼不可毁也。』」《孟子·梁惠王下》：魯平公擬前去見孟子，臧倉訾毁孟子，使魯平公取消了往見孟子之行。「樂正子見孟子，曰：『克告於君，君爲來見也。嬖人有臧倉者沮君，君是以不果來也。』」

〔五〇〕如何：奈何，爲什麽。《詩經·秦風·晨風》："「如何如何，忘我實多。」黄帝機：指黄帝《陰符經》裏所説的權謀機巧。

〔五一〕坎躓：坎坷艱險，跌倒難行。此有難以行得通之意。《周易·坎卦》："「彖曰：『習坎』，重險也。」王弼注："「坎以險爲用，故特名曰：『重險』，言『習坎』者習重乎險也。」其義即爲險難。詩當是用此意。

〔五二〕禄：福氣，福運。《儀禮·少牢饋食禮》："「使女受禄于天，宜稼于田。」鄭玄注："「古文禄爲福。」

〔五三〕賊其名：敗壞其名。

【箋評】

「五賊紛然起」句：下「賊」字想奇。

「具茨雲木老」二句：蒼。（項真評、項真刻《項氏瓶笙榭新刻皮襲美詩》卷一）

案：高似孫《子略》載皮日休、陸龜蒙各有讀《陰符》詩，皮云：「三百八十言，出自伊耆氏。」中引其語甚詳。陸亦五言長古。（胡應麟《少室山房筆叢》卷五續甲部《五行》）

《奉和讀〈陰符經〉見寄》 昔史皇制字，鬼爲夜哭。嘗疑制字爲萬古文章之祖，鬼何爲而夜哭？及閱此等書，乃知鬼哭蓋爲此耳。

按《陰符》云：「天有五賊，見之者昌。五賊在心，施行於天。宇宙在乎手，萬化生乎身。」注曰：「五賊即五行也。以其相生相尅，故謂之賊。其在人心，則爲仁、義、禮、智、信，又爲精、神、魂、魄、意。人能見五行從出之源，則宇宙在手而萬化生身。其人爲誰？即黄帝、堯、舜、禹、湯、文、武、周、孔是也。襲美一則曰『賊其道』，再則曰『賊其名』，此道豈易行，此名豈易當者哉？」（黄周星《唐詩快》卷二）

皮襲美《和讀〈陰符經〉》詩：「玄機一以發，五賊紛然喜。」黄東發云：「《陰符經》：『天有五賊，見之者昌。』五行豈可言賊？賊豈所以爲昌？」按：經所云「五賊」者，謂土作甘，金作辛，木作酸，水火作鹹、作苦之類。《集注》引太白曰：「聖人謂之五賊，天下謂之五德。人食五味而生，食五味而死，無有怨而棄之者也。心之所味也亦然。」然則經所謂「五賊」，舉世皆見以爲德，無有見以爲賊者。果能見之，豈不昌乎？（徐文靖《管城碩記》卷二十五）

初夏遊楞伽精舍〔一〕

日休

越舼輕似萍〔二〕，漾漾出煙郭〔三〕。人聲漸疎曠〔四〕，天氣忽寥廓〔五〕。伊余愜斯志①〔六〕，有似劀癵瘼②〔七〕。遇勝即夷猶〔八〕，逢幽且淹泊③〔九〕。俄然棹深處〔一〇〕，虛無倚巖崿〔一一〕。霜毫一道人〔一二〕，引我登龍閣〔一三〕。當中見壽象〔一四〕，欲禮光紛箔〔一五〕。珠幡時相鏗④〔一六〕，恐是諸天樂〔一七〕。樹杪見觚棱〔一八〕，林端逢赭堊⑤〔一九〕。千尋井猶在〔二〇〕，萬祀靈不涸〔二一〕。下通蛟人道⑥〔二二〕，水色黮而惡〔二三〕。欲照六藏驚〔二四〕，將窺百骸愕〔二五〕。堨去山南嶺〔二六〕，其險如邛笮⑦〔二七〕。悠然放吾興〔二八〕，欲把青天摸。紫藤垂罽珥⑧〔二九〕，紅荔懸纓絡⑨〔三〇〕。蘚厚滑似漦〔三一〕，峰尖利如鍔〔三二〕。斯須到絶頂〔三三〕，似愈漸離矐⑩〔三四〕。一片太湖光〔三五〕，只驚天漢落⑪〔三六〕。梅風脱綸帽〔三七〕，乳水透芒屩〔三八〕。嵐姿與波彩〔三九〕，不動渾相著⑫〔四〇〕。既不暇供應〔四一〕，將何以酬酢〔四二〕。却來穿竹逕〔四三〕，似入青油幕〔四四〕。穴恐水君開〔四五〕，龕如鬼工鑿〔四六〕。窮幽入兹院〔四七〕，前楯臨巨壑〔四八〕。遺畫龍奴獰⑬〔四九〕，殘香蟲篆薄〔五〇〕。褫魂窺玉鏡〔五一〕，澄慮聞金鐸〔五二〕。雲態共縈留〔五三〕，鳥言相許諾〔五四〕。古木勢如虺〔五五〕，近之恐相蠚〔五六〕。怒泉聲似激，聞之意争博⑭〔五七〕。時禽倏已嘿〔五八〕，衆籟蕭然作〔五九〕。遂令不羈性〔六〇〕，戀此如纆縛⑮〔六一〕。念彼上人者〔六二〕，將生付寂寞〔六三〕。曾無膚橈事⑯〔六四〕，肯把心源度〔六五〕。胡爲儒家流〔六六〕，没齒勤且恪〔六七〕。沐猴本不冠〔六八〕，未是謀生錯〔六九〕。言行既異調，栖遲亦同托〔七〇〕。願力儻不遺⑰〔七一〕，請作華林鶴〔七二〕。（詩二八）

【校記】

①「余」弘治本、汲古閣本、四庫本、皮詩本、項刻本、統籤本、類苑本、季寫本、全唐詩本作「予」。②「癵」項刻本作「癧」。③「逢」季寫本作「逄」。④「鏗」項刻本作「鑑」。⑤「逢」季寫本作「逄」。⑥「蛟」皮詩本作「交」。⑦「笮」盧校本作「筰」。⑧「珥」項刻本作「𤫊」。⑨「懸」弘治本、汲古閣本、詩瘦閣本、四庫本、項刻本、類苑本作「縣」。⑩「曤」原作「燿」，統籤本作「曤」，全唐詩本注：「一作曤。」據改。⑪「驚」原缺「敬」的末筆，避宋太祖祖父趙敬諱。⑫「著」汲古閣本、項刻本作「着」。⑬「遺」類苑本作「遺」。「畫」項刻本作「盡」。⑭「博」詩瘦閣本作「搏」。⑮「戀此如纆縛」季寫本作「如此戀纆縛」。⑯「橈」弘治本、汲古閣本、詩瘦閣本、四庫本、項刻本、統籤本、類苑本、季寫本、全唐詩本作「撓」。⑰「儻」統籤本作「倘」。

【注釋】

〔一〕初夏：應爲咸通十一年（八七〇）初夏，本詩作於此時。楞伽精舍：楞伽，寺名。陸廣微《吴地記》：「楞伽寺在（吴）縣西南二里，梁天監二年置。」朱長文《吴郡圖經續記》（卷中）：「楞伽寺，在吴縣西南横山下。其上有塔，據横山之巔。隋時所建，有石記存焉。白樂天及皮、陸有詩載集中。寺旁有巨井，深不可測。井有石欄，欄側有隋人記刻，蓋楊素移郡横山下，嘗居此地。」精舍：本是儒者學舍、書齋之稱，後亦指僧人、道士修煉居住之處。《後漢書》（卷六七）《黨錮傳·劉淑傳》：「淑少學明《五經》，遂隱居，立精舍講授，諸生常數百人。」《晉書》（卷九）《孝武帝紀》：「帝初奉佛法，立精舍於殿内，引諸沙門以居之。」吴曾《能改齋漫録》（卷四）《辨誤》：「（王）觀國按：古之儒者，教授生徒，其所居皆謂之精舍……精舍本爲儒士設。至晉孝武立精舍以居沙門，亦謂之精舍，非有儒、釋之别也。」

〔二〕越舼（hóng）：吴、越地區一種船身長而艙深的小船。《方言》（卷九）：「舟……南楚、江、湘……小而深者謂之𣘶。」郭璞注：「即長舼也。」《玉篇·舟部》：「舼，小船也。」傅玄《正都賦》（嚴可均輯《全晉文》卷四五）：「然後戒水軍，遵川流，越舼泛，吴榜浮。」

〔三〕漾漾：摇動飄蕩貌。皇甫曾《山下泉》：「漾漾帶山光，澄澄倒林影。」許渾《春望思舊游》：「花光晴漾漾，山色晝峨峨。」煙郭：雲霧瀰漫的城郭。

〔四〕疎曠：疏朗空闊。

〔五〕寥廓：空曠闊大。《楚辭·遠遊》：「下峥嶸而無地兮，上寥廓而無天。」

〔六〕伊余：我。伊，語助詞。愜斯志：謂對眼前朗暢的景象感到愜意。斯，助詞。

〔七〕剮癵瘼(guā luán mò)：去掉病痛。剮，《説文·刀部》：「剮，刮去惡創肉也。」《玉篇·刀部》：「剮，去血也，割也。」癵，瘦，病。《廣韻·桓韻》：「癵，病也，瘦也。」《説文·疒部》：「瘼，病也。」《方言》(卷三)：「瘼，病也。東齊、海岱之間曰瘼。」

〔八〕遇勝：遇到美景。夷猶：從容優游，流連徘徊。本是猶豫遲疑之意。《楚辭·九歌·湘君》：「君不行兮夷猶，蹇誰留兮中洲？」王逸注：「夷猶，猶豫也。」

〔九〕淹泊：停留。南朝梁張纘《懷音賦序》：「塗經鄢、郢，淹泊累旬。」杜甫《奉漢中王手札》：「淹泊俱崖口，東西異石根。」白居易《觀稼》：「愧兹勤且敬，藜杖爲淹泊。」

〔一〇〕俄然：一會兒，忽然。《莊子·齊物論》：「昔者莊周夢爲胡蝶，栩栩然胡蝶也。自喻適志與！不知周也。俄然覺，則蘧蘧然周也。」

〔一一〕虚無：此指清虚幽僻的境界。巖崿：險峻的山崖。《文選》(卷三一)江淹《雜體詩三十首·謝臨川靈運遊山》：「嵒崿轉奇秀，岑崟還相蔽。」張銑注：「嵒崿、岑崟，并山勢不齊貌。」

〔一二〕霜毫：指老人眉中的白色長毛。《詩經·豳風·七月》：「爲此春酒，以介眉壽。」《毛傳》：「眉壽，豪眉也。」孔穎達疏：「人年老者必有豪毛秀出者，故知眉謂豪眉也。」道人：僧人，和尚。

〔一三〕龍閣：此指寺閣。樓閣的飛檐其勢如龍。唐謝偃《聽歌賦》：「登龍閣而騁目，臨曲池而遊眄。」

〔一四〕壽象：即指寺院裏的佛祖釋迦牟尼像。

〔一五〕紛箔：即「紛泊」，紛亂貌。此指光芒閃耀貌。《文選》（卷二）張衡《西京賦》：「鳥畢駭，獸咸作，草伏木棲，寓居穴托。起彼集此，霍繹紛泊。」《文選》（卷四）左思《蜀都賦》：「毛群陸離，羽族紛泊。」劉逵注：「紛泊，飛薄也。」呂延濟注：「紛泊，飛揚也。」

〔一六〕珠幡：指寺院裏以珠玉裝飾而成的旗幡。時相鏗：時時發出鏗鏘的碰撞聲。

〔一七〕諸天：佛教裏的護法天神共有三十二天，總稱爲諸天。後用以指天界。《長阿含經》（卷一）：「佛告比丘，毗婆尸菩薩生時，諸天在上於虛空中，手執白蓋寶扇，以障寒暑風雨塵土。」《雲笈七籤》（卷二一）《天地部·總序天》：「《元始經》云：大羅之境，無復真宰，惟大梵之氣，包羅諸天。」諸天樂：天界的仙樂。

〔一八〕觚棱（gū léng）：宫殿或房屋轉角處瓦脊成方角棱瓣形，叫作觚棱。《文選》（卷一）班固《西都賦》：「設璧門之鳳闕，上觚棱而栖金爵。」呂向注：「觚棱，闕角也。」王觀國《學林》（卷五）《觚甬條》：「所謂觚棱者，屋角瓦脊，成方角棱瓣之形，故謂之觚棱。」此句謂在樹梢處露出寺院房屋轉角的瓦脊棱瓣。

〔一九〕赭堊（zhě è）：赤土和白土，古代用作建築物墻壁上的塗料。此即指塗上赤土、白土的寺院建築。《史記》（卷一一七）《司馬相如列傳》：「其土則丹青赭堊。」《文選》（卷四）張衡《南都賦》：「銅錫鉛鍇，赭堊流黄。」李善注引《山海經》郭璞注：「赭，赤土也。堊，似土，白色也。」

〔二〇〕千尋井：極深的水井。尋，古代以八尺爲尋。《説文·寸部》：「度，人之兩臂爲尋，八尺也。」參本詩注〔二〕引《吴郡圖經續記》：「寺旁有巨井，深不可測」云云。

〔二一〕萬祀句：意謂這口井永不乾涸，非常靈驗。萬祀，萬年。

〔二二〕下通句：意謂這口水井的水脉通達大海深處。蛟人，又作「鮫人」，古代傳説中居住在海底的人。《文選》（卷一二）木華《海賦》：「其垠則有天琛水怪，鮫人之室。」李善注：「曹子建《七啓》曰：『戲鮫人』。劉淵林《吴都賦》注曰：『鮫人水底居』。」張華《博物志》（卷二）：「南海外有鮫人，水居如魚，不廢織績，其眼能泣珠。」

〔二三〕黮（dǎn）：黑色。《説文·黑部》：「黮，桑葚之黑也。」

〔二四〕六藏：六腑。參本卷（詩二三）注〔八〕。

〔二五〕百骸：人體的所有骨骼，指人的全身。《莊子·齊物論》：「百骸、九竅、六藏，賅而存焉，吾誰與爲親？」成玄英疏：「百骸，百骨節也。」

〔二六〕朅（qiè）去：去。朅爲發語辭。

〔二七〕邛笮：山名，以險峻著稱，在今四川省滎經縣。《元和郡縣圖志》（卷三二）《劍南道中》：「雅州滎經縣：邛來山，在縣西五十里。本名邛笮山，故笮人之界也。山巖峭峻，出竹，高節實中，堪爲杖，因名山也。」

〔二八〕悠然：閑適貌。陶淵明《飲酒二十首》（其五）：「采菊東籬下，悠然見南山。」放：曠放。謂恣縱，不拘束。《文選》（卷四三）嵇康《與山巨源絶交書》：「又讀《莊》《老》，重增其放。」李善注：「放，謂放蕩。」興：興致，興趣。

〔二九〕罽珥（jì ěr）：一種毛織品的耳飾。罽，氈類毛織品。《爾雅·釋言》：「氂，罽也。」郭璞注：「毛氂所以爲罽。」孔穎達疏：「然則罽者，織毛爲之，若今之毛氍毹。」珥：《玉篇·玉部》：「珥，珠在耳。」

〔三〇〕纓絡：用珠玉綴成的飾物，多作頸項上的飾品，或披在身上。《晉書》（卷九七）《四夷傳·林邑國》：「其王服天冠，被纓絡。」

〔三一〕漦（chí）：涎沫。《國語·鄭語》：「夏后卜殺之與去之與止之，莫吉。卜請其漦而藏之，吉。」韋昭注：「漦，龍所吐沫，龍之精氣也。」

〔三二〕鍔（è）：刀劍的刃。《玉篇·金部》：「鍔，刀刃也。」《莊子·説劍》：「天子之劍，以燕谿石城爲鋒，齊岱爲鍔。」

〔三三〕斯須：須臾，一會兒。《禮記·祭義》：「君子曰：『禮樂不可斯須去身。』」鄭玄注：「斯須，猶須臾也。」絶頂：山峰的最高處。《文選》（卷二七）沈約《早發定山》：「傾壁忽斜豎，絶頂復孤員。」杜甫《望嶽》：「會當凌絶頂，一覽衆山小。」

〔三四〕似愈句：好似高漸離的雙眼又復明。意謂眼前豁然開朗，展現出一幅闊大的景象。愈：病情好了。《孟子·公孫丑下》：「昔者疾，今日愈，如之何不吊？」漸離矐（huò）：高漸離的眼睛失明。《史記》(卷八六)《刺客列傳》:「秦始皇召見。人有識者,乃曰:『高漸離也。』秦皇帝惜其善擊筑,重赦之,乃矐其目。使擊筑,未嘗不稱善。」矐:《索隱》:「説者云:『以馬屎燻令失明。』」

〔三五〕太湖:即今江蘇省蘇州、無錫一帶的太湖。參卷一(詩九)注〔六二〕。

〔三六〕天漢:天河,銀河。《詩經·小雅·大東》:「維天有漢,監亦有光。」《毛傳》:「漢,天河也。」

〔三七〕梅風:指初夏的風。柳䛒《奉和晚日楊子江應制詩》:「梅風吹落蕊,酒雨減輕塵。」許敬宗《麥秋賦應詔》:「扇漸秀於梅風,潤岐苗於穀雨。」綸(guān)帽:即白綸巾,魏晉時期流行的一種頭巾。南朝至唐代,流行白紗帽。可參證《通典》(卷五七)。《晋書》(卷七九)《謝萬傳》:「萬著白綸巾,鶴氅裘,履版而前。既見,與帝共談移日。」此句當爲活用孟嘉風落帽事。《晋書》(卷九八)《孟嘉傳》:「後爲征西桓温參軍,温甚重之。九月九日,温燕龍山,僚佐畢集。時佐吏并著戎服,有風至,吹嘉帽墮落,嘉不之覺。温使左右勿言,欲觀其舉止。嘉良久如厠,温令取還之,命孫盛作文嘲嘉,著嘉坐處。嘉還見,即答之,其文甚美,四坐嗟嘆。」

〔三八〕乳水:山石間所流出的水。一説,山中鍾乳石所流出的水。任昉《述異記》(卷下):「(武陵)源上有石洞,洞中有乳水。」芒屩(juē):草鞋。《晋書》(卷七五)《劉惔傳》:「惔少清遠,有標奇。與母任氏寓居京口,家貧,織芒屩以爲養。雖蓽門陋巷,晏如也。」胡應麟《少室山房筆叢》(續甲部卷一二)《丹鉛新録八·履考》:「六朝前率草爲履,古稱芒屩。蓋賤者之服,大抵皆然。」

〔三九〕嵐姿：山間霧氣的形狀姿態。波彩：水面上波光粼粼的色彩。前人早已就用「彩」字形容物色。《文選》（卷三一）江淹《雜體詩三十首·張司空華離情》：「庭樹發紅彩，閨草含碧滋。」李善注：「張景陽《雜詩》曰：『寒花發黄彩，秋草含緑滋。』」

〔四〇〕渾相著：連成一片。張相《詩詞曲語辭匯釋》（卷二）：「渾，猶全也；直也。……皮日休《初夏遊楞伽精舍》詩：『嵐姿與波彩，不動渾相着。』渾相着，猶云直相接也。」著：即「着」，猶接。張相《詩詞曲語辭匯釋》（卷三）：「着，猶接也；近也；切也。……皮日休《初夏遊楞伽精舍》詩：『嵐姿與波彩，不動渾相着。』渾相着，猶云渾相接也。」

〔四一〕不暇供應：謂景象紛至沓來，展現在眼前。《世説新語·言語》：「王子敬云：『從山陰道上行，山川自相映發，使人應接不暇。』」

〔四二〕將：當。酬酢：主客相互敬酒謂之酬酢（主酬客酢），此謂應對唱和詩歌。《周易·繫辭上》：「顯道神德行，是故可與酬酢，可與祐神矣。」

〔四三〕却來：再來。張相《詩詞曲語辭匯釋》（卷一）：「却，猶再也，意義有時與作『還』字解者略近。……却來，再來也。」

〔四四〕青油幕：青油塗飾的幕帳。此喻青翠的竹林。《宋書》（卷四二）《劉穆之傳》：「（劉瑀）至江陵，與顏竣書曰：『朱脩之三世叛兵，一旦居荆州，青油幕下，作謝宣明面見向，使齋帥以長刀引吾下席。』」

〔四五〕穴：指山間有水流出的洞穴。水君：魚伯。古代傳説中的水中之神。崔豹《古今注·魚蟲》：「水君，狀如人乘馬，衆魚皆導從之。一名魚伯，大水乃有之。漢末，有人于河際見之。」

〔四六〕龕：神龕，供奉佛神的石室。此應指山巖上的神龕。鬼工：謂事物的精妙神奇，非人工所能達到。

〔四七〕窮幽：窮盡幽美微妙的景物。

〔四八〕前楯（shǔn）：前面的欄杆。用以防人墜墮。楯爲欄杆的横木。《説文·木部》：「楯，闌楯也。」段玉裁《説文解字注》：「楯，闌檻也。闌，門遮也；檻，櫳也。此云闌檻者，謂凡遮闌之檻，今之闌干是也。」

〔四九〕遺畫：指寺院墻壁上殘存的古畫。龍奴：龍子。詳詩意，應指龍子龍孫，即衆多的龍而言。古代有龍生九子之説。獰：狰獰，凶惡。

〔五〇〕殘香句：猶如蟲篆形狀的殘香已經稀疏淡薄了。蟲篆：篆字如蟲，謂其如蟲爬行形成的屈曲的形狀。揚雄《法言·吾子》：「或問：『吾子少而好賦？』曰：『然。童子雕蟲篆刻。』俄而，曰：『壯夫不爲也。』」成公綏《隸書體》：「蟲篆既繁，草藁近僞。適之中庸，莫尚于隸。」此喻篆文形狀的香，稱作篆香或香印。《香譜》（卷下）：「百刻香，近世尚奇者作香篆，其文準十二辰，分一百刻，凡燃一晝夜，乃已。」

〔五一〕褫（chǐ）魄：奪去魂魄。謂令人驚異。《文選》（卷三）張衡《東京賦》：「罔然若酲，朝罷夕倦，奪氣褫魄之爲者。」薛綜注：「惘然如神奪其精氣，又若魂魄亡離其身。」玉鏡：指明静的水面。《尚書·帝命驗》（《太平御覽》卷八二）《帝桀》條）曰：「桀失其玉鏡，用其噬虎。」李白《陪族叔刑部侍郎曄及中書賈舍人至遊洞庭五首》（其五）：「淡掃明湖開玉鏡，丹青畫出是君山。」

〔五二〕澄慮：思緒寧静，謂使人的情緒平静安定。金鐸：即鐸，古代的一種打擊樂器。此指寺院中的鐘、鈴之類。《周禮·地官·鼓人》：「以金鐸通鼓。」鄭玄注：「鐸，大鈴也，振之以通鼓。」

〔五三〕雲態句：謂山中雲霧的優美形態盤旋繚繞，一起挽留行人。

〔五四〕鳥言句：謂山中嚶嚶的鳥鳴聲，似乎是在向行人發出共賞風光的許諾。《後漢書》（卷三八）《度尚傳》：「初試守宣城長，悉移深林遠藪椎髻鳥語之人置於縣下，由是境内無復盜賊。」李商隱《爲滎陽公上史館白相公狀三》：「猿飲鳥言，罕規政令。」又《異俗二首》（其一）：「鳥言成諜訴，多是恨彤襜。」

〔五五〕古木句：謂古木蒼森，樹幹盤曲的態勢，猶如蛇的身軀。虺（huǐ）：一種蛇，俗名土虺。一説，即蝮蛇。《詩經·小雅·斯干》：「維虺維蛇。」《説文·虫部》：「虫，一名蝮。博三寸，首大如擘指。」《爾雅·釋魚》：「蝮虺，博三寸，首大如擘。」郭璞注：「身廣三寸，頭大如人擘指，此自一種蛇，名爲蝮虺。」

〔五六〕蠚（hē）：有毒腺的動物以毒刺别的生物。《漢書》（卷三三）《田儋傳》：「蝮蠚手則斬手，蠚足則斬足。」顔師古注：「應劭曰：『蝮，一名虺。蠚，螫也。螫人手足則割去其肉，不然則死。』師古曰：『《爾雅》及《説文》皆以爲蝮即虺也，博三寸，首大如擘，而郭璞云各自一種蛇。其蝮蛇，細頸大頭焦尾，色如綬文，文間有毛，似猪鬣，鼻上有針，大者長七八尺，一名反鼻，非虺之類也。以今俗名證之，郭説得矣。虺若土色，所在有之，俗呼土虺。其蝮唯出南方。』」

〔五七〕意争博：謂使人心情意緒更爲寬博宏大。《説文·十部》：「博，大通也。」《玉篇·十部》：「博，廣也，通也。」

〔五八〕時禽：隨着時令季節而出現的禽鳥。《文選》（卷二八）陸機《悲哉行》：「目感隨氣草，耳悲咏時禽。」嘿（mò）：同「默」，閉口，不説話。《玉篇·口部》：「嘿，與默同。」

〔五九〕衆籟：各種聲響，即萬籟。籟，本指有孔的管樂器如簫，也指一般從孔穴中發出的聲音。《説文·竹部》：「籟，三孔龠也。大者謂之笙，其中謂之籟，小者謂之箹。」《莊子·齊物論》：「汝聞人籟而未聞地籟，汝聞地籟而未聞天籟夫！」蕭然作：謂響起悠閑疏快的聲音。蕭然：瀟灑悠閑貌。《抱朴子·外篇·刺驕》：「高蹈獨往，蕭然自得。」

〔六〇〕不羈性：不受拘束的性情。

〔六一〕纏縛：纏繞糾結。

〔六二〕上人：和尚。佛教稱智慧戒行過人者爲上人，後即用以指僧人。《世説新語·文學》：「今《小品》猶存。」劉孝標注引《語林》曰：「王右軍駐之曰：『淵源思致淵富，既未易爲敵，且己所不解，上人未必能通。』」《釋氏要覽》（卷上）《上人》：「古師云：内有智德，外有勝行，在上之人，名上人。」吴曾《能改齋漫録》（卷七）《僧爲上人》：「唐詩多以僧爲上人，如杜子美《巳上人茅齋》是也。」

〔六三〕將生句：謂把自己的一生付與寂寞中度過。佛教講求人生要遠離世俗，没有牽挂，没有煩惱，超越生死，在平静中度過。詩意正是如此。

〔六四〕曾無：完全没有。曾，副詞，乃。膚橈事：受到一點刺激就退縮的事情。膚橈：皮膚受到刺激而顫動。《孟子·公孫丑上》：「北宫黝之養勇也：不膚橈，不目逃，思以一豪挫於人，若撻之於市朝。」

〔六五〕肯：能，會。張相《詩詞曲語辭匯釋》（卷二）：「肯，猶能也；得也。」又曰：「肯，猶會也；亦猶云至於也。」心源：心性。佛教認爲心是萬法之源，故云。度：佛家謂引導人脱離凡塵到達脱離生死的涅槃境界爲度。《金剛頂瑜珈中發阿耨多羅三藐三菩提心論》：「妄心若起，知而勿隨。妄若息時，心源空寂。萬法斯具，妙用無窮。」南朝梁釋智藏《奉和武帝三教詩》：「心源本無二，學理共歸真。」

〔六六〕儒家流：儒家一類的人。《漢書》（卷三〇）《藝文志》：「儒家者流，蓋出於司徒之官，助人君順陰陽明教化者也。游文於六經之中，留意於仁義之際，祖述堯、舜，憲章文、武，宗師仲尼，以重其言，於道最爲高。」

〔六七〕没齒：終身，一輩子。《論語·憲問》：「奪伯氏駢邑三百，飯疏食，没齒無怨言。」勤且恪：勤勉努力而又恭謹謙遜。《論語·述爾》：「葉公問孔子于子路，子路不對。子曰：『女奚不曰：其爲人也，發憤忘食，樂以忘憂，不知老之將至云爾。』」又：「子曰：『我非生而知之者，好古，敏以求之者也。』」均可參證儒家孜孜以求的入世精神。

〔六八〕沐猴：獼猴。《史記》（卷七）《項羽本紀》：「説者曰：『人言楚人沐猴而冠耳，果然！』」《集解》：「張晏曰：『沐猴，獼猴也。』」冠（guàn）：戴帽子。作動詞用。

〔六九〕未是句：連上句謂沐猴本來就不戴帽子，這也是謀生之需，没什麼錯的。

〔七〇〕栖遲：游息，停留。《詩經·陳風·衡門》：「衡門之下，可以栖遲。」

〔七一〕願力：佛教所謂誓願之力。沈約《千佛讚》（《初學記》卷二三）：「先後參差，各隨願力。」遺：漏掉，抛棄。

〔七二〕華林：園名。彌勒佛成道後在此説法，因園中有龍華樹，故名。鳩摩羅什《彌勒下生成佛經》：「爾時彌勒佛於華林園，其園縱廣一百由旬。」此作者以華林鶴自比，表達虔佛的心願。

【箋評】

「人聲漸疎曠」二句：散落令人想不盡。

「一片太湖光」二句：錚錚覺林木都響。（項真評、項真刻《項氏瓶笙榭新刻皮襲美詩》卷一）

奉和初夏遊楞伽精舍次韻①〔一〕

龜蒙

吴都涵汀洲〔二〕，碧液浸郡郭〔三〕。微雨蕩春醉〔四〕，上下一清廓〔五〕。奇踪欲探討②〔六〕，靈物先瘵瘼〔七〕。飄然蘭葉舟〔八〕，旋倚煙霞泊〔九〕。吟譚亂篙櫓③〔一〇〕，夢寐雜巘崿④〔一一〕。纖情不可逃〔一二〕，洪筆難暫閣〔一三〕。豈知楞伽會⑤〔一四〕，乃在山水箔〔一五〕。金仙著書日〔一六〕，世界名極樂〔一七〕。薝蔔冠諸香⑥〔一八〕，琉璃代華堊〔一九〕。禽言經不輟〔二〇〕，象口川寧涸〔二一〕。萬善峻爲城〔二二〕，巉巉捍群惡〔二三〕。清晨欲登造〔二四〕，安得無自愕〔二五〕。險穴駭坤牢〔二六〕，高蘿挂天笮⑦〔二七〕。池容澹相向〔二八〕，蛟怪如可摸〔二九〕。苔蔽石髓根〔三〇〕，蒲荖水心鍔⑧〔三一〕。嵐侵達摩髻⑨〔三二〕，日照狻猊絡〔三三〕。仰首乍眩旋〔三四〕，迴眸更輝燿⑩〔三五〕。檐端凝（原注：去⑪）飛羽〔三六〕，磴外浮碧落〔三七〕。到迴解風襟⑫〔三八〕，臨幽濯雲屩〔三九〕。塵機性非便〔四〇〕，静境心所著⑬〔四一〕。自取海鷗知〔四二〕，何煩尸祝酢〔四三〕。峰圍震澤岸〔四四〕，翠浪舞綃幕〔四五〕。瀲灔豈堯遭〔四六〕，峨嵺非禹鑿〔四七〕。潛聽鐘梵處⑭〔四八〕，別有松桂壑〔四九〕。靄重燈不光〔五〇〕，泉寒網猶薄〔五一〕。僮能躡孤刹⑮〔五二〕，鳥慣親撥鐸〔五三〕。服道身可遺〔五四〕，乞閑心已諾⑯〔五五〕。人間亦何事，萬態相毒蠚〔五六〕。戰壘競高深〔五七〕，儒衣謾褒博〔五八〕。宣尼名位達〔五九〕，未必《春秋》作〔六〇〕。管氏包霸圖⑰〔六一〕，須人解其縛〔六二〕。伊余采樵者⑱〔六三〕，蓬藋方索漠⑲〔六四〕。近得風雅情〔六五〕，聊將聖賢度〔六六〕。多君富遒采〔六七〕，識度兩清恪〔六八〕。詎寵生滅詞〔六九〕，肯教夷夏錯〔七〇〕。未爲堯舜用〔七一〕，且向煙霞托〔七二〕。我亦擺塵埃〔七三〕，他年附鴻鶴〔七四〕。（詩二一九）

【校記】

①「奉和」後全唐詩本有「襲美」。②「踪」詩瘦閣本作「蹤」。③「譚」汲古閣本、四庫本作「談」。④「寐」陸詩乙本陳校：「舊本缺『寐』字。」陸詩丙本作「□」。⑤「會」盧校本作「舍」，陸詩甲本、陸詩丙本、統籤本、季寫本、全唐詩本注：「一作舍。」⑥「蒼」季寫本作「艙」。⑦「笮」錢校本、陸詩甲本、陸詩丙本張校、統籤本、季寫本作「索」，陸詩丙本作「窄」。全唐詩本注：「一作索。」⑧「著」弘治本、汲古閣本、四庫本、統籤本、類苑本、全唐詩本作「差」。斠宋本眉批：「差，疑。」⑨「達」原作「荅」。四庫本作「達」，陸詩甲本、陸詩丙本、季寫本、全唐詩本注：「一作達。」據改。⑩「迴」原作「迴」，據汲古閣本、詩瘦閣本、四庫本、陸詩丙本、類苑本、全唐詩本改。⑪「去」汲古閣本、四庫本、統籤本、類苑本、全唐詩本作「去聲」。季寫本無「去」。⑫「迴」弘治本、陸詩甲本、類苑本、季寫本、全唐詩本作「迴」。全唐詩本注：「一作迴。」⑬「著」陸詩甲本、季寫本作「着」。⑭「鐘」汲古閣本、四庫本作「鍾」。⑮「蹋」弘治本、汲古閣本、詩瘦閣本、四庫本、陸詩甲本、陸詩丙本、統籤本、季寫本、全唐詩本作「躡」。⑯「閑」弘治本、汲古閣本、詩瘦閣本、四庫本作「閒」。⑰「霸」弘治本、汲古閣本、詩瘦閣本、四庫本、類苑本作「伯」。⑱「余」弘治本、汲古閣本、詩瘦閣

本、四庫本、類苑本作「予」。⑲「漠」詩瘦閣本、類苑本作「寞」。

【注釋】

〔一〕楞伽精舍：參本卷（詩二八）注〔一〕。次韻：參卷一（詩二）注〔五〕。

〔二〕吴都：蘇州。春秋時吴國都城，故云。《文選》（卷五）左思《吴都賦》題下劉淵林注：「吴都者，蘇州是也。」涵汀洲：謂蘇州水多，浸潤、包容汀洲。汀洲，水邊小洲。《楚辭·九歌·湘夫人》：「搴汀洲兮杜若，將以遺兮遠者。」《説文·水部》：「汀，平也。」段玉裁《説文解字注》：「謂水之平也。水平謂之汀。因之洲渚之平謂之汀。」

〔三〕碧液：碧緑的水。指太湖。郡郭：蘇州的城郭。蘇州在後漢至南朝陳代稱吴郡，參《元和郡縣圖志》（卷二五）《江南道一·蘇州》。

〔四〕微雨句：謂微雨蕩滌了春天的朦朧醉意。

〔五〕上下：指天地之間。清廓：清澈遼闊。杜甫《過郭代公故宅》：「定策神龍後，宮中翕清廓。」

〔六〕奇踪句：欲去探索搜尋奇妙的踪迹。探討：探幽尋勝，欣賞山水景物。孟浩然《登鹿門山懷古》：「探討意未窮，迴艫夕陽晚。」

〔七〕靈物：神奇靈異之物，神明。瘵（zhài）瘼：病痛。此有凋敝、衰敗之義。瘵，《説文·疒部》：「瘵，病也。」

〔八〕飄然：飄蕩輕盈貌。《吴越春秋》（卷一〇）《勾踐伐吴外傳》：「越王喟然嘆曰：『越性脆而愚，水行山處，以船爲車，以楫爲馬，往若飄然，去則難從，悅兵敢死，越之常也。』」蘭葉舟：木蘭舟。小船的美稱。《太平御覽》（卷九五八）引任昉《述異記》曰：「木蘭川在潯陽江中，多木蘭樹。昔吴王闔閭植木蘭於此，用構宫殿。」又曰：「七里洲中，有魯班刻木蘭爲舟，至今在洲中。詩家所云木蘭舟，出於此。」古人又常以「一葉」喻小船。

〔九〕旋：一會兒。劉淇《助字辨略》（卷二）：「不多時曰旋。旋，轉也，言一轉頃即如何也。」煙霞：煙霧雲霞，指山水美景。謝朓《擬宋玉風賦》：「煙霞潤色，荃荑結芳。」泊：止，停。指泊船，停船。

〔一〇〕吟譚句：謂人的吟唱談笑聲與船槳聲交織在一起。

〔一一〕夢寐：睡夢。沈炯《歸魂賦》（《藝文類聚》卷七九）：「思我親戚之顔貌，寄夢寐而魂求。」巘崿（yǎn è）：山崖。《文選》（卷二二）謝靈運《晚出西射堂》：「連嶂疊巘崿，青翠杳深沈。」李善注：「巘崿，崖之别名。」

〔一二〕纖情：細微的情景。

〔一三〕洪筆：大筆。郭璞《爾雅序》：「英儒贍聞之士，洪筆麗藻之客，靡不欽玩耽味，爲之義訓。」洪：大。《爾雅·釋詁》：「洪，大也。」閣：同「擱」。此指擱筆。

〔一四〕楞伽：亦作楞迦。此指佛寺，即楞伽精舍。唐應玄《一切經音義》（卷七）：「楞伽，山名也，正言駿迦。」相傳釋迦牟尼曾在此山説經，故址在古師子國（今斯里蘭卡境内）。《大唐西域記》

(卷一一)《駿迦山與那羅稽羅洲》：「國東南隅有駿迦山，巖谷幽峻，神鬼遊舍，在昔如來於此説《駿迦經》。」原注：「舊曰《楞伽經》，訛也。」

〔一五〕山水箔：青山緑水的美麗地方。箔：門簾。《玉篇·竹部》：「箔，簾也。」

〔一六〕金仙：僧人。此指佛祖釋伽牟尼。《魏書》(卷一一四)《釋老志》：「後孝明帝夜夢金人，項有日光，飛行殿庭，乃訪群臣，傅毅始以佛對。帝遣郎中蔡愔、博士弟子秦景等使於天竺，寫浮屠遺範。愔仍與沙門攝摩騰、竺法蘭東還洛陽。中國有沙門及跪拜之法，自此始也。」

〔一七〕世界句：佛經裏稱阿彌陀佛所居的國土爲極樂世界，俗稱西天。此處没有任何煩惱，可獲得一切快樂。《阿彌陀經》：「從是西方，過十萬億佛土，有世界名曰極樂……其國衆生，無有衆苦，但受諸樂，故名極樂。」

〔一八〕薝蔔(zhān pú)：花名。梵語義譯爲郁金花，中國名山梔子花。《酉陽雜俎》(前集卷一八)：「梔子，諸花少六出者，唯梔子花六出。陶真白言：梔子翦花六出，刻房七道，其花香甚，相傳即西域薝蔔花也。」葉廷珪《海録碎事》(卷二二下)：「薝蔔花，即今山梔子花也。佛説：譬如入薝蔔林中，唯嗅薝蔔，不聞餘香。禪月詩云：『白薝蔔花露滴滴。』山谷曰：染梔子花六出，雖香，不濃郁。山梔子花八出，一株可香一園。」一説：薝蔔開黄花，非梔子花。《維摩詰所説經·觀衆生品第七》：「舍利佛，如人入瞻蔔林，唯嗅瞻蔔，不嗅餘香。如是，若入此室，但聞佛功德之香，不樂聞聲聞、辟支佛功德香也。」《妙法蓮花經》(卷五)《分别功德品》：「若復教人書，及供養經卷，散華香末香，以須曼薝蔔。」鳩摩羅什《音釋》：「薝蔔，此云黄花，小而香。」

〔一九〕琉璃：此指琉璃磚，用黏土塗上釉料燒制而成，常見的有緑色和黄色。華堊（è）：粉飾墻壁的彩色土。堊：粉刷墻壁的白色塗料，亦作白色的土。《説文·土部》：「堊，白涂也。」段玉裁《説文解字注》：「以白物涂白之也。……按謂涂白爲堊，因謂白土爲堊。」

〔二〇〕禽言：鳥語，鳥的鳴叫聲。此句謂僧人誦經猶如鳥語一樣連續不斷。參本卷（詩二八）注〔五四〕。

〔二一〕象口句：謂香象口中流淌的水不會乾涸。連上二句，應是在佛寺所見所聞。寧：豈。象是佛經中的重要物象，最常用的是香象渡河，比喻大乘教的修證。《優婆塞戒經·三種菩提品》：「如恒河水，三獸俱渡，兔、馬、香象。兔不至底，浮水而過；馬或至底，或不至底；象則盡底。」

〔二二〕萬善句：積萬善猶如築成高峻的城墻一樣。峻爲城：《尚書·五子之歌》：「峻宇雕墻。」《孔傳》：「峻，高大。雕，飾畫。」《洛陽伽藍記》（卷一）：「嵩明寺，復在修梵寺西，并雕墻峻宇，比屋連甍，亦是名寺也。」佛家宣揚積善積德。《祖堂集》（卷一）《第十九祖鳩摩羅多尊者》：「積善餘慶，積惡餘殃。」語出《周易·坤卦》：「積善之家，必有餘慶；積不善之家，必有餘殃。」

〔二三〕巉巉（chán chán）：形容山勢高峻。捍（hàn）：抵禦。《吕氏春秋·恃君》：「爪牙不足以自守衛，肌膚不足以捍寒暑。」高誘注：「捍，禦也。」

〔二四〕登造：登臨，登上。《世説新語·文學》：「佛經以爲祛練神明，則聖人可致。簡文云：『不知便可登峰造極不？然陶練之功，尚不可誣。』」

〔二五〕安得：焉得，何以。得，語助。自愕：自己感到驚訝。

〔二六〕險穴句：謂險峭的深穴猶如地牢一樣，使人驚駭。坤牢：地牢。《周易·説卦傳》：「坤也者，地也。」

〔二七〕高蘿：生長在陡峭山崖上的蘿藤。天笮（zè）：高處的竹索。笮，《釋名·釋宫室》：「笮，迮也，編竹相連迫迮也。」《玉篇·竹部》：「筰，竹索也。又作笮。」《廣韻·鐸韻》：「笮，竹索，西南夷尋之以渡水。」

〔二八〕池容：池水的容態。澹相向：相對的水波起伏蕩漾，連續不斷。澹：澹澹，微波蕩漾貌。《文選》（卷一九）宋玉《高唐賦》：「水澹澹而盤紆兮。」李善注：「《説文》曰：『澹澹，水摇也。』」

〔二九〕蛟怪：蛟龍水怪，指水中神怪動物。蛟，古代傳説中的一種龍。《楚辭·九歌·湘夫人》：「麋何食兮庭中？蛟何爲兮水裔？」王逸注：「蛟，龍類也。」

〔三〇〕石髓：石鍾乳。石灰巖洞中由碳酸鈣的水溶液滴下凝結而成的錐形物體。道教認爲服食石鍾乳可以延年益壽。《列仙傳·邛疏》：「邛疏者，周封史也。能行氣練形，煮石髓而服之，謂之石鍾乳，至數百年。」

〔三一〕蒲：菖蒲。荖（chā）：同「差」。姚合《春日閒居》：「身閒眠自久，眼荖視還遥。」原注：「荖，音咤，事異也。」一説，荖（lǎo），蔞藤，又名浮留藤。説見清黄叔璥《臺海使槎録》（卷三）。宋姚寬《西溪叢語》（卷上）《閩廣人嚼檳榔》：「閩、廣人食檳榔，每切作片，蘸蠣灰以荖葉裹嚼之。」據此，蒲荖可釋爲蒲葉。水心鍔：謂生長在水中的菖蒲猶如豎起的劍刃。似用水心劍的故實。吴均《續齊諧記》（曲水條）：「秦昭王三月上巳，置酒河曲，見金人自河而出，奉水心劍，曰：『令君制有西夏。』及秦霸諸侯，乃因此處立爲曲水。二漢相緣，皆爲盛集。」

〔三二〕嵐：山間輕薄的霧氣。達摩：亦作「達麽」、「達磨」，菩提達摩的省稱，天竺高僧，南朝梁時來中國，梁武帝蕭衍迎至建康。後一葦渡江，止於嵩山少林寺，面壁十年，傳法於慧可，爲中國佛教禪宗的初祖。參《五燈會元》（卷一）《初祖菩提達磨大師》。達摩髻：此當指寺院裏達摩像的髮髻。早期的佛是留髮的，至唐仍有此現象。佛有螺紋紺髻，各地寺院佛像及敦煌壁畫均如此。此詩也是一證。王梵志《男婚藉嘉偶》：「菩薩常梳髮，如來不剃頭。」更是明證。《佛本行集經·迦葉三兄弟品》：「世尊化作苦行之身，頭上結髮，螺髻爲冠。」張鷟《朝野僉載》（卷三）：「則天朝有鼎師者……鼎曰：『如來螺髻，菩薩寶首，若能修道，何必剃除。』遂長髮。」

〔三三〕狻猊（suān ní）：獅子，亦作「狻麑」。《爾雅·釋獸》：「狻麑，如虦貓，食虎豹。」郭璞注：「即師子也，出西域。」狻猊絡：獅子的絡頭。寺院的大門前，常有獅子的雕像，故詩云。

〔三四〕乍：忽，遽。劉淇《助字辨略》（卷四）：「乍，忽也，遽也。」眩旋：目眩頭暈。

〔三五〕輝爟（huī huò）：形容光輝閃爍。爟，光亮閃爍貌。

〔三六〕檐端：指寺院建築的飛檐最上端。凝：止。《楚辭》劉向《九嘆·憂苦》：「折鋭摧矜，凝氾濫兮。」王逸注：「凝，止也。」飛羽：飛鳥。

〔三七〕磴：山間的石級小路。《玉篇·石部》：「磴，巖磴。」碧落：天空。《度人經》：「昔于始青天中碧落高歌。」注：「始青天乃東方第一天，有碧霞遍滿，是云碧落。」白居易《長恨歌》：「上窮碧落下黄泉，兩處茫茫皆不見。」

〔三八〕到迥：到達高處。解風襟：在風中解開衣襟。表現心情的暢快愉悦。《文選》（卷一三）宋玉《風賦》：「楚襄王游於蘭臺之宫，宋玉、景差侍。有風颯然而至，王乃披襟而當之，曰：『快哉此風！寡人所與庶人共者邪？』」

〔三九〕臨幽：靠近幽静的山谷。雲屩（juē）：草鞋。因穿草鞋行進在山中，故云雲屩。多指僧道而言。

〔四〇〕塵機：世俗的意念。孟浩然《臘月八日於剡縣石城寺禮拜》：「願承功德水，從此濯塵機。」性非便：性情上不適宜。便，宜，適合。劉淇《助字辨略》（卷四）：「又《世説》：『殷浩嗟曰：僕便無以相異。』此便字，猶云遂也。」孟浩然《冬至後過吴張二子檀溪别業》：「外事情都遠，中流性所便。」

〔四一〕静境：佛家講禪定，道家講入静，都追求幽謐寧静。此静境指佛寺楞伽精舍。心所著：謂心中所喜愛。張相《詩詞曲語辭匯釋》（卷三）：「着（字本作著），猶愛也，亦猶云注重也。」

〔四二〕海鷗知：與海鷗相知，即海鷗盟。指脱略塵世，没有任何世俗的機心。參卷一（詩一〇）

注〔二四〕。

〔四三〕尸祝酢：祭祀時主祭者的報祭。尸祝，對神主掌祝的人。《莊子·逍遥遊》：「庖人雖不治庖，尸祝不越樽俎而代之矣。」成玄英疏：「尸者，太廟之神主也；祝者，則今太常太祝是也。執祭版對尸而祝之，故謂之尸祝也。」酢，報祭，亦爲祭神的福肉。《尚書·顧命》：「盥以異同，秉璋以酢。」《孔傳》：「報祭曰酢。」

〔四四〕震澤：太湖的又一名稱。《尚書·禹貢》：「三江既入，震澤厎定。」《孔傳》：「震澤，吴南大湖名。言三江已入，致定爲震澤。」《元和郡縣圖志》（卷二五）《江南道一》：「蘇州吴縣，太湖在縣西南五十里。《禹貢》謂之震澤，《周禮》謂之具區。」

〔四五〕翠浪：碧緑的波浪。指太湖水。綃幕：薄紗的帷幕。形容太湖碧波蕩漾，猶如薄紗帷幕。沈佺期《鳳簫曲》：「八月涼風動高閣，千金麗人卷綃幕。」

〔四六〕瀲灧（liàn yàn）：水波蕩漾貌。《文選》（卷一二）木華《海賦》：「則乃漵淡瀲灧，浮天無岸。」李善注：「瀲灧，相連之貌。」豈堯遭：不是帝堯所遭遇到的。豈，非。劉淇《助字辨略》（卷三）：「《詩·國風》：『豈不夙夜，謂行多露。』此『豈』字，寧也，非也。」《史記》（卷一）《五帝本紀》：「堯又曰：『嗟！四嶽，湯湯洪水滔天，浩浩懷山襄陵，下民其憂，有能使治者？』」

〔四七〕嶘嵃（zhàn yǎn）：山峰險峻貌。禹：夏禹，夏代開國之君。舜命其承父鯀繼續治水，疏鑿河道，歷時十三年，成就治水大業。詳《史記》（卷二）《夏本紀》。

〔四八〕鐘梵：寺院的鐘聲和誦經聲。梵：梵文，梵經，即佛經。誦佛經亦稱梵。

〔四九〕松桂壑：生長着松樹和桂樹的山谷。唐人常用「松桂」一詞寫寺院景象，或表現隱逸情致。杜甫《月圓》：「故園松桂發，萬里共清輝。」杜牧《題宣州開元寺》：「高高下下中，風繞松桂樹。」

〔五〇〕靄重：濃重的霧氣。

〔五一〕泉寒：此時是初夏，泉水清冽，故云。網猶薄：打魚的網還不多。薄：少。

〔五二〕僮：僮僕，未成年的僕役。此指寺院的僮奴。《説文・人部》：「僮，未冠也。」《急就篇》（卷三）：「妻婦聘嫁齎媵僮。」顔師古注：「僮，謂僕使之未冠笄者也。」蹋：同「踏」，踩，踐踏。《説文・足部》：「蹋，踐也。」孤刹（chà）：孤立挺拔的佛塔。

〔五三〕親：近，接近。摐鐸：撞擊鈴鐺。摐，《廣雅・釋言》：「摐，撞也。」鐸，有舌的鈴。此句謂佛寺的禽鳥也具有了佛性。

〔五四〕服道：修道，行道。楊衒之《洛陽伽藍記・景林寺》：「静行之僧，繩坐其内，飡風服道，結跏數息。」身可遺：可以忘記自身。遺，捨棄，遺棄。

〔五五〕乞閑：追求閑逸蕭散。

〔五六〕萬態：指各種世態。毒蠚（hē）：以有毒之物互相螫刺。參本卷（詩二八）注〔五六〕。此指各種世態和矛盾交織在一起，互相攻伐。

〔五七〕戰壘句：盡力把戰争的保壘溝壑築得又高又深。《孫子·虚實》：「故我欲戰，敵雖高壘深溝，不得不與我戰者，攻其所必救也。」《荀子·議兵》：「故堅甲利兵不足以爲勝，高城深池不足以爲固，嚴令繁刑不足以爲威，由其道則行，不由其道則廢。」

〔五八〕儒衣：儒者的衣服。謾：空，徒，白白。褒博：褒衣博帶，古代儒生的服飾。《淮南子·氾論訓》：「古者有鍪而綣領，以王天下者矣。……豈必褒衣博帶，勾襟委章甫哉？」《漢書》（卷七一）《雋不疑傳》：「不疑冠進賢冠，帶櫑具劍，佩環玦，褒衣博帶，盛服至門上謁。」顔師古注：「褒，大裾也。言着褒大之衣，廣博之帶也。」

〔五九〕宣尼：孔子。《漢書》（卷一二）《平帝紀》：「（元始元年）追謚孔子曰褒成宣尼公。」名位達：名號地位通達顯赫。《左傳·莊公十八年》：「王命諸侯，名位不同，禮亦異數，不以禮假人。」

〔六〇〕未必句：孔子也就未必會寫出《春秋》之作了。《史記》（卷一三〇）《太史公自序》：「孔子戹陳、蔡，作《春秋》。」《史記》（卷四七）《孔子世家》：「子曰：『弗乎弗乎，君子病没世而名不稱焉。吾道不行矣，吾何以自見於後世哉？』乃因史記作《春秋》，上至隱公，下訖哀公十四年，十二公。」

〔六一〕管氏：管仲，名夷吾（？—公元前六四五），春秋時齊國相。初事公子糾，後相齊桓公，使之成爲春秋五霸之首。參《史記》（卷六二）《管晏列傳》。包霸圖：包藏稱霸諸侯的圖謀。

〔六二〕須人句：謂必須有人幫助他解除身上的束縛，他纔能成就後來的大業。此指管仲在公子糾死後被囚，鮑叔牙向齊桓公薦舉他，并得到了任用事。《史記》（卷六二）《管晏列傳》：「已而鮑叔事齊公子小白，管仲事公子糾。及小白立爲桓公，公子糾死，管仲囚焉。鮑叔遂進管仲。管仲既用，任政於齊。齊桓公以霸，九合諸侯，一匡天下，管仲之謀也。」《正義》引《齊世家》云：「鮑叔牙曰：『君將治齊，則高傒與叔牙足矣。君且欲霸王，非管夷吾不可。夷吾所居國國重，不可失也。』於是桓公從之。」

〔六三〕伊余：我。伊，語助詞。參本卷（詩二八）注〔六〕。采樵者：打柴人。指隱士。《左傳·桓公十二年》：「請無捍采樵者以誘之。」杜預注：「樵，薪也。」

〔六四〕蓬藋（diào）：蓬草和藋草，泛指茅草。此作者自指居室是簡陋的草舍，周圍荒草叢生。《左傳·昭公十六年》：「斬之蓬蒿藜藋，而共處之。」沈約《郊居賦》：「披東郊之寥廓，入蓬藋之荒茫。」索漠：寂寞冷落。南朝宋鮑照《擬行路難十八首》（其九）：「今日見我顔色衰，意中索寞與先異。」孟浩然《留别王侍御》：「祇應守索寞，還掩故園扉。」

〔六五〕風雅情：風流儒雅的情趣。

〔六六〕將：與。聖賢度：忖度聖賢。謂議論評説古代聖賢。

〔六七〕多：賢，好。贊許之詞。富：多，盛。《論語·顔淵》：「富哉！言乎。」何晏《集解》引孔安國曰：「富，盛也。」遒采：豪邁的風采。

〔六八〕識度：見識氣度。袁宏《後漢紀·孝明皇帝紀上》：「蒼體貌長大，進止有禮，好古多聞，儒雅有識度。」清恪：清高恭謹。《三國志・魏書・董昭傳》：「曹公愍其守志清恪，離群寡儔。」

〔六九〕詎寵：豈愛，哪愛。生滅詞：指佛教經文和教義而言。生滅去來是佛教重要理論，主張無生無滅，非生非滅；生即是滅，滅即是生。《楞嚴經》（卷二）：「生滅去來，本如來藏。」

〔七〇〕肯教：豈能教。夷夏錯：外夷和華夏錯亂混雜。夷，我國古代對東方民族的稱呼。夏，華夏，我國古代漢民族自稱。

〔七一〕堯舜：上古的兩位聖君唐堯、虞舜。參《史記》（卷一）《五帝本紀》。此指當代帝王。

〔七二〕煙霞：參本卷（詩一六）注〔五〕。托：托身，棲身。

〔七三〕擺塵埃：超脱世俗。擺，擺落，排除。陶淵明《飲酒詩二十首》（其十二）：「擺落悠悠談，請從余所之。」塵埃，微小的塵土。此指人世間的塵俗。《莊子・逍遥遊》：「野馬也，塵埃也，生物之以息相吹也。」《淮南子・俶真訓》：「芒然仿佯于塵埃之外，而消摇于無事之業。」

〔七四〕他年：他時，他日。指將來。《左傳・成公十三年》：「負芻殺其大子而自立也，諸侯乃請討之。晋人以其役之勞，請俟他年。」附：依附。鴻鶴：鴻鵠和黄鶴，古人以爲是仙人所乘之物。後世常用以喻得道之士，或隱逸之人。此指皮日休。王嘉《拾遺記・周靈王》：「老聃在周之末，居反景日室之山，與世人絶迹。惟有黄髪老叟五人，或乘鴻鶴，或衣羽毛，耳出於頂，瞳子皆方，面色玉潔，手握青筠之杖，與聃共談天地之數。」

【箋評】

《竹坡詩話》曰：「蔡伯世作《杜少陵正異》，有可疑者，如『湖日落船明』，以『落』爲『蕩』，以余觀之，『落』字爲佳。」僕謂竹坡未參此語爾。使其日晚泛湖，此景便見。其工正在「蕩」之一字，勝「落」字遠甚。此一字不但施於「湖日」爲精明，其他亦工，如謝混詩「惠風蕩繁圃」，姚合詩「春風蕩城郭」，陸龜蒙詩「微雨蕩春醉」，用此一字，景象迥别。（王楙《野客叢書》卷二十八《湖日蕩船》）

【蕩船】（杜甫）《送段功曹歸廣州》詩：「湖日落船明。」

吴旦生曰：「蔡興宗改『落』作『蕩』，謂非久在江湖間者，不知『蕩』字之爲工也。而竹坡老人反疑之，以爲不若『落』字爲佳耳。王勉夫謂『蕩』之一字，勝『落』字遠甚，使其日晚泛湖，此景便見。他如謝混詩『惠風蕩繁圃』，姚合詩『春風蕩城郭』，陸龜蒙詩『微雨蕩春醉』，用此一字，景象迥别。余見行本皆作『落』，今從蔡、王之論，決宜定爲『蕩』字。『雨蕩』、『風蕩』，較之『日蕩』猶遜。」（吴景旭《歷代詩話》卷三十七己集四）

公齋四詠〔一〕

日休①

小松

婆娑只三尺〔二〕，移來白雲逕〔三〕。亭亭向空意〔四〕，已解凌遼敻〔五〕。葉健似虬鬚〔六〕，枝脆如鶴脛〔七〕。清音猶未成〔八〕，紺彩空不定〔九〕。陰圓小芝蓋〔一〇〕，鱗澀修荷柄〔一一〕。先愁被鶻搶〔一二〕，預恐遭蝸病〔一三〕。結根幸得地〔一四〕，且免離離映〔一五〕。磥砢不難遇〔一六〕，在保晚成性〔一七〕。一日造明堂〔一八〕，爲君當畢命〔一九〕。（詩三〇）

【校記】

①原署名于《小松》同一行，不妥。應署于此。汲古閣本、詩瘦閣本、四庫本即署于此處。是。

【注釋】

〔一〕公齋：官署。官吏從事公務的衙門。

〔二〕婆娑：紛披貌。《詩經·陳風·東門之枌》：「子仲之子，婆娑其下。」《毛傳》：「婆娑，舞也。」此引申喻小松扶疏離披之態。

〔三〕白雲逕：白雲繚繞的山間小路。謂小松從深山中移植而來。

〔四〕亭亭：挺立高聳貌。《文選》（卷二）張衡《西京賦》：「干雲霧而上達，狀亭亭以苕苕。」薛綜注：「亭亭、苕苕，高貌也。」《文選》（卷二三）劉楨《贈從弟三首》（其二）：「亭亭山上松，瑟瑟谷中風。」

〔五〕凌：超過，逾越。遼敻（xiòng）：高遠，遥遠。

〔六〕葉健句：松葉勁健似虬龍的鬍鬚。《三國志·魏書·崔琰傳》：「太祖令曰：『琰雖見刑，而通賓客，門若市人，對賓客虬鬚直視，若有所瞋。』」

〔七〕枝脆：形容小松枝條細長而易於折斷和破碎。《老子》（第六四章）：「其安易持，其未兆易謀；其脆易泮，其微易散。」鶴脛：鶴腿細長，用以喻小松的枝條。《初學記》（卷三〇）引《相鶴經》：「鶴之上相，瘦頭朱頂，露眼玄睛，……高脛粗節，洪髀纖指，此相之備者也。」

〔八〕清音：清越疏朗的聲音。此指松濤聲。《文選》（卷二二）左思《招隱詩二首》（其一）：「非必絲與竹，山水有清音。」

〔九〕紺（gàn）彩：深青微紅的顏色。《釋名·釋綵帛》：「紺，含也，青而含赤色也。」彩，形容物色的潤澤狀貌。參本卷（詩二八）注〔三九〕。

〔一〇〕陰圓：能够形成有陰的圓形。形容小松的頂部是圓形的。芝蓋：芝形如蓋，喻小松圓形的頂部。《文選》（卷二）張衡《西京賦》：「驪駕四鹿，芝蓋九葩。」薛綜注：「以芝爲蓋，蓋有九葩之采也。」《藝文類聚》（卷八八）引《玉策》云：「千載松柏樹，枝葉上杪不長，望如偃蓋。」

〔一一〕鱗澀：像魚鱗重疊一樣滯澀不光滑。形容小松枝幹粗糙。修荷柄：形容小松的枝幹就像細長的荷莖。

〔一二〕被鷃搶：被小雀飛過（因小松低矮）。鷃：斥鷃，小雀。搶：突過。《莊子·逍遥遊》：「蜩與學鳩笑之曰：『我決起而飛，搶榆枋，時則不至而控於地而已矣，奚以之九萬里而南爲？』」又云：「（大鵬）摶扶摇羊角而上者九萬里，絕雲氣，負青天，……斥鷃笑之曰：『彼且奚適也？我騰躍而上，不過數仞而下，翱翔蓬蒿之間，此亦飛之至也。』」成玄英疏：「搶，集也，亦突也。」

〔一三〕預恐：預先擔憂。蝸病：蝸牛的侵害。崔豹《古今注·魚蟲》：「蝸牛，陵螺也。形如螔蝓，殼如小螺，熱則自懸於葉下。」

〔一四〕結根句：謂小松生長扎根之地正合其宜。結根，植根，扎根。《文選》（卷二九）《古詩十九首詩》（其八）：「冉冉孤生竹，結根泰山阿。」

〔一五〕離離映：謂挺拔的松樹爲茂盛的野草所遮蓋掩映。《文選》（卷二一）左思《咏史八首》（其二）：「鬱鬱澗底松，離離山上苗。以彼徑寸莖，蔭此百尺條。」離離：茂盛紛披貌。《詩經·王風·黍離》：「彼黍離離，彼稷之苗。」《詩經·小雅·湛露》：「其桐其椅，其實離離。」《毛傳》：「離離，垂也。」

〔一六〕礧砢（lěi kē）：魁偉貌。亦作「磊砢」。《文選》（卷八）司馬相如《上林賦》：「蜀石黃碝，水玉磊砢。」李善引郭璞曰：「磊砢，魁礨貌也。」《世説新語·賞譽》：「庾子嵩目和嶠：『森森如千丈松，雖磊砢有節目，施之大厦，有棟梁之用。』」

〔一七〕在保句：意謂保持松樹堅貞的品性是最重要的。《論語·子罕》：「歲寒，然後知松柏之後凋也。」《文選》（卷二三）劉楨《贈從弟三首》（其二）：「亭亭山上松，瑟瑟谷中風。風聲一何盛，松枝一何勁。冰霜正慘愴，終歲常端正。豈不羅凝寒，松柏有本性。」

〔一八〕造明堂：建造明堂。造，制作。《爾雅·釋言》：「造，爲也。」《禮記·玉藻》：「大夫不得造車馬。」鄭玄注：「造，謂作新也。」明堂：古代帝王發詔命，宣政教之所。《孟子·梁惠王下》：「夫明堂者，王者之堂也。王欲行仁政，則勿毁之矣。」《淮南子·本經訓》：「是故古者明堂之制，下之潤濕弗能及，上之霧露弗能入，四方之風弗能襲。」高誘注：「明堂，王者布政之堂。上圓下方。堂四出，各有左右房，謂之个，凡十二所。王者月居其房，告朔朝歷，頒宣其令，謂之明堂。其中可以序昭穆，謂之太廟。其上可以望氛祥，書雲物，謂之靈臺。其外圓似辟雍。諸侯之制，半天子，謂之宮。」

〔一九〕畢命：盡忠效命。漢杜篤《首陽山賦》（《藝文類聚》卷七）：「昌伏事而畢命，子忽遘其不祥。乃興師於牧野，遂干戈以伐商。」《尚書》有《畢命》篇。

【箋評】

「婆娑只三尺」四句：起便有天然意趣，不是世人凡想。（項真評、項真刻《項氏瓶笙樹新刻皮襲美詩》卷一）

小桂

一子落天上〔一〕，生此青壁枝①〔二〕。欻從山之幽〔三〕，斸斷雲根移〔四〕。勁挺隱珪質②〔五〕，盤珊緹油姿〔六〕。葉彩碧髓融〔七〕，花狀白毫蕤〔八〕。棱層立翠節〔九〕，偃蹇樛青螭〔一〇〕。影澹雪霽後，香泛風和時〔一一〕。吾祖在月窟〔一二〕，孤貞能見貽③〔一三〕。願老君子地〔一四〕，不敢辭喧卑〔一五〕。（詩三二）

【校記】

①「壁」項刻本作「壁」。②「質」項刻本作「質」。③「貽」弘治本、汲古閣本、詩瘦閣本、四庫本、皮詩本、項刻本作「怡」，統籤本作「治」。

【注釋】

〔一〕一子句：謂一粒桂子從天上落下。《初學記》（卷一）引虞喜《安天論》：「俗傳月中仙人、桂樹。今視其初生，見仙人之足，漸已成形；桂樹後生。」唐封演《封氏聞見記》（卷七）：「垂拱四年三月，月桂子降於台州臨海縣界，十餘日乃止。司馬蓋詵、安撫使狄仁傑以聞，編之史策。月中云有蟾蜍、玉兔并桂樹，相傳如此，自昔未有親見之者。」宋之問《題杭州天竺寺》：「桂子月中落，天香雲外飄。」

〔二〕青璧枝：碧玉一樣的枝條。形容桂樹的碧緑色。

〔三〕欻（xū）從：忽從。《文選》（卷二）張衡《西京賦》：「神山崔巍，欻從背見。」薛綜注：「欻之言忽也。」山之幽：山間幽僻處。《楚辭·招隱士》：「桂樹叢生兮山之幽，偃蹇連蜷兮枝相繚。」

〔四〕劚（zhú）斷：砍斷。雲根：指山石。古人以石爲雲根。此謂小桂是從山石間挖取的。《文選》（卷二九）張協《雜詩十首》（其十）：「雲根臨八極，雨足灑四溟。」《錦綉萬花谷》（前集卷五）：「唐人多使雲根爲石，以雲觸石而生也。」

〔五〕勁挺：剛勁挺拔。何遜《七召》：「假氏先生，負兹勁挺。」隱：隱藏，含有。珪質：瑞玉的質地。珪，古代的玉器。《説文·土部》：「圭，瑞玉也，上圜下方。」是貴族的禮器。「圭」同「珪」。

〔六〕盤珊：婆娑貌，不正貌。一作「盤跚」。漢王延壽《夢賦》：「鬼驚魅怖，或盤跚而欲走，或拘攣而不能步。」李賀《瑶華樂》：「舞霞垂尾長盤跚，江澄海浄神母顔。」緹（tí）油：古代車子横木前屏障泥水的淺絳色油布。《漢書》（卷八九）《黄霸傳》：「居官賜車蓋，特高一丈，别駕主簿車，緹油屏泥於軾前，以章有德。」

〔七〕葉彩：桂葉的色澤華彩。参本卷（詩二八）注〔三九〕。碧髓：碧緑潤澤的玉髓。江淹《扇上綵畫賦》：「丹石發王屋之岫，碧髓挺青蛉之岑。」

〔八〕白毫：白毛。此指淺白色的桂花。蕤（ruí）：草木花盛貌。《説文·艸部》：「蕤，草木華垂貌。」

〔九〕棱層：高峻重叠貌。唐宋之問《嵩山天門歌》：「紛窈窕兮巖倚披以鵬翅，洞膠葛兮峰棱層以龍鱗。」翠節：緑色的枝莖。

〔一〇〕偃蹇：夭嬌宛曲貌。《楚辭·九歌·東皇太一》：「靈偃蹇兮姣服，芳菲菲兮滿堂。」参本詩注〔三〕引《楚辭·招隱士》。樛（jiū）：樹木向下彎曲。《説文·木部》：「樛，下句曰樛。」《詩經·周南·樛木》：「南有樛木，葛藟纍之。」《毛傳》：「木下曲曰樛。」青螭（chī）：青色的龍。喻桂枝。螭，古代傳説中一種無角龍。《説文·虫部》：「螭，若龍而黄，北方謂之地螻。或云：無角曰螭。」王嘉《拾遺記・周靈王》：「乘遊龍飛鳳之輦，駕以青螭。」

〔一一〕香泛：香氣浮動飄散。《説文・水部》：「泛，浮也。」

〔一二〕吾祖：桂樹的祖先。吾，小桂自稱。月竁（cuì）：月窟，傳説中月的歸宿處。此指月而言。《説文・穴部》：「竁，穿地也。」《文選》（卷二七）顔延之《宋郊祀歌二首》（其一）：「月竁來賓，日際奉土。」吕延濟注：「竁，窟也。月窟，西極。」此處又兼用月中桂樹的神話傳説，參本詩注〔一〕。

〔一三〕孤貞：孤直堅貞。鮑照《學劉公幹體五首》（其二）：「歲物盡淪傷，孤貞爲誰立？」見貽：見贈，被贈予。

〔一四〕君子地：應指竹子的生長之地。呼應下篇《新竹》。竹子有「君子」的雅號，故云。《世説新語・任誕》：「王子猷嘗暫寄人空宅住，便令種竹。或問：『暫住何煩爾？』王嘯咏良久，直指竹曰：『何可一日無此君？』」

〔一五〕辭喧卑：謂離開喧鬧低下的地方。喧卑，指人世間。與首句「落天上」呼應。《文選》（卷一四）鮑照《舞鶴賦》：「去帝鄉之岑寂，歸人寰之喧卑。」

【箋評】

「葉彩碧髓融」二句：遒特。

「影濟雪霽後」二句：妙在閑冷。（項真評、項真刻《項氏瓶笙榭新刻皮襲美詩》卷一）

新竹

笠澤多異竹〔一〕，移之植後楹〔二〕。一架三百本〔三〕，緑沈森冥冥①〔四〕。圓緊珊瑚節〔五〕，釤利翡翠翎②〔六〕。儼若青帝仗〔七〕，矗如紫姑屏〔八〕。槭槭微風度〔九〕，漠漠輕靄生〔一〇〕。如神語鈞天③〔一一〕，似樂奏洞庭〔一二〕。一玩九藏冷〔一三〕，再聞百骸醒④〔一四〕。有根可以執〔一五〕，有箙（原注：音福。《竹譜》云：「竹實也⑤。」）可以馨〔一六〕。願稟君子操〔一七〕，不敢先凋零〔一八〕。（詩三二）

【校記】

①「沈」皮詩本、項刻本、統籤本、季寫本作「沉」。②「釤」詩瘦閣本作「髟」，并眉批：「髟，音標，髮長貌。」皮詩本批校：「釤，本所鑒切，大鐮。又音鋸，刀名。此從銛。」項刻本作「鏒」。③「鈞」汲古閣本作「鈎」。④「聞」原作「間」，據弘治本、汲古閣本、詩瘦閣本、四庫本、皮詩本、項刻本、統籤本、類苑本、全唐詩本改。⑤汲古閣本、四庫本無「竹」、「也」。

【注釋】

〔一〕笠澤：松江，又名吴江、吴淞江。《元和郡縣圖志》（卷二五）《江南道一》：「蘇州吴縣，松江在縣南五十里。經崑山入海。《左傳》云：『越伐吴，軍於笠澤。』即此江。」陸廣微《吴地記》：「松江，一名松陵，又名笠澤。《左傳》曰：『越伐吴，禦之笠澤。』其江之源，連接太湖。」多異竹：《文選》（卷五）左思《吴都賦》：「其竹則篔簹、箖箊，桂、箭、射筒；柚梧有篁，篻、簩有叢。」李善注引劉淵林曰：「皆竹名也。」

〔二〕後楹（yíng）：指房屋的後面。此指當時蘇州官署的後面。楹：房屋廳堂的柱子。《説文·木部》：「楹，柱也。」《春秋傳》曰：『丹桓宫楹。』」

〔三〕一架：一叢。三百本：三百棵。本，植物的根子。《説文·木部》：「本，木下曰本。」

〔四〕緑沈：深緑色。晋陸翽《鄴中記》（《太平御覽》卷七〇二）：「（石虎）亦用象牙桃枝扇，其上竹或緑沈色，或木蘭色，或作紫紺色，或作鬱金色。」王羲之《筆經》：「有人以緑沉漆竹管及鏤管見遺，録之多年。斯亦可愛玩，詎必金寶彫琢，然後爲寶也？」宋姚寬對緑沈指深緑色作過詳細辨析，《西溪叢語》（卷上）《緑沉》：「杜甫詩：『雨抛金鎖甲，苔卧緑沉槍。』薛蒼舒注杜詩引車頻《秦書》云：『苻堅造金銀緑沉細鎧，金爲綖以緹之。緑沉，精鐵也。』《北史》：『隋文帝嘗賜張奫緑沉甲、獸文貝裝。』《武庫賦》云：『緑沉之槍。』唐鄭概《聯句》有『亭亭孤筍緑沉槍』之句。《續齊諧記》云：『王敬伯夜見一女，命婢取酒，提一緑沉漆榼。』王羲之《筆經》：『有人以緑沉漆竹管見遺，亦可愛玩。』蕭子雲詩云：『緑沉弓項縱，紫艾刀横拔。』恐緑沉如今以漆調雌黄之類，若調緑漆之，其色深沉，故謂之緑沉，非精鐵也。」趙令畤認爲緑沉是竹名，恐不確。《侯鯖録》（卷一）《緑沈》：「緑沈事，人多不知。老杜云：『雨抛金鎖甲，苔卧緑沈槍。』又皮日休《竹》詩云：『一架三百本，緑沈森冥冥。』始知竹名矣。又見吴淑《事類·弓賦》云：『緑沈亦復精堅。』注引《廣志》曰：『綠沈，古弓名。』又引劉劭《趙郡賦》曰：『其器用則六弓四弩，綠沈黄間，堂溪魚腸，丁令角端。』」森冥冥：形容蒼翠濃密。

〔五〕圓緊句：形容竹節圓滿緊密猶如珊瑚。珊瑚：大海中珊瑚蟲分泌的石灰質骨骼聚結而成，狀如樹枝，色彩新鮮美觀。《文選》（卷一）班固《西都賦》：「珊瑚碧樹，周阿而生。」《説文・玉部》：「珊，珊瑚。色赤，生於海，或生於山。」

〔六〕銛（xiān）利：鋒利，敏鋭。杜牧《自宣州赴官入京路逢裴坦判官歸宣州因題贈》：「我初到此未三十，頭腦銛利筋骨輕。」翡翠翎：翡翠鳥翅膀上的硬羽毛。翡翠，鳥名。《逸周書・王會解》：「倉吾翡翠。翡翠者，所以取羽。」《異物志》：「翠鳥似燕，翡赤而翠青，其羽可以爲飾。」參卷一（詩一〇）注〔一六〕。

〔七〕儼若句：好像是青帝的儀仗隊一樣昂首端正。儼：《説文・人部》：「儼，昂頭也。一曰：好貌。」青帝：太昊伏羲，五天帝之一。《楚辭・離騷》：「溘吾遊此春宮兮。」王逸注：「春宮，東方青帝舍也。」《周禮・天官・大宰》：「祀五帝。」賈公彦疏：「五帝者，東方青帝靈威仰，南方赤帝赤熛怒，中央黄帝含樞紐，西方白帝白招拒，北方黑帝汁光紀。」

〔八〕矗如句：矗立整齊如紫姑的屏風一般。紫姑：古代神話傳説中厠神名。南朝宋劉敬叔《異苑》（卷五）《紫姑神》條：「世有紫姑神，古來相傳云是人家妾，爲大婦所嫉，每以穢事相次役。正月十五日感激而死，故世人以其日作其形，夜於厠間或豬欄邊迎之。」

〔九〕槭槭(sè sè)：象聲詞。風吹葉聲。一作「摵摵」。《文選》(卷三〇)盧諶《時興詩》：「摵摵芳葉零，橤橤芬華落。」呂延濟注：「槭槭，葉落聲，零落也。」楊炯《唐同州長史宇文公神道碑》：「漠漠古墓，槭槭寒桐。郭門之路，平林之東。」

〔一〇〕漠漠：渺茫迷蒙貌。《楚辭·九思·疾世》：「時昢昢兮旦旦，塵莫莫兮未晞。」

〔一一〕鈞天：天之中央。此句謂風吹竹葉的聲音如神話傳説中的鈞天廣樂。《史記》(卷四三)《趙世家》：「趙簡子疾，五日不知人，……居二日半，簡子寤。語大夫曰：『我之帝所甚樂，與百神游於鈞天，廣樂九奏萬舞，不類三代之樂，其聲動人心。』」

〔一二〕洞庭：古代傳説中的天池。此句亦謂風吹竹葉聲如黃帝之樂。《莊子·天運》：「北門成問於黃帝曰：『帝張咸池之樂於洞庭之野。』」成玄英疏：「姓北門，名成，黃帝臣也。……咸池，樂名。張，施也。咸，和也。洞庭之野，天池之間，非太湖之洞庭也。」

〔一三〕一玩：一次觀賞，一次演奏。《文選》(卷三)張衡《東京賦》：「是以西匠營宮，目玩阿房。」《文選》(卷一八)嵇康《琴賦并序》：「余少好音聲，長而玩之。」李善注：「杜預《左氏傳》注曰：『玩，習也。』」九藏：指人體的九種腑臟。《周禮·天官·疾醫》：「參之以九藏之動。」賈公彦疏：「正藏五者謂五藏。肺、心、肝、脾、腎，并氣之所藏，故得正藏之稱。……又有胃、旁胱、大腸、小腸者，此乃六府中取此四者，以益五藏爲九藏也。」

〔一四〕百骸：全身的骨骸。指人的整個身體。參本卷(詩二八)注〔二五〕。

〔一五〕有根句：謂竹子有根，可以制成竹杖讓人手持。最著名的是笻竹杖。《漢書》（卷六一）《張騫傳》：「騫曰：『臣在大夏時，見邛竹杖、蜀布。』」顔師古注引臣瓚曰：「邛，山名，生此竹，高節，可作杖。」南朝宋戴凱之《竹譜》：「竹之堪杖，莫尚于笻。磥砢不凡，狀若人功。豈必蜀壤，亦産余邦。一曰扶老，名實懸同。」

〔一六〕箙（fú）：竹實。南朝宋戴凱之《竹譜》：「竹生花實，其年便枯死。箙，竹實也。箙音福。」馨：香氣。《説文·香部》：「馨，香之遠聞者。」

〔一七〕君子操：指竹子不畏嚴寒，四季常青的稟性，喻君子堅貞正直的操守。

〔一八〕凋零：凋謝零落。南朝梁范縝《神滅論》：「若枯即是榮，榮即是枯。應榮時凋零，枯時結實也。」此句活用典故。《論語·子罕》：「子曰：『歲寒，然後知松柏之後凋也。』」作者顯然是從松柏聯想到竹子也是如此，贊美其耐寒的品格。

【箋評】

杜少陵《遊何將軍山林》詩，有「雨抛金鎖甲，苔卧緑沉槍」之句，言甲抛於雨，爲金所鎖；槍卧於苔，爲緑所沉。有「將軍不好武」之意。余讀薛氏《補遺》，乃以「緑沉」爲精鐵，謂隋文帝賜張奫以「緑沉」之甲是也。不知『金鎖』當是何物。又讀趙德麟《侯鯖録》，謂「緑沉」爲竹，乃引陸龜蒙（編者按：實爲皮日休）詩：「一架三百竿，緑沉森杳冥。」此尤可笑。（周紫芝《竹坡詩話》）

趙德麟《侯鯖録》云：「緑沈事，人多不知。老杜云：『雨抛金鎖甲，苔卧緑沈槍。』又皮日休《新竹》詩云：『一架三百本，緑沈森冥冥。』始知竹名矣。」鮑彪云：「宋《元嘉起居注》：『廣州刺史韋朗，作緑沈屏風。』亦此物也。然六典，鼓吹工人之服，亦有緑沈，不可曉也。」以上彪語。余嘗考其詳。《北史》：「隋文帝賜大淵緑沈槍、甲獸文具裝。」《武庫賦》曰：「緑沉之槍。」由是言之，蓋槍用緑沈飾之耳，以此得名。如弩稱黄間，則以黄爲飾；槍稱緑沈，則以緑爲飾。何以言之？王羲之《筆經》云：「有人以緑沈漆竹管及鏤管見遺，藏之多年，實可愛玩。詎必金寶雕琢，然後可貴乎？」蓋竹以色形似緑沈槍而得名耳。皮日休引以爲竹事，而德麟專以爲竹，則非矣。使緑沈槍專指爲竹，則金鎖甲竟何物哉？或者至以爲鐵，益謬矣。劉劭《趙都賦》曰：「其用器則六弓四弩，緑沈黄間，棠溪魚腸，丁令角端。」《廣志》亦云：「緑沈，古弓名。」古樂府《結客少年場行》云：「緑沈明月弦，金絡浮雲轡。」此以緑沈飾弓也。如屏風工人之服，此以緑沈飾器服也。唐楊巨源《上劉侍中》詩云：「吟詩白羽扇，校獵緑沈槍。」（吴曾《能改齋漫録》卷四《辨誤·緑沈》）

周紫芝《竹坡詩話》第一段云：「杜少陵《遊何將軍山林》詩，有『雨抛金鎖甲，苔卧緑沈槍』之句，言甲抛於雨，爲金所鎖；槍卧於苔，爲緑所沉。有『將軍不好武』之意。余讀薛氏《補遺》，乃以『緑沉』爲精鐵，謂隋文帝賜張奫以『緑沉』之甲是也。不知『金鎖』當是何物。後又讀趙德麟《侯鯖録》，謂『緑沈』爲竹，乃引陸龜蒙（編者按：實爲皮日休）詩：『一架三百竿，緑沉森杳冥。』此可尤笑。」已上皆紫芝之語。余按苻堅使熊邈造金銀細鎧，金爲綫以縲之。蔡琰詩云：「金甲耀日光。」至今謂甲之精細者爲鎖子甲，言其相銜之密也。紫芝工詩，而詩話百篇，疏失如此，何邪？『緑沉』爲

精鐵，則不待辨矣。（周必大《二老堂詩話·金鎖甲》）

《竹坡詩話》云：「杜少陵《游何將軍山林》詩，有『雨抛金鎖甲，苔卧緑沉槍。』言甲抛於雨，爲金所鎖；槍卧於苔，爲緑所沉。有『將軍不好武』之意。薛氏《補遺》乃以『緑沉』爲精鐵，如隋文帝賜張奫以『緑沉甲』是也。不知『金鎖甲』當是何物。趙德麟《侯鯖録》謂『緑沉』爲竹，引陸龜蒙（編者按：實爲皮日休）詩：『一架三百竿，緑沉森杳冥。』此尤可笑。」此周竹坡少隱所言也。僕謂周説鑿甚。杜之「緑沉槍」正謂精鐵槍耳。且《唐百家詩》亦曰「校獵緑沉槍」，此豈槍卧於苔爲緑所沉邪？竹坡謂以「緑沉」爲精鐵，則「金鎖甲」當是何物。僕謂「金鎖甲」者，即金鎖子甲耳。貫休詩：「黄金鎖子甲，風吹色如鐵。」此亦用「金鎖甲」事，安謂何物？竹坡言「槍卧於苔，爲緑所沉。」固已甚鑿；言「甲抛於雨，爲金所鎖。」尤爲不通。僕嘗考之，所謂「緑沉」者，不可專指一物，顧所指何物耳。如梁武帝食緑沉瓜，是指瓜也；如人以緑沉漆管筆遺王逸少，是指筆也；如劉邵賦「六弓四弩，緑沉黄間」，古樂府「緑沉明月弦」，唐太宗詩「羽騎緑沉弓」，是指弓也。以至宋元嘉間廣州作緑沉屏風，石季龍用緑沉扇，是亦有「緑沉」之説，豈可專指一物爲「緑沉」哉？《侯鯖録》引龜蒙詩以證「緑沉」爲竹，見亦未廣。前此鄭槪詩嘗曰「亭亭孤筍緑沉槍」，則知龜蒙之言，不爲無自。然則「緑沉」又不可專謂精鐵，蓋有物色之深者，爲「緑沉」也。吴曾《漫録》論「苔卧緑沉槍」，不取精鐵之説，不知《漫録》以「緑沉槍」爲何等物邪？（王楙《野客叢書》卷五《竹坡言緑沉槍》）

杜少陵《游何將軍山林》詩：「雨抛金鎖甲，苔卧緑沉槍。」竹坡周少隱《詩話》云：「甲抛於雨，爲金所鎖；槍臥於苔，爲緑所沉。有『將軍不好武』之意。」此瞽者之言也。薛氏《補遺》云：「緑沉，精鐵也。」引《隋書》文帝賜張淵緑沉之甲。趙德麟《侯鯖録》謂「緑沉」爲竹，引陸龜蒙（編者按實爲皮日休）詩：「一架三百竿，緑沉森杳冥。」雖少有據，然亦非也。予考「緑沉」乃畫工設色之名。《鄴中記》云：「石虎造象牙桃枝扇，或緑沉色，或木蘭色，或紫紺色，或鬱金色。」王羲之《筆經》云：「有人以緑沉漆管見遺。」《南史》梁武帝西園食緑沉瓜，是「緑沉」即西瓜皮色也。梁簡文帝詩：「吴戈夏服箭，驥馬緑沉弓。」虞世南詩：「緑沉明月弦。」劉邵一作劭《趙都賦》：「弩有黄間緑沉。」若如薛與趙之説，鐵與竹豈可爲弓弦耶？楊巨源詩：「吟詩白羽扇，校獵緑沉槍。」與杜少陵之句同。皆謂以「緑沉」色爲漆飾槍柄。（楊慎《升庵詩話》卷十二《緑沉》）

「槭槭微風度」二句：好句。（項真評、項真刻《項氏瓶笙榭新刻皮襲美詩》卷一）

「緑沈」，設色名，猶今所謂沈水色耳。宋人詩話解杜詩，乃謂：「甲抛於雨，爲金所鎖；槍臥於苔，爲緑所沈。」此何等語邪？《南史》隋文帝嘗賜張奫以「緑沈」之甲，薛氏遂以「緑沈」爲精鐵。陸龜蒙（編者按：實爲皮日休）竹詩：「一架三百竿，緑沈森杳冥。」趙德麟遂以「緑沈」爲竹，皆誤也。（焦竑《焦氏筆乘》卷四《緑沈》）

鶴屏〔一〕

三幅吹空穀〔二〕，孰寫仙禽狀〔三〕。骫耳側似聽①〔四〕（原注：《相鶴經》云：「䯓頬骫耳則聽響遠②。」）〔五〕，赤精曠如望（原注：露眼赤精則眎遠。）〔六〕。引吭看雲勢〔七〕，翹足臨池樣〔八〕。頗似近蓐席〔九〕，還如入方丈〔一〇〕。盡日空不鳴〔一一〕，窮年但相向〔一二〕。未許子晉乘③〔一三〕，難教道林放〔一四〕。貌既合羽儀〔一五〕，骨亦符法相〔一六〕。願升君子堂，不必思崑閬〔一七〕。（詩三三）

【校記】

①「骮」弘治本、汲古閣本、詩瘦閣本、皮詩本、項刻本、類苑本、季寫本作「毻」，四庫本、全唐詩本作「骶」。皮詩本批校：「浮邱伯《相鶴經》：『骬頰骶耳則知時。』骬音映。六畜，鶴中。骶音類，從毛誤。《字彙補》引作『毻』，亦非。注則字文『頰』字之訛。」「似」統籤本、季寫本、全唐詩本作「以」。全唐詩本注：「一作似。」②「頰」原作「剌」，四庫本作「類」，章校本、類苑本、季寫本作「則」，李校本作「剌」，統籤本、全唐詩本作「頰」，據改。「毻」汲古閣本、詩瘦閣本、類苑本、季寫本作「毻」，四庫本、全唐詩本作「骶」。「嚮」汲古閣本作「响」，盧校本、章校本作「嚮」。③「未」類苑本作「禾」。

【注釋】

〔一〕鶴屏：畫有仙鶴的屏風。

〔二〕三幅：指屏風的寬度。數量詞。幅，《説文·巾部》：「幅，布帛廣也。」《儀禮·士喪禮》：「爲銘各以其物，亡則以緇長半幅，赬末，長終幅，廣三寸，書銘于末曰：『某氏某之柩。』」鄭玄注：「半幅一尺，終幅二尺。」《漢書》（卷二四下）《食貨志下》：「布帛廣二尺二寸爲幅，長四丈爲匹。」空穀：輕薄的素色絹緞。

〔三〕孰寫：誰寫，指作此畫屏。仙禽：指鶴。淮南八公《相鶴經》（《藝文類聚》卷九〇）曰：「鶴，陽鳥也，而遊於陰，蓋羽族之宗長，仙人之騏驥也。」《文選》（卷一四）鮑照《舞鶴賦》：「散幽經以驗物，偉胎化之仙禽。」

〔四〕⿰骨乇(zé)耳：側轉耳朵。「⿰骨乇」又寫作「⿰骨宅」。《相鶴經》（《初學記》卷三〇）：「（鶴相）⿰骨生（原注：音故解反。）頰⿰骨乇（原注：音德宅反。）耳，長頸促身。」

〔五〕原注云云：《相鶴經》（《説郛》三種本）：「⿰骨生（原注：雙解反，又音贊）頰⿰骨宅（原注：得宅反）耳則知時，長頸竦身則能鳴。」參本詩注〔四〕。

〔六〕赤精：《文選》（卷一四）鮑照《舞鶴賦》李善注引《相鶴經》：「露眼赤精則視遠。」《相鶴經》（《初學記》卷三〇）：「鶴之上相，瘦頭朱頂，露眼玄睛。」《相鶴經》（《説郛》三種本）作「黑睛」。鮑照《舞鶴賦》（《初學記》卷三〇）：「睛含丹而星曜。」《藝文類聚》（卷九〇）則引此句作「精含丹而星曜。」「精」與「睛」通。曠如望：謂鶴能遠望。

〔七〕引吭：放開嗓子高聲吟唱。《文選》（卷一四）鮑照《舞鶴賦》：「引圓吭之纖婉，頓修趾之洪姱。」陸佃《埤雅》（卷六）：「（鶴）其鳴高亮，聞八九里，雌者聲差下。」

〔八〕翹足句：謂屏風上的畫鶴翹足的態樣，與在自然中臨池時一模一樣，維妙維肖。《相鶴經》（《初學記》卷三〇）：「行必依洲嶼，止不集林木。」陰鏗《咏鶴》詩：「依池屢獨舞，對影或孤鳴。」

〔九〕 蓐(rù)席：草席。蓐，一種能作褥子的草。《爾雅·釋器》：「蓐謂之兹。」郭璞注：「《公羊傳》曰：『屬負兹』。兹者，蓐席也。」

〔一〇〕 方丈：一丈見方的狹小居室。相傳得名於維摩詰之居室。《法苑珠林》(卷二九)《通感篇·聖迹部》：「于大唐顯慶年中敕使衛長史王玄策因向印度，過净名宅，以笏量基，止有十笏，故號方丈之室也。」净名，維摩詰的異譯。

〔一一〕 盡日：整天。《淮南子·氾論訓》：「是以盡日極慮而無益於治，勞形竭智而無補於主也。」

〔一二〕 窮年：終年，一年到頭。陶淵明《讀史述九章·張長公》：「寢迹窮年，誰知斯意。」

〔一三〕 子晋：古代傳説中的仙人王子喬，名晋。《列仙傳》(卷上)：「王子喬者，周靈王太子晋也。好吹笙作鳳凰鳴，遊伊、洛之間，道士浮邱公接以上嵩高山。三十餘年後，求之於山上，見桓良，曰：『告我家，七月七日待我於緱氏山巔。』至時，果乘白鶴駐山頭。望之不得到，舉手謝時人，數日而去。亦立祠於緱氏山下，及嵩山首焉。」

〔一四〕 道林：支遁(三一四—三六六)，字道林，東晋名僧，詩人，善養鶴，曾放鶴使之歸於自然。《世説新語·言語》：「支公好鶴，住剡東峁山。有人遺其雙鶴，少時翅長欲飛。支意惜之，乃鎩其翮。鶴軒翥不復能飛，乃反顧翅，垂頭視之，如有懊喪意。林曰：『既有凌霄之姿，何肯爲人作耳目近玩？』養令翮成置，使飛去。」

〔一五〕 貌既句：謂鶴的外貌容態既符合「羽儀」的要求。羽儀：《周易·漸卦》：「鴻漸于陸，其羽可用爲儀，吉。」後世以「羽儀」爲楷模。

〔一六〕骨亦句：謂鶴骨骼體態也符合「法相」的標準。法相：骨法相貌。

〔一七〕崑閬：崑崙山上的閬風苑，古代傳説中神仙的居處。東方朔《海内十洲記》：「崑崙山三角，其一角正北，干辰之輝，名曰閬風巔；其一角正西，名曰玄圃堂；其一角正東，名曰崑崙宫；其一角有積金，爲天墉城，面方千里。」鮑照《舞鶴賦》：「指蓬壺而翻翰，望崑閬而揚音。」

【箋評】

「翹足臨池樣」：字異。

「盡日空不鳴」四句：翻空凌轢，令我欲狂欲仙。（項真評、項真刻《項氏瓶笙榭新刻皮襲美詩卷一》）

奉和公齋四咏次韻①

龜蒙②

小松

擢秀逋客巖〔一〕，遺根飛鳥逕〔二〕。因求飾清閟〔三〕，遂得辭危夐〔四〕。貞同柏有心〔五〕，至若珠無脛③〔六〕。枝形短未怪〔七〕，鬣數差難定〔八〕（原注：《名山記》云：「松有兩鬣④、三鬣、七鬣者，言如馬鬣形也，言粒者非⑤。」）〔九〕況密三天風⑥〔一〇〕，方遵四時柄〔一一〕。那興培塿嘆〔一二〕，免答鄰里病〔一三〕。微霜靜可分〔一四〕，片月疎堪映〔一五〕。奇當虎頭筆〔一六〕，韻叶通明性〔一七〕。會拂陽烏胸〔一八〕，掄材膺帝命⑦〔一九〕。（詩三四）

【校記】

①「奉和」後全唐詩本有「襲美」。②原署名于《小松》一行，不妥。應署於此。汲古閣本、詩瘦閣本、四庫本即署于此，是。③「至」章校本、統籤本、類苑本、季寫本、全唐詩本作「立」。④陸詩乙本批校：「舊本無『兩』字。」⑤「粒」類苑本作「位」。⑥「天」陸詩丙本作「尺」。⑦「材」全唐詩本作「才」。

【注釋】

〔一〕擢（zhuó）秀：形容草木欣欣向榮。此指小松一片生機。《宋書》（卷二九）《符瑞志下》引沈演之《嘉禾頌》：「擢秀辰畦，揚穎角澤。」逋客巖：隱士棲身的山巖。逋客，本指逃離之人，後用以指隱士。孔稚珪《北山移文》：「請迴俗士駕，爲君謝逋客。」

〔二〕遺根句：謂小松遺留下根鬚在飛鳥飛過的山間。意指其原來生長在山中。

〔三〕清閟（bì）：清靜幽邃。《詩經·魯頌·閟宮》：「閟宮有侐，實實枚枚。」《毛傳》：「閟，閉也。……侐，清净也。」《梁書》（卷八）《昭明太子傳》引王筠《哀策文》：「即玄宫之冥漠，安神寢之清閟。」韓愈《新竹》詩：「筍添南階竹，日日成清閟。」方世舉注：「此用《閟宫》『有侐之閟』注：『清閟也。』」

〔四〕危夐（xiòng）：險峻高遠。此指小松原來生長的山崖。

〔五〕貞同句：謂與柏一樣有堅貞不渝之心志。《禮記·禮器》：「其在人也，如竹箭之有筠也，如松柏之有心也，二者居天下之大端矣，故貫四時而不改柯易葉。」南朝梁吴均《咏慈姥磯石上松詩》：「賴我有貞心，終凌細草輩。」

〔六〕至若句：謂小松猶如珍珠一般無腿而至。古人認爲有德而珠自至。《禮·斗威儀》（《初學記》卷二七）曰：「其政平，德至淵泉，則江海出明珠。」此處贊小松無脛而至，也有比人德之意。

〔七〕枝形句：謂小松尚低矮，不似老松那樣怪特蒼勁。作者另有《怪松圖贊并序》可參。

〔八〕鬣（liè）：松針。因其似馬頸部的長鬃毛，故稱。《爾雅·釋畜》：「青驪繁鬣，騄。」南朝梁任昉《述異記》：「松有兩鬣、三鬣、七鬣者，言如馬鬣形也。言粒者非矣。」差難定：姑且難以確定（因是小松之故）。

〔九〕兩鬣：松葉每簇兩針者。三鬣：松葉每簇三針者。餘類推。《酉陽雜俎》（前集卷一八）：「松，凡言兩粒、五粒，粒當言鬣。成式修行里私第，大堂前有五鬣松兩株，大財如椀……五鬣松，皮不鱗。」姚寬《西溪叢語》（卷下）：「《名山記》云：『松有兩鬣、三鬣、五鬣者，言如馬鬣形。』李賀有《五粒小松歌》云：『新香幾粒洪崖飯。』五粒，未詳。」吴曾《能改齋漫録》（卷七）辨證認爲「五粒松當作五鬣」，可參。

〔一〇〕况：恰好，正好。張相《詩詞曲語辭匯釋》（卷一）：「况，猶正也；適也。」密：安静。《爾雅·釋詁》：「密，静也。」《尚書·舜典》：「三載，四海遏密八音。」《孔傳》：「密，静也。」《詩經·大雅·公劉》：「止旅乃密。」《毛傳》：「密，安也。」三天：泛指高空。古代以渾天、宣夜、蓋天爲三天。佛教以欲界、色界、無色界爲三天，又稱三界。道教則以清微天、禹餘天、大赤天爲三天。參《雲笈七籤》（卷八）《釋除六天玉文三天正法》。

〔一一〕四時柄：一年四季的斗柄，表示季節變遷。《鶡冠子·環流》：「斗柄東指，天下皆春；斗柄南指，天下皆夏；斗柄西指，天下皆秋；斗柄北指，天下皆冬。」

〔一二〕那（nuó）興句：意謂不會産生生長於培塿上的慨嘆。那，《玉篇·邑部》：「那，何也。」培塿：小土丘。本作「部婁」。《左傳·襄公二十四年》：「部婁無松柏。」杜預注：「部婁，小阜。松柏，大木。」

〔一三〕免答：不當，不合。鄰里：鄰居。《論語·雍也》：「子曰：『毋！以與爾鄰里鄉黨乎！』」鄰里病：爲鄰居所詬病訕笑。《藝文類聚》（卷八八）《木部·松》引《玉策》云：「孫興公前種一株松，枝高勢遠，鄰居曰：『松樹非不楚楚可憐，但恐無棟梁用耳。』」

〔一四〕微霜句：謂蒼翠的松色和白色的微霜非常澄净。《藝文類聚》（卷八八）《木部·柏》：「《孫卿子》：『柏經冬而不凋，蒙霜不變，可謂得其真也。』」

〔一五〕片月句：謂在一片月光下小松映出蕭疏的影子。謝朓《高松賦》：「懷風音而送聲，當月露而留影。」

〔一六〕奇當句：謂小松的奇特姿態猶如顧愷之筆下畫出來的一樣。虎頭：顧愷之（三四九？—四一〇？），字長康，小字虎頭，東晉畫家、文學家，時人稱其才絶、畫絶、癡絶。生平參《晋書》（卷九二）本傳。

〔一七〕韻叶句：謂小松的風度氣韻完全與瀟灑曠達的陶弘景相一致。《梁書》（卷五十一）《陶弘景傳》：「陶弘景字通明，丹陽秣陵人也。……特愛松風，每聞其響，欣然爲樂。」

〔一八〕會拂：應當會撣拂觸碰到。指小松將來會長成參天大樹。會，張相《詩詞曲語辭匯釋》（卷一）：「會，猶當也；應也。有時含有將然語氣。」陽烏：太陽。古代神話傳説中太陽裏有烏，故名。又稱三足烏。《淮南子·精神訓》：「日中有踆烏。」高誘注：「踆，猶蹲也。謂三足烏。」《玄中記》（《古小説鈎沉》）：「蓬萊之東，岱輿之山，上有扶桑之樹，樹高萬丈。樹顛常有天鷄，爲巢於上。每夜至子時則天鷄鳴，而日中陽烏應之。陽烏鳴則天下之鷄皆鳴。」

〔一九〕掄（lún）材：本指工匠選擇材料，喻選拔人才。《周禮·地官·山虞》：「凡邦工入山林而掄材，不禁。」鄭玄注：「掄猶擇也。」膺（yīng）帝命：承擔帝王的命令。《尚書·武成》：「誕膺天命。」《孔傳》：「功大當天命。」《詩經·大雅·文王》：「有周不顯，帝命不時。」

小桂

《諷賦》輕八植〔一〕，擅名方一枝〔二〕。才高不滿意〔三〕，更自寒山移〔四〕。宛宛别雲態〔五〕，蒼蒼出塵姿〔六〕。煙歸助華杪〔七〕，雪點迎芳蕤〔八〕。青條坐可結〔九〕，白日如奔螭〔一〇〕。諒無劉（原注：鶱。）翦憂①〔一一〕，即是蕭森時〔一二〕。洛浦雖有蔭②〔一三〕，騷人聊自怡③〔一四〕。終爲濟川楫〔一五〕，豈在論高卑〔一六〕。（詩三五）

【校記】

①「劉」原作「劉」，據四庫本、統籤本、全唐詩本改。「鶱」汲古閣本、詩瘦閣本、四庫本、全唐詩本前有「音」字，季寫本無此注。　②「蔭」弘治本作「陰」。　③「怡」統籤本作「娱」。

【注釋】

〔一〕《諷賦》：宋玉有《諷賦》，但與桂樹無涉。八植：八樹，八棵桂樹。《山海經·海内南經》：「桂林八樹，在番隅東。」郭璞注：「八樹而成林，言其大也。」《文選》（卷一一）孫綽《遊天台山賦》：「八桂森挺以凌霜，五芝含秀而晨敷。」

〔二〕方：只，僅，但。一枝：桂林一枝。《晉書》（卷五二）《郤詵傳》：「（詵）累遷雍州刺史。武帝於東堂會送，問詵曰：『卿自以爲何如？』詵對曰：『臣舉賢良對策，爲天下第一，猶桂林之一枝，崑山之片玉。』帝笑。」

〔三〕才高句：謂桂樹生長在高山上并不滿意。隱有桂樹比人才高之意。《山海經・南山經》：「招摇之山，臨于西海之上，多桂，多金玉。」《山海經・西山經》：「皋塗之山……其上多桂木。」

〔四〕更自句：謂將小桂從山中移栽於公齋。

〔五〕宛宛：委宛屈曲貌。《文選》（卷四八）司馬相如《封禪文》：「宛宛黄龍，興德而升。」李善注：「《楚辭》曰：『駕八龍之宛宛。』」

〔六〕蒼蒼：蒼勁茂盛貌。《詩經・秦風・蒹葭》：「蒹葭蒼蒼，白露爲霜。」《毛傳》：「蒼蒼，盛也。」《文選》（卷二四）曹植《贈白馬王彪》：「太谷何寥廓，山樹鬱蒼蒼。」李善注：「《風俗通》曰：『泰山松樹，鬱鬱蒼蒼。』」

〔七〕華杪（miǎo）：美麗茂盛的枝葉。此句謂煙霧籠罩，使桂樹枝葉扶疏，更爲秀美。

〔八〕芳蕤：花盛開而下垂貌。《文選》（卷一七）陸機《文賦》：「播芳蕤之馥馥，發青條之森森。」李善注：「《説文》曰：『蕤，草木華垂貌。』《纂要》曰：『草木華曰蕤。』」此句謂桂樹開花猶如雪花點綴枝頭。

〔九〕青條句：謂青緑的桂樹枝條可以攀結。坐：自。《楚辭・九歌・大司命》：「結桂枝兮延佇。」《楚辭・招隱士》：「桂樹叢生兮山之幽，偃蹇連蜷兮枝相繚。」

〔一〇〕奔螭：奔跑的龍。螭，無角龍。此句用古代六龍御日的神話傳説。《淮南子》（《初學記》卷一引）：「爰止羲和，爰息六螭，是謂懸車。」原注曰：「日乘車駕以六龍，羲和御之。日至此而薄於虞泉，羲和至此而迴六螭。」

便任耕種。」

〔一一〕諒：誠然。㔩(yìng)翦：剪除，修剪。《齊民要術·耕田》：「其林木大者㔩殺之，葉死不扇，便任耕種。」

〔一二〕蕭森：草木茂盛貌。《洛陽伽藍記·平等寺》：「堂宇宏美，林木蕭森，平臺複道，獨顯當世。」

〔一三〕洛浦：洛水之濱。古代傳説中有洛水女神宓妃的故事。酈道元《水經注·洛水》：「昔王子晋好吹鳳笙，招延道士，與浮丘同遊伊、洛之浦，含始又受玉鷄之瑞于此水，亦洛神宓妃之所在也。」桂蔭，《文選》(卷一九)曹植《洛神賦》：「左倚采旄，右蔭桂旗。」李善注：「《楚辭》曰：『辛夷車兮結桂旗。』」

〔一四〕騷人：文人，詩人。此指《楚辭》作家特别是屈原而言，亦指曹植。蕭統《文選序》：「又楚人屈原，含忠履潔，君匪從流，臣進逆耳。深思遠慮，遂放湘南。耿介之意既傷，壹鬱之懷靡訴。臨淵有懷沙之志，吟澤有憔悴之容。騷人之文，自兹而作。」最早大量在詩中咏桂的就是屈原等人。除本詩注〔九〕已引之外，詩例尚多。《楚辭·九歌·湘君》：「沛吾乘兮桂舟。」《楚辭·九歌·湘夫人》：「桂棟兮蘭橑。」《楚辭·九歌·山鬼》：「辛夷車兮結桂旗。」聊自怡：姑且自我怡悦。

〔一五〕濟川檝：渡河的船。檝，船槳，代指船。《尚書·説命上》：「爰立作相，王置諸其左右。命之曰：『朝夕納誨，以輔台德。若金，用汝作礪；若濟巨川，用汝作舟檝。』」此句謂以桂爲舟檝。

意謂成材可用。《楚辭・九歌・湘君》：「桂棹兮蘭枻。」

〔一六〕高卑：高下。指桂樹生長在高山之上或山下。《世説新語・德行》：「客有問陳季方：『足下家君太丘，有何功德，而荷天下重名？』季方曰：『吾家君譬如桂樹生泰山之阿，上有萬仞之高，下有不測之深；上爲甘露所霑，下爲淵泉所潤。當斯之時，桂樹焉知泰山之高，淵泉之深，不知有功德與無也！』」

新竹

别塢破苔蘚〔一〕，嚴城樹軒楹〔二〕。恭聞稟璇璣〔三〕，化質離青冥〔四〕（原注：竹璇璣，玉精受氣於玄軒之宿①〔五〕）。色可定鷄頸②〔六〕，實堪招鳳翎③〔七〕。立窺五嶺秀〔八〕，坐對三都屏〔九〕。晴月窈窕入〔一〇〕，曙煙霏微生〔一一〕。昔者尚借宅〔一二〕，况來處賓庭〔一三〕。金罍縱傾倒〔一四〕，碧露還鮮醒〔一五〕。若非抱苦節〔一六〕，何以偶惟馨〔一七〕。徐觀稚龍出〔一八〕，更賦錦苞零〔一九〕。（詩三六）

【校記】

①「玉」原作「王」，據汲古閣本、詩瘦閣本、四庫本、陸詩甲本、陸詩丙本、統籤本、類苑本、季寫本、全唐詩本改。「於」汲古閣本、統籤本、季寫本作「于」。　②「頸」弘治本、詩瘦閣本、章校本、類苑本作「脛」。　③「翎」陸詩甲本、陸詩丙本作「領」。

【注釋】

〔一〕別塢(wù)：別處的山坳。破苔蘚：新竹衝破地上的苔蘚而出。

〔二〕嚴城：禁城。一般指京城。此指蘇州。因其曾是吴國都城，故云。何遜《臨行公車》：「禁門儼猶閉，嚴城方警夜。」樹：種植，栽種。軒楹：寬敞的堂前廊柱。此指公齋。

〔三〕稟璇璣：稟受天上璇璣、玉精之氣而生。璇璣(xuán jī)：泛指珠玉。此實指天上的北斗星。《楚辭·九思·怨上》：「謡吟兮中壄，上察兮璇璣。」洪興祖補注：「北斗魁四星爲璇、璣。」《史記》(卷二十七)《天官書》：「北斗七星，所謂『旋璣、玉衡以齊七政。』」《索隱》：「案：《春秋運斗樞》云：『斗，第一天樞，第二旋，第三璣，第四權，……第一至第四魁，第五至第七爲標，合而爲斗。』《文耀鈎》云：『斗者，天之喉舌。玉衡屬杓，魁爲璇、璣。』」

〔四〕化質：化爲(某種)物質。此指竹。青冥：青天，天空。此指天庭仙境。《楚辭·九章·悲回風》：「據青冥而攄虹兮，遂儵忽而捫天。」王逸注：「上至玄冥，舒光耀也。所至高眇，不可逮也。」

〔五〕竹旋璣：未詳。玉精：道教傳説中玉的精液。陶弘景《真誥》(卷五)：「君曰：『仙道有「徊水玉精」，服之，化而爲日。』」玄軒之宿：未詳。

〔六〕鷄頸：竹名。南朝宋戴凱之《竹譜》(《初學記》卷二八)：「鷄頸竹，似竹而細。」《太平御覽》(卷九六三)引《竹譜》曰：「鷄頸竹，篁之類。纖細，大者不過如指。疎葉，黄皮，强脆，無所堪施。笋美，青班色。緑江山崗所饒也。」

〔七〕實：竹實。竹開花後結的果實。鳳翎：鳳凰的羽毛，即指鳳凰。《韓詩外傳》（卷八）：「鳳乃止帝東園，集帝梧桐，食帝竹實，没身不去。」《莊子・秋水》：「夫鵷鶵，發於南海而飛於北海，非梧桐不止，非練實不食，非醴泉不飲。」成玄英疏：「鵷鶵，鸞鳳之屬，亦言鳳子也。練實，竹食也。」《藝文類聚》（卷八九）引《莊子》小注云：「練食，竹實也，取其絜白也。」

〔八〕立窺句：謂站立着觀賞，由新竹可以窺見到五嶺竹林的秀色。戴凱之《竹譜》：「九河鮮育，五嶺實繁。」五嶺：《漢書》（卷三二）《張耳傳》：「北爲長城之役，南有五領之戍。」顔師古注：「裴氏《廣州記》云：『大庾、始安、臨賀、桂陽、揭陽，是爲五領。』鄧德明《南康記》曰：『大庾領一也，桂陽騎田領二也，九真都龐領三也，臨賀萌渚領四也，始安越城領五也。』裴説是也。」

〔九〕坐對句：謂坐對公齋的新竹，猶如看到三都的屏風畫一樣的美景。三都，指蜀都、吴都、魏都。左思《三都賦》多咏竹。《蜀都賦》：「於是乎邛竹緣嶺，菌桂臨崖。」「巴菽巴戟，靈壽桃枝。」《吴都賦》：「其竹則篔簹、箖箊，桂、箭、射筒，柚梧有篁，篻、簩有叢。苞笋抽節，往往縈結。緑葉翠莖，冒霜停雪。橚矗森萃，蓊茸蕭瑟。檀欒蟬蜎，玉潤碧鮮。梢雲無以踰，嶰谷弗能連。鸑鷟食其實，鵷鶵擾其間。」《魏都賦》：「南瞻淇澳，則緑竹純茂；北臨漳滏，則冬夏異沼。」

〔一〇〕窈窕（yǎo tiǎo）：美好貌。《詩經・周南・關雎》：「窈窕淑女，君子好逑。」《毛傳》：「窈窕，幽閒也。」

〔一一〕霏微：淡薄的煙霧。何遜《七召》：「雨散漫以霑服，雲霏微而襲宇。」

〔一二〕借宅：《世説新語·任誕》：「王子猷嘗暫寄人空宅住，便令種竹。或問：『暫住何煩爾？』王嘯咏良久，直指竹曰：『何可一日無此君！』」

〔一三〕賓庭：賓客的庭堂。指皮日休客居蘇州。

〔一四〕金罍：飲酒器。《詩經·周南·卷耳》：「我姑酌彼金罍，維以不永懷。」傾倒：倒下。此句謂人酣飲大醉。應是關合「竹林七賢」事。《世説新語·容止》：「嵇叔夜之爲人也，巖巖若孤松之獨立；其醉也，傀俄若玉山之將崩。」《晋書》（卷四九）《嵇康傳》：「所與神交者惟陳留阮籍，河内山濤，豫其流者河内向秀、沛國劉伶、籍兄子咸、琅邪王戎，遂爲竹林之游，世所謂『竹林七賢』也。」

〔一五〕碧露：晶瑩澄澈的露水。江總《玄圃石室銘》：「紫煙碧露，絳雪玄霜。」鮮醒：新鮮醒目。此有令人神情清爽之意。

〔一六〕抱苦節：堅持不畏苦寒、貞剛挺拔的操守氣節。《周易·節卦》：「節，亨。苦節不可，貞。」

〔一七〕偶惟馨：意謂竹子的節操與有德之人爲偶。《左傳·僖公五年》：「黍稷非馨，明德惟馨。」杜預注：「馨，香之遠聞。」

〔一八〕稚龍：喻初生的竹笋。元李衎《竹譜》（卷三）：「笋初出土者謂之萌，……漸長名笛，又名蕊，又名子，又名苞，……别稱曰籜龍。」清厲荃《事物異名録·蔬穀上·笋》：「《竹譜》：『笋，世呼爲稚子，又曰稚龍。』」《初學記》（卷三〇）引葛洪《神仙傳》曰：「費長房與壺公俱去，後壺公謝而遣之。長房憂不能到家，公與所用杖騎之，忽然如睡。已到家，以所騎竹杖投葛陂中；顧視之，乃青龍也。」梁元帝蕭繹《賦得竹詩》：「嶰谷管新抽，淇園節復修。作龍還葛水，爲馬向并州。」

〔一九〕錦苞：竹籜的美稱。包裹新笋的竹皮稱作籜。南朝宋戴凱之《竹譜》：「萌笋苞籜，夏多春鮮。」零：零落，脱落。

鶴屏

時人重花屏〔一〕，獨即胎化狀〔二〕。叢毛練分彩〔三〕，疎節筇相望〔四〕（原注：八公《相鶴經》云：「大毛落，叢毛生，其色如雪。」又云：「高脚疎節則多跛也。」）〔五〕。曾無氃氋態①〔六〕，頗得連軒樣②〔七〕。勢擬搶高尋③〔八〕，身猶在函丈〔九〕。如憂鷄鶩鬥〔一〇〕，似憶煙霞向〔一一〕。塵世任縱橫〔一二〕，霜襟自閑放④〔一三〕。空資明遠思〔一四〕，不待浮丘相〔一五〕。何由振玉衣⑤〔一六〕，一舉栖瀛閬⑥〔一七〕。

（詩三七）

【校記】

①「氃」原作「[illegible]」，據四庫本、盧校本、全唐詩本改。②「樣」類苑本作「像」。③「搶」原作「愴」，據弘治本、汲古閣本、詩瘦閣本、四庫本、陸詩甲本、陸詩丙本、統籤本、類苑本、季寫本、全唐詩本改。

④「閑」弘治本、汲古閣本、詩瘦閣本、四庫本作「閒」。⑤「由」汲古閣本、四庫本作「繇」。⑥「瀛閬」陸詩乙本批校：「舊本缺末二字。」陸詩丙本作「□□」。

【注釋】

〔一〕花屏：以花卉圖畫作屏風上的圖案。

〔二〕胎化狀：胎化之物的樣態。指鶴屏。古代傳説鶴爲胎生。《太平御覽》（卷九一六）引淮南八公《相鶴經》曰：「百六十年，雄雌相見，目精不轉而孕。」《博物志》（《藝文類聚》卷九〇引）：「鴻鵠千歲者，皆胎産。」《文選》（卷一四）鮑照《舞鶴賦》：「散幽經以驗物，偉胎化之仙禽。」梁章鉅《文選旁證》：「案今本《相鶴經》云：『千六百年形定，飲而不食，與鸞鳥同群，胎化而産，爲仙人之騏驥矣。』」

〔三〕叢毛：新生的茸毛。據本詩原注引八公《相鶴經》：「大毛落，叢毛生，其色如雪。」可知。《相鶴經》（《文選》卷一四鮑照《舞鶴賦》李善注引）：「六十年，大毛落，茸毛生，色雪白，泥水不能污。」《相鶴經》（《初學記》卷三〇引）：「復百六十年，不食生物；復大毛落，茸毛生，雪白或純黑，泥水不污。」練分彩：謂鶴的茸毛雪白，可與練絹相媲美。

〔四〕踈節：謂鶴的脚長，關節相距較遠，猶如筇竹一般。《相鶴經》（《文選》卷一四鮑照《舞鶴賦》李善注引）：「高脚踈節則多力。」《相鶴經》（《初學記》卷三〇引）：「軒前垂後，高脛粗節，洪髀纖指，此相之備者也。」筇：筇竹。參本卷（詩二一八）注〔二七〕及（詩三二一）注〔一五〕。

〔五〕八公《相鶴經》：《文選》(卷一四)鮑照《舞鶴賦》李善首條注：「《相鶴經》者，出自浮丘公。公以自授王子晉。崔文子者，學仙於子晉，得其文，藏於嵩高山石室。及淮南八公采藥得之，遂傳於世。」八公：相傳是漢淮南王劉安的八位門客，學道成仙的仙人。漢高誘《淮南子注序》：「於是遂與蘇飛、李尚、左吴、田由、雷被、毛被、伍被、晋昌等八人，及諸儒大山、小山之徒，共講論道德，總統仁義，而著此書。」本詩原注所引《相鶴經》與《文選》李善注、《初學記》等所引互有異同。詳本詩上文注釋。

〔六〕氃氋(tóng méng)：羽毛蓬松貌。《世説新語·排調》：「昔羊叔子有鶴善舞，嘗向客稱之。客試使驅來，氃氋而不肯舞。」

〔七〕連軒：翩翩起舞貌。《文選》(卷一四)鮑照《舞鶴賦》：「始連軒以鳳蹌，終宛轉而龍躍。」李善注：「《海賦》曰：『翔霧連軒。』」《相鶴經》曰：『鳳翼則善飛。』」

〔八〕勢擬句：謂鶴飛舞的態勢好像要碰撞到高遠的天空似的。搶：觸，撞。參本卷(詩三〇)注〔三〕。高尋：高空。《文選》(卷一四)鮑照《舞鶴賦》：「匝日域以迴騖，窮天步而高尋。」李善注：「《相鶴經》曰：『一舉千里，不崇朝而遍四方者也。』」

〔九〕函丈：此指皮日休公齋。《禮記·曲禮上》：「若非飲食之客，則布席，席間函丈。」鄭玄注：「謂講問之客也。函，猶容也。講問宜相對容丈，足以指畫也。」《禮記·文王世子》：「凡侍坐於大司成者，遠近間三席，可以問。」鄭玄注：「間，猶容也。容三席，則得指畫相分别也。席之制，廣三尺三寸三分，則是所謂函丈也。」《文選》（卷三三）《卜居》劉良注：「鶩鶩，喻讒夫也。……争食，争食禄也。」

〔一〇〕鶩鶩鬥：鶩鴨相鬥。《楚辭·卜居》：「寧與騏驥亢軛乎？將隨駑馬之迹乎？寧與黄鵠比翼乎？將與鶩鶩争食乎？」王逸注：「啄糠糟也。」《文選》（卷三三）《卜居》劉良注：「鶩鶩，喻讒夫也。……争食，争食禄也。」

〔一一〕煙霞向：謂企向美麗的自然山水，意指其超脱世俗。煙霞，南朝齊謝朓《擬宋玉風賦》：「煙霞潤色，荃荑結芳。」《梁書》（卷二一）《張充傳》：「獨浪煙霞，高卧風月。」

〔一二〕塵世：塵埃混濁的人間，俗世。

〔一三〕霜襟：雪白的前胸。指鶴的胸前羽毛雪白。《文選》（卷一四）鮑照《舞鶴賦》：「叠霜毛而弄影，振玉羽而臨霞。」李善注引《相鶴經》：「千六百年，形定而色白……大毛落，茸毛生，色雪白。」閑放：閑逸曠放。高適《自淇涉黄河途中作十三首》（其五）：「雖老美容色，雖貧亦閒放。」又（其十二）：「聖代休甲兵，吾其得閒放。」

〔一四〕空資句：謂鶴只是幫助鮑明遠，讓他發揮了作詩賦的情思。明遠：鮑照（？—四六六），字明遠，南朝宋詩人、辭賦家。生平參《宋書》（卷五一）、《南史》（卷一三）本傳。

〔一五〕不待句：謂不用等待浮丘公來爲鶴描狀形相。浮丘：浮丘公，古代傳説中的仙人，《相鶴經》的作者。參本卷（詩三三）注〔三〕、本詩注〔五〕。

〔一六〕何由：如何。振：奮起。玉衣：指鶴白色的羽毛。《文選》（卷二一）左思《咏史八首》（其五）：「振衣千仞崗，濯足萬里流。」李善注：「王粲《七釋》曰：『濯身乎滄浪，振衣乎高嶽。』」

〔一七〕瀛閬：瀛洲和閬風，古代傳説中仙人的居處。瀛洲，《史記》（卷六）《秦始皇本紀》：「齊人徐市等上書，言海中有三神山，名曰蓬萊、方丈、瀛洲，僊人居之。」東方朔《海内十洲記》亦有瀛洲，與《史記》稍異。閬風，又稱閬風巔、閬風苑、閬苑。參本卷（詩三三）注〔一七〕。

覽皮先輩盛製因作十韻以寄用伸嘆仰①〔一〕

前進士〔二〕　崔璐〔三〕

河嶽挺靈異〔四〕，星辰精氣殊〔五〕。在人爲英喆②〔六〕，與國作禎符〔七〕。襄陽得奇士〔八〕，俊邁真龍駒③〔九〕。勇果魯仲由④〔一〇〕，文賦蜀相如〔一一〕。渾浩江海廣⑤〔一二〕，葩華桃李敷〔一三〕。小言入無間〔一四〕，大言塞空虚〔一五〕。幾人遊赤水〔一六〕，夫子得玄珠⑥〔一七〕。鬼神争奥秘，天地借洪爐⑦〔一八〕。既有曾參行⑧〔一九〕，仍兼君子儒〔二〇〕。吾知上帝意〔二一〕，將使居黄樞〔二二〕。好保千金體〔二三〕，須爲萬姓謨⑨〔二四〕。

（詩三八）

【校記】

①「嘆」統籤本、全唐詩本作「歎」。　②「喆」統籤本、季寫本、全唐詩本作「傑」，類苑本作「哲」。

③「真」類苑本作「貞」。④「由」汲古閣本作「繇」。⑤「廣」類苑本作「曠」。⑥「玄」原缺末筆，避宋太祖始祖趙玄朗諱。⑦「借」四庫本、統籤本、季寫本、全唐詩本作「惜」。「爐」弘治本、汲古閣本、詩瘦閣本、四庫本、統籤本、類苑本作「鑪」。⑧「有」季寫本作「比」。⑨「姓」季寫本作「世」。

【注釋】

〔一〕皮先輩：皮日休。先輩，參卷一（詩四）注〔一〕。盛製：大作，宏篇鉅製。用伸嘆仰：以表達贊美敬仰之情。

〔二〕前進士：參（序一）注〔三〕。

〔三〕崔璐：字大圭，郡望清河（今屬河北省），咸通七年（八六六）登進士第。事迹見《新唐書》（卷七二下）《宰相世系表》二下、《唐詩紀事》（卷六四）。本詩應是咸通十一年（八七〇）遊歷蘇州時所作。

〔四〕河嶽句：謂壯麗河山養育出傑出的人物。河嶽，黄河和泰山。泛指大好河山。《詩經·周頌·時邁》：「懷柔百神，及河喬嶽。」《毛傳》：「喬，高也。高岳，岱宗也。」孔穎達疏：「言高岳岱宗者，以巡守之禮必始於東方，故以岱宗言之，其實理兼四岳。」挺：産生，生出。《廣雅》（卷一下）《釋詁》：「挺，出也。」靈異：神靈。此指卓越的人才。《文選》（卷二七）謝朓《敬亭山詩》：「隱淪既已托，靈異俱然栖。」李周翰注：「靈異，靈仙也。」

〔五〕星辰句：謂傑出的人才是天上星辰陰陽精靈之氣所孕育而成。星辰，《尚書·堯典》：「曆象日月星辰。」精氣：《周易·繫辭上》：「精氣爲物，遊魂爲變。」

〔六〕英喆（zhé）：才幹超群，見識卓越的人。《文選》（卷六）左思《魏都賦》：「英喆雄豪，佐命帝室。」

〔七〕禎符：祥瑞，吉祥。

〔八〕襄陽：唐代襄陽府（今湖北省襄陽市）。《元和郡縣圖志》（卷二一）《山南道二》：「襄陽大都督府：復州，竟陵縣。」皮日休是復州竟陵人，屬襄陽府，故云。奇士：指皮日休。皮日休《郢州孟亭記》：「先生（按指孟浩然），襄陽人也；日休，襄陽人也。」又《皮子世録》：「時日休之世，以遠祖襄陽太守子孫，因家襄陽之竟陵，世世爲襄陽人。」

〔九〕俊邁：俊偉豪邁。《世説新語·任誕》：「陳郡袁耽，俊邁多能。」龍駒：駿馬。喻豪傑之士。《晉書》（卷五四）《陸雲傳》：「（雲）少與兄機齊名，雖文章不及機，而持論過之，號曰『二陸』。幼時吴尚書廣陵閔鴻見而奇之，曰：『此兒若非龍駒，當是鳳雛。』」

〔一〇〕勇果：勇敢果斷。《荀子·大略》：「疏知而不法，察辨而操僻，勇果而亡禮，君子之所憎惡也。」魯仲由：春秋時魯國人仲由，字子路，孔子的學生。《孔子家語·七十二弟子解》：「仲由，弁人，字子路，一字季路。少孔子九年，有勇力才藝，以政事著名。爲人果烈而剛直，性鄙而不達于變通。」

〔一一〕文賦：文章辭賦。蜀相如：司馬相如（？—前一一八），字長卿，小名犬子。蜀成都（今四川省市名）人，漢賦的代表作家。生平參《史記》（卷一一七）《司馬相如列傳》。

〔一二〕渾浩：水勢盛大貌。喻文才宏大。江海廣：江海廣闊無際。梁鍾嶸《詩品》（上）《晋黄門侍郎潘岳詩》：「余常言：陸（機）才如海，潘才如江。」

〔一三〕葩華句：謂桃李樹盛開鮮艷的花。亦喻文才。葩華：盛開的花。《文選》（卷一二）木華《海賦》：「葩華踧沑，澒濘潗㴸。」李善注：「葩華，分散也。」《詩經·召南·何彼襛矣》：「何彼襛矣，華如桃李。」敷：展開。此指花兒開放。

〔一四〕小言：精微之言。「小言」語出《莊子·齊物論》：「大言炎炎，小言詹詹。」後世發展演變成一種風趣諧謔的雜體詩賦，其特色如《禮記·中庸》云：「故君子語大，天下莫能載焉；語小，天下莫能破焉。」宋玉《小言賦》：「賢人有能爲《小言賦》者，賜之雲夢之田。」無間：没有一點罅隙。《老子》（第四十三章）：「無有入無間，吾是以知無爲之有益。」

〔一五〕大言：誇誕之言。也是雜體詩賦的一種。宋玉《大言賦》：「并吞四夷，渴飲枯海，跂越九州，無所容止。身大四塞，愁不可長。據地蹴天，迫不得仰。若此之大也，如何？」空虚：廣漠的天空。

〔一六〕赤水：古代神話傳説中地名。《山海經·海外南經》：「三珠樹在厭火北，生赤水上。」《山海經·海内西經》：「赤水出（崑崙）東南隅，以行其東北，西南流注南海厭火東。」游赤水：《莊子·天地》：「黄帝遊乎赤水之北，登乎崑崙之丘而南望，還歸，遺其玄珠。使知索之而不得，使離朱索之而不得，使喫詬索之而不得也。乃使象罔，象罔得之。黄帝曰：『異哉！象罔乃可以得之乎？』」

〔一七〕夫子：對人的敬稱。此指皮日休。參卷一（詩一）注〔三〕。玄珠：神仙的寶珠。

〔一八〕洪爐：大火爐。此喻大才。漢賈誼《鵩鳥賦》：「且夫天地爲爐兮，造化爲工。陰陽爲炭兮，萬物爲銅。」《後漢書》（卷六九）《何進傳》：「今將軍總皇威，握兵要，龍驤虎步，高下在心，此猶鼓洪爐燎毛髮耳。」

〔一九〕曾參行：曾參的道德品行。曾參是孔子的弟子，字子輿，以孝道著稱，被尊爲「曾子」。倡導「吾日三省吾身」（《論語·學而》），「臨大節而不可奪也」（《論語·泰伯》），是儒家道統中的重要人物。

〔二〇〕君子儒：有君子風度的儒者。《論語·雍也》：「子謂子夏曰：『女爲君子儒！無爲小人儒！』」

〔二一〕上帝：天帝，主宰萬物的至高無上之神。《周易·豫卦》：「先王以作樂崇德，殷薦之上帝，以配祖考。」

〔二二〕黄樞：指唐代朝廷門下省。門下省在漢代爲黄門，位居樞要，故稱。此指朝廷重臣大位。《梁書》（卷二四）《蕭昱傳》：「遷給事黄門侍郎，上表曰：『……聖監既謂臣愚短，不可試用，豈容久居顯禁，徒穢黄樞？』」沈佺期《移禁司刑》：「何功遊畫省？何德理黄樞？」

〔三〕好保：多多保重。好，珍重之詞。千金體：形容生命寶貴。千金本指財富極豐。《孫子·作戰》：「則内外之費，賓客之用，膠漆之材，車甲之奉，日費千金。」後人用以喻身體的寶貴。陶淵明《飲酒二十首》（其十一）：「客養千金軀，臨化消其寶。」

〔四〕須：應當，一定。張相《詩詞曲語辭匯釋》（卷一）：「須，猶應也；必也。」萬姓謨（mó）：爲衆多的老百姓謀劃。謨：《説文·言部》：「謨，議謀也。《虞書》曰：《咎繇謨》。」萬姓：萬民。《尚書·立政》：「式商受命，奄甸萬姓。」

【箋評】

宋玉《大言賦》《小言賦》，楚襄王命諸大夫爲大、小言……納矛盾於一語，不相攻而俱傷，却相得而益彰，猶《老子》第四三章之言：「無有入無間」（參觀崔璐《覽皮先輩盛製因作十韻》：「小言入無間，大言塞空虛」），此修詞之狡獪也。（錢鍾書《管錐編》第三册八六六頁）

奉詶次韻

日休

伊余幼且賤〔一〕，所稟自以殊。弱歲謬知道〔二〕，有心匡皇符〔三〕。意超海上鷹〔四〕，運局轅下駒〔五〕。縱性作古文〔六〕，所爲皆自如。但恐才格劣〔七〕，敢誇詞彩敷〔八〕。句句考事實〔九〕，篇篇窮玄虚①〔一〇〕。誰能變羊質〔一一〕，競不獲驪珠②〔一二〕。粤有造化手〔一三〕，曾開天地爐③。文章鄴下秀〔一四〕，氣貌淹中儒〔一五〕。展我此志業〔一六〕，期君持中樞〔一七〕。蒼生眼穿望〔一八〕，勿作磻溪謨〔一九〕。（詩三九）

【校記】

①「玄」原缺末筆，避宋太祖始祖趙玄朗諱。②「競」詩瘦閣本、盧校本作「竟」。③「爐」汲古閣本、詩瘦閣本、四庫本、項刻本作「鑪」。

【注釋】

〔一〕伊余：我。自稱。伊，語助詞。幼且賤：年幼而且微賤。

〔二〕弱歲：弱冠之歲，剛成年的人。《禮記·曲禮上》：「二十曰弱，冠。」孔穎達疏：「二十曰弱冠者，二十成人，初加冠，體猶未壯，故曰弱也。」《文選》（卷二一）左思《咏史八首》（其一）：「弱冠弄柔翰，卓犖觀群書。」李善注：「《禮記》曰：『人生二十曰弱冠。』」《梁書》（卷五一）《庾承先傳》：「弱歲受學於南陽劉虬，强記敏識，出於群輩。」謬：自謙詞。知道：知曉天地和人世的道理。《管子·戒》：「聞一言以貫萬物，謂之知道。」

〔三〕匡皇符：匡正帝王的符命。即匡正國家的前途命運。

〔四〕意超句：奮發的意氣，遠遠超過在大海上搏擊長空的蒼鷹。

〔五〕運局(jú)：命運窘迫困頓。局，《玉篇·足部》：「局(跼)，蜷局。」轅下駒：車轅下的小馬。《史記》(卷一〇七)《魏其武安侯列傳》：「上怒內史曰：『公平生數言魏其、武安短，今日廷論，局趣效轅下駒，吾并斬若屬矣。』」《正義》：「應劭云：『駒馬加著轅。局趣，纖小之貌。』」

〔六〕縱性：率意。晉張協《七命》：「今將榮子以天人之大寶，悦子以縱性之至娛。」古文：指先秦兩漢用文言寫作的散句單行的散文。韓愈《題歐陽生哀辭後》：「愈之爲古文，豈獨取其句讀不類於今者邪？思古人而不得見，學古道則欲兼通其辭；通其辭者，本志乎古道者也。」

〔七〕才格劣：才華品格卑下。杜甫《壯遊》：「吾觀鴟夷子，才格出尋常。」

〔八〕敢誇：豈敢自我誇耀。詞彩：詞章文彩。《宋書》(卷七三)《顔延之傳》：「延之與陳郡謝靈運俱以詞彩齊名，自潘岳、陸機之後，文士莫及也，江左稱顔、謝焉。」敷：鋪展，展現。

〔九〕句句：連下句「篇篇」，應是指作者在任蘇州從事前已結集的行卷之作《皮子文藪》。考事實：考察社會實情，密切聯繫現實。可參其《文藪序》：「皆上剥遠非，下補近失，非空言也。較其道，可在古人之後矣。」

〔一〇〕窮玄虛：窮盡玄妙精微之理。可參其《文藪序》：「文貴窮理，理貴原情。」以及《皮子文藪·十原系述》：「窮理盡性，通幽洞微。」玄虛：《韓非子·解老》：「聖人觀其玄虛，用其周行，强字之曰道。」

〔一一〕誰能：何能，怎能。張相《詩詞曲語辭匯釋》(卷一)：「誰，猶何也；那也；甚也。與指人者異義。」羊質：羊的怯弱本質。揚雄《法言・吾子》：「羊質而虎皮，見草而説，見豺而戰，忘其皮之虎矣。」

〔一二〕競不：終不。驪珠：驪龍之珠。寶珠，喻最寶貴之物。《莊子・列禦寇》：「河上有家貧恃緯蕭而食者，其子没於淵，得千金之珠。其父謂其子曰：『取石來鍛之！夫千金之珠，必在九重之淵而驪龍頷下，子能得珠者，必遭其睡也。使驪龍而寤，子尚奚微之有哉！』」

〔一三〕粤有：有。粤，語助詞。造化手：創造了天地自然的手。《莊子・大宗師》：「今一以天地爲大爐，以造化爲大冶，惡乎往而不可哉！」賈誼《鵩鳥賦》：「且夫天地爲爐兮，造化爲工；陰陽爲炭兮，萬物爲銅。」

〔一四〕鄴下：鄴城。《元和郡縣圖志》（卷一六）《河北道一》：「相州安陽縣，故鄴城，縣東五十步。本春秋時齊桓公所築也。自漢至高齊，魏郡鄴縣并理之。今按魏武帝受封於此，至文帝受禪，呼此爲鄴都。」以三曹父子（曹操、曹丕、曹植）、建安七子（孔融、陳琳、王粲、徐幹、阮瑀、應瑒、劉楨）爲代表，被稱爲鄴下文人，創造了輝煌的建安文學。可參曹丕《典論・論文》、曹植《與楊德祖書》、劉勰《文心雕龍・才略》、《時序》、鍾嶸《詩品序》。

〔一五〕氣貌：氣度風貌。劉勰《文心雕龍・夸飾》：「至如氣貌山海，體勢宮殿，嵯峨揭業，熠耀焜煌之狀，光彩煒煒而欲然，聲貌岌岌其將動矣。」淹中（zhòng）：春秋時魯國里名，在孔子家鄉曲阜（今山東省市名）。《漢書》（卷三〇）《藝文志》：「《禮古經》者，出於魯淹中及孔氏。」顔師古注：「蘇林曰：『里名也。』」淹中儒：以孔子爲代表的魯儒，儒家學派最正統、最悠久者。《梁書》（卷二五）《徐勉傳》：「淄上淹中之儒，連踪繼軌。」

〔一六〕志業：志向事業。語出《左傳·昭公十三年》：「是故明王之制，使諸侯歲聘以志業。」

〔一七〕持中樞：掌握中樞。謂擔任朝廷大臣。中樞，古代天文學名詞，天體運行的中心。後用以指中央朝廷。揚雄《太玄》（卷一）：「周，植中樞，周無隅。《測》曰：植中樞，立督慮也。」

〔一八〕蒼生：老百姓。語出《尚書·益稷》：「帝光天之下，至于海隅蒼生。」《文選》（卷四七）史岑《出師頌》：「蒼生更始，朔風變律。」李善注：「蒼生，猶黔首也。」劉良注：「蒼生，百姓也。」眼穿望：望眼欲穿。用謝安典故，謂非常期待建立功業。《世説新語·排調》：「謝公在東山，朝命屢降而不動。後出爲桓宣武司馬，將發新亭，朝士咸出瞻送。高靈時爲中丞，亦往相祖。先時，多少飲酒，因倚如醉，戲曰：『卿屢違朝旨，高卧東山，諸人每相與言：「安石不肯出，將如蒼生何？」今亦蒼生將如卿何？』謝笑而不答。」

〔一九〕磻（pán）溪謨：不肯做官，隱逸江湖的謀議。磻溪，在今陝西省寶鷄市東南，相傳爲姜太公釣魚處。酈道元《水經注·渭水》：「渭水之右，磻溪水注之，水出南山兹谷，乘高激流，注于溪中。溪中有泉，謂之兹泉。泉水潭積，自成淵渚，即《吕氏春秋》所謂太公釣兹泉也。今人謂之丸谷，石壁深高，幽隍邃密，林障秀阻，人迹罕交。東南隅有一石室，蓋太公所居也。水次平石釣處，即太公垂釣之所也。其投竿跽餌，兩膝遺迹猶存，是有磻溪之稱也。」一説，磻溪在衛州汲縣(今河南省衛輝市)。參《水經注·清水》、《元和郡縣圖志》(卷一六)《河北道一·衛州汲縣》(太公廟)條。

奉和因贈至一百四十言

龜蒙

孔聖鑄顏事〔一〕，垂之千載餘〔二〕。其間王道乖〔三〕，化作荆榛墟〔四〕。天必授賢哲〔五〕，爲時攻翦除〔六〕。軻雄骨已朽①〔七〕，百氏徒趑趄②〔八〕。近者韓文公〔九〕，首爲開闢鋤③〔一〇〕。夫子又繼起④〔一一〕，陰霾終廓如〔一二〕。搜得萬古遺〔一三〕，裁成十編書⑤〔一四〕。南山盛雲雨〔一五〕，東序堆瓊琚⑥〔一六〕。偶此真籍客〔一七〕，悠揚兩情攄〔一八〕。清詞忽窈窕⑦〔一九〕，雅韻何虚徐⑧〔二〇〕。唱既野芳坼⑨〔二一〕，詶還天籟疎〔二二〕。輕波掠翡翠〔二三〕，曉露披芙蕖〔二四〕。儷曲信寡和〔二五〕，末流難嗣初⑩〔二六〕。空持一竿餌〔二七〕，有意獻鯨魚〔二八〕。(詩四〇)

【校記】

①「朽」原作「栲」，據弘治本、詩瘦閣本、四庫本、陸詩甲本、統籤本、類苑本、季寫本、全唐詩本改。汲古閣本作「杇」。②「氏」全唐詩本作「代」。③「開」弘治本、詩瘦閣本、陸詩丙本、統籤本、類苑本、季寫本、全唐詩本作「閑」。全唐詩本注：「一作開。」④「繼」陸詩丙本作「維」。⑤「十」詩

瘦閣本、類苑本作「千」。⑥「東」原作「果」，據汲古閣本、詩瘦閣本、四庫本、陸詩甲本、陸詩丙本、統籤本、類苑本、季寫本、全唐詩本改。「瓊」汲古閣本、詩瘦閣本、類苑本作「璚」。⑦「詞」汲古閣本作「辭」。⑧「虛」類苑本作「舒」。⑨「拆」弘治本作「柝」，詩瘦閣本、類苑本作「拆」。⑩「末」原作「未」，據弘治本、汲古閣本、詩瘦閣本、四庫本、陸詩甲本、陸詩丙本、統籤本、類苑本、季寫本、全唐詩本改。

【注釋】

〔一〕孔聖：孔子。被尊稱爲聖人，故云。參卷一（詩四）注〔三〕。鑄顔：鑄造、陶冶顔淵，謂培養、造就顔淵。顔回，字淵，是孔子的得意弟子，後世尊爲顔子。揚雄《法言・學行》：「或問：『世言鑄金，金可鑄與？』曰：『吾聞覿君子者，問鑄人，不問鑄金。』或曰：『人可鑄與？』曰：『孔子鑄顔淵矣。』」

〔二〕千載：千年，言歷時之久。《文選》（卷二九）《古詩十九首》（其十三）：「潛寐黄泉下，千載永不寤。」

〔三〕王道：古代儒家學派以仁義道德治天下的思想政治主張，稱爲王道。《尚書・洪範》：「無偏無黨，王道蕩蕩。」《孟子・梁惠王上》：「養生喪死無憾，王道之始也。」

〔四〕荆榛墟：灌木雜草叢生的廢墟，喻各種學派流行，遮掩了儒家思想，學術界一片荒蕪景象。李白《古風五十九首》（其一）：「王風委蔓草，戰國多荆榛。」

〔五〕天必句：謂老天一定會將王道授予賢明聖哲的人，反撥異端學說。《論語·八佾》：「天下之無道也久矣，天將以夫子爲木鐸。」

〔六〕爲時：于時，此時。攻：治，從事。翦除：消滅。《後漢書》（卷三六）《張霸傳》附《張玄傳》：「以次翦除中官，解天下之倒縣，報海内之怨毒。」《孟子·滕文公下》：「楊、墨之道不息，孔子之道不著，是邪説誣民，充塞仁義也。仁義充塞，則率獸食人，人將相食。吾爲此懼，閑先聖之道，距楊、墨，放淫辭，邪説者不得作。」

〔七〕軻雄：孟軻、揚雄，都是維護儒家道統的代表人物。孟軻（前三八五—？），字子車，或曰字子輿。後人尊稱其爲孟子，與孔子并稱「孔孟」，并被奉爲亞聖，在孔子學説受到其他學派攻擊的戰國時代，他推崇孔子，倡仁政、王道之説。生平參《史記》（卷七四）《孟子荀卿列傳》。揚雄（前五三—後一八），一作「楊雄」。字子雲，西漢末文學家，思想家。仿《周易》作《太玄》，仿《論語》作《法言》。他是漢代儒學的代表人物之一。生平參《漢書》（卷八七）本傳。在唐代，韓愈首倡，皮日休繼之，將孟子和揚雄作爲儒家道統的重要人物。韓愈《原道》：「堯以是傳之舜，舜以是傳之禹，禹以是傳之湯，湯以是傳之文、武、周公，文、武、周公傳之孔子，孔子傳之孟軻。軻之死，不得其傳焉。荀與揚也，擇焉而不精，語焉而不詳。」皮日休《請韓文公配饗太學書》：「仲尼之道……夫孟子、荀卿翼傳孔道，以至于文中子。……文中之道，曠百祀而得室授者，惟昌黎文公焉。」

〔八〕百氏：諸子百家，指儒家以外的各家學派。《漢書》（卷一〇〇下）《叙傳下》：「緯六經，綴道綱，總百氏，贊篇章。」趑趄（zī jū）：行不進貌。此作盤據解。《説文・走部》：「趑趄，行不進也。」韓愈、皮日休都就孔子之後儒道衰微，百氏侵凌，發表過議論。韓愈《原道》：「周道衰，孔子没，火于秦，黄、老于漢，佛于晋、魏、梁、隋之間。其言道德仁義者，不入于楊，則入于墨；不入于老，則入于佛。」皮日休《請韓文公配饗太學書》：「仲尼之道，否於周、秦，而昏於漢、魏，息於晋、宋，而鬱於陳、隋。」

〔九〕韓文公：韓愈（七六八—八二五），字退之。唐代思想家、文學家。謚文，世稱韓文公。曾官吏部侍郎，又被稱爲韓吏部。以儒家道統繼承者自任，弘揚仁義，排擯佛、老。生平參《舊唐書》（卷一六〇）、《新唐書》（卷一七六）本傳。

〔一〇〕首爲句：謂韓愈首先提倡儒道，鏟除、排斥其他思想。韓愈《重答張籍書》：「己之道，乃夫子、孟子、揚雄所傳之道也。」韓愈《與孟尚書書》：「釋、老之害，過於楊、墨，韓愈之賢不及孟子，孟子不能救之於未亡之前，而韓愈乃欲全之於已壞之後。嗚呼！其亦不量其力，且見其身之危，莫之救以死也！雖然，使其道由愈而粗傳，雖滅死萬萬無恨！」皮日休《請韓文公配饗太學書》：「文公之文，蹴楊、墨於不毛之地，蹂釋、老於無人之境，故得孔道巍然而自正。」

〔一一〕夫子：指皮日休。參卷一（詩一）注〔三〕。皮日休繼韓愈之後，大力提倡儒家道統，由其《請韓文公配饗太學書》、《請孟子爲學科書》二文，顯然可見。

〔一二〕陰霾：陰沉昏暗的霧霾。此喻儒家以外的其他各派思想。廓如：澄清。揚雄《法言·吾子》：「古者楊、墨塞路，孟子辭而闢之，廓如也。」

〔一三〕搜得句：謂搜集漫長的學説史發展中的思想遺存。此意可參皮日休《文藪序》：「賦者，古詩之流也。……作《九諷》……作《十原》……作《補周禮·九夏歌》……作《春秋決疑》。其餘碑、銘、讚、頌、論、議、書、序，皆上剥遠非，下補近失，非空言也。較其道，可在古人之後矣。」

〔一四〕十編書：指皮日休《皮子文藪》十卷（原名即《文藪》，北宋初柳開作序，始稱《皮子文藪》），文九卷，詩一卷。編：用於書籍，可作「卷」、「本」、「篇」解。韓愈《秋懷詩十一首》（其八）：「退坐西壁下，讀詩盡數編。」

〔一五〕南山句：謂南山雲雨充沛。用比喻方法，贊美皮日休文采。用「南山豹隱」的典故。《列女傳·賢明》：「妾聞南山有玄豹，霧雨七日而不下食者，何也？欲以澤其毛而成文章也，故藏而遠害。」南山：南面的山，泛指山。《文選》（卷四一）楊惲《報孫會宗書》：「其詩曰：『田彼南山，蕪穢不治。種一頃豆，落而爲萁。人生行樂耳，須富貴何時！』」陶淵明《歸園田居五首》（其三）：「種豆南山下，草盛豆苗稀。」又《飲酒詩二十首》（其五）：「采菊東籬下，悠然見南山。」盛：多。《廣雅》（卷三下）《釋詁》：「盛，多也。」雲雨：《孟子·梁惠王上》：「天油然作雲，沛然下雨，則苗浡然興之矣。」

〔一六〕東序句：謂國學裏人才薈萃。兼指皮日休和崔璐。崔於咸通七年，皮於咸通八年登進士第，故詩云「堆瓊琚」。東序，夏代的國學。《禮記·王制》：「夏后氏養國老於東序，……周人養國老於東膠。」鄭玄注：「東序、東膠，亦大學，在國中王宫之東。」瓊琚：美玉。《詩經·衛風·木瓜》：「投我以木瓜，報之以瓊琚。」《毛傳》：「瓊，玉之美者；琚，佩玉名。」

〔一七〕偶：遇，逢。《爾雅·釋言》：「遇，偶也。」真籍：仙籍中的仙人。此指崔璐。仙人稱作真人，仙人的名籍就叫真籍。唐代將進士登第喻爲登仙，及第者的名册就稱爲仙籍。《太平廣記》（卷六三）《驪山姥》條：「受此符者，當須名列仙籍，骨相應仙，而後可以語至道之幽妙，啓玄關之鎖鑰耳。」白居易《歸田三首》（其一）：「神仙須有籍，富貴亦在天。」

〔一八〕兩情攄（shū）：兩人的情感舒暢地表達出來。此指皮、崔二人情意相投。攄：《廣雅》（卷四上）《釋詁》：「攄，舒也。」又（卷一上）《釋詁》：「攄，張也。」

〔一九〕清詞：清麗的詞藻。指上述皮、崔二詩而言。《文選》（卷四〇）陳琳《答東阿王牋》：「音義既遠，清辭妙句，焱絶焕炳。」《宋書》（卷六七）《謝靈運傳·論》：「雖清辭麗曲，時發乎篇，而蕪音累氣，固亦多矣。」窕窈：美好貌。參本卷（詩三六）注〔一〇〕。

〔二〇〕雅韻：典雅的韻致。虚徐：從容舒緩貌。《詩經·邶風·北風》：「其虚其邪，既亟只且。」鄭玄箋：「邪讀如徐。言今在位之人，其故威儀虚徐寬仁者，今皆以爲急刻之行矣。」《爾雅·釋訓》：「『其虚其徐』，威儀容止也。」郭璞注：「雍容都雅之貌。」

〔二一〕唱：原唱。指崔璐贈皮日休原詩。野芳坼（chè）：野花開放。喻其詩清新秀麗。坼，開，綻放。《周易·解卦》：「天地解而雷雨作，雷雨作而百果草木皆甲坼。解之時大矣哉！」

〔二二〕訓：和答。指皮日休奉和崔璐的詩。天籟：自然界的聲音。此喻皮日休詩自然渾成。參本卷（詩二八）注〔五九〕。踈：蕭散疏朗。《玉篇·足部》：「踈，慢也。」

〔二三〕輕波句：翡翠鳥在泛起微波的水面上輕盈迅急地飛過。此喻皮、崔的詩風清淺爽利。翡翠：鳥名。參卷一（詩一〇）注〔一六〕。

〔二四〕曉露句：荷花上霑滿了晶瑩潔净的曉露。此喻皮、崔的詩風清麗秀美。芙蕖：荷花。《爾雅·釋草》：「荷，芙渠。……其華菡萏，其實蓮，其根藕。」郭璞注：「别名芙蓉，江東呼荷。」

〔二五〕儷（lì）曲：成雙的曲子。此謂崔、皮兩首詩都是精妙的佳作。《廣雅》（卷四下）《釋詁》：「儷，耦也。」寡和（hè）：很少有人能與之比匹唱和。《文選》（卷四五）宋玉《對楚王問》：「客有歌於郢中者，其始曰《下里》《巴人》，國中屬而和者數千人；其爲《陽阿》《薤露》，國中屬而和者數百人；其爲《陽春》《白雪》，國中屬而和者不過數十人；引商刻羽，雜以流徵，國中屬而和者不過數人而已。是其曲彌高，其和彌寡。」

〔二六〕末流：下等。作者自指。漢班倢伃《自悼賦》：「奉共養于東宫兮，托長信之末流。」嗣初：承繼初始之作。指崔、皮二人的詩作。

〔二七〕空持句：謂只有一根帶有食餌的釣魚竿。

〔二八〕_：捕魚、打魚。_：《玉篇·魚部》：「_，捕魚也。」又：「漁，同上。」鯨魚：一種大魚，生長在海洋中。獻鯨魚，捕獵大鯨魚。古人用以喻求仕的願望或其他某個追求。此喻寫出好詩的願望。晋崔豹《古今注·蟲魚》：「鯨魚者，海魚也。大者長千里，小者數十丈。一生數萬子，常以五月六月就岸邊生子。至七八月，導從其子還大海中，鼓浪成雷，噴沫成雨，水族驚畏，皆逃匿莫敢當者。其雌曰鯢，大者亦長千里，眼爲明月珠。」

中國古典文學基本叢書

松陵集校注

第二册

〔唐〕皮日休 陸龜蒙 等撰

王錫九 校注

中華書局

松陵集卷第三　往體詩四十首①

日休

太湖詩（并序）②〔一〕

余頃在江漢〔二〕，嘗耨鹿門〔三〕，歔泂湖③〔四〕，然而未能放形者〔五〕，抑志於道也〔六〕。爾後以文事造請〔七〕，於是南浮至二別〔八〕，涉洞庭〔九〕，迴觀敷淺原④〔一〇〕，登廬阜〔一一〕，濟九江〔一二〕，由天柱抵霍嶽⑤〔一三〕。又自箕、潁⑥〔一四〕，轉樊、鄧〔一五〕，陟商顔〔一六〕，入藍關〔一七〕，凡自江、漢至于京〔一八〕，千者十數侯⑦〔一九〕，繞者二萬里。道之不行者，有困辱危殆〔二〇〕；志之可適者，有山水遊玩，則休戚不孤矣〔二一〕。

咸通九年〔二二〕，自京東遊，復得宿太華〔二三〕，樂荆山〔二四〕，賞女几⑧〔二五〕，度轘轅〔二六〕，窮嵩高〔二七〕，入京、索〔二八〕，浮汴渠〔二九〕，至揚州⑨〔三〇〕。又航天塹〔三一〕，從北固至姑蘇〔三二〕。噫！江山幽絶〔三三〕，見貴于地志者〔三四〕，余之所到，不翅于半⑩〔三五〕，則煙霞魚鳥、林壑雲月，可爲屬厭之具矣〔三六〕。尚枵然於志者〔三七〕，抑古聖人所謂獨行之性乎〔三八〕？逸民之流乎〔三九〕？余真得而爲也。爾後聞震澤包山⑪〔四〇〕，其中有靈異〔四一〕，學黃、老徒樂之多不返〔四二〕，益欲一一觀⑫〔四三〕，豁平生之鬱鬱焉〔四四〕。十一年夏六月⑬〔四五〕，會大司諫清河公憂霖雨之爲患⑭〔四六〕，乃擇日休〔四七〕，將公命〔四八〕，禱于震澤⑮〔四九〕。祀事既畢〔五〇〕，神應如響〔五一〕。於是太湖之中所謂洞庭山者〔五二〕，得以恣討〔五三〕。凡所歷，皆圖籍稱爲靈異者〔五四〕，遂爲詩二十章以志其事〔五五〕，兼寄天隨子〔五六〕。（序五）

【校記】

①「四」原作「二」，弘治本、汲古閣本、四庫本亦作「二」。顯誤。今據皮、陸《太湖詩》各二十章，計四十首，徑改。　②「并」四庫本作「有」。　③「洞」全唐詩本作「洞」。「湖」類苑本作「胡」。　④「敷」皮詩本、類苑本作「敷」。「原」原作「源」，據盧校本改。　⑤「由」汲古閣本、四庫本作「繇」。「柱」、弘治本、汲古閣本、皮詩本、統籤本、季寫本作「社」。　⑥「穎」原作「潁」，據汲古閣本、詩瘦閣本、四庫本、皮詩本、統籤本、季寫本、全唐詩本改。　⑦「千」弘治本、汲古閣本、詩瘦閣本、四庫本、皮詩本、統籤本、類苑本、季寫本作「師」，盧校本作「于」，全唐詩本作「干」。「侯」盧校本、統籤本作「堠」。　⑧「几」原作「凡」，據汲古閣本、四庫本、類苑本、全唐詩本改。季寫本注：「一作几。」　⑨「揚」統籤本作「楊」。　⑩「翅」季寫本作「翅」。　⑪「爾」類苑本作「既」。　⑫「一一」汲古閣本、詩瘦閣本、四庫本、皮詩本、季寫本、全唐詩本作「一」。　⑬類苑本無「夏六月」。　⑭類苑本無「會」。　⑮「于」全唐詩本作「於」。

【注釋】

〔一〕太湖：在今江蘇省蘇州、無錫一帶。參卷一（詩三）注〔一六〕。如序中所言，此組詩作於咸通「十一年夏六月」。

〔二〕頃：近時。指皮日休隱居襄陽鹿門山時。皮日休隱居鹿門山的時間，史無明言。《唐會要》（卷七七）《貢舉下·科目雜録》：「咸通四年二月，進士皮日休上疏，請以《孟子》爲學科，曰：……疏奏，不答。」隨後，皮日休就開始了數年漫游和應舉生活。可參其《郢州孟亭記》、《悼賈并序》、《通玄子栖賓亭記》、《藍田關銘并序》、《三羞詩三首》（其一序），直到咸通八年（八六七）登進士第。據此，其隱居鹿門山的時間，應在咸通三年（八六二）及此前數年間。江漢：指長江和漢江交匯所形成的江漢地區。此主要指襄陽（今湖北省市名）一帶。

〔三〕耨（nòu）鹿門：耕種於鹿門，即隱居鹿門之意。耨，一種似鋤的農具。此作動詞用，鋤草之義。《釋名·釋用器》：「耨，似鋤。嫗耨禾也。」《玉篇·耒部》：「耨，耘也。」鹿門：鹿門山。參卷一（詩一）注〔一九〕。

〔四〕漁：同「漁」，捕魚。參卷二（詩四〇）注〔二八〕。洞湖：湖名。參卷一（詩二）注〔三二〕。

〔五〕放形：放浪形骸，略無拘束，自由自在。郭璞《客傲》（《晋書》卷七二）：「故不恢心而形遺，不外累而智喪，無巖穴而冥寂，無江湖而放浪。」王羲之《蘭亭集序》：「夫人之相與，俯仰一世，或取諸懷抱，晤言一室之内；或因寄所托，放浪形骸之外。」

〔六〕抑志於道：有志於治世立功的儒道。抑，語首助詞。

〔七〕爾後：此後。文事：爲了文章之事（實爲應科舉而行卷）。造請：登門拜見。《史記》（卷一二二）《酷吏列傳》：「公卿相造請禹，禹終不報謝，務在絶知友賓客之請，孤立行一意而已。」

〔八〕南浮：乘舟南下。皮日休此次南游，據本序注〔三〕引《唐會要》，應始於咸通四年二月上書不納後，至本年四月到達郢州（今湖北省武漢市武昌）。其《郢州孟亭記》云：「四年，滎陽鄭公誠刺是州，余將抵江南，艤舟而詣之……咸通四年四月三日記。」二别：大别山，小别山。《左傳·定公四年》：「吴子伐楚，子常乃濟漢而陣，自小别至于大别。」杜預注：「此二别在江夏界。」

〔九〕涉洞庭：渡過洞庭湖（在今湖南省岳陽市）。《元和郡縣圖志》（卷二七）《江南道三》：「岳州巴陵縣，洞庭湖，在縣西南一百五十步。周迴二百六十里。俗云古雲夢澤也。」皮日休《悼賈并序》：「咸通癸未中，南浮至沅、湘，復沈文以悼之。」癸未，即咸通四年。承上句，可證皮日休從郢州經二别，隨後就到達洞庭湖一帶，行止清晰。

〔一〇〕迴觀句：折回頭又去觀賞敷淺原。敷淺原：有在今江西省德安縣，或在星子縣，及就是廬山等多種説法。《尚書·禹貢》：「過九江，至于敷淺原。」《孔傳》：「敷淺原，一名博陽山，在揚州豫章界。」《漢書》（卷二八上）《地理志上》：「豫章郡歷陵縣，傅昜山、傅昜川在南，古文以爲傅淺原。」顔師古注：「傅讀曰敷。昜，古『陽』字。」王鳴盛《蛾術編》（卷五〇）《敷淺原》：「『導山終于敷淺原。』《傳》云：『敷淺原，一名博陽山，在揚州豫章界。』案《漢志》：『豫章郡歷陵，傅易山、傅易川在南，古文以爲敷淺原。』則敷淺原乃水也。《傳》以敷淺原爲傅易山，誤矣。……鶴壽案：敷淺原是山名，在今江西九江府德安縣南十二里。」清胡渭《禹貢錐指》（卷十一下）以爲「敷淺原即孫放所謂平敞之原，乃廬山東南之麓瀕於彭蠡澤者。」

〔一〕廬阜：一名匡廬，即廬山（在今江西省九江市境内）。《元和郡縣圖志》（卷二八）《江南道四》：「江州潯陽縣，廬山，在縣東三十二里。本名鄣山，昔匡俗字子孝，隱淪潛景，廬於此山，漢武帝拜爲大明公，俗號廬君，故山取號。周環五百餘里。」

〔二〕九江：《尚書·禹貢》：「江、漢朝宗于海，九江孔殷。」《孔傳》曰：「江於此州界分爲九道，甚得地勢之中。」并引《潯陽地記》，詳列九江之名。清胡渭《禹貢錐指》（卷七）所引諸家之説紛紜，大約是指今湖北省黄梅縣一帶流入長江的衆多河流而言。《元和郡縣圖志》（卷二七）《江南道三》：「蘄州黄梅縣：九江故城，在縣西南七十里。漢九江王黥布所築。」《漢書》（卷五七下）《司馬相如傳下》：「遍覽八紘而觀四海兮，朅度九江越五湖。」顔師古注：「張揖曰：『九江在廬江尋陽縣南，皆東合爲大江者。』」

〔三〕天柱：天柱山，一作天柱峰，在今安徽省潛山縣。《方輿勝覽》（卷四九）《淮西路安慶府》：「天柱峰，在皖山，高三千七百丈，周二百五十里。山東有瀑布。漢武帝嘗登此山，即司元洞府，九天司命真君所主也。」《漢書》（卷二五下）《郊祀志下》：「明年冬，上巡南郡，至江陵而東。登禮灊之天柱山，號曰南嶽。」顔師古注：「灊，廬江縣也，天柱山在焉。武帝以天柱山爲南嶽。」霍嶽：霍山，古時又稱南嶽，故云。在今安徽省霍山縣。《方輿勝覽》（卷四八）《淮西路安豐軍》：「霍山，《元和郡縣志》：『漢武帝以霍山爲南嶽，遂祭其神。』今其土俗呼南嶽，隋以江南衡山爲南嶽。」

〔一四〕箕、潁：箕山，潁水。箕山，又名許由山，在今河南省登封縣東南。《元和郡縣圖志》（卷五）《河南道一》：「河南府告成縣，許由山，在縣南十三里。」潁水，源出今河南省登封縣東南，流入淮河。《元和郡縣圖志》（卷五）《河南道一》：「河南府登封縣，少室山，在縣西十里。高十六里，周迴三十里。潁水源出焉。潁水有三源，右水出陽乾山之潁谷，中水導源少室通阜，左水出少室南溪，東合潁水。」

〔一五〕樊、鄧：樊城，鄧城，在今湖北省襄陽市。《元和郡縣圖志》（卷二一）《山南道二》：「襄州臨漢縣，本漢鄧縣地，即古樊城，仲山甫之國也。」又曰：「襄州臨漢縣，故鄧城，在縣東北二十二里。春秋鄧國也，桓七年鄧侯吾離來朝是也，楚文王滅之。」

〔一六〕商顔：商山，在今陝西省商縣。《漢書》（卷二九）《溝洫志》：「於是爲發卒萬人穿渠，自徵引洛水至商顔下。」顔師古注：「商顔，商山之顔也。謂之顔者，譬人之顔額也，亦猶山領象人之頸領。」

〔一七〕藍關：藍田關，在今陝西省藍田縣東南。《元和郡縣圖志》（卷一）《關内道一》：「京兆府藍田縣，藍田關，在縣南九十里，即嶢關也。」

〔一八〕京：京師，唐代京城長安，今陝西省西安市。

〔一九〕千者句：謂游歷的路程大約有一千多個侯。「侯」當作「堠」。古代在大道旁封土爲壇以記里程稱作「堠」。五里隻堠，十里雙堠。但也有異説。《北史》（卷六四）《韋孝寬傳》：「先是，路側一里置一土堠，經雨頽毁，每須修之。自孝寬臨州，乃勒部内，當堠處植槐樹代之。……於是令諸州夾道一里種一樹，十里種三樹，百里種五樹焉。」韓愈《路傍堠》：「堆堆路傍堠，一雙復一隻。迎我出秦關，送我入楚澤。千以高山遮，萬以遠水隔。」柳宗元《詔追赴都迴寄零陵親故》：「岸傍古堠應無數，次第行看别路遥。」

〔二〇〕困辱危殆：困頓耻辱和危險艱難。《戰國策·秦策三》：「大夫種事越王，主離困辱，悉忠而不解。」《管子·立政九敗解》：「夫朋黨者處前，賢不肖不分，則争奪之亂起，而君在危殆之中矣。」

〔二一〕休戚不孤：喜悦和憂傷都不會孤獨。

〔二二〕咸通：唐懿宗李漼年號。咸通九年是公元八六八年。《郡齋讀書志》（卷十八）《皮日休〈文藪〉十卷》：「（皮日休）咸通八年，登進士第。」此處言咸通九年「自京東游」，即登進士第後未能釋褐而離京。

〔二三〕太華：太華山，又作華山。在今陝西省華陰縣。《元和郡縣圖志》（卷二）《關内道二》：「華州華陰縣，太華山，在縣南八里。」

〔二四〕荆山：山名，在今河南省靈寶縣。《元和郡縣圖志》（卷六）《河南道二》：「虢州湖城縣，荆山，在縣南。即黄帝鑄鼎之處。」

〔二五〕女几：女几山，在今河南省宜陽縣。《元和郡縣圖志》（卷五）《河南道一》：「河南府福昌縣，女几山，在縣西南三十四里。」

〔二六〕轘轅：山名，在今河南省偃師縣。《元和郡縣圖志》（卷五）《河南道一》：「河南府緱氏縣，轘轅山，在縣東南四十六里。《左傳》：『欒盈過周，王使候出諸轘轅。』注曰：『緱氏縣東南有轘轅山，道路險隘，凡十二曲，將去復還，故曰轘轅。』」

〔二七〕嵩高：山名。即中岳嵩山，五岳之一。在今河南省登封縣。《元和郡縣圖志》（卷五）《河南道一》：「河南府登封縣，嵩高山，在縣北八里。亦名外方山。又云東曰太室，西曰少室，嵩高總名，即中岳也。山高二十里，周迴一百三十里。」

〔二八〕京、索：京城，索城。在今河南省滎陽縣。《漢書》（卷一上）《高帝紀上》：「與楚戰滎陽南京、索間，破之。」顔師古注：「應劭曰：『京，縣名。今有大索、小索亭。』」《元和郡縣圖志》（卷八）《河南道四》：「鄭州滎陽縣，京水，出縣南平地。索水，出縣南三十五里小陘山。古大索城，今縣理是也。楚、漢戰於京、索間，《漢書》注：『京縣有大索亭、小索亭。』……小索城，縣北四里。……京縣故城，縣東南二十里。」《讀史方輿紀要》（卷四七）《河南二》：「鄭州滎陽縣，京城，縣東南三十里。春秋時鄭邑，莊公封弟叔段于京。漢二年，與楚戰滎陽南京、索間。蒯通曰：『楚人起彭城，轉鬥至滎陽，威震天下，然兵困于京、索，迫西山而不敢進。』謂此也。……大索城，在故京城西二十里，東北四里爲小索城。《春秋》昭五年：『晉韓起如楚送女，鄭子皮勞諸索氏。』是也。」

〔二九〕汴渠：汴河，又稱汴水。即隋代通濟渠，實即古代大運河從今河南滎陽，經開封市東南流入今淮北、蘇北一帶入淮河的一段。《元和郡縣圖志》（卷五）《河南道一》：「河南府河陰縣，汴渠，在縣南二百五十步，亦名莨蕩渠。禹塞滎澤，開渠以通淮、泗。後漢初，汴河決壞，明帝永平中命王景修渠築堤，十里立一水門，令更相注洄，無復潰漏之患。自宋武北征之後，復皆堙塞。隋煬帝大業元年更令開導，名通濟渠，自洛陽西苑引穀、洛水達於河，自板渚引河入汴口，又從大梁之東引汴水入於泗，達於淮，自江都宫入於海。亦謂之御河，河畔築御道，樹之以柳，煬帝巡幸，乘龍舟而往江都。」

〔三〇〕揚州：今江蘇省揚州市。《元和郡縣圖志》（闕卷逸文卷二）《淮南道》：「揚州：江南之氣燥勁，故曰揚州。吴、魏交争之地。與成都號爲天下繁侈，故稱揚、益。」

〔三一〕航天塹：乘船渡過長江。航：渡。曹丕《至廣陵於馬上作詩》：「誰云江水廣，一葦可以航。」天塹，天然壕溝，多指長江。《南史》（卷七七）《孔範傳》：「長江天塹，古來限隔，虜軍豈能飛度？」

〔三二〕北固：北固山，在今江蘇省鎮江市。《元和郡縣圖志》（卷二五）《江南道一》：「潤州丹徒縣，北固山，在縣北一里。下臨長江，其勢險固，因以爲名。」姑蘇：今江蘇省蘇州市。《元和郡縣圖志》（卷二五）《江南道一》：「蘇州，吴郡。《禹貢》揚州之地。周時爲吴國。……秦置會稽郡二十六縣於吴……漢亦爲會稽郡。後漢順帝永建四年……遂割浙江以東爲會稽，浙江以西爲吴郡。孫氏創業，亦肇迹於此。歷晋至陳不改，常爲吴郡，與吴興、丹陽號爲『三吴』。隋開皇九年平陳，改爲蘇州，因姑蘇山爲名。山在州西四十里，其上闔閭起臺。」

〔三三〕幽絶：極爲清幽秀美。《後漢書》（卷三二）《蘇不韋傳》：「城闕天阻，宫府幽絶，埃塵所不能過，霧露所不能沾。」

〔三四〕地志：專記地理的書籍。張華《博物志》（卷一）：「余視《山海經》及《禹貢》《爾雅》《説文》、地志，雖曰悉備，各有所不載者，作略説。」

〔三五〕不翅于半：超過了一半。翅，只，僅，通「啻」。《文選》（卷二〇）王粲《公讌詩》：「見眷良不啻，守分豈能違。」李善注：「不翅，猶過多也。」

〔三六〕屬厭：飽足，滿足。此謂盡情觀賞山水景物之美。《左傳·昭公二十八年》：「願以小人之腹，爲君子之心，屬厭而已。」杜預注：「屬，足也。言小人之腹飽，猶知厭足，君子之心亦宜然。」

〔三七〕枵（xiāo）然：空虚貌。《莊子·逍遥遊》：「魏王貽我大瓠之種，我樹之成而實五石，……非不呺然大也，吾爲其無用而掊之。」「呺」，《文選》（卷二六）謝靈運《永初三年七月十六日之郡初發都》：「徒乖魏王瓠。」李善注引《莊子》作「枵」。此句謂雖然我飽覽山川景色，但心裏仍不滿足。

〔三八〕抑：句首發語詞。獨行之性：獨自一人行事的性格。《周易·晋卦》：「晋如摧如，獨行正也。」《孟子·滕文公下》：「得志，與民由之，不得志，獨行其道。」

〔三九〕逸民之流：避世隱居一類的人。《論語·微子》：「逸民：伯夷、叔齊、虞仲、夷逸、朱張、柳下惠、少連。」

〔四〇〕震澤包山：太湖中的包山。震澤，即太湖。參卷二（詩二九）注〔四〕。包山，在太湖中，又稱苞山、夫椒山、洞庭山。《元和郡縣圖志》（卷二五）《江南道一》：「蘇州吴縣，太湖，在縣西南五十里。《禹貢》謂之震澤，《周禮》謂之具區。湖中有山，名洞庭山。」陸廣微《吴地記》：「郭璞云：今吴縣西南太湖，即震澤也。中有包山，去縣一百三十里。其山高七十丈，周迴四百里。」

〔四一〕靈異：神仙，神靈。《文選》（卷二七）謝朓《敬亭山詩》：「隱淪既已托，靈異俱然棲。」李周翰注：「靈異，靈仙也。」

〔四二〕學黄、老徒：學道的人。黄老，黄帝和老子，道家以他們爲宗祖。《史記》（卷六三）《老子韓非列傳》：「申子之學，本於黄、老而主刑名。」

〔四三〕益欲句：謂更加想要逐一觀賞。

〔四四〕豁平生句：謂排遣平生的憂鬱苦悶。鬱鬱：憂傷苦悶貌。《楚辭·九章·哀郢》：「慘鬱鬱而不通兮，蹇侘傺而含戚。」王逸注：「中心憂滿，慮閉塞也。」

〔四五〕十一年夏六月：指咸通十一年（八七〇）夏六月。

〔四六〕會：恰，正值。大司諫清河公：指崔璞，時任蘇州刺史。參（序一）注〔八二〕。霖雨：參卷一（詩六）注〔三〇〕。

〔四七〕擇：挑選。此有選派、派遣意。《説文·手部》：「擇，柬選也。」

〔四八〕將公命：帶着崔璞的旨意。公，指崔璞。

〔四九〕禱于震澤：去太湖向神靈祭告（希望老天停止下雨）。

〔五〇〕祀事：祭祀神靈之事。

〔五一〕神應如響：神靈的感應非常靈驗，猶如聲音的回響一樣。

〔五二〕洞庭山：即太湖中包山。參本序注〔四〇〕。

〔五三〕恣討：盡情地游覽探勝。討，探尋。

〔五四〕圖籍：圖書文籍。《韓非子·難三》：「法者，編著之圖籍，設之於官府，而布之於百姓者也。」

〔五五〕志其事：謂記載有關太湖的靈異之事。

〔五六〕天隨子：陸龜蒙自號。陸龜蒙《杞菊賦并序》：「天隨子宅荒，少墻屋，多隙地。著圖書所，前後皆樹以杞菊。」本書卷四（序六）：「天隨子⿰鬳攵于海山之顔有年矣。矢魚之具，莫不窮極其趣。」《新唐書》（卷一九六）《隱逸傳·陸龜蒙傳》：「時謂江湖散人，或號天隨子、甫里先生，自比涪翁、漁父、江上丈人。」

【箋評】

吴松江有洞庭山。韋蘇州詩、皮陸唱和所言「洞庭」，及近時子美詩曰：「笠澤魚肥人膾玉，洞庭橘熟客分金。」皆在吴江矣。今岳州之南所謂「洞庭」者，即酈善長注《水經》云：「洞庭之陂乃湘水，非江水。」蓋斥此湖耳。比見岳州集古今題咏刻石龕於岳陽樓，如蘇州、皮、陸、子美之屬皆在焉，乃知地志不可不考也。（王得臣《麈史》卷中《辨誤》）

皮襲美日休未第前詩，尚朴澀無采。第後遊松陵，如《太湖》諸篇，才筆開横，富有奇艷句矣。律體刻畫堆垛，諷之無音，病在下筆時先詞後情，無風骨爲之幹也。（胡震亨《唐音癸籤》卷八《評彙四》）

洞庭兩山，爲吴中勝絶處。有具區映帶，而無城闉之接，足以遥矚高寄。而靈栖桀構，又多古仙逸民奇迹，信人區别境也。余友徐子昌國近登西山，示余《紀遊》八詩，余讀而和之。於是西山之勝，無俟手披足躡，固已隱然目睫間。而東麓方切傾企。屬以事過湖，遂獲升而遊焉。留僅五日，歷有名之迹四。雖不能周覽群勝，而一山之勝，固在是矣。一時觸目攄懷，往往托之吟諷。歸而理咏，得詩七首，輒亦誇示徐子，俾之繼響。昔皮襲美遊洞庭，作古詩二十篇，而陸魯望和之。其風流文雅至于今，千載猶使人讀而興艷。然考之鹿門所題，多西山之迹，而東山之勝，固未聞天隨有倡也。得微陸公猶有負乎？予于陸公不能爲役，而庶幾東山之行，無負于徐子。（文徵明《文徵明集》補輯卷十

九《遊洞庭東山詩序》)

初入太湖（原注：從胥口入①〔一〕，去州五十里）

聞有太湖名，十年未曾識。今朝得遊泛〔二〕，大笑稱平昔〔三〕。一舍行胥塘〔四〕，盡日到震澤〔五〕。三萬六千頃〔六〕，頃頃頗黎色②〔七〕。連空淡無類〔八〕，照野平絶隟〔九〕。好放青翰舟〔一〇〕，堪弄白玉笛〔一一〕。疎岑七十二〔一二〕，巙巙露矛戟③〔一三〕。悠然嘯傲去④〔一四〕，天上摇畫鷁⑤〔一五〕。西風乍獵獵⑥〔一六〕，驚波罨涵碧⑦〔一七〕。倏忽雪陣吼⑧〔一八〕，須臾玉崖坼⑨〔一九〕。樹動爲蜃尾〔二〇〕，山浮似鼇脊〔二一〕。落照射鴻溶〔二二〕，清輝蕩拋擲⑩〔二三〕。雲輕似可染〔二四〕，霞爛如堪摘〔二五〕。漸暝無處泊⑪〔二六〕，挽帆從所適⑫〔二七〕。枕下聞澎汃⑬〔二八〕，肌上生瘮痱⑭〔二九〕。討異足邅迴〔三〇〕，尋幽多阻隔〔三一〕。願風與良便⑮〔三二〕，吹入神仙宅。甘將一蕴書〔三三〕，永事嵩山伯〔三四〕。（詩四一）

【校記】

①「從」季寫本、全唐詩本作「自」。②上「頃」原作「千」。詩瘦閣本、盧校本、項刻本、統籤本、類苑本作「頃」。皮詩本批校：「下『千頃』『千』字應亦作『頃』字。」據改。「頗」項刻本作「玻」。「頗黎」類苑本作「玻璃」。③「巙巙」傅校本、類苑本作「雙雙」。「矛」原作「子」，據弘治本、汲古閣本、詩

瘦閣本、四庫本、皮詩本、項刻本、統籤本、類苑本、季寫本、全唐詩本改。④「嘯」項刻本作「笑」。⑤「晝」項刻本作「晝」。「鵃」全唐詩本作「艦」。⑥「西」詩瘦閣本作「鹵」。⑦「波」詩瘦閣本作「破」。「罨」原作「菴」，據弘治本、汲古閣本、詩瘦閣本、四庫本、統籤本、類苑本、全唐詩本改。皮詩本、項刻本作「奄」。⑧「雪」詩瘦閣本、盧校本、章校本、項刻本、統籤本、類苑本、季寫本、全唐詩本作「雷」。⑨「崖」皮詩本、統籤本、季寫本作「岸」，全唐詩本注：「一作岸。」「拆」汲古閣本、四庫本、皮詩本、統籤本、類苑本、季寫本作「拆」。⑩「掩」章校本眉批：「掩，明本缺。」皮詩本、項刻本作「擲」，全唐詩本注：「一作擲。」⑪「瞑」原作「暝」，據弘治本、汲古閣本、四庫本、皮詩本、項刻本、統籤本、類苑本、季寫本、全唐詩本改。詩瘦閣本作「冥」。「泊」原作「□」，據弘治本、汲古閣本、詩瘦閣本、四庫本、統籤本、類苑本改。章校本眉批：「泊，明本缺。」皮詩本、季寫本作「息」，項刻本作「挽」。⑫「挽」項刻本作「縱」。⑬「汎」皮詩本、項刻本、統籤本、季寫本、全唐詩本作「湃」。全唐詩本注：「一作汎。」⑭「瘮」錢校本作「瘰」。⑮「良」項刻本作「之」。

【注釋】

〔一〕胥口：即今江蘇省蘇州市木瀆鎮西南胥口。朱長文《吴郡圖經續記》（卷下）：「胥口，在姑蘇山西北十二里，因胥山得名。」范成大《吴郡志》（卷一八）：「胥口，在木瀆西十里，出太湖之口也。上有胥山，舟出口，則水光接天。洞庭東、西山峙銀濤中，景物勝絶。」

〔二〕遊泛：泛舟遊覽。

〔三〕平昔：往時，往常。《世説新語・德行》：「（殷仲堪）每語子弟云：『勿以我受任方州，云我豁平昔時意。』」

〔四〕一舍：古代以三十里爲一舍。《左傳・僖公二十八年》：「微楚之惠不及此，退三舍辟之，所以報也。」杜預注：「一舍三十里。」胥塘：《讀史方輿紀要》（卷二四）《南直六》：「蘇州府，石湖，在府西南二十里。西南通太湖，……又西南曰越來溪，曰木瀆，皆自太湖分流來會；又東出横塘橋，去府城十里；又東入胥門運瀆，俗所謂胥塘也。」

〔五〕盡日：終日，整天。震澤：參本卷（序五）注〔四〇〕。

〔六〕三萬六千頃：古人説太湖的面積爲三萬六千頃。《越絶書》（卷二）《越絶外傳記吴地傳》：「太湖，周三萬六千頃。」

〔七〕頗黎色：形容太湖水澄澈明净猶如水晶寶石一般。頗黎，水晶狀的寶石。東方朔《十洲記》（《太平御覽》卷八〇八引）曰：「崑崙山上有紅碧頗黎宮，名七寶堂是也。」又引《梁四公子記》曰：「扶南大舶從西天竺國來，賣碧頗黎鏡。面廣一尺五寸，重四十斤。内外皎潔，置五色物於其上，向明視之，不見其質。問其價，約錢百萬貫。」

〔八〕連空句：謂連接天空，澹泊素净如無瑕之玉。纇（lèi）：毛病，缺點。《淮南子・氾論訓》：「明月之珠，不能無纇。」高誘注：「纇，磬若絲之結纇也。」

〔九〕平絶隟（xì）：平坦得絲毫没有縫隙。

〔一〇〕好放：真的可以置放。王瑛《詩詞曲語辭例釋》：「好，真，用以加强肯定的語氣副詞。」青翰舟：船名。劉向《説苑》（卷一一）《善説》：「君獨不聞夫鄂君子晳之泛舟於新波之中也？乘青翰之舟，極菌芘，張翠蓋，而擒犀尾，班麗袿衽，會鐘鼓之音畢，榜枻越人擁楫而歌。」

〔一一〕堪弄：可以演奏。堪，可，能。劉淇《助字辨略》（卷二）：「堪，《廣韻》云：『任也，胜也。』……李義山詩：『黄金堪作屋』，此『堪』字猶云可也。」白玉笛：白玉製成的笛子。言笛子名貴而已。《晉書》（卷八一）《桓伊傳》：「善音樂，盡一時之妙，爲江左第一。有蔡邕柯亭笛，常自吹之。王徽之赴召京師，泊舟青溪側。素不與徽之相識。伊於岸上過，船中客稱伊小字曰：『此桓野王也。』徽之便令人謂伊曰：『聞君善吹笛，試爲我一奏。』伊是時已貴顯，素聞徽之名，便下車，踞胡床，爲作三調。弄畢，便上車去，客主不交一言。」

〔一二〕疎（shū）岑：高聳散落的山峰。七十二：指太湖裏共有七十二座山峰。朱長文《吴郡圖經續記》（卷中）：「包山，在震澤中。……舊傳震澤有七十二山，唯洞庭最鉅耳。」明王鏊《姑蘇志》（卷九）詳録七十二座山峰名，可參。

〔一三〕嵷嵷（sǒng sǒng）：山峰聳立貌。矛戟：比喻山峰猶如矛和戟一般。枚乘《七發》：「白刃磑磑，矛戟交錯。收獲掌功，賞賜金帛。」

〔一四〕嘯傲：長嘯放歌，傲然自得。形容不受拘束，豪縱曠達。郭璞《游仙詩十九首》（其八）：「嘯傲遺世羅，縱情在獨往。」

〔一五〕畫鷁(yì)：指船。《淮南子·本經訓》：「龍舟鷁首，浮吹以娱，此遁於水也。」高誘注：「龍舟，大舟也，刻爲龍文。鷁，大鳥也。畫其像著船頭，故曰鷁首。」

〔一六〕西風句：謂秋風刮得正猛烈。乍，張相《詩詞曲語辭匯釋》(卷一)：「乍，猶恰也；正也。」獵獵：象聲詞，形容風聲。《文選》(卷二七)鮑照《還都道中作》：「鱗鱗夕雲起，獵獵晚風遒。」吕延濟注：「獵獵，風聲。」

〔一七〕驚波：驚濤，巨浪。《文選》(卷二)張衡《西京賦》：「散似驚波，聚以京峙。」罨：遮掩、覆蓋義。涵碧：指碧空，倒影在湖水中的天空。

〔一八〕倏忽：忽然，頃刻間。《戰國策·楚策四》：「(黄雀)晝游乎茂樹，夕調乎酸鹹，倏忽之間，墜於公子之手。」雪陣：比喻白色的波浪。

〔一九〕須臾：一會兒，短時間。《中庸》：「道也者，不可須臾離也，可離非道也。」玉崖：形容簇攢的浪花猶如白色的山崖。坼(chè)：裂開。

〔二〇〕蜃(shèn)尾：蜃龍的尾巴。蜃是傳説中蛟龍一類的動物。

〔二一〕鰲背：大鱉(一説是龜)的脊背。《玉篇·黽部》：「鰲(鼇)，《傳》曰：『有神靈之鰲，背負蓬萊之山在海中。』」《楚辭·天問》：「鰲戴山抃，何以安之?」王逸注：「鰲，大龜也。擊手曰抃。《列仙傳》曰：『有巨靈之鰲，背負蓬萊之山而抃舞，戲滄海之中，獨何以安之乎？』」

〔二二〕落照：落日。梁簡文帝蕭綱《和徐録事見内人作卧具詩》：「密房寒日晚，落照度窗邊。」鴻溶：水盛貌。《漢書》（卷五七下）《司馬相如傳下》：「襟祲尋而高縱兮，紛鴻溶而上厲。」顔師古注：「張揖曰：『鴻溶，竦踊也。』」

〔二三〕清輝：清光。此指清麗的落日余輝。《抱朴子・外篇・博喻》：「否終則承之以泰，晦極則清輝耀晨。」抛𢹂（pò）：抛擲。形容清輝隨波浪起伏蕩漾的情狀。𢹂，象聲詞。《玉篇・手部》：「《西京賦》云：『流鏑𢹂㩧』，謂中物聲也。」

〔二四〕雲輕句：形容風輕雲淡的景象。

〔二五〕霞爛句：謂晚霞絢麗多彩，似美麗的花朵可以摘取。

〔二六〕泊：停留，止息。此謂停船。寒山《我見出家人》：「三界任縱横，四生不可泊。」

〔二七〕挽帆：拉起船帆。從：任隨。適：前往。

〔二八〕澎汃：象聲詞。參卷一（詩六）注〔二五〕。

〔二九〕瘮㾊（shèn sè）：寒病。《廣韻・麥韻》：「㾊，瘮㾊，寒貌。」韓愈《鬥鷄聯句》：「磔毛各噤𤵸。」錢仲聯《韓昌黎詩繫年集釋》引《韓詩舉正》：「杭本作『𤵸』。𤵸，所錦切，寒病也。義訓寒，謂之𤵸㾊。皮日休《太湖詩》：『枕下聞澎湃，肌上生𤵸㾊。』又《香奩集》有『噤𤵸餘寒酒半醒。』」

〔三〇〕討異：探索奇異。張相《詩詞曲語辭匯釋》（卷五）：「討，猶尋也；覓也。」足：多。李白《荆州歌》：「白帝城邊足風波，瞿塘五月誰敢過？」邅（zhān）迴：徘徊不前。此謂流連徘徊。

《楚辭·九章·涉江》：「入溆浦余儃佪兮，迷不知吾所如。」王逸注：「儃佪，一作『邅迴』。」《文選》（卷三三）《九章一首·涉江》呂延濟注：「邅，轉；迴，旋也。」

〔三一〕尋幽：尋求幽勝的美景。

〔三二〕良便：很便利，甚爲便利。劉淇《助字辨略》（卷二）：「良，甚也。」此句當活用先秦求仙故事。《史記》（卷二八）《封禪書》：「自威、宣、燕昭使人入海求蓬萊、方丈、瀛洲。此三神山者，其傅在勃海中，去人不遠；患且至，則船風引而去。……未至，望之如雲；及到，三神山反居水下。臨之，風輒引去，終莫能至云。世主莫不甘心焉。及至秦始皇并天下，至海上，……船交海中，皆以風爲解，曰未能至，望見之焉。」

〔三三〕一藴書：一束書。

〔三四〕嵩山伯：指在嵩山學道服食企求成仙的伯嚴。陸雲《登遐頌》：「伯嚴志道，翻飛自南。北食中嶽，練形嵩岑。」嵩山：在今河南省登封縣。古代五嶽中的中嶽，由太室山和少室山組成。參本卷（序五）注〔二七〕。

【箋評】

噤㾕，㾕，或作瘁，……方從杭本，云：㾕所錦切，寒病也。《義訓》：「寒謂之㾕瘷。」皮日休詩：「枕下聞澎湃，肌上生㾕瘷。」韓偓詩：「噤㾕餘寒酒半醒。」（朱熹《昌黎先生集考異》卷三《聯句·鬥鷄》）

李贊皇得醒酒石，置之平泉，一時傳播。葉石林謂靈壁石也。或曰即太湖石。……然皮襲美《泛太湖》詩曰：「聞有太湖石，十年未曾識。」「疎岑七十二，巙巙露劍戟。」「討異足邅回，尋幽多阻隔。」似乎千頃玻璃，未易劚雲根、搜石髓也。（宋長白《柳亭詩話》卷一《醒酒石》）

曉次神景宫〔一〕

夜半幽夢中，扁舟似鳧躍〔二〕。曉來到何許〔三〕，俄倚包山脚〔四〕。三百六十丈〔五〕，攢空利如削〔六〕。遐瞻但徙倚〔七〕，欲上先矍鑠〔八〕。濃露濕莎裳〔九〕，淺泉漸（原注：平①。）草屩〔一〇〕。行行未一里，節境轉寂寞②〔一一〕。静逕浸泬寥〔一二〕，仙扉傍巖崿〔一三〕。松聲正清絶，海日方照灼〔一四〕。欻臨幽墟天③〔一五〕，萬想皆擺落〔一六〕。壇靈有芝菌〔一七〕，殿聖無鳥雀〔一八〕。瓊幃自迴旋〔一九〕，錦旌空粲錯④〔二〇〕。鼎氣爲龍虎〔二一〕，香煙混丹雘〔二二〕。凝看出次雲⑤〔二三〕，默聽語時鶴〔二四〕。緑書不可注⑥〔二五〕，雲笈應無鑰〔二六〕。晴來鳥思喜⑦〔二七〕，崦裏花光弱〔二八〕。天籟如擊琴〔二九〕，泉聲似摐鐸〔三〇〕。清齋洞前院〔三一〕，敢負玄科約〔三二〕。空中悉羽章⑧〔三三〕，地上皆靈藥⑨。金醴可酣暢〔三四〕，玉豉堪咀嚼〔三五〕。存心服燕胎〔三六〕，叩齒讀《龍蹻》〔三七〕。福地七十二〔三八〕，兹焉堪永托⑩。在獸乏虎貙〔三九〕，於蟲不毒蠚⑪〔四〇〕。嘗聞擇骨録⑫〔四一〕，仙志非可作〔四二〕。緑腸既朱髓〔四三〕，青肝復紫絡〔四四〕。伊余乏此相，天與形貌惡⑬〔四五〕。每嗟原憲瘇〔四六〕，常苦齊侯瘧〔四七〕。終然合委頓〔四八〕，剛亦慕寥廓〔四九〕。三茅亦嘗仕⑭〔五〇〕，竟與珪組薄〔五一〕。欲問包山神⑮〔五二〕，來賒少巖壑〔五三〕。（詩四二）

【校記】

①「平」汲古閣本、詩瘦閣本、四庫本、皮詩本作「音尖」，類苑本作「尖音」。統籤本、季寫本無「平」。②「節」項刻本、類苑本作「即」。「寞」詩瘦閣本作「莫」。③「墟」汲古閣本、詩瘦閣本、四庫本、皮詩本、項刻本、統籤本、季寫本、全唐詩本作「虛」。④「粲」汲古閣本、四庫本作「燦」。⑤「次」錢校本作「嶺」。⑥「書」項刻本作「水」。⑦「喜」錢校本作「嘉」。⑧「章」斠宋本作「曰」。⑨「地」盧校本作「池」。⑩「堪永」詩瘦閣本、章校本、項刻本、季寫本、全唐詩本作「永堪」。全唐詩本注：「一作堪永。」⑪「於」項刻本作「于」。⑫「骨」錢校本作「[illegible]」。⑬「天」斠宋本作「夫」。⑭「嘗」皮詩本、統籤本、季寫本、全唐詩本作「常」，季寫本、全唐詩本注：「一作嘗。」「仕」弘治本、詩瘦閣本、章校本、皮詩本、項刻本、類苑本、統籤本、季寫本、全唐詩本作「住」。⑮「包」原作「犯」，據弘治本、汲古閣本、詩瘦閣本、四庫本、皮詩本、項刻本、統籤本、類苑本、季寫本、全唐詩本改。

【注釋】

〔一〕曉次：早晨泊船神景宮。次，駐，止，停留。《尚書·泰誓中》：「惟戊午，王次于河朔。」《孔傳》：「次，止也。」神景宮：道教宮觀，在太湖中的洞庭山（即包山）。陸廣微《吳地記·後集》：「神景宮，在（吳）縣西南一百二十里太湖中，唐乾符二年置。」朱長文《吳郡圖經續記》（卷中）：「靈祐觀，在洞庭山。唐之神景宫也，蓋明皇時建。」

〔二〕扁舟：小船。《史記》（卷一二九）《貨殖列傳》：「范蠡既雪會稽之耻，乃喟然而嘆曰：『計然之策七，越用其五而得意。既已施於國，吾欲用之家。』乃乘扁舟浮於江湖。」鳧躍：喻小船隨波上下，好像野鴨在水中跳躍似的。

〔三〕何許：何所，何處。阮籍《咏懷》（八十二首其九）：「良辰在何許，凝霜霑衣衿。」《文選》（卷二六）謝朓《在郡卧病呈沈尚書》：「良辰竟何許，夙昔夢佳期。」李善注：「許，猶所也。」

〔四〕俄倚：忽倚。俄，一會兒，忽然。包山：即太湖中洞庭山。參本卷（序五）注〔四〇〕。

〔五〕三百六十丈：指包山的海拔高度。陸廣微《吴地記》：「郭璞云：『今吴縣西南太湖，即震澤也。中有包山，去縣一百三十里。其山高七十丈，周迴四百里。』」范成大《吴郡志》（卷一五）：「今按《吴越春秋》、《吴地記》等書云：『闔閭城西有山，號硯石山，高三百六十丈，去入烟三里。』」范氏言硯石山，即靈巖山「三百六十丈」，皮詩或是借用。

〔六〕攢空句：謂山峰插入空中，鋒利猶如刀削一般。攢（zuān）通「鑽」，穿，插。

〔七〕遐瞻：遠望。但：只，僅。徙倚：徘徊。《楚辭·遠遊》：「步徙倚而遥思兮，怊惝怳而乖懷。」

〔八〕矍鑠（jué shuò）：健壯果勇貌。《後漢書》（卷二四）《馬援傳》：「援據鞍顧眄，以示可用。帝笑曰：『矍鑠哉是翁也！』」李賢注：「矍鑠，勇貌也。」

〔九〕莎裳：莎衣，即蓑衣。莎通「蓑」。司空圖《雜題九首》（其八）：「樵香燒桂子，苔濕挂莎衣。」

〔一〇〕淺泉：指山泉流淌出來的淺水。漸（jiàn）：霑濕。《詩經·衛風·氓》：「淇水湯湯，漸車帷裳。」《廣雅》（卷一下）《釋詁》：「漸，濕也。」草屩（juē）：草鞋。《釋名·釋衣服》：「屩，草屨也。屩，蹻也，出行著之，蹻蹻輕便，因以爲名也。」

〔一一〕節境：山中的境界。節，山高峻貌。《詩經·小雅·節南山》：「節彼南山，維石巖巖。」《毛傳》：「節，高峻貌。」

〔一二〕静逕：僻静的山間小路。浸：漸漸地。《周易·遁卦》：「小利貞，浸而長也。」孔穎達疏：「浸者，漸進之名。」《廣韻·沁韻》：「浸，漸也。」泬（xuè）寥：空曠貌。《楚辭·九辯》：「泬寥兮天高而氣清。」王逸注：「泬寥，曠蕩空虚也。或曰：泬寥，猶蕭條。蕭條，無雲貌。」

〔一三〕仙扉：仙人居處的門。指山中的洞穴。巉崿：山崖。《文選》（卷三一）江淹《雜體詩三十首·謝臨川靈運遊山》：「巉崿轉奇秀，岑崟還相蔽。」張銑注：「巉崿、岑崟，并山勢不齊貌。」

〔一四〕海日句：謂從海上剛升起的太陽照耀着山間。海日：海上的太陽。李白《夢游天姥吟留别》：「半壁見海日，空中聞天鷄。」照灼：光芒閃灼。《文選》（卷三〇）謝靈運《擬魏太子鄴中集詩八首·魏太子》：「照灼爛霄漢，遥裔起長津。」

〔一五〕幽墟天：空虚遼闊的天空。《文選》（卷三四）曹植《七啓》：「駕超野之駟，乘追風之輿，經迥漠，出幽墟，入乎泱漭之野。」張銑注：「迥漠、幽墟，皆遠方之地。」此指太湖中包山的林屋幽墟洞天。《雲笈七籤》（卷二七）《十大洞天》：「第九林屋山洞，號曰左神幽虚之洞天，在洞庭湖口，屬北嶽真人治之。」

〔一六〕萬想：指各種各樣的塵俗雜念。擺落：擺脱，去除掉。陶淵明《飲酒二十首》（其十二）：「擺落悠悠談，請從余所之。」

〔一七〕壇靈：仙壇靈驗。即指靈景宫壇臺。芝菌：靈芝類草本植物，傳説中的仙草。《文選》（卷二）張衡《西京賦》：「浸石菌於重涯，濯靈芝以朱柯。」薛綜注：「石菌、靈芝，皆海中神山所有神草名，仙之所食者。」李善曰：「菌，芝屬也。《抱朴子》曰：『芝有石芝。』」

〔一八〕殿聖：殿堂神聖。

〔一九〕瓊幃：飾玉的帷幕。迴旋：指在風中飄蕩。

〔二〇〕錦旌：錦旗。當指宫觀中的彩幡。粲錯：錯雜。《詩經·鄭風·羔裘》：「羔裘晏兮，三英粲兮。」鄭玄箋：「粲，衆意。」《史記》（卷四）《周本紀》：「夫獸三爲群，人三爲衆，女三爲粲。」《正義》：「曹大家云：『群、衆、粲，皆多之名也。』」

〔二一〕鼎氣：煉丹鼎的氣息。龍虎：道教煉丹名詞。内丹指水火。龍陽，屬火；虎陰，屬水。外丹亦以龍屬陽，虎屬陰，稱鉛汞爲龍虎。均謂陰陽相合爲道之根本。

〔二二〕丹雘（wò）：紅色顔料。《尚書·梓材》：「若作梓材，既勤樸斫，惟其塗丹雘。」孔穎達疏：「雘是彩色之名，有青色者，有朱色者。」《説文·丹部》：「雘，善丹也。」段玉裁《説文解字注》：「按《南山經》曰：『鷄山，其下多丹雘；侖者之山，其下多丹雘。』然則凡采色之善者皆偁雘，蓋本善丹之名，移而他施耳。亦猶白丹、青丹、黑丹，皆曰丹也。」

〔二三〕凝看：神情專注地看。張相《詩詞曲語辭匯釋》（卷五）：「凝，爲一往情深專注不已之義，猶今所云『發癡』、『發怔』、『出神』、『失魂』也。」出次雲：謂從山嶺間不斷涌出的舒卷自如的白雲。

〔二四〕鶴：古人以鶴爲仙禽，故此言及。語時鶴：鳴叫時的鶴。《藝文類聚》（卷九〇）：「《韻集》曰：『鶴，善鳴鳥也。』」

〔二五〕緑書：緑章，亦稱青詞。舊時道士祭天時用硃筆寫在青藤紙上的奏章表文，稱爲緑章。李賀《緑章封事》：「緑章封事諮元父，六街馬蹄浩無主。」程大昌《演繁露》（卷九）：「今世上自人主，下至臣庶，用道家科儀奏事於天帝者，皆青藤紙朱字，名爲青詞緑章，即青詞，謂以緑紙爲表章也。」不可注：不合注，即不須注。

〔二六〕雲笈（jí）：道教書籍。笈，小箱子。後用以指裝書便於背負携帶的小書箱。《玉篇・竹部》：「笈，負書箱也。」鑰（yuè）：鎖。

〔二七〕晴來：晴，天晴。來，襯字，無義。張相《詩詞曲語辭匯釋》（卷六）：「來，語句中間之襯字，與用於語尾作助辭者異。」

〔二八〕崦（yān）：山曲處。花光：花的色彩。南朝陳後主叔寶《梅花落二首》（其一）：「映日花光動，迎風香氣來。」

〔二九〕天籟：自然界的聲音。參卷二（詩二八）注〔五九〕。

〔三〇〕摐鐸（chuāng duó）：撞擊鈴鐺。鐸，大鈴，其舌有木制和金屬兩種，故有木鐸和金鐸的區别。

〔三一〕清齋：道教在典禮前潔身静心以示對神祇的虔敬。洞前院：應指林屋洞前的神景宫而言。朱長文《吴郡圖經續記》（卷中）：「（神景宫）内有林屋洞，人間第九洞天也，爲左神幽墟之天，即天后真君之便闕。」

〔三二〕敢負：豈敢辜負。玄科：此指道教科儀，即道教的各種儀式和制度的條文。又稱玄門。《老子》（第一章）：「玄之又玄，衆妙之門。」

〔三三〕羽章：鳥兒的彩色羽毛。道家認爲穿羽衣可以飛升上天成仙，故有羽化、羽人等説法。

〔三四〕金醴（lǐ）：美酒。道家常稱液體的飲用物爲金醴、金液、玉漿、玉液等。《玉篇·酉部》：「醴，甜酒也，一宿熟也。醴泉，美泉也。狀如醴酒，可以養老也。」《真誥》（卷三）：「玉簫和我神，金醴釋我憂。」酣暢：暢飲。《世説新語·任誕》：「阮宣子常步行，以百錢挂杖頭，至酒店，便獨酣暢。」可：當也。

〔三五〕玉豉（chǐ）：中藥材地榆的别名。北魏賈思勰《齊民要術》（卷一〇）《地榆》：「《神仙服食經》云：『地榆，一名玉札。……其實黑如豉，北方呼「豉」爲「札」，當言玉豉。與五茄煮，服之可神仙。』」

〔三六〕存心：猶存思、存想。道教修煉名詞。凝神聚氣的内視養生之法。《孟子·離婁下》：「君子以仁存心，以禮存心。」燕胎：古代神仙傳説中的神芝。《酉陽雜俎》（前集卷二）《玉格》：「句曲山五芝，求之者投金環二雙於石間，勿顧念，必得矣。第一芝名龍仙，食之爲太極仙；第二芝名參成，食之爲太極大夫；第三芝名燕胎，食之爲正一郎中；第四芝名夜光洞鼻，食之爲太清左御史；第五芝名料玉，食之爲三官真御史。」

〔三七〕叩齒：上下牙齒相叩擊。古代道教的一種養生術。《雲笈七籤》（卷四五）《叩齒訣》：「《九真高上寶書神明經》曰：『叩齒之法，左相叩名曰打天鐘；右相叩名曰搥天磬；中央上下相叩名曰鳴天鼓。』」《顔氏家訓・養生》：「吾嘗患齒，摇動欲落，飲食熱冷，皆苦疼痛。見《抱朴子》牢齒之法，早朝叩齒三百下爲良。行之數日，即便平愈。今恒持之。」《抱朴子・内篇・雜應篇》：「或問堅齒之道。抱朴子曰：『能養以華池，浸以醴液，清晨建齒三百過者，永不摇動。』」

〔三八〕《龍蹻》：《龍蹻經》，古代道教談飛行術的經典。《雲笈七籤》（卷一〇六）《紫陽真人周君内傳》：「聞蒙山欒先生能讀《龍蹻經》，遂往尋之。」《抱朴子・内篇・雜應篇》：「若能乘蹻者，可以周流天下，不拘山河。凡乘蹻道有三法：一曰龍蹻，二曰虎蹻，三曰鹿盧蹻。」

〔三九〕福地七十二：道教以爲名山之間有仙人居處的勝地共七十二處。《雲笈七籤》（卷二七）《七十二福地》：「第四十二毛公壇，在蘇州長洲縣，屬莊仙人修道之所。」毛公壇即在太湖包山，故此説及七十二福地。

〔四〇〕乏：缺少，猶言没有。

〔四一〕不：無。毒蠚（hē）：蟲以所含有的毒腺螫人。此即指毒蟲。《廣韻・藥韻》：「蠚，蟲行毒。」

毒蟲以毒螫人謂之「蠚」。

〔四一〕骨録：成仙的仙人名籍。《雲笈七籤》（卷一〇五）《清靈真人裴君傳》：「裴君乃先密受《太上鬱儀文》《太上結璘章》二書，然後齋戒而得《存日月之精》爾。有仙名骨録者，乃得見此二書。見之者仙，爲之者真。」

〔四二〕仙志：神仙的記載。非可作：不可造作而成。《雲笈七籤》（卷一〇五）《清靈真人裴君傳》：「凡諸下仙，莫有聞《鬱儀》之篇目，《結璘》之密旨者。得其道，皆速成而無試也。又致神之驗，是爲逕疾。得其要道者，但速於《大洞》之秘妙爾。非有仙名者，皆不得聞此書。」

〔四三〕緑腸、朱髓：均指仙人形體的奇骨異相。《新輯搜神記》（卷六）：「蔣子文者，廣陵人也，嗜酒好色，挑撻無度。常自謂己青骨，死當爲神。」既：而。表轉折連結。

〔四四〕青肝、紫絡：亦指仙人形體的奇骨異相。《酉陽雜俎》（前集卷二）《玉格》：「白志見腹，名在瓊簡者；目有緑筋，名在金赤書者；陰有伏骨，名在琳札青書者；胸有偃骨，名在星書者；眼四規，名在方諸者；掌理迴菌，名在緑籍者。有前相，皆上仙也。」絡：筋絡。復：又。表轉折連結。

〔四五〕天與句：謂老天所給予我的形體外貌醜陋，不具有仙風道骨。古代道家主張通過長期修煉，易貌換形，使人具備成仙的資質。《漢武帝内傳》：「真經所謂行益易之道，益者，益精；易者，易形。能益能易，名上仙籍。不益不易，不離死厄。」又云：「爲之一年易氣，二年易血，三年易脉，四年易肉，五年易髓，六年易筋，七年易骨，八年易髮，九年易形。形易則變化，變化則道成，道成則位爲仙。」

〔四六〕原憲：字子思（前五一五—？），春秋魯國人，孔子弟子，是貧不失志的典型人物。《莊子·讓王》：「原憲居魯，環堵之室，茨以生草；蓬户不完，桑以爲樞。而甕牖二室，褐以爲塞；上漏下濕，匡做而弦。子貢乘大馬，中紺而表素，軒車不容巷，往見原憲。原憲華冠縱履，杖藜而應門。子貢曰：『嘻！先生何病？』原憲應之曰：『憲聞之，無財謂之貧，學而不能行謂之病。今憲，貧也，非病也。』子貢逡巡而有愧色。」瘇（zhǒng）：足腫。《漢書》（卷四八）《賈誼傳》：「天下之勢方病大瘇。一脛之大幾如要，一指之大幾如股，平居不可屈信。」顔師古注：「如淳曰：『腫足曰瘇。』」此泛指貧病而言。

〔四七〕齊侯：指齊景公，名杵臼，春秋時齊國國君，前五四七—前四九〇在位。瘧（nuè）：瘧疾。《晏子春秋·内篇諫上》：「景公疥且瘧，期年不已。」《左傳·昭公二十年》：「齊侯疥，遂痁，期而不瘳。諸侯之賓問疾者多在。」杜預注：「痁，瘧疾。」

〔四八〕終然：雖然。張相《詩詞曲語辭匯釋》（卷一）：「終然，猶云雖然或縱然也。」委頓：頹喪疲憊。《世説新語·容止》：「潘岳妙有姿容，好神情。少時挾彈出洛陽道，婦人遇者，莫不連手共縈之。左太冲絶醜，亦復效岳遊遨，於是群嫗齊共亂唾之，委頓而返。」合：應，當。

〔四九〕剛：偏。張相《詩詞曲語辭匯釋》（卷二）：「剛，猶偏也；硬也。亦猶云只也。」寥廓：空曠高遠。《楚辭·遠遊》：「下峥嶸而無地兮，上寥廓而無天。」

〔五〇〕三茅：三茅君，道家的三神仙。相傳漢景帝時，茅盈與其弟茅固、茅衷，先後在句曲山（今江蘇省句容縣）學道成仙，後人稱爲大茅君、中茅君、小茅君，合稱三茅真君。句曲山即稱茅山或三茅山。《元和郡縣圖志》（卷二五）《江南道一》：「潤州延陵縣，茅山在縣東南二十五里，三茅得道之所。」又：「潤州句容縣，縣有茅山，本名句曲，以山形似『己』字，故名句曲；有所容，故號句容。」《南史》（卷七六）《陶弘景傳》：「於是止于句容之句曲山。恒曰：『此山下是第八洞宫，名金壇華陽之天，周回一百五十里。昔漢有咸陽三茅君得道，來掌此山，故謂之茅山。』嘗仕：曾經做官。三茅中，中茅君、小茅君都曾做官。參《神仙傳》（卷五）《茅君》。

〔五一〕竟：終。珪組薄：意謂宦情薄，不願意做官。珪組：玉珪和組綬，古代官員的飾物，引申爲官職。《文選》（卷四六）任昉《王文憲集序》：「既襲珪組，對揚王命。」劉良注：「珪，諸侯所執也；組，綬，所以繫印者也。」

〔五二〕問：向。包山：參本卷（序五）注〔四〇〕。

〔五三〕賒：賒購。暫不付錢而買到。少：少許，一點兒。巖壑：山崖溪谷。《文選》（卷二五）謝靈運《酬從弟惠連》：「巖壑寓耳目，歡愛隔音容。」此句活用支遁買山的故實。《世説新語·排調》：「支道林因人就深公買印山，深公答曰：『未聞巢、由買山而隱。』」

【箋評】

「夜半幽夢中」四句：蕭思入幻。

「凝看出次雲」四句：冷可會心。

「晴來鳥思喜」二句：趣。（項真評、項真刻《項氏瓶笙榭新刻皮襲美詩》卷一）

剛　陸魯望詩：「不知謝客離腸醒，臨水剛添萬恨來。」皮襲美詩：「終然合委頓，剛亦慕寥廓。」案方言，僅如此曰剛，適如此亦曰剛。皮詩則僅辭也，陸詩則適辭也。（劉淇《助字辨略》卷二）

入林屋洞〔一〕

齋心已三日①〔二〕，筋骨如煙輕。腰下佩金獸〔三〕，手中持火鈴〔四〕。幽塘四百里〔五〕，中有日月精〔六〕。連亘三十六〔七〕，各各爲玉京〔八〕。自非心至誠〔九〕，必被神物烹〔一〇〕。顧余慕大道〔一一〕，不能惜微生〔一二〕。遂招放曠侶〔一三〕，同作幽憂行〔一四〕。其門纔函丈〔一五〕，初若盤薄硎〔一六〕。洞氣黑眣眖②〔一七〕，苔髮紅鬖鬖③〔一八〕。試足值坎窞〔一九〕，低頭避崢嶸〔二〇〕。攀緣不知倦〔二一〕，怪異焉敢驚〔二二〕。匍匐一百步〔二三〕，稍稍策可横〔二四〕。忽然白蝙蝠，來撲松炬明〔二五〕。人語散澒洞〔二六〕，石響高玲玎〔二七〕。脚底龍蛇氣〔二八〕，頭上波濤聲④〔二九〕。有時若服匿⑤〔三〇〕，逼仄如見綳〔三一〕。俄爾造平澹〔三二〕，豁然逢光晶⑥〔三三〕。金堂似鑄出⑦〔三四〕，玉座如琢成⑧〔三五〕。前有方丈沼〔三六〕，凝碧融人睛⑨〔三七〕。雲漿湛不動〔三八〕，矞露涵而馨⑩〔三九〕。漱之恐減筭〔四〇〕，勺之必延齡⑪。愁爲三官責〔四一〕，不敢擕一罌〔四二〕。昔云夏后氏〔四三〕，於此藏真經〔四四〕。刻之以紫琳〔四五〕，秘之以丹瓊⑫〔四六〕。期之以萬祀〔四七〕，守之以百靈〔四八〕。焉得彼丈人⑬〔四九〕，竊之不加刑〔五〇〕。石篢一以出⑭〔五一〕，左神俄不扃〔五二〕。禹書既之得⑮〔五三〕，吴國由是傾⑯〔五四〕。蘚縫纔半尺〔五五〕，中有怪物腥。欲去既嚄唶〔五六〕，將迴又伶俜〔五七〕。却遵舊時道〔五八〕，半日出杳冥〔五九〕。屨泥（原注：去聲）惹石髓⑰〔六〇〕，衣濕沾雲英⑱〔六一〕。玄籙乏仙骨〔六二〕，青文無絳名〔六三〕。雖然入陰宫〔六四〕，不得朝上清〔六五〕。對彼神仙窟〔六六〕，自厭濁俗形〔六七〕。却憎造物者⑲〔六八〕，遣我騎文星〔六九〕。（詩四三）

【校記】

①「齋」弘治本、皮詩本作「齊」。②「眣」全唐詩本作「眣」。「䀏」原作「䀛」，據弘治本、汲古閣本、詩瘦閣本、四庫本、項刻本、類苑本改。③「搴」原作「鬖」，據弘治本、汲古閣本、詩瘦閣本、四庫本、皮詩本、項刻本、統籤本、類苑本、季寫本、全唐詩本改。④「濤」錢校本作「浪」。⑤皮詩本批校：「《前漢·蘇武傳》：『賜武服匿。』注：『孟康曰：「服匿如罌，小口，大腹，方底。用受酒酪。」』」⑥「逢」季寫本作「逄」。⑦「鑄」盧校本、全唐詩本作「鐫」。⑧「琢」類苑本作「磨」。⑨「睛」原作「晴」，據李校本、項刻本改。汲古閣本、皮詩本、統籤本、類苑本、季寫本、全唐詩本作「情」。⑩「喬」弘治本、詩瘦閣本、皮詩本、項刻本、統籤本、類苑本、季寫本、全唐詩本作「璚」。⑪「勺」季寫本、全唐詩本作「酌」。⑫「瓊」原作「矎」，據弘治本、汲古閣本、詩瘦閣本、四庫本、皮詩本、項刻本、統籤本、類苑本、季寫本、全唐詩本改。⑬「人」項刻本作「夫」。⑭「篢」弘治本作

「簣」，類苑本作「簣」，詩瘦閣本、章校本、皮詩本、項刻本、統籤本、季寫本、全唐詩本作「匱」。⑮「之」弘治本、汲古閣本、詩瘦閣本、四庫本、皮詩本、項刻本、統籤本、類苑本、季寫本、全唐詩本作「云」。⑯「由」汲古閣本、四庫本作「繇」。⑰「屨」類苑本作「履」。「去聲」原作「去」，且作大字，成爲六字句，非。汲古閣本、詩瘦閣本、四庫本、皮詩本、統籤本、全唐詩本作側行小字注：「去聲。」是。斠宋本、弘治本作側行小字注：「去□。」亦是。據改。李校本、類苑本、季寫本無「去」。⑱「沾」原作「治」，據弘治本、汲古閣本、詩瘦閣本、四庫本、皮詩本、項刻本、統籤本、類苑本、季寫本改。全唐詩本作「霑」。⑲「造」原作「筵」，據弘治本、汲古閣本、詩瘦閣本、四庫本、皮詩本、統籤本、類苑本、季寫本、全唐詩本改。「筵物」項刻本作「造化」。

【注釋】

〔一〕林屋洞：在太湖包山（洞庭山）中。陸廣微《吴地記·後集》：「林屋洞天，在洞庭西山，幽邃奇絶，乃真仙出洞府。據《仙經》：人間三十六洞天，其知者十。林屋，第九洞天也。今皆羽客居之。好道之士，常所游覽，時有遇焉。」《雲笈七籤》（卷二七）《十大洞天》：「第九林屋山洞，周迴四百里，號曰左神幽虚之洞天，在洞庭湖口，屬北嶽真人治之。」（中華書局版李永晟點校本校記：「『在洞庭湖口，屬北嶽真人治之』，《名山記·十大洞天》作：『龍威丈人所理，在蘇州吴縣。』」）據此引《雲笈七籤》和《名山記》，林屋洞屬十大洞天之一，而不在三十六小洞天之列。朱長文《吴郡圖經續記》（卷中）：「靈祐觀，在洞庭山，唐之神景宫也，蓋明皇時建。内有林屋洞，人間第九洞天也，爲左神幽虛之天，即天后真君之便闕。」

〔二〕齋心：凝寂潔净，祛除雜念。《列子・黄帝篇》：「減厨膳，退而閒居大庭之館，齋心服形，三月不親政事。」

〔三〕金獸：指金色的獸形符（如虎等類）。道教極重視圖符。如《黄帝九鼎神丹經訣》（卷五）專門記載登山避邪符籙，其中有避百蛇印和能却虎不犯符等。

〔四〕火鈴：道士所用的一種法器。《雲笈七籤》（卷一〇六）《清虛真人王君内傳》：「（西城真人）乃將君入紫桂宫，見丈人著流霞羽袍，冠芙蓉之冠，腰帶神光，手把火鈴，侍女數百，龍虎衛階。」

〔五〕幽塘：指太湖。四百里：指太湖四周的長度。《爾雅・釋地》：「吴、越之間有具區。」郭璞注：「今吴縣南大湖，即震澤是也。」陸廣微《吴地記》曰：「（太湖）中有包山，去縣一百三十里。其山高七十丈，周迴四百里。下有洞庭穴，人潛行水底，無所不通，號爲地脉。」范成大《吴郡志》（卷四八）：「《史記正義》及顧夷《吴地記》又云：五湖者，菱湖、游湖、莫湖、貢湖、胥湖，皆太湖東岸五灣，爲五湖。蓋古時應別，今并相連。菱湖……周迴三十餘里。……（莫湖、胥湖）各周迴五六十里。……（游湖）周迴五六十里。……（貢湖）周迴一百九十里已上。」據此，太湖周回約四百里。但也有太湖周回五百里之説。《吴郡志》（卷一八）：「《爾雅》云：『吴、越之間巨區。』其湖周回五百里。襟帶吴興、毗陵諸縣界，東南水都也。」《吴郡志》（卷四八）：

「張勃《吴録》：『五湖者，太湖之别名。以其周行五百餘里，故以五湖爲名。』」

〔六〕日月精：日月的精魄。《雲笈七籤》（卷二四）《日月星辰部·總説星》引《玄門寶海經》曰：「陽精爲日，陰精爲月，分日月之精爲星辰。」

〔七〕連亘：連接不斷，互相聯通。三十六：指道教三十六洞天。陸廣微《吴地記》引《仙經》以爲林屋洞乃三十六洞天之一，而據《雲笈七籤》（卷二七）《洞天福地》載，林屋洞在十大洞天之列，不在三十六小洞天之列。參本篇注〔一〕。

〔八〕各各：個個，每一個。玉京：道教所説的仙闕，天帝所居之處。葛洪《枕中書》：「元都玉京，七寶山，週迴九萬里，在大羅之上。」又曰：「元始天王，在天中心之上，名曰玉京山。山中宫殿，并金玉飾之。」《雲笈七籤》（卷二一）《四梵三界三十二天》：「四天之上，則爲梵行。梵行之上，則是上清之天玉京玄都紫微宫也。乃太上道君所治，真人所登也。」

〔九〕至誠：極爲真誠。《管子·幼官》：「用利至誠，則敵不校。」

〔一〇〕神物：神靈之物。《周易·繫辭上》：「探賾索隱，鈎深致遠，以定天下之吉凶，成天下之亹亹者，莫大乎蓍龜。是故天生神物，聖人則之。」

〔一一〕顧：但。大道：符合自然法則的根本之道。此指成仙之道。

〔一二〕微生：微小的生命。作者自指。

〔一三〕招：邀請，約請。《文選》（卷二二）左思《招隱士二首》（其一）：「杖策招隱士，荒塗横古今。」

放曠侶：性情豪放曠達的伴侶。《文選》(卷一三)潘岳《秋興賦》：「逍遥乎山川之阿，放曠乎人間之世。」

〔一四〕幽憂行：憂患勞苦的旅程。幽憂：憂傷，勞苦。《莊子·讓王》：「雖然，我適有幽憂之病，方且治之，未暇治天下也。」成玄英疏：「幽，深也；憂，勞也。」

〔一五〕函丈：指進入林屋洞的門較狹窄。參本詩注注(四九)。古代以席子寬三尺三寸三分爲函丈。《禮記·曲禮上》：「席間函丈。」鄭玄注：「函猶容也。講問宜相對容丈，足以指畫也。」又《禮記·文王世子》：「遠近間三席，可以問。」鄭玄注：「間猶容也。容三席則得指畫相分别也。席之制，廣三尺三寸三分，則是所謂函丈也。」陸廣微《吴地記》引《洞庭山記》曰：「初入，洞口狹隘，傴僂而入。」

〔一六〕盤薄硎：盤曲平坦的大石頭。盤薄：即指盤石，平坦的大石塊。《太平廣記》(卷四四)《蕭洞玄》：「庭中有盤石，可爲十人之坐。」《舊唐書》(卷一〇一)《張廷珪傳》：「(張廷珪上疏曰)：『况此營建，事殷木土，或開發盤礴，峻築基階，或塞穴洞，通轉采斫，輾壓蟲蟻，動盈巨億。』」硎：本指磨刀石。此指石頭。《莊子·養生主》：「今臣之刀十九年矣，所解數千牛矣，而刀刃若新發於硎。」陸德明《經典釋文》(卷二十六)《莊子音義》(上)：「硎，磨石也。」

〔一七〕眣旼(dié xuè)：深暗貌。眣，《説文·目部》：「眣，目不正也。」旼，《玉篇·目部》：「旼，直視也。」

髮亂。」

〔一八〕苔髮：形容苔蘚細長如髮。髻鬡（zhēng nìng）：毛髮蓬亂貌。《玉篇·髟部》：「髻，髻鬡，髮亂。」

〔一九〕值：遇，遭逢。坎窞（kǎn dàn）：坑穴。《周易·坎卦》：「習坎，入于坎，窞，凶。」坎，地面低陷之處。《説文·土部》：「坎，陷也。」窞，深陷的小坑。《説文·穴部》：「窞，坎中小坎也。《易》曰：『入于坎，窞』。」

〔二〇〕崢嶸：山峰高峻貌。此即指洞中山石而言。《文選》（卷一）班固《西都賦》：「於是靈草冬榮，神木叢生，巖峻崷崒，金石崢嶸。」李善注：「郭璞《方言注》曰：『崢嶸，高峻也。』」

〔二一〕攀緣：攀登。李白《蜀道難》：「黄鶴之飛尚不得過，猿猱欲度愁攀緣。」

〔二二〕怪異：神怪靈異。

〔二三〕匍匐：俯伏爬行。《詩經·大雅·生民》：「誕實匍匐，克岐克嶷，以就口食。」《説文·勹部》：「匍，手行也。」又曰：「匐，伏地也。」

〔二四〕稍稍：稍微，略爲。策：手杖，拐杖。《莊子·齊物論》：「師曠之枝策也。」陸德明《經典釋文》（卷二十六）《莊子音義》（上）：「司馬云：『枝，柱也；策，杖也。』」

〔二五〕松炬明：即松明火把的亮光。松明，山松含有油脂，燃山松枝條可以照明，故云松明。朱長文《吴郡圖經續記》（卷中）：「（神景宫）内有林屋洞……吴先主時，使人行洞中二十餘里，上聞波浪聲，有大蝙蝠拂殺火。觀皮、陸詩，信然也。」

〔二六〕澒洞（hòng tóng）：瀰漫，綿延。賈誼《旱雲賦》：「運清濁之澒洞兮，正重沓而并起。」

〔二七〕玲玎（líng dīng）：玉石相擊的聲音。

〔二八〕龍蛇氣：龍蛇翻騰的氣象。此喻林屋洞中雲氣升騰的態勢。《周易·繫辭下》：「龍蛇之蟄，以存身也。」《左傳·襄公二十一年》：「深山大澤，實生龍蛇。彼美，余懼其生龍蛇以禍女。」

〔二九〕頭上句：唐陸廣微《吴地記》引《洞庭山記》：「洞庭有二穴，東南入洞，幽邃莫測。昔闔閭使令威丈人尋洞，秉燭晝夜而行，繼七十日，不窮而返。……王又令再入，經二十日却返。云：『不似前也，唯上聞風水波濤，又有異蟲，撓人撲火。石燕蝙蝠大如鳥，前去不得。』」參本詩注〔二五〕。

〔三〇〕服匿：古代盛酒酪的一種器具。此喻山石形狀。《漢書》（卷五四）《蘇武傳》：「三歲餘，王病，賜武馬畜、服匿、穹廬。」顔師古注：「劉德曰：『服匿如小旃帳。』孟康曰：『服匿如罌，小口，大腹，方底，用受酒酪。穹廬，旃帳也。』晋灼曰：『河東北界人呼小石罌受二斗所曰服匿。』師古曰：『孟、晋二説是也。』」

〔三一〕逼仄（bī zè）：密集，擁擠。《文選》（卷二）張衡《西京賦》：「麀鹿麌麌，駢田逼仄。」薛綜注：「駢田逼仄，聚會之意。」見繃（bēng）：被束縛。張相《詩詞曲語辭匯釋》（卷五）：「見，猶被也；及也。」繃，纏束。《説文·糸部》：「繃，束也。《墨子》曰：『禹葬會稽，桐棺三寸，葛以繃之。』」

〔三二〕俄爾：頃刻，忽然。一作「俄而」。《莊子·大宗師》：「俄而子輿有病，子祀往問之。」《晋書》（卷二九）《五行志》（下）：「石季龍在鄴，有一馬尾有燒狀，入其中陽門，出顯陽門，東宫皆不得入，走向東北，俄爾不見。」平澹：平常，没有曲折。韓愈《送無本師歸范陽》：「奸窮怪變得，往往造平澹。」

〔三三〕豁然：開闊貌。光晶：明亮。

〔三四〕金堂：金色的殿堂。此指林屋洞中神仙的殿堂。王嘉《拾遺記》（卷一〇）《洞庭山》：「洞庭山浮於水上，其下有金堂數百間，玉女居之。四時聞金石絲竹之聲，徹於山頂。」

〔三五〕玉座：道觀中的神座。

〔三六〕方丈：一丈見方的大小。《法苑珠林》（卷二九）《感通篇·聖迹部》：「于大唐顯慶年中，敕使衛長史王玄策因向印度，過净名宅，以笏量基，止有十笏，故號方丈之室也。」沼：水池。《説文·水部》：「沼，池水。」

〔三七〕凝碧：碧緑澄净。《雲笈七籤》（卷七五）《雲漿法》：「埋一百五十日乃出，其色凝碧，洞徹清明。可服之，百病立愈，久即長生。」融人睛：使人眼爲之爽快。融洽人的性情。

〔三八〕雲漿：仙人的飲用品。《漢武帝内傳》：「七元飛節，九孔連珠，雲漿玉酒，元圃瓊腴，鍾山白膠，王屋青敷，閬風石髓，黑阿珊瑚。」

〔三九〕矞（yù）露：玉露，瓊露。祥瑞之物。

〔四〇〕減筭：減少數字。意指減少壽命。「筭」通「算」，《説文·竹部》：「筭，長六寸，計歷數者。」

〔四一〕三官：道教神名，即天官、地官、水官，源於原始宗教對天、地、人的自然崇拜。《道藏》中有《元始天尊説三官寶號經》、《三官燈儀》等。

〔四二〕罌（yīng）：瓶一類的容器。《説文·缶部》：「罌，缶也。」

〔四三〕夏后氏：大禹。大禹受舜禪，建立夏王朝，稱夏后氏。《論語·八佾》：「夏后氏以松，殷人以柏，周人以栗。曰：『使民戰栗』。」《史記》（卷二）《夏本紀》：「禹於是遂即天子位，南面朝天下，國號曰夏后，姓姒氏。」

〔四四〕於此句：舊傳大禹曾在林屋洞藏《靈寶經》。朱長文《吳郡圖經續記》（卷中）：「内有林屋洞……舊傳禹治水過會稽，夢人衣玄纁，告治水法并不死方在此山石函中。既得之，以藏包山石室。吳人得之，不曉，以問孔子。孔子曰：『此禹石函文，所謂《靈寶經》三卷，蓋即此也。』」《太平御覽》（卷六六三）引《五符》曰：「林屋山，周四百里。一名苞山，在太湖中。下有洞，潛通五岳，號天后别宫。夏禹治水平後，藏《五符》於此。吳王闔閭使龍威丈人入山所得是也。」關於大禹秘藏《靈寶經》，及被吳人發現與請教孔子事，詳見《雲笈七籤》（卷三）《道教本始部·靈寶略紀》，文長不録。

〔四五〕紫琳（lín）：紫色的美玉。《説文·玉部》：「琳，美玉也。」

〔四六〕秘：秘藏，珍藏。丹瓊：紅色的美玉。《説文·玉部》：「瓊，赤玉也。」

〔四七〕萬祀：萬年。祀，年。

〔四八〕百靈：多種神靈。《文選》（卷一）班固《東都賦》：「於是薦三犧，效五牲，禮神祇，懷百靈。」李善注：「《毛詩》曰：『懷柔百神』。」

〔四九〕焉得：安得，何以。丈人：古時對年長者的尊稱。《周易·師卦》：「師：貞，丈人吉，无咎。」《論語·微子》：「子路從而後，遇丈人，以杖荷蓧。」此指古代道教傳説中的靈威丈人（令威丈人），或稱龍威丈人。陸廣微《吴地記》引《洞庭山記》曰：「洞庭有二穴，東南入洞，幽邃莫測。昔闔閭使令威丈人尋洞，秉燭晝夜而行，繼七十日，不窮而返。啓王曰：『初入，洞口狹隘，傴僂而入。約數里，忽遇一石室，可高二丈，常垂津液。』内有石床枕硯。石几上有素書三卷，持回，上於闔閭。不識，乃請孔子辯之。孔子曰：『此夏禹之書，并神仙之事，言大道也。』」并參本詩注〔四四〕。

〔五〇〕加刑：施以刑罰。加，施加，施行。

〔五一〕石簣：石制的箱子。簣（gǎn）：箱類器具。梁同書《直語補正》：「簣，今人云檢裝……《南史·庾詵傳》：『遇火，止出書數簣。』」中華書局本《南史》（卷七六）《庾詵傳》「簣」作「簣」。

〔五二〕左神：道教神名。道家認爲林屋洞是左神幽虚洞天。參本詩注〔一〕。俄：《説文·人部》：「俄，行頃也。」此有隨即之義。扃（jiōng）：關門的門閂、門環。此作關閉之義。

〔五三〕禹書：指舊傳大禹藏於包山石室的神仙書籍。參本詩注〔四四〕、〔四九〕。

〔五四〕吴國：指春秋時吴國（？—前四七三）。由是傾：從此傾覆滅亡。《雲笈七籤》（卷三）《靈寶略記》：「（孔）丘聞童謡云：『吴王出遊觀震湖，龍威丈人山隱居。北上包山入靈墟，乃入洞庭竊禹書。天帝大文不可舒，此文長傳百六初，若强取出喪國廬。』若是此書者，丘能知之。」

〔五五〕蘚縫：生長蘚苔的石頭裂開的縫隙。纔（cái）：僅，只。

〔五六〕嚄唶（huò zé）：呼喊大笑。《史記》（卷七七）《魏公子列傳》：「晋鄙嚄唶宿將，往恐不聽，必當殺之，是以泣耳，豈畏死哉？」《正義》：「《聲類》云：『嚄，大笑。唶，大呼。』」

〔五七〕伶俜（líng pīng）：孤單貌。《玉臺新詠》（卷一）《古詩爲焦仲卿妻作》：「晝夜勤作息，伶俜縈苦辛。」

〔五八〕舊時：昔日，過去。劉禹錫《金陵五題·烏衣巷》：「舊時王謝堂前燕，飛入尋常百姓家。」

〔五九〕半日：白天的一半。此指較長的一段時間。杳冥：昏暗貌。此形容林屋洞。《文選》（卷四五）宋玉《對楚王問》：「鳳皇上擊九千里，絶雲霓，負蒼天，翱翔乎杳冥之上。」《文選》（卷二）張衡《西京賦》：「奇幻倏忽，易貌分形。吞刀吐火，雲霧杳冥。」吕延濟注：「杳冥，陰昏貌。」

〔六〇〕屨泥（jù nì）：鞋子粘上泥。屨，《説文·履部》：「屨，履也。」《方言》（卷四）：「屨，履也。徐、兖之郊謂之扉，自關而西謂之屨……履，其通語也。」泥：粘泥。惹：沾上，沾染。石髓：石鍾乳。礦物名。古代道家認爲服食石髓延年益壽。《列仙傳》（卷上）《邛疏》：「邛疏者，周封史也。能行氣練形，煮石髓而服之，謂之石鍾乳。」

〔六一〕雲英：雲母的一種。《抱朴子·内篇·仙藥》：「雲母有五種，而人多不能分別也。……五色并具而多青者名雲英，宜以春服之。」

〔六二〕玄籙：道教的神仙名册。仙骨：神仙的資質氣度。《太平廣記》（卷五）《墨子》條引《神仙傳》：「於是神人授以素書，朱英丸方，道靈教戒，五行變化，凡二十五篇。告墨子曰：『子有仙骨，又聰明，得此便成，不復須師。』」

〔六三〕青文：青籙文，記録仙人名字的青詞。《真誥》（卷一二）：「『善建重離之明』，如似指《魏傳》『青録文』。」絳名：仙名。《真誥》（卷二）：「三元可得而見，絳名可得而立耳。」又（卷四）：「必當封牧種邑，守伯仙京，傅佐上德，列書絳名。」

〔六四〕陰宫：山中的洞穴。古代道書中的常見語。《真誥》中記述茅山陰宫之處甚多。此指林屋洞。

〔六五〕上清：道家的上清仙境，爲道教的「三清」之一。《道教義樞》（卷七）引《太真科》：「大羅生玄元始三炁，化爲三清天：一曰清微天玉清境，始氣所成；二曰禹餘天上清境，元氣所成；三曰大赤天太清境，玄氣所成。」

〔六六〕神仙窟：神仙聚居之處。指上句「上清」。

〔六七〕濁俗形：卑陋庸俗的形貌。意謂不是成仙的資質。此作者自指。古代神仙家認爲，俗惡之人要經過變易世俗的形貌氣質，才能成仙。參本卷（詩四二）注〔四五〕。

〔六八〕却憎：反憎，倒恨。張相《詩詞曲語辭匯釋》（卷一）：「却，猶倒也；反也。此爲由正字義加强其語氣者，於語氣轉折時用之。」造物者：大自然中創造萬物者。《莊子·大宗師》：「偉哉夫造物者，將以予爲此拘拘也！」成玄英疏：「造物，猶造化也。」

〔六九〕文星：文曲星，文昌星。舊時認爲是主文運的星宿。常用以指某人有傑出文才。此作者自指。裴庭裕《東觀奏記》（下卷）：「初，日官奏：『文星暗，科場當有事。』」

【箋評】

鍾云：「以詩代記。寫異境須入以異情，又有異筆，不然直而散矣。」（「遂招放曠侶」）鍾云：「此句妙。」（「怪異焉敢驚」）譚云：「『焉敢』二字接『驚』字，妙！非山水真癖人不知。」（鍾惺、譚元春《唐詩歸》卷三十五）

「齋心已三月」二句：纖。（項真評、項真刻《項氏瓶笙榭新刻皮襲美詩》卷一）

雨中遊包山精舍〔一〕

松門亘五里〔二〕，彩畢高下絢①〔三〕。幽人共躋攀〔四〕，勝事頗清便〔五〕。翣翣林上雨②〔六〕，隱隱湖中電〔七〕。薜帶輕束腰〔八〕，荷笠低遮面〔九〕。濕屨黏煙露③〔一〇〕，穿衣落霜霰〔一一〕。笑次度巖壑〔一二〕，困中遇臺殿〔一三〕。老僧三四人，梵字十數卷④〔一四〕。施稀無夏屋⑤〔一五〕，境僻乏朝膳〔一六〕。散髮抵泉流〔一七〕，支頤數雲片〔一八〕。坐石忽忘起〔一九〕，捫蘿不知倦〔二〇〕。異蝶時似錦，幽禽或如鈿〔二一〕。篥篣還戛刃⑥〔二二〕，栟櫚自摇扇〔二三〕。俗態既斗藪⑦〔二四〕，野情空眷戀〔二五〕。道人摘芝菌〔二六〕，爲余備午饌⑧〔二七〕。渴與石榴羹⑨〔二八〕，飢愜胡麻飯⑩〔二九〕。如何事于役〔三〇〕，兹遊急於傳〔三一〕。却將塵土衣，一任瀑絲濺〔三二〕。（詩四四）

【校記】

①「畢」斠宋本、盧校本作「翠」，弘治本、汲古閣本、詩瘦閣本、四庫本、皮詩本、項刻本、季寫本、全唐詩本作「碧」。②「翣翣」盧校本作「霎霎」。③「露」斠宋本、傅校本、全唐詩本作「霧」，全唐詩本注：「一作露。」詩瘦閣本、皮詩本、項刻本、統籤本、季寫本作「霞」。④「字」統籤本作「宇」。⑤「施」錢校本作「地」。⑥「篣」斠宋本、四庫本、盧校本、項刻本、全唐詩本作「篣」。⑦「態」項刻本作「愁」。⑧「余」弘治本、汲古閣本、詩瘦閣本、四庫本、皮詩本、項刻本、統籤本、全唐詩本作「予」。⑨「與」弘治本、詩瘦閣本、皮詩本、統籤本、全唐詩本作「興」。全唐詩本注：「一作與。」⑩「飢」汲古閣本、四庫本作「饑」。

【注釋】

〔一〕包山精舍：即包山禪院，又稱包山寺。包山：參本卷（序五）注〔四〇〕。精舍：此指佛教寺院。《世説新語·棲逸》：「康僧淵在豫章，去郭數十里，立精舍。」并參卷二（詩二八）注〔一〕。范成大《吴郡志》（卷三四）：「包山禪院，在吴縣西南一百二十里。院有舊鐘，云梁大同二年置，爲福願寺。天監中再葺。唐上元九年，改爲包山寺，高宗賜名顯慶寺。本朝靖康間，慈受大師懷深居之，詔復賜舊名，院亦復興。……王鋌《記》：『……陸龜蒙、皮日休所賦包山精舍是也。』」

〔二〕松門句：謂寺院門前松林綿延五里，環境蕭森肅穆。松門：松樹成排，儼然如門。《文選》（卷二六）謝靈運《入彭蠡湖口》：「攀崖照石鏡，牽葉入松門。」李善注：「顧野王《輿地志》曰：『自入湖三百三十里，窮於松門，東西四十里，青松遍於兩岸。』」

〔三〕彩畢：應即「彩碧」、「彩翠」，鮮艷的碧緑色。高下絢：高低參差的絢麗色彩。《老子》（第二章）：「長短相形，高下相傾。」

〔四〕幽人：隱士。《周易·履卦》：「履道坦坦，幽人貞吉。」晋陸機《幽人賦》：「世有幽人，漁釣乎玄渚。彈雲冕以辭世，披宵褐而延伫。」陶淵明《命子》：「鳳隱于林，幽人在丘。」躋攀：攀登。

〔五〕勝事：美事。此指美麗的景色。《南史》（卷四四）《齊竟陵王子良傳》：「子良少有清尚，禮才好士，居不疑之地，傾意賓客，天下才學之士皆游集焉。善立勝事，夏月客至，爲設瓜飲及甘果，著之文教。」劉長卿《送孫逸歸廬山》：「常愛此中多勝事，新詩他日伫開緘。」又《會稽王處士草堂壁畫衡霍諸山》：「勝事日相對，主人常獨閒。」清便（pián）：清爽便利。

〔六〕翣翣（shà shà）：此形容雨聲。

〔七〕隱隱句：謂湖中傳來雷電的聲音。隱隱，象聲詞。傅玄《雜言詩》：「雷隱隱，感妾心，傾耳清聽非車音。」

〔八〕薜帶句：謂以薜荔爲帶纏在腰間。《楚辭·九歌·山鬼》：「若有人兮山之阿，被薜荔兮帶女蘿。」

〔九〕荷笠：用荷葉當斗笠。《楚辭·離騷》：「製芰荷以爲衣兮，集芙蓉以爲裳。」

〔一〇〕屨：鞋子。參本卷（詩四三）注〔六〇〕。

〔一一〕穿衣：穿透衣服。霜霰（xiàn）：霜雪的小顆粒。此指雨點

〔一二〕笑次：説笑之間。

〔一三〕困：困乏，勞累。臺殿：樓臺殿堂。此指包山精舍。

〔一四〕梵字：原指印度古文字，又稱梵書，梵文。此指佛經。

〔一五〕施稀：得到的施舍捐助少。夏屋：高大的房屋。《詩經·秦風·權輿》：「於我乎！夏屋渠渠，今也每食無餘。」《毛傳》：「夏，大也。」鄭玄箋：「屋，具也。」《楚辭·大招》：「夏屋廣大，沙堂秀只。」王逸注：「言乃爲魂造作高殿峻屋，其中廣大。」

〔一六〕朝膳：早晨的膳食，早餐。

〔一七〕散髮：散披着頭髮。形容閑適之態。抵（dǐ）：至，觸。《廣雅》（卷一上）《釋詁》：「抵，至也。」

〔一八〕支頤：以手托下巴。亦形容閑適之態。「支頤」義同「拄頤」。《世説新語·簡傲》：「王子猷作桓車騎參軍，桓謂王曰：『卿在府久，比當相料理。』初不答，直高視，以手版拄頰云：『西山朝來，致有爽氣。』」「拄頤」語出《戰國策·齊策六》：「齊嬰兒謡曰：『大冠若箕，修劍拄頤。攻狄不能，下壘枯丘。』」

〔一九〕坐石：坐於石頭上。忽忘：易忘。忽，容易，輕易。

〔二〇〕捫蘿：攀援女蘿。蘿，女蘿，藤類植物。《詩經·小雅·頍弁》：「蔦與女蘿，施于松柏。」《毛傳》：「女蘿，菟絲，松蘿也。」《玉篇·艸部》：「蘿，女蘿，托松而生。」

〔二一〕幽禽：美麗幽雅的禽鳥。鈿：釵鈿，婦女首飾。

〔二二〕簕簩（lì páng）：兩種竹名。簕，簕竹。《山海經·中山經》：「（雲山）有桂竹，甚毒，傷人必死。」郭璞注：「交趾有簕竹，實中，勁强，有毒，鋭似刺，虎中之則死，亦此類也。」簩，簩竹。南朝宋戴凱之《竹譜》引劉淵林云：「簩竹，有毒，夷人以刺虎豹，中之輒死。」「簕簩」一作「簕簩」。《文選》（卷五）左思《吴都賦》：「柚梧有篁，簕簩有叢。」劉逵注：「簕竹，大如戟槿。實中勁强，交趾人鋭以爲矛，甚利。簩竹，有毒，夷人以爲觚，刺獸，中之則必死。」「簩」、「簩」或因形近而訛。

〔二三〕栟櫚（bīng lú）：棕櫚樹。戛（jiá）刃：刀刃互相碰擊。

〔二四〕斗藪：即「抖擻」，亦作「斗擻」，抖落，擺脱。王維《胡居士卧病遺米因贈》：「居士素通達，隨宜善抖擻。」白居易《贈鄰里往還》：「但能斗擻人間事，便是逍遥地上仙。」

〔二五〕野情：脱離世俗的閑逸情趣。北周庾信《奉和永豐殿下言志十首》（其十）：「野情風月曠，山心人事疏。」李白《尋陽紫極宫感秋作》：「野情轉蕭散，世道有翻覆。」

〔二六〕道人：僧人，和尚。芝菌：參本卷（詩四二）注〔一七〕。

〔二七〕午饌（zhuàn）：午飯。《玉篇·食部》：「饌，飯食也。」

〔二八〕石榴羹：《酉陽雜俎》（前集卷一八）《木篇》：「石榴，一名丹若。梁大同中，東州後堂石榴，皆生雙子。南詔石榴，子大，皮薄如藤紙，味絶於洛中。石榴甜者謂之天漿，能已乳石毒。」南朝以來就有石榴酒。《南史》（卷七八）《夷貊傳上·扶南國》：「（頓遜國）珍物寶貨無不有，又有酒樹似安石榴，采其花汁停甕中，數日成酒。」梁簡文帝蕭綱《執筆戲書詩》：「玉案西王桃，蠡杯石榴酒。」北周王褒《長安有狹邪行》：「塗歌楊柳曲，巷飲榴花樽。」

〔二九〕胡麻飯：胡麻炊成的飯。仙人的食物。胡麻，即芝麻。劉義慶《幽明録》：「食胡麻飯、山羊脯、牛肉，甚甘美。」《抱朴子·内篇·仙藥》：「巨勝，一名胡麻，餌服之不老，耐風濕，補衰老也。」

〔三〇〕如何：奈何，怎麽辦。《詩經·秦風·晨風》：「如何如何？忘我實多。」事于役：從事於行役。勞役、兵役或因公事在外，均可謂之于役。《詩經·王風·君子于役》：「君子于役，不知其期。」

〔三一〕傳（zhuàn）：古代驛道上的車馬。《爾雅·釋言》：「馹，遽，傳也。」郭璞注：「皆傳車驛馬之名。」《左傳·成公五年》：「晉侯以傳召伯宗。」杜預注：「傳，驛。」

〔三二〕一任：任憑，任隨。瀑絲：瀑布水猶如雨絲。《文選》（卷二九）張協《雜詩十首》（其三）：「騰雲似涌煙，密雨如散絲。」

【箋評】

「翣翣林上雨」二句：怪光陸離。

「散髮抵泉流」二句：豪。（項真評、項真刻《項氏瓶笙樹新刻皮襲美詩》卷一）

遊毛公壇〔一〕

却上南山路〔二〕，松行儼如廡①〔三〕。松根礙幽逕〔四〕，孱顏不能斧〔五〕。擺履跨亂雲②〔六〕，側巾蹲怪樹〔七〕。三休且半日③〔八〕，始到毛公塢〔九〕。兩水合一澗〔一〇〕，潨崖却爲浦〔一一〕。相敵百千戟，共擂十萬鼓④〔一二〕。噴散日月精⑤〔一三〕，射破神仙府〔一四〕。唯愁絶地脉〔一五〕，又恐折天柱〔一六〕。一窺耳目眩，再聽毛髮豎。次到煉丹井〔一七〕，井幹翳宿莽〔一八〕。下有蕊剛丹〔一九〕，勺之百疾愈。凝於白獺髓⑥〔二〇〕，湛似桐馬乳⑦〔二一〕。黄露醒齒牙〔二二〕，碧粘甘肺腑〔二三〕。檜異松復怪⑧〔二四〕，枯疎互撐拄⑨〔二五〕。乾蛟一百丈⑩〔二六〕，髐然半天舞〔二七〕。下有毛公壇〔二八〕，壇方不盈畝〔二九〕。當時雲龍篆〔三〇〕，一片苔蘚古〔三一〕（原注：有劉先生鎮壇符，今存于堂⑪〔三二〕）。時時仙禽來〔三三〕，忽忽祥煙聚〔三四〕。我愛周息元〔三五〕，忽起應明主⑫〔三六〕（原注：周徵君名息元⑬〔三七〕）。三諫却歸來〔三八〕，迴頭唾珪組⑭〔三九〕。伊余何不幸，斯人不復睹〔四〇〕。如何大開口〔四一〕，與世争枯腐〔四二〕。將山待夸娥〔四三〕，以肉投猰貐〔四四〕。欸坐侵桂陰〔四五〕，不知巳與午⑮〔四六〕。

茲地足靈境，他年終結宇〔四七〕。敢道萬石君〔四八〕，輕於一絲縷⑯〔四九〕。（詩四五）

【校記】

①「行」錢校本作「竹」。②「屨」統籤本、季寫本、全唐詩本作「履」。③「且」項刻本作「具」。④「擂」季寫本作「檑」。⑤「噴散日月精」皮詩本批校：「五字奇。」⑥「於」項刻本、季寫本作「于」。⑦「桐」四庫本、項刻本作「挏」。⑧「檜」項刻本作「拾」。⑨「互」原作「牙」，據弘治本、汲古閣本、皮詩本、項刻本、統籤本、全唐詩本改。「拄」原作「柱」，據弘治本、汲古閣本、詩瘦閣本、四庫本、皮詩本、項刻本、統籤本、季寫本、全唐詩本改。⑩「蛟」鄦宋本、傅校本作「蛇」。⑪「于」四庫本、全唐詩本作「於」。⑫「明」項刻本作「時」。⑬「息」前汲古閣本、詩瘦閣本、四庫本、全唐詩本有「曰」。⑭「唾」季寫本作「吐」。⑮「巳」原作「已」，據四庫本改。⑯「於」項刻本「于」。

【注釋】

〔一〕毛公壇：在太湖包山。陸廣微《吴地記》：「昔闔閭使令威丈人尋洞……丈人姓毛名萇，號曰毛公。今洞庭有毛公宅，石室并壇存焉。」朱長文《吴郡圖經續記》（卷中）：「洞真宮，《圖經》云：『在古毛公壇上。』據皮、陸詩，毛公者，劉根也。陸詩云：『古有韓終道，授之劉先生。身如碧鳳皇，羽翼披輕輕。』按《神仙傳》云：劉根字君安，漢成帝時人。舉孝廉，除郎中。後弃世學道，入嵩山石室中。峥嶸上下高五十丈，冬夏不衣，身毛長一二尺，狀如五十許人。其與人坐時，忽然已高冠玄衣，人不覺也。根自説入山精思，無所不到。蓋嘗至此也，聚石爲壇，廣不盈畝。舊傳毛公道成羅浮，居山三百餘載，有弟子七十二人。夫神化慌惚，萬里跬步，夫亦何常哉？有周先生隱遥，字息元，唐正元中，來游包山之神景觀。距觀五里，見白鹿跪止，即毛公塢也。得異石一方，上有蟲篆，即毛公鎮地符也。得一井泉，色白味甘，即煉丹井也。傍又有古池，深廣袤丈，旱歲不竭，即毛公泉也。此宮乃開成三年建，蓋因先生云。」范成大《吴郡志》（卷九）：「毛公壇，即毛公壇福地，在洞庭山中，漢劉根得道處也。根既仙，身生緑毛，人或見之，故名毛公。今有石壇在觀傍，猶漢物也。」《雲笈七籤》（卷二七）《七十二福地》：「第四十二毛公壇，在蘇州長洲縣，屬莊仙人修道之所。」

〔二〕南山：恐非山名，而是説向南山行。范成大《吴郡志》（卷一五）：「今洞庭山在太湖湖中，有東西二山。西山最廣，林屋洞及諸故物悉在焉。東山有柳毅井爲故迹。」本詩注〔一〕引《吴郡志》明言毛公壇「在洞庭山中」，可證。

〔三〕松行句：謂成排的松樹猶如殿堂周圍的廊屋。廡（wǔ）：《説文・廣部》：「廡，堂下周屋。」

〔四〕幽逕：僻静的山間小路。

〔五〕孱顔：不齊貌。《漢書》（卷五七下）《司馬相如傳下》：「放散畔岸驤以孱顔。」顔師古注：「孱顔，不齊也。」

〔六〕擺屨：摇履，即擡脚。

〔七〕側巾：斜側頭巾，即側過頭，或側身。蹲（qūn）：却退。此有躲避義。《莊子・至樂》：「故曰：『忠諫不聽，蹲循勿争。』成玄英疏：「蹲循，猶順從也。」郭慶藩集釋：「《釋文》引《字林》云：『踆，古蹲字。』……《玉篇·足部》：『踆，退也。』……蹲循，猶逡巡也。」

〔八〕三休：休息三次。謂向高處攀登。賈誼《新書·退讓》：「翟王使使至楚，楚王欲誇之，故饗客於章華之臺上。上者三休，而乃至其上。」且：大略，將近。張相《詩詞曲語辭匯釋》（卷一）：「且，粗略之辭。」

〔九〕毛公塢：即毛公壇的所在地，今其名尚存。

〔一〇〕澗：山間的小溪。《説文·水部》：「澗，山夾水也。」

〔一一〕潨（cóng）崖句：衆水會聚的水邊崖岸，形成水浦。潨，衆水相會集之處。《説文·水部》：「小水入大水曰潨。」《詩經·大雅·鳧鷖》：「鳧鷖在潨，公尸來燕來宗。」《毛傳》：「潨，水會也。」

〔一二〕擂：打。此指打鼓。

〔一三〕噴散：噴灑。日月精：參本卷（詩四三）注〔六〕。

〔一四〕射破：噴射到。破，猶着、到、過也。神仙府：神仙的府第，指神仙的聚集之所。

〔一五〕絶：斷絶，斷裂開。地脉：地下的脉絡。古人以爲地脉是相通的。《文選》（卷一二）郭璞《江賦》：「爰有包山洞庭，巴陵地道，潛逵傍通，幽岫窈窕。」李善注：「郭璞《山海經注》曰『……吴縣南太湖中有苞山，山下有洞庭穴道，潛行水底，云無所不通，號爲地脉。』」《説郛一百卷》

（卷四）引《風土記》：「陽羨縣東有大湖，中有包山。山下有洞穴，潛行地中，云無所不通，謂之洞庭地脉。」

〔一六〕天柱：古代神話中支撑天的柱子。《淮南子·天文訓》：「昔者共工與顓頊争爲帝，怒而觸不周之山，天柱折，地維絶。天傾西北，故日月星辰移焉；地不滿東南，故水潦塵埃歸焉。」

〔一七〕煉丹井：在毛公壇，今尚有遺存。朱長文《吴郡圖經續記》（卷中）：「（在毛公壇）得一井泉，色白味甘，即煉丹井也。」

〔一八〕井幹：井上的圍欄。《莊子·秋水》：「吾樂與！出跳梁乎井幹之上，入休乎缺甃之崖。」成玄英疏：「幹，井欄也。」翳：遮蔽，掩映。宿莽：一種經冬不死的草。《楚辭·離騷》：「朝搴阰之木蘭兮，夕攬洲之宿莽。」王逸注：「草冬生不死者，楚人名曰宿莽。」

〔一九〕蕊丹剛：道教丹藥名。檢《抱朴子·内篇》中《金丹》《仙藥》，未得此名。詳本詩注〔一七〕及詩的下文，大約即指以煉丹井的井水所煉成的丹藥而言。

〔二〇〕白獺髓：古人所説的一種珍貴的藥物。王嘉《拾遺記》（卷八）：「孫和悦鄧夫人，常置膝上。和於月下舞水精如意，誤傷夫人頰，血流汙袴，嬌姹彌苦。自舐其瘡，命太醫合藥。醫曰：『得白獺髓，雜玉與琥珀屑，當滅此痕。』」

〔二一〕桐馬乳：當即挏馬酒。《漢書》（卷一九上）《百官公卿表上》：「武帝太初元年更名家馬爲挏馬，初置路軨。」顔師古注：「應劭曰：『主乳馬，取其汁挏治之，味酢可飲，因以名官也。』如淳曰：『主乳馬，以韋革爲夾兜，受數斗，盛馬乳，挏取其上肥，因名曰挏馬。《禮樂志》丞相孔光奏省樂官七十二人，給大官挏馬酒。今梁州亦名馬酪爲馬酒。』」有關挏馬乳或挏馬酒事，可參王觀國《學林》（卷三）《挏馬》、鄧廷楨《雙硯齋筆記》（卷五）《挏馬官》。

〔二二〕黄露：即黄芽，道教煉丹名詞。《周易參同契》（卷上）：「玄含黄芽，五金之主。」俞琰注：「玄含黄芽者，水中産鉛也。鉛爲五金之主，在北方玄冥之内，得土而生黄芽，黄芽即金華也。」

〔二三〕碧粘：未詳。

〔二四〕檜異句：謂松檜生長的形狀很怪異。檜（guì）：檜柏。樹名。《説文・木部》：「檜，柏葉松身。」

〔二五〕枯疎句：謂松檜老幹杈丫，枯枝稀疏，互相傾斜支撑着。撑拄：支撑，頂住。《玉臺新詠》（卷一）陳琳《飲馬長城窟行》：「君獨不見長城下，死人骸骨相撑拄。」

〔二六〕乾蛟：應指死後枯乾的長蛇，或指長蛇所蜕化的皮。故云「一百丈」。

〔二七〕髐（xiāo）然：空枯貌。《莊子・至樂》：「莊子之楚，見空髑髏，髐然有形，撽以馬箠。」成玄英疏：「髐然，無潤澤也。……莊子適楚，遇見髑髏，空骨無肉，朽骸無潤。」陸德明《經典釋文》（卷二七）《莊子音義》（中）：「髐，……李云：『白骨貌，有枯形也。』」王先謙《莊子集解》引宣穎曰：「髐音囂，空枯貌。」

〔二八〕毛公壇：參本詩注〔一〕。

〔二九〕壇方句：謂毛公壇方圓不足一畝地大小。參本詩注〔一〕引《吴郡圖經續記》（卷中）：「聚石爲壇，廣不盈畝。」

〔三〇〕雲龍篆：形容石刻上的篆字猶如雲起龍躍。道家所謂龍書、雲篆。陶弘景《吴太極左仙公葛公之碑》：「雲篆龍章之牒，炳發于林岫。」又《上清真人許長史舊館壇碑》：「龍書雲篆，僉然遍該。」《真誥》（卷一）：「雲篆明光之章，今所見神靈符書之字是也。」此石刻指毛公壇鎮地符。參本詩注〔一〕引《吴郡圖經續記》（卷中）。

〔三一〕蘚苔古：謂石刻上長滿了蘚苔，顯出一種古樸的特點。

〔三二〕劉先生鎮壇符：即毛公鎮地符。參本詩注〔一〕引《吴郡圖經續記》（卷中）。劉先生：劉根。《後漢書》（卷八二下）《方術列傳·劉根傳》：「劉根者，潁川人也。隱居嵩山中。諸好事者自遠而至，就根學道。太守史祈以根爲妖妄，乃收執詣郡……根嘿而不應，忽然俱去，不知在所。」干寶《搜神記》（卷一）、葛洪《神仙傳》（卷八）并有劉根事，可參。

〔三三〕仙禽：指黄鶴。古代傳説仙人多乘鶴，故稱其爲仙禽。《文選》（卷一四）鮑照《舞鶴賦》：「散幽經以驗物，偉胎化之仙禽。」

〔三四〕忽忽：彌漫升騰，恍惚迷離。《文選》（卷一九）宋玉《高唐賦》：「悠悠忽忽，怊悵自失。」李善注：「忽忽，迷貌。」祥煙：祥瑞的煙雲。

〔三五〕周息元：唐代道士，名隱遥，字息元，號太玄先生。《舊唐書》（卷一七四）《李德裕傳》：「山人杜景先進狀，請於江南求訪異人。至浙西，言有隱士周息元壽數百歲。帝（按：指唐敬宗）即令高品薛季棱往潤州迎之，仍詔德裕給公乘遣之。……息元至京，帝館之於山亭，問以道術。自言識張果、葉静能。詔寫真待詔李士昉，問其形狀，圖之以進。息元山野常人，本無道學，言事誕妄，不近人情。及昭愍遇盗而殂，文宗放還江左。」令狐楚《送周先生住山記》：「先生姓周氏，名隱遥，字息元，宗其道者相號爲太元先生。汝南人也。抱天和冲澹之氣，含至精潔朗之質。玉冷泉潤，松高鶴閑。韜精守道，冥得真契。谷神既存而長守，元關無鍵而不開。貞元初，遊蘇州吴縣之包山林屋洞。秋八月，始於洞西得神景觀。訊其居者，曰距此數里，世傳毛公塢。毛公道成羅浮，居山三百餘歲，有弟子七十二人。聚石爲壇，遺趾猶存。爾能勤求，吾請以導。既行而蘿篠迷密，不知所往。先生冥目久之，逢一物焉。雙眸盡碧，毛色紫而本白，高數尺餘。隨而行之，視乃鹿也。須臾，乃跪止，若有所告，先生默記之而還。至十九年冬，劖木翳茅，薙厥攸居，得異石一方，上有蟲篆，驗之，即毛公鎮地符也。既而鑿户牖以爲竇，有鶴銜弄冠裳，戲舞於庭砌。後得一井，香白滑甘，溢爲白泉。其旁得古池焉，深廣袤丈，陽驗陰伏，湛如也。初先生嘗息於洞之南門中，神化恍惚，往往失其所在。遇好風日，亦來人間。將至，必先之以雲鶴。其弟子灑掃香室，俄而至矣。嗟乎！先生之體，同乎無體矣。不以晝夜更動息，不以寒暑易纖厚，不食而甚力，走及奔馬，全乎氣者也。雖飲而無漏，止如靈龜，外乎形者也。鹿以導步，神柔異物也。符以存視，道契先躅也。井泉去厲，昭乎仁也。池水不枯，齊其慮也。仙雲靈鶴之驗，去來彷彿之狀，其必神行而智知乎！予叔服膺先生之門，二紀於兹。録先生本起，見命爲記。凝神遐想，直而不遺。元和十三年八月，華州刺史兼御史中丞令狐楚記。」

〔三六〕明主：指唐敬宗李湛。實爲昏憒之君。

〔三七〕徵君：徵士的尊稱。隱士被朝廷徵聘謂之徵君。《後漢書》（卷五三）《黄憲傳》：「友人勸其仕，憲亦不拒之，暫到京師而還，竟無所就。年四十八終，天下號曰『徵君』。」

〔三八〕三諫：古人謂以道事君爲三諫。《春秋公羊傳·莊公二十四年》：「戎將侵曹。曹羈諫曰：『戎衆以無義，君請勿自敵也。』曹伯曰：『不可。』三諫不從，遂去之。故君子以爲得君臣之義也。」却：還。張相《詩詞曲語辭匯釋》（卷一）：「却，猶還也；仍也。」

〔三九〕珪組：參本卷（詩四二）注〔五二〕。

〔四〇〕斯人：此人。指周息元。《論語·雍也》：「斯人也而有斯疾也！」

〔四一〕如何：奈何，爲什麽。《詩經·秦風·晨風》：「如何如何，忘我實多。」

〔四二〕枯腐：枯死腐爛之物。《莊子·秋水》：「惠子相梁，莊子往見之。或謂惠子曰：『莊子來，欲代子相。』于是惠子恐，搜於國中三日三夜。莊子往見之，曰：『南方有鳥，其名爲鵷雛，子知之乎？夫鵷雛，發於南海而飛於北海，非梧桐不止，非練實不食，非醴泉不飲。于是鴟得腐鼠，鵷雛過之，仰而視之曰：「嚇！」今子欲以子之梁國而嚇我邪？』」詩中的「枯腐」即「腐鼠」一類，比喻世俗的功名利禄。

〔四三〕夸娥：古代傳説中的大力神。一作「夸蛾」、「夸蟻」。《列子·湯問篇》：「太形、王屋二山，方七百里，高萬仞；本在冀州之南，河陽之北。北山愚公者，年且九十，面山而居。懲山北之塞，出入之迂也，聚室而謀，（全家挖土移山）……帝感其誠，命夸蛾氏二子負二山，一厝朔東，一厝雍南。自此，冀之南、漢之陰無隴斷焉。」

〔四四〕猰貐（yà yǔ）：古代傳説中一種食人凶獸。《爾雅·釋獸》：「猰貐，類貙，虎爪，食人，迅走。」《淮南子·本經訓》：「猰貐、鑿齒、九嬰、大風、封豨、修蛇，皆爲民害。」高誘注：「猰貐，獸名也。狀若龍首。或曰似貍。善走而食人。在西方也。」

〔四五〕欻（xū）坐：突然因爲。侵：到，達。桂陰：桂樹的樹陰。參卷二（詩三五）注〔三〕。

〔四六〕不知句：謂不知道時間已届中午了。古代以子、丑、寅、卯、辰、巳、午、未、申、酉、戌、亥十二支記時。巳時是上午九時至十一時，午時是上午十一時至下午一時。

〔四七〕他年：將來，以後。《左傳·成公十三年》：「晋人以其役之勞，請俟他年。」結宇：建造房屋。《晋書》（卷八三）《江逌傳》：「避蘇峻之亂，屏居臨海，絶棄人事，翦茅結宇，耽玩載籍，有終焉之志。」孟浩然《題大禹寺義公禪房》：「義公習禪處，結宇依空林。」此句意謂將來隱居於此。

〔四八〕萬石君：石奮，西漢人，號萬石君。此喻高官厚禄。《史記》（卷一〇三）《萬石張叔列傳》：「萬石君名奮。其父趙人也，姓石氏。……奮長子建，次子甲，次子乙，次子慶，皆以馴行孝謹，官皆至二千石。於是景帝曰：『石君及四子皆二千石，人臣尊寵乃其門。』號奮爲萬石君。」

〔四九〕輕於句：謂萬貫家財其實比一根絲縷還要輕微。絲縷：蠶絲、綫縷的統稱。《墨子·尚同上》：「譬若絲縷之有紀，罔罟之有綱。」

【箋評】

「如何大開口」句：意傲句奇。（項真評、項真刻《項氏瓶笙樹新刻皮襲美詩》卷一）

三宿神景宫〔一〕

古觀岑且寂〔二〕，幽人情自怡〔三〕。一來包山下〔四〕，三宿湖之湄〔五〕。況此深夏夕〔六〕，不逢清月姿①〔七〕。玉泉浣衣後②，金殿添香時。客省高且敞〔八〕，客床蟠復奇〔九〕。石枕冷入腦〔一〇〕，筭席寒侵肌③〔一一〕。氣清寐不著④〔一二〕，起坐臨堦墀〔一三〕。松陰忽微照〔一四〕，獨見螢火芝⑤〔一五〕。素鶴警微露〔一六〕，白蓮明暗池。窗櫺帶乳蘚〔一七〕，壁縫含雲蕤〔一八〕。聞磬走魍魎⑥〔一九〕，見燭奔鼺蜼〔二〇〕。沆瀣欲滴瀝⑦〔二一〕，芭蕉未離披〔二二〕。五更山蟬響〔二三〕，醒發如吹篪⑧〔二四〕。杉風忽然起⑨〔二五〕，飄破《步虚詞》〔二六〕。道客巾屨樣⑩〔二七〕，上清朝禮儀〔二八〕。明發作此事〔二九〕，豈復甘趨馳〔三〇〕。（詩四六）

【校記】

①「逢」季寫本作「逄」。②「浣」統籤本作「洗」。③「席」項刻本作「蓆」。④「著」汲古閣本、四

庫本、項刻本作「着」。⑤「獨見螢火芝」皮詩本批校：「螢火芝，夜有光。」⑥「魈」原作「魍」，據弘治本、汲古閣本、四庫本、皮詩本、項刻本、統籤本、季寫本、全唐詩本改。⑦「沆」原作「滮」，據弘治本、汲古閣本、詩瘦閣本、四庫本、皮詩本、項刻本、統籤本、季寫本、全唐詩本改。⑧「醒」錢校本作「觷」。⑨「杉」項刻本作「松」。⑩「樣」錢校本、盧校本作「異」，項刻本作「樸」。

【注釋】

〔一〕三宿：第三宿。在此住宿的第三個晚上。神景宫：參本卷（詩四二）注〔一〕。

〔二〕古觀：即神景宫。岑且寂：高聳且寂静。《文選》（卷一四）鮑照《舞鶴賦》：「去帝鄉之岑寂，歸人寰之喧卑。」李善注：「岑寂，猶高静也。」

〔三〕幽人：幽隱之人，隱士。此指宫觀中的道士。參本卷（詩四四）注〔四〕。情自怡：自我怡悦心情。陶淵明《飲酒二十首并序》：「既醉之後，輒題數句自娱，紙墨遂多。」又《五柳先生傳》：「常著文章自娱，頗示己志。」

〔四〕包山：參本卷（序五）注〔四〇〕。

〔五〕湖之湄（méi）：太湖之濱。湄：水邊。《詩經·秦風·蒹葭》：「所謂伊人，在水之湄。」

〔六〕深夏：盛夏。據本卷（序五），時當咸通十一年夏六月，故云。

〔七〕不逢句：謂今夜没有月光。

〔八〕客省：客舍。安排客人住宿的房舍。此指神景宫中的客房。《資治通鑑》（卷一二四）：「（宋文帝元嘉二十二年）其夜，呼（范）曄置客省。」胡三省注：「客省，凡四方之客入見者居之，屬典客令。」唐代官署及寺廟、道院也都設有招待安置客人的房舍，稱客省。本書卷六皮日休尚有《開元寺客省早景即事》一詩，可作佐證。

〔九〕蟠復奇：盤曲而又奇異。當是形容瘿木床。

〔一〇〕石枕：以石爲枕，古人用以表示隱逸的情趣。曹操《秋胡行二首》（其一）：「名山歷觀，遨游八極，枕石漱流飲泉。」李端《題崔端公園林》：「抱琴看鶴去，枕石待雲歸。」白居易《秋山》：「白石卧可枕，青蘿行可攀。」

〔一一〕笋席：竹席。以嫩竹編成的席子。《尚書·顧命》：「西夾南嚮，敷重笋席。」《孔傳》：「笋，蒻竹。」孔穎達疏：「《釋草》云：『笋，竹萌。』孫炎曰：『竹初萌生謂之笋。』是笋爲蒻竹。取笋竹之皮以爲席也。」

〔一二〕氣清：環境氣氛清凉。寐不著：睡不成。「著」同「着」。張相《詩詞曲語辭匯釋》（卷三）：「着，猶作也；成也。……皮日休《三宿神景宫》詩：『氣清寐不着，起坐臨階墀。』寐不着，猶云寐不成也，亦可解爲寐不熟。」

〔一三〕起坐：起身，坐起。阮籍《咏懷八十二首》（其一）：「夜中不能寐，起坐彈鳴琴。」堦墀（chí）：臺階。「堦」即「階」。

〔一四〕微照：猶言微光。

〔一五〕螢火芝：古代傳説中一種在夜間能發光的芝草。《真誥》（卷一三）：「華陽洞亦有五種夜光芝（此則司命所請以植句曲内外者也），良常山有螢火芝。此物在地如螢火狀，其實似草而非也。大如豆形，紫華，夜視有光。得食一枚，心中一孔明。食七枚，七孔明，可夜書。計得食四十七枚，壽萬年。」《酉陽雜俎》（前集卷一〇）：「螢火芝，良常山有螢火芝。其葉似草，實大如豆，紫花，夜視有光。食一枚，心中一孔明。食至七，心七竅洞徹，可以夜書。」

〔一六〕素鶴：白鶴。警露：《藝文類聚》（卷九〇）引《風土記》曰：「鳴鶴戒露，此鳥性警。至八月，白露降，流於草上，滴滴有聲，因即高鳴相警，移徙所宿處，慮有變害也。」

〔一七〕乳蘚：剛生長的細小的蘚苔。

〔一八〕雲蕤（ruí）：即指花朵。因神景宫在包山中，山中多雲霧，故云「雲蕤」。《説文·艸部》：「蕤，草木華垂貌。」

〔一九〕聞磬句：謂聽到磬聲，魍魎就奔跑逃竄。磬（qìng）：打擊樂器，用石、玉或金屬制成，懸在架子上。《説文·石部》：「磬，樂石也。」此處應指道觀裏誦經的磬，用銅制成的鉢形器具。魍魎（wǎng liǎng）：古代傳説中的山川精怪。《説文·虫部》：「蝄蜽，山川之精物也。淮南王説：蝄蜽，狀如三歲小兒，赤黑色，赤目，長耳，美髮。……《國語》曰：『木石之怪，夔、蝄蜽。』」段玉裁《説文解字注》：「按蝄蜽，《周禮》作方良，《左傳》作罔兩，《孔子世家》作罔閬，俗作魍魎。」

〔二〇〕見燭句：謂見到燭光，失偶獨宿的雌鳥就驚飛起來。《文選》（卷三四）枚乘《七發》：「朝則鸝黄鳱鴠鳴焉，暮則羈雌迷鳥宿焉。」《文選》（卷二二）謝靈運《晚出西射堂》：「羈雌戀舊侶，迷鳥懷故林。」劉良注：「羈雌，無耦也。」

〔二一〕沆瀣（hàng xiè）：露水。舊時謂仙人所飲。《楚辭·遠遊》：「餐六氣而飲沆瀣兮，漱正陽而含朝露。」王逸注：「《陵陽子明經》言……冬飲沆瀣。沆瀣者，北方夜半氣也。」《文選》（卷一八）嵇康《琴賦》：「餐沆瀣兮帶朝露。」張銑注：「沆瀣，清露也。」滴瀝：水滴流下。漢杜篤《首陽山賦》：「青羅落漠而上覆，穴溜滴瀝而下通。」孟郊《秋懷十五首》（其一）：「老泣無涕洟，秋露爲滴瀝。」

〔二二〕芭蕉：晉嵇含《南方草木狀》（卷上）：「甘蕉望之如樹，株大者一圍餘，葉長一丈，或七八尺，廣尺餘二尺許。花大如酒杯，形色如芙蓉。著莖末百餘子大，名爲房，相連累，甜美，亦可蜜藏。根如芋魁，大者如車轂。實隨花，每華一闔，各有六子，先後相次。子不俱生，花不俱落。一名芭蕉，或曰巴苴。」離披：分散下垂貌。《楚辭·九辯》：「白露既下百草兮，奄離披此梧楸。」洪興祖補注：「離披，分散貌。」

〔二三〕五更：五更天，指黎明前。舊時將自黄昏至拂曉，分爲甲、乙、丙、丁、戊五段，謂之五更。此特指第五更，即戊更。《顔氏家訓·書證》：「或問：『一夜何故五更？更何所訓？』答曰：『漢、魏以來，謂爲甲夜、乙夜、丙夜、丁夜、戊夜。又云鼓，一鼓、二鼓、三鼓、四鼓、五鼓。亦云一更、二更、三更、四更、五更。皆以五爲節……更，歷也，經也，故曰五更爾。』」山蟬：山中的蟬。蟬，昆蟲名，俗稱知了，又作蜘蟟。雄性在夏、秋季節發出鳴叫聲。

〔二四〕醒發：形容聲音的清脆響亮。篪（chí）：古代的一種竹管樂器。《爾雅·釋樂》：「大篪，謂之沂。」郭璞注：「篪，以竹爲之，長尺四寸，圍三寸。一孔上出，一寸三分，名翹，橫吹之。小者尺二寸。《廣雅》云：『八孔。』」

〔二五〕杉風：風吹杉樹的聲音。唐人廣植杉樹，也喜愛咏杉。劉言史《瀟湘遊》：「青煙冥冥覆杉桂，崖壁凌天風雨細。」白居易《栽杉》：「移栽東窗前，愛爾寒不凋。病夫卧相對，日夕閑蕭蕭。」

〔二六〕飄破：飄過。張相《詩詞曲語辭匯釋》（卷三）：「破，猶過也。沈佺期《度安海入龍編》詩：『別離頻破月，容鬢驟催年。』頻破月，猶云頻過月或頻逾月也。……又（杜甫）《絶句漫興》：『二月已破三月來』，猶云二月已過也。」《步虚詞》：道教的樂曲。郭茂倩《樂府詩集》（卷七八）引《樂府解題》曰：「《步虚詞》，道家曲也，備言衆仙縹緲輕舉之美。」南朝宋劉敬叔《異苑》（卷五）：「陳思王游山，忽聞空裏誦經聲，清遠遒亮。解音者則而寫之，爲神仙聲。道士效之，作步虚聲也。」

〔二七〕道客：道士。學道的人。巾屨樣：道士戴頭巾穿鞋子打扮成的獨特模樣。即道教徒穿戴整齊的形象。古代官、庶、佛、道所戴的頭巾，歷代的變化很複雜，不同的形制即是不同的「巾樣」，唐代亦復如此。封演《封氏聞見記》（卷五）《巾幞》：「巾子制，頂皆方平；仗内即頭小而圓鋭，謂之『内樣』。開元中，燕公張説，當朝文伯，冠服以儒者自處。玄宗嫌其異己，賜内樣巾子，長脚羅幞頭。」

〔二八〕上清：參本卷（詩四三）注〔六五〕。朝禮儀：朝拜天帝道君的禮節儀式。《詩經·小雅·楚茨》：「獻酬交錯，禮儀卒度。」

〔二九〕明發：黎明。《詩經·小雅·小宛》：「明發不寐，有懷二人。」《毛傳》：「明發，發夕至明。」

〔三〇〕趨馳：奔走勞碌。指做官。南朝宋鮑照《謝隨恩被原疏》：「但臣病久柴羸，不堪冒涉，小得趨馳，星駕登路。」

【箋評】

「氣清寐不着」：幻句。

「素鶴警微露」四句：如翠如錦。

「沆瀣欲滴瀝」四句：朗然高吟。（項真評、項真刻《項氏瓶笙榭新刻皮襲美詩》卷一）

以毛公泉一瓶獻上諫議因寄①〔一〕

劉根昔成道〔二〕，茲塢四百年〔三〕。毵毵被其體〔四〕，號爲緑毛仙〔五〕。因思清泠汲②〔六〕，鑿彼岩巖巓③〔七〕。五色既煉矣〔八〕，一勺方鏗然④〔九〕。既用文武火〔一〇〕，俄窮雌雄篇〔一一〕。赤鹽撲紅霧〔一二〕，白華飛素煙⑤〔一三〕。服之生羽翼，倏爾冲玄天〔一四〕。真隱尚有迹〔一五〕，厥祀將近千〔一六〕。我來討靈勝〔一七〕，到此期終焉〔一八〕。滴苦破竇浄〔一九〕，蘚深餘甃圓〔二〇〕。澄如玉髓絜⑥〔二一〕，泛若金精鮮〔二二〕。顔色半帶乳〔二三〕，氣味全和鉛〔二四〕。飲之融痞蹇⑦〔二五〕，濯之伸拘攣〔二六〕。有時玩者觸〔二七〕，倏忽風雷顛〔二八〕。素綆絲不短⑧〔二九〕，越罌腹甚便〔三〇〕。汲時月液動〔三一〕，擔處玉漿旋⑨〔三二〕。敢獻大司諫〔三三〕，置之鈐閣前⑩〔三四〕。清如介潔性〔三五〕，滌比掃蕩權〔三六〕。灸背野人興〔三七〕，亦思侯伯憐〔三八〕。也知飲冰苦〔三九〕，願受一瓶泉〔四〇〕。（詩四七）

【校記】

①「上」原作「二」，據弘治本、汲古閣本、詩瘦閣本、四庫本、皮詩本、項刻本、統籤本、季寫本、全唐詩本改。　②「泠」統籤本、全唐詩本作「冷」。　③「岸」弘治本、詩瘦閣本、皮詩本、項刻本、統籤本、季寫本作「崔」。全唐詩本注：「一作崔。」「嶺」盧校本作「峉」。　④「鏗」詩瘦閣本作「鑑」。　⑤「華」汲古閣本、詩瘦閣本、四庫本作「花」。　⑥「絜」弘治本、汲古閣本、詩瘦閣本、四庫本、盧校本、皮詩本、項刻本、統籤本、季寫本、全唐詩本作「潔」。　⑦皮詩本批校：「『蹇』疑『塞』字。」　⑧「絲」項刻本作「緑」。　⑨「擔」項刻本作「檐」。　⑩「閣」斠宋本作「閤」。

【注釋】

〔一〕毛公泉：在太湖包山。朱長文《吳郡圖經續記》（卷中）：「（煉丹井）傍又有古池，深廣袤丈，旱歲不竭，即毛公泉也。」參本卷（詩四五）注〔三五〕引令狐楚《送周先生住山記》。　諫議：諫議大夫，官名。指時任蘇州刺史崔璞。參（序一）注〔八二〕。

〔二〕劉根：漢代方士，傳説他有道術，後成仙。參本卷（詩四五）注〔三二〕。

〔三〕茲塢：指毛公塢。參本卷（詩四五）注〔九〕。四百年：指劉根成道後在此四百年。民間傳聞之詞耳。

〔四〕毿毿（sān sān）：毛髮細長貌。紛披貌。《玉篇·毛部》：「毿，毛長貌。」《詩經·陳風·宛丘》：「無冬無夏，值其鷺羽。」《正義》：「陸機（璣）云：『鷺，水鳥也。……頭上有毛十數枚，長尺餘，毿毿然與衆毛異好。』」孟浩然《高陽池送朱二》：「紅波淡淡芙蓉發，緑岸毿毿楊柳垂。」施肩吾《春日錢塘雜興二首》（其一）：「酒姥溪頭桑裊裊，錢塘郭外柳毿毿。」

〔五〕緑毛仙：身上生長緑毛的仙人。指劉根。《後漢書》本傳、《搜神記》（卷一）不言劉根長毛事。《神仙傳》（卷八）云：「（劉根）冬夏無衣，毛長一二尺。其顔如十四、五許人。深目，多鬚，鬢皆黄，長三四寸。」亦不言緑毛。但陸龜蒙奉和皮日休《遊毛公壇》的和詩《毛公壇》云：「身如碧鳳凰。」則與皮詩相一致，應是皮、陸據蘇州地方傳説實寫耳。故范成大《吴郡志》（卷九）云：「毛公壇，即毛公壇福地，在洞庭山中，漢劉根得道處也。根既仙身，生緑毛。人或見之，故名毛公。」

〔六〕清泠汲：清涼的泉水。汲（jí）：從井裏提水。此即指毛公泉水。《説文·水部》：「汲，引水於井也。」

〔七〕岝嶺（zuò è）：山勢高峻貌。《文選》（卷四）張衡《南都賦》：「岝㠋崔嵬，嶔巇屹𡾊。」李善注：「《埤蒼》曰：『岝㠋，山不齊也。』」《文選》（卷一二）木華《海賦》：「啓龍門之岝嶺，墾陵巒而嶄鑿。」李善注：「岝嶺，高貌。」

〔八〕五色：古人以青、赤、黄、白、黑爲五色，其他爲間色。《尚書·益稷》：「以五采彰施于五色，作服，汝明。」古人以五色與五方（東、南、中、西、北）、五行（金、木、水、火、土）相配。五色既煉：《淮南子·覽冥訓》：「於是女媧煉五色石以補蒼天，斷鼇足以立四極。」道家常用「五色」一詞。此詩應指冶煉丹藥金液所成的五色。《抱朴子·内篇·金丹》：「一石輒五轉而各成五色，五石而二十五色，色各一兩，而異器盛之。」

〔九〕鏗然：金石相碰撞發出的響亮聲音。《玉篇·金部》：「鏗，鏗鏘，金石聲也。」

〔一〇〕文武火：文火，武火。小而緩的火叫文火，大而猛的火叫武火。

〔一一〕俄窮：一會兒就完成。窮，盡，此有完成義。雌雄篇：謂陰陽和合，此即謂完成了丹藥的冶煉。道家煉丹講究陰陽相合。

〔一二〕赤鹽：道士煉丹所用的一種鹽。《抱朴子·内篇·黄白》（「治作赤鹽法」條）：「用寒鹽一斤，……合内鐵器中，以炭火火之，皆消而色赤，乃出之可用也。」紅霧：指冶煉赤鹽過程中升騰起的紅色霧氣。

〔一三〕白華：白花。應指煉丹過程中銀、鉛一類物質泛起的狀態。《抱朴子·内篇·黄白》：「鉛性白也，而赤之以爲丹。丹性赤也，而白之而爲鉛。雲雨霜雪，皆天地之氣也。而以藥作之，與真無異也。」可作參考。素煙：煉丹時升騰的白煙。

〔一四〕倏(shù)爾：忽然。迅疾貌。玄天：北方之天。此即指高空。《吕氏春秋·有始覽·有始》：「北方曰玄天。」高誘注：「北方十一月建子，水之中也。水色黑，故曰玄天也。」

〔一五〕真隱：仙隱。即指神仙。《南史》(卷三〇)(何尚之傳)：「尚之既任事，上待之愈隆，於是袁淑乃録古來隱士有迹無名者，爲《真隱傳》以嗤焉。」陶弘景有《登真隱訣》一書。北周庾信《和王少保遥傷周處士》：「望氣求真隱，伺關待逸民。」尚有迹：應指毛公壇、毛公塢、煉丹井、毛公泉等神仙遺迹。參本卷(詩四五)有關注釋。

〔一六〕厥祀句：指東漢劉根成仙後至皮日休作此詩時，其受後人祭祀已近千年。舉其約數，是實寫。

〔一七〕討靈勝：探索尋訪靈異的勝迹。

〔一八〕期終焉：期望終老於此。《國語·晋語四》：「子犯知齊之不可以動，而知文公之安齊而有終焉之志也。」《晋書》(卷八〇)《王羲之傳》：「羲之雅好服食養性，不樂在京師，初渡浙江，便有終焉之志。」

〔一九〕滴苦句：謂山泉滴久了，形成了一個清水澄澈的洞穴。苦，甚詞，强調程度之深。此有多、久之義。

〔二〇〕蘚深句：謂蘚苔長得很長，只剩下圓形的井壁還露在外面。甃(zhòu)：井，井壁。《説文·瓦部》：「甃，井壁也。」

〔二一〕玉髓：白玉髓。即白玉膏。道家認爲服用以後可以成仙。《山海經·西山經》：「丹水出焉，……其中多白玉，是有玉膏，其原沸沸湯湯，黄帝是食是饗。」郭璞注：「《河圖玉版》曰：『少室山，其上有白玉膏，一服即仙矣。』亦此類也。」絜：後作「潔」，清潔。《玉篇·糸部》：「絜，清也。」

〔二二〕金精：金屬的精華。指道家的金丹，也稱金液大丹。《抱朴子·内篇·金丹》：「夫金丹之爲物，燒之愈久，變化愈妙。黄金入火，百煉不消，埋之，畢天不朽。服此二藥，煉人身體，故能令人不老不死。」

〔二三〕顔色句：謂毛公泉水呈乳白色。參本卷（詩四五）云：「凝於白獺髓，湛似桐馬乳。」其詩中注〔三五〕引令狐楚《送周先生住山記》云：「後得一井，香白滑甘，溢爲白泉。」可作佐證。

〔二四〕全和鉛：謂全部都帶有鉛的氣味。道教用爐鼎冶煉礦石藥物，稱作外丹。其中鉛汞是最重要的原料。

〔二五〕痞塞：阻滯不通。此指人體的血脉筋絡不通暢。

〔二六〕拘攣：痙攣，肌肉神經性抽搐，不能自如伸展收縮。王延壽《夢賦》：「或盤跚而欲走，或拘攣而不能步。」

〔二七〕玩（wán）者：觀賞者。《文選》（卷三）張衡《東京賦》：「是以西匠營宮，目玩阿房。」薛綜注：

「玩，習也。」

〔二八〕倏忽：忽然，突然間，頃刻。風雷顛：謂猶如風雷大作般的震蕩顛簸。《周易·益卦》：「風雷，益。」顛：唐人將某種率性放縱的姿態行爲謂之「顛」。如《開元天寶遺事》（卷上）《天寶上·顛飲》條：「長安進士鄭愚、劉參、郭保衡、王冲、張道隱等十數輩，不拘禮節，旁若無人。每春時，選妖妓三五人，乘小犢車，指名園曲沼，藉草裸形，去其巾帽，叫笑喧呼，自謂之『顛飲』。」

〔二九〕素綆（gěng）：汲井水所用的白色繩索。《説文·糸部》：「綆，汲井綆也。」《方言》（卷五）：「繘，自關而東，周、洛、韓、魏之間謂之綆，或謂之絡。關西謂之繘綆。」郭璞注：「繘，汲水索也。」《莊子·至樂》：「褚小者不可以懷大，綆短者不可以汲深。」

〔三〇〕越罌（yīng）：越窑所産的陶器。唐代越窑在今浙江省余姚縣一帶，是著名的青瓷窑。此詩所云越罌，即是越窑所産陶瓷器具。陸龜蒙《秘色越器》詩云：「九秋風露越窑開，奪得千峰翠色來。」胡震亨《唐音癸籤》（卷十九）《詁箋》（四）：「許渾詩：『沉水越瓶寒』，又：『越瓶秋水澄』，陸龜蒙詩：『九秋風露越窑開，奪得千峰翠色來。』越窑爲諸窑之冠，至錢王時愈精，臣庶不得通用，謂之秘色，即所謂柴窑者是。俗云：『若要看柴窑，雨過青天色。』與許（渾）、陸（龜蒙）詩正同。」罌，容器，比缶大，口小腹大。《説文·缶部》：「罌，缶也。」段玉裁《説文解字注》：「罌，缶器之大者。」腹甚便（pián）：謂腹部很大。司馬彪《續漢書》（《藝文類聚》卷二二五引）：「邊韶，字孝先，以文學知名，教授數百人。韶口辯，曾晝假卧，弟子嘲之曰：『邊孝先，腹便便；懶讀書，但欲眠。』」

〔三一〕月液：喻毛公泉水潔白清澈。道教内丹中有「玉醴」、「醴泉」、「靈液」、「玉液」等名稱，可參證。

〔三二〕玉漿：喻毛公泉水。道教内丹中有「玉漿」一名，又稱「金漿」。曹操《氣出唱三首》（其一）：「仙人玉女，下來翱遊。驂駕六龍，飲玉漿，河水盡，不東流。」

〔三三〕大司諫：唐代諫議大夫的習稱。此指時任蘇州刺州崔璞。參（序一）注〔八二〕。

〔三四〕鈴閣：古代朝廷翰林院及地方將帥與州郡長官辦公之處，在房檐下裝飾有響鈴，謂之鈴閣，亦作「鈴閤」。《晋書》（卷三四）《羊祜傳》：「在軍常輕裘緩帶，身不被甲。鈴閤之下，侍衛者不過十數人。」李白《猛虎行》：「昨日方爲宣城客，掣鈴交通二千石。」王琦注：「唐時官署多懸鈴於外，有事報聞，則引鈴以代傳呼。」白居易《郡齋暇日辱常州陳郎中使君早春晚坐水西館書事詩十六韻見寄亦以十六韻酬之》：「衙門排曉戟，鈴閤開朝鎖。」

〔三五〕介潔性：耿介高潔的性情。《抱朴子·外篇·博喻》：「是以介潔而無政事者，非撥亂之器。」

〔三六〕掃蕩權：掃除蕩滌的威勢。《晋書》（卷六二）《劉琨傳》：「是以居于王位，以答天下，庶以克復聖主，掃蕩讎耻，豈可猥當隆極。」

〔三七〕炙背句：謂鄉野之人有在陽光下曝曬背脊的興致。此作者自言有隱逸閑適之意。野人：《左傳·僖公二十三年》：「乞食於野人，野人與之塊。」《列子·楊朱》：「故野人之所安，野人之所美，謂天下無過者。」炙背：在太陽下曬背。形容安閑的生活情趣。嵇康《與山巨源絶交書》：「野人有快炙背而美芹子者，欲獻之至尊，雖有區區之意，亦已疏矣。」《列子·楊朱篇》：「昔者宋國有田夫，常衣緼黂，僅以過冬。暨春東作，自曝於日，不知天下之有廣厦隩室，綿纊狐貉。顧謂其妻曰：『負日之暄，人莫知者，以獻吾君，將有重賞。』里之富室告之曰：『昔人有美戎菽，甘枲莖芹萍子者，對鄉豪稱之。鄉豪取而嘗之，蜇於口，慘於腹。衆哂而怨之，其人大慚。子，此類也。』」

〔三八〕侯伯憐：侯伯的喜愛。侯伯，諸侯之長。古代的州郡長官常被擬議爲諸侯王。此指蘇州刺史崔璞。《尚書·周官》：「内有百揆四岳，外有州牧侯伯。」憐，愛。《爾雅·釋詁》：「憐，愛也。」《方言》（卷一）：「憐，愛也。汝、潁之間曰憐，宋、魯之間曰牟，或曰憐。憐，通語也。」

〔三九〕飲冰：本指受命從政，爲國憂心。後世常用以喻人的清貧廉潔的操守。《莊子·人間世》：「今吾朝受命而夕飲冰，我其内熱與！吾未至乎事之情，而既有陰陽之患矣；事若不成，必有人道之患。」

〔四〇〕願受句：謂希望您能接受我獻上的一瓶毛公泉水。

縹緲峰〔一〕

頭戴華陽帽〔二〕，手拄大夏笻①〔三〕。清晨陪道侶②〔四〕，來上縹緲峰。帶露嗅藥蔓〔五〕，和雲尋鹿踪〔六〕。時驚⿰鼠可⿰鼠令鼠③〔七〕，飛上千丈松。翠碧内有室④〔八〕，叩之虚碚礐（原注：上户冬反⑤，下音隆。）〔九〕古穴下徹海〔一〇〕，視之寒鴻濛〔一一〕。遇欹有佳思〔一二〕，緣危無倦容〔一三〕。須臾到絶頂〔一四〕，似鳥穿樊籠〔一五〕。恐足蹈海日〔一六〕，疑身凌天風〔一七〕。衆岫點巨浸〔一八〕，四方接圓穹⑥〔一九〕。似將青螺髻〔二〇〕，撒在明月中〔二一〕。片白作越分⑦〔二二〕，孤嵐爲吴宫〔二三〕。一陣靉靆氣〔二四〕，隱隱生湖東⑧〔二五〕。激雷與波起〔二六〕，狂電將日紅〔二七〕。礨礨雨點大⑨〔二八〕，金髇轟下空〔二九〕。暴光隔雲閃〔三〇〕，髣髴亘天龍⑩〔三一〕。連拳百丈尾〔三二〕，下拔湖之洪〔三三〕。捽爲一雪山⑪〔三四〕，欲與昭回通〔三五〕。移時却掘下〔三六〕，細碎衡與嵩〔三七〕。神物諒不測〔三八〕，絶景尤難窮〔三九〕。杖策下反照⑫〔四〇〕，漸聞仙觀鐘⑬〔四一〕。煙波濆肌骨⑭〔四二〕，雲壑鬩心胸〔四三〕。竟死愛未足〔四四〕，當生且歡逢⑮〔四五〕。不然把天爵〔四六〕，自拜太湖公〔四七〕。（詩四八）

【校記】

①「拄」原作「柱」，據弘治本、汲古閣本、詩瘦閣本、四庫本、皮詩本、統籤本、季寫本、全唐詩本改。②「陪」詩瘦閣本作「倍」。③「⿰鼠可」原作「⿰鼠冋」，據全唐詩本改。「⿰鼠令」汲古閣本、詩瘦閣本、四庫本、皮詩本、項刻本作「⿰鼠今」。皮詩本批校：「《字典》：『⿰鼠冋音扃，斑鼠。』⿰鼠今音金。引《説文》：『鼠屬』，又引《玉篇》：『⿰鼠今，蜥蜴也。』二鼠兩物不相屬，作者豈别有所據。」④「碧」弘治本、皮詩本、項刻本、季寫本作「壁」。⑤「户」原作「音」。「音」汲古閣本、詩瘦閣本、四庫本、統籤本作「户」。全唐

詩本注：「户冬切。」據改。季寫本無此注。⑥「方」斠宋本、傅校本作「海」。⑦「片」項刻本作「月」。「越」皮詩本、季寫本作「月」。皮詩本批校：「月分，『月』字應作『越』，對下吴宫。」⑧「湖」項刻本作「河」。⑨「礊」皮詩本批校：「礊，克華切，《説文》：『堅也。』《廣韻》：『口麥切，鞭聲。』」統籤本作「擊」。⑩「髣」項刻本作「鬂」。⑪「捽」項刻本作「梓」。⑫「反」弘治本、汲古閣本、四庫本、項刻本、季寫本作「返」。⑬「鐘」原作「鍾」，據弘治本、汲古閣本、詩瘦閣本、皮詩本、項刻本、統籤本、季寫本、全唐詩本改。⑭「濆」斠宋本、弘治本、詩瘦閣本、章校本、皮詩本、項刻本、統籤本、季寫本、全唐詩本作「噴」。⑮「歡」皮詩本作「觀」。

【注釋】

〔一〕縹緲峰：太湖中包山分爲東、西洞庭山，縹緲峰在洞庭西山。朱長文《吴郡圖經續記》（卷中）：「舊傳震澤有七十二山，唯洞庭最巨耳。……陸龜蒙、皮日休有《太湖詩》二十首，如神景宫、毛公壇、縹緲峰……之類，皆在此山。」范成大《吴郡志》（卷一五）：「洞庭包山，即洞庭山也。……今洞庭山在太湖湖中，有東、西二山。西山最廣，林屋洞及諸故物悉在焉。」明袁宏道《西洞庭》（《袁宏道集箋校》卷四）：「西洞庭之山，高爲縹緲，怪爲石公，巉爲大小龍，幽爲林屋，此山之勝也。」清金友理《太湖備考》（卷五）：「西洞庭山，屬吴縣……其稱洞庭，則以湖中有金庭玉柱也。山之諸峰皆秀異，而縹緲最高。」

〔二〕華陽帽：一種道士帽。又稱華陽巾。陸龜蒙《華陽巾》：「蓮花峰下得佳名，雲褐相兼上鶴翎。

須是古壇秋霽後，静焚香炷禮寒星。」華陽，指華陽洞，是道教十大洞天之一，在今江蘇省句容縣茅山。相傳漢代三茅真君得道於此，南朝梁陶弘景也曾隱居於此，是著名的道教勝地。《梁書》（卷五一）《陶弘景傳》：「（陶弘景）於是止于句容之句曲山。……乃中山立館，自號華陽隱居。」《雲笈七籤》（卷二七）《洞天福地·十大洞天》：「第八句曲山洞，周迴一百五十里。名曰金壇華陽之洞天，在潤州句容縣，屬紫陽真人治之。」

〔三〕手拄（zhǔ）：手中拄持着。拄，支撑。大夏筇：手杖的一種，即筇竹杖，一作邛竹杖。《史記》（卷一二三）《大宛列傳》：「大夏在大宛西南二千餘里嬀水南。……（張）騫曰：『臣在大夏時，見邛竹杖、蜀布。問曰：「安得此？」大夏國人曰：「吾賈人往市之身毒。身毒在大夏東南可數千里。」』」《正義》曰：「邛都邛山出此竹，因名『邛竹』，節高實中，或寄生，可爲杖。」并參卷二（詩二八）注〔二七〕。

〔四〕道侣：學道修煉的同伴。此指學道人。

〔五〕藥蔓：藥草的藤蔓。實即指一串串的花蔓。道教認爲許多草本植物服食可以延年益壽。此句用「藥蔓」，含有此義。自晋以來，人們常常花藥并舉，此「藥」字也就有了一般性的花草的意義了。「藥蔓」猶「花蔓」。穿花成串的花蔓，古印度人作爲身上或頭上的裝飾物。《大唐西域記》（卷二）《印度總述·衣飾》：「首冠華鬘，身佩纓絡。」陶淵明《時運》：「花藥分列，林竹翳如。」岑參《暮秋會嚴京兆後廳竹齋》：「京尹小齋寬，公庭半藥欄。」「藥欄」即「花圃」。

〔六〕鹿踪：鹿活動過的踪迹。鹿與古代的隱士和道教的關係非常密切，此處即是此意。《神仙傳》（卷二）《衛叔卿》：「忽有一人乘浮雲駕白鹿，集於殿前。」又（卷十）《魯女生》：「時故人與女生別後五十年，入華山廟，逢女生騎白鹿，從後有玉女數十人。」《晋書》（卷九四）《陶炎傳》：「於長沙臨湘山中結廬居之，養一白鹿以自偶。親故有候之者，輒移渡澗水，莫得近之。」

〔七〕䶂䶅(jióng líng)鼠：班鼠。《玉篇・鼠部》：「䶂，班鼠也。」又曰：「䶅，䶂屬。」白居易《遊悟真寺詩一百三十韻》：「䶂䶅上不得，豈我能攀援？」

〔八〕翠碧句：謂碧緑色的草木遮掩着巖穴裏的窟室。漢應瑒《竦迷迭賦》：「燭白日之炎陽，承翠碧之繁柯。」

〔九〕硡礲(hóng lóng)：敲擊石頭發出的響聲。亦作「礲硡」。《玉篇・石部》：「礲，礲硡，石聲。」

〔一〇〕古穴句：舊説太湖包山下有洞穴，潛行地下，無所不通，直至大海，謂之地脉。參本卷（詩四五）注〔一五〕。

〔一一〕鴻濛：迷濛廣大貌。亦作「鴻蒙」。《莊子・在宥》：「雲將東遊，過扶摇之枝而適遭鴻蒙。」成玄英疏：「鴻蒙，元氣也。」《漢書》（卷八七上）《揚雄傳上》：「外則正南極海，邪界虞淵，鴻濛沆茫，碣以崇山。」顔師古注：「鴻濛沆茫，廣大貌。」

〔一二〕遇歇：遇到休息時。歇，《説文・欠部》：「歇，息也。」段玉裁《説文解字注》：「息者，鼻息也。息之義引伸爲休息，故歇之義引伸爲止歇。」佳思：美好的情趣。

〔一三〕緣危：攀緣險峻之處。

〔一四〕須臾：一會兒，片刻。《荀子·勸學》：「吾嘗終日而思矣，不如須臾之所學也。」絶頂：山峰最高處。沈約《早發定山》：「傾壁忽斜豎，絶頂復孤圓。」

〔一五〕樊籠：關鳥獸的籠子。陶淵明《歸園田居五首》（其一）：「久在樊籠裏，復得返自然。」

〔一六〕蹈海日：踩踏着大海上升起的太陽。李白《夢遊天姥吟留别》：「半壁見海日，空中聞天鷄。」

〔一七〕凌天風：乘着天風。天風，此指山頂高處的風。《文選》（卷二七）樂府古辭《飲馬長城窟行》：「枯桑知天風，海水知天寒。」

〔一八〕衆岫句：衆多的山峰點綴着廣闊的太湖。舊説太湖中有七十二座山峰。參本卷（詩四一）注〔三〕。并參陸廣微《吴地記》、朱長文《吴郡圖經續記》、王鏊《姑蘇志》。巨浸（jìn）：巨大的水澤。此指太湖。

〔一九〕四方句：謂東南西北四方與高遠的天空相連接。圓穹：天空。《爾雅·釋天》：「穹，蒼蒼，天也。」郭璞注：「天形穹隆，其色蒼蒼，因名云。」

〔二〇〕螺髻：喻秀美的山峰猶如女子頭上的螺形髮髻。晋崔豹《古今注·魚蟲》：「童子結髮，亦爲螺髻，亦謂其形似螺殼。」

〔二一〕明月：喻澄澈的太湖猶如巨形的明月。劉禹錫《望洞庭》：「湖光秋月兩相和，潭面無風鏡未磨。遥望洞庭山翠小，白銀盤裏一青螺。」此二句與劉詩相近。

〔二二〕越分(fèn)：越地分野，即指越地。

〔二三〕孤嵐：孤立突出在高處飄浮的山嵐。嵐，山中輕薄彌漫的霧氣。此即指山而言。應指靈巖山。吴宫：指靈巖山吴王夫差的行宫、館娃宫等。范成大《吴郡志》(卷一五)：「靈巖山，即古石鼓山，又名硯石山。……在吴縣西三十里。上有吴館娃宫、琴臺、響屧廊。……山下，平瞰太湖及洞庭兩山，滴翠叢碧，在白銀世界中，亦宇内絶景。」朱長文《吴郡圖經續記》(卷中)：「硯石山，在吴縣西二十一里。山西有石鼓，亦名石鼓山。《越絶書》云：『吴人於硯石置館娃宫。』……嘗登靈巖之巔，俯具區，瞰洞庭，烟濤浩淼，一目千里，而碧巖翠塢，點綴於蒼波之間，誠絶景也。」

〔二四〕靉靆(ài dài)：雲霧盛貌。晋潘尼《逸民吟》：「朝雲靉靆，行露未晞。」

〔二五〕隱隱：盛貌，多貌。《文選》(卷八)司馬相如《上林賦》：「沈沈隱隱，砰磅訇磕。」李善注：「隱隱，盛貌也。」

〔二六〕激雷：轟鳴聲巨大的響雷。

〔二七〕狂電：劇烈閃爍的閃電。將：與。與上句「與」字互文。張相《詩詞曲語辭匯釋》(卷三)：「將猶與也。……司空曙《早春遊望》詩：『壯將歡共去，老與悲相逐。』……以上各詩，皆將字與字互文，將猶與也。」

〔二八〕砉砉(huò huò)：此形容雨點聲。《廣韻・麥韻》：「砉，鞭聲。」

〔二九〕金髇(xiāo)：即髇，鳴鏑。銅、鐵製造的箭。轟：形容巨大的響聲。《説文・車部》：「轟，群車聲也。」此句謂大雨激起的巨大聲響，猶如鳴鏑呼嘯着在空中飛下。

〔二〇〕暴光句：謂雷電的閃光隔着雲層迸發出來。

〔二一〕髣髴句：好像是天上綿延連接起來的長龍。髣髴：約略相似的情狀。《漢書》（卷一〇〇上）《叙傳上》：「昔有學步於邯鄲者，曾未得其髣髴，又復失其故步，遂匍匐而歸耳！」天龍：天上的飛龍。劉向《新序》（卷五）《雜事》：「葉公子高好龍，鈎以寫龍，鑿以寫龍，屋室雕文以寫龍。於是天龍聞而下之，窺頭於牖，拖尾於堂，葉公見之，弃而還走。」

〔二二〕連拳：蜷曲貌。《玉篇·手部》：「拳，屈手也。」

〔二三〕下拔：從下向上提起來。湖之洪：太湖浩淼的大水。洪，大水。《説文·水部》：「洪，洚水也。」《玉篇·水部》：「洪，大也。」《説文》曰：『洚也。』」

〔二四〕捽（zuó）：抓、揪。本義爲抓住頭髮。此有攢聚之義。《説文·手部》：「捽，持頭髮也。」雪山：形容太湖上掀起的高聳如山的白浪。

〔二五〕昭回：謂星辰光耀運轉於天上。即指日月星辰而言。《詩經·大雅·雲漢》：「倬彼雲漢，昭回于天。」《毛傳》：「回，轉也。」鄭玄箋：「雲漢，謂天河也。昭，光也。倬然，天河水氣也。精光轉運於天。」

〔二六〕移時：多時，經歷了一段時間。《後漢書》（卷六四）《吴祐傳》：「後舉孝廉，將行，郡中爲祖道，祐越壇共小史雍丘黄真歡語移時，與結友而别。」掘下：屈下，平下。形容「雪山」墜落下來。「掘」通「屈」。掘下，語出《淮南子·墬形訓》：「禹乃以息土填洪水以爲名山，掘崑崙虚以下地。」高誘注：「掘，猶平也。」

〔三七〕細碎：細小瑣碎。三國吴韋昭《國語解叙》：「鄭大司農爲之訓注，解疑釋滯，昭晰可觀。至於細碎，有所闕略。」衡：衡山，古代五岳之一，在今湖南省衡陽市。《元和郡縣圖志》（卷二九）《江南道五》：「衡州衡山縣：衡山，南嶽也，一名岣嶁山，在縣西三十里。」嵩：嵩山，在今河南省登封市。參本卷（序五）注〔三七〕。

〔三八〕神物：神靈怪異之物。《周易·繫辭上》：「是故天生神物，聖人則之。」又曰：「陰陽不測之謂神。」諒不測：確實難以預測。諒，誠，信。

〔三九〕絶景：極爲美妙的景物。李白《贈僧崖公》：「昔往今來歸，絶景無不經。」

〔四〇〕杖策：拄着手杖。《莊子·讓王》：「（大王亶父）因杖策而去，民相連而從之，遂成國於岐山之下。」《文選》（卷二二）左思《招隱詩二首》（其一）：「杖策招隱士，荒塗横古今。」李善注：「魯連子曰：『連却秦軍，平原君欲封之，遂杖策而去。』《説文》曰：『杖，持也。』《方言》曰：『木細枝曰策。』」下反照：在夕陽中走下山。駱賓王《夏日遊山家同夏少府》：「返照下層岑，物外狎招尋。」

〔四一〕仙觀：道教的宫觀。此指神景宫。鐘：此指宫觀中的晚鐘。

〔四二〕濆（pēn）：噴灑。《公羊傳·昭公五年》：「濆泉者何？直泉也；直泉者何？涌泉也。」

〔四三〕雲壑：泛指自然山水。闐（tián）：填塞，充滿。

〔四四〕竟死：至死。愛未足：愛不足。極爲喜愛。

〔四五〕當生：還活着，有生之年。《列子·楊朱》：「且趣當生，奚遑死後？」

〔四六〕不然：不成。天爵：天然的爵位。《孟子·告子上》：「仁義忠信，樂善不倦，此天爵也；公卿大夫，此人爵也。」此處借用「天爵」的字面，實指酒樽。

〔四七〕太湖公：太湖的神靈。

【箋評】

「帶露嗅藥蔓」二句：幽奇。

「遇歇有佳思」二句：新。（項真評、項真刻《項氏瓶笙榭新刻皮襲美詩》卷一）

桃花塢〔一〕

夤緣度南嶺〔二〕，盡日穿林樾〔三〕。窮深到兹塢，逸興轉超忽〔四〕。塢名雖然在，不見桃花發。恐是武陵溪〔五〕，自閉仙日月〔六〕。倚峰小精舍〔七〕，當嶺殘耕垡①〔八〕。將洞任迴環②〔九〕，把雲恣披拂〔一〇〕。閑禽啼窅窱③〔一一〕，險狖眠硉矹〔一二〕。微風吹重嵐〔一三〕，碧埃輕勃勃〔一四〕。清陰減鶴睡〔一五〕，秀色治人渴〔一六〕。敲竹鬥錚摐④〔一七〕，弄泉争咽嗢〔一八〕。空齋蒸柏葉〔一九〕，野飯調石髮〔二〇〕。空羨塢中人〔二一〕，終身無履襪〔二二〕。（詩四九）

【校記】

①「垈」項刻本作「岱」。　②「將」傳校本作「採」。　③「⿱穴可」原作「叫」，據斠宋本、盧校本、項刻本改。　④「⿰扌從」項刻本作「樅」。

【注釋】

〔一〕桃花塢：在太湖洞庭西山。朱長文《吴郡圖經續記》（卷中）：「舊傳震澤有七十二山，唯洞庭最巨耳。……陸龜蒙、皮日休有《太湖詩》二十篇，如神景宫……桃花塢……之類，皆在此山。」塢：村塢，山坳中的村莊。《後漢書》（卷二四）《馬援傳》：「援奏爲置長吏，繕城郭，起塢候，開導水田，勸以耕牧，郡中樂業。」李賢注：「《字林》曰：『塢，小障也。一曰小城。』」

〔二〕夤（yín）緣：攀援。《文選》（卷五）左思《吴都賦》：「夤緣山嶽之岊，冪歷江海之流。」劉逵注：「夤緣，布藤上貌。」

〔三〕盡日：終日，整天。林樾（yuè）：林蔭。樾，樹木之間枝杈互相交錯。《玉篇·木部》：「樾，楚謂兩樹交陰之下曰樾。」

〔四〕逸興：超逸高揚的興致。晋湛方生《風賦》（《藝文類聚》卷一）曰：「軒濠梁之逸興，暢方外之冥適。」李白《陪侍御叔華登樓歌》：「俱懷逸興壯思飛，欲上青天攬明月。」轉：浸，更加。參劉淇《助字辨略》（卷三）。超忽：遥遠貌。《文選》（卷五九）王**屮**《頭陀寺碑文》：「東望平皋，千里超忽。」吕向注：「超忽，遠貌。」

〔五〕武陵溪：陶淵明《桃花源記》：「晋太元中，武陵人捕魚爲業，緣溪行，忘路之遠近。忽逢桃花林，夾岸數百步，中無雜樹，芳草鮮美，落英繽紛。」武陵溪即桃花源，此處比擬桃花塢。

〔六〕自閉句：謂桃花源中人與外界隔絶，過着仙人般的生活。亦用以比擬桃花塢中人。陶淵明《桃花源記》：「（桃花源人）自云先世避秦時亂，率妻子邑人來此絶境，不復出焉，遂與外人間隔。問今是何世，乃不知有漢，無論魏、晋。」

〔七〕精舍：此處指山中人家的民居，非指佛寺。

〔八〕耕垡（fá）：耕種過的田地。垡，翻耕的土塊。

〔九〕將洞：順着洞。迴環：來迴環繞。《文選》（卷二二）顔延之《應詔觀北湖田收》：「飛奔互流綴，緹彀代迴環。」李周翰注：「迴環，周行也。」

〔一〇〕把雲：對雲。披拂：飄動。《莊子·天運》：「風起北方，一西一東，有上彷徨，孰嘘吸是？孰居無事而披拂是？」成玄英疏：「披拂，猶扇動也。」

〔一一〕閑禽：安閑自在的禽鳥。窅窱（yǎo tiǎo）：同「窈窕」，美好宛轉。鄭嵎《津陽門詩》：「迎娘歌喉玉窅窱，蠻兒舞帶金葳蕤。」形容聲音的美妙。

〔一二〕險狖（yòu）：善於攀緣險峻山崖的猴子。狖，長尾猿。硉矹（lù wù）：崖石高聳突兀貌。《玉篇·石部》：「硉，硉矹，危石。」

〔一三〕重（chóng）嵐：山間彌漫的霧氣。

〔一四〕碧埃：碧緑的塵埃。喻山間彌漫的霧氣猶如塵埃。因其呈淡緑色，故云。參卷二（詩一六）注〔九〕。勃勃：盛貌。揚雄《法言·淵騫》：「攀龍鱗，附鳳翼，巽以揚之，勃勃乎其不可及也。」

〔一五〕清陰：清涼的樹蔭。陶淵明《歸鳥》：「顧儔相鳴，景庇清陰。」鶴睡：此寫鶴因清涼而睡眠減少的狀態。

〔一六〕秀色句：謂秀美的景色可以治療人的口渴。張衡《七辯》：「淑性窈窕，秀色美艷。」陸機《日出東南隅行》：「鮮膚一何潤，秀色若可餐。」

〔一七〕錚摐（zhēng chuāng）：象聲詞。金屬碰撞聲。此指敲竹發出的響聲。

〔一八〕弄泉：戲玩泉水。咽嗢（yān wà）：吞飲。一作「嗢咽」。

〔一九〕蒸：「蒸」是道家制作丹藥的重要方法。參《抱朴子·内篇·金丹》。此指蒸柏葉制作柏葉酒。柏葉：柏樹葉，古人制作柏葉酒，服用以冀延年。《漢武内傳》（《藝文類聚》卷八八引）：「藥有松柏之膏，服之可延年。」南朝梁宗懍《荆楚歲時記》：「正月一日是三元之日也。……進椒、柏酒。」《初學記》（卷四）《元日》：「《四民月令》曰：『椒是玉衡星精，服之令人身輕能走。柏是仙藥。』」孟浩然《歲除夜會樂城張少府宅》：「舊曲《梅花》唱，新正柏酒傳。」孟郊《宇文秀才齋中海柳咏》：「飲柏泛仙味，咏蘭擬古詞。」

〔二〇〕石髮：生於水邊石上的苔藻。《爾雅·釋草》：「藫，石衣。」郭璞注：「水苔也，一名石髮，江東食之。或曰藫葉似薤而大，生水底，亦可食。」周處《風土記》（《初學記》卷二七）曰：「石髮，水苔也，青綠色，皆生於石也。」

〔二二〕空羨：徒羨。此有只能羨慕之義。那是因爲自己做不到的緣故。

〔二三〕無履襪（wà）：謂不穿鞋襪。其意謂不受任何束縛。

【箋評】「清陰減鶴睡」二句：飛花落澗，清琴鳴陰。（項真評、項真刻《項氏瓶笙樹新刻皮襲美詩》卷一）

明月灣〔一〕

曉景澹無際①，孤舟恣迴環〔二〕。試問最幽處〔三〕，號爲明月灣②。半巖翡翠巢〔四〕，望見不可攀。柳弱下絲網〔五〕，藤深垂花鬘〔六〕。松癭忽似狖〔七〕，石文或如戲③〔八〕。釣壇兩三處④，苔老腥斒斑⑤〔九〕。沙雨幾處霽〔一〇〕，水禽相向閑⑥。野人波濤上〔一一〕，白屋幽深間〔一二〕。曉培橘栽去⑦〔一三〕，暮作魚梁還⑧〔一四〕。清泉出石砌〔一五〕，好樹臨柴關〔一六〕。對此老且死，不知憂與患。好境無處住〔一七〕，好處無境删〔一八〕。赧然不自適〔一九〕，脉脉當湖山〔二〇〕。（詩五〇）

【校記】

①「曉」項刻本作「晚」。②「號」原作「号」，據各本改。③「戲」項刻本作「戔」。④「壇」斠宋本作「臺」。⑤「媥」皮詩本、季寫本作「媥」。「斑」原作「班」，據斠宋本、弘治本、詩瘦閣本、四庫本、皮詩本、統籤本、季寫本、全唐詩本改。⑥「閑」季寫本作「間」。⑦「培」斠宋本、盧校本作「掊」。「去」盧校本作「出」。⑧「暮」詩瘦閣本作「莫」，實即「暮」的古字。

【注釋】

〔一〕明月灣：在太湖洞庭西山。朱長文《吴郡圖經續記》（卷中）：「包山，在震澤中。……陸龜蒙、皮日休有《太湖詩》二十篇，如……明月灣……之類，皆在此山。」范成大《吴郡志》（卷一八）：「明月灣，在太湖洞庭山下。」清金友理《太湖備考》（卷六）：「明月灣，在西山石公山西二里。《蘇州府志》：『吴王玩月於此。』《洞庭記》：『湖堤環抱，形如新月，故名。』俗稱明灣，有大明灣、小明灣之分。」

〔二〕恣：任意。迴環：參本卷（詩四九）注〔九〕。

〔三〕試問：且問，嘗試言之。

〔四〕翡翠巢：翡翠鳥的巢穴。翡翠，鳥名。參卷一（詩一〇）注〔一六〕。

〔五〕絲網：此謂細長柔軟的柳枝，猶如細密如絲的網。

〔六〕花鬘（mán）：佩戴在人的身上的花串，古印度人尤以這一裝束爲特色。此指山間連綴成片的藤類植物上的花朵。《西陽雜俎》（前集卷三）《貝編》：「天女九退相：一皮緩，二頭花散落，……九髮散粗澀。又唇動不止，瓔珞、花鬘皆重。」

〔七〕松癭（yǐng）：松樹幹上隆起像瘤的部分。《説文·疒部》：「癭，頸瘤也。」忽：忽然，突然間。狖：參本卷（詩四九）注〔三〕。

〔八〕石文：即石紋，石頭在長期的自然環境下形成的斑紋。虥（zhàn）：淺毛虎。《爾雅·釋獸》：「虎竊毛，謂之虥猫。」郭璞注：「竊，淺也。」《説文·虎部》：「虥，虎竊毛，謂之虥苗。竊，淺也。」段玉裁《説文解字注》：「苗，今之猫字。許書以苗爲猫也。」

〔九〕斒（bān）斑：顔色駁雜多彩。此句謂青苔很多，色彩斑駁，發出腥味。

〔一〇〕沙雨：稀稀疏疏的雨點。

〔一一〕野人：鄉野之人。此指太湖中包山的山民。《論語·先進》：「先進於禮樂，野人也；後進於禮樂，君子也。」

〔一二〕白屋：古代普通百姓以白茅覆蓋屋頂的草屋。《漢書》（卷九九上）《王莽傳上》：「開門延士，下及白屋。」顔師古注：「白屋，謂庶人以白茅覆屋者也。」幽深：幽邃静僻。《周易·繫辭上》：「其受命也如嚮，無有遠近幽深，遂知來物。」《文選》（卷二九）張翰《雜詩》：「延頸無良塗，頓足托幽深。」李善注：「吴季重《與曹丕書》曰：『雖云幽深，視險若夷。』」

〔一三〕橘栽：移植栽培橘樹。古人説種橘樹要常年耘草培土，并常要移栽。太湖包山盛産柑橘，故詩云。葉夢得《避暑録話》(卷四):「今吴中橘,亦惟洞庭東、西兩山最盛,他處好事者園圃僅有之,不若洞庭人以爲業也。凡橘一畝比田一畝利數倍,而培治之功亦數倍於田。橘下之土幾於用篩,未嘗少以瓦甓雜之。田自種至刈,不過一二耘,而橘終歲耘無時,不使見纖草。地必面南,爲屬級次第使受日。每歲大寒,則於上風焚糞壤以温之。『吾不如老圃』,信有之矣。」

〔一四〕魚梁:一種捕魚的設施。以土、石攔截水流,而在所預留的缺口處安放竹籠(所謂「笱」)以捕魚。《詩經·邶風·谷風》:「毋逝我梁,毋發我笱。」《毛傳》:「梁,魚梁。笱,所以捕魚也。」

〔一五〕石砌:山間壘石而成的臺階。

〔一六〕柴關:柴門。指茅屋。劉長卿《送鄭十二還廬山别業》:「潯陽數畝宅,歸卧掩柴關。」

〔一七〕好境:美好的境界。住:居住。

〔一八〕好處:美好的處所。

〔一九〕赧(nǎn)然:因羞愧而臉紅。《孟子·滕文公下》:「子路曰:『未同而言,觀其色赧赧然,非由之所知也。』」《方言》(卷二):「赧,愧也。秦、晋之間,凡愧而見上謂之赧。」郭璞注:「《小雅》曰:『面赤愧曰赧。』」自適:自在,悠閑自得。《莊子·駢拇》:「夫適人之適而不自適其適,雖盗跖與伯夷,是同爲淫僻也。」

〔二〇〕脉脉:含情凝視貌。《漢書》(卷六五)《東方朔傳》:「跂跂脉脉善緣壁,是非守宫即蜥蜴。」顔師古注:「脉脉,視貌也。」《文選》(卷二九)《古詩十九首》(迢迢牽牛星):「盈盈一水間,脉脉不得語。」李善注：「《爾雅》曰：『脉，相視也。』郭璞曰：『脉脉，謂相視貌也。』」當湖山：面對着湖光山色。

【箋評】

「曉景澹無際」：淡。

「清泉出石砌」二句：清且漣兮。

「好景無處住」二句：奇絶妙絶。（項真評、項真刻《項氏瓶笙榭新刻皮襲美詩》卷一）

皮襲美《明月灣》詩：「松瘿忽似狖，石文或如虓。」《爾雅》：「虓，猫，食虎豹。」郭璞注曰：「即師子也。」（宋長白《柳亭詩話》卷二十六《虓彪》）

練瀆（原注：吴王所開）〔一〕

吴王厭得國〔二〕，所玩終不足。一上姑蘇臺〔三〕，猶自嫌局促〔四〕。艅艎六宫鬧〔五〕，艨衝後軍肅〔六〕。一陣水麝風〔七〕，空中蕩平渌〔八〕。鳥困避錦帆〔九〕，龍跧防鐵軸〔一〇〕。流蘇惹煙浪〔一一〕，羽葆飄巖谷〔一二〕。靈境太蹂踐〔一三〕，因兹塞林屋〔一四〕。空闊嫌太湖〔一五〕，崎嶇開練瀆。三尋鑿石齒〔一六〕，數里穿山腹。底静似金膏〔一七〕，礫碎如丹粟〔一八〕。波殿鄭妲醉〔一九〕，蟾閣西施宿〔二〇〕。幾轉含煙舟〔二一〕，一唱來雲曲〔二二〕。不知欄楯上①〔二三〕，夜有越人鏃〔二四〕。君王掩面死〔二五〕，嬪御不敢哭〔二六〕。艶魄逐波濤〔二七〕，荒宫養麋鹿〔二八〕。國破溝亦淺〔二九〕，代變草空緑②〔三〇〕。

白鳥都不知〔三二〕，朝眠還暮浴③。　（詩五一）

【校記】

①「知」統籤本作「如」。「欄」全唐詩本作「闌」。②「空」項刻本作「常」。③「暮」詩瘦閣本作「莫」，「莫」即「暮」的古字。

【注釋】

〔一〕練瀆：范成大《吴郡志》（卷一八）：「練瀆，在太湖。舊傳吴王所開，以練兵。」朱長文《吴郡圖經續記》（卷下）：「洞庭，亦多吴時舊迹。所謂練瀆者，練兵之所也。」清金友理《太湖備考》（卷六）：「練瀆，《震澤編》：『在西山鴻鶴山西二里，南入平湖，北通官瀆，舊傳吴王開以練兵。』《洞庭記》：『水潔白如練，故名。』」吴王：指春秋吴國國君夫差（？—前四七三），吴王闔閭之子。被越王勾踐打敗，自殺，吴國亦亡。生平事迹參《吴越春秋》（卷五）《夫差内傳》、《史記》（卷三一）《吴太伯世家》。

〔二〕厭：飽，滿足。此有驕矜奢侈之意。

〔三〕姑蘇臺：在今江蘇省蘇州市吴縣西南姑蘇山上。姑蘇山又名姑胥山，故姑蘇臺又名姑胥臺、胥臺。《吴越春秋》（卷九）《勾踐陰謀外傳》：「（闔閭）起姑蘇之臺，三年聚材，五年乃成，高見二百里。」陸廣微《吴地記》曰：「姑蘇臺在吴縣西南三十五里，闔閭造，經營九年始成。其臺高三百丈，望見三百里外，作九曲路以登之。」《吴地記》（《藝文類聚》卷六二）曰：「吴王闔閭十一年，起臺於姑蘇山，因山爲名。西南去國三十五里。春夏遊焉。後夫差復高而飾之。越伐吴，遂見焚。太史公云：『余登姑蘇，望五湖。』五湖去此臺二十餘里。」

〔四〕局促：卑小狹窄。三國魏阮籍《亢父賦》：「亢父者，九州之窮地，先代之幽墟者也。故其城郭卑小局促，危隘不遐。」

〔五〕艅艎（yú huáng）：吴王夫差所乘大船名。亦作「餘皇」、「艅艎」、「艅艎」。《左傳·昭公十七年》：「楚師繼之，大敗吴師，獲其乘舟餘皇。」杜預注：「餘皇，舟名。」《文選》（卷一二）郭璞《江賦》：「漂飛雲，運艅艎。」李善注：「《左氏傳》曰：『楚敗吴師，獲其乘舟艅艎。』杜預曰：『艅艎，舟名也。』」六宫：古代皇后的寢宫，即正寢一，燕寢五，合稱六宫。後總稱後宫，泛指妃嬪的居處。《禮記·昏義》：「古者天子后立六宫，三夫人，九嬪，二十七世婦，八十一御妻，以聽天下之内治，以明章婦順，故天下内和而家理。」

〔六〕艨衝（méng chōng）：古代的一種戰船。《釋名·釋船》：「狹而長曰艨衝，以衝突敵船也。」後軍：殿後的軍隊。古代軍隊分三軍，有前軍、中軍、後軍，或上軍、中軍、下軍之分。

〔七〕水麝：麝香的一種。此泛指香味。水麝風：謂隨風飄來的香氣。《酉陽雜俎》（《本草綱目》卷五一《麝集解》引）：「水麝臍中皆水，瀝一滴於斗水中，因灑衣服，其香不歇。」此句所寫當指吴王夫差與西施等人在姑蘇臺的「水嬉」。南朝梁任昉《述異記·姑蘇臺》（《説郛》三種本）：「吴王夫差築姑蘇之臺，三年乃成，周旋詰曲，横亘五里，崇飾土木，殫耗人力。宫妓數千人。

上別立春宵宫，爲長夜之飲，造千石酒鍾。夫差作天池，池中造青龍舟，舟中盛陳妓樂，日與西施爲水嬉。吴王於宫中作海靈館、館娃閣，銅溝玉檻。宫之楹檻，珠玉飾之。」

〔八〕平渌（lù）：清澈的水。渌，水清。《玉篇·水部》：「渌，《説文》與『漉』同。又音緑，水也。」

〔九〕錦帆：宫錦制作的船帆。指其華麗貴重。此句謂吴王所乘龍舟的隊伍盛大，連鳥兒要避開它都感到飛得困倦。

〔一〇〕龍跧（quán）：龍身蜷伏。鐵軸：指戰船。軸指劃船的槳。庾信《哀江南賦》：「蒼鷹赤雀，鐵軸牙檣。」倪璠注：「皆戰艦也。……郭璞《方言》曰：『今江東人呼柂爲軸』。」此句謂戰艦衝撞，連水中的龍也蜷曲身體躲避它。

〔一一〕流蘇：古代旗幟、車馬的帷帳等下方穗狀的裝飾物。多用羽毛或絲綫製成。《文選》（卷三）張衡《東京賦》：「駙承華之蒲梢，飛流蘇之騷殺。」李善注：「流蘇，五采毛雜之，以爲馬飾而垂之。《續漢書》曰：『駙馬赤珥流蘇。』摯虞《决疑要注》曰：『凡下垂爲蘇。』」煙浪：霧氣彌漫的波浪。

〔一二〕羽葆：以鳥羽聯綴而成裝飾於旗幟上，即古代帝王的鹵簿。《漢書》（卷七六）《韓延壽傳》：「建幢棨，植羽葆。」顔師古注：「羽葆，聚翟尾爲之，亦今纛之類也。」

〔一三〕靈境：神靈奇異的境界，指太湖的山水而言。蹂踐：踐踏、踩踏。《史記》（卷七）《項羽本紀》：「王翳取其頭，餘騎相蹂踐争項王，相殺者數十人。」

〔一四〕林屋：林屋洞。参本卷（詩四三）注〔一〕。

〔一五〕空闊句：謂嫌太湖太小，不够廣闊。

〔一六〕三尋：指練瀆水的深度。古代以八尺爲尋。齾（yà）：缺齒。《説文·齒部》：「齾，缺齒也。」此作動詞，鑿開石齒。石齒：此指凸凹不平的齒狀石頭。

〔一七〕底静：安定平静。金膏：玉膏。《穆天子傳》（卷一）：「天子之寶，玉果、璇珠、燭銀、黄金之膏。」郭璞注：「金膏，亦猶玉膏，皆其精汋也。」古人磨鏡用金膏，此喻練瀆水平静如鏡。王度《古鏡記》：「但以金膏塗之，珠粉拭之，舉以照日，必影徹墻壁。」白居易《百煉鏡》：「瓊粉金膏磨瑩已，化爲一片秋潭水。」

〔一八〕礫碎：細碎的小石頭。丹粟：紅色的穀子。此喻細小的石頭。

〔一九〕波殿：水上宫殿。指吴王夫差的龍舟。鄭妲（dá）：春秋時越國美女，與西施同爲苧蘿山鬻薪者之女，又同被越王勾踐進於吴王夫差。《吴越春秋》（卷九）《勾踐陰謀外傳》：「十二年，越王謂大夫種曰：『孤聞吴王淫而好色，惑亂沉湎，不領政事。因此而謀，可乎？』種曰：『可破。夫吴王淫而好色，宰嚭佞以曳心，往獻美女，其必受之。惟王選擇美女二人而進之。』越王曰：『善。』乃使相者國中，得苧蘿山鬻薪之女，曰西施、鄭旦，飾以羅縠，教以容步，習於土城，臨於都巷，三年學服而獻於吴。」

〔二〇〕蟾閣：月閣。古代神話傳説月中有蟾蜍，後因以代稱月。《酉陽雜俎》（前集卷一）《天咫》：

「舊言月中有桂，有蟾蜍。」此應指館娃宫。此宫係吴王夫差爲西施建造，在今江蘇省蘇州市西南靈巖山上，靈巖寺即其舊址。《文選》（卷五）左思《吴都賦》：「幸乎館娃之宫，張女樂而娱群臣。」劉逵注：「吴俗謂好女爲娃。揚雄《方言》曰：『吴有館娃宫』。」《方言》（卷二）：「娃，美也。吴、楚、衡、淮之間曰娃，……故吴有館娃之宫。」陸廣微《吴地記》：「花山，在吴縣西三十里。……東二里有館娃宫。吴人呼西施作娃。夫差置。今靈巖山是也。」西施：參本詩注〔一九〕。

〔一二〕幾轉句：謂夫差與西施等在船上盡情游樂。幾轉：謂船行駛轉動，反復迴環地泛舟水上。含烟舟：籠罩在烟霧迷濛中的船。

〔一三〕來雲曲：應指《白雲謡》。古代神話傳説，西王母在崑崙山瑶池上爲宴别周穆王所歌。《穆天子傳》（卷三）「天子觴西王母于瑶池之上。西王母爲天子謡曰：『白雲在天，山陵自出。道里悠遠，山川間之。將子無死，尚能復來。』」

〔一三〕欄楯（shǔn）：欄杆的横木，即指欄杆。參卷一（詩一〇）注〔一五〕。

〔一四〕夜有句：謂越王勾踐夜間攻吴，趁其不備，打敗了吴國。鏃：箭頭的金屬部分，即指箭。《吴越春秋》（卷一〇）《勾賤伐吴外傳》：「（越王勾踐）於夜半，使左軍涉江，鳴鼓中水，以待吴發。吴師聞之，中大駭。相謂曰：『今越軍分爲二師，將以使攻我衆。』亦即以夜暗，中分其師，以圍越。越王陰使左右軍與吴望戰，以大鼓相聞。潛伏其私卒六千人，銜枚不鼓，攻吴，吴師大敗。」

〔二五〕君王：指吴王夫差。掩面：遮住臉以示羞愧悲傷。《史記》（卷三一）《吴太伯世家》：「二十三年十一月丁卯，越敗吴。越王勾踐欲遷吴王夫差於甬東，予百家居之。吴王曰：『孤老矣，不能事君王也。吾悔不用子胥之言，自令陷此。』遂自剄死。」《吴越春秋》（卷五）《夫差内傳》：「（吴王夫差）乃引劍而伏之死。……吴王臨欲伏劍，顧謂左右曰：『吾生既慚，死亦愧矣。使死者有知，吾羞前君地下，不忍睹忠臣伍子胥及公孫聖。使其無知，吾負於生。死必連繄組以罩吾目，恐其不蔽，願復重羅綉三幅，以爲掩明。生不昭我，死勿見我形。吾何可哉！』」

〔二六〕嬪（pín）御：古代帝王的後宫宫女。《左傳·哀公元年》：「今聞夫差次有臺榭陂池焉，宿有妃嬙嬪御焉。」杜預注：「妃嬙，貴者；嬪御，賤者，皆内官。」

〔二七〕艷魄：美女的魂魄。指上句所云「嬪御」。逐波濤：指吴宫宫女被殺死後拋尸水中，即所謂水葬。猶伍子胥被殺後棄尸湖中，形成子胥濤。當時吴國當有水葬的習俗。參本書卷七（詩四三一）：「不知水葬知何處，溪月彎彎欲效嚬。」

〔二八〕荒宫句：謂吴國滅亡後，夫差的宫殿一片荒凉，成爲麋鹿出没之處。《越絶書》（卷五）《越絶請糴内傳》：「君王胡不覽觀夫武王之伐紂也？今不出數年，鹿豕游於姑胥之臺矣。」《漢書》（卷四五）《伍被傳》：「昔子胥諫吴王，吴王不用，乃曰：『臣今見麋鹿游姑蘇之臺也。』」

〔二九〕國破句：謂吴國滅亡後，練瀆也因此廢棄而淤塞了。溝：溝瀆，即指練瀆。

〔三〇〕代變句：謂世代轉變了，只有緑草年年生長。「空」字表現感慨之情。杜甫《蜀相》：「映階碧草自春色，隔葉黄鸝空好音。」

〔三一〕白鳥：白鷺。《詩經·大雅·靈臺》：「麀鹿濯濯，白鳥翯翯。」《爾雅·釋鳥》：「鷺，舂鉏。」郭璞注：「白鷺也。頭、翅、背上皆有長翰毛，今江東以取爲睫欀，名之曰白鷺。」《太平御覽》（卷九二五）引《毛詩義疏》：「鷺，水鳥，好白而潔，故謂之白鳥。齊、魯之間謂之舂鉏，遼東、樂浪、吴、楊人皆云白鷺。大小如鷗，青脚，高尺七八寸，解指，尾如鷹尾，喙長三寸，頂上有毛十數枚，長尺餘，毵毵然衆毛異，甚好。」

【箋評】

「白鳥都不知」二句：感慨。（項真評、項真刻《項氏瓶笙榭新刻皮襲美詩》卷一）

投龍潭（原注：在龜山。）〔一〕

龜山下最深，惡氣何洋溢〔二〕。涎水爆龍巢①〔三〕，腥風卷蛟室〔四〕。曉來林岑静〔五〕，獰色如怒日〔六〕。氣涌撲炱煤②〔七〕，波澄掃純漆〔八〕。下有水君府〔九〕，貝闕光櫛比③〔一〇〕。左右列介臣〔一一〕，縱横守鱗卒〔一二〕。月中珠母見〔一三〕，煙際楓人出④〔一四〕。生犀不敢燒〔一五〕，水怪恐摧踤⑤〔一六〕。時有慕道者〔一七〕，作彼投龍術〔一八〕。端嚴持碧簡〔一九〕，齋戒揮紫筆⑥〔二〇〕。兼以金蜿蜒〔二一〕，投之光焌律〔二二〕。琴高坐赤鯉〔二三〕，何許縱仙逸〔二四〕。我願與之遊，兹焉托靈

質〔二五〕。　（詩五二一）

【校記】

①「水」原作「木」，據全唐詩本改。「爆」蔛宋本作「暴」，詩瘦閣本、全唐詩本作「瀑」。②皮詩本批校：「『炱』音臺。『炱煤』，烟塵也。」③「光」原作「先」，據弘治本、汲古閣本、詩瘦閣本、四庫本、項刻本、統籤本、季寫本、全唐詩本改。「櫛比」蔛宋本、詩瘦閣本、李校本、全唐詩本作「比櫛」，李校本并眉批：「『櫛比』，影宋本亦誤倒。」④「楓」項刻本作「猦」。⑤「踤」蔛宋本、全唐詩本作「捽」。⑥「齋」弘治本作「齊」。

【注釋】

〔一〕投龍潭：在太湖洞庭西山。朱長文《吴郡圖經續記》（卷中）：「包山，在震澤中……舊傳震澤有七十二山，唯洞庭最巨耳。……陸龜蒙、皮日休有《太湖詩》二十篇，如……投龍潭……之類，皆在此山。」范成大《吴郡志》（卷一八）：「投龍潭，在龜山。」金友理《太湖備考》（卷五）：「龜山，在西山之東。亦產石。按，今漲接西山，中間止隔一港，俗稱龜山港。」又（卷六）云：「投龍潭，在龜山下。《林屋記遺》：『嘉定初，民於山下采藻，獲吴越王所投金龍、玉簡。簡以銀製，長九寸，篆文隱起，皆以朱漆填鈒。題云：「太歲壬戌」，時宋建隆二年也。』《震澤編》：『在林屋洞之側。唐時歲遣使投龍醮祭，至吴越王尤謹。』」所投之龍，當是佛教中所謂「惡龍」、「毒龍」。佛教本生故事，佛曾作大力毒龍，爲害衆生。後來受戒出家，忍受被獵人剥皮，小蟲食肉之苦，最終成佛。參《智度論》（卷一四）。王維《過香積寺》：「薄暮空潭曲，安禪制毒龍。」

〔二〕惡氣：邪惡之氣。洋溢：充滿。《文選》（卷九）揚雄《長楊賦》：「英華沈浮，洋溢八區。」

〔三〕涎水：口水。指龍涎。爆：噴發；落下。《玉篇·火部》：「爆，爆落也。」龍巢：龍的巢穴。即謂上有懸瀑下有深潭的龍湫。

〔四〕腥風：腥臭之風。蛟室：古代傳説中海底蛟人的居室。《新輯搜神記》（卷二八）：「南海之外有鮫人，水居如魚，不廢績織。」

〔五〕林岑（cén）：山林。

〔六〕獰色：凶狠狂怒貌。

〔七〕炱（tái）煤：烟火凝結而成的黑灰。《吕氏春秋·任數》：「嚮者煤炱入甑中，棄食不祥，（顔）回攫而飯之。」高誘注：「煤炱，烟塵也。」撲：拍打，拂拭。

〔八〕純漆：純厚的漆。此形容碧緑的湖水。

〔九〕水君府：水君的府第。水君，河神魚伯名。崔豹《古今注·魚蟲》：「水君，狀如人乘馬，衆魚皆導從之。一名魚伯。大水乃有之。漢末，有人于河際見之。」

〔一〇〕貝闕：以紫貝爲飾的宫闕。即上句所云水君府。《楚辭·九歌·河伯》：「魚鱗屋兮龍堂，紫貝闕兮朱宫。」光櫛比：像排列着的梳篦齒般密密麻麻，光芒閃耀。《詩經·周頌·良耜》：

「其崇如墉，其比如櫛。」

〔一一〕介臣：介胄之臣，身披鎧甲的侍衛者。

〔一二〕鱗卒：水中鱗類動物的士卒，指水君魚伯的守衛者。

〔一三〕珠母：能産珍珠的蚌。蔡絛《鐵圍山叢談》（卷五）：「俗言珠母者，謂蚌也。」見：同「現」，出現，顯露。

〔一四〕楓人：楓樹上生長的癭瘤，因似人形，故云。晋嵇含《南方草木狀》（卷中）《楓人》條：「五嶺之間多楓木，歲久則生癭瘤。一夕遇暴雷驟雨，其樹贅暗長三五尺，謂之楓人。越巫取之作術，有通神之驗。取之不以法，則能化去。」

〔一五〕生犀句：謂不敢學温嶠燃犀牛角照耀水下怪物。《晋書》（卷六七）《温嶠傳》：「（温嶠）至牛渚磯，水深不可測。世云其下多怪物，嶠遂燬犀角而照之。須臾，見水族覆火，奇形異狀，或乘車馬著赤衣者。嶠其夜夢人謂己曰：『與君幽明道別，何意相照也？』意甚惡之。嶠先有齒疾，至是拔之，因中風，至鎮未旬而卒，時年四十二。江州士庶聞之，莫不相顧而泣。」

〔一六〕水怪：水中怪物。參上條注。摧踤（zú）：衝撞，摧折。《説文·足部》：「踤，觸也。」《文選》（卷五）左思《吴都賦》：「衝踤而斷筋骨。」

〔一七〕慕道者：敬慕道家法術的人。

〔一八〕投龍術：制作龍形的器物投入潭中，驅趕惡龍，以祈求消灾禳禍的靈驗。《洛陽伽藍記》（卷五）《聞義里》：「登葱嶺山，復西行三日，至鉢盂城，三日至不可依山，其處甚寒，冬夏積雪。山中有池，毒龍居之。昔有商人止宿池側，值龍忿怒，咒煞商人。盤陀王聞之，捨位與子，向烏場國學婆羅門咒。四年之中，得其術。還復王位，復咒池龍，龍變爲人，悔過向王。」

〔一九〕端嚴：端正嚴肅。漢應劭《風俗通義》（卷五）《十反》（宗正南陽劉祖奉）：「太守公孫慶當祠章陵，舊俗常以衣冠子孫，容止端嚴，學問通覽，任顧問者，以爲御史。」碧簡：青簡，寫在竹簡上的文字，此指道教典籍。孟郊《送李尊師玄》：「口誦碧簡文，身是青霞君。」

〔二〇〕齋戒：古人在祭祀或佛、道祈禱前，要沐浴更衣以及戒斷葷腥等，謂之齋戒。《孟子·離婁下》：「雖有惡人，齊戒沐浴，則可以祀上帝。」紫筆：道教徒的青詞，是用紫硃筆書寫的，故云。參本卷（詩四二）注〔三五〕。

〔二一〕金蜿蜒：指金龍，用銅制作。蜿蜒：常用以形容龍蛇的爬行騰飛貌。此即用以喻龍。司馬相如《大人賦》：「駕應龍象輿之蠖略逶麗兮，驂赤螭青虬之蚴蟉蜿蜒。」

〔二二〕焌（jùn）律：閃爍。《説文·火部》：「焌，然火也。」

〔二三〕琴高：古代傳説中的仙人。善鼓琴，最終乘赤鯉仙去。《列仙傳》（卷上）：「琴高者，趙人也。以鼓琴爲宋康王舍人。行涓、彭之術，浮游冀州、涿郡之間。二百餘年後，辭入涿水中，取龍子，與諸弟子期曰：『皆潔齋待於水傍，設祠。』果乘赤鯉來出坐祠中。且有萬人觀之。留一月餘，復入水去。」唐人傳説，琴高乃在蘇州乘鯉魚成仙，故詩涉及。唐陸廣微《吴地記》：「乘魚橋在交讓瀆，郡人丁法海與琴高友善。高世隱不仕，共營東皋之田。時歲大稔，二人共行田畔，忽見一大鯉魚，長可丈餘，一角兩足雙翼，舞於高田。法海試上魚背，靜然不動，良久遂下。請高登魚背，魚乃舉翼飛騰，衝天而去。」

〔二四〕何許：如何，何時。仙逸：仙去，成仙。

〔二五〕茲焉：此處。靈質：美好的資質。指神仙。

孤園寺（原注：梁散騎常侍吴猛宅。）〔一〕

艇子小且兀〔二〕，緣湖蕩白芷〔三〕。縈紆泊一碕〔四〕，宛到孤園寺〔五〕。蘿島凝清陰〔六〕，松門湛虛翠〔七〕。寒泉飛碧螭〔八〕，古木鬥蒼兕〔九〕。鍾梵在水魄①〔一〇〕，樓臺入雲肆〔一一〕。巖邊足鳴鼜②〔一二〕，樹杪多飛鸓③〔一三〕。香莎滿院落〔一四〕，風泛金靃靡〔一五〕。靜鶴啄柏蠹〔一六〕，閑猱弄榲⿰虫奇④〔一七〕。小殿薰陸香⑤〔一八〕，古經貝多紙⑥〔一九〕。老僧方瞑坐〔二〇〕，見客還强起。指茲正險絶，何以來到此。先言洞壑數，次話真如理〔二一〕。磬韻醒閑心〔二二〕，茶香凝皓齒〔二三〕。巾之劫貝布⑦〔二四〕，饌以旃檀餌⑧〔二五〕。數刻得清淨〔二六〕，終身欲依止⑨〔二七〕。可憐陶侍讀〔二八〕，身列丹臺位⑩〔二九〕。雅號曰勝力〔三〇〕，亦聞師佛氏〔三一〕（原注：陶隱居常夢見佛像謂己曰⑪：「爾當七地大王，號曰勝力也。」⑫〔三二〕）。今日到孤園，何妨稱弟子〔三三〕。

（詩五三二）

【校記】

①「鍾」弘治本、汲古閣本、詩瘦閣本、四庫本、皮詩本、項刻本、季寫本、全唐詩本作「鐘」。「在」項刻本作「扗」。②皮詩本批校：「『鏊』音錢。揚子《方言》：『鳴蟬謂之鏊。』」③皮詩本批校：「『鸓』音壘，鼯鼠，《上林賦》注：『□（校者按：一字不清楚）。』」「鸓」項刻本作「猵」。④「崎」原作「□」，據四庫本、統籤本、全唐詩本改。「□」弘治本、汲古閣本、詩瘦閣本、季寫本作「倚」。項刻本作「槑」。章校本眉批：「明本缺。」皮詩本批校：「『榅』音醖。榅桲俗呼杜梨，生北土，似櫨而小。所缺應是『子』字。『子』字重下不知何字。」⑤「薰」全唐詩本作「熏」。⑥「經」皮詩本作「今」，皮詩本批校：「經。」統籤本作「夾」。⑦「巾」章校本眉批：「明本缺。」皮詩本作「□」，皮詩本批校：「『之』字上所缺應是『濯』字。」⑧「旃」弘治本、詩瘦閣本、全唐詩本作「栴」。⑨「依」四庫本作「倚」。⑩「位」詩瘦閣本作「會」。⑪「常」汲古閣本、詩瘦閣本、全唐詩本作「嘗」。「佛」詩瘦閣本、全唐詩本作「神」。⑫「號」汲古閣本、四庫本、全唐詩本作「号」。

【注釋】

〔一〕孤園寺：朱長文《吴郡圖經續記》（卷中）：「孤園寺，在洞庭。梁散騎常侍吴猛之宅，施爲精舍。」又云：「包山，在震澤中。……陸龜蒙、皮日休有《太湖詩》二十篇，如神景宫……孤園村……之類，皆在此山。」孤園村，應是孤園寺所在之地。范成大《吴郡志》（卷三四）：「孤園寺，在洞庭山。梁散騎常侍吴猛宅也，捨而爲寺。」金友理《太湖備考》（卷六）：「上方寺，在西山葛家塢。唐會昌六年建，名孤園上方寺。……蓋孤園寺之别院也。……下方寺，在西山徐巷。本孤園寺，梁大同四年，散騎常侍吴猛捨宅建。唐會昌間上方建，因名此爲下方寺。」散騎常侍：官名。吴猛：《南史》、《梁書》無傳。《晋書》（卷九五）《吴猛傳》：「吴猛，豫章人也。少有孝行，夏日常手不驅蚊，懼其去己而噬親也。」傳中多記吴猛的神異之事。《雲笈七籤》（卷八五）《吴猛》條、又（卷一〇六）《吴猛真人傳》亦可參考。詩題下原注所言吴猛，當即此人。

〔二〕艇子：輕便的小船。《方言》（卷九）：「南楚、江、湘，凡船大者謂之舸，小舸謂之艖，艖謂之艒艙，小艒艙謂之艇。」

〔三〕緣湖：沿着湖邊。白芷（zhǐ）：多年生草本植物，開白花，有香氣，可入藥。《玉篇·艸部》：「芷，白芷，藥名。」《楚辭·招魂》：「獻春發歲兮汩吾南征，菉蘋齊葉兮白芷生。」

〔四〕縈紆（yū）：蜿蜒曲折。碕（qí）：彎曲的岸邊。《玉篇·石部》：「碕，曲岸頭。」

〔五〕宛到：好像到了。「宛」義同「若」，好像。《詩經·秦風·蒹葭》：「溯游從之，宛在水中央。」鄭玄箋：「宛，坐見貌。」

〔六〕蘿島：女蘿等植物叢生的洲島，實謂其樹木茂盛。

〔七〕松門：松樹成排，猶如門廡。參本卷（詩四四）注〔二〕。虚翠：碧緑。

〔八〕碧螭：碧緑色的龍。螭：龍的一種。此句謂山間泉水蜿蜒流淌，猶如夭矯的碧色飛龍。

〔九〕蒼兕：古代犀牛類獸名，毛呈青蒼色。《説文・舄部》：「兕，如野牛而青。」《爾雅・釋獸》：「兕，似牛。」郭璞注：「一角，青色，重千斤。」此句謂古木蕭森，枝幹蒼勁，互相撐拄着，猶如蒼兕互相角鬥。

〔一〇〕鍾梵：鍾磬聲和誦經的梵唄聲。指寺院的誦經活動。水魄：水中的精魄。

〔一一〕雲肆：雲霧彌漫猶如市肆。指山林幽深之處。

〔一二〕足：多。寒山《寒山出此語》：「有事對面説，所以足人怨。」張籍《酬韓庶子》：「家貧無易事，身病足閒時。」鳴蟗（zhǎn）：鳴蟬。《方言》（卷一一）：「蟬，大而黑者謂之蝬。」《玉篇・虫部》：「蟗，《方言》云：『鳴蟬也。』」

〔一三〕樹杪（miǎo）：樹梢。《方言》（卷二）：「木細枝謂之杪。」郭璞注：「言杪梢也。」飛鸓（lěi）：飛奔的鼯鼠。《玉篇・鳥部》：「鸓，鼯鼠，又名飛生。」《史記》（卷一一七）《司馬相如傳》：「於是乎玄猿素雌，蜼玃飛鸓，蛭蜩蠗蝚，螹胡豰蛫，栖息乎其間。」《集解》引《漢書音義》曰：「飛鸓，飛鼠也。其狀如兔而鼠首，以其髯飛也。」《索隱》：「郭璞曰：『蝙，飛鼠也。毛紫赤色。飛且生，一名飛生。』」

〔一四〕香莎：有清香氣息的莎草。莎草，多年生草本植物，地下根莖部分稱「香附」、「香附子」，可入藥。唐人喜在庭院裏種植莎草。盧綸《同柳侍郎題侯釗侍郎新昌里》：「庭莎成野席，闌藥是家蔬。」

〔一五〕靃（suǐ）靡：草木隨風披拂貌。《楚辭·招隱士》：「青莎雜樹兮，薠草靃靡。」王逸注：「靃靡，隨風披敷。」洪興祖補注：「靃靡，弱貌。靃，草木花敷貌。」

〔一六〕静鶴：閑静的仙鶴。柏蠹：松柏上的蠹蟲。

〔一七〕閑猱：悠閑自在的猴子。弄：戲嬉。《爾雅·釋言》：「弄，玩也。」榅蛣（wēn qī）：杉樹上的蜘蛛。榅，杉樹。《集韻·魂韻》：「榅，杉也。」蛣，長脚蜘蛛。《廣韻·支韻》：「蛣，長脚蜘蛛。」

〔一八〕薰陸香：香料名，又名乳香。嵇含《南方草木狀》（卷中）：「薰陸香，出大秦。在海邊，有大樹，枝葉正如古松。生於沙中，盛夏，樹膠流出沙上，方采之。」沈括《夢溪筆談》（卷二六）《藥議》：「薰陸，即乳香也。本名薰陸，以其滴下如乳頭者，謂之乳頭香；鎔塌在地上者，謂之塌香。」

〔一九〕貝多紙：古印度多以貝多羅樹之葉書寫佛經，故稱。《酉陽雜俎》（前集卷一八）《木篇》：「貝多，出摩伽陀國，長六七丈，經冬不凋。此樹有三種：一者多羅娑力叉貝多，二者多梨婆力叉貝多，三者部婆力叉多羅多梨。并書其葉，部闍一色取其皮書之。貝多是梵語，漢翻爲葉。貝多婆力叉者，漢言葉樹也。西域經書，用此三種皮葉，若能保護，亦得五六百年。」

〔二〇〕瞑坐：閉目閑坐。

〔二一〕真如：佛教名詞。佛教指宇宙萬物永恒存在的本體，亦即最高之真理。《成唯識論》（卷九）：「真謂真實，顯非虚妄；如謂如常，表無變易。謂此真如，于一切位，常如其性，故曰真如。」

〔二二〕磬韻：磬發出有節奏的聲音。磬，形狀似鉢，銅制，僧人敲擊以誦經禮讖。

〔二三〕凝：聚集。皓齒：潔白的牙齒。《漢書》（卷五七上）《司馬相如傳上》：「皓齒粲爛，宜笑的皪。」

〔二四〕劫貝布：用劫貝樹的花絮織成的布。劫貝，又作吉貝，木棉科植物。原産於東南亞，很早即傳入我國。《梁書》（卷五四）《諸夷傳·林邑國》：「吉貝者，樹名也。其華成時如鵝毳，抽其緒紡之以作布，潔白與紵布不殊。亦染成五色，織爲斑布也。」方勺《泊宅編》（卷三）：「閩、廣多種木綿，樹高七八尺，葉如柞，結實如大菱而色青，秋深即開，露白綿茸然。土人摘取，去殼，以鐵杖桿盡黑子，徐以小弓彈令紛起，然後紡績爲布，名曰吉貝。……海南蠻人織爲巾，上出細字，雜花卉，尤工巧，即古所謂白叠巾。」

〔二五〕旃（zhān）檀餌：以旃檀木爲薪制作的食物。旃檀，檀香木。梵語旃檀那的省稱。《水經注》（卷一）《河水》：「以旃檀木爲薪，天人各以火燒薪，薪了不燃，大迦葉從流沙還，不勝悲號，感動天地，從是之後，他薪不燒而自燃也。」玄應《一切經音義》（卷二三）：「旃彈那，或作旃檀那，此外國香木也，有赤、白、紫等諸種。」

〔二六〕數刻：言時間很短。刻，古代的計時單位，一晝夜爲一百刻。漢哀帝和梁武帝則分别以一百二十刻和九十六刻爲晝夜。《漢書》（卷一一）《哀帝紀》：「漏刻以百二十爲度。」顔師古注：「舊漏晝夜共百刻，今增其二十。」趙與時《賓退録》（卷一）：「至梁武帝天監六年，始以晝夜百刻布之。十二辰，每時得八刻，仍有餘分，故今世曆家百刻，舉成數爾，實九十六刻也。」

〔二七〕依止：依托。《周禮·春官·肆師》：「類造上帝，封于大神。祭兵于山川，亦如之。」鄭玄注：「山川，蓋軍之所依止。」

〔二八〕可憐：可愛。《玉臺新詠》（卷一）《古詩爲焦仲卿妻作》：「可憐體無比，阿母爲汝求。」陶侍讀：陶弘景（四五六—五三六），字通明，自號華陽隱居。曾在南朝齊代做過官，後歸隱句容茅山，潛心學道。梁武帝對其優禮有加，書問不絕，時號「山中宰相」。卒後謚貞白先生。生平事迹參《梁書》（卷五一）、《南史》（卷七六）本傳。《梁書》本傳云：「未弱冠，齊高帝作相，引爲諸王侍讀，除奉朝請。」故此處稱其爲陶侍讀。

〔二九〕丹臺：道教謂記録神仙姓名之處。丹臺位：即指列名神仙之中。此處指陶弘景學道成仙。《真人周君傳》（《藝文類聚》卷七八）：「羡門子曰：『子名在丹臺玉室之中，何憂不仙？』」

〔三〇〕雅號：高雅的稱號。勝力：《梁書》（卷五一）《陶弘景傳》：「（陶弘景）曾夢佛授其菩提記，名爲勝力菩薩。乃詣鄮縣阿育王塔自誓，受五大戒。」

〔三一〕師佛氏：師法佛教。陶弘景本是著名的道教徒，但他晚年也奉佛，故此句云云。

〔三二〕陶隱居：指陶弘景。《梁書》（卷五一）《陶弘景傳》：「於是止于句容之句曲山。恒曰：『此山下是第八洞宫，名金壇華陽之天，周回一百五十里。昔漢有咸陽三茅君得道，來掌此山，故謂之茅山。』乃中山立館，自號華陽隱居。」七地：佛教語，即遠行地，爲菩薩十地之七，進入此一階位，菩薩已遠離三界生死煩惱。《華嚴經·十地品》：「菩薩摩訶薩修此妙行，如是方便慧現前故，名爲入七地。」慧遠《大乘義章》（卷一四）：「此從二地乃至七地，修道剪障，名斷煩惱。」

〔三〕弟子：此指佛教徒而言。《論語·學而》：「弟子，入則孝，出則悌。」《論語·雍也》：「哀公問：『弟子孰爲好學？孔子對曰：『有顔回者好學。』」《釋氏要覽》（卷上）《弟子》：「《南山鈔》云：學在我後名之弟，解從我生名之子。即因學者以父兄事師，得稱弟子。又云徒弟，謂門徒弟子之略也。」

【箋評】

「宛到孤園氏」句：字脱。

「蘿島凝清陰」句：好景。（項真評、項真刻《項氏瓶笙榭新刻皮襲美詩》卷一）

上真觀〔一〕

邐盤在山肋〔二〕，繚繞窮雲端。摘菌杖頭紫①〔三〕，緣崖屐齒刓〔四〕。半日到上真，洞宮知造難〔五〕。雙戶啓真景〔六〕，齋心方可觀〔七〕。天鈞鳴響亮〔八〕，天祿行蹣跚〔九〕。琪樹夾一逕〔一〇〕，萬條青琅玕〔一一〕。兩松峙庭際，怪狀吁可嘆②〔一二〕。大螾騰共結〔一三〕，修蛇飛相盤〔一四〕。皮膚坼甲冑③〔一五〕，枝節擒貙豻④〔一六〕。罅處似天裂⑤〔一七〕，朽中如井眢⑥〔一八〕。欐褷風聲疣〔一九〕，跁跒地力瘵（原注：音攤⑦。）〔二〇〕。根上露鉗釱⑧〔二一〕，空中狂波瀾〔二二〕。合時若莽蒼⑨〔二三〕，闢處如轘轅〔二四〕。儼對無霸陣〔二五〕，静問嚴陵灘〔二六〕。靈飛一以護〔二七〕，山都焉敢干〔二八〕。兩廊絜寂歷⑩〔二九〕，中殿高巑岏〔三〇〕。静架九色節〔三一〕，閑懸十絶幡〔三二〕。微風時一吹，百寶清闌珊〔三三〕。昔有葉道士〔三四〕，位當升靈官〔三五〕。欲箋《紫微志》〔三六〕，唯食虹景丹⑪〔三七〕。既逐隱龍去〔三八〕，道風猶此殘⑫〔三九〕。猶聞絳目草⑬〔四〇〕，往往生空壇。羽客兩三人〔四一〕，石上譚泥丸〔四二〕。謂我或龍胄〔四三〕，粲然與之歡〔四四〕。衣巾紫華冷〔四五〕，食次白芝寒〔四六〕。自覺有真氣〔四七〕，恐隨風力摶〔四八〕。明朝若更佳⑭，必擬隳儒冠〔四九〕。（詩五四）

【校記】

①「擿」項刻本作「樀」。②「狀」全唐詩本作「獸」。③「坼」斠宋本、四庫本作「拆」，汲古閣本作「圻」。④「枝」詩瘦閣本作「技」。「擒」項刻本作「檎」。「猵」原作「偏」，據弘治本、汲古閣本、詩瘦閣本、四庫本、皮詩本、項刻本、統籤本、季寫本、全唐詩本改。⑤「罅」原作「虩」，據汲古閣本、詩瘦閣本、四庫本、皮詩本、項刻本、統籤本、季寫本、全唐詩本改。⑥「朽」原作「杇」，據弘治本、汲古閣本、詩瘦閣本、四庫本、皮詩本、項刻本、統籤本、季寫本、全唐詩本改。⑦「攤」詩瘦閣本、統籤本、全唐詩本作「灘」。季寫本無此注。⑧「鈥」項刻本作「鐵」，季寫本作「鉄」。⑨「莾」原作「奔」，據弘治本、汲古閣本、四庫本、皮詩本、全唐詩本改。⑩「廊」錢校本作「郭」。「絜」弘治本、汲古閣本、詩瘦閣本、四庫本、皮詩本、項刻本、統籤本、季寫本、全唐詩本作「潔」。⑪「景」弘治本、皮詩本、統籤本作「影」。⑫「猶」四庫本、項刻本、全唐詩本作「由」。⑬「絳目」項刻本作「降

仙」。⑭「佳」弘治本、汲古閣本、詩瘦閣本、皮詩本、項刻本、統籤本、季寫本、全唐詩本作「住」。

【注釋】

〔一〕上真觀：陸廣微《吴地記》（後集）：「上真宫，在（吴）縣西一百二十里。唐至德二年置。」朱長文《吴郡圖經續記》（卷中）：「上真觀，在洞庭山上。建於梁世。唐僧皎然嘗陪湖州鄭使君登此，却望湖水賦詩。皮、陸亦有此作。詩中云：『昔有葉道士，位當升靈官。欲箋《紫微志》，唯食虹景丹。』葉君，不知何名也。」范成大《吴郡志》（卷三一）：「上真宫，在洞庭山上。舊上真觀，梁大同四年置。」曹允源、李根源《吴縣志》：「上真宫，唐置。在洞庭西山之獐塢。舊名上真觀，梁大同四年建。宋元豐間重修，清乾隆五十年重修。」趙彦衛《雲麓漫鈔》（卷八）：「秦皇、漢武始好神仙，方士祠祀始有觀。始皇曰：『吾慕真人。』自謂真人，不稱朕。乃令咸陽旁二百里内，宫觀二百七十，複道相通，於此候神仙。漢武故事，於上林作飛廉觀，高四十丈。長安作桂館、益壽館以候神人，猶未居道士。元帝被疾，遠求方士，漢中送道士王仲都，能忍寒，遂即昆明觀處仲都。故自後道士所居曰觀，六朝多曰館，亦武帝故事。」

〔二〕逕盤：蜿蜒曲折的山間小路。山肋：山腰。

〔三〕擿（zhì）菌：敲擊山菌。擿，擲的意思。杖頭紫：手杖着地的部分變成紫色。

〔四〕緣崖：攀緣山崖。屐齒：登山屐的齒。用謝公屐的典故。參卷一（詩一二）注〔四二〕。刓（wán）：磨損，損壞。

〔五〕洞宫：道教指山中仙人居住的洞穴。後又作道教宫觀、道院的别稱。此指上真觀。《真誥》（卷一一）：「句曲之洞宫有五門。南兩便門，東西便門，北大便門，凡合五便門也。」劉滄《宿題天壇觀》：「沐髮清齋宿洞宫，桂花松韻滿巖風。」造：至，到，拜訪。《世説新語·德行》：「郭林宗至汝南造袁奉高，車不停軌，鸞不輟軛。」又《任誕》：「王子猷居山陰，……忽憶戴安道，時戴在剡，即便夜乘小船就之。經宿方至，造門不前而返。人問其故，王曰：『吾本乘興而行，興盡而返，何必見戴？』」

〔六〕雙户：雙門。真景：真實的仙靈景象。

〔七〕齋心：清除雜念，心神寂静。

〔八〕天鈞：古代神話傳説中所説的天上音樂，即鈞天廣樂。《史記》（卷四三）《趙世家》：「趙簡子疾，五日不知人，……居二日半，簡子寤。語大夫曰：『我之帝所甚樂，與百神游於鈞天，廣樂九奏萬舞，不類三代之樂，其聲動人心。』」

〔九〕天禄：古代傳説中的靈獸名，一名天鹿。漢人常以石雕刻其像爲飾，以爲祥瑞之物。《漢書》（卷九六上）《西域傳上·烏弋山離國》：「有桃拔、師子、犀牛。」顔師古注：「孟康曰：『桃拔，一名符拔，似鹿，長尾，一角者或爲天鹿，兩角者或爲辟邪。』」《後漢書》（卷八）《靈帝記》：「復修玉堂殿，鑄銅人四，黄鍾四，及天禄、蝦蟆，又鑄四出文錢。」李賢注：「天禄，獸也。……漢有天禄閣，亦因獸以立名。」蹣跚（pán shān）：步行舒緩貌。

〔一〇〕琪樹：神仙境界中的玉樹。《文選》（卷一一）孫綽《遊天台山賦》：「建木滅景於千尋，琪樹璀璨而垂珠。」李善注：「《山海經》曰：『崑崙之墟，北有珠樹、文玉樹、玗琪樹。』」呂延濟注：「琪樹，玉樹。」寒山《我聞天台山》：「我聞天台山，山中有琪樹。」

〔一一〕青琅玕：指緑竹。琅玕，美石似玉者。後用以指神話中的仙樹。《尚書·禹貢》：「厥貢惟球、琳、琅玕。」《孔傳》：「琅玕，石而似玉。」《山海經·海内西經》：「服常樹，其上有三頭人，伺琅玕樹。」詩人又因以「青琅玕」喻蒼翠的竹子。杜甫《鄭駙馬宅宴洞中》：「主家陰洞細烟霧，留客夏簟青琅玕。」

〔一二〕吁可嘆：令人驚訝感嘆。《荀子·宥坐》：「孔子喟然而嘆曰：『吁！惡有滿而不覆者哉！』」

〔一三〕大螾（yǐn）：大蚯蚓。「螾」同「蚓」。此句謂兩松枝杈盤曲，猶如大蚯蚓飛騰起來交錯糾結在一起。

〔一四〕修蛇：長蛇。《淮南子·本經訓》：「逮至堯之時，十日并出，焦禾稼，殺草木，而民無所食。猰貐、鑿齒、九嬰、大風、封豨、修蛇，皆爲民害。」高誘注：「修蛇，大蛇，吞象三年而出其骨之類。」此句亦謂兩松盤曲，猶如長蛇互相纏繞在一起。

〔一五〕坼甲冑：裂開的鎧甲頭盔。坼（chè），裂開。此句形容兩松蒼勁，樹皮皴裂，猶如甲冑裂開似的。

〔一六〕貙犴（chū àn）：兩種野獸名。貙，虎屬猛獸，似狸而大。《説文·豸部》：「貙，貙獌，似狸者。」

《爾雅·釋獸》：「貙，似狸。」郭璞注：「今貙虎也，大如狗，文如狸。」犴，古代北方的一種野狗。「犴」同「豻」。《説文·豸部》：「豻，胡地野狗。」《史記》（卷一一七）《司馬相如傳》：「其下則有白虎玄豹，蟃蜒貙豻。」《集解》：「郭璞曰：『貙，似狸而大。』《漢書音義》曰：『豻，胡地野犬，似狐而小也。』」《索隱》：「張揖云：『貙，似狸而大。豻，胡地野犬，似狐而小，黑喙。』」此句形容兩松奇形怪狀，枝節杈丫，猶如擒獵貙犴所顯現的乖張態勢。

〔一七〕罅處：指兩松枝葉的縫隙。裂：崩裂。

〔一八〕朽中：指松樹軀幹腹中朽枯。井眢（yuān）：枯井。《左傳·宣公十二年》：「目於眢井而拯之。」杜預注：「眢井，廢井也。」《字林》云：「『井無水也。』」

〔一九〕襹褷（shī shī）：羽毛初生貌。引申爲散亂貌。《文選》（卷一二）木華《海賦》：「鳧雛離褷，鶴子淋滲。」李善注：「離褷、淋滲，毛羽始生之貌。」「離褷」、「䙰褷」，通「襹褷」。㰅（xiǎn）：同「敓」，琴音低緩。此形容風聲。《玉篇·攴部》：「敓，散也。」

〔二〇〕跁跒（bà qiǎ）：蹲貌，不向前行。《玉篇·足部》：「跁，跁跒，不肯前。」地力：土地的力量。瘆（tān）：疲乏。《説文·疒部》：「瘆，馬病也。」《詩》曰：『瘆瘆駱馬。』」《玉篇·疒部》：「瘆，力極也。」

〔二一〕鉗釱（dì）：古代的兩種刑具。此喻松樹根盤曲。《漢書》（卷六六）《陳萬年傳》（附陳咸傳）：「或私解脱鉗釱，衣服不如法，輒加罪笞。」顔師古注：「鉗在頸，釱在足，皆以鐵爲之。」

〔二二〕空中句：謂兩松樹枝幹交錯縱横，猶如空中起伏的波瀾一般。

〔二三〕莽蒼：空曠迷茫貌。《莊子·逍遥遊》：「適莽蒼者，三餐而返，腹猶果然。」成玄英疏：「莽蒼，郊野之色，遥望之不甚分明也。」

〔二四〕轘轅（huán yuán）：地勢險峻而又盤旋回環。參本卷（序五）注〔二六〕。

〔二五〕儼對：儼然面對着。無霸陣：巨無霸的陣勢。喻莊嚴肅穆的態勢。《後漢書》（卷一上）《光武帝紀上》：「（王莽）選練武衛，招募猛士，……時有長人巨無霸，長一丈，大十圍，以爲壘尉。」

〔二六〕静問：静向。張相《詩詞曲語辭匯釋》（卷五）：「問，猶向也。……皮日休《上真觀》詩：『儼對無霸陣，静問嚴陵灘。』問與對互文，均向字義也。」嚴陵灘：東漢隱士嚴陵垂釣的灘頭。嚴陵，嚴光，一名遵，字子陵，省稱嚴陵，著名隱士。《後漢書》（卷八三）《嚴光傳》：「嚴光字子陵，一名遵，會稽餘姚人也。少有高名，與光武同遊學。及光武即位，乃變名姓，隱身不見。……除爲諫議大夫，不屈，乃耕於富春山，後人名其釣處爲嚴陵瀨焉。」李賢注引顧野王《輿地志》曰「七里瀨，在東陽江下，與嚴陵瀨相接，有嚴山。桐廬縣南有嚴子陵漁釣處，今山邊有石，上平，可坐十人，臨水，名爲嚴陵釣壇」也。

〔二七〕靈飛：古代道教傳説中的仙童名。《雲笈七籤》（卷五三）：「乘玄景緑輿五色雲車，驂駕鳳凰，從靈飛仙童三十九人，下治兆身洞房宫中。」一以護：全力護衛。《論語·里仁》：「子曰：『參乎！吾道一以貫之。』」

〔二八〕山都：古代傳説中的猿類動物。《爾雅·釋獸》：「狒狒，如人，被髮，迅走，食人。」郭璞注：「梟羊也。《山海經》曰：『其狀如人，面長，唇黑，身有毛，反踵，見人則笑。』交、廣及南康郡山中亦有此物。大者長丈許，俗呼之曰山都。」《太平廣記》（卷三二四）《山都》條引《南康記》：「山都，形如崑崘人，通身生毛，見人則輕閉眼張口如笑。好居深樹中，翻石覓蟹啗之。《述異記》曰：『南康有神，名曰山都。形如人，長二尺餘，黑色赤目，髮黄披身。于深山樹中作窠，窠形如卵而堅，長三尺許，内甚澤，五色鮮明。二枚沓之，中央相連。土人云：「上者雄舍，下者雌室。」旁悉開口如規。體質虚輕，頗似木筒，中央以鳥毛爲褥。此神能變化隱形，猝睹其狀，蓋木客山幓之類也。』」干（gān）：犯，觸犯。

〔二九〕絜：同「潔」，潔浄。寂歷：寂静蕭疏。《文選》（卷三一）江淹《雜體詩三十首·王徵君微養疾》：「寂歷百草晦，欻吸鵾鷄鳴。」李善注：「寂歷，凋疎貌。」吕向注：「寂歷，閑曠貌。」

〔三〇〕中殿：居中的殿堂。巑岏（cuán wán）：高峻的山峰。此指殿堂頂端高聳。《文選》（卷一九）宋玉《高唐賦》：「盤岸巑岏，裖陳磑磑。」李善注：「王逸《楚辭》注曰：『巑岏，山鋭貌。』」

〔三一〕九色節：帶有多種顔色的節杖。《三國志·魏書·張魯傳》裴松之注引《典略》：「太平道者，師持九節杖爲符祝，教病人叩頭思過，因以符水飲之，得病或日淺而愈者，則云此人信道，其或不愈，則爲不信道。」《真誥》（卷一七）：「而又覺某左邊有一老翁，著綉衣裳、芙蓉冠，柱赤九節杖而立，俱視其白龍。」

〔三二〕十絶幡：道教一種旗幟狀的宗教供具。《真誥》（卷二）：「東卿大君昨四更初來見降，侍從七人。入户，一人執紫旄節；一人執華幡，一名十絶靈幡；一人帶緑章囊；三人捧牙箱；一人握流金鈴。」

〔三三〕闌珊：摇曳貌。李賀《李夫人》：「紅壁闌珊懸佩璫，歌臺小妓遥相望。」

〔三四〕葉道士：道士葉順昌。范成大《吴郡志》（卷三一）：「元豐中，陳于撰《上真宫記》：蘇州之南四十里，有湖曰太湖，即古震澤也。又西二十里，有山曰洞庭，即古包山也。……又山之西，縹渺峰之南，北際湖之陽，即梁隱士葉順昌之宅也。大同四年，隱士捐宅以資道，而奏可其爲宫，即今之壽聖上真宫也。」

〔三五〕升靈官：升爲神靈仙官。《漢武帝内傳》：「王母乃告上元夫人曰：『夫《真形》寶文，靈官所貴。此子守求不已，誓以必得。故虧科禁，特以與之。』」

〔三六〕《紫微志》：即《神仙傳》之類。紫微，星名，即紫微垣，又稱紫微宫。《晉書》（卷一一）《天文志上》：「紫宫垣十五星，其西蕃七，東蕃八，在北斗北。一曰紫微大帝之座也，天子之常居也，主命主度也。」道經稱紫微垣爲「中天紫微北極大帝」，是道教天神四御之一。

〔三七〕虹景丹：即虹丹。道士服食的丹藥名。葛洪《神仙傳·王仲都》：「學道於梁山，遇太白真人，授以虹丹，能禦寒暑。」《真誥》（卷一〇）：「唐覽今在華山，得虹丹法，合服得不死。」又（卷一四）：「呂子華者，山陽人也，陰君弟子。已服虹丹之液。」又（卷一四）：「衡山中有學道者張禮正、治明期二人。……後俱授西域王君《虹景丹方》，從來服此丹，已四十三年。」又（卷十二）：「（淳於斟）後入吴烏目山中隱居，遇仙人慧車子，授以《虹景丹經》，修行得道。」

〔三八〕隱龍：仙藥名。此句謂服了仙藥以後飛升而去。又借用「龍」的字面。《黄庭經》：「隱龍遁芝雲琅英，可以充饑使萬靈。」《抱朴子·内篇·仙藥》：「木芝中，松樹枝三千歲者，其皮中有聚脂，狀如龍形，名曰飛節芝……得五百歲也。……又有樊桃芝……參成芝……木渠芝……此三芝得服之，白日升天也。」

〔三九〕道風句：謂此處猶有道教的教義及其風尚的餘緒。猶：通「由」。李白《答王十二寒夜獨酌有懷》：「巴人誰肯和《陽春》，楚地猶來賤奇璞。」

〔四〇〕絳目草：芝草之類的藥草。

〔四一〕羽客：道士。道家講羽化升仙，故稱道士爲羽客、羽人。

〔四二〕泥丸：道教術語。道教將人體的各部分賦予神名，泥丸是人的大腦。道教認爲大腦是「神真」，爲修煉的關鍵，亦稱之爲上丹田。《雲笈七籤》（卷一一）引《上清黄庭内景經·至道章》：「腦神精根字泥丸。」務成子注：「丹田之宫，黄庭之舍，洞房之主，陰陽之根。泥丸，腦之象也。」葉法善《留詩》（《全唐詩》卷八六〇）：「泥丸空示世，騰舉不爲名。爲報學仙者，知余朝玉京。」

〔四三〕龍胄：龍的後代。

〔四四〕粲然：笑貌。《春秋穀梁傳·昭公四年》：「軍人粲然皆笑。」范寧注：「粲然，盛笑貌。」

〔四五〕衣巾：衣服和佩巾。《詩經・鄭風・出其東門》：「縞衣綦巾，聊樂我員。」紫華：紫色彩服。

〔四六〕食次：食品，指菜肴、點心。白芝：白色靈芝。《真誥》（卷一三）：「包山中有白芝，又有隱泉之水，正紫色（原注：此即林屋山也，在吴大湖中耳。）。」

〔四七〕真氣：道教的修煉詞，指修煉成功後的成道升仙之氣。《素問》（卷一）《上古天真論》：「恬淡虚無，真氣從之。精神内守，病安從來？」

〔四八〕風力摶（tuán）：隨風盤旋升天。摶，盤旋，迴旋。《莊子・逍遥遊》：「鵬之徙於南冥也，水擊三千里，摶扶摇而上者九萬里，去以六月息者也。」成玄英疏：「摶，鬥也。扶摇，旋風也。」陸德明《經典釋文》（卷二六）《莊子音義》（上）：「司馬（彪）云：『摶，飛而上也。』」

〔四九〕隳（huī）儒冠：扔掉儒冠。謂不再尊儒轉而學道。隳，毁壞，廢棄。《史記》（卷九七）《酈生陸賈列傳》：「沛公不好儒，諸客冠儒冠來者，沛公輒解其冠，溲溺其中。」

銷夏灣〔一〕

太湖有曲處〔二〕，其門爲兩崖〔三〕。當中數十頃，别如一天池〔四〕。號爲銷夏灣，此名無所私〔五〕。赤日莫斜照〔六〕，清風多遥吹〔七〕。沙嶼掃粉墨〔八〕，松竹調塤篪〔九〕。山果紅鞢鞨〔一〇〕，水苔清髿髵①〔一一〕。木陰厚若瓦〔一二〕，巖磴滑如飴〔一三〕。我來此遊息〔一四〕，夏景方赫曦〔一五〕。一坐盤石上〔一六〕，肅肅寒生肌〔一七〕。小艖或可泛〔一八〕（原注：《方言》云：「小舸謂之艖」②〔一九〕。），短策或可支〔二〇〕。行鷺翠羽起③〔二一〕，坐見白蓮披。斂袖弄輕浪，解巾敵涼颸〔二二〕。但有水雲見，更餘沙禽知〔二三〕。京洛往來客〔二四〕，暍死緣奔馳④〔二五〕。此中便可老，焉用名利爲〔二六〕。

（詩五五）

【校記】

①「髤」項刻本作「鬒」。②「舠」汲古閣本、詩瘦閣本、四庫本、皮詩本、統籤本、全唐詩本作「舸」。季寫本無此注。③「驚」字「敬」原缺末筆，避宋太祖祖父趙敬諱。④「暍」項刻本作「渴」。

【注釋】

〔一〕銷夏灣：朱長文《吴郡圖經續記》（卷下）：「洞庭，亦多吴時舊迹。……《傳》云：『越敗吴於夫椒。』夫椒，即包山也。湖岸極清處爲銷夏灣，乃吴王游觀之地。」范成大《吴郡志》（卷一八）：「銷夏灣，在太湖洞庭西山之趾山，十餘里繞之。舊傳吴王避暑處。周迴湖水一灣，水色澄徹，寒光逼人，真可銷夏也。」銷夏：避暑。「銷」同「消」。

〔二〕太湖句：謂太湖的彎曲幽静處形成銷夏灣。

〔三〕其門句：謂銷夏灣入口處兩邊山崖聳立，形成大門的形勢。以上二句是實寫。清金友理《太湖備考》（卷六）：「消夏灣，在西山縹緲峰之南灣。周十餘里，三面皆山繞之，獨南面如門闕。舊傳吴王避暑處。《震澤編》：『灣深九里，口闊三里，其灣多魚而産菱芡。』」

〔四〕天池：《莊子》寓言中的大海。此指銷夏灣是自然形成的奇觀。《莊子·逍遥遊》：「南冥者，天池也。」成玄英疏：「大海洪川，原夫造化，非人所作，故曰天池也。」

〔五〕無所私：没有私曲。此即指没有言不符實之處。此句謂銷夏灣名至實歸，確實可以避暑。

〔六〕赤日：烈日。莫斜照：謂太陽的斜光照不進銷夏灣。

〔七〕遥吹：即指從遠處吹來的習習清風。

〔八〕沙嶼句：謂沙洲島嶼猶如粉墨畫一樣秀麗。粉墨：繪畫的白粉和黑墨兩種顔料，亦指黑白二色的粉墨畫。

〔九〕塤篪（xūn chí）：古代的兩種樂器。塤，陶制樂器。《漢書》（卷二一上）《律曆志上》：「八音：土曰塤，……木曰柷。」顔師古注：「燒土爲之，其形鋭上而平底，六孔吹之。……字或作壎，其音同耳。」篪，竹管樂器，其形制不詳。此句謂松竹發出的聲音，猶如音樂一樣優美悦耳。

〔一〇〕靺鞨（mò hé）：寶石名。紅靺鞨是其中名貴的品種。因産於古代靺鞨國，故名。《玉篇·革部》：「靺，靺鞨，蕃人，出北土。」《舊唐書》（卷一〇）《肅宗紀》：「建巳月庚戌朔。壬子，楚州刺史崔侁獻定國寶玉十三枚：……七曰紅靺鞨，大如巨栗，赤如櫻桃。」朱勝非《紺珠集》（卷四）：「紅靺鞨，大如巨栗，赤爛若朱櫻，視之若不可觸，觸之甚堅不可破。」

〔一一〕髬髵（pī ér）：野獸鬃毛竪起貌。此指水苔茸茸如毛髮。《文選》（卷二）張衡《西京賦》：「及其猛毅髬髵，隅目高匡。」薛綜注：「髬髵，作毛鬣也。」

〔一二〕木陰句：謂樹蔭濃密猶如蓋瓦的房屋。

〔一三〕巖磴：山崖上險峻的石階小道。《文選》(卷四六)顔延之《三月三日曲水詩序》：「南除輦道，北清禁林。左關巖磴，右梁潮源。」滑如飴：如飴糖一樣膩滑。

〔一四〕遊息：遊玩憩息。揚雄《逐貧賦》：「貧逐不去，與我遊息。」

〔一五〕赫曦：盛夏炎熱貌。《文選》(卷二六)潘岳《在懷縣作二首》(其一)：「初伏啓新節，隆暑方赫曦。」張銑注：「此時暑盛，故稱赫曦。赫曦，炎盛貌。」

〔一六〕盤石：平坦的大石頭。《荀子·富國》：「爲名者否，爲利者否，爲忿者否，則國安於盤石，壽於旗翼。」楊倞注：「盤石，盤薄大石也。」《太平廣記》(卷四四)《蕭洞玄》：「庭中有盤石，可爲十人之坐。」

〔一七〕肅肅：蕭瑟清冷。《莊子·田子方》：「至陰肅肅，至陽赫赫。肅肅出乎天，赫赫發乎地。」成玄英疏：「肅肅，陰氣寒也。」

〔一八〕小艖(chā)：小船。《方言》(卷九)：「南楚、江、湘，凡船大者謂之舸。小舸謂之艖。」

〔一九〕小舠(dāo)：小船。《玉篇·舟部》：「舠，小船。」《方言》未見原注原文。

〔二〇〕短策：短小的手杖。陸雲《逸民賦》：「杖短策而遂往兮，乃枕石而漱流。」

〔二一〕翠羽：翠鳥。參卷一(詩一〇)注〔一六〕。

〔二二〕解巾：解開頭巾。凉飔(sī)：凉風。《説文·風部》：「飔，凉風也。」

〔二三〕沙禽：水邊沙渚上的禽鳥。

〔二四〕京洛：洛陽是著名的古都，故稱。此代指京城。此句謂追名逐利之徒奔走在京都裏。《文選》（卷二四）陸機《爲顧彦先贈婦二首》（其一）：「京洛多風塵，素衣化爲緇。」

〔二五〕暍（yē）死：中暑而死。《説文・日部》：「暍，傷暑也。」

〔二六〕焉用：何用。《論語・子路》：「上好禮，則民莫敢不敬；上好義，則民莫敢不服；上好信，則民莫敢不用情。夫如是，則四方之民襁負其子而至矣，焉用稼？」

【箋評】

「赤日莫斜照」二句：飄灑。（項真評、項真刻《項氏瓶笙榭新刻皮襲美詩》卷一）

《消夏灣》詩：「山果紅鞣鞈，水苔青𩬅髵。」「𩬅」字當作「髬」。《西京賦》：「猛毅髬髵。」王逢《職貢圖詩》：「神獒髬髵狀乳貙。」又作「髬」。（宋長白《柳亭詩話》卷二十六《虩髬》）

包山祠〔一〕

白雲最深處，像設盈巖堂〔二〕。村祭足茗糲①〔三〕，水奠多桃漿〔四〕。箬籚突古砌②〔五〕，薜荔繃頹墻〔六〕。爐灰寂不然③〔七〕，風送杉桂香〔八〕。積雨晦州里〔九〕，流波漂稻粱④〔一〇〕。公惟大司諫⑤〔一一〕，憫此如發狂〔一二〕。命予傳明禱〔一三〕，祇事實不遑〔一四〕。一奠若肸蠁⑥〔一五〕，再祝如激揚〔一六〕。出廟未半日，隔雲逢澹光⑦〔一七〕。巙巙雨點少⑧〔一八〕，漸收羽林槍⑨〔一九〕。忽然山家犬，起吠白日傍〔二〇〕。公心與神志〔二一〕，相向如玄黄〔二二〕。我願作一疏〔二三〕，奏之于穹

蒼⑩〔二四〕。留神千萬祀〔二五〕，求福吳封疆⑪〔二六〕。（詩五六）

【校記】

①皮詩本批校：「『栅』音策。《商孝宣后傳》：『薦茗栅、魚炙。』」②「古」統籤本作「右」。「砌」項刻本作「劍」。③「爐」詩瘦閣本作「鑪」。④「梁」項刻本作「梁」。⑤「公」四庫本、盧校本、統籤本、全唐詩本作「恭」。⑥「盼」原作「盻」，據汲古閣本、詩瘦閣本、四庫本、項刻本、統籤本改。盧校本、季寫本、全唐詩本作「肸」。「蠁」項刻本作「饗」。⑦「澮」傅校本作「炎」。⑧皮詩本批校：「『𡾟』音聳，山峰。」⑨「收」皮詩本作「妝」。皮詩本批校：「『妝』無此字，應是『收』字之訛。」「槍」原作「搶」，據弘治本、汲古閣本、詩瘦閣本、四庫本、皮詩本、項刻本、統籤本、季寫本、全唐詩本改。⑩「于」四庫本作「於」。⑪「求」汲古閣本、詩瘦閣本、四庫本、皮詩本、項刻本、全唐詩本作「永」。

【注釋】

〔一〕包山祠：即包山廟。朱長文《吳郡圖經續記》（卷中）：「包山廟，在洞庭。唐人於此有祈而應。魯望詩曰：『終當以疏聞，特用諸侯封。』」范成大《吳郡志》（卷一三）：「包山廟，在吳縣西南一百里。」金友理《太湖備考》（卷六）：「包王廟，在西山祇園寺西。《蘇州府志》：『稱包王者，取護衛包山之義。』《圖經續記》：『唐咸通中，郡從事皮日休祈禱有應，與陸龜蒙皆有詩。今飛仙、金鐸、渡渚，皆其別祠。』」

〔二〕像設：祠廟裏所供奉的人像或神佛像。《楚辭·招魂》：「天地四方，多賊奸些。像設君室，静閒安些。」巖堂：山崖洞穴裏的殿堂。

〔三〕村祭：村民的祭奠。足：多。茗䊂（cè）：茶和粽子。《南史》（卷十一）《后妃傳》（上）《齊宣孝陳皇后傳》：「高皇帝薦肉膾葅羹，昭皇后薦茗䊂炙魚。」

〔四〕水奠：水上祠奠。桃漿：桃汁。古人用以祭神避邪。王建《簇蠶辭》：「新婦拜簇願繭稠，女灑桃漿男打鼓。」

〔五〕箘簵（jūn qiān）：竹名。《廣韻·仙韻》：「簵，箘簵，竹名。」突：穿過。《説文·穴部》：「突，犬從穴中暫出也。」古砌：古舊的臺階。

〔六〕薜荔：一種香草。《楚辭·離騷》：「攬木根以結茝兮，貫薜荔之落蕊。」王逸注：「薜荔，香草也，緣木而生。蕊，實也。」繃（bēng）：纏繞。《説文·糸部》：「繃，束也。《墨子》曰：『禹葬會稽，桐棺三寸，葛以繃之。』」頹墻：指包山祠殘破的墻垣。

〔七〕然：即「燃」。

〔八〕杉桂：杉樹和桂樹。唐人常將「杉桂」聯稱吟咏，此詩即一例。白居易《見蕭侍御憶舊山草堂詩因以繼和》：「秋閑杉桂林，春老芝朮叢。」劉言史《瀟湘游》：「青煙冥冥覆杉桂，崖壁凌天風雨細。」

〔九〕積雨：久雨。王維《積雨輞川莊作》：「積雨空林煙火遲，蒸藜炊黍餉東菑。」州里：鄉里。《論語·衛靈公》：「言不忠信，行不篤敬，雖州里，行乎哉？」何晏《集解》引鄭玄注：「萬二千五百家爲州；五家爲鄰，五鄰爲里。」

〔一〇〕流波：流水。此指洪水。《楚辭·遠遊》：「叛陸離其上下兮，遊驚霧之流波。」稻粱：稻子和高粱。泛指莊稼。《詩經·唐風·鴇羽》：「王事靡盬，不能藝稻粱。」

〔一一〕公：指時任蘇州刺史的崔璞。惟：副詞。大司諫：參（序一）》注〔八二〕。

〔一二〕發狂：發熱。表示感情的强烈。《老子》（第一二章）：「馳騁畋獵，令人心發狂。」

〔一三〕明禱：目的很明確的祈禱。此處指祈神止雨。

〔一四〕祗（zhī）事：恭敬侍奉。此指祈求禱告神靈之事。不遑：没有閑暇。形容工作的緊張辛勤。《詩經·小雅·四牡》：「王事靡盬，不遑啓處。」《毛傳》：「遑，暇。」

〔一五〕肹蠁（xī xiǎng）：同「肸蠁」。傳播擴散。《説文·十部》：「肸，響，布也。」《玉篇·十部》：「肸，（肸）嚮，布也。今爲肹。」《玉篇·月部》：「肹，肹蠁。」《文選》（卷五）左思《吴都賦》：「光色炫晃，芬馥肹蠁。」

〔一六〕激揚：激蕩宣揚。《後漢書》（卷六七）《黨錮傳序》：「故匹夫抗憤，處士横議，遂乃激揚名聲，互相題拂，品覈公卿，裁量執政，婞直之風，於斯行矣。」

〔一七〕隔雲句：謂隔着雲層約略可見澹澹的清光。意謂天已向晴了，説明禱神很靈驗。

〔一八〕嵸嵸（sǒng sǒng）：山峰高聳貌。此似形容雨點蕭疏貌。

〔一九〕羽林槍：羽林軍的槍（一樣繁多）。此喻大雨從天降下的雨脚。羽林本是天上星名，漢武帝建禁衛軍，取名羽林騎，此又取以爲喻。《史記》（卷二七）《天官書》：「北宫玄武……其南有衆星，曰羽林天軍。」《漢書》（卷一九上）《百官公卿表上》：「羽林掌送從，次期門，武帝太初元年初置，名曰建章營騎，後更名羽林騎。」

〔二〇〕吠日：謂多日陰雨，不見太陽，現在祈禱有應，雨停日出，連狗也覺得怪異而大叫。《楚辭·九章·懷沙》：「邑犬之群吠兮，吠所怪也。」柳宗元《答韋中立論師道書》：「僕往聞庸、蜀之南，恒雨少日，日出則犬吠。」

〔二一〕公心：指刺史崔璞之心。神志：包山神靈之志。

〔二二〕相向：面對面。玄黄：黑色和黄色。指天地。《周易·坤卦》：「夫玄黄者，天地之雜也，天玄而地黄。」此句謂「公心」和「神志」猶如天地玄黄雜糅在一起，非常融合。

〔二三〕一疏：一封奏章。

〔二四〕穹蒼：蒼天。此指天帝。《詩經·大雅·桑柔》：「靡有旅力，以念穹蒼。」《毛傳》：「穹蒼，蒼天。」

〔二五〕留神句：謂將包山祠的神靈留下千萬年。

〔二六〕求福句：謂爲吴地人民祈求福祉。封疆：疆界，疆域。《周禮·地官·大司徒》：「諸公之地，封疆方五百里，其食者半。」

【箋評】

「爐灰寂不然」二句：宕。（項真評、項真刻《項氏瓶笙榭新刻皮襲美詩》卷一）

聖姑廟（原注：在大姑山。晉王彪二女相次而殁①，有靈，因而廟焉。）〔一〕

洛神有靈逸②〔二〕，古廟臨空渚〔三〕。暴雨駁丹青〔四〕，荒蘿繞梁梠〔五〕。野風旋芝蓋〔六〕，飢烏銜椒糈③〔七〕。寂寂落楓花〔八〕，時時鬥鼯鼠〔九〕。常云三五夕〔一〇〕，盡會妍神侶④〔一一〕。月下留紫姑〔一二〕，霜中召青女〔一三〕。俄然響環珮〔一四〕，倏爾鳴機杼〔一五〕。樂至有聞時，香來無定處。目瞪如有待⑤〔一六〕，魂斷空無語。雲雨竟不生〔一七〕，留情在何處⑥〔一八〕。（詩五七）

【校記】

①「相次而殁」四庫本作「相繼没」。②「逸」盧校本作「迹」。③「糈」原作「粈」，據弘治本、汲古閣本、四庫本、統籤本、全唐詩本改。皮詩本批校：「『粈』無此字，應是『糈』字之訛，祭神米。《離騷》：『懷椒糈而要之。』注：『糈，精米，所以享神也。』」④「妍神」盧校本作「嬋娟」。⑤「目」項刻本作「日」。⑥皮詩本批校：「末『處』字疑是『許』字。」

【注釋】

〔一〕聖姑廟：朱長文《吴郡圖經續記》（卷中）：「洞庭聖姑廟，晉王彪二女相繼而卒，民以爲靈而祀之。」又云：「包山，在震澤中。……舊傳震澤有七十二山，唯洞庭最巨耳。……陸龜蒙、皮日休有《太湖詩》二十篇，如……聖姑廟……之類，皆在此山。」范成大《吴郡志》（卷一二）：「聖姑廟，在洞庭。晉王彪二女相繼卒，民以爲靈而祀之。《紀聞》云：『唐人記洞庭山聖姑廟云：《吴志》：「姑姓李氏，有道術，能履水行。其夫殺之，自死。至唐中葉，幾七百年，顔貌如生，儼然側卧。遠近祈禱者，心至則能到廟。心若不至，風迴其船，無得達者。今每一日沐浴，爲除爪甲，傅妝粉，形質柔弱，只如熟睡，蓋得道者歟？」』《辨疑志》云：『唐大曆中，吴郡太湖洞庭山中，有升姑寺，有升姑廟，其棺柩在廟中。俗傳，姑死已數百年，其貌如生。遠近求賽，歲獻衣服、妝粉不絶。人有欲觀者，其巫秘密不可。云：開即有風雨之變。村閭敬事，無敢竊窺者。巫又云：有見者，衣裝儼然，一如生人。有李七郎，荒狂不懼程法，率奴客啓棺觀之，唯朽骨髑髏而已，亦無風雨之變。』二説今皆無考，姑存舊傳云。」陸長源《辨疑志》（《説郛三種》本）：「聖姑棺，吴郡太湖中有聖姑棺，洞庭山中有聖姑寺并祠。其棺在祠中。俗傳聖姑之死，今已數百年，其貌如生。遠近求賽歲，獻文服、妝粉不絶。又有人欲得觀者，巫秘密恐懼，不可，若開，有風雨之變。聞皆信事之，無敢窺者。巫又妄傳云：『有見者，衣妝儼然，一如生人。』大曆中，福建觀察使李照之子七郎者，性荒狂，恃勢不懼程法，因率奴客啓棺，觀視之，惟朽骨骸而已，亦無風雨之變。」大姑山：未詳。金友理《太湖備考》（卷五）：「謝姑山，在西山之東。小謝姑，在大謝姑旁。」未知此「謝姑山」是否即「大姑山」。高啓《高青丘集》（卷九）《聖姑廟》詩題下原注：「在洞庭黿頭山。晉王彪女得道，或云姓李氏。祈禱者不誠，則風迴其舟。」録以備考。

晉王彪：未詳。歿（mò）：人死曰歿。《說文・歺部》：「歿，終也。」「歿」同「没」。

〔二〕洛神：洛水女神。此指晉王彪二女。《文選》（卷一九）曹植《洛神賦并序》：「黄初三年，余朝京師，還濟洛川。古人有言：斯水之神，名曰宓妃。」靈逸：神靈逸氣。

〔三〕臨：靠近，傍。空渚：空闊的洲渚。渚，水邊的小洲。《楚辭・九歌・湘君》：「朝騁騖兮江皋，夕彌節兮北渚。」王逸注：「渚，水涯也。」

〔四〕駁（bó）：錯雜。丹青：丹砂和青雘，繪畫的彩色顔料。此即指廟宇墻壁上的彩粉畫。

〔五〕荒蘿：生長很茂盛荒蕪的女蘿。梁梠（lǚ）：房梁和屋檐。此指房屋四周檐下。《説文・木部》：「梠，楣也。」

〔六〕芝蓋：芝形如蓋。此指野外生長的芝草茂盛如蓋。《文選》（卷二）張衡《西京賦》：「驪駕四鹿，芝蓋九葩。」薛綜注：「以芝爲蓋，蓋有九葩之采也。」

〔七〕椒糈（xǔ）：花椒子和精米。古代祭祀食品。《離騷》：「巫咸將夕降兮，懷椒糈而要之。」王逸注：「椒，香物，所以降神。糈，精米，所以享神。」

〔八〕寂寂：寂静無聲貌。王維《寒食汜上作》：「落花寂寂啼山鳥，楊柳青青渡水人。」楓花：猶楓葉。楓葉美麗如花。《楚辭・招魂》：「湛湛江水兮上有楓，目極千里兮傷春心。」楓是唐人筆下喜愛寫的景物。張九齡《雜詩五首》（其四）：「浦上青楓林，津傍白沙渚。」劉長卿《餘干旅舍》：「摇落暮天迥，青楓霜葉稀。」白居易《南湖晚秋》：「手攀青楓樹，足蹋黄蘆草。」

〔九〕鼯（wú）鼠：鼠類動物，又稱夷由、飛生。《爾雅·釋鳥》：「鼯鼠，夷由。」郭璞注：「狀如小狐，似蝙蝠，肉翅。翅尾、項脅毛紫赤色，背上蒼艾色，腹下黄，喙頷雜白，脚短，爪長，尾三尺許，飛且乳，亦謂之飛生。聲如人呼。食火烟。能從高赴下，不能從下上高。」《文選》（卷五）左思《吴都賦》：「狖鼯猓然，騰趠飛超。」劉逵注：「鼯，大如猿，肉翼，若蝙蝠。其飛善從高集下。食火煙，聲如人號。一名飛生，飛生子故也。」

〔一〇〕常云：常常，經常。云，助辭。三五夕：十五日的夜晚，即月圓之夜。

〔一一〕盡會句：謂所聚會見面的都是美麗的女神伴侣。

〔一二〕紫姑：古代傳説中女神名。南朝宋劉敬叔《異苑》（卷五）：「世有紫姑神，古來相傳，云是人家妾，爲大婦所嫉，每以穢事相次役。正月十五日感激而死。故世人以其日作其形，夜於厠間或猪欄邊迎之，祝曰：『子胥不在』，是其婿名也。『曹姑亦歸』，曹即其大婦也。『小姑可出戲』，捉者覺重，便是神來。」

〔一三〕青女：古代神話中主管霜雪的女神。《淮南子·天文訓》：「至秋三月，……青女乃出，以降霜雪。」高誘注：「青女，天神青霄玉女，主霜雪也。」

〔一四〕俄然：突然。《莊子·齊物論》：「昔者莊周夢爲胡蝶，栩栩然胡蝶也，……俄然覺，則蘧蘧然周也。」環珮：古人身上所繫的佩玉。多指女子而言。《禮記·經解》：「行步則有環佩之聲，升車則有鸞和之音。」鄭玄注：「環佩，佩環、佩玉也，所以爲行節也。」此句當暗用江妃二女與

鄭交甫事。江妃二女是神女，鄭交甫「請其佩」；一會兒，人與佩「忽然不見」。（參《列仙傳·江妃二女》）

〔一五〕倏爾：迅疾貌。機杼：織布機。杼，織梭。《文選》（卷二九）《古詩十九首》（其九）：「迢迢牽牛星，皎皎河漢女。纖纖擢素手，札札弄機杼。」李善注：「《毛詩》曰：『維天有漢，監亦有光。跂彼織女，終日七襄。雖則七襄，不成報章。』」此句當關合織女的神話故事。

〔一六〕目瞪：睜開眼睛。

〔一七〕雲雨：用巫山神女事。後世用以喻男女情事。《文選》（卷一九）宋玉《高唐賦并序》：「妾在巫山之陽，高丘之阻。旦爲朝雲，暮爲行雨。朝朝暮暮，陽臺之下。」竟不生：最終没有出現。此反用宋玉賦原意。

〔一八〕留情句：檃括宋玉另一篇賦意。《文選》（卷一九）宋玉《神女賦》：「於是搖珮飾，鳴玉鸞，整衣服，斂容顔。顧女師，命太傅。歡情未接，將辭而去。遷延引身，不可親附。似逝未行，中若相首。目略微眄，精彩相授。志態橫出，不可勝記。意離未絶，神心怖覆。禮不遑訖，辭不及究。願假須臾，神女稱遽。徊腸傷氣，顛倒失據。闇然而暝，忽不知處。情獨私懷，誰者可語。惆悵垂涕，求之至曙。」

【箋評】

杜牧之詩曰：「長洲茂苑草蕭蕭，暮煙秋雨過楓橋。」近時孫尚書仲益、尤侍郎延之作《楓橋修造記》與夫《楓橋植楓記》，皆引唐人張繼、張祐詩爲證，以謂「楓橋」之名著天下者，由二公之詩，而不及牧之。按牧與祐正同時也。又怪白樂天、韋應物嘗典吴郡，又以詩名；皮日休、陸魯望與吴中士大夫賡咏景物，如皋橋、烏鵲橋之屬，亦班班見録，顧不及「楓橋」二字，何也？崔信明詩「楓落吴江冷」，江淹詩「吴江泛丘墟，饒桂復多楓」，又知吴中自來多植楓樹。（王楙《野客叢書》卷二十三《楓橋》）

「樂有聞時」、「香無定處」，十倍義山「夢雨」、「靈旂」之句。（陸次雲《晚唐詩善鳴集》卷下）

太湖石〔一〕（原注：出黿頭山。）〔二〕

茲山有石岸，抵浪如受屠〔三〕。雪陣千萬戰〔四〕，蘚巖高下刳〔五〕。乃是天詭怪〔六〕，信非人功夫。白丁一云取①〔七〕，難甚網珊瑚②〔八〕。厥狀復若何〔九〕，鬼工不可圖〔一〇〕。或拳若虺蜴〔一一〕，或蹲如虎貙③〔一二〕。連絡若鈎鏁〔一三〕，重疊如萼跗④〔一四〕。或若巨人骼〔一五〕，或如太帝符⑤〔一六〕。胮肛篔簹笋⑥〔一七〕，格磔琅玕株〔一八〕。斷處露海眼〔一九〕，移來和沙鬚〔二〇〕。求之煩耄倪〔二一〕，載之勞舳艫〔二二〕。通侯一以眄⑦〔二三〕，貴却驪龍珠〔二四〕。厚賜以賝賮⑧〔二五〕，遠去窮京都〔二六〕。五侯土山下〔二七〕，要爾添嵒齬⑨〔二八〕。賞玩若稱意〔二九〕，爵禄行斯須〔三〇〕。苟有王佐士⑩〔三一〕，崛起於太湖〔三二〕。試問欲西笑〔三三〕，得如茲石無〔三四〕。

（詩五八）

【校記】

①「白」盧校本作「六」。「云」盧校本作「下」。②「網」詩瘦閣本作「綱」。③「如」弘治本、四庫本作「若」。④「蕚」項刻本作「咢」。⑤「帝」項刻本作「常」。⑥「胮肛」皮詩本批校：「『胮』音龐。『肛』音江，肥大也。」⑦「眄」斠宋本作「盻」。⑧「睬」項刻本作「罙」。⑨「齬」斠宋本作「峿」。⑩「王」汲古閣本作「工」。「士」項刻本作「才」。

【注釋】

〔一〕太湖石：太湖所産的一種石頭，是古典園林建築中叠石的極好材料。因長期經風浪衝擊，其形狀奇異，多坳坎洞窟，有巨大者，也有細小者。其石多青、白、黑色及三者淆雜者。朱長文《吴郡圖經續記》（卷上）：「又若太湖之怪石，包山之珍茗，千里之紫蒓，織席最良，給用四方，皆其所産也。」范成大《太湖石志》（《范成大佚著輯存》）：「太湖石。石出西洞庭，多因波濤激嚙而爲嵌空，浸濯而爲光瑩，或縝潤如珪瓚，廉劌如劍戟，矗如峰巒，列如屏障，或滑如肪，或黝如漆，或如人，如獸，如禽鳥，好事者取之，以充苑囿庭除之玩。」《吴郡志》（卷二九）：「太湖石，出洞庭西山，以生水中者爲貴。石在水中，歲久爲波濤所衝撞，皆成嵌空。石面鱗鱗作靨，名彈窩，亦水痕也。没人縋下鑿取，極不易得。石性温潤奇巧，扣之鏗然如鐘磬。自唐以來，貴之。其在山上者名旱石，亦奇巧。」

〔二〕黿頭山：山名，在太湖洞庭西山東麓。《吴郡志》（卷一五）：「黿頭山，一名黿山，在洞庭西山之東麓。有石闖然出如黿首，相傳以名。一山皆青石，温潤光瑩，扣之琅琅有金玉聲。」范成大《太湖石志》（《范成大佚著輯存》）：「黿山石。石堅潤，可碑，可礎，可柱，可礦。」

〔三〕抵浪：觸浪，撞擊風浪。受屠：遭受殺戮。喻風浪如刀。

〔四〕雪陣：喻浪花。此句謂經過浪花千萬次的衝擊。

〔五〕蘚巖：生長有蘚苔的山崖。刳（kū）：剖開。《説文·刀部》：「刳，判也。」

〔六〕詭怪：詭譎怪異。

〔七〕白丁：平民，普通百姓。《隋書》（卷三七）《李敏傳》：「（隋文帝）謂公主曰：『李敏何官？』對曰：『一白丁耳。』」一云取：或云取。一，即或之義，連詞。云，語助。王引之《經傳釋詞》（卷三）：「一，猶或也。」

〔八〕網：以網獲取。作動詞。珊瑚：珊瑚蟲分泌的石灰質骨骼，形狀多似樹枝，古人認作玉類物品，可作珍貴的裝飾品。《説文·玉部》：「珊，珊瑚，色赤，生於海，或生於山。」《史記》（卷一一七）《司馬相如列傳》：「玫瑰碧琳，珊瑚叢生。」《正義》：「郭云：『珊瑚生水底石邊，大者樹高三尺餘，枝格交錯，無有葉。』」

〔九〕若何：如何，怎樣。

〔一〇〕鬼工：謂事物精巧絶倫，非人工所能爲。不可圖：無法謀劃。

〔一一〕拳：蜷曲，屈曲。虺（huǐ）蜴：蜥蜴類動物。《詩經·小雅·正月》：「哀今之人，胡爲虺蜴。」

孔穎達《毛詩正義》：「陸機（璣）疏云：『虺蜴，一名蠑螈，蜴也。或謂之蛇，醫如蜥蜴。青緑色，大如指，形狀可惡。』」

〔一二〕貙（chū）：虎類猛獸。《爾雅·釋獸》：「貙，似狸。」郭璞注：「今貙虎也，大如狗，文如狸。」

〔一三〕連絡：連接。鈎鏁：屈曲的鎖鏈。

〔一四〕蕚跗（è fū）花蕚和花跗。花蕚，生長在花朵外部，在花蕾期起到保護花瓣的作用。花跗，花瓣下的花蒂。

〔一五〕巨人骼：謂如神話傳説中身材高大的神人的骨骼。《史記》（卷四）《周本紀》：「姜原出野，見巨人迹，心忻然説，欲踐之，踐之而身動如孕者。」

〔一六〕太帝符：天帝的信符。喻太湖石如天帝符般的怪異。太帝，《淮南子·墬形訓》：「登之乃神，是謂太帝之居。」高誘注：「太帝，天帝。」符，信符。古代傳説的神仙靈異均有符以爲憑信，朝廷封爵、命使、用兵等也以符作爲憑證，有金、玉、竹、木等不同材質，上書文字，剖而爲二，各持一半，合之相符以爲憑信。《説文·竹部》：「符，信也。漢制以竹，長六寸，分而相合。」

〔一七〕膖肛（pāng gāng）：腫脹肥大。此喻怪石突兀貌。《廣雅》（卷二上）《釋詁》：「膖肛，腫也。」《玉篇·肉部》：「膖，膖肛，脹大貌。」篔簹（yún dāng）筭：竹筭。篔簹，竹名。此泛指竹。《玉篇·竹部》：「篔，篔簹竹。」南朝宋戴凱之《竹譜》：「桃枝、篔簹，多植水渚。」

〔一八〕格磔（zhé）：鳥鳴聲。此指珠玉撞擊聲。錢起《江行無題一百首》（其二十六）：「祇知秦塞遠，格磔鷓鴣啼。」琅玕（láng gān）：玉石。《尚書·禹貢》：「厥貢惟球、琳、琅玕。」《孔傳》：「琅玕，石而似玉。」《説文·玉部》：「琅，琅玕，似珠者。」

〔一九〕海眼：泉眼。此指太湖石長期被風浪衝擊所産生的孔穴。杜甫《太平寺泉眼》：「石間見海眼，天畔縈水府。」仇注引《成都記》：「距石笋二三尺，每夏月大雨，陷作土穴，泓水湛然。以繩繫石投其下，愈投而愈無窮。凡三五日，忽然不見，故曰海眼。」

〔二〇〕和沙鬚：帶着沙鬚。和，伴隨，連同。沙鬚，像胡鬚一樣的沙根。

〔二一〕耄（mào）倪：老人和小孩。《孟子·梁惠王下》：「王速出令，反其旄倪。」趙岐注：「旄，老耄也。倪，弱小。倪，倪者也。」「旄」同「耄」也。耄，年老，高齡。倪，小兒。「倪」即「兒」。《尚書·大禹謨》：「耄期倦于勤。」《孔傳》：「八十、九十曰耄，百年曰期頤。」《釋名·釋長幼》：「七十曰耄，頭髮白，耄耄然也。」

〔二二〕舳艫：船尾和船頭。代指船。舳，船尾。《説文·舟部》：「舳，艫也。漢律名船方長爲舳艫。一曰：舟尾。」《方言》（卷九）：「（舟）後曰舳。……舳，制水也。」一説，舳爲船頭。《小爾雅·廣器》：「船頭謂之舳，尾謂之艫。」艫，船頭。《説文·舟部》：「艫，舳艫也。一曰：船頭。」一説，艫爲船尾。《文選》（卷五）左思《吴都賦》：「弘舸連舳，巨檻接艫。」劉逵注：「舳，船前也。艫，船後也。」實際上，「舳艫」常連用指船而言。《説文》顯已如此。段玉裁《説文解字注》：「『長』當作『丈』，……蓋漢時計船以丈，每方丈爲一舳艫也。此釋舳艫之謂，二字不分析者也。

下文分釋謂船尾舳，謂船頭艫，此分析者也。」

〔二三〕通侯：先秦以來的爵位名，即徹侯，列侯。此指高官顯貴而言。《戰國策·楚策一》：「楚嘗與秦構難，戰於漢中。楚人不勝，通侯、執珪死者七十餘人，遂亡漢中。」鮑彪注：「徹侯，漢諱武帝作『通』，此亦劉向所易也。」《漢書》（卷一下）《高帝紀下》：「上曰：『通侯諸將，毋敢隱朕，皆言其情。』」顔師古注：「應劭曰：『舊曰徹侯，避武帝諱曰通。通亦徹也。通者，言其功德通於王室也。』張晏曰：『後改爲列侯。列者，見序列也。』」

〔二四〕貴却：貴重超過了。却，張相《詩詞曲語辭匯釋》（卷二）：「却，猶於也。」驪龍珠：寶珠。參卷二（詩三九）注〔三〕。

〔二五〕賝賮（chēn jìn）：珍寶財物。古代指贈獻之物。

〔二六〕窮京都：謂太湖石被大量地輸往京城。京都，國都。此指唐代京城長安。

〔二七〕五侯：五人同時被封侯。此指京城裏的權豪貴要。《漢書》（卷九八）《元后傳》：「上（漢成帝）悉封舅（王）譚爲平阿侯、商成都侯、立紅陽侯、根曲陽侯、逢時高平侯。五人同日封，故世謂之『五侯』。」《後漢書》（卷六六）《陳蕃傳》述「梁氏五侯」，（卷七八）《宦者傳·單超》述「五侯」事，亦可參。

〔二八〕爾：你。指太湖石。㟧䶪（wù）：山勢參差不齊。《文選》（卷二）張衡《西京賦》：「上林岑以壘嵲，下嶄巖以㟧䶪。」

〔二九〕稱意：合意，稱心如意。李白《陪侍御叔華登樓歌》：「人生在世不稱意，明朝散髮弄扁舟。」

〔三〇〕爵禄：爵位俸禄。指高官厚禄。《周禮・夏官・司士》：「凡邦國，三歲則稽士任而進退其爵禄。」斯須：一會兒。《禮記・祭義》：「禮樂不可斯須去身。」鄭玄注：「斯須，猶須臾也。」

〔三一〕王佐士：具備輔佐君王成就大業的人。《漢書》（卷五六）《董仲舒傳》：「劉向稱『董仲舒有王佐之材，雖伊、吕亡以加。管、晏之屬，伯者之佐，殆不及也。』」

〔三二〕崛起：興起，奮起。王符《潛夫論・慎微》：「凡山陵之高，非削成而崛起也，必步增而稍上焉。」太湖：參本卷（序五）注〔一〕。

〔三三〕西笑：謂西望京城而笑。意指到京城得到賞識，受到重視。桓譚《新論・祛蔽》：「關東鄙語曰：『人聞長安樂，則出門西向而笑。』」

〔三四〕得如：能如。劉淇《助字辨略》（卷五）：「得，能也。」無：同「否」，反問詞。此句謂能像太湖石那樣在京城裏得到賞識嗎？諷刺京城權貴喜愛玩好，不重視人才的行徑。

崦裏①〔一〕（原注：傍龜山，下有良田二十頃。）〔二〕

崦裏何幽奇②〔三〕，膏腴二十頃〔四〕。風吹稻花香，直過龜山頂。青苗細膩卧③〔五〕，白羽悠溶静〔六〕。塍畔起鶻鵃〔七〕，田中通舴艋〔八〕。幾家傍潭洞〔九〕，孤戍當林嶺〔一〇〕。罷釣時煮菱〔一一〕，停繰或焙茗〔一二〕。峭然八十老④〔一三〕，生計於此永〔一四〕。苦力供征賦〔一五〕，怡顔過朝

暝〔一六〕。洞庭取異事〔一七〕，包山極幽景〔一八〕。念爾飽得知〔一九〕，亦是遺民幸〔二〇〕。（詩五九）

【校記】

①「崦」項刻本作「廣」。②「崦」項刻本作「廣」。③「苗」汲古閣本作「苗」。④「老」弘治本、詩瘦閣本、章校本、項刻本、季寫本、全唐詩本作「翁」。

【注釋】

〔一〕崦裏：在太湖包山之西山。朱長文《吴郡圖經續記》（卷中）：「包山，在震澤中。……陸龜蒙、皮日休《太湖詩》二十篇，如……崦裏、石版之類，皆在此山。」范成大《吴郡志》（卷一五）：「崦裏，傍黿山。下有良田二十頃。」詩題下原注作「龜山」，不作「黿山」，參本詩注〔二〕。

〔二〕龜山：金友理《太湖備考》（卷五）：「龜山，在西山之東。」范成大《吴郡志》（卷一五）：「黿頭山，一名黿山，在洞庭西山之東麓。」王鏊《姑蘇志》（卷九）：「黿頭山，一名黿山，實洞庭之支嶺也。以其形似黿，故名。山産奇石。」與《太湖備考》（卷五）所云比勘，黿山，在西山之東。黿山似即龜山。

〔三〕幽奇：優美奇妙。指景物的美妙。

〔四〕膏腴：謂土地肥沃。《戰國策・趙策四》：「今媪尊長安君之位，而封之以膏腴之地。」二十頃：實指崦裏田地之數。

〔五〕細膩：生長得很細密而肥大潤澤。膩，形容植物生長茂盛肥大，鮮艷有光澤。李賀《河南府試十二月樂詞·四月》：「依微香雨青氛氳，膩葉蟠花照曲門。」王琦《解》：「膩葉，葉之肥大者。」

〔六〕白羽：指白色羽毛的禽鳥，即白鳥。參本卷（詩五一）注〔三〕。悠溶：平静安閑貌。趙嘏《題昭應王明府溪亭》：「靖節何須彭澤逢，菊洲松島水悠溶。」

〔七〕塍（chéng）畔：田埂邊。《説文·土部》：「塍，稻中畦也。」鷿鵜（pì tí）：水鳥名，俗名油鴨，似鴨而小，栖息湖泊沼澤之地。

〔八〕舴艋（zé měng）：小船。《玉篇·舟部》：「舴艋，小舟。」

〔九〕幾家：數家。有一些人家。

〔一〇〕孤戍：孤立的堡壘。戍，軍事上的營壘。此應指當年吴、越交戰的故壘。

〔一一〕罷釣：垂釣之餘。

〔一二〕繅（sāo）：抽蠶繭爲絲。同「繰」。《説文·糸部》：「繰，繹繭爲絲也。」焙（bèi）茗：烘制茶葉。焙，微火烘烤。

〔一三〕峭然：挺拔貌。此喻老人身體健康硬朗。八十老：八十歲的老人。《釋名·釋長幼》：「八十曰耋。耋，鐵也。皮膚變黑，色如鐵也。九十曰鮐背，背有鮐文也。」

〔一四〕生計：營生的辦法。《陳書》（卷二七）《姚察傳》：「清潔自處，貲産每虚。或有勸營生計，笑而不答。」王梵志《飲酒妨生計》：「飲酒妨生計，摴蒲必破家。」

〔一五〕苦力：體力勞動。征賦：征役賦稅。《國語·吴語》：「舍其愆令，輕其征賦，施民所善，去民所惡。」

〔一六〕怡顔：和悦的容顔。朝暝：早晨和傍晚。代指一天。

〔一七〕洞庭：此指太湖的洞庭窟穴。異事：怪異之事。陸廣微《吴地記》：「《揚州記》曰：『太湖，一名震澤，一名洞庭。』今湖中包山有石穴，其深莫知其極，即十大洞天之第九，林屋洞天也。《洞庭山記》曰：『洞庭有二穴，東南入洞，幽邃莫測。昔闔閭使令威丈人尋洞，秉燭晝夜而行，繼七十日，不窮而返。啓王曰：「初入，洞口狹隘，傴僂而入。約數里，忽遇一石室，可高二丈，常垂津液。」内有石床枕硯。石几上有素書三卷，持回，上於闔閭，不識，乃請孔子辯之，孔子曰：「此夏禹之書，并神仙之事，言大道也。」王又令再入，經二十日却返，云：「不似前也，唯上聞風水波濤，又有異蟲，撓人撲火，石燕蝙蝠大如鳥，前去不得。」丈人姓毛名萇，號曰毛公。』今洞庭有毛公宅，石室并壇存焉。」太湖包山之洞庭傳聞極多，另可參范成大《吴郡志》（卷一五）。

〔一八〕包山：在太湖中，一名洞庭山，分爲東山、西山。參本卷（序五）注〔四〇〕。幽景：幽静美麗的景色。

〔一九〕飽得知：非常充分地瞭解（洞庭異事、包山幽景）。飽：《玉篇·食部》：「飽，飽滿也。」

〔二〇〕遺民：從前朝生活過來的人民。此指幽居在嵁裏的人民，遺世獨立，不受外界塵世的紛擾。

【箋評】

「風吹稻花香」：老。（項真評、項真刻《項氏瓶笙榭新刻皮襲美詩》卷一）

石板（原注：在石公山前。）〔一〕

翠石數百步〔二〕，如板漂不流。空疑水妃意①〔三〕，浮出青玉洲〔四〕。中若瑩龍劍〔五〕，外唯疊蛇矛②〔六〕。狂波忽然死〔七〕，浩氣清且浮〔八〕。似將翠黛色〔九〕，抹破太湖秋。安得三五夕〔一〇〕，携酒棹扁舟〔一一〕。召取月夫人〔一二〕，嘯歌於上頭〔一三〕。又恐霄景闊〔一四〕，虚皇拜仙侯〔一五〕。欲建九錫碑③〔一六〕，立當十二樓④〔一七〕。瓊文忽然下⑤〔一八〕，石板誰能留⑥。此事少知者，唯應波上鷗〔一九〕。（詩六〇）

【校記】

①「疑」皮詩本作「凝」。②「中若瑩龍劍，外唯疊蛇矛」項刻本作「君瑩龍劍外，唯疊長蛇矛。」③「建」斠宋本作「見」。④「立當」四庫本作「當立」。⑤「忽然」項刻本作「倏忽」。⑥「板」汲古閣本作「坂」。

【注釋】

〔一〕石板：范成大《太湖石志》（《范成大佚著輯存》）：「石板，在石公山下，平坦，可坐數人。」石公山：《太平寰宇記》（卷九一）《江南東道三》：「蘇州吴縣：石公山，洞庭西山支麓也。山根有石，如老翁立水中，涸不露，潦不没，故名。」清金友理《太湖備考》（卷五）：「西洞庭山，……一名包山，以山四面皆水包之，……山有林屋洞，故又名林屋山。……山之諸峰皆秀異，……一峰斗入湖爲石公山。」

〔二〕翠石：青石。數百步：青石板的長度。步，古代的長度單位。參卷一（詩九）注〔四三〕。

〔三〕空疑：徒疑。劉淇《助字辨略》（卷一）：「空，徒也。」水妃：水中女神。古代有伍子胥、屈原爲「水仙」的説法（參袁康《越絶書・越絶德叙外傳記》和王嘉《拾遺記・洞庭山》）。而《楚辭・九歌》中的《湘君》、《湘夫人》，歷來學者認爲事涉舜之二妃娥皇、女英。詩中顯然創造了湘水女神的形象，實可稱作「水妃」。《文選》（卷一九）曹植《洛神賦》題下，李善注：「《漢書音義》：『如淳曰：宓妃，宓羲氏之女，溺死洛水，爲神。』」亦可稱「水妃」。「水妃」字出《左傳・昭公九年》：「火，水妃也。」杜預注：「火畏水，故爲之妃。」

〔四〕青玉洲：青玉構成的洲渚。因石板乃青石，故云。

〔五〕中若句：謂石板上有晶瑩潤澤的龍劍的花紋。龍劍：寶劍。用「寶劍化龍」的故事。《晉書》（《太平御覽》卷三四二）曰：「武庫火，歷代之寶，孔子履、漢高斬白蛇劍、王莽頭皆失所在。張華見龍劍排户而飛去。」古代亦有寶劍名龍淵、龍泉者。

〔六〕外唯句：謂石板外側的邊緣有重疊的蛇矛交結在一起的花紋。蛇矛：古代兵器名。《晉書》（卷一〇三）《劉曜載記》：「丈八蛇矛左右盤，十蕩十決無當前。戰始三交失蛇矛，棄我驪驄竄巖幽，爲我外援而懸頭。」

〔七〕死：停止，消失。《廣雅》（卷四上）《釋詁》：「死，窮也。」

〔八〕浩氣：浩淼廣大的水汽。清且浮：清虚且浮動，指瀰漫於空中。

〔九〕翠黛色：深緑色。指青色的石板。

〔一〇〕安得：如何。杜甫《茅屋爲秋風所破歌》：「安得廣厦千萬間，大庇天下寒士俱歡顔。」三五夕：每月十五日夜晚。指月圓之夜。《文選》（卷二九）《古詩十九首》（孟冬寒氣至）：「三五明月滿，四五蟾兔缺。」《文選》（卷三〇）謝靈運《南樓中望所遲客》：「與我别所期，期在三五夕。」李善注：「三五，謂十五日也。《禮記》曰：『月者，三五而盈也。』」

〔一一〕棹扁舟：劃着小船。棹，船槳。此作動詞用。扁舟，小船。《史記》（卷一二九）《貨殖列傳》：「范蠡既雪會稽之耻，乃喟然而嘆曰：『計然之策七，越用其五而得意。既已施於國，吾欲用之家。』乃乘扁舟浮於江湖。」

〔一二〕召取：召來，召得。取，語助詞。張相《詩詞曲語辭匯釋》（卷三）：「取，語助辭，猶着也；得也。」月夫人：應指月中仙女嫦娥。《山海經·大荒西經》：「有女子方浴月。帝俊妻常羲，生月十有二，此始浴之。」常羲即嫦娥。《淮南子》（《初學記》卷一）曰：「羿請不死之藥於西王母，羿妻姮娥竊之奔月，托身於月，是爲蟾蜍，而爲月精。」

〔一三〕嘯歌：長嘯歌吟。《詩經·小雅·白華》：「嘯歌傷懷，念彼碩人。」嘯：撮口出聲。《説文·口部》：「嘯，吹聲也。」

〔一四〕霄景：高空中的景象。霄，霄漢，高遠的天空。江淹《始安王拜征虜將軍南兖州刺史章》：「不悟旻靈拂采，霄景汰色。」

〔一五〕虚皇：道教太虚神名。陶弘景《上清真人許長史舊館壇碑》：「結號虚皇，筌法正覺。藥徵質瑩，禪感慧通。」仙侯：仙人的侯爵。道教神仙也有官職爵位。《真誥》（卷一）「東嶽上真卿司命君、東宫九微真人金闕上相青童大君，……桐柏真人右弼王領五嶽司侍帝晨王子喬、青蓋真人侍帝晨郭世幹，……。」如此記述，不一而足。

〔一六〕九錫：賞賜九種器物。古代帝王尊寵臣下的最高禮遇。此指九錫文，即帝王寵賜九錫時的詔書。《漢書》（卷六）《武帝紀》：「（元朔元年冬十一月）有司奏議曰：『古者，諸侯貢士，壹適謂之好德，再適謂之賢賢，三適謂之有功，乃加九錫。』」顔師古注：「應劭曰：『一曰車馬，二曰衣服，三曰樂器，四曰朱户，五曰納陛，六曰虎賁百人，七曰鈇鉞，八曰弓矢，九曰秬鬯。此皆天子制度，尊之，故事事錫與，但數少耳。』」

〔一七〕十二樓：古代神話傳説中神仙居住之所。《史記》（卷二八）《封禪書》：「方士有言：『黄帝時爲五城十二樓，以候神人於執期，命曰迎年。』上許作之如方，命曰明年。」《漢書》（卷二五下）《郊祀志下》：「方士有言黄帝時爲五城十二樓。」顔師古注：「應劭曰：『昆侖玄圃五城十二樓，仙人之所常居。』」

〔一八〕瓊文：美玉的文采。喻華美的詞章。此指虚皇徵調石板的詔書，即指道教文而言。瓊，美玉。《説文·玉部》：「瓊，赤玉也。」

〔一九〕波上鷗：水上的鷗鳥。參卷一（詩一〇）注〔三四〕。

【箋評】

「空疑水妃意」：巧。

「似將翠黛色」二句：翻空。（項真評、項真刻《項氏瓶笙樹新刻皮襲美詩》卷一）

奉和太湖詩二十首〔一〕

龜蒙

初入太湖〔二〕

東南具區雄〔三〕，天水合爲一〔四〕。高帆大弓滿〔五〕，羿射争箭疾〔六〕。時當暑雨後，氣象仍鬱密〔七〕。作如開雕笯①〔八〕（原注：音奴。籠也②。），聳翅怒飛出③〔九〕。行將十洲近〔一〇〕，坐覺八極溢〔一一〕。耳目駭鴻濛〔一二〕，精神寒佶栗〔一三〕。坑來斗呀豁〔一四〕，涌處驚嵯崒〔一五〕。險異拔龍湫④〔一六〕，喧如破蛟室〔一七〕。斯須風妥帖⑤〔一八〕，若受命平秩〔一九〕。微茫識端倪〔二〇〕，遠嶠疑格（原注：音閣⑥。）筆〔二一〕。巉巉見銅闕（原注：湖中穹崇山有銅闕。）〔二二〕，左右皆輔弼〔二三〕。盤空儼相趨〔二四〕，去勢猶横逸〔二五〕。嘗聞咸池氣〔二六〕，下注作清質〔二七〕。至今滔赤霄⑦〔二八〕，尚且浴白日⑧〔二九〕（原注：太湖上禀咸池五車之氣⑨，故一水五名也⑩。）〔三〇〕。又云構浮玉⑪〔三一〕，宛與崑閬匹〔三二〕。肅爲靈官家〔三三〕，此事難致詰〔三四〕（原注：太湖乃仙家浮玉之北堂。）〔三五〕。纔迎沙嶼好〔三六〕，指顧俄已失〔三七〕。山川互蔽虧〔三八〕，魚鳥空聱（原注：語彪反。）耴⑫（原注：魚乙反⑬。）〔三九〕。何當授真檢〔四〇〕，得召天吴術〔四一〕。一一問朝宗〔四二〕，方應可譚悉〔四三〕。（詩六一）

【校記】

①「作」汲古閣本、四庫本、統籤本、全唐詩本作「乍」，陸詩甲本、陸詩丙本、季寫本作「不」。「雕」原作「彫」，據斟宋本、傅校本、陸詩甲本、陸詩丙本、季寫本、全唐詩本改。「笯」陸詩丙本作「奴」。②「奴」陸詩丙本作「力」。「籠」陸詩丙本作「龍」。季寫本無此注。③「怒」汲古閣本、四庫本、陸詩丙本、統籤本、季寫本、全唐詩本作「忽」。④「險異」陸詩甲本、陸詩丙本、統籤本、季寫本、全唐詩本注：「一作險若。」⑤「帖」原作「怗」，據弘治本、汲古閣本、詩瘦閣本、四庫本、陸詩甲本、季寫本、全唐詩本改。⑥季寫本無此注。⑦「今」陸詩丙本黄校作「合」。「滔」弘治本、汲古閣本、詩瘦閣本、四庫本、陸詩甲本、陸詩丙本、統籤本、季寫本、全唐詩本作「涵」。⑧「尚且」盧校本作「向旦」。⑨「車」原作「東」，據弘治本、汲古閣本、詩瘦閣本、四庫本、陸詩甲本、陸詩丙本、統籤本、季寫本、全唐詩本改。⑩「五」陸詩丙本黄校作「土」。⑪「構」原缺末三筆，避宋高宗趙構諱。「玉」原作「五」，據弘治本、汲古閣本、詩瘦閣本、四庫本、陸詩甲本、陸詩丙本、統籤本、季寫本、全唐詩本改。⑫「聱耴」陸詩丙本作「聲取」。⑬季寫本無「語彪反」、「魚乙反」二注語。兩「反」字

全唐詩本作「切」。

【注釋】

〔一〕奉和：與別人的詩作相唱和。和答他人之作。

〔二〕初入太湖：參本卷（詩四一）注〔二〕。

〔三〕具區：即太湖。《周禮・夏官・職方氏》：「東南曰揚州，其山鎮曰會稽，其澤藪曰具區。」《爾雅・釋地》：「吴、越之間有具區。」《元和郡縣圖志》（卷二五）《江南道一》：「蘇州吴縣，太湖，在縣西南五十里。《禹貢》謂之震澤，《周禮》謂之具區。」

〔四〕天水句：謂藍天與太湖的碧水連成一片。形容太湖浩淼無垠。王勃《秋日登洪府滕王閣餞別序》：「落霞與孤鶩齊飛，秋水共長天一色。」

〔五〕高帆句：謂高挂的船帆在風中猶如一張偌大的弓全部張開，意謂船在快速航行。

〔六〕羿射句：謂航行的船猶如羿射出的箭一般迅急。羿，古代神話傳説中善射的射手。《淮南子・本經訓》：「逮至堯之時，十日并出，焦禾稼，殺草木，而民無所食。猰貐、鑿齒、九嬰、大風、封豨、修蛇，皆爲民害。堯乃使羿誅鑿齒於疇華之野，殺九嬰於凶水之上，繳大風於青邱之澤，上射十日而下殺猰貐，斷修蛇於洞庭，禽封豨於桑林。萬民皆喜，置堯以爲天子。於是天下廣狹、險易、遠近，始有道里。」

〔七〕氣象：氣候景象。鬱密：濃重鬱悶。

〔八〕作：興起。此謂奮起的樣子。雕：一種猛禽，似鷹而大。篘（nú）：籠子。《説文·竹部》：「篘，鳥籠也。」《方言》（卷一三）：「籠，南楚、江、沔之間謂之篣，或謂之篘。」此句謂奮起之勢猶如從籠子裏飛出去的老雕。

〔九〕聳翅句：謂振翅疾飛而去。此喻行船的迅疾。怒飛：奮翅高飛。《莊子·逍遥遊》：「北冥有魚，其名爲鯤。鯤之大，不知其幾千里也。化而爲鳥，其名爲鵬。鵬之背，不知其幾千里也。怒而飛，其翼若垂天之雲。是鳥也，海運則將徙於南冥。南冥者，天池也。」

〔一〇〕行將：且將，將要。十洲：古代神話傳説中大海中神仙居住的地方。東方朔《海内十洲記》：「漢武帝既聞王母説八方巨海之中，有祖洲、瀛洲、玄洲、炎洲、長洲、元洲、流洲、生洲、鳳麟洲、聚窟洲。有此十洲，乃人迹所稀絶處。」

〔一一〕坐覺：遂覺。八極：八方極遠之地。《莊子·田子方》：「夫至人者，上窺青天，下潛黄泉，揮斥八極，神氣不變。」《淮南子·原道訓》：「夫道者，覆天載地，廓四方，柝八極，高不可際，深不可測。」高誘注：「八極，八方之極也，言其遠。」

〔一二〕鴻濛：廣大迷離貌。《漢書》（卷八七上）《揚雄傳上》：「外則正南極海，邪界虞淵，鴻濛沆茫，碣以崇山。」顔師古注：「鴻濛沆茫，廣大貌。」

〔一三〕佶（jí）栗：驚悚聳動貌。温庭筠《郭處士擊甌歌》：「佶栗金虬石潭古，勺陂瀲灩幽修語。」李商隱《嬌兒詩》：「豪鷹毛崱屴，猛馬氣佶傈。」

〔一四〕坑：指波谷。斗：通「陡」，陡然，突然。呀豁：張開貌。

〔一五〕涌：指波浪騰涌。嵯崒（cī zú）：山勢高峻貌。此形容涌浪如山。《楚辭·招隱士》：「山氣巃嵸兮石嵯峨，谿谷嶄巖兮水曾波。」《玉篇·山部》：「嵯，嵯峨，高貌。」《詩經·小雅·十月之交》：「百川沸騰，山冢崒崩。」鄭玄箋：「崒者，崔嵬。」《説文·山部》：「崒，崒危，高也。」

〔一六〕險異：異常險峻艱難。龍湫（qiū）：龍潭。上有瀑布下有深潭之謂。

〔一七〕蛟室：即鮫室。古代傳説中大海鮫人的居室。《新輯搜神記》（卷二八）《鮫人》：「南海之外有鮫人，水居如魚，不廢績織。時從水中出，向人家寄住，積日賣綃。」《文選》（卷一二）木華《海賦》：「其垠則有天琛水怪，鮫人之室。」

〔一八〕斯須：一會兒。參本卷（詩五八）注〔三〇〕。妥帖（tiē）：平穩，平定。陸機《文賦》：「或妥帖而易施，或岨峿而不安。」

〔一九〕受命：接受命令。《尚書·召誥》：「惟王受命，無疆惟休，亦無疆惟恤。」平秩：按照一定的先後次序進行耕作。此謂太湖波浪先洶涌後平静，似遵守命令，依次而行。《尚書·堯典》：「寅賓出日，平秩東作。」《孔傳》：「寅，敬。賓，導。秩，序也。歲起於東而始就耕謂之東作。東方之官，敬導出日，平均次序。東作之事，以務農也。」

〔二〇〕微茫：隱微渺茫，迷離模糊的景象。識：辨識。端倪：頭緒，迹象。《莊子·大宗師》：「反覆終始，不知端倪。」

〔一一〕遠嶠（qiáo）：遠處的山峰。《爾雅·釋山》：「鋭而高，嶠。」格筆：擱筆用的支架，即「閣筆」、「擱筆」。又稱「筆床」、「筆架」。格，置放器物的支架。南朝陳徐陵《玉臺新詠序》：「琉璃硯匣，終日隨身；翡翠筆床，無時離手。」趙希鵠《洞天清禄集·筆格辨》：「筆格惟黑、白、琅玕三種玉可用，須鎸刻象山峰聳秀而不俗方可。」此處應指太湖中筆格山。金友理《太湖備考》（卷五）：「筆格山，中高而旁下，以形名。在東山之西。」

〔一二〕巉巉（chán chán）：山崖險峻貌。銅闕：據原注，應是太湖中穹崇山一座似闕樓的山峰。朱長文《吴郡圖經續記》（卷中）云：「舊傳震澤有七十二山。」穹崇山應是其中之一。王鏊《姑蘇志》（卷九）詳列太湖中七十二山名，無穹崇山。朱長文《吴郡圖經續紀》（卷中）云：「穹窿山，在吴縣西六十里。」不知是否？

〔一三〕左右句：謂左右的群山拱衛着穹崇山的銅闕，猶如君王身邊的輔佐大臣一般。輔弼：輔佐，輔助。《國語·吴語》：「申胥釋劍而對曰：『昔吾先王世有輔弼之臣，以能遂疑計惡，以不陷於大難。』」詳此句所寫，穹崇山似即指穹窿山。王鏊《姑蘇志》（卷九）：「穹窿山，比陽山尤高。《五湖賦》云：『穹窿紆曲。』蓋此山實峻而深，形如釵股。《吴地記》：『兩嶺相趨，名曰銅嶺。』」

〔一四〕盤空句：謂拱衛銅闕的衆多山峰凌空而起，儼然互相奔赴向前一般。盤空：凌空，繞空。韓愈《薦士》：「横空盤硬語，妥帖力排奡。」

〔二五〕去勢句：謂衆峰離去銅闕的態勢，也是很縱横奔放的。横逸：豪縱。劉劭《人物志·材理篇》：「好奇之人，横逸而求異。」

〔二六〕咸池氣：咸池的氣象。咸池，星名。《楚辭·九歌·少司命》：「與女沐兮咸池，晞女髮兮陽之阿。」王逸注：「咸池，星名，蓋天池也。」《史記》（卷二七）《天官書》：「西宫咸池，曰天五潢。五潢，五帝車舍。」《正義》：「咸池三星，在五車中，天潢南，魚鳥之所托也。」

〔二七〕下注：向下流。清質：美好的質性。此指清澈的太湖水。謝莊《月賦》：「升清質之悠悠，降澄暉之藹藹。」

〔二八〕赤霄：指高遠的天空。霄，霄漢。《淮南子·人間訓》：「背負青天，膺摩赤霄。」高誘注：「赤霄，飛雲也。」

〔二九〕浴白日：沐浴太陽。指太陽可在太湖中沐浴。此亦與咸池相關，化用古代神話傳説。《楚辭·離騷》：「飲余馬於咸池兮，總余轡乎扶桑。」王逸注：「咸池，日浴處也。」《淮南子·天文訓》：「日出于暘谷，浴于咸池。」

〔三〇〕咸池五車之氣：即上云「咸池氣」。參本詩注〔二六〕。一水五名：指太湖有五個名稱。除太湖一名外，還有震澤（《尚書·禹貢》）、具區（《周禮·夏官》、《爾雅·釋地》）、五湖（《國語·越語》）、笠澤（《左傳·哀公十七年》）。本指松江，因其連接太湖，亦以其稱太湖）。此句謂天上有五車之氣，地下的太湖一水五名，後者禀受前者而來。此説實起自陸龜蒙。朱長文《吴郡圖經續記》（卷中）：「陸魯望以謂太湖上稟咸池之氣，故一水五名。又爲仙家浮玉之北堂，故其詩曰：『嘗聞咸池氣，下注作清質。至今涵赤霄，尚且浴白日。』『又云構浮玉，宛與崑閬匹。』正謂此也。」

〔三一〕構：造作。浮玉：山名。在太湖南，即天目山一脉，道教第三十四洞天。《山海經·南山經》：「又東五百里，曰浮玉之山，北望具區。」《雲笈七籤》（卷二七）《洞天福地·三十六小洞天》：「第三十四天目山洞，周迴一百里，名曰天蓋滌玄天。在杭州餘杭縣，屬姜真人治之。」《讀史方輿紀要》（卷八九）《浙江一》：「天目山……唐子霞云：『天目山，一名浮玉山。其山連亘于杭、宣、湖、徽四州之界。』」

〔三二〕宛：若，好像。崑閬：崑崙山上的閬風山。又常被稱爲閬風巔、閬苑等。古代神話中的神仙之地。《楚辭·離騷》：「朝吾將濟於白水兮，登閬風而緤馬。」王逸注：「閬風，山名，在崑崙之上。」另參卷二（詩三三）注〔一七〕。匹：比匹，成雙。

〔三三〕肅：嚴肅恭敬。靈官家：謂神仙之家。靈官，仙官。參本卷（詩五四）注〔三五〕。

〔三四〕致詰：推究，弄清究竟。《老子》（第一四章）：「視之不見，名曰夷；聽之不聞，名曰希；摶之不得，名曰微。此三者，不可致詰。」

〔三五〕北堂：北屋。此注語出處未詳。或即陸龜蒙據當地民間傳説而言。明陳繼儒《太平清話》（卷三）云：「陸魯望謂洞庭爲浮玉北堂。」并參本詩注〔三〇〕。

〔三六〕迎：嚮着，面對着。沙嶼：小沙島。

〔三七〕指顧：一指一瞥之間。言時間極短暫。《文選》（卷一）班固《東都賦》：「指顧倏忽，獲車已實。」俄已失：很快又消失了。俄，一會兒，片刻。

〔三八〕山川句：謂山川互相遮蔽。蔽虧：因爲有遮擋而半隱半現。《文選》（卷七）司馬相如《子虚賦》：「其山則盤紆岪鬱，隆崇嵂崒，岑崟參差，日月蔽虧。」李善注：「張揖曰：『高山擁蔽日月。虧，缺，半見也。』」

〔三九〕魚鳥句：謂魚鳥只是發出各種不同的聲音。聱耴（áo yì）：衆多的聲音。《文選》（卷五）左思《吴都賦》：「魚鳥聱耴，萬物蠢生。」李善注：「聱耴，衆聲也。」

〔四〇〕何當：何時。《玉臺新詠》（卷一〇）《古絶句四首》（其一）：「何當大刀頭，破鏡飛上天。」真檢：有關仙法的道書。真，仙。檢，古代書籍的書封題籤。授真檢：授給仙道的書籍。

〔四一〕天吴：古代神話傳説中的水神。《山海經·海外東經》：「朝陽之谷，神曰天吴，是爲水伯。在虹虹北兩水間。其爲獸也，八首人面，八足八尾，皆青黄。」

〔四二〕朝宗：百川歸海謂之朝宗。即指江河流嚮大海。《尚書·禹貢》：「荆及衡陽惟荆州，江、漢朝宗于海。」《孔傳》：「二水經此州而入海，有似於朝百川以海爲宗。宗，尊也。」

〔四三〕可：能，能够。譚悉：詳盡談説。

【箋評】

《山海經》曰：「浮玉之山，北望具區。」劉辰翁曰：「山有二：在歸安者爲小浮玉，在孝豐者爲大浮玉。」按陸魯望詩：「入雲構浮玉，宛與崑閬匹。」此正浮家苕、霅之事，非明所改之金山也。（宋長白《柳亭詩話》卷十八《白玉芽》）

其和皮《太湖詩》，略遜于皮，以皮得之親歷，故議論更透徹而描寫更奇特也。（余成教《石園詩話》卷二）

曉次神景宫〔一〕

曉帆逗碕岸〔二〕，高步入神景〔三〕。灑灑襟袖清〔四〕，如臨蕊珠屏〔五〕。雖然群動息〔六〕，此地常寂静。翠鑷有寒鏘①〔七〕，碧花無定影〔八〕。憑軒羽人傲〔九〕，夾户天獸猛〔一〇〕。稽首朝元君〔一一〕，褰衣就虛省〔一二〕。呀空雪牙利②〔一三〕，漱水石齒冷③〔一四〕。香母未垂嬰〔一五〕，芝田不論頃〔一六〕。遥通河漢口〔一七〕，近撫松桂頂〔一八〕。飯薦七白蔬④〔一九〕，杯釃九光杏⑤〔二〇〕。人間附塵躅〔二一〕，固陋真鉗頸〔二二〕。肯信抃鰲傾〔二三〕，猶疑夏蟲永〔二四〕。玄津蕩瓊壟〔二五〕，紫汞啼金鼎⑦〔二六〕。盡出冰霜書〔二七〕，期君一披省〔二八〕。（詩六二）

【校記】

①「鑷」錢校本、陸詩甲本批校作「澗」。　②「呀」盧校本作「砑」。「牙」章校本作「羽」。　③「漱」陸詩丙本作「嗽」。　④「七」原作「十」，據弘治本、汲古閣本、詩瘦閣本、四庫本、陸詩甲本批校、陸詩丙本、統籤本、全唐詩本改。陸詩甲本、陸詩丙本黄校、季寫本作「亡」。　⑤「九」原作「丸」，據弘治

本、汲古閣本、詩瘦閣本、四庫本、陸詩甲本、陸詩丙本、統籤本、季寫本、全唐詩本改。⑥「扑」弘治本、章校本作「林」。⑦「汞」原作「录」，據弘治本、汲古閣本、詩瘦閣本、四庫本、陸詩甲本、陸詩丙本、統籤本、季寫本、全唐詩本改。

【注釋】

〔一〕神景宫：參本卷（詩四二）注〔一〕。

〔二〕逗：停留，靠近。《説文·辵部》：「逗，止也。」段玉裁《説文解字注》：「逗遛。」張相《詩詞曲語辭匯釋》（卷二）：「逗，猶駐也，此爲逗留義。……陸龜蒙《曉次神景宫》詩：『曉帆逗碕岸，高步入神景。』此爲起首二句，正寫曉次事，爲舟帆駐岸之義。」碕（qí）岸：曲岸。此指蜿蜒曲折的太湖岸邊。《漢書》（卷八七上）《揚雄傳上》：「探巖排碕，薄索蛟螭。」顔師古注：「碕，曲岸也。」《玉篇·石部》：「碕，曲岸頭。」

〔三〕高步：大步。《文選》（卷二一）左思《咏史八首》（其五）：「被褐出閶闔，高步追許由。」

〔四〕灑灑：灑落凉爽貌。

〔五〕蕊珠屏：蕊珠宫的畫屏。蕊珠，蕊珠宫，道教上清境靈寶天尊所居的宫闕。《雲笈七籤》（卷一一）《上清黄庭内景經》：「閑居蕊珠作七言。」務成子注：「蕊珠，上清境宫闕名也。」

〔六〕群動息：謂各種動物都有止息的時候（也有活動的時候）。陶淵明《飲酒二十首》（其七）：「日入群動息，歸鳥趨林鳴。」《莊子·讓王》：「善卷曰：『余立於宇宙之中，……日出而作，日入而息。』」《尸子》（卷下）：「晝動而夜息，天之道也。」

〔七〕翠鑷（niè）：碧緑色的鈴鑷。鑷，金屬制作成的球狀垂挂裝飾物。王粲《七釋》：「戴明中之羽雀，離華鑷之葳蕤。」寒鏘：發出清脆的鏗鏘聲。寒，非指寒冷，而是修飾詞。

〔八〕碧花：碧玉花。神話中供仙人食用的花。曹唐《穆王宴王母於九光流霞館》：「不知白馬紅韁解，偷吃東田碧玉花。」

〔九〕憑軒：憑臨窗口。《文選》（卷一一）王粲《登樓賦》：「憑軒檻以遥望兮，向北風而開襟。」羽人：仙人。古代傳説仙人穿羽衣，故稱。道家學仙，故稱道士爲羽人。《楚辭·遠遊》：「仍羽人於丹丘兮，留不死之舊鄉。」

〔一〇〕夾户天獸：指神景宫門兩邊的石雕獸像。天獸：天上的神獸，如龍、麟之類。

〔一一〕稽首：古代的一種跪拜禮，叩頭到地。《尚書·舜典》：「禹拜稽首，讓于稷、契暨臯陶。」《孔傳》：「稽首，首至地。」元君：道教稱仙人男曰真人，女曰元君。明彭大翼《山堂肆考》（卷一五〇）《女仙》：「男之高仙曰真人，女曰元君。」《雲笈七籤》（卷九七）《南極王夫人授楊羲詩三首并序》：「南極王夫人，王母第四女也。名華林，字容真，一號南極紫元夫人，或號南極元君。」

〔一二〕褰（qiān）衣：提起衣服的下擺。《詩經·鄭風·褰裳》：「子惠思我，褰裳涉溱。」虚省：猶虚堂，寬敞的廳堂。此指宫觀裏的「客省」，接待客人的房室。本書卷六有皮日休《開元寺客省早景即事》詩（詩二八一），可參看。

〔一三〕呀空：凌空。雪牙：白牙。

〔一四〕漱水句：謂以水漱石齒倍感清凉。《世説新語·排調》：「孫子荆年少時欲隱，語王武子『當枕石漱流』，誤曰『漱石枕流』。王曰：『流可枕，石可漱乎？』孫曰：『所以枕流，欲洗其耳；所以漱石，欲礪其齒。』」以上二句寫石雕的元君，形容其清静的生活。

〔一五〕香母：《真誥》（卷一）：「四鈞朗唱，香母奏煙。」又（卷三）：「香母折腰唱，紫煙排棟梁。」垂嬰：同「垂纓」，垂下冠帶，古代臣下朝見君王的裝束。

〔一六〕芝田：古代傳説中仙人種植芝草的田地。道家認爲食用芝草可以成仙。曹植《洛神賦》：「爾乃税駕乎蘅皋，秣駟乎芝田。」王嘉《拾遺記》（卷一〇）《崑崙山》：「上有九層，……第九層山形漸小狹，下有芝田、蕙圃，皆數百頃，群仙種耨焉。」《海内十洲記》：「方丈洲在東海中心，……仙家數十萬。耕田種芝草，課計頃畝，如種稻狀。」

〔一七〕河漢口：天河的河口。河漢，天上的天河、銀河。《古詩十九首》（迢迢牽牛星）：「河漢清且淺，相去復幾許。」此句謂神景宫高聳明敞，直與天河相接。

〔一八〕松桂頂：生長着松樹桂樹的山峰最高處。此句謂在神景宫上可以居高臨下，撫摸到附近山頂上的松桂。「松桂」聯咏，唐詩中很常見。孟郊《上包祭酒》：「何幸松桂侶，見知勤苦功。」賈島《寄友人》：「君看明月夜，松桂寒森森。」

〔一九〕薦：薦享，進獻祭品，食用。《左傳·隱公三年》：「可薦於鬼神，可羞於王公。」《玉篇·廌部》：「薦，進獻也，陳也。」七白蔬：七白靈蔬，道教所説的一種蔬菜名。《雲笈七籤》（卷七四）《太上巨勝腴煮五石英法》：「會以五光七白靈蔬，和以白素飛龍。……五光七白靈蔬者，薤菜也；白素飛龍者，白石英也。」

〔二〇〕釃（shī）：斟酒。《説文·酉部》：「釃，下酒也。」九光杏：仙酒名。

〔二一〕塵躅（zhuó）：踪迹。謂世俗的踪迹。

〔二二〕固陋：見識淺陋。《尉繚子·十二陵》：「不實在於輕發，固陋在於離賢。」鉗頸：鉗制頸項。喻受束縛。

〔二三〕肯信：豈信，哪裏相信。抃鼇（biàn áo）傾：歡欣跳躍的大鼇（龜）的身體傾斜了。《楚辭·天問》：「鼇戴山抃，何以安之？」王逸注：「鼇，大龜也。擊手曰抃。《列仙傳》曰：『有巨靈之鼇，背負蓬萊之山而抃舞。』」《文選》（卷一五）張衡《思玄賦》：「登蓬萊而容與兮，鼇雖抃而不傾。」李善注：「《列仙傳》曰：『巨鼇負蓬萊山，而抃於滄海之中。』」

〔二四〕猶疑：懷疑，半信半疑。夏蟲：生長在夏天的昆蟲。永：長。指時間長久。《莊子·秋水》：「夏蟲不可以語於冰者，篤於時也。」

〔二五〕玄津：本指佛教所謂的苦海，實指佛法。此則指道法。《文選》（卷五九）王**屮**《頭陀寺碑文》：「釋網更維，玄津重枻。」張銑注：「釋網、玄津，并佛法也。」李善注：「僧叡師《十二法門序》

曰：『奏希聲於宇宙，濟溺喪於玄津。』」瓊壟：瓊田。古代傳説中能生長靈芝草的田地。東方朔《海内十洲記·祖洲》：「鬼谷先生云：『此草是東海祖洲上，有不死之草，生瓊田中，或名爲養神芝。其葉似菰苗，叢生，一株可活一人。』」

〔二六〕紫汞：紫色的汞。指丹藥。汞是古代道家煉丹藥的基本原料，紫爲道家所崇尚的顔色，故云。啼：形容汞水在煉丹爐裏沸騰的情形。李賀好用「啼」字，《李憑箜篌引》：「江娥啼竹素女愁。」《蘇小小墓》：「幽蘭露，如啼眼。」《秋來》：「衰燈絡緯啼寒素。」《南山田中行》：「冷紅泣露嬌啼色。」《昌谷北園新笋四首》（其二）：「露壓煙啼千萬枝。」金鼎：指道士的煉丹爐。鮑照《代淮南王》：「琉璃作碗牙作盤，金鼎玉匕合神丹。」《文選》（卷一六）江淹《别賦》：「守丹竈而不顧，煉金鼎而方堅。」李善注：「煉金鼎，煉金爲丹之鼎也。」

〔二七〕冰霜書：玉書，指道書。

〔二八〕披省（xǐng）：披覽，閱讀。晋左芬《感離詩》：「披省所賜告，尋玩《悼離》詞。」

入林屋洞〔一〕

知名十小天，林屋當第九（原注：人間三十六洞天，知名者十耳①，餘二十六天出《九微志》，未行於世②。）〔二〕。題之爲左神〔三〕，理之以天后（原注：林屋洞爲左神幽虚之天，即天后真君之便闕。）〔四〕。魁堆辟邪輩③〔五〕，在右專備守④〔六〕。自非方瞳人〔七〕，不敢窺洞口。唯君好奇士⑤〔八〕，復嘯忘情友〔九〕。致傘在風林⑥〔一〇〕，低冠入雲竇〔一一〕。中深劇苔井〔一二〕，傍坎纔藥臼〔一三〕。石角忽支頤〔一四〕，藤根時束肘〔一五〕。初爲大幽怖〔一六〕，漸見微明誘〔一七〕。屹若造靈封〔一八〕，森如達仙藪〔一九〕。嘗聞白芝秀〔二〇〕，狀與琅花偶〔二一〕。又坐紫泉光⑦〔二二〕，甘如酎天酒〔二三〕（原注：白芝、紫泉，皆此洞所出，乃神仙之飲餌，非常人所能得。）〔二四〕。何人能挹嚼〔二五〕，餌以代漿糗〔二六〕。却笑探《五符》〔二七〕，徒勞步雙斗〔二八〕。真君不可見〔二九〕，焚盥空遲久⑧〔三〇〕。眷戀玉碣文〔三一〕，行行但迴首〔三二〕。

（詩六三）

【校記】

①「耳」陸詩丙本、統籤本、季寫本、全唐詩本作「爾」。②「未」季寫本作「微」。③「堆」陸詩甲本、陸詩丙本、統籤本、季寫本、全唐詩本注：「一作罡。」④「在」弘治本、汲古閣本、四庫本、陸詩甲本、統籤本、季寫本作「左」。⑤「唯」汲古閣本、四庫本作「惟」。⑥「致」陸詩甲本、陸詩丙本、季寫本、全唐詩本注：「一作斂。」⑦「光」陸詩丙本作「先」。⑧「盥」原作「與」，據弘治本、汲古閣本、詩瘦閣本、四庫本、陸詩甲本、陸詩丙本黄校、統籤本、季寫本、全唐詩本改。陸詩丙本作「盟」。

【注釋】

〔一〕林屋洞：參本卷（詩四三）注〔一〕。

〔二〕林屋：即林屋洞。據《雲笈七籤》（卷二七）《洞天福地》所列，林屋洞爲「十大洞天」之九：「第九林屋山洞，周迴四百里，號曰左神幽虚之洞天，在洞庭湖口，屬北嶽真人治之。」中華書局版李永晟點校本校記：「《名山記·十大洞天》作『龍威丈人所理，在蘇州吴縣。』」其下又列「三十六小洞天」、「七十二福地」云云，與本詩首二句及原注有所不同。《九微志》：未詳。九微乃道家修煉名詞。《黄庭内景經·三關章》：「九微之内幽且陰。」注云：「九微者，初九潛龍之地，栖神處也，指人體中三焦六腑之幽微處。」

〔三〕題之：題其名。左神：道教神名。林屋洞爲左神幽虚之洞天，故云。

〔四〕理：治理。唐人避唐高宗李治諱，以「理」爲「治」。道教稱仙人居處爲治。《雲笈七籤》（卷二七）《十大洞天》《三十六小洞天》《七十二福地》每條下均有「××真人治之。」即可見。天后：道教神名。非宋代以後流行的「天后」、「媽祖」。《真誥》（卷一一）：「天后者，林屋洞中之真君，位在太湖苞山下，龍威丈人所入得《靈寶五符》處也。」《太平御覽》（卷六六三）：「《五符》曰：『林屋山，周四百里，一名苞山，在太湖中。下有洞，潛通五岳，號天后别宫。夏禹治水平後，藏《五符》於此，吴王闔閭使龍威丈人入山所得是也。』」真君：真人，指修煉得道的仙人。「真君」一詞從「真人」衍生而來。《莊子·大宗師》：「何謂真人？古之真人，不逆寡，不雄成，不謨士。……不知説生，不知惡死。」便闕：指天后的居住之處。《真誥》（卷一一）：「此山洞虚内觀，内有靈府，洞庭四開，穴岫長連，古人謂爲金壇之虚臺，天后之便闕，清虚之東窗，林屋之隔沓。」

〔五〕魁堆：一種野獸名。古人認爲它可以避邪防灾。陸龜蒙《采藥賦》：「如防膽怯，空屏宜畫魁堆。」

〔六〕備守：防備守衛。《史記》（卷九二）《淮陰侯列傳》：「漢王奪兩人軍，即令張耳備守趙地。」

〔七〕方瞳人：方形瞳孔的人。指仙人。《抱朴子·内篇·祛惑》：「仙經云：仙人目瞳皆方。洛中見之白仲理者，爲余説其瞳正方。如此，果是異人也。」王嘉《拾遺記》（卷三）《周靈王》：「老聃在周之末，居反景日室之山，與世人絶迹。惟有黄髮老叟五人，……瞳子皆方，面色玉潔，手握青筠之杖，與聃共談天地之數。」晋葛洪《神仙傳》（卷六）《王真》：「八百歲人目瞳正方。」

〔八〕君：指皮日休。

〔九〕復嘯句：謂又是一位嘯歌曠放，喜怒哀樂不繫于心的人。忘情：無喜怒哀樂之情。《世説新語·傷逝》：「聖人忘情，最下不及情，情之所鍾，正在我輩。」

〔一〇〕致傘：給予傘以遮風

〔一一〕低冠：壓低帽子。雲竇：雲霧繚繞的山洞。指林屋洞。竇，孔穴，洞穴。鮑照《登廬山》：「松磴上迷密，雲竇下縱横。」

〔一二〕劇：甚於，超過。苔井：長滿青苔的老井。

〔一三〕傍坎：傍邊的小坑。坎，坑，地面低窪的地方。《説文·土部》：「坎，陷也。」《爾雅·釋器》：「小罍謂之坎。」郭璞注：「罍，形似壺。大者受一斛。」邢昺疏：「罍之小者别名坎。」纔：僅，只。藥臼：擣藥的石臼。此處形容坎之小。

〔一四〕石角句：謂林屋洞中的石頭角觸碰到人的下巴。支頤：同「拄頤」，以手托起下巴。此指石頭碰到下巴。

〔一五〕束肘：纏繞着胳膊。

〔一六〕大幽怖：令人感到非常幽暗恐怖。

〔一七〕微明：微弱的光亮。《老子》（第三六章）：「將欲歙之，必固張之；將欲弱之，必固强之；將欲廢之，必固興之；將欲奪之，必固與之，是謂微明。」

〔一八〕造：至，到，拜訪。靈封：神仙境界，仙山。

〔一九〕仙藪：神仙聚居之處。

〔二〇〕白芝：白色的靈芝。道家認爲服用可以長生。秀：開花。此即指花。

〔二一〕琅（láng）花：玉花。琅玕樹所開的花，形容白花。偶：匹配，相同。

〔二二〕坐：爲。張相《詩詞曲語辭匯釋》（卷四）：「坐，猶因也；爲也。」紫泉：指林屋洞中的隱泉水。其水爲紫色。《真誥》（卷一三）：「包山中有白芝，又有隱泉之水，正紫色（原注：此即林屋山也，在吴大湖中耳）。」

〔二三〕天酒：指甘露。古人認爲是仙酒，飲之可以長生。東方朔《神異經·西北荒經》：「西北海外有人，長二千里，兩脚中間相去千里，腹圍一千六百里。但日飲天酒五斗，不食五谷魚肉，唯飲天酒。」張華注：「天酒，甘露也。」

之飲耳。」

〔二四〕原注云云：南朝梁任昉《述異記》（卷下）：「林屋洞爲左神幽虚之天，中有白芝、紫泉，乃神仙之飲耳。」

〔二五〕挹（yì）嚼：謂舀取天酒，嚼咽靈芝。

〔二六〕餌：食用，吃。漿糗（qiǔ）：飲料和飯食。漿，帶有某種果蔬的飲料。後世水也可稱作漿。《説文·水部》：「漿，酢漿也。」糗：米、面做成的乾糧。《説文·米部》：「糗，熬米麥也。」

〔二七〕探《五符》：探尋《五符》。《五符》，《五符經》，又稱《靈寶五符經》、《洞玄五符經》、《太上靈寶五符》，道教古道書，相傳其書爲夏禹所受，藏於林屋洞内，龍威丈人入洞探尋所得。參本詩注〔四〕。

〔二八〕步雙斗：道教法師設壇禮拜星斗，步態宛轉多變，猶如踏在罡星斗宿之上，稱作「步罡踏斗」。此喻在林屋洞中行走的步態。《雲笈七籤》（卷六一）：「諸步綱起於三步九迹，是謂『禹步』。其來甚遠，而夏禹得之，因而傳世，非禹所以統也。……其法先舉左，一跬一步，一前一後，一陰一陽，初與終同步。置脚横直，互相承如丁字所，亦象陰陽之會也。」

〔二九〕真君：得道的仙人。此指林屋洞神主，即左神幽虚之洞天的北嶽真人。

〔三〇〕焚盥（guàn）：焚香洗手，表示對神仙的虔誠之意。盥，《説文·皿部》：「盥，澡手也。」《春秋傳》曰：『奉匜沃盥。』」遲久：長時間等待。《禮記·樂記》：「若此，則周道四達，禮樂交通，則夫武之遲久，不亦宜乎？」

〔三二〕眷戀：留戀，懷念。曹植《懷親賦》：「情眷戀而顧懷，魂須臾而九反。」玉碣文：指刻在石頭上的道家文字。道家常用「玉」來指其器物。碣，聳立的大石頭。《説文・石部》：「碣，特立之石。東海有碣石山。」碣文：古代的一種文體，刻在石頭上，故云。《文心雕龍・銘箴》：「若班固燕然之勒，張昶華陰之碣，序亦盛矣。」陸廣微《吴地記》引《洞庭山記》：「（林屋洞）昔闔閭使令威丈人尋洞，……内有石床枕硯。石几上有素書三卷，持回，上於闔閭，不識，乃請孔子辯之。孔子曰：『此夏禹之書，并神仙之事，言大道也。』」玉碣文應指此。

〔三三〕行行：不停地前行。《文選》（卷二九）《古詩十九首》（其一）：「行行重行行，與君生别離。」但：只，獨。迴首：回頭瞻望，不忍離去。

雨中遊包山精舍〔一〕

包山信神仙①〔二〕，主者上真職〔三〕。及栖鐘梵侣②〔四〕，又是清凉域〔五〕。乃知煙霞地〔六〕，絶俗無不得〔七〕。巖開一逕分〔八〕，柏擁深殿黑〔九〕。僧閑若圖畫，像古非雕刻。海客施明珠〔一〇〕，湘蕤料（原注：平③。）净食〔一一〕。有魚皆玉尾〔一二〕，有鳥盡金臆④〔一三〕。手携鞞鐸佉⑤〔一四〕（原注：唐言楊枝⑥。），若在中印國〔一五〕。千峰殘雨過，萬籟清且極。此時空寂心〔一六〕，可以遺智識〔一七〕。知君戰未勝〔一八〕，尚倚功名力〔一九〕。却下聽經徒（原注：生公有聽經石。）〔二〇〕，孤帆有行色〔二一〕。

（詩六四）

【校記】

①「仙」盧校本作「山」。　②「鐘」原作「鍾」，據弘治本、汲古閣本、詩瘦閣本、四庫本、盧校本、陸詩甲本、統籤本、季寫本、全唐詩本改。　③「平」汲古閣本、詩瘦閣本、四庫本、統籤本、全唐詩本作「平聲」。季寫本無此注。　④「鳥」陸詩丙本、全唐詩本作「烏」。　⑤「手」弘治本、詩瘦閣本、錢校本作「平」。「佉」弘治本、詩瘦閣本、章校本作「供」。全唐詩本注：「一作供。」　⑥「楊」原作「揚」，據汲古閣本、詩瘦閣本、四庫本、全唐詩本改。「枝」原作「技」，據汲古閣本、詩瘦閣本、四庫本、陸詩甲本、統籤本、季寫本、全唐詩本改。

【注釋】

〔一〕包山精舍：參本卷（詩四四）注〔一〕。

〔二〕信：誠，確實。

〔三〕主者：主事者，主持者。上真職：道教中得道成仙的仙官。道教稱修煉得道之人爲真人。《真誥》（卷一）「上真司命南嶽夫人」、「上真東宫衛夫人」。道教中有九仙、九真的説法。九真：上真、高真、太真、玄真、天真、真真、神真、靈真、至真。參《雲笈七籤》（卷三）。

〔四〕鐘梵侶：僧侶，僧人。鐘梵，鐘聲和誦經聲。梵，梵文，梵經，即佛經。敲鐘和誦佛經是佛教徒法事活動最基本的内容，故云。

〔五〕清凉域：清凉的地域，清凉世界。喻佛地。此指包山精舍。《五燈會元》（卷五）《石霜慶諸禪師》：「洞山問：『向前一個童子甚了事，如今向甚處去也？』師曰：『火焰上泊不得，却歸清凉世界去也。』」

〔六〕煙霞地：山水風景優美的地方。《梁書》（卷二一）《張充傳》：「若乃飛竿釣渚，濯足滄洲；獨浪煙霞，高卧風月。」

〔七〕絶俗：遠離世俗。《莊子·盗跖》：「今夫此人以爲與己同時而生，同鄉而處者，以爲夫絶俗過世之士焉。」成玄英疏：「猶將己爲超絶流俗，過越世人。」

〔八〕巖開句：謂一條山間小路將山巖分隔開來。

〔九〕柏擁句：謂松柏森森，簇擁着寺院，顯得莊嚴肅穆。

〔一〇〕海客句：謂寺院裹裝飾有海客施與的明珠。海客，海外來客。駱賓王《餞鄭安陽入蜀》：「海客乘槎渡，仙童馭竹迴。」李白《夢遊天姥吟留别》：「海客談瀛洲，煙濤微茫信難求。」此處「海客」似用鮫人泣珠施與主人的故實，故下有「施明珠」云云。張華《博物志》（卷二）：「南海外有鮫人，水居如魚，不廢織績，其眠能泣珠。」《文選》（卷五）左思《吴都賦》：「泉室潛織而卷綃，淵客慷慨而泣珠。」劉淵林注：「鮫人水底居也。俗傳鮫人從水中出，曾寄寓人家，積日賣綃。綃者，竹浮俞也。鮫人臨去，從主人索器，泣而出珠滿盤，以與主人。」

〔一一〕湘蕤（ruí）：烹煮花草。「湘」通「鬺」，烹。《詩經·召南·采蘋》：「于以湘之，維錡及釜。」《毛傳》：「湘，亨也。」蕤，花草茂盛貌。《説文·艸部》：「蕤，草木華垂貌。」料：料理，制作。

淨食：即淨饌，素食。

〔一二〕玉尾：白色的尾巴。

〔一三〕金臆：金黄色的胸臆。

〔一四〕鞞（pí）鐸佉（qū）：梵書譯音字，即原注所云「唐言楊枝」。《大唐西域記》（卷一）：「象堅窣堵波北山巖下有一龍泉。是如來受神飯已，及阿羅漢於中漱口嚼楊枝，因即種根，今爲茂林。後人於此建立伽藍，名鞞鐸佉（原注：唐言嚼楊枝。）。」「嚼楊枝」即「嚼齒木」，它是古代印度的一種口腔衛生方法。但「嚼齒木」并不限於「嚼楊枝」。古代印度人用作齒木的木本植物有多種。鞞鐸佉，梵文義謂「樹叢」、「茂林」。而「茂林」即此伽藍的名稱，曰「鞞鐸佉」。故此處陸龜蒙所用的是其初始的意思。

〔一五〕中印國：中印度，又稱中竺，中天竺，佛教的發源地。

〔一六〕空寂心：佛教所謂無生無滅，一切皆空的禪心。《楞嚴經》（卷五）：「我曠劫來，心得無礙；自憶受生如恒河沙，初在母胎，即知空寂。」

〔一七〕遺智識：拋棄一切智慧見識。棄智絶聖之意。《老子》（第一九章）：「絶聖棄智，民利百倍。」

〔一八〕戰未勝：本指尊先王之心未能戰勝求富貴之欲，此謂禪寂之心尚未勝過世俗的功名心。《淮南子·精神訓》：「故子夏見曾子，一臞一肥。曾子問其故，曰：『出見富貴之樂而欲之，入見先王之道又説之。兩者心戰，故臞；先王之道勝，故肥。』」高誘注：「道勝不惑，縣於富貴，精神内守無思慮，故肥也。」

〔一九〕功名力：功業和名聲的威力。《莊子·山木》：「削迹捐勢，不爲功名。」成玄英疏：「削除聖迹，捐棄權勢，豈存情於功績，以留意於名譽！」

〔二〇〕却下：落下，留下。聽經徒：聽誦説佛經的人，指佛教徒。生公聽經石：東晋高僧竺道生被尊稱爲生公。俗姓魏，鉅鹿人。幼從竺法汰出家，後游學長安，從鳩摩羅什受業。後至蘇州虎丘，又至廬山。南朝宋元嘉十一年（四三四）卒。傳説他在虎丘曾聚石爲徒，講説佛經，故這些石頭被稱爲「聽經石」。參卷二（詩一四）注〔三〕。

〔二一〕行色：行旅的情狀。《莊子·盜跖》：「今者闕然數日不見，車馬有行色，得微往見跖耶？」韋應物《賦得浮雲起離色送鄭述誠》：「偏能見行色，自是獨傷離。」

【箋評】

唐人詩中字音，有以「十」讀如「諶」，「相」讀如「厮」，「帆」、「蒲」、「番」、「檠」俱作仄韻，備見《野客叢書》《餘冬序録》《丹鉛録》《筆叢》《説略》諸書。……李義山《石城》詩：「簟冰將飄枕，簾烘不隱鈎。」自注：「冰，去聲。」陸龜蒙《包山》詩：「海客施明珠，湘蕤料净食。」自注：「料，平聲。」可補諸書之逸。（董斯張《吹景集》卷九《唐詩用字異音》）

陸放翁「燒灰除菜蝗」，「蝗」字作仄聲。徐騎省「莫折紅芳樹，但知盡意看」，「但」字作平聲。……李商隱《石城》詩「簟冰將飄枕，簾烘不隱鈎」，自注：「冰字去聲。」陸龜蒙《包山》詩「海客施明珠，湘蕤料净食」，自注：「料，平聲。」……大抵「相如」之「相」，「燈檠」之「檠」，「親迎」之「迎」，「親家」之「親」，「寧馨」之「馨」，「蒲桃」之「蒲」，……「量移」之「量」，「處分」之「分」，「范蠡」之「范」，「禰衡」之「禰」，「伍員」之「員」，皆平仄兩用。（袁枚《隨園詩話》卷一）

陸龜蒙詩：「手携鞞鐸佉」，自注云：「唐言楊枝。」按《西域記》云：「象堅窣堵波北山巖下有一龍泉，是如來受神飯已，及阿羅漢於中漱口嚼楊枝，因即植根，今爲茂林。後人於此建立伽藍，名鞞鐸佉（唐言嚼楊枝）。」陸但云「楊枝」，其義未備。（揆叙《隙光亭雜識》卷一）

毛公壇〔一〕

古有韓終道〔二〕，授之劉先生〔三〕。身如碧鳳皇①〔四〕，羽翼披輕輕〔五〕。先生盛驅役〔六〕，臣伏甲與丁〔七〕。勢可倒五嶽〔八〕，不唯鞭群靈〔九〕。飄飄駕翔螭〔一〇〕，白日朝太清〔一一〕。空遺古壇在〔一二〕，稠疊煙蘿屏〔一三〕。遠懷步綱夕②〔一四〕，列宿森然明〔一五〕。四角鎮露獸〔一六〕，三層差羽嬰③〔一七〕。迴眸眄七炁④〔一八〕，運足馳踈星〔一九〕。象外真既感〔二〇〕，區中道俄成⑤〔二一〕。邇來向千祀〔二二〕，雲嶠空崢嶸〔二三〕。石上橘花落⑥〔二四〕，石根瑶草青〔二五〕。時時白鹿下⑦〔二六〕，此外無人行。我訪岑寂境〔二七〕，自言齋戒精〔二八〕。如今君安死（原注：字君安。）〔二九〕，魂魄猶羶腥。有箓皆緑字⑧〔三〇〕，有芝皆紫莖〔三一〕。相將望瀛島〔三二〕，浩蕩凌滄溟⑨〔三三〕。（詩六五）

【校記】

①「皇」汲古閣本、四庫本作「凰」。　②「綱」汲古閣本、錢校本、四庫本、陸詩甲本、陸詩丙本、統籤本、季寫本、全唐詩本作「罡」。　③「差」陸詩甲本、陸詩丙本作「羞」。　④「眄」弘治本、詩瘦閣本、季寫本作「盻」，汲古閣本、四庫本、統籤本、全唐詩本作「盼」。　⑤「俄」陸詩丙本黄校作「䄉」。　⑥「橘」四庫本作「璚」。　⑦「白」弘治本作「自」。　⑧「笈」陸詩丙本「芨」。　⑨「浩」詩瘦閣本作「皓」。

【注釋】

〔一〕毛公壇：參本卷（詩四五）注〔一〕。

〔二〕韓終道：韓終的道術。韓終是古代傳説的仙人，一作韓衆。《史記》（卷六）《秦始皇本紀》：「因使韓終、侯公、石生求仙人不死之藥。」《楚辭・遠遊》：「奇傅説之托辰星兮，羡韓衆之得一。」王逸注：「衆，一作終。」洪興祖補注：「《列仙傳》：『齊人韓終，爲王采藥，王不肯服，終自服之，遂得仙也。』」

〔三〕劉先生：劉根，古代傳説的仙人。參本卷（詩四五）注〔三〕。韓終向劉根傳授道術，葛洪《神仙傳》（卷八）《劉根》：「（王珍）請問根從初得道之由。根説：『昔入山，精思無所不到。後入華陰山，見一人乘白鹿，從千餘人，玉女左右四人，執彩旄之節，年皆十五六。余再拜頓首，求乞一言，神人乃住，告余曰：「汝聞昔有韓終否乎？」答曰：「嘗聞有之。」神人曰：「即是我也。」……余乃頓首曰：「今日受教，乃天也。」』」

〔四〕碧鳳凰：羽毛碧緑的鳳凰。喻劉根。其身長緑毛。參本卷（詩四七）注〔五〕。《初學記》（卷三〇）《鳳》：「王子年《拾遺記》曰：『周昭王以青鳳之毛爲二裘：一曰燠質，一曰暄肌，常以禦寒。』」《説文·鳥部》：「鳳，神鳥也。天老曰：鳳之象也，鴻前麐後，蛇頸魚尾，鸛顙鴛思，龍文虎背，燕頷鷄喙，五色備舉。出於東方君子之國，翱翔四海之外，過崑崙，飲砥柱，濯羽弱水，莫宿風穴，見則天下大安寧。」

〔五〕羽翼：翅膀。披輕輕：輕盈地展開。

〔六〕先生：也指仙人劉根。盛驅役：謂正在驅遣役使。王充《論衡·對作》：「《六略》之書萬三千篇，增善消惡，割截横拓，驅役遊慢，期便道善，歸正道焉。」《文選》（卷二六）潘岳《在懷縣作二首》（其二）：「驅役宰兩邑，政績竟無施。」

〔七〕臣伏：屈伏稱臣。《管子·四稱》：「外内均和，諸侯臣伏，國家安寧，不用兵革。」甲與丁：應指道教中的六甲六丁之説。葛洪《抱朴子·内篇·雜應》：「《甘始法》：召六甲六丁玉女，各有名字，因以祝水而飲之，亦可令牛馬皆不飢也。」

〔八〕勢可句：謂氣勢可使五嶽傾倒。五嶽：我國古代指五座名山。《周禮·春官·大宗伯》：「以血祭祭社稷，五祀，五嶽。」鄭玄注：「五嶽，東曰岱宗，南曰衡山，西曰華山，北曰恒山，中曰嵩高山。」李白《夢遊天姥吟留别》：「天姥連天向天横，勢拔五岳掩赤城。天台四萬八千丈，對此欲倒東南傾。」

〔九〕鞭群靈：鞭叱衆多的神靈。當用秦始皇時神人鞭石入海事。《藝文類聚》（卷六）引《三齊略記》曰：「始皇作石塘，欲過海看日出處。時有神人，能驅石下海。石去不速，神輒鞭之，皆流血，至今悉赤。陽城山石盡起立，嶷嶷東傾，狀如相隨行。」

〔一〇〕飄飖：飄蕩飛揚，夭矯摇曳貌。漢邊讓《章華臺賦》：「羅衣飄飖，組綺繽紛。」翔螭：飛龍。此處指劉根成仙飛升。葛洪《神仙傳》（卷八）《劉根》：「根後入鷄頭山中仙去矣。」

〔一一〕太清：太清仙境。道家謂神仙居處之一，合玉清、上清爲「三清」。參《雲笈七籤》（卷三）《道教三洞宗元》。《莊子·天運》：「行之以禮義，建之以太清。」《抱朴子·内篇·雜應》：「上升四十里，名爲太清。太清之中，其氣甚罡，能勝人也。」

〔一二〕空遺：徒然留下。劉淇《助字辨略》（卷一）：「空，徒也。」

〔一三〕稠叠：稠密重叠。形容茂密貌。《文選》（卷二六）謝靈運《過始寧墅》：「巖峭嶺稠叠，洲縈渚連綿。」煙蘿屏：被雲霧籠罩的藤蘿所遮蔽。實謂樹林茂密深僻。寒山《自樂平生道》：「自樂平生道，煙蘿石洞間。」屏：屏蔽，遮掩。《爾雅·釋宫》：「屏，謂之樹。」郭璞注：「小墻當門中。」《禮記·郊特牲》：「臺門而旅樹。」鄭玄注：「屏，謂之樹。樹，所以蔽行道。」

〔一四〕遠懷：遠想，長想。步綱：同「步罡」，即「步罡踏斗」。參本卷（詩六三）注〔二八〕。

〔一五〕列宿（xiù）：衆星宿。指二十八星宿。《淮南子·天文訓》：「熒惑常以十月入太微，受制而出行列宿。」《楚辭・九嘆・遠逝》：「指列宿以白情兮，訴五帝以置詞。」王逸注：「言己願後指語二十八宿，以列己清白之情。」森然：盛貌。森然明：很明亮。

〔一六〕四角：指毛公壇的四角。鎮露獸：以露獸鎮守。露獸，即露犬，古代傳説中的異獸。《逸周書・王會解》：「 駒犬者，露犬也，能飛，食虎豹。」《博物志》（卷三）：「文馬，赤鬣身白，似若黄金，名吉黄之乘，復薊之露犬也，能飛，食虎豹。」

〔一七〕三層：指毛公壇有三層。此指第三層。差：差遣。羽嬰：猶羽童。指仙童。道教喜言飛升成仙，故有羽人、羽士、羽客之謂。《真誥》（卷三）：「羽童捧瓊漿，玉華餞琳腴。」《雲笈七籤》（卷四二）《存大洞真經三十九真法・太微小童》：「守我絶塞之下户，更受生牢門之外，乃又召益元之羽童，列于緑室之軒，使解七組百結，隨風離根，配天遷基，達變入玄。」

〔一八〕七炁（qì）：道教修煉名詞。「炁」同「氣」，道教指人的元氣。

〔一九〕運足：邁開脚步做出一定的態勢。疎星：天上稀疏的星斗。此句指道士禮拜星斗時的步態動作。

〔二〇〕象外：物外，塵世之外。此指道教的神仙世界。《文選》（卷一一）孫綽《遊天台山賦》：「散以象外之説，暢以無生之篇。」李善注：「象外，謂道也。《周易》曰：『象者，像也。』」真既感：感受到了道教的本真、本原。真是道教所謂的宇宙本原。《説文・匕部》：「真，僊人變形而登天也。」

〔二一〕區中：寰區中，人世間。《史記》（卷一一七）《司馬相如列傳》：「迫區中之隘狹兮，舒節出乎北垠。」《文選》（卷二六）謝靈運《登江中孤嶼》：「想像崑山姿，緬邈區中緣。」道：道家所謂的宇宙最高境界，即「修真得道」之謂也。

〔二二〕邇來：從那時以來。向：近，可。張相《詩詞曲語辭匯釋》（卷三）：「向，約估數目之辭，與可字略同。」千祀：千年。相傳劉根爲漢成帝時人，到作者作詩時正接近千年。

〔二三〕雲嶠：高聳的山峰。嶠：鋭而高的山。參本卷（詩六一）注〔二〕。崢嶸：險峻貌。《文選》（卷八）司馬相如《上林賦》：「嵯峨嶕嶫，刻削崢嶸。」

〔二四〕橘花：橘樹的花。太湖中包山盛産橘子，故云。朱長文《吴郡圖經續記》（卷上）：「其果，則黄柑香碩，郡以充貢；橘分丹緑，梨重絲蔕。函列羅生，何珍不有？」趙彦衛《雲麓漫鈔》（卷一〇）：「洞庭有山水之分，吴中太湖内，乃洞庭山，産柑橘，香味勝絶。」

〔二五〕瑶草：古代傳説中的神仙香草。《文選》（卷一六）江淹《别賦》：「君結綬兮千里，惜瑶草之徒芳。」李善注：「《山海經》曰：『姑瑶之山，帝女死焉，名曰女尸，化爲䔄草。其葉胥成，其花黄，其色如兔絲，服者媚於人。』郭璞曰：『瑶與䔄并音遥，然䔄與瑶同。』」

〔二六〕白鹿：道教認爲白鹿是神仙之物，仙人騎白鹿是道教中古老的傳説之一。古代隱士亦以白鹿喻清高，以示絶俗。《雲笈七籤》（卷一〇五）《清靈真人裴君傳》：「至三月，奄有仙人乘白鹿，從玉童玉女各七人，從天中來下在庭中，他人莫之見。」

〔二七〕岑寂境：空寂幽静的境界。此指道教之地。《文選》（卷一四）鮑照《舞鶴賦》：「去帝鄉之岑寂，歸人寰之喧卑。」

〔二八〕齋戒精：在齋戒上精誠專一，謂對道教很虔誠。齋戒，中國古代在祭祀前沐浴更衣，不飲酒吃葷，以示誠敬，稱爲齋戒。道教則以齋戒降伏身心，禁戒淫殺盗妄之情，移氣養命。《太上虚皇天尊四十九章經》：「齋戒者，道之根本，法之津梁。子欲學道，清齋奉戒，念念正真，邪妄自泯。」

〔二九〕君安：劉根字君安。《神仙傳》（卷八）《劉根》：「劉根，字君安，長安人也。」

〔三〇〕笈(jí)：書箱。也作典籍解。此指道教典籍。緑字：古代石碑上的刻字，往往填以色漆，即稱緑字。上古傳説中的河雒所出圖籍也是緑字。此句指道教書籍都書寫成緑色。謝朓《侍宴華光殿曲水奉敕爲皇太子作》：「朱紱叶祉，緑字摛英。」張説《奉和聖製途經華嶽應制》：「舊廟青林古，新碑緑字生。」

〔三一〕有芝句：謂生長的都是紫芝。紫芝，道教認爲是仙草，王充《論衡·驗符》：「建初三年，零陵泉陵女子傅寧宅土中，忽生芝草五本，長者尺四五寸，短者七八寸，莖葉紫色，蓋紫芝也。」《雲笈七籤》（卷一〇〇）《軒轅本紀》：「以五芝爲芳，謂有異草生於圃，則芝英、紫芝、金芝、黑芝、五芝草生，皆神仙上藥。」

〔三二〕相將：相與，相隨。張相《詩詞曲語辭匯釋》（卷三）：「相將，猶云相與或相共也。」瀛島：瀛洲，古代神話傳説中海上三神山之一。一説，古代傳説中的海内十洲之一。《史記》（卷二八）《封禪書》：「自威、宣、燕昭使人入海求蓬萊、方丈、瀛洲。此三神山者，其傅在渤海中，去人不遠；患且至，則船風引而去。蓋嘗有至者，諸僊人及不死之藥皆在焉。」東方朔《海内十洲記》：「瀛洲在東海中，地方四千里，大抵是對會稽，去西岸七十萬里。上生神芝仙草。又有玉石，高且千丈。出泉如酒，味甘，名之爲玉醴泉。飲之，數升輒醉，令人長生。洲上多仙家，風俗似吴人，山川如中國也。」

〔三〕浩蕩：波浪浩大壯闊貌。李白《沙丘城下寄杜甫》：「思君若汶水，浩蕩寄南征。」與《楚辭·離騷》：「怨靈修之浩蕩兮」不同，與《楚辭·九歌·河伯》：「心飛揚兮浩蕩」相近。滄溟：滄海，大海。《海内十洲記》：「滄海島在北海中，地方三千里，去岸二十一萬里。海四面繞島，各廣五千里。水皆蒼色，仙人謂之滄海也。」

三宿神景宮〔一〕

靈踪未遍尋①〔二〕，不覺谿色暝。迴頭問栖所〔三〕，稍下杉蘿逕〔四〕。巖居更幽絶〔五〕，澗户相隱映〔六〕。過此即神宫〔七〕，虚堂愜雲性〔八〕。四軒盡疎達〔九〕，一榻何清零（原注：去②。）〔一〇〕。髣髴聞玉笙③，敲鏗動凉磬④〔一一〕。風凝古松粒〔一二〕，露壓修荷柄〔一三〕。萬籟既無聲〔一四〕，澄明但心聽〔一五〕。希微辨真語〔一六〕，若授虚皇命⑤〔一七〕。尺宅按來平〔一八〕，華池漱餘浄〔一九〕。頻窺宿羽麗〔二〇〕，三吸晨霞盛〔二一〕。豈獨冷衣襟，便堪遺造請〔二二〕。徒探物外趣⑥〔二三〕，未脱塵中病〔二四〕。舉手謝靈峰⑦〔二五〕，徜徉事歸榜⑧〔二六〕。

（詩六六）

【校記】

①「蹤」、「遍」陸詩乙本批校：「舊本『蹤』字、『遍』字俱留板未刻。」陸詩丙本黄校作「墨釘」。②「去」汲古閣本、詩瘦閣本、四庫本、統籤本、全唐詩本作「去聲」。季寫本無此注。③「聞」斠宋本作「開」。④「敲」全唐詩本作「鼓」。「鏗」弘治本、詩瘦閣本作「鏘」。⑤「虚」錢校本作「靈」。⑥「探」陸詩甲本、統籤本、季寫本、全唐詩本作「深」。全唐詩本注：「一作探。」⑦「手」全唐詩本作「首」，并注：「一作手。」⑧「徜」原作「倘」，據弘治本、汲古閣本、詩瘦閣本、四庫本、季寫本、全唐詩本改。「榜」錢校本作「艇」。

【注釋】

〔一〕神景宫：參本卷（詩四二）注〔一〕。

〔二〕靈蹤：神靈的踪迹。指太湖包山中佛道神仙的遺迹。

〔三〕問：向。張相《詩詞曲語辭匯釋》（卷五）：「問，猶向也。」栖所：栖息之處，歇宿之所。

〔四〕稍下：頗下。張相《詩詞曲語辭匯釋》（卷二）：「稍，猶頗也；深也。甚辭，與小或少之本義相反。」此句謂在長滿杉樹藤蘿的山間小路上要走到很深處，才能到達神景宫。杉蘿指山中樹木繁茂

〔五〕巖居：山中巖穴的居所。《莊子·達生》：「魯有單豹者，巖居而水飲，不與民共利，行年七十而猶有嬰兒之色。」幽絶：幽僻寂静。《後漢書》（卷三一）《蘇不韋傳》：「城闕天阻，宫府幽絶，埃塵所不能過，霧露所不能沾。」

〔六〕澗户：山谷中的門户，指隱士居處。孔稚珪《北山移文》：「澗户摧絶無與歸，石逕荒凉徒延佇。」王勃《咏風》：「驅煙尋澗户，卷霧出山楹。」王維《辛夷塢》：「木末芙蓉花，山中發紅萼。澗户寂無人，紛紛開且落。」隱映：隱隱約約的顯現。南朝齊丘巨源《咏七寶扇詩》：「拂昐迎嬌意，隱映含歌人。」杜甫《往在》：「赤墀櫻桃枝，隱映銀絲籠。」

〔七〕神宫：指神景宫。

〔八〕虚堂：寬敞寧静的殿堂。南朝梁蕭統《示徐州弟詩》：「屑屑風生，昭昭月影。高宇既清，虚堂復静。」愜：合適，滿足。《玉篇·心部》：「愜，快也。」雲性：指山中雲霧舒卷自如的特性。

〔九〕四軒：四面的窗子。軒，窗。《文選》（卷二五）謝瞻《答靈運》：「開軒滅華燭，月露皓已盈。」李善注：「軒，窗也。《蜀都賦》曰：『高軒以臨山。』」盡：任。張相《詩詞曲語辭匯釋》（卷一）：「盡，猶儘也，任也。」疎達：通暢開闊。《禮記·樂記》：「廣大而静，疏達而信者，宜歌《大雅》。」

〔一〇〕清零：清凉，冷清。

〔一一〕敲鏗：敲擊。韓愈、孟郊《城南聯句》：「蔓涎角出縮，樹啄頭敲鏗。」

〔一三〕凝：此爲「止」義。參卷二（詩二九）注〔三六〕。古松粒：古老蒼勁的松枝。粒即鬣，松針。參卷二（詩三四）注〔八〕、〔九〕。

〔一四〕修荷柄：細長的荷莖。參卷二（詩三〇）注〔一二〕。

〔一五〕萬籟句：自然界各種各樣的聲響都沉寂下來。籟，古代的一種簫，後指自然界的聲音。常建《題破山寺後禪院》：「萬籟此都寂，但餘鐘磬音。」

〔一六〕澄明：澄澈明净。心聽：用心去聆聽體會。

〔一七〕希微：空寂寧静。《老子》（第一四章）：「聽之不聞名曰希，搏之不得名曰微。」河上公注：「無聲曰希，無形曰微。」真語：仙語，仙人的話。

〔一八〕虚皇：道教太虚之神。參本卷（詩六〇）注〔一五〕。

〔一九〕尺宅：道教稱人的面部爲尺宅。《上清黄庭内景經·瓊室章第二十一》（《雲笈七籤》卷一一）：「寸田尺宅可治生。」注云：「謂三丹田之宅，各方一寸，故曰寸田。依存丹田之法以治生也。經云：『寸田尺宅。』彼尺宅，謂面也。」按：撫摸，按摩。

〔二〇〕華池：道教以人的口爲華池。《上清黄庭内景經·中池章第五》（《雲笈七籤》卷一一）：「中池内神服赤珠。」注云：「膽爲中池，舌下爲華池，小腹爲玉池，亦三池之通名。」餘净：道教指口中的津液。《上清黄庭内景經·口爲章第三》（《雲笈七籤》卷一一）：「口爲玉池太和官。」注云：「口中津液爲玉液，一名醴泉，亦名玉漿。」

〔二〇〕宿羽：宿鳥，夜晚栖息的禽鳥。

〔二一〕三吸：三飲。吸，飲。《文選》（卷一二）郭璞《江賦》：「撫淩波而鳧躍，吸翠霞而夭矯。」李善注：「《廣雅》曰：『吸，飲也。』《陵陽子明經》曰：『春食朝霞。』朝霞者，日始出之赤氣。」晨霞：朝霞。郭璞《江賦》：「罽如晨霞孤征，眇若雲翼絶嶺。」李善注：「晨霞，朝霞也。」

〔二二〕盛：多。

〔二三〕遺：遺棄，丢棄。造請：登門拜訪。參本卷（序五）注〔七〕。

〔二三〕徒探：白白的探究。物外趣：超脱塵世之外的志趣。《文選》（卷一五）張衡《歸田賦》：「苟縱心於物外，安知榮辱之所如。」

〔二四〕塵中病：世俗中的弊病。指追逐名利而言。塵中，猶言塵世中，俗世。

〔二五〕舉手句：謂揮手辭别神靈栖止的山峰。謝：辭别。靈峰：指神景宫所在的包山山峰。《列仙傳》（卷上）《王子喬》：「望之不得到，舉手謝時人，數日而去。」

〔二六〕倘佯：徘徊。亦作「倘佯」。《文選》（卷一三）宋玉《風賦》：「然後倘佯中庭，北上玉堂，躋于羅帷，經于洞房，乃得爲大王之風也。」李善注：「倘佯，猶徘徊也。」歸榜：歸船。榜，船槳也，代指船。《楚辭·九章·涉江》：「乘舲船余上沅兮，齊吴榜以擊汰。」王逸注：「吴榜，船棹也。」《廣雅》（卷九下）《釋水》：「榜，船也。」

以毛公泉獻大諫清河公①〔一〕

先生煉飛精〔二〕，羽化成翩翻〔三〕。荒壇與古甃〔四〕，隱軫清泠存②〔五〕。四面蹙山骨〔六〕，中心含月魂〔七〕。除非紫水脉〔八〕，即是金沙源〔九〕。香實灑桂蕊〔一〇〕，甘惟漬雲根③〔一一〕。向來探幽人④〔一二〕，酌罷祛蒙昏〔一三〕。况公珪璋質〔一四〕，近處諫諍垣〔一五〕。又聞虛静姿〔一六〕，早挂冰雪痕⑤〔一七〕。君對瑤華味〔一八〕，重獻蘭薰言〔一九〕。當應滌煩暑〔二〇〕，朗咏翬飛軒⑥〔二一〕。我願得一掬⑦〔二二〕，攀天叫重閽〔二三〕。霏霏散爲雨〔二四〕，用以移焦原〔二五〕。（詩六七）

【校記】

①「諫」前汲古閣本、四庫本有「司」字。李校本眉批：「景宋本無『司』字。」②「泠」李校本眉批「因樹樓作『冷』」，陸詩甲本作「冷」。③「惟」汲古閣本、四庫本作「唯」。「漬」原作「潰」，據汲古閣本、詩瘦閣本、四庫本、陸詩甲本、陸詩丙本、統籤本、季寫本、全唐詩本改。④「探」弘治本作「採」。⑤「冰」弘治本作「水」。⑥「朗」原缺末二筆，避宋太祖始祖趙玄朗諱。⑦「願」陸詩甲本、陸詩丙本、統籤本、季寫本作「顧」。

【注釋】

〔一〕毛公泉：參本卷（詩四七）注〔一〕。大諫：大司諫。唐人對諫議大夫的習稱。此指時任蘇州刺史崔璞。崔璞曾任此職，并帶此銜任蘇州刺史。清河公：崔璞爲清河人，故稱。參（序一）

注〔八二〕。

〔二〕先生：指毛公，即劉根，古代傳説中的仙人。參本卷（詩四五）注〔一〕、〔三〕。飛精：道教的丹藥名。《抱朴子·内篇·明本》：「合金丹之大藥，煉八石之飛精者，尤忌利口之愚人，凡俗之聞見。」

〔三〕羽化：成仙。取變化飛升之意。《晋書》（卷八〇）《許邁傳》：「遂携其同志遍游名山焉。……乃改名玄，字遠游。……玄自後莫測所終，好道者皆謂之羽化矣。」翩翻：翩翩飛翔貌。《文選》（卷二）張衡《西京賦》：「衆鳥翩翻，群獸駓騃。」

〔四〕荒壇：荒蕪的壇臺，指毛公壇。參本卷（詩四五）注〔一〕。古甃（zhòu）：古井，老井，即毛公泉。甃，《説文·瓦部》：「甃，井壁。」段玉裁《説文解字注》：「井壁者，謂用磚爲井垣也。」

〔五〕隱軫（zhěn）：多貌，盛貌。同「殷軫」。《淮南子·兵略訓》：「甲堅兵利，車固馬良，畜積給足，士卒殷軫，此軍之大資也。」高誘注：「殷，衆也。軫，乘輪多盛貌。」南朝宋謝靈運《入東道路》：「隱軫邑里密，緬邈江海遼。」清泠（líng）：清澈的水。泠，《玉篇·水部》：「泠，清也。」

〔六〕四面：四周。指毛公泉的四周。蹙（cù）山骨：攢聚着山石。山骨，山中石頭。韓愈、劉師服等《石鼎聯句》：「巧匠斫山骨，刳中事煎烹。」張華《博物志》（卷一）：「地以名山爲之輔佐，石爲之骨，川爲之脉，草木爲之毛，土爲之肉。三尺以上爲糞，三尺以下爲地。」

〔七〕中心：指毛公泉的中心。含月魂：謂明月映在泉水中。月魂，月亮。

〔八〕除非：除此之外別無其他之意。張相《詩詞曲語辭匯釋》（卷四）：「除非是，假設一例外以見其只有此也。……省去是字，則曰除非。」紫水：指包山中的紫泉水。參本卷（詩六三）注〔三三〕〔三四〕。

〔九〕金沙源：金沙水的源頭。「金沙」亦作「金砂」，道家用作煉丹藥的材料。《周易參同契》（卷上）：「金砂入五內，霧散若風雨。」《悟真篇》（中卷）：「到此金砂宜沐浴，若還加火必傾危。」

〔一〇〕桂蕊（ruǐ）：桂花。灑：散，落。《文選》（卷一二）郭璞《江賦》：「駭浪暴灑，驚波飛薄。」李善注：「灑，散也。」

〔一一〕漬（zì）：浸。雲根：山石。古人認爲山中雲霧是從石中所生，故雲霧升起之處即爲雲根。《文選》（卷二九）張協《雜詩十首》（其十）：「雲根臨八極，雨足灑四溟。」《錦綉萬花谷》（前集卷五）：「唐人多使雲根爲石，以雲觸石而生也。」李賀《南山田中行》：「雲根苔蘚山上石，冷紅泣露嬌啼色。」

〔一二〕向來：從來，指一直以來。探幽：探尋奇險幽勝的景色。

〔一三〕祛（qū）蒙昏：去除蒙昧昏亂。

〔一四〕公：指崔璞。珪璋質：珠玉的質地。珪、璋均是古代的玉器。此喻傑出的人材。《禮記·聘義》：「圭璋特達，德也。」段成式《酉陽雜俎》（前集卷一）《禮異》：「古者安平用璧，興事用圭（珪），成功用璋。」

〔一五〕諫諍垣：諫垣，諫官的衙署。唐代屬中書省。崔璞在任蘇州刺史前曾爲諫議大夫，故云。

〔一六〕虚静姿：清虚恬静的姿態。《文子·自然》：「虚静之道，天長地久，神微周盈，於物無宰。」

〔一七〕冰雪：指冰和雪的潔白純浄。喻人的操守純潔嚴正。

〔一八〕君：指皮日休。瑶華味：美好的滋味。喻毛公泉的泉水。瑶華：白玉般的花。《楚辭·九歌·大司命》：「折疏麻兮瑶華，將以遺兮離居。」王逸注：「瑶華，玉華也。」洪興祖補注：「説者云：瑶華，麻花也。其色白，故比於瑶。此花香，服食可致長壽，故以爲美，將以贈遠。」

〔一九〕重獻：再獻。蘭薰言：芳香美潔之詞。喻皮日休《以毛公泉一瓶獻上諫議因寄》詩。蘭薰，蘭之馨香。《文選》（卷六〇）顔延之《祭屈原文》：「蘭薰而摧，玉縝則折。」

〔二〇〕煩暑：酷暑，悶熱。《南史》（卷五三）《梁武陵王紀傳》：「季月煩暑，流金鑠石，聚蚊成雷，封狐千里。」

〔二一〕朗咏：高聲吟誦。參卷二（詩二六）注〔三〕。翬（huī）飛軒：禽鳥飛翔貌。此喻吟誦皮日休作品的高揚朗暢聲。翬，錦鷄，鳥類。《詩經·小雅·斯干》：「如鳥斯革，如翬斯飛。」《爾雅·釋鳥》：「伊、洛而南，素質五采皆備成章曰翬。」郭璞注：「翬亦雉屬，言其毛色光鮮。」軒，飛翔貌。《文選》（卷二三）王粲《贈蔡子篤詩》：「潛鱗在淵，歸雁載軒。」李善注：「軒，飛貌。」

〔二二〕一掬（jū）：一捧。指一捧毛公泉水。掬，捧。《小爾雅·廣量》：「一手之盛謂之溢，兩手謂之掬。」

〔三〕攀天：登天。《楚辭·九思·遭厄》：「攀天階兮下視，見鄢郢之舊宇。」重閽（hūn）：深宫之門。閽，看門人。此指天宫之門。《説文·門部》：「閽，常以昏閉門隸也。」《楚辭·離騷》：「吾令帝閽開關兮，倚閶闔而望予。」王逸注：「閽，主門者也。」《楚辭·遠遊》：「命天閽其開關兮，排閶闔而望予。」

〔四〕霏霏：雨雪貌。《詩經·小雅·采薇》：「今我來思，雨雪霏霏。」

〔五〕移：去除。焦原：乾旱的土地。康駢《劇談録》（卷上）《狄惟謙請雨》：「雷震數聲，甘澤大澍，焦原赤野，無不滋潤。」「焦原」一詞，早已見諸文獻。《後漢書》（卷五九）《張衡傳》：「執雕虎而試象兮，阽焦原而跟止。」李賢注：「焦原，原名也。……（《尸子》）又曰：『莒國有名焦原者，廣尋，長五十步，臨百仞之谿，莒國莫敢近也。有以勇見莒子者，獨却行劑踵焉，此所以服莒國也。夫義之爲焦原也高矣，此義所以服一世也。』衡言躬履仁義，不避險難，亦足以服一代之人也。」

縹緲峰〔一〕

左右皆跳岑〔二〕，孤峰挺然起〔三〕。因思縹緲稱，乃在虚無裏〔四〕。清晨躋磴道〔五〕，便是孱顔始①〔六〕。據石即更歌〔七〕，遇泉還徙倚②〔八〕。花奇忽如薦〔九〕，樹曲渾成几〔一〇〕。樂静煙靄知〔一一〕，忘機猿狖喜〔一二〕。頻攀峻過斗〔一三〕，末造平如砥〔一四〕。舉首閡青冥〔一五〕，迴眸聊下睩〔一六〕。高帆大於鳥〔一七〕，廣墠（原注：徒旦③。）纔類蟻〔一九〕。就此微茫中〔一九〕，争先未嘗已〔二〇〕。葛洪話剛氣〔二一〕，去地四十里④。苟能乘之遊，止若道路耳。吾將自峰頂，便可朝帝扆〔二二〕。盡欲活群生〔二三〕，不唯私一己〔二四〕。超騎明月𨋍⑤〔二五〕，復弄華星蕊〔二六〕。却下蓬萊巔〔二七〕，重窺清淺水〔二八〕。身爲大塊客〔二九〕，自號天隨子〔三〇〕。他日向華陽〔三一〕，敲雲問名氏〔三二〕。

（詩六八）

【校記】

①「顔」陸詩甲本注「頑」，陸詩丙本黄校、季寫本、全唐詩本注：「一作頑。」②「徙」季寫本作「徒」。③「旦」後汲古閣本、詩瘦閣本、四庫本、統籤本有「反」字。季寫本、全唐詩本無此注。④「十」盧校本、季寫本、全唐詩本作「千」，盧校本眉批：「峰頂不過四十餘里耳。」全唐詩本注：「一作十。」⑤「𨋍」原作「𨋍」，據弘治本、四庫本改。詩瘦閣本作「幹」，陸詩甲本、陸詩丙本、統籤本、季寫本作「餘」，全唐詩本作「蜍」。

【注釋】

〔一〕縹緲峰：參本卷（詩四八）注〔一〕。

〔二〕跳岑：高低起伏的山峰。跳，《説文・足部》：「跳，蹶也。一曰：躍也。」岑：小而高的山。

〔三〕挺然：挺拔特立貌。《南史》（卷三八）《柳世隆傳》：「挺然自立，不與衆同。」太湖中包山（洞庭山）諸峰，縹緲峰最高，故詩云云。金友理《太湖備考》（卷五）：「（包山）山之諸峰皆秀異，而縹緲最高。」

〔四〕虚無：此指清虚遼闊的天空。

〔五〕躋（jī）：登上。《説文・足部》：「躋，登也。」《方言》（卷一）：「躋，登也。東齊、海、岱之間謂之躋。」磴（dēng）道：山間的石階小路。《玉篇・石部》：「磴，巖磴。」

〔六〕孱顔：山峰險峻，參差不齊貌。《漢書》（卷五七下）《司馬相如傳下》：「沛艾赳螑仡以佁儗兮，放散畔岸驤以孱顔。」顔師古注：「孱顔，不齊也。」孱顔，同巉巖，高峻貌。

〔七〕更歌：縱歌。張相《詩詞曲語辭匯釋》（卷一）：「更，甚辭，猶云不論怎樣也；雖也；縱也；亦猶云絶也。」

〔八〕徙倚：流連徘徊。《楚辭・遠遊》：「步徙倚而遥思兮，怊惝怳而乖懷。」王逸注：「彷徨東西。意愁憤也。」

〔九〕忽：全，都，盡。《爾雅・釋詁下》：「忽，盡也。」薦：一種甘草，相傳爲神人所食用。《説文・廌部》：「薦，獸之所食草。古者神人以廌遺黄帝。帝曰：『何食？何處？』曰：『食薦。夏處水澤，冬處松柏。』」

〔一〇〕渾：簡直，幾乎。張相《詩詞曲語辭匯釋》（卷二）：「渾，猶全也；直也。」几：古代人席地而坐時憑依的器具。《説文・几部》：「几，踞几也。《周禮》：五几：玉几、雕几、彤几、鬃几、素几。凡几之屬皆從几。」

〔一一〕樂静：喜愛寧静悠閑的生活。

〔一二〕忘機：忘懷、去除計謀巧詐之心，甘於淡泊，與世無争。《莊子·天地》：「吾聞之吾師：有機械者必有機事，有機事者必有機心。機心存於胸中，則純白不備；純白不備，則神生不定。神生不定者，道之所不載也。」猿狖(yòu)：猴子。狖，長臂猿。猿狖喜：孔稚珪《北山移文》：「山人去兮曉猿驚。」此反用其意。

〔一三〕峻過斗：異常險峻。「斗」即「陡」，陡峭險峻。《史記》(卷二八)《封禪書》：「成山斗入海，最居齊東北隅，以迎日出云。」《索隱》：「斗入海，謂斗絶曲入海也。」《三國志·蜀書·譙周傳》：「或以爲南中七郡，阻險斗絶，易以自守，宜可奔南。」

〔一四〕末造：本指末世、末期。此指山盡處的平地。《儀禮·士冠禮》：「公侯之有冠禮也，夏之末造也。」平如砥(dǐ)：平坦猶如磨刀石一般。砥：磨刀石。《尚書·禹貢》：「礪砥砮丹。」《孔傳》：「砥細於礪，皆磨石也。」《詩經·小雅·大東》：「周道如砥，其直如矢。」《文選》(卷六)左思《魏都賦》：「長庭砥平，鍾簴夾陳。」晋衛展《陳諺言表》：「廷尉獄，平如砥。有錢生，無錢死。」

〔一五〕閡(hé)：阻隔，隔開。青冥：青天。《楚辭·九章·悲回風》：「據青冥而攄虹兮，遂儵忽而捫天。」

〔一六〕下眎(shì)：向下看。眎，「視」的古字。

〔一七〕高帆：高大的帆。指船。鮑照《代棹歌行》：「飂戾長風振，摇曳高帆舉。」

〔一八〕廣墠（shàn）：寬大的祭祀場地。墠，除去野草，平整以供祭祀的場地。《禮記·祭法》：「是故王立七廟，一壇一墠。」鄭玄注：「封土曰壇，除地曰墠。」

〔一九〕微茫：隱約模糊的景象。此指塵世間。李白《夢遊天姥吟留别》：「海客談瀛洲，煙濤微茫信難求。」

〔二〇〕争先句：謂未曾停止過争着向前。意謂世俗間的争奪追逐。《左傳·襄公二十七年》：「晋、楚争先。」

〔二一〕葛洪：葛洪（二八三—三六三），字稚川，自號抱朴子。句容（今江蘇省市名）人。晋散文家、詩人。博學多聞，著述極富。《抱朴子·内篇》一書，是重要的道家典籍。生平參《晋書》（卷七二）本傳。話：説，談。孟浩然《過故人莊》：「開軒面場圃，把酒話桑麻。」剛氣：道家所稱能使人飛升上天的風，亦作「剛炁」、「罡炁」，也稱「罡風」。《抱朴子·内篇·雜應》：「上升四十里，名爲太清。太清之中，其氣甚罡，能勝人也。師言鳶飛轉高，則但直舒兩翅，了不復扇摇之而自進者，漸乘罡炁故也。」

〔二二〕帝扆（yǐ）：天帝的座位。即指天帝。扆，古代宫殿窗和門之間的地方，常置屏風，上畫有斧形，名爲扆。帝王座位在扆前南向坐。《爾雅·釋宫》：「牖户之間謂之扆。」郭璞注：「窗東户西也。禮云：斧扆者以其所在處名也。」《尚書·顧命》：「狄設黼扆綴衣。」孔傳：「扆，屏風畫爲斧文，置户牖間。」

〔二三〕群生：衆多的生靈。指衆人，百姓。《莊子・在宥》：「今我願合六氣之精以育群生。」《國語・周語下》：「儀之于民，而度之于群生。」

〔二四〕不唯私一己：不謀求個人的私利。《禮記・孔子閒居》：「子夏曰：『三王之德，參於天地。敢問何如斯可謂參於天地矣？』孔子曰：『奉三無私以勞天下。』子夏曰：『敢問何謂三無私？』孔子曰：『天無私覆，地無私載，日月無私照。奉斯三者以勞天下，此之謂三無私。』」

〔二五〕超騎：超越騰躍。明月榦：即指明月。古代傳説月中有桂樹。榦，樹木的主幹，此指月中桂樹。《廣雅》（卷三下）《釋詁》：「榦，本也。」《酉陽雜俎》（前集卷一）《天咫》：「舊言月中有桂，有蟾蜍。故異書言：月桂高五百丈，下有一人常斫之，樹創隨合。」

〔二六〕弄：撫弄，撫摸。華星：明亮的星。華星蕊，即指華星，以蕊喻其如花蕊之美。《文選》（卷二二）曹丕《芙蓉池作》：「丹霞夾明月，華星出雲間。」李善注：「《法言》曰：『明星皓皓，華藻之力也。』」

〔二七〕却下：還下。蓬萊巔：蓬萊山。古代傳説中的海上仙山。巔，山峰最高頂。參本卷（詩六五）三二一。

〔二八〕重窺：再窺，又一次看到。此句謂重回人世間。清淺水：清澈而淺的水。指東海水。葛洪《神仙傳》（卷三）《王遠》：「麻姑自説：『接待以來，已見東海三爲桑田。向到蓬萊，水又淺於往昔，會時略半也，豈將復還爲陵陸乎？』方平笑曰：『聖人皆言，海中行復揚塵也。』」《文選》（卷二二）謝靈運《從斤竹澗越嶺溪行》：「蘋萍泛沈深，菰蒲冒清淺。」

〔二九〕大塊客：自然界的過客。大塊，大自然。《莊子·大宗師》：「夫大塊載我以形，勞我以生，佚我以老，息我以死。」成玄英疏：「大塊者，自然也。」

〔三〇〕天隨子：陸龜蒙自號天隨子。參本卷（序五）注〔五六〕。

〔三一〕他日：異日。指將來的一天。《孟子·滕文公上》：「孟子曰：『吾固願見，今吾尚病，病癒，我且往見，夷子不來！』他日，又求見孟子。」華陽：華陽洞，著名的道教名勝，在今江蘇省句容縣茅山，相傳漢代「三茅真君」在此得道，晋葛洪即句容人，南朝梁陶弘景亦曾隱居於此。《雲笈七籤》（卷二七）《洞天福地·十大洞天》：「第八句曲山洞，周迴一百五十里，名曰金壇華陽之洞天，在潤州句容縣，屬紫陽真人治之。」

〔三二〕敲：叩擊。問名氏：探問自己得道後的名號。道教在人所謂得道成仙後，都授予仙人的稱號。如《神仙傳》（卷五）《茅君》：「拜君（按指茅盈）爲太元真人、東嶽上卿、司命真君，主吴越生死之籍，方却升天。」《真誥》（卷一）：「案衆真位號，前云以爲高者，犹今世之徽號也。」

桃花塢〔一〕

行行問絶境①〔二〕，貴與名相親〔三〕。空經桃花塢〔四〕，不見秦時人〔五〕。願此爲東風，吹起枝上春〔六〕。願此作流水，潛浮蕊中塵〔七〕。願此爲好鳥〔八〕，得栖花際鄰。願此作幽蝶〔九〕，得隨花下賓。朝爲照花日，暮作涵花津②〔一〇〕。試爲探花士〔一一〕，出作偷桃臣③〔一二〕。桃源不我棄〔一三〕，庶可全天真〔一四〕。（詩六九）

【校記】

①「境」詩瘦閣本作「頂」。②「暮」詩瘦閣本作「莫」。「莫」即「暮」的古字。③「出作」陸詩甲本、陸詩丙本、季寫本作「作此」。

【注釋】

〔一〕桃花塢：參本卷（詩四九）注〔一〕。

〔二〕行行：不斷前行之意。《文選》（卷二九）《古詩十九首》（其一）：「行行重行行，與君生別離。」問：向。張相《詩詞曲語辭匯釋》（卷五）：「問，猶向也。杜甫《入宅》詩：『相看多使者，一一問函關。』言向函關也。」絶境：此指與人隔絶、美麗奇妙的地方。參本篇注〔五〕。

〔三〕貴與句：謂可貴之處是桃花塢的名與實相一致。相親：相近，相一致。

〔四〕空經：徒然經過。

〔五〕秦時人：謂避世隱居之人。陶淵明《桃花源詩并記》：「自云先世避秦時亂，率妻子邑人來此絶境，不復出焉，遂與外人間隔。問今是何世，乃不知有漢，無論魏、晉。」

〔六〕枝上春：桃枝上的花。桃樹春天開花，故云。

〔七〕潛浮：暗暗地漂浮去掉。

〔八〕好鳥：美麗的鳥。

〔九〕幽蝶：幽雅艷麗的蝴蝶。

〔一〇〕涵花津：包涵容納落花的水涯。津，水邊，水涯。

〔一一〕試爲：且爲。劉淇《助字辨略》（卷四）：「試，猶且也。且嘗之，故云試也。」探花士：探訪觀賞美麗桃花的人。

〔一二〕偷桃臣：用東方朔偷吃西王母仙桃的神話傳説。《漢武故事》：「東郡送一短人，長七寸，衣冠具足。上疑其山精，常令在案上行，召東方朔問。朔至，呼短人曰：『巨靈！汝何忽叛來，阿母還未？』短人不對，因指朔對上曰：『王母種桃，三千年一作子，此兒不良，已三過偷之矣，遂失王母意，故被謫來此。』上大驚，始知朔非世中人。」《博物志》（卷八）：「（漢武）帝東面西向，王母索七桃，大如彈丸，以五枚與帝，母食二枚。帝食桃輒以核著膝前，母曰：『取此核將何爲？』帝曰：『此桃甘美，欲種之。』母笑曰：『此桃三千年一生實。』唯帝與母對坐，其從者皆不得進。時東方朔竊從東南厢朱鳥牖中窺母，母顧之謂帝曰：『此窺牖小兒，嘗三來盜吾此桃。』帝乃大怪之。由此世人謂方朔神仙也。」

〔一三〕不我棄：不拋棄我。李白《陪侍御叔華登樓歌》：「棄我去者，昨日之日不可留。」

〔一四〕全天真：保持不受世俗影響的本性。《莊子·漁父》：「禮者，世俗之所爲也；真者，所以受於天也，自然不可易也。故聖人法天貴真，不拘於俗。」

【箋評】

詩家用僻字，自沈雲卿始，而《松陵》極喜效之。然襲美（按：應作龜蒙）《桃花塢》一首，忽以《閒情賦》體，游戲成文。有曰：「願化爲東風，吹起枝上春。願化作流水，潛浮水中塵。願化爲好鳥，得栖花際鄰。願化作幽蝶，得隨花下賓。朝爲照花日，暮作涵花津。試爲探花士，出作偷花臣。」豈所謂情隨境遷，聊復爾爾者耶？（宋長白《柳亭詩話》卷五《桃花塢》）

明月灣①〔一〕

昔聞明月觀（原注：在建業故臺城②。）〔二〕，秖傷荒野基③〔三〕。今逢明月灣，不值三五時〔四〕。擇此二明月④〔五〕，洞庭看最奇⑤〔六〕。連山忽中斷〔七〕，遠樹分毫釐⑥〔八〕。周迴二十里⑦〔九〕，一片澄風漪〔一〇〕。見説秋半夜〔一一〕，净無雲物欺〔一二〕。兼之星斗藏〔一三〕，獨有神仙期〔一四〕。初聞鏘鐐銚⑧〔一五〕（原注：音跳⑨。），積漸調參差〔一六〕。空中卓羽衛〔一七〕，波上停龍螭〔一八〕。縱舞玉煙節⑩〔一九〕，高歌碧霜詞〔二〇〕。清光悄不動⑪〔二一〕，萬象寒咿咿⑫〔二二〕。此會非俗致〔二三〕，無由得旁窺⑬〔二四〕。但當乘扁舟〔二五〕，酒甕仍相隨〔二六〕。或徹三弄笛〔二七〕，或成數聯詩⑭〔二八〕。自然瑩心骨〔二九〕，何用神仙爲〔三〇〕。（詩七〇）

【校記】

①題下詩瘦閣本有小注：「明月觀，在建康故臺城。」②詩瘦閣本無此注。「故」季寫本作「古」。③「衹」陸詩甲本、季寫本作「祇」。④「明月」季寫本作「月明」。⑤「看最奇」陸詩丙本、統籤本、季寫本作「最看奇」。⑥「毫」盧校本作「豪」。⑦「迴」原作「廻」，據汲古閣本、詩瘦閣本、陸詩甲本、統籤本改。⑧「銚」陸詩甲本、陸詩丙本、統籤本、季寫本、全唐詩本作「跳」。全唐詩本注：「一作銚。」⑨「跳」汲古閣本、詩瘦閣本、陸詩甲本、陸詩丙本、統籤本作「姚」。季寫本、全唐詩本無此注。⑩「縱」陸詩甲本、季寫本、全唐詩本作「踪」。全唐詩本注：「一作縱。」⑪「悄」陸詩甲本、陸詩丙本作「消」。⑫「咿咿」汲古閣本、傅校本作「呷呷」。⑬「由」汲古閣本作「繇」。⑭「成」詩瘦閣本作「陳」。

【注釋】

〔一〕明月灣：參本卷（詩五〇）注〔一〕。

〔二〕明月觀：據原注，應在臺城内，爲六朝宫殿内建築。建業：即今江蘇省南京市。《讀史方輿紀要》（卷二〇）《南直二》：「應天府，楚威王初置金陵邑。秦改曰秣陵，屬鄣郡。漢初屬荆國，後屬吴，……孫吴自京口徙都此，改秣陵曰建業（建安十六年孫權所改）。」臺城：東吴以來至陳（即六朝）宫城所在地，在今南京市内。《讀史方輿紀要》（卷二〇）《南直二》：「舊志云：吴大帝築都城，東晉至陳皆因之。其城近覆舟山，去秦淮五里。内爲宫城（《建康宫闕簿》：「吴大帝所築苑城也。東晋以後，亦曰宫城，亦曰臺城，亦曰苑城。」），周六里一百十步。有門六（所謂臺城六門也）。」

〔三〕祇（zhī）傷句：謂祇遺留下殘破不堪、荒蕪淒凉的故址，徒然令人傷感。祇：僅。唐劉禹錫《臺城》：「萬户千門成野草，只緣一曲《後庭花》。」《讀史方輿紀要》（卷二〇）《南直二》「侯景入臺城，前朝宫闕，大都灰燼。陳時復加修葺，至隋師入建康，宫殿陵園，城垣廬舍，悉皆平蕩，六朝舊迹，蔓草荒烟，無僅存者矣。」

〔四〕三五時：指每月十五日月圓之時。《禮記・禮運》：「是以三五而盈，三五而闕。」《文選》（卷二九）《古詩十九首》（其十七）：「三五明月滿，四五詹兔缺。」

〔五〕二明月：指明月觀和明月灣。

〔六〕洞庭：洞庭山，即太湖中的包山。參本卷（序五）注〔四〇〕。

〔七〕連山句：謂相連的山峰忽然從中間斷開。李白《望天門山》：「天門中斷楚江開，碧水東流至此迴。」

〔八〕毫釐：非常細小的差别。《大戴禮記・保傅》：「《易》曰：『正其本，萬物理。失之毫釐，差之千里。』故君子慎始也。」

〔九〕周迴：周圍，方圓。

〔一〇〕澄風漪：清風泛起水面上的波紋。漪，漣漪，微波。《詩經・魏風・伐檀》：「坎坎伐檀兮，寘之河之干兮，河水清且漣猗。」

〔一一〕見説：聽説。張相《詩詞曲語辭匯釋》（卷五）：「見，猶聞也，最著者則爲見説。」白居易《石楠樹》：「見説上林無此樹，只教桃柳占年芳。」

〔一二〕雲物：雲的色彩。即指雲。此句謂天空毫無纖雲。《周禮·春官·保章氏》：「以五雲之物，辨吉凶、水旱降豐荒之祲象。」鄭玄注：「物，色也。視日旁雲氣之色降下也，知水旱所下之國。」

〔一三〕兼之：加之。《説文·秝部》：「兼，并也。」星斗藏：謂星斗隱没不顯。

〔一四〕神仙期：神仙的約會。

〔一五〕鏘鐐銚（tiáo）：銀白色的長矛互相碰撞，發出鏗鏘的聲響。鏘，鏗鏘，形容聲音。此作動詞，發出聲響。鐐銚，白色長矛。鐐，純美的銀子。此作銀白色。《爾雅·釋器》：「白金謂之銀，其美者謂之鐐。」銚，長矛。《吕氏春秋·簡選》：「鋤耰白梃，可以勝人之長銚利兵。」高誘注：「長銚，長矛也。」

〔一六〕積漸：漸漸，逐漸。《管子·明法解》：「奸臣之敗其主也，積漸積微，使主迷惑而不自知也。」參差：古樂器，即洞簫。一説爲笙。《楚辭·九歌·湘君》：「望夫君兮未來，吹參差兮誰思！」王逸注：「參差，洞簫也。」洪興祖補注：「《風俗通》云：『舜作簫，其形參差，象鳳翼。』參差，不齊之貌。」

〔一七〕卓羽衛：排列出盛大的儀仗隊列。卓，高，大。《説文·匕部》：「卓，高也。」羽衛，古代帝王的儀仗和衛隊。因其儀仗中的旗幟多以羽毛爲飾，故云。《文選》（卷三一）江淹《雜體詩三十首·袁太尉淑從駕》：「羽衛藹流景，綵吹震沈淵。」李善注：「羽衛，負羽侍衛也。」

〔一八〕龍螭：指龍形的船。

〔一九〕玉煙節：白色煙靄般舒卷的節拍。形容神仙的舞蹈形態。

〔二〇〕碧霜詞：清朗高潔的曲調。

〔二一〕清光：清美明亮的月光。《藝文類聚》（卷一）沈約《咏月詩》：「洞房殊未曉，清光信悠哉。」南朝齊謝脁《侍宴華光殿曲水奉敕爲皇太子作》：「勸飫終日，清光欲暮。」悄：渾。張相《詩詞曲語辭匯釋》（卷二）：「誚，猶渾也；直也。字亦作『悄』、作『俏』。」

〔二二〕萬象：萬物。天地間的一切景物。《文選》（卷二二）謝靈運《從游京口北固應詔》：「皇心美陽澤，萬象咸光昭。」咿咿（yī yī）：凄清貌。

〔二三〕此會：即「神仙期」。非俗致：不是世俗所能得到的。

〔二四〕無由：没有辦法。《儀禮·士相見禮》：「某也願見，無由達。」旁窺：側視。

〔二五〕但當：衹應，衹合。劉淇《助字辨略》（卷二）：「當，應也，合也。」扁舟：小船。參本卷（詩四二）注〔二〕

〔二六〕酒甕：盛酒的罎子。《晋書》（卷九二）《左思傳》：「（陸機）與弟雲書曰：『此間有傖父，欲作

《三都賦》，須其成，當以覆酒甕耳。』及思賦出，機絶嘆伏，以爲不能加也，遂輟筆焉。」據《新唐書》（卷一九六）《陸龜蒙傳》：「初，病酒，再期乃已。其後客至，絜壺置杯不復飲。」此二句當活用畢卓事。《晉書》（卷四九）《畢卓傳》：「卓嘗謂人曰：『得酒滿數百斛船，四時甘味置兩頭，右手持酒杯，左手持蟹螯，拍浮酒船中，便足了一生矣。』」詩中以扁舟携酒形容不受羈束，浪漫自由的生活。

〔二七〕徹：盡，終。此指音樂上演奏完成一曲。弄：音樂上的一曲或一段。三弄笛：謂演奏三支笛曲。參本卷（詩四一）注〔二〕。

〔二八〕數聯詩：詩歌的兩句爲一聯。這一概念，是從南朝詩人聯句發展而來。南朝詩人數人各作一首，四句成詩，將其連綴起來，稱作「聯句」。如何遜、范雲、劉孝綽《擬古三首聯句》。至唐代，則發展成詩歌中兩句爲一聯的概念。

〔二九〕瑩心骨：謂人的内心晶瑩透明。心骨：心，内心。張相《詩詞曲語辭匯釋》（卷六）：「骨，猶心也。江淹《别賦》：『心折骨驚。』善注：『互文也。』……姚合《聞新蟬寄李餘》詩：『往年六月蟬應到，每到聞時骨欲驚。』骨一作心，蓋骨與心同義也。亦有心骨二字聯用者。元稹《連昌宫詞》：『我聞此語心骨悲，太平誰致亂者誰？』此猶云心悲。」

〔三〇〕何用爲：不用，不須。用反問的語氣表示。爲，語助詞。《後漢書》（卷七〇）《孔融傳》：「（脂）習往撫尸曰：『文舉舍我死，吾何用生爲？』」

練瀆〔一一〕（原注：一云吳王開以練兵。）〔二〕

越恃君子衆〔三〕，大將壓全吳（原注：越有私卒君子六千人。）〔四〕。吳將派天澤〔五〕，以練舟師徒〔六〕。一鏡止千里①〔七〕，支流忽然迂〔八〕。蒼奩束洪波②〔九〕，坐似馮夷驅③〔一〇〕。戰艦百萬輩〔一一〕，浮宮三十餘④〔一二〕。平川盛丁寧〔一三〕，絶島分儲胥〔一四〕。鳳押半鶴膝⑤〔一五〕，錦杠雜肥胡〔一六〕。香煙與殺氣，浩浩隨風驅⑥〔一七〕。彈射盡高鳥⑦〔一八〕，杯觥醉潛魚〔一九〕。山靈恐見鞭〔二〇〕，水府愁爲墟〔二一〕。兵利德日削〔二二〕，反爲讎國屠⑧〔二三〕。至今鈎鏃殘⑨〔二四〕，尚與泥沙俱⑩〔二五〕。照此月倍苦〔二六〕，來茲煙亦孤⑪〔二七〕。丁魂尚有淚〔二八〕，合灑青楓枯〔二九〕。（詩七一）

【校記】

①「鏡」傅校本作「境」，「千」盧校本作「十」。②「束」陸詩丙本作「東」。③「驅」弘治本、汲古閣本、四庫本、陸詩甲本、陸詩丙本、統籤本、季寫本、全唐詩本作「軀」，詩瘦閣本作「區」。④「十」錢校本作「千」。⑤「押」詩瘦閣本作「柙」。⑥「驅」陸詩甲本、陸詩丙本、季寫本作「軀」。⑦「彈」陸詩丙本作「彈」。⑧「讎」原作「儲」，據弘治本、四庫本、盧校本、章校本、陸詩甲本、陸詩丙本、季寫本、全唐詩本改。詩瘦閣本作「讐」。⑨「鈎」弘治本、汲古閣本、詩瘦閣本、章校本作

「釣」。⑩「與」陸詩丙本作「爲」。⑪「亦」陸詩乙本批校：「當作『不』，舊本筆草。」

【注釋】

〔一〕練瀆：參本卷（詩五一）注〔一〕。

〔二〕原注：皮日休原詩題下注：「吴王所開。」此注云：「開以練兵。」更爲具體。

〔三〕君子：指春秋時越國的君子軍。《國語·吴語》：「越王乃中分其師以爲左、右軍，以其私卒君子六千人爲中軍。」韋昭注：「私卒君子，王所親近有志行者，猶吴所謂賢良，齊所謂士。」

〔四〕大將句：謂越國大將率軍逼迫吴國。大將，應指范蠡等人。全吴：古代蘇州（今江蘇省蘇州市）的别稱。春秋時爲吴國國都。參卷一（詩五）注〔二〕。此句所述，應指魯哀公十三年（公元前四八二），吴王夫差北會諸侯於黄池，越國趁吴國國内空虚，大敗之之事。《國語·吴語》：「於是越勾踐乃命范蠡、舌庸，率師沿海泝淮以絶吴路，敗王子友於姑熊夷。越王勾踐乃率中軍泝江以襲吴，入其郛，焚其姑蘇，徙其大舟。」并可參《吴越春秋》（卷五）《夫差内傳》。

〔五〕吴將：吴國的將軍。派天澤：分出天澤（指太湖）的一部分（以開練瀆）。派：水的支流。此謂分出太湖的一支。《説文·水部》：「派，别水也。」天澤：天然形成的湖澤。《周易·履卦》：「《象》曰：上天下澤，履。」

〔六〕舟師徒：水軍士兵。舟師，水軍，因其乘船，故稱。《左傳·襄公二十四年》：「夏，楚子爲舟師以伐吴。」

〔七〕一鏡：一面鏡子。喻太湖。李白《陪族叔刑部侍郎曄及中書賈舍人至遊洞庭五首》（其五）：「淡掃明湖開玉鏡，丹青畫出是君山。」劉禹錫《望洞庭》：「湖光秋月兩相和，潭面無風鏡未磨。」止：静止，平静。《莊子·德充符》：「仲尼曰：『人莫鑑於流水而鑑於止水，唯止能止衆止。』」

〔八〕迂（yū）：迂曲，曲折。《説文·辵部》：「迂，避也。」段玉裁《説文解字注》：「迂曲、迴避，其義一也。」

〔九〕蒼奩：喻練瀆碧緑的水面形似香奩匣子。奩，女子置放梳妝物品的匣子。

〔一〇〕坐似：正似，恰如。馮夷：河伯，古代神話傳説中河神名。《莊子·大宗師》：「馮夷得之，以遊大川。」陸德明《經典釋文》（卷二十六）《莊子音義》（上）：「《清泠傳》曰：『馮夷，華陰潼鄉堤首人也。服八石，得水仙，是爲河伯。』」《淮南子·齊俗訓》：「昔者馮夷得道，以潛大川。」高誘注：「馮夷，河伯也。華陰潼鄉堤首里人。服八石，得水仙。」

〔一一〕戰艦：大型戰船。百萬輩：極言戰船之多。古代以百輛戰車或六十騎爲一輩。《説文·車部》：「輩，若軍發車百兩爲一輩。」《六韜》（卷六）《犬韜》：「三十騎爲一屯，六十騎爲一輩。」

〔一二〕浮宫：水上行宫。指吴王夫差造大船以遊玩，故稱作浮宫。三十餘：未詳其具體所指。但吴王夫差造大船以遊玩縱樂，史有明文。如《國語·吴語》：「徙其大舟。」韋昭注：「大舟，王舟。」《吴越春秋》（卷五）《夫差内傳》「（越軍）遂入吴國，燒姑胥臺，徙其大舟。」元徐天祜音

注：「即餘皇舟也。」南朝梁任昉《述異記》：「夫差作天池，池中造青龍舟，舟中盛陳妓樂，日與西施爲水嬉。吴王於宫中作海靈館、館娃宫、銅溝、玉檻宫之楹檻，珠玉飾之。」

〔一三〕平川：平坦之地。揚雄《幽州牧箴》：「蕩蕩平川，惟冀之别。」盛：多。《廣雅》（卷三下）《釋詁》：「盛，多也。」丁寧：吴國軍隊所使用的一種銅鉦，在行軍時敲擊。《國語·吴語》：「昧明，王乃秉枹，親就鳴鐘鼓、丁寧、錞于振鐸，勇怯盡應，三軍皆嘩扣以振旅，其聲動天地。」韋昭注：「丁寧，謂鉦也。」

〔一四〕絶島：孤島。分：分隔。《玉篇·八部》：「分，隔也。」儲胥：栅欄，藩籬。《文選》（卷九）揚雄《長楊賦》：「搤熊羆，拖豪豬，木擁槍纍，以爲儲胥。」李善注：「蘇林曰：『木擁栅其外，又以竹槍纍爲外儲胥也。』韋昭注：『儲胥，蕃落之類也。』」

〔一五〕鳳押：繪刻有鳳凰形的押軸。指下「鶴膝」上的押軸。參卷一（詩一〇）注〔一六〕。鶴膝：古代的一種長矛。《方言》（卷九）：「凡矛骹細如雁脛者，謂之鶴膝。」《文選》（卷五）左思《吴都賦》：「家有鶴膝，户有犀渠。」劉逵注：「鶴膝，矛也。矛骹如鶴脛，上大下小，謂之鶴膝。」

〔一六〕錦杠：旗杆。即指旗幟。古代以錦包裹旗杆，故稱。《鶡冠子·天則》：「蓋毋錦杠悉動者，其要在一也。」《爾雅·釋天》：「素錦綢杠。」郭璞注：「以白地錦韜旗之竿。」謂用白色的絲帛包裹旗杆。肥胡：古代一種旗幟。《國語·吴語》：「行頭皆官師，擁鐸拱稽，建肥胡，奉文犀之渠。」韋昭注：「肥胡，幡也。」

〔一七〕浩浩：盛大貌。《尚書・堯典》：「湯湯洪水方割，蕩蕩懷山襄陵，浩浩滔天。」《孔傳》：「浩浩，盛大若漫天。」

〔一八〕彈射：用彈丸射擊。高鳥：高飛的鳥。《莊子・庚桑楚》：「故鳥獸不厭高，魚鼈不厭深。」《史記》（卷九二）《淮陰侯列傳》：「狡兔死，良狗亨；高鳥盡，良工藏；敵國破，謀臣亡。」

〔一九〕杯觥（gōng）：泛指酒杯。杯，酒杯。觥，本是商代和周初的容器，後作酒器。《詩經・周南・卷耳》：「我姑酌彼兕觥，維以不永傷。」《毛傳》：「兕觥，角爵也。」《説文・角部》：「觵，兕牛角可以飲者也。觥，俗觵從光。」潛魚：水下的魚。《文選》（卷三五）張協《七命》：「潛鰓駭，驚翰起。」李善注：「蘇林《漢書注》曰：『鰓，音魚鰓。今呼魚謂之鰓，猶呼車以爲軨也。』」

〔二〇〕山靈：山神。《文選》（卷一）班固《東都賦》：「山靈護野，屬御方神。雨師泛灑，風伯清塵。」李善注：「山靈，山神也。」見鞭：被鞭子抽打。當用秦始皇時神人鞭石事。參本卷（詩六五）注〔九〕。

〔二一〕水府：古代神話傳説中水神在大海深處的居所。《文選》（卷一二）木華《海賦》：「爾其水府之内，極深之庭，則有崇島巨鼇，峌峴孤亭。」李善注：「劉劭《趙都賦》曰：『其東則有天浪水府，百川是理。』」爲墟：成爲廢墟。「爲」表被動關係，作「使」、「被」解。

〔二二〕兵利句：謂武力强盛而德行則漸漸減弱了。兵利，兵器鋒利。《淮南子・原道訓》：「革堅則兵利，城成則衝生。」削，《廣雅》（卷二下）《釋詁》：「削，減也。」

〔二三〕讎國：敵國。指消滅吴國的越國。參《國語・吴語》、《史記》（卷三一）《吴太伯世家》、《吴越春秋》（卷五）《夫差内傳》。

〔二四〕鈎鏃殘：謂當年吴、越之間征戰中殘留下的武器。鈎，吴鈎，兵器，形似劍而曲。春秋時吴人善鑄鈎，故云吴鈎。鏃，箭頭的金屬部分，即指箭。鈎鏃，泛指武器。

〔二五〕尚與句：謂殘留的武器沉埋在太湖一帶的泥沙中。杜牧《赤壁》：「折戟沉沙鐵未銷，自將磨洗認前朝。」

〔二六〕此：指泥沙中的鈎鏃。倍苦：更加凄凉愁苦。李白《蘇臺懷古》：「只今惟有西江月，曾照吴王宫裏人。」此詩構思與之差同。

〔二七〕煙亦孤：謂太湖上的煙霧也顯得孤寂荒凉。

〔二八〕丁魂：指當年戰死的士兵的靈魂。丁，丁壯，成年男子。尚有淚：庶幾有淚，將有淚。劉淇《助字辨略》（卷四）：「尚，《爾雅》云：『庶幾也。』……尚，猶將也。尚得爲將者，庶幾亦有將義也。」

〔二九〕合灑句：謂合應灑在青楓上使之枯萎。《楚辭・招魂》：「湛湛江水兮上有楓，目極千里兮傷春心。魂兮歸來哀江南！」

投龍潭〔一〕

名山潭洞中〔二〕，自古多秘邃〔三〕。君將接神物①〔四〕，聊用申祀事②〔五〕。鎔金象牙角〔六〕，尺木無不備〔七〕。亦既奉真官〔八〕，因之徇前志③〔九〕。持來展明誥〔一〇〕，敬以投嘉瑞④〔一一〕。鱗光煥水容〔一二〕，目色燒山翠⑤〔一三〕。吾皇病秦漢〔一四〕，豈獨探怪異⑥〔一五〕。所貴風雨時〔一六〕，民皆受其賜〔一七〕。良田爲巨浸〔一八〕，污澤成赤地⑦〔一九〕。掌職一不行〔二〇〕，精靈又何寄〔二一〕。唯貪血食飽〔二二〕，但據驪珠睡〔二三〕。何必費黄金，年年授星使〔二四〕。（詩七二）

【校記】

①「接神」陸詩丙本作「神接」。②「申」盧校本作「伸」。③「徇」陸詩甲本、統籤本、季寫本作「狥」。④「敬」原缺末筆，避宋太祖祖父趙敬諱。⑤「目」陸詩丙本張校作「日」。⑥「怪」全唐詩本作「幽」。⑦「污」詩瘦閣本作「汙」。

【注釋】

〔一〕投龍潭：參本卷（詩五二）注〔一〕。

〔二〕名山：指包山。潭洞：水潭洞穴。投龍潭、林屋洞，都在包山，故云。投龍潭所在之龜山，亦屬舊傳包山七十二峰之一。

〔三〕秘邃：隱藏很深微的秘事。

〔四〕君：指皮日休。接神物：與神靈相接觸，謂祭祀神靈。指皮日休奉蘇州刺史崔璞之命，至太湖包山祈神止雨之事。參本卷（序五）。

〔五〕聊用：聊以，姑且。申祀事：申明虔敬神靈以求止雨的祭禮。《尚書·洪範》：「八政：一曰食，二曰貨，三曰祀……。」《孔傳》：「祀，敬鬼神以成教。」

〔六〕鎔金：鎔化金屬（實爲銅）鑄成金龍，投入潭中以祭水中之龍。象牙角：造作成龍牙和龍角，即鑄造成龍的形體。

〔七〕尺木：短木。古人以爲龍升天時要依憑的短小樹木。王充《論衡·龍虛篇》：「短書言龍無尺木，無以升天。又曰升天，又言尺木，謂龍從木中升天也。彼短書之家，世俗之人也。」

〔八〕亦既：既已。謂既做了（某事）。亦：無義。真官：仙官。道教稱成仙後被授予的官職爲真官。《真誥》（卷九）：「真官曰：『欲聞起居，金爲盟書。』謂非其人而不傳授也。」《登真隱訣輯校》（卷上）：「其《玄丹宫經》，亦真官司命君之要言，四宫之領宗矣。」

〔九〕因之：憑借此事（指皮日休奉命祭神止雨事）。因，依憑。之，此。代詞。李白《夢遊天姥吟留别》：「我欲因之夢吴越，一夜飛渡鏡湖月。」徇，順從。前志，前人的記載（有關祭神的做法）。

〔一〇〕明誥：指祭祀鬼神的祭文。

〔一一〕嘉瑞：美好吉祥之物。此指投入龍潭的「金龍」。

〔一二〕鱗光：喻水面上泛起的魚鱗般的波光。

〔一三〕目色：猶言視力。指眼中所見。《文選》（卷一九）宋玉《神女賦》：「目色髣髴，乍若有記，見一婦人，狀甚奇異。」燒：照射。王建《江陵即事》：「寺多紅藥燒人眼，地足青苔染馬蹄。」山翠：碧綠的山色。南朝梁庾肩吾《奉和春夜應令詩》：「水光懸蕩壁，山翠下添流。」

〔一四〕吾皇：指當朝皇帝唐懿宗李漼。咸通元年至十四年（八六〇—八七三）在位。參《舊唐書》（卷一九上）《懿宗本紀》、《新唐書》（卷九）《懿宗皇帝本紀》。病：詬病，責難。秦漢：指秦始皇嬴政和漢武帝劉徹。他們都好神仙方術，求長生不死。參《史記》（卷六）《秦始皇本紀》和（卷一二）《孝武本紀》、《漢書》（卷六）《武帝紀》。

〔一五〕探怪異：探尋神奇怪異。

〔一六〕風雨時：謂按時節出現風雨。即風調雨順之意。《尚書·洪範》：「曰雨、曰暘、曰燠、曰寒、曰風、曰時，五者來備，各以其敘，庶草蕃廡。……曰肅，時雨若……曰聖，時風若。」《孔傳》：「雨以潤物，暘以乾物，煖以長物，寒以成物，風以動物。五者各以其時，所以爲衆驗。……君行敬則時雨順之。……君能通理則時風順之。」

〔一七〕受其賜：得到了恩賜澤惠。

〔一八〕巨浸：大水，指巨大的湖泊。

〔一九〕污（wū）澤：低窪的沼澤地。《漢書》（卷二九）《溝洫志》：「大川無防，小水得入，陂障卑下，以爲汙澤。」顏師古注：「停水曰汙。」「汙澤」即「污澤」。赤地：空無所有之地。《韓非子·十過》：「晉國大旱，赤地三年。」

〔二〇〕掌職：主掌的職責。指官府應做之事。不行：不施行。《尚書·吕刑》：「上下比罪，無僭亂辭，勿用不行。」

〔二一〕精靈：神仙，精怪。《文選》（卷五）左思《吴都賦》：「舜禹游焉，没齒而忘歸。精靈留其山阿，玩其奇麗也。」吕向注：「精靈，神仙之類。」何寄：什麽依托。

〔二二〕血食：古代殺牲取血以祭祀，謂之血食。此指祭品。《漢書》（卷一下）《高帝紀下》：「故粤王亡儲世奉粤祀，秦侵奪其地，使其社稷不得血食。」顔師古注：「祭者尚血腥，故曰血食也。」

〔二三〕驪珠睡：謂獲得驪珠只有等待驪龍熟睡。《莊子·列禦寇》：「河上有家貧恃緯蕭而食者，其子没於淵，得千金之珠。其父謂其子曰：『取石來鍛之！夫千金之珠，必在九重之淵而驪龍頷下。子能得珠者，必遭其睡也。使驪龍而寤，子尚奚微之有哉！』」

〔二四〕星使：帝王的使者。《後漢書》（卷八二上）《李郃傳》：「和帝即位，分遣使者，皆微服單行，各至州縣，觀采風謡。使者二人當到益部，投郃候舍。時夏夕露坐，郃因仰觀，問曰：『二君發京師時，寧知朝廷遣二使邪？』二使默然，驚相視曰：『不聞也。』問何以知之。郃指星示云：『有二使星向益州分野，故知之耳。』」

孤園寺〔一〕

浮屠從西來〔二〕，事者極梁武〔三〕。巖幽與水曲〔四〕，結構無遺土①〔五〕。窮山林榦盡②〔六〕，竭海珠璣聚〔七〕。况即侍從臣〔八〕，敢愛煙波塢〔九〕。幡條玉龍扣〔一〇〕，殿角金虯舞〔一一〕。釋子厭樓臺〔一二〕，生人露風雨③〔一三〕。今來四百載〔一四〕，像設藏雲浦④〔一五〕。輕鴿亂馴鷗〔一六〕，鳴鐘和朝櫓⑤〔一七〕。庭蕉裂旗旆⑥〔一八〕，野蔓差纓組〔一九〕。石上解空人〔二〇〕，窗前聽經虎〔二一〕。林虛葉如戲⑦〔二二〕，水净沙堪數〔二三〕。遍問得中天〔二四〕，歸修《釋迦譜》〔二五〕。（詩七三）

【校記】

①「構」原缺末三筆，避宋高宗趙構諱。②「榦」陸詩甲本、陸詩丙本、季寫本作「斡」。③「生」四庫本作「主」。④「雲」錢校本作「雪」。⑤「鐘」原作「鍾」，據弘治本、汲古閣本、詩瘦閣本、陸詩甲本、陸詩丙本、統籤本、季寫本、全唐詩本改。⑥「裂」陸詩丙本作「烈」。⑦「戲」弘治本、汲古閣本、詩瘦閣本、四庫本、陸詩甲本、陸詩丙本、統籤本、季寫本、全唐詩本作「織」。

【注釋】

〔一〕孤園寺：參本卷（詩五三）注〔一〕。

〔二〕浮屠：佛。又作「浮圖」。《後漢書》（卷八八）《西域傳》：「天竺國一名身毒，……其人弱於月氏，修浮圖道，不殺伐，遂以成俗。」李賢注：「浮圖即佛也。」從西來：佛教源於古印度，大約在東漢明帝時傳入中國，故云。袁宏《後漢紀》（卷一〇）《孝明皇帝紀下》：「浮屠者，佛也。西域天竺有佛道焉。佛者，漢言覺，將悟群生也。……初，帝夢見金人長大，項有日月光，以問群臣。或曰：『西方有神，其名曰佛。其形長大。陛下所夢，得無是乎？』於是遣使天竺問其道術，遂於中國而圖其形像焉。」

〔三〕事者：指侍奉佛教的人。極：極端，達到頂點。梁武：梁武帝蕭衍（四六四—五四九），字叔達，小字練兒。中年以後佞佛，曾捨身同泰寺，并廣造寺院，糜費無度。寺院因而別稱蕭寺。《梁書》（卷三）《武帝紀下》：「（太清元年）三月庚子，高祖幸同泰寺，設無遮大會，捨身。公卿等以錢一億萬奉贖。」

〔四〕巖幽：幽深奇麗的山崖。王勃《青苔賦》：「繞江曲之寒沙，抱巖幽之古石。」韓愈《雙鳥詩》：「一鳥落城市，一鳥集巖幽。」水曲：彎曲的水濱之地。《周禮·地官·保氏》：「而養國子以道，乃教之六藝：一曰五禮，……四曰五馭。」鄭玄注：「五馭，鳴和鸞，逐水曲，過君表，舞交衢，逐禽左。」

〔五〕結構：構築屋舍。此指建佛寺。《文選》（卷一一）王延壽《魯靈光殿賦》：「於是詳察其棟宇，觀其結構。」《抱朴子·外篇·勖學》：「文梓干雲而不可名臺榭者，未加班輸之結構也。」《文選》（卷二六）謝朓《郡内高齋閑坐答吕法曹》：「結構何迢遞，曠望極高深。」李善注：「結構，謂結連構架，以成屋宇也。」無遺土：没有留下空置的土地。極言寺院遍布各地。《南史》（卷七〇）《郭祖深傳》：「都下佛寺五百餘所，窮極宏麗。僧尼十餘萬，資産豐沃。所在郡縣，不可勝言。道人又有白徒，尼則皆畜養女，皆不貫人籍，天下户口幾亡其半。……不然，恐方來處處成寺，家家剃落，尺土一人，非復國有。」

〔六〕林榦（gàn）：林木的主榦。即指林木。此句謂爲了建造佛寺，砍光了山林。榦，《説文·木部》：「榦，築墻耑木也。」本指古代築墻時在夾板兩邊所竪立的木柱，後即指樹木的主榦。

〔七〕竭海：窮盡大海中所産之物。古人認爲海中無所不有。此謂「竭海」，可見糜費之甚。《漢書》（卷二八下）《地理志下》：「（秦地）有鄠、杜竹林，南山檀柘，號稱陸海，爲九州膏腴。」顔師古注：「言其地高陸而饒物産，如海之無所不出，故云陸海。」珠璣：珠玉。璣，小珠。《文選》（卷九）揚雄《長楊賦》：「後宫賤玳瑁而疏珠璣。」李善注：「字書曰：『疏，遠也。璣，小珠也。』」

〔八〕況即：即使。況，表進一層的語詞。劉淇《助字辨略》（卷四）：「況，《廣韻》云：『矧也。』愚案：義轉而益進，則云況也。」侍從臣：隨從侍候之臣。謂親近大臣。此指吴猛。參本卷（詩五三）注〔一〕。

〔九〕敢愛：豈敢吝惜。《孟子·梁惠王上》：「百姓皆以王爲愛也。」趙岐注：「愛，嗇也。」煙波塢：靠近水邊的景色優美的山坳。此指吴猛在太湖邊的房宅。後捐爲佛寺，即孤園寺。

〔一〇〕幡（fān）條：長條形的旗幟。玉龍：幡旗上龍形飾物。扣：叩擊。同「叩」。

〔一一〕金虬（qiú）：金色的虬龍。寺院殿角上懸挂的飾物。虬，古代傳説中的無角龍。

〔一二〕釋子：佛門弟子，僧人的通稱。佛教始祖釋迦牟尼，故佛教稱釋教，僧侣稱釋子。《增一阿含經》：「有四姓出家者，無復本姓，但言沙門釋子。」《雜阿含經》：「若欲爲福者，應於沙門釋子所作福。」厭：飽，滿足。同「饜」。

〔一三〕生人：生民，老百姓。唐人避唐太宗李世民諱，以「人」代「民」。露風雨：暴露在風雨之中。謂人民生活的艱辛。

〔一四〕今來：到今天。來，語詞，起襯字作用。四百載：指吴猛在梁武帝時期捐宅爲寺直至陸龜蒙作此詩的咸通十一年（八七〇），舉其約數爲四百年。

〔一五〕像設：參本卷（詩五六）注〔二〕。雲浦：雲水之濱。

〔一六〕輕鴿：身姿輕盈的鴿子。亂：此有雜、厠之意。《釋名·釋言語》：「亂，渾也。」馴鷗：馴養的鷗鳥。鴿、鷗都是古印度寺院裏常見之物，後來中土寺院承襲此風。東晉沙門釋法顯《法顯傳·達嚫國》：「是過去伽葉佛僧伽藍，穿大石山作之，凡有五重：……第五層作鴿形，有百間。……因名此寺爲波羅越，波羅越者，天竺名鴿也。」

〔一七〕鳴鐘句：謂早晨寺院的鐘鳴聲和水上的船槳聲互相應和。

〔一八〕庭蕉：庭院裏的芭蕉。晋嵇含《南方草木狀》（卷上）：「甘蕉望之如樹，株大者一圍餘。葉長一丈，或七八尺，廣尺餘二尺許。花大如酒杯，形色如芙蓉，……一名芭蕉，或曰巴苴。」裂旗旆：謂裁割芭蕉寬大的葉子可作旗幟。裂，裁，截。《廣雅》（卷一上）《釋詁》：「裂，分也。」又（卷二上）《釋詁》：「裂，裁也。」

〔一九〕野蔓：野外生長的蔓草。《詩經·鄭風·野有蔓草》：「野有蔓草，零露漙兮。」差：差不多，略似，頗。纓組：縮繫帽子的帶子。

〔二〇〕石上句：謂石頭上坐着懂得佛理的人。應是化用生公説法，石頭爲之點頭的故實。參卷二（詩一四）注〔九〕、〔一三〕。解空人：懂得佛教佛理的人。佛教謂佛法、學法悟道之門爲「空門」。

「空」是佛教的基本理念。

〔二一〕窗前句：謂僧人的道法高，連老虎都來到窗前，聽其講經説法。聽經虎：梁釋慧皎《高僧傳》（卷六）《晉廬山釋慧永》：「永貞素自然，清心剋己，言常含笑，語不傷物，耽好經典，善於講説。蔬食布衣，率以終歲。又別立一茅室於嶺上，每欲禪思，輒往居焉。時有至房者，并聞殊香之氣。永屋中常有一虎，人或畏者，輒驅令上山。人去後，還復馴伏。」

〔二二〕林虚句：謂林中空曠，木葉隨風婆娑，猶如作戲。唐代流行葉子戲，又稱葉戲。蘇鶚《杜陽雜編》（卷下）：「韋氏諸家好爲葉子戲，夜則公主以紅琉璃盤盛夜光珠，令僧祁捧立堂中，而光明如晝焉。」

〔二三〕堪數：可數。堪，可，能。劉淇《助字辨略》（卷二）：「李義山詩：『黄金堪作屋。』此堪字，猶云可也。」

〔二四〕遍問：遍求。問，探求。得中天：猶言獲得佛法。中天，中天竺，古代國名，古印度的一部分（古印度分爲東天竺、西天竺、南天竺、北天竺、中天竺五部分）。即指古印度而言。古印度是佛教的發源地。

〔二五〕歸修：歸來研修。指學習佛理。《釋迦譜》：梁僧祐著《釋迦譜》。此指研習佛經的著述。《隋書》（卷三四）《經籍志三》：「《釋氏譜》，十五卷。」《新唐書》（卷五九）《藝文志三》：「《釋迦譜》，十卷。」二書未著録撰人。《宋史》（卷二〇五）《藝文志四》：「僧佑《釋迦譜》，五卷。」晁公武《郡齋讀書志》（卷九）：「《釋迦氏譜》，十卷。右梁釋僧祐撰。僧祐以釋迦譜記雜見於經論，覽者難通，因纂成五卷，又取内外族姓及弟子名氏附於後。」釋迦，指釋迦牟尼，古印度佛教的始祖，迦毗羅國（屬中天竺）人，後長期在中天竺國各地傳授佛法。

上真觀〔一〕

嘗聞升三清〔二〕，真有上中下〔三〕。官居乘佩服〔四〕，一一自相亞〔五〕。霄裙或霞粲〔六〕，侍女忽玉姹〔七〕。坐進金碧腴〔八〕，去馳飆欻駕〔九〕。今來上真觀，恍若心靈訝〔一〇〕。祇恐暫神遊①〔一一〕，又疑新羽化〔一二〕。風餘撼朱草〔一三〕，雲破生瑶榭②〔一四〕。望極覺波平〔一五〕，行虛信煙藉〔一六〕。閑開《飛龜帙》〔一七〕，静倚宿鳳架〔一八〕。俗狀既能遺〔一九〕，塵冠聊以卸〔二〇〕。人間方大火〔二一〕，此境無朱夏〔二二〕。松蓋蔭日車〔二三〕，泉紳拖天罅③〔二四〕。窮幽不知倦，復息芝園舍〔二五〕。鏘珮引涼姿〔二六〕，焚香禮遥夜〔二七〕。無情走聲利〔二八〕，有志依閑暇④〔二九〕。何處好迎僧〔三〇〕，希將石樓借〔三一〕。（詩七四）

【校記】

①「祇」陸詩甲本、統籤本、季寫本作「秖」，陸詩丙本作「秪」。　②「榭」陸詩丙本作「謝」。　③「罅」陸詩丙本作「鏬」。　④「閑暇」陸詩丙本作「閒暇」。

【注釋】

〔一〕上真觀：參本卷（詩五四）注〔一〕。

〔二〕升三清：升天成仙之意。三清，道家所説的玉清、太清、上清，是天上神仙居住之所。《雲笈七籤》（卷三）《道教本始部·道教三洞宗元》：「其三清境者，玉清、上清、太清是也。亦名三天。其三天者，清微天、禹餘天、大赤天是也。天寶君治在玉清境，即清微天也，其氣始青。靈寶君治在上清境，即禹餘天也，其氣元黄。神寶君治在太清境，即大赤天也，其氣玄白。」

〔三〕真：真人，得道成仙的仙人。上中下：指仙人的品級，分爲上中下三等。《抱朴子·内篇·論仙》：「按《仙經》云：上士舉形升虚，謂之天仙；中士遊於名山，謂之地仙；下士先死後蜕，謂之尸解仙。」

〔四〕官居：指仙官的居所。乘佩服：指仙官的車駕、佩飾、衣着。

〔五〕相亞：指按等級順序依次排列。

〔六〕霄裙：雲霞般色彩鮮艷的道士裙服，即霞帔，实即彩色長袍。《舊唐書》（卷一九二）《司馬承禎傳》：「承禎固辭還山，仍賜寶琴一張及霞紋帔而遣之。朝中詞人贈詩者百餘人。」《雲笈七籤》（卷一〇六）《清虚真人王君内傳》：「見丈人著流霞羽袍，冠芙蓉之冠，腰帶神光，手把火鈴。」又曰：「夫人即著雲光綉袍，乘白龍而去。袍上專是明月珠綴着衣縫，帶玉佩，戴金華太玄之冠。」霞粲：燦爛如雲霞。

〔七〕侍女：侍奉仙人的女僕。玉姹（chà）：玉女。此喻美貌艷麗。《説文·女部》：「奼，少女也。」「奼」即「姹」。

〔八〕坐進：旋進，行將進獻。金碧腴：喻精美的食物。此指道家所服的膏狀藥物。白居易《聞微之江陵卧病以大通中散碧腴垂雲膏寄之因題四韻》：「已題一帖紅消散，又封一合碧雲英。」道教以散爲粉劑，膏狀則爲液態膏劑。

〔九〕飆欻（biāo xū）駕：行進速度極快的車駕。飆，旋風。飆欻，迅疾貌。道教有神仙乘飆輪之車的説法。《真誥》（卷一一）：「昔東海青童君曾乘獨飆飛輪之車，通按行有洞天之山，曾來於此山上矣。」又（卷一三）：「時乘飆輪，宴我句曲。」

〔一〇〕恍（huǎng）若：迷離恍惚貌。若，然也。參劉淇《助字辨略》（卷五）。心靈：心神，内心，指人的意識、精神。

〔一一〕祗恐句：謂適纔恐怕是忽然神遊仙境。祗恐，適恐。暫：忽也。張相《詩詞曲語辭匯釋》（卷二）：「暫，猶忽也；頓也；便也。」

〔一二〕又疑句：謂隨之又覺得自己飛升成仙。羽化：得道成仙。道教認爲人乘鶴、乘羽車等，都是羽化升天的方式。

〔一三〕風餘：指風吹過之後。朱草：紅色的草。古人認爲是一種仙草，服之可成仙。《抱朴子·内篇·金丹》：「又有《立成丹》，……又和以朱草，一服之，能乘虚而行云。朱草狀似小棗，栽長三四尺，枝葉皆赤，莖如珊瑚，喜生名山巖石之下，刻之汁流如血，……以金投之，名爲金漿；以玉投之，名曰玉醴，服之皆長生。」

〔一四〕雲破：雲飄過。瑶樹：華美的臺榭。謂仙人所居之處。榭，建在高臺上敞開的亭子。

〔一五〕望極：遥望極遠處。此句謂極目遠望，就覺得没有起伏的波浪。相傳王維作《山水論》：「遠水無波，高與雲齊。」可參讀。

〔一六〕行虚句：謂如行進於虚空中。實是面對雲煙浮動所産生的感覺。信：誠然，確實。藉：以物作襯墊，坐卧於其上，如藉草。此句謂行人在山中藉雲，實是雲在人的脚下的緣故。

〔一七〕閑開：隨意打開。張相《詩詞曲語辭匯釋》（卷四）：「閒，猶空也；平常也；没關係也。」《飛龜帙》：道家有關仙藥的書籍。飛龜，道家仙藥名。《神仙傳》（卷二）：「華子期者，淮南人也。師禄里先生，受《隱仙靈寶方》，一曰《伊洛飛龜帙》，二曰《伯禹正機》，三曰《平衡方》。按合服之，日以還少，一日能行五百里，力舉千斤。一歲十二易其形，後乃仙去。」

〔一八〕宿鳳架：栖息鳳凰的支架。道家以鳳凰爲仙鳥，人可乘以登仙。如《列仙傳》（卷上）《蕭史》云：蕭史夫婦「皆隨鳳凰飛去」，即是著名的例子。

〔一九〕遺：遺棄，抛棄。

〔二〇〕塵冠：世俗的帽子。指官帽。

〔二一〕大火：盛夏酷暑。大火，星宿名，主夏天。《爾雅·釋天》：「大火謂之大辰。」

〔二二〕朱夏：炎熱的夏天。《爾雅·釋天》：「春爲青陽，夏爲朱明，秋爲白藏，冬爲玄英。」《初學記》（卷三）引梁元帝蕭繹《纂要》曰：「夏曰朱明，亦曰長嬴、朱夏、炎夏、三夏、九夏。」

〔二三〕松蓋：松樹枝葉茂密，形如傘蓋。日車：拉太陽的車子。指太陽。古代神話説日神御者羲和，每天趕着六龍所駕之車，載着太陽，由東往西運行，謂之日車。《初學記》（卷一）引《淮南子》：「爰止羲和，爰息六螭，是謂懸車。」原注：「日乘車駕以六龍，羲和御之。日至此而薄於虞泉，羲和至此而迴六螭。」

〔二四〕泉紳：謂從山上奔瀉而下的泉水猶如一條帶子。韓愈《送惠師》：「是時雨初霽，懸瀑垂天紳。」《答張徹》：「泉紳拖修白，石劍攢高青。」方世舉注：「《水經注》：『山上有飛泉，直至山下，望之若幅練在山矣。』」天罅（xià）：天的縫隙。

〔二五〕芝園：芝田，芝圃。道家所謂種植仙草靈芝的地方。王嘉《拾遺記》（卷一〇）《崑崙山》：「上有九層，……第九層山形漸小狹，下有芝田、蕙圃，皆數百頃，群仙種耨焉。」

〔二六〕鏘珮：鏗鏘作響的玉珮。凉姿：凉爽潔净的姿態。

〔二七〕禮：敬神以致福。《説文·示部》：「禮，履也。所以事神致福也。」遥夜：長夜。《楚辭·九辯》：「靚杪秋之遥夜兮，心繚悷而有哀。」王逸注：「盛陰修夜，何難曉也。」

〔二八〕無情：没有意願，没有興趣。走聲利：追逐名利，爲名利而奔走。《釋名·釋姿容》：「徐行曰步，……疾行曰趨，……疾趨曰走。」鮑照《咏史》：「五都矜財雄，三川養聲利。」

〔二九〕依：依托，依靠。閑暇：悠閑從容。《孟子·公孫丑上》：「今國家閒暇，及是時，般樂怠敖，是自求禍也。」《文選》（卷一三）賈誼《鵩鳥賦》：「庚子日斜兮，鵩集予舍。止于坐隅兮，貌甚閑暇。」

〔三〇〕好：劉淇《助字辨略》（卷三）：「好，猶善也，珍重付屬之辭。《世説》：『汝若爲選官，當好料理此人。』李義山詩：『好爲麻姑到東海，勸栽黄竹莫栽桑。』」

〔三一〕石樓：山巖間石頭築成的樓臺。

銷夏灣①〔一〕

霞島焰難泊②〔二〕，雲峰奇未收〔三〕。蕭條千里灣〔四〕，獨自清如秋〔五〕。古岸過新雨，高蘿蔭横流〔六〕。遥風吹蒹葭〔七〕，折處鳴颸颸〔八〕。昔予守圭竇③〔九〕，過於回禄囚④〔一〇〕。日爲籧篨徒⑤〔一一〕（原注：渠曲二音。簟之異名⑥。），分作袥裯雠⑦〔一二〕（原注：攸刀二音⑧。并單衣⑨。）。願狎寒水怪〔一三〕，不封朱轂侯〔一四〕。豈知煙浪涯〔一五〕，坐可思重裘〔一六〕。健若數尺鯉〔一七〕，泛然雙白鷗〔一八〕。不識號火井〔一九〕，孰問名焦丘〔二〇〕。我真魚鳥家⑩〔二一〕，盡室營扁舟〔二二〕。遺名復避世〔二三〕，消夏還消憂⑪。（詩七五）

【校記】

①「銷」統籤本、季寫本作「消」。②「焰」原作「熖」，據詩瘦閣本、四庫本、盧校本、陸詩甲本、季寫

本、全唐詩本改。「泊」詩瘦閣本作「消」。③「予」斠宋本作「余」。④「於」陸詩甲本、季寫本作「于」。⑤「徒」錢校本作「從」。⑥「簞」陸詩丙本作「覃」。⑦「袒」弘治本、陸詩丙本作「衹」，季寫本、全唐詩本作「衹」，汲古閣本、詩瘦閣本、四庫本、陸詩甲本、統籤本作「衹」。⑧「攸刀」陸詩甲本、季寫本作「衹刁」，全唐詩本作「低刁」。「攸」汲古閣本、詩瘦閣本、四庫本、統籤本作「低」。⑨「單」陸詩丙本黄校作「軍」。⑩「我」錢校本作「本」。⑪「憂」陸詩丙本作「夏」。

【注釋】

〔一〕銷夏灣：參本卷（詩五五）注〔一〕。

〔二〕霞島：煙霧雲霞彌漫的島嶼。焰：火焰。此作炎熱解。泊：停留。《廣韻·鐸韻》：「泊，止也。」

〔三〕雲峰：雲霧繚繞的山峰。指銷夏灣旁的洞庭西山。參本卷（詩五五）注〔一〕。

〔四〕蕭條：蕭散疏朗。《文選》（卷八）揚雄《羽獵賦》：「洶洶旭旭，天動地岋。羡漫半散，蕭條數千里外。」

〔五〕清如秋：謂正值夏季，但銷夏灣清涼如秋。

〔六〕高蘿：依附在樹木上高挂的女蘿藤蔓。此指銷夏灣林木茂密。横流：本指大水泛濫，此指四處隨意流淌的山澗水。《孟子·滕文公上》：「當堯之時，天下猶未平，洪水横流，氾濫於天下。」

〔七〕遥風：長風。蒹葭：蘆葦。初生的爲葭，未開花長穗的爲蒹。《詩經·秦風·蒹葭》：「蒹葭蒼蒼，白露爲霜。」

〔八〕颼颼（sōu sōu）：象聲詞，形容風聲。

〔九〕圭竇：上鋭下方，形狀似圭的門洞。指貧窮人家。參卷一（詩一）注〔七二〕。

〔一〇〕回禄囚：火神的囚徒。意謂受酷暑的煎熬。回禄，火神。《左傳·昭公十八年》：「禳火于玄冥，回禄。」杜預注：「玄冥，水神。回禄，火神。」孔穎達疏：「楚之先，吴回爲祝融。或云：回禄即吴回也。」

〔一一〕籧篨（qú qū）：竹席或蘆葦席。《説文·竹部》：「籧，籧篨，粗竹席也。」《方言》（卷五）：「簟，宋、魏之間謂之笙，或謂之籧苖。」「苖」與「篨」義同。《説文·艸部》：「苖，蠶薄也。」《玉篇·竹部》：「篨，養蠶具也。」此句謂因爲天熱，每天都卧在竹席上。

〔一二〕分：合該。劉淇《助字辨略》（卷四）：「分者，若言分已定也。今云拚得如此。」袙裯（hù dāo）：都是短衣，如原注云「并單衣」。應即是「衹裯」，短單衣。《方言》（卷四）：「汗襦，……自關而西，或謂之衹裯。」郭璞注：「亦呼爲掩汗也。」

〔一三〕狎：親昵，親近。寒水怪：清凉水中的神怪之物。寒水，凉水。《文選》（卷二二）沈約《遊沈道士館》：「開衿濯寒水，解帶臨清風。」

〔一四〕朱轂（gǔ）侯：顯貴的王侯，指權貴。朱轂，朱輪，古代王侯所乘車子用朱紅漆輪，故稱。轂，車輪中心車軸貫入的圓木。此代指車輪。《文選》（卷四一）楊惲《報孫會宗書》：「惲家方隆盛時，乘朱輪者十人，位在列卿，爵爲通侯。」李善注：「二千石皆得乘朱輪。」

〔一五〕煙浪涯：煙波彌漫的水邊。指銷夏灣。煙浪，煙波。劉禹錫《酬馮十七舍人宿贈别五韻》：「白首相逢處，巴江煙浪深。」

〔一六〕坐可：正可。張相《詩詞曲語辭匯釋》（卷四）：「坐，猶正也；適也。」重裘：厚裘，厚毛皮衣。賈誼《新書·諭誠》：「重裘而立，猶憯然有寒氣，將奈我元元之百姓何？」

〔一七〕健若句：謂矯健輕盈猶如數尺長的鯉魚飛躍。《三秦記》（《太平廣記》卷四六六《龍門》）：「龍門山在河東界。禹鑿山斷門，闊一里餘。黄河自中流下，兩岸不通車馬。每暮春之際，有黄鯉魚逆流而上，得者便化爲龍。又林登云：龍門之下，每歲季春，有黄鯉魚自海及諸川争來赴之。一歲中，登龍門者不過七十二。初登龍門，即有雲雨隨之。天火自後燒其尾，乃化爲龍矣。其龍門水浚箭涌，下流七里，深三里。」李白《贈崔侍御》：「黄河三尺鯉，本在孟津居。」

〔一八〕泛然句：任意漂浮猶如水面上的雙白鷗。宋玉《小言賦》：「析飛塵以爲輿，剖秕糠以爲舟。泛然投乎栢水中，澹若巨海之洪流。」

〔一九〕火井：《文選》（卷四）左思《蜀都賦》：「火井沉熒於幽泉，高爓飛煽於天垂。」劉逵注：「蜀郡有火井，在臨邛縣西南。火井，鹽井也。欲出其火，先以家火投之，須臾許，隆隆如雷聲，爓出通天，光輝十里。以筒盛之，接其光而無炭也。」常璩《華陽國志》（卷三）《蜀志》：「（臨邛縣）

有火井，夜時光映上昭，民欲其火光，以家火投之，頃許，如雷聲，火焰出，通耀數十里。以竹筒盛其光，藏之，可拽行終日不滅也。井有二水，取井火煮之，一斛水得五斗鹽。家火煮之，得無幾也。」

〔三〇〕焦丘：似即指焦原，乾旱的土地。參本卷（詩六七）注〔三五〕。

〔三一〕魚鳥家：謂隱逸生活，與魚鳥爲伴，似魚鳥遊樂。《莊子・大宗師》：「且汝夢爲鳥而厲乎天，夢爲魚而没於淵。不識今之言者，其覺者乎，其夢者乎？」成玄英疏：「且爲魚爲鳥，任性逍遥，處死處生，居然自得。」

〔三二〕盡室：全家。《左傳・成公二年》：「及共王即位，將爲陽橋之役，使屈巫聘于齊，且告師期。巫臣盡室以行。」杜預注：「室家盡去。」營扁舟：謀劃經營江湖上的隱逸生活。扁舟，輕舟，小船。《史記》（卷一二九）《貨殖列傳》：「（范蠡）乃乘扁舟浮於江湖，變名易姓，適齊爲鴟夷子皮，之陶爲朱公。」

〔三三〕遺名：忘却名利，拋棄名利。《文選》（卷三四）曹植《七啓》：「予聞君子不遁俗而遺名，智士不背世而滅勛。」李善注：「《周易》曰：『遁世無悶。』《幽通賦》曰：『保身遺名，民之表兮。』鄭玄《毛詩箋》曰：『遺，忘也。』」避世：遠離世俗。《莊子・刻意》：「此江海之士，避世之人，閒暇者之所好也。」

包山祠〔一〕

静境林麓好〔二〕，古祠煙靄濃。自非通靈才〔三〕，敢陟群仙峰〔四〕。百里波浪沓〔五〕，中堂簫鼓重①〔六〕。真君具瓊斝②〔七〕，髣髴來相從。清露濯巢鳥，陰雲生晝龍③〔八〕。風飄橘柚香〔九〕，日動幡蓋容〔一〇〕。將命禮且潔〔一一〕，所祈年不凶〔一二〕。終當以疏聞〔一三〕，特用諸侯封〔一四〕。（詩七六）

【校記】

①「簫」陸詩丙本作「蕭」。②「具」弘治本、汲古閣本、詩瘦閣本、四庫本、傅校本作「貝」。③「雲」斠宋本、傅校本作「靈」。「晝」陸詩甲本、季寫本、全唐詩本作「晝」。全唐詩注：「一作晝。」

【注釋】

〔一〕包山祠：參本卷（詩五六）注〔一〕。

〔二〕静境：指包山祠的環境幽美清静。林麓：山林。《周禮・地官・林衡》：「林衡掌巡林麓之禁令，而平其守，以時計林麓而賞罰之。」《文選》（卷二）張衡《西京賦》：「林麓之饒，于何不有？」李善注：「《穀梁傳》曰：『林屬於山曰麓。』注曰：『麓，山足也。』」

〔三〕通靈才：通于神靈的人，謂才華卓越。《文選》（卷一四）班固《幽通賦》：「精通靈而感物兮，神動氣而入微。」李善注：「曹大家曰：『言人參於天地，有生之最神靈也。誠能致其精誠，則通於神靈，感物動氣，而入微者矣。」

〔四〕敢陟：豈敢攀登。群仙峰：衆多神仙居住的山峰。此指包山。

〔五〕百里：指太湖方圓約百里。波浪沓：波浪翻騰。沓，重疊紛亂。此形容波浪翻騰起伏。

〔六〕中堂：大堂，正殿。指包山祠的殿堂。《儀禮·聘禮》：「公側襲受玉于中堂與東楹之間。」鄭玄注：「中堂，南北之中也。入堂深，尊賓事。」簫鼓重：簫鼓合奏，樂聲喧鬧。簫鼓，泛指音樂。重（chóng）：張相《詩詞曲語辭匯釋》（卷二）：「重，甚辭；又猶盡也。」

〔七〕真君：得道成仙的仙人。《登真隱訣輯校》（卷上）：「明堂中，左有明童真君，諱玄暢，字少青；右有明女真君，諱微陰，字少元。」具：備辦。瓊轝（yù）：玉車，華美的車駕。「轝」同「輿」，車輛。

〔八〕畫龍：彩色的龍。此形容陰雲色彩濃淡斑駁的情狀。

〔九〕風飄句：此句寫實，包山盛産橘子。范成大《吴郡志》（卷三〇）：「緑橘，出洞庭東、西山。比常橘特大，未霜深緑色，臍間一點先黄，味已全可啖，故名緑橘。又有平橘，比緑橘差小，純黄方可啖，故品稍下。」又曰：「真柑，出洞庭東、西山。柑雖橘類，而其品特高。」

〔一〇〕幡（fān）蓋容：幡幢華蓋的儀仗風采。幡，旗幟。蓋，罩住旗幟以表尊貴的傘狀物。《南齊書》（卷一）《高帝紀上》：「道路不得著錦履，不得用紅色爲幡蓋衣服。」沈約《南齊禪林寺尼净秀行狀》：「白日卧，開眼見佛入房，幡蓋滿屋。」

〔二〕將命：奉命。指皮日休奉蘇州刺史崔璞之命祭祀包山祠。《儀禮·聘禮》：「若過邦至于竟，使次介假道，束帛將命于朝。」鄭玄注：「將，猶奉也。」禮且潔：向神靈禮拜且獻上潔净的祭品。

〔三〕年不凶：不出現荒年，年成豐收。凶年，災荒之年。《穀梁傳·莊公二十八年》：「古者税什一，豐年補敗，不外求，而上下皆足也。雖累凶年，民弗病也。」《孟子·梁惠王下》：「凶年饑歲，君之民老弱轉乎溝壑，壯者散而之四方者，幾千人矣。」

〔三〕當：合，應。以疏聞：謂以奏疏上聞於神靈（祈求神靈之意）。參本卷（詩五六）：「我願作一疏，奏之於穹蒼。留神千萬祀，永福吴封疆。」

〔四〕特用句：謂特以諸侯的祭儀，祈求包山神靈。《禮記·王制》：「天子祭天下名山大川，五嶽視三公，四瀆視諸侯。諸侯祭名山大川之在其地者。」鄭玄注：「魯人祭泰山，晋人祭河是也。」

聖姑廟〔一〕

渺渺洞庭水〔二〕，盈盈芳嶼神〔三〕。因知古佳麗〔四〕，不獨湘夫人〔五〕。流蘇蕩遥吹〔六〕，斜嶺生輕塵①〔七〕。蜀綵駁霞碎〔八〕，吴綃盤霧匀〔九〕。可憐飛燕姿〔一〇〕，合是乘鸞賓〔一一〕。坐想煙雨夕〔一二〕，兼之花草春②〔一三〕。空登油壁車③〔一四〕，窈窕誰相親〔一五〕。好贈玉條脱〔一六〕，堪携紫綸巾〔一七〕。殷勤撥香池④〔一八〕，重薦汀洲蘋〔一九〕。明朝動蘭楫〔二〇〕，不翅星河津〔二一〕。（詩

七七）

【校記】

①「嶺」弘治本、章校本、陸詩甲本、統籤本、全唐詩本作「領」。②「之」陸詩丙本、統籤本、季寫本、全唐詩本作「知」。全唐詩本注：「一作之。」③「璧」汲古閣本、詩瘦閣本、四庫本、統籤本作「壁」。④「殷」原缺末筆，避宋太祖父親趙弘殷諱。

【注釋】

〔一〕聖姑廟：參本卷（詩五七）注〔一〕。

〔二〕渺渺：迷濛遼闊貌。《管子·内業》：「折折乎如在於側，忽忽乎如將不得，渺渺乎如窮無極。」尹知章注：「渺渺，微遠貌。」洞庭：此指太湖。《初學記》（卷七）：「《揚州記》曰：『太湖，一名震澤，一名笠澤，一名洞庭。』」

〔三〕盈盈：美好貌。《文選》（卷二九）《古詩十九首》（其二）：「盈盈樓上女，皎皎當窗牖。」李善注：「《廣雅》曰：『嬴，容也。』盈與嬴同，古字通。」芳嶼神：美麗洲島上的神女。此指聖姑廟之神晋王彪二女。參本卷（詩五七）注〔二〕。

〔四〕佳麗：美女。《楚辭·九章·抽思》：「好姱佳麗兮，牉獨處此異域。」王逸注：「容貌説美，有俊德也。」陸雲《爲顧彦先贈婦往返詩四首》（其二）：「佳麗良可美，衰賤焉足紀。」

〔五〕湘夫人：古代傳説堯之二女，舜之二妃爲湘夫人。《楚辭·九歌·湘夫人》：「帝子降兮北渚，目眇眇兮愁予。嫋嫋兮秋風，洞庭波兮木葉下。」王逸注：「帝子，謂堯女也。降，下也。言堯之二女娥皇、女英，隨舜不反，没於湘水之渚，因爲湘夫人。」《史記》（卷一）《五帝本紀》：「於是堯妻之二女，觀其德於二女。舜飭下二女於嬀汭，如婦禮。」《正義》：「二女，娥皇、女英也。娥皇無子，女英生商均。舜升天子，娥皇爲后，女英爲妃。」劉向《列女傳·有虞二妃》：「舜陟方，死於蒼梧，號曰重華。二妃死於江、湘之間，俗謂之湘君。」

〔六〕流蘇：《文選》（卷五）左思《吴都賦》：「張組幃，構流蘇；開軒幌，鏡水區。」劉淵林注：「流蘇，謂翦繒綵垂於彫文之樓也。」遥吹：遠處吹來的微風。

〔七〕斜嶺：傾斜欹側的山嶺。輕塵：喻山間彌漫的輕薄霧氣猶如塵埃。參卷二（詩一六）注〔九〕。

〔八〕蜀綵：色彩絢麗的蜀錦。温庭筠《題磁嶺海棠花》：「蜀綵澹摇曳，吴妝低怨思。」駁霞碎：謂彩色的蜀錦猶如雲霞斑爛細碎。錦中有斑紋錦，故云。《初學記》（卷二七）：「《丹陽記》曰：『歷代尚未有錦，而成都獨稱妙。故三國時，魏則市於蜀，吴亦資西蜀，至是始乃有之。』《益州記》曰：『錦城在益州南笮橋東流江南岸，蜀時故錦宫也。其處號錦里，城墉猶在。』《鄴中記》曰：『錦有大登高、小登高、大明光、小明光、大博山、小博山、大茱萸、小茱萸、大交龍、小交龍、蒲桃文錦、斑紋錦、鳳皇朱雀錦、韜文錦、桃核文錦，或青綈，或白綈，或黄綈，或緑綈，或紫綈，或蜀綈，工巧百數，不可盡名也。』」

〔九〕吴綃（xiāo）：古代吴地生産的素色生絲，即素絹，以輕薄似紗而著稱。故下形容爲「盤霧勻」。

《說文·糸部》："「綃，生絲也。」《玉篇·糸部》："「綃，生絲也；素也。」

〔一〇〕可憐：可愛，可羨。張相《詩詞曲語辭匯釋》（卷五）："「可憐，猶云可喜也；可愛也；可羨也；可貴可重也。」飛燕：趙飛燕，漢成帝皇后，以美貌著稱，善歌舞。《漢書》（卷九七下）《外戚傳·孝成趙皇后傳》："「孝成趙皇后，本長安宫人。初生時，父母不舉，三日不死，乃收養之。及壯，屬陽阿主家。學歌舞，號曰飛燕。」顔師古注："「以其體輕故也。」李白《清平調詞三首》（其二）："「借問漢宫誰得似？可憐飛燕倚新妝。」此句以趙飛燕類比聖姑廟所祀晉王彪二女非常美麗。

〔一一〕乘鸞賓：乘鶴的人。指仙人。鸞，鸞鳳，傳説中鳳凰一類的鳥。《説文·鳥部》："「鸞，亦神靈之精也。赤色，五采，鷄形。鳴中五音，頌聲作則至。」《廣雅·釋鳥》："「鸞鳥，鳳皇屬也。」古代傳説中，鸞鳳是仙人所常乘以飛升的仙禽。《列仙傳》（卷上）："「蕭史者，秦穆公時人也。善吹簫，能致孔雀白鶴於庭。穆公有女字弄玉好之，公遂以女妻焉。日教弄玉作鳳鳴，居數年，吹似鳳聲。鳳凰來止其屋，公爲作鳳臺。夫婦止其上，不下數年。一日，皆隨鳳凰飛去，故秦人爲作鳳女祠於雍宫中，時有簫聲而已。」

〔一二〕坐想：因想。坐，因。煙雨夕：當是暗用《楚辭·九歌·山鬼》的故實。其云："「雷填填兮雨冥冥，猿啾啾兮狖夜鳴。風颯颯兮木蕭蕭，思公子兮徒離憂。」

〔一三〕兼之：加之。花草春：百花盛開，草木繁茂的春天。

〔一四〕油壁車：古人所乘的一種車子。因爲用油塗飾車壁，故云。此指婦女所乘的油壁香車。《樂府詩集》（卷八五）《蘇小小歌》：「我乘油壁車，郎乘青驄馬。」

〔一五〕窈窕：美好貌。《詩經·周南·關雎》：「窈窕淑女，君子好逑。」此句謂雖有美貌却無人與之親近。此二句亦謂廟祀的晉王彪二女而言。

〔一六〕好贈：贈與。好，副詞，謂贈與的態度極善良珍重。劉淇《助字辨略》（卷三）：「好，猶善也。珍貴付屬之辭。《世説》：『汝若爲選官，當好料理此人。』李義山詩：『好爲麻姑到東海，勸栽黄竹莫栽桑。』」玉條脱：玉手鐲、玉腕釧之類。《玉臺新詠》（卷一）繁欽《定情詩》：「何以致契闊，繞腕雙跳脱。」《真誥》（卷一）：「愕緑華者，自云是南山人，不知是何山也。女子，年可二十。上下青衣，顏色絶整。……贈此詩一篇，并致火澣布手巾一枚、金玉條脱各一枚。條脱乃太而異精好。」

〔一七〕堪携：當携，可携。劉淇《助字辨略》（卷二）：「堪，《廣韻》云：『任也，勝也。』……不堪，猶今云當不得也。任，即當也。優任之，故又得爲勝也。……又李義山詩：『黄金堪作屋。』此堪字，猶云可也。」紫綸（guān）巾：紫色的頭巾。綸巾，古代的一種頭巾。《晉書》（卷七九）《謝萬傳》：「萬著白綸巾，鶴氅裘，履版而前。既見，與帝共談移日。」此當指道教神仙所披戴的紫綉毛帔一類的披巾。

〔一八〕殷勤：煩請。王瑛《詩詞曲語辭例釋》：「殷勤，等于説煩請、多承，，表敬意或謝意的動詞。」香池：焚香的大香爐。

〔一九〕重薦：甚薦，珍重的進獻。薦，進獻，祭享。張相《詩詞曲語辭匯釋》（卷二）：「重，甚辭；又猶盡也。」汀洲蘋：洲渚上的蘋草。南朝梁柳惲《江南曲》：「汀洲采白蘋，日落江南春。」蘋，大萍，水上浮萍的一種。《詩經・召南・采蘋》：「于以采蘋，南澗之濱。」《毛傳》：「蘋，大蓱也。」《爾雅・釋草》：「萍、蓱，其大者蘋。」邢昺疏：「陸機（璣）《毛氏義疏》云：『今水上浮蓱是也。其粗大者謂之蘋，小者謂之蓱。』」古代常用以祭祀鬼神。《左傳・隱公三年》：「澗谿沼沚之毛，蘋蘩薀藻之菜，……可薦於鬼神，可羞於王公。」

〔二〇〕蘭楫（jí）：木蘭制作的船槳。代稱船。古人認爲以木蘭制造的船最爲名貴。任昉《述異記》（《太平御覽》卷九五八《木部七》）：「七里洲中有魯班刻木蘭爲舟，至今在洲中。詩家所云木蘭舟出於此。」

〔二一〕不翅（chì）：不啻，不僅。「翅」通「啻」。星河津：天河的渡口。星河，天上的銀河。此句謂乘船遠航，超過了前人到達天河的傳説。《博物志》（卷一〇）：「舊説云天河與海通。近世有人居海渚者，年年八月有浮槎去來，不失期。人有奇志，立飛閣於查上，多齎糧，乘槎而去。十餘日中，猶觀星月日辰。自後茫茫忽忽，亦不覺晝夜。去十餘日，奄至一處，有城郭狀，屋舍甚嚴。遥望宫中多織婦，見一丈夫牽牛渚次飲之。牽牛人乃驚問曰：『何由至此？』此人具説來意，并問此是何處，答曰：『君還至蜀郡，訪嚴君平則知之。』竟不上岸，因還如期。後至蜀，問君平，曰：『某年月日，有客星犯牽牛宿。』計年月，正是此人到天河時也。」

太湖石〔一〕

他山豈無石〔二〕，厥狀皆可薦〔三〕。端然遇良工〔四〕，坐使天質變〔五〕。或裁基棟宇〔六〕，礧砢成廣殿〔七〕。或剖出温瑜〔八〕，精光具華瑱〔九〕。或將破仇敵〔一〇〕，百礮資苦戰〔一一〕。或用鏡功名〔一二〕，萬古如會面。今之洞庭者〔一三〕，一以非此選①〔一四〕。槎牙真不材②〔一五〕，反作天下彦〔一六〕。所奇者嵌崆〔一七〕，所尚者蔥蒨〔一八〕。旁穿參洞穴〔一九〕，内竅均環釧〔二〇〕。刻削九琳窗〔二一〕，玲瓏五明扇〔二二〕。新雕碧霞段③〔二三〕，旋剖秋天片〔二四〕。無力置池塘〔二五〕，臨風只流眄④〔二六〕。　（詩七八）

【校記】

①「非」斠宋本作「爲」。②「材」詩瘦閣本作「才」。③「雕」原作「彫」，據弘治本、汲古閣本、詩瘦閣本、四庫本、陸詩甲本、陸詩丙本、統籤本、季寫本、全唐詩本改。④「只」陸詩丙本作「□」。「眄」陸詩丙本作「盱」，統籤本、季寫本作「盻」。

【注釋】

〔一〕太湖石：參本卷（詩五八）注〔一〕。

〔二〕他山：别處的山。《詩經·小雅·鶴鳴》：「它山之石，可以爲錯。」

〔三〕厥：其。薦：進獻。

〔四〕端然：果真。張祜《題山水障子》：「端然是漁叟，相向日依依。」良工：技藝高超的人。《墨子·尚賢中》：「今王公大人，有一衣裳不能制也，必藉良工。」

〔五〕坐使：因使。天質：天然生成的質地，天性。

〔六〕裁：裁截，切割。基棟宇：用作建造房屋的基石。

〔七〕礧砢（lěi kē）：衆多錯雜貌，挺拔壯大貌。義同「磊砢」。《文選》（卷一一）王延壽《魯靈光殿賦》：「萬楹叢倚，磊砢相扶。」李善注：「磊砢，壯大之貌。」廣殿：大殿。《説文·广部》：「廣，殿之大屋也。」《詩經·小雅·六月》：「四牡修廣，其大有顒。」《毛傳》：「廣，大也。」

〔八〕温瑜（yú）：色澤温潤的美玉。瑜，美玉。

〔九〕精光：光彩，光芒。《文選》（卷一六）司馬相如《長門賦》：「衆鷄鳴而愁予兮，起視月之精光。」華瑱（tiàn）：華美的玉。瑱，玉。

〔一〇〕將：以。破仇敵：打敗敵人。

〔一一〕百礮（pào）：百門大炮。礮是古代發射石彈的兵器。《玉篇·石部》：「礮，礮石。」苦戰：力戰，拼死戰鬥。《史記》（卷八）《高祖本紀》：「天下匈匈苦戰數歲，成敗未可知，是何治宮室過度也？」

〔一二〕鏡功名：謂以石爲鏡，照耀功名。活用鏡石的典實，與古人刻石紀功的做法糅合在一起。《西陽雜俎》（前集卷一〇）：「鏡石，濟南郡有方山，相傳有奂生得仙於此。山南有明鏡崖，石方三丈，魑魅行狀，了了然在鏡中。南燕時，鏡上遂使漆焉。俗言山神惡其照物，故漆之。」

〔一三〕洞庭：此指太湖。參本卷（詩七七）注〔二〕。洞庭者：指太湖石。

〔一四〕一以句：謂太湖石完全没有以上各種用途。

〔一五〕槎牙：錯雜不齊貌。劉禹錫《客有爲余話天壇遇雨之狀因以賦之》：「滉瀁雪海翻，槎牙玉山碎。」不材：不成材。《莊子・山木》：「此木以不材得終其天年。」成玄英疏：「不材無用，故終其天年也。」

〔一六〕彦（yàn）：才德傑出的人。此作卓越解。《詩經・鄭風・羔裘》：「彼其之子，邦之彦兮。」《毛傳》：「彦，士之美稱。」此句謂奇形怪狀的太湖石反而成爲天下名品。

〔一七〕嵌崆（qiàn kōng）：凹陷不平。一作「嵌空」。沈佺期《過蜀龍門》：「長竇亘五里，宛轉復嵌空。」

〔一八〕葱蒨（cōng qiàn）：青緑色。太湖石多爲青石，故云。

〔一九〕旁穿句：謂太湖石多孔洞窟穴。參本卷（詩五八）注〔一〕。

〔二〇〕内竅（qiào）：指太湖石内的孔洞。《説文・穴部》：「竅，空也。」環釧（chuàn）：環形的鐲子。形容太湖石内孔孔洞奇巧的形狀。

〔二一〕刻削：雕刻。《韓非子·外儲説左上》：「凡刻削者，以其所以削必小。」九琳窗：一種鑲嵌玉石的雕花窗子。未詳。琳，美玉。《尚書·禹貢》：「厥貢惟球、琳、琅玕。」《孔傳》：「球、琳，皆玉名。」

〔二二〕玲瓏：本形容玉聲。此爲精細小巧義。《文選》（卷一）班固《東都賦》：「登玉輅，乘時龍，鳳蓋棽麗，龢鑾玲瓏。」李善注：「《埤蒼》曰：『玲瓏，玉聲也。』」寒山《時人尋雲路》：「山高多險峻，澗闊少玲瓏。」元稹《緣路》：「總是玲瓏竹，兼藏淺漫溪。」五明扇：古代儀仗中的一種扇子。崔豹《古今注》（《太平御覽》卷七〇二）曰：「五明扇，舜所作也。既受堯禪，廣開視聽，求賢人以自輔，故作五明扇。秦、漢公卿大夫皆用之，魏、晉非乘輿不得用也。」

〔二三〕碧霞段：青色的雲霞。青色本是太湖石中比較名貴的一種。此句以碧霞喻雕琢精美的青色太湖石。

〔二四〕旋：又也；還也。秋天：此喻剖開的太湖石猶如秋天的碧空一般蔚藍明朗。

〔二五〕置池塘：用太湖石裝飾在池塘邊。太湖石窟穴坳坎，形狀奇特，自中唐以來就是建造園林，疊砌假山的極好材料。此句作者自嘆使用不起貴重的太湖石。

〔二六〕臨風：迎風，當風。《楚辭·九歌·少司命》：「望美人兮未來，臨風怳兮浩歌。」流眄（miǎn）：左右顧盼。流，指目光轉動。眄，斜着眼睛看。《文選》（卷一九）宋玉《登徒子好色賦》：「含喜微笑，竊視流眄。」

崦裏〔一〕

山横路若絶，轉楫逢平川〔二〕。川中水木幽〔三〕，高下兼良田〔四〕。溝塍墮微溜〔五〕，桑柘含疎煙〔六〕。處處倚蠶箔〔七〕，家家下漁筌①〔八〕。騤犢卧新茭②〔九〕，野禽争折蓮。試招搔首翁〔一〇〕，共語殘陽邊〔一一〕。今來九州内〔一二〕，未得皆恬然③〔一三〕。賊陣始吉語〔一四〕，狂波又凶年〔一五〕。吾翁欲何道〔一六〕，守此常安眠。笑我掉頭去④〔一七〕，蘆中聞刺船⑤〔一八〕。余知隱地術〔一九〕，可以齊真仙〔二〇〕。終當從之遊，庶復全於天〔二一〕。（詩七九）

【校記】

①「漁」汲古閣本、詩瘦閣本、四庫本、全唐詩本作「魚」。②「茭」詩瘦閣本作「筊」。③「恬」陸詩丙本黄校作「括」。④「掉」汲古閣本作「棹」。⑤「刺」原作「剌」，據四庫本、統籤本、全唐詩本改。

【注釋】

〔一〕崦裏：參本卷（詩五九）注〔一〕。

〔二〕轉楫：移動行進的船。謂乘船轉彎。楫，船槳。平川：此指崦裏。參本卷（詩七一）注〔一三〕。

〔三〕水木：泛指自然山水的景物。《文選》（卷二二）謝混《遊西池》：「景昃鳴禽集，水木湛清華。」

〔四〕高下：指高處和低處。《老子》（第二章）：「長短相形，高下相傾。」《荀子·儒效》：「相高下，視墝肥，序五種，君子不如農人。」楊倞注：「高下，原隰也。」

〔五〕溝塍(chéng)：田間的小水溝和土埂。《文選》(卷一)班固《西都賦》：「疆埸綺分，溝塍刻鏤。原隰龍鱗，決渠降雨。」微溜：細小的流水。

〔六〕桑柘(zhè)：桑樹和柘樹。泛指桑樹。《禮記・月令》：「季春之月，……是月也，命野虞無伐桑柘。」《説文・木部》：「柘，桑也。」段玉裁《説文解字注》：「山桑、柘桑，皆桑之屬。古書并言二者則曰桑柘，單言一者則曰桑、曰柘。柘，亦曰柘桑。……桑、柘相似而別。」含疎煙：謂籠罩在淡薄的煙霧中。

〔七〕蠶箔：用竹篾或蘆葦編織的養蠶用具。也叫蠶薄。箔：竹編簾席之類器物。《玉篇・竹部》：「箔，簾也。」北魏賈思勰《齊民要術》(卷五)：「養蠶法：……常須三箔：中箔上安蠶，上下空置(原注：下箔障土氣，上箔防塵埃)。」

〔八〕漁筌：捕魚的器具。筌，竹制的籠子之類的器具。《玉篇・竹部》：「筌，捕魚笱。」

〔九〕騃(ái)犢：天性憨厚愚鈍的小牛。新菝(ná)：新生的藸菝。藸菝，叢生的亂草。

〔一〇〕招：邀請，約請。陶淵明《歸園田居五首》(其五)：「漉我新熟酒，隻鷄招近局。」又《和劉柴桑》：「山澤久見招，胡事乃躊躇？」搔首翁：以手抓搔頭髮的老翁。指其清閑無事。《詩經・邶風・静女》：「愛而不見，搔首踟躕。」

〔一一〕殘陽：夕陽。錢起《送夏侯審校書東歸》：「破鏡催歸客，殘陽見舊山。」

〔一二〕今來：今日，今天。來，句中襯字。九州：中國古代將天下分爲九州。《尚書·禹貢》：「禹别九州，隨山濬川，任土作貢。」所列九州爲：冀州、兖州、青州、徐州、揚州、荆州、豫州、梁州、雍州。《爾雅·釋地》、《周禮·夏官·職方氏》所列，各有異同。

〔一三〕恬然：閑適安定貌。《荀子·彊國》：「觀其朝廷，其朝閒，聽決百事不留，恬然如無治者，古之朝也。」

〔一四〕賊陣：盜賊的軍隊。指咸通九年十月作亂，十年九月被平定的龐勛之亂。參卷一（詩六）注〔四五〕、注〔五〇〕。吉語：吉祥的話。指消滅龐勛亂軍的好消息。《漢書》（卷七〇）《陳湯傳》：「不出五日，當有吉語聞。」顔師古注：「吉，善也。善謂兵解之事。」

〔一五〕狂波：狂浪，大浪。指咸通十一年夏六月「吴中苦雨」的自然灾害。皮、陸有《吴中苦雨一百韻》詩唱和。皮日休《太湖詩并序》云：「十一年夏六月，會大司諫清河公憂霖雨之爲患，」即此。凶年：灾荒之年。參本卷（詩七六）注〔一三〕。

〔一六〕吾翁：對老人親切的敬稱。謂吾家老翁，指上文的搔首翁。欲何道：《莊子·漁父》：「客曰：『吾聞之，可與往者與之，至於妙道；不可與往者，不知其道，慎勿與之，身乃無咎。子勉之！吾去子矣，吾去子矣！』」

〔一七〕掉頭：摇頭，轉頭而去。《莊子·在宥》：「鴻蒙拊脾雀躍掉頭曰：『吾弗知！吾弗知！』」

〔一八〕蘆中：蘆葦叢中。刺船：撑船。《莊子·漁父》：「乃刺船而去，延緣葦間。」

〔一九〕隱地術：隱没於地下，即神仙縮地術。《神仙傳》（卷九）：「壺公者，不知其姓名。……常懸一空壺於坐上，日入之後，公輒轉足跳入壺中，人莫知所在，唯長房於樓上見之，知其非常人也。……又嘗與客坐，使至市市鮓，頃刻而還。或一日之間，人見在千里之外者數處。」

〔二〇〕齊真仙：與神仙完全一樣。真仙，得道的神仙。《雲笈七籤》（卷三）《道教三洞宗元》：「太清境有九仙，上清境有九真，玉清境有九聖，三九二十七位也。其九仙者：第一上仙、二高仙、三大仙、四玄仙、五天仙、六真仙、七神仙、八靈仙、九至仙。真、聖二境，其號次第，亦以上、高、太、玄、天、真、神、靈、至而爲次第。」

〔二一〕庶：庶幾。全於天：自然的天性得以保全。

石板①〔一〕

一片倒山屏〔二〕，何時隳洞門〔三〕。屹然空闊中〔四〕，萬古波濤痕〔五〕。我意上帝命〔六〕，持來壓泉源〔七〕。恐爲庚辰官②〔八〕，囚怪力所掀〔九〕。又疑廣袤次〔一〇〕，零落潛驚奔③〔一一〕。不然遭霹靂〔一二〕，强半沈無垠〔一三〕。如何造化首④〔一四〕，便截秋雲根〔一五〕。往事不足問〔一六〕，奇踪安可論〔一七〕。吾今病煩暑〔一八〕，據簟嘗昏昏⑤〔一九〕。欲從石公乞（原注：石板在石公山前。）〔二〇〕，瑩理平如璊〔二一〕。前後植桂檜〔二二〕，東西置琴樽⑥〔二三〕。盡携天壤徒〔二四〕，浩唱羲皇言〔二五〕。

（詩八〇）

【校記】

①陸詩丙本無《石板》詩，陸詩丙本黄校云：「案此頁脱。」陸詩丙本張校亦云：「成化本亦空白。」②「官」汲古閣本、四庫本作「宫」。③「驚」原缺「敬」末筆，避宋太祖祖父趙敬諱。④「首」盧校本作「手」。⑤「嘗」汲古閣本、詩瘦閣本、四庫本、陸詩甲本、統籤本、季寫本、全唐詩本作「常」。⑥「樽」全唐詩本作「尊」。

【注釋】

〔一〕石板：參本卷（詩六〇）注〔一〕。

〔二〕倒山屏：從包山上倒蹋下來的石屏形成了一塊大石板。

〔三〕隳（huī）：毁壞。洞門：指林屋洞的洞口。參本卷（詩四三）注〔一〕。

〔四〕屹然：挺立貌。空闊中：指石板坐落在一片開闊地之中。本卷（詩六〇）題下原注及陸龜蒙本詩中小注均云「石板在石公山前」，而清金友理《太湖備考》（卷五）則云包山諸峰中，「一峰斗入湖爲石公山」。可見石板在石公山前的開闊地。

〔五〕萬古句：謂自古以來石板就在石公山前的太湖之濱，故它上面留下了太湖波濤衝刷的痕迹。

〔六〕意：猜測。上帝命：上帝下達的命令。

〔七〕壓泉源：壓住泉水的源頭，不使其洶涌泛濫。

〔八〕庚辰官：神仙屬官。庚辰，神仙名，傳説中的禹臣，協助大禹制伏神怪。《太平廣記》（卷四六七）《李湯》條引《戎幕閑談》：「禹理水，三至桐柏山。驚風走雷，石號木鳴，五伯擁川，天老肅兵，不能興。禹怒，召集百靈，搜命夔、龍，桐柏千君長稽首請命。禹因囚鴻蒙氏、章商氏、兜盧氏、犁婁氏，乃獲淮渦水神，名無支祁。善應對言語，辨江淮之淺深，原隰之遠近。形若猿猴，縮鼻高額，青軀白首，金目雪牙，頸伸百尺，力逾九象，搏擊騰踔疾奔，輕利倏忽，聞視不可久。禹授之章律，不能制；授之烏木由，不能制；授之庚辰，能制。鴟脾桓木魅水靈山妖石怪，奔號聚繞，以數千載，庚辰以戰逐去。頸鎖大索，鼻穿金鈴，徙淮陰龜山之足下，俾淮水永安流注海也。」

〔九〕囚怪：拘禁神怪之物。力所掀：謂庚辰用力掀倒山石，形成一塊大石板。

〔一〇〕廣袤次：廣闊平坦處。

〔一一〕零落：掉落下來。驚奔：驚恐奔逃。

〔一二〕霹靂：雷。遭霹靂：遭到雷劈。《文選》（卷八）揚雄《羽獵賦》：「霹靂列缺，吐火施鞭。」李善注：「應劭曰：『霹靂，雷也。』」

〔一三〕强半：過半，大半。無垠（yín）：無邊無際。此指太湖十分廣闊。垠，岸邊。《説文·土部》：「垠，地垠也。一曰：岸也。」

〔一四〕造化首：大自然的造物主。參卷二（詩二一六）注〔八〕。

〔一五〕雲根：指山石。古人以石爲雲根。秋雲根，指青石。意謂石板是一塊大青石。因秋天蔚藍，故云。參本卷(詩六七)注〔二〕。

〔一六〕問：尋求，探討。不足問：無法探究。

〔一七〕奇踪：指石板的奇異踪迹。

〔一八〕煩暑：酷暑，悶熱。《南史》(卷五三)《梁武陵王紀傳》：「季月煩暑，流金爍石。聚蚊成雷，封狐千里。」

〔一九〕簟(diàn)：竹篾制成的席子。《説文·竹部》：「簟，竹席也。」據簟，謂靠在竹席上。嘗：經常。「嘗」同「常」。昏昏：神志沉迷不清。《老子》(第二〇章)：「俗人昭昭，我獨昏昏。」

〔二〇〕欲從句：謂想向石公山乞取一塊石板。

〔二一〕瑩理句：謂將石板雕琢磨洗得平滑如玉。瑩理，磨洗使之光潔。平如璊(mén)：平整光潔如美玉。璊，赤色玉。《説文·玉部》：「璊，玉赬色也。」

〔二二〕桂檜(guì)：桂樹和檜柏，都是香木，且前者秋天開花，後者春天開花。

〔二三〕琴樽：琴和酒樽。彈琴和飲酒，表現了古代文人悠閑的生活方式。謝朓《和宋記室省中》：「無嘆阻琴樽，相從伊水側。」

〔二四〕天壤徒：天地間的人。世上人。

〔二五〕浩唱句：謂放聲高唱贊美伏羲氏。「浩唱」同「浩倡」。《楚辭·九歌·東皇太一》：「疏緩節兮安歌，陳竽瑟兮浩倡。」羲皇：伏羲氏，傳説中上古三皇之一，故稱羲皇。《文選》(卷四八)揚雄《劇秦美新》：「厥有云者，上罔顯於羲皇。」李善注：「伏羲爲三皇，故曰羲皇。」古人認爲伏羲時人們過着真淳的生活，故古代隱士自稱羲皇上人。陶淵明《與子儼等疏》：「常言：五六月中，北窗下卧，遇涼風暫至，自謂是羲皇上人。」

松陵集卷第四　往體詩一百十二首

龜蒙

漁具詩（并序）①

天隨子歔于海山之顔有年矣②〔一〕。矢魚之具〔二〕，莫不窮極其趣。大凡結繩持綱者，總謂之網罟③〔三〕。網罟之流④，曰罛⑤〔四〕、曰罾〔五〕、曰罺（原注：側交反⑥。）〔六〕。圓而縱捨曰罩⑦〔七〕，挾而升降曰罶（原注：女減反⑧。）〔八〕。緡而竿者⑨，總謂之筌〔九〕。筌之流，曰筒〔一〇〕、曰車〔一一〕。横川曰梁〔一二〕，承虚曰笱〔一三〕，編而沈之曰箄（原注：音卑⑩。）〔一四〕，矛而卓之曰矠（原注：音册，矛也⑪。）〔一五〕，棘而中之曰叉⑫〔一六〕，鏃而綸之曰射⑬〔一七〕，扣而駭之曰根⑭〔一八〕（原注：以薄板置瓦器上，繫之以驅魚⑮。）〔一九〕，置而守之曰神〔二〇〕（原注：鯉魚滿三百六十歲，蛟龍輒率而飛去⑯。年置一神守之⑰，則不能去矣。神，龜也⑱。）〔二一〕，列竹於海澨曰滬⑲〔二二〕（原注：吴之滬瀆是也⑳。）〔二三〕，錯薪於水中曰槮㉑〔二四〕（原注：糝㉒。），所載之舟曰舴艋㉓〔二五〕，所貯之器曰笭箵〔二六〕。其他或術以招之〔二七〕，或藥而盡之〔二八〕，皆出於《詩》《書》雜傳㉔及今之聞見〔二九〕，可考而驗之，不誣也〔三〇〕。今擇其任咏者作十五題以諷〔三一〕。噫！矢魚之具也如此，余既歌之矣㉕；矢民之具也如彼〔三二〕，誰其嗣之。鹿門子有高灑之才〔三三〕，必爲我同作〔三四〕。（序六）

【校記】

①陸詩丙本無「詩」。季寫本無「并序」。②「于」全唐詩本作「於」。③「綱」陸詩甲本、陸詩丙本、統籤本、類苑本作「網」。「網」詩瘦閣本作「䋄」。④原無「網罟」，據汲古閣本、四庫本、陸詩甲本、陸詩丙本、統籤本、季寫本、全唐詩本補。斠宋本眉批：「宋本无下『網罟』二字。」⑤「罛」陸詩甲本作「笊」。⑥類苑本、季寫本無此注語。「反」全唐詩本作「切」。⑦「縱」陸詩丙本黃校作「總」。「曰」統籤本作「□」。⑧「反」統籤本、全唐詩本作「切」。類苑本、季寫本無此注語。⑨「者」陸詩丙本黃校作「之」。⑩類苑本無此注語。⑪類苑本無此注語。⑫「叉」原作「义」，據弘治本、汲古閣本、詩瘦閣本、類苑本改。⑬「綸」陸詩丙本作「論」。⑭「騃」全唐詩本作「駭」。⑮「繫」汲古閣本、四庫本、季寫本、全唐詩本作「擊」。「驅」全唐詩本作「馳」。類苑本無此注語。⑯「蛟」陸詩丙本作「蚊」。⑰汲古閣本無「年」字。⑱「鼂」盧校本、陸詩甲本、統籤本作「鱉」，盧校本并眉批：「『鱉』字是。」類苑本無此注語。⑲「於」統籤本作「于」。⑳類苑本無此注語。㉑「於」統籤本作「于」。「曰」原作「白」，據汲古閣本、四庫本、陸詩甲本、統籤本、季寫本、全唐詩本改。「糝」原作「篸」，據盧校本改。盧校本眉批：「本是『糝』字，郭景純改從『糝』，此作『篸』，字書所無。」詩瘦閣本、全唐詩本、陸詩甲本作「篸」。㉒「糝」汲古閣本、詩瘦閣本、四庫本作「音糝」。

全唐詩本作「音槮」。類苑本、季寫本無此注。㉓「舴艋」陸詩丙本作「艋舴」。㉔「於」四庫本、季寫本作「于」。㉕「余」弘治本、汲古閣本、詩瘦閣本、四庫本、類苑本、季寫本、全唐詩本作「予」。

【注釋】

〔一〕天隨子：陸龜蒙自號。參卷三（序五）注〔五六〕。海山之顏：山海之畔。顏，山邊、水涯。有年：多年，若干年。陶淵明《移居二首》（其二）：「懷此頗有年，今日從茲役。」

〔二〕矢魚：射魚，捕魚。矢魚本是春秋時期的一項活動。《左傳·隱公五年》：「經，五年春，公矢魚于棠。」杜預注：「書陳魚以示非禮也。」孔穎達《正義》：「陳魚者，獸獵之類。謂使捕魚之人陳設取魚之備，觀其取魚以爲戲樂，非謂既取得魚而陳列之也。」

〔三〕大凡：大抵。結繩持綱：由繩子結成且有纜繩握持的。結繩，指結繩成網，非上古「結繩記事」之義。《周易·繫辭下》：「作結繩而爲罔罟，以佃以漁。」持綱：抓住綱。綱是提住網的總繩。《説文·糸部》：「綱，維紘繩也。」《尚書·盤庚上》：「若網在綱，有條而不紊。」網罟（gǔ）：網的總稱。《説文·网部》：「罟，網也。」

〔四〕罛（gū）：大魚網。《説文·网部》：「罛，魚罟也。《詩》曰：『施罛濊濊。』」《詩經·衛風·碩人》：「施罛濊濊，鱣鮪發發。」《毛傳》：「罛，魚罟。」《爾雅·釋器》：「魚罟，謂之罛。」郭璞注：「最大網罟也。今江東云。」

〔五〕罾（zēng）：用竹竿或木棍作支架的方形魚網。《説文·网部》：「罾，魚網也。」段玉裁《説文解字注》：「文穎曰：『罾，魚網也。』師古曰：『形如仰傘，蓋四維而舉之。』」《太平御覽》（卷八三四）引《風土記》曰：「罾，樹四植而張網於水，車輓上下之，形如蜘蛛之網，方而不圓。」

〔六〕罺（cháo）：捕魚小網。《爾雅·釋器》：「罺，謂之汕。」郭璞注：「今之撩罟。」

〔七〕圓而縱捨：圓形而上下收放的。罩：捕魚的竹籠。《説文·网部》：「罩，捕魚器也。」《爾雅·釋器》：「篧謂之罩。」郭璞注：「捕魚籠也。」《詩經·小雅·南有嘉魚》：「南有嘉魚，烝然罩罩。」孔穎達疏：「《釋器》云：『篧，謂之罩。』李巡曰：『篧，編細竹以爲罩，捕魚也。』」

〔八〕挾而升降：挾持而能上下升降的。罱（nǎn）：捕魚的網。同「罱」。《廣韻·豏韻》：「罱，捕魚網也。」《廣韻·敢韻》：「罱，罱網。」清方以智《通雅》（卷四九）《諺原》：「夾魚小網曰罱，一作罱。」

〔九〕緡（mín）而竿者：有釣絲而又帶有竹竿的捕魚器具。緡，釣絲。《説文·糸部》：「緡，釣魚繳也，吴人解衣相被謂之緡。」《詩經·召南·何彼襛矣》：「其釣維何？維絲伊緡。」《毛傳》：「緡，綸也。」筌（quán）：捕魚的竹器。《玉篇·竹部》：「筌，捕魚笱。」《文選》（卷一二）郭璞《江賦》：「栫澱爲涔，夾潨羅筌。」李善注：「筌，捕魚之器，以竹爲之，蓋魚笱屬。」

〔一〇〕筒：魚筒，釣筒。一種竹編捕魚用具。《文選》（卷一二）郭璞《江賦》：「筒灑連鋒，罾罾比船。」李善注：「舊説曰：筒、灑，皆釣名也。」杜甫《黄魚》：「筒桶相沿久，風雷肯爲伸。」仇注：「筒，竹器。桶，木器。皆捕魚之具。陸龜蒙《漁具詩序》：『緡而竿者，總謂之筌。筌之流，曰筒、曰車。』」

〔一一〕車：釣車，釣魚車。一種以輪子纏絡牽引釣絲的捕魚器具。韓愈《獨釣四首》（其二）：「坐厭親刑柄，偷來傍釣車。」

〔一二〕横川曰梁：横截水流，置放竹編捕魚器具的叫魚梁。因此，魚梁是一種捕魚的設施。即在水流處築魚堰，留下缺口讓水流過，即在此安放捕魚具。《詩經·邶風·谷風》：「毋逝我梁，毋發我笱。」《毛傳》：「梁，魚梁。笱，所以捕魚也。」鄭玄箋：「笱，捕魚器。」

〔一三〕承虚曰笱（gǒu）：謂在魚梁缺口處置放的捕魚器具叫魚笱。笱，竹篾編成的捕魚籠子，大口，小頸，腹大而長，頸部裝有倒鬚，使魚進入就不能再游出。《説文·句部》：「笱，曲竹捕魚笱也。」

〔一四〕編而沈之曰箄（bēi）：謂以竹篾編成而沉入水中放置的捕魚籠子叫箄。《廣韻·支韻》：「箄，取魚竹器。」《方言》（卷一三）：「箄，篾也。……篾小者，南楚謂之篓，自關而西，秦、晋之間謂之箄。」郭璞注：「今江南亦名籠爲箄。」《太平御覽》（卷七六〇）引郭璞注作：「今江東亦名小籠爲箄。」

〔一五〕矛而卓之曰矠（zé）：用叉矛直竪着刺魚的器具叫魚矠。矛，有柄帶刃的兵器。此作動詞，指使用的這種捕魚器具前端帶有似矛的尖刃。卓，直立。《説文·匕部》：「卓，高也。」《論語·子罕》：「既竭吾才，如有所立卓爾。」引申爲直立。矠，矛一類的兵器。《説文·矛部》：「矠，矛屬。」《國語·魯語上》：「稓魚鱉以爲夏犒。」韋昭注：「稓，擨也。犒，乾也。夏不得取，故於時擨刺魚鱉以爲犒儲也。」

〔一六〕 棘而中之曰叉：用戟刃刺中魚而捕獲的器具叫魚叉。「棘」通「戟」，古代的一種兵器，尖頭處有分叉。《小爾雅·廣器》：「棘，戟也。」叉，魚叉。《文選》（卷一〇）潘岳《西征賦》：「垂餌出入，挺叉來往。」李善注：「叉，取魚叉也。」

〔一七〕 鏃而綸（lún）之曰射：以釣絲繫住金屬箭頭來射殺取魚叫射魚。鏃，箭頭。綸：釣絲。《詩經·小雅·采緑》：「之子于釣，言綸之繩。」《鄭箋》：「綸，釣繳也。」

〔一八〕 扣而騃（ái）之曰桹（láng）：敲擊長木棒使魚驚駭而入網的器具叫魚桹。騃，愚，呆。《廣雅》（卷三上）《釋詁》：「騃，癡也。」此謂以敲擊聲使魚驚駭發呆。桹，長木棍。指捕魚者安裝在船舷上敲擊而驅魚入網的長木棒。《説文·木部》：「桹，高木也。」《文選》（卷一〇）潘岳《西征賦》：「纖經連白，鳴桹厲響。」李善注：「以長木叩舷爲聲。言曳纖經於前，鳴長桹於後，所以驚魚，令入網也。」施閏章《矩齋雜記·鳴榔》：「詩詞多用鳴榔，或疑爲扣舷、擊楫之説，非也。榔蓋船後横木之近舵者，漁人擇水深魚潛處引舟環聚，各以二椎擊榔，聲如急鼓，節奏相應，魚聞皆伏不動，以器取之，如俯而拾諸地。饒州東湖有之，吾鄉泰州湖内或擊木片，長尺許，虛其前後，以足蹴之，低昂成聲，魚驚竄水草中，然後罩取，亦鳴榔之義。」可供參考。

〔一九〕 原注（略）：據原注，此器具「以薄板置瓦器上」爲形製，顯然便於敲擊發聲，與鳴桹的原理相同，但未找到前人的解説資料。

〔二〇〕置而守之曰神：謂漁人每年都安置神龜以守魚，以免使其失去。此似爲漁民的一種宗教行爲。

〔二一〕鯉魚滿三百六十歲云云：應是古代民間傳説。古人重視鯉魚是一個久遠的傳統。《詩經·陳風·衡門》：「豈其食魚，必河之鯉。」杜甫《觀打魚歌》：「衆魚常才盡却棄，赤鯉騰出如有神。」仇注：「陶弘景《本草》：『鯉爲魚中之主，形可愛，又能神變，乃至飛越山湖。』《玉海》：『景龍二年，明皇至襄垣，漳水有赤鯉騰躍。』《酉陽雜俎》：『國朝律：取得赤鯉即宜放，不得吃，號赤鯉公。』」神，龜也：古人視龜爲神物。守魚之神即龜。《初學記》（卷三〇）：「《雒書》曰：『靈龜者，玄文五色，神靈之精也。』」

〔二二〕列竹句：謂將竹竿排列在海邊以捕魚的用具叫滬。海澨（shì）：海邊。澨，水邊，岸邊。《説文·水部》：「澨，埤增水邊土。人所止者。」《玉篇·水部》：「澨，水邊地也；涯也。」滬（hù）：捕魚的竹柵欄叫魚滬。《廣韻·姥韻》：「簄，海中取魚竹名曰簄。」又曰：「滬，靈龜負書，出玄滬水。」清黄叔璥《臺海使槎録·賦餉》：「滬者，於海坪潮漲所及處，周圍築土岸，高一二尺，留缺爲門，……潮漲，淹没滬岸，魚蛤隨漲入滬；潮退，水由滬門出，魚蛤爲網所阻。寬者爲大滬，狹者爲小滬。」可供參考。

〔二三〕吴之滬瀆是也：謂吴地的入海口就是以滬捕魚之地。古代稱吴地的松江（今吴淞江）下游近海處爲滬瀆，因其地人民在海邊以滬捕魚爲生。瀆：注海的江河稱作瀆。《爾雅·釋水》：

「江、河、淮、濟爲四瀆。四瀆者，發源注海者也。」

〔二四〕錯薪於水中曰槮（sēn）：將柴木堆積在水中而捕魚的器具叫魚槮。錯薪：本義爲叢生的草木。此指在水中錯雜堆放的柴木。《詩經·周南·漢廣》：「翹翹錯薪，言刈其楚。」《毛傳》：「錯，雜也。」槮：聚集置放在水中以捕魚的柴木。《爾雅·釋器》：「槮謂之涔。」郭璞注：「今之作槮者，聚集柴木於水中。魚得寒，入其裏藏隱，因以簿圍捕取之。」盧文弨《鍾山雜記》（卷一）《糝謂之涔》條：「《爾雅·釋器》：『糝謂之涔。』郭璞本『糝』作『槮』。《釋文》云：『《爾雅》舊文并《詩》傳并米旁作。《小爾雅》木旁作，其文云：「魚之所息謂之㯯。㯯，槮也，積柴水中而魚舍焉。」郭因改米從木。』文弨案：《太平御覽》八百三十四引《爾雅》尚從「米」旁作，并引犍爲舍人曰：「以米投水中養魚爲涔也。」則「糝」之義益明。今《毛詩正義》《爾雅》《釋文》及疏，皆不載犍爲舍人語。（臧鏞堂案：《周頌·潛·正義》引李巡曰：「今以木投水中養魚爲涔。」據《釋文》所云，則郭氏前注《爾雅》者俱作木旁。李亦與舍人義同，「以木」乃「以米」之誤耳。）」杜甫《觀打魚歌》：「漢陰槎頭遠遁逃。」仇注：「孫炎《釋爾雅》：『積柴木水中養魚曰槮。』襄陽俗謂魚槮謂槎頭，言所積柴木槎枒然也。」

〔二五〕舴艋（zé měng）：小船。《玉篇·舟部》：「舴，舴艋，小舟。」

〔二六〕笭箵（líng xǐng）：竹籠。此指裝魚的竹籠。《通俗文》（《太平御覽》卷七五六）曰：「竹器謂之笭箵。」

〔二七〕術以招之：謂用某種方法招引魚以捕獲。

〔二八〕藥以盡之：謂用藥物藥魚以將其全部捕獲。

〔二九〕《詩》《書》雜傳：《詩經》《尚書》及各種雜記傳載。謂這些經典中都有關於漁具的記載。

〔三〇〕不誣：不誣妄虚假。

〔三一〕任詠：堪詠。諷：諷誦歌吟。《説文·言部》：「諷，誦也。」

〔三二〕矢民之具：謂管理人民的器具。

〔三三〕鹿門子：皮日休自號。參卷一（詩四）注〔一英〕。高灑之才：高超卓越、瀟灑脱俗的才華。

〔三四〕同作：和作，酬答之作。

【箋評】

吾宗甫里公，奇辭賦《漁具》。高風邈不嗣，徒有吟諷苦。（陸遊《讀蘇叔黨汝州北山雜詩次其韻》十首其七，《劍南詩稿》卷四十四）

〔乾道六年六月〕（九日）至吴江縣。……縣治有石刻曾文清公《漁具圖》詩，前知縣事柳楹所刻也。《漁具》比《松陵倡和集》所載又增十事云。（陸游《入蜀記》第一）

唐皮、陸《漁具詩》，題凡十五物：曰網、曰罩、曰罱、曰釣車、曰魚梁、曰叉魚、曰射魚、曰鳴榔、曰滬、曰簃、曰種魚、曰藥魚、曰舴艋、曰笭箵。今太湖漁人，以三等網行湖中，最下爲鐵脚，魚之善沉者遇之；中爲絲網，上爲浮網，以截魚無遺。秋風大發，以舟載釣具，繫餌沉之巨浪中取白魚，謂之「釣白」。淮河中用狹長小舠，安白鬃板一片，夜以火照之，魚視疑爲決水，踴躍而上，謂之「跳白」。（李日華《六研齋筆記》二筆卷二）

子度（編者按：孫爽字）《太湖戈船》云：「嘗讀眉山詩，雅羡魚蠻子。誰知五湖中，漁樂乃過此。寬如數畝宮，曲房不見水。雙舫截湖來，横網亘數里。高眠狎波濤，天風聽所止。長魚幾人搏，尺許無足齒。鬻賣逐自然，通侯富可擬。亦有童子師，書聲到水市。衣食既鮮華，絃誦恒清美。雖有桑大夫，差科未擾是。人生老戈船，頭白何須耻。」子度是作，係《太湖雜咏》六首之一。「戈」或作「罛」。大艑巍峩，占湖西石磯，自非風動天不開也。峭帆六七道，破浪而行，曳巨網於船尾，獲魚多至千頭，東望甪里而止，不能登岸。吴興邱大祐《竹枝》所云：「郎如湖裏泛罛船，逐浪隨風不到邊」是已。船人生子，仍課以書，具束脩延師，白金必三四鎰。女子塗妝綰髻，臂金跳脱拽篷，船中鷄栖豚栅，靡所不有。昔皮、陸《松陵唱和》，天隨自詡「矢魚之具」「窮極其趣」。竊疑兩公未曾睹此，其中漁具尚多，定不止襲美所添而已。（朱彝尊著、姚祖恩編《静志居詩話》卷二十二《孫爽》）

（龜蒙）《漁具》《樵人》諸咏，亦多旨趣。其和皮《太湖詩》，略遜于皮，以皮得之親歷，故議論更透徹而描寫更奇特也。（余成教《石園詩話》卷二）

陸龜蒙《漁具詩序》：「天隨子漁于海山之濱，矢魚之具，莫不窮極其趣。凡結繩持綱者，總謂之網罟。網罟之流，曰罛、曰罾、曰罺。圓而縱捨者曰罩，挾而升降者曰罱。緡而竿者，總謂之筌。筌之流，曰筒、曰車。横川曰梁，承虚曰笱，編而承之曰箄，矛而卓之曰矠，棘而中之曰叉，鏃而綸之曰射，扣而駭之曰根，置而守之曰桍，列竹於海澨曰滬，錯薪於水曰篸。所載之舟曰舴艋，所貯之器曰笭箵。」皮日休《補漁具詩》五首：曰漁菴、曰釣磯、曰蓑衣、曰篛笠、曰篷背。朱錫鬯《緯蕭草堂》詩云：「草堂何所營，志蟹譜漁具。夜分汀火紅，點點出深樹。」着墨無多，實能寫出漁家風景。（林昌彝《海天琴思録》卷八）

網①〔一〕

大罟綱目繁②〔二〕，空江波浪黑〔三〕。沈沈到波底〔四〕，恰共波同色〔五〕。牽時萬髻入〔六〕，已有千鈞力〔七〕。尚悔不横流〔八〕，恐他人更得〔九〕。（詩八一）

【校記】

①「網」詩瘦閣本作「䋄」。　②「綱」汲古閣本、陸詩甲本、陸詩丙本、統籤本、季寫本作「網」。

【注釋】

〔一〕網：魚網。

〔二〕大罟：大網。參本卷（序六）注〔三〕。綱目繁：謂綱長目多。因是大罟的緣故。綱是提絜魚網的大繩子，目是魚網的網眼。《呂氏春秋·用民》：「壹引其綱，萬目皆張。」

〔三〕空江：浩瀚遼闊的江水。波浪黑：謂江水深。水深則黑。

〔四〕沈沈：深貌。

〔五〕共：與。劉淇《助字辨略》（卷四）：「又李義山詩：『春心莫共花争發』，此共字，猶與也，并也。」波同色：謂魚網是黑色的。

〔六〕牽時：牽引拉拽漁網的時候。萬鬐（qí）：萬條魚。謂魚之多。鬐，通「鰭」，魚背脊上的鬣，是魚的運動器官。《文選》（卷一二）木華《海賦》：「巨鱗插雲，鬐鬣刺天。」李善注：「郭璞《上林賦》注曰：『鰭，魚背上鬣也。』」

〔七〕千鈞：喻重量極大。古代以三十斤爲一鈞。《商君書·錯法》：「烏獲舉千鈞之重，而不能以多力易人。」

〔八〕不横流：不多。謂没有能够獲得更多的魚。《文選》（卷四八）司馬遷《封禪文》：「協氣横流，武節猋逝。」李善注：「横流，多也。」

〔九〕更得：又得，再得。

罾〔一〕

左手揭圓罛〔二〕，輕橈弄舟子〔三〕。不知潛鱗處〔四〕，但去籠煙水〔五〕。時穿紫屏破①〔六〕，忽值朱衣起〔七〕（原注：松江有朱衣鮒②〔八〕）。貴得不貴名〔九〕，敢論魴與鯉〔一〇〕。（詩八二一）

【校記】

①「屏」汲古閣本、四庫本注「屏一作苹」，章校本眉批：「明本無此四字。」詩瘦閣本作「蓱」，盧校本

作「萍」，陸詩甲本、陸詩丙本、統籤本、全唐詩本注：「一作萍。」②「松」陸詩丙本作「淞」。類苑本無此注語。

【注釋】

〔一〕罩：魚罩。參本卷（序六）注〔七〕。

〔二〕揭：提起，舉起。《説文·手部》：「揭，高舉也。」圓罛：圓形的魚網。參本卷（序六）注〔四〕。

〔三〕輕橈（ráo）：小槳。代指小船。橈，船槳。《小爾雅·廣器》：「楫謂之橈。」《楚辭·九歌·湘君》：「薜荔柏兮蕙綢，蓀橈兮蘭旌。」王逸注：「橈，船小楫也。」《文選》（卷二二）謝惠連《泛湖歸出樓中玩月》：「日落泛澄瀛，星羅游輕橈。」弄舟子：撑船的人。此指漁人。

〔四〕潛鱗：藏在水下的魚類。《文選》（卷二三）王粲《贈蔡子篤詩》：「潛鱗在淵，歸雁載軒。」

〔五〕籠煙水：用罩罩住水以捕魚。籠，竹籠。此作動詞，籠罩。

〔六〕紫屏：紫色的屏風。此處顯然指水面上的一層覆蓋物，猶如一面屏風。應指水面上的紫萍。各本「屏」多作「萍」，或云「一作萍」，可通。

〔七〕值：遇。段玉裁《説文解字注》：「凡彼此相遇、相當曰值。」朱衣：朱衣鮒（fù），一種紅色的鯽魚。鮒，鯽魚。《埤雅》（卷一）《釋魚》：「吕子曰：『魚之美者，洞庭之鮒。』鮒，小魚也，即今之鯽魚。其魚肉厚而美，性不食鈞。《本草》所謂鯽魚，一名鮒魚。形亦似鯉，色黑而體促，腹大而脊隆。所在池澤皆有之是也。」

〔八〕松江：即今太湖尾閭吴淞江，其下游即今流經上海市入海的蘇州河。《元和郡縣圖志》（卷二五）《江南道一》：「蘇州吴縣：松江，在縣南五十里，經崑山入海。《左傳》云：『越伐吴，軍於笠澤。』即此江。」

〔九〕貴得：最看重能够得到的。貴名：以名爲貴。《管子·樞言》：「名正則治，名倚則亂，無名則死，故先王貴名。」

〔一〇〕敢：豈敢，不敢。魴（fáng）與鯉：魴魚和鯉魚。古人視爲兩種名貴的魚。魴魚即鯿魚。《爾雅·釋魚》：「魴，魾。」郭璞注：「江東呼魴魚爲鯿，一名魾。」《詩經·陳風·衡門》：「豈其食魚，必河之魴。……豈其食魚，必河之鯉。」漢焦贛《易林》（卷二）《比》：「水流趨下，欲至東海。求我所有，買魴與鯉。」杜甫《觀打魚歌》「赤鯉騰出如有神」，「魴魚肥美知第一」。可見，古人視魴魚、鯉魚爲名貴之魚。

罱①〔一〕

有意烹小鮮〔二〕，乘流駐孤棹〔三〕。雖然煩取捨②〔四〕，未肯求津要〔五〕。多爲蝦蜆誤〔六〕，已分鵁鶄笑〔七〕。寄語龍伯人〔八〕，荒唐不同調〔九〕。

（詩八三）

【校記】

①統籤本注：「女減切，韻字書作罱。」　②「捨」汲古閣本、詩瘦閣本、四庫本作「舍」。

【注釋】

〔一〕罠：同「罱」。參本卷（序六）注〔八〕。

〔二〕烹小鮮：烹煮小魚。《老子》（第六〇章）：「治大國若烹小鮮。」河上公注：「鮮，魚。」

〔三〕乘流：順流。《文選》（卷三四）枚乘《七發》：「汩乘流而下降兮，或不知其所止。」駐：停下。《玉篇·馬部》：「駐，馬立止也。」孤棹（zhào）：孤舟。棹，船槳。

〔四〕煩取捨：在取捨上很麻煩，難於取捨。取捨，選取與捨棄。

〔五〕津要：重要道路的水邊渡口。指要害之處。《文選》（卷二九）《古詩十九首》（其四）：「何不策高足，先據要路津。」

〔六〕蝦蜆（xiǎn）：小蝦和小蛤。

〔七〕已分（fèn）：已料。張相《詩詞曲語辭匯釋》（卷四）：「分，意料之辭，讀去聲。」鵁鶄（jiāo jīng）水鳥名，即池鷺。《史記》（卷一一七）《司馬相如列傳》：「鵁鶄鶂目，煩鶩鷛鷞。」《正義》：「郭云：『鵁鶄似鳧而脚高，有毛冠，辟火災。』」

〔八〕寄語：傳話，轉告。南朝宋鮑照《代少年時至衰老行》：「寄語後生子，作樂當及春。」《宋書》（卷六九）《范曄傳》：「寄語何僕射，天下决無佛鬼。若有靈，自當相報。」龍伯人：龍伯國的巨人。傳説其人善釣。《博物志》（卷二）：「《河圖玉板》云：『龍伯國人，長三十丈，生萬八千歲而死。』」《列子·湯問篇》：「龍伯之國有大人，舉足不盈數步而暨五山之所，一釣而連六鰲，合負而趣歸其國，灼其骨以數焉。於是岱輿、員嶠二山流於北極，沈於大海，仙聖之播遷者巨億計。」

〔九〕荒唐：十分廣大，無邊無際。《莊子·天下》：「莊周聞其風而悦之，以謬悠之説，荒唐之言，無端崖之辭，時恣縱而不儻，不以觭見之也。」成玄英疏：「荒唐，廣大也。」《經典釋文》（卷二十八）《莊子音義》（下）：「荒唐，謂廣大無域畔者也。」不同調：不同的音調。喻志趣和追求不一樣。《文選》（卷二六）謝靈運《七里瀨》：「誰謂古今殊，異世可同調。」李善注：「調，猶運也，謂音聲之和也。」句意謂龍伯人釣巨鼇，而我則釣蝦蜆，志趣的大小與之迥然不侔。

釣　筒〔一〕

短短截筠光〔二〕，悠悠卧江色〔三〕。蓬差櫓相應①〔四〕，雨幔煙交織②〔五〕。須臾中芳餌〔六〕，迅疾如飛翼〔七〕。彼竭我還浮〔八〕，君看不争得〔九〕。（詩八四）

【校記】

①「蓬」盧校本、陸詩甲本、統籤本作「篷」。「差」陸詩丙本作「羞」。②「幔」弘治本、汲古閣本、四庫本、陸詩甲本、陸詩丙本、類苑本、季寫本、全唐詩本作「慢」。

【注釋】

〔一〕釣筒：參本卷（序六）注〔一〇〕。據此詩，釣筒係截竹爲之，安裝在釣絲上。垂釣時，釣筒漂浮在水面上，給漁者捕魚提供方便。

〔二〕截筠（yún）：斷竹。將一竿竹子砍成多節。筠，竹子的青皮，即指竹子。《説文·竹部》：「筠，竹皮也。」

〔三〕悠悠：形容竹筒在水面上漂浮貌。《詩經·王風·黍離》：「悠悠蒼天，此何人哉。」

〔四〕蓬差：似指蓬草。櫓：船槳。小者爲槳，大者爲櫓。《釋名·釋船》：「在旁曰櫓。櫓，膂也。用膂力，然後行舟也。」此句似謂蕩起船槳，釣筒猶如蓬草般隨波浮動。

〔五〕雨幔（màn）：雨幕。《説文·巾部》：「幔，幕也。」此句謂空中的雨幔煙霧交織在一起，朦朧蒼茫。

〔六〕須臾：一會兒。《荀子·勸學》：「吾嘗終日而思矣，不如須臾之所學也。」中（zhòng）：遭受。芳餌：芳香的魚餌。《吴越春秋》（卷九）《勾踐陰謀外傳》：「大夫種曰：『臣聞高飛之鳥，死於美食；深泉之魚，死於芳餌。』」

〔七〕迅疾：迅速。《楚辭·九嘆·惜賢》：「挑揄揚汰，蕩迅疾兮。」飛翼：飛鳥。翼，鳥翅，代指鳥。《説文·飛部》：「翼，翅也。」《文選》（卷四二）阮瑀《爲曹公作書與孫權》：「濯鱗清流，飛翼天衢。良時在兹，勖之而已。」

〔八〕彼：指魚。竭：窮盡。指用完了力氣。我：竹筒自謂。還：復，又。劉淇《助字辨略》（卷一）：「還，《廣韻》云：『復也。』《荀子·王霸篇》：『如是，則禹、舜還至，王業還起。』楊注云：『還，復也。』」浮：謂釣筒漂浮在水面上。

〔九〕不争：當真。張相《詩詞曲語辭匯釋》（卷二）：「不争，猶云如其也；當真也。」

釣　車〔一〕

溪上持隻輪①〔二〕，溪邊指茅屋。閑乘風水便〔三〕，敢議朱丹轂〔四〕。高多倚衡懼〔五〕，下有折軸速〔六〕。曷若載逍遥〔七〕，歸來卧雲族〔八〕。（詩八五）

【校記】

①「隻」陸詩丙本、統籤本作「雙」。

【注釋】

〔一〕釣車：參本卷（序六）注〔二〕。《文選》（卷一〇）潘岳《西征賦》：「徒觀其鼓枻迴輪，灑釣投網；垂餌出入，挺叉來往。」李善注：「舊説曰：『輪，釣輪也。』謂爲車以收釣緡也。輪或爲綸。毛萇《詩傳》曰：『緡，綸也。』」可證釣車是在其輪子上纏絡釣絲，既可放遠，亦可迅速收回，故又稱「釣輪」、「釣輪子」。温庭筠有《寄湘陰閻少府乞釣輪子》詩：「釣輪形與月輪同，獨繭和煙影似空。」

〔二〕隻輪：一隻輪子的釣車。

〔三〕風水便：風和水給予的方便。謂釣絲是順風順水到達遠處的。便，適合，適宜。孟浩然《冬至後過吴張二子檀溪别業》：「外事情都遠，中流性所便。」

〔四〕敢議：豈敢訛議。朱丹轂（gǔ）：紅漆漆過的紅色車輪。謂達官貴人的豪華車子。轂，車輪軸心承輻的部分。即代指車。《説文·車部》：「轂，輻所湊也。」《文選》（卷四一）楊惲《報孫會宗書》：「惲家方隆盛時，乘朱輪者十人，位在列卿，爵爲通侯。」李善注：「二千石皆得乘朱輪。」

〔五〕高多句：謂乘在華貴的車子上，攀登高處，倚身靠在車轅前的横木上，多使人産生恐懼感。衡：車轅前的横木。《釋名·釋車》：「衡，横也，横馬頸上也。」

〔六〕下有句：謂走下坡路，車速極快，又有折斷車輪的危險。

〔七〕曷若：何如。載逍遥：謂以釣車裝載着逍遥。以釣車喻作車輛。逍遥，《莊子》中有《逍遥遊》篇，意爲閑放不拘，恬然自得。

〔八〕歸來：歸隱田園。來，語助詞。卧雲族：閑卧於雲中一類人，指隱士。卧雲，喻隱居。劉長卿《吴中聞潼關失守因奉寄淮南蕭判官》：「不如歸遠山，雲卧飯松粟。」

魚　梁〔一〕

能編似雲薄〔二〕，横絶清川口①〔三〕。缺處欲隨波〔四〕，波中先置笱〔五〕。投身入籠檻〔六〕，自古難飛走。盡日水濱吟〔七〕，殷勤謝漁叟〔八〕。　（詩八六）

【校記】

①「清」統籤本作「青」。

【注釋】

〔一〕漁梁：參本卷（序六）注〔三〕。

〔二〕能編句：謂編織成細薄如雲的魚梁。

〔三〕横絶：横渡。《史記》（卷五五）《留侯世家》：「上曰：『爲我楚舞，我爲若楚歌。』歌曰：『鴻鵠高飛，一舉千里。羽翮已就，横絶四海。横絶四海，當可奈何！』」清川口：指流水處。此句謂魚梁横着安置在兩邊設有魚堰的流水口。

〔四〕缺處：指魚梁預留的魚堰的缺口。欲隨波：謂魚想要隨缺口的流水游走。

〔五〕笱（gǒu）：竹篾編成的捕魚籠子，大口，細頸，腹大而長，在頸部倒裝竹片，使魚進入後無法游出。《説文·句部》：「笱，曲竹捕魚笱也。」參本卷（序六）注〔三〕。

〔六〕籠檻：即籠子。此指笱。晉潘尼《迎大駕詩》：「翔鳳嬰籠檻，騏驥見維縶。」

〔七〕盡日：整天，終日。

〔八〕殷勤：煩請。王瑛《詩詞曲語辭例釋》：「殷勤，等於説煩請、多承，表敬意或謝意的動詞。」謝：語。張相《詩詞曲語辭匯釋》（卷五）：「謝，語也。」

叉魚①〔一〕

春溪正含緑〔二〕，良夜才參半〔三〕。持矛若羽輕〔四〕，列燭如星爛〔五〕。傷鱗跣密藻②〔六〕，碎首沈遥岸〔七〕。盡族染東流〔八〕，傍人作佳玩〔九〕。（詩八七）

【校記】

①「叉」原作「乂」，據弘治本、汲古閣本、詩瘦閣本、類苑本、季寫本改。②「跣」弘治本、汲古閣本、四庫本、陸詩甲本、陸詩丙本、統籤本、類苑本、季寫本、全唐詩本作「跳」。

【注釋】

〔一〕叉魚：用魚叉刺魚以捕魚。魚叉，參本卷（序六）注〔一六〕。

〔二〕含緑：春天溪水澄净碧緑，故云。

〔三〕良夜：長夜，深夜。《後漢書》（卷二〇）《祭遵傳》：「帝東歸過汧，幸遵營，勞饗士卒，作黄門武樂，良夜乃罷。」李賢注：「良猶深也。」參（cān）半：半數，一半。此謂半夜時分。

〔四〕矛：指叉魚的叉矛。參本卷（序六）注〔一五〕。

〔五〕列燭（zhú）：衆多的火炬。《説文・火部》：「燭，庭燎，火燭也。」星爛：天上的群星燦爛。

〔六〕傷鱗：被魚叉刺傷的魚。跣（xiǎn）：赤脚。《説文・足部》：「跣，足親地也。」段玉裁《説文解字注》：「古者坐必脱屨，燕坐必褫襪，皆謂之跣。」密藻：厚密的一層水藻。此句謂被刺傷的魚跳躍到水藻上，暴露在外。

〔七〕碎首：被魚叉刺破頭的魚。遥岸：遠處的岸邊。

〔八〕盡族：指所有被刺死刺傷的魚類。染東流：謂染紅了東流的水。

〔九〕傍人：别人。《世説新語·夙惠》：「桓宣武薨，桓南郡年五歲，服始除，桓車騎與送故文武别，因指與南郡：『此皆汝家故吏佐。』玄應聲慟哭，酸感傍人。」佳玩：好玩的觀賞樂事。

射　魚〔一〕

彎弓注碧潯〔二〕，掉尾行凉沚〔三〕。青楓下晚照〔四〕，正在澄明裏。抨弦斷荷扇〔五〕，濺血殷菱蕊〔六〕。若使禽荒聞〔七〕，移之暴煙水〔八〕。（詩八八）

【注釋】

〔一〕射魚：用繫在絲綫上的金屬箭頭射殺魚。參本卷（序六）注〔一七〕。

〔二〕彎弓：拉弓。賈誼《過秦論》（上）：「胡人不敢南下而牧馬，士不敢彎弓而報怨。」注：注目，注視。碧潯（xún）：渌水岸邊。《説文·水部》：「潯，旁深也。」《文選》（卷一二）郭璞《江賦》：「櫟杞稹薄於潯涘，栛槤森嶺而羅峰。」李善注：「《淮南子》曰：『南遊江潯。』許慎注曰：『潯，水涯也。』」

〔三〕掉尾：摇尾。指魚擺動魚尾游行。《淮南子·精神訓》：「視龍猶蝘蜓，顔色不變，龍乃弭耳掉尾而逃。」凉沚(zhǐ):清凉的水中小洲。《爾雅·釋水》:「水中可居者曰洲,小洲曰渚,小渚曰沚,小沚曰坻。」《詩經·秦風·蒹葭》:「溯游從之,宛在水中沚。」《毛傳》:「小渚曰沚。」

〔四〕青楓:緑色的楓樹。《楚辭·招魂》:「湛湛江水兮上有楓,目極千里傷春心。」青楓是唐人常咏之物。張九齡《雜詩五首》(其四):「浦上青楓林,津旁白沙渚。」劉長卿《餘干旅舍》:「摇落暮天迥,青楓霜葉稀。」晚照:夕陽。

〔五〕抨弦:以手彈弓射箭。杜甫《自閬州領妻子却赴蜀山行三首》(其三):「轉石驚魑魅,抨弓落狖鼯。」仇注:「抨弓,手彈弓也。」又曰:「《博物志》:『更嬴能射,虚發而下鳥。』抨弓,即虚發也。」荷扇:荷葉。其形似扇,故云。

〔六〕殷菱蕊:菱花被染成了紅色。殷,殷色,赤黑色。菱蕊:菱花。

〔七〕禽荒:沉迷於田獵。《尚書·五子之歌》:「内作色荒,外作禽荒。」《孔傳》:「作,爲也。迷亂曰荒。色,女色。禽,鳥獸。」

〔八〕移之句:謂將沉迷狩獵鳥獸的行爲轉移到過度捕殺水中魚上來。暴:暴虐,損害。《禮記·王制》:「無事而不田,曰不敬。田不以禮,曰暴天物。」煙水:煙霧朦朧的水面。實指水中魚而言。

鳴　桹〔一〕

水淺藻荇澀〔二〕,鈎罩無所及①〔三〕。鏗如木鐸音〔四〕,勢若金鉦急〔五〕。驅之就深處〔六〕,用以資俯拾〔七〕。搜羅爾甚微〔八〕，遁去將何入。（詩八九）。

【校記】

①「鈎」原作「釣」。斠宋本眉批：「『釣』，宋本微缺，似『鈎』字。」弘治本、汲古閣本、詩瘦閣本、四庫本、季寫本、全唐詩本作「鈎」。據改。

【注釋】

〔一〕鳴桹（láng）：敲擊驅魚的長棒以捕魚。參本卷（序六）注〔一八〕。李白《送殷淑三首》（其一）：「惜别耐取醉，鳴桹且長謡。」劉長卿《送杜位江左覲省往新安江》：「鳴桹去未已，前路行可覲。」但李、劉詩中的「鳴桹」俱非驅魚，而是擊船行進或爲歌聲之節。誠如清王琦注上李白詩云：「一説榔，船板也，船行則響，謂之鳴榔。駱賓王詩『鳴榔下貴洲』，沈佺期詩『鳴榔曉帳前』是也。若太白此篇，送客非觀漁，停舟飲酒，非挂帆長行，所謂鳴榔者，當是擊船以爲歌聲之節，猶叩舷而歌之義。」

〔二〕藻荇（xìng）澀：因水藻荇菜的阻塞而難以行進。藻，水藻。荇，荇菜。草本，多年生水中植物。《詩經·召南·采蘋》：「于以采藻，于彼行潦。」《毛傳》：「藻，聚藻也。」《詩經·周南·關雎》：「參差荇菜，左右流之。」《毛傳》：「荇，接余也。」孔穎達疏：「陸璣（機）疏云：『接余，白莖，葉紫赤色，正員，徑寸餘，浮水上，根在水底，與水深淺等。大如釵股，上青下白。』」

〔三〕鈎罩：魚鈎和魚罩。分别參（序六）注〔九〕、〔七〕。

〔四〕木鐸(duó)：以銅爲質，以木爲舌的大鈴。《周禮·天官·小宰》：「徇以木鐸。」鄭玄注：「古者將有新令，必奮木鐸以警衆，使明聽也。木鐸，木舌也。文事奮木鐸，武事奮金鐸。」

〔五〕金鉦：金屬樂器，古代軍樂。《文選》（卷三）張衡《東京賦》：「戎士介而揚揮，戴金鉦而建黄鉞。」薛綜注：「金鉦，鐲鐃之屬也。……蔡邕《獨斷》曰：『乘輿後有金鉦、黄鉞。』」

〔六〕驅(qū)：驅趕。

〔七〕俯拾：俯身拾取。喻容易獲得。《漢書》（卷七五）《夏侯勝傳》：「常謂諸生曰：『士病不明經術；經術苟明，其取青紫如俯拾地芥耳。』」顔師古注：「地芥謂草芥之横在地上者。俯而拾之，言其易而必得也。」

〔八〕搜羅句：謂搜集羅致以後，水中所剩餘的魚已經很少了。爾：爾輩，你等。指魚。

滬①〔一〕

萬植禦洪波〔二〕，森然倒林薄〔三〕。千艫咽雲上②〔四〕，過半隨潮落〔五〕。其間風信背③〔六〕，更值雷聲惡〔七〕。天道亦哀多〔八〕，吾將移海若〔九〕。（詩九〇）

【校記】

①弘治本、汲古閣本、詩瘦閣本、四庫本、陸詩甲本、陸詩丙本、統籤本、類苑本、季寫本、全唐詩本題下有小注：「吴人今謂之簖。」「簖」陸詩丙本黄校作「斷」。②「千」原作「干」，據弘治本、汲古閣

本、詩瘦閣本、四庫本、全唐詩本改。　③「背」陸詩丙本作「皆」。

【注釋】

〔一〕滬：參本卷（序六）注〔三〕。多本題下小注：「吴人今謂之簖。」簖（duàn）：用竹子或蘆葦編成的栅欄，插在水中攔捕魚蟹，與滬同物異名。《述異記》（《太平廣記》卷三二三）：「宋元嘉初，富陽人姓王，于窮瀆中作蟹簖。……在簖裂開，蟹出都盡。乃修治簖，出材岸上。」

〔二〕萬植：指許多立於水中的竹竿或蘆葦。「萬」言其多。洪波：大水，大波浪。《文選》（卷一九）宋玉《高唐賦》：「水澹澹而盤紆兮，洪波淫淫之溶潏。」

〔三〕森然：多貌。倒林薄：倒入林薄之中。林薄，草木叢生。《楚辭·九章·涉江》：「露申辛夷，死林薄兮。」王逸注：「叢木曰林。草木交錯曰薄。」

〔四〕千顱：千頭，指千頭魚。咽雲上：指魚伸出口吞咽雲水而隨潮水上游。

〔五〕隨潮落：謂魚隨着潮落而脱走。

〔六〕風信背：風信與時節相違背，未能應時而至。風信，隨着季節變化應時而來的風。唐張繼《江上送客游廬山》：「晚來風信好，并發上江船。」司空圖《江行二首》（其二）：「初程風信好，回望失津樓。」

〔七〕更值：又遭遇到。雷聲惡：雷聲極爲巨大。張相《詩詞曲語辭匯釋》（卷二）：「惡，甚辭；又好之反言也。邵雍《自咏吟》：『平生積學無他效，只得胸中惡坦夷。』惡坦夷，猶云極坦夷也。」

〔八〕天道：天理，自然的法則。裒（póu）多：以多濟少。《周易·謙卦》：「君子以裒多益寡，稱物平施。」

〔九〕吾：指捕魚者。移：移書，移文。舊時的一種文體。多爲向對方告知某事，或有所責難。海若：古代傳説中的北海之神。此指大海。《莊子·秋水》：「北海若曰：『井蛙不可以語於海者，拘於虚也；夏蟲不可以語於冰者，篤於時也。』」《楚辭·遠遊》：「使湘靈鼓瑟兮，令海若舞馮夷。」王逸注：「海若，海神名也。」洪興祖補注：「海若，《莊子》所稱北海若也。」

槮①〔一〕

斬木置水中〔二〕，枝條互相蔽〔三〕。寒魚遂家此〔四〕，自以爲生計〔五〕。春冰忽融冶〔六〕，盡取無遺裔〔七〕。所托成禍機〔八〕，臨川一凝睇〔九〕。（詩九一）

【校記】

①「槮」原作「篸」，據本卷（序六）校記〔三〕改。「篸」弘治本、汲古閣本、四庫本、類苑本、季寫本作「篸」，盧校本作「糝」。弘治本、汲古閣本、詩瘦閣本、四庫本、陸詩甲本、陸詩丙本、統籤本、類苑本、季寫本、全唐詩本題下有小注：「吴人今謂之𦺗。」

【注釋】

〔一〕槮：一種捕魚器具。多本題下小注：「吴人今謂之𦺗。」因「槮」是將積聚的柴木措放於水中以捕魚，即郭璞所云「叢木於水中」，故「槮」又稱「叢」也。參本卷（序六）注〔二四〕。

〔二〕斬木：砍斷的樹木。賈誼《過秦論》（上）：「斬木爲兵，揭竿爲旗，天下雲集響應，贏糧而景從，山東豪俊遂并起而亡秦族矣。」此句實述以槮捕魚的基本方法，即將砍伐的樹木置放在水中以便魚的栖息。

〔三〕枝條句：謂置放在水中的樹木枝條交錯在一起，互相遮蔽。

〔四〕寒魚：寒冷季節的魚。儲光羲《藍上茅茨期王維補闕》：「淺瀨寒魚少，叢蘭秋蝶多。」

〔五〕生計：謂賴以生存的辦法。《鬼谷子・謀篇》：「故變生事，事生謀，謀生計。」《陳書》（卷二七）《姚察傳》：「清潔自處，貲産每虚，或有勸營生計，笑而不答。」

〔六〕融冶：溶化。

〔七〕無遺裔：謂槮中的小魚也没有被遺漏。遺裔，後裔，後代。

〔八〕禍機：潛伏的灾禍憂患。《文選》（卷二八）鮑照《苦熱行》：「生軀蹈死地，昌志登禍機。」李善注：「《莊子》曰：『其發若機栝，其司是非之謂也。』司馬彪曰：『言生以是非臧否交接，則禍敗之來，若機栝之發。』班固《漢書述》曰：『禍如發機。』」

〔九〕臨川：面對着河川。《淮南子・説林訓》：「臨河而羨魚，不如歸家織網。」揚雄《河東賦》：「雄以爲臨川羨魚，不如歸而結網。」凝睇：凝視，注目。

種　魚〔一〕

鑿池收赬鱗〔二〕，踈踈置雲嶼〔三〕。還同汗漫遊①〔四〕，遂以江湖處〔五〕。如非一神守〔六〕，潛被蛟龍主②〔七〕。蛟龍若無道〔八〕，跛鱉亦可禦〔九〕。（詩九二）

【校記】

①「還」統籤本、類苑本作「遠」。②「被」陸詩丙本黄校作「彼」。「主」統籤本作「王」。

【注釋】

〔一〕種魚：實即養魚。段公路《北户録・魚種》：「陶朱公《養魚經》曰：『朱公謂威王治生之法，有五水畜，第一水畜魚池也。以六畝地爲池，池中有九洲，求懷妊鯉魚長三尺者，任二十頭，牡魚四頭，以二月上庚日内池中，令水無聲，魚必生。……則魚不復去池中，周遶九洲無窮，自謂江湖也。』」

〔二〕鑿池句：謂開鑿水池放養魚。赬（chēng）鱗：赤色魚鱗的魚。指鯉魚。《爾雅・釋魚》曰：「鯉。」郭璞注：「今赤鯉魚。」劉向《列仙傳》（《初學記》卷三〇）曰：「子莫者，舒鄉人也。善入水捕魚，得赤鯉魚，愛其色，持之著池中，數以米穀食之。一年長丈餘，遂生角，有翼。」

〔三〕踈踈：稀疏貌。同「疏疏」。雲嶼：雲霧籠罩的洲島。此指所鑿水池突出水面處如小洲。

〔四〕還同句：謂如其漫遊於廣大無邊之地一樣。還，張相《詩詞曲語辭匯釋》（卷一）：「還，猶云如其也。」汗漫：原意爲渺茫不可知，引申爲無邊無際。汗漫遊：遥遠的漫游。《淮南子·道應訓》：「若士者齤然而笑曰……今子游始於此，乃語窮觀，豈不亦遠哉？然子處矣！吾與汗漫期于九垓之外。」高誘注：「汗漫，不可知之也。九垓，九天之外。」

〔五〕遂以句：謂于是就以爲自己是身處江湖了。

〔六〕如非句：謂假如不是一個神靈始終相守的話。神：神靈。據本卷（序六），所指是神龜。

〔七〕潛被句：謂在暗中就會隨蛟龍飛去了。《説文·龍部》：「龍，鱗蟲之長，能幽能明，能細能巨，能短能長。春分而登天，秋分而潛淵。」并參本卷（序六）注〔三〕。

〔八〕無道：没有道義，做壞事。《論語·季氏》：「天下無道，則禮樂征伐自諸侯出。」《韓非子·外儲説左上》：「吾聞宋君無道，蔑侮長老，分財不中，教令不信，余來爲民誅之。」

〔九〕跛鱉：瘸腿的鱉。《楚辭》嚴忌《哀時命》：「駟跛鱉而上山兮，吾固知其不能陞。」

藥　魚〔一〕

香餌綴金鉤①〔二〕，日中懸者幾②〔三〕。盈川是毒流〔四〕，細大同時死〔五〕。不唯空飼犬③〔六〕，便可將貽蟻〔七〕。苟負竭澤心〔八〕，其他盡如此〔九〕。（詩九三）

【校記】

①「鉤」詩瘦閣本作「釣」。　②「日」陸詩甲本、陸詩丙本、統籤本作「目」。季寫本、全唐詩本注：

「一作目。」　③「唯」陸詩甲本、陸詩丙本、統籤本作「惟」。

【注釋】

〔一〕藥魚：用藥物毒殺魚而捕獲之。參本卷（序六）「藥而盡之」語并注〔二八〕。

〔二〕香餌：散發出誘惑魚的香氣的釣餌。《鹽鐵論・褒賢》：「故香餌非不美也，龜龍聞而深藏，鸞鳳見而高逝者，知其害身也。」金鈎：金屬的釣魚鈎。《抱朴子・外篇・廣譬》：「金鈎桂餌雖珍，而不能制九淵之沈鱗。」

〔三〕日中句：謂直至中午釣上來的魚也不多。日中，中午。《左傳・昭公元年》：「叔孫歸，曾夭御季孫以勞之。旦及日中不出。」懸者：指上鈎的魚。《抱朴子・外篇・廣譬》：「懸魚惑於芳餌，檻虎死於籠狐。」幾：幾多，幾何。數目不大。

〔四〕盈川：整個河川。毒流：有毒的流水。

〔五〕細大句：謂不管大魚小魚都被毒流藥死。《國語・周語下》：「物得其常曰樂極，極之所集曰聲，聲應相保曰和，細大不踰曰平。」

〔六〕飼犬：用食物給狗吃。此句謂以藥毒死的魚連狗都不吃。

〔七〕便可：豈可。張相《詩詞曲語辭匯釋》（卷一）：「便，猶豈也。」貽蟻：送給螻蟻。此句謂被毒死的魚連螻蟻也不食。

〔八〕負：負有，具有。竭澤心：竭澤而漁的想法。喻窮盡其所有之意。《文子・上禮》：「焚林而畋，竭澤而漁。」《淮南子・本經訓》：「焚林而田，竭澤而漁。」高誘注：「竭澤，漏池也。」謂把水排盡以捕魚，不留任何餘地。

〔九〕其他：别的。此指魚以外的物類。《國語・晉語四》：「民生安樂，誰知其他？」

舴艋〔一〕

蓬棹兩三事①〔二〕，天然相與閑〔三〕。朝隨稚子去〔四〕，暮唱菱歌還②〔五〕。倚石遲後侣〔六〕，徐橈供遠山〔七〕。君看萬斛載〔八〕，沈溺須臾間③〔九〕。（詩九四）

【校記】

①「蓬」四庫本、陸詩甲本、統籤本作「篷」。②「暮」詩瘦閣本作「莫」。「莫」即「暮」的本字。③陸詩乙本批校：「舊本作『沈苦』。」

【注釋】

〔一〕舴艋：輕便的小船。參本卷（序六）注〔三五〕。

〔二〕蓬棹：簡陋的小船。猶蓬門指簡陋的屋舍。棹，船槳。兩三事：兩三件。事，件。漢樂府《相逢行》：「兄弟兩三人，中子爲侍郎。」

〔三〕天然：自然而然，理所當然。相與閑：互相都閑適恬淡。相與，一道；共同。《孟子・公孫丑上》：「又有微子、微仲……皆賢人也，相與輔相之，故久而後失之也。」陶淵明《移居二首》（其一）：「奇文共欣賞，疑義相與析。」

〔四〕稚子：小孩，幼子。《史記》（卷一）《五帝本紀》：「舜曰：『然。以夔爲典樂，教稚子。』」《史記》（卷八四）《屈原賈生列傳》：「懷王稚子子蘭勸王行：『奈何絶秦歡！』懷王卒行。」《文選》（卷二六）范雲《贈張徐州謖》：「還聞稚子説，有客款柴扉。」

〔五〕菱歌：采菱歌。應指民間采菱歌謡。《樂府詩集》（卷五一）録有鮑照《采菱歌七首》、梁簡文帝《采菱曲》等，是現存較早的文人擬作。《爾雅翼》（卷六）：「吴、楚之風俗，當菱熟時，士女相與采之，故有《采菱》之歌以相和，爲繁華流蕩之極。《招魂》云：『涉江采菱發《陽阿》。』《陽阿》者，《采菱》之曲也。」《樂府詩集》（卷五〇）：「《古今樂録》曰：『梁天監十一年冬，武帝改西曲，制……《江南弄》七曲：……五曰《采菱曲》。」劉禹錫《采菱行》詩小序：「古有《采菱曲》，罕傳其詞，故賦之以俟采詩者。」

〔六〕遲後侣：等待後面的伴侣。遲，等待。《文選》（卷三〇）謝靈運《南樓中望所遲客》：「登樓爲誰思，臨江遲來客。」李善注：「遲，猶思也。」

〔七〕徐橈（ráo）：慢慢地劃船。橈，船槳。此作動詞用。《方言》（卷九）：「楫謂之橈，或謂之棹，所以隱棹謂之槳。」一説：小槳。《楚辭·九歌·湘君》：「薜荔柏兮蕙綢，蓀橈兮蘭旌。」王逸注：「橈，船小楫也。」供遠山：提供給遠山。供，提供，奉獻。此句實謂慢劃小船以欣賞秀美的遠山。

〔八〕萬斛(hú)載：能承載萬斛。指大船。萬斛，形容容量極大。古代以十斗爲一斛。杜甫《夔州歌十絶句》(其七)：「蜀麻吴鹽自古通，萬斛之舟行若風。」

〔九〕沈溺：沉没於水中。《韓非子·説疑》：「此十二人者，或伏死於窟穴，或槁死於草木，或飢餓於山谷，或沈溺於水泉。」

【箋評】

「蓬棹兩三事，天然相與閑」二句：鍾云：「便高渾。」(鍾惺、譚元春《唐詩歸》卷三十五)

唐云：「六語幽閒。(末二句)二語駡世，是此公本質。」(唐汝詢《彙編唐詩十集》壬集)

笭箵〔一〕

誰謂笭箵小①，我謂笭箵大②。盛魚自足飡③〔二〕，寘璧能爲害④〔三〕。時將刷蘋浪〔四〕，又取懸藤帶〔五〕。不及腰上金〔六〕，何勞問蓍蔡⑤〔七〕。(詩九五)

【校記】

①「笭」陸詩丙本作「苓」。②「笭箵」陸詩丙本作「苓箵」。③「飡」詩瘦閣本、類苑本、全唐詩本作「餐」，盧校本、統籤本作「湌」，陸詩甲本、陸詩丙本作「湌」。④「璧」盧校本、類苑本作「壁」。⑤「問」陸詩丙本黄校作「門」。

【注釋】

〔一〕笭箵：竹篾編織的籠子。此指盛魚的竹籠。參本卷（序六）注〔二六〕。

〔二〕自足：自給自足。滿足自己的需求。《列子·黄帝篇》：「不施不惠，而物自足；不聚不斂，而已無愆。」

〔三〕寘（zhì）璧：盛放璧玉。《左傳·僖公二十三年》：「（僖負羈）乃饋盤飧，寘璧焉。公子（指重耳）受飧反璧。」

〔四〕時將句：謂不時地在生長浮萍的水中洗刷笭箵。蘋：萍的一種，多年生水中植物，較一般浮萍爲大。夏天開白花，故又稱白蘋。

〔五〕藤帶：以藤蔓作帶子。此句謂用藤帶繫住笭箵懸挂在腰間。

〔六〕不及：不到，到不了。腰上金：腰上佩戴金印。金印紫綬是秦、漢以來宰臣的服飾。《漢書》（卷一九上）《百官公卿表》（上）：「相國、丞相，皆秦官，掌丞天子助理萬機。」此句謂金印是不會繫到漁民的腰上的。

〔七〕蓍（shī）蔡：蓍龜。以龜筮占卜。《楚辭》王褒《九懷·匡機》：「蓍蔡兮踊躍，孔鶴兮回翔。」王逸注：「蓍，筮也；蔡，大龜也。」洪興祖補注：「《淮南》云：『大蔡神龜。』注云：『大蔡，元龜所出地名，因名其龜爲大蔡。』」

奉和漁具十五詠

日休

綱①〔一〕

晚挂溪上綱②，映空如霧縠〔二〕。閑來發其機〔三〕，旋旋沈平緑〔四〕。下處若煙雨〔五〕，牽時似崖谷〔六〕。必若遇鯤鮞〔七〕，從教通一目〔八〕。（詩九六）

【校記】

①「綱」詩瘦閣本作「網」。　②「綱」詩瘦閣本作「網」。

【注釋】

〔一〕綱：參本卷（詩八一）注〔一〕。

〔二〕映空句：魚網映在半空中猶如薄霧般的輕紗。霧縠（hú）：《文選》（卷一九）宋玉《神女賦》：「動霧縠以徐步兮，拂墀聲之珊珊。」李善注：「縠，今之輕紗，薄如霧也。」

〔三〕發其機：打開魚網上的機關撒開魚網。機，《孫子·勢篇》：「是故善戰者，其勢險，其節短。勢如彍弩，節如發機。」此指設在魚網上以供制動撒網的機關。

〔四〕旋旋：緩緩，漸漸。張相《詩詞曲語辭匯釋》（卷二）：「旋旋，旋之重言也，義與旋同。旋有已而義、還又義及漸義，旋旋亦然。白居易《和薛秀才尋梅花同飲》詩：『歌聲怨處微微落，酒氣薰時旋旋開。』此猶云漸漸開也。」平綠：平展延伸的綠色。此指水面。温庭筠《鷄鳴埭曲》：「芊綿平綠臺城基，暖色春容荒古陂。」

〔五〕下處句：謂魚網所下之處好像迷濛煙雨。

〔六〕牽時句：謂拽起網繩時，魚網突凸不平猶如山崖和谷底。《文選》（卷五九）王屮《頭陀寺碑文》：「崖谷共清，風泉相涣。」

〔七〕必若：倘若。張相《詩詞曲語辭匯釋》（卷二）：「必，假擬之辭，猶倘也；若也；如也；或也。與決定之義異。……（杜甫）《送韋諷上閬州録事參軍詩》：『必若救瘡痍，先應去蝥賊。』必若，猶云倘若也。必與若皆擬辭。」鯤鮞（ér）：魚苗，小魚。《國語·魯語上》：「澤不伐夭，魚禁鯤鮞。」韋昭注：「鯤，魚子也。鮞，未成魚也。」

〔八〕從教：任教，聽任。通一目：穿過魚網的一個網眼。目指魚網的眼孔。此句謂聽任小魚從魚網的眼孔中逃脱。

【箋評】

「下處若煙雨」二句：秀翠着妍。（項真評、項真刻《項氏瓶笙樹新刻皮襲美詩》卷一）

罩〔一〕

苙鞋下葑中①〔二〕，步步沉輕罩〔三〕。既爲菱浪颭〔四〕，亦被蓮泥膠〔五〕。人立獨無聲〔六〕，魚煩似相抄②〔七〕。滿手搦霜鱗〔八〕，思歸舉輕棹〔九〕。（詩九七）

【校記】

①「苙」弘治本、汲古閣本、詩瘦閣本、四庫本、項刻本、類苑本、全唐詩本作「芒」，皮詩本、季寫本作「茫」。②「抄」項刻本作「杪」。

【注釋】

〔一〕罩：參本卷（詩八二）注〔一〕。

〔二〕苙（jí）鞋：草鞋。苙，白苙，一種草名。《廣雅·釋草》：「白苙，芁藚也。」葑（fēng）中：長滿葑草的水中。葑，一種草本植物，葉和根可食。《詩經·邶風·谷風》：「采葑采菲，無以下體。」鄭玄箋：「此二菜者，蔓青與葍之類也。皆上下可食，然而其根有美時，有惡時。」

〔三〕步步句：謂一步將魚罩按入水中一次。

〔四〕菱浪颭（zhǎn）：菱葉隨水浪顫動拍打到魚罩上。《説文·風部》：「颭，風吹浪動也。」

〔五〕蓮泥膠：魚罩被蓮根下的爛泥粘住。

〔六〕人立句：謂操持魚罩的漁民站立在罩旁默默無聲。

〔七〕魚煩句：被罩住的魚在魚罩裏躁動跳躍，互相之間好像在攻掠一樣。抄，《説文·金部》：「鈔，叉取也。」「鈔」通「抄」。《廣韻·效韻》：「抄，略取也。」

〔八〕搦（nuò）：握，持，捉。霜鱗：白色的魚。魚鱗呈白色，故云。

〔九〕思歸：本指思念家鄉，此指漁民捕魚後回家。輕棹：小槳。指小船。晉王叔之《舟贊》（《藝文類聚》卷七一）曰：「弱楫輕棹，利涉濟求。」

【箋評】

「人立獨無聲」四句：如畫。（項真評、項真刻《項氏瓶笙樹新刻皮襲美詩》卷一）

罛〔一〕

煙雨晚來好〔二〕，東塘下罛去〔三〕。網小正星樬①〔四〕，舟輕欲騰翥②〔五〕。誰知荇深後〔六〕，恰值魚多處〔七〕。浦口更有人〔八〕，停橈一延佇〔九〕。（詩九八）

【校記】

①「網」詩瘦閣本作「䋄」。「樬」汲古閣本、四庫本、項刻本、全唐詩本作「檧」。②「翥」項刻本作「煮」。

【注釋】

〔一〕罛：參本卷（詩八三）注〔一〕。

〔二〕晚來：傍晚。來，語助詞。

〔三〕東塘：泛指池塘。下罶：將罶置放在水下以捕魚。

〔四〕星樬(sōng)：如星星一樣多的小籠子。樬，小籠。《方言》（卷五）：「篝筒，自關而西謂之桶樬。」郭璞注：「今俗亦通呼小籠爲桶樬。」

〔五〕騰翥(zhù)：飛升。翥，鳥向上飛。《説文・羽部》：「翥，飛舉也。」韓愈《送惠師》：「金鴉既騰翥，六合俄清新。」

〔六〕誰知：何知，哪知。荇(xìng)深：猶荇密。荇，荇菜，水生植物。《詩經・周南・關雎》：「參差荇菜，左右流之。」

〔七〕恰值：正值，剛好。

〔八〕浦口：水邊。

〔九〕停橈：停船。橈，船槳。延佇：久立，久留。有遷延、企望之意。《楚辭・離騷》：「悔相道之不察兮，延佇乎吾將反。」王逸注：「延，長也。佇，立貌。」

釣筒〔一〕

籠籦截數尺①〔二〕，標置能幽絶〔三〕。從浮笠澤煙〔四〕，任卧桐江月〔五〕。絲隨碧潭漫②〔六〕，餌逐清灘發〔七〕。好是趁筒時〔八〕，秋聲正清越〔九〕。（詩九九）

【校記】

①「籠鐘」項刻本作「龍鍾」。「鐘」季寫本作「鐘」。　②「潭」盧校本、季寫本、全唐詩本作「波」。全唐詩本注：「一作潭。」

【注釋】

〔一〕釣筒：參本卷（詩八四）注〔一〕。

〔二〕籠鐘（lóng zhōng）：竹名。又作「鐘龍」、「鐘籠」。《文選》（卷一八）馬融《長笛賦》：「惟鐘籠之奇生兮，于終南之陰崖。」李善注：「戴凱之《竹譜》曰：『鐘籠，竹名。』」南朝宋戴凱之《竹譜》：「鐘龍之美，爰自崑崙。鐘龍，竹名。黄帝使伶倫伐之於崑崙之墟，吹以應律。」

〔三〕標置：品評，評定品第。《晉書》（卷七五）《劉惔傳》：「桓温嘗問惔：『會稽王談更進邪？』惔曰：『極進，然故第二流耳。』温曰：『第一復誰？』惔曰：『故在我輩。』其高自標置如此。」幽絶：非常清幽。《後漢書》（卷三一）《蘇不韋傳》：「豈如蘇子單特孑立，靡因靡資，强讎豪援，據位九卿，城闕天阻，宫府幽絶，埃塵所不能過，霧露所不能沾。」

〔四〕從浮：任從漂浮。笠澤：松江，即今吴淞江，在今蘇州市轄吴江市。

〔五〕桐江：桐廬江。即今浙江省桐廬縣境富春江一段。《元和郡縣圖志》（卷二五）《江南道一》：「睦州桐廬縣：桐廬江，源出杭州於潛縣界天目山，南流至縣東一里入浙江。」

〔六〕絲：纏繞在釣筒上的釣絲。漫：謂釣絲在水面上散布開來。《玉篇·水部》：「漫，水漫漫，平遠貌。又散也。」

〔七〕清灘：清淺的灘邊。發：散發。

〔八〕好是：剛好是，正當是。趁（chèn）筒：尋覓釣筒。《廣韻・震韻》：「趁，趁逐。」

〔九〕清越：清脆響亮。《禮記・聘義》：「叩之，其聲清越以長，其終詘然，樂也。」鄭玄注：「越，猶揚也。」

釣車〔一〕

得樂湖海志〔二〕，不厭華輈小〔三〕。月中抛一聲〔四〕，驚起灘上鳥①。心將潭底測②〔五〕，手把波文裊〔六〕。何處覓奔車〔七〕，平波今渺渺。（詩一〇〇）

【校記】

①「驚」原缺「敬」字末筆，避宋太祖祖父趙敬諱。　②「底」原作「氐」，據弘治本、汲古閣本、四庫本、全唐詩本改。

【注釋】

〔一〕釣車：參本卷（詩八五）注〔一〕。

〔二〕湖海志：猶江海志、江湖志。在江河湖海上的志趣。指隱逸的興致。《莊子・讓王》：「身在江海之上，心居乎魏闕之下。」陶淵明《與殷晋安別》：「良才不隱世，江湖多賤貧。」《南史》（卷七五）《隱逸傳》：「若夫陶潛之徒，或仕不求聞，退不譏俗；或全身幽履，服道儒門；或遁迹江湖之上，或藏名巖石之下，斯并向時隱淪之徒歟。」

〔三〕不厭：不厭倦，不討厭。華輈（zhōu）：華美的車轅。指車子。此指釣車。輈，《説文·車部》：「輈，轅也。」小車上的獨轅。即車前居中曲而向上的一根木。

〔四〕抛一聲：指抛出釣鈎在水上發出一聲響。

〔五〕心將句：謂心裏揣度釣鈎達到水底的時間。

〔六〕手把句：謂手持釣輪，水面上泛起柔細的波紋。裊（niǎo）：摇曳貌。

〔七〕奔車：奔馬所拉的車子。喻危險的境地。《韓非子·安危》：「奔車之上無仲尼，覆舟之下無伯夷。故號令者，國之舟車也。」

【箋評】

「心將潭底測」二句：摹妙。（項真評、項真刻《項氏瓶笙榭新刻皮襲美詩》卷一）

魚　梁①〔一〕

波際插翠筠〔二〕，離離似清籞〔三〕。遊鱗到溪口〔四〕，入此無逃所〔五〕。斜臨楊柳津〔六〕，静下鸕鷀侶〔七〕。編此欲何之〔八〕，終焉富春渚〔九〕。　（詩一〇一）

【校記】

①「魚」季寫本、全唐詩本作「漁」。

【注釋】

〔一〕魚梁：參本卷（詩八六）注〔一〕。

〔二〕翠筠（yún）：緑竹。筠：《説文・竹部》：「筠，竹皮也。」後即指竹。此句謂在魚梁裏插入安放竹編的魚籠。

〔三〕離離：多貌。《詩經・小雅・湛露》：「其桐其椅，其實離離。」清籞（yù）：一種水上捕鳥的設施。又作「清蘌」。《文選》（卷三）張衡《東京賦》：「於東則洪池清蘌，淥水澹澹，内阜川禽，外豐葭菼。」李善注：「《漢書音義》：『應劭曰：蘌，在池水上作室，可用棲鳥，鳥入則捕之。』」《文選》（卷六）左思《魏都賦》：「表清籞，勒虞箴。」李善注：「張衡《東京賦》曰：『江池清籞。』」

〔四〕遊鱗：遊魚。《文選》（卷五）左思《吴都賦》：「北山亡其翔翼，西海失其遊鱗。」

〔五〕入此：指魚進入魚梁。

〔六〕楊柳津：應是渡口名，未詳。

〔七〕鸕鷀侶：結伴的鸕鷀。鸕鷀，水鳥名，俗稱魚鷹，善潛水捕魚。漁民常馴養以捕魚。

〔八〕何之：何往，去哪裏。

〔九〕終焉：終老於此。指隱逸江湖以終老。《國語·晋語四》：「子犯知齊之不可以動，而知文公之安齊而有終焉之志也。」《晋書》（卷八〇）《王羲之傳》：「羲之雅好服食養性，不樂在京師，初渡浙江，便有終焉之志。」富春渚：指富春江，實指今浙江省桐廬縣富春江上的嚴陵山，旁有嚴陵瀨。東漢嚴光隱居耕釣於此。《元和郡縣圖志》（卷二五）《江南道一》：「睦州桐廬縣：嚴子陵釣臺，在縣西三十里，浙江北岸也。」浙江在今桐廬、富陽一段稱富春江，又稱桐廬江、桐江。

叉　魚①〔一〕

列炬春溪口〔二〕，平潭如不流〔三〕。照見游泳魚〔四〕，一一如清晝〔五〕。中目碎瓊碧②〔六〕，毁鱗殷組綉③〔七〕。樂此何太荒〔八〕，居然愧川后〔九〕。（詩一〇二）

【校記】

①「叉」原作「义」，據弘治本、汲古閣本、詩瘦閣本、四庫本、皮詩本、類苑本、季寫本、全唐詩本改。

②「目」原作「自」，據弘治本、汲古閣本、詩瘦閣本、四庫本、皮詩本、統籤本、類苑本、季寫本、全唐詩本改。

③「殷」原缺末筆，避宋太祖父親趙弘殷諱。

【注釋】

〔一〕叉魚：參本卷（詩八七）注〔一〕。

〔二〕列炬：排列的火把。這是唐人叉魚的實際情形。韓愈《叉魚》：「叉魚春岸闊，此興在中宵。大炬然如畫，長船縛似橋。」可以參讀。

〔三〕平潭：平緩的潭水。唐人愛用「平」字形容春水。張若虛《春江花月夜》：「春江潮水連海平。」王灣《次北固山下》：「潮平兩岸闊。」白居易《錢塘湖春行》：「水面初平雲脚低。」

〔四〕游泳魚：在水中游行的魚。《晏子春秋·問下第十五》：「臣聞君子如美淵澤，容之，衆人歸之；如魚有依，極其游泳之樂。」

〔五〕清晝：白天。此二句寫溪水清澈，水中魚歷歷可見。酈道元《水經注》（卷二二）《洧水》：「緑水平潭，清潔澄深，俯視遊魚，類若乘空矣，所謂淵無潛鱗也。」可以參讀。

〔六〕中目句：謂魚叉叉中魚目，擊碎了猶如珠玉的魚眼珠子。瓊碧：碧玉。

〔七〕毁鱗句：謂魚叉叉壞了魚鱗，魚兒流血使水上形成了猶如組綉一般的殷紅色。組綉：華麗的刺綉服飾。連上二句，亦可參韓愈《叉魚》：「中鱗憐錦碎，當目訝珠銷。」

〔八〕太荒：太過於沈迷。荒樂，耽於逸樂，過度地追求享樂。白居易《八駿圖》：「白雲黄竹歌聲動，一人荒樂萬人愁。」并參本卷（詩八八）注〔七〕。

〔九〕居然：竟然。確實。《晉書》（卷七五）《韓伯傳》：「及長，清和有思理，留心文藝。舅殷浩稱之曰：『康伯能自標置，居然是出群之器。』」川后：水神名。《文選》（卷一九）曹植《洛神賦》：「於是屏翳收風，川后静波。」李善注：「川后，河伯也。」

射　魚〔一〕

注矢寂不動〔二〕，澄潭晴轉烘〔三〕。下窺見魚樂〔四〕，恍若翔在空〔五〕。驚羽决凝碧①〔六〕，傷鱗浮殷紅②〔七〕。堪將指杯術③〔八〕，授與太湖公〔九〕。（詩一〇三）

【校記】

①「驚」原缺「敬」字末筆，避宋太祖祖父趙敬諱。②「殷」原缺末筆，避宋太祖父親趙弘殷諱。

③「指」盧校本作「措」。

【注釋】

〔一〕射魚：參本卷（詩八八）注〔一〕。

〔二〕注矢：將箭搭在弓上。陸龜蒙《漁具詩并序》：「鏃而綸之曰射。」可見，此「注矢」指將繫在釣絲上的箭頭搭在弓上，準備射魚。寂不動：寂静不動，非常安静。

〔三〕澄潭：澄澈明净的潭水。晴轉烘：天氣晴朗而變暖。轉，劉淇《助字辨略》（卷三）：「轉，猶浸也。王右軍帖：『但恐前路轉欲逼耳。』《宋書·王景文傳》：『吾踰忝轉深，足以致謗。』《水經注》：『《劉靖碑》云：「詔書以民食轉廣，陸費不贍。」』轉得爲浸者，言其展轉非向境也。」烘，用火燒，像火一樣熱。

〔四〕魚樂：指水中之魚很快樂。《莊子·秋水》：「莊子與惠子遊於濠梁之上。莊子曰：『鯈魚出之樂？』」

遊從容，是魚之樂也。』惠子曰：『子非魚，安知魚之樂？』莊子曰：『子非我，安知我不知魚

〔五〕怳若：仿佛，好像。翔在空：此指魚在澄澈的水中游行，十分清晰，猶如鳥在空中飛翔。酈道元《水經注》（卷三七）《夷水》：「其水虚映，俯視游魚，如乘空也。」柳宗元《至小丘西小石潭記》：「潭中魚可百許頭，皆若空遊無所依，日光下澈，影布石上，怡然不動；俶爾遠逝，往來翕忽，似與游者相樂。」

〔六〕鶩羽：指射出的箭。「鶩」字形容射出的箭很迅疾。羽，箭羽，即指箭。決：本指古代射箭鈎弦時用以保護手指的套子，所謂「韝」，此即指射箭。碧：美玉。《山海經·西山經》：「又西北百五十里高山，其上多銀，其下多青碧、雄黄，其木多棕，其草多竹。」郭璞注：「碧，亦玉類也。」凝碧：深緑色，形容碧藍的水。柳宗元《界圍巖水簾》：「韻磬叩凝碧，鏘鏘徹巖幽。」

〔七〕傷鱗：被射中受傷的魚。殷紅：深紅色。

〔八〕堪將：可以給予，能够給予。將，與也。「將」與下句「與」互文。指杯術：未詳。

〔九〕太湖公：應指太湖的漁叟，尊稱之爲公。如盛唐時蘇州吴縣人張旭，就被時人稱爲「太湖精」。李頎《贈張旭》：「張公性嗜酒，豁達無所營。皓首窮草隸，時稱太湖精。」

鳴桹〔一〕

盡日平湖上〔二〕，鳴桹仍動槳〔三〕。丁丁入波心〔四〕，澄澈和清響①〔五〕。鷺聽獨寂寞〔六〕，魚驚昧來往〔七〕。盡水無所逃〔八〕，川中有鈎黨〔九〕。

（詩一〇四）

【校記】

①「澈」詩瘦閣本作「徹」。

【注釋】

〔一〕鳴桹：參本卷（詩八九）注〔一〕。

〔二〕盡日：終日，整天。平湖：波平浪静的湖。

〔三〕仍：頻。劉淇《助字辨略》（卷二）：「仍，《廣韻》云：『因也，頻也。』……又《漢書·武帝紀》：『今大將軍仍復克獲。』師古云：『仍，頻也。』愚案：頻，數也，比也。」

〔四〕丁丁（zhēng zhēng）：象聲詞。《詩經·小雅·伐木》：「伐木丁丁，鳥鳴嚶嚶。」《毛傳》：「丁丁，伐木聲也。」此指鳴桹的響聲。波心：水中央。

〔五〕澄澈句：澄澈的水波與清脆的鳴桹聲應和着。和：聲音相應。《説文·口部》：「和，相應也。」

〔六〕鷺聽句：鷺鳥聽到鳴桹聲，没有異常反應。鷺，白鷺，也稱白鳥、鷺鷥。寂寞：寂静無聲。

〔七〕魚驚句：謂魚聽到鳴榔聲非常驚慌，不知所措。昧往來：謂魚在水中亂竄，不知何去何從。昧，不明白，糊塗。《說文·日部》：「昧，爽，旦明也。一曰闇也。」

〔八〕盡水句：謂魚在水中無處躲避。盡，儘，任。

〔九〕川中：水中。鈎黨：相牽引爲同黨。此指魚鈎而言。《後漢書》（卷八）《孝靈帝紀》：「中常侍侯覽諷有司奏前司空虞放、太僕杜密……皆爲鈎黨，下獄，死者百餘人。」李賢注：「鈎謂相牽引也。」

滬〔一〕

波中植甚固①〔二〕，磔磔如蝦鬚〔三〕。濤頭倏爾過②〔四〕，數頃跳鯆鮬（原注：上逋下夫③。）〔五〕。不是細羅密〔六〕，自爲朝夕驅〔七〕。空憐指魚命〔八〕，遣出海邊租〔九〕。（詩一〇五）

【校記】

①「波」項刻本作「坡」。②「倏」詩瘦閣本作「忽」。③「上逋下夫」汲古閣本、詩瘦閣本、四庫本、統籤本、全唐詩本作「音逋夫」。類苑本、季寫本無此注語。

【注釋】

〔一〕滬：參本卷（詩九〇）注〔一〕。

〔二〕波中句：謂在水中竪插的竹栅欄十分牢固。植：樹立。《玉篇·木部》：「植，樹也。」

〔三〕磔磔（zhé zhé）：張開貌。《廣雅》（卷一上）《釋詁》：「磔，張也。」又（卷三下）《釋詁》：「磔，開也。」《晋書》（卷九八）《桓温傳》：「惔嘗稱之曰：『温眼如紫石棱，鬚作蝟毛磔，孫仲謀、晋宣王之流亞也。』」蝦鬚：本指蝦的觸鬚，此當指隋代的一種兵器。《隋書》（卷十二）《禮儀志》（七）：「床桄陛插鋼錐，皆長五寸，謂之蝦鬚。皆施機關，張則錐皆外向。」

〔四〕濤頭：即潮頭，浪尖。儵（shū）爾：突然，迅疾貌。

〔五〕數頃：指「滬」所圈起的面積有數頃之廣。跳：騰躍。南朝梁劉孝威《奉和六月壬午應令詩》：「噪蛙常獨沸，游魚或自跳。」韓愈《叉魚》：「刃下那能脱，波間或自跳。」鯆鯙（pū fū）：江豚，鼠海腸科，形體似魚，常見於我國長江口上溯至宜昌、洞庭湖一帶。《玉篇·魚部》：「鯆，大魚也。」又曰：「鱄，鱄鯙魚，一名江豚，欲風則踊。」「鱄」同「鯆」。《廣韻·模韻》：「鯆，鯆鯙，魚名。」又曰：「鯆，魚名，又江豚别名。欲風則見。」

〔六〕細羅密：仔細地羅織搜索。

〔七〕自爲句：謂鯆鯙入滬是隨早晚的潮汐變化自然産生的現象。

〔八〕空憐：徒然的哀憐。《説文·心部》：「憐，哀也。」指魚命：似指官府針對捕魚所頒行的命令。

〔九〕海邊租：指官府在海邊徵收捕魚的賦税。

槮①〔一〕

伐彼槎蘖枝〔二〕，放於冰雪浦〔三〕。游魚趁暖處〔四〕，忽爾來相聚②〔五〕。徒爲栖托心〔六〕，不

問庇麻主③〔七〕。一旦懸鼎鑊④〔八〕，禍機真自取〔九〕。（詩一〇六）

【校記】

①「槮」原作「篸」。校改參本卷（詩九一）注〔一〕。「篸」汲古閣本、統籤本、類苑本、季寫本、全唐詩本作「篸」。②此句原作「忽來相聚」四字，弘治本、汲古閣本、詩瘦閣本、四庫本、皮詩本、項刻本、統籤本、類苑本、季寫本、全唐詩本「忽」後有「爾」字。據補。斠宋本眉批：「宋遺『爾』字。」李校本眉批：「景宋本無『爾』字。」③「麻」原作「麻」，據弘治本、汲古閣本、詩瘦閣本、四庫本、皮詩本、統籤本、季寫本、全唐詩本改。項刻本作「府」。④「鑊」項刻本作「鍋」。

【注釋】

〔一〕槮：參本卷（詩九一）注〔一〕。

〔二〕槎蘖（chá niè）枝：樹木被砍伐後的老株上重生的枝條。此即指樹木的枝杈。《國語·魯語上》：「且夫山不槎蘖，澤不伐夭，……蕃庶物也，古之訓也。」韋昭注：「槎，斫也。以株生曰蘖。」

〔三〕冰雪浦：猶如冰雪一樣純潔明净的水邊。

〔四〕趁（chèn）：追逐，尋覓。趁暖處：尋找暖和的地方。

〔五〕忽爾：突然。

〔六〕徒爲句：謂只是一心爲了找到一個合適的棲身之所。棲托：寄托，安身。謝靈運《山居賦》：

「企山陽之游踐，遲鸞鷺之栖托。」

〔七〕不問：未問，不過問。《周禮·秋官·大行人》：「出入三積，不問壹勞。」庇庥（bì xiū）主：庇護的人，保護者。庇庥，護衛。此指魚所依憑的「椮」。

〔八〕鼎鑊（huò）：古代兩種烹飪器具。《周禮·天官·亨人》：「亨人掌共鼎鑊，以給水火之齊。」鄭玄注：「鑊所以煮肉及魚腊之器。既孰，乃脀于鼎，齊多少之量。」

〔九〕禍機：遭遇禍患的緣由。《文選》（卷二八）鮑照《苦熱行》：「生軀蹈死地，昌志登禍機。」參本卷（詩九一）注〔八〕。

種魚〔一〕

移土湖岸邊①〔二〕，一半和魚子〔三〕。池中得春雨〔四〕，點點活如蟻〔五〕。一月便翠鱗〔六〕，終年必赬尾〔七〕。借問兩綬人②〔八〕，誰知種魚利。（詩一〇七）

【校記】

①「土」項刻本作「玉」。　②「綬」項刻本作「□」。

【注釋】

〔一〕種魚：參本卷（詩九二）注〔一〕。

〔二〕移土句：謂移土湖邊造作養魚的水池。

〔三〕魚子：魚苗，小魚。

〔四〕春雨：指池中小魚游動，泛起點點小波紋，猶如春雨的雨點。

〔五〕點點句：謂池中小魚點點躍動，猶如螞蟻一般。《淮南子・兵略訓》：「天下爲之糜沸蟻動，雲徹席卷，方數千里。」

〔六〕一月：一個月的時間。便：就，即。翠鱗：碧緑的鱗片（指魚長大了）。

〔七〕終年：整年。必：必定，一定。赬（chēng）尾：紅色的魚尾。《詩經・周南・汝墳》：「魴魚赬尾。」《毛傳》：「赬，赤也。魚勞則尾赤。」此僅謂魚尾變成紅色的了。

〔八〕借問：試問。假設性問語。陶淵明《悲從弟仲德》：「借問爲誰悲？懷人在九冥。」兩綬人：佩戴兩條綬帶的人。指高官顯貴。《漢書》（卷六八）《金日磾傳》：「初，武帝遺詔以討莽何羅功封日磾爲秺侯，……日磾兩子，賞、建俱侍中，與昭帝略同年，共卧起。賞爲奉車，建駙馬都尉。及賞嗣侯，佩兩綬，上謂霍將軍曰：『金氏兄弟兩人不可使俱兩綬邪？』霍光對曰：『賞自嗣父爲侯耳。』上笑曰：『侯不在我與將軍乎？』」

【箋評】

「池中得春雨」二句：快。（項真評、項真刻《項氏瓶笙榭新刻皮襲美詩》卷一）

藥　魚〔一〕

吾無竭澤心〔二〕，何用藥魚藥。見説放溪上〔三〕，點點波光惡〔四〕。食時競夷猶〔五〕，死者争

紛泊〔六〕。何必重傷魚〔七〕，毒涇猶可作①〔八〕。（詩一〇八）

【校記】

①「涇」詩瘦閣本、章校本、皮詩本、項刻本、統籤本作「經」。

【注釋】

〔一〕藥魚：參本卷（詩九三）注〔一〕。

〔二〕竭澤：竭澤而漁。參本卷（詩九三）注〔八〕。

〔三〕見説：聽説。參卷三（詩七〇）注〔二〕。放：使也。張相《詩詞曲語辭匯釋》（卷一）：「放，猶教也，使也。」張籍《寒食内宴二首》（其一）：「千官盡醉猶教坐，百戲皆呈未放休。」

〔四〕波光惡：涌起極壞的波浪（因其無論魚的大小都被藥死了）。張相《詩詞曲語辭匯釋》（卷二）：「惡，甚辭；又好之反言也。」

〔五〕夷猶：猶豫。《楚辭·九歌·湘君》：「君不行兮夷猶。」王逸注：「夷猶，猶豫也。」

〔六〕紛泊：本是形容紛紛落下或紛紛揚起貌。此即指紛亂貌。《文選》（卷二）張衡《西京賦》：「鳥畢駭，獸咸作，草伏木棲，寓居穴托。起彼集此，霍繹紛泊。」薛綜注：「霍繹紛泊，飛走之貌。」《文選》（卷四）左思《蜀都賦》：「毛群陸離，羽族紛泊。」劉逵注：「紛泊，飛薄也。」吕延濟注：「紛泊，飛揚也。」韓愈《送鄭十校理》：「鳥呀正交加，楊花共紛泊。」王建《宛轉詞》：「紛紛泊泊夜飛鴉，寂寂寞寞離人家。」

〔七〕何必：未必。張祜《題孟處士宅》：「高才何必貴，下位不妨賢。」重：盡。張相《詩詞曲詩辭匯釋》（卷二）：「重，甚辭；又猶盡也。」

〔八〕毒涇句：謂在涇水裏投毒死人的事又再次出現了。猶：仍也，尚也。參劉淇《助字辨略》（卷二）。可：張相《詩詞曲語辭匯釋》（卷一）：「可，再也。」作：産生，出現。《左傳·襄公十四年》：「二子見諸侯之師而勸之濟。濟涇而次。秦人毒涇上流，師人多死。」

舴艋〔一〕

闊處只三尺〔二〕，翛然足吾事〔三〕。低篷挂釣車①〔四〕，枯蚌盛魚餌〔五〕。只好携橈坐，唯堪蓋蓑睡②〔六〕。若遣遂平生〔七〕，艅艎不如是〔八〕。（詩一〇九）

【校記】

①「篷」原作「蓬」，據弘治本、汲古閣本、詩瘦閣本、四庫本、皮詩本、項刻本、統籤本、類苑本、季寫本、全唐詩本改。②「唯」四庫本作「惟」。

【注釋】

〔一〕舴艋：參本卷（詩九四）注〔一〕。

〔二〕闊處：舴艋的最寬處。

〔三〕翛（xiāo）然：閑適超脱貌。《莊子·大宗師》：「翛然而往，翛然而來而已矣。」成玄英疏：「翛然，無係貌也。」足：能也，可也。參劉淇《助字辨略》（卷五）。吾事：我的事。指捕魚、閑泛等隱士的清閑事。

〔四〕低篷：低小的船篷。釣車：捕魚器具。參本卷（詩八五）注〔一〕。

〔五〕枯蚌：蚌死之後枯乾的殼子。

〔六〕唯堪：只可，只能。

〔七〕若遣：假如使得。

〔八〕艅艎：相傳是春秋時吴王夫差遊樂所乘用的豪華大船。參卷三（詩五一）注〔五〕。

笭　箵〔一〕

朝空笭箵去〔二〕，暮實笭箵歸①〔三〕。歸來倒却魚〔四〕，挂在幽窗扉〔五〕。但聞蝦蜆氣②〔六〕，欲生蘋藻衣〔七〕。十年佩此處〔八〕，煙雨苦霏霏〔九〕。（詩一一〇）

【校記】

①「暮」詩瘦閣本作「莫」。「莫」即「暮」的本字。②「聞」原作「則」，據四庫本、盧校本、項刻本、全唐詩本改。「則」詩瘦閣本作「日」，皮詩本作「□」，章校本眉批：「『則』，明本缺。」全唐詩本注：「一作覺。」

【注釋】

〔一〕笭箵：參本卷（詩九五）注〔一〕。

〔二〕空：倒空，使之空。

〔三〕實：使之實，裝滿。

〔四〕倒（dào）却：倒，倒出。却，語助詞。

〔五〕幽窗扉：幽静的窗子。

〔六〕蝦蜆（xiǎn）氣：蝦子和蛤蜊的氣味。

〔七〕欲生：將生。劉淇《助字辨略》（卷五）：「欲，將也。凡云欲者，皆願之而未得，故又得爲將也。」蘋藻：兩種水草名。《左傳·襄公二十八年》：「濟澤之阿，行潦之蘋藻，寘諸宗室，季蘭尸之，敬也。」

〔八〕佩：佩挂，懸挂。

〔九〕苦：甚。形容其多也。張相《詩詞曲語辭匯釋》（卷二）：「苦，甚辭，又猶偏也；極也；多或久也。」霏霏：煙雨迷濛貌。《詩經·小雅·采薇》：「今我來思，雨雪霏霏。」

添漁具詩（并序）①

日休

天隨子爲《漁具詩十五首》以遺余②〔一〕，凡有獻已來③〔二〕，術之與器莫不盡於是也〔三〕。噫！古之人或有溺於漁者〔四〕，行其術而不能言〔五〕，用其器而不能狀〔六〕，此與澤沮之𠫤者又何異哉④〔七〕！如吟魯望之詩〔八〕，想其致則江風海雨𣙻𣙻生齒牙間〔九〕，真世外漁者之才也〔一〇〕。

余昔之漁所在泂上⑤〔一一〕，則爲庵以守之〔一二〕；居峴下〔一三〕，則占磯以待之〔一四〕；江、漢間時候率多雨〔一五〕，唯以䈟笠自庇〔一六〕；每伺魚〔一七〕，必多俯，䈟笠不能庇其上〔一八〕，由是織篷以障之⑥〔一九〕，上抱而下仰〔二〇〕，字之曰背篷⑦〔二一〕。今觀魯望之十五篇，未有是作，因次而咏之〔二二〕，用以補其遺者⑧。漁家生具〔二三〕，獲足於吾屬之文也〔二四〕。（序七）

【校記】

①「漁」全唐詩本作「魚」。季寫本無「并序」。②「余」皮詩本、統籤本、季寫本、全唐詩本作「予」。③「已」全唐文本作「以」。④「沮」原作「助」，據全唐文本改。⑤「洞」原作「泂」，據弘治本、汲古閣本、詩瘦閣本、四庫本、皮詩本、統籤本、類苑本、季寫本、全唐詩本、全唐文本改。⑥「由」汲古閣本、四庫本作「繇」。「篷」原作「蓬」，據弘治本、汲古閣本、詩瘦閣本、四庫本、皮詩本、統籤本、類苑本、季寫本、全唐詩本改。⑦「篷」原作「蓬」，據弘治本、汲古閣本、詩瘦閣本、四庫本、皮詩本、類苑本、季寫本、全唐詩本改。⑧「遺」前統籤本有「所」。

【注釋】

〔一〕天隨子：陸龜蒙自號。參卷三（序五）注〔五六〕。爲：作。遺（wèi）余：贈我。

〔二〕有𢿐以來：有了捕魚這件農事以來。「𢿐」同「漁」。

〔三〕術之與器：捕魚的方法和使用的器具。之，助詞。

〔四〕溺於漁者：沉迷於捕魚的人。

〔五〕行其術句：謂掌握、施行捕魚的方法技巧而不能將其表述出來。

〔六〕用其器句：謂使用捕魚的器具却不能把它們描摹刻畫出來。

〔七〕澤沮之𢿐者：在湖泊沼澤以捕魚爲生的人。「澤沮」一作「沮澤」。《禮記·王制》：「司空執度度地，居民山川沮澤，時四時。」鄭玄注：「沮，謂萊沛。」孔穎達疏：「何胤云：『沮澤，下濕地也。草所生爲萊，水所生爲沛，言沮地是有水草之處也。』」

〔八〕魯望之詩：指陸龜蒙《漁具詩》十五首，本卷（詩八一）至（詩九五）。陸龜蒙字魯望，參（序一）注〔八五〕。

〔九〕想其致：料想他的情致興趣。《説文·心部》：「想，冀思也。」江風海雨：泛指自然界的景象。槭槭（sè sè）：象聲詞。本是形容風吹落葉的聲響。此指江風海雨的聲音。《文選》（卷一三）潘岳《秋興賦》：「庭樹槭以灑落兮，勁風戾而吹帷。」李善注：「槭，枝空之貌。」夏侯湛《寒苦謡》：「草槭槭以疏葉，木蕭蕭以零殘。」生齒牙間：在口吻間感覺了出來。

〔一〇〕世外：世俗以外。《晉書》（卷八〇）《王羲之傳》：「羲之造之（按指許邁），未嘗不彌日忘歸，相與爲世外之交。」世外漁者之才：指超脱世俗的隱士之才。世外漁者，遠離塵世的捕魚人。指隱士。

〔一一〕漁所：捕魚之處。指皮日休早年的隱居之地。洞上：洞湖岸邊。參卷一（詩三）注〔二〇〕。

〔一二〕爲庵：建造茅舍。庵，茅屋，簡易草棚。

〔一三〕峴（xiàn）下：峴山之下。皮日休進士及第前曾隱居於此。峴山，參卷一（詩二）注〔三二〕。

〔一四〕占磯：占據水邊突凸的崖石。磯，江河邊突出的大石。

〔一五〕江、漢：長江和漢江。江、漢間：指長江、漢江衝積而成的江、漢平原一帶，即今湖北江陵、荆州、襄陽、武漢等地區。時候：季節，節候。《春秋公羊傳·莊公二十二年》：「冬，公如齊納幣。」何休注：「凡婚禮，皆用雁，取其知時候。」

〔一六〕簑笠（tái lì）：蓑衣、笠帽，禦雨之具。《詩經·小雅·都人士》：「彼都人士，臺笠緇撮。」《毛傳》：「臺所以禦暑，笠所以禦雨也。」《文選》（卷二六）謝朓《在郡卧病呈沈尚書》：「連陰盛農節，簑笠聚東菑。」李善注：「《毛詩》曰：『彼都人士，簑笠緇撮。』毛萇曰：『簑所以禦雨。音臺。』張九齡《奉和聖制瑞雪篇》：「朝冕旒兮載悦，想簑笠兮農節。」自庇：自我庇護。

〔一七〕伺魚：等候魚上鈎入網或偵察魚的情形。《説文·人部》：「伺，候望也。」

〔一八〕庇其上：庇護人的身體上端的部分。

〔一九〕織篷以障之：編織竹篷而遮蔽人的部分身體。

〔二〇〕上抱而下仰：在上抱持護衛着人，在下則翹起來。

〔二一〕字之曰背篷：就給它命名叫背篷。背篷，遮擋背部以防風雨的器具。

〔二二〕次而咏之：以上述漁庵、漁磯等的次序而歌咏它們。

〔二三〕生具：治生之具。漁家生具，指漁具。

〔二四〕吾屬(shǔ)：我輩，我等。《史記》(卷七)《項羽本紀》：「唉！豎子不足與謀。奪項王天下者，必沛公也，吾屬今爲之虜矣。」

漁　庵①〔一〕

庵中只方丈〔二〕，恰稱幽人住〔三〕。枕上悉《魚經》②〔四〕，門前空釣具〔五〕。束竿將倚壁③〔六〕，曬網還侵户④〔七〕。上泂有楊顒⑤〔八〕，須留往來路。（詩一一一）

【校記】

①「漁」全唐詩本作「魚」。　②「魚」全唐詩本作「漁」。　③「將」項刻本、統籤本、季寫本、全唐詩本作「時」。全唐詩本注：「一作將。」　④「網」詩瘦閣本作「綱」。　⑤「泂」原作「洞」，據弘治本、汲古閣本、詩瘦閣本、四庫本、皮詩本、項刻本、統籤本、類苑本、季寫本、全唐詩本改。

【注釋】

〔一〕漁庵：爲了捕魚而在近水處建造的茅屋。庵：草屋。《釋名·釋宫室》：「草圓屋曰蒲。蒲，敷也，總其上而敷下也。又謂之庵，庵，奄也，所以自覆奄也。」王嘉《拾遺記》（卷六）：「（任末）或依林木之下，編茅爲庵。」

〔二〕方丈：一丈見方的大小。形容狹小。得名於佛教維摩詰之居室。《法苑珠林》（卷二九）：「于大唐顯慶年中，敕使衛長史王玄策因向印度，過净名宅，以笏量基，止有十笏，故號方丈之室也。」

〔三〕恰稱：剛好合適。幽人：指隱士。《周易·履卦》：「履道坦坦，幽人貞吉。」陸機《幽人賦》：「世有幽人，漁釣乎玄渚。彈雲冕以辭世，披宵褐而延佇。」郭璞《客傲》：「水無浪士，巖無幽人。刈蘭不暇，爨桂不給。」

〔四〕悉《魚經》：都是《魚經》。《魚經》，有關養魚、捕魚的書籍。《舊唐書》（卷四七）《經籍志下》：「《養魚經》一卷，范蠡撰。」《新唐書》（卷五九）《藝文志三》：「范蠡《養魚經》一卷。」《世説新語·任誕》：「山季倫爲荆州」條，劉孝標注引《襄陽記》：「漢侍中習郁於峴山南，依范蠡養魚法作魚池，池邊有高堤，種竹及長楸，芙蓉菱芡覆水，是游燕名處也。」約略可見范蠡養魚之法。

〔五〕空：只，僅。

〔六〕束竿：收拾好釣魚竿。將：且。

〔七〕還：又，却。侵户：占住門户。侵：到，至，入。此句謂晾曬的魚網遮擋了門口。

〔八〕上洞：洞湖上。皮日休曾隱居於此。參卷一（詩三）注〔三〇〕。楊顒（yóng）：《三國志·蜀書·楊戲傳》裴松之注引《襄陽記》：「楊顒字子昭，楊儀宗人也。入蜀，爲巴郡太守，丞相諸葛亮主簿。……後爲東曹屬典選舉。顒死，亮垂泣三日。」另據《三國志·蜀書·楊儀傳》：「楊儀字威公，襄陽人也。」如此則楊顒爲襄陽人無疑。但上引《楊戲傳》又云：「（楊）顒亦荆州人也。」姑録於此。《水經注》（卷二十八）《沔水》：「（蔡洲）洲東岸西，有洄湖，停水數十畝，長數里，廣減百步，水色常緑。楊儀居上洄，楊顒居下洄，與蔡洲相對。在峴山南廣昌里，又與襄陽湖水合。水上承鴨湖，東南流逕峴山西，又南流注白馬陂，水又東入侍中襄陽侯習郁魚池。」如依酈道元所述，本書數處所云「洞湖」（參卷一（詩二）注〔三〕），《皮子文藪·酒箴》所云「洞湖」，實應爲「洄湖」，惜無版本依據，録以備考。

釣　磯〔一〕

盤灘一片石〔二〕，置我山居足〔三〕。窪處著筣笓〔四〕（原注：《桂苑》云①：「取蝦具。」）〔五〕，竅中維舴艋②〔六〕。多逢沙鳥污〔七〕，愛彼潭雲觸③〔八〕。狂奴卧此多〔九〕，所以踏帝腹④〔一〇〕。

（詩一一二）

【校記】

①「苑」原作「宛」，據弘治本、汲古閣本、詩瘦閣本、四庫本、皮詩本、統籤本、類苑本、季寫本、全唐詩本改。②「䑃」全唐詩本作「䑃」。③「彼」汲古閣本、詩瘦閣本、四庫本、類苑本作「被」。④「踏」汲古閣本作「蹈」，全唐詩本作「蹋」。

【注釋】

〔一〕釣磯：突凸在水邊可供垂釣的巖石。應在皮日休曾經隱居的鹿門山（在今湖北省襄陽市）下。

〔二〕盤灘：彎曲不平的江灘。暗用東漢嚴光子陵灘事。參本詩末二句注〔九〕〔一〇〕。

〔三〕山居：山中隱居之所。謝靈運《山居賦并序》：「古巢居穴處曰巖栖，棟宇居山曰山居，在林野曰丘園，在郊郭曰城傍，四者不同，可以理推。」

〔四〕窪處：低窪的地方。著：着，安放。筣笓（lí pí）：用竹篾編成的捕蝦簍筐一類器具。又作「笓筣」。《玉篇・竹部》：「笓，筣也。」又云：「筣，織竹爲筣笓，障也。」《廣雅・釋器》：「篝、筌謂之笓。」《廣韻・齊韻》：「笓，取蝦竹器。」《太平御覽》（卷七六六）：「《魏略》曰：『裴潛爲尚書令，妻子貧乏，織筣笓以自供。』」

〔五〕《桂苑》：五代嚴翊《桂苑叢談》不載此説，且時代在皮日休之後。未詳。

〔六〕竅（qiào）中：洞穴中。《説文・穴部》：「竅，空也。」《廣韻・嘯韻》：「竅，穴也。」䑃䑿（mù sù）：小船。又作「艒䑿」。《方言》（卷九）：「南楚、江、湘，凡船大者謂之舸，小舸謂之艖，艖謂之艒艋。」

〔七〕逢：遭，遇。沙鳥：水鳥。謂水邊沙島上的鳥。污：弄髒。

〔八〕潭雲觸：潭上的雲霧觸拂石磯。活用石爲雲根之説。《文選》（卷二九）張協《雜詩十首》（其九）：「雲根臨八極，雨足灑四溟。」古人認爲雲觸石而生，故曰石爲雲根。

〔九〕狂奴：狂客，狂放不羈的人。《後漢書》（卷八三）《嚴光傳》：「光不答，乃投札與之，口授曰：『君房足下：位至鼎足，甚善。懷仁輔義天下悦，阿諛順旨要領絶。』霸得書，封奏之。帝笑曰：『狂奴故態也。』」

〔一〇〕踏帝腹：東漢嚴光與漢光武帝劉秀共卧一床，以脚放在光武腹上事。《後漢書》（卷八三）《嚴光傳》：「因共偃卧，光以足加帝腹上。明日，太史奏客星犯御坐甚急。帝笑曰：『朕故人嚴子陵共卧耳。』」

【箋評】

「愛彼潭雲觸」：新。（項真評、項真刻《項氏瓶笙榭新刻皮襲美詩》卷一）

蓑　衣〔一〕

一領蓑正新〔二〕，著來沙塢中①〔三〕。隔溪遥望見，疑是緑毛翁〔四〕。襟色裛牒（原注：直葉反。）②靄〔五〕，袖香襹褷風③〔六〕。前頭不施衮〔七〕，何以爲三公〔八〕。（詩一一一三）

【校記】

①「著」皮詩本作「着」。　②「反」全唐詩本作「切」。季寫本無此注。　③「褷」原作「縰」，據弘治本、汲古閣本、詩瘦閣本、四庫本、皮詩本、項刻本、統籤本、類苑本、季寫本、全唐詩本改。

【注釋】

〔一〕蓑衣：蓑草編織，披在身上以遮蔽風雨的雨具。

〔二〕一領：一件。一件衣服只有一個領子，故云。《戰國策·秦策一》：「西攻脩武，踰羊腸，降代、上黨。代三十六縣，上黨十七縣，不用一領甲，不苦一民，皆秦之有也。」

〔三〕著來：穿着。來，助詞。沙塢：水邊沙灘低窪處。

〔四〕緑毛翁：身上長出緑毛的人。古代傳説中的仙人。因蓑草是緑色的，故云。此將穿緑色蓑衣的漁人擬議爲傳説中得道的仙人。緑毛翁，參卷三（詩四七）注〔五〕。

〔五〕襟色：衣襟上的景況。裛牒（yì zhé）靄：霑濕粘附着霧氣。

〔六〕襹褷（lí shī）風：吹動初生羽毛的微風。襹褷，此喻蓑衣上披拂的蓑草。《文選》（卷一二）木華《海賦》：「鳧雛離褷，鶴子淋滲。」李善注：「離褷、淋滲，毛羽始生之貌。」「離褷」即「襹褷」。

〔七〕前頭：上頭。衮（gǔn）：古代帝王和上公祭祀宗廟時所穿的禮服上卷曲的龍紋。此指高官的服飾。

〔八〕三公：古代輔佐帝王的最高軍政官員。泛指高官權貴。先秦以太師、太傅、太保，西漢以大司馬、大司徒、大司空，東漢以後以太尉、司空、司徒爲三公。唐代沿襲東漢之制，但非職事官。

箬　笠〔一〕

圓似寫月魂〔二〕，輕如織煙翠〔三〕。涔涔向上雨〔四〕，不亂窺魚思。携來沙日微①〔五〕，挂處江風起。縱戴二梁冠②〔六〕，終身不忘爾。（詩一一四）

【校記】

①「微」項刻本作「披」。　②「戴」盧校本、皮詩本、統籤本、季寫本、全唐詩本作「帶」。

【注釋】

〔一〕箬（ruò）笠：用竹篾或竹葉編織成的斗篷，寬邊，可遮雨。既是漁具，也是農具。《説文·竹部》：「箬，楚謂竹皮曰箬。」《玉篇·竹部》：「箬，竹大葉。」

〔二〕圓似句：謂圓形的箬笠猶如畫出來的明月。月魂：月亮。

〔三〕輕如句：謂輕盈的箬笠猶如薄薄的煙霧所織成。煙翠：迷濛的青色煙霧。岑參《峨眉東脚臨江聽猿懷二室舊廬》：「峨嵋煙翠新，昨夜秋雨洗。」

〔四〕涔涔（cén cén）：久雨不止貌。晉潘尼《苦雨賦》（《藝文類聚》卷二）曰：「瞻中塘之浩汗，聽長霤之涔涔。」

〔五〕沙日微：謂沙灘上的日光稀微淡薄。

〔六〕二梁冠：泛指官帽。古代官員以冠上的梁數顯示品級。南朝梁代中二千石至博士二梁，唐代四品、五品官二梁，均指高官。《舊唐書》（卷四五）《輿服志》：「遠遊三梁冠，黑介幘，青緌（凡文官皆青緌，以下準此也。），皆諸王服之。親王則加金附蟬。進賢冠，三品以上三梁，五品以上兩梁，九品以上一梁。」

背　篷①〔一〕

儂家背篷樣②〔二〕，似箇大龜甲〔三〕。雨中局蹐時〔四〕，一向聽霎霎〔五〕。甘從魚不見〔六〕，亦任鷗相狎〔七〕。深擁竟無言〔八〕，空成睡齁䶎（原注：上虛溝反，下虛甲反③。）〔九〕。（詩一一五）

【校記】

①「篷」原作「蓬」，據弘治本、汲古閣本、詩瘦閣本、四庫本、皮詩本、統籤本、類苑本、季寫本、全唐詩本改。②「背」皮詩本、季寫本作「若」。「篷」原作「蓬」，據弘治本、汲古閣本、詩瘦閣本、四庫本、皮詩本、類苑本、季寫本、全唐詩本改。③「溝」詩瘦閣本、統籤本、類苑本作「勾」。兩「反」全唐詩本均作「切」。季寫本無此注語。

【注釋】

〔一〕背篷：爲背部遮擋風雨的斗篷。

〔二〕儂家：吾，我。家，語助詞，不爲義。《玉篇·人部》：「儂，吴人稱我是也。」寒山《儂家暫下山》：「儂家暫下山，入到城隍裏。」背篷樣：背篷的形狀。

〔三〕似箇：很像。張相《詩詞曲語辭匯釋》（卷三）：「箇，估量某種光景之辭，等於價或家。」大龜甲：大烏龜的甲殼。

〔四〕局蹐（jú jí）：小心行動，戒懼貌。局，彎曲身腰。蹐，小心行路。《詩經·小雅·正月》：「謂天蓋高，不敢不局。謂地蓋厚，不敢不蹐。」《後漢書》（卷四六）《陳忠傳》：「或有局蹐比伍，轉相賦斂。」李賢注：「《説文》曰：『蹐，小步也。』言局身小步，畏吏之甚也。」

〔五〕一向：一直。寒山《一向寒山坐》：「一向寒山坐，淹留三十年。」霎霎：象聲詞。微小的風雨聲。

〔六〕甘從：甘心聽從，甘願任從。「從」與下句「任」字互文同義。

〔七〕任：任從。鷗相狎：與鷗鳥相親近。用《列子·黄帝篇》故實。參卷一（詩一〇）注〔二四〕。

〔八〕深擁：緊擁，緊緊裹着。竟：終。

〔九〕空成：徒成，只成。意謂只能如此。齁䶎（hōu xiā）：鼾聲。漢王延壽《王孫賦》：「鼻䶕齁以䶎齁，耳聿役以適知。」

【箋評】

《松陵集》有《背篷》詩，以爲漁具。余湖中有之，乃不用於漁而用於農。余向亦有詩。（焦循

《憶書》三）

奉和添漁具五篇

龜蒙

漁　庵〔一〕

結茅次煙水〔二〕，用以資嘯傲〔三〕。豈謂釣家流〔四〕，忽同禪室號〔五〕。閑憑山叟占〔六〕，晚有溪禽嫪〔七〕。華屋莫相非〔八〕，各隨吾所好〔九〕。（詩一一一六）

【注釋】

〔一〕漁庵：參本卷（詩一一一一）注〔一〕。

〔二〕結茅：構建茅屋。鮑照《觀圃人藝植》：「抱鍤壟上餐，結茅野中宿。」次：靠近。《廣雅》（卷三上）《釋詁》：「次，近也。」

〔三〕資：憑藉，借助。嘯傲：嘯歌狂放，傲然自得。郭璞《遊仙詩十九首》（其八）：「嘯傲遺世羅，縱情在獨往。」

〔四〕豈謂：哪裏以爲。釣家流：以捕魚爲業的一類人。漁民。

〔五〕禪室號：僧尼之徒參禪之室的稱號。

〔六〕閑憑：任憑。山叟：山中老人，指隱士。占：占用。

〔七〕溪禽：水鳥。嫪（lào）：留戀。《説文·女部》：「嫪，婟也。」段玉裁《説文解字注》：「《聲類》云：『婟嫪，戀惜也。』」

〔八〕華屋：華美的大屋。指高官權貴之家。《文選》（卷二七）曹植《箜篌引》：「生在華屋處，零落歸山丘。」李善注：「《舞賦》曰：『耀華屋而熹洞房。』」

〔九〕吾所好：我所愛好的。《論語·述而》：「子曰：『富而可求也，雖執鞭之士，吾亦爲之。如不可求，從吾所好。』」

釣磯〔一〕

揀得白雲根〔二〕，秋潮未曾没〔三〕。坡陁坐鼇背①〔四〕，散漫垂龍髮〔五〕。持竿從掩霧〔六〕，置酒復待月。即此放神清②〔七〕，何勞適吴越〔八〕。（詩一一七）

【校記】

①「坡陁」原作「披拖」，據弘治本、汲古閣本、四庫本、陸詩甲本、陸詩丙本、統籤本、類苑本、季寫本、全唐詩本改。詩瘦閣本作「坡陀」。「鼇」陸詩甲本作「龜」。②「清」弘治本、詩瘦閣本、四庫本、陸詩甲本、陸詩丙本、統籤本、類苑本、季寫本、全唐詩本作「情」。

【注釋】

〔一〕釣磯：參本卷（詩一一二）注〔一〕。

〔二〕揀得：揀來，拾到。得，助詞。白雲根：指山石，此即指釣磯。古人以石爲雲根，故云。參卷二（詩三一）注〔四〕。

〔三〕秋潮句：謂秋天的潮水没有全部淹没石磯，它仍然露出水面。

〔四〕坡陁（tuó）：傾斜不平貌。同「坡陀」、「陂陀」。《楚辭·招魂》：「文異豹飾，侍陂陁兮。」王逸注：「陂陁，長陛也。……陁，一作陀。」洪興祖補注：「陂，音頗。陀，音駝。不平也。」韓愈《送惠師》：「崔崒没雲表，陂陀浸湖淪。」又《記夢》：「石壇坡陀可坐卧，我手承頦肘拄座。」《韓昌黎詩繫年集釋》引《韓詩舉正》曰：「坡陀，與《送惠師》詩『陂陀』字同，語見《楚辭·招魂》。然唐人通用『坡陀』字，少陵詩『坡陀因厚地』、『坡陀金蝦蟆』是也。」鰲背：大龜的背脊。此喻釣磯。《楚辭·天問》：「鰲戴山抃，何以安之？」王逸注：「鰲，大龜也。擊手曰抃。《列仙傳》曰：『有巨靈之鰲，背負蓬萊之山而抃舞，……』」洪興祖補注：「《玄中記》云：『即巨龜也。』一云：海中大鼇。」

〔五〕散漫：散亂貌。龍髮：龍的鬚髮。《史記》（卷二八）《封禪書》：「黄帝采首山銅，鑄鼎於荆山下。鼎既成，有龍垂胡髯下迎黄帝。黄帝上騎，群臣後宫從上者七十餘人，龍乃上去。餘小臣不得上，乃悉持龍髯，龍髯拔，墮，墮黄帝之弓。百姓仰望黄帝既上天，乃抱其弓與胡髯號，故後世因其處曰鼎湖，其弓曰烏號。」此以龍髮喻龍鬚草。《爾雅・釋草》：「蔖，鼠莞。」郭璞注：「亦莞屬也，纖細似龍鬚，可以爲席。蜀中出好者。」晋崔豹《古今注》（卷下）：「孫興公問曰：『世稱黃帝煉丹于鑿硯山，乃得仙，乘龍上天。群臣援龍鬚，鬚墜而生草，曰龍鬚。有之乎？』答曰：『無也。有龍鬚草，一名縉雲草，故世人爲之妄傳。』」

〔六〕持竿句：謂手握釣竿聽任雲霧的繚繞遮掩。

〔七〕即此：就此。謂就在此處此景中。放神清：疏放的心神清朗爽快。《淮南子・齊俗訓》：「是故凡將舉事，必先平意清神，神清意平，物乃可正。」

〔八〕適吴越：前往吴、越之地。吴、越，即春秋時吴國、越國，主要地域在今江、浙一帶。吴國以今江蘇省蘇州市爲都城，越國以今浙江省紹興市爲都城。李白《夢遊天姥吟留别》：「我欲因之夢吴越，一夜飛度鏡湖月。」

蓑　衣〔一〕

山前度微雨①，不廢小澗漁〔二〕。上有青襏襫〔三〕，下有新腒疎②〔四〕。滴瀝珠影泫③〔五〕，離披嵐彩虚〔六〕。君看杖製者④〔七〕，不得安吾廬〔八〕。（詩一一八）

【校記】

①「度」陸詩丙本作「渡」。　②「腒」陸詩甲本、陸詩丙本、統籤本作「⿰目居」。陸詩丙本張校注：「空

格。」全唐詩本注：「一作蒟。」　③「滴」汲古閣本作「滴」。「泫」原缺末筆，避宋太祖始祖趙玄朗諱。
④「杖」汲古閣本、詩瘦閣本、四庫本、陸詩甲本、陸詩丙本、季寫本、全唐詩本作「荷」。

【注釋】

〔一〕蓑衣：參本卷（詩一一三）注〔一〕。

〔二〕不廢：没有停止。《爾雅·釋詁》：「廢，止也。」

〔三〕青襏襫（bó shì）：緑色的蓑衣。《國語·齊語》：「首戴茅蒲，身衣襏襫。」韋昭注：「襏襫，蓑襞衣也。」《廣韻·末韻》：「襏，襏襫，蓑雨衣也。」

〔四〕腒（jū）踈：肌肉枯乾的脚。此指漁人瘦瘠。腒，乾鳥肉。此喻漁人的肌肉枯槁。《説文·肉部》：「腒，北方謂鳥腊曰腒。《傳》曰：『堯如腊，舜如腒。』」「踈」同「疏」，指人赤脚。《淮南子·道應訓》：「子佩疏揖，北面立於殿下。」高誘注：「疏，徒跣也。揖，舉手也。」

〔五〕滴瀝：水向下流滴。漢杜篤《首陽山賦》：「青羅落漠而上覆，穴溜滴瀝而下通。」王嘉《拾遺記》（卷一〇）《崑崙山》：「甘露濛濛似霧，著草木則滴瀝如珠。」珠影：指向下流滴的水珠的影子。泫（xuàn）：水向下滴貌。

〔六〕離披：散亂貌。《楚辭·九辯》：「白露既下百草兮，奄離披此梧楸。」洪興祖補注：「離披，分散貌。」嵐彩虚：山中的雲霧輕薄空濛。嵐彩，嵐光，山中迷濛的霧氣。《文選》（卷二九）張協《雜詩十首》（其三）：「寒花發黄采，秋草含緑滋。」又（卷三一）江淹《雜體詩三十首·張司空華離情》:「庭樹發紅彩,閨草含碧滋。」溫庭筠《宿輝公精舍》:「林彩水煙裏,澗聲山月中。」又《春日》:「草色將林彩,相添入黛眉。」

〔七〕杖製者:身穿雨衣手持戈爲杖的人。杖,手杖。製,雨衣。《左傳·哀公二十七年》:「成子衣製杖戈,立於阪上,馬不出者,助之鞭之。」杜預注:「製,雨衣也。」

〔八〕不得:不可。劉淇《助字辨略》(卷五):「杜子美詩:『他時如案縣,不得慢陶潛。』不得,猶云不可。」安吾廬:坐在我的廬舍裏。安,坐。吾廬,我的屋舍。陶淵明《讀〈山海經〉十三首》(其一):「衆鳥欣有托,吾亦愛吾廬。」

箬笠〔一〕

朝攜下楓浦〔二〕,晚戴出煙艇〔三〕。冒雪或平檐①〔四〕,聽泉時仄頂〔五〕。飆移靄然色〔六〕,波亂危如影②〔七〕。不識九衢塵〔八〕,終年居下洞③〔九〕。(詩一一九)

【校記】

①「冒」陸詩丙本作「胃」。②「危」陸詩丙本注:「巍。」③「洞」陸詩甲本、陸詩丙本、全唐詩本作「洞」。

【注釋】

〔一〕箬笠:參本卷(詩一一四)注〔一〕。

〔二〕楓浦：生長着楓樹的水邊。泛指水邊。《楚辭·招魂》：「湛湛江水兮上有楓。」洪興祖補注：「《説文》云：『楓木，厚葉弱枝，善摇。』漢宫殿中多植之。至霜後，葉丹可愛，故騷人多稱之。」張若虚《春江花月夜》：「白雲一片去悠悠，青楓浦上不勝愁。」張九齡《雜詩五首》（其四）：「浦上青楓林，津傍白沙渚。」

〔三〕煙艇：煙霧迷濛中的小船。《方言》（卷九）：「南楚、江、湘，凡船大者謂之舸，小舸謂之艖，艖謂之艒縮，小艒縮謂之艇。」

〔四〕平檐：謂平正地戴箬笠。其邊沿是平的，故云。

〔五〕時：時常，不時。仄頂：豎立起箬笠的頂部。

〔六〕飆移句：謂在疾風中箬笠被吹得移動的情形。飆，疾風。《説文·風部》：「飆，扶摇風也。」靄然色：如煙靄般的情狀。

〔七〕波亂句：謂在波浪中箬笠急速地上下起伏，猶如影子晃動一樣，顯現出危險的態勢。

〔八〕九衢塵：四通八達的大道上的塵埃。指塵世。《楚辭·天問》：「靡萍九衢，枲華安居？」王逸注：「九交道曰衢。」「九」字言其多，非實指。《爾雅·釋宫》：「一達謂之道路，二達謂之歧旁，三達謂之劇旁，四達謂之衢，五達謂之康，六達謂之莊，七達謂之劇驂，八達謂之崇期，九達謂之逵。」

〔九〕終年：長年，整年。下洞：洞湖，在襄陽鹿門山或峴山下，皮日休曾隱居于此。參卷一（詩三）

注〔三〇〕，并參本卷（詩一一一）注〔八〕。

背　篷①〔一〕

敏手劈江筠②〔二〕，隨身織煙殼③〔三〕。沙禽固不知〔四〕，釣伴猶初覺〔五〕。閑從翠微拂〔六〕，静唱滄浪濯〔七〕。見説萬山潭④〔八〕，漁童盡能學。（詩一一二〇）

【校記】

①「篷」原作「蓬」，據弘治本、汲古閣本、詩瘦閣本、四庫本、陸詩甲本、陸詩丙本、類苑本、季寫本改。

②「劈」陸詩甲本作「試」，季寫本、全唐詩本注：「一作試。」③「殼」陸詩丙本黄校注：「空格。」

④「萬」陸詩丙本、統籤本作「方」。

【注釋】

〔一〕背篷：參本卷（詩一一五）注〔一〕。

〔二〕敏手：快手。《文選》（卷一四）顔延之《赭白馬賦》：「捷趫夫之敏手，促華鼓之繁節。」李善注：「孔安國《尚書傳》曰：『敏，疾也。』」江筠：江邊生長的竹子。《説文·竹部》：「筠，竹皮也。」後即指竹子。

〔三〕煙殼：喻背篷。據本卷（詩一一五），皮日休云：「儂家背篷樣，似箇大龜甲。」背篷乃是遮雨用具，在煙雨濛濛之中，故此形容。

〔四〕沙禽：沙洲島嶼上的禽鳥。固：固然，本來。

〔五〕猶：尚且。初覺：剛剛知曉。

〔六〕閑從：任從。張相《詩詞曲語辭匯釋》（卷四）：「閒，猶空也；平常也；没關係也。」翠微：山中淡緑色的輕薄雲霧。《爾雅·釋山》：「山脊，岡。未及上，翠微。」郭璞注：「近上旁陂。」邢昺疏：「『未及上，翠微』。注：『近上旁陂。』謂未及頂上，在旁陂陀之處，名翠微。一説：山氣青縹色，故曰翠微也。」《文選》（卷四）左思《蜀都賦》：「鬱葐蒀以翠微，崛巍巍以峨峨。」劉逵注：「翠微，山氣之輕縹也。」

〔七〕静唱句：謂安閑地唱隱士之歌。滄浪濯：在渌水中洗滌。喻隱士生活。《楚辭·漁父》：「漁父莞爾而笑，鼓枻而去，歌曰：『滄浪之水清兮，可以濯吾纓；滄浪之水濁兮，可以濯吾足。』遂去，不復與言。」滄浪：碧緑色的水。《文選》（卷二八）陸機《塘上行》：「發藻玉臺下，垂影滄浪泉。」李善注：「《孟子》曰：『滄浪之水清。』滄浪，水色也。」

〔八〕見説：聽説。參卷三（詩七〇）注〔二〕。萬山潭：又名沉碑潭。《元和郡縣圖志》（卷二一）《山南道二》：「襄陽大都督府，襄州襄陽縣：萬山，一名漢皋山，在縣西十一里。」萬山潭，即在此處。《讀史方輿紀要》（卷七九）《湖廣五》：「襄陽府，萬山，在城西十里。下有曲隈。或訛爲方山。劉弘牧荆州，制峴、方二山澤中不聽捕魚。杜預在襄陽，刻兩碑，一沉萬山之下。《水經注》：『漢水自隆中，又東經方山北，即杜預沉碑處。』蓋方山即萬山矣。」

樵人十咏（并序）①〔一〕

龜蒙

環中先生謂天隨子曰〔二〕：「子與鹿門子應和爲《漁具詩》②〔三〕，信盡其道而美矣。世言樵漁者③〔四〕，必聯其命稱〔五〕，且常爲隱君子事④〔六〕，《詩》之言『錯薪』〔七〕，《禮》之言『負薪』〔八〕，《傳》之言『積薪』〔九〕，史之言『束薪』⑤〔一〇〕，非樵者之實乎〔一一〕？可不足以寄興咏⑥〔一二〕，獨缺其詞耶⑦？」退作十樵以補其闕漏⑧〔一三〕，寄鹿門子〔一四〕。（序八）

【校記】

①季寫本無「并序」。②「漁」季寫本作「魚」。③「世」原作「共」，據弘治本、汲古閣本、詩瘦閣本、四庫本、陸詩甲本、統籤本、類苑本、季寫本、全唐詩本改。④「爲」陸詩甲本、陸詩丙本、統籤本作「與」。⑤「束」陸詩丙本作「吏」。⑥「可不」陸詩丙本作「不可」。⑦「缺」弘治本作「鈌」，陸詩丙本、統籤本作「闕」。⑧「十」四庫本作「之」。

【注釋】

〔一〕樵人：樵夫，砍柴人。喻隱士。

〔二〕環中先生：某人的號，未詳。環中，或爲鄭璧字。《唐詩紀事》（卷六四）：「（鄭）璧，唐末江南進士也。與皮、陸二生酬唱。」其與皮、陸唱和詩有《奉和陸龜蒙白菊》、《奉和寒夜文燕潤卿有期不至》、《奉和皮日休傷開元觀顧道士》、《奉和皮日休友人許惠酒以詩徵之》等詩。或爲作者假設的人物，借莊子的説法，喻超脱世俗，没有是非困擾的隱士。《莊子·齊物論》：「彼是莫得其偶，謂之道樞。樞始得其環中，以應無窮。」郭象注：「夫是非反覆，相尋無窮，故謂之環。環中，空矣。今以是非爲環而得其中者，無是無非也。無是無非，故能應夫是非。是非無窮，故應亦無窮。」成玄英疏：「環者，假有二竅；中者，真空一道。環中空矣，以明無是無非。」天隨子：陸龜蒙自號。參（序一）注〔八五〕、卷三（序五）注〔五六〕。

〔三〕鹿門子：皮日休自號。參卷一（詩四）注〔一五六〕。應和：應答，互相唱和。《史記》（卷五四）《曹相國世家》：「乃反取酒張坐飲，亦歌呼與相應和。」

〔四〕世言：人們説，常言。樵漁：打柴和捕魚。同「漁樵」。岑參《終南雙峰草堂》：「有時逐漁樵，盡日不冠帶。」「漁樵」《文苑英華》作「樵漁」。

〔五〕聯其命稱：謂將漁與樵二者聯繫在一起。命稱，命名。

〔六〕隱君子事：謂漁樵是隱士之事。《史記》（卷六三）《老子韓非列傳》：「老子修道德，其學以自隱無名爲務。……老子，隱君子也。」

〔七〕《詩》：《詩經》。錯薪：雜錯叢生的草木。《詩經·周南·漢廣》：「翹翹錯薪，言刈其楚。」

《毛傳》：「錯，雜也。」

〔八〕《禮》：《禮記》，又名《小戴禮記》，傳爲漢代戴聖所著。另有《大戴禮記》，傳爲漢代戴德著。負薪：謂樵夫背負柴草。《禮記·曲禮下》：「問庶人之子，長，曰：『能負薪矣。』幼，曰：『未能負薪也。』」

〔九〕《傳》：指《左傳》。積薪：積聚柴草。《左傳·僖公三十三年》：「不腆敝邑，爲從者之淹，居則具一日之積，行則備一夕之衛。」杜預注：「積，芻、米、菜、薪。」

〔一〇〕史：指史籍。束薪：一捆柴草。《詩經·王風·揚之水》：「揚之水，不流束薪。」《漢書》（卷六四上）《朱買臣傳》：「家貧，好讀書，不治産業，常艾薪樵，賣以給食。擔束薪，行且誦書。」

〔一一〕實：事實，實際情況。

〔一二〕可不：豈可不。劉淇《助字辨略》（卷三）：「可不，猶云豈可不。省文也。」

〔一三〕十樵：有關樵薪的十首詩。闕漏：缺失遺漏。

〔一四〕鹿門子：見本序注〔三〕。

【箋評】

皮、陸倡和詩，惟樵詩陸爲勝。如《樵子》云：「纔穿遠林去，已在孤峰上。」《樵徑》云：「方愁山繚繞，更值雲遮截。」《樵斧》云：「丁丁在前澗，杳杳無尋處。巢傾鳥猶在，樹盡猿方去。」《樵家》云：「門當清澗盡，屋在寒雲裏。」《樵擔》云：「風高勢還却，雪厚疑中折。」《樵歌》云：「出林方自轉，隔水猶相應。」《樵火》曰：「深爐與遠燒，此夜仍交光。或似坐奇獸，或如焚異香。」真若目擊，皮所不及也。餘詩則襲美殊多俊句，如「野歇遇松蓋，醉書逢石屏。」「壓酒移溪石，煎茶拾野巢。」「白石净敲蒸术火，清泉閒洗種花泥。」「静探石腦衣裾濕，閒煉松脂院落香。」「石床卧苦渾無蘚，藤匣開稀恐有雲。」「白石煮多熏屋黑，丹砂埋久染泉紅。」「静裏改詩空凭几，寒中著《易》不開簾。」「凉後每謀清月社，晚來專赴白蓮期。」「迎潮預遣收魚笱，防雪先教蓋鶴籠。」又《送日本僧歸國》：「取經海底收龍藏，誦咒空中散蜃樓。」《以紗巾寄魯望》：「今朝定見看花側，明日應聞漉酒香。」較陸詩更覺醒目。（賀裳《載酒園詩話》又編《皮日休陸龜蒙》）

樵谿〔一〕

山高谿且深，蒼蒼但群木。抽條欲千尺〔二〕，衆亦疑樸樕〔三〕。一朝蒙翦伐〔四〕，萬古辭林麓〔五〕。若遇燎玄穹①〔六〕，微煙出雲族〔七〕。（詩一一二一）

【校記】

①「玄」原缺末筆，避宋太祖始祖趙玄朗諱。

【注釋】

〔一〕樵谿：采樵的谿谷。

〔二〕抽條：長出枝條。欲：將。劉淇《助字辨略》（卷五）：「欲，將也。凡云欲者，皆願之而未得，故又得爲將也。」

〔三〕衆：衆人，普通人。疑：以爲，好像。樸樕（sù）：小樹。《詩經·召南·野有死麕》：「林有樸樕，野有死鹿。」《毛傳》：「樸樕，小木也。」

〔四〕翦伐：砍伐。李白《登梅崗望金陵贈族侄高座寺僧中孚》：「冥居順生理，草木不翦伐。」

〔五〕林麓：山林。參卷三（詩七六）注〔二〕。

〔六〕燎玄穹：燃火照耀高空。燎：燎祭。古代的祭天儀式，將玉帛犧牲放在柴堆上，焚燒以祭天神。玄穹：高空，蒼天。晋張華《壯士篇》：「長劍横九野，高冠拂玄穹。」

〔七〕雲族：雲層，衆多的雲，即指雲。宋之問《温泉莊卧病答楊七炯》：「兹山栖靈異，朝夜翳雲族。」

樵　家〔一〕

草木黄落時，比鄰見相喜①〔二〕。門當清澗盡〔三〕，屋在寒雲裏②。山棚日纔下〔四〕，野竈煙初起〔五〕。所謂順天民〔六〕，唐堯亦如此〔七〕。　（詩一一二）

【校記】

①「見相喜」季寫本作「相見喜」。　②「寒」陸詩丙本黄校作「黄」。「裏」陸詩丙本作「裡」。

【注釋】

〔一〕樵家：以打柴爲生的人家。

〔二〕比鄰：鄰居。《周禮·地官·大司徒》：「令五家爲比，使之相保。五比爲閭，使人相受。」《漢書》（卷七七）《孫寶傳》：「後署寶主簿，寶徒入舍，祭竈請比鄰。」陶淵明《雜詩十二首》（其一）：「得歡當作樂，斗酒聚比鄰。」

〔三〕當：對，對着。盡：盡頭。

〔四〕山棚：山中的茅棚。

〔五〕野竈：山野人家的炊竈。

〔六〕順天民：順從天意的人民。指安居樂業，恬淡寡欲的人。《周易·大有》：「君子以遏惡揚善，順天休命。」

〔七〕唐堯：古帝名。又稱帝堯。上古五帝之一，帝嚳之子，姓伊祁氏，名放勛，號陶唐。此指唐堯之世。它是中國古代社會安定、民風淳樸的理想時代。參《史記》（卷一）《五帝本紀》。

樵　叟〔一〕

自小即胼胝〔二〕，至今凋鬢髮〔三〕。所圖山褐厚〔四〕，所愛山爐熱。不知冠蓋好〔五〕，但信煙霞活①〔六〕。富貴如疾顛〔七〕，吾從老巖穴〔八〕。（詩一一一三）

【校記】

①「但信」陸詩丙本作「信但」。

【注釋】

〔一〕樵叟：砍柴的老翁。

〔二〕胼胝（pián zhī）：手掌、脚底因長期從事勞動而摩擦出的老繭。《荀子·子道》：「有人於此，夙興夜寐，耕耘樹藝，手足胼胝以養其親。」

〔三〕凋：凋謝，脱落。鬢髮：鬢角上的毛髮。晋左思《嬌女詩》：「鬢髮覆廣額，雙耳似連璧。」

〔四〕山褐：山中人穿的粗布衣服。褐，《説文·衣部》：「褐，粗衣。」《詩經·豳風·七月》：「無衣無褐，何以卒歲。」鄭玄箋：「褐，毛布也。」

〔五〕冠蓋：禮帽和車蓋，指官吏的服飾和車乘。泛指官場或做官而言。《史記》（卷七七）《魏公子列傳》：「平原君使者冠蓋相屬於魏。」

〔六〕煙霞：美麗的自然景色。《梁書》（卷二一）《張充傳》：「獨浪煙霞，高卧風月。」活：活潑生動，變幻多端。杜牧《池州送孟遲先輩》：「煙濕樹姿嬌，雨餘山態活。」

〔七〕疾顛：疾速地顛覆失敗。《國語·周語下》：「高位寔疾顛，厚味寔腊毒。」韋昭注：「高者近危。疾，速也。顛，隕也。」

〔八〕從：任從。老巖穴：終老於山中洞穴。喻隱居不仕。《莊子·山木》：「夫豐狐文豹，栖於山林，伏於巖穴，静也。」

樵　子〔一〕

生自蒼崖邊①〔二〕，能諳白雲養（原注：去聲。山家謂養柴地爲養。②）〔三〕。纔穿遠林去，已在孤峰上。薪和野花束〔四〕，步帶山詞唱〔五〕。日暮不歸來③，柴扉有人望〔六〕。（詩一二四）

【校記】

①「自」陸詩甲本、陸詩丙本、統籤本作「在」。全唐詩本注：「一作在。」②季寫本、全唐詩本無「去聲」。類苑本無此注語。③「暮」詩瘦閣本作「莫」，「莫」是「暮」的本字。

【注釋】

〔一〕樵子：樵夫，砍柴人。

〔二〕蒼崖：青翠的山崖。

〔三〕諳（ān）：熟悉。白雲養：養柴地在白雲繚繞的山上，故云。《詩經·小雅·白華》：「英英白雲，露彼菅茅。」《莊子·天地》：「乘彼白雲，至於帝鄉。」養：據原注，此專指培育木柴的山地。

〔四〕薪和句：所采的柴禾與野花捆在一起。

〔五〕步帶句：謂樵夫一邊行路，一邊唱着山歌。山詞：山歌。

〔六〕柴扉：柴荆做成的簡陋的門。《文選》（卷二六）范雲《贈張徐州稷》：「還聞稚子説，有客款柴扉。」李善注：「柴扉，即荆扉也。鄭玄《禮記注》曰：『蓽門，荆竹織門也。』」

【箋評】

《松陵集》陸龜蒙《樵子》詩云：「生自蒼崖邊，能諳白雲養。」注：「養，去聲讀。山家謂養柴地爲養。」予按刑浙東，民有投牒言林養爲人所侵者，書「養」皆作「樣」。予疑其無所本。今讀陸詩，知二浙方言有自來矣。（程大昌《演繁露》卷五《林養》）

貫休：「樣深黄犺小，地暖白雲多。」「樣」字字書無考。陸魯望《樵子》詩：「生在蒼崖邊，能諳白雲養。」自注：「山家謂養柴地爲養。去聲。」然則「樣」即「養」字，後人以養柴地加「木」旁耳。（程庭鷺《多暇録》卷一《樣》）

貫休《經孟浩然鹿門舊居》云：「樣深黄犺小，地暖白雲多。」「樣」字字書無考。陸魯望《樵子》詩：「生在蒼崖邊，能諳白雲樣。」自注：「山家謂養柴地爲養，去聲。」然則「樣」即「養」字，後人以養柴之地加「木」作「樣」耳。（沈濤《匏廬詩話》卷中）

樵　逕〔一〕

石脉青靄間〔二〕，行行自幽絶〔三〕。方愁山繞繚①〔四〕，更值雲遮截〔五〕。争推好林浪②〔六〕，共約歸時節〔七〕。不似名利途，相期覆車轍〔八〕。　（詩一二一五）

【校記】

①「繚繞」陸詩甲本、陸詩丙本、統籤本作「嫽嬈」。全唐詩本作「繚繞」。②「争」前陸詩丙本多一「藏」字。「推」類苑本作「摧」。

【注釋】

〔一〕樵逕：砍柴人走的山間小道。

〔二〕石脉：山石的紋理。此指山石構成的山中小路。青靄：山中淡緑色的輕薄雲霧。鮑照《登大雷岸與妹書》：「左右青靄，表裏紫霄。從嶺而上，氣盡金光。半山以下，純爲黛色。」

〔三〕行行：《文選》（卷二九）《古詩十九首》（其一）：「行行重行行，與君生别離。」幽絶：清幽僻静的境界。參本卷（詩九九）注〔三〕。

〔四〕方：正，正在。繞繚：此指山的蜿蜒曲折。

〔五〕更值：又遇到。遮截：遮擋，攔截。《後漢書》（卷七八）《宦者傳·侯覽傳》：「督郵張儉因舉奏覽貪侈奢縱，……而覽伺候遮截，章竟不上。」

〔六〕争推：争着推許。推，贊許。林浪：林濤。指深林。

〔七〕時節：時候，時間。《文選》（卷四一）孔融《論盛孝章書》：「歲月不居，時節如流。」

〔八〕相期句：謂互相期盼着對方在追逐名利的道路上車輛傾覆，人仰馬翻。覆車轍：翻車留下的車輪痕迹。《後漢書》（卷三六）《范升傳》：「馳騖覆車之轍，探湯敗事之後。」李賢注：「賈誼曰：『前車覆，後車誡。』」

樵　斧〔一〕

淬礪秋水清〔二〕，携持遠山曙〔三〕。丁丁在前澗〔四〕，杳杳無尋處〔五〕。巢傾鳥猶在〔六〕，樹盡猿方去〔七〕。授鉞者何人①〔八〕，吾方易其慮②〔九〕。（詩一一二六）

【校記】

①「鉞」陸詩甲本、類苑本、全唐詩本作「鉞」。②「方」陸詩甲本、陸詩丙本、統籤本、全唐詩本作「今」。全唐詩本注：「一作方。」

【注釋】

〔一〕樵斧：樵夫砍柴的斧子。

〔二〕淬礪（cuì lì）：淬火磨礪。此指將樵斧磨得很鋒利。

〔三〕携持：携帶。《尚書·召誥》：「夫知保抱携持厥婦子，以哀籲天。」

〔四〕丁丁：伐木聲。象聲詞。參本卷（詩一〇四）注〔四〕。

〔五〕杳杳：渺茫貌。《楚辭·九章·哀郢》：「堯舜之抗行兮，瞭杳杳而薄天。」洪興祖補注：「杳杳，遠貌。」

〔六〕巢傾：鳥巢傾覆。《後漢書》（卷七〇）《孔融傳》：「安有巢毁而卵不破乎！」《北齊書》（卷二一）《高乾傳》：「亦恐巢傾卵破，夫欲何言？」」此句謂鳥戀舊巢，不願離去。

〔七〕樹盡句：謂樹被砍伐了，猴子纔離去。意謂猴子不忍離開舊林。與宋代産生的「樹倒猢猻散」的話（龐元英《談藪》，涵芬樓本《説郛》卷三一）不同。

〔八〕授鉞：授予斧鉞。鉞，古代的一種兵器，形狀似大斧。將軍出征，君主授鉞以示授予兵權。《文選》（卷三）張衡《東京賦》：「授鉞四七，共工是除。」薛綜注：「授，與也。鉞，斧鉞也。……《六韜》曰：『凡國有難，君召將以授斧鉞。』」

〔九〕方：當。易其慮：謂改變盡力伐木的想法。

樵　擔①〔一〕

輕無斗儲價②〔二〕，重則筋力絶③〔三〕。欲下半巖時〔四〕，憂襟兩如結〔五〕。風高勢還却④〔六〕，雪厚疑中折⑤〔七〕。負荷誠獨難〔八〕，移之贈來哲〔九〕。（詩一一二七）

【校記】

①「擔」原作「檐」，據弘治本、汲古閣本、詩瘦閣本、四庫本、類苑本、季寫本、全唐詩本改。②「價」陸詩丙本作「重」。③「重」陸詩丙本作「價」。④「勢」弘治本、汲古閣本、四庫本、類苑本、季寫本、全唐詩本作「孰」。⑤「折」陸詩丙本作「拆」。

【注釋】

〔一〕樵擔：樵夫所挑的柴擔子。

〔二〕斗儲價：一斗穀物的價錢。斗儲：只有一斗的儲糧。喻極少。漢樂府《東門行》(《樂府詩集》卷三七)：「盎中無斗儲，還視桁上無懸衣。」此句謂一擔柴值不了多少錢。

〔三〕筋力絶：用盡了力氣。筋力，體力。《禮記·曲禮上》：「貧者不以貨財爲禮，老者不以筋力爲禮。」此句謂一擔柴在重量上很重。

〔四〕半巖：半山腰。

〔五〕憂襟：憂思，愁懷。憂襟如結，喻憂思鬱悶難解。兩如結，謂兩種憂思糾結在一起，應指下二句的「風高」、「雪厚」。憂結：曹操《上書讓增封》：「無非常之功，而受非常之福，是用憂結。」

〔六〕風高句：謂風大難以前行。却：後退。

〔七〕疑：慮，憂慮。中折：中斷。此謂樵夫無法繼續挑擔子，中途停止。《文選》(卷一四)顔延之《赭白馬賦》：「睨影高鳴，將超中折。」

〔八〕負荷：背負肩挑。《左傳·昭公七年》：「子産曰：『古人有言曰：「其父析薪，其子弗克負荷。」施將懼不能任其先人之禄。』」杜預注：「荷，擔也，以微薄喻貴重。」誠獨難：確實非常艱難。

〔九〕移之：謂將挑柴擔子很艱難的道理移用到其他方面。來哲：將來的聖哲之人。《文選》(卷一四）班固《幽通賦》：「若胤彭而偕老兮，訴來哲而通情。」

樵　風〔一〕

朝隨早潮去，暮帶殘陽返①〔二〕。向背得清飆〔三〕，相追無近遠。采山一何遂②〔四〕，服道常苦蹇〔五〕。仙術信能爲〔六〕，年華未將晚〔七〕。（詩一二八）

【校記】

①「暮」詩瘦閣本作「莫」，「莫」是「暮」的本字。②「遂」弘治本、詩瘦閣本、四庫本、盧校本、陸詩甲本、陸詩丙本、統籤本、類苑本、季寫本、全唐詩本作「遲」。李校本眉批：「汲古原刻『遲』，照宋本改『遂』。」

【注釋】

〔一〕樵風：樵夫所遇的風。這裏指順風，好風。《後漢書》（卷三三）《鄭弘傳》：「鄭弘字巨君，會稽山陰人也。」李賢注引孔靈符《會稽記》曰：「射的山南有白鶴山，此鶴爲仙人取箭。漢太尉鄭弘嘗采薪，得一遺箭，頃有人覓，弘還之。問何所欲，弘識其神人也，曰：『常患若邪溪載薪爲難，願旦南風，暮北風。』後果然。故若邪溪風至今猶然，呼爲『鄭公風』也。」

〔二〕殘陽：夕陽。

〔三〕向背：面對和背對。此句謂樵夫朝暮來回往返，均得順風的便利。清飆：清風。《文選》（卷一八）成公綏《嘯賦》：「南箕動於穹蒼，清飆振乎喬木。」

〔四〕采山：指上山采樵，即砍柴。一何遂：多麽順利。

〔五〕服道：奉行神仙道術，潛心修道。苦蹇(jiǎn)：頗爲艱難。苦，張相《詩詞曲語辭匯釋》（卷二）：「苦，甚辭，又猶偏也；極也；多或久也。」蹇：艱難。《廣雅》（卷三下）《釋詁》：「蹇，難也。」

〔六〕仙術：成仙的道術。信：確實，誠。爲：做。

〔七〕年華：歲月，年紀。庾信《竹杖賦》：「潘岳秋興，嵇生倦游，桓譚不樂，吴質長愁，并皆年華未暮，容貌先秋。」未將晚：未爲遲。

樵火〔一〕

積雪抱松塢〔二〕，蠹根燃草堂①〔三〕。深爐與遠燒〔四〕，此夜仍交光〔五〕。或似坐奇獸〔六〕，或如焚異香〔七〕。堪嗟宦遊子〔八〕，凍死道路旁②〔九〕。（詩一一二九）

【校記】

①「蠹根」陸詩丙本黄校作「松蠹」。「燃」弘治本、汲古閣本、詩瘦閣本、四庫本、類苑本、季寫本、全唐詩本作「然」。②「旁」汲古閣本、四庫本、陸詩丙本作「傍」。

【注釋】

〔一〕樵火：打柴人所生的火。

〔二〕松塢：松樹林的山坳。

〔三〕蠹根：被蠹蟲蛀壞殘敗的樹根。草堂：《文選》（卷四三）孔稚珪《北山移文》：「鍾山之英，草堂之靈，馳煙驛路，勒移山庭。」李善注：「梁簡文帝《草堂傳》曰：『汝南周顒，昔經在蜀，以蜀草堂寺林壑可懷，乃於鍾嶺雷次宗學館立寺，因名草堂，亦號山茨。』」

〔四〕深爐：大爐。指火爐裏的柴火。遠燒：遠處的野火。

〔五〕仍：頻。劉淇《助字辨略》（卷二）：「又《漢書·武帝紀》：『今大將軍仍復克獲。』師古云：『仍，頻也。』愚案：頻，數也，比也。」交光：光焰互相映照。

〔六〕坐奇獸：蹲坐姿態的奇異怪獸。此喻樵火的形狀。獸形火之説當活用羊琇事。《晉書》（卷九三）《羊琇傳》：「琇性豪侈，費用無復齊限，而屑炭和作獸形以温酒，洛下豪貴咸競效之。」

〔七〕異香：氣味濃烈的香料。《後漢書》（卷三一）《賈琮傳》：「舊交趾土多珍産，明璣、翠羽、犀、象、玳瑁、異香、美木之屬，莫不自出。」

〔八〕堪嗟：可嗟。宦遊子：在外做官的人。《漢書》（卷五七上）《司馬相如傳上》：「長卿久宦游，不遂而困，來過我。」王維《别弟縉後登青龍寺望藍田山》：「心悲宦游子，何處飛征蓋。」

〔九〕凍死道路旁：杜甫《自京赴奉先縣咏懷五百字》：「朱門酒肉臭，路有凍死骨。」

樵歌〔一〕

縱調爲野吟〔二〕，徐徐下雲磴〔三〕。因知負樵樂〔四〕，不減援琴興〔五〕。出林方自轉〔六〕，隔水猶相應①〔七〕。但取天壤情〔八〕，何求郢人稱〔九〕。（詩一三〇）

【校記】

①「水」詩瘦閣本、類苑本作「木」。

【注釋】

〔一〕樵歌：樵夫唱的山歌。

〔二〕縱調：任意爲調，隨口唱出的曲調。野吟：民間歌吟。

〔三〕徐徐：緩慢。《周易·困卦》：「來徐徐，困于金車。」雲磴（dèng）：山中石階小路。《玉篇·石部》：「磴，巖磴。」

〔四〕負樵：即負薪，背負柴木。參本卷（序八）注〔八〕。

〔五〕援琴：彈琴。《韓非子·十過》：「平公曰：『善！』乃召師涓，令坐師曠之旁，援琴鼓之。」

〔六〕方自轉：謂正傳出清脆悦耳的樵歌。南朝樂府民歌《大子夜歌》：「慷慨吐清音，明轉出天然。」

〔七〕隔水：王維《終南山》：「欲投人處宿，隔水問樵夫。」相應：謂樵夫之間的歌聲互相應和。

〔八〕天壤：天地之間。天壤情：天地間的情懷，人間真情。《管子·幼官》：「修春秋冬夏之常祭，食天壤山川之故祀，必以時。」

〔九〕郢人稱：郢人的稱道贊許。《文選》（卷四五）宋玉《對楚王問》：「客有歌於郢中者，其始曰《下里》《巴人》，國中屬而和者數千人。其爲《陽阿》《薤露》，國中屬而和者數百人。其爲《陽春》《白雪》，國中屬而和者不過數十人。引商刻羽，雜以流徵，國中屬而和者不過數人而已。是其曲彌高，其和彌寡。」

奉和樵人十咏

日休

樵　谿〔一〕

何時有此谿，應便生幽木〔二〕。橡實養山禽〔三〕，藤花蒙澗鹿〔四〕。不止産蒸薪〔五〕，願當歌《棫樸》〔六〕。君知天意無〔七〕，以此安吾族〔八〕。（詩一三一一）

【注釋】

〔一〕樵谿：參本卷（詩一二一一）注〔一〕。

〔二〕幽木：幽林，幽深茂密的樹木。

〔三〕橡實：橡栗，橡子。櫟樹的果實。山中野獸的食物，人也可食用。《莊子·盜跖》：「晝拾橡栗，暮栖木上，故命之曰有巢氏之民。」《晉書》（卷五一）《摯虞傳》：「遂流離鄠、杜之間，轉入南山中，糧絶飢甚，拾橡實而食之。」

〔四〕藤花：藤蔓植物所開的花，即山谷間野花。蒙：遮蔽。澗鹿：山谷間的鹿。

〔五〕蒸薪：柴木。亦作「薪蒸」。《周禮·天官·甸師》：「帥其徒以薪蒸，役外内饔之事。」鄭玄注：「木大曰薪，小曰蒸。」《詩經·小雅·無羊》：「爾牧來思，以薪以蒸。」鄭玄箋：「此言牧人有餘力則取薪蒸，……粗曰薪，細曰蒸。」

〔六〕《棫樸》（yù pú）：棫樸，叢生的樹木。棫，白桵，叢生，有刺。樸，枹木，叢生之木。《詩經·大雅·棫樸》：「芃芃棫樸，薪之槱之。」《毛傳》：「興也。芃芃，木盛貌。棫，白桵也。樸，枹木也。槱，積也。山木茂盛，萬民得而薪之。賢人衆多，國家得用蕃興。」歌《棫樸》：謂歌詠此詩，以喻賢人多，國家興。

〔七〕無：同「否」。白居易《問劉十九》：「晚來天欲雪，能飲一杯無？」朱慶餘《近試上張籍水部》：「妝罷低聲問夫婿，畫眉深淺入時無？」

〔八〕吾族：我輩，我等。此指隱士一類人。

樵　家〔一〕

空山最深處，太古兩三家〔二〕。雲蘿共夙世〔三〕，猿鳥同生涯①〔四〕。衣服濯春泉，盤飧烹野花②〔五〕。居茲老復老〔六〕，不解嘆年華〔七〕。　（詩一三二二）。

【校記】

①「鳥」統籤本作「烏」。　②「飧」皮詩本、統籤本、類苑本、季寫本、全唐詩本作「餐」。

【注釋】

〔一〕樵家：參本卷（詩一二三二）注〔一〕。

〔二〕太古：遠古，上古。此指保持古樸的風尚而言。《荀子·正論》：「太古薄葬，棺厚三寸，……故不掘也。亂今厚葬，飾棺，故扣也。」

〔三〕雲蘿：藤蘿，紫藤。實指山中樹林茂密。鮑照《遊思賦》：「結中洲之雲蘿，托綿思於遥夕。」夙世：宿世，前世。

〔四〕猿鳥：猿猴禽鳥，泛指山中動物。《文選》（卷四三）孔稚珪《北山移文》：「蕙帳空兮夜鵠怨，山人去兮曉猿驚。」生涯：生活。《莊子·養生主》：「吾生也有涯，而知也無涯。」

〔五〕盤飧（sūn）：盤中食物。熟食曰飧。此泛指食物。《左傳·僖公二十三年》：「乃饋盤飧，寘璧焉。公子受飧反璧。」杜甫《客至》：「盤飧市遠無兼味，樽酒家貧只舊醅。」

〔六〕老復老：指一代又一代。

〔七〕不解：不懂得，不會。年華：歲月，時光。參本卷（詩一一二八）注〔七〕。

【箋評】

「衣服濯春泉」二句：仙人無此樂。（項真評、項真刻《項氏瓶笙榭新刻皮襲美詩》卷一）

樵　叟〔一〕

不曾照清鏡①〔二〕，豈解傷華髮〔三〕。至老未息肩〔四〕，至今無病骨〔五〕。家風是林嶺〔六〕，世禄爲薇蕨〔七〕。所以兩大夫②〔八〕，天年爲自伐③〔九〕。（詩一一三三）

【校記】

①「清」汲古閣本、四庫本、皮詩本、統籤本、全唐詩本作「青」。「鏡」原缺末筆，避宋太祖祖父趙敬諱。②「大」項刻本作「丈」。③「爲自」季寫本、全唐詩本作「自爲」。全唐詩本注：「一作爲自。」

【注釋】

〔一〕樵叟：參本卷（詩一一二三）注〔一〕。

〔二〕清鏡：明鏡。謝朓《冬緒羈懷示蕭諮議虞田曹劉江二常侍》：「寒燈耿宵夢，清鏡悲曉髮。」

〔三〕華髮：頭髮花白。《墨子·修身》：「華髮隳顛而猶弗舍者，其唯聖人乎？」《後漢書》（卷八〇下）《邊讓傳》：「伏惟幕府初開，博選清英，華髮舊德，并爲元龜。」李賢注：「華髮，白首也。」

〔四〕息肩：休息。《左傳·襄公二年》：「鄭成公疾，子駟請息肩於晉。」杜預注：「欲辟楚役，以負擔喻。」

〔五〕病骨：多病的身體。李賀《示弟》：「病骨猶能在，人間底事無？」

〔六〕家風：家族世代相傳的風尚。此句謂生活在山嶺林間就是樵叟的家風。意即家風是傳統的隱逸風尚。

〔七〕世禄：世代享有爵位奉禄。《尚書·畢命》：「世禄之家，鮮克由禮。」《孔傳》：「世有禄位。」薇蕨：薇和蕨，兩種野菜名。可食用。古代隱士常取以爲食。《詩經·召南·草蟲》：「陟彼南山，言采其蕨。……陟彼南山，言采其薇。」《史記》（卷六一）《伯夷叔齊列傳》：「武王已平殷亂，天下宗周，而伯夷、叔齊耻之，義不食周粟，隱於首陽山，采薇而食之。」《索隱》：「薇，蕨也。」《正義》：「陸璣《毛詩草木疏》云：『薇，山菜也。莖葉皆似小豆，蔓生，其味亦如小豆藿，可作羹，亦可生食也。』」

〔八〕兩大夫：指伯夷、叔齊二人。《史記》（卷六一）《伯夷叔齊列傳》：「伯夷、叔齊，孤竹君之二子也。……隱於首陽山，采薇而食之。及餓且死，作歌。其辭曰：『……于嗟徂兮，命之衰矣！』遂餓死於首陽山。」

〔九〕天年：自然的壽數。《莊子·山木》：「此木以不材得終其天年。」自伐：自我損害。《孟子·

離婁上》：「國必自伐，而後人伐之。」此句謂伯夷、叔齊餓死首陽山，是自戕的結果。對此樵叟持否定的態度。

樵　子〔一〕

相約晚樵去〔二〕，跳踉上山路〔三〕。將花餌鹿麛〔四〕，以果投猿父〔五〕。束薪白雲濕〔六〕，負擔春日暮①〔七〕。何不壽童烏〔八〕，果爲《玄》所誤②〔九〕。（詩一三四）

【校記】

①「擔」原作「檐」，據弘治本、汲古閣本、詩瘦閣本、四庫本、皮詩本、項刻本、統籤本、類苑本、季寫本、全唐詩本改。「暮」詩瘦閣本作「莫」，「莫」是「暮」的本字。②「玄」原缺末筆，避宋太祖始祖趙玄朗諱。

【注釋】

〔一〕樵子：參本卷（詩一二四）注〔一〕。

〔二〕晚樵：采樵一般都在秋冬時節，此詩寫春天采樵，故云晚樵。

〔三〕跳踉（liáng）：跳躍。一作「跳梁」。《莊子·逍遥遊》：「子獨不見狸狌乎？卑身而伏，以候敖者，東西跳梁，不辟高下。」成玄英疏：「跳梁，猶走躑也。」《淮南子·精神訓》：「是養形之人也，不以滑心。」高誘注：「若此養形之人，導引其神，屈伸跳踉，是非真人之道也。」

〔四〕鹿麛（mí）：泛指鹿。麛，幼鹿。

〔五〕猿父：老公猴。《文選》（卷五）左思《吴都賦》：「其上則猿父哀吟，貚子長嘯。」劉逵注：「《吴越春秋》曰：『越有處女，出於南林之中。越王使使聘問以劍戟之事。處女將北見於越王。道逢老翁，自稱素袁公。問處女：「吾聞子善爲劍術，願一觀之。」女曰：「妾不敢有所隱，唯公試之。」於是袁公即跳於林竹，槁折，墮地，處女即接末。袁公操本以刺處女，女應節入。三入，因舉枝擊之。袁公即飛上樹，化爲白猿，遂引去。』」參《吴越春秋》（卷九）《勾踐陰謀外傳》，文字有異同。

〔六〕束薪：捆起柴木。參本卷（序八）注〔一〇〕。

〔七〕負擔：背負起柴擔子。

〔八〕壽童烏：使童烏長壽。童烏，漢代揚雄之子，幼而聰慧。九歲時，助揚雄作《太玄》。不久即卒。揚雄《法言·問神》：「育而不苗者，吾家之童烏乎！九齡而與我《玄》文。」晋李軌注：「童烏，子雲之子也。仲尼悼顔淵苗而不秀，子雲傷童烏育而不苗。顔淵弱冠而與仲尼言《易》，童烏九齡而與揚子論《玄》。」

〔九〕《玄》：《太玄》，漢揚雄撰，形式上模仿《周易》。此句謂童烏九歲而夭，是因爲他助父撰著《太玄》所致。

樵　逕〔一〕

蒙籠中一逕①〔二〕，繞在千峰裏。歇處遇松根，危中值石齒〔三〕。花穿枲衣落②〔四〕，雲拂芒鞋起〔五〕。自古行此途，不聞顛與墜〔六〕。（詩一三三五）

【校記】

①「籠」皮詩本、季寫本、全唐詩本作「蘢」。②「枲」原作「枲」，據弘治本、汲古閣本、詩瘦閣本、四庫本、項刻本、統籤本、類苑本、季寫本、全唐詩本改。

【注釋】

〔一〕樵逕：參本卷（詩一二二五）注〔一〕。

〔二〕蒙籠：草木茂盛貌。一作「蒙蘢」。《漢書》（卷四九）《晁錯傳》：「屮木蒙蘢，支葉茂接。」顔師古注：「蒙蘢，覆蔽之貌也。」《文選》（卷七）揚雄《甘泉賦》：「乘雲閣而上下兮，紛蒙籠以棍成。」

〔三〕危中：山中險峻之處。值：遇到。石齒：非常鋒利的齒狀石頭。

〔四〕枲（xǐ）衣：麻布粗衣。枲，大麻的雄株，纖維可織布。泛指麻。

〔五〕芒鞋：草鞋。芒，芒草。《晋書》（卷七五）《劉惔傳》：「家貧，織芒屩以爲養，雖蓽門陋巷，晏如也。」孟浩然《白雲先生王迥見訪》：「手持白羽扇，脚步青芒履。」

〔六〕顛與墜：跌倒和墜落。《孔子家語·困誓》：「孔子曰：『不觀高崖，何以知顛墜之患；不臨深泉，何以知没溺之患；不觀巨海，何以知風波之患。』」此句謂没有聽説過在山中的樵逕上像在世間的仕途上那樣極易跌落。

【箋評】

「花穿皁衣落」：異。（項真評、項真刻《項氏瓶笙榭新刻皮襲美詩》卷一）

樵　斧〔一〕

腰間插大柯〔二〕，直入深溪裏。空林伐一聲，幽鳥相呼起〔三〕。倒樹去李父〔四〕，傾巢啼木魅〔五〕。不知仗鉞者①〔六〕，除害誰如此。（詩一三六）

【校記】

①「鉞」類苑本作「鉞」。

【注釋】

〔一〕樵斧：參本卷（詩一二六）注〔一〕。

〔二〕大柯（kē）：指大斧。柯，斧柄。《説文·木部》：「柯，斧柄也。」《詩經·豳風·伐柯》：「伐柯如何？匪斧不克。」《毛傳》：「柯，斧柄也。」

〔三〕幽鳥：指深山中的鳥。相呼：群鳥互相鳴叫呼應。《詩經·小雅·伐木》：「伐木丁丁，鳥鳴嚶嚶。出自幽谷，遷于喬木。嚶其鳴矣，求其友聲。」

〔四〕倒樹：砍倒了樹。李父：老虎的別名。《方言》（卷八）：「虎，陳、魏、宋、楚之間，或謂之李父；江、淮、南楚之間，謂之李耳。」

〔五〕傾巢：傾覆了巢穴。《文選》（卷五九）沈約《齊故安陸昭王碑文》：「由是傾巢舉落，望德如歸。」木魅：木之精怪。魅，《説文·鬼部》：「鬽，老精物也。魅。」《文選》（卷一一）鮑照《蕪城賦》：「木魅山鬼，野鼠城狐，風嗥雨嘯，昏見晨趨。」

〔六〕仗鉞：手持黄鉞。仗鉞者：持鉞握有生殺權的人。指當權者。《尚書·牧誓》：「王左杖黄鉞，右秉白旄以麾。」孔安國傳：「鉞，以黄金飾斧。」《小爾雅·廣器》：「鉞，斧也。」

樵　擔①〔一〕

不敢量樵重〔二〕，唯知益薪束〔三〕。軋軋下山時〔四〕，彎彎向身曲。清泉洗得絜②〔五〕，翠靄侵來緑〔六〕。看取荷戈人〔七〕，誰能似吾屬〔八〕。（詩一三七）

【校記】

①「擔」原作「檐」，據弘治本、汲古閣本、詩瘦閣本、四庫本、皮詩本、項刻本、統籤本、類苑本、季寫本、全唐詩本改。②「絜」弘治本、汲古閣本、詩瘦閣本、四庫本、皮詩本、項刻本、統籤本、類苑本、季寫本、全唐詩本作「潔」。

【注釋】

〔一〕樵擔：參本卷（詩一二七）注〔一〕。

〔二〕量：估量。樵重：指一擔柴木的重量。

〔三〕益：增加。薪束：成捆的柴木。參本卷（序八）注〔一〇〕。

〔四〕軋軋（yà yà）：象聲詞。此指樵夫挑柴擔子發出的吱吱聲。《文選》（卷一七）陸機《文賦》：「理翳翳而愈伏，思軋軋其若抽。」呂延濟注：「軋軋，難進也。」許渾《旅懷》：「征車何軋軋，南北極天涯。」

〔五〕洗得絜：清洗乾净。得，語助詞。張相《詩詞曲語辭匯釋》（卷一）：「得，語助辭，用於動辭之後。」絜：清潔。「絜」同「潔」。《玉篇・糸部》：「絜，清也。」段玉裁《説文解字注》：「絜，故又引申爲潔净。俗作潔，經典作絜。」

〔六〕翠靄：山中淡緑色的霧氣。侵來：到，至，此指浸潤，浸漬。來，語助詞。

〔七〕看取：看。取，語助詞。張相《詩詞曲語辭匯釋》（卷三）：「取，語助辭，猶着也；得也。」荷戈人：指士兵。戈，古代的一種兵器。

〔八〕吾屬：我輩。參本卷（序七）注〔二四〕。

樵　風〔一〕

野船渡樵客①〔二〕，來往平波中②〔三〕。縱横清飆吹〔四〕，日暮歸期同③〔五〕。蘋光惹衣白④〔六〕，

蓮影涵薪紅〔七〕。吾當請封爾〔八〕，直作鏡湖公〔九〕。　（詩一三八）

【校記】

①「船」詩瘦閣本作「舡」。②「波」類苑本作「坡」。③「暮」詩瘦閣本作「莫」，「莫」是「暮」的本字。④「光」統籤本作「花」。

【注釋】

〔一〕樵風：參本卷（詩一二八）注〔一〕。

〔二〕野船：野外的渡船。樵客：采樵人。南朝梁王僧孺《答江琰書》：「其或蹲林卧石，籍卉班荆，不過田畯野老，漁父樵客。」

〔三〕平波：微小平緩的波紋。

〔四〕清飆：清風。參本卷（詩一二八）注〔三〕。

〔五〕歸期：指從山中打柴歸來的時間。

〔六〕蘋光：即指蘋，萍的一種。參本卷（詩九五）注〔四〕。惹：招引，使得。此句應暗用「蘋」與「風」的典故。《文選》（卷一三）宋玉《風賦》：「夫風生於地，起於青蘋之末。」李善注：「《莊子》曰：『大塊噫氣，其名爲風。』《爾雅》曰：『萍，其大者曰蘋。』郭璞曰：『水萍也。』」衣白：謂蘋光投射到樵夫的衣服上，使衣服平添了白色。蘋在夏天開白花，又稱「白蘋」。南朝梁柳惲《江南曲》：「汀洲采白蘋，日落江南春。」

〔七〕蓮影：謂風中摇曳的荷影與紅色的柴薪融合在一起。

〔八〕當：合也，應也。封爾：給你封爵。爾，指樵風，亦即鄭公風。參本卷（詩一二八）注〔一〕。

〔九〕直作：直接作，即作。劉淇《助字辨略》（卷五）：「直，又徑直也。《離騷》：『何昔日之芳草兮，又直爲此蕭艾也。』」鏡湖公：封爲鏡湖公的爵位。公是古代公、侯、伯、子、男五等爵位的最高等級。鏡湖，在今浙江省紹興市。《元和郡縣圖志》（卷二六）《江南道二》：「越州會稽縣：鏡湖，後漢永和五年太守馬臻創立，在會稽、山陰兩縣界築塘蓄水，水高丈餘，田又高海丈餘，若水少則泄湖灌田，如水多則閉湖泄田中水入海，所以無凶年。堤塘周迴三百一十里，溉田九千頃。」

樵火〔一〕

山客地爐裏①〔二〕，燃薪如陽輝②〔三〕。松膏作潃（原注：思有反③。）瀡④〔四〕，杉子爲珠璣〔五〕。

響誤擊刺鬧⑤〔六〕，焰疑孛彗飛⑥〔七〕。傍邊暖白酒，不覺瀑冰垂〔八〕。（詩一三九）

【校記】

①「爐」詩瘦閣本作「鑪」。②「燃」四庫本、項刻本、類苑本、全唐詩本作「然」。③「反」全唐詩本作「切」。類苑本、季寫本無此注語。④「潃」皮詩本、統籤本、季寫本、全唐詩本作「滫」，項刻本作「滌」。「瀡」原作「髓」，據弘治本、汲古閣本、四庫本、項刻本、類苑本、皮詩本、統籤本、季寫本、全

唐詩本改。⑤「剌」原作「刺」，據汲古閣本、四庫本、類苑本、全唐詩本改。⑥「孛彗」弘治本、詩瘦閣本、皮詩本、項刻本、類苑本、季寫本、全唐詩本作「彗孛」。

【注釋】

〔一〕樵火：參本卷（詩一二二九）注〔一〕。

〔二〕山客：山野之人，此指采樵人。《文選》（卷二一）郭璞《遊仙詩七首》（其七）：「長揖當塗人，去來山林客。」盧仝《觀放魚歌》：「天地好生物，刺史性與天地俱。見山客，狎魚鳥。坐山客，北亭湖。」地爐：掘地爲爐。《莊子·大宗師》：「今一以天地爲大爐，以造化爲大冶，惡乎往而不可哉！」

〔三〕陽輝：太陽的光芒。

〔四〕松膏：松脂。滫瀡（xiǔ suǐ）：本指以植物澱粉拌和食物使之柔滑的一種烹調方法。此即指用松脂雜入柴木以便於燃燒。《禮記·內則》：「堇、荁、枌、榆、免薨，滫瀡以滑之，脂膏以膏之。」鄭玄注：「謂用調和飲食也，……秦人溲曰滫，齊人滑曰瀡也。」孔穎達疏：「以滑之者，謂用堇、用荁及枌、榆及新生乾薨相和滫瀡之，令柔滑之。」

〔五〕杉子：杉樹的果子。珠璣：珠玉。小珠爲璣。

〔六〕擊剌：用戈矛劈刺。此句謂柴木燃燒時的噼啪響聲，猶如戈矛劈刺的聲音。《尚書·牧誓》：「不愆于四伐、五伐、六伐、七伐，乃止齊焉。」《孔傳》：「伐謂擊刺。」孔穎達疏：「戈謂擊兵，矛謂刺兵，故云：『伐謂擊刺。』」《史記》（卷一二七）《日者列傳》：「褚先生曰：……齊張仲、曲成侯以善擊刺學用劍，立名天下。」

〔七〕孛（bèi）彗：彗星。孛是彗星的别稱。此句謂柴木的火焰好像彗星飛騰的光焰。《春秋左傳・文公十四年》：「經十有四年，……秋七月，有星孛入于北斗。」杜預注：「孛，彗也。」《春秋公羊傳・文公十四年》：「孛者何？彗星也。」何休注：「狀如篲。」

〔八〕瀑冰：瀑布。懸挂的瀑布似冰，故云。

【箋評】

「傍邊暖白酒」：真趣。（項真評、項真刻《項氏瓶笙榭新刻皮襲美詩》卷一）

樵　歌〔一〕

此曲太古音〔二〕，由來無管奏①〔三〕。多云采樵樂②〔四〕，或説林泉候〔五〕。一唱凝閑雲③〔六〕，再謡悲顧獸〔七〕。若遇采詩人〔八〕，無辭收鄙陋〔九〕。（詩　一四〇）

【校記】

①「由」汲古閣本、四庫本作「繇」。②「采」類苑本作「彩」。③「凝」原作「疑」，據弘治本、詩瘦閣本、四庫本、皮詩本、項刻本、統籤本、類苑本、季寫本、全唐詩本改。

【注釋】

〔一〕樵歌：參本卷（詩一三〇）注〔一〕。

〔二〕太古音：遠古的音調，謂其古淡質樸。

〔三〕由來：從來，歷來。《周易·坤卦》：「臣弑其君，子弑其父，非一朝一夕之故，其所由來者漸矣。」管奏：管樂器伴奏。泛指樂器伴奏。無管奏：謂樵歌是無樂器伴奏的徒歌。

〔四〕采樵樂：砍柴勞動的樂趣。

〔五〕林泉候：謂不同季節裏山林泉石的景象。泛指自然山水景色。梁簡文帝蕭綱《晚春賦》：「嗟時序之迴斡，嘆物候之推移。」杜審言《和晋陵陸丞早春游望》：「獨有宦游人，偏驚物候新。」鄭谷《咸通十四年府試木向榮》：「山川應物候，皋壤起農情。」「林泉候」意同於「物候」。

〔六〕凝閑雲：使天上的雲凝聚静止不動。用「響遏行雲」的典故。《列子·湯問篇》：「薛譚學謳於秦青，未窮青之技，自謂盡之，遂辭歸。秦青弗止，餞於郊衢，撫節悲歌，聲振林木，響遏行雲。薛譚乃謝求反，終身不敢言歸。」

〔七〕再謡：再唱。謡，不用樂器伴奏的歌唱。《爾雅·釋樂》：「徒歌謂之謡。」《詩經·魏風·園有桃》：「心之憂矣，我歌且謡。」《毛傳》：「曲合樂曰歌，徒歌曰謡。」悲顧獸：謂樵歌非常感人，使山中野獸爲之回頭聆聽。《尚書·舜典》：「予擊石拊石，百獸率舞。」《孔傳》：「樂感百獸，使相率而舞，則神人和可知。」《列子·湯問篇》：「瓠巴鼓琴而鳥舞魚躍。」可以相參。

〔八〕采詩人：搜集民間詩歌的人。采詩，傳説古代天子命臣下采集各地民間歌謡，以觀民風，瞭解社會政治的得失。《禮記·王制》：「歲二月東巡守，……命大師陳詩，以觀民風。」《孔叢子·巡守》：「古者天子將巡守，……命史采民詩謡，以觀其風。」《漢書》（卷二四上）《食貨志上》：「孟春之月，群居者將散，行人振木鐸徇于路，以采詩，獻之大師，比其音律，以聞於天子。故曰王者不窺牖户而知天下。」

〔九〕無辭：不要謝絶。辭，辭謝，不受。鄙陋：粗俗淺陋。指樵歌。《文選》（卷四一）楊惲《報孫會宗書》：「言鄙陋之愚心，則若逆指而文過。」

酒中十詠（并序）①

日休

鹿門子性介而行獨〔一〕，於道無所全，於才無所全，於進無所全，於退無所全〔二〕，豈天民之蠢者耶②〔三〕？然進之與退，天行未覺於予也③〔四〕。則有窮、有厄、有病、有殆④〔五〕，果安而受耶⑤〔六〕？未若全於酒也。

夫聖人之誡酒禍也大矣〔七〕。在《書》爲「沈湎」〔八〕，在《詩》爲「童羖」〔九〕，在《禮》爲「豢豕」〔一〇〕，在史爲狂藥〔一一〕。余飲至酣，徒以爲融肌柔神〔一二〕，消沮迷喪〔一三〕。

頽然無思〔一四〕，以天地大順爲堤封〔一五〕；傲然不持〔一六〕，以洪荒至化爲爵賞〔一七〕。抑無懷氏之民乎〔一八〕？葛天氏之臣乎⑥〔一九〕？荀沈而亂〔二〇〕，狂而詬⑦〔二一〕，禍而族〔二二〕，真蚩蚩之爲也〔二三〕。若余者，於物無所斥⑧〔二四〕，於性有所適〔二五〕，真全於酒者也。

噫！天之不全余也多矣，獨以麴糵全之⑨〔二六〕，抑天猶幸於遺民焉〔二七〕。《太玄》曰⑩〔二八〕：「君子在玄則正，在福則冲〔二九〕，在禍則反〔三〇〕。小人在玄則邪〔三一〕，在福則驕〔三二〕，在禍則窮。」余之於酒得其樂〔三三〕，人之於酒得其禍，亦若是而已矣。於是徵其具〔三四〕，悉爲之咏，用繼東臯子《酒譜》之後〔三五〕。夫酒之始名〔三六〕，天有星〔三七〕，地有泉〔三八〕，人有鄉〔三九〕，今總而咏之者，亦古人初終必全之義也⑪〔四〇〕。天隨子深於酒道〔四一〕，寄而請之和〔四二〕。　（序九）

【校記】

①季寫本無「并序」。　②「耶」皮詩本、全唐詩本作「邪」。　③「予」弘治本、汲古閣本、詩瘦閣本、四庫本、皮詩本、統籤本、類苑本、季寫本、全唐詩本作「余」。　④「厄」原作「辰」，據弘治本、汲古閣本、詩瘦閣本、四庫本、統籤本、類苑本、全唐詩本改。　⑤「耶」全唐詩本作「邪」。　⑥「臣」類苑本、全唐詩本作「民」。　⑦「詬」原作「后（缺左半字）」，斠宋本眉批：「『后』，宋本『后』字諱，旁疑『詬』或疑『垢』。」汲古閣本、詩瘦閣本、四庫本作「詬」，據改。弘治本、類苑本作「□」，章校本眉批：

「『詬』，明本缺。」皮詩本、統籤本、季寫本、全唐詩本作「身」。 ⑧「於」季寫本作「于」 ⑨「蘗」皮詩本、季寫本、全唐詩本作「蘗」。 ⑩「玄」（包括下兩句此字）原缺末筆，避宋太祖始祖趙玄朗諱。 ⑪皮詩本、統籤本、季寫本無「也」字。

【注釋】

〔一〕鹿門子：皮日休自號。參卷一（詩四）注〔一五六〕。性介而行獨：性情耿介而又特立獨行，不合世俗。

〔二〕全：四句中「全」字，均保全、完整義。《説文·入部》：「全，完也。」

〔三〕天民：平民，老百姓。《禮記·王制》：「少而無父者謂之孤，老而無子者謂之獨，老而無妻者謂之矜，老而無夫者謂之寡。此四者，天民之窮而無告者也。」蠢（chǔn）：愚蠢。《淮南子·氾論訓》：「愚夫蠢婦，皆能論之。」高誘注：「蠢亦愚，無知之貌也。」

〔四〕天行：自然界的運行。指天道。《周易·乾卦》：「天行健，君子以自强不息。」未覺於予：尚未使我開化覺悟之意。

〔五〕厄：困頓潦倒。殆：危險艱難。

〔六〕果：能。《廣雅》（卷五下）《釋言》：「果，能也。」安而受：泰然心安而接受。

〔七〕酒禍：因醉酒而招致的災禍。《禮記·樂記》：「是故先王因爲酒禮，壹獻之禮，賓主百拜，終日飲酒而不得醉焉。此先王之所以備酒禍也。」

〔八〕《書》：《尚書》。沉湎：沉溺於酒。《尚書·泰誓上》：「弗敬上天，降灾下民，沈湎冒色，敢行暴虐。」《孔傳》：「沈湎，嗜酒。」孔穎達疏：「人被酒困，若沉於水。酒變其色，湎然齊同，故『沉湎』爲嗜酒之狀。」

〔九〕《詩》：《詩經》。童羖（gǔ）：無角的公羊。喻不存在的事物。《詩經·小雅·賓之初筵》：「由醉之言，俾出童羖。」《毛傳》：「羖，羊不童也。」鄭玄箋：「女從行醉者之言，使女出無角之羖羊，脅以無然之物，使戒深也。羖羊之性，牝牡有角。」謂喝醉了酒，就會説出「童羖」這樣的胡話。

〔一〇〕《禮》：《禮記》。豢豕：飼養猪。泛指飼養牲畜。《禮記·樂記》：「夫豢豕爲酒，非以爲禍也。而獄訟益繁，則酒之流生禍也。」鄭玄注：「以穀食犬豕曰豢。爲，作也。言豢豕作酒，本以饗祀養賢，而小人飲之，善酗以致獄訟。」此句謂酗酒就會招致禍患。

〔一一〕狂藥：喻指酒。醉酒使人發狂，故云。《晋書》（卷三五）《裴秀傳》附《裴楷傳》：「長水校尉孫季舒嘗與（石）崇酣燕，慢傲過度，崇欲表免之。楷聞之，謂崇曰：『足下飲人狂藥，責人正禮，不亦乖乎！』崇乃止。」

〔一二〕徒以爲：只是以爲。融肌柔神：使肌體和樂精神柔順。

〔一三〕消沮迷喪：消解遏止鬱悶迷亂的情緒。

〔一四〕頹然無思：疏放閑適，没有憂慮的情緒。《世説新語·容止》：「庾子嵩長不滿七尺，腰帶十圍，頹然自放。」

〔一五〕天地大順：最大限度地順應人世間倫常大道。謂雖飲酒但不違至理世情。《禮記·禮運》：「天子以德爲車，以樂爲御；諸侯以禮相與；大夫以法相序；士以信相考；百姓以睦相守，天下之肥也，是謂大順。大順者，所以養生送死，事鬼神之常也。」堤（dī）封：疆域，界域。引申作大凡，大要。亦作「提封」。《漢書》（卷八一）《匡衡傳》：「初，衡封僮之樂安鄉，鄉本田堤封三千一百頃，南以閩佰爲界。」顔師古注：「提封，舉其封界内之總數。」《後漢書》（卷四〇上）《班固傳上》：「下有鄭、白之沃，衣食之源，堤封五萬。」王念孫《讀書雜志·漢書十六》：「《廣雅》曰：『堤封，都凡也。』都凡者，猶今人之太凡、諸凡也。……李善本《文選·西都賦》：『提封五萬。』五臣本及《後漢書·班固傳》并作『隄封』。提封爲都凡之轉，其字又通作堤、隄。」

〔一六〕傲然不持：狂傲不馴而不能堅持操守。《晏子春秋·内篇諫下十五》：「（齊景公）一衣而五采具焉，帶球玉而冠且，被髮亂首，南面而立，傲然。」

〔一七〕洪荒至化：遠古時代最爲美好的教化。洪荒：廣大荒遠。指混沌蒙昧狀態，喻指遠古時代。漢揚雄《法言·問道篇》：「或曰：『太上無法而治，法非所以爲治也。』曰：『鴻荒之世，聖人惡之，是以法始乎伏犧而成乎堯。匪伏匪堯，禮義哨哨，聖人不取也。』」爵賞：爵禄賞賜。《禮記·祭統》：「見親疏之殺焉，見爵賞之施焉。」

〔一八〕抑：表選擇的連詞。無懷氏：傳説中的上古帝王名。《管子·封禪》：「昔無懷氏封泰山。」尹知章注：「古之王者，在伏羲前。」

〔一九〕葛天氏：也是傳説中上古帝王名。《吕氏春秋·古樂》：「昔葛天氏之樂，三人操牛尾，投足以歌八闋。」陶淵明《五柳先生傳》：「酣觴賦詩，以樂其志，無懷氏之民歟？葛天氏之民歟？」

〔二〇〕沈而亂：謂沉溺于酒而迷亂性情。《尚書·胤征》：「沈亂于酒，畔官離次。」孔安國傳：「沈謂醉。」《史記》（卷一二六）《滑稽列傳》：「故曰酒極則亂，樂極則悲。」

〔二一〕狂而詬：謂醉酒發狂而遭受耻辱。《漢書》（卷七七）《蓋寬饒傳》：「寬饒曰：『無多酌我，我乃酒狂。』」

〔二二〕禍而族：謂醉酒給自己帶來殺身的禍患。

〔二三〕蚩蚩：本爲敦厚義，又作無知貌解。此爲愚昧無知義。《詩經·衛風·氓》：「氓之蚩蚩，抱布貿絲。」《毛傳》：「蚩蚩者，敦厚之貌。」朱熹《詩集傳》：「蚩蚩，無知之貌。」

〔二四〕於物無所斥：謂對外物不排斥。《廣雅》（卷三上）《釋詁》：「斥，推也。」

〔二五〕於性有所適：謂在性情上比較順適中和。

〔二六〕麯蘖（qū niè）：酒麯。指酒。《尚書·説命下》：「若作酒醴，爾惟麯蘖。」孔安國傳：「酒醴須麯蘖以成。」白居易《有木詩八首·有木香苒苒》：「愛其有芳味，因以調麯蘖。」

〔二七〕抑：還是，表轉折的連詞。幸：同情，哀憐。遺民：普通人，隱士。

〔二八〕《太玄》：漢代揚雄著，文字上模仿《周易》，古奥艱深。此處所引的一段見《太玄·玄文》。

〔二九〕冲：平淡謙和。

〔三〇〕反：謂返歸正塗。「反」同「返」。

〔三一〕邪：邪僻乖戾。

〔三二〕驕：驕縱奢侈。

〔三三〕酒樂：飲酒的樂趣。

〔三四〕徵其具：驗證有關飲酒的酒具。徵，《廣韻·蒸韻》：「徵，證也。」《尚書·胤征》：「聖有謨訓，明徵定保。」《孔傳》：「徵，證。」

〔三五〕東皋子：王績（五九〇—六四四），字無功，號東皋子，絳州龍門（今山西省河津市）人，郡望太原祁縣（今山西省縣名）人。隋末唐初，曾出仕。唐高祖時待詔門下，特判日給酒一斗，時稱「斗酒學士」。嗜酒誕放，曾自作《五斗先生傳》。生平事迹參《舊唐書》（卷一九二）、《新唐書》（卷一九六）本傳，及自作《墓志文》。《酒譜》：王績著有《酒譜》一卷，已散佚。吕才《王無功文集序》：「君後追述焦革酒法，爲《酒經》一卷，術甚精悉。兼采杜康、儀狄以來善爲酒人，爲《酒譜》一卷。太史令李淳風見而悦之，曰：『王生可爲酒家之南、董。』」

〔三六〕始名：最初的命名。

〔三七〕天有星：天上有酒星。酒星，又作酒旗星。漢孔融《與曹操論酒禁書》（《後漢書》卷七〇《孔融傳》李賢注引）曰：「故天垂酒星之燿，地列酒泉之郡，人著旨酒之德。」

〔三八〕地有泉：地上有酒泉。《左傳·莊公二十一年》：「王與之酒泉。」杜預注：「酒泉，周邑。」《漢書》（卷二八下）《地理志下》：「酒泉郡，武帝太初元年開。」顔師古注：「應劭曰：『其水若酒，故曰酒泉也。』師古曰：『舊俗傳云城下有金泉，泉味如酒。』」《元和郡縣圖志》（卷四〇）《隴右道下》：「肅州，酒泉：……（漢）武帝元狩二年，昆邪王殺休屠王，并將其衆來降，以其地爲武威、酒泉郡，……以城下有泉，其味若酒，故名酒泉。……酒泉縣，本漢福禄縣也，屬酒泉郡，自漢至隋不改。義寧元年，分置酒泉縣。」

〔三九〕人有鄉：人世間有酒鄉，即醉鄉。王績《醉鄉記》：「阮嗣宗、陶淵明等十數人，并遊於醉鄉，没身不返，死葬其壤，中國以爲酒仙云。」

〔四〇〕初終必全之義：從開始到終了都必須完全的道理。

〔四一〕天隨子：陸龜蒙自號。參卷三（序五）注〔五六〕。酒道：有關酒的道理。

〔四二〕請之和：請他唱和。之：指陸龜蒙。

【箋評】

余暇日曾作《酒具詩》三十首，有引曰：「咸通中，皮襲美著《酒中十咏》，其自序云：『夫聖人之誡酒禍也深矣，在《書》爲「沉湎」，在《詩》爲「童羖」，在《禮》爲「豢豕」，在史爲「狂藥」。余飲至酣，徒以爲融肌柔神，消沮迷喪。頽然無思，以天地大順爲提封；傲然不持，以洪荒至化爲爵賞。抑無懷氏之民乎？葛天氏之民乎？』『噫！天之不全余也多矣，獨以麴蘖全之。』『於是徵其具，悉爲之詠，以繼東皋子《酒譜》之後。』而有《酒星》《酒泉》《酒篘》《酒床》《酒壚》《酒樓》《酒旗》《酒樽》《酒城》《酒鄉》之詠，以示吴中陸魯望。魯望和之，且曰：『昔人之于酒，有注爲池而飲之者，有象爲龍而吐之者，親盗甕間而卧者，將實舟中而浮者；徐景山有酒鎗，嵇叔夜有酒杯，皆傳于世，故復添六詠。』余覽之，慨然嘆曰：余亦嗜酒而好詩者也。昔退之有言送王含曰：『少時讀《醉鄉記》，私怪隱居者無所累于世，而猶有是言，豈誠旨於味耶？及讀阮籍、陶潛詩，然後知彼雖偃蹇，不欲與世接，然猶未能平其心，或爲事物是非相感發，于是有托而逃焉者也。』雖然，尚有未盡者。中古之時，未知麯糵。杜康肇造，爰作酒醴，可名『酒后』；近世以來，人徒酣酗，李白一斗，爲詩百篇，自名『酒仙』；酈食其，辯士也，初見沛公，稱『高陽酒徒』；杜根，賢者也，逃難宜城，爲酒家『傭保』；鄭廣文貧而好飲，蘇司業送『酒錢』；杜子美無錢賒酒，而詩言『酒債』。《周官》有『酒正』，則掌之者必有其人。以法式授『酒材』，則醖之者必有其物。翰林詩曰：『鸕鷀杓，鸚鵡杯。』夫杓者，勺也，勺酒而錯之杯中者也。工部詩曰：『莫笑田家老瓦盆，自從盛酒長兒孫。』夫盆者，槃也，載酒而置之座中也。《韓奕》詩云：『顯父餞之，清酒百壺。』壺便提挈，故陶令挂之於車上，吕公負之於杖頭，遇興則傾之。鴟夷之異名者耳。《緑衣》詩云：『兕觥其觩，旨酒思柔。』觥爲罰爵，而于定國飲至一石不亂。劉伯倫既醉，以五斗解酲，快飲痛醻則用之，蓋觚角之出類者耳。注云：『觚受二升，觶三升，角四升，散五升，而觥七升。』又兕角爲之，形器特異。于是更作《酒后》《酒仙》《酒徒》《酒保》《酒錢》《酒債》《酒正》《酒材》《酒杓》《酒盆》《酒壺》《酒觥》一十二詩，而附益之，庶古今同志而終始相成之義耶！」詩多

不載。（張表臣《珊瑚鈎詩話》卷三）

《酒中十咏》，皮日休作，陸龜蒙和。十咏者，《酒星》《酒泉》《酒篘》《酒床》《酒壚》《酒樓》《酒旗》《酒樽》《酒城》《酒鄉》也。陸又添六咏，則《酒池》《酒龍》《酒甕》《酒舟》《酒鎗》《酒杯》也。宋張表臣復添至三十。皮、陸所咏之外，又益以《酒后》《酒仙》《酒徒》《酒保》《酒錢》《酒債》《酒正》《酒材》《酒杓》《酒盆》《酒壺》《酒觥》《酒榼》。酒后謂杜康。（郎廷極《勝飲編》卷七）

酒　星〔一〕

誰遣酒旗耀〔二〕，天文列其位〔三〕。彩微嘗似酣〔四〕，芒弱偏如醉〔五〕。唯憂犯帝坐①〔六〕，只恐騎天駟〔七〕。若遇卷舌星〔八〕，讒君應墮地〔九〕。（詩一四一）

【校記】

①「坐」汲古閣本、四庫本、皮詩本、季寫本作「座」。

【注釋】

〔一〕酒星：參本卷（序九）注〔三七〕。

〔二〕酒旗：酒旗星，星座名。《抱朴子·外篇·酒誡》：「蓋聞昊天表酒旗之宿，坤靈挺空桑之化。」《晉書》（卷一一）《天文志上》：「軒轅右角南三星曰酒旗，酒官之旗也。主宴饗飲食。五星守酒旗，天下大餔。」耀：閃耀，發出光彩。

〔三〕天文：日月星辰等天體在宇宙間分布運行的現象。《周易·賁卦》：「觀乎天文，以察時變；觀乎人文，以化成天下。」

〔四〕彩微：指酒星的光彩微弱。此句謂酒星彩微好似酣飲一般。

〔五〕芒弱：指酒星的光芒微弱。此句謂酒星芒弱就如醉酒一樣。

〔六〕帝坐：星名。《後漢書》（卷三〇下）《襄楷傳》：「熒惑入太微，犯帝坐，出端門，不軌常道。」《晉書》（卷十一）《天文志》（上）：「帝坐一星，在天市中候星西，天庭也。」

〔七〕天駟：星名，房星的别稱。《國語·周語下》：「昔武王伐殷，歲在鶉火，月在天駟。」韋昭注：「天駟，房星也。」《爾雅·釋天》：「天駟，房也。」郭璞注：「龍爲天馬，故房四星謂之天駟。」

〔八〕卷舌星：星名。《漢書》（卷二六）《天文志》：「（元帝）二年五月，客星見昴分，居卷舌東可五尺，青白色，炎長三寸。占曰：『天下有妄言者。』」《隋書》（卷一九）《天文志上》：「天街西一星曰月。卷舌六星在北，主口語，以知佞讒也。」

〔九〕讒君：讒夫，以謡言陷害他人的人。《莊子·漁父》：「好言人之惡，謂之讒。」墮地：落地。此謂墜入地下，無法施展伎倆。《樂府詩集》（卷三四）傅玄《豫章行苦相篇》：「兒男當門户，墮地自生神。」

酒　泉〔一〕

羲皇有玄酒①〔二〕，滋味何太薄〔三〕。玉液是澆漓〔四〕，金沙乃糟粕〔五〕。春從野鳥沽〔六〕，晝

任閑猿酌②〔七〕。我願葬兹泉，醉魂似鳧躍〔八〕。（詩一四二）

【校記】

①「玄」原缺末筆，避宋太祖始祖趙玄朗諱。 ②「任」全唐詩本作「仍」。

【注釋】

〔一〕酒泉：參本卷（序九）注〔三八〕。

〔二〕羲皇：伏羲氏，傳説中的上古帝王。《莊子·繕性》：「逮德下衰，及燧人、伏羲始爲天下，是故順而不一。」《史記》（卷一）《五帝本紀》：「黄帝者，少典之子，姓公孫，名曰軒轅。」《索隱》：「孔安國、皇甫謐《帝王代紀》及孫氏注《系本》，并以伏犧、神農、黄帝爲三皇，少昊、高陽、高辛、唐、虞爲五帝。」玄酒：古代祭祀中當酒用的清水。《禮記·禮運》：「故玄酒在室，醴盞在户。」孔穎達疏：「玄酒，謂水也。以其色黑，謂之玄。而太古無酒，此水當酒所用，故謂之玄酒。」

〔三〕滋味：美味。《吕氏春秋·適音》：「口之情欲滋味，心弗樂，五味在前弗食。」高誘注：「欲美味也。」

〔四〕玉液：甘美的漿汁。此指美酒。《楚辭》王逸《九思·疾世》：「吮玉液兮止渴，齧芝華兮療飢。」王逸注：「玉液，瓊蕊之精氣。」南朝梁劉潛《謝晉安王賜宜城酒啓》：「忽值瓶瀉椒芳，壺開玉液。」白居易《秋日與張賓客舒著作同遊龍門醉中狂歌凡二百三十八字》：「家醞一壺白玉液，野花數把黄金英。」澆漓：浮薄，不醇厚。

〔五〕金沙：含有金子碎粒的沙礫，即丹砂。《文選》（卷四）左思《蜀都賦》：「金沙銀礫，符采彪炳，暉麗灼爍。」劉逵注：「永昌有水，出金，如糠在沙中。」糟粕：釀酒後剩餘的酒滓。《説文·米部》：「糟，酒滓也。」喻粗劣的事物。此句謂比起酒泉的美酒，可以煉丹的金沙不過是糟粕而已。

〔六〕從：任從。與下句「任」互文同義。張相《詩詞曲語辭匯釋》（卷一）：「從，猶任也；聽也。」沽：買酒。《論語·鄉黨》：「沽酒市脯不食。」《説文·酉部》：「酤，一宿酒也。一曰：買酒也。」

〔七〕閑猿：山野中的猿猴。酌：斟酒。此指飲酒。此句謂酒泉任隨猴子飲用。

〔八〕鳧躍：像野鴨在水面上跳躍浮動一樣。

【箋評】

「春從野鳥沽」二句：天然。（項真評、項真刻《項氏瓶笙榭新刻皮襲美詩》卷一）

得封酒泉。《類林》：「漢郭宏好飲，曰：『得封酒泉郡，實出望外。』又晉姚馥，羌人也，好飲，嘗渴於酒，群輩呼爲『渴羌』。武帝授以朝歌守，馥且願爲馬圉，時賜美酒，以終餘年。帝曰：『朝歌，商之舊都，酒池猶在。』馥固辭，乃遷酒泉太守，乘醉拜受焉。」

北軒主人曰：「酒泉，今肅州地，有金泉，泉味如酒，漢時因以名其郡。飲徒語及酒泉太守，輒爲神往。皮襲美有咏《酒泉》詩云：『春從野鳥沽，晝任閑猿酌。我願葬兹泉，醉魂似鳧躍。』則與死葬

陶家之側同一設想矣。」（郎廷極《勝飲編》卷十五）

酒　篘〔一〕

翠篾初織來〔二〕，或如古魚器①〔三〕。新從山下買，静向甔中試〔四〕。輕可網金醅②〔五〕，疎能容玉蟻〔六〕。自此好成功〔七〕，無貽我罍耻〔八〕。（詩一四三）

【校記】

①「魚」盧校本作「漁」。　②「網」詩瘦閣本作「綱」。

【注釋】

〔一〕酒篘（chōu）：用竹篾編織成的漉酒器具。《玉篇·竹部》：「篘，酒籠。」白居易《潯陽秋懷贈許明府》：「試問陶家酒，新篘得幾多？」

〔二〕翠篾：篾青。竹篾分爲外層篾青，内層篾黄兩部分。

〔三〕魚器：捕魚器具。

〔四〕甔（dān）：口小腹大的陶制瓶子。此指盛酒的瓶。《廣雅》（卷七下）《釋器》：「甔，瓶也。」

〔五〕金醅（pēi）：美酒。醅，未過濾的酒。《玉篇·酉部》：「醅，未釃之酒。」《廣韻·灰韻》：「醅，酒未漉也。」

〔六〕玉蟻：指酒。因未漉，表面漂浮着釀酒的米渣，狀如蟻，故稱。又稱作「緑蟻」、「浮蟻」。《文選》（卷四）張衡《南都賦》：「醪敷徑寸，浮蟻若萍。」李善注：「《釋名》曰：『酒有泛齊，浮蟻在上，泛泛然，如萍之多者。』」《文選》（卷二六）謝朓《在郡卧病呈沈尚書》：「嘉魴聊可薦，渌蟻方獨持。」白居易《問劉十九》：「緑蟻新醅酒，紅泥小火爐。」

〔七〕好：稱善之詞。劉淇《助字辨略》（卷三）：「好，猶善也，珍重付屬之辭。《世説》：『汝若爲選官，當好料理此人。』」李義山詩：『好爲麻姑到東海，勸栽黄竹莫栽桑。』」

〔八〕無貽：不要給予。罍（léi）：古代的盛酒器。《爾雅·釋器》：「彝、卣、罍，器也。」郭璞注：「皆盛酒尊。彝其總名。」《詩經·周南·卷耳》：「我姑酌彼金罍，維以不永懷。」陸德明《經典釋文》（卷五）《毛詩音義》（上）：「罍，酒樽也。」

酒　床〔一〕

糟床帶松節〔二〕，酒膩肥於羜〔三〕。滴滴連有聲〔四〕，空疑杜康語〔五〕。開眉既壓後〔六〕，染指偷嘗處①〔七〕。自此得公田〔八〕，不過渾種黍〔九〕。（詩一四四）

【校記】

①「染」項刻本作「梁」。

【注釋】

〔一〕酒床：糟床。榨酒器具。

〔二〕糟床：即酒榨、酒床。杜甫《羌村三首》（其二）：「賴知禾黍收，已覺糟床注。」松節：松樹的節骨，材料的質地堅勁。此謂糟床是以松樹制成的。唐人常用松木制作糟床。元結《説洄溪招退者》：「糜色如珈玉液酒，酒熟猶聞松節香。」

〔三〕酒膩：指酒肥美柔滑。《説文・肉部》：「膩，上肥也。」唐人常用「膩」字形容事物的肥美光亮。李賀《河南府試十二月樂詞・四月》：「依微香雨青氛氲，膩葉蟠花照曲門。」羜（zhù）：幼羊。《詩經・小雅・伐木》：「既有肥羜，以速諸父。」《毛傳》：「羜，未成羊也。」《爾雅・釋畜》：「未成羊，羜。」郭璞注：「俗呼五月羔爲羜。」

〔四〕滴滴：水滴聲。象聲詞。此指酒床中酒一滴一滴向下流的聲音。《説文・水部》：「滴，水注也。」李賀《將進酒》：「琉璃鍾，琥珀濃，小槽酒滴真珠紅。」

〔五〕空疑：只疑。杜康：古代傳説中釀酒的發明者。《尚書・酒誥》：「惟天降命，肇我民惟元祀。」孔穎達疏：「《世本》云：『儀狄造酒，夏禹之臣。』又云：『杜康造酒。』則人自意所爲。」《説文・酉部》：「酒，古者儀狄作酒醪，禹嘗之而美，遂疏儀狄。杜康作秫酒。」

〔六〕開眉：開顔，笑。白居易《偶作寄朗之》：「歧分兩迴首，書到一開眉。」壓：壓酒。指壓酒床出酒。李白《金陵酒肆留别》：「風吹柳花滿店香，吴姬壓酒唤客嘗。」趙彦衛《雲麓漫鈔》（卷一〇）：「李太白詩：『吴姬壓酒唤客嘗』，説者以謂工在『壓』字上，殊不知乃吴人方言。至今酒家有『旋壓酒子相待』之語。」

〔七〕染指：此指用手指蘸酒品嘗。《左傳·宣公四年》：「楚人獻黿於鄭靈公，公子宋與子家將見，子公之食指動，以示子家，曰：『他日我如此，必嘗異味。』……及食大夫黿，召子公而弗與也。子公怒，染指於鼎，嘗之而出。」偷嘗：《世説新語·任誕》「畢茂世」條劉孝標注引《晋中興書》曰：「(畢卓)爲吏部郎，嘗飲酒廢職。比舍郎釀酒熟，卓因醉，夜至其甕間取飲之。主者謂是盜，執而縛之，知爲吏部也，釋之。」處：時候。時間名詞。

〔八〕公田：古代井田制度下，中區田地爲統治者所有，稱爲公田。後代則指官府控制的田地爲公田。此詩指後者而言。《詩經·小雅·大田》：「雨我公田，遂及我私。」《禮記·王制》：「古者公田藉而不税。」

〔九〕不過：不超過，僅僅。《老子》(第六一章)：「大國不過欲兼畜人，小國不過欲入事人。」渾：完全。張相《詩詞曲語辭匯釋》(卷二)：「渾，猶全也，直也。」種黍：謂種黍以釀酒。南朝梁昭明太子《陶淵明傳》：「公田悉令吏種秫，曰：『吾常得醉於酒，足矣。』妻子固請種粳，乃使二頃五十畝種秫，五十畝種粳。」秫是黍中黏性者，可釀酒。《説文·禾部》：「秫，稷之黏者。」《説文·黍部》：「黍，禾屬而黏者也。以大暑而種，故謂之黍。孔子曰：『黍可爲酒，禾入水也。』」

【箋評】

肥於羜，膩如織。皮日休詩：「糟床帶松節，酒膩肥於羜。」元微之詩：「繪縷輕似絲，香醅膩如

織。」（郎廷極《勝飲編》卷十七）

酒　壚①〔一〕

紅壚高幾尺②，頗稱幽人意〔二〕。火作縹醪香〔三〕，灰爲冬醞氣③〔四〕。有鎗盡龍頭〔五〕，有主皆犢鼻〔六〕。儻得作杜根④〔七〕，傭保何足愧〔八〕。（詩一四五）

【校記】

①「壚」汲古閣本、四庫本作「鑪」。②「壚」汲古閣本、四庫本作「鑪」，項刻本作「爐」。③「冬」詩瘦閣本作「東」。④「儻」統籤本、季寫本作「徜」，詩瘦閣本、項刻本、全唐詩本作「倘」。

【注釋】

〔一〕酒壚：賣酒處安置酒甕的砌臺。指小酒店。《漢書》（卷五七上）《司馬相如傳上》：「乃令文君當盧。」顔師古注：「郭璞曰：『盧，酒盧。』師古曰：『賣酒之處累土爲盧以居酒瓮，四邊隆起，其一面高，形如鍛盧，故名盧耳。而俗之學者，皆謂當盧爲對温酒火盧，失其義矣。』」《世説新語·傷逝》：「王濬沖爲尚書令，著公服，乘軺車，經黄公酒壚下過。」劉孝標注引韋昭《漢書注》曰：「壚，酒肆也。以土爲墮，四邊高似壚也。」

〔二〕稱：適合，適宜。幽人：指隱士。陶淵明《命子》：「紛紛戰國，漠漠衰周。鳳隱於林，幽人在丘。」

〔三〕縹醪(láo)：酒名。晋庾闡《斷酒戒》(《藝文類聚》卷七二)曰：「屏神州之竹葉，絶縹醪乎華都。」《魏書》(卷三五)《崔浩傳》：「太宗大悦，語至中夜，賜浩御縹醪酒十觚，水精戎鹽一兩。曰：『朕味卿言，若此鹽酒，故與卿同其旨也。』」此句謂以火加温，使酒散發出香氣。

〔四〕灰：指唐人釀酒，以灰投其中使酒清的做法。宋莊綽《鷄肋編》(卷上)：「二浙造酒，皆用石灰。云無之則不清。嘗在平江常熟縣，見官務有燒灰柴，曆漕司破錢收買。每醅一石，用石灰九兩。以樸木先燒石灰令赤，并木灰皆冷，投醅中。私務用尤多。或用桑柴。樸木，葉類青楊也。」冬醷(yì)：冬天釀造的酒。《禮記·内則》：「或以酏爲醴，黍酏、漿、水、醷、濫。」鄭玄注：「醷，梅漿。」

〔五〕龍頭鎗(chēng)：龍頭形狀的鎗。鎗，酒鎗，温酒的器具。鎗一作「鐺」。《樂府詩集》(卷四八)《三洲歌》：「湘東酃醁酒，廣州龍頭鐺。」《南史》(卷三〇)《何尚之傳》附《何點傳》：「子良欣悦無已，遺點嵇叔夜酒盃，徐景山酒鎗。」《梁書》(卷五一)《何點傳》「酒鎗」作「酒鐺」。宋竇苹《酒譜·飲器》：「自晋以來，酒器又多云鎗，故《南史》有『銀酒鎗』。鎗或作鐺。陳暄好飲，自云：『何水曹眼不識杯鎗，吾口不離瓢杓。』李白云：『舒州杓，力士鐺。』《北史》云：『孟信與老人飲，以鐵鐺温酒。』然鎗者本温酒器也，今遂通以爲蒸飪之具云。」

〔六〕主：指酒壚的主人。犢鼻：犢鼻褌。即圍裙。《史記》(卷一一七)《司馬相如傳》：「相如與俱之臨邛，盡賣其車騎，買一酒舍酤酒，而令文君當壚(鑪)。相如身自著犢鼻褌，與保庸雜作，滌器於市中。」《集解》：「韋昭曰：『今三尺布作形如犢鼻矣。』」

〔七〕杜根：《後漢書》（卷五七）《杜根傳》：「杜根字伯堅，潁川定陵人也。……時和熹鄧后臨朝，權在外戚。根以安帝年長，宜親政事，乃與同時郎上書直諫。太后大怒，收執根等，令盛以縑囊，於殿上撲殺之。執法者以根知名，私語行事人使不加力，既而載出城外，根得蘇。太后使人檢視，根遂詐死。三日，目中生蛆，因得逃竄，爲宜城山中酒家保。積十五年，酒家知其賢，厚敬待之。」李賢注：「宜城縣故城在今襄州率道縣南，其地出美酒。《廣雅》云：『保，使也。』言爲人傭力保任而使也。」

〔八〕傭保：僕人，傭工。此句謂即使作僕役也不必覺得羞愧。《後漢書》（卷四五）《張酺傳》：「長吏有殺盜徒者，酺輒案之，以爲令長受臧，猶不至死，盜徒皆飢寒傭保，何足窮其法乎！」并參本詩注〔六〕。

酒樓〔一〕

鈎楯跨通衢〔二〕，喧鬧當九市〔三〕。金罍瀲灔後〔四〕，玉斝紛綸起〔五〕。舞蝶傍應酣，啼鶯聞亦醉。野客莫登臨〔六〕，相讎多失意〔七〕。　（詩一四六）

【注釋】

〔一〕酒樓：多指樓上可宴飲的酒店。

〔二〕鉤楯(shǔn)：即勾欄。屈曲的欄干。參卷一(詩一〇)注〔一五〕。通衢：通向四面八方的大道。參本卷(詩一一九)注〔八〕

〔三〕當：對，面對。九市：繁華熱鬧的街市。《文選》(卷一)班固《西都賦》：「九市開場，貨別隧分。」李善注：「《漢宮闕疏》曰：『長安立九市，其六市在道西，三市在道東。』」

〔四〕金罍：酒尊。盛酒器。參本卷(詩一四三)注〔八〕。瀲灩(liàn yàn)：水波蕩漾貌。此指斟酒滿杯，《文選》(卷一二)木華《海賦》：「浟湙瀲灩，浮天無岸。」李善注：「瀲灩，相連之貌。」

〔五〕玉斝(jiǎ)：古代酒器。後指酒杯。《說文·斗部》：「斝，玉爵也。夏曰琖，殷曰斝，周曰爵。」紛綸：紛亂貌。此指酒杯起落交錯。《史記》(卷一一七)《司馬相如傳》：「紛綸葳蕤，堙滅而不稱者，不可勝數也。」

〔六〕野客：野人，鄉野之人。指隱士。《左傳·僖公二十三年》：「乞食於野人，野人與之塊。」登臨：指游覽觀賞自然景色。此指登上酒樓。《楚辭》宋玉《九辯》：「憭慄兮若在遠行，登山臨水兮送將歸。」

〔七〕相讎：相對。《玉篇·言部》：「讎，對也。」

酒　旗〔一〕

青幟闊數尺〔二〕，懸於往來道。多爲風所颺〔三〕，時見酒名號〔四〕。拂拂野橋幽〔五〕，翻翻江

市好〔六〕。雙眸復何事，終竟望君老〔七〕。（詩一四七）

【注釋】

〔一〕酒旗：酒店的標識。《韓非子·外儲説右上》：「宋人有酤酒者，升概甚平，遇客甚謹，爲酒甚美，縣幟甚高。」宋竇苹《酒譜·酒之事》：「《韓非子》云：『宋人酤酒，懸幟甚高。』酒市有旗，始見於此。或謂之帘。近世文士有賦之者，中有警策之辭云：『無小無大，一尺之布可縫；或素或青，十室之邑必有。』」

〔二〕青幟：青色布料的酒旗。唐代的酒旗多以青布製成，稱作「青帘」。鄭谷《旅寓洛南村舍》：「白鳥窺魚網，青帘認酒家。」《廣韻·鹽韻》：「帘，青帘，酒家望子。」

〔三〕颺（yáng）：飄揚，揚起。《説文·風部》：「颺，風所飛揚也。」

〔四〕名號：名稱，稱號。《荀子·賦》：「名號不美，與暴爲鄰。」

〔五〕拂拂：風吹動貌。李賀《章和二年中》：「雲蕭索田風拂拂，麥芒如彗黍如粟。」

〔六〕翻翻：翻飛貌，飄動貌。《楚辭·九章·悲回風》：「漂翻翻其上下兮，翼遥遥其左右。」江市：濱江的集市。杜甫《放船》：「江市戎戎暗，山雲淰淰寒。」

〔七〕終竟：終究，畢竟。杜甫《遺興五首》（其二）：「豈無濟時策，終竟畏羅罟。」君：指酒旗。

酒　樽〔一〕

犧樽一何古〔二〕，我抱期幽客〔三〕。少恐消醍醐〔四〕，滿疑烘琥珀①〔五〕。猿窺曾撲瀉〔六〕，鳥

踏經欹仄②〔七〕。度度醒來看〔八〕，皆如死生隔③〔九〕。（詩一四八）

【校記】

①「疑」皮詩本、統籤本、季寫本、全唐詩本作「擬」。全唐詩本注：「一作疑。」②「踏」全唐詩本作「蹋」。③「死生」詩瘦閣本作「生死」。

【注釋】

〔一〕酒樽：古代盛酒器。此指酒杯。

〔二〕犧樽：古代酒器，形制似犧牛。一説：樽腹部刻畫犧牛形，故云。《詩經・魯頌・閟宫》：「白牡騂剛，犧尊將將。」《國語・周語中》：「奉其犧象。」韋昭注：「犧，犧樽，飾以犧牛。象，象樽，以象骨爲飾也。」一何：多麼。

〔三〕抱：持。期：約會，邀約。《説文・月部》：「期，會也。」段玉裁《説文解字注》：「會者，合也。期者，要約之意，所以爲會合也。」幽客：猶幽人，指隱士。郭璞《客傲》：「水無浪士，巖無幽人。」

〔四〕消：，消融。醍醐（tí hú）：從牛乳中提煉的奶油。《集韻・模韻》：「醐，醍醐，酥之精液。」《大般涅槃經・聖行品》：「譬如從牛出乳，從乳出酪，從酪出生酥，從生酥出熟酥，從熟酥出醍醐。醍醐最上。若有服者，衆病皆除，所有諸藥，悉入其中。」

〔五〕烘：烘烤。《詩經・小雅・白華》：「樵彼桑薪，卬烘于煁。」《毛傳》：「烘，燎也。」琥珀：松柏

（或楓樹）樹脂的化石，可入藥。張華《博物志》（卷四）：「《神仙傳》云：『松柏脂入地千年化爲茯苓，茯苓化爲琥珀。』琥珀，一名江珠。」《證類本草》（卷一二）《楓香脂》：「其脂入地千年，爲琥珀。」

〔六〕撲瀉：撲倒灑落。曾：嘗，曾經。

〔七〕欹仄：傾斜。柳宗元《永州萬石亭記》：「伐竹披奥，欹側以入。」白居易《陝府王大夫相迎偶贈》：「綸巾髮少渾欹仄，籃輿肩齊甚穩平。」經：曾經。

〔八〕度度：次次，回回。

〔九〕死生隔：死亡和生存相隔一樣的巨大差别。《周易·繫辭上》：「原始反終，故知死生之説。」

酒　城〔一〕

萬仞峻爲城〔二〕，沈酣浸其俗〔三〕。香侵井幹過①〔四〕，味染濠波渌〔五〕。朝傾踰百榼〔六〕，暮壓幾千斛②〔七〕。吾得隸此中④〔八〕，但爲闇者足〔九〕。（詩一四九）

【校記】

①「幹」原作「斡」，斠宋本、弘治本、皮詩本、項刻本、統籤本、類苑本、季寫本、全唐詩本作「幹」，汲古閣本、詩瘦閣本、四庫本作「榦（即幹）」。據改。②「暮」詩瘦閣本作「莫」，「莫」是「暮」的本字。

③「得」全唐詩本作「將」。

【注釋】

〔一〕酒城：可以暢飲之處。以城爲喻，非指以酒著稱的城。

〔二〕萬仞：謂極爲高峻。古代以八尺爲一仞。《説文·人部》：「仞，伸臂一尋，八尺。」

〔三〕沈酣：沉醉。盡興飲酒。浸其俗：謂已經成爲習俗。

〔四〕井幹：井上圍欄。《莊子·秋水》：「出跳梁乎井幹之上，入休乎缺甃之崖。」成玄英疏：「幹，井欄也。」

〔五〕濠波：護城河。《文選》（卷三一）江淹《雜體詩三十首·劉太尉琨傷亂》：「飲馬出城濠，北望沙漠路。」淥：清澈的水。《文選》（卷一九）曹植《洛神賦》：「迫而察之，灼若芙蕖出淥波。」

〔六〕傾：傾酒，斟酒。百榼（kē）：百杯。榼，古代盛酒器。《説文·水部》：「榼，酒器也。」

〔七〕壓：壓酒。參本卷（詩一四四）注〔六〕。幾千斛：極言壓酒之多。斛，古代的容量單位。《説文·斗部》：「斛，十斗也。」

〔八〕隸：附屬，隸屬。《説文·隸部》：「隸，附著也。」

〔九〕閽（hūn）者：守門人。《説文·門部》：「閽，常以昏閉門隸也。」《玉篇·門部》：「閽，《周禮》注云：『閽人，司晨昏以啓閉者也。』」

酒　鄉〔一〕

何人置此鄉，杳在天皇外〔二〕。有事忘哀樂〔三〕，有時忘顯晦〔四〕。如尋罔象歸①〔五〕，似與

夷希會②〔六〕。從此共君遊〔七〕，無煩用冠帶〔八〕。　（詩一五〇）

【校記】

①「罔」詩瘦閣本作「罓」。　②「夷希」弘治本、汲古閣本、四庫本、統籤本、類苑本、季寫本、全唐詩本作「希夷」。

【注釋】

〔一〕酒鄉：醉鄉。唐王績有《醉鄉記》。參本卷（序九）注〔三九〕。

〔二〕天皇：天帝。《後漢書》（卷五九）《張衡傳》引《思玄賦》：「叫帝閽使闢扉兮，覿天皇于瓊宮。」李賢注：「天皇，天帝也。」

〔三〕忘哀樂：没有哀樂之感。《左傳·莊公二十年》：「哀樂失時，殃咎必至。」三國魏嵇康曾作《聲無哀樂論》。

〔四〕顯晦：明與暗。此喻仕宦和隱逸。《晋書》（卷九四）《隱逸傳》：「史臣曰：君子之行殊塗，顯晦之謂也。」

〔五〕罔象：《莊子》中寓言人物，喻無心之意。一作「象罔」。《莊子·天地》：「黄帝遊乎赤水之北，登乎崑崙之丘而南望，還歸，遺其玄珠。使知索之而不得，使離朱索之而不得，使喫詬索之而不得也。乃使象罔，象罔得之。黄帝曰：『異哉！象罔乃可以得之乎？』」

〔六〕夷希：形容虚無玄妙。《老子》（第一四章）：「視之不見名曰夷，聽之不聞名曰希，搏之不得名曰微。此三者，不可致詰，故混而爲一。」

〔七〕共：同，與。君：指罔象、夷希。

〔八〕冠帶：帽子和腰帶。指官服，喻封爵命官。《禮記·内則》：「冠帶垢，和灰請漱；衣裳垢，和灰請澣。」

奉和酒中十咏

龜蒙

酒　星〔一〕

萬古醇酎氣〔二〕，結而成晶熒〔三〕。降爲嵇阮徒〔四〕，動與樽罍并〔五〕。不獨祭天廟〔六〕，亦應邀客星〔七〕。何當八月槎〔八〕，載我遊青冥〔九〕。（詩一五一）

【注釋】

〔一〕酒星：參本卷（詩一四一）注〔一〕。

〔二〕醇酎（zhòu）：醇厚的酒。醇，酒味純厚。《説文·酉部》：「醇，不澆酒也。」酎，反復多次釀成的醇酒。《説文·酉部》：「酎，三重醇酒也。」段玉裁《説文解字注》：「《廣韻》作『三重釀酒』，當從之。謂用酒爲水釀之，是再重之酒也。次又用再重之酒爲水釀之，是三重之酒也。杜預注《左傳》曰：『酒之新孰重者曰酎。』鄭注《月令》曰：『酎之言醇也。』謂重釀之酒也。醇者其義，釀者其事實。」

〔三〕晶熒：明亮閃爍。指酒星。

〔四〕嵇阮徒：嵇康、阮籍一輩人。指嗜酒的人。嵇康（二二四—二六三），字叔夜，三國魏詩人、哲學家，譙郡銍（今安徽省宿州市）人。「竹林七賢」之一。曾官中散大夫，後人習稱「嵇中散」。嵇康嗜酒縱飲，爲人剛正嫉惡，輕肆直言。爲司馬昭所殺。生平事迹參《晉書》（卷四九）本傳。阮籍（二一〇—二六三），字嗣宗，三國魏詩人、玄學家，陳留尉氏（今屬河南省）人。爲人任誕不羈，不拘禮法，嗜酒縱放。「竹林七賢」之一。曾爲飲酒求爲步兵校尉，後人習稱「阮步兵」。生平事迹參《晉書》（卷四九）本傳。

〔五〕樽罍：均是古代盛酒器具。樽，酒樽。即酒杯。罍，參本卷（詩一四三）注〔八〕。

〔六〕天廟：星名。《國語·周語上》：「日月底于天廟，土乃脉發。」韋昭注：「天廟，營室也。孟春之月，日月皆在營室也。」

〔七〕客星：本指天上新出現的星星。此泛指天上星星。《史記》（卷二七）《天官書》：「客星出天廷，有奇令。」

〔八〕何當：安得。《玉臺新詠》（卷一〇）《古絶句四首》（其一）：「何當大刀頭，破鏡飛上天。」八月槎：用古代神話傳説有人年年八月乘槎從海上到天河的故事。參卷三(詩七七)注〔三〕。

〔九〕青冥：高空，青天。《楚辭·九章·悲回風》：「據青冥而攄虹兮，遂儵忽而捫天。」王逸注：「上至玄冥，舒光耀也。所至高眇，不可逮也。」

酒　泉〔一〕

初懸碧崖口，漸注青谿腹〔二〕。味既敵中山〔三〕，飲寧拘一斛①〔四〕。春疑浸花骨〔五〕，暮若酣雲族②〔六〕。此地得封侯，終身持美禄〔七〕。（詩一五二）

【校記】

①「拘」陸詩丙本作「枸」。　②「暮」詩瘦閣本作「莫」，「莫」是「暮」的本字。

【注釋】

〔一〕酒泉：參本卷(詩一四二)注〔一〕。

〔二〕注：流入，灌入。《説文·水部》：「注，灌也。」此詩就「泉」而寫，故有「碧崖」、「青谿」云云。

〔三〕中山：古代傳説，中山釀造的美酒能令人「千日醉」。《博物志》(卷一〇)：「昔劉玄石於中山酒家酤酒，酒家與千日酒，忘言其節度。歸至家當醉，而家人不知，以爲死也，權葬之。酒家計千日滿，乃憶玄石前來酤酒，醉向醒耳。往視之，云玄石亡來三年，已葬。於是開棺，醉始醒，俗云：『玄石飲酒，一醉千日。』」

〔四〕飲寧句：謂酣飲不以一斛爲限。《世説新語·任誕》：「伶跪而祝曰：『天生劉伶，以酒爲名。一飲一斛，五斗解酲。婦人之言，慎不可聽。』」一斛：一石。

〔五〕花骨：花心，花蕊。

〔六〕酣：痛快飲酒。雲族：聚集的雲。泛指雲霧。《文選》（卷三〇）陶淵明《咏貧士詩》：「萬族各有托，孤雲獨無依。」宋之問《温泉莊卧病答楊七炯》：「兹山棲靈異，朝夜翳雲族。」

〔七〕美禄：美酒。《漢書》（卷二四下）《食貨志下》：「酒者，天之美禄，帝王所以頤養天下，享祀祈福，扶衰養疾。百禮之會，非酒不行。」

酒篘〔一〕

山齋醞方熟①〔二〕，野童編近成②〔三〕。持來歡伯内〔四〕，坐使賢人清〔五〕。不待盎中滿〔六〕，旋供花下傾〔七〕。汪汪日可挹③〔八〕，未羨黄金籯〔九〕。（詩一五三）

【校記】

①「熟」陸詩丙本黄校注：「空格。」　②「成」季寫本作「城」。　③「汪汪」陸詩丙本作「汪洋」。

【注釋】

〔一〕酒篘：參本卷（詩一四三）注〔一〕。

〔二〕山齋：山中居室。指山中隱士的居處。醞：釀酒。《説文·酉部》：「醞，釀也。」又：「釀，醞也。作酒曰釀。」

〔三〕野童：鄉村的兒童。編近成：編織酒篘就要完成。近，殆，幾。劉淇《助字辨略》（卷三）：「近，《廣韻》云：『幾也。』愚案：將及之辭也。……此近字，猶殆也。近得爲幾，故亦得爲殆也。」

〔四〕歡伯：酒的别稱。《初學記》（卷二六）引《易林》曰：「酒爲歡伯，除憂來樂。」

〔五〕坐使：遂使，頓使。張相《詩詞曲語辭匯釋》（卷四）：「坐，猶遂也；頓也；遽也。」賢人清：謂用酒篘漉酒，以使濁酒變清。賢人，喻濁酒。鄒陽《酒賦》：「清者爲酒，濁者爲醴。清者聖明，濁者頑騃。」《三國志·魏書·徐邈傳》：「時科禁酒，而邈私飲至於沈醉。校事趙達問以曹事，邈曰：『中聖人。』達白之太祖，太祖甚怒。度遼將軍鮮于輔進曰：『平日醉客謂酒清者爲聖人，濁者爲賢人。邈性修慎，偶醉言耳。』竟坐得免刑。」

〔六〕盎（àng）：小口大腹的瓦器。《爾雅·釋器》：「盎，謂之缶。」郭璞注：「盆也。」邢昺疏：「即今之瓦盆也。」《説文·皿部》：「盎，盆也。」

〔七〕旋供：便供，即供。張相《詩詞曲語辭匯釋》（卷二）：「旋，緊迫之辭。猶急也；新或現也；便也。」

〔八〕汪汪：充盈貌。日：猶日日，每一天。挹：舀取。

〔九〕黄金籯（yíng）：裝滿黄金的竹籠。籯，竹篋編織成的箱、籠一類盛物器具。《方言》（卷五）：

「箸筩，陳、楚、宋、衛之間謂之筲，或謂之籯。」《漢書》（卷七三）《韋賢傳》：「賢四子……少子玄成，復以明經歷位至丞相。故鄒、魯諺曰：『遺子黄金滿籯，不如一經。』」顔師古注：「如淳曰：『籯，竹器，受三四斗。今陳留俗有此器。』蔡謨曰：『滿籯者，言其多耳，非器名也。若論陳留之俗，則我陳人也，不聞有此器。』師古曰：『許慎《説文解字》云：「籯，笭也。」揚雄《方言》云：「陳、楚、宋、魏之間謂筲爲籯。」然則筐、籠之屬是也。』」

酒　床〔一〕

六尺樣何奇〔二〕，溪邊濯來潔①。糟深貯方半②〔三〕，石重流還咽〔四〕。閑移秋病可〔五〕，偶聽寒夢缺〔六〕。往往枕眠時〔七〕，自疑陶靖節〔八〕。（詩一五四）

【校記】

①「潔」：蔛宋本、陸詩丙本作「絜」。　②「糟」陸詩甲本、陸詩丙本作「槽」。

【注釋】

〔一〕酒床：參本卷（詩一四四）注〔一〕。

〔二〕六尺：指壓酒的糟床長度只有六尺。

〔三〕糟深句：謂酒床裏貯放了大約佔其容積一半的酒糟。

〔四〕石重句：謂壓在糟床上的是一塊沉重的大石頭，流淌的酒發出嗚咽聲。《樂府詩集》（卷二五）

《隴頭歌辭》：「隴頭流水，鳴聲幽咽。」寒山《去年春鳥鳴》：「淥水千場咽，黄雲四面平。」

〔五〕閑移：隨便移動。可：病愈。張相《詩詞曲語辭匯釋》（卷一）：「可，猶愈也，病愈之愈。」《南史》（卷五五）《王茂傳》：「遇其卧，因問疾。茂曰：『我病可耳。』」貫休《閒居擬齊梁四首》（其三《紅藕映嘉魴》）：「山翁寄术藥，幸得秋病可。」

〔六〕缺：破，殘缺。夢缺，即夢醒。

〔七〕枕眠：枕着酒床睡覺。即指睡眠。詳下句，應用陶淵明率意醉酒而眠事。《宋書》（卷九三）《陶潛傳》：「貴賤造之者，有酒輒設，潛若先醉，便語客：『我醉欲眠，卿可去。』其真率如此。」

〔八〕陶靖節：陶淵明（三六五—四二七），又名潛，字元亮，自號五柳先生，謚靖節。晋、宋間大詩人。嗜酒。南朝宋顔延之《靖節徵士誄》：「有晋徵士，潯陽陶淵明，南嶽之幽居者也。……若其寬樂令終之美，好廉克己之操，有合謚典，無忝前志。故詢諸友好，宜謚曰靖節徵士。」

酒　壚①〔一〕

錦里多佳人〔二〕，當壚自沽酒〔三〕。高低過反坫②〔四〕，大小隨圓瓿〔五〕。數錢紅燭下〔六〕，滌器春江口〔七〕。若得奉君歡，十千求一斗〔八〕。　（詩一五五）

【校記】

①「壚」季寫本作「鑪」。　②「坫」原作「砧」，據弘治本、汲古閣本、詩瘦閣本、四庫本、陸詩丙本、統

籤本、季寫本、全唐詩本改。

【注釋】

〔一〕酒壚：參本卷（詩一四五）注〔一〕。

〔二〕錦里：錦官城，即今四川省成都市。《華陽國志》（卷三）《蜀志》：「州奪郡文學爲州學，郡更於夷里橋南岸道東邊起文學，有女墻。其道西城，故錦官也。錦江織錦濯其中則鮮明，濯他江則不好。故命曰錦里也。」

〔三〕當壚：面對着酒壚。指賣酒。辛延年《羽林郎》：「胡姬年十五，春日獨當壚。」沽酒：賣酒。當壚沽酒，參本卷（詩一四五）注〔六〕。

〔四〕高低：謂或高或低。反坫（diàn）：反爵（酒杯）之坫。此指置放酒杯的臺子。坫，土築的平臺。周代諸侯相會，宴飲禮畢，將空酒杯放在坫上。《論語·八佾》：「邦君爲兩君之好，有反坫。」

〔五〕大小：謂或大或小。隨，任從，任隨。瓿（bù）：古代的盛物瓦器，圓口、深腹、圈足。《爾雅·釋器》：「甌、瓿，謂之瓵。」郭璞注：「瓿、甊，小罌，長沙謂之瓵。」《漢書》（卷八七下）《揚雄傳下》：「吾恐後人用覆醬瓿也。」顏師古注：「瓿，小罌也。」

〔六〕數錢：計算錢數。岑參《邯鄲客舍歌》：「邯鄲女兒夜沽酒，對客挑燈誇數錢。」

〔七〕滌器：清洗飲酒器具。《史記》（卷一一七）《司馬相如傳》：「相如身自著犢鼻褌，與保庸雜作，滌器於市中。」《集解》：「韋昭曰：『瓦器也。每食必滌溉者。』」

〔八〕十千：十千錢。此句謂十千錢買一斗酒。意謂高昂的價格買得好酒。《文選》（卷二七）曹植《名都篇》：「我歸宴平樂，美酒斗十千。」王維《少年行四首》（其一）：「新豐美酒斗十千，咸陽遊俠多少年。」

酒　樓〔一〕

百尺江上起〔二〕，東風吹酒香。行人落帆上〔三〕，遠樹涵殘陽。凝睇復凝睇〔四〕，一觴還一觴〔五〕。須知凭欄客〔六〕，不醉難爲腸①〔七〕。（詩一五六）

【校記】

①「腸」季寫本作「觴」。

【注釋】

〔一〕酒樓：參本卷（詩一四六）注〔一〕。

〔二〕百尺：指酒樓之高。陶淵明《擬古九首》（其四）：「迢迢百尺樓，分明望四荒。」江上：江邊，江岸。

〔三〕行人：游子。落帆：拉下船帆，停船。

〔四〕凝睇：注目斜視。《説文·目部》：「睇，目小視也。」《玉篇·目部》：「睇，傾視也。」

〔五〕一觴（shāng）：一杯酒。《説文·角部》：「觴，觶實曰觴，虚曰觶。」段玉裁《説文解字注》：「觴者，實酒於爵也。《韓詩》説爵、觚、觶、角、散五者總名曰爵，其實曰觴。」王羲之《蘭亭集序》：「一觴一咏，亦足以暢敘幽情。」

〔六〕須知：應知。凭欄客：倚欄遠眺的游子。

〔七〕難爲腸：難以爲懷。謂無法排遣心中的愁苦。《文選》（卷二七）石崇《王明君詞》：「傳語後世人，遠嫁難爲情。」

酒　旗〔一〕

摇摇倚青岸〔二〕，遠蕩遊人思〔三〕。風欹翠竹杠〔四〕，雨澹香醪字〔五〕。纔來隔煙見〔六〕，已覺臨江遲①。〔七〕大旆非不榮〔八〕，其如有王事〔九〕。（詩一五七）

【校記】

①「遲」陸詩丙本黄校注：「空格。」

【注釋】

〔一〕酒旗：參本卷（詩一四七）注〔一〕。

〔二〕摇摇：摇曳貌，飄動貌。《大戴禮記·武王踐阼》：「若風將至，必先摇摇。」青岸：草木碧緑的堤岸。《魏書》（卷六九）《袁翻傳》：「遂作《思歸賦》曰：『……下對兮碧沙，上睹兮青岸。』」

〔三〕遠蕩：長蕩，深蕩。此句謂深深地觸發起游人思鄉的情懷。

〔四〕風欹（qī）句：謂風將翠竹的酒旗杆吹得傾斜了。欹，歪，傾斜。杠（gāng）：木或竹的杆子。《爾雅·釋天》：「素錦綢杠。」郭璞注：「以白地錦韜旗之竿。」

〔五〕雨澹句：謂雨淋使酒旗上的字迹變淡褪色了。香醪（láo）字：指「酒」字。香醪，美酒。《廣雅·釋器》：「醪，酒也。」

〔六〕纔來：一來，剛纔。

〔七〕臨江遲：靠在江邊的酒旗似乎在等待客人。遲：等，等待。

〔八〕大旆（pèi）：大旗。旆，旗幟。此指做官者作爲儀仗的旗幟。

〔九〕其如：怎奈，無奈。劉長卿《硤石遇雨宴前主簿從兄子英宅》：「雖欲少留此，其如歸限催。」王事：古代指朝聘、會盟、征戰等朝政大事。泛指朝廷政事。《詩經·小雅·杕杜》：「王事靡盬，我心傷悲。」

酒　樽〔一〕

黄金即爲侈〔二〕，白石又太拙〔三〕。斫得奇樹根①〔四〕，中如老蛟穴〔五〕。時招山下叟〔六〕，共酌林間月。盡醉兩忘言〔七〕，誰能作天舌〔八〕。（詩一五八）

【校記】

①「斫」類苑本作「斷」。

【注釋】

〔一〕酒樽：參本卷（詩一四八）注〔一〕。

〔二〕黄金句：謂以黄金作酒樽就過於奢侈了。

〔三〕太拙：過於古拙質樸。

〔四〕樹根：以樹根作酒樽，最著名的是瘿樽，即楠木杯。《文選》（卷五）左思《吴都賦》：「楠榴之木，相思之樹。」李善注：「楠榴，木之盤節者。其盤節文尤好，可以作器。」李益《與宣供奉携瘿尊歸杏溪園聯句》：「千畦抱甕園，一酌瘿尊酒。」《新唐書》（卷一九六）《武攸緒傳》：「盤桓龍門、少室間，冬蔽茅椒，夏居石室。所賜金銀鐺鬲、野服，王公所遺鹿裘、素障、瘿杯，塵皆流積，不御也。」

〔五〕老蛟穴：老蛟龍居處的洞穴。喻酒樽形狀奇異。

〔六〕時招：不時約請。招，邀請。《玉篇·手部》：「招，招要也。」陶淵明《歸園田居五首》（其五）：「漉我新熟酒，隻鷄招近局。」

〔七〕盡醉：盡情醉酒。忘言：謂不須言説。《莊子·外物》：「言者所以在意，得意而忘言。吾安得夫忘言之人而與之言哉！」

〔八〕天舌：形容能言善辯。

酒城〔一〕

何代驅生靈〔二〕，築之爲釀地。殊無甲兵守〔三〕，但有糟漿氣〔四〕。雉堞屹如狂①〔五〕，女墻低似醉〔六〕。必若據而争，先登儀狄氏②〔七〕。（詩一五九）

【校記】

①「屹」陸詩丙本、統籤本作「圪」。②「儀狄」原作「狄儀」，據弘治本、汲古閣本、詩瘦閣本、四庫本、陸詩甲本、陸詩丙本、統籤本、類苑本、季寫本、全唐詩本改。

【注釋】

〔一〕酒城：參本卷（詩一四九）注〔一〕。

〔二〕生靈：老百姓，人民。

〔三〕殊無：全無，毫無。殊，極，甚，副詞。甲兵：披甲胄的士兵。泛指士兵。

〔四〕糟漿氣：酒的氣味。《列子·楊朱篇》：「（公孫）朝好酒，（公孫）穆好色。朝之室也聚酒千鍾，積麯成封，望門百步，糟漿之氣逆於人鼻。」

〔五〕雉堞（dié）：城墻。《文選》（卷一一）鮑照《蕪城賦》：「板築雉堞之殷，井幹烽櫓之勤。」李善注：「鄭玄《周禮》注曰：『雉，長三丈，高一丈。』杜預《左氏傳》注曰：『堞，女墻也。』」堞：城上凹凸不平的齒狀矮墻，又稱女墻。《説文·土部》：「堞，城上女垣也。」屹如狂：聳立的態勢猶如發酒狂。《漢書》（卷七七）《蓋寬饒傳》：「無多酌我，我乃酒狂。」

〔六〕女墻句：謂女墻低矮，好似婆娑歪倒的醉漢。

〔七〕先登：謂首先要祭祀。登：古代祭祀時盛肉食的祭器。《詩經·大雅·生民》：「卬盛于豆，于豆于登。」《毛傳》：「木曰豆，瓦曰登。」《爾雅·釋器》：「木豆謂之豆，竹豆謂之籩，瓦豆謂之登。」儀狄氏：相傳爲夏禹時發明釀酒的人。《初學記》（卷二六）：「《世本》曰：『儀狄始作酒醪，變五味。少康作秫酒。』」《戰國策·魏策二》：「昔者，帝女令儀狄作酒而美，進之禹，禹飲而甘之，遂疏儀狄，絶旨酒，曰：『後世必有以酒亡其國者。』」并參本卷（詩一四四）注〔五〕。

酒　鄉〔一〕

誰知此中路，暗出虛無際①〔二〕。廣莫是鄰封〔三〕，華胥爲附麗〔四〕。三杯聞古樂〔五〕，伯雅逢遺裔〔六〕。自爾等榮枯〔七〕，何勞問玄弟②〔八〕。（詩一六〇）

【校記】

①「際」陸詩丙本作「傺」。　②「玄」原缺末筆，避宋太祖始祖趙玄朗諱。

【注釋】

〔一〕酒鄉：參本卷（詩一五〇）注〔一〕。

〔二〕虚無：道家認爲「道」的本體虚無，既空無所有，又能包容萬物。此指酒鄉之路杳然無際，廣大無邊。

〔三〕廣莫：廣闊蒼茫貌。《莊子·逍遥遊》：「今子有大樹，患其無用，何不樹之無何有之鄉，廣莫之野，彷徨乎無爲其側，逍遥乎寢卧其下。」陸德明《經典釋文》（卷二十六）《莊子音義》（上）：「『無何有之鄉，廣莫之野』，謂寂絶無爲之地也。簡文云：『莫，大也。』」鄰封：相鄰的封地，鄰國。封：疆界。《説文·土部》：「封，爵諸侯之土也。公侯百里，伯七十里，子男五十里。」《左傳·僖公三十年》：「（晋）既東封鄭，又欲肆其西封。」杜預注：「封，疆也。」

〔四〕華胥：古代寓言中的理想之國。《列子·黄帝篇》：「（黄帝）晝寢而夢，遊於華胥氏之國。華胥氏之國在弇州之西，台州之北，不知斯齊國幾千萬里；蓋非舟車足力之所及，神游而已。」附麗：附着，依附。一作「附離」。《莊子·駢拇》：「附離不以膠漆，約束不以纆索。」《文選》（卷六）左思《魏都賦》：「而子大夫之賢者，尚弗曾庶翼等威，附麗皇極。」

〔五〕三杯：三杯酒。古人認爲飲下三杯酒，即可使人超脱。李白《月下獨酌四首》（其二）：「三杯通大道，一斗合自然。」古樂：本指先王之正樂。此泛指古代音樂。《禮記·樂記》：「魏文侯問於子夏曰：『吾端冕而聽古樂，則唯恐卧；聽鄭、衛之音，則不知倦。敢問古樂之如彼，何也？新樂之如此，何也？』」鄭玄注：「古樂，先王之正樂也。」

〔六〕伯雅：盛酒器具。《太平御覽》（卷八四五）引《典論》曰：「劉表有酒爵三：大曰伯雅，次曰仲雅，小曰季雅。伯雅容七升，仲雅六升，季雅五升。」遺裔：後嗣，後代。

〔七〕自爾：從此。榮枯：草木的茂盛與枯萎。喻人世的盛衰窮達。《文選》（卷二一）顔延之《秋胡詩》：「孰知寒暑積，僶俛見榮枯。」李善注：「程曉《女典》曰：『春榮冬枯，自然之理。』」杜甫《自京赴奉先縣咏懷五百字》：「榮枯咫尺異，惆悵難再述。」

〔八〕玄弟：玄門弟子，道家之徒。其主張順應自然，等同榮枯。

添酒中六咏（并序）①

龜蒙

鹿門子示余《酒中十咏》②〔一〕，物古而詞麗③〔二〕，旨高而性真④〔三〕，可謂窮天人之際矣〔四〕。余既和而且曰⑤：昔人之於酒，有注爲池而飲之者〔五〕，象爲龍而吐之者〔六〕，親盜甕間而卧者〔七〕，將實舟中而浮者⑥〔八〕，可爲四荒矣〔九〕。徐景山有酒鎗〔一〇〕，嵇叔夜有酒杯〔一一〕，皆傳於後代⑦，可謂二高矣〔一二〕。四荒不得不刺⑧，二高不得不頌，更作六章〔一三〕，附于末云⑨。（序一〇）

【校記】

①季寫本無「并序」。　②「余」弘治本、汲古閣本、詩瘦閣本、四庫本、季寫本、全唐詩本作「予」。

「十」陸詩丙本黄校注：「空格。」 ③「詞」原作「誦」，據弘治本、汲古閣本、四庫本、陸詩甲本、陸詩丙本、統籤本、類苑本、季寫本、全唐詩本改。 ④「旨」季寫本作「子」。 ⑤「余」弘治本、汲古閣本、詩瘦閣本、四庫本、季寫本、全唐詩本作「予」。 ⑥「實」詩瘦閣本、季寫本作「寔」。 ⑦「於」統籤本作「于」。 ⑧「剌」原作「刺」，據汲古閣本、四庫本改。 ⑨「于」汲古閣本、四庫本、全唐詩本作「於」。

【注釋】

〔一〕鹿門子：皮日休自號。參卷一（詩四）注〔一五六〕。

〔二〕物古：謂所咏酒器敦厚古樸。詞麗：詞藻華美。

〔三〕旨高：旨趣高遠。性真：性情真率。

〔四〕天人之際：天道與人事之間的相互關係。司馬遷《報任安書》：「亦欲以究天人之際，通古今之變，成一家之言。」

〔五〕注爲池：注酒而成酒池。《史記》（卷三）《殷本紀》：「（帝紂）大聚樂戲於沙丘，以酒爲池，縣肉爲林，使男女倮相逐其間，爲長夜之飲。」《正義》：「《括地志》云：『酒池在衛州衛縣西二十三里。《太公六韜》云紂爲酒池，迴船糟丘而牛飲者三千餘人爲輩。』」

〔六〕象爲龍：造設酒龍而讓其口中吐酒。晋王嘉《拾遺記》（卷九）：「石虎於太極殿前起樓，高四十丈，結珠爲帘，垂五色玉珮，風至鏗鏘，和鳴清雅。……臺上有銅龍，腹容數百斛酒，使胡人於樓上嗽酒，風至望之如露，名曰『粘雨臺』，用以灑塵。樓上戲笑之聲，音震空中。」東晉戴延之《西征記》（《北堂書鈔》卷一四八）云：「太極殿前有銅龍，長二丈，銅樽容四十斛。正旦大會群臣，龍從腹内受酒，口吐之於尊内。」

〔七〕親盗甕間而卧者：用晋畢卓事。《世説新語·任誕》：「畢茂世云：『一手持蟹螯，一手持酒杯，拍浮酒池中，便足了一生。』」劉孝標注引《晋中興書》曰：「畢卓字茂世，新蔡人。少傲達，爲胡毋輔之所知。太興末，爲吏部郎，嘗飲酒廢職。比舍郎釀酒熟，卓因醉，夜至其甕間取飲之。主者謂是盗，執而縛之，知爲吏部也，釋之。卓遂引主人燕甕側，取醉而去。温嶠素知愛卓，請爲平南長史。卒。」

〔八〕將實舟中而浮者：將船裹裝滿酒而泛舟遊樂。亦用畢卓事。《晋書》（卷四九）《畢卓傳》：「卓嘗謂人曰：『得酒數百斛船，四時甘味置兩頭，右手持酒杯，左手持蟹螯，拍浮酒船中，便足了一生矣。』」也用鄭泉事，參本卷（詩一六四）注〔一〕。

〔九〕四荒：謂以上四個有關沉溺於飲酒的人事。《尚書·五子之歌》：「内作色荒，外作禽荒。甘酒嗜音，峻宇雕墻。有一于此，未或不亡。」《孔傳》：「迷亂曰荒。色，女色；禽，鳥獸。」《國語·越語下》：「四年，王（按指勾踐）召范蠡而問焉，曰：『先人就世，不穀即位。吾既年少，未有恒常，出則禽荒，入則酒荒。吾百姓之不圖，唯舟與車。上天降禍於越，委制於吴。』」

〔一〇〕徐景山：徐邈字景山，三國時魏人。曾任尚書郎，隴西、南安、平陽、安平太守等職。爲人嗜酒。

生平事迹参《三國志·魏書》本傳。酒鎗：温酒器具。一作「酒鐺」。參本卷（詩一四五）注〔五〕。

〔二〕嵇叔夜：嵇康。參本卷（詩一五一）》注〔四〕。酒杯：指嵇康酒杯。參本卷（詩一四五）注〔五〕。

〔三〕二高：指嗜酒而酒德高尚的徐邈、嵇康。頌：頌揚，贊美。

〔三〕更作：再作，又作。

酒　池〔一〕

萬斛輸曲沼①〔二〕，千鍾未爲多〔三〕。殘霞入醍齊〔四〕，遠岸澄白酇〔五〕。后土亦沈醉〔六〕，奸臣空浩歌〔七〕。邇來荒淫君②〔八〕，尚得乘餘波。（詩一六一）

【校記】

①「曲沼」盧校本作「由淺」。「曲」統籤本作「由」。②「淫」汲古閣本、季寫本作「滛」。

【注釋】

〔一〕酒池：以酒作池。參本卷（序一〇）注〔五〕。

〔二〕萬斛：極言酒的數量之多。斛，容量單位，十斗爲一斛。《説文·斗部》：「斛，十斗也。」曲沼：曲池。迂迴彎曲的池塘。此指酒池。

〔三〕千鍾：亦言酒的數量極多。鍾，容量單位。六斛四斗爲一鍾。《左傳·昭公三年》：「齊舊四量：豆、區、釜、鍾。四升爲豆，各自其四，以登於釜。釜十則鍾。」杜預注：「鍾，六斛四斗。」一説：十斛爲一鍾。《淮南子·要略》：「一朝用三千鍾贛。」高誘注：「鍾，十斛也。贛，賜也。一朝賜群臣之費三萬斛也。」

〔四〕殘霞：夕陽余暉的紅色彩霞。醍齊（tǐ jì）：紅酒。《禮記·禮運》：「粢醍在堂。」鄭玄注：「《周禮》五齊：一曰泛齊，二曰醴齊，三曰盎齊，四曰醍齊，五曰沈齊。」《周禮·天官·酒正》：「辨五齊之名：一曰泛齊，二曰醴齊，三曰盎齊，四曰緹齊，五曰沈齊。」鄭玄注：「盎猶翁也，成而翁翁然，葱白色，如今酇白矣。緹者，成而紅赤，如今下酒矣。」「緹齊」即「醍齊」。

〔五〕白酇（zǎn）：白酒。亦作「酇白」、「白醝」。南朝宋孝武帝劉駿《四時詩》：「爬醬調秋菜，白醝解冬寒。」參本詩注〔四〕。陸德明《經典釋文》（卷八）《周禮音義》（上）：「酇白，即今之白醝酒也。宜作醝。作酇，假借也。」

〔六〕后土：古代稱土地神爲后土。即指土地、大地。《周禮·春官·大宗伯》：「王大封，則先告后土。」鄭玄注：「后土，土神也，黎所食者。」沈醉：大醉。

〔七〕奸臣：奸佞之臣。指陪伴帝紂縱飲酒池的佞臣。參本卷（序一〇）注〔五〕。

〔八〕邇來：近來。荒淫君：縱酒享樂的君王。曹植《酒賦》：「於是飲者并醉，縱横喧嘩，或揚袂起舞，或叩劍清歌；或顰蹙辭觴，或奮爵横飛；或嘆驪駒既駕，或稱朝露未晞。於斯時也，質者或文，剛者或仁；卑者忘賤，窶者忘貧。和暱皆之宿憾，雖怨讎其必親。於是矯俗先生聞之而嘆曰：『噫！夫言何容易，此乃荒淫之源，非作者之事。若耽於觴酌，流情縱逸，先王所禁，君子所失。』」

酒　龍〔一〕

銅雀羽儀麗〔二〕，金龍光彩奇〔三〕。潛傾鄴宫酒①〔四〕，忽似商庭漦②〔五〕。若怒鱗甲赤〔六〕，如酣頭角垂〔七〕。君臣坐相滅〔八〕，安用驕奢爲〔九〕。（詩一六二）

【校記】

①「宫」原作「官」，據弘治本、汲古閣本、詩瘦閣本、四庫本、陸詩甲本、陸詩丙本、統籤本、類苑本、季寫本、全唐詩本改。　②「似」詩瘦閣本作「侶」，全唐詩本作「作」。

【注釋】

〔一〕酒龍：參本卷（序一〇）注〔六〕。

〔二〕銅雀：銅雀臺，曹操建造。臺高十丈，樓頂置大銅雀，故名。故址在今河北省臨漳縣西南。此詩咏「酒龍」，乃後趙石虎（季龍）事。石虎亦都鄴城，并廣造宫室，窮極豪奢，以致亡國。故詩中雖用曹魏舊稱，所寫實就石氏而言。《三國志·魏書·武帝紀》：「（建安十五年）冬，作銅雀臺。」《鄴中記》（《藝文類聚》卷六二）曰：「鄴城西北立臺，皆因城爲基址。中央名銅雀臺，北則冰井臺。」又曰：「西臺高六十七丈，上作銅鳳，窗皆銅籠，疏雲母幌。日之初出，乃流光照曜。」羽儀麗：謂銅雀臺上的銅雀羽翼軒翥，鮮艷明麗。曹丕《登臺賦》（《藝文類聚》卷六二）：「登高臺以騁望，好靈雀之麗嫻。」羽儀：羽翼，禽鳥翅翼。《周易・漸卦》：「鴻漸于陸，其羽可用爲儀。」

〔三〕金龍：銅龍，即指酒龍。參本卷（序一〇）注〔六〕。

〔四〕鄴宫：東漢末曹操被封爲魏王，立都于鄴城，故云鄴宫。《三國志・魏書・武帝紀》：「（建安十八年）秋七月，始建魏社稷宗廟。」《晋書》（卷一〇六）《石季龍載記》：「於襄國起太武殿，於鄴造東西宫，……太武殿……東西七十五步，南北六十五步。皆漆瓦、金鐺、銀楹、金柱、珠簾、玉璧，窮極伎巧。」

〔五〕商庭漦（lí）：殷商宫殿裏的龍涎。但古籍不言商庭，而説夏庭。《國語・鄭語》：「夏之衰也，褒人之神化爲二龍，……夏后卜殺之與去之與止之，莫吉。卜請其漦而藏之，吉。」韋昭注：「漦，龍所吐沫，龍之精氣也。」《文選》（卷一四）班固《幽通賦》：「震鱗漦于夏庭兮，匝三正而滅姬。」李善注：「應劭曰：『震爲龍，鱗蟲之長。漦，沫也。』」此句以夏庭龍吐沫，喻酒從酒龍口中吐出。

〔六〕若怒句：龍好似發怒，鱗甲變成了紅色。指此詩所咏金龍。

〔七〕如酣句：龍好像喝醉了酒，把頭垂下了。頭角，指龍頭上的角。

〔八〕坐：因，致。

〔九〕安用：何用，何以。驕奢：驕縱奢侈。《戰國策·齊策四》：「是故《易傳》不云乎：『居上位，未得其實，以喜其爲名者，必以驕奢爲行。据慢驕奢，則凶從之。』」爲：語氣助詞。此句謂後趙石虎因嗜酒而亡國。

酒　甕〔一〕

候暖麯蘗調①〔二〕，覆深苫蓋浄②〔三〕。溢處每淋漓〔四〕，沈來還濕瀅〔五〕。嘗聞清凉酎③〔六〕，可養希夷性〔七〕。盗飲以爲名〔八〕，得非君子病〔九〕。（詩一六二三）

【校記】

①「蘖」四庫本、陸詩丙本作「蘗」。②「苫」陸詩甲本作「苫」。③「嘗」季寫本、全唐詩本作「常」。

【注釋】

〔一〕酒甕：此指釀酒的器具。宋朱肱《酒經》（卷下）《酒器》：「東南多瓷甕，洗刷浄便可用。西北無之，多用瓦甕。若新甕，用炭火五、七斤罩甕其上，候通熱，以油蠟遍涂之。若舊甕，冬初用時，須薰過。其法：用半頭磚鐺脚安放，合甕磚上，用乾黍穰文武火熏，于甑釜上蒸，以甕邊黑汁出爲度，然後水洗三、五遍，候乾，用之。更用漆之，尤佳。」

〔二〕候暖：等候其變熱。指酒母發酵變熱。麯蘖：酒母。《説文·米部》：「鞠，酒母也。」《玉篇·麥部》：「麯，麯蘖。」《尚書·説命下》：「若作酒醴，爾惟麯蘖。」《孔傳》：「酒醴，須麯蘖以成。」調：調和均勻。

〔三〕苫(shān)蓋：茅草的覆蓋物。《爾雅·釋器》：「白蓋謂之苫。」郭璞注：「白茅苫也，今江東呼爲蓋。」此句謂潔净的苫蓋多層地覆蓋在酒甕上。

〔四〕溢處句：謂裝滿的酒甕就會流溢出來。

〔五〕沈來：沉澱。來，語助詞。濎瀅(tíng yíng)：小水貌。一作「濎濙」。《文選》(卷七)揚雄《甘泉賦》：「梁弱水之濎濙兮，躡不周之逶蛇。」李善注：「濎濙，小水貌也。《字林》曰：『濙，絶小水也。』」此句謂沉澱後的酒醪也會從酒甕中滲出。

〔六〕清涼酎(zhòu)：清酒，醇酒。《楚辭·招魂》：「挫糟凍飲，酎清涼些。」

〔七〕希夷性：清净無爲，閑適淡泊的性情。希夷，語出《老子》。參本卷(詩一五〇)注〔六〕。西晉張載《酃酒賦》(《初學記》卷二六)「故其爲酒也，殊功絶倫。三事既節，五齊必均。造釀在秋，告成在春。備味滋和，體色淳清。宣御神志，導氣養形。遣憂消患，適性順情。言之者嘉其美志，味之者棄事忘榮。」正是説以酒養性。

〔八〕盜飲：用畢卓事。參本卷(序一〇)注〔七〕。

〔九〕得非：莫不是。

酒　船〔一〕

昔人性何誕〔二〕，欲載無窮酒。波上任浮身①〔三〕，風來即開口。荒唐意難遂〔四〕，沈湎名不朽〔五〕。千古如比肩〔六〕，問君能繼不〔七〕。　（詩一六四）

【校記】

①「波」原作「陂」，據弘治本、汲古閣本、詩瘦閣本、四庫本、統籤本、類苑本、季寫本、全唐詩本改。

【注釋】

〔一〕酒船：以船載酒，以供游樂。用畢卓事。參本卷（序一〇）注〔八〕。酒船尚有鄭泉事。《太平御覽》（卷八四六）引《吴書》曰：「鄭泉字文淵，陳郡人。博學有奇志，而性嗜酒。其閑居，每日願得美酒滿五百斛舡，以四時甘脆置兩頭，反覆以飲之，憊即住而啖肴膳，酒有斗升減，即隨益之，不亦快乎！」李商隱《夜飲》：「燭分歌扇淚，雨送酒船香。」劉學鍇、余恕誠師《李商隱詩歌集解》引馮（皓）注曰：「《吴志》注引《吴書》曰：『鄭泉性嗜酒，每曰：「願得美酒滿五百斛船，以四時甘脆置兩頭，反覆没飲之。」』《晉書·畢卓傳》：『嘗謂人曰：「得酒滿數百斛船，四時甘脆置兩頭，拍浮酒船中，便足了一生矣。」』二事相類。陸龜蒙《酒中諸咏》，其咏『酒船』即指此事也。」

〔二〕昔人：前人。指鄭泉、畢卓一輩人。

〔三〕波上句：用畢卓「拍浮酒船中，便足了一生」的話，和鄭泉「反覆没飲」事。參本詩注〔一〕。

〔四〕荒唐：此指行爲放縱。《莊子·天下》：「以謬悠之説，荒唐之言，無端崖之辭，時恣縱而不儻，不以觭見之也。」

〔五〕沈湎：沉溺於酒中。參本卷（序九）注〔八〕。名不朽：謂鄭泉、畢卓等人以嗜酒名傳後世。

〔六〕比肩：并肩，并列。《淮南子·説山訓》：「三人比肩，不能外出户。一人相隨，可以通天下。」

〔七〕不：同「否」。李白《秋浦歌十七首》（其一）：「寄言向江水，汝意憶儂不？」

酒鎗〔一〕

景山實名士〔二〕，所玩垂清塵〔三〕。嘗作酒家語〔四〕，自言中聖人〔五〕。奇器質含古〔六〕，挫糟味應醇〔七〕。唯懷魏公子〔八〕，即此飛觴頻〔九〕。（詩一六五）

【注釋】

〔一〕酒鎗：參本卷（詩一四五）注〔五〕。

〔二〕景山：徐邈字景山，三國時魏人。參本卷（序一〇）注〔一〇〕。

〔三〕所玩：所喜愛，所習。垂清塵：留傳後世成爲典範。清塵，喻清高的風尚。《楚辭·遠遊》：「聞赤松之清塵兮，願承風乎遺則。」王逸注：「想聽真人之徽美也，思奉長生之法式也。」

〔四〕酒家：漢辛延年《羽林郎》：「依倚將軍勢，調笑酒家胡。」

〔五〕中聖人：徐邈嗜酒，自稱「中聖人」。即醉酒。參本卷（詩一五三）注〔五〕。

〔六〕奇器句：謂徐邈的酒鎗質樸高古。奇器：奇巧的器物，指酒鎗。《禮記·王制》：「作淫聲、異服、奇技、奇器以疑衆。」

〔七〕挫糟：去其酒糟，取其清酒。《楚辭·招魂》：「挫糟凍飲，酎清凉些。」王逸注：「挫，捉也。凍，冰也。酎，醇酒也。言盛夏則爲覆甓乾釀，提去其糟，但取清醇，居之冰上，然後飲之。酒寒凉，又長味，好飲也。」

〔八〕魏公子：指曹丕（一八七—二二六），字子桓，曹操第二子。曹操卒，繼位魏王。後漢獻帝禪位，登帝位，史稱魏文帝。生平事迹參《三國志·魏書·文帝紀》。曹丕頗重視徐邈。《三國志·魏書·徐邈傳》：「文帝踐阼，（邈）歷譙相，平陽、安平太守，潁川典農中郎將。所在著稱，賜爵關内侯。車駕幸許昌，問邈曰：『頗復中聖人不？』邈對曰：『昔子反斃於穀陽，御叔罰於飲酒。臣嗜同二子，不能自懲，時復中之。然宿瘤以醜見傳，而臣以醉見識。』帝大笑，顧左右曰：『名不虚立。』遷撫軍大將軍軍師。」

〔九〕飛觴（shāng）：舉杯飲酒。《文選》（卷五）左思《吴都賦》：「里讌巷飲，飛觴舉白。」劉良注：「行觴疾如飛也。」觴，酒杯。

酒　杯〔一〕

叔夜傲天壤〔二〕，不將琴酒踈〔三〕。製爲酒中物〔四〕，恐是琴之餘〔五〕。一弄《廣陵散》〔六〕，又

裁《絶交書》〔七〕。頹然擲林下〔八〕，身世俱何如〔九〕。　（詩一六六六）

【注釋】

〔一〕酒杯：指嵇康酒杯。參本卷（詩一四五）注〔五〕。

〔二〕叔夜：嵇康字叔夜。參本卷（詩一五一）注〔四〕。天壤：天地之間。

〔三〕不將：不與。此句謂嵇康既嗜酒又善彈琴。

〔四〕酒中物：指嵇康製作的酒杯。

〔五〕琴之餘：謂嵇康彈琴之餘事，才製作酒杯。《晉書》（卷四九）《嵇康傳》：「（嵇康）彈琴咏詩，自足於懷。」

〔六〕一弄：猶一曲。弄，演奏，樂曲。《廣陵散》：琴曲名，嵇康擅長彈奏。《世説新語·雅量》：「嵇中散臨刑東市，神氣不變。索琴彈之，奏《廣陵散》。曲終曰：『袁孝尼嘗請學此散，吾靳固不與，《廣陵散》於今絶矣！』」

〔七〕裁：本指製衣。此喻撰文。《説文·衣部》：「裁，制衣也。」杜甫《江亭》：「故林歸未得，排悶强裁詩。」《絶交書》：即嵇康《與山巨源絶交書》一文。《晉書》（卷四九）《嵇康傳》：「山濤將去選官，舉康自代。康乃與濤告絶。」《世説新語·棲逸》：「山公將去選曹，欲舉嵇康；康與書告絶。」劉孝標注：「《康別傳》曰：『山巨源爲吏部郎，遷散騎常侍，舉康，康辭之，并與山絶。豈不識山之不以一官遇己情邪？亦欲標不屈之節，以杜舉者之口耳！乃答濤書，自説不堪流俗，而非薄湯、武。大將軍聞而惡之。』」

〔八〕頽然：頽放不羈貌。擲林下：指嵇康恣縱於山林之下。《晋書》（卷四九）《嵇康傳》：「所與神交者惟陳留阮籍、河内山濤，豫其流者河内向秀、沛國劉伶、籍兄子咸、琅玡王戎，遂爲竹林之游，世所謂『竹林七賢』也。戎自言與康居山陽二十年，未嘗見其喜愠之色。」《世説新語·任誕》：「陳留阮籍、譙國嵇康、河内山濤，三人年皆相比，康年少亞之。預此契者：沛國劉伶、陳留阮咸、河内向秀、琅邪王戎。七人常集于竹林之下，肆意酣暢，故世謂『竹林七賢』。」晋王獻之《進書訣表》：「臣年二十四，隱林下。」

〔九〕身世句：意謂個人自身和人世間都完全忘却。

奉和添酒中六咏①

日休

酒　池〔一〕

八齊競奔注②〔二〕，不知深幾丈。竹葉島紆徐〔三〕，鳧花波蕩漾③〔四〕（原注：鳧花，酒名，出梁簡文帝集④）。醺應爛地軸〔五〕，浸可柔天壤〔六〕。以此獻吾君，願銘於几杖⑤〔七〕。（詩一六

七）

【校記】

①四庫本無「添」。「添」季寫本作「忝」。②「注」統籤本作「住」。③「漾」四庫本作「樣」。④類苑本無此注語。⑤「几」全唐詩本作「凡」。

【注釋】

〔一〕酒池：參本卷（序一〇）注〔五〕。

〔二〕八齊：即「五齊」、「三酒」的合稱。概稱酒。齊（jì）：通「劑」，有調和，調配之義。古代釀酒，通過不同的調節釀成不同的酒。此指酒的品種、質量。《初學記》（卷二六）《酒》曰：「以節度作之，故以齊爲名。」《周禮·天官·酒正》：「酒正掌酒之政令，以式法授酒材。……辨五齊之名：一曰泛齊，二曰醴齊，三曰盎齊，四曰緹齊，五曰沈齊。辨三酒之物：一曰事酒，二曰昔酒，三曰清酒。」鄭玄注：「泛者，成而滓浮，泛泛然，如今宜成醪矣。醴猶體也，成而汁滓相將，如今恬酒矣。盎猶翁也，成而翁翁然，葱白色，如今酇白酒矣。緹者，成而紅赤，如今下酒矣。沈者，成而滓沈，如今造清也。……鄭司農云：『事酒，有事而飲也。昔酒，無事而飲也。清酒，祭祀之酒。』玄謂事酒，酌有事者之酒；其酒則今之醳酒也。昔酒，今之酋久白酒，所謂舊醳者也。清酒，今中山冬釀，接夏而成。」奔注：奔流灌注，流淌。

〔三〕竹葉：竹葉青。又作「竹葉清」。古代酒名。此句關合題面「酒池」的「池」字，謂竹葉島蜿蜒彎曲。《文選》（卷三五）張協《七命》：「乃有荆南烏程，豫北竹葉。」張華《輕薄篇》：「蒼梧竹葉清，宜城九醖醝。浮醪隨觴轉，素蟻自跳波。」

〔四〕皃花：據原注，古代酒名。通檢逯欽立輯校《先秦漢魏晋南北朝詩》、嚴可均輯校《全上古三代秦漢三國六朝文》中梁簡文帝蕭綱詩文，未得此條材料。此句亦關合題面，謂野皃似花在酒池上隨波蕩漾。

〔五〕醺：醉酒。此謂浸染。《説文・酉部》：「醺，醉也。《詩》曰：『公尸來燕醺醺。』」地軸：大地。《博物志》（卷一）：「地有三千六百軸，犬牙相舉。」

〔六〕浸：漬，濕潤。天壤：天地，天地之間。

〔七〕几杖：几案和手杖。銘几杖：謂將酒禍之意銘於几杖之上，以示儆戒。《禮記・曲禮上》：「謀於長者，必操几杖以從之。」

酒　龍〔一〕

銅爲蚴蟉鱗〔二〕，鑄作螭鰺角〔三〕。吐處百里雷〔四〕，瀉時千丈壑〔五〕。初疑潛苑囿①〔六〕，忽似拏寥廓〔七〕。遂使銅雀臺〔八〕，香消野花落〔九〕。（詩一六八）

【校記】

①「疑」原作「凝」，據弘治本、汲古閣本、詩瘦閣本、四庫本、皮詩本、項刻本、統籤本、類苑本、季寫本、

全唐詩本改。

【注釋】

〔一〕酒龍：參本卷（序一〇）注〔六〕。

〔二〕蚴蟉（yǒu liú）：屈曲貌。《漢書》（卷五七上）《司馬相如傳上》：「青龍蚴蟉於東箱，象輿婉僤於西清。」顔師古注：「蚴蟉、婉僤，皆行動之貌。」《文選》（卷八）司馬相如《上林賦》郭璞注：「蚴蟉，龍行貌也。」

〔三〕鱙（miáo）⿰魚翏（⿰角翏 liú）：友人王永吉考訂，「⿰魚翏」字應是「⿰角翏」之誤。《文選》（卷七）揚雄《甘泉賦》：「玄瓚觩⿰角翏，秬鬯泔淡。」李善注引張晏曰：「瓚受五斗，口徑八寸，以大圭爲柄，用灌鬯。觩⿰角翏，其貌也。」《玉篇·角部》：「觩，角貌。」又曰：「⿰角翏，角不正。」鱙⿰角翏角：龍角像是鯢鱙做成的彎曲的形狀。《吴越春秋》（卷四）：「吴在辰，其位龍也，故小城南門上反羽爲兩鯢鱙，以象龍角。」

〔四〕百里雷：誇張酒龍口吐酒發出的響聲，猶如百里外尚能聽到的雷聲。

〔五〕瀉時句：誇張酒龍口中所吐酒噴涌而下，猶如千丈瀑布直瀉溝壑。《莊子·秋水》：「子不見夫唾者乎？噴則大者如珠，小者如霧。」

〔六〕苑囿：古代帝王畜養禽獸的園林。此句以龍蟄伏於地下的盤曲貌形容酒龍。

〔七〕拿（ná）：抓住，捉取。此形容龍的飛騰貌。寥廓：指天空。《漢書》（卷五七下）《司馬相如傳下》：「觀者未睹指，聽者未聞音，猶焦朋已翔乎寥廓，而羅者猶視乎藪澤，悲夫！」顏師古注：「寥廓，天上寬廣之處。」

〔八〕銅雀臺：雖因曹操而著名，此借此後趙石虎鄴宮。參本卷（詩一六二）注〔三〕。

〔九〕香消句：喻後趙君臣嗜酒豪奢，導致亡國的凄凉景象。香消花落，喻其敗亡的悲惨結局。

酒　甕〔一〕

堅净不苦窳〔二〕，陶於醉封疆〔三〕。臨溪刷舊痕〔四〕，隔屋聞新香〔五〕。移來近麯室〔六〕，倒處臨糟床〔七〕。所嗟無此鄰①〔八〕，余亦能偷嘗〔九〕。（詩一六九）

【校記】

①「此」弘治本、汲古閣本、詩瘦閣本、四庫本、皮詩本、項刻本、季寫本、全唐詩本作「比」。

【注釋】

〔一〕酒甕：參本卷（詩一六三）注〔一〕。

〔二〕堅净：堅固潔净。苦窳（yǔ）：粗糙，質量低劣。《韓非子·難一》：「東夷之陶者，器苦窳，舜往陶焉，期年而器牢。」

〔三〕陶：陶土燒制而成的酒甕。醉封疆：謂醉酒之地。猶醉鄉。封疆，疆域，疆土。《周禮·地官·大司徒》：「諸公之地，封疆方五百里。」

〔四〕臨溪句：謂在溪水裏將酒甕去年釀酒殘留的痕迹洗刷幹净。

〔五〕隔屋句：謂隔屋就能聞到新釀酒的香氣。

〔六〕麯室：制酒的作坊。麯，酒麯。

〔七〕臨：靠近。糟床：酒床。榨酒的器具。參本卷（詩一四四）注〔一〕。

〔八〕所嗟句：所嗟嘆的是不能與酒甕爲鄰。

〔九〕偷嘗：用畢卓盗飲事。參本卷（序一〇）注〔七〕。

酒船〔一〕

剡桂復刳蘭〔二〕，陶陶任行樂〔三〕。但知涵泳好〔四〕，不計風濤惡〔五〕。嘗行麯封内〔六〕，稍繫糟丘泊〔七〕。東海如可傾，乘之就斟酌〔八〕。（詩一七〇）

【注釋】

〔一〕酒船：參本卷（詩一六四）注〔一〕。

〔二〕剡（yǎn）桂：砍削桂樹。刳（kū）蘭：鑿空木蘭樹。謂以桂樹爲楫，木蘭爲舟。此指酒船。《周易·繫辭下》：「刳木爲舟，剡木爲楫，舟楫之利，以濟不通，致遠以利天下。」《楚辭·九歌·湘君》：「桂棹兮蘭枻，斫冰兮積雪。」南朝梁任昉《述異記》（卷下）：「木蘭川在潯陽江中，多木蘭樹。昔吴王闔閭植木蘭於此，用構宫殿也。七里洲中有魯班刻木蘭爲舟，舟至今在洲中。詩家云木蘭舟出於此。」

〔三〕陶陶：快樂貌。《詩經·王風·君子陽陽》：「君子陶陶，左執翿，右招我由敖，其樂只且。」《毛傳》：「陶陶，和樂貌。」行樂：《文選》（卷四一）楊惲《報孫會宗書》：「人生行樂耳，須富貴何時？」

〔四〕涵泳：潛游。此指泛舟。《文選》（卷五）左思《吴都賦》：「𪓰鼊鯖鰐，涵泳乎其中。」劉逵注：「涵，沉也。楊雄《方言》曰：『南楚謂沉爲涵。』泳，潛行也。見《爾雅》。言已上魚龍潛没泳其中。」

〔五〕不計：韓愈《題木居士二首》（其一）：「火透波穿不計春，根如頭面幹如身。」風濤惡：風浪險惡。李白《横江詞》（六首其二）：「横江欲渡風波惡，一水牽愁萬里長。」

〔六〕嘗行：常行。「嘗」同「常」。麯封：酒麯堆積之地。《列子·楊朱篇》：「子産相鄭，專國之政。三年，善者服其化，惡者畏其禁，鄭國以治。諸侯憚之。而有兄曰公孫朝，有弟曰公孫穆。朝好酒，穆好色。朝之室也聚酒千鍾，積麯成封，望門百步，糟漿之氣逆於人鼻。」

〔七〕稍繫：頗繫。張相《詩詞曲語辭匯釋》（卷二）：「稍，猶頗也，深也。甚辭，與小或少之本義相反。」糟丘：積酒糟成丘。謂釀酒之多。《韓詩外傳》（卷四）：「桀爲酒池，可以運舟，糟丘足以望十里，一鼓而牛飲者三千人。」

〔八〕斟酌：倒酒於杯中。《文選》（卷二九）蘇武《詩四首》（其一）：「我有一樽酒，欲以贈遠人。願子留斟酌，叙此平生親。」

酒　鎗〔一〕

象鼎格仍高〔二〕，其中不烹飪。唯將煮濁醪〔三〕，用以資酣飲。偏宜旋樵火①〔四〕，稍近餘酲枕〔五〕。若得伴琴書〔六〕，吾將著閑品〔七〕。（詩一七一）

【校記】

①「偏」汲古閣本作「徧」。

【注釋】

〔一〕酒鎗：參本卷（詩一四五）注〔五〕。

〔二〕象鼎：指酒鎗的形狀與鼎差不多。格仍高：格調更高。仍：因，比。參劉淇《助字辨略》（卷二）。

〔三〕濁醪：濁酒。泛指酒。《文選》（卷六）左思《魏都賦》：「清酤如濟，濁醪如河。凍醴流澌，温酎躍波。」

〔四〕偏宜：很適宜，很適合。劉淇《助字辨略》（卷二）：「偏，畸重之辭也。」旋：漸，逐漸。樵火：燃燒的柴火。

〔五〕稍近：頗近，很近。餘酲（chéng）：宿醉。酲，病酒。餘酲枕：病酒而卧床。《世説新語·任誕》：「（劉）伶跪而祝曰：『天生劉伶，以酒爲名。一飲一斛，五斗解酲。』」劉孝標注：「《毛公注》曰：『酒病曰酲。』」

〔六〕伴琴書：謂酒鎗與琴書相伴，以示文士的清高雅致和疏狂縱放。《文選》（卷二六）陶淵明《始作鎮軍參軍經曲阿作》：「弱齡寄事外，委懷在琴書。」李善注：「劉歆《遂初賦》曰：『玩琴書以條暢。』」

〔七〕閑品：謂將酒與琴書一樣當作清閑消遣之物來評述。

酒杯〔一〕

昔有嵇氏子①〔二〕，龍章而鳳姿〔三〕。手揮五絃罷②〔四〕，聊復一樽持〔五〕。但取性淡泊③〔六〕，不知味醇醨〔七〕。茲器不復見，家家唯玉卮④〔八〕。（詩一七二）

【校記】

①「嵇」項刻本、統籤本作「稽」。②「絃」原缺末筆，避宋太祖始祖趙玄朗諱。③「淡」汲古閣本、四庫本、皮詩本、季寫本、全唐詩本作「澹」。④「唯」詩瘦閣本作「惟」。

【注釋】

〔一〕酒杯：指嵇康酒杯。參本卷（詩一四五）注〔五〕。

〔二〕嵇氏子：指嵇康。參本卷（詩一五一）注〔四〕。

〔三〕龍章句：形容嵇康的儀容風采，猶如龍鳳一般神采高逸。《世説新語·容止》：「嵇康身長七尺八寸，風姿特秀。」劉孝標注：「《康别傳》曰：『康長七尺八寸，偉容色，土木形骸，不加飾厲，而龍章鳳姿，天質自然。正爾在群形之中，便自知非常之器。』」

〔四〕手揮句：《文選》（卷二四）嵇康《贈秀才入軍五首》（其四）：「目送歸鴻，手揮五弦。」李善注：「《歸田賦》曰：『彈五絃於妙指。』」五絃：古代的一種弦樂器。《太平御覽》（卷五八四）：「《音律圖》曰：『五弦不知誰所造也。今世有之。比琵琶稍小，蓋北國所出也。』」

〔五〕聊：且，姑且。

〔六〕性淡泊：性情淡泊，與世無争。《晋書》（卷四九）《嵇康傳》：「康善談理，又能屬文，其高情遠趣，率然玄遠。撰上古以來高士爲之傳贊，欲友其人於千載也。」

〔七〕醇醨（lí）：酒味厚薄。酒味純厚爲醇，酒味淡薄爲醨。《説文·酉部》：「醨，薄酒也。」段玉裁《説文解字注》：「薄，對厚言。上文醪、醇、醹、酎，皆謂厚酒，故謂厚薄爲醇醨。」

〔八〕玉卮（zhī）：玉制酒杯。《韓非子·外儲説右上》：「堂谿公謂昭侯曰：『今有千金之玉卮而無當，可以盛水乎？』昭侯曰：『不可。』『有瓦器而不漏，可以盛酒乎？』昭侯曰：『可。』」

【箋評】

深厚。（王闓運《王闓運手批唐詩選》卷二《五言古詩》）

茶中雜咏（并序）①

日休

案《周禮》②〔一〕：酒正之職〔二〕，「辨四飲之物」③〔三〕，其三曰漿。又漿人之職〔四〕，「共王之六飲：水、漿、醴、涼、醫、酏，入于酒府」④〔五〕。鄭司農云：「以水和酒也」〔六〕。蓋當時人率以酒醴爲飲，謂乎六漿〔七〕，酒之醨者也。何得？姬公製《爾雅》云〔八〕：「檟，苦荼。」〔九〕即不擷而飲之〔一〇〕。豈聖人純於用乎⑤〔一一〕？抑草木之濟人〔一二〕，取捨有時也〔一三〕。自周已降，及于國朝茶事⑥，竟陵子陸季疵言之詳矣〔一四〕。然季疵以前，稱茗飲者必渾以烹之⑦〔一五〕，與夫瀹蔬而啜者無異也⑧〔一六〕。季疵之始爲經三卷⑨〔一七〕，由是分其源⑩〔一八〕，制其具〔一九〕，教其造〔二〇〕，設其器〔二一〕，命其煮〔二二〕，俾飲之者除痟而去癘〔二三〕，雖疾醫之不若也〔二四〕。其爲利也，於人豈小哉！余始得季疵書，以爲備矣。後又獲其《顧渚山記》二篇〔二五〕，其中多茶事。後又太原温從雲〔二六〕、武威段碣之各補茶事十數節〔二七〕，并存於方册〔二八〕。茶之事，由周至于今⑪，竟無纖遺矣〔二九〕。昔晋杜育有《荈賦》〔三〇〕，季疵有《茶歌》〔三一〕。余缺然於懷者〔三二〕，謂有其具而不形於詩〔三三〕，亦季疵之餘恨也〔三四〕。遂爲十咏，寄天隨子〔三五〕。

（序一一）

【校記】

①季寫本無「并序」。②「案」類苑本作「按」。③「辨」汲古閣本作「辯」。④「于」全唐詩本作「於」。⑤「於」季寫本作「于」。⑥「于」季寫本、全唐詩本作「於」⑦「茗」皮詩本、季寫本作「名」。⑧季寫本無「夫」。⑨「疪」盧校本作「庛」。「之」盧校本作「□」。⑩「由」汲古閣本、四庫本作「繇」。⑪「由」汲古閣本、四庫本作「繇」。「于」季寫本、全唐詩本作「於」。

【注釋】

〔一〕《周禮》：儒家經典之一。漢初時名爲《周官》。西漢末，劉歆改稱《周禮》。東漢鄭玄注《周禮》、《儀禮》、《禮記》，《周禮》遂爲「三禮」之一。

〔二〕酒正：周代官名，執掌有關酒的政令。《周禮·天官·酒正》：「酒正掌酒之政令，以式灋授酒材。」

〔三〕辨四飲之物：《周禮·天官·酒正》：「辨四飲之物：一曰清，二曰醫，三曰漿，四曰酏。」賈公彦疏：「一曰清，則漿人云醴清也。二曰醫者，謂釀粥爲醴則爲醫。三曰漿者，今之截漿。四曰酏者，即今薄粥也。」

〔四〕漿人：周代主管酒府飲料的官名。見《周禮·天官·漿人》。

〔五〕共王之六飲：《周禮·天官·漿人》：「漿人掌共王之六飲：水、漿、醴、涼、醫、酏，入于酒府。」

〔六〕鄭司農：鄭衆（？—八三），字仲師。東漢學者。章帝時曾官大司農，以是後人習稱「鄭司農」。

所注經義，多見鄭玄、孔穎達徵引。生平事迹參《後漢書》（卷三六）本傳。以水和酒也：《周禮·天官·漿人》鄭玄注：「鄭司農云：『涼，以水和酒也。』玄謂『涼』今寒粥，若糗飯雜水也。」

〔七〕六漿：即指上文注〔五〕所引「六飲」。帶有食物（穀物或果蔬）的飲用品，古人稱之爲「漿」。

〔八〕姬公：周公姬旦，西周初政治家，文王子，武王弟。成王年幼即位，周公攝政。舊説：周代禮樂制度皆爲周公所制定。生平事迹參《史記》（卷四）《周本紀》及（卷三三）《魯周公世家》。《爾雅》：古代經典的詞語訓釋之書，小學名著。大約成書於戰國時期，而修訂定稿於西漢初。西漢劉向、劉歆撰《别録》、《七略》，已不詳撰者。周公著《爾雅》一説，最早見於三國魏張揖《上〈廣雅〉表》。其中云：「臣聞昔在周公，纘述唐、虞，宗翼文、武，剋定四海，勤相成王，踐阼理政，日昊不食，坐而待旦。德化宣流，越裳徠貢，嘉禾貫桑，六年制禮，以導天下。著《爾雅》一篇，以釋其意義。」

〔九〕檟（jiǎ），苦荼：《爾雅·釋木》：「檟，苦荼。」郭璞注：「樹小如梔子。冬生葉，可煮作羹飲。今呼早采者爲荼，晚取者爲茗。一名荈。蜀人名之苦荼。」「荼」古「茶」字。唐代始作「茶」字。檟，茶樹。

〔一〇〕不擷而飲之：謂不采摘制作而直接用水煮而飲用。

〔一一〕聖人純於用：謂周公這樣的聖人純粹講求實用。

〔一二〕抑：還是。表轉折的語詞。濟人：有助於人。

〔一三〕取捨有時：謂茶的獲取有一定的季節性的時間要求。

〔一四〕竟陵子陸季疵：陸羽（七三三—？），字鴻漸；一名疾，字季疵；自號竟陵子、桑苧翁、東崗子。復州竟陵（今湖北省天門市）人，長期寓居江南。著述頗多，尤精茶道，被尊爲「茶仙」、「茶神」。生平事迹參《新唐書》（卷一九六）本傳。

〔一五〕稱茗飲者句：謂稱述的飲茶之事，一定是將茶葉與水烹煮後一起吃掉。

〔一六〕瀹（yuè）：煮。啜（chuò）：喝，飲。瀹蔬而啜者：煮菜湯而把它喝掉。

〔一七〕經三卷：陸羽著《茶經》三卷。《新唐書》（卷五九）《藝文志三》：「陸羽《茶經》三卷。」《新唐書》（卷一九六）《陸羽傳》：「羽嗜茶，著經三篇，言茶之原、之法、之具尤備，天下益知飲茶矣。」《郡齋讀書志》（卷一二）：「《茶經》三卷，右唐太子文學陸羽鴻漸撰。載産茶之地、造作器具、古今故事，分十門。」

〔一八〕分其源：分辨茶的産地源流。

〔一九〕制其具：記叙制作茶葉的器具。

〔二〇〕教其造：教人制茶的方法。

〔二一〕設其器：教人設置飲茶的茶具。

〔二二〕命其煮：教人煮茶的方法。

〔二三〕除痟（xiāo）而去癘（lì）：謂去除疾病。痟，頭痛。癘，瘟疫。此泛指疾病。

〔二四〕疾醫：掌管治療疾病的醫官。《周禮·天官·疾醫》：「疾醫掌養萬民之疾病。四時皆有癘疾。春時有痟首疾，夏時有癢疥疾，秋時有瘧寒疾，冬時有漱上氣疾。以五味、五穀、五藥養其病。」

〔二五〕《顧渚山記》二篇：陸羽撰，今僅存數句，見《全唐文》附《唐文拾遺》（卷二三）。《郡齋讀書記》（卷一二）：「《顧渚山記》二卷，右唐陸羽撰。羽與皎然、朱放輩論茶，以顧渚爲第一。顧渚山在湖州，吴王夫概顧望，欲以爲都，故以名山。」《直齋書録解題》（卷八）：「《顧渚山記》一卷，唐陸羽鴻漸撰。鄉邦不貢茶久矣，遺迹未必存也。」顧渚山：在今浙江省長興縣，産名茶，唐時有顧渚紫笋茶。《讀史方輿紀要》（卷九一）《浙江三》：「湖州府，長興縣，西顧山，縣西北四十七里。志云：山一名吴望山，吴王闔閭嘗登姑蘇臺望見此山。一名顧渚山，吴夫概顧瞻渚次，以其原隰平衍，可爲都邑，因名。傍又有二山相對，號明月峽。絶壁峭立，大澗中流，産茶絶佳。唐時以顧渚茶供貢。其南爲大官山、小官山。山北十餘里有啄木嶺。唐時吴興、毗陵二郡守造茶宴會於此。」

〔二六〕太原：今山西省太原市。《元和郡縣圖志》（卷一三）《河東道二》：「太原府：并州，今爲河東節度使理所。」温從雲：未詳其人。不知是否即温庭筠（一作廷筠、庭雲），晚唐詩人，與李商隱齊名，合稱「温李」。《新唐書》（卷五九）《藝文志三》：「温庭筠《采茶録》一卷。」

〔二七〕武威：唐時亦稱涼州。今甘肅省武威市。《元和郡縣圖志》（卷四〇）《隴右道下》：「涼州（武威），《禹貢》雍州之西界。……隋大業三年改爲武威郡，……武德二年討平李軌，改爲涼州，……天寶元年改爲武威郡，乾元元年復爲涼州。」段磶（xì）之：未詳其人。

〔二八〕方册：典籍。宋程大昌《演繁露》（卷七）《方册》：「方册云者，書之於版，亦或書之竹簡也。通版爲方，聯簡爲册。」

〔二九〕竟：終。纖遺：細小的遺漏。

〔三〇〕晉杜育：杜育（？—三一一），字方叔。西晉詩人。襄城定陵（今河南省漯河西）人。少聰穎，長大後美風姿，有才藻，時號「杜聖」。生平事迹參《世説新語》、《晉書》（卷四〇、四七、六一、六二、六九）。《荈賦》：杜育作。見《藝文類聚》（卷八二）。

〔三一〕《茶歌》：檢《全唐詩》、《全唐詩補編》未見。已佚。

〔三二〕缺然：有所缺失，有所不足。《莊子·逍遥遊》：「夫子立而天下治，而我猶尸之，吾自視缺然。請致天下。」

〔三三〕具：指茶具。形於詩：謂用詩歌將茶具描寫出來。

〔三四〕餘恨：謂遺留下來的缺憾。

〔三五〕天隨子：陸龜蒙自號。參卷三（序五）注〔五六〕。

【箋評】

《淮南子》曰：「九疑之南，山事少而水事多。」「水事」二字妙甚。郄昂《蚌鷸相持賦》曰：「水濱父老，以漁弋爲事。」此句全學《南史》所云：「沿潮居民，以鵝鴨爲業也。」晁無咎《跋王右丞捕魚圖》有曰：「晚道吴江，如此漁者，業廉而事佚。」用「事」字更好。皮日休詩序曰：「各補茶事十數條。」林和靖詩亦曾用「茶事」二字。「茶事」尤清絶。（高似孫《緯略》卷八《水事》）

茶具十咏

嘉靖十三年，歲在甲午。穀雨前三日，天池、虎丘茶事最盛。余方抱疾，偃息一室，弗能往與好事者同爲品試之。會佳友念我，走惠二三種，乃汲泉吹火烹啜之。輒自第其高下，以適其幽閒之趣。偶憶唐賢皮、陸輩《茶具》十咏，因追次焉。非敢竊附於二賢，聊以寄一時之興耳。漫爲小圖，遂録其上。

茶塢

巖隈藝靈樹，高下鬱成塢。雷散一山寒，春生昨夜雨。棧石分瀑泉，梯雲探烟縷。人語隔林聞，行行入深迂。

茶人

自家青山裏，不出青山中。生涯草木靈，歲事烟雨功。荷鋤入蒼靄，倚樹占春風。相逢相調笑，歸路還相同。

茶笋

東風吹紫苔，一夜一寸長。烟華綻肥玉，雲蕤凝嫩香。朝來不盈掬，暮歸難傾筐。重之黄金如，輸貢堪頭綱。

茶籯

山匠運巧心，縷筠裁雅器。絲含故粉香，箬帶新雲翠。携攀蘿雨深，歸染松風膩。冉冉血花斑，自是湘娥淚。

茶舍

結屋因巖阿，春風連水竹。一徑野花深，四鄰茶菽熟。夜聞林豹啼，朝看山麋逐。粗足辦公私，逍遥老空谷。

茶竈

處處鬻春雨，青烟映遠峰。紅泥壘白石，朱火然蒼松。紫英凝面薄，香氣襲人濃。静候不知疲，夕陽山影重。

茶焙

昔聞鑿山骨，今見編楚竹。微籠火意温，密護雲牙馥。體既静而貞，用亦和而燠。朝夕春風中，清香浮紙屋。

茶鼎

斫石肖古製，中容外堅白。煮月松風間，幽香破蒼壁。龍頭縮蠢勢，蟹眼浮雲液。不使彌明嘲，自隨王濛厄。

茶甌

疇能煉精珉，範月奪素魄。清宜鬻雪人，雅愜吟風客。穀雨門時珍，乳花凝處白。林下晚未收，吾方遲來屐。

煮茶

花落春院幽，風輕禪榻靜。活火煮新泉，凉蟾墮圓影。破睡策功多，因人寄情永。仙遊恍在兹，悠然入靈境。（文徵明《文徵明集》補輯卷十六）

蘭生，名荈，産涇白雲山麓。其性潔，其行芳，……號爲白雲蘭生。……唐陸季疵傳以經，盧仝、玉川、皮、魯望賡以詩歌，温從雲、段碣之補顧渚事十數節。存之方策，生族姓源流瞭然矣。（鄭相如《漢林四傳·白雲蘭生傳》）

水事，《淮南子》：「九疑之南，山事少而水事多。」茶事，皮日休詩序：「各補茶事十數。」春事，唐詩：「春事無多櫻筍來。」（焦周《焦氏説楛》卷五）

茶　塢〔一〕

閑尋堯氏山①〔二〕，遂入深深塢。種荈已成園〔三〕，栽葭寧記畝②〔四〕。石窪泉似掬〔五〕，巖罅雲如縷③〔六〕。好是夏初時〔七〕，白花滿煙雨〔八〕（原注：《茶經》云：「其花白如薔薇。」④）。（詩一七三）

【校記】

①「閑」弘治本、詩瘦閣本、皮詩本、項刻本、統籤本、類苑本作「鬧」。②「栽」類苑本作「裁」。③「鎛」原作「鎛」，據汲古閣本、四庫本、類苑本、季寫本改。弘治本、詩瘦閣本、皮詩本、項刻本、統籤本、全唐詩本作「磗」。④類苑本無此注語。

【注釋】

〔一〕茶塢：種植茶樹的山坳。當指山桑、儒師二塢。陸羽《茶經》（卷下）：「浙西，以湖州上。湖州，生長城縣顧渚山谷，與峽州、光州同。生山桑、儒師二塢。」并參本詩注〔五〕。

〔二〕堯氏山：一作堯市山，在今浙江省長興縣。《方輿勝覽》（卷四）《浙西路・安吉州》：「堯市，在長興縣。堯時洪水，於此山作市。唐僧皎然曰：『堯市人稀紫筍多。』皮日休詩：『閑尋堯市山。』」

〔三〕荈（chuǎn）：茶的老葉。泛指茶葉。《爾雅・釋木》：「檟，苦茶。」郭璞注：「今呼早采者爲茶，晚取者爲茗。一名荈。蜀人名之苦茶。」

〔四〕葭（jiā）：蘆葦。《說文・艸部》：「葭，葦之未秀者。」寧：豈。

〔五〕石窪（wā）：石頭凹處形成的小水坑。《玉篇・水部》：「窪，牛蹄迹水也。」又曰：「洼，同上。」掬（jū）：捧。雙手相合成瓢形之謂也。《說文・勹部》：「匊，在手曰匊。」《禮記・曲禮上》：「受珠玉者以掬。」鄭玄注：「掬，手中。兩手曰掬。」《小爾雅・廣量》：「一手之盛謂之溢，兩手謂之掬。」泉：當即金沙泉。杜牧《題茶山》：「泉嫩黄金涌。」原注：「山有金沙泉，修貢出，罷貢即絶。」所寫茶山即顧渚山。《太平寰宇記》（卷九四）《江南東道六》：「湖州長興縣，金沙泉。按《郡國志》云：『即每歲造茶所也。按茶産于邑界，有生顧渚中者，與峽州同。生山桑、儒師二塢、白茅山、懸脚嶺者，與襄、荆、申三州同。生鳳亭山、伏翼閣，飛雲、曲水二寺，青峴、啄木二嶺者，與壽州同。』」

〔六〕巖罅：山崖的裂縫。指陡峭的山崖

〔七〕好是：表示最爲適宜之意。劉淇《助字辨略》（卷三）：「好，猶善也。珍重付屬之辭。」

〔八〕白花：指一種茶樹的白花。《太平御覽》（卷八六七）引陸羽《茶經》：「其樹如瓜蘆，葉如梔子，花如白薔薇，實如栟櫚，蒂如丁香，根如胡桃。其名一曰茶，二曰檟，三曰蔎，四曰茗，五曰荈。」

茶　人〔一〕

生於顧渚山〔二〕，老在漫石塢〔三〕。語氣爲茶荈〔四〕，衣香是煙霧〔五〕。庭從𣗋子遮①〔六〕（原注：女耿反，其木如玉也②，渚人以爲杖③。），果任獳師虜〔七〕。日晚相笑歸，腰間佩輕簍〔八〕。

（詩一七四）

【校記】

①「欙」原作「椈」，據弘治本、汲古閣本、詩瘦閣本、四庫本、皮詩本、項刻本、統籤本、類苑本、季寫本、全唐詩本改。全唐詩本注：「一作椈，九字反。其木如玉色，渚人以爲杖。」②「玉」後季寫本有「色」。「也」弘治本、汲古閣本、四庫本作「色」。季寫本無「女耿反」。③「人」皮詩本、季寫本作「入」。類苑本無此注。

【注釋】

〔一〕茶人：種茶人。

〔二〕顧渚山：參本卷（序一一）注〔二五〕。

〔三〕漫石塢：應謂遍布石礫的山塢，即指顧渚山一帶産茶的山桑、儒師二塢等。陸羽《茶經》（卷上）：「其地，上者生爛石，中者生礫壤，下者生黄土。」

〔四〕語氣：指説話時的氣息。茶荈：茶葉。參本卷（詩一七三）注〔三〕。

〔五〕衣香句：謂衣服上沾染着浸潤在煙霧中的茶葉的清香。

〔六〕從：任。與下句「任」同義。劉淇《助字辨略》（卷四）：「任，聽其如何，不以屑意也。」欙（yǐng）子：欙子樹，木名。南朝梁任昉《述異記》（卷下）：「顧渚山有欙子樹，其木如玉色，渚人采之以爲杖。」

〔七〕果：果實。應指欙子樹的果實。獳（rú）師：似即朱獳，一種似狐的野獸。《山海經·東山經・東次二經》：「（耿山）有獸焉，其狀如狐而魚翼，其名曰朱獳，其鳴自叫，見則其國有恐。」虜：掠取。此即掇拾之義。動詞。《方言》（卷一二）：「虜，鈔，强也。」郭璞注：「皆强取物也。」

〔八〕輕篗：輕便的采茶竹篗。

茶　笋①〔一〕

褎然三五寸〔二〕，生必依巖洞〔三〕。寒恐結紅鉛〔四〕，暖疑銷紫汞②〔五〕。圓如玉軸光〔六〕，脆似瓊英凍〔七〕。每爲遇之疎，南山挂幽夢〔八〕。（詩一七五）

【校記】

①「笋」原作「笱」，據弘治本、汲古閣本、詩瘦閣本、四庫本、季寫本、全唐詩本改。②「汞」原作「汞」，據弘治本、汲古閣本、詩瘦閣本、四庫本、皮詩本、統籤本、類苑本、季寫本、全唐詩本改。項刻本作「永」。

【注釋】

〔一〕茶笋：茶芽。茶葉已抽頭而未展開的嫩芽。陸羽《茶經》（卷上）：「野者上，園者次。陽崖陰林，紫者上，緑者次；笋者上，牙者次；葉卷上，葉舒次。陰山坡谷者，不堪采掇。」將采摘的茶葉，以其形狀分爲笋、芽、葉三個等次，可參。

〔二〕褎(yòu)然：枝葉漸長貌。《詩經·大雅·生民》：「實方實苞，實種實褎。」《毛傳》：「褎，長也。」鄭玄箋：「褎，枝葉長也。」三五寸：陸羽《茶經》(卷上)：「凡采茶，在二月、三月、四月之間。茶之笋者，生爛石沃土，長四五寸，若薇蕨始抽，凌露采焉。」

〔三〕巖洞：巖穴的洞口。本詩注〔一〕引陸羽《茶經》(卷上)最贊賞朝陽的山巖上所生長的茶笋，可參。杜牧《題茶山》：「山實東吴秀，茶稱瑞草魁。……等級雲峰峻，寬平洞府開。」亦可參。

〔四〕恐：恐怕。與下句的「疑」同義。《廣韻·用韻》：「恐，疑也。」紅鉛：紅色的鉛粉。此句謂寒霜落在初生的紫紅色嫩葉上，好像成了紅色鉛粉。其意是贊賞紫茶的茶笋。唐代顧渚山紫笋茶是名品。本詩注〔一〕引陸羽《茶經》(卷上)曰：「紫者上，緑者次。」杜牧《題茶山》：「牙香紫璧裁。」李肇《唐國史補》(卷下)：「風俗貴茶，茶之名品益衆。……湖州有顧渚之紫笋。」可以參讀。

〔五〕紫汞：紫色的汞水。喻茶葉的紫色。此句謂暖和時霜化了，猶如紫汞水散發成了霧氣。

〔六〕玉軸：玉制的卷軸。此句形容尚未展開葉子的圓形茶笋的晶瑩光滑。

〔七〕瓊英：本指美玉，此形容茶笋。《詩經·齊風·著》：「俟我於堂乎而，充耳以黄乎而，尚之以瓊英乎而。」《毛傳》：「瓊英，美石似玉者。」鄭玄箋：「瓊英，猶瓊華也。」

〔八〕南山：泛指山。此指茶山。當即指顧渚山。此二句謂每當與茶笋相遇很少時，就會在夢境中出現茶山景象。

茶籯〔一〕

筤篣曉攜去〔二〕，驀箇山桑塢①〔三〕。開時送紫茗〔四〕，負處沾清露②〔五〕。歇把傍雲泉〔六〕，歸將挂煙樹。滿此是生涯〔七〕，黃金何足數〔八〕。（詩一七六）

【校記】

①「箇」弘治本、汲古閣本、四庫本、皮詩本、統籤本、類苑本、季寫本作「個」。②「沾」原作「沽」，據弘治本、汲古閣本、詩瘦閣本、四庫本、皮詩本、項刻本、統籤本、季寫本、全唐詩本改。

【注釋】

〔一〕茶籯（yíng）：采茶的竹籠：《廣雅·釋器》：「籯，籠也。」陸羽《茶經》（卷上）：「籯，一曰籃，一曰籠，一曰筥，以竹織之，受五升，或一斗、二斗、三斗者，茶人負以采茶也。」

〔二〕筤篣（láng páng）：竹籠。筤，初生的竹子。泛指竹。《周易·説卦》：「震爲雷，爲龍，……爲蒼筤竹。」孔穎達疏：「竹初生之時，色蒼筤，取其春生之美也。」篣，籠子。《方言》（卷一三）：「籠，南楚、江、沔之間謂之篣，或謂之笯。」郭璞注：「今零陵人呼籠爲篣。」《廣雅·釋器》：「篣，籠也。」陸羽《茶經》（卷上）：「芘莉，一曰籯子，一曰篣筤。以二小竹，長三尺，軀二尺五寸，柄五寸。以篾織方眼，如圃人土羅，闊二尺以列茶也。」亦可參。

〔三〕驀箇：忽然。張相《詩詞曲語辭匯釋》（卷三）：「箇，估量某種光景之辭，等於價或家。凡少則曰些兒箇。……忽然則曰簝箇。皮日休《茶籝》詩：『筤篣曉攜去，簝箇上桑塢。』」山桑塢：茶塢名。參本卷（詩一七三）注〔一〕。

〔四〕紫茗：指顧渚山的紫笋茶。錢易《南部新書》（戊）：「唐制，湖州造茶最多，謂之『顧渚貢焙』。歲造一萬八千四百八斤。焙在長城縣西北。大曆五年以後，始有進奉。至建中二年，袁高爲郡，進三千六百串，并詩刻石在貢焙。故陸鴻漸與楊祭酒書云：『顧渚山中紫笋茶兩片，此物但恨帝未得嘗，實所嘆息。一片上太夫人，一片充昆弟同啜。』」

〔五〕負處：背負的地方。沾清露：古人認爲帶露采茶最佳。陸羽《茶經》（卷上）：「凌露采焉。……其日有雨不采，晴有云不采。晴，采之。」

〔六〕把：無實義。方言。與下句「將」互文。雲泉：山泉。

〔七〕滿此：謂茶葉裝滿茶籝。生涯：生活。

〔八〕黄金句：謂裝滿黄金也算不了什麽，不值得細數。應是活用「遺子黄金滿籝，不如一經」的故實。參本卷（詩一五三）注〔九〕。

茶　舍〔一〕

陽崖枕白屋〔二〕，幾口嬉嬉活〔三〕。棚上汲紅泉〔四〕，焙前蒸紫蕨〔五〕。乃翁研茗後①〔六〕，中婦拍茶歇〔七〕。相向掩柴扉〔八〕，清香滿山月。

（詩一七七）

【校記】

①「乃翁」項刻本作「巧扇」。

【注釋】

〔一〕茶舍：指制茶的房舍。

〔二〕陽崖：向陽的山崖。《文選》（卷二二）謝靈運《於南山往北山經湖中瞻眺》：「朝旦發陽崖，景落憩陰峰。」劉良注：「山南曰陽也。」陸羽《茶經》（卷上）：「陽崖陰林，紫者上，綠者次。」枕：臨，靠近。白屋：白茅覆蓋的房屋。指普通的簡陋房屋。《漢書》（卷九九上）《王莽傳上》：「開門延士，下及白屋。」顔師古注：「白屋，謂庶人以白茅覆屋者也。」

〔三〕幾口：謂一家幾口人。嬉嬉活：生活得愉快和樂。《周易・家人卦》：「婦子嘻嘻。」陸德明《經典釋文》（卷二）《周易音義》：「馬云：『笑聲。』鄭云：『驕佚喜笑之意。』張作『嬉嬉』，陸作『喜喜』。」

〔四〕棚：制茶之具。焙茶時所用。《茶經》（卷上）：「棚，一曰棧。以木構於焙上，編木兩層，高一尺，以焙茶也。茶之半乾，升下棚；全乾，升上棚。」紅泉：或即指金沙泉。參本卷（詩一七三）注〔五〕。

〔五〕焙（bèi）：微火烘烤。此指烘烤茶葉。《茶經》（卷上）所説制作茶餅的七道工序之一，依次爲「采之、蒸之、搗之、拍之、焙之、穿之、封之，茶之乾矣。」唐人在焙茶前要蒸茶，此句即寫此項內容。《茶經》(卷上):「凡采茶在二月、三月、四月之間。茶之笋者,生爛石沃土,長四五寸,若薇蕨始抽。」紫蕨(jué):野生植物名,嫩葉可食,稱蕨菜。根含澱粉,叫蕨粉。初生時有紫苞包裹,故名。此處喻紫笋茶。《文選》(卷二五)謝靈運《酬從弟惠連》:「山桃發紅蕚,野蕨漸紫苞。」李善注:「《毛詩》曰:『言采其蕨。』《毛詩義疏》曰:『蕨,山菜也,初生紫色。』」

〔六〕乃翁:本指他人的父親。此指老翁而已。《漢書》(卷三一)《項籍傳》:「吾翁即汝翁,必欲亨乃翁,幸分我一盃羹。」顔師古注:「翁謂父也。」又云:「乃亦汝也。」研茗:指將蒸後的茶葉趁熱以杵搗之,以便研磨制作茶餅的工序。此詩寫的是蒸焙法。張舜民《畫墁録》:「有唐茶品,以陽羡爲上供,建溪北苑未著也。貞元中,常衮爲建州刺史,始蒸焙而研之,謂研膏茶。其後稍爲餅様其中,故謂之一串。陸羽所烹,惟是草茗爾。」

〔七〕中婦:此指采茶人的妻子。漢樂府《相逢行》(《樂府詩集》卷三四):「大婦織綺羅,中婦織流黄。」又《樂府詩集》(卷二三)盧照鄰《關山月》:「寄書謝中婦,時看鴻雁天。」拍茶:指將蒸後搗杵研磨成茶膏的茶葉,放進形制不同的模子裏,拍制成各種形狀的茶餅的工序。

〔八〕相向:面對面。柴扉:柴門。《文選》(卷二六)范雲《贈張徐州稷》:「還聞稚子説,有客款柴扉。」王維《山中送别》:「山中相送罷,日暮掩柴扉。」

茶　竈〔一〕

南山茶事動〔二〕,竈起巖根傍①。水煮石髮氣〔三〕,薪燃杉脂香②〔四〕。青瓊蒸後凝〔五〕,緑髓

炊來光③〔六〕。如何重辛苦〔七〕，一一輸膏粱④〔八〕。（詩一七八）

【校記】

①「巖」項刻本作「崖」。②「薪」原作「新」，據汲古閣本、四庫本、皮詩本、項刻本、類苑本、統籤本、全唐詩本改。「燃」汲古閣本、四庫本、皮詩本、項刻本、統籤本、季寫本、全唐詩本作「然」。③季寫本缺「炊」。④「粱」汲古閣本、四庫本、盧校本、項刻本作「梁」。

【注釋】

〔一〕茶竈：煮茶的鍋竈。唐人飲茶還是煮茶，而不是宋代以後的泡茶。封演《封氏聞見記》（卷六）《飲茶》：「開元中，泰山靈巖寺有降魔師大興禪教。學禪務於不寐，又不夕食，皆許其飲茶。人自懷挾，到處煮飲，從此轉相仿效，遂成風俗。」陸羽《茶經》也專列「煮茶」一節。陸羽《茶經》（卷上）：「竈，無用突者。釜，用唇口者。」

〔二〕南山：此泛指茶山。茶事動：謂一年的采茶活動已經開始。唐人采茶有茶與茗的區別。封演《封氏聞見記》（卷六）《飲茶》：「茶，早采者爲茶，晚采者爲茗。」

〔三〕石髮：藻類植物。石髮的記載各異，其得名之由是細長如髮。《爾雅·釋草》：「藫，石衣。」郭璞注：「水苔也，一名石髮。江東食之。」《酉陽雜俎》（續集卷一〇）：「石髮，張乘言：南中水底有草如石髮，每月三、四日始生，至八、九日以後可采，及月盡悉爛，似隨月盛衰也。」陶穀《清異録》（卷上）：「石髮，吴、越亦有之。然以新羅者爲上，彼國呼爲金毛菜。」周去非《嶺外代答》(卷八)：「石髮，出海上，纖長如絲縷，淡緑色。置食肴中，極可愛。然易爛，而薄於味。」

〔四〕杉脂：杉木燃燒時烤出的油脂。

〔五〕青瓊句：謂蒸後凝結成膏的茶葉。青瓊，碧玉。此喻茶葉。瓊，《説文・玉部》：「瓊，赤玉也。」後泛指美玉。蒸：指蒸茶葉。

〔六〕緑髓：緑膏。喻茶葉。唐人制茶，有將茶葉搗爛，但保持茶芽完整，制成茶餅，進而烘烤的工序。緑髓，即指搗爛的茶葉。此句寫烤茶葉。陸羽《茶經》(卷上)：「出膏者光，含膏者皺，宿製者則黑，日成者則黄，蒸壓則平正，縱之則坳垤。」又(卷下)：「其始，若茶之至嫩者，蒸罷熱搗，葉爛而牙笋存焉。假以力者，持千鈞杵，亦不之爛。如漆科珠，壯士接之，不能駐其指。及就，則似無穰骨也。炙之，則其節若倪倪，如嬰兒之臂耳。既爾承熱用紙囊貯之，精華之氣無所散越，候寒末之。」

〔七〕重辛苦：很辛苦。張相《詩詞曲語辭匯釋》(卷二)：「重，甚辭；又猶盡也。」

〔八〕一一：猶言全部，完全。輸：送，獻給。膏粱：肥美的食物。借喻富貴人家。《國語・晉語七》：「夫膏粱之性難正也，故使惇惠者教之。」韋昭注：「膏，肉之肥者；粱，食之精者。言食肥美者，率多驕放，其性難正。」

茶焙〔一〕

鑿彼碧巖下①，恰應深二尺②〔二〕。泥易帶雲根〔三〕，燒難礙石脉〔四〕。初能燥金餅〔五〕，漸見乾瓊液③〔六〕。九里共杉林（原注：皆焙名④。）〔七〕，相望在山側。（詩一七九）

【校記】

①「彼」項刻本作「破」。②「恰」類苑本作「却」。③「液」項刻本作「夜」。④類苑本無此注語。

【注釋】

〔一〕茶焙：烘烤茶葉的設備。據陸羽《茶經》、蔡襄《茶録》，茶焙由兩部分組成。一是鑿地坑用以生火；二是在地坑上方築矮墻，上以編竹而裹以蒻葉所成的器物，用以將茶葉隔層烘烤。《茶經》（卷上）：「焙，鑿地深二尺，闊二尺五寸，長一丈。上作短墻，高二尺，泥之。」《茶録·茶焙》：「茶焙，編竹爲之，裹以蒻葉。蓋其上以收火也，隔其中以有容也。納火其下，去茶尺許，常温温然，所以養茶色香味也。」

〔二〕深二尺：指茶焙掘地二尺深。參本詩注〔一〕。

〔三〕雲根：山中石頭稱雲根。古人認爲雲觸石而生，故云。此句謂用泥土塗抹、覆蓋石頭築成的矮墻。《文選》（卷二九）張協《雜詩十首》（其九）：「雲根臨八極，雨足灑四溟。」

〔四〕石脉：石頭的紋理。即指石頭。焙茶是用小火烘烤，故詩云不會有礙於石脉。

〔五〕金餅：指黄色茶餅。唐人製茶多作茶餅。陸羽《茶經》（卷上）：「（茶之造）采之、蒸之、搗之、拍之、焙之、穿之、封之，茶之乾矣。」又曰：「日成者則黄。」所謂「穿」、「封」，都是指茶餅而言。

〔六〕瓊液：玉液。多指美酒或道家所服食之物。此喻茶餅中的水分，即尚未烘乾的茶葉。

〔七〕共：與。九里、杉林：據原注，係焙名。應是指太湖一帶産茶地的茶焙。

茶鼎〔一〕

龍舒有良匠〔二〕，鑄此佳樣成〔三〕。立作菌蠢勢〔四〕，煎爲潺湲聲〔五〕。草堂暮雲陰①，松窗殘雪明。此時勺複茗②〔六〕，野語知逾清〔七〕。（詩一八〇）

【校記】

①「暮」詩瘦閣本作「莫」，「莫」是「暮」的本字。　②「勺」李校本眉批：「因樹樓本改爲『勻』。」

【注釋】

〔一〕茶鼎：煎煮茶葉的器具。

〔二〕龍舒：漢代縣名，在今安徽省舒城縣。《漢書》（卷二八上）《地理志上》：「廬江郡，縣十二……龍舒，……。」顔師古注：「應劭曰：『群舒之邑。』」《元和郡縣圖志》（闕卷逸文卷二）：「廬州，本廬子國，春秋舒國之地。漢分淮南置廬江郡。……舒城縣，本舒國，後漢立郡，徙理皖城。開元二十三年，刺史竹承搆奏於故舒城置舒城縣。」

〔三〕佳樣：精美的式樣。

〔四〕菌蠢：喻鼎之式樣如形狀奇巧的菌類。《文選》（卷四）張衡《南都賦》：「芝房菌蠢生其隈。」李善注：「芝房，芝生成房也。菌蠢，是芝貌也。」

〔五〕潺湲聲：謂茶鼎中水沸後發出流水般的聲音。陸羽《茶經》（卷下）：「其沸如魚目，微有聲，爲一沸；緣邊如涌泉連珠，爲二沸；騰波鼓浪，爲三沸。」潺湲：唐代以前多解作流水貌。《楚辭·九歌·湘君》：「横流涕兮潺湲，隱思君兮陫側。」王逸注：「潺湲，流貌。」《文選》（卷二六）謝靈運《七里瀨》：「石淺水潺湲，日落山照曜。」李善注：「《楚辭》曰：『觀流水兮潺湲。』《雜字》曰：『潺湲，水流貌也。』」唐詩中則多有作流水聲解。劉希夷《巫山懷古》：「巴歌不可聽，聽此益潺湲。」李涉《再宿武關》：「關門不鎖寒溪水，一夜潺湲送客愁。」都是顯例。

〔六〕勺複茗：謂用勺子舀起再煎之茶啜飲。複：重複。《説文·衣部》：「複，重衣貌。」《文選》（卷三）張衡《東京賦》：「複廟重屋，八達九房。」薛綜注：「複廟，重覆也。」唐人飲茶，有一沸、二沸、三沸之别，見本詩注〔五〕。從而有第一碗至第五碗的不同。參《茶經·卷下》。且還有一定的飲茶方法。《茶經》（卷下）：「夫珍鮮馥烈者，其碗數三；次之者，碗數五。若坐客數至五，行三碗；至七，行五碗。若六人已下，不約碗數，但闕一人而已。其雋永補所闕人。」

〔七〕野語：俚語，俗語。《莊子·刻意》：「野語有之曰：『衆人重利，廉士重名，賢人尚志，聖人貴精。』」清：清脆響亮。透出愉悦快樂的情調。

【箋評】

「草堂暮雲陰」二句：妙景如畫。（項真評、項真刻《項氏瓶笙榭新刻皮襲美詩》卷一）

茶　甌〔一〕

邢客與越人〔二〕，皆能造兹器①〔三〕。圓似月魂墮〔四〕，輕如雲魄起〔五〕。棗花勢旋眼〔六〕，蘋沫香沾齒②〔七〕。松下時一看，支公亦如此〔八〕。（詩一八一）

【校記】

①「兹」類苑本作「磁」。　②「沫」原作「沬」，據弘治本、汲古閣本、詩瘦閣本、四庫本、項刻本、全唐詩本改。

【注釋】

〔一〕茶甌：飲茶的瓷碗或瓷杯。《説文·瓦部》：「甌，小盆也。」《玉篇·瓦部》：「甌，碗小者。」

〔二〕邢客：邢地的人。其地原爲先秦諸侯國邢國，在今河北省邢臺市境内。古代産邢瓷，是北方重要的産瓷地。《元和郡縣圖志》（卷一五）《河東道四》：「邢州，《禹貢》冀州之域。亦古邢侯之國。」越人：越地的人。其地原爲先秦諸侯國越國，以今浙江省紹興市爲中心。《元和郡縣圖志》（卷二六）《江南道二》：「越州，《禹貢》揚州之域。春秋時爲越。《周禮》：『吴、越星紀之分。』」古代産越瓷。唐代的越瓷很有名。陸龜蒙《秘色越器》：「九秋風露越窑開，奪得千峰翠色來。好向中宵盛沆瀣，共嵇中散鬥遺杯。」

〔三〕兹器：指茶甌，即邢瓷和越瓷的茶甌。陸羽《茶經》（卷中）：「碗，越州上，鼎州次，婺州次，岳州次，壽州、洪州次。或者以邢州處越州上，殊爲不然。若邢瓷類銀，越瓷類玉，邢不如越一也；若邢瓷類雪，則越瓷類冰，邢不如越二也；邢瓷白而茶色丹，越瓷青而茶色緑，邢不如越三也。」但此詩没有區别優劣之意。

〔四〕月魂：喻圓形的茶甌似月。

〔五〕雲魄：喻茶甌的輕盈似雲。

〔六〕棗花：喻漂浮在茶甌上面茶花的形狀。參本詩注〔七〕。

〔七〕蘋沫：漂浮在水面上形似蘋的沫餑。亦喻茶花的形狀。陸羽《茶經》（卷下）：「其沸如魚目，微有聲，爲一沸。緣邊如涌泉連珠，爲二沸。……第二沸出水一瓢，以竹筴環激湯心，則量末當中心而下。有頃，勢若奔濤濺沫，以所出水止之而育其華也。凡酌，置諸碗，令沫餑均。沫餑，湯之華也。華之薄者曰沫，厚者曰餑。細輕者曰華，如棗花漂漂然於環池之上，又如迴潭曲渚青萍之始生，又如晴天爽朗有浮雲鱗然。其沫者，若緑錢浮於水渭，又如菊英墮於鐏俎之中。餑者，以滓煮之，及沸，則重華累沫，皤皤然若積雪耳。」

〔八〕支公：支遁（三一四—三六六），字道林，東晋高僧，世稱「支公」。生平事迹散見《晋書》、《世說新語》及《高僧傳》（卷四）《晉剡沃洲山支遁》。

煮　茶〔一〕

香泉一合乳〔二〕，煎作連珠沸〔三〕。時看蟹目濺〔四〕，乍見魚鱗起〔五〕。聲疑帶松雨①〔六〕，餑恐生煙翠〔七〕。儻把瀝中山②〔八〕，必無千日醉。（詩一八二）

【校記】

①「帶松雨」統籤本作「松帶雨」。　②「儻」季寫本作「尚」，并注：「一作倘。」

【注釋】

〔一〕煮茶：唐人煮茶飲用，與後世泡茶不同。陸羽《茶經》（卷下）《茶之煮》一節，詳述煮茶之事。

〔二〕香泉句：謂選用泉水如乳者煮茶。陸羽《茶經》（卷下）：「其水，用山水上，江水次，井水下。其山水，揀乳泉、石池慢流者上；其瀑涌湍漱，勿食之，久食，令人有頸疾。」一合：一盒，猶言一盆。

〔三〕連珠沸：謂沸騰的泉水猶如珍珠翻滾。參本卷（詩一八〇）注〔五〕。

〔四〕蟹目濺：謂沸水翻滾形如蟹目。《茶經》（卷下）有「其沸如魚目」之説，未見「蟹目」之喻。明李日華《恬致堂詩話》（卷四）：「陸鴻漸《茶經》云：『造茶之法，摘芽，擇其精者水漂之，團揉入竹圈中，就火烘之成餅，臨烹點時入臼研末，潑以蟹眼沸湯。』」蔡襄《茶録・候湯》：「候湯最難，未熟則沫浮，過熟則茶沈。前世謂之蟹眼者，過熟湯也。沈瓶中煮之不可辨，故曰候湯最難。」

〔五〕乍見：忽見。魚鱗：喻茶葉在沸水中翻騰猶如片片魚鱗。參本卷（詩一八一）注〔七〕。

〔六〕聲疑句：謂煮茶的沸水發出猶如雨點拍打松樹的聲音。

〔七〕餑：茶上的浮沫。陸羽《茶經》（卷下）：「沫餑，湯之華也。華之薄者曰沫，厚者曰餑。」翠煙：指緑茶的茶沫上漂浮起的淡緑色的水氣。

〔八〕儻把：假使，假如。漉⑵：濾。此指以茶濾酒以解酒。中山：古代傳説中的名酒産地。所産酒能使人「千日醉」。參本卷（詩一五二）注〔三〕。

奉和茶具十咏

龜蒙

茶　塢〔一〕

茗地曲隈回〔二〕，野行多繚繞〔三〕。向陽就中密〔四〕，背澗差還少〔五〕。遥盤雲髻慢〔六〕，亂簇香篝小①〔七〕。何處好幽期〔八〕，滿巖春露曉〔九〕。

（詩一八三）

【校記】

①「蔟」弘治本、汲古閣本、四庫本、陸詩甲本、統籤本、季寫本、全唐詩本作「簇」。「篝」章校本作「溝」。

【注釋】

〔一〕茶塢：參本卷（詩一七三）注〔一〕。

〔二〕茗地：產茶地。此指茶塢。曲隈（wēi）：曲折蜿蜒。《淮南子·原道訓》：「釣於河濱，期年而漁者争處湍瀨，以曲隈深潭相予。」高誘注：「曲隈，崖岸委曲。」

〔三〕野行：在野外行走。此實指茶塢彎曲的小徑。

〔四〕向陽句：謂茶塢向陽的一面茶樹生長得很茂密。

〔五〕背澗：背陽朝陰的澗谷。差：略也。參劉淇《助字辨略》（卷四）。

〔六〕雲鬌：高高的髮髻。此喻盤旋而上的茶山。《文選》（卷一九）曹植《洛神賦》：「雲鬌峩峩，修眉聯娟。」李善注：「《毛詩》曰：『鬒髮如雲。』……峩峩，高如雲也。」慢：緩慢。此似有「長」義。

〔七〕亂蔟（cù）：紛亂聚集。香篝：指盛茶葉的竹簍。《廣雅·釋器》：「篝，籠也。」

〔八〕何處：何時。處，時間名詞。幽期：美好的期約。《文選》（卷二六）謝靈運《富春渚》：「平生協幽期，淪躓困微弱。」又謝靈運《撰征賦》：「石幽期而知賢，張揣景而示信。」

〔九〕春露曉：春天帶露的早晨。唐人認爲采茶最好是在早晨帶露采摘。參本卷（詩一七五）注〔二〕、（詩一七六）注〔五〕。

【箋評】

甫里先生陸龜蒙嗜茶荈，置小園於顧渚山下，歲入茶租，薄爲甌蟻之費，自爲《品第》一篇，繼《茶經》《茶訣》之後。（周勛初主編《唐人軼事彙編》卷二十八引《古今事文類聚》續集一二）

陸羽《茶經》三卷，《茶記》三卷，皎然《茶訣》三卷，陸魯望《茶品》一篇，温庭筠《采茶録》三卷，張又新《煎茶水記》一卷，蜀毛（文？）錫《茶譜》一卷，丁謂《北苑茶録》三卷，又《北苑拾遺》一卷，蔡宗顏《茶山接對》一卷，又《茶譜遺事》一卷，《北苑煎茶法》一卷，曾伉《茶苑總録》十四卷，《茶法易覽》十卷。蔡襄有《進茶録》，黄儒有《品茶要録》，熊蕃有《宣化北苑貢茶録》，熊客有《北苑別録》，田藝蘅有《煮茶小品》。（焦竑《焦氏筆乘》卷三《茶經》）

茶　人〔一〕

天賦識靈草①〔二〕，自然鍾野姿〔三〕。閑來北山下②〔四〕，似與東風期③。雨後探芳去〔五〕，雲間幽路危〔六〕。唯應報春鳥〔七〕，得共斯人知〔八〕（原注：顧渚山有報春鳥④。）。　（詩一八四）

【校記】

①「賦」陸詩丙本黄校作「自」。　②「來」類苑本作「年」。　③「似」陸詩乙本批校：「舊本作自。」

④類苑本無此注語。

【注釋】

〔一〕茶人：參本卷(詩一七四)注〔一〕。

〔二〕天賦：天授。生來具有。靈草：此指茶樹。《文選》(卷一)班固《西都賦》：「於是靈草冬榮，神木叢生。」

〔三〕自然：自然而然，當然。鍾：鍾愛。野姿：野外景物的姿容。此指茶樹。

〔四〕北山：北面的山。此泛指茶山。《詩經・小雅・南山有臺》：「南山有臺，北山有萊。」

〔五〕探芳：探花，看花。此指觀賞茶樹。

〔六〕幽路：隱僻陡峭的山間小路。

〔七〕報春鳥：鳥名，生長在顧渚山(在今浙江省長興縣)。南朝梁任昉《述異記》(卷上)：「顧渚山有報春鳥，春至則鳴，秋分亦鳴，似鶗鴂之類也。」《太平廣記》(卷四六三)引《顧渚山記》：「顧渚山中，有鳥如鴝鵒而小，蒼黄色。每至正月、二月，作聲云：『春起也。』至三月、四月，作聲云：『春去也。』采茶人呼爲『報春鳥』。」宋胡仔《苕溪漁隱叢話》(後集卷一〇)引《復齋漫録》：「予嘗讀唐《顧渚茶山記》曰：『顧渚山中，有鳥如鸜鵒而色蒼。每至正月、二月，作聲曰：「春起也。」至三月、四月，曰：「春去也。」采茶人呼爲喚春鳥。』」

〔八〕得共：能與，可與。「得」作「能」、「可」解。參劉淇《助字辨略》(卷五)。斯人：此人，這人。

指種茶人。

【箋評】

（順流直下格）順流直下者，一氣説去，自首聯至末聯，命意用事皆順説，如水之就下，快意成章。陸龜蒙《茶人》：「天賦識靈草，自然鍾野姿。閑來北山下，似與東風期。雨後采芳去，雲間幽路危。惟應報春鳥，得共斯人知。」（梁橋《冰川詩式》卷七《五七言律詩》）

龜蒙嗜茶，置園顧渚山下。《顧渚山記》云：「山有鳥如鴝鵒，采茶人呼爲『報春鳥』。」發端即領「人」字，結句襯出，方不是泛然采茶歌。（宋周弼選、高安釋圓至天隱注，清盛傳敏、王謙纂釋《磧砂唐詩》卷三）

茶在山僻自生者，其香味殊絶。此詩非深於茶事不能到也。（高士奇輯、何焯評《唐三體詩評》）

茶　笋①〔一〕

所孕和氣深〔二〕，時抽玉茗短〔三〕。輕煙漸結華②〔四〕，嫩蕊初成管〔五〕。尋來青靄曙〔六〕，欲去紅雲暖〔七〕。秀色自難逢〔八〕，傾筐不曾滿〔九〕。（詩一八五）

【校記】

①「笋」原作「筍」，據弘治本、汲古閣本、詩瘦閣本、四庫本、陸詩甲本、陸詩丙本、統籤本、類苑本、季寫本、全唐詩本改。　②「華」陸詩乙本批校：「舊本作『花』。」

【注釋】

〔一〕茶笋：參本卷（詩一七五）注〔一〕。

〔二〕和氣：温和之氣。指温暖的空氣。《禮記·祭義》：「有和氣者必有愉色。」

〔三〕玉茗：茗草。泛指柔嫩的草。此指茶笋。《説文·艸部》：「茗，草也。」

〔四〕結華：結成花苞。此謂茶樹漸漸結出芽苞。

〔五〕嫩蕊：茶葉的花蕊。初成管：形容剛抽出嫩尖的茶蕊形狀如管。

〔六〕尋來：旋來，剛來。劉淇《助字辨略》（卷二）：「尋，旋也，隨也。凡相因而及曰尋，猶今云隨即如何也。」青靄曙：天亮時山中淡緑色的霧氣。此指成片的茶笋如青靄。南朝宋鮑照《登大雷岸與妹書》：「左右青靄，表裏紫霄。」

〔七〕紅雲：謂在太陽照耀下，茶笋籠罩在猶如一片紅雲的紫色霧氣中。

〔八〕秀色：美麗的景色。《文選》（卷二六）王僧達《答顔延年》：「麥壟多秀色，楊園流好音。」李善注：「《廣雅》曰：『秀，美也。』」

〔九〕傾筐：一種斜口的竹筐，原作「頃筐」。《詩經·周南·卷耳》：「采采卷耳，不盈頃筐。」《毛傳》：「頃筐，畚屬，易盈之器也。」陸德明《經典釋文》（卷五）《毛詩音義》（上）：「《韓詩》云：『頃筐，欹筐也。』」

茶籯〔一〕

金刀辟翠筠〔二〕，織似波文斜①〔三〕。製作自野老〔四〕，携持伴山娃〔五〕。昨日門煙粒〔六〕，今朝貯緑華〔七〕。争歌調笑曲〔八〕，日暮方還家②。（詩一八六）

【校記】

①「文」陸詩甲本作「紋」。②「暮」詩瘦閣本作「莫」，「莫」是「暮」的本字。

【注釋】

〔一〕茶籯：參本卷（詩一七六）注〔一〕。

〔二〕金刀：金錯刀。《文選》（卷二九）張衡《四愁詩四首》（其一）：「美人贈我金錯刀，何以報之英瓊瑶。」李善注：「《漢書》曰：『王莽鑄大錢，又造錯刀，以金錯其文。』《續漢書》曰：『佩刀，諸侯王黄金錯鐶。』謝承《後漢書》曰：『詔賜應奉金錯把刀。』」翠筠：緑竹。《説文·竹部》：「筠，竹皮也。」後即指竹。

〔三〕波文：以水波的波紋形容茶籯的竹編紋路。《西京雜記》（卷二）：「漢諸陵寢，皆以竹爲簾，簾皆以水紋及龍鳳之像。」

〔四〕野老：鄉村的老人。南朝梁丘遲《旦發漁浦潭詩》：「村童忽相聚，野老時一望。」

〔五〕山娃：山鄉的女子。《方言》（卷二）：「娃、嫷、窕、艶，美也。吴、楚、衡、淮之間曰娃；南楚之外曰嫱；宋、衛、晉、鄭之間曰艷；陳、楚、周南之間曰窕；自關而西，秦、晉之間，凡美色或謂之好，或謂之窕。故吳有館娃之宫，秦有榛娥之臺。」

〔六〕鬥（dòu）：對。張相《詩詞曲詩辭匯釋》（卷二）：「鬥，猶對也。」煙粒：指籠罩在雲霧中的松樹。此喻茶葉抽芽最初形似松粒。「粒」通「鬣」，形容松針如馬鬣。李賀《五粒小松歌》：「蛇子蛇孫鱗蜿蜿，新香幾粒洪崖飯。」《太平御覽》（卷九五三）引周景式《廬山記》曰：「石門巖，即松林也。南臨石門澗，澗中仰視之，離離駢麈尾，號爲麈尾松。西嶺異然如馬鬣。又葉五粒者，名五粒松，服之長生。」

〔七〕緑華：唐代的茶葉名。此泛指茶葉。蘇鶚《杜陽雜編》（卷下）：「上每賜御饌湯物，而道路之使相屬。其饌有靈消炙、紅虬脯，其酒有凝露漿、桂花醑，其茶則緑華、紫英之號。」

〔八〕調笑曲：唐代民間曲調。《樂府詩集》（卷八二）《近代曲辭》（四）引《樂苑》曰：「《調笑》，商調曲也。戴叔倫謂之《轉應詞》。」唐代詩人王建存《調笑令》（《樂府詩集》作《宫中調笑》）四首，韋應物存二首。題或作《調笑》、《宫中調笑》、《調嘯詞》。

茶　舍〔一〕

旋取山上材〔二〕，架爲山下屋。門因水勢斜〔三〕，壁任巖隈曲〔四〕。朝隨鳥俱散，暮與雲同宿①。不憚采掇勞②〔五〕，祇憂官未足。

（詩一八七）

【校記】

①「暮」詩瘦閣本作「莫」，「莫」是「暮」的本字。　②「勞」陸詩丙本黄校注：「空格。」

【注釋】

〔一〕茶舍：参本卷（詩一七七）注〔一〕。

〔二〕旋取：隨意取，便取。張相《詩詞曲詩辭匯釋》（卷二）：「旋，猶漫也，猶云漫然爲之或隨意爲之也。」

〔三〕因：緣。《廣韻·真韻》：「因，仍也；緣也；就也。」

〔四〕任：隨，任隨。巖隈（wèi）：山崖的彎曲處。隈，山邊的彎曲處。《楚辭·九章·思美人》：「指嶓冢之西隈兮，與纁黄以爲期。」

〔五〕采掇（duó）：采摘。

茶竈（原注：《經》云：「茶竈無突」①）〔一〕

無突抱輕嵐〔二〕，有煙映初旭。盈鍋玉泉沸〔三〕，滿甑雲牙熟②〔四〕。奇香襲春桂③〔五〕，嫩色凌秋菊〔六〕。煬者若吾徒〔七〕，年年看不足。

（詩一八八）

【校記】

①「云」陸詩丙本作「去」。類苑本無此注語。　②「牙」詩瘦閣本、全唐詩本作「芽」。　③「襲」類

苑本作「籠」。

【注釋】

〔一〕茶竈：參本卷（詩一七八）注〔一〕。原注云云：陸羽《茶經》（卷上）：「竈，無用突者。釜，用脣口者。」無突：没有煙囱。

〔二〕輕嵐：山中輕薄的淡緑色的霧氣。

〔三〕玉泉：潔净的泉水。陸羽《茶經》（卷下）以爲煮茶用「乳泉、石池」的「山水」最佳。參本卷（詩一八二）注〔二〕。沸：水的沸騰。唐人煮茶，講究水的沸騰。參本卷（詩一八〇）注〔五〕。

〔四〕甑（zèng）：瓦制盛物器具。也有木制的。此指蒸茶的器具。陸羽《茶經》（卷上）：「甑，或木或瓦，匪腰而泥，籃以箄之，篾以繫之。始其蒸也，入乎箄；既其熟也，出乎箄。釜涸，注於甑中（原注：甑，不帶而泥之。）。又以穀木枝三椏者制之，散所蒸牙笋并葉，畏流其膏。」蒸是唐人制茶七道工序中的第二道，即《茶經》（卷上）所云：「采之，蒸之，擣之，拍之，焙之，穿之，封之，茶之乾矣。」雲牙：指茶葉的嫩芽。《茶經》（卷上）説采茶要采摘「茶之牙者，發於藂薄之上，有三枝、四枝、五枝者，選其中枝穎拔者采焉。」可證。

〔五〕襲：及，蓋過。《廣雅》（卷一下）《釋詁》：「襲，及也。」

〔六〕嫩色句：喻淡黃色茶水猶如秋天的黃菊花。《太平御覽》（卷九九六）引《禮記·月令》：「季秋之月，菊如黃華。」

〔七〕煬(yáng)者：此指烘烤茶葉的人。《説文·火部》：「煬，炙燥也。」烘烤茶葉是唐人飲茶中的一件事項。《茶經》(卷下)：「飲有觕茶、散茶、末茶、餅茶者，乃斫、乃熬、乃煬、乃舂，貯於瓶缶之中，以湯沃焉，謂之痷茶。」吾徒：我輩。

茶　焙〔一〕

左右搗凝膏〔二〕，朝昏布煙縷〔三〕。方圓隨樣拍〔四〕，次第依層取〔五〕。山謡縱高下〔六〕，火候還文武〔七〕。見説焙前人〔八〕，時時炙花脯①〔九〕(原注：紫花，焙人以花爲脯②〔一〇〕。)。(詩一八九)

【校記】

①「時時」陸詩丙本作「時□」。「脯」類苑本作「晡」。　②類苑本無此注語。

【注釋】

〔一〕茶焙：參本卷(詩一七九)注〔一〕。

〔二〕凝膏：指蒸後搗爛而凝結成膏狀的茶葉。可與本卷(詩一七八)「青瓊蒸後凝」參證，參其詩注〔五〕、〔六〕。

〔三〕朝昏句：謂早早晚晚因焙茶而散發出燒柴火的煙霧。

〔四〕方圓：指制成的茶餅或方形，或圓形。隨樣拍：謂茶餅的形狀是隨模子而成的。拍：拍茶。

參本卷(詩一七七)注〔五〕、〔七〕。《茶經》(卷上):「規,一曰模,一曰棬,以鐵制之,或圓,或方,或花。」所説就是制作茶餅式樣的模子。

〔五〕次第句:茶焙一般有兩層,焙茶時,根據茶葉的乾濕,將其放在離火遠近不同的隔層上,依先後次序烘烤和收取。陸羽《茶經》將其稱作「棚」,參本卷(詩一七七)注〔四〕。

〔六〕山謡:山歌。徒歌爲謡。縱:任隨,放任。高下:指山歌曲調的高低疾徐。

〔七〕文武:謂小而緩的文火,猛而大的武火。唐人煮茶,極講究火候。《茶經》(卷下):「茶有九難:一曰造,二曰别,三曰器,四曰火,五曰水,六曰炙,七曰末,八曰煮,九曰飲。……膏薪庖炭,非火也。」

〔八〕見説:聽説,聞説。王維《贈裴旻將軍》:「見説雲中擒黠虜,始知天上有將軍。」

〔九〕花脯:應指茶餅制成花的形狀,猶如乾肉。脯,乾肉。

〔一〇〕紫花:應指花形的茶餅是紫色的。《茶經》(卷上)有采茶「紫者上,緑者次」的説法,庶幾可證。

茶　鼎〔一〕

新泉氣味良,古鐵形狀醜〔二〕。那堪風雪夜〔三〕,更值煙霞友〔四〕。曾過赬石下,又住清溪口(原注:赬石、清溪皆江南出茶處①。)〔五〕。且共薦皋盧(原注:茶名②。)〔六〕,何勞傾斗酒〔七〕。

(詩一九〇)

【校記】

①類苑本無此注語。 ②類苑本無此注語。

【注釋】

〔一〕茶鼎：參本卷（詩一八〇）注〔一〕。

〔二〕古鐵句：謂鐵制的茶鼎形狀怪異，古拙質樸。

〔三〕那堪：兼之。張相《詩詞曲語辭匯釋》（卷二）：「那堪，猶云兼之也。與本義之解作不堪者異。」

〔四〕更值：又遭逢。煙霞友：游玩山水，觀賞自然景色的朋友。暗指隱士。《梁書》（卷二一）《張充傳》：「獨浪煙霞，高卧風月。」

〔五〕赬石、清溪：據原注，皆江南出茶處，但不詳具體所在。

〔六〕且共：且與，且并。皋盧：一種草本植物，可作飲料，與飲茶相同。《太平御覽》（卷八六七）引《本草拾遺》曰：「皋盧茗，作飲止渴，除疫不睡，利水道，明目。生南海諸山中，南人極重之。」又（卷九九八）引《南越志》曰：「龍川縣有皋蘆草，葉似茗，味苦澀，土人以爲飲。今南海謂爲過羅，或曰拘羅。」

〔七〕斗酒：《文選》（卷二九）《古詩十九首》（其三）：「斗酒相娱樂，聊厚不爲薄。」又（卷四一）楊惲《報孫會宗書》：「田家作苦，歲時伏臘，亨羊炮羔，斗酒自勞。」

茶甌〔一〕

昔人謝塸埞〔二〕，徒爲妍詞飾〔三〕（原注：《劉孝威集》有《謝塸埞啓》①。）〔四〕。豈如珪璧姿②〔五〕，又有煙嵐色〔六〕。光參筠席上〔七〕，韻雅金罍側〔八〕。直使于闐君〔九〕，從來未嘗識③。

（詩一九一）

【校記】

①類苑本無此注語。　②「如」季寫本作「知」　③「未」斠宋本作「末」。「嘗」季寫本作「常」。

【注釋】

〔一〕茶甌：參本卷（詩一八一）注〔一〕。

〔二〕塸埞（ōu dī）：瓦器，即甌。謝塸埞：感謝友人饋贈塸埞。

〔三〕妍詞：華美的詞藻。此指詩原注中所説南朝梁劉孝威《謝塸埞啓》一文。

〔四〕《劉孝威集》：《隋書》（卷三五）《經籍志四》：「梁太子庶子《劉孝威集》十卷。」《舊唐書》（卷四七）《經籍志下》：「《劉孝威前集》十卷，《劉孝威後集》十卷。」《新唐書》（卷六〇）《藝文志四》：「《劉孝威前集》十卷，《後集》十卷。」劉孝威：南朝梁詩人（四九六—五四九），原籍彭城（今江蘇省徐州市）人。蕭綱爲太子，授太子洗馬，遷中書舍人，又遷中庶子，兼通事舍人。生平事迹參《梁書》（卷四一）、《南史》（卷三九）本傳。《謝塸埞啓》：檢嚴可均輯《全上古三代秦漢三國六朝文・全梁文》（劉孝威文），未見此文。

〔五〕豈：殆。或作「其」解。參劉淇《助字辨略》（卷三）。珪璧：古代祭祀、朝聘所用的玉器。形制如圭，即上端爲三角形，下端爲正方形。《説文・土部》：「圭，瑞玉也，上圜下方。……珪，古文圭，從玉。」段玉裁《説文解字注》：「圭之制，上不正圜，以對下方言之，故曰上圜。上圜下方，法天地也。」

〔六〕煙嵐色：淡緑色。指茶甌的顔色。煙嵐，山林間輕薄的霧氣。

〔七〕光：光澤。參：參互，錯雜。筠席：竹席。

〔八〕韻雅句：謂茶甌置於金罍旁顯得韻致高雅。金罍：古代盛酒的器具。參本卷（詩一四六）注〔四〕。

〔九〕直使：即使。張相《詩詞曲語辭匯釋》（卷一）：「直，與就使、即使之就字、即字相當，假定之辭。」于闐君：于闐國的國君。于闐，漢代西域國名，在今新疆維吾爾族自治區和田縣一帶，其地盛産和田玉，極爲名貴。《漢書》（卷九六上）《西域傳・于闐國》：「于闐國，王治西城，去長安九千六百七十里。……于闐之西，水皆西流，注西海；其東，水東流，注鹽澤，河原出焉。多玉石。西通皮山三百八十里。」

煮　茶〔一〕

閑來松間坐，看煮松上雪。時於浪花裏①〔二〕，并下藍英末〔三〕。傾餘精爽健〔四〕，忽似氛埃

滅〔五〕。不合別觀書〔六〕，但宜窺玉札〔七〕。（詩一九二）

【校記】

①「於」統籤本作「于」。

【注釋】

〔一〕煮茶：參本卷（詩一八二）注〔一〕。

〔二〕浪花：喻煮茶時的沸水翻起的水花。參本卷（詩一八〇）注〔五〕。

〔三〕并下：一齊下。藍英末：藍色的茶末。唐人煮茶，是將茶餅研成屑末，倒入水中煮沸。參本卷（詩一八二）注〔四〕。此句謂所煮的緑茶在沸水中翻滾起緑色茶沫。參本卷（詩一八二）注〔七〕。

〔四〕傾餘：謂飲茶之後。精爽健：精神爽快矯健。《左傳·昭公七年》：「用物精多，則魂魄强，是以有精爽，至於神明。」

〔五〕氛埃：塵埃的污濁氣。《楚辭·遠遊》：「風伯爲余先驅兮，氛埃辟而清涼。」

〔六〕不合：不應，不當。別：另外。

〔七〕玉札：玉簡。指道教典籍。《抱朴子·内篇·明本》：「豈况金簡玉札，神仙之經，至要之言，又多不書。」《真誥》（卷六）：「奇方上術，演於清虛之奥；金簡玉札，撰於委羽之臺。」

【箋評】

醉於茶，精於言茶。（陸次雲《晚唐詩善鳴集》卷下）

中國古典文學基本叢書

松陵集校注

第三册

〔唐〕皮日休 陸龜蒙 等撰
王錫九 校注

中華書局

松陵集卷第五　今體五言詩六十八首

武丘寺殿前有古杉一本①〔一〕，形狀醜怪，圖之不盡，況百卉競媚〔二〕，若妒若媢②〔三〕，唯此杉死抱奇節〔四〕，髐然闖然③〔五〕，不知雨露之可生也，風霜之可瘁也〔六〕，乃造化者方外之材乎〔七〕。遂賦三百言以見志〔八〕　日休

種日應逢晉〔九〕，枯來必自隋〔一〇〕。鰐狂將立處〔一一〕，螭鬥未開時〔一二〕。卓犖擲槍幹④〔一三〕，叉牙束戟枝⑤〔一四〕。初驚蟉篆活⑥〔一五〕，復訝獝狂癡⑦〔一六〕。勁質如堯瘦〔一七〕，貞容學舜黴⑧〔一八〕。勢能擒土伯⑨〔一九〕，醜可駭山祇⑩〔二〇〕。虎爪拏巖穩〔二一〕，虬身脱浪欹〔二二〕。槎頭禿似刷⑪〔二三〕，栟觜利於錐〔二四〕。突兀方相脛〔二五〕，鱗皴夏氏胝〔二六〕。根應藏鬼血，柯欲漏龍漦〔二七〕。拗似神荼怒⑫〔二八〕，呀如猰貐飢⑬〔二九〕。朽癰難可吮〔三〇〕，枯瘇不堪治⑭〔三一〕。一炷玄雲拔⑮〔三二〕，三尋黑矟奇⑯〔三三〕。狼頭勃窣豎⑰〔三四〕，蠆尾掘攣垂⑱〔三五〕。目燥那逢爗〔三六〕，心開豈中鈹⑲〔三七〕。

任苔爲疥癬⑳〔三八〕，從蠹作瘡痍〔三九〕。品格齊遼鶴〔四〇〕，年齡等寶龜〔四一〕。將懷縮地力㉑〔四二〕，欲負拔山姿〔四三〕。未倒防風骨〔四四〕，初僵負貳屍〔四五〕。漆書明古本〔四六〕，鐵室抗全師〔四七〕。磈礧還無極㉒〔四八〕，伶俜又莫持〔四九〕。堅應敵駿骨〔五〇〕，文定寫䖘皮㉓〔五一〕。蟠屈愁凌刹㉔〔五二〕，騰驤恐攫池〔五三〕。搶煙寒巑岏㉕〔五四〕，披蔦靜襹褷㉖〔五五〕。威仰誠難識㉗〔五六〕，勾芒恐不知㉘〔五七〕。好燒胡律看〔五八〕，堪共達多期〔五九〕。寡色諸芳笑㉙〔六〇〕，無聲衆籟疑㉚。終添八柱位㉛〔六一〕，未要一繩維〔六二〕。盡日來唯我〔六三〕，當春玩更誰〔六四〕。他年如入用〔六五〕，直構太平基㉜〔六六〕。（詩一九三）

【校記】

①「武」季寫本、全唐詩本作「虎」。「武丘」即「虎丘」。唐人避唐高祖祖父太祖李虎諱，以「武」代「虎」。②「娟」統籤本、類苑本作「娟」。③「髐」李校本眉批：「『髐』，哮。」「闖然」李校本眉批：「『闖然』，出頭貌。」④「槍」項刻本「搶」。⑤「叉」原作「乂」，據弘治本、詩瘦閣本、皮詩本、類苑本改。⑥「蟉」項刻本作「繆」。⑦「獝」項刻本作「橘」。⑧「黴」李校本眉批：「『黴』，眉面垢。」⑨「土」統籤本作「上」。⑩「祇」原作「柢」，據皮詩本、項刻本、統籤本、類苑本、季寫本、全唐詩本改。「柢」弘治本、汲古閣本、詩瘦閣本、四庫本作「祇」。⑪「禿似刷」項刻本作「勢如虎」。⑫「拗」項刻本作「吻」。「荼」統籤本作「茶」。⑬「飢」類苑本作「饑」⑭「尰」皮詩本、統籤本、季寫本、全唐詩本作「瘇」。全唐詩本注：「一作尰。」⑮「玄」原缺末筆，避宋太祖始祖趙玄

朗諱。⑯「稍」李校本眉批：「『稍』，朔，長矛。」項刻本作「峭」。⑰「勃」原作「敎」，據項刻本改。⑱「薑」項刻本作「虎」。「掘」項刻本作「屈」。⑲「鈹」李校本眉批：「『鈹』，皮，大針。」⑳「苔」項刻本作「治」。㉑「縮地」項刻本作「地縮」。㉒「磈」汲古閣本、詩瘦閣本、四庫本、皮詩本、統籤本、類苑本、全唐詩本作「碨」，項刻本作「磥」。㉓「虓」李校本眉批：「『虓』，酣，白虎。」項刻本作「虪」。㉔「刹」項刻本作「判」。㉕「嵑」李校本眉批：「『嵑』，渴。」「嶭」季寫本作「嶭」。㉖「襹褷」項刻本作「褷襹」。㉗「威仰」李校本旁批：「青帝號。」皮詩本批校：「東方青帝名靈威仰。」㉘「勾」全唐詩本作「句」。㉙「寡」項刻本作「有」。「笑」項刻本作「嘆」。㉚「衆」項刻本作「萬」。㉛「柱」項刻本作「桂」。㉜「構」盧校本作「拄」，統籤本作「搆」。

【注釋】

〔一〕此詩當作於咸通十一年（八七〇）或十二年春。武丘寺：虎丘寺，在今江蘇省蘇州市西北閶門外虎丘山。唐人避李虎諱，改虎丘爲武丘，後又復舊稱。宋王楙《野客叢書》（卷九）《古人避諱》：「唐祖諱虎，凡言『虎』率改爲『武』，如武賁、武丘之類是也。」參卷二（序三）注〔二〕。古杉一本：一棵古杉樹。植物之根曰本。《古今圖書集成·蘇州府》：「虎丘山有古檜杉，在殿前，相傳晋王珉所植，唐末仍在。」

〔二〕況百卉競媚：正是各種花草樹木競相開放，嫵媚秀麗。況，張相《詩詞曲語辭匯釋》（卷一）：「況，猶正也；適也。與況且之本義異。」卉，《說文·艸部》：「卉，草之總名也。」

〔三〕若妒若媢(mào)：好像嫉妒似的怒目相視。媢，怒目相視。《説文・女部》：「媢，夫妒婦也。一曰：相視也。」

〔四〕死抱奇節：至死堅持奇特的節操。《史記》(卷五三)《蕭相國世家》：「蕭相國何於秦時爲刀筆吏，録録未有奇節。」

〔五〕髐然闖然：形容古杉的乾枯杈丫。髐(xiāo)然：屍骸暴露貌。《莊子・至樂》：「莊子之楚，見空髑髏，髐然有形。」陸德明《經典釋文》(卷二十七)《莊子音義》(中)：「司馬、李云：『髐，白骨貌，有枯形也。』」闖然：伸出頭貌。《春秋公羊傳・哀公六年》：「開之則闖然，公子陽生也。」何休注：「闖，出頭貌。」

〔六〕瘁(cuì)：病，枯槁。

〔七〕造化者：造物者，大自然。《莊子・大宗師》：「今一以天地爲大爐，以造化爲大冶，惡乎往而不可哉！」方外之材：超脱於世俗的材料。方外：世外。《莊子・大宗師》：「孔子曰：『彼，游方之外者也；而丘，游方之内者也。』」《楚辭・遠遊》：「覽方外之荒忽兮，沛罔象而自浮。」《世説新語・任誕》：「阮(籍)方外之人，故不崇禮制；我輩俗中人，故以儀軌自居。」

〔八〕見志：表明志向。

〔九〕晉：晉王朝。西晉(二八一—三一六)東晉(三一七—四一九)的合稱。

〔一〇〕隋：隋王朝(五八一—六一七)。

〔一一〕鰐：鰐魚，爬行動物，生活於水澤山崖邊，體形怪異粗糙，凶猛。《文選》（卷五）左思《吴都賦》：「鼅鼊鯖鰐，涵泳乎其中。」劉逵注：「鰐魚，長二丈餘，有四足，似鼉，喙長三尺餘，甚利齒。虎及大鹿渡水，鰐擊之，皆中斷。」將立處：謂古杉猶如鰐魚發狂時站立的姿態。

〔一二〕螭（chī）：古代傳説中的無角龍。未開時：謂古杉形似鬥龍尚未展開身軀時的狀態。

〔一三〕卓犖：超群出衆貌。謂古杉挺立高聳。《文選》（卷二一）左思《咏史八首》（其一）：「弱冠弄柔翰，卓犖觀群書。」李善注：「孔融《薦禰衡表》曰：『英才卓躒。』躒與犖同。」槍幹：槍杆。喻古杉如豎立的槍杆。

〔一四〕叉牙：參差不齊貌。戟枝：戟支，戟上的小支。古代兵器戟上横出的刀刃。《後漢書》（卷七五）《吕布傳》：「布彎弓顧曰：『請君觀布射〔戟〕小支，中者各當解兵，不中可留决鬥。』布即一發，正中戟支。」

〔一五〕蟉（liú）篆：盤曲似篆字的形狀。蟉，《説文·虫部》：「⿰虫幽，⿰虫幽蟉也。」一作「蚴蟉」，本蟲名，此形容屈曲貌。參卷四（詩一六八）注〔二〕。

〔一六〕獝（xù）狂：惡鬼名。《文選》（卷三）張衡《東京賦》：「捎螭魅，斮獝狂。」薛綜注：「獝狂，惡戾之鬼名。」

〔一七〕勁質：堅强的質性。堯瘦：帝堯瘠瘦。《太平御覽》（卷八〇）：「鄧析言曰：『古詩云：「堯舜至聖，身如脯腊。桀紂無道，肌膚三尺。」』」《韓非子·五蠹》：「堯之王天下也，茅茨不翦，采椽不斫；糲粢之食，藜藿之羹；冬日麑裘，夏日葛衣，雖監門之服養，不虧於此矣。」

〔一八〕貞容：剛正的容色。舜黴(méi)：舜的面部垢黑。《楚辭·九嘆·逢紛》：「顔黴黧以沮敗兮，精越裂而衰耄。」《廣雅》(卷八上)《釋器》：「黴，黑也。」《玉篇·黑部》：「黴，面垢也。」陸龜蒙《甫里先生傳》：「堯舜黴瘠，大禹胼胝。」《太平御覽》(卷八一)：「《帝王世紀》曰：『……(舜)故姓姚，名重華，字都君，龍顔，大口，黑色，身長六尺一寸。』」《孟子·盡心上》：「舜之居深山之中，與木石居，與鹿豕遊，其所以異於深山之野人者幾希。」

〔一九〕土伯：神怪名。《楚辭·招魂》：「魂兮歸來！君無下此幽都些。土伯九約，其角觺觺些。」王逸注：「土伯，后土之侯伯也。約，屈也。觺觺，猶狺狺，角利貌也。」

〔二〇〕山祇：山神。祇，地神。《説文·示部》：「祇，地祇，提出萬物者也。」

〔二一〕虎爪：形容古杉的根鬚如虎爪。拏(ná)：攫拿，以手或爪執取狀。《説文·手部》：「拏，牽引也。」《漢書》(卷五五)《霍去病傳》：「昏，漢、匈奴相紛拏，殺傷大當。」顔師古注：「紛拏，亂相持搏也。」

〔二二〕虬身：喻古杉的樹幹猶如龍身一樣夭矯。脱浪：謂離水，跳出水面。

〔二三〕槎(chá)頭：斜砍的樹杈。槎，斜砍。《説文·木部》：「槎，衺斫也。」

〔二四〕枿(niè)鮹：樹木砍後留下的樁子。《爾雅·釋詁》：「枿，餘也。」邢昺疏：「李巡曰：『枿，槁木之遺也。』」

〔二五〕方相：古代驅疫避邪的神靈。《周禮·夏官·方相氏》：「方相氏，掌蒙熊皮，黄金四目，玄衣朱裳，執戈揚盾，帥百隸而時難，以索室驅疫。」

〔二六〕鱗皴（cūn）句：形容古杉樹皮猶如夏后氏脚下裂開的厚皮老繭，呈現出魚鱗狀。夏氏：夏后氏，指夏禹。胝：脚上的老繭。《太平御覽》（卷八二）：「《帝王世紀》曰：『伯禹，夏后氏，……繼鯀治水，乃勞身勤苦，不重徑尺之璧，而愛日之寸陰，手足胼胝。』」

〔二七〕龍漦（lí）：古代傳説中龍吐的涎水。《國語·鄭語》：「《訓語》有之曰：『夏之衰也，褒人之神化爲二龍，以同于王庭而言曰：「余，褒之二君也。」夏后卜殺之與去之與止之，莫吉。卜請其漦而藏之，吉。乃布幣焉而策告之，龍亡而漦在，櫝而藏之，傳郊之。』及殷、周，莫之發也。及厲王之末，發而觀之，漦流于庭，不可除也。」

〔二八〕拗：彎曲，扭曲。神荼：相傳古代能够執鬼之人，後世尊爲門神。《論衡·亂龍》：「上古之人，有神荼、鬱壘者，昆弟二人，性能執鬼，居東海度朔山上，立桃樹下，簡閲百鬼。鬼無道理，妄爲人禍。荼與鬱壘縛以盧索，執以食虎。故今縣官斬桃爲人，立之户側，畫虎之形，著之門闌。夫桃人非荼、鬱壘，畫虎非食鬼之虎也，刻畫效象，冀以禦凶。」

〔二九〕呀：張口貌。猰貐：古代傳説中善走而食人的怪獸。《淮南子·本經訓》：「逮至堯之時，十日并出，焦禾稼，殺草木，而民無所食。猰貐、鑿齒、九嬰、大風、封豨、修蛇，皆爲民害。」高誘注：「猰貐，獸名也。狀若龍首。或曰似狸。善走而食人，在西方也。」

〔三〇〕朽癰(yōng)：腐爛而化膿，腫瘍。《釋名·釋疾病》：「癰，壅也，氣壅否結裹而潰也。」此句謂古杉朽爛得很厲害。吮(shǔn)：用口吸物。吮癰：《史記》(卷一二五)《佞幸列傳》：「(漢)文帝嘗病癰，鄧通常爲帝唶吮之。文帝不樂，從容問通曰：『天下誰最愛我者乎？』通曰：『宜莫如太子。』太子入問病，文帝使唶癰，唶癰而色難之。已而聞鄧通常爲帝唶吮之，心慚，由此怨通矣。」

〔三一〕枯尰(zhǒng)：枯萎而腫。《廣韻·腫韻》：「尰，足腫病。」不堪治：不可醫治。《漢書》(卷四八)《賈誼傳》：「天下之勢方病大瘇。一脛之大幾如要，一指之大幾如股，平居不可屈信，一二指搐，身慮亡聊。失今不治，必爲錮疾，後雖有扁鵲，不能爲已。」

〔三二〕一炷句：謂似一支升騰的青黑色的長煙那樣挺拔突起。玄雲：黑雲。《楚辭·九歌·大司命》：「廣開兮天門，紛吾乘兮玄雲。」

〔三三〕三尋：三尋的長度。古代以八尺爲尋。矟(shuò)：古代長矛一類的兵器。《釋名·釋兵》：「矛長丈。八尺曰矟，馬上所持，言其矟矟便殺也。」

〔三四〕勃窣(bó sū)：向上翹起貌。《文選》(卷七)司馬相如《子虛賦》：「媻姍勃窣，上乎金堤。」郭璞注：「韋昭曰：『媻姍勃窣，匍匐上也。』」

〔三五〕蠆(chài)尾：毒蟲蠆的尾巴。《説文·虫部》：「蠆，毒蟲也。」《詩經·小雅·都人士》：「彼君子女，卷髮如蠆。」鄭玄箋：「蠆，螫蟲也。尾末揵然，似婦人髮末曲上卷然。」掘攣(luán)：

屈曲貌。

〔三六〕那：奈，奈何。爟（guàn）：火炬。《廣雅》（卷八上）《釋器》：「爟，炬也。」

〔三七〕鈹（pī）：兩邊有刃的劍。一説是大矛。《説文·金部》：「鈹，大鍼也。一曰：劍如刀裝者。」段玉裁《説文解字注》：「劍兩刃，刀一刃，而裝不同。實劍而用刀削裹之是曰鈹。《左傳》曰：『夾之以鈹。』」《方言》（卷九）：「錟謂之鈹。」郭璞注：「今江東呼大矛爲鈹。」

〔三八〕疥癬：疥和癬都是皮膚疾病。此句形容古杉上的蘚苔猶如人的皮膚上的疥癬。

〔三九〕從：任，任從。張相《詩詞曲語辭匯釋》（卷一）：「從，猶任也；聽也。……皮日休《武丘寺前古杉》詩：『任苔爲癬疥，從蠹作瘡痍。』……以上皆從與任爲互文，從、任同義也。」蠹：木中蛀蟲。《説文·䖵部》：「蠹，木中蟲。蠹或從木，象蟲在木中形。譚長説。」瘡痍（chuāng yí）：創傷。

〔四〇〕遼鶴：古代傳説中丁令威化鶴歸遼事。《新輯搜神記》（卷一）：「遼東城門有華表柱，忽有一白鶴集柱頭。時有少年舉弓欲射之，鶴乃飛，徘徊空中而言曰：『有鳥有鳥丁令威，去家千歲今來歸。城郭如故人民非，何不學仙冢壘壘？』遂高上冲天而去。後人於華表柱立二鶴，至此始矣。」

〔四一〕寶龜：古人以龜甲占卜吉凶，又認爲龜壽命長，故極重視，稱爲寶龜。《尚書·大誥》：「寧王遺我大寶龜。」《文選》（卷二一）郭璞《遊仙詩七首》（其三）：「借問蜉蝣輩，寧知龜鶴年。」李善注：「《養生要論》曰：『龜鶴壽有千百之數，性壽之物也。』」

〔四二〕縮地力：用古代傳説中壺公有神術，能縮入地脉的故事。《後漢書》（卷八二下）《費長房傳》：「費長房者，汝南人也。曾爲市掾。市中有老翁賣藥，懸一壺於肆頭，及市罷，輒跳入壺中。市人莫之見，唯長房於樓上睹之，異焉，……又嘗坐客，而使至宛市鮓。須臾還，乃飯。或一日之間，人見其在千里之外者數處焉。」

〔四三〕拔山姿：用項羽力可拔山的典故。《史記》（卷七）《項羽本紀》：「於是項王乃悲歌慷慨，自爲詩曰：『力拔山兮氣蓋世，時不利兮騅不逝。』」

〔四四〕防風骨：喻古杉枝杈依然繁多。防風，古代傳説中的部落酋長名。《國語・魯語下》：「仲尼曰：『丘聞之：昔禹致群神於會稽之山，防風氏後至，禹殺而戮之，其骨節專車。此爲大矣。……僬僥氏長三尺，短之至也。長者不過十之，數之極也。』」韋昭注：「防風，汪芒氏之君名也。」又曰：「十之三丈，則防風氏也。」南朝梁任昉《述異記》（卷上）：「昔禹會塗山，執玉帛者萬國。防風氏後至，禹誅之。其長三丈，其骨頭專車。」

〔四五〕負貳：古代傳説中的神名，亦作「貳負」。《山海經・海内西經》：「貳負之臣曰危，危與貳負殺窫窳，帝乃梏之疏屬之山，桎其右足，反縛兩手與髪，繫之山上木。在開題西北。」又《海内北經》：「貳負之尸在大行伯東。……鬼國在貳負之尸北，爲物人面而一目。一曰貳負神在其東，爲物人面蛇身。」

〔四六〕漆書：用漆書寫在竹簡上的古書。《後漢書》（卷二七）《杜林傳》：「林前於西州得漆書《古文尚書》一卷，常寶愛之，雖遭難困，握持不離身。」孟郊《題韋少保静恭宅藏書洞》：「書秘漆文字，匣藏金蛟龍。」

〔四七〕鐵室：遮蔽全身的鐵甲。《韓非子·内儲説上》：「矢來無鄉，則爲鐵室以盡備之。」尹知章注：「謂甲之全者，自首至足無不有鐵，故曰鐵室。」全師：全軍。整個軍隊。

〔四八〕磈礧（kuǐ lěi）：石不平貌。此謂古杉樹幹凹凸不平，顯出古樸瑰瑋之氣。無極：無窮盡。

〔四九〕伶俜（líng pīng）：孤單貌。莫持：没有扶持（謂没有同類，没有伴侣）。

〔五〇〕駿骨：駿馬之骨。《戰國策·燕策一》：「（涓人）三月得千里馬，馬已死，買其首五百金，反以報君。君大怒曰：『所求者生馬，安事死馬而捐五百金？』涓人對曰：『死馬且買之五百金，況生馬乎？天下必以王爲能市馬，馬今至矣！』於是不能期年，千里之馬至者三。」

〔五一〕文：指古杉樹皮的花紋。「文」同「紋」。定：表示肯定、確定之義。劉淇《助字辨略》（卷四）：「定，的辭也。」虦（hán）皮：白虎皮。《爾雅·釋獸》：「虦，白虎。」

〔五二〕蟠屈：盤曲貌。刹：佛塔。此指蘇州虎丘寺塔。

〔五三〕騰驤（xiāng）：騰躍貌。池：指虎丘寺劍池。《越絶書·越絶外傳記吴地傳》：「闔廬冢，在閶門外，名虎丘。下池廣六十步，水深丈五尺。銅椁三重。澒池六尺，玉鳧之流。扁諸之劍三千，方圓之口三千。時耗、魚腸之劍在焉。」陸廣微《吴地記》：「秦始皇東巡，至虎邱，求吴王寶劍，……劍無復獲，乃陷成池，故號劍池。」

〔五四〕搶煙：衝入高空雲霧之中。「搶」用《莊子·逍遥遊》：「决起而飛，搶榆枋」的「搶」字，「突」之義。嶱嶭（kě niè）：高峻貌。

〔五五〕披蔦（niǎo）：懸挂離披的寄生木。《詩經·小雅·頍弁》：「蔦與女蘿，施于松柏。」《毛傳》：「蔦，寄生也。」蔦爲一種灌木，莖蔓纏繞於他木上。襹褷（lí shī）：毛羽初生貌。此形容附生在古杉上的灌木披拂散亂狀。《文選》（卷一二）木華《海賦》：「鳧雛離褷，鶴子淋滲。」張銑注：「離褷、淋滲，羽毛初生貌。」

〔五六〕威仰：靈威仰，東方青帝名。《太平御覽》（卷八八一）引《河圖》曰：「東方蒼帝神名靈威仰，精爲青龍；南方赤帝神名赤熛怒，精爲朱鳥；中央黄帝神名含樞紐，其精爲麟；西方白帝神名白招矩，精爲白虎；北方黑帝神名叶光紀，精爲玄武。」

〔五七〕勾（gōu）芒：古代傳説中主管樹木的神。《左傳·昭公二十九年》：「木正曰勾芒。」杜預注：「正，官長也。取木生勾曲，而有芒角也，其祀重焉。」《正義》：「正訓爲長，故爲官長，木官之最長也。」

〔五八〕胡律：龍腦香。《酉陽雜俎》（前集卷一八）：「龍腦香樹，出婆利國。婆利呼爲固不婆律。亦出波斯國。樹高八九丈，大可六七圍，葉圓而背白，無花實。其樹有肥有瘦。瘦者有婆律膏香。一曰瘦者出龍腦香，肥者出婆律膏也。在木心中，斷其樹劈取之，膏於樹端流出，斫樹作坎而承之。」

〔五九〕堪共：可與。達多：提婆達多的略稱。斛飯王之子，佛之從弟，身長一丈五尺四寸。

〔六〇〕寡色：謂古杉没有鮮艷的色彩。諸芳：群芳，百花。

〔六一〕八柱：古代神話傳説中支撐天的八根大柱子。《楚辭・天問》：「八柱何當？東南何虧？」王逸注：「言天有八山爲柱。」洪興祖補注：「《河圖》言：『崑崙者，地之中也。地下有八柱，柱廣十萬里，有三千六百軸，互相牽制。名山大川，孔穴相通。』《淮南》云：『天有九部八紀，地有九州八柱。』」

〔六二〕一繩：一根大繩子。《後漢書》（卷五三）《徐稚傳》：「大樹將顛，非一繩所維，何爲栖栖不遑寧處？」

〔六三〕盡日：終日，整天。

〔六四〕玩：觀賞。《文選》（卷三）張衡《東京賦》：「是以西匠營宫，目玩阿房。」

〔六五〕他年：將來，以後。《左傳・成公十三年》：「晉人以其役之勞，請俟他年。」

〔六六〕直：但也，即也。太平基：國家安定太平的基業。

【箋評】

松林（陵）唱和喜用險韻僻字，如《古杉》詩排至三十。襲美之「勁質如堯瘦，貞容學舜黴。槎頭禿似刷，枿嘴利於錐。」魯望之「戰鋒新缺齾，燒岸黑黝黮。峥嶸驚露鶴，趑趄駭雲螭。」又《洞庭觀步》詩：「杖斑花不一，樽大癭成雙。已甘三秀味，誰念百牢腔。」和曰：「崦花時有蔟，溪鳥不成雙。巖根瘦似殼，杉腹破如腔。」皆劚心鉥腎而成，韓、孟所當退舍也。《楚詞》：「顏黴黎以摧敗。」《説文》曰：「物中久雨，青黑色也。」堯、舜二典未詳。（宋長白《柳亭詩話》卷五《古杉·覩步》）

奉和古杉三十韻

龜蒙

衆木盡相遺〔一〕，孤杉獨任奇①〔二〕。插天形硉兀②〔三〕，當殿勢攲危〔四〕。恐是夸娥怒〔五〕，教臨巀嶭衰〔六〕。節穿開耳目〔七〕，根癭坐熊羆〔八〕。世只論榮落〔九〕，人誰問等衰③〔一〇〕。有巔從日上〔一一〕，無葉與秋欺④〔一二〕。虎搏應難動⑤，雕蹲不敢遲⑥〔一三〕。戰鋒新缺齾⑦〔一四〕，燒岸黑黳黧〔一五〕。鬥死龍骸雜〔一六〕，爭奔鹿角差⑧〔一七〕。肢銷洪水腦⑨〔一八〕，棱聳梵天眉⑩〔一九〕。磔索珊瑚涌〔二〇〕，森嚴獬豸窺⑪〔二一〕。向空分犖指〔二二〕，衝浪出鯨鬐〔二三〕。楊僕船檣在⑫〔二四〕，蚩尤陣纛隳〔二五〕。下連金粟固〔二六〕，高用鐵菱披〔二七〕。挻若苻堅棰⑬〔二八〕，浮於祖納椎⑭〔二九〕。峥嶸驚露鶴⑮〔三〇〕，[走歷]趚閡雲螭⑯〔三一〕。傍宇將支壓〔三二〕，撑霄欲抵隳〔三三〕。背交蟲臂揭〔三四〕，相向鶻拳追〔三五〕。格（原注：音各。）筆茬（原注：初加反。）猶立⑰〔三六〕，階干卓未麾〔三七〕。鬼神應暗畫⑱〔三八〕，風雨恐潛移〔三九〕。已覺寒松伏〔四〇〕，偏宜后土疲⑲〔四一〕。好邀清嘯傲〔四二〕，堪映古茅茨〔四三〕。材大應容蝎〔四四〕，年深必孕夔〔四五〕。後凋依佛氏⑳〔四六〕，初植必僧彌〔四七〕（原注：寺即東晋王家别墅。僧彌，王珉小字㉑。）。擁腫煩莊辯㉒〔四八〕，槎牙費庾詞㉓〔四九〕。咏多靈府困〔五〇〕，搜苦化權卑〔五一〕。類既區中寡㉔〔五二〕，朋當物外推〔五三〕。蟠桃標日域㉕〔五四〕，珠草侍仙墀〔五五〕。真宰誠求夢〔五六〕，春工信可醫〔五七〕。若能噓嶰竹〔五八〕，猶足動華滋〔五九〕。（詩一九四）

【校記】

①「杉」章校本、季寫本、全唐詩本作「芳」。季寫本、全唐詩本注：「一作杉。」②「插」全唐詩本作「鍤」。③此句下弘治本、汲古閣本、詩瘦閣本、四庫本、陸詩甲本、陸詩丙本注：「初危反。」統籤本、全唐詩本注：「初危切。」④「欺」四庫本作「期」。⑤「搏」陸詩丙本作「博」。⑥「雕」弘治本、汲古閣本、詩瘦閣本、四庫本、陸詩甲本、陸詩丙本、統籤本、季寫本、全唐詩本作「鵰」。⑦「鈌」汲古閣本、四庫本、陸詩丙本、季寫本、全唐詩本作「缺」。「鸒」李校本眉批：「『鸒』，聐。」⑧「荖」汲古閣本、四庫本、統籤本、全唐詩本作「差」。⑨「胈」弘治本、陸詩甲本、統籤本、類苑本、季寫本、全唐詩本作「肢」。全唐詩本注：「一作胈。」⑩「梵」陸詩乙本批校：「『梵』舊本作『燒』。」陸詩丙本作「燒」。⑪「豸」詩瘦閣本作「鳶」。⑫「楊」陸詩丙本作「揚」。⑬「挻」弘治本、汲古閣本、詩瘦閣本、四庫本、陸詩甲本、陸詩丙本、統籤本、類苑本、季寫本、全唐詩本作「挺」。「苻」原作「符」，據弘治本、汲古閣本、詩瘦閣本、四庫本、陸詩甲本、季寫本、全唐詩本改。⑭「於」陸詩甲本、統籤本作「于」。⑮「驚」原缺「敬」末筆，避宋太祖祖父趙敬諱。⑯「趯趚」李校本眉批：

「『趯』,列;『趚』,速。速行貌。」「趚」陸詩甲本、陸詩丙本、統籤本作『趣』。陸詩乙本批校:「『趣』舊本作『趚』。」「趯趚」類苑本作「趯趚」。⑰「各」汲古閣本、詩瘦閣本、四庫本、全唐詩本作「閣」。「茬」盧校本、統籤本作「差」,李校本眉批:「『茬』,培。」「初加反」全唐詩本作「初加切」。類苑本、季寫本無此句注語。⑱「晝」原作「晝」,據弘治本、汲古閣本、詩瘦閣本、四庫本、陸詩甲本、陸詩丙本、統籤本、類苑本、季寫本、全唐詩本改。⑲「偏」類苑本作「徧」。⑳「凋」汲古閣本、四庫本、季寫本、全唐詩本作「雕」。㉑類苑本無此注語。㉒「辯」陸詩丙本作「辨」。㉓「庚」類苑本作「庚」。㉔「類」陸詩丙本作「頪」。㉕「日」原作「曰」,據弘治本、汲古閣本、詩瘦閣本、四庫本、陸詩甲本、陸詩丙本、統籤本、類苑本、季寫本、全唐詩本改。

【注釋】

〔一〕相遺:相忘,相遺忘。

〔二〕任奇:恣意奇特怪異。

〔三〕硉(lù)兀:高聳突出貌。《玉篇·石部》:「硉,硉矹,危石。」《文選》(卷一二)郭璞《江賦》:「碧沙遺瀩而往來,巨石硉矹以前却。」「硉矹」同「硉兀」。

〔四〕當殿:對着大殿。殿,指虎丘寺大殿。攲(qī)危:傾斜貌。

〔五〕夸娥:又作「夸蛾」。古代傳説中的大力神。《列子·湯問篇》:「帝感其誠,命夸蛾氏二子負二山,一厝朔東,一厝雍南。自此,冀之南,漢之陰,無隴斷焉。」張湛注:「夸娥氏,傳記所未聞，蓋有神力者也。」

〔六〕教：令，使。巀嶭（jié niè）：高峻貌。《文選》（卷八）司馬相如《上林賦》：「九嵕巀嶭，南山峩峩。」郭璞注：「巀嶭，高峻貌也。」衰：衰朽。指古杉。

〔七〕節穿句：謂古杉枝節穿通，猶如打開了耳目似的。

〔八〕根癭句：謂古杉根部的贅瘤猶如蹲坐在那裏的熊羆。癭：《説文·疒部》：「癭，頸瘤也。」段玉裁《説文解字注》：「下文云：『瘤，腫也。』此以頸瘤與頸腫別言者，頸瘤則如囊者也，頸腫則謂暫時腫脹之疾，故異其辭。」

〔九〕榮落：榮枯。宋之問《太平公主池山賦》：「春秋寒暑兮歲榮落，林巒沼沚兮日芳鮮。」

〔一〇〕等衰（cuī）：等差，等級。《左傳·桓公二年》：「故天子建國，諸侯立家，卿置側室，大夫有貳宗，士有隸子弟，庶人、工、商各有分親，皆有等衰。」

〔一一〕從：任，任從。此句謂古杉頂上任隨太陽升上。《述異志》（卷下）：「東南有桃都山，上有大樹名曰桃都，枝相去三千里。上有天鷄，日初出，照此木，天鷄則鳴，天下之鷄皆隨之鳴。」

〔一二〕與：給，給與。此句謂古杉無葉。活用「一葉知秋」的典實。《淮南子·説山訓》：「以小明大，見一葉落而知歲之將暮；睹瓶中之冰，而知天下之寒。」

〔一三〕雕蹲句：謂老鷹也不敢久留在古杉上。「雕」即「鵰」，老鷹。蹲，踞坐。《説文·足部》：「蹲，踞也。」遲：遲留，延佇。

〔一四〕戰鋒：兵器鋒刃。鈌齾（jué yà）：缺齒。《説文·金部》：「鈌，刺也。」又《説文·齒部》：「齾，缺齒也。」段玉裁《説文解字注》：「齾，缺齒也。引申凡缺皆曰齾。」此句謂古杉的枝條缺損，猶如兵器的鋒刃殘缺。

〔一五〕燒岸：被野火燒過的河岸。⿰黑茲黧（zī lí）：深黑色。此句謂古杉的外表深黑色，猶如野燒。

〔一六〕鬥死：搏鬥而死。龍骸：龍骨。雜：雜陳。此句以鬥死的龍骨喻古杉枯死的枝杈。

〔一七〕蒫（cī）：同「差」。參差不齊貌。此句謂古杉參差雜亂的枝條，猶如群鹿奔跑時錯雜的鹿角一樣。

〔一八〕胈（bá）銷句：喻古杉没有枝葉。以古代傳説中的大禹腿脚上没有汗毛爲喻。胈：股上細毛。《莊子·天下》：「禹親自操稿耜而九雜天下之川，腓無胈，脛無毛，沐甚雨，櫛疾風，置萬國。禹大聖也而形勞天下也如此。」洪水腦：大水的濤頭。

〔一九〕棱聳句：謂棱角高高聳起猶如梵天佛的濃眉。指古杉上端翹起的枝幹。棱，物體的尖角。梵天：大梵天王，佛教的護法神，名尸棄。頂上結髻如火，常在佛之右側，手持白拂。

〔二〇〕磔（zhé）索：形容古杉杈枒詰曲的形狀。珊瑚，熱帶海中（一説陸地也有）腔腸動物凝結成的物體，骨骼交錯，形如樹枝，無葉，稱爲珊瑚樹。此形容杈丫無葉的古杉，其形狀似珊瑚。

〔二一〕獬豸（xiè zhì）：古代傳説中的獸名。《文選》（卷八）司馬相如《上林賦》：「椎蜚廉，弄獬豸。」李善注：「張揖曰：『獬豸，似鹿而一角。人君刑罰得中，則生於朝廷。主觸不直者。』南朝梁任昉《述異記》（卷上）：「獬豸者，一角之羊也，性知人有罪。皋陶治獄，其罪疑者，令羊觸之。」此句借以形容古杉森嚴奇瑰。

〔二二〕犖指：牛角。此句形容古杉向空中伸展的枝杈像牛角。《説文·牛部》：「犖，駁牛也。」駁牛，毛色駁雜不純的牛。指，謂牛角。《文選》（卷八）司馬相如《上林賦》：「珉玉旁唐，玢豳文鱗。赤瑕駁犖，雜臿其間。」李善注：「郭璞曰：『……駁犖采點也。』」

〔二三〕鯨鬐（qí）：鯨魚背脊上的鬣。此句亦形容古杉的枝杈形狀奇異，猶如鯨鬐。

〔二四〕楊僕：西漢將領，曾任樓船將軍，率水軍征伐南越、東越。《漢書》（卷九〇）《楊僕傳》：「楊僕，宜陽人也。……南越反，拜爲樓船將軍，有功，封將梁侯。東越反，……與王温舒俱破東越。」船橦（chuáng）：船的桅杆。橦，杆，柱。《文選》（卷一二）木華《海賦》：「決帆摧橦，戕風起惡。」李善注：「橦，百尺也。」此句謂古杉只剩光秃秃的長樹幹。

〔二五〕蚩尤：古代神話中的部落酋長，與黄帝大戰於冀州之野。陣纛：軍隊的戰旗。隳（huī）：毁壞。《山海經·大荒北經》：「蚩尤作兵，伐黄帝。黄帝乃令應龍攻之冀州之野。應龍畜水，蚩尤請風伯、雨師，縱大風雨。黄帝乃下天女曰『魃』，雨止。遂殺蚩尤。」

〔二六〕金粟：桂花的别名。色黄如金，花小似粟，故稱。此句謂古杉與桂樹根部相連結，十分牢固。唐人喜愛杉桂并咏，此處也表現了這一點。

〔二七〕用：以。鐵菱：鐵鑄的菱角，即鐵蒺藜之類的鐵器。此句謂古杉的枝杈離披猶如鐵菱。北周庾信《從駕觀講武》：「門嫌磁石礙，馬畏鐵菱傷。」

〔二八〕挻（shān）：長貌。《説文·手部》：「挻，長也。」段玉裁《説文解字注》：「《商頌》：『松桷有挻。』《傳》曰：『挻，長貌。』此許所本也。」苻堅棰（chuí）：苻堅的馬鞭。苻堅，東晋十六國前秦國主，三五七—三八四年在位。《晋書》（卷一一四）《苻堅載記下》：「（苻堅矢志渡江）曰：『以吾之衆旅，投鞭於江，足斷其流。』」

〔二九〕浮：超過。祖納椎（chuí）：指祖納犀利的談鋒。此句喻古杉枝杈的尖利。椎，捶擊的器具。《説文·木部》：「椎，擊也。」《晋書》（卷六二）《祖逖傳》附《祖納傳》：「（祖）納字士言，最有操行，能清言，文義可觀。……時梅陶及鍾雅數説餘事，納輒困之，因曰：『君汝、潁之士，利如錐；我幽、冀之士，鈍如槌。持我鈍槌，捶君利錐，皆當摧矣。』陶、雅并稱『有神錐，不可得槌。』納曰：『假有神錐，必有神槌。』雅無以對」

〔三〇〕峥嶸：高峻貌。露鶴：鶴性敏感警惕，有「鳴鶴戒露」的説法，故稱「露鶴」。《風土記》（《太平御覽》卷九一六）曰：「鳴鶴戒露。此鳥性警，至八月白露降，流於草上，滴滴有聲，因即高鳴相警，移徙所宿處。」另參卷三（詩四六）注〔一六〕。

〔三一〕𨗿遬（lì sù）：快速行走貌。此喻古杉插向天空的態勢。閡（hé）：阻隔。雲螭：雲中龍。指高空。

〔三二〕傍宇：指古杉旁伸到靠近的房屋。支壓：支撐抵禦其壓力。

〔三三〕撑霄：支撑天空。抵巇（xī）：堵塞罅漏。「巇」一作「巇」。《鬼谷子·抵巇》：「巇者，罅也。罅者，㵎也。㵎者，成大隙也。巇始有眹，可抵而塞，可抵而却，可抵而息，可抵而匿，可抵而得。此謂抵巇之理也。」

〔三四〕背交句：謂古杉枝杈錯雜撑持，猶如從背後相交叉的昆蟲臂膀一樣。挶（jú）：執持。《説文·手部》：「挶，戟持也。」

〔三五〕相向句：謂古杉枝杈相向伸展，猶如老鷹屈曲的利爪一樣交錯在一起。鶻（hú）：老鷹。《廣韻·没韻》：「鶻，鳥名，鷹屬。」拳：屈指卷握的手。引申爲屈曲。此指屈曲的鷹爪。

〔三六〕格筆：擱筆的支架。格，擱放物體的架子。「格筆」也稱筆床。岑參《初至西虢官舍南池呈左右省及南宫諸故人》：「白鳥上衣桁，青苔生筆床。」荖（chà）：同「差」，比較之義。劉淇《助字辨略》（卷四）：「差，去聲，僅也，略也。」此句謂古杉枯枝杈枒略似山形的筆架。

〔三七〕階干：謂臺階上的旗杆。卓：豎立。《説文·匕部》：「卓，高也。」段玉裁《説文解字注》：「《論語》：『如有所立，卓爾。』凡言卓犖，謂殊絶也。亦作卓躒。」麾（huī）：旌旗。此作動詞用，揮動旌旗。《説文·手部》：「麾，旌旗所以指麾也。」

〔三八〕鬼神句：謂古杉乃鬼神暗中畫成，故奇瑰怪異。

〔三九〕風雨句：謂古杉的怪異形狀乃在風雨中慢慢造就而成。

〔四〇〕伏：臣伏。

〔四一〕偏宜：最宜。劉淇《助字辨略》（卷二）：「偏，畸重之辭也。」后土：土地神。也是對大地的尊稱。《左傳·僖公十五年》：「君履后土而戴皇天。」《周禮·春官·大宗伯》：「王大封，則先告后土。」鄭玄注：「后土，土神也。」

〔四二〕嘯傲：放聲長嘯。傲然自得。晋郭璞《遊仙詩十九首》（其八）：「嘯傲遺世羅，縱情在獨往。」陶淵明《飲酒二十首》（其七）：「嘯傲東軒下，聊復得此生。」

〔四三〕堪映：可映。可以互相掩映。茅茨：茅草覆頂的草屋。《墨子·三辯》：「昔者堯、舜有茅茨者，且以爲禮，且以爲樂。」

〔四四〕蝎（xiē）：木中蠹蟲。《爾雅·釋蟲》：「蝎，蛣蝠。」郭璞注：「木中蠹蟲。」

〔四五〕年深：年久，年代長遠。夔（kuí）：山林中的精怪。《國語·魯語下》：「木石之怪曰夔、蝄蜽；水之怪曰龍、罔象；土之怪曰羵羊。」韋昭注：「木石，謂山也。」

〔四六〕佛氏：僧人。此句謂古杉是附屬於虎丘寺以後纔凋零衰落的。

〔四七〕初植句：作者揣測之詞。謂古杉乃王珉所植。王珉，東晋人，王導孫，官至中書令。《晋書》（卷六五）《王珉傳》：「珉字季琰。少有才藝，善行書，名出珣右。時人爲之語曰：『法護非不佳，僧彌難爲兄。』僧彌，珉小字也。」陸廣微《吴地記》：「虎邱山，……其山本晋司徒王珣與弟司空王珉之別墅，咸和二年，捨山宅爲東、西二寺，立祠於山。」

〔四八〕擁腫：臃腫。指樹木的癭瘤。莊辯：莊子善於辯析。《莊子·逍遥遊》：「惠子謂莊子曰：

『吾有大樹，人謂之樗。其大本擁腫而不中繩墨，其小枝卷曲而不中規矩，立之塗，匠氏不顧。今子之言，大而無用，衆所同去也。』莊子曰：……今子有大樹，患其無用，何不樹之於無何有之鄉，廣莫之野，彷徨乎無爲其側，逍遥乎寢卧其下。不夭斤斧，物無害者，無所可用，安所困苦哉！」

〔四九〕槎牙：錯雜不齊貌。庾詞：庾信的文詞。此指庾信《枯樹賦》。賦中云：「沉淪窮巷，蕪没荆扉。既傷摇落，彌嗟變衰。《淮南子》云：『木葉落，長年悲。』斯之謂矣。」庾信（五一三—五八一），字子山。前半生生活於南朝梁，後半生在北周度過。著名詩人，辭賦家。生平事迹可參《周書》（卷四一）、《北史》（卷八三）本傳。

〔五〇〕靈府：指人的心。《莊子·德充符》：「故不足以滑和，不可入於靈府。」成玄英疏：「靈府者，精神之宅，所謂心也。」

〔五一〕搜苦：指詩文寫作上過於搜尋字句，結撰構思。苦：甚辭。張相《詩詞曲語辭匯釋》（卷二）：「苦，甚辭。又猶偏也；極也；多或久也。」化權：化育萬物之權。

〔五二〕區中：寰區中。指人世間。《史記》（卷一一七）《司馬相如列傳》：「迫區中之隘狹兮，舒節出乎北垠。」

〔五三〕物外：人世之外。《文選》（卷一五）張衡《歸田賦》：「苟縱心於物外，安知榮辱之所如。」

〔五四〕蟠桃：古代神話傳説中的大桃樹。《論衡·訂鬼》：「《山海經》又曰：『滄海之中，有度朔之山。上有大桃木，其屈蟠三千里，其枝間東北曰鬼門，萬鬼所出入也。上有二神人：一曰神荼，一曰鬱壘，主閱領萬鬼。』」標：標志。日域：太陽所出之處。《漢書》（卷八七下）《揚雄傳下》：「西厭月[illegible]，東震日域。」顏師古注：「日域，日初出之處也。」

〔五五〕珠草：仙草。仙墀：神仙所居宮殿的臺階。

〔五六〕真宰：宇宙的主宰，上天。此指君王，謂殷高宗。求夢：用殷高宗夢中求聖人的故事。《史記》（卷三）《殷本紀》：「武丁（高宗）夜夢得聖人，名曰説。以夢所見視群臣百吏，皆非也。於是乃使百工營求之野，得説於傅險中。是時，説爲胥靡，築於傅險。見於武丁，武丁曰是也。得而與之語，果聖人，舉以爲相，殷國大治。故遂以傅險姓之，號曰傅説。」

〔五七〕春工：春天生長化育萬物的工力。此句謂春工確實可以醫治好古杉，使之滋榮茂盛。唐張碧《遊春引三首》（其三）：「萬彙俱含造化恩，見我春工無私理。」

〔五八〕噓嶰（xiè）竹：吹嶰谷竹管而化育萬物。嶰竹：傳説中産於嶰谷的美竹。嶰，《廣雅》（卷九下）《釋山》：「嶰，谷也。」此句用黃帝命令伶倫取嶰谷之竹，制作樂器，吹律養物的傳説。《漢書》（卷二一上）《律曆志上》：「黃帝使泠綸自大夏之西，昆侖之陰，取竹之解谷生，其竅厚均者，斷兩節間而吹之，以爲黃鐘之宫。」應劭《風俗通義》（卷六）：「昔皇帝使伶倫自大夏之西，崑崙之陰，取竹於嶰谷生，其竅厚均者，斷兩節而吹之，以爲黃鐘之管，制十二筩，以聽鳳鳴；其雄鳴爲六，雌鳴亦爲六，天地之風氣正而十二律定，五聲於是乎生，八音於是乎出。」

〔五九〕猶足句：連上句，意謂如若真可改變自然規律的話，還能够使枯萎凋零的古杉重新枝葉繁茂。華滋：新鮮潤澤貌。《文選》（卷二九）《古詩十九首》（其九）：「庭中有奇樹，緑葉發華滋。」

【箋評】

語近韓、賈。（陸時雍《唐詩鏡》卷五十二）

四明山詩（并序）〔一〕

龜蒙①

謝遺塵者〔二〕，有道之士也。嘗隱於四明之南雷②〔三〕，一旦訪余來③〔四〕，語不及世務〔五〕，且曰：「吾得於玉泉生④〔六〕，知子性誕逸，樂神仙中書，探海嶽遺事〔七〕，以期方外之交〔八〕。雖銅墻鬼炊〔九〕，虎獄劍餌⑤〔一〇〕，無非窺也⑥〔一一〕（原注：已上八言〔一二〕，謝語。不知所謂者何⑦。一云出隱中書⑧〔一三〕）。今爲子語吾山之奇者⑨，有峰最高，四穴在峰上〔一四〕，每天地澄霽〔一五〕，望之如牖户〔一六〕，相傳謂之石窗，即四明之目也〔一七〕。山中有雲不絶者二十里，民皆家雲之南北，每相從，謂之過雲〔一八〕。有鹿亭〔一九〕，有樊榭⑩〔二〇〕，有潺湲洞〔二一〕。木實有青欞子〔二二〕，味極甘，而堅不可卒破〔二三〕。有猿，山家謂之鞠侯〔二四〕。其他在圖籍〔二五〕，不足道也。凡此佳處，各爲我賦詩。」余因作九題⑪，題四十字。謝省

之曰〔二六〕：「玉泉生真不誣矣⑫〔二七〕，好事者爲余傳之⑬〔二八〕。」因呈襲美〔二九〕。（序一二）

【校記】

①原缺署名。觀序末「因呈襲美」云云，爲龜蒙無疑。汲古閣本、詩瘦閣本、類苑本署「龜蒙」，季寫本、統籤本、全唐詩本、陸詩甲本、陸詩丙本均録在龜蒙詩中。斠宋本下眉批：「宋本缺。」李校本眉批：「景宋本脱。」　②「於」統籤本作「于」。　③「余」弘治本、汲古閣本、詩瘦閣本、四庫本、類苑本、季寫本、全唐詩本作「予」。　④「於」統籤本作「于」。　⑤「獄」類苑本作「嶽」。　⑥「非」弘治本、汲古閣本、四庫本、陸詩丙本、統籤本、類苑本、全唐詩本作「不」。　⑦「所」原作「取」，據弘治本、汲古閣本、詩瘦閣本、四庫本、季寫本、全唐詩本改。　⑧陸詩甲本、統籤本無此注語，陸詩丙本則作空格。　⑨陸詩甲本、陸詩丙本無「今爲」。　⑩「榭」陸詩丙本作「謝」。　⑪「余」弘治本、汲古閣本、詩瘦閣本、四庫本、類苑本、季寫本、全唐詩本作「予」。　⑫「誣」原作「誙」，據弘治本、汲古閣本、詩瘦閣本、四庫本、陸詩甲本、陸詩丙本、統籤本、類苑本、季寫本、全唐詩本改。　⑬「余」弘治本、汲古閣本、詩瘦閣本、四庫本、類苑本、季寫本、全唐詩本作「予」。

【注釋】

〔一〕四明山：在今浙江省，綿亘於餘姚、奉化、上虞、嵊縣、慈溪諸縣界。《元和郡縣圖志》（卷二六）《江南道二》：「越州餘姚縣，四明山，在縣西一百五十里。」《方輿勝覽》（卷七）《慶元府》引

《福地記》云：「三十六洞天，第九曰四明山。二百八十峰洞，周迴一百八十里，名丹山赤水之天。上有四門，通日月星辰之光，故曰四明山。」《雲笈七籤》（卷二七）《三十六小洞天》：「第九四明山洞，周迴一百八十里，名曰丹山赤水天，在越州上虞縣，真人刁道林治之。」

〔二〕謝遺塵：四明山學道者，其餘不詳。

〔三〕南雷：山名，即大雷山，四明山支脉。宋羅濬《寶慶四明志》（卷四）：「若仗錫山、石樓山、松巖山、蜜巖山、雷峰山、大雷山（即謝遺塵所隱）、峒山……皆四明山之支派也。」

〔四〕一旦：一日。《戰國策・趙策四》：「一旦山陵崩，長安君何以自托於趙？」

〔五〕世務：世俗的事務。晉葛洪《抱朴子・外篇自序》：「事不兼濟，自非絶棄世務，則曷緣修習玄靜哉？」

〔六〕玉泉生：應是某人的號，陸龜蒙之友。餘未詳。

〔七〕探海嶽遺事：探尋搜集江海山岳間遺佚之事。

〔八〕方外之交：世俗之外的交遊。《楚辭・遠遊》：「覽方外之荒忽兮，沛罔象而自浮。」《晉書》（卷八〇）《王羲之傳》：「許邁字叔玄，一名映，丹楊句容人也。家世士族，而邁少恬靜，不慕仕進。……初采藥於桐廬縣之桓山，餌术涉三年，時欲斷穀。……永和二年，移入臨安西山，登巖茹芝，眇爾自得，有終焉之志。乃改名玄，字遠遊。……羲之造之，未嘗不彌日忘歸，相與爲世外之交。」

〔九〕銅墻鬼炊：均是古代神話中的怪異之事。東方朔《神異經·中荒經》：「西北有宫，黄銅爲墻，題曰『地皇之宫』。」又云：「西南裔外老壽山，以黄銅爲墻。」又云：「鬼門晝日不開，至暮即有人語，有青火色。」此即「鬼炊」乎？

〔一〇〕虎獄劍餌：未詳。

〔一一〕無非窺：莫不窺視。

〔一二〕八言：八個字，指「銅墻鬼炊」、「虎獄劍餌」八字。

〔一三〕隱中書：即隱書，指道家之書。南朝梁陶弘景《真誥》（卷五）：「道有《八素真經》，太上之隱書也。在世。」又曰：「道有《九真中經》，老君之秘言也。在世。」

〔一四〕四穴：指四明山山峰上的四個洞穴。

〔一五〕澄霽：晴朗澄澈。《文選》（卷二二）謝靈運《遊南亭》：「時竟夕澄霽，雲歸日西馳。」

〔一六〕牖户：窗户。《詩經·豳風·鴟鴞》：「迨天之未陰雨，徹彼桑土，綢繆牖户。」

〔一七〕四明之目：指四明山的四個石窗，猶如其四隻眼睛。緣于此，唐人也直接稱四明山爲四窗。劉長卿《遊四窗》：「四明山絶奇，自古説登陸。」

〔一八〕過雲：探訪觀賞山中雲霧。此因指雲霧彌漫處，作地名用。

〔一九〕鹿亭：《南史》（卷七五）《隱逸傳》（上）：「（孔）祐至行通神，隱於四明山。……曾有鹿中箭來投祐，祐爲之養創，愈然後去。」黄宗羲《四明山九題考》：「五曰鹿亭。在大蘭山。《南史》：

『孔祐至行通神，隱於四明山。有鹿中箭來投祐，祐爲之養創，愈然後去。』故于祠宇觀側建鹿亭。」

〔二〇〕樊榭：黄宗羲《四明山九題考》：「六曰樊榭。元曾堅云：『劉樊從大蘭飛升，建祠。』其所祠側爲樊榭。」據此，樊榭則因劉樊而得名。其事迹不詳，當爲學道者。榭：建在平臺上的亭閣。

〔二一〕潺湲洞：有泉水流淌的山洞。黄宗羲《四明山九題考》：「七曰潺湲洞，餘姚之白水宫是也。天寶間，從大蘭移祠宇觀於此。始劉樊居潺湲洞側，師事白君，因其故居也。」

〔二二〕木實：樹木上結的果實。青櫺子：四明山所産的一種樹木的果實。李日華《紫桃軒雜綴》（卷二）云：「四明山産青櫺子，其樹不可見，每於石上得之。蓋洞天中物，神仙所秘耳。」黄宗羲《四明山九題考》：「八曰青櫺子。今亦無識之者。所謂『味極甘而堅不可卒破』者，按以求之，更無一物相似。豈草木之種類亦有絶歟？」

〔二三〕卒破：盡破，全部剖開。

〔二四〕山家：山中人家，山民。亦常指隱士或僧道之流。鞠侯：猴子的别稱。此作地名用。黄宗羲《四明山九題考》：「九曰鞠侯。雪竇西十五里爲徐鳧山，有鞠侯巖，以其象形，鑿字名之。攢峰割日，哀瀑崩雲，誠奇地也。」

〔二五〕圖籍：文籍圖書。《韓非子·難三》：「法者，編著之圖籍，設之於官府，而布之於百姓者也。」

〔二六〕省（xǐng）：視。

〔二七〕不誣：不妄，不假。《禮記·表記》：「是故君有責於其臣，臣有死於其言，故其受禄不誣。」鄭玄注：「不信曰誣。」

〔二八〕好事者：此謂喜愛某種事的人。《孟子·萬章上》：「孟子曰：『否，不然也；好事者爲之也。』」

〔二九〕襲美：皮日休字。參〈序一〉注〔三〕。

【箋評】

奉化縣西六十里，有山夾谿而出，滃然深茂，曰剡源，蓋剡水之源也。六朝以來，艷説剡中而窮其源，則在吾鄞。其水曰臼谿。迤邐南行歸于鄞江爲南源，是乃梨洲洞口。出江之道，中分九曲。顧九曲，唯第三曰小盤谷，見稱于謝遺塵；第五曰三石，見稱于《道藏》；而其餘不著。（全祖望《剡源九曲辭·序》，《鮚埼亭集》卷五）

第三曲曰小盤谷，一名兩湖，亦名桃花坑。石有紋似桃花，或竟以桃花實之，謬矣。蓋謝遺塵九題中之雲南，高士竺汝舟居之。元時有孤峰庵，所謂翰林松者，則戴洵所遺也。予擬立祠，以祀謝、竺二公，以待後之好事者。

二十里雲兮渺無際，其南磴兮猶存。山之折兮水以旋，水既澌兮山復捫。坑前石壁兮棱棱，澗底游魚兮尾尾。洞口碧蘿兮離離，將無盤谷之所徙。平田兮中央，四阿兮環峙。山靈吐納兮鼓秀，澤如元都兮春至。深兮淺兮，隱兮見兮，絳兮白兮，眡而碧兮。謝公高蹈，皮、陸所同兮。……。（全

祖望《剡源九曲辭》，《鮚埼亭集》卷五）

第八曲曰高岙，即雪竇也。是山亦至宋始著，而今于九曲中爲最盛。

臺在峰，亭在突。誰駕風津，運茲飛雪。横素練兮漢津，舞機絲兮夜月。乳峰潺湲兮如膏，珠林崩騰兮不輟。莫尚書兮真解，人開錦鏡兮清冽。下潭兮更幽，上竇兮雙絶。……（全祖望《剡源九曲辭》，《鮚埼亭集》卷五）

剡源山川奇矣，然其絶勝，不可指屈，非止九曲也。其要會一在小盤谷、榆林之交，謝遺塵所云雲南也；一在雪竇，謝所云雲北也。（全祖望《剡源九曲辭·跋》，《鮚埼亭集》卷五）

《圖經》七十二福地，稱爲三十六洞天，又别有十大洞天之目，而四明山居第九。四明二百八十峰，稱洞天者又有三焉。慈溪，則大隱也；奉化，則梨洲也；姚江，則芰湖也，可謂盛矣。然此特以神仙所居言之。至若標舉清勝，則以皮、陸所咏之九題著。而其爲皮、陸所不盡者，蓋非屐齒所能窮也。（全祖望《第九洞天私印銘》，《鮚埼亭集》外編卷十五）

四明舊志，由張津以至楊實，皆過於寥略，一切古迹闕而不備。予嘗思補爲輯耆，而萍梗南北未遑也。客或問史忠定真隱觀洞天之勝，因疏舊聞以答之。……累石爲山，引泉爲池，取皮、陸四明九咏，彷佛其亭榭、動植之形容而肖之。於是觀中遂有四明窗、鹿亭、樊榭、過雲南北、潺湲洞、青欞、鞠侯諸勝。觀之左建寶奎閣，以貯兩宫御書；又建祠以祀四明山王及謝高士遺塵之像；又造劃船於湖中，以修競渡故事；又割觀之右爲精舍，以居沈端憲公。而湖上之以洞天稱，遂自此始。（全祖望

《真隱觀洞天古迹記》，《鲒埼亭集》外編卷十八）

四明山九題考　甲寅

唐陸魯望、皮襲美有四明山唱和，分爲九題。後之言四明名勝者，莫不淵源於是。顧四明非九題所得盡，而尋九題者，又往往不得其處。故宋施宿云：「謝遺塵所稱，及陸、皮諸詩，世雖競傳之，顧今四明山中居人，乃不知異境果安所在。」蓋與華山之華陽，武陵之桃源，皆神仙境，可聞而不可即者也。嘉靖間，餘姚岑原道求遺塵九題，止得所謂石窗者。鄞人沈明臣以大蘭山爲過雲，奉化戴洵以仗錫爲石窗，皆以意相卜度，宜乎其失之遠也。

余創《四明山志》，與山君木客争道於二百八十峰之間，而知所謂九題者，陸、皮未嘗身至，止憑遺塵之言，鑿空擬議，故在陸、皮，已不得九題之實，後人憑陸、皮之詩以求九題，其不得遺塵之實，又何怪乎？余既考其得失，每題繫以一詩，豈能與魯望、襲美争秀？然憑虚摭實，使好事者無迷山遲響之惑，則有間矣。一曰石窗，在大俞村。自麓至顛十里，削成石室。高五尺，深倍之，廣如深而六之。中界三石分一室而爲四。謝康樂《山居賦》注云「方石四面開窗」，不知其總在一面也。其謂之窗者，凡石穴多在平地，故稱之爲洞、爲室，此獨懸空半出，有似乎窗也。二曰過雲。奉化雪竇山有嶺名二十里雲，故遺塵云「山中有雲，不絶者二十里」，因此嶺而言也。三曰雲南，桃花坑山下。其里至今名雲南里。陸詩之「巴賨」、「越鳥」，皮詩之「無雁到峰前」，豈可點綴以滇、楚事乎？四曰雲北，蓋雪竇之北也。陸詩「金庭如有路」，皮詩「應得入金庭」，金庭在嵊縣，是四明之西南，言之於雲南差近，言之於雲北則懸隔矣。五曰鹿亭，在大蘭山。《南史》：「孔祐至行通神，隱於四明山，有鹿中箭來投祐，祐爲之養創，愈然後去。」故于祠宇觀側建鹿亭。陸、皮不原故事，泛稽物態，「引麛穿竹」，又何當也？皮詩「爲在石窗下」，失其地矣。六曰樊榭。元曾堅云：「劉樊從大蘭飛升，建祠。」其所祠側爲樊榭。皮詩「石洞聞人笑」，大蘭未嘗有石洞也。七曰潺湲洞。餘姚之白水宮是也。天寶間，從大蘭移祠宇觀於此。始劉樊居潺湲洞側，師事白君，因其故居也。八曰青欞子。今亦無識之者。所謂「味極甘而堅不可卒破」者，按以求之，更無一物相似，豈草木之種類亦有絶歟？陸詩「環岡次第生」，徒虚語耳。九曰鞠侯。雪竇西十五里爲徐鳧山，有鞠侯巖，以其象形，鑿字名之。攢峰割日，哀瀑崩雲，誠奇地也。皮、陸以「連臂」、「斷腸」當之。何山無猿，而以此私一四明哉？有以知其不然矣。是故文生於情，情生於身之所歷。文章變衰，徒恃其聲采，經緯恍惚，而江淹之《雜體》作矣。承虚接響，寧獨此九題哉！遺塵發之，而余考之。千年旦暮，同是南雷之人，相與言南雷之事而已。

石窗

高閣雲中見，四窗一面連。梯空尋地穴，煉石舉危天。寶鏡開霜曉，朱簾捲暮烟。自從劉阮後，康樂亦遥傳。

過雲

不雜炊烟色，非關雨氣颺。神龍眠雪窨，山鬼樂幽篁。曳杖兜羅重，沾衣勃鬱香。相將過嶺去，二十里雲長。

雲南

南行雲過盡，始見有人家。名里今如故，遺風昔不差。僧留人外偈，桃發自然花。盤谷無嫌小，山將出路遮。地名小盤谷。

雲北

北行雲過盡，籬落傍僧筵，竹筧分猿飲，霜鐘起象田。磨崖留漢隸，斸石得唐年。聞説巖栖者，終身昧市廛。

鹿亭

鹿亭何自置，千古仰仁名。久矣忘機械，蠢然托死生。朝飢開藥院，秋冷侍茶鐺。總使歸山去，長來月下鳴。

樊榭

大蘭有故榭，昔是夫人居。石有藏雲竅，溪遊禁術魚。猶疑停絳節，時或得仙書。此地逢樵獵，相親且莫疎。其地名孔石，石中皆有竅。

潺湲洞　其下爲洗藥溪

聞説潺湲洞，當年隱白君。守爐同弟子，洗藥委紅裙。中積子年雪，平分萬壑雲。自來聲未絶，曾和步虚文。

青櫺子

何物青櫺子，空傳上世名。野人俱不識，山鳥或相争。玉樹空乖賦，瓊花不别生。環岡笑魯望，詩句豈真誠。

鞠侯

曾到徐凫境，巖形像鞠侯。瀑飛聲自苦，月影臂如鈎。不答山禽唤，空回過客眸。前人工賦物，遺誤在林丘。（黄宗羲《南雷集》卷十）

施肩吾《登四明山》詩：「半夜尋幽上四明，手攀松桂觸雲行。相呼已到無人境，何處玉簫吹一聲？」按《松陵集》：「謝遺塵者，有道之士也。嘗隱於四明之南雷。」一旦訪龜蒙陸子，語以山中之奇，品爲九題索詩。皮日休和之。宋施宿曰：「遺塵所稱，及皮、陸諸詩，世雖競傳之，而山中居人乃不知異境所在，蓋可聞而不可及者也。」明永樂十三年詔道士朱大方圖畫以上。（宋長白《柳亭詩話》卷一七《四明》）

黄文獻《贈石田煉師》詩：「石田外史丹山住，如此溪山得此人。高咏久無皮襲美，清風復見謝遺塵。門前飛瀑常翻雪，洞口幽花淺駐春。老我京華歸訪隱，抱琴安得日相親。」石田者，道士毛永貞也（原注：黄名溍，字晋卿。）（宋長白《柳亭詩話》卷二六《石田》。原注：謝遺塵事詳《松陵倡和詩》。）

石　窗〔一〕

石窗何處見，萬仞倚晴虚〔二〕。積靄迷青璅〔三〕，殘霞動綺疏〔四〕。山應列圓嶠①〔五〕，宫便

接方諸〔六〕。衹有三奔客〔七〕，時來教隱書②〔八〕。（詩一九五）

【校記】

①「圓」詩瘦閣本作「圜」。　②「教」陸詩丙本黄校注：「空格。」

【注釋】

〔一〕石窗：高聳的山峰上石洞似窗口，故名。黄宗羲《四明山九題考》：「一曰石窗，在大俞村。自麓至巔十里，削成石室。高五尺，深倍之，廣如深而六之。中界三石分一室而爲四。謝康樂《山居賦》注云：『方石四面開窗』，不知其總在一面也。其謂之窗者，凡石穴多在平地，故稱之爲洞、爲室，此獨懸空半出，有似乎窗也。」

〔二〕萬仞：極言其高。古代以八尺爲一仞。晴虚：晴朗的高空。

〔三〕積靄：傍晚時濃重的霧氣。青瑣（suǒ）：本指古代皇宫門窗青色連環花紋。後世泛指裝飾精美的窗户。此即指石窗。《漢書》（卷九八）《元后傳》：「曲陽侯根驕奢僭上，赤墀青瑣。」顔師古注：「孟康曰：『以青畫户邊鏤中，天子制也。』……青瑣者，刻爲連環文，而青塗之也。」

〔四〕殘霞：殘餘的晚霞。南朝梁何遜《夕望江橋示蕭諮議楊建康江主簿》：「夕鳥已西度，殘霞亦半消。」綺疏：鏤刻成空心花紋的窗子。此亦指石窗。《後漢書》（卷三四）《梁冀傳》：「窗牖皆有綺疎青瑣，圖以雲氣仙靈。」李賢注：「綺疎謂鏤爲綺文。青瑣謂刻爲瑣文，而以青飾之也。」《文選》（卷一一）孫綽《遊天台山賦》：「彤雲斐亹以翼櫺，曒日炯晃於綺疏。」

〔五〕應：《廣韻·蒸韻》：「應，當也。」圓嶠（jiào）：古代傳説中的仙山。《列子·湯問篇》：「渤海之東，不知幾億萬里，……其中有五山焉：一曰岱輿，二曰員嶠，三曰方壺，四曰瀛洲，五曰蓬萊。……所居之人皆仙聖之種。」

〔六〕宮：宮殿。此指山中石窗所在的宮室。便：即。參劉淇《助字辨略》（卷四）。方諸：古代傳説中天上真仙之宮室。南朝梁陶弘景《真誥》（卷九）：「方諸正四方，故謂之方諸，一面長一千三百里，四面合五千二百里。上高九千丈。有長明太山、夜月高丘，各周迴四百里，小小山川如此間耳。但草木多茂蔚，而華實多倩粲。饒不死草、甘泉水，所在有之，飲食者不死。青君宮在東華山上，方二百里中，盡天仙上真宮室也，金玉瓊瑤，雜爲棟宇。又有玄寒山，山上别爲外宮，宮室周二百里中。方諸東西面又各有小方諸，去大方諸三千里。小方諸亦方，面各三百里，周迴一千二百里，亦各别有青君宮室。又特多中仙人及靈鳥、靈獸輩。」

〔七〕三奔客：三次奔逃的人。指漢代梁鴻。此借指隱士。《後漢書》（卷八三）《梁鴻傳》：「（梁鴻與其妻孟光）居有頃，……乃共入霸陵山中，……（後又）乃易姓運期，名燿，字侯光，與妻子居齊、魯之間。有頃，又去適吳。」

〔八〕隱書：道家書籍。教人脱俗絶塵之書。陶弘景《真誥》（卷一）：「裴真人又言：『此書與隱書同輩，事要而即可得用也。一名《七玄隱書》。』」

過雲〔一〕

相訪一程雲〔二〕，雲深路僅分〔三〕。嘯臺隨日辯①〔四〕，樵斧帶風聞。曉著衣全濕②〔五〕，寒銜酒不醺〔六〕。幾迴歸思靜〔七〕，髣髴見蘇君〔八〕。（詩一九六）

【校記】

①「辯」弘治本、汲古閣本、詩瘦閣本、四庫本、類苑本、季寫本、全唐詩本作「辨」。②「著」陸詩甲本、陸詩丙本、統籤本作「着」。

【注釋】

〔一〕過雲：參本卷（序一二）注〔一八〕。黄宗羲《四明山九題考》：「二曰過雲。奉化雪竇山有嶺名二十里雲，故遺廛云『山中有雲，不絶者二十里』，因此嶺而言也。」王士性《五岳游草》（卷四）：「（四明）山北有潺湲洞，洞下曰過雲巖。雲縹緲不絶者二十里，人經行雲中，故云。山南曰雲南，山北曰雲北，山無古刹，人迹罕至。」

〔二〕一程：一段路程。據本卷（序一二）云：「山中有雲，不絶者二十里。」全祖望《剡源九曲辭》：「二十里雲兮渺無際，其南磴兮猶存。」均指此而言。

〔三〕僅：幾乎，庶幾。此句謂山中雲霧濃厚，難以看清道路。

〔四〕嘯臺：長嘯臺。魏、晋名士孫登喜長嘯，隱居蘇門山（在今河南省輝縣），有長嘯臺。《晋書》

（卷四九）《阮籍傳》：「籍嘗於蘇門山遇孫登，與商略終古及栖神導氣之術，登皆不應，籍因長嘯而退。至半嶺，聞有聲若鸞鳳之音，響乎巖谷，乃登之嘯也。」《元和郡縣圖志》（卷一六）《河北道一》：「衛州衛縣，蘇門山，在縣西北十一里。孫登所隱，阮籍、嵇康所造之處。」隨日辯：謂隨着陽光的强弱、雲霧的濃淡而能否看得清楚。

〔五〕曉著句：謂早晨在山裏雲霧中行走，衣服都被沾濕了。張旭《山行留客》：「縱使晴明無雨色，入雲深處亦沾衣。」

〔六〕寒衝（chōng）：冒着山中的寒氣。謂寒氣刺人。醺：醉酒。

〔七〕歸思静：沉静的歸鄉情思。

〔八〕髣髴：約略相似的情狀。《漢書》（卷一〇〇上）《叙傳上》：「昔有學步於邯鄲者，曾未得其髣髴，又復失其故步，遂匍匐而歸耳。」蘇君：蘇耽，古代傳説中的仙人，世稱蘇仙公。《洞仙傳》（《太平廣記》卷一三）：「蘇耽者，桂陽人也。」《神仙傳》（《太平廣記》卷一三）：「蘇仙公者，桂陽人也。漢文帝時得道。……自後有白鶴來止郡城東北樓上。人或挾彈彈之。鶴以爪攫樓板，似漆書云：『城郭是，人民非，三百甲子一來歸。吾是蘇君彈何爲？』至今修道之人，每至甲子日，焚香禮於仙公之故第也。」

雲　南〔一〕

雲南更有溪〔二〕，丹礫盡無泥〔三〕。藥有巴賓賣〔四〕，枝多越鳥啼〔五〕。夜清先月午〔六〕，秋近

少嵐迷[七]。若得山顏住[八]，芝簦手自携[九]。（詩一九七）

【注釋】

[一] 雲南：四明山中二十里雲海的南面。此用作地點名稱。黃宗羲《四明山九題考》：「三曰雲南，桃花坑山下。其里至今名雲南里」全祖望《剡源九曲辭》：「第三曲曰小盤谷，一名兩湖，亦名桃花坑。石有紋似桃花，或竟以桃花實之，謬矣。蓋謝遺塵九題中之雲南。高士竺汝舟居之。元時有孤峰庵，所謂翰林松者，則戴洵所遺也。予擬立祠，以祀謝、竺二公，以待後之好事者。」

[二] 更：甚辭，表示强調。溪：當即指小盤谷。全祖望《剡源九曲辭序》：「奉化縣西六十里，有山夾谿而出，滃然深茂，曰剡源，蓋剡水之源也。六朝以來，艷説剡中而窮其源，則在吾鄞。其水曰臼谿。迤邐南行歸于鄞江爲南源，是乃梨洲洞口。出江之道中分九曲。顧九曲，唯第三曰小盤谷，見稱于謝遺塵。」

[三] 丹礫：丹砂。《文選》（卷一二）郭璞《江賦》：「其下則金礦丹礫，雲精爓銀。」李善注：「丹礫，丹砂也。」道教煉丹砂而成仙藥，服食以求成仙。

[四] 巴賨（cóng）：巴人。秦、漢時巴國（今四川等地）的一個少數民族，其稱交納的賦税爲賨，故以巴賨稱巴人、賨人。揚雄《蜀都賦》：「東有巴、賨，綿亘百濮。」

[五] 越鳥：泛指南方的鳥。古代南方爲百越之地。《文選》（卷二九）《古詩十九首》（其一）：「胡

馬依北風，越鳥巢南枝。」

〔六〕月午：午夜的月光，即夜半。

〔七〕嵐迷：山中迷濛輕薄的霧氣。

〔八〕山顔：山崖邊。顔，山邊。參卷四（序六）注〔一〕。

〔九〕芝篹（cuō）：裝載芝草的籠子。芝，芝菌類植物，道家認爲服食可以延年益壽。有所謂「五芝」之説。陶弘景《抱朴子·内篇·仙藥》：「五芝者，有石芝，有木芝，有草芝，有肉芝，有菌芝，各有百許種也。」又云：「（《神農四經》）曰，……五芝及餌丹砂、玉札、曾青、雄黄、雌黄、雲母、太乙禹餘糧，各可單服之，皆令人飛行長生。」篹，《廣韻·歌韻》：「篹，籠屬。」

雲　北〔一〕

雲北是陽川〔二〕，人家洞壑連。壇當星斗下〔三〕，樓摎翠微邊〔四〕。一半遥峰雨①〔五〕，三條古井煙〔六〕。金庭如有路〔七〕，應到左神天〔八〕。（詩一九八）

【校記】

①「峰」陸詩甲本、陸詩丙本作「風」。

【注釋】

〔一〕雲北：四明山中二十里雲海的北面。此用作地點名稱。黄宗羲《四明山九題考》：「奉化雪竇山有嶺名二十里雲，故遺塵云『山中有雲，不絶者二十里』，因此嶺而言也。……四曰雲北，蓋雪竇之北也。」全祖望《剡源九曲辭跋》：「剡源山川奇矣，然其絶勝，不可指屈，非止九曲也。其要會一在小盤谷、榆林之交，謝遺塵所云雲南也；一在雪竇，謝所云雲北也。」

〔二〕陽川：向陽的河流。水北爲陽。此謂四明山中二十里雲海與一條澗谷相連，故「陽川」在「雲北」，又下句云「洞壑連」。

〔三〕壇：古代爲祭祀而建造的土臺。此指道教的禮星壇，故下云「星斗下」。禮星即醮斗，做「步罡踏斗」的法事，參卷三（詩六三）注〔二八〕。當：對。

〔四〕拶（zā）：逼迫，擠壓。此有緊挨義。翠微：山中縹緲掩映的青翠色的雲霧。《爾雅·釋山》：「山脊，岡，未及上，翠微。」

〔五〕一半句：謂遠處的山峰半雨半晴。

〔六〕三條古井：應是實指，未詳。

〔七〕金庭：道教三十六小洞天之一，在天台山中。《雲笈七籤》（卷二七）《洞天福地》：「三十六小洞天，第二十七金庭山洞，周迴三百里，名曰金庭崇妙天。在越州剡縣，屬趙仙伯治之。」陶弘景《真誥》（卷一四）：「桐柏山高萬八千丈，其山八重，周迴八百餘里。四面，視之如一。在會稽東海際，一頭亞在海中。金庭有不死之鄉，在桐柏之中。方圓四十里，上有黃雲覆之。樹則蘇玡、碧琳，泉則石髓、金精，其山盡五色金也。」

〔八〕左神天：道教十大洞天之一，即太湖中林屋洞，爲左神幽虚洞天。參卷三（詩四三）注〔一〕。

鹿亭〔一〕

鹿亭巖下置①，時領白麛過〔二〕。草細眠應久，泉香飲自多。認聲來月塢〔三〕，尋迹到煙蘿〔四〕。早晚吞金液〔五〕，騎將上絳河〔六〕。（詩一九九）

【校記】

①「置」陸詩甲本作「坐」，全唐詩本注：「一作坐。」

【注釋】

〔一〕鹿亭：參本卷（序一二）注〔一九〕。巖下置：謂鹿亭構築在山巖之下。

〔二〕白麛（mí）：白色的幼鹿。道教崇尚白鹿。仙人乘白鹿，在道書中大量記載。葛洪《神仙傳》（卷二）《衛叔卿》：「武帝閒居殿上，忽有一人乘浮雲，駕白鹿，集於殿前。」又（卷九）《魯女生》：「時故人與女生別後五十年，入華山廟，逢女生乘白鹿，從後有玉女數十人也。」

〔三〕月塢：月色照耀的山坳。

〔四〕煙蘿：雲霧繚繞的女蘿等藤蔓植物。形容山林茂密幽深。寒山《自樂平生道》：「自樂平生道，煙蘿石洞間。」

〔五〕早晚：隨時。張相《詩詞曲語辭匯釋》（卷六）：「早晚，猶云隨時也。」金液：即金丹，亦名金液還丹，道家的仙藥。晉葛洪《神仙傳》（卷一）《白石生》：「其所據行者，正以交接之道爲主，而金液之藥爲上也。」《抱朴子·内篇·金丹》：「金液太乙所服而仙者也，不減九丹矣。合之用古秤黄金一斤，并用玄明龍旁、太乙旬首中石、冰石、紫遊女、玄水液、金化石、丹砂，封之成水。其經云：金液入口，則其身皆金色。老子受之於元君。」

〔六〕騎將：騎着。指騎白鹿。將，語助詞。絳河：天河，銀河。古代常將其與神仙之事相聯繫。《漢武帝内傳》：「上元夫人又遣侍女答問云：『阿環再拜，上問起居。遠隔絳河，擾以官事，遂替顔色，近五千年。』」

樊　榭〔一〕

樊榭何年築，人應白日飛〔二〕。至今山客説〔三〕，時駕玉麟歸〔四〕。乳蒂懸松嫩①〔五〕，芝臺出石微②〔六〕。憑欄虚目斷③〔七〕，不見羽華衣〔八〕。　（詩二一〇〇）

【校記】

①「懸」詩瘦閣本、全唐詩本作「緣」。　②「臺」弘治本作「薹」。　③「欄」類苑本作「闌」。

【注釋】

〔一〕樊榭：參本卷（序一二）注〔二〇〕。

〔二〕人：當指劉樊，惜未詳其事迹。白日飛：白日飛天。道家認爲人修煉得道後，白日升天成仙。

葛洪《神仙傳》(卷五)《陰長生》:「後於平都山白日升天。臨去時,著書九篇,云:『上古得仙者多矣,不可盡論。但漢興已來,得仙者四十五人,連余爲六矣。二十人尸解,余者白日升天焉。』」陶弘景《抱朴子·内篇·至理》:「河南密縣,有卜成者,學道經久,乃與家人辭去,其始步稍高,遂入雲中不復見。此所謂舉形輕飛,白日升天,仙之上者也。」

〔三〕山客:山中人。指隱士。《文選》(卷二一)郭璞《遊仙詩七首》(其七):「長揖當塗人,去來山林客。」韋應物《種藥》:「持缣購山客,移莳羅衆英。」

〔四〕玉麟:白麒麟。古代傳説中的一種動物,形狀似鹿,有角,乃祥瑞之物。《太平御覽》(卷八八九)引《禮記》曰:「麟、鳳、龜、龍,謂之四靈。」又引《毛詩義疏》曰:「白麟,馬足,黄色,圓蹄,角端有肉,音中黄鍾,王者至仁則出。」

〔五〕乳蒂(dì):嫩果。此當指松果。蒂是果實與枝莖相連的部分。

〔六〕芝臺:芝草的莖。「臺」同「薹」。道家認爲服食靈芝可以長生。葛洪《抱朴子·内篇·仙藥》:「此三芝(按指參成芝、木渠芝、建木芝)得服之,白日升天也。」出石微:形容芝薹是從石頭間生長出來的,很細小隱微。

〔七〕虚目:極目。虚目斷:極目遠望,望斷。

〔八〕羽華衣:彩色的羽衣,仙人的服飾。《楚辭·遠遊》:「仍羽人於丹丘兮,留不死之舊鄉。」王逸注:「《山海經》言有羽人之國,不死之民。」洪興祖補注:「羽人,飛仙也。」羽人,即穿着鳥羽製成的衣服的仙人。《漢書》（卷二五上）《郊祀志上》：「五利將軍亦衣羽衣，立白茅上受印，以視不臣也。」顏師古注：「羽衣，以鳥羽爲衣，取其神僊飛翔之意也。」

潺湲洞〔一〕

石淺洞門深〔二〕，潺潺萬古音①〔三〕。似吹雙羽管〔四〕，如奏落霞琴〔五〕。倒穴漂龍沫〔六〕，穿松濺鶴襟〔七〕。何人乘月弄〔八〕，應作上清吟②〔九〕。（詩二〇一）

【校記】

①「潺潺」類苑本作「潺湲」。「音」類苑本作「陰」。　②「吟」陸詩丙本作「冷」。

【注釋】

〔一〕潺湲洞：王士性《五岳游草》（卷四）《越游上》：「（四明）山北有潺湲洞，洞下曰過雲巖。雲縹緲不絕者二十里，人經行雲中，故云。」參本卷（序一二）注〔三〕。

〔二〕石淺：形容山澗中水流石上。《楚辭·九歌·湘君》：「石瀨兮淺淺，飛龍兮翩翩。」王逸注：「淺淺，流疾貌。」《文選》（卷二六）謝靈運《七里瀨》：「石淺水潺湲，日落山照曜。」

〔三〕潺潺：即潺湲，狀流水聲。本是狀流水貌。《楚辭·九歌·湘君》：「橫流涕兮潺湲，隱思君兮陫側。」王逸注：「潺湲，流貌。」《楚辭·九歌·湘夫人》：「荒忽兮遠望，觀流水兮潺湲。」亦狀流水貌。《文選》（卷二六）謝靈運《七里瀨》：「石淺水潺湲。」李善注：「《雜字》曰：『潺湲，水流貌也。』」吕延濟注：「潺湲，水聲。」唐詩中既有狀流水貌，也有狀流水聲。杜甫《湘江宴餞裴二端公赴道州》：「促觴激百慮，掩抑淚潺湲。」權德輿《酬陸四十楚源春夜宿虎丘山對月寄梁四敬之兼見貽之作》：「慚兹擁腫才，愛彼潺湲清。」爲狀流水貌。劉希夷《巫山懷古》：「巴歌不可聽，聽此益潺湲。」岑參《過緱山王處士黑石谷隱居》：「獨有南澗水，潺溪如昔聞。」李涉《再宿武關》：「關門不鎖寒溪水，一夜潺湲送客愁。」則狀流水聲。

〔四〕雙羽管：指簫。《太平御覽》（卷五八一）引《爾雅·釋樂》曰：「大簫謂之管，小簫謂之筊。」并引郭璞注曰：「管，二十二管，長尺四寸。筊，十六管，長尺二寸。簫，一名籟也。」雙羽：指簫的形狀似鳥的雙翼。《太平御覽》（卷五八一）引鄭玄曰：「簫，亦管形似鳥翼。鳥，火禽也。」并引《風俗通》曰：「舜作簫，其形參差，象鳳翼，十管，長尺二寸。」

〔五〕落霞琴：古代傳説中仙人的琴名。《初學記》（卷一六）引郭子横《洞冥記》曰：「恒山夕望，東邊有青雲髣髴，俄而見雙白鶴，集於臺上。倏忽化爲二神女，舞於臺上，握鳳管之簫，拊落霞之琴，歌《清吴》《春波》之曲。」

〔六〕倒穴：謂潺湲洞的流水衝入洞穴後迴流出來。龍沫：水中龍流出的涎水。謂潺湲洞有龍栖息。

〔七〕鶴襟：鶴臆。仙鶴的胸前。

〔八〕乘月弄：在月光下吹奏。弄，奏樂，演奏。

〔九〕上清吟：天上神仙的樂調。上清：道教的三清（玉清、太清、上清）之一，是天界神仙所居之處。參卷三（詩六五）注〔二〕。

青欙子〔一〕

山實號青欙〔二〕，環岡次第生。外形堅緑殼〔三〕，中味敵瓊英①〔四〕。墮石樵兒拾〔五〕，敲林宿鳥驚②。亦應仙吏守〔六〕，時取薦層城〔七〕。

（詩二〇二）

【校記】

①「瓊」弘治本、汲古閣本、四庫本、類苑本、季寫本、全唐詩本作「璚」。②「驚」原缺「敬」末筆，避宋太祖祖父趙敬諱。

【注釋】

〔一〕青欙子：四明山中生長的一種樹木果實。應是虛無不實之事。參本卷（序一二）注〔三〕。

〔二〕山實：山中樹木所結的果實。

〔三〕堅緑殼：堅硬的緑色果殼。

〔四〕瓊英：玉英。本指似玉的美石，此喻道家認爲服食可以長生的丹藥。《詩經·齊風·著》：「尚之以瓊英乎而。」《毛傳》：「瓊英，美石似玉者。」

〔五〕墮石：墮落在石頭上。樵兒：打柴的童子。

〔六〕仙吏：神仙中的官吏。

〔七〕層城：古代神話傳説中崑崙山有城九重，爲神仙所居。《淮南子·墬形訓》：「禹乃以息土填洪水，以爲名山。掘崑崙虚以下地，中有增城九重，其高萬一千里百一十四步二尺六寸。」《文選》（卷一五）張衡《思玄賦》：「登閬風之層城兮，搆不死而爲床。」李善注：「《淮南子》曰：『崑崙虚有三山：閬風、桐版、玄圃。層城九重。禹云：崑崙有此城，高一萬一千里。』……《山海經》曰：『崑崙開明北有不死樹，食之長壽。』郭璞曰：『言常生也。』《古今通論》曰：『不死樹在層城西。』」

【箋評】

皮、陸詩中有果名青欚子。黄大冲云：「今越中無此果。」《清異録》言：「吴興峴山有洛如花，似竹而叢生。」（朱竹垞、陸奎勛選平湖人詩曰《洛如詩鈔》）超曾以問鈕松泉師。師云：「未見羅漢緣者，湘中草名。以畢田詩意推之，似實有其物（田句云：『緑絲緣帶何人施，長到春來挂滿枝。』）。」（蔣超伯輯《通齋詩話》上卷）

鞠　侯〔一〕

何事鞠侯名〔二〕，先封在四明〔三〕。但爲連臂飲〔四〕，不作斷腸聲〔五〕。野蔓垂纓細〔六〕，寒泉佩玉清〔七〕。滿林游宦子〔八〕，誰爲作君卿〔九〕。

（詩二〇三）

【注釋】

〔一〕鞠侯：參本卷〈序〉〔一二〕注〔二四〕。

〔二〕何事：爲何，何故。

〔三〕先封：最初的封爵。

〔四〕連臂飲：謂猴子從山崖上一個又一個以臂相連接而下飲河水。《漢書》（卷九六上）《西域傳上》：「（烏秅國）累石爲室，民接手飲。」顔師古注：「自高山下谿澗中飲水，故接連其手，如猿之爲。」

〔五〕斷腸聲：悲痛的哀鳴聲。《水經注》（卷三四）《江水》：「每至晴初霜旦，林寒澗肅，常有高猿長嘯，屬引淒異，空谷傳響，哀轉久絶。故漁者歌曰：『巴東三峽巫峽長，猿鳴三聲淚沾裳。』」《世説新語·黜免》：「桓公入蜀，至三峽中，部伍中有得猿子者。其母緣岸哀號，行百餘里不去。遂跳上船，至便即絶。破視其腹中，腸皆寸寸斷。公聞之，怒，命黜其人。」

〔六〕垂纓：垂下的繫冠的帶子。此形容細長的藤蔓。《管子·小匡》：「管仲詘纓插衽，使人操斧而立其後。公辭斧三，然後退之。公曰：『垂纓下衽，寡人將見。』」

〔七〕佩玉：古代繫於衣帶上的玉飾品。《禮記·玉藻》：「古之君子必佩玉，……故君子在車則聞鸞和之聲，行則鳴佩玉。」此句謂山中的泉水聲發出佩玉般清脆的聲音。

〔八〕游宦子：本指戰國時期離開故國到他國謀取官職的人。此喻在山林中行踪不定的猴群。《韓非子·和氏》:「禁游宦之民而顯耕戰之士。」

〔九〕君卿:君王之卿,先秦時諸侯國國君之卿大夫。喻猴子中的領頭者。亦可解作用漢代樓護事。《漢書》(卷九二)《樓護傳》:「樓護字君卿,齊人。……爲人短小精辯,論議常依名節,聽之者皆竦。與谷永俱爲五侯上客。長安號曰:『谷子雲筆札,樓君卿唇舌。』言其見信用也。」樓護轉舌靈活,善於議論,喻善鳴的猴子。

【箋評】

猿,山家謂之鞠侯。皮、陸俱有詩,見《山川志》。(朱國禎《涌幢小品》卷三十一《獸之屬》)

奉和四明山九題

日休

石　窗〔一〕

窗開自真宰〔二〕,四達見蒼涯①〔三〕。苔染渾成綺〔四〕,雲漫便當紗〔五〕。櫺中空吐月〔六〕,扉際不扃霞〔七〕。未會通何處,應連玉女家②〔八〕。(詩二一〇四)

【校記】

①「涯」汲古閣本、四庫本作「崖」。　②「連」統籤本作「鄰」,季寫本、全唐詩本作「憐」。全唐詩本

注：「一作連，一作鄰。」

【注釋】

〔一〕石窗：參本卷（詩一九五）注〔一〕。

〔二〕真宰：大自然的主宰，造化。《莊子·齊物論》：「若有真宰，而特不得其眹。」

〔三〕四達：通達四方。《莊子·刻意》：「精神四達并流，無所不極，上際於天，下蟠於地。」成玄英疏：「流，通也。夫愛養精神者，故能通達四方，并流無滯。」《爾雅·釋宫》：「一達謂之道路，……四達謂之衢，……九達謂之逵。」蒼涯：蒼翠色的遠處。涯，邊際。

〔四〕渾：簡直，全。劉淇《助字辨略》（卷一）：「渾，全也。」張相《詩詞曲語辭匯釋》（卷二）：「渾，猶全也；直也。」綺：綺疏，雕刻花紋的窗子，即綺疏、青瑣。參本卷（詩一九五）注〔四〕。此句謂石窗上的藓苔很像綺疏、青瑣。

〔五〕云漫句：謂彌漫的雲霧就當作石窗的窗紗。便：即也。

〔六〕櫺：窗户棱子。指窗子。吐月：指月光照射進來。

〔七〕扉（fēi）：門扇。指門。《爾雅·釋宫》：「闔，謂之扉。」《説文·户部》：「扉，户扇也。」扃（jiōng）：從外面關門的門閂。此即關閉義。《説文·户部》：「扃，外閉之關也。」段玉裁《説文解字注》：「關者，以木横持門户也。」

〔八〕玉女：仙女。《神異經·東荒經》：「（東王公）載一黑熊，左右顧望，恒與一玉女投壺。」《雲笈七籤》（卷一〇五）《清靈真人裴君傳》：「至三月，奄有仙人乘白鹿，從玉童、玉女各七人，從天中來下在庭中，他人莫之見。」

過　雲〔一〕

粉洞二十里〔二〕，當中幽客行〔三〕。片時迷鹿迹〔四〕，寸步隔人聲〔五〕。以杖探虚翠〔六〕，將襟惹薄明〔七〕。經時未過得〔八〕，恐是入層城①〔九〕。（詩二〇五）

【校記】

①「入」原作「八」，據弘治本、汲古閣本、四庫本、項刻本、全唐詩本改。

【注釋】

〔一〕過雲：參本卷（詩一九六）注〔一〕。

〔二〕粉洞：彩粉色的洞壑。指過雲。二十里：本卷《序一二》：「山中有雲，不絶者二十里，民皆家雲之南北，每相從，謂之過雲。」

〔三〕幽客：幽居的人，指隱士。《文選》（卷三〇）謝朓《和伏武昌登孫權故城》：「幽客滯江皋，從賞乖纓弁。」

〔四〕片時：片刻，一會兒。南朝陳江總《閨怨篇》：「願君關山及早度，念妾桃李片時妍。」迷：迷失，失去。

〔五〕寸步：一寸之步。形容極近的距離。盧照鄰《獄中學騷體》：「寸步千里兮不相聞，思公子兮日將曛。」杜甫《九日寄岑參》：「寸步曲江頭，難爲一相就。」

〔六〕虚翠：猶空翠，指山中輕薄迷漫的霧氣。王維《山中》：「山路元無雨，空翠濕人衣。」

〔七〕將：以。與上句「以」互文。惹：招引。薄明：依稀的微弱光綫。

〔八〕經時：歷久，長時間。《文選》（卷二九）《古詩十九首》（其九）：「此物何足貢，但感别經時。」過得：過去。得，助詞。

〔九〕層城：古代傳説中崑崙山上有九重層城。指神仙之地。參本卷（詩二〇二）注〔七〕。

雲　南〔一〕

雲南背一川〔二〕，無雁到峰前〔三〕。墟里生紅藥〔四〕，人家發白泉〔五〕。兒童皆似古，婚嫁盡如仙。共作真官户〔六〕，無由税石田①〔七〕。（詩二〇六）

【校記】

①「由」汲古閣本作「繇」。

【注釋】

〔一〕雲南：參本卷（詩一九七）注〔一〕。

〔二〕背一川：背對着一條雲川，即過雲。

〔三〕無雁句：没有大雁飛到峰前來。應是活用回雁峰的故實。相傳大雁秋天南飛，不過衡陽的衡山回雁峰即北轉。吴曾《能改齋漫録》（卷五）《辨誤》：「衡州有迴雁峰，皆謂雁至此不復過，自是而迴北耳。」范成大《驂鸞録》：「（衡州）登回雁峰，郡南一小山也。世傳陽鳥不過衡山，至此而回。然聞桂林尚有雁聲。又云此峰預南嶽七十二峰之數，然相去已遠矣。」

〔四〕墟里：墟落，村落。陶淵明《歸園田居五首》（其一）：「曖曖遠人村，依依墟里煙。」紅藥：芍藥。《文選》（卷三〇）謝朓《直中書省》：「紅藥當階翻，蒼苔依砌上。」張九齡《蘇侍郎紫微庭各賦一物得芍藥》：「仙禁生紅藥，微芳不自持。」

〔五〕發：發掘。白泉：古代傳説中的白色泉水，道家認爲飲白泉可以長壽。《太平御覽》（卷七〇）引《淮南子》：「白天九百歲生白礜，白礜九百歲生白澒，白澒九百歲生白金，白金千歲生白龍，白龍入藏生白泉。白泉之埃上爲白雲。陰陽相薄爲雷，激陽爲電，上者就下，流水就通，而合乎白海。」南朝梁孫柔之《瑞應圖·白泉》：「泉色白，自出山澤。得禮制則澤谷之白泉出，飲之使人長壽。」

〔六〕共作：同爲。真官户：真官的户籍，即仙籍。真官，道家所謂仙人而有官職者。南朝梁陶弘景撰、王家葵輯校《登真隱訣輯校》（卷上）：「其《玄丹宫經》，亦真官司命君之要言，四宫之領宗矣。」

〔七〕無由：没有緣由，無法。石田：指山中多石的田地。《左傳·哀公十一年》：「猶獲石田也，無所用之。」此當用神仙家以石爲糧的故實。葛洪《神仙傳》（卷一）《白石生》：「常煮白石爲糧，因就白石山居，時人號曰白石生。」

雲　北〔一〕

雲北晝冥冥〔二〕，空疑背壽星〔三〕。犬能諳藥氣①〔四〕，人解寫芝形〔五〕。野歇遇松蓋〔六〕，醉書逢石屏〔七〕。焚香住此地，應得入金庭〔八〕。（詩二〇七）

【校記】

①「諳」類苑本作「暗」。「氣」類苑本作「味」。

【注釋】

〔一〕雲北：參本卷（詩一九八）注〔一〕。

〔二〕晝冥冥：白天而光綫黯淡。《楚辭·九歌·山鬼》：「杳冥冥兮羌晝晦。」

〔三〕壽星：老人星，星名。古人以爲長壽的徵象。《史記》（卷二八）《封禪書》：「於杜、亳有三社主之祠，壽星祠。」司馬貞《索隱》：「壽星，蓋南極老人星也，見則天下理安，故祠之以祈福壽。」

〔四〕藥氣：仙藥的氣味。《太平廣記》（卷八）《劉安》條引《神仙傳》：「時人傳八公、安臨去時，餘藥器置在中庭，鷄犬舐啄之，盡得升天，故鷄鳴天上，犬吠雲中也。」

〔五〕解：會，能。寫：圖寫。芝形：靈芝的形狀。

〔六〕野歇：野外憩息。松蓋：松樹枝葉形狀如傘蓋。《藝文類聚》（卷八八）引《玉策》云：「千載松柏樹，枝葉上杪不長，望如偃蓋。」李白《春日歸山寄孟浩然》：「荷秋珠已滿，松密蓋初圓。」

〔七〕石屏：山崖豎立似屏風。

〔八〕應得：是爲，也就是。得，語助詞。張相《詩詞曲語辭匯釋》（卷三）：「應，猶是也。普通作理想推度之辭用，然遇敘述當前及指示事實時，則不得以推度義解之，當逕解爲是字義。」金庭：金庭洞天，神仙家三十六小洞天之一。參本卷（詩一九八）注〔七〕。

鹿亭〔一〕

鹿群多此住，因構白雲楣①〔二〕。待侶傍花久，引麛穿竹遲〔三〕。經時掊玉澗〔四〕，盡日嗅金芝〔五〕。爲在石窗下，成仙自不知。（詩二〇八）

【校記】

①「白」弘治本作「曰」，皮詩本作「日」。

【注釋】

〔一〕鹿亭：參本卷（序一二）注〔一九〕。

〔二〕白雲楣：白雲邊。即山腳下。楣，房屋門框上的橫木。《爾雅·釋宮》：「楣，謂之梁。」郭璞注：「門戶上橫梁。」

〔三〕引麛（mí）：引領着幼鹿。遲：緩，徐步行走。《説文·辵部》：「遲，徐行也。《詩》曰：『行道遲遲。』」

〔四〕經時：參本卷（詩二〇五）注〔八〕。掊（póu）：用手捧物。玉澗：指山澗。此句謂用手捧山澗中的水喝。

〔五〕金芝：金色的靈芝。古代傳説中的一種仙藥，道家認爲服用可以長生。《漢書》（卷八）《宣帝紀》：「金芝九莖産于函德殿銅池中。」顔師古注：「服虔曰：『金芝，色像金也。』」

樊樹〔一〕

主人成列仙〔二〕，故樹獨依然。石洞闃人笑〔三〕，松聲驚鹿眠①。井香爲大藥〔四〕，鶴語是靈篇〔五〕。欲買重栖隱〔六〕，雲峰不售錢〔七〕。

（詩二〇九）

【校記】

①「驚」原缺「敬」末筆，避宋太祖祖父趙敬諱。

【注釋】

〔一〕樊樹：參本卷（序一二）注〔二〇〕。

〔二〕主人：當指樊樹的主人劉樊。據此，皮、陸亦知樊樹的來歷。列仙：諸仙，衆仙。漢代劉向著有《列仙傳》。《漢書》（卷五七下）《司馬相如傳下》：「相如以爲列僊之儒居山澤間，形容甚耀，此非帝王之僊意也，乃遂奏《大人賦》。」

〔三〕閧（hòng）人笑：逗人發笑。《説文·鬥部》：「閧，鬥也。《孟子》曰：『鄒與魯閧。』」

〔四〕井香：香甜的井水。大藥：仙藥。指道家的金丹。道家用井水煉丹，故云。杜甫《贈李白》：「苦乏大藥資，山林迹如掃。」仇注引抱陽山人《大藥證》曰：「夫大藥者，須煉砂中汞，能取鉛裏金。黄芽爲根蒂，水火煉功深。」

〔五〕鶴語：仙鶴的鳴叫聲。靈篇：美好的篇章，美文。指道書。《文選》（卷一）班固《東都賦》：「啓靈篇兮披瑞圖，獲白雉兮效素烏。」《雲笈七籤》（卷四）《上清源統經目注序》：「道君以中皇元年九月一日，於玉天瓊房金闕上宫，命東華青宫尋俯仰之格，揀校古文，撰定靈篇，集爲寶經。傳至漢武帝時，得經起柏梁臺以貯之。」

〔六〕重：强調、加重之意。張相《詩詞曲語辭匯釋》（卷二）：「重，甚辭；又猶盡也。」棲隱：隱居。此句謂想要買下樊榭一帶的四明山，以便徹底歸隱山林。

〔七〕雲峰：雲霧瀰漫的山峰。不售錢：指山峰是不賣的。南朝梁釋慧皎《高僧傳》（卷四）《晋剡東仰山竺法潛傳》：「支遁遣使求買仰山之側沃洲小嶺，欲爲幽栖之處。潛答云：『欲來輒給，豈聞巢、由買山而隱。』」《世説新語·排調》：「支道林因人就深公買印山，深公答曰：『未聞巢、由買山而隱。』」

潺湲洞〔一〕

陰宮何處源①〔二〕，到此洞潺湲〔三〕。敲碎一輪月〔四〕，鎔銷半段天〔五〕。響高吹谷動，勢急歕雲旋②〔六〕。料得深秋夜，臨流盡古仙。（詩二一〇）

【校記】

①「源」詩瘦閣本、章校本、皮詩本、項刻本、統籤本、類苑本、季寫本、全唐詩本作「淵」。全唐詩本注：「一作源。」　②「勢」弘治本、皮詩本、類苑本作「埶」。

【注釋】

〔一〕潺湲洞：參本卷（序一二）注〔三〕。

〔二〕陰宮：此指地宮，山洞，神仙家所説的洞天。道書中多有陰宮的記述。《真誥》（卷一一）：「中茅山東有小穴，穴口纔如狗竇，劣容人入耳，愈入愈闊。……又道路遠，不如小阿穴口直下三四里，便徑至陰宮東玄掖門。」

〔三〕潺湲：水流貌。參本卷（詩二〇一）注〔三〕。

〔四〕敲碎句：謂洞中的泉水潺潺，使水中的月影破碎。

〔五〕銷鎔句：謂流淌的洞水，使倒映在水中的一片藍天的影子不見了。

〔六〕歕（pēn）雲：噴吐雲霧。《説文・欠部》：「歕，吹氣也。」此二句謂潺湲洞的流水形成瀑布，衝擊山谷發出巨大的聲音，水流湍急，噴涌成升騰的雲霧。

【箋評】

《西清詩話》曰：「許昌西湖展江亭就，宋元憲留題，有『鑿開魚鳥忘情地，展盡江湖極目天』之句，皆曠古未有。然本於五代馬殷據潭州時，建明月圃，徐仲雅詩：『鑿開青帝春風圃，移下姮娥夜月樓。』」僕謂又不止此。觀唐沈彬《望廬山詩》：「壓低吴楚淆涵水，約破雲霞獨依天。」前此蓋有是意。皮日休《潺谿洞》詩亦曰：「敲碎一輪月，鎔銷半段天。」（王楙《野客叢書》卷十九《展江亭語》）

青欞子①〔一〕

山風熟異果，應是供真仙〔二〕。味似雲腴美〔三〕，形如玉腦圓〔四〕。銜來多野鶴，落處半靈泉〔五〕。必共玄都㮈②〔六〕，花開不記年〔七〕。（詩二一一一）

【校記】

①「欞」季寫本作「糯」。②「㮈」詩瘦閣本、四庫本、全唐詩本作「柰」，項刻本作「捺」。「玄」原缺末筆，避宋太祖始祖趙玄朗諱。

【注釋】

〔一〕青欞子：參本卷（序一二）注〔三〕。

〔二〕真仙：真人，仙人。陶弘景《真誥》（卷一四）：「長史撰《真仙傳》，欲以季主最在前，所以楊君爲請問本末也。」

〔三〕雲腴：古代傳説中的仙藥。《雲笈七籤》(卷七四)《方藥》：「雲腴之味，香甘異美，强骨補精，鎮生五藏，守炁凝液，長魂養魄，真上藥也。」

〔四〕玉腦：指瑪瑙，一種玉屬礦物質。曹丕《馬瑙勒賦有序》：「馬瑙，玉屬也。出自西域。文理交錯，有似馬腦，故其方人因以名之。」

〔五〕半：大半。張若虚《春江花月夜》：「可憐春半不還家。」高適《燕歌行》：「戰士軍前半死生。」「半」字的用法相同。靈泉：神仙者所飲用的泉水。

〔六〕共：《廣韻・宋韻》：「共，同也，皆也。」玄都：古代傳説中的神仙所居之地。《海内十洲記》：「玄洲在北海之中，戌亥之地，方七千二百里，去南岸三十六萬里。上有太玄都，仙伯真公所治。」㮈(nài)：一種果實，俗稱沙果。《玉篇・木部》：「㮈，同柰，果名。」揚雄《蜀都賦》：「緣畛黄甘，諸柘柿桃，杏李枇杷，杜槈栗㮈。」

〔七〕不記年：無法計算年月，形容年代久遠。「不記」同「不計」。韓愈《題木居士二首》(其一)：「火透波穿不計春，根如頭面幹如身。」吕巖《七言》：「自隱玄都不記春，幾回滄海變成塵。」

鞠　侯〔一〕

堪羡鞠侯國〔二〕，碧巖千萬重。煙蘿爲印綬〔三〕，雲壑是堤封①〔四〕。泉遣狙公護〔五〕，果教

猨子供〔六〕。爾徒如不死〔七〕，應得躡玄踪②〔八〕。（詩二一一二）

【校記】

①「堤」統籤本作「提」。全唐詩本注：「一作提。」②「玄」原缺末筆，避宋太祖始祖趙玄朗諱。

【注釋】

〔一〕鞠侯：參本卷（序一二）注〔三四〕。

〔二〕鞠侯國：猴子的王國。指猴子生活的山中。

〔三〕煙蘿：雲霧瀰漫中的女蘿。寒山《自樂平生道》：「自樂平生道，煙蘿石洞間。」印綬：古代繫在印上的帶子。《史記》（卷七）《項羽本紀》：「項梁持守頭，佩其印綬。」宋孔平仲《珩璜新論》（卷一）：「漢時印綬，非若今之金紫、銀緋，長使服之也。蓋居是官則佩是印綬，既罷則解之，故三公輩上印綬也。」

〔四〕堤封：疆界，疆域。參卷四（序九）注〔一五〕。

〔五〕狙公：養猴子的老人。《莊子·齊物論》：「何謂朝三？狙公賦芧，曰：『朝三而暮四。』衆狙皆怒，曰：『然則朝四而暮三。』衆狙皆悦。」成玄英疏：「狙，獮猴也。」陸德明《經典釋文》（卷二十六）《莊子音義》（上）：「司馬（彪）曰：『狙公，典狙官也。』崔云：『養猿狙者也。』李云：『老狙也。』《廣雅》云：『狙，獮猴。』」

〔六〕猨（huī）子：山猨，猿猴的一種。《山海經·北山經》：「（獄法之山）有獸焉，其狀如犬而人面，善投，見人則笑，其名山𤢺。其行如風，見則天下大風。」《文選》（卷五）左思《吴都賦》：「其上則猿父哀吟，𤢺子長嘯。」劉逵注：「𤢺子，猿類。猿身人面，見人嘯。」

〔七〕爾徒：你等，汝輩。指鞠侯。

〔八〕玄踪：仙人的踪迹。《文選》（卷一一）孫綽《遊天台山賦》：「追羲農之絶軌，躡二老之玄踪。」

五䑠詩（并序）〔一〕

日休

毗陵處士魏君不琢〔二〕，氣真而志放。居毗陵凡二紀〔三〕，閉門窮學〔四〕。是乎，里民不得以師之〔五〕；非乎，里民不得以訾之〔六〕。用之不難進，利之被人也〔七〕；捨之不難退，辱非及己也。噫！古君子處乎進退而全者，由此道乎①？抑夷之隘，惠之不恭〔八〕，不能造于是也②。

江南秋風時，鱸肥而難釣，菰脆而易挽〔九〕，不過乘短䑠（原注：《方言》曰：「船短而深者謂之䑠③。」音步④。）〔一〇〕，載一甑酒〔一一〕，加以隱具〔一二〕，由五瀉涇入震澤⑤〔一三〕，穿松陵〔一四〕，抵杭、越耳⑥〔一五〕。日休嘗聞道於不琢〔一六〕，敢不求雅物〔一七〕，成雅思乎！於是買釣船一，修二丈，闊二尺⑦，施篷以庇煙雨⑧，謂之五瀉舟〔一八〕；天台杖一〔一九〕，色黯而力遒，謂之華頂杖〔二〇〕；有龜頭山叠石硯一〔二一〕，高不二寸，其仞數百，謂之太湖硯〔二二〕；有桐廬養和一〔二三〕，怪形拳局，坐若變去，謂之烏龍養和〔二四〕；有南海鸎魚殼樽一〔二五〕，澀鋒巑角〔二六〕，内玄外黄〔二七〕，謂之訶陵樽⑨〔二八〕，皆寄于不琢⑩〔二九〕，行以資雲水之興〔三〇〕，止以益琴籍之玩⑪〔三一〕，真古人之雅貺也〔三二〕。因思乘韋之義〔三三〕，不過于詞⑫〔三四〕，遂爲五篇，目之曰《五貺》〔三五〕，兼請魯望同作〔三六〕。

（序一三）

【校記】

①「由」汲古閣本、四庫本作「繇」。②「于」詩瘦閣本、統籤本、全唐詩本作「於」。③「著」弘治本、汲古閣本、四庫本、季寫本、全唐詩本作「者」。④全唐詩本無「音步」二字。統籤本無此注語。⑤「由」汲古閣本、四庫本作「繇」。⑥「杭」原作「抗」，據弘治本、汲古閣本、詩瘦閣本、四庫本、皮詩本、項刻本、統籤本、季寫本、全唐詩本改。⑦「二」項刻本、統籤本、季寫本、全唐詩本作「三」。⑧「篷」原作「蓬」，據汲古閣本、詩瘦閣本、四庫本、皮詩本、項刻本、統籤本、季寫本、全唐詩本改。「庇」詩瘦閣本作「蔽」。⑨「訶」季寫本作「謌」，并注：「一作訶。」⑩「于」詩瘦閣本、統籤本、季寫本、全唐詩本作「於」。⑪「止」項刻本作「正」。⑫「于」詩瘦閣本、四庫本、全唐詩本作「於」。

【注釋】

〔一〕五貺（kuàng）：贈與五種物品。《説文·貝部》：「貺，賜也。」

〔二〕毗（pí）陵：今江蘇省常州市。《元和郡縣圖志》（卷二五）《江南道一》：「常州，《禹貢》揚州之地。春秋時屬吴，延陵季子之采邑。漢改曰毗陵。晋東海王越謫於毗陵。元帝以避諱，改爲晋陵郡。……隋亂陷於寇境，武德七年平，仍舊置常州。」處士：居家不仕的人。《漢書》（卷一三）：《異姓諸侯王表》：「秦既稱帝，患周之敗，以爲起於處士横議，諸侯力爭，四夷交侵，以弱見奪。」顔師古注：「處士謂不官於朝而居家者也。」魏君不琢：魏朴，字不琢。《唐詩紀事》（卷六四）：「（魏）朴，唐末吴中名士也。」參與《松陵集》唱和，卷八有皮日休《寄毗陵魏處士朴》和陸龜蒙《奉和》詩，卷九有魏朴《奉和皮日休悼鶴》詩。清江陰金武祥《粟香隨筆》（卷四）云：「吾邑古來以詩名者，始於唐末魏不琢，而存者絶少。」《元和郡縣圖志》（卷二十五）《江南道一》：「常州，江陰縣。」可知魏朴是晚唐時常州江陰縣人，其地屬春秋吴國。

〔三〕二紀：二十四年。此約指二十餘年。古代十二年爲一紀。《尚書·畢命》：「既歷三紀，世變風移。」《孔傳》：「十二年曰紀。」《國語·晋語四》：「蓄力一紀，可以遠矣。」韋昭注：「十二年歲星一周，爲一紀。」

〔四〕窮學：盡力探究學問，窮盡學問。

〔五〕是：是非之「是」。里民：同鄉里的人。里，古代居民的基層單位。《周禮·地官·遂人》：「五家爲鄰，五鄰爲里。」

〔六〕非：是非之「非」。訾(zǐ)：非議，詆毁。

〔七〕被人：加之於他人，給予他人。《玉篇·衣部》：「被，加也；及也。」

〔八〕抑：發語詞。夷之隘：伯夷的氣量狹隘。惠之不恭：柳下惠的處世態度不够嚴肅，玩世不恭。《孟子·公孫丑上》：「伯夷隘，柳下惠不恭。隘與不恭，君子不由也。」伯夷：周代著名隱士。周統一天下後，義不食周粟，餓死於首陽山。生平事迹參《史記》（卷六一）《伯夷列傳》。柳下惠：先秦魯國人。《淮南子·説林訓》：「柳下惠見飴曰：『可以養老。』」高誘注：「柳下惠，魯大夫展無駭之子，名獲，字禽。家有大柳樹惠德，因號柳下惠，一曰柳下邑。」生平事迹散見於《左傳》、《國語》、《戰國策》。

〔九〕鱸：鱸魚。菰（gū）：俗名茭白，可作蔬菜食用。挽：引，拉。此可作采摘之義。《小爾雅·廣詁》：「挽，引也。」鱸魚、菰菜，都是秋天江南吴中的佳肴。《晋書》（卷九二）《張翰傳》：「翰因見秋風起，乃思吴中菰菜、蒓羹、鱸魚膾，曰：『人生貴得適志，何能羈宦數千里以要名爵乎！』遂命駕而歸。」

〔一〇〕短艄（fú）：短而深的小艇。《方言》（卷九）：「艇長而薄者謂之艒，短而深者謂之艄。」郭璞注：「今江東呼艖。艄者，音步。」

〔一一〕甔（dān）：口小腹大的陶制容器。

〔一二〕隱具：隱士起居坐卧及日常飲用之具。

〔一三〕五瀉涇：五瀉河，在今江陰、無錫一帶。《太平寰宇記》（卷九十二）《江南東道》（四）《常州》：「無錫縣：五瀉水，在縣北一十四里。無錫、江陰、晋陵三縣界。」顧祖禹《讀史方輿紀要》（卷二十五）《南直》（七）《常州府》：「無錫縣，今縣西北十里運河北出者曰高橋堰，舊名五瀉堰，亦曰五瀉河，即芙蓉湖下流也。」　涇（jīng）：直流的溪水。《釋名·釋水》：「水直波曰涇。涇，徑也，言如道徑也。」震澤：太湖的别稱。參卷二（詩二九）注〔四〕。

〔一四〕松陵：松江的别名。參（序一）注〔三〕。

〔一五〕杭、越：杭州和越州，即今浙江省杭州市和紹興市。《元和郡縣圖志》（卷二五）《江南道一》：「杭州，《禹貢》揚州之域。春秋時爲吴、越二國之境。其地本名錢塘，《史記》云：『秦始皇東游，至錢塘，臨浙江』是也。漢屬會稽，《吴志》注云：『西部都尉里所。』陳禎明中置錢塘郡，隋平陳，廢郡爲州。」又（卷二六）《江南道二》：「越州，今爲浙東觀察使理所。《禹貢》揚州之域。春秋時爲越。《周禮》：『吴、越星紀之分。』……後漢順帝時，……遂分浙江以西爲吴郡，東爲會稽郡。……（隋）大業元年改爲越州。」

〔一六〕聞道：得知道理。此指向魏朴請教。《論語·里仁》：「朝聞道，夕死可矣。」

〔一七〕敢：那敢，豈敢。

〔一八〕五瀉舟：此是皮日休自我作古，命名所買小舟爲五瀉舟。

〔一九〕天台杖：天台山的藤材制成的手杖。明陳繼儒《太平清話》（卷一）：「天台藤，可斸爲杖。然有數種，有含春藤、石南藤、清風藤、耆婆藤、天壽根藤。」天台山：在今浙江省天台縣。《元和郡縣圖志》（卷二六）《江南道二》：「台州唐興縣，天台山，在縣北一十里。」

〔二〇〕華頂杖：即天台杖。天台山脉由赤城、香爐、華頂、桐柏諸山組成，華頂爲其主峰。作者以天台山主峰華頂山命名手杖，也是自我作古。明釋無盡《天台山方外志》（卷三）《華頂峰》：「在縣北六十里十一都，天台第八重最高處。舊傳高一萬八千丈，周回一百里。少晴多晦，夏有積雪。可觀日之出入。中有洞，石色光明。登絶頂降魔塔，東望滄海，瀰漫無際，號望海尖。下瞰衆山，如龍虎盤踞，旗鼓布列之狀。草木薰郁，殆非人世。智者與白雲先生思修于此，有葛玄丹井、王羲之墨池、李太白書堂。台山九峰崒嵂，猶如蓮華。此爲華心之頂，故名。」

〔二一〕龜頭山：即龜山，在太湖中。參卷三（詩五八）注〔二〕及卷三（詩五九）注〔二〕。疊石硯：太湖石色彩紋理層層疊疊，以此做成的硯台，謂之疊石硯。

〔二二〕太湖硯：以太湖石所作的石硯。這也是皮日休自我作古所命名的。

〔二三〕桐廬養和：桐廬所産的靠背椅。桐廬，今浙江省桐廬縣。《元和郡縣圖志》（卷二五）《江南道一》：「睦州，桐廬縣。本漢富春縣之桐溪鄉。黄武四年，分置桐廬縣，以居桐溪地，因名。」養和，調養人體元氣，保養身心之意。借用爲靠背椅的别稱。《後漢書》（卷三九）《周磐傳》：「磐語友人曰：『昔方回、支父嗇神養和，不以榮利滑其生術。』」《新唐書》（卷一三九）《李泌傳》：「泌嘗取松樛枝以隱背，名曰『養和』。後得如龍形者，因以獻帝，四方争效之。」

〔二四〕烏龍養和：據皮氏自説，桐廬養和「怪形拳局」，屈曲多變，既呈龍形，又是黯黑色，故命名烏龍。亦是皮氏自我作古。

〔二五〕南海：即今廣東省廣州市。也指廣大的南海及東南亞地區。《元和郡縣圖志》（卷三四）《嶺南道一》：「廣州，《禹貢》梁州之域。春秋時百越之地，秦并天下置南海郡。……孫皓時，以交州土壤太遠，乃分置廣州，理番禺。……武德四年，討平蕭銑，復爲廣州。……廣州，南海縣。南海，在縣南，水路百里。自州東八十里有村，號曰古斗。自此出海，浩淼無際。」鱟（hòu）魚殼樽：鱟魚甲殼制成的酒杯。鱟魚，又名東方鱟。頭胸甲殼寬廣，作半月形。腹部甲殼呈六角形，尾部呈劍狀。《文選》（卷五）左思《吴都賦》：「乘鱟黿鼉，同罛共羅。」劉逵注：「鱟，形如惠文冠。青黑色，十二足，似蟹。足悉在腹下，長五六寸。雌常負雄行。漁者取之，必得其雙，故曰乘鱟。南海、朱崖、合浦諸郡皆有之。」唐劉恂《嶺表録異》（卷下）：「鱟魚，其殼瑩净，滑如青瓷碗。鏊背，眼在背上，口在腹下。青黑色。腹兩旁爲六脚。有尾長尺餘，三棱如梭莖。雌常負雄而行，捕者必雙得之。」

〔二六〕澀鋒齾（yà）角：形容鱟魚殼六角形鈍拙，象是有缺損。齾，殘缺的牙齒，喻器物缺損。參本卷（詩一九四）注〔一四〕。

〔二七〕内玄外黄：裏面黑色，外部黄色。

〔二八〕訶（hē）陵樽：酒杯名。用訶陵國國名命名此杯，故名。《舊唐書》（卷一九七）《南蠻傳》：「訶陵國，在南方海中洲上居，東與婆利，西與墮婆登，北與真臘接，南鄰大海。」即今印度尼西亞爪哇島。《新唐書》（卷四三下）《地理志下七》：「廣州東南海行，……佛逝國東水行四五日，至訶陵國，南中洲之最大者。」又（卷二二二下）《南蠻傳下・訶陵》：「訶陵，亦曰社婆，曰闍婆，在南海中。」

〔二九〕寄：贈與。

〔三〇〕雲水之興：遊覽觀賞山水的興致。

〔三一〕琴籍之玩：彈琴讀書的情趣。實爲隱逸情趣。自漢代以來，文學作品中常以琴書并舉來表現隱士情懷。漢張衡《歸田賦》：「彈五弦之妙指，咏周、孔之圖書。」晋陶淵明《歸去來兮辭》：「悦親戚之情話，樂琴書以消憂。」又《始作鎮軍參軍經曲阿》：「弱齡寄事外，委懷在琴書。」又《和郭主簿二首》（其一）：「息交遊閑業，卧起弄書琴。」唐劉長卿《戲題贈二小男》：「未知門户誰堪主，且免琴書别與人。」

〔三二〕雅貺：高雅美好的贈與。《三國志・魏書・臧洪傳》：「前日不遺，比辱雅貺。」

〔三三〕乘韋（shèng wéi）之義：饋贈的道理。乘韋，四張熟牛皮。乘，四。《詩經・小雅・鴛鴦》：「乘馬在廐，摧之秣之。」陸德明《經典釋文》（卷六）《毛詩音義》（中）：「乘馬，四馬也。」韋，熟牛皮。《儀禮・聘禮》：「君使卿韋弁。」賈公彦疏：「有毛則曰皮，去毛熟治則曰韋。」《左傳・僖公三十三年》：「（秦師）及滑，鄭商人弦高將市於周，遇之，以乘韋先，牛十二犒師。」杜預注：「乘，四。韋先，韋乃入牛。古者將獻遺於人，必有以先之。」

〔三四〕不過於詞：超不過詩文作品。詞，詞章，泛指詩文。

〔三五〕目：命名詩文的題目。

〔三六〕魯望：陸龜蒙字。參《序一》注〔八五〕。

【箋評】

淵明《五柳先生贊》曰：「不汲汲于富貴，不戚戚于貧賤。」讀《松陵集》，髣髴猶存其致。詩不爲佳，筆墨之外，自覺高韻可欽，其神明襟度勝耳。吾尤喜其詩序，或數十百言，或數百言，皆疏落有古意。皮、陸并稱，吾之景皮，更甚于陸。一從事禄入幾何，既以給其地之高流，余波猶沾他郡之賢者。讀其《五貺》諸篇，令人忽忽與之神游。○集中詩多宋調，吴體尤爲可憎。四聲、叠韻、離合、迴文，俱無意味。吾之重之，以其文，以其人。」（賀裳《載酒園詩話》又編）

皮日休有贈魏不琢《五貺詩》，其序云：「江南秋風時，乘短艀，載甑酒，加以隱具，由五瀉涇入震澤，穿松林，抵杭越。日休嘗聞道不琢，敢不求雅物，成雅思乎？於是買釣船一，謂之五瀉舟；又華頂杖一，太湖硯一，烏龍養和一，訶陵樽一，皆寄於不琢，爲詩五首，目之曰《五貺》。」按五瀉水即今無錫高橋河，俗稱白湯圩。自運河分支，出高橋北，行經石幢，至四河口，入江陰界。憶己卯歲余由都門旋里，自無錫過高橋而行。十月日記有云：「離無錫城十里，白湯汙烟雨迷離，烟波空闊。時届冬令，覺白葦黄蘆，與緑水相映發，幾群水鳥出没飛鳴，每掠篷窗而過，旋入港汊間。沿途村落，皆回塘木杓，竹樹蕭疎。茆舍比連，稻堆高於屋角；清溪曲抱，魚網挂於門前。寒菜一繩，早儲冬蓄，香粳數斗，共試新舂。徽樂事於田家，聽歡聲於樂歲，復行二十里，見舜過、秦望、石堰諸山，列岫相迎，益見家山之可愛也」云云。迄今轉徙風塵，安得乘五瀉之舟，重訪昔賢高踪，詩吟《五晛》，復憶舊游，能無神往。（金武祥《粟香隨筆·二筆》卷一）

五瀉舟〔一〕

何事有青錢〔二〕，因人買釣船①〔三〕。闊容兼餌坐〔四〕，深許共蓑眠〔五〕。短好隨朱鷺〔六〕，輕堪倚白蓮〔七〕。自知無用處，却寄五湖仙〔八〕。（詩二一一三）

【校記】

①「船」詩瘦閣本作「舡」。

【注釋】

〔一〕五瀉舟：參本卷（序一一三）注〔一八〕。

〔二〕青錢：青銅錢。青銅製造的錢幣，泛指銅錢。杜甫《偪側行贈畢四曜》：「速宜相就飲一斗，恰有三百青銅錢。」

〔三〕因：緣。《廣韻·真韻》：「因，托也；仍也；緣也；就也。」

〔四〕闊容句：謂小船的寬度可以坐下一個人和置放釣餌。

〔五〕共：與。此句謂小船的深度剛好可以讓人和蓑而眠。

〔六〕短好：謂小船之短剛好適合。好，副詞。劉淇《助字辨略》（卷三）：「好，猶善也，珍重付屬之辭。」朱鷺：又稱朱䴉，鷺鳥的一種。形體高逸似鶴，羽毛呈淡紅色，嘴與脚亦淡紅色，故名。《太平御覽》（卷九二五）引《毛詩義疏》曰：「鷺，水鳥，好白而潔，故謂之白鳥。……楚成王時，有朱鷺合沓飛舞，則復有赤色。舊《鼓吹曲》有《朱鷺》是也。」唐張籍《朱鷺》：「翩翩兮朱鷺，來泛春塘棲綠樹。羽毛如翦色如染，遠飛欲下雙翅斂。」

〔七〕輕：輕便，輕巧。堪：可。

〔八〕寄：贈予。五湖仙：即太湖仙。贈人的雅號。指魏朴。五湖：太湖的別稱。參卷一（詩三）注〔一六〕。

華頂杖〔一〕

金庭仙樹枝〔二〕，道客自攜持〔三〕。探洞求丹粟〔四〕，挑雲覓白芝〔五〕。量泉將濯足〔六〕，闌鶴把支頤〔七〕。以此將爲贈，唯君盡得知。（詩二一四）

【注釋】

〔一〕華頂杖：參本卷（序一三）注〔二〇〕。

〔二〕金庭：金庭山，道家的仙人所居之處。此處指越州剡縣金庭山洞，在天台山區域內。參本卷（詩一九八）注〔七〕。仙樹枝：即製成天台杖的藤材。參本卷（序一三）注〔一九〕。

〔三〕道客：學道者。非指道路上的行客。

〔四〕丹粟：細粒的丹砂。道家煉丹之物。《山海經·南山經》：「（柜山）英水出焉，西南流注于赤水，其中多白玉，多丹粟。」郭璞注：「細丹沙如粟也。」

〔五〕白芝：白色的靈芝，道家仙藥。《抱朴子·内篇·仙藥》記載有石芝、木芝、草芝、肉芝、菌芝等五芝，「各有百許種也」。草芝中有「白符芝，高四五尺，似梅，常以大雪而花，季冬而實。」《文選》（卷一一）孫綽《遊天台山賦》：「八桂森挺以凌霜，五芝含秀而晨敷。」李善注：「《神農本草經》曰：『赤芝一名丹芝，黄芝一名金芝，白芝一名玉芝，黑芝一名玄芝，紫芝一名木芝。』」

〔六〕量泉：謂用華頂杖測量泉水的深度。濯足：洗脚。《楚辭·漁父》：「滄浪之水濁兮，可以濯吾足。」

〔七〕闌鶴：謂用華頂杖攔鶴。支頤：以華頂杖托起下巴。同「拄頤」、「拄頰」之義，表示悠閑自得貌。《戰國策·齊策六》：「齊嬰兒謡曰：『大冠若箕，修劍拄頤，攻狄不能，下壘枯丘。』」《世説新語·簡傲》：「王子猷作桓車騎參軍。桓謂王曰：『卿在府久，比當相料理。』初不答，直高視，以手版拄頰云：『西山朝來，致有爽氣。』」

【箋評】

皮日休有天台杖，色黯而力遒，謂之「華頂杖」。有龜頭山叠石硯，高不二寸，其仞數百，謂之「太湖硯」。有桐廬養和一具，怪形拳局，坐若變去，謂之「烏龍養和」。養和者，隱囊之屬也。按李泌以松膠枝隱背，謂之「養和」，後得如龍形者獻帝，四方争效之。今吴中以枯木根作禪椅，蓋本於此。

（謝肇淛《五雜組》卷十二《物部四》）

太湖硯〔一〕

求於花石間〔二〕，怪狀乃天然。中瑩五寸劍〔三〕，外差千疊蓮①〔四〕。月融還似洗〔五〕，雲濕便堪研②〔六〕。寄與先生後〔七〕，應添《内》《外》篇③〔八〕。（詩二一一五）

【校記】

①「差」汲古閣本、四庫本、全唐詩本作「荖」，項刻本作「著」。②「研」項刻本作「斫」。③「添」季寫本作「忝」。

【注釋】

〔一〕太湖硯：參本卷（序一三）注〔三〕。

〔二〕花石：指太湖石。太湖石形狀奇瑰，花紋變化多端，故云。參卷三（詩五八）注〔一〕。

〔三〕中瑩句：謂太湖石的中間部分晶瑩光潔，猶如五寸長的劍一樣鋥亮。

〔四〕外差（cī）句：謂太湖石的外表花紋猶如朵朵蓮花似的層疊交錯。差，次第。《廣雅》（卷三上）《釋詁》：「差，次也。」

〔五〕月融：月光圓融。指月形的太湖硯。還：如其。張相《詩詞曲語辭匯釋》（卷一）：「還，猶云如其也。」

〔六〕雲濕：謂雲氣濕潤了太湖硯。古人有石爲雲根的説法。《文選》（卷四）左思《蜀都賦》：「崗巒糺紛，觸石吐雲。」李善注：「《春秋元命包》曰：『山有含精藏雲，故觸石而出也。』」《文選》（卷二九）張協《雜詩十首》（其九）：「雲根臨八極，雨足灑四溟。」堪：可。研：研磨，磨墨。

〔七〕寄與：贈與。先生：對他人的敬稱。此指魏朴。《孟子·離婁上》：「先生何爲出此言也。」

〔八〕《内》《外》篇：指《莊子》。共三十三篇，分爲《内篇》七篇，《外篇》十五篇，《雜篇》十一篇。

【箋評】

「求於花石間」二句：奇峰突兀。（項真評、項真刻《項氏瓶笙榭新刻皮襲美詩》卷二）

烏龍養和〔一〕

壽木拳數尺〔二〕，天生形狀幽。把疑傷虺節〔三〕，用恐破蛇瘤〔四〕。置合月觀内〔五〕，買須雲肆頭〔六〕。料君携去處〔七〕，煙雨太湖舟〔八〕。（詩二一一六）

【注釋】

〔一〕烏龍養和：參本卷（序一三）注〔三〕、〔二四〕。

〔二〕壽木：古代傳説中的仙木，此喻烏龍養和的材質。《吕氏春秋·孝行覽·本味》：「菜之美者，崑崙之蘋，壽木之華。指姑之東，中容之國，有赤木玄木之葉焉。」高誘注：「壽木，崑崙山上木也。華，實也。食其實者不死，故曰壽木。」或即靈壽木。《漢書》（卷八一）《孔光傳》：「太后詔曰：『太師光，聖人之後，先師之子，……賜太師靈壽杖。』」顔師古注：「孟康曰：『扶老杖也。』服虔曰：『靈壽，木名。』師古曰：『木似竹，有枝節，長不過八九尺，圍三四寸，自然有合杖制，不須削治也。』」柳宗元《植靈壽木》：「柔條乍反植，勁節常對生。」拳：屈曲。

〔三〕把：以手執持。疑：猜度。虺（huǐ）節：喻蛇鱗狀的木節。虺，古代稱作蝮蛇的一種毒蛇。《詩經·小雅·斯干》：「維熊維羆，維虺維蛇。」

〔四〕蛇瘤：蛇狀的贅瘤。指樹木上的贅疣。

〔五〕合：應，該。月觀：月榭，可以賞月的亭閣。《南史》（卷一五）《徐湛之傳》：「湛之更起風亭、月觀、吹臺、琴室，果竹繁茂，花藥成行。」

〔六〕須：應，宜。雲肆：雲霧積聚之處。此句謂須買山中雲霧深處的樹木爲杖。

〔七〕料：預想。劉淇《助字辨略》（卷四）：「料，意計之辭。」

〔八〕太湖舟：泛游於太湖上的船。

【箋評】

程氏《繁露》載：「李泌訪隱選異，采怪木，蟠枝以隱背，號曰養和。人至于今效之。」余按：皮日休以五物送毗陵處士魏不琢，其一曰烏龍養和。且曰：「有桐廬養和一，怪形拳局，坐若變去，謂之烏龍養和。」皮、陸皆有詩。皮詩：「壽木拳數尺，天然形狀幽。……料君携去處，烟雨太湖舟。」龜蒙詩：「養和名字好，偏寄道情深。……不是逍遥侣，誰知物外心。」（高似孫《緯略》卷五《養和》）

訶陵樽①〔一〕

一片鸞魚殼〔二〕，其中生翠波〔三〕。買須饒紫貝②〔四〕，用合對紅螺〔五〕。盡瀉判狂藥〔六〕，禁敲任浩歌〔七〕。明朝與君後，争那玉山何③〔八〕。（詩二一七）

【校記】

①「訶」皮詩本作「謌」。②「饒」弘治本、詩瘦閣本、章校本、項刻本、統籤本、季寫本、全唐詩本作「能」。全唐詩本注：「一作饒。」③「何」項刻本作「河」。

【注釋】

〔一〕訶陵樽：參本卷（序一三）注〔二八〕。宋竇苹《酒譜・飲器》：「訶陵國以鸞魚殼爲酒樽，事見《松陵唱和詩》，云：『用合對紅螺。』」

〔二〕鸞魚殼：參本卷（序一三）注〔三五〕。

〔三〕翠波：淥水，此指碧緑清澈的美酒。宋葛立方《韻語陽秋》（卷一九）：「酒之種類多矣。有以緑爲貴者，白樂天所謂『傾如竹葉盈尊緑』是也。有以黄爲貴，老杜所謂『鵝兒黄似酒』是也。有以白爲貴者，樂天所謂『玉液黄金巵』是也。有以碧爲貴者，老杜所謂『重碧酤新酒』是也。有以紅爲貴者，李賀所謂『小槽酒滴珍珠紅』是也。」

〔四〕須：應，必。饒：添，超過。周壽昌《思益堂日札》（卷八）：「饒之訓富也、沃也、裕也、多也、餘也、益也。」紫貝：蚌蛤類動物，貝殼色白，圓形，有紫色的點或紋，亦有紫色的質地帶有黑紋，故云。《文選》（卷七）司馬相如《子虛賦》：「張翠帷，建羽蓋，罔玳瑁，鉤紫貝。」郭璞注：「紫貝，紫質黑文也。」《嶺表録異》（卷下）：「紫貝，即砑螺也。儋、振夷黎，海畔采以爲貨。《南越志》云：土産大貝，即紫貝也。」

〔五〕合：當，該。紅螺：螺的一種。螺殼可作飲酒器具。《嶺表録異》（卷下）：「鸚鵡螺，旋尖處屈而朱，如鸚鵡嘴，故以此名。殼上青緑斑文，大者可受二升。殼内光瑩如雲母。裝爲酒杯，奇而可玩。又紅螺，大小亦類鸚鵡螺，殼薄而紅，亦堪爲酒器。」

〔六〕盡瀉：任意傾瀉。此處謂任意斟酒。判（pàn）：不顧惜，甘願。同「拚」。張相《詩詞曲語辭匯釋》（卷五）：「判，割捨之辭；亦甘願之辭。自宋以後多用拚字或拚字，而唐人則多用判字。」狂藥：指酒。參卷四（序九）注〔二〕。

〔七〕禁敵：勝敵，耐得住敵。非「禁止」義。張相《詩詞曲語辭匯釋》（卷二）：「禁，猶當也；受也；耐也。故禁當、禁受、禁耐，均聯用之而成一辭。」又云：「禁猶勝（平聲）也；勝任之勝。此與當義、受義大同而小異。當義、受義之辭氣强，勝義之辭氣婉。」浩歌：放聲高唱。《楚辭·九歌·少司命》：「望美人兮未來，臨風怳兮浩歌。」

〔八〕争那：争奈，即怎奈。玉山：形容人醉酒後瀟脱率真的姿態。《世説新語·容止》：「嵇叔夜之爲人也，巖巖若孤松之獨立；其醉也，傀俄若玉山之將崩。」

【箋評】

鱟樽恰受三升醖，龜屋新裁二寸冠。（原注：鱟樽即皮襲美所云訶陵樽也。予近以龜殼作冠，高二寸許。）（陸游《近村暮歸》，《劍南詩稿》卷四十三）

唐皮日休以鱟魚殼爲樽，澀峰鱟角，内玄外黄，謂之「訶陵樽」。此亦好奇之甚矣。閩中鱟殼山積，土人以爲杓，入沸湯中甚便，不聞其可爲樽也。即虎蟳、龍蝦、鸚鵡螺之屬，亦不甚當於用耳。（謝肇淛《五雜組》卷九《物部一》）

訶陵樽，南海鱟魚殼，澀鋒鱟角，内玄外黄。皮日休贈魏朴。朴字不琢，毗陵處士。襲美序曰：「真古人之雅貺。」（田藝蘅《留青日札》卷二十五《酒器》）

唐皮日休以鱟魚殼爲樽，澀峰鱟角，内玄外黄，謂之訶陵樽。鱟殼，閩人皆以爲杓，形既不倫，用之久久，始脱腥薰，不知日休何所取，登爲飲器。（周亮工《閩小紀》卷下《鱟魚樽》）

奉和五貺詩

龜蒙

五瀉舟〔一〕

樣自桐川得〔二〕，詞因隱地成〔三〕。好漁翁亦喜①〔四〕，新白鳥還驚②〔五〕。沙際擁江沫③，渡

頭橫雨聲〔六〕。尚應嫌越相〔七〕，遺禍不遺名〔八〕。 （詩二一八）

【校記】

①「亦」原作「赤」，據汲古閣本、四庫本、陸詩甲本、陸詩丙本、統籤本、季寫本、全唐詩本改。②「白」詩瘦閣本作「泊」。「驚」原缺「敬」末筆，避宋太祖祖父趙敬諱。③「沫」原作「沬」，據弘治本、汲古閣本、四庫本、陸詩丙本、全唐詩本改。

【注釋】

〔一〕五瀉舟：參本卷（序一三）注〔一八〕。

〔二〕樣：式樣。桐川：即桐江，又稱桐廬江，在今浙江省桐廬縣。《元和郡縣圖志》（卷二五）《江南道一》：「睦州桐廬縣：桐廬江，源出杭州於潛縣界天目山，南流至縣東一里入浙江。」

〔三〕詞：指皮日休《五貺詩·五瀉舟》。隱地：隱居之地，即指上句「桐川」，乃東漢隱士嚴子陵垂釣處，故云。《元和郡縣圖志》（卷二五）《江南道一》：「睦州桐廬縣，嚴子陵釣臺，在縣西三十里，浙江北岸也。」

〔四〕好漁句：謂如此好的五瀉舟頗便於捕魚，漁翁感到很高興。

〔五〕新白句：謂嶄新的五瀉舟，甚至白鳥也爲之驚訝。白鳥：白鷺。《太平御覽》（卷九二五）引《爾雅》曰：「鷺，舂鋤。」又引郭璞注：「白鷺也，頭、翅、背上皆有長翰毛，江東以取爲接離，名之曰白鷺。」又引《毛詩義疏》曰：「鷺，水鳥，好白而潔，故謂之白鳥。齊、魯之間謂之舂鋤，遼東、樂浪、吴、楊人皆云白鷺。」

〔六〕渡頭：渡口。《樂府詩集》（卷四八）南朝梁簡文帝蕭綱《烏栖曲四首》（其一）：「采蓮渡頭礙黄河，郎今欲渡畏風波。」

〔七〕越相：指范蠡，春秋時越國大夫、上將軍，輔佐勾踐滅吴後，在太湖上泛舟而去，變易姓名爲鴟夷子皮，治産業，富有貲財。又爲齊相。後又經商致富，自稱陶朱公。生平事迹參《史記》（卷四一）《越王勾踐世家》和（卷一二九）《貨殖列傳》。

〔八〕遺禍句：謂范蠡泛舟五湖，雖然遠離了禍患，但是没有能够遺棄社會名聲，還未達到隱士没世無名的境界。故上句有「尚嫌」云云。《史記》（卷四一）《越王勾踐世家》：「（范蠡助勾踐滅吴），還反國，范蠡以爲大名之下，難以久居，且勾踐爲人可與同患，難與處安，……乃裝其輕寶珠玉，自與其私徒屬乘舟浮海以行，終不反。（後范蠡「出齊」、「止於陶」、「至楚」）故范蠡三徙，成名於天下，非苟去而已，所止必成名。……太史公曰：……范蠡三遷皆有榮名，名垂後世。」

華頂杖〔一〕

萬古陰崖雪〔二〕，靈根不爲枯〔三〕。瘦於霜鶴脛①〔四〕，奇似黑龍鬚〔五〕。拄訪譚玄客②〔六〕，持看潑墨圖③〔七〕。湖雲如有路〔八〕，兼可到仙都④〔九〕。（詩二一一九）

【校記】

①「於」統籤本作「于」。　②「玄」原缺末筆，避宋太祖始祖趙玄朗諱。　③「潑」詩瘦閣本作「撥」。

④「到」陸詩丙本作「列」。

【注釋】

〔一〕華頂杖：參本卷（序一三）注〔三〇〕。

〔二〕陰崖：指天台山最高峰華頂峰的北面。山北爲陰，故云。華頂峰上有積雪，參本卷（序一三）注〔三〇〕。

〔三〕靈根：指制作華頂杖的木根。《文選》（卷一六）陸機《嘆逝賦》：「痛靈根之夙隕。」李善注：「《南都賦》：『固靈根於夏葉。』」劉良注：「靈根，靈木之根。」

〔四〕瘦於句：謂細長的華頂杖，猶如仙鶴的腿一樣瘦長。霜鶴：白鶴。脛：小腿。《莊子・徐無鬼》：「鶴脛有所節，解之也悲。」《相鶴經》（《初學記》卷三〇）：「體尚潔，故其色白。……鶴之上相，……高脛粗節，洪髀纖指，此相之備者也。」

〔五〕奇似句：謂華頂杖形狀怪異，顏色深黑，猶如黑龍鬚。《淮南子・覽冥訓》：「於是女媧煉五色石以補蒼天，斷鼇足以立四極，殺黑龍以濟冀州。」高誘注：「黑龍，水精也。」崔豹《古今注》（卷下）：「孫興公問曰：『世稱黄帝煉丹於鑿硯山，乃得仙，乘龍上天。群臣援龍鬚，鬚墜而生草，曰龍鬚，有之乎？』答曰：『無也。有龍鬚草，一名縉雲草，故世人爲之妄傳。』」

〔六〕譚玄客：談論玄理的人。《世説新語·容止》：「王夷甫容貌整麗，妙於談玄，恒捉白玉柄麈尾，與手都無分别。」戴叔倫《寄禪師寺華上人次韻三首》（其一）：「遥憶談玄地，月高人未眠。」寒山《自見天台頂》：「下望山青際，談玄有白雲。」貫休《和韋相公話婺州陳事》：「昔事堪惆悵，談玄愛白牛。」原注：「《法華經》中以白牛喻大乘。」

〔七〕潑墨圖：潑墨畫成的山水圖景。指自然山水的美麗景色。潑墨：古代國畫山水畫的一種技法，傳爲唐代畫家王洽所首創。《宣和畫譜》（卷一〇）：「王洽，不知何許人。善能潑墨成畫，時人皆號爲王潑墨。……每欲作圖畫之時，……先以墨潑圖幛之上，乃因似其形象，或爲山，或爲石，或爲林，或爲泉者，自然天成，倏若造化。已而雲霞卷舒，煙雨慘淡，不見其墨污之迹，非畫史之筆墨所能到也。」

〔八〕湖雲：湖上縹緲的霧氣。湖，當指鏡湖。《元和郡縣圖志》（卷二六）《江南道二》：「越州會稽縣，鏡湖，後漢永和五年，太守馬臻創立，在會稽、山陰兩縣界築塘蓄水，水高丈餘，田又高海丈餘，……堤塘周迴三百一十里，溉田九千頃。」此句當活用古代神仙家「乘雲」、「浮遊青雲」的常見説法。《神仙傳》中有很多記述。

〔九〕兼：盡。仙都：古代傳説中仙人居住之處。《海内十洲記·聚窟洲》：「滄海島在北海中，地方三千里，去岸二十一萬里。……島中有紫石宫室，九老仙都所治，仙官數萬人居焉。」

太湖硯〔一〕

誰截小秋灘〔二〕，閑窺四緒寬〔三〕。繞爲千嶂遠〔四〕，深置一潭寒〔五〕。坐久雲應出〔六〕，詩成墨未乾〔七〕。不知新《博物》〔八〕，何處擬重刊〔九〕。

（詩二二一〇）

【注釋】

〔一〕太湖硯：參本卷（序一三）注〔三〕。

〔二〕誰截句：謂從秋天的太湖沙灘上截取一片太湖石，製成太湖硯。

〔三〕四緒：四邊，四端，指太湖硯的四周邊沿。

〔四〕繞爲句：謂太湖硯四周的花紋呈現出層巒叠嶂，尺幅千里之勢。

〔五〕一潭：形容太湖硯中間的墨池。

〔六〕雲應出：謂雲霧從太湖硯散發出來。古人認爲石爲雲根，故云。參本卷（詩二一一五）注〔六〕。

〔七〕詩成句：謂太湖硯貯墨可以寫作詩歌。詩已寫成而墨迹未乾，有贊美皮日休詩才敏捷之意。

〔八〕《博物》：晉張華《博物志》，記載山川地理、歷史人物、草木蟲魚、飛禽走獸、神仙鬼怪等内容。新《博物》，指皮日休《五貺詩·太湖硯》有新編《博物志》的性質，表現了皮、陸喜愛博物的學術傾向。

〔九〕何處：何時。處，此作時間名詞。

烏龍養和〔一〕

養和名字好〔二〕，偏寄道情深〔三〕。所以親逋客〔四〕，兼能助五禽〔五〕。倚肩滄海望〔六〕，鈎膝白雲吟①〔七〕。不是逍遥侣〔八〕，誰知世外心〔九〕。（詩二二二一）

【校記】

①「鈎」原作「鈞」，據弘治本、汲古閣本、詩瘦閣本、四庫本、陸詩甲本、陸詩丙本、統籤本、季寫本、全唐詩本改。

【注釋】

〔一〕烏龍養和：參本卷（序一三）注〔四〕。

〔二〕養和：本義爲保養身心、怡悦性情，此指靠背椅。參本卷（序一三）注〔三〕。

〔三〕偏寄：深深寄托的意思。偏，劉淇《助字辨略》（卷二）：「偏，畸重之辭也。」道情：情操，指修道養性。

〔四〕逋（bū）客：避世的人。指隱士。南朝齊孔稚珪《北山移文》：「請迴俗士駕，爲君謝逋客。」

〔五〕五禽：五禽戲，漢代名醫華佗首創的一種健身術。《後漢書》（卷八二下）《華佗傳》：「佗語（吴）普曰：『人體欲得勞動，但不當使極耳。……吾有一術，名五禽之戲：一曰虎，二曰鹿，三曰熊，四曰猿，五曰鳥。亦以除疾，兼利蹏足，以當導引。體有不快，起作一禽之戲，怡而汗出，因以著粉，身體輕便而欲食。』」

〔六〕倚肩：謂肩頭斜倚着烏龍養和。滄海：大海。《海内十洲記》：「滄海島在北海中，地方三千里，去岸二十一萬里。海四面繞島，各廣五千里。水皆蒼色，仙人謂之滄海也。島上俱是大山，積石至多。石象八石，石腦石桂，英流丹黄子石膽之輩百餘種，皆生於島。石服之神仙長生。島中有紫石宫室，九老仙都所治，仙官數萬人居焉。」

〔七〕鉤膝：曲膝，形容悠然自得的神態。白雲吟：吟咏白雲，表現隱士情懷。《穆天子傳》（卷三）：「西王母爲天子謡曰：『白雲在天，山陵自出。道里悠遠，山川間之。』」南朝梁陶弘景《詔問山中何所有賦詩以答》：「山中何所有？嶺上多白雲。只可自怡悦，不堪持寄君。」

〔八〕逍遥侣：指隱士的伴侣，亦隱士。逍遥，優遊自得，安閑自在貌。

〔九〕世外心：超脱塵世以外的情趣。

訶陵樽〔一〕

魚骼匠成樽〔二〕，猶殘海浪痕。外堪欺玳瑁〔三〕，中可酌崑崙（原注：酒名。）〔四〕。水繞苔磯曲①〔五〕，山當草閣門〔六〕。此中醒復醉，何必問乾坤。（詩二二三二）

【校記】

①「水」弘治本、詩瘦閣本作「木」。

【注釋】

〔一〕訶陵樽：參本卷（序一三）注〔二八〕。

〔二〕魚骼：指鱟魚的骨骼，即鱟魚殼。參本卷（序一三）注〔三五〕。匠：治，制作。《小爾雅·廣詁》：「匠，治也。」

〔三〕外堪句：謂訶陵樽的外表勝過玳瑁的花紋色彩之美。堪：可。欺：勝過，壓倒。玳瑁：一種爬行動物，形似龜，甲殼黃褐色，有黑斑，晶瑩光滑，可作裝飾品。《淮南子·泰族訓》：「瑤碧玉珠，翡翠玳瑁，文彩明朗，潤澤若濡。」

〔四〕崑崙：酒名。《酉陽雜俎》（前集卷七）：「魏賈琳家累千金，博學善著作。有蒼頭善別水，常令乘小艇於黃河中，以瓠匏接河源水，一日不過七八升。經宿，器中色赤如絳，以釀酒，名崑崙觴。酒之芳味，世中所絶。曾以三十斛上魏莊帝。」李商隱《魏侯第東北樓堂郢叔言別聊用書所見成篇》：「鎖香金屈戌，帶酒玉崑崙。」

〔五〕苔磯：長滿青苔的石磯。磯，水邊突凸的大石。

〔六〕草閣：簡陋低矮的草屋。杜甫《草閣》：「草閣臨無地，柴扉永不關。」又《解悶十二首》（其一）：「草閣柴扉星散居，浪翻江黑雨飛初。」

早春病中書事寄魯望〔一〕

日休

眼暈見雲母〔二〕，耳虚聞海濤〔三〕。惜春狂似蝶〔四〕，養病躁於猱①〔五〕。案静方書古②〔六〕，堂空藥氣高〔七〕。可憐真宰意〔八〕，偏解困吾曹〔九〕。

（詩二二一三）

【校記】

①「於」項刻本作「于」。②「案」項刻本、類苑本作「按」。

【注釋】

〔一〕早春：應指咸通十二年（八七一）早春。皮日休于上一年早春到任蘇州軍事院判官，離任則在十二年暮春，故此詩應以作於本年早春爲宜。皮日休任蘇州從事的時間，參吴在慶《唐五代文史叢考·皮日休爲蘇州郡從事及初識陸龜蒙之時間》。書事：記事。《宋書》（卷五五）《徐廣傳》：「左史述言，右官書事。」魯望：陸龜蒙字。參（序一）注〔八五〕。

〔二〕眼暈：視力模糊不清。雲母：礦石名，晶體爲鱗狀半透明薄片。故此句用以喻眼睛視物模糊。

〔三〕聞海濤：謂因生病身體虚弱而耳鳴，聽到猶如海浪般的嗡嗚聲。《晋書》（卷一〇四）《石勒載記》：「勒亦感其恩，爲之力耕。每聞鞞鐸之音，歸以告其母，母曰：『作勞耳鳴，非不祥也。』」

〔四〕惜春：愛惜春光。狂似蝶：蝴蝶盡情地在花間飛舞，故云狂。用以形容人極愛春天的美好景物。

〔五〕躁於猱(náo)：謂養好病的心情很急。以猿猱的躁動便捷爲喻。

〔六〕案：書案。方書：醫方之書。《史記》(卷一〇五)《扁鵲倉公列傳》：「(陽慶)謂(太倉公)意曰：『盡去而方書，非是也。慶有古先道遺傳黄帝、扁鵲之脉書，五色診病，知人生死，決嫌疑，定可治，及藥論書，甚精。』」《隋書》(卷三四)《經籍志三》録醫方書頗多，如《張仲景方》十五卷、《華佗方》十卷、《雜藥方》十卷、《集略雜方》十卷、《雜散方》八卷、《湯丸方》十卷、《肘後方》六卷，等等。

〔七〕藥氣：服用藥物的氣味，猶藥味。高：謂濃、重。

〔八〕可憐：可惜，可恨。真宰：主宰，自然造化。參本卷(詩一九四)注〔五六〕。

〔九〕偏解：頗懂，很懂。偏，畸重之詞。困：此作使窮困潦倒之意。吾曹：我輩。《韓非子·外儲説右上》：「爲公者必利，不爲公者必害。吾曹何愛不爲公？」

【箋評】

起二語狀病亦趣。(陸時雍《唐詩鏡》卷五十二)

寫病况字字逼真。(黄周星《唐詩快》)

奉詶

龜蒙

衹貪詩調苦〔一〕，不計病容生〔二〕。我亦休文瘦〔三〕，君能叔寶清〔四〕。藥須勤一服〔五〕，春莫累多情。欲入毗耶問〔六〕，無人敵净名〔七〕。（詩二二一四）

【注釋】

〔一〕衹貪：一味貪求。詩調苦：詩歌的格調清苦艱澀。亦謂作詩的艱辛勞苦，即苦吟。孟郊《夜感自遣》：「夜學曉不休，苦吟神鬼愁。」賈島《戲贈友人》：「書贈同懷人，詞中多苦辛。」又《雨夜同厲玄懷皇甫荀》：「溝西吟苦客，中夕話兼思。」

〔二〕不計：不計較，不考慮。病容：生病的容貌。

〔三〕休文瘦：沈約的身體瘦弱。沈約（四四一—五一三），字休文。南朝宋、齊、梁間詩人，史學家。生平事迹參《梁書》（卷一三）、《南史》（卷五七）本傳。沈約《與徐勉書》：「開年以來，病增慮切，當由生靈有限，勞役過差，總此凋竭，歸之暮年，牽策行止，努力衹事。外觀傍覽，尚似全人，而形骸力用，不相綜攝。常須過自束持，方可僶俛。解衣一卧，支體不復相關。上熱下冷，月增日篤，取暖則煩，加寒必利，後差不及前差，後劇必甚前劇。百日數旬，革帶常應移孔；以手握臂，率計月小半分。以此推算，豈能支久？」

〔四〕叔寶清：衛玠的神清氣爽。衛玠字叔寶，晋名士。生平事迹參《晋書》（卷三六）《衛瓘傳》附傳。《世説新語·識鑒》「衛玠年五歲」條，劉孝標注引《（衛）玠别傳》曰：「玠有虚令之秀，清勝之氣，在群伍之中，有異人之望。」又《品藻》「劉丹陽、王長史在瓦官寺集」條，劉孝標注引《江左名士傳》曰：「劉真長曰：『吾請評之：弘治膚清，叔寶神清。』論者謂爲知言。」

〔五〕一服：一服藥。

〔六〕毗（pí）耶：古印度城名，在今印度比哈爾邦。問：問病。

〔七〕净名：維摩詰菩薩的異譯。後即以净名指佛。《法苑珠林》（卷二九）《感通篇·聖迹部》記述：「王玄策因向印度，過净名宅，以笏量基，止有十笏，故號方丈之室也。」

又寄次前韻①

日休

病根冬養得，春到一時生。眼暗憐晨慘，心寒怯夜清②。妻仍嫌酒癖〔一〕，醫又禁詩情③〔二〕。應被高人笑〔三〕，憂身不似名〔四〕。

（詩二二二五）

【校記】

①「次前韻」汲古閣本、四庫本作正題，不作小字注文。斠宋本眉批：「『次前韻』，宋本小字半邊。」

李校本眉批：「景宋本『次前韻』作小注。」②「怯」項刻本作「却」，季寫本作「恰」。③「又」詩瘦閣本、項刻本、統籤本、季寫本、全唐詩本作「只」。全唐詩本注：「一作又。」

【注釋】

〔一〕酒癖：嗜酒的癖習。《晉書》（卷四九）《劉伶傳》：「常乘鹿車，攜一壺酒，使人荷鍤而隨之，謂曰：『死便埋我。』其遺形骸如此。嘗渴甚，求酒於其妻。妻捐酒毀器，涕泣諫曰：『君酒太過，非攝生之道，必宜斷之。』」

〔二〕醫又句：謂因爲生病，所以醫師禁止表現出作詩的衝動情緒。

〔三〕高人：志趣高潔，擺脱世俗的人。此指陸龜蒙。《晉書》（卷六三）《邵續傳》：「續既爲（石）勒所執，身灌園鬻菜，以供衣食。勒屢遣察之，嘆曰：『此真高人矣。不如是，安足貴乎！』」杜甫《解悶十二首》（其八）：「不見高人王右丞，藍田丘壑蔓寒藤。」

〔四〕憂身句：謂對自己的生命考慮不多，而太關注名聲了。《老子》（第四十四章）：「名與身孰親？身與貨孰多？得與亡孰病？是故甚愛必大費，多藏必厚亡。知足不辱，知止不殆，可以長久。」晉石崇《答棗腆詩》：「贈爾話言，要在遺名。惟此遺名，可以全生。」

【箋評】

「妻仍嫌酒癖」：禁不得。

「醫又禁詩情」：醫不得。（項真評、項真刻《項氏瓶笙榭新刻皮襲美詩》卷二）

四語清雅，結亦佳。（陸時雍《唐詩鏡》卷五十二）

又訓次韻①

龜蒙

從來多遠思，尤向静中生。〔一〕所以令心苦，還應是骨清②〔二〕。酒香偏入夢，花落又關情〔三〕。積此風流事〔四〕，争無後世名〔五〕。（詩二二二六）

【校記】

①「次韻」汲古閣本、四庫本作正題，不作小字注文。李校本眉批：「景宋本『次韻』作小注。」②「應」詩瘦閣本作「因」。

【注釋】

〔一〕首二句謂深思熟慮往往是在寂静中取得的。《老子》（第十六章）：「致虚極，守静篤。萬物并作，吾以觀復。」亦即此意。

〔二〕骨清：骨格清朗，超脱世俗的氣質。《藝文類聚》（卷七九）引《搜神記》曰：「蔣子文者，廣陵人也。嗜酒好色，常自謂己骨清，死當爲神。」杜牧《贈李秀才是上公孫子》：「骨清年少眼如冰，鳳羽參差五色層。」

〔三〕關情：牽動内心的情感。

〔四〕風流：風雅灑脱。《後漢書》（卷八二上）《方術傳上》：「論曰：漢世之所謂名士者，其風流可知矣。」

〔五〕争：怎。張相《詩詞曲語辭匯釋》（卷二）：「争，猶怎也。自來謂宋人用怎字，唐人只用争字。」

新秋言懷寄魯望三十韻①〔一〕

日休

新秋入破宅〔二〕，疎澹若平郊〔三〕。户牖深如窟，詩書亂似巢。移床驚蟋蟀②〔四〕，拂匣動蠨蛸③〔五〕。静把泉華掬〔六〕，閑拈乳管敲④〔七〕。檜身渾箇矮〔八〕，石面得能⿰幽頁〔九〕。小桂如拳葉〔一〇〕，新松似手梢⑤〔一一〕。鶴鳴轉清角〔一二〕，鶻下撲金髇〔一三〕。合藥還慵服〔一四〕，爲文亦懶抄。煩心入夜醒，疾首帶涼抓⑥〔一五〕。杉葉尖於鏃，藤絲韌似鞘⑦〔一六〕。僨田含紫芋〔一七〕，低蔓隱青匏〔一八〕。老柏渾如疥〔一九〕，陰苔忽似膠〔二〇〕。王餘落敗塹〔二一〕，胡孟入空庖〔二二〕。度日忘冠帶〔二三〕，經時憶酒肴〔二四〕。有心同木偶〔二五〕，無舌并金鐃〔二六〕。興欲添《玄測》⑧〔二七〕，狂將换《易》爻〔二八〕。達人唯落落⑨〔二九〕，俗士自譊譊〔三〇〕。底力將排難〔三一〕，何顔用《解嘲》〔三二〕。欲銷毀後骨〔三三〕，空轉坐來胞〔三四〕。猶預應難抱⑩〔三五〕，狐疑不易包〔三六〕。等閑逢毒蠚〔三七〕，容易遇咆哮〔三八〕。時事方千蝎⑪〔三九〕，公途正二崤〔四〇〕。名微甘世棄〔四一〕，性拙任時拋。白日須投分〔四二〕，青雲合定交〔四三〕。仕應同五柳〔四四〕，歸莫捨三茅〔四五〕。澗鹿從來去〔四六〕，煙蘿任溷殽〔四七〕。狙公鬧後戲〔四八〕，雲母病來㨶⑫〔四九〕。從此居方丈〔五〇〕，終非競斗筲⑬〔五一〕。道窮應鬼遺⑭〔五二〕，性拙必天教〔五三〕。無限疎慵事〔五四〕，憑君解一爮⑮〔五五〕。

（詩二二二七）

【校記】

①「三十韻」汲古閣本、四庫本作正題，不作小字注文。李校本眉批：「景宋本『三十韻』作小注。」

②「驚」原缺「敬」末筆，避宋太祖祖父趙敬諱。③「蛸」項刻本作「蠨」。④「閑」季寫本作「間」。

⑤「梢」皮詩本、項刻本、統籤本、季寫本作「稍」。⑥「抓」弘治本、汲古閣本、四庫本、季寫本作「抓」。⑦「勒」汲古閣本、詩瘦閣本、四庫本、皮詩本、項刻本、統籤本、類苑本、季寫本作「靮」。

⑧「玄」原缺末筆，避宋太祖始祖趙玄朗諱。⑨「唯」項刻本作「惟」。⑩「猶預」汲古閣本、四庫本、項刻本、類苑本、全唐詩本作「猶豫」。⑪「蝎」類苑本作「碣」。⑫「㨶」李校本旁批：「鈔，取也。」項刻本作「𥣬」。⑬「競」詩瘦閣本作「競」。⑭「遺」四庫本、盧校本、皮詩本、項刻本、統籤本、類苑本、季寫本、全唐詩本作「遣」。⑮「爮」原作「爮」，據弘治本、汲古閣本、四庫本、統籤本、類苑本、季寫本、全唐詩本改。項刻本作「匏」。

【注釋】

〔一〕新秋：應指咸通十一年（八七〇）初秋。皮日休咸通十年被辟爲蘇州軍事院判官，十一年春到任，十二年暮春即罷任，故此詩只能作於十一年初秋。言懷：抒發情懷。

〔二〕破宅：作者自指居住的破舊房屋。

〔三〕疎澹：疏朗清淡。平郊：平曠的郊野。

〔四〕移床句：古人謂秋天至則蟋蟀入床下，故云。《詩經·豳風·七月》：「五月斯螽動股，六月莎雞振羽。七月在野，八月在宇。九月在户，十月蟋蟀入我床下。」

〔五〕匣：當指劍匣。蠨蛸（xiāo shāo）：長脚蜘蛛，俗稱喜蛛，亦稱嬉子。《詩經·豳風·東山》：「伊威在室，蠨蛸在户。」孔穎達疏：「蠨蛸，長踦，一名長脚。荆州、河内人謂之喜母。此蟲來著人衣，當有親客至，有喜也。幽州人謂之親客亦如蜘蛛爲羅網居之是也。」

〔六〕泉華：清晨的泉水。古人以清晨初汲的井水爲井華。《抱朴子·内篇·金丹》：「又取此丹置雄黄銅燧中，覆以汞曝之，二十日發而治之，以井華水服如小豆。」掬（jū）：用手捧。《説文·勹部》：「在手曰匊。」「匊」同「掬」。

〔七〕乳管：鵝翎管狀石鍾乳。《本草綱目》（卷九）《石鍾乳》：「石之津氣，鍾聚成乳，滴溜成石，故名石鍾乳。蘆與鵝管象其空中之狀也。」又云：「生嵒穴陰處，留山液而成，空中相通，長者六七寸，如鵝翎管狀。」

〔八〕檜(guì)身：檜樹的樹幹。檜，檜柏，柏樹的一種。《爾雅·釋木》：「檜，柏葉松身。」渾箇：如此。劉淇《助字辨略》(卷四)：「皮襲美詩：『檜身渾箇矮。』渾箇，猶云如此。」

〔九〕石面：石頭的表面。得能：這樣，如許。劉淇《助字辨略》(卷二)：「皮襲美詩：『檜身渾箇矮，石面得能顱。』……得能，即箇樣，吴人語也。」張相《詩詞曲語辭匯釋》(卷三)：「能，摹擬辭，猶云這樣也。……亦有作得能者。皮日休《新秋言懷》詩：『檜身渾箇矮，石面得能顱。』按劉淇《助字辨略》：『得能，即箇樣，吴人語也。』」《方言藻》(卷下)《可能》：「又韓退之詩：『杏花兩株能白紅，』皮襲美詩：『檜身渾箇短，石面得能顱。』唐子西詩：『桃花能紅李能白。』此能字與恁同。亦可作去聲，方言箇樣也。得能即箇樣，吴人語也。」顱(āo)：凹陷。《玉篇·頁部》：「顱，頭凹也。」

〔一〇〕小桂句：幼小的桂樹猶如蜷曲的拳頭。

〔一一〕手梢：即手指。喻小松樹形狀如手指。

〔一二〕鶴鳴句：謂秋天的鶴鳴聲更加高朗清亮。清角：清脆的角音。角，古代的五音之一(宫、商、角、徵、羽)。古人謂鶴善鳴。《詩經·小雅·鶴鳴》：「鶴鳴于九皋，聲聞于天。」《初學記》(卷三〇)：「《詩義疏》曰：『……(鶴)常夜半鳴，其鳴高朗，聞八九里。』……《相鶴經》曰：『……(鶴)鳴則聞於天，飛則一舉千里。』」

〔一三〕鶻(hú)下：隼從高空飛下。鶻，也叫隼，一種敏捷凶猛的鳥。撲：拍打，拍擊。金鷂(xiāo)：

嗚鏑，響箭。

〔一四〕合藥：按照藥方的比例和一定的方法配藥。

〔一五〕疾首：頭痛，謂憂愁痛苦。《詩經·小雅·小弁》：「心之憂矣，疢如疾首。」抓（guā）：用手敲擊。《玉篇·手部》：「抓，引也；擊也。」

〔一六〕藤絲：指女蘿等藤蔓植物。勒似鞘（shāo）：勒緊好像是鞭鞘。鞘，《玉篇·革部》：「鞘，鞭鞘。」

〔一七〕僨（fèn）田：壞田，貧瘠的田地。紫芋：芋頭的一種，大葉塊根，根可食。即芋頭，又稱芋、艿。

〔一八〕低蔓：低垂的藤蔓。青匏（páo）：青瓠子，葫蘆。

〔一九〕渾如疥：完全像疥瘡一樣凹凸粗糙。渾：劉淇《助字辨略》（卷一）：「渾，全也。」

〔二〇〕陰苔：生長在陰暗之處的蘚苔。忽似膠：突然變得似膠一樣粘着。忽，倏。劉淇《助字辨略》（卷五）：「忽，倏也。」

〔二一〕王餘：魚名，即比目魚。《文選》（卷五）左思《吴都賦》：「雙則比目，片則王餘。」劉逵注：「比目魚，東海所出。王餘魚，其身半也。俗云：越王膾魚未盡，因以殘半棄水中爲魚，遂無其一面，故曰王餘也。」敗塹：毀壞的溝渠。《玉篇·土部》：「塹，《左氏傳》注：『溝塹也。』字書云：『城隍也。』」

〔二二〕胡孟：未詳。空庖：空蕩蕩的廚房。指貧困，飲食不具。

〔二三〕度日：過日子。杜甫《寄岳州賈司馬六丈巴州嚴八使君兩閣老五十韻》：「且將棋度日，應用酒爲年。」冠帶：帽子和繫冠的帶子，官吏服飾。指做官。時作者任蘇州軍事院判官。

〔二四〕經時：歷久，長時間。《文選》（卷二九）《古詩十九首》（其九）：「此物何足貢，但感别經時。」

〔二五〕木偶：木偶人。《史記》（卷七五）《孟嘗君列傳》：「孟嘗君將入秦，賓客莫欲其行，諫，不聽。蘇代謂曰：『今旦代從外來，見木禺人與土禺人相與語。木禺人曰：「天雨，子將敗矣。」土禺人曰：「我生於土，敗則歸土。今天雨，流子而行，未知所止息也。」今秦，虎狼之國也，而君欲往，如有不得還，君得無爲土禺人所笑乎？』孟嘗君乃止。」

〔二六〕金鐃（náo）：古代樂器名。《周禮·地官·鼓人》：「以金鐃止鼓。」鄭玄注：「鐃如鈴，無舌，有秉，執而鳴之，以止擊鼓。」并：比。劉淇《助字辨略》（卷三）：「并，……《廣韻》云：『比也。』……并者，同時相比之辭也。」

〔二七〕《玄測》：揚雄《太玄》有《玄測》篇。即指《太玄》。添《玄測》，謂效仿《太玄》而續作之意。

〔二八〕《易》爻（yáo）：《周易》中卦的符號名爲爻。换《易》爻：謂變换《周易》卦爻之意。

〔二九〕達人：豁達灑脱的人。落落：坦率開朗，大方灑脱的氣度。《世説新語·賞譽》：「王平子目太尉：『阿兄形似道，而神鋒太儁。』太尉答曰：『誠不如卿落落穆穆。』」

〔三〇〕譊譊（náo náo）：喧囂嘈雜聲。《莊子·至樂》：「彼唯人言之惡聞，奚以夫譊譊爲乎！」

〔三一〕底力：盡力，致力。《文選》（卷五五）陸機《演連珠》（其二）：「故明主程才以效業，貞臣底力而辭豐。」李善注：「王肅《尚書注》曰：『厎，致也。』」排難：排解責難。指東方朔《答客難》。《漢書》（卷六五）《東方朔傳》：「朔上書陳農戰彊國之計，因自訟獨不得大官，欲求試用。其言專商鞅、韓非之語也，指意放蕩，頗復詼諧，辭數萬言，終不見用。朔因著論，設客難己，用位卑以自慰諭。其辭曰……」

〔三二〕《解嘲》：揚雄《解嘲》。與東方朔《答客難》作意相同，亦是假設有客責難，嘲諷自己，作詞答之，以自我解嘲寬慰。《漢書》（卷八七下）《揚雄傳下》：「哀帝時，丁、傅、董賢用事，諸附離之者或起家至二千石。時雄方草《太玄》，有以自守，泊如也。或嘲雄以玄尚白，而雄解之，號曰《解嘲》。」

〔三三〕欲銷句：用「積毁銷骨」之意。謂所受毁謗很嚴重。《史記》（卷七〇）《張儀列傳》：「積羽沈舟，群輕折軸，衆口鑠金，積毁銷骨。」《文選》（卷三九）鄒陽《獄中上書自明》：「衆口鑠金，積毁銷骨。」李善注：「賈逵曰：『鑠，消也。衆口所惡，金爲之銷亡。積毁銷骨，謂積讒。』善曰：『毁之言，骨肉之親，爲之銷滅。』」

〔三四〕胞：胞衣，此指膀胱。此句謂徒然使尿憋在胞中，讓其轉動而感到腹脹。喻生活散誕之狀。《文選》（卷四三）嵇康《與山巨源絶交書》：「每常小便而忍不起，令胞中略轉乃起耳。」

〔三五〕猶預：即猶豫。《史記》（卷八三）《魯仲連鄒陽列傳》：「平原君猶預未有所决。」抱：抱持。

〔三六〕狐疑：猜疑。《楚辭·離騷》：「欲從靈氛之吉占兮，心猶豫而狐疑。」包：包容，包涵。

〔三七〕等閑：無端。張相《詩詞曲語辭匯釋》（卷四）：「等閒，猶云平常也；隨便也；無端也。按閒字古多作閑。」毒蠚（hē）：有毒腺的蟲。蠚，有毒腺的動物螫刺其他動物。《漢書》（卷三三）《田儋傳》：「蝮蠚手則斬手，蠚足則斬足。」顔師古注：「應劭曰：『蝮一名虺。蠚，螫也。螫人手足則割去其肉，不然則死。』」

〔三八〕容易：輕易。張相《詩詞曲語辭匯釋》（卷四）：「容易，猶云輕易也。」咆哮：高聲大叫，形容人的暴怒。

〔三九〕千蝎（xiē）：誇張蝎蟲非常多。喻時事危急混亂。《説文·蟲部》：「蝎，蝤蠐也。」《爾雅·釋蟲》：「蝎，蛣蝠。」郭璞注：「木中蠹蟲。」

〔四〇〕公途：國家前途。二崤：崤山分爲東西二山，故稱二崤。在今河南省靈寶縣，與陜縣、澠池縣相連接，地勢險要。《元和郡縣圖志》（卷五）《河南道一》：「河南府永寧縣：二崤山，又名嶔崟山，在縣北二十八里。……自東崤至西崤三十五里。東崤長坂數里，峻阜絶澗，車不得方軌。西崤全是石坂十二里，險絶不異東崤。」

〔四一〕甘世棄：甘心被世俗所抛棄。

〔四二〕白日：謂指日爲誓之意。韓愈《柳子厚墓志銘》：「握手出肺肝相示，指天日涕泣，誓生死不相背負，真若可信。」須：必。投分：意氣相投合。《文選》（卷二〇）潘岳《金谷集作詩》：「投分寄石友，白首同所歸。」李善注：「阮瑀《爲魏武與劉備書》曰：『披懷解帶，投分托意。』分，猶志也。」

〔四三〕青雲：喻隱居的志趣。《藝文類聚》（卷七八）引郭璞《遊仙詩》曰：「尋我青雲友，永與時人絶。」《南史》（卷四一）《齊衡陽王鈞傳》：「身處朱門，而情遊江海；形入紫闥，而意在青雲。」合：應。定交：結交。

〔四四〕五柳：五柳先生，陶淵明自號。陶淵明《五柳先生傳》：「先生不知何許人也，亦不詳其姓字。宅邊有五柳樹，因以爲號焉。」此句謂象陶淵明那樣辭官歸隱。陶淵明《歸去來兮辭并序》：「情在駿奔，自免去職。仲秋至冬，在官八十餘日。因事順心，命篇曰《歸去來兮》。」

〔四五〕三茅：漢代茅盈與其弟茅固、茅衷，同隱於句容茅山學道，世稱「三茅」。見《神仙傳》（卷五）《茅君》條。此句謂辭官歸隱後要學三茅修道。

〔四六〕從：任從，任意。澗鹿：山澗中的鹿。古人常將隱士和麋鹿相偶。

〔四七〕煙蘿：籠罩在雲霧中的女蘿。指山中草樹茂密。多形容隱逸的環境。胡駢《經費拾遺舊隱》：「不將冠劍爲榮事，只向煙蘿寄此生。」溷殽（hùn xiáo）：混亂錯雜。《説文・水部》：「溷，亂也。」《説文・殳部》：「殽，相雜錯也。」

〔四八〕狙公：指猿猴。狙，獼猴。狙公，善養猿猴的人。此即指猴子。參本卷（詩二一二）注〔五〕。

〔四九〕雲母：一種半透明的礦石，道家認爲服食可以延年，亦可治病。《抱朴子・内篇・仙藥》：「雲母有五種，……五色并具而多青者名雲英，宜以春服之；五色并具而多赤者名雲珠，宜以夏服之；五色并具而多白者名雲液，宜以秋服之；五色并具而多黑者名雲母，宜以冬服之。但有青黄二色者名雲沙，宜以季夏服之；晶晶純白名磷石，可以四季長服之也。」《列仙傳》（卷上）《方回》：「方回者，堯時隱人也。堯聘以爲閭士。練食雲母，亦與民人有病者。隱於五柞山中。」藻（chāo）：取。《廣韻·肴韻》：「藻，藻取。」

〔五〇〕方丈：一丈見方的居室。謂狹小的房舍。《釋氏要覽》（卷上）《住處》：「方丈，蓋寺院之正寢也。始因唐顯慶年中，敕差衛尉寺丞李義表、前融州黄水令王玄策往西域充使，至毗耶黎城東北四里許，維摩居士宅示疾之室遺趾，叠石爲之，王玄策躬以手板縱横量之，得十笏，故號『方丈』。」王梵志《吾有方丈室》：「吾有方丈室，裏有一雜物。」

〔五一〕斗筲（shāo）：斗、筲是古代容量小的兩種量器，喻人的氣度狹小，才識短淺。《論語·子路》：「斗筲之人，何足算也？」

〔五二〕道窮：猶言窮途末路。《中庸》：「行前定則不疚，道前定則不窮。」鬼遺：鬼神所遺留下來的。

〔五三〕性拙：性情愚拙。天教：上天教誨的，謂天生如此。

〔五四〕疎慵：疏放懶散。

〔五五〕憑：依仗。解一瓟（páo）：解下一隻匏瓜。「瓟」同「匏」，即葫蘆，可食用。《廣韻·肴韻》：「瓟，似瓠，可爲飲器。」《論語·陽貨》：「吾豈匏瓜也哉？焉能繫而不食？」後因以「繫匏」喻隱居不仕，「解匏」喻出仕。

【箋評】

○又李義山詩：「堪嘆故君成杜宇，可能先主是真龍。」此「可能」，乃不定之辭，猶云未必能也。言蜀險雖足倚仗，而天命不可假易。不惟故君已成杜宇，即恐先主亦非真龍。故結云「將來爲報奸雄輩，莫向金牛訪舊踪」也。○又韓退之詩：「杏花兩株能白紅。」皮襲美詩：「檜身渾箇矮，石面得能皺。」唐子西詩：「桃花能紅李能白。」此能字，與恁同，亦可作去聲，方言箇樣也。得能，即箇樣，吴人語也。（劉淇《助字辨略》卷二）

箇，與个同。庾子山《鏡賦》：「其成箇鏡特相宜。」箇，方言此也。○皮襲美詩：「檜身渾箇矮。」渾箇，猶云如此。○又韓退之詩：「老翁真箇似兒童。」此箇字，語助也。（劉淇《助字辨略》卷四）

稚存喜用險韻，《西江月》云：「相對燭花呵欠。」「閒日偶從妝閣偵。」《蝶戀花》云：「乞篆題縑，總仗孤僧介。」……若斯之類，恐非詞家本色。然如劉夢得詩「杯前膽不豩（呼關切，頑也）」，皮襲美詩「石面得能皺」，固文人狡獪之技。盧叔陽「袢溽皴皵褑」，其濫觴歟？（張德瀛《詞徵》卷六《稚存喜用險韻》）

皮襲美《新秋言懷寄魯望》云：「檜身渾箇矮，石面得能皺。」「渾箇」、「得能」，皆吴語。（沈濤《匏廬詩話》卷下）

按詩中用方言頗多，……皮襲美詩「檜身渾箇矮」，「渾箇」猶如此也。（沈可培《濼源問答》卷十一〕嗚鏑曰髇，俗所謂響箭也。亦作骹，《魏·百官志》云：「拜三公賜鶉尾骹箭十二枚。」亦作髇。元稹《江邊》詩「破竹箭鳴骹」，皮日休《言懷》詩「鶻下撲金髇」，李白《遊獵篇》「雙鶬逆落連飛髇」，柳如京《題較獵圖》「嗚骹直上三千尺」，皆互用。《廣韻》作「骲」字，隸入聲，四「覺」部。（宋長白《柳亭詩話》卷一六《鳴鏑》）

大曆以前，用險韻者不過數字而止，韓、孟聯句始濫觴矣。如皮襲美《新秋書懷寄魯望三十韻》用三爻，《江南書情二十韻》用十五咸，魯望步韻和之。元微之《江邊四十韻》亦用三爻，《痁卧三十韻》用九佳，白樂天《和令狐公二十二韻》用十四鹽，柳柳州《述舊感時》詩用六麻，增至八十韻，愈出愈奇，始覺髯蘇「叉」、「丫」二字未足多也。（宋長白《柳亭詩話》卷三〇《險韻》）

奉和新秋言懷三十韻次韻〔一〕

龜蒙

身閑唯愛静，籬外是荒郊。地僻憐同巷〔二〕，庭喧厭累巢〔三〕。岸聲摇舴艋〔四〕，窗影辨蠨蛸〔五〕。逕祇溪禽下①〔六〕，關唯野客敲〔七〕。竹岡從古凸〔八〕，池緣本來坳②〔九〕。早藕擎霜節③〔一〇〕，涼花束紫梢④〔一一〕。漁情隨錘網⑤〔一二〕，獵興起鳴髇〔一三〕。好夢經年説〔一四〕，名方著處抄⑥〔一五〕。木疎唯自補⑦〔一六〕，技癢欲誰抓⑧〔一七〕。窗靜常懸薤〔一八〕，鞭閑不正鞘⑨〔一九〕。山衣輕斧藻〔二〇〕，天籟逸絃匏⑩〔二一〕。蕙展風前帶⑪〔二二〕，桃烘雨後膠〔二三〕。蘚乾粘晚砌，煙濕動農庖⑫〔二四〕。沈約便圖籍〔二五〕，楊雄重酒肴⑬〔二六〕。目曾窺絶洞〔二七〕，耳不犯征鐃〔二八〕。曆外窮飛朔⑭〔二九〕，蓍中記伏爻〔三〇〕。石林空寂歷⑮〔三一〕，雲肆肯嘵譊⑯〔三二〕。松桂何妨蠹〔三三〕，龜龍亦任嘲〔三四〕。未能丹作髓〔三五〕，誰相紫爲胞〔三六〕。莫把榮枯異〔三七〕，但（原注：平⑰。）和大小包〔三八〕。由弓猿不捷〔三九〕，梁圈虎忘虓〔四〇〕。舊友懷三益〔四一〕，關山阻二崤〔四二〕。道隨書簏古⑱〔四三〕，時共釣輪拋〔四四〕。好作忘機士〔四五〕，須爲莫逆交〔四六〕。看君馳諫草〔四七〕，憐我卧衡茅〔四八〕。出處雖冥默〔四九〕，薰蕕肯溷殽⑲〔五〇〕。岸沙從鶴印〔五一〕，崖蜜勸人摷⑳〔五二〕。白菌盈枯枿〔五三〕，黄精滿緑筲㉑〔五四〕。仙因隱居信〔五五〕，禪是净名教㉒〔五六〕。勿謂江湖永㉓〔五七〕，終浮一大匏㉔〔五八〕。

（詩二二八）

【校記】

①「祇」全唐詩本作「衹」。②「緣」季寫本作「緑」。③「擎」原缺「敬」末筆，避宋太祖祖父趙敬諱。④「東」原作「束」，據汲古閣本、全唐詩本改。「梢」原作「稍」，據弘治本、汲古閣本、詩瘦閣本、四庫本、陸詩甲本、陸詩丙本、統籤本、類苑本、季寫本、全唐詩本改。⑤「綱」詩瘦閣本作「網」。⑥「著」陸詩甲本、統籤本作「着」。⑦「木」汲古閣本、詩瘦閣本、四庫本、全唐詩本作「才」。全唐

詩本注：「一作木。」「唯」四庫本、季寫本作「惟」。⑧「抓」汲古閣本、四庫本、陸詩甲本作「抓」。⑨「閑」季寫本作「間」。⑩「絃」原缺「玄」末筆，避宋太祖始祖趙玄朗諱。⑪「展」弘治本、類苑本、季寫本、全唐詩本作「轉」。全唐詩本注：「一作展。」⑫「農」汲古閣本、四庫本、季寫本、全唐詩本作「晨」。⑬「楊」弘治本、詩瘦閣本、四庫本、陸詩甲本、統籤本、全唐詩本作「揚」。⑭「曆」四庫本作「歷」，應是避清乾隆弘曆諱而改。⑮「寂」陸詩丙本黄校作「家」。⑯「譊」詩瘦閣本作「嘵」。⑰「平」後汲古閣本、詩瘦閣本、四庫本、統籤本有「聲」。類苑本、季寫本無此注語。⑱「古」盧校本作「占」。⑲「蕕」陸詩丙本黄校作「藻」。⑳「蜜」原作「密」，據弘治本、汲古閣本、四庫本、陸詩甲本、陸詩丙本、統籤本、類苑本、季寫本、全唐詩本改。「蘋」汲古閣本，詩瘦閣本、四庫本、季寫本作「籟」。陸詩乙本批校：「『蘋』舊本作『藻』。」㉑「筲」陸詩甲本作「筲」。「滿緑」陸詩丙本作「緑滿」。㉒「教」陸詩丙本作「敎」。㉓「永」統籤本作「水」。㉔「瓟」原作「瓟」，據弘治本、汲古閣本、四庫本、統籤本、季寫本、全唐詩本改。陸詩甲本、陸詩丙本作「泡」。季寫本、全唐詩本注：「一作泡。」

【注釋】

〔一〕次韻：參卷一（詩一）注〔五〕。此詩與皮日休原唱作於同時，即咸通十一年初秋。

〔二〕憐：愛。同巷：同居一個里巷的鄰居。陸龜蒙的宅第在蘇州臨頓里，參卷五（詩二四一）。皮日休在蘇州期間，當亦有宅第在此，參卷六（詩三二四）。故此處云「同巷」。

〔三〕庭喧：庭院裏鳥雀的喧鬧聲。累巢：鳥巢累積重疊。謂鳥巢之多。

〔四〕舴艋：輕便的小船。《玉篇·舟部》：「舴，舴艋，小舟。」

〔五〕蠨蛸：參本卷（詩二二七）注〔五〕。

〔六〕逕：小路。祇：只，僅。溪禽：溪上的禽鳥。

〔七〕關：門閂。代指門。《説文·門部》：「關，以木横持門户也。」野客：猶野人，鄉野之人。指隱士。

〔八〕竹岡：有竹林的山岡。

〔九〕池緣：池塘的邊沿。[illegible]：參本卷（詩二二七）注〔九〕。

〔一〇〕早藕：初秋的藕。藕在秋天成熟，時值初秋，故云。擎（qíng）：舉起。霜節：指白藕。藕多節，色白，故稱。

〔一一〕凉花：指秋天的花。李白《將游衡岳過漢陽雙松亭留别族弟浮屠談皓》：「凉花拂户牖，天籟鳴虚空。」紫梢：變成紫色的末梢。謂變老。

〔一二〕漁情：江湖上捕魚的情趣。實爲隱逸情懷。錘網：魚網。魚網四周邊口繫有小鐵砣，便于其下沉水底，故稱魚網爲錘網。

〔一三〕獵興：狩獵禽獸的興致。鳴髇：鳴鏑，響箭。

〔一四〕經年：若干年。指歷時之久。

〔一五〕名方：有名的醫方。著處：隨處，到處。張相《詩詞曲語辭匯釋》（卷六）：「著處，猶云到處或隨處也。……陸龜蒙《和襲美新秋言懷》詩：『好夢經年説，名方著處抄。』……皆其證也。」

〔一六〕木疎句：謂隱居之處樹木稀疏，唯有自己親手栽種。

〔一七〕技癢：急於表現自己所擅長的某種技藝。《文選》（卷九）潘岳《射雉賦》：「屏發布而累息，徒心煩而技懩。」徐爰注曰：「有伎藝欲逞，曰『技懩』也。音養。」李善曰：「應劭《風俗通》曰：『高漸離變姓易名，庸保於宋子之家。久作苦，聞其家堂客擊筑，伎養，不能毋出言也。』」抓：參本卷（詩二二七）注〔一五〕。

〔一八〕䕹（zá）：草簾。《玉篇·艸部》：「䕹，户簾也。」

〔一九〕鞘（shāo）：鞭鞘。參本卷（詩二二七）注〔一六〕。

〔二〇〕山衣句：謂早秋的山色一片蒼翠，没有多少艷麗色彩的修飾。山衣：山嶺的外表。北周庾信《周大將軍琅琊定公司馬裔墓志銘》：「風松雲蓋，白水山衣。」斧藻：用彩色加以修飾。揚雄《法言·學行》：「吾未見好斧藻其德，若斧藻其楶者也。」

〔二一〕天籟句：自然界的聲音，超過了人類創造的音樂的優美悦耳。弦匏：弦樂器和笙竽等管樂器。泛指音樂。

〔二二〕蕙展句：蕙草的細長葉子在風中舒展像帶子。蕙，香草名。嵇含《南方草木狀》（卷上）：「蕙草，一名薰草。葉如麻，兩兩相對。氣如蘼蕪，可以止癘。出南海。」

〔二三〕桃烘句：秋雨後的桃樹幹，被陽光烘烤得流出粘稠的膠汁。

〔二四〕農庖：鄉村農民的厨房。「農」多本作「晨」，可從。

〔二五〕沈約：南朝齊、梁間著名文人。參本卷（詩二二四）注〔三〕。便：適宜，喜愛。孟浩然《冬至後過吴張二子檀溪别業》：「外事情都遠，中流性所便。」寒山《自見天台頂》：「野情便山水，本志慕道倫。」圖籍：圖書文籍。泛指書籍。沈約富於藏書，爲一時名家，故云。《梁書》（卷一三）《沈約傳》：「約左目重瞳子，腰有紫志，聰明過人。好墳籍，聚書至兩萬卷，京師莫比。」

〔二六〕楊雄：一作揚雄（前五三—後一八），字子雲。西漢著名文人、學者。其作品除辭賦以外，《太玄》、《法言》、《方言》等，在古代文化史上影響深遠。生平事迹參《漢書》（卷八七）本傳。《漢書》（卷八七下）《揚雄傳下》：「（揚雄）家素貧，耆酒，人希至其門。時有好事者載酒肴從游學，而鉅鹿侯芭常從雄居，受其《太玄》《法言》焉。」

〔二七〕絶洞：深洞。指太湖中包山林屋洞。參卷三（詩四三）注〔一〕。

〔二八〕征鐃（náo）：遠行的鈴聲。鐃，古代樂器名，類似鈴。參本卷（詩二二七）注〔二六〕。

〔二九〕曆外：曆法之内。「外」實爲「内中」，與下句「中」字互文。王瑛《詩詞曲語辭例釋》：「外，方位詞。在詩詞中運用極爲靈活，可以表示『内中』、『邊畔』、『上』、『下』等方位。」飛朔：飛逝的時光。古代以每月月初爲朔，月中爲望，月終爲晦。

〔三〇〕蓍（shī）：蓍草，草名，古代用以占卜。伏爻（yáo）：占卜。此指占卜的結果。相傳古代占卜書《周易》中的八卦，是伏羲始創，而占卜中卦的符號稱作爻，故稱伏爻。《周易·繫辭下傳》：「古代包犧氏之王天下也，仰則觀象於天，俯則觀法於地，觀鳥獸之文，與地之宜，近取諸身，遠取諸物，於是始作八卦，以通神明之德，以類萬物之情。」包犧，即伏羲。

〔三一〕寂歷：寂静冷清。《文選》（卷三一）江淹《雜體詩三十首·王徵君微養疾》：「寂歷百草晦，欻吸鵾鷄悲。」

〔三二〕雲肆：雲如市肆。形容積聚的雲。肯：豈肯，哪肯。嘵（xiāo）譊（náo）：喧囂嘈雜聲。

〔三三〕松桂：唐人常松桂并咏。韋應物《和張舍人夜直中書寄吏部劉員外》：「松桂生丹禁，鴛鷺集雲臺。」孟郊《上包祭酒》：「何幸松桂侣，見知勤苦功。」賈島《寄友人》：「君看明月夜，松桂寒森森。」蠹：蠹蟲。此指被蠹蟲蛀蝕。但蟲蠹的松桂汁，古人視作一種美味。《漢書》（卷九五）《南粤傳》：「謹北面因使者獻白璧一雙，翠鳥千，犀角十，紫貝五百，桂蠹一器，生翠四十雙，孔雀二雙。」顔師古注：「應劭曰：『桂樹中蝎蟲也。』蘇林曰：『漢舊常以獻陵廟，載以赤轂小車。』師古曰：『此蟲食桂，故味辛，而漬之以蜜食之也。』」

〔三四〕龜龍：龜和龍都是古代的祥瑞之物。《禮記·禮運》：「何謂四靈？麟、鳳、龜、龍，謂之四靈。」孔穎達疏：「以此四獸皆有神靈，異於他物，故謂之靈。」任嘲：任人奚落嘲諷。揚雄《解嘲》：「今子乃以鴟梟而笑鳳皇，執蝘蜓而嘲龜龍，不亦病乎！」

〔三五〕丹作髓：骨髓變成紅色。道家認爲仙人的骨髓是丹色。此句謂未能成仙。

〔三六〕誰相：如何能輔佐之意。「誰」作「何」解。紫爲胞：胞衣爲紫色。帝王之相，指帝王。《南史》（卷八）《梁元帝本紀》：「天監七年八月丁巳生帝，舉室中非常香，有紫胞之異。」

〔三七〕莫把句：不要將草木的榮盛和枯萎看作不同。謂將榮枯等同看待。喻對人生的盛衰窮達泰然處之。榮枯：《後漢書》（卷一七）《馮異傳》：「結死生之約，同榮枯之計。」《文選》（卷二一）顔延之《秋胡詩》：「孰知寒暑積，僶俛見榮枯。」李善注：「程曉《女典》曰：『春榮冬枯，自然之理。』」

〔三八〕大小包：將大和小并包兼容在一起。謂不計較大小。

〔三九〕由弓句：養由基的射擊技藝高超，連猿猴也比不上他的動作敏捷。由，養由基，古代善射者。《戰國策·西周》：「楚有養由基者，善射；去柳葉者百步而射之，百發百中。左右皆曰善。」

〔四〇〕梁圈（juàn）句：梁鴦馴養的老虎就不發出吼叫聲了。梁圈，梁鴦的養虎圈。梁鴦爲周宣王時馴養禽獸的能手。虓（xiāo）：虎怒吼聲。《説文·虎部》：「虓，虎鳴也。」《詩經·大雅·常武》：「進厥虎臣，闞如虓虎。」《毛傳》：「虎之自怒，虓然。」《列子·黄帝篇》：「周宣王之牧正有役人梁鴦者，能養野禽獸，委食於園庭之内，雖虎狼鵰鶚之類，無不柔馴者。雄雌在前，孳尾成群，異類雜居，不相搏噬也。」

〔四一〕三益：三益之友。《論語·季氏》：「孔子曰：『益者三友，損者三友。友直，友諒，友多聞，益矣；友便辟，友善柔，友便佞，損矣。』」

〔四二〕關山句：關山險阻，超過二嶠。二嶠，參本卷（詩二二七）注〔四〇〕。

〔四三〕書簏（lù）：裝書的箱子。簏，竹制的箱子。《説文·竹部》：「簏，竹高篋也。」

〔四四〕共：與。釣輪：釣車。參卷四（詩八五）注〔一〕。

〔四五〕忘機士：没有機巧，甘於澹泊，脱離世俗的人。《莊子·天地》：「吾聞之吾師，有機械者必有機事，有機事者必有機心。機心存於胸中，則純白不備；純白不備，則神生不定；神生不定者，道之所不載也。吾非不知，羞而不爲也。」

〔四六〕莫逆交：交誼深厚。《莊子·大宗師》：「子祀、子輿、子犁、子來四人相與語曰：『孰能以無爲首，以生爲脊，以死爲尻，孰知死生存亡之一體者，吾與之友矣。』四人相視而笑，莫逆於心，遂相與爲友。」

〔四七〕君：指皮日休。諫草：諫書。謂指陳時事。此爲官者之事。即指做官而言。

〔四八〕憐：愛。衡茅：衡門茅茨。指簡陋的房屋。喻隱居之意。《文選》（卷二六）陶淵明《辛丑歲七月赴假還江陵夜行塗口》：「養真衡茅下，庶以善自名。」李善注：「曹子建《辯問》：『君子隱居以養真也；衡門、茅茨也。』」

〔四九〕出處句：謂不論仕隱都很沉静。出處，進退。指出仕和隱退。冥默：安寧沉静。雖：指出處兩端。劉淇《助字辨略》（卷一）：「雖者，兩設之辭也。」《周易·繫辭上》：「君子之道，或出或處，或默或語。」

〔五〇〕薰蕕（yóu）：香草和臭草。《左傳·僖公四年》：「一薰一蕕，十年尚猶有臭。」杜預注：「薰，香草。蕕，臭草。十年有臭，言善易消，惡難除。」溷殽：參本卷（詩二二七）注〔四七〕。

〔五一〕從：任從，隨意。鶴印：印上仙鶴的足迹。

〔五二〕崖蜜：山崖間野蜂所釀的蜜。宋程大昌《演繁露》（卷二）《石蜜》：「崖蜜者，蜂之釀蜜，即峻崖懸置其窠，使人不可攀取也。而人之用智者，伺其窠蜜成熟，用長竿繫木桶，度可相及，即以竿刺窠，窠破，蜜注桶中，是名崖蜜也。」宋葉廷珪《海録碎事》（卷六）：「崖蜜，《本草》：『石蜜即崖蜜也。其蜂黑色，作房於巖崖高峻處。』」又《本草綱目》（卷三九）《蜂蜜》：「蜂糖，生巖石者，名石蜜、石飴、巖蜜。……陶弘景曰：『石蜜即崖蜜也，在高山巖石間作之。色青，味小酸。』」擷：取。

〔五三〕白菌：白色的菌，即白芝，菌類植物。道家認爲服食白芝可以長生。參葛洪《抱朴子·內篇·仙藥》記述「五芝」中有白色的菌芝。《真誥》（卷一三）：「包山中有白芝，又有隱泉之水，正紫色。」《雲笈七籤》（卷四四）《三九素語玉精真訣存思法》：「思素靈真人乘雲氣入我身中，安鎮肺內，便三呼少陰素靈真人辱明子齋白芝玉精，補養我身，便三味口三咽止。」枯枿（niè）：枯萎的樹枝。「枿」同「櫱」，樹木砍伐後重新生長的枝條。

〔五四〕黃精：草名，一名黃芝，可入藥。道家認爲服食可以延年。《文選》（卷四三）嵇康《與山巨源絶交書》：「又聞道士遺言，餌朮、黃精，令人久壽，意甚信之。」李善注：「《本草經》曰：『朮、黃精，久服，輕身延年。』」緑筲：緑色竹器。筲，竹器。有三升、一斗、一斗二升等多種説法。《漢書》（卷六六）《公孫劉田王楊蔡陳鄭傳·贊》曰：「斗筲之徒，何足選也！」顔師古注：「筲，竹器也。容一斗。……孔子曰：『噫！斗筲之人，何足選也！』言其材器小劣，不足數也。」

〔五五〕仙因句：謂因爲隱居而覺得成仙更可確信。古人認爲可以由隱而仙，故云。

〔五六〕净名教：即佛教。净名，參本卷（詩二二四）注〔七〕。

〔五七〕江湖永：謂可以長期在江湖上瀟灑度日。暗用范蠡事。《史記》（卷一二九）《貨殖列傳》：「范蠡既雪會稽之耻，……乃乘扁舟，浮於江湖，變名易姓，適齊爲鴟夷子皮，之陶，爲朱公。」《正義》：「《國語》云勾踐滅吴，反至五湖。范蠡辭於王曰：『君王勉之，臣不復入國矣。』遂乘輕舟，以浮於五湖，莫知其所終極。」

〔五八〕瓟（páo）：匏瓜，即葫蘆，嫩時可食用，老後可剖開作瓢。此句謂浮在江湖上的扁舟猶如一隻大匏瓜。「匏」、「瓠」實一物。《説文·瓠部》：「瓠，匏也。」據此，應暗用《莊子·逍遥遊》：「惠子謂莊子曰：『魏王貽我大瓠之種，我樹之成而實五石，以盛水漿，其堅不能自舉也。剖之以爲瓢，則瓠落無所容。非不呺然大也，吾爲其無用而掊之。』」

【箋評】

字有平仄異義而入詩不異者，《池北偶談》嘗論之而有所未盡，今推廣之。如離別之離，去聲。急難之難，平聲。……但，平聲，杜詩「窮愁但有骨」，陸天隨詩「但和大小包」，……雜見唐、宋人詩。

（汪師韓《詩學纂聞》）

共三十韻。首四句叙郊居。次段八句叙郊居秋景。三段十四句叙隱居之事。「蕥」，户簾也。四段十六句叙忘世之情。梁元帝初生，舉室皆香，有紫袍之異。五段十句，言與皮相交，出處各異。末八句有招皮共隱之意。「瓟」，似瓠，可爲器。（袁枚《詳注圈點詩學全書》卷二，《袁枚全集》八）

秋日遣懷十六韻寄道侶〔一〕

龜蒙

盡日臨風坐〔二〕，雄詞妙略兼〔三〕。共知時世薄〔四〕，寧恨歲華淹〔五〕。且把靈方試〔六〕，休憑吉夢占〔七〕。夜燃燒汞火①〔八〕，朝煉洗金鹽〔九〕。有路求真隱②〔一〇〕，無媒舉孝廉〔一一〕。自然成嘯傲③〔一二〕，不是學沈潛〔一三〕。水恨同心隔〔一四〕，霜愁兩鬢霑④〔一五〕。鶴屏憐掩扇〔一六〕，烏帽愛垂檐〔一七〕。雅調宜觀樂〔一八〕，清才稱典籤〔一九〕。冠攲玄髮少⑤〔二〇〕，書健紫毫尖〔二一〕。故疾因秋召⑥〔二二〕，塵容畏日黔〔二三〕。壯圖須行行〔二四〕，儒服謾襜襜〔二五〕。片石聊當枕〔二六〕，横煙欲代簾〔二七〕。蠹根延穴蟻〔二八〕，疎葉漏庭蟾〔二九〕。藥鼎高低鑄〔三〇〕，雲庵早晚苫〔三一〕。胡麻如重寄〔三二〕，從誚我無厭〔三三〕。

（詩二二一九）

【校記】

①「燃」汲古閣本、詩瘦閣本、四庫本、季寫本、全唐詩本作「然」。 ②「真」類苑本作「貞」。 ③「嘯」陸詩乙本批校：「舊本作『笑』。」 ④「鬢」斠宋本作「鬒」。 ⑤「斂」類苑本作「危」，全唐詩本作「斂」。「玄」原缺末筆，避宋太祖始祖趙玄朗諱。 ⑥「召」盧校本作「白」。

【注釋】

〔一〕秋日：指咸通十一年（八七〇）秋天。皮、陸松陵唱和始於本年春，結束於次年暮春，共一年稍多一點時間，只經歷這一個秋天。 遣懷：遣興，排遣意緒。 道侶：學道的友人。

〔二〕盡日：整天。 臨風：迎風。《楚辭·九歌·少司命》：「望美人兮未來，臨風怳兮浩歌。」

〔三〕雄詞：雄健豪壯之詞。 指文才高超。 高適《奉酬北海李太守丈人夏日平陰亭》：「盛烈播南史，雄詞豁東溟。」 妙略：奇妙的謀略。 多指具備將才。《文選》（卷四三）孫楚《爲石仲容與孫皓書》：「長轡遠御，妙略潛授。偏師同心，上下用力。」 杜甫《警急》：「才名舊楚將，妙略擁兵機。」

〔四〕時世薄：謂世態炎涼，世風澆薄。 時世，時代社會。《荀子·堯問》：「今爲説者，又不察其實，乃信其名；時世不同，譽何由生；不得爲政，功安能成。」

〔五〕歲華淹：歲月長久。 實謂年華流逝。 歲華，南朝梁沈約《却東西門行》：「歲華委徂貌，年霜移暮髮。」淹，《爾雅·釋詁》：「淹，久也。」

〔六〕靈方：仙方。指道家的藥方。

〔七〕吉夢：吉祥的夢。《周禮·春官·占夢》：「以日月星辰占六夢之吉凶，……季冬，聘王夢，獻吉夢于王。王拜而受之。」《詩經·小雅·斯干》：「乃寢乃興，乃占我夢。吉夢維何？維熊維羆，維虺維蛇。……維熊維羆，男子之祥；維虺維蛇，女子之祥。」占：占卜。

〔八〕汞火：煉丹的火。汞，水銀，古代道家煉丹的重要原料。《抱朴子·内篇·金丹》：「第六之丹名煉丹。服之十日，仙也。又以汞合火之，亦成黄金。」

〔九〕金鹽：五加皮。指五加木的根、皮，可入藥。《金樓子》（卷五）《志怪篇》：「故語曰：『寧得一把五茄，不用金玉一車；寧得一片地榆，不用明月寶珠。』五茄，一名金鹽。」《神農本草經》（卷一）：「五加皮，味辛温，主心肺疝氣腹痛，益氣療躄，小兒不能行，疸創陰蝕。一名豺漆。」

〔一〇〕真隱：真正的隱士。《南史》（卷三〇）《何尚之傳》：「（尚之）致仕，於方山著《退居賦》以明所守，而議者咸謂尚之不能固志。……尚之還攝職。……尚之既任事，上待之愈隆，於是袁淑乃録古來隱士有迹無名者，爲《真隱傳》以嗤焉。」南朝梁陶弘景有《登真隱訣》一書。杜甫《獨酌》：「薄劣慚真隱，幽偏得自怡。」

〔一一〕孝廉：漢代薦舉官員中的一科。各郡薦舉以孝道和廉潔著稱的人入官。唐無此制。此指出仕做官而言。《漢書》（卷六）《武帝紀》：「元光元年冬十一月，初令郡國舉孝廉各一人。」顏師古注：「孝謂善事父母者。廉謂清潔有廉隅者。」

〔一二〕嘯傲：放聲長嘯，傲然自得，無拘無束。指隱逸江湖的自由生活。晉郭璞《遊仙詩》：「嘯傲遺世羅，縱情在獨往。」陶淵明《飲酒二十首》（其七）：「嘯傲東軒下，聊復得此生。」

〔一三〕不是：不甚。張相《詩詞曲語辭匯釋》（卷一）：「是，與甚同。以音近而假用之。」沈潛：大地的深沉柔弱。此指人的性格沉静柔弱。《尚書·洪範》：「沈潛剛克，高明柔克。」《孔傳》：「沈潛，謂地雖柔，亦有剛，能出金石。」

〔一四〕水恨句：所恨的是水將志趣相投的朋友阻隔開了。《周易·繫辭上》：「二人同心，其利斷金。」《文選》（卷二九）《古詩十九首》（其六）：「同心而離居，憂傷以終老。」

〔一五〕霜愁句：因爲愁苦，所以兩鬢染上白髮。

〔一六〕鶴屏句：謂憐惜屏風上的仙鶴無法飛翔而掩起屏扇。

〔一七〕烏帽句：謂自己戴烏紗帽時喜愛拉下帽檐，半遮住臉。烏帽，即烏紗帽，唐前爲貴要所戴的帽子，唐時官吏、庶民均可戴。漸漸變成爲閒居的常服。杜佑《通典》（卷五七）《帽》條：「大唐因之，制白紗帽，又制烏紗帽，視朝、聽訟、宴見賓客則服之。」馬縞《中華古今注·烏紗帽》：「武德九年十一月，太宗詔曰：『自今已後，天子服烏紗帽，百官、士庶皆同服之。』」

〔一八〕雅調：雅正的曲調。觀樂：欣賞音樂。暗用春秋時吳公子季札觀樂事。《左傳·襄公二十九年》：「吳公子札來聘，……請觀於周樂。使工爲之歌《周南》《召南》，……爲之歌《小雅》，……『觀止矣！若有他樂，吾不敢請已！』」

〔一九〕清才：《晉書》（卷六二）《劉輿傳》：「時稱越府有三才：潘滔大才，劉輿長才，裴邈清才。」稱：適合，稱職。典籤：南朝時官名，掌管文書。此指做官。《南史》（卷三五）《顧憲之傳》：「遷南中郎巴陵王長史、南兗、南豫二州事。典籤諂事，未嘗接以顔色，動遵法制。」

〔二〇〕冠攲（qī）：歪戴着帽子。攲，《廣韻·支韻》：「攲，不正也。」玄髮：黑髮。

〔二一〕書健：書法健拔有力。紫毫：紫色兔毫。古代制作毛筆的好材料。此指筆。白居易《紫毫筆》：「江南石上有老兔，吃竹飲泉生紫毫。宣城之人采爲筆，千萬毛中揀一毫。」

〔二二〕故疾：老病。召：召喚回來。此句謂老病一到秋天就季節性的復發。

〔二三〕塵容：塵俗的容態。黔（qián）：黑色。此指曬黑。《説文·黑部》：「黔，黎也。秦謂民爲黔首，謂黑色也。周謂之黎民。」

〔二四〕壯圖：壯志。《文選》（卷六〇）陸機《吊魏武帝文》：「雄心摧於弱情，壯圖終於哀志。」須：應，當。劉淇《助字辨略》（卷一）：「須，應也，宜也。」行行：剛强貌。《論語·先進》：「子路，行行如也；冉有、子貢，侃侃如也。」何晏《集解》：「鄭曰：『樂各盡其性。行行，剛强之貌。』」

〔二五〕儒服：儒者之服。所謂峩冠博帶之服。謾：徒然。通「漫」。張相《詩詞曲語辭匯釋》（卷二）：「漫，本爲漫不經意之漫，爲聊且義或胡亂義；轉變而爲徒義或空義。字亦作謾，又作慢。」襜襜（chān chān）：衣服整齊貌。《論語·鄉黨》：「衣前後，襜如也。」

〔二六〕片石當枕：謂以石作枕而眠，指隱士生活。曹操《秋胡行二首》（其一）：「名山歷觀，遨遊八極，枕石漱流飲泉。」《世説新語・排調》：「孫子荆年少時欲隱，語王武子『當枕石漱流』，誤曰『漱石枕流』。王曰：『流可枕，石可漱乎？』孫曰：『所以枕流，欲洗其耳；所以漱石，欲礪其齒。』」

〔二七〕横煙：瀰漫的煙霧。以煙霧爲簾幕，指隱士清貧散誕的生活。

〔二八〕蠹根：指被蟲蛀蝕的樹根。延：延伸，伸展。

〔二九〕庭蟾：庭院中的月影。蟾，蟾蜍。此喻月。古代神話傳説，月中有蟾蜍，故稱。《酉陽雜俎》（前集卷一）：「舊言月中有桂，有蟾蜍。故異書言月桂高五百丈，下有一人常斫之，樹創隨合。人姓吴名剛，西河人，學仙有過，謫令伐樹。」

〔三〇〕藥鼎：道家煉丹藥的鼎。高低：有高有低，謂粗細大小之别。

〔三一〕雲庵：山中茅屋。指道士或隱者的居所。早晚：隨時。張相《詩詞曲語辭匯釋》（卷六）：「早晚，猶云隨時也；日日也。」苫（shān）：以茅草覆蓋房屋。《爾雅・釋器》：「白蓋謂之苫。」郭璞注：「白茅苫也。今江東呼爲蓋。」

〔三二〕胡麻：即芝麻，道家認爲服食可以延年益壽。《抱朴子・内篇・仙藥》：「巨勝一名胡麻，餌服之不老，耐風濕，補衰老也。」重寄：再寄。謂多多寄給。

〔三三〕從誚：任意譏諷嘲笑。無厭：不滿足。

奉和次韻

日休

高蹈爲時背①〔一〕，幽懷是事兼〔二〕。神仙君可致〔三〕，江海我能淹〔四〕。共守庚申夜②〔五〕，同看乙巳占③〔六〕。藥囊除紫蠹〔七〕，丹竈拂紅鹽〔八〕。與物深無競④〔九〕，於生亦太廉〔一〇〕。鴻灾因足警⑤〔一一〕，魚禍爲稀潜〔一二〕。筆硯秋光洗，衣巾夏蘚霑〔一三〕。酒甑香竹院〔一四〕，魚籠挂茅檐〔一五〕。琴忘因抛譜，詩存爲致籤〔一六〕。茶旗經雨展〔一七〕，石笋帶雲尖〔一八〕。鶴共心情慢〔一九〕，烏同面色黔〔二〇〕。向陽裁白帢〔二一〕，終歲憶貂襜⑥〔二二〕。取嶺爲山障〔二三〕，將泉作水簾〔二四〕。溪晴多晚鷺，池廢足秋蟾〔二五〕。破衲雖云補〔二六〕，閑齋未辨苫⑦〔二七〕。共君還有役〔二八〕，竟夕得厭厭〔二九〕。（詩一二三〇）

【校記】

①「蹈」項刻本作「踏」。②「申」原作「辰」，據盧校本、全唐詩本作改。③「巳」弘治本、季寫本作「已」。「占」項刻本作「古」。④「無」項刻本作「爲」。「競」詩瘦閣本作「竸」。⑤「警」原缺「敬」末筆，避宋太祖祖父趙敬諱。⑥「襜」項刻本作「檐」。⑦「辨」皮詩本、季寫本作「辦」。

【注釋】

〔一〕高蹈：遠行。此喻隱居。《左傳·哀公二十一年》：「公及齊侯、邾子盟于顧。齊人責稽首，因歌之曰：『魯人之皋，數年不覺，使我高蹈。唯其儒書，以爲二國憂。』」杜預注：「高蹈，猶遠行也。」孔疏：「高蹈，高舉足而蹈地，故言猶遠行也。」時背：時運乖違，不合時宜。白居易《雪夜小飲贈夢得》：「久將時背成遺老，多被人呼作散仙。」

〔二〕幽懷：内心的情懷。是事：事事，凡事。指所有的事。

〔三〕神仙句：謂陸龜蒙學道。

〔四〕江海句：皮日休自謂是落拓江湖的隱士。淹：久留。《莊子·刻意》：「就藪澤，處閒曠，釣魚閒處，無爲而已矣。此江海之士，避世之人，閒暇者之所好也。」

〔五〕庚申夜：道教有庚申日之夜不眠，以阻止三尸之神上天禀告人之過，而獲長生的説法。《雲笈七籤》（卷八二）《庚申部·神仙守庚申法》：「常以庚申日徹夕不眠，下尸交對，斬死不還。復庚申日徹夕不眠，中尸交對，斬死不還。復庚申日徹夕不眠，上尸交對，斬死不還。三尸皆盡，司命削去死籍，著長生録，上與天人遊。」

〔六〕乙巳占：古代天文學上的一種星相占卜。《新唐書》（卷五九）《藝文志三》：「李淳風《乙巳占》十二卷，《天文占》一卷。」就是講這種天文知識的。

〔七〕藥囊：指道家盛仙藥的袋子。除：除去，去掉。紫蠹：即蠹蟲。「紫」字是道家喜用的字面。

〔八〕丹竈：道家煉丹的爐竈。紅鹽：赤鹽。古代道家煉丹的原料之一。《抱朴子·内篇·黄白》有《治作赤鹽法》一節。

〔九〕無競：不争，没有競争。《詩經·大雅·桑柔》：「君子實維，秉心無競。」

〔一〇〕於生句：謂自己在生活上很節儉，很少有什麽要求。廉：少，寡。

〔一一〕鴻灾句：鴻雁的灾難是因爲其脚蹼所引起的。《爾雅·釋鳥》：「鳧雁醜，其足蹼，其踵企。」

〔一二〕魚禍句：謂魚的禍患大都來自於未潛没水中。

〔一三〕衣巾：衣服佩巾。《詩經·鄭風·出其東門》：「縞衣綦巾，聊樂我員。」

〔一四〕酒甔（dān）：裝酒的陶器。甔，《廣雅》（卷七下）《釋器》：「甔，瓶也。」竹院：竹林環繞的院落。指隱士的居處。似非指佛宇寺廟的竹院。

〔一五〕魚籠：裝魚的竹籠子。

〔一六〕致籤：標上詩籤。籤，標識，記號。

〔一七〕茶旗：茶的芽葉展開者爲茶旗。參卷一（詩六）作者自注：「江南謂茶牙未展者曰槍，已展者曰旗也。」

〔一八〕石笋：笋狀的石頭。帶雲尖：在雲中露出它的尖端，并關合石爲雲根的説法。

〔一九〕慢：散漫疏放。此句謂人的心情與仙鶴一樣的閑逸疏放。

〔二〇〕烏同句：謂臉色與烏雀一樣黑。

〔二一〕裁：裁度，制作。白帢（qià）：白色便帽，士庶均可戴。參卷一（詩一〇）注〔二六〕。

〔二二〕終歲：長年。貂襜：貂皮做成的圍裙。《文選》（卷二九）張衡《四愁詩》（其三）：「美人贈我貂襜褕，何以報之明月珠。」李善注：「《説文》曰：『直裾謂之襜褕。』」《説文·衣部》：「襜，衣蔽前。」

〔二三〕取嶺句：謂以山嶺作爲屏障。指山居景況。

〔二四〕將泉句：謂山上流下的泉水作爲簾幕。也是山居景況。水簾：從高處流下如垂簾的水，指瀑布。

〔二五〕池廢：池塘殘破毀壞。足：多。李白《荆州歌》：「白帝城邊足風波，瞿塘五月誰敢過。」寒山《寒山出此語》：「有事對面説，所以足人怨。」

〔二六〕衲（nà）：本爲縫補之義，此指破衣裳。《廣雅》（卷四下）《釋詁》：「衲，補也。」

〔二七〕閑齋：隱士的居室。未辨苫：草屋上的茅茨尚未蓋好。苫：用茅茨覆蓋。參本卷（詩一二九）注〔三二〕。

〔二八〕共：與。役：勞役，出勞力做事。此指作詩之事。

〔二九〕竟夕：整夜，通宵。厭厭（yān yān）：猶奄奄。氣息微弱貌。形容作詩勞苦。

【箋評】

唐時衣冠往往守庚申，如皮日休、白樂天諸公是也。道士程紫霄有朝士夜會終南太乙觀，拉師同守庚申，師作詩曰：「不守庚申亦不疑，此心良與道相依。玉皇已自知行止，任汝三彭説是非。」（原注：《洛中記異》。）（高似孫《緯略》卷十《守庚申》）

共十六韻。首二點「懷」字。中二十八句，俱寫「秋日遣懷」。末二以「奉和」作結。「有役」，俱爲詩「役」也。（袁枚《詳注圈點詩學全書》卷二，《袁枚全集》八）

劉夢得詩云：「午橋群吏散，亥市老人迎。」張祜詩云：「野橋經亥市，山路過申州。」陸詩云：「閒教辨藥僮名甲，静識窺巢鶴姓丁。」皮詩云：「共守庚申夜，同看乙巳占。」李洞詩云：「一谷勢開午，孤峰聳起丁。」開後人以干支相對法門。（余成教《石園詩話》卷二）

江南書情二十韻，寄秘閣韋校書貽之〔一〕、商洛宋先輩垂文二同年①〔二〕

日休

四載加前字〔三〕，今來未改銜〔四〕。君批鳳尾詔〔五〕，我住虎頭巖〔六〕。季氏唯謀逐〔七〕，臧倉只擬讒〔八〕。時訛輕五羖②〔九〕，俗淺重三緘〔一〇〕。瘦去形如鶴〔一一〕，憂來態似獑〔一二〕。才非師趙壹〔一三〕，直欲效陳咸〔一四〕。孤竹寧收笛〔一五〕，黄琮未要瑊③〔一六〕。作羊寧免佷④〔一七〕，爲兔即須毚⑤〔一八〕。枕户槐從亞⑥〔一九〕，侵堦草懶芟〔二〇〕。壅泉教咽咽⑦〔二一〕，壘石放巉巉〔二二〕。掣釣隨心動〔二三〕，抽書任意杴〔二四〕。茶教弩父摘⑧〔二五〕，酒遣棘僮監⑨〔二六〕。默坐看山困⑩，清齋飲水巖〔二七〕。蘚生天竺屐⑪〔二八〕，煙壞洞庭帆⑫〔二九〕。病久新烏帽〔三〇〕，閑多省白衫⑬〔三一〕。藥苞陳雨匼⑭〔三二〕，詩草蠹雲函〔三三〕。遺客呼林狖〔三四〕，辭人寄海蝛〔三五〕。室唯搜古器，錢只買秋杉。寡合無深契〔三六〕，相期有至誠〔三七〕。他年如訪問〔三八〕，煙蔦暗髟髟〔三九〕。（詩一一三一）

【校記】

①「商」季寫本作「啇」。②「殺」類苑本作「役」。③「要」全唐詩本作「作」。④「免」皮詩本作「兔」。「佷」弘治本、汲古閣本、詩瘦閣本、四庫本、皮詩本、統籤本、類苑本、季寫本、全唐詩本作「狠」，項刻本作「狼」。⑤「兔」弘治本作「免」。⑥四庫本缺「枕户槐從亞」至「壘石放巉巉」四句。⑦「壅」原作「擁」，據弘治本、汲古閣本、詩瘦閣本、皮詩本、統籤本、全唐詩本改。⑧「摘」類苑本作「滴」，季寫本作「摘」。⑨「僮」全唐詩本作「童」。⑩「默」類苑本作「點」。⑪「屐」類苑本作「履」。⑫「壞」季寫本、全唐詩本作「外」。全唐詩本注：「一作壞。」⑬「省」四庫本、全唐詩本作「著」，統籤本作「着」。⑭「苞」類苑本作「包」。「雨」全唐詩本作「兩」。

【注釋】

〔一〕據詩首句「四載加前字」，此詩應作於咸通十一年（八七〇）。皮日休咸通八年登進士第，至此正是四載。書情：書寫情懷，抒發感情。秘閣：禁中收藏圖書之處。《資治通鑑》（卷一四〇）《齊紀六・明帝建武二年》：「癸丑，魏詔求遺書，秘閣所無，有益時用者，加以優賞。」胡三省注：「漢時書府，在外則有太常、太史、博士掌之；内則有延閣、廣内、石渠之藏。後漢則藏之東觀。晉有中外三閣經書。陸機《謝表》云：『身登三閣』，謂爲秘書郎掌中外三閣秘書也。此秘閣之名所由始。」此指唐秘書省。《唐六典》（卷一〇）：「秘書省，校書郎八人，正九品上。」韋校書貽之：校書，校書郎。韋貽之，《唐詩紀事》（卷五六）《韋承貽》條：「承貽，咸通中《策試夜潛紀長句於都堂西南隅》云：『褒衣博帶滿塵埃，……南宮風月畫難成。』承貽，字貽之。咸通八年登第。」徐松《登科記考》據此將韋承貽列入咸通八年進士。

〔二〕商洛：唐縣名，即今陝西省商縣。《元和郡縣圖志》（闕卷逸文卷一）《關内道》：「商州：商洛縣。」宋先輩垂文：宋垂文一作宋垂丈。皮日休有《登第後寒食杏園有宴因寄録事宋垂文同年》（《全唐詩》卷六一三）。徐松《登科記考》即據皮日休兩首詩，將宋垂文列爲咸通八年進士。同年：同一年登進士第。李肇《唐國史補》（卷下）：「進士爲時所尚久矣。……俱捷謂之同年。」先輩：參卷一（詩四）注〔一〕。

〔三〕四載：四年。加前字：指在「進士」二字前加上一「前」字，稱「前進士」。參（序一）注〔二〕。

〔四〕銜：頭銜，官銜。此指「前進士」的稱號。封演《封氏聞見記》（卷五）：「官銜之名，蓋興近代。當是選曹補授，須存資歷，聞奏之時，先具舊官名品於前，次書擬官於後，使新舊相銜不斷。故曰『官銜』，亦曰『頭銜』。」

〔五〕鳳尾詔：詔書。批鳳尾詔：喻在朝廷做官。晉代以來，官府籤署文件謂「署諾」，即在批件上寫一個表示認可的「諾」字，而此字寫成鳳尾形，稱爲「鳳尾諾」。皇帝的詔書則謂之「鳳尾詔」。《南史》(卷四三)《齊江夏王鋒傳》：「五歲，高帝使學鳳尾諾，一學即工。」陸龜蒙《說鳳尾諾》：「或問予曰：『鳳尾諾爲何等物？圖邪？書邪？』對曰：『予之所聞，自晉迄於梁、陳已來，藩邸之書也，……其事行則曰「諾」，猶漢天子肯臣下之奏曰「可」也。鳳尾則所諾牋之文也。』」

〔六〕虎頭巖：即虎丘山，虎丘寺所在之地，在今江蘇省蘇州市。作者時任蘇州軍事院判官，故云。參卷二(序三)注〔一〕。

〔七〕季氏：春秋時魯國季孫氏，魯桓公之子季友的後代。後季氏逐漸强大，自魯文公後，季文子、季武子、季平子、季桓子、季康子相繼爲魯國上卿，執政魯國，權勢日重，公室日卑。魯昭公興兵伐之，不勝，奔齊。「唯謀逐」云云，指此等事。參《史記》(卷三三)《魯周公世家》。

〔八〕臧倉：戰國魯平公寵臣，好讒言。《孟子·梁惠王下》：「樂正子見孟子，曰：『克告於君，君爲來見也。嬖人有臧倉者沮君，君是以不果來也。』曰：『行，或使之；止，或尼之。行止，非人所能也。吾之不遇魯侯，天也。臧氏之子焉能使予不遇哉？』」

〔九〕五羖(gǔ)：五羖大夫，春秋時虞國大夫，不被重用，後入秦，始被秦繆公重用。《史記》(卷五)《秦本紀》：「(秦繆公)五年，晉獻公滅虞、虢，虜虞君與其大夫百里傒，以璧馬賂於虞故也。既虜百里傒，以爲秦繆公夫人媵於秦。百里傒亡秦走宛，楚鄙人執之。繆公聞百里傒賢，欲重贖之，恐楚人不與，乃使人謂楚曰：『吾媵臣百里傒在焉，請以五羖羊皮贖之。』楚人遂許與之。

當是時，百里傒年已七十餘。繆公釋其囚，與語國事。謝曰：『臣亡國之臣，何足問！』繆公曰：『虞君不用子，故亡，非子罪也。』固問，語三日，繆公大説，授之國政，號曰五羖大夫。」

〔一〇〕三緘：在信函上封口三重。喻慎言。緘，封。劉向《説苑》（卷一〇）《敬慎》：「孔子之周，觀於太廟。右陛之前，有金人焉，三緘其口，而銘其背曰：『古之慎言人也。戒之哉！戒之哉！無多言，多言多敗；無多事，多事多患。……』孔子顧謂弟子曰：『記之！此言雖鄙，而中事情。』」

〔一一〕瘦去句：謂人瘦如鶴。形容人有鶴一樣的閑逸姿態。古人常以「瘦」、「清」、「逸」等字來形容鶴的儀態，借以喻人。去：助詞，與下句「來」字用法相同。

〔一二〕態似獑（chán）：像獑猢一樣的姿態。獑，獑猢，猿猴類動物。《玉篇·犬部》：「獑，獑猢，獸名，似猿。」《文選》（卷二）張衡《西京賦》：「杪木末，擭獑猢。」薛綜注：「獑猢，猿類而白，腰以前黑，在木表。」

〔一三〕趙壹：東漢文學家，字無叔，漢陽西縣（今甘肅天水市）人，恃才倨傲，爲人剛正不屈，與世落落寡合。生平事迹參《後漢書》（卷八〇下）本傳。

〔一四〕直：剛直耿介。陳咸：西漢元帝時人，字子康，官至御史中丞、南陽太守、少府。《漢書》（卷六六）《陳咸傳》：「有異材，抗直，數言事，刺譏近臣，書數十上，遷爲左曹。……元帝擢咸爲御史中丞，總領州郡奏事，課第諸刺史，内執法殿中，公卿以下皆敬憚之。」

〔一五〕孤竹：孤生的竹子。《周禮・春官・大司樂》：「孤竹之管，雲和之琴瑟。」鄭玄注：「孤竹，竹特生者。」賈公彦疏：「孤竹，竹特生者，謂若嶧陽孤桐。」《吕氏春秋・仲夏紀・古樂》：「昔黄帝令伶倫作爲律。伶倫自大夏之西，乃之阮隃之陰，取竹於嶰谿之谷，以生空竅厚鈞者，斷兩節間，其長三寸九分而吹之，以爲黄鐘之宫，吹曰『舍少』。次制十二筒，以之阮隃之下，聽鳳皇之鳴，以别十二律。」

〔一六〕黄琮（cóng）：黄色瑞玉。古代的禮器。《周禮・春官・大宗伯》：「以玉作六器，以禮天地四方。以蒼璧禮天，以黄琮禮地。」瑊（jiān）：瑊玏。似玉的美石。《山海經・中山經・中次九經》：「（葛山）其上多赤金，其下多瑊石。」《廣雅・釋地》：「瑊、玏，石之次玉。」

〔一七〕羊佷（hěn）：凶狠的羊。亦作「羊狠」、「羊很」。《史記》（卷七）《項羽本紀》：「猛如虎，很如羊，貪如狼，彊不可使者，皆斬之。」

〔一八〕兔毚（chán）：狡猾的大兔子。《詩經・小雅・巧言》：「躍躍毚兔，遇犬獲之。」《毛傳》：「毚兔，狡兔也。」孔穎達疏：「《蒼頡解詁》云：『毚，大兔也。』大兔必狡猾。又謂之狡兔。」《説文・㲋部》：「毚，狡兔也。兔之駿者。」

〔一九〕枕户句：靠近門户處有枝葉繁茂而低垂下來的槐樹。古代庭院裏多植槐樹。《國語・晋語五》：「（鉏麑）觸庭之槐而死。」潘岳《在懷縣作二首》（其二）：「白水過庭激，緑槐夾門植。」孟浩然《秋宵月下有懷》：「庭槐寒影疏，鄰杵夜聲急。」亞：低垂貌。通「壓」。張相《詩詞曲語辭匯釋》（卷五）：「亞，有縱横二方面之二義。自其縱者而言，猶低也；俯也。杜甫《戲題王宰畫山水圖歌》：『舟人漁子入浦溆，山木盡亞洪濤風。』言風勢如濤，山木盡爲之偃俯也。」杜甫《入宅三首》（其二）：「花亞欲移竹，鳥窺新捲簾。」白居易《晚桃花》：「一樹紅桃亞拂地，竹遮松蔭晚開時。」

〔二〇〕侵堦草：逐漸長滿臺階的緑草。侵堦：韓愈《和侯協律咏笋》：「已復侵危砌，非徒出短垣。」「侵砌」同「侵階」。鄭谷《竹》：「侵階蘚拆春芽迸，繞徑莎微夏蔭濃。」

〔二一〕壅泉：堵塞的泉水。古「擁」通「壅」。《禮記·内則》：「女子出門，必擁蔽其面。」鄭玄注：「擁猶障也。」教：使。咽咽：形容嗚咽低啞的聲音。《樂府詩集》（卷二五）《隴頭歌辭》：「隴頭流水，嗚聲幽咽。遥望秦川，心肝斷絶。」

〔二二〕放：使。與上句「教」同義。張相《詩詞曲語辭匯釋》（卷一）：「放，猶教也；使也。」巉巉（chán chán）：山峰險峻貌。

〔二三〕掣釣：牽引釣竿。

〔二四〕杴（xiān）：隨己意所好。《廣韻·嚴韻》：「杴，《方言》云：『青、齊呼意所好爲杴。』」

〔二五〕弩（nǔ）父：秦、漢制度，地方十里一亭，設亭長一人，求盗一人。求盗又名弩父。《方言》（卷三）：「楚、東海之間亭父謂之亭公，卒謂之弩父。」郭璞注：「主擔幔弩導幨，因名云。」據此，弩父似指官府厮役而言。

〔二六〕僰(bó)僮：古代指西南少數民族的僕役。僰是我國古代西南地區少數民族名。《史記》(卷一一六)《西南夷列傳》：「巴、蜀民或竊出商賈，取其筰馬、僰僮、髦牛，以此巴、蜀殷富。」《索隱》：「韋昭云：『僰屬犍爲。』服虔云：『舊京師有僰婢。』」《正義》：「今益州南戎州北臨大江，古僰國。」《説文·人部》：「僰，犍爲蠻、夷。」

〔二七〕清齋：學道者齋戒。《雲笈七籤》(卷八五)《景霄真人》：「當以五月五日上合之時，沐浴清齋，正中入室燒香，北向九拜，朝禮玉天畢，北向叩齒十二通。思齋室之内，中有丹雲焕爛於一室之内，存五老仙伯在丹雲之中，披飛青之帔，冠通天玉冠，手執青文之録。」飲水嚴：指飲水時所表現出的一種虔敬態度。

〔二八〕天竺屐(jī)：攀登天竺山的木鞋。天竺，今浙江省杭州市西湖之畔山名。《讀史方輿紀要》(卷九〇)《浙江二》：「杭州府：靈隱山，……山之西北一峰直上曰北高峰，爲靈隱最高處。……又南爲天竺峰，三天竺寺列焉。」天竺屐，暗用「謝公屐」故實。《南史》(卷一九)《謝靈運傳》：「尋山陟嶺，必造幽峻，巖障數十重，莫不備盡。登躡常着木屐，上山則去其前齒，下山去其後齒。」

〔二九〕洞庭：指太湖。《揚州記》(《初學記》卷七)曰：「太湖，一名震澤，一名笠澤，一名洞庭。」

〔三〇〕烏帽：烏紗帽，又稱烏紗巾。唐時士庶均可佩戴。參本卷(詩二二九)注〔一七〕。

〔三一〕白衫：唐時人們平居便服。無官者亦白衣。李賀《酒罷張大徹索贈詩時張初效潞幕》：「水行青草上白衫，匣如章奏密如蠶。」

〔二二〕藥苞：藥草的苞。陳：陳列，展現。雨匼（kē）：在雨中像用頭巾包裹着一樣。匼，烏匼，古代的一種頭巾。杜甫《七月三日亭午已後校熱退晚加小凉穩睡有詩因論壯年樂事戲呈元二十一曹長》：「晚風爽烏匼，筋力蘇摧折。」仇注：「薛夢符曰：『烏匼，烏巾也。』趙曰：『今有匼頂巾之語。』」田藝蘅《留青日札》（卷二二）《巾》：「烏匼巾，子美詩：『晚風爽烏匼。』注：『烏巾也，即如今烏紗巾之類。』」

〔二三〕詩草：即詩作。雲函：指隱士的詩篋。此句謂山人的詩箋被蛀蟲所蠹蝕。

〔二四〕林狖（yòu）：山林中的長尾猿。

〔二五〕辭：謝。海蝛（lián）：似蛤，蚌類動物。産海中。「蝛」同「蠊」。《説文·蟲部》：「蠊，海蟲也，長寸而白，可食。」段玉裁《説文解字注》：「長寸而白，謂其殼；可食，謂其中肉也。《本草》所謂蝛、蜌，似蛤而長扁。蝛與蠊音同。《玉篇》曰：『蠊，小蚌，可食。』」

〔二六〕寡合：與人難以相投合。與世俗不同流之意。深契：交誼深厚。

〔二七〕相期：相約。至諴（xián）：至爲和諧交好，真實誠信。《説文·言部》：「諴，和也。《周書》曰：『不能諴于小民。』」

〔二八〕他年：以後，將來。黄巢《題菊花》：「他年我若爲青帝，報與桃花一處開。」

〔二九〕煙蔦（niǎo）：煙霧籠罩中的柔長的寄生灌木。蔦，寄生木，依附在松柏等樹木上生長。《詩經·小雅·頍弁》：「蔦與女蘿，施于松柏。」《毛傳》：「蔦，寄生也。」髟髟（biāo biāo）：長髮下垂貌。此形容寄生灌木披拂狀。《説文·髟部》：「髟，長髮猋猋也。」此句形容隱士隱居在草木幽深茂密的山中。

【箋評】

皮日休詩以「鳳尾諾」對「虎頭岩」，東坡以「鳳尾諾」對「虎頭州」。按晋帝批奏書，「諾」字之尾如鳳尾之形，故謂「鳳尾諾」。齊帝令江夏王學「鳳尾諾」，一學即工。「諾」者，猶言「制可」也。「諾」字與「詔」字相似，而又有「鳳詔」之語。故觀者往往誤以爲「鳳尾詔」焉，如陸龜蒙集所刊是也。（王楙《野客叢書》卷二十二《鳳尾虎頭》）

古人好事，皆極其至。如古鍾鼎彝器，尤所愛尚。其有識文者，非獨其器可玩，其文尤奇古。其間有關於考訂者，所補亦不少。劉禹錫詩：「耕人得古器，宿雨多遺鏃。」皮日休詩：「室唯搜古器，錢只買秋杉。」張籍詩：「每著新衣看藥竈，多收古器在書樓。」如三公詩，可見好事之至。（高似孫《緯略》卷十二《古器》）

皮、陸江南唱和詩，「遣客呼林狖，辭人寄海蠘。」又「度歲賒羸馬，先春買小蠘。」蠘，即蚶子。吴、越嗜之。樂天《陽明洞》詩：「鄉味珍彭蚏，時鮮貴鷓鴣。」彭蚏，小蟹也，吴人呼爲沙里狗。（宋長白《柳亭詩話》卷七《海蠘》）

奉和次韻

龜蒙

我志如魚樂①〔一〕，君詞稱鳳銜〔二〕。暫來從露冕〔三〕，何事買雲巖〔四〕。水石應容病〔五〕，松篁未聽讒〔六〕。罐香松蠹膩②〔七〕，山信藥苗緘〔八〕。愛鷺欹危立〔九〕，思猿矍鑠攙〔一〇〕。謝才偏許朓③〔一一〕，阮放最憐咸④〔一二〕。大樂寧忘缶⑤〔一三〕，奇工肯顧瑊〔一四〕。客愁迷舊隱〔一五〕，鷹健想秋毚〔一六〕。硯缺猶慵琢⑥〔一七〕，文繁却要芟〔一八〕。雨餘幽沼浄〔一九〕，霞散遠峰巉〔二〇〕。洗筆煙成段〔二一〕，培花土作杴〔二二〕。訪僧還覓伴，醫鶴自須監〔二三〕。荒廟猶懷季〔二四〕，清灘幾夢嚴〔二五〕。背風開蠹簡⑦〔二六〕，衝浪試新帆〔二七〕。閟憶年支酒⑧〔二八〕，閑裁古樣衫。釣家隨野舫⑨〔二九〕，仙蘊逐彫函⑩〔三〇〕。度歲賒羸馬⑪〔三一〕，先春買小蝛〔三二〕。共疏泉入竹，同坐月過杉。染翰窮高致〔三三〕，懷賢發至諴〔三四〕。不堪潘子鬢〔三五〕，愁促易髟髟〔三六〕。（詩二三二）

【校記】

①「我」類苑本作「栽」。②「罐」陸詩甲本、陸詩丙本作「鑵」，全唐詩本注：「一作鑵。」③「朓」原作「眺」，據詩瘦閣本、盧校本、季寫本、全唐詩本改。④「放」陸詩丙本黄校作「衩」。⑤「忘」陸詩丙本作「志」，陸詩丙本黄校注：「墨釘。」⑥「慵琢」陸詩丙本黄校注：「墨釘。」⑦「簡」類

苑本作「蕳」。⑧「支」陸詩丙本作「友」。⑨「舫」詩瘦閣本作「艇」。⑩「彫」汲古閣本、四庫本、陸詩甲本、陸詩丙本、統籤本、季寫本、全唐詩本作「雕」。⑪「羸」陸詩丙本黄校注：「墨釘。」

【注釋】

〔一〕我志句：謂我的志趣就是優游山水，疏放閑逸地生活在江湖上。魚樂：暗用莊子濠上觀魚事。《莊子·秋水》：「莊子與惠子遊於濠梁之上。莊子曰：『鯈魚出遊從容，是魚之樂也。』」

〔二〕鳳銜：鳳凰銜書，即詔書。稱鳳銜，稱得上鳳銜的美譽。指做官而言。陸翽《鄴中記》（《初學記》卷三〇）曰：「石季龍皇后在觀上。有詔書五色紙，著鳳口中。鳳既銜詔，侍人放數百丈緋繩，轆轤迴轉，鳳皇飛下。鳳以木作之，五色漆畫，咮脚皆用金。」

〔三〕暫來：初來。張相《詩詞曲語辭匯釋》（卷二）：「暫，猶初也；纔也；剛也。」從露冕：隨從州刺史。時皮日休爲蘇州刺史崔璞的從事，故云。露冕：揭起車帷，露出冕旒而睹其容態。晋陳壽《益都耆舊傳》：「郭賀拜荆州刺史，（漢）明帝巡狩到南陽，特見嗟嘆，賜以三公之服，黼黻冕旒，敕去幨露冕，使百姓見此衣服，以彰其德。」此事亦見《後漢書》（卷二六）《郭賀傳》。本謂皇帝恩寵州刺史，此即指刺史而言。

〔四〕何事：爲何，爲什麽。買雲巖：即買山，指隱居山崖。《世説新語·排調》：「支道林因人就深公買印山，深公答曰：『未聞巢、由買山而隱。』」

〔五〕水石句：謂水清石瘦，故其能容許羸病的隱者。

〔六〕松篁句：謂松、竹都是挺拔特立之物，故其是不會聽信讒言的。二句都是以自然物喻隱者的性格節操。

〔七〕罐香：指罐中裝的可以食用的香物。松蠹：松樹的蠹蟲蠹蝕物。大約是類似於桂蠹的食品。《酉陽雜俎》（前集卷七）《酒食》中有「桂蠹」。《漢書》（卷九五）《南粵王趙佗傳》：「桂蠹一器。」顏師古注：「應劭曰：『桂樹中蝎蟲也。』蘇林曰：『漢舊常以獻陵廟，載以赤轂小車。』師古曰：『此蟲食桂，故味辛，而漬之以蜜食之也。』」松蠹，當即是松脂，古代神仙家認爲服食可長生不死。《列仙傳》（卷上）《仇生》：「常食松脂。」《神仙傳》（卷二）《皇初平》：「初起便棄妻子，留就初平，共服松脂茯苓。」

〔八〕山信：山中隱者的信。藥苗緘：謂信中所談是有關種植藥苗的事。

〔九〕欹危：傾斜貌。此指鷺鳥的閑暇態度。鷺：白鷺，即白鳥。參本卷（詩二一八）注〔五〕。

〔一〇〕矍鑠（jué shuò）：形容老年人的精神健旺。此形容猿猴的快速敏捷。獑：參本卷（詩二一三一）注〔三〕。

〔一一〕謝才句：謂對東晉南朝的謝氏才俊，最爲贊許的是謝朓。謝朓（四六四—四九九），字玄暉，南朝齊著名詩人，與謝靈運并稱「大小謝」。生平事迹參《南史》（卷一九）、《南齊書》（卷四七）本傳。

〔一二〕阮放句：謂在不拘禮法、狂放不羈的魏、晉阮氏中，最喜愛的是阮咸。阮咸，字仲容，阮籍之侄，

「竹林七賢」之一。爲人任達不拘，豪縱放逸。妙解音律，善彈琵琶。生平事迹見《晋書》（卷四九）本傳。

〔一三〕缶（fǒu）：瓦盆。古代秦人用作打擊樂器。《説文·缶部》：「缶，瓦器，所以盛酒漿。秦人鼓之以節歌。」《莊子·至樂》：「莊子妻死，惠子吊之，莊子則方箕踞鼓盆而歌。」成玄英疏：「盆，瓦缶也。莊子知生死之不二，達哀樂之爲一，是以妻亡不哭，鼓盆而歌。」秦李斯《諫逐客書》：「夫擊甕叩缶，彈箏搏髀，而歌呼嗚嗚快耳目者，真秦之聲也。」此句謂最悦耳的音樂是忘記不了擊缶歌唱。意謂喜愛通俗而疏放的音樂。

〔一四〕奇工：技藝高超的工匠。瑊：玉石。參本卷（詩二三一）注〔一六〕。

〔一五〕客愁句：謂皮日休懷戀舊時的隱居生活，擔憂找不到舊隱之處。皮氏在登進士第前曾隱居襄陽鹿門山，與硯山亦多往還。參卷一（詩三）注〔三〇〕。

〔一六〕秋毚：秋天的兔子。參本卷（詩二三一）注〔一八〕。

〔一七〕硯缺：硯臺殘缺破損。

〔一八〕文繁：文章詞句繁冗多餘。芟（shān）：除草。此引申爲删改文章。

〔一九〕雨餘：雨後。幽沼：幽静美麗的池塘。

〔二〇〕霞散：指空中的雲霞消散。《文選》（卷二七）謝朓《晚登三山還望京邑》：「餘霞散成綺，澄江静如練。」

〔二二〕煙成段：指洗筆時墨汁在水中散發形成類似於煙霧的情狀。

〔二三〕杴（xiān）：農具名。《玉篇·木部》：「杴，鍬屬。」有鐵杴、木杴之分，前者用於掘地，後者用於簸揚谷物。

〔二三〕醫鶴：《世説新語·言語》：「支公好鶴，住剡東峁山，有人遺其雙鶴，少時翅長欲飛。支意惜之，乃鎩其翮。鶴軒翥不復能飛，乃反顧翅，垂頭視之，如有懊喪意。林曰：『既有凌霄之姿，何肯爲人作耳目近玩？』養令翮成置，使飛去。」

〔二四〕懷季：懷念季子。指春秋時吴公子季札。爲吴王壽夢少子，故稱季子。受封於延陵，又稱延陵季子。其父欲傳位給他，辭讓不受；又有挂劍於徐君墓等事，故以節操高尚爲後人頌揚。事見《史記》（卷三一）《吴太伯世家》。荒廟：指延陵季札的祠廟。《越絶書》（卷二）《越絶外傳記吴地傳》：「毗陵，故爲延陵，吴季子所居。……毗陵上湖中冢者，延陵季子冢也。去縣七十里。上湖通上洲。季子冢古名延陵墟。」《史記》（卷三一）《吴太伯世家》：「季札封於延陵，故號曰延陵季子。」《索隱》：「《地理志》云：『會稽毗陵縣，季札所居。』《太康地理志》曰：『故延陵邑，季札所居，栗頭有季札祠。』」

〔二五〕清瀨：指嚴陵瀨，又稱嚴子瀨。即嚴子陵釣臺。在今浙江省桐廬縣富春江邊。《元和郡縣圖志》（卷二五）《江南道一》：「睦州桐廬縣，桐廬江，源出杭州於潛縣界天目山，南流至縣東一里入浙江。嚴子陵釣臺，在縣西三十里，浙江北岸也。」幾：幾，庶幾。劉淇《助字辨略》（卷一）：「幾，庶幾，冀幸之辭也。」夢嚴：夢見嚴光，即嚴子陵，東漢隱士。懷念其脱略世俗，高卧山中的隱逸情懷。參《後漢書》（卷八三）《嚴光傳》。

〔二六〕蠹簡：被蠹魚蛀蝕的書簡。指書籍。

〔二七〕衝浪：指船衝風破浪迅速行駛。

〔二八〕憶：思。年支酒：一年的官酒全部支付出來。

〔二九〕釣家：捕魚者，指隱士。野舫：野外的小船。

〔三〇〕仙藴：神仙家深奥的意藴。此指神仙書籍。逐：尋求。彫函：雕琢精美的盒子，指存放仙道秘籍的鐵函之類。

〔三一〕度歲：度日，過日子。賖：賖買。《説文·貝部》：「賖，貰買也。」

〔三二〕先春：在春季之前。小蝛：即海蝛。參本卷（詩二三一）注〔三五〕。

〔三三〕染翰：以筆蘸墨，指寫作詩文。翰，筆。《文選》（卷一三）潘岳《秋興賦》：「於是染翰操紙，慨然而賦。」高致：高雅的情致。《世説新語·品藻》：「支道林問孫興公：『君何如許掾？』孫曰：『高情遠致，弟子蚤已服膺；一吟一咏，許將北面。』」

〔三四〕至誠：參本卷（詩二三一）注〔三七〕。

〔三五〕潘子鬢：指鬢髮花白，感嘆衰老。潘子：潘岳（二四七—三〇〇），字安仁。晋代詩人、辭賦家。滎陽中牟（今河南省縣名）人，與陸機并稱「潘陸」。生平事迹參《晋書》（卷五五）本傳。

《文選》（卷一三）潘岳《秋興賦并序》：「晋十有四年，余春秋三十有二，始見二毛。」李善注：「《左氏傳》：『宋襄公曰：「不禽二毛。」』杜預曰：『二毛，頭白有二色也。』」據此，作此詩的咸通十一年（八七〇）時，陸龜蒙的年齡應在三十二歲左右。

〔三八〕髟髟：鬢髮長貌。參本卷（詩二三一）注〔三九〕。潘岳《秋興賦》：「斑鬢髟以承弁兮，素髮颯以垂領。」

【箋評】

語語新琢，其言皆築筆而成。（陸時雍《唐詩鏡》卷五十二）

首二以我與彼并提，冒起和詩之由。第四句開下。三聯、四聯、五聯，寫「雲巖」之景。六聯、七聯，寫襲美寄詩。八聯、九聯、十聯、十一聯，寫和襲美詩。「訪僧」句至末，寫「并寄二同年」，以自謙意作結。江南有季札廟，富春澤有嚴子陵灘。潘安仁《自序》：「予春秋三十有二，已見二毛。」（袁枚《詳注圈點詩學全書》卷二，《袁枚全集》八）

憶洞庭觀步十韻〔一〕

日休

前時登觀步〔二〕，暑雨正錚摐〔三〕。上戍看綿蕝〔四〕，登村度石矼〔五〕。崦花時有蔟①〔六〕，溪鳥不成雙。遠樹點黑稍〔七〕，遥峰露碧幢②〔八〕。巖根瘦似殼，杉腹破如腔③。䘨衦④（原注：絞了二音⑤。）漁人服〔九〕，符篰野店窗⑥〔一〇〕。多携白木鍤⑦〔一一〕，愛買紫泉缸〔一二〕。仙犬聲音古，遺民意緒厖〔一三〕。何文堪緯地⑧〔一四〕，底策可經邦〔一五〕。自此將妻子〔一六〕，歸山不姓龐⑨〔一七〕。　（詩二三三二）

【校記】

①「崦」詩瘦閣本作「庵」。季寫本無「花」，標缺字。「蔟」詩瘦閣本、類苑本作「簇」。②「遥」季寫本作「逄」。③「腹破」季寫本、全唐詩本作「破腹」。全唐詩本注：「一作腹破。」④「衦」項刻本作「礽」。⑤季寫本無此注語。⑥「符篰」類苑本作「苻篰」。⑦季寫本無「多」，標作缺。「鍤」項刻本作「鍾」。⑧「地」原作「池」，據弘治本、汲古閣本、詩瘦閣本、四庫本、皮詩本、項刻本、類苑本、季寫本、全唐詩本改。⑨此句下統籤本注：「言不歸故山鹿門也。」

【注釋】

〔一〕洞庭觀步：太湖中有包山，又名洞庭山，參卷三（序五）注〔四〇〕、〔五二〕。洞庭觀，唐陸廣微《吴地記》後附《後集》記載，太湖中有神景宫、洞庭宫、上真宫等。洞庭觀或即洞庭宫耶？步：水邊可停船之處。泛指水邊。南朝宋鮑照《瓜步山楬文》。柳宗元《永州鐵爐步志》：「江之滸，凡舟可縻而上下者曰步。永州北郭有步，曰鐵爐步。」「步」亦作「浦」，今多作「埠」。南朝梁任昉《述異記》（卷下）：「上虞縣有石駞步。水際謂之步。瓜步在吴中。吴人賣瓜於江畔，因以名焉。吴江中又有魚步、龜步；湘中有靈妃步。昉按：吴、楚間謂浦爲步，語之訛耳。」

〔二〕前時：應指咸通十一年（八七〇）夏。其時皮日休奉蘇州刺史崔璞之命，到太湖包山禱神止雨。參卷三（序五）云：「（咸通）十一年夏六月，會大司諫清河公憂霖雨之爲患，乃擇日休，將公命，禱于震澤。」

〔三〕錚摐（zhèng chuāng）：象聲詞。此形容雨聲。

〔四〕上戍：登上戍樓。太湖爲春秋時吴、越相争的重要戰場，故湖中山上有戍樓遺迹。綿蕝（jué）：指地面上的標志。此指戍上束茅圍擋以作爲標記。亦作「綿蕞」。《史記》（卷九九）《劉敬叔孫通列傳》：「遂與所徵三十人西，及上左右爲學者與其弟子百餘人爲綿蕞野外。」《索隱》：「韋昭云：『引繩爲綿，立表爲蕞。』按：賈逵云：『束茅以表位爲蕝。』」

〔五〕石矼（gāng）：石橋。亦作「石杠」。《爾雅·釋宫》：「石杠謂之徛。」郭璞注：「聚石水中以爲步渡彴也。……或曰今之石橋。」

〔六〕崦（yān）：山野。蔟（cù）：聚，攢。此指花叢積聚。

〔七〕黑矟（shuò）：黑色的長矛。「矟」同「槊」，長矛。《釋名·釋兵》：「矛長丈。八尺曰矟，馬上所持，言其矟矟便殺也。」

〔八〕碧幢（chuáng）：遠處碧緑的山峰凸出來，猶如緑色的石幢。佛教在石柱子上刻經叫石幢。

〔九〕袨衦（jiǎo liǎo）：小袴衣。此指漁服。《方言》（卷四）：「大袴謂之倒頓，小袴謂之袨衦，楚通語也。」郭璞注：「袯衧，今襏袴也。」宋吴曾《能改齋漫録》（卷三）《辨誤》：「《大唐新語》曰：『漁具總曰笭箵，漁服總曰袯衧。』」

〔一〇〕筕篖（háng táng）：竹篾編成的粗席子。《方言》（卷五）：「筕篖，自關而東，周、洛、楚、魏之間，謂之倚佯；自關而西，謂之筕篖；南楚之外謂之篖。」郭璞注：「似籧篨，直文而粗，江東呼笪。」

〔一一〕白木鍤（chā）：木棒作手柄的農具。白木，古代神話傳説中的樹木名。《山海經·大荒西經》：「西有王母之山、壑山、海山。有沃之國，……爰有甘華，……白木，琅玕。」郭璞注：「樹色正白。今南方有文木，亦黑木也。」鍤，鐵鍬。《釋名·釋用器》：「鍤，插也，插地起土也。」

〔一二〕紫泉缸：盛紫泉水的缸。紫泉，神仙所飲之泉。包山林屋洞有紫泉。參卷三（詩六三）：「嘗聞白芝秀，狀與琅花偶。又坐紫泉光，甘如酌天酒。」原注：「白芝、紫泉，皆此洞所出，乃神仙之飲餌，非常人所能得。」《真誥》（卷一三）：「包山中有白芝，又有隱泉之水，正紫色。」原注：「此即林屋山也，在吴大湖中耳。」

〔一三〕遺民：指太湖包山中的山民。意緒厖（máng）：謂民情風俗篤實淳厚。厖，《説文·厂部》：「厖，石大也。」《集韻·江韻》：「厖，《説文》：『石磊貌。』一曰：厚也。」

〔一四〕何文句：怎樣的文教禮儀纔能够經世致用呢？謂自己不堪此任。文，指禮樂儀制、法令條文等。緯地：經緯地方，指治理社會而言。

〔一五〕底策句：怎樣的典章制度纔可以治理邦國呢？謂自己無策經邦。底策，何策。

〔一六〕將妻子：帶領妻子兒女。

〔一七〕歸山句：謂雖不姓龐，但要仿效同鄉先賢龐德公隱居山中的舉動。龐，龐德公，東漢隱士，携其妻子入襄陽鹿門山，采藥不返。參卷一（詩一）注〔一七〕。

【箋評】

「觀步」，洞庭水際可泊船處。首四「登觀步」，「戍」與「村」皆在「觀步」之旁。《漢書》：叔孫通與弟子百餘人爲「綿蕝」，言「束茅表位」也。此指「戍」用「束茅」圍之。「石矼」，聚石于步頭以上岸者。次段六句寫景物。三段六句寫民風。「襏襫」，脛衣也。「笭箵」，竹席之粗者。末四句有欲隱之意。（袁枚《詳注圈點詩學全書》卷二，《袁枚全集》八）

皮日休詩：「襏襫野人服，笭箵旅店窗。」《方言》：「脛衣大者爲倒頓，小者爲襏襫，今之襪袴也。」《玉海》：「笭箵，筐也。即竹席直文者曰籧篨，斜文者曰笭箵。」（高士奇《天禄識餘》卷三《襏襫·笭箵》）

松林（陵）唱和喜用險韻僻字，如《古杉》詩排至三十。襲美之「勁質如堯瘦，貞容學舜黴。槎頭秃似刷，枿嘴利於錐。」魯望之「戰鋒新缺齾，燒岸黑黝黧。峥嶸驚露鶴，趣趗駭雲螭。」又《洞庭觀步》詩：「杖斑花不一，樽大癭成雙。已甘三秀味，誰念百牢腔。」和曰：「崦花時有蔟，溪鳥不成雙。巖根瘦似殼，杉腹破如腔。」皆劌心鉥腎而成，韓、孟所當退舍也。《楚詞》：「顔黴黎以摧敗。」《説

文》曰：「物中久雨，青黑色也。」堯、舜二典未詳。（宋長白《柳亭詩話》卷五《古杉・觀步》）

奉和次韻

龜蒙

聞君遊静境〔一〕，雅具更摐摐〔二〕。竹傘遮雲逕〔三〕，藤鞋踏蘚矼〔四〕。杖斑花不一①〔五〕，樽大癭成雙②〔六〕。水鳥行沙嶼，山僧禮石幢〔七〕。已甘三秀味〔八〕，誰念百牢腔〔九〕。遠帆投何處③，殘陽到幾窗。仙謡珠樹曲④〔一〇〕，村餉白醅缸⑤〔一一〕。地里方吴會〔一二〕，人風似冉庬⑥〔一三〕。探幽非遁世〔一四〕，尋勝肯迷邦〔一五〕。爲讀《江南傳》〔一六〕，何賢過二龐〔一七〕。（詩二三四）

【校記】

①「斑」陸詩丙本黄校、類苑本作「班」。②「樽」全唐詩本作「尊」。③「帆」汲古閣本、詩瘦閣本、四庫本、陸詩丙本、統籤本、類苑本、季寫本、全唐詩本作「棹」。④「曲」陸詩丙本黄校注：「墨釘。」⑤「缸」全唐詩本作「釭」。⑥「庬」陸詩丙本黄校作「龐」。

【注釋】

〔一〕静境：静謐的地方。此指道教宫觀，即皮日休原唱題中的洞庭觀。道家講求入静，故稱宫觀爲靜境。《資治通鑑》（卷二五七）胡三省注：「道家所謂入靜，即禪家入定而稍異。入靜者，靜處一室，屏去左右，澄神靜慮，無思無營，冀以接天神。」

〔二〕雅具：高雅的器具。指下文的竹傘、藤鞋等。摐摐（chuāng chuāng）：多貌，紛錯貌。

〔三〕竹傘：竹葉編織成的傘，可遮陽，亦可蔽雨。一說，用竹子作骨架制成的傘。

〔四〕藤鞋：藤條制成的鞋子。蘚矼：生長蘚苔的石橋。參本卷（詩二三三）注〔五〕。《文選》（卷一一）孫綽《遊天台山賦》：「踐莓苔之滑石，搏壁立之翠屏。」李善注：「莓苔，即石橋之苔也。」

〔五〕杖斑句：手杖上的斑紋形成多種花的形狀，形容手杖古樸。

〔六〕樽大句：成雙的大酒杯子是用癭木制成的，古樸奇巧。癭（yǐng）：樹木外部隆起如瘤的部分。最有名是楠木癭瘤。《說文·疒部》：「癭，頸瘤也。」段玉裁《說文解字注》：「凡楠樹樹根贅肬甚大，析之，中有山川花木之文，可爲器械。《吴都賦》所謂『楠瘤之木』，三國張昭作《楠瘤枕賦》。今人謂之癭木是也。」

〔七〕石幢（chuáng）：寺廟中刻有經文或圖像的大石柱子，上有蓋，下有座，狀如塔形。

〔八〕三秀：靈芝。靈芝一年開花三次，故又稱三秀。《楚辭·九歌·山鬼》：「采三秀兮於山間，石磊磊兮葛蔓蔓。」王逸注：「三秀，謂芝草也。」洪興祖補注：「《爾雅》『苬芝』注云：『一歲三華，瑞草也。苬，音囚。』《思玄賦》云：『冀一年之三秀。』」

〔九〕百牢：一百太牢。泛指衆多的牲畜。古代以牛、羊、豕各一爲一太牢，羊、豕各一爲一少牢。

《左傳・哀公七年》：「宋百牢我，魯不可以後宋。且魯牢晉大夫過十，吴王百牢，不亦可乎？」

〔一〇〕珠樹：古代神話傳説中的仙樹。《山海經・海内西經》：「開明北有視肉、珠樹、文玉樹、玗琪樹、不死樹。」珠樹曲：未詳。

〔一一〕白醅(pēi)：白醪。醅，未過濾的酒。《玉篇・酉部》：「醅，未霽之酒。」

〔一二〕地里：地域，區域。方：當，正當。吴會(kuài)：指蘇州。秦、漢時，置會稽郡，治所在吴縣，即今蘇州市，郡、縣連稱爲吴會。東漢分爲二郡。浙江以東爲會稽郡，浙江以西爲吴郡，并稱吴會。唐以來即稱蘇州爲吴會。清趙翼《陔餘叢考》（卷二一）《吴會》條云：「西漢時，會稽郡治本在吴縣，時俗以郡、縣連稱，故云吴會。」

〔一三〕人風：民風。唐避唐太宗李世民諱，改「民」爲「人」。冉厖：指我國古代西南地區少數民族冉駹。在今四川省阿垻等周邊地區。此借「厖(máng)」作「駹(máng)」。《史記》（卷一一六）《西南夷列傳》：「自筰以東北，君長以什數，冉駹最大。」《索隱》：「案：應劭云：『汶江郡本冉駹。』」《正義》：「《括地志》云：『蜀西徼外羌，茂州、冉州本冉駹國地也。《後漢書》云冉駹其山有六夷、七羌、九氐，各有部落也。』」

〔一四〕探幽：探尋觀賞幽美的山水境界。遁世：避世隱居。

〔一五〕尋勝：游賞名勝之地的景色。迷邦：喻隱居不仕。《論語・陽貨》：「孔子時其亡也，而往拜之。遇諸塗。謂孔子曰：『來！予與爾言。』曰：『懷其寶而迷其邦，可謂仁乎？』曰：

『不可。』」

〔一六〕《江南傳》：未詳。從下句「二龐」看，應指《襄陽耆舊傳》。參卷一（詩一）注〔一〕。

〔一七〕二龐：龐德公和龐統。龐德公，參卷一（詩一）注〔一七〕。龐統，字士元，襄陽人，龐德公侄，漢末名士，與諸葛亮同爲劉備軍師中郎將。生平事迹參《襄陽耆舊傳》（卷一）、《三國志・蜀書》本傳。

秋晚留題魯望郊居二首〔一〕

日休

竹樹冷濩落〔二〕，入門神已清。寒蛩傍枕響〔三〕，秋菜上墻生①。黃犬病仍吠〔四〕，白驢飢不鳴②〔五〕。唯將一杯酒〔六〕，盡日慰劉楨③〔七〕。（詩二三三五）

【校記】

①「菜」項刻本作「葉」。②「飢」類苑本作「饑」。③「楨」原作「禎」，據錢校本、盧校本、全唐詩本改。

【注釋】

〔一〕此二詩應作於咸通十一年（八七〇）晚秋。魯望，陸龜蒙字。其郊居應指其在長洲縣甫里的住宅。故詩中所寫都是郊外寥落的秋天景象，且又近水（詩其二云：「籬根生晚潮。」），而非陸氏在蘇州城内的臨頓里住宅。朱長文《吴郡圖經續記》（卷下）：「陸龜蒙宅，在松江上甫里。……始居郡中臨頓里，晚益遠引深遁，居震澤旁，自號甫里先生。」陸氏營造甫里居室，應在松陵唱和時期即已開始，故卷一（詩四）詩云：「今來置家地，正枕吴江湄。」

〔二〕濩（hù）落：廓落，冷落。韓愈《贈族侄》：「蕭條資用盡，濩落門巷空。」

〔三〕寒蛩（qióng）：秋天的蟋蟀。晋崔豹《古今注》（卷中）：「蟋蟀，一名吟蛩，一名蛩。秋初生，得寒則鳴。」傍枕響：枕頭傍有蟋蟀的聲音。《詩經·豳風·七月》：「七月在野，八月在宇，九月在户，十月蟋蟀入我床下。」

〔四〕黄犬：暗用陸機黄耳犬的典故。陸機，爲陸龜蒙的遠祖。《晋書》（卷五四）《陸機傳》：「初，機有駿犬，名曰黄耳，甚愛之。」

〔五〕白驢：驢的形象既與僧道、隱士的生活有關，也常被用來形容詩人生活。《神仙傳》（卷二）《沈建》：「一日，建當遠行，留寄一奴一婢，并驢一頭，羊十口，各與藥一丸，語主人曰：『但累舍居，不煩主人飲食也。』便決去。」宋計有功《唐詩紀事》（卷六五）《鄭綮》條：「或曰：『相國近爲新詩否？』對曰：『詩思在灞橋風雪中驢子上，此處何以得之？』蓋言平生苦心也。」

〔六〕一杯酒：《晋書》（卷九二）《張翰傳》：「翰任心自適，不求當世。或謂之曰：『卿乃可縱適一時，獨不爲身後名邪？』答曰：『使我有身後名，不如即時一杯酒。』時人貴其曠達。」

〔七〕劉楨：（？—二一七），字公幹。東漢末詩人，「建安七子」之一。嗜酒，才高學博，身世落寞。曾任曹操丞相掾屬。生平事迹參《三國志》（卷二一）《魏書》本傳。此以劉楨喻陸龜蒙。

冷臥空齋内，餘酲夕未消〔一〕。秋花如有恨，寒蝶似無憀①〔二〕。檐上落鬥雀②〔三〕，籬根生晚潮〔四〕。若論羈旅事〔五〕，猶自勝皋橋〔六〕。（詩二三三六）

【校記】

①「憀」項刻本作「僚」。②「雀」類苑本作「鵲」。

【注釋】

〔一〕餘酲（chéng）：醉酒未醒。《説文·酉部》：「酲，病酒也。」《玉篇·酉部》：「酲，病酒也；醉未覺也。」

〔二〕無憀（liáo）：無興致，煩悶。

〔三〕鬥雀：互相打鬥的鳥雀。鳥雀好群飛打鬥，故云。

〔四〕籬根：籬笆下。古人房舍周圍多用籬落爲遮擋。最著者有槿籬等。

〔五〕羈旅事：游子寄居異鄉的景况。皮日休自謂。

〔六〕皋橋：在蘇州閶門内。漢時吴中富豪皋伯通居此。高士梁鴻寄居廡下。梁鴻卒，皋伯通將其葬於要離冢傍。此處作者自言羈旅姑蘇，但要勝過梁鴻客死於此。陸廣微《吴地記》：「皋橋，在吳縣北三里有五十步。漢議郎臯伯通字奉卿所居，因名。」《後漢書》（卷八三）《梁鴻傳》：「梁鴻字伯鸞，扶風平陵人也。……作《五噫之歌》曰：……肅宗聞而非之，求鴻不得。……有頃，又去適吳。……遂至吳，依大家臯伯通，居廡下，爲人賃舂。每歸，妻爲具食，不敢於鴻前仰視，舉案齊眉。伯通察而異之，曰：『彼傭能使其妻敬之如此，非凡人也。』乃方舍之於家。鴻潛閉著書十餘篇。疾且困，告主人曰：『昔延陵季子葬子於嬴、博之間，不歸鄉里。慎勿令我子持喪歸去。』及卒，伯通等爲求葬地於吳要離冢傍。咸曰：『要離烈士，而伯鸞清高，可令相近。』」

奉訓秋晚見題二首

龜蒙

爲愛晚窗明，門前亦懶行。圖書看得熟〔一〕，鄰里見還生〔二〕。鳥啄琴材響①〔三〕，僧傳藥味精〔四〕。緣君多古思②，携手上空城〔五〕。

（詩一一三七）

【校記】

①「材」統籤本作「林」。　②「緣」陸詩乙本批校：「舊本作『知』。」陸詩丙本黃校作「知」。

【注釋】

〔一〕圖書：泛指書籍。《周易·繫辭上》：「河出圖，洛出書，聖人則之。」

〔二〕鄰里：同一鄉里的人。《論語·雍也》：「子曰：『毋！以與爾鄰里鄉黨乎！』」《周禮·地官·遂人》：「五家爲鄰，五鄰爲里。」生：生疏，不熟悉。

〔三〕琴材：指桐樹。古代制琴多用桐木，故稱。嵇康《琴賦》（《初學記》卷一六）曰：「顧兹桐以興慮，思假物以托心。乃斫孫枝，準量所任；至人攄思，制爲雅琴。」古人多在庭院的井旁栽桐。《玉臺新詠》（卷八）庾肩吾《咏得有所思》：「井桐生未合，宫槐卷復稀。」隋元行恭《過故宅詩》：「唯餘一廢井，尚夾兩株桐。」白居易《早秋獨夜》：「井桐凉葉動，鄰杵秋聲發。」

〔四〕藥味：藥物的滋味。《漢書》（卷三〇）《藝文志》：「經方者，本草石之寒温，量疾病之淺深，假藥味之滋，因氣感之宜，辯五苦六辛，致水火之齊，以通閉解結，反之於平。」

〔五〕携手句：《文選》（卷二九）李陵《與蘇武三首》（其三）：「携手上河梁，遊子暮何之？」

何事樂漁樵〔一〕，巾車或倚橈〔二〕。和詩盈古篋〔三〕，賒酒半寒瓢。失雨園蔬赤〔四〕，無風草葉凋①。清言一相遺②〔五〕，吾道未全消〔六〕。（詩二二三八）

【校記】

①「草」弘治本、汲古閣本、詩瘦閣本、四庫本、陸詩甲本、陸詩丙本、統籤本、季寫本、全唐詩本作「艸」，類苑本作「樹」。「凋」汲古閣本、四庫本、季寫本作「彫」。②「遺」陸詩甲本、陸詩丙本、統籤本作「遣」，陸詩乙本批校：「舊本作『遺』。」

【注釋】

〔一〕何事：爲什麽。樂：喜愛。漁樵：捕漁和打柴。指隱居生活。

〔二〕巾車：車輛上加車衣，即以帷幕裝飾的車子。《孔叢子·記問》：「文武既墜，吾將焉師？……巾車命駕，將適唐都。」陶淵明《歸去來兮辭》：「或命巾車，或棹孤舟。」倚橈：倚靠着船。橈，船槳。代指船。

〔三〕和詩：與詩友互相酬答唱和的詩篇。古篋：陳舊的竹箱子。此指書箱。《玉篇·竹部》：「篋，笥也。」

〔四〕失雨：無雨。赤：變紅。指枯黄。

〔五〕清言：清雅通達的言論。陶淵明《咏二疏》：「問金終寄心，清言曉未悟。」《世説新語·文學》：「殷中軍嘗至劉尹所清言。良久，殷理小屈，遊辭不已，劉亦不復答。」相遺（wèi）：相贈。

〔六〕吾道句：謂我的道義尚存。反用孔子的故實。《史記》（卷四七）《孔子世家》：「魯哀公十四年春，狩大野。……及西狩見麟，曰：『吾道窮矣！』喟然嘆曰：『莫知我夫！』」

初冬章上人院〔一〕

日休

客到無妨睡①〔二〕，僧吟不廢禪〔三〕。尚關經病鶴〔四〕，猶濾欲枯泉〔五〕。静案貝多紙②〔六〕，

閑爐波律煙③〔七〕。清譚兩三句〔八〕，相向自翛然〔九〕。（詩二三九）

【校記】

①「客」詩瘦閣本、項刻本、統籤本、類苑本、季寫本、全唐詩本作「寒」。②「案」弘治本、汲古閣本、四庫本、皮詩本、類苑本、季寫本作「桉」，「桉」同「案」。詩瘦閣本作「按」。③「律」季寫本作「津」。

【注釋】

〔一〕初冬：咸通十一年（八七〇）初冬。詩作於此時。章上人：蘇州開元寺僧人。章上人院：指蘇州開元寺。參卷六（詩三三七），即《聞開元寺開笋園寄章上人》。皮、陸與章上人關係密切。皮日休另有《夏景無事，因懷章、來二上人》（卷七）、《冬曉章上人院》（卷八），陸龜蒙均有和作。上人：佛教對智慧、戒行過人者的敬稱。《釋氏要覽》（卷上）《上人》：「《摩訶般若經》云：何名上人？佛言：若菩薩一心行阿耨菩提，心不散亂，是名上人。〇《增一經》云：夫人處世，有過能自改者，名上人。〇《十誦律》云：有四種：一粗人，二濁人，三中間人，四上人。〇律缾沙王呼佛弟子爲上人。〇古師云：内有智德，外有勝行，在人之上，名上人。」吴曾《能改齋漫録》（卷七）：「唐詩多以僧爲上人，如杜子美《巳上人茅齋》是也。」

〔二〕客到句：謂章上人不拘禮節，率性任真。

〔三〕僧吟句：謂章上人既吟詩，又參禪禮佛。

〔四〕尚關句：還關切、飼養着病鶴。用晋高僧支遁養鶴事。參本卷（詩一一三二）注〔三〕。

〔五〕枯泉：到冬天將要乾涸的泉水。

〔六〕貝多紙：指佛經。貝多，古印度語原意爲樹葉，又稱貝多羅、畢鉢羅樹，梵文音譯。古印度用此樹葉寫經。《酉陽雜俎》（前集卷一八）《木篇》：「貝多，出摩伽陀國，長六七丈，經冬不凋。此樹有三種：一者多羅娑（一曰婆）力叉貝多，二者多梨婆（一曰娑）力叉貝多，三者部婆（一曰娑）力叉多羅多梨（一曰多梨貝多）。并書其葉，部闍一色取其皮書之。貝多是梵語，漢翻爲葉。貝多婆（一曰娑）力叉者，漢言葉樹也。西域經書，用此三種皮葉，若能保護，亦得五六百年。」

〔七〕波律煙：指燒香。波律，香料名，即龍腦香。因出波律國，故名。「波律」亦作「婆利」、「婆律」。《酉陽雜俎》（前集卷一八）《木篇》：「龍腦香樹，出婆利國。婆利呼爲固不婆律。亦出波斯國。樹高八九丈，大可六七圍，葉圓而背白，無花實。其樹有肥有廋。瘦者有婆律膏香。一曰瘦者出龍腦香，肥者出婆律膏也。在木心中，斷其樹劈取之，膏於樹端流出，斫樹作坎而承之。」

〔八〕清譚：高雅脱俗的談論。亦作「清談」。《後漢書》（卷七〇）《鄭太傳》：「孔公緒清談高論，噓枯吹生。」《文選》（卷二三）劉楨《贈五官中郎將四首》（其二）：「清談同日夕，情眄叙憂勤。」《晋書》（卷四三）《王衍傳》：「出補元城令，終日清談，而縣務亦理。……妙善玄言，唯談《老》

《莊》爲事。」

〔九〕相向：相對。翛（xiāo）然：自然超脱貌。《莊子·大宗師》：「古之真人，不知説生，不知惡死；其出不訢，其入不距；翛然而往，翛然而來而已矣。」成玄英疏：「翛然，無係貌也。」《經典釋文》（卷二十六）《莊子音義》（上）：「向云：『翛然，自然無心而自爾之謂。』」

【箋評】

「客到無妨睡」二句：天然。（項真評、項真刻《項氏瓶笙樹新刻皮襲美詩》卷二）

奉和次韻

龜蒙

每伴來方丈〔一〕，還如到四禪〔二〕。菊承荒砌露①，茶待遠山泉〔三〕。畫古全無迹〔四〕，林寒却有煙。相看吟未竟〔五〕，金磬已泠然〔六〕。（詩二二四〇）

【校記】

①「菊承」類苑本作「硯分」。

【注釋】

〔一〕方丈：指寺院住持的居室。一丈見方，言其小。《文選》（卷五九）王屮《頭陀寺碑文》：「宋大明五年，始立方丈茅茨，以庇經象。」張詵注：「言立方丈之室，覆以茅茨之草，以置金象也。」李善注：「《淮南子》曰：『聖人處環堵之室，茨之以生茅。』高誘曰：『堵，長一丈，高一丈。面環一堵爲方丈，故曰環堵，言其小也。』」参本卷（詩二二七）注〔五〇〕。

〔二〕四禪：四禪定。佛教語。佛教有三界，即欲界、色界、無色界之説。而色界諸天又分爲四禪，即初禪、二禪、三禪、四禪。《文選》（卷二二）沈約《鍾山詩應西陽王教》：「八解鳴澗流，四禪隱巖曲。」李善注：「《大品經》曰：初禪、二禪、三禪、四禪。」《華嚴經》：「是菩薩住此發光地時，即離欲惡不善法，有覺有觀，離生喜樂，住初禪。滅覺觀内浄一心，無覺無觀，定生喜樂，住第二禪。離喜住，捨有念正知身受樂，諸聖所説，能捨有念正受樂，住第三禪。斷樂先除苦，喜憂滅，不苦不樂，捨念清浄，住第四禪。」

〔三〕山泉：唐人煮茶以山泉爲最理想的水。陸羽《茶經》（卷下）《茶之煮》：「其水，用山水上，江水次，井水下。其山水，揀乳泉、石池慢流者上。」

〔四〕畫古句：指寺院墻壁上的古畫，因時間久遠已褪色而消失了。唐代寺院多有壁畫。韓愈《山石》「僧言古壁佛畫好，以火來照所見稀。」

〔五〕相看：李白《獨坐敬亭山》：「相看兩不厭，只有敬亭山。」

〔六〕金磬（qìng）：銅制的鐘磬。寺院裏僧人誦經時敲擊的鉢形打擊器具。此指鐘磬聲。泠（líng）然：形容悠揚激越的聲音。

臨頓（原注：里名。）爲吴中偏勝之地〔一〕，陸魯望居之〔二〕，不出郛郭①〔三〕，曠若郊墅〔四〕。余每相訪，款然惜去〔五〕，因成五言十首，奉題屋壁②　日休

一方蕭灑地③〔六〕，之子獨深居〔七〕。繞屋親栽竹〔八〕，堆床手寫書〔九〕。高風翔砌鳥〔一〇〕，暴雨失池魚〔一一〕。暗識歸山計〔一二〕，村邊買鹿車④〔一三〕。（詩二四一）

【校記】

①「郭」盧校本作「廓」。②「壁」後詩瘦閣本有「間」。③「蕭」汲古閣本、四庫本作「瀟」。④「邊」項刻本作「還」。

【注釋】

〔一〕臨頓：臨頓里，唐時蘇州街坊名，陸龜蒙居住此處。范成大《吴郡志》（卷一七）：「臨頓橋，在長洲縣北。臨頓，吴時館名，取之臨頓宅者是也。又《吴地記》云：『吴王親征夷人，頓軍憩歇，宴設軍士，因置此橋。唐陸魯望常居其旁。』」朱長文《吴郡圖經續記》（卷中）：「臨頓橋，在長洲縣北。臨頓者，亦吴時館名也。陸魯望嘗居其旁。皮日休贈之詩，以謂『不出郛郭，曠若郊墅。』今此橋民居櫛比，蓋此郡又盛於唐世也。」吴中：即蘇州。參卷一（詩五）注〔一〕。偏勝：

環境景物特別美麗之處。從各詩所寫的景況看，此組詩作於咸通十一年（八七〇）秋天的可能性大。

〔二〕陸魯望：陸龜蒙字魯望。

〔三〕郛（fú）郭：外城。《左傳・隱公五年》：「鄭人以王師會之。伐宋，入其郛，以報東門之役。」杜預注：「郛，郭也。」

〔四〕郊墅：郊外房舍。

〔五〕款然：喜愛貌。《文選》（卷二五）謝靈運《還舊園作見顔范二中書》：「曾是反昔園，語往實款然。」李善注：「《廣雅》曰：『款，愛也。』」

〔六〕一方：一處。《詩經・小雅・角弓》：「民之無良，相怨一方。受爵不讓，至于己斯亡。」鄭玄箋：「無善心之人，則徙居一處怨恚之。」蕭灑：此指景物疏朗美麗。《世説新語・賞譽》：「王子敬語謝公：『公故蕭灑。』謝曰：『身不蕭灑。君道身最得，身正自調暢。』」孟浩然《宴包二融宅》：「是時方盛夏，風物自蕭灑。」

〔七〕之子：這個人。此指陸龜蒙。《詩經・周南・漢廣》：「之子于歸，言秣其馬。」鄭玄箋：「之子，是子也。」深居：獨自居住，避免與世人接觸。《淮南子・人間訓》：「聖人深居以避辱，静安以待時。」

〔八〕栽竹句：既述事，亦喻人格清高。《晋書》（卷八〇）《王徽之傳》：「時吴中一士大夫家有好竹，欲觀之，便出坐輿造竹下，諷嘯良久。……嘗寄居空宅中，便令種竹。或問其故，徽之但嘯詠，指竹曰：『何可一日無此君邪！』」

〔九〕手寫書：親手抄寫的書籍。《顔氏家訓·勉學》：「東莞臧逢世，年二十餘，欲讀班固《漢書》，苦假借不久，乃就姊夫劉緩乞丐客刺書翰紙末，手寫一本。軍府服其志尚，卒以《漢書》聞。」

〔一〇〕高風：疾風，强勁的風。砌鳥：門前臺階上的鳥。

〔一一〕暴雨句：大雨使養魚池裏的魚游走了。寒山《琴書須自隨》：「風吹曝麥地，水溢沃魚池。」許渾《湖南徐明府余之南鄰久不還家因題林館》：「魚溢池塘秋雨過，鳥還洲島暮潮回。」

〔一二〕識：記識，知道。歸山計：歸隱山中的計劃。

〔一三〕鹿車：古代的一種小車。常用來指隱士所乘之車。《後漢書》（卷二六）《趙憙傳》：「憙責怒不聽，因以泥塗仲伯婦面，載以鹿車，身自推之。」李賢注：「《風俗通》曰：『俗説鹿車窄小，裁容一鹿。』」漢應劭《風俗通》（《太平御覽》卷七七五）曰：「鹿車窄小，裁容一鹿也。」

【箋評】

杜子美詩：「震雷翻幕燕，驟雨落河魚。」姚合詩：「驚飆墜鄰果，暴雨落江魚。」皮日休詩：「高風翔砌鳥，暴雨失池魚。」（王楙《野客叢書》卷七《三公詩句》）

臨頓里十首（原注：在城東。舊爲吴中勝地，陸魯望所居也。皮、陸有詩十首詠之。余悉次其韻，蓋彷佛昔賢之高致云。）

（其一）　聞説橋東地，高人舊隱居。養生應有道，覓舉絶無書。愛救黏絲蝶，嗔驚出水魚。時尋戴顒宅，自駕短轅車。

（其二）　應愛山齋好，秋風不捲茅。鑿渠侵蟻穴，移樹帶禽巢。人世真浮梗，吾生豈繫匏？不逢皮從事，誰結歲寒交。

（其三）　載酒携山榼，安琴製石床。梟眠皆傍母，蜂去自從王。穀雨收茶早，梅天曬藥忙。不扶靈壽杖，筋力老能强。

（其四）　自少圖名意，誰言世不知。僧求開寺記，客送買山資。細雨魚生子，斜陽燕哺兒。平生無事迫，辛苦爲尋詩。

（其五）　斬伐憑樵斧，經綸在釣車。薄雲還露月，小雨不妨花。酒債應多處，詩名自一家。虚煩時主召，懶脱故衣麻。

（其六）　長物元無有，何勞犬護扉。借看《高士傳》，學製道人衣。窗破容螢入，船空載鶴歸。定緣幽事繞，不是宦情微。

（其七）　澹泊心情在，蕭疎鬢影殘。引泉規作沼，留笋待成竿。自洗沾泥屐，誰收挂壁冠。毛公新有約，月夜禮天壇。

（其八）　沐罷便輕幘，消摇咏晚天。清風蘇病鶴，驟雨禁鳴蟬。舊史堆緗素，新經録《洞玄》。誰知城郭裏，别自有林泉。

（其九）　汩汩泉通圃，蕭蕭柳映門。折花摇樹影，踏藕損蓮根。饑鴨呼歸艦，新蠶試浴盆。屋前高石在，知是鬱林孫。

（其十）　茶租催未得，菊餌服還能。行古時人笑，文工造化憎。貧留漁艇載，老謝鶴書徵。誰識先生樂，悠然卧枕肱。（高啓《高青丘集》卷十三）

杜子美詩：「震雷翻幕燕，驟雨落河魚。」姚合詩：「驚飆墜鄰果，暴雨落江魚。」皮日休詩：「高風翔砌鳥，暴雨失池魚。」三公語意如出一轍，豈相襲耶？抑偶同而不自覺耶？（趙世顯《松亭晤語》卷六）

【幕燕】（杜甫）《對雨詩》：「震雷翻幕燕，驟雨落河魚。」

吴旦生曰：「……姚合詩：『驚飆墜鄰果，暴雨落江魚。』皮日休詩：『高風翔砌鳥，暴雨失池魚。』皆似杜句。」（吴景旭《歷代詩話》卷三十四己集一）

杜子美詩：「震雷翻幕燕，驟雨落河魚。」姚合詩：「驚飆墜鄰果，暴雨落河魚。」皮日休詩：「高風翔砌鳥，暴雨失池魚。」雨下則魚隨水而去，驗之不謬。（李翊《戒庵老人漫筆》卷三《雨下失魚》）

籬疎從緑槿〔一〕，檐亂任黄茅〔二〕。壓酒移溪石〔三〕，煎茶拾野巢①〔四〕。静窗懸雨笠，閑壁挂煙匏〔五〕。支遁今無骨②〔六〕，誰爲世外交〔七〕。（詩二四二）

【校記】

①「巢」項刻本作「樵」。　②「遁」季寫本作「盾」。「骨」皮詩本批校：「『骨』字誤。」

【注釋】

〔一〕籬疎句：稀疏的木槿籬笆。古人常植槿爲籬。南朝梁沈約《宿東園》：「槿籬疏復密，荆扉新且故。」唐温庭筠《鄠杜郊居》：「槿籬芳援近樵家，壟麥青青一逕斜。」從：任從，隨意。緑槿：緑色的木槿。木槿，一種灌木。《爾雅·釋草》：「椵，木槿。櫬，木槿。」郭璞注：「别二名也。似李樹。華朝生夕隕，可食。或呼日及，亦曰王蒸。」《本草綱目》（卷三六）《木槿》：「椵、櫬、蕣、日及、朝開暮落花、藩籬草、花奴、玉蒸，……木槿花如小葵，淡紅色，五葉成一花，朝開暮斂。湖南北人家多種植爲籬障，花與枝兩用。」

〔二〕檐亂句：謂屋檐上覆蓋着散亂的黄茅。

〔三〕壓酒：唐代釀造米酒，在酒糟將熟時放在糟床中壓榨取酒。李白《金陵酒肆留别》：「風吹柳花滿店香，吴姬壓酒唤客嘗。」

〔四〕拾野巢：指撿起野外鳥雀巢穴裏散落下來的草木枝條。

〔五〕煙匏（páo）：即指匏瓜，葫蘆的一種，可作容器。剖開爲兩半，則用作舀水的瓢。暗寓不合世用之意。《論語·陽貨》：「吾豈匏瓜也哉？焉能繫而不食？」

〔六〕支遁句：謂高人支遁早已就不在人間了。支遁（三一四—三六六），字道林。世稱支公、林公。東晋高僧、詩人。俗姓關。二十五歲出家，曾隱居餘杭山。愛駿馬，喜養鶴，善談玄。生平事迹參南朝梁釋慧皎《高僧傳》（卷四）《晋剡沃洲山支遁》及散見《晋書》、《世説新語》等有關傳記中。

〔七〕世外交：超脱世俗的好友。多指與僧、道間的交往。參本卷(序一二)注〔八〕。

【箋評】

皮、陸倡和詩，惟樵詩陸爲勝。如《樵子》云：「纔穿遠林去，已在孤峰上。」《樵徑》云：「方愁山繚繞，更值雲遮截。」《樵斧》云：「丁丁在前澗，杳杳無尋處。巢傾鳥猶在，樹盡猿方去。」《樵家》云：「門當清澗盡，屋在寒雲裏。」《樵擔》云：「風高勢還却，雪厚疑中折。」《樵歌》云：「出林方自轉，隔水猶相應。」《樵火》曰：「深爐與遠燒，此夜仍交光。或似坐奇獸，或如焚異香。」真若目擊，皮所不及也。餘詩則襲美殊多俊句，如「野歇遇松蓋，醉書逢石屏。」「壓酒移溪石，煎茶拾野巢。」「白石浄敲蒸朮火，清泉閒洗種花泥。」「静探石腦衣裾濕，閒煉松脂院落香。」「石床卧苦渾無蘚，藤匣開稀恐有雲。」「白石煮多熏屋黑，丹砂埋久染泉紅。」「静裏改詩空凭几，寒中著《易》不開簾。」「凉後每謀清月社，晚來專赴白蓮期。」「迎潮預遣收魚笱，防雪先教蓋鶴籠。」又《送日本僧歸國》：「取經海底收龍藏，誦咒空中散蜃樓。」《以紗巾寄魯望》：「今朝定見看花側，明日應聞漉酒香。」較陸詩更覺醒目。(賀裳《載酒園詩話》又編《皮日休陸龜蒙》)

繭稀初上簇①〔一〕，醅盡未乾床②〔二〕。盡日留蠶母〔三〕，移時祭麴王〔四〕。趁泉澆竹急〔五〕，候雨種蓮忙。更葺園中景③，應爲顧辟彊④〔六〕。

(詩二一四三)

【校記】

①「繭」原作「蘭」，據弘治本、汲古閣本、詩瘦閣本、四庫本、皮詩本、項刻本、統籤本、季寫本、全唐詩本改。②「盡」項刻本作「晝」。「未」斠宋本作「木」。③「茸」皮詩本作「茸」。皮詩本批校：「茸。」④「彊」原作「强」。「强」弘治本作「彊」，據改。汲古閣本、詩瘦閣本、四庫本、項刻本、統籤本、季寫本、全唐詩本作「彊」。

【注釋】

〔一〕簇：蠶簇，用竹、木、草做成的供蠶吐絲作繭的用具。亦作「蠶蔟」。《晉書》（卷三一）《左貴嬪傳》：「修成蠶蔟，分繭理絲。女工是察，祭服是治。」

〔二〕醅（pēi）盡：指糟床裏酒糟已經榨乾了。醅，未過濾的新酒。《玉篇·酉部》：「醅，未釃之酒。」床：糟床，榨酒的器具。杜甫《羌村三首》（其二）：「賴知禾黍收，已覺糟床注。」

〔三〕蠶母：蠶神。北魏賈思勰《齊民要術》（卷五）《種桑》（附養蠶）：「楊泉《物理論》曰：『使人主之養民，如蠶母之養蠶，其用豈徒絲繭而已哉？』」明姚士粦《見只編》（卷中）：「祈穀父，禳蠶母，助之導利農桑。」

〔四〕移時：經過一段時間，較長時間。《後漢書》（卷六四）《吴祐傳》：「後舉孝廉，將行，郡中爲祖道，祐越壇共小史雍丘、黄真歡語移時，與結友而別。」麯王：酒神。賈思勰《齊民要術》（卷七）《造神麯并酒》：「作麯王五人，置之於四方及中央。中央者面南，四方者面皆向内。」

〔五〕趁泉：利用泉水。

〔六〕顧辟彊：東晋吴郡（今江蘇省蘇州市）人，家有名園，後世稱辟彊園。參卷一（詩一二）注〔一〕。

静僻無人到，幽深每自知。鶴來添口數①〔一〕，琴到益家資〔二〕。壞塹生魚沫②〔三〕，頽檐落燕兒〔四〕。空將緑蕉葉〔五〕，來往寄閑詩。（詩二四四）

【校記】

①「添」季寫本作「忝」。②「壞」原作「壤」，據汲古閣本、詩瘦閣本、四庫本、統籤本、全唐詩本改。項刻本作「懐」。

【注釋】

〔一〕鶴來句：謂將鶴算作自己家中的人口數。極言愛鶴。吴中民俗如此，詩中又可表現隱士情趣。《詩義疏》（《太平御覽》卷九一六）曰：「今吴人園中及士大夫家皆養之（鶴），鷄鳴時亦鳴。」

〔二〕琴到句：謂其家裏清貧，琴爲家中增添了資産。古人愛琴，士大夫如此，隱士也是如此。黄帝清角，齊桓公號鐘，楚莊王繞梁，司馬相如緑綺，蔡邕焦尾，趙飛燕鳳皇，陶淵明無弦琴，都是古人常説的名琴。吟咏琴書，是表現隱士情趣的常見内容。陶淵明《答龐參軍》：「衡門之下，有琴有書，載彈載咏，爰得我娱。」

〔三〕壞塹（qiàn）：毁壞的水溝。塹，《玉篇·土部》：「塹，《左氏傳》注：『溝塹也。』」

〔四〕頽檐：殘破的屋檐，謂房屋破舊。落燕兒：隋薛道衡《昔昔鹽》：「暗牖懸蛛網，空梁落燕泥。」

〔五〕空將：只把，徒然。將，語助詞。緑蕉葉：唐代有蕉葉代紙作書的説法。韋應物《閑居寄諸弟》：「盡日高齋無一事，芭蕉葉上獨題詩。」白居易《春至》：「閑拈蕉葉題詩咏，悶取藤枝引酒嘗。」陸羽《僧懷素傳》（《全唐文》卷四三三）：「貧無紙可書，嘗於故里種芭蕉萬餘株，以供揮灑。」陶穀《清異録》（《説郛三種》本）：「懷素居零陵庵，東郊植芭蕉，亘帶數畝，取葉代紙而書。號其所曰『緑天』，庵曰『種紙』。厥後，道州刺史追作《緑天銘》。」

【箋評】

「幽深每自知……頽檐落燕兒。」：清流翠竹，覺花鳥悦人。（項真評、項真刻《項氏瓶笙榭新刻皮襲美詩》卷二）

襲美好以「僧」、「鶴」爲對仗，如《題魯望屋壁》十首，言鶴者五，及「因分鶴料家貲減，爲置僧餐口數添。」「昨夜眠時稀似鶴，今朝餐數減于僧。」「園蔬預遣分僧料，廩粟先教算鶴糧」之類，皆未免詞意重複，數見不鮮。與鄭都官詩多用「僧」字凡四十餘處，韋莊詩好用「馬」字，同是一癖。（余成教《石園詩話》卷二）

夏過無擔石①〔一〕，日高開板扉〔二〕。僧雖與筒簟〔三〕，人不典蕉衣〔四〕。鶴静共眠覺〔五〕，鷺馴同釣歸〔六〕。生公石上月〔七〕，何夕約譚微〔八〕。

（詩二四五）

【校記】

①「擔」詩瘦閣本作「儋」。

【注釋】

〔一〕擔石：一擔一石，指糧食很少。《文選》（卷五二）班彪《王命論》：「思有短褐之襲，擔（儋）石之蓄。」李善注引晋灼曰：「無一擔（儋）一斛之餘。」張銑注：「擔，謂一擔之重。石，謂一斛之數。」「擔石」亦作「儋石」。《漢書》（卷四十五）《蒯通傳》：「夫隨厮養之役者，失萬乘之權；守儋石之禄者，闕卿相之位。」顔師古注：「應劭曰：『齊人名小罌爲儋，受二斛。』晋灼曰：『石，斗石也。』師古曰：『儋音都濫反。或曰：儋者，一人之所負擔也。』」

〔二〕板扉：即柴門。木板制成的粗糙簡陋的門。

〔三〕筒簟：竹席。張籍《和左司元郎中秋居十首》（其二）：「風前卷筒簟，雨裏脱荷衣。」

〔四〕蕉衣：用蕉布制成的衣服。《後漢書》（卷四九）《王符傳》：「皆服文組綵牒，錦綉綺紈，葛子升越，筒中女布。」李賢注：「沈懷遠《南越志》曰：『蕉布之品有三：有蕉布，有竹子布，又有葛焉。雖精粗之殊，皆同出而異名。』」賈島《送陳判官赴天德》：「身暖蕉衣窄，天寒磧日斜。」

〔五〕鶴静句：謂鶴好静，與我正同，我與鶴一塊睡眠。眠覺：睡眠，睡覺。李商隱《謝先輩防記念拙詩甚多異日偶有此寄》：「熟寢初同鶴，含嘶欲并蟬。」劉學鍇、余恕誠師《李商隱詩歌集解》引馮（皓）注：「按：《相鶴經》：『晝夜十二鳴，隆鼻短喙則少眠。』《淮南子》：『鶴知夜半。』」

《詩義疏》：『常夜半高鳴，聞八九里。』此乃云『熟寢』，未知所本。然李白詩『松高白鶴眠』，項斯詩『鶴睡松枝定』，皮日休詩『鶴静共眠覺』，詩家多以睡言鶴矣。」

〔六〕鷺馴：謂捕魚的鷺鷥鳥很馴順，我與它在打魚後一起歸來。

〔七〕生公：晉末高僧竺道生的尊稱。據説，生公（三三五—四三四）在蘇州虎丘寺聚石爲徒，講《涅槃經》，至微妙處，石皆點頭。生平事迹參南朝梁釋慧皎《高僧傳》（卷七）《宋京師龍光寺竺道生》。《東林蓮社十八高賢傳·道生法師》（宛委山堂本《説郛》卷五七）：「師被擯南還，入虎丘山，聚石爲徒，講《涅槃經》。至闡提處，則説有佛性，且曰：『如我所説，契佛心否？』群石皆爲點頭。」

〔八〕譚微：談言微中，談論精深微妙的道理。此指講論佛教的精義。《文選》（卷四三）劉歆《移書讓太常博士》：「及夫子没而微言絶，七十子卒而大義乖。」李善注：「《論語讖》曰：『子夏六十四人，共撰仲尼微言。』」

經歲岸烏紗〔一〕，讀書三十車〔二〕。水痕侵病竹，蛛網上衰花①〔三〕。詩任傳漁客，衣從遞酒家〔四〕。知君秋晚事，白幘刈胡麻〔五〕。（詩二一四六）

【校記】

①「網」詩瘦閣本作「綱」。

【注釋】

〔一〕經歲：長年。岸：挺起。此指高高地戴着烏紗帽，露出前額，顯現出散誕的情態。烏紗：烏紗帽。據《通典》（卷五七），南朝「宋制黑帽」，「隋文帝開皇初，嘗著烏紗帽。……大業中，……烏紗帽漸廢」。「大唐因之，制白紗帽，又制烏紗帽，視朝、聽訟、宴見賓客則服之。」唐人視其爲便帽，士庶通服。

〔二〕讀書句：謂讀書多，學問淵博。用《莊子》典故而加以誇張。《莊子·天下》：「惠施多方，其書五車。」

〔三〕衰花：凋謝的花。

〔四〕遞（dì）：傳送，環繞。酒家：酒店。漢辛延年《羽林郎》：「依倚將軍勢，調笑酒家胡。」

〔五〕白幘（zé）：白色的頭巾。《説文·巾部》：「髮有巾曰幘。」《玉篇·巾部》：「幘，覆髻也。」胡麻：參本卷（詩二二九）注〔三〕。

【箋評】

「蛛網上衰花」：新巧。（項真評、項真刻《項氏瓶笙榭新刻皮襲美詩》卷二）

人仗氣運，運去則人鬼皆欺之。每見草樹亦然。其枝葉暢茂者，蛛不敢結網；衰弱者，則塵絲灰積。偶讀皮日休詩：「水痕侵病竹，蛛網上衰花。」方知古人作詩，無處不搜到也。（袁枚《隨園詩話·補遺》卷七）

寂歷秋懷動〔一〕，蕭條夏思殘〔二〕。久貧空酒庫〔三〕，多病束漁竿①。玄想凝鶴扇②〔四〕，清齋拂鹿冠〔五〕。夢魂無俗事，夜夜到金壇〔六〕。　（詩二四七）

【校記】

①「漁」統籤本、全唐詩本作「魚」。　②「玄」原缺末筆，避宋太祖始祖趙玄朗諱。「鶴」盧校本眉批：「『鸞』，何義門疑是『鸞』字。」

【注釋】

〔一〕寂歷：寂寞冷清。《文選》（卷三一）江淹《雜體詩三十首·王徵君微養疾》：「寂歷百草晦，欻吸鵾鷄悲。」李善注：「寂歷，彫疎貌。」秋懷：猶秋興，因秋天而引發的情懷。

〔二〕蕭條：瀟灑閑逸貌。《世説新語·品藻》：「明帝問周伯仁：『卿自謂何如庾元規？』對曰：『蕭條方外，亮不如臣；從容廊廟，臣不如亮。』」劉長卿《對雨贈濟陰馬少府考成蔣少府兼獻成武五兄南華二兄》：「蕭條主人静，落葉飛不息。」

〔三〕酒庫：藏酒的庫房。白居易《自題酒庫》：「此翁何處富，酒庫不曾空。」

〔四〕玄想：超脱塵世的思想。凝：神情專注之謂也。鶴扇：以鶴羽制成的扇子。古代傳説中仙人多乘鶴飛升，此處正表示這種願望。陸機《羽扇賦》：「昔楚襄王會於章臺之上，山西與河右諸侯在焉。大夫宋玉、唐勒侍，皆操白鶴之羽以爲扇。」

〔五〕清齋：指齋戒。道教認爲齋戒可以去除妄念。《太上虛皇天尊四十九章經》：「齋戒者，道之根本，法之津梁。子欲學道，清齋奉戒，念念正真，邪妄自泯。」鹿冠：鹿皮帽。古代隱士所戴的帽子。《後漢書》（卷五四）《楊震傳》附《楊彪傳》：「乃授光禄大夫，賜几杖衣袍，因朝會引見，令彪著布單衣，鹿皮冠，杖而入，待以賓客之禮。」

〔六〕金壇：句曲山金壇華陽洞天。道家十大洞天之一，在今江蘇省句容縣茅山。《雲笈七籤》（卷二七）《洞天福地·十大洞天》：「第八句曲山洞，周迴一百五十里，名曰金壇華陽之洞天，在潤州句容縣，屬紫陽真人治之。」

閉門無一事，安穩卧涼天〔一〕。砌下翹飢鶴，庭陰落病蟬。倚杉閑把《易》〔二〕，燒术静論《玄》①〔三〕。賴有包山客〔四〕，時時寄紫泉〔五〕。（詩二四八）

【校記】

①「术」原作「水」，據弘治本、汲古閣本、詩瘦閣本、四庫本、皮詩本、統籤本、季寫本、全唐詩本改。項刻本作「木」。「玄」原缺末筆，避宋太祖始祖趙玄朗諱。

【注釋】

〔一〕涼天：秋天。韋應物《秋夜寄丘二十二員外》：「懷君屬秋夜，散步咏涼天。」

〔二〕《易》：《周易》，又稱《易經》，我國古代儒家的六經之一。魏、晉玄學則以此書爲「三玄」之一，故又是道家的重要典籍。

〔三〕术：藥草名，有白术、蒼术等，道家認爲服食可以延年長壽。《文選》（卷四三）嵇康《與山巨源絶交書》：「又聞道士遺言，餌术、黄精，令人久壽。意甚信之。」李善注：「《本草經》曰：『术、黄精，久服，輕身延年。』」《玄》：《太玄》，漢揚雄著，效法《周易》之作。

〔四〕賴有：幸有。包山：在太湖中，又名洞庭山、夫椒山等。參卷三（序五）注〔四〇〕。包山客：指包山中的隱士。

〔五〕紫泉：相傳太湖中包山有紫泉，道家認爲飲服可以長生。參卷三（詩六三）注〔二三〕、〔二四〕。

病起扶靈壽〔一〕，倏然强到門〔二〕。與杉除敗葉①〔三〕，爲石整危根〔四〕。薜蔓狂遮壁②〔五〕，蓮莖卧枕盆〔六〕。明朝有忙事，召客斫桐孫〔七〕。（詩二四九）

【校記】

①「杉」項刻本作「松」。②「蔓」項刻本作「薊」。「狂」皮詩本、項刻本、統籤本、季寫本、全唐詩本作「任」。全唐詩本注：「一作狂。」皮詩本批校：「『任』字疑『斜』字。」

【注釋】

〔一〕靈壽：木名。可作手杖。此指手杖。《山海經·海内經》：「西南黑水之間，……靈壽實華，草木所聚。」郭璞注：「靈壽，木名也，似竹，有枝節。」《漢書》（卷八一）《孔光傳》：「賜太師靈壽杖。」顔師古注：「孟康曰：『扶老杖也。』服虔曰：『靈壽，木名。』師古曰：『木似竹，有枝節，長不過八九尺，圍三四寸，自然有合杖制，不須削治也。』」

〔二〕倏然：無拘無束貌。語出《莊子·太宗師》。參本卷（詩二三九）注〔九〕。

〔三〕敗葉：枯萎的落葉。

〔四〕危根：高高露出的根部。

〔五〕薜蔓：薜荔的藤蔓。薜荔，香草名。古代常用以喻人的高潔品格，也被用來喻隱士。《楚辭·離騷》：「擥木根以結茝兮，貫薜荔之落蕊。」《楚辭·九歌·山鬼》：「若有人兮山之阿，被薜荔兮帶女羅。」

〔六〕枕盆：斜靠在瓦盆上。

〔七〕桐孫：桐樹新生的枝杈。樹木自本而生出者爲子榦，自子榦而生出者爲孫枝。漢應劭《風俗通》（《太平御覽》卷九五六）曰：「梧桐生於嶧山陽巖石之上，采東南孫枝爲琴，聲甚清雅。」《文選》（卷一八）嵇康《琴賦》：「顧兹梧而興慮，思假物以托心。乃斫孫枝，準量所任。」李善注：「張衡《應問》曰：『可剖其孫枝。』鄭玄《周禮注》曰：『孫竹，枝根之末生者也。蓋桐孫亦然。』」

【箋評】

「明朝有忙事」二句：好忙。（項真評、項真刻《項氏瓶笙榭新刻皮襲美詩》卷二）

緩頰稱無利〔一〕，低眉號不能〔二〕。世情都大薄①〔三〕，俗意就中憎〔四〕。雲態不知驟〔五〕，鶴情非會徵〔六〕。晝臣誰奉詔②〔七〕，來此寫姜肱〔八〕。（詩二五〇）

【校記】

①「都」季寫本作「多」。「大」四庫本、項刻本、統籤本、季寫本、全唐詩本作「太」。②「晝」項刻本作「□」。

【注釋】

〔一〕緩頰：謂代人説情或婉言相勸。《史記》（卷九〇）《魏豹彭越列傳》：「（漢王）謂酈生曰：『緩頰往説魏豹，能下之，吾以萬户封若。』」

〔二〕低眉：低頭。謙卑恭順貌。王隱《晋書》（《太平御覽》卷五〇二）曰：「初，仲御在鄉也，人或説之使仕，仲御勃然作色，謂之曰：『我安能隨俗低眉下意乎？』」

〔三〕世情：世態人情。《文選》（卷二六）陶淵明《辛丑歲七月赴假還江陵夜行塗口》：「詩書敦宿好，林園無世情。」大薄：太薄，很澆薄浮淺。

〔四〕俗意：庸俗卑陋的情意。就中：其中，此中。杜甫《麗人行》：「就中雲幕椒房親，賜名大國號與秦。」

〔四〕雲態句：謂雲舒卷自如，不會驟然變化，喻隱士自如蕭散的生活態度和性格特徵。

〔五〕鶴情：古人以鶴爲超脱塵俗之物，故鶴情指隱逸情懷。會：領會，理解。徵：朝廷徵召禮聘。

〔六〕畫臣：朝廷中有官職的畫工。

〔七〕姜肱（hóng）：東漢彭城廣戚（今江蘇省沛縣）人，字伯淮，以孝友著稱。桓帝徵之，不赴詔。此比陸龜蒙。《後漢書》（卷五三）《姜肱傳》：「肱博通《五經》，兼明星緯。士之遠來就學者三千餘人。諸公争加辟命，皆不就。……後與徐穉俱徵，不至。桓帝乃下彭城使畫工圖其形狀。肱臥於幽闇，以被韜面，言患眩疾，不欲出風。工竟不得見之。」

襲美見題郊居十首因次韻詶之以伸榮謝①〔一〕

龜蒙

近來唯樂静②〔二〕，移傍故城居〔三〕。閑打修琴料〔四〕，時封謝藥書〔五〕。夜停江上鳥〔六〕，晴曬篋中魚〔七〕。出亦圖何事，無勞置棧車〔八〕。（詩二二五一）

【校記】

①統籤本無「見」、「因」、「詶之以伸榮謝」。　②「唯」詩瘦閣本作「惟」。

【注釋】

〔一〕見題：題贈。「見」表自謙之意。伸：申述，表達。榮謝：感謝。榮屬敬詞。

〔二〕樂静：樂於寧静的生活。

〔三〕故城：因臨頓屬春秋吳國舊城，故曰故城。參本卷（詩二四一）注〔一〕。移居：遷居。陶淵明有《移居二首》詩。

〔四〕打：打點，整理。指從事某件事務。

〔五〕時封句：謂不時地彌封感謝朋友惠贈藥物的書信。

〔六〕停：止息。《北史》（卷三三）《李概傳》：「後爲太子舍人，爲副使聘于江南。江南多以僧寺停客，出入常袒露。」寒山《可惜百年屋》：「磚瓦片片落，朽爛不堪停。」

〔七〕篋中魚：指書籍。魚，蠹魚，蛀蝕書籍的一種小蟲，形狀略似魚，故名。本名蟫，又稱衣魚。篋（qiè）：小箱子。此指書箱。

〔八〕置：備辦。棧車：古代士人所乘的車。以竹、木制成，不張皮革，以油漆漆之。《周禮·春官·巾車》：「服車五乘，孤乘夏篆，卿乘夏縵，大夫乘墨車，士乘棧車，庶人乘役車。」鄭玄注：「棧車，不革輓而漆之。」

倩人醫病樹〔一〕，看僕補衡茅〔二〕。散髮還同阮〔三〕，無心敢慕巢〔四〕。簡便書露竹〔五〕，樽待破霜匏〔六〕。日好林間坐〔七〕，煙蘿僅欲交①〔八〕。（詩二五二）

【校記】

①「僅」陸詩甲本、陸詩丙本黄校、季寫本、全唐詩本作「近」。全唐詩本注：「一作僅。」

【注釋】

〔一〕倩(qìng)人：請人。請別人爲己做事爲「倩」。《三國志·魏書》(卷十九)《陳思王傳》：「太祖嘗視其文，謂植曰：『汝倩人邪？』植跪曰：『言出爲論，下筆成章，顧當面試，奈何倩人？』」

〔二〕衡茅：衡門、茅屋。横木爲門叫衡門，指其粗糙簡陋。《文選》(卷二六)陶淵明《辛丑歲七月赴假還江陵夜行塗口》：「養真衡茅下，庶以善自名。」李善注：「衡門，茅茨也。」

〔三〕散髮句：謂放縱不羈與阮孚相同。阮，阮孚，「竹林七賢」之一。《晉書》(卷四九)《阮孚傳》：「孚字遥集。……避亂渡江，元帝以爲安東參軍。蓬髮飲酒，不以王務嬰心。」

〔四〕無心：謂没有世俗之心。此句謂超脱世俗哪能比得上巢父。實指自己没有世俗的情態。巢父，傳説是上古唐堯時隱士，不受堯禪位給他，是古代隱士的典型代表。晉皇甫謐《高士傳·巢父》：「巢父者，堯時隱人也。山居不營世利，年老以樹爲巢而寢其上，故時人號曰巢父。」

〔五〕簡：竹簡，書簡。便：便易，便當。露竹：帶露水的竹子。此句謂直接取用竹子書寫文字，十分簡易便當。

〔六〕樽：酒杯。霜匏：秋天經霜後成熟的匏瓜。可當容器用，剖開即是瓢。此指剖開匏瓜做成的飲酒器，即匏樽。此句謂等待到秋天，以匏瓜制成酒杯。此二句謂生活上很閑散簡樸。

〔七〕日好句：謂天天喜愛閑坐林間。

〔八〕僅：只。此句謂只願與雲霧籠罩的女蘿等藤蔓植物互相交往親近。意謂自己樂於過隱逸生活。煙蘿：指山林茂密幽深之處。唐王繼勛《贈和龍妙空禪師》：「只栖雲樹兩三畝，不下煙蘿四五年。」

【箋評】

《春秋序》曰：「小事簡牘。」《爾雅》曰：「簡謂之畢。」郭璞曰：「今之簡札也。」《説文》曰：「簡，牒也。」《釋名》曰：「簡，書編也。」……楊炯詩：「道書編竹簡，靈藥灌梧桐。」武元衡詩：「署分刊竹簡，書囊護芸香。」陸龜蒙詩：「簡便書露竹，樽破待霜匏。」（高似孫《緯略》卷九《竹簡》）

倭僧留海紙①〔一〕，山匠製雲床〔二〕。懶外應無敵〔三〕，貧中直是王〔四〕。池平鷗思喜〔五〕，花盡蝶情忙〔六〕。欲問新秋計〔七〕，菱絲一畝强②〔八〕。（詩二二五三）

【校記】

①「倭」原作「俀」，據弘治本、汲古閣本、詩瘦閣本、四庫本、陸詩甲本、陸詩丙本、統籤本、季寫本、全唐詩本改。②「一」陸詩丙本黄校作「三」。「强」弘治本、汲古閣本、詩瘦閣本作「彊」，四庫本、季寫本作「疆」。

【注釋】

〔一〕倭（wō）僧：日本國僧人。究指何人，未詳。倭是我國古代對日本國的稱呼。《漢書》（卷二八下）《地理志下》：「樂浪海中有倭人，分爲百餘國，以歲時來獻見云。」顏師古注：「今猶有倭國。《魏略》云倭在帶方東南大海中，依山島爲國，度海千里，復有國，皆倭種。」海紙：海苔紙。王嘉《拾遺記》（卷九）《晋時事》條：「側理紙萬番，此南越所獻。後人言『陟里』，與『側理』相亂。南人以海苔爲紙，其理縱横邪側，因以爲名。」

〔二〕山匠：山野中的匠人。指民間工匠。雲床：僧道、隱士的卧榻。

〔三〕懶外句：謂在懶之中是無人可比的。「外」實有「内中」之義。參王瑛《詩詞曲語辭例釋》。

〔四〕直是：即是，就是。

〔五〕鷗思：鷗鳥閑逸的情思。

〔六〕蝶情：蝴蝶惜花的情感。

〔七〕計：生計，營生的辦法。

〔八〕菱絲：菱角細長的莖。此句謂一畝多水面上的菱就是生活之資。指隱士貧儉簡樸的生活。

【箋評】

陸自撰《甫里先生傳》云：「少攻歌詩，遇事輒變化不一其體裁，卒造平淡而後已。」集中如「朝蕢薪米，往往逢責詬。既被鄰里輕，亦爲妻子陋。」「所貪既仁義，豈暇理生活。」「懶外應無敵，貧中直是王。」「衹有經時策，全無養拙資。」「身從亂後全家隱，日校人間一倍長。」「一代交遊非不貴，五湖風月合教貧。」皆能寓新奇于平淡。（余成教《石園詩話》卷二）

故山空自擲〔一〕，當路竟誰知〔二〕。祇有經時策〔三〕，全無養拙資〔四〕。病深憐炙客①〔五〕，炊晚信樵兒〔六〕。謾欲陳風俗〔七〕，周官未采詩②〔八〕。　（詩二五四）

【校記】

①「炙」四庫本作「灸」，陸詩甲本、陸詩丙本作「久」。　②「采」原作「採」，據詩瘦閣本改。

【注釋】

〔一〕故山：舊山，喻家鄉。三國魏應瑒《別詩二首》（其一）：「朝雲浮四海，日暮歸故山。」《文選》（卷二六）謝靈運《初發石首城》：「故山日已遠，風波豈還時。」空自擲：徒然抛棄。

〔二〕當路：當權者，執政。《孟子・公孫丑上》：「夫子當路於齊，管仲、晏子之功，可復許乎？」

〔三〕經時策：經世濟時的方略。指治理社會的謀劃。

〔四〕養拙：守拙。謂才能低而清閑度日。指隱居不仕。《文選》（卷一六）潘岳《閑居賦》：「仰衆妙而絶思，終優遊以養拙。」資：資財，家産。

〔五〕病深：病久，病重。憐：喜愛。炙客：以灸法爲人治病的人，即以針灸爲人治病的醫師。

〔六〕信：任憑。樵兒：打柴的孩童。

〔七〕謾欲：空欲，徒欲。陳風俗：作詩以陳述民俗世風。

〔八〕周官：指周代的采詩之官，通過搜集民間詩歌以觀民風，考察社會政治得失。《禮記・王制》：「天子五年一巡守。歲二月東巡守，……命大師陳詩，以觀民風。」鄭玄注：「陳詩，謂采其詩而視之。」《漢書》（卷三〇）《藝文志》：「古有采詩之官，王者所以觀風俗，知得失，自考正也。」此二句謂雖欲陳詩，却無采詩之官，民情無法上達。

福地能容塹①〔一〕，玄關詎有扉②〔二〕。静思瓊板字③〔三〕，閑洗鐵筇衣〔四〕。鳥破凉煙下，人銜暮雨歸。故園秋草夢，猶記緑微微〔五〕。　（詩二五五）

【校記】

①「容」陸詩丙本作「客」。②「玄」原缺末筆，避宋太祖始祖趙玄朗諱。③「板」汲古閣本、四庫本、季寫本、全唐詩本作「版」，陸詩丙本作「枝」。

【注釋】

〔一〕福地：洞天福地，神仙居住之處。《雲笈七籤》（卷二七）有道教十大洞天、三十六小洞天、七十二福地之説。《真誥》（卷一一）：「越桐柏之金庭，吴句曲之金陵，養真之福境，成神之靈墟也。」原注：「此即桐柏帝晨所説，言吴、越之境唯此『兩金』最爲福地者也。」

〔二〕玄關：佛教所謂入道的法門。《文選》（卷五九）王屮《頭陀寺碑文》：「於是玄關幽揵，感而遂通。」李善注：「玄關、幽揵，喻法藏也。謝靈運《金剛般若經注》曰：『玄關難啓，善揵易開。』」

〔三〕瓊板：玉版。瓊板字：指刻在玉版上的道書。

〔四〕鐵筇衣：黑色竹布製成的衣服。筇，筇竹，竹名。南朝宋戴凱之《竹譜》：「筇竹，高節實中，狀若人刻，爲杖之極。《廣志》云：『出廣南邛都縣。』」《新唐書》（卷四三上）《地理志七上》：「嶺南道，……厥貢：金、銀、孔翠、犀、象、綵藤、竹布。」鐵筇衣疑即竹布之類製成的粗糙的衣服。嵇含《南方草木狀》（卷下）：「簞竹，葉疏而大，一節相去六七尺。出九真。彼人取嫩者，磓浸紡績爲布，謂之竹疏布。」

〔五〕微微：隱約貌。南朝梁沈約《留真人東山還》：「連峰竟無已，積翠遠微微。」

【箋評】

「鳥破涼煙下」句：鍾云：幽秀。（鍾惺、譚元春《唐詩歸》卷三十五）

（一二句）唐云：二語雖若映帶郊居，實無着落。（唐汝詢《彙編唐詩十集》壬集）

水影沈魚器〔一〕，鄰聲動緯車〔二〕。燕輕捎墜葉，蜂懶卧燋花〔三〕。説史評諸例〔四〕，論兵到百家。明時如不用，歸去種桑麻〔五〕。（詩二一五六）

【注釋】

〔一〕魚器：捕魚器具。此句謂水中的影子是放置在水下的捕魚器具。

〔二〕鄰聲：鄰居家的聲音。緯車：紡車。古人云，莎鷄鳴叫是一年中開始紡紗織布之時。莎鷄，蟲名，俗稱絡絲娘、紡織娘，夏、秋夜間振羽作聲，聲如紡綫，故又名爲絡緯。因而紡車又稱作緯車。漢無名氏《古八變歌》：「枯桑鳴中林，緯絡響空堦。」晉崔豹《古今注》（卷中）：「莎鷄，一名促織，一名絡緯，一名蟋蟀。促織，謂鳴聲如急織。絡緯，謂其鳴聲如紡績也。促織，一曰促機，一名紡緯。」

〔三〕燋(jiāo)花：乾枯的花。燋，本指用來點火的乾柴。

〔四〕説史句：謂評述歷史，注意考述各史家論史準則的史例。

〔五〕種桑麻：種植桑樹和麻。泛指農事。此又以指隱逸生活。陶淵明《歸園田居五首》(其二)：「相見無雜言，但道桑麻長。」孟浩然《過故人莊》：「開筵面場圃，把酒話桑麻。」

禹穴奇編缺〔一〕，雷平異境殘〔二〕。静吟封籙檢〔三〕，歸興削帆竿〔四〕。白石堪爲飯〔五〕，青蘿好作冠〔六〕。幾時當斗柄〔七〕，同上步綱壇①〔八〕。（詩二二五七）

【校記】

①「綱」汲古閣本、四庫本、陸詩甲本、陸詩丙本、季寫本、全唐詩本作「罡」。

【注釋】

〔一〕禹穴：在今浙江省紹興市會稽山。本指古代傳説中的大禹葬處，此指古代傳説大禹於會稽宛委山得黄帝藏書之處。《史記》(卷一三〇)《太史公自序》：「二十而南游江、淮，上會稽，探禹穴。」《集解》：「張宴曰：『禹巡狩至會稽而崩，因葬焉。上有孔穴，民間云禹入此穴。』」奇編：奇異神秘的書籍。此指大禹在會稽宛委山得黄帝的藏書。《吴越春秋》(卷六)《越王無餘外傳》：「（禹）因夢見赤綉衣男子，自稱玄夷蒼水使者，……東顧謂禹曰：『欲得我山神書者，齋於黄帝巖嶽之下，三月庚子，登山發石，金簡之書存矣。』禹退，又齋。三月庚子，登宛委山，發金簡之書，案金簡玉字，得通水之理。」

〔二〕雷平：雷平山，在今江蘇省句容縣茅山側，古代道教的一個重地。陶弘景《真誥》（卷一三）：「華陽雷平山，有田公泉，飲之除腹中三蟲，與隱泉水同味，云是玉砂之流津也。」又云：「許長史今所營屋宅，對東面有小山，名雷平山。周時有雷氏養龍，來在此山。」

〔三〕封：彌封，緘封。籙檢：指道教典籍。籙，道教秘文。檢，書籍的緘封、題籤。古書以竹、木簡爲之，以皮條或繩串成。在打結處封泥、鈐印，謂之檢。

〔四〕歸興：指歸隱山林，隱居學道的興致。帆竿：船帆的桅杆。

〔五〕白石爲飯：《神仙傳》（卷一）《白石生》：「白石生者，中黄丈人弟子也。至彭祖之時，已年二千餘歲矣。不肯修升仙之道，但取於不死而已，不失人間之樂。……常煮白石爲糧，因就白石山居，時人號曰白石生。」堪：可。

〔六〕青蘿：緑色的女蘿。女蘿，一種藤蔓植物，依附其它樹木而生長。《楚辭·九歌·山鬼》：「若有人兮山之阿，被薜荔兮帶女羅。」王逸注：「女羅，兔絲也。……薜荔、兔絲，皆無根，緣物而生。……羅一作蘿。」

〔七〕幾時：何時，什麼時候。當：對，面對。斗柄：北斗星的斗柄，即下句的綱（罡）星。

〔八〕步綱壇：道教祭祀星斗的高臺。「綱」又作「罡」。綱星，北斗星的斗柄。步綱，步綱踏斗，相傳爲大禹所創，又稱禹步。其步伐轉折騰挪，曲折多變，宛如行走踩踏在綱星斗宿上，故云。這是道教法師設壇建醮，禮拜星斗時的步伐動作。參卷三（詩六三）注〔二八〕。

强起披衣坐，徐行處暑天〔一〕。上階來鬥雀〔二〕，移樹去驚蟬①〔三〕。莫問鹽車駿〔四〕，誰看醬瓿《玄》②〔五〕。黄金如可化〔六〕，相近買雲泉〔七〕。（詩二五八）

【校記】

①「驚」原缺「敬」末筆，避宋太祖祖父趙敬諱。②「玄」原缺末筆，避宋太祖始祖趙玄朗諱。

【注釋】

〔一〕處暑天：酷暑的炎熱開始減退的初秋天氣。處暑，我國古代一年中二十四節氣之一。《逸周書·周月解》：「秋三月中氣：處暑、秋風、霜降。」《逸周書彙校集注》引朱右曾云：「孔穎達曰：『……處暑，暑將退伏而潛處。』」

〔二〕鬥雀：嬉戲打鬧的鳥雀。

〔三〕驚蟬：受到驚動的秋蟬。秋天是蟬鳴時節。

〔四〕鹽車駿：拉鹽車的駿馬，喻賢才沉淪困頓。《戰國策·楚策四》：「君亦聞驥乎？夫驥之齒至矣，服鹽車而上太行，蹄申膝折，尾湛胕潰，漉汁灑地，白汗交流，中坂遷延，負轅不能上。伯樂遭之，下車攀而哭之，解紵衣以冪之。驥於是俯而噴，仰而鳴，聲達於天，若出金石聲者，何也？彼見伯樂之知己也。」

〔五〕醬瓿（bù）《玄》：漢代揚雄著《太玄》，劉歆説其不切實用，只可用來蓋醬缸。《漢書》（卷八七下）《揚雄傳下》：「（劉歆）謂雄曰：『空自苦！今學者有禄利，然尚不能明《易》，又如《玄》何？吾恐後人用覆醬瓿也。』雄笑而不應。」顔師古注：「瓿，小罌也。」

〔六〕黄金句：謂用黄金煉丹，最終化成方藥。指道教的黄白之術。《抱朴子·内篇·黄白》：「抱朴子曰：《神仙經·黄白之方》二十五卷，千有餘首。黄者，金也。白者，銀也。……故仙經曰，流珠九轉，父不語子，化爲黄白，自然相使。』」

〔七〕雲泉：謂山林栖隱之處。拾得《一入雙溪不計春》：「誰來幽谷餐仙食，獨向雲泉更勿人。」劉禹錫《思歸寄山中友人》：「蕭條對秋色，相憶在雲泉。」白居易《自題寫真》：「宜當早罷去，收取雲泉身。」買雲泉：即隱居山林之意。用晉支遁事。參本卷（詩二〇九）注〔七〕。

野人青蕪巷〔一〕，陂侵白竹門〔二〕。風高開栗刺〔三〕，沙淺露芹根〔四〕。迸鼠緣藤桁〔五〕，飢烏
立石盆。東吴雖不改〔六〕，誰是武王孫〔七〕。　（詩二一五九）

【注釋】

〔一〕青蕪巷：生長雜草的里巷。指臨頓里。青蕪：叢生的雜草。杜甫《徐步》：「整履步青蕪，荒

庭日欲晡。」

〔二〕陂（bēi）：池塘，水邊。侵：到。白竹門：以白竹做成的竹門。指貧賤者簡陋的居室。白竹，苦竹的一種。南朝宋戴凱之《竹譜》：「苦竹，有白，有紫，而味苦。」謝靈運《山居賦》：「其竹則二箭殊葉，四苦齊味。水石別谷，巨細各匯。既修竦而便娟，亦蕭森而蓊蔚。」原注：「二箭，一者苦箭，大葉；一者笄箭，細葉。四苦：青苦，白苦，紫苦，黄苦。水竹，依水生，甚細密，吴中以爲宅援。」

〔三〕栗刺：栗子。因其包裹在帶刺的球狀殼内，故云。

〔四〕芹根：芹菜根。芹菜，蔬菜名，可食。《吕氏春秋》（卷一四）《本味》：「菜之美者：崑崙之蘋，……雲夢之芹。」《説文·艸部》：「芹，楚葵也。」清江藩《爾雅小箋》：「考芹有二種：一爲野芹，莖葉黑色，味如藜蒿，疑即《説文》『蒿類』之菦。一爲芹菜，青白色，味甘美，有水芹、旱芹。疑即楚葵。……菦、芹聲相近，菦即芹字也。生于雲夢，故名楚葵。」

〔五〕迸鼠：奔竄的老鼠。藤桁（héng）：屋梁上藤條的横木。《玉篇·木部》：「桁，屋桁也。」《文選》（卷一一）何晏《景福殿賦》：「桁梧複疊，勢合形離。」李善注：「桁，梁上所施也。桁與衡同。」

〔六〕東吴：漢末三國之一的吴國，孫權立國，曾以蘇州爲都城。因地處江東，故稱東吴。《文選》（卷二一）左思《咏史八首》（其一）：「長嘯激清風，志若無東吴。」李善注：「東吴，謂孫氏也。」

此句謂我所居住的臨頓里是東吳舊地。

〔七〕誰是句：謂吳國國王的子孫早已湮没無聞了。武王孫：吳國宗室子孫。武王，孫權之父孫堅。他是吳國的奠基人。《三國志》（卷四六）《吳書·孫破虜討逆傳》：「孫堅字文臺，吳郡富春人，蓋孫武之後也。……堅四子：策、權、翊、匡。權既稱尊號，謚堅曰武烈皇帝。」裴松之注引《吳録》曰：「尊堅廟曰始祖，墓曰高陵。」故詩中稱其爲武王。

疎慵真有素〔一〕，時勢盡無能〔二〕。風月雖爲敵〔三〕，林泉幸未憎〔四〕。酒材經夏闕〔五〕，詩債待秋徵〔六〕。祇有君同癖〔七〕，閑來對曲肱〔八〕。（詩二一六〇）

【注釋】

〔一〕疎慵：懶散疏放。真有素：謂平常一直如此。

〔二〕時勢：時局，社會的情勢。《莊子·秋水》：「當堯、舜而天下無窮人，非知得也；當桀、紂而天下無通人，非知失也，時勢適然。」盡：全，都，完全。無能：没有能力。

〔三〕風月：指風流放蕩的生活行爲。此句謂不走風流放蕩這一路。

〔四〕林泉句：謂山林泉石、清風明月的自然美則是喜愛的。林泉：指隱士閑居之處。《北史》（卷六四）《韋敻傳》：「所居之宅，枕帶林泉。敻對玩琴書，蕭然自逸，時人號爲居士焉。」《梁書》（卷五一）《庾詵傳》：「性托夷簡，特愛林泉。十畝之宅，山池居半。」幸：庶幾。

〔五〕酒材：釀酒的原料。《周禮·天官·酒正》：「酒正掌酒之政令，以式灋酒材。」鄭玄注：「式法，作酒之法。……鄭司農云：『授酒人以其材。』」「闕」同「缺」，缺乏。

〔六〕詩債：未完成他人索要或酬答的詩作，稱爲詩債。如同欠債一般。此即指作詩。待秋徵：等到秋天來完成。徵：徵召、求取。《爾雅·釋言》：「徵，召也。」

〔七〕同癖：同樣的嗜好。指共同的隱逸情趣。

〔八〕曲肱（gōng）：彎着胳膊當枕頭。形容悠閑的生活情狀。肱，手臂從肘到腕的部分。概指手臂。《論語·述而》：「子曰：『飯疏食飲水，曲肱而枕之，樂亦在其中矣。』」

松陵集卷第六　今體七言詩九十二首①

寒夜同襲美訪北禪院寂上人②〔一〕

龜蒙

月樓風殿静沈沈〔二〕，披拂霜華訪道林〔三〕。鳥在寒枝栖影動〔四〕，人依古堞坐禪深〔五〕。明時尚阻青雲步〔六〕，半夜猶追白石吟〔七〕。自是海邊鷗伴侣〔八〕，不勞金偈更降心〔九〕。

（詩二六一）

【校記】

①斠宋本卷首批語：「宋本六卷缺首二葉，校入行間者係抄補。」　②「寒夜」鼓吹本作「寒食」。鼓吹本、統籤本無「北禪院」。

【注釋】

〔一〕寒夜：應指咸通十一年（八七〇）冬夜。此詩即作於此時。襲美：皮日休字。北禪院：朱長文《吴郡圖經續記》（卷中）：「大慈院，在長洲縣北。唐咸通三年，陸侍御以宅爲院，號爲北禪。祥符中，改今額。皮、陸有《北禪院避暑聯句》，注云：『院昔爲戴顒宅，後司勛陸郎中居之。』即此是也。」《吴郡志》(卷三二)：「大慈寺，在長洲縣北。皮、陸集云，晋戴顒宅也，至唐司勛陸郎中居之。後以爲寺，號北禪院。」寂上人：應是北禪院住持僧，其他未詳。上人：唐代對僧人的尊稱。參卷五(詩二三九)注〔一〕。

〔二〕沈沈：形容寂静無聲貌。韋應物《夏夜憶盧嵩》：「反側候天旦，層城苦沉沉。」

〔三〕披拂：披戴。《莊子·天運篇》：「風起北方，一西一東，有上彷徨，孰噓吸是？孰居無事而披拂是？敢問何故？」霜華：白霜如花。道林：晋高僧支遁，字道林。此指寂上人。參卷五(詩二四二)注〔六〕。

〔四〕栖影：此指寒夜鳥栖宿在樹上的影子。《文選》(卷二七)曹操《短歌行》：「月明星稀，烏鵲南飛。繞樹三匝，何枝可依。」

〔五〕古堞(dié)：古城墻。《文選》(卷一一)鮑照《蕪城賦》：「板築雉堞之殷。」李善注：「鄭玄《周禮注》曰：『雉，長三丈，高一丈。』杜預《左氏傳注》曰：『堞，女墻也。』」坐禪：佛教打坐修煉之法，以净心修性而入心性本源之術。智顗《摩訶止觀》(卷二)：「居一静室，或空閑地，離諸喧鬧，安一繩床，傍無餘座，九十日爲一期，結跏正坐，項脊端直，不動不摇，不萎不倚，以坐自誓，脅不拄床，况復屍卧，遊戲住立。除經行便利，隨一佛方面，端坐正向，無須臾廢。」《阿含經》(卷十二)：「坐禪思維，莫有懈怠。」《釋氏要覽》(卷下)《坐禪》：「《三千威儀經》云：『坐禪有十事：一當隨時，謂四時也；二得安床，謂禪床也；三軟座，毛座也；四閑處，謂山間樹下也；……十得善助，謂畜禪帶也。』」

〔六〕明時：社會安定、政治清明的太平時代。《文選》（卷三七）曹植《求自試表》：「志欲自效於明時，立功於聖世。」青雲：高空。青雲步：喻遠大的抱負和志向。《史記》（卷六一）《伯夷列傳》：「閭巷之人，欲砥行立名者，非附青雲之士，惡能施于後世哉？」

〔七〕白石吟：相傳春秋齊桓公時，甯戚沉淪潦倒，歌吟「白石」以攄憤。此用其意。甯戚所歌名爲《飯牛歌》，或名《扣角歌》、《牛角歌》、《商歌》。詩人則常稱名「吟白石」。《楚辭·離騷》：「甯戚之謳歌兮，齊桓聞以該輔。」《淮南子·道應訓》：「甯越（戚）欲干齊桓公，困窮無以自達，於是爲商旅，將任車以商於齊。暮宿於郭門之外。桓公郊迎客，夜開門，辟任車，爝火甚盛，從者甚衆。甯越飯牛車下，望見桓公而悲，擊牛角而疾商歌。桓公聞之，撫其僕之手，曰：『異哉！歌者非常人也。』命後車載之。」《史記》（卷八三）《鄒陽列傳》：「甯戚飯牛車下，而桓公任之以國。」《集解》引應劭曰：「齊桓公夜出迎客，而甯戚疾擊其牛角商歌曰：『南山矸，白石爛，生不遭堯與舜禪。短布單衣適至骭，從昏飯牛薄夜半，長夜曼曼何時旦？』公召與語，説之，以爲大夫。」

〔八〕海邊鷗伴侶：與海鷗爲伴。謂超脱世俗，過隱逸生活。《列子·黄帝篇》：「海上之人有好漚鳥者，每旦之海上，從漚鳥游，漚鳥之至者百住而不止。」

〔九〕金偈(jì)：佛經中的唱頌詞，稱作「偈」、「偈子」，多以三、四字至七字爲一句，四句一偈。偈，梵語偈陀、伽陀、伽他的略語，意爲頌。玄應《一切經音義》（卷二三）：「伽他，此方當頌，或云攝。言諸聖人所作，莫問重頌字之多少。四句爲頌者，皆名伽他。案西國數經之法，皆以三十二字爲一伽他。或言伽陀，訛也。舊云偈者，亦伽他之訛也。」降（xiáng）心：降服心志。謂抑制企求的慾望。

【箋評】

「月樓」者，月色在樓；「風殿」者，風聲滿殿。只四字，便已雙寫二子之更不能不訪，與上人之更不圖有訪。真是寒夜一段勝情逸事，忽然對景銜口，不覺直吐出來，乃更不勞筆墨點綴者也。三四平寫鳥動、人定，妙，妙！固是寒夜月下風中自然現景，然而真正坐禪密門，乃更不出於此，必有如此境界，方不虛訪人；必有如此境界，方不虛人訪矣。五六即上人金偈所欲相降之心也。因特自明：如此明時，青雲如棄；時將半夜，白雪猶尋。然則其心泊然，初無所住；因無所住，而生現心，此爲與金偈相應不相應，而猶煩老和尚氣噓噓地耶？（《金聖嘆全集》選刊之二《貫華堂選批唐才子詩》）

此因訪上人而自道其事。首言招提之境。「月樓風殿」，沉沉静寂，與襲美「披霜華」而訪上人也。其時「鳥在寒枝」，「人依古堞」，愈見寂静之景。而余也自念平生幸值「明時」，「尚阻青雲」之步；時當「半夜」，猶懷白石之吟。則是絶利忘機，堪與海鷗作伴，豈復勞上人之金偈以降心哉！○朱東嵒曰：一二寫風静霜華，確是寒夜景色。三四寫鳥動人静，確是寒夜月中景色。非真心坐禪密

門，安得有如此境界。五六即上人金偈所欲降之心也。（元郝天挺注、明廖文炳解、清朱三錫評《東嵒草堂評訂唐詩鼓吹》卷三）

北禪寺在城北，近城雉堵，故云「古堞」。《三齊紀略》：「衛人甯戚，不得仕。至齊，夜飯牛車下，扣角歌曰：『南山粲，白石爛，生不逢堯與舜禪。短褐單衣纔至骭，長夜漫漫何時旦。』威公聞之，命後車載焉。」佛號金仙，嘗作半偈示法。六蓋言己如甯戚之歌隱于飯牛，未得名利，己如海鷗無機，不必佛法降心也。（胡以梅《唐詩貫珠箋》卷二十六）

（一二句）略點寒夜。（七句）透出「同」字意。（八句）另翻新意，覺皈依、結社等句爲淺。（毛張健《唐體膚銓》卷四）

魯望行芳品潔，爲吾邑詩人之最。其《松陵倡和集》，多膾炙之句。但蕪音累氣，亦所不免，實開宋人粗澀一派。故甄汰頗嚴，不敢阿所好也。（張世煒《唐七律雋》）

奉和次韻

日休

院寒青靄正沈沈①〔一〕，霜棧乾鳴入古林②〔二〕。數葉貝書松火暗〔三〕，一聲金磬檜煙深〔四〕。陶潛見社無妨醉〔五〕，殷浩譚經不廢吟③〔六〕。何事欲攀塵外契〔七〕，除君皆有利名心。（詩

二六(二)

【校記】

①「青」全唐詩本注:「一作清。」②「棧」項刻本作「落」。「乾」項刻本作「風」。③「譚」詩瘦閣本作「談」。

【注釋】

〔一〕青靄:輕薄的淡緑色霧氣。《説文·雲部》:「靄,雲貌。」南朝宋鮑照《登大雷岸與妹書》:「左右青靄,表裏紫霄。」沈沈:幽遠隱約貌。

〔二〕霜棧(zhàn):指在寒夜中的棧車。《説文·木部》:「棧,棚也。竹木之車曰棧。」《詩經·小雅·何草不黄》:「有棧之車,行彼周道。」《毛傳》:「棧車,役車也。」參卷五(詩二五一)注〔八〕。乾(gān)鳴:清脆的響聲。乾,乾燥,枯乾。韓愈《秋懷詩十一首》(其九):「霜風侵梧桐,衆葉著樹乾。」又《同李二十八夜次襄城》:「雲垂天不暖,塵漲雪猶乾。」義同。

〔三〕數葉貝書:指數頁佛經。「葉」同「頁」。貝書:貝葉書,古印度佛經用貝多紙書寫,故稱佛經爲貝葉書。參卷五(詩二三九)注〔六〕。松火:松明火。山松多油脂,劈成細條,燃以照明,故稱。

〔四〕金磬:僧人誦經時敲擊的銅制器具,形狀似鉢。《文獻通考》(卷一三四):「銅磬。銅鉢。銅磬,梁朝樂器也。後世因之,方響之制出焉。今釋氏所用銅鉢亦謂之磬,善妄名之耳。齊、梁間文士擊銅鉢賦詩，亦梵磬之類，胡人之音也。」檜煙：夜間籠罩着檜柏樹的煙霧。僧人往往在夜間擊磬誦經，此句正寫這一情形。賈島《寄白閣默公》：「後夜誰聞磬，西峰絶頂寒。」姚合《寄無可上人》：「多年松色别，後夜磬聲秋。」

〔五〕陶潛：陶淵明（三六五—四二七），晉、宋間詩人，字元亮，自號五柳先生，入宋後更名潛。古代著名隱士。其詩多寫田園風光和隱逸情懷，被稱爲「古今隱逸詩人之宗」。生平事迹參《晉書》（卷九四）、《南史》（卷七五）、《宋書》（卷九三）《陶潛傳》，南朝梁昭明太子《陶淵明傳》。見社：指陶淵明加入慧遠法師等十八人在廬山東林寺的結社白蓮社。《蓮社高賢傳》：「常往來廬山，使一門生二兒舁籃輿以行。遠法師與諸賢結蓮社，以書招淵明，淵明曰：『若許飲，則往。』許之，遂造焉。忽攢眉而去。」

〔六〕殷浩：東晉文人、玄學家，字淵源（？—三六二），唐避諱改作「深源」。曾任中軍將軍。擅清談，因軍敗績，被廢爲庶人，仍談咏不輟。《晉書》（卷七七）《殷浩傳》：「浩識度清遠，弱冠有美名，尤善玄言，與叔父融俱好《老》《易》。融與浩口談則辭屈，著篇則融勝，浩由是爲風流談論者所宗。……浩雖被黜放，口無怨言，夷神委命，談咏不輟，雖家人不見其有流放之戚，但終日書空，作『咄咄怪事』四字而已。」

〔七〕塵外契：超脱世俗的交誼。指與僧人的交往。塵外：世俗之外。佛教謂一切人世間之事能污染真性，稱作塵凡、塵世。《文選》（卷一五）張衡《思玄賦》：「遊塵外而瞥天兮，據冥翳而哀嗚。」李善注：「《莊子》曰：『彷徨塵垢之外。』」

【箋評】

「一聲金磬檜煙深」：衆山皆響。（項真評，項真刻《項氏瓶笙榭新刻皮襲美詩》卷二）

按字書：棧，棚也。蓋荳棚、松棚、葡萄架之類，經霜則聲乾。梵書用貝葉。五六言陸如陶、殷二人，即入社談經，亦無妨廢於吟飲，又何事于訪尋方外契合乎？然「除君」，則人人「皆有利名心」，須上人指點耳。此酬原唱結語，通篇秀韻。《晉書》：「殷浩與叔融俱好《老》《易》，融與浩口談則辭屈，著篇則融勝，浩由是爲風流談論者所宗。」（胡以梅《唐詩貫珠箋》卷二十六）

江南道中懷茅山廣文南陽博士三首〔一〕

日休

寒嵐依約認華陽〔二〕，遥想高人卧草堂〔三〕。半日始齋青䭀飯①〔四〕，移時空印白檀香〔五〕。鶴雛入夜歸雲屋〔六〕，乳管逢春落石床②〔七〕。誰道夫君無伴侣〔八〕，不離窗下見羲皇③〔九〕。（詩二二六三）

【校記】

①「䭀」季寫本作「□」。②「逢」英華本作「逄」。③「皇」項刻本作「王」。英華本詩末原注：

「以下六篇（校者按：指皮這三首詩和陸的和作）并見《松陵集》。」

【注釋】

〔一〕詳其一「寒嵐」、其二「迎新歲」、其三「瀑冰初拆」云云，此三首詩應作於咸通十一年（八七〇）冬。茅山：在今江蘇省句容縣，原名句曲山，傳説漢代茅盈、茅衷、茅固兄弟三人於此得道，世稱「三茅君」，并將山名改爲茅山。參《神仙傳》（卷五）《茅君》條。因而此山成爲道教名山。《元和郡縣圖志》（卷二五）《江南道一》：「潤州句容縣：縣有茅山，本名句曲，以山形似『己』字，故名句曲；有所容，故號句容。茅山在縣東南六十里。」又：「潤州延陵縣：茅山，在縣西南三十五里。三茅得道之所，事具《仙經》，不録。」廣文南陽博士：指張賁，字潤卿，生卒年不詳。南陽（今河南省鄧州市）人，宣宗大中年間進士，曾官廣文館博士。咸通前後隱居茅山學道，世稱「華陽山人」、「華陽道士」。游寓吴中，與皮、陸交游頗密，《松陵集》中有詩唱和。生平事迹參《唐詩紀事》（卷六四）。唐代廣文館，隸屬於國子監的學館，建置於玄宗時期，至晚唐猶存。《唐會要》（卷六六）《廣文館》：「天寶九載七月十三日置，領國子監進士業者，博士、助教各一人，品秩同太學。以鄭虔爲博士，至今呼鄭虔爲『鄭廣文』。」後曾有所擴大。《新唐書》（卷四八）《百官志》：「（廣文館）博士四人，助教一人，掌領國子學生業進士者。有學生六十人，東都十人。」

〔二〕寒嵐：冬天山中輕薄縹緲的霧氣。嵐，山林中的煙霧。依約：仿佛，隱約。唐劉兼《登郡樓書懷》（三首之一）：「天際寂寥無雁下，雲端依約有僧行。」華陽：即指茅山。茅山有道家「十大洞天」中的第八洞天，名曰金壇華陽之洞天。參《雲笈七籤》（卷二七）。

〔三〕高人：超脱世俗的人。指張賁。《抱朴子·内篇·塞難》：「余閲見知名之高人，洽聞之碩儒，果以窮理盡性，研覈有無者多矣。」

〔四〕青飿（xùn）飯：道家的一種齋飯。相傳即出於茅山。《至順鎮江志》（卷四）：「青飿飯，出茅山。唐張賁以青飿飯分送皮日休、陸龜蒙，有詩云：『誰屑瓊瑶似青飿，舊傳名品出華陽。』皮日休和云：『分泉過屋青春稻。』自注：『此飯以青龍稻造之。』見《潤州類集》。」道家本有所謂青精飯。梁陶弘景著、王家葵輯校《登真隱訣輯校·疑似道經》：「以南燭葉一斤或二斤，漬之，或煮之一沸，出，令汁正作紺青色，小令濃也。又内白蜜五升或一斗，著青汁中，攪令勾。和畢，又以溲飿飯如前，溲令調市，日中乾之，唯欲多溲乾也。須盡清汁乃止。又輒復蒸，畢，日中乾之極燥，青精飿飯之道都畢矣。」吴曾《能改齋漫録》（卷七）《青精飯》條：「《神仙王褒傳》：『太極真人以太極青精飯上仙靈方授之，可按而合服。褒按方合煉，服之五年，色如少女。』杜詩『惜無青精飯，使我顔色好』是也。」王觀國《學林》（卷八）《青精》：「杜子美《贈李白》詩曰：『豈無青精飯，使我顔色好。』……子美詩蓋用道書中陶隱居《登真訣》，有乾石青精飿飯法。飿音迅，謂飧也。其法用南燭草水浸米，蒸飯，暴乾，其色青如鷖珠，食之可以延年却老，此子美所謂青精飯也。《神農本草》木部有南燭枝葉，久服，輕身長年，令人不飢，益顔色，取汁炊飯，又名黑飯草。在道書謂之南燭草木，在《本草》謂之南燭枝葉，蓋一物也。」

〔五〕移時：經過一段時間。空：只。白檀香：白栴檀，一種香料，即檀香。《楞嚴經》：「佛告阿難，汝嗅此栴檀，然於一株，四十里内同時聞香。」《舊唐書》（卷一九七）《南蠻西南蠻傳》：「墮婆登國，……貞觀二十一年，其王遣使獻古貝、象牙、白檀。」印香：將香料擣成屑末，和以松柏或榆樹木屑，用金屬格做成一定的花紋圖案或字形，燒香後，餘燼留有篆文似的形迹，稱作印香、篆香，又稱香印。王建《香印》：「閑坐燒印香，滿户松柏氣。火盡轉分明，青苔碑上字。」「印香」，《全唐詩》注：「一作香印。」白居易《酬夢得以予五月長齋延僧徒絶賓友見戲十韻》：「香印朝煙細，紗燈夕焰明。」

〔六〕雲屋：指山中洞穴，學道者的居室。

〔七〕乳管：石鍾乳。其形多爲鵝管狀，故云。杜牧《朱坡絶句三首》（其三）：「乳肥春洞生鵝管，沼避迴巖勢犬牙。」清馮集梧注：「《本草經》：『石鍾乳上品。』《名醫别録》：『石鍾乳第一出始興，而江陵及東境名山石洞亦皆有。惟通中輕薄如鵝翎管者爲善。』」李商隱《四年冬以退居蒲之永樂渴然有農夫望歲之志遂作憶雪又作殘雪詩各一百言以寄情於游舊·殘雪》：「檐冰滴鵝管，屋瓦鏤魚鱗。」馮皓注：「《圖經本草》：『石鍾乳，溜山液而成，空中相通，如鵝翎管狀。』」道家以石鍾乳入藥。茅山産茅乳。宋唐慎微《證類本草》（卷三）《石鍾乳》條注：「又乳有三種，有石乳、竹乳、茅山之乳。……石乳性温，竹乳性平，茅山之乳微寒。」石床：石頭作床，僧道、隱士的卧具。《水經注·夷水》：「夷水又東逕石室，……村人駱都，小時到此室邊采蜜，見一仙人坐石床上。」

〔八〕夫君：對朋友的敬稱。此指張賁。《楚辭·九歌·雲中君》：「思夫君兮太息。」南朝齊謝朓《和江丞北戍琅邪城》：「夫君良自勉，歲暮勿淹留。」

〔九〕羲皇：伏羲氏。古代傳説中的三皇之一。古人認爲他的時代社會太平，人民生活安定。窗下羲皇：指隱士。陶淵明《與子儼等書》：「常言：五六月中，北窗下卧，遇涼風暫至，自謂是羲皇上人。」

【箋評】

古人稱友曰「夫君」。孟浩然《遊精思觀迴王白雲在後》詩云：「衡門猶未掩，佇立望夫君。」李義山《雨中送趙滂不及》詩云：「秋水緑蕪終盡分，夫君太騁錦障泥。」皮日休《送蟹與魯望》詩云：「病中無用霜螯處，寄與夫君左手持。」又《懷茅山廣文南陽博士》詩云：「誰道夫君無伴侣，不離窗下見羲皇。」昌黎《祭李使君文》：「美夫君之爲政，不橈志於讒構。」此類甚多，一時不盡記憶也。案此二字，本自通稱。《九歌》「思夫君兮太息」，指雲中君也；「思夫君兮未來」，指湘君也。世俗但知婦目所天用耳。（胡鳴玉《訂譌雜録》卷六《夫君》）

住在華陽第八天〔一〕，望君唯欲結良緣①〔二〕。堂扃洞裏千秋燕②〔三〕，厨蓋巖根數斗泉③〔四〕。壇上古松疑度世〔五〕，觀中幽鳥恐成仙④〔六〕。不知何事迎新歲〔七〕，烏納裘中一覺眠⑤〔八〕（原注：烏納裘出《王鈞集》⑥。）〔九〕。

（詩二二六四）

【校記】

①「唯」詩瘦閣本作「惟」。②「燕」英華本作「雁」，并注：「集作燕。」季寫本、全唐詩本注：「一作雁。」③「厨」四庫本作「樹」。「斗」英華本作「井」，并注：「一作斗。」季寫本、全唐詩本注：「一作井。」④「觀中」盧校本作「林間」。⑤「納」四庫本、英華本作「衲」。⑥「納」四庫本作「衲」。英華本、類苑本無此注語。

【注釋】

〔一〕華陽第八天：茅山上的道家第八洞天。《雲笈七籤》（卷二七）《洞天福地·十大洞天》：「第八句曲山洞。周迴一百五十里，名曰金壇華陽之洞天，在潤州句容縣，屬紫陽真人治之。」

〔二〕良緣：美好的緣分。此指朋友情誼。《文選》（卷三〇）陸機《擬古詩十二首·擬迢迢牽牛星》：「跂彼無良緣，睆焉不得度。」

〔三〕堂扃洞：古代道家認爲茅山下有衆多的大小洞穴，形成所謂陰宫。參《真誥》（卷一一）。堂扃（jiōng），廳堂。扃：從外面關門的門閂。《説文·户部》：「扃，外閉之關也。」此即指門户。

〔四〕千秋燕：燕子雖是候鳥，秋去春來，但總是飛回到往年的舊巢之處，故云。《藝文類聚》（卷九二）引傅咸《燕賦》曰：「惟里仁之爲美，托君子之堂寓。逮來春而復旋，意眷眷而歸舊。一委身乃無口，豈改適而更赴？」燕子也是道家認爲有靈性的神物，服食可以長生的肉芝之一。《抱朴子·內篇·仙藥》：「又千歲燕，其窠户北向，其色多白而尾掘，取陰乾，末服一頭五百歲。」

〔四〕厨蓋：即指厨房。巖根：山崖洞穴之處。數斗泉：道家謂茅山一帶有仙泉，故云。陶弘景《真誥》（卷一一）：「茅山天市壇，……其山左右有泉水，皆金玉之津氣，可索其有小安處爲静舍乃佳。若飲此水，甚便益人精，可合丹。」又（卷一三）：「華陽雷平山，有田公泉水，飲之，除腹中三蟲。與隱泉水同味，云是玉砂之流津也。用以浣衣，不用灰，以此爲異矣。（此水今從地涌出，狀如沸，水味異美。取浣垢衣，便自得净，即所呼爲柳谷汧者，在長史宅東南一里許也。）」

〔五〕壇：築臺爲壇。此指道教的醮壇。度世：出世成仙。謂古松成爲仙樹。《楚辭·遠遊》：「欲度世以忘歸兮，意恣睢以担撟。」洪興祖補注：「度世，謂僊去也。」

〔六〕觀：道觀。幽鳥：鳥的美稱。此處活用淮南王八公山鷄犬升天之説。漢王充《論衡·道虚篇》：「淮南王學道，……奇方異術，莫不争出。王遂得道，舉家升天，畜産皆仙，犬吠于天上，鷄鳴于雲中。」另參葛洪《神仙傳》（卷六）《淮南王》條。

〔七〕何事：何以，如何。新歲：新的一年。當指咸通十二年（八七一）。

〔八〕烏納裘：道士服。具體形制未詳。

〔九〕《王筠集》：《隋書》（卷三五）《經籍志四》：「梁太子洗馬《王筠集》十一卷。」王筠（四八一—五四九），字元禮，一字德柔，南朝梁詩人、駢文家。生平事迹參《梁書》（卷三三）、《南史》（卷二二）本傳。

五色香煙惹内文〔一〕（原注：許遠遊燒香五色烟①。）〔二〕，石飴初熟酒初醺②〔三〕。將開丹竈那防鶴③〔四〕，欲算碁圖却望雲〔五〕。海氣半生當洞見④〔六〕，瀑冰初拆隔山聞⑤〔七〕。如何世外無交者（原注：許邁與王羲之父子爲世外之交⑥。）〔八〕，一卧金壇只有君〔九〕。（詩二二六五）

【校記】

①「許遠遊燒香五色烟」英華本作「許遠遊燒香煙五色」。類苑本無此注語。②後「初」盧校本、英華本作「微」，「微」英華本注：「集作初。」季寫本、全唐詩本注：「一作微。」③「防」英華本作「妨」，并注：「集作防。」④「半」全唐詩本作「平」，并注：「一作半。」⑤「瀑」英華本作「暴」。「拆」詩瘦閣本作「折」，皮詩本、英華本、統籤本、季寫本、全唐詩本作「坼」。⑥「許邁」英華本作「許遠遊」。類苑本無此注語。

【注釋】

〔一〕五色：青、赤、白、黑、黄，古代以此五色爲正色。五色香煙：道教有以五色煙爲祥瑞的説法。《法苑珠林》（卷三六）《華香篇》：「《許邁别傳》曰：『邁少名暎，高平閻慶等皆就受業。初慶等方去，暎燒香皆五色煙出。』」《列仙傳》（卷上）：「甯封子者，黄帝時人也。世傳爲黄帝陶正，有人過之，爲其掌火，能出五色煙，久則以教封子。」内文：道家經文。《無上秘要》（卷四二）《修學品》：「凡學當從下上，案次而修，不得越略虧天科條。經有三品，道有三真，三皇内文天文文字九天之籙黄白之道，亦得控轡玄霄，遊涉五嶽，故爲下品之第。」

〔二〕許遠遊：許邁。《晋書》（卷八〇）《王羲之傳》附《許邁傳》：「許邁字叔玄，一名映，丹楊句容人也。家世士族，而邁少恬静，不慕仕進。……父母既終，乃遣婦孫氏還家，遂携其同志遍游名山焉。……永和二年，移入臨安西山，登巖茹芝，眇爾自得，有終焉之志。乃改名玄，字遠游。……羲之造之，未嘗不彌日忘歸，相與爲世外之交。」《真誥》（卷二〇）：「（許）先生名邁，字叔玄，小名映。清虚懷道，遐栖世外，故自改名遠遊。」燒香五色煙：宋葉廷珪《海録碎事》（卷六）《飲食器用部·香門》：「五色煙，皮日休『五色香煙惹内文』，注：『許遠遊燒香五色煙。』」宋洪芻《香譜》（卷下）《五色香煙》條：「《三洞珠囊》：『許遠遊燒香，皆五色香煙出。』」

〔三〕石飴：石蜜。指野蜂在巖石間所釀的蜜。李時珍《本草綱目》（卷三九）：「（陶）弘景曰：『石蜜，即崖蜜也。在高山巖石間作之。色青，味小酸。食之心煩。其蜂黑色似虻。』……（陳）藏器曰：『（崖蜜）出南方崖嶺間，房懸崖上或土窟中，人不可到，但以長竿刺令蜜出，以物承取，多者至三四石，味醶色緑。』」宋葉廷珪《海録碎事》（卷六）：「崖蜜，《本草》：『石蜜，即崖蜜也。其蜂黑色，作房於巖崖高峻處。』」一説，石蜜即是蔗糖。《正法念處經》（卷三）：「如甘蔗汁，器中火煎，彼初離垢，名頗尼多。次第二煎，則漸微重，名曰巨呂。更第三煎，其色則白，名曰石蜜。」《太平御覽》（卷八五七）引《涼州異物志》曰：「石蜜之茲，甜於浮萍，非石之類，假石之名。實出甘柘，變而凝輕（原注：甘柘似竹，味甘。煮而曝之，則凝如石而甚輕。）。」同卷又引《本草經》曰：「石蜜一名飴。」醺：本爲醉酒。此指釀酒成熟。《説文·酉部》：「醺，醉也。」

〔四〕丹竈：道家冶煉丹藥的爐竈。那：奈，何。那防鶴：謂不防鶴。鶴本是仙禽，人又可以乘鶴飛升成仙，故云。

〔五〕碁圖：圍棋的棋譜。《新唐書》（卷五九）《藝文志四》：「《竹苑仙碁圖》一卷，韋珽《碁圖》一卷。」望雲：有飛升成仙之意。《梁書》（卷五一）《陶弘景傳》：「得葛洪《神仙傳》，晝夜研尋，便有養生之志。謂人曰：『仰青雲，睹白日，不覺爲遠矣。』」

〔六〕海氣：海上蜃氣，猶海市蜃樓的奇幻景象。此指句曲華陽第八洞天前霧氣彌漫，景象變幻多端。李肇《唐國史補》（卷下）：「海上居人，時見飛樓如締構之狀甚壯麗者；太原以北，晨行則煙靄之中，睹城闕狀如女墻雉堞者，皆《天官書》所説氣也。」

〔七〕瀑冰：瀑布。形容瀑布如冰片。初拆：剛剛開始拆裂。謂初春山間瀑布流淌下來。觀上首詩「新歲」云云可知。

〔八〕如何句：感嘆自己缺少世外之交。言外有除了你張賁之外的意思。世外交：指與僧道、隱士之間遠離世俗的交往。參本詩注〔二〕。孟浩然《張七及辛大見尋南亭醉作》：「世外交初得，林中契已并。」王羲之父子：王羲之（三〇三—三六一），字逸少。晋代大書法家，後世尊爲「書聖」。又是重要的玄言詩人。廣結當世名流，享譽一時。其子凝之、徽之、獻之，并有才名。生平事迹參《晋書》（卷八〇）《王羲之傳》及附傳。

〔九〕金壇：即第八句曲山洞，金壇華陽之洞天。君：指張賁。此句謂只有張賁學道茅山。

奉和次韻

龜蒙

一片輕帆背夕陽①〔一〕，望三峰拜七真堂〔二〕（原注：三茅、二許、一楊、一郭，是謂七真②〔三〕）。天寒夜漱雲牙浄〔四〕，雪壞晴梳石髮香③〔五〕。自拂煙霞安筆格④〔六〕，獨開封檢試硃床⑤〔七〕。莫言洞府能招隱〔八〕，會輾飆輪見玉皇〔九〕。（詩二六六）

【校記】

①「背」英華本作「佩」，并注：「集作背。」　②「楊」原作「陽」，據全唐詩本改。「一郭」鼓吹本作「二郭」。「謂」統籤本、季寫本、全唐詩本作「爲」。英華本、類苑本無此注語。　③「壞」英華本作「壤」。

④「格」鼓吹本注：「音閣。」　⑤「硃」弘治本、汲古閣本、詩瘦閣本、四庫本、陸詩甲本、陸詩丙本、英華本、統籤本、類苑本、全唐詩本作「砂」。

【注釋】

〔一〕一片輕帆：呼應皮日休原作詩題「江南道中」云云。輕帆：指小船。王昌齡《送竇七》：「鄂渚輕帆須早發，江邊明月爲君留。」

〔二〕三峰：茅山的三茅峰，即大茅峰、二茅峰、三茅峰。茅山則稱爲三茅山，簡稱茅山。《梁書》（卷五一）《陶弘景傳》：「於是止于句容之句曲山。……昔漢有咸陽三茅君得道，來掌此山，故謂之茅山。」《讀史方輿紀要》（卷二〇）《南直二》：「應天府句容縣，茅山，在縣東南四十五里。……漢有三茅君，得道於此，因謂之三茅峰。……有三峰并秀，其支山别阜，隨地立名者約三十餘山。」七真堂：七仙堂，在茅山。三茅君等七位仙人均於茅山得道，合稱「七真」。

〔三〕三茅：茅盈、茅衷、茅固。參本卷（詩二六三）注〔一〕。二許：許邁、許穆。南朝梁陶弘景《上清真人許長史舊館壇碑》：「昔在西漢，三茅來賓。爰暨東晋，二許懷真。」許邁參上詩注〔二〕。許穆（三〇五—？），一作許謐，字思玄。晋代道士，許邁第五弟，與楊羲結神明之契，居茅山修隱。陶弘景《上清真人許長史舊館壇碑》：「真人姓許諱穆，世名謐，字思玄，本汝南平輿人。……六世祖光，……乃來過江，居丹陽句容都鄉之吉陽里。……恒與楊君（羲）深神明之契。」另可參《真誥》（卷二〇）《真胄世譜》。一説，二許爲許穆、許翽。許翽，字道翔，許穆之子，居茅山側雷平山下，師楊羲傳三天正法，後司隸茅山。《真誥》（卷二〇）《真胄世譜》：「小男名翽，字道翔，小名玉斧。正生。……居雷平山下，修業勤精。恒願早遊洞室，不欲久停人世。」陶弘景

《上清真人許長史舊館壇碑》：「長史第三子諱玉斧，世名翽，字道翔。正生。……糠秕塵務，研精上業。即弘景玄中之真師也。」一楊：指楊羲（三三〇—三八六），字羲和，東晋著名道士和玄學學者，吴郡（今江蘇省蘇州市人），徙家句容，學道茅山，與許邁、許謐結神明之交。撰有《上清大洞真經》等道經。事迹參《真誥》（卷二〇）。一郭：指郭世幹。陶弘景《真誥》（卷一）：「青蓋真人侍帝晨郭世幹。」又《真靈位業圖》：「侍帝晨青蓋真人郭君（原注：名世幹）。」

〔四〕雲牙：片雲。觸石所産生的雲片。道教認爲可食用。《雲笈七籤》（卷七四）《方藥・太極真人青精乾石䭀飯上仙靈方》：「䭀飯須雲牙之用，雲牙不須䭀飯而行事也。」《登真隱訣輯校・佚文匯綜》：「服雲牙，可絶穀去尸也。」又云：「雲芽者，五老之精氣，太極之霞煙。」

〔五〕雪壞：雪消融。石髮：植物名。有生長水中和陸地兩種，可食用。此指陸地生者。《爾雅・釋草》：「薄，石衣。」郭璞注：「水苔也，一名石髮，江東食之。或曰薄葉似薤而大，生水底，亦可食。」宋周去非《嶺外代答》（卷八）：「石髮，出海上，纖長如絲縷，淡緑色。置食肴中，極可愛。然易爛，而薄於味。」《本草綱目》（卷二一）《陟釐》條：「石髮有二，生水中者爲陟釐，生陸地者爲烏韭。」

〔六〕煙霞：指茅山洞穴中升騰彌漫的雲霧。筆格：擱置筆的架子。又名筆架、筆床。南朝梁吴均《筆格賦》：「幽山之桂樹，……翦其匡條，爲此筆格。……長對坐而銜煙，永臨窗而儲筆。」《樹萱録》：「梁簡文帝製筆床，以四管爲一床。」明屠隆《陳眉公考槃餘事》（卷三）：「筆床之製，行世甚少。有古鎏金者，長六七寸，高寸二分，闊二寸餘，如一架然，上可卧筆四矢。以此爲式。用紫檀、烏木爲之，亦佳。」

〔七〕封檢：古代書籍的外封包裝和題籤鈐印，代指書籍，此指道書。參卷五（詩二五七）注〔三〕。

硃床：即朱砂床。朱砂是道家煉丹的主要原料。宋唐慎微《證類本草》（卷三）《丹砂》引《圖經》曰：「丹砂，生符陵山谷。今出辰州、宜州、階州，而辰州者最勝，謂之辰砂。生深山石崖間。土人采之，穴地數十尺，始見其苗，乃白石耳，謂之朱砂床。砂生石上。其塊大者如鷄子，小者如石榴子。」

〔八〕洞府：指茅山第八洞天，即金壇華陽之洞天。《真誥》（卷一一）：「大天之内有地中之洞天三十六所。其第八是句曲山之洞，周迴一百五十里，名曰金壇華陽之天。……句曲之洞宫有五門。南兩便門，東西便門，北大便門，凡合五便門也。」又曰：「句曲山腹内虚空，謂之洞臺仙府也。」招隱：邀約隱士。《楚辭·招隱士》爲招隱居山中者出仕，此詩用其字面。《文選》（卷二二）左思《招隱詩二首》（其一）：「杖策招隱士，荒塗横古今。巖穴無結構，丘中有鳴琴。」同卷陸機《招隱詩》：「朝采南澗藻，夕息西山足。輕條象雲構，密葉成翠幄。」

〔九〕會：當。有「將要」義。張相《詩詞曲語辭匯釋》（卷一）：「會，猶當也；應也。有時含有將然語氣。」飆輪：凌風駕馭的神仙車輛。飆，大風。《説文·風部》：「飆，扶摇風也。」《真誥》（卷一一）：「昔東海青童君曾乘獨飆飛輪之車，通按行有洞天之山，曾來於此山上矣。……青童飆輪之迹，今故分明。」玉皇：玉皇大帝，簡稱玉皇、玉帝，道教天神四御之一，主管自然現象和支配人類社會的最高神靈。《雲笈七籤》（卷三）《道教三洞宗元》：「三代天尊者，過去元始天尊，見在太上玉皇天尊，未來金闕玉晨天尊。」白居易《夢仙》：「人有夢仙者，夢身升上清。……仰謁玉皇帝，稽首前致誠。」

【箋評】

陸龜蒙云：「自拂烟霞安筆格，獨開封檢試砂床。」按：五溪蠻地，産丹砂。石之不碎而砂附其上者名砂床。見宋輔《溪蠻叢笑》。（徐𤊹《徐氏筆精》卷三《砂床》）

超然雲外，隱然筆中。用日休原韻，和詩自古已然。（李維禎《唐詩雋》卷三）

周珽曰：首叙道中拜望之意，繼言廣文修習之事。「漱雲牙」、茹石髮，著經煉丹，又安且詳，自然成仙。乘風御氣，朝天而去也。其詩三章，總美廣文修煉之精，道超玄機，脱塵化境也。（周敬編、周珽補輯、陳繼儒批點《删補唐詩選脉箋釋會通評林》卷四十六）

此專美集仙之事也。首言我於江南道中「背夕陽」而去，「望三峰」而「拜七真」焉。遥想君居此地，「天寒」而「夜漱雲牙」，「雪壞」而「晴梳石髮」；著經則「拂烟霞」而「安筆格」，煉藥則「開封檢」以「試砂床」。修真煉形如此不怠，莫言洞府之中堪招隱士，會見乘風御氣以朝帝闕矣。○因「髮」乃用「梳」字，因「牙」乃用「漱」字，此詩中字法也。（元郝天挺注、明廖文炳解、清朱三錫評《東嵒草堂評訂唐詩鼓吹》卷三）

此和皮襲美，於江南道中望茅山而懷張賁。首言道中挂帆，行於夕陽之際，遠望三茅峰而拜山中七真堂。懸知寒冽嵐收，雲牙如漱洗之浄；晴薰雪花，石髮亦梳櫛而流香。「漱」、「梳」二字，用得奇幻。而「牙」與「漱」、「髮」與「梳」相呼應，對仗皆用身體，作巧句也。此界言山中之清景，取其用物秀雅，搆句不凡，無烟火氣，妙！五六則言博士山中所爲。拂去烟霞以「安筆格」，不特寄迹之高，而筆下著述可知。「開封檢」以「試砂床」，則修煉術精，飛升有待，不特洞府堪以招隱，將來即可輾動「飆輪」而「見玉皇」，名顯天衢，豈終於隱遁已耶？暗用陶弘景華陽隱居道成飛升事，且挽第二句。三茅峰見《致仕》。雲牙、雲根，皆石。石髮，陸龜蒙《苔賦》：「高有瓦苔，卑有澤葵。散巖竇者曰石髮，補空田者曰垣衣；在屋者曰昔邪，在藥者曰陟釐。」梁吴均《筆格賦》：「上則員員俊逸，若九疑之争出。」蓋閣筆者。《本草》：「硃砂，辰州者佳。穴地數十丈，始見其苗，乃白石，謂之硃砂床。砂生石上，大者如鷄子，小者如箭簇。」金陵廖平以丹砂三十斛，置所居井中，飲水祈壽，所謂封檢是已。陶弘景居茅山，謂華陽隱居。今詩云「招隱」，指此。飆輪，見前。《集仙録》：「王母居崑崙山閬風之苑，非飆輪不可到。」

按《茅山志》并《雲笈》本傳：大司命君姓茅，諱盈，字叔申，咸陽人，姬冑。高祖諱濛，師鬼谷先生，入華山。秦始皇時，乘龍白日升天。君年十八入恒山，精思誠感，夢見太玄玉女，把玉札而携之曰：「西城有王君，可爲師。」心齋三月，投軀見王君。至玉宫銅臺中，執巾履之役十七年。携見龜山王母於青琳宫，授玉珮金鐺之道，太極玄真之文，太霄隱書。王君賜九轉還丹，使歸勿泄。至漢元帝初元五年，授仙靈之職。迎官來至，乘羽車，驂駕龍虎，歸於句曲，以俟二弟。弟固，字季偉。季弟衷，字思和。仕至西河太守執金吾，棄官求兄。以漢元帝永元五年渡江，相見悲涕，君曰：「卿已老矣，難可補復。縱得真訣，適可成地上仙耳。」上清升霄大術，非老夫所學。教二弟服青牙始生咽氣液之道，亦停年不死之法也。季偉宜服黄帝四扇散，思和宜服王母回童散。思和體中損少於季偉，故服此以填精補腦。二弟受敕，如是十八年，色如處子。君曰：「藥力行矣。」乃授以上道，使存明堂玄真之炁，以攝運生精理和魂魄。三年之中，神光始現，君各賜九轉還丹一劑，神方一首，仙道成矣。君又啓王君，賜玄水玉液丹服之。於時二弟，雖内通神靈，外攝六丁，至於天真大神，如王君之儔，猶未肯降見，明高卑不倫矣。君使二弟心齋三月，詣青童方諸宫，書名金簡。次詣西城洞宫，朝見總真上宰。南詣衡山朱臺謁太虛赤真人，歸方諸，請地仙三真之策，造赤城，受真變神符。又之羅、霍，求華旌綉幡。乃上登九宫，詣金闕，受聖君之書，頓首闕下三月。聖君乃命九微太真上相王，大司命高晨師青童君，使上詣太上道君協晨宫中，請朱官使者，下拜固、衷於金闕下。使者手授紫素之書，命固位爲定録，兼統地真，治句曲之山。命衷司三官保官，總括岱宗，領死計生，位爲地仙九宫之英。勸教童蒙，教訓女官，莅治百鬼，典祟校精，開察水源，江海流傾，封掌金谷，藏録玉漿，監植龍芝，洞草夜光，治於良常之山，帶北洞之口，鎮陰宫之門也。受書訖，辭還所治。至漢平帝元壽二年八月己酉，五帝下受太帝之命，文以紫玉爲板，黄金刻之，略曰：「惟盈爰自童蒙，散髮北山，積思求神，飢寒所適，惟道所保。今授盈位太元真人，領東嶽上卿司命神君。君平心正格，報以玉鉞緑旌八威之策，征伐源澤，折衝萬神。君寒凍林谷，啓心精誠，故報以紫髦之節，藕敷華冠，招驅萬靈，封山召雲。君棄家獨往，離親樂仙，故報以綉羽紫帔，丹青飛裙，使從容霄階，携命玉真。君步驟深藪，足履危仞，心耽志尚，曾不衍憚，故報以斑龍之輿，素虎之軿，浮宴太空，飛輪帝庭。君披榛并景，寒凌霜雪，心求明真，不戰不慄，故報以曲晨寶蓋，瓊幃緑室，使遊盼九宫，静神温密。君遠秀遁榮，潛形幽嶽，故報以流金火鈴，雙珠明月，可以上聞太極，通音上清。君貞心高静，淫累不經，故報以錦旌綉幡，白羽玄竿，可以召呼六陰，玉女侍軒。君慈向觸物，陰德萬生，蠢動之毛，皆念經營，故報以鳳鸞之簫，金鐘玉磬，可以和神虚館，樂真舞靈。君飢渴養神，艱辛求真，萬物不能致其感，千邪不能毁其淳，故賜紫琳之腴，玉漿金罌，可以壽同三光，刻簡丹瓊。盈心膞重離，神曜太霞，實真人之長者，故以太元爲號。君九德既備，今酬九事，以報往懷，給玉童玉女各四十人，以出入太微，受事太極也。治宫赤城玉洞之府。」於是與二弟别而去，曰：「吾今使有局任，不得數往來。要當一年再過，來於此山。三月十八日，十二月二日，期要吾師，及南嶽太虚真人，遊盼二弟。有好道者，待吾於是乎。吾自當料理之，以相教訓。」季偉、思和遂留住此山洞内。

按志載：西城王真人，諱遠，字方平。益州西城山，即西極總真之府。嘗降蔡經家，會麻姑，從老君降鶴鳴山，受天師張道陵經符。晋代降洛陽，授道於魏夫人，及受楊、許三真經法。歲以二日，同司命遊盼華陽，推拔學真男女當爲真人者。成都、括蒼、崑崙皆爲總真仙府，總司太平，下教二十四真人，是爲三洞教主聖師、小有天王清虚道君。上清真人楊諱羲，字羲和，吴郡人，徙家句容。工書畫，與王右軍并名海内。許先生邁，長史穆，早結神明之交。簡文爲琅琊王，進位丞相，用長史薦爲公府舍人。及帝即位，高蹈遺榮，精思致感。永和五年，受中黄子制虎豹法，又從魏夫人長子劉璞傳靈寶符。興寧三年，感紫微夫人九華真妃清虚清靈，凡四十七真人，數來降，遂爲許君傳經之師，九華安妃應運爲儷。嘗告之曰：「明君必三事大夫，侍晨帝躬；理生斷死，賞罰鬼神，爲吴、越司命之君。」西城王君又教服日月之華法。以太元十一年解去。上清仙侯許諱穆，字玄思，一名謐，汝南平輿人。六世祖光徙丹陽。晋惠帝時，生起家太學博士，出爲餘姚令。徵爲尚書郎，遷護軍長史。慕兄遠遊之高軌，值簡文晏駕，專静山廬。興寧中，衆真降楊，備傳經誥，定録君尤多示訓。先患腹中結塞，小便不利。紫微夫人曰：「此病家訟所致，冢有怨鬼爲害，可服术自除。」因作《术叙》以傳穆。修服都愈。太元元年解化。上清仙公許諱翽，字道翔，小字玉斧。舉上計掾主簿，司徒府辟掾，并不赴。立宅雷平山前，密修上道。興寧三年七月，紫微夫人降教，與衆真酬接書疏，備修迴元飛步二景，儀璘之法。嘗願早游洞室，不欲久停人世。以太和五年庚午歲，詣北洞告終，時年三十。相傳云：掾在北洞石壇上，燒香禮拜，因伏而不起。明旦視之，形如生。保命君言許子遂能委形冥化，從張鎮南之夜解。鎮南即天師第三代，係師魯也。自此居方隅宫館，常去來四平方臺。《真誥》云：「後十六年，當度東華，受書爲上清仙公。」前司三官保命真人郭四朝，燕國人也。兄弟四人，秦時住伏虎之地，并得道。四朝是長兄。真法：其司三官者，六百年無違坐超遷之。四朝職滿，補九宫左仙公，領玉臺執蓋郎。久缺無人，後以茅小君代四朝耳。以上所謂七真是也。（胡以梅《唐詩貫珠

箋》卷二十四）

「雪壞」，雪消也。（毛奇齡、王錫《唐七律選》卷四）

咀華漱玉，句櫛字梳，備極雕琢之工。魯望《寄鄭書記》詩：「五丁驅得神功盡，二酉搜來秘檢疎。」《懷楊秀才》：「釣具每隨輕舸去，詩題閒上小樓分。」亦佳句也。（宋宗元《網師園唐詩箋》卷十三）

陸甫里之風致，似較襲美爲優。五言如「分野星多蹇，連山卦少亨。」「匹夫能曲踴，萬騎可橫行。」「硯撥萍根洗，舟衝蓼穗撑。」「短床編翠竹，低几凭紅樫。」「有路求真隱，無媒舉孝廉。」「夜燈燒汞火，朝煉洗金鹽。」「蜂供和餌蜜，人寄買谿錢。」「圃暖芝臺秀，宕春孔管圓。」「池栖子孫鶴，堂宿弟兄仙。」「枕當高樹穩，茶試遠泉甘。」「養鷺看窺沼，尋僧助結庵。」「玉封千挺藕，霜閉一筒柑。」七言如「清樽林下看香印，遠岫窗中挂鉢囊。」「庭前有蝶争烟蕊，簾外無人報水筒。」「繁弦似玉紛紛碎，佳伎如鴻一一驚。」「登山凡著幾緉屐，破浪欲乘千里船。」「自拂烟霞安筆格，獨開封檢試砂床。」「釣具每隨輕舸去，詩題閒上小樓分。」「閒傍積嵐尋瀑眼，便凌殘雪采芝芽。」「架上黑緣長褐穩，案頭丹篆小符靈。」凡此諸聯，澹冶之間，仍寓冲融之態，不似襲美一味幽奇也。（蔣伯超輯《通齋詩話》上卷）

丹砂以辰州爲上，服食家奉爲至寶。絶大者名芙蓉，有床承之，狀似玉盤。包佶詩：「鼎煉芙蓉伏火砂。」松陵詩：「更開封檢試砂床」是也。（宋長白《柳亭詩話》卷十八《白玉芽》）

壺中行坐可移天①〔一〕，何況林間息萬緣②〔二〕。組綬任垂三品石〔三〕，珮環從落四公泉③〔四〕。丹臺已運陰陽火④〔五〕，碧簡須雕次第仙⑤〔七〕（原注：廣文玉季猶在場中。）⑥〔七〕。想得雷平春色動〔八〕，五芝烟甲又芊眠⑦〔九〕。

（詩二六七）

【校記】

①「移」弘治本、章校本、鼓吹本、英華本、類苑本、季寫本、全唐詩本作「携」。②「況」鼓吹本作「向」，季寫本、全唐詩本注：「一作向。」③「珮」全唐詩本作「佩」。④「火」英華本作「氣」，并注：「集作火。」季寫本、全唐詩本注：「一作氣。」⑤「雕」英華本作「調」，并注：「集作雕。」季寫本、全唐詩本注：「一作調。」⑥「玉季」原作「王李」。「王」應是「玉」之誤。「李」汲古閣本、詩瘦閣本、陸詩丙本、季寫本作「季」，又英華本注作「廣陽集作文王季猶在場中。」據此，「李」應是「季」之誤。皮日休《皮子文藪》（卷一〇）《奉獻致政裴秘監》「玉季牧江西」，日本亨和二年（一八〇二）刊本作「王李」，所誤正同，可參考。詳蕭滌非、鄭慶篤整理《皮子文藪》校記。「王李」四庫本、統籤本、全唐詩本作「三年」。類苑本無此注語。⑦「五」英華本作「玉」，并注：「集作五。」季寫本、全唐詩本注：「一作玉。」「甲」英華本作「草」，并注：「集作甲。」季寫本、全唐詩本注：「一作草。」「眠」陸詩丙本、鼓吹本、統籤本作「綿」。

【注釋】

〔一〕壺中句：謂壺中尺幅千里，容納天地之闊。指神仙境界。《後漢書》（卷八二下）《費長房傳》：

「費長房者，汝南人也。曾爲市掾。市中有老翁賣藥，懸一壺於肆頭，及市罷，輒跳入壺中。市人莫之見，唯長房於樓上睹之，異焉。……長房旦日復詣翁，翁乃俱入壺中。唯見玉堂嚴麗，旨酒甘肴盈衍其中，共飲畢而出。……又嘗坐客，而使至宛市鮓，須臾還，乃飯。或一日之間，人見其在千里之外者數處焉。」《神仙傳》（卷九）《壺公》：「壺公者，不知其姓名。今世所有《召軍符》，召鬼神治病《王府符》凡二十餘卷，皆出於壺公，故總名爲《壺公符》。」《雲笈七籤》（卷二八）《二十八治·雲臺山治》：「雲臺治中録曰：『施存，魯人，夫子弟子，學大丹之道三百年，十煉不成，唯得變化之術。後遇張申，爲雲臺治官，常懸一壺如五升器大，變化爲天地，中有日月如世間。夜宿其内，自號壺天，人謂曰壺公，因之得道在治中。』」

〔二〕萬緣：所有的世俗因緣。

〔三〕組綬：古代官員繫結官印或佩飾物的絲帶。此泛指帶子。《禮記·玉藻》：「天子佩白玉而玄組綬，公侯佩山玄玉而朱組綬，大夫佩水蒼玉而純組綬，世子佩瑜玉而綦組綬，士佩瓀玟而緼組綬，孔子佩象環五寸而綦組綬。」三品石：指寶石。三品是道家認爲的一種至高境界。《周易·巽卦》：「六四，悔亡，田獲三品。」《無上秘要》（卷四二）《修學品》：「經有三品，道有三真。」《真誥》（卷一二）：「凡此諸人，術解甚多，而仙第猶下者，并是不聞三品高業故也。」

〔四〕珮環：玉珮。古人繫在身上，走動時則有響聲。此喻泉水聲。四公泉：應在茅山，未詳。《讀史方輿紀要》（卷二〇）《南直二》：「應天府句容縣，（茅山）又有峰巖洞壑岡壟泉澗之屬，其得名者以百計。」或爲「田公泉」之誤歟？陶弘景《上清真人評長史舊館壇碑》：「源出田公之泉，路通姜巳之軌。」參下（詩二一六八）注釋〔六〕。

〔五〕丹臺：道家稱神仙居住之處，也指煉丹臺。此指後者。陰陽火：指道家煉丹之火。

〔六〕碧簡：青色的竹簡。此指道家的簡牘。南朝梁武帝蕭衍《上雲樂·方丈曲》：「金書發幽會，碧簡吐玄門。」次第仙：名字按等級次序先後排列在仙人名册中。

〔七〕廣文：廣文館博士，指張賁。參本卷（詩二一六三）注〔一〕。玉季：對他人弟弟的敬稱，此指張賁弟。皮日休《奉獻致政裴秘監》詩：「玉季牧江西，泣之不忍離。」李商隱《送從翁從東川弘農尚書幕》：「爲言公玉季，早日棄漁樵。」劉學鍇、余恕誠師《李商隱詩歌集解》曰：「商隱《上張雜端狀》：『是觀玉季，如對金昆。』玉季指弟。」李商隱《爲濮陽公上張雜端狀》：「是觀玉季，如對金昆。陸有機、雲，劉惟豀、岱。」場中：道場中。此謂學道。道場本指佛教做法事之所，此借指學道的場所，此指茅山。《梁書》（卷五一）《庾詵傳》：「晚年以後，尤遵釋教，宅内立道場，環繞禮懺，六時不輟。」據此，張賁在茅山學道期間，其弟亦隨之在茅山修煉。

〔八〕想得：料想。得，語助詞。雷平：山名。參卷五（詩二一五七）注〔三〕。

〔九〕五芝：有多種説法。《抱朴子·内篇·仙藥》：「五芝者，有石芝，有木芝，有草芝，有肉芝，有菌芝。各有百許種也。」《後漢書》（卷二八下）《馮衍傳下》：「飲六醴之清液兮，食五芝之茂英。」李賢注引《茅君内傳》曰：「句曲山上有神芝五種：一曰龍仙芝，似交龍之相負，服之爲太極仙卿。第二名參成芝，赤色，有光，其枝葉如金石之音，折而續之即復如故，服之爲太極大夫。第三名燕胎芝，其色紫，形如葵，葉上有燕象，光明洞澈，服一株拜爲太清龍虎仙君。第四名夜光芝，其色青，其實正白如李，夜視其實如月，光照洞一室，服一株爲太清仙官。第五名曰玉芝，剖食，拜三官正真御史。」《文選》（卷一一）孫綽《遊天台山賦》：「八桂森挺以凌霜，五芝含秀而晨敷。」李善注：「《神農本草經》曰：『……赤芝一名丹芝，黄芝一名金芝，白芝一名玉芝，黑芝一名玄芝，紫芝一名木芝。』」煙甲：謂雲霧籠罩着初生的芝草。甲，春天植物初生時嫩芽上帶有的甲殼。此即指芝草的小芽。芊眠：草木茂盛貌。又作「芊綿」。

【箋評】

次作不一重犯首作，佳佳。中用運氣雕遷語，切題。（李維禎《唐詩雋》卷三）

首言君隱此山，即如壺中日月，別有天地，何止息慮林間而已哉！蓋三品有石，不數組綬之榮；而四公有泉，亦踰環珮之貴。是取石之磊磊，泉之潺潺，以擬組綬、環珮，以其亦在仕路也。且君煉丹欲就，必當次第書名於碧簡矣。遙想雷平種芝，入春則生烟甲。今君亦應如是，安得與之追隨哉？（元郝天挺注、明廖文炳解、清朱三錫評《東嵒草堂評訂唐詩鼓吹》卷三）

良常應不動遺文①〔一〕，金醴從酸亦自醺〔二〕（原注：蓬萊公洛廣文以金醴四升待主簿，主簿恨其味酸②。）〔三〕。桂父舊歌飛絳雪〔四〕，桐孫新韻倚玄雲③〔五〕。春臨柳谷鶯先覺〔六〕，曙醮蕪香鶴共聞④〔七〕。

珍重雙雙玉條脱〔八〕，盡憑三島寄羊君〔九〕。　（詩二一六八）

【校記】

①「遺」汲古閣本、四庫本、陸詩甲本、英華本、季寫本、全唐詩本作「移」。②「文」盧校本、陸詩丙本作「休」。「酸」後英華本有一「也」。類苑本無此注語。③「新」盧校本、英華本作「遺」。季寫本、全唐詩本注：「一作遺。」「玄」原缺末筆，避宋太祖始祖趙玄朗諱。④「曙醮」盧校本作「暖動」，鼓吹本作「樹醮」。「蕪香」英華本作「靈蕪」，并注：「集作蕪香。」全唐詩本注：「一作靈蕪。」「醮蕪香」季寫本注：「一作醮靈蕪。」

【注釋】

〔一〕良常：山名，在今江蘇省句容縣，原屬句曲山（茅山）的支脉。《太平寰宇記》（卷九〇）《江南東道二》：「昇州句容縣，良常山，在小茅峰之北垂。」《真誥》（卷一一）：「茅山北垂洞口一山名良常山。本亦句曲相連，都一名耳。始皇三十七年十月癸丑，始皇出遊。十一月行至雲夢，祠虞舜於九疑，浮江下，觀借柯，度梅渚，過丹陽，至錢塘，臨浙江。水波惡，乃至西百二十里，從峽中度，上會稽，祭夏禹，望於南海，而立石刻。頌秦德於會稽山，李斯請書。而還過諸山川，遂登句曲北垂山，埋白璧一雙。於是會群官，饗從駕，始皇嘆曰：『巡狩之樂，莫過於山海。自今已往，良爲常也。』爾乃群臣并稱壽，唤曰『良爲常』矣。又鳴大鼓，擊大鐘，萬聲齊唱，洞駭山澤，贊樂吉兆。大小咸善，乃改句曲北垂曰良常之山也。良常之意，從此而名。」遺文：指先賢遺留下來的詩文。一作「移文」，南朝齊孔稚珪《北山移文》，責隱士改弦出仕，此云「不動移文」，則稱張賁隱於茅山學道之志尚堅定矣。

〔二〕金醴：一種酒類飲料。道家認爲服用可以延年。《真誥》（卷三）：「玉簫和我神，金醴釋我憂。」《藝文類聚》（卷七八）引《神仙傳》：「老子姓李，名耳，字伯陽。……所出度世之法，九丹八石，玉醴金液，治鬼養性，絶穀變化，役使鬼之法。」從酸：任其帶有酸味。

〔三〕蓬萊公洛廣文：陸龜蒙《幽居賦》：「傾洛公之金醴，幾得銷憂？」《雲笈七籤》（卷九六）《楊羲真人夢蓬萊仙公洛廣休召四人各賦詩一章·張誘世作詩一章》：「美哉洛廣休，人在論道位。」又《丁瑋寧作詩一章》：「嘲笑蓬萊公，呼此廣休前。」《真誥》（卷一七）：「四月九日戊寅夜鼓四，夢北行登高山，迷淪不寤。……公答曰：『我蓬萊仙公洛廣休，此蓬萊山，吾治此上。府君故來，乃得相見我耳。』」「洛廣文」應從盧校本、陸詩丙本作「洛廣休」歟？主簿：許主簿。晋代著名道士許謐幼子許翽。《真誥》（卷二〇）：「小男名翽，字道翔，小名玉斧，正生。幼有珪璋標挺，長史器異之。郡舉上計掾、主簿，并不赴。」因此而有許主簿、許掾之稱。金醴味酸：《真誥》（卷一七）：「初下半山，見許主簿來上，相逢於夾石之間。公（按指蓬萊公）語主簿曰：『汝何來遲？吾爲汝置四升酒在山上坐處，可往飲之而還逐我。』主簿即去上山，須臾見還，行甚疾，未至山下相及。公曰：『美酒不？』答云：『猶恨酸。』公曰：『此太平家酒，治人腸也。諺曰：「欲得長生飲太平。」何酸之有耶？故是野家兒也。守一慎勿失，後當用汝輔翼君。』於是共至山下，各別。」

〔四〕桂父：古代傳説中的仙人。劉向《列仙傳》（卷上）：「桂父者，象林人也。色黑而時白、時黄、時赤。南海人見而尊事之。常服桂及葵，以龜腦和之，千丸十斤桂。累世見之。今荆州之南，尚有桂丸焉。」絳雪：似應作神仙歌曲名，未詳。亦是神仙家煉丹藥名。《漢武帝内傳》：「其次藥有九丹金液、紫華紅英、太清九轉、五雲之漿、元霜絳雲、騰躍三黄。」「絳雲」一作「絳雪」。梁武帝蕭衍《上雲樂·金丹曲》：「紫霜耀，絳雪飛。追以還，轉復飛。」

〔五〕桐孫：桐樹上新生長的枝杈。代指琴。參卷五（詩二四九）注〔七〕。倚：依倚。此指以歌合樂。《史記》（卷一〇二）《張釋之馮唐列傳》：「使慎夫人鼓瑟，上自倚瑟而歌。」《索隱》：「倚，謂歌聲合於瑟聲，相依倚也。」玄雲：玄雲之歌。指道教神仙家之歌。《漢武帝内傳》：「撫璈命衆女，咏發感中和。妙暢自然樂，爲此玄雲歌。韶盡至韻存，真音辭無邪。」

〔六〕柳谷：茅山地名。《真誥》（卷一一）：「金陵之左右，汧谷溪源，陵之左有山也。右有源汧名柳谷，陵之西有源汧名陽谷。《名山内經·福地志》曰：『伏龍之地，在柳谷之西，金壇之右，可以高栖。』正金陵之福地也。」又（卷一三）：「華陽雷平山有田公泉水，飲之除腹中三蟲，與隱泉水同味，云是玉砂之流津也。用以浣衣，不用灰，以此爲異矣（原注：此水今從地涌出，狀如沸，水味異美。取浣垢衣，便自得净。即所呼爲柳谷汧者，在長史宅東南一里許也。）。」

〔七〕曙醮（jiào）：早晨的齋戒。醮，祭祀。此指道士設壇祈禱的活動。蕪香：一種異香名。王嘉

《拾遺記》（卷四）：「乃設麟文之席，散荃蕪之香。香出波弋國，浸地則土石皆香，著朽木腐草，莫不鬱茂，以燻枯骨，則肌肉皆生。」

〔八〕條脱：手鐲，釧。陶弘景《真誥》（卷一）：「萼緑華者，自云是南山人，不知是何山也。女子，年可二十。上下青衣，顔色絶整。以升平三年十一月十日夜降羊權。自此往來，一月之中，輒六過來耳。云本姓楊。贈權詩一篇，并致火澣布手巾一枚，金、玉條脱各一枚。條脱乃太而異精好。」《玉臺新詠》（卷一）繁欽《定情詩》：「何以致契闊，繞腕雙跳脱。」

〔九〕三島：古代神話傳説中海上三神山蓬萊、方丈、瀛洲。此指神仙而言。《史記》（卷二八）《封禪書》：「自威、宣、燕昭使人入海求蓬萊、方丈、瀛洲。此三神山者，其傅在勃海中，去人不遠；患且至，則船風引而去。」羊君：應即指羊權。參本詩注〔八〕。非用《晋書·羊祜傳》從鄰家樹洞中取出金環事。

【箋評】

《漢武内傳》：「西王母曰：『仙之上藥，（闕）詩。采取神藥山端，白兔搗蝦蟆丸，奉上陛下一玉杵。』」梁武帝詩：「紫霜耀絳雪，追還轉復飛。」陸龜蒙詩：「桂父舊歌依絳雪，桐孫遺咏倚元雲。」（高似孫《緯略》卷七《冰丸霜散》）

《松陵集》有起聯曰：「良常應不動移文，三醴從酸亦任醺。」良常，山名。《茅君内傳》曰：「衷治良常之山。」魏文帝曰：「良以此爲常也。」三醴，未得其解。按李慶孫吊錢熙詩：「四夷妙賦無人纖，三酌酸文舉世傳。」熙嘗獻《四夷來王賦》及《三酌酸文》，乃宋人也（賈捐之與友人箋曰：「午夜一燈，辰窗萬字，豈肯爲此沾沾徒作酸文耶？」熙蓋用其語。）。（宋長白《柳亭詩話》卷七《酸文》）

（原注：醴字、酌字，疑有一訛。）

此言習仙而隱操不變，不煩移文以却之。乃其所飲則仙家之金醴也。至於琴歌之樂，「飛絳雪」而「倚玄雲」，不減仙家之道情；而鶯啼柳谷，鶴舞蕪香，又無異蓬山、瑶島矣。豈無仙女之遇如萼緑華，以條脱而寄羊君哉。○朱東嵒曰：陸魯望《江南道中》三首，晚唐名作也。較之初盛中，氣格相去遠矣。（元郝天挺注、明廖文炳解、清朱三錫評《東嵒草堂評訂唐詩鼓吹》卷三）

言君習隱既堅，良常山自不若北山「動移文」矣。而山中樂事，仙酒雖酸，亦可醺飲。歌則有桂父舊曲可飛《絳雪》，琴則倚桐孫之新韻而操《玄雲》。柳谷春回，鶯先應候。異香曙醮，鶴亦共聞。不特此也，更有仙女往來，如萼緑華之贈遺玉條脱，從三島寄將可知也。借風流事謔之，通篇濃郁中自多鬆秀。秦始皇登句曲北垂山，嘆曰：「巡狩之樂，莫過山海，自此以往，良以爲常。」因名良常山，是即茅山之支屬。劉宋周顒隱鍾山復出，孔稚圭作《北山移文》斥之。《真誥》云：「楊羲真人，四月九日夜夢北登高山，仰見白龍數十丈行空，白衣女子竟入龍口，三入三出。有老翁著綉衣，芙蓉冠，拄赤九節杖，曰：『此太素玉女蕭子夫，取龍炁以煉形也。』問翁何人，曰：『蓬萊仙翁洛廣休。』此龍以待真人張誘世、石慶安、許玉斧、丁瑋寧也。此侍帝晨宫龍，更三日乘以上直也。某與公及此女敷坐山上，望海水白龍并有設酒食，酒中如石榴子，粋中鮭也。公呼此四人來作詩畢，共下山。山半，逢許主簿，曰：『汝何來遲？吾爲置四升酒在山上，飲之，還追我。』須臾還。公曰：『酒美否？』答曰：『恨酸。』公曰：『此太平家酒，治人腸也。諺曰：「欲得長生飲太平。」何酸之有？故是野家兒也。』某末將主簿及玉斧東去，公還上山。公又告云：『許牙累府君。』注云：「稱某處是楊君。」又注：「主簿即玉斧兄虎牙。」桂父，象林人。色時黑時白，時黄時赤。常服桂。一旦與鄉曲別，入雲去，是必有歌也。薛照遇仙女張雲客、蕭鳳臺、劉翹翹，得絳雪丹度世。《風俗通》：「嶧陽梧桐，采南東孫枝爲琴，聲極清麗，蓋幼枝也。」漢文帝使慎夫人鼓瑟，上自倚瑟而歌。《漢武内傳》：「王母命侍女安法嬰歌《玄雲》之曲，曰：『天象雖云寥，我把天地户。披雲泛靈輿，倏爾適下土。』又曰：『韶盡至韻存，真音辭無邪。』」《茅山志》曰：「《太元内傳》曰：『句曲山，其間有金陵之地，方三十七八頃，是金陵之地肺也。金陵之右有源洴，名曰柳谷，曰暘谷。』又《名山内經・福地志》曰：『伏龍之地，在柳谷之西，金壇之右，可以高栖。』」唐權德輿有《柳谷故居》詩：「下馬荒郊日欲曛，潺潺目溜静中聞。」山西夏縣亦有柳谷，中條山之支，陽城隱此。朱長孺云：「《劉賓客嘉話録》：『今謂登第爲遷鶯，蓋本《毛詩》：「伐木丁丁，鳥鳴嚶嚶。出自幽谷，遷于喬木。」然并無「鶯」字。頃試《早鶯求友》，及《鶯出谷》詩。别無證據，豈非誤歟？』然唐人楊楨『軒樹已遷鶯』，蘇味道『遷鶯遠聽聞』，皆已實指。」愚案：《本草綱目》：「鶯曰蒼庚。」李時珍曰：「《説文》云：倉庚鳴則蠶生。冬月則藏蟄，入田塘中，以泥自裹。如卵至春始出，而百舌鳥亦然。」是因出谷遷喬，故謂是鶯。今詩中用「覺」字，寫其蟄意，更合所謂「多識於鳥獸草木」之妙也。又按《禽經》云：「鶯鳴嚶嚶，故名。」則詩稱鶯，非他鳥可通用。所以下文承以「出谷」、「喬木」之説耳。劉又何疑焉？「醮齋」，醮祭也。《拾遺記》：「荃蕪香，出波弋國。浸地則土石皆香。著朽木腐草，莫不茂蔚；以薰枯骨，則肌肉皆生。燕昭王時，曾獻之。」此用仙家之異香，鶴能銜書赴闕，故聞醮香。《真誥》：「萼緑華，九疑山得道女羅郁也。晉升平中，降羊權家，贈火浣布巾、金、玉條脱。上下皆著青衣，已九百歲矣。」《盧氏新記》：「唐文宗問宰臣：『古詩「輕衫襯條脱」，是何物？』宰臣未及對，上曰：『即今之腕釧。』」一作條達，一作跳脱。繁欽《定情樂府》：「何以致契闊，繞臂空跳脱。」（胡以梅《唐詩貫珠箋》卷二十四）

早春雪中作吴體寄襲美〔一〕

龜蒙

迎春避臘不肯下〔二〕，欺花凍草還飄然〔三〕。光填馬窟蓋塞外〔四〕，勢壓鶴巢偏殿巔〔五〕。山爐瘦節萬狀火①〔六〕，墨突乾衰孤穗煙〔七〕。君披鶴氅獨自立〔八〕，何人解道真神仙〔九〕。

（詩二六九）

【校記】

①「爐」詩瘦閣本作「鑪」。

【注釋】

〔一〕詩應作於咸通十二年（八七一）早春。因皮日休在咸通十一年春到蘇州任軍事院判官，陸氏此時尚無可能與其唱和。而約在十二年暮春已離任，故松陵唱和中只有這一個早春。參吴在慶《唐五代文史叢考·皮日休爲蘇州郡從事及初識陸龜蒙之時間》。吴體：詩體的一種，具有江南民歌風味，語言通俗，取譬淺顯。杜甫《愁》（江草日日唤愁生）詩題下原注：「强戲爲吴體。」仇兆鰲注引黄生注：「皮、陸集中，亦有吴體詩，乃當時俚俗爲此體耳，詩流不屑效之。杜公篇什既衆，時出變調，凡集中拗律，皆屬此體，偶發例於此。曰戲者，明其非正律也。」清陳僅《竹林答問》：「吴體，俳諧體。」襲美：皮日休字。

〔二〕迎春避臘：謂這場雪臘月未下而下在了早春，故下句「欺花凍草」云云。臘，臘月，農曆十二月。

〔三〕欺花凍草：早春的雪花使花不能開放，草推遲發芽變緑，故云「欺」、「凍」。

〔四〕馬窟：飲馬的水窟。《文選》（卷二七）樂府古辭《飲馬長城窟行》（青青河邊草）題下，李善注：「酈善長《水經》曰：『余至長城，其下往往有泉窟，可飲馬。古詩《飲馬長城窟行》，信不虚也。』」此句謂早春的雪填滿了馬窟，覆蓋了塞外大地。

〔五〕勢壓句：謂早春的雪壓住了鶴巢旁廂房的頂部。

〔六〕山爐：山家的土爐子。瘿節：樹木生長隆起的贅瘤。此指用不成材料的樹木來生火取暖。萬狀火：形容火焰千變萬化。

〔七〕墨突：煙囱。原指墨翟到處奔忙，每到一地，煙囱尚未燻黑，又要前往别處。《文選》（卷四五）

班固《答賓戲》：「孔席不暖，墨突不黔。」李善注：「《文子》曰：『墨子無黔突，孔子無暖席，非以貪禄慕位，欲起天下之利，除萬民之害也。』《小雅》曰：『黔，黑也。』」乾衰：謂雪中煙囱很少冒煙。孤穗煙：喻升到空中的煙的末端如穗狀。

〔八〕君：指皮日休。鶴氅（chǎng）：鶴羽制成的大衣。《世説新語·企羡》：「孟昶未達時，家在京口。嘗見王恭乘高輿，被鶴氅裘。于時微雪，昶於籬間窺之，嘆曰：『此真神仙中人！』」

〔九〕解道：知道。張相《詩詞曲語辭匯釋》（卷一）：「解道，猶云知道也。此從解之本義。……陸龜蒙《早春雪中》詩『君披鶴氅獨自立，何人解道真神仙。』言無人知其爲神仙也。」

奉和　　日休

威仰噤死不敢語①〔一〕，瓊花雲魄清珊珊〔二〕。溪光冷射觸鸀鳿〔三〕，柳帶凍脆攢欄杆②〔四〕。竹根乍燒玉節快③〔五〕，酒面新潑金膏寒〔六〕。全吴縹瓦十萬户〔七〕，惟君與我如袁安〔八〕。（詩二七〇）

【校記】

①「威仰」皮詩本批校：「青帝名靈威仰。」　②「欄杆」汲古閣本、詩瘦閣本、四庫本作「闌干」。　③

「燒」項刻本作「曉」。

【注釋】

〔一〕威仰：靈威仰，古代傳説中的青帝，東方之神，即春神。《禮記·大傳》：「禮，不王不禘。王者禘其祖之所自出。以其祖配之。」鄭玄注：「王者之先祖，皆感大微五帝之精以生。蒼則靈威仰，赤則赤熛怒，黄則含樞紐，白則白招拒，黑則汁光紀。皆用正歲之正月郊祭之，蓋特尊焉。」噤死：閉口不語。死，程度副詞，形容極甚。此句謂早春下雪，使春神不敢發聲説話。喻天氣寒冷，尚無春色。

〔二〕瓊花雲魄：都是喻雪花。瓊花，白色的花。雲魄，空中雲霧的魂魄。清珊珊：清冷晶瑩貌。語本《文選》（卷一九）宋玉《神女賦》：「動霧縠以徐步兮，拂墀聲之珊珊。」李善注：「珊珊，聲也。」

〔三〕鸀鳿（shǔ yù）：水鳥名。又作「鸀鳿」。《史記》（卷一一七）《司馬相如傳》：「鴻鵠鷫鴇，鴐鵝鸀鳿。」《正義》：「鸀鳿，燭玉二音。郭云：『似鴨而大，長頸，赤目，紫紺色。辟水毒，生子在深谷澗中。若時有雨，鳴。雌者生子，善鬥。江東呼爲燭玉。』」

〔四〕柳帶：柳條細長如帶，故云。攢：集聚。欄杆：即闌干。指亭閣臺榭而言。

〔五〕竹根：指竹根制作的酒杯。庾信《奉報趙王惠酒》：「野爐然樹葉，山杯捧竹根。」倪璠注引王韶《南雍州記》曰：「辛居士名宣仲，家貧，春月鬻筍充觴酌，截竹爲罍，用充盛置。人問其故，宣仲曰：『我惟愛竹好酒，欲令二物常相并耳。』」岑參《梁園歌送河南王説判官》：「嫦娥曼臉成草蔓，羅帷珠簾空竹根。」乍：時時，常常。《玉臺新詠》（卷八）劉邈《萬山見采桑人》：「葉盡時移樹，枝高乍易鈎。」唐郎士元《送林宗配雷州》：「海霧多爲瘴，山雷乍作鄰。」玉節：指竹節。

〔六〕金膏：喻金黄色的酒。庾信《蒙賜酒》：「金膏下帝臺，玉曆在蓬萊。」倪璠注引《穆天子傳》：「河伯曰：『示汝黄金之膏。』」唐人用粟米釀酒，呈黄色。張九齡《謝公樓》：「紅泥乍擘緑蟻浮，玉盌才傾黄蜜剖。」「黄蜜」喻黄色的酒。岑參《喜韓樽相過》：「甕頭春酒黄花脂，禄米只充酤酒資。」「黄花脂」謂酒上浮蟻，正與此詩「酒面金膏」相合。

〔七〕全吴：即指蘇州。陸廣微《吴地記》：「地名甄胄，水名通波，城號闔閭，臺曰姑蘇。隩壤千里，是號全吴。」縹瓦：琉璃瓦。此泛指蘇州的房屋。十萬户：唐時蘇州户口的概數。《吴地記》云：「唐武德七年，移新州，却復舊址，升爲望，管縣七，鄉一百九十四，户一十四萬三千二百六十一。」

〔八〕袁安：東漢貧士。後世喻指貧困而節操高尚的人。《後漢書》（卷四五）《袁安傳》：「袁安字邵公，汝南汝陽人也。……後舉孝廉，除陰平長、任城令，所在吏人畏而愛之。」李賢注：「引《汝南先賢傳》曰：『時大雪，積地丈餘。洛陽令身出案行，見人家皆除雪出，有乞食者。至袁安門，無有行路。謂安已死，令人除雪入户，見安僵卧。問何以不出，安曰：「大雪人皆餓，不宜干人。」令以爲賢，舉爲孝廉』也。」

吳中言情寄魯望〔一〕

日休

古來傖父愛吳鄉〔二〕，一上胥臺不可忘〔三〕。愛酒有情如手足〔四〕，除詩無計似膏肓①〔五〕。宴時不輟琅書味②〔六〕，齋日難判玉鱠香〔七〕。爲説松江堪老處〔八〕，滿船烟月濕莎裳③〔九〕。（詩二七一）

【校記】

①「似」盧校本作「作」。②「時」原作「日」，據弘治本、汲古閣本、四庫本、項刻本、統籤本、類苑本、全唐詩本改。③「莎」類苑本作「沙」。

【注釋】

〔一〕吳中：即蘇州。參卷一（詩五）注〔一〕。魯望：陸龜蒙字。

〔二〕傖（cāng）父：粗鄙之人。南北朝時，江東人對北方人的蔑稱。《世説新語·雅量》：「吏云：『昨有一傖父來寄亭中。』」劉孝標注：「《晉陽秋》曰：『吳人以中州人爲傖。』」

〔三〕胥臺：姑胥臺，即姑蘇臺。春秋時吳王闔閭造，夫差增飾。《吳越春秋》（卷四）《闔閭内傳》

「治姑蘇之臺，旦食䱀山，晝游蘇臺。」又（卷五）《夫差内傳》：「道出胥門，過姑胥之臺。」陸廣微《吴地記》：「姑蘇臺，在吴縣西南三十五里，闔閭造，經營九年始成。其臺高三百丈，望見三百里外，作九曲路以登之。」朱長文《吴郡圖經續記》（卷中）：「姑蘇山，在吴縣西三十五里，連横山之北，或曰姑胥，或曰姑餘，其實一也。傳言闔廬作姑蘇臺，一曰夫差也。」

〔四〕手足：手足之情，喻極爲親密。《孟子·離婁下》：「君之視臣如手足，則臣視君如腹心。」

〔五〕膏肓（huāng）：難治的重病。此喻無法去除極愛作詩的積習。《左傳·成公十年》：「疾不可爲也。在肓之上，膏之下，攻之不可，達之不及，藥不至焉，不可爲也。」杜預注：「肓，鬲也。心下爲膏。」《後漢書》（卷三五）《鄭玄傳》：「時任城何休好《公羊》學，遂著《公羊墨守》《左氏膏肓》《穀梁癈疾》；玄乃發《墨守》、鍼《膏肓》、起《癈疾》。休見而嘆曰：『康成入吾室，操吾矛，以伐我乎！』」

〔六〕琅（láng）書：指道家書籍。《真誥》（卷六）：「瓊音琅書，發乎三玄之宫。」道教有《洞真太霄琅書瓊文經》。

〔七〕齋日：道家沐浴齋戒之日，清齋奉戒，不茹葷飲酒，以示虔敬。唐代的齋戒在每年正月、五月、九月。《唐會要》（卷四一）：「會昌四年四月，中書門下奏：『正月、五月、九月斷屠。伏以齋月斷屠，出於釋氏。緣國初風俗，猶近梁、陳，卿相大臣，頗遵此教。』」白居易《出齋日喜皇甫十早訪》：「三旬齋滿欲銜杯，平旦敲門門未開。除却朗之携一榼，的應不是别人來。」判：判别，分辨。《廣雅》（卷一上）《釋詁》：「判，分也。」玉鱠：切成很細的片狀的白色魚塊。此指松江鱸魚鱠。鱸魚鱠是古代吴中的美味佳肴。「鱠」同「膾」。《世説新語·識鑒》：「張季鷹辟齊王東曹掾，在洛見秋風起，因思吴中菰菜羹、鱸魚膾，曰：『人生貴得適意爾，何能羈宦數千里以要名爵！』遂命駕便歸。」

〔八〕松江：即吴江、吴淞江。參（序一）注〔三〕。堪老處：可以養老的地方。

〔九〕烟月：烟雲明月，泛指蘇州的水鄉景色。莎裳：蓑衣。「莎」通「蓑」。

奉和次韻

龜蒙

菰煙蘆雪是儂鄉〔一〕，釣線隨身好坐忘〔二〕。徒愛右軍遺點畫〔三〕，閒披《左氏》得膏肓〔四〕。無因月殿聞移屎〔五〕，祇有風汀去采香①〔六〕。莫問江邊漁艇子②〔七〕，玉皇看賜羽衣裳③〔八〕。（詩一七二）

【校記】

①「祇」汲古閣本作「秖」。「汀」類苑本作「河」。②「漁」類苑本作「魚」。③「看」類苑本作「堪」。

【注釋】

〔一〕菰煙蘆雪：指菰菜和蘆葦。泛指水鄉。此指蘇州。菰煙，菰菜籠罩在雲霧中。菰菜俗稱茭白，可作蔬菜食用，生長水中。「菰」，《説文》作「苽」。《説文·艸部》：「苽，雕苽。一名蔣。」蘆雪，蘆葦開花，色白如雪。儂：我。吴地方言。《玉篇·人部》：「儂，吴人稱我是也。」顧况《諒公洞庭孤橘歌》：「待取天公放恩赦，儂家定作湖中客。」

〔二〕釣綫句：謂樂於隱居垂釣，達到物我兩忘的精神境界。釣綫：釣魚的絲綫。隨身：不離身，隨身携帶。坐忘：《莊子·大宗師》：「墮肢體，黜聰明，離形去知，同於大通，此謂坐忘。」郭象注：「夫坐忘者，奚所不忘哉！既忘其迹，又忘其所以迹者。内不覺其一身，外不識有天地，然後曠然與變化爲體而無不通也。」

〔三〕右軍：東晋王羲之，大書法家，曾官右軍將軍，後世稱「王右軍」。參《晋書》（卷八〇）《王羲之傳》。遺點畫：謂王羲之遺留下來的書法墨迹。點畫，書寫的點横竪捺等筆劃。此指書法。唐王度《古鏡記》：「文體似隸，點畫無缺，而非字書所有也。」

〔四〕《左氏》：《春秋左氏傳》，又名《左氏春秋》，簡稱《左傳》。此書成於戰國時期，并開始流行。漢代未入官學，但私人傳習頗盛。得膏肓：喻極喜愛《左傳》。參上（詩二七一）注〔五〕。《晋書》（卷三四）《杜預傳》：「乃耽思經籍，爲《春秋左氏經傳集解》。又參考衆家譜第，謂之《釋例》。又作《盟會圖》《春秋長曆》，備成一家之學，比老乃成。……預常稱『（王）濟有馬癖，

（和）嶠有錢癖。』武帝聞之，謂預曰：『卿有何癖？』對曰：『臣有《左傳》癖。』」

〔五〕無因：無由，没有機緣。《楚辭·遠遊》：「質菲薄而無因兮，焉託乘而上浮。」月殿聞移屧（xiè）：月光下的殿堂裏傳來木屐的舞步聲。用吴王夫差響屧廊事。屧，木底的鞋子，即木屐。移屧，穿着木屐行走移動。此喻舞步。宋朱長文《吴郡圖經續記》（卷中）：「硯石山，在吴縣西二十里。……山上舊傳有琴臺，又有響屧廊，或曰鳴屐廊。以楩、梓藉其地，西子行則有聲，故以名云。」《吴郡志》（卷八）：「響屧廊，在靈巖山寺。相傳吴王令西施輩步屧，廊虚而響，故名。」靈巖山即硯石山。

〔六〕風汀：水邊之地。汀，水邊小洲。采香：采香徑。陸廣微《吴地記》附録一《吴地記佚文》（引自《太平寰宇記》卷九一）：「香山，吴王遣美人采香於此山，以爲名，故有采香徑。」《吴郡志》（卷八）：「采香徑，在香山之傍小溪也。吴王種香於香山，使美人泛舟於溪以采香。今自靈巖山望之，一水直如矢，故俗又名箭涇。」

〔七〕漁艇子：打魚的人。指隱士。艇，小船。《方言》（卷九）：「南楚、江、湘，凡船大者謂之舸，小舸謂之艖，艖謂之艒縮，小艒縮謂之艇。」

〔八〕玉皇：道教稱天帝爲玉皇大帝。看：預料之辭。張相《詩詞曲語辭匯釋》（卷三）：「看，估量之辭。杜甫《贈韋左丞》詩：『賦料揚雄敵，詩看子建親。』看與料互文，看猶料也；言料與子建相近也。」羽衣裳：道士所穿的道服，用鳥羽織成，喻飛升成仙也。《漢書》（卷二五上）《郊祀志上》：「五利將軍亦衣羽衣，立白茅上受印。」顏師古注：「羽衣，以鳥羽爲衣，取其神僊飛翔之意也。」

行次野梅〔一〕

日休

蔦拂蘿捎一樹梅①〔二〕，玉妃無侶獨徘徊②〔三〕。好臨王母瑶池發〔四〕，合傍蕭家粉水開〔五〕。共月已爲迷眼伴〔六〕，與春先作斷腸媒〔七〕。不堪便向多情道③〔八〕，萬片霜華雨損來〔九〕。（詩二七三）

【校記】

①「捎」四庫本、類苑本作「梢」，項刻本作「稍」。②「徘徊」全唐詩本作「裵回」。③斠宋本眉批：「『不堪』已上宋本失，抄補。」

【注釋】

〔一〕行次野梅：謂野外游賞而至一有野梅之處。次，至也。

〔二〕蔦（niǎo）拂蘿捎（shāo）句：謂一株梅樹的周圍寄生的蔦草和女蘿藤蔓披拂摇曳。《詩經·小雅·頍弁》：「蔦與女蘿，施于松柏。」《毛傳》：「蔦，寄生也。女蘿，菟絲，松蘿也。」《楚辭·九歌·山鬼》：「若有人兮山之阿，被薜荔兮帶女羅。」王逸注：「女羅，兔絲也。……羅一作蘿。」拂，捎，均有披拂、攪動之義。《世説新語·政事》：「向從閣下過，見令史受杖，上捎雲根，下拂地足。」

〔三〕玉妃：古代傳説中道教的仙女。此喻梅花。《雲笈七籤》（卷二五）《升斗法》：「又存思忽然斗中玉妃，吐紫煙入我心中。斗中九精陰靈玉清上妃，名密華，字鄰倩。……微祝曰：『……精感變躍，玉妃忽見。……其名密華，厥字鄰倩。』」

〔四〕王母：西王母。古代神話中的女神。《後漢書》（卷五九）《張衡傳》：「聘王母於銀臺兮。」李賢注：「王母，西王母也。」瑶池：古代神話中的池名。《穆天子傳》（卷三）：「乙丑，天子觴西王母于瑶池之上，西王母爲天子謡曰：『白雲在天，山陵自出。道里悠遠，山川間之。將子無死，尚能復來。』」《山海經·大荒西經》：「西海之南，流沙之濱，赤水之後，黑水之前，有大山，名曰崑崙之丘。……有人，戴勝，虎齒，有豹尾，穴處，名曰西王母。」

〔五〕蕭家：指南朝梁簡文帝蕭綱。其《梅花賦》（《藝文類聚》卷八六）曰：「争樓上之落粉，奪機中之織素。乍開花而傍巘，或含影而臨池。向玉階而結采，拂網户而低枝。」此詩化用其意。

〔六〕共月句：謂白色梅花與月光交相輝映，令人目迷。

〔七〕與春句：謂梅花報到了春天將要到來的信息。梁簡文帝《梅花賦》曰：「梅花特早，偏能識春。」何遜《咏早梅詩》：「兔園標物序，驚時最是梅。銜霜當路發，映雪擬寒開。……應知早飄落，故逐上春來。」斷腸媒：令人斷腸的媒介物。此指令人極爲憐愛的早春梅花。

〔八〕不堪：不忍。

〔九〕霜華：喻白色的梅花。損來：損壞。此指梅花被雨打而凋謝。來，語助詞。

【箋評】

「共月已爲迷眼伴」二句：矯迴。（項真評、項真刻《項氏瓶笙榭新刻皮襲美詩》卷二）

「一樹梅」原直，有「蔦拂蘿捎」曲折陪襯而下，便不同。下四句皆以「白」承之。五之句法變換，言與月一色。「迷眼伴」三字靈極。上有「共」字與「伴」字呼應。六更奇精，對又工切。結乃承明「斷腸」之故，是開春以來第一遍花落，傷情之苦。總之，筆姿有仙氣，全在句法上入神。《毛詩》：「蔦與女蘿。」蔦，寄生草。在木爲女蘿，在草爲兔絲。然今有蔦蘿草，細葉如松，沿蔓上棚，小丹花如紫茉莉，極鮮艷，則蔦亦蔓草蘿之類也。「捎」，掠也，亦「拂」也。杜詩「花妥鶯捎蝶」，《羽獵賦》「曳捎星之旃」。俗本作「梢」者，誤。「玉妃」，泛稱其白而輕盈。韓詩詠雪「從以萬玉妃」，亦泛擬之用。《集仙傳》：「西王母所居宮闕，在龜山崑崙之圃，閬風之苑，有曾城千里，玉樓十二，瓊華之闕，光碧之堂，九層玄室，紫翠丹房，左帶瑤池，右環翠水。」《古今注》：「三代以鉛爲粉，蕭史與秦穆公煉飛雪丹，第一轉與弄玉塗之，今之水銀膩粉也。」《説文》：「媒，謀也，謀合兩姓也。」龍媒雖云駿馬，然亦言有此可以致龍。韓詠雪詩：「助留風作黨，勸坐火爲媒。」皆牽引之義。今詩言梅能與春牽引，而致斷腸。「多情」，指玉妃。蓋愛之至，恐其雨來而即損耳，非已經雨也。（胡以梅《唐詩貫珠

箋》卷五十六）

奉和次韻

龜蒙

飛棹參差拂早梅〔一〕，强欺寒色尚低徊①〔二〕。風憐薄媚留香與〔三〕，月會深情借艷開〔四〕。梁殿得非蕭帝瑞②〔五〕，齊宮應是玉兒媒③〔六〕。不知謝客離腸醒〔七〕，臨水剛添萬恨來④〔八〕。（詩二一七四）

【校記】

①「徊」鼓吹本、季寫本作「回」。②季寫本此句下注：「《金陵覽古》云：『晋孝武太元三年，僕射謝安作新宫太極殿，欠一梁，有梅木流至石頭城下，因取用之。畫梅花于梁上以表瑞焉，因名梁殿。』」③「玉」鼓吹本作「至」，并批校：「玉。」季寫本此句下注：「齊東昏侯妃潘氏小字玉兒。東昏淫亂，暴虐失道，國爲梁所取，玉兒亦爲武帝所誅，殿爲武帝所居，竟爲梁殿之瑞。」④「剛」鼓吹本、全唐詩本作「應」。全唐詩本注：「一作剛。」季寫本此句下注：「謝靈運小字客兒，太傅安之從孫。文章江左第一，襲封康樂公。宋武帝長安回，奉使慰勞於彭城。及宋受命，降爵爲侯。文帝即位，興兵叛逆，爲詩曰：『韓亡子房恨，秦帝魯連耻。本自江海人，忠義感君子。』」

【注釋】

〔一〕飛棹：快速行駛的船。棹，船槳。代指船。參差：形容船槳上下起落貌。早梅：梁簡文帝蕭綱《梅花賦》：「梅花特早，偏能識春。或承陽而發金，乍雜雪而被銀。」

〔二〕强欺寒色：謂梅花凌寒開放。梁簡文帝蕭綱《梅花賦》：「憐早花之驚節，訝春光之遺寒。」何遜《咏早梅詩》：「兔園標物序，驚時最是梅。銜霜當路發，映雪擬寒開。」

〔三〕憐：憐愛。薄媚：冶媚多情。唐章孝標《貽美人》：「諸侯帳下慣新妝，皆怯劉家薄媚娘。」與：給與。

〔四〕會：理解，懂得。此句謂月色沐浴着梅花，更顯得嫵媚艷麗。南朝梁何遜《咏早梅詩》：「枝横却月觀，花繞凌風臺。」却月觀，雖爲觀名，此處却有以月映梅的作用。以月隱映襯托梅花，手法甚新穎，開宋人咏梅法門。

〔五〕梁殿：指以梅木爲梁的宫殿。漢應劭《風俗通》（《太平御覽》卷九七〇）曰：「夏禹廟中有梅梁，忽一春生枝葉。」宋張敦頤《六朝事迹編類》（卷一）《總叙門·六朝宫殿·新宫》：「晉謝安作新宫，造太極殿，欠一梁，忽有梅木流至石頭城下，因取爲梁。殿成，乃畫梅花于其上，以表嘉瑞。」與校記中季振宜所引《金陵覽古》差同。唐徐浩《謁禹廟》：「梅梁今不壞，松祐古仍留。」清錢詠《履園叢話》（卷三）《考索·梅梁》：「禹廟梅梁，爲詞林典故，由來久矣。余甚疑之，意以爲梅樹屈曲，豈能爲棟梁乎？……偶閲《説文》『梅』字注曰：『楠也，莫杯切。』乃知此梁是楠木也。」得非：豈非，莫不是。蕭帝瑞：南朝梁蕭姓皇帝的祥瑞先兆。

〔六〕齊宮：南朝齊代的宮殿。即臺城，在今江蘇省南京市。自東晉建臺城爲皇宮，歷宋、齊、梁、陳不變。《元和郡縣圖志》（卷二五）《江南道一》：「潤州上元縣，晉故臺城，在縣東北五里。」《太平寰宇記》（卷九〇）《江南東道二》：「昇州江寧縣，臺城，在鍾山側。即晉建康宮城，一名苑城。」玉兒：南朝齊東昏侯妃潘氏小名。《南齊書》（卷七）《東昏侯紀》：「拜愛姬潘氏爲貴妃，乘卧輿，帝騎馬從後。」《南史》（卷五五）《王茂傳》：「（梁武帝蕭衍滅齊）時東昏妃潘玉兒有國色，武帝將留之，以問茂。茂曰：『亡齊者此物，留之恐貽外議。』帝乃出之。軍主田安啓求爲婦。玉兒泣曰：『昔者見遇時主，今豈下匹非類。死而後已，義不受辱。』及見縊。」此句謂東昏侯寵幸玉兒，導致亡國，倒像是以她爲媒，齊宮變成了梁宮，成爲蕭家之瑞。

〔七〕謝客：謝靈運（三八五—四三三），東晉、南朝宋詩人，小名客兒，後世習稱「謝客」。襲封康樂公，世稱「謝康樂」。在宋武帝、文帝兩朝，都有抗拒或叛逆行爲，最終被殺。生平事迹參《宋書》（卷六七）、《南史》（卷一九）本傳。鍾嶸《詩品》（卷上）：「初，錢唐杜明師夜夢東南有人來入其館，是夕，即靈運生于會稽。旬日，而謝玄亡。其家以子孫難得，送靈運於杜治養之。十五方還都，故名客兒。」末二句就「梁殿」發揮，意謂謝靈運心繫故國晉王朝，見到梅花綻放，不免聯想到晉謝安作新宮的「梅梁」事，倍添萬般亡國愁緒。詩中「離腸」、「萬恨」就亡國言，非謂離愁別緒。檢謝靈運詩，未見咏梅之作。

〔八〕剛添：偏添，只添。張相《詩詞曲語辭匯釋》（卷二）：「剛，猶偏也；硬也；亦猶云只也。」一說，剛添，適添。劉淇《助字辨略》（卷二）：「剛，陸魯望詩：『不知謝客離腸醒，臨水剛添萬恨來。』皮襲美詩：『終然合委頓，剛亦慕寥廓。』案方言，僅如此曰剛，適如此亦曰剛。皮詩則僅辭也，陸詩則適辭也。」

【箋評】

陸龜蒙、皮日休唱和，多次韻之作。七言律，《鼓吹》所選，僅得一二可觀，其他多怪惡奇醜矣。陸如「何慚謝雪中情咏，不羡劉梅貴色妝。」（《白菊》）「梁殿得非蕭帝瑞，齊宫應是玉兒媒。」（《野梅》）「自昔稻粱高鳥畏，至今珪組野人讎。」（《鵁鶄》）「澄沙脆弱聞應伏，青鐵沉埋見亦羞。」（《紫石硯》）「須知日富爲神授，祇有家貧免盗憎。」（《次韻日休》）「君隱輪蹄名未了，我依琴鶴性相攻。」（《寄吴融》）「魂應絶地爲才鬼，名與遺編在史臣。」（《張處士故居》）「飲啄斷年同鶴儉，風波終日看人争。」（《壓新醅》）皮如「因思桂蠹傷肌骨，爲憶松鵝損性靈。」（《病孔雀》）「騷人白芷傷心暗，狎客紅筵奪眼明。」（《紫石硯》）「并出亦如鵝管合，各生還似犬牙分。」（《汝園》）「映竹認人多錯誤，透花窺鳥最分明。」（《春遊》）「秦吴只恐篘來近，劉項真應釀得平。酒德有神多客頌，醉鄉無貨没人争」（《新醅》）等句，皆怪惡奇醜者也。吴無障論時義云：「向來詞醜極矣，佳者爲善用脂粉，而不佳者爲魍魎晝見。」予於晚唐亦云。（許學夷《詩源辯體》卷三十一）

此見梅觸意而作也。首言參差飛棹，披拂野梅，而梅開尚早。勉强欺寒，是風憐色媚，留香以與之；月會花情，借艷而先開也。昔者梁殿得名，若先蕭帝而有瑞；而齊侯失國，實因玉兒以爲媒。梅何意於興亡哉？然而謝客當晋、宋之間，離腸鬱結，一旦復醒而臨水見此，寧不添亡國之恨耶？○朱東嵒曰：一二點出「早梅」，三四承寫「早」字意，五六引齊、梁故事。托謝客以寄恨，當因時事而發也。（元郝天挺注、明廖文炳解、清朱三錫評《東嵒草堂評訂唐詩鼓吹》卷三）

起言襲美「飛棹」見「早梅」。中間五句皆賦梅。結以謝靈運比襲美，言惹離情而添恨，因皮原唱有「斷腸」之語耳。若結不關皮，則起處落空，此局法一定之理也。第二承明「早」字。風不大，恐香散，故是「憐」意。月「借艷」，所以色白，亦其「深情」。此聯有情有致，將「風」、「月」寫得精靈，真奇情也。五六上下相串，以「梁」字爲波瀾。言梁承齊統，「梁殿」之「梁」，早爲蕭梁之讖而來其瑞；齊之禪梁，正生玉兒以亡其國。則梅與玉同白，應是有梅梁，所以引出玉兒也，是梅爲玉兒之媒歟？奇情曲想，無中生有，妙在蛛絲馬迹，有踪影在内貫通。齊東昏侯妃潘氏，小字玉兒。東昏爲潘妃起神仙、永壽、玉壽三殿，皆飾金璧。玉壽中作飛仙帳，四面綉綺，鑿金銀爲字，椽桷之端悉垂鈴佩。江左古玉律數枚裁以鈿笛，莊嚴寺玉九子鈴，外國寺佛面有光相，禪靈塔諸寶珥，皆剥取以施潘妃殿飾。鑿金蓮花，步其上。潘妃放恣，威行遠近。父寶慶，與諸小逞奸。毒誣富人，收没貲財。一家見陷，禍及親鄰。又慮後患，男口必殺。明帝之崩，居處不改常。潘妃生女，百日而亡。制斬衰絰杖，蔬饍積旬，不聽音伎。閹竪營肴，爲天子解菜。又于苑中立店，潘妃爲市令，鬥者就潘妃罰之。帝小有得失，潘則與杖，乃敕虎賁威儀不得進大荆子。每遊走，潘氏乘小輿，宫人露褌，着緑絲屩，帝自戎服，騎馬從後。又開渠立埭，埭上設店，坐而屠肉。百姓歌云：「閱武堂，種楊柳。至尊屠肉，潘妃沽酒。」後蕭衍起兵，東昏爲張齊斬首送衍。潘妃，梁武所誅。謝客，謝靈運，好遊。題係「行次」，故結比之。（胡以梅《唐詩貫珠箋》卷五十六）

庭珠按：郝天挺注：「謝客，謂指謝靈運。」愚意靈運懼罪稱兵，實爲狂悖。其詩曰：「韓亡子房恨，秦帝魯連耻。」不過一時掩飾之詞，本無足道，且與梅花何涉？至解「梁殿」、「齊宫」二語，尤屬舛謬，當駁正之。

詔按：日休原倡有云：「玉妃無伴獨徘徊。」又云：「合傍蕭家粉水開」。此詩五、六即其語而反用之。謂此花設在宫殿之前，豈非一時盛觀。及乎讌闌夢醒，感倍尋常，曾不若野田風月，猶足供人低回而不去。蓋譏原倡比擬之失倫也。謝朓《落梅》詩：「日暮長零落，君恩不可追。」故有謝客之語。郝注不考皮作，故解皆鑿空附會。（杜詔、杜庭珠《中晚唐詩叩彈集》卷十一）

按詩中用方言頗多，……他如杜詩「寒花只暫香」，「野航恰受兩三人」，李義山詩：「君懷一匹胡威絹，争拭酬思淚得乾。」陸魯望詩：「不知謝客離腸醒，臨水剛添萬恨來。」「只」字、「恰」字、「争」字、「剛」字，皆方言。（沈可培《濼源問答》卷十一）

楊州看辛夷花①〔一〕

日休

臘前千朵亞芳叢②〔二〕，細膩偏勝素㮏功③〔三〕。螓首不言披曉雪〔四〕，麝臍無主任春

風④〔五〕。一枝拂地成瑶圃〔六〕，數樹參庭是蕊宫〔七〕。應爲當時天女服〔八〕，至今猶未放全紅〔九〕。　（詩二七五）

【校記】

①「楊」蔛宋本、弘治本、詩瘦閣本、四庫本、項刻本、類苑本、季寫本、全唐詩本作「揚」。②「芳」項刻本作「方」。③「柰」項刻本作「捺」。④「臍」項刻本作「齊」。

【注釋】

〔一〕此詩應是咸通十一年（八七〇）冬末，皮日休在蘇州軍事院判官任上至揚州時所作。揚州：今江蘇省揚州市。《元和郡縣圖志》（闕卷逸文卷二）《淮南道》：「揚州，《禹貢》：『淮海惟揚州。』……江南之氣燥勁，故曰揚州。」又曰：「廣陵城，吴王濞都，周十四里半，一名楊子城，在縣北四里，州城正直其上。」「揚州」一作「楊州」，自唐以來争訟不斷。唐李匡文《資暇集》（卷中）《揚州》：「揚州者，以其風俗輕揚，故號其州。今作楊柳之楊，謬也。」宋劉昌詩《蘆浦筆記》（卷四）《揚州》條以爲應作「揚州」，但不是因爲「江南之氣躁勁，厥性輕揚」和「人性躁勁」之故，而是因爲「東漸太陽之位」，「天氣奮揚，故取名焉。」黄朝英《靖康緗素雜記》（卷八）認爲「古本《尚書》及《太史公記》、班固《漢書》所載『淮、海惟揚州』，并無作『楊』字者。」亦認爲應作「揚」。王念孫《讀書雜志》：「凡『楊州』字，古皆從『木』不從『手』。……至明監本，則全書皆作『揚』矣。……今書傳中『揚』字皆改從手旁。」李慈銘《越縵堂讀書記・劄記》云：「古人楊、揚通用。揚州之揚本作楊，通作揚，亦作陽。……《春秋元命苞》云：『楊州厥土下濕而生楊柳』，楊柳之性輕揚，故通作揚。《釋名》：『揚州，水波揚也。』地有水者下濕而宜楊柳，其義亦相備。《廣雅》：『楊，揚也。』可供參考。辛夷花：辛夷樹開花，有紅色，也有白色。初開時，尖如毛筆頭，俗名木筆。《楚辭·九歌·湘夫人》：「桂棟兮蘭橑，辛夷楣兮藥房。」洪興祖補注：「《本草》云：『辛夷，樹大連合抱，高數仞。此花初發如筆，北人呼爲木筆。其花最早，南人呼爲迎春。』」

〔二〕臘前：臘祭前。冬至後三戌，祭百神。《説文·肉部》：「臘，冬至後三戌，臘祭百神。」亞：通「壓」，低垂。杜甫《入宅三首》（其一）：「花亞欲移竹，鳥窺新捲簾。」仇注：「《詩談二編》：『杜審言：「枝亞果新肥。」孟東野：「南浦紅花亞水紅。」包佶：「多年亞石松。」方干：「應候先開亞木枝。」亞義如壓，言低披也。』」劉長卿《陪王明府泛舟》：「出没鳧成浪，蒙籠竹亞枝。」白居易《和答詩十首·和松樹》：「不願亞枝葉，低隨槐樹行。」亦作「壓」解。

〔三〕偏勝：頗勝，大勝，遠遠超過。素㮈（nài）：白色的㮈花。《玉篇·木部》：「柰，果名。」又：「㮈，同上（柰）。」柰，木名，與林檎一類，結類似花紅的果實。《太平御覽》（卷九七〇）引《晋書》曰：「成帝杜皇后崩。先是，三吴女子相與簪白花，望之如素㮈。傳言天公織女死，爲之着服。至是而后崩。」

〔四〕螓（qín）首：額頭大而方的小蟬。螓，《爾雅·釋蟲》：「蚻，蜻蜻。」郭璞注：「如蟬而小。《方言》

云：『有文者謂之螓。』」《詩經・衛風・碩人》：「螓首蛾眉，巧笑倩兮，美目盼兮。」《毛傳》：「螓首，顙廣而方。」鄭玄箋：「螓，謂蜻蜻也。」比喻美女之額。本詩以「螓首」喻辛夷花。曉雪：喻白色的辛夷花。

〔五〕麝臍：麝香。雄麝的香出於臍下，故云。此喻辛夷花香。無主：杜甫《江畔獨步尋花七絶句》（其五）：「桃花一簇開無主，可愛深紅愛淺紅。」桃花無主，謂没有主人。此指辛夷花香任意隨風飄散。

〔六〕瑶圃：古代神話中仙人的園圃。《楚辭・九章・涉江》：「駕青虬兮驂白螭，吾與重華遊兮瑶之圃。」王逸注：「瑶，玉也。圃，園也。」洪興祖補注：「《山海經》云：『槐江之山，上多琅玕金玉，實惟帝之平圃。』」

〔七〕參庭：謂辛夷花生長在庭院中。參，間厠。蕊宫：蕊珠宫。古代傳説中道教的仙宫。《雲笈七籤》（卷一一）《上清黄庭内景經》：「太上大道玉晨君，閑居蕊珠作七言。」梁丘子注云：「蕊珠，上清境宫闕名也。」

〔八〕天女服：天上仙女的衣服。謂其色白。喻白色辛夷花。

〔九〕放：讓，使。

【箋評】

《松陵集》，《看辛夷花》，皮云「一枝拂地成瑶圃」，陸云「若得千株便雪宫」，皆言其色之白，似通

玉蘭爲辛夷。今則以白者爲玉蘭，紫者爲辛夷。（焦循《易餘籥録》卷十九）

奉和次韻

龜蒙

柳疎梅墮少春叢〔一〕，天遣花神別致功〔二〕。高處朵稀難避日，動時枝弱易爲風。堪將亂蕊添雲肆〔三〕，若得千株便雪宮①〔四〕。不待群芳應有意②，等閒桃李即爭紅③〔五〕。（詩二七六）

【校記】

①「株」鼓吹本作「枝」。季寫本、全唐詩本注：「一作枝。」②「待」汲古閣本、季寫本作「得」。季寫本注：「一作待。」③「李」汲古閣本、四庫本、陸詩甲本、統籤本、類苑本、季寫本、全唐詩本作「杏」。季寫本注：「一作李。」

【注釋】

〔一〕柳疎梅墮：柳條稀疏，尚未抽芽，梅花已經凋謝。謂冬春轉換季節，故曰「少春叢」。春叢：春天叢生的花草。《文選》（卷五五）劉孝標《廣絶交論》：「叙温郁則寒谷成暄，論嚴苦則春叢零葉。」唐許敬宗《奉和登陝州城樓應制》：「學顰齊柳嫩，妍笑發春叢。」

〔二〕花神：古代民間傳説中掌管花的女神。明馮應京《月令廣義·歲令一》：「女夷，主春夏長養之神，即花神也。」别：另外。致功：竭力求其成功。此指表現出其顯示春光的功力。指花神使辛夷開花。《莊子·刻意》：「語大功，立大名，禮君臣，正上下，爲治而已矣。此朝廷之士，尊主强國之人，致功并兼者之所好也。」

〔三〕堪將：可，可以。將，語助詞。亂蕊：亂花。指遍布滿樹的辛夷花。形容其多。白居易《錢塘湖春行》：「亂花漸欲迷人眼，淺草纔能没馬蹄。」添：增添，增加。雲肆：白雲聚集處。此喻白色辛夷花似一大片白雲。

〔四〕雪宫：潔白如雪的宫殿。喻大片的白色辛夷花。字面出《孟子·梁惠王下》：「齊宣王見孟子於雪宫。」《文選》（卷一三）謝惠連《雪賦》：「臣聞雪宫建於東國，雪山峙於西域。」李善注：「《孟子》曰：『齊宣王見孟子於雪宫。』劉熙曰：『雪宫，離宫之名也。』」

〔五〕等閒：無端。張相《詩詞曲語辭匯釋》（卷四）：「等閒，猶云平常也；隨便也；無端也。」此句謂白色辛夷花在春前即開花，是不願與桃李花在春天裏争艷。

【箋評】

此言早春之時，柳尚疏而梅已落，辛夷獨開，是天遣「花神」别致其功也。然花朵尚稀，難辭日炙；枝條柔弱，易致風摇。睹此「亂蕊」，堪以添於「雲肆」；「若得千枝」，則無異於「雪宫」矣。而其開之獨早者，若至晚春，尋常桃李即争紅艷。信乎！此花之幽潔，群芳莫得而并之也。（元郝天挺

注、明廖文炳解、清朱三錫評《東喦草堂評訂唐詩鼓吹》卷三）

總之，名家出筆，任是無聊之題，僻少之物，必得其道以籠題，所以可傳。起處切時，便有靈氣。「少春叢」，放到鬆。三因其葉少，四因其花大。五六急以其色「白」足之，六更有精神。結以「紅」字反擊其「白」。而「不待群芳」，即「少春叢」也。線索并不滲漏。《學圃雜疏》云：「玉蘭花，經冬而苞，至二三月苞脱而花，千幹萬蕊不葉而花。當其盛時，可稱玉樹。」然《苕溪漁隱》曰：「感春詩：『辛夷花高最先開』，洪慶善注曰：『江南地暖，正月開。北地寒，二月開。南人呼爲迎春。』」是不至三月，故有起句。「雲肆」亦言白雲。皮日休原唱云：「臘前千朵亞芳叢，細膩偏勝素㮈功。螓首不言披曉雪，麝臍無主任春風。一枝拂地成瑶圃，數樹參庭是蕊宫。應爲當時天女服，至今猶未放全紅。」按起句「臘前」，似從未脱苞時説起。雖次落素色，而三四「螓首」、「麝臍」，覺不活潑，不及陸作鬆。五六結佳。（胡以梅《唐詩貫珠箋》卷五十六）

玉蘭、辛夷二花，形體相似，今俗稱色白者曰玉蘭，色紫者曰辛夷。《群芳譜》亦分二種。玉蘭，一名迎春。辛夷，一名望春，一名木筆，亦曰木房。然愚按：唐、宋人詩咏辛夷者極多，而咏玉蘭者絶少。至陸龜蒙《揚州看辛夷花》詩云「若得千枝便雪宫」，則白者亦明稱爲辛夷矣，始悟玉蘭古亦名辛夷。但辛夷有白、紫二種。唐、宋人咏辛夷詩，其不著顔色者，如杜甫所云：「辛夷始花亦已落，况我與子非壯年。」錢起所云：「谷口春殘黄鳥稀，辛夷花發杏花飛。」王安石所云：「回頭不見辛夷發，始覺看花是去年。」大類則紫、白皆可通用。其著顔色者，如裴迪所云：「况有辛夷花，色與芙蓉亂。」白居易所云：「紫粉筆含尖火焰，紅胭脂染小蓮花」之類，則詩人偶因所見者是紫辛夷耳。（虞兆淦《天香樓偶得·玉蘭辛夷》）

暇日獨處寄魯望①〔一〕

日休

幽慵不覺耗年光〔二〕，犀柄金徽亂一床②〔三〕。野客共爲賖酒計〔四〕，家人同作借書忙。園蔬預遣分僧料〔五〕，廩粟先教筭鶴糧③〔六〕。無限高情好風月〔七〕，不妨猶得事吾王④〔八〕。（詩二七七）

【校記】

①「暇」英華本作「夏」。②「犀」類苑本作「群」。③「鶴」英華本作「學」。④「吾」盧校本作「吳」，英華本注：「《松陵集》作吳。」

【注釋】

〔一〕暇日：清閑無事的日子。獨處（chǔ）：獨自一人。魯望：陸龜蒙字。

〔二〕幽慵：疏懶散漫。年光：歲月，年華。

〔三〕犀柄：以犀牛角裝飾在手柄上的麈尾。魏、晋人在清談議論時，常手持麈尾，即拂塵。《世説新語·傷逝》：「王長史病篤，寢臥鐙下，轉麈尾視之，嘆曰：『如此人，曾不得四十！』及亡，劉尹臨殯，以犀柄麈尾著柩中，因慟絶。」金徽：金屬的琴徽。琴面板一邊的一排圓星點，共十三個，用以標志泛音位置及音位，用金屬制成，用以繫弦之繩。此指琴。《漢書》（卷八七下）《揚雄傳下》：「今夫弦者，高張急徽。」顔師古注：「徽，琴徽也，所以表發撫抑之處。」《玉臺新詠》（卷七）湘東王繹《咏秋夜》：「金徽調玉軫，兹夜撫離鴻。」李肇《唐國史補》（卷下）：「蜀中雷氏斫琴，常自品第，第一者以玉徽，次者以瑟瑟徽，又次者以金徽，又次者螺蚌之徽。」

〔四〕野客：猶野人，山野之人，指隱士。《列子·楊朱篇》：「故野人之所安，野人之所美，謂天下無過者。」賒酒：無錢買酒而賒欠，意謂嗜酒。

〔五〕園蔬：園圃裏的蔬菜。預遣：預先分派。僧料：指送給僧人的食料。唐人稱吃、用等日常物品爲「料」，如「月料」、「厨料」，官員有「禄料」、「俸料」。

〔六〕廩(lǐn)粟：官府糧倉裏的穀物。此指官員從官倉裏領取的俸糧。筭：計劃，計算。鶴糧：鶴料，當時蘇州官府付給屬吏的俸料。本書卷八（詩四五七）：「鶴料符來每探支。」原注：「吴郡有鶴料案。」可參。

〔七〕高情：高遠超逸的情致。《世説新語·品藻》：「支道林問孫興公：『君何如許掾？』孫曰：『高情遠致，弟子蚤已服膺；一吟一咏，許將北面。』」好風月：好風景。風月，風清月白的美景。《南史》（卷二〇）《謝譓傳》：「有時獨醉，曰：『入吾室者，但有清風；對吾飲者，唯當明月。』」

〔八〕吾王：謂我之心。佛教稱心爲「心王」。此句謂「好風月」可以供我欣賞。

【箋評】

「野客共爲賒酒計」四句：我同之。（項真評、項真刻《項氏瓶笙榭新刻皮襲美詩》卷二）

皮襲美詩：「野客共爲賒酒計，家人同作借書忙。」陸務觀詩：「供家米少因添鶴，買宅錢多爲見山。」清貧樂事，世人罕有知其趣者。吾欲繪以爲圖，着之齋壁。（宋長白《柳亭詩話》卷九《賒酒借書》）

奉和

龜蒙①

謝府殷樓少暇時②〔一〕，又抛清宴入書帷〔二〕。三千餘歲上下古〔三〕，八十一家文字奇〔四〕（原注：司馬遷書上下紀三千餘歲〔五〕，《太玄》有八十一家③，率多奇字。）。冷夢漢皋懷鹿隱〔六〕，静憐煙島覺鴻離〔七〕。知君滿篋前朝事，鳳諾龍奴借與窺〔八〕。（詩二七八）

【校記】

①原缺署名，觀上首日休詩題中「寄魯望」云云，此詩係龜蒙奉和之作無疑。各本亦均署「龜蒙」，陸

龜蒙别集亦均收録。②「殷」原缺末筆，避宋太祖父親趙弘殷諱。③「玄」原缺末筆，避宋太祖始祖趙玄朗諱。

【注釋】

〔一〕謝府殷樓：泛指官員的府邸。時皮日休任蘇州軍事院判官。謝府：指謝朓的府第。謝朓（四六四—四九九），字玄暉。南朝齊詩人。曾任宣城太守，後世稱「謝宣城」。生平事迹參《南齊書》（卷四七）本傳。殷樓：殷仲堪的府樓。殷仲堪（？—四〇〇），字仲堪。能清言，善屬文。曾官荆州刺史。是爲名宦，享譽一時。殷公出守，爲後世所樂道。生平事迹參《晋書》（卷八四）本傳。少：略也。少暇時：稍有暇時也。

〔二〕清宴：清閑。一作「清晏」。《漢書》（卷七七）《諸葛豐傳》：「臣竊不勝憤懣，願賜清宴，唯陛下裁幸。」書帷：書齋的帷幕。指書齋。一作「書幃」。南朝陳徐陵《玉臺新詠集序》：「永對玩於書幃，長迴圈於纖手。」

〔三〕三千餘歲：謂《史記》記敘了三千多年古今上下的歷史。司馬遷《史記》（卷一三〇）《太史公自序》：「略推三代，録秦、漢，上記軒轅，下至于兹，著十二本紀，既科條之矣。」又云：「太史公曰：『余述歷黄帝以來至太初而訖，百三十篇。』」

〔四〕八十一家：指漢代揚雄撰《太玄經》，其文字奇古。《漢書》（卷八七下）《揚雄傳下》：「參摹而四分之，極於八十一。旁則三摹九据，極之七百二十九贊，亦自然之道也。故觀《易》者，見其卦而名之；觀《玄》者，數其畫而定之。《玄》首四重者，非卦也，數也。……故《玄》三方、九州、二十七部、八十一家、二百四十三表、七百二十九贊，分爲三卷，曰一二三，與《泰初歷》相應，亦有顓瑣之曆焉。」

〔五〕司馬遷書：即《史記》。《史記》初成，司馬遷并未確定書名，時人稱爲《太史公書》，後世定名爲《史記》。《史記》（卷一三〇）《太史公自序》：「凡百三十篇，五十二萬六千五百字，爲《太史公書》。」《索隱》引桓譚云：「遷所著書成，以示東方朔，朔皆署曰『太史公』，則謂『太史公』是朔稱也。亦恐其説未盡。蓋遷自尊其父著述，稱之曰『公』。或云遷外孫楊惲所稱，事或當爾也。」又《集解》引李奇曰：「遷爲太史後五年，適當於武帝太初元年，此時述《史記》。」

〔六〕漢皋：漢皋山。在今湖北省襄陽市。亦可指漢水邊。襄陽臨漢江，故云。參卷一（詩一）注〔五〕。皮日休爲襄陽府復州竟陵縣人，且曾隱居襄陽鹿門山，故詩及之。鹿隱：古代隱士常披貧士之服鹿裘，故隱居稱作鹿隱。此處亦關合襄陽鹿門山之隱，暗用東漢龐德公隱居鹿門山事。也指皮日休早年隱居於此事。《晏子春秋·外篇》：「晏子相（齊）景公，布衣鹿裘以朝。公曰：『夫子之家，若此其貧也。是奚衣之惡也？』」《後漢書》（卷八三）《逸民列傳·龐公》：「龐公者，南郡襄陽人也。居峴山之南，未嘗入城府。……後遂携其妻子登鹿門山，因采藥不反。」參卷一（詩一）注〔一七〕，及（詩三）注〔三〇〕。

〔七〕煙島：煙霧籠罩的洲渚島嶼。指隱士的幽栖之處。鴻離：謂事與願違之意。《詩經·邶風·

新臺》：「魚網之設，鴻則離之。」《毛傳》：「言所得非所求也。」鄭玄箋：「設魚網者，宜得魚。鴻乃鳥也，反離焉。」此句謂皮氏喜愛隱逸江湖，但現在却出仕，事與願違。

〔八〕鳳諾：鳳尾諾。謂書「諾」字如鳳尾形。南朝時官府籤署文告稱爲「署諾」。此指官府文書。參卷五（詩二三一）注〔五〕。龍奴：指古代傳説伏犧時創立的一種龍書的文字。唐韋續《墨藪》（卷一）《五十六種書》：「太昊庖犧氏獲景龍之瑞，始作龍書。」一説，指少數民族文字。《酉陽雜俎》（前集卷一一）《廣知》：「西域書，有驢脣書、蓮葉書、……龍書、鳥音書等，有六十四種。」此以「鳳諾龍奴」泛指文書圖籍。

【箋評】

首言幕員閒曹，有「少暇」之時。又拋却「清宴」不御，惟「入書帷」，沉酣於編簡矣。所讀之書，則如《史記》之有「三千餘歲」，古今之事；又如《太玄經》，有「八十一家」之奇文。「書帷」富贍如此。其胸襟高雅，全無熱中名利，冷淡如龐德公而夢漢皋鹿門山之隱。静中常愛雲烟島嶼，覺如鴻雁之離於網羅也。大都有學問之人，所以見識亦高尚。結言君「書帷」之中，還多前朝典故，如「鳳諾」、「龍奴」，正可借我一窺也。《南史》：「謝超宗以失儀出爲南郡王中軍司馬，人問曰：『承有朝命，定是何府？』超然怨望，答曰：『不知是司馬，爲是司驢。既是驢府，政應司驢。』」按日休爲蘇州幕府員從事，不應稱府；今所稱府，應用此。蓋才人辱於下位，知己爲之戲稱耳。殷樓，另考。《史記》所著，上自黄帝，下至漢武，上下三千餘歲，五十萬言。《揚雄傳》：「草《玄經》，立三方、九州、二十七部、八十一家、二百四十三表、七百二十九贊，分爲三卷。」東漢龐德公偕妻隱於襄陽之鹿門山。漢皋，即襄，亦日休故鄉。揚子《法言》：「鴻飛冥冥，弋人何慕焉。」《南史》：「聖旨允行，則批『諾』字，草書如鳳尾。齊江夏王鋒五歲，高帝使學鳳尾諾，一學即工。以玉麒麟賜之，曰：『麒麟賞鳳尾矣！』」（胡以梅《唐詩貫珠箋》卷十二）

屣步訪魯望不遇①〔一〕

日休

雪晴墟里竹欹斜②〔二〕，蠟屐徐吟到陸家〔三〕。荒逕掃稀堆柏子〔四〕，破扉開澀染苔花〔五〕。壁閑定欲圖雙檜〔六〕，厨静空如飯一麻〔七〕。擬受《太玄》今不遇③〔八〕，可憐遺恨似侯芭〔九〕。　（詩二七九）

【校記】

①「屣」項刻本作「履」。　②「欹」季寫本作「歌」。　③「受」季寫本作「授」。「玄」原缺末筆，避宋太祖始祖趙玄朗諱。

【注釋】

〔一〕此詩應作於咸通十二年（八七一）初春。屣（xǐ）步：徒步。南朝齊謝朓《永明樂十首》（其九）：

「飛纓入華殿，屣步出重宫。」

〔二〕墟里：村落。陶淵明《歸園田居五首》（其一）：「曖曖遠人村，依依墟里煙。」攲（qī）斜：傾斜。

〔三〕蠟屐：以蠟塗抹木屐。屐，木屐，木制的鞋子。此指穿着木屐。喻悠游自得的生活。《世説新語·雅量》：「祖士少好財，阮遥集好屐，并恒自經營，同是一累，而未判其得失。人有詣祖，見料視財物。客至，屏當未盡，餘兩小簏著背後，傾身障之，意未能平。或有詣阮，見自吹火蠟屐，因嘆曰：『未知一生當著幾量屐？』神色閑暢。於是勝負始分。」

〔四〕掃稀：很少打掃。柏子：柏樹的果子。焚柏子有香氣，稱爲柏子香。唐人參禪多燃柏子香，稱禪宗爲柏子禪。神仙家亦以柏葉、柏子爲香料。《太平廣記》（卷六三）引《集仙傳》：「黄觀福者，……好清静。家貧無香，以柏葉、柏子焚之。」

〔五〕破扉：破門。扉，門扇。開澀：乾澀不光滑而難打開。苔花：蘚苔。其斑點叢聚如花，故云。李賀《金銅仙人辭漢歌》：「畫欄桂樹懸秋香，三十六宫土花碧。」

〔六〕壁閑：壁空。閑謂空白。圖雙檜：畫出雙檜圖。檜，松柏類樹木名。《爾雅·釋木》：「檜，柏葉松身。」唐人善畫松咏松。杜甫有《戲爲韋偃雙松圖歌》。李白《當塗趙炎少府粉圖山水歌》：「長松之下列羽客，對座不語南昌仙。」

〔七〕一麻：一粒麻。麻，胡麻，即芝麻。漢代張騫從西域大宛國得種子移植中國，故稱胡麻。傳説佛祖釋迦苦行生活之日，僅日食一麻、一米。參《智度論》（卷三四）。又《法顯傳·迦尸國波羅㮈城》：「佛欲度拘驎等五人，五人相謂言：『此瞿曇沙門本六年苦行，日食一麻、一米，尚不得道，况入人間，恣身、口、噫，何道之有！』」道教亦認爲服用胡麻可以長生。《抱朴子·内篇·仙藥》：「巨勝，一名胡麻，餌服之不老，耐風濕，補衰老也。」《神仙傳》（卷一〇）《魯女生》：「服胡麻餌朮，絶穀八十餘年。甚少壯，一日行三百餘里。」此謂儉樸高雅的生活。

〔八〕《太玄》：漢代揚雄撰。文體模仿《周易》，艱深難懂。揚雄生前曾傳授給門人侯芭。此以揚雄比陸龜蒙，而以侯芭自比。《漢書》（卷八七下）《揚雄傳下》：「（揚雄）家素貧，耆酒，人希至其門。時有好事者載酒肴從游學，而鉅鹿侯芭常從雄居，受其《太玄》《法言》焉。」

〔九〕可憐：可惜。遺恨：留下了侯芭不見揚雄似的遺憾。

【箋評】

【登臨留題詩法】皮日休《履步訪魯望不遇》：「雪晴墟里竹欹斜，蠟屐徐吟到陸家。荒徑掃稀惟柏子，破扉開澀染苔花。壁閑定欲圖雙檜，厨静空如飯一麻。擬受《太玄》今不遇，可憐遺恨似侯芭。」興也。此詩首聯興起見訪意，中二聯掉景入情，末聯用事，見不遇意，欲見之心，深且切矣。（王檟《詩法指南·詩法指南後》）

首言「雪晴」「蠟屐」來至「陸家」，不特竹尚欲斜，而且柏葉滿徑而不掃，「苔花」染扉而難開。已及登其室，但見「壁閑」堪畫，「厨静」如僧，此見魯望之清貧也。吾今來此，期如侯芭之受《太玄》，奈不能遇，無以遂吾初懷，徒遺恨如芭之不遇子雲耳。（元郝天挺注、明廖文炳解、清朱三錫評《東嵒草

堂評訂唐詩鼓吹》卷五）

《前書·爰盎傳》：「屐步行七十里。」如淳注：「著屐步行。」起句點化洛陽令除雪至袁安門事。三四畫出高流。五六行吟坐待，竟日淹留，不是到門即去，方轉得結句出。第五是行，第六是坐。（錢牧齋、何義門《唐詩鼓吹評注》第五卷眉批）

「墟里」，猶言郊墟、村墟，蓋舊里而人烟已虚寂也。《姑蘇志》云：「陸魯望宅在臨頓橋。」皮日休云：「不出郛郭，曠若郊野。」所以謂之「墟里」歟？雪初晴，故竹尚欹邪；有餘雪，故用蠟屐而往。及至其家，荒凉簡朴，有如三四所云。構句幽膩，有物情風致。「壁間」可以「圖檜」，見其清曠；「厨静」「如飯一麻」，見其廉儉。擬受《太玄經》不得，徒使侯芭遺恨，謙詞也。《楊雄傳》：「侯芭，鉅鹿人。常從雄受《太玄》《法言》。」《瑞應經》云：「釋迦佛生迦維羅衛國爲太子，後出家。既歷深山，到幽僻處，菩薩拾藁布地正其坐，日食一麻一麥，端坐六年。」（胡以梅《唐詩貫珠箋》卷十七）

首二「步訪」。三四寫陸之家景風荒凉。五六寫陸之性情清儉。末二寫自己悵望之意。（袁枚《詳注圈點詩學全書》卷三，《袁枚全集》八）

奉和襲美見訪不遇〔一〕

龜蒙

爲愁煙岸老神藂①〔二〕，扶病呼兒斸翠苕〔三〕。衹道府中持簡牘②〔四〕，不知林下訪漁樵〔五〕。花盤

小墢晴初壓③〔六〕，葉擁疎籬凍未燒〔七〕。倚杖遍吟春照午④〔八〕，一池冰段幾多消〔九〕。（詩二八〇）

【校記】

①「虈」弘治本、詩瘦閣本、章校本、類苑本、季寫本作「囂」。「神虈」四庫本、鼓吹本、全唐詩本作「塵囂」。②「衹」汲古閣本、詩瘦閣本、鼓吹本、統籤本、類苑本、季寫本作「秖」。③「墢」原作「撥」，據弘治本、汲古閣本、詩瘦閣本、四庫本、陸詩甲本、陸詩丙本、鼓吹本、統籤本、類苑本、季寫本、全唐詩本改。「壓」鼓吹本作「艷」，統籤本注：「一作艷。」④「遍」鼓吹本作「偏」。

【注釋】

〔一〕襲美：皮日休字。見訪：來訪。謂皮氏訪問自己。見，張相《詩詞曲語辭匯釋》（卷五）：「見，猶被也；及也。」

〔二〕爲愁：因爲擔憂。煙岸：藤蔓蒙絡、煙霧彌漫的水邊。神虈（xiāo）：白芷，香草名。神爲修飾語。《文選》（卷三五）張協《七命》：「仰折神虈，俯采朝蘭。」李善注：「《本草經》曰：『白芷，一名虈。』」《說文·艸部》：「虈，楚謂之蘺，晉謂之虈，齊謂之茝。」「虈」《說文》原寫作「虈。」此句謂因爲擔憂白芷被叢草所掩蔽而荒蕪。

〔三〕扶病：帶病。支撐着有病的身體。斸（zhú）：鋤一類的農具。此作動詞用，砍、削的意思。苕（tiáo）：苕草，即凌霄花，又稱紫葳，落葉藤本植物。翠苕：碧緑茂盛的苕草。

〔四〕祇道：只以爲。府中：指蘇州官署。簡牘：古代書寫用的竹木片。此指官府文書。

〔五〕林下：山林，指隱士幽栖之處。李白《安陸白兆山桃花巖寄劉侍御綰》：「獨此林下意，杳無區中緣。」韋應物《示從子河南尉班》：「不能林下去，祇戀府廷恩。」漁樵：漁父和樵夫，從事捕魚和砍柴的人。指隱士，此陸龜蒙自比。

〔六〕花盤：花壇，即花圃之義。岑參《左僕射相國冀公東齋幽居同黎拾遺所獻》：「山蟬上衣桁，野鼠緣藥盤。」藥盤即花盤。此「藥」指花藥。藥是藥草總名，其花可以觀賞。六朝時，詩文中即以「花藥」指花草。陶淵明《時運詩》：「花藥分列，竹林翳如。」《南史》（卷一五）《徐湛之傳》：「湛之更起風亭、月觀、吹臺、琴室，果竹繁茂，花藥成行。」唐詩中所説花藥，通常即花草之義。而「藥欄」即花藥之欄。岑參《暮秋會嚴京兆後廳竹齋》：「京尹小齋寬，公庭半藥欄。」墢（bá）：土塊。陸龜蒙《耒耜經》：「耕之土曰墢。墢猶塊也。起其墢者，鑱也；覆其墢者，壁也。」壓：壓土。指將土敲細整平。

〔七〕疎籬：稀疏的籬笆。此句謂初春天氣尚寒冷，籬笆下經冬的落葉還未被燒掉。

〔八〕倚杖：拄着拐杖。王維《渭川田家》：「野老念牧童，倚杖候荆扉。」春照：猶春陽，春天的陽光。午：正午，中午。

〔九〕冰段：猶冰塊。幾多：多少。此句謂池塘裏的冰已融化。《初學記》（卷三）引王廙《春可樂》曰：「孟春之月，冰泮涣以微流。」又引南朝陳張正見《春初賦得池應教詩》：「雪盡青山路，冰銷淥水池。」

【箋評】

此因日休來訪不遇，有「雪晴墟里竹欹斜」之句，故賦此以答之。首言余恐老於「烟岸壥閭」之中，故「扶病」而出，采苕以扶神氣耳。斯時也，意君把卷家居，顧乃來「訪漁樵」耶？以余所居之景，花初晴而葉尚凍，君來「倚杖遍吟」。正當春日溶溶之際，則「一池冰段」，亦應清却幾多矣。及歸，而君已去，不得一晤，能不依依懷想乎！○「壥閭」，集作「神蘄」。張協《七命》云：「仰抑神蘄。」蓋楚謂之「蘺」，齊謂之「茝」，晋謂之「蘄」耳。「墢」，音鉢，與「坺」同，耕起土也。（元郝天挺注、明廖文炳解、清朱三錫評《東喦草堂評訂唐詩鼓吹》卷三）

起用騷人采芳芷之事，却曲其名爲「神蘄」耳。言因「愁烟岸」之「神蘄」已老，故「呼兒」同出以劚刈之。亦猶言偶出樵薪，故不相值。然衹道君在「府中」辦簡書案牘之務，而不謂來「林下」訪我「漁樵」也。「樵」字正收上文。下界言來訪之時，寒花盤於「小墢」，晴光初艷；落葉擁於「疎籬」，因凍未燒。君惟「倚杖」遍處吟咏，一種陽春和氣使池冰消化幾多矣。按《離騷》云：「余既滋蘭之九畹兮，又樹蕙之百畝。畦留夷與揭車兮，雜杜蘅與芳芷。冀枝葉之峻茂兮，願俟時乎吾將刈。雖萎絶其亦何傷兮，哀衆芳之蕪穢。」今詩云「愁老」者，亦恐芳草荒穢之意。《本草》：「白芷，亦曰白茝，又名蘄。」《文選》張景陽《七命》曰：「仰折神蘄，俯采朝蘭。」此詩起處之妙，全在用「神蘄」，則自居身分高超，兼寓不遇而芳華凋落，意味深長。且不用《離騷》之正名，而用其別號，亦避正位。諸美畢具。乃後世傳訛有作「塵囂」者，真可謂佛頭着糞，使詩境化爲渾沌，則詩之承襲訛錯者，不知凡幾。焉得盡有善本較正之，實可哀也。「墢」音鉢，耕起土也。蓋是小砌之類。第六大約彼時門前有堆積之物，所以皮之第三亦有此。今是和其物。七八譬之不覺，是雅人口吻，非世俗謏語。抑且正在寒天，當機妙。然以下界四句意貫通論之，則第五「晴初艷」，亦映帶其來之光照吹暖意。但「葉凍」者尚未燒耳，已起結之意。結則明譬之。由隱入顯，俱非單叙景也。且冰時亦非花艷之候，正重在人而非專言花可知。如是領會，則與上「訪漁樵」暗承極順矣。作者心細如髮，非可膚視。（胡以梅《唐詩貫珠箋》卷十七）

不言「不遇」，而意自可見。與王摩詰《訪吕逸人》詩相仿。（毛張健《唐詩餘編》卷三）

（三四句）賦事明瞭。（五六句）言未曾掃徑也。（末二句）言歸遲也。（毛奇齡、王錫《唐七律選》卷四）

開元寺客省早景即事①〔一〕

日休

客省蕭條柿葉紅〔二〕，樓臺如畫倚霜空②〔三〕。銅池數滴桂上雨③〔四〕，金鐸一聲松杪風〔五〕。鶴静時來珠像側〔六〕，鴿馴多在寶幡中〔七〕。如何塵外虚爲契④〔八〕，不得支公此會同〔九〕。

（詩二八一）

【校記】

①鼓吹本無「客省」。②「畫」季寫本作「晝」。③「滴」汲古閣本作「滳」。④「何」鼓吹本作「今」，并注云：「一作何。」季寫本、全唐詩本注：「一作今。」

【注釋】

〔一〕此詩應作於咸通十一年（八七〇）秋天。開元寺：唐時蘇州寺院名。陸廣微《吴地記》：「通元寺，吴大帝孫權吴夫人捨宅置。……（唐）則天皇后遣使送珊瑚鏡一面、鉢一副，宣賜供養。兼改通元寺爲重雲寺。開元五年，改開元寺，兼賜金魚字額。」此寺在五代後改爲報恩寺。朱長文《吴郡圖經續記》（卷中）：「報恩寺，在長洲縣西北一里半。在古爲通玄寺，吴赤烏中，先主母吴夫人捨宅以建。……開元中，詔天下置開元寺，遂改名開元寺，金書額以賜之。……同光三年，錢氏更造寺於吴縣西南三里半，榜曰『開元』，并其僧遷焉，即今之開元寺也。……周顯德中，錢氏於故開元寺基建寺，移唐報恩寺名於此爲額，即今寺也。唐之報恩寺，在吴縣之報恩山，即支硎山也。」客省：本指朝廷接待四方來使的官署。《資治通鑑》（宋文帝元嘉二十二年）：「其夜，呼（范）曄置客省。」胡三省注：「客省，凡四方之客入見者居之，屬典客令。」唐代亦有此制。參王溥《唐會要・鴻臚寺》條。此指寺院中接待賓客的客舍。温庭筠《和趙嘏題岳寺》：「疎鐘細響亂鳴泉，客省高臨似水天。」即事：就眼前之事有感而作詩。

〔二〕蕭條：瀟灑閒逸。《世説新語·品藻》：「明帝問周伯仁：『卿自謂何如庾元規？』對曰：『蕭條方外，亮不如臣；從容廊廟，臣不如亮。』」又曰：「撫軍問孫興公：『……卿自謂何如？』曰：『下官才能所經，悉不如諸賢；至於斟酌時宜，籠罩當世，亦多所不及。然以不才，時復托懷玄勝，遠詠《老》《莊》，蕭條高寄，不與時務經懷，自謂此心無所與讓也。』」柹：木名，落葉喬木，果實至秋熟，柹葉變紅或黄。唐代寺院中常植此樹。李綽《尚書故實》：「鄭廣文學書而病無紙，知慈恩寺有柹葉數間屋，遂借僧房居止，日取紅葉學書，歲久殆遍。後自寫所製詩并畫，同爲一卷封進。玄宗御筆書其尾曰『鄭虔三絶』。」《酉陽雜俎》（前集卷一八）「柹，俗謂柹樹有七絶：一壽，二多陰，三無鳥巢，四無蟲，五霜葉可玩，六嘉實，七落葉肥大。」唐詩中愛寫柹樹，反映了唐人喜愛柹樹的實際情況。鄭谷《舟行》：「蓼渚白波喧夏口，柹園紅葉憶長安。」又《遊貴侯城南林墅》：「荷密連池緑，柹繁和葉紅。」

〔三〕霜空：秋天的晴空。

〔四〕銅池句：謂桂樹葉上的露水滴到寺院檐下承霤的銅槽中。《漢書》（卷八）《宣帝紀》：「神爵仍集，金芝九莖産于函德殿銅池中。」顔師古注：「銅池，承霤是也，以銅爲之。」

〔五〕金鐸句：謂隨着松杪的風傳來了屋檐下金鐸清脆的響聲。金鐸，銅制的鈴鐺，内有舌，振舌發聲。即屋檐下的風鈴。詩三、四兩句分寫松桂。唐人常以松桂寫出環境的蕭森峻潔，或用以喻人的清高節操。有時松、桂分别單寫，也常常并寫，如韋應物《和張舍人夜直中書寄吏部劉員外》：「松桂生丹禁，鴛鷺集雲臺。」白居易《凶宅》：「梟鳴松桂枝，狐藏蘭菊叢。」

〔六〕鶴静：閑適恬静、高雅脱俗的仙鶴。寺院中養鶴，僧人愛鶴，早成風習。珠像：佛像。以珠玉爲飾。

〔七〕馴鴿：温順的鴿子。寺院多鴿，古印度即成傳統。東晋沙門釋法顯《法顯傳·宿呵多國》：「昔天帝釋試菩薩，化作鷹、鴿，割肉貿鴿處。」又同書《達嚫國》：「因名此寺爲波羅越，波羅越者，天竺名鴿也。」寶幡（fān）：寺院中懸挂的旗幟狀的供具，幡身用長方形絹帛制作，下部懸垂的帛條稱作幡脚。佛教以爲懸幡供養，可獲種種福德。綦毋潛《題鶴林寺》：「珊珊寶幡挂，焰焰明燈燒。」《撰集百緣經》（卷七）《布施佛幡緣》：「爾時有王，名槃頭末帝，嘆取舍利，造四寶塔，高一由旬，而供養之。時有一人，施設大會，供養訖竟，作一長幡，懸著塔上，發願而去。緣是功德，九十一劫，不墮地獄畜生餓鬼。天上人中，長有幡蓋覆蔭其上，受天快樂。乃至今者，遭值於我，出家得道。」

〔八〕如何：爲什麽。塵外：世俗之外。塵外契：超脱世俗的交契。

〔九〕支公：支遁，東晋高僧。參卷四（詩一八一）注〔八〕。會同：聚會，會見。

【箋評】

一寫「客省」，用「柿葉紅」字，便知是深秋也。二寫樓臺莊嚴，已自如畫，又加「倚霜空」字，既是秋空，又是曉空，便是加倍如畫也。三四，「雨」，池上雨也；忽地舉頭，又是「桂上雨」。「風」，塔上風也；偶然回看，又是松上風。皆極寫最勝伽藍無上境界也。因自懺言：如此境界，久契宿心，如何鹿鹿，久虚嘉會，曾鶴與鴿之不若，豈不慚顔哽慟哉！（《金聖嘆全集》選刊之二《貫華堂選批唐才子詩》）

首言客舍蕭條，適見柿葉之紅而早秋矣。夫秋天清朗，寺中「樓臺如畫」，倚於霜天之高。而寺中所見，桂上之雨，灑滴銅池；松上之風，吹摇金鐸。且也鶴常栖於珠像之側，鴿常聚於寶幡之中。觀此閒寂，可以息心養神。奈此身猶在塵中，虚謂相爲契合耳。其何能與支公同此會哉！○朱東嵒曰：一寫客舍，曰「柿葉紅」，是秋景也。二寫寺中「樓臺如畫」，曰「倚霜空」，既是秋空，又是曉空，是深秋「早景」也。三寫雨，是池上雨也；忽地舉頭，又是「桂上雨」。四寫風，是塔上風也；偶然回看，又是「松杪風」。言此霜天、樓臺、紅葉相映，已自如畫；而加以桂雨、松風，清秋蕭寺加倍如畫。皆極寫最勝伽藍無上境界也。五六因自懺言：如此境界，物各自得，久契夙心。我獨鹿鹿風塵，虚此佳會，曾鶴與鴿之不如也哉！（元郝天挺注、明廖文炳解、清朱三錫評《東嵒草堂評訂唐詩鼓吹》卷五）

起得清泠，雖下四句皆用珍類，衹見其妍，不損幽致。總之，骨秀之妙。第二更有神彩，「倚」與「空」字，靈氣溢紙。結亦大雅。寓於寺，似與塵外結契，不得有支公會同，故嘆其虚。開元寺在蘇州城内南頭。「客省」，注見前。「銅池」，承檐霤者。佛殿莊嚴，幾與宫殿埒，故有此。「金鐸」，殿角鈴。「珠像」，《法顯記》曰：「僧尼羅國王，以金等身鑄佛像，髻裝寶珠。有盗者，以梯取之，像漸高而不及，盜嘆佛不救衆生，像俯首與之。後盜被擒，言其事。視像尚俯，王重贖其珠，而更裝之。」（胡以梅《唐詩貫珠箋》卷四十三）

客在省中，省在寺中。首句先將省中之景寫開。二三四三句，寫寺中寺外全景，而爲省中之客所目見而心領者也。「柿葉紅」，是寫秋；「倚霜空」，是寫早。承霤滴而知雨；静而會之，則雨在「桂上」。塔鈴響而知風；徐而察之，則風在「松梢」。寫景至此，神矣化矣，真是不可思議功德也。五之鶴，妙在一「静」字；六之鴿，妙在一「馴」字。彼一鳥耳，惟其「静」也、「馴」也，故得常居塵外，常伴支公。我猶然人也，既不能「静」，又不能「馴」，則亦「虚爲契」而已矣。曾鶴與鴿之不如。「如何」一喝，真令人毛骨悚然。（趙臣瑗《山滿樓箋注唐詩七言律》卷五）

奉和次韻

龜蒙

日上罘罳叠影紅①〔一〕，一聲清梵萬緣空〔二〕。襳褷滿地貝多雪②〔三〕，料峭入樓于闐風〔四〕。水榭初抽寥泬思〔五〕，竹窗猶挂夢魂中〔六〕。靈香散盡禪家接〔七〕，誰共殷源《小品》同③〔八〕。（詩二八二）

【校記】

①「日」四庫本作「月」。②「褷」甫宋本作「褷」。「襳褷」類苑本作「橵樅」。③「殷」原缺末筆，

避宋太祖父親趙弘殷諱。弘治本、汲古閣本、詩瘦閣本、四庫本、陸詩甲本、陸詩丙本、統籤本、類苑本、季寫本、全唐詩本此句下有小注：「《辨正論》亦有九流，一曰禪家者流。殷浩讀《小品經》，下二百籤，疑義以問支道林。」

【注釋】

〔一〕罘罳(fú sī)：古代設在屋檐或窗户上以防鳥雀之金屬網或絲網狀的裝飾。《漢書》(卷四)《文帝紀》：「未央宮東闕罘罳災。」顏師古注：「罘罳，謂連闕曲閣也，以覆重刻垣墉之處，其形罘罳然。一曰屏也。」《釋名·釋宫室》：「罘罳，在門外。罘，復也。罳，思也。臣將入請事，於此復重思之也。」所説是門外的屏風。與此詩意不合。段成式《酉陽雜俎》(續集卷四)《貶誤》：「士林間多呼殿榱桷護雀網爲罘罳。」段氏雖云此説「淺誤」，却是實情。此詩即是一證。

〔二〕清梵：清脆的誦經聲。古印度語爲梵語，其文字爲梵文，而其音則爲梵音。此處即指誦讀佛經的誦經聲。萬緣：繁雜的世俗之緣。

〔三〕襹褷(lí shī)：本指初生的毛羽，此指羽毛離披貌。詳皮氏原作，應指白鶴、白鴿。《文選》(卷一二)木華《海賦》：「鳧雛離褷，鶴子淋滲。」李善注：「離褷、淋滲，毛羽始生之貌。」「離褷」同「襹褷」。貝多雪：梵地寺院的雪。喻鶴、鴿白色的羽毛。貝多，樹名。古印度梵文的音譯。參卷五(詩一三九)注〔六〕。

〔四〕料峭：吹動飄蕩貌。于闐：古代西域國名。其國歌舞音樂很著名。《漢書》(卷九六上)《西域傳上》：「于闐國，王治西城，去長安九千六百七十里。」

〔五〕水榭：水邊的亭臺。榭，高臺上的亭子。《爾雅·釋宫》：「闍謂之臺，有木者謂之榭。」郭璞注：「臺上起屋。」寥泬（xuè）：空曠貌。又作「泬寥」。《楚辭·九辯》：「泬寥兮天高而氣清。」王逸注：「泬寥，曠蕩空虚也。」《文選》（卷三一）江淹《雜體詩·效謝臨川靈運遊山》：「乳竇既滴瀝，丹井復寥泬。」李善注：「王逸《楚詞注》曰：『泬寥，曠蕩空虚，静也。』」抽思：激發情思，抒發情懷。《楚辭·九章·抽思》：「與美人抽怨兮，并日夜而無正。」

〔六〕竹窗：作者自指隱逸的居處。僧道和隱士常自謂其居處爲竹房、竹院。竹窗亦即此義。

〔七〕靈香：神奇的香氣。當指沉香或龍涎香之類。宋葉廷珪《海録碎事》（卷六）《飲食器用部》：「沉木香，林邑國土人破斷之，積以歲年，朽爛而心節獨在，置水中則沉，故名曰沉香。」唐蘇鶚《杜陽雜編》（卷下）：「暑氣將甚，公主命取澄水帛，以水蘸之，挂於南軒。良久，滿座皆思挾纊。澄水帛長八九尺，似布而細，明薄可鑒，云其中有龍涎，故能消暑毒也。」禪家：禪家者流。指佛禪一類人。唐沙門法琳《辨正論》仿《漢書·藝文志》「九流十家」之説，亦標立九流，「禪家者流」是九流之一。參法琳《辨正論序》（《全唐文》卷九〇三）。

〔八〕殷源：殷浩，字淵源。參本卷（詩二六二）注〔六〕。《小品》：《小品經》。《世説新語·文學》：「殷中軍讀《小品》，下二百籤，皆是精微。世之幽滯，嘗欲與支道林辯之，竟不得。今《小品》猶存。」劉孝標注：「《釋氏辨空經》，有詳者焉，有略者焉。詳者爲《大品》，略者爲《小品》。」

獨夜有懷因作吴體寄襲美〔一〕

龜蒙

人吟側景抱凍竹〔二〕，鶴夢缺月沉枯梧〔三〕。清澗無波鹿無魄〔四〕，白雲有根虬有鬚①〔五〕。雲虬澗鹿真逸調〔六〕，刀名錐利非良圖〔七〕。不然快作燕市飲〔八〕，笑撫肉枅（原注：音馨②。）眠酒壚〔九〕。（詩二八三）

【校記】

①「雲」季寫本作「雪」。②「馨」四庫本、陸詩甲本、陸詩丙本、全唐詩本作「磬」。季寫本無此注語。

【注釋】

〔一〕此詩應作於咸通十一年（八七〇）冬。獨夜：夜間獨自一人。《文選》（卷二三）王粲《七哀詩二首》（其二）：「獨夜不能寐，攝衣起撫琴。」有懷：即有感。吴體：參本卷（詩二六九）注〔一〕。

〔二〕側景：西斜的太陽。「景」通「影」，日光。凍竹：寒竹。指不畏嚴寒的竹子。

〔三〕鶴夢：喻無眠。《初學記》（卷三〇）引《繁露》曰：「鶴知夜半。」注云：「鶴，水鳥也。夜半水位，感其生氣，則益喜而鳴。」鶴警覺，夜常不眠。缺月：不圓的月亮。枯梧：葉子枯萎凋零的梧桐樹。《列子·説符篇》：「人有枯梧樹者，其鄰父言枯梧之樹不祥，其鄰人遽而伐之。」

〔四〕無魄：没有精神的意思。

〔五〕雲根：古人以山石爲雲根。南朝宋孝武帝劉駿《登作樂山詩》：「屯煙擾風穴，積水溺雲根。」李賀《南山田中行》：「雲根苔蘚山上石，冷紅泣露嬌啼色。」王琦注引《錦綉萬花谷》：「唐人多使『雲根』爲石，以雲觸石而生也。」虬鬚：虬龍的胡鬚。虬是古代傳説中無角的龍。

〔六〕雲虬：雲中的虬龍。《周易·乾卦》：「雲從龍，風從虎。」逸調：閑逸高雅的氣度。

〔七〕刀名錐利：喻極微小的名利。《左傳·昭公六年》：「民知争端矣，將棄禮而徵於書。錐刀之末，將盡争之。」杜預注：「錐刀末，喻小事。」鮑照《代邊居行》：「悠悠世中人，争此錐刀忙。」

〔八〕燕市飲：喻豪縱豁達的風度。《史記》（卷八六）《刺客列傳》：「荆軻既至燕，愛燕之狗屠及善擊筑者高漸離。荆軻嗜酒，日與狗屠及高漸離飲於燕市，酒酣以往，高漸離擊筑，荆軻和而歌於市中，相樂也。已而相泣，旁若無人者。」

〔九〕肉枅（jī）：挂肉的横木。「枅」即「枅」。《説文·木部》：「枅，屋櫨也。」梁柱上的横木。一説，肉枅爲飲食器具。宋葉廷珪《海録碎事·飲食器用部·飲器門》：「肉枅，音磬。『不然快作燕市飲，笑撫肉枅眠酒壚（陸龜蒙）。』」眠酒壚：謂酣醉於酒店。《世説新語·傷逝》：「王濬冲爲尚書令，著公服，乘軺車，經黄公酒壚下過，顧謂後車客：『吾昔與嵇叔夜、阮嗣宗共酣飲於此壚。竹林之遊，亦預其末。』」劉孝標注：「韋昭《漢書注》曰：『壚，酒肆也。以土爲墮，四邊高似壚也。』」

奉和次韻

日休

病鶴帶霜傍獨屋①〔一〕，破巢含雪傾孤梧②〔二〕。濯足將加漢光腹〔三〕，抵掌欲捋梁武鬚③〔四〕。隱几清吟誰敢敵〔五〕，披琴酣卧真堪圖④〔六〕。此時枉欠高散物⑤〔七〕，楠瘤作樽石作壚〔八〕。（詩二八四）

【校記】

①「霜」全唐詩本作「霧」。②「含」季寫本作「舍」。③「捋」項刻本作「將」。④「披」汲古閣本、四庫本、項刻本、類苑本、全唐詩本作「枕」。「酣」章校本、項刻本、全唐詩本作「高」。全唐詩本注：「一作酣。」⑤「欠」類苑本作「尺」。

【注釋】

〔一〕病鶴：喻陸龜蒙高潔而貧困。古人視鶴爲仙禽，故常用以喻人。獨屋：謂遠離他人的隱士居室。

〔二〕破巢：殘破的鶴巢。喻陸龜蒙簡陋的居室。孤梧：孤拔的梧桐樹。

〔三〕濯足：洗脚。漢光：東漢光武帝劉秀。《後漢書》（卷八三）《嚴光傳》：「嚴光字子陵，一名遵，會稽餘姚人也。少有高名，與光武同遊學。……（光武帝）復引光入，論道舊故，相對累日。帝從容問光曰：『朕何如昔時？』對曰：『陛下差增於往。』因共偃卧，光以足加帝腹上。明日，太史奏客星犯御坐甚急。帝笑曰：『朕故人嚴子陵共卧耳。』」

〔四〕抵掌：擊掌。人在交談中很投機而高興的行爲。《戰國策·秦策一》：「（蘇秦）於是乃摩燕烏集闕，見説趙王於華屋之下，抵掌而談。」捋（luō）鬚：撫摸他人的胡鬚以示親密。《三國志·吴書·朱桓傳》裴松之注引張勃《吴録》曰：「桓奉觴曰：『臣當遠去，願一捋陛下鬚，無所復恨。』（孫）權馮几前席，桓進前捋鬚曰：『臣今日真可謂捋虎鬚也。』權大笑。」梁武：梁武帝蕭衍（四六四—五四九），字叔達，小字練兒。南朝梁開國皇帝，也是重要詩人。生平事迹參《梁書》（卷一—三）《武帝紀》、《南史》（卷六—七）《梁本紀·武帝紀》。捋梁武帝鬚事未詳。

〔五〕隱几：伏在几案上。一作「隱机」。《莊子·齊物論》：「南郭子綦隱机而坐，仰天而噓，荅焉似喪其耦。」成玄英疏：「隱，憑也。……子綦憑几坐忘，凝神遐想，仰天而嘆，妙悟自然。」清吟：清朗疏越的吟唱聲。

〔六〕披琴酣卧：用東晋詩人陶淵明事。《宋書》（卷九三）《陶潛傳》：「潛不解音聲，而畜素琴一張，無絃，每有酒適，輒撫弄以寄其意。貴賤造之者，有酒輒設。潛若先醉，便語客：『我醉欲眠，卿可去。』其真率如此。」

〔七〕枉欠：徒欠，只欠。高散物：指酒。散，古代酒器名。《禮記·禮器》：「貴者獻以爵，賤者獻以散。」鄭玄注：「凡觴，一升曰爵，二升曰觚，三升曰觶，四升曰角，五升曰散。」《詩經·邶風·簡兮》：「赫如渥赭，公言錫爵。」《毛傳》：「見惠不過一散。」鄭玄箋：「散，受五升。」《經典釋文》（卷五）《毛詩音義》（上）：「散，酒爵也，容五升。」

〔八〕楠瘤：生長贅疣的楠木，可以制作器具。此指以楠木癭瘤制成的酒樽。一作「楠榴」。《文選》（卷五）左思《吴都賦》：「楠榴之木，相思之樹。」劉逵注引劉成曰：「南榴，木之盤結者。其盤節文尤好。可以作器。」宋葉廷珪《海録碎事》（卷六）《飲食器用部》：「癭木樽。李白《咏柳少府山癭木》：『樽成山岳勢，材是棟梁餘。』」李白《咏山樽二首》（其二）：「擁腫寒山木，嵌空成酒樽。」此癭木樽、山樽，即指楠瘤樽。段玉裁《説文解字注》：「凡楠樹樹根贅肬甚大，析之，中有山川花木之文，可爲器械。《吴都賦》所謂『楠瘤之木』，三國張昭作《楠瘤枕賦》，今人謂之癭木是也。癭木，俗作『影木』；楠瘤，俗本作『楠榴』，皆誤字耳。」墟：酒肆置放酒器的土臺。此則云以石作墟。參卷四（詩一四五）注〔一〕。

【箋評】

太白有《咏柳少傅山木癭尊》詩，東坡賦：「酌以癭藤之樽。」放翁詩：「竹根斷作眠雲枕，木癭刳成貯酒樽。」癭楠杯見皮日休詩。（郎廷極《勝飲編》卷十二《癭樽》）

病中有人惠海蟹轉寄魯望①〔一〕

日休

紺甲青筐染苔衣〔二〕，島夷初寄北人時〔三〕。離居定有石帆覺〔四〕，失伴唯應海月知②〔五〕。族類分明連璅蛣〔六〕（原注：璅蛣似小蚌。有一小蟹在腹中。蛣出求食，故淮海之人呼爲蟹奴③。）〔七〕，形容好箇似蟛蜞〔八〕。病中無用雙螯處④〔九〕，寄與夫君左手持〔一〇〕。

（詩二一八五）

【校記】

①項刻本無「寄」。②「唯」詩瘦閣本作「惟」。③「小」詩瘦閣本、皮詩本、季寫本作「中」。「蚌」原作「蜶」，據汲古閣本、詩瘦閣本、季寫本、四庫本、全唐詩本、皮詩本改。「小蜶」統籤本作「蚌中」。斠宋本眉批：「『蚌』字右缺，疑非。」皮詩本、季寫本、全唐詩本無「一」。類苑本無此注語。④「雙」全唐詩本作「霜」。

【注釋】

〔一〕海蟹：生長在海濱的螃蟹。蟹的一種，有一對扁形大螯。

〔二〕紺（gàn）甲：海蟹深青帶一點紅色的甲殼。即指海蟹。青筐：專指海蟹青緑色的背部。「筐」同「匡」，方形。《禮記·檀弓下》：「蠶則績而蟹有匡。」孔穎達疏：「蟹有匡者，蟹背殼似匡，仍謂蟹背作匡。」苔（tái）衣：指水中的青苔。《説文・艸部》：「菭，水衣。」《玉篇・艸部》：「菭，生水中，緑色也。」又云：「苔，同上（菭）。」

〔三〕島夷：古代本指我國東南沿海一帶的居民。南北朝時，北方稱南方人爲島夷。《尚書・禹貢》：「大陸既作，島夷皮服。」《北史》（卷一〇〇）《序傳》：「南書謂北爲『索虜』，北書指南爲『島夷』。」

〔四〕離居：離開居所。此指海蟹被捕撈而離開海濱。《尚書・盤庚下》：「今我民用蕩析離居，罔有定極。」石帆：珊瑚蟲的一種，生長在海底巖礁間，可作裝飾品。《文選》（卷五）左思《吴都賦》：「石帆水松，東風扶留。」劉逵注：「石帆，生海嶼石上，草類也。無葉，高尺許，其華離婁相貫連。雖無所用，然異物也。」

〔五〕失伴：失去伴侣。謂海蟹離開了海濱的同伴。海月：亦稱「窗貝」，一種海生動物。《文選》（卷一二）郭璞《江賦》：「玉珧海月，土肉石華。」李善注：「《臨海水土物志》曰：『海月，大如鏡，白色，正圓。常死海邊。其柱如搔頭大。中食。』」

〔六〕族類：同族，同類。《左傳・成公四年》：「《史佚之志》有之，曰：『非我族類，其心必異。』」璅蛣（suǒ jié）：又名海鏡，海蟹的一種，又稱寄居蟹。又作「瑣蛣」。《文選》（卷一二）郭璞《江賦》：「璅蛣腹蟹，水母目蝦。」李善注：「《南越志》曰：『璅蛣，長寸餘，大者長二三寸。腹中有蟹子，如榆莢，合體共生，俱爲蛣取食。』」

〔七〕原注云云：文出南朝梁任昉《述異記》，見《説郛三種》第三〇四〇頁。

〔八〕形容：外表，容貌。好箇：好似，很像。張相《詩詞曲語辭匯釋》（卷三）：「箇，估量某種光景之辭，等於價或家。……皮日休《病中有人惠海蟹》詩：『形容好箇似蟛蜞』，此猶云很似。」蟛蜞（péng qí）：蟹的一種。晋崔豹《古今注·魚蟲》：「蟛蜞，小蟹，生海邊泥中，食土。一名長卿。其一有螯偏大者，名擁劍。一名執火，其螯赤，故謂之執火云。」《世説新語·紕漏》：「蔡司徒渡江，見彭蜞，大喜曰：『蟹有八足，加以二螯。』令烹之，既食，吐下委頓。」

〔九〕雙螯（áo）：海蟹的兩只大脚，形似鉗子。即指海蟹。

〔一〇〕夫君：對朋友的敬稱。指陸龜蒙。參本卷（詩二六三）注〔八〕。左手持：左手持海螯。用晋畢卓事。參卷四（序一〇）注〔八〕。

【箋評】

郭景純《江賦》：「瑣琣腹蟹，水母目蝦。」《松陵集》注：「瑣琣似蚌。有一小蟹在腹中。爲瑣琣出求食，或不歸，瑣琣餒死，淮南人呼爲蟹奴。」（周祈《名義考》卷十《物部·瑣琣水母》）

首言其紺青之色，猶帶「菭衣」，是「島夷」之人「初寄」來時也。方其離島，定有同居之「石帆」，與同伴之「海月」知覺。論其「族類」，與「璅琣」相連，「形容」好是螃蜞。我因病中無用此物，寄君左手持螯而飲啖之。三四因海島中來而發端，典雅可化俗。大約此非湖蟹，乃海中之黄甲蟹耶？按「菭」一作「落」，是不可解。然菭，水衣，即苔。乃平聲，或可作仄聲歟？湖蟹通身青緑，黄甲則兼紺色。殻指螯爪,「匡」言背。《禮記》:「蠶則績而蟹有匡,範則冠而蟬有緌,兄則死而子羔爲之衰。」「匡」即「筐」之義。《禹貢》:「島夷卉服。」「北人」,皮自謂也。左太冲《吴都賦》「草則石帆水松」,注:「石帆,生海嶼石上。草類也,無葉,高尺許,其花離婁相貫連。」陶弘景曰:「石帆狀如柏,水松狀如松。」《大明本草》曰:「紫色梗大者如箸,見風漸硬,色如漆,人以飾作珊瑚。」郭景純《江賦》云:「石帆蒙籠以蓋嶼。」又曰:「水物則有玉珧海月。」謝靈運詩:「挂席拾海月。」《本草》:「即玉珧,又名江瑶。」劉恂《嶺表録》云:「海月大如鏡,白色,正圓,其柱如搔頭尖。」王氏《宛委録》云:「奉化縣,四月南風起,江瑶可得數百。如蚌稍大,肉腥韌不堪。惟肉柱寸許如雪,鷄汁瀹食肥美。過火則味盡。」《本草》:「璅玮生海鏡腹中。海鏡兩片相合成形,殼圓如鏡。中甚瑩滑,映日光如雲母。内有少肉,如蚌胎。腹有寄居蟲,大如豆,狀如蟹。海鏡饑則出食,入則鏡亦飽矣。」郭璞賦曰:「璅玮腹蟹,水母目蝦。」《本草》云:「蟛蜞大於蟛蜎,生陂池田港中,故有毒令人吐下。」《晋書》:「蔡司徒謨,初渡江,見蟛蜞,大喜曰:『蟹有八足,加以二螯。』令烹之。既食,吐下委頓,方知非蟹。後向謝仁祖説此事,謝曰:『卿讀《爾雅》不熟,幾爲《勸學》死。』」注言:「《大戴禮·勸學篇》云:『蟹二螯八足,非蛇鱣之穴無所寄托者,用心躁也。』故蔡邕爲《勸學章》取義焉。」《爾雅》曰:「蜎蠌,小者蟧。」即蟛蜞也,似蟹而小。今蟛蜞小於蟹,而大於蟛蜎,即《爾雅》所謂彭蜎也。然此三物,皆八足二螯而狀甚相類。蔡謨不精其小大,食而幾致斃,故謂之「讀《爾雅》不熟」也。《晋書》:「畢卓嘗謂人曰:『右手持酒盃,左手持蟹螯,拍浮酒池中,便足了一生矣。』」(胡以梅《唐詩貫珠箋》卷六十)

郭景純《江賦》云：「璅蛣腹蟹，水母目蝦。」《松陵集》注云：「璅蛣似蚌。常有一小蟹在腹中，爲蛣出求食。蟹或不歸，蛣饑死。」欲寄食於他物，而不如蛣之饑死者或寡矣。（沈謙《釋冰書》）

詩家稱友，有「夫君」二字。夫讀作扶，蓋如夫人、丈夫之類。近人胡廷佩《訂僞雜録》有「夫君」一條，竟作如字讀。其言曰：「古人稱友曰『夫君』，如孟浩然《遊精思觀迴王白雲在後》詩云：『衡門猶未遠，佇立望夫君。』皮日休《送蟹與魯望》詩云：『病中無用霜螯處，寄與夫君左手持。』此類甚多。」又云：「此二字本自通稱。《九歌》：『思夫君兮太息』，指雲中君也；『思夫君兮未來』，指湘君也。世俗但知婦目所天用耳。」按胡此言是以「夫君」夫字爲如字讀，殊不知《楚詞·九歌》朱子注「夫君」，夫字固云「夫，音扶。」詩家之用「夫君」，正本《楚詞》。且觀李義山詩「之子夫君鄭與裴」，四字排用，明屬語助。胡乃作「婦目所天」同義，可笑也。（陳錫路《黄嬭餘話》卷五《夫君》）

郭璞《江賦》。……「玉珧海月，土肉石華」；按謝靈運《遊赤石進帆海》：「揚帆采石華，挂席拾海月。」亦以「海月」、「石華」作對；姚旅《露書》卷評此賦：「總括漢泗，兼包淮湘」等句云：「……如鰒、鱟、玉珧、海月、土肉、石華、水母、紫菜等等，皆海錯也，斷不可以溷江族。」……袁枚《隨園詩話》卷一：「《文選》詩：『挂席拾海月』，妙在海月之不可拾也；注《選》者必以『海月』爲蚌、蟜之類，則作此詩者不過一摸蚌翁耳！」……皮日休《病中有人惠海蟹》：「離居定有石帆覺，失伴惟應海月知」；使非蟜、蚌，豈得爲蟹「伴」哉？然袁氏此解亦足以發。（錢鍾書《管錐編》第四冊一二三五頁）

詶襲美見寄海蟹①

龜蒙

藥盃應阻蟹螯香〔一〕，却乞江邊采捕郎〔二〕。自是楊雄知郭索②〔三〕（原注：《太玄經》云：「蟹之郭索③。」），且非何胤敢餦餭④〔四〕（原注：何胤侈於食味⑤，稍欲去其甚者⑥，猶有鮔腊⑦、糟蟹〔五〕。）。骨清猶似含春靄⑧〔六〕，沫白還疑帶海霜⑨。强作南朝風雅客⑩〔七〕，夜來偷醉早梅傍〔八〕。

（詩二八六）

【校記】

①陸詩丙本黄校注：「脱海字。」　②「楊」弘治本、汲古閣本、詩瘦閣本、四庫本、陸詩甲本、統籤本、季寫本、全唐詩本作「揚」。　③類苑本無此注語。　④「餦餭」陸詩甲本、陸詩丙本作「鋹鍠」。　⑤「於」汲古閣本、四庫本、統籤本、季寫本作「于」。　⑥「欲」陸詩丙本作「吹」，陸詩丙本黄校注：「空格。」　⑦「鮔」陸詩甲本作「魤」，陸詩丙本作「鮑」，統籤本作「鮑」。類苑本無此條注語。　⑧「清」盧校本作「青」。　⑨「沫」原作「沬」，據弘治本、汲古閣本、詩瘦閣本、四庫本、全唐詩本改。　⑩「强」類苑本作「彊」。

【注釋】

〔一〕藥盃：吃藥的杯子。呼應皮氏原唱「病中」云云。此句謂皮氏因生病不能食用海蟹的美味。

〔二〕却乞句：謂皮氏將海蟹送給了我這一個捕魚人。乞：予，給予。《漢書》（卷六四上）《朱買臣傳》：「買臣駐車，呼令後車載其夫妻，到太守舍，置園中，給食之。居一月，妻自經死，買臣乞其夫錢，令葬。」錢大昕《十駕齋養新録》（卷四）《假借乞》：「孔穎達《春秋正義》云：『假借同義，取者假爲上聲，借爲入聲，與者假借皆爲去聲。』又云：『「乞」之與「乞」一字也，取則入聲，與則去聲。』」采捕：捕捉。采捕郎：捕魚人。此陸氏自指。《水經注·聖水》：「其水夏冷冬温，春秋有白魚出穴，數日而返，人有采捕食者，美珍常味，蓋亦丙穴嘉魚之類也。」《梁書》（卷三）《武帝紀下》：「乃至廣加封固，越界分斷水陸采捕及以樵蘇，遂致細民措手無所。」

〔三〕楊雄：一作揚雄（前五三—後一八），字子雲。西漢學者、文學家、思想家。蜀郡成都（今屬四川省）人。生平事迹參《漢書》（卷八七）本傳。郭索：蟹的爬行貌。揚雄《太玄·鋭》：「蟹之郭索，心不一也。」

〔四〕何胤：南朝宋、齊、梁間學者、文人，字子季（四四六—五三一），廬江灊（今安徽省霍山縣）人。少縱情輕薄，長而好學，與其兄求、點一起歸隱，并稱「何氏三高」。生平事迹參《南齊書》（卷五四）、《梁書》（卷五一）、《南史》（卷三〇）本傳。餦餭（zhāng huáng）：飴糖一類食物。《楚辭·招魂》：「粔籹蜜餌，有餦餭些。」王逸注：「餦餭，餳也。」《方言》（卷一三）：「餳，謂之餦餭。」郭璞注：「即乾飴也。」

〔五〕原注云云：《南史》（卷三〇）《何胤傳》：「初，胤侈於味，食必方丈。後稍欲去甚者，猶食白魚、鮔脯、糖蟹，以爲非見生物。……學生鍾岏曰：『鮔之就脯，驟於屈申；蟹之將糖，躁擾彌甚。』」鮔腊（shàn xī）：黄鱔的乾肉。「鮔」同「鱔。」腊（xī）：乾肉。《釋名·釋飲食》：「腊，乾昔也。」糟蟹：用酒糟醬蟹。應與今天醉蟹相近似。糖蟹即糟蟹。陸游《老學庵筆記》（卷六）：「唐以前書傳，凡言及糖者皆糟耳，如糖蟹、糖薑皆是。」

〔六〕骨清：指海蟹外表清朗，形象可愛。春靄：春天的雲氣。高適《登廣陵栖靈寺塔》：「遥思駐江帆，暮情結春靄。」

〔七〕南朝：我國古代南北朝時期在江南建立政權的宋、齊、梁、陳，史稱「南朝」，合同樣在江南立國的東吴、東晋爲「六朝」。風雅客：指東晋畢卓，呼應皮氏原唱的末聯。

〔八〕偷醉：活用畢卓盜飲事。參卷四（序一〇）注〔七〕。

【箋評】

起言襲美因病服藥，所以阻於海味而不用，却寄于予之「江邊采捕郎」。自謙之辭。因水族，所以以己爲漁郎。「乞」音去聲，與也。若讀「乞」，則文義不貫矣。繼言于是而楊雄知其爲「郭索」，以己比楊也。且不是何胤，敢奢侈糖用。五六借「骨」、「沫」生發，鬆秀。六更切。結言因其所惠，遂以侑酒而醉。「南朝客」而云「强作」，亦指蔡謨之事歟？《酉陽雜俎》云：「何胤奢於味，食必方丈，後稍欲去甚者，猶食白魚、鮔腊、糖蟹。使門人議之。學士鍾岏議曰：『鮔之就腊，驟于屈伸。蟹之將糖，躁擾彌甚。仁人用意，深懷惻怛。至於車螯蚶蠣，眉目内缺，慚渾沌之奇；蜃吻外緘，非金人之愼；不榮不悴，曾草木之不若；無馨無臭，與瓦礫而何異。故宜長充庖厨，永爲口實。』」則何胤是用糖以醉蟹，非糟甚明。按《楚辭》，宋玉《招魂》：「粔籹蜜餌，有餦餭些。」注：「粔籹，吴謂之膏環。亦曰寒具，即今糤子。擣黍，餳謂之餦餭。」按「餳」音糖，飴之别名，亦徐盈切。今人所謂餳糖。吴俗俱以大麥熬煉成立，小兒所喜。宋玉《招魂》，蓋云設粔籹餈餌，而有糖可以蘸食也。今詩用「餦餭」，即是糖耳。乃《松陵集》本注，「糖」字訛爲「糟」字，使因注轉致不明，真可嘆也。世俗只知有「糟蟹」，而不知另有「糖蟹」，可發千古之蒙。而錯板遺恨，不知凡幾矣。糖同餹，《説文》：「飴也。」糖非一類。或何胤「糖蟹」，用蔗糖，而「餦餭」亦糖，即以《楚詞》用之耳。又按《齊民要術》：「藏蟹法：先煮薄糖，著蟹于冷糖，甕中一宿。蓼湯和白鹽，特須極鹹成汁，納入蟹，泥封二十日出之，著薑末于蟹臍，百個各一器。忌風則壞。」則亦非純糖也。（胡以梅《唐詩貫珠箋》卷六十）

病中美景頗阻追遊因寄魯望〔一〕

日休

癭床閑卧晝迢迢〔二〕，唯把真如慰寂寥〔三〕。南國不須收薏苡〔四〕，百年終竟是芭蕉〔五〕。藥前美禄應難斷〔六〕，枕上芳辰豈易銷①。看取病來多少日〔七〕，早梅零落玉華焦②〔八〕。

（詩二一八七）

【校記】

①「辰」季寫本作「晨」。②「華」季寫本作「燁」。「燋」四庫本、類苑本、全唐詩本作「焦」。

【注釋】

〔一〕此詩應作於咸通十二年（八七一）春天。頗阻：頗爲希望排除阻礙。温庭筠《雪夜與友生同宿曉寄近鄰》：「寂寞寒塘路，憐君獨阻尋。」追遊：結伴游覽，觀賞美景。南朝陳張正見《劉生》：「別有追遊夜，秋窗向月開。」韋應物《再遊西郊渡》：「水曲一追遊，遊人重懷戀。」又《金谷園歌》：「嗣世衰微誰肯憂，二十四友日日空追遊。追遊詎可足，共惜年華促。」

〔二〕癭床：楠木床。癭，生長在樹木外部的贅疣。楠木癭尤爲突出，可作器具。參本卷（詩二八四）注〔八〕。迢迢：綿長貌。《文選》（卷二九）《古詩十九首》（其十）：「迢迢牽牛星，皎皎河漢女。」唐戴叔倫《雨》：「歷歷愁心亂，迢迢獨夜長。」

〔三〕真如：佛教名詞。意謂永恒存在的宇宙萬物的本體。《成唯識論》（卷九）：「真，謂真實，顯非虚妄；如，謂如常，表無變易。謂此真實，于一切位，常如其性，故曰真如。」寂寥：寂寞空虚。

〔四〕南國：江南。此指蘇州而言。《楚辭·九章·橘頌》：「受命不遷，生南國兮。」王逸注：「南國，謂江南也。」此句謂蘇州雖地處江南，但并無瘴癘之氣。不須：不必。薏苡（yì yǐ）：薏米，一種禾本科植物的果實。薏米可防治南方的瘴癘，久服可以健身。《後漢書》（卷二四）《馬援傳》：「初，援在交阯，常餌薏苡實，用能輕身省慾，以勝瘴氣。南方薏苡實大，援欲以爲種，軍還，載之一車。」李賢注引《神農本草經》曰：「薏苡，味甘，微寒，主風濕痹下氣，除筋骨邪氣，久服輕身益氣。」

〔五〕終竟：到底，最終。芭蕉：一名甘蕉，我國古代以南粵地區最常見。多年生草木植物，葉長而寬大，高大似樹，花白色，有果實。晋嵇含《南方草木狀》（卷上）：「甘蕉望之如樹，株大者一圍餘，葉長一丈，或七八尺，廣尺餘二尺許，花大如酒杯，形色如芙蓉。……一名芭蕉，或曰巴苴。」佛經中常用芭蕉喻虚幻不實，轉瞬即逝的事物。《佛所行贊》（卷二）：「虚僞無堅固，如芭蕉夢幻。」《大般涅槃經·壽命品第一》：「是身不堅，猶如蘆葦，伊蘭水泡，芭蕉之樹。」《維摩詰所説經·方便品第二》：「是身如芭蕉，中無有堅。」

〔六〕美禄：指酒。《漢書》（卷二四下）《食貨志下》：「酒者，天之美禄，帝王所以頤養天下，享祀祈福，扶衰養疾。百禮之會，非酒不行。」

〔七〕看取：看。取，語助詞。杜甫《酬韋韶州見寄》：「雖無南過雁，看取北來魚。」郎士元《送張光歸吴》：「看取庭蕪白露新，勸君不用久風塵。」病來：生病。來，句中襯字。

〔八〕玉華：白花。燋（qiáo）：憔悴。此指枯萎凋零。《莊子·天地》：「孝子操藥以脩慈父，其色燋然，聖人羞之。」成玄英疏：「燋然，憔悴貌。」

奉訓病中見寄

龜蒙

逢花逢月便相招〔一〕，忽卧雲疏隔野橋①〔二〕。春恨與誰同酩酊〔三〕，玄言何處問《逍遥》②〔四〕。題詩石上空迴筆〔五〕，拾蕙汀邊獨倚橈〔六〕。早晚却還巖上電③〔七〕（原注：襲美時有眼疾。），共尋芳徑結烟條④。　（詩二八八）

【校記】

①「疏」陸詩甲本、陸詩丙本、統籤本、全唐詩本作「航」，全唐詩本：「一作疏。」季寫本作「疎」。陸詩丙本黄校注：「空格。」②「玄」原缺末筆，避宋太祖始祖趙玄朗諱。③「上」四庫本、盧校本、陸詩甲本、陸詩丙本、季寫本、全唐詩本作「下」。④「烟條」季寫本作「□□」。

【注釋】

〔一〕逢花逢月：謂良辰美景。相招：相邀。招，邀請。陶淵明《和劉柴桑》：「山澤久見招，胡事乃躊躇。」岑參《雪後與群公過慈恩寺》：「乘興忽相招，僧房暮與朝。」

〔二〕雲疏：雲窗。多指隱士居處。此指皮氏居室。疏，指窗户棱上雕琢連瑣花紋，即窗。《史記》（卷二三）《禮書》：「疏房床第几席，所以養體也。」司馬貞《索隱》：「疏謂窗也。」

〔三〕春恨句：謂與誰暢飲來排遣春恨情懷呢。

〔四〕玄言：玄談，清談。魏、晋時期，人們善清談，闡述玄學，而《周易》、《老子》、《莊子》是玄言的理論淵源，合稱「三玄」。《逍遥》：《逍遥遊》，《莊子》的代表篇章之一。問《逍遥》：用東晋高僧支遁闡揚《莊子·逍遥遊》的旨趣，爲人所服膺事。南朝梁釋慧皎《高僧傳》（卷四）《晋剡沃洲山支遁》：「遁嘗在白馬寺與劉系之等談《莊子·逍遥篇》，云：『各適性以爲逍遥。』遁曰：『不然。夫桀、跖以殘害爲性，若適性爲得者，彼亦逍遥矣。』於是退而注《逍遥篇》。群儒舊學，莫不嘆服。……王羲之時在會稽，素聞遁名，未之信。謂人曰：『一往之氣，何足言。』後遁既還剡，經由于郡，王故詣遁，觀其風力。既至，王謂遁曰：『《逍遥篇》可得聞乎？』遁乃作數千言，標揭新理，才藻驚絶。王遂披衿解帶，流連不能已。」據《世説新語·文學》劉孝標注，支遁著有《逍遥論》。

〔五〕題詩句：謂石上題詩不能留存下來。喻皮氏生病無人酬唱之意。迴筆：運筆。

〔六〕拾蕙：采摘蕙草。泛指采擷芳草的游春活動。汀邊：水邊之地。《楚辭·九歌·湘夫人》：「搴汀洲兮杜若，將以遺兮遠者。」王逸注：「汀，平也。」洪興祖補注：「汀，它丁切，水際平地。」倚橈：謂停船。橈，船槳。

〔七〕早晚：何日，何時。張相《詩詞曲語辭匯釋》（卷六）：「早晚，猶云何日也。此多指將來而言。」巖上電：喻眼睛明亮，炯炯有神。《世説新語·容止》：「裴令公目：『王安豐眼爛爛如巖下電。』」又云：「裴令公有儁姿容。一旦有疾至困，惠帝使王夷甫往看。裴方向壁卧，聞王使至，强回視之。王出語人曰：『雙目閃閃，若巖下電，精神挺動，體中故小惡。』」

闔閭城北有賣花翁〔一〕，討春之士往往造焉〔二〕，因招襲美①〔三〕

龜蒙

故城邊有賣花翁〔四〕，水曲舟輕去盡通。十畝芳菲爲舊業②〔五〕，一家煙雨是元功〔六〕。閑添藥品年年別〔七〕，笑指生涯樹樹紅〔八〕。若要見春歸處所，不過携手問東風〔九〕。（詩二八九）

【校記】

①「襲美」鼓吹本作「日休」。　②「十」類苑本作「千」。

【注釋】

〔一〕此詩應作於咸通十二年（八七一）春。闔閭城：指蘇州故城。爲春秋吴王闔閭時所建造，故稱。陸廣微《吴地記》：「闔閭城，周敬王六年伍子胥築。大城周迴四十五里三十步，小城八里六百六十步。」并可參《吴越春秋》《越絶書》。賣花翁：實爲培育花草的花匠，以賣花爲生計的花農。

〔二〕討春：探春，游春。游覽觀賞春光。五代王仁裕《開元天寶遺事》（卷下）《探春》：「都人仕女，每至正月半後，各乘車跨馬，供帳於園圃或郊野中，爲探春之宴。」觀此詩，可知唐代探春的風俗遍及各地。造：至，拜訪。《世説新語·任誕》：「（王子猷）忽憶戴安道，時戴在剡，即便夜乘小船就之。經宿方至，造門不前而返。」《世説新語·德行》：「郭林宗至汝南造袁奉高，車不停軌，鸞不輟軛。」

〔三〕招：邀請。與《楚辭·招隱士》的「招」字同義。孟郊《送丹霞子阮芳顔上人歸山》：「仙村莫道遠，枉策招交游。」

〔四〕故城：指當時蘇州的老城區闔閭舊城。

〔五〕舊業：指世代相傳的家業。《左傳·哀公二十年》：「今越圍吴，嗣子不廢舊業而敵之，非晉之所能及也，吾是以爲降。」

〔六〕元功：大功績。《史記》（卷一三〇）《太史公自序》：「維高祖元功，輔臣股肱，剖符而爵，澤流苗裔，忘其昭穆，或殺身隕國。」

〔七〕藥品：花藥的品種。唐人所説的藥，指花藥，實指花草而言。岑參《送許拾遺恩歸江寧拜親》：「種藥疏故畦，釣魚垂舊鉤。」早在東晋南朝，就有花藥并稱，實指花草的做法。陶淵明《時運》：「花藥分列，林竹翳如。」《南史》（卷七七）《茹法亮傳》：「宅後爲魚池釣臺，土山樓館，長廊將一里。竹林花藥之美，公家苑囿所不能及。」別：另外。指年年有藥草的新品種。

〔八〕生涯：生計，資産。方干《題懸溜巖隱者居》：「世人如要問生涯，滿架堆床是五車。」羅鄴《送張逸人》：「自説歸山人事賒，素琴丹竈是生涯。」寒山《世間何事最堪嗟》：「不學白雲巖下客，一條寒衲是生涯。」

〔九〕不過：不會超過，只要。杜甫《有感五首》（其三）：「不過行儉德，盜賊本王臣。」

【箋評】

首言「賣花翁」所居，水雖曲而輕舟可通也。彼其事業則在「芳菲」，「元功」則惟「烟雨」。「十畝」言其廣，「一家」言其獨也。上句是盡人事，下句是待天時。於是花卉堪爲「藥品」，賣花乃屬「生涯」。年年春事已攬盡無餘矣。要知「春歸」之處，則共「携手」遊，看春風去則春歸矣，即「賣花翁」亦豈知其所以哉？此爲尋春之士言之，招日休意，亦正妙在言外。○朱東嵒曰：劈將「賣花翁」寫起，「水曲」而「舟通」，則「賣花翁」之所居，亦不俗矣。中四句皆實寫「賣花翁」也。而「討春」往造之意，已在其内。七八結，招日休也。（元郝天挺注、明廖文炳解、清朱三錫評《東嵒草堂評訂唐詩鼓吹》卷三）

「水曲舟輕」，極平直之字，而能用之，綽有風致。得小港挐舟之妙。三四精極，「元功」二字用得尤奇。蓋指元和之氣亦可。謂「一家」生計惟「煙雨」是賴。結則「招襲美」同訪「討春」也。太史公曰：「惟祖元功，輔臣股肱。」（胡以梅《唐詩貫珠箋》卷二十五）

（首二句）即伏相招意，與結句遥應。（毛張健《唐詩餘編》卷三）

陸龜蒙《招襲美》詩序：「闔閭城北有賣花翁，討春之士往往造焉。」見《松陵集》。「討」猶「探」也、「尋」也。以「討」字易「探」代「尋」，唐人詩句中亦間用此一字。（陳錫路《黄嬭詩話》卷七《討春》）

魯望以花翁之什見招〔一〕，因次韻訓之①

日休

九十携鋤傴僂翁〔二〕，小園幽事盡能通〔三〕。斸煙栽藥爲身計〔四〕，負水澆花是世功〔五〕。婚嫁定期杉葉紫〔六〕，蓋藏應待桂枝紅〔七〕。不知家道能多少②〔八〕，只在勾芒一夜風③〔九〕。

（詩二一九〇）

【校記】

①「因」統籤本作「同」。②「能」類苑本作「爲」。③「勾」弘治本、詩瘦閣本、盧校本、皮詩本、統籤本、類苑本、季寫本、全唐詩本作「句」。

【注釋】

〔一〕花翁：賣花翁。即培育花草的花匠。花翁之什：指陸氏原唱。什，篇什。見招：邀請。「見」爲表謙之詞。《文選》（卷二二）左思《招隱士詩二首》（其一）：「杖策招隱士，荒塗横古今。」

〔二〕九十：九十歲的老人。此指賣花翁。《禮記·曲禮上》：「八十、九十曰耄。」傴僂（yǔ lǚ）：老人駝背貌。其本義是曲身表示恭敬狀。《左傳·昭公七年》：「及正考父佐戴、武、宣，三命兹益共，故其鼎銘云：『一命而僂，再命而傴，三命而俯。循墻而走，亦莫余敢侮。』」

〔三〕幽事：雅事。指培育花草之事。

〔四〕斸：大鋤。此作動詞用，挖。參本卷（詩二一八〇）注〔三〕。身計：生計。謀劃生活。《顔氏家訓·歸心》：「抑又論之：求道者，身計也；惜費者，國謀也。身計國謀，不可兩遂。」方干《客行》：「鄉心日落後，身計酒醒時。」

〔五〕負水：背水。世功：累代的功業。謂賣花翁世代以此爲業。《左傳·隱公八年》：「官有世功，則有官族。」花：花藥，花草。與上句「藥」字并列聯稱。參上（詩二一八九）注〔七〕。

〔六〕婚嫁定期：男婚女嫁都按照一定的年限適時完成。此句喻花草的嫁接生長都有定期，要遵循其生長規律。《後漢書》（卷八三）《向長傳》：「建武中，男女娶嫁既畢，（長）敕斷家事勿相關，當如我死也。於是遂肆意，與同好北海禽慶俱遊五嶽名山，竟不知所終。」杉葉紫：秋天杉葉變成紫色。

〔七〕蓋藏：掩蓋，遮蓋。《禮記·月令》：「孟冬之月，……命百官，謹蓋藏。」桂枝紅：桂樹開出紫紅色花。《楚辭·九思·守志》：「桂樹列兮紛敷，吐紫華兮布條。」王逸注：「桂華紫色，布敷條枝。」

〔八〕家道：家業。《周易·家人卦》：「父父、子子、兄兄、弟弟、夫夫、婦婦，而家道正。正家而天下定矣。」

〔九〕勾(gōu)芒：古代神話傳説中主管樹木的木神。此指春神。《禮記·月令》：「孟春之月，……其帝太皞，其神勾芒。」鄭玄注：「此蒼精之君，木官之臣，自古以來著德立功者也。」李商隱《贈勾芒神》：「願得勾芒索青女，不教容易損年華。」

【箋評】

「九十携鋤傴僂翁」四句：我將老焉。（項真評、項真刻《項氏瓶笙榭新刻皮襲美詩》卷二）

傴僂音禹旅。《左·昭七年》：「正考夫佐戴、武、宣，三命兹益共，故其鼎銘云：『一命而僂，再命而傴，三命而俯。』」韻本相協，俗誤讀歐樓。昌黎《元和聖德詩》：「婉婉弱子，赤立傴僂。牽頭曳足，先斷腰膂。」皮日休詩：「九十携鋤傴僂翁，小園幽事盡能通。」（胡鳴玉《訂僞雜録》卷一《傴僂》）

病中庭際海石榴花盛發〔一〕，感而有寄

日休

一夜春工綻絳囊①〔二〕，碧油枝上晝煌煌〔三〕。風勻祇似調紅露②，日暖唯憂化赤霜。火齊滿枝燒夜月〔四〕，金津含蕊滴朝陽③〔五〕。不知桂樹知情否，無限同遊阻陸郎〔六〕。（詩

二九一

【校記】

①「工」皮詩本、統籤本、季寫本、全唐詩本作「光」。季寫本、全唐詩本注：「一作工。」　②「祇」汲古閣本作「秪」。　③「津」詩瘦閣本作「精」。

【注釋】

〔一〕此詩應作於咸通十一年（八七〇）暮春。庭際：庭院中。海石榴花：即石榴花。《初學記》（卷二八）引《博物志》曰：「張騫使西域還，得安石榴、胡桃、蒲桃。」《太平廣記》（卷四〇九）：「新羅多海紅并海石榴。唐贊皇李德裕言：花名中帶海者，悉從海東來。」隋煬帝《宴東堂詩》：「海榴舒欲盡，山櫻開未飛。」

〔二〕春工：春天造化萬物之工。絳囊：紫紅色的袋子。此喻紅色的石榴花的花苞。

〔三〕碧油：碧緑而有光澤。張仲素《塞下曲五首》（其二）：「獵馬千行雁幾雙，燕然山下碧油幢。」白居易《奉酬李相公見示絶句》：「碧油幢下捧新詩，榮賤雖殊共一悲。」煌煌：光彩鮮艷貌，明亮貌。《詩經·陳風·東門之楊》：「昏以爲期，明星煌煌。」潘岳《河陽庭前安石榴賦》：「丹暉綴于朱房，緗的點乎紅鬚，煌煌煒煒，熠爚委累。」

〔四〕火齊：火齊珠，玫瑰珠石。此喻紅色石榴花。《文選》（卷二）張衡《西京賦》：「翡翠火齊，絡以美玉。」李善注：「火齊，玫瑰珠也。」《文選》（卷五）左思《吴都賦》：「火齊之寶，駭鷄之珍。」李善注：「《異物志》曰：『火齊如雲母，重沓而可開，色黃赤，似金，出日南。』」晉王嘉《拾遺記》（卷八）：「（吴主）每以（潘）夫人遊昭宣之臺，志意幸惬，既盡酣醉，唾於玉壺中，使侍婢瀉於臺下，得火齊指環，即挂石榴枝上，因其處起臺，名曰環榴臺。」燒：照射，映照。王建《江陵即事》：「寺多紅藥燒人眼，地足青苔染馬蹄。」

〔五〕金津：金液。古代方士煉的一種丹液。此喻紅色石榴花上的晨露。《漢武帝内傳》：「其次藥有九丹金液、紫華紅英、太清九轉、五雲之漿、元霜絳雲、騰躍三黃。」《真誥》（卷十一）：「水色白。都不學道，居其上，飲其水，亦令人壽考也，是金津潤液之所溉耶。」

〔六〕阻：參上（詩二八七）注〔二〕。陸郎：指陸龜蒙。《舊唐書》（卷一九上）《懿宗紀》：「（咸通十年十二月）詔以兵戈纔罷，且務撫寧，其禮部貢舉，宜權停一年。」陸龜蒙原擬應舉，只得作罷。日休已在咸通八年登進士第。故詩末二句感慨不知桂樹是否知情，陸郎不能與我一同追遊桂樹，但許多同遊者却可以與他一起觀賞石榴花。故此二句用了「折桂」的典故。《晉書》（卷五二）《郤詵傳》：「（晉）武帝於東堂會送，問詵曰：『卿自以爲何如？』詵對曰：『臣舉賢良對策，爲天下第一，猶桂林之一枝，崑山之片玉。』帝笑。」

【箋評】

「火齊滿枝燒夜月」二句：工確。（項真評、項真刻《項氏瓶笙榭新刻皮襲美詩》卷二）

「綻絳囊」，花放也。「晝煌煌」，形容得有精神。「匀」，微風之動也。如「調紅露」，落想奇。「日暖」則恐「赤霜」「化」去，更言其嬌。月照如「火齊」，朝露若「金津」。雖四用天文，安排句法，變便不覺。結因病不得同遊賞而念陸郎，魯望也。陸機《與弟書》曰：「張騫使外國十八年，得塗林安石榴也。」今詩亦兼用之。《拾遺記》：「崑崙山有朱露，望之如丹。」《洞冥記》：「畢勒國人長三寸，常飲丹露爲漿。丹露者，日初出有露汁如硃也。」上元夫人服赤霜袍，桂樹，另考。（胡以梅《唐詩貫珠箋》卷五十六）

奉和次韻

龜蒙

紫府真人餉露囊〔一〕，猗蘭燈燭未熒煌〔二〕。丹華乞曙先淩日①〔三〕，金焰欺寒却照霜〔四〕。誰與佳名從海曲〔五〕，祇應芳裔出河陽②〔六〕。那堪謝氏庭前見〔七〕，一段清香染郄郎〔八〕。

（詩二九二）

【校記】

①「曙」原缺末筆「日」，避宋英宗趙曙諱。「淩」四庫本、統籤本、季寫本、全唐詩本作「侵」，李校本作「浸」，陸詩丙本作「後」，陸詩丙本黄校注「空格。」　②「祇」汲古閣本作「秖」，陸詩丙本作「秙」。

【注釋】

〔一〕紫府：道家稱仙人的居處。《抱朴子·内篇·祛惑》：「（項曼都）及到天上，先過紫府，金床玉几，晃晃昱昱，真貴處也。仙人但以流霞一盃與我，飲之輒不飢渴。」真人：仙人。道家謂已經成仙而有仙官仙爵者爲真人，如桐柏真人右弼王領五嶽司侍帝晨王子喬，青蓋真人侍帝晨郭世幹等（參《真誥》卷一）。餉：饋贈。《廣雅》（卷三上）《釋詁》：「餉，遺也。」露囊：盛甘露的錦囊。神仙家喜愛以囊盛物，如《漢武帝内傳》：「帝又見王母巾笈中，有卷子小書，盛以紫錦之囊。」又云：「王母又命侍女宋靈賓更取一圖與帝，靈賓探懷中得一卷，盛以雲錦之囊，形書精明，俱如向巾器中者。」餘如「青囊」、「緑囊」，在道書中往往可見。此喻含露的石榴花蕊。

〔二〕猗（yī）蘭：漢宫殿名，相傳爲漢武帝劉徹的出生處。漢郭憲《漢武帝别國洞冥記》（卷一）：「漢武帝未誕之時，景帝夢一赤彘從雲中直下，入崇蘭閣。帝覺而坐於閣上，果見赤氣如煙霧來蔽户牖。望上，有丹霞蓊鬱而起，乃改崇蘭閣爲猗蘭殿。後王夫人誕武帝于此殿。」熒煌：明亮貌。李白《明堂賦》：「崇牙樹羽，熒煌葳蕤。」

〔三〕丹華：紅花。指石榴花。漢蔡邕《琴賦》：「爾乃言求茂木，周流四垂。觀彼椅桐，層山之陂。丹華煒煒，緑葉參差。」乞：給予。此句謂紅色石榴花夜間開放，既先於日光，又帶來曙色。

〔四〕金焰：金色的火焰。喻紅色石榴花。

〔五〕海曲：海隅。《尚書·益稷》：「帝光天之下，至于海隅蒼生，萬邦黎獻，共惟帝臣。」此句關合海石榴花之名。參上（詩二九一）注〔一〕。

〔六〕芳裔：後裔。指此石榴花是河陽石榴花的後代。河陽：古縣名，治所在今河南省孟縣西。

《元和郡縣圖志》（卷五）《河南道一》：「河南府，河陽縣，畿。」西晋詩人潘岳曾任河陽令，在縣内遍栽花木，時有「河陽一縣花」之稱。并作《河陽庭前安石榴賦》云：「石榴者，天下之奇樹，九州之名果也。是以屬文之士，叙而賦之。」《白孔六帖》（卷七七）《縣令》：「潘岳爲河陽令，樹桃李花，人號曰河陽一縣花。」

〔七〕謝氏：指謝安（三二〇—三八五），字安石，東晋政治家、玄學家、詩人。死後追贈太傅，世稱「謝傅」。生平事迹見《晋書》（卷七九）本傳。《世説新語·言語》：「謝太傅問諸子侄：『子弟亦何預人事，而正欲使其佳？』諸人莫有言者，車騎（劉孝標注：謝玄。）答曰：『譬如芝蘭玉樹，欲使其生於階庭耳。』」此句作者自謙，謂自己算不上「芝蘭玉樹」。

〔八〕一段清香：指桂樹花香。呼應皮氏原唱中「桂樹」云云。郄（xì）郎：指郤詵。「郄」的本字爲「郤」，「郄」爲俗寫。此句以郤詵喻皮日休，意指他已經進士及第。參上（詩二九一）注〔六〕

【箋評】

奉對帖云：「方欲與姊極當年之足，以之諧老，豈謂乖反至此？」當是與郗家帖也。案：子敬病篤，請道士上章，瀍應首過，子敬曰：「不憶餘事，惟省與郗家離婚。」子敬前室，郗曇女也。郗氏自太尉鑒後，江左名族，其姓讀如「絺綉」之「絺」，而世人以俗書「郗」字作「郄」，因讀爲郤詵之「郤」。非也。郤詵乃春秋晋大夫郤縠、郗鑒乃漢御史大夫郗慮之後，姓原既異，音讀迴殊。後世因俗書相亂，郗、郤二姓，遂不復辯，亦近代氏族及小學二家之學不講故也。陸魯望，博古矣。其詩有云「一段

清香染郄郎」，亦誤讀也。今因郗氏帖聊爾及之，以糾俗繆。（黄伯思《東觀餘論》卷上《瀍帖刊誤》下）

黄伯思云：「郗姓爲江左名族，其姓讀如『絺綉』之『絺』，而俗書作『郄』，因呼爲郄詵之『郄』。非也。郄詵，晋大夫郤縠之後，郗鑒乃漢御史大夫郗慮之後，姓源既異，音讀迥殊。後世因俗書相亂，郗、郄二姓遂不復分。陸魯望號爲博古，其詩曰：『一段清光染郗郎』，亦誤讀也。」然觀右軍帖，以「郗」爲「郄」，實自伊始，退之所以貶爲俗書也。（楊慎《丹鉛摘録》卷十三）

如「紫府仙人」之「露囊」，即「猗蘭燈燭」，亦未足比其「熒煌」。當曉露華益丹，可以「凌日」。「乞」宜訓與，言與之以曙色也。「欺寒」却照成「赤霜」，亦「欺寒」之意。「海曲」、「河陽」，對工而有來歷，妙。「染郄郎」，亦言其色。另考。《華山記》：「弘農鄧紹，八月旦入華山采藥，見一童子，執百綵囊，盛柏葉上露如珠滿囊。紹問之，答曰：『赤松先生取以明目。』言終，失所在。」梁簡文帝有《眼明囊賦》。元稹詩「海榴紅綻錦窠勻」，注：「一云：來從新羅國，故名海榴。」晋潘安（仁）有《河陽庭前安石榴賦》。梁元帝詩：「塗林未應發，春暮轉相催。然燈疑夜火，連珠勝早梅。西域移根至，南方釀酒來。翠葉如新剪，紅花似故裁。還憶河陽縣，映水珊瑚開。」結另考。（胡以梅《唐詩貫珠箋》卷五十六）

「郤」姓出濟陰、河南二望。《左傳》：晋有大夫郤獻子。綺戟切。在入聲二十陌。「郗」姓出高平。醜飢切。在上平聲六脂。兩字形聲俱别，本無通用之理。漢隸從「谷」旁，字或變作「𠫔」，故

「郤」亦作「郄」。後來刊《晋書》者并「郗」字亦改爲「郄」，此大誤也。郤詵，濟陰單父人，與高平郗氏不同族。陸魯望詩：「一段清光染郄郎。」此用郤詵事，當爲仄聲。而黄伯思譏其誤讀，又不然矣。（錢大昕《十駕齋養新録》卷十二《郤郗二姓相混》）

早春以橘子寄魯望〔一〕

日休

箇箇和枝葉捧鮮，彩疑猶帶洞庭煙①〔二〕。不爲韓嫣金丸重〔三〕，直是周王玉果圓〔四〕。剖似日魂初破後②〔五〕，弄如星髓未銷前〔六〕。知君多病仍中聖〔七〕，盡送寒苞向枕邊〔八〕。

（詩二一九三）

【校記】

①「疑」汲古閣本、四庫本、項刻本、季寫本、全唐詩本作「凝」。全唐詩本注：「一作疑。」　②「日」統籤本作「月」。

【注釋】

〔一〕早春：應是咸通十二年（八七一）早春，詩作於此時。橘子：古代蘇州的名果之一。朱長文《吴郡圖經續記》（卷上）：「吴中地沃而物夥，……其果則黄甘香碩，郡以充貢。橘分丹緑，梨重絲蒂。函列羅生，何珍不有？」宋韓彦直《橘録》（卷上）《洞庭柑》云：「洞庭柑，皮細而味美。比之他柑，韻稍不及。熟最早，藏之至來歲之春，其色如丹。鄉人謂其種自洞庭山來，故以得名。東坡《洞庭春色賦》有曰：『命黄頭之千奴，卷震澤而與還。翠勺銀罌，紫絡青綸，物固唯所用，醞釀得宜，真足以佐騷人之清興耳。』」

〔二〕彩：指器物潤澤的外表。《文選》（卷三一）江淹《雜體詩三十首·張司空華離情》：「庭樹發紅彩，閨草含碧滋。」温庭筠《春日》：「草色將林彩，相添入黛眉。」又《宿輝公精舍》：「林彩水煙裏，澗聲山月中。」洞庭：洞庭山，即太湖中包山。參卷三（序五）注〔五三〕。包山盛産橘子。范成大《吴郡志》（卷三〇）：「緑橘，出洞庭東、西山，比常橘特大。未霜深緑色，臍間一點先黄，味已全可啖，故名緑橘。又有平橘，比緑橘差小，純黄方可啖，故品稍下。」

〔三〕不爲：不作。韓嫣金丸：《西京雜記》（卷四）：「韓嫣好彈，常以金爲丸，所失者日有十餘。長安爲之語曰：『苦饑寒，逐金丸。』京師兒童，每聞嫣出彈，輒隨之，望彈之所落，輒拾焉。」韓嫣，字王孫，漢武帝寵臣。生平事迹見《漢書》（卷九三）《佞倖傳·韓嫣傳》。

〔四〕直是：即是。周王：指周穆王姬滿，周昭王之子。參《史記》（卷四）《周本紀》。玉果：古代傳説中周穆王的珠寶。《穆天子傳》（卷一）：「己未，天子大朝于黄之山，乃披圖視典，周觀天子之寶器，曰：『天子之寶，玉果、璇珠、燭銀、黄金之膏。』」郭璞注：「玉果，石似美玉，所謂女果者也。」

〔五〕日魂：太陽的精氣。道教語。《參同契》（卷中）：「陰陽爲度，魂魄所居。陽神日魂，陰神月魄。魂之與魄，互爲室宅。」《漢武帝内傳》：「致日精，得陽光之珠。求月魄，獲黄水之華。」

〔六〕弄：玩，撫摩。《爾雅·釋言》：「弄，玩也。」星髓：星宿的髓液，服食可以長生不老。亦是道教語。

〔七〕中聖：醉酒的隱語。參卷四（詩一六五）注〔五〕。

〔八〕寒苞：指橘子。「苞」同「包」。因是早春，故云「寒」。《尚書·禹貢》：「淮、海惟揚州，……厥包橘柚錫貢。」《孔傳》曰：「小曰橘，大曰柚。其所包裹而致者，錫命乃貢，言不常。」

【箋評】

太湖之中有包山，一名洞庭。韋蘇州、皮陸唱和所言洞庭，及蘇子美詩云「笠澤鱸肥人膾玉，洞庭柑熟客分金」，皆在吴江也。今岳州之南，所謂洞庭者，即酈善長注《水經》云「洞庭之陂」，乃湘水，非江水也。周内相洪道嘗折衷二説云：「洞庭山在吴，而洞庭湖乃在荆、襄之間，地形雖分，而地脉未嘗斷也。」周公之説，又本於東坡。（龔明之《中吴紀聞》卷五《洞庭山》）

起結華婉有仙氣，中結膩贍，非儉腹可夢。《穆天子傳》：「己未，天子大朝于黄之山，乃按圖視典，用觀天子之寶器，曰：『玉果、璇珠、燭銀、黄金之膏。』」唐可頻瑜《洞庭獻新橘賦》：「味能適口，玉果比而全輕。」《雲笈七籤》：「藥石口訣，第二丹山日魄，即雄黄。」韓嫣金丸，見《貴倖部》。星髓，另考。中聖，中酒也。（胡以梅《唐詩貫珠箋》卷六十）

（五六句）古艷灼爍，此珊瑚、木難之光，非世間錦綉、珠璣也。（毛張健《唐詩餘編》卷三）

襲美以春橘見惠，兼之雅篇〔一〕，因次韻訓謝

龜蒙

到春猶作九秋鮮①〔二〕，應是親封白帝煙〔三〕。良玉有漿須讓味〔四〕，明珠無纇亦羞圓〔五〕。堪居漢苑霜梨上〔六〕，合在仙家火棗前〔七〕。珍重更過三十子〔八〕，不堪分付野人邊〔九〕（原注：王僧辯嘗爲荆南②〔一〇〕，得橘一蒂三十子，以獻梁元帝〔一一〕。）。（詩二一九四）

【校記】

①「九」陸詩丙本作「凡」。②「辯」類苑本作「辨」。

【注釋】

〔一〕雅篇：優美的篇章。《樂府詩集》（卷三二）南朝梁元帝蕭繹《從軍行》：「荀令多文藻，臨戎賦雅篇。」

〔二〕九秋：秋天。秋季三個月九十天，以十天爲一個單元，故云九秋。《文選》（卷四）張衡《南都賦》：「結九秋之增傷，怨西荆之折盤。」又（卷三五）張協《七命》：「晞三春之溢露，溯九秋之鳴飆。」李善注：「古樂府有《歷九秋妾薄相行》。」《初學記》（卷三）引梁元帝《纂要》：「秋曰

白藏，……亦曰三秋、九秋、素秋……。」

〔三〕白帝：西方白帝白招拒。依陰陽五行説，西方爲秋，白帝主秋。《周禮·天官冢宰·大宰》：「祀五帝，則掌百官之誓戒，與其具脩。」孔穎達疏：「五帝者，東方青帝靈威仰，南方赤帝赤熛怒，中央黄帝含樞紐，西方白帝白招拒，北方黑帝汁光紀，依月令四時迎氣。」白帝煙：指秋天的煙霧雲露。

〔四〕良玉有漿：以玉製成的漿，常被稱作玉漿、玉膏、玉液、玉髓等，道家認爲服食可以成仙。《山海經·西山經》：「丹水出焉，西流注于稷澤，其中多白玉，是有玉膏。其原沸沸湯湯，黄帝是食是饗。」《博物志》（卷一）：「名山大川，孔穴相内，和氣所出，則生石脂、玉膏，食之不死。」曹操《氣出唱》（三首之一）：「東到泰山，仙人玉女，下來翱遊。驂駕六龍，飲玉漿。」

〔五〕明珠：明月珠，即夜光珠。《楚辭·九章·涉江》：「被明月兮珮寶璐。」王逸注：「言已背被明月之珠，要佩美玉。」纇（lèi）：瑕疵，缺點。明珠無纇：《淮南子·氾論訓》：「明月之珠，不能無纇。」高誘注：「夜光之珠，有似月光，故曰明月。纇，磬若絲之結纇者。」羞圓：謂明月珠不如橘子圓而羞愧。

〔六〕漢苑：漢代帝王的苑囿。指漢武帝上林苑。霜梨：指秋天成熟的梨。《西京雜記》（卷一）：「初修上林苑，群臣遠方，各獻名果異樹，亦有製爲美名，以標奇麗。梨十：紫梨、青梨、芳梨、大谷梨、細葉梨、縹葉梨、金葉梨、瀚海梨、東王梨、紫條梨。」

〔七〕合：應，合該。仙家：仙人。火棗：古代傳説中的仙棗，食之能使人羽化飛行。陶弘景《真誥》（卷二）：「玉醴金漿，交梨火棗，此則騰飛之藥，不比於金丹也。」

〔八〕珍重：難得。張相《詩詞曲語辭匯釋》（卷六）：「珍重，難得也。」三十子：據原注，指南朝梁王僧辯獻給梁元帝蕭繹一蔕三十只的橘子。《太平御覽》（卷九六六）引《三國典略》曰：「梁侯景未平，王僧辯獻嘉橘一蔕二十五子于湘東王，王答之曰：『昔文康獻橘十有二子，用今方古，彼有慚色。今景之兇惡既稔，凱歌之聲已及。嘉瑞遠臻，但增鯁慰。」《藝文類聚》（卷八六）：「梁太清元年，將軍王僧辯家有橘三十子一蔕以獻。」

〔九〕不堪：不可。分付：交付，付給。此有贈與之意。野人：山野的人。作者自指。

〔一〇〕王僧辯：南朝梁人。侯景反，從蕭繹討伐的重要將領。生平事迹參《梁書》（卷四五）、《南史》（卷六三）本傳。荆南：即荆州（今湖北省荆州市）。《爾雅·釋地》：「漢南曰荆州。」《周禮·夏官·職方氏》：「正南曰荆州。」故稱荆州爲荆南。

〔一一〕梁元帝：蕭繹（五〇八—五五五），字世誠，小字七符。詩人、辭賦家。七歲封湘東王。平定侯景之亂後，即帝位，史稱梁元帝。生平事迹參《梁書》（卷五）及《南史》（卷八）《元帝紀》。

【箋評】

陸龜蒙《橘》詩：「珍重更過三十子，不堪分付野人邊。」王僧辯嘗爲荆南，得橘一蔕三十子，以獻梁武帝。（陳繼儒《佘山詩話》卷上）

通首典潤。起已虚含橘意，結更實之。按原唱云：「和枝葉捧鮮，」則是纔於枝頭摘下帶葉者。今第二正酣此意，謂必於枝頭親加護持，帶秋煙封裹，方得如「九秋」之鮮。「白帝」，秋帝也。「煙」字落得仙，加以「白帝」色澤，自有神致。項斯詩：「玉漿教吃潤閑身，」仙家之液也。「纇」，疵也。《廣記》：「傑公語梁武帝曰：『蚌珠五色，皆有夜光。及數尺無瑕者爲上，有瑕者爲下。』」即「纇」之義。後漢章帝元和元年，明珠出館陶，大如李。三年，明月珠出豫章東海，大如鷄子，圓四寸八分。今所以可比橘。若尋常之小珠，非其倫矣。《三秦記》：「漢武帝園一名樊川，一名籞宿，有大梨如五升瓶，落地即破。欲取，先以布囊承之，名含消梨。」道書：紫微夫人與許穆書曰：「交梨火棗，飛騰藥也，不比金丹。」又曰：「方丈火棗，元光靈芝。我當與許道士，不與人間許長史。」白樂天和元微之《思歸樂》詩：「江陵橘似珠，宜城酒如餳。」則「珠」字更有本。（胡以梅《唐詩貫珠箋》卷六十）

病中書情寄上崔諫議（原注：時眼疾未平。）〔一〕

日休

十日來來曠奉公〔二〕，閉門無事忌春風〔三〕。蟲絲度日縈琴薦〔四〕，蛀粉經時落酒筒①〔五〕。馬足歇從殘漏外〔六〕，魚須抛在亂書中〔七〕。殷勤莫怪求醫切②〔八〕，只爲山櫻欲放紅〔九〕。

（詩二一九五）

【校記】

①「經」皮詩本作「輕」。皮詩本批校：「經。」　②「殷」原缺末筆，避宋太祖父親趙弘殷諱。

【注釋】

〔一〕此詩作於咸通十二年（八七一）春。崔諫議：崔璞，時以諫議大夫銜出任蘇州刺史。參〈序一〉注〔八二〕。

〔二〕十日：十天。唐代以十天爲旬休，十天中休假一天，即旬假。《唐會要》（卷八二）《休假》：「每至旬假，許不視事，以與百僚休沐。」韋應物《休假日訪王侍御不遇》：「九日驅馳一日閑，尋君不遇又空還。」來來：以來。孟浩然《鸚鵡洲送王九之江左》：「月明全見蘆花白，風起遥聞杜若香。君子來來莫相忘。」曠奉公：未辦公務。曠，缺。此句謂自己因眼疾，十天未上班辦公事。

〔三〕無事：此爲清閑之意。忌春風：因眼病不能吹風，故避忌春風。《南史》（卷二〇）《謝莊傳》：「莊素多疾，不願居選部，與大司馬江夏王義恭牋，自陳『兩脅癖疾，殆與生俱，一月發動，不減兩三。……眼患五月來便不復得夜坐，恒閉帷避風。』」

〔四〕度日：過日子。意謂整天。琴薦：存放琴的墊子。此指琴而言。《廣雅》（卷八上）《釋器》：「薦，席也。」

〔五〕經時：長時間。《文選》（卷二九）《古詩十九首》（庭中有奇樹）：「此物何足貢，但感别經時。」

酒筒：盛酒的器具。此句謂因爲眼疾，很長時間不飲酒了，盛酒的筒裏都生出了蛀粉。

〔六〕從：自。殘漏：計時器漏壺裏的水將要滴盡。謂黎明。漏，《説文·水部》：「漏，以銅受水，刻節，晝夜百刻。」古代以銅壺漏水計時。壺底穿孔，壺中立一有刻度之箭形浮標。壺中水滴漏漸少，箭上刻漏漸次顯露，視之以知時刻。此銅壺稱作漏壺，簡稱爲漏。

〔七〕魚須：魚須笏。古代官員所持的手版上飾有魚須。《禮記·玉藻》：「笏，天子以球玉，諸侯以象，大夫以魚須文竹，士竹本，象可也。」

〔八〕殷勤：頻繁，反復。《後漢書》（卷六六）《陳蕃傳》：「天之於漢，悢悢無已，故殷勤示變，以悟陛下。」

〔九〕山櫻：山櫻桃。《文選》（卷二七）沈約《早發定山》：「野棠開未落，山櫻發欲然。」蕭瑱《春日貽劉孝綽詩》：「澗水初流碧，山櫻早發紅。」白居易《移山櫻桃》：「亦知官舍非吾宅，且劚山櫻滿院栽。」放：教，使。張相《詩詞曲語辭匯釋》（卷一）：「放，猶教也；使也。」

【箋評】

（「十日來來」句）（來來）二字當有誤。（「閉門無事」句）即點眼疾。（末二句）眼疾收。（毛張健《唐詩餘編》卷三）

酒筒　皮日休詩：「蟲絲度日縈琴薦，蛀粉經時落酒筒。」（郎廷極《勝飲編》卷十二）

奉和次韻

龜蒙

或偃虚齋或在公①〔一〕，藹然林下昔賢風〔二〕。庭閒有蝶争煙蕊②〔三〕，簾外無人報水筒〔四〕。行藥不離深幌底（原注：時患眼疾③。）〔五〕，寄書多向遠山中〔六〕。西園夜燭偏堪憶〔七〕，曾爲題詩刻半紅〔八〕。　（詩二一九六）

【校記】

①「虚」陸詩丙本張校作「書」。②「閒」陸詩甲本、統籤本、全唐詩本作「前」。③「眼」陸詩丙本作「眠」，陸詩丙本黄校注：「空格。」

【注釋】

〔一〕虚齋：空齋。指居室燕居。在公：謂在官署辦公。《詩經·召南·小星》：「夙夜在公，寔命不同。」

〔二〕藹然：盛貌。林下風：隱士的閑逸風度。林下，隱逸山林。《世説新語·賢媛》：「王夫人神情散朗，故有林下風氣。」《世説新語·賞譽》：「林下諸賢，各有儁才子。」李白《安陸白兆山桃花巖寄劉侍御綰》：「獨此林下意，杳無區中緣。」昔賢：指過去超脱世俗的隱士。

〔三〕煙蕊：煙霧籠罩的花蕊。

〔四〕水筒：引水的竹筒。杜甫《信行遠修水筒》：「雲端水筒坼，林表山石碎。」

〔五〕行藥：服藥後漫步行走以散發藥性，謂之行藥。《文選》（卷二二）鮑照《行藥至城東橋》：「鷄鳴關吏起，伐鼓早通晨。」劉良注：「行藥，照因疾服藥，行而宣導之。」《北史》（卷四三）《邢巒傳》：「孝文因行藥至司空府南，見巒宅，謂巒曰：『朝行藥至此，見卿宅乃住。東望德館，情有依然。』」深幌：遮蔽嚴密的帷幕。底：裏，内。

〔六〕寄書：寄書信。寄信到山中，作者自謂隱逸，亦呼應皮氏原唱「山櫻」云云。

〔七〕西園：即銅雀園，三國時魏鄴都的名園，曹操所建。時爲太子的曹丕，與曹植、王粲、徐幹、應瑒、劉楨、阮瑀等，常在夜間遊宴於此，飲酒賦詩。《文選》（卷二二）曹丕《芙蓉池作》：「乘輦夜行遊，逍遥步西園。」《文選》（卷二〇）曹植《公讌詩》：「清夜遊西園，飛蓋相追隨。」偏堪：最值得。偏，表示特别的意思。劉淇《助字辨略》（卷二）：「偏，畸重之辭也。」

〔八〕題詩刻半紅：以燃燒半根蠟燭爲限，計時作詩，以較優劣。《南史》（卷五九）《王僧孺傳》附虞羲等傳：「竟陵王蕭子良嘗夜集學士，刻燭爲詩，四韻者則刻一寸，以此爲率。文琰曰：『頓燒一寸燭，而成四韻詩，何難之有？』乃與令楷、江洪等，共打銅鉢立韻，響滅則詩成，皆可觀覽。」

病中孔雀①〔一〕

日休

煙花雖媚思沉冥〔二〕，猶自擡頭護翠翎〔三〕。强聽紫簫如欲舞②〔四〕，困眠紅樹似依屏〔五〕。因思桂蠹傷肌骨〔六〕，爲憶松鵝損性靈③〔七〕。盡日春風吹不起，鈿毫金縷一星星④〔八〕。

（詩二一九七）

【校記】

①四庫本、鼓吹本、季寫本、全唐詩本無「中」。②「簫」季寫本作「蕭」。③「損」鼓吹本作「换」，并注：「一作損。」季寫本、全唐詩本注：「一作换。」④「鈿」季寫本作「細」。

【注釋】

〔一〕此詩應作於咸通十二年（八七一）春。

〔二〕煙花：春天的自然美景。李白《黄鶴樓送孟浩然之廣陵》：「故人西辭黄鶴樓，煙花三月下揚州。」杜甫《傷春五首》（其一）：「關塞三千里，煙花一萬重。」思沉冥：謂病中孔雀意緒低沉。

〔三〕翠翎：孔雀碧緑色的翎毛，光澤鮮艷。

〔四〕聽紫簫：此句謂聽到簫聲，孔雀似乎意欲起舞。《列仙傳》（卷上）《蕭史》：「蕭史者，秦穆公時人也。善吹簫，能致孔雀、白鶴於庭。」

〔五〕困眠句：謂病中疲憊地栖息在紅樹旁的孔雀，還是猶如被繪在屏風中的一樣優美。

〔六〕桂蠹：寄生在桂樹上的一種蟲，可食用。《漢書》（卷九五）《南粤傳》：「謹北面因使者獻白璧一雙，翠鳥千，犀角十，紫貝五百，桂蠹一器，生翠四十雙，孔雀二雙。」顔師古注：「應劭曰：『桂樹中蝎蟲也。』蘇林曰：『漢舊常以獻陵廟，載以赤轂小車。』師古曰：『此蟲食桂，故味辛，而漬之以蜜食之也。』」我國古代的孔雀多産於南粤，故詩人謂其思桂蠹。唐劉恂《嶺表録異》（卷中）：「交趾人多養孔雀，采金翠毛爲扇。」

〔七〕松鵝：松樹和白鵝。古人取松的蒼勁古樸，鵝的閑逸清雅，與孔雀歸之於同類，故詩云孔雀「憶松鵝」。性靈：性情。損性靈：指孔雀因思同類而生病。

〔八〕鈿毫金縷：彩色的花鈿和金絲綫。喻孔雀彩色羽毛。一星星：形容孔雀的彩色羽毛星星點點。末二句謂病中孔雀不肯展翅開屏。

【箋評】

〔革詩疵病〕疵者，用字合掌，有小疵耳。病則其理舛也，乃是大失。詩疵。皮日休《病孔雀》詩：「强聽紫蕭（簫）如欲舞，困眠紅樹似依屏。因思桂蠹傷肌骨，爲憶松蛾（鵝）損玉靈。」「因」與「爲」字，「如」與「似」字，「思」與「憶」字，「損」與「傷」字，皆合掌，小疵也。（佚名《詩教指南集》，張健編著《元代詩法校考》）

首言孔雀病思沉迷，故不知「烟花」之美，而尚舉首以護其「翠翎」焉。方其未病之時，聞簫喜舞，今病則「强聽紫簫」，「欲舞」不能；惟有困倦，倚於「紅樹」，如依舊時之畫屏耳。夫其所以致此者，「思桂蠹」而不得，「肌骨」爲傷；想「松鵝」而無由，性情又損。故盡日東風，欲飛難得，但見其「鈿毛金鏤一星星」而已，而何有於烟花之媚悦哉！○朱東嵒曰：一寫孔雀病也，二寫孔雀病猶自愛也。三四承次句意來，五六又推原其致病之由，曲形其病思之「沉冥」耳。（元郝天挺注、明廖文炳解、清朱三錫評《東嵒草堂評訂唐詩鼓吹》卷五）

《埤雅》云：「尾有金翠，五年而後成。初春乃生，三四月後復凋，與花萼俱榮衰。尤自珍惜。遇芳時好景，聞弦歌，必舒張翅尾，盼睞而舞。」今因病，見「煙花」亦難以金翠相媚，惟任沉困矣。然意不能忘，仍「擡頭」自護惜之也。「難」，訛「雖」者非。三即聞弦歌欲舞之意，「如」字則亦終未能舞。而「困依紅樹」，似畫屏中之孔雀，蓋樹色與金翠相錯如畫耳。究其所以病者，蓋爲生長廣南，來此水土，飲啄未適。其意中因「思桂蠹」、「憶松鵝」，皆彼中方物，爲不可得而病。總遇芳春，「風吹不起」，猶見其毛衣之光麗也。唐高祖竇皇后父毅嘗謂后貴畫孔雀屏，請婚者命射二矢，中者得之。高祖射，各中一目，遂歸之。《漢書》：「南粤尉佗獻文帝桂蠹一器。」注：「此蟲食桂，蜜漬，甘美。」松鵝，另考。（胡以梅《唐詩貫珠箋》卷五十三）

精深。（黄鳳翔、詹仰庇編、朱梧批點《琬琰清音唐七律選》卷五）

奉和

龜蒙

懶移金翠傍檐楹〔一〕，斜倚芳叢舊態生〔二〕。唯奈瘴煙籠飲啄①〔三〕，可堪春雨滯飛鳴〔四〕。鴛鴦水畔迴頭羨〔五〕，荳蔻圖前舉眼驚②〔六〕。争得鷓鴣來伴著③〔七〕，不妨還校有心情〔八〕。（詩二一九八）

【校記】

①「奈」鼓吹本作「耐」。季寫本、全唐詩本注：「一作耐。」②「荳」詩瘦閣本作「豆」。「眼」鼓吹本作「目」。季寫本此句下注：「郝天挺云：『孔雀出所多荳蔻，故見其圖必驚喜。』」「驚」原缺「敬」末筆，避宋太祖祖父趙敬諱。③「伴」鼓吹本作「往」，季寫本、全唐詩本注：「一作往。」「著」詩瘦閣本、陸詩甲本、統籤本作「着」。季寫本此句下注：「郝天挺云：『有孔雀處亦有鷓鴣。』」

【注釋】

〔一〕金翠：金黄色和碧緑色，形容孔雀絢麗的毛色。陸機《百年歌十首》（其五）：「羅衣綷粲金翠華，言笑雅舞相經過。」唐劉恂《嶺表録異》（卷中）：「交趾人多養孔雀，采金翠毛爲扇。」《埤雅》（卷七）《孔雀》：「《博物志》：孔雀……尾有金翠，五年而後成。始生三年，金翠尚小。初春乃生，三、四月後復凋，與花萼俱衰榮。」

〔二〕生：出現。舊態生：謂孔雀未生病時美麗姿態又出現了。芳叢：叢生而茂盛的花草。劉禹錫《西山蘭若試茶歌》：「莞然爲客振衣起，自傍芳叢摘鷹觜。」柳宗元《巽上人以竹間自采新茶見贈酬之以詩》：「芳叢翳湘竹，零露凝清華。」

〔三〕唯奈句：意謂孔雀能耐得住瘴煙彌漫的生活。「奈」同「耐」。瘴煙：瘴癘之氣。南方潮濕悶熱，山林中形成的能致人患病的毒氣叫瘴氣。范成大《桂海虞衡志·雜志》：「瘴，二廣惟桂林無之，自是而南，皆瘴鄉矣。瘴者，山嵐水毒，與草莽沴氣，鬱勃蒸薰之所爲也。其中人如瘧狀，治法雖多，常以附子爲急須，不換金、正氣散爲通用。邕州、兩江，水土尤惡，一歲無時無瘴，春曰青草瘴，夏曰黄梅瘴，六七月曰新禾瘴，八九月曰黄茅瘴。土人以黄茅瘴爲尤毒。」籠：籠罩。此作動詞用。飲啄：飲水啄食。泛指孔雀的日常生活。《莊子·養生主》：「澤雉十步一啄，百步一飲，不蘄畜乎樊中。」

〔四〕可堪：哪堪，不堪。此句謂最讓孔雀傷心的是在綿綿春雨中不能飛鳴。《埤雅》（卷七）《孔雀》：「故欲生捕之者，候雨甚，往擒之，尾霑而重，不能高翔，人雖至，且愛其尾，不復騫揚也。」

〔五〕鴛鴦句：謂孔雀迴頭看過去，最羡慕的就是水邊總是成雙成對的鴛鴦。《太平御覽》（卷九二五）引《古今注》曰：「鴛鴦，水鳥，鳧類。雌雄未嘗相離，人得其一，則一者相思死，故謂之匹鳥。」

〔六〕荳蔻（dòu kòu）句：謂孔雀擡頭看到荳蔻圖就會很驚喜。孔雀爲南粤所産，荳蔻亦爲南粤物品，爲孔雀所熟悉，故見則喜。宋周去非《嶺外代答》（卷八）《豆蔻花》：「豆蔻多矣，白豆蔻出南蕃，草豆蔻出邕州溪峒，而諸郡山間亦有豆蔻花，最可愛。其葉叢生如薑葉。其開花，抽一幹，有檡包之。檡去，有花一穗，蕊數十綴之，悉如指面。其色淡紅，如蓮花之未敷，又如葡萄之下垂。」校記②元郝天挺的説法可參。

〔七〕争得：怎麽。「争」同「怎」。得，語助詞。伴著：陪伴。著，語助詞。鷓鴣，鳥名，其形似雌鷄，多産於南粤地區，故孔雀希望能有這個「同類同鄉」的陪伴。唐劉恂《嶺表録異》（卷中）：「鷓鴣，吴、楚之野悉有，嶺南偏多。此鳥肉白而脆，遠勝鷄雉，能解冶葛并菌毒。臆前有白圓點，背上間紫赤毛。其大如小野鷄。多對啼。」

〔八〕不妨：可以。校：較，比較。有心情，指心情好。

【箋評】

一二言其病，而嫵媚之態仍在。其性情能「耐瘴煙」而安「飲啄」，習慣自然也。不堪「春雨」而「滯飛鳴」，恐傷其尾，爲人所獲耳。羡鴛鴦之成匹，生死不離；思荳蔻於鄉關，恍臨圖上。若更得鷓鴣來往，心情庶幾自喜，病亦可愈矣。《埤雅》云：「欲生捕之者，候雨甚，往擒之。尾霑而重，人雖至，猶愛其尾，不復騫揚也。」荳蔻、鷓鴣，廣南所有。「籠」，煙籠之也。（胡以梅《唐詩貫珠箋》卷五十三）

首言孔雀之病，「懶傍檐楹」之下，故「斜倚芳叢」而舊時之態復生焉。蓋其野性相習，惟「耐瘴烟」之「籠」其「飲啄」，不「堪春雨」之「滯」其「飛鳴」也。今病于此，憶鴛鴦而羨其得所，見荳蔻而驚其故處。安得鸕鷀往來之地暫時栖息，則還「校有心情」，而不困於樊籠矣。此「倚芳叢」而「舊態」所以復生與？○末句或謂物類之有情，即指鸕鷀言。○朱東嵒曰：一二寫「病孔雀」，三四承寫「舊態生」也。五六至末，將鴛鴦、荳蔻、鸕鷀，襯寫病孔雀「舊態」，極得詩人比興之旨。（元郝天挺注、明廖文炳解、清朱三錫評《東嵒草堂評訂唐詩鼓吹》卷三）

往，宜作「伴」。（錢牧齋、何義門《唐詩鼓吹評注》眉批）

上元日道室焚修寄襲美①〔一〕

龜蒙

三清今日聚靈官〔二〕，玉刺齊抽謁廣寒②〔三〕。執蓋冒花香寂歷〔四〕，侍晨交珮響闌珊③〔五〕（原注：執蓋、侍晨皆仙之貴侶矣。）。將排鳳節分階易〔六〕，欲校龍書下筆難〔七〕。唯有世塵中小兆〔八〕，夜來心拜七星壇〔九〕。（詩二九九）

【校記】

①「修」詩瘦閣本作「脩」。②「刺」原作「刺」，據弘治本、汲古閣本、四庫本、統籤本、全唐詩本改。

③「珮」全唐詩本作「佩」。「響」陸詩丙本作「嚮」。

【注釋】

〔一〕此詩作於咸通十二年（八七一）正月。上元日：道教名詞。道教以正月十五日爲上元日，道士的齋戒日。《唐六典》（卷四）《祠部郎中》：「（道士有）三元齋：正月十五日天官，爲上元；七月十五日地官，爲中元；十月十五日水官，爲下元，皆法身自懺愆焉。」趙翼《陔餘叢考》（卷三五）《天地水三官》：「其以正月、七月、十月之望爲三元日，則自元魏始。」道室：齋室。舉行齋醮之室。焚修：焚香修齋醮。

〔二〕三清：道教最高尊神在天上的居處。即玉清元始天尊，上清靈寶天尊，太清道德天尊在天上的居處，依次爲玉清境、上清境、太清境，合稱「三清」。參《雲笈七籤》（卷三）《道教本始部》。靈官：仙官。《漢武帝内傳》：「阿母昔以出配北燭仙人，近又召還，使領命籙，真靈官也。」

〔三〕玉刺：名帖的美稱。上書有姓名，官職等，與今日之名片大體相同。廣寒：廣寒宮，月中仙宮。一説道家的北方仙宮。《雲笈七籤》（卷一一）《上清黄庭内景經》：「審能修之登廣寒。」梁丘子注：「廣寒，北方仙宮之名。又云山名，亦名廣霞。《洞真經》云：『冬至之日。月伏於廣寒之宮，其時育養月魄於廣寒之池，天人采青華之林條，以拂日月光也。』」

〔四〕執蓋：執羽蓋。羽蓋是羽毛做成的車蓋，乃仙人車駕。執羽蓋，即爲仙人的侍御。故原注云：「仙之貴侶。」《真人周君傳》（《藝文類聚》卷七八）曰：「紫陽真人周義山，字委通，汝陰人也。

聞有欒先生得道在蒙山，能讀《龍蹻經》，乃追尋之。入蒙山，遇羨門子，乘白鹿，執羽蓋，佩青毛之節，侍從十餘玉女。君乃再拜叩頭，乞長生要訣。」冒：敷，覆蓋。《文選》（卷二〇）曹植《公讌詩》：「秋蘭被長坂，朱華冒綠池。」李善注：「《毛萇詩傳》曰：『冒，猶覆也。』」寂歷：寂靜。此有形容「清香」之義。《文選》（卷三一）江淹《雜體詩三十首·王徵君微養疾》：「寂歷百草晦，欻吸鶤鷄悲。」李善注：「寂歷，彫疎貌。」吕向注：「寂歷，閑曠貌。」

〔五〕侍晨：道家稱侍奉天帝的仙官，侍從爲侍帝晨。陶弘景《真誥》（卷一）：「桐柏真人右弼王領五嶽司侍帝晨王子喬。」又曰：「青蓋真人侍帝晨郭世幹。」交珮：指環珮交錯。《楚辭·九章·思美人》：「解萹薄與雜菜兮，備以爲交佩。」闌珊：此喻玉珮聲。

〔六〕鳳節：竹節。本指在竹子上雕刻龍鳳等圖像，使之裝飾華美。此指仙人的節仗，所謂鳳羽之節。由傳統的「使節」演化而來。《周禮·地官·掌節》：「凡邦國之使節，山國用虎節，土國用人節，澤國用龍節，皆金也。」鄭注：「使節，使卿大夫聘於天子，諸侯行道所執之信也。」《西京雜記》（卷二）：「漢諸陵寢，皆以竹爲簾，簾皆爲水紋及龍鳳之像。昭陽殿織珠爲簾，風至則鳴，如珩珮之聲。」分階：謂分别在臺階上按一定次序排列。

〔七〕龍書：相傳伏羲時有龍呈瑞，因以龍記事，稱爲龍書。此指道教典籍。陶弘景《上清真人許長史舊館壇碑》：「龍書雲篆，僉然遍該。」《雲笈七籤》（卷七）《説三元八會六書之法》：「演八會爲龍鳳之文，謂之龍書。」并參本卷（詩二七八）注〔八〕。

〔八〕小兆，道教的一種稱謂。凡道士未受經法，通稱小兆。此作者自謂。《雲笈七籤》（卷四一）《沐浴七事獲七福》：「《洞玄真一五稱符上經》云：『天老以小兆未知天炁，故授兆《靈寶五稱符經》，按《東井讖》清潔吉日，沐浴齋净，受《靈寶符》。』」

〔九〕心拜：以心虔誠的禮拜。道教有所謂「心齋」。《雲笈七籤》（卷三七）《心齋》引《南華真經》曰：「顏淵問道於孔子。孔子曰：『汝齋戒，吾將告汝。』顏淵曰：『回貧，唯不飲酒不茹葷久矣。』孔子曰：『是祭祀之齋，非心齋也。汝一志，無以耳聽而以心聽，無以心聽而以氣聽。』疏瀹汝心，除嗜慾也；澡雪汝精神，去穢累也；掊擊其智，絶思慮也。夫無思無慮則專道，無嗜無慾則樂道，無穢無累則合道。既心無二想，故曰一志。」七星壇：道教用以祭祀北斗七星的土臺。《雲笈七籤》（卷二四）《總説星》：「北辰星者，衆神之本也。……北斗星者，太極之紫蓋，玄真之靈床，九皇之神席，天尊之偃房。……北斗九星，七見二隱，其第八、第九是帝皇、太尊精神也。……黄帝曰：『以鷄鳴時想北斗七星，而天神下不死藥，益壽不老。』」

【箋評】

道書：三元考校罪福功過。故上元日三清天境會聚仙官，俱抽玉刺，以謁廣寒宫。執蓋、侍晨之仙職，冒花、曳珮而集。「排鳳節」於堦前猶易，「校龍書」於筆下爲難。此皆言諸真之事。惟世間小民，夜來拜禮朝真也。兆，謂己。《真誥》：「郭四朝爲玉臺執蓋郎，又侍帝晨有八人，徐庶、龐德、爰愉、李廣、王嘉、何晏、解結、殷浩，如世之侍中，是北大帝官隸耳。四明公及北斗君，并有侍帝晨五人。晉庾亮，今爲酆都侍帝晨，馮懷爲司馬侍帝晨。然經載元始天尊有玉輔上宰，四協侍晨元始天尊乎？」今詩中侍晨，統言之耳。《三十九章經》：上清山八皇君曰：「八皇老君，乘廣琅之車，把鳳羽之節，登仙便之山。」是「鳳節」，仙真之儀。《三洞品格》云：「《八素真經》云：『絳緑黄道玉，目龍書衆文。此下真之道，行之則爲上清下元真人也。』」按道書：修道表疏，皆稱兆小民耳。（胡以梅《唐詩貫珠箋》卷十九）

奉和次韻

日休

明真臺上下仙官〔一〕，玄藻初吟萬籟寒①〔二〕。飆御有聲時杳杳〔三〕，寶衣無影自珊珊〔四〕。蕊書乞見齋心易〔五〕，玉籍求添拜首難②〔六〕。端簡不知清景暮③〔七〕，靈蕪香燼落金壇〔八〕。（詩三〇〇）

【校記】

①「玄」原缺末筆，避宋太祖始祖趙玄朗諱。②「添」皮詩本、統籤本作「天」。全唐詩本注：「一作天。」③「暮」詩瘦閣本作「莫」，「莫」是「暮」的本字。

【注釋】

〔一〕明真臺：道教齋臺名。《雲笈七籤》（卷一〇五）《清靈真人裴君傳》：「五年之中，五帝日君遂與裴君驂乘飛龍之車，東到日窟之天東蒙長丘大桑之宮八極之城，登明真之臺，坐希琳之殿，授裴君以《揮神之章》《九有之符》，食青精日粭，飲雲碧玄腴。」道教本有明真齋。《道門大論》、《玄門大論》中均録此齋名。《唐六典》（卷四）《祠部郎中》「齋有七名：其一曰金録大齋，其二曰黄録齋，其三曰明真齋，其四曰三元齋，其五曰八節齋。其六曰塗炭齋，其七曰自然齋。」仙官：神仙中有官職爵位者。《雲笈七籤》（卷一〇五）《清靈真人裴君傳》：「會太上三老君、北極諸真公、八海大神、五嶽尊靈、仙官萬萬，共集議定天下萬兆之罪福。」又曰：「真人仙官，以八節日日中時共會集，三日乃解。」

〔二〕玄藻：玄妙美好的華藻。初吟：指吟誦道經。萬籟寒：即萬籟俱寂之意。

〔三〕飆（biāo）御：飆車。以風駕御的神仙車輛。飆，大風，旋風。《真誥》（卷一一）：「昔東海青童君曾乘獨飆飛輪之車。」杳杳：幽遠貌。此有依稀隱約之意。唐鄭綮《開天傳信記》：「吾昨夜夢遊月宮，諸仙娱予以上清之樂，寥亮清越，殆非人間所聞也。酣醉久之，合奏諸樂以送吾歸。其曲凄楚動人，杳杳在耳。」

〔四〕寶衣：指道服。珊珊：形容清脆的聲音。字面出《文選》（卷一九）宋玉《神女賦》：「動霧縠以徐步兮，拂墀聲之珊珊。」李善注：「珊珊，聲也。」

〔五〕蕊書：道教有《蕊珠經》，蕊書指道書。《雲笈七籤》（卷七）《琅簡蕊書》：「《八素經》云：『西華宮有琅簡蕊書，當爲真人者乃得此文。』」齋心：清净無欲的道心。齋心易：謂齋戒後更有嚮道之心。

〔六〕玉籍：仙人的名册。即仙籍。《太平廣記》（卷六三）《驪山姥》：「受此符者，當須名列仙籍，骨相應仙，而後可以語至道之幽妙，啓玄關之鎖鑰耳。不然者，反受其咎也。」温庭筠《感舊陳情五十韻獻淮南李僕射》：「玉籍標人瑞，金丹化地仙。」韋莊《送福州王先輩南歸》：「名標玉籍仙壇上，家寄閩山畫障中。」拜首：古代的一種跪拜禮。跪下後兩手相拱，俯頭至手。亦作「拜手」。《日知録》（卷二八）《拜稽首》：「古人席地而坐，引身而起，則爲長跪；首至手則爲拜手；手至地則爲拜；首至地則爲稽首，此禮之等也。」此句謂修道成功，名列仙籍是很難的。《漢武帝内傳》：「夫始欲修之，先營其氣，《太上真經》所謂行益易之道。益者，益精；易者，易形。能益能易，名上仙籍。不益不易，不離死厄。……爲之一年易氣，二年易血，三年易脉，四年易肉，五年易髓，六年易筋，七年易骨，八年易髮，九年易形。形易則變化，變化則道成，道成則位爲仙。」

〔七〕端簡：端正矜重。謂齋醮時虔誠的情態。《南齊書》（卷四四）《徐孝嗣傳》：「幼而挺立，風儀端簡。」

〔八〕靈蕪：一種香名。宋葉廷珪《海録碎事》（卷六）《飲食器用部·香門》：「靈蕪，林逋『靈蕪盤穗養良常』。靈蕪，香也。」當即指荃蕪香。《拾遺記》（卷四）：「乃設麟文之席，散荃蕪之香。香出波弋國，浸地則土石皆香，著朽木腐草，莫不鬱茂，以熛枯骨，則肌肉皆生。」金壇：即茅山道教第八洞天，名曰金壇華陽之洞天。參本卷（詩二六四）注〔二〕。此指齋戒的醮壇。

【箋評】

明真壇上，仙官齊下，以同考校。仙藻朗吟，萬籟寒肅。飆輪御時，聲惟「杳杳」。「寶衣」不見其影，但聞「珊珊」。此仙官之降也。而焚修之子，欲「齋心」以見蕊書猶易，若求「玉籍」添名拜取甚難。所以一心「端簡」告真，不覺日暮香殘落燼矣。上界賦上真，下界謂魯望在壇事。《八素經》云：「西華宮有琅簡蕊書，當爲真人者，乃得此文。」明真，仙臺也。（胡以梅《唐詩貫珠箋》卷十九）

正月十五日惜春寄襲美〔一〕

龜蒙

六分春色一分休〔二〕，滿眼東波盡是愁〔三〕。花匠礙寒應束手①，酒龍多病尚垂頭〔四〕。無窮懶惰齊中散②〔五〕，有底機謀敵右侯〔六〕。見織短篷裁小楫③〔七〕，拏煙閑弄箇漁舟④〔八〕。

（詩三〇一）

【校記】

①「礙」季寫本、全唐詩本作「凝」。「束」原作「束」，據汲古閣本、季寫本、全唐詩本改。②「惰」陸詩丙本黄校作「墮」。③「篷」原作「蓬」，據弘治本、汲古閣本、詩瘦閣本、四庫本、陸詩甲本、統籤

本、季寫本、全唐詩本改。「裁」類苑本作「裁」。　④「挐」弘治本、汲古閣本、四庫本、陸詩丙本黄校、季寫本、全唐詩本作「挐」。

【注釋】

〔一〕此詩作於咸通十二年（八七一）正月。正月十五日：元宵節。《初學記》（卷四）引《玉燭寶典》曰：「正月十五日，作膏粥以祠門户。」又引《史記·樂書》曰：「漢家祠太一，以昏時祠到明。」原注：「今人正月望日夜游觀燈，是其遺事。」

〔二〕六分句：春季三個月，現已到正月十五日，春天已過六分之一，故云。

〔三〕東波：向東流去的水。喻已逝的時光。《論語·子罕》：「子在川上曰：『逝者如斯夫！不舍晝夜。』」

〔四〕酒龍：喻豪飲的人。本指三國時孔融，魏、晋時徐邈、劉伶。此指皮日休。陸龜蒙《自遣三十首》（其八）：「思量北海徐劉輩，枉向人間號酒龍。」可參證。酒龍事，可參卷四（序一〇）注〔六〕。

〔五〕齊：等，同。中散：指嵇康。參卷四（詩一五一）注〔四〕。《文選》（卷四三）嵇康《與山巨源絶交書》：「少加孤露，母兄見驕。不涉經學，性復疏懶，筋駑肉緩，頭面常一月十五日不洗，不大悶癢，不能沐也。每常小便而忍不起，令胞中略轉乃起耳。又縱逸來久，情意傲散。簡與禮相背，懶與慢相成，而爲儕類見寬，不攻其過。」

〔六〕有底：有何。謂没有什麽。機謀：計策謀略。右侯：指晋人張賓。《晋書》（卷一〇五）《石勒載記下》附《張賓傳》：「張賓字孟孫，趙郡中丘人也。……（石勒）引爲謀主。機不虚發，算無遺策，成勒之基業，皆賓之勛也。及爲右長史、大執法，封濮陽侯。……勒甚重之，每朝，常爲之正容貌，簡辭令，呼曰『右侯』而不名之，勒朝莫與爲比也。」

〔七〕見織：擬織。張相《詩詞曲語辭匯釋》（卷五）：「見，擬議辭。……陸龜蒙《正月十五惜春寄襲美》詩：『無窮懶惰齊中散，有底機謀敵右侯。見織短篷裁小楫，拏煙閑弄箇漁舟。』見織云云，即擬織云云也。」短篷：矮小的船篷。指小船。裁：裁制，制作。小楫：短小的船槳。

〔八〕拏（ná）煙句：謂在煙靄中悠閑地撑着小漁船，過着蕭散的生活。拏，牽引。《廣韻·魚韻》：「拏，牽引。」箇：這，那。指示代詞。張相《詩詞曲語辭匯釋》（卷三）：「箇，指點辭，猶這也；那也。」

【箋評】

陸龜蒙詩：「花匠礙寒應束手，酒龍多病尚垂頭。」又《咏茶》詩：「思量北海徐劉輩，枉向人間號酒龍。」北海謂孔融，徐邈及劉伶也。（楊慎《升庵詩話》卷七《酒龍》）

九十日春光，至正月十五，是六分去一，所以見逝波而動愁。花因寒而未發，酒因病而難飲。懶惰類於稽（嵇）康，機謀不及張賓。既無世味，所以理舟楫而隱於漁矣。中二聯潤澤，六更横。潛確：「蔡邕飲一石，嘗醉在路上卧，人名曰醉龍。」《晋書》：「張賓爲石勒右長史，智筭識鑒，寵冠當時，勒呼爲『右侯』而不名。」「底」，何也。「右侯」有才智而助石勒，其品操已非高人。今詩意，在言外之辭，凡見用於不正者，皆「右侯」耳。（胡以梅《唐詩貫珠箋》卷四十九）

九十春光，三分春色，習用語也。而曹植詩「自期三年歸，今已歷九春」，注以三年爲九春也。陸龜蒙《正月十五日惜春》詩「六分春色一分休」，是以十五日爲一分也。（梁同書《日貫齋塗説》）

奉詶惜春見寄①

日休

十五日中春日好，可憐沉痼冷如灰〔一〕。以前雖被愁將去〔二〕，向後須教醉領來②〔三〕。梅片盡飄輕粉靨〔四〕，柳芽初吐爛金醅〔五〕。病中無限花番次〔六〕，爲約東風且住開〔七〕。

（詩三〇二）

【校記】

①「惜」項刻本作「借」。②「醉」盧校本作「酒」。全唐詩本注：「一作酒。」

【注釋】

〔一〕可憐：可惜，可嘆。沉痼（gù）：積久難治之病。《文選》（卷二三）劉楨《贈五官中郎將四首》（其二）：「余嬰沉痼疾，竄身清漳濱。」李善注：「《禮記》曰：『身有痼疾。』《説文》曰：『痼，久也。』」

〔二〕將：取，拿。將去：帶走。

〔三〕向後：以後。張相《詩詞曲語辭匯釋》（卷三）：「向，指示之辭。……有云向後者，……皮日休《酬魯望惜春見寄》詩：『以前雖被愁將去，向後須教酒領來。』……向後，猶云以後也。」須教：却使，却讓。張相《詩詞曲語辭匯釋》（卷一）：「須，猶却也。於語氣轉折時或語氣加緊時用之。」

〔四〕粉靨（yè）：粉妝。靨是古代女子面部的一種妝飾。相傳南朝宋壽陽公主在額上點梅爲飾，爲「梅花妝」，又稱「壽陽妝」。《太平御覽》（卷九七〇）引《宋書》曰：「武帝女壽陽公主，人日卧於含章檐下，梅花落公主額上，成五出之華，拂之不去，皇后留之。自後有『梅花妝』，後人多效之。」

〔五〕金醅：美酒。指未過濾呈淡黄色的酒。此句用以形容早春剛抽出的淡黄色柳芽。李白《宫中行樂詞八首》（其二）：「柳色黄金嫩，梨花白雪香。」白居易《永豐坊西南角園中有垂柳一株……繼和前篇》：「一樹春風千萬枝，嫩如金色軟於絲。」

〔六〕花番次：各種花兒一輪又一輪地依次開放。宋周煇《清波雜志》（卷九）《花信風》：「江南自初春至首夏，有二十四番風信，梅花風最先，楝花風居後。」王逵《蠡海集·氣候類》：「二十四番花信風者，……析而言之，一月二氣六候，自小寒至穀雨，凡四月八氣二十四候，每候五日，以一花之風信應之，……小寒之一候梅花，二候山茶，三候水仙；大寒之一候瑞香，二候蘭花，三候山礬；立春之一候任春，二候櫻桃，三候望春；雨水一候菜花，二候杏花，三候李花；驚蟄一候桃花，二候棠棣，三候薔薇；春分一候海棠，二候梨花，三候木蘭；清明一候桐花，二候麥花，三候柳花；穀雨一候牡丹，二候酴醿，三候楝花，花竟則立夏矣。」

〔七〕約：邀，請。且住開：姑且停止開放。

【箋評】

柳爛金醅　皮日休詩：「柳芽初吐爛金醅。」（郎廷極《勝飲編》卷十八）

聞魯望遊顏家林園〔一〕，病中有寄　日休

一夜韶姿著水光①〔二〕，謝家春草滿池塘〔三〕。細挑泉眼尋新脉，輕把花枝嗅宿香②。蝶欲試飛猶護粉〔四〕，鶯初學囀尚羞簧〔五〕。分明記得同君賞③〔六〕，盡日傾心羨索郎④〔七〕。

（詩三〇三）

【校記】

①「著」汲古閣本、詩瘦閣本作「着」，項刻本作「映」。　②「嗅」鼓吹本作「换」，并注：「一作嗅。」季

寫本、全唐詩本注：「一作换。」 ③斠宋本眉批：「宋本缺二字，墨添作『明記』。」「記」弘治本、汲古閣本、詩瘦閣本、四庫本、皮詩本、項刻本、鼓吹本、統籤本、類苑本、季寫本、全唐詩本作「不」。「記得」李校本作「不記」。 ④「羡」鼓吹本作「美」。

【注釋】

〔一〕此詩作於咸通十二年（八七一）春。顔家林園：未詳。林園：樹林田園。指隱士隱逸之處。陶淵明《辛丑歲七月赴假還江陵夜行塗口》：「閑居三十載，遂與塵事冥。詩書敦宿好，林園無世情。」

〔二〕韶姿：美麗的姿容。喻美好春光。著：附，到。

〔三〕謝家：指謝靈運。借指顔氏。參本卷（詩二一七四）注〔七〕。春草滿池塘：謝靈運《登池上樓》：「池塘生春草，園柳變鳴禽。」南朝梁鍾嶸《詩品》（卷中）《宋法曹參軍謝惠連》引《謝氏家録》云：「康樂每對惠連，輒得佳語。後在永嘉西堂，思詩竟日不就，寤寐間忽見惠連，即成『池塘生春草』。故嘗云：『此語有神助，非我語也。』」

〔四〕蝶欲句：謂早春時節，蝴蝶尚未能隨意飛舞，棲息在枝頭似乎是在護持花粉。

〔五〕鶯初句：黄鶯初囀，鳴叫聲還不够圓潤，似乎是羞於與絲簧媲美。

〔六〕分明：明明，顯然。南朝梁武帝蕭衍《遊仙詩》：「委曲鳳臺日，分明柏寢事。」

〔七〕盡日：整天。傾心：心所嚮往，仰慕之心。索郎：桑落酒的别稱。泛指酒。北魏酈道元《水經注》（卷四）《河水四》：「（河東郡）民有姓劉名墮者，宿擅工釀，采挹河流，醖成芳酎，懸食同枯枝之年，排于桑落之辰，故酒得其名矣。……自王公庶友，牽拂相招者，每云：索郎有顧，思同旅語。索郎反語爲桑落也，更爲籍徵之雋句、中書之英談。」

【箋評】

索郎酒者，桑落河出美酒，訛爲「索郎」耳。見酈道元《水經注》。皮日休詩云：「分明不得同君賞，盡日傾心羨索郎。」全無理意。（吴曾《能改齋漫録》卷四《辨誤·桑落酒》）

此言一夜韶光染波成緑，顔氏園池當有春草滿於其上矣。想君之遊此，挑開石眼，取新泉之脉；輕把花枝，换昔日之香。而且蝶翅初飛，粉容未落，鶯聲乍囀，歌舌難調，早春勝概，無有逾于此者矣。但恨病中不得與君賞玩，徒盡日傾心思慕美酒而已，其能無致羡於春游哉！○朱東嵒曰：此皆病中摹想顔家園林之景。細玩語意，必早春時節。耳聞心熱，着意描寫是日光景，以志不得同遊之感也。看他一起二句，分明是一夜韶光染波成緑，池塘生草，新光奪目，恍惚在前。中四句，寫泉曰「尋新脉」，寫花曰「换宿香」，寫蝶飛曰「欲試」，寫鶯囀曰「初學」，確是早春勝概，不可泛作春遊園林讀過也。身在病中，春色如畫曰「分明」，曰「盡日」，言下有渴想，神自悵自思神理。蝶飛鶯囀，物各有時。我獨病卧，有觸物傷懷之意。（元郝天挺注、明廖文炳解、清朱三錫評《東嵒草堂評訂唐詩鼓吹》卷五）

謝詩有「卧痾對空林，衾枕昧節侯」之語，第二正貼「病中」也。「索郎」是反語，以爲語訛者不讀

酈注，從《能改齋漫録》裨販，故有此失。（錢牧齋、何義門《唐詩鼓吹評注》眉批）

「一夜」，春初至也。「韶姿」，花木之類。映水更妍，而草遍池塘，亦「韶姿」也。下聯游之事，五六園林中景，皆春初意。結言不得同賞，惟羡君對景暢飲。「羞」，羞澀。「篢」，笙篢。謝靈運詩「池塘生春草」，今因「池塘」借用「索郎」，即「桑落」之轉音。（胡以梅《唐詩貫珠箋》卷三十七）

「索郎」，「桑落」音之反切也。桑落河出美酒，見酈道元《水經注》。又河中桑落坊有井，桑落時取其水釀酒，甚佳。見高若訥《國史補》。皮日休詩云：「分明不得同君賞，盡日傾心羡索郎。」即桑落也。（吕種玉《言鯖》卷下《索郎》）

襲美病中見寄，次韻詶之

龜蒙

日華風蕙正交光〔一〕，遏末相攜藉草塘①〔二〕（原注：遏②，謝玄小字；末，謝川小字。）。佳酒旋傾醽醁嫩③〔三〕，短船閑弄木蘭香〔四〕。煙絲鳥拂來縈帶〔五〕，蕊榼人收去約篢④〔六〕。今日好爲聯句會〔七〕，不成剛爲欠檀郎〔八〕。（詩三〇四）

【校記】

①「遏」弘治本、詩瘦閣本、四庫本、李校本、陸詩甲本、陸詩丙本黄校、統籤本、類苑本、季寫本、全唐

詩本作「羯」，陸詩丙本作「竭」。②「遏」弘治本、詩瘦閣本、四庫本、李校本、陸詩甲本、統籤本、類苑本、季寫本、全唐詩本作「羯」。③「鄙」汲古閣本、四庫本、類苑本、季寫本、全唐詩本作「醽」。④「榼」原作「檻」，據盧校本、統籤本、類苑本、全唐詩本改。「約」陸詩乙本批校：「舊本作『釣』。」陸詩丙本黄校作「釣」。

【注釋】

〔一〕日華句：謂春天的陽光和春風中的蕙草交相映照，顯現出美麗的春景。日華：日光。南朝齊謝朓《和徐都曹出新亭渚》：「日華川上動，風光草際浮。」風蕙：《文選》（卷三三）宋玉《招魂》：「光風轉蕙，汜崇蘭些。」王逸注：「光風，謂雨已日出而風，草木有光色。」吕延濟曰：「言日光風氣轉，泛薄於蘭蕙之叢。」

〔二〕遏末：東晉謝玄小字遏，謝川小字末。他們是兄弟輩，後世常用以代指兄弟或朋友關係。《晉書》（卷九六）《王凝之妻謝氏傳》：「初適凝之，還，甚不樂。（謝）安曰：『王郎，逸少子，不惡，汝何恨也？』答曰：『一門叔父則有阿大、中郎，群從兄弟復有封、胡、羯、末，不意天壤之中乃有王郎！』」封謂謝韶，胡謂謝朗，羯謂謝玄，末謂謝川，皆其小字也。」謝玄小字「羯」，一作「遏」。《世説新語・文學》：「謝公因子弟集聚，問《毛詩》何句最佳？遏稱曰：『昔我往矣，楊柳依依。今我來思，雨雪霏霏。』」劉孝標注：「遏，謝玄小字。」藉草塘：坐在池塘邊的草地上。坐卧於草上謂之藉草。《文選》（卷一一）孫綽《遊天台山賦》：「藉萋萋之纖草，蔭落落之長松。」李善注：「以草薦地而坐曰藉。」此句暗用謝靈運「池塘生春草」的詩意。

〔三〕旋傾：屢傾，隨傾，漫傾。酃醁：美酒名。一作「酃渌」、「醽醁」、「酃緑」。《文選》（卷三五）張協《七命》：「乃有荆南烏程，豫北竹葉。」李善注引南朝宋盛弘之《荆州記》曰：「渌水出豫章康樂縣。其間烏程鄉，有酒官，取水爲酒，酒極甘美，與湘東酃湖酒，年常獻之，世稱酃渌酒。」嫩：此處形容酒爲淡緑色或淺黄色。

〔四〕短船：小船。木蘭：木名，有香氣。此指木蘭船。參卷三（詩七七）注〔二〇〕。

〔五〕煙絲：指煙霧籠罩中細長的柳絲。縈帶：盤曲纏繞。

〔六〕蕊榼（kē）：花下的酒器。指花間的飲宴。榼，盛酒的器具。《説文·木部》：「榼，酒器也。」《左傳·成公十六年》：「公許之，使行人執榼承飲，造于子重。」晋劉伶《酒德頌》：「止則操卮執觚，動則挈榼提壺，惟酒是務，焉知其餘。」約簧：整理、調度笙竽等吹奏樂器的簧片，準備演奏。此句寫酣飲賞樂。

〔七〕好爲：很想爲之。「好」是珍重之意。聯句會：文友聚會以作聯句詩。聯句最早相傳爲漢武帝君臣所作《柏梁詩》，人各一句七言，連綴成篇。南朝宋以後，聯句得到發展，形式上多爲每人二句或每人四句的五言，結撰成章。但每人的聯句各咏一事，詩意不相聯屬。中唐以後，聯句之風熾盛。韓、孟直至皮、陸，綿歷不絶。或一人二句，或一人四句，數人反復展開，篇章宏大，詩意相屬，鬥難鬥巧，勝過前人。此句可見皮、陸松陵唱和時確實舉行過聯句會的創作活動。

〔八〕剛爲：只爲。張相《詩詞曲語辭匯釋》（卷二）：「剛，猶偏也；硬也；亦猶云只也。」欠：缺少。檀郎：《世説新語·容止》、《晉書》（卷五五）《潘岳傳》載：潘岳美姿容，嘗乘羊車出洛陽道，路上婦女慕其容儀，手挽手圍之，擲果盈車。潘岳小字檀奴，後世因以「檀郎」稱美男子。此指皮日休。唐人亦常以「檀郎」稱婿。皮氏在蘇州期間曾婚娶，有皮氏《臨頓宅將有歸于之日，魯望以詩見貺，因杼懷訓之》（本卷詩三二四）、陸《聞襲美有親迎之期，以寄賀》（本卷詩三二三）爲證。皮氏所婚，或爲陸姓女子邪？故龜蒙以「檀郎」稱之。書此備考。馮皓《玉谿生詩集箋注》（卷二）《王十二兄與畏之員外相訪，見招小飲，時予以悼亡日近，不去，因寄》：「今朝歌管屬檀郎」句下注云：「《臆乘》：『古之以郎稱者，潘岳曰潘郎、檀郎；又以奴得名者，潘岳曰檀奴。』按：朱氏引李賀詩『檀郎謝女眠何處』，又趙嘏詩『謝家聯句待檀郎』。唐人慣以『檀郎』稱婿也。」

春雨即事寄襲美〔一〕

龜蒙

小謝輕埃日日飛①〔二〕（原注：小謝咏雨詩有「散漫似輕埃」句②。），城邊江上阻春暉〔三〕。雖愁野岸花房涷〔四〕，還得山家藥笋肥〔五〕。雙屐著頻看齒折③〔六〕，敗裘披苦見毛稀〔七〕。比鄰釣叟無塵事〔八〕，灑笠鳴蓑夜半歸〔九〕。

（詩三〇五）

【校記】

①「日日」季寫本作「日月」。②類苑本無此注語。③「著」汲古閣本、陸詩甲本作「着」。

【注釋】

〔一〕此詩應作於咸通十二年（八七一）春。春雨即事：謂就眼前春雨的情景作詩。即事，詩歌的一種創作方式，就當前事物爲題材作詩。

〔二〕小謝：謝朓，在文學史上他與謝靈運并稱「大小謝」。李白《送侍御叔華登樓歌》：「中間小謝又清發。」參卷五（詩二三二）注〔二〕。輕埃：比喻春天的雨絲猶如空中飄浮的塵埃。謝朓《觀朝雨》：「空濛如薄霧，散漫似輕埃。」

〔三〕城邊江上：應指蘇州城和吴淞江。春暉：春天的陽光。《太平御覽》（卷九九二）引傅咸《款冬賦》曰：「華艷春暉，既麗且殊。」

〔四〕花房：花苞，花蕊。

〔五〕山家：山野人家，亦以指隱士。杜甫《從驛次草堂復至東屯茅屋二首》（其二）：「山家蒸栗暖，野飯射麋新。」藥笋：春天裏藥草初生的芽。

〔六〕雙屐句：謂頻繁地穿着登山木屐野外游覽，看來屐齒就要被磨破折斷了。看：料。張相《詩詞曲語辭匯釋》（卷三）：「看，估量之辭。杜甫《贈韋左丞》詩：『賦料揚雄敵，詩看子建親。』看與料互文，看猶料也。」著屐：用謝靈運事。參卷一（詩一二）注〔四三〕。

〔七〕敗裘：破裘。披苦：披的時間太久。張相《詩詞曲語辭匯釋》（卷二）：「苦，甚辭，又猶偏也；極也；多或久也。……陸龜蒙《春雨即事》詩：『雙屐著頻看齒折，敗裘披苦見毛稀。』此與頻字相對，披苦，猶云披得次數多或披得時候久也。」

〔八〕比鄰：近鄰，鄰居。《周禮·地官·族師》：「五家爲比，十家爲聯。」《漢書》（卷七七）《孫寶傳》：「後署寶主簿，寶徒入舍，祭竈請比鄰。」陶淵明《雜詩十二首》（其一）：「得歡當作樂，斗酒聚比鄰。」釣叟：漁夫，打魚人。塵事：世俗的事務。

〔九〕灑笠鳴蓑：雨灑斗笠，風吹蓑衣。此句謂漁叟在風雨之夜穿蓑戴笠歸來。

【箋評】

「散漫似輕埃」，小謝詠雨語也。苦在「日日」二字。「城邊」，言不得踏青也；「江上」，言不得放船也。看他只有一二略寫愁悶，至三四早向愁悶中尋出欣慰來也。學道人於人間世，只合如此矣！（後解）此又自寫其苦，而言世間方有更苦於我者，相形論之，則復欣慰也。夫屐齒爛折，裘毛褪稀，積雨之惡，實爲無量。然而屐折猶可高卧，裘稀猶可擁被。若夫南鄰北舍，又有半夜衝雨，髮根盡濕者，彼獨何人哉？「無塵事」，言并非官事勾連，死喪匍匐，不過求覓升合，存活妻子，而其艱難之狀，已至於斯，苦樂真有何定哉！（《金聖嘆全集》選刊之二《貫華堂選批唐才子詩》）

極盡幽事，縱横驅遣，滿目珠璣，比皮作更有風神。三四清韻自然，結更開拓，却請出一漁翁作陪客，搜索幽情殆盡，大助思路。「小謝」，謝玄暉也。其咏雨詩云：「散漫似輕埃。」「暉」，日色。謝安知謝玄肥水之捷，不覺屐齒之折。「灑笠」，因笠濕。「鳴蓑」，蓑上水滴。或舉蓑以去其淋漓，皆有聲也。（胡以梅《唐詩貫珠箋》卷五十二）

一二先寫雨，次寫春。春本宜「暉」，而爲雨「阻」，無一處不在昏霾陰翳中也。三四雖愁，還得一抑一揚，故作跌蕩自解也，亦自慰也。玩下半篇意，分明是津津致羡於釣叟也者，而金解乃云悲嘆釣叟之艱難，恐未必然。五之「雙屐著頻」，求安居而不得也。六之「敗裘披苦」，欲一高卧而未遑也。此無他，蓋牽於「塵事」也。彼「比鄰釣叟」則寧有是哉？「灑笠鳴蓑」，寫其自得；「夜半歸」，寫其自由也。（趙臣瑗《山滿樓箋注唐詩七言律》卷五）

首句用謝宣城咏雨詩「散漫似輕埃」句。「阻春暉」謂雨之多也。雖恨「花房」之「凍」，却喜「藥笋」之「肥」。三聯言久雨生寒，屐將「齒折」，裘敝「毛稀」。琢句皆新。末句説鄰叟漁釣，半夜方歸，亦有幽趣。魯望詩最多時有佳句，而率筆亦甚，晚唐習氣如此。（黄叔燦《唐詩箋注》卷六）

奉和次韻

日休

織恨凝愁映鳥飛〔一〕，半旬飄灑掩韶暉〔二〕。山容洗得如煙瘦，地脉流來似乳肥〔三〕。野客正閑移竹遠〔四〕，幽人多病探花稀〔五〕。何年細濕華陽道〔六〕，兩乘巾車相并歸〔七〕。

（詩三〇六）

【注釋】

〔一〕織恨凝愁：形容春雨細密如絲，彌漫如煙，猶如人的春恨愁緒。

〔二〕半旬：五日。十天爲一旬。飄灑：指紛紛而下的雨。韶暉：美好的陽光。

〔三〕地脉：地下的水脉。《史記》（卷八八）《蒙恬列傳》：「起臨洮屬之遼東，城塹萬餘里，此其中不能無絶地脉哉？」乳肥：唐人常以乳肥形容石鍾乳。此喻地脉下流水。杜牧《朱坡絶句三首》（其三）：「乳肥春洞生鵝管，沼避迴巖勢犬牙。」「乳」字常被用來形容液態物，除石鍾乳外，最常見的就是形容水。鮑照《從登香爐峰》：「旋淵抱星漢，乳竇通海碧。」元結《説洄溪招退者》：「長松亭亭滿四山，山間乳竇流清泉。洄溪正在此山裏，乳水松膏常灌田。」温庭筠《西嶺道士茶歌》：「乳竇濺濺通石脉，緑塵愁草春江色。」

〔四〕野客：山野的人。指隱士。此指陸龜蒙。移竹遠：從遠處將竹子移來栽種。似用王徽之空宅種竹事。參卷五（詩二四一）注〔八〕。

〔五〕幽人：隱士。作者自指。陸機《幽人賦》：「世有幽人，漁釣乎玄渚。彈雲冕以辭世，披霄褐而延佇。是以物外莫得窺其奥，舉世不足揚其波；勁秋不能凋其葉，芳春不能發其華。超塵冥以絶緒，豈世網之能加！」探花：看花，賞花。探尋欣賞春天的美麗景色。韋莊《嘉會里閑居》：「馬嘶遊寺客，犬吠探花人。」

〔六〕細濕：指爲細雨所沾濕。華陽道：指茅山道。道家第八洞天，即金壇華陽之洞天所在。參本卷（詩二六四）注〔一〕。

〔七〕兩乘：兩輛車。《左傳·隱公元年》：「繕甲兵，具卒乘。」杜預注：「步曰卒，車曰乘。」巾車：有帷幕的車子。參卷五（詩二三八）二。相并：并列，謂兩車并列而行。相并歸：一起歸隱之意，用陶淵明《歸去來辭》之「歸去」意。

【箋評】

「山容洗得如煙瘦」二句：孤高特峭。（項真評、項真刻《項氏瓶笙榭新刻皮襲美詩》卷二）

瘦雅肥俚，三四語此其定評矣。（陸時雍《唐詩鏡》卷五十二）

與陸作工力悉敵。三四奇精，「煙瘦」更新。五六開合妙。而種竹無時，只在雨後，自有來歷。「掩韶暉」，承「恨」與「愁」。「多病探花」遲，亦照應之也。結羡華陽可隱，不妨春雨行之，亦多致耳。「華陽道」，句曲中山，今江甯來吴途間，有入茅山路，標榜華陽古道。（胡以梅《唐詩貫珠箋》卷五十二）

魯望春日多尋野景，日休抱疾杜門〔一〕，因有是寄　日休

野侶相逢不待期〔二〕，半緣幽事半緣詩〔三〕。烏紗任岸穿筋竹①〔四〕，白袷從披趁肉芝〔五〕。數

卷蠹書棋處展〔六〕，幾勝菰米釣前炊②〔七〕。病中不用君相憶，折取山櫻寄一枝〔八〕。（詩三〇七）

【校記】

①「筋」四庫本、項刻本、統籤本、類苑本、全唐詩本作「筋」。　②「勝」詩瘦閣本、四庫本、項刻本、類苑本、季寫本、全唐詩本作「升」。錢校本眉批：「疑作『升』。」盧校本眉批：「『勝』，『升』同。」李校本眉批：「『勝』，汲古原刻作『升』，依宋本改『勝』。」皮詩本批校：「升。」統籤本注：「升。」

【注釋】

〔一〕此詩應作於咸通十二年（八七一）春。抱疾：抱病。生病。陶淵明《答龐參軍并序》：「吾抱疾多年，不復爲文。」杜門：閉門。《國語·晉語一》：「狐突杜門不出。」

〔二〕不待期：謂不用約定時間。張相《詩詞曲語辭匯釋》（卷一）：「待，擬辭，猶將也；打算也。」

〔三〕幽事：勝景。此指春天的美麗景色。杜甫《秦州雜詩二十首》（其九）：「稠叠多幽事，喧呼閱使星。」

〔四〕烏紗：烏紗帽，唐時士庶都戴的便帽。南朝時即流行。《南史》（卷四二）《齊高帝諸子傳》（上）《豫章文獻王嶷傳》：「上幸嶷邸，後堂設金石樂，宫人畢至。登桐臺，使嶷著烏紗帽，極日盡歡，敕嶷備家人之禮。」可知此時烏紗是便帽。《通典》（卷五七）：「大唐因之（按指因襲南朝、隋代的帽制），制白紗帽，又制烏紗帽，視朝、聽訟、宴見賓客則服之。」任岸：隨意推上（帽子）。謂露出前額。《小爾雅·廣詁》：「岸，高也。」明周祈《名義考》（卷八）《岸幘倒屣》：「《廣韻》：『露額曰岸。』光武岸幘見馬援。」筋竹：竹名。南朝宋戴凱之《竹譜》：「筋竹爲矛，稱利海表。槿仍其幹，刃即其杪。生於日南，别名爲篻。筋竹，長二丈許，圍數寸，至堅利，南土以爲矛。其笋未成竹時，堪爲弩弦。」元李衎《竹譜》（卷四）《竹品譜·全德品》：「筋竹，江、浙、閩、廣之間，處處有之。凡二種，大概與篌竹相類。差匀細，皮薄，深緑色，但可作篾用，甚堅韌，他無所宜。笋末與篌竹不同，安南呼爲小竹，生浙東山中，肉厚竅中，可爲弩。《説文》云：『物之多筋者也。』」

〔五〕白袷（jiā）：白色夾衣。《説文·衣部》：「袷，衣無絮。」《世説新語·雅量》：「顧和始爲楊州從事，月旦當朝，未入頃，停車州門外。周侯詣丞相，歷和車邊。」劉孝標注：「《語林》曰：『周侯飲酒已醉，著白袷，憑兩人來詣丞相。』」趁（chèn）：尋覓。肉芝：道家稱蟾蜍、蝙蝠、靈龜、燕之類爲肉芝，食之，可長生。《抱朴子·内篇·仙藥》：「肉芝者，謂萬歲蟾蜍，……千歲蝙蝠，……千歲靈龜，……又千歲燕，……凡此又百二十種，此皆肉芝也。」

〔六〕蠹書：被蠹蟲蛀壞的書。泛指書籍。

〔七〕幾勝（shēng）：幾升。數量詞。《商君書·賞刑》：「贊茅、岐周之粟，以賞天下之人，不人得一勝；以其錢賞天下之人，不人得一錢。」俞樾《諸子平議·商子》：「勝，讀爲升。古字通用。」菰（gū）米：多年生水生草本植物，其莖經黑粉菌寄生後膨大，俗名茭白，可作蔬菜食用。穎果狹圓柱形，稱作菰米，又稱雕胡米，可煮食。

〔八〕山櫻：山櫻桃。參本卷（詩二九五）注〔九〕。

奉和次韻

龜蒙

雖失春城醉上期〔一〕，下帷裁遍未裁詩①〔二〕。因吟郢岸百畝蕙〔三〕，欲采商崖三秀芝②〔四〕。棲野鶴籠寬使織〔五〕，施山僧飯別教炊〔六〕。但醫沈約重瞳健③〔七〕，不怕江花不滿枝。

（詩三〇八）

【校記】

①「遍」陸詩丙本黄校注：「空格。」②「欲」全唐詩本作「秋」。「芝」全唐詩本作「枝」。③「醫」類苑本作「依」。

【注釋】

〔一〕春城：南朝宋吴邁遠《陽春歌》：「緑樹摇雲光，春城起風色。」上期：最好的時期。指好日子。應指農曆正月而言。《周禮·天官·内宰》：「上春，詔王后帥六宫之人，而生穜稑之種，而獻之于王。」賈公彦注：「上春者，亦謂正歲。以其春事將興，故云上春也。」《初學記》（卷三）引梁元帝《纂要》曰：「正月，孟春，亦曰孟陽、孟陬、上春、初春、開春、發春、獻春、首春、首歲、初歲、開歲、發歲、獻歲、肇歲、芳歲、華歲。」

〔二〕下帷裁遍：謂放下了室内所有的帷幕。裁，度。估量詞。《史記》（卷一二一）《儒林列傳·董仲舒傳》：「下帷講誦，弟子傳以久次相受業，或莫見其面，蓋三年董仲舒不觀於舍園，其精如此。」裁詩：作詩。李商隱《韓冬郎即席爲詩相送一座盡驚他日余方追吟連宵侍坐徘徊久之句有老成之風因成二絶寄酬兼呈畏之員外》：「十歲裁詩走馬成。」

〔三〕因吟句：謂吟誦屈原《離騷》。郢岸：春秋戰國時楚國郢都的江岸。郢，郢城，在今湖北省江陵市西北。《元和郡縣圖志》（逸文卷一）《山南道》：「江陵府江陵縣，故郢城，在縣□三里，即楚舊都也。」百畝蕙：《楚辭》屈原《離騷》：「余既滋蘭之九畹兮，又樹蕙之百畝。」

〔四〕商崖：商洛山，亦稱商山，在今陝西省商縣東南。用秦末漢初商山四皓事。《讀史方輿紀要》（卷五四）《陝西三》：「商州，商洛山，州東南九十里。皇甫謐云：『南山曰商山，又名地肺山，亦稱楚山，蓋即終南之支阜矣。』《六典》：『山南道名山曰商山。』漢初四皓隱於此。亦謂之商阪。」《漢書》（卷四〇）《張良傳》：「顧上有所不能致者四人。四人年老矣，皆以上嫚侮士，故逃匿山中，義不爲漢臣。」顔師古注：「四人，謂園公、綺里季、夏黄公、角里先生，所謂商山四皓也。」皇甫謐《高士傳·四皓》：「秦始皇時，見秦政虐，乃退入藍田山，而作歌曰：『莫莫高山，深谷逶迤。曄曄紫芝，可以療飢。……』乃共入商雒，隱地肺山，以待天下定。」三秀芝：靈芝。

紫芝爲靈芝的一種。古人説靈芝一年三次開花，故云三秀芝。參卷五（詩二三四）注〔八〕。

〔五〕栖：栖息。此有畜養義。寬：寬大。寬使織：謂織得寬大一些。

〔六〕施：施舍。别教：另使。

〔七〕沈約：南朝齊、梁間詩人。參卷五（詩二二四）注〔三〕。重瞳：眼睛有兩個瞳子。此指眼睛。《梁書》（卷一三）《沈約傳》：「約左目重瞳子，腰有紫志，聰明過人。」此以沈約比皮日休。皮氏正患眼疾，故詩云「醫重瞳」。

偶掇野蔬寄襲美有作①〔一〕

龜蒙

野園煙裏自幽尋〔二〕，嫩甲香蕤引漸深②〔三〕。行歇每依鴟舅影③〔四〕，挑頻時見鼠姑心〔五〕。凌風藹彩初携籠〔六〕，帶露虚疎或貯襟〔七〕。欲助春盤還愛否〔八〕，不妨蕭灑似家林④〔九〕。（詩三〇九）

【校記】

①統籤本、季寫本無「有作」。②「蕤」陸詩丙本作「䔋」。③「舅」盧校本作「臼」。④「蕭」陸詩甲本、統籤本、類苑本作「瀟」。

【注釋】

〔一〕此詩應作於咸通十二年（八七一）春。掇（duō）：拾取。此作采摘之義。野蔬：野菜。

〔二〕野園：泛指野外田園。幽尋：探尋幽勝的景物。

〔三〕嫩甲香蕤：泛指各種初生的花草。嫩甲，春天初生時帶有甲殼的草木。此指野菜的嫩芽。《禮記·月令》：「孟春之月……其日甲乙。」鄭玄注：「乙之言軋也。日之行，春東從青道，發生萬物，月爲之佐。時萬物皆解孚甲，自抽軋而出，因以爲日名焉。」《説文·甲部》：「甲，東方之孟，陽氣萌動。從木戴孚甲之象。」韋莊《立春》：「雪圃乍開紅菜甲，綵幡新剪緑楊絲。」香蕤，帶有清香氣息的花草。此也指野菜。蕤，本指草木花下垂貌。《説文·艸部》：「蕤，草木華垂貌。」

〔四〕鵶舅：樹名，即烏桕，或寫作烏臼。《樂府詩集》（卷七二）《西洲曲》：「日暮伯勞飛，風吹烏臼樹。」

〔五〕挑頻：謂頻繁多次地挖取。古代在春日有所謂「挑菜日」。劉禹錫《淮陰行五首》（其五）：「無奈挑菜時，清淮春浪軟。」鄭谷《蜀中春日》：「和暖又逢挑菜日，寂寥未是探花人。」宗懔《荆楚歲時記》：「寒食，挑菜。按：如今人春日采菜。」唐李淖《秦中歲時記》（《説郛》卷六九）：「二月二日，曲江采菜，士民游觀極盛。」鼠姑：一種野菜，可入藥。宋唐慎微《證類本草》（卷三〇）：「鼠姑，味苦，平寒，無毒。主咳逆上氣，寒熱，鼠瘻，惡瘡，邪氣。」

〔六〕藹彩：新鮮艷麗而有光澤貌。《楚辭·九辯》：「離芳藹之方壯兮，余萎約而悲愁。」洪興祖補注：「藹，繁茂也。」《文選》（卷三一）江淹《雜體詩三十首·休上人怨别》：「露采方泛艷，月華始徘徊。」「采」同「彩」。攜籠：攜帶竹籠。謂將野蔬置放於竹籠中。

〔七〕虚疎：稀疏，疏散。貯襟：藏於衣襟中。

〔八〕春盤：古代風俗，立春日以蔬菜、果品、餅餌等盛放在盤中，以表示迎春之意，謂之春盤。《荆楚歲時記》：「立春之日，悉剪彩爲燕以戴之，親朋會宴，啗春餅、生菜，帖『宜春』二字。」陳元靚《歲時廣記》（卷八）引唐《四時寶鏡》：「立春日，食蘆菔、春餅、生菜，號春盤。」岑參《送楊千牛趁歲赴汝南郡覲省便成親分得寒字》：「汝南遥倚望，早去及春盤。」杜甫《立春》：「春日春盤細生菜，忽憶兩京全盛時。」宋、金時此風猶存。金元好問《春日》：「里社春盤巧欲争，裁紅暈碧助春情。」

〔九〕蕭灑：蕭散閑適，清静安逸。孟浩然《宴包二融宅》：「是時方盛夏，風物自蕭灑。」戴叔倫《過友人隱居》：「瀟灑絶塵喧，清溪流遶門。」家林：自家的林園。此謂自家園圃裏種植的蔬菜。

【箋評】

《酉陽雜俎》載：「蝦姑狀如蜈蚣，食蝦。」余謂蝦姑可對鵶舅，而唐陸龜蒙詩云：「行歇每依鵶舅影，挑頻時見鼠姑心。」以鵶舅對鼠姑，不知鼠姑何物也。（袁文《甕牖閒評》卷七）

外集《次韻叔父聖謨咏鶯遷谷》詩云：「鵶舅頗强聒。」按《莊子·天下篇》：「强聒而不舍者也。」陸龜蒙挑菜詩云：「行歇每依鴉舅影，挑頻時見鼠姑心。」按《本草》，牡丹一名鼠姑，用之去心。以類推之，則「鴉舅」亦當是一種草木之名。山谷特借「鴉舅」字以名鴉耳。（史容《山谷外集·次韻叔父聖咏謨咏鶯遷谷》注）

人多賞「鴉舅」、「鼠姑」之句，不知是聯寫野蔬蒙茸鮮濕之狀，如畫如見，尤爲工巧。（毛張健《唐詩餘編》卷三）

古樂府曰「彈去烏臼鳥」，又「風吹烏臼樹」。陸龜蒙挑菜詩曰：「行歇每依鴉舅影，挑頻時見鼠姑心。」《韻府》云：「鼠姑是牡丹，雅舅亦當是木名。」黄山谷詩曰：「鴉舅頗强聒。」《韻府》云：「鴉也。」《唐類函》云：「荆州有樹名烏臼。」臼與舅同音，蓋一義也。（李睟光《芝峰類説》，《韓國詩話中論中國詩資料選粹》）

不浮不俚。（陸時雍《唐詩鏡》卷五十二）

「烟裏幽尋」，便虚活。「引漸深」，引人入深處。皆因「嫩甲香蕤」有以引之也。因引入深地，故行步須歇於樹影之下而知「鵶舅」，挑處而見「鼠姑」。蓋飛鴉、田鼠，皆野地所有，穿插出草木來不寂寞。鵶之舅，鼠之姑，尤有波瀾。總之，在棘端削猴，另一種心思。五六竦暢秀雅，與三四調剖停匀，足「掇」之意。六更勝。結乃問之，言若要，不妨如己之「家林」，極易致之物也。「瀟灑」，猶言脱灑不拘爾我之意。「甲」，初發兩瓣之葉。「蕤」，葉垂嫩叢之貌。「鵶舅」，烏桕樹，子可治爲油製燭。《本草》云：「牡丹，鼠婦，皆名鼠姑。」（胡以梅《唐詩貫珠箋》卷二十一）

烏舅，鵯鵊鳥也，亦名批鵊。楊去奢曰：「一名山呼。」廖百子曰：「即戴勝。」張祜詩：「落日啼烏舅，空林露寄生。」胡宿詩：「二月辛夷猶未落，五更烏舅最先啼。」陸龜蒙詩：「行歇每依烏舅影，挑頻時見鼠姑心。」題云「掇野蔬」也。對仗尤工。（宋長白《柳亭詩話》卷二十《烏舅》）（原注：盧延遜詩：「樹上諮諏批鵊鳥，窗間嗶剥叩頭蟲。」）

魯望以躬掇野蔬兼示雅什①〔一〕，用以詶謝

日休

杖擿春煙暖向陽〔二〕，煩君爲我致盈筐②〔三〕。深挑乍見牛唇液（原注：《爾雅》云：「藚，牛唇。一名水蕮。」）〔四〕，細掏徐聞鼠耳香③〔五〕（原注：《本草》云：「葉似鼠耳，莖赤，可生食。」）〔六〕。紫甲采從泉脉畔〔七〕，翠牙搜自石根傍④〔八〕。彫胡飯熟餖飣軟⑤〔九〕，不是高人不合嘗〔一〇〕。（詩三一〇）

【校記】

①「以」字前項刻本有「餉」。②「筐」原缺末筆，避宋太祖趙匡胤諱。③「掏」弘治本、詩瘦閣本、四庫本、盧校本、皮詩本、季寫本、全唐詩本作「掐」。④「牙」項刻本作「身」。⑤「熟」類苑本作「熱」。

【注釋】

〔一〕躬：親身。躬掇野蔬：親自采摘的野菜。雅什：高雅精美的篇什。指陸龜蒙的原唱詩。

〔二〕杖擿(tī)：用手杖撥開。暖向陽：向陽的一邊氣温暖和。意謂在向陽的一邊采摘野菜。

〔三〕煩：勞。盈筐：滿筐。《詩經·周南·卷耳》：「采采卷耳，不盈頃筐。」

〔四〕乍：恰。牛唇：一種草，生長在水澤邊，可食。《爾雅·釋草》：「藚，牛唇。」郭璞注：「《毛詩傳》曰：『水蕮也。如續斷，寸寸有節，拔之可復。』」《説文·艸部》：「藚，水舄也。《詩》曰：『言采其藚。』」《詩經·魏風·汾沮洳》：「彼汾一曲，言采其藚。」《毛傳》：「藚，水舄也。」孔穎達《正義》：「《釋草》云：『藚，牛唇。』李巡曰：『別二名。』郭璞引《毛詩傳》曰：『水蕮也。如續斷，寸寸有節，拔之可復。』陸璣(機)疏云：『今澤蕮也。其葉如車前草大，其味亦相似，徐州、廣陵人食之。』」

〔五〕掏(tāo)：挖取。鼠耳：鼠麴草的別名，可食用。《荆楚歲時記》：「(三月三日)是日，取鼠麴汁蜜和爲粉，謂之龍舌料，以厭時氣。」《本草綱目》(卷一六)《鼠麴草》：「麴，言其花黄如麴色，又可和米粉食也。鼠耳，言其葉形如鼠耳，又有白毛蒙茸似之，故北人呼爲茸母佛耳，則鼠耳之訛也。今淮人呼爲毛耳朵。」

〔六〕《本草》：《隋書》(卷三四)《經籍志三》：「《神農本草經》三卷。」古代《本草》類著述甚多，可參看有關史志書目。

〔七〕紫甲：帶有紫色甲殼的初生野菜。甲，草木剛生長出土時所長出的兩片葉芽，叫做甲。

〔八〕翠牙：植物初生時的緑芽。此指嫩緑的野菜芽。

〔九〕彫胡飯：用菰米煮成的飯。「彫胡」一作「雕胡」。《史記》（卷一一七）《司馬相如列傳》：「其卑濕則生藏莨蒹葭，東蘠雕胡。」《索隱》：「彫胡，案謂菰米。」醍醐（tí hú）：酪酥。一種美味食品，由牛乳精煉而成。《大般涅槃經·聖行品》：「譬如從牛出乳，從乳出酪，從酪出生酥，從生酥出熟酥，從熟酥出醍醐。醍醐最上。若有服者，衆病皆除。所有諸藥，悉入其中。」

〔一〇〕高人：志趣高尚潔净的人，常指隱士。《晋書》（卷六三）《邵續傳》：「續既爲（石）勒所執，身灌園鬻菜，以供衣食。勒屢遣察之，嘆曰：『此真高人矣。不如是，安足貴乎！』嘉其清苦。」

【箋評】

仗杖而擿於「春烟」，多煩「致盈筐」野蔬于我。「深挑」着牛脣之根，則流津液；「細掏」着鼠耳，亦有一種香氣。蓋牛、鼠亦田間所有也。原唱寫掇下置蔬之器，此復申言所掇之處，或在泉畔，或在石旁。結「彫胡飯熟」如醍醐酪柔，方用此佳蔬共嘗，不是「高人」，豈能有分？言其蔬之精也。「擿」，音惕。「挑」，發也。《詩·魏風》：「言采其藚。」按字書，醍醐，醇酪。言其滋潤膩軟。（胡以梅《唐詩貫珠箋》卷二十一）

臥疾感春寄魯望〔一〕

日休

烏皮几上困騰騰〔二〕，玉柄清羸愧不能①〔三〕。昨夜眠時稀似鶴〔四〕，今朝餐數減於僧②〔五〕。藥銷美禄應天折③〔六〕，醫過芳辰定鬼憎④〔七〕。任是雨多遊未得，也須收在探花朋〔八〕。

（詩三一一）

【校記】

①「羸」項刻本作「羸」。②「於」項刻本作「于」。③「應」季寫本、全唐詩本注：「一作因。」「天」四庫本、季寫本作「夭」。「折」項刻本作「拆」。④「鬼」項刻本作「思」。

【注釋】

〔一〕此詩作於咸通十二年（八七一）春。臥疾：謂生病。因病而休息。《説文·臥部》：「臥，休也。從人、臣，取其狀也。」段玉裁《説文解字注》：「臥與寢異。寢於床，《論語》『寢不尸』是也；臥於几，《孟子》『隱几而臥』是也。臥於几，故曰伏。……此析言之耳，統言之則不別。」

〔二〕烏皮几：烏羔皮裹飾的小几案。古人坐時用以倚身。南朝齊謝朓有《同咏坐上器玩·烏皮隱几》詩「曲躬奉微用，聊承終宴疲」。困騰騰：形容極爲困倦疲憊。騰騰：昏昏沉沉貌，迷糊不清貌。王建《謝田贊善見寄》：「年少力生猶不敵，況加憔悴悶騰騰。」白居易《答元八郎中楊十二博士》：「誰能抛得人間事，來共騰騰過此生。」杜荀鶴《贈休禪和》：「弟子自知心了了，吾師應爲醉騰騰。」韋莊《梁氏水齋》：「獨醉任騰騰，琴棋亦自能。」

〔三〕玉柄：玉柄麈尾，即拂塵。魏、晋人清談時手中所持物。此喻人的手臂。清羸：清臞瘦弱。此皮氏自指生病。《晋書》（卷四三）《王衍傳》：「妙善玄言，唯談《老》《莊》爲事。每捉玉柄麈尾，與手同色。義理有所不安，隨即改更，世號『口中雌黄』。」

〔四〕昨夜句：謂自己睡眠很少。稀似鶴：謂與夜間少眠的鶴差不多。《藝文類聚》（卷九〇）引《春秋説題辭》曰：「鶴知夜半。」又引《風土記》曰：「鳴鶴戒露。此鳥性警。至八月白露降，流於草上，滴滴有聲，因即高鳴相警，移徙所宿處，慮有變害也。」

〔五〕餐數：一餐飯的數量。此指早餐。

〔六〕美禄：美酒。參本卷（詩二八七）注〔六〕。天折：老天對人的折磨。因病服藥而不能飲酒，故云。

〔七〕芳辰：猶良辰。此指春天花開的芬芳時節。《藝文類聚》（卷九二）引南朝梁沈約《反舌賦》曰：「對芳辰於此月，屬今余之遒暮。」此句謂因病就醫而錯過了大好春光，就連鬼神也是憎恨的。

〔八〕收在：猶收住。謂春雨停止的時候。張相《詩詞曲語辭匯釋》（卷三）：「在，語助辭。猶着也；得也。然用法複雜，其餘當隨文而異其解。」探花朋：一起看花賞春的朋友。此句謂春雨也應當在看花的朋友前往時停止。陸游《初春探花有作》：「流落天涯何足道，年年常策探花功。」

奉和次韻

龜蒙

共尋花思極飛騰〔一〕，病帶春寒去未能①。煙逕水涯多好鳥〔二〕，竹床蒲倚但高僧②〔三〕。須知日富爲神授〔四〕，衹有家貧免盜憎〔五〕。除却數函圖籍外③〔六〕，更將何事結良朋〔七〕。

（詩三一二）

【校記】

①「未」原作「末」，據弘治本、汲古閣本、詩瘦閣本、四庫本、陸詩甲本、陸詩丙本、鼓吹本、統籤本、全唐詩本改。②「倚」汲古閣本、四庫本、鼓吹本、統籤本、季寫本、全唐詩本作「椅」。③「數」四庫本作「書」。「籍」原作「藉」，據弘治本、汲古閣本、詩瘦閣本、四庫本、陸詩甲本、陸詩丙本、鼓吹本、統籤本、類苑本、全唐詩本改。

【注釋】

〔一〕花思：賞花的情思。飛騰：本爲飛升極快速之義，此指情致高。《楚辭·離騷》：「吾令鳳鳥飛騰兮，繼之以日夜。」

〔二〕好鳥：指形態美好或鳴叫聲悦耳動聽的鳥。

〔三〕竹床：以竹制作的床。多指隱士和僧道者所用。韓愈《題秀禪師房》：「橋夾水松行百步，竹床莞席到僧家。」白居易《村居寄張殷衡》：「藥銚夜傾殘酒暖，竹床寒取舊氈鋪。」蒲倚：蒲柳制作的椅子。《詩經·王風·揚之水》：「揚之水，不流束蒲。」鄭玄箋：「蒲，蒲柳。」「倚」即「椅」。椅子，唐及先唐作「倚」，宋及以後作「椅」。宋黄朝英《靖康緗素雜記》（卷三）《倚卓》：「今人用倚、卓字，多從木旁，殊無義理。字書從木從奇，乃椅字，于宜切，《詩》曰：『其桐其椅』是也。……故楊文公《談苑》有云：『咸平、景德中，主家造檀香倚、卓一副。』未嘗用椅、棹字，始知前輩何嘗謬用一字也。」清王鳴盛《十七史商榷》（卷二四）《箕踞》：「椅本木名，見《説文》（卷六上）《木部》。……《新五代史》晋臣《景延廣傳》：『延廣進器服鞍馬茶床椅榻。』以『椅』字爲人所坐呼若倚音，始見於此。……據此諸文，知『椅』起唐末而盛於宋，假借木名之字用之。」

〔四〕日富：日益富有。指醉酒。喻指財富多。《詩經·小雅·小宛》：「彼昏不知，壹醉日富。」《毛傳》：「醉而日富矣。」鄭玄箋：「童昏無知之人，飲酒一醉，自謂日益富，夸淫自恣，以財驕人。」

〔五〕免盜憎：免去盜賊的憎恨。《左傳·成公十五年》：「伯宗每朝，其妻必戒之曰：『盜憎主人，民惡其上。子好直言，必及於難。』」

〔六〕除却：除了。却，語助詞。函：套子，封套。古代書籍以一册或若干册裝在一個套子裏，稱作一函。故此云「數函」。圖籍：文籍圖書。泛指書籍。《韓非子·難三》：「法者，編著之圖籍，設之於官府，而布之於百姓者也。」

〔七〕更將：再也没有之意。將，語助詞。張相《詩詞曲語辭匯釋》（卷一）：「更，甚辭。猶云不論怎樣也；雖也；縱也。亦猶云絶也。」良朋：良友。深交的朋友。《詩經·小雅·常棣》：「每有良朋，况也永嘆。」

【箋評】

賈島詩曰：「鳥宿池邊樹，僧敲月下門。」或者謂句則佳也，以「鳥」對「僧」，無乃甚乎？僕觀島詩又曰：「聲齊雛鳥語，畫卷老僧真。」曰：「寄宿山中鳥，相尋海畔僧。」薛能詩曰：「槎松配石山僧坐，蕊杏含春谷鳥啼。」杜荀鶴詩曰：「沙鳥多翹足，巖僧半露肩。」姚合詩曰：「露寒僧出梵，林静鳥巢枝。」曰：「幽藥禪僧護，高窗宿鳥窺。」曰：「夜鐘催鳥絶，積雪阻僧期。」陸龜蒙詩曰：「煙徑水涯多好鳥，竹床蒲倚但高僧。」司空曙詩曰：「講席舊逢山鳥至，梵經初向竺僧求。」唐人以「鳥」對「僧」多如此，豈特島然？僕又考之，不但對「鳥」也，又有對以「蟲」、對以「禽」、對以「猿」、對以「鶴」、對以「鹿」、對以「犬」者，得非嘲戲之乎？（王楙《野客叢書》卷十九《以鳥對僧》）

此因日休卧病感春，寄詩有「任是雨多遊未得，也應收作探花朋」之句，故有是作。首言「尋花」之約，極其「飛騰」，而病復「春寒」，則未能去也。思共往「尋花」、「烟逕水涯」，自「多好鳥」。而病

「未能」去，「竹床蒲椅」，危坐如僧。於是思人生修短、貧富之數，年齒、歲月所恃惟天。而余磬室蕭然，「盜憎」可免。所賴「圖書數函」，雖病不廢，如良朋友之永好焉。若舍此而去，更何所賴以爲伴哉？○《詩》：「一醉日富。」○朱東嵒曰：人無論富貴、貧賤、壽夭，各有定數。君子循其在我修身以俟，方是聖賢學問。先生舉進士不第，遂放浪山水，安貧樂道，尋花探友，自是素志。一二點出負約之故。三承一，四承二。五言安於病，六言安於貧。雖當貧病，不廢詩書，故有「圖籍」、「良朋」之結也。（元郝天挺注、明廖文炳解、清朱三錫評《東嵒草堂評訂唐詩鼓吹》卷二）

言其去「尋花」興致本濃，而病餘兼怕「春寒」，所以未能。羨君「尋花」之處，何等煙水佳禽，清幽可玩。而我養痾岑寂，惟「竹床蒲椅」，静對高僧耳。練句清麗，圓靈可愛。「帶」字省筆有法。下界言即不能尋歡樂之場，只須清寧享年，已爲天之所與。此句爲病而發，妙用在「日富」，潤澤細膩，將俚言化爲韻語，皆因典雅之故。且「富」字串出「貧」字，對工而脉貫，名家自是不同。結承「家貧」，一氣不煩别峰。《詩》：「一醉日富。」陶詩：「志彼弗舍，安此日富。」《史記》：「富於春秋。」言歷後未來之年歲尚多，故曰「富」。「高」則已去者多矣。又「沛公天授」，《左傳》「天方授楚」，又「盜憎主人，民怨其上」，古人俏語。（胡以梅《唐詩貫珠箋》卷二十九）

徐方平後聞赦[一]，因寄襲美

龜蒙

新春旒扆御翬軒[二]，海内初傳涣汗恩[三]。秦獄已收爲厲氣[四]，瘴江初返未招魂[五]。英材盡作龍蛇蟄〔六〕（原注：時停貢舉。）〔七〕，戰地多成虎豹村。除却數般傷痛外〔八〕，不知何事及王孫〔九〕。　（詩三一一三）

【注釋】

〔一〕徐方：古徐國，《詩經·大雅·常武》：「徐方繹騷，震驚徐方。」舊址在今安徽省泗縣西北，唐時爲泗州。此徐方概指徐州，即以今江蘇省徐州市爲中心的地區。《元和郡縣圖志》（卷九）《河南道五》：「泗州，《禹貢》徐州之域。春秋時屬魯，又爲徐子國，後爲楚所滅。」泗州是唐懿宗咸通年間龐勛之亂的重點地區。參《資治通鑑》（卷二五一）。《元和郡縣圖志》（卷九）《河南道五》：「徐州，管縣五：彭城、蕭、豐、沛、滕。」平後聞赦：指平定龐勛的徐州之亂後，聽到朝廷大赦天下的消息。據《資治通鑑》（卷二五一）引《考異》：「龐勛（咸通）九年十月十七日作亂，十年九月十九日就戮，通其閏月計之，正一歲而滅。」又（卷二五二）：「（咸通十一年春正月）赦天下。」據此，詩應作於咸通十一年（八七〇）春，皮、陸相識後不久。

〔二〕新春：唐懿宗咸通十一年春正月詔赦天下，故云。旒扆（liú yǐ）：代指皇帝。此指唐懿宗李漼。旒是古代帝王的冕旒，扆是帝王座位後的屏風。翬（huī）軒：指巍峨壯麗的皇宮。翬，鳥羽飛翔貌。形容宮殿建築的翹檐如鳥飛舉。軒，窗户。指宮殿而言。《詩經·小雅·斯干》：「如鳥斯革，如翬斯飛。」

〔三〕涣汗恩：喻皇帝的恩典。指唐懿宗大赦天下的詔令。《周易·涣卦》：「九五，涣汗其大號，涣王居，無咎。」後世稱帝王的聖旨、號令爲涣汗。

〔四〕秦獄：秦王朝的刑獄。因其統治殘暴，刑罰嚴厲，故以秦獄指嚴刑。厲氣：邪惡之氣。此句謂龐勛就戮，叛亂已被平定。

〔五〕瘴江：泛指南方的江河，即指南方。瘴：瘴癘之氣。南方濕潤悶熱而産生的有害人的健康的毒氣。招魂：古代爲死者招回靈魂的一種禮儀。《儀禮·士喪禮》：「復者一人。」鄭玄注：「復者，有司招魂復魄也。」此句謂朝廷剛爲戰亡將士招魂。

〔六〕龍蛇蟄：像龍蛇一樣的蟄伏。喻朝廷暫停科舉考試，使有才之人無法施展抱負。《周易·繫辭下》：「龍蛇之蟄，以存身也。」

〔七〕時停貢舉：據《舊唐書》（卷一九上）《懿宗紀》：「（咸通十年十二月）詔以兵戈纔罷，且務撫寧，其禮部貢舉，宜權停一年。」即指此。又云：「（咸通十一年四月）敕：『去年屬以用軍之際，權停貢舉一年，今既去戈，却宜仍舊。』」此詩應作於第二個詔書頒發前。

〔八〕數般：數種，多個。形容多。

〔九〕王孫：泛指貴族子弟。《楚辭·招隱士》：「王孫遊兮不歸，春草生兮萋萋。」後世常以王孫指隱逸者。此陸龜蒙自比。王維《山居秋暝》：「隨意春芳歇，王孫自可留。」

奉和次韻

日休

金鷄煙外上臨軒〔一〕，紫誥新垂作解恩〔二〕。涿鹿未銷初敗血①〔三〕，新安頻雪已坑魂②〔四〕。空林葉盡蝗來郡〔五〕，腐骨花生戰後村〔六〕。未遣蒲車問幽隱〔七〕，共君應老抱桐孫〔八〕。

（詩三一四）

【校記】

①「銷」詩瘦閣本、項刻本作「消」。　②「頻」汲古閣本、四庫本、皮詩本、類苑本、季寫本作「頓」。

【注釋】

〔一〕金鷄：以黄金飾首的鷄形器物。古代帝王頒布詔令，大赦天下時，立金鷄爲儀仗。此即指唐懿宗在平定龐勛之亂後大赦。《太平御覽》（卷九一八）引《三國典略》曰：「齊長廣王湛即皇帝位於南宫，大赦，改元。其日將赦，庫令於殿門外建金鷄。宋孝王不識其義，問於光禄大夫司馬膺之：『赦建金鷄，其義何也？』膺之曰：『案《海中星占》曰：「天鷄星動，當有赦。」由是，帝王以鷄爲候。』」《新唐書》（卷四八）《百官志三》：「赦日，樹金鷄於仗南，竿長七丈，有鷄高四尺，黄金飾首，銜絳幡長七尺，承以綵盤，維以絳繩。將作監供焉。」上：皇帝。指唐懿宗李漼。

臨軒：皇宫的前殿。此謂皇帝親臨宫殿，下詔大赦。

〔二〕紫誥：天子的詔令。因其盛以錦囊而用紫泥彌封，故云。解恩：賜予的恩惠。此指大赦。

〔三〕涿鹿：古地名，在今河北省涿鹿縣南。《太平寰宇記》（卷七〇）《河北道十九》：「涿州，古涿鹿之地。星分尾宿十六度。《史記》：『黄帝與蚩尤戰于涿鹿之野』，即此地。」相傳黄帝初戰蚩尤，曾失敗，最終取得勝利。喻咸通九年龐勛叛亂初期，官軍多次剿滅失敗，最後成功平叛。《山海經·大荒北經》：「蚩尤作兵伐黄帝，黄帝乃令應龍攻之冀州之野。應龍畜水，蚩尤請風伯、雨師，縱大風雨。黄帝乃下天女曰魃，雨止，遂殺蚩尤。」《莊子·盜跖》：「然而黄帝不能致德，與蚩尤戰於涿鹿之野，流血百里。」

〔四〕新安：古地名，在今河南省新安縣。《元和郡縣圖志》（卷五）《河南道一》：「河南府新安縣，函谷故關，在縣東一里。漢武帝元鼎三年，爲楊僕徙關於新安。按：秦函谷關在今陝州靈寶縣西南十二里，以其道險隘，其形如函，故曰函谷。項羽坑秦降卒於新安，即此地。」坑魂：挖土坑埋人。指項羽在新安城南坑秦卒事。《史記》（卷七）《項羽本紀》：「到新安。……項羽乃召黥布、蒲將軍計曰：『秦吏卒尚衆，其心不服，至關中不聽，事必危，不如擊殺之，而獨與章邯、長史欣、都尉翳入秦。』於是楚軍夜擊坑秦卒二十餘萬人新安城南。」此句喻龐勛之亂初期，被其所殺的官軍士卒的冤魂已得到昭雪。謂朝廷平叛取得了勝利。

〔五〕空林句：謂戰亂後又發生了蝗灾，蝗蟲所經過的州縣，被其吞食一空，一派蕭條景象。郡：秦分天下爲三十六郡，後世的州與其相等，故常以州郡并稱，唐時亦如此。

〔六〕腐骨句：謂戰死者的屍骨旁開出野花，倍覺戰後村莊的淒涼。

〔七〕蒲車：用柔軟的蒲草纏裹車輪，使車子平穩行進。又稱作「蒲輪」。古代常用來迎送禮聘的隱士，以示敬重。《漢書》（卷六）《武帝紀》：「遣使者安車蒲輪，束帛加璧，徵魯申公。」顏師古注：「以蒲裹輪，取其安也。」問：向。參張相《詩詞曲語辭匯釋》（卷五）。幽隱：幽居的隱士。指陸龜蒙。因此時朝廷停止科舉考試一年，故詩云。

〔八〕共君：與君。桐孫：桐樹主幹上新生的小枝。《太平御覽》（卷九五六）引應劭《風俗通》曰：「梧桐生於嶧山陽巖石之上，采東南孫枝爲琴，聲甚清雅。」《文選》（卷一八）嵇康《琴賦》：「惟椅梧之所生兮，托峻嶽之崇岡。……乃斫孫枝，准量所任。」李善注：「《毛詩》曰：『椅桐梓漆，爰伐琴瑟。』……《史記》曰：『龍門有桐樹，高百尺，無枝，堪爲琴。』」又曰：「張衡《應問》曰：『可剖其孫枝。』鄭玄《周禮注》曰：『孫竹，枝根之末生者也。』蓋桐孫亦然。」後世以「桐孫」或「孫枝」喻人的子孫。此詩即用其意。

【箋評】

「空林葉盡蝗來郡」二句：悲壯。（項真評、項真刻《項氏瓶笙榭新刻皮襲美詩》卷二）

（前四句）點出「徐方」。（「腐骨」句）再醒平亂。（末二句）從「聞赦」推出望恩，并帶和詩意。

（毛張健《唐詩餘編》卷三）

襲美以魚牋見寄〔一〕，因謝成篇

龜蒙

擣成霜粒細鱗鱗〔二〕，知作愁吟幸見分①〔三〕。向日乍驚新繭色〔四〕，臨風時辨白萍文②〔五〕（原注：魚子曰白萍③。）。好將花下承金粉〔六〕，堪送天邊詠碧雲〔七〕。見倚小窗親襞染〔八〕，盡圖春色寄夫君〔九〕。

（詩三一一五）

【校記】

①「幸」季寫本、全唐詩本作「喜」。全唐詩本注：「一作幸。」　②「辨」原作「辯」，據弘治本、汲古閣本、詩瘦閣本、四庫本、類苑本、季寫本、全唐詩本改。　③「曰」類苑本作「日」。

【注釋】

〔一〕魚牋：魚子箋，唐代的一種箋紙，其上有白點，形如一種叫魚子的小魚，故稱。李肇《唐國史補》（卷下）：「紙則有越之剡藤苔牋；蜀之麻面、屑末、滑石、金花、長麻、魚子、十色牋；楊之六合牋；韶之竹牋；蒲之白薄、重抄；臨川之滑薄。又宋、亳間有織成界道絹素，謂之烏絲欄、朱絲欄，又有繭紙。」宋蘇易簡《文房四譜》（卷四）《紙譜二之造》：「蜀人……又以細布，先以麪漿膠，令勁挺，隱出其文者，謂之『魚子箋』，又謂之『羅箋』。」范成大《吴郡志》（卷二九）：「彩箋，吴中所造，名聞四方。以諸色粉和膠刷紙，隱以羅紋，然後砑花。唐皮、陸有倡和魚箋詩云：『向日乍驚新繭色，臨風時辨白萍文。』注：『魚子曰白萍。』此豈用魚子耶？今法不傳。或者紙紋細如魚子耳。今蜀中作粉箋，正用吴法，名吴箋。」李商隱《爲安平公謝除兖海觀察使表》：「魚箋帝語，象軸神工。」劉學鍇、余恕誠師《李商隱文編年校注》曰：「（馮注）按《舊書·德宗紀》：復降魚書。《通鑑·天寶八載》注曰：唐制，銅魚符所以起軍旅、易守長。《新書·楊綰傳》：舊制，刺史被代若别追，皆降魚書，乃得去。程大昌《演繁露》曰：『唐制左魚之外，又有敕牒將之，故兼名魚書也。』此『魚箋』即魚書也。句意則指告身言。《唐國史補》：蜀有魚子牋，皮、陸有魚牋唱和詩。非此所用。按：馮注是。」

〔二〕霜粒：形容魚子箋上散布的白點。鱗鱗：喻魚子箋上白點很多，猶如魚鱗的形狀。《楚辭·九歌·河伯》：「波滔滔兮來迎，魚鱗鱗兮媵予。」

〔三〕愁吟：攄寫愁緒的詩文。曹植、繁欽都有《愁思賦》。幸：敬詞。對對方是尊重，對己則感到高興。

〔四〕乍：纔，正。繭色：蠶繭的顔色。喻潔白而發光亮。

〔五〕白萍文：形容魚子箋上的魚子，猶如浮在水面上的白萍魚子泛起的波紋似的。「文」通「紋」。晋崔豹《古今注·魚蟲》：「白魚赤尾者曰魪，一曰魧。或云：雌者曰白魚，雄者曰魪魚。子好群泳水上者，名曰白萍。」

〔六〕好將：正好用以。好，適宜。將，奉持。承金粉：承接金色的花瓣。金粉，指有花粉的金色花瓣。暗用南朝宋壽陽公主梅花妝的故實。參本卷（詩三〇二）注〔四〕。

〔七〕咏碧雲：《文選》（卷三一）江淹《雜體詩三十首·休上人怨别》：「日暮碧雲合，佳人殊未來。」

〔八〕見倚：擬倚。見，張相《詩詞曲語辭匯釋》（卷五）：「見，擬議辭。……又（陸龜蒙）《襲美以魚箋見寄因謝》詩：『好將花下承金粉，堪送天邊咏碧雲。見倚小窗親襞染，盡圖春色寄夫君。』見倚云云，即擬倚云云也。」襞（bì）染：鋪紙染翰，繪寫圖畫。襞，折叠，此指折紙，便于書寫。染，此指以墨濡筆，紙上書寫。

〔九〕夫君：對友人的敬稱。此指皮日休。參本卷（詩二六三）注〔八〕。

【箋評】

段成式與温庭筠詩序云：「予在九江，造雲藍紙，輒送五十枚。」詩云：「三十六鱗充信使，數番猶得寄相思。」陸龜蒙《魚牋》詩：「向日乍驚新繭色，臨風時辨白萍文。好將花下承金粉，堪送天邊咏碧雲。」（焦竑《焦氏類林》卷七《文具》）

三四布擺入套，五六裝點得來。（陸時雍《唐詩鏡》卷五十二）

瑞符曰：「『向日』、『臨風』，寫出見寄時情况細點。」（張揔《唐風懷》卷四）

《國史補》云：「紙之好者，則越之剡藤苔箋，蜀之麻面、薛骨、金花、玉屑、魚子、十色箋也。」《書訣》曰：「紙取東陽魚卵，墨取廬阜松煙。」今此「魚箋」，即魚子箋也。詳詩中白色「鱗鱗」，猶今雲母箋之類歟？言搗成如霜之粒，「鱗鱗」然隱起之箋，知我欲作「愁吟」，所以分來。「向日」照耀，如新蠶繭之色；「臨風」辨出，如魚子之紋。如是潔白光潤，置之花下，以承蕊塵金粉；送向天邊，題咏碧雲之詞，則白與金碧相錯，不亦燦爛乎！曾見君倚窗親自裁襞搗染而寄來，我當圖畫春色，以寄酬「夫君」也。《一統志》：「白魚出雲南北勝州陳海，狀如鯉而色白。」崔豹《古今注》云：「白魚，雄者爲魾魚，子好群游水上，名曰萍。」碧雲詩，注見《隱逸部》。《楚詞》：「望夫君兮不來。」（胡以梅《唐詩貫珠箋》卷五十八）

奉詶見答魚牋之什

日休

輕如隱起膩如飴〔一〕，除却鮫工解製稀〔二〕。欲寫恐成河伯詔①〔三〕，試裁疑是水仙衣〔四〕。毫端白獺脂猶濕〔五〕，指下冰蠶子欲飛〔六〕。若用莫將閑處去〔七〕，好題春思贈江妃〔八〕。

（詩三二一六）

【校記】

①「伯」四庫本作「北」。

【注釋】

〔一〕隱起：微微凸起。指魚子箋上的鱗鱗「霜粒」似乎凸起。《西京雜記》（卷五）：「趙后有寶琴曰鳳凰，皆以金玉隱起爲龍鳳螭鸞、古賢列女之象。」飴（yí）：用米、麥芽熬成的糖漿。喻魚子箋的輕柔細膩。

〔二〕除却：張相《詩詞曲語辭匯釋》（卷一）：「却，語助辭，用於動辭之後。……又（皮日休）《奉酬魯望見答魚牋》詩：『輕如隱起膩如脂，除却鮫工解製稀。』失却、除却，猶云失了、除了也。」鮫工：古代神話傳説中擅長織綃的鮫人。《新輯搜神記》（卷二八）《鮫人》：「南海之外有鮫人，水居如魚，不廢績織。時從水中出，向人家寄住，積日賣綃。鮫人臨去，從主人索器，泣而出珠滿盤，以與主人。」

〔三〕河伯：古代傳説中的河神，亦作馮夷、冰夷、無夷等名稱。《山海經·海内北經》、《楚辭·九歌·河伯》、《楚辭·天問》、《莊子·秋水》、《淮南子·齊俗訓》、《史記》（卷一二六）《滑稽列傳》等，都有關於河伯的記載。并參卷三（詩七一）注〔一〇〕。河伯詔：當是虚擬之詞。此魚箋似水中鮫人所織之鮫綃，故河伯可用以草詔也。

〔四〕水仙：古代傳説中的水中神仙。漢袁康《越絶書》（卷一四）《越絶德叙外傳記》稱伍子胥爲「水仙」，晋王嘉《拾遺記》（卷一〇）稱屈原爲「水仙」，《文選》（卷一九）曹植《洛神賦并序》：「黄初三年，余朝京師，還濟洛川。古人有言：斯水之神，名曰宓妃。」可參。水仙衣：喻魚子箋的精美無與倫比，猶如水仙的衣服一樣。

〔五〕白獺（tǎ）：一種野獸名，善游水，食魚類。通常名水獺。白獺脂，喻魚子箋潔白而有光澤，如白獺的油脂。獺是名貴動物，故取以爲喻。如傳説獺髓可治療創傷。《拾遺記》（卷八）：「孫和悦鄧夫人，常置膝上。和於月下舞水精如意，誤傷夫人頰，血流汙袴，嬌姹彌苦。……醫曰：『得白獺髓，雜玉與琥珀屑，當滅此痕。』即購致百金，能得白獺髓者，厚賞之。」

〔六〕冰蠶：古代傳説中的一種蠶。《拾遺記》（卷一〇）《員嶠山》：「有冰蠶，長七寸，黑色，有角，有鱗。以霜雪覆之，然後作繭，長一尺，其色五彩，織爲文錦，入水不濡；以之投火，經宿不燎。唐堯之世，海人獻之，堯以爲黼黻。」

〔七〕閑處：指平常之處，不重要的地方。

〔八〕春思：春天的情思。多指男女相戀相思之情。江妃：古代傳説中的神女。《列仙傳》（卷上）《江妃二女》：「江妃二女者，不知何所人也。出遊於江漢之湄，逢鄭交甫，見而悦之，不知其神人也。謂其僕曰：『我欲下請其佩。』僕曰：『此間之人皆習於辭，不得，恐罹悔焉。』交甫不聽，遂下與之言曰：『二女勞矣。』二女曰：『客子有勞，妾何勞之有？』交甫曰：『橘是柚也，我盛之以笥，令附漢水，將流而下，我遵其傍，采其芝而茹之，以知吾爲不遜也。願請子之佩。』二女曰：『橘是柚也，我盛之以莒，令附漢水，將流而下，我遵其傍，采其芝而茹之。』遂手解佩與交甫。交甫悦，受而懷之。中當心，趨去數十步，視佩，空懷無佩。顧二女，忽然不見。《詩》曰：『漢有遊女，不可求思。』此之謂也。」

【箋評】

王貞白《寄鄭谷》詩曰：「火鼠重燒布，冰蠶獨繭絲。直須天上手，裁作領巾披。」陳標詩：「吴女秋機織曙霜，冰蠶吐線月盈箱。」皮日休詩：「毫端白獺脂猶濕，指下冰蠶子欲飛。」《樂府雜録》曰：「康老子嘗買一舊錦褥，有波斯見之，乃曰：『此冰蠶絲所織。』暑月陳于坐，則滿室清涼。」王子年《拾遺記》曰：「東海圓嶠山，有冰蠶，長七寸，有鱗、角，以霜雪覆之，始爲繭。其色五采，織爲文錦，入水不濡，入火不燎。」（高似孫《緯略》卷十《冰蠶》）

次遠曰：「惚恍靈氣欲來。」（張揔《唐風懷》卷四）

通首以「魚」爲由，可施水族，左右前後，敲擊極盡其致，開人思路，真妙品。言箋隱隱然綻起，此形容其如「魚子」也，而膩滑則如飴。似出水中，所以除却鮫人，今製此箋者少。此比之如鮫綃也。欲向此箋寫來，恐成河伯之詔；若欲剪裁，疑是爲水仙之衣。落筆揮毫，好像白獺之脂髓還濕，言其滑膩也。按之指下，更如冰蠶之子欲成蛾而飛起。大約其箋滑澤，又粒粒綻起者。觀「霜粒」、「白萍」、「隱起」、「蠶子」諸語，其質可想像矣。結言若用莫施「閒處」、「好題春思」與江妃，蓋亦爲水族。各從其類，而妙在句法變化。「飴」，飴糖。《晋中興書》云：「甘露者，仁澤也。其凝如脂，其美如飴。」《河圖》云：「河伯姓公，名子，夫人姓馮，名夷。」《廣雅》曰：「河伯謂之馮夷。」注：「華陰人。服花八石，得爲水仙。」唐柳毅爲錢塘君龍女寄書，後配夫婦爲水仙。梁吴均《齊諧記》：「魏明帝游洛水，水中有白獺數頭，美凈可憐。侍中徐景山曰：『獺嗜鯔魚，乃不避死。』畫板置岸，群獺競逐，一時執得。帝甚嘉之。」又吴孫和以如意傷鄧夫人頰，以獺髓、琥珀療之。髓亦脂之類也。《拾遺記》：「東海圓嶠山有冰蠶，長七寸，黑色，有鱗、角。以霜雪覆之，然後作繭，繭長一尺，五綵，織爲文錦，入水不濡，投火不燎。其質輕軟柔滑。暑月置座，一室清凉。唐堯之世，海人獻之，堯以爲黼黻。」《列仙傳》：「江妃二女，不知何許人。時鄭交甫出遊江湄，逢二女，解所佩雙明珠與之。交甫行數十步，女忽不見，珠亦隨失。」「春思」謂其解佩贈人之事耳。（胡以梅《唐詩貫珠箋》卷五十八）

句句切「魚牋」，較陸作更工。（毛張健《唐詩餘編》卷三）

病後春思〔一〕

日休

連錢錦暗麝氛氳①〔二〕，荆思多才咏鄂君②〔三〕。孔雀鈿寒窺沼見③〔四〕，石榴紅重墮階聞〔五〕。牢愁有度應如月〔六〕，春夢無心祇似雲④〔七〕。應笑病來慚滿願〔八〕，花牋好作斷腸文⑤〔九〕。（詩三一七）

【校記】

①「錢」統籤本作「城」。②「多才」類苑本作「才多」。③「寒」鼓吹本作「開」。④「祇」汲古閣本作「秖」。⑤「作」鼓吹本注：「『作』或作『箇』。」

【注釋】

〔一〕此詩應作於咸通十二年（八七一）春。春思：指傷春的情思。

〔二〕連錢：花紋的形狀似銅錢相連。《南史》（卷八）《梁本紀下・簡文帝紀》：「項毛左旋，連錢入背。」梁元帝蕭繹《紫騮馬》：「長安美少年，金絡鐵連錢。」連錢錦，連錢花紋圖案的錦緞。此指連錢花紋的被子。麝：麝香。氛氲：香氣濃郁。此指被子薰香的香氣。南朝梁沈約《咏竹火籠》：「覆持鴛鴦被，百和吐氛氲。」

〔三〕荆思：楚思。楚人的情思。咏鄂君：漢劉向《説苑》（卷一一）《善説》：「襄成君始封之日，衣翠衣，帶玉璣劍，履縞舄，立于流水之上。大夫擁鍾錘，縣令執桴號令，呼誰能渡王者。於是也，楚大夫莊辛過而説之，遂造托而拜謁起立曰：『臣願把君之手，其可乎？』襄成君忿然作色而不言。莊辛遷延盥手而稱曰：『君獨不聞夫鄂君子晳之泛舟於新波之中也？乘青翰之舟，極蕳芘，張翠蓋而擒犀尾，班麗袿衽，會鐘鼓之音畢，榜枻越人擁楫而歌，歌辭曰：「濫兮抃草濫予昌柢，……」』鄂君子晳曰：『吾不知越歌，子試爲我楚説之。』於是乃召越譯，乃楚説之曰：『今夕何夕兮，搴舟中流。今日何日兮，得與王子同舟。蒙羞被好兮，不訾詬耻；心幾頑而不絶兮，得知王子。山有木兮木有枝，心説君兮君不知。』於是鄂君子晳乃揄修袂行而擁之，舉綉被而覆之。鄂君子晳親楚王母弟也，官爲令尹，爵爲執珪，一榜枻越人猶得交歡盡意焉。」

〔四〕孔雀鈿：鏤刻有孔雀形象的鈿子。婦女首飾。此指孔雀羽毛美如金鈿，臨池照影，非常美麗。此句雖寫景，其中釵鈿之喻，亦關合春思綺情。

〔五〕石榴紅：鮮紅的石榴花。李商隱《無題》（鳳尾香羅薄幾重）：「曾是寂寥金燼暗，斷無消息石榴紅。」重：甚。指石榴花盛開。張相《詩詞曲語辭匯釋》（卷二）：「重，甚辭；又猶盡也。」墮階：墜落在臺階上。此句寫石榴花，暗有石榴裙之比，故亦有春思綺情。

〔六〕牢愁：憂愁。《漢書》（卷八七上）《揚雄傳上》：「又旁《惜誦》以下至《懷沙》一卷，名曰《畔牢愁》。」顏師古注：「李奇曰：『畔，離也。牢，聊也。與君相離，愁而無聊也。』」牢愁如月：《文選》（卷二七）曹操《短歌行》：「明明如月，何時可掇。憂從中來，不可斷絶。」李善注：「言月之不可掇，由憂之不可絶也。」此句謂憂愁會應時而來，猶如月之圓缺而按時變化。

〔七〕春夢句：謂春夢隨時産生，猶如雲霧一樣任意舒卷。南朝齊張融《海賦》：「浮微雲之如夢，落輕雨之依依。……風何本而自生，雲無從而空滅。」

〔八〕滿願：沈滿願，南朝梁女詩人，范靖（《樂府詩集》作「范静」）妻。《隋書》（卷三五）《經籍志四》：「梁征西記室范靖妻《沈滿願集》三卷。」現存作品見《玉臺新詠》《樂府詩集》。

〔九〕花牋：猶彩箋。精美的箋紙。南朝陳徐陵《玉臺新詠序》「三臺妙迹，龍伸蠖屈之書；五色華箋，河北膠東之紙。」斷腸文：表達極度悲傷痛苦感情的文章。此指傷春離别的詩文。沈滿願《登樓曲》：「憑高川陸近，望遠阡陌多。相思隔重嶺，相憶限長河。」《越城曲》：「别怨凄歌響，離啼濕舞衣。願假《烏栖曲》，翻從南向飛。」此類即「斷腸文」歟？

【箋評】

前解分明真是病後人眠，又無奈起又不得，於是遷延被中，閑思閑算，閑見閑聞也。「連錢」，被上錦紋也。「麝」，被之餘香也。此因一向病中，全然不覺，乃今始復閑看閑嗅也。「荆思」七字，接上閑自謔浪也。言設有楚人來見之者，定被説是舟中王子也。「見」，言一向病中不見，我今見也。「聞」，言一向病中不聞，我今聞也。問其何見？曰：「我見孔雀窺沼也。」又自釋曰：「爲屏開，故窺沼也。」問其何聞？曰：「我聞石榴墮階也。」又自釋曰：「爲紅重，故墮階也。」便活畫盡病新愈人，詹詹自喜。此俱是被中語。

後解，妙絶，妙絶！言我生平多愁，曾不暫輟，不料一病反得盡捐，此亦苦中之一樂，近來之私幸也。乃今病如得去，必當愁將又來。譬如初月再蘇，終至漸漸盈滿，可奈何！然我亦惟悉將春夢盡付浮雲，并棄筆墨，永除綺語，一任世人笑我：沈滿願猶有斷腸詩，而子病後竟至才盡耶？亦任受之矣！（《金聖嘆全集》選刊之二《貫華堂選批唐才子詩》）

此言鄂君夕擁綉被，今予病餘，濃香襲錦，亦如鄂君之堪咏焉。若予病起，見孔雀之「窺沼」，聞石榴之「墮階」，此皆春時之景也。至於牢落之愁，猶自有度，如春月之時臨；春來之夢，出於無心，如春雲之無定。病後之心思，則又如此也。予所自笑者，病來已久，有若願之已滿。今幸得起，且覓花箋，以作「斷腸」之句，聊寫其春恨焉而已。○朱東喦曰：題是「病後春思」，看其通首語意，確是病新愈人，眠又無奈，起又不得，閒思閒想神理。「連錢」，是被上錦紋也。「麝」，被之餘香也。言我一向遷延被中，全然不覺今始得閒看閒嗅也。「荆思」七字，是接上閒謔浪也。「見」，是病後若有所見；「聞」是病後忽有所聞。曰「孔雀」、曰「石榴」、曰「屏開窺沼」、曰「紅重墮階」，皆是詹詹自喜之語也。五六一開一闔，言我一生多愁，向因一病，反得盡捐。今病已去，愁將又來。譬如初月漸升，終至盈滿。然我自病之後，一如春夢盡付浮雲，并棄筆墨，永除綺語，一任世人笑我：沈滿願猶有斷腸詩，子何病後竟至才盡若此？我亦任受之矣。（元郝天挺注、明廖文炳解、清朱三錫評《東喦草堂評訂唐詩鼓吹》卷五）

「荆思」，荆人之才思。言錦被薰香，因病而擁卧已久，致荆妻比我於鄂君，而有咏焉。及病愈而起，「見」孔雀之「窺沼」，「聞」石榴之「墮階」，撫時興感，無所聊賴。愁來如月之盈虧「有度」，若春夢歡情，已視爲浮雲而「無心」矣。應笑我多慚於滿願，空使彼作「斷腸」之文耳。細詳題中「春思」，既當「石榴紅」之際，已非春日之思，乃春心之思，所以用鄂君越人擁袂覆被之好。「孔雀鈿」，「石榴紅」，亦點染閨閣之談。此聯是賦而興也。「牢愁」是病起無聊，「春夢」則明言其情，結則因春不入夢，所以辜負滿願，徒成「斷腸」之文。總之，病後見清心寡欲，而風雅兼之。皆韻語，非西崑一類。「連錢錦」，觀下文，則是錦被之花樣。「暗」字有久病淹滯景色，氤氳迷漫。鄂君見《致事》注。「鈿」雖指孔雀尾之金翠，亦夾鈿花。「石榴紅」，亦夾裙色。揚子雲因《離騷》作《畔牢愁》，注：「畔，離也。牢，聊也。與君相離愁而無聊也。」今詩用似竟作牢固之牢，不可易，所以云「有度如月」。樂府：「明明如月，何時可掇。」又《歸去來辭》：「雲無心兮出岫。」滿願，梁范静妻。沈氏多有吟咏入樂府，是必皮新娶室人有詞華者，因病而有相憐之文，故結明言之。（胡以梅《唐詩貫珠箋》卷二十九）

此病新退，而猶在床褥間，自紀其一種無聊之況也。一寫被，錦色雖殘，麝熏未歇。向在病中，昏昏度日。今始得閒玩之，閒嗅之也。二寫擁被之人，不妨自戲。言設有楚大夫莊辛其人者見焉，不將以我爲青翰舟中之王子矣乎？三見孔雀之「窺沼」，則惜其「鈿寒」。四聞石榴之「墮堦」，則憐其「紅重」。此又被中人平昔之一片閒情閒緒，今始得而領略之也。五六轉筆。病故無愁，今病去而愁且又來，則居然「有度」「如月」者，如其盈虛有定也。思則多夢，今不思而夢復不少，則總出「無心」「似雲」者，似其變化無方也。七八因而自想彼沈滿願者，一聞人耳，「花牋」之上猶有「斷腸」之文，我緣一病，才思頓荒，筆墨都廢，視之有慚矣。不特自慚，人應不免見笑，然我其如之何哉！（趙臣瑗《山滿樓箋注唐詩七言律》卷五）

（皮日休《病後春思》：「牢愁有度應如月」）庭珠按：揚雄作《畔牢愁》。李奇曰：「畔，離也。牢，聊也。與君相離而無聊也。」魏武帝樂府：「明明如月，何時可掇。憂從中來，不可斷絶。」（杜詔、杜庭珠《中晚唐詩叩彈集》續集中）

皮、陸多似元、白。「春夢無心」句又奪温、李之席。（陸次雲《晚唐詩善鳴集》卷下）

（「石榴紅重墮階聞」句）體物深細，不減入定老僧。（「春夢無心祇似雲」句）口頭語耳，他人却説不出。（黄周星《唐詩快》）

（「石榴紅重墮階聞」句）寫得出。（王熹儒《唐詩選評》卷七）

一病後，二春思。三四承一，五六承二。七八反結三，比己之窺鏡而貌瘦也。四賦己之病後心

驚，五病後之愁如月常滿，六病後之夢仙雲，七八追寫病中，反結病後。（屈復《唐詩成法》卷十二）

奉和次韻　龜蒙

氣和靈府漸氤氳①〔一〕，酒有賢人藥有君〔二〕。七字篇章看月得〔三〕，百勞言語傍花聞〔四〕。閑尋古寺銷晴日②〔五〕，最憶深溪枕夜雲。早晚共摇孤艇去〔六〕，紫屏風外碧波文〔七〕。（詩三一八）

【校記】

①「府」類苑本作「腐」。　②「銷」陸詩甲本、統籤本、季寫本、全唐詩本作「消」。

【注釋】

〔一〕氣和：指春天的氣候和暖諧合。靈府：心。《莊子·德充符》：「故不足以滑和，不可入於靈府。」成玄英疏：「靈府者，精神之宅，所謂心也。」氤氳：指陰陽二氣和合。《周易·繫辭下》：「天地絪緼，萬物化醇。」「絪緼」即「氤氳」。此句謂皮氏病愈，心氣平和了。

〔二〕賢人：喻濁酒。泛指酒。《三國志·魏書·徐邈傳》：「度遼將軍鮮于輔進曰：『平日醉客謂酒清者爲聖人，濁者爲賢人。』」藥有君：意謂藥中有君和臣的分別。《素問》（卷九）：「帝曰：『善方制君臣，何謂也？』岐伯曰：『主病之謂。君，佐君之謂；臣，應臣之謂。』」又有采藥者桐君。《魏書》（卷八五）《裴伯茂傳》：「自春徂夏，三嬰凑疾。雖桐君上藥，有時致效；而草木下性，實縈衿抱。」陶弘景《藥總訣序》：「其後雷公、桐君，更增演《本草》，二家藥對，廣其主治，繁其類族。」又《本草經集注序》：「又有《桐君采藥録》，説其華葉形色；《藥對》四卷，論其佐使相須。」桐君，傳説爲黄帝時人，知醫方藥餌。嘗采藥求道，止於東山，偎桐樹下。或問其姓，則指桐示之，世因名其爲桐君。

〔三〕七字篇章：指皮日休原唱《病後春思》詩，係七言律詩，七字一句，故云。看月得：呼應皮氏原唱「牢愁有度應如月」。謂在欣賞春天的明月時寫出了詩篇。

〔四〕百勞：鳥名，即伯勞，善鳴。《詩經·豳風·七月》：「七月鳴鵙。」《毛傳》：「鵙，伯勞也。」鄭玄箋：「伯勞鳴，將寒之候也。五月則鳴，豳地晚寒，鳥物之候從其氣焉。」白居易《曲江早春》：「曲江柳條漸無力，杏園伯勞初有聲。」元稹《古决絶辭三首》（其二）：「春風撩亂伯勞語，况是此時抛去時。」傍花聞：謂在花旁諦聽伯勞悦耳動聽的啼鳴聲。

〔五〕銷晴日：度過晴朗美麗的春天時光。

〔六〕早晚：何時，何日。張相《詩詞曲語辭匯釋》（卷六）：「早晚，猶云何日也。此多指將來而言。」孤艇：一隻小船。《淮南子·俶真訓》：「越舲蜀艇，不能無水而浮。」高誘注：「舲，小船也。蜀艇，一版之舟。」劉長卿《送方外上人之常州依蕭使君》：「夕陽孤艇去，秋水兩溪分。」

〔七〕紫屏風：指水面上一片紫色的水葵。碧波文：碧緑色的水波蕩漾起層層漣漪。「文」同「紋」。《楚辭·招魂》：「坐堂伏檻，臨曲池些。芙蓉始發，雜芰荷些。紫莖屏風，文緣波些。」王逸注：「屏風，水葵也。」洪興祖補注：「《本草》：『鳧葵即莕菜，生水中，俗名水葵。』又『防風，一名屏風。』」王逸又云：「言復有水葵，生於池中，其莖紫色，風起水動，波緣其葉上而生文也。」

【箋評】

首言襲美心神，已和酒樽藥裹可以并進。故「看月」得詩，「傍花」聞鳥，而「春思」乃生矣。至於「古寺」、「深溪」，動堪「尋」、「憶」，「早晚」與君共遊於紫屏、碧水之間，寧不更添起色哉。○朱東嵒曰：一二寫「病後」，中四句寫「春思」二字，「百勞」，户内之「春思」也；「閒尋」、「最憶」，户外之「春思」也。「共摇孤艇去」，即五六之「古寺」、「深溪」也。（元郝天挺注、明廖文炳解、清朱三錫評《東嵒草堂評訂唐詩鼓吹》卷三）

言已病去，「氣和靈府」之間，可漸充周。所用調攝者，酒與藥。而吟詩聽鳥，花月陶情也。此是外象大略。然以原唱細推，第二用「賢人」與「君」是作莊語，暗有微規，言病後須親賢服藥之意。「有」字如「名教中自有樂地」之「有」也。繼言今乃「看月」而得「七字」之「篇章」，「傍花」而聞「百勞」之「言語」。「七字篇章」，即原唱。「百勞言語」，即「斷腸文」。「花」、「月」暗指室中之人，即滿願，非真「花」、「月」也。樂府「東飛伯勞西飛燕」，蓋分異隔別之謂。以襲美有疾，夫婦别隔不得相親，故爾室人有詞，如百勞歌之「言語」。「言語」，雖禽言鳥語，實關合人言，更醒更精，字字爲原唱注脚。細按自明，有神化之妙。而兩人爲道義之交，不涉褻語，高風可想。五六推開，須「尋古寺」、「深溪」，以消「春思」。「最憶」二字，亦點醒遠房幃之意。七八緊接「深溪」，致飄渺。「靈府」，出《莊子》。心之神也，亦曰靈臺丹府。《魏略》：「太祖禁酒，人竊飲之，故難言酒，以清者爲聖人，濁者爲賢人。」《素問》：「藥有君臣佐使。」百勞，即鶗鴂，亦曰博勞，《左傳》謂之伯勞。梁武帝《東飛伯勞歌》：「東飛伯勞西飛燕，黄姑織女時相見。誰家兒女對門居，開顔發艷照里閭。南窗北牖明月光，羅帷綺帳粉脂香。女兒年紀十五六，窈窕無雙顔如玉。三月已暮花從風，空留可憐誰與同？」大抵此歌寓言未得遇合，而流年將去之意。首句百勞言人情睽隔，今詩借用爲分異，而亦取全篇綺艷耳。禰衡《鸚鵡賦》：「惟西域之靈鳥，性辯慧而能言。」此鳥言之出處。白龜年於嵩山東巖下遇李白，授一軸素書曰：「讀此可辨九天鳥語，九地獸言。」龜年一日過潞州，一雀啾唧。過太守庭，守曰：「彼何言？」龜年曰：「言城西民家有粟可共食。」驗之果然。用「言語」亦有本。宋玉《招魂》：「紫莖屏風，文緣波些。」注：「屏風，水葵。言風起水動，波緣其葉而生文。」（胡以梅《唐詩貫珠箋》卷二十九）

襲美以公齋小宴見招①〔一〕，因代書寄之②〔二〕

龜蒙

早雲纔破漏春陽〔三〕，野客晨興喜又忙〔四〕。自與酌量煎藥水〔五〕，別教安置曬書床〔六〕。依方釀酒愁遲去〔七〕，借樣裁巾怕索將〔八〕。唯待數般幽事了〔九〕，不妨還入少年場〔一〇〕。

（詩三一九）

【校記】

①類苑本無「公齋」。　②統籤本無「之」。

【注釋】

〔一〕此詩應作於咸通十二年（八七一）春。公齋：官府的居室。時皮日休任蘇州軍事院判官，故稱其所居之室爲公齋。見招：邀請。參本卷（詩二九〇）注〔一〕。

〔二〕代書：謂以詩代書信。

〔三〕早雲：早晨天上的陰雲。春陽：春天的陽光。

〔四〕野客：鄉野之人，常指隱士。作者自指。杜甫《枏樹爲風雨所拔嘆》：「野客頻留懼雪霜，行人不過聽竽籟。」晨興：早起。陶淵明《歸園田居五首》（其三）：「晨興理荒穢，帶月荷鋤歸。」

〔五〕自與：自己直接參與。酌量：斟酌估量

〔六〕別教：另使。安置：安排。《春秋穀梁傳·哀公元年》：「『卜之不吉，則如之何？』『不免，安置之，繫而待。』」杜甫《簡吴郎司法》：「有客乘舸自忠州，遣騎安置瀼西頭。」

〔七〕依方：依照一定的配方比例。愁遲去：擔心遲了。張相《詩詞曲語辭匯釋》（卷三）：「去，語助辭。猶來也；啊也；着也；了也。……其猶着字者，陸龜蒙《襲美以公齋小飲見招》詩：

『依方釀酒愁遲去，借樣裁巾怕索將。』此猶云遲着。」

〔八〕借樣裁巾：借來頭巾，照樣剪裁。巾，頭巾。唐代士庶均戴頭巾，又稱「巾子」。頭巾是有式樣的。《通典》（卷五七）《巾子》條云：「大唐武德初，始用之初，尚平頭小樣者。天授二年，武太后内宴，賜群臣高頭巾子，呼爲『武家諸王樣』。景龍四年三月，中宗内宴，賜宰臣已下内樣巾子（原注：其樣高而踣，皇帝在藩時所服，人號爲『英王踣樣』）。」封演《封氏聞見記》卷五《巾幞》云：「巾子制，頂皆方平，仗内即頭小而圓鋭，謂之『内樣』。開元中，燕公張説，當朝文伯，冠服以儒者自處。玄宗嫌其異己，賜内樣巾子，長脚羅幞頭。燕公服之入謝，玄宗大悦。因此令内外官僚百姓并依此服。自後巾子雖時有高下，幞頭羅有厚薄，大體不變焉。」索將：索回。將，語助詞。張相《詩詞曲語辭匯釋》（卷三）：「將，語助辭，用於動辭之後。……陸龜蒙《襲美以公齋小宴見招》詩：『依方釀酒愁遲去，借樣裁巾怕索將。』皆其例也。」

〔九〕待：將。張相《詩詞曲語辭匯釋》（卷一）：「待，擬辭。猶將也；打算也。」數般：幾種，幾件。幽事：雅事。

〔一〇〕少年：猶今之「青年」，年輕力壯的人。《文選》（卷二〇）曹植《送應氏詩二首》（其一）：「不見舊耆老，但睹新少年。」少年場：年輕人聚集的場所。喻豪縱的行爲而言。《漢書》（卷九〇）《酷吏傳·尹賞傳》：「長安中歌之曰：『安所求子死？桓東少年場。生時諒不謹，枯骨後何葬？』」《樂府詩集》（卷六六）《雜曲歌辭》（六）《結客少年場行》解題：「曹植《結客篇》曰：

『結客少年場，報怨洛北邙。』《樂府解題》曰：『《結客少年場行》，言輕生重義，慷慨以立功名也。』……按結客少年場，言少年時結任俠之客，爲游樂之場，終而無成，故作此曲也。」

【箋評】

張文昌《紗帽詩》云：「惟恐被人偷翦樣，不曾閒戴出書堂。」皮襲美（按：實爲陸龜蒙，陸游誤記）亦云：「借樣裁巾怕索將。」王荆公于富貴聲色，略不動心，得耿天騭（憲）竹根冠，愛咏不已。予雅有道冠、拄杖二癖，每自笑嘆，然亦賴古多此賢也。（陸游《老學庵筆記》卷五）

偶成小酌，招魯望不至，以詩爲解〔一〕，因次韻訓之

日休

醉侶相邀愛早陽〔二〕，小筵催辨不勝忙①〔三〕。衝深柳駐吴娃幰〔四〕，倚短花排羯鼓床〔五〕。金鳳欲爲鶯引去〔六〕，鈿蟬疑被蝶勾將②〔七〕。如何共是忘形者〔八〕，不見《漁陽》參一場③〔九〕。

（詩三二〇）

【校記】

①「辨」弘治本、汲古閣本、詩瘦閣本、四庫本、皮詩本、項刻本、統籤本、類苑本、全唐詩本作「辦」。

②「勾」全唐詩本作「句」。

③「參」四庫本、盧校本、項刻本、統籤本、全唐詩本作「摻」，皮詩本批

校：「摻。」詩瘦閣本作「操」。

【注釋】

〔一〕招：邀請。以詩爲解：用詩歌來陳述其理由。

〔二〕醉侶：酒友。早陽：早晨的陽光。

〔三〕不勝（shēng）：十分，非常。

〔四〕衝深柳句：謂穿過一片茂密的楊柳，就有吴娃的車子停在那裏。衝：穿過。駐：停。吴娃：吴地女子。參卷四（詩一八六）〔五〕。幰（xiǎn）：車輛的帷幕。《説文·巾部》：「幰，車幔也。」

〔五〕倚：靠着。短花：此指低矮的花叢。羯（jié）鼓床：安放羯鼓的架子。唐南卓《羯鼓録》云：「（羯鼓）下有小牙床承之，擊用兩杖，其聲焦殺鳴烈，尤宜促曲急、破戰杖連碎之聲，又宜高樓晚景、明月清風、破空透遠，特異衆樂。」羯鼓是一種打擊樂器，起源於印度，從西域傳入我國，盛行於唐代開元、天寶間，至晚唐仍很流行。《通典》（卷一四四）《樂四》：「羯鼓，正如漆桶，兩頭俱擊。以出羯中，故號羯鼓，亦謂之兩杖鼓。」《新唐書》（卷二二）《禮樂志十二》：「玄宗既知音律，……帝又好羯鼓，而寧王善吹横笛，達官大臣慕之，皆喜言音律。帝常稱：『羯鼓，八音之領袖，諸樂不可方也。』」

〔六〕金鳳：金色的鳳形釵，女子的首飾。金鳳去：字面有來歷。南朝梁吴均《續齊諧記》：「漢宣帝以皂蓋車一乘，賜大將軍霍光，悉以金鉸具。至夜，車轄上金鳳凰輒亡去，莫知所之，至曉乃還。如此非一。守車人亦嘗見。」此句誇張黄鶯的鳴叫聲太動聽了，要將釵子上的金鳳吸引過去了。

〔七〕鈿蟬：蟬翼形的釵鈿，也是女子的首飾。此句亦誇張蝴蝶飛舞，似乎使得釵鈿上的蟬也被吸引得要飛起來。勾將：招引，引起。將，語助詞。

〔八〕如何：爲什麽。韓愈《宿龍宫灘》：「如何連曉語，衹是説家鄉。」共是：同是。忘形者：超然物外，不拘形迹的人。《莊子·讓王》：「故養志者忘形，養形者忘利，致道者忘心矣。」

〔九〕《漁陽》參：演奏《漁陽》鼓曲。亦作《漁陽》參撾，或作《漁陽曲》、《漁陽三弄》、《漁陽三叠》等名稱。參（cān）：鼓曲名。後世常用「摻」字。也指擊鼓三次，擊鼓之法而言。其曲甚古。《後漢書》（卷八〇下）《禰衡傳》：「次至衡，衡方爲《漁陽》參撾，蹀躡而前，容態有異，聲節悲壯，聽者莫不慷慨。」李賢注：「《文士傳》曰：『衡擊鼓作《漁陽》參捶，蹋地來前，躡馺足脚，容態不常，鼓聲甚悲。易衣畢，復擊鼓參捶而去。至今有《漁陽》參捶，自衡始也。』臣賢按：捶及撾，并擊鼓杖也。參撾是擊鼓之法。而王僧孺詩云：『散度《廣陵》音，參寫《漁陽》曲。』而於其詩自音云：『參音七紺反。』後諸文人多同用之。據此詩意，則參曲奏之名，則撾字入於下句，全不成文。下云『復參撾而去。』足知『參撾』二字當相連而讀。」

【箋評】

看他三四，排句佳。（陸時雍《唐詩鏡》卷五十二）

原邀「早陽」小集，所以「辨筵」甚「忙」。引妓車而「衝深柳」，「排羯鼓」以「倚短花」，皆「忙」中之事。五六比詞也。言將謂「金鳳」爲鶯所「引」，「鈿蟬」亦被蝶所「勾」，似君必來矣。如何客皆齊集，獨不到乎？按「金鳳」比魯望，「鶯」、「蝶」比己。「鈿蟬」擬魯望，貂蟬之客。然以「吴娃」串下，是此聯「鶯」、「蟬」指妓。所以結云不能忘形而不來，蓋謂魯望以吴娃避嫌而不來耳。陸之落句指爲「少年場」，詞旨已明。可見陸君非濫觴之士。霍光車上金鳳常飛去復還，今言「去」字，暗用有來歷。曹操集賓客，禰衡後至，使爲鼓吏擊漁陽摑。今以禰衡之才比之，知己間戲，以阿瞞自居。陸原唱：「早雲纔破漏春陽，野客晨興喜又忙。自與酌量煎藥水，別教安置曬書床。依方釀酒愁遲去，借樣裁巾怕索將。惟待數般幽事了，不妨還入少年場。」通首皆謂己而無警句，不及皮之有致。《羯鼓録》云：「以戎羯之鼓，故曰羯鼓。其音主太簇。一云龜兹部、高昌部、疎勒部、天竺部，皆用之。次在都曇鼓、答臘鼓之下，鷄婁鼓之上。鼜如漆桶，下以小牙床承之，擊用兩杖，其聲焦殺。宜高樓晚景、明月清風、凌空透遠，特異衆樂。」（胡以梅《唐詩貫珠箋》卷十八）

以紗巾寄魯望〔一〕，因而有作　日休

周家新樣替三梁（原注：頭巾起後周武帝①。）〔二〕，裹髮偏宜白面郎〔三〕。掩斂乍疑裁黑霧②〔四〕，

輕明渾似戴玄霜③〔五〕。今朝定見看花昃④〔六〕，明日應聞漉酒香〔七〕。更有一般君未識〔八〕，虎文巾在絳霄房〔九〕。（詩三三二一）

【校記】

①類苑本無此注語。②「疑裁」詩瘦閣本作「裁疑」。「霧」季寫本作「矛」。③「玄」原缺末筆，避宋太祖始祖趙玄朗諱。④「昃」項刻本作「異」。

【注釋】

〔一〕此詩作於咸通十一年（八七〇）冬。陸氏和詩有「不稱春前」云云，庶幾可證。紗巾：以薄紗布裁制成的頭巾。

〔二〕周家：據原注，指北周武帝宇文邕，公元五六〇至五六五年在位。生平事迹參《周書》（卷五—六）、《北史》（卷一〇）《武帝紀》。周家新樣：《通典》（卷五七）《幅巾》條：「後漢末，王公名士以幅巾爲雅。……後周武帝因裁幅巾爲四脚。大唐因之。」可證周武帝確實製作了新式樣的頭巾。替：代，換。三梁：冠上有三道梁。冠的橫脊稱作梁。《後漢書·志》（第三〇）《輿服志下》：「進賢冠，古緇布冠也，文儒者之服也。前高七寸，後高三寸，長八寸。公侯三梁，中二千石以下至博士兩梁，自博士以下至小史私學弟子，皆一梁。」

〔三〕偏宜：最適宜。白面郎：面部皮膚白皙的年輕人。此指陸龜蒙。杜甫《少年行》：「馬上誰家白面郎，臨階下馬坐人床。」韓翃《送張渚赴越州》：「白面誰家郎，青驪照地光。」白居易《采地黄者》：「携來朱門家，賣與白面郎。」

〔四〕掩斂：遮掩收藏。此指以紗巾裹髪而言。乍疑：恰疑。張相《詩詞曲語辭匯釋》（卷一）：「乍，猶恰也；正也。」黑霧：喻濃密的黑髪。《晋書》（卷五）《孝愍帝紀》：「二年春正月己巳朔，黑霧著人如墨，連夜，五日乃止。」

〔五〕輕明：輕薄透明。渾似：完全似，很像。玄霜：一層厚厚的白霜。此喻白紗巾。其字面見《漢武帝内傳》：「其次藥有九丹金液、紫華紅英、太清九轉、五雲之漿、玄霜絳雲、騰躍三黄。」唐元季川《山中曉興》：「河漢降玄霜，昨來節物殊。」

〔六〕看花昃（zè）：賞花直到太陽西斜。昃，太陽偏西。《説文·日部》：「昃，日在西方時，側也。」此句謂今朝一定會見到你很瀟脱地頭戴紗巾，看花直到太陽西斜，極有興致。

〔七〕漉酒：用陶淵明頭巾漉酒的故事。沈約《宋書》（卷九三）《陶潛傳》：「郡將候潛，值其酒熟，取頭上葛巾漉酒，畢，還復著之。」昭明太子蕭統《陶淵明傳》所記略同。

〔八〕一般：一種。裴度《真慧寺》：「更有一般人不見，白蓮花向半天開。」白居易《玉泉寺南三里澗下多深紅躑躅繁艷殊常感惜題詩以示遊者》：「猶有一般辜負事，不將歌舞管弦來。」

〔九〕虎紋巾：帶有虎皮斑紋的頭巾。指仙人的頭巾。《太平御覽》（卷六七五）：「《登真隱訣》曰：『太玄上丹霞玉女戴紫巾，又戴紫華芙蓉巾，及金精巾、飛巾、虎文巾、金巾。』」絳霄房：天上極高處的房屋。指道家的天宫，神仙所居住的宫殿。絳霄，高遠的天空。晋郭璞《遊仙詩》：「振髪晞翠霞，解褐禮絳霄。」陶弘景《真誥》（卷三）：「超舉步絳霄，飛飆北壟庭。」南朝梁武帝蕭衍《直石頭詩》：「翠壁絳霄際，丹樓青霞上。」梁元帝蕭繹《玄覽賦》：「鬱如蓬萊之臨滄海，憬如崑崙之出絳霄。」

【箋評】

東坡又有《謝人惠雲巾方舄》詩二首，其一：「燕尾稱呼理未便，剪裁雲葉却天然。無心祇是青山物，覆頂宜歸紫府仙。轉覺周家新樣俗，自注云：頭巾起後周。未容陶令舊名傳。鹿門佳士勤相贈，黑霧玄霜合比肩。」用皮襲美贈天隨子紗巾詩云：「掩斂垂疑裁黑霧，輕明薄似帶玄霜。」其二：「胡靴短靿格粗疏，古雅無如此樣殊。妙手不勞盤作鳳，晉永嘉中有鳳頭鞋。輕身只欲化爲鳧。魏風褊儉堪羞葛，楚客豪華可笑珠。擬學梁家名解脱，武帝作解脱履。便如禪坐作跏趺。」（單宇《菊坡叢話》卷二十一《服飾類》）

「周家新樣」之巾，以「替三梁」之冠，「偏宜」「裹髮」於「白面」之郎。初「掩斂」，「裁黑霧」爲之；質「輕明」，又似戴著「玄霜」。今日插花於上，見照耀晴昊；「明日」「漉酒」於中，而聞餘香矣。更有「一般」之巾，君未曾識者，名爲虎皮，在絳霄之房中也。《松陵集》原注云：「頭巾起後周武帝。」按《唐輿服志》：「古冠而不幘。漢元壯髮，以幘蒙之。王莽頂秃，始加其屋。魏、漢以前，俱戴幅巾。晉、宋之世，方用冪䍦。後周以三尺皂絹，向後幞髮，名折上巾。又進賢冠，人主五梁，公侯三梁，卿大夫、尚書、中二千石，以至博士兩梁，大官令兩梁。御膳，爲重也。博士，崇儒也。千石、六百石以下至小史一梁。」「替」，代也。「掩斂」，謂掩而斂之，即「裹髮」。《晉書》：「愍帝時，有黑霧著人如墨，連夜，五日乃止。」《漢武内傳》：「仙家上藥，有玄霜、絳雪。」詳此巾是黑紗所製，比其至薄。上言宜於「白面」，特先爲「黑」鋪襯耳。少陵詩「繁花亂抽向晴昊」，今詩夾一插字在内，拈著巾也。陶淵明以葛巾漉酒，注見《花木部》。《雲笈七籤》：「倒行法祝日，太上七極，紫微絶辰，寶玄金房外有玉門，周運九宮，調和天關，中有尊師，號曰紫皇。授某隱書，携其乘龍，上游九天，下飛地元。景雲舟輿，玄華翠裳，腰佩龍策，頭巾虎文。包生萬物，教誨飛仙，脱某死名，天地長存。」此虎文巾也。

（胡以梅《唐詩貫珠箋》卷五十八）

襲美以紗巾見惠，繼以雅音〔一〕，因次韻詶謝①

龜蒙

薄如蟬翅背斜陽〔二〕，不稱春前贈罽（原注：女減反②。）郎〔三〕。初覺頂寒生遠吹〔四〕，預憂頭白透新霜〔五〕。堪窺水檻澄波影〔六〕，好拂花墻亞蕊香〔七〕。知有芙蓉留自戴③（原注：桐柏真人戴芙蓉冠也④。）〔八〕，欲峨煙霧訪黃房〔九〕。

（詩三二一一）

【校記】

①統籤本無「繼以雅音」。　②類苑本、季寫本無此注語。　③「蓉」詩瘦閣本作「容」。　④「蓉」詩

瘦閣本作「容」。類苑本無此注語。

【注釋】

〔一〕雅音：本指有益於風教的詩樂。此指皮氏原唱詩的高雅。

〔二〕蟬翅：即蟬翼，因其很輕薄，以喻紗巾的輕薄透明。。

〔三〕不稱：不相稱，不適宜。《詩經·曹風·候人》：「彼其之子，不稱其服。」罱（nǎn）郎：捕魚郎，漁夫。作者自指。罱：夾魚的小網。參卷四（序六）注〔八〕。

〔四〕頂寒：謂頭頂上有寒涼之氣。遠吹：遠風。從遠處吹過來的清風。

〔五〕預憂句：預先擔憂的是，頭髮花白時，輕薄透明的頭巾能够透出白髮來。

〔六〕堪窺：可窺。水檻（jiàn）：水邊的亭閣。檻，欄杆。杜甫《江上值水如海勢聊短述》：「新添水檻供垂釣，故著浮槎替入舟。」

〔七〕花墻：以花木護持的墻面。亞：低垂。「亞」義即「壓」。唐人常用以形容花木低垂貌。杜審言《都尉山亭》：「葉疏荷已晚，枝亞果新肥。」鄭谷《放朝偶作》：「坐來幽興在，松亞小窗前。」蕊香：花香。即指花而言。

〔八〕桐柏真人：即仙人王子喬。陶弘景《真誥》（卷一）：「桐柏真人右弼王領五嶽司侍帝晨王子喬。」桐柏，桐柏山，即天台山。《天台山志》：「今言天台者，蓋山之都號。如桐柏、赤城、瀑布、佛壟、香爐、華頂、東蒼，皆山之别名。」唐崔尚《唐天台山新桐柏觀頌并序》（《全唐文》卷三〇四）：「天台也，桐柏也。代謂之天台，真謂之桐柏，此兩者同體而異名。……桐柏山高萬八千丈，周旋八百里。其山八重，四面如一。中有洞天，號金庭宫，即中右弼王喬子晋之所處也。是之謂不死之福鄉，養真之靈境。」芙蓉冠：《真誥》（《太平御覽》卷六七五）曰：「有一老人，着綉裳，戴芙蓉冠，倚赤九節杖而立。芙蓉冠，即禮之爵弁粗欲相似。但不知真人以何物作之耳。自非已成真，不得冠此。」《金真玉光經》（《太平御覽》卷六七五）曰：「桐柏山真人王子喬，年甚少，整頓非常，建芙蓉冠，著朱衣，以白珠綴衣縫，帶劍，多論金庭山中事，言於衆真。」

〔九〕峨：高聳貌。此作動詞，使之高聳。煙霧：喻戴上芙蓉冠的髮髻。黄房：道家謂仙人所居之處。喻仙境。《上清經》（《太平御覽》卷六七四）曰：「有黄房之室，一石玉容之堂，真晨道君治其中，太真科崇玄臺天師朝禮處。」《雲笈七籤》（卷一〇五）《清靈真人裴君傳》：「至立秋之日日中時，五嶽諸真人詣中央黄老君於黄房雲庭山，會仙官於日中，定天下神圖靈藥。」

【箋評】

「蟬翅」背負「斜陽」，言色亮，即所謂「輕明」耳。「春前」尚有餘寒，故云「不稱」。三四風神俊逸，「生遠吹」、「透新霜」，尤精。若無仙骨，决不能辨此。五六皆韻，而「窺水檻」更幽，總乏煙火氣。結言君戴芙蓉冠，我戴此黑紗巾如「煙霧」，峨峨然而欲訪道于黄房也。罝音念上聲。陸有《漁具詩序》曰：「天隨子歔於海山之顔有年矣。矢魚之具，莫不窮極其趣。大凡結繩持網者總謂之網罟，網罟之流曰罛，曰罾、曰罺。圓而縱捨曰罩，挾而升降曰罝。」今詩云「罝郎」，是即漁郎。而罝之小網，亦有類於巾歟？高適詩云：「江海有扁舟，丘園有漁巾」是也。桐柏真人製芙蓉冠。漢武帝閒居未央殿，有人乘白雲車，駕白鹿，戴芙蓉冠，曰：我中山衛叔卿也。《雲笈七籤·清靈真人裴君傳》：「字玄仁，遇支子元曰：『立秋之日，五嶽諸真人詣中央黄老君於黄房雲庭山，會仙官於日中，定天下神圖靈藥。』」今以「黄」與「黑」更相鮮。（胡以梅《唐詩貫珠箋》卷五十八）

聞襲美有親迎之期〔一〕，因以寄賀

龜蒙

梁鴻夫婦欲雙飛〔二〕，細雨輕寒拂雉衣〔三〕。初下雪窗應眷戀①〔四〕，次乘煙幰奈光輝〔五〕。參差扇影分華月〔六〕，斷續簫聲落翠微〔七〕。見説春風偏有賀〔八〕，露花千朵照庭闈〔九〕。

（詩三二二三）

【校記】

①「應」類苑本作「夜」。

【注釋】

〔一〕此詩應作於咸通十二年（八七一）二月左右。觀詩中「春風」、「細雨輕寒」云云，可證。親迎（yíng）：古代婚禮的「六禮」之一，夫婿親至女家迎新娘入室，行交拜合巹之禮。《詩經·大雅·大明》：「大邦有子，俔天之妹，文定厥祥，親迎于渭。」據孔穎達疏：「六禮：納采、納吉、納徵三禮言納，餘不言納者，以問名、請期、親迎，皆須復名而後可。」《儀禮·士昏禮》：「昏禮，下達納采，用雁。」賈公彦疏：「昏禮有六，五禮用雁：納采、問名、納吉、請期、親迎是也。唯納徵不用雁，以其自有幣帛可執故也。」據此詩，皮日休任蘇州從事期間曾經婚娶。

〔二〕梁鴻夫婦句：東漢梁鴻、孟光夫婦感情甚篤。比皮日休夫妻。參《後漢書》（卷八三）《梁鴻傳》。雙飛：指其成婚而言。

〔三〕細雨：《初學記》（卷二）引梁孝元帝《咏細雨詩》：「風輕不動葉，雨細未霑衣。入樓如霧上，拂馬似塵飛。」雉衣：以雉羽爲飾或繪有雉形的衣服。此指女子的婚服，又呼應上句「雙飛」。

〔四〕雪窗：指白色帷幕的窗子。此句謂皮氏與所娶女子窗下初見，應會産生思慕、愛戀之情。

〔五〕煙幰：車子上的帷幔輕薄如煙。指婚車的精美。此指唐代婚禮中「障車」的禮儀，參本詩注〔六〕。奈：耐。奈光輝：頗爲鮮明光亮。張相《詩詞曲語辭匯釋》（卷二）：「奈，猶耐也。奈、耐二字通用，故耐即奈也，奈亦即耐也。」

〔六〕扇影：羽扇的影子。指婚禮禮儀中的「却扇」。唐代婚禮，新婦行禮時以扇障面，交拜後去扇，稱爲「却扇」。封演《封氏聞見記》（卷五）《花燭》：「近代婚嫁，有障車、下婿、却扇及觀花燭之事。又有卜地、安帳，并拜堂之禮。上自皇室，下至士庶，莫不皆然。」南朝梁何遜《看伏郎新婚》：「何如花燭夜，輕扇掩紅妝。」華月：皎潔美好的月色。喻新婚女子的容態。《文選》（卷三一）江淹《雜體詩三十首·劉文學楨感遇》：「華月照方池，列坐金殿側。」杜甫《夏夜嘆》：「昊天出華月，茂林延疏光。」

〔七〕簫聲：簫的音樂聲。指婚禮的音樂。暗用蕭史的典故。《列仙傳》（卷上）《蕭史》：「蕭史者，秦穆公時人也。善吹簫，能致孔雀、白鶴於庭。穆公有女字弄玉好之，公遂以女妻焉。」翠微：本指青翠淡微的山色。此指青蒼色的天空。《爾雅·釋山》：「山脊，岡。未及上，翠微。」郭璞注：「近上旁陂。」寒山《層層山水秀》：「層層山水秀，煙霞鎖翠微。」韋莊《旅中感遇寄呈李秘書昆仲》：「南望愁雲鎖翠微，謝家樓閣雨霏霏。」

〔八〕見説：聽説。張相《詩詞曲語辭匯釋》（卷五）：「見，猶聞也。最著者則爲見説。」王維《贈裴旻將軍》：「見説雲中擒黠虜，始知天上有將軍。」

〔九〕露花：帶露的鮮艷花朵。《樂府詩集》（卷五〇）劉孝威《采蓮曲》：「露花時濕釧，風莖乍拂鈿。」庭闈（wéi）：多指父母所居之處。此即指居處的房室。《文選》（卷一九）束皙《補亡詩六首》（其一）：「眷戀庭闈，心不遑安。」李善注：「庭闈，親之所居。」孟浩然《早春潤州送從弟還鄉》：「兄弟游吴國，庭闈戀楚關。」

【箋評】

梁鴻與孟光，俱客吴，皆賢而有德，故比之也。第二時候當「細雨」之際。三四言初嫁「眷戀」家庭之意，然乘幰而有「光輝也」。「扇影」分開，如見「華月」之貌；「簫聲斷續」，如仙女下山。如此樂事，「春風偏有」相賀，故見花發滿庭。《後漢書》：「梁鴻字伯鸞，家貧而尚節介，博覽無不通。勢家慕其高節，多欲女之，鴻并絶不娶。同縣孟氏有女，狀肥醜而黑，力舉石臼，擇對不嫁，至年三十。父母問其故，女曰：『欲得賢如梁伯鸞者。』鴻聞而聘之。女求作布衣麻屨織作筐績之具。及嫁，始以裝飾入門。七日而鴻不答。妻乃跪床下請曰：『竊聞夫子高義，簡斥數婦，妾亦偃蹇數夫矣。今而見擇，敢不請罪。』鴻曰：『我欲裘褐之人，可與俱隱深山者爾。今乃衣綺縞，傅粉墨，豈我所願哉？』妻曰：『以觀夫子之志耳。妾自有隱居之服。』乃更爲椎髻，著布衣，操作而前。鴻乃大喜曰：『此真我妻也，能奉我矣。』字之曰德曜。入霸陵山中，耕織咏詩書，彈琴以自娱。出關作《五噫》之歌。遊齊、魯之間，遂至吴。依大家皋伯通，居廡下，爲人賃舂。每歸，妻爲具食，不敢於鴻前仰視，舉案齊眉。伯通察而異之，舍於家。疾卒，葬要離墓傍。咸曰：『要離烈士，伯通清高，可令相近。』妻子歸扶風。」《周禮》：「后之六服，有褘狄。」鄭玄注云：「褘與翬同。素質五色皆備曰翬。狄與翟同。后妃之服，刻繒爲翬狄之形，五彩畫之，綴之於衣，以爲文章也。」今詩「雉」即翬也。職官之婦，尊之耳。「雪窗」，似用謝道藴之咏雪。「幰」，車帷。此等題若經温、李，必入香膩濃艷。松陵走入清癯秀色，更高一層。（胡以梅《唐詩貫珠箋》卷十九）

臨頓宅將有歸于之日①〔一〕，魯望以詩見貺〔二〕，因杼懷訓之②〔三〕

日休

共老林泉忍暫分〔四〕，此生應不識迴文〔五〕。幾枚竹筍送德曜〔六〕，一乘柴車迎少君〔七〕。舉案品多緣澗藥〔八〕，承家事少爲溪雲〔九〕。居然自是幽人事〔一〇〕，輒莫教他孫壽聞〔一一〕。

（詩三二四）

【校記】

①「歸于」盧校本、統籤本作「于歸」。全唐詩本注：「一作于歸。」「于」項刻本作「與」。②「杼」弘治本、汲古閣本、詩瘦閣本、四庫本、項刻本、統籤本、類苑本、季寫本、全唐詩本作「抒」。

【注釋】

〔一〕臨頓宅：臨頓的宅第。據此，皮日休任蘇州從事期間，在此有房舍，與陸龜蒙在臨頓里的住宅應相距不遠。參卷五（詩二四一）注〔二〕。歸于之日：結婚之日。皮氏自指在蘇州的結婚之日。「歸于」一作「于歸」。《詩經·周南·桃夭》：「之子于歸，宜其室家。」《毛傳》：「之子嫁予也。于，往也。宜以有室家，無踰時者。」鄭玄箋云：「宜者，謂男女年時俱當。」

〔二〕見貺（kuàng）：見贈，贈予。《爾雅·釋詁》：「貺，賜也。」

〔三〕杼（shū）懷：抒情。「杼」通「抒」。《楚辭·九章·惜誦》：「惜誦以致愍兮，發憤以杼情。」

〔四〕共老句：謂夫妻一起過着隱居山水林泉的生活而不忍分離。林泉：指隱士的隱逸之處。《北史》（卷六四）《韋夐傳》：「所居之宅，枕帶林泉。」杜甫《夔府書懷四十韻》：「拙被林泉滯，生逢《酒賦》欺。」劉長卿《歸弋陽山居留別盧邵二侍御》：「祗應君少慣，又欲寄林泉。」鄭谷《喜秀上人相訪》：「老大情相近，林泉約共歸。」忍，豈忍，哪忍，即不忍。應暗用梁鴻、孟光事。

《後漢書》（卷八三）《梁鴻傳》：「鴻曰：『吾欲裘褐之人，可與俱隱深山者爾。今乃衣綺縞，傅粉墨，豈鴻所願哉？』妻曰：『以觀夫子之志耳。妾自有隱居之服。』乃更爲椎髻，著布衣，操作而前。鴻大喜曰：『此真梁鴻妻也。能奉我矣！』」後夫妻「乃共入霸陵山中」，「與妻子居齊、魯之間」，「有頃，又去適吳。」此詩所言正同。

〔五〕迴文：迴文詩，一首詩從首尾皆可回環往復成誦。傳説這種詩歌結體方式起自十六國時期前秦竇滔妻蘇蕙《璇璣圖》詩。此用原典，取其夫妻離别之意。此句謂此生自己不與妻子分離。唐吴兢《樂府古題要解》（卷下）：「迴文詩，右迴復讀之，皆歌而成文也。」嚴羽《滄浪詩話·詩體》：「迴文，起於竇滔之妻，織錦以寄其夫也。」

〔六〕幾枚：幾隻。枚，箇，可稱人，亦可稱物。《述異記》（卷下）：「魏時，河間王子元家，雨中有小兒八九枚，墮於庭前，長六七寸許。自言家在河東南，爲風所飄而至於君庭。」王梵志《貧窮田舍漢》：「如此硬窮漢，村村一兩枚。」竹笥（sì）：竹制的箱子或食用器具。《禮記·曲禮上》：「凡以弓劍苞苴簞笥問人者，操以受命，如使之容。」鄭玄注：「簞笥，盛飯食者。圜曰簞，方曰笥。」《説文·竹部》：「笥，飯及衣之器也。」德曜：後漢梁鴻妻孟光字德曜。《後漢書》（卷八三）《梁鴻傳》：「鴻大喜曰：『此真梁鴻妻也。能奉我矣！』字之曰德曜，名孟光。」此句謂妻之父母家貧而有德，只以幾隻竹笥陪嫁。《後漢書》（卷八三）《戴良傳》：「初，良五女并賢，每有求姻，輒便許嫁，疎裳布被，竹笥木屐以遣之。五女能遵其訓，皆有隱者之風焉。」

〔七〕一乘（shèng）：一輛車。參本卷（詩三〇六）注〔七〕。柴車：簡陋的車子。《韓詩外傳》（卷一〇）：「國子高子曰：『然！臣賴君之賜，疏食惡肉可得而食也，駑馬柴車可得而乘也。』」《後漢書》（卷八〇下）《趙壹傳》：「時諸計吏多盛飾車馬帷幕，而壹獨柴車草屏，露宿其傍。」李賢注：「柴車，弊惡之車也。」少君，東漢鮑宣妻桓氏，字少君。後世以少君指妻子。《後漢書》（卷八四）《鮑宣妻傳》：「勃海鮑宣妻者，桓氏之女也，字少君。宣嘗就少君父學，父奇其清苦，故以女妻之，裝送資賄甚盛。宣不悦，謂妻曰：『少君生富驕，習美飾，而吾實貧賤，不敢當禮。』妻曰：『大人以先生修德守約，故使賤妾侍執巾櫛。既奉承君子，唯命是從。』宣笑曰：『能如是，是吾志也。』妻乃悉歸侍御服飾，更著短布裳，與宣共挽鹿車歸鄉里。拜姑禮畢，提甕出汲。修行婦道，鄉邦稱之。」此句謂迎娶的車子很簡樸。

〔八〕舉案：雙手舉起托盤以進奉食物，即「舉案齊眉」，喻夫妻互敬互愛。《後漢書》（卷八三）《梁鴻傳》：「（梁鴻）每歸，妻爲具食，不敢於鴻前仰視，舉案齊眉。」品：品類，謂衆多的物品。《説文·品部》：「品，衆庶也。從三口。凡品之屬皆從品。」此句謂妻子送來的食物品種很多，大都是山澗中采摘的藥草。意謂過着貧儉雅潔的隱逸般的生活。

〔九〕承家：繼承家業，擔負家事。《周易·師卦》：「開國承家，小人勿用。」家本指諸侯的卿、大夫而言，此即指今之所謂家庭。溪雲：此以溪雲的舒卷自如，喻隱逸生活的閑適。

〔一〇〕居然：安然。形容平安閑適貌。《詩經·大雅·生民》：「不康禋祀，居然生子。」張九齡《送楊府李功曹》：「居然已多意，况復兩鄉違。」幽人：隱士。此指皮日休。晉郭璞《客傲》：「水無浪士，巖無幽人。刈蘭不暇，爨桂不給。」劉長卿《酬滁州李十六使君見贈》：「桃花迷聖代，桂樹狎幽人。」

〔二〕孫壽：東漢大將軍梁冀妻，爲人富貴驕縱。《後漢書》（卷三四）《梁冀傳》：「詔遂封冀妻孫壽爲襄城君，兼食陽翟租，歲入五千萬，加賜朱紱，比長公主。壽色美而善爲妖態，作愁眉、啼妝、墮馬髻、折腰步、齲齒笑，以爲媚惑。……壽性鉗忌，能制御冀，冀甚寵憚之。」

【箋評】

言從此「于歸」之後，「共老林泉」，不「忍暫分」，而使荆妻如蘇蕙織迴文詩以招我矣。蓋竇滔因仕宦被徙離別，皮志偕隱，無事迴文耳。彼之遣嫁，只須學戴良以「竹笥」相送，我之「親迎」如鮑宣，以「柴車」相載。到室「舉案」，具食之品雖多，率皆入藥之品；「承家」事業甚少，依隱溪雲，無俗務耳。此舉實「幽人」所爲，如孫壽輩奢靡者，不可使聞也。後漢戴良五女，練裳布被，竹笥木屐而遣之。又鮑宣妻桓氏，字少君。宣就少君父學，父奇其清苦，以女妻之。裝送甚盛，宣不悦，妻曰：「大人以先生修德守約，故使執巾櫛，唯命是從。」乃悉歸侍御服飾，更著短布裳，與宣共挽鹿車歸鄉里。拜姑禮畢，提甕出汲。修行婦道，鄉邦稱之。官至司隸校尉。子永魯郡太守。永子昱，從容問少君曰：「太夫人寧復識挽鹿車時否？」對曰：「先姑有言，存不忘亡，安不忘危，焉敢忘乎？」梁冀妻孫壽，色美而善爲妖態，作愁啼狀、墮馬髻、折腰步、齲齒笑，以爲媚惑。性鉗忌，能制御冀。冀大起第舍，壽亦對街爲宅，殫極土木，互相誇競。連房洞户，堂寢皆有陰陽奥室，柱壁雕鏤，加以銅漆。窗牖皆有綺疏青鎖，圖以雲氣仙靈。臺閣周通，更相臨望。飛梁石磴，陵跨水道。金玉珠璣，異方珍怪，充積藏室。遠致汗血名馬。又廣開園囿，采土築山。十里九坂，以象二崤；深林絶澗，有若自然；奇禽馴獸，飛走其間。冀、壽共乘輦車，羽蓋飾金銀，游觀第内，多從倡妓，鳴鐘吹管，酣謳竟路。或連繼日夜，以騁娱恣。冀愛監奴秦宫，得出入壽所。壽見宫，輒屏御者，托以言事，因與私焉。後冀敗被收，壽亦自殺。今詩用孫壽，蓋上二聯清虚寂寞之況，借以愈形其懸絶，似節取其奢極言之。然新婚燕喜，此等淫亂不善終之婦，不在忌諱，良由騷人放筆清狂，兼用以刺豪室之婦，謂奢儉大異歟？「他」字可玩。陸原唱用梁鴻夫婦固切，而鴻客死於吴，既所不計，故和之者用孫壽，殆更甚焉。（胡以梅《唐詩貫珠箋》卷十九）

昔皮襲美寓臨頓里，陸魯望自甫里至，與之定交唱和，其地爲皮市。在京（按：尤怡字）居其地，周子迂村亦至自甫里，相與賦詩，恰符皮、陸也。（沈德潛《清詩别裁集》卷二十九《尤怡》）

襲美以巨魚之半見分，因以詶謝〔一〕

龜蒙

誰與春江上信魚〔二〕，可憐霜刃截來初〔三〕。鱗隮似撒騷人屋〔四〕，腹斷疑傷遠客書①〔五〕。避

網幾跳山影破②〔六〕，逆風曾蹙浪花虚〔七〕。今朝最是家童喜，免泥荒畦掇野蔬〔八〕。（詩三二五）

【校記】

①「疑」詩瘦閣本作「凝」。②「網」詩瘦閣本作「綱」。

【注釋】

〔一〕此詩應作於咸通十二年（八七一）春。

〔二〕誰：何人。與：給予。上信魚：隨着季節或潮汐按時而來的魚。張祜《襄陽樂》：「大堤花月夜，長江春水流。東風正上信，春夜特來遊。」

〔三〕可憐：可惜。霜刃：白色的刀刃。截來初：剛剛剖開。來，助詞。

〔四〕鱗隳（huī）：謂魚鱗被用刀刃剥落下來。隳，毁壞，殘破。撤：除去，拆掉。騷人：指屈原。因其代表作《離騷》而被後世稱爲「騷人」。蕭統《文選序》：「又楚人屈原，含忠履潔。君匪從流，臣進逆耳。深思遠慮，遂放湘南。耿介之意既傷，壹鬱之懷靡訴。臨淵有懷沙之志，吟澤有憔悴之容。騷人之文，自此而作。」李白《古風五十九首》（其一）：「正聲何微茫，哀怨起騷人。」《楚辭·九歌·河伯》：「魚鱗屋兮龍堂，紫貝闕兮朱宫。」王逸注：「言河伯所居，以魚鱗蓋屋，堂畫蛟龍之文，紫貝作闕，朱丹其宫，形容異制，甚鮮好也。」

〔五〕遠客書：遠方客人傳來的書信。《樂府詩集》（卷三八）古辭《飲馬長城窟行》：「客從遠方來，遺我雙鯉魚。呼兒烹鯉魚，中有尺素書。」

〔六〕幾跳：謂拼命地跳。幾，如何，那樣。張相《詩詞曲語辭匯釋》（卷一）：「幾，猶何也；那也；怎也。」山影破：意謂水中山的倒影被魚的跳躍破碎了。

〔七〕曾：嘗，則。蹙（cù）：集聚攢簇。虛：空。此句謂巨魚在水中逆風遊動，泛起的浪花與順風的波浪相向衝撞，掀起高大的浪頭。故詩云「浪花虛」。

〔八〕泥（nì）：陷入。《廣韻·霽韻》：「泥，滯陷不通。《詩》云：『致遠恐泥。』」《論語·子張》：「致遠恐泥，是以君子不爲也。」荒畦：荒野的田畦。野蔬：野菜。

【箋評】

言「誰與」之魚，分「截」送來。三四承「截」字，典雅精妙。蓋因「截」而「鱗墮」、「腹斷」，似「屋撤」、「傷書」耳。三四更奇，五六追論魚之生前，亦佳。結言今日食魚，不用摘蔬矣。清韻不同。「信魚」是一時候之魚，非四時俱有。《楚詞·九歌·河伯章》：「魚鱗屋兮龍堂，紫貝闕兮朱宫。」古詩：「客從遠方來，遺我雙鯉魚。呼童剖鯉魚，中有尺素書。長跪讀素書，書中意何如。上言加餐飯，下言長相思。」潮，謂之信潮。或隨潮信而至之魚，云「信魚」。（胡以梅《唐詩貫珠箋》卷六十）

奉和

日休

釣公來信自松江〔一〕，三尺春魚撥刺霜①〔二〕。腹内舊鈎苔染澀〔三〕，腮中新餌藻和香〔四〕。冷鱗

中斷榆錢破②〔五〕，寒骨平分玉箸光〔六〕。何事兒君偏得所〔七〕，祇緣同是越航郎③〔八〕。（詩
三二六）

【校記】

①「刺」弘治本、項刻本、全唐詩本作「剌」。「撥」類苑本作「發」。②「冷」類苑本作「令」。③「祇」汲古閣本作「秖」。

【注釋】

〔一〕釣公：漁夫。打魚人。松江：參（序一）注〔三四〕。

〔二〕撥刺：擺動而發出聲響。此指魚尾撥水聲。撥刺霜：謂看到撥水的白魚。《淮南子·修務訓》：「琴或撥刺枉橈，闊解漏越。」《後漢書》（卷五九）《張衡傳》：「彎威弧之撥刺兮，射嶓冢之封狼。」杜甫《漫成一首》：「沙頭宿鷺聯拳靜，船尾跳魚撥刺鳴。」

〔三〕腹内句：謂巨魚是過去的脱鈎之魚，其腹内殘留的舊鈎已生青苔，很生澀。

〔四〕藻和香：指魚餌和水草在一起散發的香氣。藻：水草。《説文·艸部》：「藻，水草也。《詩》曰：『于以采藻。』薻，藻或從澡。」

〔五〕中斷：巨魚已被一分爲二剖開，故云。李白《望天門山》：「天門中斷楚江開，碧水東流至此回。」榆錢：榆莢，銅錢的形狀似榆莢，又稱榆莢錢。此喻魚鱗的形狀猶如一個一個的榆錢相連叠。《漢書》（卷二四下）《食貨志下》：「漢興，以爲秦錢重難用，更令民鑄莢錢。」顔師古

注：「如淳曰：『如榆莢也。』」北周庾信《燕歌行》：「桃花顏色好如馬，榆莢新開巧似錢。」《本草綱目》（卷三五下）《榆》：「邢昺《爾雅疏》云：『榆有數十種，今人不能盡別，惟知莢榆、白榆、刺榆、榔榆數者而已。莢榆、白榆，皆大榆也，有赤、白二種。白者名枌，其木甚高大，未生葉時，枝條間先生榆莢，形狀似錢而小，色白，成串，俗呼榆錢。』」

〔六〕寒骨：亦就巨魚已被剖分而言。玉箸光：像玉制的筷子一樣光澤。誇張形容魚骨。

〔七〕何事：爲何，爲什麼。偏得所：最爲適宜。劉淇《助字辨略》：「偏，畸重之辭也。」

〔八〕越航郎：吴、越地區撑航船的人。指漁夫。此指隱士。越航：行船，渡船。漢揚雄《方言》（卷九）：「舟，自關而西謂之船，自關而東或謂之舟，或謂之航。」宋龔明之《中吴紀聞》（卷四《夜航船》）：「夜航船，唯浙西有之，然其名舊矣。古樂府有《夜航船》之曲。皮日休答陸龜蒙詩云：『明朝有物充君信，榴酒三瓶寄夜航。』」

【箋評】

陸原唱云「誰與」之魚？此和起句是答之語，謂從「松江釣公」寄來。未必真是松江來，而詩人假托，亦未可知也。「潑刺」，跳躍鮮活之意。「霜」，白也。「苔」，魚所食草色。「藻」，則尚沾於腮頰者耳。總之，心思幽折，匪夷所思。五六亦膩。截半「錢」以喻鱗，「玉」以喻骨，然不及陸之三四更精。結蓋指己與陸皆釣隱之流耶！按詩稱松江，吴淞江也。《一統志》載：「吴江一名松江，又名松陵江，在吴江縣東。源出太湖，流經崑山，入於海。」又《松江府志》載：「松江在府城北七十二里，一名吴淞江，源出太湖，東注於海。」《書》曰：「三江既入，震澤底定。」此其一也。唐時止設華亭縣，屬蘇州。至元時方設松江府，以有淞江得名。相傳因多水患，後去水傍。詩言之松江，非言松江府。蓋吴淞江，自吴江縣至海口幾二百里，分流繚繞，至今漁人皆采捕成俗。按：魯望雖府城臨頓里有宅，而寓居吴淞江旁甫里，號江湖散人、天隨子、甫里先生。今府東三十里，有甫里塘。然則結之「同是」二字，以此歟？（胡以梅《唐詩貫珠箋》卷六十）

皮日休酬惠魚詩：「何事貺君偏得所，只緣同是越舼郎。」「舼」，渠恭切，小舟如舴艋。（高士奇《天禄識餘》卷五《越舼》）

館娃宮懷古①〔一〕

日休

艷骨已成蘭麝土〔二〕，宮墻依舊壓層崖〔三〕。弩臺雨壞逢金鏃〔四〕，香逕泥銷露玉釵〔五〕。硯沼祇留溪鳥浴②〔六〕，屧廊空信野花埋③〔七〕。姑蘇麋鹿真閑事〔八〕，須爲當時一愴懷〔九〕。（詩三二七）

【校記】

①鼓吹本無「懷古」。②「衹」季寫本作「祇」。「溪」季寫本、全唐詩本注：「一作山。」③「廊」季

寫本作「郎」。「信」季寫本、全唐詩本注：「一作任。」

【注釋】

〔一〕此詩應作於咸通十一年（八七〇）。館娃宮：相傳春秋時吴王夫差爲西施建造的宮殿，在今蘇州市靈巖山（一名硯石山）上。劉禹錫《館娃宮在郡西南硯石山上，前瞰姑蘇臺，傍有采香徑。梁天監中，置佛寺曰靈巖，即故宮也。信爲絶境，因賦二章》（其一）：「宮館貯嬌娃，當時意大誇。艷傾吴國盡，笑入楚王家。」宋朱長文《吴郡圖經續記》（卷中）：「硯石山，在吴縣西三十里。山西有石鼓，亦名石鼓山。《越絶書》云：『吴人於硯石置館娃宮。』楊雄《方言》謂『吴人呼美女爲娃』，蓋以西子得名耳。《吴都賦》云：『幸乎館娃之宮，張女樂而娱群臣。』即謂此也。」

〔二〕艷骨：指西施等吴王夫差宮中美女死後的屍骨。蘭麝土：香艷之土。因西施等吴宮女子死於此處，故云。蘭，蘭草。麝，麝香。

〔三〕宮墻：指館娃宮殘存的墻垣。層崖：高峻的山崖。指靈巖山。

〔四〕弩（nǔ）臺：弩箭的發射臺。弩，用機械發箭的弓。弩臺，當即指射臺。陸廣微《吴地記》：「射臺在吴縣横山安平里。」趙曄《吴越春秋》（卷四）：「自治宮室，立射臺於安里。」《越絶書》（卷二）：「射臺二，一在華池昌里，一在安陽里。」又云：「秋冬治城中，春夏治姑胥之臺。旦食于組山，晝游于胥母，射于鷗陂，馳于游臺，興樂石城，走犬長洲。」可見射臺是當年吴王一個射獵游樂之處。金鏃：金屬的箭頭。指吴王當年遺留在泥土中的箭頭。

〔五〕香逕：采香逕。靈巖山下的一條小溪。范成大《吴郡志》（卷八）：「采香徑，在香山之傍小溪也。吴王種香於香山，使美人泛舟於溪以采香。今自靈巖山望之，一水直如矢，故俗又名箭涇。」

〔六〕硯沼：指靈巖山上的池沼。朱長文《吴郡圖經續記》（卷中）：「（靈巖山）山頂有三池：一曰月池，曰硯池，曰玩華池。雖旱不竭，其中有水葵甚美，蓋吴時所鑿也。」溪鳥：泛指水鳥。

〔七〕屧（xiè）廊：響屧廊。相傳是吴王夫差在靈巖山上所建造的歌舞臺。朱長文《吴郡圖經續記》（卷中）：「（靈巖山）山上舊傳有琴臺，又有響屧廊，或曰鳴屐廊。以楩、梓藉其地，西子行則有聲，故以名云。」范成大《吴郡志》（卷八）：「響屧廊，在靈巖山寺。相傳吴王令西施輩步屧，廊虛而響，故名。今寺中以圓照塔前小斜廊爲之，白樂天亦名鳴屧廊。」信：任，任隨。

〔八〕姑蘇：指姑蘇臺，一名姑胥臺，在今蘇州市西南姑蘇山上。相傳吴王闔閭建造，夫差增飾。《吴越春秋》（卷四）《闔閭内傳》：「闔閭出入游卧，秋冬治於城中，春夏治於城外。治姑蘇之臺，旦食䱉山，晝游蘇臺。」姑蘇麋鹿：謂姑蘇臺上麋鹿出没，一片丘墟荒凉的景象。喻吴國滅亡。《越絶書》（卷五）《越絶請糴内傳》：「申胥曰：『……今不出數年，鹿豕游于姑胥之臺矣。』」《吴越春秋》（卷九）《勾踐陰謀外傳》：「（子胥曰：）『臣必見越之破吴，豸鹿游於姑胥之臺，荆榛蔓於宫闕。』」《史記》（卷一一八）《淮南王列傳》：「（伍被諫淮南王劉安）：『臣聞子胥諫吴王，吴王不用，乃曰：「臣今見麋鹿游姑蘇之臺也。」今臣亦見宫中生荆棘，露霑衣也。』」

〔九〕須爲：應爲。當時：指吴王夫差拒諫，殺害伍子胥，導致身死國滅之時。此句意謂爲吴王夫差的亡國而悲愴傷感。此詩集中寫吴國滅亡後的淒凉情景，其内容意旨可用《左傳》中的一段話加以概括。《左傳·哀公元年》：「今聞夫差，次有臺榭陂池焉，宿有妃嬙嬪御焉。一日之行，所欲必成，玩好必從，珍異是聚，觀樂是務，視民如讎，而用之日新。夫先自敗也已，安能敗我？」

【箋評】

（詩聯準繩·懷古句）「吴宫花草埋幽徑，晋代衣冠成古丘。」「絃管變成山鳥哢，綺羅留作野花開。」「鳥下緑蕪秦苑夕，蟬鳴黄葉漢宫秋。」「弩臺雨壞逢金鏃，香徑泥銷露玉釵。」已上聯句，皆唐人出奇入神之作。或情中有景，景中有情；或以事爲意，以意融事。情意迭出，事意貫通，乃煅煉極玄妙者。後學詳玩之，久則琢句煉字，自當出奇，不落凡庸矣。（王槙《詩法指南·詩法指南前》）

周珽曰：通篇典實感慨。第「弩臺」、「香徑」、「硯沼」、「屧廊」，四平頭，用不覺其病矣。○言西施死於地下，而泥土亦香。不知宫墻頹壓，如臺壞徑廢，則昔日豪華何在也？「逢金鏃」、「露玉釵」，亦無中生有，形容故宫景物零落入細。至「硯沼」留爲「鳥浴」，「屧廊」空使「花埋」，則國滅人亡，而忠臣「麋鹿遊臺」之語，當時視爲「閒事」者，衹增千古憑吊一遺恨也。（周敬編、周珽補輯、陳繼儒批

點《删補唐詩選脉箋釋會通評林》卷四十六）

九佳韻窄而險，雖五言造句亦難，况七言近體。押韻穩，措詞工，而兩不易得。自唐以來，罕有賦者。皮日休、陸龜蒙《館娃宫》之作，雖吊古得體，而無渾然氣格，窘於難韻故爾。容軒子《送鄒逸人歸洞庭山》得「淮」字，亦用此韻，其平妥匀净，因難以見工，致能追古人于太華萬仞之顛，翩翩然了無難色。使遇寬韻而愈加思索，則他日造詣，未見其止也。其詩云：「離筵太促愧茅柴，羨爾吴歌壯旅懷。幾賦縱横干氣象，半生飄泊老形骸。草青驅馬春辭晋，月白揚帆夜渡淮。三徑已荒逢舊侣，一樽風雨共山齋。」附日休詩云：「艷骨已成蘭麝土，宫墻依舊壓層崖。弩臺雨壞逢金鏃，香徑泥消露玉釵。硯沼只留谿鳥浴，屧廊空信野花埋。姑蘇麋鹿真閑事，須爲當時一愴懷。」附龜蒙次韻：「鏤楣悄落濯春雨，蒼翠無言空斷崖。草碧未能忘帝女，燕輕猶自識宫釵。江山只有愁容在，劍珮應和愧氣埋。賴有伍員騷思少，吴王纔免似荆懷。」（謝榛著、李慶立、孫慎之箋注《詩家直説箋注》卷四）

此言西施「艷骨」，已成「蘭麝」之香泥，而「宫墻」頽壓，「依舊」與「層崖」相對焉。於是吴王射弩之臺，風雨蕭條，常露當時所射之「金鏃」；西施采香之逕，塵埃蕩滅，亦見前日所遺之「玉釵」。而且「硯沼」猶存，惟有「溪鳥」之「浴」；「屧廊」雖在，徒見「野花」之「埋」耳。憶昔子胥「麋鹿遊臺」之語，吴王以爲「閒事」，卒致破亡之禍。每一追思，能不爲之「愴懷」哉！○吴越王射潮事，見《吴越備史》。以後代事注前人詩，可爲大粲。其餘引書引人，間有謬誤。倉猝未及釐正，在識者辨之而已。○朱東喦曰：一起劈云：「艷骨已成蘭麝土，宫墻依舊壓層崖。」讀之真可爲英雄下淚也。言吴王夫差，館娃遊幸，朝朝瓊樹，夜夜璧月，以爲不朽盛事，誰料其荒凉一至此耶？若當日早知「艷骨」終必成泥，則宫娃館畔，亦止濯濯一山耳。千載下安知此處爲「弩臺」，此處爲「香逕」，此處爲「硯沼」、「屧廊」，係西子賞心行樂之地乎？然今「弩臺雨壞」矣，「香逕泥消」矣。所云「硯沼」，眼見「溪鳥浴」矣；所云「屧廊」，眼見「野花埋」矣。「姑蘇麋鹿」，言若左券。過此地者，能不爲之愴然耶！（元郝天挺注、明廖文炳解、清朱三錫評《東喦草堂評訂唐詩鼓吹》卷五）

不爲館娃作也，結句點破，却仍不訐露，所以爲唐人。時巢寇入長安，咸陽宫闕皆爲楚人一炬矣，故有「須爲當時一愴懷」之句，啓和詩用「荆懷」正指僖宗，亦非牽于韻脚也。（錢牧齋、何義門《唐詩鼓吹評注》眉批）

楊雄《方言》曰：「娃，美也。吴、楚、衡、淮之間曰娃，故有館娃之宫。」然此古時之語，今吴下却無「娃」之稱也。詩人原其事物重在「娃」，故起處特言美人之「艷骨」已成香土，而「宫墻」尚在山崖。起得峭立傷心。「蘭麝」二字，亦下得深，越揚越慘淡也。中四句，全以遺迹發端，「金鏃」、「玉釵」，原非真事，詩人無中生有。「溪鳥」、「廊花」，方是眼前景，亦虚實相錯之法。而「弩」與「鏃」，「香」與「釵」之類，皆通氣者也。然言諸迹如此荒凉，所謂「姑蘇游麋鹿」，真平常「閒事」矣。想當時之繁盛，惟令人「愴懷」耳。「信」，任也。《吴郡志》云：「館娃宫，《吴越春秋》《吴地記》皆云閶闔城西，有山號硯石，在吴縣西三十里，上有館娃宫，今靈巖寺即其地。」按志載任昉《述異記》：「吴王射堂柱礎，皆是伏龜。或云在横山。」《越絶書》云：「射臺，一在華池昌里，一在安陽里。」又《吴越春秋》云：「立射臺于安平里。」今詩稱「弩臺」，殆「射臺」歟？又「采香徑」在香山旁，吴王種香於香山，使美人泛舟於溪以采之。今自靈巖山南望，一水直如矢，故俗又名箭涇。「硯池」在靈巖山。「響屧廊」，相傳吴王建廊而虚其下，令西施與宫人步屧，繞之則響。今靈巖寺圓照塔前小斜廊，即其址，人名「鳴屧廊」，俱見志。按《一統志》：「揚州吴公臺，即劉宋沈慶之攻竟陵王誕所築弩臺。」今用之，而事在「射臺」歟？（胡以梅《唐詩貫珠箋》卷四十七）

「金鏃」、「玉釵」，懷古不粘不脱，必以吴、越事實之，真笨伯矣。（陸次雲《晚唐詩善鳴集》卷下）

奉和次韻

龜蒙

鏤楣消落濯春雨①〔一〕，蒼翠無言空斷崖〔二〕。草碧未能忘帝女〔三〕，燕輕猶自識宫釵〔四〕。江山祇有愁容在②，劍珮應和愧色埋③〔五〕。賴有伍員騷思少〔六〕，吴王纔免似荆懷④〔七〕。

（詩三三一八）

【校記】

①「消」鼓吹本作「稍」。②「祇」汲古閣本作「秖」。③「珮」陸詩丙本張校、鼓吹本作「佩」。

「色」鼓吹本作「氣」。④統籤本詩末注：「唐員半千本劉姓，先世宋劉凝之。以宋亡，奔魏，自比伍員，因改姓。《員半千傳》注：『員，王問切。俗作云、元音，俱非。』此詩蓋借用平聲讀也。」

【注釋】

〔一〕鏤楣（méi）：雕刻精美的花紋，飾以金玉之類的梁棟。指館娃宮建築的精美豪華。楣，房屋的橫梁。消落：凋落。據史載，夫差造姑蘇臺等，勾踐送了大量的材料，「鏤楣」即是。趙曄《吳越春秋》（卷九）：「越王乃使木工三千餘人，入山伐木。……一夜，天生神木一雙，大二十圍，長五十尋，陽爲文梓，陰爲楩楠，巧工施校，制以規繩，雕治圓轉，刻削磨礱，分以丹青，錯畫文章，嬰以白璧，鏤以黃金，狀類龍蛇，文彩生光。乃使大夫種獻之於吳王。」

〔二〕蒼翠：指靈巖山樹木茂盛，一片碧緑。斷崖：陡峭的山崖。指靈巖山。

〔三〕草碧句：謂眼前碧草茵茵，仍然會使人想起當年吳王夫差宮中的女子。帝女：指西施等吳王宮中的女子。《文選》（卷三一）江淹《雜體詩三十首·潘黃門岳悼亡》：「我慚北海術，爾無帝女靈。」李善注引《宋玉集》云：「楚襄王與宋玉遊於雲夢之野，望朝雲之館，有氣焉，須臾之間，變化無窮。王問此是何氣也。玉對曰：『昔先王遊於高唐，怠而晝寢，夢見一婦人，自云我帝之季女，名曰瑤姬，未行而亡，封於巫山之臺。聞王來遊，願薦枕席。王因幸之。去乃言：「妾在巫山之陽，高丘之阻。旦爲朝雲，暮爲行雨，朝朝暮暮，陽臺之下。」旦而視之，果如其言。爲之立館，名曰朝雲。』」

〔四〕燕輕句：謂輕盈飛翔的燕子，使人想起當年西施等人所佩戴的燕形金釵。漢郭憲《漢武帝别國洞冥記》（卷二）：「神女留玉釵以贈帝，帝以賜趙婕妤。至昭帝元鳳中，宫人猶見此釵。黄訹欲之，明日示之，既發匣，有白燕飛升天。後宫人學作此釵，因名玉燕釵，言吉祥也。」李賀《湖中曲》：「燕釵玉股照青渠，越王嬌郎小字書。」清王琦注：「燕釵，釵上作燕子形。」

〔五〕劍珮：腰間的佩劍。愧色：羞愧的神色。此句謂吴王夫差非常羞愧地自刎而死。《史記》（卷三一）《吴太伯世家》：「越敗吴。越王勾踐欲遷吴王夫差於甬東，予百家居之。吴王曰：『孤老矣，不能事君王也。吾悔不用子胥之言，自令陷此。』遂自剄死。」

〔六〕賴：幸，幸虧。《廣韻·泰韻》：「賴，幸也。」伍員：伍子胥，楚國人，避難奔吴國。輔佐吴王闔閭有功。吴王夫差敗越，諫吴王不能從越請和之議，夫差不聽。後又信宰嚭讒言，逼伍子胥自殺，最終導致吴國滅亡。《史記》（卷六六）《伍子胥列傳》：「伍子胥者，楚人也，名員。……（吴王夫差）乃使使賜伍子胥屬鏤之劍，曰：『子以此死。』伍子胥仰天嘆曰：『嗟乎！讒臣嚭爲亂矣，王乃反誅我。……』乃自剄死。」騷思：表達失意牢騷哀怨的情思。用屈原失意放逐而作《離騷》的事。王逸注《楚辭·離騷》云：「屈原執履忠貞而被讒邪，憂心煩亂，不知所訴，乃作《離騷經》。離，别也。騷，愁也。經，徑也。言己放逐離别，中心愁思，猶依道徑，以風諫君也。」

〔七〕吴王：指吴王夫差。吴王闔閭之子。繼承王位後，一度國力强盛，打敗越國，又北向中原争霸。

最終因爲沉溺於酒色享樂之中，被越王勾踐所滅。生平事迹參《史記》（卷三一）《吴太伯世家》《吴越春秋》（卷五）《夫差内傳》。荆懷：指楚懷王。其生平事迹參《史記》（卷四〇）《楚世家》。荆，是春秋時楚國的本名。《春秋・莊公十年》：「荆敗蔡師于莘。」杜預注：「荆，楚本號，後改爲楚。」楚懷王不聽屈原等人的諫言，入秦求和，被扣留於秦國而死。而屈原則被楚懷王放逐，後又被楚頃襄王再次放逐，最終自沉汨羅江而死。其間創作了長詩《離騷》，表達了對楚懷王等人的怨憤。《史記》（卷八四）《屈原賈生列傳》：「屈平疾王聽之不聰也，讒諂之蔽明也，邪曲之害公也，方正之不容也，故憂愁幽思而作《離騷》。離騷者，猶離憂也。」此二句謂幸虧伍員欠缺文學才華，纔没有像屈原作《離騷》怨恨楚懷王一樣，寫出表達對吴王夫差憤懣怨恨的作品來。

【箋評】

陸龜蒙詩：「賴得伍員騷思少，夫差剛免似荆懷。」宋人小説云：「以龜蒙之博學，而誤呼伍員之名，豈趁韻邪？」按「員」之音「運」，本無前訓。惟唐《員半千傳》云：「半千本宋劉凝之十世孫。初，凝之因齊受禪，奔元魏，自比伍員，故改姓員。」唐世謡云：「令公四俊，苗、李、崔、員。」以後證先，知伍員之「員」，音「運」也。如巢縣之「巢」，音「勦」；朴胡之「朴」，音「浮」；濡水之「濡」，奴官反。古賢相傳，自有此一種音韻，今不悉見耳。（顧起元《説略》卷十五《字學》）

元和初，王生夢侍吴王，命作西施挽詞，曰：「西望吴王闕，雲書鳳字牌。連江起珠帳，擇土葬金釵。鋪地紅心革，三層碧玉階。春風無處所，悽恨不勝懷。」此韻狹而險，唐人以來罕用之。王生所作，雖涉粗淺，然夢中成章，亦奇矣。若陸龜蒙、皮日休以「佳」韻賡和，乃七言近體。使作五言，遠過王生矣。（謝榛著、李慶立、孫愼之箋注《詩家直説箋注》卷四）

首言「鏤楣」零落、翠岫無言，而宮館久已傾廢矣。是以睹「帝女」之桑，因時增感；認「宮釵」之燕，觸物興懷。至今雲鎖江山，愁容如在；土沉劍佩，愧氣同埋，夫非荒淫之故！與所可爲吴王幸者，「伍員騷思少」於屈平，雖同敗亡，得免如荆懷之被譏也。○「梢落」集作「消落」。末二句廖解謬，因正之。○朱東喦曰：館娃宮在靈巖山，因西子得名。上有西施洞、浣花池、采香徑、響屧廊及琴臺諸勝。下瞰太湖，望洞庭兩山，滴翠浮碧，畫棟雕欄，何等境界！先生起手云「鏤楣梢落」，又云「空斷崖」，眼見頽廢已極矣。所最傷心者，一之「鏤楣梢落」下加「濯春雨」三字；二之「空斷崖」上加「蒼翠無言」四字。言昔日未嘗無雨，昔日之「蒼翠」未嘗有言，但昔日之「春雨」、「蒼翠」，皆爲館娃宮點綴之具；自今日視之，則皆飄摇之象，零落之狀矣。三寫草，已非昔日之草。四寫燕，亦非昔日之燕。而曰「未能忘」、「猶自識」者，此亦文人微妙之筆，用比用興，托物感懷，猶之「山色不知秦苑廢，水聲嘗傍漢宮流」意也。五六特舉吴事實之。言當日夫差荒遊無度，聽讒佞，誅忠良，卒至敗亡。迄今江山雖改，「劍佩」已埋，而一段含愁負愧之氣，千載之下，有終不能泯滅者，豈因伍相國「騷思」之多少，而有增減於其際乎？曰「衹有」者，是必然之詞也；曰「應和」者，是未然之詞也。結則反言以搶白之耳。（元郝天挺注、明廖文炳解、清朱三錫評《東喦草堂評訂唐詩鼓吹》卷三）

皮作從「娃」上發端，次及「宫」，次及「宫」之前後左右。此則從「宫」説起，次及「宫」之山，次則「宫」中之人，「宫」中人之物。而下界全咏嘆其事，大概不離題面，若李文肅之偷力，自非法也。「楣」，門前之梁。《釋名》曰：「如人眉目。」吴造姑蘇臺時，勾踐所獻金鏤栅楣。按陸七言絶云：「鄭旦無言下玉墀，夜來飛箭上罘罳。越王定指高樓笑，却見當時金鏤楣。」「蒼翠」，山色，亦兼當日宫中翠黛意。見「草碧」而念「帝女」之枝，「燕」飛而想「宫釵」之化，皆後人見「宫」遺迹而猜想者。吴以色荒愎諫，致於喪敗，覺「江山」含「愁」，「劍佩」埋慚也。結因子胥亦楚人，所以比之屈原之忠。「騷思少」，是趣話。吴王不比懷王，言其不容死於越而猶死社稷耳。當時勾踐告夫差曰：「寡人其達王於甬句東，夫婦三百，惟王所安，以没王年。」若夫差此時信之，即達甬東，以殘喘乞靈於越，而勾踐殘刻，決不使其善終，所以不若自裁，猶不致爲降王，亦吴人踈曠餘習。詩人於亡國中似略取之，亦不得已之思。《山海經》：「宣山有桑。其枝四衢，名曰帝女之桑。」注：「衢，枝交互四出。」郭璞贊曰：「爰有洪桑，生濱淪潭。厥圍五丈，枝相交參。園客是采，帝女所蠶。」《廣異記》曰：「南方赤帝女學道得仙，居南陽咢山桑樹上。正月一日，銜柴作巢，或作山白鵲，或作女人。赤帝見之悲慟，誘之不從，以火焚之，女即升天，因名帝女桑。」趙昭彦《安樂公主》詩：「孝笋能抽帝女枝。」《搜神記》：「夫差女紫玉，悦童子韓重，欲嫁之不得，乃結氣而死。重遊學歸，往吊之。玉形於墓側，顧重延頸而歌曰：『南山有烏，北山張羅。意欲從君，讒言孔多。悲結成疹，没命黄壚。命之不造，冤如之何？羽族之長，名爲鳳凰。一日失雄，三年感傷。雖有衆鳥，不爲匹雙。故見鄙姿，逢君輝光。

身遠心近，何曾暫忘。』」《一統志》載鶴市在府閶城外。吴王女自殺，痛之，厚其葬，舞白鶴於吴市，萬人隨觀，遂使俱入墓門，因塞之。今其墓號玉女冢。詩稱「帝女」，亦指玉耶？然亦可活看，總謂帝家之女人。「燕釵」，見《艷情部》。（胡以梅《唐詩貫珠箋》卷四十七）

伍員之「員」音「運」，亦有讀平聲者。陸龜蒙詩：「賴有伍員騷思少，吴王纔免似荆懷。」陸務觀詩：「鑄形尊越蠡，抉眼悼荆員。」（錢大昕《十駕齋養新録》卷四《員》）

襲美以紫石硯見贈〔一〕，以詩迎之①

龜蒙

霞骨堅來玉自愁②〔二〕，琢成飛燕古釵頭③〔三〕。澄沙脆弱聞應伏〔四〕，青鐵沈埋見亦羞〔五〕。最稱風亭批碧簡〔六〕，好將雲竇漬寒流④〔七〕。君能把贈閑吟客⑤〔八〕，遍寫江南物象酬⑥〔九〕。（詩三二一九）

【校記】

①「以詩迎之」統籤本作「詩以迎之」。②「玉」統籤本作「王」。③「飛燕」鼓吹本作「物象」。季寫本、全唐詩本注：「一作物象。」④「雲」鼓吹本作「雪」，并注：「雪一作雲。」季寫本、全唐詩本注：「一作雪。」「漬」四庫本作「潰」。⑤「閑」陸詩乙本、統籤本作「行」，陸詩乙本批校：「『行』舊

本作『聞』。」⑥「遍」詩瘦閣本作「偏」。

【注釋】

〔一〕紫石硯：指端硯。產自唐代端州（今廣東省肇慶市）。李肇《唐國史補》（卷下）：「端溪紫石硯，天下無貴賤通用之。」

〔二〕霞骨：喻端硯。其石以紫色爲底，帶有深淺不同的青緑色，故稱其爲「霞骨」。李賀《楊生青花紫石硯歌》：「端州石工巧如神，踏天磨刀割紫雲。傭刓抱水含滿唇，暗灑萇弘冷血痕。」可證。宋魏泰《東軒筆録》（卷一五）：「余爲兒童時，見端溪硯有三種，曰巖石，曰西坑，曰後歷。石色深紫，襯手而潤，幾於有水，扣之聲清遠，石上有黯，青緑間，暈圓小而緊者，謂之鸜鵒眼，此乃巖石也。采於水底，最爲土人貴重。又其次，則石色亦赤，呵之乃潤，扣之有聲，但不甚清遠，亦有鸜鵒眼，色紫緑，暈慢而大，此乃西坑石，土人不甚重。又其下者，青紫色，向明側視，有碎星，光照如沙中雲母，石理極慢，乾而少潤，扣之聲重濁，亦有鸜鵒眼，大而偏斜不緊，謂之後歷石，土人賤之。」

〔三〕飛燕古釵頭：指燕形硯。紫石硯被雕琢成形似燕子狀的金釵。關合趙飛燕和燕釵兩層意思。《漢書》（卷九七下）《孝成趙皇后傳》：「孝成趙皇后，本長安宮人。初生時，父母不舉，三日不死，乃收養之。及壯，屬陽阿主家，學歌舞，號曰『飛燕』。」燕釵，參本卷（詩三二八）注〔四〕。

〔四〕澄沙：指澄泥硯。伏：佩服，信服。宋佚名《硯譜·諸州硯》：「虢州澄泥，唐人品硯以爲第一，今人罕用。潭州道人吕翁作澄泥硯，堅重如石，手觸輒生暈，上著吕字。」蘇易簡《文房四譜·硯譜》：「作澄泥硯法，以墐泥入於水中，挼之，貯于甕器内，然後别以一甕貯清水，以夾布囊盛其泥而擺之，俟其至細，去清水，令其乾，入黄丹團和溲如麵，作二模如造茶者，以物擊之，令至堅，以竹刀刻作硯之狀，大小隨意，微陰乾。然後以刀手刻削如法，曝過，間空，垛於地，厚以稻糠，并黄牛糞攪之，而燒一復時。然後入墨蠟，貯米醋而蒸之五七度，含津溢墨，亦足亞於石者。」

〔五〕青鐵：青鐵硯。沈埋：深埋，埋藏。王嘉《拾遺記》（卷九）：「張華，字茂先，……造《博物志》四百卷，奏於武帝。帝詔詰問：『……今卿《博物志》，驚所未聞，異所未見，將恐惑亂於後生，繁蕪於耳目，可更芟截浮疑，分爲十卷。』即于御前賜青鐵硯。此鐵是于闐國所出，獻而鑄爲硯也。」

〔六〕稱：適宜。風亭：納凉的亭子。《南史》（卷一五）《徐湛之傳》：「更起風亭、月觀、吹臺、琴室，果竹繁茂，花藥成行。」朱慶餘《秋宵譙别盧侍御》：「風亭弦管絶，玉漏一聲新。」温庭筠《題友人池亭》：「月榭風亭繞曲池，粉垣迴互瓦參差。」碧簡：簡牘。古代以竹爲簡書寫，竹簡爲青緑色，故云「碧簡」。代指書籍。顧雲《謝徐學士啓》（《全唐文》卷八一五）：「東晳臺前，間披碧簡；秦王府裏，時閲瑶籤。」道書也稱碧簡。孟郊《送李尊師玄》：「口誦碧簡文，身是青霞君。」

〔七〕雲竇：山中有雲霧飄出的洞穴。南朝宋鮑照《登廬山二首》（其一）：「松磴上迷密，雲竇下縱横。」漬（zì）：浸。此句謂以山泉放入紫石硯中磨墨濡筆。也可解釋爲以山間溪水洗滌紫石硯。

〔八〕君：指皮日休。把贈：持贈。閑吟客：清閑的詩人。陸龜蒙自指。

〔九〕物象：指客觀的景物。此句謂我將以寫遍江南的景物，作爲你贈我紫石硯的報答。賈島《吊孟協律》：「集詩應萬首，物象遍曾題。」

【箋評】

此擬石於「霞骨」，堅踰白玉；琢成「釵頭」之形，雖澄沙、青鐵皆不能及也。故用以「批碧簡」、「漬寒流」，無所不可。若君肯贈我「閒吟」之人，則有盡搜「江南物象」以酬君之所賜耳。○朱東嵒曰：一二實寫紫石之堅。細琢成古硯，曰「玉自愁」者，更勝之也。三四承之，引澄沙、青鐵，以比其美。「聞應伏」、「見亦羞」，即「玉自愁」意也。五「批碧簡」曰「最稱」，六「漬寒流」曰「好將」，是極形硯之精美適用，以起下「把贈」酬謝之意。（元郝天挺注、明廖文炳解、清朱三錫評《東嵒草堂評訂唐詩鼓吹》卷三）

因石乃紫色，故稱「霞骨」；其堅也，玉亦愁其不如。琢成「釵頭燕」之式。澄泥硯質脆，聞之而「應伏」。青鐵硯雖堅，亦「沉埋」不光瑩，見之而自羞。此聯總申明「霞骨堅」也。「最稱風亭」中用以「批碧簡」，便於「雲竇」内浸以「寒流」，資其潤墨揮灑。君若能見贈，當「遍寫江南」物景，以酬佳惠，或吟或繪皆是也。「雲竇」是活句，或硯沼四畔鐫雲者，非山上「雲竇」。蓋兩句串讀最活。《文房四譜》云：「魏銅雀臺遺址，人多發其古瓦琢硯甚工，貯水數日不燥。世傳云：昔人製此臺，其俾陶人澄泥以絺綌濾過，加胡桃油埏埴之，故與他瓦異。」《硯譜》云：「虢州澄泥硯，唐人品硯以爲第一。」米元章云：「絳縣人善製澄泥硯，以細絹二重，淘洗澄之極細，燔爲硯，色緑如春波，細滑著墨不費筆，但微滲耳。」亦「脆弱」之謂。「沙」，唐人常與「泥」通用。《拾遺記》云：「晉張華著《博物志》成，晉武帝賜于闐青鐵硯，遼西麟角筆，南越側理紙。」「碧簡」亦以襯紫色。（胡以梅《唐詩貫珠箋》卷五十八）

以紫石硯寄魯望，兼訓見贈

日休

樣如金蹙小能輕〔一〕，微潤將融紫玉英〔二〕。石墨一研爲鳳尾①〔三〕，寒泉半勺是龍睛②〔四〕。騷人白芷傷心暗〔五〕，狎客紅箋奪眼明〔六〕。兩地有期皆好用〔七〕，不須空把洗溪聲〔八〕。

（詩二三三〇）

【校記】

①「墨」項刻本作「硯」。「研」季寫本作「硯」。「尾」項刻本作「瓦」。　②「睛」皮詩本作「晴」。

【注釋】

〔一〕金蹙：喻紫石硯上的彩色花紋，猶如用金絲綫綉成的織品一樣精美。小能輕：既小而又這樣輕巧。張相《詩詞曲語辭匯釋》（卷三）：「能，摹擬辭，猶云這樣也。」

〔二〕微潤：指紫石硯有些濕潤的感覺。這是紫石硯的材質造成的。參上（詩三二九）注〔二〕。紫玉英：紫石英，石英的一種，又稱紫水晶，因其顔色呈紫色，故名。此比紫石硯的質地、色澤。劉恂《嶺表録異》（卷上）：「隴州山中多紫石英，其色淡紫，其質瑩徹，隨其大小皆五棱，兩頭如箭鏃。煮水飲之，暖而無毒，比北中白石英其力倍矣。」

〔三〕石墨：古代的一種書寫顔料。此指墨。《説文·土部》：「墨，書墨也。」桂馥《説文義證》：「古者，漆書之後，皆用石墨以書。《大戴禮》所謂『石墨相著則黑』是也。漢以後，松煙、桐煤既盛，故石墨遂湮廢，并其名人亦罕知之。」鳳尾：鳳尾諾。謂署「諾」字如鳳尾形。參卷五（詩二三一）注〔五〕。此泛指書寫。

〔四〕龍睛：泉水。《太平御覽》（卷七十）引《淮南子》曰：「黄金千歲生黄龍（原注：黄金之精爲黄龍也），黄龍入藏生黄泉（原注：黄泉，黄龍之精汋也）。」「精」通「睛」。後世因以「龍睛」喻泉水。此指硯臺中的水。

〔五〕騷人：詩人，文人。此指屈原。參本卷（詩三二五）注〔四〕。白芷：一種香草，多年生草本植物，開白花。屈原多次借白芷抒發落拓失意情懷，感傷小人的變節行爲，故詩云「傷心暗」。

《楚辭·離騷》：「扈江離與辟芷兮，紉秋蘭以爲佩。」「蘭芷變而不芳兮，荃蕙化而爲茅。」此句謂騷人可用紫石硯來抒發哀怨之情。

〔六〕狎客：陪伴權貴游宴的人。此指江總等人。《陳書》（卷二七）《江總傳》：「（江總）好學，能屬文，於五言、七言尤善。然傷於浮艷，故爲後主所愛幸。多有側篇，好事者相傳諷玩，于今不絶。後主之世，總當權宰，不持政務，但日與後主遊宴後庭，共陳暄、孔範、王瑳等十餘人，當時謂之『狎客』。」此句謂江總等人在宫廷的飲宴上，也可用紫石硯寫作許多穠麗華美的詩篇。

〔七〕兩地：兩個地方，兩處。指上二句「騷人」、「狎客」而言。此句謂像他們那樣，人們也都可以用紫石硯寫出各自的詩文來。

〔八〕不須句：謂不應只是徒然地到溪水中去洗硯了。

【箋評】

《神仙列傳》曰：「許由、巢父，服箕山石流丹。」《抱朴子》曰：「石流丹者，山之赤精，蓋石流黄之類也。」《神農經》曰：「石英有五色者，石脂有五色者，流石有黄、青、白三色。」今藥中流石用黄，石英用紫。庾闡詩：「朝采石英澗左，夕翳瓊芝巖下。」此言石英耳。皮日休詩：「様如金蹙小能輕，微潤將融紫石英。」此乃言紫石英也。石脂用赤白，他色少用也。姚合詩：「石脂稀勝乳，玉粉細如塵。」（高似孫《緯略》卷六《石流丹》）

【鳳尾諾】皮襲美《以紫石硯寄魯望》詩：「石墨一研爲鳳尾，寒泉半勺是龍睛。」

吴旦生曰：晉元帝批牋奏曰「諾」。草書「若」字，尾如鳳尾也。按《唐六典》：「太子令書畫諾。」宋至道初改爲「準」。陸魯望説云：「東宫曰『令』，諸王曰『教』，其事行則曰『諾』，猶天子肯臣下之奏曰『可』也。晉元批鳳尾諾時，爲琅邪王。又南齊江夏王鋒五歲，高帝使學鳳尾諾，一學即工。帝以玉麒麟賜之，則諸王亦畫諾矣。」《後漢書》云：「南陽宗資主畫諾。」梁江州刺史陳伯之目不識書，得文牒辭訟，惟作大「諾」，則郡守、刺史亦畫「諾」矣。後不論崇卑，衙門皆批曰「準」。寇準當國，凡批文字去「十」作「准」，至今相仍。

至正中，王原吉詩：「書題鳳尾仙曹喜，恩浹螭坳學士榮。」

郝天挺云：「龍睛，硯沼也。」（吴景旭《歷代詩話》卷五十二庚集七）

此言硯之「輕小」而又「微潤」，將融磨以石墨，可成「鳳尾」之字；酌以「寒泉」，復如「龍睛」之形。且使遇屈原而歌「白芷」，皆屬含愁蓄恨之詞；逢江總而上「紅箋」，遂成《玉樹後庭》之句。硯之爲用如是。夫以「騷人」、「狎客」，皆取資於此。今以贈君，當如屈原、江總之事，非徒洗於「溪聲」之中而已也。○唐諸侯箋奏，皆批曰：「諾」，草書若鳳尾形。（元郝天挺注、明廖文炳解、清朱三錫評《東嵒草堂評訂唐詩鼓吹》卷五）

按陸之原唱云「琢成飛燕古釵頭」，今稱「金蹙」，似亦「釵頭」様之謂，故「小」而「輕」。其石潤膩，似「紫玉英」將融洽也。「石墨一研」而揮成「鳳尾」，「寒泉半勺」而貯於「龍睛」，以龍鳳尊之也。若遇「騷人」失意，吟白芷之詞，「白芷傷心」，爲之暗淡。設逢「狎客」，在「紅箋」歡場，則兩相争耀，奪其光明。皆言其「紫」色，以「白」與「紅」皆不如耳。朱奪紫，「奪」字更有本。如是兩處皆「好用」，「不須空把」來洗于溪水之中，終於寂寞之鄉也。《雒書》曰：「王者不藏金玉，則紫玉見於深山。服飾不踰祭服，則玉英出。」《水經注》：「銅雀三臺，有曹操藏井。石墨，亦謂之石碳，然之難盡。陸雲得之，與兄二螺。宜陽縣石墨山，汧陽縣石墨洞，贛州興國縣上洛山，廣東始興縣小溪中，皆産石墨。」《廣州記》：「石墨以端硯發之，可寫字畫眉。」今詩謂端硯也。然《太公金匱》硯之書曰：「石墨相著而黑，紙筆圖臨爲章。」則又硯與墨矣。批鳳尾諾，見《隱逸部》。「龍睛」，硯沼。《楚詞》：「緑苹齊葉兮白芷生」，「湛湛江水兮上有楓，目極千里兮傷春心。」原文乃「騷人傷心」，今詩謂「白芷傷心」，落想奇。陳江總，後主之「狎客」也。（胡以梅《唐詩貫珠箋》卷五十八）

同襲美遊北禪院（原注：院即故司勛陸郎中舊宅①。）〔一〕

龜蒙

連延花蔓映風廊〔二〕，岸幘披襟到竹房〔三〕。居士祇今開梵處②〔四〕，先生曾是草《玄》堂③〔五〕。清樽林下看香印〔六〕，遠岫窗中挂鉢囊〔七〕。今日有情消未得〔八〕，欲將名理問思光④〔九〕。

（詩三三二一）

【校記】

①「故」陸詩乙本、統籤本作「顧」，陸詩乙本批校：「舊本作『故』爲是。」「司」統籤本作「可」。類苑

本無題下小注。季寫本將此小注亦作題目看待，同爲大字。②「衹」汲古閣本作「秖」，類苑本作「衹」。③「玄」原缺末筆，避宋太祖始祖趙玄朗諱。④「理」陸詩丙本黄校注：「空格。」

【注釋】

〔一〕觀詩首句，應爲春夏間景象，故詩當作於咸通十一年（八七〇）夏五月。唐制，以每年正月、五月、九月爲齋月。參下（詩三三二）注〔四〕。北禪院：參本卷（詩二六一）注〔一〕。故司勳陸郎中：陸洿，約唐文宗開成三年（八三八）官司勳郎中，五年棄官歸隱吴中。《新唐書》（卷二〇三）《歐陽秬傳》：「陸洿自右拾遺除司勳郎中，棄官隱吴中。」陶敏《全唐詩人名彙考》考訂，此詩司勳陸郎中即陸洿。從之。司勳郎中：《唐六典》（卷二）：「尚書吏部，司勳郎中一人，從五品上。……司勳郎中、員外郎掌邦國官人之勳級。」

〔二〕連延：綿延貌。《文選》（卷三四）枚乘《七發》：「沈沈湲湲，蒲伏連延。」李善注：「連延，相續貌。」《文選》（卷一一）何晏《景福殿賦》：「若乃階除連延，蕭曼雲征。」南朝梁范雲《自君之出矣》：「思君如蔓草，連延不可窮。」風廊：敞開的迴廊。韓愈《送侯參謀赴河中幕》：「雪逕抵樵叟，風廊折談僧。」

〔三〕岸幘：推起頭巾，露出前額。孔融《與韋休甫書》：「閒僻疾動，不得復與足下岸幘廣坐，舉杯相于，以爲邑邑。」《世説新語·簡傲》：「（謝奕）在（桓）温坐，岸幘嘯咏，無異常日。」披襟：敞開衣襟。《文選》（卷一三）宋玉《風賦》：「楚襄王游於蘭臺之宮，宋玉、景差侍。有風颯然而至，王乃披襟而當之，曰：『快哉！此風，寡人所與庶人共者邪？』」竹房：指寺院。此指北禪院。古印度最初的寺院，在中印度迦蘭陀村，本爲迦蘭陀的竹林，其歸佛後，以竹林園奉佛立精舍，稱竹園。《大智度論》（卷一一）《釋初品・舍利佛因緣》：「佛度迦葉兄弟千人，次游諸國到王舍城，頓止竹園。」孟浩然《還山詒湛法師》：「竹房閉虛静，花藥連冬春。」

〔四〕居士：《維摩詰經》稱居家學道的維摩詰爲維摩居士。此即是指僧人寂上人。隋慧遠《維摩義記》（卷一末）：「居士有二：一廣積資産，居財之士，名爲居士；二在家修道，居家道士（指修習佛理），名爲居士。」開梵：指誦經從事法事活動。

〔五〕先生：指陸涔。草《玄》堂：寫作《太玄》的堂室。漢代揚雄自甘淡泊，閉門寫作《太玄》。喻陸涔辭官歸隱吴中，居住於此，潛心著述。揚雄事參《漢書》（卷八七）《揚雄傳》。

〔六〕清樽：酒器。借指清酒，即美酒。此指飲酒。林下：指隱士隱逸之處。晋王獻之《進書訣表》：「臣年二十四，隱林下。」唐盧綸《送丹陽趙少府》：「恭聞林下别，未至亦霑裳。」香印：白居易《酬夢得以予五月長齋延僧徒絶賓友見戲十韻》：「香印朝烟細，紗燈夕焰明。」參本卷（詩二六三）注〔五〕。

〔七〕鉢囊：僧人盛放鉢盂的袋子。一瓶一鉢，是僧人飲食之具，以囊盛裝，以便携帶。《五燈會元》（卷十五）《雲門文偃禪師》：「高挂鉢囊，拗折拄杖。」

〔八〕有情消未得：謂未能將世俗之情消除净盡。佛教勸人要抛棄一切世俗的私慾和煩惱。

〔九〕名理：魏、晉間清談家辨析事物的名稱和道理的是非異同，稱爲名理。《三國志·魏書·鍾會傳》：「及壯，有才數技藝，而博學精練名理，以夜續晝，由是獲聲譽。」問：向。參張相《詩詞曲語辭匯釋》（卷五）。思光：指人的思維的智慧之光。此指佛光。

【箋評】

一寫院，想見妙院。二寫游，想見妙游。三是妙眼諦視今日妙院，四是妙心回想前日妙游。真爲澄清絶點之筆。五六再將前三四已落之塵，與現前之境合寫其相，以發露自己多生情障也。言此林下，明明設樽浮白之處，而今明明戒香普薰；此窗中明明放眼看山之處，而今明明受持應器。夫過去已謝，則永作龜毛，即現在雖然，亦暫沈雁影，云何我於其事，前既遲回，後復兜攬，認定枯椿，全無靈性？則豈非多生情障，實難湔洗。稽首空王，惟願有以教之也。（《金聖嘆全集》選刊之二《貫華堂選批唐才子詩》）

「連延」，言「花蔓」之多；而「風廊」，見蔓動於廊也。「岸幘披襟」，遊之閑適。「居士」，僧。「先生」，陸司勛據也。「遠岫」，「窗中」可望見者。「有情」，感慨司勛今昔之異，故欲就「思光」以論「名理」。何晏《景福殿賦》云：「階除連延，蕭蔓雲征。」杜詩「廣地方連延」，似接連而延遠。《漢·光武傳》：「岸幘迎笑。」晉謝奕在桓温座，岸幘嘯咏，無異常日。蓋聳巾見額，傲態。宋玉賦：「披襟以當雄風。」「披」猶「氅」也。《法華科》注：「以道自居曰居士。」按《郡志》：「北禪院。」注：「即故司勛陸郎中舊宅。」《舊唐書·陸據傳》云：「據，周上庸公騰六代孫，少孤。文章俊逸，言論縱横。舉

進士，公卿覽其文，稱重之。累官司勳員外郎，天寶十三載卒。」（胡以梅《唐詩貫珠箋》卷四十一）

（「遠岫」句）有如此閒幻之筆，奇在不離眼前而得，至妙。（「今日」句）略寓懷舊意，與四句相照。（毛張健《唐詩餘編》卷三）

奉和

日休

戚歷杉陰入草堂①〔一〕，老僧雖見似相忘。吟多幾轉蓮花漏〔二〕，坐久重焚柏子香〔三〕。魚慣齋時分浄食〔四〕，鴿能閑處傍禪床〔五〕。雲林滿眼空羈滯〔六〕，欲對彌天却自傷〔七〕。

（詩三三三一）

【校記】

①「戚」盧校本、統籤本作「槭」。「杉」類苑本作「松」。

【注釋】

〔一〕戚歷：清静疏朗貌。杉陰：杉樹高大茂盛，緑色成蔭。唐人喜種植杉樹。白居易《栽杉》：「勁葉森利劍，孤莖挺端標。纔高四五尺，勢若干青霄。移栽東窗前，愛爾寒不凋。」草堂：指北禪院。本是晉戴顒宅，唐時又曾是陸洿宅，故稱。參本卷（詩二六一）注〔一〕、（詩三三三一）

注〔一〕。

〔二〕幾轉：多次迴轉。蓮花漏：蓮花形狀的計時器。古代的計時器，是在特制的壺中盛水以下滴，按器具上的刻度計時，稱作漏。晉無名氏《東林蓮社十八高賢傳·慧遠法師》：「釋惠安患山中無刻漏，乃於水上立十二葉芙蓉，因波隨轉，分定晝夜，以爲行道之節，謂之蓮花漏。」李肇《唐國史補》（卷中）：「越僧靈澈，得蓮花漏于廬山，傳江西觀察使韋丹。初，惠遠以山中不知更漏，乃取銅葉製器，狀如蓮花，置盆水之上，底孔漏水，半之則沈，每晝夜十二沈，爲行道之節。雖冬夏短長，雲陰月黑，亦無差也。」

〔三〕重焚：再次點燃。柏子香：香名。僧人參禪時多焚此香。柏子，松柏樹的果子。以其爲原料制成的香料，故名。《太平廣記》（卷六三）引《集仙傳》：「黄觀福者，……家貧無香，以柏葉、柏子焚之。」孟郊《游華山雲臺觀》：「敬兹不能寐，焚柏吟道篇。」

〔四〕净食：指僧人的飲食。净，清净，佛教語。謂佛教清净不受世俗染污。齋時：齋戒之時。齋戒月。宋莊綽《鷄肋編》（卷上）：「寅、午、戌月，世人多齋素，謂之『三長善月』。其事蓋出於佛書。云大海之内，凡有四洲，中國與四夷特南贍部一洲耳。天帝之宫有一鏡，能盡見世間人之所作，隨其善惡而禍福之。輪照四洲，每歲正、五、九月，正在南洲，故競作善以要福。至唐高祖武德二年，遂詔天下，自今正月、五月、九月，不行死刑，禁屠殺。」

〔五〕禪床：僧人的坐禪之床。以上二句謂寺院中的魚、鴿都具有佛性。

〔六〕雲林：雲霧彌漫的山林。指隱居之處。崔顥《入若耶溪》：「輕舟去何疾，已到雲林境。」岑參《感舊賦》：「睠城闕以懷歸，將欲返雲林之舊遊。」孟浩然《題終南翠微寺空上人房》：「儒道雖異門，雲林頗同調。」王維《桃源行》：「當時只記入山深，青溪幾度到雲林。」羈滯：滯留，久留。指自己還在塵世中。此句謂自己仍在塵俗之中，未能隱逸林下。

〔七〕彌天：此指僧人。佛教高僧稱爲彌天子，源自佛教中的大慈菩薩，民間稱之爲「彌勒佛」。對彌天：《晋書》（卷八二）《習鑿齒傳》：「時有桑門釋道安，俊辯有高才，自北至荆州，與鑿齒初相見。道安曰：『彌天釋道安。』鑿齒曰：『四海習鑿齒。』時人以爲佳對。」

【箋評】

此首推尊老僧意多。起是入寺之境，第二已見僧忘機之妙。三四言吟坐之幽致，然「蓮花漏」比東林之勝，「柏子香」兼僧有禪定之功。魚、鴿皆馴仁，有以化之也。第七言己空望「云林」不能高舉，所以「對彌天」之道安「自傷」，謂不及彼遠耳。仕宦不得意，更在下位，見此方外自適，故有此感悟語。吴融《紅樹》詩：「槭槭凄凄葉葉同。」李義山《雨》詩：「槭槭度瓜田。」今「槭歷」，似亦葉聲。佛藏云：「遠公弟子惠安，患山中無刻漏，乃於水上制十二銅葉芙蓉，因波隨輪，分别旦夕，以爲行道之節，名蓮花漏。」何兆詩：「芙蓉十二池心漏，薝蔔三千灌頂香」是也。晋習鑿齒，字彦威，少有才氣，以文氣著稱，桓温辟爲從事。桑門道安，與之相見曰：「彌天釋道安。」鑿齒曰：「四海習鑿齒。」時人以爲絶對。道安受具戒於佛圖澄，以師莫過於佛，宜稱佛氏。後《增一阿含經》曰：「四姓出家，但言釋子。無復本姓，故云四河入海，同一鹹味；四姓出家，同名釋氏。」按北禪寺，在蘇州府治東北。《指月録》：「僧問百丈曰：『如何是祖師西來意？』曰：『庭前柏樹子。』」（胡以梅《唐詩貫珠箋》卷四十一）

孫發百篇將遊天台〔一〕，請詩贈行，因以送之　日休

孫子荆家思有餘〔二〕，元戎曾薦入公車〔三〕。百篇宫體喧金屋〔四〕，一日官銜下玉除〔五〕。紫府近通齋後夢〔六〕，赤城新有寄來書〔七〕。因逢二老如相問〔八〕，正滯江南爲鮸魚①〔九〕。

（詩三三三二）

【校記】

①「鮸」皮詩本、統籤本、全唐詩本作「鮸」，類苑本作「膾」。

【注釋】

〔一〕孫發百篇：孫發，號百篇，吴中人，曾官台州從事，與方干爲詩友。方干有《寄台州孫從事百篇》、《送孫百篇遊天台》、《贈孫百篇》、《越中逢孫百篇》諸詩。宋龔明之《中吴紀聞》（卷一）《孫百篇》：「吴士孫發，嘗舉百篇科，故皮日休贈以詩云：『百篇宫體喧金屋，一日官銜下玉

除。』陸龜蒙亦有云：『直應天授與詩情，百咏唯消一日成。』其見推於當時如此。此科不知創於何代，國初亦無定制，惟求應者即命試。太平興國五年，有趙昌國願試此科。」天台：天台山，在今浙江省天台縣城北。《元和郡縣圖志》（卷二六）《江南道二》：「台州唐興縣：天台山，在縣北一十里。」《天台山志》：「（天台山）有八重，四面如一。當斗、牛之分，上應台宿，故曰天台。」

〔二〕孫子荆：孫楚（？—二九三），字子荆，晋詩人，太原中都（今山西省平遥市）人。史稱孫楚工詩能文，「才藻卓絶，爽邁不群。」生平事迹參《晋書》（卷五六）本傳。此比孫發。思有餘：謂才思寬博，詩情洋溢。

〔三〕元戎：本指大兵車，後用以代指主帥，此即指官員而言。《詩經·小雅·六月》：「元戎十乘，以先啓行。」公車：漢代官署名。爲上書言事和應舉薦徵辟入京者的招待之所，後即作被人薦舉入京之意。《後漢書》（卷三七）《丁鴻傳》：「賜御衣及綬，禀食公車，與博士同禮。」李賢注：「公車，署名。公車所在，因以名。諸待詔者，皆居以待命，故令給食焉。」《晋書》（卷五六）《孫楚傳》：「初，楚與同郡王濟友善，濟爲本州大中正，訪問銓邑人品狀，至楚，濟曰：『此人非卿所能目，吾自爲之。』乃狀楚曰：『天才英博，亮拔不群。』」此句以孫楚得到本州舉薦，喻孫發由州府薦舉應百篇科。

〔四〕百篇宫體：一百首宫體詩。謂孫發應百篇科所作乃百篇宫體詩。宫體，産生於南朝齊、梁間的一種詩體，内容多以描寫女性和咏物爲主，風格綺艷。《梁書》（卷四）《簡文帝紀》：「雅好題詩，其序云：『余七歲有詩癖，長而不倦。』然傷於輕艷，當時號爲『宫體』。」金屋：華美之屋。此指皇宫、朝廷。《漢武故事》：「若得阿嬌作婦，當作金屋貯之也。」

〔五〕官銜：唐封演《封氏聞見記》（卷五）《官銜》：「官銜之名，蓋興近代。當是選曹補授，須存資歷，聞奏之時，先具舊官名品於前，次書擬官於後，使新舊相銜不斷，故曰『官銜』，亦曰『頭銜』。所以名爲『銜』者，如人口銜物，取其連屬之意。又如馬之有銜以制其首，前馬已進，後馬續來，相次不絶者，古人謂之『銜尾相屬』，即其義也。」玉除：玉階。石階的美稱。此指朝廷。《文選》（卷二四）曹植《贈丁儀》：「凝霜依玉除，清風飄飛閣。」李善注：「玉除，階也。《説文》曰：『除，殿階也。』《西都賦》曰：『玉除彤庭。』」

〔六〕紫府：仙府。道家稱天上仙人所居之處。《抱朴子·内篇·袪惑》：「及至天上，先過紫府，金床玉几，晃晃昱昱，真貴處也。」此句謂近來曾在齋戒之後夢入紫府，已有遊仙的先兆。

〔七〕赤城：山名，在天台山南，即是其一脉。實指天台山而言。《元和郡縣圖志》（卷二六）《江南道二》：「台州唐興縣：赤城山，在縣北六里。實爲東南之名山。」

〔八〕二老：老子、老萊子。此指上二句中所説的天上紫府和赤城山的仙人。《文選》（卷一一）孫綽《遊天台山賦》：「追羲、農之絶軌，躡二老之玄踪。」李善注：「二老：老子、老萊子。」如相問：王昌齡《芙蓉樓送辛漸二首》（其一）：「洛陽親友如相問，一片冰心在玉壺。」

〔九〕江南：長江以南均可泛稱江南，但古代多指長江下游的江南地區。此指蘇州。《文選》（卷四二）阮瑀《爲曹公作書與孫權》：「孤與將軍，恩如骨肉。割授江南，不屬本州。」鮸（miǎn）魚：魚名。《説文·魚部》：「鮸，魚名，出薉邪頭國。」范成大《吴郡志》（卷三〇）：「鮸魚，出海中。鱗細，紫色，無細骨，不腥。」我國沿海均産此魚，尤以東南沿海爲盛。《大業拾遺記》（《太平廣記》卷二三四）：「吴郡獻海鮸乾鱠四瓶。……作乾鱠之法：當五六月盛熱之日，于海取得鮸魚，大者長四五尺，鱗細而紫色，無細骨不腥者，捕得之，即於海船上作鱠。去取皮骨，取其精肉縷切，隨成隨曬。三四日，須極乾。以新白瓷瓶，未經水者盛之，密封泥，勿令風入。經五六十日，不異新者。……又獻鮸魚含肚千頭，極精好。作之法：當六月七月盛熱之時，取鮸魚二尺許，去鱗净洗，停二日，待魚腹脹起，方從口抽出腸，……經二十日出之，其皮色光徹，有如黄油，肉則如糗。又如沙棋之蘇者，微鹹而有味。」

【箋評】

吴士孫發，嘗舉百篇科，故皮日休贈以詩，云：「百篇宫體喧金屋，一日官銜下玉除。」陸龜蒙亦有云：「直應天授與詩情，百咏唯消一日成。」其見推於當時如此。此科不知創於何代，國初亦無定制，惟求應者即命試。太平興國五年，有趙昌國願試此科。帝御殿出四句詩爲題，詩云：「松風雪月天，花竹鶴雲煙。詩酒春池雨，山僧道柳泉。」每題五篇，篇四韻。至晚，僅成數十首。方欲激勸後學，特賜及第。仍詔今後有應此科者，約此題爲式。（龔明之《中吴紀聞》卷一《孫百篇》）

鮀魚，出吴中，其狀似鮎。隋大業中，吴郡嘗獻海鮀魚乾膾四缶，遂以分賜達官。皮日休詩云：「因逢二老如相問，正滯江南爲鮀魚。」（龔明之《中吴紀聞》卷二《鮀魚》）〔原注：《廣韻》：「鮀，吾灰切，魚名，似鮎。」《集韻》：「吾回切，魚名，鯷之小者。」〕

唐有日試萬言科，張陟、王璘嘗應之。又有百篇科，吴士孫發嘗舉是科。故皮日休贈以詩云：「百篇宫體喧金屋，一日官銜下玉除。」陸龜蒙亦贈云：「直應天授與詩情，百咏惟消一日成。」其見推於當時如此。但其詩亦未見盡傳，得非疾者無善迹耶？（趙世顯《松亭唔語》卷五）

【鮀魚】皮襲美詩：「因逢二老如相問，正滯江南爲鮀魚。」

吴旦生曰：《廣韻》：「鮀，吾灰切，魚名，其狀似鮎。」《集韻》：「鮀，吾回切，魚名，鯷之小者。」隋大業中，吴郡嘗獻海鮀魚乾膾四缶，遂以分賜達官。

《本草》：「河豚，味甘温，無毒，補虚，去濕氣，理腰脚。」按《本草》所載，乃今之鰞魚，亦謂鮀魚，江、浙間謂之回魚是也。吴人所嗜河豚，有毒，本名侯夷魚。《本草》注引曰：「華子云：河豚，有毒，以蘆根、橄欖等解之。肝有大毒。又爲吹肚魚。」此乃是侯夷魚，非《本草》所載河豚也，引以爲注，大誤矣。吹肚魚，以其腹脹如吹也。南人捕法，截流爲栅，待群魚大下之時，小拔去栅，使隨流而下，自相排蹙，或觸栅，則怒而腹鼓，浮於水上，人接取之。

《輟耕録》：「按《類編》魚部引《博雅》云：鯸鮐，盈之反，魨也。背青腹白，觸物即怒，其肝殺人。」正今人名爲河豚者也。然則豚當爲魨。《坦齋筆衡》云：「楊廷秀與尤延之食河魨，問尤：『河鯇原起何典？』尤因舉左太沖賦及劉淵林注答之。楊檢驗二處，信然，呼尤爲書厨。」此載《説郛》中，亦作此鯇字。（吴景旭《歷代詩話》卷五十二庚集七）

因其姓，推之爲孫楚。家傳詩思「有餘」，故「元戎」薦之。製宫詞百篇，傳咏于宫中金屋，遂得擢名於殿除。此孫之所以詩名得官也。下界就天台而用虚無縹渺之談。言己近來紫府真人也曾入夢，赤城真人也有寄書，予亦想此勝境。君若逢此二老相問於予，爲言滯迹「江南爲鮸魚」。似言作釣徒歟？或鮸魚另有所出，别考。齋後齋戒而感通。《雲笈七籤》云：「昔黄帝東到青丘，過風山，見紫府真人，受三皇内文。」《神仙鑑》：「大茅君九錫上卿、東岳司命，治宫赤城玉宫之府，與西城王君俱去。告二弟曰：『今我去矣，便有局任，不得復數往來。要當一千年，再過來此山。三月十八日，十二月一日，期要我師，及南嶽太虚赤城真人，遊眄于二弟處也。』」鮸，字書音免，訓爲石首魚。然《大業拾遺記》云：「吴郡獻海鮸乾膾，并奏作乾膾法。帝示群臣云：『昔術人介象，于殿庭釣得海魚，此幻化耳。今日之膾，乃是真海魚。』出數盤以賜達官。」又云：「獻鮸魚含肚千頭，味美于石首含肚。石首含肚，亦年嘗入獻，而肉不及此。」則鮸魚非石首可知。（胡以梅《唐詩貫珠箋》卷十五）

奉　和　　　　　　　　　　龜蒙

直應天授與詩情①〔一〕，百咏唯消一日成②〔二〕。去把彩毫揮下國③〔三〕，歸參黄綬别春

卿〔四〕。閑窺碧落懷煙霧〔五〕，暫向金庭隱姓名〔六〕。珍重興公徒有賦〔七〕，石梁深處是君行〔八〕。　（詩三三四）

【校記】

①「詩情」弘治本作「持衡」。　②「唯」詩瘦閣本作「惟」。　③「毫」盧校本作「豪」。

【注釋】

〔一〕直應：祇應當。天授：上天給予。謂天生就具有的才華。《史記》（卷九二）《淮陰侯列傳》：「且陛下所謂天授，非人力也。」詩情：作詩的才情興致。

〔二〕百咏：一百首詩。唯消：祇須，祇需要。張相《詩詞曲語辭匯釋》（卷二）：「消，猶須也。」

〔三〕把：持，手握着。彩毫：猶彩筆。鍾嶸《詩品》（卷中）《齊光禄江淹》條：「淹罷宣城郡，遂宿冶亭，夢一美丈夫，自稱郭璞。謂淹曰：『我有筆在卿處多年矣，可以見還。』淹探懷中，得五色筆以授之。」下國：京城以外的地方。《詩經・魯頌・閟宮》：「奄有下國，俾民稼穡。」揮毫下國：似謂孫發登第後曾受辟任幕府文職僚佐。

〔四〕歸：歸朝。參：與，加。黄綬：繫官印的黄色帶子。漢代以來縣丞尉的服飾。《漢書》（卷八三）《朱博傳》：「使從事明敕告吏民：『欲言縣丞尉者，刺史不察黄綬，各自詣郡。』」顔師古注：「丞尉職卑，皆黄綬。」春卿：周代春官爲六卿之一，掌邦禮，後世稱禮部長官爲春卿。唐代科舉考試由禮部侍郎主持。故詩云。《周禮・春官・宗伯》：「乃立春官宗伯，使帥其屬而掌邦禮，以佐王和邦國。禮官之屬，大宗伯卿一人。」據此句，孫發百篇科登第後，應曾拜縣尉或縣丞之職。

〔五〕碧落：上天，高遠的天空。此指天上神仙境界。白居易《長恨歌》：「上窮碧落下黄泉，兩處茫茫皆不見。」高步瀛《唐宋詩舉要》（卷二）注云：「《度人經》曰：『昔於始青天中碧落高歌。』注曰：『始青天乃東方第一天，有碧霞遍滿，是云碧落。』」懷煙霧：謂留戀煙霧縹緲的神仙境界。

〔六〕暫向：且向。張相《詩詞曲語辭匯釋》（卷二）：「暫，猶且也。」金庭：金庭山洞，古代傳説中的神仙居處，道家三十六小洞天之一。在天台山中。天台山，一名桐柏山。《雲笈七籤》（卷二七）：「第二十七金庭山洞，周迴三百里，名曰金庭崇妙天，在越州剡縣，屬趙仙伯治之。」《真誥》（卷一四）：「桐柏山，高萬八千丈，其山八重，周迴八百餘里。四面視之如一。在會稽東海際，一頭亞在海中。金庭有不死之鄉，在桐柏之中，方圓四十里，上有黄雲覆之。」又（卷一一）：「越桐柏之金庭，吴句曲之金陵，養真之福境，成神之靈墟也。」

〔七〕珍重：難得。張相《詩詞曲語辭匯釋》（卷六）：「珍重，猶云多謝也；難得也；幸虧也。」興公：孫綽（三一四—三七一），字興公，東晋詩人，太原中都（今山西省平遥市）人，孫楚之孫。孫綽與許詢是東晋玄言詩的代表作家。曾作《遊天台山賦》（見《文選》卷一一）。生平事迹參《晋書》（卷五六）本傳。

〔八〕石梁：石橋，天台山的著名景點之一。《文選》（卷一一）孫綽《遊天台山賦》：「跨穹隆之懸磴，臨萬丈之絶冥。踐莓苔之滑石，搏壁立之翠屏。」李善曰：「懸磴，石橋也。顧愷之《啓蒙記》曰：『天台山石橋，路逕不盈尺，長數十步。步至滑，下臨絶冥之澗。』」又曰：「莓苔，即石橋之苔也。翠屏，石橋之上石壁之名也。……孔靈符《會稽記》曰：『赤城山上有石橋，懸度。有石屏風，橫絶橋上。邊有過逕，纔容數人。』」南朝宋謝靈運《山居賦》：「遠東則天台、桐柏，……凌石橋之莓苔，越楢溪之紆縈。」

【箋評】

一二贊其能詩而捷，三必辟佐節鎮幕中，薦而受職。「春卿」，主貢舉之禮部。「參」，參見。然「別春卿」，亦兼言不待考試南游意，是活句，引起下文耳。五六句想慕烟霞，故「暫向金庭」洞天作隱。結言孫綽「珍重」賦天台，并不曾游，今君却得行石梁勝境，豈非快事！（胡以梅《唐詩貫珠箋》卷十五）

唐有百篇科，皮日休贈孫發詩：「百篇宮體喧金屋，一日官銜下玉除。」陸龜蒙亦有「直應天授與詩情，百咏惟消一日成」之句。宋太宗時，趙昌國□東乞應百篇舉，御試出五言四句爲題曰：「秋風雪月天，花竹鶴雲煙。詩酒春池雨，山僧道柳泉。」凡二十字，字爲五篇，篇四韻。詩雖未全，亦賜及第。詳見《中吴紀聞》。（宋長白《柳亭詩話》卷二十一《百篇科》）

（「去把」句）「彩毫」綰起聯，「下國」包後截，筋脉在此一句。（「珍重」句）徵引天然。（毛張健《唐詩餘編》卷三）

薔　薇〔一〕

龜蒙

倚墻當户自横陳〔二〕，致得貧家似不貧①〔三〕。外布芳菲雖笑日〔四〕，中含芒刺欲傷人②〔五〕。清香往往生遥吹③〔六〕，狂蔓看看及四鄰〔七〕。遇有客來堪玩處〔八〕，一端晴綺照煙新〔九〕。

（詩三三三五）

【校記】

①「似不」類苑本作「不似」。②「刺」原作「剌」，據弘治本、汲古閣本、四庫本改。③「吹」類苑本作「茨」。

【注釋】

〔一〕此詩應作於咸通十一年（八七〇）暮春。薔薇：植物名，落葉灌木，蔓生，莖細長有小刺，春末開花，白色或淡紅色，有芳香。

〔二〕當户：對着門户。横陳：横卧，鋪展。戰國楚宋玉《諷賦》：「内怵惕兮徂玉床，横自陳兮君之旁。」南朝梁沈約《夢見美人》：「立望復横陳，忽覺非在側。」

〔三〕致得：致使。得，助詞。貧家：貧窮人家。作者自指。《墨子・貴義》：「衛，小國也，處於齊、晋之間，猶貧家之處於富家之間也。」

〔四〕芳菲：香花。笑日：謂薔薇花迎着太陽開放。笑，指花開而言。劉知幾《史通》（卷一六）《雜説上》：「今俗文士，謂鳥鳴爲啼，花發爲笑。花之與鳥，安有啼笑之情哉？」《樂府詩集》（卷四九）《西烏夜飛》：「持底唤歡來，花笑鶯歌咏。」李賀《李憑箜篌引》：「崑山玉碎鳳凰叫，芙蓉泣露香蘭笑。」李商隱《李花》：「自明無月夜，强笑欲風天。」

〔五〕芒刺：指薔薇花莖上細小而尖鋭的刺。

〔六〕遥吹：遠風，和暢的清風。

〔七〕狂蔓：縱横交錯，任意生長的薔薇藤蔓。看看：轉眼。張相《詩詞曲語辭匯釋》（卷六）：「看看，估量時間之辭。有轉眼義；有當前義；又由當前義轉而爲剛剛義。」四鄰：周圍鄰居。杜甫《無家别》：「四鄰何所有？一二老寡妻。」

〔八〕堪玩處：可以賞玩的地方。

〔九〕一端：數量詞。古代稱半匹布帛爲一端。此處即指一片。《左傳·昭公二十六年》：「幣錦二兩。」杜預注：「二丈爲一端，二端爲一兩，所謂匹也。二兩，二匹。」《文選》（卷二九）《古詩十九首》（其十八）：「客從遠方來，遺我一端綺。」綺：絢麗鮮艷的彩色絲絹。晴綺：喻盛開的薔薇花顔色艷麗。《説文·糸部》：「綺，文繒也。」范成大《吴郡志》（卷三〇）：「薔薇花，有紅、白、雜色。陸龜蒙詩所謂『倚墻當户』、『一端晴綺』者，紅薔薇也。」煙新：指煙霧籠罩中新鮮艷麗的薔薇花。

【箋評】

荆公詩「日高青女尚横陳」，「潮回洲渚得横陳」。「横陳」二字，首見《楞嚴經》及宋玉《諷賦》。前輩以用「横陳」始於荆公，非也。陸龜蒙《薔薇》詩云：「倚墻當户自横陳，致得貧家似不貧。」沈約《夢見美人》詩云：「立望復横陳，忽覺非在側。」見《玉臺新詠》。（吴曾《能改齋漫録》卷八《沿襲·横陳》）

此花雖繁艷，實非貴品。咏者却能得其分寸，興會鬆靈，無適而不自得之妙。「横陳」字已得體物蔓延之工，且暗以花比如婦，絶不露圭角，而有情趣。第二贊在言外，落想奇。三四抑揚，道其實事，不妨寓意罵人。五氣度精，六興會佳。結更燦爛，好處全在「晴」與「煙」，故開花而用賓位也。宋玉《諷賦》：「主人之女爲臣歌曰：『内怵惕兮徂玉床，横自陳兮君之旁。』」李義山《北齊》詩：「小憐玉體横陳夜，已報周師入晉陽。」王荆公：「日高青女尚横陳。」（胡以梅《唐詩貫珠箋》卷五十七）

三月初八日，廖菊屏守備招同人至官廨看薔薇花，暢飲而歸，口占二截謝之云：「驚心花事漸闌珊，少府夫人錦被團（白香山詩：「少府無妻春寂寞，花開將爾當夫人。」）。微雨輕陰好珍護，待余垂老霧中看。」「閒身却爲看花忙，破例開門赴飲鄉。暢作海城藍尾宴，紅鬚緑刺總無傷（儲光羲詩有「高處紅鬚」、「低邊緑刺」之語，陸魯望詩有「芳菲雖照日，苦刺欲傷人」之語，因戲用之。）。」（梁章鉅《浪迹叢談·三談》卷四《薔薇花詩》）

賡和詩，次韻極難。他得情景發之，爲詩自佳；我次詩脚下走，焉能壓倒元、白。必要另出新意。止要結語或中聯歸着者即是。如陸龜蒙咏薔薇詩云：「倚墻當户自横陳，致得貧家似不貧。外布芳菲雖笑日，中含芒刺欲傷人。清香往往生遥吹，狂蔓看看及四鄰。遇有客來堪玩賞，一端晴綺照煙新。」皮日休次韻云：「誰綉連延滿户陳，暫應遮得陸郎貧。紅芳掩斂將迷蝶，翠蔓飄飖欲挂人。低拂地時如墮馬，高臨墻處似窺鄰。衹應似董雙成戲，翦得神霞寸寸新。」此次韻之最善者也。（蔡鈞《詩法指南》卷三《賡和格》）

奉和次韻

日休

誰綉連延滿户陳①〔一〕，暫應遮得陸郎貧〔二〕。紅芳掩斂將迷蝶〔三〕，翠蔓飄飖欲挂人〔四〕。低拂地時如墮馬〔五〕，高臨墻處似窺鄰〔六〕。衹應是董雙成戲②〔七〕，翦得神霞寸寸新〔八〕。

（詩三三三六）

【校記】

①皮詩本批校：「『誰』字疑誤。」　②「衹」汲古閣本作「秖」。

【注釋】

〔一〕綉：謂綉成的錦綉。喻薔薇花鮮艷美麗如錦綉一般。連延：連綿伸展貌。《文選》（卷三四）

枚乘《七發》：「沈沈湲湲，蒲伏連延。」李善注：「連延，相續貌。」白居易《凶宅》：「連延四五主，殃禍繼相鍾。」陳：陳列，展開。

〔二〕暫應：忽應。張相《詩詞曲語辭匯釋》（卷二）：「暫，猶忽也；頓也；便也。」遮得：遮掩，掩藏。得，助詞。陸郎：指陸龜蒙。

〔三〕掩斂：掩映。形容薔薇花盛開貌。將：將要。與下句「欲」同義。《廣雅》（卷一下）《釋詁》：「將，欲也。」

〔四〕飄飖：搖曳飄動貌。漢邊讓《章華臺賦》：「羅衣飄飖，組綺繽紛。」《文選》（卷二九）傅玄《雜詩》：「清風何飄飖，微月出西方。」挂人：猶言拉人，牽住人。

〔五〕拂：披拂。《莊子·天運》：「風起北方，一西一東，有上彷徨，孰嘘吸是？孰居無事而披拂是？敢問何故？」墮馬：墮馬髻。古代婦女的一種髮髻。《後漢書》（卷三四）《梁冀傳》：「（孫）壽色美而善爲妖態。作愁眉、啼妝、墮馬髻、折腰步、齲齒笑，以爲媚惑。」李賢注：「《風俗通》曰：『墮馬髻者，側在一邊。』」

〔六〕高臨：居高臨下。窺鄰：窺視鄰家。《文選》（卷一九）宋玉《登徒子好色賦》：「東家之子，增之一分則太長，減之一分則太短。著粉則太白，施朱則太赤。眉如翠羽，肌如白雪，腰如束素，齒如含貝。嫣然一笑，惑陽城，迷下蔡。然此女登墻窺臣三年，至今未許也。」

〔七〕董雙成：古代神話傳説中神仙西王母侍女。《漢武帝内傳》：「于坐上酒觴數過，王母乃命侍女王子登彈八琅之璈，又命侍女董雙成吹雲龢之笙。」

〔八〕神霞：指神仙的雲霞花紋錦緞。道士有一種霞帔的服飾。《太平御覽》（卷六七五）引《太極金書》曰：「元始天帝被九色羅帔，丹絳之裙，珠綉霞帔。」唐李中《貽廬山清溪觀王尊師》：「霞帔星冠復杖藜，積年修煉住靈溪。」此句謂美麗的薔薇花應是仙人用雲霞錦剪裁而成的。

【箋評】

此首起亦不寂寞，第二亦有興會，四勝於三，六勝於五，結亦有致，然終遜于原唱之風致也。何晏《景福殿賦》云：「若乃堦除連延，蕭蔓雲征。櫺楹邳張，鈎錯矩成。」今詳詩之用「連延」，似堦除、罘罳之類歟？「窺鄰」，宋玉鄰女，見《艷情部》。董雙成，王母侍者。（胡以梅《唐詩貫珠箋》卷五十七）

聞開元寺開笋園寄章上人①〔一〕

日休

園鏁開聲駭鹿群②〔二〕，滿林鮮籜水犀文〔三〕。森森競泫林梢雨③〔四〕，⿰山雙⿰山雙争穿石上雲④〔五〕。并出亦如鵝管合〔六〕，各生還似犬牙分〔七〕。折煙束露如相遺⑤〔八〕，何胤明朝不茹葷〔九〕。（詩三三七）

【校記】

①「章」鼓吹本作「莫」。　②「開」鼓吹本作「聞」。　③「競」詩瘦閣本作「競」，鼓吹本作「竟」。「泫」原缺「玄」末筆，避宋太祖始祖趙玄朗諱。「梢」項刻本作「稍」。　④「嶁嶁」鼓吹本作「摟摟」。季寫本、全唐詩本注：「一作摟摟。」　⑤「遺」項刻本作「遣」。

【注釋】

〔一〕此詩應作於咸通十二年（八七一）春天。開元寺：參本卷（詩二八一）注〔一〕。開笋園：打開竹園。謂笋園，指春天的竹園長出新笋也。章上人：應是開元寺住持僧。皮日休尚有《初冬章上人院》（卷五詩二三九）、《夏景無事，因懷章、來二上人》（卷七詩三八一）、《冬曉章上人院》（卷八詩四七七）。上人：對僧人的敬稱。參卷五（詩二三九）注〔一〕。

〔二〕園鏁：指開元寺竹園園門的鎖。鹿群：成群的鹿。古代僧道和隱士多養鹿。鹿被視作仙物。駭鹿群：使鹿群受驚嚇。南朝梁元帝蕭繹《金樓子》（卷一）：「時夷雍之子名伯夷、叔齊，不食周菽，餓於首陽，依麋鹿以爲群。叔齊起害鹿，鹿死，伯夷恚之而死。」柳宗元《秋曉行南谷經荒村》：「機心久已忘，何事驚麋鹿。」

〔三〕鮮籜：新鮮的竹皮。籜，包裹竹笋的皮殼。水犀文：水犀草的紋理。水犀，生長在水中的犀草。李時珍《本草綱目》（卷一三）《草犀》引陳藏器曰：「草犀，生衢、婺、洪、饒間，苗高二三尺，獨莖，根如細辛，生水中者名水犀。」

〔四〕森森：衆多貌。《文選》（卷二九）晉張協《雜詩十首》（其四）「翳翳結繁雲，森森散雨足。」泫（xuàn）：滴瀝。水下滴貌。

〔五〕嵕嵕（sǒng sǒng）：挺立貌。宋林逋《深居雜興六首》（其一）：「已被遠峰擎嵕嵕，更禁初月吐娟娟。」

〔六〕鵝管：鵝管石，即石鍾乳。指其中通而輕薄如鵝翎管。此喻竹笋。《圖經本草》：「石鍾乳，溜山液而成，空中相通，如鵝翎管狀。」杜牧《朱坡絶句三首》（其三）：「乳肥春洞生鵝管，沼避迴巖勢犬牙。」馮集梧注：「《本草經》：『石鍾乳上品。』《名醫别録》：『石鍾乳第一出始興，而江陵及東境名山石洞亦皆有，惟通中輕薄如鵝翎管者爲善。』」

〔七〕犬牙：喻叢生的竹笋參差不齊，猶如犬牙長短不一。《史記》（卷一〇）《孝文本紀》：「高帝封王子弟，地犬牙相制。」

〔八〕折煙束露：謂折取的新鮮竹笋帶着煙霧和露水。相遺（wèi）：相贈。

〔九〕何胤句：謂新笋的美味連嗜愛美食的何胤都喜愛上了，而不吃葷腥了。何胤，參本卷（詩二八六）注〔四〕、〔五〕。茹葷：吃葷腥的食物。《莊子·人間世》：「（顔）回之家貧，唯不飲酒不茹葷者數月矣。」

【箋評】

首言春園動鎖，鹿群爲駭；笋籜之班，則如犀角之文也。然是笋之挹雨則「森森」而下，穿石則

「擭擭」而上。其「并出」、「各生」，又有如「鵝管」、「犬牙」矣。若肯帶烟而折，和露而來，以寄於我，用以供饌，當如何胹之「不茹葷」也。而余能無意乎？（元郝天挺注、明廖文炳解、清朱三錫評《東嵒草堂評訂唐詩鼓吹》卷五）

中二聯極言笋園之盛，逼出「相遺」。若「忍剪凌雲一片心」，便是裂風景漢也。（錢牧齋、何義門《唐詩鼓吹評注》眉批）

此乞笋詩也。妙在一結，又直又婉。題曰「聞開笋園」，可見僧家每事有律，即笋園亦必擇日而開，不似尋常人家園圃可以隨時出入也。一「園鎖聞聲」，寫「開」字入神，便有喜出望外意。二總寫笋之多而美，曰「滿林」，曰「鮮籜」，便有滿口垂涎意。三四承二，「森森」、「擭擭」，狀「滿」字。「競泫」、「争穿」，狀「鮮」字。皆極形容乍見時目不給賞光景。五六再將「并出」、「各生」分疏一番，是又見之既久，細細體玩而出之也。「如相遺」，妙逗之也，言寧不分惠乎？「明朝不茹葷」，又妙實之也，言我則洗釜以待矣。「鹿群」、「犀文」、「鵝管」、「犬牙」，連用飛走門。「泫雨」、「穿雲」、「折烟」、「束露」，連用天文門。正須如此點映，不可嫌其重沓。（趙臣瑗《山滿樓箋注唐詩七言律》卷五）

（首句）真景奇趣，不必笋園，而寔與笋園關切。（末句）并照寺。（毛張健《唐詩餘編》卷三）

奉和

龜蒙

春龍争地養檀欒〔一〕，况是雙林雨後看〔二〕。迸出似毫當垤塊〔三〕，孤生如恨倚欄干①〔四〕。凌虚

勢欲齊金剎〔五〕，折贈光宜照玉盤〔六〕。更待錦苞零落後②〔七〕，粉環高下搨煙寒〔八〕。（詩三三八）

【校記】

①「干」原作「于」。「于」弘治本、汲古閣本、四庫本、陸詩丙本、季寫本、全唐詩本作「干」，陸詩甲本、統籤本、類苑本作「杆」。「欄于」詩瘦閣本作「闌干」。「欄杆」、「欄干」、「闌干」同。據改。②「待」全唐詩本作「得」。

【注釋】

〔一〕春龍：喻春天的竹筍。《初學記》（卷三〇）引葛洪《神仙傳》曰：「費長房與壺公俱去。後壺公謝而遣之，長房憂不能到家。公與所用杖騎之，忽然如睡，已到家。以所騎竹杖投葛陂中，顧視之，乃青龍也。」檀欒：秀美貌。漢枚乘《梁王菟園賦》：「修竹檀欒，夾池水，旋菟園，并馳道，臨廣衍，長冗故。」《文選》（卷三〇）謝朓《和王著作八公山》：「仟眠起雜樹，檀欒蔭修竹。」

〔二〕雙林：借指寺院。此即指開元寺。雙林，本指佛祖釋迦牟尼涅槃處。據《大般涅槃經》：佛在拘尸那城，夷羅跋提河邊，娑羅雙樹前，入般涅槃。北魏楊衒之《洛陽伽藍記·法雲寺》：「神光壯麗，若金剛之在雙林。」范祥雍注釋：「雙林，即娑羅雙樹間，佛涅槃處。《大般涅槃經》一：『一時佛在拘施那城，力士生地，阿利羅跋提河邊，娑羅雙樹間。……二月十五日，大覺世尊將欲涅槃。』」

〔三〕毫：本指長而鋭的毛。此喻竹笋。當：面對着。垤㙞（dié niè）：小山丘。

〔四〕孤生：挺立生長的竹笋。《文選》（卷二九）《古詩十九首》（其八）：「冉冉孤生竹，結根泰山阿。」

〔五〕淩虛：淩空。指竹笋挺立，插入高空。《文選》（卷三四）曹植《七啓》：「華閣緣雲，飛陛陵虛。」金刹：寺院的寶塔。楊衒之《洛陽伽藍記序》：「金刹與靈臺比高，廣殿共阿房等壯。」范祥雍注：「刹，梵音刹摩，又音掣多羅。《翻譯名義集》七：『此云土田。……又復伽藍號梵刹者，《輔行》云：西域以柱表刹，示所居處也。……金刹，如《法苑》云：阿育王取金華金幡懸諸刹上，塔寺低昂。』」

〔六〕折贈：指折竹笋以贈人。玉盤：精美的盤子。《文選》（卷二九）張衡《四愁詩四首》（其二）：「美人贈我金琅玕，何以報之雙玉盤。」李善注：「古詩曰：『委身玉盤中，歷年冀見食。』應劭《漢官儀》曰：『封禪壇有白玉盤。』」

〔七〕更待：更將。張相《詩詞曲語辭匯釋》（卷一）：「待，擬辭，猶將也；打算也。」錦苞：竹笋的皮殼的美稱，即籜。參卷二（詩三六）注〔一九〕。

〔八〕粉環高下：指竹籜脱落後竹笋上竹節處附着的白色粉末。因竹子爲圓柱形，故云環。又有許多竹節，故云高下。《老子》（第二章）：「長短相形，高下相傾。」掬（jū）：執，持。形容新竹笋籠罩着煙霧的情狀。《説文·手部》：「掬，戟持也。」段玉裁《説文解字注》：「戟持者，手如戟而持之也。」

【箋評】

起得有致，恰是滿園春笋齊出之狀，只以「争地」二字盡之。「雙林」，雙樹林，借佛地而用其林，雨後則笋出愈多也。「垤堁」，土山。若齊迸發于土山高處矗起，似有雄豪之狀；若倚欄孤出，如有恨於無比鄰者。似「豪」似「恨」，極盡體物情狀，所以妙。「勢欲」，預擬之辭，是言將來成竹。「金剎」又應「雙林」。「折贈」仍歸回笋上。「照玉盤」，言其嫩白。「粉環」，節上尚帶有粉，每節如環。「搦」，持也。結言笋之老，則錦籜已去其「粉環」，若持竿拄杖於寒煙者。落想奇絶。讀至此，不覺擲筆鼓掌矣。妙在「粉環」，人身之飾可云「持」耳。皮原唱云：「園鎖聞聲駭鹿群，滿林鮮籜水犀文。森森竟泫林梢雨，擭擭争穿石上雲。并出亦如鵝管合，各生還似犬牙分。折煙束露如相遺，何胤明朝不如葷。」此詩平淺，須讓天隨獨響。聊附備考。鹿用鹿苑。宋何胤字子季，嘗入鍾山定林寺聽内典，後汝南周顒與胤書令食菜，故末年遂絶血食。（胡以梅《唐詩貫珠箋》卷五十五）

春夕陪崔諫議櫻桃園宴①〔一〕

日休

萬樹香飄水麝風〔二〕，蠟燻花雪盡成紅②〔三〕。夜深歡態狀不得〔四〕，《醉客圖》開明月中〔五〕

（詩三三九）

（原注：衛協畫《醉客圖》③。）〔六〕。

【校記】

①「夕」統籤本、季寫本、全唐詩本作「日」。「宴」萬絶本作「燕」。 ②「燻」萬絶本作「薰」。 ③萬絶本、類苑本無此注語。

【注釋】

〔一〕此詩應作於咸通十二年（八七一）春。春夕：《初學記》（卷三）引《淮南子》曰：「二月之夕，女夷鼓歌，以司天和。」原注：「女夷，神名。」崔諫議：崔璞，時以諫議大夫出任蘇州刺史。參〔序一〕注〔八三〕。櫻桃園：當在蘇州，具體未詳。

〔二〕萬樹：指櫻桃樹林，切櫻桃園。《文選》（卷一六）潘岳《閑居賦》：「三桃表櫻胡之别，二柰曜丹白之色。」李善注：「《漢書音義》曰：『櫻桃，含桃也。』《爾雅》曰：『荆桃，今櫻桃也。』」水麝風：指香風。隨風飄來水麝般的香氣，形容櫻桃花香。水麝，麝的一種，有香氣。唐李石《續博物志》（卷一〇）《水麝》條：「天寶初，虞人獲水麝，詔養之。臍中唯水，瀝滴於斗水中，用灑衣，至敗，香不歇。每取，以針刺之，捉以真雄黄，香氣倍於肉麝。」

〔三〕蠟燻句：形容櫻桃花似乎都被紅蠟燭熏染成鮮艷的紅色。花雪：花白如雪。此句應寫櫻桃花初開時色彩較淡較白，漸漸變成紅色。應當由一種名蠟珠的櫻桃聯想而來。唐楊曄《膳夫經手録》：「櫻桃其種有三：大而殷者吴櫻桃，黄而白者蠟珠，小而赤者水櫻桃。食之皆不如蠟珠。」

〔四〕歡態：歡樂的情態。狀不得：無法描寫刻畫出來。

〔五〕《醉客圖》：西晉畫家衛協所畫，唐時尚存。此句謂今夜宴會上諸人的醉態，猶如衛協所畫的疏放縱逸的《醉客圖》，展開在明月之下那樣的逼真。

〔六〕衛協：西晉著名畫家，籍貫、生卒年均不詳。唐張彦遠《歷代名畫記》（卷五）：「衛協，上品下。《抱朴子》云：『衛協、張墨并爲畫聖。』孫暢之《述畫》云：『《上林苑圖》，協之迹最妙。又《七佛圖》，人物不敢點眼睛。』顧愷之《論畫》云：『《七佛》與《大列女》皆協之迹，偉而有情勢。《毛詩北風圖》亦協手，巧密於情思。』……《詩北風圖》《史記伍子胥圖》《醉客圖》《神仙畫》《張儀像》《鹿圖》《詩黍稷圖》《史記列女圖》，白畫《上林苑圖》《卞莊子刺虎圖》《吴王舟師圖》，并傳於代。又有《小列女》《楞嚴七佛》。」

奉和　　龜蒙

佳人芳樹雜春蹊〔一〕，花外煙濛月漸低〔二〕。幾度艷歌清欲轉①〔三〕，流鶯驚起不成栖②〔四〕。（詩三四〇）

【校記】

①「清」類苑本作「春」。②「流」陸詩丙本作「梳」。「驚」原缺「敬」末筆，避宋太祖祖父趙敬諱。

【注釋】

〔一〕佳人：指崔璞、皮日休等人。《文選》（卷二九）曹植《雜詩六首》（其四）：「南國有佳人，容華若桃李。」曹丕《秋胡行》：「朝與佳人期，日夕殊不來。」芳樹：指櫻桃樹。春蹊：春天櫻桃花下的小路。《史記》（卷一〇九）《李將軍列傳》：「諺曰：『桃李不言，下自成蹊。』」

〔二〕煙濛：煙霧迷離蒙籠。月漸低：明月漸漸地西斜落山。極言春夕宴會時間之長，盡興盡致，又呼應皮氏原唱「明月中」。

〔三〕幾度：數度，多次。艷歌：古樂府有《艷歌行》。郭茂倩《樂府詩集》（卷三九）《艷歌行》解題：「《古今樂録》曰：『《艷歌行》非一，有直云《艷歌》，即《艷歌行》是也。若《羅敷》《何嘗》《雙鴻》《福鍾》等行，亦皆《艷歌》。』王僧虔《技録》云：『《艷歌雙鴻行》，荀録所載，《雙鴻》一篇；《艷歌福鍾行》，荀録所載，《福鍾》一篇，今皆不傳。《艷歌羅敷行》（日出東南隅）篇，荀録所載。《羅敷》一篇，相和中歌之，今不歌。』」清欲轉：清脆嘹亮而又宛轉纏綿。南朝樂府《大子夜歌》：「慷慨吐清音，明轉出天然。」

〔四〕流鶯：黄鶯，黄鳥。不成栖：不能栖息。

松江早春[一]

日休

松陵清淨雪消初[二]，見底新安恐未如[三]。穩憑船舷無一事①[四]，分明數得膾殘魚[五]。

（詩三四一）

【校記】

①「舷」原缺「玄」末筆，避宋太祖始祖趙玄朗諱。

【注釋】

〔一〕此詩應作於咸通十二年（八七一）早春。松江：參（序一）注〔三〕。

〔二〕松陵：松陵江，松江的別名。參（序一）注〔三〕。清淨：松江水潔淨清澈。

〔三〕新安：新安江，發源于安徽省黟縣、休寧縣一帶，東南流入浙江省，匯入錢塘江。《元和郡縣圖志》（卷二五）《江南道一》：「睦州清溪縣：新安江，自歙州黟縣界流入縣，東流入浙江。」見底：指水清澈見底。南朝梁沈約《新安江水至清淺深見底貽京邑遊好》：「洞澈隨深淺，皎鏡無冬春。千仞寫喬樹，百丈見遊鱗。」恐：表示可能性的料想之詞。

〔四〕穩憑：平穩地倚靠。

〔五〕分明：清楚，明確。膾殘魚：魚名，今名銀魚。膾：細切魚肉。傳説吴王闔閭（一説孫權）江行食魚膾，棄其殘餘於江，化而爲魚，故名。《吴越春秋》（卷四）《闔閭内傳》：「子胥歸吴，吴王聞三師將至，治魚爲膾。……吴人作膾者，自闔閭之造也。」《博物志》（卷三）：「吴王江行食膾有餘，棄於中流，化爲魚。今魚中有名吴王膾餘者，長數寸，大者如箸，猶有膾形。」范成大《吴郡志》（卷二九）：「膾殘魚，吴王孫權江行食膾，有餘，因棄之中流，化而爲魚。今有魚，猶名吴餘膾者。長數寸，大如箸，尚類膾形。案此即今之膾殘魚。」分明數魚，既見江水清澈，更透出詩人閑適的心情。酈道元《水經注》（卷三十七）《夷水》：「其水虚映，俯視遊魚，如乘空也。」詩境可參讀。

【箋評】

「憑」字，唐人多作去聲用。樊川詩「誰家紅袖憑江樓」，皮襲美「穩憑船舷無一事」，皆是。韓偓詩「紫泥封後獨憑欄」，則作平用。（秦武域纂《聞見瓣香録》癸卷《字兼平仄》）

奉和

龜蒙

柳下江餐待好風①〔一〕，暫時還得狎漁翁〔二〕。一生無事煙波足〔三〕，唯有沙邊水勃

公②〔四〕。（詩三四二）

【校記】

①「餐」萬絶本作「飧」。②「唯」詩瘦閣本作「惟」。

【注釋】

〔一〕江餐：指在江上食膾殘魚。暗用吴王典故。參本卷（詩三四一）注〔五〕。待：張相《詩詞曲語辭匯釋》（卷一）：「待，擬辭，猶將也；打算也。」

〔二〕暫時：短時間。南朝梁費昶《秋夜涼風起》：「紅顔本暫時，君還詎相及。」還得：已得，又得。

〔三〕無事：閑逸自由，無拘無束。儲光羲《滄浪峽》：「自有滄浪峽，誰爲無事人。」杜荀鶴《題道林寺》：「萬般不及僧無事，共水將山過一生。」又《贈質上人》：「逢人不説人間事，便是人間無事人。」

〔四〕水勃公：水鳥名。

【箋評】

陸魯望詩：「一生無事烟波足，惟有沙邊水勃公。」（高士奇《天禄識餘》卷三《水勃公》）

女墳湖（原注：即吴王葬女之所①。）〔一〕

日休

萬貴千奢已寂寥〔二〕，可憐幽憤爲誰嬌〔三〕。須知韓重相思骨〔四〕，直在芙蓉向下消〔五〕。

（詩三四三）

【校記】

①萬絶本、類苑本無此注語。

【注釋】

〔一〕女墳湖：在今江蘇省蘇州市轄吴縣市西北，傳説是春秋時吴王夫差之女幼玉（一作紫玉）的葬地。唐陸廣微《吴地記》：「女墳湖，在吴縣西北六里。《越絶書》曰：『夫差小女字幼玉，見父無道，輕士重色，其國必危，遂願與書生韓重爲偶。不果，結怨而死。夫差思痛之，金棺銅槨，葬閶門外。……』又趙曄《吴越春秋》云：『闔閭有女愛，怨王先食蒸魚，乃自殺。王痛之，厚葬於閶門外。其女化爲白鶴，舞於吴市，千萬人隨觀之。後陷成湖，今號女墳湖。』」

〔二〕萬貴千奢：極言其富貴驕奢。寂寥：空虛寂静，冷落蕭條。《老子》（第二五章）：「有物混成，先天地生。寂兮寥兮，獨立不改。」南朝宋謝靈運《君子有所思行》：「寂寥曲肱子，瓢飲療朝饑。」

〔三〕可憐：張相《詩詞曲語辭匯釋》（卷五）：「可憐，猶云可怪也。引申之則爲甚辭，猶云很也，非常也。」幽憤：鬱結的怨恨。漢崔寔《政論》：「斯賈生之所以排于絳、灌，吊屈子以攄其幽憤者也。」《晉書》（卷六二）《劉琨傳》：「琨詩托意非常，攄暢幽憤。」爲誰：爲何，爲什麽。張相《詩詞曲語辭匯釋》（卷一）：「誰，猶何也；那也；甚也。與指人者異義。」

〔四〕須知：必知，應知。韓重：古代傳説中吳王夫差之女紫玉的戀人。《搜神記》（卷一六）：「吳王夫差小女，名曰紫玉，年十八，才貌俱美。童子韓重，年十九，有道術。女悦之，私交信問，許爲之妻。重學於齊、魯之間，臨去，屬其父母，使求婚。王怒，不與女。玉結氣死，葬閶門之外。三年，重歸，詰其父母，父母曰：『王大怒，玉結氣死，已葬矣。』重哭泣哀慟，具牲幣，往吊于墓前。玉魂從墓出，見重。」

〔五〕直在：即在。向下：張相《詩詞曲語辭匯釋》（卷三）：「皮日休《女墳湖》詩：『須知韓重相思骨，直在芙蓉向下消。』向下，猶云直下或其下也。」消：張相《詩詞曲語辭匯釋》（卷二）：「消，猶受也，猶云消受也。」

【箋評】

【女墳湖】白樂天詩：「女墳湖北武丘西。」《文苑英華辨證》云：「女墳，真娘墓也。」此非是。皮、陸《女墳湖》詩自注：「吳王葬女之所。」按《吳越春秋》：「闔閭葬女閶門西郭，舞白鶴市中，令萬

人隨觀。」即其事也。（胡震亨《唐音癸籤》卷十六《詁箋》一）

奉和　　龜蒙

水平波淡遶迴塘〔一〕，鶴殉人沉萬古傷〔二〕。應是離魂雙不得〔三〕，至今沙上少鴛鴦〔四〕。

（詩三四四）

【注釋】

〔一〕迴塘：岸邊屈曲蜿蜒的池塘。《文選》（卷四）張衡《南都賦》：「收歡命駕，分背迴塘。」李善注：「《廣雅》曰：『塘，堤也。』」又（卷二五）謝惠連《西陵遇風獻康樂》：「迴塘隱艫枻，遠望絶形音。」吕延濟注：「迴塘，曲岸也。」

〔二〕鶴殉人沉：謂吴王闔閭葬女以人和鶴作爲殉葬。《吴越春秋》（卷四）《闔閭内傳》：「吴王有女滕玉，因謀伐楚，與夫人及女會。蒸魚，王前嘗半而與女。女怒曰：『王食魚辱我，不忘久生。』乃自殺。闔閭痛之，葬於國西閶門外。鑿池積土，文石爲椁，題湊爲中，金鼎、玉杯、銀樽、珠襦之寶，皆以送女。乃舞白鶴於吴市中，令萬民隨而觀之。還使男女與鶴俱入羨門，因發機以掩之。殺生以送死，國人非之。」

〔三〕離魂：古人認爲人死了以後，靈魂就脱離了軀體。此指吴王夫差小女與戀人韓重生離死别之魂。參本卷（詩三四三）注〔一〕、〔四〕。可見此詩是將吴王闔閭之女和夫差之女的兩個歷史故事撮合衍化而成的，但以後者的生離死别的愛情故事爲重心。

〔四〕鴛鴦：鳥名。似野鴨，形體較小，善游水，亦能飛。其鳥雌雄相匹，不離不棄，歷來被稱作愛情鳥。《詩經·小雅·鴛鴦》：「鴛鴦于飛，畢之羅之。」《毛傳》：「鴛鴦，匹鳥。」鄭玄箋：「匹鳥，言其止則相耦，飛則爲雙，性馴耦也。」漢樂府《孔雀東南飛》：「中有雙飛鳥，自名爲鴛鴦。」《古絶句四首》（其四）（《玉臺新詠》卷一〇）：「南山一桂樹，上有雙鴛鴦。千年長交頸，歡愛不相忘。」崔豹《古今注》（卷中）：「鴛鴦，水鳥，鳧類也。雌雄未嘗相離，人得其一，則一思而至死，故曰雅鳥。」

【箋評】

艷。（陸時雍《唐詩鏡》卷五十二）

紫玉以不得嫁韓重，結氣而死。其死後見形作歌曰：「鳳凰失雄，三年感傷。雖有衆鳥，不爲匹雙。」此「離魂」所以「雙不得」也。然韓重未嘗不可「雙」，何不效韓朋之化鴛鴦耶？（黄周星《唐詩快》卷三）

泰伯廟〔一〕

日休

一廟争祠兩讓君①〔二〕，幾千年後轉清芬②〔三〕。當時盡解稱高義，誰敢教他莽卓聞〔四〕。

（詩三四五）

【校記】

①「廟」類苑本作「朝」。　②「芬」類苑本作「氛」。

【注釋】

〔一〕泰伯廟：宋朱長文《吴郡圖經續記》（卷中）：「泰伯廟，在閶門内。舊在門外，漢桓帝時，太守麋豹所建。錢氏移之於内，蓋以避兵亂也。延陵季子侑祠焉。」泰伯，原作太伯，周太王長子，讓王位給其弟，遠避南方，自號句吴，成爲吴地的第一個君主。後世欽慕其遜讓王位的美德，建廟紀念。其生平事迹參《史記》（卷三一）《吴太伯世家》。

〔二〕一廟句：謂一座祠廟紀念着泰伯兩讓君王的至德。唐陸廣微《吴地記》：「昔周太王三子，長泰伯，次仲雍，次季歷。季歷生子昌，有聖瑞。太王有疾，泰伯、仲雍以入山采藥，乃奔吴，文身斷髮，示不可用，以讓季歷。子昌立，是爲西伯，即文王也。吴人義泰伯，歸之爲王。泰伯三讓弟仲雍。仲雍立，號句吴。殂卒，葬梅里。」《史記》（卷三一）《吴太伯世家》：「吴太伯、太伯弟仲雍，皆周太王之子，而王季歷之兄也。季歷賢，而有聖子昌，太王欲立季歷以及昌，於是太伯、仲雍二人乃犇荆蠻，文身斷髮，示不可用，以避季歷。……太伯之犇荆蠻，自號句吴。荆蠻義之，從而歸之千餘家，立爲吴太伯。太伯卒，無子，弟仲雍立，是爲吴仲雍。」未言太伯讓仲雍事。可見《吴地記》所云乃吴人加美之言。皮日休此詩采之。故此句亦可解釋爲紀念泰伯和季札倆人讓王位的高尚德行。《史記》（卷三一）《吴太伯世家》：「二十五年，王壽夢卒。壽夢有子四人，長曰諸樊，次曰餘祭，次曰餘昧，次曰季札。季札賢，而壽夢欲立之，季札讓不可，於是乃立長子諸樊，攝行事當國。」又曰：「王諸樊元年，諸樊已除喪，讓位季札。季札謝曰：『……君義嗣，誰敢干君！有國，非吾節也。札雖不材，願附於子臧之義。』吴人固立季札，季札棄其室而耕，乃舍之。」

〔三〕轉：更加。劉淇《助字辨略》（卷三）：「轉，猶浸也。」清芬：清香。喻高潔的德行。

〔四〕誰敢：張相《詩詞曲語辭匯釋》（卷一）：「敢，猶可也；亦猶可是也。皮日休《泰伯廟》詩：『一廟争祠兩讓君，幾千年後轉清芬。當時盡解稱高義，誰敢教他莽卓聞。』誰，猶那也；誰敢，猶云那可也。」莽卓：王莽（前四五—後二三），字巨君。西漢末年以外戚掌權，後篡漢稱帝，改國號新。生平事迹參《漢書》（卷九九上、中、下）《王莽傳》。董卓（？—一九二），字仲穎。東漢末率兵入洛陽，廢少帝，立獻帝，專斷朝政。生平事迹參《後漢書》（卷七二）《董卓傳》。

奉　和

龜蒙

故國城荒德未荒〔一〕，年年椒奠濕中堂〔二〕。邇來父子争天下，不信人間有讓王〔三〕。

（詩三四六）

【注釋】

〔一〕故國句：謂吴太伯當年建造的城池已經荒廢，但他遜讓王位的德行仍然被後人所懷念。《史記》（卷三一）《吴太伯世家》：「吴太伯、太伯弟仲雍，皆周太王之子，而王季歷之兄也。」《正義》：「吴，國號也。太伯居梅里，在常州無錫縣東南六十里。至十九世孫壽夢居之，號句吴。壽夢卒，諸樊南徙吴。至二十一代孫光，使子胥築闔閭城都之，今蘇州也。」可見傳爲太伯當年所居之地梅里，在唐時確已荒廢。

〔二〕椒奠：用椒浸制的酒漿灑地以祭奠泰伯，故詩中以「濕」爲言。南朝梁簡文帝蕭綱《祠伍員廟詩》：「行潦承椒奠，按歌雜鳳笙。」椒，花椒，果實可做調味的香料。古詩中常有「椒房」、「椒酒」、「椒糈」云云，都是取其香而言。《楚辭·九歌·東皇太一》：「蕙肴蒸兮蘭藉，奠桂酒兮椒漿。」王逸注：「椒漿，以椒置漿中也。」中堂：正中的殿堂。

〔三〕讓王：遜讓王位。《莊子·讓王》：「堯以天下讓許由，許由不受。」

【箋評】

「德未荒」者，吴人年年祭奠泰伯也。「父子争天下」一語，道破封建宫廷醜惡之事。（劉永濟《唐人絶句精華》）

泰伯讓位季歷，傳爲美德。後世封建王朝，父子相争，骨肉相殘，代有其人，史不絶書，故詩人慨乎言之也。（富）（富壽蓀選注、劉拜山、富壽蓀評解《千首唐人絶句》）

宿木蘭院〔一〕

日休

木蘭院裏雙栖鶴〔二〕，長被金鉦聒不眠〔三〕。今夜宿來還似爾，到明無計夢雲泉〔四〕。

（詩三四七）

【注釋】

〔一〕木蘭院：在唐代蘇州郡齋中，宋人稱之爲木蘭堂。白居易《送王卿使君赴任蘇州因思花迎新使感舊遊寄題郡中木蘭西院一别》：「一别蘇州十八載，時光人事隨年改。……爲報江山風月知，至今白使君猶在。」宋龔明之《中吴紀聞》（卷一）《木蘭堂詩》條：「木蘭堂，多爲太守燕遊之地。范文正公作守時，嘗賦詩云：『堂上列歌鍾，多慚不如古。却羡木蘭花，曾見《霓裳》舞。』白樂天在蘇，嘗教倡人爲此舞也（原注：堂之前後，皆植木蘭，幹極高大，兵火後不存。）。」范仲淹《木蘭堂》：「堂上列歌鍾，多慚不如古。却羡木蘭花，曾見《霓裳》舞（原注：白樂天爲蘇州刺史，嘗教此舞。）。」范成大《吴郡志》（卷六）：「木蘭堂，在郡治後。《嵐齋録》云：『唐張摶自湖州刺史移蘇州，於堂前大植木蘭花。當盛開時，燕郡中詩客，即席賦之。陸龜蒙後至，張聯酌浮之，龜蒙徑醉，强執筆題兩句云：「洞庭波浪渺無津，日日征帆送遠人。」頹然醉倒。摶命他客續之，皆莫詳其意。既而龜蒙稍醒，援毫卒其章曰：「幾度木蘭船上望，不知元是此花身。」遂爲一時絶唱。』按舊堂基在今觀德堂後，古木猶森列。郡守數有欲興廢者，而卒未就。」此記木蘭堂得名於張摶，不確，似在白居易刺蘇之前，即有此堂。

〔二〕雙栖鶴：一對栖息的仙鶴。此鳥性警，稍有動静，即不成眠。此詩因「宿」而言之，人、鶴雙舉。參卷三（詩四六）注〔二六〕。

〔三〕金鉦（zhēng）：古代一種樂器名，多用銅製成，形似鐘而狹長，有長柄可執，敲擊發出響聲。《説文·金部》：「鉦，鐃也。似鈴，柄中，上下通。」《文選》（卷三）張衡《東京賦》：「戎士介而揚揮，戴金鉦而建黄鉞。」薛綜注：「金鉦，鐲鐃之屬也。」參卷四（詩八九）注〔五〕。

〔四〕雲泉：山中雲林泉水。指遠離塵俗的隱居之地。此指皮日休舊隱地襄陽鹿門山。劉禹錫《思歸寄山中友人》：「蕭條對秋色，相憶在雲泉。」白居易《自題寫真》：「宜當早罷去，收取雲泉身。」拾得《一入雙溪不計春》：「誰來幽谷餐仙食，獨向雲泉更勿人。」

奉和次韻

龜蒙

苦吟清漏迢迢極〔一〕，月過花西尚未眠。猶憶故山欹警枕①〔二〕，夜來嗚咽似流泉②〔三〕。

（詩三四八）

【校記】

①「欹」萬絶本作「歌」。「警」原缺「敬」末筆，避宋太祖祖父趙敬諱。「警」類苑本作「驚」。 ②「嗚」統籤本作「烏」。

【注釋】

〔一〕苦吟：長吟。苦，甚辭。此指歷時之久。張相《詩詞曲語辭匯釋》（卷二）：「苦，甚辭，又猶偏也；極也；多或久也。」「苦吟」一詞，賈島詩中多見，均指苦心孤詣慘淡作詩之意。如《寄賀蘭朋吉》：「苦吟遥可想，邊葉向紛紛。」《秋暮》：「默默空朝夕，苦吟誰喜聞。」《雨夜同厲玄懷皇甫荀》：「溝西吟苦客，中夕話兼思。」清漏：漏壺，古代計時器具。參本卷（詩三三二）注〔二〕。迢迢：綿長貌。此指綿歷的時間長。《文選》（卷二九）《古詩十九首》（其十）：「迢迢牽牛星，皎皎河漢女。」

〔二〕故山：舊山。多指家鄉而言。三國魏應瑒《别詩二首》（其一）：「朝雲浮四海，日暮歸故山。」欹（qī）：斜靠。警枕：枕頭的一種。用圓木做成，熟睡則傾側，使人警醒。《禮記·少儀》：「茵、席、枕、几、熲、杖、琴、瑟。」鄭玄注：「熲，警枕也。」

〔三〕嗚咽似流泉：謂漏壺滴瀝聲，猶如低沉悲傷的泉水聲。《樂府詩集》（卷二五）《隴頭歌辭》：「隴頭流水，鳴聲幽咽。遥望秦川，心肝斷絶。」

重題薔薇〔一〕

日休

濃似猩猩初染素〔二〕，輕於燕燕欲凌空〔三〕。可憐細麗難勝日〔四〕，照得深紅作淺紅〔五〕。

（詩三四九）

【注釋】

〔一〕重題：本卷前已有陸龜蒙《薔薇》及皮日休《奉和次韻》詩，即（詩三三五）、（詩三三六），故此云「重題」。

〔二〕猩猩：動物名，全身赤褐色長毛。通常所説猩紅色，即指鮮紅色。濃似猩猩：形容紅色薔薇花猶如猩猩鮮紅的毛色一般。初染素：剛剛用素絲染成。形容其紅色很鮮艷。

〔三〕燕燕：燕子。燕子飛翔輕盈矯健，此喻薔薇花蔓在空中迎風摇曳貌。《詩經·邶風·燕燕》：「燕燕于飛，差池其羽。」

〔四〕可憐：可惜。細麗：精致柔美。勝日：承受太陽光的照射。非美好時光之意。

〔五〕照得句：謂陽光下的薔薇花由深紅色變成了淺紅色。杜甫《江畔獨步尋花七絶句》（其五）：「桃花一簇開無主，可愛深紅愛淺紅？」

【箋評】

「可憐細麗難勝日」二句：更難摹寫。（項真評、項真刻《項氏瓶笙榭新刻皮襲美詩》卷二）

「猩猩」、「燕燕」相儷，亦見皮、陸詩文中。皮襲美《重題薔薇》七絶：「深似猩猩初染素，輕如燕燕欲凌空。」陸魯望《中酒賦》：「徒殲燕燕之髀，浸猩猩之唇。」放翁頗鈎摘皮、陸詩中新異語。如《江樓醉中作》「死慕劉伶贈醉侯」，文芸閣《純常子枝語》卷四十謂其用皮《夏景冲澹偶然作》：「他年謁帝言何事，請贈劉伶作醉侯。」（錢鍾書《談藝録·補訂》第一二〇頁）

本詩咏紅薔薇，初開放時的色彩鮮艷，花瓣輕盈，經日曬後顔色淺褪，觀察很細致，描摹也很動人。是否有寓意，不清楚。（黄肅秋選、陳新注《唐人絶句選》）

奉和次韻

龜蒙

穠華自古不得久〔一〕，况是倚春春已空〔二〕。更被夜來風雨惡〔三〕，滿階狼藉没多紅①〔四〕。

（詩三三五〇）

【校記】

①「藉」弘治本、汲古閣本、陸詩甲本、類苑本、季寫本、全唐詩本作「籍」。「没」統籤本、類苑本作「許」，全唐詩本注：「一作許。」

【注釋】

〔一〕穠華：艷麗華美。《詩經·召南·何彼襛矣》：「何彼襛矣，唐棣之華。」

〔二〕倚春：依賴春天的大好時光。

〔三〕風雨惡：謂風雨猛烈，摧殘了花朵。

〔四〕狼藉：散亂貌。《史記》（卷一二六）《滑稽列傳》：「日暮酒闌，合尊促坐，男女同席，履舄交錯，杯盤狼藉。」没多：許多。「没」義同「滿」。吴地方言。陸龜蒙正是蘇州人。

春夕酒醒①〔一〕

日休

四絃纔罷醉蠻奴②〔二〕，酃醁餘香在翠爐③〔三〕。夜半醒來紅蠟短，一枝寒淚作珊瑚〔四〕。

（詩三五一）

【校記】

①「夕」季寫本作「日」，并注：「一作夕。」②「絃」原缺「玄」末筆，避宋太祖始祖趙玄朗諱。③「酃」類苑本作「醽」。

【注釋】

〔一〕此詩作於咸通十二年（八七一）春。不應是上年春初識陸龜蒙不久後所作。

〔二〕四絃：指琵琶。《舊唐書》（卷二九）《音樂志二》：「琵琶，四絃，漢樂也。初，秦長城之役，有弦鼗而鼓之者。及漢武帝嫁宗女於烏孫，乃裁箏、筑爲馬上樂，以慰其鄉國之思。推而遠之曰琵，引而近之曰琶，言其便於事也。」蠻奴：古代對南方少數民族部族的稱呼。此爲作者自指。

〔三〕酃醁：美酒名。參本卷（詩三〇四）注〔三〕。翠爐：指燃燒着藍色火苗的酒爐。

〔四〕一枝句：謂一支點燃着的蠟燭流淌下的液態物，凝結成珊瑚的形狀。淚：蠟淚。南朝陳後主

《自君自出矣六首》（其五）：「思君如夜燭，垂淚著鷄鳴。」珊瑚：《説文·玉部》：「珊，珊瑚，色赤，生於海，或生於山。」《史記》（卷一一七）《司馬相如列傳》：「玫瑰碧琳，珊瑚叢生。」《正義》：「郭云：『珊瑚生水底石邊，大者樹高三尺餘，枝格交錯，無有葉。』」珊瑚是珊瑚蟲分泌的石灰質骨骼凝結物，狀如樹枝，多爲紅色，也有白色、黑色等。鮮艷美觀如玉，可做裝飾品。

【箋評】

「夜半醒來紅蠟短」二句：欲訴欲泣。（項真評、項真刻《項氏瓶笙榭新刻皮襲美詩》卷二）

奉和

龜蒙①

幾年無事傍江湖〔一〕，醉倒黄公舊酒壚②〔二〕。覺後不知新月上③〔三〕，滿身花影倩人扶〔四〕。（詩三五二二）

【校記】

①原缺署名「龜蒙」。所參校各本均署名龜蒙或收録在陸集中，據補。②「壚」四庫本作「爐」。③「後」萬絶本作「夜」。「新」陸詩甲本、陸詩丙本黄校、統籤本、全唐詩本作「明」。

【注釋】

〔一〕幾年：多年，數年。無事：閑適清静。《老子》（第五七章）：「我無事而民自富，我無欲而民自樸。」白居易《夏日獨值寄蕭侍御》：「形委有事牽，心與無事期。」傍：《説文·人部》：「傍，近也。」傍江湖：謂在江湖上過着閑散的隱居生活。

〔二〕黄公壚：借指酒店。參本卷（詩二八三）注〔九〕。

〔三〕覺後：此指酒醒之後。

〔四〕倩（qìng）人：請人。請他人爲自己做事爲倩。參卷五（詩二五二）注〔一〕。

【箋評】

蔡正孫評曰：「語意精工。」　徐居正評曰：「『傍』，近也；倚也。」　又曰：「『覺』，去聲。『倩』，借也。」　〇「龜蒙，吴人，居松江甫里，自號江湖散人。此詩首句『無事傍江湖』者，即其實也。」（于濟、蔡正孫編集，朝鮮徐居正等增注，卞東波校證《唐宋千家聯珠詩格校證》卷十二）

蔡正孫評曰：「二句（按指詩後二句）描寫如畫。」（于濟、蔡正孫編集，朝鮮徐居正等增注，卞東波校證《唐宋千家聯珠詩格校證》卷十五）

末句趣。（陸時雍《唐詩鏡》卷五十二）

周珽曰：「珽讀絶句，至晚唐多臻妙境。龜蒙别尋奇調。《自遣》之外，如《春夕（酒醒）》《初冬（偶作）》《寒夜》等作，俱有出群寡和之音。若《白蓮》《浮萍》，又當求之驪黄牝牡之外者也。」（周敬

編、周珽補輯、陳繼儒評點《删補唐詩選脉箋釋會通評林》卷五十九）

醉中樂趣，寫得出。（王熹儒《唐詩選評》卷十）

題係「酒醒」，從「醉」字入，係題前起法。首句第曰「無事」，徐徐引起「醉」字。次句正面入「醉」字。三句轉到「醒」字。四句承三句吟咏，尤切「春夕」。（朱寶瑩《詩式》）

「滿身花影倩人扶」，自是晚唐佳句，然不免纖瑣。東坡《西江月》詞云「解衣欹枕緑楊橋，杜宇一聲春曉」，氣象何等開朗！（劉）（富壽蓀選注、劉拜山、富壽蓀評解《千首唐人絶句》）

中國古典文學基本叢書

松陵集校注

第四册

〔唐〕皮日休 陸龜蒙 等撰

王錫九 校注

中華書局

松陵集卷第七　今體七言詩九十首

開元寺佛鉢詩(并序)〔一〕

日休

按《釋法顯傳》云〔二〕:「佛鉢本在毗舍離〔三〕,今在乾陀衛〔四〕。竟若干百年①〔五〕,當復至西月支國〔六〕;若干百年,至于闐國〔七〕;若干百年,當至屈茨國〔八〕;若干百年,當復來漢地。」〔九〕晉建興二年〔一〇〕,二聖像浮海而至滬瀆〔一一〕,僧尼輩取之以歸,今存于開元寺。後建興八年〔一二〕,漁者於滬瀆沙汭上獲之〔一三〕,以爲臼類②〔一四〕,乃葷而用焉〔一五〕。俄有佛像見于外③,漁者始爲異④,意滬瀆二聖之遺祥也⑤〔一六〕。乃以鉢供之〔一七〕,迄今尚存〔一八〕。余遂觀而爲之咏,因寄天隨子〔一九〕。(序一四)

【校記】

①「干」弘治本作「千」,以下幾處「干」均作「千」。②「臼」原作「曰」,據弘治本、汲古閣本、詩瘦閣本、四庫本、皮詩本、統籤本、類苑本、季寫本、全唐詩本改。③「于」四庫本、季寫本作「於」。④

「始」前盧校本有「以」。　⑤「祥」季寫本作「像」。

【注釋】

〔一〕開元寺：參卷六（詩二八一）注〔二〕、卷六（詩三三七）注〔一〕。佛鉢：寺院僧人的食具。鉢，梵語鉢多羅的省語。形制爲平底，口略小，圓形稍平。

〔二〕《釋法顯傳》：一名《高僧法顯傳》或《法顯傳》，亦稱《佛國記》，記載法顯本人游歷古印度的經歷見聞。法顯（三三七?—四二二?），晉平陽武陽（今山西省臨汾一帶）人，本姓龔，晉、宋間高僧，佛經翻譯家。東晉隆安三年（三九九），與慧景、道整等自長安西游，經西域至天竺，歷三十餘國，計十四年之久，搜集大量梵文佛經歸國，翻譯佛經百餘萬言。生平事迹參南朝梁釋慧皎《高僧傳》（卷三）。

〔三〕毗舍離：梵語，亦譯作毗耶離、維耶離，古印度一座大城名，相傳爲釋迦牟尼圓寂地。東晉沙門釋法顯《法顯傳·弗樓沙國》：「佛鉢即在此國。昔月氏王大興兵衆，來伐此國，欲取佛鉢。既伏此國已，月氏王篤信佛法，欲持鉢去，故興供養。供養三寶畢，乃校飾大象，置鉢其上，象便伏地不能得前。更作四輪車載鉢，八象共牽，復不能進。王知與鉢緣未至，深自愧嘆。即於此處起塔及僧伽藍，并留鎮守，種種供養。」《大唐西域記》（卷二）《健馱邏國》：「王城内東北有一故基，昔佛鉢之寶臺也。如來涅槃之後，鉢流此國，經數百年，式遵供養，流轉諸國，在波剌斯。」

〔四〕乾陀衛：古代西域國名，亦譯作乾陀羅、揵陀衛。梵語乾爲香，陀羅爲遍，義譯爲香遍國。

〔五〕竟：最終，經歷。

〔六〕西月（ròu）支國：即大月支。月支一作月氏（zhī），古西域國名。其族本居住在我國今甘肅、青海境内的祁連山脉一帶，後被匈奴擊破，遷徙至今新疆伊犁河上游一帶的稱作大月氏，遷往祁連山中的稱作小月氏。參《漢書》（卷九六上）《西域傳上·大月氏國》。

〔七〕于闐國：古代西域國名。在今新疆和田縣一帶。參《漢書》（卷九六上）《西域傳上·于闐國》。

〔八〕屈茨國：古代西域國名。又稱屈玆、屈支，即龜玆。在今新疆庫車縣一帶。參《漢書》（卷九六下）《西域傳下·龜玆國》。

〔九〕漢地：漢民族地區。此段引文係節引，今本《法顯傳》如下：《法顯傳》（四）《師子國記遊·天竺道人誦經》：「法顯在此國，聞天竺道人於高座上誦經，云：『佛鉢本在毗舍離，今在揵陀衛。竟若干百年（原注：法顯聞誦之時有定歲數，但今忘耳。），當復至西月氏國。若干百年，當至于闐國。住若干百年，當至屈茨國。若干百年，當復來到漢地。住若干百年，當復至師子國。若干百年，當還中天竺。到中天已，當上兜術天上。彌勒菩薩見而嘆曰：「釋迦文佛鉢至。」即共諸天華香供養七日。七日已，還閻浮提，海龍王持入龍宫。至彌勒將成道時，鉢還分爲四，復本頻那山上。』」

〔一〇〕晉建興二年：西晉愍帝司馬鄴建興二年（三一四）。

〔一一〕二聖像：指兩尊佛像。滬瀆：古水名，實即松江下游入海口一段。其地亦稱滬瀆。唐陸廣微《吴地記》：「（崑山縣）東南一百九十里，有晋將軍袁山松城，隆安二年築。時爲吴郡太守，以禦孫恩軍，在滬瀆江濱，半毁江中。」關於佛像浮海而至滬瀆，後被置於開元寺，陸廣微《吴地記》：「晋建興二年，郡東南二百六十里有滬瀆，漁人夜見海上光明，照水徹天。明日，睹二石神像浮水上。衆言曰：『水神也。』以三牲日祝迎之。像背身泛流而去。時郡有信士朱膺及東陵寺尼，率衆，香花鐘磬，入海迎之，載入郡城。像至通元寺前，諸寺競争，數百人牽拽不動。衆議云：『像應居此寺。』言畢，數人舁試，像乃輕舉，便登寶殿，神驗屢彰，光明七日七夜不絶。……開元五年，改開元寺。」

〔一二〕建興八年：晋無此年，疑誤。如依西晋愍帝建興元年（三一三）後推八年，則爲東晋元帝司馬睿太興四年（三二一）。

〔一三〕沙汭（ruì）：水灣邊的沙灘。《文選》（卷一二）木華《海賦》：「若乃雲錦散文於沙汭之際，綾羅被光於螺蚌之節。」獲之：獲得佛鉢。之，代詞，指佛鉢。

〔一四〕臼類：臼一類的容器。臼，舂米的器具。《説文·臼部》：「臼，舂也。古者掘地爲臼，其後穿木石。」

〔一五〕葷而用焉：用佛鉢盛葷腥的食物。

〔一六〕意：猜測。《廣雅》（卷五下）《釋言》：「意，疑也。」遺祥：遺留的祥瑞物。

〔一七〕供之：指以佛鉢供奉二聖像。之，代詞，指二聖像。

〔一八〕迄今尚存：不僅皮日休生活的晚唐佛鉢尚存，至宋代猶在。朱長文《吴郡圖經續記》（卷中）：「建興八年，漁者於滬瀆沙上獲帝青石鉢，初以爲臼類，葷而用焉。俄有佛像見于外，漁者異之，知其爲二像之遺祥也，乃以供佛。……今開元寺有瑞像閣，乃别加塑飾，其帝青石鉢猶存。」

〔一九〕天隨子：陸龜蒙自號。

詩①

帝青石作緑冰姿〔一〕（原注：佛律云〔二〕：「此鉢，帝青玉石也②，四天王所獻也。」③〔三〕），曾得金人手自持〔四〕。拘律樹邊齋散後④〔五〕，提羅花下洗來時〔六〕。乳糜味斷中天覺⑤〔七〕，麥麨香消大劫知〔八〕。從此共君親頂戴〔九〕，斜風應不等閑吹⑥〔一〇〕。（詩三五三）

【校記】

①汲古閣本、四庫本、統籤本、類苑本、季寫本、全唐詩本無「詩」。②「石」後統籤本無「也」。③類苑本無此注語。④「樹邊」類苑本作「厨過」。⑤「糜」原作「麋」。皮詩本作「靡」，季寫本作「糜」。皮詩本批校：「『靡』應作『糜』。」據改。⑥「斜」原作「針」，據弘治本、詩瘦閣本、四庫本、

盧校本、皮詩本、統籤本、類苑本、季寫本、全唐詩本改。汲古閣本作「斜」，應是「斜」字缺筆。「等閑」詩瘦閣本作「頓閒」。

【注釋】

〔一〕帝青石：一種玉石，亦稱帝釋青，佛家所稱的青色寶珠。唐玄應《一切經音義》（卷二三）：「帝青，梵言『因陀羅尼羅目多』，是帝釋寶，亦作青色，以其最勝，故稱帝釋青。……目多，此云珠，以此寶爲珠也。」緑冰：青緑色的玉石晶瑩如冰。

〔二〕佛律：佛門的戒律。此指佛書而言。

〔三〕四天王：佛的四大外將，又稱四大天王、四大金剛，分別居于須彌山四陲，各護一方。東方持國天王多羅吒，南方增長天王毗瑠璃，西方廣目天王毗留博叉，北方多聞天王毗沙門。《大唐西域記》（卷八）《摩揭陀國上》：「長者獻麨側，有窣堵波，四天王奉鉢處。商主既獻麨蜜，世尊思以何器受之。時四天王從四方來，各持金鉢，而以奉上。世尊默然而不納受，以爲出家不宜此器。四天王捨金鉢，奉銀鉢，乃至頗胝、琉璃、馬腦、車渠、真珠等鉢，世尊如是皆不爲受。四天王各還宮，奉持石鉢，紺青映徹，重以進獻。世尊斷彼此故，而總受之。次第重壘，按爲一鉢，故其外則有四際焉。」

〔四〕金人：指佛，亦稱佛像。此指釋迦牟尼。《史記》（卷一一〇）《匈奴列傳》：「漢使驃騎將軍去病將萬騎出隴西，……破得休屠王祭天金人。」《正義》：「金人，即今佛像。」《後漢書》（卷八八)《西域傳·天竺國》：「世傳明帝夢見金人，長大，頂有光明，以問群臣。或曰：『西方有神，名曰佛，其形長丈六尺而黄金色。』帝於是遣使天竺問佛道法，遂於中國圖畫形像焉。」

〔五〕拘律樹：一種樹名。東晋沙門釋法顯《法顯傳·伽耶城》：「佛於尼拘律樹下方石上東向坐，梵天來請佛處。四天王捧鉢處。五百賈客授麨蜜處。」又《法顯傳·迦維羅衛城》：「佛在尼拘律樹下，東向坐，大愛道布施佛僧伽梨處，此樹猶在。」

〔六〕提羅花：提羅迦樹花。《酉陽雜俎》(前集卷三)：「提羅迦樹花，見日光即開。」

〔七〕乳糜：乳酪。用乳汁或酥油制成的糊狀物。《水經注·河水一》：「《外國事》曰：毗婆梨，佛在此一樹下六年，長者女以金鉢盛乳糜上佛，佛得乳糜，住足尼連禪河浴。浴竟，于河邊啖糜竟，擲鉢水中，逆流百步，鉢没河中。」中天：上界，神仙世界。此指佛界而言。此句謂乳糜味美，如果斷絶，上界的神仙也就知曉。

〔八〕麥麨(chǎo)：麥子炒熟後磨成粉制成的乾糧。大劫：大灾難。佛教以天地一成一毁爲一劫，歷八十劫爲一大劫。此指佛。

〔九〕共君：與君。君，指陸龜蒙。頂戴：供奉敬禮。東晋沙門釋法顯《法顯傳·那竭國》：「王聞已，則詣精舍，以華香供養。供養已，次第頂戴而去。」

〔一〇〕斜風：當指邪惡的世俗之風。等閑：無端，隨意。張相《詩詞曲語辭匯釋》(卷四)：「等閒，猶云平常也；隨便也；無端也。按閒字古多作閑。」

【箋評】

《西域諸國志》曰：「佛鉢，在乾陁越國，青玉也。受三升許。彼國寶之，供養乞願。終日花香，不滿則如言也，滿亦如言也。」皮日休有《佛鉢》詩：「帝青玉作緑冰姿……。」陸龜蒙詩：「空王初受逞神功……。」皮日休詩序曰：「按《釋法顯傳》云……。」（高似孫《緯略》卷五《佛鉢》）

皮日休《謝友人惠人參》曰：「神草延年出道家，是誰披露記三椏。開時的定涵雲液，劚後還應帶石花。名士寄來消酒渴，野人煎去撇泉華。從今湯劑如相續，不用金山焙上茶。」《佛鉢》云：「帝青玉作緑冰姿，曾得金人手内提。拘律樹邊齋散後，提羅花下洗來時。乳糜味斷中天覺，麥麨香消大劫知。從此共君親頂戴，斜風應不等閒吹。」二律俱見《緯略》，近刻皮集并失之，故録出。「帝青」，玉石也。（陳懋仁《藕居士詩話》卷上）

首言佛鉢之質，本「帝青石」爲之，而姿色猶如「緑冰」。次言曾得佛手親持。三四言自從佛用之「齋散」、洗浄以來，歷世久遠，不知幾千百年矣。鉢中當年曾貯「乳糜」，其味已斷，惟有「中天」佛界，當日在彼用過，所以覺其今日之無此味。又曾盛「麥麨」，今亦無此香味。「大劫」以前有香，「大劫」以後無香，所以獨「大劫」能知之，而吾人皆不知也。此聯落想構句，靈奇幽遠，妙入化境。結意蓋釋氏戒子，不得離衣鉢宿。達摩東渡，以此傳道，表佛之慧命，神秀與六祖欲加奪取，其尊重難得可知。況今佛持之鉢，尤爲特異，我與君得以頂禮戴仰，皆在覆庇之下。佛法廣大，一切塵凡不正之氣，不能吹動矣。佛經所謂被黑風吹入羅刹鬼國，殆此「斜風」歟？《翻譯名義》：「毗舍離，西域城名。」《净名疏》云：「廣嚴屈茨園。」《西域記》云：「舊曰丘慈乾陀衛，隋云香行國。月支國，亦云月氏，在雪山西北境。」滬瀆，在婁縣界。二聖像，《姑蘇志》載，迦葉、維衛，二佛也。至今石像在蘇城開元寺。寺有無梁殿供之。經云：「佛初成道，未有應器，四大天王，各令妙工選取寶石，造成鉢，已來獻于佛。」《金剛經疏》：「著衣持鉢。」注云：「鉢者，紺琉璃鉢。過去維衛佛所有，釋迦世尊成道，四天王取而獻之。」則紺琉璃與帝青相類。《佛圖》曰：「佛鉢，青玉也。」道人竺法維所説是青，晉釋法顯《佛國記》云：「行至弗樓沙國，佛鉢在此國。昔月氏王大興兵衆來伐，欲取佛鉢。既伏此國，欲持鉢去。校飾大象，置鉢伏地，至八象共牽不進，即于此處置塔，及僧伽藍供養，有七百餘僧。日將中，衆僧則出鉢，與白衣等種種供養，然後中食。至暮，燒香復爾。可容二斗許。雜色而黑多，四際分明，原可二分，瑩徹光澤。貧人以少華投中便滿。有大富者，欲以多華供養，正復百千萬斛，終不能滿。」《後漢書》：「明帝夜夢金人，長丈餘，身有日光，飛空而至。以問群臣。有通事舍人傅毅對曰：『臣聞西域有神，其名曰佛，其形長丈六尺，而黄金色，輕舉能飛。陛下所夢，得無是乎？』帝於是遣蔡愔、張騫、秦景、王遵十二人，往天竺寫取佛經四十二章，及摩騰竺法蘭以來。帝令藏經蘭臺石室，起白馬寺於雍門外，以處摩騰，由是化行中國。」拘律樹，《翻譯名義》：「此云無節，又云從廣，其果如無升瓶大，食之，已熱痰。」晉釋法顯《佛國記》云：「摩竭提國，北行有彌家女，奉佛乳糜處。從此北行二里，佛于大樹下石上東向坐，食糜，樹、石今悉在。石可廣六尺，高二尺許。國中寒暑均調，樹木或數千歲，乃至萬歲。又東北行半由延，有石壁上佛影。又西南行減半由延，佛于尼拘律樹下方石上東向坐，梵天來請佛處，四天王奉鉢處，五百賈客授麨蜜處。」則詩中皆有所本。劉孝威啓曰：「乳糜香飯，素糅糗漿。」《酉陽雜俎》：「段成式門下騶路神通，能戴石六百斤，自言得神力。背刺天王，至朔望具乳糜，焚香袒坐，使妻兒供養其背而拜焉。」「乳糜」似奶茶、醍醐、乳酪之類。别作「麋」，訛。西域有五天竺，佛生中天竺。又《本行經》曰：「净飯王嚴駕抱太子謁自在天神，廟神像起，禮拜太子足，王驚曰：『我子于天神中，更爲尊勝，宜字天中天。』即佛第二小字也。」今「中天」兩借用，亦可。字書：「麨，糗也。」「麥麨」，亦炒麵茶之類。佛家爲「劫」，儒家爲「世」，道家爲「塵」。《唐玄奘法師傳》載：「至健陀邏國，其國東臨信度阿都城，號布路沙。布路國玉城東北有置鉢寶臺。佛鉢後移諸國。城外東南八九里，有畢鉢羅樹，高五百餘尺。過去四佛，并坐其下。當來九百九十六佛，亦當坐焉。」則所謂「提羅花」，或即此「鉢羅」耶？（胡以梅《唐詩貫珠箋》卷五十九）

奉和①　龜蒙

空王初受逞神功〔一〕，四鉢須臾現一重〔二〕（原注：至今鉢緣有四重也②。）。持次想添香積飯〔三〕，覆時應帶步羅鍾③〔四〕。光寒好照金毛鹿〔五〕，響静堪降白耳龍④〔六〕。從此寶函香裹見〔七〕，不煩西去詣靈峰⑤〔八〕。（詩三三五四）

【校記】

①陸詩甲本題作《和咏開元寺佛鉢》。「鉢」陸詩乙本批校：「舊本作『塔』。」 ②「緣」原作「緑」，據弘治本、汲古閣本、詩瘦閣本、四庫本、陸詩甲本、陸詩丙本、季寫本、全唐詩本改。「有」陸詩甲本作「友」，陸詩乙本批校：「舊本作『友』。」類苑本無此注語。 ③「鍾」弘治本、詩瘦閣本、類苑本、季寫本作「鐘」。 ④「響」陸詩丙本作「嚮」。「静」陸詩丙本黄校作「凈」。 ⑤「煩」類苑本、季寫本、全唐詩本作「須」，全唐詩本注：「一作煩。」

【注釋】

〔一〕空王：對佛的尊稱。佛理認爲世間一切皆空，故稱佛爲空王。《大智度論》（四六）：「何等爲空空，一切法空，是空亦空，非常非滅故。何以故？性自爾，是名空空。」《圓覺經》：「佛爲萬法之王，又曰空王。」孟郊《和薔薇花歌》：「風枝裊裊時一颺，飛散葩馥繞空王。」神功：神靈的功用。

〔二〕四鉢：佛成道時，四天王各獻一石鉢，佛受之，重疊爲一而用，故稱四鉢。一重：指四鉢重疊後變成爲一鉢。參本卷（詩三五三）注〔三〕。四天王各以石鉢獻佛，爲青石鉢，佛一一接受，四鉢重疊爲一鉢，所以佛鉢的外沿有四層，又見《佛本行集經》（卷六一）、《五分律》（卷五）。

〔三〕持次：手持。香積飯：佛寺的齋飯。《維摩詰經·香積品》：「於是維摩詰不起於座，居衆會前，化作菩薩，而告之曰：汝往上方界，分度四十二恒河沙佛土。有國名衆香，佛號香積，與衆菩薩方共坐食，汝往到彼，如我辭曰：願得世尊所食之餘，當於娑婆世界施作佛事，令此樂小法者，得宏大道。亦使如來名聲普聞。時化菩薩即於會前升於上方。舉衆皆見其去，到衆香界，禮彼佛足，又聞其言。於是香積如來以衆香鉢，盛滿香飯，與化菩薩。時化菩薩既受鉢飯，須臾之間，至維摩詰舍，以滿鉢香飯與維摩詰，飯香普薰毗耶離城及三千大千世界。」

〔四〕步羅鍾：未詳。《祖庭事苑》（卷四）載：傳説西國修多羅院有一石鍾，色如青玉。不知步羅鍾是否即此石鍾？此句意謂佛鉢覆下置放時其聲如鍾。

〔五〕光寒：形容佛鉢光亮如鏡。南朝宋鮑照《擬行路難十八首》（其一）：「紅顏零落歲將暮，寒光宛轉時欲沉。」金毛鹿：金黄色毛的鹿。本詩注〔六〕所引《法顯傳》一段的末句「最樂無比」，胡以梅《唐詩貫珠箋》則引作「最樂金毛鹿」，可參。或爲該書舊本如此。參本詩〔箋評〕。佛教崇尚金毛的野獸，故云。如佛教文殊師利菩薩所乘的是金毛獅子，故云。

〔六〕響静：寂静無聲。堪降：可以降伏。白耳龍：佛教傳説中白耳朵的神龍。降龍：《佛本行集經·迦葉三兄弟品》載有佛降伏毒龍，使入于鉢中事。佛教又有禪静可降伏毒龍，消除煩惱雜念之説。王維《過香積寺》：「薄暮空潭曲，安禪制毒龍。」東晋沙門釋法顯《法顯傳·僧伽施國》：「住處一白耳龍，與此衆僧作檀越，令國内豐熟，雨澤以時，無諸灾害，使衆僧得安。衆僧感其惠，故爲作龍舍，敷置坐處，又爲龍設福食供養。衆僧日日衆中別差三人，到龍舍中食。每至夏坐訖，龍輒化形作一小蛇，兩耳邊白。衆僧識之，銅杅盛酪，以龍置中。從上座至下座行之，似若問訊，遍便化去，年年一出。其國豐饒，人民熾盛，最樂無比。」

〔七〕寶函香：帶有清香氣味的寶函。寶函，盒、匣的美稱。此指盛放佛經或其他佛教物品的匣子。

〔八〕西去：到西方去。佛教來自西方古印度，故云。如玄奘《大唐西域記》、義浄《大唐西域求法高僧傳》，都記述西去古印度取經的經歷。靈峰：靈山，指靈鷲山。《水經注·河水一》：「釋氏《西域記》云：耆闍崛山在阿耨達王舍城東北，西望其山，有兩峰雙立，相去二三里。中道鷲鳥，常居其嶺，土人號曰耆闍崛山。胡語耆闍，鷲也。又竺法維云：羅閲祇國有靈鷲山，胡語云耆闍崛山。山是青石，石頭似鷲鳥。阿育王使人鑿石，假安兩翼、兩脚，鑿治其身，今現存，遠望似鷲鳥形，故曰靈鷲山也。」《大唐西域記》記述「鷲峰」一段，見該書卷九《摩揭陁國下·鷲峰及佛迹》。

【箋評】

首言佛「初受」時，乃天王逞其「神功」成就而獻也。次言四天王獻四鉢，今止見其一。「須臾」者，「初受」至今日，佛視之猶刹那間。在皮原唱，以「中天」、「大劫」言其曠遠，而陸則翻案，反言其「須臾」，不落他人窠臼，所以妙。以下言想當日佛持之際，曾添香積之飯，不用而覆下，猶帶步羅鐘之形色如緑冰，所以「光寒」可照「金毛」之鹿，以其色相耀也。「響静」可以降攝「白耳」之龍，佛之威力也。結言幸於此處「寶函香裏」頂禮得見之，可以不煩遠詣佛國，訪此法寶，誠善緣之慶矣。《圓覺經》：「佛爲萬法之王。」又曰：「空王。」按四天王各令妙工成鉢，則四天王各有其鉢，所以詩中謂之「四鉢」。又按《南山律鈔》云：「梵語，鉢多羅，此云應量器，有大小不一。又鉢亦名鍵鎔。」《經音疏》云：「小鉢今呼爲鐼子。」《四分律》云：「鍵鎔入小鉢，小鉢入次鉢，次鉢入大鉢。」如是則猶今之套碗，爲四層。所以詩中謂之「四鉢見一重」耶？否則「重」字豈浪下者乎？《維摩經》：「上方界土，有國名衆香。維摩居士遣化菩薩，往衆香國禮佛，言取得世尊所食之餘，欲於娑婆世界施作佛事。於是香積如來，以衆香鉢盛飯與之。」《佛國記》又云：「僧伽施國，在天地釋、梵天王從佛下處起塔，此處僧及尼有千人，皆同衆食，一白耳龍與此衆僧作檀越，令國内豐熟，雨澤以時，無諸灾害。僧感其惠，故爲作龍舍，設福食供養，日日到龍舍中食。每至坐夏訖，龍輒化形作一小蛇，兩耳邊白。衆僧識之，銅盂盛酪，以龍置中。從上座至下座行之，似若問訊，遍便化去。年年一出。其國豐饒，人民熾盛，最樂金毛鹿。」步羅鐘，另考。按吴郡《高季迪集》，《開元寺石鉢詩》：「寶石當年琢帝青，浮波不異木盃輕。傳靈已歷乾陀國，乞食曾來舍衛城。漁父得時初洗獻，法王在日每擎行。寺僧見客休頻出，恐有藏龍此内驚。」是明初尚在。予因詣寺訪之。寺在府治西南，大殿毁于火三十年矣，惟存無梁、石佛二殿。西偏小宇，佛前蓮花架一圓器，徑幾及尺，墻半之，墻有高起佛像，似木質，淡紅色，因供於佛座上，不得近前諦視。僧云即所謂佛鉢也，昔年常自放光。按詩序云：「有佛像見於外。」今鉢故有像歟？其一云已火廢，或云在鄧村，惜寺頽敗，無長老，莫可考。（胡以梅《唐詩貫珠箋》卷五十九）

佛成道已在道樹下。時有五百商人經過，二爲首者以蜜麨供佛，四天王各持一鉢，奉上，盛食，佛皆受之，累置掌上，按合成一，爲應供器。陸龜蒙《開元寺佛鉢詩》：「空王初受逞神功，四鉢須臾

現一重。」開元寺在蘇州。高青丘《姑蘇雜詠》中亦有詩。未知鉢今尚存否?(撰敘《隙光亭雜識》卷一)

夏首病愈因招魯望〔一〕

日休

曉入清和尚袷衣①〔二〕,夏陰初合掩雙扉〔三〕。一聲撥穀桑柘晚〔四〕,數點春鋤煙雨微②〔五〕。貧養仙禽能箇瘦③〔六〕,病關芳草就中肥〔七〕。明朝早起非無事,買得蒓絲待陸機〔八〕。

(詩三三五五)

【校記】

①「入」項刻本、類苑本作「日」。②「春」原作「舂」,據皮詩本、季寫本、全唐詩本改。③「仙」季寫本、全唐詩本作「山」。

【注釋】

〔一〕夏首:初夏。指農曆四月。招,邀請,約請。此詩當作於咸通十一年(八七〇)初夏。

〔二〕清和:天氣晴朗溫暖。三國魏曹丕《槐賦》:「伊暮春之既替,即首夏之初期。鴻雁遊而送節,凱風翔而迎時。天清和而溫潤,氣恬澹以安治。」袷(jiā)衣:夾衣。唐代人的便服,多爲白袷衣。李商隱《春雨》：「悵卧新春白袷衣。」《文選》（卷一三）潘岳《秋興賦》：「藉莞蒻，御袷衣。」李善注：「《説文》曰：『袷，衣無絮也。』」

〔三〕夏陰：初夏樹木茂盛形成濃陰。合：形容樹木錯雜掩映的情狀。孟浩然《過故人莊》：「緑樹村邊合，青山郭外斜。」

〔四〕撥穀：布穀鳥。古代民間認爲布穀鳴，催促人們春耕播種。桑柘（zhè）：桑樹、柘樹，都是桑科。此指農桑之事。《禮記・月令》：「季春之月，……是月也，命野虞無伐桑柘。」

〔五〕春鋤：白鷺的别名。《爾雅・釋鳥》：「鷺，春鋤。」《藝文類聚》（卷九二）引陸璣《詩義疏》：「鷺，水鳥也。好而絜白，謂之白鳥。齊、魯謂之春鋤，遼東、樂浪、吴、楊謂之白鷺。」

〔六〕仙禽：指鶴。《文選》（卷一四）鮑照《舞鶴賦》：「散幽經以驗物，偉胎化之仙禽。」能箇瘦：這樣的清瘦。張相《詩詞曲語辭匯釋》（卷三）：「能，摹擬辭，猶云這樣也。……亦有作能箇者。皮日休《夏首病愈》詩：『貧養山禽能箇瘦，病關芳草就中肥。』」

〔七〕就中：此中，其中。此句謂在病中仍關心芳草生長得茁壯茂盛的情形。芳草，應指藥草而言。

〔八〕蒓（chún）絲：蒓菜。古代吴中蒓菜羹是一道美味。晋代蘇州詩人陸機頗爲喜愛。《晋書》（卷五四）《陸機傳》：「嘗詣侍中王濟，濟指羊酪謂機曰：『卿吴中何以敵此？』答云：『千里蒓羹，未下鹽豉。』時人稱爲名對。」陸機（二六一—三〇三），字士衡，西晋吴郡（今江蘇省蘇州市）人，與其弟陸雲并稱「二陸」。又與潘岳并稱「潘陸」。生平事迹參《晋書》（卷五四）本傳。

此以陸機代指陸龜蒙。

【箋評】

五六做作。「芳草」云「肥」，言之不雅。（陸時雍《唐詩鏡》卷五十二）

「袷」，無絮之夾衣。蓋天陰而有病，故入夏還服「袷衣」耳。「掩扉」，無聊之意。《詩》：「鴻鳩在桑，其子七兮。」一名滑鵃，一名博黍，一名布穀，一名獲穀，一名撥穀，又名郭公，又名鴶鵴，又名桑鳩，又名鶻鵃。張華云：「農事方起，此鳥飛鳴桑間，若云五穀可布種也。」《詩義疏》曰：「鷺，水鳥也。所好潔白，謂之白鳥。齊、魯間謂之春鋤。」注曰：「步於淺水，好自低昂，故曰春鋤，亦曰獨春。」貧無稻粱，鶴易「瘦」。病久不出，草易覺「肥」。極不關係之事，見閑情逸致，是《松陵集》家常語，可以浣俗。「關」，言有關也。《世説》：「王武子食，前有羊酪。問陸機曰：『吴中何以敵此？』答曰：『千里蒓羹，特未下鹽豉耳。』」義山詩：「蜀薑供煮陸機蒓。」今魯望姓，用之更切。千里湖，在溧陽，見縣志。（胡以梅《唐詩貫珠箋》卷十八）

清和節物，宛然在目。（毛張健《唐體餘編》卷三）

奉訓次韻　　龜蒙

雨多青合是垣衣〔一〕，一幅蠻牋夜款扉〔二〕。蕙帶又聞寬沈約〔三〕，茅齋猶自憶王微〔四〕。方靈祇

在君臣正〔五〕，篆古須抛點畫肥①〔六〕。除却伴談《秋水》外〔七〕，野鷗何處更忘機〔八〕。（詩三五六）

【校記】

①「畫」陸詩丙本作「晝」。

【注釋】

〔一〕青合：指青緑色合成一片。江淹《從建平王遊紀南城》：「再逢緑草合，重見翠雲生。」梁簡文帝蕭綱《怨歌行》：「苔生履處没，草合行人疏。」孟浩然《過故人莊》：「緑樹村邊合，青山郭外斜。」垣衣：指墻垣上生長的瓦松一類的雜草，好像是墻上穿上了緑衣服。瓦松又名昔邪（耶），别稱垣衣。《酉陽雜俎》（前集卷一九）：「《博雅》：『在屋曰昔耶，在墻曰垣衣。』」南朝齊王融《藥名詩》：「石蠶終未蠒，垣衣不可裳。」

〔二〕蠻牋：唐代蜀地（指今四川省成都市）所産的一種箋紙。此指皮日休原唱詩。參卷六（詩三一五）注〔一〕。宋代仍有關於蠻箋的記述。《詩話總龜》（前集卷四〇）引《談苑》：「韓浦、韓洎，晋公滉之後，咸有辭學。……浦性滑稽，竊聞其言，因有親知遺蜀箋，浦作詩與洎曰：『十様蠻箋出益州，寄來新自浣溪頭。老兄得此全無用，助爾添修五鳳樓。』」亦可釋爲唐代時高麗所製紙。杜牧《往年隨故府吴興公夜泊蕪湖口，今赴官西去，再宿蕪湖，感舊傷懷，因成十六韻》：「貔貅環玉帳，鸚鵡破蠻牋。」清馮集梧注：「《天中記》：『唐中國紙未備，故唐人詩中多用蠻牋字。高麗歲貢蠻箋，書卷多用爲襯。』」款扉：叩門。《文選》（卷二六）范雲《贈張徐州稷》：「還聞稚子說，有客款柴扉。」李善注：「《呂氏春秋》曰：『款門而謁。』高誘注：『款，叩也。』柴扉，即荆扉也。」

〔三〕蕙帶：以芳香的蕙草作爲佩帶。代指腰帶。《楚辭·九歌·少司命》：「荷衣兮蕙帶，儵而來兮忽而逝。」寬沈約：指沈約瘦了，腰帶又寬了。此指皮日休因病而瘦。參卷五（詩二三四）注〔三〕。

〔四〕茅齋：茅草覆蓋屋頂的房舍。作者自指居處。王微：南朝宋詩人，字景玄（四一五—四五三），善屬文，能書畫，兼解音律、醫方、術數，素無宦情。《宋書》（卷六二）本傳云：「微常住門屋一間，尋書玩古，如此者十餘年。」此作者以王微自比。《文選》（卷三一）江淹《雜體詩三十首·王徵君微養疾》：「悵然山中暮，懷痾屬此詩。」

〔五〕方靈：藥方靈驗。君臣正：君主和臣子的位置擺得正確。喻藥方的主次和調配要恰當。參卷六（詩三一八）注〔二〕。也是道教煉丹用語。《雲笈七籤》（卷六六）《明辨章第二》：「金性冷，居其陽，汞即生於朱中是也。石性熱，居其陰，鉛中金真鉛也。故曰陰陽相合。所以陽即是君，陰即是臣，石浮金沉，義之明矣。君臣相得，浮沈得度，藥物和合，即神仙之要妙也。」

〔六〕篆古：古樸的篆書字體。點畫：指書法上的筆畫。點畫肥，謂筆畫敦厚。此句謂古拙的篆書不應當筆畫肥厚。杜甫《李潮八分小篆歌》：「嶧山之碑野火焚，棗木傳刻肥失真。苦縣光和尚骨立，書貴瘦硬方通神。」

〔七〕除却：除了。却，語助詞。《秋水》：《莊子·秋水》。該文以河伯與海若的對話，討論事物的無窮相對性，主張要順應自然，反對違逆常情。

〔八〕野鷗忘機：用《列子·黄帝篇》關於人不能懷有機心的故事。參卷一（詩一〇）注〔三四〕。

【箋評】

起因「款扉」，先説扉内之事。雨後青苔滿墻，一副詩箋投夜扣扉。讀其詩中，知沈約病後，腰瘦帶寬，猶憶我于茅齋，其情爲何如乎！上界已盡見招之事。五承三言服藥之靈處在「君臣正」，六承二言箋上之書「篆古」而無癡肥之態。結以談《秋水篇》之莊子比皮，以「忘機」鷗鳥比己，妙在鷗與水相通。「秋水」、「鷗機」，皆莊子所談，血脉貫通。《本草》：「垣衣，一名昔邪。在屋上曰屋游，石上謂之陟釐。」《南史》：「沈約字休文。……以書陳情徐勉，言己老病，『百日數旬，革帶常應移孔；以手握臂，率計月小半分。』欲謝事歸老。」又王微字景玄，素無宦情，舉爲吏部郎，確乎不拔。常住門屋一間，尋書玩古。足不履地，終日端坐，床席皆生塵埃，唯當坐住獨浄。《秋水篇》、野鷗，皆出《莊子》。《離騷》曰：「既替余以蕙纕矣。」注：「纕，佩帶。」今用「蕙帶」以此。《負暄雜録》云：「唐取備於外夷。詩中蠻牋，高麗歲貢蠻紙，日本國松皮紙，南番香皮紙，苔紙名側理，扶桑國芨皮紙，蜀藤紙。」（胡以梅《唐詩貫珠箋》卷十八）

（頷聯）江文通有擬王徵君《養疾》詩。蓋二句皆切病事，所以爲佳。（末句）答相招之意。（毛

張健《唐詩餘編》卷三）

新夏東郊閑泛有懷襲美〔一〕

龜蒙

遲於春日好於秋①〔二〕，野客相携上釣舟〔三〕。經略彴時冠暫亞②〔四〕，佩笭箵後帶頻搊〔五〕。蒹葭鷺起波搖笠③〔六〕，村落蠶眠樹挂鉤〔七〕。料得祇君能愛此〔八〕，不爭煙水似封侯〔九〕。

（詩三五七）

【校記】

①兩「於」字統籤本均作「于」。②「彴」原作「約」，據汲古閣本、詩瘦閣本、四庫本、陸詩甲本、陸詩丙本、統籤本、季寫本、全唐詩本改。③「蒹」陸詩甲本作「兼」。「鷺」類苑本作「露」。

【注釋】

〔一〕此詩應作於咸通十一（八七〇）年初夏。新夏：初夏，指四月。閑泛：自由隨意地泛舟。有懷：有感。《文選》（卷二一）顏延年《秋胡詩》：「有懷誰能已，聊用申苦離。」李善注：「《毛詩》曰：『有懷于衛，靡日不思。』」襲美：皮日休字。

〔二〕遲於春日：比春天的時間長。《詩經·豳風·七月》：「春日遲遲，采蘩祁祁。」

〔三〕野客：鄉野之人，指隱士。相携：相伴，結伴。釣舟：釣船，打魚船。

〔四〕略彴（zhuó）：小石橋。一説，兩頭聚石，以木横架如橋而可行人的獨木橋，故名石杠。《漢書》（卷六）《武帝紀》：「初榷酒酤。」顔師古注：「韋昭曰：『以木渡水爲榷。謂禁民酤釀，獨官開置，如道路設木爲榷，獨取利也。』」又注：「榷者，步渡橋，《爾雅》謂之石杠，今之略彴是也。禁閉其事，總利入官，而下無由以得，有若渡水之榷，因立名焉。」《爾雅·釋宫》：「堤謂之梁，石杠謂之徛。」郭璞注：「聚石水中以爲步渡彴也。……或曰今之石橋。」《初學記》（卷七）《地部下·橋》引《廣志》曰：「獨木之橋曰榷，亦曰彴。」原注：「榷，水上横一木爲渡。彴，今謂之略彴。」冠暫亞：將頭上的帽子姑且壓低一點。亞，使壓低。用同「壓」。杜審言《都尉山亭》：「葉疏荷已晚，枝亞果新肥。」白居易《晚桃花》：「一樹紅桃亞拂池，竹遮松蔭晚開時。」

〔五〕笭箵：盛放魚的竹簍。參卷四（序六）注〔二六〕。帶頻搊（chōu）：頻頻地拉緊腰帶。搊，束緊。

〔六〕蒹葭：蘆葦。蒹，荻；葭，蘆，水邊植物。《詩經·秦風·蒹葭》：「蒹葭蒼蒼，白露爲霜。」鷺：白鷺，水鳥名。波摇笠：漁船上打魚人的蓑笠在波浪中擺動摇曳。

〔七〕村落：村莊。樹挂鈎：指桑樹上挂着采桑葉的鈎子。漢樂府《陌上桑》：「青絲爲籠係，桂枝爲籠鈎。」

〔八〕料得：預料，猜想。得，語助詞。君：指皮日休。

〔九〕不争：只因，只爲。煙水：泛指美麗的自然景物。

【箋評】

比「春日」更長，而氣象景物不似秋之蕭索，正是「新夏」之景，因而「相携上釣舟」。「經略彴」，因橋低而「暫亞」其「冠」；「佩笭箵」，故「帶」爲之「搊」也。「蒹葭」中「鷺起」，波爲摇動，而人帶（戴？）之笠影亦動。「村落蠶眠」，不食葉，「樹」皆「挂鈎」。鈎蓋桑婦鈎，嫩枝以便采者。以上皆初夏景物。君所愛「煙水」，可與「封侯」并驅，「封侯」不能争先也。「笭箵」，漁器，可佩，是簍之類。（胡以梅《唐詩貫珠箋》卷五十）

開後人無限惡派。（録自明許自昌刻、惠棟校《唐甫里先生文集二十卷》卷九）

奉和次韻

日休

水物輕明淡似秋①〔一〕，多情才子倚蘭舟〔二〕。碧莎裳下携詩草②〔三〕，黄篾樓中挂酒篘③〔四〕。蓮葉醮波初轉棹〔五〕，魚兒簇餌未諳鈎④〔六〕。共君莫問當時事〔七〕，一點沙禽勝五侯⑤〔八〕。（詩三五八）

【校記】

①「淡」汲古閣本、四庫本、項刻本、鼓吹本、類苑本作「澹」。②「莎」項刻本、鼓吹本作「簑」。③

「篾」類苑本作「筏」，季寫本、全唐詩本作「篾」。④「簇」原作「蔟」，據弘治本、汲古閣本、詩瘦閣本、四庫本、皮詩本、項刻本、鼓吹本、統籤本、類苑本、季寫本、全唐詩本改。⑤「禽」項刻本、鼓吹本作「鷗」。季寫本、全唐詩本注：「一作鷗。」

【注釋】

〔一〕水物：水中景物。《文選》（卷四）左思《蜀都賦》：「水物殊品，鱗介異族。」輕明：輕淡明媚。

〔二〕多情才子：感情豐富真摯而有才華的人。此指陸龜蒙。《左傳·文公十八年》：「昔高陽氏有才子八人。」《南史》（卷一二）《后妃傳下·梁元帝徐妃》：「徐娘雖老，猶尚多情。」蘭舟：木蘭舟。參卷二（詩二九）注〔八〕。

〔三〕碧莎裳：緑蓑衣。「莎」通「蓑」。詩草：詩稿，此猶言詩集。

〔四〕黃篾樓：指船上用黃竹建成的樓臺，實即船上的船篷。篾，竹篾。黃篾即毛竹竹篾。《隋書》（卷三）《煬帝紀上》：「上御龍舟，幸江都。……文武官五品已上給樓船，九品已上給黃蔑。舳艫相接，二百餘里。」酒篘：用竹篾編成的漉酒器具。參卷四（詩一四三）注〔一〕。

〔五〕轉棹：摇動船槳。指泛舟。

〔六〕簇（cù）餌：叢聚在餌食旁。簇：聚集。

〔七〕共君：與君。君，指陸龜蒙。當時：那時。指過去的某時。

〔八〕一點沙禽：一片沙灘上的禽鳥。指與鷗鳥相伴的隱逸生活。用《列子·黃帝篇》典故。參卷一（詩一〇）注〔三〕。五侯：五人封侯。泛指權貴。《漢書》（卷九八）《元后傳》：漢成帝同日封其舅王譚、王商、王立、王根、王逢時爲侯，「五人同日封，故世謂之『五侯』。」又《後漢書》（卷六六）《陳蕃傳》：「前梁氏五侯，毒遍海内。」李賢注：「五侯謂胤、讓、淑、忠、戟五人，與冀同時誅。事見《冀傳》也。」即指梁冀子梁胤，其叔梁讓，其宗親梁淑、梁忠、梁戟皆封侯，世亦謂之「五侯」。又《後漢書》（卷七八）《宦者列傳》：桓帝封單超、徐璜、具瑗、左悺、唐衡爲侯。「五人同日封，故世謂之『五侯』。」

【箋評】

通篇衹是「水物輕明」一句寫新夏景，其餘前解只是寫「魯望」，後解只是寫「奉和」。切勿將五六亦作寫景看也。「才子」，指魯望也。「多情」，感其「有懷」也。「倚蘭舟」，「東郊閑泛」也。只二句，便將一題十有二字，止留「奉和」未寫，其餘已是寫教盡也。三四再寫舟中魯望，看他點綴詩酒，都是别樣。（後解）此寫「奉和」也。當我輩「轉棹」之年，正是彼「簇餌」之年。嗟乎，嗟乎！「蓮葉蘸波」，便已「轉棹」，我輩轉誠太早。只是少年不諳，因簇芳香，其簇不大可憐耶？因與魯望再訂前盟，毋以「五侯」易我「沙禽」，其得其失，到頭自知，莫謂今日計之不早也。（《金聖嘆全集》選刊之二《貫華堂選批唐才子詩》）

前漢成帝封舅王根、王譚、王商、王立、王達（逢時？）爲「五侯」。後漢桓帝一日封宦官五人爲「五侯」。首言「水物」如菱、荷、蘋、芷之屬，輕清明媚，其景色澹蕩，則又如秋時。已以魯望爲「多情才子」，泛舟此地，携詩飲酒，樂當何如哉！五六句言東郊之景，皆泛舟所見者也。率此「蓮葉」、「魚兒」之樂，莫問當年名利之事。只如「東郊閒泛」，得與沙鷗爲侣，勝於五侯之貴矣，其何心於塵事歟！

○朱東嵒曰：「水物輕明」，寫「新夏」也。「才子」，指魯望也。「多情」，寫「有懷」也。「倚蘭舟」，寫「東郊閒泛」也。只此二句，已寫盡題意。止留「奉和」二字未寫矣。三四將「詩」、「酒」寫舟中魯望，亦極平常。看他以「碧蓑裳下」、「黄篾樓中」，點綴「詩」、「酒」，筆墨自是不同。五六方寫「奉和」。「轉棹」、「諳鈎」等意，即八之「一點沙禽勝五侯」也。世人只知「簇餌」，未解「轉棹」，其得其失，自宜早計。言下有與魯望再訂前盟之意，切勿將五六作寫景看也。（元郝天挺注、明廖文炳解、清朱三錫評《東嵒草堂評訂唐詩鼓吹》卷五）

起言遊處清幽，「水物」相映澄澈，「新夏」而反如秋景，故「才子」樂爲之泛舟，既携詩稿，又「挂酒篘」，何等逸興！因「轉棹」而使「蓮葉蘸波」，垂釣絲而「魚兒簇餌」，皆屬幽事。而「未諳鈎」有味。蓋「魚兒」，小魚，未經鈎者。且暗比人事，亦多因餌藏鈎之累。一「諳」字靈極。所以啓下文休問當年名利之事，即五侯之聲勢，不若閑鷗之無有盛衰。鷗亦比隱逸之士也。「碧蓑裳」，即蓑衣。此甚言其樸野之服。然魯望亦自躬耕，有「舜禹黴脊胼胝」之語，則蓑衣亦其嘗用者。高人實迹也。《隋書》：「煬帝幸江都，五品以上給樓船，九品以上給黄篾船，舳艫相接二百餘里。」蓋船上編竹如篷，以蔽風雨，即今篾棚。詩中「樓」字，即船上之高棚。「篘」，漉酒器。「五侯」，王氏之五侯，桓帝

封宦官五侯，皆一日同封。（胡以梅《唐詩貫珠箋》卷三十六）

四月十五日道室書事寄襲美〔一〕

龜蒙

烏飯新炊⿱艹毦臛香①〔二〕，道家齋日以爲常。月苗杯舉存三洞〔三〕，雲蕊函開叩九章②〔四〕。一掬陽泉堪作雨〔五〕，數銖秋石欲成霜③〔六〕。可中值著雷平信④〔七〕，爲覓閑眠苦竹床〔八〕。（詩三五九）

【校記】

①「新」類苑本作「薪」。「⿱艹毦」原作「⿱艹⿰貝毛」，據汲古閣本、四庫本、陸詩丙本、統籤本、季寫本改。詩瘦閣本、章校本、類苑本作「⿱艹⿰貝毛」，陸詩甲本作「⿱艹眊」，全唐詩本作「芼」。「臛」陸詩甲本、陸詩丙本、統籤本作「腌」。②「蕊」季寫本作「蘂」。③「銖」陸詩丙本黄校作「株」。④「著」陸詩甲本、統籤本作「着」。

【注釋】

〔一〕四月十五日：道家常以每月十五日爲齋日。重要的「三元齋」就是都在有關月份的十五日。《唐六典》（卷四）《祠部郎中》：「（道士）三元齋：正月十五日天官，爲上元；七月十五日地官，爲中元；十月十五日水官，爲下元，皆法身自懺愆罪焉。」道室：專門用於從事道教齋醮活動的房舍。

〔二〕烏飯：以南燭草液汁浸米煮成的飯，其色青碧，故稱。亦作青精飯、青䊦飯，是道家在立夏時的食物。道家認爲久食可以强身延年。陶弘景《登真隱訣·佚文匯綜》：太極真人青精乾石䊦飯法：用南燭草木葉，雜莖皮煮，取汁浸米蒸之，令飯作青色，「預作高格，暴令乾。當三過蒸暴，每一燥輒以青汁搜，令浥浥耳。日可服二升，勿復血食。亦以填胃補髓，消滅三蟲。」䉂臛(ruǎn huò)香：菜肴的香味。䉂，宋曾慥《類説》(卷七)引《諸山記》：「酒行命食，或云䉂即水苔也。」臛，肉羹。《楚辭·招魂》：「露鷄臛蠵，厲而不爽些。」王逸注：「有菜曰羹，無菜曰臛。」

〔三〕月苗杯：月牙形的杯子。月苗，月牙，每月初四五的新月。存：用心。三洞：泛指道教經典。道教將其典籍分爲洞真部、洞玄部、洞神部，合稱「三洞」。名稱始出於南朝宋陸修静《三洞經書目録》。《雲笈七籤》(卷六)《三洞經教部》引《道門大論》云：「三洞者，洞言通也。通玄達妙，其統有三，故云三洞。第一《洞真》，第二《洞玄》，第三《洞神》。」

〔四〕雲蕊函：雕刻有天上雲紋的書函。叩：叩問。九章：九疇。即相傳爲禹治理天下九種根本大法的《洪範》。九疇，《漢書》(卷二一上)《律曆志上》：「箕子言大法九章，而五紀明曆法。」顔師古注：「大法九章即《洪範》九疇也。」

〔五〕一掬：一捧。雙手合捧爲掬。《説文·勹部》：「匊，在手曰匊。」《玉篇·手部》：「掬，撮也。」陽泉：夏天的泉水。

〔六〕數銖：言數量極少。銖，古代衡制中極小的單位，兩的二十四分之一爲銖。秋石：秋天的白石。古代傳説中神仙以白石爲糧。《神仙傳》（卷二）《白石生》：「常煮白石爲糧，因就白石山居，時人號曰白石生。」

〔七〕可中：如其，假使，如果，倘若。張相《詩詞曲語辭匯釋》（卷一）：「可中，猶云如其或假使也。」王建《鏡聽詞》：「可中三日得相見，重綉錦囊磨鏡面。」李涉《早春霽後發頭陀寺寄院中》：「草檄可中能有暇，迎春一醉也無妨。」寒山《我見人轉經》：「可中作得主，是知無内外。」值著：遇到，恰好。著，語助詞。雷平：參卷六（詩二六七）注〔八〕。雷平信：應指在雷平學道的道友的來信。

〔八〕苦竹床：以苦竹制成的床。言其粗疏簡陋。苦竹，因其笋有苦味，不能食用，故名。南朝宋戴凱之《竹譜》：「苦實稱名，甘亦無目。苦竹，有白，有紫，而味苦。」

【箋評】

月苗杯　天隨子詩：「月苗杯舉存三洞。」（郎廷極《勝飲編》卷十二）

陸魯望《道院書事寄襲美》詩：「可中值著雷平信，爲覓閒眠苦竹床。」皮有《懷茅山廣文南陽博士三首》，魯望復和之，曰：「想得雷平春色動，五芝烟甲又芊眠。」雷平山在句容縣，有田公泉，飲之能除三尸。《南史》：「陶弘景葬此，昭明太子爲之志。」（宋長白《柳亭詩話》卷二十五《雷平》）（原注：「襲美和魯望五言：『應在雷平上，支頤復半醺。』」）

奉和

日休

望朝齋戒是尋常〔一〕，静啓《金根》第幾章①〔二〕。竹葉飲爲甘露色②〔三〕，蓮花鮓作肉芝香〔四〕。松膏背日凝雲磴③〔五〕，丹粉經年染石床〔六〕。剩欲與君終此志〔七〕，頑仙唯恐鬢成霜〔八〕。（詩三六〇）

【校記】

①「静」鼓吹本作「盡」，季寫本、全唐詩本注：「一作盡。」「第」項刻本作「筆」。「金根」下全唐詩本注：「經名。」　②季寫本此句下注：「上句《金根》，經名也。」　③「日」項刻本、鼓吹本作「雨」。鼓吹本注：「雨一作日。」「日」季寫本、全唐詩本注：「一作雨。」

【注釋】

〔一〕望朝：十五日的早晨。每月的十五日稱望，此指四月十五日。齋戒：道教以清齋奉戒，净心去欲，消除邪妄的修煉活動爲齋戒。《禮記·玉藻》：「將適公所，宿齋戒，……既服，習容，觀玉聲，乃出。」《雲笈七籤》（卷三七）《齋戒》：「夫爲學道，莫先乎齋。外則不染塵垢，内則五藏清虚，降真致神，與道合居。」尋常：正常。

〔二〕《金根》：《金根經》，道教經籍名。《雲笈七籤》（卷八）《釋青要紫書金根衆經》：「金者，金簡也。根者，日根也。衆經者，科集衆經之最要也。」

〔三〕竹葉：竹葉青，酒名。《文選》（卷三五）張協《七命》：「乃有荆南烏程，豫北竹葉。浮蟻星拂，飛華萍接。」李善注：「張華《輕薄篇》曰：『蒼梧竹葉清，宜城九醖酒。』」唐代蘇州也有竹葉酒。白居易《憶江南三首》（其三）：「江南憶，其次憶吴宫。吴酒一盃春竹葉，吴娃雙舞醉芙蓉。早晚復相逢。」甘露：甘甜潔净的露水。喻竹葉酒。道家以甘露爲仙人的飲饌。《老子》（第三二章）：「天地相合，以降甘露。」《太平御覽》（卷一二）引《瑞應圖》：「甘露者，美露也。神靈之精，仁瑞之澤。其凝如脂，其甘如飴。一名膏露，一名天酒。」

〔四〕蓮花鮓（zhǎ）：以蓮花爲佐料的腌制品。《釋名·釋飲食》：「鮓，菹也，以鹽米釀之如菹，熟而食之也。」肉芝：道家五芝的一種，服食可以延年益壽。《抱朴子·内篇·仙藥》：「五芝者，有石芝，有木芝，有草芝，有肉芝，有菌芝，各有百許種也。……肉芝者，謂萬歲蟾蜍，……千歲蝙蝠，……千歲靈龜，……千歲燕，……凡此又百二十種，此皆肉芝也。」

〔五〕松膏：松脂，松香。道家認爲服食松脂可以延年益壽。《列仙傳》（卷上）《仇生》：「常食松脂，在尸鄉北山上，自作石室。」《神仙傳》（卷二）《皇初平》：「服松脂茯苓，至五千日，能坐在立亡，行於日中無影，而有童子之色。」背日：背對着太陽。凝：凝結。雲磴：山中的石階小路。磴，《玉篇·石部》：「磴，巖磴。」

〔六〕丹粉：道家丹藥的粉末。指道家的丹藥。其液狀常稱作膏、漿、醴、液云云。其粉狀爲「散」，如《神仙傳》（卷二）《欒子長》：「（欒子長）遇仙人，授以服《巨勝赤松散方》。」又（卷五）：《茅君》「（茅君）使（兩個弟弟）服四扇散。」經年：經歷一年又一年，若干年。指歷時長久。《文選》（卷二九）《古詩十九首》（其九）：「此物何足貢，但感别經年。」石床：以石爲床。僧道和隱士的卧具，表示其野逸。孟浩然《題鹿門山》：「昔聞龐德公，采藥遂不返。金澗餌芝朮，石床卧苔蘚。」劉長卿《望龍山懷道士許法稜》：「朝入青霄禮玉堂，夜掃白雲眠石床。」

〔七〕剩欲：唯欲，很願意。張相《詩詞曲語辭匯釋》（卷二）：「賸，甚辭。猶真也；儘也；頗也；多也。字亦作剩。」君：指陸龜蒙。

〔八〕頑仙：愚笨的仙人，冥頑不靈的仙人。作者自喻。陶弘景《與梁武帝論書啓》（五篇之二）：「每以爲得作才鬼，亦當勝於頑仙。」鬢成霜：鬢髮變白，人已衰老。謂未能成仙。

【箋評】

此言「望朝齋戒」亦「尋常」之事，而所以然者，蓋誦經修道之故耳。其在「道室」也，飲竹葉之酒，色如甘露；餐蓮花之鮮，香若肉芝。抑且「松膏」凝於「雲磴」之上，「丹粉」染於「石床」之間，是「道室」之景物。又有如此也。我「欲與君」盡此修煉之事，恐吾空然頑質，鬢易成霜，則騣騣老而無成也，其能學君之精勤修道哉！○朱東嵒曰：前六句寫「道室」事，末二句自寫。題曰《四月十五日道室書事》，首句先爲點明，此唐人看題細密處。不然，竟作奉和道室書事詩矣。（元郝天挺注、明廖文炳解、清朱三錫評《東嵒草堂評訂唐詩鼓吹》卷五）

題是「道室」中「書事」，言道室中於「望朝」而「齋戒」，此亦「尋常」之事，更於中讀道經幾章，蕭然無事。所飲之竹葉酒，即甘露所爲；所啖蓮花鮓，亦作肉芝之香。其飲啖者，皆非塵凡之物。且「松膏背日凝」結而成「雲磴」，「丹粉」日久亦將石床染成白色，何等清幽之境！可以學道專，而松膏可以服餌輕身，欲於此與君終其志。但頑仙尚有俗緣牽制，惟恐淹留而鬢已白耳。因原唱有「烏飯」、「毦藿」、「月苗杯」飲食之物，今亦以食物和之；原唱有「陽泉」、「秋石」，今以「松膏」、「丹粉」和之；原唱欲置「竹床」同眠，今以「石床」和之。結亦云欲「終此志」也。《金根》、《鼓吹》注：「經也。」宜城九醖，名竹葉酒。《述異記》：「庾亮迎吴猛登廬山，過石梁，見一翁坐桂樹下，以玉杯承玉膏甘露與猛。」「磴」，階級。《神仙傳》：「蕭静之掘地得人手，潤澤而白，烹而食之。後遇異人曰：『爾嘗食仙藥。』因告之曰：『此肉芝，食之者壽。』」《抱朴子》曰：「行山中，見小人乘車馬，長七八寸者，肉芝也。捉取服之，即仙矣。」《仙史》：「武陽北平山，有白蝦蟆，謂之肉芝，王喬食以仙去。」松脂，《本草》亦名松膏。丹第一轉爲粉。道書《釋青要紫書金根衆經》云：「青要者，紫青帝君之别號。紫書，紫筆繕文。金者，金簡。根者，日根也。衆經，科集衆經之要，蓋玉帝命高上侍真科集寶目。采日根之法，合爲衆經，以紫筆繕書。金簡也，篇也。」（胡以梅《唐詩貫珠箋》卷十九）

（賸）與剩同，餘辭也。杜子美詩：「剩欲提携如意舞。」皮襲美詩：「剩欲與君終此志。」温飛卿詩：「剩欲一名添鶴寢。」剩欲，猶云唯欲。唯，獨也，只也，祇也，祇餘此，故云剩也。李義山詩「景陽宮井剩堪悲」，韋莊詩「異鄉聞樂剩悲凉」。此剩字，祇也。（劉淇《助字辨略》卷四）

剩，餘辭也。皮襲美詩「剩欲與君終此志。」又尚也。杜牧之詩：「剩肯新年歸否。」（張德瀛《詞徵》卷三《補綴用字之法》）

《歲時紀》云：「四月十五日，自堂厨至百司厨，通謂之櫻筍厨。」故詩有「春事無多櫻筍來」之句。今則物候漸移，所謂櫻筍之節，已在立夏許矣。皮日休《四月十五日和陸龜蒙書事》有句云：「竹葉飲爲甘露色，蓮花鮓作肉芝香。松膏比雨凝雲磴，丹粉經年染石床。」蓋鍾煉之句也。（蔣抱玄輯《民權素詩話》中箸超《日日詩話》）

看壓新醅寄懷襲美〔一〕

龜蒙

曉壓糟床漸有聲〔二〕，旋如荒澗野泉清①〔三〕。身前古態熏應出〔四〕，世上愁痕滴合平〔五〕。飲啄斷年同鶴儉〔六〕，風波終日看人争〔七〕。樽中若使常能渌②〔九〕，兩綬通侯總强名〔九〕。

（詩三六一）

【校記】

①「荒」全唐詩本作「虎」。　②「渌」鼓吹本作「緑」。

【注釋】

〔一〕壓：壓酒。古代米酒釀制將熟時，用糟床壓榨以取酒汁，稱作壓或壓酒。李白《金陵酒肆留别》：「風吹柳花滿店香，吴姬壓酒唤客嘗。」新醅：新釀的酒。未過濾的酒。寄懷：托詩以抒發情懷。陶淵明《九日閑居詩序》：「余閑居，愛重九之名。秋菊盈園，而持醪靡由。空服九華，寄懷於言。」

〔二〕糟床：參卷四（詩一四四）注〔二〕。

〔三〕旋如：漸如。張相《詩詞曲語辭匯釋》（卷二）：「旋，猶漸也。」荒澗：野外的溪水。

〔四〕身前句：謂自身古樸拙質的情態在酒熏之際就會顯露出來。熏，從古以來釀酒就是將原料經過熏蒸而成的。《禮記・月令》：「仲冬之月，……乃命大酋，秫稻必齊，麴櫱必時，湛熾必絜，水泉必香，陶器必良，火齊必得。兼用六物。」其中「湛熾」、「火齊」都與釀酒過程中蒸煮的工序有關。

〔五〕世上句：從糟床上滴瀝的酒能够彌平人間的愁苦，即酒能消愁之意。鄭谷《郊墅》「滴破春愁壓酒聲」，意旨相同。

〔六〕飲啄：飲水啄食。《莊子・養生主》：「澤雉十步一啄，百步一飲，不蘄畜乎樊中。」斷年：整年。韓偓《睡起》：「斷年不出僧嫌癖，逐日無機鶴伴閑。」鶴儉：鶴的形體清臞瘦削，食量小，故曰儉。《初學記》（卷三〇）引《相鶴經》云：「鶴者，陽鳥也。……復百六十年雄雌相視，目睛不轉而孕，千六百年飲而不食。」

〔七〕風波：喻人世間的是非得失。終日：整天。看：此有旁觀之意。

〔八〕渌（lù）：酒渌，指酒清，即美酒。《後漢書》（卷七〇）《孔融傳》：「（孔融）常嘆曰：『坐上客恒滿，尊中酒不空，吾無憂矣。』」

〔九〕兩綬：兩條綬帶。參卷四（詩一〇七）注〔八〕。通侯：爵位名。本稱徹侯，即列侯。《戰國策·楚策一》：「楚嘗與秦構難，戰於漢中。楚人不勝，通侯、執珪死者七十餘人，遂亡漢中。」鮑彪注：「徹侯，漢諱武帝作『通』。此亦劉向所易也。」《漢書》（卷一下）《高帝紀下》：「帝置酒雒陽南宮。上曰：『通侯諸將毋敢隱朕，皆言其情。』」顔師古注：「應劭曰：『舊曰徹侯，避武帝諱曰通侯。通亦徹也。通者，言其功德通於王室也。』張晏曰：『後改爲列侯。列者，見序列也。』」總强名：都是勉强加上的空名。

【箋評】

此言酒出「有聲」，色清如水，人飲至醉而「古態出」，愁思平矣。且人之於世，亦惟是貧富之難置，易險之難忘耳。酌此酒也，「飲啄斷年」，何妨「鶴儉」；「風波終日」，一任「人争」。但使樽中常滿，雖貴爲兩綬，亦「强名」而已，何如我之自適其趣乎？〇「飲啄」句，兼有休糧羽化，飲可成仙意。

〇朱東嵒曰："昔儀狄作酒，禹戒之曰：'後世必有以酒亡國者。'又杜康造酒，魏武帝歌曰：'何以解我憂，惟有杜康酒。'一戒一歌，奚啻天懸！然文人韻士，往往借以陶情遣興。嵇康云：'彈琴飲酒，志願足矣。'又李元忠曰：'寧無食，不可使我無酒。'千古傳爲韻事。斯篇極道'新醅'之妙，正與前人相合。'醺應出'，忘機也；'滴合平'，遣悶也；'同鶴儉'，延年也；'看人争'，息争也。有此四美，更何求乎？"（元郝天挺注、明廖文炳解、清朱三錫評《東嵒草堂評訂唐詩鼓吹》卷三）

一二言壓酒。三言飲之而醺，則有醉態自出。四言世上凡有愁之痕迹，可以藉此滴而平。五言千歲之鶴，但飲而不食，人亦同其儉。則惟飲酒爲事，世上有"風波"而相争者，我惟醉眼看之，則一切皆不關利害，豈不安樂！尊中常滿，即有兩綬垂身，位至封侯，總是强爲虚名，何如飲酒哉！通首借醉鄉爲遁世，極稱酒之妙，有遺世高蹈之意。"漸有聲"，便鬆荒；"澗野泉"，更幽矣。"身前"蓋是渾渾沌沌，知識未開，所以其態似古。"滴合平"，言其效之速，然痕在心，故滴之可平。"痕"字佳，凡有愁思皆戚戚於心，如有傷痕，然擬之實精。"斷年"，斷啄之年，"啄"猶食也。"糟床"，榨床。淮南王八公《相鶴經》云："鶴一百六十年，雌雄相親而孕，又一千六百年，則飲而不食矣。"今詩言"飲啄"俱斷，是止飲酒而餘皆不飲耳。《漢書》：金日磾二子，"賞爲奉車，建駙馬都尉。及賞嗣侯，佩兩綬"，昭帝謂霍光曰："金氏兄弟兩人不可使俱兩綬耶？"蓋欲建亦爲侯也。漢始稱徹侯。師古曰："言其爵位上通于天子。后避武帝諱，稱'通侯'。"（胡以梅《唐詩貫珠箋》卷六十）

奉和次韻

日休

一簀松花細有聲①〔一〕，旋將渠碗撇寒清②〔二〕。秦吴只恐篘來近〔三〕，劉項真應釀得平〔四〕。酒德有神多客頌〔五〕，醉鄉無貨没人争〔六〕。五湖煙水郎山月③〔七〕，合向樽前問底名④〔八〕。（詩三六二一）

【校記】

①「簀」項刻本、類苑本作「簣」。②「將」季寫本作「廣」。「渠」項刻本作「璖」。③「郎」項刻本作「浪」。④「合」類苑本作「含」。

【注釋】

〔一〕一簀（zhài）：一具壓酒器。《集韻·卦韻》：「醡，壓酒具。或作醉、笮、簀。」松花：松花酒，釀酒時加入松花，又名松葉酒、松醪。岑參《題井陘雙溪李道士所居》：「五粒松花酒，雙溪道士家。」劉禹錫《送王師魯協律赴湖南使幕》：「橘樹沙洲暗，松醪酒肆香。」李商隱《飲席戲贈同舍》：「唱盡《陽關》無限疊，半杯松葉凍頗黎。」又《潭州》：「目斷故園人不至，松醪一醉與誰同。」吴曾《能改齋漫録》（卷六）《松花酒》：「唐《原化記》：『有老人訪崔希真，希真飲以松花酒。……』裴鉶《傳奇》載酒名松醪春。故《杜子美集》載《杜員外》詩云：『松醪酒熟傍看醉。』劉長卿《送從兄之淮南》詩云：『溯沿隨桂楫，酒醉任松華。』又《至華陽洞》詩云：『蘿月延步虚，松花醉閒宴。』」

〔二〕旋將：便將。旋，便，已而。參張相《詩詞曲語辭匯釋》（卷二）。渠碗：用車渠殼制成的碗。車渠，海中所産的大貝，背上壟紋如車輪之渠，故名。印度所産極多，殻厚而大，佛經以爲七寶之一。曹丕《車渠碗賦序》：「車渠，玉屬也。多纖理縟文。生於西國，其俗寶之。」杜甫《茅堂檢校收稻二首》（其二）：「無勞映渠碗，自有色如銀。」撇：撇去。古代以米麥釀酒，酒面上漂一層浮滓，俗稱「緑蟻」，舀酒時撇去，故云。寒清：喻清澈寒冽的酒。《山海經·中山經·中次一十一山經》：「又東南五十里，曰高前之山。其上有水焉，甚寒而清，帝臺之漿也，飲之者不心痛。」

〔三〕秦吴：秦地和吴地。分别指春秋時的秦國和吴國。此代指遥遠的南、北方。《文選》（卷一六）江淹《别賦》：「况秦、吴兮絶國，復燕、宋兮千里。」李善注：「言秦、吴、燕、宋四國，川塗既遠，别恨必深，故舉以爲况也。」篘：漉酒具。此指漉酒。篘來近：意謂雙方因酒而走近。

〔四〕劉項：劉邦和項羽，秦末楚、漢相争的對手。後來劉邦取得勝利，建立漢王朝；項羽失敗，自刎烏江岸邊。生平事迹分别見《史記》（卷七）《項羽本紀》、（卷八）《高祖本紀》、《漢書》（卷一）《高帝本紀》。釀得平：意謂劉、項二人應當以酒可以消彌得失成敗的紛擾。

〔五〕酒德：飲酒的旨趣和品德。極言飲酒的好處。《晋書》（卷四九）《劉伶傳》：「未嘗厝意文翰，惟著《酒德頌》一篇，其辭云：『……先生於是方捧甖承槽，銜杯漱醪，奮髯箕踞，枕麯藉糟，無思無慮，其樂陶陶。』」

〔六〕醉鄉：醉酒後與世無争的境界。唐王績《醉鄉記》（《全唐文》卷一三二）：「阮嗣宗、陶淵明等十數人，并遊於醉鄉，没身不返，死葬其壤，中國以爲酒仙云。嗟乎！醉鄉氏之俗，豈古華胥氏之國乎？其何以淳寂也如是。今予將遊焉。」貨：財物金錢。《説文·貝部》：「貨，財也。」《玉篇·貝部》：「貨，金玉曰貨。」

〔七〕五湖：太湖的别名。參卷一（詩三）注〔一六〕。此處應泛指江湖。郎山：未見蘇州有此山名。今河北省易縣、安徽省貴池市均有郎山。浙江省江山市有江郎山。此處應指太湖附近的山，惜未能明。此句謂隱逸於江湖山林中，山水煙雲、清風明月的景象甚美，可盡情享受。

〔八〕合向：應向，該向。底名：何名。謂要什麽名利之事？反問句式。此句謂在飲酒時又要講什麽功名利禄之事呢？

【箋評】

「五湖煙水郎山月」：幻。（項真評、項真刻《項氏瓶笙樹新刻皮襲美詩》卷二）

首言松醪「有聲」，以渠杯「撇」此「寒清」之酒，甚可飲也。飲之則雖秦、吴之遠，亦如相近；劉、項之争，亦得和平。是以「酒德」有「頌」，「醉鄉」無「争」。今有居五湖之南、郎山之北，若馬牛之不相及。可合而爲一，得「向樽前」以問姓名也。此二句亦秦、吴相近意。（元郝天挺注、明廖文炳解、清朱三錫評《東喦草堂評訂唐詩鼓吹》卷五）

起同原唱是壓酒，特替以「松花」韻物，而「簀」以代床。次則言將「撇」而用之。三四謂用之妙。雖秦、吴隔遠，離思牽腸，即未飲下，但使篘時自覺「近」矣。項則拔山之概，劉則七十戰而不挫，欲其氣平，得乎？然一釀成而亦可和平息鬥矣。總言酒爲功可解離愁，可除煩惱。有「只恐」、「應須」句便活。酒有神，所以其功妙如此。而酒客頌之，醉鄉無貨利可射，故人不爲之争。惟有五湖之煙水，郎山之明月，携尊傾倒，占盡清幽逸韻，更欲問何名乎？有此盃中之物，是名利皆不足動其心矣。「簀」，《字書》：「床，棧。」蓋壓酒有箱，箱中鋪以竹簾，猶簟也。《英華》作「篢」，大謬。《本草》：「松花可釀酒。」《鼓吹》云：「仙家以五粒松花釀酒，服之香美延年。」梁昭明《將進酒篇》：「洛陽輕薄子，長安遊俠兒。宜城溢渠碗，中山浮羽卮。」江淹《别賦》：「况秦、吴兮絶國。」晋劉伶作《酒德頌》，王績作《醉鄉記》。《一統志》：「郎山在池州府西六十里，其下有潭，山半有石，刻『玉鏡潭』三字。」按太白有《與周剛玉鏡潭宴别》，題注云：「潭在秋浦桃胡陂下。余新名此潭。」則郎山所刻，是青蓮遊時得名也。其詩略曰：「千峰照積雪，萬壑盡啼猿。」「掃崖去落葉，席月開清樽。溪當大樓南，溪水正南奔。迴作玉鏡潭，澄明此心魂。此中得佳境，可以絶囂喧。」則當日似在郎山近潭開宴。今詩正指「席月開清樽」之句。「五湖」，用范少伯之高；「郎山」，用太白之才，皆可照耀千古，以擅名耳。《韻會》曰：「底，何也。」言五湖、郎山，高名之外，更問「何名」也。「底」或作「姓」，非，應從

《松陵集》。（胡以梅《唐詩貫珠箋》卷六十）

登初陽樓寄懷北平郎中〔一〕

日休

危樓新製號初陽〔二〕，白粉青蓤射沼光〔三〕。避酒幾浮輕舴艋〔四〕，下棋曾覺睡鴛鴦〔五〕。投鈎列坐圍華燭〔六〕，格簺分朋占靚妝〔七〕。莫怪重登頻有恨〔八〕，二年曾侍舊吴王①〔九〕。

（詩三六三）

【校記】

①「侍」類苑本、季寫本作「待」，全唐詩本注：「一作待。」

【注釋】

〔一〕觀末句，此詩當作於咸通十二年（八七一）春，崔璞罷蘇州刺史後。初陽樓：范成大《吴郡志》（卷六）：「（蘇州）郡治舊有齊雲、初陽及東、西四樓，木蘭堂，東、西二亭，北軒、東齋等處。今復立者，惟齊雲、西樓、東齋爾。餘皆兵火後一時創立，非復能如舊聞。……初陽樓，在郡中池上，既曰初陽，宜占東城。今廢。」北平：唐時北平軍（在今河北省完縣）。《元和郡縣圖志》（卷一八）《河北道三》：「定州北平軍，在州西三里。開元十年置。」又云：「定州北平縣，本秦曲逆縣地，屬中山國，……後魏孝明帝改名北平縣，於今縣東北二十里置北平郡，割中山國之蒲陰、望都、北平三縣屬之。」郎中：唐朝廷六部均有郎中一職。此人應是帶朝官郎中銜任職北平。據陸龜蒙和詩，應指皮日休的一位楊姓友人。

〔二〕危樓：高樓。新製：新建造的。據此，蘇州初陽樓當建造於此前不久。

〔三〕白粉：指白色的粉墻。青菼（jiān）：緑色的茅草。《山海經·中山經》：「吴林之山，其中多菼草。」郭璞注：「亦菅字。」菅，茅草。一説：菼即蕳，指蘭草。唐玄應《一切經音義》（卷二）：「菼，《字書》：『與蕳同。』菼，蕳也。《説文》：『菼，香草也。』」《説文·艸部》：「菼，草，出吴林山。」射：投影。沼光：池光。即指注〔一〕中所云「郡中池」。據范成大《吴郡志》（卷六）：「郡圃，在州宅正北，前臨池光亭大池。」又云：「北池，又名後池。唐在木蘭堂後，韋、白常有歌詠。」此「沼光」似指後池。

〔四〕避酒：逃避飲酒。幾浮：多次泛舟水上。舴艋（zé měng）：輕便的小船。《玉篇·舟部》：「舴艋，小舟。」

〔五〕下棋：下圍棋。覺：使之驚醒。鴛鴦：水鳥名。似野鴨而略小，雌雄相匹不分離，又稱匹鳥。《詩經·小雅·鴛鴦》：「鴛鴦于飛，畢之羅之。」

〔六〕投鈎：又稱送鈎，藏鈎。古代的一種游戲。《藝文類聚》（卷七四）引周處《風土記》曰：「義陽臘日飲祭之後，叟嫗兒童爲藏鈎之戲。分爲二曹，以效勝負。……一鈎藏在數手中，曹人當射知所在。一藏爲一籌，三籌爲一都。」李商隱《無題二首》（其一）：「隔座送鈎春酒暖，分曹射覆蠟燈紅。」列坐：排成隊列坐下來。華燭：華美的燭火。《文選》（卷三四）曹植《七啓》：「華燭爛，幄幕張。動朱脣，發清商。」李善注：「秦嘉《贈婦詩》曰：『飄飄帷帳，熒熒華燭。』」

〔七〕格簺（sài）：古代的一種游戲，也稱格五戲。《後漢書》（卷三四）《梁冀傳》：「（冀）性嗜酒，能挽滿、彈棋、格五、六博、蹴鞠、意錢之戲。又好臂鷹走狗，騁馬鬥鷄。」李賢注：「《説文》曰：『簺，行棋相塞謂之簺。』鮑宏《簺經》曰：『簺有四采，塞、白、乘、五是也。至五即格，不得行，故謂之格五。』」分朋：分組。北周庾信《春賦》：「拂塵看馬埒，分朋入射堂。」靚妝：美麗的妝飾。指打扮艷麗的女子。《文選》（卷八）司馬相如《上林賦》：「若夫青琴、宓妃之徒，絶殊離俗，妖冶嫻都，靚妝刻飾，便嬛綽約。」李善注：「郭璞曰：『靚妝，粉白黛黑也。』」鮑照《代朗月行》：「靚妝坐帳裏，當户弄清絃。」占靚妝：讓美女猜測勝負。占，《説文·卜部》：「占，視兆問也。」

〔八〕重登：再次登臨。王粲《登樓賦》：「登兹樓以四望兮，聊暇日以銷憂。」

〔九〕二年：指咸通十一年（八七〇）春至十二年（八七一）春，故謂之二年。參〔序一〕注〔九八〕。舊吴王：蘇州是春秋時期吴國的國都，故云。此喻剛罷任的蘇州刺州崔璞。作者被崔璞聘爲蘇州軍事院判官，爲其僚佐，故云「曾侍舊吴王」。

【箋評】

詳詩意，此樓乃楊郎中刺郡時所造，今登而懷之。起言構樓得名，二言樓下池沼景物。三四承

「沼」，言樓上宴飲，「避酒」則登舟，舟中對弈，則驚宿鳥。五六又言樓中之宴，或投鈎，或格簺，靚妝歌妓，此皆從前楊公在時之歡賞。今日登臨離恨者，因二年前「曾侍吴王」耳。比之「吴王」，因行樂也。此是松陵顯直之作。「葌」，音菅，《山海經》：「吴林山中有葌草。」《説文》云：「行棋相塞謂之塞。」注：「賽同。」《漢書》注曰：「賽，博類也。不用箭，但行梟散。」潛確注：「投瓊曰博，不投瓊曰賽。瓊，今骰子也，亦曰齒。」後漢邊孝先《塞賦》曰：「可以代博弈者，塞其次也。棋有十二，人操厥半，赤、白色者，分陽陰也；迭往迭來，剛柔通也。」又晋庾元規曰：「蹙戎者，今之蹙融也。漢謂之格五，取五子相格之義。」《漢書》：「吾丘壽王以善格五，召待詔。」鮑宏《賽經》云：「賽有四采，賽四乘五是也。至五即格，不得行，故謂之格五。」今詩云「格賽」，即格五之賽，賭技也。（胡以梅《唐詩貫珠箋》卷三十八）

酒鈎　樂天詩：「酒鈎送琖推蓮子，燭淚粘盤壘葡萄。」皮日休詩：「投鈎列坐圍華燭，格簺分朋占靚妝。」貝瓊詩：「席賭藏鈎令，亭延竊藥娥。」（郎廷極《勝飲編》卷八）

奉和　　龜蒙

遠窗浮檻亦成年〔一〕，幾伴楊公白晝筵〔二〕。日暖煙花曾撲地〔三〕，氣和星象却歸天①〔四〕。閑將水石侵軍壘〔五〕，醉引笙歌上釣船②〔六〕。無限恩波猶在目〔七〕，東風吹起細漪漣〔八〕。

（詩三六四）

【校記】

①「和」全唐詩本作「浮」。 ②「船」詩瘦閣本作「舡」。

【注釋】

〔一〕遠窗浮檻（jiàn）：形容從遠處看初陽樓高聳的情形。高遠的窗子，似乎浮在半空中的闌干。成年：整年，經年。《逸周書》（卷一）《糴匡解》：「成年年穀足，賓、祭以盛。」

〔二〕幾伴：多次陪伴。楊公：即皮氏詩題中的北平郎中。生平仕履未詳。審本詩第四句，似乎楊公曾在咸通十一年（八七〇）作爲朝廷使者至蘇州，而與皮、陸在初陽樓聚會宴飲。

〔三〕煙花：春天的美麗景物。南朝齊王融《芳樹》：「相望早春日，煙華雜如霧。」李白《黄鶴樓送孟浩然之廣陵》：「故人西辭黄鶴樓，烟花三月下揚州。」杜甫《傷春五首》（其一）：「關塞三千里，烟花一萬重。」撲地：遍地。《文選》（卷一一）鮑照《蕪城賦》：「廛閈撲地，歌吹沸天。」李善注：「《方言》曰：『撲，盡也。』郭璞曰：『今種物皆生，云撲地出也。』」

〔四〕星象：天上星辰的明暗和位置等現象，古人以此占測人事的吉凶禍福。歸天：歸朝，返回朝廷。星象歸天，用星使事。《後漢書》（卷八二上）《李郃傳》：「和帝即位，分遣使者，皆微服單行，各至州縣，觀采風謡。使者二人當到益部，投郃候舍。時夏夕露坐，郃因仰觀，問曰：『二君發京師時，寧知朝廷遣二使邪？』二人默然，驚相視曰：『不聞也。』問何以知之。郃指星示云：『有二使星向益州分野，故知之耳。』」

〔五〕閑將：閑把。侵：到，進。此有做成義。軍壘：軍事上的堡壘等防禦工事。《國語·吴語》：「今大國越録，而造於弊邑之軍壘。」此句謂當時的水石之玩侵成軍壘嬉戲。

〔六〕笙歌：吹笙唱歌。《禮記·檀弓上》：「孔子既祥，五日彈琴而不成聲，十日而成笙歌。」

〔七〕恩波：帝王的恩澤。呼應皮作「曾侍舊吴王」。此譽美崔璞。南朝齊謝朓《冬緒羈懷示蕭諮議虞田曹劉江二常侍》：「疲驂良易返，恩波不可越。」《文選》（卷二〇）丘遲《侍宴樂遊苑送張徐州應詔詩》：「參差别念舉，肅穆恩波被。」

〔八〕漪漣：水面上細微的波紋。《詩經·魏風·伐檀》：「坎坎伐檀兮，寘之河之干兮，河水清且漣猗。」《文選》（卷五）左思《吴都賦》：「剖巨蚌於回淵，濯明月於漣漪。」李善注：「風行水成文曰漣漪。《詩》曰：『河水清且漣漪。』……清且漣漪者，水極麗也。」

【箋評】

可遠望之窗牖，與臨水之「浮檻」，亦「成年」矣。蓋言初構至今有日也。於中「幾伴楊公」筵宴，彼時「日暖」而「煙花撲地」，何等「氣和」！而郎星之象，却已「歸天」，因「氣和」所致也。當日結構此樓，「將水石」侵於「軍壘」，已過輕裘緩帶之風。「引笙歌」泛於「釣船」，更多風流清逸之韻。「恩波猶在」，東風可吹動也。「歸天」即歸朝，必升召者。彼時郡守有兵，故言「軍壘」。此首秀而靚，味耐含咀，勝于原唱。入首「遠窗浮檻」，已是鬆靈。已有年，虚籠楊公建製得法。下落楊公，又不貼樓，借陪宴出之，遂引出下文。第四「星象歸天」，即出楊公已去，是扣住題上「懷」字。其五六另爲下界説起。「水」與「船」是「恩波」之來脉，妙在「石」與「壘」可通，且以「軍壘」之嚴肅而可兼「水石」；「笙歌」之繁縟，可入「釣船」，自有一種綺錯成文。校原唱經營費事矣。（胡以梅《唐詩貫珠箋》卷三十八）

夏初訪魯望偶題小齋〔一〕

日休

半里芳陰到陸家①〔二〕，藜床相勸飯胡麻〔三〕。林間度宿抛棋局〔四〕，壁上經句挂釣車〔五〕。野客病時分竹米〔六〕，鄰翁齋日乞藤花〔七〕。踟蹰未放閑人去〔八〕，半岸紗帩待月華②〔九〕。

（詩三六六五）

【校記】

①「里」類苑本作「夏」。　②「岸」全唐詩本作「片」。「帩」統籤本作「綃」。「待」季寫本作「侍」。

【注釋】

〔一〕此詩當作於咸通十一年（八七〇）初夏。

〔二〕半里：謂距離較近。當指皮氏在臨頓里的居室到陸氏同在此里的房舍。參卷六（詩三二四）和卷五（詩二四一）。芳陰：花草樹木生長茂密，掩映成蔭。

〔三〕藜（lí）床：藜草的莖編成的坐榻。《説文·艸部》：「藜，草也。」王粲《英雄記》（《北堂書鈔》卷一三三）：「向詡常坐藜（梨）床上。」庾信《小園賦》：「况乎管寧藜床，雖穿而可坐；嵇康鍛竈，既暖而堪眠。」胡麻：芝麻。相傳漢張騫得其種於西域，故名胡麻。參北魏賈思勰《齊民要術》（卷二）《胡麻》。飯胡麻：吃胡麻做成的飯。王維《送孫秀才》：「山中沽魯酒，松下飯胡麻。」《抱朴子·内篇·仙藥》：「巨勝，一名胡麻，餌服之不老，耐風濕，補衰老也。」《太平御覽》（卷九八九）引《魯女生别傳》曰：「女生，長樂人也。少好道，初服餌胡麻及朮，絶穀八十餘年，更少壯，色如桃花，一日能行三百里，走及麞鹿。」又引《抱朴子》曰：「胡麻，好者一石蒸之如炊，須暴乾。復蒸丸和細篩。白蜜丸如鷄子，日二枚。一年，面色美，身體滑。二年，白髮黑。三年，齒落更生。四年，入水不濡。五年，入火不燋。六年，走及奔馬。或蜜水和作餅如糖狀，炙食一餅。」

〔四〕度宿：過夜。棋局：圍棋的棋盤。

〔五〕釣車：垂釣的釣輪。參卷四（序六）注〔二〕及（詩八五）注〔二〕。

〔六〕野客：山野之人，指隱士。竹米：竹實。竹子所結的果實，形似小麥，可食用。古代常用以指隱者之食。《韓詩外傳》（卷八第八章）：「鳳乃止帝東園，集帝梧桐，食帝竹實，没身不去。」

《世說新語・栖逸》：「阮步兵嘯，聞數百步。」劉孝標注：「《魏氏春秋》曰：『（阮籍）嘗遊蘇門山，有隱者莫知姓名，有竹實數斛，杵臼而已。』」

〔七〕乞：給予。參卷六（詩二八六）注〔二〕。藤花：蔓生植物藤蘿所開的花。此指藤花酒而言。崔豹《古今注・草木》：「酒杯藤，出西域。藤大如臂，葉似葛，花實如梧桐。實花堅，皆可以酌酒。自有文章，映徹可愛。實大如指，味如荳蔻，香美消酒。土人提酒來至藤下，摘花酌酒，仍以實銷酲。國人寶之，不傳中土。張騫出大宛得之。事出張騫《出關志》。」

〔八〕踟躕：本徘徊義。此有逗留義。可見主人殷勤留客。《詩經・邶風・静女》：「愛而不見，搔首踟躕。」閑人：作者自指。

〔九〕半岸：半推起頭巾，露出額頭。岸，挺起。紗帩（qiào）：包裹頭髮的紗巾。漢樂府《陌上桑》：「少年見羅敷，脱帽著帩頭。」「帩」同「綃」。《釋名・釋首飾》：「綃頭，綃，鈔也，鈔髮使上從也。或曰『陌頭』，言其從後橫陌而前也。」月華：明月。駱賓王《望月有所思》：「九秋涼風肅，千里月華開。」沈佺期《夜遊》：「月華連晝色，燈影雜星光。」

【箋評】

按皮□□陸贈「親迎」詩題云《臨頓宅將有于歸之日》，則皮亦嘗在臨頓里矣，故今詩云「半里到陸家」。而小齋用飯，見齋中棋局，知主人宿林中而拋，釣車亦經旬挂壁。「竹米」、「藤花」，皆野逸之品，與「野客」、「鄰翁」相稱，而主人之風雅仁和可想矣。「閒人」，自謂也。「踟躕」，亦殷勤之意。

直至月下，方許放還也。時當初夏，相宜于「芳陰」之際散步。「胡麻飯」，天台仙家之食。「乞」，讀去聲，與也。僧家常以紫藤花作油醬，味佳。按近年浙地大産竹米，人以爲異。今觀此，則知其爲久著，非起於今矣。然性硬而不膩，非病客所宜。詩亦聊取爲韻事耳。岸巾，聳起貌。（胡以梅《唐詩貫珠箋》卷十七）

奉和次韻

龜蒙

四鄰多是老農家〔一〕，百樹鷄①桑半頃麻〔二〕。盡趁晴明修網架②〔三〕，每和煙雨掉繰車〔四〕。啼鶯偶坐身藏葉〔五〕，餉婦歸來鬢有花③〔六〕。不是對君吟復醉〔七〕，更將何事送年華〔八〕。

（詩三六六八）

【校記】

①「鷄」陸詩丙本作「維」。②「晴」陸詩丙本作「晴」，全唐詩本作「清」。「網」詩瘦閣本作「網」。③「有」陸詩丙本作「帶」。

【注釋】

〔一〕四鄰：周圍的鄰居。《尚書·蔡仲之命》：「懋乃攸績，睦乃四鄰。」

〔二〕百樹：百棵樹木。指百棵桑樹。鷄桑：桑樹的一種。李時珍《本草綱目》（卷三六）：「桑有數種：有白桑，葉大如掌而厚；鷄桑，葉花而薄；子桑，先椹而後葉；山桑，葉尖而長。」陶淵明《歸園田居五首》（其二）：「狗吠深巷中，鷄鳴桑樹巔。」半頃麻：五十畝的麻。頃，土地單位面積之一。《玉篇·頁部》：「頃，田百畝爲頃。」

〔三〕盡：全，都。趁：趕。此有抓緊之意。晴明：晴朗的天氣。網架：編織魚網的架子。

〔四〕和：連。掉：摇。繅（sāo）車：繅蠶絲的器具。把蠶繭抽出蠶絲叫做繅。

〔五〕偶坐：成雙成對的棲息。

〔六〕餉（xiǎng）婦：給在田地裏勞動的家人送飯的婦女。

〔七〕君：指皮日休。吟復醉：吟詩和飲酒。謂以詩酒相酬。

〔八〕年華：歲月，時光。

【箋評】

「四鄰」盡是「老農」，桑麻種植，漁蠶作務。鶯啼坐葉，婦餉插花。人情物態，野逸有餘，致足樂也。然皆農人風景，無可語觴咏之事。今君臨眖，苟不相對醉吟，更有何事乎？「繅」，繹繭爲絲也。「偶坐」，兩鳥并栖。「餉」，送食田間也。《本草》：「桑有數種，白桑、子桑、山桑，而鷄桑則葉花而薄。」（胡以梅《唐詩貫珠箋》卷十七）

所居首夏水木尤清，適然有作〔一〕

日休

病來無事草堂空，晝水休聞十二筒①〔二〕。桂静似逢青眼客〔三〕，松閑如見緑毛翁〔四〕。潮期暗動庭泉碧②〔五〕，梅信微侵地障紅〔六〕。盡日枕書慵起得③〔七〕，被君猶自笑從公〔八〕。

（詩三二六七）

【校記】

①「水」汲古閣本、四庫本作「永」。季寫本、全唐詩本注：「一作永。」②「泉」類苑本作「前」。

③「枕」原作「枕」，據弘治本、汲古閣本、詩瘦閣本、四庫本、皮詩本、項刻本、統籤本、季寫本、全唐詩本改。

【注釋】

〔一〕此詩當作於咸通十一年（八七〇）初夏。首夏：孟夏，初夏。指農曆四月。《初學記》（卷三）引梁元帝《纂要》曰：「夏曰朱明，亦曰長嬴、朱夏、炎夏、三夏、九夏。……孟夏亦曰維夏、首夏。」三國曹丕《槐賦》：「伊暮春之既替，即首夏之初期。」《文選》（卷二二）謝靈運《遊赤石進帆海》：「首夏猶清和，芳草亦未歇。」水木：《文選》（卷二二）謝混《游西池》：「景昃鳴禽集，水木湛清華。」適然：偶然。《韓非子·顯學》：「故有術之君，不隨適然之善，而行必然之道。」清王先慎《韓非子集解》：「適然，謂偶然也。」

〔二〕晝水：指白天裏漏壺中的水。休聞：不需要聽聞。十二筒：十二竹管，古代漏壺以十二筒爲數，以應六律六吕。古人將律與曆相附會，以十二律應一年中十二個月，一天中十二辰。《漢書》（卷二一上）《律曆志上》：「六律六吕，而十二辰立矣。」此即指一天十二辰。《吕氏春秋·古樂》：「昔黄帝令伶倫作爲律。伶倫自大夏之西，乃之阮隃之陰，取竹於嶰谿之谷。……次制十二筒，以之阮隃之下，聽鳳皇之鳴，以别十二律。」高誘注：「六律六吕各有管，故曰十二筒。」

〔三〕桂静：静謐的桂樹。青眼客：所喜愛的人。《世説新語·簡傲》：「嵇康與吕安善，每一相思，千里命駕。」劉孝標注引《晋百官名》曰：「（阮）籍能爲青白眼，見凡俗之士，以白眼對之。及喜往，籍不哭，見其白眼，（嵇）喜不懌而退。（嵇）康聞之，乃賫酒挾琴而造之，遂相與善。」

〔四〕松閑：松樹的閑逸姿態。緑毛翁：古代傳説中的仙人劉根。參卷三（詩四七）注〔五〕。此二句以松桂喻人（多爲僧道、隱士）堅貞廉正的品行。此乃《楚辭》以來逐漸形成的一個表現範式。《楚辭·招隱士》：「攀援桂枝兮聊淹留。」南朝齊孔稚珪《北山移文》：「濫巾北岳，誘我松桂。」「青松落蔭」，「秋桂遺風」。唐詩中更爲常見，兹舉數例。韋應物《和張舍人夜直中書寄吏部劉員外》：「松桂生丹禁，鴛鷺集雲臺。」孟郊《上包祭酒》：「何幸松桂侶，見知勤苦功。」又《贈城郭道士》：「曾依青桂鄰，學得《白雪》弦。」賈島《寄友人》：「君看明月夜，松桂寒森森。」

〔五〕潮期：潮信。大海的潮水晝夜再來，依期而至，不爽時刻，稱爲潮信。李白《新林浦阻風寄友人》：「潮水定可信，天風難與期。」白居易《潮》：「早潮纔落晚潮來，一月周流六十迴。」顧炎武《日知録》（卷三二）《潮信》：「白樂天詩：『早潮纔落晚潮來，一月周流六十迴。』白是北人，未諳潮候。今杭州之潮，每月朔日以子、午二時到，每日遲三刻有餘，至望日則子潮降而爲午，午潮降而爲夜子。以後半月復然。故大月之潮一月五十八迴，小月則五十六回，無六十迴也。」庭泉碧：庭院裏泉水碧緑清澈。

〔六〕梅信：梅信風，梅雨時節將要開始的信息。漢應劭《風俗通》（《太平御覽》卷九七〇）曰：「五月有落梅風，江、淮以爲信風。又有霖霪，號爲梅雨，沾衣服皆敗黦。」地障：指地面上的苔蘚之類。以其遮蓋地面，故云。

〔七〕盡日：整天。枕書：枕着書，謂以書爲伴。

〔八〕君：指陸龜蒙。從公：從事官府公務。《詩經·魯頌·泮水》：「無小無大，從公于邁。」李商隱《彭陽公薨後贈杜二十七勝李十七潘二君并與愚同出故尚書安平公門下》：「梁山兖水約從公，兩地差池一旦空。」馬戴《冬日寄洛中楊少尹》：「年長從公懶，天寒入府遲。」

【箋評】

徐鍇《歲時記》曰：「三月花開，名花信風。」《東皋雜録》曰：「江南自初春至初夏，有二十四番風信。」《吕氏春秋》曰：「春之德風，風不信則花不成。」……皮日休詩：「潮期暗動庭泉碧，梅信微侵地障紅。」李昭玘詩：「凍雲欲雪雁聲過，臘酒正香梅信來。」則言梅信也。（高似孫《緯略》卷六《花信麥信》）

五六景趣佳。（陸時雍《唐詩鏡》卷五十二）

「十二筒」，刻漏也。「青眼客」，佳客。「緑毛翁」，仙人。空庭中惟有「松」、「桂」，閴寂無人，故擬之爲侣。泉可通潮，亦一幽事。「梅信」，黄梅信，吴中地發潤之際。結言如此慵懶，不關時事，猶笑予終日從事公庭乎？「君」，陸魯望也。三四「静」、「閒」二字有琢煉。「青」、「緑」本乎樹，而又可通乎人，妙。《仙鑑》：「恂大曰：尹子虚，同遊嵩華，松下見古丈夫、一女子。二公曰：『神仙何以至此？』古丈夫曰：『予，秦之役夫。此毛女，亦秦之宫人。合爲殉者，同脱驪山之禍，匿此不知經幾甲子。』二公求金丹大藥，曰：『予初餌柏子，後食松脂，歲久凌虚，毛髮紺緑，不知金丹大藥果何物也。』毛女詩曰：『誰知古是與今非，閒躡青霞繞翠微。簫管秦樓應寂寂，彩雲空惹薜蘿衣。』丈夫曰：『有萬歲松脂，千年柏子，汝可餌之，亦應出世。』二公後巢蓮花峰上。」是「緑毛翁」即「古丈夫」也。又《太平廣記·逸史》：「唐太宗年，有禪師行道精高，居於南嶽。忽一日，見一物，人行而來，直至僧前，緑衣覆體。問之，稱晋時姚泓，我國實爲劉裕所滅，送我于建康市，未及刑，我乃脱匿。裕既求我不得，遂假一人，貌類我者斬之。我竄山野，唯餐松柏，通體生此緑毛，已得長生不死之道。」此皆緑毛仙翁歟？構思奇巧，用事虚靈。（胡以梅《唐詩貫珠箋》卷五十）

奉和次韻

龜蒙

柿陰成列藥花空〔一〕，却憶桐江下釣筒①〔二〕。亦以魚蝦供熟鷺〔三〕，近緣櫻筍識鄰翁〔四〕。閑分酒劑多還少②〔五〕，自記書籤白間紅③〔六〕。更愛夜來風月好，轉思玄度對支公④〔七〕。（詩三六八）

【校記】

①「筒」陸詩丙本作「筩」。②「閑」季寫本作「閒」。③「自」季寫本作「身」。④「玄」原缺末筆，避宋太祖始祖趙玄朗諱。

【注釋】

〔一〕柿陰：柿樹茂密成陰。古人喜植柿樹，唐代此風極盛。《文選》（卷四）左思《蜀都賦》：「其園則有林檎、枇杷，橙、柿、梬、楟。」《酉陽雜俎》（前集卷一八）《木篇》：「柿，俗謂柿樹有七絶：一壽，二多陰，三無鳥巢，四無蟲，五霜葉可玩，六嘉實，七落葉肥大。」《新唐書》（卷二〇二）《鄭虔傳》：「虔善圖山水，好書，常苦無紙，於是慈恩寺貯柿葉數屋，遂往日取葉肄書，歲久殆徧。」韓愈《游青龍寺贈崔大補闕》：「友生招我佛寺行，正值萬株紅葉滿。」宋馬永卿《嬾真子》

（卷三）：「『……友生招我佛寺行，正直萬株紅葉滿。……。』右韓退之《游青龍寺》詩。……後見《長安志》云：『青龍寺有柿萬株。』……青龍寺在長安城中。……長安諸寺多柿。故鄭虔知慈恩寺有柿葉數屋，取之學書。僕仕於關、陝，行村落間，常見柿連數里。」鄭谷《舟行》：「蓼渚白波喧夏口，柿園紅葉憶長安。」此風至宋代仍很流行。邵博《邵氏聞見後録》（卷二十九）：「種柿有七絶：一有壽，二多陰，三無禽巢，四無蟲蠹，五有嘉實，六其本甚固，七霜葉紅。可玩也。」藥花：藥草的花。唐人所説的藥花，往往就是觀賞性的花卉，未必指純爲治病的藥草而言。至遲從晋、宋以來即如此。陶淵明《時運》：「花藥分列，林竹翳如。」《南史》（卷一五）《徐湛之傳》：「更起風亭、月觀、吹臺、琴室，果竹繁茂，花藥成行。」岑參《送許拾遺恩歸江寧拜親》：「種藥疏故畦。」「種藥」即栽培花草也。

〔二〕桐江：桐廬江。富春江在今浙江省建德縣至桐廬縣一段。東漢嚴光的嚴陵釣臺即在此。參卷五（詩二一八）注〔二〕。釣筒，一種捕魚的器具。參卷四（序六）注〔一〇〕、（詩八四）注〔一〕。

〔三〕熟鷺：謂與人很熟悉、很親近的鷺鳥。鷺，白鷺，即鷺鷥。參卷三（詩五一）注〔三〕。

〔四〕櫻筍：櫻桃和春筍，是兩種春末夏初的應時物品。《説郛》（卷六九）引《秦中歲時記》：「長安四月已後，自堂厨至百司厨，通謂之櫻筍厨。公餗之盛，常日不同。」鄭谷《自貽》：「恨抛水國荷蓑雨，貧過長安櫻筍時。」

〔五〕酒劑：即酒齊，酒麯，釀酒的酒母。《周禮·天官·酒正》：「辨五齊之名：一曰泛齊，二曰醴齊，三曰盎齊，四曰緹齊，五曰沈齊。」

〔六〕書籤：指夾在書中的讀書時記下閱讀進度或有關内容的小紙片。

〔七〕轉思：更思。劉淇《助字辨略》(卷三)：「轉，猶浸也。」玄度：許詢，字玄度，東晋詩人、玄學家。幼時號神童，曾被司徒蔡謨辟爲掾，時稱「許掾」。有才情，善言辯，與支遁爲方外交。生平事迹散見《晋書》《世説新語》等書。支公：支遁，字道林。參卷一（詩一二）注〔二九〕。玄度對支公：《世説新語·文學》：「支道林、許掾諸人，共在會稽王齋頭。支爲法師，許爲都講。支通一義，四坐莫不厭心。許送一難，衆人莫不抃舞。但共嗟咏二家之美，不辯其理之所在。」又《世説新語·言語》：「劉尹云：『清風朗月，輒思玄度。』」劉孝標注引《晋中興士人書》曰：「許詢能清言，於時士人皆欽慕仰愛之。」

重玄寺元達年逾八十①〔一〕，好種名藥，凡所植者，多至自天台、四明、包山、句曲〔二〕，叢萃紛糅②〔三〕，各可指名。余奇而訪之，因題二章。

日休

雨蓧煙鋤傴僂賫③〔四〕，紺牙紅甲兩三畦〔五〕。藥名却笑桐君少〔六〕，年紀翻嫌竹祖低〔七〕。白石静敲蒸术火④〔八〕，清泉閑洗種花泥。怪來昨日休持鉢〔九〕，一尺彫胡似掌齊〔一〇〕。（詩

三六九）

【校記】

①「玄」原缺末筆，避宋太祖始祖趙玄朗諱。　②「萃」全唐詩本作「翠」。「粿」類苑本作「揉」。

③「蓧」弘治本、詩瘦閣本、章校本、李校本、皮詩本、項刻本、統籤本、類苑本、季寫本、全唐詩本作「滌」。「傴僂賫」季寫本注：「詩法作偃破籬。」全唐詩本注：「一作偃破籬。」　④「静」詩瘦閣本作「净」。

【注釋】

〔一〕重玄寺：唐陸廣微《吴地記》：「重元寺，梁衛尉卿陸僧瓚，天監二年，旦暮見住宅有瑞雲重重覆之，遂奏請捨宅爲重雲寺。臺省誤寫爲重元，賜大梁廣德重元寺。」宋朱長文《吴郡圖經續記》（卷中）：「承天寺，在長洲縣西北二里。故傳是梁時陸僧瓚故宅，因睹祥雲重重所覆，請捨宅爲重雲寺。中誤書爲重玄，遂名之。」范成大《吴郡志》（卷三一）：「能仁禪寺，在長洲縣西北二里，即梁重玄寺，入國朝爲承天寺。庭列怪石，俗傳錢王立。前有二土山，中有銅無量壽佛像，高丈餘。宣和中，禁寺觀、橋梁名字以『天聖皇王』等八字，改今額。」元達：應是重玄寺住持僧，即下陸龜蒙和詩題中的達上人。

〔二〕名藥：名貴的藥草品種，實謂名花。天台：參卷六（詩三三三）注〔一〕。四明：參卷五（序一二）注〔一〕。包山：參卷三（序五）注〔四〇〕。句曲：即茅山，在今江蘇省句容縣。《元和郡縣圖志》(卷二五)《江南道一》：「潤州句容縣，縣有茅山，本名句曲，以山形似『己』字，故名句曲。有所容，故號句容茅山。在縣東南六十里。」

〔三〕叢萃紛糅：形容藥草花木的叢集錯雜，品種很多，茂密繁盛。唐人種藥，即是養花，雖有治病養生之用，更爲了賞花。韋應物《種藥》：「好讀神農書，多識藥草名。持縑購山客，移時羅衆英。……陰穎夕房斂，陽條夏花明。悦玩從茲始，日夕繞庭行。」于邵《遊李校書花藥園序》：「君子盡心於藥焉。……環岸種藥，不知斯地幾十步。……花發五色，色帶深淺。藂生一香，香有近遠。色若錦綉，酷如芝蘭。動皆襲人，靜則奪目。此李公及時之適也。」王建《九仙公主舊莊》：「野牛行傍澆花井，本主分將灌藥畦。」姚合《武功縣中作三十首》(其一)：「遶舍唯藤架，侵階是藥畦。」觀皮、陸唱和之作，亦是如此。

〔四〕雨蓧(diào)煙鋤：雨中耘田鋤地。蓧，一種除草農具。《論語・微子》：「子路從而後，遇丈人，以杖荷蓧。」傴僂(yǔ lǚ)：彎腰，彎曲背脊。駝背的老人。指元達。參卷六(詩二九〇)注〔二〕。賫：攜，持。

〔五〕紺(gàn)牙紅甲：植物初出土時，青色的嫩芽和紅色的薄殼。紺：微紅的深青色。《説文・糸部》：「紺，帛深青揚赤色。」甲：植物初生時的兩片小葉瓣。。《説文・甲部》：「甲，東方之孟，陽氣萌動。從木戴孚甲之象。」《釋名・釋天》：「甲，孚甲也，萬物解孚甲而生也。」

〔六〕桐君：古代神話傳説中黄帝時的醫師，知醫方藥餌，著有《藥性》及《采藥録》。曾采藥入東山

（今浙江省桐廬縣），結廬桐樹下。人問其姓名，則指桐樹以示意，遂稱爲桐君。南朝梁陶弘景《本草經集注序》：「又有《桐君采藥録》，説其華葉形色。」《隋書》（卷三四）《經籍志》（三）：「《桐君藥録》三卷。」《舊唐書》（卷四七）《經籍志下》：「《桐君藥録》三卷。桐君撰。」

〔七〕翻：反而，却。副詞。竹祖：姓竹的先祖。相傳殷朝孤竹君的兩個兒子伯夷、叔齊讓國，周時，隱於首陽山，其後嗣以竹爲姓。《史記》（卷六一）《伯夷列傳》：「伯夷、叔齊，孤竹君之二子也。」參《通志》（卷二五）《氏族略一》。一説，竹祖即是最老的竹子。可通。

〔八〕白石句：謂敲白石取火蒸朮以製藥。道家有白石生、白石仙以煮白石爲糧的傳説（參《神仙傳·白石生》），又有白石芝的記載。朮（zhú）：草名。菊科朮屬植物的泛稱，多年生草本。道家認爲服食可以延年。《藝文類聚》卷八一引《本草經》：「朮，一名山薊，久服不飢，輕身延年。生鄭山。」三國魏嵇康《與山巨源絶交書》：「餌朮、黄精，令人久壽。」《抱朴子·内篇·仙藥》：「（黄精）俱以斷穀不及朮，朮餌令人肥健，可以負重涉險，但不及黄精甘美易食，凶年可以與老小休糧，人不能别，謂爲米脯也。」南朝梁庾肩吾《答陶隱居賚朮蒸啓》（《藝文類聚》卷八一）曰：「味重金漿，芳踰玉液，足使芝慚明，丹愧芙蓉。坐致延生，伏深銘戴。」

〔九〕怪來：難怪，怪不得。來，助詞。張相《詩詞曲語辭匯釋》（卷一）：「怪底，爲驚怪或疑怪義。怪得與怪來亦同。」韋應物《休假日訪王侍御不遇》：「怪來詩思清人骨，門對寒流雪滿山。」韋莊《題姑蘇凌處士莊》：「怪來話得仙中事，新有人從物外還。」休持鉢：没有持鉢乞食。

〔一〇〕彫胡：彫胡米，即菰米，可作彫胡飯，供食用。宋玉《諷賦》：「爲臣炊彫胡之飯，烹露葵之羹，來勸臣食。」《西京雜記》（卷一）：「太液池邊皆是彫胡、紫籜、緑節之類。菰之有米者，長安人謂爲彫胡。」

【箋評】

皮日休《元達上人種藥》詩云：「藥名却笑桐君少。」按《唐·經籍志》有《桐君藥録》三卷，蓋桐君，山名，在嚴州。昔有人采藥，結廬桐木下，指桐爲姓，故山得名云。（劉績《霏雪録》卷上）

四語稍有韻趣。（陸時雍《唐詩鏡》卷五十二）

題是上人種藥，此首先賦種藥。結以上人，而串入藥草，通篇氣貫也。「賫」是遠處賫來。「雨滌煙鋤」，言在别所尋覓，而練句仙靈。「傴僂賫」狀老，刻劃。第二渲染虚籠，第三方實點出藥，四則賦其「八十」，且挽到「傴僂」上，而題面完足。半首字字工切精妙。下則游泳其好種之閑情。五是藥，六是種，結則見是上人種藥，齋糧亦取辦於此，更妙。「甲」，初生兩葉未坼者。「桐君」，黄帝時人，識藥性，著有《藥録》。「竹祖」，最初所種老竹。「低」字妙，有雙夾。竹竿有高低，年紀亦有高低，「低」字所以妙。「术」，蒼、白二术。《本草》：「菰作苽，茭草也。中生菌如苽形，可食。」其米須霜彫時采之，故謂之彫苽。訛爲彫胡。乃《周禮》六穀、九穀之數，《管子》書謂之「雁膳」。又云先抽花如葦，所結之實長幾寸，如茅針，皮黑褐色，其米白而滑膩，蓋在針内之米也。今言「一尺如掌齊」，似指彫胡之菌，即吴下之茭白歟？（胡以梅《唐詩貫珠箋》卷二十七）

桐君山在嚴州。有人采藥，結廬木下，指桐爲姓。詩意謂桐君所録諸藥，不若上人種者之多也。（宋周弼選、高安釋圓至、天隱注、清盛傳敏、王謙纂釋《磧砂唐詩》卷二）

（首句）年逾八十，形貌如見。（「藥名却笑」二句）再醒年老，用種植關合。（「怪來」句）拍合寺僧。（毛張健《唐詩餘編》卷三）

吴融詩：「祖竹定欺檐雪折，稚杉遥拂楝雲齊。」皮日休詩：「藥名尚覺桐君少，年紀翻嫌竹祖低。」（高士奇《天禄識餘》卷四《祖竹》）

香蔓蒙籠覆昔邪①〔一〕，檜煙杉露濕袈裟②〔二〕。石盆換水撈松葉，竹徑遷床避笋芽③。藜杖移時挑細藥〔三〕，銅瓶盡日灌幽花〔四〕。支公謾道憐神駿〔五〕，不及今朝種一麻〔六〕。

（詩三七〇）

【校記】

①「籠」弘治本、汲古閣本、四庫本、皮詩本、項刻本、統籤本、類苑本、季寫本、全唐詩本作「蘢」。②「檜」皮詩本、季寫本、全唐詩本作「桂」。③「遷」皮詩本、統籤本、季寫本、全唐詩本作「穿」。「芽」原作「牙」，據汲古閣本、詩瘦閣本、四庫本、項刻本、統籤本、季寫本、全唐詩本改。

【注釋】

〔一〕香蔓：指藥草芳香的藤蔓。蒙籠：草木茂盛掩映貌。一作「蒙蘢」。《漢書》（卷四九）《晁錯傳》：「草木蒙蘢，支葉茂接。」顔師古注：「蒙蘢，覆蔽之貌也。」昔邪（yé）：草名，多生長在屋瓦上。也有寫作「昔耶」。又名瓦松、瓦花。張華《情詩五首》（其一）：「昔耶生户牖，庭内自成陰。」陸龜蒙《苔賦》：「高有瓦松，卑有澤葵。」崔融《瓦松賦》：「煌煌特秀，狀金芝兮産雷；歷歷空懸，若星榆而種天。……間青苔而褭露，陵碧瓦而含煙。」《酉陽雜俎》（前集卷一九）：「《博雅》：『在屋曰昔耶，在墻曰垣衣。』《廣志》謂之蘭香，生於久屋之瓦。魏明帝好之，命長安西載其瓦於洛陽以覆屋。前代詞人詩中多用昔耶，梁簡文帝《咏薔薇》曰：『緣階覆碧綺，依檐映昔耶。』」

〔二〕檜（guì）：柏樹的一種。《爾雅·釋木》：「檜，柏葉松身。」袈裟：僧人的法服。

〔三〕藜杖：以藜木的莖制成的手杖。《韓詩外傳》（卷一）：「原憲楮冠藜杖而應門，正冠則纓絶，振襟則肘見，納履則踵决。」《晋書》（卷四三）《山濤傳》：「魏帝嘗賜景帝春服，帝以賜濤。又以母老，并賜藜杖一枚。」移時：經歷一段時間。《後漢書》（卷六四）《吴祐傳》：「後舉孝廉，將行，郡中爲祖道，祐越壇共小史雍丘、黄真歡語移時，與結友而别。」

〔四〕銅瓶：指銅製的佛教净瓶。唐義净《南海寄歸内法傳》（卷一）：「凡水分净濁，瓶有二枚。净者咸用瓦瓷，濁者任兼銅鐵。净擬非時飲用，濁乃便利所須。净則净手方持，必須安著净處。濁乃觸手隨執，可於觸處置之。」幽花：幽雅秀美的花。

〔五〕支公：支遁。參卷一（詩一二）注〔二九〕。謾道：亂説，空説。張相《詩詞曲語辭匯釋》（卷二）：

「漫，本爲漫不經意之漫，爲聊且義或胡亂意；轉變而爲徒義或空義。字亦作謾，又作慢。」憐神駿：愛駿馬。《世説新語·言語》：「支道林常養數匹馬。或言道人畜馬不韻。支曰：『貧道重其神駿。』」南朝梁釋慧皎《高僧傳》（卷四）《晉剡沃洲山支遁傳》：「人嘗有遺遁馬者，遁愛而養之。時或有譏之者，遁曰：『愛其神駿，聊復畜耳。』」

〔六〕一麻：一粒胡麻。種胡麻，參北魏賈思勰《齊民要術》（卷二）。道教認爲服食胡麻可以延年益壽。參本卷（詩三六五）注〔三〕。東晉沙門釋法顯《法顯傳·迦尸國波羅㮈城》：「佛欲度拘驎等五人，五人相謂曰：『此瞿曇沙門本六年苦行，日食一麻、一米，尚不得道，況入人間，恣身、口、意，何道之有！今日來者，慎勿與語。』」

【箋評】

此首起言種藥之多，或牽藤，或上屋，滿前皆是。次言朝夕在藥圃，借霑浥所服，引出是佛子。繼雖言其清境中事，然既從佛子説來，必夾内意。三言心如止水，外物不可著之意。四言其慈悲護生也。五六用杖、瓶，皆僧家隨身之具，一以挑藥，一以灌藥，皆在題面。結句則高遠神妙。蓋支公愛馬，亦猶元達好藥。支公「憐神駿」，或指馬，或指人。總之，原有火氣，非方外本色，所以不及上人「種一麻」之微妙。在胡麻，亦藥品也。昔邪，即瓦松，屋上瓦花也。禪僧以柱杖爲棒喝，戒僧有浄瓶，梵云軍持，常貯水隨身。《寄歸傳》云：「軍持有二，瓷瓦者浄用，銅錫者是濁用。」今澆花所以用銅瓶。僧問師如何是和尚家風，曰：「一瓶兼一鉢，到處是生涯。」晉桑門支遁常養馬數匹，或言道人畜馬不韻，曰：「貧道重其神駿。」晉釋法顯《佛國記》曰：「迦尸國波羅㮈城東北，得仙人鹿野苑精舍。佛欲度拘驎等五人，五人相謂言：『此瞿曇沙門本六年苦行，日食一麻、一米，尚不得道，况入人間，恣身、口、意，何道之有！今日來，慎勿與語。』佛到，五人皆起禮。」「一麻」之用本此。（胡以梅《唐詩貫珠箋》卷二十七）

（次句「濕袈裟」）即點寺僧，略變前法。（「支公」句）再點僧。（毛張健《唐詩餘編》卷三）

奉和題達上人藥圃二首①〔一〕

龜蒙

藥味多從遠客賫〔二〕，旋添花譜旋成畦②〔三〕。三椏舊種根應異〔四〕，九節初移葉尚低③〔五〕。山莢便和幽澗石④〔六〕，水芝須帶本池泥〔七〕。從今直到清秋日⑤，又有香苗幾番齊⑥〔八〕。（詩三七一）

【校記】

①統籤本無「奉」。「奉和」下全唐詩本有「襲美」。季寫本無「二首」。②「譜」統籤本、類苑本、全唐詩本作「圃」。「旋」陸詩丙本張校、統籤本作「漸」。③「尚」鼓吹本作「向」。④「莢」原作「芙」，據弘治本、汲古閣本、詩瘦閣本、四庫本、陸詩甲本、陸詩丙本、鼓吹本、類苑本、季寫本、全唐詩

本改。⑤「秋」鼓吹本作「明」。季寫本注：「一作明。」⑥「番」鼓吹本作「畚」，類苑本作「處」。「幾番」季寫本、全唐詩本注：「一作畚筐也。」

【注釋】

〔一〕達上人：即皮日休原唱詩題中的元達。上人，參卷五（詩二三九）注〔一〕。藥圃：種植藥草的園圃。實際上就是花圃。猶唐人所説「藥欄」實爲「花欄」，「藥盤」乃「花壇」。岑參《左僕射相國冀公東齋幽居同黎拾遺所獻》：「山蟬上衣桁，野鼠緣藥盤。」又《暮秋會嚴京兆後廳竹齋》：「京尹小齋寬，公庭半藥欄。」均可參證。

〔二〕藥味：猶言花藥的品種。一味即指一種花草。賁：贈予，送給。《廣雅》（卷四上）《釋詁》：「賁，送也。」

〔三〕旋添句：謂種植的藥草繁多，既爲花譜添數，又使藥圃成畦。其實都是花品。藥草可治病，但花葉可供觀賞。魏、晋以來，人們往往花藥并舉。陶淵明《時運》：「花藥分列，林竹翳如。」即是一例。旋，張相《詩詞曲語辭匯釋》（卷二）：「旋，猶云已而也，還又也。……又有時于一句中迭用旋字，以表一面如此，一面又如彼，則還又之義尤顯。……陸龜蒙《奉和題達上人藥圃》詩：『藥味多從遠客賁，旋添花圃旋成畦。』」

〔四〕三椏（yā）：三枝根杈。指人參，因其有三椏五葉，故稱。參李時珍《本草綱目》（卷一二上）：「高麗人作《人參贊》云：『三椏五葉，背陽向陰。欲來求我，椵樹相尋。』……（上黨人參最佳）

春生苗，多於深山背陰近椵漆下濕潤處。初生小者三四寸許，一椏五葉。四五年後生兩椏五葉，未有花莖。至十年後生三椏，年深者生四椏，各五葉，中心生一莖。」此句謂達上人所栽種的人參是與通常不同的品種。

〔五〕九節：九節菖蒲。藥草名，菖蒲的一種。道家認爲服食可以延年益壽。晉嵇含《南方草木狀》（卷上）：「菖蒲，番禺東有澗，澗中生菖蒲，皆一寸九節。安期生采服仙去，但留玉舄焉。」《抱朴子·內篇·仙藥》：「菖蒲生須得石上，一寸九節已上，紫花者尤善也。」《證類本草》（卷六）：「（菖蒲）久服輕身。……一莖九節者良。」此句謂九節菖蒲移栽時還是很小的。

〔六〕山莢：山中落下的草莢。莢，草科植物的果實。《説文·艸部》：「莢，草實。」和：攪和，拌和。此句謂山莢帶着山澗中的石礫被移種於此。

〔七〕水芝：即荷花。晉崔豹《古今注·草木》：「芙蓉，一名荷華，生池澤中，實曰蓮。花之最秀異者。一名水芝，一名水花。」此句謂水芝帶着原來生長的水池中的泥土被移栽。吳中有古諺云「牡丹不帶本根泥」，與此可以互參。參清王有光《吳下諺聯》（卷二）《牡丹不帶娘家土》。

〔八〕香苗：指散發出清香的藥草苗。幾番，多次。

【箋評】

首言上人好種花藥，四方之人遠攜藥品而至，圃旋添而畦亦旋成矣。異種之「三椏」，延年之「九節」，傍石之「山莢」，帶泥之「水芝」，皆「從遠客賫」來者也。若至春殘，圃畦繁盛，不又添「幾畬香

詩鼓吹》卷三）

苗」哉！　○朱東嵒曰：讀之可添詩料。（元郝天挺注、明廖文炳解、清朱三錫評《東嵒草堂評訂唐詩鼓吹》卷三）

「旋成」，當作「漸成」。「畚」，疑作「番」。（錢牧齋、何義門《唐詩鼓吹評注》眉批）

此首通篇止賦其種藥，全未及于上人，不可以佛法解也。蓋作者之意，有第二首，特從上人説起。通篇有佛法，則此首不妨單行耳。可惜起句欠鬆，取其以下句法變换而多識於草木之義也。《本草》：「人參，高麗人贊曰：『三椏五葉，背陽向陰。欲來求我，椵樹相尋。』」椵樹似桐，陰廣則多生。《神仙傳》：「漢武帝上嵩山，見仙人長二丈，耳出頷下垂肩。帝禮而問之，曰：『吾九疑人也。聞中嶽有石上菖蒲，一寸九節，食之可以長生，故來采之。』忽不見。城陽民王興者，聞之采服不息，遂得長生。」「山莢」，《鼓吹》注：「即蓂莢。」恐「山」字無着。凡草木之實，皆可稱莢，如皂莢，因其色也。《本草》云：「出應州山谷間，并魯地。」「蓮子」，《本草》名水芝，亦名澤芝。「畚」，盛土器。《左傳》：「殺宰夫，寘之畚。」（胡以梅《唐詩貫珠箋》卷二十七）

（五、六句）極瑣細處，偏寫得到。（毛張健《唐詩餘編》卷三）

「會須上番看成竹」，趙、蔡并讀「番」爲「筤」。余按：獨孤及詩「近日霜毛一番新」，陸龜蒙詩「又見靈苗一番新」，皆讀「番」去聲，其義即更番之「番」。可知唐時方言皆作去聲呼之。（黄生《杜詩説》卷十二《三絶句》詩）

净名無語示清羸①〔一〕，藥草搜來喻更微②〔二〕。一雨一風皆遂性〔三〕，花開花落盡忘機〔四〕。教疎兔縷金絃亂③〔五〕（原注：兔絲别名④。），自擁龍芻紫汞肥⑤〔六〕。莫怪獨親幽圃坐〔七〕，病容銷盡欲依歸〔八〕。

（詩三七二）

【校記】

①「清」類苑本作「蜻」。②「藥草」類苑本作「草藥」。③「兔」弘治本作「免」。「縷」全唐詩本作「鏤」。「絃」原缺「玄」末筆，避宋太祖始祖趙玄朗諱。④「兔」弘治本作「免」。類苑本無此注語。⑤「汞」原作「录」，據斠宋本、弘治本、汲古閣本、詩瘦閣本、四庫本、陸詩甲本、陸詩丙本、統籤本、季寫本、全唐詩本改。類苑本作「永」。

【注釋】

〔一〕净名：維摩詰的别稱。此指達上人。參卷五（詩二二四）注〔七〕。無語：《維摩詰所説經》：「如是諸菩薩各各説已，問文殊師利：『何等是菩薩入不二法門？』文殊師利：『如我意者，于一切法無言無説，無示無識，離諸問答，是爲入不二法門。』于是文殊師利問維摩詰：『我等各自説已，仁者當説，何等是菩薩入不二法門？』時維摩詰默然無言。文殊師利嘆曰：『善哉善哉！乃至無有文字語言，是真入不二法門。』」南朝梁釋慧皎《高僧傳》（卷八）《梁剡法華臺釋曇斐傳》：「（論曰：）夫至理無言，玄致幽寂。……所以净名杜口於方丈，釋迦緘默於雙樹。」清羸（léi）：清瘦。

〔二〕喻更微：謂以藥草所隱喻的道理更加玄微神妙。《妙法蓮華經》（卷三）《藥草喻品》：「迦葉，譬如三千大千世界，山川溪谷土地，所生卉木叢林及諸藥草，種類若干，各色各異。密雲彌布，遍覆三千大千世界，一時等澍，其澤普洽。」

〔三〕一風一雨句：此句及下句意謂不同的植物在自然界的風雨之下，各依其性，獲得生長，而没有世俗的機巧。《妙法蓮華經》（卷三）《藥草喻品》：「卉木叢林及諸藥草，小根小莖小枝小葉，中根中莖中枝中葉，大根大莖大枝大葉，諸樹大小，隨上中下各有所受。一雲所雨，稱其物性而得生長，花果敷實。雖一地所生，一雨所潤，而諸草木各有差别。……既聞法已，離諸障礙，于諸法中任力所能漸得入道。如彼大雲雨于一切卉木叢林及諸藥草，如其種性，具足蒙潤，各得生長。」

〔四〕忘機：不存機心，没有世俗的名利之争。

〔五〕疎：同「疏」，疏理，整理。兔縷：兔絲的别名，即女蘿，藤生植物，依附别的植物生長。是一種藥草。《淮南子·説山訓》：「千年之松，下有茯苓，上有兔絲。」高誘注：「兔絲，生其上而無根。一名女蘿也。」金絃亂：喻兔絲蔓紛亂如琴絃絲綫。

〔六〕龍芻：龍鬚草，又名龍脩。《山海經·中山經》：「賈超之山……其中多龍脩。」郭璞注：「龍鬚也，似莞而細，生山石穴中，莖倒垂，可以爲席。」紫汞：喻龍鬚草芽。

〔七〕獨親：獨自靠近。親，親近。幽圃：秀美的園圃，指元達上人的藥圃。

〔八〕病容句：謂自己生病的身體好了以後要皈依佛教。依歸：依托。《尚書·金縢》：「嗚呼！無墜天之降寶命，我先王亦永有依歸。」

【箋評】

此首全從上人，言其得佛法内功，即種藥不過藉以喻意耳。首言上人如維摩詰，以「無語」説法，惟「示清羸」。如有疾者，而將藥草而喻衆生，其義微妙矣。即天之風雨，亦遂其自然之性；花之開落，無榮枯之感。此聯即用《法華經》之藥草喻佛法語意。上四句雙夾渾成，神妙異常。下則借所種之藥名生發。五外象是疏菟絲之亂縷，内意則言教人疏理凡心亂緒，而比以無根之草。六外象是所種龍芻滋潤苗肥，内意借「龍」字生情，因「龍」即「汞」，謂其自有内功。坎離交濟，龍不飛而「汞肥」，所以「病容銷盡」也。五意隱，六意顯，皆所謂藥草喻也。「教」字、「自」字，用得有開闔。七之「親幽圃」，承種藥正面。八則承内功，「依歸」言盡力於藥。維摩詰，過去金粟如來。《維摩經》云：「維摩詰，秦言浄名。蓋法身之大士，於毗耶離城示病説法。佛遣文殊等大弟子問之，三十二菩薩，各舉不二法門義。文殊曰：『如我意者，於一切法，無言無説，無示無識，離諸問答，是爲入不二法門。』問維摩詰，時摩詰默然無言。文殊嘆曰：『善哉善哉！乃至無文字語言，是真入不二法門。』」《傳燈録》：「諸菩薩各説不二法門，以言顯於無言，文殊以無言顯於無言，維摩不以言，不以無言，默然但會浄名兩字，便得《法華經》藥草喻爲九喻之一。佛言諸藥草，小根小莖小枝小葉，中根中莖中枝中葉，大根大莖大枝大葉，隨上中下，各有所受。一雲一雨，稱其種性，而得生長華果。一地所生，一雨所潤，而各有差別。如來説法，觀於衆生諸根利鈍，精進懈怠，如彼大雲雨，於一切諸藥草，如其種性，具足蒙潤，各得生長，而諸藥草不自知上中下性。」今詩中「性」字本此。《本草》：「菟絲，名菟縷，又名金線草。初生不能自起，得他草梗纏繞而生，其根纔絶於地而寄生空中。」無根，假氣而生，所以絲亂也。「石龍芻」，《本草》：「又名龍鬚、龍珠、龍修、龍華、西王母簪。」《述異記》：「周穆王東海島中養八駿處，有此草。古語云：『一束龍芻，化爲龍駒。』」「汞」，水銀也。煉外丹者，以鉛汞九轉成丹。煉内丹者，以坎離交則生。《語林》：「人生死，自坎離。交則生，分則死。離爲心，坎爲腎。龍者，汞也。精者，血也。出於腎肝藏之，坎之物也。虎者，鉛也。氣者，力也。出於心肺藏之，離之物也。不學道者，龍常出於水，離飛而汞輕；虎常出於火，虎走而鉛枯。故真人曰：『龍從火裏出，虎向水中生。』」按水銀出於丹砂，故紫；而龍芻莖青、花赤，亦近紫也。「肥」字用「戰勝肥」之「肥」。（胡以梅《唐詩貫珠箋》卷二十七）

（首句）略點年老。（三四句）是物非物，即次句所謂「喻」也。妙在與寺僧紐合，得雙關之妙。（五六句）略點過訪意。（末句）收歸寺僧，與起句「清羸」相照。皮詩專咏「藥圃」，輕點「上人」。此則「藥圃」、「上人」分爲二首，變原唱之格。（毛張健《唐體餘編》卷三）

懷華陽潤卿博士三首〔一〕

日休

先生一向事虚皇〔二〕，天市壇西與世忘〔三〕。環堵養龜看氣訣①〔四〕，刀圭餌犬試仙方〔五〕。静探石腦衣裾潤〔六〕，閑煉松脂院落香〔七〕。聞道徵賢須有詔〔八〕，不知何日到良常②〔九〕。

（詩三七三）

【校記】

①「環堵養龜」項刻本作「床脚支龜」。統籤本注：「《茅山志》作床脚支龜。」②「良」項刻本作「太」。

【注釋】

〔一〕華陽：華陽洞天，在今江蘇省句容縣茅山。潤卿博士：指張賁，字潤卿，曾任廣文館博士。參卷六（詩二六三）注〔一〕、〔三〕。

〔二〕先生：指張賁。古代對師長稱先生，對朋輩也可稱先生。此處即是。《孟子·告子下》：「宋牼將之楚，孟子遇於石丘，曰：『先生將何之？』」岑參《草堂村尋羅生不遇》：「門前雪滿無人迹，應是先生出未歸。」一向：向來，一直。王維《燕子龕禪師》：「一向石門裏，任君春草深。」寒山《一向寒山坐》：「一向寒山坐，淹留三十年。」宗密《禪源諸詮集都序》（卷一）：「後人聞此，又迷本覺之用，便一向執相。唯根利志堅者，始終事師，方得悟修之旨。」虛皇：道教太虛之神。指道教而言。南朝梁陶弘景《上清真人許長史舊館壇碑》：「結號虛皇，筌法正覺。」

〔三〕天市壇：在茅山，道家祭天上星斗的石壇。陶弘景《真誥》（卷一一）：「茅山天市壇，四面皆有寶金、白玉各八九千斤，去壇左右二丈許，入地九尺耳。……天市之壇石，正當洞天之中央玄窗之上也。此石是安息國天市山石也，所以名之爲天市盤石也。」又《華陽頌·誠期》：「刊石玄窗上，顯誠曲階門。」

〔四〕環堵：指狹小的陋室。《禮記·儒行》：「儒有一畝之宫，環堵之室。」鄭玄注：「環堵，面一堵也。五版爲堵，五堵爲雉。」《韓詩外傳》（卷一）：「原憲居魯，環堵之室，茨以蒿萊，蓬户甕牖，揉桑而爲樞，上漏下濕，匡坐而絃歌。」養龜：飼養龜。古人認爲龜壽命長，是靈物。《禮記·禮運》：「何謂四靈？麟、鳳、龜、龍，謂之四靈。」氣訣：道家行氣養生修煉之術的秘訣。古代道家認爲，靈龜可以助人行氣導引，長生不死。《雲笈七籤》（卷一二）《太上黄庭外景經》：「象龜引氣致靈根。」務成子注：「龜以鼻取氣，極停微息，閉口咽之致靈根。」

〔五〕刀圭：古代的量藥器具。此指道家的仙藥。《抱朴子·内篇·金丹》：「第二之丹名曰神丹。……服之三刀圭，三尸九蟲皆即消壞，百病皆愈也。」餌犬：謂以仙藥喂狗以試驗其效果。《抱朴子·内篇·金丹》：「第三之丹名曰神丹。服一刀圭，百日仙也。以與六畜吞之，亦終不死。」葛洪《神仙傳》（卷二）《魏伯陽》：「魏伯陽者，吴人也。本高門之子，而性好道術，不肯仕宦，閒居養性，時人莫知之。後與弟子三人入山作神丹，丹成，知弟子心不盡，乃試之曰：『此丹今雖成，當先試之，今試飴犬，犬即飛者可服之，若犬死者，則不可服也。』伯陽入山，特將一白犬自隨，又有毒丹，轉數未足，合和未至，服之暫死，故伯陽便以毒丹與白犬食之，即死。伯陽乃問弟子曰：『作丹惟恐不成，丹既成，而犬食之即死，恐未合神明之意，服之恐復如犬，爲之奈何？』弟子曰：『先生當服之否？』伯陽曰：『吾背違世俗，委家入山，不得仙道，亦不復歸，死之與生，吾當服之耳。』伯陽乃服丹，丹入口即死，弟子顧相謂曰：『作丹欲長生，而服之即死，當奈何？』獨有一弟子曰：『吾師非凡人也，服丹而死，將無有意耶？』亦乃服丹，即復死，餘二弟子乃相謂曰：『所以作丹者，欲求長生，今服即死，焉用此爲！若不服此，自可數十年在世間活也。』遂不服，乃共出山，欲爲伯陽及死弟子求市棺木。二人去後，伯陽即起，將所服丹内死弟子及白犬口中，皆起。弟子姓虞，遂皆仙去。因逢人入山伐木，乃作書與鄉里，寄謝二弟子，弟子方乃懊恨。」

〔六〕石腦：石髓，石鍾乳。古人用於服食，可入藥。道家認爲服食可延年益壽。《列仙傳》（卷上）《邛疏》：「邛疏者，周封史也。能行氣練形，煮石髓而服之，謂之石鍾乳。至數百年，往來入太室山中，有卧石床枕焉。」茅山即産石腦。《真誥》（卷一三）：「罡山東北有穴，通大句曲南之方山之南穴，姜伯真數在此山上取石腦。石腦在方山北穴下，繁陽子昔亦取服。」又云：「石腦故如石，但小斑色而軟耳，所在有之。服此，時時使人發熱，又使人不渴。」原注：「石腦，今大茅東亦有。形狀圓小如曾青，而質色似鍾乳床，下乃皎白，時有黑斑而虛軟。服之乃熱，爲治亦似鍾乳也。」此句謂張賁在茅山探尋石腦。

〔七〕松脂：松膏。松樹幹的液狀分泌物。古人用以入藥。《神農本草經》（卷一）：「松脂，味苦温，主疽惡瘡，頭瘍，白禿，疥瘙，風氣，安五藏，除熱。久服輕身，不老延年。」《列仙傳》（卷上）《仇生》："「仇生者，不知何所人也。當殷湯時爲木正，三十餘年而更壯，皆知其奇人也，咸共師奉之。常食松脂，在尸鄉北山上，自作石室。至周武王，幸其室而祀之。」此句謂張賁在茅山煉松脂，學道求長生。

〔八〕聞道：聽説。李頎《古從軍行》："「聞道玉門猶被遮，應將性命逐輕車。」徵賢：朝廷頒發詔書徵召賢能的人才。

〔九〕良常：山名。時張賁正在此隱居學道，故詩有「徵賢」、「到良常」云云。參卷六（詩二一六八）注〔一〕。

【箋評】

全用學仙茅山事，以贊其隱而好道。詳結意，雖其文似世主「徵賢」，但前言其「忘世」，既不應用人主徵求，且「不知何日」，期望之辭。而第二首止言「詔様」，則此首亦「虚皇」之詔也。按道書：有玉清紫道虚皇，玉清翼日虚皇，玉清昌陽始虚皇，玉清七静道生高上虚皇，玉清大明虚皇，玉清始元虚皇，玉清七觀無生虚皇，玉清八觀高元虚皇。《二十九章經》第十章曰："「青靈者，真人之位號；元君者，虚皇之司命。」則「虚皇」，太上尊稱。《真誥》："「茅山天市壇，四面皆有寶金、白玉，各八九千斤，去壇右左二丈許，入地九尺耳。其山左右，有泉水，皆金玉之津氣。此石是安息國天市山石。玄帝時召四海神，使運安息國天市山寶玉璞石，以填洞天之中央玄窗之上也。東海青童君曾乘獨飆飛輪之車，通按行有洞臺之山，寶金、白玉，以鎮陰宫之嶺。邑人呼天市磐石，爲仙人市壇。」注云："「天市壇石，未知的在何處，隱量正應大茅左右，而踐行不見其異處，復恐在中茅，邑人亦不知。自隱居此山七八年，尚未得窮歷踐行，而况悠悠之徒，令其究竟之耶？」則是天市壇，陶貞白時，終未得的處。今詩云其「西」，則所隱在大茅之西、中茅之西邪？《埤雅》：「龜能行氣引導。」《黄庭經》曰：「象龜引氣致雲根。」注云：「龜以鼻取氣，極停微息，閉口咽之致靈根。」《抱朴子》云：「郄儉少時，行獵墮空井中，見大龜數數回轉，所向無常，張口吞氣，或俯求仰。儉知龜能導引，乃隨龜所爲，遂不復饑，竟能咽氣斷穀。」又曰：「龜蛇潛蟄食氣，夏恣口而瘦，冬入蟄而肥，環堵築墻以蓄之也。」漢魏伯陽作丹成，欲試弟子，以丹與白犬食之，即死。已服之，又死。一弟子曰：「師非凡人，得無有意？」又服之，復死。二弟子遂不服，出山。伯陽即起，將服丹弟子姓虞及白犬而去，寄書二弟子，弟子始懊惱。《真誥》曰：「罡山東北，有穴通大句曲南之方山之南穴，姜伯真數在山上取石腦。石腦在方山北穴下。此北伫山亦有此物。石腦如石，但小斑色而軟耳。」又「南人告曰：『甯生服石腦而赴火，務光剪韭以赴清泠之淵。』」按「潤」字，原根腦有「潤」之意，然「軟」亦可從「潤」矣。《抱朴子》：「三千歲者，其皮中有聚脂如龍形，名曰飛節脂。」類書：陶太（貞？）白陟芙蓉峰，遇毛女，髮翠潤，曰：「我秦之宫人，餌松脂、柏子於此。」以萬年松脂，千秋柏子分遺之。其他神仙服松脂者不一。（胡以梅《唐詩貫珠箋》卷二十五）

（末句）反應起聯。（毛張健《唐詩餘編》卷三）

冥心唯事白英君①〔一〕，不問人間爵與勛②〔二〕。林下醉眠仙鹿見〔三〕，洞中閑話隱芝聞〔四〕。石床卧苦渾無蘚〔五〕，藤箧開稀恐有雲〔六〕。料得虚皇新詔樣〔七〕，青瓊板上緑爲文③〔八〕。

（詩三七四）

【校記】

①「唯」詩瘦閣本、季寫本作「惟」。②「間」弘治本、皮詩本、類苑本、季寫本作「君」。④「板」項刻本作「版」。

【注釋】

〔一〕冥心：潛心。白英君：未詳。似即白元君、無英君之類的仙人。《紫陽真人周君内傳》（《雲笈七籤》卷一〇六）：「黄老君曰：『子存洞房之内，見白元君耶？』君對曰：『實存洞房，嘗見白元君。』黄老君曰：『子道未足矣，未見無英君也。且復游行，受諸要訣，當以上真道經授子矣。見白元君，下仙之事，可壽三千年。見無英君，乃爲真也，可壽一萬年矣。』……乃西遊，登空山，見無英君而退，洞房中無英君處其左，白元君處其右，黄老君處其中。」《登真隱訣輯校·疑似道經》：「六胇，第六真法。申時，大神在胇中，號曰白元君。……九頭，第九真法。子時，大神在頭洞房之中，號曰無英君。」

〔二〕爵與勛：爵位品第和勛業功名，指人世間的富貴利禄。

〔三〕林下：僧道隱士的山林退隱之處。南朝梁釋慧皎《高僧傳》（卷五）《晋泰山崑崙巖竺僧朗傳》：

「移卜泰山，與隱士張忠爲林下之契，每共遊處。」仙鹿：道家認爲鹿爲神仙之物。《瀨鄉記》（《藝文類聚》卷九五）曰：「老子乘白鹿，下托於李母也。」《神仙傳》（《藝文類聚》卷九五）：「魯女生者，餌术絶穀。入華山。後故人逢女生，乘白鹿，從玉女數十人。」《晉書》（卷九四）《陶淡傳》：「於長沙臨湘山中結廬居之，養一白鹿以自偶。親故有候之者，輒移渡澗水，莫得近之。」此類記述甚夥。茅山亦有關於仙鹿的記述。《真誥》（卷一四）：「鹿迹山中有絶洞。絶洞者，纔有一二畝空地，無所通達，故爲絶洞。」原注：「此山今屬南徐州界，正對茅山，北望見之，亦有道士住。鹿迹在石上，故仍以爲名。」

〔四〕洞中：道教的洞天，實即宫觀。茅山即以洞天著名，有金壇華陽洞天，爲道教十大洞天之一，參《雲笈七籤》（卷二七）。《真誥》（卷一一）：「句曲山腹内虚空，謂之洞臺仙府也。玄帝時，召四海神，使運安息國天市山寶玉、璞石，以填洞天之中央玄窗之上也。」隱芝：《真誥》（卷五）：「明《大洞》爲仙卿，服金丹爲大夫，服衆芝爲御史。若得太極隱芝服之，便爲左右仙公及真人矣。」又（卷一三）：「羅江大霍有洞臺，中有五色隱芝。」原注：「此則南真及司命所住之處也。」《雲笈七籤》（卷一一）《上清黄庭内景經·中池章》：「隱芝翳鬱自相扶。」梁丘子注：「按《内外神芝訣》云：『五藏之液爲内芝，内芝則隱芝也。』」

〔五〕石床：以石作床，僧道、隱士的卧具。《初學記》（卷五）引潘岳《關中記》曰：「嵩高山石室十餘孔，有石床、池水，食飲之具。道士多遊之，可以避世。」茅山亦有石床。《真誥》（卷一四）：

「鹿迹山中有絶洞。……自有石床石塌，曲夾長短，障隔分别，有如刻成，亦整盛也。」唐耿湋《夜尋盧處士》：「夜竹深茅宇，秋庭冷石床。」卧苦：人躺卧太久。張相《詩詞曲語辭匯釋》（卷二）：「苦，甚辭。又猶偏也；極也；多或久也。」渾：全。

〔六〕藤篋：藤條所編織的箱子。開稀：很少打開。有雲：指有山中的雲霧之氣。謂其久置山中，實指主人久隱山中，潛心學道。

〔七〕虚皇：見上（詩三七三）〔二〕。新詔樣：謂道家神仙新詔書的式樣。此指召張賁成仙作仙官。

〔八〕青瓊板：青色的玉石板。指道教刻在玉石板（或寫在竹、木板）上的祈禱詞文，即緑章，或稱青詞。據《真誥》，此當指白簡青字。《真誥》（卷一七）：「興寧三年四月二十七日，楊君夢見一人，著朱衣籠冠，手持二版，懷中又有二版。召許玉斧，出版，皆青爲字，云『召作侍中』。」原注：「侍中之位，所謂侍帝晨者也。版青爲字，即青録白簡也。」

【箋評】

起言「冥心」求仙，不問人間勛爵。中一聯用山中事迹，一聯言其清修，結終期其道成也。白英君，按《雲笈七籤》：「《三天君列記》云：『元父主氣，散化帝極；玄母主精，變會幽元。是以司命奉符，固形扶神，公子内守，桃康保魂，左携無英，右引白元，雲行雨施，萬國流布也。』」又《九真中經》曰：「人生結精積氣，受胎斂血，悦爾而成，脱爾而生，於是九神來入五藏。玄生父母，唯知生育之始，而不覺神。適其間也，一天精君在心中，二堅玉君坐百骨，三元生君遊血液，四青明君坐肝，五養光君坐脾，六白元君坐肺，七玄陽君坐兩腎，八合景君坐膽中，九無英公子坐在明堂之內，洞房之中。」此言身中秉賦之神。又「紫陽周真人，諱義山，字季通，汝陰人，勃之後。漢元鳳元年，時遇林子玄服神芝。五年，目視千里外，日行五百里。遇衍門子，授《龍蹻經》。遇趙佗子，受《芝圖》十六首。遇甯先生，受《太丹隱書》，八禀十訣，登名曜山。遇太常侯夜神童，受《金根》之經。遇皇人，受《太上隱書》。登空山，見無英君而遇洞房中，無英君處其左，白元君處其右，黃老君處其中。夫至思神見，得爲真人。如見白元君，得爲下真，壽三千歲。若見無英君，得爲中真，壽萬歲。若見黃老君，與天相傾，上爲真人，列名金臺。君既詣之，拜乞真訣。黃老君曰：『可還視洞房中。』乃瞑目內視良久，見洞房之中，有二神人，無英、白元君也，被服如空山中者。黃老君曰：『子用意思之精也，此白日升天之道，君還常州石室中。』積九十餘年，白元君、無英君、黃老君，遂使授之《大洞真經》，有玉女玉童侍直燒香。積十一年，乘雲駕龍，白日上升，詣大微宮，受書爲紫陽真人，佩黃髦之節，飲金液之漿，治葛衍山金庭銅城，所謂紫陽宮也。紫陽有八真人，君處其右，一日三登崑崙，一朝太微帝君，以礌冢爲紫陽別宮，所謂洞庭潛宮也。」詳其義，無英、白元二君，蓋先天所付人身中之神明精煉，方得見之。《酉陽雜俎》云：「陸紹弟爲盧氏縣尉，嘗觀獵遇鹿五六頭，臨澗見人不驚，毛斑如畫，獵者言此仙鹿也。射之不能傷，且復不利。陸强之，鹿帶箭去。及返，射者墮崖折左足。」《列仙傳》：「蘇耽戲獵騎鹿，遇險皆超越，異常鹿。衆兒問之，曰：『龍也。』」《真誥》：「白鹿迹山有絶洞，纔有一二畝空地，無所通達。自有石床石榻，曲夾長短，障隔分別。穴口大小，俱如華陽三便門。自非清齋久潔，索不可得。洞主有謝稚堅、王伯遼、馮良、郎宗，今在洞中。其餘王叔明、鮑元治、尹蓋婦之徒，復二十餘人，并在北山。此數人，是絶洞諸山之主耳。」注云：「此山今屬南徐州界，正對茅山，北望見之，亦有道士住。鹿迹在石上，故仍以爲名。」今詩云「仙鹿見」，似指此「鹿迹」之鹿。而下云「洞中閑話」，似即此洞歟？又《真誥》曰：「羅江大霍有洞臺，中有五色隱芝，華陽洞亦有五種夜光芝。良常山有熒火芝，得食一枚，心中一孔明。食七枚，七孔明，可夜書。食四十七枚，壽萬年。」又曰：「明《大洞》爲仙卿，服金丹爲大夫，服衆芝爲御史。若得太極隱芝，便爲左右仙翁及真人矣。」又曰：「興寧三年四月二十七日，楊君夢見一人，著朱衣，籠冠，手持二版，懷中又有二版。召許玉斧，出版，皆青爲字，云『召作侍中』。」所謂「青瓊版」之類歟？（胡以梅《唐詩貫珠箋》卷二十五）

（首二句）承前結。（三四句）鹿見其眠，芝聞其語，幽幻不可思議。（六句）刻掃凡近。（末二句）反前結。但「虛皇」二字雖應首篇起句，畢竟重出。（毛張健《唐詩餘編》卷三）

鳳骨輕來稱瘦容〔一〕，華陽館主未成翁（原注：陶隱居昔爲華陽館主①。）〔二〕。數行玉札存心久〔三〕，一掬雲漿漱齒空〔四〕。白石煮多燻屋黑②〔五〕，丹砂埋久染泉紅〔六〕。他年欲事先生去〔七〕，十賚須加陸逸冲③〔八〕（原注：逸冲嘗事隱居，隱居錫名栖静處士。十賚猶人間九錫也④。）。

（詩三七五）

【校記】

①「居」全唐詩本作「君」。類苑本無此注語。②「石」季寫本作「日」。③「冲」原作「伸」，據弘治本、汲古閣本、四庫本、類苑本、全唐詩本改。④類苑本無此注語。

【注釋】

〔一〕鳳骨句：以「輕」、「瘦」來形容鳳的外表形態。古人認爲鳳是可以輕舉遠飛的仙禽，故云。此喻張賁的仙風道骨。《雲笈七籤》（卷四）《上清經述》：「今視子之質，實霄景高焕，圓精重照，鳳骨龍姿，腦色寶曜，五藏紫絡，心有羽文，形栖晨霞，神友靈肆，天人之任，良不虚矣。」

〔二〕華陽館主：陶弘景自號，此喻張賁。陶弘景（四五六—五三六），字通明，丹陽秣陵（今江蘇省南京市）人。南朝齊、梁間的學者、隱士、道家的代表人物。自號華陽館主、華陽陶隱居，時稱陶隱居。隱居學道於茅山，卒謚貞白先生。生平事迹參《南史》（卷七六）、《梁書》（卷五一）本傳，陶翊《華陽隱居先生本起録》，賈嵩《華陽陶隱居内傳》。未成翁：還没有成爲老翁。

〔三〕玉札：對道書的敬詞。葛洪《抱朴子・内篇・明本》：「金簡玉札，神僊之經，至要之言。」存心：放在心中，居心，專心。《孟子・離婁下》：「君子所以異於人者，以其存心也。」

〔四〕一掬：一捧。雙手一合捧物。雲漿：道家將仙酒稱作雲漿。《漢武帝内傳》：「雲漿玉酒，元圃瓊腴。」

〔五〕煮白石：《神仙傳》（卷一）《白石生》：「（白石生）常煮白石爲糧，因就白石山居，時人號曰『白石生。』」「煮多」、「屋黑」云云，謂張賁在茅山學道，歷時已久。

〔六〕丹砂：硃砂。道家煉丹藥的主要原料。《抱朴子·内篇·金丹》：「凡草木燒之即燼，而丹砂燒之成水銀，積變又還成丹砂，其去凡草木亦遠矣。故能令人長生，神仙獨見此理矣。」泉紅：《真誥》（卷一二）：「中茅山玄嶺獨高處，司命君埋西胡玉門丹砂六千斤於此山，深二丈許，埳上四面有小盤石鎮其上。其山左右當泉水下流，水皆小赤色，飲之益人。」

〔七〕他年：謂將來某一年。先生：陶弘景被時人稱作隱居先生。此指張賁。

〔八〕十賚（lài）：道教中最高等次的賜予。賚，贈予，送給。陸逸冲：陸敬遊，字逸冲，南朝梁代人，陶弘景弟子。此皮日休自比。陶弘景《許長史舊館壇碑碑陰記》：「上清弟子、華陽前館主、吴郡海鹽陸逸冲。」又《授陸敬遊十賚文》：「隱居先生遺總事弟子戴坦，秉策執簡，膝授前學弟子吴郡陸敬遊建連石之邑，爲栖静處士。」賈嵩《陶隱居内傳》（中）：「是歲，命弟子戴坦，秉策執簡，授門人吴郡陸敬遊建連石之邑并《十賚》。」原注：「世謂之錫，仙謂之賚。九者陽極，君之位也。十者陰終，以之制焉。孔子曰：『周有大賚，善人是富。』故以『十賚』稱焉。」

【箋評】

陸龜蒙詩（按：趙氏誤記，實爲皮日休詩。）云：「他年欲事先生去，十賚須加陸逸冲。」注：「逸冲常事陶隱居，錫名栖静居士。十賚猶人間九錫也。」秦少游《遊仙詞》一絶，亦用此意。詩云：「本是廬山種杏人，出山來事碧虚君。上清欲問因何到，請看仙家十賚文。」（趙與虤《娱書堂詩話》卷

下）

「鳳骨」，仙骨，可以輕舉之狀。與陶貞白同其踪迹，尚未至「成翁」之年。蓋陶隱時，止三十七耳。「玉札」，高真所授秘笈。「雲漿漱齒」，行服氣咽液之法也。煮白石而「屋黑」，埋丹砂而「泉紅」，皆仙家服食事。予將學陸逸冲侍君，以希錫賚見及耳。《雲笈七籤》：「《上清經述》云：『景林真人，對魏夫人曰：觀子之質，實鳳骨龍姿，腦色寶耀。』」《真誥》：「《朮叙》曰：『太上真人愍萬流之鼓動，開冥經以悟賢，奇方上術演於清虚之奥，金簡玉札撰於委羽之臺。』」按上真用「玉札」處雖多，今詩中似指此等奇方上術之「玉札」也。又《大洞精景經·按摩篇》：「喻人咽液，以導内液。」又《消魔上靈經》曰：「若體中不寧，當反舌塞喉，漱滿咽液，亦無數須臾，不寧之痾即除。」又按《真誥》：「右英、南真、紫微、安妃各夫人，清靈君諸真，喻消魔按摩諸法，皆用咽液。」《漢武内傳》：「王母曰：『太上之藥，其次有九丹金液、紫華紅英、太清九轉、五雲之漿、玄霜絳雪，有得服之，白日升飛。』」又「老君與關尹上朝，玉晨設瓊英玉實、月液雲漿。」此「雲漿」，雖天真仙液，然今詩借用，指津液耳。裴真君曰：「斷穀入山，當煮白石。白石子者，以石爲糧，故世號白石生。此至人也，今爲東府仙卿。白石之方，白石生所造也。」陶先生名弘景，字通明，丹陽秣陵人。母夢日精在懷，天人執金爐，覺而語左右曰：「當孕非凡人也。」生有乘雲馭龍之志，歷仕齊爲諸王記室。三十六歲之明年，挂冠神虎門，歸隱茅山。得楊、許真書，著《真誥》，自號華陽隱居。特愛松風，庭院皆植，每聞其響，便欣然爲樂。造三層樓，先生居其上，弟子居中，接賓客于下。梁大同二年告化，時年八十五，謚曰貞白先生。

弟子數十人，惟王遠知、陸逸冲稱上足焉。《茅山志》載華陽隱居《十賚文》：「先生遺總事弟子戴烜（坦？），秉策執簡，賚授前學弟子吳郡陸敬遊，建連石之邑，爲栖静處士。策文曰：咨！爾敬遊，昔我紆紱帝闈，侍笏梁席，雖迹混教塗，而心標逸騁芝田之想，無忘曉夜濠、潁之志。歲月已深，至德有鄰，風雲相會，爾之來也，爰移兩春。於是褫帶青墀，挂冠朱闕，携手東驅，創居兹嶺。脉潤通水，徙石開基，登崖斫幹，越壟負卉。筋力盡於登築，氣血疲乎趨走。肌色憔悴，不以暴露爲苦；心魂空慊，寧顧饑寒之敝。棟宇既立，載罹霜暑，于時七稔，經始甫訖。今日之安，爾有勤焉。君子不獨居其榮，仁人必與物同泰。是用邑爾，長阿北阪，積金山連石之鄉，方七十步，澗水屬焉。茂爾嘉業，永爲華陽上賓，爾其蒞之。（其一）爾以誠慤爲性，恬澹爲情。質直居本，鄭重樹志。不邀世才，高謝接俗。權謀詭譎，非意所欲。今故賚爾爲栖静處士，可謂因德立號，克終斯美。（其二）爾基架館境，營劃援域，堂壇宏敞，樓路通嚴。官私行止，并有栖憩。繕築之勞，莫匪爾力。今故賚爾四雷飛軒，廂廊側屋，可以安身静卧，顯祇遐福。（其三）爾奉上惟勤，接下以惠。稼穡艱難，備嘗勞苦。貨殖之宜，允贍糧服。手足胼胝，未獲告休。櫛風沐雨，於焉尤切。今故賚爾蒼頭一人，厥名多益，可以傳代薪水，省息劬劇。（其四）爾族惟舊緒，身乃邦聞，道雖一貫，事望宜分。今故賚爾銅鐵如意，可以揮對賓僚，即名立事。（其五）爾崇教惟善，法無偏執。器服表用，爰寄玩習。今故賚爾笻竹錫杖，可以振動三界，精祇憚讋。（其六）爾期誠玄契，遐想靈風。至懷所詣，因心則通。今故賚爾香爐一枚，熏陸付之，可以騰煙紫閣，昭感上司。（其七）爾澡形潔藏，肴糧既去。宣導松术，實資芳醑。今故賚爾杯盤一具，可以夕挹桂漿，朝承菊露。（其八）爾敬事經誥，遵尚楷模。翰墨之用，於是乎在。今故賫爾大硯一面，紙筆付之，可以臨文寫字，對真㗖言。（其九）爾真心内固，清形外彰。滌蕩紛穢，表裏雪霜。今故賫爾鍮石澡灌，手巾爲副，可以登齋朝拜，出入盥漱。（其十）賫爾十事，事準前史，可對揚嘉策，循言求理。無或驕惰，以奪斯旨。援筆申懷，敢告處士。」按此文蓋仿大帝降大茅君九錫文式，爲筆墨之戲，以志逸冲之開山勞績耳。恐讀詩之「十賫」，而不見原文，實減風雅，故録之。（胡以梅《唐詩貫珠箋》卷二十五）

（首二句）已伏結意。前二首是贈體，末章方結出寄懷。（毛張健《唐詩餘編》卷三）

奉和三首

龜蒙

幾降真官授隱書①〔一〕，洛公曾到夢中無〔二〕。眉間入静三辰影〔三〕，肘後通靈《五嶽圖》②〔四〕。北洞樹形如曲蓋〔五〕，東凹山色似薰爐③〔六〕。金墟福地能容否④〔七〕，願作岡前蔣負芻〔八〕。

（詩三七六）

【校記】

①「授」盧校本作「㗖」。　②「肘」季寫本作「時」。　③「東」類苑本作「西」。「薰」陸詩甲本、統籤

本作「重」，陸詩乙本批校：「舊本作『熏』。」陸詩丙本、類苑本作「熏」。④「墟」盧校本作「壇」。

【注釋】

〔一〕幾降：多次降臨。真官：仙官。隱書：道教經籍。《漢武帝内傳》：「王母乃告上元夫人曰……吾嘗憶昔日與夫人共登元隴朔野，及曜真之山，視王子童，王子童乃就吾請求太上隱書。」《真誥》（卷一四）：「吕子華者，山陽人也，陰君弟子。已服虹丹之液，而未讀内經，來從東卿受《太霄隱書》而誦之。」《雲笈七籤》（卷一〇五）《清靈真人裴君傳》：「還到太山，遇司命君，授以《上皇金籙》。……因口教《服二景飛華上奔日月之法》，又授《太上隱書》。」

〔二〕洛公：道教傳説中的仙人洛廣休，又稱蓬萊公。楊羲曾夢見洛公，《雲笈七籤》（卷九六）：「楊羲真人夢蓬萊仙公洛廣休」云云。參卷六（詩二六八）注〔三〕。無：義同「否」。白居易《問劉十九》：「晚來天欲雪，能飲一杯無？」

〔三〕眉間：指人的眉目間。即指人而言。《登真隱訣輯校・疑似道經》：「天真是兩眉之間之角也。……華庭在兩眉之下，是徹視之津梁。」入静：道教語，謂進入道教寂静的境界，以摒除世俗的雜念。《資治通鑑》（卷二五七）胡三省注語：「道家所謂入静，即禪家入定而稍異。入静者，静處一室，屏去左右，澄神静慮，無思無營，冀以接天神。」三辰影：指日、月、星的影子。

〔四〕肘後：古人謂隨身携帶的小型書籍爲肘後書，故道家的方書則有肘後方之説。通靈《五嶽圖》：通達于神仙的道家秘籍《五嶽真形圖》。《漢武帝内傳》：「又先以元封二年七月七日，西王母、上元夫人下降于武帝，王母授帝《五嶽真形圖》《靈光生經》，上元夫人授六甲靈飛招真十二事。」

〔五〕北洞：指茅山的良常山洞，因其在茅山的東北，故云。《雲笈七籤》（卷二七）《十大洞天》：「第八句曲山洞，周迴一百五十里，名曰金壇華陽之洞天，在潤州句容縣，屬紫陽真人治之。」又同卷《三十六小洞天》：「第三十二良常山洞，周迴三十里，名良常放命洞天，在潤州句容縣，屬李真人治之。」《真誥》（卷一一）：「句曲之洞宫有五門。南兩便門，東西便門，北大便門，凡合五便門也。」原注：「北良常洞即是北大便門。」曲蓋：盤曲猶如傘蓋。古代儀仗用的曲柄傘。此指茅山曲蓋寄生樹。崔豹《古今注·輿服》：「曲蓋，太公所作也。武王伐紂，大風折蓋，太公因折蓋之形而制曲蓋焉。」《真誥》（卷一一）：「良常東南又有可住處。其間當有壘石如竈形，竈間或有寄生樹，樹如曲蓋形。此處至好，但恨淺耳，雖爾自足。」原注：「此處今亦存，但無復有寄生曲樹耳。亦帶北洞流水，其左右并近大路，所以言淺。」

〔六〕東凹：茅山的一個地名。《真誥》（卷一一）：「句曲之山有名菌山，此山至佳，亦有金，乃可往采，入土不過一二尺耳。」原注：「按大茅後長阿積金東凹地有一山子，獨秀如博山爐，且又近積金山，恐此或當是。」薰爐：薰香爐。形容菌山的形狀如博山香爐。《西京雜記》（卷一）：「長安巧工丁緩者，……又作九層博山香爐，鏤爲奇禽怪獸，窮諸靈異，皆自然運動。」

〔七〕金墟福地：道家常以「金墟」、「福地」指神仙所居之處。此指茅山的道教勝地而言。《真誥》

（卷一一）：「越桐柏之金庭，吴句曲之金陵，養真之福境，成神之靈墟也。」原注：「此即桐柏帝晨所説，言吴、越之境唯此『兩金』最爲福地者也。」又曰：「金陵者，洞虚之膏腴，句曲之地肺也。履之者萬萬，知之者無一。」

〔八〕岡前：岡山前。《真誥》（卷一三）「雷平山之東北有山，俗人呼爲大横山，其實名鬱岡山也。《名山記》云所謂岡山者也。」蔣負芻：又作蔣負蒭，或作蔣員蒭。義興人，著名道士。初於東川構廬修道，後居茅山，應接道事。《道學傳》（《太平御覽》卷四〇九）曰：「薛彪之聞陶隱居委紱架石室，與蔣負芻鄰居接宇，彪嘆曰：『彼二人者，可爲道友，何爲久滯東川？』於是命棹來歸，便相就共往，日夜講習。」《真誥》（卷一一）：「上古名此山爲崗山。……本所以名爲崗者，亦金壇之質也。是以百代百易，非復本名，良可嘆也。」原注：「按今小茅東北一長大山名大横山，云本名鬱崗山，……此崗山雖多細石，亦可居耳。近東南取長史宅，至雷平間，甚有可住處。義興蔣員蒭等，今并立田舍於崗下，近去長史宅四五里。」

【箋評】

《真誥》：「清虚真人授書曰：『色觀謂之黄赤，上道謂之隱書。』九華真妃，命侍女發檢囊之中，出書，見付《上清玉霞紫映内觀隱書》與楊真人羲，曰：『吕子華者，山陽人，陰君弟子。已服虹丹之液，來從東卿受《太霄隱書》誦之。幽隱方臺爲樂，不願造乎仙也。』」又「紫陽周真人遇甯先生，受《太霄隱書》；遇皇人，受《太上隱書》。」則「隱書」乃大道隱微之書耳。《真誥》：「楊真人羲夢洛公。」見前注。「眉間三辰」，存想日月，存想五星之道。《五嶽圖》，見《帝里部》。《真誥》曰：「良常東南，又有可住處。其間尚有壘石如竈形，間或有寄生樹，樹如曲蓋形。此處至好，但恨淺耳。」注云：「此處今亦存，但無復有寄生曲樹。亦帶北洞流水，其左右并近大路，所以言淺。」今詩兼注用「北洞」也。又定録中君曰：「句曲之山，有名菌山。此山至佳，亦有金，吾昔臨去，曾埋金於此。欲服者，可往取。」注云：「按大茅後長阿積金東凹地有山子，獨秀如博山爐，且近積金山，恐此或當是。」今詩竟用注。又結云：「句曲山，秦時名爲句金之壇。以洞天内有金壇百丈，外又有積金山，又曰山生黄金。漢靈帝詔敕郡縣，采句曲之金以充武庫，孫權又采金輸官，因改爲金陵之墟名也。」《名山内經·福地志》曰：「伏龍之地，在柳谷之西，金壇之右，正金陵之福地。上古名此山爲崗山。」注云：「按今小茅東北一長大山，名大横山，云本名鬱崗山，即今所謂伏龍之東。此山雖多細石，亦可居。近東南取長史宅至雷平間，甚有可住處。義興蔣負芻等，今并立田於崗下，近去長史宅四五里。」則是結比廣文以陶貞白，而已等於蔣負芻矣。又按《茅山志》：「陪真館主、義興蔣負芻，去來茅山，有志栖托。齊建元二年，敕請于宗陽館，行道煉修，年過眉壽，沐浴遷神。」則亦入道之士，故慕之耶？（胡以梅《唐詩貫珠箋》卷二十五）

火景應難到洞宫①〔一〕，蕭閑堂冷任天風〔二〕。談玄麈尾抛雲底②〔三〕，服散龍胎在酒中③〔四〕。有路還將赤城接〔五〕，無泉不共紫河通〔六〕。奇編早晚教傳授〔七〕，免以神仙問葛

洪④〔八〕。（詩三七七）

【校記】

①「景」類苑本作「影」。②「玄」原缺末筆，避宋太祖始祖趙玄朗諱。「塵」陸詩丙本作「麈」。
③「在」盧校本作「入」。④「以」盧校本作「問」。「問」盧校本作「向」。

【注釋】

〔一〕火景（yǐng）：天上的火星。此指天氣炎熱而言。《文選》（卷二六）謝靈運《永初三年七月十六日之郡初發都》：「秋岸澄夕陰，火旻團朝露。」李善注：「火，大火也。《毛詩》曰：『七月流火。』《爾雅》曰：『秋爲旻天。』」南朝齊謝朓《齊雩祭樂歌·歌赤帝》：「火景方中南譌秩，靡草云黄含桃實。」洞宫：道家神仙所居之洞天宫室。此指正在茅山學道的張賁的居處。《真誥》（卷一一）：「此山（按指茅山）洞虚内觀，内有靈府，洞庭四開，穴岫長連。古人謂爲金壇之虚臺、天后之便闕，清虚之東窗，林屋之隔沓。衆洞相通，陰路所適，七途九源，四方交達，真洞仙館也。」

〔二〕蕭閑堂：又稱蕭閑宫。陶弘景《華陽頌》：「寢宴含真館，高會蕭閑宫。」《真誥》（卷一二）：「含真臺是女人已得道者，隸太元東宫中，近有二百人。此二宫盡女子之宫也。又有童初、蕭閑堂二宫，以處男子之學也。」元劉大彬《茅山志》（卷八）《仙曹署》：「華陽洞天三宫五府：曰易遷宫、含真宫、蕭閒宫；曰太元府、定録府、保命府、童初府、靈虚府。」顧況《山居即事》：

「下泊降茅仙，蕭閑隱洞天。」

〔三〕談玄：論議玄學。即魏、晋時期的清談。《世説新語·容止》：「王夷甫容貌整麗，妙於談玄，恒捉白玉柄麈尾，與手都無分别。」後世談論佛理禪機也稱談玄。唐道宣《續高僧傳》（卷一五）《唐京師弘福寺釋靈潤傳》：「加以性愛林泉，捐諸名利，弊衣糲食，談玄爲本。」孟浩然《題融公蘭若》：「談玄殊未已，歸騎夕陽催。」麈尾：細長的木條兩邊及頂端附着麈尾之毛，形似馬尾松，稱作麈尾。麈，鹿類動物。相傳麈遷徙時，以前麈之尾爲方向標志，故稱。古人在閑談時，執麈尾以揮塵和驅蟲。魏、晋人在清談時，必執麈尾，成爲一種標識，麈尾也就成爲一種名流雅器。

〔四〕服散：服食散藥。散是古代粉末狀藥物的名稱。《後漢書》（卷八二下）《方術傳·華佗》：「乃令先以酒服麻沸散，……佗授以漆葉青黏散。」《真誥》（卷一〇）：「太極真人遺帶散，白粉，服一刀圭，當暴心痛如刺。三日欲飲，飲既足一斛，氣乃絶。絶即是死也。既斂，失尸所在，但餘衣在耳。是爲白日解帶之仙。」龍胎：道家的一種仙藥名。《登真隱訣輯校·疑似道經·太極真人服四極雲牙神仙上方》：「琳華龍胎，飲以醴泉。」又《登真隱訣輯校·佚文匯綜》：「飛琅玕之華，漱龍胎，飲瓊精，服金丹，挹九轉，服靈寶，行九真。」《真誥》（卷一四）：「漱龍胎而死訣，飲瓊精而叩棺者，先師王西城及趙伯玄、劉子先是也。」唐段成式《酉陽雜俎》（前集卷二）《玉格》中所録仙藥名有「龍胎醴」。

〔五〕將：與。赤城：道家傳説中的仙山。《太平御覽》(卷六七四)引《登真隱訣》曰：「赤城，太元真人所居。」《神仙傳》(卷五)：「茅君者，名盈，字叔申，咸陽人也。高祖父濛，字初成，學道於華山。丹成，乘赤龍而升天，即秦始皇時也。有童謡曰：『神仙得者茅初成，駕龍上天升太清。時下玄洲戲赤城，繼世而往在我盈。帝若學之臘嘉平。』其事載史紀詳矣。」台州亦有赤城山，爲道教十大洞天之一所在地。本詩即指此。《登真隱訣輯校·佚文匯綜》：「大茅君，字叔申，……至漢元帝時，仙官下降，授玉皇九錫，爲太元真人、東嶽上真卿、吴越司命君，治天台赤城洞。」《雲笈七籤》(卷二七)《十大洞天》：「第六赤城山洞，周迴三百里，名曰上清玉平之洞天，在台州唐興縣，屬玄洲仙伯治之。」《真誥》(卷一一)：「句曲洞天，東通林屋，北通岱宗，西通峨嵋，南通羅浮，皆大道也。其間有小徑雜路，阡陌抄會，非一處也。」

〔六〕共：同也，與也。紫河：即天河。相傳爲神仙所居之處。《初學記》(卷一)《天》條：「天河謂之天漢。」原注：「亦曰雲漢、星漢、河漢、清漢、銀漢、天津、漢津、淺河、銀河、降河。」《太平御覽》(卷八)《漢》引《抱朴子》曰：「天河從北極分爲兩頭，至于南極。其一經南中過，其一經東井中過。河者，天之水也，隨天而轉入地下過。」茅山多泉水，道家煉丹所用。陶弘景《華陽頌·區别》：「左帶柳汧水，右浚陽谷川。」《真誥》(卷一三)：「華陽雷平山有田公泉，飲之除腹中三蟲，與隱泉水同味，云是玉砂之流津也。」

〔七〕奇編：奇妙的著作。此指道家書籍。張賁著有《神仙傳》之類的著述歟？故下云「教傳授」。

早晚：何日。張相《詩詞曲語辭匯釋》（卷六）：「早晚，猶云何日也。此多指將來而言。」

〔八〕葛洪：字稚川（二八三—三六三），自號抱朴子，晋代詩人，道家的重要學者。所著《抱朴子·内篇》是重要的道教典籍。另著有《神仙傳》十卷。生平事迹參《晋書》（卷七二）本傳。《神仙傳序》云：「洪著《内篇》，論神仙之事，凡二十卷。……余今復抄集古之仙者，見於《仙經》、服食方及百家之書，先師所説，耆儒所論，以爲十卷，以傳知真識遠之士。」

【箋評】

一二言其華陽洞宫清凉。三四有「談玄」、「服散」之樂。而「路」可「接赤城」，「泉」可「通紫河」。幸惠以「奇編」，「免問」葛稚川。葛蓋句容本鄉人耳。《真誥》曰：「洞中又有童初、蕭閒堂二宫，以處男子之學。」陶隱居《華陽頌》：「寢晏含真館，交會蕭閒宫。」又紫微夫人《朮叙》云：「或爐轉丹砂之幽精粉，煉金碧之紫漿，琅玕鬱勃以流華，八瓊雲焕而飛揚。絳液迴波，龍胎隱鳴，虎沫鳳腦，雲琅玉霜，太極月醴，三環靈剛，若以刀圭奏矣。」又《黄帝本行記》：「皇人告黄帝曰：『白日升天，飛步虚空，身生水火，變化無常，此天仙之真。唯有龍胎金液九轉之丹，長生久視。』」詳此，則「龍胎」亦丹藥也。按《真誥》云：「句曲洞天，東通林屋，北通岱宗，西通峨嵋，南通羅浮，皆大道也。其間有小徑雜路，阡陌抄會非一處。」是誥末言通天台也。而定録君曰：「司命自在東宫。」注云：「司命常住大霍之赤城，此間或有府曹耳。」蓋定録，二茅君；司命，大茅君也。今詩云「赤城」，是指大霍之赤城歟？又定録君曰：「包山中有隱泉之水，正紫色。雷平山有田公泉，飲之除腹中三蟲，與隱泉水同味，云玉砂之流津也。」注：「包山即林屋山。」今詩用「紫河」，是即紫泉。而道書蓬萊修煉法，河車是水，朱雀是火，取水一斗，炙之百沸，致聖石九雨初成姹女。次謂之玉液，後成紫色，謂之紫色河車。今亦借用之耶？葛洪從祖葛仙翁，授丹術於鄭隱。洪就隱學，悉得其法。求出爲勾漏令，尸解南海。「火景」，炎日。（胡以梅《唐詩貫珠箋》卷二十五）

終日焚香禮洞雲〔一〕，更思琪樹轉勞神〔二〕。曾尋下泊（原注：宮名。）常經月〔三〕，不到中峰又累春①〔四〕。仙道最高黄玉籙〔五〕，暑天偏稱白綸巾〔六〕。清齋若見茅司命〔七〕，乞取朱兒十二斤②〔八〕。（詩三七七八）

【校記】

①陸詩丙本黄校注：「到，空格，誤補于題下。」②「朱兒」斠宋本眉批：「二字刓。」陸詩甲本、統籤本注：「朱兒事見《登真隱訣》。」

【注釋】

〔一〕洞雲：洞天福地的雲霞，爲神仙居處。此指張賁學道的茅山金壇華陽洞天。茅山多洞墟，參本卷（詩三七七七）注〔一〕。禮洞雲：即學道求仙。

〔二〕琪樹：神話傳説中的玉樹。《文選》（卷一一）孫綽《遊天台山賦》：「建木滅景於千尋，琪樹璀璨而垂珠。」吕延濟注：「琪樹，玉樹。」李善注：「《山海經》曰：『崑崙之墟，北有珠樹、文玉樹、玗琪樹。』」轉：更加。

〔三〕下泊：原注：「宮名。」在茅山。道家傳是大茅君茅盈的學道處，故唐顧況《山居即事》云：「下泊降茅仙。」陶弘景《上清真人許長史舊館壇碑》：「井南大塘，乃郭朝遺制。源出田公之泉，路通姜巳之軌。傍枕雷平，前瞰下泊。東際連崗，北横長壟。」經月：歷經數月。

〔四〕中峰：指茅山的主峰。累春：數年。「春」代指「年」。

〔五〕黄玉籙：道教入教的一種儀式中所用的秘文。籙，道籙，道教秘文。《隋書》（卷三五）《經籍志四》：「其受道之法，初受《五千文籙》，次受《三洞籙》，次受《洞玄籙》，次受《上清籙》。籙皆素書，紀諸天曹官屬佐吏之名有多少，又有諸符，錯在其間，文章詭怪，世所不識。受者必先潔齋，……其潔齋之法，有黄籙、玉籙、金籙、塗炭等齋。」

〔六〕偏稱：最適宜。白綸（guān）巾：白色絲巾。魏、晋時期流行的頭巾。《晋書》（卷七九）《謝萬傳》：「萬著白綸巾，鶴氅裘，履版而前。既見，與帝共談移日。」

〔七〕清齋：指道教的齋戒。此時清心素食，摒除雜念，虔敬向道，故云。茅司命：指在茅山得道的茅盈。《神仙傳》（卷五）《茅君》：「茅君者，名盈，字叔申，咸陽人也。……太上老君命五帝使者持節，以白玉版黄金刻書，加九錫之命，拜君爲太元真人、東嶽上卿、司命真君，主吳、越生死之籍，方却升天。」

〔八〕朱兒：丹砂。古代道士煉丹的主要原料。《抱朴子·内篇·金丹》：「若取九轉之丹，内神鼎中，夏至之後，爆之鼎熱，内朱兒一斤於蓋下。」《雲笈七籤》（卷六八）《太上八景四蕊紫漿五珠絳生神丹方一首一名三華飛綱丹》：「藥名口訣：第一絳陵朱兒七兩。口訣是丹砂，巴、越者是也。」《真誥》（卷一一）：「中茅山玄嶺獨高處，司命君埋西胡玉門丹砂六千斤於此山，深二丈許，埳上四面有小盤石鎮其上。其山左右當泉水下流，水皆小赤色，飲之益人。此山下左右亦有小平處，可堪静舍。左元放時就司命乞丹砂，得十二斤耳。」

【箋評】

「禮洞雲」，求遇高真；「思琪樹」，想至仙境也。因「禮洞雲」、「思琪樹」，所以「經月」、「累春」，不至「下泊」與「中峰」。言其修道之勤。「籙」，仙真所佩；「白綸巾」，隱士所著，二者亦色相稱耳。取丹砂，效左元放也。《真誥》：「許掾夢入山穴一石室，白炁從室中出，又似水鬱勃來冠身。忽炁散，見室裏有床席器物，意中自謂是靈人所住處，乃向室拜，叩頭請乞欲前。忽見一人在室外語：『玉斧未可進，尋當前。』」今詩稱「禮雲」，亦此類歟？天台山有琪樹。《山海經》：「崑崙山有珠樹、玉樹、玗琪樹、不死樹。」玗琪，赤玉也。定録君曰：「中茅山玄嶺獨高處，司命君埋西胡玉門丹砂六千斤於此山，深二丈許，埳上四面有小盤石鎮其上。其山左右當泉水下流，水皆小赤色，飲之益人。左元放時就司命乞丹砂，得十二斤。」《雲笈七籤》：「太上八景丹藥名口訣二十四種，第一曰絳陵朱兒，即丹砂也。」又《太清金液神丹經》曰：「津入朱兒乃飛騰。」《茅山志》：「下泊宫，在中茅西。大司命君咸陽升舉來山，立茅舍，以候二弟處也。隱居云：父老相傳，乃言大茅之西北平地，棠梨樹間，名下泊處，言是司命故宅。唐貞觀十一年，重立碑，御史大夫王公緯嘗修是宫。」《神仙通鑑》：「葛仙翁，玄太上老君敕太極真人徐來勒等於天台山授三籙七品齋法。三籙者：曰金籙齋，謂保鎮國祚；曰玉籙齋，保佑后妃公侯貴族；曰黄籙齋，拔度九宏七祖，永辭長夜之苦。」是「黄玉籙」之用也。詳讀六篇，博士隱茅山，必有清修之志，故全引華陽典實，連類道書名物，薈萃成文，幾無隙地。取材於清虚無何有之鄉，俗墨全蠲，不覺堆垛也。然不加考索，漫然讀之，難免嚼蠟。故選《松陵》家，十棄八九。八百年來，世無知己矣。予聊爲之點睛，可作清供。而素慕玄關，不覺風起兩腋，飄然雷平林際矣。（胡以梅《唐詩貫珠箋》卷二十五）

以竹夾膝寄贈襲美〔一〕

龜蒙

截得篔簹冷似龍〔二〕，翠光横在暑天中〔三〕。堪臨薤簟閑憑月〔四〕，好向松窗卧跂風〔五〕。持贈敢齊青玉案〔六〕，醉吟偏稱碧荷筒①〔七〕。添君雅具教多著②〔八〕，爲著西齋譜一通〔九〕。

（詩三七九）

【校記】

①「碧」鼓吹本作「紫」。　②「雅」陸詩丙本黄校、統籤本作「野」。「著」陸詩甲本、統籤本作「着」。

【注釋】

〔一〕此詩當作於咸通十一年（八七〇）夏。竹夾膝：即竹几。宋人稱作竹夫人或竹姬，又稱青奴、竹奴。編竹爲籠，或取整竹使其通空，四周鑿洞以通風，暑天時置床席間，以憩手足的消暑用具。清趙翼《陔餘叢考》（卷三三）《竹夫人》：「編竹爲筒，空其中而竅其外，暑時置床席間，可以憩手足，取其輕凉也，俗謂之竹夫人。按陸龜蒙有《竹夾膝》詩，《天禄識餘》以爲即此器也。然曰夾膝，則尚未有夫人之稱。其名蓋起於宋時。東坡詩云：『留我同行木上座，贈君無語竹夫人。』又『聞道床頭惟竹几，夫人應不解卿卿。』自注云：『世以竹几爲竹夫人也。』又黄涪翁云：『趙子充示《竹夫人》詩，蓋凉寢竹器，憩臂休膝，似非夫人之職，予爲名青奴。』」亦有以金屬制成的夾膝，其用途與竹夾膝相同。温庭筠《晚坐寄友人》：「曉夢未離金夾膝，早寒先到石屏風。」

〔二〕篔簹（yún dāng）：一種皮薄、節長而竿高的竹名。此泛指竹子。漢楊孚《異物志》：「篔簹，生水邊，長數丈，圍一尺五六寸，一節相去六七尺，或相去一丈。廬陵界有之。」南朝宋戴凱之《竹譜》：「桃枝、篔簹，多植水渚。」冷似龍：謂長形似龍的竹夾膝很清凉。龍，喻夭矯的竹子。《後漢書》（卷八二下）《費長房傳》：「長房辭歸，翁與一竹杖，曰：『騎此任所之，則自至矣。既至，可以杖投葛陂中也。』又爲作一符，曰：『以此主地上鬼神。』長房乘杖，須臾來歸，自謂去家適經旬日，而已十餘年矣。即以杖投陂，顧視則龍也。」

〔三〕翠光：指碧緑有光澤的篔簹竹。

〔四〕薤(xiè)簟：用薤草編織的草蓆。薤是多年生草本植物。此句謂竹夾膝可在月夜裏與薤簟一起使用，既憑此而賞月，又收到消暑的作用。

〔五〕跂(qǐ)風：斜來的風。陶淵明《與子儼等疏》：「常言五、六月中，北窗下卧，遇凉風暫至，自謂是羲皇上人。」

〔六〕持贈：持物贈人。指以竹夾膝贈皮日休。敢齊：豈敢與……看作一樣。青玉案：古代貴重的食器，用以置放杯筷的盤子。《文選》(卷二九)張衡《四愁詩》(其四)：「美人贈我錦綉段，何以報之青玉案。」

〔七〕偏稱：最適合、最適宜。碧荷筒：碧筒杯，又稱碧桐杯，用荷葉制成的飲酒器具。《酉陽雜俎》(前集卷七)：「歷城北有使君林。魏正始中，鄭公慤三伏之際，每率賓僚避暑於此。取大蓮葉置硯格上，盛酒三升，以簪刺葉，令與柄通，屈莖上輪菌如象鼻，傳吸之，名爲碧筒杯。歷下斆之，言酒味雜蓮氣，香冷勝於水。」杜甫《陪鄭廣文遊何將軍山林十首》(其八)：「醉把青荷葉，狂遺白接䍦。」戴叔倫《南野》：「茶烹松火紅，酒吸荷杯緑。」

〔八〕君：指皮日休。教：使，令。多著：多置，即多使用之意。「著」即「着」字。張相《詩詞曲語辭匯釋》(卷三)：「着，猶安也；置也；容也。」

〔九〕爲著：爲了添加。張相《詩詞曲語辭匯釋》(卷三)：「着(字本作著)，猶加也；添也。」西齋：

泛指文人的書齋。《陳書》（卷三四）《蔡凝傳》：「（凝）常端坐西齋，自非素貴名流，罕所交接。」唐孫樵著有《孫氏西齋録》。韋莊《又玄集序》：「但掇其清詞麗句，録在西齋。莫窮其巨派洪瀾，任歸東海。總其記得者，才子一百五十人；誦得者，名詩三百首。」譜：譜寫，寫作。一通：一卷。《文選》（卷四三）漢劉歆《移書讓太常博士》：「皆古文舊書，多者二十餘通。」吕延濟注：「通，卷。」《後漢書》（卷八四）《列女傳·班昭傳》：「閒作《女誡》七章，願諸女各寫一通，庶有補益，裨助汝身。」唐劉禹錫《傳信方述》：「薛景晦以所著《古今集驗方》十通爲贈。」此句謂你可連同竹夾膝等雅具，著成《西齋譜》一通。

【箋評】

竹夫人，唐人謂之竹夾膝，陸龜蒙所咏是也。（高士奇《天禄識餘》卷二《竹夾膝》）

首言截竹如龍，「翠光」横暑，「憑月」而憩於「薙簟」，「跂風」而卧於「松窗」，其致爲足尚矣。以此贈君，固不敢比之青玉案，而醉吟適性亦少稱夾紫荷筒也。君才固多著述，今添此「雅具」，其作「一通」以附於「西齋」之譜，可乎？ ○朱東嵒曰：前四句寫「竹夾膝」，後四句寫「寄贈」意。（元郝天挺注、明廖文炳解、清朱三錫評《東嵒草堂評訂唐詩鼓吹》卷三）

詳詩意，「夾膝」有似今之「竹夫人」，而彼用篾編，此則整竹一段爲之。然須大竹，方於暑天森爽，故以篔簹截用而取其冷也。「似龍」，比得妙。蓋青而長有龍之狀，而「竹杖化龍」是其本事。句有興會，又典實。「横」在「暑天」，言其所用之時也。「憑月」，憑俯此而玩月。「跂風」，卧之而舉足於上以通風，此爲暑天所宜。論其翠色，贈遺可與「青玉案」相「齊」，「醉吟」可伴「碧荷筒」相「稱」。君本多「雅具」，今更「添」此，「教」君好「多」所著作，爲著「西齋」之《竹譜》「一通」，何如？通篇秀膩，三四佳絶，六落想尤妙。郭璞賦：「桃枝、篔簹，實繁有叢。」注：「篔簹生水邊，長數丈，圍一尺五六寸，一節相去六七寸。漢中府有篔簹谷。」張平子《四愁詩》：「美人贈我錦綉段，何以報之青玉案。」《珊瑚鈎詩話》云：「歷城北有使君林。魏正始中，鄭公慤三伏避暑於此。取大蓮葉置硯格上，盛酒三斛，以簪刺葉，令酒與柄通，屈莖輪囷，如象鼻持吸之，香氣清洌，名曰碧筒酒。詩曰：『釀憶青田酒，觴宜碧藕筒。直欲千日醉，莫放一盃空。』」别作紫荷，非。竹有贊寧《竹譜》。（胡以梅《唐詩貫珠箋》卷五十八）

編竹爲筒，空其中而竅其外，暑時置床席間，可以憩手足，取其輕涼也，俗謂之竹夫人。按陸龜蒙有《竹夾膝》詩，《天禄識餘》以爲即此器也。然曰「夾膝」，則尚未有「夫人」之稱。其名蓋起於宋時。東坡詩云：「留我同行木上座，贈君無語竹夫人。」又「聞道床頭惟竹几，夫人應不解卿卿。」自注云：「世以竹几爲『竹夫人』也。」又黄涪翁云：「趙子充示竹夫人之詩，蓋涼寢竹器，憩臂休膝，似非夫人之職，予爲名曰『青奴。』」陸放翁亦有詩云：「空床新聘竹夫人。」羅大經《鶴林玉露》亦載：「李公甫謁真西山丐題，西山指竹夫人爲題，曰：『蘄春縣君祝氏，可封衛國夫人。』公甫援筆立就有云：『保抱携持，朕不忘五夜之寢；展轉反側，爾尚形四方之風。』西山擊節。」（趙翼《陔餘叢考》卷三十三《竹夫人·湯婆子》）

魯望以竹夾膝見寄，因次韻訓謝

日休

圓於玉柱滑於龍①〔一〕，來自衡陽彩翠中②〔二〕。拂潤恐飛清夏雨〔三〕，叩虚疑貯碧湘風〔四〕。大勝書客裁成簡③〔五〕，頗賽溪翁截作筒④〔六〕。從此角巾因爾戴〔七〕，俗人相訪若爲通〔八〕。（詩三八〇）

【校記】

①兩「於」項刻本均作「于」。「柱」詩瘦閣本作「桂」，項刻本、鼓吹本作「筯」。②「自」項刻本作「日」。③「簡」皮詩本、統籤本、季寫本、全唐詩本作「柬」。④「賽」鼓吹本作「勝」。「作」全唐詩本作「竹」。

【注釋】

〔一〕圓於句：謂竹夾膝形狀很圓，而表面很光滑。當是整竹制成的竹夾膝。喻竹爲龍，參上（詩三七九）注〔二〕。

〔二〕衡陽：今湖南省衡陽市。《元和郡縣圖志》（卷二九）《江南道五》：「衡州衡陽縣，天寶初更名衡陽郡，縣仍屬焉。縣城東傍湘江，北背蒸水。」彩翠：指山中碧緑鮮艷的物色。多指山中鮮艷明麗的景物。此句謂制作竹夾膝的竹子來自衡陽山中。衡陽自古産竹，故詩如此説。《文選》（卷三一）江淹《雜體詩三十首·張司空華離情》：「庭樹發紅彩，閨草含碧滋。」李善注：「張景陽《雜詩》曰：『寒花發黄彩，秋草含緑滋。』」温庭筠《春日》：「草色將林彩，相添入黛眉。」

〔三〕拂潤句：謂拂動竹夾膝，其潤澤的氣息，似乎要飄灑出清夏的微雨。

〔四〕叩虚句：謂叩擊中空的竹夾膝，好像其中還貯藏着原産地楚湘（衡陽屬于該地）的清凉的微風。《水經注》（卷三八）《湘水》：「《山海經》云：洞庭之山，帝之二女居焉。沅、澧之風，交瀟、湘之浦，出入多飄風暴雨。湖中有君山、編山。君山有石穴，潛通吴之包山，郭景純所謂巴陵地道者也。是山，湘君之所遊處，故曰君山矣。昔秦始皇遭風于此，而問其故，博士曰：湘君出入則多風。」此二句形容竹夾膝具有極好的消暑作用。

〔五〕書客：讀書人。簡：竹簡。古代剖竹成竹片，用以書寫，叫竹簡。

〔六〕賽：超過。溪翁：指漁翁，捕魚人。筒：魚筒，即鈞筒，捕魚的器具。參卷四（詩八四）注〔一〕、〔二〕。

〔七〕角巾：方巾，有棱角的四方頭巾。本是士庶的平居服飾，後世指庶人、隱士的冠飾。《後漢書》（卷六八）《郭太傳》：「郭太字林宗，……嘗於陳、梁間行遇雨，巾一角墊，時人乃故折巾一角，以爲『林宗巾』。其見慕皆如此。」《晋書》（卷三四）《羊祜傳》：「既定邊事，當角巾東路，歸故里，爲容棺之墟。」爾：你，指竹夾膝。

〔八〕若爲：如何。通：通達。此有「理解」之義。此句謂争名逐利的世俗之人如來相訪，見我戴角巾、用竹夾膝的逸致，是難以理解的。

【箋評】

衡陽近瀟、湘，故多産竹。此言夾膝「圓」、「滑」，竹所由來則自「衡陽彩翠」之中也。「拂」之則「潤」，「恐飛清夏」之雨；「叩」之則「虚」，「疑貯碧湘」之風。且是竹也，詩客用以「裁簡」，漁翁用以

「截筒」。今爲「夾膝」，則遠過乎此焉。喜能與我以充逸上之具，從此解組而歸，以戴角巾，若有「俗人相訪」，見此逸致，謂可相通。然彼塵埃擾擾，利名羈絏，豈得而用之哉！○朱東嵒曰：一二實寫「竹夾膝」也。三四承寫首句，「恐飛雨」、「疑貯風」，總以形其「圓」、「滑」也。五六又引「書客」、「溪翁」，以寫「竹夾膝」爲雅人之具，其不與俗人同調可知。（元郝天挺注、明廖文炳解、清朱三錫評《東嵒草堂評訂唐詩鼓吹》卷五）

「滑」雖不及「冷」，然亦醒。衡陽，衡州。「彩翠」，竹林也。三四絶佳，四更妙，且與衡陽親切。「潤」字、「虚」字已膩，加之以「拂」與「叩」，便鮮活無比。蓋本來潤澤，若非手以「拂」之，則猶未知「冷」、「滑」也。一著手，則其凉氣襲人，所以恐炎夏飛雨而爲清冷矣。中虚無節，此其體也。然不「叩」，寂然無聞；「叩」之而聲出，如「貯」有風，且如是清冷，將必因路經湘江而來，有以「貯」之邪？無中生有，開人思路，妙品。「書客」汗簡，則須劈破，所以「勝」之。「溪翁」釣筒，形象相似，故能賭

「賽」。兩宗陪客，皆雅韻之用。而此「夾膝」更有以過之，則非俗吏可稱。故欲解組而戴角巾，則「憑月」、「跂風」，何等自適。設有「俗人相訪」，誰肯爲之通乎？衡陽至吴必由湘江。晋羊祜與弟琇書曰：「既定邊事，當角巾歸里。」蓋燕居私服。少陵詩：「錦里先生烏角巾。」郭太折角巾，大約以角取義。《豫章記》：「王鄰隱西山，頂菱角巾。嘗就人買菱，脱巾貯之，曰：『此巾名實相副矣。』」則又角之變。（胡以梅《唐詩貫珠箋》卷五十八）

夏景無事，因懷章、來二上人①〔一〕

日休

澹景微陰正送梅〔二〕，幽人逃暑癭楠盃②〔三〕。水花移得和魚子〔四〕，山蕨收時帶竹胎③〔五〕。嘯館大都偏見月④〔六〕，醉鄉終竟不聞雷⑤〔七〕。更無一事唯留客⑥〔八〕，却被高僧怕不來〔九〕。

（詩三八一）

【校記】

①「上人」後季寫本、全唐詩本有「二首」。　②「楠」鼓吹本作「南」。　③鼓吹本注：「時一作來。」　④「嘯」項刻本作「笑」。「見」項刻本、鼓吹本、統籤本作「得」，全唐詩本注：「一作得。」　⑤「竟」原缺末筆，避宋太祖祖父趙敬諱。　⑥「唯」項刻本、鼓吹本、類苑本作「惟」。

【注釋】

〔一〕此詩當作於咸通十一年（八七〇）夏五月。無事：清閑。《續古尊宿語要》（卷二）《清凉山法眼益禪師語》：「僧家實是無事，經行林中，宴坐樹下，但不於三界現身意，便是無事人。」寒山《寒山栖隱處》：「可觀無事客，憩歇在巖阿。」白居易《玩新庭樹因咏所懷》：「下有無事人，竟日此幽尋。」章、來二上人：章上人、來上人。章上人是蘇州開元寺住持僧。參卷六（詩三三七）注〔一〕。來上人：未詳。應是蘇州某寺院住持僧。

〔二〕送梅：送走梅雨季節，迎來暑天，即「出梅」。宋陸佃《埤雅》（卷一三）《釋木·梅》：「今江、湘、二浙四五月之間，梅欲黄落則水潤土溽，礎壁皆汗，蒸鬱成雨，其霏如霧，謂之『梅雨』。沾衣服皆敗黦。故自江以南，三月雨謂之『迎梅』，五月雨謂之『送梅』。」

〔三〕幽人：隱士。此作者自指。謝靈運《登永嘉緑嶂山》：「幽人常坦步，高尚邈難匹。」柳宗元《旦携謝山人至愚池》：「自諧塵外意，况與幽人行。」逃暑：避暑，消暑。唐代有逃暑之飲。唐玄宗李隆基《端午三殿宴群臣探得神字并序》：「厨人嘗散熱之饌，酒正行逃暑之飲。」《酉陽雜俎》（前集卷八）：「處士周洪言：寶曆中，邑客十餘人，逃暑會飲。」癭楠盃：以楠木樹根制成的酒杯。此指飲酒。《説文·疒部》：「癭，頸瘤也。」段玉裁注：「凡楠樹樹根贅肬甚大，析之，中有山川花木之文，可爲器械。《吴都賦》所謂『楠瘤之木』，三國張昭作《楠瘤枕賦》，今人謂之癭木是也。」

〔四〕水花：此當指浮萍。《通志》(卷七五)《昆蟲草木略一》：「藻生乎水中，萍生乎水上。萍之名類亦多，易相紊也。……按：萍亦曰水花，亦曰水白。」荷花亦稱水花。晉崔豹《古今注·草木》：「芙蓉，一名荷華，生池澤中，實曰蓮，花之最秀異者。一名水芝，一名水花。色有赤、白、紅、紫、青、黄，紅、白二色差多。花大者至百葉。」魚子：小魚苗。晉崔豹《古今注·蟲魚》：「魚子曰鱦，亦曰鯤，亦曰鮇，言如散稻米也。」

〔五〕山蕨：山上的野生蕨菜。《詩經·召南·草蟲》：「陟彼南山，言采其蕨。」山蕨嫩葉可食，其根部富含澱粉，亦可食用。古人以采蕨表示甘於隱逸生活。《晋書》(卷九二)《張翰傳》：「(齊王)冏時執權，翰謂同郡顧榮曰：『天下紛紛，禍難未已。夫有四海之名者，求退良難。吾本山林間人，無望於時。子善以明防前，以智慮後。』榮執其手，愴然曰：『吾亦與子采南山蕨，飲三江水耳。』」竹胎：竹笋。李衎《竹譜》(卷三)：「笋初出土者謂之萌，又名箊，又名筊，又名竹胎。稍長謂之牙。」

〔六〕嘯館：長嘯歌吟的館閣。暗用阮籍的典故。《世説新語·栖逸》：「阮步兵嘯，聞數百步。蘇門山中，忽有真人，樵伐者咸共傳説。阮籍往觀，見其人擁膝巖側。……籍因對之長嘯。良久，乃笑曰：『可更作。』籍復嘯。意盡，退。還半嶺許，聞上啮然有聲，如數部鼓吹，林谷傳響。顧看，乃向人嘯也。」偏見月：最適宜於賞月。

〔七〕醉鄉：醉酒的境界。唐王績《醉鄉記》(《全唐文》卷一三二)：「嗟乎！醉鄉氏之俗，豈古華胥氏之國乎？其何以淳寂也如是！」終竟：終于。劉淇《助字辨略》（卷四）：「竟，《廣韻》云：『終也。』……皮襲美詩：『醉鄉終竟不聞雷。』終竟，重言也。」不聞雷：《文選》（卷四七）劉伶《酒德頌》：「先生於是方捧罌承槽，銜杯漱醪，奮髯踑踞，枕麯藉糟，無思無慮，其樂陶陶。兀然而醉，豁爾而醒。静聽不聞雷霆之聲，熟視不睹泰山之形。」

〔八〕更無：絶無。張相《詩詞曲語辭匯釋》（卷一）：「凡云更無，皆猶云絶無也。」

〔九〕高僧：指章上人、來上人。此句謂却被二僧認爲我擔心他們不會到我的幽僻之處來。極言盼二僧前來。當是反用陶淵明事。佚名《蓮社高賢傳》：「遠法師與諸賢結蓮社，以書招淵明。淵明曰：『若許飲則往。』許之，遂造焉。忽攢眉而去。」

【箋評】

此言景淡陰微，正屬「送梅」之候，吾具瘿杯以避暑焉。時且就水移花，常和「魚子」；登山采蕨，兼帶「竹胎」。其在「嘯館」之中，常得明月之照；「醉鄉」之内，不聞雷霆之聲，是其夏景如此也。我於此時，「更無一事」，惟有「留客」之情，而二僧高踪落落。昔淵明以白社無酒而不往，今二公不且以此間有酒而不來耶？○廖解末句云：「乃被二僧怕吾無酒而不來焉。」是牽於郝注而加謬矣。○朱東嵒曰：前六句寫「夏景無事」，後二句寫「懷章、來二上人」。　懷僧詩偏説「醉鄉」，又説「魚子」、「竹胎」，雖云翻却本色，亦文人才情所致也。（元郝天挺注、明廖文炳解、清朱三錫評《東嵒草堂評訂唐詩鼓吹》卷五）

「澹景」，日不炎赫，因「微陰」送梅雨之後，景物清和，故「幽人」多幽事。「幽人」，自謂。蓋非顯名當世之人也。「瘿楠杯」，其器幽；「移水花」、「收山蕨」，其事幽；「嘯館」看月，「醉鄉」高卧，其襟情幽。如此無俗事，唯欲「留客」，而「高僧」還畏怕不肯來，爲之奈何！蓋望其來耳。全篇没要緊事，消盡塵俗。結更逸。「水花」可以雜「魚子」，「山蕨」連類小笋，皆情理所有，而材料以幽僻取勝。對「魚子」、對「竹胎」，有情致。飲酒而在「逃暑」，總之意不猶人。《風土記》：「江南三月雨，爲迎梅雨。五月雨，爲送梅雨。」凡木皆有結瘿者，如柳瘿、楓瘿、槐瘿、林檎瘿。太白有《咏柳少傅山瘿木樽》詩：「蟠木不彫飾，且將斤斧踈。樽成山嶽勢，材是棟梁餘。外與金罍并，中函玉體虚。」黄山谷詩「與君酌楠瘿」，即此「瘿楠杯」耶？蓋楠木之瘿。「瘿」，瘤也。《古今注》：「蓮花一名水花。」《本草》：「水萍一名水花。」今詳詩意，當是水萍。「竹胎」，《竹譜》：「笋名。」蓋收蕨菜，連小笋俱拔之也。「嘯館」是在嘯臺，故易「見月」。《世説》：「陳留有阮公嘯臺。」王無功《醉鄉記》略曰：「醉鄉去中國，不知其幾千里也。其氣和平，其俗大同，其人無愛憎喜怒，其寢于于，其行徐徐。昔者黄帝氏常遊其都，窅然喪其天下，以爲結繩之政已薄矣。下逮秦、漢，中國喪亂，遂與醉鄉絶。而臣下愛道者，往往竊至焉。阮嗣宗、陶淵明，幾數十人，并遊醉鄉，没身不返，死葬其壤，中國以爲酒仙。嗟！醉鄉之俗，豈古華胥氏之國乎？何其淳寂也！」劉伶《酒德頌》：「静聽不聞雷霆之聲。」（胡以梅《唐詩貫珠箋》卷五十）

竟，《廣韻》云：「終也。」《漢書·張湯傳》：「吴、楚已破，竟景帝不言兵。」《後漢書·逸民傳》：

「帝曰：『子陵，我竟不能下女邪！』」《世説》注：「衡懷一刺，遂至漫滅，竟無所詣。」○皮襲美詩：「醉鄉終竟不聞雷。」終竟，重言也。（劉淇《助字辨略》卷四）

上四夏景。以楠木之「癭」爲杯。「水花」，萍花也。「竹胎」，笋也。五六寫「無事」。劉伶《酒德頌》：「静聽不聞雷霆之音。」末言如此「無俗事」，「惟欲留客」，而「高僧」還畏怕不肯來，爲之奈何！（袁枚《詳注圈點詩學全書》卷三，《袁枚全集》八）

按詩中用方言頗多，……又如義山詩「鶯花啼又笑，畢竟是誰春」，皮襲美詩「醉鄉終竟不聞雷」，杜牧之詩「至竟息亡緣底事」，畢竟、終竟、至竟，皆作究竟解。（沈可培《濼源問答》卷十一）

佳樹盤珊枕草堂〔一〕，此中隨分亦閑忙〔二〕。平鋪風簟尋琴譜〔三〕，静掃煙窗著藥方〔四〕。幽鳥見貧留好語〔五〕，白蓮知卧送清香。從今有計消閑日〔六〕，更爲支公置一床〔七〕。（詩三八二）

【注釋】

〔一〕盤珊：婆娑貌。同「盤跚」、「盤姍」。《文選》（卷一九）宋玉《神女賦》：「既姽嫿於幽静兮，又婆娑乎人間。」李善注：「婆娑，猶盤姍也。」李賀《瑶華樂》：「舞霞垂尾長盤跚，江澄海净神母顔。」枕：臨，靠近。草堂：多指僧道、隱士的住所。此作者自指簡陋的居處。

〔二〕隨分：隨意，隨便。張相《詩詞曲語辭匯釋》（卷四）：「隨分，猶云隨便也，含有隨遇、隨處、隨意各義。」南朝梁蕭衍《會三教詩》：「大椿徑億尺，小草裁云萌。大雲降大雨，隨分各受榮。」唐王績《獨坐》：「百年隨分了，未羨陟方壺。」姚合《武功縣中作三十首》（其八）：「只應隨分過，已是錯彌深。」

〔三〕風簟：竹簟，竹編的凉席。琴譜：彈琴的曲譜。

〔四〕藥方：指治病的醫方。《隋書》（卷三四）《經籍志三》録李思祖《藥方》（五七卷）、徐文伯《藥方》（二卷）等多種，并云：「醫方者，所以除疾疢，保性命之術者也。天有陰陽風雨晦明之氣，人有喜怒哀樂好惡之情。節而行之，則和平調理；專壹其情，則溺而生疢。是以聖人原血脉之本，因針石之用，假藥物之滋，調中養氣，通滯解結，而反之於素。」

〔五〕幽鳥：美麗的鳥。貧：本義爲錢財少。後用作謙詞。如僧人常自稱貧僧。此作者自指。《世説新語·文學》：「支（遁）語王（羲之）曰：『君未可去，貧道與君小語。』」好語：謂優美悦耳的鳥鳴聲。李賀《沙路曲》：「沙路歸來聞好語，旱火不光天下雨。」

〔六〕有計：有辦法。閑日：清閑無事的日子。

〔七〕支公：支遁。參卷一（詩一二）注〔二九〕。置一床：安置一張床以供休息。似活用陳蕃事。《後漢書》（卷六六）《陳蕃傳》：「時李膺爲青州刺史，名有威政，屬城聞風，皆自引去，蕃獨以清績留。郡人周璆，高絜之士。前後郡守招命莫肯至，唯蕃能致焉。字而不名，特爲置一榻，去則縣之。」

奉和次韻

龜蒙

檐外青陽有二梅①〔一〕，折來堪下凍醪盃〔二〕（原注：《離騷》注云：盛夏以醇酒置冰上②。）〔三〕。高杉自欲生龍腦〔四〕，小弁誰能寄鹿胎③〔五〕。麗事肯教饒沈謝④〔六〕，談微何必減宗雷⑤〔七〕。還聞擬結東林社〔八〕，争奈淵明醉不來〔九〕。（詩三八三）

【校記】

①「陽」盧校本、鼓吹本、類苑本作「楊」。「二梅」斠宋本批語：「二字刓。」②類苑本無此注語。③「弁」陸詩乙本批校：「舊本作『棄』。」陸詩丙本黄校作「棄」。④「饒」陸詩丙本作「飽」。⑤「微」原作「徵」，據弘治本、汲古閣本、詩瘦閣本、四庫本、陸詩甲本、陸詩丙本、統籤本、季寫本、全唐詩本改。「談徵」鼓吹本作「徵談」。全唐詩本「談微」下注：「一作微談。」

【注釋】

〔一〕青陽：指春天。《漢書》（卷二二）《禮樂志》：「青陽開動，根荄以遂。」顔師古注：「臣瓚曰：『春爲青陽。』師古曰：『草根曰荄。遂者，言皆出生也。』」《爾雅·釋天》：「春爲青陽。」《初學記》（卷三）引梁元帝《纂要》：「春曰青陽，亦曰發生、芳春、青春、陽春、三春、九春。」二梅：指青梅、楊梅。《文選》(卷一六)潘岳《閑居賦》:「三桃表櫻胡之别,二柰曜丹白之色。」此用其意。鮑照《代挽歌》:「憶昔好飲酒,素盤進青梅。」晏殊《訴衷情》:「青梅煮酒門時新,天氣欲殘春。」嵇含《南方草木狀》(卷下):「楊梅,其子如彈丸,正赤。五月中熟,熟時似梅,其味甜酸。陸賈《南越行紀》曰:『羅浮山頂有胡楊梅,山桃繞其際,海人時登采拾,止得於上飽啖,不得持下。』東方朔《林邑記》曰:『林邑山楊梅,其大如杯碗。青時極酸,既紅,味如崖蜜。以醖酒,號梅香酎,非貴人重客,不得飲之。』」

〔二〕凍醪(láo):冬釀而春熟的酒。杜牧《寄内兄和州崔員外十二韻》:「雨侵寒牖夢,梅引凍醪傾。」

〔三〕原注云云:檢《楚辭補注》中《離騷》,未得此注語。《楚辭·招魂》:「挫糟凍飲,酎清凉些。」王逸注:「挫,捉也。凍,冰也。酎,醇酒也。言盛夏則爲覆蹙乾釀,提去其糟,但取清醇,居之冰上,然後飲之。酒寒凉,又長味,好飲也。」

〔四〕高杉句:謂高大的杉樹自然地生長出龍腦。龍腦:一種香料。南朝梁任昉《述異記》(卷下):「咸陽山中有神農辨藥處,一名神農原藥草山。山上紫陽觀,世傳神農於此辨百草,中有千年龍腦。」《酉陽雜俎》(前集卷一八)《木篇》:「龍腦香樹,出婆利國,婆利呼爲固不婆律。亦出波斯國。樹高八九丈,大可六七圍,葉圓而背白,無花實。其樹有肥有瘦。瘦者有婆律膏香。一曰瘦者出龍腦香,肥者出婆律膏也。在木心中,斷其樹劈取之,膏於樹端流出,斫樹作坎而承之。」陳敬《陳氏香譜》（卷一）：「葉庭珪云：渤泥三佛齊亦有之。乃深山窮谷千年老杉樹枝幹不損者，若損動，則氣泄無腦矣。其土人解爲板，板傍裂縫，腦出縫中，劈而取之。」

〔五〕小弁（biàn）：小帽子。古代稱帽子爲弁。《儀禮·士冠禮》：「皮弁、服素積、緇帶、素韠。」鄭玄注：「皮弁者，以白鹿皮爲冠，象上古也。」誰能：何能，怎能。寄：附着。鹿胎：唐代有鹿胎巾，閑居所服。又有鹿胎帽，爲五品以上高官所服用。《舊唐書》（卷四五）《輿服志》：「弁冠，朱衣裳，素革帶，烏皮履，是爲公服。其弁通用烏漆紗爲之，象牙爲簪導。五品已上，亦以鹿胎爲弁，犀爲簪導者。」上官昭容《遊長寧公主流杯池二十五首》（其二十二）：「横鋪豹皮褥，側帶鹿胎巾。」白居易《重題》（四首其二）：「長松樹下小谿頭，斑鹿胎巾白布裘。」

〔六〕麗事：本指以華麗的詞藻形容客觀事物，後用以指詩文寫作。《談藪》（《太平廣記》卷一七三）：「（王）儉嘗集才學之士，累物而麗之，謂之麗事。麗事自此始也。」肯教：豈肯使。饒：多，富餘。此爲「使……多」之義。沈謝：南朝齊、梁間詩人沈約和謝朓。《松陵集》中多次提及此二人，或化用其詩意。亦有以沈約和謝靈運合稱「沈謝」者。如杜甫《哭王彭州掄》：「新文生沈謝，異骨降松喬。」仇注：「沈謝，沈約、謝靈運。」

〔七〕談微：談玄微中。談論隱微玄妙的道理，即清談。魏、晉時期玄學家雅好清談。《史記》（卷一二六）《滑稽列傳》：「天道恢恢，豈不大哉！談言微中，亦可以解紛。」漢劉歆《移書讓太常博士》：「及夫子没而微言絶，七十子卒而大義乖。」何必：怎麽會一定呢？不一定。減：少，差。宗雷：宗炳和雷次宗。都是南朝宋時著名的清談家。宗炳（三七五—四四三），字少文，原籍南陽涅陽（今河南省鄧州市）人，居荆州。游廬山，與名僧慧遠遊，入白蓮社，精玄理，善辯難。生平事迹參《宋書》（卷九三）、《南史》（卷七五）本傳。雷次宗，字仲倫。少入廬山，師事慧遠，并與之共同建白蓮社。精《毛詩》《三禮》，教授生徒，善清談論辯。生平事迹參晋無名氏《東林蓮社十八高賢傳》《宋書》（卷九三）、《南史》（卷七五）本傳。

〔八〕東林社：指廬山東林寺白蓮社。東晋高僧慧遠居廬山東林寺，與劉遺民、雷次宗等十八人同修净土，中有白蓮池，因結社曰白蓮社，亦曰蓮社。參佚名《東林蓮社十八高賢傳》、唐李邕《東林寺碑序》（《全唐文》卷二六四）。

〔九〕争奈：怎奈。張相《詩詞曲語辭匯釋》（卷二）：「争，猶怎也。自來謂宋人用怎字，唐人只用争字。」淵明醉不來：用陶淵明嗜酒，不入白蓮社事。參卷六（詩二六二）注〔五〕。

【箋評】

首言「二梅」可以送酒時，「高杉」之樹將結「龍腦」而可取矣。「小弁」之冠，「誰寄鹿胎」以飾之乎？兩聯皆初夏清事也。當此夏景，緬想二上人美麗之文，有同沈、謝；清妙之論，不下宗、雷。且聞其擬結社當如遠公，奈子如淵明之嗜酒何？此正應「凍醪」句。末句或指襲美亦可。○南朝謝玄暉善爲詩，任彦昇工於筆，約兼而有之，然不能過也。郝注未詳此作，廖解紛如，都無是處，故并删之。○朱東嵒曰：前四句寫「夏景無事」，後四句寫「因懷章、來二上人」「奉和」意在内。（元郝天

挺注、明廖文炳解、清朱三錫評《東嵒草堂評訂唐詩鼓吹》卷三）

青、楊「二梅」、「高杉」，皆眼前之物。「二梅」可以下酒，「高杉」欲生龍腦。時當冠「小弁」，誰寄陸「鹿胎」以成之乎？此以「龍腦」、「鹿胎」爲線。「麗事」，麗藻之事。「微談」，玄微之談。言吟詩談道，豈肯讓沈、謝、宗、雷！每件用二人，蓋比皮與己也。將宗、雷引出上人，而言若欲結社，恐淵明之欲飲酒而不來，此挽到皮與己。詩中第二句早將不來之事已暗伏案，妙。「二梅」，青梅、楊梅。《鼓吹》注：「凍醪，臘月釀。其醅成，冰澌入甕。春動成酒，甚香美。」愚按：富平有石凍春。今詩之用，因天熱之際，所以用「凍醪」爲寒酒可飲，亦不必拘泥臘月冰成也。龍腦香即冰片，《本草》：「出婆律國，樹形似杉木，腦形似白松脂。」天寶中，交趾貢龍腦，皆如蟬蠶之形，禁中呼瑞龍腦。帶之衣衫，香聞十余步。又葉廷珪《香録》云：「乃深山窮谷中，千年老杉樹，其枝幹不曾損動者，則有香。若損動氣泄，無腦矣。土人解作板，板縫有腦，乃劈取之。大者如花瓣，清者如腦油。」《禮記》：「冠禮三加，次加以皮弁。」以鹿皮爲弁，原是古冠服。宋何尚之致仕在家，常著鹿皮冠。用鹿胎，是取其輕軟。謝朓字玄暉，文章清麗，長五言詩。沈約曰：「二百年來無此詩也。」約字休文。謝善爲詩，任昉工於筆，約兼而有之。《南史》：「宋宗炳字少文，善書圖畫，精於言理。嘗入廬山，就惠遠，考尋文義。」「雷次宗，字仲倫，少入廬山，侍惠遠，隱退不仕。」《高僧傳》：「惠遠結白蓮社招陶淵明。陶曰：『弟子嗜酒，許我飲，即往。』遠許之，遂造焉。攢眉而去。」（胡以梅《唐詩貫珠箋》卷五十）

上四寫景。「青楊」，楊梅也。「龍腦」香，即冰片，出波律國，樹形似杉木。「鹿胎」，以鹿胎爲冠，取其輕便。五六美皮之博洽辨論。《南史》：「劉宋宗炳精于言理，與雷次宗俱入廬山，依惠遠。」惠遠于東林寺結白蓮社，招淵明，淵明曰：「弟子嗜酒，許我飲，即往。」遠許之，遂造焉。竟攢眉而去。末二和皮「懷上人」，此一首次和皮詩之韻。（袁枚《詳注圈點詩學全書》卷三，《袁枚全集》八）

忽憶高僧坐夏堂①〔一〕，厭泉聲鬧笑雲忙〔二〕。山重海澹懷中印〔三〕，月冷風微宿上方〔四〕。病後書求嵩少藥〔五〕，定迴衣染貝多香〔六〕。何時更問《逍遥》義（原注：道林有《逍遥遊別義》②。）〔七〕，五粒松陰半石床③〔八〕。

（詩三八四）

【校記】

①「堂」陸詩丙本黄校注：「空格。」 ②類苑本無此注語。 ③「五粒松陰半」斠宋本批語：「五字刓。」

【注釋】

〔一〕夏堂：高大的殿堂。《楚辭·大招》：「夏屋廣大，沙堂秀只。」王逸注：「言乃爲魂造作高殿峻屋，其中廣大。」

〔二〕厭(yàn)：厭煩，嫌棄。此句極言高僧喜愛閑静。

〔三〕山重海澹：群山重巒叠嶂，大海遼闊澹蕩。中印：中印度，又稱中竺，中天竺，是古印度佛教的發源地。釋迦牟尼即是中天竺人。古印度分爲東南西北中五部分，統稱五印。

〔四〕上方：上界，天界。此指寺院僧人的居室方丈。《雲笈七籤》（卷二一）《總説天地五方》：「上方九天之上，清陽空虛之内，無色無象，無形無影，空洞之銘，元精青沌自然之國，以青氣爲世界，上極無窮，四覆諸天。」

〔五〕嵩少：嵩高山。嵩高山西爲少室山，故云。嵩少是著名佛教勝地。《元和郡縣圖志》（卷五）《河南道一》：「河南府登封縣：嵩高山，在縣北八里。亦名外方山。又云東曰太室，西曰少室，嵩高總名，即中岳也。山高二十里，周迴一百三十里。少室山，在縣西十里，高十六里，周迴三十里。」嵩少藥：《初學記》（卷五）引盧元明《嵩山記》曰：「嵩山最是栖神之靈藪。長松緑柏，生於嶺澗左右。古人住止處，有銅銚器物。東北出雲，有自然五穀，神芝仙藥。」《藝文類聚》（卷八一）引《神仙傳》曰：「王興者，陽城人。漢武帝上嵩高，忽見有仙人，長二丈，耳出頭，下垂肩。帝禮而問之。仙人曰：『吾九疑人也。聞中嶽有石上菖蒲，一寸九節，食之可以長生，故來采之。』忽然不見。帝謂侍臣曰：『彼非欲服食者，以此喻朕耳。』」

〔六〕定迴：指禪定之後。定是佛家戒、定、慧三學之一，指禪宗專注于心而不散亂的修煉方法。唐慧能《六祖壇經·坐禪品》：「善知識，何名禪定？外離相爲禪，内不亂爲定。外若著相，内心即亂；外若離相，心即不亂。本性自净自定，祇爲見境思境即亂。若見諸境心不亂者，是真定也。」貝多香：貝多樹的清香氣味。貝多樹是一種産自古印度的樹木。後來中土寺院中亦有栽種。《太平御覽》（卷九六〇引《嵩高山記》曰：「嵩高寺中有思惟樹，即貝多也。如來坐貝多下思惟，因以爲名焉。」又引顧徽《廣州記》曰：「貝多似枇杷，而有光澤耀日。枝柯去地四五丈，作懸根。生地便大如本株形。一樹亦可有數十根如本形。花白，子不中食，種於精舍浮圖前。」又引《魏王花木志》曰：「思惟樹，漢時有道人自西域持貝多子植於嵩之西峰下。後極高大，有四樹。樹一年三花。」

〔七〕《逍遥》：《莊子·逍遥遊》。道林：東晋名僧支遁，字道林。參卷一（詩一二）注〔二九〕。《逍遥遊別義》：支遁精通《莊子·逍遥遊》的義理，曾注《莊子·逍遥遊》，又曾作《逍遥論》，與郭象、向秀《逍遥義》立異，故此稱爲《逍遥遊別義》。《世説新語·文學》：「《莊子·逍遥篇》舊是難處，諸名賢所可鑽味，而不能拔理於郭、向之外。支道林在白馬寺中，將馮太常共語，因及《逍遥》。支卓然標新理於二家之表，立異議於衆賢之外，皆是諸名賢尋味之所不得。後遂用支理。」劉孝標注：「向子期、郭子玄《逍遥義》曰：『……』支氏《逍遥論》曰：『……』此向、郭之《注》所未盡。」南朝梁慧皎《高僧傳》（卷四）《晋剡沃洲山支遁傳》：「遁嘗在白馬寺與劉系之等談《莊子·逍遥篇》，云：『各適性以爲逍遥。』遁曰：『不然，夫桀、跖以殘害爲性，若適性爲得者，彼亦逍遥矣。』於是退而注《逍遥篇》。群儒舊學，莫不嘆服。……後遁既還剡，經由于郡，王（羲之）故詣遁，觀其風力。既至，王謂遁曰：『《逍遥篇》可得聞乎？』遁乃作數千言，標揭新理，才藻驚絶。王遂披衿解帶，流連不能已。」

〔八〕五粒松：五鬣松。松樹針葉的一種。參卷二（詩三四）注〔八〕。石床：僧道、隱士在山中的卧具。《初學記》（卷五）引潘岳《關中記》曰：「嵩高山石室十餘孔，有石床、池水，飲食之具，道士多遊之，可以避世。」此句寫請教《莊子・逍遥遊》義理的山中環境。

【箋評】

起是「懷上人」，下五句皆言上人之事，謂其習静之至。連泉喧雲動，皆所不取。隔山逾海，遥懷佛祖之鄉；「月冷風微」，獨「宿上方」之境。病愈而求仙人之藥，定迴而染佛樹之香，皆幽事也。獨相違不能相見，幾時得問《莊子》精義於「五粒松陰」之下乎？類書云：「梵語，印度，此云日月。五印度境周回九萬餘里，三乘大海，北背雪山，北廣南狹，形如半月。迦維衛國居大千世界之中，故佛於此降生説法。」注：「東、南、西、北、中，即五天竺也。」又云：「西域，有五印度，如來生於中印度。」然上人既能如是習静，又有定力，病從何來？即有，可以工夫自治，又何必遠求嵩少之藥？此詩人無中生有。嵩少藥，似嵩山九節菖蒲，注見《僧部》。《嵩山記》曰：「嵩寺有思維樹，即貝多也。有人坐貝多樹下思維，因以名焉。」内典所謂「貝多樹下思維經。」漢世有道士，從外國來，將子種山西脚下，有四株，一年三花，色白香美。漢語翻爲貝葉。則是詩爲貝樹下思維，故入禪定，有線索。支遁隱沃洲山中，一日與王羲之論《莊子・逍遥篇》，遁援筆數千語，才思神奇，羲之嘆服。《本草圖經》云：「五粒松，粒讀爲鬣，言每五鬣同一葉。」《五代史》云：「鄭遨聞華山有五粒松，松脂入地化爲藥，去三屍，徙居求之。」李長吉詩曰：「新香幾粒洪崖飯。」（胡以梅《唐詩貫珠箋》卷五十）

寄瓊州楊舍人〔一〕

日休

德星芒彩瘴天涯〔二〕，酒樹堪消謫宦嗟〔三〕。行遇竹王因設奠〔四〕，居逢木客又遷家〔五〕。清齋浄溲桄榔麵①〔六〕，遠信閑封荳蔻花②〔七〕。清切會須歸有日〔八〕，莫貪勾漏足丹砂〔九〕。（詩三八五）

【校記】

①「浄」鼓吹本作「静」。②「荳」詩瘦閣本、項刻本作「豆」。

【注釋】

〔一〕此詩作於咸通十一年（八七〇）九月以後。瓊州：今海南省瓊山縣。《舊唐書》（卷四一）《地理志》（四）：「嶺南道，瓊州，本隋珠崖郡之瓊山縣。貞觀五年，置瓊州，領瓊山、萬安二縣。」楊舍人：楊知至。《舊唐書》（卷一九上）《懿宗紀》：「（咸通十一年）九月丙辰，制以……中散大夫、比部郎中、知制誥、柱國、賜紫金魚袋楊知至爲瓊州司馬。……并坐劉瞻親善，爲韋保衡所逐也。」《舊唐書》（卷一七六）《楊汝士傳》附《楊知至傳》：「知温弟知至，累官至比部郎中、知制誥。坐故府劉瞻罷相，貶官。知至亦貶瓊州司馬。入爲諫議大夫，累遷京兆尹、工部侍郎。」

舍人：中書舍人。官名。唐時以他官知制誥，亦可稱舍人，故詩題云。《唐六典》（卷九）：「中書舍人，在省以年深者爲閣老，兼判本省雜事。一人專掌畫，謂之知制誥。」另參（序一）注〔七七〕。

〔二〕德星：景星。喻賢士，此指楊知至。《史記》（卷二七）《天官書》：「天精而見景星。景星者，德星也。其狀無常，常出於有道之國。」《正義》：「景星，狀如半月，生於晦朔，助月爲明。見則人君有德，明聖之慶也。」芒彩：光芒閃耀。瘴天涯：遥遠的南方。瘴，南方氣候潮濕，又多山林，暑天悶熱，産生一種能致人生病的山林之氣，稱爲瘴癘。

〔三〕酒樹：指椰子樹。《梁書》（卷五四）《諸夷傳・扶南》：「（頓遜國）又有酒樹，似安石榴，采其花汁停甕中，數日成酒。」《齊民要術》（卷一〇）《椰》條引（交州記）曰：「椰子有漿。截花，以竹筒承其汁，作酒飲之，亦醉也。」謫宦嗟：遭受貶官的悲傷嗟嘆。

〔四〕竹王：漢代夜郎國王。晉常璩《華陽國志》（卷四）《南中志》：「（寧州）有竹王者，興於遁水。先是，有一女子浣於水濱。有三節大竹流入女子足間，推之不肯去，聞有兒聲。取持歸，破之，得一男兒。養之，長有才武，遂雄夷濮，氏以竹爲姓。捐所破竹於野，成竹林，今竹王祠竹林是也。」另參《後漢書》（卷八六）《西南夷傳・夜郎》。設奠：設立祭祀的奠禮。

〔五〕木客：古代傳説中深山裏的精怪。晉鄧德明《南康記》（《太平御覽》卷八八四）曰：「木客，頭面、語聲亦不全異人，但手脚爪如鈎利，高巖絶峰然後居之。能斫榜，牽著樹上聚之。昔有人欲就其買榜，先置物樹下，隨量多少取之。若合其意，便將去，亦不横犯也。」

〔六〕浄溲（sōu）：用潔浄的水和面。郭在貽《〈太平廣記〉詞語考釋》：「按：宋人趙叔向《肯綮録》『俚俗字義』條下引陸法言《唐韻》：『以水和面曰溲。』《敦煌掇瑣》一〇四《俗務要名林》：『溲，水溲面。』皮日休《寄瓊州楊舍人》：『清齋浄溲桄榔面，遠信閒封荳蔻花。』」桄榔麵：桄榔樹皮的屑末制成的麵，可食用。嵇含《南方草木狀》（卷中）：「桄榔，樹似栟櫚實，其皮可作綆，得水則柔韌，胡人以此聯木爲舟。皮中有屑如麵，多者至數斛。食之，與常麵無異。」唐劉恂《嶺表録異》（卷中）：「桄榔樹，生廣南山谷，枝葉并蕃茂，與棗、檳榔等樹小異。然葉下有須，如粗馬尾。……此樹皮中有屑如麵，可爲餅食之。」

〔七〕閑封：隨意地封緘。荳蔻花：荳蔻，植物名，開花。嵇含《南方草木狀》（卷上）：「荳蔻花，其苗如蘆，其葉似薑，其花作穗，嫩葉卷之而生，花微紅，穗頭深色，葉漸舒，花漸出。舊説：此花食之，破氣消痰，進酒增倍。」

〔八〕清切：清貴而切近，指楊知至被貶前，任舍人（知制誥）是清要官。《文選》（卷二三）漢劉楨《贈徐幹》：「誰謂相去遠，隔此西掖垣。拘限清切禁，中情無由宣。」會須：應當。張相《詩詞曲語辭匯釋》（卷一）：「會，猶當也，應也。有時含有將然語氣。……有作會須者，……皮日休《寄瓊州楊舍人》詩：『清切會須歸有日，莫貪勾漏足丹砂。』此含有將然語氣。」

〔九〕勾漏：山名。在今廣西壯族自治區北流縣東北。道家説此地産丹砂，爲道教勝地。《晋書》

（卷十五）《地理志》（下）：「交阯郡苟屚縣。」《雲笈七籤》（卷二七）《洞天福地·三十六小洞天》：「第二十二峋嵝山洞，周迴四十里，名曰玉闕寶圭天，在容州北流縣，屬仙人錢真人治之。」《晉書》（卷七二）《葛洪傳》：「（葛洪）以年老，欲煉丹以祈遐壽，聞交阯出丹，求爲句屚令。帝以洪資高，不許。洪曰：『非欲爲榮，以有丹耳。』帝從之。」足：多也。

【箋評】

略見瓊州風土。（陸次雲《晚唐詩善鳴集》卷下）

此以「德星」比舍人，言「德星」謫於瓊州。地有「酒樹」，可以消貶謫之愁也。若「行遇竹王」而「設奠」，「逢木客」而「遷家」，「清齋」則食桃榔之麪，懷家則寄荳蔻之花，此皆瓊州之事也。然京師「清切」之地，宜早歸供職，其可效葛洪之請勾漏以丹砂，而誤其功名耶？○朱東嵒曰：既曰「德星」文彩矣，而曰「瘴天涯」，惜之也，言所居之非地。五六皆「瘴天涯」之物，言所食之非宜。末以早歸作結，亦候謫宦之常套耳。（元郝天挺注、明廖文炳解、清朱三錫評《東嵒草堂評訂唐詩鼓吹》卷五）

起是望南海，想念舍人，以「德星」而在瘴氣之天涯。下即以土物承「瘴天涯」。若以尋常情景承之，則不切題矣，所以妙。言無所事事，惟「酒樹」醉可消嘆嗟。「竹王」，南方所敬者，故經過而奠之。居所有「木客」來擾，故爾遷移。皆殊方鬼神，中土所不經見者，幾鄰于鬼方，爲遷謫之苦也。「桄榔麪」，言所食之異。「荳蔻」，言思家離別之苦。結言「會須」召復舍人之職，不必學葛稚川愛丹砂而戀勾漏也。總以本地物色，組織成文，盡「瓊州」二字題面，最去空疏泛套之病，且藏意幽遠，有遠謫之情在言外。起、結領得清，是謫官。「德星」，用陳仲弓、荀季和事，然而總尊其有德而已。《南史》曰：「南海有頓遜國，在海崎上，有酒樹，似安石榴，取其花汁停甕中，數日而成酒。」《後漢書》：「夜郎者，初有女子浣於遁水，有三節大竹，流入足間，聞其中有號聲。剖竹視之，得一男兒。養及長，有才武，自立爲夜郎侯，以竹爲姓。武帝平南夷，迎降。天子賜以王印綬，後殺之。夷獠以竹王非血氣所生，甚重之，求爲立後。天子封其三子爲侯，死配食其父。今夜郎縣有竹王三郎神也。」注曰：「《華陽郡國志》曰：『遁水通鬱林，有三郎祠，皆有靈響。竹王所捐竹於野，成竹林。王嘗命從人作羹，白無水，王以劍擊石出水，今竹王水是也。』」《一統志》：「今湖廣施州有竹王祠。宋崇寧中，賜額曰靈惠。」按《輿圖》：「施州，貴州之黎平、普安，雲南之曲靖，皆夜郎地。」《徐鉉傳》：「鄱陽山中有木客，秦造阿房宮者。食木實，得不死。時就民間取酒。有詩云：『酒盡君莫沽，壺傾我當發。城市多囂塵，還山弄明月。』亦即山魈木魅也。」兩事皆非嶺南，不過借怪異用之。廣南出荳蔻。《類書》：「花先抽一幹，有大蘀包之。蘀解花見，數十穗一蕊，淡紅，鮮艷如桃杏。蕊重則下垂如葡萄，又如火齊纓絡，及剪綵鸞枝之狀。此花無實，不與草荳蔻同。每蕊心有兩瓣相并，詞人托興曰比目連理。」今詩中用「遠信」，謂傷離之意。又《本草》云：「荳蔻花作穗，嫩葉卷之而生，初爲芙蓉穗頭，花生葉中。南人取其未大開者，謂之含胎花，言年尚少而妊身也。」則凡艷情所用以此。《文選》劉公幹《贈徐幹詩》曰：「誰謂相去遠，隔此西掖垣。拘限清切禁，中情無由宣。」今用「清切」，以舍人本西掖垣禁中之官。《一統志》：「勾漏山在廣西梧州府北流縣，石峰千百矗立，巖穴勾曲穿漏。山有寶圭洞，道書二十二洞天也。洞有石室，相傳葛洪嘗於此修煉。」與《鼓吹》注符。然《安南國志》載勾漏山在交州府石室縣，相傳古勾漏縣在其下。《漢書》：「勾漏縣有潛水牛，上岸共鬥，角軟還復入。」按葛洪本欲求丹砂，求爲交州勾漏令。至南海，鮑靚留之未任，於羅浮成道，則交州者爲是。梧州，亦修煉處耶？《述異記》：「盧陵有木客鳥，大如鵲，千百爲群，不與俗鳥相厠。俗云：是古之木客所化。」（胡以梅《唐詩貫珠箋》卷四十八）

此詩就其大概，似前六句俱寫「瓊州舍人」，只後二句寫「寄」字。細疏之，則無句中不有一「寄」字也。一「德星」在處，不以「瘴天」而掩其光芒，譽之也。二特舉一「酒樹」，妙。「謫宦」遠天，消愁遣悶，非酒不爲功，然而往往難得。今乃不煩釀，不煩治，不煩貰，不煩賒，而取無禁，而用不竭，有如此樹也者，何幸如之！此蓋慰之也。三四「竹王」宜敬，則祭之；「木客」可憎，則避之。此又遥想其情事之必然者。至于五之「净溲桄榔」，諷其安於所遇。六之「閒封荳蔻」，諒其不免思家。其中各有深意。末祝其早歸，固友情所必至，亦立言之體然也。八之「莫貪」，不過與七之「會須」相爲呼應以成句法，豈真慮其留戀天涯，不樂還朝之謂哉！（趙臣瑗《山滿樓箋注唐詩七言律》卷五）

（六句）寓意更工。（七句）與次句相應。（毛張健《唐詩餘編》卷三）

許郢州《送王隱居歸南海》詩：「林藏喁喁多殘笋，樹過猩猩少落花。」喁喁，即狒狒，見人則大笑，舌覆於面，遂掩其目。行人預袖長釘，釘其舌而走。此物甌越山中亦有之。猩猩，但聞其嗜酒，豈亦能啖花耶？皮襲美《寄瓊州楊舍人》詩：「行遇竹王因設奠，居逢木客又遷家。」日南風土之惡

如此，故古人以爲畏途也。（宋長白《柳亭詩話》卷二十三《嵎嵎》）

奉和

龜蒙

明時非罪謫何偏〔一〕，鵩鳥巢南更數千〔二〕。酒滿椰杯消毒霧①〔三〕，風隨蕉扇下瀧船②〔四〕。人多藥户行狂蠱③〔五〕，吏有珠官出俸錢④〔六〕。祇以直誠天自信〔七〕，不勞詩句咏貪泉〔八〕。（詩三八六）

【校記】

①季寫本注：「海南嶺表多蠱毒。食飲以椰子爲杯，有毒則裂。」②「扇」季寫本、全唐詩本作「葉」，全唐詩本注：「一作扇。」季寫本注：「昭州樂昌縣有瀧水名樂昌。俗謂水湍浚急爲瀧，韓愈《瀧吏詩》云：『始下樂昌瀧。』」③「人」陸詩丙本作「入」。「行」鼓吹本、季寫本、全唐詩本作「生」。季寫本、全唐詩本注：「一本作行。」④季寫本注：「《十道志》：『廣州合浦郡，秦象郡，後漢改爲珠官郡。』」

【注釋】

〔一〕明時：聖明時代。《文選》（卷三七）曹植《求自試表》：「志欲自效於明時，立功於聖世。」非罪：不當的罪名。漢陳琳《爲袁紹檄豫州》：「故太尉楊彪，典歷二司，享國極位，操因緣眦睚，被以非罪。」偏：偏頗，不公正。參上皮日休原唱詩，可知楊知至是因他人的緣故而連帶被貶，故此句云。

〔二〕鵩（fú）鳥：鳥名，古人認爲是一種不祥鳥。《史記》（卷八四）《屈原賈生列傳》：「賈生爲長沙王太傅三年，有鴞飛入賈生舍，止于坐隅。楚人命鴞曰『服』。賈生既以適居長沙，長沙卑濕，自以爲壽不得長，傷悼之，乃爲賦以自廣。」「服」後世作「鵩」。賈誼賦即《鵩鳥賦》。此句慨嘆楊舍人的貶地比賈誼謫居長沙還要向南遠數千里。

〔三〕椰杯：椰殼制成的酒杯。元郝天挺《唐詩鼓吹注》：「海南嶺表多蠱毒，食飲以椰子爲杯，有毒則裂。」清王士禛《香祖筆記》（卷八）：「椰杯見毒則裂，嶺南人多製爲食器以辟蠱。」

〔四〕蕉扇：芭蕉扇。此喻激流中的船猶如一隻芭蕉扇。芭蕉本是南方特有之物，晉嵇含《南方草木狀》（卷上）：「甘蕉望之如樹，株大者一圍餘，葉長一丈，或七八尺，廣尺餘二尺許，花大如酒杯，形色如芙蓉，著莖末百餘子大，名爲房，……一名芭蕉。」瀧（lóng）船：在激流中急駛的船。瀧，湍急的流水。《廣韻·江韻》：「瀧，南人名湍。」唐元結《欸乃曲五首》（其五）：「下瀧船似入深淵，上瀧船似欲升天。」歐陽修《集古録跋尾·後漢桂陽周府君碑》（《歐陽修全集》卷一三六）：「按《韶州圖經》云：『後漢桂陽太守周府君碑，按廟在樂昌縣西一百一十八里武溪上。』……皆與武水合流。其俗謂水湍峻爲瀧。韓退之詩云：『南下昌樂瀧。』即此水也。」同卷《後漢桂陽周府君碑後本》又云：「（劉仲章前爲樂昌令），余初以《韓集》云『昌樂瀧』，疑其誤，乃改從樂昌仲章曰：『不然。縣名樂昌，而瀧名昌樂，其舊俗所傳如是，《韓集》不誤也。』」

〔五〕人多藥户：謂人家多種植藥草。行狂蠱（gǔ）：謂服藥草醫治狂蠱病後行藥。行，行藥，又稱行散，即服藥後行走以宣泄藥性。《世説新語·文學》：「王孝伯在京，行散至其弟王睹户前。」《文選》（卷二二）鮑照《行藥至城東橋》：「鷄鳴關吏起，伐鼓早通晨。」劉良注：「照因疾服藥，行而宣導之，遂至建康城東橋。」狂蠱，蠱疾，又稱蠱毒，一種使人神志錯亂的疾病。揚雄《太玄·止》：「關其門户，用止狂蠱。」此病在嶺南尤多。《嶺表録異》（卷上）：「嶺表山川，盤鬱結聚，不易疏泄，故多嵐霧作瘴。人感之多病，腹臚脹成蠱。俗傳有萃百蟲爲蠱以毒人。蓋濕熱之地，毒蟲生之，非第嶺表之家，性慘害也。」又《嶺表録異》（補遺）：「廣之屬郡及鄉里之間多蓄蠱，彼之人悉能驗之。以草藥治之，十得其七八。藥則金釵股形，如石斛、古漏之、肝藤、陳家白藥子，本梧州陳氏有此藥，善解蠱藥。」

〔六〕珠官：管理采珠事務的官吏。《三國志·吴志·孫權傳》：「（黄武七年）是歲，改合浦爲珠官郡。」《元和郡縣圖志》（闕卷逸文卷三）：「廉州，古越地也。今州即合浦縣理也。黄武七年更名珠官郡。少帝改珠官郡爲合浦郡。」合浦縣（或郡）在今廣西壯族自治區合浦縣，歷史上是著名的産珠地區，故曾改名珠官郡。此詩則指主管采珠事務的官吏。

〔七〕直誠：廉正真誠。天自信：老天自會相信。

〔八〕貪泉：水名，在今廣東省廣州市。相傳人飲此水則懷貪欲之心。《元和郡縣圖志》（卷三四）《嶺南道一》：「廣州南海縣：石門水，一名貪泉，出縣西三十里平地，即晋廣州刺史吴隱之飲水賦詩之處。」《晋書》（卷九〇）《吴隱之傳》：「隆安中，以隱之爲龍驤將軍、廣州刺史、假節，領平越中郎將。未至州二十里，地名石門，有水曰貪泉，飲者懷無厭之欲。隱之既至，語其親人曰：『不見可欲，使心不亂。越嶺喪清，吾知之矣。』乃至泉所，酌而飲之，因賦詩曰：『古人云此水，一歃懷千金。試使夷齊飲，終當不易心。』及在州，清操踰厲。」

【箋評】

此言明盛之世，黜陟最公。今舍人以無罪見謫，何其偏耶？且所謫之地，比賈誼之長沙更遠數千里也。三四句囑其慎重，五六句囑其救俗。謂廣南毒霧不可不防，江外瀧船在所當慎。且民以蠱毒人，君當治其弊俗；官以珠折俸，君當革其貪風。誠能以「直誠」自勵，則清操見信於天，不必如隱之「咏貪泉」以明志也。○朱東嵒曰：人生東西南北，惟君所使，各安於命，各盡其責。雖謫非其罪，謫非其地，尤當謹慎。清操以期，自勵「直誠天自信」，是陸公相勉之意也。（元郝天挺注、明廖文炳解、清朱三錫評《東嵒草堂評訂唐詩鼓吹》卷三）

起乃爲其抱屈，言處明盛之時，又無罪，何謫居偏遠，比賈誼長沙更在南數千里也。瘴毒須解，必滿飲椰杯；下水瀧船，定輕同蕉葉。此是赴瓊途間初過嶺之事。則彼中藥户行蠱，惡俗可畏；珠官給俸，貨財之區。然君懷「直誠」，彼蒼可信，不須如吴隱之歃貪泉，咏詩以明志也。此是翻案用事之法。通首典麗，流利稱題。「偏」字鬆，「偏」於南也。廣南甘蕉大一圍，葉長一丈，或七八尺，緝其皮織葛，故地多蕉。而下水之船，亦兼言如一葉之輕。「直誠天信」，亦包行蠱者不能害意。皮祝其召還，此贊其「直誠」，各出波瀾。鵩鳥，賈誼長沙所見，原無「巢」，今加出一「巢」，更新。「瀧」音郎。韶州有三瀧泉，注見賈島詩。羅定州亦有瀧水。廉州府城東南八十里有珠母海。在巨海中，有平江、楊梅、青嬰三池，中出大蚌，剖而得珠，即古合浦也。采蚌者繫索而下，得則繫索汲引上。或遇巨魚，則一線血絲浮水，葬魚腹矣。設珠官監池，今廉州亦名珠官。貪泉在廣州府，源出府西三十里平地，一名石門水。俗傳登大庾嶺，則清穢之氣分；飲石門水，則潔白之質變。晋吴隱之詩云：「古人云此水，一歃懷千金。誠使夷齊飲，終當不易心。」又元吴萊《海南古迹記》云：「越王臺在大城北，尉陀築。西有越王朝漢臺，歲時望漢拜。兩臺踞山巔，屹然。山有達摩泉，達摩自天竺航海至，指其地曰：『地有黄金萬餘兩。』貪者力鑿得泉。達摩曰：『是可銖兩計哉？』今海水鹵鹹，泉最冽，然則此泉亦可謂之貪泉歟？」《類書》：「獞人，五嶺以南皆有之。善爲蠱毒。五月五日，采百蟲於一器，令自啖食，存者留之，持以中人，無不死者。又爲飛蠱，一曰挑生，一曰金蠶，皆鬼屬而毒人。事之可以驟富。凡下蠱之家，必潔净無塵。有覺之者，爲女字坐，則其不蠱不靈。方食時，每竊少許袖之，密理於十字街，則蠱神反爲其家祟矣。」按毒蟲者，以其糞入物，人食之即病。醫書有令其物反生腹中之蠱，如食葱。生葱之類即此挑生歟？嘗以毒糞點花心結果，即可毒人。相傳有蠱鬼之家，試以傘倒竪之，少間改順，以脚上泥土污門堦，亦即净，此俱蠱爲之也。其鬼服役有盟，限滿則去。後之被

毒死者，亦得攝其魂，更役使焉。（胡以梅《唐詩貫珠箋》卷四十八）

謫起謫結，與前篇法同。（毛張健《唐詩餘編》卷三）

魯望以輪鈎相示，緬懷高致，因作三篇〔一〕

日休

角柄孤輪細膩輕〔二〕，翠篷十載伴君行①〔三〕。撚時解轉蟾蜍魄〔四〕，抛處能啼絡緯聲〔五〕。七里灘波喧一舍〔六〕，五雲溪月静三更〔七〕。朱衣鮒足和蓑睡〔八〕，誰信人間有利名。

（詩三八七）

【校記】

①「篷」原作「蓬」，據弘治本、汲古閣本、詩瘦閣本、四庫本、皮詩本、統籤本、類苑本、季寫本、全唐詩本改。項刻本作「蓮」。

【注釋】

〔一〕魯望：陸龜蒙字，前已屢注。輪鈎：即釣車。參卷四（序六）注〔二〕，及同卷（詩八五）注〔一〕、〔二〕。緬懷：遥想。高致：脱略世俗的高潔情致。

〔二〕角柄：釣車上有兩根長柄，與輪鈎形成犄角，故稱。孤輪：釣車呈圓形，猶如一隻車輪，故稱。

卷四（詩八五）：「溪上持隻輪」，可證。

〔三〕翠篷：綠色的船篷。船篷是竹子編成，故云。十載：概數，指陸龜蒙十年的江湖隱逸生活。君：即陸龜蒙。卷六（詩三五二）陸龜蒙亦自云：「幾年無事傍江湖。」

〔四〕撚（niǎn）時：搓揉的時候。此指收回釣車上的絲綫時。解：能。蟾蜍魄：圓月。喻圓形的釣輪。《淮南子·精神訓》：「月中有蟾蜍。」漢張衡《靈憲》：「嫦娥，羿妻也。竊西王母不死藥服之，奔月。……嫦娥遂托身於月，是爲蟾蜍。」《酉陽雜俎》（前集卷一）：「舊言月中有桂，有蟾蜍。」故以蟾蜍指月。温庭筠《寄湘陰閻少府乞釣輪子》：「釣輪形與月輪同，獨繭和煙影似空。」

〔五〕抛處：遠抛釣車上的絲綫。絡緯：蟲名，蟋蟀，又名莎鷄，俗名紡織娘。古人説其鳴聲似紡車紡紗時發出的聲音，故亦名絡緯。崔豹《古今注·魚蟲》：「莎鷄，一名促織，一名絡緯，一名蟋蟀。促織謂鳴聲如急織，絡緯謂其鳴聲如紡績也。促織一曰促機，一名紡緯。」

〔六〕七里灘：在今浙江省桐廬縣南，又稱七里瀨。爲東漢隱士嚴光垂釣處。《後漢書》（卷八三）《嚴光傳》：「除爲諫議大夫，不屈，乃耕於富春山，後人名其釣處爲嚴陵瀨焉。」李賢注：「顧野王《輿地志》曰：『七里瀨在東陽江下，與嚴陵瀨相接，有嚴山。桐廬縣南嚴子陵漁釣處，今山邊有石，上平，可坐十人，臨水，名爲嚴陵釣壇』也。」一舍：三十里。《左傳·僖公二十八年》：「微楚子之惠不及此，退三舍辟之，所以報也。」杜預注：「一舍，三十里。」

〔七〕五雲溪：即若耶溪，在今浙江省紹興市。《太平寰宇記》（卷九六）《江南東道八》：「越州會稽縣：若耶溪，在縣東南二十八里。……下有孤潭，深而且清。有孤石聳于潭，上有大櫟樹。客兒與弟惠連作詩聯句，刻于樹上。唐吏部侍郎徐浩遊之，云：『曾子不居勝母之里，吾豈遊若耶之溪。』遂改爲五雲溪。」三更：午夜。顔之推《顔氏家訓·書證》：「或問：『一夜何故五更？更何所訓？』答曰：『漢、魏以來，謂爲甲夜、乙夜、丙夜、丁夜、戊夜。又云鼓，一鼓、二鼓、三鼓、四鼓、五鼓。亦云一更、二更、三更、四更、五更，皆以五爲節。』」

〔八〕朱衣鮒（fù）：紅色鬐鱗的鯽魚。參卷四（詩八二）原注及注〔七〕。足：豐足，足够。和：連也。

【箋評】

輪有「角柄」，執而摇之，則輪轉鈎收。「細膩輕」，製之精也。于篷窗十年，相伴行之江湖間矣。方其收還而撚其線，則旋轉蟾蜍之魄。抛擲釣時，其綸如絡緯啼聲。七里灘喧之響，五溪明月之夜，嘗於此處下釣。鮒鯽釣之已足，荷蓑而睡，何等意適，誰信人間名利有佳處哉！「蟾蜍魄」，月魄，言輪之圓。「絡緯」，秋蟲，俗所謂馬札，其鳴與絡絲相類，釣輪收轉之聲亦同也。東坡詩：「窗下鳴絡緯。」《一統志》：「七里灘在桐廬縣西，一名嚴陵灘，即子陵釣處。」諺云：『有風七里，無風七十里。』」言灘峻。故水聲喧聞於一舍之遠，三十里也。五雲溪，在金華府義烏縣西北，源出五雲山，大溪。《七華》云：「洞庭之鮒，出於岷江。紅腴青顱，朱尾碧鱗。」《本草》：「鯽魚，一名鮒魚。」（胡以

梅《唐詩貫珠箋》卷五十九）

（三四句）繪影繪聲，何其刻肖。（毛張健《唐詩餘編》卷三）

一線飄然下碧塘[一]，溪翁無語遠相望[二]。蓑衣舊去煙披重[三]，箬笠新來雨打香[四]。白鳥白蓮爲夢寐[五]，清風清月是家鄉[六]。明朝有物充君信[七]，醽酒三瓶寄夜航（原注：醽酒出《沈約集》。）[八]。　（詩三八八）

【注釋】

[一] 一線：指釣輪上垂釣的一根長絲綫。飄然：形容釣絲在水中的摇動貌。

[二] 溪翁：漁翁，捕魚人。無語：静默無聲。

[三] 舊去：舊了。張相《詩詞曲語辭匯釋》（卷三）：「去，語助辭，猶來也；啊也；着也；了也。」煙披重：謂披着重重的煙霧。張相《詩詞曲語辭匯釋》（卷二）：「重，甚辭；又猶盡也。」

[四] 箬（ruò）笠：以竹皮做成的斗笠。《説文·竹部》：「箬，楚謂竹皮曰箬。」雨打香：新箬笠淋雨後散發出箬葉的清香氣息，形容其嶄新。

[五] 白鳥：白鷺，水鳥。《藝文類聚》（卷九二）引《詩義疏》曰：「鷺，水鳥也。好而絜白，謂之白鳥。齊、魯謂之春鋤，遼東、樂浪、吴、楊謂之白鷺。」

[六] 清風句：謂只要有清風明月就是家鄉，不必有異鄉之感，懷鄉之思也。《世説新語·言語》：

「劉尹云：『清風朗月，輒思玄度。』」李白《襄陽歌》：「清風朗月不用一錢買，玉山自倒非人推。」

〔七〕充君信：權且充當給你的信物。

〔八〕檶(shěn)酒：酒名。《廣韻·寢韻》：「檶，木名。《山海經》云：『煮其汁，味甘，可爲酒。』」北魏賈思勰《齊民要術》(卷七)《笨曲并酒》：「作檶酒法：四月取檶葉，合花采之，還，即急抑着甕中。六七日，悉使烏熟，曝之，煮三四沸，去滓，内甕中，下麴。炊五斗米，日中可燥，手一兩抑之。一宿，復炊五斗米酘之。便熟。」謝靈運《山居賦》：「苦以术成，甘以檶熟。」原注：「术，术酒，味苦。檶，檶酒，味甘。并至美，兼以療病。檶治癰核，术治痰冷。」宋竇苹《酒譜·内篇·酒之名》：「皮日休詩云：『明朝有物充君信，檶酒三瓶寄夜航。』檶酒，江外酒名，亦見《沈約文集》。」夜航：夜航船。唐高適《秦中送李九赴越》：「吴會獨行客，山陰秋夜船。」宋龔明之《中吴紀聞》(卷四)《夜航船》：「夜航船，唯浙西有之。然其名舊矣。古樂府有《夜航船》之曲。皮日休答陸龜蒙詩云：『明朝有物充君信，檶酒三瓶寄夜航。』」吴曾《能改齋漫録》(卷七)《夜航船》：「樂府有《夜航船》，政謂浙西耳。皮日休答陸龜蒙詩云：『明朝有物充君信，檶酒三瓶寄夜航。』」《沈約集》：《隋書》(卷三五)《經籍志四》：「梁特進《沈約集》一百一卷。」

【箋評】

【夜航船】凡篙師於城埠市鎮人煙湊集去處，招聚客旅裝載夜行者，謂之夜航船。太平之時，在處有之。然古樂府有《夜航船曲》，皮日休詩有「明朝有物充君信，携酒三瓶寄夜航」之句，則此名亦古矣。（陶宗儀《南村輟耕録》卷十一）

夜行舡，今因皮日休有「檶酒三瓶寄夜航」，遂不察其理，稱爲「夜行船」也。若是，則「舡」字重矣，止爲行有杭音之故。况《説文》曰：「航，方舟也。」皮詩乃寄昨夜之舡耳，豈寄夜行舡耶？《輟耕録》亦訛書之。（郎瑛《七修類稿·續稿》卷四《辯證類·夜行舡》）

《山海經》：「檶汁甘爲酒。」《齊民要術》《沈約集》《皮日休集》皆有檶酒，烏丸有東墻酒，交州有椰子酒，大宛有葡萄酒，南蠻有檳榔酒，真蠟有朋芽四酒，辰溪有鈞藤酒，赤土有甘蔗酒，韃靼有馬湩酒，烏孫國有青田核，頓遊國有酒樹，又有安石榴酒，波斯國有三勒漿酒，訶陵國以柳花椰子爲酒，扶南有椰漿，又有蔗及土瓜根酒，皆不假麯米而成。（胡侍《墅談·異酒》）

余第聞皮襲美詩：「明朝有物充君信，檶酒三瓶寄夜航。」而絶不聞古樂府有《夜航船曲》。《輟耕》所載，出何典耶？録中竄爲「携酒三樽」，尤可笑矣。（錢希言《戲瑕》卷一《夜航》）

「溪翁無語遠相望」：淡而深。（項真評、項真刻《項氏瓶笙榭新刻皮襲美詩》卷二）

【檶酒夜航】《中吴紀聞》曰：「夜航，唯浙西有之，然其名舊矣。古樂府有《夜航船》之曲。皮襲美答陸魯望詩：『明朝有物充君信，檶酒三瓶寄夜航。』」

吴旦生曰：竇子野《酒譜》云：「檶酒，江外酒名。」《山海經》：「檶汁甘爲酒。」《齊民要術》《沈休文集》皆有檶酒。按《輟耕録》云：「凡篙師於城埠市鎮人煙湊集去處，招聚客旅，裝載夜行者，謂

之夜航船。太平之時，隨處有之。」則不獨浙西有也。（吴景旭《歷代詩話》卷五十二庚集七）

首言抛钓之狀甚幽。「溪翁」見之，無語而遠望，觀其得失也。披蓑戴笠，抛鈎於煙雨中，已是詩情如畫。又於蓑笠上渲染出煙雨情致，虚虚實實，以靈氣運之。蓋蓑舊則草斷，不如新時之飄曳褵褷，且雨可漏濕，故似乎煙壓之重，而實非煙重也。新箬經雨自有清香，則實有其理矣。「打」字有神。總之，將天地間物，發泄到微芒之際，恐亦造物所妒者。「夢寐」言戀之篤，「家鄉」言不可離。劉伶云：「我以天地爲棟宇，屋室爲褌衣。」今以「風」、「月」爲家鄉，更神清氣爽，廣大寬容矣。結承上，荒唐之言，遂欲以荒唐之物遺之，皆所謂興會也。按櫧木，《山海經》云：「煮其汁，味甘，可爲酒。」《齊民要術》：「作櫧酒法：四月取櫧葉，合花采之，急着甕中。六七日，變烏熟，曝之。煮三四沸，去滓，下麯。炊五斗米，日中投之。一宿，再炊五斗投之，便熟。」（胡以梅《唐詩貫珠箋》卷五十九）

（四句）真趣從親驗得之。（毛張健《唐詩餘編》卷三）

竇苹《酒譜》：「皮日休詩云：『明朝有物充君信，櫧酒三瓶寄夜航。』櫧酒，江外酒名，亦見《沈約文集》。」今《隱侯集》無足本，不見有「櫧酒」字。案《宋書·謝靈運傳》載其《山居賦》曰：「苦以木成，甘以櫧熟。」自注：「木（术？），木灑，味苦。櫧，櫧酒，味甘。并至美，兼以療病。櫧治癰核，木治痰冷。」則沈約或謝靈運之誤。（沈濤《銅熨斗齋隨筆》卷八《櫧酒》）

楊升庵云：「古謂使者曰信。今之流俗，遂以遺書餽物爲信。」然如《廣陵妖亂志》所云：「信物一角，附致阿鼻地獄。」是古亦以餽物爲信矣。又皮襲美：「明朝有物充君信，𧄃酒三瓶寄夜航。」「紅紙一封書後信，緑芽十片火前春。」賈浪仙：「寄信船一隻。」皆不謂爲使者。《青箱雜記》載王文正與楊文公爲空門友，楊謫汝州，親筆與公云：「山栗一瓶，聊表村信。」非以「村物」爲「村信」矣？（程庭鷺《多暇録》卷一《信》）

夜航船，吴越皆有之。或以航爲行，非也。古樂府有《夜航船曲》，韋莊《和李秀才》詩：「酒市多逋客，漁家足夜航。」皮日休答天隨子詩：「明朝有物充君信，擁酒三瓶寄夜航。」方虚谷有《聽航船歌十首》。（宋長白《柳亭詩話》卷七《夜航船》）

夜航船惟浙西有之。凡篙師于城埠市鎮人烟湊集處招集客旅，裝載夜行者，謂之夜航船。見陶九成《輟耕録》，蓋里語也。而古樂府已有《夜航船曲》。吴曾《漫録》云：「樂府《夜航船》，正謂浙西。」可見里語相沿，古今不改。張祜詩「僧歸夜航月」，皮日休詩「𧄃酒三瓶寄夜航」，并借此里語入詩耳。（陳錫路《黄嬭詩話》卷二《夜航船》）

盡日悠然舴艋輕〔一〕，小輪聲細雨溟溟①〔二〕。三尋絲帶桐江爛〔三〕，一寸鈎含笠澤腥〔四〕。用近詹何傳釣法②〔五〕，收和范蠡《養魚經》〔六〕。孤篷半夜無餘事③〔七〕，應被嚴灘聒酒醒〔八〕。（詩三八九）

【校記】

①「溟溟」季寫本作「冥冥」。　②「何」項刻本作「和」。　③「篷」原作「蓬」，據弘治本、汲古閣本、詩瘦閣本、四庫本、皮詩本、項刻本、統籤本、類苑本、季寫本、全唐詩本改。

【注釋】

〔一〕盡日：終日。舴艋：小船。參本卷（詩三六三）注〔四〕。

〔二〕小輪：即釣輪，又叫釣車，即詩題中的「輪鈎」。參卷四（序六）注〔二〕及同卷（詩八五）注〔一〕。溟溟：小雨貌。《説文・水部》：「溟，小雨溟溟也。」

〔三〕三尋：二丈四尺的長度。古代以八尺爲一尋。桐江：桐廬江。參卷五（詩二一八）注〔三〕。爛：腐爛，指桐江裏的腐質植物。或言釣絲爛。可通。

〔四〕笠澤：松江的别名。《元和郡縣圖志》（卷二五）《江南道一》：「蘇州吴縣：松江在縣南五十里，經崑山入海。《左傳》云：『越伐吴，軍於笠澤。』即此江。」太湖亦名笠澤。范成大《吴郡志》（卷四八）：「《史記正義》又引《吴地記》云：『笠澤江，松江之别名。』又云笠澤，即太湖。則江湖通爲笠澤矣。《揚州記》曰：『太湖，一名震澤，一名笠澤，一名洞庭。』」腥：此指魚腥，指釣鈎上有魚腥味。

〔五〕詹何：戰國時哲學家，相傳他善于垂釣。《列子・湯問篇》：「詹何以獨繭絲爲綸，芒針爲鈎，荆篠爲竿，剖粒爲餌，引盈車之魚於百仞之淵、汩流之中；綸不絶，鈎不伸，竿不撓。」《博物志》

（卷八）：「詹何以獨蠒絲爲綸，芒斜爲鈎，荆篠爲竿，割粒爲餌，引盈車之魚於百仞之淵、汩流之中，綸不絶，鈎不申，竿不撓。」此句謂用的是與詹何差不多的垂釣方法。

〔六〕范蠡：參卷五（詩二一八）注〔七〕。《養魚經》：相傳爲范蠡所著。參卷四（詩一一一）注〔四〕。《水經注》（卷二八）《沔水》：「沔水又東南逕蔡洲……東南流逕峴山西，又東南流注白馬陂，水又東入侍中襄陽侯習郁魚池。郁依范蠡養魚法作大陂，陂長六十步，廣四十步，池中起釣臺。池北亭，郁墓所在也。列植松篁于池側沔水上，郁所居也。又作石洑逗引大池水於宅北，作小魚池，池長七十步，廣十二步。西枕大道，東北二邊限以高堤，楸竹夾植，蓮芡覆水，是游宴之名處也。」

〔七〕孤篷：孤舟。篷是船上用竹子編成以遮蔽風雨的頂篷。《資治通鑑》（卷二五二）胡注：「編竹以覆舟曰篷。」

〔八〕嚴灘：即嚴陵灘。參卷三（詩五四）注〔二六〕。聒（guō）：嘈雜聲。此指嚴陵灘的流水聲。

【箋評】

乘舟而漁，抛釣於雨色溟溟之中。絲將爛，鈎含腥，言用之久。應第一首「十載伴君」也。「帶桐江爛」，猶言常用于桐江而已爛，意拗有致。「笠澤腥」，亦從笠澤得雨而粘腥也。因「輪小」、「絲爛」，所以取法于詹何，可以「綸不絶，鈎不伸」，而致「盈車之魚」。收回畜之池，亦同「范蠡《養魚經》」作用。船中無事，但嫌嚴灘聒耳，蓋寓意謂高於子陵之隱釣。灘聲喧聒，猶以爲嫌也。桐江，桐廬江。笠澤，太湖。范蠡有《種魚經》。《養魚書》曰：「鮮不相食，故其種易蕃。陶朱公畜魚，每歲雌雄二十四頭，生子七萬枚。」此其驗也。（胡以梅《唐詩貫珠箋》卷五十九）

（三四句）刻畫真機，總無一鋪排粉飾語。（毛張健《唐詩餘編》卷三）

龜蒙頃自桐江得一釣車①，以襲美樂煙波之思②，因出以爲玩，俄辱三篇，復杼詶答③〔一〕

龜蒙④

旋屈金鈎劈翠筠〔二〕，手中盤作釣魚輪〔三〕。忘情不效孤醒客〔四〕，有意閑窺百丈鱗〔五〕。雨似輕埃時一起〔六〕，雲如高蓋强相親〔七〕。任他華轂低頭笑〔八〕，此地終無覆敗人〔九〕。

（詩三九〇）

【校記】

①汲古閣本、四庫本、統籤本、季寫本、全唐詩本無「龜蒙」。　②「思」原作「馬」，據弘治本、汲古閣本、詩瘦閣本、四庫本、統籤本、季寫本、全唐詩本改。　③「杼」弘治本、汲古閣本、詩瘦閣本、四庫本、統籤本、季寫本、全唐詩本作「抒」。　④原缺署名「龜蒙」。汲古閣本、四庫本有此署名。統籤本、季寫本、全唐詩本及陸集各本均録入陸作。觀詩題，爲陸作無疑，據補。

【注釋】

〔一〕頃：近期，最近。桐江：桐廬江。參卷五（詩二一八）注〔二〕。釣車：參卷四（序六）注〔一二〕及同卷（詩八五）注〔一〕、〔三〕。煙波之思：江湖情思，即隱逸情致。俄：很快，不久。《説文·人部》：「俄，行頃也。」辱：自謙詞。辱賜，承蒙賜與。杼（shū）：表達情懷。「杼」通「抒」。《楚辭·九章·惜誦》：「惜誦以致愍兮，發憤以杼情。」

〔二〕旋：便，隨意。張相《詩詞曲語辭匯釋》（卷二）：「旋，猶漫也，猶云漫然爲之或隨意爲之也。」又云：「旋，……便也。」翠筠：緑竹。筠，竹子。一説：筠爲包裹竹筍的竹皮。

〔三〕盤作：盤曲而成。釣魚輪：釣魚的車輪，即釣輪，釣車。

〔四〕忘情：忘却世俗情懷。《世説新語·傷逝》：「聖人忘情，最下不及情，情之所鍾，正在我輩。」孤醒客：指屈原。《楚辭·漁父》：「屈原曰：『舉世皆濁我獨清，衆人皆醉我獨醒，是以見放。』」

〔五〕百丈鱗：深水中的魚。《莊子·秋水》：「莊子與惠子遊於濠梁之上。莊子曰：『鯈魚出遊從容，是魚之樂也。』」三國魏嵇康《與山巨源絶交書》：「遊山澤，觀魚鳥，心甚樂之。一行作吏，此事便廢。」《文選》（卷二七）南朝梁沈約《新安江水至清淺深見底貽京邑遊好》：「千仞寫喬樹，百丈見遊鱗。」

〔六〕雨似輕埃：形容濛濛細雨猶如在空中飄散的塵埃。化用謝朓詩句。參卷二（詩一六）注〔九〕。

〔七〕高蓋：高大的車蓋。《文選》（卷三）張衡《東京賦》：「結飛雲之袷輅，樹翠羽之高蓋。」薛綜注：「袷輅，次車也。次車樹翠羽爲蓋，如雲飛也。」强相親：殷勤的相親近。《爾雅·釋詁》：「强，勤也。」接上句，此句喻雲隨雨至。

〔八〕華轂（gǔ）：華麗的車子。喻達官權貴。《説文·車部》：「轂，輻所湊也。」轂，車輪中心穿軸承輻的部分。代指車輛。

〔九〕此地：指江湖上隱士的垂釣之地。覆敗人：傾覆敗亡的人。《周禮·冬官·輈人》：「既克其登，其覆車也必易。」《後漢書》（卷三六）《范升傳》：「今動與時戾，事與道反，馳騖覆車之轍，探湯敗事之後，後出益可怪，晚發愈可懼耳。」

【箋評】

一二言造釣輪，三四言用之也。屈原對漁父曰「衆人皆醉我獨醒」，漁父曰「何不餔其糟而歠其醨」，是「忘情」於獨醒者也。今欲學之爲漁父，如任公之鈎大魚。方其抛鈎錘也，起於微雨之中，拂乎高雲之際，極其清閒。任彼「華轂」者之笑，「終無覆敗」之禍也。因「釣車」，故以乘車言之，蓋此「車」之與彼「車」有異，「覆敗」皆關「車」義。「高蓋」，亦言高車之蓋。（胡以梅《唐詩貫珠箋》卷五十九）

曾招漁侶下清潯〔一〕，獨繭初隨一錘深〔二〕。細輾煙華無轍迹〔三〕，静含風力有車音〔四〕。相呼野飯依芳草，迭和山歌逗遠林〔五〕。得失任渠但取樂①〔六〕，不曾生箇是非心〔七〕。

（詩三九一）

【校記】

①「但」下盧校本、統籤本小字注：「平聲。」陸詩丙本小字注：「平。」

【注釋】

〔一〕招：邀請，約請。前已屢注。漁侣：捕魚的伙伴。指隱居的友人。清潯（xún）：清澈的水畔。潯，水涯。

〔二〕獨繭（jiǎn）：一根絲綫作成的釣絲。此指蠶絲綫。《列子·湯問篇》：「詹何以獨繭絲爲綸。」錘：釣錘，繫在釣絲上，以便釣鈎沉入水中。

〔三〕煙華：煙花。此指水面上迷離蒙籠的煙霧。轍迹：車輪碾過留下的痕迹。此句以車輪喻釣輪，謂釣輪抛出的釣綫在煙霧中伸展出去，却不留下任何痕迹。

〔四〕車音：車輪在運轉中發出的聲音。漢司馬相如《長門賦》：「雷殷殷而響起兮，聲象君之車音。」此句以車子喻釣車，謂釣車在平静中受到風力而發出車輪轉動般的聲響。

〔五〕迭和：互相之間反復唱和。《文選》（卷一九）宋玉《高唐賦》：「更唱迭和，赴曲隨流。」逗：到；透。張相《詩詞曲語辭匯釋》（卷二）：「逗，猶臨也；到也。」又云：「逗，猶透也。」

〔六〕得失任渠：不計較得失。任渠，任隨他。渠，第三人稱代詞。

〔七〕生箇：産生，生出。箇，助詞。

【箋評】

曾持此具招漁伴而下水濱，用詹何之「獨繭」抽絲，抛錘入於深水。但見釣輪「礙煙華」而「無轍迹」，「含風力」而「有車聲」。行休「野飯」，依於「芳草」；「迭和山歌」，逗響「遠林」。此輪用處，魚之「得失」，俱任彼作主，無所用心也。三四精妙，「相呼」、「迭和」，因有「漁侶」，以漁歌應「山歌」，故謂之「和」。「逗」，留滯也。（胡以梅《唐詩貫珠箋》卷五十九）

病來懸著脆緡絲①〔一〕，獨喜高情爲我持〔二〕。數輻尚凝煙雨態②〔三〕，三篇能賦蕙蘭詞〔四〕。雲深石净閑眠穩③〔五〕，月上江平放溜遲〔六〕。第一莫教諳此境④〔七〕，倚天功業待君爲〔八〕。　（詩三九二）

【校記】

①「著」陸詩甲本、統籤本作「着」。　②「輻」盧校本、全唐詩本作「幅」。　③「净」汲古閣本、四庫本、陸詩丙本黄校、統籤本、全唐詩本作「静」，陸詩乙本批校：「舊本作『静』。」　④「諳」陸詩丙本作「諸」。「境」原缺末筆，避宋太祖祖父趙敬諱。

【注釋】

〔一〕病來句：自謂因病而停止了垂釣。懸著：懸挂。著，助詞。脆緡（mín）絲：細長的釣絲。脆，柔弱。此有細長之義。緡絲，釣絲。《詩經・召南・彼何禯矣》：「其釣維何？維絲伊緡。」《毛傳》：「緡，綸也。」《説文・糸部》：「緡，釣魚繁也。」

〔二〕高情：高遠的情致。持：既謂持魚竿垂釣，更指垂釣的閑逸蕭散的情趣。《世説新語・品藻》：「支道林問孫興公：『君何如許掾？』孫曰：『高情遠致，弟子蚤已服膺；一吟一咏，許將北面。』」

〔三〕數輻：釣輪上的幾隻輻條。凝：凝結，聚集。

〔四〕三篇：指皮日休的三首原唱詩，即上《魯望以輪鈎相示，緬懷高致，因作三篇》。蕙蘭詞：喻皮詩爲美文佳作。蕙蘭，蕙草和蘭草，香草名，蘭屬，多年生草本植物。《文選》（卷二九）《古詩十九首》（其八）：「傷彼蕙蘭花，含英揚光輝。」

〔五〕穩：安，安穩。此句謂在雲山深處，潔净的石頭上悠閑自在地睡眠。《樂府詩集》（卷三六）曹操《秋胡行》：「道深有可得，名山歷觀。遨遊八極，枕石漱流飲泉。」

〔六〕江平：江水平緩，水波不興。隋煬帝楊廣《春江花月夜》：「暮江平不動。」張若虚《春江花月夜》：「春江潮水連海平。」放溜（liù）：任船順流自由航行。南朝梁元帝蕭繹《早發龍巢詩》：「征人喜放溜，曉發晨陽隈。」孟浩然《陪張丞相自松滋江東泊渚宫》：「放溜下松滋，登舟命楫師。」遲：舒緩，緩慢。

〔七〕第一：最重要，最要緊者。盧仝《觀放魚歌》：「第一莫近人，惡人唯口腴。第一莫出境，四境多網罟。」元稹《離思詩五首》（其三）：「第一莫嫌材地弱，些些紕縵最宜人。」此境：指垂釣江邊的隱逸境界。

〔八〕倚天功業：偉大事業，遠大抱負。倚天，形容極高。宋玉《大言賦》：「方地爲車，圓天爲蓋。長劍耿介，倚乎天外。」待君爲：等待你去做。君，指皮日休。爲，做，治。

【箋評】

予因抱病，所以「懸」此具，而君「高情」爲我「持」用之。車輻尚「凝煙雨」之態，「三篇能賦蕙蘭」之詞。此半界已盡示輪得詩之意。繼言若罷釣之後，云：眠子江月，放溜徐行，相忘於世，此則不可。蓋有「倚天功業待君」，未許終隱耳。（胡以梅《唐詩貫珠箋》卷五十九）

吴中書事寄漢南裴尚書①〔一〕

日休

萬家無事鏁蘭橈〔二〕，鄉味腥多厭紫蘄②〔三〕（原注：《江文通集》云：紫蘄，石劫也③。）〔四〕。水似棋文交度郭〔五〕，柳如行障儼遮橋④〔六〕。青梅蒂重初迎雨〔七〕，白鳥群高欲避潮〔八〕。唯望舊知憐此意⑤〔九〕，得爲傖鬼也逍遥〔一〇〕。（詩三九三）

【校記】

①「南」統籤本作「中」。　②「蘄」項刻本作「囂」。　③英華本無「紫蘄」。「劫」盧校本、統籤本作

「蛄」。④「障」英華本作「陣」，并注：「《松陵集》作障。」⑤「意」英華本作「景」，并注：「《松陵集》作意。」

【注釋】

〔一〕詳詩頸聯，此詩當作於咸通十一年（八七〇）暮春。吴中：即蘇州。參卷一（詩五）注〔一〕。漢南：漢水之南。指襄陽（今湖北省襄陽市），唐代爲襄州及襄陽節度使治所。《元和郡縣圖志》（卷二一）《山南道二》：「襄州，今爲襄陽節度使理所。」裴尚書：裴坦。曾任尚書右丞。《資治通鑑》（卷二五一）：「尚書右丞裴坦。」唐懿宗咸通十年至十二年，爲山南東道節度使。陶敏《全唐詩人名彙考》：「裴尚書，裴坦。《寶刻叢編》卷三襄州：『《唐新創池臺六韻》，唐裴坦撰。……咸通十一年立（《復齋碑録》）。』又：『《唐社稷壇記》，唐容管經略使推官皮日休撰……山南東道節度使裴坦新修州之社稷壇，以咸通十二年刻此記（《集古録目》）。』」另參《唐方鎮年表》（卷四）。

〔二〕無事：清閑逍遥。《老子》（第五七章）：「我無事，而人自富。」白居易《夏日獨直寄蕭侍御》：「形委有事牽，心與無事期。」鏁蘭橈：鎖住船。蘭橈，木蘭制成的船槳。代指船。用木蘭舟的典故。南朝梁任昉《述異記》（太平御覽》卷九五八）曰：「七里洲中有魯班刻木蘭爲舟，至今在洲中。詩家所云木蘭舟出於此。」

〔三〕鄉味：家鄉的美味。皮日休爲襄州竟陵人，且在襄陽隱居多年，故云。厭：飽，滿足。紫蘺

（xiāo）：依原注：「紫虀，石劫也。」石劫是介殼動物，可食用。江淹《石劫賦并序》：「海人有食石劫，一名紫虀，蚌蛤類也。春而發華，有足異者。戲書爲短賦。」

〔四〕《江文通集》：《隋書》（卷三五）《經籍志四》：「梁金紫光禄大夫《江淹集》九卷（原注：梁二十卷。）、《江淹後集》十卷。」《舊唐書》（卷四七）《經籍志下》：「《江淹前集》十卷、《江淹後集》十卷。」《新唐書·藝文志》《郡齋讀書志》仍著録爲《江淹集》。《直齋書録解題》（卷一六）《江文通集》十卷，梁散騎常侍江淹文通撰。」

〔五〕水似棋文：流水的粼狀猶如圍棋子展開的花紋。交度郭：縱横交錯地流出城郭。

〔六〕行障：隨人行進而移動的屏障。柳如行障，謂柳樹成行伸展開去猶如行障。行障，猶步障，出游郊野時用以遮蔽的屏障，多用布帛製成。《世説新語·汰侈》：「（王）君夫作紫絲布步障碧綾裏四十里，石崇作錦步障五十里以敵之。」庾信《燈賦》：「舒屈膝之屏風，掩芙蓉之行障。」劉禹錫《酬樂天請裴令公開春加宴》：「二室煙霞成步障，三川風物是家園。」儼：好像，宛如。

〔七〕青梅句：謂青梅結子，快要迎來梅雨季節。蒂：花與枝莖相連處。花落而結果實，故云「蒂重」。迎雨：謂迎梅雨。參本卷（詩三八一）注〔二〕。

〔八〕白鳥：白鷺。參本卷（詩三八八）注〔五〕。避潮：避開大海的潮汐汛期。海洋的潮汐每天都應時而至，有一定的規律。長期生活于此的白鳥熟知其情，所以能高飛以避開潮汐。參本卷（詩三六七）注〔五〕。

〔九〕舊知：老友，故交。指裴坦。憐：愛惜。此意：瀟灑江湖，追求閑逸疏放生活的情趣。

〔一〇〕得爲：義近「成爲」。傖（cāng）鬼：粗鄙的人。唐慧琳《一切經音義》（卷六五）：「傖吴。《晋陽秋》曰：『吴人謂中國人爲傖人，俗又總謂江、淮間雜楚爲傖。』」皮日休正是楚人，故云。逍遥：優游自得。《莊子·逍遥遊》：「彷徨乎無爲其側，逍遥乎寢卧其下。」成玄英疏：「逍遥，自得之稱。」

【箋評】

郭景純《江賦》曰：「石蚨應節而揚葩。」按石蚨一名紫囍。《本草》謂之石决明，得春雨則生花。康樂詩「紫囍曄春流」，即此。王右丞《送元中丞轉運江淮》詩：「去問珠官俗，來經石蚨春。」皮日休吴中詩「鄉味腥多厭紫囍」，作「囍」字與「橈」字同押，則用張景陽《七命》：「仰折神囍」之句。注謂即「茝」也。《説文》：囍、蘺、茝，一物三名。《本草》誤作囍。《文選》亦然。（宋長白《柳亭詩話》卷七《石蚨》）（原注：《荀子》：「東海有紫紶。」紶與蚨通。江淹賦作石劫。）

奉和

龜蒙

風清地古帶前朝〔一〕，遺事紛紛未寂寥〔二〕。三泖凉波漁蕝動①〔三〕（原注：遠祖士衡對晋武帝②以

『三泖冬温夏凉』③。)〔四〕，五茸春草雉媒嬌〔五〕(原注：五茸，吴王獵所，茸各有名④。)。雲藏野寺分金刹〔六〕，月在江樓倚玉簫〔七〕。不用懷歸忘此景〔八〕，吴王看即奉弓招〔九〕。（詩三九四）

【校記】

①「泖」原作「茆」，據弘治本、汲古閣本、四庫本、陸詩甲本、陸詩丙本、統籤本、季寫本、全唐詩本改。②「遠」原作「達」，據弘治本、汲古閣本、詩瘦閣本、四庫本、陸詩甲本、陸詩丙本、統籤本、類苑本、季寫本、全唐詩本改。③「泖」原作「茆」，據汲古閣本、四庫本、陸詩甲本、陸詩丙本、統籤本、季寫本、全唐詩本改。「凉」全唐詩本作「清」。④「茸」汲古閣本作「石」，詩瘦閣本、四庫本、類苑本、季寫本、全唐詩本作「草」。

【注釋】

〔一〕前朝：主要指春秋時吴國和漢末三國時吴國，都曾以蘇州爲都城。

〔二〕遺事：指歷史上發生在蘇州的舊事。紛紛：形容衆多貌。陶淵明《勸農》：「紛紛士女，趨時競逐。」

〔三〕三泖（mǎo）：湖名，即泖湖，有上、中、下三部分，故稱。舊址在今上海市松江縣西，今已淤積爲田。《讀史方輿紀要》（卷二四）《南直六》：「松江府，泖湖，府西三十五里。亦曰三泖。《廣韻》注：『泖，華亭水也。其源出華亭谷。』晋陸機對武帝：『三泖之水，冬温夏凉。』亦曰華亭泖。……《吴地志》：『泖有上、中、下三名。』《圖經》：西北抵山涇，水形圓者曰圓泖，亦曰上泖。

泖。南近泖橋，水勢闊者曰大泖，亦曰下泖。自泖橋而上縈繞百餘里曰長泖，一名谷泖，亦曰中泖。泖湖之水，上承澱湖，凡嘉、湖以東，太湖以南諸水，多匯入焉，下流合黃浦入海。」清陸隴其《三魚堂日記》（卷七）：「僧指庵前之泖云：此爲横泖；自泖塔一直上南者，爲長泖；二泖相并。其又南則爲圓泖，蓋即五舍泖也。」漁蕝（jué）：捕魚的釣鈎或漁網上的浮子，又叫魚漂。蕝，原意爲束茅表位，引申爲標志之義。《説文・艸部》：「蕝，朝會束茅表位曰蕝。《春秋國語》曰：『致茅蕝，表坐。』」

〔四〕遠祖士衡：指陸龜蒙的遠祖陸機。陸機字士衡。參卷一（詩四）注〔六七〕。晉武帝：司馬炎，公元二六五年至二九〇年在位，西晋首位皇帝。生平事迹參《晉書》（卷三）《武帝紀》。冬温夏涼：謂三泖氣候冬天温暖，夏天涼爽。宋何薳《春渚紀聞》（卷七）《泖茆字異》條：「今觀所謂三泖，皆漫水巨浸，春夏則荷蒲演迤，水風生涼；秋冬則葭葦藂藋，魚嶼相望，初無江湖淒凜之色。所謂冬暖夏涼者，正盡其美。」

〔五〕五茸（róng）：地名，本是春秋時吴王的獵場，在今上海市松江縣境内。松江縣城即名五茸城。《讀史方輿紀要》（卷二四）《南直六》：「松江府華亭縣，縣南有吴王獵場，場有五茸，俗亦謂五茸城。」茸，初生時細長柔軟的草。《説文・艸部》：「茸，草茸茸貌。」雉媒：獵人馴養用以誘捕野雉的雉。《文選》（卷九）潘岳《射雉賦》題下注，李善曰：「《射雉賦序》曰：『聊以講肄之餘暇，而習媒翳之事。』」李善注引徐爰曰：「媒者，少養雉子，至長狎人，能招引野雉，因名曰媒。

翳者,所以隱以射者也。」賦中云:「恐吾游之晏起,慮原禽之罕至。」李善注引徐爰曰:「游,雉媒名。江、淮間謂之游。游者,言可與游也。」射雉,射獵野雉。《三國志·魏書·辛毗傳》:「嘗從帝射雉。」魏、晋以來,帝王常以射雉爲戲。

〔六〕野寺:郊外的寺院。金刹:佛塔。分金刹:謂高高聳立的佛塔將空中的雲霧分剖開來。

〔七〕倚玉簫:吹簫伴奏而歌唱。倚,此指倚聲,按着節拍吹奏歌唱。此句用蕭史吹簫事,見《列仙傳》。

〔八〕不用句:勸皮日休不必眷戀家鄉,可以留在吴中。懷歸:思歸故鄉。《詩經·小雅·小明》:「豈不懷歸,畏此罪罟。」《文選》(卷一一)王粲《登樓賦》:「情眷眷而懷歸兮,孰憂思之可任。」

〔九〕吴王:春秋時吴國君王,主要是闔閭、夫差。此喻時任蘇州刺史的崔璞。看即:張相《詩詞曲語辭匯釋》(卷六):「看即,猶云隨即也。……陸龜蒙《和吴中書事》詩:『不用懷歸忘此景,吴王看即奉弓招。』……皆其例也。」奉:持,承,給予。弓招:以弓爲信物徵召士人。古代聘士之禮。《左傳·昭公二十年》:「旃以招大夫,弓以招士,皮冠以招虞人。」

【箋評】

《松陵唱和詩》陸魯望賦《吴中事》云:「三茆凉波魚蕝動,五茸春草雉媒嬌。」注稱遠祖士衡載「泖」從水,而此乃從草。五茸,吴王獵所;又有陸機茸,皆豐草所在。今觀所謂三泖,皆漫水巨浸,春夏則荷蒲演迤,水風生凉;秋冬則葭葦藂薾,魚嶼相望,初無江湖凄凛之色。所謂冬暖夏凉者,正盡其美。或謂泖是水死絶處，故江左人目水之渟滀者爲泖。不知笠澤何獨從草，必有所據也。（何蘧《春渚紀聞》卷七《詩詞事略·泖茆字異》）

此是皮襲美以《吴中書事寄漢南裴尚書》而陸和皮之作。結句乃因皮之結而慰之也。三泖五茸，雖屬松江，然唐時猶未立郡，爲蘇屬邑，亦謂之吴中耳。「帶」，兼帶，猶餘也。三四之注以明「前朝」、「遺事」，否則「三泖」不過一水，無關前朝遺事矣。五、六幽秀佳麗，「此景」即上文之景。「吴王」，計其時高駢輩耶？「弓招」，徵行也。按皮原唱：「萬家無事鏁蘭橈，鄉味腥多厭紫蘦。水似棋文交度郭，柳爲行障儼遮橋。青梅蒂重初迎雨，白鳥群高欲避潮。唯望舊知憐此意，得爲傖鬼也逍遥。」唐時松江未建郡，爲華亭縣，隸蘇州。太史公曰：「泖之爲言茂也。」《吴郡志》曰：「泖在華亭境，有上、中、下三名。狹者且八十丈。」縣圖載以近山涇曰圓泖，近泖橋曰大泖，自泖橋而上縈繞百餘里曰長泖。三泖相連爲巨浸，直接蘇州東南陳湖，獨樹諸湖，一百五六十里，幾與太湖相伯仲也。「蕝」，字書音最，即漢叔孫通爲「綿蕝」之蕝，立以束茅，以爲標準。又按魚筌，注：「積柴水中，使魚依而食。」則此「蕝」亦猶「筌」也。潘安仁《射雉賦》，徐爰注：「媒者，少養雉子，至長狎人，能招引野雉，名曰媒。翳者，所隱以射者也。」其賦略曰：「於時青陽告謝，朱明肇授。」「麥漸漸兮擢芒，雉鷕鷕而朝鴝。眄箱籠以揭驕，睨驍媒之變態。」「爾乃擊場拄翳，停僮葱翠，緑柏參差，蕭森繁茂。」「候扇舉而清叫，野聞聲而應媒。褰微罟以長眺，已踉蹡而徐來。摛朱冠之赩赫，敷藻翰之陪鰓。」「良遊呃喔，引之規裏。應叱愕立，擢身竦峙。捧黄間以密彀，屬剛罫以潛擬。倒禽紛以迸落，機聲振而未已。」大概扗翳山野，假植草木，爲葱翠繁茂，藏媒於中，扇引使鳴，野雉來，則放出門，引至近處，隔翳射之。「黄間」，弩也。「剛罫」，弩鏃。今言「雉媒嬌」，正可射雉也。高駢，懿宗以爲浙西觀察，封燕國公。楊行密因駢爲畢師鐸所執，行密攻尅廣陵。昭宗龍紀元年，尅宣州，取潤州，詔爲節度。既而尅滁、和，取常、楚、廬、歙、舒、泗、濠、壽、連水、蘇、昇州，賜爵吴王。然計其時，楊封是在後，非指楊也。「漢南」，即襄陽宜城縣，故思歸寄懷。（胡以梅《唐詩貫珠箋》卷四十一）

皮本襄陽人，原詩有懷歸之意，故述吴中之勝以阻之也。（毛張健《唐詩餘編》卷三）

「月在江樓倚玉簫」句：清艷。（周詠棠《唐賢小三昧續集》卷下，史承豫《唐賢小三昧集》附）

松陵詩：「三泖涼波魚蕝動，五茸春草雉媒嬌。」蕝，韻書謂與「綿蕞」之「蕞」同。徐廣曰：「置表標位也。」疑即今之魚簖。媒，謂罝雌雉以誘雄者。昌谷所云：「齊人織網如素空，張在野田平碧中。網絲漠漠無形影，誤爾觸之傷首紅」是也。三泖，湖名。五茸，地名。隸松江。（宋長白《柳亭詩話》卷十五《魚蕝》）

夏景冲澹，偶然作二首

日休

祇隈蒲褥岸烏紗①〔一〕，味道澄懷景便斜〔二〕。紅印寄泉慚郡守〔三〕，青筐與笋愧僧家②〔四〕。

茗爐盡日燒松子③〔五〕，書案經時剥瓦花④〔六〕。園吏暫栖君莫笑〔七〕，不妨猶更著《南華》〔八〕。　　　（詩三九五）

【校記】

①「衹」弘治本、四庫本、季寫本、全唐詩本作「秖」，汲古閣本、詩瘦閣本、皮詩本、統籤本、類苑本作「秖」。　②「筐」原缺末筆，避宋太祖趙匡胤諱。　③「爐」季寫本作「爈」。　④「案」原作「按」。弘治本、汲古閣本、詩瘦閣本、四庫本作「桉」，類苑本作「案」。「案」、「桉」同。據改。

【注釋】

〔一〕衹隈（zhī wēi）：佛寺的水邊。衹，佛教語，意譯勝。指波斯匿王所治城，波斯匿王太子亦名勝。後以泛指佛寺，如衹園、衹林，即指佛寺。隈，水流彎曲的水涯。《説文・水部》：「隈，水曲，隩也。」蒲褥：以蒲草當做墊子，取其柔軟。岸：挺立。此指推高烏紗帽，露出前額。烏紗，烏紗帽。《通典》（卷五七）：「大唐因之，制白紗帽，又制烏紗帽，視朝、聽訟、宴見賓客則服之。」後漸漸成爲閑居常服，此即狀野逸之態。

〔二〕味道：體味領會道的哲理。漢蔡邕《被州辟辭讓申屠蟠》：「安貧樂潜，味道守真。」《文選》（卷四六）任昉《王文憲集序》：「至若齒危髮秀之老，含經味道之生，莫不北面人宗，自同資敬。」澄懷：澄澈寧静的心情。《南史》（卷七五）《宗少文傳》：「老疾俱至，名山恐難遍睹，唯澄懷觀道，卧以游之。」景：日影。

〔三〕紅印寄泉：未詳。郡守：秦始皇統一全國，分天下爲三十六郡。郡的長官稱太守。《史記》（卷六）《秦始皇本紀》：「分天下以爲三十六郡，郡置守、尉、監。」《集解》引《漢書・百官表》曰：「秦郡守掌治其郡。有丞、尉，掌佐守典武職甲卒；監，御史掌監郡。」唐代州的長官刺史，與郡守等同。此即以郡守代稱刺史。

〔四〕青筐：青緑色竹筐。與笋：送給竹笋。表示生活清雅恬淡。愧：慚愧，感謝，感激。唐袁郊《甘澤謡・圓觀》：「慚愧情人遠相訪，此身雖異性長存。」儈家：儈人。「家」爲助詞，不爲義。王梵志《他家笑吾貧》：「他家笑吾貧，吾貧極快樂。」薛濤《柳絮咏》：「他家本是無情物，一任南飛又北飛。」

〔五〕茗爐：煮茶的火爐。唐人是煮茶飲用。松子：松柏的果實。古人既用來燒火，又可作爲香料點燃。孟郊《游華山雲臺觀》：「敬兹不能寐，焚柏吟道篇。」

〔六〕書案：讀書的几案，猶言書桌。經時：經歷較長時間。《文選》（卷二九）《古詩十九首・庭中有奇樹》：「此物何足貢，但感别經時。」漢蔡邕《述行賦》：「余有行於京洛兮，遘淫雨之經時。」剥：剥離，剥裂。瓦花：瓦松，草名。生長在屋瓦上或山中的石罅裏。參本卷（詩三七〇）注〔一〕。此形容書案破舊斑駁的形狀。

〔七〕園吏：漆園吏。戰國時莊子曾任此小吏。此喻作者所任的蘇州從事。《史記》（卷六三）《老子韓非列傳》：「莊子者，蒙人也，名周。周嘗爲蒙漆園吏。」君：指陸龜蒙。

〔八〕《南華》：《南華真經》，即《莊子》。《舊唐書》（卷九）《玄宗紀下》：「（天寶元年二月）莊子號爲南華真人，文子號爲通玄真人，列子號爲冲虛真人，庚桑子號爲洞虛真人。其四子所著書改爲真經。」

一室無喧是事幽①〔一〕，還如貞白在高樓〔二〕。天台畫得千迴看②〔三〕，湖目芳來百度遊③〔四〕（原注：湖目，石蓮子也④。）。無限世機吟處息〔五〕，幾多身計釣前休〔六〕。他年謁帝言何事〔七〕，請贈劉伶作醉侯〔八〕。（詩三九六）

【校記】

①「是」弘治本、四庫本、鼓吹本、統籤本、類苑本、季寫本作「事」。②「畫」項刻本、鼓吹本作「晝」。③「湖目芳來」項刻本作「湖月宵來」。「目」鼓吹本作「月」，季寫本、全唐詩本注：「一作月。」④「湖目，石蓮子也」類苑本作「蓮子也」。「石」弘治本、詩瘦閣本、皮詩本、季寫本作「百」，汲古閣本作「茸」。四庫本、統籤本、全唐詩本無「石」。

【注釋】

〔一〕一室：整室，滿室。是事：凡事，事事。張相《詩詞曲語辭匯釋》（卷一）：「是事，猶云事事或凡事也。」

〔二〕貞白：貞白先生，南朝梁陶弘景謚號。參本卷（詩三七五）注〔二〕。《梁書》（卷五一）《陶弘景傳》：「永元初，更築三層樓，弘景處其上，弟子居其中，賓客至其下，與物遂絶，唯一家僮得侍其旁。特愛松風，每聞其響，欣然爲樂。有時獨遊泉石，望見者以爲仙人。」

〔三〕天台：天台山。參卷六（詩三三三）注〔一〕。此句謂眼前的山色猶如畫中天台山的美景，令人千回也看不厭。《文選》（卷一一）孫綽《遊天台山賦并序》：「天台山者，蓋山嶽之神秀者也。……故事絶於常篇，名標於奇紀，然圖像之興，豈虚也哉？」

〔四〕湖目：蓮子的别名。此句謂荷花十分美麗，令人反復游賞。《酉陽雜俎》（前集卷一一）：「歷城北二里，有蓮子湖，周環二十里，湖中多蓮花，紅緑間明，乍疑濯錦。……魏袁翻曾在湖宴集，……公（按指袁翻）曰：『可思湖目。』清河（王）笑而然之，而實未解。坐散，語主簿房叔道曰：『湖目之事，吾實未曉。』叔道對曰：『藕能散血，湖目蓮子，故令公思。』」湖目，石蓮子也：李時珍《本草綱目》（卷三三）：「菂在房，如蜂子在窠之狀。六七月采嫩者生食，脆美。至秋房枯子黑，其堅如石，謂之石蓮子。」清高士奇《天禄識餘》（卷二）：「蓮子，湖目。芡實，水芝。」

〔五〕世機：世俗的機心。此句謂數不盡的世俗之心，在吟賞江湖上的山光水色時就被忘却拋棄了。温庭筠《渭上題三首》（其三）：「煙水何曾息世機，暫時相向亦依依。」

〔六〕幾多：猶言若干，頗多。身計：爲生之計，爲自己的打算。北齊顔之推《顔氏家訓·歸心》：「求道者，身計也；惜費者，國謀也。身計國謀，不可兩遂。」此句謂在隱遁江湖，垂釣度日中，那些生計之想就止息了。

〔七〕他年：將來。謁帝：拜謁帝王。此指拜謁神仙。曹植《贈白馬王彪》：「謁帝承明廬，逝將歸舊疆。」

〔八〕劉伶：字伯倫，魏、晋間名士，「竹林七賢」之一。爲人放情肆志，嗜酒如命。有《酒德頌》一文，譽美飲酒。《世説新語·任誕》：「（劉）伶跪而祝曰：『天生劉伶，以酒爲名。一飲一斛，五斗解酲。』」醉侯：嗜酒善飲的侯王。此語後成爲故實。陸游《百歲詩》云：「莫悲晚節功名誤，即死猶堪贈醉侯。」

【箋評】

唐人詩云：「若使劉伶爲酒帝，亦須封我醉鄉侯。」皮日休詩亦云：「他年謁帝言何事，請贈劉伶作醉侯。」故後人常用其語。（吕祖謙《詩律武庫後集》卷二《醉鄉侯》）

酒人、酒徒（漢）……醉翁（白樂天、蘇軾、歐陽修）、醉吟先生（居易）、醉士（皮日休）……醉侯，皮襲美詩：「他年謁帝言何事，請贈劉伶作醉侯。」唐人又云：「若使劉伶爲酒帝，亦須封我醉鄉侯。」余有云：「但願酣天逢酩帝，不妨醉海作醼民。」（田藝蘅《留青日札》卷二十五《酒帝》）

首言一室之内，事事清幽，亦如弘景坐高樓以自適也。至於山水之勝，「千迴」、「百度」，遊賞無窮。於是機事盡息於吟中，「身計」皆休於釣處，可爲「冲澹」之至已。若我「他年」之「謁帝」，無所陳請，惟願封劉伶爲「醉侯」，庶幾我亦常爲酒國之民耳。○朱東嵒曰：一起曰「事事幽」，言此一室之内，隨意自適，别無他累。故次以貞白比之。三日之所見，四夜之所遊，皆「事事幽」也。五曰「世機吟處息」，六曰「身計釣前休」，立願作劉伶一等人耳。七八結得甚趣。（元郝天挺注、明廖文炳解、清朱三錫評《東嵒草堂評訂唐詩鼓吹》卷五）

「月」疑作「目」。（錢牧齋、何義門《唐詩鼓吹評注》眉批）

酒中有仙，有醉聖，有醉尹，有醉士，有斗酒學士，有釀王，有醉侯，有麯部尚書，有酒民，有酒徒，獨無酒帝。而唐人有詩云：「若使劉伶爲酒帝，也須封我醉鄉侯。」則伶可酒帝矣。此十四字詔也。（陳懋仁《藕居士詩話》卷下）

醉侯　皮日休詩：「他年謁帝言何事，請贈劉伶作醉侯。」放翁詩：「未恨名風漢，惟求拜醉侯。」（郎廷極《勝飲編》卷十七）

陸放翁《江樓醉中作》：「死慕劉伶作醉侯」句，用皮日休《夏景冲澹偶然作》結句：「他年謁帝言何事，請贈劉伶作醉侯」語也。姬傳以爲用唐人詩「若使劉伶爲酒帝，亦須封我醉鄉侯。」亦誤。（文廷式《純常子枝語》卷四十）

「猩猩」、「燕燕」相儷，亦見皮、陸詩文中。皮襲美《重題薔薇》七絶：「深似猩猩初染素，輕如燕燕欲凌空。」陸魯望《中酒賦》：「徒殲燕燕之髀，浸猩猩之唇。」放翁頗鈎摘皮、陸詩中新異語。如《江樓醉中作》「死慕劉伶贈醉侯」，文芸閣《純常子枝語》卷四十謂其用皮《夏景冲澹偶然作》：「他年謁帝言何事，請贈劉伶作醉侯。」（錢鍾書《談藝録》補訂第一二〇頁）

奉和次韻

龜蒙

蟬雀參差在扇紗〔一〕，竹襟輕利籜冠斜〔二〕。壚中有酒文園會①〔三〕，琴上無絃靖節家②〔四〕。芝畹煙霞全覆穗〔五〕，橘洲風浪半浮花③〔六〕。閑思兩地忘名者④〔七〕，不信人間髮解華〔八〕。（詩三九七）

【校記】

①「壚」四庫本作「爐」。②「絃」原缺「玄」末筆，避宋太祖始祖趙玄朗諱。「靖」原作「静」，據汲古閣本、四庫本、陸詩甲本、陸詩丙本、統籤本、類苑本、季寫本、全唐詩本改。③「洲」鼓吹本作「州」。④「閑」原作「開」。據斠宋本、李校本、鼓吹本、全唐詩本改。

【注釋】

〔一〕蟬雀：蟬和雀鳥。參差：錯落貌。此句謂輕薄的紗絹扇面上繪有錯落有致的蟬雀圖畫，即指蟬雀扇而言。《南史》（卷三〇）《何戢傳》：「戢字慧景，選尚宋孝武長女山陰公主。……上（按：指齊高帝）頗好畫扇，宋孝武賜戢蟬雀扇，善畫者顧景秀所畫。時吴郡陸探微、顧寶先皆能畫，嘆其巧絶。戢因王晏獻之，上令晏厚酬其意。」

〔二〕竹襟：指竹笋的外殼竹皮，即竹籜。竹笋變大則竹籜裂開，猶竹笋披襟，故詩以衣襟爲喻。輕利：輕便。《文選》（卷九）潘岳《射雉賦》：「緑柏參差，文翮鱗次。蕭森繁茂，婉轉輕利。」籜冠：竹皮冠。《漢書》（卷一上）《高帝紀上》：「高祖爲亭長，乃以竹皮爲冠。」顔師古注：「應劭曰：『以竹始生皮作冠，今鵲尾冠是也。……。』韋昭曰：『竹皮，竹筠也。……』師古曰：『……竹皮，笋皮，謂笋上所解之籜耳，非竹筠也。』」兩句寫輕紗扇子，竹皮帽子，均是夏天所用之物。

〔三〕壚中：指酒肆。壚爲酒肆中置放酒壇、杯盤的土臺子。文園：漢文帝的陵園名。漢司馬相如曾爲文園令。此即指司馬相如。司馬相如曾與妻子卓文君賣酒。《漢書》（卷五七上）《司馬相如傳上》：「相如與俱之臨邛，盡賣車騎，買酒舍，乃令文君當廬。相如身自著犢鼻褌，與庸保雜作，滌器於市中。」顔師古注：「郭璞曰：『廬，酒廬。』師古曰：『賣酒之處累土爲廬以居酒瓮，四邊隆起，其一面高，形如鍛廬，故名廬耳。』」又（卷五七下）《司馬相如傳下》：「相如拜爲孝文園令。」

〔四〕靖節：陶淵明。南朝宋顔延年《靖節徵士誄并序》：「有晋徵士潯陽陶淵明，南嶽之幽居者也。……夫實以誄華，名由謚高。……故詢諸友好，宜謚曰靖節徵士。」琴上無絃：陶淵明事。南朝梁蕭統《陶淵明傳》：「淵明不解音律，而蓄無絃琴一張，每酒適，輒撫弄以寄其意。」

〔五〕芝畹：種植芝草的園圃。煙霞：雲煙霧氣。此句謂煙霞籠罩在開花結穗的芝草上。畹

（wǎn）：古代田地面積單位。亦泛指園圃。《楚辭·離騷》：「余既滋蘭之九畹兮，又樹蕙之百畝。」王逸注：「十二畝曰畹。或曰田之長爲畹也。」《説文·田部》：「畹，田三十畝也。」

〔六〕橘洲：地名，在今湖南省長沙市湘江中。多産橘，故名，又稱橘子洲。《太平寰宇記》（卷一一四）《江南西道十二》：「潭州長沙縣，橘洲，在縣西南四里江中。時有大水，諸洲皆没，此洲獨浮。上多美橘，故以爲名。晉惠帝永興二年，生此洲。」橘洲尚有李衡事。《三國志》（卷四八）《吴書·三嗣主傳》裴松之注：「《襄陽記》曰：（李）衡字叔平，本襄陽卒家子也。……衡每欲治家，妻輒不聽，後密遣客十人於武陵龍陽汜洲上作宅，種甘橘千株。臨死，敕兒曰：『汝母惡我治家，故窮如是。然吾州里有千頭木奴，不責汝衣食，歲上一匹絹，亦可足用耳。』衡亡後二十餘日，兒以白母。母曰：『此當是種甘橘也。汝家失十户客來七八年，必汝父遣爲宅。汝父恒稱太史公言：「江陵千樹橘，當封君家。」吾答曰：「且人患無德義，不患不富。若貴而能貧，方好耳，用此何爲！」』吴末，衡甘橘成，歲得絹數千匹，家道殷足。晉咸康中，其宅址枯樹猶在。」此句謂橘洲上橘樹開花，花落於湘江中，隨風浪漂浮。詩五、六兩句寫夏景，喻隱逸者閑逸瀟灑的生活情形。

〔七〕兩地：指芝畹和橘洲。忘名者：忘却名利，脱離世俗的人。指隱士，此有喻皮日休和作者自喻之意。北齊顔之推《顔氏家訓·名實》：「上士忘名，中士立名，下士竊名。」

〔八〕鬟解華：鬟髮會變成花白的。張相《詩詞曲語辭匯釋》（卷一）：「解，猶會也；得也；能也。」

何戢爲吴興太守，宋孝武賜之蟬雀扇，善畫者顧景秀所畫。陸魯望和皮襲美夏景詩：「蟬雀參差在扇紗，竹襟輕利籜冠斜。」注者未引之。（姚旅《露書》卷三）

【箋評】

輕紗作扇，解籜爲冠，夏時之事也；「壚中有酒」，「琴上無弦」，則夏時之情；「烟霞覆穗」，「風浪浮花」，乃夏時之景，皆「冲澹」也。末言我與襲美「兩地忘名」，胸中一無塵慮，肯信髮爲易白耶？○朱東嵒曰：此篇只「忘名」二字是主，寫事寫情寫景，俱從「忘名」着想。（元郝天挺注、明廖文炳解、清朱三錫評《東嵒草堂評訂唐詩鼓吹》卷三）

起言夏景，即用典變化，令人不覺，妙在襯以「參差在」三虚字，句遂靈活。二則以類相連，「竹襟」、「籜冠」承之，何等清潤。「斜」字有逸致。下四句皆言幽事幽景。「兩地」指皮與己。言吾兩人如此忘名自適，不信有老之日也。第三言過酒壚而飲酒，酒家是相如一類雅人，適得相會。此「會」字精極，只一字化腐爲新，增出幾層妙意。第四雖直用故典，然鳴琴本韻事，今且弦都不張，更高出一層。此事實高，所以竟直用之耳。「芝畹」以「煙霞」覆護，芝本無穗，而硬坐名下，蓋是初生之嫩芝，尤覺護之有味。「橘洲」雖有「風浪」，而所浮者惟花，連風浪皆不足爲險。要知「芝畹」、「橘洲」，是幽人之産業，中間暗有主人，非漫道此兩處也。總之，浣盡俗塵，毫無煙火氣。讀此等使人構思取材不落凡庸，且亦不敢輕易落筆，對之自愧。《宋書》：「宋孝武賜何戢蟬雀扇，善畫者顧景秀筆，時吴郡陸探微、顧寶先皆能畫，并嘆其巧絶。」梁簡文《謝賚畫柳蟬扇啓》：「文筠析縷，香發海檀。肅肅清風，即令象簟非貴；依依散彩，便覺夏寶含霜。飲露清蜩，應三伏之修景；群飛黃雀，送六月之南風。蔽日乘陰，熏澤慚采，浮涼滌暑，蘋末愧吹。」《昭潭志》：「立山縣俚婦，長於縷績，能以竹爲衫衮，暑服也。」漢高祖爲亭長，以竹皮爲冠，師古曰：「筍上所解之籜。」司馬相如與文君臨邛賣酒，後獻《上林賦》，拜文園令。「文」，文帝。「園」，寢園也。晉陶潛謚靖節先生，常蓄無弦琴一張，人問其故，曰：「但得琴中趣，何勞弦上聲？」《離騷》：「余既滋蘭之九畹兮，又樹蕙之百畝。」橘洲，在長沙之喬口。又在常德府龍陽縣，長二十里，即李衡種橘處。衡係常德人，則衡之洲，當在常德，而兩府各有一洲耳。今詩所用，應是李衡之洲，有生息之寓意焉。李衡事見《隱逸部》。（胡以梅《唐詩貫珠箋》卷五十）

祇於池曲象山幽①〔一〕，便是瀟湘浸石樓〔二〕。斜拂荇盤輕鷺下②〔三〕，細穿菱線小鯢遊③〔四〕。閑開茗焙嘗須遍〔五〕，醉撥書帷卧始休④〔六〕。莫道仙家無好爵〔七〕，方諸還拜碧琳侯⑤〔八〕。

（詩三九八）

【校記】

①「祇」汲古閣本作「秖」。「於」統籤本作「于」。②「鷺」詩瘦閣本作「鷺」。③「鯢」季寫本作「兒」。④「帷」陸詩丙本張校作「幃」。⑤「諸」陸詩丙本作「詣」。

【注釋】

〔一〕衹（zhǐ）：僅。池曲：池畔。池塘的彎曲處。象：仿象，造設。此指仿造的假山。山幽：幽邃寧静的山。《楚辭·招隱士》：「桂樹叢生兮山之幽，偃蹇連蜷兮枝相繚。」

〔二〕瀟湘：瀟水和湘江，長江流經湖南省的兩大支流。瀟水匯入湘江後，流入洞庭湖，進入長江。浸：漬，被水濕潤。石樓：當指九疑山第三峰石樓峰。顧祖禹《讀史方輿紀要》（卷七五）《湖廣》（一）：「（九疑山）九峰，一曰朱明，二曰石城，三曰石樓，四曰娥皇，五曰舜原，亦曰華蓋，蓋九峰之中峰也，六曰女英，七曰簫韶，八曰桂林，九曰杞林。」

〔三〕芡盤：浮在水面上的芡葉形狀似圓盤。芡，多年生水生植物，葉子貼水面，圓形，秋天結果實，稱芡實，俗名鷄頭，可食用。《方言》（卷三）：「芡，鷄頭也。北燕謂之葰，青、徐、淮、泗之間謂之芡，南楚、江、湘之間謂之鷄頭，或謂之雁頭，或謂之烏頭。」輕鶩：輕盈飛翔的野鴨。

〔四〕菱綫：細長如綫的菱莖。菱，多年生水生植物，夏季開小白花，結果實爲菱角，可食用。王嘉《拾遺記》（卷六）：「昭帝始元元年，穿淋池，廣千步。……亦有倒生菱，莖如亂絲，一花千葉，根浮水上，實沉泥中，名『紫菱』，食之不老。」小鯢（ní）：小魚。《莊子·庚桑楚》：「夫尋常之溝，巨魚無所還其體，而鯢鰌爲之制。」《文選》（卷四五）宋玉《對楚王問》：「夫尺澤之鯢，豈能與之量江海之大哉？」

〔五〕茗焙：唐人烘烤茶葉的器具。此指煮茶、飲茶而言。此句謂當遍嘗各種名茶。陸羽《茶經》

（卷上）：「焙，鑿地深二尺，闊二尺五寸，長一丈。上作短墻，高二尺，泥之。」

〔六〕書帷：包裹書籍的書衣。南朝陳徐陵《玉臺新詠序》：「永對玩於書幃，長迴圈於纖手。」撥：撥開，拉開。此有抛開之意。《釋名·釋言語》：「發，撥也，撥使開也。」杜甫《送盧十四弟侍御護韋尚書靈櫬歸上都二十四韻》：「撥杯要忽罷，抱被宿何依？」仇注：「《杜臆》：撥杯，拋杯不飲也，有『撥棄潭州酒』可證。」此句謂飲酒酣醉，拋書而眠。

〔七〕好爵：令人羡慕的爵位。

〔八〕方諸：此指古代在月下承露取水的器具。非指天上神仙的住處方諸宫。《淮南子·覽冥訓》：「夫陽燧取火於日，方諸取露於月。」方諸爲銅制的圓盤，可以爲鏡，故下云。碧琳侯：青銅鏡的别稱。碧琳：青緑色美玉。《史記》（卷一一七）《司馬相如列傳》：「玫瑰碧琳，珊瑚叢生。」

【箋評】

此首從所居池塘發端，言但于池之曲處，起土如山之幽，便是瀟、湘浸九疑山石樓峰一樣，有山有水矣。落想曠遠，真奇情逸思。三四言池中鶩「拂芡盤」而下，魚「穿菱線」而遊，本尋常事，而取料幽僻，故妙。五言因「焙茗」而遍嘗新茗，即醉後猶必披卷直至睡而後已。如此境界，與仙人何異！況且不必與世求「好爵」，如方諸亦原封侯，豈不便宜。總之，高人曠達，心無戚戚，吐氣皆煙霞秀色。西崑一般精膩，其遜處多愁苦無聊之詞，差一層耳。湘水，按輿考，發源廣西桂林府金州之湘山，北流至永州，爲湘江。《類書》：「瀟水，發源於九疑山，二水合爲瀟湘。九疑在永之寧遠縣，是從九疑山下繞流，所以似浸九疑，而山有九峰相似，故曰九疑。石樓，其第三峰也。」《水經注》：「瀟湘行千餘里，直達洞庭湖，清照五六丈，五色鮮明，爲南行要津。」故詩人言水者，每稱瀟湘，今更襯以九疑之勝，爲山水之極致矣。獨恨作者，不露「峰」字，乃止云「石樓」，使後人摸索不易，若不細考瀟湘水道，幾失面目。「芡」即鷄頭，葉大於荷，皺而有刺，俗謂之鷄頭盤。《拾遺記》：「昭帝池中，有倒生菱，莖如亂絲，一花千葉，實名『紫菱』，食之不老。」今云「綫」，亦絲之類。細考鯢，鯨魚之雌者，又《爾雅注》：「鯢魚似鯰，四脚，前似猴，後似狗。」《水經注》：「鯢如小兒。」詳此二者，皆不合今詩所用。按宋玉對：「尺澤之鯢，豈能與之料江海之大？」則小魚亦有稱鯢者矣。（胡以梅《唐詩貫珠箋》卷五十）

（三四句）魚鳥之趣，於極無意極細碎處得其真機，俯仰優遊間，別具心目。（毛張健《唐詩餘編》卷三）

送李明府之任南海①〔一〕

日休

五羊城在蜃樓邊〔二〕，墨綬垂腰正少年②〔三〕。山静不應聞屈鳥〔四〕，草深從使翳貪泉③〔五〕。蟹奴晴上臨潮檻③〔六〕，燕婢秋隨過海船④〔七〕。一事與君消遠宧〔八〕，乳蕉花發

訟庭前〔九〕。　（詩三九九）

【校記】

①「送李明府之任南海」項刻本作「送五羊李明府」。「南海」全唐詩本作「海南」。　②「垂」項刻本作「隨」。　③「潮」項刻本作「朝」。　④「船」季寫本作「舡」。

【注釋】

〔一〕此詩當作於咸通十一年（八七〇）暮春。李明府：名字未詳。明府，唐人對縣令的習稱。宋周煇《清波雜志》（卷一〇）《縣尉》：「古治百里之邑，令拊其俗，尉督其奸。故令曰『明府』，尉曰『少府』。」之任：前往上任。南海：唐代縣名，即今廣東省廣州市。《元和郡縣圖志》（卷三四）《嶺南道一》：「廣州南海縣：本漢番禺縣之地也，屬南海郡。隋開皇十年，分其地置南海縣，屬廣州。」

〔二〕五羊城：廣州市的别名。《太平寰宇記》（卷一五七）《嶺南道一》：「廣州南海縣：五羊城，按《續南越志》：『舊説有五仙人，乘五色羊，執六穗秬而至，至今呼五羊城』是也。」蜃（shèn）樓：古代傳説，海上蜃吹氣而成的樓臺，即海市蜃樓。蜃，海中蛟屬動物。《史記》（卷二七）《天官書》：「海旁蜃氣象樓臺，廣野氣成宫闕然。雲氣各象其山川人民所聚積。」因廣州城近海，故詩云「蜃樓邊」。《元和郡縣圖志》（卷三四）《嶺南道一》：「廣州南海縣：南海，在縣南，水路百里。自州東八十里有村，號曰古斗，自此出海，浩淼無際。」

〔三〕墨綬：繫在官印上的黑色絲帶。漢代縣令銅印黑綬。此以漢指唐。《漢書》（卷一九上）《百官公卿表上》：「縣令、長，皆秦官，掌治其縣。萬户以上爲令，秩千石至六百石。減萬户爲長，秩五百石至三百石。……秩比六百石以上，皆銅印黑綬。」少年：略同于現代漢語「青壯年」的説法。王維《少年行四首》（其一）：「新豐美酒斗十千，咸陽遊俠多少年。」

〔四〕不應：未嘗。張相《詩詞曲語辭匯釋》（卷三）：「不應，猶云不曾或未嘗也。質言之，猶云未也；不也。」屈鳥：委曲之鳥。當指杜鵑鳥。古代傳説，杜鵑鳥鳴聲凄苦，其聲似云「不如歸去」，故又名怨鳥。《禽經》：「《爾雅》曰：巂、周、甌、越間曰怨鳥。夜啼達旦，血漬草木。凡鳴皆北嚮也。江介曰子規，蜀右曰杜宇。」宋陸佃《埤雅》（卷九）：「杜鵑，一名子規。苦啼，啼血不止。一名怨鳥。夜啼達旦，血漬草木。凡始鳴，皆北嚮。」一説，屈鳥指鶌鶋鳥。《山海經・北山經》：「馬成之山，……有鳥焉，其狀如烏，首白而身青，足黄，是名曰鶌鶋，其鳴自詨，食之不饑，可以已寓。」此句謂李明府没有思歸之苦，暗示其官宦得意。

〔五〕從使：任使。張相《詩詞曲語辭匯釋》（卷一）：「從，猶任也；聽也。」翳（yì）：遮蔽。貪泉：參本卷（詩三八六）注〔八〕。此句有勉勵李明府從政清廉之意。

〔六〕蟹奴：參卷六（詩二八五）注〔七〕。臨潮檻：靠近海潮的臺閣。檻，闌干。代指樓臺亭閣。

〔七〕燕婢：燕子的戲稱。海船：指往來航行於廣州與南海諸國的海上大船。《三國志・魏書・明帝紀》：「詔青、兖、幽、冀四州大作海船。」《南史》（卷七八）《夷貊上・海南諸國・扶南》：「其南有激國，有事鬼神者字混塡。夢神賜之弓，乘賈人舶入海。混塡晨起即詣廟，於神樹下得弓，便依夢乘船入海，遂至扶南外邑。」李肇《唐國史補》（卷下）：「南海舶，外國船也。每歲至安南、廣州。師子國舶最大，梯而上下數丈，皆積寶貨。」

〔八〕消遠宦：消除排解爲官遠方的寂寥情思。

〔九〕乳蕉：牛乳蕉，又名甘蕉、芭蕉。晋嵇含《南方草木狀》（卷上）：「甘蕉望之如樹，株大者一圍餘，葉長一丈，或七八尺，廣尺餘二尺許。花大如酒杯，形色如芙蓉，著莖末百餘子大，名爲房，相連纍，甜美，亦可蜜藏。根如芋魁，大者如車轂。實隨花，每花一闔，各有六子，先後相次。子不俱生，花不俱落。一名芭蕉，或曰巴苴。剥其子上皮，色黄白，味似蒲萄，甜而脆，亦療飢。此有三種：子大如拇指，長而鋭，有類羊角，名羊角蕉，味最甘好；一種子大如鷄卵，有類牛乳，名牛乳蕉，微减羊角；一種大如藕，子長六七寸，形正方，少甘，最下也。其莖解散如絲，以灰練之，可紡績爲絺綌，謂之蕉葛。」訟庭：訟堂。審理訴訟案件的廳堂，即官署。

【箋評】

「山静不應聞屈鳥」二句：閒逸。（項真評、項真刻《項氏瓶笙樹新刻皮襲美詩》卷二）

通篇言地處偏遠，原惜其不得意，惟得官閒，見清幽方物耳。「蜃樓」，惡物；「屈鳥」，苦境。少年不飲「貪泉」，揚之也。「蟹奴」、「燕婢」、「乳蕉」，皆清幽之物。《輿圖》云：「廣州府，昔有五仙人，騎五色羊至此，故名五羊城。」蜃樓，見前。縣令銅章墨綬。《山海經》曰：「馬成之山，有鳥如烏，首白身青足黄，是名曰鷓鴣，其名自詨。」注：「今吴人謂呼爲詨，是自呼爲屈居也。」詳詩意本此。「不應聞屈鳥」，是不爲屈居，用意深遠，妙。《一統志》：「貪泉，出廣州府西三十里平地。一名石門水。俗傳登大庾嶺則清穢之氣分，飲石門水則潔白之質變。」晋吴隱之詩：「古人云此水，一歃懷千金。試使夷、齊飲，終當不易心。」今詩言從其草翳而并不之飲，更高一層也。皮襲美詩注：「瑣𤥭呼爲蟹奴。」《本草綱目》李時珍曰：「甘蕉即芭蕉，子三種，熟時甜脆，味如葡萄。一種如拇指，長六七寸，鋭而兩兩相抱者曰羊角蕉。一種大如鷄卵，有類牛乳者，名牛乳蕉。一種大如蓮子，長四五寸，味最弱。并可密藏爲果。」（胡以梅《唐詩貫珠箋》卷四十八）

用事新確。（陸次雲《晚唐詩善鳴集》卷下）

「蟹奴」、「燕婢」、「鵶舅」、「鼠姑」，倡于元、白而盛于皮、陸，今則成惡道矣。（毛奇齡、王錫《唐七律選》卷四）

（前四句）以風土説宦績，兩意相關，最爲工切。五六俱寫南海，偶句，又帶「之任」意。（七句）再帶南海一筆。（末句）「之任」結。（毛張健《唐體膚詮》卷四）

奉和　龜蒙

春盡之官直到秋〔一〕，嶺雲深處憑瀧樓①〔二〕。居人愛近沉珠浦〔三〕，候吏多來拾翠洲②〔四〕。賓稅盡應輸紫貝③〔五〕，蠻童多學佩金鈎〔六〕。知君不戀南枝久〔七〕，拋却經冬白罽裘〔八〕。

（詩四〇〇）

【校記】

①「瀧」類苑本作「龍」。　②「候」統籤本作「侯」。　③「貝」陸詩丙本作「具」。

【注釋】

〔一〕春盡句：謂李明府暮春前往上任，秋天纔可以到達南海，長路漫漫。之官：前往上任做官。

〔二〕嶺雲：嶺南的雲霧。統稱爲南嶺的有五嶺。《漢書》（卷三二）《張耳傳》：「北爲長城之役，南有五嶺之戍。」顔師古注：「裴氏《廣州記》云：『大庾、始安、臨賀、桂陽、揭陽，是爲五領。』鄧德明《南康記》曰：『大庾領一也，桂陽騎田領二也，九真都龐領三也，臨賀萌渚領四也，始安越城領五也。』裴説是也。」瀧樓：瀧水邊的樓臺。瀧水，今武水。發源於湖南省臨武縣，流經五嶺山脉，入廣東省北江。《讀史方輿紀要》（卷一〇二）《廣東三》：「韶州府曲江縣，武水，在城西。源出湖廣臨武縣西山，流經宜章縣南入郡境，又流經樂昌縣西，東南流經城西，又東南合湞水爲北江。……古名虎溪，唐諱虎，改今名。巖崖峻阻，湍瀧危急，亦名瀧水。」

〔三〕居人：指當地的居民。《詩經・鄭風・叔于田》：「叔于田，巷無居人。」沉浦珠：珍珠生長在水中，故其地稱作沉珠浦。古代南海合浦（今廣西壯族自治區合浦縣）盛產珍珠。《後漢書》（卷七六）《孟嘗傳》：「（合浦郡）不產穀實，而海出珠寶，與交阯比境，常通商販，貿糴糧食。」

葛洪《抱朴子·内篇·祛惑》：「凡探明珠，不於合浦之淵，不得驪龍之夜光也；采美玉，不於荆山之岫，不得連城之尺璧也。」

〔四〕候吏：古代官府從事迎送賓客和道路治安的官吏。泛指地方官員。《韓非子·外儲説左下》：「臣居齊，薦三人，一人得近王，一人爲縣令，一人爲候吏。及臣得罪，……候吏者追臣至境上，不及而止。」拾翠洲：拾取翠色鳥羽的洲渚邊。翠，翠羽，指美麗的鳥羽。古代用以作裝飾品。《文選》（卷一九）曹植《洛神賦》：「或戲清流，或翔神渚，或采明珠，或拾翠羽。」

〔五〕賨（cóng）税：賦税。古代西南地區巴人稱賦税叫賨，故稱巴人爲巴賨，其賦税也就稱作賨税。《説文·貝部》：「賨，南蠻賦也。」參卷五（詩一九七）注〔四〕。輸：輸送，交納。紫貝：蚌蛤類軟體動物，産海中，圓殼，質地潔白或紫色，有斑紋，可作裝飾品。《楚辭·九歌·河伯》：「魚鱗屋兮龍堂，紫貝闕兮朱宫。」《文選》（卷七）司馬相如《子虚賦》：「張翠帷，建羽蓋，罔玳瑁，鈎紫貝。」李善注：「郭璞曰：『紫貝，紫質黑文也。』」《文選》（卷二）張衡《西京賦》：「摭紫貝，搏耆龜。」李善注：「《相貝經》曰：『赤電黑雲，謂之紫貝。』」唐劉恂《嶺表録異》（卷下）：「紫貝，即砑螺也。儋、振、夷、黎，海畔采以爲貨。《南越志》云：『土産大貝，即紫貝也。』」

〔六〕蠻童：南方少數民族兒童。蠻是古代對南方民族的稱呼。金鈎：兵器名，形似劍而曲。《吴越春秋》（卷四）《闔閭内傳》：「闔閭既寶莫邪，復命於國中作金鈎。令曰：『能爲善鈎者，賞之百金。』」此句謂南方少數民族自兒童時就習武成風。

〔七〕南枝：樹木向南一邊的枝條。此句謂李明府不樂於爲官南海。《文選》(卷二九)《古詩十九首》(其一)：「胡馬依北風，越鳥巢南枝。」

〔八〕抛却：抛棄。却，助詞。白罽(jì)裘：白色毛織皮衣。罽，氈類毛織品；裘，皮衣。《漢書》(卷六五)《東方朔傳》：「木土衣綺綉，狗馬被繢罽。」顔師古注：「罽，織毛也，即氍毹之屬。」劉恂《嶺表録異》(卷上)：「南道之酋豪，多選鵝之細毛，夾以布帛絮而爲被，復縱横納之，其温柔不下于夾纊也。俗云：鵝毛柔暖而性冷，偏宜覆嬰兒，辟驚癇也。」白罽裘當亦屬此類。

【箋評】

自吴入粵，赴任有三月途程。「瀧樓」臨水，亦可玩嶺南風景。志載廉州郡，無耕稼，所資珠璣，故人情「愛近沉珠浦」。翡翠爲方物，「候吏」皆從「拾翠」之洲而來，以獵取爲業也。税重「紫貝」，輸官以之；童佩「金鈎」，蠻風尚武。如此土俗，知君不樂久戀，抛去彼中白罽輕裘，俟度嶺歸來，自有禦寒之具耳。總之，以異方異物，串合成文。如遇廣中人只用廣中鄉談，不抽一字方外話。切題風致，豈膚泛者可夢見。兩君子讀破五車，落想又深，相率争奇，隨意拈來，俱入化境。「浦」即合浦，杜詩：「佳人拾翠春相問。」翠鳥，宿於洲而落毛，非必真有此名之洲，轉益靈活。如《江賦》：「羽族産毹積羽，往來勃碣。」則用海上積羽也。按，尉陀獻漢文帝翠鳥千，生翠四十雙，紫貝五百，是以二物爲珍。《詩》：「錫我百朋。」注云：「五貝爲朋。」王莽作金銀龜貝錢布之品，皆爲通行之寶，以兩貝爲朋。相貝有經曰：「朱仲受學於琴高，高乘魚浮河海，水族必究。仲學仙而得其法，獻之于武帝。

嚴助爲會稽太守，仲又出，遺助以徑尺之貝，并致此文於助曰：『黄帝、唐堯、夏禹，三代之正瑞，靈奇之秘寶。次此者紫貝、珠貝、綬貝、霞貝。復有下此者，鷹嘴、蟬脊，以逐瘟去水無奇功。貝大者如輪。文王得大秦貝，徑半尋。穆王得其殼，懸於昭陽觀。秦穆公以遺燕晁，可以明目遠察，宜玉宜金。南海貝如珠礫，白駁，其性寒，其味甘，止水毒。浮貝使人寡，無以近婦人。黑白各半，濯貝使人善驚，無以親童子。黄唇點齒，有赤駁者，雖貝使人瘧。黑鼻無皮，嚼貝使胎消，勿以示孕婦。赤帶通唇，惠貝使人善忘，勿以近人。赤熾内殼赤絡，醬貝使童子愚，婦人淫。有青唇赤鼻，碧貝使童子盜。脊上有縷勾唇，雨則重，霽則輕。委貝使人志强，夜行伏迷鬼狼豹百獸。赤中圓，雨則輕，霽則重。』」《説文》云：「古者貨貝而寶龜。」樂書有梵貝，大可容數斗，南蠻國吹之節樂。「金鈎」，大約即吴鈎。純鈎之鈎，謂刀劍。按猺人兒始生，以鐵如其身重，漬以毒水。及長，煅而爲刀，終身用之。或即此等也。《白帖》云：「大庾嶺上梅花，南枝落，北枝開，以隔嶺氣候不同。」今言「南枝」本此。言其地氣暖，而兼「一枝栖」之意。唐太宗謂李義甫：「方托全樹，豈特一枝！」「白罽裘」，蓋即柳詩所謂「鵝毛山罽」，是不甚暖者，止可於本地度臘，故拋棄之。（胡以梅《唐詩貫珠箋》卷四十八）

寄題羅浮軒轅先生所居〔一〕

日休

亂峰四百三十二（原注：羅浮山峰數。）〔二〕。欲問徵君何處尋〔三〕。紅翠（原注：山鳥名。）數聲瑶室響①（原注：山有璇房瑶室七十有二。）〔四〕，真檀一炷石樓深②〔五〕。山都遣負沽來酒③〔六〕，樵客容看化後金〔七〕。從此謁師知不遠〔八〕，求官先有葛洪心〔九〕。（詩四〇一）

【校記】

①「室」季寫本作「空」。②「炷」項刻本作「柱」。③「遣」皮詩本、統籤本、類苑本作「遺」，皮詩本批校：「『遺』應作『遣』。」

【注釋】

〔一〕羅浮：山名，在今廣東省增城縣。《元和郡縣圖志》（卷三四）《嶺南道一》：「循州博羅縣：羅浮山，在縣西北二十八里。羅山之西有浮山，蓋蓬萊之一阜，浮海而至，與羅山并體，故曰羅浮。高三百六十丈，周迴三百二十七里，峻天之峰四百三十有二焉。事具袁彦伯記。」袁宏（字彦伯）撰《羅浮記》，已佚。軒轅先生：軒轅集，號羅浮山人，唐代著名道士。《資治通鑑》（卷二四八）：「（唐武宗會昌六年）杖殺道士趙歸真等數人，流羅浮山人軒轅集于嶺南。」《舊唐書》（卷一八下）《宣宗紀》：「（大中十一年，）訪聞羅浮山處士軒轅集，善能攝生，年齡亦壽，乃遣使迎之。……（大中十二年正月）羅浮山人軒轅集至京師，上召入禁中。……留之月餘，堅求還山。」令狐澄《大中遺事》（《説郛一百卷》卷七四）：「軒轅先生居羅浮山。宣宗召入禁中，能以桐竹葉滿手按之悉成錢。先生又能散髪箕踞，用氣吹其髪，一一條直如植。」

〔二〕亂峰句：所説羅浮山峰數目，古人認爲是實數。見本詩注〔一〕。

〔三〕徵君：徵士的敬稱。朝廷徵聘之人的稱謂。《後漢書》（卷五三）《黄憲傳》：「友人勸其仕，憲亦不拒之。暫到京師而還，竟無所就。年四十八終，天下號曰『徵君』。」

〔四〕紅翠：據原注，山鳥名。恐即山鷄。《禽經》：「首有彩毛曰山鷄。山雉長尾尤珍護之。林木之森鬱者不入，恐觸其尾也。雨則避於巖石之下，恐濡濕也。」瑶室：玉室。即原注中所云「璇房瑶室」。謂神仙所居的瓊房玉室。《太平御覽》（卷四一）引《南越志》曰：「（羅浮山）此山本名蓬萊山，一峰在海中，與羅山合，因名焉。山有洞通句曲，又有璇房瑶室七十二所。」又引《羅浮山記》曰：「舊説羅浮高三千丈，長八百里，有七十二石室。」

〔五〕真檀：香名，即檀香。宋洪芻《香譜》（卷上）《白檀香》：「又有紫真檀，人磨之，以塗風腫。雖不生於中華，而人間遍有之。」石樓：《太平御覽》（卷四一）引裴淵《廣州記》曰：「羅、浮二山隱天，唯石樓一路，是可登矣。」又曰：「羅山隱天，唯石樓一路，時有閑遊者少得至。山際大樹合抱，極目視之，如薺菜在地。」

〔六〕山都句：謂派遣山都將買來的酒背負上山。山都，古代傳説中的野獸名，狒狒的一種，猿類動物。《爾雅·釋獸》：「狒狒，如人。被髮迅走，食人。」郭璞注：「梟羊也。《山海經》曰：『其狀如人，面長唇黑，身有毛，反踵，見人則笑。』交、廣及南康郡山中亦有此物。大者長丈許，俗呼之曰『山都』。」《太平御覽》（卷八八四）引鄧德明《南康記》曰：「山都，形如崑崙人。通身生毛，見人輒閉眼，張口如笑。好在深澗中翻石覓蟹啖之。」

〔七〕樵客：打柴人。指隱士。化後金：指道士以黄金治煉而成的丹藥。《抱朴子·内篇·黄白》、「抱朴子曰：《神仙經·黄白之方》二十五卷，千有餘首。黄者，金也；白者，銀也。古人秘重其道，不欲指斥，故隱之云爾。」并列有「作黄金法」、「化黄金法」等方法。

〔八〕師：指軒轅先生。

〔九〕葛洪心：指葛洪主動求爲勾漏令，以獲取丹砂的心願。但葛洪最終却留在羅浮山煉丹，故詩末二句云云。《晋書》（卷七十二）《葛洪傳》：「以年老，欲煉丹以祈遐壽，聞交阯出丹，求爲句扁令。帝以洪資高，不許。洪曰：『非欲爲榮，以有丹耳。』帝從之。洪遂將子侄俱行。至廣州，刺史鄧嶽留不聽去，洪乃止羅浮山煉丹。」

【箋評】

首言先生在羅浮「亂峰」之間，欲往尋之，不知何處。遥想此山之中，當有「瑶室」、「石樓」，君居於此，但聞鳥聲以自樂，焚真檀以自娱耳。且知□有仙術，使「山都」爲「沽酒」，示「樵客」以「化金」。我欲從此□拜謁，亦自相去不遠。蓋昔葛洪欲令勾漏，以求丹砂。今我求官，當如稚川所爲，庶幾得近羅浮以遂我心耳。○朱東喦曰：起手曰「亂峰」，曰「何處尋」，極寫先生隱居之高。既曰「何處尋」，又寫其室，更寫其樓景，有處自尋矣。然「瑶室」之中，但聞鳥聲而已；「石樓」之上，惟餘香裏而已。此正極寫「何處尋」三字也。三四是從有處寫到無處，五六從無處又寫到有處。「遺□酒」，「看化金」，此即之「不遠」二字也。（元郝天挺注、明廖文炳解、清朱三錫評《東喦草堂評訂唐詩鼓

吹》卷五）

言羅浮山中，「亂峰」如許，欲尋真君，從「何處尋」起。想君聞異鳥於「瑶室」，炷檀香于「石樓」。可以役使山精，爲之負酒；亦容樵子來看點金，離塵遺世，實可慕也。然欲「謁師」亦非甚遠。予若「求官」，只學葛洪，來往此山，又豈難親近耶？按羅、浮二山相接，在廣東惠州府。宋鄒師正《羅浮指掌圖記》云：「山之高且三千六百丈，地之袤直五百里，峰巒之多四百三十二，溪澗川源，有不可勝數者。」又曰：「有大、小石樓。」注：「二樓相去五里。其狀如樓，有石門，俯視滄海，夜半見日出。」又「瑶石臺。」注：「高五百六十丈有奇。」又「冲虚觀丹竈。」注：「葛仙所居。」又「衣冠冢。」注：「葛仙尸解，葬衣冠。」《文選》注：「羅浮山有璇房瑶臺七十二所。」《述異記》：「廬陵大山之間，有山都，似人，裸身，見人便走。自有男女。可長四五尺。常在幽暗中，似魑魅鬼物。」《洛中記異》：「唐初，進士龐式、薛玉，俱課業嵩山。玉采樵，見一山椒有道士，曳輕羅帔，守一爐。玉拜之，道士曰：『汝肯隨我去乎？』玉辭之。見爐中黄金爛然，須臾乘虚而去。玉歸話其事。」《列仙傳》：「王四郎化金五兩，餽叔琚，色如鷄冠。曰：『不可售與常人，到京訪蓬子，付之，價得二百千。』至京，張蓬子驚喜曰：『從何得此化金？』如數易之。琚後屢訪蓬子，不復得見。」《輿地考》載：「葛洪，晋句容人。聞交趾出丹砂，求爲勾漏令，携子侄過南海。刺史鄧嶽堅留之，乃修道羅浮山中，自號抱朴子，丹成而化。妻鮑氏，南海太守鮑靚之女，亦仙。」又「遺履軒，在羅浮山。鮑靚常夜訪葛洪，達旦乃去。人訝其數數往來而不見車騎，密伺之，但雙燕飛至，網之則雙履也。」紅翠，原注：「山鳥名。」輶軒集，詳注

陸龜蒙和詩。歸《道者部》。（胡以梅《唐詩貫珠箋》卷四十四）

軒轅先生，豈即回道人耶？何奇至此！（陸次雲《晚唐詩善鳴集》卷下）

奉和

龜蒙

鼎成仙馭入崆峒〔一〕，百世猶傳至道風〔二〕。暫應青詞爲穴鳳〔三〕，却思丹徼伴冥鴻①〔四〕。金公的的生爐際〔五〕，瓊刃時時到夢中②〔六〕。預恐浮山歸有日〔七〕，載將雲室十洲東〔八〕。

（詩四〇二二）

【校記】

①「丹」類苑本作「赤」。「徼」四庫本作「檄」。　②「刃」類苑本作「女」。陸詩丙本少一「時」字，陸詩丙本黄校已補。

【注釋】

〔一〕鼎成：相傳黄帝鑄鼎成而被龍迎接升天。《史記》（卷二八）《封禪書》：「黄帝采首山銅，鑄鼎於荆山下。鼎既成，有龍垂胡髯下迎黄帝。黄帝上騎，群臣後宫從上者七十餘人，龍乃上去。餘小臣不得上，乃悉持龍髯，龍髯拔，墮，墮黄帝之弓。百姓仰望黄帝既上天，乃抱其弓與胡髯號，故後世因名其處曰『鼎湖』，其弓曰『烏號』。」仙馭：仙人的乘騎。指乘龍。崆峒，山名，古代神話傳説，仙人廣成子居此，黄帝曾到此問道。此山在今河南省臨汝縣西南。《元和郡縣圖志》（卷六）《河南道二》：「汝州臨汝縣。」一説，崆峒山在今甘肅省酒泉市。《元和郡縣圖志》（卷四〇）《隴右道下》：「肅州福禄縣，崆峒山，在縣東南六十里。黄帝西見廣成子於崆峒，漢武帝行幸雍，祠五時，遂登崆峒，并爲此山也。」《莊子·在宥》：「黄帝立爲天子十九年，令行天下，聞廣成子在於空同之山，故往見之，曰：『我聞吾子達於至道，敢問至道之精。……廣成子蹶然而起，曰：『善哉問乎！來！吾語女至道。至道之精，窈窈冥冥；至道之極，昏昏默默。無視無聽，抱神以静，形將自正。必静必清，無勞女形，無摇女精，乃可以長生。」

〔二〕至道：精微玄妙的大道。《莊子·在宥》：「至道之精，窈窈冥冥。至道之極，昏昏默默。」

〔三〕暫：纔，剛。青詞：道士齋醮上奏天上神仙的表章，用朱筆寫在青藤紙上，故稱。又稱緑章。李賀《緑章封事》：「緑章封事諮元父，六街馬蹄浩無主。」李肇《翰林志》：「凡太清宫道觀薦告詞文，用青藤紙朱字，謂之青詞。」程大昌《演繁露》（卷九）：「今世上自人主，下至臣庶，用道科儀奏事於天帝者，皆青藤紙朱字，名爲青詞。恐初立此體時是仿道儀也。」穴鳳：神話傳説中丹穴山的鳳凰。此喻賢士隱逸學道。《山海經·南山經·南次三經》：「丹穴之山，……有鳥焉，其狀如鷄，五采而文，名曰鳳皇。」

〔四〕却思：正思。張相《詩詞曲語辭匯釋》（卷一）：「却，猶正也。於語氣加緊時用之。」丹微

(jiào)：古代稱南方的邊境。晉崔豹《古今注·都邑》：「丹徼，南方徼色赤，故稱丹徼，爲南方之極也。」冥鴻：高空中飛翔的鴻雁。喻避世脱俗之人。揚雄《法言·問明》：「鴻飛冥冥，弋人何慕焉？」

〔五〕金公：道教稱煉丹的重要原料鉛爲金公。《雲笈七籤》（卷六三）《造金鼎銘》：「時人不知金公之理。金者，太白之名；公者，物中之尊，呼之曰鉛。」的的：鮮明貌。《淮南子·説林訓》：「的的者獲，提提者射。」高誘注：「的的，明也。」南朝梁何遜《望新月示同羈詩》：「的的與沙静，灔灔逐波輕。」

〔六〕瓊刃：即玉斧，南朝梁代著名道士許翽的小名。南朝梁陶弘景《華陽頌·挺契》：「方嵎遊瓊刃，華陽栖隱居。」又陶弘景《真誥》（卷二）：「瓊刃應數，精心高栖。」原注：「此『瓊刃』字，即是掾小名玉斧也。」又（卷十七）：「興寧三年四月二十七日，楊君夢見一人，著朱衣籠冠，手持二版，懷中又有二版。召許玉斧，出版，皆青爲字，云『召作侍中』。須臾玉斧出，楊仍指『此是許郎』。」又（同卷）：「四月二十九日夜半時，夢與許玉斧俱座，不知是何處也。良久，見南嶽夫人與紫陽真人周君俱來，坐一床。因見玉斧與真人周君語曰：……言訖，豁然而覺，竟不知在何處。此夢甚分明，故記之。」詩中所云瓊刃時到夢中，即此類。

〔七〕預恐：預先擔憂。浮山歸有日：唐劉恂《嶺表録異》（卷中）：「貞元中，有鹽户犯禁，逃於羅浮山，深入第十三嶺。」原注：「《南越志》云：『本只羅山，忽海上有山浮來相會，是謂羅浮山。有十五嶺，二十二峰，九百八十瀑泉洞穴，諸山無出其右也。」《太平御覽》（卷四十一）引《羅浮山記》曰：「羅，羅山也；浮，浮山也。二山合體，謂之羅浮，在層城、博羅二縣之境。……相傳云：浮山從會稽來。今浮山上猶有東方草木。」此句謂有朝一日浮山又漂浮回大海中。

〔八〕載將：裝走。指浮山將其負載而去。將，助詞。雲室：山中的居室。此指軒轅先生的居室，即皮日休原唱中的「瑶室」。十洲：古代傳説大海中的十個洲。漢東方朔《海内十洲記》：「漢武帝既聞王母説八方巨海之中，有祖洲、瀛洲、玄洲、炎洲、長洲、元洲、流洲、生洲、鳳麟洲、聚窟洲，有此十洲，乃人迹所稀絶處。」

【箋評】

起言唐宣宗召先生之事，而用黄帝見廣成子以比之耳。謂黄帝鑄鼎成而「仙馭」，入崆峒問道，百世之下，傳爲盛事，猶今上之見先生也。不即不離，尊題之極，有化境。先生暫爲青詞，上章玉帝，故爾應詔，如鳳從丹穴中。尋辭還南徼，伴高飛溟鴻，可爲不染塵滓者矣。想「金公」常坐於丹爐之際，「瓊刃」時可夢遇仙真，但「預恐浮山」復欲泛海歸去，「將載雲室」更至十洲之東耳。皮作全用羅浮山中景，此則推翻其山，而實緣浮山命言，更覺出之世外，見神仙歷歲舊遠，目見滄桑之變，有意味。按《舊唐書》，宣宗大中十一年，遣中使往羅浮山迎軒轅先生，右補闕陳嘏等諫阻，詔曰：「處士軒轅，善能攝生，年齡亦壽，迎之或冀有少保理也。」十二年正月，集至京師，上召入禁中，謂曰：「先生遐齡，而長生可致乎？」曰：「徹聲色，去滋味，哀樂如一，德施周給，自然與天地合德，日月齊明，何必别求長生也。」留之月餘，求還山。《真誥》：「黄帝火九鼎於荆山。」是鑄鼎也。宋李肇《翰林志》：「凡道觀薦青詞，文用青藤紙，朱字，謂之青詞。」《淮南子》：「鳳凰之翔，至德也。過崑崙，飲砥柱，濯毛弱水，暮宿丹穴。」「丹」，南方之色。「徼」，邊也。「冥鴻」，見《通人部》。《雲笈七籤》：「造金鼎銘訣云：一者五行之始，月之陰魄，住居坎中，藥生於陰暗之處。時人不知金公之理。金者，太白之名；公者，物中之尊，呼之曰鉛。」按此則丹之始基，全在於此。今詩蓋言鉛已立基耳。《真誥》：「陶隱居《華陽頌》曰：『方隅遊瓊刃，華陽栖隱居。重離儻忽似，七元乃扶胥。』」又按《真誥》中有云：「瓊刃者，譬許掾小名也。許掾，小名玉斧，常夢與高真接。」又「楊真人羲夢掾爲蓬萊公咏詩。」又「夢朱衣人手版召玉斧作侍中。」《一統志》：「羅浮在博羅縣。昔有山，浮海而來博，與羅山合而爲一，故曰羅浮。」愚按：宣宗於十三年八月即崩，若軒轅留住京師，大損道望，誠至人也。因諫官一節，故詩有「冥鴻」耳。《神仙通鑑》曰：「廣成子居崆峒之山，黄帝造焉，問道。廣成子曰：『爾治天下，雲不待族而雨，木不待黄而落，奚足以語至道哉？』黄帝退而閒居三月，復往，膝行前，再拜請問治身之道。答曰：『至道之精，窈窈冥冥；至道之極，昏昏默默。無視無聽，抱神以静，形將自正，必静必清。毋勞爾形，毋摇爾精，乃可長生。慎内閉外，多知爲敗。我守其一，而處其和，故千二百年，未嘗衰老。』」按諸書皆言見廣成在前，鼎成在後，今詩言「鼎成」訪道，必有所本。皮原詩見《壇觀部》。《神仙鑑》：「軒轅集數百歲顔色不老，飲百升不醉，夜垂髮於盆酒瀝瀝而出，病者以布拂之，即愈。宣宗以金盆覆白鵲，欲試之，集於外云：『皇帝安能令老夫射覆乎？』召䴔及玉階，即日，盆下白鵲，宜放之。』上笑曰：『先生早知矣。』京師素無荳蔻、荔枝花。俄頃，皆至，各數百朵，茂如新剪。及還山，命中使送之。每見其一布囊，探錢以施貧者，比至江陵數千萬，取益者不竭。忽忘其所在。不日，南海奏先生已歸羅浮矣。」《綱鑑》注云：「黄帝鼎成，龍迎上天，從者七十餘人。」則「鼎成」乃升天之事，今詩穿插宣宗晏駕意。（清胡以梅《唐詩貫珠箋》卷二十八）

宿報恩寺水閣〔一〕

日休

寺鏁雙峰寂不開①〔二〕，幽人中夜獨徘徊②〔三〕。池文帶月鋪金簟③〔四〕，蓮朵含風動玉杯④〔五〕。往往竹梢摇翡翠⑤〔六〕，時時杉子擲莓苔⑥〔七〕。可憐此際誰曾見〔八〕，唯有支公盡看來〔九〕。（詩四〇三）

【校記】

①「開」弘治本作「闢」。②「徘徊」全唐詩本作「裵回」。③「文」項刻本作「紋」。④「玉」原作「王」，據汲古閣本、四庫本、皮詩本、項刻本、統籤本、類苑本、全唐詩本改。⑤「梢」項刻本作「稍」。⑥「杉」項刻本作「松」。

【注釋】

〔一〕此詩當作於咸通十一年（八七〇）初秋。報恩寺：宋朱長文《吴郡圖經續記》（卷中）：「唐之報恩寺，在吴縣之報恩山，即支硎山也。」范成大《吴郡志》（卷三二）：「觀音禪院，在報恩山，亦曰支硎山寺，即古報恩寺基也。」水閣：臨水的臺閣。

〔二〕雙峰：指報恩山的兩座山峰。《吴郡圖經續記》（卷中）：「報恩山，一名支硎山，在吴縣西南二十五里。昔有報恩寺，故以名云。所謂南峰、東峰，皆其山之别峰也。今有楞伽、天峰、中峰院建其旁。」

〔三〕幽人：隱士。作者自指。晋郭璞《客傲》（《全晋文》卷一二一）：「是以水無浪士，巖無幽人，刈蘭不暇，爨桂不給，安事錯薪乎？」中夜徘徊：《文選》（卷二三）阮籍《咏懷詩十七首》（其一）：「夜中不能寐，起坐彈鳴琴。……徘徊將何見，憂思獨傷心。」

〔四〕池文：水閣下池塘的波紋。金簟：黄色的竹席。此句喻月光下的波紋似竹席的紋理。《西京雜記》（卷二）：「會稽歲時獻竹簟供御，世號爲流黄簟。」又云：「漢諸陵寢，皆以竹爲簾，簾皆爲水紋及龍鳳之像。」《楊妃外傳》（《説郛一百卷》卷七）：「進見之日，……（帝）授……潤玉合歡條脱、紫瓊杯、玉竹水紋簟。」韓愈《新亭》：「水文浮枕簟，瓦影蔭龜魚。」李商隱《偶題二首》（其一）：「水文簟上琥珀枕，傍有墮釵雙翠翹。」

〔五〕蓮朵：含苞的蓮花。玉杯：此指白色的荷花形似酒杯。參本卷（詩三七九）注〔七〕。

〔六〕翡翠：鳥名，又名翠鳥。參卷一（詩一〇）注〔一六〕。

〔七〕杉子：杉樹的果子。莓苔：蘚苔。《文選》（卷一一）孫綽《遊天台山賦》：「踐莓苔之滑石，搏壁立之翠屏。」李善注：「莓苔，即石橋之苔也。」

〔八〕可憐：可惜。此際：指上二聯所寫夜間寺中的景象。

〔九〕支公：支遁。參卷一（詩一二）注〔二九〕。唐陸廣微《吴地記》：「支硎山，在吴縣西十五里。晋支遁字道林，嘗隱於此山，後得道，乘白馬升雲而去。山中有寺，號曰報恩，梁武帝置。」

奉和　龜蒙

峰抱池光曲岸平〔一〕，月臨虚檻夜何清〔二〕。僧穿小檜纔分影〔三〕，魚擲高荷漸有聲〔四〕。因憶故山吟易苦〔五〕，各横秋簟夢難成〔六〕。周顒不用裁書勸〔七〕，自得凉天證道情〔八〕。

（詩四〇四）

【注釋】

〔一〕峰抱池光：支硎山的山峰環抱着水閣旁的池塘。池光：指池塘。月下池塘水泛起光亮，故云。曲岸平：池塘的岸邊曲折蜿蜒，但池水平静無波。

〔二〕虚檻：凌空高朗寧静的水閣。檻：闌干。此指水閣。《文選》（卷四二）吴質《答東阿王書》：「伏虚檻於前殿，臨曲池而行觴。」李善注：「《楚辭》曰：『坐堂伏檻臨曲池。』」

〔三〕分影：在月下檜樹陰下能分辨出僧人的身影。形容月色皎潔的景象。

〔四〕擲：抛擲。此形容魚的跳躍。漸：正。張相《詩詞曲語辭匯釋》（卷二）：「漸，猶正也。」

〔五〕故山：家鄉。《文選》（卷二六）謝靈運《初發石首城》：「故山日已遠，風波豈還時。」唐劉長卿《雨中登沛縣樓贈表兄郭少府》：「故山今不見，此鳥那可托。」

〔六〕横：横放，鋪開。

〔七〕周顒：（四四一？—四九一？），字彦倫。南朝宋、齊間文人、音韻學家、佛學家。生平事迹參《南齊書》（卷四一）、《南史》（卷三四）本傳。裁書：作書信。據《南齊書》（卷四一）《周顒傳》：「泛涉百家，長於佛理。著《三宗論》。……兼善《老》《易》，與張融相遇，輒以玄言相滯，彌日不解。……（何）胤兄點，亦遁節清信。顒與書，勸令菜食。」周顒有勸人虔佛之意。

〔八〕凉天：秋天。此又指契合佛理的清凉環境。韋應物《秋夜寄丘二十二員外》：「懷君屬秋夜，散步咏凉天。」道情：超脱塵俗的情趣。《世説新語·文學》：「汰法師云：『六通』、『三明』同歸，正異名耳。」劉孝標注引《安法師傳》曰：「竺法汰者，體器弘簡，道情冥到，法師友而善焉。」《文選》（卷一九）謝靈運《述祖德詩二首》（其二）：「拯溺由道情，龕暴資神理。」

【箋評】

（三句）切寺，（四句）切水閣，（五六句）再點夜景，（七句）指皮從事，引事亦切合，（八句）僧寺夜景總結。（毛張健《唐體膚銓》卷四）

醉中偶作呈魯望〔一〕

日休

谿雲澗鳥本吾儕〔二〕，剛爲浮名事事乖〔三〕。十里尋山爲思役〔四〕，五更看月是情差〔五〕。分將吟咏華雙鬢〔六〕，力以壺觴固百骸〔七〕。争得草堂歸卧去〔八〕，共君同作太常齋〔九〕。

（詩四〇五）

【注釋】

〔一〕魯望：陸龜蒙字。前已屢注。

〔二〕谿雲澗鳥：此以谿上雲自由舒卷，澗中鳥任意飛翔，喻隱士閑逸瀟灑的生活。與陶淵明《歸去來兮辭》：「雲無心以出岫，鳥倦飛而知還。」意旨相同。吾儕（chái）：我輩。《左傳·宣公十一年》：「吾儕小人所謂『取諸其懷而與之』也。」《説文·人部》：「儕，等輩也。」

〔三〕剛爲：只爲，偏爲。張相《詩詞曲語辭匯釋》（卷二）：「剛，猶偏也，硬也，亦猶云只也。」浮名：虚名。《文選》（卷二六）謝靈運《初去郡》：「伊余秉微尚，拙訥謝浮名。」李善注引《禮記》：「孔子曰：『耻名之浮於行也。』」

〔四〕思役：心裏想做的事情。役，役使，牽引。張相《詩詞曲語辭匯釋》（卷二）：「役，猶牽也；

引也。」

〔五〕五更：拂曉前。參本卷（詩三八七）注〔七〕。情差：情意上頗爲追求的。張相《詩詞曲語辭匯釋》（卷二）：「差，甚辭。猶最也，頗也。與差少之本義相反。」

〔六〕分（fèn）：本分，自己該做的。吟咏：指創作詩文。華：花白。華雙鬢：兩鬢花白。此句自謂應當作詩不輟，一直到老。

〔七〕力：用力，着力。壺觴：酒器。此指飲酒。陶淵明《歸去來兮辭》：「引壺觴以自酌，眄庭柯以怡顏。」固百骸：使整個身體都很强健。《莊子·齊物論》：「百骸、九竅、六藏，賅而存焉，吾誰與爲親？」此句謂自己應當着力于飲酒來强健身體。

〔八〕争得：怎麽。「争」同「怎」。得，助詞。歸卧：猶言隱逸。

〔九〕太常齋：用東漢周澤事，意謂以養疾和飲酒爲事。太常，漢代官名，掌管朝廷宗廟禮儀。《後漢書》（卷七九下）《周澤傳》：「數月，復爲太常。清絜循行，盡敬宗廟。常卧疾齋宫，其妻哀澤老病，窺問所苦。澤大怒，以妻干犯齋禁，遂收送詔獄謝罪。當世疑其詭激。時人爲之語曰：『生世不諧，作太常妻，一歲三百六十日，三百五十九日齋。』」李賢注：「《漢官儀》此下云：『一日不齋醉如泥。』」

奉和次韻

龜蒙

海鶴飄飄韻莫儕〔一〕，在公猶與俗情乖〔二〕。初呈酒務求專判〔三〕，合禱山祠請自差①〔四〕。永夜譚玄侵罔象②〔五〕，一生交態忘形骸〔六〕。憐君醉墨風流甚〔七〕，幾度題詩小謝齋③〔八〕。（詩四〇六）

【校記】

①「祠」類苑本作「詞」。②「玄」原缺末筆，避宋太祖始祖趙玄朗諱。③「齋」陸詩丙本作「齊」，季寫本作「家」。

【注釋】

〔一〕海鶴：海鳥名。喻皮日休。《神異經》（《太平御覽》卷九一六）曰：「西海之外有鶴國，男女皆長七寸。爲人自然有禮，經論跪拜。壽三百歲。人行如飛，日千里。百物不敢犯之。唯畏海鵠，鵠遇吞之，亦壽三百歲。人在鵠腹中不死。」鮑照《秋夜二首》（其二）：「霽旦見雲峰，風夜聞海鶴。」飄飄：飛翔貌。《文選》（卷一三）潘岳《秋興賦》：「蟬嘒嘒而寒吟兮，雁飄飄而南飛。」李善注：「飄飄，飛貌。」

〔二〕在公：指皮日休時任蘇州從事，有公職。《詩經·召南·小星》：「夙夜在公，寔命不同。」

〔三〕初呈：全部呈上。初，劉淇《助字辨略》（卷一）：「《後漢書·獨行傳》：『受教三日，初不奉行。廢命不忠，豈非過邪！』初不奉行，猶云全不奉行。言自初及終不奉行也。」酒務：榷酒之事。有關酒的營銷管理事務。專判：專司管理裁決。

〔四〕合禱：應當禱告祭祀。山祠：野外的祠廟。差：選擇。《爾雅·釋詁》：「差，擇也。」此句當指咸通十一年六月，日休奉崔璞之命，前往太湖包山祠禱神以止霖雨事。參卷三（序五）。

〔五〕永夜：長夜。譚玄：談論玄理。《世説新語·容止》：「王夷甫容貌整麗，妙於談玄。」侵：靠近，進入，到，達。罔象：又作象罔。莊子虛擬的人物，喻似有而實無之理。此喻微妙的道理。《莊子·天地》：「黄帝遊乎赤水之北，登乎崑崙之丘而南望。還歸，遺其玄珠。使知索之而不得；使離朱索之而不得；使喫詬索之而不得也。乃使象罔，象罔得之。黄帝曰：『異哉！象罔乃可以得之乎？』」

〔六〕一生句：謂一生在人情世態上始終如一，真率豁達。《史記》（卷一二〇）《汲鄭列傳》：「一死一生，乃知交情。一貧一富，乃知交態；一貴一賤，交情乃見。」忘形骸：忘記自我，超然物外。《莊子·讓王》：「故養志者忘形，養形者忘利，致道者忘心矣。」《莊子·天地》：「汝方將忘汝神氣，墮汝形骸，而庶幾乎！」晋王羲之《蘭亭集序》：「夫人之相與，俯仰一世，或取諸懷抱，晤言一室之内；或因寄所托，放浪形骸之外。」

〔七〕憐：愛。君：指皮日休。醉墨：指皮日休原唱《醉中偶作呈魯望》。風流：風雅瀟灑。《後漢書》（卷八二上）《方術傳論》：「漢世之所謂名士者，其風流可知矣。」

〔八〕小謝齋：小謝的書齋。此作者自喻。小謝，南朝齊詩人謝朓。參卷五（詩二三二）注〔二〕。陸龜蒙多次在詩中稱贊「小謝」，或化用其詩，對「小謝」非常推崇。此詩又以「小謝」自喻，更可見一斑。

寄滑州李副使員外〔一〕

日休

兵繞臨淮數十重〔二〕，鐵衣才子正從公〔三〕。軍前草奏旄頭下〔四〕，城上封書箭簳中①〔五〕。圍合只應聞曉雁②〔六〕，血腥何處避春風。故人勛重金章貴③〔七〕，猶在江湖積釣功④〔八〕。

（詩四〇七）

【校記】

①「簳」原作「□」，據弘治本、汲古閣本、詩瘦閣本、四庫本、皮詩本、項刻本、統籤本、類苑本、季寫本、全唐詩本改。②觶宋本批語：「『合』字宋本模糊，亦不似『合』字。『因』字宋本似『應』。」「聞」原作「門」，據汲古閣本、詩瘦閣本、四庫本、皮詩本、項刻本、統籤本、全唐詩本改。③「人」季寫本作

「城」。 ④「釣」弘治本、詩瘦閣本、皮詩本、項刻本、統籤本、類苑本、季寫本、全唐詩本作「劍」。

【注釋】

〔一〕此詩當作於咸通十一年(八七〇)。滑州:在今河南省滑縣,唐于此置鄭滑節度使。《元和郡縣圖志》(卷八)《河南道四》:「滑州,州城即古滑臺城。城有三重,又有都城,周二十里。相傳云:衛靈公所築小城,昔滑爲壘,後人增以爲城,甚高峻堅險。臨河亦有臺。」李副使員外:未詳其人。副使:節度副使。節度使僚佐。《舊唐書》(卷四四)《職官志三》:「節度使一人,副使一人,行軍司馬一人,判官二人,掌書記一人,參謀(無員數也),隨軍四人,皆天寶後置。」《唐會要》(卷七九)《諸使下》:「(開成)四年六月,中書門下奏:『諸道節度使參佐,自副使至巡官,共七員,觀察使從事又在數内。』」員外:員外郎。唐代尚書省六部各司均有員外郎一職,參《唐會要》卷五八、五九。

〔二〕臨淮:在今江蘇省泗洪縣。《元和郡縣圖志》(卷九)《河南道五》:「泗州臨淮縣,本漢徐縣地。長安四年,分徐城南界兩鄉於沙塾村置臨淮縣,南臨淮水,西枕汴河。」兵繞臨淮:指咸通九、十年龐勛據徐州作亂,擄掠淮海地區,曾派兵圍攻泗州事。泗州是當時朝廷官軍與龐勛亂軍重點争奪的地區。《通鑑》(卷二五一):「(咸通十年三月)泗州之圍始解。泗州被圍凡七月,守城者不得寐,面目皆生瘡。」

〔三〕鐵衣才子:稱贊李副使在反泗州之圍中表現出傑出的軍事才幹。鐵衣,鐵甲,古代的戰衣用鐵片制成，故云。北朝樂府《木蘭辭》：「朔氣傳金柝，寒光照鐵衣。」從公：從事公務。《詩經·魯頌·泮水》：「無小無大，從公于邁。」此指抗擊龐勛叛軍圍攻泗州事。

〔四〕草奏：草擬奏章。旄頭：本指星宿昴星，也稱「髦頭」。後喻天子儀仗中的先頭騎兵。此指朝廷的官軍。《漢書》（卷六三）《燕剌王劉旦傳》：「旦遂招來郡國奸人，賦斂銅鐵作甲兵，數閱其車騎材官卒，建旌旗鼓車，旄頭先敺，郎中侍從者著貂羽，黄金附蟬，皆號侍中。」顔師古注：「敺與驅同。……凡此旄頭先驅，皆天子之制。」

〔五〕城上封書：活用戰國時魯仲連事。《史記》（卷八三）《魯仲連列傳》：「其後二十餘年，燕將攻下聊城，聊城人或讒之燕。燕將懼誅，因保守聊城，不敢歸。齊田單攻聊城歲餘，士卒多死而聊城不下。魯連乃爲書，約之矢以射城中，遺燕將。書曰：……燕將見魯連書，泣三日，猶豫不能自決。……乃自殺。聊城亂，田單遂屠聊城。」此謂李副使在泗州被圍時以箭射書給叛軍，瓦解了叛軍對泗州的圍攻。箭簳（gǎn）：箭杆。即指箭。《玉篇·竹部》：「簳，箭簳。」

〔六〕圍合：指龐勛叛軍圍困泗州。此句謂泗州被叛軍嚴密圍困，只有雁聲尚可聞見。

〔七〕故人：指李副使。勛重：爲國立下了大功。《史記》（卷一八）《高祖功臣侯者年表序》：「古者人臣功有五品，以德立宗廟定社稷曰勛，以言曰勞，用力曰功，明其等曰伐，積日曰閱。」金章：唐代高官的服飾，即紫衣金魚袋的章服。《舊唐書》（卷四五）《輿服志》：「自武德已來，皆正員帶闕官始佩魚袋，員外、判試、檢校，自則天、中宗後始有之，皆不佩魚。雖正員官得佩，亦去任及致仕即解去魚袋。至開元九年，張嘉貞爲中書令，奏諸致仕許終身佩魚，以爲榮寵，以理去任，亦聽佩魚袋。自後恩制賜賞緋紫，例兼魚袋，謂之章服。因之佩魚袋、服朱紫者衆矣。」《新唐書》（卷二四）《車服志》：「高宗給五品以上隨身魚銀袋，以防詔命之詐，出内必合之。三品以上金飾袋。……景龍中，令特進佩魚，散官佩魚自此始也。……景雲中，詔衣紫者魚袋以金飾之，衣緋者以銀飾之。開元初，……中書令張嘉貞奏，致仕者佩魚終身，自是百官賞緋、紫，必兼魚袋，謂之章服。」蘇鶚《杜陽雜編》（卷上）：「（魚）朝恩怒，翌日于上前奏曰：『臣幼男令徽位處衆僚之下，願陛下特賜金章以超其等。』上未及語，而朝恩已令所司捧紫衣而至，令徽即謝於殿前。上雖知不可，强謂朝恩曰：『卿兒着章服大宜稱也。』」

〔八〕積釣功：積聚垂釣的能力。喻其有更宏大的抱負。用太公吕尚垂釣事。傳説吕尚在未遇周文王時，曾在磻溪（今陝西省寶鷄市東南）垂釣，後得周文王賞識而爲宰臣。《史記》（卷三二）《齊太公世家》：「吕尚蓋嘗窮困，年老矣，以漁釣奸周西伯。西伯將出獵，卜之，曰：『所獲非龍非螭，非虎非羆，所獲霸王之輔。』於是周西伯獵，果遇太公於渭之陽，與語大説，曰：『自吾先君太公曰：「當有聖人適周，周以興。」子真是邪？吾太公望子久矣。』故號之曰『太公望』。載與俱歸，立爲師。」《史記》（卷七九）《范雎蔡澤列傳》：「范雎曰：『非敢然也。臣聞昔者吕尚之遇文王也，身爲漁父而釣於渭濱耳。若是者，交疏也。已説而立爲太師，載與俱歸者，其言深也。故文王遂收功於吕尚而卒王天下。』」

【箋評】

（三四句）用事一何俊。（毛奇齡、王錫《唐七律選》卷四）

奉和

龜蒙

洛生閑咏正抽毫〔一〕，忽傍旌旗著戰袍①〔二〕。檄下連營皆破膽〔三〕，劍離孤匣欲吹毛〔四〕。清秋月色臨軍壘〔五〕，半夜淮聲入賊壕〔六〕。除却征南爲上將〔七〕，平徐功業更誰高〔八〕。

（詩四〇八）

【校記】

①「著」陸詩甲本、陸詩丙本、統籤本作「着」。

【注釋】

〔一〕洛生閑咏：洛下書生吟咏詩文。指作詩。抽毫：提筆。白居易《紫毫筆》：「搦管趨入黄金闕，抽毫立在白玉除。」《世説新語·雅量》：「（謝安）望階趨席，方作洛生咏，諷『浩浩洪流』。」劉孝標注：「按宋明帝《文章志》曰：『安能作洛下書生咏，而少有鼻疾，語音濁。後名流多斆其咏，弗能及，手掩鼻而吟焉。』」此以謝安比李副使。此句意謂李副使本是擅詩能文的文士。

〔二〕忽傍句：意謂李副使以文士而從戎。忽：清劉淇《助字辨略》（卷五）：「忽，倏也。《漢書·高帝紀》：『媪因忽不見。』」

〔三〕檄（xí）：古代官方用來徵召、曉諭或聲討的文書。《説文·木部》：「檄，二尺書。」此指討伐龐勛叛軍的文書。連營：駐扎軍隊的營壘相連。破膽：嚇破了膽，形容極端恐懼。《漢書》（卷四八）《賈誼傳》：「則大諸侯之有異心者，破膽而不敢謀。梁足以捍齊、趙，淮陽足以禁吴、楚，陛下高枕，終亡山東之憂矣。此二世之利也。」此句形容李副使文才高超，檄文使叛軍驚恐。

〔四〕劍離句：謂從匣中拔出的劍刃極爲鋒利，吹毛可斷。《韓非子·内儲説下》：「去仲尼猶吹毛耳。」杜甫《冬晚送長孫漸舍人歸州》：「匣裏雌雄劍，吹毛任選將。」仇注：「吹毛可斷，言劍鋒之利。」此句喻李副使武功高强。

〔五〕軍壘：軍事上禦敵的工事。

〔六〕淮聲：淮河的波濤聲。賊壕：指龐勛叛軍的戰壕。此句比喻形容半夜奇襲敵人陣營，取得勝利。

〔七〕除却：除了。却，語助詞。征南上將：征討南方的上將軍。此指征討龐勛的主將。似用馬援事。《後漢書》（卷二四）《馬援傳》：馬援兩次率軍南征，均取得勝利。此指當時抗擊龐勛叛軍的主帥。當指破龐勛有功，在咸通十年正月充淮南行營招討使（《舊唐書》卷一九上《懿宗紀》），二月又代令狐陶爲淮南節度使（《舊唐書》卷一七二《令狐綯傳》）的馬舉。

〔八〕平徐：平定徐州叛軍龐勛。更誰高：絶對無人能與之相比功勞之高了。張相《詩詞曲語辭匯釋》（卷一）：「更，甚辭。猶云不論怎樣也；雖也；縱也；亦猶云絶也。」

【箋評】

按唐義成軍節度治滑州，即今大名府，管滑、鄭、濮三州。副使，節度之副也。細詳詩六句，考皮、陸之世，懿宗朝，徐州龐勛作亂，出師破之，正當其時。然滑與淮水遥隔，非滑州之事。蓋李副使建功在前，後授滑州，而寄頌之耶？首句言其風雅如謝安，而有撥亂之才；二言行兵；三言行檄而軍聲大振；四言其神鋒峻利，亦可指爲仗劍揮軍。對工用妙，四更入神。五言軍壘肅清；六言深入成功，「濠」爲拒敵之限，過濠則攻入賊營矣；七言除「上將」之外，其「平徐」事業，即推尊于副使耳。謝安能作洛下書生咏，有鼻疾，音濁，名流掩鼻效之。寶劍吹毛而斷。懿宗咸通九年，徐州赴桂林戍卒官健許佶等，殺其將王仲甫，以糧料判官龐勛爲都頭，擅回本鎮，寇宿、徐、滁、濠、泗等州邑。十年，命十八將康承訓、馬舉等，會剿尅之。後康承訓爲義成節度使、滑州刺史。此李副使似即其時，其事僚佐。按淮水出河南桐柏山，東入鳳陽，即唐濠州，再東至淮安入海。所以賊以淮水爲濠池。征南將軍號，馬援爲之，吴漢亦爲征南公，今借指主將。「平徐」，《書》有「徐戎」，今正用之也。（胡以梅《唐詩貫珠箋》卷六）

（五六句）意調俱振。（毛奇齡、王錫《唐七律選》卷四）

傷史棋山人①〔一〕

日休

一緘幽信自襄陽〔二〕，上報先生去歲亡〔三〕。山客爲醫翻貰藥②〔四〕，野僧因吊却焚香。峰頭孤冢爲雲穴③〔五〕，松下靈筵是石床〔六〕。宗炳死來君又去④〔七〕，終身不復到柴桑〔八〕。

（詩四〇九）

【校記】

①「棋」弘治本、汲古閣本、詩瘦閣本、四庫本、皮詩本、項刻本、統籤本、類苑本、季寫本、全唐詩本作「拱」。②「貰」項刻本作「賛」。③「冢」鄴宋本作「家」。「穴」原作「宂」，據弘治本、汲古閣本、詩瘦閣本、四庫本、皮詩本、項刻本、季寫本、全唐詩本改。④「炳」類苑本作「衲」。「來」類苑本作「求」。

【注釋】

〔一〕此詩當作於咸通十一年（八七〇）。傷：傷逝，吊喪。史棋，應是皮日休早年隱居襄陽鹿門山的故友。皮氏尚有《史處士》（《全唐詩》卷六一五）詩：「山期須早赴，世累莫遲留。忽遇狂風起，閒心不自由。」應是同一人。山人：處士，隱士。賈島《送張道者》：「生來未識山人面，不得一聽《烏夜啼》。」

〔二〕一緘：一封書信。緘，信函。幽信：指告知人死亡消息的信。襄陽：唐代襄州（今湖北省襄陽市）。《元和郡縣圖志》（卷二一）《山南道二》：「襄陽大都督府，襄州，今爲襄陽節度使理所。」

〔三〕去歲：指咸通十年（八六九）。

〔四〕山客：山居者，山野之人，指隱士。《文選》（卷二一）郭璞《遊仙詩七首》（其七）：「長揖當塗人，去來山林客。」韋應物《種藥》：「持縑購山客，移蒔羅衆英。」寒山《山客心悄悄》：「山客心悄悄，常嗟歲序遷。」盧仝《觀放魚歌》：「天地好生物，刺史性與天地俱。見山客，狎魚鳥；坐山客，北亭湖。」翻：反而。貰（shì）藥：借錢買藥。貰，借貸，賒欠。《説文·貝部》：「貰，貸也。」

〔五〕峰頭：指襄陽鹿門山。宋祝穆《方輿勝覽》（卷三二）《京西路·襄陽府》：「鹿門山，在宜城東北六十里。上有二石鹿，故名。後漢龐德公與龐藴、孟浩然、皮日休俱隱于此。」雲穴：指史枻在鹿門山中的墓地。

〔六〕靈筵：祭祀亡靈的冥宴。石床：以石爲床，僧道、隱士的卧具。李嶠《石淙》：「金竈浮煙朝漠漠，石床寒水夜泠泠。」耿湋《夜尋盧處士》：「夜竹深茅宇，秋庭冷石床。」此句謂以石床當祭奠的宴席。

〔七〕宗炳：參本卷（詩三八三）注〔七〕。君：指史棋山人。

〔八〕柴桑：地名，在今江西省九江市西南。此代指故鄉。《元和郡縣圖志》（卷二八）《江南道四》：「江州潯陽縣，柴桑故城，在縣西南二十里。」東晋大詩人陶淵明即柴桑人。南朝梁沈約《宋書》（卷九三）《陶潛傳》：「陶潛字淵明，或云淵明字元亮，尋陽柴桑人也。」南朝梁昭明太子《陶淵明傳》：「陶淵明字元亮，或云潛字淵明，潯陽柴桑人也。」南朝宋顔延之《靖節徵士誄并序》：「（南朝宋）元嘉四年某月日，（陶淵明）卒於潯陽縣柴桑里。」

奉和

龜蒙

曾說山樓欲去尋①〔一〕，豈知霜骨葬寒林〔二〕。常依净住師冥目②〔三〕，兼事容成學筭心〔四〕（原注：史學浮圖，兼善筭術③。）〔五〕。逋客預齋還梵唱〔六〕，老猿窺祭亦悲吟〔七〕。唯君獨在江雲外〔八〕，誰誄孤貞置峴岑〔九〕。（詩四一〇）

【校記】

①「樓」弘治本、汲古閣本、詩瘦閣本、四庫本、類苑本、季寫本、全唐詩本作「栖」，陸詩丙本、統籤本作「西」。②「净」四庫本作「静」。「净住」陸詩乙本批校：「舊本作『住净』。」陸詩丙本黄校作「住

净」。③「圖」陸詩甲本作「屠」，陸詩乙本批校：「舊本作『屠』。」類苑本無此注語。

【注釋】

〔一〕山樓：指史棋山人隱居襄陽鹿門山中的居處。

〔二〕霜骨：白骨。指史棋死去。寒林：蕭條凄凉的山林。

〔三〕净住：净住舍，指佛寺。《法苑珠林》（卷三九）《伽藍篇・述意部》：「是以古德寺誥，乃有多名。或名道場，即無生廷也；或名爲寺，即公廷也。或名净住舍，或名法同舍，或名出世間舍，或名精舍，或名清净無極園，或名金剛净刹，或名寂滅道場，或名遠離惡處，或名親近善處。并隨義立，各有所表。」冥目：指閉目禪定，學佛修行。此句謂史棋學佛。

〔四〕容成：容成子，相傳是黄帝大臣，發明曆法，精通算學。道家則將黄帝和容成子都附會成神仙。《列子・湯問篇》：「唯黄帝與容成子居空峒之上，同齋三月，心死形廢；徐以神視，塊然見之，若嵩山之阿；徐以氣聽，砰然聞之，若雷霆之聲。」《列仙傳》（卷上）《容成公》：「容成公者，自稱黄帝師，見於周穆王。能善補導之事。取精於玄牝，其要，谷神不死，守生養氣者也。髮白更黑，齒落更生，事與老子同。亦云，老子師也。」

〔五〕浮圖：又作「浮屠」。梵語的音譯，本義指佛塔，後也指佛教。《魏書》（卷一一四）《釋老志》：「自洛中構白馬寺，盛飾佛圖，畫迹甚妙，爲四方式。凡宫塔制度，猶依天竺舊狀而重構之，從一級至三、五、七、九。世人相承，謂之『浮圖』，或云『佛圖』。」筭術：指學道。算術、方技、醫藥、卜數，屬于道家的知識範疇。

〔六〕逋客：逃避世俗的人。指隱士。《文選》（卷四三）孔稚珪《北山移文》：「請迴俗士駕，爲君謝逋客。」預齋：參與齋祭。梵唱：吟誦佛經，超度亡靈。

〔七〕窺祭：看到祭奠致哀的情形。猿悲吟：《水經注》（卷三四）《江水》：「每至晴初霜旦，林寒澗肅，常有高猿長嘯，屬引凄異，空谷傳響，哀轉久絶。故漁者歌曰：『巴東三峽巫峽長，猿鳴三聲淚沾裳。』」

〔八〕君：指皮日休。江雲外：江外，即長江中下游的江南地區。此指蘇州。皮日休時任蘇州從事。《資治通鑑》（卷一七六）：「（陳長城公禎明二年三月）仍散寫詔書三十萬紙，遍諭江外。」胡三省注：「中原以江南爲江外。」杜牧《冬至日寄小侄阿宜詩》：「今年我江外，今日生一陽。」

〔九〕誄孤貞：作誄文哀悼史棋山人。誄，古代的一種文體，述死者功德以哀悼的文章。陸機《文賦》：「誄纏綿而凄愴。」孤貞，挺立堅貞。稱譽史棋山人孤拔不移的性格。鮑照《學劉公幹體五首》（其二）：「歲物盡淪傷，孤貞爲誰立？」峴岑：峴山，在今湖北省襄陽市。《元和郡縣圖志》（卷二一）《山南道二》：「襄陽大都督府，襄州襄陽縣，峴山，在縣東南九里。」此句暗用西晋杜預在峴山立碑事。《晋書》（卷三四）《杜預傳》：「刻石爲二碑，紀其勛績，一沈萬山之下，一立峴山之上，曰：『焉知此後不爲陵谷乎！』」此句感慨無人爲史棋作誄刻石，置於峴山，以表達旌揚和哀悼之情。

吳中言懷寄南海二同年〔一〕

日休

曲水分飛歲已賒〔二〕，東南爲客各天涯〔三〕。退公祇傍蘇勞竹①〔四〕，移宴多隨茉莉花②〔五〕。銅鼓夜敲溪上月〔六〕，布帆晴照海邊霞〔七〕。三年謾被鱸魚累〔八〕，不得橫經侍絳紗③〔九〕。

（詩四一一）

【校記】

①「祇」汲古閣本作「秖」。「勞」詩瘦閣本作「簩」。②「茉莉」原作「末利」，據項刻本改。「末」類苑本作「耒」。③「侍」類苑本作「待」。

【注釋】

〔一〕此詩當作於咸通十二年（八七一）春。吳中：蘇州。參卷一（詩五）注〔一〕。言懷：抒發情感。南海：參本卷（詩三九九）注〔二〕。同年：唐人稱同一年進士及第者。李肇《唐國史補》（卷下）：「俱捷謂之同年。」二同年：二人姓名未詳。審詩末句，此二人當在時任嶺南東道節度使鄭愚幕中任僚佐。清徐松《登科記考·咸通八年》載：禮部主試者爲鄭愚，該年登進士第者三十人，録名僅七人，皮日休即其中之一。孟二冬《登科記考補正》補一人。

〔二〕曲水：唐代長安曲江池，在長安南郊，以水流曲折而得名，是開元以來長安的游覽勝地。《太平寰宇記》（卷二五）《關西道一》：「雍州萬年縣，芙蓉園，隋文帝之離宫也，在敦化坊南。周迴七十里，即廟院，東坡下有凉堂，堂東臨水亭，即曲江也。司馬相如吊胡亥云：『臨曲江之隑州。』」分飛：離别。《古東飛伯勞歌》（《藝文類聚》卷四三）：「東飛伯勞西飛燕，黄姑織女時相見。」唐代進士及第榮耀至極，有很多活動，其中就有曲江亭宴飲，稱曲江會。此處實用之。李肇《唐國史補》（卷下）：「大醼於曲江亭子，謂之曲江會。」賒：長，久遠。

〔三〕各天涯：相距遥遠，各在一方。《文選》（卷二九）《古詩十九首》（其一）「相去萬餘里，各在天一涯。」

〔四〕退公：官員從官府裏下班。《詩經·召南·羔羊》：「退食自公，委蛇委蛇。」蘇簩竹：竹名，當即簻簩竹。晋嵇含《南方草木狀》（卷下）：「簻簩竹，皮薄而空多，大者徑不過二寸，皮粗澀。以鎊犀象，利勝於鐵，出大秦。」唐劉恂《嶺表録異》（卷中）：「簻簩竹，皮薄而空多，大者徑不逾二寸。皮上有粗澀文，可爲錯子錯甲，利勝於鐵。若鈍，以漿水洗之，還復快利。」

〔五〕移宴：宴飲的地點經常移動改變。茉莉花：嵇含《南方草木狀》（卷上）：「耶悉茗花，末利花，皆胡人自西國移植於南海。南人憐其芳香，競植之。……末利花似薔蘼之白者，香愈於耶悉茗。」宋周去非《嶺外代答》（卷八）：「茉莉花，番禺亦多，土人愛之。以淅米漿日溉之，則作花不絶，可耐一夏。花亦大，且多葉，倍常花。六月六日，又以治魚腥水一溉，益佳。」

〔六〕銅鼓：古代南方的主要樂器。《後漢書》（卷二四）《馬援傳》：「於交阯得駱越銅鼓，乃鑄爲馬式，還上之。」李賢注引裴氏《廣州記》曰：「俚僚鑄銅爲鼓，鼓唯高大爲貴，面闊丈餘。初成，懸於庭，剋晨置酒，招致同類，來者盈門。豪富子女以金銀爲大釵，執以叩鼓。叩竟，留遺主人也。」《晉書》（卷二六）《食貨志》：「廣州夷人寶貴銅鼓，而州境素不出銅，聞官私賈人皆於此下貪比輪錢斤兩差重，以入廣州，貨與夷人，鑄敗作鼓。」唐劉恂《嶺表録異》（卷上）：「蠻夷之樂，有銅鼓焉。形如腰鼓而一頭有面。鼓面圓二尺許。面與身連，全用銅鑄。其身遍有蟲魚花草之狀，通體均勻，厚二分以來，爐鑄之妙，實爲奇巧。擊之響亮，不下鳴鼉。」

〔七〕布帆：以布做成的船帆，此指船。《晉書》（卷九十二）《顧愷之傳》：「行人安穩，布帆無恙。」

〔八〕三年：指皮日休咸通十年（八六九）被任命爲蘇州從事，十一年春始到任，到十二年春的三個年頭。參（序一）注〔八二〕、〔九八〕。謾：空，徒然。鱸魚累：被貪吃吴中佳肴鱸魚膾所拖累。活用晉張翰事。《晉書》（卷九二）《張翰傳》：「翰因見秋風起，乃思吴中菰菜、蒓羹、鱸魚膾，曰：『人生貴得適志，何能羈宦數千里以要名爵乎！』遂命駕而歸。」

〔九〕不得：不能。《詩經・周南・關雎》：「求之不得，寤寐思服。」横經：展開經書。謂讀經向學。南朝梁何遜《七召・儒學》：「横經者比肩，擁帚者繼足。」侍絳紗：侍奉老師，請教學問。《後漢書》（卷六〇上）《馬融傳》：「善鼓琴，好吹笛，達生任性，不拘儒者之節。居宇器服，多存侈飾。常坐高堂，施絳紗帳，前授生徒，後列女樂，弟子以次相傳，鮮有入其室者。」皮日休咸通八年（八六七）進士及第，座主是禮部侍郎鄭愚。此時當正任嶺南東道節度使，故詩及之。《郡齋讀書志》（卷一八）：「唐皮日休字襲美，一字逸少，襄陽人。……咸通八年，登進士第。」《玉泉子》：「皮日休，南海鄭愚門生。」《唐摭言》（卷一二）：「咸通中，鄭愚自禮部侍郎鎮南海。」《北夢瑣言》（卷三）：「唐鄭愚尚書，廣州人，雄才奥學。」郁賢皓《唐刺史考・嶺南道・廣州》定鄭愚于咸通九年至十二年（八六八—八七一）任廣州刺史。此詩所云，與其時間相合。惟鄭愚當是任嶺南節度使，兼領廣州刺史。

【箋評】

「曲水分飛」已久，吴與粤，皆「東南」，而吴猶東也。三四皆海南土物，故「退公」、「移宴」不離此。「銅鼓」，馬伏波所遺，月夜敲之，風俗所慣；而「海霞晴照布帆」，亦有一種曠蕩之景，此二君所處之境。予獨爲吴中鱸魚之戀，「不得橫經」問難於絳帳耳。《廣州記》：「箟簩竹，皮薄而空多，大者徑不逾二寸。皮上有粗澀文，可爲錯子甲，利於鐵。若鈍，以漿水澆之，還復快利。」「蘇」與「箟」音相近。「末利花」，彼中播田間頃畝。（胡以梅《唐詩貫珠箋》卷四十八）

奉和

龜蒙

曾具淩風上赤霄①〔一〕，盡將華藻赴嘉招〔二〕。城連虎踞山圖麗〔三〕，路入龍編海舶遥〔四〕。

江客漁歌衝白苻〔五〕，野禽人語暎紅蕉②〔六〕。庭中必有君遷樹〔七〕，莫向空臺望漢朝〔八〕（原注：《交州記》云：「有君遷樹，有朝臺，尉他望漢所築③。」）〔九〕。

（詩四一一二）

【校記】

①「具」弘治本、詩瘦閣本、四庫本、陸詩丙本、統籤本、類苑本、季寫本、全唐詩本作「見」。②「禽」原作「貪」，據汲古閣本、詩瘦閣本、四庫本、陸詩丙本、統籤本、類苑本、季寫本、全唐詩本改。③「他」汲古閣本、詩瘦閣本、四庫本、季寫本、全唐詩本作「陀」。類苑本無此注語。

【注釋】

〔一〕曾具句：喻皮日休和二同年都進士及第。凌風：駕風而上。阮籍《咏懷八十二首》（其四十三）：「雙翮凌長風，須臾萬里逝。」此當用「凌風舸」事。唐蘇鶚《杜陽雜編》（卷下）：「處士元藏幾，自言是後魏清河孝王之孫也，隋煬帝時官奉信郎。大業元年，爲過海使判官，遇風浪壞船，黑霧四合，同濟者皆不救，而藏幾獨爲破木所載，殆經半月，忽達於洲島間。洲人問其從來，藏幾具以事對。洲人曰：『此乃滄浪洲，去中國已數萬里。』乃出菖蒲酒、桃花酒飲之，而神氣清爽焉。……藏幾淹駐既久，忽思中國，洲人遂制凌風舸以送之。激水如箭，不旬日即達於東萊。問其國，乃皇唐也；詢年號，則貞元也；訪鄉里，則榛蕪也；追子孫，皆疏屬也。自隋大業元年至貞元末，殆二百年矣。」赤霄：高空。舊有九霄之説，赤霄爲其中之一。《淮南子·人間訓》：「背負青天，膺摩赤霄，翱翔乎忽荒之上。」高誘注：「赤霄，飛雲也。」

〔二〕華藻：華美的詞藻。指皮日休及二同年的文才。嘉招：美好的徵招。此句謂皮氏任蘇州從事，二同年在南海任職，都以文才而獲得徵聘。《文選》（卷二六）潘岳《河陽縣作二首》（其一）：「微身輕蟬翼，弱冠忝嘉招。」

〔三〕城連虎踞：謂蘇州城連着金陵城。指皮日休所在之地。虎踞，如虎之蹲踞，喻地勢險要。晉張勃《吴録》（《太平御覽》卷一五六）：「劉備曾使諸葛亮至京，因觀秣陵山阜，嘆曰：『鍾山龍盤，石頭虎踞，此帝王之宅。』」山圖：描繪山水形勝的輿圖。

〔四〕龍編：古縣名，西漢置，在今越南北寧省仙游東。此指皮日休的二同年所在的南海。《漢書》（卷二八下）《地理志下》：「交趾郡，武帝元鼎六年開，屬交州。縣十：羸𨻻、安定、……龍編。」海舶：海船。《梁書》（卷三三）《王僧孺傳》：「尋出爲南海太守。郡常有高凉生口及海舶每歲數至，外國賈人以通貨易。」李肇《唐國史補》（卷下）：「南海舶，外國船也。每歲至安南、廣州。師子國舶最大，梯而上下數丈，皆積寶貨。至則本道奏報，郡邑爲之喧闐。」

〔五〕江客：指江湖上隱士。《莊子·讓王》：「身在江海之上，心居乎魏闕之下。」《莊子·刻意》：「就澤藪，處閒曠，釣魚閒處，無爲而已矣。此江海之士，避世之人，閒暇者之所好也。」江客、江海客云云，即從此處化來。漁歌：捕魚者的歌聲。《楚辭·漁父》：「（漁父）歌曰：『滄浪之水清兮，可以濯吾纓；滄浪之水濁兮，可以濯吾足。』」衝：穿過。白荇：白莖的荇菜，多年生水生草本植物，莖細長，葉浮水面，嫩時可食。《詩經·周南·關雎》：「參差荇菜，左右流之。」

〔六〕野禽人語：禽鳥的鳴叫聲，猶如人的説話聲。宋周去非《嶺外代答》（卷九）記鸜鵒「時或教之歌詩，乃真成闘音。」烏鳳「鳴聲清越如笙簫，能度曲，妙合宫商。教之精熟者，至能終一闋。」秦吉了「能人言及咳嗽謳吟，聞百蟲音，隨輒效學，比鸜鵒尤慧。大抵鸜鵒聲如兒女，秦吉了聲則如丈夫。」均可參考。暎：掩映，映照。紅蕉：宋周去非《嶺外代答》（卷八）：「紅蕉花，葉瘦類蘆箬，中心抽條，條端發花。葉數層，日拆一兩葉。色正紅，如榴花，荔子。其端各有一點鮮緑，尤可愛。花心有鬚，蒼黑色。春夏開，至歲寒猶芳。」

〔七〕君遷樹：果木名。《文選》（卷五）左思《吴都賦》：「平仲、桾櫏。」劉逵注：「劉成曰：『平仲之木，實白如銀；君遷之樹，子如瓠形。』」劉欣期《交州記》（《太平御覽》卷九六〇）曰：「君遷樹，子如馬乳。」

〔八〕空臺：指朝臺，又稱越王臺，在今廣東省廣州市。《元和郡縣圖志》（卷三四）《嶺南道一》：「廣州南海縣，朝臺，在縣東北二十里。昔尉佗初遇陸賈之處也。後歲時於此望漢朝拜，故曰朝臺。」漢朝：西漢王朝（前二〇六—後二四），開國皇帝爲漢高祖劉邦。

〔九〕尉他：即尉佗，姓名爲趙佗，秦真定人。秦二世時，南海尉任囂病重，趙佗行南海尉事，史稱尉佗。秦滅，自立爲南粤武王。漢朝建立，漢高祖遣陸賈立趙佗爲南粤王，于是臣服漢王朝。生平事迹參《漢書》（卷九五）《南粤傳》。

【箋評】

陸龜蒙《寄南海二同年》詩：「庭中必有君遷樹，莫向空臺望漢朝。」注：「《交州記》：『朝臺，尉佗望漢所築。』」余按《吴都賦》：「平仲、君遷。」二木名也。注云：「平仲之木，實白如銀；君遷之樹，子如瓠形，廣州有之。」《本草》云：「君遷樹，高丈餘，子中有汁如乳。」（吴曾《能改齋漫録》卷七《事實・平仲君遷本二木名》）

「凌風舸」，海上仙舟。言曾具此而欲入天河、凌霄漢，本擬在朝近侍天日之意。一旦因詞華而赴「嘉招」，此二同年必爲海南節度寮佐，赴徵辟之命也。三四言「城連虎踞」，「山圖」壯麗；「路近龍編」，「海舶」遠來，蓋互市者皆番國也。此謂占山海之勝。至於「江客」唱「漁歌」而舟「衝白苻」，「野禽」學「人語」而映於「紅蕉」，土産皆特艷異，多方物也。結借樹名，祝其還秩入中朝，不必想中原而拜望於朝臺矣。《嶺表録異》云：「秦吉了，容管廉、白州産。大約似鸚鵡，嘴脚皆紅，兩眼後有黄肉冠。善效人言語，分明於鸚鵡。」則詩中指此鳥。《杜陽編》：「隋處士元藏機，大業間爲海使，遇風飄至一洲島。洲人曰：『此滄洲，去中國數萬里。』藏機思歸，洲人製凌風舸送之。激水如飛，旬日之間，即抵東萊。」《安南志》：「古南交之地，秦屬象郡。漢平南越，置交趾、九真、日南三郡，兼置交州刺史，治羸陖。吴增置九德、武平、新昌三郡。宋又增置宋平郡，而徙交州治龍編。」左太冲《吴都賦》云：「木則平仲、君遷，松、梓、古度。」注：「平本作枰，其木理平，可爲棋局。」《温公名苑》云：「君遷子如馬奶，俗名牛奶柿也。今之造扇用此柿油。」今詩用吴都邊海之物也。《交州記》：「古度木，不花而實，子從皮中出，大如石榴，正赤。」（胡以梅《唐詩貫珠箋》卷四十八）

（三句）虎頭山在海中。（六句）禽作人語也。（末二句）言早晚還職還朝，不必登臺而望也。二

句即以南中景物，串發期望之意，工巧便捷，不起爐錘。（毛張健《唐詩餘編》卷三）

《吴都賦》有「平仲、君遷」二木。注：「平仲之木，實白如銀。君遷之樹，子如瓠形。廣州有之。」又云：「子中有汁如乳而白。」今人以銀杏樹當平仲，然則詳君遷之形，殆椰木也。陸龜蒙《寄南海二同年》詩：「庭中必有君遷樹」，可證。（郭麐《靈芬館詩話》卷十）

胥門閑泛①〔一〕

日休

青翰虚徐夏思清〔二〕，愁煙漠漠荇花平〔三〕。醉來欲把田田葉〔四〕，盡裹當時醒酒鯖〔五〕。

（詩四一三）

【校記】

①「胥」弘治本、詩瘦閣本、章校本、李校本、皮詩本、項刻本、類苑本、季寫本、全唐詩本作「青」。季寫本注：「唐人絶句作胥。」

【注釋】

〔一〕此詩當作於咸通十一年夏。胥門：蘇州西門，又稱姑胥門。唐陸廣微《吴地記》：「《吴都賦》云：『通門二八，水道陸衢』是也。西，閶、胥二門；南，盤、蛇二門；東，婁、匠二門；北，齊、平二門。不開東門者，爲越絶之故也。」又曰：「胥門，本伍子胥宅，因名。石碑見在。出太湖等道水、陸二路，今陸廢。」閑泛：自由隨意地泛舟。

〔二〕青翰，船名，刻鏤鳥形而塗以青色，故名。參卷三（詩四一）注〔一〇〕。虚徐：舒緩貌。《詩經·邶風·北風》：「其虚其邪，既亟只且。」鄭箋：「邪讀如徐。言今在位之人，其故威儀虚徐寬仁者，今皆以爲急刻之行矣。」《爾雅·釋訓》：「『其虚其徐』，威儀容止也。」

〔三〕愁煙漠漠：謂水面上輕薄的霧氣彌漫，猶如人心中的愁緒似的。荇花：水面上荇菜開的花。荇菜是水中草本植物，夏天開淺白色小花。《詩經·周南·關雎》：「參差荇菜，左右流之。」

〔四〕田田葉：田字形的葉子。指荷葉。漢樂府古辭《江南》：「江南可采蓮，蓮葉何田田。」

〔五〕鯖（qīng）：青魚。古人以鯖鮓爲飲酒的佳肴。王維《贈吴官》：「江鄉鯖鮓不寄來，秦人湯餅那堪許？」《酉陽雜俎》（前集卷七）《酒食》：「梁劉孝儀食鯖鮓，曰：『五侯九伯，令盡徵之。』」唐時蘇州人喜食以鹽、米粉腌製而成的魚鮓。白居易《橋亭卯飲》：「就荷葉上包魚鮓，當石渠中浸酒瓶。」宋胡仔《苕溪漁隱叢話》（後集卷一三）引《蔡寬夫詩話》云：「吴中作鮓，多用龍溪池中蓮葉包爲之，後數日取食，比瓶中氣味特妙。樂天詩：『就荷葉上包魚鮓，當石渠中浸酒尊。』蓋昔人已有此法也。」《姑蘇志》（卷一四）：「魚鮓，出吴江，以荷葉裹而熟之，味勝罌缶，名荷包鮓。或有就池中荷葉包之，白樂天詩『就荷葉上包魚鮓。』」醒酒鯖：以青魚腌製的一種食物，用以飲酒的美味，即鯖鮓。《南齊書》（卷三七）《虞悰傳》：「上就悰求諸飲食方，悰秘不肯出，上醉後體不快，悰乃獻醒酒鯖鮓一方而已。」

奉和

龜蒙

細槳輕撶下白蘋①〔一〕，故城花謝緑陰新〔二〕。豈無今日逃名士②〔三〕，試問南塘著屧人③〔四〕。

（詩四一四）

【校記】

①「槳」陸詩丙本作「漿」。「撶」原作「樺」，據弘治本、汲古閣本、詩瘦閣本、四庫本、陸詩甲本、陸詩丙本、類苑本、季寫本、全唐詩本改。②「無」萬絶本作「知」。③「著」陸詩甲本、陸詩丙本、類苑本、季寫本作「着」。

【注釋】

〔一〕細槳輕撶（huá）：小槳輕輕地劃水行船。「撶」通「劃」。白蘋：浮萍的一種，水生多年生植物。夏天開白花，故名白蘋。南朝梁柳惲《江南曲》：「汀洲采白蘋，日落江南春。」

〔二〕故城：老城，舊城。此指蘇州胥門一帶而言。蘇州城最早是春秋時伍子胥所築。《吴越春秋》（卷四）《闔閭内傳》：「子胥乃使相土嘗水，象天法地，造築大城，周迴四十七里。……築小城，周十里。」花謝緑陰新：點明春末夏初景象。

〔三〕逃名士：逃避世俗名利的人，指隱士。古代蘇州最有名的逃名士，就是吴太伯讓王奔吴和漢代梁鴻隱居吴中。《史記》（卷三一）《吴太伯世家》：「太伯、仲雍二人乃犇荆蠻，文身斷髮，示不可用，以避季歷。」《後漢書》（卷八三）《梁鴻傳》載梁鴻「隱居避患」，「仰慕前世高士」，先「入霸陵山中」，又「居齊、魯之間」，「有頃，又去適吴」。最後死於吴，并葬於此。逃名：《後漢書》（卷八三）《法真傳》：「帝虚心欲致，前後四徵。真曰：『吾既不能遁形遠世，豈飲洗耳之水哉？』遂深自隱絶，終不降屈。友人郭正稱之曰：『法真名可得聞，身難得而見，逃名而名我隨，避名而名我追，可謂百世之師者矣！』乃共刊石頌之，號曰玄德先生。」

〔四〕南塘：泛指水邊。《世説新語·任誕》：「祖車騎過江時，公私儉薄，無好服玩。王、庾諸公共就祖，忽見裘袍重疊，珍飾盈列，諸公怪問之。祖曰：『昨夜復南塘一出。』祖于時恒自使健兒鼓行劫鈔，在事之人，亦容而不問。」杜甫《陪鄭廣文遊何將軍山林十首》（其一）：「不識南塘路，今知第五橋。」著屧（xiè）：穿着木鞋的人。喻隱士。屧，木屐，木底的鞋子。《南史》（卷二六）《袁粲傳》：「粲負才尚氣，愛好虚遠，雖位任隆重，不以事務經懷。獨步園林，詩酒自適。……又嘗步屧白楊郊野間，道遇一士大夫，便呼與酣飲。……嘗作五言詩，言『訪迹雖中宇，循寄乃滄洲。』蓋其志也。」

木蘭後池三詠①〔一〕

日休

重臺蓮花〔二〕

欹紅婑媠力難任②〔三〕，每葉頭邊半米金〔四〕。可得教他水妃見〔五〕，兩重元是一重心〔六〕。

（詩四一五）

【校記】

①蚪宋本眉批：「高一字。」按汲古閣本《木蘭後池三詠》與《重臺蓮花》并排平行，而宋本則高出一字，故云。與底本正同。　②「欹」萬絶本作「歌」。「婑」項刻本作「嬾」。

【注釋】

〔一〕此一組三首詩當作於咸通十一年（八七〇）夏。木蘭後池：木蘭院的後池。木蘭院，宋人稱爲木蘭堂，爲唐代蘇州州廨中的堂名。參卷六（詩三四七）注〔一〕。後池，一名北池，即州廨後的水池。宋朱長文《吴郡圖經續記》（卷上）：「昔韋蘇州詩云：『海上風雨至，逍遥池閣凉。』白樂天於西樓命宴、齊雲樓晚望，皆有篇什。所謂池閣者，蓋今之後池是也。……木蘭堂之名亦久矣，皮、陸唱和詩有『木蘭後池』，即此也。」范成大《吴郡志》（卷六）：「郡圃，在州宅正北，前臨池光亭大池，後抵齊雲樓城下，甚廣袤。案唐有西園，舊木蘭堂基，正在郡圃之西。其前隙地，今爲教場，俗呼後設場，疑即古西園之地。郡治舊有齊雲、初陽及東、西四樓、木蘭堂、東、西二亭、北軒、東齋等處。今復立者，惟齊雲、西樓、東齋爾。……北池，又名後池。唐在木蘭堂後，韋、白常有歌咏。白公檜蓋在池中。皮、陸亦有《木蘭後池·白蓮》、《重臺蓮》、《浮萍》三咏。今池乃在正堂之後，而木蘭堂基正在其西，後無池迹。豈所謂木蘭堂基者，非唐舊邪？或舊池更大，連木蘭耶？」堂名木蘭者，原是此處栽種有木蘭。宋范仲淹《蘇州十咏·木蘭堂》：「堂上列歌鍾，多慚不如古。却羡木蘭花，曾見《霓裳》舞。」原注：「白樂天爲蘇州刺史，嘗教此舞。」《吴都文粹》（卷二）：「北池，又名後池，唐時在木蘭堂後。」

〔二〕重臺蓮花：一朵蓮花復瓣并開，謂之重臺，即在一根莖上開兩朵蓮花。此類事前人早有記述。《初學記》（卷二七）引沈約《宋書》曰：「文帝元嘉二十一年，天泉池、樂遊苑池、玄圃圓池，并二蓮同幹。」又引《宋起居注》曰：「泰始二年，嘉蓮一雙，駢花并實，合跗同莖，生豫州鱧湖。」杜甫《進艇》：「俱飛蛺蝶元相逐，并蒂芙蓉本自雙。」温庭筠《和太常段少卿東都修行里有嘉蓮》：「兩處龜巢清露裏，」「應爲臨川多麗句，故持重艷向西風。」蘇州木蘭堂重臺蓮花，在宋代仍很有名。宋龔明之《中吴紀聞》（卷四）：「雙蓮堂在木蘭堂東，舊芙蓉堂是也。至和初，光禄吕大卿濟叔，以雙蓮花開，故易此名。楊備郎中有詩云：『雙蓮倒影面波光，翠蓋風摇紅粉香。中有畫船鳴鼓吹，瞥然驚起兩鴛鴦。』政和中，盛密學季文作守，亦産雙蓮。范無外賦《木蘭花》詞云：『美蘭堂晝永，晏清暑、晚迎凉。控水檻風簾，千花競擁，一朵偏雙。銀塘，盡傾醉眼，訝湘娥、倦倚兩霓裳。依約凝情鑒裏，并頭宫面高妝。』」

〔三〕欹（qī）紅：姿態傾斜婆娑的紅色蓮花。婑媠（wǒ tuǒ）：美好貌。《列子·楊朱篇》：「穆之後庭比房數十，皆擇稚齒婑媠者以盈之。」力難任：指復瓣蓮花的莖無力托起花朵，致使其傾側。

〔四〕每葉：指蓮花的每個葉片。頭邊：指蓮花葉片的邊沿。半米金：半個米粒大的金色的星點。

〔五〕可得：合得，當得。得，語助詞。水妃：水中女神，如《楚辭·九歌·湘君》《湘夫人》中的湘水女神；《列仙傳》中的「江妃二女」；曹植《洛神賦》中的洛水女神宓妃之類也。

〔六〕兩重：指復瓣蓮花的内外雙層。一重心：謂只有一個花心。韋莊《合歡蓮華》：「空留萬古香魂在，結作雙葩合一枝。」元是：原是。「元」通「原」。顧炎武《日知録》（卷三二）《元》：「元者，本也。本官曰元官，本籍曰元籍，本來曰元來。唐、宋人多此語。後人以『原』字代之，不知何解。……或以爲洪武中臣下有稱元任官者，嫌於元朝之官，故改此字。」清王應奎《柳南隨筆》（卷三）：「明太祖既登極，避勝朝國號，遂以元年爲原年。民間相傳如此，而史書不載。」

【箋評】

「鬖髻」，李昌谷集注曰：「音蕤墮，髮下垂也。」《玉篇》《廣韻》無「鬖」字。劉夢得詩「鬖髻梳頭宫樣妝」，不作平用。皮日休作「婑媠」，咏《重臺蓮花》曰：「欹紅婑媠力難任。」明公鼒作「倭墮」，

《元宵曲》曰：「倭墮旁邊插杏花。」古《陌上桑》，初唐許景先《折柳篇》，李嶠《錫絲結》詩，俱用此字。李義山又作「矮媠」。「媠」、「墮」可通用。「倭」字、「矮」字，未詳。（宋長白《柳亭詩話》卷四《髮髻》）

浮萍〔一〕

嫩似金脂颺似煙〔二〕，多情渾欲擁紅蓮〔三〕。明朝擬附南風信〔四〕，寄與湘妃作翠鈿〔五〕。

（詩四一六）

【注釋】

〔一〕浮萍：萍的一種，浮在水面上生長。水生草本植物。曹丕《秋胡行二首》（其二）：「泛泛渌池，中有浮萍。」

〔二〕金脂：形容初生的浮萍呈淡黄色，且有光澤似油脂。颺（yáng）似煙：形容浮萍在水面上隨風飄動，猶如煙霧一般。颺，《説文·風部》：「颺，風所飛揚也。」

〔三〕渾欲：直欲，完全。張相《詩詞曲語辭匯釋》（卷二）：「渾，猶全也；直也。」擁：簇擁，環繞。此句謂浮萍環繞在紅蓮周圍，好似多情地簇擁着它。

〔四〕擬附：打算附着在某物上。南風信：南風的信期，即南風時節。指夏天的風。《初學記》（卷一）引《爾雅》云：「東風曰谷風（《詩》云：『習習谷風。』），南風曰凱風（《詩》云：『凱風自南。』)，西風曰泰風(《詩》云：『泰風有遂。』)，北風曰涼風(《詩》云：『北風其涼。』又《大戴禮》：『北風曰後風。』)。」古代有二十四番花信風之説，此用其意。參卷六(詩三〇二)注〔六〕，并參本卷(詩三六七)注〔六〕。

〔五〕寄與：傳送給。南朝宋陸凱《贈范曄詩》：「折花逢驛使，寄與隴頭人。江南無所有，聊贈一枝春。」湘妃：湘水女神，即屈原所謂湘夫人。《楚辭·九歌·湘夫人》：「帝子降兮北渚，目眇眇兮愁予。」王逸注：「帝子，謂堯女也。降，下也。言堯之二女娥皇、女英，隨舜不反，没於湘水之渚，因爲湘夫人。」翠鈿(diàn)：翠玉制成或鑲嵌的婦女首飾釵鈿。形容緑色的浮萍形狀如翠鈿。南朝樂府《西洲曲》：「樹下即門前，門中露翠鈿。」

白蓮

但恐醍醐難并絜〔一〕，祇應薝蔔可齊香①〔二〕。半垂金粉知何似〔三〕，静婉臨溪照額黄②〔四〕。

(詩四一七)

【校記】

①「祇」汲古閣本、萬絶本作「秖」。「薝」項刻本作「簷」。「蔔」萬絶本作「葡」　②「婉」項刻本作「涴」。

【注釋】

〔一〕醍醐（tí hú）：從酥酪中提制出的乳白色奶油。佛教常以醍醐喻佛性。《大般涅槃經》（卷七）：「譬如從牛出乳，從乳出酪，從酪出生酥，從生酥出熟酥，從熟酥出醍醐。醍醐最上，若有服者，衆病皆除。所有諸藥，悉入其中。」并：比，相等。絜：潔白。《玉篇·糸部》：「絜，清也。」清段玉裁《説文解字注》：「絜，又引申爲潔净。俗作潔，經典作絜。」

〔二〕薝蔔（zhān bō）：梵語的音譯，義譯即郁金花。《維摩詰所説經·觀衆生品第七》：「舍利佛，如人入瞻蔔林，唯嗅瞻蔔，不嗅餘香。如是，若入此室，但聞佛功德之香，不樂聞聲聞、辟支佛功德香也。」《妙法蓮花經》（卷五）《分別功德品》：「若復教人書，及供養經卷，散華香末香，以須曼薝蔔。」鳩摩羅什《音釋》：「薝蔔，此云黄花，小而香。」一説即栀子花。《酉陽雜俎》（前集卷一八）：「栀子，諸花少六出者，唯栀子花六出。陶真白言：栀子翦花六出，刻房七道，其花香甚。相傳即西域薝蔔花也。」宋葉廷珪《海録碎事》（卷二二下）《雜花門》：「薝蔔花，即今山栀子花也。佛説：譬如入薝蔔林中，唯嗅薝蔔，不聞餘香。禪月詩云：『白薝蔔花露滴滴。』山谷云：『染栀子花六出，雖香，不濃郁。山栀子花八出，一株可香一園。』」

〔三〕半垂：白蓮花傾斜的姿態。金粉：指白蓮花的黄色花芯。

〔四〕静婉：張静婉，亦作張净琬，南朝梁羊侃姬妾，姿容美麗。此以美女喻白蓮。《梁書》（卷三九）《羊侃傳》：「侃性豪侈，善音律，自造《采蓮》《棹歌》兩曲，甚有新致。……舞人張净琬，腰圍一尺六寸，時人咸推能掌中舞。」額黄：六朝時女子的一種額妝，在額上塗飾黄色。唐代仍流行。此以美女的額妝比白蓮黄色的花芯。梁簡文帝蕭綱《戲贈麗人詩》：「同安鬟裏撥，異作額間黄。」李商隱《失題二首》（其二）：「壽陽公主嫁時妝，八字宫眉捧額黄。」

奉和三咏

龜蒙

重臺蓮花

水國煙鄉足芰荷〔一〕，就中芳瑞此難過①〔二〕。風情爲與吴王近〔三〕，紅萼常教一倍多〔四〕。

（詩四一八）

【校記】

①「此」陸詩丙本、萬絶本、季寫本作「比」。

【注釋】

〔一〕水國煙鄉：謂煙波縹緲的水鄉。水國：指江南水鄉。《文選》（卷二七）顔延之《始安郡還都與張湘州登巴陵城樓作》：「水國周地險，河山信重復。」李善注：「陸機《答張士然》詩曰：『余固水鄉士。』《吕氏春秋》注曰：『鄉，國也。』」鄭谷《中秋》：「清香聞曉蓮，水國雨餘天。」足：多。芰(jì)荷：指菱花和荷花。芰，菱兩角者爲菱，四角者爲芰，通常在夏季開白色小花。《楚辭·離騷》：「製芰荷以爲衣兮，集芙蓉以爲裳。」

〔二〕芳瑞：美好的花。此指重臺蓮花。難過：難以超過。崔豹《古今注·草木》：「芙蓉，一名荷華，生池澤中，實曰蓮，花之最秀異者。」

〔三〕風情：風度情趣。《晉書》(卷七三)《庾亮傳》：「元帝爲鎮東時，聞其名，辟西曹掾。及引見，風情都雅，過於所望，甚器重之。」吴王：指春秋吴國國王夫差。生平事迹參《史記》(卷三一)《吴太伯世家》《吴越春秋》(卷五)《夫差内傳》。夫差生前極盡宴遊之樂，故詩以蓮花的風情旖旎與之相比。

〔四〕紅萼：紅花。萼，花與莖相連處謂之萼。一倍：因爲重臺蓮花内外雙層復瓣，其一朵蓮花猶如兩朵，故云。

浮萍

晚來風約半池明①〔一〕，重疊侵沙緑罽成〔二〕。不用臨池重相笑②〔三〕，最無根蒂是浮名〔四〕。

(詩四一九)

【校記】

①「晚」萬絶本作「曉」。　②「重」陸詩丙本黄校、統籤本、季寫本、全唐詩本作「更」。

【注釋】

〔一〕風約：被風所掠過。實是風吹浮萍之意。半池明：半池聚集浮萍，半池露出水面，色彩鮮明。韓愈《獨酌四首》（其三）：「露排四岸草，風約半池萍。」

〔二〕重疊：指被風吹到岸邊，層層相重疊的浮萍。侵：到，達。緑罽（jì）：緑色的毛織物。此喻層層重疊鋪展在岸邊的浮萍，猶如緑色的毯子。罽，毛織的氈子、毯子之類物品。

〔三〕臨池：靠近池邊。重：此有分外、更加之意。張相《詩詞曲語辭匯釋》（卷二）：「重，甚辭；又猶盡也。」

〔四〕根蒂：植物的根子和果實的把子。喻事物的根本。無根蒂：謂浮萍無根，漂浮在水面上。《楚辭》王褒《九懷・尊嘉》：「竊哀兮浮萍，泛淫兮無根。」晉傅玄《明月篇》：「浮萍本無根，非水將何依。」《文選》（卷三一）江淹《雜體詩三十首・王侍中粲懷德》：「朝露竟幾何，忽如水上萍。」浮名：虚名。《禮記・表記》：「子曰：『先王謚以尊名，節以壹惠，耻名之浮於行也。』」《文選》（卷二六）謝靈運《初去郡》：「伊余秉微尚，拙訥謝浮名」李善注引《禮記》：「孔子曰：『耻名之浮於行也。』」杜甫《曲江二首》（其一）：「細推物理須行樂，何用浮名絆此身。」此句謂與浮萍相比，人世間的浮名更爲虚幻不實。

【箋評】

第一句「約」字、「明」字巧。曾見風吹萍池者，方知其工。第二句「侵」字巧。「屨」，今謂之毛段，或以爲皺縠段。緑萍重叠於沙上，如「緑屨」之狀。「浮萍無根蒂」，可笑也。人生爲「浮名」奔走，其「無根蒂」，尤可笑也。（謝枋得《注解章泉澗泉二先生選唐詩》卷四）

先澹齋翁曰：「泛于池，『約』于風，重送『侵沙』，浮蕩『無根』之故也。後説到『浮名』上，想頭亦靈異矣。」胡濟鼎云：「此譏人之不自反己也，豈惟萍浮！子曰：『於我如浮雲。』富貴亦同此浮也，豈惟名浮！賈誼曰：『其生也若浮。』生亦同此浮也。生曰浮生，名曰浮名，聚散生死，悠然忽然，皆是『無根蒂』之物，而何暇萍之笑也哉！或曰：『君子疾没世而名不稱焉。』名非君子所惡也，所惡者『浮名』也，故《表記》以名浮于行爲耻。無根之名，非浮於行者歟？」謝枋得曰：「人皆笑浮萍無根，而不知人多爲『浮名』奔走，其『無根蒂』，尤可笑也。『約』字、『明』字、『侵』字巧。曾見風吹萍池者，方知其工。」周啓琦曰：「咏物如龜蒙《浮萍》《白蓮》，意超象外，依然自遣，餘旨妙矣。至題《木蘭花》，黄才伯云：『此可謂奇格，則又成一異調矣。』」（周敬編、周珽補輯、陳繼儒批點《删補唐詩選脉箋釋會通評林》卷五十九）

「約」字有力，甚妙。韓愈《獨酌》詩：「風約半池萍。」謝云：「第一句『約』字、『明』字巧，第二句『侵』字巧。『浮萍無根蒂』，可笑。人生爲『浮名』奔走，其『無根蒂』，尤可笑也。」（徐充《詳注百家唐詩彙選》卷十一）

庭珠按：魯望詩於平澹中却極鮮麗，若襲美則了無生趣。皮、陸齊名，止以《松陵》一集耳。（杜詔、杜庭珠《中晚唐詩叩彈集》卷十一）

白　蓮

素蘤多蒙别艷欺〔一〕，此花真合在瑶池①〔二〕。還應有恨無人覺②〔三〕，月曉風清欲墮時③。（詩四二〇）

【校記】

①「真」統籤本、全唐詩本注：「一作端。」　②「還應有恨無人覺」統籤本注：「一作無情有恨何人覺。」「還應」盧校本作「無情」，全唐詩本注：「一作無情。」「無」盧校本作「何」，全唐詩本注：「一作何。」　③此句下統籤本注：「《霏雪録》云：『妙處不在言句上。』」

【注釋】

〔一〕素蘤（wěi）：白花。指素雅的白蓮。蘤，古「花」字。蒙：受，蒙受。别艷：另一種艷麗的花，指紅蓮。此句謂很少有人欣賞白蓮，人們往往喜愛艷麗的紅蓮。

〔二〕此花：指白蓮。真合：真應該。合，合該。瑶池：古代神話傳説中的神仙境界。《穆天子傳》（卷三）：「天子觴西王母于瑶池之上。」《史記》（卷一二三）《大宛列傳》：「太史公曰：《禹本紀》言：『河出崑崙。崑崙其高二千五百餘里，日月所相避隱爲光明也。其上有醴泉、瑶池。』」

〔三〕還應二句：謂白蓮在秋天的清晨，它將要墜落之時，應該有一種幽愁暗恨，衹是無人察覺而已，倍加顯得凄清寂寞。李賀《昌谷北園新笋四首》（其二）：「無情有恨何人見，露壓煙啼千萬枝。」

【箋評】

詩人有寫物之功。「桑之未落，其葉沃若。」他木殆不可以當此。林逋《梅花》詩云：「疎影横斜水清淺，暗香浮動月黄昏。」決非桃、李詩。皮日休《白蓮》詩云：「無情有恨何人見，月曉風清欲墮時。」決非紅蓮詩。此乃寫物之功。若石曼卿《紅梅》詩云：「認桃無緑葉，辨杏有青枝。」此至陋語，蓋村學中體也。元祐三年十二月六日，書付過。（蘇軾《蘇軾文集》卷六十八《題跋·評詩人寫物》）

東坡云：「詩人有寫物之功，『桑之未落，其葉沃若。』他木殆不可以當此。林逋《梅花詩》：『疏影横斜水清淺，暗香浮動月黄昏。』決非桃、李詩。皮日休《白蓮詩》：『無情有恨何人見，月冷風清欲墮時。』決非紅蓮詩。此乃寫物之功。若石曼卿《紅梅詩》：『認桃無緑葉，辨杏有青枝。』此至陋語，蓋村學中體也。」

苕溪漁隱曰：「裴璘《咏白牡丹詩》云：『長安豪貴惜春殘，争賞先開紫牡丹。别有玉杯承露冷，無人起就月中看。』時稱絶唱。以余觀之，語句凡近，不若胡武平《咏牡丹詩》云：『璧堂月冷難成寐，翠帷風多不奈寒。』其語意清勝，過裴璘遠矣。如皮日休《咏白蓮詩》云：『無情有恨何人見，月冷風清欲墮時。』若移作咏白牡丹詩，有何不可，彌更親切耳。曼卿《咏小桃二絶句》云：『生色深紅綬帶長，宫簾寒在井欄香。母家升上瑶池品，先得春風一面妝。』『本分桃花寒食前，小桃長是上春天。二喬二趙俱傾國，女弟嬌彊意自先。』其模寫命意，豈不佳哉？」（胡仔《苕溪漁隱叢話》前集卷三十二）

東坡嘗喜皮日休《白蓮詩》：「無情有恨何人見，月曉風清欲墜時。」謂决非紅蓮詩。然李賀《新笋》云：「無情有恨何人見，露壓煙啼千萬枝。」乃知皮取此。（吴曾《能改齋漫録》卷八《沿襲・皮日休白蓮詩》）

東坡云：「詩人有寫物之工。『桑之未落，其葉沃若。』他物不可當此。林和靖梅詩：『疎影横斜水清淺，暗香浮動月黄昏。』决非桃、杏詩。皮日休《白蓮》詩：『無情有恨何人見，月冷風清欲墮時。』决非紅蓮詩。」僕觀《陳輔之詩話》謂和靖詩近野薔薇，《漁隱叢話》謂皮日休詩移作白牡丹，尤更親切。二説似不深究詩人寫物之意。「疎影横斜水清淺」，野薔薇安得有此蕭灑標致？而牡丹開時，正風和日暖，又安得有「月冷風清」之氣象邪？陳標《蜀葵詩》曰「能共牡丹争幾許」，柳渾《牡丹詩》曰「也共戎葵較幾多」，輔之、漁隱所見，正與二公一同。（王楙《野客叢書》卷二十二《陳胡二公評詩》）

陸魯望《白蓮詩》：「素蘤多蒙别艷欺，此花端合在瑶池。無情有恨何人見，月曉風清欲墮時。」觀東坡與子帖，則此詩之妙可見。然陸此詩祖李長吉。長吉《咏竹》詩云：「斫取青光寫《楚辭》，膩香春粉黑離離。無情有恨何人見，露壓煙籠千萬枝。」或疑「無情有恨」不可咏竹，非也。竹亦自嫵媚，孟東野詩云：「竹嬋娟，籠曉煙。」左太冲《吴都賦》咏竹云：「嬋娟檀欒，玉潤碧鮮。」合而觀之，

始知長吉之詩之工也。（楊慎《升庵詩話》卷三《白蓮詩》）

「斫取青光寫《楚辭》，膩香春粉黑離離。無情有恨何人見，露壓煙啼千萬枝」。汗青「寫《楚辭》」既是奇事，「膩香春粉」形容竹尤妙。結句以「情恨」咏竹，似是不類。然觀孟郊《竹詩》「嬋娟籠曉煙」，竹可言「嬋娟」，「情恨」亦可言矣。然終不若《咏白蓮》之妙。李長吉在前，陸魯望詩句非相蹈襲，蓋著題不得避耳。勝棋所用，敗棋之著也；良庖所宰，族庖之刀也，而工拙則相遠矣。（楊慎《升庵詩話》卷五《李賀〈昌谷北園新笋〉》）

「素蘤多蒙别艷欺，此花端合在瑶池。無情有恨何人見，月曉風清欲墜時。」此詩爲白蓮傳神。（楊慎輯、焦竑批點《絶句衍義》卷一）

花鳥之詩，最嫌太著。余喜陸魯望《白蓮》詩：「無情有恨何人見，月曉風清欲墮時。」花之神韻，宛然在掬，謂之寫生手可也。余嘗有《梅花》詩：「花開暮雪人歸後，香滿寒庭月上時。」自謂差可嗣響。（焦竑《焦氏筆乘》卷三《白蓮詩》）

陸魯望《白蓮詩》：「素蘤多蒙别艷欺，此花端合在瑶池。無情有恨何人見，月曉風清欲墮時。」觀東坡與子帖，則此詩之妙可見。然陸此詩祖李長吉。長吉《咏竹》詩云：「斫取青光寫《楚辭》，膩香春粉黑離離。無情有恨何人見，露壓煙啼千萬枝。」或疑「無情有恨」不可咏竹，非也。竹亦自嫵媚，孟東野詩云：「竹嬋娟，籠曉煙。」左太冲《吴都賦》咏竹云：「嬋娟檀欒，玉潤碧鮮。」合而觀之，始知長吉之詩之工也。（周子文《藝藪談宗》卷二《譚苑醍醐》）

詩有四格，曰興曰趣曰意曰理。太白《贈汪倫》曰：「桃花潭水深千尺，不及汪倫送我情。」此興也。陸龜蒙《咏白蓮》曰：「無情有恨何人見，月曉風清欲墮時。」此趣也。王建《宫詞》曰：「自是桃花貪結子，錯教人恨五更風。」此意也。李涉《上于襄陽》曰：「下馬獨來尋故事，逢人惟説峴山碑。」此理也。悟者得之，庸心以求，或失之矣。（謝榛著、李慶立、孫慎之箋注《詩家直説箋注》卷二）

唐人咏物詩，於景、意、事、情外，别有一種思致，不可言傳，必心領神會始得。此後人所以不及唐也。如陸魯望《白蓮》詩云：「素蘤多蒙别艷欺，此花真合在瑶池。還應有恨無人覺，月曉風清欲墮時。」妙處不在言句上，宋人都曉不得。如東坡《咏荔枝》、梅聖俞《咏河豚》，此等類非詩，特俗所謂偈子耳。（劉績《霏雪録》卷下）

此亦自比素潔，不當溷居濁世，致以清修見欺，無人憐憫其冷落，又恨之不可名言者也。孟熙曰：「唐人咏物，于景、意、事、情外，别有一種思致，不可言傳，必心領神會始得。此後人所以難及也。如此詩，妙處不在言句，宋人多曉不得。如東坡《咏荔枝》、聖俞《咏河豚》，此等類非詩，特俗所謂偈語耳。」焦竑曰：「此詩爲白蓮傳神。李長吉昌谷笋詩佳，然終不如魯望此詩之妙。長吉在前，魯望在後，『情恨』詩句，非相蹈襲，着題不得避耳。勝棋所用，敗棋之着也；良庖所宰，族庖之刀也，而工拙却懸矣。」周珽曰：「落想下筆，直從悟得。咏物之人神者。」陸時雍曰：「風味絶色。」（周敬編、周珽補輯、陳繼儒批點《删補唐詩選脉箋釋會通評林》卷五十九）

風味絶色。（陸時雍《唐詩鏡》卷五十二）

陸魯望《白蓮》詩：「無情有恨何人見，月白風清欲墮時。」語自傳神，不可移易。《苕溪漁隱》乃云移作白牡丹亦可，謬矣。予少時在揚州，過露筋祠有句云：「行人繫纜月初墮，門外野風開白蓮。」《池北偶談》

宗柟附識：《野客叢書》：「東坡云：『詩人有寫物之工，「桑之未落，其葉沃若。」他物不可當此。林和靖梅詩：「疎影横斜水清淺，暗香浮動月黄昏。」決非桃、杏詩。皮日休《白蓮》詩：「無情有恨何人見，月冷風清欲墮時。」決非紅蓮詩。』僕觀《陳輔之詩話》謂和靖詩近野薔薇，《漁隱叢話》謂皮日休詩移作白牡丹，尤更親切。二説似不深究詩人寫物之意。『疎影横斜水清淺』，野薔薇安得有此蕭灑標致？而牡丹開時，正風和日暖，又安得有『月冷風清』之氣象耶？陳標《蜀葵詩》曰：『能共牡丹争幾許？』柳渾《牡丹詩》曰：『也共戎葵較幾多。』輔之、漁隱所見，正與二公一同。」按此論與山人足相發明，第以爲襲美作，及「月冷」字各異耳。「月白」《全唐詩》作「月曉」。（王士禛《帶經堂詩話》卷十二《衆妙門四·賦物類》）

余謂陸魯望「無情有恨何人見，月白風清欲墮時」二語，恰是詠白蓮詩，移用不得；而俗人議之，以爲詠白牡丹、白芍藥亦可，此真盲人道黑白。在廣陵，有《題露筋祠》絶句云：「翠羽明璫尚儼然，湖雲祠樹碧於烟。行人繫纜月初墮，門外野風開白蓮。」正擬其意。一後輩好雌黄，亦駁之云：「安知此非嫫母，而輒云『翠羽明璫』耶？」余聞之，一笑而已。（王士禛《漁洋詩話》卷上）

取神之作。（沈德潛《唐詩别裁集》卷二十）

詩殆借以自況。（宋宗元《網師園唐詩箋》卷十七）

「別艷」，他卉之艷麗者，如桃、李之類。此喻貞素之士宜立朝廷，反爲讒邪所蔽，不見知於世也。杜牧「多少緑荷相倚恨，一時迴首背西風」，與此末二句皆極體物之妙。若長吉「無情有恨何人見，露壓煙迷千萬枝」，乃咏竹也，天趣較減矣。

〔朱補〕末語的是白蓮，移不動。「蘤」，花。音委。（黄生撰、朱之荊補《唐詩評》卷四）

「斫取青光寫《楚辭》，膩香春粉黑離離。無情有恨何人見，露壓煙啼千萬枝。」用修曰：「汗青寫《楚辭》，既是奇事，『膩香春粉』，形容竹尤妙。結句以『情恨』咏竹，似是不類。然觀孟郊詩『竹嬋娟，籠曉煙。』竹可言『嬋娟』，『情恨』亦可言矣。然終不若咏白蓮之妙。李長吉在前，陸魯望詩句非相蹈襲，蓋着題不得避耳。勝棋所用，敗棋之着也；良疱所宰，俗庖之刀也，而工拙則相遠矣。」愚意「無情有恨」，正就「露壓煙啼」處見。蓋因竹枝欹邪厭浥於煙露中，有似于啼，故曰「無情有恨」，此可以形象會，不當以義理求者也。懸想此竹，必非琅玕巨幹，或是弱莖纖柯，不勝風露者。長吉立言自妙，不得便謂之拙。（賀裳《載酒園詩話》卷一《升庵詩話》）

李賀《新笋》詩：「斫取青光寫《楚辭》，膩香春粉黑離離。無情有恨何人見，露壓煙啼千萬枝。」汗青寫《楚辭》，既是奇事；「膩香春粉」，形容竹尤妙。但結句以「情恨」咏竹，似覺不類，故不若陸龜蒙《咏白蓮》詩：「素蘤多蒙別艷欺，此花端合在瑤池。無情有恨何人見，月曉風清欲墮時。」可爲白蓮傳神也。雖第三句相同，實非蹈襲，蓋着題不得避耳。勝棋所用，敗棋之着也；良庖所宰，族庖

之刀也，而工拙則相遠矣。（田同之《西圃詩説》）

的是白蓮神韻，不可移置他物。（周詠棠《唐賢小三昧續集》卷下，史承豫《唐賢小三昧集》附）

陸魯望古風律體，不散漫則湊帖，佳詩甚寥寥；每覽其詩，倉卒惟恐不盡。然有三絶句可喜，皮襲美不能爲也。「陵陽佳地昔年遊，謝朓青山李白樓。惟有日斜溪上思，酒旗風影落春流。」「且將絲絆繫蘭舟，醉下煙汀減去愁。江上有樓君莫上，落花隨水正東流。」「素蘤多蒙别艷欺，此花端合住瑶池。無情有恨何人見，月曉風清欲墮時。」而人以皮、陸爲晚唐高手，且謂皮、陸爲唱和勁敵。（潘德輿《養一齋詩話》卷九）

唐人《咏蓮花》詩：「無情有恨何人見，月白風清欲墮時。」東坡《咏梅花》詩：「風清月落無人見，洗妝自趁霜鐘早。」清空微妙，寫盡二花之神理。（趙元禮《藏齋詩話》卷上）

某筆記謂王摩詰詩清超絶俗，然好以古人成句入詩。「水田飛白鷺」兩句，加「漠漠」、「陰陰」四字，便成佳句，人人知之。「行到水窮處」兩句，亦謂是他人之詩也。又唐人《白蓮詩》：「無情有恨何人覺，月曉風清欲墮時。」有謂爲陸龜蒙作，有謂爲李商隱作，待考。（趙元禮《藏齋詩話》卷下）

咏花詩刻畫顔色易落下乘，惟唐賢最工此體。……陸魯望《咏白蓮花》云：「無情有恨何人覺，月曉風清欲墮時。」此傳神之筆也。（吴仰賢《小匏庵詩話》卷一）

「無情有恨何人見，月曉風清欲墮時。」魯望《白蓮詩》，不過一時直書所見，不自知其貼切。後人只當論其好不好，不當論其切不切也。阮亭、隨園俱以爲移用不得，此便是笨伯口吻。至如俗人以爲咏白牡丹、白芍藥亦可，硬將此二句移用，是尤笨伯之尤者。《莊子》曰：「辨生於末學。」總之，此詩在作者不自知其切不切，而後人乃一一妄爲解事，可笑也。（錢振鍠《謫星説詩》卷一）

「月曉風清」七字，得白蓮之神韻，與昔人咏梅花「清極不知寒」，咏牡丹詩「香疑日炙消」，皆未嘗切定此花，而他處移易不得，可意會不可言傳也。（俞陛雲《詩境淺説》續編）

唐人咏物詩，於景、意、事、情外，别有一種思致，不可言傳，必心領神會始得。此後人所以不及唐也。如陸魯望《白蓮詩》云：「素花多蒙别艷欺，此花真合在瑶池。還應有恨無人覺，月曉風清欲墮時。」妙處不在言句上，宋人都識不得。如東坡《咏荔枝》、梅聖俞《咏河豚》，此等詩非詩，類俗所謂偈子耳。（蔣抱玄輯《民權素詩話》中寄禪《唐宋詩别説》）

此咏白蓮，後兩句極有神韻，爲王漁洋所稱道，其《咏露筋祠》詩云：「行人繫纜月初墮，門外野風開白蓮。」即從之化出。（胡小石《唐人七絶詩論》十五）

此亦借白蓮咏懷也。結句得白蓮之神韻，故古今傳誦以爲佳句。（劉永濟《唐人絶句精華》）

這詩咏白蓮，若即若離地從空際着筆，寫出了花的淡雅清幽的意態之美，同時也流露出作者亂世隱居的孤高寂寞的情懷。○此詩特近李商隱體格而筆致稍淡，意即義山《蟬》詩所云「五更疏欲斷，一樹碧無情。」而結句空靈清遠，更深得義山神韻。（馬茂元《唐詩選》）

物之若自悵歟，抑人代之惜歟，要皆空谷獨居、深閨未識之嘆爾。……李賀《北園新笋》之二：「無情有恨何人見，露染烟啼千萬枝。」皮日休《白蓮》：「無情有恨何人識，月白風清欲墮時。」……

山水花月皆無情之物，而閒置幽閉，有窮士怨女之恨，即撏撦李賀詩「無情有恨」四字，略事陳意可矣。（錢鍾書《管錐編》第四册一三四七頁）

這詩咏白蓮，若即若離地從空際着筆，寫出了花的淡雅清幽的意態之美，同時也流露出作者亂世隱居的孤高寂寞的情懷。李賀《昌谷北園新笋》：「斫取青光寫《楚辭》，膩香春粉黑離離。無情有恨何人見？露壓烟啼千萬枝。」托物寄興，與此詩略同，爲此詩所本。（馬茂元、趙昌平《唐詩三百首新編》）

隱逸非出於本心，飄零自傷於遲暮，咏白蓮正所以自况也。諸家僅取其體物之工，未免失之於淺。（劉）（富壽蓀選注、劉拜山、富壽蓀評解《千首唐人絶句》）

重題後池〔一〕

日休

細雨闌珊眠鷺覺①〔二〕，鈿波悠漾并鴛嬌②〔三〕。適來會得荆王意③〔四〕，祇爲蓮莖重細腰④〔五〕。（詩四二一一）

【校記】

①「闌」萬絶本作「難」，季寫本注：「一作難。」②「漾」統籤本、季寫本作「様」。③「適」萬絶本

作「邇」。「王」原作「玉」，據弘治本、汲古閣本、詩瘦閣本、四庫本、項刻本、萬絶本、統籤本、類苑本、季寫本、全唐詩本改。　④「祇」汲古閣本、萬絶本作「秖」。

【注釋】

〔一〕重題：再題，又題。後池：參本卷（詩四一五）注〔一〕。

〔二〕闌珊：零落貌。白居易《咏懷》（蘇杭自昔稱名郡）：「白髮滿頭歸得也，詩情酒興漸闌珊。」李賀《李夫人》：「紅壁闌珊懸佩璫，歌臺小妓遥相望。」眠鷺覺：睡眠的鷺鳥被驚醒了。鷺，白鷺，也稱白鳥。

〔三〕鈿波：形容粼粼水波猶如婦女的頭飾釵鈿的形狀。悠漾：水波蕩漾貌。并鴛：猶言成雙的鴛鴦。鴛鴦，水鳥名，其習性雌雄成雙而不分離。晋崔豹《古今注》稱作「匹鳥」。

〔四〕適來：近來。會得：理解，懂得。得，語助詞。荆王：楚王，指楚靈王，公元前五四〇至前五二九在位。生平事迹參《史記》（卷四〇）《楚世家》。

〔五〕祇爲句：意謂祇是因爲楚靈王看到細長的蓮莖上開出美麗的蓮花，所以他就喜愛細腰的美女了。《韓非子·二柄》：「楚靈王好細腰，而國中多餓人。」《後漢書》（卷二四）《馬廖傳》引傳曰：「楚王好細腰，宮中多餓死。」李賢注：「《墨子》曰：『楚靈王好細腰，而國多餓人』也。」

奉和

龜蒙

曉煙清露暗相和，浴雁浮鷗意緒多〔一〕。却是陳王詞賦錯〔二〕，枉將心事托微波〔三〕。

（詩四二二二）

【注釋】

〔一〕浴雁浮鷗：在水中洗浴的野鴨和隨流浮游的鷗鳥。意緒：内心的情意。南朝齊王融《咏琵琶詩》：「絲中傳意緒，花裏寄春情。」此句謂水面的雁、鷗，能讓人産生多種多樣的情思。

〔二〕却是：正是。張相《詩詞曲語辭匯釋》（卷一）：「却，猶正也。於語氣加緊時用之。……却是，正是也。……陸龜蒙《後池》詩：『却是陳王詞賦錯，枉將心事托微波。』義均同上。」陳王：指曹植，曾被封爲陳王。謚思，世稱陳思王。參《三國志·魏書》（卷一九）《陳思王傳》。詞賦：指曹植《洛神賦》。

〔三〕枉將：徒然，白費。將，語助詞。心事托微波：《文選》（卷一九）曹植《洛神賦》：「余情悦其淑美兮，心振蕩而不怡。無良媒以接歡兮，托微波而通辭。願誠素之先達兮，解玉佩以要之。」

襲美庭中初植松桂偶題①〔一〕

龜蒙

軒陰冉冉移斜日〔二〕，寒韻泠泠入晚風②〔三〕。煙格月姿曾不改〔四〕，至今猶似在山中〔五〕。

（詩四二三）

【校記】

①「桂」陸詩乙本批校：「舊本作『檜』。」統籤本、季寫本、全唐詩本無「庭中」。②「泠泠」季寫本、全唐詩本作「冷冷」。

【注釋】

〔一〕松桂：松樹和桂樹。唐人常將松、桂并題，杜甫《月圓》：「故園松桂發，萬里共清輝。」韋應物《和張舍人夜直中書寄吏部劉員外》：「松桂生丹禁，鴛鷺集雲臺。」孟郊《上包祭酒》：「何幸松桂侶，見知勤苦功。」賈島《寄友人》：「君看明月夜，松桂寒森森。」杜牧《題宣州開元寺》：「高高下下中，風繞松桂樹。」大意均爲贊美松桂的堅貞挺拔，多用以喻人的品格節操。單寫松或桂的詩例，在唐詩中更不勝枚舉。

〔二〕軒陰：指庭院裏松桂在斜陽下的影子。冉冉：移動貌。斜日：西斜的太陽，夕陽。

〔三〕寒韻：指松桂在晚風中清冽的韻致。泠泠：形容風聲。《文選》（卷一三）宋玉《風賦》：「清清泠泠，愈病析酲。」後世多用以形容各種聲音。《文選》（卷二二）陸機《招隱詩》：「山溜何泠泠，飛泉漱鳴玉。」韋應物《送鄭長源》：「泠泠鵾絃哀，悄悄冬夜閑。」嚴維《一公新泉》：「山下新泉出，泠泠北去源。」白居易《廢琴》：「廢棄來已久，遺音尚泠泠。」又《五絃彈》：「第三第四絃泠泠，夜鶴憶子籠中鳴。」

〔四〕煙格月姿：指在煙霧朦朧的月色中，松桂高逸的格調和優美的姿態。

〔五〕猶似在山中：松桂保持着在山中原有的挺拔堅貞的姿態。《楚辭·招隱士》：「桂樹叢生兮山之幽，偃蹇連蜷兮枝相繚。」

奉和次韻

日休

毵毵緑髮垂輕露〔一〕，獵獵丹華動細風〔二〕。恰似青童君欲會〔三〕，儼然相向立庭中〔四〕。

（詩四二四）

【注釋】

〔一〕毵毵（sān sān）：披散貌。《詩經·陳風·宛丘》：「無冬無夏，值其鷺羽。」《毛詩正義》：「陸

（機）璣云：『鷺，水鳥也。……頭上有毛十數枚，長尺餘，毿毿然與衆毛異好。』孟浩然《高陽池送朱二》：「紅波淡淡芙蓉發，緑岸毿毿楊柳垂。」緑髮：喻緑色的松針葉。

〔二〕獵獵：形容風聲。《文選》（卷二七）鮑照《還都道中作》：「鱗鱗夕雲起，獵獵曉風遒。」吕延濟注：「鱗鱗，雲貌。獵獵，風聲。」丹華：指桂花。即丹桂。因其花爲丹黄色，故稱。細風：微風。杜甫《王十五前閣會》：「楚岸收新雨，春臺引細風。」

〔三〕青童君：古代傳説中的仙人。《雲笈七籤》（卷一一）《上清黄庭内景經敘》：「一名《東華·玉篇》。」務成子注：「東華者，方諸宫名也，東海青童君所居也。其中玉女仙人皆誦咏之，刻玉書之爲《玉篇》。」又（卷八）《釋三十九章經》（第三十四章）：「東華方諸宫高晨師玉保王青童君曰：東華者，仙真之州也，在始暉之間，高晨玉保王所治也。東華真人呼日爲紫曜明，或曰圓珠。青童君乘雕玉之軿，御圓珠之氣，登雲波之山，入東華之堂。」

〔四〕儼然：仿佛，宛然。相向：相對。

戲題襲美書印囊〔一〕

龜蒙

鵲銜龜顧妙無餘〔二〕，不愛封侯愛石渠〔三〕。應笑休文過萬卷〔四〕，至今誰道沈家書。

（詩四二五）

【注釋】

〔一〕書印囊：裝藏書印章的袋子。書印，藏書印章。以囊盛公私印章，古已有之。晋崔豹《古今注》（卷上）《輿服》：「青囊，所以盛印也。奏劾者，則以青布囊盛印於前，示奉王法而行也。非奏劾日，則以青繒爲囊，盛印於後。謂奏劾尚質直，故用布。非奏劾日，尚文明，故用繒也。」

〔二〕鵲銜龜顧：二者都是比喻印章的奇妙而珍貴。鵲銜：《搜神記》（卷九）：「常山張顥，爲梁州牧。天新雨後，有鳥如山鵲，飛翔入市，忽然墜地，人争取之，化爲圓石。顥椎破之，得一金印，文曰：『忠孝侯印。』顥以上聞，藏之秘府。後議郎汝南樊衡夷上言：『堯舜時舊有此官，今天降印，宜可復置。』顥後官至太尉。」事又見晋張華《博物志》（卷七）。龜顧：《會稽後賢傳》（《藝文類聚》（卷九六）曰：「孔愉嘗至吴興縣餘干亭，見人籠龜於路，愉求買放之。至水，反顧愉。及封此亭侯而鑄印，龜首迴屈，三鑄不正，有似昔龜之顧，靈德感應如此。愉悟，乃取而佩焉。」無餘：没有剩餘。此謂達到最妙的程度。《詩經·秦風·權輿》：「於我乎！夏屋渠渠，今也每食無餘。」

〔三〕石渠：閣名，漢代皇宫中藏書之處。《三輔黄圖》（卷六）：「石渠閣，蕭何造。其下礱石爲渠以導水，若今御溝，因爲閣名。所藏入關所得秦之圖籍，至於成帝，又於此藏秘書焉。」

〔四〕休文：南朝齊、梁間詩人沈約字休文，參卷五（詩二二四）注〔三〕。過萬卷：指沈約藏書極富。

《梁書》（卷一三）《沈約傳》：「好墳籍，聚書至二萬卷，京師莫比。」

【箋評】

《會稽後賢傳》曰：「孔愉至吴興餘干亭，放龜溪中，龜反顧視愉。及封此亭，印三鑄，龜首回屈如顧。」臧榮緒《晉書》曰：「愉鑄侯印，而龜左顧；更鑄，亦然。」北齊趙儒宗《龜詩》：「儻蒙一曳尾，當爲屢回頭。」劉禹錫詩：「朱輪尚憶群飛雉，青綬初懸左顧龜。」陸龜蒙詩：「鵲銜龜顧妙無餘，不愛封侯愛石渠。」王仲脩《送越帥程公闢》詩：「一麾召得山川勝，金鈕新提左顧龜。」殊不言鼎也。（高似孫《緯略》卷十二《龜鼎》）

奉和次韻

日休

金篆方圓一寸餘①〔一〕，可憐銀艾未思渠〔二〕。不知夫子將心印〔三〕，印破人間萬卷書〔四〕。

（詩四二六）

【校記】

①「圓」詩瘦閣本作「員」。

【注釋】

〔一〕金篆：指印章上紅色的陽文篆字。方圓：範圍，猶言大小。

〔二〕可憐：可惜。銀艾：銀印緑綬。漢代吏秩二千石以上者，均白銀爲印章，而以緑色綬帶繫印。此泛指高官。《後漢書》（卷六五）《張奂傳》：「吾前後仕進，十要銀艾。」李賢注：「銀印緑綬也。以艾草染之，故曰艾也。」《漢書》（卷一九上）《百官公卿表上》：「御史大夫，秦官，位上卿，銀印青綬，掌副丞相。」顔師古注：「臣瓚曰：『《茂陵書》御史大夫秩中二千石。』」渠：他。指書印。

〔三〕夫子：對人的敬稱。《尚書·牧誓》：「夫子勖哉！不愆于四伐、五伐、六伐、七伐，乃止，齊焉。」《孔傳》：「夫子，謂將士。」心印：佛教禪宗强調不用文字，而直接以心相印證，達到頓悟的境界，謂之心心相印。惠能《六祖壇經·頓漸品》：「吾傳佛心印，安敢違於佛經。」

〔四〕印破：印得。張相《詩詞曲語辭匯釋》（卷三）：「破，猶着也；在也；了也；得也。……皮日休《魯望戲題書印囊奉和》詩：『不知夫子將心印，印破人間萬卷書。』印破，猶云印得也。」

館娃宫懷古五絶〔一〕

日休

綺閣飄香下太湖①〔二〕，亂兵侵曉上姑蘇〔三〕。越王大有堪羞處〔四〕，祇把西施賺得吴②〔五〕。

（詩四二一七）

【校記】

①「閤」詩瘦閣本、季寫本作「閣」。　②「衹」汲古閣本、萬絶本作「秖」。

【注釋】

〔一〕館娃宮：參卷六（詩三二七）注〔一〕。

〔二〕綺閤（gē）：豪華秀美的閨閤。指館娃宮。閤，宮中小門。《爾雅·釋宮》：「宮中之門謂之闈，其小者謂之閨，小閨謂之閤。」太湖：參卷三（序五）注〔一〕。

〔三〕亂兵：指越王勾踐率領的攻打吴國的軍隊。侵曉：拂曉。《北齊書》（卷三〇）《崔暹傳》：「侵曉則與兄弟問母之起居，暮則嘗食視寢，然後至外齋對親賓。」姑蘇：姑蘇臺，一名姑胥臺。唐陸廣微《吴地記》：「姑蘇臺，在吴縣西南三十五里，闔閭造，經營九年始成。其臺高三百丈，望見三百里外，作九曲路以登之。」此臺是吴王闔閭和夫差父子兩代君王的宴遊之地。《越絶書》（卷二）《越絶外傳記吴地傳》：「秋冬治城中，春夏治姑胥之臺。旦食於組山，晝游於胥母，射於鷗陂，馳於游臺，興樂石城，走犬長洲。」

〔四〕越王：指春秋時越王勾踐。他重用范蠡、文種，卧薪嘗膽，轉敗爲勝，消滅了吴國。參《吴越春秋》（卷七—卷一〇）、《史記》（卷四一）《越王勾踐世家》。堪羞：可羞。堪羞處：可以感覺到羞愧的地方。

〔五〕衹把：只用，只以。西施：越國美女，被越王勾踐獻給吴王夫差，夫差爲其造館娃宮，沉醉聲色，荒廢國事，導致吴國破亡。《吴越春秋》（卷九）《勾踐陰謀外傳》：「乃使相者國中，得苧蘿山鬻薪之女，曰西施、鄭旦，飾以羅縠，教以容步，習於土城，臨於都巷，三年學服而獻於吴。」此二句謂越王勾踐施美人計，消滅了吴國，不僅算不上成功，反而應當以出此陰招而感覺羞愧。

【箋評】

本朝諸公喜爲論議，往往不深諭唐人主於性情，使雋永有味，然後爲勝。牧之處唐人中，本是好爲論議，大概出奇立異，如《四皓廟》：「南軍不袒左邊袖，四皓安劉是滅劉。」如《烏江亭》「勝敗兵家未可期，包羞忍恥是男兒。江東子弟多才俊，卷土重來未可知。」要之，「東風借便」與「春深」數個字，含蓄深窈，則與後二詩遼絶矣。皮日休《館娃宫懷古》：「綺閣飄香下太湖，亂兵侵曉上姑蘇。越王大有堪羞處，只把西施賺得吴。」亦是好以議論爲詩者。（方嶽《深雪偶談》）

杜牧之作詩，恐流於平弱，故措詞必拗峭，立意必奇闢，多作翻案語，無一平正者。方嶽《深雪偶談》所謂「好爲議論，大概出奇立異，以自見其長」也。……皮日休《館娃宫懷古》云：「越王大有堪羞處，只把西施賺得吴。」亦是翻新，與牧之同一蹊徑。（趙翼《甌北詩話》卷十一）

（詩四二八）

鄭妲無言下玉墀①〔一〕，夜來飛箭滿罘罳〔二〕。越王定指高臺笑〔三〕，却見當時金鏤楣②〔四〕。

【校記】

①「妲」原作「姐」。汲古閣本、詩瘦閣本、四庫本、全唐詩本作「妲」。皮詩本批校：「妲。」據改。

②「鏤」統籤本作「縷」。斠宋本眉批：「廣圻案：《越絶書》：『于是作棼楣，嬰以白璧，鏤以黄金。』《吴都賦》曰：『施棼楯而捷獵。』此作『楣』，未詳何據也。《景福殿賦》：『楯類龍蛇。』」

【注釋】

〔一〕鄭妲(dá)：即鄭旦，與西施同被越王勾踐進獻于吴王夫差。參本卷(詩四二七)注〔五〕。玉墀(chí)：樓閣的臺階。此指館娃宫的臺階。古代殿堂上經過塗飾的地面叫墀，後即指臺階。《説文・土部》：「墀，涂地也。禮：『天子赤墀。』」

〔二〕罘罳(fú sī)：宫殿檐下或窗上遮擋鳥雀的絲網或金屬網。此指館娃宫。參卷六(詩二八二)注〔一〕。

〔三〕越王：指越王勾踐。高臺：姑蘇臺。

〔四〕金鏤楣：房屋的梁棟上豪華精美的裝飾。楣，門楣，門框上的横木。《爾雅・釋宫》：「楣，謂之梁。」郭璞注：「門户上横梁。」此二句謂越王勾踐滅吴後，對着姑蘇臺大笑，爲自己聽從謀臣的計策，成功亡吴而得意。《越絶書》(卷一二)《越絶内經九術》記載：文種向勾踐提出九條「伐吴」之術，「五曰遺之巧匠，使起宫室高臺，盡其材，疲其力。」「于是作爲策楯，嬰以白璧，鏤以黄金，類龍蛇而行者。……(吴王)遂受之而起姑胥臺。三年聚材，五年乃成，高見二百里。」

《吳越春秋》（卷九）《勾踐陰謀外傳》亦有相同的記述。

半夜娃宮作戰場〔一〕，血腥猶雜宴時香①。西施不及燒殘蠟〔二〕，猶爲君王泣數行〔三〕。

（詩四二九）

【校記】

①「雜」季寫本作「作」。

【注釋】

〔一〕半夜句：據史載，越國確實是在半夜攻打吳國的。《吳越春秋》（卷一〇）《勾踐伐吳外傳》：「於夜半，（越）使左軍涉江，鳴鼓中水，以待吳發。吳師聞之，中大駭，相謂曰：『今越軍分爲二師，將以使攻我衆。』亦即以夜暗，中分其師，以圍越。越王陰使左右軍與吳望戰，以大鼓相聞。潛伏其私卒六千人，銜枚不鼓，攻吳，吳師大敗。越之左右軍乃遂伐之，大敗之於囿。又敗之於郊，又敗之於津。如是三戰三北，徑至吳，圍吳於西城。吳王大懼，夜遁。」

〔二〕西施：參本卷（詩四二七）注〔五〕。不及：趕不上，比不上。燒殘蠟：點燃過的剩餘蠟燭。此句意謂西施絲毫也不爲吳國的滅亡而傷心痛惜。

〔三〕君王：指吳王夫差。此句謂殘剩的蠟燭流下的蠟液，還能够爲吳王亡國而傷心落淚。南朝陳後主叔寶《自君之出矣六首》（其五）：「思君如夜燭，垂淚著雞鳴。」杜牧《贈别二首》（其二）：

「蠟燭有心還惜别，替人垂淚到天明。」

【箋評】

首二句太直率，三四句設想輕靈。吴亡後，西施有隨范蠡之説也。（劉永濟《唐人絶句精華》）

素襪雖遮未掩羞〔一〕，越兵猶怕伍員頭①〔二〕。吴王恨魄今如在〔三〕，衹合西施瀨上遊②〔四〕。

（詩四三〇）

【校記】

①「伍」原作「五」，據弘治本、汲古閣本、詩瘦閣本、四庫本、皮詩本、萬絶本、統籤本、類苑本、季寫本、全唐詩本改。　②「衹」汲古閣本、萬絶本作「秖」。

【注釋】

〔一〕素襪（wà）：白色絲帶。古代女子束在腰間的帶子稱作襪，也作寶襪。南朝梁劉緩《敬酬劉長史咏名士悦傾城詩》：「釵長逐鬟髮，襪小稱腰身。」隋煬帝楊廣《喜春遊歌二首》（其二）：「錦袖淮南舞，寶襪楚宫腰。」唐盧照鄰《行路難》：「娼家寶襪蛟龍帔，公子銀鞍千萬騎。」李賀《追賦畫江潭苑四首》（其二）：「寶襪菊衣單，蕉花密露寒。」馬縞《中華古今注》（卷中）：「襪肚，蓋文王所製也，謂之腰巾，但以繒爲之。宫女以彩爲之，名曰『腰彩』。至漢武帝以四帶，名曰『襪肚』。至靈帝賜宫人蹙金絲合勝襪肚，亦名『齊襠』。」明楊慎《升庵詩話》（卷一四）《寶襪腰綵》：「襪，女人脇衣也。隋煬帝詩：『錦袖淮南舞，寶襪楚宮腰。』盧照鄰詩：『倡家寶襪蛟龍被』是也。或謂起自楊妃，出于小説僞書，不可信也。崔豹《古今注》謂之『腰綵』，注引《左傳》『衵服』，謂日日近身衣也。是春秋之世已有之，豈始於唐乎？沈約詩『領上蒲桃綉，腰中合歡綺。』謝偃詩『細風吹寶襪，輕露濕紅紗。』」吴王夫差臨死前，有以組綉遮目事，未見素襪掩面事。《吴越春秋》（卷五）《夫差内傳》：「吴王臨欲伏劍，顧謂左右曰：『吾生既慚，死亦愧矣。使死者有知，吾羞前君地下，不忍睹忠臣伍子胥及公孫聖。使其無知，吾負於生。死必連繄組以罩吾目，恐其不蔽，願復重羅綉三幅，以爲掩明。生不昭我，死勿見我形。吾何可哉！』」

〔二〕伍員：字子胥（？—前四八四），春秋時吴國大夫。助吴王闔閭奪取王位，整軍肅武，使國勢日盛。吴王夫差時，勸夫差拒絶越國的求和而被讒言，夫差賜劍令其自殺。生平事迹參《史記》（卷六六）《伍子胥列傳》《越絶書》《吴越春秋》。越兵怕伍員頭：《吴越春秋》（卷一〇）《勾踐伐吴外傳》：「（越軍）欲入胥門，來至六七里，望吴南城，見伍子胥頭，巨若車輪，目若耀電，鬚髪四張，射於十里。越軍大懼，留兵假道。」

〔三〕吴王恨魄：吴王夫差臨死之前，後悔先前未聽從伍子胥的主張，含恨而死。《國語》（卷一九）《吴語》：「夫差將死，使人説於子胥曰：『使死者無知，則已矣；若其有知，吾何面目以見員也！』遂自殺。」《史記·伍子胥列傳》《吴越春秋》《越絶書》也有相同的記述。

〔四〕西施瀨（lài）：指西施曾經浣紗的水邊。瀨，湍急的流水。《方輿勝覽》（卷六）《浙東路·紹興府》：「浣紗石，在諸暨南五里苧羅山下。相傳云西施浣紗處。」《太平寰宇記》（卷九六）《江南東道八》：「越州諸暨縣，苧羅山，山下有石迹水，是西施浣紗之所，浣紗石猶在。」

（詩四三二）

響屧廊中金玉步〔一〕，采蘭山上綺羅身①〔二〕。不知水葬今何處〔三〕，溪月彎彎欲效嚬②〔四〕。

【校記】

①「蘭」皮詩本、統籤本、季寫本、全唐詩本作「蘋」，全唐詩本注：「一作蘭。」　②「彎彎」項刻本作「灣灣」。「效」類苑本作「放」。「嚬」李校本作「頻」。

【注釋】

〔一〕響屧廊：參卷六（詩三二七）注〔七〕。金玉步：喻當年西施等人在響屧廊中的舞步。

〔二〕采蘭山：應即指吴王當年曾種香的香山，在今蘇州靈巖山傍。范成大《吴郡志》（卷一五）：「香山，胥口相直。吴王種香於此山，遣美人采香焉。傍有山溪，名采香徑。」又（卷八）：「采香徑，在香山之傍小溪也。吴王種香於香山，使美人泛舟於溪以采香。今自靈巖山望之，一水直如矢，故俗又名箭涇。」綺羅身：猶綺羅人，佳人。指西施等吴王宫中的美女。

〔三〕水葬：將死者的尸體拋入水中，任其隨波漂流的一種殯葬方法。我國古代西南地區一些少數民族即如此。水葬當在春秋時吴國亦流行，故此詩云吴王夫差宫中美女西施等被水葬。實指吳國被滅後許多美女被淹死或被拋尸水中事。《吳越春秋》（卷五）《夫差内傳》記載伍子胥被拋尸江中：「乃棄其軀，投之江中。子胥因隨流揚波，依潮來往，蕩激崩岸。」可作佐證。明楊慎認同此説。《升庵詩話》（卷三）：「皮日休《館娃宫懷古》：『響屧廊中金玉步，采香徑裏綺羅身。不知水葬歸何處，溪月彎彎欲效顰。』杜牧之詩：『西子下姑蘇，一舸逐鴟夷。』後人遂謂范蠡載西施以去，然不見其所據。余按《墨子》云：『西施之沉，其美也。』蓋勾踐平吳後，沉之於江也，又兼此詩可證。李義山《景陽井》一首，亦叶此意。」又（卷五）云：「李義山《景陽井》：『景陽宫井剩堪悲，不盡龍鸞誓死期。惆悵吳王宫外水，濁泥猶得葬西施。』觀此，西施之沉，信矣。杜牧所云『逐鴟夷』者，安知不謂沉江而殉子胥乎？『鴟革浮胥骸』，亦子胥事也。」劉學鍇、余恕誠師《李商隱詩歌集解·景陽井》曰：「水葬西施之事，自是春秋末期即有之傳説，與『一舸逐鴟夷』之傳説不同，不必强爲捏合。宋曾慥《樂府雅詞》董穎《薄媚·西子詞》（下片）：『降令曰：吳亡赦汝，越與吳何異。吳正怨，越方疑，從公論，合去妖類。蛾眉宛轉，竟殞鮫綃，棄骨委塵泥。渺渺姑蘇，荒蕪鹿戲。』則謂先縊殺，再棄骨塵泥。當另有所據。」

〔四〕效嚬（pín）：效法皺眉頭的憂愁神態。《莊子·天運》：「故西施病心而嚬其里，其里之醜人見之而美之，歸亦捧心而嚬其里。」此句謂照耀在溪水裏的彎月，至今似乎還顯現出當年吳國滅亡時那些美女的哀愁。

【箋評】

世傳西施隨范蠡去，不見所出，只因杜牧「西子下姑蘇，一舸逐鴟夷」之句而附會也。《越絶書》：西施亡吴國後，復隨范蠡，因泛五湖而去。據《墨子》：「吴起之裂，其功也；西施之沉，其美也。」則吴亡後西施實死于水，不從蠡矣。《修文御覽》引《吴越春秋》逸篇云：「吴亡後，越浮西施於江，令隨鴟夷以終。」則其不隨范蠡更爲可據。「隨鴟夷」者，謂伍胥以鴟夷皮裹而沉于江也。皮日休《館娃宫懷古》：「響屧廊中金玉步，采香徑裏綺羅身。不知水葬歸何處，溪月彎彎欲效顰。」李義山《景陽井》詩：「景陽宫井剩堪悲，不盡龍鸞誓死期。惆悵吴王宫外水，濁泥猶得葬西施。」皆可互證。唐《景龍文館記》宋之問《分題浣紗篇》有「一朝還舊都，靚妝尋若耶」之句，則又似吴亡後復還會稽者，何也？（徐應秋《玉芝堂談薈》卷六《西施隨蠡》）

楊升菴云：「《西谿叢話》云：《吴越春秋》云：吴亡，西施被殺。杜牧之詩：『西子下姑蘇，一舸逐鴟夷。』後人遂云范蠡將西子去，然别無所據。余案《墨子》云：『西施之沈，其美也。』蓋勾踐平吴後，沈之江也。又皮日休《館娃宫懷古》云：『不知水葬歸何處，谿月彎彎欲效顰。』可證。李商隱《景陽井》云：『惆悵吴王宫外水，濁泥猶得葬西施。』亦叶此意。觀此，西施之沉，信矣。」（杭世駿《訂訛類編》卷二《西施無泛湖事》）

越得諸暨苧蘿山采薪之女曰西施與鄭旦，并進於吴王。事載《越絶》《吴越春秋》。而《管子·小稱篇》：「毛嬙、西施，天下之美婦人。」管仲時何知西子？豈古有西施，苧蘿之女取以爲名歟？吴亡之後，或傳其從范蠡去，杜牧《杜秋詩》：「西子下姑蘇，一舸逐鴟夷」是已。或傳其歸于家，宋之問詩：「一朝還舊都，靚妝尋若耶」是已。然皆莫詳所出。……考《墨子·親士篇》：「西施之沉，其美也。」《西溪叢語》引《吴越春秋》：「吴亡，西子被殺。」《楊升庵集》言：《修文御覽》引《吴越春秋》逸篇：「越浮西施於江，令隨鴟夷以終。」然則吴既滅而西子亦死於水矣。故李商隱《景陽井》詩：「惆悵吴王宫外水，濁泥猶得葬西施。」皮日休《館娃宫》詩：「不知水葬歸何處，溪月彎彎欲效顰。」伍員之死，盛以鴟夷；范蠡去越，號鴟夷子皮，杜牧遂誤以子胥爲范少伯耳。若宋延清「還舊都」之語，是詩人隨意造事，羌無故實，奚其信！（梁學昌《庭立記聞》卷四）

奉和五絶

龜蒙

三千雖衣水犀珠①〔一〕，半夜夫差國暗屠〔二〕。猶有八人皆二八〔三〕，獨教西子占亡吴〔四〕。

（詩四二二一）

【校記】

①「珠」盧校本、季寫本作「株」。

【注釋】

〔一〕水犀：犀牛的一種。水犀珠，水犀的皮有珠甲。吴王夫差用水犀皮飾戰甲，堅牢精美，并建三千人的水犀軍，作爲精鋭部隊。《國語》（卷二〇）《越語上》：「今夫差衣水犀之甲者億有三千。」韋昭注：「言多也。犀形似豕而大，今徼外所送，有山犀、水犀。水犀之皮有珠甲，山犀則無。『億有三千』，所謂賢良也，若今備衛士矣。」另一説，《吴越春秋》（卷一〇）《勾踐伐吴外傳》：「今夫差衣水犀甲者十有三萬人。」

〔二〕夫差：春秋時吴國國王。生平事迹參《史記》（卷三一）《吴太伯世家》《吴越春秋》《國語》《越絶書》等。此句謂越國趁着夜半消滅了吴國。參本卷（詩四二九）注〔一〕。

〔三〕猶有句：謂越國除了向吴王夫差進獻了西施、鄭旦兩個美女，還向吴國宰嚭送去了八個年輕的女子。《國語》（卷二〇）《越語上》：「越人飾美女八人，納之太宰嚭，曰：『子苟赦越國之罪，又有美於此者將進之。』太宰嚭諫曰：『嚭聞古之伐國者，服之而已。今已服矣，又何求焉。』夫差與之成而去之。」二八：十六歲。此指十六歲的年輕美女。梁簡文帝蕭綱《咏舞詩二首》（其二）：「可憐稱二八，逐節似飛鴻。」南朝陳徐陵《雜曲》：「二八年時不憂度，旁邊得寵誰相妒。」

〔四〕獨教：獨使。猶云唯一使得，偏偏使得。西子：此指越國美女，吴王夫差寵姬西施。西子也是古代美女的通稱。《孟子·離婁下》：「孟子曰：『西子蒙不潔，則人皆掩鼻而過之；雖有惡人，齋戒沐浴，則可以祀上帝。』」趙岐注：「西子，古之好女西施也。」周柄中《孟子辨正》：「似乎古有此美女，而後世相因，借以相美，如善射者皆稱羿之類。」占亡吴：謂獨占了致使吴國滅亡的罵名。

一宮花渚漾漣漪〔一〕，倭墮鴉鬟出繭眉①〔二〕。可料座中歌舞袖②〔三〕，便將殘節拂降旗〔四〕。

（詩四三三）

【校記】

①「倭」原作「俀」，據詩瘦閣本改。「繭」萬絕本作「蠒」。②「座」萬絕本作「坐」。

【注釋】

〔一〕一宮：滿宮。指整個館娃宮。花渚：生長着花草的水中之地。渚，水邊，或水中小洲。《楚辭·九歌·湘君》：「夕弭節兮北渚。」王逸注：「渚，水涯也。」洪興祖補注：「渚，沚也。《爾雅》：『小洲曰渚。』《韓詩章句》：『水一溢而爲渚。』」漣漪：水面上微微蕩起的波紋。《詩經·魏風·伐檀》：「坎坎伐檀兮，寘之河之干兮，河水清且漣猗。」

〔二〕倭墮：倭墮髻，古代女子的一種髮髻。或即墮馬髻。漢樂府《陌上桑》：「頭上倭墮髻，耳中明月珠。」《後漢書》（卷三四）《梁冀傳》：「（孫）壽色美而善爲妖態，作愁眉、啼妝、墮馬髻、折腰步、齲齒笑，以爲媚惑。」李賢注引應劭《風俗通》曰：「墮馬髻者，側在一邊。……始自冀家所爲，京師翕然皆放效之。」崔豹《古今注·雜注》：「墮馬髻，今無復作者。倭墮髻，一云墮馬之餘形也。」鴉鬟：黑色如鴉的丫形（即兩個髻）的雙鬟髮式。李白《酬張司馬贈墨》：「黃頭奴子雙鴉鬟。」王琦注：「雙鴉鬟，謂頭上雙髻，色黑如鴉也。」繭眉：猶蛾眉。代指美女。此指吳王夫差宮中西施等女子。

〔三〕可料：豈料，哪裏料到。張相《詩詞曲語辭匯釋》（卷一）：「可，猶豈也；那也。……可料，猶云豈料或那料也。……陸龜蒙《館娃宫懷古》詩：『可料座中歌舞袖，便將殘節拂降旗。』義同上。」

〔四〕便將：就使。殘節：指歌舞快要結束時的節拍。降（xiáng）旗：指吴國向越國投降的旗幟。此句謂吴國在歌舞聲中被越國消滅了，極寫其荒淫亡國及亡國之慘痛。

幾多雲榭倚青冥〔一〕，越焰燒來一片平〔二〕。此地最應沾恨血〔三〕，至今春草不匀生〔四〕。

（詩四三四）

【注釋】

〔一〕幾多：何多，頗多。指多處。張相《詩詞曲語辭匯釋》（卷一）：「幾，猶何也；那也；怎也。」雲榭：高大的臺榭。榭，高臺上的亭閣。此指館娃宫等吴國宫廷建築。青冥：高遠的天空。因其呈青色而暗，故云。《楚辭·九章·悲回風》：「據青冥而攄虹兮，遂儵忽而捫天。」王逸注：「上至玄冥，舒光耀也。所至高眇，不可逮也。」

〔二〕越焰：越國軍隊火燒吴國宫殿苑囿的火焰。《吴越春秋》（卷五）《夫差内傳》：「（越軍）遂入吴國，燒姑胥臺，徙其大舟。」

〔三〕此地：指館娃宫的舊址。

〔四〕不勻生：不是草木生長不均勻，實謂當年沾血之處至今春草不生，可見吳國被滅亡的遺恨難消。

江色分明練遶臺〔一〕，戰帆遥隔綺疏開〔二〕。波神自厭荒淫主①〔三〕，勾踐樓舡穩帖來②〔四〕。

（詩四三五）

【校記】

①「波」原作「渡」，據汲古閣本、詩瘦閣本、四庫本、陸詩甲本、陸詩丙本、統籤本、季寫本、全唐詩本改。「淫」類苑本作「溪」，季寫本作「滛」。②「勾」弘治本、汲古閣本、詩瘦閣本、四庫本、陸詩甲本、陸詩丙本、季寫本、全唐詩本作「句」。「舡」弘治本、汲古閣本、詩瘦閣本、四庫本、陸詩甲本、萬絶本、統籤本、類苑本、季寫本、全唐詩本作「船」。「帖」詩瘦閣本、萬絶本作「貼」。

【注釋】

〔一〕江色句：謂江水潔白，猶如白色絲綢一樣環繞着館娃宫的樓臺。練：白色的熟絹。《文選》（卷二七）謝朓《晚登三山還望京邑》：「餘霞散成綺，澄江静如練。」

〔二〕戰帆：戰船。以帆代指船。綺疏：鏤刻華麗的窗户。疏，指窗。窗户棱子雕刻花紋圖案之謂也。《史記》（卷二三）《禮書》：「疏房床第几席，所以養體也。」《索隱》：「疏謂窗也。」

〔三〕波神：水神。《漢書》（卷八七上）《揚雄傳上》：「陵陽侯之素波兮，豈吾纍之獨見許？」顔師古注：「應劭曰：『陽侯，古之諸侯也。有罪自投江，其神爲大波。』」自厭：本來就討厭。荒淫主：沉湎酒色，腐敗無能的國君。指吳王夫差。任昉《述異記》（《説郛三種》之《説郛一百二十弓》弓六十五）曰：「吳王夫差築姑蘇之臺，三年乃成。周旋詰曲，横亘五里。崇飾土木，殫耗人力。宫妓數千人，上别立春宵宫，爲長夜之飲，造千石酒鐘。夫差作天池，池中造青龍舟，舟中盛陳妓樂，日與西施爲水嬉。吳王於宫中作海靈館、館娃閣，銅溝玉檻。宫之楹檻，珠玉飾之。」

〔四〕勾踐：春秋末越國國君。先被吳王夫差打敗，任用范蠡等人，卧薪嘗膽，最終消滅了吳國。生平事迹參《史記》（卷四一）《越王勾踐世家》《吳越春秋》《越絶書》。樓舡（chuán）：有多層的高大戰船。《文選》（卷四五）漢武帝《秋風辭》：「泛樓舡兮濟汾河，横中流兮揚素波。」李善注：「應劭《漢書注》曰：『作大舡，上施樓故號曰樓舡。』」穩帖：穩當妥貼。此二句謂連水神也厭惡吳王夫差沉醉酒色，在越王勾踐興兵伐吳時，波瀾不興，幫助越國消滅了吳國。越王勾踐圖謀伐吳時，確實對江海波濤深爲憂慮。《越絶書》（卷四）《越絶計倪内經》：「（勾踐）曰：『吾欲伐吳，恐弗能取。山林幽冥，不知利害所在。西則迫江，東則薄海，水屬蒼天，下不知所止，交錯相過，波濤浚流，沈而復起，因復相還。浩浩之水，朝夕既有時，動作若驚駭，聲音若雷霆。波濤援而起，船失不能救，未知命之所維。念樓船之苦，涕泣不可止。非不欲爲也，時返不知所在，謀不成而息，恐爲天下咎。』」

寶襪香綦碎曉塵①〔一〕，亂兵誰惜似花人〔二〕。伯勞應是精靈使〔三〕，猶向殘陽泣暮春②〔四〕。　（詩四三六）

【校記】

①「襪」季寫本作「袜」。　②「暮」詩瘦閣本作「莫」，「莫」是「暮」的本字。

【注釋】

〔一〕寶襪：指古代女子腰間束裙的帶子。此即指吴王夫差宫中西施等美女。參本卷（詩四三〇）注〔一〕。香綦（qí）：指女子穿戴的華美服飾。此指吴宫美女。《詩經·鄭風·出其東門》：「縞衣綦巾，聊樂我員。」《毛傳》：「綦巾，蒼艾色女服也。」碎曉塵：在清晨越軍攻打吴王宫殿的戰鬥中，被打碎扯爛了。此句喻吴宫美女慘死於戰火中。

〔二〕亂兵：此指亂戰中的士兵。花人：如鮮花的美女。指吴王宫中西施等人。

〔三〕伯勞：鳥名。《左傳·昭公十七年》：「伯趙氏，司至者也。」杜預注：「伯趙，伯勞也。以夏至鳴，冬至止。」《詩經·豳風·七月》：「七月鳴鵙，八月載績。」《毛傳》：「鵙，伯勞也。」鄭箋：「伯勞鳴，將寒之候也。五月則鳴，豳地晚寒，鳥物之候從其氣焉。」《文選》（卷一五）張衡《思玄賦》：「恃己知而華予兮，鶗鴂鳴而不芳。」李善注：「鶗鴂，鳥名也。以秋分鳴。善曰：《楚辭》曰：『歲既晏兮孰華予。』又曰：『恐鶗鴂之先鳴，使夫百草爲之不芳。』《臨海異物志》曰：『鶗鴂，一名杜鵑。至三月鳴，晝夜不止，夏末乃止。』服虔曰：『鶗鴂，一名鵙，伯勞。』」《玉臺新詠》（卷九）古辭《東飛伯勞西飛燕》：「東飛伯勞西飛燕，黄姑織女時相見。」精靈使：靈魂的使者。指在越國亡吴的亂戰中慘死的吴宫女子。

〔四〕殘陽泣暮春：此以暮春時伯勞在夕陽中悲鳴的淒涼蕭條的景象，喻吴亡後的悲慘情景。

虎丘寺西小溪閑泛三絶〔一〕

日休

鼓子花明白石岸①〔二〕，桃枝竹覆翠嵐溪〔三〕。分明似對天台洞〔四〕，應厭頑仙不肯迷〔五〕。

（詩四三七）

【校記】

①「明」項刻本作「開」。

【注釋】

〔一〕此組三首詩當作於咸通十一年（八七〇）秋。虎丘寺：參卷五（詩一九三）注〔一〕。閑泛：悠閑自在地泛舟游玩。

〔二〕鼓子花：草花名，即旋花。《本草綱目》（卷一八上）《旋花》：「其花不作瓣狀，如軍中所吹鼓子，故有旋花鼓子之名。……旋花，田野塍塹皆生，逐節延蔓，葉如波菜葉而小。至秋開花，如白牽牛之花，粉紅色。亦有千葉者，其根白色，大如筋，不結子。」明：形容花的鮮艷明麗。

〔三〕桃枝竹：一種竹名。《山海經·西山經》：「嶓冢之山，漢水出焉，而東南流注于沔；囂水出焉，北流注于湯水，其上多桃枝鉤端。」桃枝，即桃枝竹。南朝宋戴凱之《竹譜》：「桃枝、篔簹，多植水渚。……桃枝是其中最細者。并見《方志賦》。桃枝皮赤，編之滑勁，可以爲席。……余之所見桃枝竹，節短者不兼寸，長者或逾尺。」翠嵐：淡藍色的煙霧。

〔四〕天台洞：天台山的神仙洞穴，如道教「十大洞天」第六赤城山洞，「三十六小洞天」第十九蓋竹山洞、第二十七金庭山洞，都是天台山以及附近的洞天。「七十二福地」中屬於天台山地區的尤多。天台山，參卷六（詩三三三）注〔一〕。

〔五〕頑仙：冥頑不靈的仙人。道家指没有徹悟，尚有世俗氣的仙人。陶弘景《與梁武帝論書啓》：「每以爲得作才鬼，亦當勝於頑仙。」此句謂應當厭惡頑仙在仙境中也不能着迷。用劉、阮故事。劉義慶《幽明録》（《太平御覽》卷四一）曰：「漢明帝永平五年，剡縣劉晨、阮肇共入天台山取穀皮，迷不得返。……見蕪菁葉從山腹流出，甚鮮新。復一杯流出，有胡麻糁。相謂曰：『此必去人徑不遠。』度山出一大溪，溪邊有二女子，資質妙絶，見二人，持盃出，便笑曰：『劉、阮二郎，捉向所失流杯來。』晨、肇既不識之，二女便呼其姓，如似有舊。相見忻喜，問來何晚耶，因要還家。……劉、阮忻怖交并。至暮，令各就一帳宿，女往就之，言聲清婉，令人忘憂。至十日後，欲求還去。女云：『君已來，是宿福所牽，何復欲還耶？』遂留半年。氣候草木是春時，百鳥鳴呼更懷土，求歸甚苦。女曰：『當如何？』遂呼前來女子有三四十人，集會奏樂，共送劉、阮，指示還路。既出，親舊零落，邑屋全異，無復相識。問得七世孫，傳聞上世入山，迷不得歸。」

【箋評】

吾友陸君豫齋，唐高士甫里先生之卅四世孫。承先賢遺緒，敦本睦族，勇於爲善。既建甫里先生祠於虎邱山塘之南，又搆小園於祠之側，顏之曰西谿别墅，屬予記之。考甫里先生卜居吴郡之臨頓橋，其《幽居賦》云：「門臨鶴市，地接虎邱。」又嘗與皮襲美西谿閒泛，唱和之作載於《松陵集》，則兹山爲先生流連觴咏之地，九原可作，其必有樂乎此矣。（錢大昕《西谿别墅記》，《潛研堂文集》卷二十一）

（詩四三八）

絶壑祇憐白羽慠〔一〕，窮谿唯覺錦鱗癡〔二〕。更深尚有通樵處〔三〕，或是秦人未可知①〔四〕。

【校記】

①「秦」類苑本作「仙」。

【注釋】

〔一〕絶壑：險峻峭拔的山谷。憐：愛。白羽：白色羽毛的鳥，即白鳥，也稱白鷺。慠：驕傲。指白鳥能在山巖間自由飛翔，顯得很自豪矯健。

〔二〕窮谿：窮盡溪流，盡情游遍了小溪。錦鱗：魚的美稱。南朝宋鮑照《芙蓉賦》：「戲錦鱗而夕暎，曜綉羽以晨過。」癡：癡呆。此有天真可愛之意。《世説新語·賞譽》：「王藍田爲人晚成，時人乃謂之癡。」

〔三〕更深：極深。張相《詩詞曲語辭匯釋》（卷一）：「更，甚辭。猶云不論怎樣也；雖也；縱也；亦猶云絶也。」

〔四〕或是：也許有。秦人：秦代的人。喻避世隱居的人。陶淵明《桃花源記》：「晋太元中，武陵人捕魚爲業。緣溪行，忘路之遠近。忽逢桃花林，夾岸數百步，中無雜樹，芳草鮮美，落英繽紛。漁人甚異之。復前行，欲窮其林。林盡水源，便得一山。山有小口，髣髴若有光。便捨船，從口入。初極狹，纔通人。復行數十步，豁然開朗。土地平曠，屋舍儼然，有良田、美池、桑竹之屬。阡陌交通，鷄犬相聞。其中往來種作，男女衣著，悉如外人。黄髮垂髫，并怡然自樂。見漁人，乃大驚。問所從來，具答之。便要還家，設酒殺鷄作食。村中聞有此人，咸來問訊。自云先世避秦時亂，率妻子邑人來此絶境，不復出焉，遂與外人間隔。問今是何世，乃不知有漢，無論魏、晋。」

高下不驚紅翡翠①〔一〕，淺深還礙白薔薇〔二〕。船頭繫箇松根上〔三〕，欲待逢仙不擬歸〔四〕。

（詩四三九）

【校記】

①「驚」原缺「敬」末筆，避宋太祖祖父趙敬諱。

【注釋】

〔一〕高下：高低上下。《老子》（第二章）：「長短相形，高下相傾。」《國語・吴語》：「今王既變鮌、禹之功，而高高下下，以罷民於姑蘇。」杜牧《題宣州開元寺》：「高高下下中，風繞松桂樹。」紅翡翠：紫紅色的翡翠鳥。翡翠鳥的一種，其身體上的羽毛呈栗色而帶紫色的光澤，嘴紅色，脚爲赤褐色。《禽經》：「背有采羽曰翡翠，狀如鵁鶄而色正碧，鮮縟可愛。飲啄於澄瀾洄淵之側。尤惜其羽，日濯於水中。今王公之家以爲婦人首飾，其羽直千金。」

〔二〕淺深：顔色的深淺和濃淡。杜甫《江畔獨步尋花七絶句》（其五）：「桃花一簇開無主，可愛深紅愛淺紅。」白薔薇：薔薇花的一種，落葉灌木，莖硬多刺。初夏開花，顔色有紅、粉紅、黄、白色多種，是觀賞型花卉。范成大《吴郡志》（卷三〇）：「薔薇花，有紅白雜色。陸龜蒙詩所謂『倚墻當户』、『一端晴綺』者，紅薔薇也。皮日休泛舟詩所謂『淺深還看白薔薇』者，則是野薔薇耳，水邊富有之。……白花又有金櫻子、佛見笑等，皆薔薇類也。」

〔三〕繫箇：繫，繫在那。張相《詩詞曲語辭匯釋》（卷三）：「箇，指點辭。猶這也；那也。」

〔四〕欲待：想要，希望。待，語助詞。

【箋評】

薔薇，立春時折當年枝條，插肥地即活。《浣花雜志》云：「壓枝爲上，扦枝次之；潮泥易發，黄泥次之。如生蟲，以傾銀爐灰撒之。武帝與麗娟看花時，薔薇始開，態若□笑。上曰：『此花絶勝佳人笑也。』麗娟戲曰：『笑可買乎？』因奉黄金爲買笑錢。」皮日休泛舟詩云「淺深還看白薔薇」，蓋指野薔薇，生水邊，香更濃郁，拌茶煎服，可驅瘧鬼。（伍涵芬《讀書樂趣》卷四）

奉和三絶次韻

龜蒙①

樹號相思枝拂地〔一〕，鳥語提壺聲滿溪〔二〕。雲涯一里千萬曲〔三〕，直是漁翁行也迷〔四〕。（詩四四〇）

【校記】

①原缺署名。各本均署名「龜蒙」，陸集各本亦收録此詩，據補。

【注釋】

〔一〕樹號相思：《文選》（卷五）左思《吴都賦》：「楠榴之木，相思之樹。」劉逵注引劉成曰：「相思，大樹也。材理堅，邪斫之，則文。可作器。其實如珊瑚，歷年不變，東冶有之。」拂地：掩映地面。

〔二〕鳥語提壺：鳴叫聲似「提壺」的鳥，即鵜鶘鳥。《詩經·曹風·候人》：「維鵜在梁，不濡其翼。」《爾雅·釋鳥》：「鵜，鴮鸅。」郭璞注：「今之鵜鶘也。好群飛，沈水食魚，故名洿澤。俗呼之爲淘河。」古人以「提壺」寓勸酒之意。白居易《早春聞提壺鳥因題鄰家》：「厭聽秋猿催下淚，喜聞春鳥勸提壺。」李頻《送陸肱歸吴興》：「勸酒提壺鳥，乘舟震澤人。」

〔三〕雲涯：煙霧彌漫的水邊。此指虎丘寺西小溪。一里千萬曲：極言小溪蜿蜒曲折。《爾雅·釋水》：「河出崑崙虚，色白。所渠并千七百，一川色黄。百里一小曲，千里一曲一直。」

〔四〕直是：就是，即使。張相《詩詞曲語辭匯釋》（卷一）：「直，與就使、即使之就字、即字相當，假定之辭。凡文筆作開合之勢者，往往用直字以墊起，與饒字相似，特饒字緩而直字勁耳。……陸龜蒙《和襲美虎丘寺西小溪閒泛》詩：『雲涯一里千萬曲，直是漁翁行也迷。』言即使漁人能入桃源，然至此則也應迷路矣。」漁翁行迷：用陶淵明《桃花源記》事而作假設推論。參本卷（詩四三八）注〔四〕。

荒柳卧波渾似困〔一〕，宿雲遮塢未全癡〔二〕。雲情柳意蕭蕭會〔三〕，若問諸餘總不知〔四〕。

（詩四四一）

【注釋】

〔一〕荒柳：蕭條的老柳樹。渾似：全似，簡直。渾似困：完全像是困倦懶散的樣子。

〔二〕宿雲：昨夜的雲霧。塢：山坳。癡：愚昧無知。

〔三〕蕭蕭會：瀟灑透脱地理會。蕭蕭：瀟灑閑散貌。《世説新語·容止》：「嵇康身長七尺八寸，風姿特秀。見者嘆曰：『蕭蕭肅肅，爽朗清舉。』」會：理解，領會。

〔四〕諸餘：其餘，其他。張相《詩詞曲語辭匯釋》（卷三）：「諸餘，猶云一切或種種也。」王建《贈人二首》（其二）：「朝回不向諸餘處，騎馬城西檢校花。」韓愈《贈劉師服》：「朱顔皓頸訝莫親，此外諸餘誰更數。」總不知：全不知。

【箋評】

「雲情」句頗有遠致，詩人蓋謂世事不堪問，托言「不知」，惟「雲情柳意」差堪領會耳。「柳意」「似困」，「雲情」未「癡」，即詩人所領會者，亦詩人之自道也。（劉永濟《唐人絶句精華》）

每逢孤嶼一倚楫〔一〕，便欲狂歌同采薇〔二〕。任是煙蘿中待月〔三〕，不妨欹枕扣舷歸①〔四〕。

（詩四四二）

【校記】

①「欹」萬絶本作「歌」，「舷」萬絶本作「船」。「舷」原缺「玄」末筆，避宋太祖始祖趙玄朗諱。

【注釋】

〔一〕孤嶼：水中孤立的小島。《文選》（卷二六）録謝靈運《登江中孤嶼》詩：「亂流趨正絶，孤嶼媚中川。」李善注：「劉淵林《吴都賦》注曰：『嶼，海中洲，上有山石。』」倚楫：斜靠着船槳。謂停船賞景。楫，船槳，代指船。

〔二〕狂歌：盡情地放聲歌唱。《論語·微子》：「楚狂接輿歌而過孔子曰：『鳳兮鳳兮！何德之衰？往者不可諫，來者猶可追。已而已而！今之從政者殆而！』孔子下，欲與之言。趨而辟之，不得與之言。」采薇：用周代伯夷、叔齊義不食周粟，隱居首陽山，采薇而食的故事。此指避世隱居之意。《史記》（卷六一）《伯夷列傳》：「（周）武王已平殷亂，天下宗周，而伯夷、叔齊耻之，義不食周粟，隱於首陽山，采薇而食之。及餓且死，作歌。其辭曰：『登彼西山兮，采其薇矣。以暴易暴兮，不知其非矣。神農、虞、夏忽焉没兮，我安適歸矣？于嗟徂兮，命之衰矣！』遂餓死於首陽山。」

〔三〕任是：任意，隨意。煙蘿：形容樹林茂密幽深。多指山林中隱士的居處。寒山《自樂平生道》：「自樂平生道，煙蘿石洞間。」胡駢《經費拾遺舊隱》：「不將冠劍爲榮事，只向煙蘿寄此生。」

〔四〕欹枕：身體斜倚着。扣舷：敲擊船舷。欹枕扣舷，形容自由蕭散的情態。

松陵集卷第八　今體七言詩八十四首

白鷗詩（并序）①

龜蒙

樂安任君〔一〕，嘗爲涇尉〔二〕。居吴城中〔三〕，地纔數畝而不佩俗物②〔四〕。有池，池中有島嶼。池之南西北邊③，合三亭〔五〕，修篁嘉木④，掩隱隈奥處⑤〔六〕，其一不見其二也⑥。君好奇樂異〔七〕，喜文學名理之士〔八〕，所得皆清散凝瑩〔九〕。襲美知而偕詣〔一〇〕。既坐，有白鷗翩然馴於砌下⑦〔一一〕，因請浮而玩之〔一二〕。主人曰〔一三〕：「池中之族老矣〔一四〕，每以豪健據有⑧〔一五〕。鷗之始浮，輒逐而害之，今畏不敢入。」吁！昔人之心蓄機事〔一六〕，猶或舞而不下〔一七〕，况害之哉！且羽族麗于水者多矣⑨〔一八〕，獨鷗爲閑暇⑩〔一九〕，其致不高耶⑪？一旦水有鯨鯢之患〔二〇〕，陸有狐狸之憂〔二一〕，儔侶不得命嘯〔二二〕，塵埃不得澡刷〔二三〕，雖蒙人之流賞〔二四〕，亦天地之窮鳥也〔二五〕。感而爲詩，邀襲美同作。

（序一五）

【校記】

①季寫本無「并序」。　②類苑本無「佩」。　③「北」原作「比」，據弘治本、汲古閣本、四庫本、陸詩甲本、陸詩丙本、統籤本、季寫本、全唐詩本改。　④「修」原作「脩」，據汲古閣本、四庫本、統籤本、類苑本、季寫本、全唐詩本改。　⑤「隱」詩瘦閣本作「暎」。「奥」全唐詩本作「隩」。　⑥「其一」原作「莫一」，據弘治本、汲古閣本、詩瘦閣本、四庫本、陸詩甲本、陸詩丙本、統籤本、季寫本、全唐詩本改。　⑦「於」統籤本、類苑本作「于」。　⑧「豪」類苑本作「毫」。　⑨「于」汲古閣本、四庫本作「於」。　⑩「閑暇」陸詩丙本作「閒暇」。　⑪「耶」弘治本、汲古閣本、四庫本、季寫本作「邪」。

【注釋】

〔一〕樂安：樂安縣（今浙江省仙居縣）。《元和郡縣圖志》（卷二六）《江南道二》：「台州樂安縣，東晉穆帝永和三年分始豐南鄉置樂安縣，屬臨海郡，歷代因之。隋開皇九年廢。武德五年改屬，前上元元年復置於孟溪之側，今縣是也。」任君：任晦。參卷一（序二）注〔九〕。

〔二〕涇尉：涇縣的縣尉。參卷一（序二）注〔九〕。

〔三〕吴城：即蘇州，春秋時期吴國的都城。

〔四〕地纔數畝句：謂任晦的園林不大，但却是吴中名園，被稱作任晦園。實爲晉顧辟彊園林的舊址。卷一（序二）：「前涇縣尉任晦者，其居有深林曲沼，危亭幽砌。」卷一（詩一二）：「吴之辟彊園，在昔勝概敵。……不知清景在，盡付任君宅。」

〔五〕合：共，總計。

〔六〕掩隱：掩映。遮蔽貌。隈（wēi）奥：山水的彎曲幽深貌。《文選》（卷二二）謝靈運《從斤竹澗越嶺溪行》：「逶迤傍隈隩，苕遞陟陘峴。」李善注：「《説文》曰：『隈，山曲也。』《爾雅》曰：『隩，隈也。』郭璞曰：『今江東呼爲浦。』」孟浩然《峴山作》：「石潭傍隈隩，沙榜曉夤緣。」

〔七〕君：指任晦。

〔八〕文學名理：文章學術和辨析事物的名實道理。《三國志・魏書・鍾會傳》：「及壯，有才數技藝，而博學精練名理，以夜續晝，由是獲聲譽。」《世説新語・言語》：「裴僕射（頠）善談名理，混混有雅致。」

〔九〕清散凝瑩：清新蕭散，晶瑩明澈。

〔一〇〕偕詣：結伴一起造訪。皮日休在蘇州期間，常游任氏園。參卷一（序二）。

〔一一〕翩然：飛翔貌。馴於砌下：在臺階下很馴服閑散的容態。

〔一二〕浮而玩之：謂讓白鷗浮游於水池中而賞玩。

〔一三〕主人：指任晦。

〔一四〕族：族類，指水中的動物種類。老：老練。此指很厲害。

〔一五〕豪健：豪縱矯健。形容其强健有力。據有：指占據水池。

〔一六〕心蓄機事：心裏藏有圖謀。《莊子・天地》：「子貢南遊於楚，反於晋，過漢陰，見一丈人方將爲圃畦，鑿隧而入井，抱甕而出灌。……子貢曰：『有械於此，一日浸百畦，用力甚寡而見功多，夫子不欲乎？』……爲圃者忿然作色而笑曰：『吾聞之吾師，有機械者必有機事，有機事者必有機心。機心存於胸中，則純白不備；純白不備，則神生不定。神生不定者，道之所不載也。吾非不知，羞而不爲也。』」

〔一七〕舞而不下：指白鷗衹在空中飛舞而不飛下來靠近人。《列子·黄帝篇》：「海上之人有好漚鳥者，每旦之海上，從漚鳥游，漚鳥之至者百住而不止。其父曰：『吾聞漚鳥皆從汝游，汝取來，吾玩之。』明日之海上，漚鳥舞而不下也。」

〔一八〕羽族：鳥類。麗：附着。此指鳥類浮游於水上

〔一九〕閑暇：悠閑從容貌。漢賈誼《鵩鳥賦》：「庚子日斜兮，鵩集予舍。止于坐隅兮，貌甚閑暇。」

〔二〇〕鯨鯢(ní)：大鯨魚。雄曰鯨，雌曰鯢。鯨鯢之患，喻灾難。《左傳·宣公十二年》：「古者明王伐不敬，取其鯨鯢而封之，以爲大戮。於是乎有京觀，以懲淫慝。」杜預注：「鯨鯢，大魚名。以喻不義之人吞食小國。」

〔二一〕狐狸之憂：喻憂患。狐狸常被喻奸巧狡猾的人。

〔二二〕儔侣：伴侣。嘯：高聲吟咏。《文選》(卷一九)曹植《洛神賦》：「爾乃衆靈雜遝，命儔嘯侣。或戲清流，或翔神渚。」三國魏嵇康《贈兄秀才入軍十八首》(其二)：「鴛鴦于飛，嘯侣命儔。」

〔二三〕澡刷：冲洗，洗刷。

〔二四〕流賞，流覽觀賞。

〔二五〕窮鳥：處境窘迫，無處可栖的鳥。漢趙壹《窮鳥賦》：「有一窮鳥，戢翼原野。罼網加上，機阱在下。前見蒼隼，後見驅者。繳彈張右，羿子彀左。飛丸激矢，交集于我。思飛不得，欲鳴不可。舉頭畏觸，摇足恐墮。内獨怖急，乍冰乍火。」

詩①

慣向溪頭漾淺沙〔一〕，薄煙微雨是生涯〔二〕。時時失伴沉山影〔三〕，往往争飛雜浪花〔四〕。晚樹清凉還鸂鶒〔五〕，舊巢零落寄蒹葭〔六〕。池塘信美應難戀〔七〕，針在魚唇劍在蝦〔八〕。

（詩四四三）

【校記】

①汲古閣本、四庫本、統籤本、季寫本、全唐詩本無「詩」。

【注釋】

〔一〕此詩當作於咸通十一年（八七〇）秋。溪頭：溪邊。漾淺沙：謂白鷗在沙灘上隨波逐流，自由自在。

〔二〕生涯：生活。《莊子·養生主》：「吾生也有涯，而知也無涯。」

〔三〕失伴：謂離群。沉山影：隱没在遠處山峰的影子裏。

〔四〕雜浪花：謂白鷗在浪花裏出没。

〔五〕鸀鳿（zhú yù）：水鳥名。《史記》（卷一一七）《司馬相如列傳》：「鵁鶄鸀鳿。」《正義》：「鸀鳿，燭玉二音。郭云：『似鴨而大，長頸赤目，紫紺色。辟水毒，生子在深谷澗中。若時有雨，鳴。雌者生子，善鬥。江東呼爲燭玉。』」

〔六〕零落：墜落。《楚辭・離騷》：「惟草木之零落兮，恐美人之遲暮。」王逸注：「零、落，皆墮也。草曰零，木曰落。」寄：托，附着。蒹葭：水生草本植物。蒹是未長穗蘆葦，葭是初生的蘆葦。《詩經・秦風・蒹葭》：「蒹葭蒼蒼，白露爲霜。」

〔七〕信美：確實美好。《楚辭・離騷》：「雖信美而無禮兮，來違棄而改求。」《文選》（卷一一）王粲《登樓賦》：「雖信美而非吾土兮，曾何足以少留。」

〔八〕針在句：謂魚脣如針，蝦芒似劍，都會傷害白鷗。《文選》（卷五）左思《吴都賦》：「烏賊擁劍。」劉淵林注：「擁劍，蟹屬也。從廣二尺許，有爪，其螯偏大，大者如人大指，長二寸餘，色不與體同，特正黄而生光明，常忌護之如珍寶矣。利如劍，故曰擁劍。」

【箋評】

一二幽俊，二更精。三四謂其或没水失伴，或群飛破浪，此皆謂平時也。五六言其今則無歸，寂寞清凉之樹，屬之于鸀玉。舊巢既無，止寄迹於蒹葭矣。欲向池塘托迹，而池塘有害之者。魚蝦皆有害之之具，故誡之。魚有針魚，蝦額上利處謂之挾盾，今稱「劍」，亦即此。《吴都賦》：「烏賊擁劍。」注：「擁劍，蟹屬。從廣二尺，螯利如劍。」今「劍」亦用此。按序云：「池中之族爲害。」今讀此，當是巨鱗之類歟？鸀瑦即屬玉。另見《鵁鶄》注。（胡以梅《唐詩貫珠箋》卷五十二）

奉和

日休

雪羽襹褷半惹泥①〔一〕，海雲深處舊巢迷〔二〕。池無飛浪爭教舞〔三〕，洲少輕沙若遺棲〔四〕。煙外失群慚雁鶩②〔五〕，波中得志羨鳧鷖〔六〕。主人恩重真難遇〔七〕，莫爲心孤憶舊溪〔八〕。

（詩四四四四）

【校記】

①「褷」斠宋本作「縰」。　②「雁鶩」項刻本作「屬鶩」。

【注釋】

〔一〕雪羽：白色羽毛。襹褷（lí shī）：羽毛茸散貌。《文選》（卷一二）木華《海賦》：「鳧雛離褷，鶴子淋滲。」李善注：「離褷、淋滲，毛羽始生之貌。」半惹泥：謂白鷗許多的羽毛上霑有泥水。寫其遭際悲慘。

〔二〕舊巢迷：謂白鷗對其大海上的舊巢已經模糊不清了。即謂其已不能返回大海了。

〔三〕争：怎。張相《詩詞曲語辭匯釋》（卷二）：「争，猶怎也。自來謂宋人用怎字，唐人只用争字。」此句謂池塘裏没有波浪，白鷗無法展翅飛翔。

〔四〕若：怎，何以。張相《詩詞曲語辭匯釋》（卷一）：「若，猶怎也；那也。」此句謂池塘上没有沙洲，怎麽能使白鷗有適合的棲息之處呢。

〔五〕慚雁鶩（wù）：離群的白鷗與成群在一起的大雁、野鴨相比而感到羞愧。

〔六〕羡鳧鷖（yī）：謂白鷗羡慕水鳥能在水波中自由自在地浮游嬉戲。鳧鷖，野鴨和鷗鳥，泛指水鳥。《詩經·大雅·鳧鷖》：「鳧鷖在涇，公尸來燕來寧。」

〔七〕主人：指任晦。

〔八〕心孤：内心孤獨寂寞。

【箋評】

「襹褷」、「惹泥」，言其失水在陸，蓋因海鷗而迷其舊巢，以致於此。池中勺水，無浪可舞；洲上無沙，誰能栖止？「若」，誰也。蓋水大有沙，尚可避害。今則不然。故望長煙之外，「失群」而「慚雁鶩」；波濤之中，惟鳧鷖之得所而「羡」之耳。然「主人恩重」，且「莫憶舊溪」，可暫馴於砌下，何如？通首華婉有致。兩詩風雅，工美匹敵。（胡以梅《唐詩貫珠箋》卷五十三）

懷楊台文楊鼎文二秀才①〔一〕

龜蒙

秋早相逢待得春〔二〕，崇蘭清露小山雲〔三〕（原注：崇蘭、小山，郡中二堂②。）。寒花獨自愁中見③〔四〕，曙角多同醒後聞④〔五〕。釣具每隨輕舸去〔六〕，詩題閑上小樓分〔七〕。重思醉墨縱橫甚〔八〕，書破羊欣白練裙〔九〕。（詩四四五）

【校記】

①二「楊」盧校本均作「羊」。前「楊」項刻本作「羊」，無後「楊」。「鼎文」鼓吹本作「台鼎」。季寫本、全唐詩本注：「一作台鼎。」　②「郡」原作「□」，據弘治本、汲古閣本、詩瘦閣本、四庫本、陸詩甲本、陸詩丙本、統籤本、季寫本、全唐詩本改。類苑本無此注語。　③「獨」陸詩甲本作「□」。　④「同」鼓吹本作「從」。

【注釋】

〔一〕詳審詩首句，此詩當作於咸通十二年（八七一）春。楊台文、楊鼎文：二人應爲兄弟，吴人。餘未詳。秀才：本是漢代舉士的科名。東漢避劉秀諱，改爲茂名。唐初科舉曾設秀才科，後廢。《舊唐書》（卷四三）《職官志二》：「其科有六：一曰秀才。試方略策五條。此科取人稍峻，貞觀已後遂絶。」封演《封氏聞見記》（卷三）《貢舉》：「國初，明經取通兩經，……秀才試方略策三道，進士試時務策五道。……其後舉人憚於方略之科，爲秀才者殆絶，而多趨明經、進士。」此後用以泛指舉子。李肇《唐國史補》（卷下）：「通稱謂之秀才。」即指應進士科第的人。也用作讀書人的通稱。

〔二〕秋早句：謂原擬早秋相逢，但現在已是次年春天，仍然尚未聚首。呼應詩題中「懷」字。

〔三〕崇蘭、小山：據原注，乃唐代蘇州郡齋中的兩個堂名。崇蘭堂，今不詳。其名稱應是借用傳説中的漢代宫殿名。參卷六（詩二九二）注〔二〕。或字面出於《楚辭·招魂》：「光風轉蕙，氾崇蘭些。」小山堂，亦不詳。宋賀鑄《辟寒金》詞：「六華應臘妝吴苑，小山堂，晚張燕。」詞作於蘇州，可見，至北宋時小山堂尚存。其名稱應是借用漢代淮南小山的號。《楚辭·招隱士》王逸解題：「《招隱士》者，淮南小山之所作也。……故或稱小山，或稱大山。……小山之徒……。」此句以「清露」和「雲」創造出懷人凄清迷蒙的氛圍。

〔四〕寒花：指早春的花。

〔五〕曙角：天拂曉時的號角聲。

〔六〕輕舸：小船。《方言》（卷九）：「南楚、江、湘，凡船大者謂之舸。」故輕舸則爲小舟。

〔七〕分題：古代詩人聚會作詩時，在擬定的若干題目中，每人就其中的一個題目作詩，謂之分題，亦稱探題。宋嚴羽《滄浪詩話·詩體》：「有擬古，有連句，有集句，有分題。」原注：「古人分題，或各賦一物，如云送某人分題得某物也。或曰探題。」

〔八〕重思：甚思。張相《詩詞曲語辭匯釋》（卷二）：「重，甚辭；又猶盡也。」醉墨：趁醉酒時所寫出來的文字。縱横甚：極爲瀟灑曠達。

〔九〕書破：寫在。張相《詩詞曲語辭匯釋》（卷三）：「破，猶着也；在也；了也；得也。……陸龜蒙《懷楊台文楊鼎文二秀才》詩：『重思醉墨縱横甚，書破羊欣白練裙。』此猶云書在或寫了。書裙乃王獻之故事。」羊欣：字敬元（三七〇—四四二），南朝晋、宋間書法家，爲王獻之所愛重。生平事迹參《宋書》（卷六二）、《南史》（卷三六）本傳。書白練裙：《南史》（卷三六）《羊欣傳》：「（羊欣）父不疑爲烏程令，欣年十二。時王獻之爲吴興太守，甚知愛之。欣嘗夏月著新絹裙晝寢，獻之入縣見之，書裙數幅而去。欣書本工，因此彌善。」

【箋評】

首言與二秀才秋别而至春，想其雅度如蘭露之清，山雲之静也。今我思之，「愁」中見花，不堪惆悵；「醒後」聞角，益動悲悽。因思昔與同遊，理釣絲而每「隨輕舸」，分詩韻而「閒上小樓」。且更醉中潑墨，揮灑縱横，則又知獻之之書白練裙也。今也道路悠悠，豈易得而晤哉！○第二句或即春景而言，亦得。○朱東喦曰：二「待得春」，已懷半載矣。二寫春也，即謂二公雅度如蘭露之清、山雲之静，亦妙。三四是即眼前之景，以寫「懷」字。後半是追憶昔日之遊，以寫「懷」字，皆絶妙筆墨也。（元郝天挺注、明廖文炳解、清朱三錫評《東喦草堂評訂唐詩鼓吹》卷三）

清婉便佳，彌望黄茅白葦，得此殊苦眼中金屑。（明許自昌刻、清惠棟校《唐甫里先生文集二十卷》卷九批語）

奉和次韻

日休①

羊曇留我昔經春〔一〕，各以篇章鬥五雲〔二〕。賓草每容閑處見〔三〕，擊琴多任醉中聞②〔四〕。釣前青翰交加倚〔五〕，醉後紅魚取次分〔六〕。爲説風標曾入夢〔七〕，上仙初著翠霞裙③〔八〕。（詩四四六）

【校記】

①原缺署名。弘治本、汲古閣本、詩瘦閣本、四庫本均署日休，皮詩各集、統籤本、類苑本、季寫本、全唐詩本均收録皮詩中，據補。②「擊」類苑本作「繫」。③「著」詩瘦閣本、項刻本作「着」。

【注釋】

〔一〕羊曇（tán）：東晋人，謝安外甥，多才藝。《晋書》（卷七九）《謝安傳》：「羊曇者，太山人，知名士也，爲安所愛重。安薨後，輟樂彌年，行不由西州路。嘗因石頭大醉，扶路唱樂，不覺至州門。左右白曰：『此西州門。』曇悲感不已，以馬策扣扉，誦曹子建詩曰：『生存華屋處，零落歸山丘。』慟哭而去。」此以羊曇喻楊氏兄弟。「羊」、「楊」音同，故借用。此句謂楊氏兄弟過去曾經留我在一起度過了一個春天。

〔二〕篇章：本指文字著述的篇和章，此即指詩歌而言。賈島《寄韓潮州愈》：「隔嶺篇章來華嶽，出關書信過瀧流。」五雲：五色祥雲。此喻絢麗斑爛的詞藻文彩。漢郭憲《洞冥記》（卷二）：「帝曰：『何謂吉雲？』朔曰：『其國俗以雲氣占吉凶。若樂事，則滿室雲起，五色照人，著於草樹，皆成五色露珠，甚甘。』」此句謂皮氏曾與楊氏兄弟在一起詩歌酬唱，文場争勝。

〔三〕賓草：賓朋的詩草。閑處：閑暇之時。

〔四〕擊琴：琴名。《南史》（卷三八）《柳惲傳》：「（柳惲）復變體備寫古曲。嘗賦詩未就，以筆捶琴。坐客過，以箸扣之，惲驚其哀韻，乃製爲雅音。後傳擊琴自於此。」《舊唐書》（卷二九）《音樂志二》：「擊琴，柳惲所造。惲嘗爲文咏，思有所屬，摇筆誤中琴絃，因爲此樂。以管承絃，又以片竹約而束之，使絃急而聲亮，舉竹擊之，以爲節曲。」

〔五〕青翰：船名。此指釣船。《説苑》（卷一一）《善説》：「莊辛遷延盥手而稱曰：『君獨不聞夫鄂君子晳之泛舟於新波之中也？乘青翰之舟。』」交加倚：反復倚靠。《文選》（卷一九）宋玉《高唐賦》：「交加累積，重疊增益。」李善注：「交加者，言石相交加，累其上，别有交加。」

〔六〕紅魚：指紅鯉魚。《列仙傳》（卷下）《子英》：「子英者，舒鄉人也。善入水捕魚，得赤鯉，愛其色好，持歸著池中，數以米穀食之。」取次：任意，隨便。張相《詩詞曲語辭匯釋》（卷四）：「取次，猶云隨便或草草也。……皮日休《襄州春遊》詩：『等閒遇事成歌咏，取次銜篚隱姓名。』與等閒對舉，亦爲隨便義。」杜甫《送元二適江左》：「經過自愛惜，取次莫論兵。」白居易《步東坡》：「信意取次栽，無行亦無數。」

〔七〕風標：風度標格，容貌儀態。《世説新語·賞譽》：「王丞相云：『刁玄亮之察察，戴若思之巖巖。』」劉孝標注：「《虞預書》曰：『戴儼字若思，廣陵人。才義辯濟，有風標鋒穎。』」風標入夢：謂曾在夢中見到楊氏兄弟。當是活用楊羲夢見仙人事。《真誥》（卷十七）：「興寧三年四月二十七，楊君夢見一人，著朱衣籠冠。」又曰：「四月九日戊寅夜鼓四，夢北行登高山，……而又覺某左邊有一老翁，著綉衣裳、芙蓉冠，柱赤九節杖而立，俱視其白龍。」

〔八〕上仙：升天而成仙的仙人。《莊子·天地》：「千歲厭世，去而上僊；乘彼白雲，至於帝鄉。」《雲笈七籤》（卷三）：「其九仙者：第一上仙，二高仙，三大仙，四玄仙，五天仙，六真仙，七神仙，八靈仙，九至仙。」翠霞裙：指道士所穿色彩燦爛如雲霞的裙袍。《文選》（卷一二）郭璞《江賦》：「撫凌波而鳧躍，吸翠霞而夭矯。」《真誥》（卷五）：「仙道有『紫綉毛帔丹青飛裙』。」又云：「仙道有『翠羽華衣金鈴青帶』。」翠霞裙亦反映了唐時彩色裙子的實際情形。李賀《天上謠》：「粉霞紅綬藕絲裙。」清王琦注：「粉霞、藕絲，皆當時彩色名。元稹詩『藕絲衫子柳花裙』是也。」據末二句，楊氏兄弟爲學道者耶？

友人以人參見惠〔一〕，因以詩謝之

日休

神草延年出道家〔二〕（原注：神草，别名①。）。是誰披露記三椏②〔三〕。開時的定涵雲液〔四〕，斸後還應帶石花〔五〕。名士寄來消酒渴〔六〕，野人煎處撇泉華〔七〕。從今湯劑如相續〔八〕，不要金山焙上茶③〔九〕。（詩四四七）

【校記】

①類苑本無此注語。②「椏」季寫本作「柳」，并注：「一作椏。」③「要」弘治本、詩瘦閣本、皮詩本、項刻本、統籤本、季寫本、全唐詩本作「用」。

【注釋】

〔一〕人參：多年生草本植物，主根肥大。根和葉都可入藥，是貴重的中藥材，有滋補作用。《太平御覽》（卷九九一）引《本草》曰：「人參，味甘，微寒。生山谷。主補五藏，安定精神魂魄，除邪止驚，明目，開心，益智。久服輕身延年。生上黨。」

〔二〕神草：人參的别名。《太平御覽》（卷九九一）引《吴氏本草》曰：「人參，一名土精，一名神草，一名黄參，一名血參，一名久微，一名玉精。」道家：《漢書》（卷三〇）《藝文志》：「道家者流，蓋出於史官，歷記成敗存亡禍福古今之道，然後知秉要執本，清虚以自守，卑弱以自持，此君人南面之術也。……及放者爲之，則欲絶去禮學，兼棄仁義，曰獨任清虚可以爲治。」此詩實指由道家衍化而來的神仙家。

〔三〕披露：謂撥開含有露水的人參枝葉。三椏（yā）：三枝根杈。椏，草木分枝叫做椏。人參初生時一椏，四五年後兩椏，十年以後成熟時三椏。故人參可徑稱三椏。《本草綱目》（卷一二）：「高麗人作《人參贊》云：『三椏五葉，背陽向陰。欲來求我，椵樹相尋。』」

〔四〕的定：必定。的，確實。雲液：雲漿，道家所謂的瓊漿玉液一類，飲之使人延年益壽。《真誥》（卷四）：「若夫瓊丹一御，九華三飛，雲液晨酣，流黄徘徊，仰咽金漿，咀嚼玉蕤者，立便控景登空，玄升太微也。」《抱朴子·内篇·仙藥》：「又雲母有五種，……五色并具而多白者，名雲液，宜以秋服之。」

〔五〕斸（zhú）：挖。石花：鍾乳水的花狀凝結物。沈括《夢溪筆談》（卷二五）《雜志二》：「石穴中水所滴皆爲鍾乳、殷孽。春秋分時，汲井泉則結石花，大滷之下則生陰精石，皆濕之所化也。」

〔六〕名士：名望高而任達放縱的人。《禮記·月令》：「（季春之月）勉諸侯，聘名士，禮賢者。」鄭玄注：「名士，不仕者。」孔穎達疏：「名士者，謂其德行貞絶，道術通明，王者不得臣，而隱居不在位者也。」消酒渴：消除酒後的口渴。皮日休《皮子文藪》（卷一〇）《閒夜酒醒》：「酒渴漫思茶，山童呼不起。」可參證。

〔七〕野人：鄉野之人，作者自指。《列子·楊朱》：「故野人之所安，野人之所美，謂天下無過者。」《文選》（卷一三）潘岳《秋興賦序》：「僕，野人也。偃息不過茅屋茂林之下，談話不過農夫田父之客。」李善注：「《禮記》曰：『唯饗野人皆酒。』」孟浩然《送張祥之房陵》：「我家南渡頭，慣習野人舟。」煎處：煎煮人參的時候。處，此作時間名詞。擷：舀取。泉華：清晨的井泉水。清晨初汲之井水叫華水。南朝梁陶弘景《答大鸞法師書》：「正爾整拂藤蒲，采汲華水」

〔八〕湯劑：湯藥。此指用人參煎煮而成的汁水。

〔九〕金山：蘇州天平山支脉。《讀史方輿紀要》（卷二四）《南直六》：「蘇州府，天平山，府西二十里。視諸山最爲峭崒，群峰環峙，林巒泉石，競秀争奇。山頂正平，曰望湖臺，志以爲郡之鎮山也。其旁群山連接，支隴曰金山，西去天平里許。初名茶塢山，晋、宋間鑿石得金，因易今名。」焙（bèi）上茶：在烘烤器具上的茶葉。就飲茶而言。焙：烘茶的設備。陸羽《茶經》（卷上）：「焙，鑿地深二尺，闊二尺五寸，長一丈。上作短墻，高二尺，泥之。」

【箋評】

皮日休《謝友人惠人參》詩：「神草延年出道家（神草，别名。），是誰披露記三椏。……從今湯劑如相續，不用金山焙上茶。」陸龜蒙和之曰：「五葉初成椵樹陰，紫團峰外即鷄林。……殷勤潤取相如肺，封禪書成動帝心。」紫團乃山名。今人以人參有紫暈者爲佳，殊不然也。沈氏《筆談》：「王荆公病喘，藥用紫團山人參，又不可得。時薛師政自河東還，有之，贈公數兩，公不受。」其曰「紫團山」

者是矣。（高似孫《緯略》卷五《紫團參》）

「神草」可以「延年」，出於「道家」取重，是何人「披露記」此三椏五葉而采之。掘開時，定然涵有「雲液」，精氣之妙也。劚得後，還帶有「石花」，從山石出也。「名士寄來」，爲「消酒渴」之用。我「野人煎處」，「撇泉華」以煮之。「泉華」，猶井華也。如今有此美品「相續」，則不用金山之茶矣，以其功能止消渴生津液也。陶弘景《别録》：「人參謂神草。」《禮斗威儀》云：「下有人參，上有紫氣。」《春秋運斗樞》云：「瑶光星散，而爲人參。人君廢山瀆之利，則摇光不明，人參不生。」李時珍云：「觀此則神草之名可證。」而亦「出道家」之謂也。《圖經》曰：「春生苗，多於深山背陰，近椵漆下濕潤處。初生，小者三四寸許，一椏五葉。四五年後，生兩椏五葉，未有花莖。至十年後，生三椏。年深者生四椏，各五葉，中心生一莖，俗名百尺杵。」《神農本草經》曰：「久服輕身延年。」《别録》曰：「止消渴。」張元素《珍珠囊》曰：「止渴，生津液。」《本草》云：「平旦第一汲爲井華水。」（胡以梅《唐詩貫珠箋》卷六十）

《春秋運斗樞》曰：「瑶光散爲人參。」《禮斗威儀》曰：「君乘木而王，有人參生。」唐韓翃詩云：「應是人參五葉齊。」章孝標詩：「蟠桃花裏醉人參。」段柯古有《求人參》詩，周繇有《以人參遺段柯古》詩。皮日休有《友人以人參見惠謝詩》，陸龜蒙有和詩。温庭筠詩云：「烟香風軟人參蕊。」林寬詩云：「門外人參徑，到時花幾開。」僧栖蟾詩云：「茶味敵人參。」「參」字或作「蓡」，或作「葠」。人參之貴重，于昔時已如此。（袁棟《書隱叢説》卷十八《人參》）

《參贊》：「三椏五葉，背陽向陰。」皮日休與寂上人聯句，咏人參「是誰披露記三椏」，字義本此。蘇長公詩：「恣傾白蜜收五棱，細劚黄土栽三椏。」則以葉爲棱。（宋長白《柳亭詩話》卷七《三椏》）

唐人詩句多攔入方言助語，如杜甫「劃見公子面」，「劃見」猶瞥見也。「遮莫鄰鷄下五更」，「遮莫」猶儘教也。……陸龜蒙「可口是妖譌」，「可口」猶信口也。……皮日休「開時的定合雲液」，「檜身渾箇矮，石面得能巔。」「貧養山禽能箇瘦」，……不可枚舉。（湯大奎《炙硯瑣談》卷下）

奉和

龜蒙

五葉初成椵樹陰〔一〕，紫團峰外即鷄林〔二〕。名參鬼蓋須難見〔三〕，材似人形不可尋〔四〕。品第已聞升碧簡〔五〕，携持應合重黄金〔六〕。殷勤潤取相如肺〔七〕，封禪書成動帝心〔八〕。

（詩四四四八）

【注釋】

〔一〕五葉：指人參。因爲人參初生時是一椏五葉，故云「初成」。椵（jiǎ）樹：果木名。《爾雅·釋木》：「櫠，椵。」郭璞注：「椵，柚屬也。子大如盂，皮厚二三寸，中似枳，食之少味。」前人認爲人參適宜在椵樹蔭下生長。參卷七（詩三七一）注〔四〕。

〔二〕紫團峰：山名，在唐代上黨縣（今山西平順縣）境内，古代盛産人參，古人認爲是人參中品種最優者。《説文・艸部》：「蓡，人蓡，藥草，出上黨。」《元和郡縣圖志》（卷一五）《河東道四》：「潞州，上黨縣。」《太平寰宇記》（卷四五）《河東道六》：「潞州，上黨縣，紫團山。《地理志》云：『此山出人參、紫草。』」鷄林：古國名，即新羅，亦産人參，即高麗參。《舊唐書》（卷一九九上）《東夷列傳・新羅國傳》：「新羅國，本弁韓之苗裔也。其國在漢時樂浪之地，東及南方俱限大海，西接百濟，北鄰高麗。……（龍朔三年）詔以其國爲鷄林州都督府，授法敏爲鷄林州都督。」此句謂上黨和鷄林都盛産人參。

〔三〕名參鬼蓋：名爲鬼蓋的人參。鬼蓋，人參的别稱。參《本草綱目》（卷一二上）《人參》條。

〔四〕材似人形：謂形狀似人的人參。《太平御覽》（卷九九一）：「范子計然曰：『人參出上黨，狀類人者善。』」《廣五行記》（《太平御覽》卷九九一）曰：「隋文帝時，上黨有人宅後，每夜有人呼聲，求之不得。去宅一里，但一人參枝苗，掘之，入地五尺，得人參一，如人體狀。去之，後呼聲遂絶。」

〔五〕品第：評定次第的高下。南朝梁鍾嶸《詩品序》：「諸英志録，并義在文，曾無品第。」碧簡：玉簡。此指道家典籍。南朝梁武帝蕭衍《方丈曲》：「金書發幽會，碧簡吐玄門。」孟郊《送李尊師玄》：「口誦碧簡文，身是青霞君。」此句謂人參的品第已入道書。

〔六〕携持：携，携帶。《尚書・召誥》：「夫知保抱携持厥婦子，以哀籲天。」

〔七〕殷勤：反復，頻繁。潤取：滋潤。取，語助詞。張相《詩詞曲語辭匯釋》（卷三）：「取，語助辭，猶着也；得也。」相如：司馬相如（？—前一一八），字長卿，小名犬子。西漢辭賦家。生平事迹參《史記》（卷一一七）、《漢書》（卷五七上下）本傳。此句謂如果讓司馬相如經常服用人參，可以滋潤他的肺子，治療他的消渴病（糖尿病）。《漢書》（卷五七下）《司馬相如傳》：「相如口吃而善著書。常有消渴病。」

〔八〕封禪：古代帝王登泰山，祭祀天地的大典。封禪書：指司馬相如有關封禪的遺文。動帝心：觸動了帝王的心思。帝，指漢武帝劉徹。《史記》（卷一一七）《司馬相如傳》：「相如既病免，家居茂陵。天子曰：『司馬相如病甚，可往從悉取其書；若不然，後失之矣。』使所忠往，而相如已死，家無書。問其妻，對曰：『長卿固未嘗有書也。時時著書，人又取去，即空居。長卿未死時，爲一卷書，曰有使者來求書，奏之。無他書。』其遺札書言封禪事，奏所忠。忠奏其書，天子異之。……司馬相如既卒五歲，天子始祭后土。八年而遂先禮中嶽，封于太山，至梁父禪肅然。」

【箋評】

首言生之所喜處，繼言生之地。除紫團山之外，即數鷄林，是二處爲佳也。別名爲「鬼蓋」，已爲「難見」，若「似人形」者，更不可尋也。「品第」爲上品，延年之劑，已聞升于仙人之「碧簡」；「携持」送來，貴重于黄金。以之潤澤相如之消渴，即可草成封禪書，而動漢武封禪之心。比襲美爲相如也。陶弘景曰：「高麗人作《人參贊》云：『三椏五葉，背陽向陰。欲來求我，椵樹相尋。』」「椵」音賈，似桐甚大，陰廣則多生。唐蘇恭《本草》云：「人參見用，多是高麗、百濟者。潞州太行紫團山所出者，謂之紫團參。」唐李珣《海藥本草》云：「新羅國所貢者有手足，狀如人形，長尺餘，以杉木夾定，紅絲纏飾之。」《神農本草經》：「人參又名鬼蓋。」李時珍曰：「其草背陽向陰，故曰鬼蓋。」《廣五行記》曰：「隋文帝時，上黨有人宅後，每夜聞人呼聲，求之不得。去宅一里許，見人參枝葉異常。掘之，入地五尺，得人參，一如人體，四肢畢備。呼聲遂絶。」唐時重上黨參，而新羅又有人形之故，故第二句特指此二處。按《唐書·新羅國》：「唐時册封其王，常兼持節大都督鷄林州諸軍事。其國知重白樂天文章。」《史記》：「司馬相如有消渴病。」上消屬於肺。相如作封禪遺文，武帝得之，八年而行封禪。按《夢溪筆談》云：「王荆公病喘，藥用紫團山人參，不可得。時薛師正自河東還，適有之，贈公不受。人有勸曰：『公疾非此不可，疾可憂，藥不足辭。』曰：『平生無紫團參，亦活到今日。』竟不受。公面黧黑，門人憂之。問醫，醫曰：『此垢汙，非疾也。』進澡豆令公頮面。公曰：『天生黑於予，澡豆其如予何。』」觀此，知此參宋代猶珍，而此老亦有别致。（胡以梅《唐詩貫珠箋》卷六十）

傷進士嚴子重詩（并序）①〔一〕

日休

余爲童在鄉校時〔二〕，簡上抄杜舍人牧之集〔三〕，見有與進士嚴惲詩②〔四〕。後至吴〔五〕，一日，有客曰嚴某〔六〕，余志其名久矣，遽懷文見造〔七〕，於是樂得禮而觀之〔八〕。其所爲，工於七字〔九〕，往往有清便柔媚〔一〇〕，時可軼駭於常軌〔一一〕。其佳者曰：「春光冉冉歸何處，更向花前把一杯。盡日問花花不語，爲誰零落爲誰開。」〔一二〕余美之〔一三〕，諷而未嘗怠③〔一四〕。生舉進士亦十餘計偕〔一五〕。余方冤之〔一六〕，謂乎竟有得於時也④〔一七〕。未幾〔一八〕，歸吴興〔一九〕。後兩月（原注：咸通十一年也⑤。）〔二〇〕，霅人至云〔二一〕：「生以疾亡於所居矣。」噫！生徒以詞聞於士大夫，竟不名而逝〔二二〕，豈止此而湮没耶⑥？江湖間多美材⑦〔二三〕，士君子苟樂退而有文者〔二四〕，死無不爲時惜〔二五〕，可勝言耶〔二六〕？於是哭而爲詩。魯望，生之友也〔二七〕，當爲我同作。

（序一六）

【校記】

①季寫本無「并序」。②「惲」原作「憚」，據弘治本、汲古閣本、詩瘦閣本、四庫本、皮詩本、統籤本、類苑本、季寫本、全唐詩本改。季寫本注：「一作憚。」③「未」斠宋本作「末」。「嘗」統籤本作「當」。④「謂乎竟有得」季寫本作「謂終有得」。⑤統籤本、類苑本無此注語。⑥「湮」原作「堙」，據汲古閣本、四庫本、統籤本、全唐詩本改。「耶」弘治本、皮詩本、統籤本、季寫本作「邪」。⑦「材」原作「利」，據四庫本、盧校本、統籤本、季寫本、全唐詩本改。

【注釋】

〔一〕此序及詩當作於咸通十一年（八七〇）秋。傷：哀傷，傷悼。進士：唐代稱應科第的舉子爲進士。五代牛希濟《貢士論》（《全唐文》卷八四六）：「國家武德初，令天下冬季集貢士於京師，天子制策，考其功業辭藝，謂之進士。」實際指應進士科的舉子。嚴子重：嚴惲（？—八七〇）字子重，烏程（今浙江省湖州市）人。屢舉進士不第，歸居故里，沉淪困頓，病死於故鄉。皮日休此序是了解嚴惲生平的重要資料。另可參《南部新書》（丁卷）、《唐詩紀事》（卷六六）、《唐才子傳校箋》（卷六）。

〔二〕鄉校：古代指地方辦的學校。《左傳·襄公三十一年》：「鄭人游于鄉校，以論執政。」杜預注：「鄉校，鄉之學校。」

〔三〕簡：古代書寫文字的竹簡或木簡。杜舍人牧之集：指杜牧的詩文集。杜牧（八〇三—八五三），字牧之，曾任中書舍人。晚唐重要詩人，與李商隱并稱「小李杜」。其詩文最早的結集是其甥裴延翰所編《樊川文集》二十卷。《新唐書》（卷六〇）《藝文志四》：「杜牧《樊川集》二十卷。」此序所指應即此集。杜牧生平事迹參《舊唐書》（卷一四七）、《新唐書》（卷一六六）本傳，《唐才子傳校箋》（卷六）、繆鉞《杜牧年譜》。

〔四〕見有句：指杜牧《和嚴惲秀才落花》詩：「共惜流年留不得，且環流水醉流杯。無情紅艷年年盛，不恨凋零却恨開。」據繆鉞《杜牧年譜》，杜牧于唐宣宗大中四年秋至五年秋（八五〇—八五一）出任湖州刺史，與嚴惲有交往，和詩即作於此期間。杜牧《唐故進士龔軺墓志》：「後四年（按即大中四年），守吴興（按吴興郡，即湖州），因與進士嚴惲言及鬼神事。」此墓志文末自記作於「大中五年辛未歲五月二日」。

〔五〕吳：指蘇州。東漢至隋，蘇州一直名吳郡，又是春秋時吳國都城，故稱作吳。後至吳：指皮日休咸通十年來蘇任蘇州從事一事。

〔六〕嚴某：即嚴惲。

〔七〕遽(jù)：遂，就。懷文見造：帶上詩文而前來拜訪我。見造：謙詞，即見訪，訪問我。

〔八〕禮而觀之：以禮相見而又可以瞭解其人，讀其作品。

〔九〕七字：指七字一句的七言詩。此處即指嚴惲七言絶句《落花》。

〔一〇〕清便柔媚：形容嚴惲的詩風清新流利，柔婉秀美。

〔一一〕可：却。軼駭：突破，超越。常軌：通常的規範。

〔一二〕其佳者云云：所録即嚴惲《落花》詩，杜牧所和即此詩。這是嚴惲僅存的詩篇。嚴詩賴皮日休此序得以存世。宋錢易《南部新書》(丁卷)：「嚴惲字子重，善爲詩，與杜牧友善。皮、陸常愛其篇什。有詩云：『春光冉冉歸何處，更向花前把一杯。盡日問花花不語，爲誰零落爲誰開。』」《容齋隨筆》(卷一五)：「《温公詩話》云：『唐之中葉，文章特盛，其姓名湮没不傳於世者甚衆。』……又有嚴惲《惜花》一絶云……前人多不知誰作，乃見於皮、陸唱和集中。」孟郊《看花五首》(其四)：「閑花不解語，勸得酒無多。」白居易《山枇杷花二首》(其二)：「若使此花兼解語，推囚御史定違程。」羅隱《牡丹花》：「若是解語應傾國，任是無情亦動人。」

〔一三〕余美之：我喜愛并贊美這首詩。

〔一四〕諷：吟誦。《説文·言部》：「諷，誦也。」

〔一五〕生：指嚴惲。此「生」字是對有學問的長者的稱呼，即「先生」的省稱。《史記》（卷一二一）《儒林列傳》：「言《尚書》自濟南伏生，言《禮》自魯高堂生，言《易》自菑川田生，言《春秋》於齊、魯自胡毋生。」《索隱》：「云『生』者，自漢已來，儒者皆號『生』，亦『先生』省字呼之耳。」舉進士：應進士科的科舉考試。十餘計偕：即十餘年的意思。計偕，《史記》（卷一二一）《儒林列傳序》：「郡國縣道邑有好文學、敬長上、肅政教、順鄉里、出入不悖所聞者，令相長丞上屬所二千石，二千石謹察可者，當與計偕，詣太常，得受業如弟子。」《索隱》：「計，計吏也；偕，俱也。謂令與計吏俱詣太常也。」後用以稱舉子赴京應試。《舊唐書》（卷四三）《職官志二》：「凡舉試之制，每歲仲冬，率與計偕。」據此，嚴惲有十多年應試進士而不第的經歷。錢易《南部新書》（丁卷）：「（嚴惲）七上不第，卒於吴中。」

〔一六〕寃之：謂對嚴惲屢試不第的遭際叫屈。

〔一七〕謂乎竟有得於時：我以爲他最終是會得到社會認可的。

〔一八〕未幾（jǐ）：不久。《詩經·齊風·甫田》：「未幾見兮，突而弁兮。」

〔一九〕歸吴興：指嚴惲回家鄉吴興。據徐獻忠《吴興掌故集》（卷二）：「嚴惲，字子重，烏程人。皮日休傷之。」唐烏程縣屬湖州（吴興郡），故云。《元和郡縣圖志》（卷二五）《江南道一》：「湖州，吴歸命侯置吴興郡。……隋平陳，廢吴興郡。仁壽二年於此置湖州，管縣五：烏程、長城、安吉、武康、德清。」

〔二〇〕咸通十一年：唐懿宗李漼咸通十一年（八七〇）。據此，嚴惲於該年卒於家鄉湖州烏程縣。這是一條最早最權威的資料。

〔二一〕霅（zhǎ）人：霅溪人。霅溪是湖州烏程縣的溪水名，故霅人即湖州人或烏程人之意，指嚴惲的家鄉人士。《元和郡縣圖志》（卷二五）《江南道一》：「湖州烏程縣：霅溪水，一名大溪水，一名苕溪水，西南自長城、安吉兩縣東北流，至州南與餘不溪水、苧溪水合，又流入於太湖，在州北三十五里。」

〔二二〕竟不名而逝：最終没有功名而死去。

〔二三〕美材：優良的材料，喻優秀的人才。《文選》（卷一一）何晏《景福殿賦》：「或以嘉名取寵，或以美材見珍。」

〔二四〕苟：若，如果。樂退而有文者：樂於退隱而有文學才華的人。

〔二五〕爲時惜：爲時人所憐愛痛惜。

〔二六〕可勝言：豈能説得完。可，豈，那。張相《詩詞曲語辭匯釋》（卷一）：「可，猶豈也；那也。」勝，盡。

〔二七〕生之友：謂陸龜蒙是嚴惲的朋友。生指嚴惲。這是嚴、陸友善的直接材料。

【箋評】

東坡《吉祥賞花寄陳述古》詩云：「仙花不用剪刀裁，國色初酣卯酒來。太守問花花不語，爲誰零落爲誰開。」《南部新書》記嚴惲詩：「春光冉冉歸何處，更向花前把一杯。盡日問花花不語，爲誰零落爲誰開。」東坡全用此兩句也。惲字子重，能詩，與杜牧善。（吴幵《優古堂詩話》）

過日思東坡《賞花》詩曰：「仙花不用剪刀裁，國色朝酣卯酒來。太守問花花不語，爲誰零落爲誰開。」乃用《南部新書》内嚴惲詩：「春光冉冉歸何處，更向花前把一盃。盡日問花花不語，爲誰零落爲誰開。」豈東坡故用此二句耶？固終不佳，偶爾亦不爲大失。（郎瑛《七修類稿·續稿》卷五《詩句用古》）

嚴惲，字子重，與杜牧之相友善，有詩云：「春光冉冉歸何處，更向花前把一盃。盡日問花花不語，爲誰零落爲誰開。」東坡賞花詩云：「仙葩不用剪刀裁，國色朝酣卯酒來。太守問花花不語，爲誰零落爲誰開。」元陳剛中《使安南憶家》云：「老母越南垂白髮，瘦妻燕北寄黄昏。蠻煙瘴雨交州客，三處相思一夢魂。」宋子虚《客夜思親》云：「老妻病女去淮西，慈母居吴鶴髮衰。我獨天涯聽夜雨，寒燈三處照相思。」東坡、子虚固非蹈襲人者，然題既相同，意到處不覺其意之同也。雖古人之句，自不能不用耳。（姜南《蓉塘詩話》卷十九《詩相似》）

有句無篇及句篇不甚相稱者，如嚴惲《惜花》云：「春光冉冉歸何處，更向花前把一盃。盡日問花花不語，爲誰零落爲誰開。」按嚴字子重，湖州人。屢試不第。皮日休謂其工於七言，清便柔媚，尤賞其《落花》詩。嚴以詩見皮於蘇州，返湖一閱月即病卒。皮傷悼之。此詩人多傳誦，佳處只在結語，激昂而憤怨，故能聳聽動衆，但全詩語皆卑淺散鬆，不相配切。（劉衍文《雕蟲詩話》卷三）

嚴惲秀才詩第三句「盡日問花花不語」，世豈有如此之人作如此之事者乎？人自不可作如此之癡人，而詩則可入如此之癡境。所謂詩情有時乃愈癡愈妙也。（劉衍文《雕蟲詩話》卷三）

詩①

十哭都門榜上塵〔一〕，蓋棺終是五湖人〔二〕。生前有敵唯丹桂②〔三〕，没後無家祇白蘋〔四〕。箬下斬新醒處月③〔五〕，江南依舊咏來春〔六〕。知君精爽應無盡④〔七〕，必在酆都頌帝晨⑤〔八〕（原注：梁成《酆都宮頌》⑥曰：「紂絶標帝晨。」）〔九〕。（詩四四九）

【校記】

①汲古閣本、統籤本、類苑本、季寫本、全唐詩本無「詩」。②「唯」項刻本作「惟」。③「斬」汲古閣本、皮詩本、季寫本作「漸」，統籤本作「朝」。皮詩本批校：「『漸』應『斬』字之誤。」④「精」皮詩本作「清」。皮詩本批校：「『清』應『精』字之誤。」⑤「晨」項刻本作「宸」。⑥「宮」原作「官」，據四庫本、盧校本、統籤本改。汲古閣本、四庫本、統籤本、季寫本無「曰」。「標」季寫本作「慓」。類苑本無此注語。

【注釋】

〔一〕十哭句：謂嚴惲對自己十多年屢試不第的遭際悲傷不已。十哭，謂多次痛哭。「十」是概數而已。都門：京都城門。借指京城。《漢書》（卷九九下）《王莽傳下》：「兵從宣平城門入，民間所謂都門也。」顔師古注：「長安城東出北頭第一門。」榜上塵：喻榜上無名。應進士落第。

〔二〕蓋棺：隱謂人死去。此指嚴惲。五湖人：謂江湖上閑散的人。五湖，太湖的別名。此泛指江湖。參卷一（詩三）注〔一六〕。

〔三〕丹桂：桂樹的一種。此指桂樹。晋嵇含《南方草木狀》（卷中）：「桂出合浦，生必以高山之巔，冬夏常青。其類自爲林，間無雜樹。交趾置桂園。桂有三種：葉如柏葉，皮赤者爲丹桂；葉似柿葉者爲菌桂；其葉似枇杷者爲牡桂。」唐人喻進士登第爲折桂。此句謂嚴惲一生未能考取進士。《晋書》（卷五二）《郤詵傳》：「（晋）武帝於東堂會送，問詵曰：『卿自以爲何如？』詵對曰：『臣舉賢良對策，爲天下第一，猶桂林之一枝，崑山之片玉。』帝笑。」

〔四〕没後：謂人死後。「没」通「殁」，死。白蘋：浮萍的一種。南朝齊、梁詩人柳惲曾兩任吴興太守，世稱「柳吴興」。其《江南曲》詩：「汀洲采白蘋，日落江南春。」此詩反用其意。謂嚴惲貧病而死，未能留下任何家業，祇有霅溪上白蘋年年如故，顯現出一種凄凉的景況。

〔五〕箬下：箬下村，指嚴惲的故地而言。《元和郡縣圖志》（卷二五）《江南道一》：「湖州長城縣，本漢烏程縣地。……若溪水，釀酒甚濃，俗稱『若下酒』。」「若」應作「箬」。《太平寰宇記》（卷九四)《江南東道六》:「湖州長興縣,本漢烏程縣地,晋武帝分置長城縣。……今改爲長興縣。箬溪在縣南五十步,一名顧渚口,一名趙瀆,注于太湖。箬溪者,顧野王《輿地志》云:『夾溪悉生箭箬,南岸曰上箬,北岸曰下箬,二箬皆村名。村人取下箬水釀酒,醇美勝于雲陽,俗稱箬下酒。』韋昭《吴録》云:『烏程箬下酒有名。』山謙之《吴興記》云:『上、下二箬村并出美酒。』」嶄新:嶄新,全新。此形容月的皎潔明亮。杜甫《三絶句》(其一):「楸樹馨香倚釣磯,斬新花蕊未應飛。」白居易《喜山石榴花開》:「已憐根損斬新栽,還喜花開依舊數。」此句謂嚴惲逝去,當年伴隨他酒醒的明月依然那樣明麗。

〔六〕江南句:謂來年江南的春天依舊美麗,令人歌咏。此處仍用柳惲《江南曲》贊美「江南春」的詩句。參本詩注〔四〕。

〔七〕君:指嚴惲。精爽:精神,神明,魂魄。《左傳·昭公七年》:「用物精多,則魂魄强,是以有精爽,至於神明。」又《昭公二十五年》:「吾聞之,哀樂而樂哀,皆喪心也。心之精爽,是謂魂魄。魂魄去之,何以能久?」潘岳《寡婦賦》:「睎形影於几筵兮,馳精爽於丘墓。」無盡:永存。

〔八〕酆都:道教所説的陰府所在,人死所歸。頌帝晨:歌頌上帝的早晨。此句謂嚴惲在陰間也是一位主盟文壇的領袖。

〔九〕梁成《酆都宫頌》:《酉陽雜俎》(前集卷二):「項梁成《酆都宫頌》曰:『紂絶標帝晨,諒事構重阿。炎如霄漢烟,勃如景耀華。……六天横北道,此是鬼神家。』凡有兩萬言,此唯天宫名耳。夜中微讀之，辟鬼魅。」

【箋評】

「生前有敵惟丹桂」二句：愴怛。（項真評、項真刻《項氏瓶笙榭新刻皮襲美詩》卷二）

「塵」字意別。蓋「榜」經三十年，所以上有塵積而皆不中之榜，每科爲之一哭耳，至死不過爲江湖散人。作者傷之之詞。「丹桂」不能到手，歲餘鏖戰，豈非强敵？白蘋洲荒凉之境，既無生産，亦少宇舍，惟飄泊於淒凉煙水間耳。且吴興有白蘋洲，適合用之。五六言没後。又見新月，乃子重曾經醉醒之處；而柳惲白蘋洲詞，所謂「日落江南春」，今逢春依舊有人咏吟，獨不見君爲傷感。然以君「精爽」不昧，猶爲梁成《酆都》之頌，其可必也。言在九京猶作詞章。（胡以梅《唐詩貫珠箋》卷三十四）

皮日休言：「嚴子重惲《惜花詩》：『春光冉冉歸何處？更向花前把一杯。盡日問花花不語，爲（去）誰零落爲誰開？』予美之，諷咏未嘗忘。」埴愛是詩，亦云。一日，於仇少宰送春宴上誦之，少宰命埴代花作答，因吟一絶云：「休因不語惱花枝，問着花枝也不知。不知不語轉自問，零落爲誰開爲誰？」少宰見之，遍索（色）賡和（去）者。（金埴《不下帶編》卷六）

嚴子重以詩遊於名勝間舊矣①〔一〕。余晚於江南相遇②，甚樂。不幸且没〔二〕，襲美作詩序而吊之〔三〕，其名真不朽矣，又何戚其死哉。余因息悲而爲之和

龜蒙

每值江南日落春③〔四〕，十年詩酒愛逢君〔五〕。芙蓉湖上吟船倚〔六〕，翡翠巖前醉馬分〔七〕。祇有汀洲連舊業④〔八〕，豈無章疏動遺文〔九〕。猶憐未卜佳城處〔一〇〕，更斸要離冢畔雲〔一一〕。

（詩四五〇）

【校記】

①「於」統籤本作「于」。②「於」統籤本作「于」。③「值」季寫本注：「《紀事》作憶。」全唐詩本注：「一作憶。」④「有」季寫本注：「一作自。」

【注釋】

〔一〕嚴子重：參本卷（序一六）注〔一〕。名勝：此指傑出人士。《世説新語·文學》：「宣武集諸名勝講《易》，日説一卦。」《世説新語·賞譽》：「初，法汰北來未知名，王領軍供養之。每與周旋，行來往名勝許，輒與俱。不得汰，便停車不行。因此名遂重。」《晉書》（卷六五）《王導傳》：「會三

月上巳，帝親觀禊，乘肩轝，具威儀，敦、導及諸名勝皆騎從。」

〔二〕不幸且没：謂嚴惲遭際不幸而死。

〔三〕序而吊之：作序叙述其不幸的身世遭遇而哀悼他。

〔四〕值：逢，遇。江南：泛指長江以南地區。此處指長江下游江、浙一帶的江南地區。《楚辭·招魂》：「魂兮歸來哀江南。」唐張九齡《感遇十二首》（其七）：「江南有丹橘，經冬猶緑林。」此句用南朝梁柳惲《江南春》詩意。

〔五〕十年：雖是概數，可見陸龜蒙和嚴惲交遊之久。

〔六〕芙蓉湖：湖名，在今江蘇省無錫市境内，已堙没。《太平寰宇記》（卷九二）《江南東道四》：「常州無錫縣，上湖，一名射貴湖，一名芙蓉湖，一謂之無錫湖，在晋陵、江陰、無錫三縣界，東去州五十九里。」《讀史方輿紀要》（卷二五）《南直七》：「常州府無錫縣，芙蓉湖，縣西北十五里，即故上湖也。湖流浩衍，北接江陰，南連武進。其後堙廢。」《太平御覽》（卷六六）引《南徐州記》曰：「芙蓉湖，即射貴湖也，又名上湖。」吟船倚：謂倚船賞景歌咏。

〔七〕翡翠巖：未詳。應爲唐代蘇州、湖州一帶地名。此句謂詩人與嚴惲醉酒中乘馬在翡翠巖前分離。

〔八〕衹有句：謂只有水邊的洲渚依然連接着嚴惲的舊居。汀洲：暗用柳惲《江南曲》：「汀洲采白蘋，日落江南春」的詩意。《太平寰宇記》（卷九四）《江南東道六》：「湖州烏程縣，白蘋洲，在霅溪之東南，去州一里。洲上有魯公顔真卿芳亭，内有梁太守柳惲詩云：『汀洲采白蘋，日晚江南春。』因以爲名。洲内有池，池中舊有千葉蓮。今唯地名故址存焉。」舊業：指嚴惲生前的舊居别業。業：别業，即别墅。《文選》（卷四五）石崇《思歸引序》：「晚節更樂放逸，篤好林藪，遂肥遁於河陽别業。」

〔九〕章疏：上書皇帝的議論時政、評説時事的奏章。遺文：指嚴惲的詩文作品。此句用司馬相如遺留下封禪遺文的故實，参本卷（詩四四八）注〔八〕。意謂嚴惲難道没有留下讓君王深爲觸動的章疏一類遺文嗎？

〔一〇〕佳城：指墓地。《西京雜記》（卷四）：「滕公駕至東都門，馬鳴，局不肯前，以足跑地久之。滕公使士卒掘馬所跑地，入三尺所，得石槨。滕公以燭照之，有銘焉。乃以水洗寫其文，文字皆古異，左右莫能知。以問叔孫通，通曰：『科斗書也。』以今文寫之，曰：『佳城鬱鬱，三千年見白日。吁嗟滕公居此室。』滕公曰：『嗟乎，天也！吾死其即安此乎？』死遂葬焉。」《博物志》（卷七）《異聞》：「漢滕公薨，求葬東都門外。公卿送喪，駟馬不行，局地悲鳴，跑蹄下地得石，有銘曰：『佳城鬱鬱，三千年見白日，吁嗟滕公居此室。』遂葬焉。」

〔一一〕更斸（zhǔ）：一定要砍掉（柴草）。張相《詩詞曲語辭匯釋》（卷一）：「更，甚辭，猶云不論怎樣也；雖也；縱也；亦猶云絶也。」要離冢：在蘇州。陸廣微《吴地記》附録一《吴地記佚文》（引自《太平御覽》卷五六〇）：「昌門南有要離墓。……要離刺殺慶忌，因亦自殺。闔閭葬之於昌門南大城内。」范成大《吴郡志》（卷三九）：「要離墓，在閶門外金昌亭傍。」要離，春秋時吴國刺客，幫助吴王闔閭刺殺了慶忌，勇猛有智謀。事見《吴越春秋》（卷四）《闔閭内傳》。此句謂一定要將嚴惲葬在要離墓傍，以示旌揚。活用東漢梁鴻事。《後漢書》（卷八三）《梁鴻傳》：「梁鴻字伯鸞，……及卒，伯通等爲求葬地於要離冢傍。咸曰：『要離烈士，而伯鸞清高，可令相近。』」李賢注：「要離，刺吴王僚子慶忌者，冢在今蘇州吴縣西。伯鸞墓在其北。」

【箋評】

慧山，古華山也。……梁大同中，有青蓮花育於此山，因以古華山精舍爲慧山寺，在無錫縣西七里。……東北九里有上湖，一名射貴湖，一名芙蓉湖。南控長洲，東泊江陰，北淹晋陵，周圍一萬五千三百頃，蒼蒼渺渺。（陸羽《遊慧山寺記》，《全唐文》卷四三三）

題是嚴「以詩遊名勝」，故起即用柳惲《江南曲》，本勝地遊玩之詞，深得籠題之妙，直爲神化，前虚後實。第二遂以「詩酒」領清。三四取「芙蓉」、「翡翠」之華麗以實其名勝，而「吟船」、「醉馬」分承一「詩」一「酒」。「倚」字兩舟相傍亦可，同舟倚舷倚棹亦可。「分」則既醉宜歸，而馬首分耳。五言止有澤國之别業，此外更無餘産，見清高之士。六言空有當代公卿，動章疏求遺文刊勒傳世，謂才華之美。或用相如奏請封禪之文，遺勒後世亦得。結亦謂清高與烈士相傍而葬之意。此是因吴中人而實用要離冢，非前首衡州旅魂之謂矣。「劚」，鋤也。字煉。梁柳惲爲吴興守，《江南曲》云：「汀洲采白蘋，日落江南春。」芙蓉湖在常州府城東。翡翠巖另考。《博物志》：「夏侯嬰死，送葬至東都門外，駟馬不行，踣地悲鳴，即掘馬蹄下，得石槨銘云：『佳城鬱鬱，三千年見白日。吁嗟滕公居此室。』乃葬焉，謂之馬冢。」（胡以梅《唐詩貫珠箋》卷三十四）

芙蓉湖，古名上湖，又名射貴湖。芙蓉之名，至唐陸羽、皮日休、陸龜蒙輩出始著。舊志稱在縣東北興道鄉，而今近在北城門外。相傳湖流浩淼，自東北郭外，逕浸芙蓉山趾，故名。宋時築堤堰水，溉爲良田，湖波始束。又傳其中多荷蕖，彌望數十里，故以爲名。今考羽《惠山記》言：「湖在山東北九里，南控長洲，東洞江陰，北淹晋陵。」其廣如此。而宋胡宿《過芙蓉湖詩》有云：「碧葉田田擁釣舟」者，所傳當不虚也。獨怪魯望、襲美爲倡和詩，泛五瀉，舟自遊其中，而不詳記勝迹，使後來竟無可考。楊子方叔寓居湖濱鄒氏之樓，帆檣魚鳥，日迫軒户，即興成咏，爲斷句百首。自序謂仿朱竹垞《鴛鴦湖棹歌》而作，故名之曰《芙蓉湖棹歌》。天真爛漫中，音調諧婉，紀述靈勝，旁及里俗賽會，遊戲徵逐，以至謡諺讕語，無不具在，讀者可想見一時風會繁昌。竹垞詩多傳軼事，而質樸自合體裁，猶或遜此。昔之所致歉于皮、陸者，庶幾補其闕焉。……又豈區區掺其土風于荒湖之濱，以與魯望、襲美輩比迹也哉！（孫爾準《楊倫〈蓉湖棹歌〉序》，錢仲聯主編《歷代别集序跋綜録·清》）

早秋吴體寄襲美〔一〕

龜蒙

荒庭古樹只獨倚，敗蟬殘蛩苦相仍〔二〕。雖然詩膽大於斗①〔三〕，争奈愁腸牽似繩〔四〕。短燭初添蕙幌影②〔五〕，微風漸折蕉衣棱〔六〕。安得彎弓似明月〔七〕，快箭拂下西飛鵬〔八〕。

（詩四五一）

【校記】

①「於」陸詩甲本、統籤本、季寫本、全唐詩本作「如」。全唐詩本注：「一作於。」②「幌」陸詩丙本作「愰」。

【注釋】

〔一〕此詩當作於咸通十一年（八七〇）早秋。吴體：詩歌體裁的一種。參卷六（詩二六九）注〔一〕。

〔二〕敗蟬殘蛩（qióng）：秋天裏鳴聲凄切的寒蟬和蟋蟀。「敗」、「殘」二字形容詞，修飾作用。苦相仍：謂蟬和蟋蟀的鳴聲此起彼伏，連續不絶。苦，張相《詩詞曲語辭匯釋》（卷二）：「苦，甚辭，又猶偏也；極也；多或久也。」相仍：相繼。《楚辭·九章·悲回風》：「觀炎氣之相仍兮，窺煙液之所積。」王逸注：「相仍者，相從也。」

〔三〕詩膽大於斗：喻作詩善於誇張，詩風奇崛峭健。《三國志·蜀書·姜維傳》：「殺會及維。」裴松之注：「《世語》曰：『維死時見剖，膽如斗大。』」韓愈《送無本師歸范陽》：「無本於爲文，身大不及膽。」

〔四〕争奈：怎奈。「争」同「怎」。愁腸牽似繩：形容心情悲傷鬱結，猶如繩索一樣纏繞。

〔五〕短燭：矮燭，短小的蠟燭。蕙幌：芳香美好的帷幕。帷帳的美稱。幌，《玉篇·巾部》：「幌，帷幔也。」《文選》（卷四三）南朝齊孔稚珪《北山移文》：「蕙帳空兮夜鵠怨，山人去兮曉猿驚。」此句謂初秋開始張設帷帳，故「初添」云云。

〔六〕蕉衣：蕉布製成的衣服。晉嵇含《南方草木狀》（卷上）：「甘蕉，望之如樹，株大者一圍餘，葉長一丈，或七八尺，廣尺餘二尺許。……一名芭蕉，或曰巴苴。……此有三種：子大如拇指，長而鋭，有類羊角，名羊角蕉，味最甘好。一種子大如鷄卵，有類牛乳，名牛乳蕉，微減羊角。一種大如藕，子長六七寸，形正方，少甘，最下也。其莖解散如絲，以灰練之，可紡績爲絺綌，謂之蕉葛。雖脆而好，黄白不如葛赤色也。交、廣俱有之。」此句謂早秋微風漸凉，拉緊單薄的蕉衣。故云「折衣棱」。

〔七〕安得：哪有，怎樣能有。彎弓似明月：喻完全拉開的弓就象圓月一般。蘇軾《江城子》（密州出獵）：「會挽雕弓如滿月，西北望，射天狼。」手法相同。

〔八〕快箭：此「快」字當本於晉索靖觀顧愷之畫，曰：「恨不帶并州快剪刀來，剪松江半幅練紋歸去。」參《杜臆》（卷四）杜甫《戲題王宰畫山水圖歌》：「焉得并州快剪刀」句下引邵寶之注。鵬：大鵬鳥。古代傳説中最大的鳥。《莊子·逍遥遊》：「北冥有魚，其名爲鯤。鯤之大，不知其幾千里也。化而爲鳥，其名爲鵬。鵬之背，不知其幾千里也。怒而飛，其翼若垂天之雲。」

奉和次韻

日休

書淫《傳》癖窮欲死①〔一〕，譊譊何必頻相仍〔二〕。日乾陰蘚厚堪剥〔三〕，藤把欹松牢似繩〔四〕。擣藥香侵白袷袖〔五〕，穿雲潤破烏紗棱〔六〕。安得瑤池飲殘酒〔七〕，半醉騎下垂天鵬〔八〕。（詩四五五二）

【校記】

①「淫」類苑本、季寫本作「滛」。「癖」季寫本作「僻」。

【注釋】

〔一〕書淫：指好學不倦、嗜書成癖的人。《晋書》（卷五一）《皇甫謐傳》：「耽玩典籍，忘寢與食，時人謂之『書淫』。」《梁書》（卷五〇）《劉峻傳》：「峻好學，家貧，寄人廡下，自課讀書，常燎麻炬，從夕達旦。……清河崔慰祖謂之『書淫』。」《傳》癖：《左傳》癖。極爲喜愛《左傳》。參卷六（詩二七二二）注〔四〕。此句謂嗜書好學但十分貧窮。

〔二〕譊譊（náo náo）：叫嚷争辯之聲。《莊子·至樂》：「彼唯人言之惡聞，奚以夫譊譊爲乎！」相仍：相從。參上（詩四五五一）注〔二〕。

〔三〕日乾句：意謂秋天乾燥，陰暗處可剥下厚厚的一層蘚苔。形容居處的簡陋古樸。

〔四〕藤把欹松：謂藤蔓纏繞老松樹。把，持，握，此有纏之義。《爾雅·釋木》：「諸慮，山櫐。」郭璞注：「今江東呼櫐爲藤，似葛而粗大。」又曰：「欇，虎櫐。」郭璞注：「今虎豆，纏蔓林樹而生，莢有毛刺，今江東呼爲欇欇。」前者爲一種山地藤本植物，後者即紫藤。藤的種類甚多，《本草綱目》（卷一八）列有釣藤、黄藤、白花藤、扶芳藤、紫藤、清風藤、紫金藤、天仙藤、含水藤、甘藤等等，總名爲藤，乃蔓生類植物。欹松：傾斜生長的老松樹。

〔五〕搗藥：搗碎藥材，製成藥物。指學道求仙之舉。白袷：白色夾衣。參卷六（詩三〇七）注〔五〕。

〔六〕烏紗棱：烏紗帽（或烏紗巾）的棱角。烏紗帽在唐代士庶皆可服用。馬縞《中華古今注·烏紗帽》：「（唐高祖）武德九年十一月，太宗詔曰：『自今已後，天子服烏紗帽，百官、士庶皆同服之。』」潤破烏紗：濕潤了烏紗帽。活用郭太事。《後漢書》（卷六八）《郭太傳》：「郭太字林宗，……嘗於梁、陳間行遇雨，巾一角墊，時人乃故折巾一角，以爲『林宗巾』。其見慕皆如此。」

〔七〕安得：焉得，何得。從哪裏得到。杜甫《茅屋爲秋風所破歌》：「安得廣厦千萬間，大庇天下寒士俱歡顔。」瑶池：古代神話傳説中周穆王與西王母飲酒之處。《穆天子傳》（卷三）：「天子觴西王母于瑶池之上。西王母爲天子謡曰：『白雲在天，山陵自出。道里悠遠，山川間之。將子無死，尚能復來。』」殘酒：指仙人所剩餘的酒。

〔八〕垂天鵬：展翅遮蔽青天的大鵬。參上（詩四五一）注〔八〕。

【箋評】

「嘵」音囂。《詩》：「予維音嘵嘵。」恐懼告訴意。俗讀「鐃」，用作多言意。非。「鐃」音當從言，「譊譊」，争言也。揚子：「譊譊之學，各習其師。」皮日休詩：「譊譊何必頻相仍。」東坡詩：「多言譊譊師所呵。」作「呶」亦可。《詩》：「載號載呶。」柳河東《答韋中立書》云：「豈可使呶呶者早暮咈吾耳、騷吾心？」（胡鳴玉《訂譌雜録》卷五《嘵譊之辨》）

首韻蓋自叙見寄之詞，中二韻自寫早秋景情，末韻自以游仙意結。《正字通》曰：「唐人倡和有三體：次韻效其次第韻也；依韻同在一韻内也；用韻，同彼之韻，不必次也。」（曹錫彤《唐詩析類集訓》卷三）

秋賦有期因寄襲美〔一〕（原注：時將主試貢士①。）〔二〕

龜蒙

雲似無心水似閑〔三〕，忽思名在貢書間〔四〕。煙霞鹿弁聊懸著〔五〕，鄰里漁舠暫解還〔六〕。文草病來猶滿篋〔七〕，藥苗衰後即離山〔八〕。廣寒宫樹枝多少〔九〕，風送高低便可攀〔一〇〕。

（詩四五三）

【校記】

①統籤本、類苑本無此注語。

【注釋】

〔一〕此詩當作於咸通十一年（八七〇）秋。秋賦有期：謂秋貢的時間已經確定。秋賦即秋貢。由各地州、府在每年秋天薦舉至朝廷的舉子，稱作鄉貢進士。岑參《送杜佐下第歸陸渾別業》：「還須及秋賦，莫即隱蒿萊。」薛能《下第後夷門乘舟至永城驛題》：「秋賦春還計盡違，自知身是拙求知。」五代王定保《唐摭言》（卷五）《以其人不稱才試而後驚》：「令狐文公鎮三峰，時及秋賦，特置五場試。」唐代鄉貢進士，在每年參加州、府試，其合格者貢至京師參加禮部試。大約在初冬，各地舉子聚集到京城。五代牛希濟《薦士論》（《全唐文》卷八四六）：「郡國所送，群衆千萬。孟冬之月，集于京師。麻衣如雪，紛然滿於九衢。」將歲舉之進士稱作「歲賦」或「歲貢」，其説法源自漢代。《漢書》（卷四九）《晁錯傳》：「以臣錯充賦，甚不稱明詔求賢之意。」顔師古注：「臣瓚曰：『充賦，此錯之謙也，云如賦調也。』」《漢書》（卷二四上）《食貨志上》：「諸侯歲貢少學之異者於天子。」

〔二〕時將主試貢士：謂皮日休將要主持當年蘇州鄉貢進士的州試工作。韓愈《贈張童子序》：「始自縣考試定其可舉者，然後升於州若府，其不能中科者，不與是數焉；州若府總其屬之所升，又考試之如縣，加察詳焉，定其可舉者，然後貢於天子而升之有司，其不能中科者，不與是數焉。——謂之鄉貢。」

〔三〕雲似句：喻自己本來隱逸江湖，不求仕進，猶如雲的自如舒卷，水的閑静澹泊。

〔四〕忽思句：謂自己忽然想到要參加科舉考試，希望名列於鄉貢進士中。貢書：指州、府向朝廷薦舉本地鄉貢進士的文書。李肇《唐國史補》（卷下）：「投刺謂之鄉貢。」《新唐書》（卷四四）《選舉志上》：「而舉選不繇館、學者，謂之鄉貢，皆懷牒自列於州、縣。」又曰：「由學、館者曰生徒，由州、縣者曰鄉貢，皆升于有司而進退之。」

〔五〕煙霞：自然山水的美景。《北史》（卷八八）《徐則傳》：「悦性冲玄，恬神虚白，餐松餌术，棲息煙霞。」《梁書》（卷二一）《張充傳》：「若乃飛竿釣渚，濯足滄洲，獨浪煙霞，高卧風月。」此指作者隱逸江湖。鹿弁：鹿皮冠，古代隱士所戴的帽子。參卷五（詩二四七）注〔五〕。懸著：懸挂起來。意謂脱下鹿皮冠，不做隱士，而求仕進。著，語助詞。

〔六〕鄰里：同一鄉里的人，鄰居，近鄰。《論語·雍也》：「子曰：『毋！以與爾鄰里鄉黨乎！』」漁舠（dāo）：漁船。《玉篇·舟部》：「舠，小船。」解還：會還。此句謂會將漁船暫時還給鄰居。解，會。張相《詩詞曲語辭匯釋》（卷一）：「解，猶會也；得也；能也。」

〔七〕文草：文章的草稿，指詩文而言。滿篋（qiè）：滿箱。篋，小箱。此句謂自己病中也未停止創作詩文。活用漢司馬相如事。參本卷（詩四四八）注〔八〕。

〔八〕藥苗：藥草，藥材。藥苗衰：藥草衰殘枯萎。指秋天而言。離山：離開山林，謂告别隱居生活，參加州試。

〔九〕廣寒宫：古代傳説中的月中仙宫。宋曾慥《類説》（卷五）引漢郭憲《洞冥記》：「冬至後月養魄於廣寒宫。」《雲笈七籤》（卷一一）《上清黄庭内景經》：「審能修之登廣寒。」注云：「廣寒，北方仙宫之名。又云山名。亦曰廣霞。《洞真經》云：冬至之日，月伏於廣寒之宫，其時育養月魄於廣寒之池，天人采青華之林條，以拂日月光也。」廣寒宫樹：指桂樹。古代神話傳説，月宫有桂樹。唐人稱進士及第爲「折桂」，亦稱爲「月中折桂」。《初學記》（卷一）引虞喜《安天論》曰：「俗傳月中仙人桂樹。今視其初生，見仙人之足，漸已成形，桂樹後生。」《酉陽雜俎》（前集卷一）《天咫》：「舊言月中有桂、有蟾蜍，故異書言月桂高五百丈。」折桂，參本卷（詩四四九）注〔三〕。

〔一〇〕風送句：謂自己渴望得到皮氏的賞識薦舉，成爲鄉貢進士，最終登第。風，喻皮氏的賞識薦舉之力。攀，謂攀折桂枝，喻進士及第。攀桂枝，語出《楚辭·招隱士》：「攀援桂枝兮聊淹留。」評參下（詩四五四）注〔八〕。

〔評箋〕

起句言己之忘於名，如雲之無心，水之閒。「忽思」有名在「貢書」之中，親近「烟霞」之鹿皮冠，聊且懸着不戴；鄰里借來之魚船，暫以放還。檢點文草，雖病以來，猶自滿篋。「藥苗」一衰後，即當「離山」矣。月宫桂樹甚多，若天風「高低」皆「送」，便可攀折。然恐我之「低」者，不「送」則無分耳。

還是謙辭。鹿皮冠，避世之服。月宫，有廣寒清虚之府。（胡以梅《唐詩貫珠箋》卷二十）

《松陵集》陸龜蒙《秋試有期因寄襲美》詩題下自注云：「時將主試貢士。」詩云：「雲似無心水似閒，忽思名在貢書間。煙霞鹿弁聊懸著，鄰里漁舠暫解還。文草病來猶滿篋，藥苗衰後即離山。廣寒宫樹枝多少，風送高低便可攀。」皮日休《奉和次韻》云：「十載江南盡是閒，客兒詩句滿人間。郡侯聞譽親邀得，鄉老知名不放還。應帶瓦花經汴水，更携雲實出包山。太微宫裏還岡樹，無限瑶枝待爾攀。」鶴壽案：主試可以聘處士者，以其公而審也。《容齋隨筆》曰：「唐世科舉之柄，專付之主司，仍不糊名，又有交朋之厚者爲之薦達，謂之『通榜』。故其取人也，畏于譏議，多公而審。亦或脅于權勢，橈于親故，累于子弟，皆常情所不免。若賢者臨之，則不然。未引試之前，其去取高下，固已定於胸中矣。」韓文公《與祠部陸員外書》曰：「執事之與司貢士者，相知誠深矣。彼之職，在乎得人；執事之志，在乎進賢。如得其人而授之，所謂兩得。愈之知者，有侯喜、侯雲長、劉述古、韋群玉。此四子，皆可以當首薦而極論者，期于有成而後止可也。沈杞、張宏、尉遲汾、李紳、張後餘、李翊，皆出群之才，與之足以收人望而得才實，主司廣求焉，則以告之可也。往者陸相公司貢士，愈時幸在得中，所與及第者，皆赫然有聲。原其所以，亦由梁補闕肅、王郎中礎佐之。梁舉八人，無有失者，其餘則王皆與謀焉。陸相公待王與梁如此不疑也，至今以爲美談。」今案：陸天隨之學問、品格，高不可攀，聘之主試，復何疑哉！（王鳴盛《蛾術編》卷七十一《秋試貢士聘處士爲主試》）

奉和次韻

日休

十載江南盡是閑①〔一〕，客兒詩句滿人間〔二〕。郡侯聞譽親邀得〔三〕，鄉老知名不放還〔四〕。應帶瓦花經汴水②〔五〕，更携雲實出包山〔六〕。太微宫裏環岡樹〔七〕，無限瑶枝待爾攀〔八〕。（詩四五四）

【校記】

①「南」全唐詩本作「湖」，并注：「一作南。」②「經」項刻本作「涇」。

【注釋】

〔一〕盡是閑：完全過着閑散的生活。張相《詩詞曲語辭匯釋》（卷一）：「盡，猶儘也；任也。」此句謂陸龜蒙在江南過了十年瀟灑江湖的日子。

〔二〕客兒：南朝宋謝靈運的小名。此喻指陸龜蒙。陸氏很推崇謝靈運。《唐摭言》（卷一〇）：「（陸龜蒙）常體江、謝賦事，名振江左。」謝即指謝靈運。另參卷六（詩二七四）注〔七〕。

〔三〕郡侯：指州刺史。此即指時任蘇州刺州崔璞。秦代的郡和漢代以後的州相等，而郡、州則可與先秦的諸侯國相類比。此句謂刺史聽到了陸龜蒙的譽望，親自邀約他參加秋賦，可見州府對他的重視。

〔四〕鄉老：鄉鄰有名望有地位的人。此應指蘇州的鄉老。《周禮・地官》：「鄉老，二鄉則公一人。」鄭玄注：「老，尊稱也。」不放還：謂鄉老極力薦舉之意。放，使也，教也。

〔五〕瓦花：瓦松，草名。生長在屋瓦或山間縫隙中的野草，望之如松，故名。美之則稱瓦花。參卷七（詩三七〇）注〔一〕。汴水：汴河。又稱汴渠。隋代名通濟渠，唐代名廣濟渠。實爲大運河的一段，大抵是從今天河南開封、商丘至淮北、蘇北一帶地區。

〔六〕雲實：本指古代傳説中的仙果，此指太湖包山生長的果實。王嘉《拾遺記》（卷一）：「飲以瓊漿，飴以雲實，二物皆出上元仙。」包山主要以柑、橘等著名。宋朱長文《吴郡圖經續記》（卷上）云：「吴中地沃而物夥，……其果則黄柑香碩，郡以充貢。橘分丹緑，梨重絲蔕，函列羅生，何珍不有？」包山：亦名洞庭山。參卷三（序五）注〔四〇〕。

〔七〕太微宫：古代傳説中天上的宫殿。此指朝廷。《楚辭・遠遊》：「召豐隆使先導兮，問大微之所居。」王逸注：「博訪天庭在何處也。大，一作太。」《史記》（卷二七）《天官書》：「衡，太微，三光之廷。」太微指天庭。《雲笈七籤》（卷一三）《太清中黄真經》：「更上寥天入太微。」原注：「太微都在第五天金星輪朱華宫，亦名太微。」又（卷一〇五）《清靈真人裴君傳》：「乃詣太微宫，受書爲清靈真人，治清靈宫。」環岡：環繞山岡。《真誥》（卷五）：「仙道有鐶剛樹子，服之，化而爲雲。」可能與本詩無涉。此句謂天庭裏環繞山岡的都是桂樹，喻陸氏應舉登第的機會極多。亦活用月中桂樹及唐人「折桂」之意。并切桂樹生長於山巔之説。晉嵇含《南方草木狀》（卷中）：「桂出合浦，生必以高山之巔。冬夏常青，其類自爲林，間無雜樹。」

〔八〕瑶枝：玉樹枝。指桂樹。攀瑶枝：猶言折桂，喻進士及第。參本卷（詩四四九）注〔三〕。言桂樹而云「攀」，始見《楚辭・招隱士》：「攀援桂枝兮聊淹留。」由此「攀桂」一詞喻隱居之意。但在唐詩中則常將其與喻進士登第的「折桂」一詞混用。武元衡《長安秋夜懷陳京昆季》：「甲乙科攀桂，圖書閣踐蓬。」白居易《和鄭方及第後秋歸洛下閑居》：「玉憐同匠琢，桂恨隔年攀。」題下原注：「同高侍郎下隔年及第。」

【箋評】

起言已在江南十年，相共皆作閒人，而知詩人句滿人間。所以臨此貢士之時，「郡侯」勸駕，「鄉老」共薦。從汴赴長安，由包山而發足，將見「太微宫」中「瑶枝」可攀矣。「客兒」，謝靈運，指魯望。「鄉老」及鄉大夫，以賓禮貢士，見前。唐時無舉人科目，止試秀才，入選則貢之京師，謂之「進士」。若禮部試不中落第，仍爲秀才。初鄉試時，是「郡侯」主之，故曰「親邀得」。而鄉貢，亦共獻之耳。「不放還」，即令入京師也。汴河在河南，唐時淮達江南。仙家有風子雲實。包山，即洞庭山，多植橘柚。「雲」與「山」通氣，借用。或指山果歟？《天宫占》曰：「太微者，天庭也。太微之宫，天子之庭，五帝之座。」又「帝座一星，在太微中。天子動得天度，則五帝之座明以光。帝座不明，當求賢士以輔治。不然則敓勢也。」今詩用「太微」，謂求賢之意耶？《雲笈七籤》：「老君命尹喜，朝禮玉晨大道君，賜環剛丹菓。」清靈裴君曰：「仙道有環剛樹子，服之而化爲雲。」又《墉城集仙録序》曰：「環剛絳實，服之而化鳳化龍，餌之爲金爲玉。」又《真仙通鑑》：「王母所居，植以白環之樹，丹剛之林。」則又兩樹矣。（胡以梅《唐詩貫珠箋》卷二十）

病中秋懷寄襲美〔一〕

龜蒙

病容愁思苦相兼〔二〕，清鏡無情未我嫌①〔三〕。貪廣異蔬行徑窄〔四〕，故求偏藥出錢添②〔五〕。同人散後休賒酒〔六〕，雙燕辭來始下簾〔七〕。更有是非濟未得③〔八〕，重憑詹尹拂龜占〔九〕。

（詩四五五）

【校記】

①「情」陸詩甲本、季寫本、全唐詩本作「形」。　②「偏」陸詩丙本黄校注：「空格。」　③「濟」弘治本、汲古閣本、詩瘦閣本、四庫本、陸詩甲本、陸詩丙本、統籤本、類苑本、季寫本、全唐詩本作「齊」。

【注釋】

〔一〕此詩當作於咸通十一年（八七〇）秋。秋懷：因秋天而有所感。

〔二〕苦：甚辭，表示程度之深。張相《詩詞曲語辭匯釋》（卷二）：「苦，甚辭。又猶偏也；極也，多或久也。」

〔三〕清鏡：明鏡。南朝齊謝朓《冬緒羈懷示蕭諮議虞田曹劉江二常侍》：「寒燈耿宵夢，清鏡悲曉髮。」無情：没有主觀的愛憎情感。未我嫌：没有嫌棄我。意謂鏡子如實地照出我的貧窮憔悴的容貌。

〔四〕貪廣句：謂貪求擴充野菜的奇異品種，在狹窄的小路上探尋搜索。行徑窄：韓愈《山石》：「山石犖确行徑微，黄昏到寺蝙蝠飛。」

〔五〕偏藥：指藥效好但難找的藥材，猶如常言的「偏方」。此句謂爲了特意求得偏藥而多增添藥材的價錢。

〔六〕同人：志趣相投的人。《周易·同人卦》：「同人于野，亨。」

〔七〕雙燕句：謂燕子辭别南飛，秋天到來，開始放下簾幕避寒。謝朓《和王主簿季哲怨情》：「花叢亂數蝶，風簾入雙燕。」

〔八〕是非濟未得：未能將是與非看成完全一樣。《莊子·齊物論》：「彼亦一是非，此亦一是非。果且有彼是乎哉？果且無彼是乎哉？彼是莫得其偶，謂之道樞。樞始得其環中，以應無窮。是亦一無窮，非亦一無窮也。」

〔九〕重憑：完全依仗。張相《詩詞曲語辭匯釋》（卷二）：「重，甚辭；又猶盡也。」又（卷五）：「憑，猶仗也；亦猶煩也；請也。」詹尹：戰國時楚國掌占筮的官。拂龜占：撣拂龜甲來占卜吉凶。

《楚辭·卜居》："（屈原）心煩慮亂，不知所從。往見太卜鄭詹尹曰：『余有所疑，願因先生決之。』詹尹乃端策拂龜。」

【箋評】

一二「病中秋懷」，三四病中事，五六病中情，七八進一意結。險韻押得自然。「雙燕」句閒情最遠。七八言卜，亦結得病中意。但「清鏡」句無着落，此詩法之模糊也。中、晚諸作不知有法，其起伏照應皆在半明半暗、似有如無之間，若初、盛森嚴，止萬分之一耳。明人止在氣象、調度上較量，不知初、盛、中、晚之是非不盡在彼也。（屈復《唐詩成法》卷十二）

《西河詩話》曰："「魯望《秋懷》中四頗佳。貪羅異蔬，不由正路；欲買僻藥，不惜添錢。酒必客至而始賒，簾必燕去而始下，俱有意趣。但南士不喜魯望詩，以跆塞故也。」予謂此亦可觀者。義山不成練，此却成練。義山無意則嗆膩；此頗有意，則生澀不圓滑，亦足避長慶縟氣。向使以王右丞、崔司勛之筆，而作此等，未必不工部也，然則氣韻可少矣。（張世煒《唐七律雋》）

詩人寫景賦物，雖每如鍾嶸《詩品》所謂本諸「即目」，然復往往踵文而非踐實（nicht in der sache, sondern in der sprache），陽若目擊今事而陰乃心摹前構。匹似歐陽修《采桑子》：「垂下簾櫳，雙燕歸來細雨中。」名句傳誦。其爲真景直尋耶？抑以謝朓《和王主簿怨情》有「風簾入雙燕」，陸龜蒙《病中秋懷寄襲美》有「雙燕歸來始下簾」，馮延巳《采桑》有「日暮疏鐘，雙燕歸棲畫閣中」，而遂華詞補假，以與古爲新也？修之詞中洵有燕歸，修之目中殆不保實見燕歸乎？史傳載筆，尚有準古飾今，因

模擬而成揑造，况詞章哉？（錢鍾書《管錐編》第一册三六四頁）

奉和次韻

日休

貧病於君亦太兼〔一〕，才高應亦被天嫌①〔二〕。因分鶴料家資減〔三〕，爲置僧餐口數添〔四〕。靜裏改詩空凭几②〔五〕，寒中注《易》不開簾〔六〕。清詞一一侵真宰〔七〕，甘取窮愁不用占〔八〕。（詩四五六）

【校記】

①「天」皮詩本作「王」。皮詩本批校：「『王』字疑誤。」「嫌」季寫本作「□」。②「改」類苑本作「攻」。

【注釋】

〔一〕貧病：既貧窮又患病。《國語·越語上》：「令孤子、寡婦、疾疹、貧病者，納宦其子。」《史記》（卷六七）《仲尼弟子列傳》：「孔子卒，原憲遂亡在草澤中。子貢相衛，而結駟連騎，排藜藿入窮閻，過謝原憲。憲攝敝衣冠見子貢。子貢恥之，曰：『夫子豈病乎？』原憲曰：『吾聞之，無財者謂之貧，學道而不能行者謂之病。若憲，貧也，非病也。』」

〔二〕天嫌：上天嫌棄。謂没有得到眷顧。

〔三〕鶴料：唐代稱幕府的官俸。此指食料而言。此説應即起自蘇州。參本卷（詩四五七）注〔五〕。唐代官吏除俸禄外，還有食料、厨料等，如折成錢鈔，謂之料錢或月料錢。兩者合稱爲禄料。《朝野僉載》（卷六）：「官職禄料由天者，蓋不虛也。」白居易《咏所樂》：「官優有禄料，職散無羈縻。」《新唐書》（卷五五）《食貨志五》：「員外官、檢校、判、試、知給禄料食糧之半。」家資：家中的資産。此可佐證時陸龜蒙因皮日休推薦，而入蘇州刺史崔璞幕，因此纔會有「鶴料」云云。

〔四〕置：置備，備辦。僧餐：僧人的飯食。口數：家裏人口的數目。《漢書》（卷一〇〇上）《叙傳上》：「昌陵後罷，大臣名家皆占數于長安。」顔師古注：「占，度也。自隱度家之口數而著名籍也。」

〔五〕凭几：倚靠在几案上。几，古人席地而坐時供倚靠的器具。《説文・几部》：「几，踞几也。」又曰：「凭，依几也。」

〔六〕注《易》：注解詮釋《周易》。不開簾：不打開簾幕，即閉門著書之意。應活用東漢馬融事。《後漢書》（卷六〇上）《馬融傳》：「常坐高堂，施絳紗帳，前授生徒，後列女樂，弟子以次相傳，鮮有入其室者。……注《孝經》《論語》《詩》《易》《三禮》《尚書》《列女傳》《老子》《淮南子》《離騷》。」

〔七〕清詞：清麗優美的文詞。《文選》（卷四〇）陳琳《答東阿王牋》：「音義既遠，清辭妙句，焱絶焕炳。」南朝梁劉勰《文心雕龍・誄碑》：「清詞轉而不窮，巧義出而卓立。」杜甫《戲爲六絶句》（其五）：「不薄今人愛古人，清詞麗句必爲鄰。」一一：全部，悉數。侵：侵入，觸犯。此有到達意。真宰：萬物的主宰。《莊子・齊物論》：「若有真宰，而特不得其眹。」

〔八〕甘取：甘心，甘願。取，語助詞。窮愁：《史記》（卷七六）《平原君虞卿列傳》：「太史公曰：……然虞卿非窮愁，亦不能著書以自見於後世云。」占：占卜預測將來吉凶禍福。漢賈誼《鵩鳥賦》：「單閼之歲兮，四月孟夏。庚子日斜兮，鵩集予舍。止于坐隅兮，貌甚閑暇。異物來萃兮，私怪其故。發書占之兮，讖言其度，曰：『野鳥入室兮，主人將去。』請問于鵩兮：『予去何之？吉乎告我，凶言其災。淹速之度兮，語予其期。』」

新秋即事三首〔一〕

日休

癡号多於顧愷之〔二〕，更無餘事可從知〔三〕。酒坊吏到常先見〔四〕，鶴料符來每探支（原注：吴郡有鶴料案①。）〔五〕。涼後每謀清月社②〔六〕，晚來專赴白蓮期〔七〕。共君無事堪相賀〔八〕，又到金齏玉膾時〔九〕。（詩四五七）

【校記】

①類苑本無此注語。「案」應作「符」，詩句即作「鶴料符」。宋吴曾《能改齋漫録》（卷六）引注文亦作「鶴料符」。②「每」類苑本作「定」。

【注釋】

〔一〕此詩當作於咸通十一年（八七〇）早秋。

〔二〕癡号：癡呆的名號。底本即用「号」字。《説文·疒部》：「癡，不慧也。」顧愷之：（三四九？—四一〇？）字長康，小字虎頭。晋代辭賦家、畫家。晋陵無錫（今江蘇省無錫市）人。生平事迹參《晋書》（卷九二）本傳。《晋書·顧愷之傳》云：「初，愷之在桓温府，常云：『愷之體中癡黠各半，合而論之，正得平耳。』故俗傳愷之有三絶：才絶、畫絶、癡絶。」皮日休有好幾個自號，確是「癡号多」。如《皮子文藪》（卷六）《酒箴并序》：「自戲曰『醉士』，自諧曰『醉民』。」本書卷四（序九）：「鹿門子性介而行獨，於道無所全，於才無所全，於進無所全，於退無所全，豈天民之蠢者邪？」五代孫光憲《北夢瑣言》（卷二）：「（日休）號『醉吟先生』。」又（卷七）：「（日休）自號『間氣布衣』。」

〔三〕餘事：别的事情。《世説新語·德行》：「子敬云：『不覺有餘事，惟憶與郗家離婚。』」韋應物《郊居言志》：「但要樽中物，餘事豈相關。」可從知：輕易地任意知曉。張相《詩詞曲語辭匯釋》（卷一）：「可，輕易之辭。引伸之則猶云小事也；容易也；尋常也；在其次也；不在意也。」

〔四〕酒坊吏：官府設置的釀酒作坊的官吏。《隋書》（卷二四）《食貨志》：「（開皇三年）先是尚依周末之弊，官置酒坊收利。鹽池鹽井，皆禁百姓采用。至是，罷酒坊，通鹽池鹽井與百姓共之。遠近大悦。」

〔五〕鶴料符：支取官俸的憑證。鶴料：參本卷（詩四五六）注〔三〕。據原注，鶴料符乃蘇州地方性的做法。吴曾《能改齋漫録》（卷六）《鶴料符》：「宋景文《筆記》闕疑一條云：『吴郡有鶴料符，未詳其義。王洙、李淑，最爲博識，亦各未喻。』已上皆宋説。予按：唐《松陵集》載皮日休《新秋詩》云：『酒坊吏到長相見，鶴料符來每探支。』注云：『吴郡有鶴料符。』案，不知宋偶忘此，何耶？」探支：預支。謂超前透支。蘇軾《和何長官六言次韻五首》（其三）：「長江大欲見庛，探支八月凉風。」吴郡：東漢以來至南朝陳代蘇州的舊名。參《元和郡縣圖志》（卷二五）《江南道一》（蘇州）。

〔六〕清月社：結社的社名。作者的擬議之詞。或爲泛説，指清月之下的朋友宴集。

〔七〕白蓮：白蓮社。據晋無名氏《東林蓮社十八高賢傳》：東晋釋慧遠于廬山東林寺，與慧永、雷次宗等十八人結社，精修佛理，并掘池植白蓮，稱「白蓮社」。白蓮期：用陶淵明事。《東林蓮社十八高賢傳》：「（淵明）常往來廬山，使一門生二兒舁籃輿以行。遠法師與諸賢結蓮社，以書招淵明，淵明曰：『若許飲則往。』許之，遂造焉。忽攢眉而去。」

〔八〕共君：與君。君，指陸龜蒙。無事：清閑。白居易《玩新庭樹因咏所懷》：「下有無事人，竟日此幽尋。」

〔九〕金齏(jī)玉膾時：指秋天。金齏玉膾：指精美的食物。《齊民要術》(卷八)《八和齏》：「諺曰：『金齏玉膾』，橘皮多則不美，故加栗黄，取其金色，又益味甜。」此指蘇州特産鱸魚膾。《大業拾遺記》(《太平廣記》卷二三四)：「吴郡獻松江鱸魚乾膾六瓶。……然作鱸魚膾，須八九月霜下之時，收鱸魚三尺以下者作乾膾。浸漬訖，布裹瀝水令盡，散置盤内，取香柔花葉，相間細切，和膾撥令調匀。霜後鱸魚，肉白如雪，不腥，所謂金齏玉膾，東南之佳味也。」唐劉餗《隋唐嘉話》(補遺)：「吴郡獻松江鱸，煬帝曰：『所謂金齏玉膾，東南佳味也。』」

【箋評】

《松陵唱和》皮日休《新秋即事》云：「酒坊吏到常先見，鶴俸符來每探枝。」注云：「吴郡有鶴料。」案：殊未詳「鶴料」之説。

曾旼彦和，博學之士也。知滁州，有《次韻趙仲美表弟西齋自遣詩》云：「謫守凄凉卧郡齋，夫君失意偶同來。海邊故國渺何許？城上新樓空幾迴。寧羨一囊供鶴料，會看千里躍龍媒。清吟未免縈機慮，只恐飛鷗便見猜。」注云：「唐幕府官俸，謂之鶴料。今歲敕頭所得止此。仲美省試下，故云。」彦和用事必有所據，當更考之。

又宋宣獻有《送黄秘丞倅蘇臺》云：「鶴料署文移，鯗場收賦算。」此宣獻用皮日休所云吴郡事

也。（張邦基《墨莊漫録》卷六《鶴料》）

唐幕府官俸，謂之鶴料。皮日休詩：「酒坊吏到常先見，鶴料符來每探支。」宋曾彦和詩：「寧羡一囊供鶴料，會看千里躍龍媒。」（王志堅《表異録》卷十二《職官部》）

【鶴俸】 皮日休《新秋即事》：「酒坊吏到常先見，鶴俸符來每探支。」注云：「吴都有鶴料。」案，殊未詳鶴俸之説。曾文彦和博學之士，有《次韻趙仲美詩》云：「寧羡一囊供鶴料，會看千里躍龍媒。」注云：「唐幕府官俸，謂之鶴料。」（《墨莊漫録》）。按：竇友封爲元相武昌幕府，有詩云：「邑人興謗易，莫遣鶴支錢。」（胡震亨《唐音癸籤》卷十七《詁箋二》）

【鶴俸】皮襲美《新秋即事》云：「酒坊吏到常先見，鶴俸符來每探支。」

吴旦生曰：《松陵唱和集》注云：「吴都有鶴料案。」殊未詳鶴俸之説。曾彦和知滁州，有《次韻趙仲美西齋自遣詩》：「寧羡一囊供鶴料，會看千里躍龍媒。」注云：「唐幕府官俸，謂之鶴料。今歲敕頭所得止此。仲美省試下，故云。」又宋宣獻有《送黄秘丞倅蘇臺》詩：「鶴料署文移，鬻場收賦算。」此宣獻用襲美所云吴郡事也。陸放翁詩：「末路敢貪請鶴料，微官久厭駕鷄栖。」（吴景旭《歷代詩話》卷五十二庚集七）

顧愷之有癡名而曾任參軍，今因皮爲佐職，故自居其癡而比之。「更無」他事可行，惟有酒務鶴糧，吏來支領。正可乘閒玩秋月於社，赴白蓮之招。與君「無事」堪賞，唯啖鱸魚時候耳。此必與陸魯望也。《晉書》：顧愷之字長康。桓温、殷仲堪皆引爲參軍，後爲散騎常侍，與謝瞻同省。月下長咏，瞻每遥贊之。瞻將眠，令人代己。愷之不覺申旦。尤信小術。桓玄嘗以一柳葉紿之曰：『此蟬所翳葉，取以自蔽，人不見己。』愷之喜，引以自蔽。玄就溺焉，愷之信其不見己也，甚珍之。俗傳顧虎頭有三絶：才絶、畫絶、癡絶。「虎頭」，小字。「探支」，透支。《廬阜雜記》：「遠公與十八賢同修净土，號白蓮社。書招陶淵明，曰：『弟子嗜酒，許飲即往。』遠許之，遂造焉。勉令入社，陶攢眉而去。」今云「白蓮期」，是社也。《拾遺記》：「吴郡獻松江鱸魚，煬帝曰：『所謂金齏玉膾，東南嘉味也。』」（胡以梅《唐詩貫珠箋》卷五十）

三章皆觸景、觸事而書。愷之爲參佐，皮爲佐職，故用以自比。《晋書》：桓温謂顧愷之其體癡黠相半。「更無他事」，惟「酒務」、「鶴料」，吏來支領。可以乘閑玩秋月于社，「赴白蓮社」之招，與君共樂新秋景物耳。「君」指陸魯望。吴郡獻鱸魚，煬帝曰：「所謂金齏玉膾，江南嘉味也。」（袁枚《詳注圈點詩學全書》卷三，《袁枚全集》八）

堪笑高陽病酒徒〔一〕，幅巾蕭灑在東吴①〔二〕。秋期净掃雲根瘦〔三〕，山信迴緘乳管粗〔四〕。
白月半窗抄《术序》〔五〕，清泉一器授《芝圖》〔六〕。乞求待得西風起〔七〕，盡（原注：去②。）挽煙
帆入太湖〔八〕。　（詩四五八）

【校記】

①「蕭」皮詩本、統籤本、類苑本、季寫本、全唐詩本作「瀟」。　②「去」汲古閣本、四庫本、統籤本作

「去聲」。類苑本、季寫本、全唐詩本無此注語。

【注釋】

〔一〕堪笑：可笑。高陽病酒徒：指嗜酒之人。病酒，因酒而病。此謂沉醉於酒中。高陽酒徒，《史記》（卷九七）《酈生陸賈傳》：「初，沛公引兵過陳留，酈生踵軍門上謁曰：『高陽賤民酈食其，……願得望見，口畫天下便事。』使者入通，……沛公曰：『爲我謝之，言我方以天下爲事，未暇見儒人也。』使者出謝曰：……酈生瞋目案劍叱使者曰：『走，復入言沛公，吾高陽酒徒也，非儒人也。』」此處以用山簡高陽池的故事更切合。《晉書》（卷四三）《山簡傳》：「永嘉三年，出爲征南將軍、都督荆湘交廣四州諸軍事、假節，鎮襄陽。……簡優游卒歲，唯酒是耽。諸習氏，荆土豪族，有佳園池。簡每出嬉遊，多之池上，置酒輒醉，名之曰高陽池。時有童兒歌曰：『山公出何許？往至高陽池。日夕倒載歸，酩酊無所知。時時能騎馬，倒著白接䍦。舉鞭向葛彊，何如并州兒？』」皮日休曾隱居襄陽鹿門山，故此處以高陽酒徒自比。

〔二〕幅巾：古代男子以細絹裹頭的頭巾。《三國志·魏書·武帝紀》注引《傅子》曰：「漢末王公，多委王服，以幅巾爲雅，是以袁紹、崔鈞之徒，雖爲將帥，皆著縑巾。」《通典》（卷五七）《幅巾》：「後漢末，王公名士以幅巾爲雅，……後周武帝因裁幅巾爲四脚。大唐因之。」封演《封氏聞見記》（卷五）《巾幞》：「近古用幅巾，周武帝裁出脚向後幞髮，故俗謂之『幞頭』。至尊、皇太子、諸王及仗内供奉以羅爲之，其脚稍長。士庶多以絁縵而脚稍短。幞頭之下，别施巾，象古冠下之幘也。」蕭灑：即瀟灑，風流灑脱。東吴：本指三國時地處江東的吴國。此指蘇州。《文選》（卷二一）左思《咏史八首》（其一）：「長嘯激清風，志若無東吴。」李善注：「東吴，謂孫氏也。」

〔三〕秋期：此指隱士秋天相聚的日期。《詩經·衛風·氓》：「將子無怒，秋以爲期。」净掃：打掃得很乾净。雲根：指山中石頭。古人認爲山中雲觸石而出，故石爲雲根。《文選》（卷二九）張協《雜詩十首》（其十）：「雲根臨八極，雨足灑四溟。」南朝宋孝武帝劉峻《登作樂山詩》：「屯煙擾風穴，積水溺雲根。」李賀《南山田中行》：「雲根苔蘚山上石，冷紅泣露嬌啼色。」

〔四〕山信：山中來信。迴緘：迴函，復信。緘，信封封口爲緘。乳管：鵝翎管狀的石鍾乳。《本草綱目》（卷九）《石鍾乳》：「煉治家又以鵝管之端，尤輕明如雲母爪甲者爲勝。」乳管粗：謂山中的石鍾乳已長成很粗大了，可食之以助延年。

〔五〕抄《术序》：抄寫藥草术入藥的文字。术，一種藥草名，有白术、蒼术。序，説明介紹的文章。古代道家認爲服食术可延年益壽。《太平御覽》（卷六六九）引《仙經》曰：「紫微夫人撰《术序》，其略曰：『吾俱察草木之勝負，若速益於己者，并已不及术之多驗乎！所以長生久視，遠而更靈，我非謂諸物皆當減於术也，直以术之用，今之所要，末世多疾，宜當服餌。夫道有内足，猶畏外事之禍。有外足者，亦或中崩之弊。我見山林隱逸，得服术者，千年、八百年，比肩五岳矣。今撰《术數方》，以傳好尚。若必信用，庶無横暴之灾矣。』」

〔六〕一器：猶滿器。授《芝圖》：授給靈芝的圖畫。《太平御覽》（卷八七三）引繆襲《神芝讚》：

「青龍元年，神芝産于長平之晋陽，許昌典農中郎蔣充奉表以聞。其色丹紫，其質光耀，上别爲三幹，分爲九枝，散爲三十六莖，委綏連屬，有似珊瑚之狀。考圖按譜，蓋美乎前代矣。」《雲笈七籤》（卷一〇六）《紫陽真人周君内傳》：「退登王屋山，遇趙佗子，受《芝圖》十六首及《五行秘符》。」

〔七〕待得：等待，打算。得，語助詞。張相《詩詞曲語辭匯釋》（卷一）：「待，擬辭，猶將也；打算也。」

〔八〕盡挽煙帆：將船帆完全地拉開。太湖：參卷一（詩三）注〔一矢〕。

【箋評】

皮日休詩：「白月半窗抄《术序》，清泉一器授《芝圖》。」殊不曉《术序》所出。後讀道藏《仙經》，有載紫微夫人撰《术序》，其略曰：「吾察草木之勝負，益於己者，不及术之多驗乎！所以長生久視，遠而更靈，非謂諸物滅于术也，以术之用，今之所要，末世多疾，宜當服餌。夫道有内足者，猶畏外事之禍。有外足者，亦或中崩之弊。我見山林隱逸，得服术者，比肩五嶽。今撰《术數方》，以傳好尚，此服术之法也。」梁庾肩吾有《答陶隱居賚术煎啓》曰：「木榮火謝，盡采擷之難；啓旦移申，窮淋漉之劑。故能競爽雲珠，争奇水玉，此妙于餌术者。」《列仙傳》載涓子餌术，陳子皇餌术，南陽文氏食术，皆得法者也。日休之言《术序》，乃深得乎服餌之法。其詩又曰：「多携白术鍤，愛買紫泉缸。」又曰：「倚杉閒把《易》，燒术静論《元》。」又曰：「白石静敲蒸术火，清泉閒洗種花泥。」又曰：「度日竹書千萬字，經冬煎术兩三缸。」皆言术也。（高似孫《緯略》卷六《术序》）

一二自謂也，三因秋至，游山掃石；四言山中有信，乳管長成；五六言抄藥書、玩芝圖；結吏將遊太湖也。《漢書》：「酈食其謁軍門，儒衣儒冠，沛公使人謝曰：『未暇見儒人。』食其按劍叱使者曰：『吾高陽酒徒，非儒也。』沛公遽延入。」類書曰：「幅巾，古賤者之服。漢末始爲士人之服。蓋古庶人服巾，士則冠也。」《本草》：「鍾乳如鵝管，有三種：石乳、竹乳、茅山乳。」陸龜蒙詩曰：「圃暖芝臺秀，巖春乳管圓。」《萬畢術》云：「术草者，山之精也。」故《神藥經》曰：「子欲長生，當服山精。」《真誥》：「紫微夫人有《白术序》，言草木之速，益於己者。」《抱朴子》：「菌芝生深山之中，或大木之下，或泉水之側。其狀如宫室、車馬、龍虎、人形、飛鳥，五色無常，亦一百二十種，自有圖也。禹步采取，刻以竹刀，陰乾末服方寸七。人人升仙，中者數千歲，下者千歲也。」今詳詩意，蓋用「清泉」以養芝，即按圖而考玩之耳。（胡以梅《唐詩貫珠箋》卷五十）

《史記》：「酈生曰：『吾高陽酒徒也。』」「雲根」，石也。《本草》：「鍾乳如鵝管。」秋至長成，每不失『信』。紫薇夫人有《白术序》。《抱朴子》：「菌芝生山中，五色，共一百二十種，各有圖。」芝用「清泉」以養之。（袁枚《詳注圈點詩學全書》卷三，《袁枚全集》八）

露槿風杉滿曲除〔一〕，高秋無事似雲廬〔二〕。醉多已任家人厭①〔三〕，病久還甘吏道疎〔四〕。青桂巾箱時寄藥〔五〕，白綸卧具半抛書〔六〕。君卿脣舌非吾事〔七〕，且向江南問鰒魚〔八〕。

（詩四五九）

【校記】

①「任」類苑本作「甚」。

【注釋】

〔一〕露槿（jǐn）風杉：在颯颯秋風中沾濕露水的木槿和杉樹。唐人喜在庭院中栽種這兩種樹。木槿更可作籬落，花有紅、白、紫、黄數色，頗有觀賞性。其中，朱槿最爲人所喜愛。晋嵇含《南方草木狀》（卷中）：「朱槿花，莖葉皆如桑，葉光而厚，樹高止四五尺，而枝葉婆娑。自二月開花，至中冬即歇。其花深紅色，五出，大如蜀葵。有蕊一條，長於花葉，上綴金屑，日光所爍，疑若焰生。一叢之上，日開數百朵，朝開暮落。插枝即活。出高凉郡。一名赤槿，一名日及。」唐劉恂《嶺表録異》（卷中）：「嶺表朱槿花，莖葉皆如桑樹，葉光而厚，南人謂之佛桑。」曲除：庭院前臺階的角落處。此指庭院而言。除，《説文・𨸏部》：「除，殿陛也。」本指王宫的臺階，後世也泛指房屋前的臺階。

〔二〕高秋：高朗疏爽的秋天。無事：清閑逍遥。儲光羲《滄浪峽》：「自有滄浪峽，誰爲無事人。」杜荀鶴《題道林寺》：「萬般不及僧無事，共水將山過一生。」陸龜蒙《倚》：「背煙垂首盡日立，憶得山中無事人。」雲廬：雲霧山中的房舍。指隱士居處。

〔三〕醉多句：應是用劉伶事。《晉書》（卷四九）《劉伶傳》：「初不以家産有無介意。常乘鹿車，携一壺酒，使人荷鍤而隨之，謂曰：『死便埋我。』其遺形骸如此。嘗渴甚，求酒於其妻。妻捐酒毁器，涕泣諫曰：『君酒太過，非攝生之道，必宜斷之。』伶曰：『善！吾不能自禁，惟當祝鬼神自誓耳。便可具酒肉。』妻從之。伶跪祝曰：『天生劉伶，以酒爲名。一飲一斛，五斗解酲。婦兒之言，慎不可聽。』仍引酒御肉，隗然復醉。」

〔四〕吏道：爲官之道。

〔五〕青桂巾箱：謂用青桂香木製成的小箱子。嵇含《南方草木狀》（卷中）：「（青桂香等）案此八物，同出一樹也。……細枝緊實未爛者，爲青桂香。……珍異之木也。」巾箱：本是古人放置頭巾的小箱子，後世用以存放書籍、什物。《漢武内傳》（《太平御覽》卷七一一）曰：「武帝見西王母巾箱中有一卷書，王母曰：『此《五岳真形圖》。』」

〔六〕白綸（lún）卧具：指白色粗絲綿的被子。綸，綿絮。此句謂躺在床上，有時讀書，有時睡眠。指生活的閑散疏放。

〔七〕君卿唇舌：喻能言善辯，奔走權門。《漢書》（卷九二）《樓護傳》：「樓護字君卿，齊人。……是時王氏方盛，賓客滿門，五侯兄弟争名，其客各有所厚，不得左右，唯護盡入其門，咸得其歡心。結士大夫，無所不傾，其交長者，尤見親而敬，衆以是服。爲人短小精辯，論議常依名節，聽之者皆竦。與谷永俱爲五侯上客，長安號曰：『谷子雲筆札，樓君卿唇舌。』言其見信用也。」

《西京雜記》(卷二):「五侯不相能,賓客不得來往。婁護豐辯,傳食五侯間,各得其歡心,競致奇膳。護乃合以爲鯖,世稱五侯鯖,以爲奇味焉。」

〔八〕鰒(fù)魚:又名鮑魚,石决明。《説文·魚部》:「鰒,海魚名。」《漢書》(卷九九下)《王莽傳下》:「莽憂懣不能食,亶飲酒,啖鰒魚。」顔師古注:「鰒,海魚也。」晋陸雲《答車茂安書》:「膾鰡鰒,炙鮆鯸,烝石首,臛鯊鮆,真東海之俊味,肴膳之至妙也。」《南史》(卷一五)《劉邕傳》:「邕性嗜食瘡痂,以爲味似鰒魚。」

【箋評】

《後漢書》曰:「張步遣使伏隆,詣闕上書,獻鰒魚。」郭璞引《三蒼》曰:「鰒似蛤,偏著石。」《廣志》曰:「鰒,一面附石决明,細孔雜雜,或七或九。」《魏志》曰:「倭國人入海捕鰒魚,水無深淺,皆沈没取之。吴良爲郡議曹掾,諫太守無受正旦賀觴,賜鰒魚百枚。」魏文帝《與孫權書》曰:「今因趙咨致鰒魚千枚。」陳思王《求祭先主表》曰:「先主喜食鰒魚,前已表徐州刺史臧霸,送鰒魚二百,足自供事。」皮日休詩:「君卿唇舌非吾事,且向江南問鰒魚。」詩中鰒魚僅見此。(高似孫《緯略》卷八《鰒魚》)

「除」,庭除。「雲廬」,山居。五言有人寄藥,六言抛書滿床,總皆韻事。結謂不學樓護,奔走侯門,且隱江南耳。《漢書》:「樓護字君卿。是時王氏方盛,賓客滿門,五侯兄弟争名,其客各有所厚,不得左右,惟護盡入其門,咸得其歡心。結士大夫,無所不傾。爲人短小精辯,論議皆依名節,聽之者皆竦，與谷永皆爲五侯上客，長安號曰：『谷子雲筆札，樓君卿唇舌。』言其見信用也。」《西京雜記》：「樓護傳食五侯間，競致奇膳，護合以爲鯖，世稱五侯鯖，以爲奇味。」鯖，雜肴也。五侯，成帝舅王譚、王根、王立、王商、王逢，同日封侯。《廣志》：「鰒魚，無鱗有殼，一面附石。」北齊顔之推云：「即石决明，内旁一年一孔，至十二孔而止。登州所出，其味珍絶。光武時，張步據青、徐，遣使上書，獻鰒魚，即此。今吴下席間尚海味，俱用此乾者，來自山東也。」詳此詩結處，上言「君卿」，下言「鰒魚」，蓋因君卿以「唇舌」而有侯鯖，我不能「唇舌」，止「問鰒魚」耳。《南史》：「劉邕嗜瘡痂。或問之，曰：『有鰒魚風味。』」豈亦言乾者耶？ 王莽見師破内畔，「憂懣不能食，亶飲酒，啖鰒魚。」則鰒之味，昔所尚矣。（胡以梅《唐詩貫珠箋》卷五十）

「除」，庭除也。五言人「時寄藥」，六言「抛書」滿床，未有置是非而不問之意。《漢書》：「樓護字君卿。游王氏五侯門，得其歡心。長安語曰：『谷子雲筆札，樓君卿唇舌。』」《南史》：「劉邕嗜瘡痂，或問之，曰：『有鰒魚風味。』」鰒魚，有鱗無殼，一面附石，即石决明，味美。（袁枚《詳注圈點詩學全書》卷三，《袁枚全集》八）

奉和次韻　　龜蒙

心似孤雲任所之〔一〕，世塵中更有誰知〔二〕。愁尋冷落驚雙鬢①〔三〕，病得清涼減四支②〔四〕。

懷舊藥溪終獨往，宿枯杉寺已頻期〔五〕。兼須爲月求高處，即是霜輪殺滿時〔六〕。（詩四六〇）

【校記】

①「驚」原缺「敬」末筆，避宋太祖祖父趙敬諱。　②「得」陸詩丙本作「傳」。「凉減四支」斠宋本批語：「四字刓。」

【注釋】

〔一〕孤雲：一片雲。《文選》（卷三〇）陶淵明《咏貧士詩》：「萬族各有托，孤雲獨無依。」李善注：「孤雲，喻貧士也。」唐劉長卿《小鳥篇上裴尹》：「只緣六翮不自致，長似孤雲無所依。」

〔二〕世塵：人間，世俗。唐王昌齡《題朱煉師山房》：「叩齒焚香出世塵，齋壇鳴磬步虛人。」更有誰知：謂絶無人知。張相《詩詞曲語辭匯釋》（卷一）：「更，甚辭，猶云不論怎樣也；雖也；縱也；亦猶云絶也。」

〔三〕愁尋句：憂愁中尋找到的是秋天的蕭條冷落，驚怪得使兩鬢斑白。

〔四〕病得句：病羸的身體感受到秋天的清凉冷落而更加瘦弱。四支：即四肢。《周易·坤卦》：「正位居體，美在其中，而暢於四支，發於事業，美之至也。」

〔五〕枯杉寺：非寺名，指秋天杉樹枯葉凋零的寺院。頻期：頻繁多次地預定期限。

〔六〕霜輪：皎潔的圓月。霜，取其「白」義。陸龜蒙另有《中秋待月》詩云：「轉缺霜輪上轉遲，好風偏似送佳期。」殺：極，甚，同「煞」。張相《詩詞曲語辭匯釋》（卷四）：「煞，甚辭。字亦作瞧，作殺。」滿：圓滿，指圓月。

【箋評】

折腰體，開宋人惡派。（明許自昌刻、清惠棟校《唐甫里先生文集二十卷》卷十批語）

帆楫衣裳盡釣徒①〔一〕，往來蹤迹遍三吳〔二〕。閑中展卷興亡小〔三〕，醉後題詩點畫粗②〔四〕。松島伴譚多道氣③〔五〕，竹窗孤夢豈良圖〔六〕。還須待致升平了〔七〕，即任扁舟放五湖④〔八〕。（詩四六一）

【校記】

①「帆楫衣裳盡」季寫本作「醉後題詩點」。②「醉後題詩點」季寫本作「還須待致升」。③「譚」詩瘦閣本作「談」。④「任」陸詩甲本、陸詩丙本、統籤本、季寫本、全唐詩本作「往」。全唐詩本注：「一作任。」

【注釋】

〔一〕帆楫：帆，船帆；楫，船槳。代指船。此謂漁船。衣裳：衣，上衣；裳，下裙。泛指衣服。釣徒：漁夫。此指隱士。《新唐書》（卷一九六）《張志和傳》：「後坐事貶南浦尉，會赦還，以親既喪，不復仕，居江湖，自稱煙波釣徒。」

〔二〕三吴：泛指今浙江和江蘇兩省以太湖爲中心的地區。《元和郡縣圖志》（卷二五）《江南道一》：「吴郡（按蘇州）與吴興、丹陽，號爲『三吴』。」

〔三〕展卷：展開書卷，研讀歷史。興亡小：謂將歷代興盛衰亡之事看作尋常小事，不覺得驚天動地。

〔四〕點畫：書寫文字的横竪撇捺等筆畫。點畫粗：謂下筆豪縱，筆酣墨飽，神采飛揚。

〔五〕松島：生長有松樹的洲島。指僧道、隱士的栖遲隱逸之處，與詩歌中常用的「松堂」、「松軒」之義相近。南朝齊竟陵王蕭子良《遊後園》：「蘿徑轉連綿，松軒方杳藹。」韋莊《題袁州謝秀才所居》：「主人年少已能詩，更有松軒挂夕暉。」此「松軒」指隱士居處。鄭谷《喜秀上人相訪》：「他夜松堂宿，論詩更入微。」此「松堂」指佛寺。道氣：此指道家超塵脱俗的世外神仙氣息。南朝陳徐陵《天台山館徐則法師碑》：「法師蕭然道氣，卓矣仙才。千仞孤標，萬頃無度。」杜甫《過南鄰朱山人水亭》：「看君多道氣，從此數追隨。」

〔六〕竹窗：窗前有竹林的居室。亦隱指隱士的生活環境。良圖：良好的謀劃。《左傳·昭公二十三年》：「士彌牟謂韓宣子曰：『子弗良圖，而以叔孫與其讎，叔孫必死之。』」

〔七〕須：應。待致：致使，使得。升平：太平。了：助詞，表示完成。

〔八〕任：任憑，任隨。扁舟：小船。《後漢書》（卷一三）《隗囂傳》：「范蠡收責句踐，乘偏舟於五湖。」李賢注：「偏舟，特舟也。收責謂收其罪責也。《史記》曰：范蠡與句踐滅吴，爲書辭句踐曰：『臣聞主憂臣勞，主辱臣死。昔者，君王辱於會稽，所以不死，爲此事也。今既雪耻，臣請從會稽之誅。』乃裝其輕寶珠玉，自與其私徒屬乘舟浮海以行。計然云，范蠡乘偏舟於江湖。」放：行。五湖：太湖。參卷一（詩三）注〔一七〕。扁舟放五湖，活用范蠡事。《國語·越語下》：「反至五湖，范蠡辭於王曰：『君王勉之！臣不復入越國矣。』……遂乘輕舟以浮於五湖，莫知其所終極。」

【箋評】

興亡不小，惟閒中人看得甚小，目空今古。（陸次雲《晚唐詩善鳴集》卷下）

聲利從來解破除〔一〕，秋灘唯憶下桐廬〔二〕。鸕鷀陣合殘陽少〔三〕，蜻蛚吟高冷雨疎〔四〕。辯伏《南華》論指指〔五〕，才非玄晏借書書①〔六〕。當時任使真堪笑〔七〕，波上三年學炙魚〔八〕。

（詩四六二）

【校記】

①「玄」原缺末筆，避宋太祖始祖趙玄朗諱。「晏」類苑本作「宴」。

【注釋】

〔一〕聲利：名利。《文選》（卷二一）鮑照《咏史》：「五都矜財雄，三川養聲利。」解：會，能。張相《詩詞曲語辭匯釋》（卷一）：「解，猶會也；得也；能也。」破除：消除，去除。

〔二〕秋灘：秋天的沙灘。指嚴陵灘，即嚴子陵釣臺。桐廬：桐廬江，在今浙江省桐廬縣。此句用東漢嚴光事。參卷五（詩二三二）注〔三五〕。

〔三〕鸕鷀（lú cí）：水鳥名。俗名魚鷹，善潛水捕魚，故漁夫馴養以助其捕魚。此句謂黑色的鸕鷀成陣，西斜的太陽光也顯得少了。

〔四〕蜻蛚（qīng liè）：蟋蟀。《方言》（卷一一）：「蜻蛚，楚謂之蟋蟀，或謂之蛩。南楚之間謂之蚟孫。」崔豹《古今注·魚蟲》：「蟋蟀，一名吟蛩，一名蛩。秋初生，得寒則鳴。」此句謂在稀疏淅瀝的秋雨中蟋蟀淒厲地高聲鳴叫。

〔五〕辯：辯説之才。伏：佩服。《南華》：《莊子》一書在唐玄宗時被命名爲《南華真經》，莊子則被尊稱爲南華真人。《舊唐書》（卷九）《玄宗紀下》：「（天寶元年）莊子號爲南華真人，文子號爲通玄真人，列子號爲冲虛真人，庚桑子號爲洞虛真人。其四子所著書改爲真經。」論指指：論述的旨趣十分醇美。前「指」謂論旨，後「指」即「旨」，美好之義。此句謂佩服《莊子》具有極美的辯論旨趣。

〔六〕玄晏：皇甫謐（二一五—二八二），字士安，自號玄晏先生。魏、晉間隱士、學者。早年游蕩無度，以母責之，乃折節向學，博綜典籍。《晋書》（卷五一）《皇甫謐傳》：「（母責之），謐乃感激，就鄉人席坦受書，勤力不怠。居貧，躬自稼穡，帶經而農，遂博綜典籍百家之言。……自號玄晏先生。……後得風痹疾，猶手不輟卷……。……遂不仕。耽玩典籍，忘寢與食，時人謂之『書淫』。」借書書：謂借書閲讀，研習學問。後「書」字爲書寫之義。

〔七〕任使：任用，差遣。

〔八〕炙魚：烤魚肉。此句用春秋時吴國公子光任用專諸刺殺吴王僚事。《吴越春秋》（卷三）《王僚使公子光傳》：「專諸曰：『凡欲殺人君，必前求其所好。吴王何好？』光曰：『好味。』專諸曰：『何味所甘？』光曰：『好嗜魚之炙也。』專諸乃去，從太湖學炙魚。三月得其味，安坐待公子命之。……酒酣，公子光佯爲足疾，入窋室裹足，使專諸置魚腸劍炙魚中進之。既至王僚前，專諸乃擘炙魚，因推匕首。立戟交軹倚專諸胸，胸斷臆開，匕首如故，以刺王僚，貫甲達背。王僚既死，左右共殺專諸，衆士擾動。公子光伏其甲士，以攻僚衆，盡滅之。遂自立，是爲吴王闔閭也。」三年：非實指。依《吴越春秋》（卷三）所述，專諸學炙魚至刺殺吴王僚，其間有五年之久。

南陽潤卿將歸雷平〔一〕，因而有贈

日休

借問山中許道士〔二〕，此迴歸去復何如①。竹屏風扇抄遺事〔三〕，柘步輿竿繫隱書〔四〕。絳樹實多分紫鹿〔五〕，丹沙泉淺種紅魚②〔六〕。東卿旄節看看至〔七〕，静啓茅齋慎掃除〔八〕。

（詩四六三）

【校記】

①「此」原作「比」，據弘治本、汲古閣本、詩瘦閣本、四庫本、皮詩本、項刻本、類苑本、季寫本、全唐詩本改。②「沙」詩瘦閣本作「砂」。

【注釋】

〔一〕詳審末聯，此詩當作於咸通十一年（八七〇）秋、冬。南陽潤卿：張賁。參卷六（詩二六三）注〔一〕。雷平：山名。參卷六（詩二六七）注〔八〕。

〔二〕許道士：指許翽，晋代著名道士，居雷平山學道。參卷六（詩二六六）注〔三〕。《真誥》（卷二）：「玉醴金漿，交生神梨；方丈火棗，玄光靈芝。我當與山中許道士，不以與人間許長史也。」此借指張賁。

〔三〕竹屏風扇：以竹子做成的扇形的大屏風，設置在室内作裝飾。扇：此指屏風的扇面。遺事：指歷史上的佚聞之事。

〔四〕栢步輿：栢木製成的步輿。步輿，一種人擡的代步工具。《文選》（卷一六）潘岳《閑居賦》：「太夫人乃御版輿，升輕軒。」李善注：「版輿，車名。傅暢《晋諸公贊》曰：『傅祗以足疾，版輿上殿。』版輿，一名步輿。周遷《輿服雜事記》曰：『步輿，方四尺，素木爲之，以皮爲襻，㧊之。自天子至庶人，通得乘之。』」竿：此指步輿上所竪的竿子。隱書：指道家的神仙之書。《漢武帝内傳》：「王母乃告上元夫人曰：『……乃就吾請求太上隱書，吾以三元秘言，不可傳泄於中仙，夫人時亦有言，見守助子童之言志矣。』」

〔五〕絳樹實：絳樹的果實。絳樹，古代神話傳説中的仙樹。《淮南子·墬形訓》：「掘崑崙虛以下地，中有增城九重，其高萬一千里百一十四步二尺六寸。上有木禾，其修五尋。珠樹、玉樹、璇樹、不死樹在其西；沙棠、琅玕在其東；絳樹在其南；碧樹、瑶樹在其北。」《真誥》（卷五）：「仙道有『絳樹青實』，服之化爲黄金。」紫鹿：紫色的仙鹿。道家崇尚紫色，仙人多有養鹿、友鹿、乘鹿的傳説。《列仙傳》（卷下）《玄俗》：「玄俗者，自言河間人也。……俗云：『王瘕乃六世餘殃下墮，即非王所招也。王常放乳鹿，麟母也。』」《神仙傳》（卷八）《劉根》：「昔入山精思，無處不到，後入華陰山，見一人乘白鹿，從千餘人，玉女左右四人，執彩旄之節，年皆十五六。」茅山有鹿迹山，可見茅山道教亦與仙鹿有密切關係。參卷七（詩三七四）注〔三〕。另《真誥》（卷五）：「公乃出素書七卷，以與誦之。兄弟三人俱精讀之。奄有一白鹿在山邊，二弟放書觀之，周君讀之不廢。」

〔六〕丹沙泉：指雷平山一帶用以煉丹的泉水。《真誥》（卷一一）：「中茅山玄嶺獨高處，司命君埋西胡玉門丹砂六千斤於此山，深二丈許，埳上四面有小盤石鎮其上。其山左右當泉水下流，水皆小赤色，飲之益人。此山下左右亦有小平處，可堪静舍。左元放時就司命乞丹砂，得十二斤耳。」原注：「今此嶺前後甚多大石，而山上左右無正流水。東南近下有一長澗，西南近下亦有小水。度嶺南隱居住處，近山上有涌泉，冬夏無窮，而水色不甚覺赤耳。平處可住，東西唯當近澗左右爲好。左氏乞丹砂，當是入洞時所請，以合爐火九華丹。」種紅魚：養紅魚。參卷四（詩九二）注〔二〕。

〔七〕東卿：道教所謂東岳大帝，掌管人間生死。陶弘景《真誥》（卷一）稱作「東岳上真卿司命君」，（卷二）稱作「東卿司命」或「東卿大君」。即指大茅君。葛洪《神仙傳》（卷五）《茅君》：「太上老君命五帝使者持節，以白玉版黄金刻書，加九錫之命，拜君爲太元真人、東嶽上卿、司命真君，主吴、越生死之籍，方却升天。或治下於潛山。」旄節：指使者。此指東卿的儀仗。旄節，本指古代使者所持飾有編毛的符節，以爲符信。後道家所説的仙人，亦執各種色彩的旄節。《漢書》（卷五四）《蘇武傳》：「武既至海上，……杖漢節牧羊，卧起操持，節旄盡落。」《真誥》（卷五）：「太極有四真人，老君處其左，佩神虎之符，帶流金之鈴，執紫毛之節，巾金精之巾。行則扶華晨蓋，乘三素之雲。」《紫陽真人周君内傳》（《雲笈七籤》卷一〇六）：「積十一年，遂乘雲駕龍，白日升天，上詣太微宫，受書爲紫陽真人，佩黄旄之節，《八威之策》，帶流金之鈴，服自然之衣，食玉醴之粘，飲金液之漿，治葛衍山金庭銅城，所謂紫陽宫也。」看看：轉眼。張相《詩詞曲語辭匯釋》（卷六）：「看看，估量時間之辭。有轉眼義；有當前義；又由當前義轉而爲剛剛義。」此句用事。當指十二月二日將至。《太元真人東嶽上卿司命真君傳》（《雲笈七籤》卷一〇四）：「於是（茅）盈與二弟決别，而與王君俱去，至赤城玉洞之府。道次，諸山川神靈有司迎啓，引者將以千萬矣。臨去告二弟曰：『吾今去矣，便有局任，不得復數相往來，旦夕相見。要當一年再過來於此山，三月十八日、十二月二日期要吾師及南嶽太虛赤真人遊盼於二弟之處也，將可記識之。及有好道者，待我於是乎！吾自當料理之，以相教訓未悟。』於是季偉、思和遂留治此山洞内，立宫結構於外。」

〔八〕茅齋：茅草蓋頂的齋室。指其簡陋。多指隱士或佛道之人的居處。慎：恭敬，認真。《爾雅·釋詁》：「慎，誠也。」掃除：打掃房屋，使之清潔衛生。

【箋評】

幽事可指。三四平寫，實在。（陸時雍《唐詩鏡》卷五十二）

奉和

龜蒙

朝市山林隱一般〔一〕，却歸那減卧雲歡〔二〕。墮堦紅葉誰收得〔三〕，半盎清醪客醉乾①〔四〕。玉笈詩成吟處曉〔五〕，金沙泉落夢中寒〔六〕。真仙若降如相問〔七〕，曾步星綱遶醮壇②〔八〕。

（詩四六四）

【校記】

①「醉」統籤本、全唐詩本作「酹」，全唐詩本注：「一作醉。」　②「綱」汲古閣本、四庫本、陸詩甲本、

陸詩丙本、統籤本、季寫本、全唐詩本作「罡」。

【注釋】

〔一〕朝市：朝廷和集市。此指世俗人間而言。《左傳·襄公十九年》：「婦人無刑。雖有刑，不在朝市。」《史記》（卷七〇）《張儀列傳》：「臣聞争名者於朝，争利者於市。今三川、周室，天下之朝市也，而王不争焉，顧争於戎翟，去王業遠矣。」《史記》（卷一二六）《滑稽列傳》：「（東方朔）酒酣，據地歌曰：『陸沉於俗，避世金馬門。宮殿中可以避世全身，何必深山之中，蒿廬之下。』」《文選》（卷二二）晋王康琚《反招隱詩》：「小隱隱陵藪，大隱隱朝市。」一般：一樣，一種。裴度《真慧寺》：「更有一般人不見，白蓮花向半天開。」白居易《玉泉寺南三里澗下多深紅躑躅繁艷殊常感惜題詩以示遊者》：「猶有一般辜負事，不將歌舞管絃來。」此句謂隱於朝市的大隱和隱於山林的小隱其實等同，都是隱居而已。

〔二〕却歸：還歸。那減：豈減。猶云不減。卧雲：卧於山間雲霧之中。喻隱居。劉長卿《吴中聞潼關失守因奉寄淮南蕭判官》：「不如歸遠山，雲卧飯松粟。」

〔三〕收得：收拾打掃。得，猶着，語助詞。

〔四〕半盎：數量詞。盎，大腹小口的瓦器。《廣雅》（卷七下）《釋器》：「盎，謂之盆。」《爾雅·釋器》：「盎謂之缶。」郭璞注：「盆也。」《急就章》（卷三）：「甀、缶、盆、盎、甕、罌、壺。」顔師古注：「缶、盆、盎一類耳。缶，即盎也，大腹而斂口。盆則斂底而寬上。」清醪（láo）：清酒，美酒。醪：《廣雅》（卷八上）《釋器》：「醪，酒也。」

〔五〕玉笈：指道教書籍。玉笈詩：謂含有仙道内容的詩。《漢武帝内傳》：「須臾，侍女還，捧八色玉笈、鳳文之蘊，以出六甲之文。」

〔六〕金砂泉：含有金子顆粒的泉水。道教可用來煉丹。茅山有泉水多處。此爲泛指，不是專名，即上皮氏原唱詩中丹沙泉云云。《真誥》（卷一一）：「茅山天市壇，……其山左右有泉水，皆金玉之津氣，可索其有小安處爲静舍乃佳。若飲此水，甚便益人精，可合丹。」

〔七〕此句呼應皮氏原唱第七句。真仙：得道成仙的仙人。此指茅君。《雲笈七籤》（卷三）《道教三洞宗元》：「其九仙者，第一上仙，二高仙，三大仙，四玄仙，五天仙，六真仙，七神仙，八靈仙，九至仙。」如相問：王昌齡《芙蓉樓送辛漸二首》（其一）：「洛陽親友如相問，一片冰心在玉壺。」

〔八〕步星綱：即步罡踏斗，道教法師設壇建醮禮拜天上北斗星時的步伐。綱一作「罡」。醮壇：以土築成高臺的祭壇。參卷三（詩六三）注〔二八〕。

訪寂上人不遇〔一〕

日休

何處尋雲暫廢禪〔二〕，客來還寄草堂眠〔三〕。桂寒自落翻經案〔四〕，石冷空消洗鉢泉〔五〕。爐裏尚飄殘玉篆〔六〕，龕中仍鑠小金仙〔七〕。須將二百籤迴去〔八〕，待得支公恐隔年①〔九〕。

（詩四六五）

【校記】

①「待」章校本、項刻本、統籤本、類苑本、季寫本、全唐詩本作「得」。全唐詩本注：「一作待。」

【注釋】

〔一〕此詩當作於咸通十一年（八七〇）秋。寂上人：蘇州北禪寺的主持僧。參卷六（詩二六一）注〔一〕。

〔二〕尋雲：追尋白雲。喻僧人行踪飄忽，亦有遠離世俗，高蹈世外之意。暫：忽也。廢禪：停止佛禪的法事。

〔三〕草堂：指寂上人所在的北禪院。

〔四〕桂寒自落：天氣寒冷，桂子自落。翻經案：翻譯佛經所用的几案。

〔五〕石冷句：謂因爲天氣寒冷，寺院裏洗鉢的小石泉的水也落下去了。

〔六〕爐：指香爐。玉篆：篆香的美稱，此指燒香的煙。篆香，又稱篆印，即盤香。用榆樹皮粉作糊加入香料（如檀香），用金屬格印製成盤旋狀綫香，因其似篆字形，故稱。温庭筠《訪知玄上人遇暴經因有贈》：「風颺檀煙銷篆印，日移松影過禪床。」

〔七〕龕（kān）：佛龕，供佛神的石室或小閣。小金仙：形制較小的佛像。金仙，佛。《後漢書》（卷八八)《西域傳・天竺》:「天竺國,一名身毒。……世傳明帝夢見金人,長大,頂有光明,以問群臣。或曰:『西方有神,名曰佛,其形長丈六尺而黄金色。』帝於是遣使天竺問佛道法,遂於中國圖畫形像焉。」李白《與元丹丘方城寺談玄作》:「朗悟前後際,始知金仙妙。」

〔八〕須將:應當帶上。二百籤:二百個佛經上的標籤。作者謂自己將誦經的疑義記成二百籤,來向寂上人請教,因未能相見,只得帶回去了。此處用典,暗含作者冀認真研習佛經之意。參卷六(詩二八二)注〔八〕。

〔九〕支公:晉代名僧支遁,此喻寂上人。參卷四(詩一八一)注〔八〕。

【箋評】

起得精,妙在「尋雲」,虚無縹緲。「客來」寄宿,所以見「桂寒自落」,「石冷泉消」,秋冬蕭瑟之景。爐飄餘篆,龕鎖金仙,人去而境自幽也。取材精膩,堪醫俗病。「小金仙」,蓋是烏斯藏小金像。今寺院亦然。只以「仍」字,見上人在家所有,今雖出而仍在也。按晉殷浩讀《小品經》,下二百籤疑義,以問支遁,故陸魯望《和開元寺客省早景即事》詩云:「誰共殷源《小品》同。」今詩言上人不值,「須將二百籤」之疑且携回去,「待得」再會支公,又恐隔一年矣。以己比殷,以上人比支公也。按「自」字、「空」字、「尚」字、「仍」字,皆爲上人不在寺點睛。(胡以梅《唐詩貫珠箋》卷二十六)

(四句)虚景仍帶上人。(五六句)僧院中必有之景,偏覺分外幽艷。(末二句)《開元寺早景即事》詩,陸自注云:「殷浩讀《小品經》,下二百籤,疑義以問支遁。」○仍以「不遇」收。(毛張健《唐詩

餘編》卷三）

奉和

龜蒙

芭蕉霜後石欄荒〔一〕，林下無人閉竹房〔二〕。經抄未成抛素几〔三〕，錫環應撼過寒塘①〔四〕。蒲團爲拂浮埃散〔五〕，茶器空懷碧餑香〔六〕。早晚却還宗炳社②〔七〕，夜深風雪對禪床〔八〕。　（詩四六六）

【校記】

①「環」陸詩丙本作「鐶」。　②「炳」陸詩甲本、陸詩丙本、季寫本作「柄」。

【注釋】

〔一〕芭蕉：多年生草本植物，葉長而寬大，開白花，果實似香蕉，但不可食用。晋嵇含《南方草木狀》（卷上）：「甘蕉望之如樹，株大者一圍餘，葉長一丈或七八尺，廣尺餘二尺許，花大如酒杯，形色如芙蓉。……一名芭蕉，或曰巴苴。」古代佛寺常植芭蕉，佛經上也常以芭蕉喻人生，故詩中言及。《維摩詰經》（卷一）《方便品》：「是身如芭蕉，中無有堅。是身如幻，從顛倒起。」《大乘本生心地觀經》（卷六）《厭身品》：「出家菩薩，又觀自身，而作是念：我今此身，從頂至足，皮肉骨髓，共相和合，以成其身，猶如芭蕉，中無實故。」石欄：以石頭爲欄的園圃，很切合寺院的環境特點。

〔二〕林下：猶林中，指僧道、隱士的居處。張九齡《送宛句趙少府（子卿）》：「林下紛相送，多逢長者車。」竹房：以竹子建造的禪房，指其既簡單又雅致。古印度最初的寺院即爲竹林，後以竹林園奉佛立精舍，稱竹園，故竹房即指佛寺。《大智度論》（卷一一）《釋初品·舍利弗因緣》：「佛度迦葉兄弟千人，次游諸國到王舍城，頓止竹園。」孟浩然《還山詒湛法師》：「竹房閉虚静，花藥連冬春。」

〔三〕經抄：手抄的佛經。素几：不加雕飾的几案。《説文·几部》：「几，踞几也。象形。《周禮》：五几：玉几、雕几、彤几、髤几、素几。凡几之屬皆从几。」

〔四〕錫環：僧人手持的禪杖叫錫杖，其端首的圓環稱錫環，在僧人行走摇動時，圓環發出「錫錫」的響聲，故稱。僧人外出行遊，稱飛錫。《釋氏要覽》（卷下）《飛錫》：「今僧遊行，嘉稱飛錫。此因高僧隱峰遊五臺，出淮西，擲錫飛空而往也。若西天得道僧，往來多是飛錫。」《文選》（卷一一）孫綽《遊天台山賦》：「應真飛錫以躡虚。」

〔五〕蒲團：蒲草做成的圓形墊子，取其柔軟，僧人坐禪或跪拜時常用之物。

〔六〕空懷：空想，徒然地想。碧餑（bō）：指緑茶。餑，茶上浮沫。陸羽《茶經》（卷下）《五之煮》：「凡酌，置諸碗，令沫餑均（原注：《字書》并《本草》：餑，茗沫也。）。沫餑，湯之華也。華之薄者曰沫，厚者曰餑。」

〔七〕早晚：何日。張相《詩詞曲語辭匯釋》（卷六）：「早晚，猶云何日也。此多指將來而言。」宗炳社：指白蓮社。此喻寂上人所在的北禪院，并關合皮、陸等人的蘇州唱和詩人群。宗炳：字少文（三七五—四四三），晋、宋間文人、畫家，終生不仕。游廬山，與慧遠交游甚密，加入白蓮社。該社僧俗共十八人，爲其重要成員。生平事迹參《宋書》（卷九三）本傳、晋無名氏《東林蓮社十八高賢傳》。

〔八〕禪床：僧人誦經坐禪的坐具，也稱禪榻。賈島《送天台僧》：「寒蔬修净食，夜浪動禪床。」

【箋評】

起是訪上人之時候，下言「不遇」上人。但見經文之疏抄抛在几上，錫杖不見，都應拄「過寒塘」矣。蒲團有塵，茶器尚餘茗餑之香。「早晚」回來，當如宗少文之與慧遠法師對床談道。指皮爲宗炳也。《茶寮記》云：「煎用活火，候湯眼鱗鱗起，沫餑鼓泛，投茗器中。初入湯少許，湯茗相投即滿注。雲脚漸開，乳花浮面則味全。蓋古茶用團餅碾屑，味易出；茶葉驟則乏味，過熟則味昏底滯。」「餑」音孛，蓋是泡沫，經茗則碧耳。《松陵》專搜用隱而微者，取材秀雅，可療俗腸。按「餑」字，以兩書相證，的義甚明。獨是《正字通》：「餑音同䬃。」云「䬃」字之訛。注爲麥屑，失考傳訛，可見著書之難。此詩起句「荒」字，雖已含主人外出微意，第二竟爾説明，終不若皮之起得靈妙。中四句，好在有變换。四既精，而五説到客人爲之拂塵，即六亦客人懷其茶香也。不肯落原唱窠臼，益人思路。（胡以

梅《唐詩貫珠箋》卷二十六）

顧道士亡〔一〕，弟子乞銘於襲美〔二〕，既而奉以束帛〔三〕，因賦戲贈

龜蒙

童初真府召爲郎〔四〕，君與抽毫刻便房〔五〕。亦謂神仙同許郭〔六〕，不妨才力似班楊①〔七〕。比於黃絹詞尤妙②〔八〕，酬以霜縑價未當③〔九〕。唯我有文無賣處，筆鋒銷盡墨池荒〔一〇〕。

（詩四六七）

【校記】

①「楊」弘治本、汲古閣本、詩瘦閣本、四庫本、陸詩甲本、類苑本作「揚」。②「於」統籤本、類苑本、季寫本作「于」。③「縑」陸詩丙本黄校作「嫌」。

【注釋】

〔一〕此詩當作於咸通十一年（八七〇）秋。顧道士：名字未詳。卷九（詩五五七）皮日休有《傷開元觀顧道士》，應爲同一人。據此，則顧道士乃蘇州開元觀道士，松陵唱和期間，與皮、陸交游頗密。

〔二〕乞銘：請求爲之作墓志銘。

〔三〕束帛：捆爲一束的五匹帛。《周易·賁卦》：「賁于丘園，束帛戔戔。」《周禮·春官·大宗伯》：「孤執皮帛。」鄭玄注：「皮帛者，束帛而表以皮爲之飾。」賈公彦疏：「束者，十端，每端丈八尺，皆兩端合卷，總爲五匹，故云束帛也。」唐代潤筆資費，多以縑帛爲贈。「奉以束帛」即此意。李商隱《上李舍人狀三》：「遠蒙寵奬，厚賜縑繒。已有指揮，即命鎸紀。文詞所得，妙非幼婦之碑；惠賚踰涯，數過賁園之帛。」

〔四〕童初：童初府，道教的洞宫仙府。此指茅山上的神仙宫殿。參本卷（詩三七七）注〔二〕。真府：仙府，神仙的宫殿。郎：指仙府裏的仙郎。道家所説的仙府裏的仙郎甚多，如《真誥》（卷一五）云：「西明郎十六人，主天下房廟鬼之血食。西明都禁郎賈誼昔爲。」「南門亭長，今用周撫代郗鑒。一門有二亭長，輒有四修門郎，一天門凡八修門郎也。」「紀瞻本爲撫河將軍司馬，今爲北天修門郎。」「顧和從遼東戍還，有事已散，北帝當用爲執蓋郎。」不一而足。

〔五〕君：指皮日休。與：給。張相《詩詞曲語辭匯釋》（卷四）：「與，猶爲（原注：去聲）也；給也。」抽毫：抽筆出套。借指寫作。毫，毛筆的筆毛。吴融《閿鄉寓居十首·阿對泉》：「六載抽毫侍禁闈，可堪多病决然歸。」便房：古代帝王和貴族墓地上供吊祭者休息的小室。此指顧道士墓地。《漢書》（卷六八）《霍光傳》：「賜金錢、繒絮，綉被百領，衣五十篋，璧珠璣玉衣，梓宫、便房、黄腸題凑各一具，樅木外臧椁十五具。」顔師古注：「服虔曰：『便房，藏中便坐也。』……如淳曰：『《漢儀注》：天子陵中明中高丈二尺四寸，周二丈，内梓宫，次楩椁，柏黄腸題凑。』」師古曰：『便房，小曲室也。如氏以爲楩木名，非也。』」

〔六〕亦謂句：謂顧道士是與許、郭一樣的學道成仙的人。參卷六（詩二一六六）注〔三〕。

〔七〕班楊：漢代的班固和楊雄，都是大文學家，此喻皮日休具有班、楊一樣的才華。班固（三二—九二），字孟堅，東漢史學家、辭賦家、散文家。其所著《漢書》與司馬遷《史記》并稱，歷來有「史漢」、「班馬」之説。生平事迹參《後漢書》（卷四〇上下）本傳。楊雄，西漢思想家、辭賦家，參卷六（詩二一八六）注〔三〕。

〔八〕黄絹詞：喻詩文華麗美好。此喻皮日休銘文之美。《世説新語·捷悟》：「魏武嘗過曹娥碑下，楊修從。碑背上見題作『黄絹幼婦，外孫齏臼』八字。魏武謂修曰：『解不？』答曰：『解。』魏武曰：『卿未可言，待我思之。』行三十里，魏武乃曰：『吾已得。』令修别記所知。修曰：『黄絹，色絲也，於字爲「絶」。幼婦，少女也，於字爲「妙」。外孫，女子也，於字爲「好」。齏臼，受辛也，於字爲「辭」。所謂「絶妙好辭」也。』魏武亦記之，與修同，乃嘆曰：『我才不及卿，乃覺三十里。』」另一説，解讀「黄絹」八字者爲禰衡。劉敬叔《異苑》（卷一〇）：「陳留蔡邕字伯喈，避難過吴，讀《曹娥碑》文，以爲詩人之作，無詭妄也。因刻石旁作『黄絹幼婦，外孫齏臼』八字。魏武見而不能了，以問群僚，莫有解者。有婦人浣於江渚，曰：『第四車解。』既而，禰正平也。衡即以離合義解之。或謂此婦人即娥靈也。」

〔九〕霜縑（jiān）：白色絲絹。縑，雙絲織成的細絹。《釋名·釋綵帛》：「縑，兼也，其絲細緻，數兼於布絹也。細緻，染縑爲五色。細且緻，不漏水也。」價未當：價值不適當。謂以布帛酬謝皮氏作銘，太輕微了。

〔一〇〕筆鋒：筆毛的尖端。銷盡：銷蝕已盡（因長期未用）。墨池：洗筆硯的池子。漢張芝、晋王羲之都有墨池。《後漢書》（卷六五）《張奂傳》：「長子芝，字伯英，最知名。」李賢注引王愔《文志》：「（張芝）尤好草書，學崔、杜之法。家之衣帛，必書而後練。臨池學書，水爲之黑。下筆則爲楷則，號匆匆不暇草書，爲世所寶，寸紙不遺，韋仲將謂之『草聖』也。」《晋書》（卷八〇）《王羲之傳》：「曾與人書云：『張芝臨池學書，池水盡黑。使人耽之若是，未必後之也。』」《太平寰宇記》（卷九六）《江南東道八》：「越州會稽縣：墨池，王右軍洗硯池并舊宅在蕺山下，去縣二里餘。」曾鞏《墨池記》：「臨川之城東，有地隱然而高，以臨于溪，曰新城。新城之上，有池窪然而方以長，曰王羲之之墨池者。荀伯子《臨川記》云也。」

【箋評】

道士赴仙府之召，君爲作銘於便房。以其如許、郭神仙之輩，不妨藉君班、楊才力爲之定論。其文比曹娥碑之妙，即酬以縑素，猶恐價未相當。如「我有文無賣處」，眼見「墨池荒」矣。「黄絹」、「霜縑」，取材工極。《真誥》云：「茅山洞中，有童初、蕭閒堂二宫，以處男子之學者。」漢劉寬用心仁愛，遇青谷先生，受其杖解法，入太華山道成，今在洞中，作童初府帥上侯，主始學道者。今言「爲郎」，亦比官署之曹郎也。《漢書》：「霍光死，賜便房。」服虔注曰：「便房，藏中便坐也。」即今壙中設位。

茅山七真許、郭，見《隱者部》。班固、楊雄，皆漢文人。《世説》：「魏武帝過曹娥碑下，楊修從。碑背上見題『黄絹幼婦。外孫齏臼』八字。魏武謂修：『卿未可言，待我思之。』行三十里，魏武乃曰：『我已得。』令修别記所知，曰：『黄絹，色絲也，於字爲「絶」；幼婦，少女，於字爲「妙」；外孫，女子也，於字爲「好」；齏臼，受辛之器，於字爲「辭」，所謂「絶妙好詞」也。』魏武記乃同，因嘆曰：『我才不及卿，晚知三十里。』」曹娥，上虞人，父迎神溯濤，爲水所淹，娥投江求屍而死。縣令度尚命邯鄲子禮作碑，蔡邕讀文，刻石八字。《真誥》又云：「羅酆山有六天宫西明郎十六人，主天下房廟鬼之血食。西明都禁郎賈誼昔爲。」又云：「一天門凡八修門郎也。」「紀瞻爲北天修門郎，更直一日，守天門。」又云：「莊子師長桑公子，授其微言，隱於抱犢山，服北肓火丹，白日升天，上補太極闈編郎。晋顧和北帝用爲執蓋郎。齊桓公爲三官都禁郎。」則天府之郎衆矣。（胡以梅《唐詩貫珠箋》卷二十八）

（五句）即用題碑事襯起「束帛」，闗合有情，徵引恰當。（毛張健《唐詩餘編》卷三）

奉和　　　　日休

師去東華却煉形〔一〕，門人求我志金庭〔二〕。大椿枯後新爲記〔三〕，仙鶴亡來始有銘①〔四〕（原

注：前朝文集未有道士銘志②。）。瓊板欲刊知不朽③〔五〕，冰紈將受恐通靈〔六〕。君才莫嘆無兹分〔七〕，合注《神玄劍解經》④〔八〕。（詩四六八）

【校記】

①「銘」項刻本作「形」。②類苑本無此注語。③「板」汲古閣本、四庫本作「版」。④「玄」原缺末筆，避宋太祖始祖趙玄朗諱。

【注釋】

〔一〕師：指顧道士。道士善養生，能煉丹者，被尊稱爲煉師。道教中還有「天師」、「法師」、「尊師」等稱謂。《唐六典》（卷四）《祠部郎中》：「道士修行有三號：其一曰法師，其二曰威儀師，其三曰律師。其德高思精謂之練師。」東華：道家的神仙所居之處。《雲笈七籤》（卷一一）《上清黄庭内景經叙》：「《黄庭内經》者……一名《東華玉篇》。」梁丘子注：「東華者，方諸宫名也，東海青童君所居也。」陶弘景《真誥》（卷九）：「東海青童君常以丁卯日登方諸東華臺。」煉形：道教用語，謂修煉形體。《雲笈七籤》（卷七二）：「夫至道真旨，以凝性煉形長生爲上。」却：還，仍。此句是「顧道士亡」的委婉説法。

〔二〕門人：指顧道士的弟子。《禮記·檀弓下》：「子思哭於廟，門人至。」鄭玄注：「門人，弟子也。」金庭：道教傳説中的神仙居住之處。《雲笈七籤》（卷二七）《洞天福地·三十六小洞天》：「第二十七金庭山洞，周迴三百里，名曰金庭崇妙天，在越州剡縣，屬趙仙伯治之。」陶弘景《真誥》

（卷一四）：「桐柏山，高萬八千丈。其山八重，周迴八百餘里。四面，視之如一。在會稽東海際，一頭亞在海中。金庭有不死之鄉，在桐柏之中。」唐崔尚《唐天台山新桐柏觀頌并序》（《全唐文》卷三〇四）：「天台也，桐柏也，代謂之天台，真謂之桐柏，此兩者同體而異名。……桐柏山，高萬八千丈，周旋八百里，其山八重，四面如一，中有洞天，號金庭宫，即中右弼王喬子晉之所處也。是之謂不死之福鄉，養真之靈境。」

〔三〕大椿：木名。古代神話傳説中一種長壽樹木。大椿枯，謂顧道士死去的委婉語。新爲記：剛剛爲之作記。《莊子·逍遥游》：「上古有大椿者，以八千歲爲春，八千歲爲秋。」《真誥》（卷三）：「靈阜齊淵泉，大小互相從。長短無少多，大椿須臾終。奚不委天順，縱神任空同。」

〔四〕仙鶴：喻顧道士。道家多有化鶴成仙的傳説。如《太平御覽》（卷六六二）引葛洪《神仙傳》曰：「蘇仙公，名林，字子玄，周武王時人也。……後仙去，有白鶴來止郡城東北樓，以爪畫樓板，似漆書云：『城郭是，人民非。』于今仙公故第猶在。丁令威亦如此。」鶴銘：指《瘞鶴銘》。此銘爲摩崖石刻，在今江蘇省鎮江市焦山崖石上，華陽真逸撰，但其真實姓名和時代均衆説紛紜，有王羲之、陶弘景、王瓚、顔真卿、顧况等説法。可參看宋胡仔《苕溪漁隱叢話》（後集卷二）。此句謂仙鶴有銘自《瘞鶴銘》始，道士有銘則自皮日休所撰顧道士銘始，故原注云云。

〔五〕瓊版：玉版。此指鐫刻顧道士墓志銘的碑石。欲：將要。刊：用刀刻寫文字。此句皮氏自謂所作顧道士墓志銘將流傳後世。

〔六〕冰紈：潔白的絲織品。此指顧道士弟子酬謝皮氏作銘的束帛。紈：素絲。《説文·糸部》：「紈，素也。」通靈：與神靈相通。《晋書》（卷九五）《淳于智傳》：「應詹謂曰：『……君有通靈之思，可爲一卦。』」《晋書》（卷九十二）《顧愷之傳》：「愷之嘗以一厨畫糊題其前，寄桓玄，皆其深所珍惜者。玄乃發其厨後，竊取畫，而緘閉如舊以還之，紿云未開。愷之見封題如初，但失其畫，直云妙畫通靈，變化而去，亦猶人之登仙，了無怪色。」《抱朴子·内篇·微旨》：「但彼人之道成，則蹈青霄而遊紫極。自非通靈，莫之見聞，吾子必爲無耳。」

〔七〕君：指陸龜蒙。

〔八〕合注：合該注疏解説。《神玄劍解經》：道教的經書名。劍解，道教所説的一種尸解登仙之法。尸解，遺棄肉體而仙去之謂也。寄托於劍而仙去即爲劍解。《雲笈七籤》（卷八五）引《太極真人飛仙寶劍上經叙》：「夫尸解者，尸形之化也，本真之煉蜕也，軀質遁變也，五屬之隱適也。」同卷《太極真人遺帶散》條：「真人曰：凡尸解者，皆寄一物而後去。或刀或劍，或竹或杖，及水火兵刃之解。」

【箋評】

歐公曰：「《瘞鶴銘》題云華陽真逸撰，刻于焦山之足。」按《潤州圖經》云：「王羲之書。」然筆法不類羲之，而類顔魯公。華陽真逸，顧况道號。碑無年月，疑前後有人同斯號者。杜子美詩：「山陰不見换鵝經，京口空傳《瘞鶴銘》。」真作右軍書矣。按《陶隱居畫傳》曰：「隱居號華陽真人，晚號華陽真逸。」則《瘞鶴銘》爲隱居不疑。皮日休悼羽士詩：「大椿枯後新爲記，仙鶴亡來始有銘。」且言前朝文集未有悼道士碑銘，其用鶴銘，可謂神奇。（高似孫《緯略》卷十《瘞鶴銘》）

「煉形」，謂其非真死，「金庭」，不死之鄉，神仙窟宅。今指葬處爲仙府，皆尊題法。如「大椿」之「枯」，爲之作記；「仙鶴」之「亡」，爲之勒銘，刊於「瓊版」，當「知不朽」。所受「冰紈」，恐亦「通靈」之物。蓋道士既非真死，縑亦靈物矣。劍解亦道士之死，乃劍解法耳。君亦當爲之注釋《劍解經》以顯其道。總之，通首以道士死爲仙化，處處關合此意，所以妙。《雲笈》云：「東華方諸宮，高神師玉保仙王曰：青童君東華者，仙真之州也，在始暉之間，高晨玉保王所治也。」又「司馬承真，字子微，年一百餘，童顔輕健。一旦告弟子曰：『今爲東海青童君、東華君所召。』解化氣絶如蟬蜕，弟子葬其衣冠。」又《王子登傳》：「西梁子文曰：『爾子玄録上清，金書東華。』」又「許翽字道翔，小名玉斧。亡後十六年，當度往東華受書，爲上清仙公上相帝晨。」是東華，學仙者度世後必詣之所。《真誥》曰：「若人暫死，適太陰，權過三官者，肉既灰爛，血沉脉散者，而猶五藏自生，白骨如玉，七魄營傳，三魂守宅，三元權息，太神内閉，或三十年、二十年、十年、三年，隨意而出。當生之時，即更收血育肉，生津成液，復質成形，乃勝於昔未死之容也。真人煉形於太陰，易貌於三官者，此之謂也。天帝曰：『太陰煉身形，勝服九轉丹。形容端且嚴，面色似靈雲。上登太極闕，受書爲真人。』趙成子死後五六年，後人行晚山，見死屍在石室中，肉朽骨在。又見腹内五藏自生如故，液血纏裹於内，紫胞結絡於外，大得道之士，暫遊太陰者，太乙守尸，三魂營骨，七魄衛肉，胎靈録氣。」按此煉形之法，與尸解有異。神暫遊於太陰，任其軀殼毁腐，另换一軀，似非父母精血凡質矣。然道書云：「人身中帝君主變，太乙主生，中央司命主命，右無英君主精，左白元君主魄，命門桃康君主神靈。太乙者，主胞胎之精，變化之主，魂魄起於胞胎神，命氣出於胞府，變合帝君，混化爲人，故太乙之神生之神，生之母，帝君之尊生之父。」按此皆賦生時，依五行施化於人之五藏而成人者。此煉形之家，尸雖腐敗，而猶藉五藏諸神餘氣，煉出先生五藏歟？又《仙鑑》：「許真君蘭公化云：『異人姓蘭，名期，莫敢呼名，稱之蘭公。精修孝行，致斗中真人下降，自稱孝悌王語蘭公曰：「道傍三古冢，此是汝三生解化之迹。第一冢，乃昔尸解所遺仙衣而已。第二冢，乃太陰煉形之體，體已就，今當起矣。第三冢，藏蜕骨爾，宜移冢傍之路，勿令人踐履。」』言訖升天。蘭公榜示行人，斷其舊路。官吏以爲妖妄，開其冢，第一冢乃有黄衣一領；第二冢見一人，童顔弱質，如睡初覺之狀；第三冢見連環骨一具。吏持仙衣，還獻府君。府君著衣不能勝，還與蘭公服之，即同冢中仙人，合爲一體，竦身輕舉。官吏悔謝，拜問何時再降，蘭公曰：『我自此或十日、百日一降，施行孝道，以濟迷途。』」則知煉形之法，隔世而起，遂得升舉功成也。《真誥》：「青童君歌曰：『長短無少多，大椿須臾終。奚不委天順，縱神任空洞。』」今「大椿」雖因道士而用《莊子》，實本此。雲林夫人亦曰：「不覺椿已老。」總出道語。又曰：「金庭不死之鄉，在桐柏山中，方圓四十里，有黄雲覆之。」《一統志》載：「《瘞鶴銘》在鎮江焦山崖下水濱。」宋歐陽修《集古録》云：「銘乃華陽真逸撰，刻于焦山之足。常爲江水所没。好事者伺水落時，摸而傳之，往往止得其數字。惟予所得六十餘字，獨爲多也。」按《圖經》以爲王羲之書。字亦奇特，然不類義之法，竟莫考爲何人書。華陽真逸，乃顧况道號。今不敢爲况。碑無年月，疑前後有人同斯號也。按《津逮秘書》，毛子晋云：「張子厚所得《瘞鶴銘》曰：『華陽真逸撰，上皇山樵。（一本有『書』字。）鶴壽不知其紀也。壬辰歲得於華亭，甲午歲化於朱方，天其未遂吾翔廖廓耶！奚奪之遽也？乃裹以玄黄之幣藏兹山之下。仙家無隱，我故立石銘事，篆額不朽。詞曰：相此胎禽，浮丘著經。乃徵前事，我傳爾銘。余欲無言，爾其藏靈。雷門去鼓，華表留形。義惟仿佛，事亦微冥。爾將何之，解化惟寧。後蕩洪流，前固重扃。右割荆門，歷下華亭。奚集真侶，瘞爾作銘。丹陽外仙尉江陰真宰。』」一本有「立石」二字。宋黄睿《東觀餘論》曰：「爲陶隱居書。」良是。隱居著《真誥》，不著年名。今此銘壬辰、甲午，亦著年名，此又可證。壬辰、甲午，梁天鑒十一、十三年也。隱居正在華陽。又曹士冕曰：「以句曲所刻隱居朱陽館帖參校，衆疑釋然。」原注云：「道士原無銘。借鶴銘喻之也。」按陶侃吊客化鶴，丁令、蘇耽化鶴。又《真誥》：「裴君云：『仙道有九轉神丹，服之化爲白鵠。』」鵠即鶴也。比鶴之義，皆本諸各條。《雲笈七籤》：「《石精金光藏景録形經》釋曰：『石精者，妙鐵也。石者，鐵之質；精者，石之津。治之爲劍，而發金光。金者，劍之幹；光者，刀之神。藏景者，隱身也。録形者，代身也。則此經劍解之經也。』」（胡以梅《唐詩貫珠箋》卷二十八）

（三四句）如此用事，方爲精切，非泛然撏撦之比。（五六句）暗用顧長康失畫語意，謂仙物通靈，不得久留也。（末二句）仍以羽化事結，用意周匝。（毛張健《唐詩餘編》卷三）

常熟沈石友（汝瑾）亦有咏鶴銘一篇，尤爲周匝。詩云：「昔游焦山寺，曾讀《瘞鶴銘》。摩挲百遍不得拓，歸來手帶蛟涎腥。……古昔讀碑者，考據各有名。或言右軍或貞白，或以魯公、逋翁、襲美相紛争。謂陶隱居差近是，居華陽觀談仙經。……」題爲《潘比部以焦山玉峰庵僧精拓鶴銘見贈賦長歌謝之》。（陳聲聰《兼于閣詩話》第三卷《瘞鶴銘》）

秋夕文宴得遥字①〔一〕

日休

啼螿衰葉共蕭蕭〔二〕，文宴無喧夜轉遥②〔三〕。高韻最宜題雪讚〔四〕，逸才偏稱和雲謡〔五〕。風吹翠蠟應難刻〔六〕，月照清香太易消〔七〕。無限玄言一盃酒〔八〕，可能容得蓋寬饒〔九〕。

（詩四六九）

【校記】

①「宴」四庫本作「晏」。②「宴」四庫本作「晏」。

【注釋】

〔一〕此詩當作於咸通十一年（八七〇）秋天。文宴：爲了賦詩作文而舉行的宴會。《論語·顔淵》：「曾子曰：『君子以文會友，以友輔仁。』」得遥字：謂得到的是以「遥」字爲韻字成詩的規定。這是古代詩人作詩的一種方式，即多人相約作詩，事先選擇若干韻字，每人拈一韻字，依此作詩，即必須將此字作爲韻字嵌入詩中，常稱作「分韻」、「拈韻」云云。

〔二〕啼螿（jiāng）：鳴叫聲淒厲的秋蟬。螿：寒蟬，又稱寒蜩，深秋時鳴叫。《爾雅·釋蟲》：「蜺，寒蜩。」郭璞注：「寒螿也，似蟬而小，青赤。《月令》曰：『寒蟬鳴。』」衰葉：秋天枯萎的樹葉。蕭蕭：象聲詞。此形容寒螿聲和落葉聲。《詩經·小雅·車攻》：「蕭蕭馬鳴，悠悠旆旌。」陶淵明《咏荆軻》：「蕭蕭哀風逝，淡淡寒波生。」

〔三〕轉：漸。遥：深。夜轉遥，夜漸深的意思。《楚辭·九辯》：「靚杪秋之遥夜兮，心繚悷而有哀。」

〔四〕題雪讚：題寫吟咏贊美白雪的作品。讚，古代一種頌揚性質的文體。《釋名·釋典藝》：「稱人之美曰讚。讚，纂也，纂集其美而叙之也。」《世説新語·言語》：「謝太傅寒雪日内集，與兒女講論文義。俄而雪驟，公欣然曰：『白雪紛紛何所似？』兄子胡兒曰：『撒鹽空中差可擬。』兄女曰：『未若柳絮因風起。』公大笑樂。」《文選》（卷一三）謝惠連《雪賦》：「歲將暮，時既昏，寒風積，愁雲繁。梁王不悦，游於兔園。乃置旨酒，命賓友，召鄒生，延枚叟。相如末至，居客之右。俄而微霰零，密雪下。王乃歌『北風』於《衛詩》，咏『南山』於《周雅》，授簡於司馬大夫，曰：『抽子秘思，騁子妍辭，侔色揣稱，爲寡人賦之。』」

〔五〕逸才：才華出衆。偏稱：最相稱，最適宜。和雲謡：唱和酬答雲謡之曲。《穆天子傳》（卷三）：「天子觴西王母於瑶池之上。西王母爲天子謡曰：『白雲在天，山陵自出。道里悠遠，山川間之。將子無死，尚能復來。』」後世名爲《白雲謡》，或稱作《雲謡》。

〔六〕翠蠟：緑色的蠟燭。《初學記》（卷二十五）引梁簡文帝《對燭賦》：「緑炬懷翠，朱燭含丹。豹脂宜火，牛膫耐寒。銅芝抱帶復纒柯，金藕相縈共吐荷。視横芒之昭曜，見蜜淚之蹉跎。漸覺流珠走，熟視絳花多。宵深色麗，焰動風過。」此句謂因爲風大，所以難以刻燭限時成詩。刻燭，參卷六（詩二九六）注〔八〕。

〔七〕清香：指翠蠟散發的香氣而言。

〔八〕玄言：本指魏、晋時期崇尚老、莊發展而成的一種思潮和義理，此指深奥玄妙的道理。一盃酒：《晋書》（卷九十二）《張翰傳》：「翰任心自適，不求當世。或謂之曰：『卿乃可縱適一時，獨不爲身後名邪？』答曰：『使我有身後名，不如即時一杯酒。』時人貴其曠達。」此句謂一杯酒中可以包含人世間的一切道理。

〔九〕可能：豈能，那能。蓋寬饒：漢代人，爲人剛直，好言事，多譏刺，終因怨謗多而自殺。《漢書》（卷七七）《蓋寬饒傳》：「蓋寬饒字次公，魏郡人也。……平恩侯許伯入第，丞相、御史、將軍、中二千石皆賀，寬饒不行。許伯請之，乃往，從西階上，東鄉特坐。許伯自酌曰：『蓋君後至。』寬饒曰：『無多酌我，我乃酒狂。』丞相魏侯笑曰：『次公醒而狂，何必酒也？』……寬饒爲人剛直高節，志在奉公。……公廉如此。然深刻喜陷害人，在位及貴戚人與爲怨。又好言事刺譏，奸犯上意。……上不聽，遂下寬饒吏。寬饒引佩刀自剄北闕下，衆莫不憐之。」

【箋評】

一是「秋」，二是「夕」。三四言文會筆墨皆清才逸韻，以「雲」、「雪」爲清虚之物也。五言因風不能刻燭，六言用心于文，不覺「香易消」，時刻易過也。結言尚有玄妙之言，專藉杯酒雄談，未知「可能容得蓋寬饒」酒後發狂言耶？樂府王母爲穆天子吟《白雲謡》曰：「白雲在天，山陵自出。」梁《王僧孺傳》：「竟陵王嘗夜集學士，刻燭賦詩。四韻則刻一寸，以此爲率。蕭文琰曰：『燒寸燭而成四韻詩，何難之有？』乃與江洪等共叩銅鉢立韻，響滅詩成，皆可觀覽。」《仙傳拾遺記》：「燕昭王、王母與遊燧林之下，説鑽火之術，燃緑桂膏照夜。」即翠燭之謂歟？《漢書》：「蓋寬饒字次公。爲人剛直，高節。平恩侯許伯入第，丞相、御史、將軍、中二千石皆賀，寬饒不行。許伯請之，乃往。從西階上，東鄉特座。許伯自酌曰：『蓋君後至。』寬饒曰：『無多酌我，我乃酒狂。』丞相魏侯笑曰：『次公醒而狂，何必酒也？』」今詩斷章而用。（胡以梅《唐詩貫珠箋》卷三十五）

同前得成字〔一〕

龜蒙

筆陣初臨夜正清〔二〕，擊銅遥認小金鉦〔三〕。飛觥壯若遊燕市〔四〕，覓句難於下趙城①〔五〕。
隔嶺故人因會憶〔六〕，傍檐栖鳥帶吟驚②〔七〕。梁王座上多詞客〔八〕，五韻甘心第七成③〔九〕

（詩四七〇）

（原注：梁昭明嘗文宴④，賦詩各五韻，劉孝威第七方成⑤。）〔一○〕。

【校記】

①「於」季寫本作「于」。　②「驚」原缺「敬」末筆，避宋太祖祖父趙敬諱。　③「五」陸詩丙本作「丑」。　④「宴」汲古閣本、四庫本作「晏」。　⑤類苑本無此注語。

【注釋】

〔一〕得成字：謂與皮日休等人分韻作詩，陸龜蒙得到的是以「成」字爲韻作詩。參本卷（詩四六九）注〔一〕。

〔二〕筆陣：猶筆戰，指詩友間作詩互相争勝。南朝梁蕭統《錦帶書十二月啓·太簇正月》：「談叢發流水之源，筆陣引崩雲之勢。」

〔三〕擊銅句：謂敲擊銅鉢作爲限制作詩的節奏。遥認：謂本不相同的兩件器物，但筆陣猶如兵陣，故擊銅鉢作詩，即如擊金鉦進軍打仗，故以爲喻。金鉦：古代的銅制樂器。參卷六（詩三四七）注〔三〕。

〔四〕飛觥（gōng）：在酒宴上此起彼落的酒杯子。喻豪飲。觥，古代酒器。《説文·角部》：「觵，兕牛角可以飲者也。觥，俗觵從光。」《詩經·周南·卷耳》：「我姑酌彼兕觥，維以不永傷。」《毛傳》：「兕觥，角爵也。」遊燕市：《史記》（卷八六）《刺客列傳》：「荆軻者，衛人也。其先乃齊人，徙於衛，衛人謂之慶卿。而之燕，燕人謂之荆卿。……荆軻既至燕，愛燕之狗屠及善擊筑者高漸離。荆軻嗜酒，日與狗屠及高漸離飲於燕市，酒酣以往，高漸離擊筑，荆軻和而歌於市中，相樂也。已而相泣，旁若無人者。」

〔五〕覓句：搜尋字句。指作詩。杜甫《又示宗武》：「覓句新知律，攤書解滿床。」下趙城：攻下趙國的都城邯鄲。據史載，戰國時秦國滅趙國歷時很長，過程很複雜。此譬作詩構思之艱難。《史記》（卷四三）《趙世家》：「平原君如楚請救。還，楚來救，及魏公子無忌亦來救，秦圍邯鄲乃解。……七年，秦人攻趙，趙大將李牧、將軍司馬尚將，擊之。李牧誅，司馬尚免，趙怱及齊將顔聚代之。趙怱軍破，顔聚亡去。以王遷降。……八年十月，邯鄲爲秦。」

〔六〕嶺：指五嶺。《史記》（卷六）《秦始皇本紀》：「三十三年，發諸嘗逋亡人、贅婿、賈人略取陸梁地，爲桂林、象郡、南海，以適遣戍。」《集解》：「徐廣曰：『五十萬人守五嶺。』」《正義》引《廣州記》云：「五嶺者，大庾、始安、臨賀、揭陽、桂陽。」又引《輿地志》云：「一曰臺嶺，亦名塞上，今名大庾；二曰騎田；三曰都龐；四曰萌諸；五曰越嶺。」《元和郡縣圖志》（卷三四）《嶺南道一》：「韶州始興縣，秦南有五嶺之戍，謂大庾、始安、臨賀、桂陽、揭陽縣也。」此句謂因爲文宴之會而憶及嶺南的故友。

〔七〕栖鳥帶吟驚：謂夜間栖息的鳥因爲受到文宴上高聲吟詩的驚擾而發出鳴叫聲。

〔八〕梁王：古代文史典籍習慣上稱梁孝王劉武爲梁王。生平事迹參《史記》（卷五八）《梁孝王世家》。作爲梁王，他在梁園（今河南省開封市）廣建宮室園林，名爲東苑，後世稱作梁園、梁苑、兔園等名。梁王喜集納賓客，當時著名文人司馬相如、枚乘、鄒陽等，都是座上客。詳下句，此處梁王應指南朝梁昭明太子蕭統。《梁書》（卷八）《昭明太子傳》：「昭明太子統，字德施，高祖長子也。……引納才學之士，賞愛無倦。……于時東宮有書幾三萬卷，名才并集，文學之盛，晋、宋以來未之有也。」與詩意相合。

〔九〕五韻第七成：未詳。

〔一〇〕昭明：昭明太子蕭統（五〇一—五三一），參本詩注〔八〕，并可參《南史》（卷五三）本傳。劉孝威：南朝梁詩人（四九六—五四九），詩風清麗，爲當時名家。生平事迹參《梁書》（卷四一）、《南史》（卷三九）本傳。

【箋評】

三四語趣。（陸時雍《唐詩鏡》卷五十二）

清夜文會，擊鉢分韻。鉢音如金鉦。鉦爲軍中進退之令，故以「筆陣」比之。「飛觥」氣壯，若荆軻之「遊燕市」；「覓句」繁難，如秦圍趙城之不能下。如此佳會興濃，因憶「隔嶺」之「故人」，而酣豪之致足以驚動檐鳥。獨我鈍才，甘韻成於第七也。按「隔嶺故人」，時必有未赴會者，故「憶」之。是當時實事。會在山中，故云「隔嶺」。殷文圭有《題陸龜蒙山齋》詩，則文會亦於此耳。《史記》：「荆軻既至燕，愛燕之狗屠及善擊筑者高漸離。荆軻嗜酒，日與狗屠及高漸離飲于燕市，酒酣以往，高漸離擊筑，荆軻和而歌於市中，相樂也。已而相泣，旁若無人者。」荆軻遊於酒人乎？然其爲人沈深，好書，其所遊諸侯，盡與其賢豪長者相結。其之燕，燕處士田光先生亦善待之，知其非庸人也。左太冲詩：「荆軻飲燕市，酒酣氣益震。」《史記》又趙孝成王時，秦使白起破趙長平之軍，遂東圍邯鄲。魯仲連與新垣衍言帝秦之不可，秦軍却五十里。會魏公子無忌救趙，擊秦軍，秦軍引去。所謂「難於下趙城」也。詩中血脉，皆以《史記》事連類爲聯，皆根「筆陣」相貫。（胡以梅《唐詩貫珠箋》卷三十五）

放翁「美酒過於求趙璧，異書渾似借荆州。」脱胎於此，終非雅音也。（明許自昌刻、清惠棟校《唐甫里先生文集二十卷》卷十批語）

南陽廣文欲於荆襄卜居①〔一〕，因而有贈

日休

地肺從來是福鄉②〔二〕，廣文高致更無雙〔三〕。青精飯熟雲侵竈③〔四〕，白䘿裘成雪濺窗④〔五〕。度日竹書千萬字〔六〕，經冬朮煎兩三缸⑤〔七〕。鱸魚自是君家味〔八〕，莫背松江憶漢江⑥〔九〕。　（詩四七一）

【校記】

①「於」統籤本作「于」。　②「肺」四庫本、皮詩本、季寫本、全唐詩本作「脉」。　③「青」項刻本作「清」。　④「䘿」類苑本作「𧙕」。　⑤「缸」皮詩本作「缺」。皮詩本批校：「缸。」　⑥此句下統籤

本注：「廣文張姓，故云。」

【注釋】

〔一〕此詩當作於咸通十一年（八七〇）秋。詳卷九（詩五三〇），即張賁《旅泊吴門呈一二同志》詩。他於該年秋從學道的茅山游歷蘇州，參與皮、陸等人的松陵唱和。南陽廣文：張賁。參卷六（詩二六三）注〔一〕。荆襄：荆州（今湖北省市名）、襄州（今湖北省襄陽市）。此則指襄陽而言。《元和郡縣圖志》（闕卷佚文卷一）：「山南道江陵府，……建安十三年，劉表爲荆州刺史，……羊祜、杜預繼治荆州，或鎮襄陽，或鎮江陵。東晋王忱治於江陵，營城府，此後常以江陵爲州治。……唐武德四年，平蕭銑，復爲荆州，七年，置大都督府。上元元年，改爲江陵府。」又（卷二一）《山南道二》：「襄陽節度使，襄州，今爲襄陽節度使理所。」因荆州曾治襄陽，皮日休屬襄陽復州竟陵人，他又曾在襄陽鹿門山隱居，聯繫下文「卜居」之事，故此荆襄即指襄陽。卜居：本是古人通過占卜來確定居處，後即指選擇居住之地，亦有擇鄰之義。此詩正如此。《左傳·昭公三年》：「諺曰：『非宅是卜，唯鄰是卜。』二三子先卜鄰矣。」《楚辭·卜居》王逸解題：「（屈原）乃往至太卜之家，稽問神明，決之蓍龜，卜己居世何所宜行。」

〔二〕地肺：地肺山，在句容（今江蘇省市名）茅山一帶。時張賁隱居於茅山學道，正流寓蘇州，結交皮、陸等人。《雲笈七籤》（卷二七）《洞天福地·七十二福地》：「太上曰：『其次七十二福地，在大地名山之間，上帝命真人治之。其間多得道之所。第一地肺山，在江寧府句容縣界，昔陶隱居幽栖之處，真人謝允治之。」陶弘景《真誥》（卷一一）：「句曲山，其間有金陵之地，地方三十七八頃，是金陵之地肺也。」又云：「金陵者，洞虚之膏腴，句曲之地肺也。履之者萬萬，知之者無一。」原注：「其地肥良，故曰膏腴；水至則浮，故曰地肺。」又云：「越桐柏之金庭，吴句曲之金陵，養真之福境，成仙之靈墟也。」

〔三〕廣文：指張賁，曾官廣文館博士。無雙：獨一無二。《莊子·盗跖》：「生而長大，美好無雙，少長貴賤見而皆説之，此上德也。」高致：高遠的情致。《世説新語·品藻》：「支道林問孫興公：『君何如許掾？』孫曰：『高情遠致，弟子蚤已服膺；一吟一咏，許將北面。』」

〔四〕青精飯：道家的一種食物，亦作青飿飯。參卷六（詩二一六三）注〔四〕。雲侵竈：謂山中雲霧籠罩竈臺。就張賁茅山隱居學道而言。

〔五〕白㡇（jié）裘：白領皮裘外衣。「㡇」當即「袷」字，此爲衣領之義。《集韻·洽韻》：「袷，領也。」《世説新語·輕詆》：「支道林入東，見王子猷兄弟。還，人問：『見諸王何如？』答曰：『見一群白頸烏，但聞唤啞啞聲。』」此白頸應即喻穿白領衣服。唐人未仕時着白衣，即白袷衣，無絮。李商隱《春雨》：「悵卧新春白袷衣，白門寥落意多違。」

〔六〕度日：過日子，消磨光陰。竹書：竹簡書，泛指書籍。《晋書》（卷五一）《束皙傳》：「太康二年，汲郡人不準盗發魏襄王墓，或言安釐王冢，得竹書數十車。」一説，竹書謂竹子成字，即一片竹葉成一「个」字，故成片的竹林就是「千萬字」了。以此謂生活的清高閑雅，離塵絶俗。

〔七〕术(zhú)煎：用术煎制的膏劑草藥。道家認爲久服可以延年益壽。《真誥》(卷六)：「《服术叙》，紫微夫人。」原注：「雖曰《术叙》，其實多原大略極論。」又(卷一〇)：「成术一斛，水盛洗，洗乃乾，乾乃細搗爲屑。大棗四斗，去核乃搗令和合。清酒五斗，會於銅器中，煎攪使成餌狀。日服如李子三丸，百病不能傷，而面如童子，而耐寒凍。」术，草名，多年生草本植物，有白术、蒼术等數種，根、莖并可入藥。李時珍《本草綱目》(卷一二下)《术》條引蘇頌曰：「斸取生术，去土，水浸，再三煎如飴糖，酒調飲之更善。今茅山所造术煎是此法也。」

〔八〕鱸魚：指蘇州松江鱸魚。文學作品中是鄉思的象徵。君家：您家，指張賁。用晉張翰事，均姓張，故云。《晉書》(卷九二)《張翰傳》：「張翰字季鷹，吴郡吴人也。……翰因見秋風起，乃思吴中菰菜、蒓羹、鱸魚膾，曰：『人生貴得適志，何能羈宦數千里以要名爵乎！』遂命駕而歸。」

〔九〕松江：參(序一)注〔二四〕。憶：念，想着。漢江：長江的支流，又稱漢水，發源於陝西省漢中市，流經襄陽，在今湖北省武漢市漢口匯入長江。《元和郡縣圖志》(卷二一)《山南道二》：「襄陽節度使，襄州，襄陽縣，峴山，在縣東南九里。山東臨漢水，古今大路。」此句意謂不必抛開松江鱸魚而想着漢江的槎頭魚。參下(詩四七二)注〔八〕。

【箋評】

此勸廣文宜住茅山，不必至荆襄。從來華陽稱「地肺」福庭，加以君「高致無雙」，更爲人傑地靈矣。山中清致，「青精飯熟」而雲侵於竈，「白袷裘成」而雪照窗明。日度竹影，書成于萬個字。冬來有仙术「煎兩三缸」，可以服食養生。況路近松江，有鱸魚之美，是「君家」季鷹公之舊味，何必遠憶漢江垂釣乎？「地肺」，見前。第五奇情，妙在「度」字而足以惑人。「术煎」用《真誥》紫微夫人《术敘》，是在華陽傳授耳。（胡以梅《唐詩貫珠箋》卷二十五）

張賁，字潤卿。皮、陸前有《懷茅山廣文南陽博士》詩，蓋賁亦居茅山，故詩中有「地肺」之句，而末乃勸其不必還楚也。（毛張健《唐詩餘編》卷三）

代廣文先生訓次韻〔一〕

龜蒙

不知天隱在何鄉〔二〕，且欲煙霞迹暫雙〔三〕。鶴廟未能齊月馭〔四〕，鹿門聊擬并雲窗〔五〕。薜衙荒磴移桑屐〔六〕，花浸春醪挹石缸〔七〕。莫惜查頭容釣伴①〔八〕，也應東印有餘江〔九〕。

（詩四七二）

【校記】

①「查」弘治本、汲古閣本、詩瘦閣本、四庫本、陸詩丙本張校、類苑本作「槎」。

【注釋】

〔一〕廣文先生：指張賁。參卷六（詩二六三）注〔一〕。

〔二〕天隱：隱逸生活的最高境界。王通《中説·周公篇》：「至人天隱，其次地隱，其次名隱。」

〔三〕煙霞：美麗的自然山水景色。此指隱居之地。《梁書》（卷二一）《張充傳》：「若乃飛竿釣渚，濯足滄洲；獨浪煙霞，高卧風月。」迹暫雙：指張賁欲卜居襄陽，與皮日休比鄰而居。

〔四〕鶴廟：白鶴廟，茅山的道觀名。《真誥》（卷一一）：「漢明帝永平二年，詔敕郡縣，修守丹陽句曲真人之廟。」原注：「按三君（指三茅君）初得道，乘白鵠在山頭，時諸村邑人互見，兼祈禱靈驗，因共立廟於山東，號曰白鵠廟。」顧況《奉酬茅山贈賜并簡綦毋正字》：「鶴廟新家近，龍門舊國遥。」月馭：又作「月御」，古代神話中爲月亮駕車的神。《初學記》（卷一）：「《淮南子》云：『月，一名夜光。月御曰望舒，亦曰纖阿。』」齊月馭：謂在月下一起乘鶴飛升之意。此句謂皮日休、張賁未能一塊在茅山學道成仙。

〔五〕鹿門：鹿門山，在今湖北省襄陽市。皮日休出仕前曾隱居於此。此句謂張賁打算與皮氏結伴隱居於鹿門山。雲窗：猶雲房。指隱居於山中的居室。參卷一（詩三）注〔三〇〕。

〔六〕荒磴：山中荒涼的石階小道。《玉篇·石部》：「磴，巖磴。」移：移動。指行走。桑屐：桑木制成的木屐。《南齊書》（卷一八）《祥瑞志》：「（世祖）及在襄陽，夢著桑屐行度太極殿階。」

〔七〕花浸：謂以花浸酒，使酒味醇厚。春醪：春酒。古代秋後釀酒，春天成熟，故云。陶淵明《擬挽歌辭三首》（其二）：「春醪生浮蟻，何時更能嘗。」挹：舀取。石缸：石頭制成的盛酒缸，形容其古拙。

〔八〕查頭：即鯿魚，一作「槎頭」。其形狀是，縮頭、弓背、大腹、色青，味道鮮美，以産於襄陽一帶的漢江中最有名。杜甫《解悶十二首》（其六）：「即今耆舊無新語，漫釣槎頭縮頸鯿。」仇注引習鑿齒《襄陽耆舊傳》云：「峴山下漢江中出鯿魚，味極肥而美，襄陽人采捕，遂以槎斷水，因謂之槎頭縮項鯿。」

〔九〕東印：東印度。古印度有東、西、南、北、中五部分，合稱「五印」。印度是佛教發源地，此以東印代指佛教盛行之地。餘江：其他的江水。

【箋評】

「不知天」意該「隱」何鄉，然欲與君「煙霞」之迹成雙，德必有鄰耳。予在茅峰鶴廟，未能與君「齊月馭」，故欲赴鹿門相「并雲窗」耳。蘚磴時「移桑屐」，花醪挹之石缸，可以往來相顧，實堪適志。莫惜槎頭增一釣伴，「也應東印有餘江」可容隱也。「鶴廟」在茅山，三茅君初來，駐三白鶴，故有此廟。《茅山志》：「陶隱居曰：『升元觀本名白鶴廟，司命真君專祠也，在中茅峰西，劉至孝三遇靈桃其地。』」按「鶴」即「鵠」之轉音。《三茅真君傳》云：「句曲，茅真君之廟，邑人呼爲白鵠廟，而不知司命已東之赤城也。昔有人至心好道，入廟請命者，或聞二君在帳中與人言語，或見白鵠在帳中。白鵠服九轉還丹，能分形變化，亦可化作數十白鵠，或可乘之以飛行，而本形固在所止也。」鹿門山在襄陽。皮之故鄉。「槎頭」亦在襄陽，漢江有槎頭縮項鯿佳産，故云「釣」。「東印」，似亦屬此地。然《沙門傳》云：「支道林愛剡東印山，就深公買之，深公曰：『未聞巢、由買山而隱。』」今或借用「東印」，云買山之隱，有餘下之江可「釣」耳。「御」字拗，即少陵「樓台御暮景」之「御」。苔痕半有半無，似吞吐之迹。「花浸」，以百花釀酒。「月馭」，似有月下控鶴之意。（胡以梅《唐詩貫珠箋》卷二十五）

石缸　天隨子詩：「花浸春醪挹石缸。」（郎廷極《勝飲編》卷十二）

寄毗陵魏處士朴〔一〕

日休

文籍先生不肯官〔二〕，絮巾衝雪把魚竿①〔三〕。一堆方册爲侯印〔四〕，三級幽巖是將壇〔五〕。醉少最因吟月冷，瘦多偏爲卧雲寒〔六〕。兔皮衾暖篷舟穩②〔七〕，欲共誰遊七里灘〔八〕。（詩四七三）

【校記】

①「雪」，蔣宋本作「雲」。　②「篷」原作「蓬」，據弘治本、汲古閣本、四庫本、皮詩本、統籤本、季寫本、全唐詩本改。

【注釋】

〔一〕此詩當作於咸通十一年（八七〇）秋冬。毗陵魏處士朴：參卷五（序一三）注〔二〕。

〔二〕文籍先生：即讀書先生之意，指熟習文獻典籍的人。此指魏朴。《三國志·魏書·高貴鄉公髦傳》注引傅暢《晉諸公贊》曰：「帝常與中護軍司馬望、侍中王沈、散騎常侍裴秀、黄門侍郎鍾會等講宴於東堂，并屬文論。名秀爲儒林丈人，沈爲文籍先生，望、會亦各有名號。」

〔三〕絮巾：古代的一種頭巾，相當於棉毛巾。《三國志·魏書·管寧傳》：「（管寧）四時祠祭，輒自力强，改加衣服，著絮巾，故在遼東所有白布單衣，親薦饌饋，跪拜成禮。」衝雪：冒雪。把魚竿：持竿垂釣。

〔四〕方册：典籍。漢蔡邕《東鼎銘》：「保乂帝家，勛在方册，民咸曰休哉！」宋程大昌《演繁露》（卷七）《方册》：「方册云者，書之於版，亦或書之竹簡也。通版爲方，聯簡爲册。」侯印：侯王的印璽。

〔五〕幽巖：隱僻峻峭的山崖，指山中隱居之地。將壇：壘土而成的將軍臺。軍事上將領統率軍隊的指揮臺或閱兵臺。以上二句謂魏朴以讀書和隱逸爲人生目標。

〔六〕卧雲：指隱逸生活。李白《安陸白兆山桃花巖寄劉侍御綰》：「雲卧三十年，好閑復愛仙。」劉長卿《吴中聞潼關失守因奉寄淮南蕭判官》：「不如歸遠山，雲卧飯松栗。」

〔七〕兔皮衾：兔毛皮製成的被子。唐人有以兔毛製衣者，兔皮被子當亦屬事實。李肇《唐國史補》（卷下）：「宣州以兔毛爲褐，亞于錦綺，復有染絲織者尤妙，故時人以爲兔褐真不如假也。」篷舟：設有遮蔽風雨的篷子的漁船。

〔八〕共：與。七里灘：即嚴陵灘，又名子陵灘。參卷七（詩三八七）注〔六〕。

奉和

龜蒙

經苑初成墨沼開〔一〕，何人林下肯尋來〔二〕。若非宗測圖山後〔三〕，即是韓康賣藥迴〔四〕。溪籟自吟《朱鷺曲》〔五〕，沙雲還作白鷗媒〔六〕。唯應地主公田熟〔七〕，時送君家麯糵材①〔八〕。

（詩四七四）

【校記】

①「糵」斠宋本、弘治本、詩瘦閣本、陸詩丙本、季寫本作「蘖」。「材」季寫本作「村」。

【注釋】

〔一〕經苑：經籍的苑囿。喻飽學之士。晋王嘉《拾遺記》（卷六）：「任末年十四時，學無常師，負笈不遠險阻。每言：『人而不學，則何以成？』或依林木之下，編茅爲菴，削荆爲筆，刻樹汁爲墨。夜則映星望月，暗則縷麻蒿以自照。觀書有合意者，題其衣裳，以記其事。……河洛秘奥，非正典籍所載，皆注記於柱壁及園林樹木。慕好學者，來輒寫之。時人謂任氏爲『經苑』。」墨沼：墨池。

〔二〕林下：山林之中，指歸隱。南朝梁釋慧皎《高僧傳》（卷五）《晋泰山崑崙巖竺僧朗》：「皇始元年移卜泰山，與隱士張忠爲林下之契，每共遊處。」

〔三〕宗測：字敬微（？—四九五），南朝齊隱士、文人、畫家。生平事迹参《南齊書》（卷五四）、《南史》（卷七五）本傳。圖山：畫山水圖。《南齊書》（卷五四）《宗測傳》：「欲遊名山，乃寫祖（宗）炳所畫《尚子平圖》於壁上。……測善畫，自圖阮籍遇蘇門於行障上，坐卧對之。」

〔四〕韓康：《後漢書》（卷八三）《韓康傳》：「韓康字伯休，一名恬休，京兆霸陵人。家世著姓。常采藥名山，賣於長安市，口不二價，三十餘年。」

〔五〕溪籟：溪水上自然界天然的聲響。籟，本是古代的管樂器，後指從孔穴中發出的聲響，也泛指一般的聲響。《莊子·齊物論》：「汝聞人籟而未聞地籟，汝聞地籟而未聞天籟夫！」《朱鷺曲》：漢樂府曲名。此由溪水聯想到朱鷺鳥而成句。宋郭茂倩《樂府詩集》（卷一六）《朱鷺》題解：「孔穎達曰：『楚威王時，有朱鷺合沓飛翔而來舞，舊鼓吹《朱鷺曲》是也。』然則漢曲蓋因飾鼓以鷺而名曲焉。」

〔六〕沙雲：水邊沙灘上的白雲。白鷴媒：謂白雲吸引來了白鷴，故白雲就像是白鷴的鳥媒。獵人以豢養的禽鳥引誘其同類，這種禽鳥就叫媒。《文選》（卷九）潘岳《射雉賦》題下李善注：「《射雉賦序》曰：『余徙家于琅邪，其俗實善射，聊以講肄之餘暇，而習媒翳之事，遂樂而賦之也。』」李善引徐爰注：「媒者，少養雉子，至長狎人，能招引野雉，因名曰媒。」此句謂沙雲與白鷗都很潔白，十分相像。

〔七〕地主：本地的主人。此指毗陵的地方官。公田：《詩經・小雅・大田》：「有渰萋萋，興雨祁祁。雨我公田，遂及我私。」唐代有公廨田，即從朝廷的各部門到地方官府所擁有的田地。《通典》（卷二）：「在京諸司及天下州府、縣監、折衝府、鎮戍、關津、嶽瀆等公廨田、職分田，各有差。」

〔八〕君家：您家。對對方的敬稱。此指魏朴。古詩《爲焦仲卿妻作》（《玉臺新詠》卷一）：「非爲織作遲，君家婦難爲。」麴蘖：本指釀酒的酒麴，此指酒。《尚書・説命下》：「若作酒醴，爾惟麴蘖。」《孔傳》：「酒醴須麴蘖以成。」麴蘖材：釀酒的原料。南朝梁蕭統《陶淵明傳》：「公田悉令吏種秫，曰：『吾常得醉於酒，足矣。』妻子固請種粳，乃使二頃五十畝種秫，五十畝種粳。」

初冬偶作寄南陽潤卿①〔一〕

日休

寓居無事入清冬〔二〕，雖設樽罍酒半空〔三〕。白菊爲霜翻帶紫，蒼苔因雨却成紅。迎潮預遣收魚笱〔四〕，防雪先教蓋鶴籠〔五〕。唯待支硎最寒夜〔六〕，共君披氅訪林公②〔七〕。（詩四七五）

【校記】

①「南」項刻本作「□」。「卿」項刻本作「公」。　②「鼇」項刻本作「鼈」。

【注釋】

〔一〕初冬：指咸通十一年（八七〇）初冬，詩作於此時。南陽潤卿：張賁。參卷六（詩二六三）注〔一〕。

〔二〕寓居：寄居。皮氏時任蘇州從事，遊宦於此，故云。《文選》（卷二）張衡《西京賦》：「鳥畢駭，獸咸作，草伏木棲，寓居穴托。」薛綜注：「謂禽獸驚走，得草則伏，遇木則棲，非其常處，苟寄而居，値穴而托，爲人窮迫之意。」無事：清閑。屢見前注。清冬：清閑無事的冬天。

〔三〕樽罍（léi）：樽和罍都是古代的盛酒器。《周禮·春官·司尊彝》：「其朝踐用兩獻尊，其再獻用兩象尊，皆有罍。」杜甫《贈特進汝陽王二十二韻》：「樽罍臨極浦，鳧雁宿張燈。」

〔四〕迎潮：迎接海潮的到來。海潮有一定的規律性，按時而來，被稱作「潮信」。白居易《潮》：「早潮纔落晚潮來，一月周流六十迴。」魚笱（gǒu）：捕魚工具。參卷四（序六）注〔三〕。

〔五〕鶴籠：飼養鶴的籠子。養鶴以示高潔，寓脱俗仙舉之意。晉、宋以來，吴中浸以成俗。華亭鶴尤著。皮氏在蘇州期間確實養過此鶴。參卷九（詩五四七）。

〔六〕支硎：山名，在江蘇省蘇州市西。唐陸廣微《吴地記》：「支硎山，在吴縣西十五里。晉支遁，字道林，嘗隱於此山。後得道，乘白馬升雲而去。山中有寺，號曰報恩，梁武帝置。」

〔七〕共君：與君。君，指張賁。披氅（chǎng）：披着鳥羽製成的外衣。古人看作是一種高蹈絶俗的形象。氅又稱作「鶴氅」。《世説新語·企羨》：「孟昶未達時，家在京口。嘗見王恭乘高輿，被鶴氅裘。于時微雪，昶於籬間窺之，嘆曰：『此真神仙中人！』」林公：支遁，字道林，東晉名僧，時人稱支公、林公等。《世説新語·言語》：「佛圖澄與諸石遊，林公曰：『澄以石虎爲海鷗鳥。』」又曰：「林公見東陽長山曰：『何其坦迤！』」并參卷五（詩二四二）注〔七〕。此當指支硎山報恩寺僧人。皮日休等人常游此寺。并留有詩篇，如卷七（詩四〇三）、卷十（詩六八八）等。

【箋評】

「迎潮預遣收魚笱」二句：清絶。（項真評、項真刻《項氏瓶笙榭新刻皮襲美詩》卷二）

夏元開云：「一東二冬，唐人律詩，通用甚多。五言律，如李白《訪戴天山道士不遇》中、濃、鐘、峰、松；……七言律，如李頎《送李回》農、雄、宫、中、東；……皮日休《初冬偶作寄南陽閏卿》冬、空、紅、籠、公；……今人輒以出韻爲非，皆道聽塗説，失於深考。故摭唐律各十首，以見古人法焉。」（費經虞《雅倫》卷二十四《音韻》）

此詩前解只寫「入冬」，後解只寫「無事」。如三四，「菊紫」、「苔紅」，此是初冬景物也。妙在「雖設樽罍」、「半空」，言一向更無餘人，專心單待閏（潤）卿也。五六正見「無事」之至也。妙又在閏（潤）卿若來，便乃匆匆又有一事也。「惟」字可知。（《金聖嘆全集》選刊之二《貫華堂選批唐才子

詩》）

「清冬無事」是一篇之主。「樽罍半空」，不是無酒，乃是不得潤卿同飲，故無興也。三四承「清冬」。「白菊紫」、「蒼苔紅」，眼前妙景，他人却寫不到。五六承「無事」。「收魚笱」、「蓋鶴籠」，自是一時清課，算不得事。收八轉筆，言只有「寒夜」訪僧一事，思與君共之，不能無「待」也。（趙臣瑗《山滿樓箋注唐詩七言律》卷五）

皮、陸此種詩雅正可法，令人觸處皆可成詩。（陸次雲《晚唐詩善鳴集》卷下）

人當「無事」之時，正是良友晤言之候，寄詩所以招之也。首二是提筆，「無事」是寄詩緣起，「酒空」即爲「待」之伏脉。三四「清冬」之景，五六「無事」之神，七八暗頂第二，寫「待」之之情結。（楊逢春《唐詩繹》卷二十三）

奉和次韻

龜蒙

逐日生涯敢計冬〔一〕，可嗟寒事落然空〔二〕。窗憐反照緣書小①〔三〕，庭喜新霜爲橘紅〔四〕。衰柳尚能和月動，敗蘭猶擬倩煙籠〔五〕。不知海上今清淺〔六〕，試欲飛書問洛公〔七〕。

（詩四七六）

【校記】

①「反」陸詩甲本、陸詩丙本、季寫本、全唐詩本作「返」。

【注釋】

〔一〕逐日：每一天，日復一日。白居易《首夏》：「料錢隨月用，生計逐日營。」李群玉《送客往涔陽》：「春與春愁逐日長，遠人天畔遠思鄉。」生涯：生活，生計。敢：豈敢，哪敢。計冬：謀劃如何度過冬天。此「計冬」與「計日」用法同。《後漢書》（卷三一）《郭伋傳》：「始至行部，到西河美稷，有童兒數百，各騎竹馬，道次拜迎。……及事訖，諸兒復送至郭外，問『使者何日當還』。伋謂別駕從事，計日告之。」

〔二〕寒事：本指寒冬的情景，此指過冬之事。南朝梁陸倕《以詩代書別後寄贈詩》：「江關寒事早，夜露傷秋草。」杜甫《小園》：「問俗營寒事，將詩待物華。」仇注：「寒事，禦寒之事。」落然：凄涼冷落貌。此指落空、缺少。陸龜蒙《甫里先生傳》：「先生平居以文章自怡，雖幽憂疾病中，落然無旬日生計，未嘗暫輟。」可參證。

〔三〕憐：愛，惜。反照：夕陽的返光。與「返景」同。王維《鹿柴》：「返景入深林，復照青苔上。」賈島《宿慈恩寺郁公房》：「反照臨江磬，新秋過雨山。」書小：即謂字小。此句謂因爲書籍上的字小，所以格外珍惜窗前落日時分的餘光。

〔四〕庭喜句：欣喜的是庭院中經霜的橘子變紅成熟了。

〔五〕倩(qiàn)：請。請人替自己做事叫倩。參卷五(詩二五二)注〔一〕。此指冬天衰敗的蘭草還是打算請煙霧來籠罩自己。刻意表現閑情，較有韻味。煙籠：杜牧《泊秦淮》：「煙籠寒水月籠沙，夜泊秦淮近酒家。」

〔六〕海上清淺：謂海水由深變淺。喻世間滄桑巨變。葛洪《神仙傳》(卷三)《王遠》條：「王遠，字方平，東海人也。……(方平請來神仙女子麻姑)麻姑自說：『接待以來，已見東海三爲桑田。向到蓬萊，水又淺於往昔，會時略半也。豈將復還爲陵陸乎？』方平笑曰：『聖人皆言，海中行復揚塵也。』」

〔七〕洛公：洛廣休，古代道家的一位仙人。參卷六(詩二六八)注〔三〕。

冬曉章上人院〔一〕

日休

山堂冬曉寂無聞〔二〕，一句清言憶領軍①〔三〕。琥珀珠粘行處雪〔四〕，棕櫚帚掃卧來雲〔五〕。松扉欲啓如鳴鶴〔六〕，石鼎初煎若聚蚊〔七〕。不是戀師歸去晚②〔八〕，陸機茸内足毛群〔九〕。

(詩四七七)

【校記】

①「領」類苑本作「右」。②「歸」全唐詩本作「終」。

【注釋】

〔一〕此詩作於咸通十一年（八七〇）冬。章上人院：章上人是開元寺住持僧，其院即指開元寺。參卷六（詩三三七）注〔一〕。上人：對僧人的尊稱。參卷五（詩二三九）注〔一〕。

〔二〕山堂：山中的殿堂。此指開元寺。寂無聞：寂静無聲。

〔三〕清言：高雅通達的言論。陶淵明《咏二疏》：「問金終寄心，清言曉未悟。」領軍：中領軍，官名。《世説新語·文學》：「殷中軍嘗至劉尹所清言。良久，殷理小屈，遊辭不已。劉亦不復答。殷去後，乃云：『田舍兒强學人作爾馨語。』」

〔四〕琥珀珠：僧人的佛珠。琥珀是松柏樹脂的化石，褐紅色，作珍珠用。《博物志》（卷四）：「《神仙傳》云：『松柏脂入地千年化爲茯苓，茯苓化爲琥珀。』琥珀，一名江珠。」

〔五〕棕櫚（zōng lǘ）：樹木名。常緑喬木，幹直，高大，葉叢生於幹頂，呈掌狀。葉片爲針形，可製作繩索、毛刷等用品。棕櫚帚：棕櫚葉做成的掃帚。《山海經·西山經》：「石脆之山，其木多棕楠。」郭璞注：「棕樹高三丈許，無枝條，葉大而員，枝生梢頭，實皮相裹，上行一皮者爲一節，可以爲繩。」

〔六〕松扉：松木做成的門。鳴鶴：謂發出鶴鳴般的聲音。《詩經·小雅·鶴鳴》：「鶴鳴于九皋，聲聞于野。」《初學記》（卷三〇）引《詩義疏》曰：「（鶴）常夜半鳴，其鳴高朗，聞八九里。」

〔七〕石鼎：陶制的鼎。此指煮茶器具。北周庾信《周柱國大將軍長孫儉神道碑》：「居常服玩，或以布被、松床、盤案之間，不過桑杯、石鼎。」聚蚊：成群的蚊子。煎若聚蚊：謂石鼎煎茶的響聲，猶如成群蚊子發出的雷聲般的嗡嗡聲。《漢書》（卷五三）《景十三王傳》：「中山王勝……來朝，天子置酒，勝聞樂聲而泣。問其故，勝對曰：『……夫衆呴漂山，聚蟁成靁，朋黨執虎，十夫橈椎。』」顔師古注：「蟁，古蚊字。靁，古雷字。言衆蚊飛聲有若雷也。」

〔八〕師：法師、禪師、律師、大師等，對僧人的敬稱。指章上人。

〔九〕陸機：參卷一（詩四）注〔六七〕。陸機茸：即五茸，傳爲春秋時吴王的獵場。《宋詩紀事》（卷五六）許尚《華亭百咏》（陸機茸）題下注曰：「在谷水東。吴陸遜生二孫，常于此遊獵。今名桑陸，又名吴王獵場。」實即陸機曾對晋武帝誇贊過的五茸。參卷七（詩三九四）注〔五〕。足：多。李白《荆州歌》：「白帝城邊足風波，瞿塘五月誰敢過。」張籍《酬韓庶子》：「家貧無易事，身病足閑時。」毛群：禽獸一類動物。《文選》（卷一）班固《西都賦》：「毛群内闐，飛羽上覆，接翼側足，集禁林而屯聚。」

奉和

龜蒙

山寒偏是曉來多，况值禪窗雪氣和〔一〕。病客功夫經未演〔二〕，故人書信納新磨①〔三〕。閑臨靜案修茶品②〔四〕，獨傍深溪記藥科〔五〕。從此逍遥知有地〔六〕，更乘清月伴君過〔七〕。

（詩四七八）

【校記】

①「新」陸詩丙本黄校注：「空格。」　②「修」詩瘦閣本作「脩」。

【注釋】

〔一〕禪窗：寺院的窗子。即指寺院。雪氣：積雪所散發出來的寒氣。和：摻和，匯合。

〔二〕病客：在寺院裏生病的客人，作者自指。經未演：經脉未能通順流暢。

〔三〕納新磨：衲衣是新磨的，即謂新衲衣。「納」通「衲」。磨謂磨衲，僧人一種袈裟的名稱。惠能《六祖壇經·護法品第九》：「朕積善餘慶，宿種善根，值師出世，頓悟上乘，感荷師恩，頂戴無已。并奉磨衲袈裟及水晶鉢，敕韶州刺史修飾寺宇，賜師舊居爲國恩寺。」

〔四〕靜案：潔净的書案。修：撰寫。茶品：有關茶的等級品第。

〔五〕藥科：草藥的品第，總括指各種藥材。

〔六〕逍遥：閑散優游貌。《莊子》有《逍遥游》篇。

〔七〕過：探訪。此句謂今後可以乘月與你一道來章上人院造訪。應活用「訪戴」的故實。《世説新語·任誕》：「王子猷居山陰，夜大雪，眠覺，開室，命酌酒。四望皎然，因起彷徨，咏左思《招隱詩》，忽憶戴安道。時戴在剡，即便夜乘小船就之。經宿方至，造門不前而返。人問其故，王曰：『吾本乘興而行，興盡而返，何必見戴？』」

寄題鏡巖周尊師所居詩（并序）①〔一〕

日休

處州仙都山〔二〕，山之半有洞口，下望之如鑒，目之曰「鏡巖」。下去地二百尺〔三〕，上者以竹梯爲級，中如方丈〔四〕，内有乳水〔五〕，滴瀝嵌鏬②〔六〕。黄、老徒周君景復居焉〔七〕，迨八十年〔八〕。不食乎粟〔九〕，日唯焚降真香一炷〔一〇〕，讀《靈寶度人經》而已〔一一〕。東牟段公柯古昔爲州日③〔一二〕，聞其名，梯其室以造之〔一三〕，且曰：「君居此久矣，乳水之滴，晝夜可知量乎〔一四〕？」周君曰：「某常揣之④〔一五〕，盡晝與夜，一斛加半焉〔一六〕。」公異而禮之〔一七〕。後柯古别十二年⑤〔一八〕，日休至吴〔一九〕，處人過〔二〇〕，説周君尚存。吟想其道⑥〔二一〕，無由以睹⑦〔二二〕，因寄題是詩云〔二三〕。（序一七）

【校記】

①統籤本、季寫本無「詩」。季寫本無「并序」。　②「鏬」類苑本作「鏬」。　③原無「古」字，據盧校本補。　④「常」類苑本作「嘗」。　⑤原無「古」字，據盧校本補。　⑥「吟」詩瘦閣本作「噫」。　⑦「由」汲古閣本、四庫本作「繇」。

【注釋】

〔一〕此序及詩當作於咸通十一年（八七〇）。鏡巖：據序文，所述指處州仙都山半山間一個形如鏡子的洞口。《仙都志》稱作「仙水洞」。周尊師：序中已點明其姓名爲周景復。元陳性定《仙都志》（卷上）：「景復周先生，仙都道士也。唐大曆間居仙水洞中，辟穀宴坐，百有餘年。後仙去。」尊師：對道士的敬稱。參本卷（詩四六八）注〔一〕。

〔二〕處州：今浙江省麗水市。《元和郡縣圖志》（卷二六）《江南道二》：「處州，天寶元年爲縉雲郡，乾元元年復爲括州。大曆十四年以與德宗廟諱同音，改處州。麗水縣，郭下。……大曆十四年改爲麗水。麗水本名惡溪。」仙都山：《元和郡縣圖志》（卷二六）《江南道二》：「處州縉雲縣，縉雲山，一名仙都，一曰縉雲，黄帝煉丹於此。」《雲笈七籤》（卷二七）《洞天福地・三十六小洞天》：「第二十九仙都山洞，周迴三百里，名曰仙都祈仙天，在處州縉雲縣，屬趙真人治之。」《太平御覽》（卷四七）引《郡國志》曰：「括州（即處州也）括蒼縣縉雲山，黄帝遊仙之處。有孤石特起，高二百丈，峰數十。或如羊角，或似蓮花，謂之三天子都。有龍鬚草，云群臣攀龍髯所墜者。」

〔三〕去地：離地面。

〔四〕方丈：謂洞内有一丈見方大小的居室。方丈：相傳得名於維摩詰之居室，言其室狹小，方丈而已。《法苑珠林》（卷二九）《感通篇・聖迹部》：「于大唐顯慶年中，敕使衛長史王玄策因向印度，過净名宅，以笏量基，止有十笏，故號方丈之室也。」「净名」即維摩詰之異譯。

〔五〕乳水：石鍾乳滲下的水。

〔六〕滴瀝嵌（qiàn）罅（xià）：謂鍾乳水從巖石縫隙中滴下來。滴瀝，漢杜篤《首陽山賦》：「青羅落漠而上覆，穴溜滴瀝而下通。」孟郊《秋懷十五首》（其一）：「老泣無涕洟，秋露爲滴瀝。」嵌罅，指石頭張開的裂縫。

〔七〕黄、老徒：學道的人。黄、老，黄帝和老子，道家以黄、老爲始祖，故云。《史記》（卷六三）《老子韓非列傳》：「申子之學本於黄、老而主刑名。」

〔八〕迨（dài）：達。

〔九〕不食乎粟：不食用糧食，謂周景復行辟穀術。

〔一〇〕降真香：據説能使神仙降下的香，即降香，又名鷄骨香。宋洪芻《香譜》（卷上）：「降真香，《南州記》曰：『生南海諸山。』又云：『生大秦國。』《海藥本草》曰：『味温平，無毒，主天行時氣宅舍怪異，并燒之，有驗。』《仙傳》云：『燒之，感引鶴降醮星辰。燒此香甚爲第一。小兒帶之，能辟邪氣。其香如蘇方木，然之，初不甚香，得諸香和之，則特美。』」元陶宗儀《南村輟耕録》（卷二九）《降真香》：「道家者流，……偶讀《本草》，有云：『降真香出黔南，拌和諸雜香，燒香直上天，召鶴，得盤旋於上。』」

〔一一〕《靈寶度人經》：全名爲《靈寶無量度人上品妙經》，是重要的道教經典，《道藏》列此經爲首部。

〔一二〕東牟：東牟郡，即唐代的登州(在今山東省蓬萊縣)。《元和郡縣圖志》(卷一一)《河南道七》：「登州，至漢爲東萊郡之地。後魏孝静帝分東萊於黄縣東一百步中郎故城置東牟郡，高齊廢。」段公柯古：段成式(?—八六三)，字柯古，行十六，宰相段文昌子，博學精敏，文章冠於一時，與李商隱、温庭筠齊名，并稱「三十六」。生平事迹參《舊唐書》(卷一六七)《段文昌傳》、《新唐書》(卷八九)《段志玄傳》附傳。爲州：指做處州刺史。段成式任處州刺史在唐宣宗大中九年(八五五)。段成式《好道廟記》(《全唐文》卷七八七)：「縉雲郡之東南十五里，抵古祠曰好道，……予大中九年到郡，越月方謁。至十年夏旱，懸祭沈祀，……大中歲在景子季秋中丁日建。」大中景子，爲大中十年。

〔一三〕梯其室以造之：乘梯子登上鏡巖山洞裏的居室去拜訪周景復。造：造訪，訪問。

〔一四〕量(liàng)：謂數量是多少。

〔一五〕某：我，周景復自稱。古人常以某爲第一人稱的自稱。

〔一六〕一斛加半：一斛半，計十五斗。十斗爲一斛。

〔一七〕公：指段成式。異而禮之：感到驚訝而很敬重他(指周景復)。

〔一八〕十二年：指段成式離任處州刺史後的年頭。後十二年皮日休到任蘇州從事，時即咸通十一年(八七〇)春。由此上推十二年，則爲宣宗大中十三年(八五九)。段成式自大中九年任處州刺史，至十三年離任，前後歷五年歟？

〔一九〕吴：指蘇州。參（序一）注〔八三〕。

〔二〇〕處人過：謂處州的客人拜訪我（皮日休自指）。過，探訪，造訪。

〔二一〕吟想：沉吟想念。《文選》（卷一一）孫綽《遊天台山賦序》：「方解纓絡，永托兹嶺。不任吟想之至，聊奮藻以散懷。」

〔二二〕無由以睹：没有機會見面。

〔二三〕是詩：此詩，這首詩。云：句末助詞。

詩①

八十餘年住鏡巖〔一〕，鹿皮巾下雪髟髟〔二〕。床寒不奈雲縈枕〔三〕，經潤何妨乳滴函〔四〕。飲澗猿迴窺絶洞〔五〕，緣梯人歇倚危杉②〔六〕。如何計吏窮於鳥③〔七〕，欲望仙都舉一帆〔八〕。

（詩四七九）

【校記】

①汲古閣本、四庫本、季寫本、全唐詩本無「詩」。　②「緣」項刻本作「懸」。　③「如何」四庫本作「何如」。

【注釋】

〔一〕八十餘年：參本詩序「迨八十年」云云。

〔二〕鹿皮巾：古代隱士所戴的一種頭巾。《南史》（卷七六）《陶弘景傳》：「（梁武）帝手敕詔之，錫以鹿皮巾。後屢加優聘，并不出。唯畫作兩牛，一牛散放水草之間，一牛著金籠頭，有人執繩，以杖驅之。」《梁書》（卷五一）《何點傳》：「（高祖）手詔曰：『……文先以皮弁謁子桓，伯况以縠綃見文叔，求之往策，不無前例。今賜卿鹿皮巾等。後數日，望能入也。』」雪髟髟（shānshān）：形容長長的白髮。雪：喻白髮。髟髟：長髮下垂貌。《説文·髟部》：「髟，長髮猋猋也。」

〔三〕不奈：即不耐。張相《詩詞曲語辭匯釋》（卷二）：「奈，猶耐也。耐奈二字通用，故耐即奈也，奈亦即耐也。」

〔四〕經：指道家經籍，如本詩序中所云《靈寶度人經》等。乳滴函：指鍾乳水滴到道書的外套子上。函，裝書的套子。

〔五〕飲澗猿：在谿澗中喝水的猴子。《漢書》（卷九六上）《西域傳·烏秅國》：「累石爲室，民接手飲。」顔師古注：「自高山下谿澗中飲水，故接連其手，如猿之爲。」絶洞：山崖上險峻的洞穴。指周景復所居的鏡巖。

〔六〕緣梯：沿着梯子爬上去。《楚辭·九思·傷時》：「緣天梯兮北上，登太一兮玉臺。」危杉：指生長在陡峭山崖上的杉木。

〔七〕如何：爲何。計吏：古代州郡主管簿籍以及上計的官員，是州郡長官的屬吏。此爲皮日休自指。《漢書》(卷八九)《循吏傳·文翁》:「減省少府用度,買刀布蜀物,齎計吏以遺博士。」此句謂自己不如飛鳥,可以飛到仙都山鏡巖去。感嘆「無由以睹」周景復。

〔八〕仙都:參本卷(序一七)注〔二〕。舉一帆:高挂一片船帆。此句謂渴望乘船揚帆前往仙都山瞻拜周景復。

奉和

龜蒙

見説身輕鶴不如〔一〕,石房無侶共雲居〔二〕。清晨自削靈香柹〔三〕,獨夜空吟碧落書〔四〕。十洞飛精應遍吸〔五〕,一莖秋髮未曾梳①〔六〕。知君便入懸珠會〔七〕,早晚東騎白鯉魚〔八〕。

(詩四八〇)

【校記】

①「莖」四庫本、盧校本、陸詩甲本、陸詩丙本、統籤本、季寫本、全唐詩本作「簪」。

【注釋】

〔一〕見説:聽説。王維《贈裴旻將軍》:「見説雲中擒黠虜,始知天上有將軍。」白居易《石楠樹》:「見説上林無此樹,只教桃柳占年芳。」身輕鶴不如:喻周景復學道有成,身體矯健如飛。古人常云學道成仙化爲白鶴，故以爲喻。《列仙傳》《神仙傳》多有乘鶴飛天成仙的記述。《相鶴經》(《初學記》卷三〇)曰：「蓋羽族之宗長，仙人之騏驥也。……鳴則聞於天，飛則一舉千里。」《太平廣記》(卷一三)《蘇仙公》：「(蘇仙公成仙)自後有白鶴來止郡城東北樓上，人或挾彈彈之，鶴以爪攫樓板，似漆書云：『城郭是，人民非，三百甲子一來歸，吾是蘇君彈何爲？』」

〔二〕石房：指山中的石室，僧道、隱士的居處。賈島《冬月長安雨中見終南雪》：「想彼石房人，對雪扉不閉。」鮑溶《送僧文江》：「吴王劍池上，禪子石房深。」共雲居：與雲霧一起居住在山中洞穴裏。

〔三〕靈香柹(fèi)：有奇異香氣的木片。靈香，濃郁神奇的香氣。柹，砍木削成的木片。《海內十洲記·聚窟洲》：「洲上有大山，形似人鳥之象，因名之爲神鳥山。山多大樹，與楓木相類，而花葉香聞數百里，名爲反魂樹。扣其樹，亦能自作聲，聲如群牛吼，聞之者皆心震神駭。伐其木根心，于玉斧中煮，取汁，更微火煎，如黑餳狀，令可丸之，名曰驚精香，或名之爲震靈香，或名之爲反生香，或名之爲震檀香，或名之爲人鳥精，或名之爲却死香。一種六名，斯靈物也。香氣聞數百里，死者在地，聞香氣乃却活，不復亡也。……靈香雖少，斯更生之神丸也。」

〔四〕獨夜：一人獨處之夜。《文選》(卷二三)王粲《七哀詩二首》(其二)：「獨夜不能寐，攝衣起撫琴」空吟：衹吟。碧落書：指道教典籍，即《靈寶度人經》之類。碧落，道教語，指青天，是道教最高的上天境界。《度人經》：「昔於始青天中碧落高歌。」注：「始青天，乃東方第一天，有碧霞遍滿，是云碧落。」白居易《長恨歌》：「上窮碧落下黄泉，兩處茫茫皆不見。」喻坦之《長安雪後》：「碧落雲收盡，天涯雪霽時。」

〔五〕十洞：泛指道教勝地而言。道教有十大洞天、三十六小洞天、七十二福地之説。參《雲笈七籤》（卷二七）《洞天福地》。飛精：道教的一種丹藥。《抱朴子・内篇・明本》：「合金丹之大藥，煉八石之飛精者，尤忌利口之愚人。」

〔六〕莖：植物的一根枝幹爲一莖。一莖秋髮：此實謂一頭白髮。未曾梳：連上句意謂頭上没有白髮之意，即學道有成。

〔七〕君：指周景復。便入：即入。懸珠會：似指道教的法會。懸珠，懸挂的明珠。道教常以珠宫指道院，又常以珠宫指龍宫，即東海的龍王殿，故下句有「騎白鯉」云云。

〔八〕早晚：隨時。張相《詩詞曲語辭匯釋》（卷六）：「早晚，猶云隨時也，日日也。」騎白鯉魚：喻成仙。《列仙傳》（卷上）：「琴高者，趙人也。以鼓琴爲宋康王舍人。行涓、彭之術，浮游冀州、涿郡之間。二百餘年後，辭入涿水中，取龍子，與諸弟子期曰：『皆潔齋待於水傍，設祠。』果乘赤鯉來出坐祠中。旦有萬人觀之，留一月餘，復入水去。」《列仙傳》（卷下）：「子英者，舒鄉人也。善入水捕魚，得赤鯉，愛其色好，持歸著池中，數以米穀食之。一年長丈餘，遂生角，有翅翼。子英怪異，拜謝之。魚言：『我來迎汝，汝上背，與俱升天，即大雨。』子英上其魚背，騰升而去。歲歲來歸故舍，食飲見妻子。魚復來迎之，如此七十年。故吴中門户皆作神魚，遂立子英祠云。」《列仙傳》（卷下）：「陵陽子明者，銍鄉人也。好釣魚於旋谿，釣得白龍，子明懼，解鈎，拜而放之。後得白魚，腹中有書，教子明服食之法，子明遂上黄山，采五石脂，沸水而服之。三年，龍來迎去。止陵陽山上。」唐陸廣微《吴地記》：「乘魚橋，在交讓瀆。郡人丁法海與琴高友善。高世隱不仕，共營東皋之田。時歲大稔，二人共行田畔，忽見一大鯉魚，長可丈餘，一角兩足雙翼，舞於高田。法海試上魚背，静然不動，良久遂下。請高登魚背，魚乃舉翼飛騰，冲天而去。」

【箋評】

「見説」，即聞襲美之言也。周尊師身輕如鶴，栖於石房，與雲共居。「削靈香柹」焚之，以讀碧落之書，即序中所云「焚降真香」、「讀《度人經》」也。「十洞飛精」，雖仙家服餌之品，而即借言洞中乳滴，指之爲飛精耳。第六語極無爲，而自然逸致。結言其將乘魚升仙也。陵陽子明釣得白龍，放之，後得白魚，腹中有書，服食之，白龍來迎去，止陵陽山上。道書：「曲晨飛精，用心拂劍，可以化我形尸解。」（胡以梅《唐詩貫珠箋》卷二十八）

《仙都山》：「世上洞天三十六，縉雲第二十九區。古木參天駕雲屋，總真靈迹號仙都。獨峰壁立三千尺，凌空聳翠屹然孤。……魯望曾記周景復，絶粒餐霞黄老徒。栖真妙入懸珠會，八十年餘隱此居。千古寥寥桑海變，仙迹縹緲還有無。石門瀑布雖云好，此間殊甚未易居。特然造化鍾神秀，虎頭妙手亦難圖。」（《仙都山志》）（厲鶚《宋詩紀事》卷四十六《丁宣》）

寒夜文宴得泉字①〔一〕

日休

分朋競襞七香牋②〔二〕，王朗風姿盡列仙③〔三〕。盈篋共開華頂藥④〔四〕，滿瓶同坼慧山泉⑤〔五〕。蟹因霜重金膏溢〔六〕，橘爲風多玉腦鮮〔七〕。吟罷不知詩首數⑥〔八〕，隔林明月過中天〔九〕。（詩四八一）

【校記】

①「宴」四庫本作「晏」。②「朋」弘治本、類苑本作「明」。「競」詩瘦閣本作「竸」。「襞」四庫本作「擘」。③「王」四庫本作「玉」。④「藥」項刻本作「鶴」。⑤「慧」弘治本、汲古閣本、詩瘦閣本、四庫本、皮詩本、項刻本、季寫本、全唐詩本作「惠」。⑥「首數」類苑本作「數首」。

【注釋】

〔一〕此詩當作於咸通十一年（八七〇）冬。文宴、得泉字：參本卷（詩四六九）注〔一〕。

〔二〕分朋：分群，分組。此指分韻作詩。北周庾信《春賦》：「拂塵看馬埒，分朋入射堂。」競襞（bì）：爭着折疊（紙張作詩）。七香牋：以多種香料摻入而製成的箋紙。古人多以「七寶」概稱各種珠寶，如寒山《可貴一名山》：「可貴一名山，七寶何能比。」用多種香木制成的車子稱「七香車」。曹操《與太尉楊彪書》：「畫輪四望通幰七香車一乘。」盧照鄰《長安古意》：「長安大道連狹斜，青牛白馬七香車。」此處「七香牋」語意與之相同。

〔三〕王朗：字景興（一五六？—二二八），漢、魏間學者、散文家。生平事迹參《三國志·魏書》（卷一三）本傳。列仙：衆仙，即指仙人。王朗雖爲俊才，但與列仙無涉，「王朗」爲「王郎」而用王恭事歟？參本卷（詩四七五）注〔七〕。

〔四〕華頂藥：天台山的丹藥。華頂峰是天台山主峰，即指天台山而言。天台山是道教一大勝地，故有丹藥。《天台山志》：「今言天台者，蓋山之都號，如桐柏、赤城、瀑布、佛隴、香爐、華頂、東蒼，皆山之別名。」

〔五〕坼（chè）：裂開。此處有「分」的意思。慧山泉：在今江蘇省無錫市慧山寺。唐人認爲慧山寺的泉水是煎茶的上等水。「慧」一作「惠」。張又新《煎茶水記》：「較水之與茶宜者凡七等：揚子江南零水第一，無錫惠山寺石水第二，……廬山康王谷水簾水第一，無錫縣惠山寺石泉水第二。」《太平寰宇記》（卷九二）《江南東道四》：「常州無錫縣，惠山寺，在縣東七里。一名九隴山。長有泉。梁大同二年三月置寺。張又新《煎茶水記》云：『陸鴻漸言：無錫縣惠山寺石泉水第二。』」

〔六〕霜重：霜濃。李賀《雁門太守行》：「霜重鼓寒聲不起。」金膏：喻金黃色的蟹黃。此句謂深秋季節正是螃蟹肥美之時。蘇州自古盛産蟹。

〔七〕風多：風大。駱賓王《在獄咏蟬》：「露重飛難進，風多響易沈。」玉腦：即瑪瑙，一種色澤晶瑩的玉石，喻鮮美的橘子。蘇州亦盛産橘子，故云。宋朱長文《吴郡圖經續記》（卷上）：「其果則黄柑香碩，郡以充貢。橘分丹緑，梨重絲蒂，函列羅生，何珍不有？」宋盧祖皋《沁園春》（雙溪狎鷗）：「笠澤波頭，垂虹橋上，橙蟹肥時霜滿天。」可作此詩頸聯注脚。

〔八〕詩首數：詩的數量。謂一共有多少首詩。

〔九〕中天：高空中。《文選》（卷一一）孫綽《遊天台山賦》：「雙闕雲竦以夾路，瓊臺中天而懸居。」杜甫《後出塞五首》（其二）：「中天懸明月，令嚴夜寂寥。」

同前 得驚字①

龜蒙

各將寒調觸詩情②〔一〕，旋見微澌入硯生③〔二〕。霜月滿庭人暫起〔三〕，汀洲半夜雁初驚④〔四〕。三清每爲仙題想⑤〔五〕，一日多因累句傾⑥〔六〕。千里建康衰草外〔七〕，含毫誰是憶昭明〔八〕。（詩四八二）

【校記】

①季寫本題作《寒夜文洞飛精應》，誤，係將前《奉和》（詩四八〇）中「十洞飛精應遍吸」誤植。「驚」

原缺「敬」末筆，避宋太祖祖父趙敬諱。②「各」類苑本作「名」。③「旋見微」季寫本作「東騎白」。亦係將前《奉和》（詩四八〇）中「早晚東騎白鯉魚」誤植。④「驚」原缺「敬」末筆，避宋太祖祖父趙敬諱。⑤「三清每」季寫本作「字□□」。「清」全唐詩本作「秋」。⑥「日」季寫本作「勺」，全唐詩本注：「一作勺。」「因」陸詩丙本作「□」。

【注釋】

〔一〕各將句：謂各人都因寒夜的情調觸發起作詩的興致。寒調：苦寒調，寒冷凄愴的情調。

〔二〕旋見：漸見。張相《詩詞曲語辭匯釋》（卷二）：「旋，猶漸也。」微澌：含有薄冰的水。澌，解凍時流動的冰塊。《風俗通》（《初學記》卷七）云：「積冰曰凌，冰壯曰凍，冰流曰澌，冰解曰泮。」《楚辭·九歌·河伯》：「與女遊兮河之渚，流澌紛兮將下來。」王逸注：「流澌，解冰也。」

〔三〕霜月：既形容月光皎潔，又切合寒夜。《禮記·月令》：「孟秋之月……寒蟬鳴。」「仲秋之月……鴻雁來。」「季秋之月……霜始降。」暫起：忽起。張相《詩詞曲語辭匯釋》（卷二）：「暫，猶忽也；頓也；便也。」

〔四〕汀（tīng）洲：水邊的沙洲。汀，水邊的平地。雁初驚：謂大雁因爲明月而感到驚訝，半夜飛了起來。曹操《短歌行》：「月明星稀，烏鵲南飛。繞樹三匝，何枝可依。」

〔五〕三清：道教的三清天，是道教三位最高尊神在天上的居處，分别是玉清、上清、太清。因而也指道教的尊神。《雲笈七籤》（卷三）《道教三洞宗元》：「大洞之迹别出爲化主，治在三清境。其三清境者，玉清、上清、太清是也。亦名三天，其三天者，清微天、禹餘天、大赤天是也。」仙題：神仙的題材内容。

〔六〕纍句：病句，指文詞繁冗蕪雜。此句謂一天内因爲作詩而多次傾杯飲酒。指苦吟作詩。《西京雜記》（卷三）：「枚皋文章敏疾，長卿制作淹遲，皆盡一時之譽。而長卿首尾温麗，枚皋時有纍句，故知疾行無善迹矣。」

〔七〕建康：今江蘇省南京市。《元和郡縣圖志》（卷二五）《江南道一》：「浙西觀察使，潤州上元縣，建康故城，在縣南三里。建安中，改秣陵爲建業。晋復爲秣陵。孝武帝又分秣陵水北爲建業。避愍帝諱，改名建康。」《太平寰宇記》（卷九〇）《江南東道二》：「昇州，……按《建康圖經》云：『西晋太康元年平吴，分地爲二邑，自淮水南爲秣陵，淮水北爲建業。後因愍帝即位，避諱，改爲建康。』」

〔八〕含毫：含筆於口中。喻寫作詩文。《文選》（卷一七）陸機《文賦》：「或操觚以率爾，或含毫而邈然」昭明：昭明太子蕭統，參本卷（詩四七〇）注〔八〕、〔一〇〕。點建康而憶昭明，顯是懷念他生前喜結交文士，常有詩酒文會，并主持編纂大型文學總集《文選》而沾溉後人。唐代「文選學」盛行，由此詩可見其風氣直到晚唐尚存。

【箋評】

同人方將「寒調」觸著「詩情」，尚未成篇，早已見薄冰結於硯沼。人起覺「滿庭」之「霜月」，「雁鷲」而識「汀洲」已夜半，此專咏「寒夜」也。因遊仙之題，注想三清真境；往往爲「累句」，却費「一日」工夫，此吟中之事也。因而想古人風雅，如梁昭明亦有文晏之勝，名輩豪華。今之建康在「衰草」之外，誰爲憶及者？我輩此會，後之視今，亦猶今之視昔歟？有憑吊千古，無窮遐想。「累句」費工夫，因不能割愛，安排又難妥，所以沉吟累日，實詩家苦境。（胡以梅《唐詩貫珠箋》卷三十五）

庚寅歲十一月①〔一〕，新羅弘惠上人與本國同書②〔二〕，請日休爲靈鷲山周禪師碑〔三〕，將還，以詩送之

日休③

三十麻衣弄渚禽〔四〕，豈知名字徹鷄林〔五〕。勒銘雖即多遺草④〔六〕，越海還能抵萬金〔七〕。鯨鬣曉掀峰正燒⑤〔八〕，鰲睛夜没島還陰⑥〔九〕。一千餘字終天別〔一〇〕，東望辰韓淚灑襟〔一一〕。（詩四八三）

【校記】

①鼓吹本無「十一月」。　②「弘」原缺末筆，避宋太祖父親趙弘殷諱。　③原缺署名。觀詩題，日休之作無疑。弘治本、汲古閣本、四庫本、統籤本、季寫本、全唐詩本及皮詩各本均署日休，據補。　④「即」項刻本作「曰」。　⑤「燒」項刻本作「□」　⑥「睛」原作「晴」，據弘治本、汲古閣本、四庫本、皮

詩本、統籤本、季寫本、全唐詩本改。「陰」項刻本、鼓吹本作「深」，季寫本、全唐詩本注：「一作深。」

【注釋】

〔一〕庚寅歲：即唐懿宗咸通十一年（八七〇），詩作於此時。

〔二〕新羅：朝鮮古國名。《新唐書》（卷二二〇）《東夷傳·新羅》：「新羅，弁韓苗裔也。居漢樂浪地，橫千里，縱三千里，東拒長人，東南日本，西百濟，南瀕海，北高麗。而王居金城。」弘惠上人：法號弘惠的僧人。上人：對僧人的敬稱。參卷五（詩二三九）注〔二〕。本國同書：似謂用本國文字書寫之意。

〔三〕爲：作。靈鷲山：當是新羅山名，但其名當是取用於古印度的同名山。指佛教之地。僧祐《出三藏記集》（卷一五）《法顯傳》：「至北天竺，未至王舍城三十餘里，有一寺，逼暮乃停。明旦，顯欲詣耆闍崛山，寺僧諫曰：『路甚艱險，且多黑師子，亟經啖人，何由可至？』顯曰：『遠涉數萬，誓到靈鷲。寧可使積年之誠，既至而廢耶？雖有險難，吾不懼也！』」周禪師：未詳。禪師，亦是對僧人的尊稱，指通達禪法的高僧。《聖善住意天子所問經》（卷下）：「天子問言：文殊師利，言禪師者，何等比丘，得言禪師？文殊師利答言：天子，此禪師者，於一切法，一行思量，所謂不生。若如是知，得言禪師。」

〔四〕三十句：謂自己年已三十仍未入仕。三十：三十歲，當是作者自説年齡的概數。《論語·爲政》：「吾十有五而志于學，三十而立，四十而不惑。」麻衣：白色麻布衣。唐時平民的衣服。

《詩經・曹風・蜉蝣》：「蜉蝣掘閲，麻衣如雪。」李山甫《下第卧疾盧員外召遊曲江》：「麻衣未掉渾身雪，皂蓋難遮滿面塵。」牛希濟《薦士論》：「麻衣如雪，紛然滿於九衢。」弄渚禽：與洲渚上的禽鳥嬉戲。謂閑居江湖。應是活用「盟鷗」的故事，參本卷（序一五）注〔一七〕。

〔五〕豈知：哪知，未曾料到。名字：皮日休自説姓名字號。徹：遍，通。鷄林：即新羅，唐龍朔三年置新羅爲鷄林州。《舊唐書》（卷一九九上）《東夷・新羅傳》：「（龍朔）三年，詔以其國爲鷄林州都督府，授（新羅王）法敏爲鷄林州都督。」《新唐書》（卷二二〇）《東夷傳・新羅》：「（高宗）龍朔元年，……以其國爲鷄林州大都督府。」

〔六〕勒銘：將碑銘文鐫刻於石上。雖即：雖是。遺草：遺稿。劉禹錫《唐故衡州刺史吕君集記》：「後十年，其子安衡泣捧遺草來謁。」

〔七〕越海：指跨海傳到新羅去。抵萬金：價值萬金。極言寶貴珍重。抵，值，相當。《小爾雅・廣言》：「抵，當也。」杜甫《春望》：「烽火連三月，家書抵萬金。」

〔八〕鯨鬣：鯨魚的鬐。燒：照射鮮明貌。王建《江陵即事》：「寺多紅藥燒人眼，地足青苔染馬蹄。」此句謂早晨看到鯨魚在掀動跳躍，此時鯨鬣猶如海上的山峰被太陽的霞光照得很明亮。

〔九〕鰲睛句：謂大鰲夜間没入水中，潮水上漲，海島上現出一派陰沉渺茫的景象。鰲（aó）：古代神話傳説中的一種大龜。《列子・湯問》：「渤海之東，不知幾億萬里，有大壑焉，實惟無底之谷，其下無底，名曰歸墟。八紘九野之水，天漢之流，莫不注之，而無增無減焉。其中有五山焉：一曰岱輿，二曰員嶠，三曰方壺，四曰瀛洲，五曰蓬萊。其山高下周旋三萬里，其頂平處九千里。山之中間，相去七萬里。……而五山之根無所連著，常隨潮波上下往還，仙聖毒之，訴之於帝。帝恐流之西極，失群仙聖之居，乃命禺彊使巨鰲十五舉首而戴之。迭爲三番，六萬歲一交焉。五山始峙而不動。」

〔一〇〕二千餘字：指皮日休所作周禪師碑文的字數。終天別：永別。《文選》（卷五七）潘岳《哀永逝文》：「今奈何兮一舉，邈終天兮不反。」李善注：「天地之道，理無終極。今云終天不反，長逝之辭。」

〔一一〕辰韓：新羅的先人即辰韓。辰韓是「三韓」之一。《後漢書》（卷八五）《東夷列傳》：「韓有三種：一曰馬韓，二曰辰韓，三曰弁辰。」《北史》（卷九四）《新羅傳》：「新羅者，其先本辰韓種也。地在高麗東南，居漢時樂浪地。」

【箋評】

此言「三十」未遇，猶與「渚禽」相狎，豈料「名字徹」於鷄林，乃致公之來求耶？若將此文勒於靈鷲，則「遺草」雖多，而「越海」以至日本，謬加寶重，則此「還能抵萬金」也。乃若「鯨鬣曉」動，日出而海山如「燒」；「鰲睛夜没」，潮涌而島嶼還深。途中所見如此。今君持此而去，當爲遠別，余惟有「東望辰韓」之地，淚灑衣襟而已，其能忘情于上人哉！（元郝天挺注、明廖文炳解、清朱三錫評《東嵒草堂評訂唐詩鼓吹》卷五）

起言「三十」尚未成名，衣隱者之服而狎鷗鳥。「徹」，通也。鷄林州，即新羅國。第三句似言彼處先有「勒銘」者，至今「遺草」雖多，然「越海」而來命我，其珍重之意可「抵萬金」，則我之文以事而重，非尋常「遺草」可同矣。但語氣含糊，獨不對耦，恐尚有錯字。五六與劉禹錫「煙開鰲背千尋碧，日落鯨晴萬頃金」一式，然劉語直，不若今詩語曲之妙。言鯨鬣于曉光中「掀」起，有初日照耀，如山峰「燒」紅「鰲晴」。「夜没」下水，則無光閃爍，島嶼爲之「陰」矣。兩句有開合，奇譎而偉。結申别離之情。「二千餘字」，碑文也。《舊唐書》：「新羅國，本弁韓之苗裔。漢時樂浪之地。東及南方俱限大海，西接百濟，北鄰高麗。其王姓金。」《後漢書·東夷傳》：「韓有三種，曰：馬韓、辰韓、弁辰。」今詩稱辰韓，通三韓而用之耳。按皮公比己，成進士，入仕籍。起句是追溯三十年淹滯不成名之士，何當「名字」，却得遠達？此謙辭也。（胡以梅《唐詩貫珠箋》卷十七）

（五六句）夢得「煙開鰲背」、「日浴鯨波」之句，猶遜此奇。惟摩詰「鰲身映天黑，魚眼射波紅」，差堪匹敵。（毛張健《唐詩餘編》卷三）

奉和

龜蒙

一函迢遞過東瀛①〔一〕，祗爲先生處乞銘〔二〕。已得雄詞封静檢②〔三〕，却懷孤影在禪庭〔四〕。春過異國人應寫〔五〕，夜讀滄洲怪亦聽〔六〕。遥想勒成新塔下〔七〕，盡望空碧禮文星③〔八〕。

（詩四八四）

【校記】

①「迢」季寫本作「迨」。②「檢」汲古閣本、詩瘦閣本作「撿」。「静」鼓吹本作「净」。③「盡望空」陸詩甲本、陸詩丙本黄校、季寫本作「盡空望」，陸詩丙本作「望空盡」。「望」鼓吹本注：「平聲。」

【注釋】

〔一〕一函：一封書信，指新羅弘惠上人請皮日休撰寫靈鷲山周禪師碑銘的書信。迢遞：遠貌。《文選》（卷一八）嵇康《琴賦》：「指蒼梧之迢遞，臨迴江之威夷。」又（卷五）左思《吴都賦》：「島嶼綿邈，洲渚馮隆。曠瞻迢遞，迥眺冥蒙。」李善注：「迢遞，遠貌。」東瀛：東海。漢東方朔《海内十洲記》：「瀛洲在東海中，地方四千里，大抵是對會稽，去西岸七十萬里。」

〔二〕先生：指皮日休。乞銘：請求作碑銘。

〔三〕雄詞：雄放壯闊的文詞，即高文，美文。指皮日休所作碑銘。岑參《送魏升卿擢第歸東京因懷魏校書陸渾喬潭》：「如君兄弟天下稀，雄詞健筆皆若飛。」高適《奉酬北海李太守丈人夏日平陰亭》：「盛烈播南史，雄詞豁東溟。」封静檢：即封檢。古人的書信裝入函後以泥印封口，稱作封檢。因爲是給禪師作銘，故又稱作静檢，取佛教禪寂閴静之意。《後漢書》（志第七）《祭祀志上》：「檢中刻三處，深四寸，方五寸，有蓋。檢用金縷五周，以水銀和金以爲泥。……故詔松欲因故封石空檢，更加封而已。」

〔四〕孤影：指弘惠上人孤獨的身影。禪庭：寺院。孟浩然《臘月八日於剡縣石城寺禮拜》：「竹柏禪庭古，樓臺世界稀。」

〔五〕春：指來年春天，唐懿宗咸通十二年（八七一）春。設想持銘文的人與皮日休作別，離開唐王朝後，應在第二年春天回到故國。異國：指其回國所途經的國家。人應寫：設想那裏的人們會爭相傳寫皮日休的碑銘文。此句贊皮日休文驚異域。

〔六〕滄洲：水濱，古代詩文中多作隱者之處所用。此處即指大海上的洲渚而言。《文選》（卷二七）謝朓《之宣城出新林浦向版橋》：「既歡懷禄情，復協滄洲趣。」李善注：「楊雄《檄靈賦》曰：『世有黄公者，起於蒼州。』」呂延濟注：「滄洲，洲名。隱者所居。」《海内十洲記》：「（聚窟洲）滄海島在北海中，地方三千里，去岸二十一萬里。海四面繞島，各廣五千里。水皆蒼色，仙人謂之滄海也。」怪：指水中怪物。此句謂夜間誦讀皮日休碑銘文，連水怪也會凝神靜聽。形容皮日休文動神怪。

〔七〕勒成：刻成。指將皮日休撰寫的碑銘文刻在石板上。新塔：指新建的靈鷲山周禪師圓寂塔，即僧人墳也。

〔八〕空碧：碧空，澄澈高遠的天空。南朝梁江淹《水上神女賦》：「野田田而虚翠，水湛湛而空碧。」禮文星：禮拜文曲星，也稱文昌星。古人認爲此星主文運，喻指有文才的人。此指皮日休。

【箋評】

首言奉書遠「過東瀛」而來，爲乞日休碑銘也。今者上人既得「雄詞」而回，并携「孤影」而去。想見「人」争寫而「怪」亦驚，有不於勒成之後，「望空碧」而「禮文星」者耶？（元郝天挺注、明廖文炳解、清朱三錫評《東嵒草堂評訂唐詩鼓吹》卷三）

起從弘惠上人説，賫「一函」渡海而來「乞銘」，已得碑文封之于静檢。而先生懷想其「孤影」，在彼國「禪庭」，故有送别之什。此文春風中經過沿途海國，必有人寫以傳誦；若在舟中讀誦，水怪皆爲之出聽也。一經到彼「勒成新塔下」，必遥望碧空而拜「禮文星」矣。《韻瑞》云：「檢，《説文》云：『書函之蓋。』」然愚按：《後漢·祭祀志》：「光武時，有司奏封禪所用檢。石檢皆長三尺，廣一尺，厚七寸。檢中刻深四寸，方五寸，有蓋。」則「檢」實「函」矣，非止「蓋」也。今詩言上人受碑文，收貯于函匣賫去。「静」者，釋氏闃静之意。（胡以梅《唐詩貫珠箋》卷十七）

送潤卿博士還華陽①〔一〕

日休

雪打篷舟離酒旗②〔二〕，華陽居士半酣歸〔三〕。逍遥只恐逢雲將〔四〕，恬澹真應降月妃〔五〕。仙市鹿胎如錦嫩③〔六〕，陰宫燕肉似蘇肥④〔七〕。公車草合蒲輪壞⑤〔八〕，争不教他白日

飛〔九〕。（詩四八五）

【校記】

①項刻本題作《送潤卿懷華陽》。②「打」項刻本作「行」。「篷」原作「蓬」，據汲古閣本、詩瘦閣本、四庫本、統籤本、季寫本、全唐詩本改。③「嫩」項刻本作「綇」。④「蘇」四庫本、項刻本、全唐詩本作「酥」。⑤「合」類苑本作「舍」。

【注釋】

〔一〕此詩作於咸通十一年（八七〇）冬。潤卿博士：張賁。參卷六（詩二六三）注〔一〕。華陽：今江蘇省句容縣茅山華陽洞天，道教名勝。時張賁學道於此。現遊歷蘇州後，返回茅山。《雲笈七籤》（卷二七）《洞天福地·十大洞天》：「第八句曲山洞，周迴一百五十里，名曰金壇華陽之洞天，在潤州句容縣，屬紫陽真人治之。」

〔二〕篷舟：帶有竹子編成的頂篷的船。《資治通鑑》（卷二五二）胡注：「『蓬』當作『篷』。編竹以覆舟曰篷。」離酒旗：離別酒宴的標幟。即指餞別宴而言。

〔三〕華陽居士：張賁。咸通中在茅山學道，世稱「華陽山人」、「華陽道士」。

〔四〕逍遥：閑散自由，略無拘束。《莊子》有《逍遥遊》。雲將：雲的主將。喻指空中的雲霧。《莊子·在宥》：「雲將東遊，過扶摇之枝而適遭鴻蒙。」成玄英疏：「雲將，雲主將也；鴻蒙，元氣也。」

〔五〕恬澹：清静澹泊。漢王符《潛夫論·勸將》：「太古之民，淳厚敦朴，上聖撫之，恬澹無爲。」月妃：道教傳説中的神仙。《真誥》（卷六）：「月妃參駟，日華照容。靈姬抱衾，香煙溢窗。顧眄而圓羅邁矣，何九萬之足稱哉！」

〔六〕仙市：應指茅山天市壇。《真誥》（卷一一）：「茅山天市壇……天帝之壇石，正當洞天之中央玄窗之上也。此石是安息國天市山石也，所以名之爲天市盤石也。……邑人呼天市盤石爲仙人市壇。」鹿胎：道家服食的仙藥之一。檢《真誥》（卷三、四）有「龍胎」、「燕胎」，「鹿胎」當亦屬此類。錦嫩：形容其鮮美。錦是彩色鮮艷華美的絲織品，故以爲喻。

〔七〕陰宮：在茅山華陽洞天。《真誥》（卷一一）：「句曲洞天，東通林屋，北通岱宗，西通峨嵋，南通羅浮，皆大道也。其間有小徑雜路，阡陌抄會，非一處也。漢建安之中，左元放聞傳者云江東有此神山，故度江尋之。遂齋戒三月乃登山，乃得其門入洞虚，造陰宮。三君亦授以神芝三種。元放周旋洞宮之内經年。」又云：「小阿口直下三四里，便徑至陰宮東玄掖門。」又云：「中茅山東有小穴，陰宮之阿門，入道差易。」燕肉：道家的一種仙藥。《抱朴子·内篇·仙藥》：「肉芝者，謂萬歲蟾蜍，……千歲蝙蝠，……千歲靈龜，……又千歲燕，其窠户北向，其色多白而尾掘，取陰乾，末服一頭五百歲。」《博物志》（卷四）：「人食燕肉，不可入水，爲蛟龍所吞。」蘇：疏鬆柔脆。義同「酥」。此形容燕肉肥美。

〔八〕公車：公車署，漢代官府名，爲朝廷徵召賢才的待詔之所。用公車徵聘賢能之人，故稱。草合：謂草木茂盛。南朝梁沈約《八咏・歲暮愍衰草》：「徑荒寒草合，桐長舊巖圍。」梁簡文帝蕭綱《怨歌行》：「苔生履處没，草合行人疏。」蒲輪：參卷六（詩三一四）注〔七〕。此句謂應當是裹蒲草的公車車輪壞了。

〔九〕争不：怎不。白日飛：白日飛升。道家修煉得道，白日升天之事常見。葛洪《神仙傳》（卷五）：「（陰長生）後於平都山白日升天，臨去時，著書九篇。」但這裏不是説張賁將要白日升天成仙。此句謂否則怎麼會不使公車白天裏載上張賁快速回到茅山去呢？

同前

龜蒙

何事輕舟近臘迴〔一〕，茅家兄弟欲歸來①〔二〕（原注：茅司命以三月十八日、十二月二日會于華陽天②〔三〕）。封題玉洞虚無奏〔四〕，點檢霜壇沆瀣杯③〔五〕。雲肆先生分氣調〔六〕，山圖公子愛詞才④〔七〕。殷勤爲向東卿薦⑤〔八〕，灑掃含真雪後臺〔九〕。（詩四八六）

【校記】

①「家」類苑本作「君」。「欲」盧校本作「待」。②「于」詩瘦閣本、全唐詩本作「於」。類苑本無此注語。③「檢」汲古閣本、詩瘦閣本作「撿」。④「山」陸詩丙本黄校作「出」。⑤「卿」四庫本、全

唐詩本作「鄉」。

【注釋】

〔一〕何事：爲何。輕舟：小船。《國語·越語下》：「（范蠡）遂乘輕舟以浮於五湖，莫知其所終極。」近臘：快到臘日。臘日是古代農曆十二月八日。《史記》（卷五）《秦本紀》：「十二年，初臘。」《正義》：「十二月臘日也。……獵禽獸以歲終祭先祖，因立此日也。」南朝梁宗懍《荆楚歲時記》：「十二月八日爲臘日，諺語：『臘鼓鳴，春草生。』」

〔二〕茅家兄弟：指漢代茅盈、茅衷、茅固三兄弟。三人得道於句曲山，合稱三茅君。因改句曲山爲茅山。參《神仙傳》（卷五）《茅君》。

〔三〕茅司命：指茅盈。《神仙傳》（卷五）《茅君》：「太上老君命五帝使者持節，以白玉版黄金刻書，加九錫之命，拜君爲太元真人、東嶽上卿、司命真君、主吴、越生死之籍，方却升天。」三月十八日、十二月二日：《神仙傳》（卷五）《茅君》：「時茅君亦在座，乃曰：『吾雖不作二千石，亦當有神靈之職，剋三月十八日之官，頗能見送乎？』……其後每十二月二日、三月十八日，三君各乘一白鶴，集於峰頂也。」每年此二日，即茅君回歸茅山的日子。參本卷（詩四六三）注〔七〕、〔八〕。華陽天：即茅山華陽洞天。參本卷（詩四八五）注〔二〕。

〔四〕封題：封緘題籤。玉洞：指華陽洞天。虚無奏：道家的奏章。道家思想崇尚虚無，故云。《莊子·刻意》：「夫恬惔寂漠，虚無無爲，此天地之平而道德之質也。……虚無恬惔，乃合天德。」《真誥》(卷七):「茅小君去五月中失日有言云:『華僑漏泄天文,妄説虚無,乃今華家父子被考於水官。』」

〔五〕點檢:清點檢查。杜甫《贈獻納使起居田舍人澄》:「曉漏追趨青瑣闥,晴窗點檢白雲篇。」霜壇:潔净的道壇。沆瀣(hàng xiè)杯:飲用天漿仙露的杯子。沆瀣:清露,仙人所飲。《楚辭·遠遊》:「餐六氣而飲沆瀣兮,漱正陽而含朝霞。」王逸注:「《陵陽子明經》言:『春食朝霞。朝霞者,日始欲出赤黄氣也。秋食淪陰。淪陰者,日没以後赤黄氣也。冬飲沆瀣。沆瀣者,北方夜半氣也。夏食正陽。正陽者南方日出氣也。并天地玄黄之氣,是爲六氣也。』」

〔六〕雲肆先生:雲中先生,指神仙中人。雲肆,雲霧聚集如市肆。《楚辭·九歌·雲中君》:「靈皇皇兮既降,猋遠舉兮雲中。」王逸注:「雲中,雲神所居也。」分:佩服。張相《詩詞曲語辭匯釋》(卷四):「分,甘服之辭,讀去聲。」氣調:氣度才調。南朝陳徐陵《東陽雙林寺傅大士碑》:「加以風神爽朗,氣調清高,流化親朋,善和紛諍。」

〔七〕山圖公子:古代傳説中的神仙。《列仙傳》(卷下):「山圖者,隴西人也。少好乘馬,馬踢之折脚。山中道人教令服地黄當歸羌活獨活苦參散,服之一歲,而不嗜食,病癒身輕,追道士問之,自言:『五嶽使,之名山采藥,能隨客,使汝不死。』山圖追隨之六十餘年,一旦歸來,行母服於家間,期年復去,莫知所之。」詞才:文才。

〔八〕殷勤:鄭重,頻煩。東卿:指茅盈,曾拜東嶽上卿,故稱。參本詩注〔三〕。

〔九〕含真臺：茅山華陽洞天裏會聚女神仙的地方。南朝梁陶弘景《真誥》（卷一二）：「含真臺是女人已得道者，隸太元東宫中，近有二百人。此二宫（按：指含真臺、易遷宫）盡女子之宫也。」元劉大彬《茅山志》（卷八）《仙曹署》：「華陽洞天三宫五府：曰易遷宫、含真宫、蕭閒宫；曰太元府、定録府、保命府、童初府、靈虚府。」

寒日書齋即事三首〔一〕

日休

參佐三間似草堂〔二〕，恬然無事可成忙〔三〕。移時寂歷燒松子〔四〕，盡日殷勤拂乳床〔五〕。將近道齋先衣褐〔六〕，欲清詩思更焚香。空庭好待中宵月〔七〕，獨禮星辰學步綱①〔八〕。

（詩四八七）

【校記】

①「綱」斠宋本、汲古閣本、四庫本、項刻本、季寫本、全唐詩本作「罡」。

【注釋】

〔一〕此三首詩當作於咸通十一年（八七〇）冬天。即事：就眼前情景而作詩的一種方式。晉陶淵明《癸卯歲始春懷古田舍二首》（其二）：「雖未量歲功，即事多所欣。」

〔二〕參佐：佐吏，僚屬。《世説新語·賞譽》：「蔡司徒在洛，見陸機兄弟住參佐廨中，三間瓦屋，士龍住東頭，士衡住西頭。士龍爲人，文弱可愛。士衡長七尺餘，聲作鍾聲，言多慷慨。」陶淵明《晋故征西大將軍長史孟府君傳》：「九月九日，（桓）温遊龍山，參佐畢集。」草堂：指隱士居住的簡陋的茅屋。南朝齊孔稚珪《北山移文》：「鍾山之英，草堂之靈，馳煙驛路，勒移山庭。」

〔三〕可：却。張相《詩詞曲語辭匯釋》（卷一）：「可，猶却也。於語氣轉折時，或語氣加緊時用之。」

〔四〕移時：經歷了一段時間，多時。《後漢書》（卷六四）《吴祐傳》：「祐越壇，共小史雍丘、黄真歡語移時，與結友而别。」寂歷：寂静冷清。南朝梁江淹《燈賦》：「冬膏既凝，冬箭未度。涓連冬心，寂歷冬暮。」《文選》（卷三一）江淹《雜體詩三十首·王徵君微養疾》：「寂歷百草晦，欻吸鵾鷄悲。」李善注：「寂歷，凋疎貌。」松子：松樹結的果實，有香氣。故燒松子可排遣鬱悶，亦可賞其清香。

〔五〕盡日：整天，終日。殷勤：辛勤，頻煩。乳床：鍾乳石的床，即石床之意，僧道、隱士的卧具。此句謂過的是山林隱士般的野逸生活。

〔六〕道齋：道教的齋戒。《唐六典》（卷四）《祠部郎中》：「齋有七名：其一曰金録大齋，其二曰黄録齋，其三曰明真齋，其四曰三元齋，其五曰八節齋，其六曰塗炭齋，其七曰自然齋。而禳謝復三事：其一曰章，其二曰醮，其三曰理沙。大抵以虚寂自然無爲爲宗。」道家又以每月的十五日爲齋戒日，參卷六（詩三五九）注〔一〕。衣褐：穿上粗麻布衣服。褐：粗麻布。《漢書》（卷四三）《婁敬傳》：「敬曰：『臣衣帛，衣帛見；衣褐，衣褐見，不敢易衣。』」顏師古注：「此褐謂織毛布之衣。」

〔七〕好待：好好等待。好，劉淇《助字辨略》（卷三）：「好，猶善也，珍重付屬之辭。」

〔八〕步綱：一作「步罡」。道士設壇建醮禮拜天上星斗時的步態動作。據説創自夏禹，又稱「禹步」。參卷三（詩六三）注〔二八〕。

【箋評】

參佐公廨，曹司之居。皮爲從事，故稱居參佐廨中，而實與山人之草堂無異。「無事」可以「成忙」，惟「燒松子」、「拂乳床」爲事。「移時」，流光之過。「盡日」，終日。妙在「寂歷」之中而有「殷勤」之處，意不合掌，自見靈動。「褐」，常人之服。身爲從事，已有公服，故將至齋期，易爲衣褐。香可清心，焚之以助詩情。「乳床」，鍾乳之大者，如砂床之床歟？陸機兄弟在洛，住參佐廨中，三間瓦房。見《艷情》。（胡以梅《唐詩貫珠箋》卷十九）

不知何事有生涯〔一〕，皮褐親裁學道家〔二〕。深夜數甌唯柏葉〔三〕，清晨一器是雲華（原注：雲母別名①〔四〕）。盆池有鷺窺蘋沫〔五〕，石版無人掃桂花②〔六〕。江漢欲歸應未得③〔七〕，夜來頻夢赤城霞④〔八〕。

（詩四八八）

【校記】

①詩瘦閣本無「雲母」。章校本批：「『雲母』二字明本缺。」統籤本、類苑本、全唐詩本無此注語。

②「版」皮詩本、項刻本作「板」。 ③「江漢」項刻本作「漠漠」。 ④「頻」季寫本作「蘋」。

【注釋】

〔一〕何事：如何，怎麼樣。生涯：生活。《莊子·養生主》：「吾生也有涯，而知也無涯。」

〔二〕皮褐：皮製短衣。《文選》（卷二四）曹植《贈徐幹》：「薇藿弗充虛，皮褐猶不全。」李善注：「《淮南子》曰：『貧人冬則羊裘短褐，不掩形也。』」道家：我國古代思想派別之一，起源自《老子》《莊子》。漢初司馬談所説先秦諸子「六家」（參司馬遷《史記》卷一三〇《太史公自序》）、東漢班固《漢書·藝文志》中「九流十家」中，均列入道家一派。此處似指道教而言。

〔三〕甌（ōu）：瓦制的小盆、小碗。《説文·瓦部》：「甌，小盆也。」《玉篇·瓦部》：「甌，碗小者。」柏葉：柏葉茶。唐人以柏樹枝葉煎茶，又稱柏茗。寒山《久住寒山凡幾秋》：「石室地爐砂鼎沸，松黃柏茗乳香甌。」一説柏葉酒，以柏葉浸酒，古人以爲飲之可以養生長壽。孟郊《宇文秀才齋中海柳咏》：「飲柏泛仙味，咏蘭擬古詞。」此兩種情況在唐代均有，此詩則應是指飲柏葉酒。

〔四〕雲華：雲母的別稱。道家認爲服食雲母可以益壽成仙，南朝梁沈約《奉和竟陵王藥名》：「玉泉亟周流，雲華乍明滅。」《雲笈七籤》（卷六五）《太清金液神丹經》：「雲華龍膏有八威，却辟衆精與魑魅。」《列仙傳》（卷上）《方回》：「方回者，堯時隱人也。堯聘以爲閭士。練食雲母，亦與民人有病者，隱於五柞山中。」《神仙傳》（卷七）《宫嵩》：「宫嵩者，大有文才，著道書二百餘卷。服雲母，得地仙之道，後入苧嶼山中仙去。」《抱朴子・内篇・仙藥》：「雲母有五種。……五色并具而多青者名雲英，宜以春服之。五色并具而多赤者名雲珠，宜以夏服之。五色并具而多白者名雲液，宜以秋服之。五色并具而多黑者名雲母，宜以冬服之。但有青黄二色者名雲沙，宜以季夏服之。」

〔五〕鷺：白鷺，又名白鳥。蘋沫：謂大浮萍葉下浮起魚呴氣的水沫。

〔六〕石版：石板。此句謂山中桂花落於石板上無人打掃，渲染山中清幽冷寂的環境。王維《鳥鳴澗》：「人閒桂花落，夜静春山空。」

〔七〕江漢：長江和漢江。此主要指今湖北省荆州市和襄陽市一帶地區，地理上稱江漢平原。此處偏指漢江。漢江流經襄陽市。皮日休曾在襄陽鹿門山隱居，其出生地竟陵亦屬襄陽管轄，因此襄陽是皮日休家鄉。此時他游宦蘇州，故詩云「歸未得」。

〔八〕赤城：山名，天台山的支脉，即代指天台山。在今浙江省天台縣。《元和郡縣圖志》（卷二六）《江南道二》：「台州唐興縣，天台山，在縣北一十里。赤城山，在縣北六里。實爲東南之名山。」赤城霞：《文選》（卷一一）孫綽《遊天台山賦》：「赤城霞起而建標，瀑布飛流以界道。」李善注：「孔靈符《會稽記》曰：『赤城，山名。色皆赤，狀似雲霞。』」頻夢赤城霞，實爲學道求仙之意。《雲笈七籤》（卷二七）《洞天福地·十大洞天》：「第六赤城山洞，周迴三百里，名曰上清玉平之洞天，在台州唐興縣，屬玄洲仙伯治之。」

【箋評】

「不知何事」，方「有生涯」，惟皮冠衣褐以「學道家」。飲柏葉之酒，傾雲母之漿，皆道家服食之品。「盆池」鷺下，「石版」花侵，何等寂寞。「欲歸」故鄉不得，所以「頻夢赤城霞」標，以期入道耳。

（胡以梅《唐詩貫珠箋》卷十九）

方朔家貧未有車〔一〕，肯從榮利捨樵漁①〔二〕。從公未怪多侵酒〔三〕，見客唯求轉借書〔四〕。暫聽松風生意足〔五〕，偶看溪月世情疏〔六〕。如鉤得貴非吾事②〔七〕，合向煙波爲玉魚③（原注：松江有玉魚④。）〔八〕。

（詩四八九）

【校記】

①「漁」項刻本作「魚」。②「吾」季寫本作「我」。③「玉」弘治本、詩瘦閣本、皮詩本、項刻本、統籤本、類苑本、季寫本、全唐詩本作「五」。④「玉」詩瘦閣本、皮詩本、統籤本、全唐詩本作「五」。類苑本、季寫本無此注語。

【注釋】

〔一〕方朔：東方朔，字曼倩，西漢辭賦家。生平事迹參《漢書》（卷六五）《東方朔傳》。家貧未有車：東方朔《與公孫弘借車書》：「朔當從甘泉，願借外厩之後乘。木槿夕死朝榮，士亦不長貧也。」

〔二〕肯：豈肯，哪肯。榮利：功名利禄。《吕氏春秋·離俗覽·用民》：「爲民紀綱者何也？欲也惡也。何欲何惡？欲榮利，惡辱害。」樵漁：打柴捕魚。指隱居生活。岑參《終南山雙峰草堂作》：「有時逐樵漁，盡日不冠帶。」于鵠《題鄰居》：「雖然在城市，還得似樵漁。」

〔三〕從公：從事公務，指在官府做官。時作者爲蘇州刺史崔璞的從事。《詩經·魯頌·泮水》：「無小無大，從公于邁。」未怪：没有怪罪。侵酒：縱酒。侵，過度，過分。《韓非子·外儲説右上》：「夫禮，天子愛天下，諸侯愛境内，大夫愛官職，士愛其家。過其所愛曰侵。」從公而爲酒，可能活用阮籍事。《晋書》（卷四九）《阮籍傳》：「籍聞步兵厨營人善釀，有貯酒三百斛，乃求爲步兵校尉。遺落世事，雖去佐職，恒游府内，朝宴必與焉。」

〔四〕轉：更加。劉淇《助字辨略》（卷三）：「轉，猶浸也。」

〔五〕暫：且，忽。松風：《梁書》（卷五一）《陶弘景傳》：「特愛松風，每聞其響，欣然爲樂。」生意：生機，生命力。阮籍《達莊論》：「故疾癘萌則生意盡，禍亂作則萬物殘矣。」

〔六〕世情：世俗之情。晋陸機《文賦》：「練世情之常尤，識前修之所淑。」劉長卿《題王少府堯山隱處簡陸鄱陽》：「故人滄洲吏，深與世情薄。」

〔七〕如鉤得貴：如鉤子一樣彎曲的人得以富貴，喻阿諛奉承的人升官發財。非吾事：謂自己不做這樣的人與事。《後漢書·五行志一》：「順帝之末，京都童謡曰：『直如弦，死道邊。曲如鈎，反封侯。』」

〔八〕合：該，合該。煙波：宋之問《秋蓮賦》：「海圻兮江沱，萬里兮煙波。」岑參《送李明府赴睦州便拜覲太夫人》：「嚴灘一點舟中月，萬里煙波也夢君。」玉魚：魚名。或即白魚而言。宋范成大《吴郡志》（卷二九）：「白魚，出太湖者爲勝。舊説此魚於湖側淺水菰蒲之上産子，民得采之，隨時貢入洛陽。吴人以芒種日謂之入梅，梅後十五日謂之入時。白魚於是盛出，謂之時裏白。」清王士禛《皇華紀聞》（卷四）《玉魚》條：「粤東金鯽、銀鯽二種，與他方無異。别有玉魚，舉體瑩徹如水晶，腸胃皆見。有玉鯉、玉鯇、玉鯿之分，實一種也。」可參。松江：參（序一）注〔三四〕。

【箋評】

雖如曼卿之貧而無車，亦安肯「榮利」之圖而「捨樵漁」乎？志不在「榮利」也。今爲從事，如阮籍之就步兵校尉，思得良醖，所以雖「從公」，本不圖仕進，莫怪其「侵酒」。仍「見客」即問「借書」，以窮考察。如陶貞白「聽松風」而意「足」，更「看溪月」，「世情」尤「疎」矣。欲涉世「如鈎」之曲以取貴，實非吾之願，所以欲向松江釣玉魚耳。通身應第二。（胡以梅《唐詩貫珠箋》卷十九）

奉和，每篇各用一韻

龜蒙

不必探幽上鬱岡〔一〕，公齋吟嘯亦何妨〔二〕。唯求薏苡供僧食〔三〕，别著氍毹待客床〔四〕。春近帶煙分短蕙〔五〕，曉來衝雪撼踈篁〔六〕。餘杭山酒猶封在〔七〕，遥囑高人未肯嘗〔八〕。

（詩四九〇）

【注釋】

〔一〕探幽：本指探索深微的道理，此指探尋欣賞美麗的山水景色。《後漢書》（卷四六）《陳寵傳》：「陛下探幽析微，允執其中。」唐齊己《送僧遊龍門香山寺》：「君到香山寺，探幽莫損神。」鬱岡：山名，在句容雷平山之側。《真誥》（卷一三）：「雷平山之東北有山，俗人呼爲大横山，其實名鬱岡山也。《名山記》云所謂岡山者也。下有泉水，昔李明於此下合神丹而升玄洲，水邊今猶有處所。」

〔二〕公齋：官員在官府裏的居室。吟嘯：撮口吟唱。《真誥》（卷一三）：「受范丘林口訣云：『善嘯，嘯如百鳥雜鳴，或如風激衆林，或如伐鼓之音。』時在天市壇上，奮然北向，長嘯呼風，須臾雲翔其上，衝氣動林，或冥霧飆合，或零雨其蒙矣。」

〔三〕薏苡：植物名，果實叫薏米，白色，可食用。參卷六（詩二八七）注〔四〕。

〔四〕別：另外。氍毹（qú yú）：毛或毛麻混織的毛毯。《廣韻·虞韻》：「《風俗通》云：『織毛褥謂之氍毹。』」

〔五〕短蕙：剛生長出來還不長的蕙草。蕙，一種香草。晉嵇含《南方草木狀》（卷上）：「蕙草，一名薰草。葉如麻，兩兩相對，氣如蘼蕪，可以止癘。出南海。」

〔六〕衝雪：冒雪。疎篁：疏散細長的竹林。

〔七〕餘杭山：在今江蘇省蘇州市。唐陸廣微《吴地記》：「餘杭山，又名四飛山，在吴縣西北三十里。」宋朱長文《吴郡圖經續記》（卷中）：「陽山，在吴縣西北三十里。一名秦餘杭山，一名四飛山。」《太平寰宇記》（卷九一）《江南東道三》：「蘇州長洲縣，餘杭山。《郡國志》云：『一名萬安山，山下即干隧，擒夫差處。』」餘杭山酒：古代神話傳説中的仙酒。《雲笈七籤》（卷一〇九）《蔡經》：「（王）方平語經家人曰：『吾欲賜汝輩酒。此酒乃出天厨，其味淳醲，非俗人所宜，飲之或能爛人腸胃。今當以水添之，汝輩勿怪也。』乃以水一斗合酒一升攪之，以賜經家人。人飲一升許，皆醉。良久，酒盡。方平語左右曰：『不足，復還取也。以一貫錢與餘杭姥，相聞求酤酒。』須臾，信還，得一油囊酒五斗許。信傳餘杭姥答言：『恐地上酒不中尊飲耳。』」封：此指釀酒酒缸上的封蓋。

〔八〕高人：超脱世俗的人。《抱朴子·内篇·塞難》：「余閲見知名之高人，洽聞之碩儒，果以窮理盡性，研覈有無者多矣，未有言年之可延，仙之可得者也。」杜甫《解悶十二首》（其八）：「不見高人王右丞，藍田丘壑蔓寒藤。」

【箋評】

鬱岡山，近華陽洞。「不必探幽」至彼，即「公齋吟嘯亦何妨」乎？「求薏苡」以「供僧」，「著氍毹」以「待客」。春移烟蕙，曉「撼疎篁」。「餘杭山酒」「封」而不動，以待「高人」如王方平輩，方與其飲也。氍毹，毛毯，是胡僧之服。餘杭山姥酒，見《遊仙部》。「薏苡供僧」，或別有出，另考。五六膩。（胡以梅《唐詩貫珠箋》卷十九）

已上星津八月槎〔一〕，文通猶自學丹砂①〔二〕（原注：江文通有《丹砂可學賦》②。）〔三〕。仙經寫得空三洞③〔四〕，隱士招來別九華④〔五〕。靜對真圖呼緑齒〔六〕，偶開神室問黄牙⑤〔七〕。方諸更是憐才子〔八〕，錫賚於君合有差⑥〔九〕。　（詩四九一）

【校記】

①「文」類苑本作「月」。　②類苑本無此注語。　③「經」類苑本作「徑」。　④「招」陸詩乙本批校：「舊本作『朝』。」陸詩丙本張校作「朝」。　⑤「神」陸詩丙本作「□」，陸詩丙本黄校、統籤本、季寫本作「丹」。「牙」弘治本、詩瘦閣本、盧校本、類苑本、全唐詩本作「芽」。　⑥「於」陸詩甲本、統籤本、季寫本作「于」。

【注釋】

〔一〕星津：星河，天上銀河。槎：木筏。《博物志》（卷一〇）：「舊説云：天河與海通。近世有人居海渚者，年年八月有浮槎去來，不失期。人有奇志，立飛閣於查上，多賫糧，乘槎而去。十餘日中，猶觀星月日辰，自後茫茫忽忽亦不覺晝夜。去十餘日，奄至一處，有城郭狀，屋舍甚嚴。遥望宫中多織婦，見一丈夫牽牛渚次飲之。牽牛人乃驚問曰：『何由至此？』此人具説來意，并問此是何處。答曰：『君還至蜀郡訪嚴君平則知之。』竟不上岸，因還如期。後至蜀，問君平，曰：『某年月日有客星犯牽牛宿。』計年月，正是此人到天河時也。」

〔二〕文通：江淹（四四四—五〇五），字文通，南朝齊、梁間詩人、辭賦家。生平事迹參《梁書》（卷一四）、《南史》（卷五九）本傳。學丹砂：學道。丹砂是道士煉丹的基本原料。

〔三〕《丹砂可學賦》：江淹賦的篇名。賦中云：「故以鑄金爲器，丹砂爲漿。慚吝既盡，妖怨當忘。吾師以爲可學，而公子謂之不良歟！」

〔四〕仙經：道家的經典，宣揚神仙之説，故云。空：窮盡。《爾雅·釋詁》：「空，盡也。」三洞：概指道教經籍，分爲洞真部、洞玄部、洞神部，合稱三洞。參卷七（詩三五九）注〔三〕。

〔五〕隱士招來：《楚辭·招隱士》：「王孫兮歸來，山中兮不可以久留。」九華：山名，在今安徽省貴池市，道教四大名山之一。《太平寰宇記》（卷一〇五）《江南西道三》：「池州青陽縣，九華山，在縣南二十里。舊名九子山，李白以有九峰如蓮花削成，改爲九華山，因有詩云：『天河挂緑水，秀出九芙蓉。』……又按顧野王《輿地志》云：『其山上有九峰，千仞壁立，周迴二百里，高一千丈，出碧鷄之類。』」李白《改九子山爲九華山聯句并序》：「青陽縣南有九子山，山高數千丈，上有九峰如蓮華。按圖徵名，無所依據。太史公南遊，略而不書。事絶古老之口，復闕名賢之紀，雖靈仙往復而賦咏罕聞。予乃削其舊號，加以九華之目。」別九華之隱士，當用費冠卿事。《雲笈七籤》（卷一一二）《費冠卿》：「費冠卿者，池州人也。進士擢第，將歸故鄉，别相國鄭餘慶，公素與秋浦劉令友善，喜費之行，托以寓書焉。……劉即與冠卿爲修道之友，卜居九華山，以左拾遺徵，竟不起。」

〔六〕真圖：仙道的圖籍。當指神仙家所謂《五嶽真形圖》之類。《漢武帝内傳》：「王母出以示之曰：『此《五嶽真形圖》也。昨青城諸仙就我求請，當過以付之。』」緑齒：神仙家有叩齒之説，緑齒是天神之齒，異於常人。《真誥》（卷一〇）：「北帝煞鬼之法：先叩齒三十六下，乃祝曰：『天蓬天蓬，九元煞童。五丁都司，高刁北公。七政八靈，太上浩凶。長顱巨獸，手把帝鐘。素梟三晨，嚴駕夔龍。威劍神王，斬邪滅踪。紫氣乘天，丹霞赫衝。吞魔食鬼，横身飲風。蒼舌緑齒，四目老翁。天丁力士，威南禦凶。天騶激戾，威北銜鋒。三十萬兵，衛我九重。辟尸千里，去却不祥。敢有小鬼，欲來見狀。攫天大斧，斬鬼五形。炎帝裂血，北斗燃骨。四明破骸，天猷滅類。神刀一下，萬鬼自潰。』」

〔七〕神室：道教煉丹名詞，指煉丹之鼎室。内丹謂爲元神所居之室。《金碧古文龍虎上經》：「神室者，丹之樞紐，衆石之父母，砂汞別居。」王道注：「神室象乾坤，能收日月之精氣，以爲金液神丹。……神室有上下兩釜，以應天地。」問：張相《詩詞曲語辭匯釋》（卷五）：「問，猶向也。」黄牙：道教煉丹名詞。道士煉丹以鉛汞同置鼎内，鼎爲土器，鉛汞遇土則生芽狀物，呈黄色，故名。黄牙爲鉛之精華，也是大藥之根，再經烹煉即成金丹。《雲笈七籤》（卷六六）《明辨章第二》：「（黄牙）是長生之至藥。牙是萬物之初也，故號牙。緣因白被火變色黄，故名黄牙。淮南王號秋石，王陽得之名黄牙，太古真人名還丹。」白居易《尋王道士藥堂因有題贈》：「白石先生小有洞，黄牙姹女大還丹。」

〔八〕方諸：道家的神仙所居之處，此即指神仙。《雲笈七籤》（卷七八）：「服經十年，輕舉雲霄，縱賞三清，遨遊五嶽，往來圓嶠，出入方諸，仙聖同居，永辭生死。」陶弘景《真誥》（卷九）：「方諸，正四方，故謂之方諸。一面長一千三百里，四面合五千二百里。上高九千丈。……方諸東西面又各有小方諸，去大方諸三千里。小方諸亦方，面各三百里，周迴一千二百里，亦各别有青君宫室，又特多中仙人及靈鳥、靈獸輩。」才子：有才華的人。指皮日休。

〔九〕錫賚（lài）：賜予，賞賜。賈嵩《華陽陶隱居内傳》（卷中）：「是歲，命弟子戴坦秉策執簡，授門人吴郡陸敬遊建連石之邑并《十賚》。」原注：「世謂之錫，仙謂之賚。九者陽極，君之位也。十者陰終，以之制焉。孔子曰：『周有大賚，善人是富。』故以『十賚』稱焉。」君：亦指皮日休。合：應，該。差：差别，等差。

【箋評】

首言襲美已是得道之輩，有仙路可通天矣。而猶如江文通學丹砂之術，抄經典而三洞皆空，招隱侶而九華遠至。佩「真圖」，呼遣天神；「開神室」，驗金丹訣要。定知「方諸」上真「憐才子」而學道，「錫賚」有加也。《道門大論》曰：「三洞者，洞言通也。第一洞真，第二洞玄，第三洞神，乃三景之玄旨，八會之靈章。鳳篆龍書，金編玉字，修服者因茲入悟，研習者得以還源。」《本際經》曰：「洞真者，靈秘不雜；洞玄者，生天立地，功用不滯；洞神者，召制鬼神，其功不測。然三洞所起，皆有本迹。洞真之教，以教主天寶君爲迹，以混洞大無高上玉皇之氣爲本；洞玄之教，以教主靈寶君爲迹，以赤混太無元無上玉虛之氣爲本；洞神之教，以教主神寶君爲迹，以冥寂玄通元無上玉虛之氣爲本也。」又「天寶君住玉清境，靈寶君住上清境，神寶君住太清境。此爲三清妙境，乃三洞之根源，三寶之所立也。」三洞之元，本同道氣。道氣惟一，應用分三。其經題目，洞神即云洞神三皇，洞玄即云洞玄靈寶，洞真即雜題諸名，或以教垂文，或聲色著體。《五嶽真圖》，佩之可役鬼神。見《帝京部》。《真誥》：「北斗煞鬼法，先叩齒三十六下，乃祝曰：『天蓬天蓬，九元煞童。五丁都司，高刁北公。七政八靈，太上浩凶。長顱巨獸，手把帝鐘。素梟三晨，嚴駕夔龍。威劍神王，斬滅邪踪。紫氣乘天，丹霞赫衝。吞魔食鬼，横身飲風。蒼舌緑齒，四目老翁。天丁力士，威南禦凶。天騶激戾，威北衡鋒。三十萬兵，衛我九重。辟尸千里，去却不祥。敢有小鬼，欲來見狀。攫天大斧，斬鬼五形。炎帝裂血，北斗燃骨。四明破骸，天猷滅類。神刀一下，萬鬼自潰。』畢，四言輒一琢齒以爲節。鬼有三被此咒者，眼睛盲爛而即死矣。北帝秘道，世人恒能行之，便不死之道也。男女大小皆可行。」是緑齒，天神之齒也。《五行内用訣》曰：「金爲父，木爲母，震爲長男，坤爲少女。黄者，處士。牙者，主生。河者，水之基。車者，符育之功。」《參同契》曰：「大丹是天地玄元，正真之炁，不在藥味，事在五行。真鉛，真丹砂，二物相匹敵，伏煉成一家。巡火成九轉，自然成黄牙。」又曰：「有次第，莫虧越。但能修得黄牙成，轉變之功不休歇。食長生，换白髮。」又曰：「黄牙，又名秋石。秋是西方之位，石是兑長之名。其性陰，陰中之陽也。是長生之至藥。牙是萬物之初也，故號牙。」則黄牙是金丹之基之要。「神室」，亦神明之室耳。「方諸」，天宫，接引學仙之處。「錫賚」，亦猶陶隱居與陸逸冲之「十賚」。《雲笈七籤》云：「費冠卿，池州人。謁秋浦劉令，遇仙飲酒，爲修道之友。卜居九華山，以左拾遺徵，不起。」此即九華之隱士歟？劉乃相國鄭餘慶友。鄭，貞元進士。（胡以梅《唐詩貫珠箋》卷十九）

名價皆酬百萬餘〔一〕，尚憐方丈講玄虚①〔二〕。西都賓問曾成賦〔三〕，東海人求近著書〔四〕（原注：襲美嘗作《吊江都賦》，又新羅僧請爲大師碑銘②。）。茅洞煙霞侵寤寐〔五〕，檀溪風月挂樵漁③〔六〕。清朝還要廷臣在〔七〕，兩地寧容便結廬〔八〕。（詩四九二）

【校記】

①「玄」原缺末筆，避宋太祖始祖趙玄朗諱。②「大」汲古閣本、詩瘦閣本、四庫本作「太」。類苑本

無此句注語。　③「檀」原作「壇」，據汲古閣本、四庫本、陸詩甲本、統籤本、季寫本、全唐詩本改。

【注釋】

〔一〕名價：名望聲價。《世説新語·文學》：「庾仲初作《揚都賦》成，以呈庾亮。亮以親族之懷，大爲其名價云：『可三《二京》、四《三都》。』於此人人競寫，都下紙爲之貴。」

〔二〕憐：愛。方丈：一丈見方之室，極言其狹小。寺院住持僧所居之室。此指僧人。參本卷（序一七）注〔四〕。玄虛：玄遠虛無，本指玄學思想。此指佛禪思想。《韓非子·解老》：「聖人觀其玄虛，用其周行，强字之曰道。」

〔三〕西都句：《文選》（卷一）班固《西都賦》：「有西都賓問於東都主人曰：『蓋聞皇漢之初經營也，嘗有意乎都河洛矣。輟而弗康，寔用西遷，作我上都，主人聞其故，而睹其制乎？』主人曰：『未也。願賓攄懷舊之蓄念，發思古之幽情。博我以皇道，弘我以漢京。』賓曰：『唯唯，漢之西都，在於雍州，寔曰長安。』」班氏《西都賦》《東都賦》借西都賓與東都主人相問答以成篇。此喻指皮日休《吊江都賦》，賦今不存。

〔四〕東海句：指新羅弘惠上人請皮日休作靈鷲山周禪師碑文一事。參本卷（詩四八三）。皮日休所作碑文今不存。

〔五〕茅洞：茅山華陽洞天。參卷六（詩二六四）注〔一〕。煙霞：山中的煙嵐雲霧。此指茅山自然山水的美景。《梁書》（卷二一）《張充傳》：「獨浪煙霞，高卧風月。」侵：入，進入。寤寐：睡醒和睡眠，猶言白天和夜晚。

〔六〕檀溪：在今湖北省襄陽市。此指皮日休家鄉而言。皮氏曾隱居襄陽鹿門山，其出生地則是襄陽大都督府復州竟陵縣。《元和郡縣圖志》（卷二一）《山南道二》：「襄州襄陽縣，檀溪，在縣西南。……今溪已涸，非其舊矣。」

〔七〕清朝：清明的朝廷。還：張相《詩詞曲語辭匯釋》（卷一）：「還，猶云如其也。」廷臣：朝廷重臣也。

〔八〕兩地：指茅洞和檀溪，即學道和隱居。寧容：豈能容許。結廬：構建營造房屋。指隱居而言。晋陶淵明《飲酒二十首》（其五）：「結廬在人境，而無車馬喧。」唐劉長卿《過鸚鵡洲王處士別業》：「白首此爲漁，青山對結廬。」

【箋評】

名望、聲價皆宜「酬百萬餘」之高矣，乃還從丈室中「講玄虛」之道。三四上指《江都賦》，下指新羅禪師碑文。此承明「名價」也。五六言憶句曲之「烟霞」，長侵夢寐；挂檀溪之「風月」，欲作漁樵。此承「講玄虛」也。然中朝需用才臣，焉能容君自適耶？班固《兩京賦》係假西都賓問答而成文，今比之《吊江都賦》。茅山有張賁隱居，故皮亦羡之，如和陸《春雨》詩「何年細濕華陽道，兩乘巾車相并歸」是也。檀溪，在襄陽，皮之故鄉。（胡以梅《唐詩貫珠箋》卷十九）

臘後送内大德從勖遊天台①〔一〕

日休

講散重雲下九天〔二〕，大君恩賜許隨緣〔三〕。霜中一鉢無辭乞〔四〕，湖上孤舟不廢禪〔五〕。夢入瓊樓寒有月（原注：天台山有金庭不死之鄉及瓊樓玉室。）〔六〕，行過石樹凍無煙〔七〕（原注：案消山有石樓樹〔八〕，吴大皇元年郡吏伍曜於海際得之②〔九〕，枝莖紫色有光。南越謂之石連理也③〔一〇〕。）。他時瓜鏡知何用〔一一〕，吴越風光滿御筵〔一二〕。（詩四九三）

【校記】

①「大」詩瘦閣本作「太」。「勖」類苑本作「最」。②「案」季寫本作「按」。「伍」季寫本作「五」。「於」汲古閣本、四庫本作「于」。③本詩注語，類苑本均無。

【注釋】

〔一〕此詩作於咸通十一年（八七〇）冬。臘：農曆十二月爲臘月。佛教稱臘月初八爲臘八，相傳爲釋迦牟尼成道日。《五燈會元》（卷一）《釋迦牟尼佛》：「《普集經》云：『菩薩於二月八日明星出時成道，號天人師，時年三十矣。』即周穆王三年癸未歲也。」經中所述爲周曆。周曆二月初八恰是夏曆（即農曆）十二月初八。内大德：朝廷皇宫内的僧人。内，内宫，此指朝廷。大德，佛教對僧人的尊稱。《周易·繫辭下》：「天地之大德曰生，聖人之大寶曰位。」北魏楊衒之《洛陽伽藍記·秦太上君寺》：「常有大德名僧講一切經，受業沙門亦有千數。」唐代元和以後，對僧人和道士多加「大德」之號。趙璘《因話録》（卷四）：「元和以來，京城諸僧及道士，尤多大德之號。偶因勢進，則得補署，遂以爲頭銜。各因所業談論，取本教所業，以符大德之目。此猶近于理。至有號文章大德者。夫文章之稱，豈爲緇徒設耶？訛亦甚矣！」《釋氏要覽》（卷上）《大德》：「《智度論》云：梵語婆檀陀，秦言大德。律中多呼佛爲大德。……此方比丘若宣補者，《僧史略》云：即唐代宗大曆六年四月五日，敕京城僧尼臨壇大德各置十人，以爲常式，此帶臨壇而有大德二字，此爲始也。」從勖：應是僧人法號，未詳。天台：天台山。參卷六（詩三三三）注〔一〕。

〔三〕講散：講習佛經的講席完成而解散。此指皇宫中誦經禮佛的活動。自梁武帝蕭衍以來，帝王多於宫中設道場。内大德從勖就是在宫中講經的僧人。《新唐書》（卷一四五）《王縉傳》：「繇是禁中祀佛，諷唄齋薰，號『内道場』，引内沙門日百餘，饌供珍滋，出入乘厩马，度支具稟給。」《資治通鑑》（卷二五〇）：「罷去講筵，躬勤政事。」胡注：「講筵，與僧、尼講經之筵。」魏、晋以來，佛家開講佛經，已成爲重要的法事活動。其基本形式是，一人唱經，一人解釋。唱經者稱都講，解釋者稱法師。此句所寫，應即屬此類佛家法事活動。《世説新語·文學》：「支道林、許掾諸人，共在會稽王齋頭。支爲法師，許爲都講。支通一義，四座莫不厭心。許送一難，衆人莫不抃舞。但共嗟咏二家之美，不辯其理之所在。」南朝梁釋慧皎《高僧傳》（卷四）《晉剡東仰山竺法潛》：「潛優游講席三十餘載，或暢方等，或釋《老》《莊》。投身北面者，莫不内外兼洽。」重雲下九天：喻從勖從京城下江南而遊天台山。重雲：重叠的雲層。此喻僧人行止如雲，自由舒卷。佛教故事常以雲遊四方喻僧人到處學佛傳法。九天：古代神話傳説中天空的最高處，此喻宫禁。《楚辭·離騷》：「指九天以爲正兮，夫唯靈修之故也。」

〔三〕大君：指天子、皇帝。《周易·師卦》：「大君有命，開國承家，小人勿用。」孔穎達疏：「大君謂天子也。」隨緣：佛教語。任其自然，順應機緣。

〔四〕霜中：猶寒冷中。呼應題中「臘後」。無辭乞：不辭謝施予。謂從勖一路上乞求施舍南下。乞，給予。

〔五〕廢禪：停止坐禪。不廢禪：謂從勖在行旅中照常坐禪。

〔六〕夢入句：謂從勖渴望游歷天台山。以夢表現其强烈的意願。瓊樓：即原注中所説「瓊樓玉室」。《文選》（卷一一）孫綽《遊天台山賦》：「雙闕雲竦以夾路，瓊臺中天而懸居。朱闕玲瓏於林間，玉堂陰映于高隅。」李善注：「顧愷之《啓蒙記》注曰：『天台山，列雙闕於青霄中，上有瓊樓、瑶林、醴泉，仙物畢具。』」金庭不死之鄉：指天台山金庭宫，道教的洞天福地之一。參本卷（詩四六八）注〔二〕。

〔七〕石樹：即原注石樓樹。原作「石樹樓。」當指形狀奇異，很長猶如大樹，而其層次呈樓臺狀的巨石。任昉《述異記》（卷上）：「案消山有石樹樓，吴太皇元年郡吏伍曜於海際得之，枝莖紫色有光。南越謂之石連理也。」

〔八〕消山：當即蕭山。今浙江省蕭山縣。《舊唐書》（卷四〇）《地理志三》：「江南東道越州蕭山縣，儀鳳二年，分會稽、諸暨置永興縣。天寶元年，改爲蕭山。」

〔九〕吴大皇元年：吴，指漢末孫策在東吴建立的吴國，三國之一。大皇元年：吴無此年號，疑有誤。或「皇」是「帝」之誤，指吴大帝孫權元年即黄武元年（二二二）。郡吏：州郡的佐吏。伍曜（yào）：人名，未詳。

〔一〇〕南越：亦作「南粤」。古代指今廣東、廣西地區。《通典》（卷一八四）《州郡十四·古南越》：「自嶺而南，當唐、虞、三代爲蠻夷之國，是百越之地，亦謂之南越。」石連理：石頭的態勢猶如樹木枝幹交結纏繞在一起，故云。班固《白虎通·封禪》：「德至草木，朱草生，木連理。」古代愛情故事中常用連理枝喻愛情的堅貞。《古詩爲焦仲卿妻作》：「兩家求合葬，合葬華山傍。東西植松柏，左右種梧桐。枝枝相覆蓋，葉葉相交通。」《搜神記》（卷一一）《韓憑妻》：「王曰：『爾夫婦相愛不已，若能使冢合，則吾弗阻也。』宿夕之間，便有大梓木生於二冢之端，旬日而大盈抱，屈體相就，根交於下，枝錯於上。」據此，石樓樹即天台山中似連理枝的樹形石頭歟？

〔一一〕他時：指將來的某時。瓜鏡：瓠瓜中的《鏡經》歟？《南史》（卷三二）《張融傳》：「（徐）熙好黄、老，隱於秦望山，有道士過求飲，留一瓠瓢與之，曰：『君子孫宜以道術救世，當得二千石。』熙開之，乃《扁鵲鏡經》一卷，因精心學之，遂名震海内。」

〔三〕吴越：指春秋時期吴國和越國一帶地區，即今江蘇省南部和浙江大部。李白《夢遊天姥吟留别》：「我欲因之夢吴越，一夜飛渡鏡湖月。」御筵：皇帝舉行的講筵。講筵即講席。《説文·竹部》：「筵，竹席也。」《梁書》（卷三四）《張緬傳》：「（昭明太子）與緬弟纘書曰：『……文筵講席，朝遊夕宴，何曾不同兹勝賞，共此言寄。』」此句謂將來從勖返京後，會在皇帝舉辦的講筵上介紹吴、越風光。

【箋評】

從勖乃内講師出遊，故有一二。「隨緣」而遊天台，沿途無辭托鉢；湖上舟行，亦必用意本參，不放下功夫。天台之瓊樓入夢，山中之石樹經行。將來返京師，見「吴越風光滿御筵」矣。《一統志》：「天台山在天台縣。」道書：「是山上應台星，超然秀出。八重視之如一帆，高一萬八千丈，周圍八百里。路由福溪，水險而清。前有石橋，廣不盈尺，長數十丈，下臨絶澗，惟忘其身，然後能濟。濟者梯巖壁，援藤葛，始得平路。見天台山蔚然奇秀，雙列於青霄，上有瓊樓、玉闕、天堂、碧林、醴泉，仙物畢具。」今詩之「瓊樓」指此。「瓜鏡」，另考。（胡以梅《唐詩貫珠箋》卷二十七）

奉和

龜蒙

應緣南國盡南宗〔一〕，欲訪靈溪路暗通（原注：溪在天台山下。）〔二〕。歸思不離雙闕下〔三〕，去程猶在四明東〔四〕。銅瓶净貯桃花雨①〔五〕，金策閑摇麥穗風〔六〕（原注：上人指期國清過夏。）〔七〕。若戀吾君先拜疏〔八〕，爲論台嶽未封公〔九〕。（詩四九四）

【校記】

①「瓶」陸詩丙本、統籤本作「缾」。

【注釋】

〔一〕應緣：順應機緣。謂隨着事物的某種趨勢自然變化發展。佛教講「緣」，凡因事悟理都要應緣。故《法苑珠林》有「感應緣」章節，佛經有《百緣經》。南國：南方。《楚辭·九章·橘頌》：「受命不遷，生南國兮。」王逸注：「南國，謂江南也。」南宗：中國佛教中影響最大的派别，即禪宗南宗。禪宗五祖弘忍有兩個大弟子慧能和神秀。慧能之禪行於南方，稱南宗；神秀之禪行於北方，爲北宗。南宗主張頓悟成佛，北宗則主張「漸修」，史稱「南頓北漸，南能北秀。」《宋高僧傳》（卷八）《唐荆州當陽山度門寺神秀傳》：「初，秀同學能禪師，與之德行相埒，互得發揚無私於道也。嘗奏天后請追能赴都，能懇而固辭。秀又自作尺牘，序帝意徵之，終不能起，謂使者曰：『吾形不揚，北土之人見斯短陋，或不重法。又先師記吾以嶺南有緣，且不可違也。』了不度大庾嶺而終。天下散傳其道，謂秀宗爲北，能宗爲南。南北二宗，名從此起。」

〔二〕靈溪：溪名，在今浙江省天台縣天台山下。《文選》（卷一一）孫綽《遊天台山賦》：「過靈溪而一濯，疏煩想於心胸。」李善注：「靈溪，溪名也。」《太平寰宇記》（卷九八）《江南東道十》：「台州天台縣，靈溪，在縣西北三十里。孫公綽賦云：『過靈溪而一濯』是也。」

〔三〕雙闕：指朝廷、皇宫。非指天台山的「瓊臺雙闕」。古代宫殿兩邊建有高臺，上築樓觀，稱作闕。《文選》（卷二九）《古詩十九首》（其三）：「兩宫遥相望，雙闕百餘尺。」

〔四〕去程：前往的路程。四明：四明山。參卷五（序一二）注〔一〕。

〔五〕銅瓶：銅制裝水的瓶，也稱浄瓶。僧人的用具。《釋氏要覽》（卷中）《浄瓶》：《寄歸傳》云：『軍持有二：若瓷瓦者，是浄用；若銅鐵者，是濁用。』」軍持是浄瓶的異名。桃花雨：春天桃花開時的雨水。《漢書》（卷二九）《溝洫志》：「來春桃華水盛，必羡溢，有填淤反壤之害。」顔師古注：「《月令》：『仲春之月，始雨水，桃始華。』蓋桃方華時，既有雨水，川谷冰泮，衆流猥集，波瀾盛長，故謂之桃花水耳。」

〔六〕金策：指僧人手持的錫杖，即禪杖。《文選》（卷一一）孫綽《遊天台山賦》：「被毛褐之森森，振金策之鈴鈴。」李善注：「金策，錫杖也。鈴鈴，策聲。」麥穗風：麥子抽穗開花時的夏風。二十四番花信風裏有「麥花風」。宋王逵《蠡海集·氣候類》：「析而言之，一月二氣六候，自小寒至穀雨，凡四月，八氣二十四候。每候五日，以一花之風信應之。世所異言，曰始于梅花，終于楝花也。詳而言之，小寒之一候梅花，二候山茶，三候水仙。……清明一候桐花，二候麥花，三候柳花。穀雨一候牡丹，二候酴醿，三候楝花。花竟則立夏矣。」

〔七〕上人：對僧人的尊稱。參卷五（詩二三九）注〔一〕。此指從勖。指期：擬定期限，有一定的時限。期，期限，日程。《酉陽雜俎》（前集卷一三）《冥迹》：「舉人指支逕曰：『某弊止從此數里，能左顧乎？』劉辭以程期。」鄭谷《駐蹕華下同年司封員外從翁許共遊西溪久違前契戲成寄贈》：「指期乘禁馬，無暇狎沙鷗。」國清：國清寺，原名天台寺，天台山最有名的寺院。隋灌頂《國清百録序》：「到大隋開皇十八年，其歲戊午，太尉晋王于山下爲先師創寺，因山爲稱，是曰『天台』。王登尊極，以大業元年龍集，乙丑敕江陽名僧云：『昔爲智者創寺，權因山稱，今須立名。經論之内，有何勝目？可各述所懷，朕自詳擇。』諸僧表兩名，一云『禪門』，一云『五浄居』。其表未奏，而僧使智璪啓『國清』之瑞，敕云：『此是我先師之靈瑞，即用即用。』敕取江都宫大牙殿榜，填以雌黄，書以大篆，遣兼内史通事舍人盧政力送安寺門。『國清』之稱，從而爲始。」過夏：佛教戒律規定比丘受戒後，每年夏季三個月，自農曆四月十六日至七月十五日，僧尼不外出，在寺院中坐禪修習，稱過夏，也稱夏安居或夏坐。唐慧琳《一切經音義》（卷五九）：

「土火羅諸國，以十二月安居。北方言夏安居，從四月十六日至七月十五日，各就其事制名也。」東晋沙門釋法顯《法顯傳·僧伽施國》：「法顯住龍精舍夏坐。」

〔八〕吾君：指當時的皇帝唐懿宗李漼。拜疏：呈上疏文奏章。

〔九〕台嶽：指天台山。《文選》（卷一一）孫綽《遊天台山賦》：「嗟台嶽之所奇挺，寔神明之所扶持。」未封公：未被封爲公的稱號。《文選》（卷一一）孫綽《天台山賦并序》：「天台山者，蓋山嶽之神秀者也。涉海則有方丈、蓬萊，登陸則有四明、天台，皆玄聖之所遊化，靈仙之所窟宅。夫其峻極之狀，嘉祥之美，窮山海之瑰富，盡人神之壯麗矣。所以不列於五嶽，闕載於常典者，豈不以所立冥奥，其路幽迥；或倒景於重溟，或匿峰於千嶺；始經魑魅之塗，卒踐無人之境，舉世罕能登陟，王者莫由禋祀。故事絶於常篇，名標於奇紀。」《舊唐書》（卷九）《玄宗紀下》：「（天寶五載）封中嶽爲中天王，南嶽爲司天王，北嶽爲安天王，……（六載）五嶽既已封王，四瀆當升公位。……（七載）改會昌縣爲昭應縣，會昌山爲昭應山，封山神爲玄德公。……（八載）乃封太白山爲神應公，金星洞爲嘉祥公。」

【箋評】（三句）點明内大德，（七句）應還「雙闕」。（八句）仍待天台。（毛張健《唐體餘編》卷三）

寄題玉霄峰葉涵象尊師所居〔一〕

日休

青冥向上玉霄峰〔二〕，元始先生戴紫蓉〔三〕。曉案瓊文光洞壑〔四〕，夜壇香氣惹杉松①〔五〕。閑迎仙客來爲鶴〔六〕，静噀靈符去是龍〔七〕。子細捫心無偃骨〔八〕，欲隨師去肯相容〔九〕（原注：偃骨在胸者，名入星骨②〔一〇〕。）

（詩四九五）

【校記】

①「壇」項刻本作「檀」。　②類苑本無此注語。季寫本、全唐詩本則在「子細」句下。是。

【注釋】

〔一〕此詩當作於咸通十一年（八七〇）秋。玉霄峰：天台山山峰名。祝穆《方輿勝覽》（卷八）《浙東路》：「台州，玉霄峰，在天台縣北三十五里。重崖叠嶂，松竹葱蒨，且産香茅，世號『小桐柏』焉。」《太平廣記》（卷二一）《司馬承禎》條：「司馬承禎，字子微，……隱於天台山玉霄峰，自號白雲子，……一旦告弟子曰：『吾自居玉霄峰，東望蓬萊，常有真靈降駕。』」葉涵象：天台山道士。《歷世真仙體道通鑑》（卷四〇）：「道士葉藏質，字含象，處州松陽人，法善之裔也。初隸安和觀爲道士，詣天台馮惟良，授《三洞經籙》。於玉霄峰選勝創道齋，號石門山居。……唐懿宗優詔石門山居爲玉霄觀。」《赤城志》（卷三五）：「葉藏質，括蒼人，字涵象。咸通初，創道齋玉霄峰，號石門山居。精於符籙。懿宗從其奏，以所居爲玉霄宫。」尊師：對道士的敬稱。

〔二〕青冥：青天，天庭，指仙境。《楚辭・九章・悲回風》：「據青冥而攄虹兮，遂儵忽而捫天。」向上：以上，最上面。張相《詩詞曲語辭匯釋》（卷三）：「向，指示之辭。有云向上者。白居易《池上閒吟》詩：『幸逢堯舜無爲日，得作羲皇向上人。』……上列各詩所云向上，猶云以上，率爲指示程度，亦引申之而爲最上或無上之義。」

〔三〕元始先生：南朝梁陶弘景《真靈位業圖》（上第一中位）「上合虚皇道君應號元始天尊」。該書將道教天神分爲七階，「玉清元始天尊」爲第一階，道教的最高天神。此指道士葉涵象。紫蓉：指紫色芙蓉冠，道士之冠。《太平御覽》（卷六八四）引《神仙服食經》曰：「漢武帝閑居未央殿，有人乘白雲車，駕白鹿，冠芙蓉冠，曰：『我中山衛叔卿也。』」參卷六（詩三二二）注〔八〕。

〔四〕曉案：早晨的几案上。瓊文：指道家經籍，刻于玉版上，故稱。江淹《水上神女賦》：「石瓊文而翕艷，山龍鱗而炤爛。」光洞壑：使洞宫明亮。

〔五〕夜壇句：夜間在壇臺上齋醮，燒香散發出的香氣繚繞在杉松之間。

〔六〕閑迎句：謂迎來的仙客是天上飛來的仙鶴。道家認爲鶴是仙人所乘之物，《列仙傳》《神仙傳》多有記載。《初學記》（卷三〇）引《相鶴經》：「鶴者，陽鳥也。……蓋羽族之宗長，仙人之騏驥也。」道家也多有學道成仙而化鶴事，如蘇仙公、丁令威等。參本卷（詩四六八）注〔四〕。《雲笈七籤》(卷一一一)《朱庫》：「朱庫者，不知何許人也。……須臾，有兩黄鶴下中庭，庫便度世。中庭仍有三黄鶴，相隨飛向東郭外，成三黄衣道士，携手東行，因鄉人附書與家。家人看尸，唯有空殼者。」

〔七〕噀(xùn)：噴，噴水。靈符：道教的法術之一。道士書寫一種筆畫屈曲，字形奇怪的圖文，稱作符。它可以鎮邪役鬼，治病消灾。《雲笈七籤》(卷四五)《序事第一》：「符者，三光之靈文，天真之信也。」此句謂噴出的靈符幻化成雲龍飛升而去了。《雲笈七籤》(卷一一九)《天台玉霄宫葉尊師符治狂邪驗》：「天台山玉霄宫葉尊師修養之暇，亦以符術救人。」又(卷一一三上)《李主簿》條記述葉仙師三符救李主簿妻子一命，其中云：「(李主簿)將妻入謁金天王，妻拜未終，氣絶而倒。……仙師曰：『何等妖魅，乃敢及此。』……仙師入見曰：『事急矣，且將墨筆及紙來。』遂書一符，焚香以水噀之。符北飛走。聲如飄風，良久無應。仙師怒，又書一符，……乃以朱書一符，噴水叱咤之，聲如霹靂。須臾，口鼻有氣，眼開，良久能言。問其狀，曰：某初拜時，金天王曰：『好夫人。』第二拜云：『留取。』遣左右扶歸院。適已三日，親賓大集。聞敲門，門者走報，王曰：『何不逐却？』乃第一符也。逡巡，門外鬧甚，門者數人細言於王，王曰：『且發遣。』是第二符也。俄有赤龍飛入，王扼喉纔能出聲，曰：『放去。』某遂有人送出，第三符也。」葉仙師當是葉法善，唐玄宗時人，此詩中所説葉涵象的先祖

〔八〕子細：同「仔細」。《魏書》(卷四一)《源懷傳》：「恒語人曰：『爲貴人，理世務當舉綱維，何必

須太子細也。』」寒山《推尋世間事》：「推尋世間事，子細總皆知。」杜甫《觀李固請司馬弟山水圖三首》（其三）：「野橋分子細，沙岸繞微茫。」捫心：撫摸胸口。偓骨：仙骨。道教稱名字上了仙籍的人，胸間必有偓骨。段成式《酉陽雜俎》（前集卷二）《玉格》：「白志見腹，名在瓊簡者；目有緑筋，名在金赤書者；陰有伏骨，名在琳札青書者；胸有偓骨，名在星書者；……有前相皆上仙也，可不學，其道自至。」

〔九〕師：指葉涵象。肯：豈。張相《詩詞曲語辭匯釋》（卷二）「肯，猶豈也。」

〔一〇〕星骨：謂成仙之骨相。參本詩注〔八〕。

【箋評】

玉霄峰插天，而有「元始先生」居之，推尊之也。「紫蓉」，芙蓉冠。「曉案瓊文」秘簡，而光生洞壑；「夜醮香氣」，繚繞而染松杉。「閑來仙客」，皆化鶴之仙；「嘿去靈府」，有赤龍之赫。仰慕已深，雖捫胸「無偓骨」之道相，「欲隨師去」，不知容否？「青冥」，天也。「向上」二字插得警。仰看此峰，直到青冥之處，還更上去，便不平，故妙。「光洞壑」，於瓊上生情，而天授神經，亦可生光也。「惹杉松」，更幽俊。五六奇警，妙在用事不著邊際，冥搜神會方得。按《神仙鑑》：《徐左卿傳》：「唐天寶十三年，重陽日，上獵沙苑，雲間有孤鶴回翔。上射之，鶴帶箭矯翼而南去。益州城西有道觀，左卿嘗自稱青城山道士，風格清古，一歲凡三四至，甚爲人所仰。一日，忽自外至，神采不怡。携一箭謂人曰：『吾爲此物所加，已無恙矣。明年箭主到此，當付之。』留箭於後壁。來歲明皇狩蜀，見箭，乃知所射之鶴徐左卿也。武興之東有飛仙嶺，相傳左卿帶箭飛泊處。今嶺下有飛仙觀址焉。」所謂「仙客爲鶴」者歟？又「朱庫者，不知何許人？久服石春符水，辟穀，不饑渴，强壯不老。忽云應得仙，與親舊别。須臾，有二黄鶴下中庭，庫便度世。中庭仍有三黄鶴，相隨飛向東郭外，化爲三黄衣道士，携手東行。因鄉人附書與家人。家人看尸，惟有空殼。」亦「仙客爲鶴」也。《雲笈》云：「李主簿新婚，携妻東出關，過東嶽廟，謁金天王，妻未拜終，氣絶而倒。求葉仙師，先書墨符，焚香以水噀之。符北飛走，聲如飄風，良久無應。又書一符，聲如雷，亦無應。少時，取朱書一符，噴水叱咤之，聲如霹靂。須臾，口鼻有氣，良久能言。問其狀曰：某初拜時，見金天王曰：『好夫人。』第二拜云：『留取。』遣左右扶歸院。適二三日，親賓大集，聞敲門，門者走報，王曰：『何不逐却？』逡巡，門外閙甚，門者數人言於王。王曰：『且遣發。』俄有赤龍飛入，扼王喉纔能出聲曰：『放去。』某遂有人送出，是第三符也。」葉大師諱法善，靈法奇迹不一，傳播當世。詩適用之，對亦工切。唐明皇時，群真叙會，如張果、羅公遠、邢和璞、葉天師、申天師，皆功化神靈，亦一時之盛，而明皇亦非凡人耳。（胡以梅《唐詩貫珠箋》卷二十八）

奉和

龜蒙

天台一萬八千丈〔一〕，師在浮雲端掩扉〔二〕。永夜祇知星斗大①〔三〕，深秋猶見海山微〔四〕。風前幾降青毛節〔五〕，雪後應披白羽衣〔六〕。南望煙霞空再拜〔七〕，欲將飛魄問靈威〔八〕。

（詩四九六）

【校記】

①「衹」汲古閣本、四庫本作「秖」。

【注釋】

〔一〕天台：天台山。參卷六（詩三三三）注〔一〕。一萬八千丈：《真誥》（卷一四）：「桐柏山高萬八千丈，其山八重，周迴八百餘里，四面，視之如一。在會稽東海際，一頭亞在海中。金庭有不死之鄉，在桐柏之中。方圓四十里，上有黄雲覆之。樹則蘇玡、碧琳；泉則石髓、金精，其山盡五色金也。」《太平寰宇記》（卷九八）《江南東道十》：「台州天台縣，天台山在州西一百一十里。《臨海記》云：『天台山，超然秀出，山有八重，視之如一帆。高一萬八千丈，周迴八百里。又有飛泉，懸流千仞似布。』」

〔二〕師：指道士葉涵象。浮雲：指高空。《楚辭·九辯》：「塊獨守此無澤兮，仰浮雲而永嘆。」《文選》（卷二九）《古詩十九首》（其五）：「西北有高樓，上與浮雲齊。」掩扉：關門。此句謂葉涵象居住在天台山最高處。

〔三〕永夜：長夜，深夜。南朝宋謝靈運《羅浮山賦》：「發潛夢於永夜，若泝波而乘桴。」杜甫《江上》：「高風下木葉，永夜攬貂裘。」星斗：泛指天上的星星。星斗大：因其高居於山上，所以看到的星斗大。

〔四〕海山微：指東海和海中的蓬萊、方丈、瀛洲三座神山呈現出蒼茫渺遠的景象。參本卷（詩四九四）注〔九〕。

〔五〕青毛節：以青牛毛纏裹而成的節杖，指仙人的儀仗。節，符節。古代使臣執節以爲信物。《周禮・地官・掌節》：「掌守邦節而辨其用，以輔王命。守邦國者用玉節，守都鄙者用角節。凡邦國之使節，山國用虎節，土國用人節，澤國用龍節，……門關用符節，貨賄用璽節，道路用旌節，皆有期以反節。」此青毛節則指仙人所持之符節。道家與青色有很深的關係。《雲笈七籤》（卷一〇五）《清靈真人裴君傳》：「一老人巾青巾，著青衣，柱青杖，……以青華之芝見賜，出青書一卷。……清靈真人，治青靈宮，佩三華寶衣，乘飛龍景輿，仗青旂玉鉞七色之節，遊行上清九宮。」《真誥》（卷二）：「二君各有六僮。裴君從者持青毛之節，一僮帶綉囊。周君從者持黃毛之節。」

〔六〕白羽衣：白色羽毛（如白鶴羽毛）制成的仙人服飾。謂羽化升仙而去。《孟子・告子上》：「白羽之白也，猶白雪之白。」白羽衣，鶴氅。此句用孟昶事。參卷六（詩二六九）注〔八〕。

〔七〕煙霞：自然山水的美麗景色，指天台山玉霄峰。參本卷（詩四九二）注〔五〕。再拜：拜了又拜。拜兩次。拜，拱手并彎腰，表示恭敬。《論語・鄉黨》：「問人於他邦，再拜而送之。」

〔八〕飛魄：飛升成仙的魂魄。《真誥》（卷五）「君曰：『仙道有飛行之羽，以超虛躡空。』」又：「君曰：『仙道有白羽黑翮，以翔八方。』」靈威：靈威丈人的省稱。參卷三（詩四三）注注〔四九〕。

【箋評】

起得兀突，精。峰高見星之「大」，清秋見海中山島之「微」。《真誥》：「裴君從者持青旄之節，一僮帶繡囊。周君從者持黄髦之節，無囊。」「白羽衣」，鶴氅也。五六言交接仙真而已，亦有羽化之清逸。結比之靈威丈人，欲問飛升之道也。郡人王立程《天台記》曰：「天台山去郡城一百五十里。志稱華頂高凡萬八千丈。」高極則山海皆混茫難辨。直至深秋，爽氣清徹，而猶見其微末，亦不能見大也。句有曲折。（胡以梅《唐詩貫珠箋》卷二十八）

南陽廣文博士還雷平後寄①〔一〕

龜蒙

微微春色染林塘〔二〕，親撥煙霞坐澗房②〔三〕。陰洞雪膠知未入〔四〕，濁醪風破的偷嘗〔五〕。芝臺曉用金鐺煮③〔六〕，星度閑將玉鈴量〔七〕。幾遍侍晨官欲降④〔八〕，曙壇先起獨焚香〔九〕。（詩四九七）

【校記】

①「寄」陸詩甲本、陸詩乙本作「作」。陸詩乙本批校：「『作』當作『寄』，誤書『作』。」②「坐」陸詩

丙本作「生」。③「曉」統籤本作「晚」。「鐃」汲古閣本、四庫本、陸詩甲本、陸詩丙本、統籤本、季寫本、全唐詩本作「鐺」。全唐詩本注：「一作鏁。」④「晨」原作「辰」，汲古閣本、四庫本、陸詩丙本、季寫本、全唐詩本作「晨」。卷六（詩二九九）亦作「晨」，據改。

【注釋】

〔一〕此詩當作於咸通十二年（八七一）初春。南陽廣文博士：張賁。參卷六（詩二六三）注〔一〕。

〔二〕雷平：山名。參卷五（詩二五七）注〔二〕。本卷（詩四六三）及（詩四六四），可參看。

〔三〕微微：淡遠隱約貌。林塘：山林和池塘。南朝梁劉孝綽《侍宴餞庾於陵應詔詩》：「是日青春獻，林塘多秀色。」南朝陳江總《秋日侍宴婁苑湖應詔詩》：「虹旗照島嶼，鳳蓋繞林塘。」

〔四〕煙霞：此指山中的雲煙。澗房：山谷崖壑間的洞室。此指學道的張賁在茅山中的居室。

〔五〕陰洞：學道者在山中的洞室。此當指茅山陰宮。《真誥》（卷一一）：「句曲洞天，……左元放聞傳者云江東有此神山，故度江尋之。遂齋戒三月乃登山，乃得其門入洞虚，造陰宮，三君亦授以神芝三種。元放周旋洞宮之内經年。」膠，黏着。此形容積雪還凍着。

〔六〕濁醪：濁酒。泛指酒。《文選》（卷六）左思《魏都賦》：「清酤如濟，濁醪如河。」風破：風過。謂春風已過，酒缸可揭封。古人秋冬釀酒，春天則飲用。張相《詩詞曲語辭匯釋》（卷三）：「破，猶過也。」《詩經·豳風·七月》：「爲此春酒，以介眉壽。」《毛傳》：「春酒，凍醪也。」的：的確，確實。張相《詩詞曲語辭匯釋》（卷四）：「的，猶準或確也；定也；究也。」偷嘗：偷偷嘗酒。用晉畢卓事，參卷四（序一〇）注〔七〕。

〔六〕芝臺：靈芝。參卷五（詩二〇〇）注〔六〕。鐃：未詳音義。《雲笈七籤》（卷六五）《合丹法》：「先以釜置鐵鐃上令安，便以馬屎燒釜，四邊去五寸，然之九日九夜。」似爲釜鼎的支架物。此句謂煮芝飲服，以求長生。

〔七〕星度：天上星辰運行的位次和度數。《史記》（卷二六）《曆書》：「乃者，有司言星度之未定也，廣延宣問，以理星度，未能詹也。」玉鉿（gē）：長條形的玉。《廣雅》（卷八上）《釋器》：「鉿，鋌也。」《廣韻・合韻》：「鉿，二尺鋌。」此句謂玉鉿度量天上星星的位次和距離，以揣度神仙的期會。

〔八〕幾遍：多次。侍晨官：道教稱侍奉天帝的仙官。參卷六（詩二九九）注〔五〕。

〔九〕曙壇：拂曉時的醮壇。焚香：燒香。《登真隱訣輯校》（卷下）《入静法》：「初入静户之時，當目視香爐，而先心祝曰：……某正爾燒香，入静朝神。……願得正一三炁，灌養形神，使五藏生華，六府宣通。爲消四方之灾禍，解七世之殃患，長生久視，得爲飛仙。」

【箋評】

初春之候，歸於山中，撥開「烟霞」，静坐「澗房」，「陰洞」因雪尚膠積未入，而濁醞以風透必「偷嘗」之矣。蓋修道奉高真，原不應飲酒，故云「偷」。「破」，猶穿透也。五六「煮芝」、「量星」，皆逸事。結言仙官「欲降」而早起「焚香」。通篇有仙致。《雲籤》云：「八會書：召天宿星宫，論諸天度數期

會。」「鉿」，似量器，而字書釋無其義，另考。「侍晨」，太上仙官也。（胡以梅《唐詩貫珠箋》卷二十五）

奉和次韻

日休

春彩融融釋凍塘①〔一〕，日精閑咽坐巖房②〔二〕。瓊函静啓從猿覷③〔三〕，金液初開與鶴嘗〔四〕。八會舊文多搭寫④〔五〕，七真遺語剩思量⑤〔六〕。不知夢到爲何處⑥〔七〕，紅藥滿山煙月香〔八〕。（詩四九八）

【校記】

①「融融」項刻本作「溶溶」。②「閑咽」項刻本作「閒燕」。③「從猿覷」項刻本作「無人見」。④「搭」盧校本、項刻本、統籤本作「榻」，全唐詩本注：「一作榻。」⑤「語」項刻本作「詁」。⑥「爲」盧校本、項刻本作「驚」，統籤本、全唐詩本注：「一作驚。」

【注釋】

〔一〕春彩：春天的陽光。釋：消溶。《老子》（第一五章）：「渙兮若冰之將釋。」凍塘：結冰的池塘。

〔二〕日精：太陽的精華。咽日精，猶言餐霞。《漢武帝内傳》：「致日精，得陽光之珠；求月魄，獲黄水之華。」《雲笈七籤》（卷一一）《上清黄庭内景經・口爲章第三》：「口爲玉池太和宫。」唐梁丘子注：「服食日精，金華充盈。」《真誥》（卷二）：「日者霞之實，霞者日之精。」又《真誥》（卷一四）：「海中有狼五山，中有學道者虞翁生，會稽人也。昔受仙人介君食日精法，以吴時來隱此山，兼行雲炁迴形之道，精思積久，形體更少如童子。」咽（yàn）：吞食。巖房：山崖上的石室。唐王翰《古蛾眉怨》：「琳琅禁闥遥相憶，紫翠巖房晝不開。」

〔三〕瓊函：玉函。指盛放道家經籍的匣子。從：任，任隨。

〔四〕金液：指成仙的丹藥。《漢武帝内傳》：「其次藥有九丹金液、紫華紅英、太清九轉、五雲之漿、元霜絳雲、騰躍三黄、……子得服之，白日升天。此飛仙之所服，地仙之所見也。」《抱朴子・内篇・金丹》：「金液太乙所服而仙者也，不減九丹矣。合之用古秤黄金一斤，并用玄明龍膏、太乙旬首中石、冰石、紫遊女、玄水液、金化石、丹砂，封之成水。其經云：金液入口，則其身皆金色。」

〔五〕八會：闡述道教教義之書。南朝梁陶弘景《真誥》（卷一）：「秀人民之交，别陰陽之分，則有三元、八會，群方、飛天之書，又有八龍、雲篆、明光之章也。其後逮二皇之世，演八會之文，爲龍鳳之章，拘省雲篆之迹，以爲順形梵書。」搭寫：搨寫。《玉篇・手部》：「搭，摸搭。」《集韻・合韻》：「搭，冒也。一曰摹也。或作搨、搭。」

〔六〕七真：道教稱茅盈等七個學道成仙的仙人。參卷六（詩二二六六）注〔三〕。遺語：前人留下的聖哲之言。剩：頗，多。張相《詩詞曲語辭匯釋》（卷二）：「賸，甚辭。猶真也；儘也；頗也；多也。字亦作剩。」思量（liáng）：考慮，忖度。《晋書》卷八九《王豹傳》：「冏令曰：『得前後白事，具意，輒別思量也。』」杜荀鶴《秋日寄吟友》：「閒坐細思量，唯吟不可忘。」

〔七〕夢何處：《真誥》（卷一七）：「（興寧三年）四月二十九日夜半時，（楊羲）夢與許玉斧俱座，不知是何處也。良久，見南嶽夫人與紫陽真人周君俱來，坐一床。因見玉斧與真人周君語曰：……言訖，豁然而覺，竟不知在何處。此夢甚分明，故記之。」又曰：「四月九日戊寅夜鼓四，夢北行登高山，迷淪不寤。至明日日出四五丈乃覺，覺憶登山半日許，至頂上。大有宫室數千間，鬱鬱不可名。山四面皆有大水，而不知是何處。」

〔八〕紅藥：芍藥。《文選》（卷三〇）謝脁《直中書省》：「紅藥當階翻，蒼苔依砌上。」韋應物《游南齋》：「高林晚露清，紅藥無人摘。」煙月：雲霧迷蒙的月色。

【箋評】

「紅藥滿山煙月香」：趣。（項真評、項真刻《項氏瓶笙榭新刻皮襲美詩》卷二）

春冰已泮，餐霞而「坐巖房」。「啓瓊函」，有猿來偷窺；「開金液」，與鶴同嘗。抄寫「八會」經文，「思量七真遺語」，一心求道。時而夢中見景，不知是「何處」。但見「紅藥滿山烟月香」，定是仙境耳。典贍清虚兼得。《金華玉女説丹經》曰：「昔我與大衆朝會大乙神君，聞無上大道，宣説法要。

金液二名，九轉神丹，以救衆真，以救世苦。」又昔有煉丹成而被鶴銜去，故今詩云「開金液」而與鶴共嘗也。《雲笈》云：「《道門大論》曰：『一者陰陽初分，有三元、五德、八會之氣，以成飛天之書。後撰爲八龍、雲篆、明光之章。八會本文凡一千一百九字，其篇真文合六百六十八字，修用此法。一者主召九天上帝，校神仙圖録，求仙致真之法。二者主召天宿星官，正天分度，保國寧民之道。三者攝制酆都六天之氣。四者敕命水帝，制召龍鳥也。』」「七真遺語」，即《真誥》中語。《真誥》載：「楊羲興寧三年四月二十九夜，夢與許玉斧俱座，不知是何處也。良久，見南嶽夫人與紫陽真人周君俱來。」且楊又夢見蓬萊公。頻頻有夢。今用「夢」，俱以比之楊真人也。《真誥》：「九華真妃授楊真人曰：『日者霞之實，霞者日之精。君惟聞服日食之法，未見知餐霞之精也。夫餐霞之精甚密，致霞之道甚易。此謂體生玉光，霞映上清之法也。』」《真誥》又云：「海中狼五山中，有學道者虞翁生，會稽人。昔受仙人介君食日精法，東太帝迎升天。今在陽谷山中。」《仙鑑》云：「羊愔遊阮郎亭，崖上有篆書，刻石極大。世傳阮肇題。後盛成使匠人摸搭之。乃唐李陽冰爲縉雲令遊此題。」今詩「搭」字，亦有或寫、或摸搭之謂。（胡以梅《唐詩貫珠箋》卷二十五）

題支山南峰僧〔一〕

日休

雲侵壞衲重隈肩〔二〕，不下南峰不記年〔三〕。池裏群魚曾受戒〔四〕，林間孤鶴欲參禪①〔五〕。鷄頭竹上開危逕〔六〕，鴨脚花中擿廢泉②〔七〕。無限吴都堪賞事〔八〕，何如來此看師眠③〔九〕。

（詩四九九）

【校記】

①「間」原作「卿」，據弘治本、汲古閣本、詩瘦閣本、四庫本、皮詩本、項刻本、統籤本、類苑本、季寫本、全唐詩本改。②「擿」弘治本、皮詩本、統籤本、季寫本作「樀」，項刻本作「摘」。③「何如」項刻本作「如何」。

【注釋】

〔一〕此詩當作於咸通十一年（八七〇）冬。支山：支硎山，一名報恩山。參本卷（詩四七五）注〔六〕。南峰：支硎山南峰。此處實指南峰天峰院而言。南峰僧，即指南峰天峰院的僧人。宋朱長文《吴郡圖經續記》（卷中）：「天峰院，在吴縣西二十五里，報恩山之南峰。東晋時，高僧支遁者，嘗居於此，故有支硎之號。山中有支遁石室、馬迹石、放鶴亭，皆因之得名。昔唐自有報恩寺在山麓，故樂天、夢得游報恩寺，作詩。蓋自武宗時，報恩寺廢，雖興葺，不能復。故皮、陸猶有《報恩寺南池聯句》，其後益淪壞。……所謂『南峰』者，乃古之報恩之屬院耳。院枕巖腹，躋攀幽峻。自報恩寖衰，而南峰乃興。大中五年，號爲『支山』。天福五年，改曰『南峰』。聖朝賜以今額，禪老相承，殿閣堂廡奂然一新矣。山中危壁竦立，石門夾道，前對牛頭山，旁作西庵。又有碧琳泉、待月嶺、南池、新泉之類，自昔著名。」

〔二〕壞衲：僧人破舊的百衲衣。重隈（wēi）：一層又一層地遮蔽。隈：隱蔽。唐慧琳《一切經音義》（卷五九）：「隈處，於迴反，《説文》：『一由反，水曲隩也。』隈，隱蔽之處也。」

〔三〕不記年：不記年代歲月，形容時間很長。周曇《舜妃》：「蒼梧一望隔重雲，帝子悲尋不記春。」呂巖《七言》：「自隱玄都不記春，幾回滄海變成塵。」

〔四〕池：指報恩寺南池。參本詩注〔一〕。受戒：佛教名詞。佛教徒通過規定的儀式，接受佛教的戒律。

〔五〕孤鶴：唐人詩中常用孤鶴的形象喻超脱世俗者。白居易《送毛仙翁》：「語罷倏然别，孤鶴升遥天。」寒山《自羡山間樂》：「寒月冷颼颼，身似孤飛鶴。」參禪：佛教禪宗的修持方法。有游訪問禪、參究禪理、打坐禪思等形式。唐玄覺《永嘉證道歌》：「遊江海，涉山川，尋師訪道爲參禪。」

〔六〕雞頭竹：未詳。鷄頭，據《洛陽伽藍記·瑶光寺》，應屬草本植物。參本詩注〔七〕。戴凱之《竹譜》：「鷄脛，篁竹之類。纖細，大者不過如指。疏葉，黄皮，强肌，無所堪施。笋美，青斑色緑，沿江山崗所饒也。」未知孰是？危逕：陡峭的山間小道。

〔七〕鴨脚花：鴨脚葵開的花。鴨脚葵，葵菜的一種，可食。大葉小花，花呈紫黄色。北魏楊衒之《洛陽伽藍記·瑶光寺》：「牛筋狗骨之木，鷄頭鴨脚之草，亦悉備焉。」北魏賈思勰《齊民要術》（卷三）《種葵》：「按：今世葵有紫莖、白莖二種。種别復有大小之殊。又有鴨脚葵也。」

擿（tī）：挑出，撥開。

〔八〕吴都：蘇州。春秋時吴國的都城，漢末三國時東吴亦曾都於此。晉左思《三都賦》中有《吴都賦》，即指蘇州。

〔九〕何如：何似，怎麽樣。《世説新語・文學》：「或問顧長康：『君《箏賦》何如嵇康《琴賦》？』」《抱朴子・外篇・逸民》：「子謂吕尚何如周公乎？」師：指支山南峰院僧人。

奉和次韻

龜蒙

眉毫霜細欲垂肩〔一〕，自説初栖海岳年〔二〕。萬壑煙霞秋後到①〔三〕，一林風雨夜深禪〔四〕。時翻貝葉添新藏〔五〕，閑插松枝護小泉。好是清冬無外事〔六〕，匡床齋罷向陽眠②〔七〕。

（詩五〇〇）

【校記】

①「後」陸詩甲本作「浚」，陸詩乙本作「俊」。②「匡」原缺末筆，避宋太祖趙匡胤諱。

【注釋】

〔一〕眉毫：又稱毫眉。毫，指眉中的長毛。《詩經・豳風・七月》：「爲此春酒，以介眉壽。」《毛傳》：「眉壽，豪眉也。」孔穎達疏：「人年老者，必有豪毛秀出者，故知眉謂豪眉也。」霜細：喻雪白細長。佛教説世尊眉間有白色毫毛，放之則有光明，謂之「白毫相」。《敦煌變文集》（卷五）《維摩詰經講經文》：「金紫曜明衣内寶，眉間時放白毫光。」又曰：「總來瞻禮白毫光。」

〔二〕海岳：大海和山岳。海岳年：喻時間久遠，經歷了滄海桑田的變化。《神仙傳》（卷三）《王遠》：「麻姑自説：『接待以來，已見東海三爲桑田。向到蓬萊，水又淺於往昔，會時略半也，豈將復還爲陵陸乎？』方平笑曰：『聖人皆言，海中行復揚塵也。』」

〔三〕萬壑煙霞：此謂整個山中的美麗秋色。《梁書》（卷二一）《張充傳》：「若乃飛竿釣渚，濯足滄洲；獨浪煙霞，高卧風月。」

〔四〕夜禪深：指僧人在夜間坐禪。風雨中坐禪，既是僧人的常事，亦可見入静之深。

〔五〕貝葉：指佛經。古印度佛書寫於貝多葉上，故云。參卷五（詩二三九）注〔六〕。時翻：指時時從事翻譯佛經之事。新藏：新的佛經典籍。藏，佛教經典的總稱爲佛藏。

〔六〕好是：剛好，恰好。清冬：清静閑暇的冬天。外事：世俗之事。

〔七〕匡床：大而方正的床。《商君書·畫策》：「人主處匡床之上，聽絲竹之聲，而天下治。」《莊子·齊物論》：「麗之姬，艾封人之子也。晉國之始得之也，涕泣沾襟，及其至於王所，與王同筐床，食芻豢，而後悔其泣也。」《經典釋文》（卷二十六）《莊子音義》（上）：「『筐』本亦作『匡』。……司馬云：『筐床，安床也。』崔云：『筐，方也。』一云：『正床也。』」

【箋評】

首言僧之臘高貌古，亦用佛「眉間白毫光」事。下句皆「初栖海嶽」踪迹。三四尤精神鮮綻之極。結用「好是」，少變其句法，猶「好在」，更好也。（胡以梅《唐詩貫珠箋》卷二十六）

送董少卿遊茅山〔一〕

日休

名卿風度足杓斜①〔二〕，一舸閑尋二許家〔三〕。天影曉通金井水〔四〕，山靈深護玉門沙②〔五〕。空壇禮後銷香母〔六〕，陰洞緣時觸乳花③〔七〕。盡待于公作廷尉④〔八〕（原注：卿嘗爲大理〔九〕，用法有廉平之稱⑤。），不須從此便餐霞⑥〔一〇〕。（詩五〇一）

【校記】

①「足杓」項刻本作「□□」。②「沙」詩瘦閣本、項刻本作「砂」。③「花」項刻本作「華」。④「于公」原作「于公公」，據弘治本、汲古閣本、四庫本、統籤本、全唐詩本改。⑤類苑本無此注語。⑥「餐」斠宋本作「飱」。

【注釋】

〔一〕此詩當作於咸通十一年（八七〇）冬。董少卿：董賡，曾任大理少卿、台州刺史。《唐六典》（卷一八)《大理寺》:「少卿二人,從四品上。」《舊唐書》(卷一九上)《懿宗紀》:「(咸通六年二月)制以……大理少卿董賡試拔萃選人。」《赤城志》(卷八):「董賡,咸通七年授(刺史)。」茅山:參卷六(詩二六三)注〔一〕。

〔二〕名卿:有名望的公卿。杓(biāo):星名。北斗柄部的三顆星,也稱斗柄。《淮南子·天文訓》:「斗杓爲小歲。」高誘注:「斗第一星至第四爲魁,第五至第七爲杓。」杓斜:謂北斗星斜照在天上。喻董賡的才名如星斗閃耀。

〔三〕一舸:一隻船。《方言》(卷九):「南楚、江、湘凡船大者謂之舸。」此泛指船。閑尋:謂從容地探訪。二許:許邁、許謐,東晋著名道士,句容茅山人,亦在茅山成道。參卷六(詩二六五)注〔二〕。一説,二許爲許謐、許翽。參卷六(詩二六六)注〔三〕。

〔四〕天影:指天上星河。金井水:非專名,茅山有水處甚多。如《真誥》(卷一一):「茅山天市壇,……其山左右有泉水,皆金玉之津氣,可索其有小安處爲静舍乃佳。若飲此水,甚便益人精,可合丹。」或指許謐井,又稱許長史井。陶弘景《上清真人許長史舊館壇碑》:「宅南一井,即長史所穿。井南大塘,乃郭朝遺制。源出田公之泉,路通姜巳之軌。」或即指茅山玉沙津。陶弘景《華陽頌·標貫》:「表裏玉沙津,周迴隱輪迹。」《真誥》(卷一三):「華陽雷平山,有田公泉水,飲之除腹中三蟲,與隱泉水同味,云是玉砂之流津也。用以浣衣,不用灰,以此爲異矣。」

〔五〕山靈：山中的神仙。《文選》(卷一)班固《東都賦》：「山靈護野，屬御方神。」李善注：「山靈，山神也。」玉門沙：玉門的丹砂。道士煉丹之物。《真誥》(卷一一)：「中茅山玄嶺獨高處，司命君埋西胡玉門丹砂六千斤於此山，深二丈許，埳上四面有小盤石鎮其上。其山左右當泉水下流，水皆小赤色，飲之益人。」《方輿勝覽》(卷一四)《江東路·建康府》：「中茅山，司命真君埋玉門丹砂以鎮之，石上有徐鍇篆字。」

〔六〕空壇：指茅山上寂静的齋醮的壇臺。禮：指禮拜神仙真人。香母：《真誥》(卷一)：「浮空寢晏，高會太晨，四鈞朗唱，香母奏煙。」又(卷三)：「香母折腰唱，紫煙排棟梁。」

〔七〕陰洞：指茅山的洞穴。《神仙傳》(卷五)《茅君》：「君遂徑之江南，治於句曲山。山有洞室，神仙所居，君治之焉。」《真誥》(卷一一)：「(茅山)此山洞虚内觀，内有靈府，洞庭四開，穴岫長連，古人謂爲金壇之虚臺、天后之便闕、清虚之東窗、林屋之隔沓。衆洞相通，陰路所適，七塗九源，四方交達，真洞仙館也。」緣時：隨時。乳花：石花，指石鍾乳水滴於石上凝結如花者。宋唐慎微《證類本草》(卷四)《玉石部中》：「石花，味甘温……與殷孽同，一名乳花。」沈括《夢溪筆談·雜志二》：「又，石穴中水，所滴皆爲鍾乳、殷孽，春、秋分時，汲井泉則結石花。」

〔八〕于公：漢代于定國父，執法廉平。于定國學法于父，執法寬平。此喻董賡。《漢書》(卷七一)《于定國傳》：「于定國字曼倩，東海郯人也。其父于公爲縣獄史，郡決曹，決獄平，羅文法者于公所决皆不恨。郡中爲之生立祠，號曰于公祠。……定國少學法于父，父死，後定國亦爲獄史，郡決曹，補廷尉史，以選與御史中丞從事治反者獄，以材高舉侍御史，遷御史中丞。……數年，遷水衡都尉，超爲廷尉。……朝廷稱之曰：『張釋之爲廷尉，天下無冤民；于定國爲廷尉，民自以不冤。』……爲廷尉十八歲，遷御史大夫。」廷尉：《漢書》（卷一九上）《百官公卿表上》：「廷尉，秦官，掌刑辟，有正、左右監，秩皆千石。景帝中六年更名大理，武帝建元四年復爲廷尉。」

〔九〕卿：指董賡。大理：大理寺，唐代朝廷掌刑獄的機構，其職官有卿一人，少卿二人。大理寺卿職責相當於漢代廷尉，故詩中取以爲喻。爲大理：指董賡曾官大理寺少卿事。廉平：清廉正直，辦事公平。《史記》（卷一〇）《孝文本紀》：「妾父爲吏，齊中皆稱其廉平。」

〔一〇〕不須：不必。餐霞：餐食日霞。喻學道修仙。《楚辭·遠遊》：「餐六氣而飲沆瀣兮，漱正陽而含朝霞。」王逸注：「餐吞日精，食元符也。《陵陽子明經》言：春食朝霞。朝霞者，日始欲出赤黃氣也。秋食淪陰。淪陰者，日没以後赤黃氣也。冬飲沆瀣。沆瀣者，北方夜半氣也。夏食正陽。正陽者，南方日中氣也。并天地玄黃之氣，是爲六氣也。」《漢書》（卷五七下）《司馬相如傳下》：「呼吸沆瀣兮餐朝霞。」顔師古注：「應劭曰：『《列仙傳》陵陽子言：春食朝霞。朝霞者，日始欲出赤黃氣也。夏含沆瀣。沆瀣，北方夜半氣也。并天地玄黃之氣爲六氣。』」

同前

龜蒙

威輦高懸度世名〔一〕，至今仙裔作公卿〔二〕。將隨羽節朝珠闕〔三〕，曾佩魚符管赤城〔四〕（原注：董嘗判台州①〔五〕）。雲凍尚含孤石色〔六〕，雪乾猶墮古松聲〔七〕。應知四扇靈方在〔八〕，待取歸時緑髮生〔九〕。（詩五〇二）

【校記】

①類苑本無此注語。

【注釋】

〔一〕威輦：魏、晉間隱士董京。《晉書》（卷九四）《董京傳》：「董京字威輦，不知何郡人也。初與隴西計吏俱至洛陽，被髮而行，逍遥吟咏，常宿白社中。時乞於市，得殘碎繒絮，結以自覆，全帛佳綿則不肯受。或見推排罵辱，曾無怒色。……後數年，遁去，莫知所之。」《抱朴子·内篇·雜應篇》：「洛陽有道士董威輦，常止白社中，了不食。陳子叙共守事之，從學道積久，乃得其方。」《太平御覽》（卷六六二）引葛洪《神仙傳》曰：「董威輦，不知何許人。晉武帝末，在洛陽白社中。寢息土上，衣服藍縷。常吞一石子，經日不食。或市乞傭作。人或往觀之，亦不與言。時或著詩。莫知所終。」度世：出世，脱離塵世。《楚辭·遠遊》：「欲度世以忘歸兮，意恣睢以担撟。」洪興祖補注：「度世，謂僊去也。」

〔二〕仙裔：後裔，子孫後代。指董賡，因與董京同姓而借喻。公卿，指董賡曾官大理少卿事。

〔三〕羽節：飾以鳥羽的儀仗的杖節。指神仙的儀仗。《雲笈七籤》（卷一〇五）《清靈真人裴君傳》：「乘龍雲軿，建紫晨巾，以紫羽爲蓋，仗七色之節，侍從神童玉女各二百許人。」神仙常乘羽車，羽節亦爲神仙的儀仗。唐韋渠牟《步虚詞十九首》（其五）：「羽節忽排煙，蘇君已得仙。」珠闕：珠宫。應即指道教天上的神仙居處蕊珠宫。《雲笈七籤》（卷一一）《上清黄庭内景經·上清章第一》：「閑居蕊珠作七言。」梁丘子注：「蕊珠，上清境宫闕名也。」此喻茅山道觀。此句謂董賡將遊茅山。

〔四〕魚符：唐代官員所持的一種符信，鑄銅成魚形，上書文字，剖爲兩半，合則爲一，以爲憑信。此則指五品以上官員所佩魚符。《舊唐書》（卷四五）《輿服志》：「高祖武德元年九月，改銀菟符爲銀魚符。……垂拱二年正月，諸州都督、刺史，并准京官帶魚袋。……神龍元年二月，内外官五品已上依舊佩魚袋。」赤城：赤城山。此借指台州。《元和郡縣圖志》（卷二六）《江南道二》：「台州，蓋因天台山爲名。……唐興縣，天台山，在縣北一十里。赤城山，在縣北六里。實爲東南之名山。」

〔五〕判台州：指董賡在咸通七年曾官台州刺史事。參上（詩五〇一）注〔二〕。判，唐代官制，以高階官職兼較低職官稱爲判。董賡以大理少卿出任台州刺史。大理少卿從四品上。查《元和郡縣圖志》（卷二六），台州爲上州。據《唐六典》（卷三〇）：「上州，刺史一人，從三品。」與「判」字之義不符。但此處所云，對董賡而言，則有推尊之意。

〔六〕雲凍句：謂冬天的陰雲呈現出灰色的石頭般的顏色。

〔七〕雪乾句：謂飄灑的乾雪仍然發出松濤般的聲音。

〔八〕四扇靈方：道家一種可以延年益壽的方藥。《雲笈七籤》（卷七四）《太上肘後玉經方八篇・方坤風后四扇散方第二》：「五靈脂三大兩，延年益命。……右方風后傳黄帝，黄帝傳高丘子，高丘子傳大茅君，大茅君傳弟固。凡欲傳授，誓不妄泄。」《神仙傳》（卷五）《茅君》：「後二弟年衰，各七八十歲，棄官委家，過江尋兄。君使服四扇散，却老還嬰，於山下洞中修練四十餘年，亦得成真。」

〔九〕待取：待到。取，助詞。緑髮：烏黑而有光澤的頭髮。喻年輕。此謂服用茅山的仙藥而返老還童。李白《遊泰山六首》（其三）：「偶然值青童，緑髮雙雲鬟。」

襲美將以緑罽爲贈〔一〕，因成四韻

龜蒙

三逕風霜利若刀①〔二〕，襜褕吹斷罥蓬蒿〔三〕。病中祇自悲龍具〔四〕，世上何人識羽袍〔五〕。

狐貉近懷珠履貴〔六〕，薜蘿遥羡白巾高〔七〕。陳王輕暖如相遺②〔八〕，免製衰荷效《廣騷》③〔九〕。　（詩五〇三）

【校記】

①「若」陸詩甲本、季寫本作「苦」　②「王」統籤本作「玉」。「遺」原作「遣」，據汲古閣本、四庫本、陸詩甲本、陸詩丙本、統籤本、季寫本、全唐詩本改。　③「製」陸詩甲本、陸詩丙本、季寫本、全唐詩本作「致」。

【注釋】

〔一〕此詩作於咸通十一年（八七〇）冬。緑罽（jì）：緑色毛氈。罽，毛或毛麻的紡織品，如氈子、毯子。

〔二〕三逕：指隱居者的居住之處。此作者自指。《文選》（卷四五）陶淵明《歸去來》：「三逕就荒，松菊猶存。」李善注：「《三輔决録》曰：『蔣詡，字元卿。舍中三逕，唯羊仲、求仲從之遊，皆挫廉逃名不出。』」風霜：《後漢書》（卷六四）《盧植傳》：「風霜以別草木之性，危亂而見貞良之節。」

〔三〕襜褕（chān yú）：短衣。一説，長單衣。《説文·衣部》：「襜，衣蔽前。」又曰：「褕，翟，羽飾衣。一曰：直裾謂之襜褕。」《方言》（卷四）：「襜褕，江、淮、南楚謂之襜褣，自關而西謂之襜褕，其短者謂之裋褕。」《史記》（卷一〇七）《武安侯列傳》：「（田蚡）子恬嗣。元朔三年，武安侯坐衣襜褕入宫，不敬。」《正義》：「《爾雅》云：『衣蔽前謂之襜。』郭璞云：『蔽膝也。』《説文》《字林》并謂之短衣。」《索隱》：「謂非正朝衣，若婦人服也。表云恬坐衣不敬，國除。」吹斷：飄盡。張相《詩詞曲語辭匯釋》（卷三）：「斷，猶盡也；煞也；極也；住也。有曰吹斷者。李商隱《昨夜》詩：『昨夜西池凉露冷，桂花吹斷月中香。』吹斷，猶云吹盡，即飄盡也。」罥（juàn）：挂，纏繞。蓬蒿：蓬草和蒿草，泛指野草。常指隱士居處。漢趙岐《三輔决録》：「張仲蔚，平陵人也。與同郡魏景卿俱隱身不仕，所居蓬蒿没人。」李白《南陵别兒童入京》：「仰天大笑出門去，我輩豈是蓬蒿人。」

〔四〕龍具：牛衣，以麻編成蓋在牛身上以保暖。貧士亦用以裹身。《漢書》（卷七六）《王章傳》：「王章字仲卿，泰山鉅平人也。……初，章爲諸生學長安，獨與妻居。章疾病，卧牛衣中，與妻决，涕泣。」顔師古注：「牛衣，編亂麻爲之，即今俗呼爲龍具者。」

〔五〕羽袍：鳥羽製成的袍子，即羽衣，仙道者所穿之衣。《漢書》（卷二五上）《郊祀志上》：「五利將軍亦衣羽衣，立白茅上受印。」顔師古注：「羽衣，以鳥羽爲衣，取其神僊飛翔之意也。」晋王嘉《拾遺記》（卷三）：「老聃在周之末，居反景日室之山，與世人絶迹。惟有黄髮老叟五人，或乘鴻鶴，或衣羽衣，耳出於頂，瞳子皆方，面色玉潔，手握青筇之杖，與聃共談天地之數。」《雲笈七籤》（卷一〇六）《清靈真人王君内傳》：「乃將君入紫桂宫，見丈人著流霞羽袍，冠芙蓉之冠，腰帶神光，手把火鈴，侍女數百，龍虎衛階。」

〔六〕狐貉（luò）：狐與貉，兩種野獸名。此指用狐貉的毛皮製成的名貴服飾，喻高官厚禄者。《論語·子罕》：「衣敝緼袍，與衣狐貉者立，而不恥者，其由也與？」邢昺疏：「緼袍，衣之賤者；狐貉，裘之貴者。常人之情，著破敗之緼袍，與著狐貉之裘者并立，則皆慚恥。而能不恥者，唯其仲由也與？」懷：思念。《説文·心部》：「懷，念思也。」珠履：綴飾明珠的鞋子。言其貴重。《史記》（卷七八）《春申君列傳》：「春申君客三千餘人，其上客皆躡珠履以見趙使，趙使大慚。」此句意謂權勢者更加貪求利禄。

〔七〕薜蘿：薜荔和女蘿。喻隱居者。《楚辭·九歌·山鬼》：「若有人兮山之阿，被薜荔兮帶女羅。」王逸注：「女羅，兔絲也。言山鬼仿佛若人，見於山之阿，被薜荔之衣，以兔絲爲帶也。」白巾：白色頭巾。指平民服飾。《漢書》（卷八三）《朱博傳》：「皆斥罷諸病吏，白巾走出府門。」此句謂隱逸者欽羨的是平民的高風。

〔八〕陳王：曹植曾被封爲陳王，死後謚思，世稱陳思王。參卷七（詩四二二）注〔二〕。輕暖：輕柔温暖的皮衣。《論語·雍也》：「赤之適齊也，乘肥馬，衣輕裘。」《孟子·梁惠王上》：「爲肥甘不足於口與？輕暖不足於體與？」曹植《求自試表》：「竊位東藩，爵在上列，身被輕暖，口厭百味，目極華靡，耳倦絲竹者，爵重禄厚之所致也。」相遺（wèi）：相贈。

〔九〕衰荷：殘荷。製荷，用荷葉裁製成衣。《楚辭·離騷》：「製芰荷以爲衣兮，集芙蓉以爲裳。」王逸注：「言己進不見納，猶復裁製芰荷，集合芙蓉，以爲衣裳，被服愈潔，修善益明。」《廣騷》：

漢代揚雄作。《漢書》(卷八七上)《揚雄傳上》:「又怪屈原文過相如,至不容,作《離騷》,自投江而死。悲其文,讀之未嘗不流涕也。以爲君子得時則大行,不得時則龍蛇,遇不遇命也,何必湛身哉! 乃作書,往往摭《離騷》文而反之,自岷山投諸江流以吊屈原,名曰《反離騷》;又旁《離騷》作重一篇,名曰《廣騷》;又旁《惜誦》以下至《懷沙》一卷,名曰《畔牢愁》。《畔牢愁》《廣騷》文多不載,獨載《反離騷》。」

【箋評】

「三徑」風利,單衣「吹斷」。「病中」衹有牛衣之泣,「世上」何曾見過仙人羽袍,狐貉之裘? 惟近珠履之貴,薜蘿之服,但羡士庶白巾之高,故無此罽袍。若君能如曹子建,以「輕暖」相贈,則免予製芰荷爲裳,而效作《廣離騷》矣。「羽袍」,尊其「緑罽」之謂。猶言我不曾著過此罽袍耳。「高」,高冠也。五六一開一合,七承五,八承六也。「罽」音「記」。《爾雅》:「毛牦,所以爲罽。」《史記》:「武安侯田恬坐衣襜褕入宫,不敬,國除。」注云:「襜褕,《説文》《字林》并謂之短衣。」《索隱》曰:「非王朝衣,若婦人服也。」《説文》又云:「直裾,單衣也。」詩用是單短之衣,不足禦寒者耳。若字書又注:「翟,飾之衣。」非指此。張衡詩:「美人贈我貂襜褕,何以報之明月珠。」此乃以襜褕複之以貂矣。《漢書》:「王章初爲諸生,學長安,獨與妻居。章疾病,無被,卧牛衣中,與妻决,涕泣。妻曰:『仲卿,京師尊貴。在朝廷,人誰踰仲卿者。今疾病困厄,不自激昂,乃反涕泣,何鄙也!』後章仕京兆,欲上封事,妻又止之曰:『人當知足,獨不念牛衣中泣時耶?』」顔注:「牛衣,編亂麻爲之,即今呼爲龍具者。」《真人王君内傳》：「太上丈人著流霞羽袍，芙蓉之冠。」珠履，見《外大寮部》。《離騷》曰：「貫薜荔之落蕊。矯菌桂以紉蕙兮，索胡繩之纚纚。謇吾法夫前修兮，非世俗之所服。」又《九歌》曰：「被薜荔兮帶女蘿。」皆言以薜荔爲服，女蘿爲帶。今詩亦謂草野之服也。《釋名》曰：「庶人巾，古賤者之服。」漢末爲士服，魏武以縑爲之。《世説》：「謝萬著白綸巾。」少陵詩：「光明白氎巾。」又《離騷》曰：「製芰荷以爲衣兮，集芙蓉以爲裳。不吾知其亦已矣，苟余情其信芳。高余冠之岌岌兮，長余佩之陸離。芳與澤其雜糅兮，唯昭質其猶未虧。」「岌岌」，高也。則詩中「高」字，亦本《離騷》言冠之「高」。陳王，陳思王曹子建。有《贈丁儀》詩：「初秋涼風發，庭樹微消落。凝霜依玉除，清風飄飛閣。……在貴多忘賤，爲恩誰能博！狐白足禦冬，焉念無衣客。思慕延陵子，寶劍非所惜。子其寧爾心，親交義不薄。」「輕暖」，指狐白裘。楊雄怪屈原文過相如，至不容，作《離騷》，自投江而死。悲其文，讀之未嘗不流涕也。以爲君子得時則大行，不得時則龍蛇。遇不遇，命也，何必湛身哉！乃作書，摭《離騷》文而反之，自岷山投諸江流，以吊屈原，名曰《反離騷》；又旁《離騷》作一篇，名曰《廣騷》。（胡以梅《唐詩貫珠箋》卷五十八）

詶魯望見迎緑罽次韻〔一〕

日休

輕裁鴨緑任金刀〔二〕，不怕西風斷野蒿。酬贈既無青玉案〔三〕，纖華猶欠赤霜袍〔四〕。煙披怪石難同逸①〔五〕，竹映仙禽未勝高〔六〕。成後料君無別事〔七〕，只應酣飲咏《離騷》〔八〕。

（詩五〇四）

【校記】

①「披」類苑本作「波」。

【注釋】

〔一〕見迎：迎接。見，表客氣的敬詞。

〔二〕鴨緑：緑色，如鴨頭上緑毛般的深緑色。此形容緑罽。《急就章》（卷二）：「春草鷄翹鳧翁濯。」顔師古注：「春草、鷄翹、鳧翁皆爲染彩而色似之，若今染家言鴨頭緑、翠毛碧云。」李白《襄陽歌》：「遥看漢水鴨頭緑，恰似葡萄初醱醅。」金刀：指剪刀。《文選》（卷二九）張衡《四愁詩四首》（其二）：「美人贈我金錯刀，何以報之英瓊瑶。」白居易《題令狐家木蘭花》：「膩如玉指塗朱粉，光似金刀剪紫霞。」

〔三〕青玉案：青玉制成的盛放杯箸的盤子。《文選》（卷二九）張衡《四愁詩四首》（其四）：「美人贈我錦綉緞，何以報之青玉案。」李善注：「《楚漢春秋》：『淮陰侯曰：「臣去項歸漢，漢王賜臣玉案之食。」』」劉良注：「玉案，美器，可以致食。」

〔四〕纖華：此指精美華麗的服飾。元稹《和樂天贈吴丹》：「獨有冰雪容，纖華奪鮮縞。」赤霜袍：鮮艷的紅色長袍。《真誥》（《太平御覽》卷六七五）曰：「上元夫人服赤霜袍，披青毛錦，裘頭作三角髻，散髮至於腰，戴元晨夜月之冠，帶六山火玉之佩，腰鳳文琳華太綬，執流黄揮金之劍。」

〔五〕煙披句：謂煙霧披拂在怪石上的蕭散姿態，也難以比得上陸氏披上緑罽的疏縱閑逸。

〔六〕仙禽：指鶴。《相鶴經》（《初學記》卷三〇）曰：「蓋羽族之宗長，仙人之騏驥也。」鮑照《舞鶴賦》：「散幽經以驗物，偉胎化之仙禽。」此句謂緑竹映照仙鶴的風姿，也未能超越陸氏披上緑罽的清雅高逸。

〔七〕成後：謂用緑罽製成衣服以後。別事：其他的事情。

〔八〕只應句：此句謂酣飲而又咏《離騷》表達自己的情懷。《離騷》：戰國時楚國屈原作。《楚辭·離騷經》王逸注：「離，别也。騷，愁也。經，徑也。言己放逐離别，中心愁思，猶依道徑，以風諫君也。」《世説新語·任誕》：「王孝伯言：『名士不必須奇才。但使常得無事，痛飲酒，熟讀《離騷》，便可稱名士。』」

【箋評】

「緑罽」既裁，固可「不怕西風」，然止有緑色，而「無青玉案」之貴，亦「欠赤霜袍」之「纖華」耳。此聯夾緑色之法，而寓謙辭。五六謂此罽所裁之製度是「披」裹之用，狀其「披」之態，而「披」之者清高俊逸，以譽魯望。猶言雖無「青玉」、「赤霜」之美，而用之高逸也。結言裁成贈君之後，君惟痛飲讀《騷》。此因五六，亦同原唱有荷衣蘿帶之野逸，當亦咏《騷》，譽之爲名士耳。細詳五六，蓋毛織之物，故若煙色，碧翠蒙茸。而揆其製，是今俗所謂一口鐘。用一片整罽，有領無袖，扣領則披之，周身圍裹。可登騎禦雪，可趺坐披擁者，因不分肢體，塊然似「怪石」耳。非穿著之用，故以「披」字點明。「竹」亦擬其蓬鬆緑色，「仙禽」亦謂之毛衣也。「高」，高雅。「煙披怪石」、「竹映仙禽」，是稱錦心綉口，直造玄微，可使鬼泣，非粗心可讀。蓋陸之原唱，猶未悉其製，所以酬答深入一層，且題止稱爲「罽」，非服也。此與題更切，原不可少也。李詩：「遥觀漢水鴨頭緑。」《漢武外傳》云：「上元夫人服赤霜袍，雲彩燦爛，非錦非綉，不可得名也。」《爾雅翼》曰：「鶴一起千里，古謂之『仙禽』。」《世説》：「王孝伯言：『名士不必須奇才。但使常得無事，痛飲酒，熟讀《離騷》，便可稱名士。』」（胡以梅《唐詩貫珠箋》卷五十八）

寄懷南陽潤卿〔一〕

日休

鹿門山下捕魚郎〔二〕，今向江南作渴羌①〔三〕。無事只陪看藕樣②〔四〕，有錢唯欲買湖光〔五〕。醉來渾忘移花處〔六〕，病起空聞焙藥香〔七〕。何事對君猶有愧，一篷衝雪返華陽③〔八〕。

（詩五〇五）

【校記】

①「渴羌」統籤本作「揭羌」　②「藕樣」盧校本、項刻本作「鶴相。」　③「篷」原作「蓬」，據弘治本、汲

古閣本、詩瘦閣本、四庫本、皮詩本、項刻本、統籤本、類苑本、季寫本、全唐詩本改。「衝」項刻本作「風」。

【注釋】

〔一〕此詩當作於咸通十二年（八七一）春。寄懷：寫出心中所感傳達給對方。南陽潤卿：張賁。參卷六（詩二六三）注〔一〕。

〔二〕鹿門山：在襄陽（今湖北省市名）。作者曾隱居於此。參卷一（詩三）注〔三〇〕。捕魚郎：漁夫。喻隱士。此作者自指。

〔三〕江南：本指長江以南地區。此指蘇州。時作者爲蘇州從事。渴羌：喻嗜酒之人。亦作者自指。王嘉《拾遺記》（卷九）《晉時事》：「有一羌人，姓姚名馥，字世芬，……馥好讀書，嗜酒。每醉時，好言帝王興亡之事。善戲笑，滑稽無窮。常嘆云：『九河之水不足以漬麯糵，八藪之木不足以作薪蒸，七澤之麋不足以充庖俎。凡人稟天地之精靈，不知飲酒者，動肉含氣耳，何必木偶於心識乎？』好啜濁糟，常言渴於醇酒。群輩常弄狎之，呼爲『渴羌』。」

〔四〕無事：清閑，逍遥。儲光羲《滄浪峽》：「自有滄浪峽，誰爲無事人。」藕樣：指荷葉蓮花的景象。

〔五〕錢買湖光：《世説新語·排調》：「支道林因人就深公買印山，深公答曰：『未聞巢、由買山而隱。』」南朝梁釋慧皎《高僧傳》（卷四）《晉剡東仰山竺法潛傳》：「支遁遣使求買仰山之側沃洲小嶺，欲爲幽栖之處。潛答云：『欲來輒給，豈聞巢、由買山而隱？』」李白《襄陽歌》：「清風朗月不用一錢買，玉山自倒非人推。』」

〔六〕渾忘：完全忘記。移花：移栽花草。

〔七〕空聞：只聞，徒聞。焙：微火烘烤。藥：藥草。

〔八〕一篷：猶言一船。篷爲船上用竹子編織成的遮蔽風雨的覆蓋物。衝雪：冒雪。華陽：指句容茅山。參卷六（詩二六三）注〔二〕。衝雪返華陽：參本卷（詩四八五）：「雪打篷舟離酒旗，華陽居士半酣歸。」此二句謂面對友人冒雪乘舟返回華陽去過隱逸的學道生活而感到慚愧。

奉和

龜蒙

高抱相逢各絶塵〔一〕，水經山疏不離身〔二〕。才情未擬湯從事①〔三〕，玄解猶嫌竺道人②〔四〕。霞染洞泉渾變紫〔五〕，雪披江樹半和春〔六〕。誰憐故國無生計〔七〕，唯種南塘二畝芹③〔八〕。（詩五〇六）

【校記】

①「湯」原作「陽」，據弘治本、汲古閣本、詩瘦閣本、四庫本、陸詩甲本、陸詩丙本、統籤本、類苑本、季

寫本、全唐詩本改。②「玄」原缺末筆，避宋太祖始祖趙玄朗諱。③「南」陸詩乙本批校：「舊本作『高』。」

【注釋】

〔一〕高抱：高潔遠大的懷抱。絶塵：超脱世俗。《莊子·田子方》：「夫子奔逸絶塵，而回瞠若乎後矣！」《文選》（卷五〇）范曄《逸民傳論》：「蓋録其絶塵不反，同夫作者，列之此篇。」劉良注：「絶塵，謂絶塵離俗。」

〔二〕水經山疏：指有關山水地理、人文風俗的書籍，如《山海經》《水經注》以及各種地理志和紀行游記等。

〔三〕才情：才華情趣。《世説新語·賞譽》：「孫興公、許玄度共在白樓亭，共商略先往名達。林公既非所關，聽訖云：『二賢故自有才情。』」《賞譽》又云：「許掾嘗詣簡文，爾夜風恬月朗，乃共作曲室中語。襟懷之咏，偏是許之所長。辭寄清婉，有逾平日。簡文雖契素，此遇尤相咨嗟。不覺造膝，共叉手語，達于將旦。既而曰：『玄度才情，故未易多有許。』」湯從事：湯惠休，字茂遠，南朝宋詩人。曾官揚州從事史，故稱湯從事。《宋書》（卷七一）《徐湛之傳》：「時有沙門釋惠休，善屬文，辭采綺艷，湛之與之甚厚。世祖命使還俗。本姓湯，位至揚州從事史。」鍾嶸《詩品》（卷下）：「惠休淫靡，情過其才，世遂匹之鮑照。」

〔四〕玄解：對事物微妙深奥道理的闡述。南朝梁劉勰《文心雕龍·神思》：「積學以儲寶，酌理以富才，研閲以窮照，馴致以懌辭，然後使玄解之宰，尋聲律而定墨；獨照之匠，窺意象而運斤。此蓋馭文之首術，謀篇之大端。」竺道人：竺道生，南朝宋人，高僧。善剖析玄言大道，洞入幽微。南朝梁釋慧皎《高僧傳》（卷七）《宋京師龍光寺竺道生傳》：「竺道生，本姓魏，鉅鹿人，寓居彭城。……後值沙門竺法汰，遂改俗歸依，伏膺受業。既踐法門，俊思奇拔，研味句義，即自開解。故年在志學，便登講座；吐納問辯，辭清珠玉。雖宿望學僧，當世名士，皆慮挫詞窮，莫敢酬抗。」

〔五〕洞泉：指茅山華陽洞和山泉。茅山華陽洞天是道教著名福地，以洞宫著稱。《真誥》（卷一一）：「句曲之洞宫有五門，南兩便門，東西便門，北大便門，凡合五便門也。……所謂洞天神宫，靈妙無方，不可得而議，不可得而罔也。」茅山的山泉，既多又著名。如田公泉等，陶弘景《華陽頌·物軌》：「熒芝可燭夜，田泉常瀞塵。」又《上清真人許長史舊館壇碑》：「宅南一井，即長史所穿。井南大塘，乃郭朝遺制。源出田公之泉，路通姜巳之軌。」《太平寰宇記》（卷九〇）《江南東道二》：「昇州句容縣，喜客泉，在茅山。客至則涌出，故名。」渾，張相《詩詞曲語辭匯釋》（卷二）「渾，猶全也。」變紫：《真誥》（卷一一）：「中茅山玄嶺獨處，……其山左右當泉水下流，水皆小赤色，飲之益人。」

〔六〕江樹：指松江兩岸的樹木。此句謂冬末連着初春，季節變換了。和：張相《詩詞曲語辭匯釋》（卷一）：「和，猶連也。」

〔七〕故國：故鄉，家鄉。作者自指，因其是蘇州人，故云。杜甫《上白帝城二首》（其一）：「取醉他鄉客，相逢故國人。」鄭谷《摇落》：「故國無消息，流年有亂離。」生計：謀生手段。《陳書》（卷二七）《姚察傳》：「清潔自處，貲産每虚，或有勸營生計，笑而不答。」

〔八〕南塘：泛指池塘。《晋書》（卷六二）《祖逖傳》：「時揚土大饑，此輩多爲盜竊，攻剽富室，逖撫慰問之曰：『比復南塘一出不？』或爲吏所繩，逖輒擁護救解之。」芹：蔬菜名。有旱芹和水芹。此指水芹。《詩經·魯頌·泮水》：「思樂泮水，薄采其芹。」

天竺寺八月十五日夜桂子〔一〕

日休

玉顆珊珊下月輪①〔二〕，殿前拾得露華新〔三〕。至今不會天中事〔四〕，應是嫦娥擲與人②〔五〕。（詩五〇七）

【校記】

①「珊珊」類苑本作「珊瑚」。②「嫦」萬絶本作「姮」。季寫本、全唐詩本注：「一作姮。」

【注釋】

〔一〕此詩當作於咸通十一年（八七〇）中秋。此時皮氏或有杭州之行。天竺寺：名刹，在今浙江省杭州市飛來峰（即天竺山）。宋祝穆《方輿勝覽》（卷一）《浙西路》：「臨安府，飛來峰，又名天竺山，乃葛仙翁得道之所。……天竺寺在北山，……中天竺在二者之間，……下天竺。」又云：「靈隱、天竺二山，由一門而入。」桂子：桂樹的果實。宋錢易《南部新書》（庚）：「杭州靈隱山多桂，寺僧云：『此月中種也。』至今中秋望夜，往往子墜，寺僧亦嘗拾得。」白居易《留題天竺靈隱兩寺》：「宿因月桂落，醉爲海榴開。」原注：「天竺嘗有月中桂子落，靈隱多海石榴花也。」又《東城桂三首》（其一）：「子墮本從天竺寺，根盤今在闔閭城。」原注：「舊説杭州天竺寺，每歲秋中有桂子墮。」

〔二〕玉顆：果實的美稱。此指桂子。《漢武帝内傳》：「須臾，以玉盤盛仙桃七顆，大如鴨卵，形圓青色，以呈王母。母以四顆與帝，三顆自食。」珊珊：晶瑩貌。韋莊《白櫻桃》：「只應漢武金盤上，瀉得珊珊白露珠。」月輪：圓月。形容其如月之圓。北周庾信《象戲賦》：「是以局取諸乾，仍圖上玄；月輪新滿，日暈重圓。」古代神話傳説，月中有桂樹，故此詩中云桂子乃月中落下。段成式《酉陽雜俎》（前集卷一）：「舊言月中有桂、有蟾蜍。故異書言月桂高五百丈。」宋王象之《輿地紀勝》（卷二）：「月桂峰，在武林山。」（僧）遵式《月桂峰詩序》云：「想月中桂子，嘗墜此峰，生成大林，其花白，其實丹。一説云：天聖中，天降靈實於此山，狀如珠璣。識者曰：『此月中桂子也。』」可見月中桂子墜落是流傳很久的傳説。

〔三〕殿前：指天竺寺的大殿前。露華：清晨的露水。道家稱清晨初汲之水爲華水，亦即此義。陶弘景《答大鸞法師書》：「正爾整拂藤蒲，采汲華水，端襟儼思，佇聆警錫也。」

〔四〕會：理解，領悟。天中事：指天上月宫桂子墜落到天竺寺之事。

〔五〕嫦娥：古代神話中的月中仙女。一作「姮娥」。漢張衡《靈憲》（《全上古三代秦漢三國六朝文》）：「羿請不死之藥于西王母。姮娥竊之以奔月。將往，枚筮之于有黄。有黄占之，曰：『吉。翩翩歸妹，獨將西行。逢天晦芒，毋驚毋恐，後且大昌。』姮娥遂托身于月，是爲蟾蜍。」宋之問《題杭州天竺寺》：「桂子月中落，天香雲外飄。」

奉和

龜蒙

霜實常聞秋半夜〔一〕，天台天竺墮雲岑①〔二〕（原注：垂拱中，天台桂子落一十餘日方止②〔三〕）。如何兩地無人種〔四〕，却是湘灘是桂林〔五〕。

（詩五〇八）

【校記】

①開頭二句斠宋本批語：「宋本缺七字。小注模糊。末四字缺。」按指缺「夜」、「天台天竺墮雲」七字。②「十」陸詩甲本、統籤本、季寫本、全唐詩本作「百」。類苑本無此注語。

【注釋】

〔一〕霜實：白色的果實。指桂子。秋半夜：八月十五日中秋夜。

〔二〕天台句：謂天台山和天竺山都有桂子從天降落的傳説。天台山：前已屢注。天竺：參本卷（詩五〇七）注〔一〕、〔三〕。天台山落桂子有關記載不在八月十五日。唐封演《封氏聞見記》（卷七）《月桂子》：「垂拱四年三月，月桂子降於台州臨海縣界，十餘日乃止。司馬蓋詵、安撫使狄仁傑以聞，編之史策。月中云有蟾蜍、玉兔并桂樹，相傳如此，自昔未有親見之者。」

〔三〕垂拱：唐武則天年號（六八五—六八八）。

〔四〕兩地：指天台山和天竺山。

〔五〕湘灕：湘江和灕江，均發源於今廣西壯族自治區，古代人認爲兩江同源分流。北魏酈道元《水經注·湘水》：「湘、灕同源，分爲二水。南爲灕水，北則湘川。」又《水經注·灕水》：「灕水與湘水，出一山而分源也。湘、灕之間，陸地廣百餘步，謂之始安嶠。」清顧祖禹《讀史方輿紀要》（卷一〇六）《廣西一》：「灕江與湘江同源，出桂林府興安縣海陽山，東北流至興安縣北，釃爲二流。」桂林：今廣西壯族自治區桂林市。《元和郡縣圖志》（卷三七）《嶺南道四》：「桂州臨桂縣，桂江，一名灕水，經縣東，去縣十步。楊僕平南越，出零陵，下灕水，即謂此也。」又云：「桂州全義縣，湘水，出縣東南八十里陽朔山下，經零陵郡西十里。陽朔山，即零陵山也。其初則觴爲之舟，至洞庭，日月若出入其中。」據此，湘、灕二水初發源處雖然相距甚近，但并不同源。不過古人湘、灕同源的認識已成積習矣。《山海經·海内南經》：「桂林八樹，在番隅東。」《文選》（卷二九）孫綽《遊天台山賦》：「八桂森挺以凌霜，五芝含秀而晨敷。」李善注：「《山海經》曰：『桂林八樹，在賁隅東。』郭璞曰：『八樹成林，言其大也。』」此二句謂天台、天竺的桂子都是從月中落下的，倒是湘、灕二水發源地的桂林，纔是真正桂樹成林的地方。

釣侶二章〔一〕

日休

趁眠無事避風濤①〔二〕，一斗霜鱗换濁醪②〔三〕（原注：吴中賣魚論斗③〔四〕）。驚怪兒童呼不得④〔五〕，盡銜煙雨漉車螯⑤〔六〕。（詩五〇九）

【校記】

①「眠」類苑本作「眼」。②斠宋本批語：「宋本缺。」按指缺「霜鱗换濁醪」、「驚怪」七字。③萬絶本、類苑本無此注語。④「驚」原缺「敬」末筆，避宋太祖祖父趙敬諱。⑤「螯」項刻本作「鰲」。

【注釋】

〔一〕釣侶：捕魚的同伴，打魚人。喻隱士。

〔二〕趁眠：正在睡眠。無事：不必，無須。北周庾信《和趙王看伎》：「懸知曲不誤，無事畏周郎。」唐王梵志《鴻鵠晝遊颺》：「無事强入選，散官先即著。」

〔三〕霜鱗：白色的魚。古代蘇州盛産的鱸魚和白魚，都是白色的。范成大《吴郡志》（卷二九）：

「鱸魚，生松江上，尤宜膾，潔白鬆軟，又不腥，在諸魚之上。」又云：「白魚，出太湖者爲勝。……吴人以芒種日謂之入梅，梅後十五日謂之入時。白魚於是盛出，謂之『時裏白』。」濁醪：渾濁的酒。酒中浮有米糟，故云濁。泛指酒。《文選》（卷六）左思《魏都賦》：「清酤如濟，濁醪如河。凍醴流澌，温酎躍波。」韋應物《效陶彭澤》：「掇英泛濁醪，日入會田家。」

〔四〕吴中：蘇州。《史記》（卷七）《項羽本紀》：「項梁殺人，與籍避仇於吴中。」賣魚論斗：范成大《吴郡志》（卷二）：「魚斗者，吴俗以斗數魚，今以二斤半爲一斗。買賣者多論斗，自唐至今如此。皮日休《釣侣》詩云：『趁眠無事避風濤，一斗霜鱗换濁醪。莫怪兒童呼不得，盡衝煙雨漉車螯。』（吴中賣魚論斗）」

〔五〕驚怪：驚訝奇怪。《史記》（卷八六）《刺客列傳》：「酒酣，嚴仲子奉黄金百溢，前爲聶政母壽。聶政驚怪其厚，固謝嚴仲子。」呼不得：呼喊而不應答。《詩經·周南·關雎》：「求之不得，寤寐思服。」

〔六〕盡：任。張相《詩詞曲語辭匯釋》（卷一）：「盡，猶儘也；任也。」漉（lù）：過濾，淘洗。車螯：蛤類，産海中。外殼璀璨如玉，有斑點。肉可食，其味鮮美。宋吴曾《能改齋漫録》（卷一五）《車螯》：「（車螯）俗謂之紅蜜丁，東坡所傳『江瑶柱』是也。」原注：「『瑶』當作『珧』。郭璞《江賦》：『玉珧海月，土肉石華。』」《文選》（卷一二）郭璞《江賦》：「玉珧海月，土肉石華。」李善注：「郭璞《山海經注》曰：『珧，亦蚌屬也。』」

【箋評】

吴中魚市以斗計（一斗謂二斤半）。《松陵唱和》皮日休《釣侶》詩云：「一斗霜鱗换濁醪。」注云：「吴中買魚論斗，酒即秤斤，其來蓋遠矣。」然酒今已用升，至市芡及蔬反論斤，土風不可革也。（張邦基《墨莊漫録》卷五《吴中買魚論斗》）

前《漢·貨殖傳》：「水居千石魚波。」（「波」讀爲「陂」。）言養魚一歲收千石。唐皮日休《釣侶》詩：「一斗霜鱗换濁醪。」注云：「吴中賣魚論斗，酒乃論斤。」（龔頤正《芥隱筆記》）

【魚論斗】 前《漢·貨殖傳》：「水居千石陂。」言養魚一歲收千石。唐皮日休《釣侶》詩：「一斗霜鱗换濁醪。」注云：「吴中賣魚論斗，酒乃論斤。」（《芥隱筆記》）（胡震亨《唐音癸籤》卷二十《詁箋五》）

皮日休詩：「一斗霜鱗换濁醪。」注：「吴中賣魚論斗，酒乃論斤。」今以斤稱酒尚然，至于魚，則間亦用斗。惟淮上細鰕，方用斗量論石，豈即漢「水居千石魚波」之義邪？ 然古人二十四銖曰兩，六兩曰鍰，十六兩曰斤，十五斤曰秤，三十斤曰鈞，一百二十斤曰石。豈所云千石者，亦斤之積與？ 而斗魚甚奇。《草木子》曰：「武陽小魚，一斤千頭。」今細鰕米名曰一筴千言，一箸可千頭也。（田藝蘅《留青日札》卷三十《斗魚》）

皮日休《釣侶詩》：「一斗霜鱗换濁醪。」注云：「吴中賣魚論斗，酒乃論斤。」余嘗笑云：「東坡《赤壁賦》：『我有斗酒，藏之久矣。』是客殆非吴人。」然今吴下買魚亦論斤也。（裘君弘《妙貫堂餘譚》卷六《斗魚斤酒》）

皮日休《釣侶》詩：「一斗霜鱗換濁醪。」注云：「吳中賣魚論斗，酒乃論斤。」按段公路《北户録》引《短書雜説》以魚爲斗，注謂梁科律，生魚若干斗。此當爲賣魚論斗之自。又按張邦基《墨莊漫録》：「吳中魚市以斗計，一斗爲二斤半」云。（陳錫路《黄嬭餘話》卷六《賣魚論斗》）

汪鈍翁《西山漁父詞》云：「魚價今年逐漸强，偶因換酒到山鄉。笭箵箇箇盛魚滿，一寸銀魚論斗量。」自注：「吳人謂賤爲强。今吳中方言猶然。」西山謂洞庭西山。唐皮日休《釣侶》詩：「趁眠無事避風濤，一斗霜鱗換濁醪。」注：「吳中賣魚論斗。」觀此，則國初濱湖魚市猶尚論斗，故竹垞《大湖罛船竹枝詞》亦云：「盼取湖東販船至，量魚論斗不論秤。」今則盡皆論秤不論斗。物價騰踴，日甚一日，可勝慨哉！（沈濤《匏廬詩話》卷上）

皮日休《釣侶》詩：「一斗霜鱗換濁醪。」注云：「吳中賣魚論斗，酒乃論斤。」或謂賣魚無論斗之例。然前《漢·貨殖傳》：「水居千石魚陂，山居千章之萩。」既以石計，似不妨論斗也。（宋長白《柳亭詩話》卷三十《一斗霜鱗》）

嚴陵灘勢似雲崩〔一〕，釣具歸來放石層〔二〕。煙浪濺篷寒不睡①〔三〕，更將枯蚌點漁燈②〔四〕。（詩五一〇）

【校記】

①「篷」萬絶本作「蓬」。②「蚌」蔛宋本作「蛘」，類苑本作「蚌」。

【注釋】

〔一〕嚴陵灘：亦作子陵灘，上有釣魚臺。參卷三（詩五四）注〔二六〕。雲崩：形容江流湍急，激浪拍岸卷起的浪花似白雲翻騰。《文選》（卷一二）木華《海賦》：「崩雲屑雨，浤浤汩汩。」李善注：「言波浪飛灑，似雲之崩，如雨之屑也。」

〔二〕石層：石崖。韋莊《梁氏水齋》：「看蟻移苔穴，聞蛙落石層。」

〔三〕煙浪：波浪翻騰如煙。劉禹錫《酬馮十七舍人宿贈別五韻》：「白首相逢處，巴江煙浪深。」篷：船篷，即代指船。

〔四〕枯蚌：蚌殼。此處謂以蚌殼添油當作油燈用。

【箋評】

末兩句説浪打在船上，激成烟霧似的細水珠，濺落在船篷上。釣魚人宿在船裏，因寒冷而不睡，添油到蚌殼裏點起燈來。極寫景象之悽清。（中國社會科學院文學研究所編《唐詩選》）

奉和次韻

龜蒙

一艇輕撶看晚濤①〔一〕，接䍦抛下漉春醪②〔二〕。相逢便倚蒹葭泊〔三〕，更唱菱歌擘蟹

螯〔四〕。　　（詩五一一）

【校記】

①「搟」原作「樺」，據弘治本、汲古閣本、詩瘦閣本、四庫本、陸詩甲本、陸詩丙本、萬絶本、類苑本、季寫本、全唐詩本改。「晚」陸詩甲本、統籤本、季寫本、全唐詩本作「曉」。　②「羅」陸詩丙本、萬絶本作「籭」。

【注釋】

〔一〕一艇：一隻小船。此指小漁船。《方言》（卷九）：「舟，自關而西謂之船，自關而東或謂之舟，或謂之航。南楚、江、湘，凡船大者謂之舸，小舸謂之艖，艖謂之艒䑿，小艒䑿謂之艇。」輕搟：輕劃船槳。搟，「劃」的異體字。

〔二〕接羅（lí）：白接羅，古代的一種白色頭巾。《晉書》（卷四三）《山簡傳》：「時有童兒歌曰：『山公出何許？往至高陽池。日夕倒載歸，酩酊無所知。時時能騎馬，倒著白接羅。』」漉：過濾。此指以頭巾濾酒。蕭統《陶淵明傳》：「郡將常候之，值其釀熟，取頭上葛巾漉酒。漉畢，還復著之。」春醪：春酒。古人秋冬釀酒，春天酒熟，開缸飲用，故云。陶淵明《擬挽歌辭三首》（其二）：「春醪生浮蟻，何時更能嘗。」

〔三〕蒹葭：《詩經・秦風・蒹葭》：「蒹葭蒼蒼，白露爲霜。」泊：泊船，停船。《玉篇・水部》：「泊，止舟也。」

〔四〕菱歌：采菱歌。江南一帶古代民歌。古樂府有《采菱歌》《采菱行》《采菱曲》。郭茂倩《樂府詩集》（卷五〇）《清商曲辭七》引《古今樂録》曰：「《采菱曲》，和云：『菱歌女，解佩戲江陽。』」擘（bāi）：分開，裂開。擘蟹螯：剥開蟹的大爪子。謂飲酒啖蟹。《晉書》（卷四九）《畢卓傳》：「卓嘗謂人曰：『得酒滿數百斛船，四時甘味置兩頭，右手持酒杯，左手持蟹螯，拍浮酒船中，便足了一生矣。』」

【箋評】

詩人志向各有不同。如題漁父之作，有美其山水之樂者，有憫其風波之苦者。如陸龜蒙云：「一艇輕撶看晚濤，接䍦抛下漉春醪。相逢便倚蒹葭浦，更唱菱歌擘蟹螯。」鄭谷云：「白頭波上白頭翁，家逐船移浦浦風。一尺鱸魚新釣得，呼兒吹火荻花中。」……是皆羡其樂也。……文徵明云：「小舟生長五湖濱，雨笠風蓑不去身。三尺銀鯿數斤鯉，長年辛苦只供人。」是皆憐其苦也。屬意雖不同，寫景、咏物而各極其妙。（俞弁《山樵暇語》卷三）

景趣真。（陸時雍《唐詩鏡》卷五十二）

「撶」字新，今通用「劃」。「接䍦」亦作「接籬」，帽也。古人所飲之酒，實今醪醴，須以紗巾漉（過濾）之。陶淵明曾脱葛巾漉酒。……此首極寫釣徒之樂，風格遒峭。（胡小石《唐人七絶詩論》七）

雨後沙虚古岸崩〔一〕，魚梁移入亂雲層〔二〕。歸時月墮汀洲暗〔三〕，認得妻兒結綱燈①〔四〕。

（詩五一二）

【校記】

①「網」原作「納」，據弘治本、汲古閣本、四庫本、陸詩甲本、陸詩丙本、萬絶本、統籤本、類苑本、季寫本、全唐詩本改。

【注釋】

〔一〕沙虚：謂沙土松軟不堅固。古岸：原來的岸邊。崩：垮塌。

〔二〕魚梁：此指編竹而成的捕魚器具。參卷四（序六）注〔三〕。移：移動，搬運。

〔三〕汀洲：水中小洲。《楚辭·九歌·湘夫人》：「搴汀洲兮杜若，將以遺兮遠者。」王逸注：「汀，平也。」洪興祖補注：「汀，它丁切，水際平地。」

〔四〕認得：辨認出。得，語助詞。結網：編織魚網。《漢書》（卷二二）《禮樂志》：「古人有言：『臨淵羨魚，不如歸而結網。』」

【箋評】

農圃家風，漁樵樂事，唐人絶句模寫精矣。余摘十首題壁間，每菜羹豆飯飽後，啜苦茗一盃，偃卧松窗竹榻間，令兒童吟誦數過，自謂勝如吹竹彈絲。今記於此。……陸龜蒙云：「雨後沙虚古岸崩，漁梁移入亂雲層。歸時月落汀洲暗，認得妻兒結網燈。」……張演云：「鵝湖山下稻粱肥，豚柵鷄栖對掩扉。桑柘影斜春社散，家家扶得醉人歸。」（羅大經《鶴林玉露》甲編卷二《農圃漁樵》）

蔡正孫評曰：「（前二句）寫漁父溪岸景物。」又曰：「（後二句）形容漁父夜歸逼真，有聲之畫也。」徐居正評曰：「上二句言雨後沙虚而岸已崩，故魚梁移入於亂雲，言水道之變遷也。下二句言月落夜暗，唯認得結網之燈而歸家也。」（于濟、蔡正孫編集，朝鮮徐居正等增注，卞東波校證《唐宋千家聯珠詩格校證》卷十四）

（羅）大經嘗摘農圃家風、漁樵樂事唐人絶句十首，題壁間。每菜羹豆飯後，啜苦茗一杯，偃卧松窗竹榻間，令兒童吟誦數過，自謂勝如吹竹彈絲。今記于此。韓偓云：「聞説經旬不啓關，藥窗誰伴醉開顔。夜來雪壓前村竹，剩看西南幾尺山。」……陸龜蒙云：「雨後沙墟古岸崩，漁梁携入亂雲層。歸時月落汀洲暗，認得山妻結網燈。」……大經之後入明，吉水羅汝敬爲工侍。（郭子章《豫章詩話》卷五）

韓偓：「萬里晴江萬里天，一村桑柘一村烟。漁翁醉著無人唤，過午醒來雪滿船。」杜荀鶴：「山雨溪風捲釣絲，瓦甌篷底獨斟時。醉來睡着無人唤，流下前灘也不知。」司空曙：「釣罷歸來不繫船，江村月落正堪眠。縱然一夜風吹去，只在蘆花淺水邊。」陸龜蒙：「雨後沙虚古岸崩，魚梁携入亂雲層。歸時月墜汀洲暗，認得妻兒織網燈。」四作寫江湖漁隱境界如畫，自是一家語也。（徐𤊹《徐氏筆精》卷四《江湖漁隱》）

「歸時」二句，情景逼真，非以舟爲家之江湖散人不能道也。（富）（富壽蓀選注、劉拜山、富壽蓀評解《千首唐人絶句》）

寄同年韋校書〔一〕

日休

二年疎放飽江潭〔二〕，水物山容盡足耽〔三〕。唯有故人憐未替〔四〕，欲封乾膾寄終南〔五〕。

（詩五一三）

【注釋】

〔一〕觀詩首句「二年」云云，此詩當作於咸通十二年（八七一）春。同年韋校書：指韋承貽。參卷五（詩二三一）注〔一〕。

〔二〕二年：指咸通十一、十二兩年。時皮日休做蘇州從事，按滿算祇有一年有餘。參（序一）注〔九八〕。疎放：豪放散誕，不受拘束。飽：滿足。謂盡情游覽欣賞山水景物。

〔三〕盡足耽：謂能够盡情地享受山水的樂趣。盡：任也。足：猶能也，可也。參劉淇《助字辨略》（卷五）。耽：入迷，沉溺。

〔四〕故人：指韋校書承貽。憐：愛也。替：衰減，廢止。

〔五〕封：封緘，包裹。乾膾：乾魚肉片。膾，切片的魚肉。參卷六（詩三三三）注〔九〕。鱸魚亦可作乾膾。《太平廣記》（卷二三四）引《大業拾遺記》：「又吴郡獻松江鱸魚乾膾六瓶，瓶容一斗。作膾法，一同鮸魚。然作鱸魚膾，須八、九月霜下之時，收鱸魚三尺以下者作乾膾。浸漬訖，布裹瀝水令盡，散置盤内，取香柔花葉，相間細切，和膾撥令調勻。霜後鱸魚，肉白如雪，不腥。所謂金齏玉膾，東南之佳味也。紫花碧葉，間以素膾，亦鮮潔可觀。」終南：終南山，在今陝西省境内，即秦嶺山脉。此指長安，亦即代指在京城做官的韋校書承貽。《元和郡縣圖志》（卷一）《關内道一》：「京兆府萬年縣，終南山，在縣南五十里。按經傳所説，終南山，一名太一，亦名中南。」

奉　和

龜蒙

萬古風煙滿故都〔一〕，清才搜括妙無餘〔二〕。可中寄與芸香客〔三〕，便是江南地里書〔四〕。

（詩五一四）

【注釋】

〔一〕風煙：此指美麗的風光景物。南朝齊謝朓《和王著作融八公山》：「風煙四時犯，霜露朝夜沐。」唐駱賓王《在江南贈宋五之問》：「風煙標迥秀，英靈信多美。」故都：指蘇州。爲春秋時期吴國都城，故云。

〔二〕清才：高超的才幹。此稱贊皮日休詩才。《晉書》（卷六二）《劉輿傳》：「時稱越府有三才：

潘滔大才，劉輿長才，裴邈清才。」晉潘岳《楊仲武誄》：「若乃清才雋茂，盛德日新。」搜括：搜求。此指將山水景物表現在詩歌裏。《梁書》（卷二）《武帝紀中》：「凡諸郡國舊族邦内無在朝位者，選官搜括，使郡有一人。」無餘：没有剩餘。《詩經·秦風·權輿》：「於我乎！夏屋渠渠，今也每食無餘。」

〔三〕可中：假使，如果。張相《詩詞曲語辭匯釋》（卷一）：「可中，猶云如其或假使也。……陸龜蒙《和襲美寄韋校書》詩：『萬古風煙滿故都，清才搜括妙無餘。可中寄與芸香客，便是江南地里書。』……皆其證也。」芸香客：指韋校書，即韋承貽，時任秘書省校書郎。芸香，香草名。花葉香氣濃烈，可入藥，有驅蟲、驅風的作用。古人用以放入書中驅蟲避蠹。《初學記》（卷一二）引魚豢《典略》曰：「芸臺香辟紙魚蠹，故藏書臺稱芸臺。」唐代秘書省習稱芸閣，秘書省校書郎爲掌管朝廷圖書之職，故唐人稱之爲芸香吏。

〔四〕地里：猶道里。李商隱《獻寄舊府開封公》：「地里南溟闊，天文北極高。」地里書：有關一個地方的山川形勝、自然風物的書籍。

初冬偶作〔一〕

日休

豹皮茵下百餘錢〔二〕，劉墮閑沽盡醉眠①〔三〕。酒病校來無一事〔四〕，鶴亡松老似經年〔五〕。

（詩五一五）

【校記】

①「劉」盧校本作「白」。

【注釋】

〔一〕此詩當作於咸通十一年（八七〇）初冬。

〔二〕豹皮茵：豹皮做成的墊褥。《説文·艸部》：「茵，車重席。」《詩經·秦風·小戎》：「文茵暢轂，駕我騏馵。」《《毛傳》：「文茵，虎皮也。」百餘錢：古人以銅錢形似豹皮上的斑點，故稱銅錢爲豹錢。唐段成式《戲高侍御七首》（其七）：「豹錢驄子能擎舉，兼著連乾許換無。」此句謂豹皮的墊褥上有上百個豹錢的斑紋。同時也關合豹錢酤酒。

〔三〕劉墮：古代一位釀酒者。此即代指酒。北魏酈道元《水經注·河水四》：「（蒲坂）魏秦州刺史治。太和遷都罷州，置河東郡。郡多流雜，謂之徙民。民有姓劉名墮者，宿擅工釀，采挹河流，醖成芳酎，懸食同枯枝之年，排于桑落之辰，故酒得其名矣。然香醑之色，清白若滫漿焉。别調氛氲，不與佗同。蘭薰麝越，自成馨逸。方土之貢選，選最佳酌矣。」北魏楊衒之《洛陽伽藍記·法雲寺》：「河東人劉白墮，善能釀酒。季夏六月，時暑赫晞，以罌貯酒，暴於日中，經一旬，其酒不動，飲之香美而醉，經月不醒。京師朝貴多出郡登藩，遠相餉饋，踰于千里，以其遠至，號曰『鶴觴』，亦名『騎驢酒』。」

〔四〕酒病：因飲酒過量而産生的病態。校來：相比較而言。來，張相《詩詞曲語辭匯釋》（卷六）：「來，語句中間之襯字，與用於語尾作助辭者異。」

〔五〕鶴亡松老：誇張歷時之久。鶴、松都是古人認爲的長壽之物。經年：經歷一年又一年。謂若干年。《文選》（卷二九）《古詩十九首》（其九）：「此物何足貢，但感別經年。」

奉和次韻

龜蒙

桐下空堦叠緑錢〔一〕，貂裘初綻擁高眠〔二〕。小爐低幌還遮掩①〔三〕，酒滴清香似去年②〔四〕。（詩五一六）

【校記】

①「爐」原作「壚」，據弘治本、汲古閣本、詩瘦閣本、四庫本、萬絶本、全唐詩本改。類苑本作「鑪」。

②「清」四庫本、盧校本、陸詩甲本、陸詩丙本、萬絶本、統籤本、季寫本、全唐詩本作「灰」。

【注釋】

〔一〕桐下：梧桐樹下。謂其枝葉濃密成蔭。空堦：冷落的臺階。緑錢：喻苔蘚。因其形狀似古代的銅錢，故稱。《文選》（卷三〇）沈約《冬節後至丞相第詣世子車中》：「賓階緑錢滿，客位紫苔生。」李善注：「崔豹《古今注》曰：『空室無人行，則生苔蘚，或青或紫，一名緑錢。』」

〔二〕貂裘：貂皮大衣。初綻：剛剛縫製好。《樂府詩集》（卷三九）古樂府《艷歌行》：「故衣誰當補？新衣誰當綻？」高眠：安眠。鄭谷《放朝偶作》：「時安逢密雪，日晏得高眠。」又《敧枕》：「敧枕高眠日午春，酒酣睡足最閑身。」

〔三〕低幌：低低放下的帷幕。遮掩：遮擋，遮蔽。

〔四〕清香：清酒的醇香。一作「灰香」。這是一個重要異文，前人多有考論，作「灰香」者頗多。宋莊綽《鷄肋編》（卷上）：「二浙造酒，皆用石灰。云無之則不清。嘗在平江常熟縣，見官務有燒灰柴，曆漕司破錢收買。每醅一石，用石灰九兩。以樸木先燒石灰令赤，并木灰皆冷，投醅中。私務用尤多。或用桑柴。樸木，葉類青楊也。李百藥爲杜伏威欲殺，飲以石灰酒，因大利瀕死，既而宿病皆愈。今南人飲之無恙，豈服久反得愈病之功乎？」唐李賀《奉和二兄罷使遣馬歸延州》：「笛愁翻《隴水》，酒喜瀝春灰。」清王琦注：「酒初熟時，下石灰水少許，易於澄清，所謂灰酒。」

【箋評】

唐人喜赤酒、甜酒、灰酒，皆不可解。李長吉云：「琉璃鍾，琥珀濃，小槽酒滴真珠紅。」白樂天云：「荔枝新熟鷄冠色，燒酒初開琥珀香。」杜子美云：「不放香醪如蜜甜。」陸魯望云：「酒滴灰香似去年。」（陸游《老學庵筆記》卷五）

陸放翁《筆記》又有云：「唐人愛飲甜酒、灰酒。如杜子美詩：『不放春醪如蜜甜。』」則引證切矣。如灰酒，又引陸龜蒙「酒滴灰香似去年」一句爲證，余又哂其不然。蓋龜蒙《初冬》絶句末聯云：「小爐低幌還遮掩，酒滴灰香似去年。」言初冬圍爐飲酒，盞瀝滴在灰中，而香仍似去年光景，不是酒似灰香耳。以上句觀之，其義昭然。此老精於詩而不善觀詩如此，何哉？（史繩祖《學齋占畢》卷三《辨灰酒》）

辨灰酒。《陸放翁筆記》有云：「唐人愛飲甜酒、灰酒。如杜子美詩：『不放春醪如蜜甜。』」則引證切矣。如灰酒，則引陸龜蒙「酒滴灰香似去年」一句爲證，余哂其不然。蓋龜蒙《初冬》絶句末聯云：「小爐低幌還遮掩，酒滴灰香似去年。」言初冬圍爐飲酒，盞瀝滴在灰中而香似去年光景，不是酒似灰香也。以上句觀之，其義昭然。此老精於詩而不善觀意如此！何哉？（單宇《菊坡叢話》卷二十二《飲食類》）

又嘗見一詩云古人好灰酒，引陸魯望「酒滴灰香似去年」，予則以爲灰酒甚不堪人，亦未然也。且陸詩上句曰「小爐低幌還遮掩」，意連屬來，似酒滴於爐中有灰香耳。然題乃《初冬》之絶句，又似之。（郎瑛《七修類稿》卷二十七《辯證類·甜酒灰酒》）

陸放翁云「唐人愛飲甜酒、灰酒」，引少陵「不放香醪如蜜甜」，陸魯望「酒滴灰香似去年」爲證。《學齋占畢》云：「放翁援杜爲切，誤認陸句。蓋陸《初冬》句云：『小爐低幌還遮掩，酒滴灰香似去年。』言圍爐飲酒，盞瀝滴在灰中而香，仍似去年光景，不是灰酒也。以上句觀之，其義昭然。放翁工於詩而不善説詩，何哉？」此言是矣。至愛飲甜酒，引杜句爲切，則又不然。杜云：「人生幾何春已夏，不放香醪如蜜甜。」「甜」者，甘也，即甘食甘飲之義。言景光易邁，忽春又夏，當飲酒爲樂，如蜜之甜。此即古樂府《相勸酒》遺意。若認酒甜，何啻説夢。以文害詞，以詞害意，甚矣説詩之難也！（葉矯然《龍性堂詩話·續集》）

醉中寄魯望一壺并一絶〔一〕

日休

門巷寥寥空紫苔〔二〕，先生應渴解醒盃〔三〕。醉中不得親相倚①〔四〕，故遣青州從事來〔五〕。

（詩五一七）

【校記】

①「倚」萬絶本作「問」。

【注釋】

〔一〕此詩及下三首唱和詩當作於咸通十一年（八七〇）重陽節。一絶：一首絶句。本詩爲七言絶句。絶句的名稱，從南北朝文人的聯句脱化而來。當時聯句，每人咏四句，連綴在一起稱作聯句。如聯句不成，則是絶句了。唐人已常用絶句一名，如杜甫《戲爲六絶句》、白居易《江上吟元八絶句》。清王士禛《池北偶談》（卷一四）：「聯句，有人各賦四句，分之自成絶句，合之仍爲一篇。謝朓、范雲、何遜、江革輩多有此體。」

〔二〕門巷：門庭里巷，即房舍而言。寥寥：空曠蕭條貌。紫苔：紫色的苔蘚。參本卷（詩五一六）注〔一〕。《漢書》（卷八七下）《揚雄傳下》：「家素貧，耆酒，人希至其門。」《文選》（卷二一）左思《咏史八首》（其四）：「寂寂楊子宅，門無卿相輿。寥寥空宇中，所講在玄虚。」

〔三〕先生：指陸龜蒙。解酲（chéng）盃：以飲酒來解酒。《世説新語·任誕》：「劉伶病酒，渴甚，從婦求酒。婦捐酒毁器，涕泣諫曰：『君飲太過，非攝生之道，必宜斷之！』伶曰：『甚善！我不能自禁，唯當祝鬼神，自誓斷之耳。便可具酒肉。』婦曰：『敬聞命。』供酒肉於神前，請伶祝誓。伶跪而祝曰：『天生劉伶，以酒爲名，一飲一斛，五斗解酲。婦人之言，慎不可聽。』便引酒進肉，隗然已醉矣。」劉孝標注：「《毛公注》曰：『酒病曰酲。』」

〔四〕親相倚：謂親密無間地互相倚靠在一起。此句作者自謂正在醉酒，不能前往陸氏寂寥的居處。

〔五〕青州從事：美酒的隱語。此句作者説給陸氏送去一壺酒。《世説新語·術解》：「桓公有主簿善别酒，有酒輒令先嘗。好者謂『青州從事』，惡者謂『平原督郵』。青州有齊郡，平原有鬲縣。『從事』言『到臍』，『督郵』言在『鬲上住』。」

【箋評】

《復齋漫録》云：「皮日休《謝人送酒》云：『門巷寂寥空紫苔，先生應渴解酲杯。醉中不得相親問，故遣青州從事來。』晋桓温有主簿，善别酒味，以好者爲『青州從事』，謂青州有齊郡，言『到臍』也。子蒼《謝信守連鵬舉送酒》云：『上饒籍甚文章守，曾共紫微花下杯。鈴閣晝閑思老病，故交從事送春來。』意思頗同，當有辨其優劣者。」（胡仔《苕溪漁隱叢話》後集卷三十四）

皮日休《謝人送酒》詩：「門巷蕭條空紫苔，先生應渴解酲杯。醉中不得親相問，故遣青州從事來。」晋桓温有主簿，善别酒味，以好者爲『青州從事』，謂青州有齊郡，言『到臍』也。韓子蒼《謝信州連鵬舉送酒》詩云：「上饒籍甚文章伯，曾共紫薇花下杯。鈴閣晝閒思老病，故教從事送春來。」韻意皆同，當有辨其優劣者。（吴曾《能改齋漫録》卷十一《記詩·青州從事》）

蔡正孫評曰：「渴字便有意。」徐居正評曰：「此詩言：門巷空寂，空有苔蘚，於是先生應渴解醒之杯矣。今於醉中不能親自相問，爲送美酒而來也，則其感何如邪？」（于濟、蔡正孫編集，朝鮮徐居正等增注，卞東波校證《唐宋千家聯珠詩格校證》卷十六）

皮日休《謝人送酒》詩云：「門巷寂寥空紫苔，先生應渴解酲杯。醉後不得相親問，故遣青州從事來。」晋桓温有主簿善别酒味，以好者爲「青州從事」，謂青州有齊郡，言『到臍』也。韓子蒼亦有《謝信守連鵬舉送酒》詩云：「上饒藉甚文章守，曾共紫薇花下杯。鈴閣晝閑思老病，故教從事送春來。」《復齋漫録》云：「子蒼此詩意思頗同，當有辨其優劣者。」（單宇《菊坡叢話》卷二十二《飲食類》）

走筆次韻奉訓〔一〕

龜蒙

酒痕衣上雜莓苔①〔二〕，猶憶紅螺一兩盃〔三〕。正被遶籬荒菊笑〔四〕，日斜還有白衣來②〔五〕。　（詩五一八）

【校記】

①鬭宋本批語：「『酒』字缺。」　②「斜」鬭宋本作「斜」，并批語：「『斜』字缺。」弘治本、汲古閣本、四庫本、類苑本作「殘」。

【注釋】

〔一〕走筆：揮毫疾書。

〔二〕酒痕：岑參《奉送賈侍御使江外》：「荆南渭北難相見，莫惜衫襟著酒痕。」莓（méi）苔：苔蘚。《文選》（卷一一）孫綽《遊天台山賦》：「踐莓苔之滑石，搏壁立之翠屏。」

〔三〕紅螺：螺的一種，外殼紅而薄，可用作酒杯。唐劉恂《嶺表録異》（卷下）：「鸚鵡螺，旋尖處屈而朱，如鸚鵡嘴，故以此名。殼上青緑斑紋，大者可受二升。殼内光瑩如雲母。裝爲酒杯，奇而可玩。又紅螺，大小亦類鸚鵡螺，殼薄而紅，亦堪爲酒器。刳小螺爲足，綴以膠漆，尤可佳尚。」

〔四〕遶籬荒菊笑：環繞着籬笆開放的菊花，笑其無酒可飲也。

〔五〕白衣：指官府差役的小吏。因其穿白色衣服，故稱。《漢書》（卷七二）《龔勝傳》：「尚書使勝問（夏侯）常，常連恨勝，即應曰：『聞之白衣，戒君勿言也。』」顏師古注：「白衣，給官府趨走賤人，若今諸司亭長掌固之屬。」此則代指送酒人。沈約《宋書》（卷九三）《陶潛傳》：「（陶潛）嘗九月九日無酒，出宅邊菊叢中，坐久，值（王）弘送酒至，即便就酌，醉而後歸。」《續晉陽秋》（《藝文類聚》卷四）曰：「陶潛嘗九月九日無酒，宅邊菊叢中，摘菊盈把，坐其側久。望見白衣至，乃王弘送酒也。即便就酌，醉而後歸。」

更次來韻寄魯望①〔一〕

日休

蕭蕭紅葉擲蒼苔〔二〕，玄晏先生欠一盃②〔三〕。從此問君還酒債〔四〕，顏延之送幾錢來〔五〕。

（詩五一九）

【校記】

①「更次來韻」統籤本作「再次韻」。②「玄」原缺末筆，避宋太祖始祖趙玄朗諱。

【注釋】

〔一〕來韻：指陸龜蒙的和詩，即（詩五一八）。

〔二〕蕭蕭：象聲詞。此指落葉聲。《詩經·小雅·車攻》：「蕭蕭馬鳴，悠悠旆旌。」杜甫《登高》「無邊落木蕭蕭下，不盡長江滚滚來。」紅葉：指經霜變紅的秋葉，即楓樹葉。唐人喜愛楓樹，常吟咏楓樹。岑參《送許拾遺恩歸江寧拜親》：「楓樹隱茅屋，橘林繫漁舟。」劉長卿《餘干旅舍》：「摇落暮天迥，青楓霜葉稀。」賈島《題張博士新居》：「青楓何不種，林在洞庭村。」

〔三〕玄晏先生：皇甫謐（二一五—二八二），字士安，自號玄晏先生。魏、晋間學者、隱士。好學，雖得風痹症，猶手不輟卷，時人稱爲「書淫」。但躬自耕作，家貧。《晋書》（卷五一）《皇甫謐傳》：「城陽太守梁柳，謐從姑子也。當之官，人勸謐餞之，謐曰：『柳爲布衣時過吾，吾送迎不出門，食不過鹽菜，貧者不以酒肉爲禮。今作郡而送之，是貴城陽太守而賤梁柳，豈中古人之道？是非吾心所安也。』」

〔四〕酒債：賒酒所欠的債。高適《贈别王十七管記》：「堂中皆食客，門外多酒債。」杜甫《曲江二首》（其二）：「酒債尋常行處有，人生七十古來稀。」仇兆鰲注：「孔融詩：『歸家酒債多，門客粲成行。』」李白《贈劉都使》：「歸家酒債多，門客粲成行。」清王琦注：「孔融詩：『歸家酒債多，門客粲成行。』」檢逯欽立《先秦漢魏晋南北朝詩》，未見著録孔融此詩句。

〔五〕顔延之：（三八四—四五六），字延年，晋、宋間詩人，與鮑照、謝靈運齊名，并稱「江左三大家」。

延之與陶淵明交誼甚篤。生平事迹參《宋書》（卷七三）、《南史》（卷三四）本傳。送錢：用顏延之送錢給陶淵明事。沈約《宋書》（卷九三）《陶潛傳》：「先是，顏延之爲劉柳後軍功曹，在尋陽，與潛情款。後爲始安郡，經過，日日造潛，每往必酣飲致醉。臨去，留二萬錢與潛。潛悉送酒家，稍就取酒。」

又和次韻①

龜蒙

堦下飢禽啄嫩苔②，野人方倒病中盃〔一〕。寒蔬賣却還沽吃〔二〕，可有金貂换得來③〔三〕。

（詩五二〇）

【校記】

①「又」全唐詩本作「再」。　②「飢」統籤本、類苑本作「饑」。　③「换」原作「扶」，據弘治本、汲古閣本、詩瘦閣本、四庫本、陸詩甲本、陸詩丙本、萬絶本、統籤本、類苑本、季寫本、全唐詩本改。

【注釋】

〔一〕野人：村野之人。作者自指。《列子·楊朱》：「故野人之所安，野人之所美，謂天下無過者。」孟浩然《送張祥之房陵》：「我家南渡頭，慣習野人舟。」倒：倒酒。斟酒入杯也。病中：病酒中。病酒，醉酒如病。病中盃：猶本卷（詩五一七）皮日休所云「解醒盃」，飲解酒之酒。

〔二〕寒蔬：蔬菜。「寒」字爲修飾詞。亦可解爲天寒時所産的蔬菜。賣却：賣得。張相《詩詞曲語辭匯釋》（卷一）：「却，語助辭，用於動辭之後。……陸龜蒙《再和襲美次韻》詩：『寒蔬賣却還沽吃，可有金貂换得來。』又《石竹花》詩：『而今莫共金錢鬥，買却春風是此花。』賣却、買却，猶云賣得、買得也。」沽吃：買酒喝。沽：沽酒，買酒。《説文·西部》：「酤，一宿酒也。一曰：買酒也。」吃：此作喝、飲解。杜甫《送李校書二十六韻》：「臨岐意頗切，對酒不能吃。」

〔三〕可有：却有。張相《詩詞曲語辭匯釋》（卷二）：「可，猶却也。於語氣轉折時，或語氣加緊時用之。」金貂：金蟬貂尾，漢代以來侍中、常侍等高官的冠飾。金蟬冠飾，取其金剛和高潔之義。貂尾，貂的尾巴，飾冠以示顯貴。金貂换酒：《晉書》（卷四九）《阮孚傳》：「孚字遥集。……避亂渡江，元帝以爲安東參軍。蓬髮飲酒，不以王務嬰心。……嘗以金貂换酒，復爲所司彈劾，帝宥之。」

【箋評】

飲與食皆曰食，曰吃。混飲與食，古有之，不能謂今人之語譌也。《漢書》：「于定國食酒至數石不亂。」柳宗元序：「飲吾病痞，不能食酒。」《續通考》：「獅子日食醋、酪，各一瓶。」《冷齋夜話》：「許中復大夫趙宜人云：『我十許歲時，見劉跛子來覓酒吃。』」杜甫《送李校書》詩：「對酒不能吃。」陸龜蒙詩：「寒蔬賣却還沽吃，可有金貂换得來。」……此皆宜曰飲，而乃曰食、曰吃者也。（徐珂《可

言》卷十二）

重玄寺雙矮檜①〔一〕

日休

撲地枚徊是翠鈿②〔二〕，碧絲籠細不成煙③〔三〕。應如天竺難陀寺〔四〕，一對狻猊相枕眠〔五〕。

（詩五二二一）

【校記】

①「玄」原缺末筆，避宋太祖始祖趙玄朗諱。　②「枚」汲古閣本、詩瘦閣本、皮詩本、季寫本作「枝」。「枚徊」四庫本、全唐詩本作「枝回」，項刻本作「徘徊」。　③「煙」皮詩本、統籤本、季寫本作「眠」。

【注釋】

〔一〕審陸龜蒙和詩「更憶早秋」云云，此詩當作於咸通十一年（八七〇）秋天以後。重玄寺：參卷七（詩三六九）注〔一〕。雙矮檜（guì）：兩株低矮的檜樹。檜樹的樹冠爲圓錐形，葉堅硬，呈鱗形或刺形。

〔二〕撲地（pū dì）：滿地。《文選》（卷一一）鮑照《蕪城賦》：「廛閈撲地，歌吹沸天。」李善注：「《方言》曰：『撲，盡也。』郭璞曰：『今種物皆生，云撲地出也。』」枚徊：形容矮檜的枝幹盤屈。枝，樹榦。《詩經・周南・汝墳》：「遵彼汝墳，伐其條枚。」《毛傳》：「枝曰條，榦曰枚。」翠鈿：翠玉鑲嵌的釵鈿。比喻矮檜形似青緑色的釵鈿。南朝樂府民歌《西洲曲》：「樹下即門前，門中露翠鈿。」

〔三〕碧絲籠細：形容矮檜針形葉構成的圓錐形的外形，猶如細絲織成的籠子。

〔四〕天竺：天竺國，古印度的名稱。《後漢書》（卷八八）《西域傳・天竺》：「天竺國一名身毒，在月氏之東南數千里。」唐玄奘《大唐西域記・印度總述》：「詳夫天竺之稱，異議糾紛。舊云身毒，或曰賢豆。今從正音，宜云印度。」難陀寺：那爛陁寺，在古印度中天竺摩揭陁國，規模宏大，建築壯麗。《大唐西域記・摩揭陁國下》：「從此北行三十餘里，至那爛陁（原注：唐言施無厭）僧伽藍。聞之耆舊曰：此伽藍南菴没羅林中有池，其龍名那爛陁，傍建伽藍，因取爲稱。」

〔五〕狻猊（sūan ní）：獅子。《爾雅・釋獸》：「狻麑，如虦猫，食虎豹。」郭璞注：「即師子也。出西域。」此句以一對睡態的獅子比喻形容雙矮檜。

奉和　　　　龜蒙

可憐煙刺是青螺①〔一〕，如到雙林誤禮多〔二〕。更憶早秋登北固〔三〕，海門蒼翠出晴波②〔四〕。

（詩五二二）

【校記】

①「刺」原作「刺」，據弘治本、汲古閣本、統籤本、全唐詩本改。　②斠宋本批語：「缺『出晴』二字。」

【注釋】

〔一〕可憐：可愛。張相《詩詞曲語辭匯釋》（卷五）：「可憐，猶云可喜也；可愛也；可羨也；可貴可重也。」煙刺：煙霧籠罩的矮檜。刺，指矮檜尖刺形的葉子。青螺：比喻矮檜圓錐形的樹冠猶如青螺。范成大《桂海虞衡志·志蟲魚》：「青螺，狀如田螺，其大兩拳。指磨去粗皮，如翡翠色，雕琢爲酒杯。」

〔二〕雙林：娑羅雙樹，佛教傳説釋迦牟尼涅槃處。此指佛寺，即重玄寺。北魏楊衒之《洛陽伽藍記·法雲寺》：「神光壯麗，若金剛之在雙林。」《大般涅槃經》（卷一）：「一時佛在拘施那城，力士生地，阿利羅跋提河邊，娑羅雙樹間。」誤禮：失禮。

〔三〕北固：北固山，在今江蘇省鎮江市。《元和郡縣圖志》（卷二五）《江南道一》：「潤州丹徒縣，北固山，在縣北一里。下臨長江，其勢險固，因以爲名。……宋高祖云：『作鎮作固，誠有其緒。然北望海口，實爲壯觀。以理而推，固宜爲顧。』」「更憶早秋」云云，龜蒙在咸通十一年（八七〇）有鎮江之行歟？

〔四〕海門：指長江流入東海的入海口旁的海門山。此句謂在北固山上遠眺長江入海口旁蒼翠碧緑的海門山，猶如從晴天的波浪裏突兀出來的矮檜的形狀。以遠望中海門山兩座蒼翠的山峰喻兩株矮檜的形狀，極贊矮檜的奇巧秀美。唐時，長江入海口距潤州（今江蘇省鎮江市）頗近。孟浩然《楊子津望京口》：「北固臨京口，夷山對海濱。江風白浪起，愁殺渡頭人。」王昌齡《宿京江口期劉昚虚不至》：「霜天起長望，殘月生海門。」又《宿灞上寄侍御璵弟》：「孤城海門月，萬里流光帶。」《讀史方輿紀要》（卷二五）《南直》（七）：「鎮江府丹徒縣，焦山，府東北九里江中。與金山并峙，相去十五里。……山之餘峰東出，有二島對峙江流中，曰海門山，亦名海門關，又謂之雙峰山也。」《光緒丹徒縣志》：「焦山，在城東九里大江中。……松寥山乃山之餘支，東出爲二小峰，亦在江中，又名海門山，舊名海門關。唐時稱松寥、夷山。」

醉中戲贈襲美①

龜蒙

南北風流舊不同②〔一〕，傖吴今日若相通〔二〕。病來猶伴金盃滿，欲得人呼小褚公③〔三〕。

（詩五二二三）

【校記】

①斠宋本批語：「缺四字。」按即指缺「戲贈襲美」四字。「戲」詩瘦閣本作「喜」。②斠宋本批語：

「缺五字。」按指缺「北風流舊不」五字。③斠宋本批語：「缺五字。」按斠宋本實際只標出缺「人呼小褚」四字。

【注釋】

〔一〕南北：南方和北方。泛指各地而言。此既指楚、吴兩地，也指楚人皮日休和吴人的作者自己。風流：此指風尚習俗。

〔二〕傖（cāng）吴：傖楚和吴人。晉、南北朝以來，吴人自居爲上國，而稱楚人爲傖楚。傖，粗俗鄙陋之義。唐慧琳《一切經音義》（卷六五）引《晋陽秋》曰：「吴人謂中國人爲傖人，俗又總謂江、淮間雜楚爲傖。」沈約《宋書》（卷八六）《殷孝祖傳》：「孝祖忽至，衆力不少，并傖楚壯士，人情於是大安。」

〔三〕小褚公：《南史》（卷三〇）《何戢傳》：「戢字慧景。……戢美容儀，動止與褚彦回相慕，時人號爲『小褚公』。」《南史》（卷二八）《褚彦回傳》：「彦回美儀貌，善容止，俯仰進退，咸有風則。每朝會，百僚遠國使，莫不延首目送之。明帝嘗嘆曰：『褚彦回能遲行緩步，便得宰相矣。』時人以方何平叔。」此作者以小褚公自喻，以褚彦回喻皮日休。

奉訓次韻①　日休

秦吴風俗昔難同②〔一〕，唯有才情事事通③〔二〕。剛戀水雲歸不得④〔三〕，前身應是太湖

公⑤〔四〕。　　（詩五二四）

【校記】

①斠宋本批語：「缺一字。」按指缺「奉」字。　②「秦」類苑本作「春」。　③「才情」萬絶本作「清才」，季寫本、全唐詩本注：「一作清才。」　④斠宋本批語：「缺六字。」按指缺上句「通」及本句「剛戀水雲歸」六字。　⑤斠宋本批語：「缺六字。」按指缺「身應是太湖公」六字。

【注釋】

〔一〕秦吴：指秦地和吴中，一在北方，一在江南，相距遥遠。《文選》（卷一六）江淹《别賦》：「况秦、吴兮絶國，復燕、宋兮千里。」

〔二〕才情：才思，才華。《世説新語·賞譽》：「許玄度送母，始出都，人問劉尹：『玄度定稱所聞不？』劉曰：『才情過於所聞』。」

〔三〕剛戀：偏偏眷戀。張相《詩詞曲語辭匯釋》（卷二）：「剛，猶偏也；硬也；亦猶云只也。……皮日休《奉酬魯望醉中戲贈》詩：『剛戀水雲歸不得，前身應是太湖公。』此爲偏義，只義。」顔師古《隋遺録》（卷下）載隋陽帝效劉孝綽《雜憶詩》：「憶睡時，待來剛不來。」白居易《惜花》：「可憐夭艶正當時，剛被狂風一夜吹。」

〔四〕太湖公：作者自指。謂其嗜愛太湖而言。與盛唐時期蘇州籍詩人、書法家張旭，被時人稱作「太湖精」，是相同的做法。唐李頎《贈張旭》：「張公性嗜酒，豁達無所營。皓首窮草隸，時稱太湖精。」

皋橋[一]

日休

皋橋依舊緑楊中，閭里猶生隱士風[二]。唯我到來居上館[三]，不知何道勝梁鴻[四]。

（詩五二二五）

【注釋】

〔一〕此詩當作於咸通十一年（八七〇）春，時皮日休任蘇州從事不久。皋橋：在今江蘇省蘇州市閶門。唐陸廣微《吴地記》：「皋橋，在吴縣北三里有五十步。漢議郎皋伯通字奉卿所居，因名。伯通卒，葬胥門西二百步，號伯通墩。」

〔二〕閭里：里巷，百姓聚居之處。《周禮·天官·小宰》：「聽閭里以版圖。」賈公彦疏：「聽閭里以版圖者，在六鄉，則二十五家爲閭。在六遂，則二十五家爲里。閭里之中有争訟，則從户籍之版，土地之圖聽决之。」隱士風：隱士脱離世俗、高雅閑逸的風尚。吴中從泰伯、梁鴻，直到張翰，乃至陸龜蒙，隱逸確實成爲一種社會風尚。

〔三〕上館：接待他方客人的上等館舍。謂得到尊重。《孔子家語·辯物》：「孔子在陳，陳惠公賓之於上館。」

〔四〕何道：什麽緣故，哪裏。梁鴻：東漢隱士，至吴中，賃居於皋伯通家。參卷五（詩二一三六）注〔六〕。

【箋評】

皋橋者，漢皋伯通所居之地。梁鴻娶孟光，同至吴，居伯通廡下，爲人舂役。後伯通察而異之，乃舍之於家。皮日休嘗賦詩云：「皋橋依舊緑楊中，閭里猶生隱士風。唯我到來居上館，不知何道勝梁鴻。」陸龜蒙詩云：「横絶春流架斷虹，凭闌猶想《五噫》風。今來未必非梁孟，却是無人繼伯通。」（龔明之《中吴紀聞》卷一《皋橋詩》）

漢皋伯通所居之地有橋。梁鴻至吴，居伯通廡下。賃舂，伯通察而異之，舍於家。今其迹猶在。余曾以月夜嘯咏其上，緬懷處士之風。不特此人世所希有，即伯通豈易得也！皮日休詩：「皋橋依舊緑楊中，閭里猶存隱士風。惟我到來居上館，不知何處勝梁鴻。」（焦周《焦氏説楛》卷五）

吴門皋橋，相傳爲皋伯通故里，即梁伯鸞、孟德曜依廡下處。皮襲美詩曰：「皋橋依舊緑楊中，閭里猶存隱士風。惟我到來居上館，不知何處勝梁鴻。」襲美故自超然，較諸伯鸞，何啻有上下床之别？廡傳而館無聞，有以也。（宋長白《柳亭詩話》卷九《皋橋》）

奉和

龜蒙

橫絶春流架斷虹①〔一〕，凭欄猶思《五噫》風②〔二〕。今來未必非梁孟〔三〕，却是無人繼伯通③〔四〕。（詩五二六）

【校記】

①「絶」四庫本、全唐詩本作「截」。②「思」汲古閣本、四庫本、統籤本、類苑本作「想」。③「却」陸詩丙本黄校作「即」。「繼」全唐詩本作「斷」。

【注釋】

〔一〕橫絶：橫度，橫跨。《史記》（卷五五）《留侯世家》：「鴻鵠高飛，一舉千里。羽翮已就，橫絶四海。」斷虹：天上的一段彩虹。喻皋橋。杜牧《阿房宫賦》：「長橋卧波，未雲何龍？複道行空，不霽何虹？」《漢書》（卷八七上）《揚雄傳上》：「上乃帥群臣橫大河。」顏師古注：「橫，橫度之也。」《後漢書》（卷八〇上）《杜篤傳》：「東橫乎大河。」李賢注：「橫，絶流度也。《楚辭》曰：『橫大江兮揚舲』也。」

〔二〕《五噫》：《五噫之歌》，東漢梁鴻所作詩歌題目。《後漢書》（卷八三）《梁鴻傳》：「（梁鴻）因東出關，過京師，作《五噫之歌》曰：『陟彼北芒兮，噫！顧覽帝京兮，噫！宮室崔嵬兮，噫！人之劬勞兮，噫！遼遼未央兮，噫！』肅宗聞而非之，求鴻不得。」

〔三〕非：不是，没有。梁孟：梁鴻和其妻孟光。此處喻皮日休夫婦。《後漢書》（卷八三）《梁鴻傳》：「梁鴻字伯鸞，扶風平陵人也。……同縣孟氏有女，……鴻大喜曰：『此真梁鴻妻也。能奉我矣！』字之曰德曜，名孟光。」

〔四〕却是：倒是。張相《詩詞曲語辭匯釋》（卷一）：「却，猶正也。於語氣加緊時用之。」又云：「却，猶倒也；反也。此爲由正字義加强其語氣者，於語氣轉折時用之。」伯通：皋伯通，東漢吴郡（即蘇州）人。參卷五（詩二三六）注〔五〕。

斠宋本卷末批語：「缺字後有深柳讀書堂補抄。」

中國古典文學基本叢書

松陵集校注

第五册

〔唐〕皮日休 陸龜蒙 等撰

王錫九 校注

中華書局

松陵集卷第九　今體五七言詩八十六首

過張祜處士丹陽故居（并序）①〔一〕

進士②　顔萱〔二〕

萱與故張處士祜世家通舊③〔三〕，尚憶孩稚之歲〔四〕，與伯氏嘗承處士撫抱之仁④〔五〕，目管輅爲神童〔六〕，期孔融於偉器⑤〔七〕。光陰徂謝〔八〕，二紀于兹⑥〔九〕。適經其故居〔一〇〕，已易他主⑦。訪遺孤之所止〔一一〕，則距故居之右二十餘步〔一二〕。荆榛之下⑧〔一三〕，華門啓焉〔一四〕。處士有四男一女〔一五〕。男曰椿兒、桂子⑨、椅兒〔一六〕、杞兒。問之，三已物故〔一七〕，唯杞爲遺孕〔一八〕，與其女尚存。欲揖杞與言，則又求食於汝墳矣⑩〔一九〕。但有霜鬢而黄冠者〔二〇〕，杖策迎門⑪〔二一〕，乃昔時愛姬崔氏也〔二二〕。與之話舊〔二三〕，歷然可聽〔二四〕。嗟乎！葛帔練裙〔二五〕，兼非所有〔二六〕；琴書圖籍，盡屬他人。又云：横塘之西有故田數百畝〔二七〕，力既貧窶〔二八〕，十年不耕，唯歲賦萬錢〔二九〕，求免無所。嗚呼！昔爲穆生置醴⑫〔三〇〕，鄭公立鄉者〔三一〕，復何人哉？因吟五十六字以聞好事

者⑬〔三二〕。(序一八)

【校記】

①「祜」弘治本、汲古閣本、詩瘦閣本、四庫本、章校本、類苑本作「祐」。「并」統籤本、全唐詩本作「有」。「序」鼓吹本作「引」。季寫本無「并序」。②四庫本無「進士」。③「祜」弘治本、汲古閣本、詩瘦閣本、四庫本、章校本、類苑本作「祐」。④「嘗」鼓吹本作「常」。⑤「於」鼓吹本作「爲」,統籤本作「于」。⑥「于」詩瘦閣本、統籤本、季寫本、全唐詩本作「於」。⑦「易」季寫本作「昜」。⑧「榛」鼓吹本作「棘」。⑨「子」四庫本作「兒」。⑩盧校本批語:「何義門云:『《韓詩》:「汝濆,辭家也。」唐人用「汝濆」代「辭家」,猶用「式微」代「歸」字。』」⑪「策」鼓吹本作「緌」。⑫「生」類苑本作「王」。⑬「聞」下鼓吹本有一「於」。

【注釋】

〔一〕此序及下詩當作於咸通十一年(八七〇)。過:造訪,探訪。《詩經·召南·江有汜》:「之子歸,不我過。」《史記》(卷七七)《魏公子列傳》:「臣有客在市屠中,願枉車騎過之。」《世説新語·賢媛》:「周浚作安東時,行獵,值暴雨,過汝南李氏。」張祜:(七九二?—八五四?),字承吉,郡望有清河(今屬河北)、南陽(今河南鄧州市)兩説。出生地爲建安,寓居蘇州,晚年移居丹陽。張祜是中、晚唐之交重要詩人。生平事迹參宋計有功《唐詩紀事》(卷五二)、《唐才子傳校箋》(卷六)等。處士:有才德而隱居不仕的人。亦泛稱未仕者。《孟子·滕文公下》:「聖王不作，諸侯放恣，處士横議，楊朱、墨翟之言盈天下。」《漢書》（卷一三）《異姓諸侯王表》：「秦既稱帝，患周之敗，以爲起於處士横議，諸侯力争，四夷交侵，以弱見奪。」顔師古注：「處士謂不官於朝而居家者也。」杜牧有《酬張祜處士見寄長句四韻》，可見張祜生前即被人稱作處士。張祜一生屢遭挫折，未嘗一第，亦未入仕，確是處士。丹陽：今江蘇省丹陽市。《元和郡縣圖志》（卷二五）《江南道一》：「潤州丹陽縣，本舊雲陽縣地，秦時望氣者云有王氣，故鑿之以敗其勢，截其直道，使之阿曲，故曰曲阿。……天寶元年，改爲丹陽縣。」丹陽故居：張祜晚年移居丹陽。其故居當在城南運河和珥瀆河交匯處。張祜《所居即事六首》（其一）：「南下丹陽一水灣。」又《貧居遣懷》：「築室枕隋流，貧居喜自由。」又《丹陽新居四十韻》：「不出丹陽郭，茅檐寄北偏。四隅疎積潦，萬頃控平田。地勢金陵豁，灣形珥瀆連。」隋流，即運河。珥瀆，河名。元俞希魯《至順鎮江志》（卷七）：「珥瀆河，在丹陽縣南七里，與漕渠通，由此達金壇縣。」金陵，此指鎮江。蓋唐人將京口（即今鎮江市）亦稱作金陵。趙璘《因話録》（卷二）：「（李約）與璘先君同在浙西使府，居處相接。慕先君家行及詩韻，契分最深。……君初至金陵，於府主庶人錡坐，屢贊招隱寺標致。」可證。

〔二〕進士：唐人稱應進士科試的舉子爲進士。五代牛希濟《貢士論》（《全唐文》卷八四六）：「國家武德初，令天下冬季集貢士於京師，天子制策，考其功業辭藝，謂之進士。」顔萱：字弘至，中書舍人顔蕘弟，登進士第，家於吴中（蘇州），與張祜、陸龜蒙同里。參與皮、陸松陵唱和，本序及下陸龜蒙《和張處士詩并序》，是了解其生平的基本資料。

〔三〕世家通舊：兩家世代友好交往。《後漢書》（卷七〇）《孔融傳》：「（李）膺請融，問曰：『高明祖父嘗與僕有恩舊乎？』融曰：『然。先君孔子與君先人李老君同德比義，而相師友，則融與君累世通家。』衆坐莫不嘆息。」

〔四〕孩稚：幼年，兒童。北齊顔之推《顔氏家訓·音辭》：「吾家兒女，雖在孩稚，便漸督正之。一言訛替，以爲己罪矣。」

〔五〕伯氏：顔萱稱其兄顔蕘。顔蕘，魯國（今山東省曲阜市）人，寓居吴中，與張祜、陸龜蒙同里，相交頗密。登進士第，曾官中書舍人。生平事迹參《舊唐書》（卷二〇上）《昭宗紀》、又（卷一七九）《柳璨傳》、《舊五代史新輯會證》（卷六八）《崔沂傳》、孫光憲《北夢瑣言》（卷六）及顔蕘本人《顔上人集序》。撫抱：撫摩，抱持。

〔六〕目：視，看待。管輅：三國魏人，字公明，精通《周易》及占卜，後世視作才高的典型。南朝梁劉孝標《辯命論》：「臣觀管輅天才英偉，珪璋特秀。……而官止少府丞，年終四十八。天之報施，何其寡與？」生平事迹參《三國志·魏書二九》本傳。

〔七〕期：期許，期待。孔融：東漢末魯國（今山東省曲阜市）人，字文舉（一五三—二〇八），「建安七子」之一。孔融爲孔子後裔，自幼聰慧，高名清才，爲時所重。生平事迹參《後漢書》（卷七〇）本傳。

〔八〕光陰徂(cú)謝：時間流逝。徂謝，消逝。

〔九〕二紀于兹：到現在已經二十多年了。二紀，舉其約數，非確指。古代以十二年爲一紀(木星十二年繞日一周)。《尚書・畢命》：「既歷三紀，世變風移。」《孔傳》：「十二年曰紀。」

〔一〇〕適：剛剛，不久。

〔一一〕訪：探訪，尋求。遺孤：死者遺留下來的子女。《三國志・魏書・崔琰傳》：「及琰友人公孫方、宋階早卒，琰撫其遺孤，恩若己子。」孤：年幼喪父或父母雙亡。《説文・子部》：「孤，無父也。」《管子・輕重己》：「民生而無父母，謂之孤子。」

〔一二〕步：古代的一種長度單位，其長短歷代不同。《禮記・王制》：「古者以周尺八尺爲步，今以周尺六尺四寸爲步。」《莊子・庚桑楚》：「步仞之丘陵，巨獸無所隱其軀，而孽狐爲之祥。」唐陸德明《經典釋文》(卷二十八)《莊子音義》(下)：「六尺爲步，七尺曰仞。」

〔一三〕荆榛：荆和榛是兩種灌木，用以泛指叢生的灌木，形容荒凉景象。三國曹植《歸思賦》：「城邑寂以空虛，草木穢而荆榛。」

〔一四〕蓽(bì)門：荆木竹片所編成的簡陋的門。《孔叢子・抗志》：「亟臨蓽門，其榮多矣。」

〔一五〕四男一女：張祜子嗣，應以此記述最早最可信。後人説法紛紜，不足憑信。宋錢易《南部新書》(丁)：「張祐字承吉，有三男一女，桂子、椿兒、椅兒。桂子、椿兒皆物故，惟女與椅在。椅兒名虎望，亦有詩。後求濟于嘉興監裴弘慶，署之冬瓜堰官，望不甘。慶曰：『祐子之守冬瓜，所謂過分。』」錢説未提杞兒。五代劉崇遠《金華子雜編》（卷下）：「崇遠猶憶往歲赴恩門，請承乏丹陽，因得追尋往迹。而祜之故居，垝垣廢址，依然東郭長河之隅。」劉崇遠是顔萱之後親自造訪張祜丹陽故居的人，所記亦有一定的權威性。宋何薳《春渚紀聞》（卷七）：「《金華子雜説》云：『祜死，子虔望亦有詩名，嘗求濟於嘉興裴弘慶，署之冬瓜堰官，虔望不服，弘慶曰：『祜子守冬瓜，已過分矣。』此説似有理也。」而張祜這個名叫虔望的兒子小名是什麽？宋計有功《唐詩紀事》（卷五二）復述顔萱的詩序：「又進士顔萱過祜丹陽遺居，見其愛姬崔氏，貧居荆榛下。有一子杞兒，求食汝墳矣。憫然作詩吊之。萱詩曰（略）。」仍以顔萱之説爲準。計氏又補充説：「杞兒，後名望虔，嘉興監裴洪慶以爲冬瓜堰官。」可見，張祜確有一兒小名爲杞兒，其大名則有虔望、望虔的不同説法。但可依何薳《春渚紀聞》（卷七）所録《金華子雜編》所説的虔望爲是。

〔一六〕椅兒：此「椅」字爲木名，非今日之坐具名。張祜四子，均以木名爲小名。《詩經·小雅·湛露》：「其桐其椅，其實離離。」《説文·木部》：「椅，梓也。」唐末五代始以「椅」爲坐具名稱，北宋以後逐漸流行。宋孟元老《東京夢華録》（卷五）《娶婦》條：「於中堂升一榻，上置椅子，謂之『高坐』。」則「椅子」明爲坐具矣。另參清王鳴盛《十七史商榷》（卷二四）《箕踞》條。

〔一七〕物故：死亡的委婉説法。《荀子·君道》：「人主不能不有遊觀安燕之時，則不得不有疾病物故之變焉。」《漢書》（卷五四）《蘇武傳》：「前以降及物故，凡隨武還者九人。」顔師古注：「物故謂死也，言其同於鬼物而故也。一説：不欲斥言，但云其所服用之物皆已故耳。」

〔一八〕遺孕：遺腹子。

〔一九〕揖杞：拜訪杞之意。揖，古代的一種拜手禮。汝墳：本指古汝水堤岸，後人用爲辭家之義，此詩即取此義。《詩經·周南·汝墳》：「遵彼汝墳，伐其條枚。」毛傳：「汝，水名也。墳，大防也。」《後漢書》（卷三九）《周磐傳》：「嘗誦《詩》至《汝墳》之卒章，慨然而嘆，乃解韋帶，就孝廉之舉。」李賢注：「《韓詩》曰：『汝墳，辭家也。』其卒章曰：『魴魚赬尾，王室如燬。雖則如燬，父母孔邇。』薛君《章句》：『赬，赤也。燬，烈火也。孔，甚也。邇，近也。言魴魚勞則尾赤，君子勞苦則顔色變。以王室政教如烈火矣，猶觸冒而仕者，以父母甚迫近飢寒之憂，爲此禄仕。』」

〔二〇〕黄冠：農夫野老的服飾。《禮記·郊特牲》：「黄衣黄冠而祭，息田夫也。野夫黄冠，黄冠，草服也。」鄭玄注：「言祭以息民，服象其時物之色，季秋而草木黄落。」孔穎達疏：「野夫著黄冠，黄冠是季秋之後草色之服，故息田夫而服之也。」

〔二一〕杖策：拄着拐杖。《莊子·讓王》：「（大王亶父）因杖策而去之。民相連而從之，遂成國於岐山之下。」成玄英疏：「因拄杖而去。」迎門：當門。

〔二二〕愛姬崔氏：崔荆。張祜《途次揚州贈崔荆二十韻》：「粉胸斜露玉，檀臉慢迴刀。」「揀花偷芍藥，和葉窠櫻桃。」「殷勤欲離抱，爲爾一揮毫。」尹占華《張祜詩集校注》（附録二）《張祜繫年考》云：「疑此崔氏即崔荆，當是後來成了張祜的妾。」姑從之。

〔二三〕話舊：叙談過去往事。唐李益《下樓》：「話舊全應老，逢春喜又悲。」

〔二四〕歷然：清晰貌。唐劉知幾《史通・論贊》：「然(班)固之總述合在一篇，使其條貫有序，歷然可閱。」

〔二五〕葛帔(pèi)練裙：《文選》(卷五五)劉孝標《廣絶交論》題下，李善注引劉璠《梁典》曰：「劉峻見任昉諸子西華兄弟等，流離不能自振，生平舊交，莫有收恤。西華冬月著葛布帔、練裙。路逢峻，峻泫然矜之，乃廣朱公叔《絶交論》。到溉見其論，抵几於地，終身恨之。」《南史》(卷五九)《任昉傳》：「有子東里、西華、南容、北叟，并無術業，墜其家聲。兄弟流離，不能自振。生平舊交，莫有收恤。西華冬月著葛帔練裙，道逢平原劉孝標，泫然矜之，謂曰：『我當爲卿作計。』乃著《廣絶交論》，以譏其舊交。」葛帔，粗葛布的披肩。練裙，當作「練裙」，麻紵一類粗布製成的下裳。《説文・糸部》：「練，布屬。」葛帔練裙，形容貧窮人的穿着服飾。

〔二六〕兼：并也。兼非所有：謂所有的都不是自己的。

〔二七〕横塘：蘇州地名。張祜本寓居蘇州，故云。范成大《吴郡志》(卷一七)《橋梁》：「横塘橋。越來溪橋，久廢。淳熙中，居民薛氏以奩具錢復立之。越來溪水，自此橋北流過横塘也。……已上盤門外。已上在吴縣、長洲縣管下。詳見《舊經》。」《姑蘇志》(卷一〇)《水》：「胥口之水，自胥口橋東行九里，轉入東西醋坊橋，曰木瀆，香水溪在焉。又東入跨塘橋，與越來溪會，曰横塘。」又（卷一八）《鄉都》：「吴縣……鎮五：横塘，去縣西南十三里，有横塘橋，風景特勝。」

〔二八〕貧窶（jù）：貧窮。《詩經·邶風·北門》：「終窶且貧，莫知我艱。」《毛傳》：「窶者，無禮也。貧者，困於財。」

〔二九〕歲賦萬錢：每年要繳納的賦税上萬錢。錢，量詞，古代貨幣單位。李白《行路難三首》（其一）：「金樽清酒斗十千，玉盤珍羞直萬錢。」清顧炎武《日知録》（卷一一）《以錢代銖》：「古算法，二十四銖爲兩，……《唐書》：『武德四年，鑄開通元寶，徑八分，重二銖四絫。』積十錢重一兩，得輕重大小之中。所謂二銖四絫者，今一錢之重也。後人以其繁而難曉，故代以錢字。」又（卷一一）《以錢爲賦》：「唐初，租出穀，庸出絹，調出繒布，未嘗用錢。自兩税法行，遂以錢爲惟正之供矣。」

〔三〇〕穆生置醴（lǐ）：《漢書》（卷三六）《楚元王傳》：「元王既至楚，以穆生、白生、申公爲中大夫。……初，元王敬禮申公等，穆生不耆酒，元王每置酒，常爲穆生設醴。及王戊即位，常設，後忘設焉。」

〔三一〕鄭公立鄉：《後漢書》（卷三五）《鄭玄傳》：「國相孔融深敬於玄，屣履造門。告高密縣爲玄特立一鄉，曰：『昔齊置『士鄉』，越有『君子軍』，皆異賢之意也。鄭君好學，實懷明德。……今鄭君鄉宜曰『鄭公鄉』。昔東海于公僅有一節，猶或戒鄉人侈其門閭，矧乃鄭公之德，而無駟牡之路！可廣開門衢，令容高車，號爲『通德門』。」

〔三〕五十六字：指七言律詩，每句七個字，共八句，講究平仄、協韻、對仗。萌芽於南朝齊代的永明新體詩，成熟、定型於初、盛唐之交。

【箋評】

進士崔涯、張祜下第後，多游江淮。常嗜酒，侮謔時輩，或乘飲興，即自稱豪俠。……一旦，張以詩上牢盆使，出其子授漕渠小職，得堰俗號冬瓜。張二子，一椿兒，一桂子，有詩曰：「椿兒繞樹春園裏，桂子尋花夜月中。」人或戲之曰：「賢郎不宜作此等職。」張曰：「冬瓜合出祜子。」戲者相與大哂。（嚴子休《桂苑叢談》）

《百斛明珠》載楊妃竊笛，張祐詩云云。《劇談録》載唐武宗才人孟氏卒，張祐詩云云。一述明皇時事，一述武宗時事，二事經涉八九十年，其懸絶如此。張祐，《唐書》無傳。有文集十卷，不著本末。其粗見於《松陵集》顔萱序中曰：「過祐丹陽故居，已易他主。祐有四男一女，男曰椿兒、桂兒、椅兒、杞兒。三已物故。惟杞爲遺孕，與女尚存。故姬崔氏，霜鬢黄冠，杖策迎門。與之話舊，歷然可聽。琴書圖籍，今屬他人。横塘之西，有田數百畝，力既貧窶，十年不耕。歲賦萬錢，求免無所。」陸龜蒙亦序曰：「祐元和中作宫體小詩，辭曲艷發。及老大，稍窺建安風格。或薦之天子，書奏不下。受辟於諸侯府，性狷介不容物，輒自劾去。居曲阿，性嗜水石，悉力致之。不蓄善田利産爲身後計。死未二十四年，而故姬遺孕凍餒不暇。」觀二公所序，可以見祐平生大略矣。按《松陵集》時事在咸通間。死未二十四年，而故姬遺孕凍餒不暇。」觀二公所序，可以見祐平生大略矣。按《松陵集》時事在咸通間。龜蒙所謂「死未二十年」之語推之，祐死於宣宗大中之初年。是祐經涉十一朝也。計死時且百二十歲。其壽如此之長，是未可深詰也。祐嘗有詩曰：「椿兒遶樹春園裏，桂子尋花夜月中。」又詩曰：「一身扶杖二兒隨。」《桂花叢談》惟知祐有此二子，不知又有所謂椅兒、杞兒者，并表而出之。（王楙《野客叢書》卷二四《張祐經涉十一朝》）

《後漢書·周磐傳》，注中引《韓詩》云：「汝墳，辭家也。」猶用「式微」以代「歸」耳。（錢牧齋、何義門《唐詩鼓吹評注》眉批）

詩①

憶昔爲兒逐我兄〔一〕，曾抛竹馬拜先生〔二〕。書齋已换當時主，詩壁空題故友名〔三〕。豈是争權留怨敵〔四〕，可憐當路盡公卿〔五〕。柴扉草屋無人問〔六〕，猶向荒田責地征〔七〕。

（詩五二七）

【校記】

①汲古閣本、四庫本、統籤本、類苑本、季寫本、全唐詩本無「詩」。

【注釋】

〔一〕兒：兒童，少年。作者自指。與唐詩中以「兒」作爲女子自稱者不同。崔顥《代閨人答輕薄少年》：「兒家夫婿多輕薄，借客探丸重然諾。」劉采春《囉嗊曲六首》（其一）：「不喜秦淮水，生憎江上船。載兒夫婿去，經歲又經年。」施肩吾《望夫詞二首》（其二）：「西家還有望夫伴，一種淚痕兒最多。」逐：隨從，跟隨。《玉篇・辵部》：「逐，追也；從也。」我兄：顔萱自稱其兄顔蕘。參本卷（序一八）注〔五〕。

〔二〕竹馬：兒童游戲時當馬騎的竹竿。《後漢書》（卷三一）《郭伋傳》：「始至行部，到西河美稷，有童兒數百，各騎竹馬，道次迎拜。」《世説新語・品藻》：「殷侯既廢，桓公語諸人曰：『少時與淵源共騎竹馬，我棄去，己輒取之，故當出我下。』」先生：對他人的尊稱。指張祜。《孟子・告子下》：「宋牼將之楚，孟子遇於石丘，曰：『先生將何之？』」

〔三〕詩壁：供人題詩的墻壁。唐代家居、官廨、樓臺、寺院、道觀等，常置詩壁。如杜甫《題省中壁》，仇注云：「職無補而身有愧，乃題於院壁以自警。」又如杜甫《嶽麓山道林二寺行》：「宋公放逐曾題壁，物色分留待老夫。」仇注云：「（宋之問流欽州，）之問道經長沙，故有詩題寺壁。」

〔四〕争權留怨敵：張祜爲人疏縱狷介，確曾爲人所壓制。本卷陸龜蒙文（序一九）云：「或薦之於天子，書奏不下。亦受辟諸侯府，性狷介不容物，輒自劾去。」可作印證。裴度、令狐楚曾先後表薦張祜，均無果，實因有人沮擊。憲宗元和十五年（八二〇），裴度表薦張祜，被元稹所阻。張祜《戊午年感事書懷一百韻，謹寄獻太原裴令公、淮南李相公、漢南李僕射、宣武李尚書》：「壞屋薦來偏。」句下自注：「祜累蒙方鎮論薦。」即指裴度薦張祜事。而最終被元稹所破壞。五代王定保《唐摭言》（卷一一）《薦舉不捷》條所説令狐文公楚表薦張祜事，實爲裴度表薦張祜，而爲元稹所阻遏。文宗大和五年（八三一），令狐楚表薦張祜入京求仕。杜牧《酬張祜處士見寄長句四韻》：「薦衡昔日知文舉。」自注云：「令狐相公曾表薦處士。」但張祜滯留長安三年也無結果。其《長安感懷》嘆道：「家寄東吴西入秦，三年虚度帝城春。」除此以外，穆宗長慶三年（八二三），張祜在杭州與徐凝争鄉試，爲白居易所不取，也是其求仕中的一大挫折。晚唐范攄《雲溪友議》（卷中）《錢塘論》、五代王定保《唐摭言》（卷二）、宋計有功《唐詩紀事》（卷五二）《徐凝》條均有記述。此處考論，參尹占華《張祜詩集校注》附録二《張祜繫年考》。

〔五〕可憐：可怪。張相《詩詞曲語辭匯釋》（卷五）：「可憐，猶云可怪也；引申之則爲甚辭，猶云很也，非常也。」當路：喻掌權的人。《孟子·公孫丑上》：「夫子當路於齊，管仲、晏子之功，可復許乎？」孟浩然《留别王侍御》：「當路誰相假，知音世所稀。」

〔六〕柴扉：柴門。《文選》（卷二六）范雲《贈張徐州稷》：「還聞稚子説，有客款柴扉。」李善注：「柴扉，即荆扉也。鄭玄《禮記注》曰：『蓽門，荆、竹織門也。』」

〔七〕責地征：索取土地的賦税。《説文·貝部》：「責，求也。」地征：土地税。《周禮·地官·大司徒》：「制天下之地征。」鄭玄注：「征，税也。」

【箋評】

七言律，輕浮纖巧雖唐末所尚，而成家者實少。……《鼓吹》所選，如……顔萱「憶昔爲兒逐我兄，曾騎竹馬拜先生。」「豈是争權留怨敵，可憐登路盡公卿」（「過張處士故居」）等句，十居四五，讀

之誠欲嘔吐，既不足以爲正變，而又不能成大變也。（許學夷《詩源辯體》卷三十二）

首云追憶童時與兄見君，今去此已久。昔日「書齋」，非復「當時」之「主」；壁間詩句，「空題故友」之「名」，不勝今昔之感矣！ 然而後裔之貧，豈處士當時與人争權利而「留怨敵」，乃報責於其子乎？ 何所交者皆「當路公卿」，曾無一人恤其窮而省其孤，以至「柴扉草屋」，無人相問，惟見其困於征役焉。宜乎過故居而有慨也。○朱東嵒曰：一二叙故交之情，三四傷眼前之事，五六諷世情之薄，即七之「無人問」三字也。「當路盡公卿」，而無人一問，此所以可嘆也。（元郝天挺注、明廖文炳解、清朱三錫評《東嵒草堂評訂唐詩鼓吹》卷五）

和張處士詩（并序）①〔一〕

龜蒙

張祜字承吉②〔二〕，元和中作宫體小詩〔三〕，辭曲艷發〔四〕，當時輕薄之流能其才〔五〕，合譟得譽〔六〕。及老大〔七〕，稍窺建安風格〔八〕，誦樂府録〔九〕，知作者本意〔一〇〕，短章大篇，往往間出〔一一〕，諫諷怨譎③〔一二〕，時與六義相左右〔一三〕；善題目佳境〔一四〕，言不可刊置别處④〔一五〕，此爲才子之最也。 由是⑤，賢俊之士及高位重名者多與之游〔一六〕，謂有鵠鷺之野⑥〔一七〕，孔翠之鮮⑦〔一八〕，竹柏之貞〔一九〕，琴磬之韻〔二〇〕。 或薦之於天子〔二一〕，書奏不下〔二二〕。亦受辟諸侯府⑧〔二三〕，性狷介不容物〔二四〕，輒自劾去〔二五〕。以曲阿地古澹⑨〔二六〕，有南朝之遺風⑩〔二七〕，遂築室種樹而家焉⑪〔二八〕。性嗜水石〔二九〕，常悉力致之。從知南海間〔三〇〕，罷職，載羅浮石筍還〔三一〕。不蓄善田利産爲身後計〔三二〕。死未二十年⑫〔三三〕，而故姬遺孕凍餒不暇〔三四〕，前所謂鵠鷺、孔翠⑬、竹柏、琴磬之家〔三五〕，雖朱輪尚乘〔三六〕，遺編尚吟〔三七〕，未嘗一省其孤而恤其窮也〔三八〕。噫！人假之爲玩好⑭〔三九〕，不根於道義耶〔四〇〕？懼其怨刺於誠明耶⑮〔四一〕？天果不愛才⑯，没而猶譴耶〔四二〕？吾一不知之〔四三〕。友人顔弘至行江南道中⑰〔四四〕，訪其廬，作詩吊而序之⑱，屬余應和⑲〔四五〕。余汨没者⑳〔四六〕，不足哀承吉之道，要襲美同作㉑〔四七〕，庶乎承吉之孤倚其傳而有憐者㉒〔四八〕。

（序一九）

【校記】

①季寫本無「并序」。②「祜」弘治本、汲古閣本、詩瘦閣本、四庫本、章校本、陸詩甲本、陸詩丙本作「祐」。③「諫」原作「講」，據弘治本、詩瘦閣本、四庫本、盧校本、章校本、陸詩甲本、陸詩丙本、統籤本、類苑本、季寫本、全唐詩本改。「譎」陸詩丙本黃校注：「空格。」④「刊」陸詩甲本作「利」，陸詩丙本作「移」。⑤「由」汲古閣本、四庫本作「繇」。⑥「鵠」鼓吹本作「鵲」。⑦「翠」鼓吹本作「雀」。⑧鼓吹本無「亦」。⑨「澹」鼓吹本作「淡」。⑩「朝」陸詩丙本作「□」。⑪「築室

種樹」鼓吹本作「種樹築室」。⑫「二」陸詩乙本批校：「舊本作『三』。」陸詩丙本張校作「三」。⑬「翠」鼓吹本作「雀」。⑭「人假之爲」鼓吹本作「人之假」。⑮「刺」原作「剌」，據弘治本、四庫本、統籤本改。「於」統籤本、季寫本作「于」。「誠」弘治本、汲古閣本、四庫本、統籤本、季寫本作「神」。⑯鼓吹本無「才」。⑰「顔」陸詩乙本批校：「舊本作『顧』。」陸詩丙本黄校作「顧」。統籤本無「行」。「弘」原缺末筆，避宋太祖父親趙弘殷諱。⑱「序」鼓吹本作「引」。⑲「余」弘治本、汲古閣本、詩瘦閣本、四庫本、鼓吹本、類苑本作「予」。⑳「余」弘治本、汲古閣本、詩瘦閣本、四庫本、鼓吹本、類苑本作「予」。「汩」原作「泊」，據弘治本、汲古閣本、四庫本、陸詩甲本、陸詩丙本、鼓吹本、統籤本、類苑本、全唐詩本改。㉑「要」汲古閣本、詩瘦閣本、四庫本、陸詩甲本、陸詩丙本、統籤本、類苑本、季寫本、全唐詩本作「邀」。㉒「憐」鼓吹本作「鄰」。

【注釋】

〔一〕張處士：張祜處士。參本卷（序一八）注〔一〕。

〔二〕承吉：張祜字承吉，首見於此。後《新唐書》（卷六〇）《藝文志四·別集類》、宋陳振孫《郡齋讀書志》（卷一八）云張祜「字承吉」，當本於此。

〔三〕元和：唐憲宗李純年號（八〇六—八二〇），共十五年。宮體小詩：當指張祜所作宮詞以及縱情山水的短小篇章，體裁多爲絶句。

〔四〕辭曲艷發：辭藻華美艷麗，風調疏縱誕逸。《文選》（卷三五）張協《七命》：「流綺星連，浮綵艷發。光如散電，質如耀雪。」《世説新語·言語》：「謝太傅寒雪日内集……兄子胡兒曰：……。」劉孝標注引南朝宋檀道鸞《續晋陽秋》：「朗字長度，安次兄據之長子，安蚤知之。文義艷發，名亞於玄，仕至東陽太守。」

〔五〕能其才：謂誇耀贊美張祜的詩才。能，作「多」解。

〔六〕合譟（zào）得譽：齊聲贊美而獲得聲譽。譟，大聲喧嘩。《説文·言部》：「譟，擾也。」《玉篇·言部》：「譟，群呼煩擾也。」五代王定保《唐摭言》（卷一一）《薦舉不捷》：「張祜，元和、長慶中，深爲令狐文公所知。公鎮天平日，自草薦表，令以新舊格詩三百篇隨表進獻。辭略曰：『凡製五言，苞含六義，近多放誕，靡有宗師。前件人久在江湖，早工篇什，研機甚苦，搜象頗深。輩流所推，風格罕及』云云。謹令録新舊格詩三百首，自光順門進獻，望請宣付中書門下。」可證張祜當時在社會上確有詩名。尹占華認爲此次表薦張祜的是裴度，而不是令狐楚。可作參考。詳其《張祜詩集校注》附録二《張祜繫年考》。

〔七〕老大：長大，成人，年紀大。《文選》（卷二七）樂府古辭《長歌行》：「少壯不努力，老大乃傷悲。」白居易《效陶潛體詩十六首》（其十二）：「我從老大來，竊慕其爲人。」

〔八〕建安風格：建安文學的風格特色。建安文學以三曹（曹操、曹丕、曹植）、七子（孔融、陳琳、王粲、徐幹、阮瑀、應瑒、劉楨）爲代表。建安，東漢獻帝年號（一九六—二一九）。關於建安文學的特色，劉勰《文心雕龍·風骨》篇「風骨」論，鍾嶸《詩品序》以「建安風力」作出高度概括。

《文心雕龍·時序》篇又云：「自獻帝播遷，文學蓬轉，建安之末，區宇方輯。……觀其時文，雅好慷慨，良由世積亂離，風衰俗怨，并志深而筆長，故梗概而多氣也。」

〔九〕樂府録：謂著録漢、魏以來的樂府以及有關論述的書籍。如沈約《宋書·樂志》，對漢代以來的樂府就有詳盡的著録和深入的論述；《隋書·經籍志》著録有《古樂府》八卷、《樂府歌辭鈔》一卷、《歌録》十卷、《古歌録鈔》二卷等多種，都屬於所謂樂府録的著述。

〔一〇〕本意：指文學創作的主旨。

〔一一〕間出：交叉出現、反復不斷地産生。

〔一二〕諫諷怨譎：委婉隱約地表現規勸諷刺和怨恨不滿的思想情緒。這是儒家詩教的基本規範。《毛詩序》：「上以風化下，下以風刺上，主文而譎諫，言之者無罪，聞之者足以戒，故曰風。」

〔一三〕六義：漢代儒生就《詩經》提出的詩歌分類和表現方法上的六個方面的問題，稱作「六義」。《周禮·春官·大師》：「大師……教六詩：曰風、曰賦、曰比、曰興、曰雅、曰頌。」《毛詩序》：「故詩有六義焉：一曰風、二曰賦、三曰比、四曰興、五曰雅、六曰頌。」相左右：互相輔佐，有所助益。《周易·泰卦》：「輔相天地之宜，以左右民。」

〔一四〕題目佳境：品評題寫山水優美的境界。題目，品評。東晋袁宏《後漢紀·孝獻皇帝紀》（卷二七）：「（許）邵字子將，汝南平輿人也。少讀書，雅好《三史》，善與人論臧否之談。所題目，皆如其言，世稱郭、許之鑒焉。」

〔一五〕言不可句：謂張祜詩歌題寫某處的山水風物，非常準確貼切，不可以刻寫於別處，因其只符合所寫的某處的自然特色。張祜善寫山水寺樓，除陸龜蒙此評外，尚有他人的評説。李涉《岳陽别張祜》：「岳陽西南湖上寺，水閣松房遍文字。新釘張生一首詩，自餘吟著皆無味。」李群玉《寄張祜》：「越水吴山任興行，五湖雲月挂高情。」宋葛立方《韻語陽秋》（卷四）：「張祜喜遊山而多苦吟。凡歷僧寺，往往題咏。如《題僧壁》云：『客地多逢酒，僧房却獻花。』《萬道人禪房》云：『殘陽過遠水，落葉滿疏鐘。』《題金山寺》云：『僧歸夜船月，龍出曉堂雲。寺影中流見，鐘聲兩岸聞。』《題孤山寺》云：『不雨山長潤，無風水自陰。斷橋荒蘚澀，空院落花深。』如杭之靈隱、天竺，蘇之靈巖、楞伽，常之惠山、善卷，潤之甘露、招隱，皆有佳作。李涉在岳陽嘗贈其詩曰：『岳陽西南湖上寺，水閣松房遍文字。新釘張生一首詩，自餘吟著皆無味。』信知僧房佛寺，賴其詩以標榜者多矣。」

〔一六〕賢俊之士句：張祜生前交遊廣，與當時許多名公巨卿俱有交往，其《偶作》自云：「遍識青霄路上人。」茲就其詩中所記，略述一二。《投韓員外六韻》，韓員外爲韓愈；《陪范宣城北樓夜宴》，范宣城爲范傳正；《觀泗州李常侍打毬》，李常侍爲李進賢；《觀徐州李司空獵》，李司空爲李願；《投陳許李司空二十韻》，李司空爲李光顔；《投魏博田司空二十韻》，田司空爲田弘正；《投魏博李相國三十二韻》，李相國爲李愬；《戊午年感事書懷一百韻，謹寄獻太原裴令公、淮南李相公、漢南李仆射、宣武李尚書》，裴令公爲裴度、李相公爲李德裕、李僕射爲李程、李尚書爲李紳；《寓懷寄蘇州劉郎中》，劉郎中爲劉禹錫。不再一一列舉。至於張祜與白居易、杜牧交往，并留下唐代文學史上的一段公案、佳話，更爲人們所熟知。

〔一七〕鵠鷺之野：比喻張祜有白鵠和白鷺一樣的野逸高潔。晉張華《遊獵篇》：「鵠鷺不盡收，鳧鷖安足視。」

〔一八〕孔翠之鮮：比喻張祜詩歌具有孔雀和翠鳥羽毛般的鮮明艷麗。《文選》（卷四）左思《蜀都賦》：「孔翠群翔，犀象競馳。」李善注：「孔，孔雀也；翠，翠鳥也。」

〔一九〕竹柏之貞：比喻張祜具有緑竹和松柏一樣堅貞的人格。《禮記·禮器》：「其在人也，如竹箭之有筠也，如松柏之有心也。二者居天下之大端矣，故貫四時而不改柯易葉。」孟浩然《愛州李少府見贈》：「迴看後凋色，青翠有松筠。」

〔二〇〕琴磬之韻：比喻張祜詩歌具有流暢婉轉、清脆響亮的韻致。琴磬，絲弦樂器古琴和打擊樂器磬，泛指各種樂器。

〔二一〕或：有人。薦之於天子：上書天子，薦舉張祜。參本卷（詩五二七）注〔四〕。張祜及時人詩中亦有佐證。杜牧《酬張祜處士見寄長句四韻》：「薦衡昔日知文舉。」原注：「令狐相公曾表薦處士。」張祜《寓懷寄蘇州劉郎中》題下自注：「時以天平公薦罷歸。」又《戊午年感事書懷一百韻，謹寄獻太原裴令公、淮南李相公、漢南李僕射、宣武李尚書》詩云：「壞屋薦來偏」，句下自注：「祜累蒙方鎮論薦。」

〔二二〕不下：謂没有結果。

〔二三〕受辟諸侯府：謂被州、郡長官和方鎮帥府徵召任用。辟：徵召聘用。諸侯：唐代的州、府和方鎮可類比於古代諸侯，故云。

〔二四〕狷介：孤高耿直。張祜性情孤傲疏狂，本人多次自明，時人亦有論列。如自云：「酒狂詩癖舊無雙」(《所居即事六首》其四)。「古來名下豈虚爲，李白顛狂自稱時」(《偶題》)。唐范攄《雲溪友議》(卷中)《辭雍氏》：「崔涯者，吴、楚之狂生也，與張祜齊名。」五代嚴子休《桂苑叢談·崔張自稱俠》：「進士崔崖、張祜下第後，多遊江淮。常嗜酒，侮謔時輩。或乘飲興，即自稱豪俠。」

〔二五〕自劾去：自我彈劾，承認過失而自動離去。

〔二六〕曲阿：丹陽的古名。參本卷(序一八)注〔一〕。古澹：古樸澹泊。

〔二七〕南朝：史學上將建都於建康(今江蘇省南京市)的宋、齊、梁、陳四代，合稱爲南朝。杜牧《江南春絶句》：「南朝四百八十寺，多少樓臺煙雨中。」

〔二八〕遂築室句：據尹占華《張祜詩集校注》附録二《張祜繫年考》，張祜晚年由蘇州移居丹陽，當在唐武宗會昌元年(八四一)。

〔二九〕水石：此即指石頭而言，如太湖石之類。石頭與水，是山水景物或園林建築的基本要素，故往往連稱。

〔三〇〕知南海：謂代行南海縣令一職。南海，即今廣東省廣州市。參卷七（詩三九九）注〔一一〕。張祜知南海一事，此序爲確證，方志中亦有佐證。清魯曾煜《廣東通志》（卷三八）《名宦志》：「張祜（祐），字承吉，清河人。工詩，晚窺建安風格，一時賢俊多與之遊。受辟諸侯府，狷介鮮容，輒自劾去。後知南海，廉潔自持，一介不取。期月間解職，惟載羅浮石笋還。」知，權代之義。顧炎武《日知録》（卷九）《知縣》條：「知縣者，非縣令而使之知縣中之事。杜氏《通典》所謂檢校、試攝、判知之官是也。唐姚合爲武功尉，作詩曰：『今朝知縣印，夢裏百憂生。』唐人亦謂之『知印』，其名始於貞元已後。」

〔三一〕羅浮：山名。參卷七（詩四〇一）注〔二〕。石笋：片石如竹笋形狀，可作觀賞石。

〔三二〕善田：良田。《韓非子·詭使》：「夫陳善田利宅，所以厲戰士也。」利産：資源財産。

〔三三〕死未二十年：陸龜蒙此序及詩，與本卷上顔萱序及詩作於同時，即咸通十一年（八七〇）。上推二十年，即宣宗大中五年（八五一）。《新唐書》（卷六〇）《藝文志四》：「張祜詩一卷。」原注：「字承吉，爲處士，大中中卒。」未二十年，謂不足二十年。姑以十七、八年爲計，張祜當在宣宗大中七年或八年（八五三或八五四）去世。

〔三四〕故姬：指張祜生前的妾。遺孕：遺腹子。

〔三五〕前所謂……之家：謂以前稱贊張祜是如何如何的那些人。家，指某人而言。唐人自稱「自家」，女子自稱「兒家」，故此「某某之家」即「某某人」之義。寒山《我見世間人》：「買肉自家嗤，抹背道我暢。」崔顥《代閨人答輕薄少年》：「兒家夫婿多輕薄，借客探丸重然諾。」

〔三六〕朱輪：喻官高權重的人。古代王公顯貴所乘的車子用朱紅漆輪，故云。《文選》（卷四一）楊惲《報孫會宗書》：「惲家方隆盛時，乘朱輪者十人。」李善注：「二千石皆得乘朱輪。」

〔三七〕遺編：遺留下來的著作。此指張祜留存下的詩歌。

〔三八〕省其孤：探望問候張祜的兒女。《説文·眉部》：「省，視也。」孤：幼而喪父，或父母雙亡者皆稱孤。《論語·泰伯》：「可以托六尺之孤，可以寄百里之命，臨大節而不可奪也。」恤其窮：在經濟上救濟張祜貧窮的兒女。《玉篇·心部》：「恤，憂也；救也。」

〔三九〕假：借。玩好：只供玩賞的珍異之物。《周禮·天官·大府》：「凡式貢之餘財，以共玩好之用。」

〔四〇〕不根於道義：没有以道義爲根本。道義：道德義理。《周易·繫辭上》：「成性存存，道義之門。」

〔四一〕怨刺：諷刺。《漢書》（卷二二）《禮樂志》：「周道始缺，怨刺之詩起。王澤既竭，而詩不能作。」誠明：至誠之心和完美的德性。《禮記·中庸》：「自誠明謂之性，自明誠謂之教。誠則明矣，明則誠矣。」鄭玄注：「由至誠而有明德，是聖人之性者也。」

〔四二〕没而猶譴：人已死而還要給予譴責。意謂老天不愛才，張祜生前使其潦倒困頓，死後還要使其兒女窮困不堪。

〔四三〕一：全，全部。一不知之：完全不知。

〔四四〕顔弘至：顔萱，字弘至。參本卷〈序一八〉注〔二〕。

〔四五〕屬（zhǔ）：囑咐。應和（hè）：答和，應聲唱和。《史記》（卷五四）《曹相國世家》：「相舍後園近吏舍，吏舍日飲歌呼。……乃反取酒張坐飲，亦歌呼與相應和。」

〔四六〕汩没（gǔ mò）：沉淪落魄。

〔四七〕要：邀請，邀約。「要」通「邀」。襲美：皮日休字。前已屢注。

〔四八〕庶：希冀。《爾雅·釋言》：「庶，幸也。」《玉篇·广部》：「庶，幸也；冀也。」倚其詩：謂依賴皮日休詩篇的廣泛流傳。倚，依，憑。《説文·人部》：「倚，依也。」

【箋評】

唐賢詩學，類有師承，非如後人第憑意見。竊嘗求其深切著明者，莫如陸魯望之叙張祜處士也，曰：「元和中，作宫體小詩，辭曲艷發。輕薄之流，合譟得譽。及老大，稍窺建安風格，讀樂府録，知作者本意，短章大篇，往往間出，講諷怨譎，與六義相左右。善題目佳境，言不可刊置别處，此爲才子之最也。」觀此，可以知唐人之所尚，其本領亦略可窺矣。不此之循，而蔽於嚴羽囈語，何哉？（趙執信《談龍録》）

陸魯望謂張祜「元和中，作宫體小詩，辭曲艷發。及老大，稍窺建安風格，誦樂府録，知作者本意，短章大篇，往往間出，諫諷怨譎，時與六義相左右。善題目佳境，言不可刊置别處，此爲才子之最。」此段論詩極有見。而其所自作，未能擇雅，何也？○所謂「不可刊置别處」，非如今日八股體，曲曲鉤貫之謂也。乃言每一篇，各有安身立命處耳。（翁方綱《石洲詩話》卷二）

小序中抑揚幾許，古人論學不輕易如此。（明許自昌刻、清惠棟校《唐甫里先生文集二十卷》卷十批語）

陸魯望過張承吉丹陽故居，言：「祐善題目佳境，言不可刊置别處，此爲才子之最也。」余深愛此言。自古文章所以流傳至今者，皆即情即景，如化工肖物，着手成春，故能取不盡而用不竭。不然，一切語古人都已説盡，何以唐、宋、元、明，才子輩出，能各自成家而光景常新耶？即如一客之招，一夕之宴，開口便有一定分寸，貼切此人、此事，絲毫不容假借，方是題目佳境。若今日所咏，明日亦可咏之；此人可贈，他人亦可贈之，便是空腔虚套，陳腐不堪矣。（袁枚《隨園詩話》卷一）

詩①

勝華通子共悲辛〔一〕，荒逕今爲舊宅鄰〔二〕。一代交遊非不貴〔三〕，五湖風月合教貧〔四〕。魂應絶地爲才鬼〔五〕，名與遺編在史臣〔六〕。聞道平生偏愛石〔七〕，至今猶泣洞庭人〔八〕。

（詩五二八）

【校記】

①蚪宋本批語：「宋本『詩』字另行。」汲古閣本、四庫本、統籤本、類苑本、季寫本、全唐詩本無此

「詩」。李校本批語：「序後有『詩』字作一行。」

【注釋】

〔一〕勝華通子：泛指老幼，即謂所有人。勝華，有名譽聲望的人。通子，未成年的兒童。陶淵明《責子》：「通子垂九齡，但覓梨與栗。」白居易《餘思未盡加爲六韻重寄微之》：「各有文姬纔稚齒，俱無通子繼餘塵。」自注：「陶潛小男名通子。」

〔二〕荒逕：荒蕪的宅旁小路，即指居所的蕭條凄凉。《文選》（卷四五）陶淵明《歸去來兮辭》：「三逕就荒，松菊猶存。」李善注：「《三輔決録》曰：『蔣詡，字元卿。舍中三逕，唯羊仲、求仲從之遊，皆挫廉逃名不出。』」舊宅：指張祜生前在丹陽的故居。顔萱《過張祜處士丹陽故居并序》云：「其故居已易他主，訪遺孤之所止，則距故居之右二十餘步。」可作此句注脚。

〔三〕交遊：結交的朋友。《荀子·君道》：「其交遊也，緣類而有義。」《史記》（卷一二六）《滑稽列傳》：「若朋友交遊，久不相見，卒然相睹，歡然道故，私情相語，飲可五六斗徑醉矣。」

〔四〕五湖：太湖的别名。參卷一（詩三）注〔一七〕。風月：清風明月。清秀澄澈的山水景色。此喻張祜超塵絶俗。《世説新語·言語》：「劉尹云：『清風朗月，輒思玄度。』」合教貧：應該使得他貧窮潦倒。合，劉淇《助字辨略》（卷五）：「合，應也；當也。」此句謂張祜生前酷愛風清月白的太湖山水，其貧困正是應當的。

〔五〕絶地：極遥遠的地方。此喻與人世間相隔極爲遥遠的陰間。《漢書》（卷五二）《韓安國傳》：「且自三代之盛，夷狄不與正朔服色，非威不能制，彊弗能服也，以爲遠方絶地不牧之民，不足煩中國也。」

〔六〕遺編：指張祜生前遺留下來的詩文。史臣：史官。搜集記録當朝史料，編寫國史的官員。唐代有史館。《唐六典》（卷九）《史館》：「史館史官。史官掌修國史。」此句謂張祜之名和他的詩文，都可以載入史册，流傳後世。

〔七〕愛石：張祜嗜愛奇石，最早記述者即爲陸龜蒙此序及詩。其後宋人有不少具體記述。鄭文寶《江南餘載》（卷下）：「後苑有宫髻石，世傳張祜舊物。上有杜紫微杭州刻字相寄之迹，祜以其形若宫髻，故名之云。祜平生癖好太湖石，故三吴牧伯多以爲贈焉。」宋阮閲《詩話總龜》（前集卷四五）引《陳輔之詩話》：「張祜性酷好太湖石，三吴太守多以贈遺之。故陸魯望以詩哭之曰：『一林石笋散豪家。』（按：所引實爲皮日休詩）」

〔八〕洞庭：太湖的别稱。《揚州記》（《初學記》卷七）曰：「太湖，一名震澤，一名笠澤，一名洞庭。」洞庭人：指在太湖裏采集太湖石的工人。

【箋評】

五六悲壯。詩家最病無情之語，中晚律率多情不副詞，堆叠成篇，故無生韻流動。（陸時雍《唐詩鏡》卷五十二）

此詩前四句惜之，中二句美之，末二句微有諷意。首言「勝華通子」，今共悲痛辛酸。蓋「舊宅」已歸別人，遷居「荒徑」，反爲「舊宅」之「鄰」矣。以余思之，「一代交遊」非不顯貴，而「五湖風月」自合長貧。上句隱寓不恤其後意，下句見素風如此，宜并其後而貧窶也。至於生爲才人，死爲才鬼，名編青史，流芳後世，處士之有才有德如此。惜乎志偏好玩，生平「愛石」，至今洞庭之人，猶悲取石之艱也。然其清風雅尚，不從此可見哉！○朱東嵒曰：「交遊」，虚情也；「風月」，虚景也。非「風月」不足以助「交遊」之盛，非「交遊」不足以顯「風月」之名。文人才士，往往借水石玩好，陶性情，廣聲氣，日與公卿大夫飲酒賦詩，把臂論交，一派虚情虚景，毫無實際。「一代交遊非不貴，五湖風月合教貧。」寫盡承吉生平，亦寫盡古今世局，大可慨也。通篇語意，雖欲勸人念承吉之生前，憫承吉之身後，而諷承吉之偏性僻好，不善爲身後計，亦略見矣。（元郝天挺注、明廖文炳解、清朱三錫評《東嵒草堂評訂唐詩鼓吹》卷三）

陸自撰《甫里先生傳》云：「少攻歌詩，遇事輒變化不一其體裁，卒造平淡而後已。」集中如「朝朝貰薪米，往往逢責詬。既被鄰里輕，亦爲妻子陋。」「所貪既仁義，豈暇理生活。」「懶外應無敵，貧中直是王。」「祇有經時策，全無養拙資。」「身從亂後全家隱，日校人間一倍長。」「一代交遊非不貴，五湖風月合教貧。」皆能寓新奇于平淡。（余成教《石園詩話》卷二）

魯望憫承吉之孤，爲詩序①〔一〕，邀余屬和②〔二〕，欲用余道振其孤而利之③〔三〕。噫！承吉之困身後乎〔四〕？魯望視余困，與承吉生前孰若哉④〔五〕！未有已困而能振人者。然抑爲之詞⑤〔六〕，用塞良友之意⑥〔七〕

日休

先生清骨葬煙霞〔八〕，業破孤存孰爲嗟⑦〔九〕。幾篋詩編分貴位⑧〔一〇〕，一林石笋散豪家〔一一〕。兒過舊宅啼楓影〔一二〕，姬遶荒田泣稗花〔一三〕。唯我共君堪便戒⑨〔一四〕，莫將文譽作生涯〔一五〕。（詩五二二九）

【校記】

①「序」鼓吹本作「引」。類苑本以此題爲序，另擬題《和魯望過張處士丹陽故居并序》。②「余」弘治本、汲古閣本、詩瘦閣本、四庫本、皮詩本、統籤本、類苑本、季寫本、全唐詩本作「予」。③「道」原作「遒」。「余遒」弘治本、汲古閣本、詩瘦閣本、四庫本、皮詩本、統籤本、類苑本、季寫本、全唐詩本作「予道」。「遒」鼓吹本作「道」。據改。「利」鼓吹本作「和」。④「余」弘治本、汲古閣本、詩瘦閣本、四庫本、皮詩本、統籤本、類苑本、全唐詩本作「予」。「前」詩瘦閣本、盧校本、皮詩本、季寫本作

「將」，季寫本注：「一作前。」統籤本無「前」字。「若」鼓吹本作「苦」，季寫本、全唐詩本注：「一作苦。」⑤鼓吹本、全唐詩本無「然」。「抑」類苑本作「聊」。鼓吹本、季寫本無「之」。「詞」汲古閣本、四庫本、皮詩本、鼓吹本、統籤本、類苑本、全唐詩本作「辭」。⑥鼓吹本、季寫本、全唐詩本無「之意」。⑦「孰」項刻本、鼓吹本作「誰」。⑧「編」鼓吹本作「書」。⑨「唯」鼓吹本作「惟」。「共」鼓吹本作「與」。

【注釋】

〔一〕爲：作，創作。

〔二〕屬（zhǔ）和：隨人唱和。《文選》（卷四五）宋玉《對楚王問》：「客有歌於郢中者，其始曰《下里》《巴人》，國中屬而和者數千人；其爲《陽阿》《薤露》，國中屬而和者數百人；其爲《陽春》《白雪》，國中屬而和者不過數十人；引商刻羽，雜以流徵，國中屬而和者不過數人而已。是其曲彌高，其和彌寡。」

〔三〕余道：我的道義（包括名譽、聲望）。振：救，救助，賑濟。《説文·手部》：「振，舉救也。」孤：失去父親或父母雙亡的人。此指張祜的子女。

〔四〕困：窮困。身後：謂去世以後。

〔五〕孰若：何如，怎樣。

〔六〕抑：且。劉淇《助字辨略》（卷五）：「抑……又皮襲美《和張處士詩序》：『噫！承吉之困身後乎？魯望視予困，與承吉生前孰若哉？未有已困而能振人者。然抑爲之辭，用塞良友之意。』此抑字，猶且也。」

〔七〕用塞句：用以滿足好朋友的意願。塞，《玉篇·土部》：「塞，實也，滿也。」良友：情誼深厚的朋友。《文選》（卷二九）蘇武《詩四首》（其四）：「良友遠離別，各在天一方。」

〔八〕先生：指張祜。清骨：張祜的尸骨。其生前清高耿介，故云。煙霞：美麗的自然山水。此指張祜的葬地。

〔九〕業破：指張祜的産業破落，故居已爲他人所有。也指其詩歌散落，多爲貴人所取走。孤存：指張祜存活下來的子女。孰：誰，哪個人。

〔一〇〕詩編：詩歌編輯成册的詩集。貴位：高官權大的人。

〔一一〕一林石笋：石林裏的所有石笋。由此句可見，張祜愛石，生前建有石笋園林。散：散落。豪家：有錢財有權勢的人家。

〔一二〕啼楓影：謂看到張祜舊居的楓樹而傷心落淚。以楓托哀情。《楚辭·招魂》：「湛湛江水兮上有楓，目極千里兮傷春心。」楓影：楓葉。唐人喜用「影」字形容樹葉。李紳《憶登栖霞寺峰》：「林葉脱紅影，竹煙含綺疏。」韋莊《和薛先輩見寄初秋寓懷即事之作二十韻》：「柿葉添紅影，槐柯減緑陰。」「郄堂流桂影，陳巷集車音。」

〔一三〕姬：指張祜生前的妾崔氏。參本卷（序一八）注〔二〕。稗花：稗草開花。謂田地荒蕪，稗草叢生的景象。參本卷(序一八)所云「横塘之西有故田數百畝」,「十年不耕」云云。

〔一四〕 共:與。堪便戒:可以此爲戒。

〔一五〕 文譽:文名。由詩文作品而獲得的聲譽。生涯:此指生計,維持生計的財産。《莊子·養生主》:「吾生也有涯,而知也無涯。」

【箋評】

張祐性酷好太湖石,三吴太守多以贈遺之。故陸魯望以詩哭之曰:「一林石笋散豪家。」(阮閲《詩話總龜》前集卷四十五)

此言承吉「清骨葬」於「烟霞」之中,家業已破而孤幼尚存,莫有一人爲之咨嗟而慨惜者。於是生前所讀之詩書、所玩之石笋,皆爲貴豪所有,但存孤兒啼於舊居楓樹之下,與其愛姬「泣」於「荒田」、「稗花」之間耳。然承吉之所以致此者,以其雅好文章,不事善田利産,故貽身後之寂寞。我之與君當以承吉爲戒,蓋亦有感之言也歟! ○朱東嵒曰:首曰「先生清骨」,則非「文譽作生涯」不能全此「清骨」二字。詩書、石笋,即「文譽」、「生涯」也。「分貴位」、「散豪家」,其「業破」可知。「兒啼楓影」、「姬泣稗花」,其「孤存」可知。七八因憫承吉而忽寫到自己身上,亦重有感於「文譽作生涯」而已。□即真正「文譽」尚不可以「作生涯」,況假「文譽」乎? 讀此可爲尚「文譽」者戒也。(元郝天挺注、明廖文炳解、清朱三錫評《東嵒草堂評訂唐詩鼓吹》卷五)

「清骨」有才,無命之骨也。「葬烟霞」,先生之所則得矣。不知其身後何如。業如不破,「孤存」

可也；孤如不存，「業破」可也。今乃「業破孤存」，庶幾有嗟之者乎？而先生之魂魄始安也。而試問嗟之者誰乎？三四承之。親讀其詩，親見其孤，「貴位」不之嗟也。親取其石，親見其孤，「豪家」不之嗟也。又况乎未讀其詩，未取其石者乎？而安望有嗟之者乎？五六順接。夫是故視其兒，兒則「啼楓影」而已矣。嗟乎！此「文譽作生涯」之兒也。視其姬，姬則「泣稗花」而已矣。嗟乎！此「文譽作生涯」之姬也。夫「文譽」之不可「作生涯」如此，而我與君猶不即承吉以爲戒乎！此詩校魯望作倍加慘切，不□當時之所謂「貴位」、「豪家」者見之，亦有愧心否？（趙臣瑗《山滿樓箋注唐詩七言律》卷五）

《公羊傳·哀公十四年》：「孰爲來哉！孰爲來哉！」此「孰」字，「何」也？古通作「熟」。皮日休《和張處士詩序》：「魯望視予困，與承吉生前熟若？」按「熟」本作「孰」，緣是一字，故通用，非誤也。今俗本改作「孰」，非。（李調元《剿説》卷一《熟通作孰》）

孰，《爾雅》云：「疇，孰，誰也。」邢疏云：「皆謂語辭，不爲義也。」愚按：孰，誰也，何也，如《論語》：「孰不可忍也。」《公羊傳·哀公十四年》：「孰爲來哉！孰爲來哉！」《史記·文帝紀》：「乃十一月晦，日有食之，適見於天，灾孰大焉。」太史公《自序》：「襄公傷於泓，君子孰稱！」此孰字，何也，曷也。如《論語》：「君孰與不足。」此爲誰何之辭也。〇又通作熟。皮襲美《和張處士詩序》：「魯望視予困，與承吉生前熟若哉？」案：熟，本作孰，緣是一字，故通用，非誤也。（劉淇《助字辨略》卷五）

抑，《詩・小雅》：「抑此皇父。」……又皮襲美《和張處士詩序》：「噫！承吉之困身後乎？魯望視予困，與承吉生前熟若哉？未有已困而能振人者。然抑爲之辭，用塞良友之意。」此抑字，猶且也。以上三條，并轉語也。（劉淇《助字辨略》卷五）

何方清佩逐飛霞，埋玉空山重可嗟。墓下驢鳴猶有客，松陰鶴返定思家。百年大雅存吟草，二月東風滴酒花。猛憶去春同夜泛，短篷曾繫水西涯。去年此夕同泛月三潭，各有詩。（厲鶚《二月十五日，同人展周兄穆門墓于湖上之青芝塢，用皮襲美過張承吉處士丹陽故居韻》，《樊榭山房集・續集》卷八）

旅泊吴門呈一二同志①〔一〕

前廣文博士②　張賁〔二〕

一舸吴江晚〔三〕，堪憂病廣文〔四〕。鱸魚誰與伴，鷗鳥自成群〔五〕。反照縱横水〔六〕，斜空斷續雲。異鄉無限思〔七〕，盡付酒醺醺③〔八〕。（詩五三〇）

【校記】

①全唐詩本無「呈一二同志」。②四庫本無此五字。③「醺醺」統籤本作「曛曛」。

【注釋】

〔一〕考察下面陸龜蒙的和作，此詩當作於咸通十一年（八七〇）秋。旅泊：旅途中停船暫泊。即漂泊之義。南朝梁元帝蕭繹《登堤望水詩》：「旅泊依村樹，江槎擁戍樓。」杜甫《秦州見敕目，薛三據授司議郎，畢四曜除監察。與二子有故，遠喜遷官，兼述索居，凡三十韻》：「旅泊窮清渭，長吟望濁涇。」吴門：蘇州的别稱。《韓詩外傳》：「則伍子胥何爲抉目而懸吴東門？」唐張繼《閶門即事》：「試上吴門窺郡郭，清明幾處有新煙。」唐陸廣微《吴地記》：「孔子登山，望東吴閶門，嘆曰：『吴門有白氣如練。』」本指春秋時吴國都城之門，後世遂用爲蘇州的别名。《越絶書》（卷二）《越絶外傳記吴地傳》：「吴大城，周四十七里二百一十步二尺。陸門八，其二有樓。水門八。」一二：一兩個，概指少數幾個。同志：志趣相同的人。《國語·晋語四》：「同姓則同德，同德則同心，同心則同志。」

〔二〕前廣文博士：前任的廣文館博士。張賁：參卷六（詩二六三）注〔一〕。

〔三〕一舸：一隻船。舸，原義爲大船，後泛稱船。《方言》（卷九）：「南楚、江、湘，凡船大者謂之舸，小舸謂之艖。」吴江：松江。參（序一）注〔三〕。

〔四〕堪憂：可憂。病廣文：作者自嘆窮困潦倒，也暗用盛唐時鄭虔事。鄭虔（六八五？—七六四？），字若齊，一作弱齊。天寶九年授廣文館博士，是唐玄宗創設該館的第一任博士，人稱「鄭廣文」、「廣文先生」。生平事迹參《新唐書》（卷二〇二）本傳、《唐才子傳校箋》（卷二）。杜甫《醉時歌》：「諸公衮衮登臺省，廣文先生官獨冷。甲第紛紛厭粱肉，廣文先生飯不足。」

〔五〕鷗鳥自成群：謂鷗鳥同類相求，成群地過着閑逸生活。暗用《列子·黄帝篇》海邊鷗鳥的典故。此二句作者以鱸魚、鷗鳥自喻。前者自言獨往獨來，後者自言喜愛閑散生活。

〔六〕反照：夕陽的反光。《初學記》（卷一）引梁元帝《纂要》：「日西落，光反照於東，謂之反景。」賈島《宿慈恩寺郁公房》：「反照臨江磬，新秋過雨山。」

〔七〕異鄉：他鄉，他方。南朝宋鮑照《代東門行》：「一息不相知，何況異鄉別。」

〔八〕醺醺：酣醉貌。北周庾信《狹客行》：「酒醺人半醉，汗濕馬全驕。」杜甫《留别賈嚴二閣老兩院補闕》：「去遠留詩别，愁多任酒醺。」

【箋評】

（張）賁，字潤卿，南陽人。登大中進士第，唐末爲廣文博士。寓吴中，與皮、陸二生游。其詩多羈旅感激，若「異鄉無限思，盡付酒醺醺。」（計有功《唐詩紀事》卷六十四《張賁》）

奉詶次韻

龜蒙

高秋能叩觸〔一〕，天籟忽成文〔二〕。苦調雖潛倚〔三〕，靈音自絶群〔四〕。茅峰曾醮斗〔五〕，笠澤久眠雲〔六〕。許伴山中躅〔七〕，三年任一醺〔八〕。（詩五三一）

【注釋】

〔一〕高秋：天高氣爽的秋天。南朝齊沈約《休沐寄懷》：「臨池清溽暑，開幌望高秋。」李白《古風五十九首》（其三十八）：「雖照陽春暉，復悲高秋月。」叩觸：叩擊。敲擊高遠的天空，喻張賁才高。

〔二〕天籟：自然界的聲響。此喻張賁詩歌的風調優美如天籟之音。《莊子・齊物論》：「汝聞人籟而未聞地籟，汝聞地籟而未聞天籟夫！」

〔三〕苦調：酸苦的音調。作者對自己作品的謙詞。《文選》（卷二一）顔延之《秋胡詩》：「義心多苦調，密比金玉聲。」潛倚：謂暗暗地效法對方詩歌。倚，倚聲。按節拍歌唱。

〔四〕靈音：靈妙之音。喻指張賁原作。《漢武帝内傳》：「王母乃命侍女王子登彈八琅之璈，又命侍女董雙成吹雲龢之笙，又命侍女石公子擊崑庭之鍾，又命侍女許飛瓊鼓震靈之簧，侍女阮凌華拊五靈之石，侍女范成君擊洞庭之磬，侍女段安香作九天之鈞。於是衆聲澈朗，靈音駭空。」絶群：超出衆人。《後漢書》（卷一三）《隗囂傳》：「蒼蠅之飛，不過數步。即托驥尾，得以絶群。」李賢注：「張敞書曰：『蒼蠅之飛，不過十步。自托騏驥之尾，乃騰千里之路。然無損於騏驥，得使蒼蠅絶群也。』見《敞傳》。」

〔五〕茅峰：指茅山，在今江蘇省句容縣。參卷六（詩二六三）注〔一〕。醮斗：道士築壇建醮禮拜天上的星斗，以此遣神召靈的宗教活動，即「步罡踏斗」。參卷三（詩六三）注〔二八〕。張賁曾在茅山學道，故詩云。

〔六〕笠澤：松江的別名。參（序一）注〔二四〕。眠雲：作者自喻隱居於松江之畔。古代的隱士常以雲比喻隱逸的閑散生活，或以雲爲伴。《文選》（卷四五）陶淵明《歸去來兮辭》：「雲無心以出岫，鳥倦飛而知還。」《文選》（卷二六）謝靈運《過始寧墅》：「白雲抱幽石，緑篠媚清漣。」陶弘景《山中何所有》（《太平廣記》卷二〇二引《談藪》）詩：「山中何所有？嶺上多白雲。只可自怡悦，不堪持寄君。」均有此意蘊。

〔七〕山中躅（zhú）：山中的足迹。指張賁在茅山學道，隱居山中事。

〔八〕三年句：謂作者願意隨張賁到茅山學道三年。又是用典。《博物志》（卷一〇）：「昔劉玄石於中山酒家酤酒，酒家與千日酒，忘言其節度。歸至家當醉，而家人不知，以爲死也，權葬之。酒家計千日滿，乃憶玄石前來酤酒，醉向醒耳。往視之，云玄石亡來三年，已葬。於是開棺，醉始醒。俗云：『玄石飲酒，一醉千日。』」

賁中間有吴門旅泊之什①〔一〕，多垂見和②〔二〕，更作一章，以伸詶謝〔三〕

張賁③

偶發陶匏響〔四〕，皆蒙組綉文〔五〕。清秋將落帽〔六〕，子夏正離群〔七〕。有恨書燕雁〔八〕，無聊賦郢雲〔九〕。遍看心自醉〔一〇〕，不是酒能醺。（詩五三二）

【校記】

①類苑本無「賁中間」。②「多垂見和」統籤本、全唐詩本作「蒙魯望垂和」。③原缺署名。觀詩

題及詩意，張賁作無疑，據補。斠宋本批語：「此係張作非陸也。」汲古閣本署龜蒙，誤。四庫本、盧校本、統籤本、類苑本、季寫本、全唐詩本署張賁，陸集各本未收録此詩，是。

【注釋】

〔一〕中間：猶之間，其間，指在某一時間内。什：篇什。本指《詩經》中的《雅》《頌》大多以十首編爲一組，名之爲「什」，後泛指詩篇。《文選》（卷三九）任昉《奉答敕七夕詩啓》：「奉敕并賜示《七夕》五韻。竊惟帝迹多緒，俯同不一；托情風什，希世罕工。」李善注：「《毛詩》題曰：『《關雎》之什。』」

〔二〕垂：敬辭。表示對他人的尊敬。見和：被唱和。見，表客氣之意。

〔三〕伸：表白。詶謝：報答感謝。

〔四〕陶匏（páo）：古代八音中的兩種。陶即土，指塤，一種用陶土燒制的吹奏樂器。匏，指笙、竽一類樂器。陶匏響：張賁自喻所作詩歌古拙質樸。《周禮·春官·大師》：「皆播之以八音：金、石、土、革、絲、木、匏、竹。」

〔五〕組綉：精美華麗的絲織品。組綉文：喻華美的詩文。指陸龜蒙和詩。

〔六〕清秋句：謂清秋時陸龜蒙參加朋友的宴飲聚會，興致很高。指其豪縱的生活清趣。落帽：風吹落了頭上的帽子。《晋書》（卷九八）《桓温傳》附《孟嘉傳》：「後爲征西桓温參軍，温甚重之。九月九日，温燕龍山，僚佐畢集。時佐吏并著戎服，有風至，吹嘉帽墮落，嘉不之覺。」

〔七〕子夏句：張賁借以自傷寂寞寥落。子夏：孔子弟子卜商（前五〇七—？），字子夏。《論語·先進》記孔子嘗稱門人中「文學」一科，以子游、子夏爲最。離群：離開衆人，孤獨一人。《周易·乾卦》：「上下無常，非爲邪也。進退無恒，非離群也。」《禮記·檀弓上》：「子夏喪其子而喪其明。曾子吊之，曰：『吾聞之也，朋友喪明則哭之。』曾子哭。子夏亦哭，曰：『天乎！予之無罪也。』曾子怒，曰：『商，女何無罪也？吾與女事夫子於洙、泗之間，退而老於西河之上，使西河之民疑女於夫子，爾罪一也。喪爾親，使民未有聞焉，爾罪二也。喪爾子，喪爾明，爾罪三也。而曰「女何無罪」與？』子夏投其杖而拜，曰：『吾過矣，吾過矣！吾離群而索居亦已久矣。』」

〔八〕燕雁：北方燕地的大雁。書燕雁：謂寄書信以表達思鄉之情。化用雁足傳書事。《漢書》（卷五四）《蘇武傳》：「（常惠）教使者謂單于，言天子射上林中，得雁，足有係帛書，言武等在某澤中。使者大喜，如惠語以讓單于。單于視左右而驚，謝漢使曰：『武等實在。』」

〔九〕郢雲：郢都的雲。郢，春秋戰國時楚國的都城，故址在今湖北省江陵市。《舊唐書》（卷三九）《地理志二》：「山南東道，荆州江陵府，江陵，漢縣，南郡治所也。故楚都之郢城，今縣北十里紀南城是也。後治於郢，在縣東南。」《文選》（卷一九）宋玉《高唐賦并序》：「昔者楚襄王與宋玉遊於雲夢之臺，望高唐之觀，其上獨有雲氣，崒兮直上，忽兮改容，須臾之間，變化無窮。……王曰：『朝雲始出，狀若何也？』玉對曰：『其始出也，𣋡兮若松榯。其少進也，晰兮若姣姬，揚袂障日，而望所思。忽兮改容，偈兮若駕駟馬，建羽旗。湫兮如風，淒兮如雨。風止雨霽，雲無處所。』」

〔一〇〕遍看：指遍看「燕雁」和「郢雲」。

更次韻奉訓

龜蒙①

獨倚秋光岸〔一〕，風漪學篳文〔二〕。《玄》堪教鳳集②〔三〕，書好换鵝群〔四〕。葉墮平臺月〔五〕，香消古徑雲〔六〕。强歌非《白紵》③〔七〕，聊以送餘醺④。（詩五三三）

【校記】

①李校本批語：「景宋本脱『龜蒙』二字。」②「玄」原缺末筆，避宋太祖始祖趙玄朗諱。③「非」類苑本作「飛」。④「醺」陸詩丙本作「醺」。

【注釋】

〔一〕秋光：猶言秋色。遥應本卷（詩五三〇）：「一舸吴江晚。」陳子昂《秋日遇荆州府崔兵曹使宴》：「秋光稍欲暮，歲物已將闌。」

〔二〕風漪：微風吹起水面上的波紋。《詩經·魏風·伐檀》：「坎坎伐檀兮，寘之河之干兮，河水清且漣猗。」簟文：竹席的花紋。喻微微泛起的水波。《西京雜記》（卷二）：「漢諸陵寢，皆以竹爲簾，簾皆爲水紋及龍鳳之像。」《玉臺新詠》（卷七）簡文帝《咏内人晝眠》：「簟文生玉腕，香汗浸紅紗。」清吴兆宜注、程琰删補引《東宫舊事》：「太子納妃，有鳥韜赤花雙文簟。」韓愈《新亭》：「水文浮枕簟，瓦影蔭龜魚。」李商隱《偶題二首》（其一）：「水文簟上琥珀枕，傍有墮釵雙翠翹。」

〔三〕《玄》：漢代揚雄著《太玄經》。鳳集：鳳凰止息於上。此處用以誇張比喻張賁詩歌辭藻華美。《西京雜記》（卷二）：「（揚）雄著《太玄經》，夢吐鳳凰，集《玄》之上，頃而滅。」

〔四〕書好：書法優美。稱贊張賁書法好，可媲美王羲之。换鵝：《晋書》（卷八〇）《王羲之傳》：「性愛鵝，會稽有孤居姥養一鵝，善鳴，求市未能得，遂携親友，命駕就觀。姥聞羲之將至，烹以待之，羲之嘆惜彌日。又山陰有一道士，養好鵝，羲之往觀焉，意甚悦，固求市之。道士云：『爲寫《道德經》，當舉群相贈耳。』羲之欣然寫畢，籠鵝而歸，甚以爲樂。」

〔五〕平臺：應指蘇州的姑蘇臺、射臺、琴臺之類。唐陸廣微《吴地記》：「姑蘇臺，在吴縣西南三十五里，闔閭造，經營九年始成。其臺高三百丈，望見三百里外，作九曲路以登之。」又云：「射臺，在吴縣横山安平里。」范成大《吴郡志》（卷一五）：「靈巖山，即古石鼓山，又名硯石山。……今按《吴越春秋》《吴地記》等書云：闔閭城西有山，號硯石山。高三百六十丈，去入煙三里。在吴縣西三十里。上有吴館娃宫、琴臺、響屧廊。」

〔六〕古徑：應指蘇州采香徑之類。范成大《吴郡志》（卷八）：「采香徑，在香山之傍小溪也。吴王種香於香山，使美人泛舟於溪以采香。今自靈巖山望之，一水直如矢，故俗又名箭涇。」

〔七〕强歌：勉强歌吟。此謂勉强作詩。《白紵》：《白紵曲》，古樂府舞曲歌辭。郭茂倩《樂府詩集》（卷五五）：「《宋書·樂志》曰：『《白紵舞》，按舞辭有巾袍之言，紵本吴地所出，宜是吴舞也。……《樂府解題》曰：『古詞盛稱舞者之美，宜及芳時爲樂，其譽白紵曰：「質如輕雲色如銀，製以爲袍餘作巾。袍以光軀巾拂塵。」』」

魯望示廣文先生吴門二章〔一〕，情格高散〔二〕，可醒俗態①〔三〕，因追想山中風度〔四〕，次韻屬和〔五〕，存于詩編②〔六〕，魯望之命也

日休

我見先生道〔七〕，休思鄭廣文〔八〕。鶴翻希作伴〔九〕，鷗却覓爲群〔一〇〕。逸好冠清月③〔一一〕，高宜著白雲〔一二〕。朝庭未無事④〔一三〕，争任醉醺醺〔一四〕。（詩五三四）

【校記】

①「態」項刻本作「然」。②「于」詩瘦閣本、全唐詩本作「於」。③「清」項刻本作「新」。④「庭」四庫本、盧校本、統籤本作「廷」。

【注釋】

〔一〕魯望：陸龜蒙字。廣文先生：指張賁，曾任廣文館博士。已屢見前注。吴門二章：指本卷上面張賁與陸龜蒙唱和的兩首詩，即（詩五三〇）、（詩五三二）。

〔二〕情格高散：情致風度高潔散誕。

〔三〕醒俗態：警醒世俗的情態。唐王勃《澗底寒松賦》：「見時華之屢變，知俗態之多浮。」

〔四〕追想：回想。白居易《夢裴相公》：「追想當時事，何殊昨夜中。」山中：指茅山中。因張賁曾在茅山學道。山中風度：指其學道茅山的隱士風度。此當用陶弘景事。《梁書》（卷五一）《陶弘景傳》：「遍歷名山，尋訪仙藥。每經澗谷，必坐卧其間，吟咏盤桓，不能已已。……有時獨遊泉石，望見者以爲仙人。」

〔五〕屬和：參本卷（詩五二九）注〔二〕。

〔六〕詩編：參本卷（詩五二九）注〔一〇〕。

〔七〕先生：指張賁。

〔八〕休思：不再思念。鄭廣文：指鄭虔。參本卷（詩五三〇）注〔四〕。

〔九〕翻：反而。此句謂高逸脱俗的仙鶴希望與張賁作伴，贊其超脱世俗。

〔一〇〕却：反，與上句「翻」字互文同義。張相《詩詞曲語辭匯釋》（卷一）：「却，猶倒也；反也。此爲由正字義加强其語氣者，於語氣轉折時用之。」此句活用《列子·黄帝篇》海邊人與鷗鳥相諧的故事。其文曰：「海上之人有好漚鳥者，每旦之海上，從漚鳥游，漚鳥之至者百住而不止。」

〔二〕好：甚，副詞。此句謂張賁閑逸的性情，超過清澈皎潔的明月。

〔三〕宜：相稱，適合。此句謂張賁高潔疏放的風度，猶如天上的白雲。《莊子·天地》：「乘彼白雲，至於帝鄉。」另參本卷（詩五三一）注〔六〕。

〔三〕朝庭：朝廷。此句意謂天下是多事之秋。應指咸通十年（八六九）剛剛平定的龐勛據徐州作亂事，參卷六（詩三一三）注〔一〕。

〔四〕争任：怎能任意。「争」同「怎」，怎麽。

能諳肉芝樣〔一〕，解講隱書文〔二〕。終古神仙窟〔三〕，窮年麋鹿群〔四〕。行厨煮白石①〔五〕，卧具拂青雲〔六〕。應在雷平上〔七〕，支頤復半醺〔八〕。（詩五三五）

【校記】

①「煮」類苑本作「著」。

【注釋】

〔一〕肉芝：道家將靈芝分爲五種，肉芝是其中一種。參卷六（詩三〇七）注〔五〕。

〔二〕解講：會講。謂能够講解經論。張相《詩詞曲語辭匯釋》（卷一）：「解，猶會也；得也；能也。」隱書：含義隱秘之書，指神仙家的道書。晉葛洪《神仙傳》（卷五）《張道陵》：「後於萬山石室中，得隱書秘文及制命山嶽衆神之術，行之有驗。」陶弘景《真誥》（卷二）：「上清玉霞紫映内觀隱書。」又（卷五）：「道有《八素真經》，太上之隱書也。」

〔三〕終古：千古，自古以來。《楚辭·九章·哀郢》：「去終古之所居兮，今逍遥而來東。」神仙窟：神仙聚集的洞穴。此指茅山金壇華陽洞天，是道教十大洞天之一。參卷六（詩二六四）注〔一〕。茅山自三茅君以來，歷代有許多學道者成仙的傳説，故謂之「神仙窟」。

〔四〕窮年：長年，整年。陶淵明《讀史述九章·張長公》：「寢迹窮年，誰知斯意。」謝靈運《君子有所思行》：「長夜恣酣飲，窮年弄音徽。」麇鹿群：謂與成群的麇鹿在一起。劉慶柱《關中記輯注》：「辛孟年七十，與麋鹿同群遊，世謂之鹿仙。」《文選》（卷五五）劉孝標《廣絶交論》：「獨立高山之頂，歡與麋鹿同群。」此指張賁在茅山學道，與成群的麋鹿在一起。茅山有鹿，參卷七（詩三七四）注〔三〕、卷八（詩四六三）注〔五〕。

〔五〕行厨：猶開厨，掌竈。煮白石：神仙家有煮白石作飯，可養生長壽的説法。參卷七（詩三七五）注〔五〕。《真誥》（卷五）：「斷穀入山，當煮食白石。昔白石子者，以石爲糧，故世號曰白石生。此至人也，今爲東府左仙卿。煮白石自有方也。白石之方，白石生之所造也。又善《太素傳》所謂白石有精，是爲白石生也。」

〔六〕卧具：指山中的石床之類。青雲：青蒼色的雲。指高空中的雲，喻隱逸生活。《藝文類聚》（卷七八）引郭璞《遊仙詩》：「尋我青雲友，永與時人絶。」此句謂隱逸在山高雲深之處。

〔七〕雷平：山名，在茅山傍。參卷五（詩二五七）注〔二〕。

〔八〕支頤：以手托起下巴，以示閑逸的情態。《莊子·漁父》：「有漁父者，下船而來，須眉交白，被髮揄袂，行原以上，距陸而止，左手據膝，右手持頤以聽。」《世説新語·簡傲》：「王子猷作桓車騎參軍。桓謂王曰：『卿在府久，比當相料理。』初不答，直高視，以手版拄頰云：『西山朝來，致有爽氣。』」

寄潤卿博士〔一〕

日休

高眠可爲要玄纁①〔二〕，鵲尾金爐一世焚②〔三〕（原注：陶貞白有金鵲尾香爐③。）〔四〕。塵外鄉人爲許掾④〔五〕，山中地主是茅君〔六〕。將收芝菌唯防雪〔七〕，欲曬圖書不奈雲〔八〕。若便華陽終卧去⑤〔九〕，漢家封禪用誰文〔一〇〕。（詩五三六）

【校記】

①「玄」原缺末筆，避宋太祖始祖趙玄朗諱。②「尾」項刻本作「瓦」。③類苑本無此注語。④「掾」項刻本作「椽」。⑤「便」盧校本、全唐詩本作「使」。

【注釋】

〔一〕此詩當作於咸通十一年（八七〇）秋。潤卿博士：指張賁。前已屢注。

〔二〕高眠：高枕安眠。喻隱居。《楚辭·九辯》：「堯舜皆有所舉任兮，故高枕而自適。」鄭谷《攲枕》：「攲枕高眠日午春，酒酣睡足最閑身。」可爲：豈是爲了。可，張相《詩詞曲語辭匯釋》（卷一）：「可，猶豈也；那也。」玄纁（xūn）：古代染成赤黄色的器物。帝王常用玄纁作爲聘賢士的贄禮。此喻功名。《尚書·禹貢》：「厥篚玄纁璣組。」孔穎達疏：「鄭云：纁者，三入而成。又再染以黑則爲緅，又再染以黑則爲緇。玄色在緅緇之間。其六入者是染玄纁之法也。」《爾雅·釋器》：「三染謂之纁。」

〔三〕鵲尾金爐：據原注：金鵲尾香爐，乃陶弘景所專有。而一般的鵲尾香爐，乃是六朝人所常用的器物。王琰《冥祥記》：「（費崇先）每聽經，常以鵲尾香爐置膝前。」宋葉廷珪《海録碎事》（卷六）《香門》：「鵲尾爐。香爐有柄曰鵲尾爐。費崇先信佛法，常以鵲尾爐置膝上。」洪芻《香譜》（卷下）《鵲尾香爐》：「宋玉賢，山陰人也。既稟女質，厥志彌高。自專年及笄，應適。女兄許氏密具法服，登車，既至夫門，時及交禮，更著黄巾裙，手執鵲尾香爐，不親婦禮，賓主駭愕。夫家力不能屈，乃放還，遂出家。梁大同初，隱弱溪之間。」吴曾《能改齋漫録》（卷七）《鵲尾香爐》：「東坡詩有『夾道青烟鵲尾爐。』按《松陵唱和集》，皮日休《寄華陽潤卿》詩云：『鵲尾金爐一世焚。』注云：『陶貞白有金鵲尾香爐。』又《珠林》云：『宋吴興人費崇先，少信佛法。每聽經，常以鵲尾香爐置膝前。』費崇先事，又見王琰《冥祥記》。」一世：一生。

〔四〕陶貞白：陶弘景，謚貞白先生。前已屢注。

〔五〕塵外：世俗之外。《文選》（卷一五）張衡《思玄賦》：「遊塵外而瞥天兮，據冥翳而哀鳴。」李善注：「《莊子》曰：『彷徨塵垢之外。』」鄉人：同鄉的人。《左傳·莊公十年》：「公將戰。曹劌請見。其鄉人曰：『肉食者謀之，又何間焉？』」許掾：許翽，晉代著名道士許穆第三子，道書稱其爲許掾。《真誥》（卷二〇）：「小男名翽，字道翔，小名玉斧，正生。幼有珪璋標挺，長史器異之。郡舉上計掾、主簿，并不赴。清秀瑩潔，糠秕塵務，居雷平山下，修業勤精。恒願早遊洞室，不欲久停人世。遂詣北洞告終，即居方隅山洞方原館中，常去來四平方臺。」

〔六〕山中：指茅山。地主：當地的主人。亦作神名。《國語·越語下》：「皇天后土、四鄉地主正之。」韋昭注：「鄉，方也。天神地祇、四方神主當征討之。」茅君：茅盈，在茅山成仙。參卷六（詩二一六三）注〔二〕。

〔七〕芝菌：即靈芝等菌類植物。道家認爲服用可以延年益壽。《抱朴子·内篇·仙藥》：「仙藥之上者丹砂，次則黄金，次則白銀，次則諸芝。……五芝者，有石芝，有木芝，有草芝，有肉芝，有菌芝，各有百許種也。」茅山亦産五芝，參卷六（詩二一六七）注〔九〕。

〔八〕不奈：不耐。張相《詩詞曲語辭匯釋》（卷二）：「奈，猶耐也。奈、耐二字通用，故耐即奈也，奈亦即耐也。」

〔九〕華陽，指華陽洞天，道教十大洞天之一。在今江蘇省句容縣茅山。此即指茅山。參卷六（詩二一六三）注〔三〕。終卧去：謂假如張賁一直在茅山學道隱居下去。卧，卧山，卧雲，隱居山林之謂也。去：語尾助詞。白居易《聽崔七妓人箏》：「憑君向道休彈去，白盡江州司馬頭。」

〔一〇〕漢家封禪：指漢武帝在泰山祭祀天地事。在泰山上築壇祭天曰封，在泰山下梁父山爲墠祭地曰禪。誰文：有什麽文章呢。意即無人作封禪文。張相《詩詞曲語辭匯釋》（卷一）：「誰，猶何也；那也；甚也。與指人者異義。……皮日休《寄潤卿博士》詩：『若使華陽終卧去，漢家封禪有誰文？』有誰文，猶云有甚文章也。」《史記》（卷一一七）《司馬相如列傳》：「天子曰：『司馬相如病甚，可往從悉取其書。若不然，後失之矣。』使所忠往，而相如已死，家無書。問其妻，對曰：『長卿固未嘗有書也。時時著書，人又取去，即空居。長卿未死時，爲一卷書，曰有使者來求書，奏之。無他書。』其遺札書言封禪事，奏所忠。忠奏其書，天子異之。……司馬相如既卒五歲，天子始祭后土。八年而遂先禮中嶽，封于太山，至梁父禪肅然。」

【箋評】

陶貞白有金鵲尾香爐。又《珠林》云：「吴興人費崇先，少信佛法。每聽經，常以鵲尾爐置膝前。」皮日休詩：「鵲尾金爐一世焚。」（焦竑《焦氏類林》卷七上）

此因當時「玄纁」忽降，被徵作文，而特留寄閏（潤）卿，自明本願也。焚香加「一世」，妙，妙！言實是死心塌地，并無剩想也。所以然者，我爲栖心至學，被服上真，一心出世，别有大事也。爲前解。乃今一世不「要玄纁」，而又不得不受此一「玄纁」者，朝有大事，須我大筆。遍覽區中，無人可代。若只是「收芝」、「曬書」，「終卧華陽」，則此非常鉅典，竟托何人捉刀耶？傳稱先生以文章自

負，於此詩亦可見。爲後解。（《金聖嘆全集》選刊之二《貫華堂選批唐才子詩》）

潤卿，張賁也。隱於華陽山，故諸詩中皆用此山中之事。首言高卧不起，豈爲要取徵聘？惟學陶弘景，一世常熏鵲尾爐。鄉中之人，有許掾；山之地主，有茅君。言其所交者，皆方外仙家也。「芝菌」恐爲冰雪所凍，故早收之；「圖書欲曬」，獨嫌雲多隱日。蓋言别無塵事關心，惟如此等事，須提防而不能奈耳。結言若「終卧」不出，則漢家欲行封禪之典，誰如司馬相如而作文乎？「玄纁」，聘幣之色。齊陶弘景隱句曲山，曰：「此山下是第八洞宫，名金陵華陽之天。漢有三茅君，來掌此山，故謂之茅山。乃山中立館，自號華陽陶隱居。」嘗用鵲尾香爐。《神仙傳》：「晋許翽，字道翔，小名玉斧。郡舉上計掾、主簿。父穆，長史。入華陽洞，得道爲上清左卿。掾居方隅山，洞在壇上，焚香禮拜，因而不起。明旦，視之如生。紫微夫人曰：『玉醴金漿，交生神梨；方丈火棗，元光靈芝。我當與許道士，不與人間許長史。』道士即玉斧許掾也。」《列仙傳》：「漢茅濛，師北郭鬼谷先生。入華山修道，白日升天。曾孫大茅君盈，南至句曲之山。天皇大帝命五帝拜盈爲東嶽上卿、司命真君。王母授二弟茅司衷寶經升天。」（胡以梅《唐詩貫珠箋》卷二十四）

看他起手便作一振一落之筆，矯健無比。「可爲」者，豈爲也。「一世焚」者，誓將一世「高眠」，亦誓將一世不要「玄纁」也。何也？以言乎「塵外」，則有許掾爲「鄉人」；以言乎「山中」，則有茅君爲「地主」，誠不孤也，誠得所也。此言博士立志既堅，登真可必，以重嘆美之也。五六略將山中閒事，點染成趣。一年惟收儲藥物，不論工夫；每日只經理縹紬，用資智慧。由此觀之，「華陽終卧」不問可知矣。妙在結處，故將「若便」二字忽然宕開，以蹙波瀾，遂使通篇節骨皆靈，真筆之能事也。「封禪用誰文」，亦不過曲致景仰之私，豈真欲諷其出山也哉？金聖嘆謂「此當因當時玄纁忽降，被徵作文而特留寄潤卿，自明本願。」此何説耶？况《英華》有潤卿詶贈襲美之作，可以互證。金亦未之見耶？詩云：「尋疑天意喪斯文，故選茅峰寄白雲。酒後只留滄海客，香前唯見紫陽君。近年已絶詩書癖，今日兼將筆硯焚。爲有此身猶苦患，不知何者是玄纁。」（趙臣瑗《山滿樓箋注唐詩七言律》卷五）

第六句，非醉吟先生不能有此佳語。（陸次雲《晚唐詩善鳴集》卷下）

詶襲美先輩見寄倒來韻①〔一〕

張賁

尋疑天意喪斯文②〔二〕，故選茅峰寄白雲③〔三〕。酒後只留滄海客〔四〕，香前唯見紫陽君〔五〕。近年已絶詩書癖〔六〕，今日兼將筆硯焚〔七〕。爲有此身猶苦患④〔八〕，不知何者是玄纁⑤〔九〕。　（詩五三三七）

【校記】

①季寫本無「倒來韻」。全唐詩本無「輩」。　②「喪」類苑本作「送」。　③「選」季寫本作「遣。」

④「苦患」季寫本作「患苦」。　⑤「玄」原缺末筆，避宋太祖始祖趙玄朗諱。

【注釋】

〔一〕襲美先輩：皮日休。參卷一（詩四）注〔一〕。倒來韻：指將皮氏原詩的韻字在首尾次序上顛倒過來作詩，可認作是次韻的一種方式。

〔二〕尋疑：經常懷疑。王瑛《詩詞曲語辭例釋》：「尋，就是『常』，古代『尋』與『常』往往連用，『尋』有時也可單用作『常』。……張賁《酬襲美先輩見寄倒來韻》詩：『尋疑天意喪斯文，故選茅峰寄白雲。』按此首聯，『尋疑』即『常疑』。」天意喪斯文：《論語·子罕》：「子畏於匡，曰：『文王既没，文不在兹乎？天之將喪斯文也，後死者不得與於斯文也；天之未喪斯文也，匡人其如予何？』」

〔三〕茅峰：指茅山。張賁曾學道於此。寄白雲：寓托於白雲。指隱居山中。用陶弘景山中白雲事。參本卷（詩五三一）注〔六〕。此句謂自己選擇來茅山學道，脱離世俗。唐人以白雲喻隱逸，詩什甚多。孟浩然《齒坐呈山南諸隱》：「習公有遺座，高在白雲陲。」寒山《世間何事最堪嗟》：「不學白雲巖下客，一條寒衲是生涯。」又《自樂平生道》：「野情多放曠，長伴白雲閑。」杜甫《秦州雜詩二十首》（其十四）：「何時一茅屋，送老白雲邊。」白居易《送王處士》：「寧歸白雲外，飲水卧空谷。」

〔四〕滄海客：大海中仙山上的神仙。此喻隱士。《史記》（卷二八）《封禪書》：「自威、宣、燕昭使人入海求蓬萊、方丈、瀛洲。此三神山者，其傅在勃海中，去人不遠；患且至，則船風引而去。蓋嘗有至者，諸僊人及不死之藥皆在焉。」《海内十洲記》：「漢武帝既聞王母説八方巨海之中，有祖洲、瀛洲、玄洲、炎洲、長洲、元洲、流洲、生洲、鳳麟洲、聚窟洲。有此十洲，乃人迹所稀絶處。……方朔云：『臣，學仙者耳。……曾隨師主履行，比至朱陵扶桑蜃海冥夜之丘，純陽之陵，始青之下，月宫之間，内游七丘，中旋十洲。』……瀛洲在東海中，……洲上多仙家，風俗似吴人，山川如中國也。」又曰：「滄海島在北海中，地方三千里，去岸二十一萬里。海四面繞島，各廣五千里。水皆蒼色，仙人謂之滄海也。島上俱是大山，積石至多。石象八石，石腦、石桂、英流丹黄子石膽之輩百餘種，皆生於島。石服之神仙長生。島中有紫石宫室，九老仙都所治，仙官數萬人居焉。」

〔五〕紫陽君：道家中的仙人。《雲笈七籤》（卷一〇六）《紫陽真人周君内傳》：「紫陽真人姓周，諱義山，字季通，汝陰人也。……積十一年，遂乘雲駕龍，白日升天，上詣太微宫，受書爲紫陽真人，佩黄旄之節，《八威之策》，帶流金之鈴，服自然之衣，食玉醴之粭，飲金液之漿，治葛衍山金庭銅城，所謂紫陽宫也。紫陽有八真人，君處其右。」紫陽君亦是茅山真人，故詩用之。《真誥》（卷一七）：「四月二十九日夜半時，夢與許玉斧俱座，不知是何處也。良久，見南嶽夫人與紫陽真人周君俱來，坐一床。因見玉斧與真人周君語。」

〔六〕詩書癖：喜愛詩書的嗜好。用杜預「《左傳》癖」、梁簡文帝蕭綱「詩癖」的典故。前者參卷六

（詩二七三）注〔四〕。《梁書》（卷四）《簡文帝紀》：「雅好題詩，其序云：『余七歲有詩癖，長而不倦。』」

〔七〕筆硯焚：焚毀筆硯，謂不再作詩著文。《晉書》（卷五四）《陸機傳》：「弟雲嘗與書曰：『君苗見兄文，輒欲燒其筆硯。』後葛洪著書，稱『機文猶玄圃之積玉，無非夜光焉；五河之吐流，泉源如一焉。其弘麗妍贍，英鋭漂逸，亦一代之絶乎！』其爲人所推服如此。」

〔八〕爲有句：意謂對於自己具有血肉的形體感到是一個很大的擔憂痛苦。《老子》（第十三章）：「何謂貴大患若身？吾所以有大患者，爲吾有身，及吾無身，吾有何患！」

〔九〕玄纁：參本卷（詩五三六）注〔二〕。

【箋評】

張賁《酬襲美見寄》，倒來韻。（費經虞《雅倫》卷二十四《音韻》）

「滄海客」，隱逸輩。「紫陽君」，仙真。五六言先絶詩書之癖，今并焚筆硯。猶以此身爲苦，又安知「玄纁」之召哉？紫陽真人姓周，字義山，汝陰人。漢丞相勃之後。修證爲治葛衍山。所謂紫陽宮，詳白英君注。又按《真誥》：「晉熙寧三年，真人同衆真降於楊真人義家。」華陽山中之事，用之耳。今茅山有紫陽觀。《莊子》：「大患莫先於有身，勞動莫先於有智。不有此身，我有何患？智以形勞，形以智倦，故絶智以淪虛。」（胡以梅《唐詩貫珠箋》卷二十五）

奉和襲美寄廣文先生〔一〕

龜蒙

忽辭明主事真君〔二〕，直取姜巴路入雲〔三〕。龍篆拜時輕誥命〔四〕，霓襟披後小玄纁①〔五〕。峰前北帝三元會〔六〕，石上東卿九錫文〔七〕。應笑世間名利火〔八〕，等閑靈府剩先焚〔九〕。

（詩五三八）

【校記】

①「玄」原缺末筆，避宋太祖始祖趙玄朗諱。

【注釋】

〔一〕廣文先生：指張賁，曾任廣文館博士，故稱。參卷六（詩二一六三）注〔一〕。

〔二〕明主：賢明的君主，指人世間的帝王。《左傳·襄公二十九年》：「美哉！渢渢乎！大而婉，險而易行。以德輔此，則明主也。」真君：仙人。此指茅君。事真君：指張賁茅山學道求仙。《神仙傳》（卷五）《茅君》：「茅君者，名盈，字叔申，咸陽人也。……君遂徑之江南，治於句曲山。……時人因呼此山爲茅山焉。……太上老君命五帝使者持節，以白玉版黄金刻書，加九錫之命，拜君爲太元真人、東嶽上卿、司命真君，主吴、越生死之籍，方却升天。」

〔三〕直取：即取，就取。張相《詩詞曲語辭匯釋》（卷一）：「直，指示方位之辭。」又云：「直，與就使、即使之就字、即字相當。假定之辭。」姜巴路：地名，在茅山。陶弘景《華陽頌・迹號》：「郭幹峙流岸，姜巴亘遠踪。」《真誥》（卷一三）：「秦時有道士周太賓及巴陵侯姜叔茂者，來往句曲山下，……叔茂以秦孝王時封侯，今名此地爲姜巴者是矣，以其因叔茂而名地焉。此二人并已得仙，今在蓬萊爲左卿。」原注：「地號今亦存。有大路從小茅後通延陵，即呼爲姜巴路也。」

〔四〕龍篆：道家符籙，亦可指道家典籍。陶弘景《吴太極左仙公葛公之碑》：「雲篆龍章之牒，炳發于林岫。」又《上清真人許長史舊館壇碑》：「龍書雲篆，僉然遍該。」《真誥》（卷一）：「雲篆明光之章，今所見神靈符書之字是也。」誥命：帝王的封贈詔令。

〔五〕霓襟：霓裳，華麗鮮艷的衣裳。此指道士霞帔之類的道服。《舊唐書》（卷一九二）《司馬承禎傳》：「承禎固辭還山，仍賜寶琴一張及霞紋帔而遣之。朝中詞人贈詩者百餘人。」李中《貽廬山清流觀王尊師》：「霞帔星冠復杖藜，積年修煉住靈溪。」小：小看，輕忽。玄纁：參本卷（詩五三六）注〔二〕。

〔六〕峰前：指茅山峰前。北帝：指道教所稱中天紫微北極大帝，爲僅次於「三清」的四位天帝之一。與昊天金闕至尊玉皇大帝、勾陳上宮南極天皇大帝、承天效法后土皇地祇，合稱「四御」，又稱「四極大帝」。北帝爲鬼官之太帝。《真誥》（卷一五）：「凡六天宮是爲鬼神六天之治也。

洞中六天宫亦同名，相像如一也。」原注：「此即應是北酆鬼王决斷罪人住處，其神即應是經呼爲閻羅王住處也，其王即今北大帝也。」又曰：「鬼官之太帝者，北帝君也，治第一天宫中，總主諸六天宫。」三元會：指道家天府裏的神仙會。《真誥》（卷九）：「受洞訣施行太丹隱書存三元洞房者，常月月朝太素三元君。以正月九日、二月八日、三月七日、四月六日、五月五日、六月四日、七月三日、八月二日、九月一日、十月十日、十一月十一日、十二月十二日夜，於寢静之室，北向，六再拜。」道教又有「三元」，以正月十五日爲上元，七月十五日爲中元，十月十五日爲下元。參卷六（詩二九九）注〔一〕。

〔七〕東卿：即東嶽天齊仁聖大帝，簡稱東嶽大帝，道教所奉太山神，掌管人間生死。陶弘景《真誥》（卷一）稱作「東嶽上真卿司命君」，又（卷二）稱作「東卿司命」、「東卿大君」。《雲笈七籤》（卷七九）《五嶽真形圖序》：「東嶽太山君領群神五千九百人，主治死生，百鬼之主帥也，血食廟祀所宗者也。」實即在茅山成仙的茅君。九錫：古代帝王賞賜臣下九種器物，是尊禮大臣的最高禮遇。九錫文：古代帝王賜九錫時的詔文，爲贊頌功德之文。此指拜茅君爲司命真君的賜命文。《公羊傳·莊公元年》：「錫者何？賜也。命者何？加我服也。」何休注：「禮有九錫：一曰車馬，二曰衣服，三曰樂則，四曰朱户，五曰納陛，六曰虎賁，七曰弓矢，八曰鈇鉞，九曰秬鬯。」《神仙傳》（卷五）《茅君》：「太上老君命五帝使者持節，以白玉版黄金刻書，加九錫之命，拜君爲太元真人、東嶽上卿、司命真君，主吳、越生死之籍，方却升天。」

〔八〕名利火：喻追逐功名利禄的强烈願望。

〔九〕等閑：平常。張相《詩詞曲語辭匯釋》（卷四）：「等閒，猶云平常也；隨便也；無端也。按閒字古多作閑。」靈府：心靈，心。《莊子・德充符》：「日夜相代乎前，而知不能規乎其始者也。故不足以滑和，不可入於靈府。」成玄英疏：「靈府者，精神之宅，所謂心也。」剩：儘，完全。張相《詩詞曲語辭匯釋》（卷二）：「賸，甚辭，猶真也；儘也；頗也；多也。字亦作剩。」剩先焚：喻名利的欲望在張賁的心中早已都被去除了。

【箋評】

「辭明主」而「事真君」，「直取」華陽山中之路而「入雲」。拜「龍篆」天書，便以凡間「誥命」爲輕；服霓衣法服，即小視人間「玄纁」之貴矣。會北帝於三元之節，得東卿九錫之文。蓋經考校而膺九錫褒功之典。「應笑」世人不知修爲，而以「名利」熱中，自焚於「靈府」。視先生有出世高懷，豈不愧乎？《真誥》云：「秦時巴陵侯姜叔茂者，來往句曲山下，種五果，并五辛菜。今此地爲姜巴者是矣。」《真誥》：「保命君曰：『鬼官之太帝者，北帝君也。治第一天宮中，總主六天宮。六天凡立三官，三官如今刑名之職，主諸考謫，共司死生之任也。』」又按道家上元、中元、下元，考校人間功過。《真誥》：「紫陽真人曰：『東卿司命，監太山之衆真，總括吴、越之萬神，可謂道淵德高，折衝群靈者也。』」東卿，東岳上卿，即大茅君。成真之日，太上有九錫之文，見前《茅傳》。（胡以梅《唐詩貫珠箋》卷二十五）

軍事院霜菊盛開〔一〕，因書一絶，寄上諫議①〔二〕

日休

金華千點曉霜凝〔三〕，獨對壺觴又不能〔四〕。已過重陽三十日〔五〕，至今猶自待王弘②〔六〕。

（詩五三九）

【校記】

①全唐詩本注：「一本無寄字。」　②「弘」原缺末筆，避宋太祖父親趙弘殷諱。

【注釋】

〔一〕據詩第三句，此詩當作於咸通十一年（八七〇）十月。軍事院：指蘇州軍事院，爲州所轄的部門，其職事官爲州長官僚佐。時皮日休爲軍事院判官。天一閣藏正德《姑蘇志》（卷五）、崇禎《吴縣志》（卷三三）《莊布》條下云：「莊布嘗謁軍事判官皮日休不得見，布爲書責之。」《唐六典》（卷三〇）《上州、中州、下州官吏》條，載有録事參軍事、司功參軍事、司倉參軍事、司户參軍事、司兵參軍事、司法參軍事等。霜菊：秋天的菊花。

〔二〕諫議：諫議大夫。指時任蘇州刺史崔璞。參（序一）注〔八三〕。

〔三〕金華千點：形容盛開的金黄色的千朵菊花。金華：金花。指金黄色的菊花。《禮記·月令》：

「季秋之月……鞠有黃華。」陸德明《經典釋文》（卷十一）《禮記音義》（之一）：「『鞠』，本又作『菊』。」晉張翰《雜詩三首》（其一）：「黃華如散金，嘉卉亮有觀。」曉霜凝：清晨有白霜凝結在菊花上。

〔四〕壺觴：酒壺和酒杯，泛指飲酒器具。陶淵明《歸去來兮辭》：「引壺觴以自酌，眄庭柯以怡顏。」獨對壺觴：用陶淵明和王弘事。沈約《宋書》（卷九三）《陶潛傳》：「江州刺史王弘欲識之，不能致也。潛嘗往廬山，弘令潛故人龐通之齎酒具於半道栗里要之。潛有脚疾，使一門生二兒轝籃輿，既至，欣然便共飲酌。俄頃弘至，亦無忤也。……嘗九月九日無酒，出宅邊菊叢中坐久，值弘送酒至，即便就酌，醉而後歸。……郡將候潛，值其酒熟，取頭上葛巾漉酒，畢，還復著之。」

〔五〕重陽：古代以農曆九月九日爲重陽，體現了許多民情風俗。《西京雜記》（卷三）：「九月九日，佩茱萸，食蓬餌，飲菊華酒，令人長壽。菊華舒時，并采莖葉，雜黍米釀之，至來年九月九日始熟，就飲焉，故謂之菊華酒。」《初學記》（卷四）引《續齊諧記》曰：「汝南桓景，隨費長房遊學。長房謂之曰：『九月九日，汝南當有大災厄，急令家人縫囊盛茱萸繫臂上，登山飲菊酒，此禍可消。』」

〔六〕王弘：已見本詩注〔四〕。王弘爲江州刺史，此處比蘇州刺史崔璞。此二句謂重陽節已過去一個月了，你這位刺史還没有象王弘重陽送酒給陶淵明那樣，給我送酒呢。這是戲謔爲詩，與崔璞調侃。

奉詶霜菊見贈之什①〔一〕

蘇州刺史②　崔璞〔二〕

菊花開晚過秋風，聞道芳香正滿叢〔三〕。争奈病夫難强飲〔四〕，應須速自召車公〔五〕。

（詩五四〇）

【校記】

①「奉詶」下全唐詩本有「皮先輩」。季寫本無「之什」。　②四庫本、類苑本無此四字。

【注釋】

〔一〕什：參本卷（詩五三二）注〔一〕。

〔二〕崔璞：參（序一）注〔八二〕。

〔三〕聞道：聽説。李頎《古從軍行》：「聞道玉門猶被遮，應將性命逐輕車。」杜甫《秋興八首》（其四）：「聞道長安似弈棋，百年世事不勝悲。」

〔四〕争奈：怎奈。病夫：崔璞自指。强飲：勉强飲酒，猶强酒。《孟子·離婁上》：「今惡死亡而樂不仁，是猶惡醉而强酒。」

〔五〕應須：必須。張相《詩詞曲語辭匯釋》（卷一）：「須，猶應也；必也。」又（卷三）：「應，猶是也。普通作理想推度之辭用，然遇叙述當前及指示事實時，則不得以推度義解之，當逕解爲是字義。」車公：東晋文士車胤。此喻皮日休。《世説新語·識鑒》：「（王胡之）謂（車）胤父曰：『此兒當致高名。』後遊集，恒命之。」劉孝標注引《續晋陽秋》曰：「胤字武子，南平人。父育，爲郡主簿。太守王胡之有知人識，裁見，謂其父曰：『此兒當成卿門户，宜資令學問。』……及長，風姿美劭，機悟敏率。桓温在荆州，取爲從事，一歲至治中。胤既博學多聞，又善於激賞。當時每有盛坐，胤必同之，皆云：『無車公不樂。』太傅謝公遊集之日，開筵以待之。」

奉和諫議訓先輩霜菊①〔一〕

龜蒙

紫莖芳艷照西風〔二〕，祇怕霜華掠斷叢②〔三〕。雖伴應劉還强醉〔四〕，路人終要識山公③〔五〕。（詩五四一）

【校記】

①季寫本無「奉」。「奉和」後類苑本有「崔」。②「斷叢」陸詩丙本黄校注：「空格。」「斷」統籤本作「應」。③後二句陸詩甲本、季寫本錯抄録成崔璞詩後二句：「争奈病夫難强飲，應須速自召車

公。」「雖伴」陸詩丙本作「□□」，陸詩丙本黄校作「争奈」。「應劉還强醉」陸詩丙本作「病夫難强飲」。「雖伴應劉」全唐詩本作「争奈病夫」，并注：「一作雖伴應劉。」「還强醉」全唐詩本作「難强飲」，「飲」并注：「一作醉。」「强醉」類苑本作「强酒」。「路人終要識山」陸詩丙本、全唐詩本作「應須速自召車」，全唐詩本注：「一作路人終要識山。」

【注釋】

〔一〕諫議：諫議大夫，指時任蘇州刺史崔璞。先輩：指皮日休。

〔二〕西風：指秋天。紫莖：指菊花。《太平御覽》（卷九九六）引《本草經》曰：「菊有筋菊，有白菊。黄菊花一名節花，一名傅公，一名延年，一名白花，一名日精，一名更生，一名陰威，一名朱嬴，一名女菊。其菊有兩種：一種紫莖，氣香而味甘美，葉可作羹，爲真菊；菊一種青莖而大，作蒿艾氣，味苦，不堪食，名薏，非真菊也。」《初學記》（卷二七）引嵇含《菊花銘》曰：「煌煌丹菊，暮秋彌榮。旋蕤圓秀，翠葉紫莖。詵詵仙徒，食其落英。」湯惠休《贈鮑侍郎詩》：「玳枝兮金英，緑葉兮紫莖。」

〔三〕霜華：指秋天的霜。白霜似花，故云。斷叢：指被西風吹折的殘菊。

〔四〕應劉：應瑒和劉楨，「建安七子」詩人。《三國志·魏書·應瑒劉楨傳》：「瑒、楨各被太祖辟，爲丞相掾屬。瑒轉爲平原侯庶子，後爲五官將文學。楨以不敬被刑，刑竟署吏。咸著文賦數十篇。」始將應、劉并稱。此喻皮日休和作者自己。劉勰《文心雕龍·明詩》：「暨建安之初，五言騰踴，文帝陳思，縱轡以騁節；王徐應劉，望路而争驅。并憐風月，狎池苑，述恩榮，叙酣宴，慷慨以任氣，磊落以使才。」《文選》（卷二〇）《公讌》詩類，在曹植、王粲之下，并選應、劉之作。可見「應劉」并稱，其來有自。

〔五〕山公：山簡（二五三—三一二），字季倫，時人稱「山公」。此喻崔璞。《晋書》（卷四三）《山簡傳》：「永嘉三年，出爲征南將軍、都督荆湘交廣四州諸軍事、假節、鎮襄陽。……簡優游卒歲，唯酒是耽。諸習氏，荆土豪族，有佳園池。簡每出嬉遊，多之池上，置酒輒醉，名之曰高陽池。時有童兒歌曰：『山公出何許？往至高陽池。日夕倒載歸，酩酊無所知。時時能騎馬，倒著白接羅。舉鞭向葛彊，何如并州兒？』彊家在并州，簡愛將也。」

幽居有白菊一叢〔一〕，因而成咏，呈一二知己①〔二〕

龜蒙

還是延年一種材〔三〕（原注：菊之别名②。），即將瑶朵冒霜開③〔四〕。不如紅艷臨歌扇④〔五〕，欲伴黄英入酒盃〔六〕。陶令接羅堪岸著⑤〔七〕，梁王高屋好欹來⑥〔八〕（原注：梁朝有白紗高屋帽⑦。）。月中若有閑田地，爲勸嫦娥作意栽⑧〔九〕。（詩五四二）

【校記】

①鼓吹本題作《白菊一叢呈一二知己》。統籤本、季寫本、全唐詩本無「一二」。②類苑本無此注

語。③「瑶」季寫本、全唐詩本注：「一作瓊。」「朵」類苑本作「孕」。④「如」季寫本、全唐詩本注：「一作知。」⑤「羅」原作「籮」，據弘治本、汲古閣本、四庫本、陸詩甲本、統籤本、類苑本、季寫本、全唐詩本改。鼓吹本作「離」。⑥「歆」鼓吹本、季寫本作「歌」。⑦「白」原作「□」，據弘治本、汲古閣本、四庫本、陸詩甲本、統籤本、季寫本、全唐詩本改。類苑本無此注語。⑧「栽」全唐詩本作「裁」。

【注釋】

〔一〕此詩當作於咸通十一年（八七〇）秋。幽居：幽僻的隱居之處。此作者自指居處，應即爲蘇州臨頓里居所。《禮記·儒行》：「儒有博學而不窮，篤行而不倦，幽居而不淫，上通而不困。」鄭玄注：「幽居謂獨處時也。」孔穎達疏：「幽居，謂未仕獨處也。」陶淵明《答龐參軍》：「豈無他好，樂是幽居。」又《答龐參軍》：「我實幽居士，無復東西緣。」《文選》（卷三〇）謝靈運《石門新營所住四面高山迴溪石瀨茂林修竹詩》：「躋險築幽居，被雲卧石門。」

〔二〕一二：參本卷（詩五三〇）注〔一〕。知己：彼此互相瞭解，情誼深厚的人。《史記》（卷八六）《刺客列傳》：「士爲知己者死，女爲説己者容」

〔三〕延年：菊花的别名。參本卷（詩五四一）注〔二〕。一種：一樣。《玉臺新詠》（卷七）梁簡文帝《咏美人觀畫》：「分明净眉眼，一種細腰身。」白居易《戲題新栽薔薇》：「移根易地莫憔悴，野外庭前一種春。」孟郊《傷時》：「勸人一種種桃李，種亦直須遍天地。」道家認爲許多本草都有延年益壽的功能，菊花是其中的一種。

〔四〕瑶朵：白色的花朵。此指白菊。冒霜：凌霜。迎着秋天的霜開花。《太平御覽》（卷九九六）引鍾會《菊賦》曰：「夫菊有五美焉：圓華高懸，准天極也；純黄不雜，后土色也；早殖晚登，君子德也；冒霜吐穎，象勁直也；流中輕體，神仙食也。」

〔五〕紅艷：艷麗的紅花。當指桃花。《詩經·召南·何彼襛矣》：「何彼襛矣，華如桃李。」歌扇：古代歌女在歌舞時手持的扇子。此句謂白菊比不上畫在歌扇上的紅花那樣鮮艷。

〔六〕黄英：黄花，指黄菊花。《太平御覽》（卷九九六）引《禮記·月令》曰：「季秋之月，菊有黄華。」入酒盃：謂釀成菊花酒。參本卷（詩五三九）注〔五〕。

〔七〕陶令：陶淵明曾官彭澤縣令，後世稱「陶令」。陶淵明《歸去來兮辭并序》：「彭澤去家百里，公田之利，足以爲酒，故便求之。」沈約《宋書》（卷九三）《陶潛傳》：「親老家貧，起爲州祭酒，不堪吏職，少日，自解歸。州召主簿，不就。躬耕自資，遂抱羸疾，復爲鎮軍、建威參軍，謂親朋曰：『聊欲弦歌，以爲三逕之資，可乎？』執事者聞之，以爲彭澤令。」接䍦：白接䍦，古代一種白色的頭巾。此以白接䍦喻白菊。參本卷（詩五四一）注〔五〕。陶淵明頭巾事，參本卷（詩五三九）注〔四〕。岸著：謂推起頭巾，高高聳起，露出前額，以示真率豁達。

〔八〕梁王：指南朝梁武帝蕭衍（四六四—五四九），字叔達。生平事迹參《梁書》（卷一—三）、《南史》（卷六—七）《武帝紀》。《隋書》（卷一一）《禮儀志六》：「（梁武帝天監）八年，帝改去還皆乘輦，服白紗帽。」高屋：此指帽子的高頂。白紗帽，即白紗高屋帽。此亦用以喻白菊。杜佑《通典》（卷五七）：「宋制黑帽，……後制高屋白紗帽。齊因之。梁因制，頗同，至於高下翅之卷小異耳。皆以白紗爲之。陳因之，天子及士人通冠之。白紗者，名高頂帽。……隋文帝開皇初，嘗著烏紗帽。……後復制白紗高屋帽。……大唐因之，制白紗帽，又制烏紗帽，視朝、聽訟、宴見賓客則服之。」好，劉淇《助字辨略》（卷三）：「好，猶善也。珍重付屬之辭。」欹來：謂歪戴着高屋帽而來。

〔九〕嫦娥：古代神話中的月宫仙女。參卷八（詩五〇七）注〔五〕。作意：着意，有意。

【箋評】

此言菊可延齡，而此「白」者又「一種材」也。花白如瓊，「冒霜」而開，其貞潔之體，不與凡卉爭艷，直與黄菊同儕。若遇陶令之賞，當不愧於接䍦比之。梁王之歌，亦何慚於《白雪》。此與常品不同，須「勸嫦娥着意栽」之月中耳。詩意以比君子。首言有益於人，二句言獨立無懼，三四喻不與小人爲伍而與賢者類應，五六言其行不愧古人，而末則期當世之重之也。○朱東嵒曰：一起即揭「白菊」二字，三四襯出「白」字，五六實寫「白」字，月中「着意栽」，總以形其「白」耳。（元郝天挺注、明廖文炳解、清朱三錫評《東嵒草堂評訂唐詩鼓吹》卷三）

起句切菊，但菊色以黄爲正，今是「白」，所以加「還是」二字，虚籠着「白」。而第二竟説明「白」，「冒霜」亦「白」之餘意。兩句由虚而實也。三四將紅、黄色夾「白」。第五陶令愛菊之人，接䍦亦白色之服。梁王之高屋，與接羅皆帽而「白」，可以連類，加以「岸」、「欹」，皆比菊於枝頭之狀。又言宜令二人戴接羅、高屋而來看花也。總之，靈心俊思，玲瓏活潑。結以月之「白」擬之，然栽於月中，則花更得所純白可知矣。奇情。《本草經》曰：「甘菊，日精也。其葉可羹，其花可釀，其囊可枕，其實可仙。」傳傅統妻《菊花頌》：「投之醇酒，御以王公，服之延年，佩之黄耇。」魏文帝《與鍾繇書》曰：「餐秋菊之落英，輔體延年。」《禮記·月令》：「季秋之月，菊有黄華。」注云：「菊色不一，而專言黄者，秋令在金，金有五色，而黄爲貴，故菊色以黄爲正。」李詩：「山簡倒著白接羅。」無名氏詩：「風雨重陽倒接羅。」《後漢書》注：「半頭幘，即空頂幘，其上無屋。」《續漢書》：「童子幘，無屋，示未成人也。」《唐輿服志》：「古冠而不幘。漢元帝壯髮，以幘蒙之。王莽頂秃，始加其屋。」注：「巾也，是加高於幘如屋。」「岸」，露額傲岸狀。（胡以梅《唐詩貫珠箋》卷五十七）

奉和

張賁

雪彩冰姿號女華〔一〕，寄身多是地仙家〔二〕。有時南國和霜立〔三〕，幾處東籬伴月斜〔四〕。謝客瓊枝空貯恨〔五〕，袁郎金鈿不成誇〔六〕。自知終古清香在①〔七〕，更出梅妝弄晚霞〔八〕。（詩五四三）

【校記】

①「知」季寫本作「令」，并注：「一作知。」

【注釋】

〔一〕雪彩冰姿：冰雪般的風姿儀態。喻白菊。《莊子・逍遥遊》：「藐姑射之山，有神人居焉，肌膚若冰雪，綽約若處子。不食五穀，吸風飲露。」女華：菊花的别名。《太平御覽》（卷九九六）引《吴氏本草經》曰：「菊華，一名女華，一名女室。」

〔二〕寄身：托身。此指菊花生長之地。地仙：《漢武帝内傳》：「其次藥有九丹金液，……子得服之，白日升天。此飛仙之所服，地仙之所見也。」《神仙傳》（卷一）《黄山君》：「黄山君者，修彭祖之術，年數百歲，猶有少容。亦治地仙，不取飛升。」又（卷八）《王遥》：「後三十餘年，弟子見遥在馬蹄山中，顔色更少，蓋地仙也。」《抱朴子・内篇・論仙》：「按《仙經》云：上士舉形升虚，謂之天仙；中士遊於名山，謂之地仙；下士先死後蜕，謂之尸解仙。」地仙家：此喻陸龜蒙的「幽居」。

〔三〕南國：南方。《楚辭・九章・橘頌》：「受命不遷，生南國兮。」和霜：帶霜。張相《詩詞曲語辭匯釋》（卷一）：「和，猶連也。」

〔四〕幾處：多處。東籬：泛指籬笆。陶淵明《飲酒二十首》（其五）：「采菊東籬下，悠然見南山。」

〔五〕謝客：謝靈運小名客兒，世稱謝客。參卷六（詩二七四）注〔七〕。瓊枝：古代神話傳説中樹名。此喻菊花。「瓊」本有赤玉義。因此可認爲「瓊枝」指紫菊花。《楚辭·離騷》「折瓊枝以繼佩」，「折瓊枝以爲羞兮」。《太平御覽》（卷九一五）引《莊子》曰：「老子嘆曰：『吾聞南方有鳥，名爲鳳，所居積石千里，天爲生食。其樹名瓊枝，高百仞，以璆琳、琅玕爲寶。』」空貯恨：徒然地留下遺憾。現存謝靈運詩未見咏菊之作。此句指謝靈運咏菊的「瓊枝」也無法與白菊相比。

〔六〕袁郎：未詳所指。晉袁山松有《菊詩》、袁宏有《采菊詩》，但均無「金鈿」之語。金鈿：嵌有金花的首飾，猶金釵。《玉臺新詠》（卷五）梁丘遲《敬酬柳僕射征怨》：「耳中解明月，頭上落金鈿。」不成誇：不足以誇耀。謂眼前的白菊之美，使得袁郎以「金鈿」贊譽的黄菊花也就算不得什麽了。

〔七〕終古：自古以來，千古。《藝文類聚》（卷八一）引《楚辭》曰：「春蘭兮秋菊，長無絶兮終古。」

〔八〕出：超出，超過。梅妝：梅花妝。此用以喻菊花形態之美。《太平御覽》（卷九七〇）引《宋書》：「武帝女壽陽公主，人日卧於含章檐下。梅花落公主額上，成五出之華，拂之不去。皇后留之，自後有梅花妝，後人多效之。」弄：修飾，妝扮。

【箋評】

此言菊花之「白」，名爲「女華」。地仙之家，多種此以延年壽。或植於南國，或開於東籬，其「白」足以「和霜」、「伴月」已。五六句有抑揚意。言惠連所賦之「瓊樹」，袁郎所擬之「金鈿」，皆未足以比其「白」焉。是知此菊之「清香」，千古不斷，「更出」於「梅妝」之上，而弄影於晚霞之中也。其爲「冰姿雪彩」何如哉！○朱東嵒曰：通首形容「白菊」，故以「雪彩冰姿」擬之。三四是實寫，以形其「白」也。五六是抑揚，以形其「白」也。惟「空貯恨」、「不成詩」，其「白」也不「更出」於「梅妝」之上乎？（元郝天挺注、明廖文炳解、清朱三錫評《東嵒草堂評訂唐詩鼓吹》卷五）

此格，「白菊」與菊一句全出。第二亦言其爲延齡之品，兼尊陸魯望家也。次用「霜」、「月」承起句，鬆秀多姿。五六則咏「白」者所不能及，咏「黄」者更不敢誇。結言其老圃秋香，又如「梅妝」之媚，更妙也。（胡以梅《唐詩貫珠箋》卷五十七）

奉和

日休

已過重陽半月天〔一〕，琅華千點照寒煙①〔二〕。蕊香亦似浮金靨〔三〕，花樣還如鏤玉錢〔四〕。玩影馮妃堪比艷〔五〕，煉形蕭史好争妍②〔六〕。無由摘向牙箱裏③〔七〕，飛上方諸贈列仙④〔八〕。（詩五四四四）

【校記】

①「華」詩瘦閣本作「花」。②「煉」原作「鍊」，據弘治本、汲古閣本、詩瘦閣本、四庫本、皮詩本、項

刻本、統籤本、類苑本、全唐詩本改。「蕭」詩瘦閣本作「簫」。③「由」汲古閣本、四庫本作「繇」。「摘」皮詩本、全唐詩本作「擿」。「向」項刻本作「句」。④項刻本缺「上方諸贈列仙」六字。

【注釋】

〔一〕重陽：古代以農曆九月九日爲重陽節。《藝文類聚》（卷四）引《風土記》曰：「九月九日，律中無射而數九，俗尚此月。折茱萸房以插頭，言辟除惡氣而禦初寒。」又引魏文帝《與鍾繇書》曰：「歲往月來，忽復九月九日。九爲陽數，而日月并應。俗嘉其名，以爲宜於長久，故以享宴高會。是月律中無射，言群木庶草，無有射而生，至於芳菊，紛然獨榮。非夫含乾坤之純和，體芬芳之淑氣，孰能如此？」

〔二〕琅華：琅玕樹的白花。此喻白菊。琅玕樹：古代神話傳説中的仙樹。《山海經·海内西經》：「服常樹，其上有三頭人，伺琅玕樹。」

〔三〕蕊香：花蕊的香氣。此指菊花花蕊。蕊爲花心。金靨（yè）：金色的面靨。古代女子點搽面部的一種妝飾。此喻含苞待放的黄菊花。《玉臺新詠》（卷七）簡文帝《美女篇》：「約黄能效月，裁金巧作星。」又同人《艷歌篇十八韻》：「分妝間淺靨，繞臉傅斜紅。」《酉陽雜俎》（前集卷八）：「近代妝尚靨，如射月曰黄星靨。靨鈿之名，蓋自吴孫和鄧夫人也。」

〔四〕花樣：謂菊花的形狀。鏤玉錢：雕琢美玉而成的銅錢形狀。

〔五〕馮妃：北齊後主馮淑妃，名小憐，工歌舞，擅琵琶，人極美艷，深得齊後主高緯的寵愛。《北史》

（卷一四）《馮淑妃傳》記載：高緯在晋州（今山西省臨汾市）戰敗，奔亡，「至洪洞戍，淑妃方以粉鏡自玩，後聲亂唱賊至，於是復走。」此句截取馮妃對鏡梳妝的艷姿，比喻菊花的美麗。

〔六〕煉形：道家用語。修煉自身形體而致成仙。《雲笈七籤》（卷七二）《真元妙道修丹歷驗抄》：「夫至道真旨，以凝性煉形長生爲上。」蕭史：古代傳説中的仙人。《列仙傳》（卷上）《蕭史》：「蕭史者，秦穆公時人也。善吹簫，能致孔雀、白鶴於庭。穆公有女字弄玉好之，公遂以女妻焉。日教弄玉作鳳鳴，居數年，吹似鳳聲。鳳凰來止其屋，公爲作鳳臺。夫婦止其上，不下數年。一日，皆隨鳳凰飛去。」此句謂菊花具有仙人蕭史一樣美麗的形態姿容。

〔七〕無由：没有辦法。《儀禮·士相見禮》：「某也願見，無由達。」牙箱：以象牙雕飾的箱子。猶道家所云玉函、玉箱之類也。《漢武帝内傳》：「（漢武帝）冢中先有一玉箱，一玉杖，此是西胡康渠王所獻，帝甚愛之，故入梓宫中。」《真誥》（卷一）：「其一侍女着著衣，捧白箱，以絳帶束絡之。白箱似象牙箱形也。」

〔八〕方諸：道教所説天上神仙的居住之處。《雲笈七籤》（卷七八）《六主鎮精神補髓肉堅如鐵氣力壯勇一人當百長服方》：「服經十年，輕舉雲霄，縱賞三清，遨遊五嶽，往來圓嶠，出入方諸。仙聖同居，永辭生死。」《真誥》（卷九）：「方諸正四方，故謂之方諸。一面長一千三百里，四面合五千二百里。上高九千丈。有長明太山、夜月高丘，各周迴四百里，小小山川如此間耳。但草木多茂蔚，而華實多蒨粲。饒不死草、甘泉水，所在有之，飲食者不死。……方諸東西面又各有小方諸，去大方諸三千里。小方諸亦方，面各三百里，周迴一千二百里，亦各别有青君宫室，又特多中仙人及靈鳥、靈獸。」列仙：衆仙。泛指仙人。

【箋評】

起虚籠菊之來歷，此亦傍入之法也。二實承，三言其蕊欲綻時，中間雖「白」，而含口之邊是青，故似「金靨」。「亦似」二字，言原非盡「白」。落想精密，心細如髮，咏物至此，入神矣。四對亦工，五六喻其「白」，結言仙家服食之品。「牙箱」，仙女之用，亦白色歟？李賀詩「宫人面靨黄」，荆公詩「漢宫嬌額半塗黄」，注謂額間小黄靨也。漢、唐宫中皆然，今云「金靨」以此。北齊馮妃名小憐，後主嬖之。李義山詩「小憐玉體横陳夜」，則必「白」者矣。《古今注》云：「三代以鉛爲粉。蕭史與秦穆公煉飛雪丹，第一轉與弄玉塗之。今之水銀膩粉是也。」《真誥》：「九華真妃，降于楊真人羲宅，年可十三四，兩侍女，一持錦囊盛書，刻玉檢，上云『玉清神虎内真紫元丹章』；其一侍女捧白箱，以絳帶束絡之，似象牙箱形也。」又南極夫人云：「方諸正四方，故謂之方諸。一面長一千三百里，四面合五千二百里。上高九千丈，有長明太山、夜月高丘，各周迴四百里，小小山川如此間耳。但草木多茂蔚，而華實蒨粲，饒不死草、甘泉水，所在有之，飲食不死。青君宫在東華上，方二百里中，盡天仙上真宫室也。金玉瓊瑶，雜爲棟宇。方諸東西面，各有小方諸，别有青君宫室，多靈鳥、靈獸。大方諸去會稽之東南七萬里，其西有小方諸，多有奉佛者。浮屠，金玉鏤之，高百丈者數十層。服五星精，讀《夏歸藏經》，用以飛行。東小方諸，多寳物，有白玉酒，金漿汧，青君蓄寳器在此。飲此酒漿，身作

金玉色澤。吹九靈簫，聞四十里。簫有三十孔，長三尺。九簫同唱，百獸率舞，鳳凰來。」（胡以梅《唐詩貫珠箋》卷五十七）

奉和

進士①　鄭璧〔一〕

白艷輕明帶露痕〔二〕，始知佳色重難群〔三〕。終朝凝笑梁王雪②〔四〕，盡日慵飛蜀帝雲③〔五〕。燕雨似翻瑶渚浪〔六〕，雁風疑卷玉綃紋④〔七〕。瓊妃若會寬裁翦⑤〔八〕，堪作蟾宫夜舞裙〔九〕。（詩五四五）

【校記】

①四庫本無此二字。②「凝」詩瘦閣本作「擬」，統籤本、類苑本、全唐詩本作「疑」。③「飛」季寫本作「看」。「雲」統籤本、季寫本、全唐詩本作「魂」。④「綃」類苑本作「銷」。⑤「妃」季寫本作「花」。

【注釋】

〔一〕進士：參本卷（序一八）注〔二〕。鄭璧：唐末江南進士，生卒年里不詳。咸通十一年（八七〇），在蘇州與皮、陸等人唱和。生平事迹參《唐詩紀事》（卷六四）、《唐音癸籤》（卷二七）。

〔二〕白艷：鮮艷的白花。指白菊。輕明：淡雅秀麗。

〔三〕重難群：很難與之相比匹。張相《詩詞曲語辭匯釋》（卷二）：「重，甚辭。又猶盡也。」

〔四〕終朝（zhāo）：早晨。《詩經·小雅·采緑》：「終朝采緑，不盈一匊。」《毛傳》：「自旦及食時爲終朝。」凝笑：含笑。梁王雪：西漢梁孝王劉武在兔園招集賓客宴飲，賞雪吟詩。此句以白雪喻白菊。《文選》（卷一三）謝惠連《雪賦》：「歲將暮，時既昏，寒風積，愁雲繁。梁王不悦，游於兔園。乃置旨酒，命賓友，召鄒生，延枚叟，相如末至，居客之右。俄而微霰零，密雪下。王乃歌『北風』於《衛詩》，咏《南山》於《周雅》。授簡於司馬大夫，曰：『抽子秘思，騁子妍辭，侔色揣稱，爲寡人賦之。』」漢梁孝王劉武，生平事迹參《漢書》（卷四七）《梁孝王劉武傳》。

〔五〕盡日：整天。《淮南子·氾論訓》：「盡日極慮而無益於治，勞形竭智而無補於主也。」慵飛：不願飛，形容白菊始終在枝頭。蜀帝：指公孫述，史稱「白帝」。故此句以「蜀帝雲」的潔白喻白菊之美。《後漢書》（卷一三）《公孫述傳》：「公孫述字子陽，扶風茂陵人也。……於是自立爲蜀王，都成都。……建武元年四月，遂自立爲天子，號成家。色尚白。建元曰龍興元年。……述自號『白』。……成都郭外有秦時舊倉，述改名『白帝倉』。」

〔六〕燕雨：有燕子在輕盈飛翔的小雨。瑶渚：神仙的洲渚。《穆天子傳》（卷三）：「天子觴西王母于瑶池之上。」此句以燕雨中洲渚邊翻騰的白色波浪，喻細雨中白菊。杜甫《水檻遣心二首》（其一）：「細雨魚兒出，微風燕子斜。」

〔七〕雁風：秋風。玉綃：白色的紗綃。此句以秋風卷起輕薄的白紗絹，喻在風中的白菊。《新輯搜神記》（卷二八）《鮫人》：「南海之外有鮫人，水居如魚，不廢績織。時從水中出，向人家寄住，積日賣綃。」

〔八〕瓊妃：猶玉妃。泛指神仙女子。韓愈《辛卯年雪》：「白霓先啓塗，從以萬玉妃。」陳鴻《長恨歌傳》：「見最高仙山，上多樓闕，西廂下有洞户，東嚮，闔其門，署曰：『玉妃太真院』。」温庭筠《曉仙謠》：「玉妃喚月歸海宮，月色澹白涵春空。」瓊妃亦可指古代神話傳説中西王母的侍女之一許飛瓊，參《漢武帝内傳》。寬：緩，慢慢。此有仔細、精細之義。

〔九〕蟾宮：月宮。古代神話傳説，月中有蟾蜍，故云。夜舞裙：用嫦娥典故。此以嫦娥在月宮裏夜間的白色舞裙喻白菊。參卷八（詩五〇七）注〔五〕。

【箋評】

通首雖不粘於菊，概咏其「白」，似覺泛，然句法神致疎横，其他白花無可仿佛，是其筆力也。「帶露痕」三字有神。「凝笑」，笑雪之不如其白。「慵飛」，不比雲之飛，鎮日在枝頭。蜀帝，公孫述白帝。《雪賦》有梁孝王爲主人也。石燕飛則雨。「瑶渚」即瑶池。秋風送雁。「玉綃」猶冰綃。瓊妃，許飛瓊。「蟾宮舞裙」，即用月色之謂。（胡以梅《唐詩貫珠箋》卷五十七）

奉和

進士①　司馬都〔一〕

耻共金英一例開〔二〕，素芳須待早霜催②〔三〕。遶籬看見成瑤圃〔四〕，泛酒初迷傍玉盃〔五〕。映水好將蘋作伴〔六〕，犯寒疑與雪爲媒〔七〕。夫君每尚風流事③〔八〕，應爲徐妃致此栽〔九〕。

（詩五四六）

【校記】

①四庫本、類苑本無此二字。　②「待」統籤本作「得」。「霜」統籤本作「芳」。　③「尚」統籤本作「句」，季寫本作「上」。

【注釋】

〔一〕司馬都：生卒年里不詳。登進士第。咸通十一年（八七〇）在蘇州與皮、陸等唱和。後曾居青丘，與節度使王師範有交往。生平事迹參《唐詩紀事》（卷六四）、《唐音癸籤》（卷二七）。

〔二〕耻共：羞與。金英：金黃色的花。此指黄菊花。《藝文類聚》（卷八一）孫楚《菊花賦》曰：「飛金英以浮旨酒，掘翠葉以振羽儀。」湯惠休《贈鮑侍郎詩》：「玳枝兮金英，緑葉兮紫莖。」劉禹錫《和令狐相公九日對黄白二菊花見懷》：「素萼迎寒秀，金英帶露香。」一例：一律，一樣。

陸龜蒙《五歌·水鳥》：「水鳥山禽雖異名，天工各與雙翅翎。雛巢吞啄即一例，游處高卑殊不停。」寒山《五言五百篇》：「一例書巖石，自誇云好手。」花蕊夫人《宫詞》：「六宫一例鷄冠子，新樣交鐫白玉花。」

〔三〕素芳：白花，指白菊花。須待：終要，一定要。張相《詩詞曲語辭匯釋》（卷一）：「須，猶應也；必也。」又云：「須，猶終也。語氣較應字義爲强。」此句既點明白菊開花之時節，又有以白霜比白菊之意。

〔四〕遶籬：環繞着籬笆的菊花。用陶淵明事。蕭統《陶淵明傳》：「嘗九月九日出宅邊菊叢中坐，久之，滿手把菊，忽值（王）弘送酒至，即便就酌，醉而歸。」瑶圃：神仙的園圃。《楚辭·九章·涉江》：「駕青虬兮驂白螭，吾與重華遊兮瑶之圃。」

〔五〕泛酒句：菊花浮於酒上，最初還以爲它就是靠近酒杯生長的呢。《西京雜記》（卷三）：「九月九日，佩茱萸，食蓬餌，飲菊華酒，令人長壽。菊花舒時，并采莖葉，雜黍米釀之，至來年九月九日始熟，就飲焉，故謂之菊華酒。」泛酒：《初學記》（卷四）引《荆楚歲時記》曰：「昔周公卜成洛邑，因流水以泛酒，故逸詩云：『羽觴隨波流。』」此則指重陽節所飲爲菊花酒，菊泛酒上而言。南朝陳張正見《賦得白雲臨酒詩》：「菊泛金枝下，峰斷玉山前。」唐李嶠《九日應制得歡字》：「仙杯還泛菊，寶饌且調蘭。」杜甫《課伐木》：「秋光近青岑，季月當泛菊。」皎然《九日與陸處士羽飲茶》：「九日山僧院，東籬菊也黄。俗人多泛酒，誰解助茶香。」韋莊《庭前菊》：

「紅蘭莫笑青青色，曾向龍山泛酒來。」

〔六〕映水句：映照在水中的白菊恰好與白蘋結伴，相映成趣。蘋：水上萍之一種，開白花，又稱白蘋，故與白菊相映照。

〔七〕犯寒：衝寒，冒寒。雪爲媒：白菊成爲白雪之媒，謂白菊冒寒開花，預示着冬天的白雪即將到來。

〔八〕夫君：對人的敬稱。此指陸龜蒙。參卷六（詩二六三）注〔八〕。風流：風雅瀟灑。

〔九〕徐妃：南朝梁元帝妃徐昭佩。此以元帝娶徐妃時天下大雪喻白菊。《南史》（卷一二）《后妃傳下》：「（梁）元帝徐妃諱昭佩，……初，妃嫁夕，車至西州，而疾風大起，發屋折木。無何，雪霰交下，帷簾皆白。」致：劉淇《助字辨略》（卷四）：「致，與至通，極也。」

【箋評】

起與陸作同法，虛借「金英」反襯，第二承出「白」色。中二聯皆申言其「白」，而構句有情，「媒」字更妙。媒，相引之物也。孫楚《菊花賦》：「飛金英以浮甘酒。」按《宋書》沈約雖云「雲英」，葉也，然後人皆用爲花矣。「耻」字，推白菊之意也。蘋有白蘋。梁元帝娶徐妃，值大雪，今用此。（胡以梅《唐詩貫珠箋》卷五十七）

華庭鶴聞之舊矣①〔一〕。及來吴中〔二〕，以錢半千得一隻養之②〔三〕。殆經歲③，不幸爲飲啄所誤〔四〕，經夕而卒，悼之不已，遂繼以詩。南陽潤卿博士〔五〕、浙東德師侍御④〔六〕、毗陵魏不琢處士〔七〕、東吴陸魯望秀才及厚於余者⑤〔八〕，悉寄之，請垂見和〔九〕

日休

池上低摧病不行〔一〇〕，誰教仙魄反層城⑥〔一一〕。陰苔尚有前朝迹〔一二〕，皎月新無昨夜聲〔一三〕。菰米正殘三日料〔一四〕，筠籠休礙九霄程〔一五〕。不知此恨何時盡⑦〔一六〕，遇著雲泉即愴情⑧〔一七〕。（詩五四七）

【校記】

①「庭」汲古閣本、四庫本作「亭」。②項刻本無「一」。③「殆」四庫本作「始」。④「浙」皮詩本作「淅」。⑤「於」類苑本作「于」。「余」弘治本、汲古閣本、詩瘦閣本、皮詩本、項刻本、統籤本、類苑本、季寫本、全唐詩本作「予」。⑥「反」項刻本作「返」。⑦「恨」項刻本作「限」。⑧「著」皮詩本、項刻本、統籤本、季寫本作「着」。「雲」項刻本作「春」。

【注釋】

〔一〕詳詩題中「殆經歲」及諸人和詩，此詩當作於咸通十一年（八七〇）秋天。華庭鶴：三國時吴華亭墅（在今上海市松江縣西）以産鶴著名，稱作華亭鶴。《元和郡縣圖志》（卷二五）《江南道一》：「蘇州華亭縣，華亭谷在縣西三十五里。陸遜、陸抗宅在其側，遜封華亭侯。陸機云『華亭鶴唳』，此地是也。」《世説新語·尤悔》：「陸平原河橋敗，爲盧志所讒，被誅。臨刑嘆曰：『欲聞華亭鶴唳，可復得乎！』」

〔二〕吴中：舊指吴縣一帶，即指蘇州。前已屢注。

〔三〕錢半千：半千錢，即五百錢。參本卷（序一八）注〔二九〕。

〔四〕飲啄：飲水啄食，泛指飲食。《莊子·養生主》：「澤雉十步一啄，百步一飲，不蘄畜乎樊中。神雖王，不善也。」

〔五〕南陽潤卿博士：張賁。前已屢注。

〔六〕浙東：指浙東觀察使幕府。在今浙江省紹興市。《元和郡縣圖志》（卷二六）《江南道二》：「浙東觀察使，越州（會稽），今爲浙東觀察使理所。」德師：李縠，字德師，嘗任浙東觀察推官。參（序一）注〔一五〕。侍御：侍御史。李縠所任爲殿中侍御史。《唐六典》（卷一三）《御史臺》載有：侍御史四人，從六品下；殿中侍御史六人，從七品上；監察御史十人，正八品上。

〔七〕毗陵魏不琢處士：魏朴。參卷五（序一三）注〔二〕。

〔八〕東吴：本指三國時吴國，因地處江東，故稱。此指蘇州。《文選》（卷二一）左思《咏史八首》（其一）：「長嘯激清風，志若無東吴。」李善注：「東吴，謂孫氏也。」陸魯望：陸龜蒙字魯望。前已屢注。秀才：本是漢代舉薦的科名，所謂「舉秀才」。唐初，科舉考試有秀才科，在各科中聲望最高，後廢止。參《唐六典》（卷二）、《通典》（卷一五）、《新唐書》（卷四四）《選舉志》。後來唐人對讀書人泛稱秀才。李肇《唐國史補》（卷下）：「其都會謂之舉場，通稱謂之秀才。」

〔九〕垂：敬詞。表示對他人的尊敬。見和：唱和。見，謙詞，表示客氣。

〔一〇〕低摧：低首摧眉。形容勞瘁疲憊的病態貌。唐柳宗元《閔生賦》：「心沉抑以不舒兮，形低摧而自愍。」

〔一一〕仙魄：古人以鶴爲仙禽，故云。《初學記》（卷三〇）引《相鶴經》曰：「蓋羽族之宗長，仙人之騏驥也。」《文選》（卷一四）鮑照《舞鶴賦》：「散幽經以驗物，偉胎化之仙禽。」反：即「返」字。

〔一二〕層城：古代神話傳説中崑崙山上的最高城，共分九重三級，後指仙境。《淮南子·墬形訓》：「掘崑崙虚以下地，中有增城九重，其高萬一千里百一十四步二尺六寸。」《水經注·河水一》引《崑崙説》曰：「崑崙之山三級，下曰樊桐，一名板桐；二曰玄圃，一名閬風；上曰層城，一名天庭，是爲太帝之居。」

〔一三〕陰苔：指池上潮濕陰暗之處的苔蘚。前朝：謂昨天早晨。與下文「昨夜」及詩題中「經夕而卒」互看可知。

〔一三〕皎月：皎潔的月光。《楚辭·九歌·東君》：「撫余馬兮安驅，夜皎皎兮既明。」王逸注：「皎一作皎。」洪興祖補注：「皎字從日，與皎同。」昨夜聲：鶴多在半夜鳴叫，故云。《初學記》（卷三〇）引《詩義疏》曰：「（鶴）常夜半鳴，其鳴高朗，聞八九里。唯老者乃聲下。今吴人園中及士大夫家皆養之。鷄鳴時亦鳴。」又引《繁露》曰：「鶴知夜半。」原注：「鶴，水鳥也。夜半水位，感其生氣，則益喜而鳴。」

〔一四〕菰米句：謂華亭鶴從「爲飲啄所誤」到今天，共剩留了三天的食料菰米。菰米：菰爲多年生草本植物，生淺水中，葉如蒲草，中心嫩芽可食，稱茭白。秋天結實如米，叫菰米，又稱雕胡米，亦可食用。

〔一五〕筠籠：竹籠。休礙，不能阻礙。九霄：九重天，天的最高處，道家認爲是神仙的居處。《抱朴子·内篇·暢玄》：「其高則冠蓋乎九霄，其曠則籠罩乎八隅。」唐李白《明堂賦》：「又比乎崑山之天柱，矗九霄而垂雲。」清王琦注：「按道書，九霄之名，謂赤霄、碧霄、青霄、絳霄、黅霄、紫霄、練霄、玄霄、縉霄也。一説，以神霄、青霄、碧霄、丹霄、景霄、玉霄、琅霄、紫霄、大霄爲九霄。」

〔一六〕不知句：白居易《長恨歌》：「天長地久有時盡，此恨綿綿無絶期。」

〔一七〕雲泉：白雲清泉的美景。喻隱居之處。劉禹錫《思歸寄山中友人》：「蕭條對秋色，相憶在雲泉。」白居易《自題寫真》：「宜當早罷去，收取雲泉身。」拾得《一入雙溪不計春》：「誰來幽谷餐仙食，獨向雲泉更勿人。」

【箋評】

「陰苔尚有前朝迹」四句：孤峭，猿哀。（項真評、項真刻《項氏瓶笙樹新刻皮襲美詩》卷二）

「低摧」，不軒昂也。「仙魄」，仙禽之魄。「層城」，仙居之所。四勝於三，五六幽佳。「殘」，剩也。「休」，猶言不能也。結乃詩人爲之傷心語，益見其篤於幽事之好，有幾分誑語爲興會耳。《淮南子》云：「崑崙山，層城九重。」（胡以梅《唐詩貫珠箋》卷五十三）

莫怪朝來淚滿衣，墮毛猶傍水花飛①〔一〕。遼東舊事今千古〔二〕，却向人間葬令威〔三〕。

（詩五四八）

【校記】

①「墮」全唐詩本作「墜」。「猶」皮詩本作「有」。

【注釋】

〔一〕墮毛：指死去的華亭鶴散落的羽毛。水花：指荷花。晉崔豹《古今注·草木》：「芙蓉，一名荷華，生池澤中，實曰蓮，花之最秀異者。一名水芝，一名水花。色有赤、白、紅、紫、青、黄，紅、白二色差多。花大者至百葉。」

〔二〕遼東舊事：謂遼東人丁令威化鶴成仙的往事。《新輯搜神記》（卷一）《丁令威》：「遼東城門有華表柱，忽有一白鶴集柱頭。時有少年舉弓欲射之，鶴乃飛，徘徊空中而言曰：『有鳥有鳥丁令威，去家千歲今來歸，城郭如故人民非，何不學仙冢壘壘？』遂高上冲天而去。後人於華表柱立二鶴，至此始矣。今遼東諸令，云其先世有升仙者，不知名字。」

〔三〕却向：反而向。張相《詩詞曲語辭匯釋》（卷一）：「却，猶倒也；反也。此爲由正字義加强其語氣者，於語氣轉折時用之。」令威：丁令威。代指鶴。

【箋評】

世傳《瘞鶴銘》爲陶貞白書，又傳爲顧况書，獨程南耕以爲皮日休書也。云《瘞鶴銘》「上皇山樵」下增入「逸少書」三字，乃依陳氏《玉函堂帖》而僞作，原文無此三字。按皮日休，先字逸少，後字襲美，見《北夢瑣言》。有《悼鶴》詩云「却向人間葬令威」，此瘞鶴之證也。又自序其詩云：「華亭鶴聞之舊矣。今來吴，以錢半千得鶴一隻，養經歲而卒，悼以詩。」陸魯望和云「更向芝田爲刻銘」，此撰銘之證也。襲美爲咸通八年進士。崔璞守蘇，辟爲軍事判官。自叙以九年從北固至姑蘇。咸通十三年壬辰，僖宗乾符元年甲午，襲美正在吴中。集内與茅山廣文南陽博士詩，皆不書姓字。魯望有《寄華陽山人》詩，與石刻「華陽真逸」、「上皇山樵」、「丹陽仙尉」、「江陰真宰」諸稱謂相似，故疑此銘爲日休所作。（袁枚《隨園隨筆》卷十九《〈瘞鶴銘〉疑皮日休所書》）

奉和襲美先輩悼鶴二首①〔一〕

前浙東觀察推官兼殿中侍御史②　李縠③〔二〕

才子襟期本上清〔三〕，陸雲家鶴伴閑情〔四〕。猶憐反顧五六里〔五〕，何意忽歸十二城〔六〕。露滴誰聞高葉墜〔七〕，月沈休藉半堦明④〔八〕。人間華表堪留語〔九〕，剩向秋風寄一聲〔一〇〕。

（詩五四九）

【校記】

①類苑本無「先輩」。②汲古閣本、類苑本無此十三字。李校本批語：「因樹樓本『李縠』上有『前浙東觀察推官兼殿中侍御史』。」③「縠」類苑本作「轂」，季寫本「李縠或作轂」。④「藉」類苑本作「籍」。

【注釋】

〔一〕先輩：參卷一（詩四）注〔一〕。

〔二〕李縠：參（序一）注〔一五〕。

〔三〕才子：才華傑出的人。此指皮日休。《左傳·文公十八年》：「昔高陽氏有才子八人，……齊、聖、廣、淵、明、允、篤、誠，天下之民謂之『八愷』。」襟期：抱負，志趣。《北史》（卷四三）《李諧傳》：「庶弟蔚，少清秀，有襟期倫理，涉觀史傳，兼屬文詞。」上清：道教所稱「三清境」之一。泛指仙境。《雲笈七籤》（卷三）《道教三洞宗元》：「其三清境者，玉清、上清、太清是也。亦名三天。其三天者，清微天、禹餘天、大赤天是也。」

〔四〕陸雲家鶴：即華亭鶴。陸雲（二六二—三〇三），字士龍，晋代詩人、辭賦家。與其兄陸機，時人并稱爲「二俊」，後世稱「二陸」。蘇州松江華亭（今屬上海市）人。此地古代盛産華亭鶴，陸機又有「華亭鶴唳」的故事，故詩有「家鶴」之説。陸雲生平事迹參《晋書》（卷五四）本傳。

〔五〕猶憐：尚憐。頗爲憐愛。「猶」作「尚」解，參劉淇《助字辨略》（卷二）。反顧：回過頭看。指徘徊流連之態。五六里：喻指白鶴。《太平御覽》（卷九一六）引《古歌辭》曰：「飛來白鶴，從西北來。十十五五，羅列成行。妻卒被病，不能相隨。五里還顧，六里徘徊。吾欲御（銜？）汝去，口噤不能開。吾欲負汝去，毛羽日摧頹。」

〔六〕何意：豈料。十二城，又稱十二樓。古代神話傳説，黄帝在崑崙山上爲五城十二樓，仙人所居。忽歸十二城：謂鶴仙逝。死去的隱語。《史記》（卷二八）《封禪書》：「方士有言：『黄帝時爲五城十二樓，以候神人於執期，命曰迎年。』」《漢書》（卷二五下）《郊祀志下》：「黄帝時爲五城十二樓。」顔師古注：「應劭曰：『崑崙玄圃五城十二樓，仙人之所常居。』」

〔七〕露滴句：謂仙鶴已逝，夜間再也不能聞露滴之聲而鳴叫了。《藝文類聚》（卷九〇）引《風土記》曰：「鳴鶴戒露，此鳥性警，至八月白露降，流於草上，滴滴有聲，因即高鳴相警，移徙所宿處，慮有變害也。」

〔八〕休藉：莫藉，不能憑借。此句謂鶴已逝去，月落之際，再也没有白鶴使半階透出白色亮光了。鶴以白色羽毛著聞，故詩云。《初學記》（卷三〇）引《相鶴經》曰：「體尚潔，故其色白。」

〔九〕華表：古代設在城垣、宫殿、道路、橋梁等重要場所的高大石柱。此用「華表鶴」的傳説。參本卷（詩五四八）注〔二〕。

〔一〇〕剩向：儘向。張相《詩詞曲語辭匯釋》（卷二）：「賸，甚辭，猶真也；儘也；頗也；多也。字亦作剩。」秋風寄一聲：鶴多在秋天鳴叫，故云。《藝文類聚》（卷九〇）引《易通卦驗》曰：「立夏清風至而鶴鳴。」

道林曾放雪翎飛①〔一〕，應悔庭除閉羽衣〔二〕。料得王恭披鶴氅〔三〕，倚吟猶待月中歸〔四〕。

（詩五五〇）

【校記】

①「放」萬絶本作「訪」。

【注釋】

〔一〕道林：東晋名僧支遁，字道林。雪翎：白色的翎毛。指白鶴。此句用支遁放鶴事。參卷一（詩一二）注〔二九〕。

〔二〕庭除：庭前臺階。指庭院而言。此句謂華亭鶴應當後悔死在庭院中。羽衣：華亭鶴的羽毛。閉羽衣，鶴死去的委婉説法。鶴死不能再展翅開屏，故云。

〔三〕料得：料想。得爲語助詞。王恭：《晋書》（卷八四）《王恭傳》：「王恭字孝伯，光禄大夫藴子，……恭美姿儀，人多愛悦。或目之云：『濯濯如春月柳。』嘗被鶴氅裘，涉雪而行，孟昶窺見之，嘆曰：『此真神仙中人也！』」

〔四〕倚吟：和聲吟唱。此指和着鶴的鳴叫聲。以同聲相呼，希望鶴能再度歸來。倚，和着樂聲歌唱。《史記》（卷一〇二）《張釋之馮唐列傳》：「使慎夫人鼓瑟，上自倚瑟而歌，意慘悽悲懷。」《索隱》：「謂歌聲合於瑟聲，相依倚也。」

奉和

張賁

池塘蕭索掩空籠①〔一〕，玉樹同嗟一土中〔二〕。莎徑罷鳴唯泣露〔三〕，松軒休舞但悲風〔四〕。丹臺舊氅難重緝〔五〕，紫府新書豈更通〔六〕。雲減霧消無處問〔七〕，只留華髮與衰翁〔八〕。

（詩五五一）

【校記】

①「空」類苑本作「雲」。

【注釋】

〔一〕蕭索：蕭條淒涼。陶淵明《自祭文》：「天寒夜長，風氣蕭索。鴻雁于征，草木黄落。」空籠：謂鶴已死，鶴籠空着。

〔二〕玉樹：《文選》（卷七）揚雄《甘泉賦》：「翠玉樹之青葱兮，壁馬犀之瞵㻞。」李善注：「《漢武帝故事》曰：『上起神屋，前庭植玉樹，珊瑚爲枝，碧玉爲葉。』」此玉樹蓋即槐樹。唐劉餗《隋唐嘉話》（卷下）：「雲陽縣界多漢離宫故地，有樹似槐而葉細，土人謂之玉樹。楊子雲《甘泉賦》云：『玉樹青葱』，後左思以雄爲假稱珍怪，蓋不詳也。」此句謂嗟嘆的是玉樹和仙鶴都被掩埋入土。

〔三〕莎徑：生長莎草的小道。唐人喜在庭院中種植莎草，故云。《太平廣記》（卷一八七）《莎廳》條引《聞奇録》：「京兆府判司，特云西法士。此兩廳事多。東士曹廳……西士曹廳爲莎廳。廳前有莎，週迴可十五步。」盧綸《同柳侍郎題侯釗侍郎新昌里》：「庭莎成野席，闌藥是家蔬。」鄭谷《寄懷元秀上人》：「得句如相憶，莎齋且見招。」莎，莎草，草本植物，莖呈三棱形，葉長而硬，夏日莖頂别生三葉，開黄褐色小花。地下根塊狀，有香氣，可入藥，藥名香附子。參李時珍《本草綱目》（卷一四）《莎草・香附子》條。泣露：形容莎草上凝露，猶如在哭泣。駱賓王《樂大夫挽歌詩五首》（其四）：「草露當春泣，松風向暮哀。」李賀《李憑箜篌引》：「崑山玉碎鳳凰叫，芙蓉泣露香蘭笑。」此句謂莎草霑露，似在垂泣，因爲聽不到鶴鳴了。悲悼亡鶴，暗用「鳴鶴戒露」的典故。參本卷（詩五四九）注〔七〕。

〔四〕松軒：松林傍的軒閣。此句謂松軒没有鶴舞，只有悲風凄凄中的松濤聲。

〔五〕丹臺：道家稱神仙的居處。《藝文類聚》（卷七八）《真人周君傳》曰：「紫陽真人周義山，字委通，……羨門子曰：『子名在丹臺玉室之中，何憂不仙？』」舊氅：舊的鶴氅。道家謂仙人穿羽衣，即鳥羽製成的衣服，取其神仙飛翔之意。鶴氅就是羽衣的一種。緝（qī）：編織。此有縫補義。《説文·糸部》：「緝，績也。」段玉裁《説文解字注》：「引申之，用縷以縫衣亦爲緝。」此句謂仙鶴已死，神仙的舊鶴氅没有鶴羽再續補了。

〔六〕紫府：也是道家所稱的仙人居處。《抱朴子·内篇·祛惑》：「及到天上，先過紫府，金床玉几，晃晃昱昱，真貴處也。」此句謂鶴已死去，無法再飛入紫府傳遞新的音書了。鶴爲仙禽，故云。

〔七〕雲滅霧消：喻華亭鶴逝去，無影無踪了。

〔八〕華髮：花白的頭髮。《墨子·修身》：「華髮隳顛而猶弗舍者，其唯聖人乎！」衰翁：指皮日休。此句謂只是讓它的主人皮氏因爲悲悼而衰老了。

【箋評】

「空籠」，俗料。「玉樹」，雖樹與鶴不類，而「玉」與「白」有相通之義，故用「同」字點清，然終屬無情。三四有哀思，蓋莎爲之「泣」，松爲之「悲」也。串得融洽。五六亦有致，六更勝。「紫府」，仙

居之府。「華髮」，鶴髮也。言思之令人白髮。（胡以梅《唐詩貫珠箋》卷五十三）

（末句）此意甚別。（毛張健《唐詩餘編》卷三）

渥頂鮮毛品格馴〔一〕，莎庭閑暇重難群〔二〕。無端日暮東風起〔三〕，飄散春空一片雲〔四〕。

（詩五五二）

【注釋】

〔一〕渥（wò）頂：光彩潤澤的頂部。鮮毛：鮮艷明麗的毛色。《初學記》（卷三〇）引《相鶴經》曰：「鶴之上相，瘦頭朱頂，露眼玄睛，高鼻短喙，⿰骨圭頰⿰骨毛耳，長頸促身，燕膺，鳳翼，雀毛，龜背，鱉腹，軒前垂後，高脛粗節，洪髀纖指，此相之備者也。」品格馴：謂華亭鶴的品性温順高雅。

〔二〕莎庭：種植綠色莎草的庭院。參本卷（詩五五一）注〔三〕。閑暇：悠閑從容貌。《孟子·公孫丑上》：「今國家閑暇，及是時，般樂怠敖，是自求禍也。」漢賈誼《鵩鳥賦》：「庚子日斜兮，鵩集予舍；止于坐隅兮，貌甚閑暇。」重難群：極難與之（指華亭鶴）相比匹。重，張相《詩詞曲語辭匯釋》（卷二）：「重，甚辭；又猶盡也。」

〔三〕無端：平白無故。《楚辭·九辯》：「蹇充倔而無端兮，泊莽莽而無垠。」王逸注：「媒理斷絶，無因緣也。」《文選》（卷二八）陸機《君子行》：「福鍾恒有兆，禍集非無端。」

〔四〕一片雲：喻華亭鶴的死去，像空中一片淡雲一樣飄散得無影無踪。此二句以日暮忽然風飄雲散，喻華亭鶴遽然死去。

奉和

龜蒙

一夜圓吭絶不鳴〔一〕，八公虚道得千齡〔二〕。方添上客雲眠思〔三〕，忽伴中仙劍解形①〔四〕。但掩叢毛穿古堞②〔五〕，永留寒影在空屏〔六〕。君才幸自清如水③〔七〕，更向芝田爲刻銘〔八〕。

（詩五五三）

【校記】

①「劍解」詩瘦閣本作「解劍」。「解」鼓吹本注：「音賈。」②「叢」鼓吹本、季寫本作「翛」，統籤本、全唐詩本注：「一作翛。」類苑本作「重」。③「君」陸詩丙本作「居」。「自」類苑本作「得」。

【注釋】

〔一〕圓吭（háng）：清脆圓潤的鳴聲。此指鶴鳴。《文選》（卷一四）鮑照《舞鶴賦》：「引圓吭之纖婉，頓修趾之洪姱。」《初學記》（卷三〇）引《詩義疏》曰：「（鶴）常夜半鳴，其鳴高朗，聞八九里。」又引《相鶴經》曰：「（鶴）鳴則聞於天。」此句謂一夜没有鶴鳴。隱指其死去。

〔二〕八公：相傳漢淮南王劉安的八位門客，後世稱八公。東漢高誘《淮南子注叙》：「於是，遂與蘇飛、李尚、左吴、田由、雷被、毛被、伍被、晋昌等八人，及諸儒大山、小山之徒，共講論道德，總統仁義，而著此書。」相傳《相鶴經》即八公所作。《藝文類聚》（卷九〇）：「淮南八公《相鶴經》。」《文選》（卷一四）鮑照《舞鶴賦》首句下李善注：「《相鶴經》者，出自浮丘公。公以自授王子晋。崔文子者，學仙於子晋，得其文，藏於嵩高山石室。及淮南八公采藥得之，遂傳於世。」虚道：虚假不實的説法。千齡：千歲。《初學記》（卷三〇）引《相鶴經》曰：「鶴者，陽鳥也，而遊於陰，因金氣依火精以自養。金數九，火數七，故七年小變，十六年大變，百六十年變止，千六百年形定。」鮑照《舞鶴賦》：「守馴養於千齡，結長悲於萬里。」

〔三〕上客：貴賓。指皮日休。皮宦遊蘇州，故稱。《禮記·曲禮上》：「食至起，上客起。」《西京雜記》（卷二）：「朱買臣爲會稽太守，懷章綬，還至舍亭，而國人未知也。所知錢勃，見其暴露，乃勞之曰：『得無罷乎？』遺與紈扇。買臣至郡，引爲上客，尋遷爲掾史。」雲眠：喻隱居。雲眠思：隱逸的願望。參本卷（詩五三一）注〔六〕。

〔四〕中仙：道家將神仙分爲上中下三品。《雲笈七籤》（卷一〇六）《紫陽真人周君内傳》：「遊行五嶽，或造太清，役使鬼神，中仙也。或受封一山，總領鬼神；或遊翔小有，群集清虚之宫，中仙之次也。」劍解形：即尸解。死去的委婉説法。參卷八（詩四六八）注〔八〕。

〔五〕掩：掩埋，埋葬。叢毛：本指叢生雜亂的草。此指死去的華亭鶴的羽毛。古堞（dié）：古老的舊城墻。《文選》（卷一一）鮑照《蕪城賦》：「是以板築雉堞之殷。」李善注：「鄭玄《周禮注》

曰：『雉，長三丈，高一丈。』杜預《左氏傳注》曰：『堞，女墻也。』」

〔六〕永留句：謂只有屏風上還留下仙鶴凄凉的形影。

〔七〕君：指皮日休。幸自：本自，本來。張相《詩詞曲語辭匯釋》（卷二）：「幸，猶本也；正也。……又有曰幸自者，例如下：韓愈《楸樹》詩：『幸自枝條能樹立，可煩蘿蔓作交加。』幸自，本自也。温庭筠《楊柳》詩：『春來幸自長如線，可惜牽纏蕩子心。』……凡此各詩之幸自，皆本自也。」清才如水：喻皮氏才華卓越而純潔。《世説新語·賞譽》：「太傅有三才：劉慶孫長才，潘陽仲大才，裴景聲清才。」

〔八〕芝田：神仙種植芝草的田地。古人有芝田養鶴之説。《文選》（卷一四）鮑照《舞鶴賦》：「朝戲於芝田，夕飲乎瑶池。」李善注：「《十洲記》曰：『鍾山在北海之中。地仙家數千萬，耕田，種芝草，課計頃畝也。』」南朝梁蕭綱《賦得舞鶴詩》：「來自芝田遠，飛渡武溪深。」刻銘：爲死去的華亭鶴鎸刻銘文以傷悼。用《瘞鶴銘》事。相傳南朝梁陶弘景作《瘞鶴銘》，上皇山樵書，刻於鎮江焦山山崖上，後崩落於長江中（可參宋歐陽修《集古録》、黄伯思《東觀餘論》）。一説王羲之書，宋蘇舜欽《丹陽子高得逸少〈瘞鶴銘〉于焦山之下……作長句以寄》：「山陰不見换鵝經，京口今存《瘞鶴銘》。」

【箋評】

首言鶴死「不鳴」，「八公」所傳「千齡」者爲「虚」矣。然是鶴也，昔伴「上客」之眠，「方添」情思」；今「伴中仙」而去，忽已「解形」。雖瘞形於「古堞」，而其影尚在「空屏」也。以日休「如水」之清才，能勿效隱居而作銘哉！○朱東嵒曰：前六句寫「悼鶴」，後二句寫「奉和」意。（元郝天挺注、明廖文炳解、清朱三錫評《東嵒草堂評訂唐詩鼓吹》卷三）

上界，因仙禽故以仙家之言賦之，鋪襯典贍，比原唱厚酣。「雲眠」，猶雲卧，謂隱君子得此幽禽，正可助其雲卧之思，乃如「中仙劍解」而去。倐倐，生時羽翮之聲。今言穿堞而瘞之，而影則留於屏間。此屏影，或畫或不必畫，而生時曾有映影，今想像之耳。結亦用典恰當。宋鮑照《舞鶴賦》：「引圓吭之纖婉，頓修趾之洪姱。」漢淮南王賓客八公之徒，采藥嵩山，于石室得王子所傳于浮丘伯《相鶴經》曰：「鶴，陽身也，而遊於陰，因金氣依火精以自養。金數九，火數七，故七年小變，十六年大變，百六十年變止，千六百年形定。」今仍不永，「八公」之言豈非「虚」矣。飛升爲上，劍解爲中仙。「劍解」，見故《道士部》。梁簡文帝詩：「來自芝田遠，飛渡武陵深。」《瘞鶴銘》，在焦山脚下，水落有摹得者，見《道部》。亦推尊其原唱之意。（胡以梅《唐詩貫珠箋》卷五十三）

酆都香稻字重思〔一〕，遥想飛魂去未飢①〔二〕。争奈野鴉無數健〔三〕，黄昏來占舊栖枝②〔四〕。（詩五五五四）

【校記】

①「飢」四庫本、類苑本作「饑」。②「占」原作「口」，缺上半。弘治本、汲古閣本、詩瘦閣本、四庫

本、陸詩甲本、陸詩丙本、統籤本、類苑本、季寫本、全唐詩本作「占」。據改。「棲枝」類苑本作「枝棲」。

【注釋】

〔一〕酆都：地名，即今四川省豐都縣。《舊唐書》（卷三九）《地理志二》：「山南東道忠州豐都，漢枳縣地，屬巴郡。後漢置平都縣。（隋）義寧二年，分臨江置豐都縣。」重思：道家傳説中的香稻名。《真誥》（卷一五）：「酆都稻名重思。其米如石榴子，粒異大，色味如菱，亦以上獻仙官。」又曰：「酆都山上樹木水澤如世間，但稻米粒幾大，味如菱，其餘四穀不爾，但名稻爲重思耳。杜瓊作《重思賦》曰：『霏霏春茂，翠矣重思。靈炁交被，嘉穀應時。四節既享，祝人以祀。神禾鬱乎浩京，巨穗横我玄臺。爰有明祥，帝者以熙。』此之謂矣。」

〔二〕飛魂：指華亭鶴的亡魂。此句謂因爲酆都生長香稻重思，鶴魂飛往那裏的陰府，就不會挨餓了。酆都是古代傳説人死以後鬼魂聚集之地，所謂陰曹地府。這就是該縣的平都山，一名仙都山。《太平寰宇記》（卷一四九）《山南東道八》：「忠州豐都縣，平都山，在縣北二里。《神仙傳》云：『後漢延光元年，陰長生于馬明生邊求仙法，……長生後于平都山白日升天。』即此。張道陵所化二十四化，居其一也。」《雲笈七籤》（卷二七）《七十二福地》：「第四十五平都山，在忠州，是陰真君上升之處。」

〔三〕争奈：怎奈。謂無奈。健：健壯。

〔四〕占：占有，占據。舊栖枝：指華亭鶴死前所栖息之枝。

奉和

魏朴〔一〕

直欲裁詩問杳冥〔二〕，豈教靈化亦浮生〔三〕。風林月動疑留魄〔四〕，沙島煙愁似蘊情①〔五〕。雪骨夜封蒼蘚冷〔六〕，練衣寒在碧塘輕〔七〕。人間飛去猶堪恨〔八〕，况是泉臺遠玉京〔九〕。

（詩五五五五）

【校記】

①「煙」季寫本、全唐詩本作「香」。「愁」統籤本作「深」。「似蘊情」統籤本作「已盡情」。

【注釋】

〔一〕魏朴：參卷五（序一三）注〔二〕。

〔二〕直欲：即欲。張相《詩詞曲語辭匯釋》（卷一）：「直，與就使、即使之就字、即字相當，假定之辭。凡文筆作開合之勢者，往往用直字以墊起，與饒字相似，特饒字緩而直字勁耳。」裁詩：作詩。李商隱《韓冬郎即席爲詩相送，一座盡驚。他日余方追吟「連宵侍坐徘徊久」之句，有老成之風，因成二絶寄酬，兼寄畏之員外》（其一）：「十歲裁詩走馬成，冷灰殘燭動離情。」杳冥：高遠渺茫的天空。《文選》（卷四五）宋玉《對楚王問》：「鳳皇上擊九千里，絶雲霓，負蒼天，翱翔乎杳冥之上。」問杳冥，向蒼天發問。《楚辭》有《天問》篇。

〔三〕靈化：神靈所化成。古人認爲鶴爲仙禽，故云。《初學記》（卷三〇）引《相鶴經》曰：「蓋羽族之宗長，仙人之騏驥。」《文選》（卷一四）鮑照《舞鶴賦》：「散幽經以驗物，偉胎化之仙禽。」浮生：變化無常、虛浮不定的人生。《莊子・刻意》：「去知與故，循天之理。故無天灾，無物累，無人非，無鬼責。其生若浮，其死若休。」李白《春夜宴從弟桃花園序》：「夫天地者，萬物之逆旅也；光陰者，百代之過客也。而浮生若夢，爲歡幾何？」

〔四〕風林句：謂風吹樹林，使皎潔的月光摇曳，讓人懷疑那就是華亭鶴所遺留的魂魄的倩影。以婆娑的月光喻高雅飄逸的鶴姿。

〔五〕藴情：含情。此句謂沙島上煙霧迷濛，似乎也是在爲華亭鶴亡逝而愁苦傷悲。

〔六〕雪骨：冰雪之骨，喻鶴的高雅純潔。《初學記》（卷三〇）引《相鶴經》曰：「體尚潔，故其色白。」夜封：夜間掩埋了死去的鶴。蒼蘚：緑色的苔蘚。

〔七〕練衣：白絲的衣服。喻鶴的白色羽毛。鶴歷來以白色爲尚，檢視《列仙傳》《神仙傳》即可知。《初學記》（卷三〇）引《永嘉郡記》曰：「此中有一雙白鶴，年年生子，長大便去，只惟餘父母一雙在耳。精白可愛，多云神仙所養。」又引李遵《太元真人茅君傳》曰：「或見一白鶴入帳中。白鶴者，皆是九轉還丹使。」又引李遵《太元真人茅君内傳》曰：「三神（按指三茅君）乘白鶴，各居一山頭。」此句謂亡鶴的白羽毛尚在寒冷寂寞的緑色池塘上。

〔八〕人間句：謂即使是人與鶴分離就使人很傷情了。《文選》（卷一四）鮑照《舞鶴賦》：「去帝鄉之岑寂，歸人寰之喧卑。歲峥嶸而愁暮，心惆悵而哀離。」

〔九〕泉臺：墓穴。指所謂陰間，猶「泉下」、「泉壤」。駱賓王《樂大夫挽歌詩五首》（其五）：「忽見泉臺路，猶疑水鏡懸。」皇甫曾《哭陸處士》：「一毛逢世難，萬恨掩泉臺。」胡曾《東海》：「東巡玉輦委泉臺，徐福樓船尚未回。」玉京：道教稱天帝所居的仙境。《魏書》（卷一一四）《釋老志》：「道家之原，出於老子。其自言也，先天地生，以資萬類。上處玉京，爲神主之宗；下在紫微，爲飛仙之主。」《雲笈七籤》（卷二一）《四梵三界三十二天》：「四天之上，則爲梵行。梵行之上，則是上清之天玉京玄都紫微宫也。乃太上道君所治，真人所登也。」

【箋評】

屈子問天，題曰《天問》。此爲天屬至尊，非可得問，是故特倒其文也。至於此日憤氣填膺，誰又能忍？於是不避狂悖，公然問天。「直欲」，妙，妙！「豈教」，妙，妙！言汝今報施，更不遵德，人生世上，復何言哉？三四「風林月動」，真便是鶴；「沙島烟深」，真便是悼。更不必「疑留魄」、「已盡情」，而題理早已畢舉矣。五六即上文「盡情」，下文「泉臺」也。七又輕輕略作一曲，描畫悼亡人左思右想，無限惋愕。妙，妙！八仍綴「玉京」二字，雖死後，猶爲此鶴争聲價也。五「夜封蒼蘚」，六「寒在碧塘」，大好句法。六又勝似五。（《金聖嘆全集》選刊之二《貫華堂選批唐才子詩》）

起得靈動。「杳冥」，天也。浮丘伯《相鶴經》云：「雌雄相視，目睛不轉則孕。千六百年，飲而不食而胎生。與鸞鳳同群，蓋羽族之宗長，仙人之騏驥也。」《禽經》曰：「鶴以聲交而孕。」張華注曰：「雄鳴上風，雌承下風則孕。或曰『：雌雄相隨，如道士步斗，履其迹而孕』。」鮑照《鶴賦》：「散幽經以驗物，偉胎化之仙禽。」今詩稱「靈化」，本之諸説歟？三四絶佳。月色擬其「白」相似，而「月魄」亦自然。「煙愁」尤屬無中生有。五所瘞之骨，六向日所落之毛，尚在池塘耳。「練」，白色。「衣」，毛衣也。結推開復收回。「泉臺」比「玉京」更遠。「玉京」，天上。《山海經》注曰：「夸父，神人。其能及日景，傾河、渭，豈以走飲哉？寄用於飲耳。」寄鄧林而遁形，惡得尋其「靈化」哉！（胡以梅《唐詩貫珠箋》卷五十三）

經秋宋玉已悲傷〔一〕，況報胎禽昨夜亡〔二〕。霜曉起來無問處〔三〕，伴僧彈指遶荷塘〔四〕。

（詩五五五六）

【注釋】

〔一〕宋玉：戰國時楚國辭賦家，師事屈原，後世并稱「屈宋」。此喻皮日休。宋玉生平事迹參《史記》（卷八四）《屈原賈生列傳》《襄陽耆舊傳》等片斷記録。經秋悲傷：《楚辭》宋玉《九辯》：「悲哉秋之爲氣也，蕭瑟兮草木摇落而變衰。」在文學史上被稱爲悲秋之祖。

〔二〕胎禽：鶴的别名，或稱胎仙。此指死去的華亭鶴。《文選》（卷一四）鮑照《舞鶴賦》：「散幽經以驗物，偉胎化之仙禽。」梁章鉅《文選旁證》：「案今本《相鶴經》云：『千六百年形定，飲而不食，與鸞鳥同群，胎化而產。爲仙人之騏驥矣。』又《博物志》云：『鴻鵠千歲，皆胎生。』鵠、鶴古今字。」

〔三〕霜曉：猶言秋曉。用「霜」字更含有凄凉的意蘊。

〔四〕彈指：佛教語。彈擊手指爲佛教之儀。以拇指和食指相扣，瞬間彈起作聲，表示贊嘆、許諾、告誡、喜歡、憤怒、驚嗟等多種含義。此則以彈指表達對鶴亡的傷悼之情。《翻譯名義集·時分》：「僧祇云：『二十念爲一瞬，二十瞬爲彈指。』」《太平廣記》（卷一〇九）《釋慧慶》（出《法苑珠林》）：「每夜吟誦，常聞空中有彈指贊嘆之聲。」孟郊《借車》：「借者莫彈指，貧窮何足嗟。」寒山《兩龜乘犢車》：「彈指不可論，行恩却遭刺。」

傷開元觀顧道士〔一〕

日休

協晨宫上啓金扉〔二〕，詔使先生坐蜕歸〔三〕。鶴有一聲應是哭〔四〕，丹無餘粒恐潛飛〔五〕。煙凄玉笥封雲篆①〔六〕，月慘琪花葬羽衣〔七〕。腸斷雷平舊遊處〔八〕，五芝無影草微微〔九〕。

（詩五五七）

【校記】

①「凄」類苑本作「栖」。

【注釋】

〔一〕傷：哀悼，喪祭。開元觀：唐代蘇州道觀名。唐陸廣微《吴地記》附《吴地記後集》：「（長洲縣）天慶觀，在縣西南一百五十步。唐開元中置，爲開元觀。」宋朱長文《吴郡圖經續記》（卷中）：「天慶觀，唐置，爲開元宫。孫儒之亂，四面皆爲煨燼，惟三門、正殿存焉。其後復修，祥符中更名天慶觀。」范成大《吴郡志》（卷三一）：「天慶觀，在長洲縣西南，即唐開元觀也。兵火前，棟宇最爲宏麗。」顧道士：參卷八（詩四六七）注〔一〕。

〔二〕協晨宫：道家以和協美好的晨景爲協晨，而以協晨宫爲仙人居住之所。《登真隱訣輯校·佚文匯綜·諸天宫館》中有「協晨宫」，并注云：「協晨宫，《上清道類事相》卷一引《上清經》云：『協晨靈觀，玉晨道君居之。』」《雲笈七籤》（卷一一）《上清黄庭内景經》：「上清紫霞虚皇前，太上大道玉晨君。」梁丘子注：「太上即高聖太真玉晨玄皇大道君也。理在上清協晨觀蕊珠之房，紫霞焕落，瑞氣交映也。」又（卷一〇五）《清靈真人裴君傳》：「遂與君共乘飛龍之車，西到六嶺之門，八絡之丘，協晨之宫，八景之城，登七靈之臺，坐太和之殿。」金扉：華美貴重的門户。此指仙境的大門。

〔三〕先生：對人的敬稱，指顧道士。《論語·憲問》：「吾見其居於位也，見其與先生并行也。」坐蜕：坐化。神仙家以爲修身煉形，能離形脱殼，静坐而死，其貌如生之謂也。實爲道家對人死去的隱語。

〔四〕鶴有句：既以鶴鳴如泣表傷悼之意；也有顧道士駕鶴西歸之意。古代道家多有乘鶴仙去之説。鮑照《舞鶴賦》所謂「仙人之騏驥」也。《神仙傳》（卷五）《茅君》：「三君各乘一白鶴，集於峰頂也。」均可證。

〔五〕丹：丹藥。道家的成仙之藥。《抱朴子・内篇・金丹》：「九丹者，長生之要。」「凡此九丹，但得一丹便仙。」并依次列出九丹爲：丹華、神丹（神符）、神丹、還丹、餌丹、煉丹、柔丹、伏丹、寒丹。潛飛：即飛升成仙之意。

〔六〕玉笥：玉制的箱子，道家用以藏道書、符籙之用。《太平廣記》（卷三九七）引《玉笥山録》：「漢武帝好仙，於玉笥山頂上置降真壇大還丹竈，道士晝夜祈禱。天感其誠，乃降白玉笥置壇上。武帝遣使取之，至其壇側，飄風大震，卷玉笥而去。」雲篆：指道教符籙。字體多屈曲似篆書，謂由天上雲氣轉化而成，故云。《雲笈七籤》（卷七）《説三元八會六書之法》：「篆者，撰也。撰集雲書，謂之雲篆。」陶弘景《真誥》（卷一）：「雲篆明光之章，今所見神靈符書之字是也。」又《吴太極左仙公葛公之碑》：「雲篆龍章之牒。」

〔七〕琪花：仙境中的琪樹花。琪，美玉。琪樹，玉樹。《山海經・海内西經》：「開明北有視肉、珠樹、文玉樹、玗琪樹、不死樹。」《文選》（卷一一）孫綽《遊天台山賦》：「建木滅景於千尋，琪樹璀璨而垂珠。」羽衣：道家所説的用毛羽織成的仙人衣服。鶴爲仙禽，以羽爲衣。此指鶴而言。

〔八〕雷平：雷平山。參卷五（詩二五七）注〔二〕。

〔九〕五芝：道家所説的五種芝草，服用可以延年益壽，直至成仙。有不同的記述。《海内十洲記》：「服此五芝，亦得長生不死，亦多仙家。」《後漢書》（卷二八下）《馮衍傳下》：「飲六醴之清液兮，食五芝之茂英。」李賢注引《茅君内傳》曰：「句曲山上有神芝五種：一曰龍仙芝，似交龍之相負，服之爲太極仙卿。第二名參成芝，赤色，有光，其枝葉如金石之音，折而續之即復如故，服之爲太極大夫。第三名燕胎芝，其色紫，形如葵，葉上有燕象，光明洞澈，服一株拜爲太清龍虎仙君。第四名夜光芝，其色青，其實正白如李，夜視其實如月，光照洞一室，服一株爲太清仙官。第五名曰玉芝，剖食，拜三官正真御史。」《文選》（卷一一）孫綽《遊天台山賦》：「八桂森挺以凌霜，五芝含秀而晨敷。」李善注引《神農本草經》曰：「赤芝一名丹芝；黄芝一名金芝；白芝一名玉芝；黑芝一名玄芝；紫芝一名木芝。」《抱朴子·内篇·仙藥》：「五芝者，有石芝，有木芝，有草芝，有肉芝，有菌芝，各有百許種也。」《酉陽雜俎》（前集卷二）：「句曲山五芝，求之者投金環二雙於石間，忽顧念，必得矣。第一芝名龍仙，食之爲太極仙；第二芝名參成，食之爲太極大夫；第三芝名燕胎，食之爲正一郎中；第四芝名夜光洞鼻，食之爲太極左御史；第五芝名料玉，食之爲三官真御史。」草微微：草色蒼茫淡遠。

【箋評】

「協晨宫」，太上道君之宫，見前《三茅君傳》。是天真啓宫扉而召先生，故尸解歸天。鶴怨而鳴，故似「哭」。丹已無存，故似「潛飛」。傷道士無成之意。昔有煉丹成爲鶴銜去者。此聯有串用之意，無「丹」、「鶴」亦可悲也。「玉笥」無人啓閉，故天書雲篆煙封，惟餘「羽衣」。葬時見月照「琪花」，有慘澹之態耳。道士向曾同遊雷平山采芝，今「五芝無影」，惟蔓草矣。「琪花」亦仙家之樹，在天台。按道書，每稱「晨」，如《雲笈七籤》云：「玉晨天尊、真晨仙君、七晨散華君、高晨玉保王、上皇紫晨君、玉樓九晨君、北上晨君、仙華晨君、飛蓋晨君、金魁七晨君、北晨飛華君。」又曰：「太陽九氣變化三晨之上。」又曰：「太虛都九炁丈人，乘晨徊之風。」又曰：「太上大道君，告北極真公九星之法，修之二十七年，斥紫霄而升晨。」又王子登告魏夫人曰：「子念善密煉，故感高晨。」景林真人曰：「子勤感累世，心有羽文，形栖晨霞。」又「元始天尊，時静處閒居七寶幃中。是時飛天神皇玉輔上宰四協侍晨，清齋建節，侍在側焉。天尊説九天生神章。」又《仙鑑》：「清虛真人王子登，見高上虛皇玉君出遊，駕日月之晨，乘紫始之光。」集觀道書所稱「晨」，似天真所居穹蒼之處。宋時道士之職有侍宸之名，是以「晨」即指爲宸而帝居矣。《玉笥山録》曰：「漢武好仙，山頂置降真壇丹竈，道士晝夜祈禱。天降白玉笥，武帝遣使取之，大風捲去，山因名焉。後聶師道以梅福、蕭子雲皆隱此山，止清虛觀，遊鬱木坑訪之，遇謝修通，飲以湯，氣爽然，授素書，皆説龜山王母理化衆仙秘要。」《雲笈七籤》云：「雲篆明光之章，爲順形梵書，文别爲六十四種，播於三十六天。」雷平山，在茅山。唐時道士，皆宗茅山

天師。（胡以梅《唐詩貫珠箋》卷二十八）

奉和

張賁

鳳麟膠盡夜如何〔一〕，共嘆先生劍解多①〔二〕。幾度吊來唯白鶴〔三〕，此時乘去必青騾〔四〕。圖中《含景》隨殘照〔五〕，琴裹流泉寄逝波〔六〕。悵望真靈又空返②〔七〕，《玉書》誰授《紫微》歌〔八〕。（詩五五八）

【校記】

①「劍」類苑本作「歛」。②「悵望」統籤本、全唐詩本作「惆悵」。

【注釋】

〔一〕鳳麟膠盡：暗喻顧道士死去。《海内十洲記》：「鳳麟洲，在西海之中央，地方一千五百里。洲四面有弱水繞之，鴻毛不浮，不可越也。洲上多鳳麟，數萬各爲群。又有山川池澤及神藥百種，亦多仙家。煮鳳喙及麟角，合煎作膏，名之爲續弦膠，或名連金泥。此膠能續弓弩已斷之弦；刀劍斷折之金，更以膠連續之，使力士掣之，他處乃斷，所續之際終無斷也。」夜如何：謂夜間寂寞凄凉之意。《詩經·小雅·庭燎》：「夜如何其？夜未央。」

〔二〕先生：對人的敬稱，指顧道士。《孟子·離婁上》：「樂正子見孟子。孟子曰：『子亦來見我乎？』曰：『先生何爲出此言也？』」劍解：道家所説尸解成仙的一種。參卷八（詩四六八）注〔八〕。

〔三〕几度句：謂白鶴多次來憑吊顧道士。喻皮日休哀悼顧道士。《世説新語·賢媛》：「陶公（侃）少時，作魚梁吏，嘗以坩鮓餉母。」劉孝標注引《（陶）侃別傳》曰：「母湛氏，賢明有法訓。……及侃丁母憂，在墓下，忽有二客來吊，不哭而退，儀服鮮異，知非常人。遣隨視之，但見雙鶴冲天而去。」

〔四〕青騾：古代道家傳説漢代方士李少君乘青騾仙去。《神仙傳》（卷六）《李少君》：「明日，少君臨病困，武帝自往視，并使左右人受其方書。未竟，而少君絶。武帝流涕曰：『少君不死也，故作此而去。』既斂之，忽失其所在，中表衣帶不解，如蟬蜕也，於是爲殯其衣物。百餘日，行人有見少君在河東蒲坂市者，乘青騾。帝聞之，使發其棺，棺中無所復有，釘亦不脱，唯餘履在耳。」

〔五〕《含景》：《含景圖》，道家的一種神仙符圖。得此圖，即可長生不死。《雲笈七籤》（卷八〇）《符圖》：「子欲定身心，守身神寳，當得《含景圖》。」又云：「《神仙守神含景圖》中部第六真氣頌：『泥丸置魄營，中元抱一宫。丹田三靈府，混合生神王。三關統九天，呼吸日月光。五星奥玄滋，流演六胃充。静思萬氣歸，神安形亦芳。三部八景真，携我入太空。長居天地劫，無始永無終。』」《含景》隨殘照：謂顧道士死去，只留下一片落日殘陽的凄凉景象。

〔六〕琴裏句：謂顧道士死去，他所彈奏的猶如流泉一樣優美悦耳的琴聲，也像流水般一去不返了。寓哀悼顧道士之意。《吕氏春秋·孝行覽·本味》：「伯牙鼓琴，鍾子期聽之。方鼓琴而志在太山，鍾子期曰：『善哉乎鼓琴，巍巍乎若太山。』少選之間，而志在流水，鍾子期又曰：『善哉乎鼓琴，湯湯乎若流水。』鍾子期死，伯牙破琴絶弦，終身不復鼓琴，以爲世無足復爲鼓琴者。」逝波：一去不回的流水。《論語·子罕》：「子在川上，曰：『逝者如斯夫，不舍晝夜。』」賈島《送玄巖上人歸西蜀》：「去臘催今夏，流光等逝波。」

〔七〕真靈：神仙。《漢武帝内傳》：「阿母昔以出配北燭仙人，近又召還，使領命籙，真靈官也。」又云：「（女子）形容明逸，多服青衣，光彩耀日，真靈官也。」空返：徒然返回太空的仙境。

〔八〕《玉書》：道家的書籍。《雲笈七籤》（卷一一）《上清黄庭内景經》：「是曰《玉書》可精研，咏之萬過升三天。」梁丘子注：「此經亦曰《玉書》，謂精心研慮，誦滿萬遍，即自升天矣。三天者，太清、上清、玉清也。」《紫微》歌：似指《漢武帝内傳》中上元夫人所「歌《步玄》之曲」及王母侍女田四飛答歌。前者有「忽過紫微垣，真人列如麻。」後者有「紫微何濟濟，璚輪復朱丹。」「歌畢，因告武帝仙官從者姓名，及冠帶執佩物名，所以得知而紀焉。至明旦，王母别去。……於是夫人與王母同乘而去。臨發，人馬龍虎，威儀如初來時。雲氣勃蔚，盡爲香氣。極望西南，良久乃絶。」

【箋評】

「鳳麟膠」，本可續斷之物，此膠既盡，則命不可續，夜未央而終矣。人皆以先生素有修煉之功，多分是劍解化去，來吊者定唯白鶴，就乘者必是青騾耶？仙家劫到，有續命之術。今起句言「膠盡」，則乏續命之功，是未曾得手之道士，已領清一篇章旨。第二句多是擬辭。三四則皆揣摩之説，非實頌之也。所以下半首明言雖得《含景》真圖，不能定身守神，今則圖中之景，已隨「殘照」而滅。向操琴曲流水之音，亦同「逝波」。「悵望真靈」，未得成道而「空返」。縱有天上《玉書》，誰能授受紫微仙人之歌，以證仙班乎？《十洲記》：「仙家以鳳喙麟角作膠，名爲續絃膠，漢武帝用以續弦，對引不斷。」《李鄴侯外傳》：「有一隱者，携一男六七歲，云此子痢疾，願寄之。仍留一函曰：『不可療，以函貯之。八九日殂，以函瘞之。』後發函，惟一黑石，題云：『神真練形年未足，化爲我子功相續。丞相葬之刻玄玉，仙路何長死何速。』」此則轉劫續命也。《雲笈七籤》：「尸解法度云：若欲遁名山，隨時觀化，斷兒子之情，外割親悲，内遏希尚，當修劍尸解之道。以曲晨飛精，書劍左右面，先逆自托疾，然後抱劍而卧。又以津和飛精，作丸如大豆，於是吞之。又津和作一丸如小豆，以口含緣拭之於劍環，密呼劍名字。祝曰：『良非子，於今以曲晨飛精相哺，以汝代身，使形無泄。我當潛隱，汝暫入墓。五百年後，來尋我路。今請别矣，慎勿相誤。上登太極，言功八素。』祝畢，因閉目咽氣九十息。畢，開目忽見太乙以天馬來迎，上馬顧見所抱劍已變我死尸。」《世説》：「陶侃丁母憂，在墓下，忽有客吊，儀服鮮異。禮畢，遣人尋之，但見雙鶴飛天而去。」《列仙别傳》：「李少君死後，有人見之在河東蒲阪，乘青騾。帝聞之，發棺皆無有矣。」《符經》曰：「二十四真圖，五嶽之靈寶也。欲定身守神，當得《含景圖》。」詳載《帝京》注。《真誥·翼真檢》曰：「南真自是訓授之師，紫微則下教之匠。

紫微夫人名青娥，字愈音，王母第二十女也。晋許穆爲護軍長史，入華陽洞得道。紫微夫人常降教之。後書與穆曰：『玉醴、金漿、火棗，飛騰藥也。不比金丹，已生君心。以君猶荆棘相雜，是以二樹不見。』又曰：『玉醴金漿，交生神梨，方丈火棗，元光靈芝，我當與許道士，不與人間許長史。』」道士謂穆之子，小字玉斧。《樂苑》載：「晋興寧三年，降楊羲之家，詩歌十三首，有歌曰：『褰裳濟淥河，遂見扶桑公。高會大林墟，賞晏玄華宫。信道果淳篤，何不栖東峰。』」按《茅山志》：「楊羲因紫虚元君，紫微夫人講授要道，自是清虚精靈，修證成道，爲第二代玄師至德真君。」蓋「受《紫微》歌」者歟？（胡以梅《唐詩貫珠箋》卷二十八）

奉和

龜蒙

何事神超入杳冥〔一〕，不騎孤鶴上三清〔二〕。多應白簡迎將去〔三〕，即是朱陵煉更生〔四〕。藥奠肯同椒醑味〔五〕，《雲謡》空替薤歌聲①〔六〕。武皇徒有飄飄思〔七〕，誰問山中宰相名〔八〕。

（詩五五五九）

【校記】

①「薤」陸詩甲本作墨釘，季寫本作「□」。

【注釋】

〔一〕何事：爲何，爲什麽。神超：精神飛越。此指靈魂飛去而留下形體，即尸解之謂也。《世説新語·文學》：「郭景純詩云：『林無静樹，川無停流。』阮孚云：『泓峥蕭瑟，實不可言。每讀此文，輒覺神超形越。』」杳冥：高遠的天空。此謂顧道士靈魂升天。《文選》（卷四五）宋玉《對楚王問》：「鳳皇上擊九千里，絶雲霓，負蒼天，翺翔乎杳冥之上。」吕向注：「杳冥，絶遠處。」

〔二〕不騎句：謂顧道士没有騎鶴升天成爲飛仙。道家認爲乘鶴飛升即成仙。此乃道家常典。《列仙傳》（卷上）：「（王子喬）至時，果乘白鶴駐山頭。望之不得到，舉手謝時人，數日而去。」《神仙傳》（卷五）《茅君》即云：「三君各乘一白鶴，集於峰頂也。」三清：三清天，又稱三天、三清境，道教所説天上神仙的居處。屢見前注。參《雲笈七籤》（卷三）《道教三洞宗元》。

〔三〕白簡：道教指道士祭告神祇的書札，上録仙人名。《雲笈七籤》（卷二）《劫運》：「九天丈人於開皇時，筭定元元，校推劫運，白簡青籙得道人名，記《皇民譜録》。」又（卷四三）《存帝君法》：「死録，黑簡白書也；生録，白簡青書也。存見白玉之簡，曾青之筆，司命進授此白簡青筆於帝君，帝君伏南向而書之曰：『某郡某鄉里某甲字乞玉簡記年，長生上玄，所向如願，爲真爲仙。天下見者，皆曰真人。』」

〔四〕朱陵：神仙家所謂煉度重生之所。《真誥》（卷一）有「朱陵北絶臺上嬪管妃」。又（卷一六）云：「近得度名南宫，定策朱陵，藏精待時，方列爲仙。」《登真隱訣輯校·佚文匯綜》中《諸天宫館》有「洞陽宮，朱陵府。」朱陵也是道教三十六小洞天之一。《雲笈七籤》（卷二七）《三十六小洞天》：「第三南嶽衡山洞，周迴七百里，名曰朱陵洞天，在衡州衡山縣，仙人石長生治之。」更生：重生，再生。

〔五〕藥奠：以道家的仙藥爲奠祭物品。肯同：豈同。張相《詩詞曲語辭匯釋》（卷二）：「肯，猶豈也。」椒醑（xǔ）：祭神所用的拌以椒香的美酒。椒，即花椒，實爲一種香料。醑，美酒。《初學記》（卷二六）：「《説文》曰：『……醑，旨酒也。』」《楚辭・九歌・東皇太一》：「蕙肴蒸兮蘭藉，奠桂酒兮椒漿。」王逸注：「桂酒，切桂置酒中也。椒漿，以椒置漿中也。」晉張協《洛禊賦》：「布椒醑，薦柔嘉，祈休吉，蠲百痾。」

〔六〕《雲謡》：《白雲謡》。《穆天子傳》（卷三）：「天子觴西王母于瑶池之上，西王母爲天子謡曰：『白雲在天，山陵自出。道里悠遠，山川間之。將子無死，尚能復來。』」空替：徒然地替换。薤（xiè）歌：即《薤露》，古代的一種挽歌。《文選》（卷四五）宋玉《對楚王問》：「其爲《陽阿》《薤露》，國中屬而和者數百人。」晉崔豹《古今注》（卷中）：「《薤露》《蒿里》，并喪歌也。出田横門人。横自殺，門人傷之，爲之悲歌。言人命如薤上之露，易晞滅也。亦謂人死魂魄歸乎蒿里。故有二章。一章曰：『薤上朝露何易晞，露晞明朝還復滋，人死一去何時歸。』其二曰：『蒿里誰家地？聚斂魂魄無賢愚，鬼伯一何相催促，人命不得少踟躕。』至孝武時，李延年乃分爲二曲。《薤露》送王公貴人，《蒿里》送士大夫庶人。使挽柩者歌之，世呼爲挽歌。」

〔七〕武皇：指漢武帝劉徹（前一五六—前八七），謚孝武皇帝，後世稱武皇、武皇帝。生平事迹參《史記》（卷一二）《孝武本紀》《漢書》（卷六）《武帝紀》。飄飄思：飄逸飛舉的情思，指神仙之思。《史記》（卷一一七）《司馬相如列傳》：「天子既美子虚之事，相如見上好僊道，因曰：『上林之事未足美也，尚有靡者。臣嘗爲《大人賦》，未就，請具而奏之。』相如以爲列僊之傳居山澤間，形容甚臞，此非帝王之僊意也，乃遂就《大人賦》，其辭曰：……相如既奏《大人之頌》，天子大説，飄飄有凌雲之氣，似游天地之間意。」

〔八〕山中宰相：《南史》（卷七六）《陶弘景傳》：「陶弘景字通明，丹陽秣陵人也。……帝（按：指梁武帝蕭衍）手敕招之，錫以鹿皮巾。後屢加禮聘，并不出，唯畫作兩牛，一牛散放水草之間，一牛著金籠頭，有人執繩，以杖驅之。武帝笑曰：『此人無所不作，欲斅曳尾之龜，豈有可致之理。』國家每有吉凶征討大事，無不前以諮詢。月中常有數信，時人謂爲『山中宰相』。」

【箋評】

何以獨出神而「入杳冥」難求之際，不顯身騎鶴以「上三清」。是亦謂其不曾得道飛升，但語氣含蓄耳。繼言「多應」玉簡迎去，即赴朱陵天宫煉度，還「更生」也。仍言其不死。五言奠以椒漿，可同藥酒之味。六言《薤歌》送葬，今以《白雲謡》替之。王母謡中云「將子毋死」，亦祝之之詞。結比之陶貞白，惜當世君王未有知之耳。《白雲謡》見《帝京部》。當時唐宣宗好道，故比漢武。本行君云：「五靈玄老君，自采巨勝救荒辛苦，疲頓死。九天書功，度其魂於朱陵之宫。」《張天師傳》：「超度祖先，皆上朱陵府。」又《仙鑑》：「蕭靈護曰：『欲升南宫度朱陵。』」又「辛玄子曰：『西王母見我苦行，酆都北帝愍我道心，告敕司命，傳檄三官，攝取形骸，返魂復真。使我頤胎，立爲靈神，於今二百餘年。近得度名南宫，定策朱陵，藏精待時，方列爲仙。』」是朱陵府，學仙者化後煉度之所矣。（胡以梅《唐詩貫珠箋》卷二十八）

奉和

鄭璧〔一〕

斜漢銀瀾一夜東〔二〕，飄飄何處五雲中〔三〕。空留華表千年約〔四〕，纔畢丹爐九轉功〔五〕。形蜕遠山孤壙月〔六〕，影寒深院曉松風〔七〕。門人不睹飛升去①〔八〕，猶與浮生哭恨同〔九〕。

（詩五六〇）

【校記】

①「睹」統籤本作「解」。

【注釋】

〔一〕鄭璧：參本卷（詩五四五）注〔一〕。

〔二〕斜漢銀瀾：天上的銀河泛起白色的波瀾。天上的星河，又稱天漢、雲漢、星漢、河漢、清漢、銀漢，故云。參《初學記》（卷一《天》）。此句以天上星河一夜東流喻顧道士死去，一去不返。

〔三〕飄飄：乘雲凌空的狀態。參本卷（詩五五九）注〔七〕。五雲：五色彩雲。古人以青、白、赤、黑、黄爲五種雲色。此以五雲指仙人所乘之祥雲，暗喻顧道士死去猶如雲散。漢郭憲《洞冥記》（卷二）：「東方朔游吉雲之地，……（漢武）帝曰：『何謂吉雲？』朔曰：『其國俗以雲氣占吉凶，若樂事，則滿室雲起，五色照人，著于草樹，皆成五色露珠，甚甘。」《雲笈七籤》（卷四一）《朝禮九天魂魄帝君求仙上法》：「五雲交蔭，六炁扇塵。」

〔四〕華表千年約：用丁令威化鶴事。參本卷（詩五四八）注〔二〕。

〔五〕纔：方，剛纔。丹爐：道士煉丹藥的爐竈。九轉功：古代道家煉「金液還丹」，須經反復燒煉，燒煉時間愈長，反復次數愈多，藥力愈足，服後成仙愈速，且以「九轉」爲極致，稱作「九轉金丹」。《抱朴子·内篇·金丹》：「一轉之丹，服之三年得仙。二轉之丹，服之二年得仙。三轉之丹，服之一年得仙。四轉之丹，服之半年得仙。五轉之丹，服之百日得仙。六轉之丹，服之四十日得仙。七轉之丹，服之三十日得仙。八轉之丹，服之十日得仙。九轉之丹，服之三日得仙。……其一轉至九轉，遲速各有日數多少，以此知之耳。其轉數少，其藥力不足，故服之用日多，得仙遲也。其轉數多，藥力盛，故服之用日少，而得仙速也。」

〔六〕形蜕：道家以人死後留下形體而魂魄飛升爲形蜕，即尸解。參卷八（詩四六八）注〔八〕。壙（kuàng）：墓穴，墳墓。孤壙：孤寂的墳墓。

〔七〕影寒句：謂顧道士死去之後，其道觀的松樹在寒冷凄凉的清晨傳來凄切的松濤聲。活用陶弘景事。《梁書》（卷五一）《陶弘景傳》：「永元初，更築三層樓。弘景處其上，弟子居其中，賓客至其下。與物遂絶，唯一家僮得侍其傍。特愛松風，每聞其響，欣然爲樂。」

〔八〕門人：受學於門下的弟子。此指顧道士弟子。《論語·里仁》：「子曰：『參乎！吾道一以貫之。』曾子曰：『唯。』子出，門人問曰：『何謂也？』曾子曰：『夫子之道，忠恕而已矣。』」

〔九〕浮生：猶言浮生人。此泛指普通人。寒山《可嘆浮生人》：「可嘆浮生人，悠悠何日了。」參本卷（詩五五五）注〔三〕。哭恨：痛哭悲傷。

【箋評】

前解寫自哭也。一悵望空天，二不見升遐也，三後會未期，四前功盡棄也。後解寫自解也。言形自蜕，影自懸，人自飛升已去，此定不比人世浮生，故又無用慟哭爲也。（《金聖嘆全集》選刊之二《貫華堂選批唐才子詩》）

「東」，東流，猶言逝水。獨以天上河漢之「銀瀾」言之，非同凡間之水。此尊題法。蓋言道士爲銀漢東流，一去不返，「飄飄」在雲中何處耶？以「銀漢」引出「雲中」，妙。三四兩句串讀，言空有千年化鶴之約，待其歸來則丹爐纔畢九轉之功，是生前未畢九轉者也。此聯蓋言道士非大得手者，又不便深貶，所以語有含蓄。兩句饒有風韻，俊極。「空」字，則將來化鶴未確；「纔」字，以前工夫未有。用字靈妙。五言其葬地凄寂，六擬其生前蹤迹。聞松風樹影，而疑其仍在。然亦可言其影堂遺

像，獨留於深院松風之寂寞也。結亦如三四寓微辭，而「不睹飛升」，已明言之矣。（胡以梅《唐詩貫珠箋》卷二十八）

中二聯，宜玩其虚實前後之次第。（七句）挽上截。（八句）結五六。（毛張健《唐體膚詮》卷四）

醉中即席贈潤卿博士〔一〕

日休

適越遊吳一散仙〔二〕，銀瓶玉柄兩翛然①〔三〕。茅山頂上携書簏〔四〕，笠澤心中漾酒船②〔五〕。桐木布温吟倦後〔六〕，桃花飯熟醉醒前③〔七〕。謝安四十餘方起〔八〕，猶自高閑得數年④〔九〕。（詩五六一）

【校記】

①「兩」原作「雨」，據弘治本、汲古閣本、四庫本、皮詩本、全唐詩本改。　②「漾」皮詩本作「樣」。

③「熟」季寫本作「熱」。　④「自」季寫本作「是」。

【注釋】

〔一〕此詩當作於咸通十一年（八七〇）秋冬。即席：當場。《儀禮·士冠禮》：「筮人許諾，右還，即席，坐西面。卦者在左。」潤卿博士：張賁。參卷六（詩二六三）注〔一〕。

〔二〕適越遊吴：游覽吴、越一帶。吴，春秋時吴國，都城即蘇州。越，春秋時越國，都城即今浙江省紹興市。時張賁學道茅山，游歷吴、越，在蘇州與皮、陸相識相知，參與唱和。散仙：道教將天界神仙分爲有官職和無官職兩類，未授官職者爲散仙。《雲笈七籤》（卷三七）《齋戒·持齋》：「家人即爲建齋，請諸道士燒香誦經三日謝過，此人即得飛行升入雲中，於景霄之上，受書爲散仙人。」《太平廣記》（卷八）《劉安》條引《神仙傳》：「安未得上天，遇諸仙伯，安少習尊貴，稀爲卑下之禮，坐起不恭，語聲高亮，或誤稱寡人。於是仙伯主者奏安云不敬，應斥遣去。八公爲之謝過，乃見赦。謫守都厠三年。後爲散仙人，不得處職，但得不死而已。」韓愈《奉酬盧給事雲夫四兄〈曲江荷花行見寄〉，并呈上錢七兄閣老、張十八助教》：「上界真人足官府，豈如散仙鞭笞鸞鳳終日相追陪。」

〔三〕銀瓶：此指學道者或仙人所携持的盛水的壺瓶。王昌齡《行路難》：「雙絲作綆繫銀瓶，百尺寒泉轆轤上。」白居易《井底引銀瓶》：「井底引銀瓶，銀瓶欲上絲繩絶。」銀瓶亦可解作酒瓶。杜甫《少年行》：「指點銀瓶索酒嘗。」玉柄：玉柄麈尾。魏、晋時人清談必持的物件。《晋書》（卷四三）《王衍傳》：「（衍）每捉玉柄麈尾，與手同色。」翛（xiāo）然：自在超脱貌。《莊子·大宗師》：「翛然而往，翛然而來而已矣。」成玄英疏：「翛然，無係貌也。」

〔四〕茅山：道教名山，在今江蘇省句容縣。屢見前注。書簏（lù）：裝書的竹箱子。《晋書》（卷六一）《劉柳傳》：「柳字叔惠，亦有名譽。少登清官，歷尚書左右僕射。時右丞傅迪好廣讀書而不解其義，柳唯讀《老子》而已，迪每輕之。柳云：『卿讀書雖多，而無所解，可謂書簏矣。』時人重其言。」此句謂張賁學道茅山，讀書廣博，精研典籍。暗用陶弘景在茅山上勤奮讀書事。《南史》（卷七六）《陶弘景傳》：「讀書萬餘卷，一事不知，以爲深耻。」

〔五〕笠澤：松江的别稱。太湖也稱笠澤。此指太湖。《初學記》（卷七）引《揚州記》曰：「太湖，一名震澤，一名笠澤，一名洞庭。」《太平寰宇記》（卷九四）《江南東道六·湖州》：「烏程縣，具區藪，太湖也。澤縱廣二百八十三里，周迴三萬七千頃，連接四郡界，入於海。蓋水之所都也，深曰湖，淺曰澤，帶草莽曰藪。……一名震澤，亦名笠澤，亦名雷澤。」酒船：《晉書》（卷四九）《畢卓傳》：「卓嘗謂人曰：『得酒滿數百斛船，四時甘味置兩頭，右手持酒杯，左手持蟹螯，拍浮酒船中，便足了一生矣。』」

〔六〕桐木布：一名桐華布。《後漢書》（卷八六）《西南夷傳·哀牢夷》：「有梧桐木華，績以爲布，幅廣五尺，絜白不受垢汙。」李賢注：「《廣志》曰：『梧桐有白者，剽國有桐木，其華有白毳，取其毳淹漬，緝織以爲布』也。」

〔七〕桃花飯：桃花米飯。桃花米，帶有褐紅色米皮的糙米。《南史》（卷五九）《任昉傳》：「出爲新安太守，在郡不事邊幅，率然曳杖，徒行邑郭。人通辭訟者，就路決焉。爲政清省，吏人便之。卒於官，唯有桃花米二十石，無以爲斂。遺言不許以新安一物還都，雜木爲棺，浣衣爲斂。」

〔八〕謝安：東晉政治家、詩人，字安石（三二〇—三八五），歷任高官，爲朝廷重臣。死後追贈太傅，後世習稱「謝傅」。四十餘方起：《晉書》（卷七九）《謝安傳》：「既累辟不就。簡文帝時爲相，曰：『安石既與人同樂，必不得不與人同憂，召之必至。』時安弟萬爲西中郎將，總藩任之重。安雖處衡門，其名猶出萬之右，自然有公輔之望，處家常以儀範訓子弟。安妻，劉惔妹也，既見家門富貴，而安獨静退，乃謂曰：『丈夫不如此也？』安掩鼻曰：『恐不免耳。』及萬黜廢，安能有仕進志，時年已四十餘矣。」

〔九〕高閑：清高閑逸。指隱居生活。得數年：還有幾年。指張賁如果效法謝安四十多歲方做官的話，仍尚可閑居數年。於此可見，張賁時年尚不足四十。

【箋評】

晉王衍執玉柄麈，「與手同色」。陳後主造玉柄麈，曰：「當今雖復多如士林，堪捉此，惟張譏耳。」遂手授譏。温飛卿：「金蟬玉柄俱拄頤。」杜詩「指點銀瓶索酒嘗」，蓋酒器。篦，竹篋。晉劉柳「書篦」。笠澤，即太湖。《後漢書》：「哀牢夷有梧桐木華，織以爲布，幅廣五尺，潔白不受垢。」齊任昉爲新安太守，卒于官，惟桃花米二十石。通篇以方物渲染取勝，而運用工切之妙，自有清韻。一結便鄭重不平。按張賁，南陽人，登大中進士，唐末爲廣文博士，寓吴中。（胡以梅《唐詩貫珠箋》卷二十五）

奉和次韻

張賁

桂枝新下月中仙〔一〕，學海詞鋒譽藹然〔二〕。文陣已推忠信甲〔三〕，窮波猶認孝廉船〔四〕。清標稱住羊車上〔五〕，俗韻慚居鶴氅前〔六〕。共許逢蒙快弓箭①〔七〕，再穿楊葉在明年〔八〕。

（詩五六二一）

【校記】

①「逢」弘治本、四庫本作「逄」，統籤本作「蓬」。

【注釋】

〔一〕桂枝句：謂月中仙人剛剛折下桂枝。喻皮氏登進士第。將神話傳説月中有桂樹（參《酉陽雜俎》前集卷一）和晋郤詵自云「桂林之一枝」（參《晋書》卷五二《郤詵傳》）糅合在一起，以月中折桂喻進士及第。皮日休登進士第在咸通八年（八六七），距此已有四年（參《郡齋讀書志》卷一八、《直齋書録解題》卷一六）。

〔二〕學海：指學界。晋王嘉《拾遺記》（卷六）：「何休木訥多智，《三墳》《五典》，陰陽算術，河洛讖緯，及遠年古諺，歷代圖籍，莫不咸誦也。門徒有問者，則爲注記，而口不能説。作《左氏膏肓》

《公羊廢疾》《穀梁墨守》，謂之『三闕』。言理幽微，非知機藏往，不可通焉。及鄭康成鋒起而攻之，求學者不遠千里，贏糧而至，如細流之赴巨海。京師謂康成爲『經神』，何休爲『學海』。」詞鋒：喻文學造詣高。南朝宋袁淑《防禦索虜議》：「罄筆端之用，展辭鋒之鋭。」南朝陳徐陵《與齊尚書僕射楊遵彦書》：「足下素挺詞鋒，兼長理窟。」藹然：盛貌。

〔三〕文陣：猶文場，指文壇。以武戰喻作文之事。推：推許，贊許。忠信：忠恕誠信。《周易·乾卦》：「君子進德修業，忠信所以進德也。」甲：甲胄，鎧甲。《孔子家語·儒行解》：「儒有忠信以爲甲胄，禮義以爲幹櫓。」

〔四〕窮波：淺水。《文選》（卷一二）木華《海賦》：「蹭蹬窮波，陸死鹽田。」吕延濟注：「窮波，淺波也。」孝廉船：用晉張憑事。《世説新語·文學》：「張憑舉孝廉出都，負其才氣，謂必參時彦。欲詣劉尹，鄉里及同舉者共笑之。張遂詣劉。劉洗濯料事，處之下坐，唯通寒暑，神意不接。張欲自發無端。頃之，長史諸賢來清言。客主有不通處，張乃遥於末坐判之，言約旨遠，足暢彼我之懷，一坐皆驚。真長延之上坐，清言彌日，因留宿至曉。張退，劉曰：『卿且去，正當取卿共詣撫軍。』張還船，同侣問何處宿？張笑而不答。須臾，真長遣傳教覓張孝廉船，同侣惋愕。即同載詣撫軍。至門，劉前進謂撫軍曰：『下官今日爲公得一太常博士妙選！』既前，撫軍與之話言，咨嗟稱善曰：『張憑勃窣爲理窟。』即用爲太常博士。」

〔五〕清標：清美俊逸的風采。稱住：適宜駐留。稱，宜。住，義同「駐」。羊車：《世説新語·容止》：「衛玠從豫章至下都，人久聞其名，觀者如堵墻。」劉孝標注引《（衛）玠别傳》曰：「玠在群伍之中，寔有異人之望。齠齔時，乘白羊車於洛陽市上，咸曰：『誰家璧人？』於是家門州黨號爲『璧人』。」

〔六〕俗韻：平庸鄙俗的情思。此作者自謂。鶴氅：用王恭事。參本卷（詩五五〇）注〔三〕。此喻皮日休。慚居鶴氅前：這是張賁對自己進士及第在皮日休之前的謙詞。宋計有功《唐詩紀事》（卷六四）：「（張賁）登大中進士第。」比皮氏登第應早十年以上。

〔七〕共許：深許，極爲贊許。張相《詩詞曲語辭匯釋》（卷二）：「共，甚辭，猶極也；苦也；深也；細也。與共人之義異。」逢蒙：古代善射者。亦作逢逢、蓬蒙、逢門、逢門。此喻皮日休。《孟子·離婁下》：「逢蒙學射於羿，盡羿之道，思天下惟羿愈己，於是殺羿。」《荀子·王霸》：「羿、逢門者，善服射者也。王良、造父者，善服馭者也。」快弓箭：指其射技高超。「快」是煉字。杜甫《戲題王宰畫山水圖歌》：「焉得并州快剪刀，剪取吴淞半江水。」《杜臆》（卷四）引邵寶之注：「晋索靖觀顧愷之畫，曰：『恨不帶并州快剪刀來，剪松江半幅練紋歸去。』」

〔八〕穿楊葉：《戰國策》（卷二）《西周》：「楚有養由基者，善射，去柳葉者百步而射之，百發百中。」「再穿」、「在明年」云云，應是勸勵皮日休明年（咸通十二年）再應博學宏詞科，并預祝其成功。皮日休咸通八年登進士第，九年應博學宏詞科落第，曾有《宏詞下第感恩獻兵部侍郎》詩：「分明仙籍列清虚，自是還丹九轉疏」云云。同年，東遊。故其《太湖詩并序》云：「咸通九年，自京東遊。……從北固至姑蘇。」咸通十年，爲蘇州刺史崔璞從事。其《松陵集序》云：「（咸通）十年，大司諫清河公出牧於吴，日休爲郡從事。」張賁此詩末句，與此正相符合。

【箋評】

通篇皆稱譽皮襲美。首言其科第，次謂其學問詞華。三承二，有「詞鋒」，所以「文陣」堅而著「忠信」。四謂其學如劉真長之愛士，而已適姓張也。「窮波」，自謙守困之時。五六言其「清標」如望「璧人」，而如予之「俗韻」，「慚居」於王恭之前耳。詳結意，唐於制科之外，另有宏詞等科。皮原以咸通八年進士，崔璞守蘇，辟爲軍事判官，則不應再試制科，必當時另有舉宏詞等科，所以有「再穿楊葉」頌之之詞。《世説》：「晋張憑舉孝廉，自謂必參時彦，同舉者共笑之。張詣劉真長，延之上座，留宿。同旅問何處宿，張笑而不答。須臾，真長遣使教覓張孝廉船，載往詣軍門，即用爲太常博士。」《晋書·衛玠傳》：「字叔寶，在群伍之中，實有異人之望。齠齡時，乘白羊車於市上，咸曰：『誰家璧人？』因號爲『璧人』。」王恭嘗鶴氅涉雪而行，孟昶見之曰：「此真神仙中人也。」《報應記》：「唐陸康成，朱泚欲署爲僞御史，陸叱之。泚命數百騎環而射之，康成念《金剛經》，矢無傷者。泚曰：『儒以忠信爲甲胄』，信矣。」《禮記·家語》云：「儒有忠信以爲甲胄，禮義以爲幹櫓。」（胡以梅《唐詩貫珠箋》卷二十五）

奉和次韻

龜蒙

共是虛皇簡上仙①〔一〕，清詞如羽欲飄然②〔二〕。登山凡著幾量屐③〔三〕，破浪欲乘千里船〔四〕。遠夢只留丹井畔④〔五〕，閑吟多在酒旗前〔六〕。誰知海上無名者〔七〕，只記漁歌不記年〔八〕。　（詩五六三）

【校記】

①「仙」類苑本作「山」。　②「欲」四庫本作「若」。　③「量」四庫本作「兩」，陸詩甲本、陸詩丙本、統籤本、季寫本、全唐詩本作「緉」，全唐詩本注：「一作量。」「屐」統籤本作「履」。　④「只」類苑本作「得」。

【注釋】

〔一〕虛皇：道教的太虛之神。陶弘景《上清真人許長史舊館壇碑》：「結號虛皇，筌法正覺。」簡：玉簡，碧簡，道教記録仙人名籍符籙的簡册。上引陶弘景文中又云：「瑶宫碧簡，絢采垂文。瓊函玉檢，綺幕綉巾。」《真誥》（卷一八）：「玉簡青録，高閣刻石。」

〔二〕清詞：清麗華美的文詞。贊譽皮日休、張賁上述二首詩。《文選》（卷四〇）陳琳《答東阿王牋》：「音義既遠，清辭妙句，焱絶焕炳。」如羽欲飄然：當用司馬相如上《大人賦》，漢武帝有飄飄欲仙之感事。參本卷（詩五五九）注〔七〕。

〔三〕登山屐：謝公屐。用謝靈運事。參卷一（詩一二）注〔四二〕。幾量屐：幾雙木屐。用阮孚事。參卷六（詩二七九）注〔三〕。此句謂張賁「適越遊吴」。

〔四〕破浪句：謂乘千里船破浪前進。喻希望施展抱負。謂皮日休任蘇州從事。《宋書》（卷七六）《宗慤傳》：「慤年少時，（叔父）炳問其志，慤曰：『願乘長風，破萬里浪。』」

〔五〕丹井：道士煉丹井。此指茅山道士井。較著者有許長史井等。陶弘景《上清真人許長史舊館壇碑》：「宅南一井，即長史所穿。井南大塘，乃郭朝遺制。」此句謂張賁眷戀學道的茅山。

〔六〕酒旗：酒店門外高挂的酒帘，上書「酒」字作爲標幟。此句謂皮日休在蘇州過着詩酒閑逸的生活。

〔七〕無名：没有顯於世的名聲。陸龜蒙自指。此句陸氏以海上捕魚人自比，謂自己是默默無聞的隱士。《國語·晋語一》：「爲人子者，患不從，不患無名。」

〔八〕漁歌：打魚人唱的民歌。《楚辭·漁父》：「屈原既放，游於江潭。……漁父莞爾而笑，鼓枻而去，歌曰：……。」不記：周曇《舜妃》：「蒼梧一望隔重雲，帝子悲尋不記春。」吕巖《七言》：「自隱玄都不記春，幾回滄海變成塵。」

【箋評】

上六句，皆贊張、皮兩人。因原唱結句，一以謝安相期，一以再穿楊葉屬望，是皆已曾得第身份，陸尚是秀才，故有七八。而起稱「共是虛皇簡上仙」，乃雙夾爲王家之臣，亦可。用「共」字，指兩人也。次贊其詩詞之清，三言逸致，四素志遠大，五六慕道離塵，嘗夢依丹井，應「簡上仙」。而吟成多在旗亭之前，謂爲樂伎詠歌，暗用王昌齡、高適輩旗亭賭酒事耳，亦應「清詞」。結謂已將兩人所用「年」字推翻。「漁歌」亦承「酒旗前」而下。總之，用事入化境。《晉書》：「阮孚性好屐。或有詣阮，正自蠟屐，因自嘆曰：『未知一生當着幾兩屐。』」《世説》：「宗慤字元幹，少時叔父少文，問其所志，答曰：『願乘長風，破萬里浪。』」旗亭賭酒，見《通人部》。（胡以梅《唐詩貫珠箋》卷二十五）

又開宋人生吞活剥之病。（明許自昌刻、清惠棟校《唐甫里先生文集二十卷》卷十批語）

偶留羊振文先輩及一二文友小飲，日休以眼病初平，不敢飲酒，遣侍密歡，因成四韻〔一〕

日休①

謝莊初起怯花晴②〔二〕，强侍紅筵不避觥〔三〕。久斷盃盂華蓋喜〔四〕，忽聞歌吹谷神驚③〔五〕。襧襶正重新開柳④〔六〕，呫囁難通乍囀鶯〔七〕。猶有僧虔多蜜炬⑤〔八〕，不辭相伴到天明〔九〕。（詩五六四）

【校記】

①原缺署名。觀詩題及下羊、陸唱和之作，皮作無疑，據補。弘治本、四庫本、統籤本、類苑本、季寫

本、全唐詩本及皮集各本均署日休。　②「怯」皮詩本、統籤本、季寫本、全唐詩本作「恰」。　③「驚」原缺「敬」末筆，避宋太祖祖父趙敬諱。　④「褷」原作「縱」，據弘治本、汲古閣本、詩瘦閣本、四庫本、皮詩本、統籤本、季寫本、全唐詩本改。　⑤「蜜」類苑本作「密」。

【注釋】

〔一〕詩題中「眼病初平」云云，并聯繫卷六（詩二九五）題中自注「時眼疾未平」，及卷六（詩二九六）陸氏和作，可知此詩當作於咸通十二年（八七一）春。羊振文：羊昭業，字振文，吴（今江蘇省蘇州市）人。咸通九年（八六八）進士及第（徐松《登科記考》）。參與皮、陸松陵唱和。後在昭宗大順中（八九〇—八九一），與顧雲等人參與撰修宣、懿、僖《三朝實録》（參《唐摭言》卷一二）。先輩：皮日休于咸通八年進士及第，羊振文則在次年，稱其爲先輩，尊稱之詞。李肇《唐國史補》（卷下）：「互相推敬謂之先輩。」王讜《唐語林》（卷二）：「得第謂之前輩，相推敬謂之先輩。」遺侍密歡：遺侍妾與客人宴飲相歡。

〔二〕謝莊：南朝宋人，素多病，又曾患眼疾。此處皮日休以謝莊自喻。謝莊（四二一—四六六），字希逸，南朝宋辭賦家、詩人。其《月賦》與謝惠連《雪賦》，并稱爲南朝小賦雙璧。《宋書》（卷八五）《謝莊傳》：「稟生多病，天下所悉。兩脅癖疾，殆與生俱。一月發動，不減兩三。……眼患五月來，便不復得夜坐，恒閉帷避風日，晝夜懃懵，爲此不復得朝謁諸王，慶吊親舊，唯被敕見，不容停耳。」初起：指眼疾初癒而起。花晴：指春天裏天氣晴朗，繁花盛開的美景。

〔三〕强侍：勉强陪伴。觥（gōng）：古代一種大的酒器。此指飲酒。《説文·角部》：「觵，兕牛角可以飲者也。其狀觵觵，故謂之觵。觥，俗觵從光。」王國維《觀堂集林·説觥》：「《詩疏》引《五經異義》述《毛説》并《禮圖》，皆云觥大七升，是於飲器中爲最大。……觥者，光也，充也，廓也，皆大之意。」

〔四〕盃盂：盃是飲酒器，盂則是飲器。此指飲酒。段玉裁《説文解字注》：「盂，飲器也。」華蓋：道家指人的眉毛。《雲笈七籤》（卷一一）《上清黄庭内景經》：「眉號華蓋覆明珠。」又云：「神蓋童子生紫煙。」梁丘子注：「神蓋，謂眉也。」亦指肺。上書同卷又云：「肺部之宫似華蓋。」梁丘子注：「金宫也。肺在五藏之上，四垂爲宇也。」又（卷一二）：「坐侍華蓋遊貴京。」注云：「華蓋，肺也。肝在肺之下。貴京，丹田也。」

〔五〕歌吹：歌唱聲和樂器的吹奏聲。泛指音樂歌舞。《漢書》（卷八八）《王式傳》：「謂歌吹諸生曰：『歌《驪駒》。』」《文選》（卷一一）鮑照《蕪城賦》：「廛閈撲地，歌吹沸天。」谷神：道家謂五臟之神。《老子》（第六章）：「谷神不死，是謂玄牝。」

〔六〕襹褷（lí shī）：禽鳥的毛羽初生貌。此句形容剛抽芽的柳枝。《文選》（卷一二）木華《海賦》：「鳧雛離褷，鶴子淋滲。」李善注：「離褷、淋滲，毛羽始生之貌。」

〔七〕呫囁（chè niè）：附耳輕聲低語貌。此句形容春天剛開始鳴叫的黄鶯的聲音。《史記》（卷一〇七）《魏其武安侯列傳》：「生平毁程不識不直一錢，今日長者爲壽，乃效女兒呫囁耳語！」

《集解》：「韋昭曰：『呫囁，附耳小語聲。』」乍囀鶯：早春剛剛鳴叫的黄鶯。張相《詩詞曲語辭匯釋》（卷一）：「乍，猶初也；纔也。」

〔八〕僧虔：王僧虔（四二六—四八五），南朝宋、齊間文人、學者。生平事迹參《宋書》（卷六三）、《南齊書》（卷三三）、《南史》（卷二二）本傳。蜜炬：蠟燭。《西京雜記》（卷四）：「閩越王獻高帝石蜜五斛、蜜燭二百枚、白鷴黑鷴各一雙。高帝大悦，厚報遣其使。」《南齊書》（卷三三）《王僧虔傳》：「父曇首，右光禄大夫。曇首兄弟集會諸子孫，弘子僧達下地跳戲，僧虔年數歲，獨正坐采蠟燭珠爲鳳凰。弘曰：『此兒終當爲長者。』」李賀《河陽歌》：「觥船飫口紅，蜜炬千枝爛。」

〔九〕不辭句：陳後主叔寶《自君之出矣六首》（其五）：「思君如夜燭，垂淚著鷄鳴。」杜牧《贈别二首》（其二）：「蠟燭有心還惜别，替人垂淚到天明。」

【箋評】

謝莊病目，自比，故「怯」晴天。然「强侍」而「不避」飲也，所以雖於「久斷杯盂」之後，今逢觴而喜動眉睫，更「聞歌」而五藏神皆驚耳。五六雖言柳與鶯，謂初春之景，然「新開」、「乍囀」，亦兼指侍酒之女妓。「新開柳」，眉柳眼。「乍囀」，歌聲也。結言有王僧虔之蠟可以直伴至天明。此結或羊振文有添燭之事，故及之。所以羊和云「知君不肯燃官燭」，對針之語，否則僧虔之説無來由矣。《真誥》：「紫微夫人云：『披華蓋之側，延和天真。天真是兩眉之間，眉之角也。華蓋在兩眉之下。』」

注：「華蓋，一名華庭。」《老子》云：「谷神不死，是謂玄牝。」注：「谷，養也。人能養神則不死，謂五臟神。」齊王僧虔與諸弟兄居，以蠟鳳爲戲。（胡以梅《唐詩貫珠箋》卷三十五）

奉和襲美見留小讌次韻〔一〕

前進士①　羊昭業〔二〕

澤國春來少遇晴〔三〕，有花開日且飛觥②〔四〕。王戎似電休推病〔五〕，周顗纔醒衆却驚③〔六〕。芳景漸濃偏屬酒④〔七〕，暖風初暢欲調鶯〔八〕。知君不肯燃官燭⑤〔九〕，争得華筵徹夜明⑥〔一〇〕。（詩五六五）

【校記】

①汲古閣本、四庫本無此三字。章校本批語：「『前進士』，明本『羊』字上。」②「有」季寫本注：「一作百。」③「驚」原缺「敬」末筆，避宋太祖祖父趙敬諱。④「屬」類苑本作「熟」。⑤「燃」全唐詩本作「然」。⑥統籤本、全唐詩本注：「時襲美眼疾未平，不飲酒，故云。」

【注釋】

〔一〕小讌：小宴，朋友間小型的宴飲。

〔二〕前進士：參（序一）注〔二〕。羊昭業：參本卷（詩五六四）注〔一〕。

〔三〕澤國：水鄉。指蘇州。其地有太湖，瀕臨長江，河流衆多，故云。《周禮·地官·掌節》：「澤國用龍節。」唐鄭谷《送人之九江謁郡侯苗員外紳》：「澤國尋知己，南浮不偶遊。」又《南遊》：「山城多曉瘴，澤國少晴春。」

〔四〕飛觥：傳杯。指飲酒。

〔五〕王戎：魏、晋間人，「竹林七賢」之一，與阮籍、嵇康友善。此喻皮日休。《晋書》（卷四三）《王戎傳》：「王戎字濬冲，琅邪臨沂人也。……戎幼而穎悟，神彩秀徹。視日不眩，裴楷見而目之曰：『戎眼爛爛，如巖下電。』」推病：因眼病而推辭飲酒。

〔六〕周顗：晋人，嗜酒。《晋書》（卷六九）《周顗傳》：「周顗字伯仁。……初，顗以雅望獲海内盛名，後頗以酒失。爲僕射，略無醒日，時人號爲『三日僕射』。」《世説新語·任誕》：「周伯仁風德雅重，深達危亂。過江積年，恒大飲酒。嘗經三日不醒，時人謂之『三日僕射』。」

〔七〕芳景：指春天的美景。偏：劉淇《助字辨略》（卷二）：「偏，畸重之辭也。」屬酒：斟酒。即飲酒。

〔八〕暖風：和煦温暖的春風。調鶯：調習訓練黄鶯，使其鳴聲更爲美妙動聽。

〔九〕官燭：官府供給官員辦公使用的蠟燭。《藝文類聚》（卷五〇）引謝承《後漢書》曰：「巴祇爲揚州刺史，幘毁壞，不復改易，以水滲曝用之。處暝暗之中，不燃官燭。」又（卷八〇）引同書曰：「巴祇爲揚州刺史，與客坐闇暝之中，不燃官燭。」

〔一〇〕争得：怎麽。得，語助詞。華筵：豪華豐盛的宴會。

【箋評】

「澤國」雨水多，「少遇晴」明。今「有花開」，且好「飛觥」。君目如巖電，休要「推病」。向來如周伯仁常醉，今忽不飲，使衆堪驚矣。對此「芳景」、「暖風」，正可聽鶯酌酒。知君如古人，「不肯燃官燭」，如何「徹夜」能明耶？此譽其不以私費公，酬其僧虔燭耳。《世説》：「王戎目如巖下電。」「周顗過江爲僕射，以酒失，略無醒日，罷去，號『三日僕射。』」後漢巴祗與客暗飲，不然官燭。（胡以梅《唐詩貫珠箋》卷三十五）

襲美留振文小宴，龜蒙抱病不赴〔一〕，猥示唱和①〔二〕，因次韻仰訓②〔三〕

龜蒙③

綺席風開照露晴〔四〕，祗將茶荈代雲觥④〔五〕。繁絃似玉紛紛碎⑤〔六〕，佳妓如鴻一一驚⑥〔七〕。毫健幾多飛藻客〔八〕，羽寒寥落映花鶯〔九〕。幽人獨自西窗晚〔一〇〕，閑憑香櫳反照明⑦〔一一〕。（詩五六六）

【校記】

①「唱」弘治本、汲古閣本、詩瘦閣本、四庫本、全唐詩本作「倡」。　②「仰訓」全唐詩本作「酬謝」。

季寫本題作「《襲美留振文宴，龜蒙不赴，次韻詶謝》」。③原缺署名。據詩題，陸作無疑，徑補。弘治本、四庫本、統籤本、季寫本、全唐詩本及陸集各本均署龜蒙。季寫本又録入羊昭業詩中，誤。④「祇」類苑本作「祗」。⑤「絃」原缺「玄」末筆，避宋太祖始祖趙玄朗諱。⑥「妓」盧校本作「伎」。「驚」原缺「敬」末筆，避宋太祖祖父趙敬諱。⑦「梩」陸詩丙本作「⿰木垔」。「反」季寫本作「返」。

【注釋】

〔一〕抱病：患病，有病在身。

〔二〕猥（wěi）示：辱示。猥，自謙詞。唱和：互相作詩應酬。《詩經·鄭風·蘀兮》：「叔兮伯兮，倡予和女。」《荀子·樂論》：「唱和有應，善惡相象。」

〔三〕仰詶：酬答，和答。「仰」字以示對對方的尊重。

〔四〕綺席：華美的宴席。《文選》（卷三一）江淹《雜體詩三十首·休上人怨別》：「膏爐絶沈燎，綺席生浮埃。」李善注：「《西京雜記》：鄒陽《酒賦》曰：『綃綺爲席，犀璩爲鎮。』」唐太宗李世民《帝京篇十首》（其八）：「玉酒泛雲罍，蘭肴陳綺席。」露晴：有露的晴朗天氣。

〔五〕茶荈（chuǎn）：茶。此指飲茶。《爾雅·釋木》：「檟，苦荼。」郭璞注：「今呼早采者爲荼，晚取者爲茗，一名荈。蜀人名之苦荼。」「荼」從唐代《開元文字音義》始作「茶」。雲觥：雕飾雲霧狀花紋的飲酒器。此指飲酒。

〔六〕繁弦句：彈奏的絲弦樂發出猶如玉碎般清脆激越的聲音。李賀《李憑箜篌引》：「崑山玉碎鳳凰叫，芙蓉泣露香蘭笑。」

〔七〕佳妓句：謂每一個歌妓都美麗漂亮。《文選》（卷一九）曹植《洛神賦》：「其形也翩若驚鴻，婉若遊龍。」李善注：「邊讓《章華臺賦》曰：『體迅輕鴻，榮曜春華。』《神女賦》曰：『婉若遊龍乘雲翔，翩翩然若鴻雁之驚，婉婉然如遊龍之升。』」

〔八〕毫健：筆力健舉。幾多：猶言頗多。張相《詩詞曲語辭匯釋》（卷一）：「幾，猶何也；那也；怎也。」飛藻客：寫作詩文的文人墨客，即指皮日休原詩題中的「一二文友」。

〔九〕羽寒：羽毛寒冷的病鳥。此作者自喻。花鶯：花叢中毛色美麗的黃鶯。喻皮日休及「一二文友」。

〔一〇〕幽人：隱士。作者自指。晉陸機《幽人賦》：「世有幽人，漁釣乎玄渚。彈雲冕以辭世，披霄褐而延佇。是以物外莫得窺其奧，舉世不足揚其波；勁秋不能凋其葉，芳春不能發其華。超塵冥以絶緒，豈世網之能加？」西窗晚：西窗下淒涼寂寞的傍晚景象。李商隱《夜雨寄北》：「何當共剪西窗燭，却話巴山夜雨時。」温庭筠《舞衣曲》：「迴嚬笑語西窗客，星斗寥寥波脉脉。」

〔一一〕香檉（chēng）：木名，檉柳。又名河柳，紅柳。枝葉可入藥。《爾雅·釋木》：「檉，河柳。」郭璞注：「今河旁赤莖小楊。」《説文·木部》：「檉，河柳也。」反照：夕陽的餘光。駱賓王《夏日遊山家同夏少府》：「返照下層岑，物外狎招尋。」

【箋評】

第二謂襲美不飲，故以茶代。三四言管弦之盛，女妓之美。五詞客倡和多藻麗，六正當鶯在花間，而「羽寒寥落」。此鶯却已言在己處，謂佳辰而獨「寥落」。所以「西窗憑香檉」於夕陽矣。第六若言席間之景，是不相宜。《洛神賦》：「其形也翩若驚鴻，婉若遊龍。」（胡以梅《唐詩貫珠箋》卷三十五）

醉中襲美先起，因成戲贈〔一〕

李縠〔二〕

休文雖即逃瓊液〔三〕，阿鶩還須掩玉閨①〔四〕。月落金鷄一聲後〔五〕，不知誰悔醉如泥〔六〕。

（詩五六七）

【校記】

①「鶩」統籤本、全唐詩本作「鶩」。

【注釋】

〔一〕此詩當作於咸通十一年（八七〇）秋天或稍前。詳卷九（詩五七一），李縠在這年秋天已罷浙東觀察推官，《松陵集序》亦云：「師詞之不多，去之速也。」也可作佐證。

〔二〕李縠：參本卷（詩五四七）注〔六〕。

〔三〕休文：南朝齊、梁詩人沈約，字休文。參卷五（詩二二四）注〔三〕。瓊液：玉液。此喻美酒。《漢武帝内傳》：「西瑶瓊酒，中華紫蜜，北陵緑阜，太上之藥。風實雲子，玉津金漿，月精萬壽，碧海琅菜。」逃瓊液：猶云「逃席」，逃離酒宴，呼應題中「醉中」、「先起」云云。用沈休文少飲酒，喻皮日休。《南史》（卷五七）《沈約傳》：「約性不飲酒，少嗜慾，雖時遇隆重，而居處儉素。」

〔四〕阿鶩：三國時魏荀攸妾名。此借指宴會上的歌女。《三國志》（卷二九）《魏書·朱建平傳》：「初，潁川荀攸、鍾繇相與親善。攸先亡，子幼。繇經紀其門户，欲嫁其妾。與人書曰：『吾與公達（按荀攸字）曾共使朱建平相，建平曰：「荀君雖少，然當以後事付鍾君。」吾時啁之曰：「惟當嫁卿阿鶩耳。」何意此子竟早隕没，戲言遂驗乎！今欲嫁阿鶩，使得善處。』」玉閨：閨室。女子的居處。

〔五〕金鷄：用金鷄啼鳴的神話故事。漢東方朔《神異經·東荒經》：「蓋扶桑山有玉鷄，玉鷄鳴則金鷄鳴，金鷄鳴則石鷄鳴，石鷄鳴則天下之鷄悉鳴，潮水應之矣。」《河圖括地圖》（《玉函山房輯佚書》）：「桃都山有大桃樹，盤屈三千里。上有金鷄，日照則鳴。」

〔六〕醉如泥：形容酣飲大醉。《後漢書》（卷七九下）《周澤傳》：「生世不諧，作太常妻。一歲三百六十日，三百五十九日齋。」李賢注：「《漢官儀》此下云：『一日不齋醉如泥。』」李白《襄陽歌》：

「傍人借問笑何事，笑殺山公醉似泥。」

走筆奉詶次韻[一]

日休

麝煙苒苒生銀兔[二]，蠟淚漣漣滴綉閨[三]。舞袖莫欺先醉去[四]，醒來還解驗金泥[五]。

（詩五六八）

【注釋】

〔一〕走筆：揮毫疾書。白居易《餘思未盡，加爲六韻，重寄微之》：「走筆往來盈卷軸，除官遞互掌絲綸。」

〔二〕麝煙：點燃麝香的香料所升起的煙氣。麝香，以麝臍香爲原料製成的香。宋洪芻《香譜》（卷上）《麝香》：「此香絶勝帶麝，非但香辟惡，以香真者一子著腦間枕之，辟惡夢及尸疰鬼氣。今或傳有水麝臍，其香尤美。」銀兔：指雕刻有銀色兔子圖案的香爐。《五經通義》（《太平御覽》卷四）曰：「月中有兔與蟾蜍何？月，陰也；蟾蜍，陽也，而與兔并，明陰係於陽也。」古樂府《董逃行》（《樂府詩集》卷三四）：「教敕凡吏受言，采取神藥若木端。白兔長跪擣藥蝦蟆丸。」晉傅玄《歌辭》（《初學記》卷二九）曰：「兔擣藥月間安足道，神烏戲雲間安足道。」

〔三〕蠟淚：蠟燭點燃時流下的液態蠟。南朝陳後主《自君之出矣六首》（其五）：「思君如夜燭，垂淚著鷄鳴。」漣漣：淚流不止貌。《詩經・衛風・氓》：「不見復關，泣涕漣漣。」綉閨：綉房。指女子的居室。

〔四〕舞袖：指歌女。先醉去：此指飲酒先醉的人。作者自指。

〔五〕金泥：以水銀拌和金粉爲泥。古代官府用作封印之用。漢應劭《風俗通義》（卷二）《正失》：「剋石紀號，著己績也。或曰：金泥銀繩，印之以璽。」應劭《漢官儀》（《太平御覽》卷六八二）曰：「《傳》曰：『封者，以金泥銀繩，印之以璽。璽，施也，信也，古者尊卑共之。』」

奉和次韻

張賁

何事桃源路忽迷〔一〕，唯留雲雨怨空閨①〔二〕。仙郎共許多情調〔三〕，莫遣重歌濁水泥〔四〕。

（詩五六九）

【校記】

①「唯」統籤本、全唐詩本作「惟」。

【注釋】

〔一〕何事：爲何，爲什麽。桃源路忽迷：用劉晨、阮肇故事。參卷七（詩四三七）注〔五〕。

〔二〕雲雨：原喻巫山神女，此喻歌女。《文選》（卷一九）宋玉《高唐賦》：「昔者先王嘗遊高唐，怠而晝寢，夢見一婦人，曰：『妾，巫山之女也，爲高唐之客。聞君遊高唐，願薦枕席。』王因幸之。去而辭曰：『妾在巫山之陽，高丘之阻，旦爲朝雲，暮爲行雨，朝朝暮暮，陽臺之下。』」空閨：只有女子一人的閨房。《文選》（卷二九）《古詩十九首》（其二）：「蕩子行不歸，空床難獨守。」漢班婕妤《擣素賦》：「慚行客而無言，還空房而掩咽。」

〔三〕仙郎：即劉晨、阮肇之類。此喻皮日休。參本詩注〔一〕。共許：甚爲贊許，頗爲推許。參本卷（詩五六二）注〔七〕。

〔四〕濁水泥：本喻思婦，此喻歌女。《文選》（卷二三）曹植《七哀詩》：「明月照高樓，流光正徘徊。上有愁思婦，悲嘆有餘哀。借問嘆者誰？言是客子妻。君行踰十年，孤妾常獨栖。君若清路塵，妾若濁水泥。浮沈各異勢，會合何時諧。」

奉和次韻　龜蒙①

莫唱艷歌凝翠黛〔一〕，已通仙籍在金閨〔二〕。他時若寄相思淚②〔三〕，紅粉痕應伴紫泥〔四〕。
（詩五七〇）

【校記】

①類苑本題作《又和次韻》，署名張賁，誤。　②章校本批語：「『相』，明本缺。」

【注釋】

〔一〕艷歌：艷麗的歌曲，指有關愛情的情歌。郭茂倩《樂府詩集》（卷三九）引《古今樂録》曰：「《艷歌行》非一，有直云『艷歌』，即《艷歌行》是也。若《羅敷》《何嘗》《雙鴻》《福鍾》等行，亦皆『艷歌』。」翠黛：古時女子用以畫眉的青黑色的顏料，此即指女子的畫眉。凝翠黛：形容女子的愁容。杜甫《陪諸貴公子丈八溝携妓納凉晚際遇雨二首》（其二）：「越女紅裙濕，燕姬翠黛愁。」

〔二〕仙籍：神仙的名籍。喻做官的官籍。此指皮日休爲蘇州從事的官籍。金閨：指金馬門，漢代宫門名，學士待詔之處。《史記》（卷一二六）《滑稽列傳》：「金馬門者，宦〔者〕署門也。門傍有銅馬，故謂之曰『金馬門』。」《文選》（卷四五）揚雄《解嘲》：「歷金門上玉堂有日矣，曾不能畫一奇，出一策。」李善注：「應劭曰：『待詔金馬門。』」通籍：通金閨籍。指已做官，名在官籍。南朝齊謝朓《始出尚書省》：「既通金閨籍，復酌瓊筵醴。」籍爲出入宫廷的門籍。唐代常參官有門籍，其上書有其名方得出入宫廷。罷常參官或外調，則去其籍。此則僅指皮氏已在官府列名而已。《漢書》（卷九）《元帝紀》：「令從官給事宫司馬中者，得爲大父母、父母、兄弟通籍。」顔師古注引應劭曰：「籍者，爲二尺竹牒，記其年紀、名字、物色，縣之宫門，案省相應，乃得入也。」

〔三〕他時：猶他年。指將來而言。《左傳·成公十三年》：「曹人使公子負芻守，使公子欣時逆曹伯之喪。秋，負芻殺其大子而自立也，諸侯乃請討之。晋人以其役之勞，請俟他年。」

〔四〕紅粉痕：指女子的淚痕。紫泥：古人書信用泥封口，泥上蓋印，以示可信。皇帝的詔書則用紫泥封，以示尊貴。此指皇帝的紫泥詔。《後漢書》（卷一上）《光武帝紀上》：「奉高皇帝璽綬，詔以屬城門校尉。」李賢注：「蔡邕《獨斷》曰：『皇帝六璽，皆玉螭虎紐，……皆以武都紫泥封之。』」《西京雜記》（卷四）：「中書以武都紫泥爲璽室，加緑綈其上。」

奉送浙東德師侍御罷府西歸①〔一〕

張賁

孤雲獨鳥本無依②〔二〕，江海重逢故舊稀〔三〕。楊柳漸疎蘆葦白〔四〕，可堪斜日送君歸③〔五〕。

（詩五七一）

【校記】

①統籤本、全唐詩本無「奉」。季寫本注：「《紀事》作《送李毅西歸》。」②「鳥」季寫本注：「一作步。」③「堪」全唐詩本作「憐」。

【注釋】

〔一〕此詩當作於咸通十一年（八七〇）秋。浙東：浙東觀察使所。《元和郡縣圖志》（卷二六）《江南道二》：「浙東觀察使。越州，今爲浙東觀察使理所。管州七：越州、婺州、衢州、處州、温州、台州、明州。」德師侍御：李縠字德師，曾任殿中侍御史。參（序一）注〔一五〕及本卷（詩五四七）注〔六〕。罷府：指李縠罷浙東觀察推官。西歸：指李縠罷官歸鄉。李縠爲隴西敦煌人，故言其西歸。

〔二〕孤雲獨鳥：張賁自比。喻清高脱俗，指其隱居江湖而言。陶淵明《停雲并序》：「停雲，思親友也。」詩中云：「靄靄停雲，濛濛時雨。……翩翩飛鳥，息我庭柯。」又《歸去來兮辭》：「雲無心以出岫，鳥倦飛而知還。」均有以鳥、雲自喻之意。唐人常以孤雲獨鶴，喻超凡脱俗，自由自在。王周《會喻岑山人》：「略坐移時又分别，片雲孤鶴一枝筇。」雍陶《送客遥望》：「光華不可見，孤鶴没秋雲。」

〔三〕江海：指東南沿海地區。此詩作於蘇州，正相合。也關合隱逸江湖之義。《莊子·讓王》：「身在江海之上，心居乎魏闕之下。」《後漢書》（卷八三）《逸民傳》：「甘心畎畝之中，憔悴江海之上。」李賢注引《莊子》曰：「舜以天下讓北人無擇。無擇曰：『異哉！後之爲人也，居於畎畝之中而遊堯之門，不若是而已。』」又曰：「就澤藪，處閑曠，此江海之士，避代之人，閑暇者之所好也。」故舊：舊友。據此，張賁與李縠當是舊識故友。《論語·泰伯》：「君子篤於親，則民興於仁；故舊不遺，則民不偷。」

〔四〕蘆葦白：指秋天蘆葦開出白花，形容景象凄涼。

〔五〕可堪：那堪，豈堪。張相《詩詞曲語辭匯釋》（卷一）：「可，猶豈也；那也。……可堪，那堪也。」

【箋評】

（首二句）蔡正孫評曰：「二句自寫客中悽怨之意。」（三四句）蔡正孫評曰：「以逆旅而送歸客，當時風物又如此，其爲不堪甚矣。」徐居正評曰：「此詩以雲鳥比己之無依，且叙江海逢故人之難也。況當柳疏葦白之時，向晚送别，其意何如？」（于濟、蔡正孫編集，朝鮮徐居正等增注，卞東波校證《唐宋千家聯珠詩格校證》卷九）

同 前

龜蒙

王謝遺踪玉籍仙〔一〕，三年閑上鄂君船〔二〕。詩懷白閣僧吟苦〔三〕，俸買青田鶴價偏〔四〕。行次野楓臨遠水〔五〕，醉中衰菊卧凉煙〔六〕。芙蓉散盡西歸去〔七〕，唯有山陰九萬牋〔八〕。

（詩五七二）

【注釋】

〔一〕王謝遺踪：指東晉王羲之和謝安諸人，他們居住在會稽（即唐代的越州，今浙江省紹興市）一帶，留下了大量的遺迹。《晉書》（卷七九）《謝安傳》：「寓居會稽，與王羲之及高陽許詢、桑門支遁遊處，出則漁弋山水，入則言咏屬文，無處世意。」玉籍：道教的神仙名籍。道教以仙籍有名者方得成仙。《漢武帝内傳》：「夫始欲修之，先營其氣，太上真經所謂行益易之道。益者，益精；易者，易形。能益能易，名上仙籍。不益不易，不離死厄。」白居易《歸田三首》（其一）：「中人愛富貴，高士慕神仙。神仙須有籍，富貴亦在天。」此喻李縠做浙東觀察推官的官籍。此句謂李縠在王、謝家族的舊地做官。

〔二〕三年：據此，李縠在浙東觀察推官任上已三年，其始任此職應在咸通九年（八六八）。鄂君船：用鄂君子晳乘船，由越女操舟，并唱越歌，喻李縠在越地做官，游賞山水。參卷六（詩三一七）注〔三〕。

〔三〕白閣：終南山山峰名，在今陝西省户縣東南三十里。清畢沅《關中勝迹圖志》（卷二）：「紫閣峰、白閣峰、黄閣峰，三峰俱在鄠縣東南三十里。《雍勝略》：『紫閣峰，旭日射之，爛然而紫，其形上聳若樓閣然。白閣陰森，積雪弗融。』」白閣僧：指中唐詩人賈島（七七九—八四三）。賈島曾爲僧，又曾往還白閣峰，與峰下寺中僧人交往頗密。其《寄白閣默公》：「已知歸白閣，山遠晚晴看。」《唐才子傳》（卷五）：「（賈島）嘗嘆曰：『知余素心者，惟終南紫閣、白閣諸峰隱者耳。』」吟苦：殫精竭慮，刻苦作詩，追求奇巧尖新，謂之苦吟。賈島是著名的苦吟詩人。《新唐書》（卷一七六）《韓愈傳》附《賈島傳》：「島字浪仙，范陽人。初爲浮屠，名無本。來東都，時洛陽令禁僧午後不得出，島爲詩自傷。愈憐之，因教其爲文，遂去浮屠，舉進士。當其苦吟，雖逢值公卿貴人，皆不之覺也。」其《雨夜同厲玄懷皇甫荀》「溝西吟苦客」，《秋暮》「苦吟誰喜聞」，《三月晦日贈劉評事》「風光別我苦吟身」。友人張蠙《傷賈島》：「生爲明代苦吟身。」可止《哭賈島》：「人哭苦吟魂。」

〔四〕青田鶴：《初學記》（卷三〇）引《永嘉郡記》曰：「有洙沐溪，去青田九里。此中有一雙白鶴，年年生子，長大便去，只惟餘父母一雙在耳。精白可愛，多爲神仙所養。」偏：偏重。此句謂即使青田鶴價錢頗爲貴重，李縠還是要用俸禄來買的雅事。

〔五〕行次：在野外行進中暫時停息。野楓：野外的楓樹。《楚辭·招魂》：「湛湛江水兮上有楓。」洪興祖補注：「《説文》云：『楓，木，厚葉弱枝，善摇。』漢宫殿中多植之。至霜後，葉丹可愛，故騷人多稱之。」唐人喜愛植楓吟楓。岑參《送許拾遺恩歸江寧拜親》：「楓樹隱茅屋，橘林繫漁舟。」又《崔倉曹席上送殷寅充右相判官赴淮南》：「清淮無底緑江深，宿處津亭楓樹林。」賈島《題張博士新居》：「青楓何不種，林在洞庭村。應爲三湘遠，難移萬里根。」臨遠水：靠近流向遠方的水。陶淵明《歸去來兮辭》：「登東皋以舒嘯，臨清流而賦詩。」

〔六〕醉中衰菊：用重陽節賞菊花，飲菊花酒事。參本卷（詩五三九）注〔五〕。

〔七〕芙蓉散盡：荷花凋零，指秋天季節。點出李穀罷府西歸的時節。亦用「蓮幕」故實，謂浙東幕府幕主罷職，僚佐亦星散。《南史》（卷四九）《庾杲之傳》：「（王儉）乃用杲之爲衛將軍長史。安陸侯蕭緬與儉書曰：『盛府元僚，實難其選。庾景行泛渌水，依芙蓉，何其麗也。』時人以入儉府爲蓮花池，故緬書美之。」

〔八〕山陰：唐代縣名，今浙江省紹興市。《元和郡縣圖志》（卷二六）《江南道二》：「越州，會稽縣，山陰，越之前故靈文園也。秦立以爲會稽山陰。漢初爲都尉。隋平陳，改山陰爲會稽縣，皇朝因之。……山陰縣，秦舊地，隋改爲會稽。垂拱二年，又割會稽西界别置山陰。大曆二年，刺史薛兼訓奏省山陰并會稽。七年，刺史劉少遊又奏置，今復并入會稽。」九萬牋：此喻李穀在浙東觀察推官任上寫作了許多詩文佳作。《藝文類聚》（卷五八）：「《語林》曰：『王右軍爲會稽令，謝公就乞牋紙。檢校庫中，有九萬牋紙，悉以乞謝公。』」《初學記》（卷二一）引裴啓《論（語？）林》曰：「王右軍爲會稽令，謝公就乞牋紙。庫中唯有九萬枚，悉與之。桓宣武云：『逸少不節。』」

【箋評】

此因侍御三年在宦，而歸橐蕭然，故於奉送之日，極表其清白也。前解先表其人，後解次表其橐。言此公誠非仕宦中人也。觀其舉止，則宛然階前佳子弟也；察其氣體，則儼然天上諸仙真也。人自見其領府三年，我謂只如搴舟中流耳。何則？聞其官中，每日作詩，曰：「我爲懷僧也。」問其俸入，今得幾何，曰：「我已買鶴也。」夫僧非官之所得懷，鶴非俸之所能買也，而侍御每每如此，人各有性，不可强也。於是而罷府之日，遂有不可言者矣。問其行次，乃在遠水野楓之下耳。問其祖餞，方卧凉煙衰菊之間耳。夫人生世間，獨有位高、金多，二者實奔走人也。乃今侍御罷府，已是閑身，清風又吹空橐，則彼諸君子，復又何慕而肯來送哉？（《金聖嘆全集》選刊之二《貫華堂選批唐才子詩》）

首言侍御如王、謝之風流，如上仙之品第。今歷仕三年，乘青翰而歸，已「詩懷白閣」之僧，「俸買青田」之鶴，清風廉節，卓然表見。今余與君把別，「行次野楓」看「臨遠水」，「醉中衰菊」復「卧凉烟」，爲之謝「芙蓉」之幕客。扁舟西去，惟有山陰九萬之棧，歸供吟咏而已。其雅尚不于此可見哉！○朱東嵒曰：此因侍御三年仕宦，歸橐蕭然，故於奉送之日，而極表其清白也。言侍御如王、謝之風流，又如上品之仙第，今已罷府西歸矣。夫僧非官之所得懷，乃侍御三年所吟之詩，則曰「懷僧」；鶴非俸之所能買，乃侍御三年所入之俸，則曰「買鶴」，其領府之雅尚如此也。至於把別之時，「臨遠水」，「卧凉烟」，其「西歸」之蕭寂，絕無世宦之氣又如此。「芙蓉」一結，不過表其空橐之意耳。（元郝天挺注、明廖文炳解、清朱三錫評《東嵒草堂評訂唐詩鼓吹》卷三）

一二亦從紹興説起，言蹈王、謝之遺踪，有神仙之風韻。三年任滿，乘青翰而歸。三四言風流雅韻之事。「偏」字有酷好之意，亦可作鶴價偏重。「行次」跟上「船」而來。「臨」字，楓臨水亦可，舟臨水亦可。「醉中」所睹者，惟「衰菊」、「凉烟」。「卧」乃菊離披之狀。此聯是深秋之景，而有凄凉消索之意。所以緊接「芙蓉散盡」之語。侍御爲觀察之推官，題中「罷府」，似觀察使罷府而幕佐亦散也；或府主罷斥，故辭氣如此。詩中無贊美政化、功名之處，略於結處點其别無宦橐，僅有箋紙清供之物，是幕員谿徑耳。煉句秀麗，用字精雅，松陵面目也。王羲之、謝安俱流寓紹興，故用之謂爲遺迹。《後聖列紀》：「若斗中有玄玉籙籍，皆爲上仙。」《説苑》：「鄂君乘青翰之舟，張翠羽之蓋，越人擁楫而歌曰：『山有木兮木有枝，心悦君兮君不知。』又曰：『今夕何夕，牽舟中流。今日何日，與子同舟。』鄂君乃揄袂而擁之，舉綉被而覆之。」後人俱用爲艷情之事。今下無照應，不過用其華飾之舡耳。白閣、紫閣，終南山二峰名。《永嘉記》：「青田有雙白鶴，年年來養子，長大便去。」蕭佪與王儉書曰：「庾景行泛緑水，依芙蓉，何其麗也。」時以入儉府爲蓮花池。芙蓉府即蓮花幕。晋庾冰曰：「王右軍爲會稽，謝公就乞牋紙。庫中惟有九萬枚，遂并與之。桓宣武曰：『逸少不節。』」（胡以梅《唐詩貫珠箋》卷十一）

此極美侍御清廉也。「王謝遺踪」，言其舉止閒雅。「玉籍仙」，言其氣體非凡。有吏如此，猶爲俗吏乎？「鄂君船」，取意只是越中之船，非有他也。三四追溯未罷府時，詩只懷僧，性何其僻，「吟苦」者不工不休；俸惟買鶴，情何其閑，「價偏」者雖重勿惜。有吏如此，猶爲俗吏乎？五寫在道，六寫歸家，凄凉之狀，一一如畫。七問其賓朋，則賓朋皆已遠引。八叩其囊橐，則囊橐絶無餘貲。噫！三年宦況，惟藉九萬牋生色，則其清且廉爲何如！（趙臣瑗《山滿樓箋注唐詩七言律》卷五）

上四下三，如「九天閶闔開宮殿，萬國衣冠拜冕旒」（王維）。……上一中四下二，如「詩懷白閣

僧吟苦，俸買青田鶴價偏」（陸龜蒙）。此皆以七字成句，而句中有讀者也。（黄生《詩麈》卷一）

德師名李縠，見《松陵集》。

王謝遺踪玉籍仙，三年閑上鄂君船。
詩懷白閣僧吟苦，俸買青田鶴價偏。折腰句，上一中四下二。
行次野楓臨遠水，醉中衰菊卧凉烟。五六倒提。
芙蓉散盡西歸去，惟有山陰九萬牋。妙於立言，借用古事。

「王謝遺踪」四字，指會稽言，暗見地。「玉籍仙」，見侍御從進士出身也。以進士出身之人，便當躐登要路，何乃一官三載，尚滯幕僚？則以侍御襟期高曠，不屑鑽營，故「詩懷僧」，明不投朝貴札；「俸買鶴」，明不輦幕夜金，以至今日罷府西歸，行李蕭然。侍御曾不介意，則其人之志趣可想矣。以一「閑」字領一詩之意。結本言其囊無一物，却借用王羲之在山陰事，立言之妙，罕有其匹。皮、陸酬唱，有極險極俗者。此作温潤秀雅，集中亦未多見。

〔朱補〕三四言懷僧吟苦、買鶴價偏，「詩」、「俸」字硬裝，「白閣」、「青田」横插。「偏」有偏好之意，言獨於鶴肯出高價也。仙家有「玄玉籙籍」。鄂君乘青翰之舟，與越人共載，用來切越地。或當時侍御附他人舟歸，亦未可知。庾杲爲王儉幕賓，蕭緬與儉書曰：「庾景行，泛緑水，依芙蓉，何其麗也。」時以儉府爲蓮花幕。「芙蓉散」，言幕客散去也。謝公就右軍乞箋紙，庫中唯有九萬枚，遂并與之。（黄生撰、朱之荆補《唐詩評》卷三）

同前

日休

建安才子太微仙〔一〕，暫上金臺許二年〔二〕。形影欲歸温室樹〔三〕，夢魂猶傍越溪蓮〔四〕。空將海月爲京信〔五〕，尚使樵風送酒船〔六〕。從此受恩知有處，免爲傖鬼恨吴天〔七〕。（詩五七三）

【注釋】

〔一〕建安才子：當指「建安七子」。此喻李縠才高，可比「建安七子」。《文選》（卷五二）曹丕《典論·論文》：「今之文人，魯國孔融文舉、廣陵陳琳孔璋、山陽王粲仲宣、北海徐幹偉長、陳留阮瑀元瑜、汝南應瑒德璉、東平劉楨公幹，斯七子者，於學無所遺，於辭無所假，咸以自騁驥騄於千里，仰齊足而并馳。」太微仙：天上的神仙。此喻李縠。參卷八（詩四五四）注〔七〕

〔二〕暫上：且上，一上。李賀《南園十三首》（其五）：「請君暫上凌煙閣，若箇書生萬户侯。」金臺：指天台山瓊臺雙闕。《文選》（卷一一）孫綽《遊天台山賦》：「雙闕雲竦以夾路，瓊臺中天而懸居。」李善注：「顧愷之《啓蒙記注》曰：『天台山，列雙闕於青霄中，上有瓊樓、瑶林、醴泉，仙物畢具。』」《天台山志》：「瓊臺、雙闕，兩山也。自桐柏觀西北行二里，至元應真人祠，取道仙人迹，經龍潭側，凡五里至瓊臺。由瓊臺轉南至雙闕，皆翠壁萬仞，森以相向。興公賦所謂『雙闕雲竦以夾路，瓊臺中天而懸居』是也。崔尚《桐柏觀記》云：『雙峰如闕，中天豁開。』」許二年：準許二年多。與上陸龜蒙詩云「三年」可互看。

〔三〕温室：西漢長安温室殿。此指唐代京城長安。何清谷撰《三輔黄圖校釋》（卷三）《長樂宫》：「温室殿，按《漢宫殿疏》：在長樂宫。又《漢宫閣記》：在未央宫。」原注：「〔一〕陳直曰：『《漢書·孔光傳》晉灼注「長樂宫中有温室殿」，與《漢宫殿疏》合。』〔二〕本書中温室殿於長樂宫和未央宫并見。温室殿是一種有良好取暖設備的殿堂，也許兩宫俱有。但《漢書》中有五條温室殿的記載，細審皆指未央宫温室殿，長樂宫的温室殿僅見本書及晉灼注。」《漢書》（卷八一）《孔光傳》：「光周密謹慎，……沐日歸休，兄弟妻子燕語，終不及朝省政事。或問光：『温室省中樹皆何木也？』光嘿不應，更答以它語。其不泄如是。」顔師古注：「晉灼曰：『長樂宫中有温室殿。』」

〔四〕越溪：越州一帶的溪水，最著者若耶溪。《太平寰宇記》（卷九六）《江南東道八》：「越州會稽縣，若耶溪，在縣東南二十八里。」

〔五〕空將：只將，只把。海月：一種海生動物名。《文選》（卷一二）郭璞《江賦》：「玉珧海月，土肉石華。」李善注：「《臨海水土物志》曰：『海月，大如鏡，白色，正圓，常死海邊，其柱如搔頭大，中食。』」京信：謂携帶到京城的信物。海月是東南海邊的物産，故云。

〔六〕樵風：古代傳説若耶溪上旦南暮北風向的風，以便於樵夫采樵載薪。即「鄭公風」。參卷四（詩一二八）注〔一〕。酒船：用畢卓事。參卷四（序一〇）注〔八〕、（詩一六四）注〔一〕。

〔七〕傖鬼：晋南北朝時，南方的吴人輕侮北方人爲「傖」。傖鬼，北方之鬼。《晋書》（卷七七）《陸玩傳》：「玩嘗詣導食酪，因而得疾。與導牋曰：『僕雖吴人，幾爲傖鬼。』其輕易權貴如此。」吴天：猶言南天。此指春秋戰國時期的吴、越地區，蘇州亦在其中。

【箋評】

按李縠，字德師，浙東觀察使推官。唐時罷兵，則節度改觀察。治越州，今紹興府。所以詩中俱用本地景物。推官乃幕員。建安七才子，除孔融之外，餘皆曾任記室掾屬，所以比之，而爲幕府之仙才也。因「仙」字，即以上金臺仙地承之，襯以「暫」字、「許」字，遂調和虚活。第二祝其歸拜密勿，「欲」字尚屬未定意。第四贊其任所清韻，故猶憶之。五言此去别離，惟有土物海月爲京信。以其向任海濱，然内意亦言空有海天月色，千里共對。如得京華之信，尚有樵溪仙風，可送載酒之船。「使」字有遺愛之意。必平時曾共泛溪船晏樂，追溯其情耳。結言如此相知，從此更必受恩提拔，不致終歿吴下也。第八初讀似嫌怒張，然細考其出落便佳。《天文書》：「張衡曰：『太微垣，天子宫庭，十二諸侯之府也。』」金庭山，在嵊縣。道經云：「越有金庭、桐柏，與四明、天台相連。」《剡録》云：「雲霞所興，神仙之宫。二池在巔，水赤色，勺之潔白，因名丹池山。山桐柏合生，故名桐柏。」《真誥》曰：「桐柏山，高一萬五千丈，周圍八百餘里，四面視之如一。一頭在會稽東海際，一頭入海中。是金庭不死之鄉，在桐柏之中，方四十里。上有黄雲覆之。樹則蘇玗珠碧，泉則石髓金精，其山臺則皆五色金也。」金臺指此。經舟水而行，有洞天中過，在剡、臨海二縣之境。唐裴通記，其洞即道家所謂丹霞赤城第六洞天也。王右軍家焉，後齊改其居爲金庭觀。又《十洲記》：「崑崙宫一角，有積舍爲天墉城，面方千里，城上安金臺五所，玉樓十二所。其北山承淵山，又有墉城、金臺、玉樓相鮮。」則金臺本仙家事，今雙引用之。若以爲燕昭金臺，上下無照應，非也。「温室」，長樂宫中殿名。漢孔光休日不語朝事，或問温室省中樹何木，嘿然不應，答以他語。「越溪」，即若耶溪，西施采蓮處。樵風涇，鄭弘采薪，得一遺矢，有人從弘覓，與之。問弘所欲，曰：「若耶溪載薪不易，願朝南風，暮北風。」後果然。《晋陽秋》：「吴人謂中州人爲傖父。」《晋書》：「陸玩嘗詣王導食酪，因而得病。與導箋曰：『僕雖吴人，幾爲傖鬼。』」吴人謂北人爲傖父，大約鄙其粗戇。玩因食北方之物，幾死，故云。謝靈運詩：「挂席拾海月。」《臨海志》：「海月大如鏡，白色，是海味。」今詳此詩文義，所用非專此。然但借用其名爲土儀，虚虚實實之間，妙！（胡以梅《唐詩貫珠箋》卷十一）

浙東罷府西歸〔一〕，道經吴中〔二〕，廣文張博士、皮先輩、陸秀才皆以雅篇相送〔三〕，不量荒詞〔四〕，亦用訓別①

李縠

豈有頭風筆下痊〔五〕，浪成蠻語向初筵〔六〕。蘭亭舊趾雖曾見〔七〕，柯笛遺音更不傳〔八〕。照曜文星吴分野②〔九〕，留連花月晋名賢〔一〇〕。相逢只恨相知晚〔一一〕，一曲驪歌又幾年〔一二〕。

（詩五七四）

【校記】

①統籤本、季寫本、全唐詩本題作《浙東罷府西歸，酬别張廣文、皮先輩、陸秀才》。②「曜」類苑本、季寫本作「耀」。

【注釋】

〔一〕此詩當作於咸通十一年（八七〇）秋。浙東罷府西歸：參本卷（詩五七一）注〔一〕。

〔二〕吴中：指蘇州。參卷一（詩五）注〔一〕。

〔三〕廣文張博士：張賁，曾任廣文館博士。屢見前注。皮先輩：皮日休。屢見前注。陸秀才：陸龜蒙。參本卷（詩五四七）注〔八〕。

〔四〕不量：不自量。荒詞：蕪雜而不够精粹的文詞。自謙作詩水平低下。

〔五〕頭風：頭痛病。此句自謙詩歌没有能够使病愈的神奇作用。《三國志·魏書·陳琳傳》：「太祖并以（陳）琳、（阮）瑀爲司空軍謀祭酒，管記室，軍國書檄，多琳、瑀所作也。」裴松之注引《典略》曰：「琳作諸書及檄，草成呈太祖。太祖先苦頭風，是日疾發，卧讀琳所作，翕然而起曰：『此愈我病。』數加厚賜。」

〔六〕浪成：輕率而成，空成。蠻語：古代稱長江流域中部荆州一帶地區爲蠻荆。此泛指南方少數民族的語言。借以自謙詩作劣下。《詩經·小雅·采芑》：「蠢爾蠻荊，大邦爲讎。」朱熹集注：「蠻荊，荊州之蠻也。」《世説新語·排調》：「郝隆爲桓公南蠻參軍。三月三日會，作詩。不能者罰酒三升。隆初以不能受罰，既飲，攬筆便作一句云：『娵隅躍清池。』桓問：『娵隅是何物？』答曰：『蠻名魚爲娵隅。』桓公曰：『作詩何以作蠻語？』隆曰：『千里投公，始得蠻府參軍，那得不作蠻語也？』」初筵：宴飲的開始。泛指酒宴。《詩經·小雅·賓之初筵》：「賓之初筵，左右秩秩。」

〔七〕蘭亭：地名，故址在會稽山陰（今浙江省紹興市）。東晉永和九年（三五三）三月三日，王羲之、謝安等四十三人，會於蘭亭，修祓禊之事，王羲之作并書《蘭亭序》。《太平寰宇記》（卷九六）《江南東道八》：「越州山陰縣，蘭亭，在縣西南二十七里。《輿地志》云：『山陰郭西有蘭渚，渚有蘭亭，王羲之所謂曲水之勝境，製序于此。』」《晉書》（卷八〇）《王羲之傳》：「嘗與同志宴集於會稽山陰之蘭亭，羲之自爲之序，以申其志。曰：『永和九年，歲在癸丑，暮春之初，會于會稽山陰之蘭亭，修禊事也。群賢畢至，少長咸集。此地有崇山峻嶺，茂林修竹。又有清流激湍，映帶左右。引以爲流觴曲水，列坐其次。雖無絲竹管絃之盛，一觴一咏，亦足以暢叙幽情。』」

〔八〕柯笛：柯亭之笛。《後漢書》（卷六〇下）《蔡邕傳》：「（邕）乃亡命江海，遠迹吴、會。往來依太山羊氏，積十二年，在吴。」李賢注：「張騭《文士傳》曰：『邕告吴人曰：「吾昔嘗經會稽高還亭，見屋椽竹東間第十六可以爲笛。」取用，果有異聲。』伏滔《長笛賦序》云：『柯亭之觀，以竹爲椽。邕取爲笛，奇聲獨絶』也。」《太平寰宇記》（卷九六）《江南東道八》：「越州山陰縣，柯亭，《郡國志》云：『千秋亭，一名柯亭。』又《會稽地記》云：『漢議郎蔡邕避難，宿于此亭，仰觀椽竹，知有奇響，因取爲笛，遂以爲寶器也。』千秋，一云高遷亭。」更：絶。張相《詩詞曲語辭匯釋》（卷一）：「更，甚辭。猶云不論怎樣也；雖也；縱也；亦猶云絶也。」

〔九〕文星：文曲星。此喻皮、陸、張賁。吴分野：吴地。此指蘇州。分野，古代天文學將天上二十八星宿的位置與地面上的州國對應起來，就天上言，稱分星；就地下言，稱分野。

〔一〇〕花月：鮮花明月。泛指自然美景。晋名賢：晋代的名士賢人，即指王羲之、謝安等人。此借指皮、陸諸人。

〔一一〕恨相知晚：以相知太遲而感到遺憾。《史記》（卷一〇七）《魏其武安侯列傳》：「兩人（按指灌夫、竇嬰）相爲引重，其游如父子然。相得歡甚，無厭，恨相知晚也。」

〔一二〕驪（lí）歌：《驪駒歌》，逸《詩》篇名，古代的告别歌曲。此指作者與皮、陸諸人惜别。《漢書》（卷八八）《王式傳》：「謂歌吹諸生曰：『歌《驪駒》。』」顔師古注：「服虔曰：『逸《詩》篇名也，見《大戴禮》。客欲去歌之。』文穎曰：『其辭云「驪駒在門，僕夫倶存；驪駒在路，僕夫整駕」』也。」

【箋評】

前解言作檄愈人頭風，我誠不如陳琳；當筵敢咏「娵隅」，我誠不如郝隆。然而浙東爲修禊帖勝地，青溪據床之弄，或當尚有存者。而我三年以來，彼中所有人物，亦既略得目睹，殊不見有所謂逸少、子野其人者，此爲大可嗤也。其言殊憒憒，看陸詩便知。

後解先罵倒本地人，然後申意三君子也。言若今此三君子者，真皆上應星象，下追古賢，昨又恨晚，今又悲早也。（《金聖嘆全集》選刊之二《貫華堂選批唐才子詩》）

送羊振文先輩往桂陽歸覲①〔一〕

龜蒙

風雅先生去一麾〔二〕，過庭才子趣歸期〔三〕（原注：時使君丈人自《毛詩》博士出牧②〔四〕）。讓王門外開帆葉〔五〕，義帝城中望戟支③〔六〕。郢路漸寒飄雪遠〔七〕，湘波初暖漲雲遲〔八〕。靈均精魄如能問④〔九〕，又得千年賈傅詞〔一〇〕。（詩五七五）

【校記】

①「陽」原作「楊」，據弘治本、汲古閣本、詩瘦閣本、四庫本、統籤本、類苑本、季寫本、全唐詩本改。

②類苑本無此注語。　③「支」弘治本、汲古閣本、四庫本、類苑本作「枝」。　④「均」原作「均」，據弘治本、汲古閣本、詩瘦閣本、四庫本、陸詩丙本、季寫本、全唐詩本改。

【注釋】

〔一〕細審詩意，此詩當作於咸通十一年（八七〇）秋冬。羊振文：參本卷（詩五六四）注〔一〕。先輩：羊振文于咸通九年進士及第，而龜蒙并未登第，此處尊稱羊氏爲先輩，即明胡震亨《唐音癸籤》（卷一八）所云：「先輩，原以稱及第者」之意。桂陽：唐代郴州（今湖南省郴州市）。《元和郡縣圖志》（卷二九）《江南道五》：「郴州，桂陽，本漢長沙國地，（後）漢分長沙南境立桂陽郡，理郴縣，領十一縣。隋平陳，改爲郴州。大業中復爲桂陽郡。武德四年爲郴州。」歸覲（jìn）：探視父母。覲，省親。

〔二〕風雅先生：指羊振文父親。詳下句原注，其父時自《毛詩》博士出任郴州刺史，故稱其爲「風雅先生」。郁賢皓《唐刺史考·江南西道·郴州》：「羊某，咸通十年？（八六九？）。《全唐詩》卷六〇〇司馬都有《送羊振文歸覲桂陽》，卷六一四皮日休、卷六二六陸龜蒙、卷六三一顔萱，均有同題詩。陸詩注云：『時使君丈人自《毛詩》博士出牧。』今人陶敏謂羊某咸通十年爲郴州刺史。」按審下皮日休和詩首句「桂陽新命下彤墀」，羊某實際到任郴州刺史當在咸通十一年（八七〇）。一麾（huī）：一隻旗幟。喻出任郡守。《文選》（卷二一）顔延之《五君咏·阮始平》：「屢薦不入官，一麾乃出守。」李善注：「曹嘉之《晋紀》曰：『山濤舉咸爲吏部郎，三上，武帝不能用也。』《尚書》曰：『學古入官。』麾，指麾也，言爲勖所指麾也。」

〔三〕過庭才子：指羊振文。過庭，省父之意。《論語·季氏》：「（孔子）嘗獨立，鯉（孔子之子）趨而過庭。曰：『學詩乎？』對曰：『未也。』『不學詩，無以言。』鯉退而學詩。」趨：同「趨」，疾走貌。歸期：歸來的日期。此指歸來省親的日子。李商隱《夜雨寄北》：「君問歸期未有期，巴山夜雨漲秋池。」

〔四〕使君丈人：指羊振文父親。使君，漢代稱郡太守爲使君。後世州與郡相等，故以使君稱州刺史。《後漢書》（卷三一）《郭伋傳》：「伋前在并州，……始至行部，到西河美稷，有童兒數百，各騎竹馬，道次迎拜。伋問：『兒曹何自遠來？』對曰：『聞使君到，喜，故來奉迎。』伋辭謝之。」漢樂府《陌上桑》：「使君從南來，五馬立踟躕。」丈人：對長者的敬稱。《論語·微子》：「子路從而後，遇丈人，以杖荷蓧。」《毛詩》博士：教授《毛詩》的博士學官。《新唐書》（卷四八）《百官志三》：「國子監，國子學，五經博士各二人，正五品上。掌以其經之學教國子。《周易》《尚書》《毛詩》《左氏春秋》《禮記》爲五經。」牧：古代州的長官。唐代用以稱刺史。《尚書·立政》：「宅乃牧。」孔穎達疏：「《曲禮》云：『九州之長曰牧。』《王制》云：『千里之外設方伯，八州八伯。』然則牧、伯一也。……鄭玄云：『殷之州牧曰伯，虞、夏及周曰牧。』」

〔五〕讓王門：指蘇州。西周泰伯讓王位與其弟而奔吴，成爲吴國的始主，其地即後世的蘇州。參卷六（詩三四五）注〔一〕、（詩三四六）注〔三〕。帆葉：船帆。指船。一葉，本可喻小船。

〔六〕義帝城：即桂陽，也就是郴州。《元和郡縣圖志》（卷二九）《江南道五》：「郴州（桂陽），郴縣，本漢舊縣，項羽徙義帝之所都也。歷代屬郴陽郡，隋屬郴州。」義帝：楚懷王熊心，秦末項梁立，後爲項羽所殺。《史記》（卷七）《項羽本紀》：「於是項梁然其言，乃求楚懷王孫心民間，爲人牧羊，立以爲楚懷王，從民所望也。……項王使人致命懷王。懷王曰：『如約。』乃尊懷王爲義帝。……項王出之國，使人徙義帝，曰：『古之帝者地方千里，必居上游。』乃使使徙義帝長沙郴縣。趣義帝行，其群臣稍稍背叛之，乃陰令衡山、臨江王擊殺之江中。」戟支：古代一種兵器稱作戟，其上有横着的刀刃稱小支，合稱作戟支。《後漢書》（卷七五）《吕布傳》：「布彎弓顧曰：『諸君觀布射〔戟〕小支，中者當各解兵，不中可留決鬥。』布即一發，正中戟支。」李賢注：「《周禮·考工記》曰：『爲戟博二寸，内倍之，胡參之，援四之。』鄭注云：『援，直刃；胡，其孑也。』小支謂胡也。即今之戟傍曲支。」古代帝王和達官在宫殿、官署、宅第前都有列戟的儀仗，數目根據尊卑而定。唐代仍有所謂門戟，但戟乃以木爲之。此指羊振文父親作爲州刺史的列戟。《新唐書》（卷四八）《百官志三》：「凡戟，廟、社、宫、殿之門二十有四，東宫之門一十八，一品之門十六，二品及京兆、河南、太原尹、大都督、大都護之門十四，三品及上都督、中都督、上都護、上州之門十二，下都督、下都護、中州、下州之門各十。」據《元和郡縣圖志》（卷二九），郴州爲中州，故門戟之數應爲十。

〔七〕郢路：戰國時楚國國都稱郢，在今湖北省江陵市。《舊唐書》（卷三九）《地理志二·山南東道》：「荆州江陵府，江陵，漢縣，南郡治所也。故楚都之郢城，今縣北十里紀南城是也。後治於郢，在縣東南。今治所，晋桓温所築城也。」此句預想羊振文今冬要經過郢都一帶。此處「郢雪」當化用故實。《文選》（卷四五）宋玉《對楚王問》：「其爲《陽春》《白雪》，國中屬而和者不過數十人。」

〔八〕湘波：湘江，在今湖南省，匯入洞庭湖，流入長江。參《元和郡縣圖志》（卷二九）《江南道五·湖南觀察使》各州、縣條。此句謂明年初春羊振文將要到達湘水流域。此處用「雲」字，當亦有思親之意。陶淵明《停雲一首并序》：「停雲，思親友也。」

〔九〕靈均：屈原字。屈原《離騷》：「皇覽揆余初度兮，肇錫余以嘉名。名余曰正則兮，字余曰靈均。」精魄：靈魂，魂魄。陳子昂《感遇三十八首》（其八）：「精魄相交構，天壤以羅生。」李白《草創大還贈柳官迪》：「造化合元符，交媾騰精魄。」問：探望，問候。此有憑吊義。《史記》（卷八四）《屈原賈生列傳》：「（楚懷）王怒而疏屈平。……頃襄王怒而遷之。屈原至於江濱，被髮行吟澤畔，顏色憔悴，形容枯槁。……於是懷石遂自沈汨羅以死。」《集解》：「應劭曰：『汨水在羅，故曰汨羅也。』」《正義》：「故羅縣城在岳州湘陰縣東北六十里。春秋時羅子國，秦置長沙郡而爲縣也。按：縣北有汨水及屈原廟。」

〔一〇〕賈傅：賈誼（前二〇〇—前一六八），洛陽人，西漢思想家、文學家。曾爲長沙王太傅，世稱「賈傅」。生平事迹參《史記》（卷八四）《屈原賈生列傳》、《漢書》（卷四八）《賈誼傳》。賈傅詞：指賈誼赴任長沙王太傅，途經汨羅時，憑吊屈原而作的《吊屈原賦》。《史記》（卷八四）《屈原賈生列傳》：「自屈原沈汨羅後百有餘年，漢有賈生，爲長沙王太傅，過湘水，投書以吊屈原。……及渡湘水，爲賦以吊屈原。」

【箋評】

《筆談》曰：「今人守郡，謂之建麾，蓋用顏延年詩『一麾乃出守』事。此誤也。延年謂『一麾』

者，乃指麾之麾，非旌麾之麾也。自杜牧之有『擬把一麾江海去』，始謬用『一麾』，自此遂爲故事。」此沈存中所言也。僕因考唐人詩，如杜子美、柳子厚、許用晦、獨孤及、劉夢得、陸龜蒙等，皆用「一麾」事，獨牧之謂「把一麾」爲露圭角，似失延年之意。若如張説詩「湘濱擁出麾」，如此而言，初亦何害。《緗素雜記》謂牧之意則善矣，言「擬把」則謬也。自謂「一麾」於理無礙，但不可以此言贈人。宋景文公詩曰「使麾請得印垂腰」，又曰「一封通奏領州麾」，是真得延年之意，未嘗謬用也。僕謂黄朝英妄爲之説耳。牧之之誤，正坐以「指麾」之「麾」爲「旌麾」之「麾」，景文之誤亦然。朝英乃取宋斥杜，謂牧之不當言「擬把」，而景文自用爲宜，然則牧之「擬把一麾江海去」，豈不自用？景文「使麾請得印垂腰」，獨非「旌麾」邪？朝英又謂「一麾」事，但不可以贈人。僕謂以景文詩「使麾」、「州麾」字語人，又何不可？所謂貶辭者，「麾去」云爾。既是「旌麾」，何貶之有！朝英又謂景文用「一麾」事，真得延年之意。則是延年以「一麾」爲「旌麾」之「麾」，初非「指麾」之「麾」也。其言翻覆，無一合理，甚可笑也。《筆談》謂今人守郡爲「建麾」，謂用顔詩事，自牧之始。僕謂此説亦未爲是。觀《三國志》「擁麾守郡」，《文選》「建麾作牧」，此語在牧之前久矣。謂「把一麾」之誤自牧之始，則可，謂「建麾」之誤，則不可。（王楙《野客叢書》卷二十三《唐人用一麾事》）

「風雅先生」，指振文之父，因《毛詩》博士，故稱「風雅」。「一麾」，出守桂陽也。「過庭才子」，振文也。吴中以泰伯、仲雍爲交讓王，有交讓王廟，在干將坊南，臨河，直東出相門。今相門已塞。當時在「讓王門外開帆」。《漢書》：「項羽尊義帝，曰：『古之王者，地方千里，必居上游。』」徙之長沙郡，都郴，後陰使九江王布殺之。郢州，在洞庭湖北。自吴至郴，不經于郢。觀皮和之句，蓋當「欲雪」之時，是眼前事；因楚地，紐合郢人之歌《白雪》，牽類用之，故曰「遠」，乃遠飛於「湘波」。「湘波」則必由之路。「雲」，思親之意。結言如過湘江而吊屈原，則千年之後，觀賈誼之文矣。「讓王」、「義帝」，「帆葉」、「戟枝」，對亦工。（胡以梅《唐詩貫珠箋》卷十五）

同　前

日休

桂陽新命下彤墀〔一〕，綵服行當欲雪時〔二〕。登第已聞傳禰賦〔三〕，問安猶聽講《韓詩》〔四〕。竹人臨水迎符節〔五〕（原注：曹毗《湘中賦》云①：「篔簹中實，内有實，狀如人也②。」）〔六〕，風母穿雲避信旗〔七〕（原注：桂陽山中有風母獸，擊殺，向風輒活③。）〔八〕。無限湘中悼騷恨〔九〕，憑君此去謝江蘺〔一〇〕。（詩五七六）

【校記】

①四庫本無「云」。②「篔簹中實，内有實，狀如人也」原作「篔簹食人」，據盧校本、統籤本、全唐詩本改。「篔簹食人」四庫本原作「實如人」。類苑本無此注語。③「向」章校本、皮詩本、統籤本、季寫本、全唐詩本作「見」。類苑本無此注語。

【注釋】

〔一〕桂陽：參本卷（詩五七五）注〔一〕。彤墀：丹墀，紅色臺階。指宫廷。《漢書》（卷九八）《元后傳》：「曲陽侯根驕奢僭上，赤墀青瑣。」此句謂羊振文父親剛被朝廷任命爲郴州刺史。

〔二〕綵服：小兒所穿的衣服。用老萊子穿小兒五彩衣行孝娱親事。此借指羊振文，謂其在冬天即將到來時要動身前往桂陽省父。《藝文類聚》（卷二〇）引《列女傳》曰：「老萊子孝養二親，行年七十，嬰兒自娱。著五色采衣，嘗取漿上堂，跌仆，因卧地爲小兒啼。或弄烏鳥於親側。」

〔三〕登第：指羊振文進士及第。徐松《登科記考》（卷二三）：「咸通九年。羊昭業，《永樂大典》引《蘇州府志》：『侍郎劉允章知舉，羊昭業登第。昭業字振文。』」禰賦：用東漢禰衡作《鸚鵡賦》而得名事。《後漢書》（卷八〇下）《禰衡傳》：「禰衡字正平，平原般人也。少有才辯。……（黄）射時大會賓客，人有獻鸚鵡者，射舉卮於衡曰：『願先生賦之，以娱嘉賓。』衡攬筆而作，文無加點，辭采甚麗。」

〔四〕問安：古代兒子侍奉父母，每日必請安問好的禮法。《禮記·文王世子》：「文王之爲世子，朝於王季日三。鷄初鳴而衣服，至於寢門外，問内豎之御者曰：『今日安否何如？』内豎曰：『安。』文王乃喜。及日中又至，亦如之。及莫又至，亦如之。」《韓詩》：西漢燕國人韓嬰所傳授《詩經》，是漢代傳授《詩經》的四家之一。東漢末鄭玄作《毛詩傳箋》，此後《毛詩》獨盛，其餘三家式微。但直到唐代，《韓詩》仍有流傳。《漢書》（卷八八）《儒林傳·韓嬰傳》：「韓嬰，燕人也。孝文時爲博士，景帝時至常山太傅。嬰推詩人之意，而作《内》《外傳》數萬言。」《隋書》（卷三二）《經籍志一》：「《韓詩》二十二卷，漢常山太傅韓嬰，薛氏章句。《韓詩翼要》十卷，漢侯苞傳。《韓詩外傳》十卷。梁有《韓詩譜》二卷，《詩神泉》一卷，漢有道徵士趙曄撰，亡。」《舊唐書》（卷四六）《經籍志上》：「《韓詩》二十卷，卜商序，韓嬰撰。《韓詩外傳》十卷，韓嬰撰。《韓詩翼要》十卷，卜商撰。」

〔五〕竹人：指篔簹竹。南朝宋劉敬叔《異苑》（卷二）《竹節中人》：「建安有篔簹竹，節中有人，長尺許，頭足皆具。」北魏賈思勰《齊民要術》（卷一〇）《竹》：「王彪之《閩中賦》曰：『……篔簹函人……。』篔簹竹，節中有物，長數寸，正似世人形，俗説相傳云『竹人』，時有得者。」符節：魚符和旌節，唐代朝廷任命州刺史作爲憑證的信物。《唐會要》（卷六九）：「大曆十二年五月十日敕：『諸州刺史替代及别追，皆降魚書，然後離任。』」程大昌《演繁露》（卷一）：「唐世刺史亦執左魚，至州與右魚合契，亦其制也。唐世左魚之外，又有敕牒將之，故兼名魚書。」唐代刺史出行以雙旌爲前導，即爲旌節。劉禹錫《送李策秀才還湖南，因寄幕中親故，兼簡衡州吕八郎中》：「君行歷郡齋，大袂拂雙旌。」

〔六〕曹毗（pí）《湘中賦》：此賦已佚。北魏賈思勰《齊民要術》（卷一〇）録有數語：「竹中篔簹，白、烏，實中，紺族。濱榮幽渚，繁宗隈曲；萋蒨陵丘，薆逮重谷。」曹毗字輔佐，晋代詩人、辭賦家。生平事迹參《晋書》（卷九二）本傳。《隋書》（卷三五）《經籍志四》：「晋光禄勛《曹毗集》

十卷(原注:梁十五卷、録一卷。)。」又云:「晉《曹毗集》四卷。」《舊唐書》(卷四七)《經籍志下》、《新唐書》(卷六〇)《藝文志四》均著録:「《曹毗集》十五卷。」其集約在宋代後佚失。

〔七〕風母:古代傳説中的一種異獸。《太平御覽》(卷九〇八)引《十洲記》曰:「炎洲有風生獸,似豹,青色,大如猩猩。燒之不死,斫刺不入。以鐵椎鍛其刀頭,乃死。以其口向風,須臾活。」又引《南州異物記》曰:「風母獸,一名平猴,狀如猴,無毛,赤目。若行,逢人便叩頭,似如懼罪自乞人。若檛打之,慨然死地,無復氣息。小得風吹,須臾能起。」信旗:古代標志官職、姓名的旗幟,以爲徽號,稱作信旗。此即指刺史的雙旌而言。

〔八〕原注云云:郴州(桂陽)確有此種説法流傳。《元和郡縣圖志》(卷二九)《江南道五》:「郴州郴縣,石井山,在縣東北八十里。有風母獸,既死,張口向風則生。」

〔九〕湘中:指屈原自沉汨羅江的湘江流域。悼騷恨:謂憑吊哀悼屈原不幸遭際的怨恨。屈原作《離騷》自傷不遇。自漢代以來,效法《離騷》以哀悼屈原的作品甚多。漢淮南王劉安有《離騷傳》,賈誼有《吊屈原賦》,揚雄有《反離騷》《廣騷》《悼騷》等作,皮日休有《九諷》也是效騷之作,確如「無限」云云。

〔一〇〕憑君:請君。張相《詩詞曲語辭匯釋》(卷五):「憑,猶仗也;亦猶煩也;請也。」謝江蘺:語江蘺,告知江蘺。此處借江蘺表達敬悼之意。張相《詩詞曲語辭匯釋》(卷五):「謝,猶語也。」江蘺,一種生長在水邊的香草。《離騷》:「扈江離與辟芷兮,紉秋蘭以爲佩。」王逸注:

「江蘺、芷，皆香草名。」

【箋評】

一二亦先言父命下出守，次言子彩衣承歡。三承二，四總承一二。五六言湘内途中之事。結言屈子沉江以來，盡人有悼騷人之恨，俱憑君去，可以報彼江蘺矣。《離騷》云：「覽椒蘭其若兹兮，又况揭車於江蘺。」注云：「覩子椒、子蘭變節若此，何况衆人而不爲佞媚？」是江蘺乃騷人所怨之物，故「謝」之。此詩正用《離騷》，若李義山之「却教楚客怨江蘺」。另用樂府始愛終棄之義，不與此同。《禰衡傳》：「江夏太守黄祖長子射，大會賓客，有獻鸚鵡者，曰：『先生賦之。』衡攬筆而作，文不加點，辭采甚麗。」潛確曰：「孔子删書，上取商，下取魯，凡三百一十一篇，憫平生之教化不行，則以《雅》爲《風》；尊周公之有大勛勞，則以《風》爲《頌》。治國先齊家，以《二南》居《三百篇》之首；亂極則思治，以《邠風》居十三國之終。至秦滅學，亡六篇，今存三百五篇。孔子以詩授卜商，商爲之序。至漢而説詩者分爲四家：《魯詩》始于申培，而盛于韋賢；《齊詩》始于轅固，而盛于匡衡；《韓詩》起于韓嬰，而盛于王吉；《毛詩》起于毛萇，而盛于鄭玄。嗣後疏之者何胤輩，而惟劉焯輩爲殊絶。宋歐陽氏、蘇氏諸家皆訓釋，至《朱傳》出，而其説始定。」《漢書·儒林傳》：「韓嬰，燕人，孝文時爲博士。景帝時，至常山太傅。嬰推詩人之意，而作《内》《外傳》數萬言，其語頗與齊、魯間殊，然歸一也。淮南賁生受之，燕、趙間言詩者，由韓生。」篔簹，大竹。「竹人」，似竹户。《十洲記》：「炎洲在南海中，上有風生獸，似豹，青色，大如狸。燒之不燃，毛亦不焦。斫刺不入，打之如灰囊。以鐵

錐鍛其頭，數十下乃死，張口向風復活。」「風母」似即此類。（胡以梅《唐詩貫珠箋》卷十五）

同前

顔萱〔一〕

高挂吴帆喜動容〔二〕，問安歸去指湘峰〔三〕。懸魚庭内芝蘭秀〔四〕，馭鶴門前薜荔封〔五〕（原注：蘇耽舊宅在柳州①〔六〕）。紅旆正憐棠影茂〔七〕，綵衣偏帶桂香濃〔八〕。臨歧獨有霑襟戀〔九〕，南巷當年共化龍〔一〇〕（原注：先輩與拾遺叔父同年也②〔一一〕）。（詩五七七）

【校記】

①「柳」四庫本、統籤本、季寫本、全唐詩本作「桂」。類苑本無此注語。②類苑本無此注語。

【注釋】

〔一〕顔萱：參本卷（序一八）注〔二〕。

〔二〕吴帆：羊振文從蘇州乘船前往郴州省父，故云吴帆。喜動容：心中喜悦而在行爲舉止上表現了出來。《孟子·盡心下》：「動容周旋中禮者，盛德之至也。」

〔三〕問安：見本卷（詩五七六）注〔四〕。湘峰：湘江流域的山峰。此指郴州所在之地。

〔四〕懸魚庭：謂清廉之家。借指羊振文父親的家。《後漢書》（卷三一）《羊續傳》：「羊續字興祖，太山平陽人也。……拜續爲南陽太守。……時權豪之家多尚奢麗，續深疾之，常敝衣薄食，車馬羸敗。府丞嘗獻其生魚，續受而懸於庭。丞後又進之，續乃出前所懸者以杜其意。」芝蘭秀：喻子弟人才優秀。此喻羊振文。《世説新語・言語》：「謝太傅問諸子侄：『子弟亦何預人事，而正欲使其佳？』諸人莫有言者。車騎答曰：『譬如芝蘭玉樹，欲使其生於階庭耳。』」

〔五〕馭鶴：駕鶴。仙人乘鶴。馭鶴門：指郴州城門，用蘇耽事。喻羊振文父親任郴州刺史。《藝文類聚》（卷九〇）引《列仙傳》曰：「蘇耽去後，忽有白鶴十數隻，夜集郡東門城樓上。一隻口畫作書字，言曰：『是城郭，人民非，三百甲子當復歸。』咸謂是耽。」北魏酈道元《水經注》（卷三九）《耒水》：「黄溪東有馬嶺山，高六百餘丈，廣圓四十許里。漢末有郡民蘇耽，栖遊此山。《桂陽列仙傳》云：『耽，郴縣人。少孤，養母至孝。……即面辭母云：「受性應仙，當違供養。」……後見耽乘白馬還此山中，百姓爲立壇祠，民安歲登，民因名爲馬嶺山。』」薜荔：一種香草。《楚辭・離騷》：「擥木根以結茝兮，貫薜荔之落蕊。」王逸注：「貫，累也。薜荔，香草也，緣木而生。」此以「薜荔封」喻羊振文父親爲政廉正高潔。

〔六〕蘇耽：傳説爲漢末仙人，稱蘇仙公，郴州人。參本詩注〔五〕。柳州：今廣西壯族自治區市名，《元和郡縣圖志》（卷三七）《嶺南道四》：「柳州，本漢鬱林郡潭中縣之地，迄陳不改。……貞觀八年，改爲柳州，因柳江爲名。」柳州與蘇耽事無涉，「柳」當是「郴」之誤。

〔七〕紅旆（pèi）：紅色的旌旗。指羊昭業父親爲郴州刺史的儀仗。唐代刺州出行的儀仗是紅色雙旌。白居易《入峽次巴東》：「兩片紅旌數聲鼓，使君艛艓上巴東。」憐：愛，喜愛。棠影茂：高大茂盛的甘棠樹。喻羊昭業父親爲官有政績。《詩經·召南·甘棠》：「蔽芾甘棠，勿翦勿敗，召伯所憩。」《詩小序》：「甘棠，美召伯也。召伯之教，明於南國。」《毛傳》：「召伯，姬姓，名奭。食采於召，作上公，爲二伯。後封于燕。此美其爲伯之功。」《史記》（卷三四）《燕召公世家》：「召公巡行鄉邑，有棠樹，決獄政事其下，自侯伯至庶人各得其所，無失職者。」

〔八〕綵衣：參本卷（詩五七六）注〔二〕。桂香：桂花盛開的清香氣息。喻羊昭業進士及第。唐人稱登進士第爲折桂。參卷八（詩四四九）注〔三〕。

〔九〕臨歧：臨別。歧，歧路，岔路，指分別的路口。《文選》（卷一四）鮑照《舞鶴賦》：「指會規翔，臨歧矩步。」李善注：「歧，歧路也。……《爾雅》曰：『二達謂之歧。』郭璞曰：『歧，道傍出。』」「岐」通「歧」。霑襟：傷心流淚，沾濕衣襟。又作沾衿、沾襟。《莊子·齊物論》：「麗之姬，艾封人之子也，晉國之始得之也，涕泣沾襟。」

〔一〇〕南巷：喻稱叔侄關係。此當喻指顔萱叔父顔某。《晉書》（卷四九）《阮咸傳》：「咸字仲容。父熙，武都太守。咸任達不拘，與叔父籍爲竹林之游，當世禮法者譏其所爲。咸與籍居道南，諸阮居道北。北阮富而南阮貧。」化龍：化魚爲龍。此喻顔萱叔父與羊昭業一塊跳龍門，即同年登第。《藝文類聚》（卷九六）引《辛氏三秦記》曰：「河津，一名龍門。大魚積龍門下數千，不得上。上者爲龍，不上者（爲魚），故云曝腮龍門。」

〔二〕先輩：唐代進士互相推敬之稱。屢見前注。此指羊昭業。拾遺叔父：指顔萱任拾遺的叔父顔某。據《唐六典》（卷八），門下省有左拾遺二人，從八品上。又（卷九），中書省有右拾遺二人，從八品上。同年：唐人稱同一年登第者爲同年。李肇《唐國史補》（卷下）：「（進士）俱捷謂之同年。」清徐松《登科記考》（卷二三）《咸通九年》條，據顔萱此詩注文，將其叔父顔某列爲該年進士，與羊昭業同年。

【箋評】

此則一二言振文，三四指其父，而「芝蘭」亦兼及其子。「懸魚」，用事切當。四言蘇仙之宅之冷落而古，然扣住在到州。五六得夾寫之妙。結因年家，所以離情更不同耳。《後漢》：「羊續字興祖，爲南陽太守。府丞嘗送生魚，續受之而懸于庭。丞後進之，續乃出前所懸者，以杜其意。」蘇耽馭鶴升仙，見《古迹部》。《一統志》載：「蘇耽仙宅在州城東。初，乘鶴去後，常騎白鶴止郡城樓上。」《神仙通鑑》：「蘇耽母李氏，觸江中沉木而感孕。生時有雙鶴飛于庭，白光貫户。耽升仙，留一櫃，了不見物，唯二鶴凌空而去。」「憐」，猶愛也。言緑林紅旆，色艷可愛。按湘水，發源於廣西桂林府海陽山，湘、灕二水所自出。今言「湘峰」，似指此山。然在郴州西南，不過言向此山耳，非必到也。亦可言沿江之諸峰。（胡以梅《唐詩貫珠箋》卷十五）

同前

司馬都①〔一〕

此去歡榮冠士林〔二〕，離筵休恨酒盃深②〔三〕。雲梯萬仞初高步③〔四〕，月桂餘香尚滿襟〔五〕。鳴棹曉衝蒼靄發〔六〕，落帆寒動《白華》吟〔七〕。君家祖德唯清苦④〔八〕，却笑當時問絹心〔九〕。（詩五七八）

【校記】

①「司馬都」類苑本作「馬都」，誤。②「筵」統籤本作「情」。「恨」四庫本作「限」。③「雲」類苑本作「雪」。④「唯」弘治本、汲古閣本、四庫本、季寫本作「惟」。

【注釋】

〔一〕司馬都：參本卷（詩五四六）注〔一〕。

〔二〕歡榮：歡樂榮耀。指羊昭業在咸通九年（八六八）進士及第，其父現又任郴州刺史，此次羊昭業歸覲，父子相見，一門榮華。《宋書》（卷二〇）《樂志二》載《食舉東西箱樂詩十一章》（其十）：「游淳風，泳淑清。協億兆，同歡榮。」韋應物《長安道》：「歡榮若此何所苦，但苦白日西南馳。」士林：泛指文人士大夫。《文選》（卷四四）陳琳《爲袁紹檄豫州》：「自是士林憤痛，民怨彌重。」李善注：「林喻多也。司馬遷書曰：『列於君子之林。』」劉禹錫《送李中丞赴楚州》：「緹騎朱旗入楚城，士林皆賀振家聲。」

〔三〕離筵：送别的宴會。杜甫《奉送蘇州李二十五長史丈之任》：「赤壁浮春暮，姑蘇落海邊。客間頭最白，惆悵此離筵。」酒盃深：喻酣飲離别酒，以表惜别之情深至。

〔四〕雲梯：古代登城的長梯，或指仙人升天之路。《墨子·公輸》：「公輸盤爲楚造雲梯之械，成，將以攻宋。」《文選》（卷二一）郭璞《遊仙詩七首》（其一）：「靈谿可潛盤，安事登雲梯。」李善注：「雲梯，言仙人升天因雲而上，故曰雲梯。」萬仞：形容雲梯之高。古代以八尺爲一仞。高步：大步。《文選》（卷二一）左思《咏史八首》（其五）：「被褐出閶闔，高步追許由。」此句謂羊昭業遠大的前程纔開始起步。

〔五〕月桂：古代神話，月中有桂樹，故稱。餘香：桂花的香氣。此句謂羊昭業進士及第的時間還不太長，故有「餘香」云云。參卷八（詩四五三）注〔九〕。

〔六〕鳴棹：劃槳開船。蒼靄：淡淡的青緑色煙霧。

〔七〕落帆：降下船帆，謂到達目的地。《白華》吟：吟咏《白華》，以表思親行孝之思。《詩經·小雅·白華》爲無辭的笙詩，乃鄉飲酒所奏曲。《文選》（卷一九）束晳《補亡詩六首·白華》（小序）：「《白華》，孝子之絜白也。」李善注：「言孝子養父母，常自絜如白華之無點汙也。子夏序曰：『《白華》廢則廉耻缺矣。』」

〔八〕君家祖德：贊美羊振文家世累代有功德。用羊續事。參本卷（詩五七七）注〔四〕。亦當參用東漢末楊修事，以「羊」、「楊」音同而借用。《後漢書》（卷五四）《楊震傳》附《楊修傳》：「修字德祖，好學，有俊才。……自（楊）震至（楊）彪（按楊修父）四世太尉，德業相繼，與袁氏俱爲東京名族云。」李賢注引《華嶠書》曰：「東京楊氏、袁氏，累世宰相，爲漢名族。然袁氏車馬衣服極爲奢僭；能守家風，爲世所貴，不及楊氏也。」清苦：清貧刻苦。晋葛洪《抱朴子·外篇·安貧》：「昔回、憲以清苦稱高，陳平以無金免危。」

〔九〕問絹心：喻清廉守正之心。《三國志·魏書·胡質傳》附其子《胡威傳》：「威，咸熙中官至徐州刺史。」裴松之注引《晋陽秋》曰：「質之爲荆州也，威自京都省之。家貧，無車馬童僕，威自驅驢單行，拜見父。停厩中十餘日，告歸。臨辭，質賜絹一疋，爲道路糧。威跪曰：『大人清白，不審於何得此絹？』質曰：『是吾俸禄之餘，故以爲汝糧耳。』威受之，辭歸。」

【箋評】

「歡」，事親；「榮」，新及第，故「冠士林」也。三四皆言新第，且韻極。「蒼靄」，山水間之翠色。「落帆」，到日也。《白華》，孝子事親之什。「祖德」，指羊續。結言如懸魚之清，并其胡威之絹亦無，是胡絹尚落第二義，所以「笑」之耳。翻案極妙。《白華》，亡《詩》篇名。子夏序曰：「《白華》廢則廉耻缺矣。」晋束晳《補亡六首》曰：「《白華》，孝子之潔白也。」有《白華朱萼》《白華絳趺》《白華玄足》三章。注：「言孝子養父母，常自潔如此，如白華之無點污也。」胡威問絹，見《致仕部》。（胡以梅

褚家林亭〔一〕

日休

廣亭遥對舊娃宫〔二〕，竹島蘿溪委曲通〔三〕。茂苑樓臺低檻外〔四〕，太湖魚鳥徹池中〔五〕。蕭疎桂影移茶具〔六〕，狼藉蘋花上釣筒①〔七〕。争得共君來此住〔八〕，便披鶴氅對清風〔九〕。

(詩五七九)

【校記】

①「藉」弘治本、汲古閣本、四庫本、皮詩本、統籤本、類苑本、季寫本、全唐詩本作「籍」。

【注釋】

〔一〕此詩當作於咸通十一年(八七〇)秋。褚家林亭：范成大《吴郡志》(卷一四)：「唐褚家林亭，《松陵集》倡和云，在震澤之西。皮日休詩云：『茂苑樓臺低檻外，太湖魚鳥徹池中。』當在松江之傍也。今吴中褚姓尚多，亦有登進士科者。」林亭：風景佳勝的園林亭臺。唐詩中常語。韋應物《賈常侍林亭燕集》、劉長卿《題獨孤使君湖上林亭》、温庭筠《華陰韋氏林亭》，又《題裴晋公林亭》：「謝傅林亭暑氣微。」

〔二〕廣亭：高大寬敞的亭臺。指褚家林亭。娃宫：館娃宫，故址在蘇州靈巖山（一名硯石山）。參卷六（詩三二七）注〔二〕。

〔三〕委曲：蜿蜒曲折地延伸。唐李端《賦得山泉送房造》：「委曲穿深竹，潺湲過遠灘。」

〔四〕茂苑：又名長洲苑，爲春秋時吴國國王夫差的獵場。《元和郡縣圖志》（卷二五）《江南道一》：「蘇州長洲縣，本萬歲通天元年析吴縣置，取長洲苑爲名。苑在縣西南七十里。」《文選》（卷五）左思《吴都賦》：「帶朝夕之浚池，佩長洲之茂苑。」李善注：「《漢書》：枚乘上書曰：『……修治上林，圈守禽獸，不如長洲之苑。』」檻（jiàn）：欄杆。指褚家林亭上的欄杆。

〔五〕太湖：又名震澤、具區、五湖、笠澤。在今江蘇省蘇州市、無錫市一帶。前已屢注。徹：遍，滿。

〔六〕蕭疎：疏朗蕭散。桂影：桂樹的投影。又切明月，古代神話傳説月中有桂樹。參卷八（詩四五三）注〔九〕。

〔七〕狼藉：雜亂貌。《史記》（卷一二六）《滑稽列傳》：「日暮酒闌，合尊促坐，男女同席，履舄交錯，杯盤狼藉。」蘋花：指水面上的浮萍。蘋是浮萍較大的一種，故常稱「大蘋」，開白花，又稱「白蘋」。釣筒：一種捕魚器具。參卷四（序六）注〔一〇〕及同卷（詩八四）注〔一〕。

〔八〕争得：怎得。「争」同「怎」。共君：與君。

〔九〕披鶴氅：用王恭事。表現一種超塵脱俗、瀟灑疏放的情趣。參本卷（詩五五〇）注〔三〕。清風：既指自然界的清風，亦喻超塵絶俗之意。阮籍《咏懷八十二首》（其四十二）：「休哉上世人，萬載垂清風。」《世説新語·言語》：「清風朗月，輒思玄度。」白居易《高僕射》：「清風久銷歇，迨此向千載。」

【箋評】

晚步遊褚家竹潭

落日猶半野，閒來潭上遊。非因戀幽賞，聊欲散煩憂。澄波魚喻夕，荒竹鳥吟秋。不是愚溪上，胡爲吾久留？（高啓《高青丘集》卷七）

先寫正亭坐落，次寫亭前、亭後、亭左、亭右，無數罨畫此亭者。次寫從亭中放眼過去，次寫從亭外平收過來，是真好林亭，是真好筆墨也。「遥對娃宫」，衹是寫亭坐落，非注眼娃宫也。不辨，即與「茂苑樓臺」犯矣。常苦有佳人，不得佳地。坐此又苦有佳地，不得佳人來也。誠得對「披鶴氅」，啜茗釣魚，則是「蕭疏」桂下，「狼藉」蘋邊，誠乃佳主佳賓，佳時佳課也。（《金聖嘆全集》選刊之二《貫華堂選批唐才子詩》）

大抵褚家林亭，在蘇城西南，近太湖之處，故館娃宫、茂苑皆相望也。通首清俊。二入膩，五六更佳。「移茶具」接得變化，「影」字妙。結寄陸之語。《姑蘇志》：「館娃宫，今靈巖山即其地。」又志載《圖經》云：「長洲苑，在吴縣西南七十里，是太湖之濱也。」「徹」，通也。（胡以梅《唐詩貫珠箋》卷三十七）

奉和

張賁

疎野林亭震澤西〔一〕，朗吟閑步喜相携①〔二〕。時時風坼蘆花亂②〔三〕，處處霜摧稻穗低③。百本敗荷魚不動〔四〕，一枝寒菊蝶空迷。今朝偶得高陽伴〔五〕，從放山公醉似泥④〔六〕。（詩五八〇）

【校記】

①「朗」原缺「月」末二筆，避宋太祖始祖趙玄朗諱。②「坼」弘治本、汲古閣本、詩瘦閣本作「拆」，四庫本、統籤本、類苑本、全唐詩本作「折」。「亂」類苑本作「落」。③「摧」季寫本作「催」。④「公」全唐詩本作「翁」。

【注釋】

〔一〕疎野：草木茂盛，蕭森疏朗的曠野。李翱《戲贈詩》：「縣君好磚渠，繞水恣行游。鄙性樂疏野，鑿地便成溝。」震澤西：具體指出褚家林亭的地理位置。震澤：太湖的别名。參卷三（序五）注〔一〕。

〔二〕朗吟：高聲朗誦。猶朗咏。《文選》（卷一一）孫綽《遊天台山賦》：「凝思幽巖，朗咏長川。」閑步：隨意行走，漫步。《文選》（卷三四）曹植《七啓》（其三）：「雍容閑步，周旋馳燿。」

〔三〕坼（chè）：裂開。《説文·土部》：「坼，裂也。」

〔四〕百本：百株。本，植物的一個植株爲一本。《荀子·富國》：「然後瓜桃棗李，一本數以盆鼓。」敗荷：衰荷，枯荷。漢樂府《江南》：「江南可采蓮，蓮葉何田田。魚戲蓮葉間，魚戲蓮葉東，魚戲蓮葉西，魚戲蓮葉南，魚戲蓮葉北。」

〔五〕高陽伴：喻酒伴。高陽：高陽池。喻褚家林亭。用晉代山簡事。參本卷（詩五四一）注〔五〕。

〔六〕從放：任使。張相《詩詞曲語辭匯釋》（卷一）：「從，猶任也；聽也。」又（同卷）：「放，猶教也；使也。」山公：晉代山簡，時人稱爲山公。此喻皮日休。參本卷（詩五四一）注〔五〕。醉似泥：形容酣飲大醉。參本卷（詩五六七）注〔六〕。

奉和

龜蒙

一陣西風起浪花，遶欄干下散瑶華①〔一〕。高窗曲檻仙侯府〔二〕，卧葦荒芹白鳥家②〔三〕。孤島待寒凝片月〔四〕，遠山終日送餘霞〔五〕。若知方外還如此③〔六〕，不要乘秋上海槎④〔七〕。

（詩五八一）

【校記】

①「欄」詩瘦閣本作「闌」。「干」陸詩甲本、季寫本、全唐詩本作「杆」。②「卧」鼓吹本作「折」，季寫本、全唐詩本注：「一作折。」③「若」陸詩丙本作「者」。「還」鼓吹本作「僊」，季寫本、全唐詩本注：「一作僊。」④「乘秋上海槎」盧校本作「秋乘海上槎」。「乘秋」陸詩甲本、鼓吹本、統籤本、季寫本、全唐詩本作「秋乘」。

【注釋】

〔一〕瑶華：白玉般的花。此喻浪花。《楚辭·九歌·大司命》：「折疏麻兮瑶華，將以遺兮離居。」王逸注：「瑶華，玉華也。」

〔二〕仙侯府：天上神仙居住的府第。此喻褚家林亭。《抱朴子·内篇·祛惑》：「及到天上，先過紫府，金床玉几，晃晃昱昱，真貴處也。」道教對所謂的仙人也是封侯賜爵的，如太上老君天師、元始天尊、太上玉皇天尊等等，名目繁多。

〔三〕卧葦荒芹：倒伏的枯葦和荒蕪的水芹。指秋天水畔凄凉寂寞的景象。白鳥：鳥名，即白鷺。

〔四〕待寒：將要變得寒冷。待，張相《詩詞曲語辭匯釋》（卷一）：「待，擬辭，猶將也；打算也。」

〔五〕終日：日落時仍然有陽光。與作「整天」解之義不同。餘霞：夕陽的餘暉。《文選》（卷二七）謝朓《晚登三山還望京邑》：「餘霞散成綺，澄江静如練。」

〔六〕方外：人世之外。指神仙境界。《莊子·大宗師》：「孔子曰：『彼，遊方之外者也；而丘，遊方之内者也。」《楚辭·遠遊》：「覽方外之荒忽兮，沛罔象而自浮。」還：張相《詩詞曲語辭匯釋》（卷一）：「還，猶云如其也。」

〔七〕海槎：在海上漂浮的木筏子。此句謂不需要在秋天乘木筏到天上尋找神仙境界。意謂赭家林亭猶如仙境。參卷八（詩四九一）注〔一〕。

【箋評】

陸魯望詩「折葦荒芹白鳥家」，蘇潛父《渡金山》詩「獨憐只尺蓮花國」，「家」、「國」二字下得酸巧，修辭固不可已夫。（姚旅《露書》卷三）

五六裝句法，嫩。（陸時雍《唐詩鏡》卷五十二）

相其意思，乃如不要作詩也者。閑閑然只就此林亭中，縱心定欲，搜捕奇景。而一時忽忽注眼，親見此境大奇，於是大叫筆來，捲袖舒手，疾忙書之。到得書成放筆，已連自家亦不道適來有如此之事也。「一陣西風」，言直從太湖捲水來也。「起浪花」，言風捲水至亭根，泙湃而上也。「繞闌」、「散華」，言濺水小大，如琖如錢，如豆如珠，飛落於闌干兩面也。「仙侯府」，言觀其亭上，則一何朱碧窈窕也。「白鳥家」，言望其亭下，是又何蕭騷空曠也。「孤島」、「片月」，寫出不是人間清凉。「遠山」、「餘霞」，寫出不是人間綺麗。因言方外清凉綺麗，若復不過如此，則又何用舍此他去也。（《金聖嘆全集》選刊之二《貫華堂選批唐才子詩》）

此言林亭所見，「風起浪花」如「瑶華」之白。其「高窗曲檻」，本屬仙侯之府；而「折葦荒芹」，即爲白鳥之家矣。若「孤島」之夜「凝片月」，「遠山」之風「送餘霞」，「方外」仙家不過如此，更何必乘槎上天，而求其所謂仙景者哉？○朱東嵒曰：此必林亭面對太湖，忽見其景，衝口而出，隨筆而起。曰「一陣西風起浪花，遶闌干下散瑶華」，言風捲太湖之水，直衝到亭根，其水勢之洶涌滂湃，飛散於闌干左右，是亦一奇觀也。「仙侯府」，是觀其亭上之勝，極其華燦；「白鳥家」，是望其亭下之趣，極其空曠。「孤島」、「片月」，寫出一片清凉之景；不似人間「遠山」、「餘霞」，寫出一片綺麗之色。直同天上，何必捨此而更求海槎耶？（元郝天挺注、明廖文炳解、清朱三錫評《東嵒草堂評訂唐詩鼓吹》卷三）

「瑶華」，即比「浪花」。一二言池塘之曠逸，三四言池邊，五言池中，六言遠山，結還贊其煙波縹緲，不必上遊天河。五六清逸。（胡以梅《唐詩貫珠箋》卷三十七）

看他題咏人家林亭，思之思之，先將多少尋常點染布置之法，一切棄去，不屑道。忽於坐久之後，時所偶值，目所親睹，果然得一絶靈奇、絶變幻之景，不覺大叫疾書。只十四字，真有筆歌墨舞之樂也。「一陣西風起浪花」，分明千頃湖光，平净如鏡，風聲響處，波濤陡作，其勢莫可遏也。「繞闌干下散瑶華」，水因風捲，拍岸齊飛，直入亭軒，高低零亂，不啻碎玉滿空也。妙哉，快哉！我今讀之，猶當急浮一大白也。看他一二如此突兀而來，三四却故用緩筆承受。三寫林亭以内之爽朗幽折，四寫林亭以外之空曠蕭疎，皆近景也。五六再寫遠景。島迎「片月」，自然一派清凉；山「送餘霞」，别是一般綺麗。七八虚收法。七猶王維所云「仙家未能勝此」，八猶宗楚客所云「無勞萬里訪蓬瀛」云

爾。（趙臣瑗《山滿樓箋注唐詩七言律》卷五）

送圓載上人歸日本國〔一〕

日休

講殿談餘著賜衣①〔二〕，椰帆却返舊禪扉〔三〕。貝多紙上經文動〔四〕，如意瓶中佛爪飛〔五〕。颸母影邊持戒宿〔六〕，波神宫裏受齋歸〔七〕。家山到日將何入②〔八〕，白象新秋十二圍〔九〕。

（詩五八二）

【校記】

①「著」項刻本作「着」。　②「入」項刻本作「事」，鼓吹本作「日」，季寫本、全唐詩本注：「一作日。」

【注釋】

〔一〕此詩當作於咸通十一年（八七〇）秋。圓載上人：日本僧人，在唐王朝學習漢文化，屬遣唐使一類。上人：對僧人的尊稱。參卷五（詩二三九）注〔一〕。日本國：《舊唐書》（卷一九九上）《東夷傳》：「日本國者，倭國之别種也。以其國在日邊，故以日本爲名。或曰倭國自惡其名不雅，改爲日本。或云日本舊小國，并倭國之地。」

〔二〕講殿：講論佛經的殿堂。北魏楊衒之《洛陽伽藍記·景林寺》：「講殿叠起，房廡連屬。」談餘：談説佛法之餘。賜衣：當指圓載上人禪學精進，曾得到皇帝賜衣服的寵遇。唐代皇帝對臣下有賜衣的制度。劉禹錫《謝春衣表》：「宰元和而布澤，順時律以頒衣。」

〔三〕椰帆：以椰木爲船帆。椰樹在佛教中帶有禪意。《五燈會元》（卷三）《歸宗智常禪師》：「江州刺史李渤問曰：『教中所言，須彌納芥子，渤即不疑。芥子納須彌，莫是妄譚否？』師曰：『人傳使君讀萬卷書籍，還是否？』李曰：『然。』師曰：『摩頂至踵如椰子大，萬卷書向何處着？』李俯首而已。」却返：還返，再返。張相《詩詞曲語辭匯釋》（卷一）：「却，猶還也；仍也。」又云：「却，猶再也。意義有時與作還字解者略近。」禪扉：禪室。舊禪扉：指圓載上人在日本國的寺院。

〔四〕貝多紙：古印度的佛經。參卷五（詩二三九）注〔六〕。經文：佛經的經文。

〔五〕如意瓶：收藏如意的瓶子。當指僧人的净瓶而言。參卷八（詩四九四）注〔五〕。如意，器物名，即爪杖，用竹、木、骨、角、玉、銅、鐵製成，上端作手指形，可用以搔抓，頗可人意，故稱「如意」。《世説新語·汰侈》：「嘗以一珊瑚樹，高二尺許賜愷。……（石）崇視訖，以鐵如意擊之，應手而碎。」佛爪，即指僧人所持的佛如意。此二句謂誦經而經文動，探如意而佛爪飛，以顯圓載上人做法事而靈異。

〔六〕颶母影：颶風興起時的雲象，即指海上狂風。唐李肇《唐國史補》（卷下）：「南海人言：海風四面而至，名曰颶風。颶風將至則多虹蜺，名曰颶母。」唐劉恂《嶺表録異》（卷上）：「南海秋夏間，或雲物慘然，則見其暈如虹，長六七尺，比候則颶風必發，故呼爲颶母。」持戒：遵行佛教戒律。此句謂圓載上人在歸途中遭遇海上狂風，持戒則可安然息宿。

〔七〕波神：水神。波神宫：龍宫。《漢書》（卷八七上）《揚雄傳上》：「陵陽侯之素波兮，豈吾纍之獨見許？」顔師古注：「應劭曰：『陽侯，古之諸侯也，有罪自投江，其神爲大波。』」劉禹錫《賈客詞》：「邀福禱波神，施財游化城。」元稹《生春》（二十首之八）：「織女雲橋斷，波神玉貌融。」受齋：接受齋戒。此句謂圓載上人在海中龍宫裏接受齋戒而順利歸國。龍宫受齋，當用龍樹菩薩事。《龍樹菩薩傳》：「大龍菩薩見其如是，惜而愍之。即接之入海，于宫殿中開七寶藏，發七寶華函，以諸方等深奥經典無量妙法授之。龍樹受讀，九十日中通解甚多。其心深入體得寶利。龍知其心而問之曰：『看經遍未？』答言：『汝諸函中經多無量，不可盡也。我可讀者已十倍閻浮提。』龍言：『如我宫中所有經典，諸處此比，復不可數。』龍樹既得諸經一相，深入無生，二忍具足。龍還送出於南天竺。」

〔八〕家山：故鄉。錢起《送李棲桐道舉擢第還鄉省侍》：「蓮舟同宿浦，柳岸向家山。」

〔九〕白象：白象樹。佛教所説與佛共生同滅的異樹。佛教傳説，釋迦牟尼降生前有白象托于母胎。《酉陽雜俎》（前集卷三）：「乾陀國頭河岸有繫白象樹，花葉似棗，季冬方熟。相傳此樹滅，佛法亦滅。」十二圍：猶十二圈，指白象樹已增長了十二個年輪。此句謂當圓載上人新秋之際回到家鄉時，距去鄉已十二年矣。古人以十二年爲一紀（即木星繞日一周），所謂「歲星十二年一周天」（王嘉《拾遺記》卷一）。圍：古代的長度單位。《莊子·人間世》：「匠石之齊，至於曲轅，見櫟社樹。其大蔽數千牛，絜之百圍，其高臨山十仞而後有枝。」陸德明《經典釋文》（卷二十六）《莊子音義》（上）：「百圍，李云：『徑尺爲圍，蓋十丈也。』」

【箋評】

首言上人講論之餘，蒙賜衣之寵。今且挂帆而歸於日本，行見道途之間，展貝多而「經文動」，探如意而「佛爪飛」，其唄梵之勤，靈感之異，當有如斯者矣。乃若舟行海上，「颶母影邊」，持戒而宿；「波神宮裏」，受戒而歸。風濤之險，不足爲上人患也。於是計其到家之日，白象之樹，秋乃繁茂，則其新秋至國，白象亦當十二圍也。佛法之盛，不於上人見之哉！○朱東嵒曰：講經、賜衣，皆寫上人承恩之渥；「經文動」、「佛爪飛」，正寫講經、賜衣之實。言上人雖返舊扉，而其道法之靈，應有不可泯者。五六方寫送歸，「持戒」、「受齋」，言大海風波，俱不足爲上人慮，而歸家之期可預定也。（元郝天挺注、明廖文炳解、清朱三錫評《東嵒草堂評訂唐詩鼓吹》卷五）

三句言歸思。如意是爪杖，故云「佛爪飛」。二句承上「講」字，恰襯出「歸」字，生動有神。五句言歸程。用白象脱化榑桑樹，石河岸正是椰帆初落，照應有情也。（錢牧齋、何義門《唐詩鼓吹評注》眉批）

首言上人「講殿」論道，曾蒙「賜衣」之寵。今挂帆歸去，在途展貝葉而「經文動」，言其諷誦功勤。用浄瓶而「佛爪飛」，言其皈佛意誠。五言戒律精嚴，無颶風之患。道德感物，天龍供養。計到家之日，則佛樹更增幾圍，卜佛法之盛也。椰子木高數十丈，出交州，其葉背面相似。《酉陽雜俎》：「貝多樹出摩迦陀國，西域用葉寫經。」《圓覺經》：「譬如清凈摩尼珠。」注：「梵言摩，周、漢言如意也。」此珠能澄清濁水。今言「如意瓶」，是即所佩之凈瓶也。佛之爪髮齒牙，皆動地放光，傳於天上人間，起塔供養。《南史》：「劉薩訶，於丹陽城禮阿育王塔，見放光明，掘得舍利，及佛爪髮，詔遣沙門釋雲迎之。」今詩似凈瓶中供奉佛爪，因行路而動飛耳。或别有出，應另考。《嶺表志》（中）：「秋夏間，有暈如虹，謂之颶母影，必有颶風能覆舟。」《法華經》：「文殊師利坐千葉蓮花，從大海娑偈羅龍宫，自然涌出，坐虛空中詣靈鷲山。」《酉陽雜俎》：「乾陁國頭河岸有繫白象樹，花葉似棗，季冬方熟。相傳此樹滅，佛法亦滅。」（胡以梅《唐詩貫珠箋》卷二十六）

重送

日休

雲濤萬里最東頭〔一〕，射馬臺深玉署秋〔二〕（原注：射馬臺即今王城也①。）。無限屬城爲裸國〔三〕，幾多分界是亶州〔四〕（原注：州在會稽，海外傳是徐福之裔②〔五〕。）。取經海底開龍藏〔六〕，誦咒空中散蜃樓〔七〕。不奈此時貧且病〔八〕，乘桴直欲伴師遊〔九〕。（詩五八三）

【校記】

①類苑本無此注語。　②類苑本無此注語。

【注釋】

〔一〕雲濤：翻騰的波浪。《藝文類聚》（卷九）引晉曹毗《觀濤賦》曰：「瞻滄津之騰起，觀雲濤之來征。」韓愈《貞女峽》：「懸流轟轟射水府，一瀉百里翻雲濤。」最東頭：指日本國。

〔二〕射馬臺：據原注，即王城，當指越王城。《讀史方輿紀要》（卷九二）《浙江四》：「紹興府會稽縣，越王城，府東南十二里會稽山之陰。《左傳》哀元年：『越子以甲楯五千栖於會稽。』秦故縣亦治此。」又云：「吴王城，亦曰王城，在府東十里。志云：夫差圍勾踐於會稽，伍胥築此城以屯兵。今地名吴王里。」玉署：官署的美稱。此指唐代越州的官署。《元和郡縣圖志》（卷二六）《江南道二》：「浙東觀察使，越州，今爲浙東觀察使理所。」南朝梁劉孝綽《校書秘書省對雪咏懷》：「終朝守玉署，方夜勞石扉。」

〔三〕屬城：治下所屬的城邑。《文選》（卷二八）陸機《吴趨行》：「屬城咸有士，吴邑最爲多。」李善注：「蔡邕《陳留太守行縣頌》曰：『府君勸耕桑于屬城也。』」裸（luǒ）國：古代東南沿海外的國名。《後漢書》（卷八五）《東夷列傳》：「自女王國東度海千餘里至拘奴國，雖皆倭種而不屬女王。自女王國南四千餘里至朱儒國，人長三四尺。自朱儒東南行船一年，至裸國、黑齒國，使驛所傳，極於此矣。」

〔四〕幾多：許多，頗多。亶州：當即澶洲。《後漢書》（卷八五）《東夷列傳》：「會稽海外有東鯷人，分爲二十餘國。又有夷洲及澶洲。傳言秦始皇遣方士徐福將童男女數千人入海，求蓬萊神仙不得，徐福畏誅不敢還，遂止此洲，世世相承，有數萬家。人民時至會稽市。會稽東冶縣人有入海行遭風，流移至澶洲者。所在絶遠，不可往來。」

〔五〕會稽：唐代越州（今浙江省紹興市）。《元和郡縣圖志》（卷二六）《江南道二》：「浙東觀察使，越州（會稽）……秦以其地并吴立爲會稽郡。後漢順帝時，……遂分浙江以西爲吴郡，東爲會稽郡。」徐福：一作徐市，秦代方士。《史記》（卷六）《秦始皇本紀》：「齊人徐市等上書，言海中有三神山，名曰蓬萊、方丈、瀛洲，僊人居之。請得齋戒，與童男女求之。於是遣徐市發童男女數千人，入海求僊人。」《正義》引《括地志》云：「亶洲，在東海中，秦始皇使徐福將童男女入海求仙人，止在此洲，共數萬家。至今洲上人有至會稽市易者。吴人《外國圖》云：亶洲去琅邪萬里。」

〔六〕取經：獲取佛教經籍，猶如法顯、玄奘西域取經也。龍藏：東海龍宫的經藏。用龍樹菩薩在海底龍宫研習佛經事。參本卷（詩五八二）注〔七〕。

〔七〕誦咒（zhòu）：吟誦符咒。蜃樓：海市蜃樓。大海上因氣候變化而産生的一種自然現象。《史記》（卷二七）《天官書》：「海旁蜃氣象樓臺，廣野氣成宫闕然。雲氣各象其山川人民所聚積。」李肇《唐國史補》（卷下）：「海上居人，時見飛樓如締構之狀甚壯麗者。太原以北，晨行則煙靄之中，睹城闕狀如女墻雉堞者，皆《天官書》所説氣也。」

〔八〕不奈：無奈。貧且病：《韓詩外傳》（卷一）：「（原）憲聞之，無財之謂貧，學而不能行之謂病。憲貧也，非病也。」

〔九〕乘桴（fú）：乘坐竹木編成的小筏子。《論語·公冶長》：「子曰：『道不行，乘桴浮于海。從我者，其由與？』」直欲：即欲。師：指圓載上人。

【箋評】

唐人送日本僧詩最多，都有奇句。（陸次雲《晚唐詩善鳴集》卷下）

按《一統志》：「日本國，古倭奴國。其地東西南北，各數千里。西南至海，東北隔以大山。國王以王爲姓，歷世不易。有五畿七道，以州統郡。附庸國凡百餘。自漢通中國。唐咸亨初，惡倭名，改號日本。自以其國近日所出，故名。或云日本小國，爲倭所并，故冒其號。開元、貞元中，其使有願留中國，授經肄業者，久乃請還。」木華《海賦》：「或掣掣泄泄於裸人之國，或泛泛悠悠於黑齒之邦。」《淮南子》曰：「自西南至東南，有裸人國，黑齒民。」《潛確書》曰：「西南夷裸形國，其人巢居穴處，男子赤體如獸畜之形。」今詩上界全賦日本國，下界方言上人渡海歸國而有神通。龍宫尊奉，蜃怪潛消。結言予因貧病，不能同遊耳。就詩中「分界」，是尚隔亶州，方至會稽海岸也。（胡以梅《唐詩貫珠箋》卷二十六）

同前

龜蒙

老思東極舊巖扉〔一〕，却待秋風泛舶歸〔二〕。曉梵陽烏當石磬〔三〕，夜禪陰火照田衣〔四〕。見翻經論多盈篋〔五〕，親植杉松大幾圍〔六〕。遥想到時思魏闕〔七〕，祇應遥拜望斜暉〔八〕。

（詩五八四）

【注釋】

〔一〕老思：人老而思念。亦可釋爲總是懷念。東極：東方的極遠之處。此指日本國。巖扉：山中巖洞的門。指僧道、隱士在山中的居室。舊巖扉：指圓載上人在日本國學佛的山中寺院。宋之問《遊雲門寺》：「摇摇不安寐，待月咏巖扃。」杜甫《橋陵詩三十韻因呈縣内諸官》：「瑞芝産廟柱，好鳥鳴巖扃。」

〔二〕却待：正待。張相《詩詞曲語辭匯釋》（卷一）：「却，猶正也。於語氣加緊時用之。」泛舶：乘坐海船。舶，海船，即大海船。《南史》（卷七八）《夷貊傳上》：「扶南國俗本裸，……其南有激國，有事鬼神者字混填。夢神賜之弓，乘賈人舶入海。混填晨起即詣廟，於神樹下得弓，便依夢乘船入海，遂至扶南外邑。」李肇《唐國史補》（卷下）：「南海舶，外國船也。每歲至安南、廣州。師子國舶最大，梯而上下數丈，皆積寶貨。」

〔三〕曉梵：清晨僧人誦經。梵，梵文。此指佛經。陽烏：又稱三足烏，古代神話傳説中太陽裏的神鳥，即指太陽。《淮南子·精神訓》：「日中有踆烏。」高誘注：「踆，猶蹲也，謂三足烏。」《玄中記》（《古小説鉤沈》）曰：「蓬萊之東，岱輿之山，上有扶桑之樹，樹高萬丈。樹顛常有天鷄，爲巢于上。每夜至子時則天鷄鳴，而日中陽烏應之；陽烏鳴則天下之鷄皆鳴。」當：對着。石磬：石頭制成的磬。磬是古代的一種打擊樂器。僧人亦敲磬以誦經禮讖。

〔四〕夜禪：夜間坐禪。陰火：古代傳説海中的一種發光體。晋王嘉《拾遺記》（卷一）：「西海之西，有浮玉山。山下有巨穴，穴中有水，其色若火，晝則通曨不明，夜則照耀穴外，雖波濤灌蕩，其光不滅，是謂陰火。」田衣：福田衣，袈裟的别名，也稱水田衣、田相衣。袈裟用許多方形布塊拼合而成，類水田界劃縱横交錯而得名。《法苑珠林》（卷三五）《法服篇·述意部》：「夫袈裟爲福田之服。」《釋氏要覽》（卷上）《田相緣起》：「《僧祇律》云：『佛住王舍城，帝釋石窟前經行，見稻田畦畔分明。語阿難言：過去諸佛，衣相如是。從今依此作衣相。』《增輝記》云：『田畦貯水，生長嘉苗，以養形命。法衣之田，潤以四利之水，增其三善之苗，以養法身慧命也。』」

〔五〕見翻：指被其翻譯的佛經。見，張相《詩詞曲語辭匯釋》（卷五）：「見，猶被也；及也。」經論：指佛經。佛藏分爲經、律、論三部分。

〔六〕大幾圍：長大了數尺粗。圍，量詞。參本卷（詩五八二）注〔九〕。

〔七〕魏闕：本指魏國國君的宫闕門，後世泛稱宫門旁的樓觀，即用以代指朝廷。此指唐王朝。《莊子·讓王》：「身在江海之上，心居乎魏闕之下。」晋崔豹《古今注·都邑》：「闕，觀也。古每門樹兩觀于其前，所以摽表宫門也。其上可居，登之則可遠觀，故謂之觀。人臣將至此，則思其所闕，故謂之闕。其上皆丹堊，其下皆畫雲氣仙靈奇禽怪獸，以昭示四方焉。」

〔八〕斜暉：夕陽。此指日落處，即指中國而言。

【箋評】

起言「老思東極」，待得秋風而去。在途曉唱梵音，則日中陽烏對於清磬，以近於日出之所也。夜静坐禪，則海中陰火，光照水田之衣。到山而翻舊時經論，尚多滿篋。手植杉松，不知已長幾圍矣。「遥想到時」而思大唐之「魏闕」，必西向落日以禮拜也。《廣雅》：「日名曜虚，一名陽烏。」《淮南子》：「日中有踆烏。」木華《海賦》曰：「陽冰不冶，陰火潛然。熺炭重燔，吹炯九泉。」注：「言陽則有不冶之冰，陰則有潛然之火，火熾而光照九泉也。」凡海中陰火，鹹氣所生。海水遇陰晦，波如然火滿海。以物擊之，散如星。有月則不復見。唐人有詩：「陰火雨中然。」水田衣，僧服，見前。（胡以梅《唐詩貫珠箋》卷二十六）

聞圓載上人挾儒家書洎釋典以行①〔一〕，更作一絶以送〔二〕

龜蒙

九流三藏一時傾〔三〕，萬軸光凌渤澥聲〔四〕。從此遺編東去後②〔五〕，却應荒外有諸生〔六〕。

（詩五八五）

【校記】

①統籤本「聞」後有「日本」。統籤本、全唐詩本無「家」。「以行」全唐詩本作「歸日本國」。②

「遺」類苑本作「舊」。

【注釋】

〔一〕洎(jì)：與，連詞。釋典：佛家經典書籍。以佛釋迦牟尼得名。

〔二〕更作：再作，又作。

〔三〕九流：指我國先秦時期十家九流的學説派别。《漢書》(卷三〇)《藝文志》：「諸子十家，其可觀者九家而已。……若能修六藝之術，而觀其九家之言，舍短取長，則可以通萬方之略矣。」九流即指除小説家以外的九家：儒家、道家、陰陽家、法家、名家、墨家、縱横家、雜家、農家。三藏：概指佛經。佛經分爲經藏、律藏、論藏三部分。傾：盡，全部。

〔四〕萬軸：萬卷。唐代書籍爲卷軸型裝幀，一卷有一根軸，以便展開收起。渤澥(xiè)：渤海。澥，本指靠陸地的海灣，渤海正如此，故云渤澥。《説文·水部》：「澥，勃澥，海之别也。」《史記》(卷一一七)《司馬相如列傳》：「浮勃澥，游孟諸。」《集解》：「《漢書音義》曰：『(勃澥)，海别枝名也。』」《索隱》：「案：《齊都賦》云：『海傍曰勃，斷水曰澥』也。」

〔五〕遺編：前人遺留下來的書籍。東去：指儒家經籍和釋典被帶到東方國度的日本。

〔六〕荒外：四荒之外，形容極遠的地區。此指日本國。《尚書·禹貢》：「五百里甸服，……五百里侯服，……五百里綏服，……五百里要服，……五百里荒服。」《孔傳》：「要服外之五百里言荒。」諸生：衆多的儒生，衆多的弟子。

【箋評】

豈惟「諸生」，或東海有聖人焉，未必不緣于此。（陸次雲《晚唐詩善鳴集》卷下）

我國書籍之至日本，實始於唐。陸龜蒙《圓載上人挾儒書歸日本國》詩：「九流三藏一時傾，萬軸光凌渤澥聲。從此遺編東去後，却應荒外有諸生。」（徐珂《可言》卷四）

同　前

顔萱〔一〕

師來一世恣經行〔二〕，却泛滄波問去程①〔三〕。心静已能防渴鹿〔四〕，鼘喧時爲駭長鯨〔五〕（原注：師云：「每遇鯨，舟人必鳴鼓而恐之②。」）。禪林幾結金桃重〔六〕（原注：日本有金桃，實重一斤③。），梵室重修鐵瓦輕〔七〕（原注：以鐵爲瓦，輕於陶者④〔八〕。）。料得還鄉無别利〔九〕，只應先見日華生〔一〇〕。（詩五八六）

【校記】

①「泛」季寫本注：「一作向。」　②統籤本、全唐詩本作「師云：『舟人遇鯨，則鳴鼓以恐之。』」類苑本、季寫本作「師云：『舟人遇鯨則鳴鼓。』」　③統籤本作「日本金桃重一實斤」。類苑本、季寫本無「有」字。　④「於」汲古閣本、四庫本作「于」。

【注釋】

〔一〕顔萱：參本卷（序一八）注〔二〕。

〔二〕師：禪師，指圓載上人。一世：一生。恣：恣意，任隨。經行：佛教語，意謂在一定之地環繞往返或徑直來往，以養生療病爲目的的散步。也指學佛。東晉沙門釋法顯《法顯傳・拘睒彌國》：「從東行八由延，佛本於此度惡鬼處，亦嘗在此住，經行、坐處皆起塔。」又《法顯傳・罽饒夷城》：「佛於此中説法、經行、坐處，盡起塔。」唐義净《南海寄歸内法傳》（卷三）：「五天之地，道俗多作經行，直來直去，唯遵一路，隨時適性，勿居鬧處。一則痊痾，二能銷食。」

〔三〕滄波：滄海的碧波。《海内十洲記》：「滄海島在北海中，地方三千里，去岸二十一萬里。海四面繞島，各廣五千里。水皆蒼色，仙人謂之滄海也。」却泛：正泛。問：向。張相《詩詞曲語辭匯釋》（卷五）：「問，猶向也。」去程：指歸去返鄉的路程。

〔四〕渴鹿：口渴的鹿，佛教喻世俗的欲望或强烈的追求。明袁宏道《袁宏道集》（卷二一）《答王以明》：「習久，慚慣苦讀，古人微意，或有一二悟解處，輒叫號跳躍，如渴鹿之奔泉也。」

〔五〕鼙（pí）喧：敲響鼙鼓。鼙鼓，古代軍中或儀禮中所用的一種小鼓。《説文・鼓部》：「鼙，騎鼓也。」《儀禮・大射》：「應鼙在其東。」鄭玄注：「鼙，小鼓也。」長鯨：巨大的鯨魚。《文選》（卷五）左思《吴都賦》：「長鯨吞航，修鯢吐浪。」劉淵林注引《異物志》云：「鯨魚，長者數十里，小者數十丈。雄曰鯨，雌曰鯢。」晋崔豹《古今注》（卷中）：「鯨魚者，海魚也。大者長千里，小者數十丈。一生數萬子，常以五月六月就岸邊生子。至七八月，導從其子還大海中。鼓浪成雷，噴沫成雨，水族驚畏，皆逃匿莫敢當者。其雌曰鯢，大者亦長千里，眼爲明月珠。」

〔六〕禪林：寺院。僧徒聚居之處，故以林爲喻。北周庾信《陜州弘農郡五張寺經藏碑》：「春園柳路，變入禪林。罽月桑津，迴成定水。」唐常建《潭州留別》：「宿帆謁郡佐，悵別依禪林。」幾結：多結。幾，表示數量頗多。金桃：桃的一種。南朝梁任昉《述異記》（卷上）：「日本國有金桃，其實重一斤。」

〔七〕梵室：佛殿。指僧徒吟誦佛經，入静參禪的處所。

〔八〕陶：以土制作器物稱陶。此指陶土的瓦。

〔九〕料得：預想，料想。别利：另外的好處。

〔一〇〕日華：太陽的光華。初升的陽光。《文選》（卷三〇）謝脁《直中書省》：「風動萬年枝，日華承露掌。」李善注：「《漢書》曰：『日華曜宣明。』」又（同卷）謝脁《和徐都曹》：「日華川上動，風光草際浮。」

【箋評】

參禪坐一炷香，經行一炷香，今云「恣經行」，言其用功純密也。二言由海返國，三虛喻，四實事，然「渴鹿」亦以水行可用。到家則禪林結幾許金桃，梵室亦當重修鐵瓦矣。此皆言海國實事。「還鄉無别利」，惟「先見」日出耳。「日華」，初日光華，就其國名而亦實事也。内典：貪心喻渴鹿，所貪之欲，喻陽焰。本非不實之境，妄以爲實，猶如渴鹿之奔陽焰。寶志公云：「陽焰本非其水，渴鹿狂趁匆匆。」海船每遇鯨，必鳴鼓而恐之。日本有金桃，實重一斤。又以鐵爲瓦，輕於陶者。（胡以梅《唐詩貫珠箋》卷二十六）

唐人贈日本人詩甚多，然鮮有用其故實者，惟顔萱《送圓載上人》詩云「禪林幾結金桃重」，自注云：「日本金桃，一實重一斤。」「梵室重修鐵瓦輕」，自注云：「以鐵爲瓦，輕於陶者。」此當增入《日本志》者也。陸魯望亦有《聞圓載上人挾儒書洎釋典歸日本國，更作一絶以送》詩云：「九流三藏一時傾，萬軸光凌渤海聲。從此遺編東去後，却應荒外有諸生。」（文廷式《純常子枝語》卷三十五）

文讌招潤卿博士〔一〕，辭以道侶將至〔二〕，因書一絶寄之①

龜蒙

仙客何時下鶴翎〔三〕，方瞳如水腦華清〔四〕。不過傳達楊君夢〔五〕，從許人間小兆聽〔六〕。

（詩五八七）

【校記】

①季寫本、全唐詩本無「因書」。

【注釋】

〔一〕此詩當作於咸通十一年(八七〇)秋。文讌:在宴飲中要作詩贈答的文人宴會,故云。招:邀請,約請。潤卿博士:張賁,字潤卿,曾任廣文館博士。前已屢注。

〔二〕道侶:一起學道的友人。錢起有《雨中望海上懷鬱林觀中道侶》詩,又《夕遊覆釜山道士觀因登玄元廟》:「孤煙出深竹,道侶正焚香。」

〔三〕鶴翎:仙鶴的羽毛。即指鶴。古代神仙家以鶴爲飛升成仙的仙禽。故此句謂學道者何時騎鶴而來。《相鶴經》(《初學記》卷三〇)曰:「蓋羽族之宗長,仙人之騏驥也。」《列仙傳》(卷上)《王子喬》:「王子喬者,周靈王太子晋也。好吹笙作鳳凰鳴。遊伊、洛之間,道士浮丘公接以上嵩高山。三十餘年後,求之於山上,見桓良,曰:『告我家,七月七日待我於緱氏山巔。』至時,果乘白鶴駐山頭。望之不得到,舉手謝時人,數日而去。」

〔四〕方瞳如水:眼睛清澈明亮如水。指仙人。道家説仙人目瞳正方。瞳,《玉篇·目部》:「瞳,目珠子也。《大傳》:『舜四瞳子』也。」《抱朴子·内篇·祛惑》:「仙經云:仙人目瞳皆方。洛中見之白仲理者,爲余説其瞳正方。如此果是異人也。」葛洪《神仙傳》(卷六)《王真》:「八百歲人目瞳正方,千歲人目理縱。采薪者乃千歲之人也。」腦華:道教稱頭髮爲腦華。南朝梁陶弘景《真誥》(卷二):「面者,神之庭。髮者,腦之華。心悲則面燋,腦減則髮素。」

〔五〕不過:超過不了。楊君:指晋代道士楊羲,他被道教奉爲「真係」的首要人物。《真誥》(卷二

○）：「楊君名羲，成帝咸和五年庚寅歲九月生。本似是吴人，來居句容。真降時猶有母及弟。君爲人潔白，美姿容，善言笑，工書畫，少好學，讀書該涉經史。性淵懿沉厚，幼有通靈之鑒。與先生、長史年并懸殊，而早結神明之交。長史薦之相王，用爲公府舍人自隨。」楊君夢：楊羲夢中的仙道之事。《真誥》（卷一七）：「興寧三年四月二十七日，楊君夢見一人，著朱衣籠冠，手持二版，懷中又有二版。召許玉斧。」又云：「四月二十九日夜半時，夢與許玉斧俱座，不知是何處也。良久，見南嶽夫人與紫陽真人周君俱來，坐一床。」

〔六〕從許：任意允許。小兆：道教稱未受經法的學道者。南朝梁陶弘景撰、王家葵輯校《登真隱訣輯校》（卷下）《二朝法》：「平旦，入静燒香，北向朝太微天帝君，從本命日爲始。微祝曰：糞土小兆男生某，謹稽首再拜，朝太微天帝君玉闕紫宫前。當令某長生神仙，所欲如願，萬事成就，司命紫簡，記在玉皇，得爲物宗。畢，乃再拜。」

奉和　　日休

瘿木樽前地肺圖①〔一〕，爲君偏輟俗功夫〔二〕。靈真散盡光來此②〔三〕，莫戀安妃在後無〔四〕。

（詩五八八）

【校記】

①「肺」項刻本作「脉」。　②「光」盧校本、統籤本作「先」，全唐詩本注：「一作先。」

【注釋】

〔一〕癭木樽：楠木的贅瘤制作的酒杯。參卷六（詩二八四）注〔八〕。地肺圖：地肺山的圖形景象。地肺山，即指茅山。張賁曾在茅山學道。南朝梁陶弘景《真誥》（卷一一）：「句曲山，其間有金陵之地，地方三十七八頃，是金陵之地肺也。」又云：「金陵者，洞虚之膏腴，句曲之地肺也。履之者萬萬，知之者無一。」原注：「其地肥良，故曰膏腴。水至則浮，故曰地肺。」

〔二〕君：指張賁。偏：劉淇《助字辨略》（卷二）：「偏，畸重之辭也。」

〔三〕靈真：靈仙，仙人。此指張賁的「道侶」。《漢武帝内傳》：「諸仙玉女，聚於滄溟，其名難測，其實分明。乃因川源之規矩，睹河岳之盤曲。陵回阜轉，山高隴長。周旋委蛇，形似書字。是故因象制名，定實之號。畫形秘于元臺，而出爲靈真之信。」

〔四〕安妃：女仙名。《雲笈七籤》（卷五）《晋茅山真人楊君》：「有若上相青童君、太虚真人赤君、上宰西城王君、……紫元夫人、南嶽夫人、右英夫人、紫微夫人、九華安妃、昭靈夫人、中候夫人，莫不霓旌暗曳，神轡潛竦，紛紛屬於煙消，淪踪收於俗蹊，讌聲金響，於君月無曠日，歲不虚矣。」《真誥》（卷一）：「紫清上宫九華安妃。」又云：「紫微夫人曰：『此是太虚上真元君金臺李夫人之少女也。太虚元君昔遣詣龜山，學上清道。道成，受太上書，署爲紫清上宫九華真妃者也。於是賜姓安，名鬱嬪，字靈簫。』」無：用法同「否」。朱慶餘《近試上張籍水部》：「妝罷低聲問夫婿，畫眉深淺入時無。」

再　招〔一〕

龜蒙

遥知道侣談玄次①〔二〕，又是文交麗事時〔三〕。雖是寒輕雲重日，也留花簟待王摛②〔四〕。

（詩五八九）

【校記】

①「談」汲古閣本、詩瘦閣本、類苑本作「譚」。「玄」原缺末筆，避宋太祖始祖趙玄朗諱。②「王」原作「徐」。斠宋本批語：「『徐』應作『王』，出《南史》。」「徐」盧校本作「王」。據改。

【注釋】

〔一〕再招：再次邀請。

〔二〕談玄：本指談論玄學。玄學是魏、晋時期的主要學説思潮，以《周易》《老子》《莊子》爲思想源淵，稱爲「三玄」。此處則指道教神仙家思想。《世説新語・容止》：「王夷甫容貌整麗，妙於談玄。恒捉白玉柄麈尾，與手都無分別。」「談玄」一詞，在唐代也延伸到談論佛理禪機上。牟融

《訪請上人》：「撫景吟行遠，談玄入悟深。」貫休《和韋相公話婺州陳事》：「昔事堪惆悵，談玄愛白牛。」原注：「《法華經》以白牛喻大乘。」次：處所，地方。

〔三〕文交：以詩文相交的朋友。麗事：以華麗的辭藻形容表達美好的事物，即指詩文寫作。參卷七（詩三八三）注〔六〕。

〔四〕花簟：織有花紋的精美竹席。王摛（chī）：南朝齊人，極有才華。此借指張賁。《南史》（卷四九）《王摛傳》：「諶從叔摛，以博學見知。尚書令王儉嘗集才學之士，總校虚實，類物隸之，謂之『隸事』，自此始也。儉嘗使賓客隸事，多者賞之。事皆窮，唯盧江何憲爲勝，乃賞以五花簟、白團扇。坐簟執扇，容氣甚自得。摛後至，儉以所隸示之，曰：『卿能奪之乎？』摛操筆便成，文章既奥，辭亦華美，舉坐擊賞。摛乃命左右抽憲簟，手自掣取扇，登車而去。儉笑曰：『所謂大力者負之而趨。』竟陵王子良校試諸學士，唯摛問無不對。」

奉和

日休

飆御已應歸杳眇①〔一〕，博山猶自對氛氲〔二〕。不知入夜能來否，紅蠟先教刻五分〔三〕。

（詩五九〇）

【校記】

①「御」統籤本作「馭」。

【注釋】

〔一〕飆御：仙人所乘的車。飆，大風。道家認爲仙人駕風而行，故稱飆御。又稱飆輪。《真誥》（卷一二）：「昔東海青童君曾乘獨飆飛輪之車，通按行有洞天之山，曾來於此山上矣。」又云：「相傳皆呼此爲飆輪迹。」杳眇：高遠渺茫的天空。此指天上的仙境。《文選》（卷八）司馬相如《上林賦》：「俯杳眇而無見，仰攀橑而捫天。」劉良注：「杳眇，深邃貌。」

〔二〕博山：博山香爐。《西京雜記》（卷一）：「長安巧工丁緩者，爲常滿燈，七龍五鳳，雜以芙蓉蓮藕之奇。……又作九層博山香爐，鏤爲奇禽怪獸，窮諸靈異，皆自然運動。」氛氲：彌漫繚繞的煙霧。

〔三〕刻五分：指在紅蠟燭上以五分爲長度刻出標志來，以作爲作詩的時限。刻燭作詩，參卷六（詩二九六）注〔八〕。

偶約道流，終乖文會，因成一絶，用答四篇①〔一〕

張賁

仙侣無何訪蔡經〔二〕，兩煩《韶》《濩》出彤庭②〔三〕。人間若有登樓望〔四〕，應怪文星近客

星〔五〕。　　（詩五九一）

【校記】

①「因成一絶，用答四篇」萬絶本、統籤本、全唐詩本作「答皮陸」。　②「濩」原作「護」，據弘治本、汲古閣本、詩瘦閣本、四庫本、統籤本、季寫本、全唐詩本改。

【注釋】

〔一〕道流：指學道一類人。文會：文人間飲酒賦詩的聚會。南朝梁劉勰《文心雕龍·時序》：「元皇中興，披文建學。……逮明帝秉哲，雅好文會。」四篇：指上面皮、陸各兩首詩（詩五八七—五九〇）。

〔二〕仙侶：一起學道求仙的朋友。杜甫《秋興八首》（其八）：「佳人拾翠春相問，仙侶同舟晚更移。」無何：不久。《史記》（卷四一）《越王勾踐世家》：「居無何，則致貲累巨萬。天下稱陶朱公。」蔡經：道家傳説中的仙人。此張賁自喻。晉葛洪《神仙傳》（卷三）《王遠》：「王遠，字方平，東海人也。……其後方平欲東之括蒼山，過吴，往胥門蔡經家。經者，小民也，骨相當仙。方平知之，故住其家，遂語經曰：『汝生命應得度世，故欲取汝以補仙官。』」

〔三〕《韶》《濩》：傳説《韶》是舜帝時樂，《濩》是商湯時樂。泛指古代音樂。此喻上述皮、陸二人分别兩次所作的四首詩，故云「兩煩」。《左傳·襄公二十九年》：「見舞《韶》《濩》者，曰：『聖人之弘也，而猶有慚德，聖人之難也。』」《文選》（卷五九）王屮《頭陀寺碑文》：「步中《雅》《頌》，驟合《韶》《護》。」李善注：「鄭玄曰：『《韶》，舜樂；《護》，湯樂也。』」彤庭：漢代的宫庭塗成紅色，故稱。後泛指皇宫。此喻指皮、陸的居室。爲推尊之詞。《文選》（卷一）班固《西都賦》：「於是玄墀釦砌，玉階彤庭。」李善注：「《漢書》曰：『昭陽舍中庭彤朱，而殿上髹漆。』」

〔四〕登樓望：指登樓觀察天象。古代有所謂望氣者，根據天象附會人事。

〔五〕文星：文曲星，古人認爲是主文運的星宿。喻文才高的人，此喻皮、陸。客星：天上新出現的星稱爲客星。此張賁自喻。此時張賁正客游吴中。客星，用海渚人浮槎到天河事。參卷八（詩四九一）注〔二〕。

以青䭀飯分送襲美、魯望〔一〕，因成一絶

張賁

誰屑瓊瑶事青䭀〔二〕，舊傳名品出華陽〔三〕。應宜仙子胡麻拌〔四〕，固送劉郎與阮郎①〔五〕。

（詩五九二）

【校記】

①「固」汲古閣本、四庫本、統籤本、季寫本、全唐詩本作「因」。

【注釋】

〔一〕此詩當作於咸通十一年（八七〇）秋。青䭀飯：道家的一種食物，即出自茅山。參卷六（詩二

六三）注〔四〕。

〔二〕屑瓊瑶：將玉破碎成屑末。瓊瑶，美玉名，喻制作青䭀飯的米。瓊，《説文・玉部》：「瓊，赤玉也。」瑶，《説文・玉部》：「瑶，玉之美者。」《詩經・衛風・木瓜》：「投我以木桃，報之以瓊瑶。」《毛傳》：「瓊瑶，美玉。」屑，屑末。此作動詞用。事：治，制作。

〔三〕名品：名貴的物品。指青䭀飯。華陽：指茅山。山中有金壇華陽洞天，爲道教十大洞天之八。前已屢注。

〔四〕宜：適合。仙子：仙人。胡麻：芝麻。道家認爲食用胡麻可以延年益壽。《神仙傳》（卷一〇）《魯女生》：「魯女生者，長樂人也。服胡麻餌朮，絶穀八十餘年。甚少壯，一日行三百餘里。」《抱朴子・内篇・仙藥》：「巨勝，一名胡麻，餌服之不老，耐風濕，補衰老也。」拌（bàn）：攪和。

〔五〕劉郎阮郎：用劉晨和阮肇事，喻皮日休和陸龜蒙。參卷七（詩四三七）注〔五〕。

潤卿遺青䭀飯〔一〕，兼之一絶，聊用答謝　日休

傳得三元䭀飯名〔二〕，大宛聞説有仙卿〔三〕（原注：按西梁子文撰《黄錦素書》十通①，其二傳大宛北谷子，

自號青精先生〔四〕。）。分泉過屋舂青稻②〔五〕（原注：此飯以青龍稻爲之。），拂霧彯衣折紫莖③〔六〕（原注：南燭莖微紫色④。）。蒸處不教雙鶴見〔七〕，服來唯怕五雲生⑤〔八〕。草堂空坐無飢色⑥〔九〕，時把金津漱一聲〔一〇〕。　（詩五九三）

【校記】

①「按」弘治本、汲古閣本、四庫本、皮詩本、季寫本、全唐詩本作「案」。「素」皮詩本、季寫本作「青」。②「過」項刻本作「返」。③「彯」項刻本作「瓢」。④「燭」詩瘦閣本、四庫本、皮詩本、統籤本、季寫本、全唐詩本作「稻」。本詩所有注語類苑本均無。⑤「唯」詩瘦閣本作「惟」。⑥「飢」季寫本作「饑」。

【注釋】

〔一〕遺（wèi）：贈送。青飿飯：參卷六（詩二一六三）注〔四〕。

〔二〕三元：道教的三元齋。參卷六（詩二一九九）注〔二〕。

〔三〕大宛：大宛山。道教虛構的地名，乃神仙之境。仙卿：仙人中的仙官。應指原注中的青精先生。葛洪《神仙傳》（卷一）《彭祖》：「今大宛山中有青精先生者，傳言千歲，色如童子，行步一日三百里，能終歲不食，亦能一日九餐，真可問也。」《雲笈七籤》（卷七四）《青精先生飿米飯方》：「白粱米一石，南燭汁浸，九蒸九曝乾，可三斗已上。每日服一匙飯，下一月後用半匙，兩月日後可三分之一。盡一劑，則腸化爲筋，風寒不能傷，鬚鬢如青絲，顏如冰玉。」

〔四〕西梁子文：神仙名。《雲笈七籤》（卷四）《上清經述》：「王褒字子登。……遂感上聖太極真人西梁子下降，授《飿飯方》并《服雲牙法》。」又（卷一〇六）《清虚真人王君内傳》：「神人暫停駕而言曰：『吾太極真人西梁子文也。聞子好道，劬勞山林，未該真要，誠可愍也。』」《黄錦素書》：道家有《靈寶净明黄素書》，陶弘景《真誥》（卷二〇）列有《黄素書》，未知是否即此類道書？十通：十卷。參（序一）注〔二五〕。大宛北谷子：當即青精先生，參本詩注〔三〕。

〔五〕分泉過屋：將山泉用竹筒子通過屋頂上引過來。此指從茅山上用竹筒引泉水來舂青龍稻成米。竹筒引水，在唐代的南方頗爲常見。李群玉《引水行》：「一條寒玉走秋泉，引出深蘿洞口煙。十里暗流聲不斷，行人頭上過潺湲。」青稻：青龍稻。《雲笈七籤》（卷七四）《太極真人青精乾石飿飯上仙靈方》：「生白粳米一斛五斗，更舂治，折取一斛二斗。得稻名有青者，如豫章西山青米，吴、越青龍稻米是也。青米理虚而受藥氣，故當用之。」

〔六〕拂霧句：意謂在雲霧飄渺中采摘南燭草。彯（piāo）衣：飄衣。指山風吹衣。彯，飄卷。紫莖：指紫色莖的南燭草。《雲笈七籤》（卷七四）《太極真人青精乾石飿飯上仙靈方》：「南燭草木葉五斤，燥者用三斤。其樹是木，而葉似草，故號南燭草木也。一名猴藥，一名男續，一名後卓，一名惟那木，一名草木之王。生嵩高少室抱犢鷄頭山，名山皆有之，非但數處而已。江左吴、越尤多。其土人名之曰猴叔或染叔，粗與其名相髣髴也。煮取汁極令清冷，以溲米米釋炊之，灑護皆用此汁，當令飯正作紺青之色乃止。預作高格，暴令乾。若不辦雜得他藥者，但作此亦可服。日二升，勿服血食。亦以填胃補髓，消滅三蟲，爲益小遲，但當不及衆和者耳。亦神仙食也。」

〔七〕蒸處：蒸煮青飿飯的時候。處，此作時間名詞用。蒸煮是制作青飿飯的重要工序。《雲笈七籤》（卷七四）《太極真人青精乾石飿飯上仙靈方》中多次説：「當三蒸三曝，極令乾。」「盛以布或絹囊，著甑中蒸之，微火半日許，……畢，出囊飯，著高格，日中曝之，取令極燥。當得大甑内囊飯畢，以蓋密甑上，勿令氣泄塵入。」「又輒復蒸畢，日中乾之極燥，青精飿飯之道都畢矣。」不教雙鶴見：鶴爲仙禽，現制作青飿飯，服用可以成仙，故不用使鶴知曉也。

〔八〕唯怕：只像是，好像是。張相《詩詞曲語辭匯釋》（卷五）：「怕，用爲反設之辭，猶云如其也；倘也。」五雲：五色雲氣。道家認爲是要升天成仙的徵象。葛洪《神仙傳》（卷四）《劉政》：「又口吐五色之氣，方廣十里，氣上連天。又能騰躍上下，去地數百丈，後不知所在。」又（同卷）《玉子》：「又能吐五色氣，起數丈。」

〔九〕草堂：作者自指簡陋的居室。

〔一〇〕金津：此指服用青飿飯之後用以漱口的清水，而非指仙藥金液也。《雲笈七籤》（卷七四）《太極真人青精乾石飿飯上仙靈方》：「復以晨漱華泉，夕飲靈精，鳴鼓玉池，呼吸玄清。」又云：「又常當漱玉池之華，以益六液。」《真誥》（卷一一）：「其山左右有泉水，皆金玉之津氣。」又云：「金陵之土似北邙及北谷關土，堅實而宜禾穀。掘其間作井，正似長安鳳門外井水味，是清源幽瀾、洞泉遠沽耳。水色白。都不學道，居其土，飲其水，亦令人壽考也，是金津潤液之所溉耶？」

同　前

龜蒙

舊聞香積金仙食〔一〕，今見青精玉斧餐〔二〕。自笑鏡中無骨録〔三〕，可能飛上紫霞端①〔四〕。

（詩五九四）

【校記】

①「霞」統籤本、季寫本、全唐詩本作「雲」。

【注釋】

〔一〕香積：香積飯，衆香國香積如來之香飯，後即指佛寺的齋飯。《維摩詰經·香積品》：「有國名衆香，佛號香積。……經行香地苑園皆香，其食香氣。……是化菩薩以滿鉢香飯與維摩詰，飯香普薰毗耶離城及三千大千世界。」金仙：佛。《後漢書》（卷八八）《西域傳·天竺國》：「世傳明帝夢見金人，長大，頂有光明。以問群臣，或曰：『西方有神，名曰佛，其形長丈六尺而黄金色。』帝於是遣使天竺問佛道法，遂於中國圖畫形像焉。」

〔二〕青精玉斧餐：即青餵飯。參卷六(詩二六三)注〔四〕。玉斧：許翽的小名，晉代著名道士許穆第三子，道教上清第四代宗師，南朝梁陶弘景「真師」。《真誥》(卷二〇)：「小男名翽，字道翔，小名玉斧。……清秀瑩潔，糠秕塵務，居雷平山下，修業勤精。恒願早遊洞室，不欲久停人世。」青餵飯即出自茅山，故云「玉斧餐」。

〔三〕骨録：仙人的骨相名録。此即仙人的骨相。《真誥》(卷五)：「人生有骨録，必有篤志，道使之然。」《雲笈七籤》(卷一〇五)《清靈真人裴君傳》：「裴君乃先密受《太上鬱儀文》《太上結璘章》二書，然後齋戒而得《存日月之精》爾。有仙名骨録者，乃得見此二書。見之者仙，爲之者真。」道教主張骨相之説，以爲有仙骨者方能成仙。《太平廣記》(卷四七)引《仙傳拾遺》：「二仙責引者曰：『吾至道之要，當授有骨相之士，習道之人，汝何妄引凡庸入吾仙府耶？』」

〔四〕可能：豈能，哪能。張相《詩詞曲語辭匯釋》(卷一)：「可能，推論之辭，其義須隨文義而定。」紫霞端：謂天上的仙境。紫霞：彩色的雲霞。道教認爲是仙人飛升成仙的雲氣。《真誥》(卷三)：「紫霞興朱門，香煙生緑窗。」又云：「落鳳控紫霞，矯轡登晨岸。」(卷六)又云：「於是紫霞靄秀，波激岳頽。浮煙籠蒙，清景遁飛。」《雲笈七籤》(卷一〇五)《清靈真人裴君傳》：「《太上鬱儀結璘文章》，以致於日月之精神，上奔日月，通天光飛太空之道也。皆乘雲車羽蓋，駕命群龍，而上升皇天紫庭也。《大洞真經》以致於朝靈之道，招神成真人之法也。乘雲駕龍，騰躍玄虚，衣綉羽佩，金真玉光，逍遥太霞，上升九霄矣。」

酒病偶作〔一〕

日休

鬱林步障晝遮明〔二〕，一炷濃香養病酲①〔三〕。何事晚來還欲飲〔四〕，隔墻聞賣蛤蜊聲〔五〕。

（詩五九九五）

【校記】

①「炷」季寫本作「注」。

【注釋】

〔一〕此詩當作於咸通十一年（八七〇）秋。酒病：因醉酒而生病。

〔二〕鬱林：唐代縣名（今廣西壯族自治區玉林市）。《元和郡縣圖志》（卷三八）《嶺南道五》：「貴州鬱林縣，本漢廣鬱縣地，吴改爲陰平，晋改爲鬱平。隋開皇十年，於此置鬱林縣，屬鬱林郡，武德四年屬貴州。顯朝岡，在縣北二十里。陸績爲太守，每登此岡，制《渾天圖》。」《新唐書》（卷一九六）《陸龜蒙傳》：「陸氏在姑蘇，其門有巨石。遠祖績，嘗事吴爲鬱林太守。罷歸無裝，舟輕不可越海，取石爲重。人稱其廉，號『鬱林石』，世保其居云。」宋龔明之《中吴紀聞》（卷三）：「陸龜蒙居臨頓里，其門有巨石。遠祖績，嘗事吴，爲鬱林太守。罷歸無裝，舟輕不可越海，取石爲重。人稱其廉，號『鬱林石』。」陸龜蒙居處在蘇州臨頓里（參卷五（詩二一四二）），皮日休在蘇州期間，在近處亦有宅第（參卷六（詩三二四）），故此鬱林，實是以鬱林石代指作者在臨頓里的居處。步障：屏幕。三國魏曹植《妾薄命》（二首其二）：「華燈步障舒光，皎若日出扶桑。」《世説新語・汰侈》：「（王）君夫作紫絲布步障碧綾裏四十里，石崇作錦步障五十里以敵之。」

〔三〕養：調養，休養。病酲（chéng）：醉酒後的病態。《説文・酉部》：「酲，病酒也。」

〔四〕何事：爲何。晚來：傍晚，晚上。來，語助詞。

〔五〕蛤蜊：軟體動物，生長在淺海泥沙中。殼卵圓形、三角形或長橢圓形。兩殼相等，肉味鮮美。《南史》（卷二一）《王融傳》：「（沈）昭略云：『不知許事，且食蛤蜊。』融曰：『物以群分，方以類聚。君長東隅，居然應嗜此族。』其高自標置如此。」

【箋評】

自是酒人真情。（王熹儒《唐詩選評》卷十）

既已掩帷病酒，聞街頭喚「賣蛤蜊聲」，又動杯中之興。一醉則萬慮皆忘，昔人所謂「那知許事，且食蛤蜊」也。陸放翁止酒後復有「杯汝前來」之句，黄山谷有「醉鄉有路頻到，此外不堪行」之詞。詩人嗜酒，先後有同情也。（俞陛雲《詩境淺説》續編）

寒士作富貴語，亦可以傲富貴。（王闓運《王闓運手批唐詩選》卷十三上《七言絶句》）

鬱林，秦時屬桂林郡，唐置鬱林州，在今廣西梧州。步障，屏幕也。酲，《説文解字》：「病酒也。一曰醉而覺也。」蛤蜊，蜊讀平聲，入支韻。蛤，貝類，爲海産美味，始見于《淮南子》，作「合梨」。此詩寫酒人情趣甚妙。宿酲未解，畏寒，白日猶下帷幕。乃一聞墻外叫賣蛤蜊，又欲飲酒。……按此詩見「蛤蜊」，唯近海處有之，斷非作于襄陽。集中有《和魯望四明山九題》詩，蓋同游浙東時作也。（胡小石《唐人七絶詩論》十一）

奉和次韻①

龜蒙

柳疎桐下晚窗明〔一〕，祇有微風爲析酲②〔二〕。唯欠白綃籠解散〔三〕（原注：解散，王儉髻名③〔四〕，時人皆慕之也④。），洛生閑咏兩三聲〔五〕。（詩五九九六）

【校記】

①四庫本無「奉和」。　②「析」陸詩甲本、陸詩丙本黃校、全唐詩本作「折」。　③「儉」陸詩丙本作「險」。　④此注萬絶本僅作「王儉髻名」。類苑本無此注語。

【注釋】

〔一〕柳疎桐下：柳葉稀疏，梧桐葉落。《楚辭·九歌·湘夫人》：「裊裊兮秋風，洞庭波兮木葉下。」

〔二〕析酲：解酒。《文選》（卷一三）宋玉《風賦》：「故其風中人狀，直憯悽惏慄，清涼增欷，清清泠泠，愈病析酲。」李善注：「《漢書》曰：『泰尊柘漿析朝酲。』應劭曰：『酲，酒病。析，解也。』」

〔三〕白綃（xiāo）：指包裹頭髮的白色紗巾。《釋名·釋首飾》：「綃頭，綃，鈔也，鈔髮使上從也。」漢樂府《陌上桑》：「少年見羅敷，脱帽著帩頭。」「帩頭」即「綃頭。」《説文·糸部》：「綃，生絲也。」《玉篇·糸部》：「綃，生絲也，素也。」籠：罩住。此指用白綃包住頭髮。解散：一種髮髻。《南齊書》（卷二三）《王儉傳》：「（王儉）作解散髻，斜插幘簪，朝野慕之，相與放效。儉常謂人曰：『江左風流宰相，唯有謝安。』蓋自比也。」

〔四〕王儉：字仲寶（四五二—四八九），南朝齊駢文家、學者。生平事迹參《南齊書》（卷二三）、《南史》（卷二二）本傳。

〔五〕洛生閑咏：一種帶有鼻音的吟咏方法。《世説新語·雅量》：「（謝安）望階趨席，方作洛生咏，諷『浩浩洪流』。」劉孝標注：「按宋明帝《文章志》曰：『安能作洛下書生咏，而少有鼻疾，語音濁。後名流多斆其咏，弗能及，手掩鼻而吟焉。』」

【箋評】

王儉髻名「解散」，時人皆慕之。見陸魯望和襲美酒病詩自注。是六朝男子髻樣亦各不同。（文廷式《純常子枝語》卷二十一）

奉和次韻①

張賁

白編椰席鏤冰明〔一〕，應助楊青解宿酲〔二〕。難繼二賢金玉唱②〔三〕，可憐空作斷猿聲〔四〕。

（詩五九七）

【校記】

①萬絶本、統籤本、全唐詩本題作《和皮陸酒病偶作》。②「唱」弘治本、汲古閣本、四庫本、季寫本作「倡」。

【注釋】

〔一〕白編椰席：白色的椰子皮葉編織成的席子。宋周去非《嶺外代答》（卷八）：「椰木，身葉悉類棕櫚、桄榔之屬。」鏤冰明：猶如雕刻的白色冰塊一樣透明。形容白色椰席潔白清涼如冰。

〔二〕楊青：先秦時期宋國人。《韓非子》作「楊倩」，《藝文類聚》（卷九四）引作「楊青」。此指其嗜酒而言，喻皮日休。《韓非子·外儲説右上》：「宋人有酤酒者，升概甚平，遇客甚謹，爲酒甚美，縣幟甚高，然而不售，酒酸。怪其故，問其所知間長者楊倩。倩曰：『汝狗猛耶？』曰：『狗猛則酒何故而不售？』曰：『人畏焉。或令孺子懷錢挈壺甕而往酤，而狗迓而齕之，此酒所以酸而不售也。』」宿酲：昨晚的醉酒。

〔三〕二賢：指皮日休、陸龜蒙。金玉唱：稱贊上面皮、陸原唱詩的精美。《詩經・小雅・白駒》：「毋金玉爾音，而有遐心。」《文選》（卷二一）顔延之《秋胡詩》：「義心多苦調，密比金玉聲。」

〔四〕可憐：可惜。張相《詩詞曲語辭匯釋》（卷五）：「可憐，猶云可惜也。」斷猿聲：悲哀的猿鳴聲。自喻詩作寒澀清苦。《世説新語・黜免》：「桓公入蜀，至三峽中，部伍中有得猿子者。其母緣岸哀號，行百餘里不去，遂跳上船，至便即絶。破視其腹中，腸皆寸寸斷。」劉孝標注引《荆州記》曰：「峽長七百里，兩岸連山，略無絶處，重巖叠嶂，隱天蔽日。常有高猿長嘯，屬引清遠。漁者歌曰：『巴東三峽巫峽長，猿鳴三聲淚沾裳。』」

潤卿、魯望寒夜見訪①，各惜其志，遂成一絶②〔一〕

日休

世外爲交不是親〔二〕，醉吟俱岸白綸巾〔三〕。風清月白更三點〔四〕，未放華陽鶴上人〔五〕。

（詩五九八）

【校記】

①「潤卿」前類苑本有「因」字。　②季寫本題作《寒夜客見訪》。

【注釋】

〔一〕此詩當作於咸通十一年（八七〇）秋冬。見訪：來訪。「見」字表對他人的敬詞，而于己則爲謙詞。惜：愛，愛惜。《廣雅》（卷一上）《釋詁》：「惜，愛也。」

〔二〕世外：世俗之外，塵世之外。世外爲交：超脱世俗的交往。《晋書》（卷八〇）《王羲之傳》：「許邁字叔玄，一名映，丹楊句容人也。……初，采藥於桐廬縣之桓山。……永和二年，移入臨安西山，登巖茹芝，眇爾自得，有終焉之志。……羲之造之，未嘗不彌日忘歸，相與爲世外之交。」交親：親近之交。陳子昂《送東萊王學士無競》：「懷君萬里别，持贈結交親。」杜甫《投贈哥舒開府翰二十韻》：「勛業青冥上，交親氣概中。」鄭谷《渠江旅思》：「流落復蹉跎，交親半逝波。」不是親：謂不是世俗的那種交親情意。

〔三〕岸：露額謂之岸。此謂推起頭巾，露出前額。《晋書》（卷七九）《謝安傳》附《謝奕傳》：「與桓温善。温辟爲安西司馬，猶推布衣好。在温坐，岸幘笑咏，無異常日。」白綸（guān）巾：白色的頭巾。《晋書》（卷七九）《謝萬傳》：「萬著白綸巾，鶴氅裘，履版而前。既見，與帝共談移日。」《世説新語·簡傲》：「謝中郎是王藍田女婿，嘗著白綸巾，肩輿徑至揚州聽事。見王，直言曰：『人言君侯癡，君侯信自癡。』」明郎瑛《七修類稿》（卷二〇）：「『綸』字世人皆知有兩音，一曰『倫』，一曰『關』，而不知其故。蓋『倫』、『巾』韻同而音近，詩法所忌也，故讀曰『關』。皮日休有『白綸巾下髮如絲』之句，有一本注作『關』，想始於此。《韻會》雖有兩收，皆引釋於

『倫』字之下，而無一字及『關』字義，且『關』字仍注龍春切，則依舊當爲『倫』字矣。其所以二收，正因韻書起於沈約，若《説文》止於一收，爲可知矣。」

〔四〕風清月白：《世説新語·賞譽》：「許掾嘗詣簡文，爾夜風恬月朗，乃共作曲室中語。襟懷之咏，偏是許之所長。辭寄清婉，有逾平日。簡文雖契素，此遇尤相咨嗟。不覺造膝，共叉手語，達于將旦。」李白《襄陽歌》：「清風朗月不用一錢買，玉山自倒非人推。」更三點：三更天，午夜時分。

〔五〕華陽鶴上人：指張賁。華陽，指華陽洞天所在的茅山。鶴上人，喻學道者。古代道家常謂仙人乘鶴，張賁學道茅山，故此稱之。如《列仙傳》（卷上）：「王子喬者，周靈王太子晋也。好吹笙作鳳凰鳴。遊伊、洛之間，道士浮丘公接以上嵩高山。三十餘年後，求之於山上，見桓良，曰：『告我家，七月七日待我於緱氏山巔。』至時，果乘白鶴駐山頭。望之不得到，舉手謝時人，數日而去。」葛洪《神仙傳》（卷五）《茅君》：「其後每十二月二日、三月十八日，三君（按：指茅盈、茅固、茅衷）各乘一白鶴，集於峰頂也。」

奉和次韻

張賁

雲孤鶴獨且相親〔一〕，仿效從他折角巾〔二〕。不用吴江嘆留滯〔三〕，風姿俱是玉清人〔四〕。

（詩五九九）

【注釋】

〔一〕雲孤句：作者自謂學道。如孤雲和獨鶴，謂自己清高獨立，超脱世俗。《古尊宿語録》（卷八）《汝州首山念和尚語録》：「不坐孤峰頂，常伴白雲閑。」牟融《題朱慶餘閒居四首》（其四）：「閒雲長作伴，歸鶴獨相隨。」

〔二〕從他：任隨。他，語助詞。折角巾：一種頭巾的式樣。《後漢書》（卷六八）《郭太傳》：「郭太字林宗。……嘗於陳、梁間行遇雨，巾一角墊，時人乃故折巾一角，以爲『林宗巾』。其見慕皆如此。」李賢注引周遷《輿服雜事》曰：「巾以葛爲之，形如帢。本居士野人所服。魏武造帢，其巾乃廢。今國子學生服焉。以白紗爲之。」

〔三〕吴江：松江，吴淞江。參（序一）注〔三〕。留滯：長時間停留。此時張賁正客游吴中，故詩云。

〔四〕風姿：風度儀態。晋葛洪《抱朴子·外篇·審舉》：「士有風姿豐偉，雅望有餘，而懷空抱虛，幹植不足，以貌取之，則必不得賢。」温庭筠《春暮宴罷寄宋壽先輩》：「蘇小風姿迷下蔡，馬卿才調似臨邛。」玉清人：仙人。玉清，道教所謂天上仙境「三清」之一。《雲笈七籤》（卷三）《道教三洞宗元》：「其三清境者，玉清、上清、太清是也。」

奉和次韻

龜蒙

醉韻飄飄不可親①〔一〕，掉頭吟側華陽巾〔二〕。如能跂脚東窗下②〔三〕，便是羲皇世上人〔四〕。

（詩六〇〇）

【校記】

①「韻」季寫本作「運」，并注：「一作韻。」②「東」四庫本、陸詩丙本、統籤本、季寫本、全唐詩本作「南」，季寫本、全唐詩本注：「一作東。」

【注釋】

〔一〕醉韻飄飄：形容醉酒的神態。《史記》（卷一一七）《司馬相如列傳》：「相如既奏《大人之頌》，天子大説，飄飄有淩雲之氣，似游天地之間意。」

〔二〕掉頭：摇頭，轉頭。《莊子·在宥》：「鴻蒙拊髀雀躍掉頭曰：『吾弗知！吾弗知！』」杜甫《送孔巢父謝病歸游江東兼呈李白》：「巢父掉頭不肯住，東將入海隨煙霧。」吟側：此謂因爲摇頭吟誦而使頭巾側斜了。華陽巾：一種道士的頭巾。此指張賁，曾在茅山學道。華陽巾有二説：一是韋節事。韋節，魏武帝時爲東宫侍讀，後卜居華山，號華陽子，名其巾曰華陽巾。

一是陶弘景事。南朝梁陶弘景隱居茅山華陽洞，自號華陽隱居。後世因稱道士的頭巾爲華陽巾。唐五代以後，華陽巾又成爲流行的休閑式頭巾。《新五代史》（卷二八）《盧程傳》：「程戴華陽巾，衣鶴氅，據几決事。」宋王禹偁《黄州新建小竹樓記》：「公退之暇，披鶴氅，戴華陽巾，手執《周易》一卷，焚香默坐，消遣世慮。」

〔三〕跂（qǐ）脚：踮起脚尖。東窗：泛指窗子。非必東面的窗子。

〔四〕羲皇世上人：風俗淳樸的遠古時代的人。後多用來指隱士。羲皇，傳説中上古時的伏羲氏，與神農、黄帝并稱「三皇」。《文選》（卷四八）揚雄《劇秦美新》：「厥有云者，上罔顯於羲皇。」李善注：「伏羲爲三皇，故曰羲皇。」陶淵明《與子儼等疏》：「常言五、六月中，北窗下卧，遇涼風暫至，自謂是羲皇上人。」

玩金鸂鶒戲贈襲美①〔一〕

龜蒙

曾向溪邊泊暮雲〔二〕，至今猶憶浪花群〔三〕。不知鏤羽凝香霧〔四〕，堪與鴛鴦覺後聞〔五〕。

（詩六〇一）

【校記】

①「玩」項刻本作「阮」。「鸂」原作「鷄」，據四庫本、盧校本、統籤本、項刻本、類苑本、季寫本、全唐詩

本改。

【注釋】

〔一〕金鸂鶒：指金色的鸂鶒鳥形的香爐。鸂鶒，水鳥名，外形和習性與鴛鴦頗爲相似。有人認爲鸂鶒即鴛鴦，賈祖璋《鳥與文學》中《鴛鴦與鸂鶒》力辨其非，可參看。《文選》（卷五）左思《吴都賦》：「鳥則……鸂鶒鷛鵊。」劉逵注：「鸂鶒，水鳥也。色黄赤，有斑文。食短狐蝨，在水中，無毒。江東諸郡皆有之。」南朝宋謝惠連《鸂鶒賦》：「覽水禽之萬類，信莫麗乎鸂鶒。服昭晰之鮮姿，糅玄黄之美色。命儔侣以翱游，憩川湄而偃息。」温庭筠《菩薩蠻》：「寶函鈿雀金鸂鶒，沉香閣上吴山碧。」鸂鶒也以雌雄恩愛著稱，與鴛鴦相似。李紳《憶西湖雙鸂鶒》：「雙鸂鶒，錦毛斕斑長比翼。戲繞蓮叢迴錦翼，照灼花叢兩相得。漁歌驚起飛南北，繚繞追歸不迷惑。雲間上下同栖息，不作驚禽遠相憶。」

〔二〕泊：栖息，停留。寒山《我見出家人》：「三界任縱横，四生不可泊。」

〔三〕浪花群：謂鸂鶒當年在風浪中自由徜徉的伴侣。

〔四〕鏤羽：鏤刻的金鸂鶒羽毛，指制作的銅鸂鶒香爐。香霧：指金鸂鶒形的香爐裏燃香料升起的煙霧。

〔五〕堪與：可與。鴛鴦：水鳥名，亦有生活於陸上者。總是雌雄不分離，被稱作愛情鳥。漢樂府《孔雀東南飛》：「中有雙飛鳥，自名爲鴛鴦。」五代王仁裕《開元天寶遺事》（卷下）：「五月五日，明皇避暑遊興慶池，與妃子晝寢於水殿中，宮嬪輩憑欄倚檻争看雌雄二鸂鶒戲於水中。帝時擁貴妃於綃帳内，謂宮嬪曰：『爾等愛水中鸂鶒，争如我被底鴛鴦！』」

奉和

日休

鏤羽彫毛迥出群①〔一〕，温磨飄出麝臍薰②〔二〕。夜來曾吐紅茵畔〔三〕，猶似溪邊睡不聞③。（詩六〇二二）

【校記】

①「彫」汲古閣本、四庫本、項刻本、季寫本、全唐詩本作「雕」。②「磨」項刻本、類苑本作「馨」。「薰」萬絶本、全唐詩本作「熏」。③「似」萬絶本作「自」，季寫本、全唐詩本注：「一作自。」

【注釋】

〔一〕鏤羽彫毛：謂雕鏤而成的鸂鶒鳥形的香爐。迥出群：謂其華麗精美遠遠超出其它禽鳥形的香爐。《世説新語·賞譽》：「殷中軍道韓太常曰：『康伯少自標置，居然是出群器。及其發言遣辭，往往有情致。』」杜甫《諸將五首》（其五）：「西蜀地形天下險，安危須仗出群才。」

〔二〕温磨（nún）：温暖芳香。麝臍薰：麝香。雄性麝的臍，麝香腺所在，故云。《後漢書》（卷八六）《南蠻西南夷傳·冉駹夷》：「又有五角羊、麝香、輕毛毼鷄、牲牲。」參本卷（詩五六八）注〔二〕。

〔三〕紅茵：紅色地毯。吐茵：指醉酒嘔吐在墊褥上。指豪飲。《漢書》（卷七四）《丙吉傳》：「吉馭吏耆酒，數逋蕩，嘗從吉出，醉歐丞相車上。西曹主吏白欲斥之，吉曰：『以醉飽之失去士，使此人將復何所容？西曹地忍之，此不過汙丞相車茵耳。』」

奉和

張賁

翠羽紅襟鏤彩雲〔一〕，雙飛常笑白鷗群〔二〕。誰憐化作彫金質①〔三〕，從惜沉檀十里聞②〔四〕。

（詩六〇三）

【校記】

①「彫」汲古閣本、四庫本、季寫本作「雕」。②「惜」弘治本、四庫本、統籤本、類苑本、季寫本、全唐詩本作「倩」。

【注釋】

〔一〕翠羽句：謂鸂鶒鳥毛色鮮艷多彩，綠色的羽毛，紅色的前臆，猶如雕刻的彩色雲霞般的美麗。

〔二〕雙飛句：謂鸂鶒鳥總是雌雄雙飛，而不像白鷗那樣成群地集聚。

〔三〕憐：愛，愛惜。彫金質：指雕鏤成鸂鶒鳥形的銅香爐。

〔四〕從惜：聽任吝惜。沉檀：沉香木和檀香木，是兩種香料木。《梁書》（卷五四）《諸夷列傳·盤盤國傳》：「中大通元年五月，累遣使貢牙像及塔，并獻沉檀等香數十種。」宋周去非《嶺外代答》（卷七）《沉水香》：「沉香來自諸蕃國者，……若夫千百年之枯株中，如石如杵，如拳如肘，如奇禽龜蛇，如雲氣人物，焚之一銖，香滿半里，不在此類矣。」宋洪芻《香譜》（卷上）《沈水香》條：「《唐本草》注云：出天竺、單于二國，與青桂、鷄骨、䨣香同是一樹，葉似橘，經冬不凋。夏生花，白而圓細。秋結實如檳榔，色紫似葚，而味辛。療風水毒腫，去惡氣。樹皮青色，木似櫸柳，重實黑色，沈水者是。今復有生黄而沈水者，謂之蠟沈。又其不沈者謂之生結，」又同卷《白檀香》條云：「陳藏器云：《本草拾遺》曰：樹如檀，出海南。……又有紫真檀，人磨之以塗風腫。雖不生於中華，而人間遍有之。」

友人許惠酒，以詩徵之〔一〕

日休

野客蕭然訪我家①〔二〕，霜殘白菊兩三花②〔三〕。子山病起無餘事〔四〕，只望蒲臺酒一車〔五〕

(原注：《庾信集》云：「蒲州刺史中山公許酒一車，未送。」③〔六〕)。　　(詩六〇四)

【校記】

①「客」類苑本作「老」。　②「殘」全唐詩本作「威」。　③「刺」原作「刺」，據汲古閣本、四庫本改。萬絶本、類苑本無此注語。

【注釋】

〔一〕此詩當作於咸通十一年(八七〇)秋。徵：索要，追問。

〔二〕野客：隱士。蕭然：悠閑瀟灑貌。晋葛洪《抱朴子・外篇・刺驕》：「高蹈獨往，蕭然自得。」杜甫《劉九法曹鄭瑕丘石門宴集》「秋水清無底，蕭然净客心。」仇注引晋王彪之詩：「散懷山水，蕭然忘羈。」

〔三〕霜殘白菊：點明時節，也暗用陶淵明重陽節籬邊菊叢盼王弘送酒事。參本卷(詩五三九)注〔四〕。

〔四〕子山：庾信(五一三—五八一)，字子山，北周詩人、辭賦家。早年在南朝梁，是宫體詩重要作家。徐陵父子與庾信父子并有文才，世號「徐庾體」。生平事迹參《周書》(卷四一)本傳。餘事：其他的事。《莊子・讓王》：「帝王之功，聖人之餘事也，非所以完身養生也。」《世説新語・德行》：「子敬云：『不覺有餘事，惟憶與郗家離婚。』」

〔五〕蒲臺：據原注：指蒲州的蒲坂(今屬山西省永濟市)，而非隋開皇十六年所置之蒲臺縣(參《元和郡縣圖志》卷一七《河北道二・棣州・蒲臺縣》)。《元和郡縣圖志》(卷一二)《河東道一》：「河中府……周明帝改秦州爲蒲州，因蒲坂以爲名。……河東縣，本漢蒲坂縣地也，屬河東郡。隋開皇三年罷郡，縣仍屬蒲州。」酒一車：庾信《蒲州刺史中山公許乞酒一車，未送》詩：「細柳望蒲臺，長河始一迴。」

〔六〕《庾信集》：北周滕王宇文逌《庾信集序》：「凡所著述，合二十卷，分成兩帙，附之後爾。」《隋書・經籍志》著録《庾信集》二十一卷。《舊唐書・經籍志》《新唐書・藝文志》均著録《庾信集》二十卷。中山公：宇文訓，北周人，曾官蒲州刺史，封中山公。《周書》(卷五)《武帝紀上》：「(天和元年)二月戊申，以開府、中山公訓爲蒲州總管。……(六年五月)丙寅，以大將軍、唐國公李昺，中山公訓，……并爲柱國。」

奉和

鄭璧〔一〕

乘興閑來小謝家〔二〕，便裁詩句乞榴花①〔三〕。邴原雖不無端醉〔四〕，也要臨風從鹿車②〔五〕。 (詩六〇五)

【校記】

①「榴」類苑本作「留」。 ②「鹿」類苑本作「後」。

【注釋】

〔一〕鄭璧：參本卷（詩五四五）注〔一〕。

〔二〕乘興：趁着興致。《世説新語·任誕》：「王子猷居山陰，夜大雪，……忽憶戴安道，時戴在剡。即便夜乘小船就之。經宿方至，造門不前而返。人問其故，王曰：『吾本乘興而行，興盡而返，何必見戴？』」小謝：南朝齊詩人謝朓，與謝靈運并稱「大小謝」。此喻皮日休。參卷六（詩三〇五）注〔二〕。

〔三〕榴花：酒名，此作美酒的雅稱。《南史》（卷七八）《夷貊傳上·扶南國》：「（扶南國）珍物寶貨無不有，又有酒樹似安石榴，采其花汁停甕中，數日成酒。」梁元帝蕭繹《劉生》：「榴花聊夜飲，竹葉解朝酲。」北周王褒《長安有狹邪行》：「塗歌楊柳曲，巷飲榴花樽。」沈頌《衛中作》：「總使榴花能一醉，終須萱草暫忘憂。」

〔四〕邴原：《三國志·魏書·邴原傳》：「邴原字根矩，北海朱虚人也。」裴松之注引《原別傳》：「原心以爲求師啓學，志高者通，非若交游待分而成也。書何爲哉？乃藏書於家而行。原舊能飲酒，自行之後，八、九年間，酒不向口。單步負笈，苦身持力，至陳留則師韓子助，潁川則宗陳仲弓，汝南則交范孟博，涿郡則親盧子幹。臨別，師友以原不飲酒，會米肉送原。原曰：『本能飲酒，但以荒思廢業，故斷之耳。今當遠別，因見貺餞，可一飲讌。』於是共坐飲酒，終日不醉。」無端：無緣無故。

〔五〕臨風句：謂邴原迎風乘着鹿車之際也要酣飲。臨風：迎風。《楚辭·九歌·少司命》：「望美人兮未來，臨風怳兮浩歌。」南朝宋謝莊《月賦》：「臨風嘆兮將焉歇，川路長兮不可越。」鹿車：鹿駕的小車。《太平御覽》（卷七七五）引《風俗通》曰：「鹿車窄小，裁容一鹿也。」《晉書》（卷四九）《劉伶傳》：「常乘鹿車，攜一壺酒，使人荷鍤而隨之，謂曰：『死便埋我。』其遺形骸如此。」

奉和

龜蒙

凍醪初漉嫩如春〔一〕，輕蟻漂漂雜蕊塵〔二〕。得伴方平同一醉〔三〕，明朝應作蔡經身〔四〕。（詩六〇六）

【注釋】

〔一〕凍醪：冬天釀造，春天成熟的酒，亦稱春酒。此泛指酒。參卷七（詩三八三）注〔二〕、〔三〕。漉：此指濾酒。古代米酒上面漂浮一層米渣，飲時要用紗布過濾，即漉酒。陶淵明有頭巾漉酒事，可證。作者另有《漉酒巾》詩云：「靖節高風不可攀，此巾猶墜凍醪間。」《宋書》（卷九三）《陶潛傳》：「郡將候潛，值其酒熟，取頭上葛巾漉酒，畢，還復著之。」嫩如春：喻初熟的酒新鮮如春色。唐人本喜以「春」名酒。李肇《唐國史補》（卷下）：「酒則有郢州之富水，烏程之若下，滎陽之土窟春，富平之石凍春，劍南之燒春。」

〔二〕輕蟻：酒面上殘留的酒糟形如微小的螞蟻。《釋名·釋飲食》：「泛齊，浮蟻在上，泛泛然也。」《文選》（卷二六）謝朓《在郡卧病呈沈尚書》：「嘉魴聊可薦，渌蟻方獨持。」唐李百藥《和許侍郎遊昆明池》：「羽觴傾緑蟻，飛日落紅鮮。」漂漂：形容浮蟻呈淡緑色。《釋名·釋綵帛》：「縹猶漂也。漂漂，淺青色也。」蕊塵：酒面上一個個的小花蕊。唐人常以菊花、柏葉等釀酒，故酒面上殘留有如蟻的酒滓和花葉等物。孟浩然《過故人莊》：「待到重陽日，還來就菊花。」「菊花」指菊花酒。又《歲除夜會樂城張少府宅》：「舊曲《梅花》唱，新正柏酒傳。」「柏酒」即柏葉酒。此事雖不始於唐，但至唐方盛行。

〔三〕方平：道教傳説中的仙人。此喻皮日休。葛洪《神仙傳》（卷三）：「王遠，字方平，東海人也。……陳耽爲方平架道室。……方平死，耽知其化去。……方平語（蔡）經家人曰：『吾欲賜汝輩酒，此酒乃出天厨，其味醇釀，非俗人所宜飲，飲之或能爛傷。今當以水和之，汝輩勿怪也。』乃以一升酒，合水一斗攪之，以賜經家人，人飲一升許，皆醉。」

〔四〕蔡經：道教傳説中王方平的弟子，蘇州人，後成仙。此作者自喻。參本卷（詩五九一）注〔二〕。

【箋評】

酒嫩酒肥。　陸龜蒙詩：「凍醪初漉嫩如春，輕蟻漂漂雜蕊塵。」皮日休詩：「茗肥不禁炙，酒肥

或難傾。」（郎廷極《勝飲編》卷十七）

寒夜文讌〔一〕，潤卿有期不至①〔二〕

日休

草堂虛灑待高真②〔三〕，不意清齋避世塵③〔四〕。料得焚香無別事④，存心應降月夫人⑤〔五〕。（詩六〇七）

【校記】

①「期」類苑本作「約」。②「草」項刻本作「華」。③「齋」類苑本作「田」。④「別」原作「刷」，據弘治本、汲古閣本、詩瘦閣本、四庫本、皮詩本、項刻本、萬絶本、統籤本、類苑本、季寫本、全唐詩本改。⑤「降」萬絶本作「待」。

【注釋】

〔一〕此詩當作於咸通十一年（八七〇）冬。文讌：飲酒作詩的宴會。參本卷（詩五八七）注〔一〕。

〔二〕潤卿：張賁字，前已屢注。

〔三〕草堂：作者自指簡樸的居室。虛灑：清静空闊。高真：得道成仙的人。指張賁。因其曾在茅山學道，故稱。《真誥》（卷一九）：「仰尋道經《上清》上品，事極高真之業，佛經《妙法蓮花》，理會一乘之致，仙書《莊子·内篇》，義窮玄任之境。」《道教義樞》（卷一）《位業義》：「《太真科》云：小乘仙有九品，一者上仙，二者高仙，……中乘真有九品，一者上真，二者高真，三者太真，四者神真，五者玄真，六者仙真，七者天真，八者靈真，九者至真。大乘聖有九品，一者上聖，二者高聖……」《雲笈七籤》（卷三）《道教三洞宗元》：「太清境有九仙，上清境有九真，玉清境有九聖，三九二十七位也。其九仙者：第一上仙，二高仙，三大仙，四玄仙，五天仙，六真仙，七神仙，八靈仙，九至仙。真、聖二境，其號次第，亦以上、高、太、玄、天、真、神、靈、至而爲次第。」

〔四〕不意：未曾預料到。清齋：道教的齋戒。《太上虛皇天尊四十九章經》：「齋戒者，道之根本，法之津梁。子欲學道，清齋奉戒，念念正真，邪妄自泯。」世塵：世俗，人間。王昌齡《題朱煉師山房》：「叩齒焚香出世塵，齋壇鳴磬步虛人。」

〔五〕存心：居心，專心。《孟子·離婁下》：「君子所以異於人者，以其存心也。」月夫人：道教所傳説的月中女仙人。《雲笈七籤》（卷一二）引《上清黄庭内景經·高奔章》：「高奔日月吾上道。」唐梁丘子注：「《上清紫書》有《吞月精之法》：『月初出時，西向叩齒十通，微咒月魂名，月中五夫人字曰：「月魂曖蕭，芳艷翳寥，婉虛靈蘭，鬱華結翹，淳金清瑩，炅容臺摽。」咒呼此二十四字畢，瞑目握固，存月中五色精光俱入口中。又月光中有黄氣大如目童，名曰飛黄月華玉胞之精也。能修此道，則奔日月而神仙矣。』」《真誥》（卷六）：「上造常陽之絶杪，下寢倒景之蘭堂。月妃參駟，日華照容。靈姬抱衾，香煙溢窗。」

奉和　　　　　　　　龜蒙

細雨輕觴玉漏終〔一〕，上清詞句落吟中〔二〕。松齋一夜懷貞白①〔三〕，霜外空聞五粒風〔四〕。（詩六〇八）

【校記】

①「貞」陸詩丙本黃校注：「空格。」

【注釋】

〔一〕細雨輕觴（shāng）：比喻淺斟低飲，猶如細雨微風飄落一樣。觴，酒杯。《説文·角部》：「觴，觶實曰觴，虛曰觶。」玉漏：漏壺的美稱。古代計時的器具。唐崔液《上元夜六首》（其一）：「玉漏銀壺且莫催，鐵關金鎖徹明開。」蘇味道《正月十五夜》：「金吾不禁夜，玉漏莫相催。」玉漏終：謂漏壺中水滴盡。通宵之意。

〔二〕上清：道教天上仙境「三清」之一。參本卷（詩五九九）注〔四〕。上清詞句：稱贊皮日休原唱詩猶如神仙之作。落吟中：落在衆人的吟唱之中。意謂衆作中的佳構。

〔三〕松齋：周圍種植松樹的房舍。貞白：貞白先生，南朝梁陶弘景謚號。生前隱居茅山學道，是道教的重要代表人物。屢見前注。此喻曾在茅山學道的張賁。

〔四〕五粒風：松風。五粒，五粒松，即五鬣松，松樹的一種，因松葉每簇五針而得名。參卷二（詩三四）注〔八〕、〔九〕。《南史》（卷七六）《陶弘景傳》：「（弘景）特愛松風，庭院皆植松，每聞其響，欣然爲樂。」

【箋評】

凡松葉皆雙股，故世以爲松釵。獨栝松每穗三鬚，而高麗所産每穗乃五鬣焉，今所謂華山松是也。李賀有《五粒小松歌》，陸龜蒙詩：「松齋一夜懷貞白，霜外空聞五粒風。」李義山詩「松暄翠粒新」，劉夢得詩「翠粒點晴露」，皆以粒言松也。《酉陽雜俎》云：「五粒者當言鬣，自有一種名五鬣，皮無鱗甲而結實多，新羅所種云然。」則所謂粒者，鬣也。（周密《癸辛雜識》前集《松五粒》）

【五粒松】松以粒言，舊矣。唐詩如「松暄翠粒新」（義山），「翠粒照清露」（夢得），「松齋一夜懷貞白，霜外空聞五粒風。」（魯望）又李賀有《五粒小松歌》。豈古人本其初萫有似乎粒，故言粒歟？乃亦有稱鬣者。按松穗皆雙股。栝松三股，種傳自高麗。所謂華山松者，每穗五股，稱五鬣松。松穗初生，少可言粒，多至五亦言粒，於體物未愜矣。段成式云：「五粒者，當言鬣。」甚得之。非謂凡粒，皆可通呼鬣也。（胡震亨《唐音癸籤》卷二十《詁箋五》）

奉和

鄭壁

已知羽駕朝金闕〔一〕，不用燒蘭望玉京〔二〕。應是易遷明月好①〔三〕，玉皇留看舞雙成〔四〕。

（詩六〇九）

【校記】

①「易遷」季寫本作「登仙」。

【注釋】

〔一〕羽駕：道教所説神仙的車駕。道教講羽化，乘鳥羽飛升，如乘白鶴。所乘車則常稱羽車，即以羽毛裝飾之車。葛洪《神仙傳》（卷三）《王遠》：「乘羽車，駕五龍。」又（卷五）《茅君》：「乃登羽蓋車而去。」又（卷六）《李少君》：「安期乘羽車而升天也。」金闕：道家所謂天上仙人居住的黄金闕。《神異經·西北荒經》：「西北荒中有二金闕，高百丈。金闕銀盤，圓五十丈。二闕相去百丈，上有明月珠，徑三丈，光照千里。中有金階，西北入兩闕中，名曰天門。」南朝梁陶弘景《水仙賦》：「迎九玄于金闕，謁三素於玉清。更天地而彌固，終逍遥以長生。」

〔二〕燒蘭：焚燒蘭香，禮拜天上神仙。北魏賈思勰《齊民要術》（卷三）《種蘭香》：「蘭香者，羅勒也。中國爲石勒諱，故改，今人因以名焉。且蘭香之目，美於羅勒之名，故即而用之。」玉京：神仙中的天帝居處。參本卷（詩五五五）注〔九〕。

〔三〕易遷：易遷府，或稱易遷房、易遷館。道教所説茅山上女仙的居處。《真誥》（卷四）：「迴眄易遷房，有懷真感人。」又（卷一二）：「洞中有易遷館、含真臺，皆宮名也。……此二宮盡女子之宮也。」又（卷一三）：「其第三等，地下主之高者，……出館易遷、童初二府，入晏東華上臺。」元劉大彬《茅山志》（卷八）：「華陽洞天三宮五府：曰易遷宮、含真宮、蕭閒宮，曰太元府、定録府、保命府、童初府、靈虚府。其太元、定録、保命爲三茅君所治，易遷、含真則女子成道者居之，餘宮府皆男真也。」

〔四〕玉皇：道教中的玉皇大帝。《雲笈七籤》（卷三）《道教三洞宗元》：「三代天尊者，過去元始天尊，見在太上玉皇天尊，未來金闕玉晨天尊。」雙成：董雙成，神話傳説中西王母侍女。《漢武帝内傳》：「王母乃命侍女王子登彈八琅之璈，又命侍女董雙成吹雲龢之笙，又命侍女石公子擊崑庭之鐘，又命侍女許飛瓊鼓震靈之簧，侍女阮凌華拊五靈之石，侍女范成君擊洞庭之磬，侍女段安香作九天之鈞。于是衆聲澈朗，靈音駭空。又命侍女安法嬰歌元靈之曲。」

蒙恩除替〔一〕，將還京洛〔二〕，偶叙所懷，因成六韻，呈軍事院諸公、郡中一二秀才①〔三〕

崔璞

兩載求人瘼②〔四〕，三春受代歸〔五〕。務繁多簿籍③〔六〕，才短乏恩威〔七〕。共理乖天獎〔八〕，分憂值歲飢④〔九〕。遽蒙交郡印〔一〇〕（原注：到郡十二箇月⑤，除替未及三年⑥。），安敢整朝衣〔一一〕。作牧慚爲政〔一二〕，思鄉念《式微》〔一三〕。儻容還故里⑦，高卧掩柴扉〔一四〕。（詩六一〇）

【校記】

①季寫本無「因成六韻，呈軍事院諸公、郡中一二秀才」。②「人」四庫本作「民」。③「簿」類苑本作「薄」。④「飢」汲古閣本、四庫本、類苑本作「饑」。⑤「郡」統籤本、全唐詩本作「任」。⑥「三」汲古閣本、四庫本作「二」。類苑本無此注語。⑦「儻」統籤本、類苑本作「倘」。

【注釋】

〔一〕此詩當作於咸通十二年（八七一）春。據吴在慶考證，崔璞除蘇州刺史在咸通十年（八六九）冬，到任則是咸通十一年（八七〇）春，離任則當在咸通十二年暮春（參其著《唐五代文史叢考·皮日休爲蘇州郡從事及初識陸龜蒙之時間》）。蒙恩：受到皇帝的恩寵。除替：卸任罷職。

〔二〕京洛：古代洛陽的别稱。其地曾爲周代、東漢等王朝的京城，故稱。亦可泛指國都。《文選》（卷一）班固《東都賦》：「子徒習秦阿房之造天，而不知京洛之有制也。」

〔三〕軍事院：唐代州一級官署有録事、司功、司倉、司户、司法、司兵等參軍事，分曹主管有關事務。皮日休時爲軍事院判官。諸公：指皮日休等人。郡中：指蘇州。蘇州從東漢直到隋開皇九年一直名爲吴郡，此後纔名爲蘇州（參《元和郡縣圖志》卷二五《江南道一·蘇州》）。秀才：文才秀異者，泛指讀書人。此指陸龜蒙等蘇州本地文士。「秀才」本爲唐初科舉取士的科目之一，後廢止，「秀才」遂爲讀書人通稱。《新唐書》（卷四四）《選舉志上》：「凡秀才，試方略策五道，以文理通粗爲上上、上中、上下、中上，凡四等爲及第。……高宗永徽二年，始停秀才科。」

〔四〕兩載：二年。指崔璞實際在蘇州任上的兩年，即咸通十一年春到十二年春。求人瘼：拯救人民疾苦。人瘼，民瘼。避唐太宗李世民諱改。《詩經·大雅·皇矣》：「監觀四方，求民之莫。」《後漢書》（卷七六）《循吏列傳序》：「廣求民瘼，觀納風謡。」

〔五〕三春：三年。以「春」代「年」，古代詩文中常見的用法。此指崔璞從咸通十年（八六九）冬被任命爲蘇州刺史，直到咸通十二年（八七一）暮春罷任，共三個年頭。受代：謂由新官來代替自己。也作「替代」。劉禹錫《酬喜相遇同州與樂天替代》：「舊托松心契，新友竹使符。」

〔六〕務繁：政務繁重冗雜。簿籍：官府文書檔案。

〔七〕才短：才幹不足。恩威：恩惠和威信。

〔八〕共理：共治。避唐高宗李治諱改。乖：違背。天奬：天恩，皇帝的恩賜。《文選》（卷三九）任昉《奉答敕示七夕詩啓》：「謹輒牽率庸陋，式訓天奬，拙速雖效，蚩鄙已彰。」《漢書》（卷八九）《循吏傳序》：「（宣帝）常稱曰：『庶民所以安其田里而亡嘆息愁恨之心者，政平訟理也。與我共此者，其唯良二千石乎！』以爲太守，吏民之本也。」顔師古注：「謂郡守、諸侯相。」

〔九〕分憂：分主憂，分擔憂患。指爲皇帝分擔憂慮。《晋書》（卷一）《宣帝紀》：「天子曰：『吾於庶事，以夜繼晝，無須臾寧息。此非以爲榮，乃分憂耳。』」上句言「共理」，另一面當然即分憂。漢代以來，以郡守爲天子的分憂之職。唐代的州刺史與漢代的郡太守相同。杜甫《寄裴施州》：「堯有四岳明至理，漢二千石真分憂。」歲飢：荒年，年成不好。據卷一（詩五）及卷三（序五），咸通十一年，蘇州遭受水灾，確實是荒年。

〔一〇〕遽：匆忙，倉卒。郡印：秦、漢郡守的官印。此指唐代州刺史的官印。

〔一一〕安敢：哪敢。朝衣：朝廷頒發的服飾。唐代朝廷根據職位品級給各級官吏頒發官服。《孟子・公孫丑上》：「立於惡人之朝，與惡人言，如以朝衣朝冠坐於塗炭。」

〔一二〕作牧：爲州刺史。古代州郡長官稱作牧。《禮記・曲禮下》：「九州之長，入天子之國，曰牧。」《國語・魯語下》：「日中考政，與百官之政事，師尹維旅、牧、相宣序民事。」韋昭注：「牧，州牧也。」

〔一三〕《式微》：《詩經·邶風·式微》：「式微，式微，胡不歸？微君之故，胡爲乎中露。」表達思鄉懷歸之意。

〔一四〕高卧：喻隱居的閑逸生活。《世説新語·排調》：「謝公在東山，朝命屢降而不動。後出爲桓宣武司馬，將發新亭，朝士咸出瞻送。高靈時爲中丞，亦往相祖。先時，多少飲酒，因倚如醉，戲曰：『卿屢違朝旨，高卧東山，諸人每相與言：「安石不肯出，將如蒼生何？」亦今蒼生將如卿何？』謝笑而不答。」柴扉：柴荆做成的簡陋的門。指隱士的居處。《文選》（卷二六）范雲《贈張徐州稷》：「田家樵采去，薄暮方來歸。還聞稚子説，有客款柴扉。」

諫議以罷郡將歸〔一〕，以六韻賜示，因伫詶獻〔二〕

日休

欲下持衡詔〔三〕，先容解印歸〔四〕。露濃春後澤〔五〕，霜薄霽來威〔六〕。舊化堪治疾〔七〕，餘恩可療飢①〔八〕。隔花攀去棹〔九〕，穿柳挽行衣〔一〇〕。佐理能無取〔一一〕，酬知力甚微〔一二〕。空將千感淚〔一三〕，異日拜黄扉〔一四〕。（詩六一一）

【校記】

①「恩」原作「思」，據弘治本、汲古閣本、四庫本、項刻本、統籤本、類苑本、季寫本、全唐詩本改。

「飢」四庫本、類苑本、季寫本作「饑」。

【注釋】

〔一〕諫議：指崔璞。以諫議大夫出任蘇州刺史。參〔序一〕注〔八二〕。罷郡：免去郡守（刺史）的職務。

〔二〕伫（zhù）：企盼，期待。訓獻：奉答，敬獻。

〔三〕欲：將要。持衡：喻執掌國家的權柄。衡，爲北斗七星的第五星，在北斗星的中心，喻權力中樞。衡亦可代指北斗星。《漢書》（卷二六）《天文志》：「杓攜龍角，衡殷南斗，魁枕參首。」顔師古注：「晋灼曰：『衡，斗之中央。殷，中也。』」《文選》（卷三）張衡《東京賦》：「攝提運衡，徐至於射宫。」薛綜注：「衡，玉衡，北斗中星，主迴轉。」

〔四〕解印：解下官印的印綬。即交出官印，免去官職。

〔五〕露濃句：以春露濃厚潤澤萬物，喻崔璞爲民帶來恩惠。

〔六〕霜薄句：以秋霜喻崔璞爲官的威嚴。此句暗喻崔璞任蘇州刺史時銜諫議大夫。諫議大夫掌規諫諷諭。

〔七〕舊化：已施行過的教化。指崔璞在蘇州所施行的教化。堪：可。與下句「可」互文。

〔八〕餘恩：指崔璞留給蘇州的恩惠。療飢：充飢，解餓。《文選》（卷一五）張衡《思玄賦》：「聘王母於銀臺兮，羞玉芝以療飢。」李善注：「療，愈也。」南朝宋謝靈運《君子有所思行》：「寂寥曲肱子，瓢飲療朝飢。」

〔九〕去棹：離去的船。棹，船槳，代船，指崔璞離開蘇州所乘的船。

〔一〇〕挽：拉，牽引。《小爾雅·廣詁》：「挽，引也。」行衣：出行所穿的服裝。南朝陳徐陵《咏春》：「落花承步履，流澗寫行衣。」以上四句活用第五倫事。《後漢書》（卷四一）《第五倫傳》：「（第五倫爲會稽太守）雖爲二千石，躬自斬芻養馬，妻執炊爨。受俸裁留一月糧，餘皆賤貿與民之貧羸者。會稽俗多淫祀，好卜筮。民常以牛祭神，百姓財産以之困匱。其自食牛肉而不以薦祠者，發病且死先爲牛鳴。前後郡將莫敢禁。倫到官，移書屬縣，曉告百姓。其巫祝有依托鬼神詐怖愚民，皆案論之。有妄屠牛者，吏輒行罰。民初頗恐懼，或祝詛妄言，倫案之愈急，後遂斷絶，百姓以安。永平五年，坐法徵，老小攀車叩馬，啼呼相隨，日裁行數里，不得前。倫乃僞止亭舍，陰乘船去。衆知，復追之。及詣廷尉，吏民上書守闕者千餘人。」

〔一一〕佐理：輔佐治理。作者爲刺史崔璞的從事，下屬佐吏，故云。能無取：才能不足取。《孟子·離婁下》：「可以取，可以無取。」

〔一二〕酬知：報答知己。知己指崔璞。

〔一三〕空將：只將，只能。千感：形容極多的感激之情。

〔一四〕異日：他日，指將來。黄扉：黄門。漢代以來，丞相、三公等朝廷高官的官署以黄色塗門，稱黄門、黄閤（閣）。沈約《宋書》（卷一五）《禮志二》：「三公黄閤，前史無其義。……三公之與天子，禮秩相亞，故黄其閤，以示謙不敢斥天子，蓋是漢來制也。」《藝文類聚》（卷四五）引《漢舊儀》曰：「丞相……聽事閤曰黄閤。」唐襲漢制。明周祈《名義考》（卷五）《黄閤内閤》：「唐門下省以黄塗門，謂之黄閤。」唐代别稱門下省爲黄門省，門下侍郎即爲宰相。故此句意乃預祝崔璞將來高升宰執大臣。

謹和諫議罷郡叙懷六韻①〔一〕

龜蒙

已報東吴政〔二〕，初捐左契歸〔三〕。天應酬苦節〔四〕，人不犯寒威〔五〕。江上思重借〔六〕，朝端望載飢②〔七〕。紫泥封夜詔〔八〕，金殿賜春衣〔九〕。對酒情何遠〔一〇〕，裁詩思極微③〔一一〕。待升鎔造日〔一二〕，江海問漁扉〔一三〕。

（詩六一二一）

【校記】

①此詩陸詩丙本收録在卷三《五言古詩》。統籤本無「謹」，「諫議」下有「崔公」。②「飢」四庫本、統籤本、類苑本作「饑」。③「思」類苑本作「賜」。

【注釋】

〔一〕諫議：諫議大夫，指崔璞。前已屢注。罷郡：免去郡守。此指崔璞免去蘇州刺史。東漢至隋代蘇州爲吴郡，故稱。叙懷：抒發情懷。

〔二〕報政：稟報政事，陳述政績。東吴：此指蘇州。《文選》（卷二一）左思《咏史八首》（其一）：「長嘯激清風，志若無東吴。」李善注：「東吴，謂孫氏也。」《文選》（卷五）左思《吴都賦》：「東吴王孫，囅然而咍。」李善注：「吴都者，蘇州是也。」

〔三〕初捐：謂崔璞剛被免去蘇州刺史的職務。捐，除去。左契：又稱左符。符信的左片。此指朝廷頒給刺史的符信。唐代以銅魚符爲符信，分爲左右二片，上刻魚形圖案，使用時核驗以爲憑信。唐代刺史，上任和離任均以左魚符爲憑信。宋程大昌《演繁露》（卷一）《左符》：「漢太守之官，必得左符以出，至郡用以爲驗。蓋右符先以留州，故令以左合右也。」宋王楙《野客叢書》（卷二八）《郡守左符》：「唐故事，以左魚給郡守，以右魚留郡庫。每郡守之官，以左魚合郡庫之右魚，以此爲信。……唐之魚符，即古者銅虎符之意也。按古之符節，左以與郡守，右以留京師，非謂留郡庫也。謂郡守往回，以所授之左符，合京師之右符，以防其僞。」

〔四〕苦節：堅定不渝的操守氣節。此指崔璞爲官的憂勞勤勉。《周易·節卦》：「節，亨。苦節，不可貞。」

〔五〕犯：冒。寒威：嚴寒的威力。喻崔璞爲官的威嚴。崔璞任蘇州刺史時帶諫議大夫銜，此職掌規諫諷諭，故詩云。

〔六〕江上：松江，實即指蘇州。重借：再次借用。謂挽留崔璞再做蘇州刺史。意在贊揚他作牧頗得民心。《後漢書》（卷一六）《寇恂傳》：「是時，潁川人嚴終、趙敦聚衆萬餘，與密人賈期連兵爲寇。……恂免數月，復拜潁川太守，與破奸將軍侯進俱擊之。數月，斬期首，郡中悉平定。封恂雍奴侯，邑萬户。……代朱浮爲執金吾。明年，從車駕擊隗囂，而潁川盜賊群起，帝乃引軍還，謂恂曰：『潁川迫近京師，當以時定。惟念獨卿能平之耳，從九卿復出，以憂國可也。』恂對曰：『潁川剽輕，聞陛下遠踰阻險，有事隴、蜀，故狂狡乘間相詿誤耳。如聞乘輿南向，賊必惶怖歸死。臣願執鋭前驅。』即日車駕南征，恂從至潁川，盜賊悉降，而竟不拜郡。百姓遮道曰：『願從陛下復借寇君一年。』乃留恂長社，鎮撫吏人，受納餘降。」李賢注：「恂前爲潁川太守，故曰復借也。」

〔七〕朝端：朝廷。亦謂朝臣之首。《文選》（卷五八）王儉《褚淵碑文》：「暫遂冲旨，改授朝端。」李周翰注：「改授司徒，以爲朝臣之首也。端，首也。」李善注引《晋中興書》：「謝石上疏曰：『尸素朝端，忽焉五載。』」張九齡《和裴侍中承恩拜掃，旋轡途中有懷，寄州縣官寮、鄉園故親》：「天下稱賢相，朝端挹至公。」載飢：飢餓。載，助詞。此句謂朝廷盼崔璞歸朝廷做官，猶如飢渴而盼飲食一般。《詩經·小雅·采薇》：「行道遲遲，載渴載飢。」《詩經·周南·汝墳》：「未見君子，惄如調飢。」《毛傳》：「調，朝也。」鄭玄箋：「未見君子之時，如朝飢之思食。」

〔八〕紫泥：皇帝的詔書。古代皇帝詔書用紫泥封口，故詔書可徑稱紫泥。參本卷（詩五七〇）注〔四〕。

〔九〕金殿：金鑾殿，宫殿，皇宫。賜春衣：皇帝賜與春衣，以示恩寵頗厚。唐代皇帝對朝官及外任官都有賜衣的制度。北周庾信《春賦》：「宜春院中春已歸，披香殿裏作春衣。」劉禹錫《謝春衣表》：「并賜臣墨詔及春衣兩副、大將衣四副。」宋高承《事物紀原》（卷一）《賜服》：「蓋唐已來，品官在職，即有衣俸，罷即隨住。」

〔一〇〕對酒：面對着酒。此指送别崔璞的離宴。三國曹操《短歌行》：「對酒當歌，人生幾何。」

〔一一〕裁詩：作詩。杜甫《江亭》：「故林歸未得，排悶强裁詩。」思極微：思緒極爲深切幽微。

〔一二〕鎔造：鎔煉鑄造。喻造就選拔人才的官職。意指宰相之類的高官重臣。《文選》（卷三九）任昉《啓蕭太傅固辭奪禮》：「君於品庶，示均鎔造。」

〔一三〕江海：指隱士的生活居處。《莊子·讓王》：「身在江海之上，心居乎魏闕之下。」《後漢書》（卷八三）《逸民傳·論》：「然觀其甘心畎畝之中，憔悴江海之上，豈必親魚鳥樂林草哉，亦云性分所至而已。」問：訪問，探訪。此意謂選拔任用。漁扉：打魚人的房屋，猶漁家。喻隱士，作者自喻。

【箋評】

《大過》：「符左契右，相與合齒。」按符與契皆剖分左右，之官持左符而責償執右契；王楙《野客叢書》卷二八《郡守左符》、程大昌《演繁露》卷一《左符魚書》又卷四《魚袋》、趙翼《陔餘叢考》卷三三《合同》詳考之，而皆未引此林。杜牧《新轉南曹，未叙朝散，出守吴興》：「平生江海志，佩得左魚歸。」又《春末題池州弄水亭》：「使君四十四，兩佩左銅魚。」陸龜蒙《謹和諫議罷郡叙懷》：「已報東吳政，初捐左契歸。」蘇頌《蘇魏公集》卷一三《同事閤使見問奚國山水何如江鄉》：「終待使還酬雅志，左符重乞守江湖。」亦名家詩句之供佐驗者。（錢鍾書《管錐編》第二册五八〇頁）

松陵集卷第十①　雜體詩八十六首

雜體詩序②〔一〕

日休③

案《舜典》：「帝曰：『夔！命汝典樂，教胄子。……詩言志，歌永言』」在焉④〔二〕。《周禮》：「太師之職⑤，掌教六詩〔三〕。」諷賦既興⑥〔四〕，風雅互作〔五〕，雜體遂生焉⑦〔六〕。後係之于樂府⑧〔七〕，蓋典樂之職也。在漢代〔八〕，李延年爲協律〔九〕，造新聲〔一〇〕，雅道雖缺〔一一〕，樂府乃盛〔一二〕。《鐃歌鼓吹》《拂舞》《予》《俞》⑨〔一三〕，因斯而興，詞之體不得不因時而易也〔一四〕，古樂書論之甚詳⑩〔一五〕。今不能備載，載其他見者。

案《漢武集》⑪〔一六〕：元封三年作柏梁臺〔一七〕，詔群臣二千石有能爲七言詩者〔一八〕，乃得上坐。帝曰〔一九〕：「日月星辰和四時。」梁王曰〔二〇〕：「驂駕駟馬從梁來。」由是聯句興焉⑫〔二一〕。孔融詩曰：「漁父屈節，水潛匿方。」作郡姓名字離合也⑬〔二二〕。由是離合興焉⑭〔二三〕。晉傅咸有《迴文反覆詩》二首〔二四〕，云反覆其文者，以示憂心展轉也，「悠悠遠邁獨煢煢」是也〔二五〕。由是反覆興焉⑮〔二六〕。晉温嶠有《迴文虚言詩》云：「寧神静泊，損有崇亡。」⑯〔二七〕由是迴文興焉⑰〔二八〕。梁武帝云：「後牖有朽柳。」沈約云：「偏眠船舷邊。」⑱〔二九〕由是疊韻興焉⑲〔三〇〕。《詩》云：「螮蝀在東。」又曰：「鴛鴦在梁。」〔三一〕由是雙聲興焉⑳〔三二〕。《詩》云：「惟南有箕㉑，不可以簸揚㉒。惟北有斗㉓，不可以挹酒漿〔三三〕。」近乎戲也。古詩或爲之，蓋風俗之言也〔三四〕。古有采詩官，命之曰風人〔三五〕。「圍棋燒敗襖，看子故依然㉔〔三六〕。」由是風人之作興焉㉕〔三七〕。《梁書》云：「昭明善賦短韻，吴均善壓强韻〔三八〕。」今亦效而爲之，存于編中㉖。陸生與予各有是爲㉗〔三九〕，凡八十六首。至如四聲詩、三字離合、全篇雙聲疊韻之作〔四〇〕，悉陸生所爲，又足見其多能也㉘。

案齊竟陵王《郡縣詩》曰㉙：「追芳承荔浦，揖道信雲丘。」縣名由是興焉㉚〔四一〕。案梁元《藥名詩》曰㉛：「戍客恒山下㉜，當思衣錦歸。」藥名由是興焉㉝〔四二〕，陸與予亦有是作㉞〔四三〕。至如鮑昭之建除〔四四〕，沈炯之六甲、十二屬㉟〔四五〕，梁簡文之卦名〔四六〕，陸惠曉之百姓〔四七〕，梁元帝之鳥名、龜兆〔四八〕，蔡黄門之口字〔四九〕，古兩頭纖纖、藁砧、五雜組已降〔五〇〕，非不能也，皆鄙而不爲。

噫！由古至律㊱，由律至雜㊲，詩之道盡乎此也㊳〔五一〕。近代作雜體，唯《劉賓客集》中有迴文、離合、雙聲、叠韻〔五二〕。如聯句，則莫若孟東野與韓文公之多〔五三〕，他集罕見，足知爲之之難也。陸與予竊慕其爲人㊴，遂合已作爲雜體一卷㊵，屬予序雜體之始云㊶〔五四〕。（序二〇）

【校記】

①原缺「卷」，前九卷俱有，據補。　②「序」前全唐詩本有「并」。　③原缺署名。文中多次言「陸生與予」、「陸與予」云云，此序作者係皮日休無疑，徑補。汲古閣本、詩瘦閣本、四庫本、皮詩本、統籤本、全唐詩本署皮日休。李校本批語：「影宋本無撰人名。」章校本批語：「『皮』，明本無。」　④「永」原作「詠」，據汲古閣本、四庫本、全唐詩本改。統籤本無「案《舜典》……在焉。」　⑤統籤本無「之職」。　⑥統籤本無此四字。　⑦統籤本無「焉」。　⑧「于」汲古閣本、詩瘦閣本、四庫本、全唐詩本作「於」。　⑨「予」盧校本作「矛」。　⑩統籤本無「後係之于樂府……古樂書論之甚詳。」　⑪統籤本無「案」、「集」。　⑫「由」汲古閣本、四庫本作「繇」。「句」原作「勺」，據弘治本、汲古閣本、詩瘦閣本、四庫本、皮詩本、統籤本、全唐詩本改。　⑬「合」原作「今」，據弘治本、汲古閣本、詩瘦閣本、四庫本、皮詩本、統籤本、全唐詩本改。　⑭「由」汲古閣本、四庫本作「繇」。　⑮「由」汲古閣本、四庫本作「繇」。　⑯「亡」詩瘦閣本作「無」。　⑰「由」汲古閣本、四庫本作「繇」。　⑱「舷」原缺「玄」末筆，避宋太祖始祖趙玄朗諱。　⑲「由」汲古閣本、四庫本作「繇」。　⑳「由」汲古閣本、四庫本作「繇」。　㉑「惟」弘治本、汲古閣本、詩瘦閣本、四庫本、皮詩本、統籤本、全唐詩本作「維」。

㉒「簸」皮詩本作「播」。㉓「惟」弘治本、汲古閣本、詩瘦閣本、四庫本、皮詩本、統籤本、全唐詩本作「維」。㉔「看」四庫本作「着」，盧校本作「著」。㉕「由」汲古閣本、四庫本作「繇」。㉖「于」全唐詩本作「於」。㉗「予」全唐詩本作「余」。㉘統籤本無「《梁書》云：……又足見其多能也。」㉙「案」詩瘦閣本作「按」，統籤本無此字。㉚「由」汲古閣本、四庫本作「繇」。㉛「案」皮詩本作「按」。統籤本無「案」、「元」。㉜「恒」原缺末筆，避宋真宗趙恒諱。㉝「由」汲古閣本、四庫本作「繇」。㉞「陸與予亦有是作」統籤本作「余與陸魯望各有其作」。㉟「炯」原作「烱」，據弘治本、汲古閣本、詩瘦閣本、四庫本、皮詩本、全唐詩本改。㊱「由」汲古閣本、四庫本作「繇」。㊲「由」汲古閣本、四庫本作「繇」。㊳四庫本無「之道」。統籤本無「乎」，「也」作「矣」。㊴統籤本無「陸與」。㊵統籤本無此句。㊶「囑」全唐詩本作「屬」。「予」、皮詩本作「余」。統籤本無「囑予」。「序」統籤本作「叙」。

【注釋】

〔一〕雜體詩：指通常所説的古體詩（四言體、騷體、五言詩、七言詩）、近體詩（五七言絶句、五七言律詩、五七言排律）以外的各種體制格式的詩體。其形式規範十分繁多駁雜，幾乎每一個雜體詩題都有其形式技巧上的特殊規定，故唐王睿《炙轂子》又稱作「雜題詩」。雜體詩的體式極多，其題名也就極豐富。隨着詩歌史的發展，歷代不斷產生新體制格式的雜體詩。最早以「雜體詩」一名統稱所有正體以外詩體的概念的，即皮日休此序。故此序是詩體發展史上的一篇重要文獻。此前只有南朝梁劉勰《文心雕龍·定勢》：「囊括雜體，功在銓别」中的「雜體」，指文體的體制格式而言。《文選》（卷三一）所載江淹《雜體詩序》及《雜體詩三十首》，均是就題材風格而言，與皮日休此序所説不同。

〔二〕《舜典》：僞《古文尚書》的第二篇篇名，《今文尚書》仍作《堯典》。帝：指舜。其事迹可參《史記》（卷一）《五帝本紀》。夔：人名，相傳是堯、舜時掌管音樂的人。典樂：主管有關音樂的事務。胄子：世子，嫡長子。《尚書正義》引孔傳：「胄，長也，謂元子以下至卿大夫子弟。以歌詩蹈之舞之，教長國子，中和祗庸孝友。」詩言志，歌永言：《尚書正義》引孔傳：「謂詩言志以導之，歌咏其義，以長其言。」永言，長言。謂吟誦詩歌時徐徐咏唱，延長詩的語音，以突出詩歌的意義，達到教育的目的。

〔三〕《周禮》：儒家六經之一，約成書於東周惠王後（參洪誠《孫詒讓研究·讀〈周禮正義〉》）。漢初時，名爲《周官》，劉歆始改爲《周禮》。東漢鄭玄兼注《周禮》和《儀禮》《禮記》，遂爲「三禮」之一。太師之職，掌教六詩：太師，古代樂官之長。《周禮·春官宗伯·大師》：「大師掌六律六同。……教六詩：曰風、曰賦、曰比、曰興、曰雅、曰頌。以六德爲之本，以六律爲之音。」

〔四〕諷賦：諷誦吟咏和賦寫創作。此偏指歌詩的寫作而言。

〔五〕風雅互作：指風類和雅類歌詩交相産生。風指《詩經》中的十五《國風》；雅指詩經中的二雅，即《大雅》《小雅》。

〔六〕雜體遂生：謂雜體是與風、雅同時産生的詩體。皮日休的這一見解，是頗具文學史眼光的。

〔七〕樂府：漢初以來朝廷的音樂機關，至漢武帝時興盛完備。《漢書》（卷二二）《禮樂志》：「凡樂，樂其所生，禮不忘本。高祖樂楚聲，故《房中樂》，楚聲也。孝惠二年，使樂府令夏侯寬備其簫管，更名曰《安世樂》。……初，高祖既定天下，過沛，與故人父老相樂，醉酒歡哀，作『風起』之詩，令沛中僮兒百二十人習而歌之。至孝惠時，以沛宫爲原廟，皆令歌兒習吹以相和，常以百二十人爲員。文、景之間，禮官肄業而已。至武帝定郊祀之禮，祠太一於甘泉，……祭后土於汾陰，……乃立樂府，采詩夜誦，有趙、代、秦、楚之謳。以李延年爲協律都尉，多舉司馬相如等數十人，造爲詩賦，略論律吕，以合八音之調，作十九章之歌。」

〔八〕漢代：漢王朝。有西漢（前二〇六—二四）、東漢（二五—二二〇）之分。此處所指爲西漢武帝間事。

〔九〕李延年：西漢音樂家、詩人，後被漢武帝誅殺。生平事迹參《漢書》（卷九三）本傳和《漢書》（卷九七上）《李夫人傳》。協律：協律都尉，西漢朝廷主管音樂的官員。《漢書》（卷九三）《李延年傳》：「延年繇是貴爲協律都尉，佩二千石印綬。」

〔一〇〕造新聲：制作新的音樂曲調。《漢書》（卷九三）《李延年傳》：「延年善歌，爲新變聲。是時，上方興天地諸祠，欲造樂，令司馬相如等作詩頌。延年輒承意弦歌所造詩，爲之新聲曲。」《漢書》（卷九七上）《外戚傳·李夫人傳》：「孝武李夫人，本以倡進。初，夫人兄延年性知音，善歌舞，武帝愛之。每爲新聲變曲，聞者莫不感動。」

〔一〕雅道：指詩歌創作的風雅之道，即符合儒家詩教的詩歌。

〔二〕乃盛：始盛。于是盛行。

〔三〕《鐃歌鼓吹》：樂府樂曲名。指漢代鼓吹樂中的《鐃歌》。宋郭茂倩《樂府詩集》（卷一六）《鼓吹曲辭一》解題曰：「《鼓吹曲》，一曰《短簫鐃歌》。……則《短簫鐃歌》，漢時已名鼓吹，不自魏、晋始也。……然則黄門鼓吹、《短簫鐃歌》與《横吹曲》，得通名鼓吹，但所用異爾。漢有《朱鷺》等二十二曲，列於鼓吹，謂之鐃歌。」《拂舞》：晋代雜舞曲名，以拂子爲道具，故名。《晋書》（卷二三）《樂志下》：「拂舞，出自江左。舊云吴舞，檢其歌，非吴辭也。亦陳於殿庭。楊泓序云：『自到江南見《白符舞》，或言《白鳧鳩舞》，云有此來數十年矣。察其辭旨，乃是吴人患孫皓虐政，思屬晋也。』」《予》：《予樂》，漢代樂曲。《文選》（卷一）班固《東都賦》：「揚世廟，正雅樂。」李善注引《東觀漢記》曰：「孝明詔曰：『《璇璣鈐》曰：有帝漢出，德洽作樂，名雅會。』明帝改其名，郊廟樂曰太予樂，正樂官曰太予樂官。」《後漢書》（卷三）《章帝紀》：「（明帝）作登歌，正予樂，博貫六藝，不舍晝夜。」《俞》：《俞兒舞》。古代雜舞名，又稱巴渝舞。《宋書》（卷二〇）《樂志一》：「魏《俞兒舞歌》四篇，魏國初建所用，後於太祖廟并作之，王粲造。」《晋書》（卷二二）《樂志上》：「漢高祖自蜀漢將定三秦，閬中范因率賨人以從帝，爲前鋒。及定秦中，封因爲閬中侯，復賨人七姓。其俗喜舞，高祖樂其猛鋭，數觀其舞，後使樂人習之。閬中有渝水，因其所居，故名曰《巴渝舞》。舞曲有《矛渝本歌曲》《安弩渝本歌曲》《安臺本歌曲》《行辭本歌曲》，總四篇。其辭既古，莫能曉其句度。魏初，乃使軍謀祭酒王粲改創其詞。」

〔一四〕詞之體：謂上舉樂府中歌詞的載體形式，即詩體。此句謂詩體因爲時代變遷而發生變化。皮日休認識到詩體嬗變的社會性和時代性，是比較深刻的見解。

〔一五〕古樂書：指古代有關記載樂府的古書，如《漢書·禮樂志》《晋書·樂志》《宋書·樂志》《隋書·音樂志》、蔡邕《禮樂志》、王僧虔《技録》等。

〔一六〕《漢武集》：《漢武帝集》，漢武帝劉徹的别集。《隋書》（卷三五）《經籍志四》：「《漢武帝集》一卷。」注：「梁二卷。」《舊唐書》（卷四七）《經籍志下》、《新唐書》（卷六〇）《藝文志四》：「《漢武帝集》二卷。」

〔一七〕元封三年：元封是漢武帝的年號之一。元封三年是公元前一〇八年。《漢書》（卷六）《武帝紀》：「（元鼎二年）春，起柏梁臺。」柏梁臺建造時間，應以此爲準。元鼎二年爲公元前一一五年。柏梁臺：《三輔黄圖》（卷五）《臺榭》：「柏梁臺，武帝元鼎二年春起。此臺在長安城中北闕内。《三輔舊事》云：『以香柏爲梁也。帝嘗置酒其上，詔群臣和詩，能七言詩者乃得上。太初中，臺灾。』」

〔一八〕二千石：漢代官員的俸禄等級之一。由此以上，都算是官職顯赫者。漢制，内自九卿郎將，外至州郡守尉，均二千石。參《漢書》（卷一九上）《百官公卿表上》，此表題下顔師古注：「漢制，三公號稱萬石，其俸月各三百五十斛穀。其稱中二千石者，月各百八十斛；二千石者，百二十斛；比二千石者，百斛；千石者，九十斛；比千石者，八十斛。」七言詩：漢代出現的一種新詩體，但其概念産生較晚，最早應是晉傅玄《擬〈四愁詩四首〉序》所云：「體小而俗，七言類也。」因此「七言詩」一詞，應在傅玄之後纔會出現。劉慶柱《三秦記輯注》：「柏梁臺上有銅鳳，名鳳闕。武帝作柏梁臺，詔群臣二千石，有能爲七言詩者乃得上座。帝曰：『日月星辰和四時。』梁王曰：『驂駕駟馬從梁來。』大司馬曰：『郡國士馬羽林才。』……郭舍人曰：『嚙妃女唇甘如飴。』東方朔曰：『迫窘詰屈幾窮哉。』」

〔一九〕帝：指漢武帝劉徹。生平事迹參《史記》（卷一二）《孝武本紀》《漢書》（卷六）《武帝紀》。

〔二〇〕梁王：西漢梁孝王劉武。生平事迹參《漢書》（卷四七）《梁孝王劉武傳》。

〔二一〕聯句：參（序一）一〇二。至於「聯句」的起源，前人多認爲始自漢武帝與群臣唱和的《柏梁臺詩》，皮日休也采納了這一意見。它在結體上一人一句，句句押韻，一韻到底。這一聯句形式，後世稱爲「柏梁體」。嚴羽《滄浪詩話·詩體》：「柏梁體，漢武帝與群臣共賦七言，每句用韻，後人謂此體爲『柏梁體』。」趙翼《陔餘叢考》（卷二三）《柏梁體》：「漢武宴柏梁臺，賦詩，人各一句，句皆用韻，後人遂以每句用韻者爲『柏梁體』。然『柏梁』以前，……可見此體已久有之，不自『柏梁』始也。但聯句之每句用韻者，乃不爲『柏梁體』耳。」不過，「聯句」概念的出現，當在南朝齊、梁間。可參何遜、范雲、劉孝綽《擬古三首聯句》、何遜《范廣州宅聯句》、庾信《集周公處連句》等。此時聯句，一般以一人四句爲度，完成後集在一起，稱爲「聯句」或「連句」。唐代特别是中唐以後，聯句興盛，且往往宏篇鉅制，連綴方式也豐富多樣，决不只是上述兩種結體。

〔二二〕孔融：東漢末文學家，「建安七子」之一，字文舉（一五三—二〇八）。生平事迹參《後漢書》（卷七〇）本傳。孔融《離合作郡姓名字詩》：「漁父屈節，水潛匿方。與時進止，出行施張。吕公磯釣，闔口渭旁。九域有聖，無土不王。好是正直，女回于匡。海外有截，隼逝鷹揚。六翮將奮，羽儀未彰。蛇龍之蟄，俾也可忘。玟璇隱曜，美玉韜光。無名無譽，放言深藏。按轡安行，誰謂路長。」全詩離合「魯國孔融文舉」六字。郡姓名字離合：郡指魯國，姓名指孔融，字指文舉，離合謂上六字乃通過離合字的偏旁以成文的雜體詩。明徐師曾《文體明辨序説·離合詩》：「按離合詩有四體。其一，離一字偏旁爲兩句，而四句湊合爲一字，如『魯國孔融文舉』……是也。其二，亦離一字偏旁爲兩句，而六句湊合爲一字，如『别』字詩是也。其三，離一字偏旁於一句之首尾，而首尾相續爲一字，如《松閒斟》《飲巖泉》《砌思步》是也。其四，不離偏旁，但以一物二字離於一句之首尾，而首尾相續爲一物，如縣名、藥名離合是也。」

〔二三〕離合興焉：離合體的産生，自來論者都認爲是孔融《離合作郡姓名字詩》。唐吴兢《樂府古題要解》（卷下）：「離合詩，右起漢孔融，合其字以成文也。」宋葉夢得《石林詩話》（卷中）：「古詩有離合體，近人多不解。此體始於孔北海。余讀《文類》，得北海四言一篇云：『漁父屈節，水潛匿方。……按轡安行，誰謂路長。』此篇離合『魯國孔融文舉』六字。」嚴羽《滄浪詩話·詩體》：「離合，字相拆合成文，孔融『漁父屈節』之詩是也。」

〔二四〕傅咸：晉代辭賦家、詩人，字長虞（二三九—二九四）。生平事迹參《晉書》（卷四七）本傳。《迴文反覆詩》二首：檢逯欽立《先秦漢魏晉南北朝詩》，未見傅咸此二首詩。就詩體而言，一首詩的字句迴環往復皆成義可誦者，稱爲迴文反覆體，實是回文體之一種。論者多將迴文和反覆作爲兩種雜體詩形式。皮日休也是如此。觀下文，皮氏此處實指反覆體雜體詩而言。唐吴兢《樂府古題要解》（卷下）：「盤中詩，右盤屈書之。傅休奕云：『山樹高鳥悲』，末云：『當從中央周四角』是也。」（按：傅休奕，傅玄。引詩見《玉臺新詠》卷九，署名蘇伯玉妻，與《要解》不同，應以《玉臺》爲是）。」又云：「迴文詩，右迴復讀之，皆歌而成文也。」嚴羽《滄浪詩話·詩體》：「盤中，《玉臺集》有此詩，蘇伯玉妻作，寫之盤中，屈曲成文也。」又云：「迴文，起於竇滔之妻，織錦以寄其夫也。」又云：「反覆，舉一字而誦皆成句，無不押韻，反覆成文也。李公《詩格》有此二十字詩。」明徐師曾《文體明辨序説·迴文體》：「按迴文詩，始於苻秦竇滔妻蘇氏，反覆成章。而陸龜蒙則曰：『「悠悠遠道獨煢煢」，由是反覆興焉。』及考《詩苑》云：『迴文、反覆，舊本二體，止兩韻者謂之迴文，舉一字皆成讀者謂之反覆。』則蘇氏詩正反覆體也。後人所作，直可謂之迴文耳。以今合而爲一，故并列之。」要之，盤中、迴文、反覆三種體式的共同點，是都可以反復迴環讀之，但在具體讀法上又有不同之處。

〔二五〕悠悠句：傅咸《迴文反覆詩》斷句，逯欽立《先秦漢魏晋南北朝詩》傅咸卷未録，可據補。

〔二六〕反覆興焉：反覆一體的産生，皮氏以爲是傅咸，但作品不存，無法驗核。《藝文類聚》（卷五六）、吴兢《樂府古題要解》均未列此體。最早列出反覆體的，就是皮氏此序。此後，宋嚴羽《滄浪詩話·詩體》有「反覆」一體，而未列傅咸詩爲例（參本序注〔二四〕）。宋王應麟《困學紀聞》（卷一八）：「《詩苑類格》謂迴文出於竇滔婦所作。……又傅咸有《迴文反復詩》、温嶠有《迴文詩》，皆在竇婦前。」王嘉璧《西山集》（卷上）：「反覆詩，晋司隸校尉傅咸作。」（按：此條引自郭紹虞《滄浪詩話校釋》）均可作爲皮説的佐證。

〔二七〕温嶠：晋代玄學家、文學家，字太真（二八八—三二九）。生平事迹參《晋書》（卷六七）本傳。《迴文虚言詩》：逯欽立《先秦漢魏晋南北朝詩》，即據皮氏此序録此詩殘句二句。

〔二八〕迴文興焉：皮日休以爲温嶠是迴文詩之祖。但論者尚有他説。南朝梁劉勰《文心雕龍·明詩》：「迴文所興，則道原爲始。」上注〔二四〕引嚴羽之説，則認爲是起自竇滔之妻蘇蕙。明梁橋《冰川詩式》（卷二）：「迴文詩，自晋温嶠始。或云起自竇滔妻蘇氏，於錦上織成文，順讀與倒讀皆成詩句。今按織錦詩體裁不一，其圖如璇璣、四言、五言、六言、横讀、斜讀皆成章，不但迴文。」趙翼《陔餘叢考》（卷二三）：「迴文詩，世皆以爲始於蘇蕙。然劉勰謂『迴文所興，道原爲始。』則非起於蘇蕙矣。道原不知何姓何時人。按梅慶生注《文心雕龍》云：『宋有賀道慶，作四言迴文詩一首，計十二句，從尾至首，讀亦成韻。勰所謂道原，或即道慶之訛也。』但道慶宋人而蘇蕙苻秦人，則蕙仍在道慶前。而緦謂始自道原，意或當時南北朝分裂，蕙所作尚未傳播江南，而道慶在南朝實創此體，故以爲首耳。」《晋書》（卷九六）《竇滔妻蘇氏傳》：「竇滔妻蘇氏，始平人也，名蕙，字若蘭。善屬文。滔，苻堅時爲秦州刺史，被徙流沙，蘇氏思之，織錦爲迴文旋圖詩以贈滔。宛轉循還以讀之，詞甚凄惋，凡八百四十字，文多不録。」

〔二九〕梁武帝：蕭衍（四六四—五四九），字叔達。南朝梁代開國皇帝，史稱梁武帝。生平事迹參《梁書》（卷一—三）、《南史》（卷六—七）本紀。後牖有朽柳：是蕭衍與群臣聯句《五字叠韻詩》中的一句，其特點是一句五字都是叠韻成文。逯欽立《先秦漢魏晋南北朝詩》録全詩如下：「後牖有榴柳（梁武帝），梁王長康强（劉孝綽），偏眠船舷邊（沈約），載匕每礙埭（庾肩吾），六斛熟鹿肉（徐摛），暯蘇姑枯盧（何遜）。」沈約：南朝齊、梁間詩人、文學家、史學家。參卷五（詩二二四）注〔三〕。

〔三〇〕叠韻：這是指一句詩的每一個字全部都同韻的連韻雜體詩。歷來以蕭衍等人爲首創，皮日休此序最早提出這一問題，并名之曰「叠韻」。上舉蕭衍等人《五字叠韻詩》，直到温庭筠、皮、陸，方有續作。

〔三一〕《詩》：《詩經》。螮蝀（dì dōng）：虹的别稱。《詩經·鄘風·螮蝀》：「螮蝀在東，莫之敢指。」鴛鴦在梁：《詩經·小雅·鴛鴦》：「鴛鴦在梁，戢其左翼。」

〔三二〕雙聲興焉：上引《詩經》中的「螮蝀」、「鴛鴦」，都是雙聲詞，皮氏以爲是雙聲詩的源頭。此類詩句在《詩經》中甚多，如《周南·關雎》：「關關雎鳩，」「參差荇菜。」《魏風·碩鼠》：「三歲貫女」等都是。《南史》（卷二〇）《謝莊傳》：「王玄謨問莊何者爲雙聲，何者爲叠韻。答曰：『「玄護」爲雙聲，「磘磝」爲叠韻。』其捷速若此。」

〔三三〕《詩》云所引四句詩：《詩經·小雅·大東》：「維南有箕，不可以簸揚。維北有斗，不可以挹酒漿。」

〔三四〕近乎戲：謂上引《詩經·小雅·大東》的詩句近乎游戲筆墨。古詩：一般指《詩經》以來直到漢、魏詩歌。《文選》（卷一）班固《兩都賦序》：「賦者，古詩之流也。」《文選》（卷二九）《古詩十九首》，詩題下李善注：「五言，并云古詩，蓋不知作者。或云枚乘，疑不能明也。」風俗之言：謂老百姓根據日常生活情事所作的歌謡、諺語之類。

〔三五〕采詩官：《禮記·王制》：「天子五年一巡守。歲二月，東巡守，……命大師陳詩，以觀民風。」《左傳·襄公十四年》：「故《夏書》曰：『遒人以木鐸徇于路，官師相規，工執藝事以諫。』」杜預注：「遒人，行人之官也。木鐸，木舌金鈴。徇于路，求歌謡之言。」《漢書》（卷二四上）《食貨志上》：「孟春之月，群居者將散，行人振木鐸徇于路，以采詩，獻之大師，比其音律，以聞於天子。故曰王者不窺牖户而知天下。」顔師古注：「行人，遒人也，主號令之官。」風人：即上文所引的遒人、行人。指古代采集歌謡以觀民風的官員。《文選》（卷三七）曹植《求通親親表》：「是以雍雍穆穆，風人咏之。」鍾嶸《詩品》（卷中）《宋法曹參軍謝惠連》：「又工爲綺麗歌謡，風人第一。」劉勰《文心雕龍·明詩》：「自王澤殄竭，風人輟采。」

〔三六〕圍棋二句：宋吴聿《觀林詩話》：「樂府有風人詩，如『圍棋燒敗絮，著子故衣然』之類是也。」作者未詳。有的論者説此二句是蕭綱詩（參下注〔三七〕）。檢梁簡文帝蕭綱詩、《樂府詩集》，均未得。俟查。

〔三七〕風人之作：指雜體詩中的風人詩。皮氏此序，在詩歌史上首列風人詩一目。本卷中也録有皮、陸《風人詩》各三首。宋曾慥《類説》（卷五一）引《樂府解題》云：「梁簡文《風人詩》，上句一語，用下句釋之成文。『圍棋燒敗襖，著子知然衣。』」嚴羽《滄浪詩話·詩體》：「論雜體，則有風人（上句述其語，下句釋其義，如古《子夜歌》《讀曲歌》之類，則多用此體）……」明胡震亨《唐音癸籤》（卷二九）：「唐人雜體詩，……風人詩（此與藁砧體不同。藁砧語如隱謎，理資箋解，此則以前句比興引喻，後句即覆言以證之。或取諸物，如《子夜歌》：『攤門不安横，無復相關意。』或取之同音，如《懊儂歌》：『桐樹不結花，何由得梧子。』微旨所寄，無假猜摧而知。唐人以其近於《詩》之『南箕』、『北斗』，可備采風，故命爲『風人詩』。張祜、皮、陸爲多。）」清翟灝《通俗編》（卷三八）《風人》：「六朝樂府《子夜》《讀曲》等歌，語多雙關借意，唐人謂之風人體，以本風俗言之也。如『理絲入殘機，何患不成匹。』『攤門不安横，無復相關意。』『黄檗向春生，苦心隨日長。』『打金側玳瑁，外艷裏懷薄。』『玉作彈棋局，心中最不平。』『蚊子叮鐵牛，無渠下觜處。』『玲瓏骰子安紅豆，入骨相思知也無。』『合歡桃核真堪恨，裏許元來別有人。』皆上句借引他語，下句申釋本意。今市俗有此等諺語，如云『秤鈎打釘，曳直。』『黄花女兒作媒，自身難保。』『黄檗樹下彈琴，苦中作樂。』『火燒眉毛，且顧眼下。』『雲端裏放轡頭，露出馬脚。』『啞子吃黄連，説不出底苦。』乃是遺風。」又曰：「又風人之體，但取音同，不論字異。如『霧露隱芙蓉，見蓮不分明』，以蓮爲憐也。『桐樹生門前，出入見梧子』，以梧爲吾也。『朝看暮牛迹，知是宿蹄痕』，以蹄爲啼也。『石闕生口中，銜碑不得語』，以碑爲悲也。『風吹黄檗藩，惡聞苦籬聲』，以籬爲離也。『明燈照空局，悠然未有棋』，以棋爲期也。『愁見蜘蛛織，尋絲直到明』，以絲爲思也。『逆風猶挂席，苦不會帆情』，以帆爲凡也。『曉天窺落宿，誰識獨醒人』，以星爲醒也。『丹青傳四瀆，難寫是秋淮』，以淮爲懷也。『簳蠟爲紅燭，情知不是油』，以油爲由也。『東邊日出西邊雨，道是無情還有晴』，以晴爲情也。今諺亦然，如云：『火燒旗竿，好長嘆』；『月下提燈，虚挂名』；『船家燒紙，爲何』；『墻頭種菜，没緣』；『外甥打燈籠，照舅』；『石臼裏春夜叉，禱鬼』；『堂前挂草薦，不是話』；『吕布跌下井，使不得急』——以炭爲嘆，明爲名，河爲何，園爲緣，舅爲舊，搗爲禱，畫爲話，戟爲急，體應如是，不嫌其謬悠也。皮日休《雜體詩序》云：『古有采詩官，采四方風俗之言，故命之曰風人。』然則此等之言，固采風者所不棄歟？」

〔三八〕《梁書》：唐姚思廉撰，記載南朝梁代史事。全書共五十六卷，爲二十四史之一。昭明：蕭統（五〇一—五三一），字德施。南朝梁武帝長子，立爲皇太子。未即位即死去，謚昭明。生平事迹參《梁書》（卷八）、《南史》（卷五三）本傳。短韻：短小的詩文。《文選》（卷一七）陸機《文賦》：「或托言於短韻。」李善注：「短韻，小文也。」昭明善賦短韻：暫未得出處，俟查。吴均：南朝齊、梁文學家、史學家，字叔庠（四六九—五二〇）。生平事迹參《梁書》（卷四九）、《南史》（卷七二）本傳。强韻：險韻，生僻的韻字。《梁書》（卷三三）《王筠傳》：「筠爲文能壓强韻，每公宴并作，辭必妍美。」吴均善壓强韻：暫未得出處，俟查。

〔三九〕陸生：指陸龜蒙。生，對讀書人的通稱。《史記》（卷九七）《酈生陸賈列傳》：「臣里中有酈生，年六十餘，長八尺，人皆謂之狂生，生自謂我非狂生。」

〔四〇〕四聲詩：指平聲體（通篇全用平聲字）、平上體（全詩全用平聲字與全用上聲字的詩句交替使用）、平去體（全詩全用平聲字與全用去聲字的詩句交替使用）、平入體（全詩全用平聲字與全用入聲字的詩句交替使用），稱作「四聲詩」。這是陸龜蒙所創，皮日休也參與寫作（參本卷陸氏《夏日閑居作四聲詩寄襲美》及皮氏《奉詶夏日四聲四首》；皮氏《苦雨中又作四聲詩寄魯望》及陸氏《奉詶苦雨四聲重寄三十二句》）。三字離合：指本卷中陸氏《閑居雜題五首》及皮氏和作。它們是對詩題字面的離合。每首詩題三個字，將每個字分離爲兩個字，分別嵌入相鄰兩個詩句的首尾，再粘合起來，就是原字。三個原字，即是此詩的題目，并概括出詩的內容。這也是陸氏所創。全篇雙聲叠韻：指陸氏《叠韻雙聲二首》及皮氏的和作、皮氏《叠韻吴宫詞二首》及陸氏和作。其特點是全詩每一句都運用雙聲或叠韻成詩，進一步增强了雙聲叠韻的特點。這還是陸氏所創。

〔四一〕齊竟陵王：南朝齊武帝次子蕭子良（四六〇—四九四），字雲英。封竟陵王。文學家。生平事迹參《南齊書》（卷四〇）、《南史》（卷四四）本傳。《郡縣詩》：指郡縣名詩。《藝文類聚》（卷五六）齊王融《奉和竟陵王郡縣名詩》：「追芳承荔浦，揖道訊虚丘。升裾臨廣牧，從望盡平洲。曾山陵翠坂，方渠緬清流。陽臺翻早茂，陰館懷名秋。歲晏東光弭，景仄西華收。端溪慚昔彦，測水謝前修。往食曲阜盛，今屬平臺遊。燕棠缺初雅，鄭衮息遺謳。久傾信都美，乃結茂陵儔。河間誠可咏，南海果難遊。」詩中用了荔浦、虚丘、廣牧、平洲……信都、茂陵、河間、南海等二十多個郡名或縣名。縣名由是興焉：在竟陵王蕭子良和王融唱和郡縣名詩之後不久，就出現了專門的縣名詩，故云。現存較早的是南朝梁元帝蕭繹《縣名詩》：「長陵新市北，鄭衛好容儀。……此時方夜飲，平臺傳羽巵。」

〔四二〕梁元：南朝梁元帝蕭繹（五〇八—五五五），字世誠。梁武帝蕭衍第七子。侯景之亂後即帝位，史稱梁元帝。他是著名詩人、辭賦家。生平事迹參《梁書》（卷五）、《南史》（卷八）本紀。《藥名詩》：蕭繹《藥名詩》（《藝文類聚》卷五六）：「戍客恒山下，常思衣錦歸。況看春草歇，還見雁南飛。蠟燭凝花影，重臺閉綺扉。風吹竹葉袖，網綴流黄機。詎信金城裏，繁露曉霑衣。」詩中蠟燭、重臺、竹葉、流黄等均是藥名。藥名由是興焉：皮氏認爲藥名詩是蕭繹首創，可能不太準確。其兄梁簡文帝蕭綱亦有《藥名詩》，更有甚者，行輩較早的沈約有《奉和齊竟陵王藥名詩》存世，均見於《藝文類聚》（卷五六）。

〔四三〕是作：此指皮、陸以藥名命題的詩篇。

〔四四〕鮑昭：即鮑照（？—四六六），唐人避武則天諱改。字明遠。南朝宋詩人、辭賦家。與謝靈運、顔延之并稱「元嘉三大家」。生平事迹參《宋書》（卷五一）、《南史》（卷一三）本傳。建除：古代占卜專門用以指代十二時辰的「建、除、滿、平、定、執、破、危、成、收、開、閉」十二字，稱「建除十二辰」。以這些名詞入詩，即謂「建除體」。現存此一雜體詩以鮑照爲最早。《藝文類聚》（卷五六）鮑照《建除詩》：「建旗出敦煌，西討屬國羌。除去徒輿騎，戰車羅萬箱。滿山又填谷，投鞍合營墻。平原亘千里，旌鼓轉相望。定舍後未休，候騎前敕裝。執戈無暫頓，彎弧不解張。破滅西零國，生虜郅支王。危亂悉平蕩，萬里置關梁。成車入王門，女獻玉壺漿。收功在一時，歷世荷餘光。開壤襲朱紱，左右佩金章。閉帷草《太玄》，兹事殆愚狂。」

〔四五〕沈炯：南朝梁、陳間詩人（五〇二—五六〇），字禮明（一作初明）。生平事迹參《陳書》（卷一九）、《南史》（卷六九）本傳。六甲：雜體詩名。此體每首十聯二十句，每聯的首句依次以天干的「甲、乙、丙、丁、戊、己、庚、辛、壬、癸」開頭，雙關附會意義成詩，屬嵌字合咏體，但不知何故以天干的十個字稱作「六甲」。此體現存作品以沈炯爲最早。《藝文類聚》（卷五六）沈炯《六甲詩》：「甲拆開衆果，萬物具敷榮。乙飛上危幕，雀乳出空城。丙魏舊勛業，申韓事刑名（按《類聚》缺此二句，據逯欽立《先秦漢魏晋南北朝詩》補）。丁翼陳詩罷，公綏作賦成。戊巢花已秀，滿塘草自生。己乃忘懷客，榮樂尚開情。庚庚聞鳥囀，肅肅望凫征。辛酸多惘惻，寂寞少逢迎。壬蒸懷太古，覆妙伫無名。癸巳空施位，詎以召幽貞。」十二屬：雜體詩名。全詩每句以十二生肖之一的動物名開頭，類於嵌字，又稱十二辰詩或十二生肖詩。此體現存作品亦以沈炯爲最早。《藝文類聚》（卷五六）沈炯《十二屬詩》：「鼠迹生塵案，牛羊暮下來。虎嘯坐空谷，兔月向窗開。龍隰遠青翠，蛇柳近徘徊。馬蘭方遠摘，羊負始春栽。猴栗羞芳果，鷄砧引清杯。狗其懷物外，猪蠡窅悠哉。」

〔四六〕梁簡文：蕭綱（五〇三—五五一），字世纘。梁武帝蕭衍第三子。武帝卒，即帝位，史稱梁簡文帝。在東宫時，倡輕艷詩風，時號「宫體」。生平事迹參《梁書》（卷四）、《南史》（卷八）本紀。卦名：雜體詩名。用《周易》六十四卦名嵌入詩句，故稱卦名詩。蕭綱所首創。《藝文類聚》（卷五六）梁簡文帝《卦名詩》：「櫛比園花滿，徑復水流新。離禽時入袖，旅俗乍依蘋。豐壺要上客，鵠鼎命嘉賓。車由泰夏闉，馬散咸陽塵。蓮舟雖未濟，分密已同人。」詩中用了櫛、比、復、離、旅、豐、鼎、泰、咸、未濟、同人等十一個《周易》中的卦名。

〔四七〕陸惠曉：又作陸慧曉，南朝齊文人（四三九—五〇〇），字叔明。生平事迹參《南齊書》（卷四六）、《南史》（卷四八）本傳。百姓：以一百個姓氏集合成詩，稱爲百姓詩或百姓名詩。陸惠曉首創，其詩已不存，但沈約《和陸慧曉百姓名詩》可作佐證（沈約詩見《藝文類聚》卷五六，詩長不録）。

〔四八〕梁元帝：已見本序注〔四三〕。鳥名：以鳥名嵌入詩句的雜體詩。現存此體以梁元帝蕭繹爲最早。《藝文類聚》（卷五六）梁元帝《鳥名詩》：「方舟去鴆鵲，鵲引欲相要。晨鳧移去舸，飛燕動歸橈。鷄人憐夜刻，鳳女念吹簫。雀釵照輕幌，翠的繞纖腰。復聞《朱鷺曲》，鉦管雜迴潮。」詩中有鴆鵲、鵲、鳧、燕、鷄、鳳、雀、翠、朱鷺、雜（指五彩鳥）等鳥名。龜兆：以龜兆名入詩的雜體詩。龜兆乃甲骨卜辭用語。古人以龜爲靈物，灼龜甲占卜，視其裂紋以定吉凶。但現存最早的梁元帝《龜兆名詩》所用并非甲骨卜辭的龜兆用語，而是《周易》筮卜各卦的爻辭。《藝文類聚》（卷五六）梁元帝《龜兆名詩》：「土膏春氣生，倡女協春情。魚游連北水，鵠作遼東鳴。折梅還插鬢，蕩柱更移聲。銀燭含朱火，金爐對寶笙。百枝凝夕焰，却月隱高城。」詩中如土、倡、鵠、折、蕩等字，都是《周易》爻辭的用語。

〔四九〕蔡黄門：蔡凝（五四三—五八九），字子居。南朝陳詩人。曾官給事黄門侍郎。生平事迹參《陳書》（卷三四）、《南史》（卷二九）本傳。口字：即全詩每個字中都含有口字的雜體詩名。該體最早爲蔡凝作，詩已佚。但《藝文類聚》（卷五六）沈炯《和蔡黄門口字咏絶句》可作佐證。其詩云：「嚚嚚宫閣路，靈靈谷口閭。誰知名器品，語哩各崎嶇。」

〔五〇〕古兩頭纖纖：指由古樂府《兩頭纖纖》詩創造衍化出來的雜體詩名。每首七言四句，每句前四字摹擬事物形狀或特點，後三字則點明該事物名稱，成爲固定格式。最早由《藝文類聚》（卷五六）列出此體。《古兩頭纖纖》詩：「兩頭纖纖月初升，半白半黑眼中精。腷腷膊膊鷄初鳴，磊磊落落向曙星。」藁（gǎo）砧：藁砧體，由樂府古題演變成的雜體詩名。藁砧，本屬隱語廋詞，故又稱「隱語詩體」。《藝文類聚》（卷五六）《藁砧》詩：「藁砧今何在？山上復有山。何當大刀頭，破鏡飛上天。」唐吴兢《樂府古題要解》（卷下）：「『藁砧今何在？』藁砧，趺也，問夫何處也；『山上復有山』，重『山』爲『出』字，言夫不在也；『何當大刀頭』，刀頭有環，問夫何時當還也；『破鏡飛上天』，言月半當還也。」詩中運用謎語、會意等手法，表現女子思夫，盼其歸來之情。五雜組：樂府古題詩，因題目而限制體裁遂成爲專門格式的雜體詩名。其句式特點是上句寫情狀特征，下句列出有關事物，與《兩頭纖纖》同構。《藝文類聚》（卷五六）録《古五雜組》詩：「五雜組，岡頭草。往復還，車馬道。不獲已，人將老。」

〔五一〕由古至律三句：是皮日休的詩體演進論。他强調詩體形式上由古體興起到律體繁榮，然後就是雜體流行，詩體發展臻于此。與皮氏《松陵集序》開頭一段可互參。杜甫《暮冬送蘇四郎徯兵曹適桂州》：「早作諸侯客，兼工古體詩。」白居易《與元九書》：「張十八古樂府，李二十新歌行，盧、楊二秘書律詩，竇七、元八絶句。」可見，至唐代，詩體由古至律的概念已經形成，皮日休則更進一步提出了由古至律再至雜的説法，有一定的理論價值。

〔五二〕《劉賓客集》：唐代劉禹錫詩文集。劉禹錫（七七二—八四二），字夢得。思想家、詩人。曾任太子賓客，分司東都，世稱「劉賓客」。生平事迹參《舊唐書》（卷一六〇）、《新唐書》（卷一六八）本傳、卞孝萱《劉禹錫年譜》。《新唐書》（卷六〇）《藝文志四》：「《劉禹錫集》四十卷。」今存劉禹錫詩歌，聯句頗多，如《杏園聯句》《花下醉中聯句》《春池泛舟聯句》等等，但未見迴文、離合、雙聲、叠韻等形式的雜體詩。

〔五三〕孟東野：孟郊（七五一—八一四），字東野。中唐著名詩人。與韓愈齊名，文學史上并稱「韓孟」。生平事迹參《舊唐書》（卷一六〇）、《新唐書》（卷一七六）本傳、《唐才子傳校箋》（卷五）。韓文公：韓愈（七六八—八二五），字退之。中唐著名思想家、散文家、詩人。曾任中書舍人、兵部侍郎、吏部侍郎等職。謚文，世稱「韓文公」或「韓吏部」。生平事迹參《舊唐書》（卷一六〇）、《新唐書》（卷一七六）本傳、宋洪興祖《韓子年譜》。孟郊和韓愈的聯句確實極多，而且成就高，影響大，是聯句最具代表性的作家。皮、陸很敬慕孟、韓，仿效二人，也創作了不少聯句，在聯句的發展中占有一席之地。

〔五四〕雜體之始：雜體詩的起源流變。

【箋評】

自有文字，即有聲韻。虞廷賡歌，「股肱」、「叢脞」，即雙聲之權輿。皮襲美《雜體詩序》以「蝃蝀在東」、「鴛鴦在梁」爲雙聲始興，何所見之不廣也。（錢大昕《十駕齋養新録》卷十六《雙聲亦韻》）

自元、白及皮、陸諸人，以和韻爲能事，至宋而始盛，至今踵之。而皮日休、陸龜蒙更有《藥名》《古人名》《縣名》諸詩。又有離合體，謂以字相拆合成文也。有反覆體，謂反覆讀之，皆成文也。有叠韻體，如皮詩所謂「穿煙泉潺湲，觸竹犢觳觫」是也。有雙聲體，皮詩所謂「疏杉低通灘」之類是也。

有風人體，皮詩所謂「江上秋風起，從來浪得名。送風猶挂席，苦不會帆情」是也。夫離合詩起於孔文舉「漁父屈節」之詩，然文舉詩以骨氣奇逸傳，不以離合傳也。疊韻起於梁武帝、沈休文之「後牖有朽柳」、「偏眠船舷邊」，然武帝、休文詩以詞采風流傳，非以疊韻傳也。迴文、反覆起於竇滔妻，然婦人語耳。雙聲體，據皮襲美云起於「蝃蝀在東」、「鴛鴦在梁」，然皆無心自合，非有意爲之也。至於藥名起於梁武帝，縣名起於齊竟陵王，彼亦偶爲之，豈以此見長哉？皮、陸二子，清才絶倫，其所爲詩，自有可傳，必欲炫才鬥巧，以駭俗人，則亦過矣。鮑明遠有《建除詩》，又有《數名詩》，然明遠所謂俊逸者，終在彼不在此也。然則學皮、陸者，亦學其可傳者而已，無炫聰明以争一時伎倆，自失千秋也。（賀貽孫《詩筏》）

集中詩亦多近宋調，吴體尤爲可憎。四聲、疊韻、離合、迴文，俱無意味。吾之重之，以其文，以其人。（賀裳《載酒園詩話》又編《皮日休陸龜蒙》）

皮日休云《毛詩》「鴛鴦在梁」，又「蝃蝀在東」，即後人疊韻之始。楊升庵謂此乃偶合之妙，詩人初無意也。（徐時棟《煙嶼樓筆記》卷七）

苦雨雜言寄魯望〔一〕

日休

吴中十日涔涔雨〔二〕，歊蒸庳下豪家苦〔三〕。可憐臨頓陸先生〔四〕，獨自翛然守環堵〔五〕。兒飢僕病漏空厨，無人肯典破衣裾〔六〕。蜾蠃時時上几案〔七〕，蛙黽往往跳琴書〔八〕。桃花米斗半百錢〔九〕，枯荒濕壞炊不燃①〔一〇〕。兩床仙蓆一素几②〔一一〕，仰卧高聲吟《太玄》③〔一二〕。知君志氣如鐵石〔一三〕，甌冶雖神銷不得④〔一四〕。乃知苦雨不復侵〔一五〕，枉費畢星無限力〔一六〕。鹿門人作州從事〔一七〕，周章以鼠唯知醉⑤〔一八〕。府金廩粟虛請來〔一九〕，憶著先生便知愧⑥〔二〇〕。愧多饋少真徒然，相見唯知携酒錢。豪華滿眼語不信〔二一〕，不如直上天公牋〔二二〕。天公牋，方修次〔二三〕，且榜鳴篷來一醉⑦〔二四〕。（詩六一三）

【校記】

①皮詩本批校：「『荒』疑『薪』。」「燃」汲古閣本、詩瘦閣本、四庫本、皮詩本、統籤本、季寫本作「然」。②「兩」原作「雨」，據汲古閣本、詩瘦閣本、四庫本、皮詩本、項刻本、全唐詩本改。③「玄」原缺末筆，避宋太祖始祖趙玄朗諱。④「甌」盧校本作「歐」，項刻本作「鷗」。⑤「以」汲古閣本、四庫本、統籤本作「似」。⑥「著」項刻本作「着」。⑦「篷」原作「蓬」，據弘治本、詩瘦閣本、四庫本、皮詩本、項刻本、統籤本、季寫本、全唐詩本改。斠宋本批語：「『一』字刓。」「一」字前項刻本多「第」字。

【注釋】

〔一〕此詩當作於咸通十一年（八七〇）夏六月。參卷一（詩五）及卷三（序五）。苦雨：參卷一（詩五）注〔一〕。雜言：本是以《詩經》的四言爲基礎句式，雜用其他字數多少不等的長短句式的詩體。後世愈趨複雜，由此形成了雜言體。歷來論者將雜言體視作正體之外的雜體詩。此處皮、陸「苦雨雜言」正是如此。晉摯虞《文章流别論》：「古之詩有三言、四言、五言、六言、七言、九言。古詩率以四言爲體，而時有一句、二句雜在四言之間，後世演之，遂以爲篇。」

〔二〕吴中：指蘇州。參卷一（詩五）注〔一〕。涔涔（cén cén）：久雨不止，水不斷往下流淌貌。《説文・水部》：「涔，潰也。」晉潘尼《苦雨賦》：「瞻中塘之浩汗，聽長霤之涔涔。」

〔三〕歊（xiāo）蒸：潮濕悶熱之氣。《文選》（卷一九）張華《勵志》：「土積成山，歊蒸鬱冥。」李善注：「張揖《字詁》曰：『歊，氣上出貌。』」《説文・欠部》：「歊，歊歊，氣出貌。」庳（bì）下：低窪，低矮。《説文・广部》：「庳，屋卑。」豪家：富豪權勢之家。

〔四〕可憐：可羨。張相《詩詞曲語辭匯釋》（卷五）：「可憐，猶云可喜也；可愛也；可羨也；可貴可重也。」臨頓：參卷五（詩二四一）注〔一〕。陸先生：指陸龜蒙。先生是對他人的敬稱。《孟子・離婁上》：「先生何爲出此言也？」

〔五〕翛（xiāo）然：超脱貌。《莊子・大宗師》：「翛然而往，翛然而來而已矣。」成玄英疏：「翛然，無係貌也。」環堵：指狹小的陋室。《禮記・儒行》：「儒有一畝之宫，環堵之室。」鄭玄注：「環堵，面一堵也。五版爲堵，五堵爲雉。」《淮南子・原道訓》：「環堵之室，茨之以生茅，蓬户瓮牖，揉桑爲樞。」高誘注：「堵長一丈，高一丈，面環一堵爲方一丈，故曰環堵，言其小也。」

〔六〕典：抵押。衣裾：衣服的前襟（一説後襟），泛指衣服。《説文・衣部》：「裾，衣袍也。」《爾雅・釋器》：「衱，謂之裾。」郭璞注：「衣後襟也。」

〔七〕蜾蠃(guǒ luǒ)：蟲名，又名蠮螉，一種寄生蜂。《詩經・小雅・小宛》：「螟蛉有子，蜾蠃負之。」《毛傳》：「蜾蠃，蒲盧也。」陸德明《經典釋文》(卷六)《毛詩音義》(中)：「即細津蜂，俗呼蠮螉是也。」几案：几案書桌之類。

〔八〕蛙黽(wā mǐn)：蛙類動物。《周禮・秋官・蟈氏》：「蟈氏，掌去蛙黽。」琴書：琴和書籍。古代寫閑適和隱逸生活常涉筆琴書以寄懷。《楚辭・九思・傷時》：「且從容兮自慰，玩琴書兮遊戲。」《晋書》(卷九四)《戴逵傳》：「伏見譙國戴逵，希心俗表，不嬰世務，栖遲衡門，與琴書爲友。」又云：「性不樂當世，常以琴書自娱。」陶淵明《始作鎮軍參軍經曲阿》：「弱齡寄事外，委懷在琴書。被褐欣自得，屢空常晏如。」

〔九〕桃花米：帶有褐紅色米皮的糙米。《南齊書》(卷二八)《崔祖思傳》：「宋武節儉過人，張妃房唯碧綃蚊幬，三齊苮席，五盞盤桃花米飯。」半百錢：五十錢。謂一斗桃花米值五十錢。

〔一〇〕枯荒：荒蕪的草。濕壞：謂在久雨中淋濕變爛的荒草。

〔一一〕苮(xiān)席：用苮草編織的草席。參本詩注〔九〕。素几：没有雕琢塗飾的几案。《南史》(卷七六)《沈麟士傳》：「麟士無所營求，以篤學爲務，恒憑素几鼓素琴，不爲新聲。」

〔一二〕《太玄》：又稱《太玄經》，漢代揚雄著，表現玄默和澹泊的思想精神。《漢書》(卷八七下)《揚雄傳下》：「哀帝時，丁、傅、董賢用事，諸附離之者或起家至二千石。時雄方草《太玄》，有以自守，泊如也。」顔師古注：「泊，安静也。」

〔一三〕鐵石：鋼鐵和石頭。喻秉性剛强、堅定不移的精神。《三國志·魏書·武帝紀》：「燒丞相長史王必營。」裴松之注引《魏武故事》載令曰：「領長史王必，是吾披荆斬棘時吏也。忠能勤事，心如鐵石，國之良吏也。」孟郊《擇友》：「若是效真人，堅心如鐵石。」寒山《男兒大丈夫》：「勁挺鐵石心，直取菩提路。」

〔一四〕甌冶：歐冶，歐冶子，相傳春秋時越國著名鑄劍工。《吕氏春秋·贊能》：「得十良劍，不若得一歐冶。」漢袁康《越絶書》（卷一一）《越絶外傳記寶劍》：「歐冶乃因天之精神，悉其伎巧，造爲大刑三、小刑二：一曰湛盧，二曰純均，三曰勝邪，四曰魚腸，五曰巨闕。」

〔一五〕苦雨不復侵：意謂苦雨不能侵害困擾陸龜蒙安貧守道的志趣。

〔一六〕畢星：星宿名，有星八顆。古代天文學認爲，畢星靠近月亮就要下大雨。《詩經·小雅·漸漸之石》：「月離于畢，俾滂沱矣。」漢應劭《風俗通義》（卷八）《祀典·雨師》：「謹按：《周禮》：『以槱燎祀雨師。』雨師者，畢星也。《詩》云：『月離于畢，俾滂沱矣。』」

〔一七〕鹿門人：皮日休自指。參卷一（詩三）注〔三〇〕。州從事：皮日休時任蘇州軍事院判官，故云。參（序一）注〔八三〕。

〔一八〕周章：周旋貌，遑遽貌。《楚辭·九歌·雲中君》：「龍駕兮帝服，聊翺遊兮周章。」王逸注：「周章，猶周流也。」洪興祖補注：「五臣云：『翺遊、周章，往來迅疾貌。』」《文選》（卷五）左思

《吴都賦》：「輕禽狡獸，周章夷猶。」李善注：「周章，謂章皇周流也。」劉良注：「周章夷猶，恐懼不知所之也。」

〔一九〕府金廩粟：官府的金錢和官倉的糧食。指做官的俸禄和食料。唐制，職官在俸禄以外，另給食料，故云。《新唐書》（卷五五）《食貨志五》：「一品月俸八千，食料一千八百，雜用一千二百。……九品月俸一千五十，食料二百五十，雜用二百。」請：領取，領受。

〔二〇〕先生：指陸龜蒙。

〔二一〕豪華：指富貴人家。南朝宋謝靈運《曇隆法師誄并序》：「慧心朗識，發於髫辮。生自豪華，家贏金帛。」不信：不可信，不誠實。

〔二二〕天公牋：上書天帝的奏章。晋劉謐之《與天公牋》：「昔申酉之際，遭湯旱流煙；今子亥之歲，值堯水滔天。火延燒其廬，水突壞其園。何小人兮頓偷雙船，由是行無擔石，室如懸磬。」南朝宋喬道元《與天公牋》：「道元居在城南，接水近塘。草木幽鬱，蚊虻所藏。茅茨陋宇，纔容數床。無有高門大户，來風致凉。積汙累燻，體貌萎黄。未免夏暑，逆愁冬霜。冬則兩幅之薄被，上有牽綿與敝絮。撤以三股之絲綖，袷以四升之粗布。狹領不掩其巨形，促緣不覆其長度。伸脚則足出，攣捲則脊露。」二牋都是窮則呼天，上訴蒼穹。此詩用其意。牋，奏牋，古代的一種文體。臣子上書帝王、諸王的奏議。《文選》（卷四〇）專列《牋》爲一目，收作品九篇。南朝梁劉勰《文心雕龍·書記》：「牋者，表也，表識其情也。」明徐師曾《文體明辨序説·牋》：「古者君臣同書。至東漢始用牋記。公府奏記，郡將奏牋。若班固之説東平，黄香之奏江夏，所謂郡將奏牋者也。是時太子、諸王、大臣皆得稱牋。後世專以上皇后、太子。於是天子稱表，皇后、太子稱牋，而其他不得用矣。」

〔三〕修次：修改，寫作。

〔四〕榜：船槳，此作動詞用。鳴篷：開船。篷，船篷，代指船。榜船，即用槳劃船。此句謂姑且泛舟水上，酣飲一場。

奉詶苦雨見寄①〔一〕

龜蒙

松篁交加午陰黑〔二〕，別是江南煙靄國〔三〕。頑雲猛雨更相欺〔四〕，聲似虓號色如墨②〔五〕。茅茨裛爛檐生衣③〔六〕，夜夜化爲螢火飛④〔七〕。螢飛漸多屋漸薄，一注愁霖當面落⑤〔八〕。愁霖愁霖爾何錯〔九〕，滅頂於余奚所作⑥〔一〇〕。既不能賦似陳思王〔一一〕，又不能詩似謝康樂〔一二〕（原注：曹有《愁霖賦》，謝有《愁霖詩》⑦。）。昔年嘗過杜子美〔一三〕，亦得高歌破印紙〔一四〕。慣曾掀攪大筆多〔一五〕，爲我才情也如此〔一六〕。高揖愁霖詞未已〔一七〕，披文忽自皮夫子〔一八〕。哀絃怨柱合爲吟⑧〔一九〕，恠我窮栖蓬藋裏〔二〇〕。初悲濕翼何由起⑨〔二一〕，未欲牋天叩天耳⑩〔二二〕。其如玉女正投壺〔二三〕，笑電霏霏作天喜〔二四〕。我本曾無一棱（原注：去⑪。）田〔二五〕，平生嘯傲空漁舡⑫〔二六〕。有時赤脚弄明月〔二七〕，踏破五湖光底天〔二八〕。去歲王師東下急〔二九〕，輸兵粟盡民相泣〔三〇〕。伊余不戰不耕人⑬〔三一〕，敢怨蒸黎無糁粒⑭〔三二〕。不然受性圓如規⑮〔三三〕，千姿萬態分毫釐⑯〔三四〕。唾壺虎子盡能執〔三五〕，舐痔折枝無所辭〔三六〕。有頭强方心强直〔三七〕，撑拄頽風不量力⑰〔三八〕。自愛垂名野史中〔三九〕，寧論抱困荒城側〔四〇〕。唯君浩嘆非庸人〔四一〕，分衣輟飲來相親⑱〔四二〕。横眠木榻忘華薦⑲〔四三〕，對食露葵輕八珍〔四四〕。欲窮《玄》〔四五〕，鳳未白⑳〔四六〕；欲懷仙〔四七〕，鯨尚隔㉑〔四八〕。不如驅入醉鄉中〔四九〕，只恐醉鄉田地窄〔五〇〕。（詩六一四）

【校記】

①統籤本無「奉」，「苦雨」前有「襲美」。②「號」詩瘦閣本作「虎」。③「裛」統籤本作「製（或作裂，字迹不清）」。④「螢」陸詩丙本作「瑩」。⑤「霖」季寫本作「雲」。⑥「於」統籤本作「于」。⑦類苑本無此注語。⑧「絃」原缺「玄」末筆，避宋太祖始祖趙玄朗諱。「柱合」二字間詩瘦閣本多一「□」。⑨「何」原作「河」，據弘治本、汲古閣本、詩瘦閣本、四庫本、陸詩甲本、陸詩丙本、統籤本、類苑本、季寫本、全唐詩本改。「由」汲古閣本、四庫本作「繇」。⑩「末」原作「未」，據汲古閣本、詩瘦閣本、四庫本、陸詩甲本、陸詩丙本、統籤本、季寫本、全唐詩本改。「戧」陸詩丙本黄校注：「空格。」⑪「去」後汲古閣本、詩瘦閣本、四庫本、統籤本有「聲」字。類苑本、季寫本無「去」。⑫「舡」弘治本、汲古閣本、詩瘦閣本、四庫本、陸詩甲本、統籤本、類苑本、季寫本、全唐詩本作「船」。

⑬「余」弘治本、汲古閣本、詩瘦閣本、四庫本、類苑本、季寫本、全唐詩本作「予」。⑭「蒸」弘治本、汲古閣本、詩瘦閣本、四庫本、陸詩甲本、陸詩丙本、統籤本、類苑本、季寫本、全唐詩本作「烝」。⑮「規」陸詩丙本作「親」。⑯「鼇」陸詩甲本、統籤本作「鼈」。⑰「拄」原作「柱」，據弘治本、汲古閣本、詩瘦閣本、四庫本、類苑本、季寫本、全唐詩本改。⑱「衣」季寫本作「水」。⑲「木」原作「大」，據弘治本、汲古閣本、詩瘦閣本、四庫本、陸詩甲本、陸詩丙本、統籤本、類苑本、季寫本、全唐詩本改。⑳「欲窮《玄》，鳳未白」類苑本作「欲窮玄鳳□未白」。㉑「欲懷仙，鯨尚隔」類苑本作「欲懷仙鯨□尚隔」。

【注釋】

〔一〕此詩亦是雜言體的雜體詩。詩中「既不能賦似陳思王，又不能詩似謝康樂。」「欲窮《玄》，鳳未白；欲懷仙，鯨尚隔」數句爲雜言，其餘是七言句。

〔二〕松篁交加：指松、竹在風中發出的聲響交織在一起。

〔三〕别是：另是一種。江南：此指蘇州而言。煙靄國：雲水蒼茫的水鄉。

〔四〕頑雲：密布的烏雲。

〔五〕虓（xiāo）虓：虎的怒吼聲。喻巨大的聲響。

〔六〕茅茨：茅草蓋屋的屋頂。指茅屋。《墨子·三辯》：「昔者堯、舜有茅茨者，且以爲禮，且以爲樂。」褭爛：潮濕腐爛。檐生衣：指屋檐上生長了蘚苔。

〔七〕化爲螢火：指屋上霉爛的茅草中生出螢火蟲。古人認爲螢火蟲是從爛草中孵化的，故此云。《禮記·月令》：「季夏之月，日在柳，昏火中，旦奎中。……温風始至，蟋蟀居壁，鷹乃學習，腐草爲螢。」《初學記》（卷三）引《易通卦驗》曰：「立秋腐草化爲螢。」晉崔豹《古今注》（卷中）：「螢火，一名耀夜，一名景天，一名熠燿，一名丹良，一名磷，一名丹鳥，一名夜光，一名宵燭。腐草爲之，食蚊蚋。」

〔八〕一注：指大雨如注傾瀉而下。愁霖：久下不停的雨，即苦雨。《初學記》（卷二）引《纂要》：「疾雨曰驟雨，徐雨曰零雨，雨久曰苦雨，亦曰愁霖。」原注：「晉潘尼、宋伍緝之并作《苦雨賦》，後漢應瑒、魏文帝、晉傅玄、陸雲、胡濟、袁豹，并作《愁霖賦》。」

〔九〕何錯：多麽錯誤。謂大錯特錯。

〔一〇〕滅頂：水没過頭頂。喻大災難。《周易·大過卦》：「過涉滅頂，凶，無咎。」奚所作：爲什麽要這樣作。奚，何。

〔一一〕陳思王：曹植。參卷七（詩四二一）注〔三〕。曹植《愁霖賦》，《藝文類聚》（卷二）連録二首，清嚴可均輯《全三國文》考訂第二首爲蔡邕作。

〔一二〕謝康樂：謝靈運（三八五—四三三），南朝宋著名詩人。襲封康樂公，世稱謝康樂。生平事迹參《宋書》（卷六七）、《南史》（卷一九）本傳。謝靈運《愁霖詩》已佚。《文選》（卷二五）謝瞻《答靈運》詩：「忽獲《愁霖》唱，懷勞奏所成。」李善注：「靈運《愁霖詩序》云：『示從兄宣遠。』」謝靈運作《愁霖詩》無疑，唐時當尚存。

〔一三〕過：經過，遭逢。杜子美：杜甫。參卷一（詩三）注〔五七〕。杜甫咏雨詩頗多，此處所指，當屬《苦雨奉寄隴西公兼呈王徵士》《秋雨嘆三首》之類。

〔一四〕破：遍。張相《詩詞曲語辭匯釋》（卷三）：「破，猶盡也；遍也；煞也。」印紙：官府所印發的紙張、表簿之類的紙品。《舊唐書》（卷四九）《食貨志下》：「市牙各給印紙，人有買賣，隨自署記，翌日合算之。」

〔一五〕慣曾：經常。掀攪：翻騰起伏貌。此指文筆的騰挪跌宕，變化多端。

〔一六〕爲：謂，以爲。才情：才華情致。《世説新語·賞譽》：「孫興公、許玄度共在白樓亭，共商略先往名達。林公既非所關，聽訖云：『二賢故自有才情。』」

〔一七〕高揖：高高地拱手作揖。表示恭敬貌。愁霖詞：即指上述陳思王、謝康樂、杜子美等人的苦雨詩文。

〔一八〕披文：翻開詩文。劉勰《文心雕龍·知音》：「夫綴文者情動而辭發，觀文者披文以入情，沿波討源，雖幽必顯。」皮夫子：對皮日休的敬稱。

〔一九〕哀絃怨柱：謂悲傷愁苦的音調。喻皮日休《苦雨雜言寄魯望》詩的情調哀苦。絃、柱，指琴絃、琴柱之類樂器上的部件，指音樂而言。

〔二〇〕恇（chà）：驚詫。窮栖：窮困栖息。蓬藋（diào）：蓬草和藜蒿。泛指叢生的野草。《左傳·

昭公十六年》：「庸次比耦，以艾殺此地，斬之蓬、蒿、藜、藋而共處之。」《莊子·徐無鬼》：「夫逃虚空者，藜藋柱乎鼪鼬之逕。」

〔二一〕濕翼：沾雨潮濕而不能遠飛的鳥翼。喻窮困潦倒。何由起：爲什麽産生的。

〔二二〕牋天：給天帝上奏箋。牋：參本卷（詩六一三）注〔三〕。天耳：天帝的耳朵。本是佛教語。佛教謂色界諸天人之耳，能聞六道衆生之言語及一切聲響。《俱舍論記》（第二七）：「天眼、天耳，是所依根。」

〔二三〕其如：無奈。劉長卿《硤石遇雨宴前主簿從兄子英宅》：「雖欲少留此，其如歸限催。」玉女：天上的仙女。《太平廣記》（卷五九）引《集仙録》：「明星、玉女者，居華山，服玉漿，白日升天。」投壺：古代一種宴飲遊戲。設特製之壺，賓客依次向壺中投箭，中多者勝，負者罰酒。《禮記·投壺》：「投壺之禮，主人奉矢，司射奉中，使人執壺。」《神異經·東荒經》：「東荒山中有大石室，東王公居焉。長一丈，頭髮皓白，人形鳥面而虎尾。載一黑熊，左右顧望，恒與一玉女投壺。每投千二百矯，設有入不出者，天爲之噓。矯出而脱誤不接者，天爲之笑。」原注：「（張）華云：『言笑者，天口流火照灼。今天下不雨而有電光，是天笑也。』」

〔二四〕笑電：天上的電光閃耀，是爲天笑。故閃電就謂之笑電。霏霏：紛亂貌。漢王粲《羽獵賦》：「鷹犬競逐，弈弈霏霏。」天喜：上天的喜樂。此句謂天上的閃電，是天帝玉女投壺作樂所致，其結果是導致下雨，給人間帶來苦雨之灾。李白《梁甫吟》：「帝旁投壺多玉女，三時大笑開電光，倏爍晦冥起風雨。」

〔二五〕曾無：全無。曾，副詞。一棱：指不多的田地。棱，估計田畝的量詞。杜甫《秋日夔府詠懷奉寄鄭監李賓客一百韻》：「塹抵公畦棱，村依野廟壖。」原注：「京師農人指田遠近，多云幾棱。」仇注：「棱，岸也，音去聲。朱注：按《韻書》：『棱』字無去音，蓋方言也。陸龜蒙詩：『我本曾無一棱田，平生笑傲空漁船。』『棱』亦作去聲用。」

〔二六〕嘯傲：歌吟縱放，無拘無束。晉郭璞《遊仙詩十九首》（其八）：「嘯傲遺世羅，縱情在獨往。」陶淵明《飲酒二十首》（其七）：「嘯傲東軒下，聊復得此生。」漁舡（chuán）：漁船。《玉篇・舟部》：「舡，船也。」

〔二七〕弄：玩，玩好。《爾雅・釋言》：「弄，玩也。」

〔二八〕五湖：太湖的别稱。參卷一（詩三）注〔一六〕。

〔二九〕去歲：指咸通十年（八六九）。王師：朝廷的軍隊。東下急：指朝廷從中原地區急調軍隊到徐、淮一帶平定龐勛之亂。參卷六（詩三一三）注〔一〕。

〔三〇〕輸兵粟：繳納軍糧。

〔三一〕伊余：我。伊，語助詞。

〔三二〕蒸黎：庶民，老百姓。《詩經・小雅・天保》：「群黎百姓，遍爲爾德。」《詩經・大雅・烝民》：「天生烝民，有物有則。」糝（sǎn）粒：飯粒。《説文・米部》：「糂，粒也。糝，古文糂，從參。」

段王裁《説文解字注》：「今南人俗語曰米糁飯，糁謂孰者也。」

〔三三〕受性：謂受之于天的禀性。《詩經・大雅・桑柔》：「維此良人，作爲式穀。維彼不順，征以中垢。」鄭玄箋：「不順之人，則行闇冥。受性於天，不可變也。」圓如規：如圓規一樣的圓轉順溜。此比喻形容媚俗的世態。

〔三四〕毫釐：謂極微小。毫、釐都是很小的量度單位。《大戴禮記》（卷三）《保傅》：「《易》曰：『正其本，萬物理。失之毫釐，差之千里。』故君子慎始也。」

〔三五〕唾壺：痰盂。《西京雜記》（卷六）：「魏襄王冢，皆以文石爲椁。……不見棺柩明器踪迹，但床上有玉唾壺一枚，銅劍二枚。」虎子：溺器。因其形狀似虎，故名。《周禮・天官・玉府》：「掌王之燕衣服，衽席、床笫，凡褻器。」鄭玄注：「褻器，清器、虎子之屬。」《西京雜記》（卷四）：「漢朝以玉爲虎子，以爲便器，使侍中執之，行幸以從。」

〔三六〕舐痔：喻諂媚的卑劣行徑。《莊子・列禦寇》：「秦王有病召醫，破癰潰痤者得車一乘，舐痔者得車五乘。所治愈下，得車愈多。子豈治其痔邪？何得車之多也？子行矣！」折枝：即折腰，彎腰行禮。此指卑躬屈膝的行爲。《孟子・梁惠王上》：「爲長者折枝，語人曰：『我不能。』是不爲也，非不能也。」

〔三七〕有頭强方：謂很不合時宜，不通事變。心强直：心地很坦誠直率。元陶宗儀《南村輟耕録》（卷一七）《方頭》：「俗謂不通時宜者爲『方頭』。陸魯望詩云：『頭方不會王門事，塵土空緇白紵衣。』」

〔三八〕撑拄：支撑，抵擋。漢陳琳《飲馬長城窟行》：「君獨不見長城下，死人骸骨相撑拄。」頹風：敗壞的世俗風氣。《文選》（卷三八）桓温《薦譙元彦表》：「足以鎮静頹風，軌訓囂俗。」李善注：「魏文帝令曰：『道薄於當年，風頹於百代。』」不量力：没有正確估計自己的力量。《左傳·僖公二十年》：「君子曰：『隨之見伐，不量力也。量力而動，其過鮮矣。』」

〔三九〕垂名野史：名聲記載於私人撰著的史書中。謂英名在民間流傳。《文選》（卷三七）曹植《求自試表》：「每覽史籍，觀古忠臣義士，出一朝之命，以殉國家之難。身雖屠裂，而功銘著於景鍾，名稱垂於竹帛，未嘗不拊心而嘆息也。」

〔四〇〕寧論：何論，哪論。抱困：猶固窮，持守窮困。《論語·衛靈公》：「在陳絶糧，從者病，莫能興。子路愠見曰：『君子亦有窮乎？』子曰：『君子固窮，小人窮斯濫矣。』」

〔四一〕浩嘆：長嘆。庸人：平常的人。

〔四二〕分衣輟飲：謂皮日休照拂陸龜蒙，分衣給他，又爲他中止飲酒的嗜好。

〔四三〕木榻：一種狹長低矮的木床。《三國志·魏書·管寧傳》：「此寧志行所欲必全，不爲守高。」裴松之注引《高士傳》曰：「管寧自越海及歸，常坐一木榻，積五十餘年，未嘗箕股。其榻上當膝處皆穿。」華薦：豪華精美的墊席。薦，本指野獸所食的草，後指用草織成的草墊。此詩指墊席。《説文·廌部》：「薦，獸之所食草。」《廣雅》（卷八上）《釋器》：「薦，席也。」

〔四四〕露葵：葵是古代的一種蔬菜，古人認爲采摘葵菜，須等待露水乾，故云。《文選》（卷三四）曹植《七啓》：「芳菰精粺，霜蓄露葵。」李善注：「宋玉《諷賦》曰：『爲臣煮露葵之羹。』」北魏賈思勰《齊民要術》（卷三）《種葵》：「秋葵堪食。……掐秋葉，必留五六葉。凡掐，必待露解（諺曰：『觸露不掐葵，日中不剪韭。』）。」八珍：古代八種烹飪方法。泛指美味佳肴。《周禮·天官·膳夫》：「珍用八物。」鄭玄注：「珍謂淳熬、淳母、炮豚、炮牂、擣珍、漬、熬、肝膋也。」

〔四五〕窮《玄》：探究窮盡《太玄》的道理。漢代揚雄著《太玄》，以「玄」爲天理大道。屢見前注。

〔四六〕鳳未白：用揚雄著《太玄》的故事，喻自己尚未能够深解《太玄》之理。《西京雜記》（卷二）：「（揚）雄著《太玄經》，夢吐鳳凰，集《玄》之上，頃而滅。」《事類賦注》（卷一八）引《西京雜記》曰：「揚雄著《太玄》，夢吐白鳳。」劉禹錫《酬樂天見貽賀金紫之什》：「久學文章含白鳳，却因政事賜金魚。」李群玉《感興四首》（其一）：「子雲吞白鳳，遂吐《太玄》書。幽微十萬字，枝葉何扶疏。」

〔四七〕懷仙：謂向往東海神山上的仙境。《史記》（卷六）《秦始皇本紀》：「齊人徐市等上書，言海中有三神山，名曰蓬萊、方丈、瀛洲，僊人居之。請得齋戒，與童男女求之。於是遣徐市發童男女數千人，入海求僊人。」

〔四八〕鯨尚隔：謂尚爲巨鯨所阻隔。《史記》（卷六）《秦始皇本紀》：「方士徐市等入海求神藥，數歲不得，費多，恐譴，乃詐曰：『蓬萊藥可得，然常爲大鮫魚所苦，故不得至。願請善射者與俱，見則以連弩射之。』」大鮫魚，海中大魚。《説文・魚部》：「鮫，海魚。」《淮南子・説山訓》：「一淵不兩鮫。」高誘注：「鮫魚之長，其皮有珠，今世以爲刀劍之口是也。一説：魚二千斤爲鮫。」亦有即以爲是大鯨魚。此詩用其説。《文選》（卷一二）木華《海賦》：「魚則横海之鯨，突扤孤遊。……巨鱗插雲，鬐鬣刺天。」李白《古風五十九首》（其三）：「連弩射海魚，長鯨正崔嵬。」晉崔豹《古今注・蟲魚》：「鯨魚者，海魚也。大者長千里，小者數十丈。……鼓浪成雷，噴沫成雨，水族驚畏，皆逃匿莫敢當者。其雌曰鯢，大者亦長千里，眼爲明月珠。」

〔四九〕醉鄉：醉酒的境界。

〔五〇〕田地：地方，處所。唐王績《醉鄉記》：「醉之鄉，去中國不知其幾千里也。其土曠然無涯，無邱陵阪險；其氣和平一揆，無晦明寒暑；其俗大同，無邑居聚落。……嗟乎！醉鄉氏之俗，豈古華胥氏之國乎？其何以淳寂也如是。今予將遊焉。」

【箋評】

今人謂拙直者名「方頭」。陸魯望作《有懷》詩云：「頭方不會王門事，塵土空緇白紵衣。」亦有此出處矣。（趙令畤《侯鯖録》卷八《方頭》）

今人言不通時宜而無顧忌者曰「方頭」。舊見《輟耕録》引陸魯望詩曰：「頭方不會王門事，塵土空緇白紵衣。」今讀陸魯望《苦雨》之詩，又曰：「有頭强方心强直，撑住頹風不量力。」觀二詩之意，「方頭」亦爲好稱，若以爲惡語，是末世之論也。（郎瑛《七修類稿》卷二十七《辯證類・方頭》）

今人謂不通時宜者爲「執古」，謂不圓活轉變者爲「執方頭」。「執古」見唐盧仝詩云：「莫執古」；「方頭」見陸魯望詩云：「頭方不會王門事。」（田藝蘅《留青日札》卷十三《執古方頭》）

今人謂不通時宜者曰「執古」，謂不圓活轉變者曰「方頭」。陸魯望詩云「頭方不會王門事」，唐時已有此語。蓋「頭尖」則善鑽刺，「頭方」則不能。（吕種玉《言鯖》卷上）

「稜」字亦可去聲讀。杜詩「塹抵公畦稜」，注：「去聲。」陸龜蒙詩「我本曾無一稜田」，亦作去聲用。韻書「稜」無側聲，而《集韻》以土壟爲「堎」，作力準切。二字或可通。見《通俗編》。按《韻略》：「稜通作楞、稜。」（秦武域纂《聞見瓣香録》癸卷《字兼平仄》）

陸魯望詩：「我本曾無一稜田，平生笑傲空漁船。」「空」字作去聲用。「稜」字韻書無去音，或以爲土音也。范石湖詩：「汙萊一稜水周圍，歲歲蝸廬没半扉。」楊鐵崖詩：「剪取瓊田一稜歸，滿天鐵笛走春雷。」祖此。（宋長白《柳亭詩話》卷七《一稜》）

「稜」字從無有作仄聲者。陸魯望詩：「我本曾無一稜田，平生嘯傲空漁船。」《柳亭詩話》云：「『稜』字或以爲土音。」此言蓋得之矣。吾越人言物狹小，輒曰「一稜」，正是「一稜田」之意。（陶元藻《鳧亭詩話》卷上）

董仲舒《士不遇賦》：「孰若返身於素業兮，莫隨世而輪轉。」按「輪轉」喻圓滑，即《楚辭·卜居》：「將突梯滑稽，如脂如韋，以絜楹乎？」王逸注：「轉隨俗也，柔弱曲也，潤滑澤也。」以圓轉形容天運、道心之周流靈活，如《易·繫辭上》「蓍之德，圓而神」，或《文子·自然》：「天道默默，輪轉無端。……惟道無勝，輪轉無窮，」是爲贊詞；以之品目處世爲人之變幻便佞，如董賦此句，是爲貶詞。……巧宦曲學，媚世苟合；事不究是非，從之若流；言無論當否，應之如響；阿旨取容，希風承竅，此董仲舒所斥「隨世而輪轉」也。……桓寬《鹽鐵論·論儒》：「孔子能方不能圓，故飢於黎丘」；……至唐元結而大放厥詞，《自箴》《汸泉銘》《潓泉銘》《惡圓》《惡曲》（《全唐文》卷三八二、三八三），重宣斯意：「君欲求權，須曲須圓，」「天不圓也！」歷來傳誦。……其實惡圓乃唐人諷世慣語，特不若元結之强聒耳。如柳宗元《乞巧文》……白居易《咏拙》……又《胡旋女》……元稹《胡旋女》……劉師服、軒轅彌明《石鼎聯句》……陸龜蒙《奉酬襲美〈苦雨〉見寄》：「不然受性圓如規，千姿萬態分毫釐。唾壺虎子盡能執，舐痔折枝無所辭。有頭强方心强直，撐拄頽風不自力。」元、陸兩詩，尤筆墨酣飽。唐人論立身行己，於圓亦有别擇而不抹摋者，如柳宗元惡丸之圓而取輪之圓，《車説賜楊誨之》云……因「圓」得安，賴「轉」以亨，柳文與元、陸詩，喻柄異而喻邊同。然「轉」亦可示流離浪蕩、迷方失所，是因「圓」而不得「安」，又即《鬼谷子》所謂「或因轉而凶。」……惡圓與元、陸同，所以惡圓則迴異，一憎其巧能游移，一恨其苦無根基，蓋喻柄同而喻邊異者。（錢鍾書《管錐編》第三册九二一頁）

西方古稱人之有定力而不退轉者爲「方人」（a spuare man），後來稱骨鯁多觸忤之人爲「棱角漢」（ein eckiger mensch），當世俚談亦呼古板不合時宜爲「方」（sqare），皆類吾國唐、宋之言「方頭」，如陸龜蒙《奉酬襲美〈苦雨〉見寄》「有頭强方心强直」，又《全唐詩》輯陸氏斷句「頭方不會王門事，塵土空緇白紵衣」；羅隱《堠子》「未能慚面墨，只是恨頭方」；朱熹《朱文公集》卷二《與宰執劄子》「意廣才疎，頭方命薄」；《侯鯖録》卷八「今人謂拙直者名『方頭』」；《輟耕録》卷一七「『方頭』乃不通時宜之意」（張相《詩詞曲語辭匯釋》卷六《方頭不律（力）》條僅引元曲，亦未知宋、明人已先有釋詁）。（錢鍾書《管錐編》第三册九二五頁）

陸魯望詩云：「方頭不會王門事，塵土空緇白紵衣。」按趙令畤《侯鯖録》曰：「今人謂拙者爲『方頭』。」《稗史》曰：「方頭，言不通時宜而無顧忌者也。」（鄺健行、陳永明、吴淑鈿選編《韓國詩話中論中國詩資料選粹・李睟光〈芝峰類説〉》）

齊梁怨別〔一〕

龜蒙

寥寥缺月看將落〔二〕，檐外霜華染羅幕〔三〕。不知蘭棹到何山〔四〕，應倚相思樹邊泊〔五〕。

（詩六一一五）

【注釋】

〔一〕此詩當作於咸通十一年（八七〇）秋。齊梁：齊梁體，南朝齊永明聲病説影響下産生的一種詩歌體式。宋嚴羽《滄浪詩話・詩體》：「以時而論，則有建安體，……齊、梁體（通兩朝而言之)。」郭紹虞校釋:「案齊、梁體可有二義:一指風格,即陳子昂所謂『彩麗競繁而興寄都絶』,《朱子語類》所謂『齊、梁間之詩,讀之使人四肢皆懶慢不收拾』者也。一指格律,則與永明體相近,即白居易、李商隱、温庭筠、陸龜蒙集中所言齊、梁格詩是。馮班《嚴氏糾繆》謂:『若明辨詩體,當云齊、梁體創于沈(約)、謝(脁),南北相仍,以至唐景雲、龍紀(龍紀,當指神龍、景龍),始變爲律體。』即指與永明體相混之格。姚範《援鶉堂筆記》謂:『稱永明體者,以其拘于聲病也;稱齊、梁體者,以綺艷及咏物之纖麗也(卷四四)。』此説似較簡明扼要。」清馮班《鈍吟雜録》(卷三):「齊、梁體……雖略避雙聲叠韻,然文不粘綴,取韻不論雙隻,首句不破題,平側亦不相儷。沈佺期、宋之問因之,變爲律詩,……視齊、梁體爲優矣。」概言之,齊、梁體相較于古體詩,它講求聲病;而相較于成熟的律詩,它對聲病的要求又不甚嚴格。陸氏此詩,格律上講究聲病;内容上思婦怨别,綺麗柔婉,正是效法傳統的齊、梁體。

〔二〕寥寥:空曠寂寞。缺月:不圓的月亮。暗喻人的孤單以及懷人心緒。看:猶看看,行將,將要,轉眼。張相《詩詞曲語辭匯釋》(卷六):「看看,估量時間之辭。有轉眼義;有當前義;又由當前義轉而爲剛剛義。」

〔三〕霜華:白霜。白霜晶瑩如花,故云。羅幕:此指思婦居室的帷幕。

〔四〕蘭棹:木蘭的船槳。船槳的美稱。代指船。任昉《述異記》(《太平御覽》卷九五八)曰:「七里洲中有魯班刻木蘭爲舟,至今在洲中。詩家所云木蘭舟出於此。」何山:何處的山水。

〔五〕相思樹：樹名。此借用以表達怨别相思情懷。《文選》（卷五）左思《吴都賦》：「楠榴之木，相思之樹。」李善注引劉成曰：「相思，大樹也。材理堅，邪斫之則文，可作器。其實如珊瑚，歷年不變。東冶有之。」《新輯搜神記》（卷二五）《韓馮夫婦》：「宋時大夫韓馮，娶妻而美，康王奪之。馮怨，王囚之，論爲城旦。妻密遺馮書，繆其辭曰：……。宿昔之間，便有文梓木生於二冢之端，旬日而大盈抱，屈體以相就，根交於下，枝錯於上。又有鴛鴦，雌雄各一，恒栖樹上，晨夜不去，交頸悲鳴，音聲感人。宋人哀之，遂號其木曰『相思樹』。相思之名，起於此也。今睢陽有韓馮城，其歌謡至今存焉。」

【箋評】

齊、梁聲病之體，自昔已來不聞謂之古詩。諸書言齊、梁體者，不止一處。唐自沈、宋已前，有齊、梁詩，無古詩也，氣格亦有差古者，然其文皆有聲病。沈、宋既裁新體，陳子昂崛起於數百年後，直追阮公，創辟古詩，唐詩遂有兩體。開元已往，好聲律者則師景雲、龍朔，矜氣格者則追建安、黄初，而永明文格微矣。然白樂天、李義山、温飛卿、陸魯望皆有齊、梁格詩。白、李詩在集中，温見《才調集》，陸見《松陵集》，題注甚明，但差少耳。既有正律破題之詩，此格自應廢矣。皎然《詩式》叙置極詳盡允當，今人弗考，瞶瞶已久。古詩二字，牢入人心，今之論者，雖子美稱庾開府，太白服謝玄暉，必欲降而下之，云古詩當如此論也。至于唐人雖服膺鮑、謝，體效徐、庾，仰而不逮者，猶以爲無上妙品，云律詩當如此論。吁！可慨已！（馮班《鈍吟雜録》卷三）

奉和次韻

日休

芙蓉泣恨紅鉛落〔一〕，一朵別時煙似幕〔二〕。鴛鴦剛解惱離心〔三〕，夜夜飛來棹邊泊〔四〕。

（詩六一一六）

【注釋】

〔一〕芙蓉：晉崔豹《古今注·草木》：「芙蓉，荷華。生池澤中，實曰蓮，花之最秀異者。一名水芝，一名水花。」紅鉛：紅色的胭脂和鉛粉，女子的化妝顔料。此喻紅色的荷花。泣恨：謂荷花帶露，似有怨恨而哭泣。此句謂紅色的荷花帶露墜落。實爲以物擬人，暗喻思婦怨別的悲傷情懷。

〔二〕別時：指荷花墜落之時。煙似幕：謂煙霧籠罩着墜落的荷花。景中融情，顯現人的惆悵哀怨之情。

〔三〕鴛鴦：晉崔豹《古今注·鳥獸》：「鴛鴦，水鳥，鳧類也。雌雄未嘗相離，人得其一，則一思而至死，故曰雅鳥。」剛解：偏會，很會。張相《詩詞曲語辭匯釋》（卷二）：「剛，猶偏也；硬也；亦猶云只也。」又（卷一）：「解，猶會也；得也；能也。」惱：撩撥。張相《詩詞曲語辭匯釋》（卷五）：「惱，猶撩也。」離心：別離的悲傷之情。隋楊素《贈薛播州詩十四章》（其十四）：「木落悲時暮，時暮感離心。離心多苦調，詎假雍門琴。」

〔四〕棹邊：船傍。泊：栖息，停留。寒山《我見出家人》：「三界任縱橫，四生不可泊。」

曉起即事，因成迴文寄襲美①〔一〕

龜蒙

平波落月吟闌景②〔二〕，暗幌浮烟思起人③〔三〕。清露曉垂花謝半，遠風微動蕙抽新〔四〕。城荒上處樵童小④〔五〕，石蘚分來宿鷺馴〔六〕。晴寺野尋同去好〔七〕，古碑苔字細書勻〔八〕。

（詩六一七）

【校記】

①「迴文」後統籤本有「五十六言」，「襲美」後有「先輩」。②「落」盧校本、英華本作「送」，英華本注：「一作落。」季寫本、全唐詩本注：「一作送。」「闌景」英華本作「閑境」，「境」下并注：「一作影。」「闌」斠宋本、陸詩丙本、全唐詩本作「閑」，弘治本、汲古閣本、詩瘦閣本、四庫本、陸詩甲本、統籤本、類苑本、季寫本作「閒」。「景」季寫本、全唐詩本注：「一作境。」③「思」統籤本作「恩」。④「荒」陸詩丙本黄校注：「空格。」

【注釋】

〔一〕此詩當作於咸通十一年(八七〇)初夏。即事：就眼前事物作詩謂之即事。迴文：迴文詩。參本卷(序二〇)注〔二八〕。龜蒙此詩，倒讀即爲：「匀書細字苔碑古，好去同尋野寺晴。馴鷺宿來分蘚石，小童樵處上荒城。新抽蕙動微風遠，半謝花垂曉露清。人起思煙浮幌暗，景闌吟月落波平」

〔二〕闌景：此謂夜將盡的景象。闌，晚，遲。

〔三〕暗幌：形容光綫暗淡的帷幕。起人：清早起來的人。

〔四〕遠風：微風，清風。晉陶淵明《癸卯歲始春懷古田舍二首》(其二)：「平疇交遠風，良苗亦懷新。」蕙抽新：蕙草又生長了新葉，開出了新花。蕙，蕙草，香草名，春末開花，正與此詩所寫的時節相合。《楚辭·離騷》：「余既滋蘭之九畹兮，又樹蕙之百畝。」嵇含《南方草木狀》(卷上)：「蕙草，一名薰草。葉如麻，兩兩相對。氣如蘼蕪，可以止癘。出南海。」

〔五〕城荒：城垣上草木荒蕪之處。上處：高處。樵童：打柴的少年。

〔六〕石蘚：石頭上的蘚苔。《文選》(卷一一)孫綽《遊天台山賦》：「踐莓苔之滑石，搏壁立之翠屏。」李善注：「莓苔，即石橋之苔也。翠屏，石橋之上石壁之名也。《異苑》曰：『天台山石有莓苔之險。』」宿鷺：夜間栖息的鷺鳥。馴：馴順安靜。

〔七〕晴寺：晴朗天氣裏的寺廟。野尋：在郊野行走尋訪。

〔八〕苔字：字迹上生長了蘚苔，故云。細書：一種書法的風格。《後漢書》（卷七六）《循吏傳序》：「其以手迹賜方國者，皆一札十行，細書成文。勤約之風，行于上下。」陶弘景《與梁武帝論書啓》：「復得修習，惟願細書如《樂毅論》《太師箴》例，依仿以寫經傳，永存置題中精要而已。」梁武帝答書云：「及欲更須細書如《論》《箴》例，逸少迹無甚極細書。《樂毅論》乃微粗健，恐非真迹；《大師箴》小復方媚，筆力過嫩，書體乖異。」

【箋評】

皮、陸集中，有全篇字皆平聲者，有上五字皆平聲，下五字或上聲、或去聲、或入聲者，有疊韻，有離合，有藥名，有人名，有迴文（自離合至迴文，漢、魏、六朝亦間有之，蓋偶以爲戲耳。），有問答，有風人（即今吴歌），誇新鬥奇，大壞詩體。二子復生，吾當投畀豺虎。或問：「東坡亦有疊韻、雙聲、吃語、禽言等何？」曰：東坡才大，自無不宜，故偶以爲戲。皮、陸長處略無所見，而惟以此鬥奇，未可并論也。（許學夷《詩源辯體》卷三十一）

唐人雜體詩見各集及諸稗説中者，有五雜俎……兩頭纖纖……盤中詩……離合……迴文（……唐人劉賓客及皮、陸倡和，并有迴文詩）、集句……風人詩（……張祜、皮、陸爲多）、迴波詞……縣名、州名、藥名、古人名……（……唐皮、陸有縣名離合詩……唐張籍、皮、陸有藥名離合詩……唐權德輿及皮、陸，并有古人名詩。）又有故犯聲病，全篇字皆平聲，皆側聲者，又一句全平、一句全側者，全篇雙聲、全篇疊韻者，律詩有側句并用韻故犯鶴膝者，縷舉不盡。（皮、陸有全篇平側詩。温庭筠與皮、

陸，又并有全篇叠韻詩。）（胡震亨《唐音癸籤》卷十二九《談叢五》）

此種及四聲、藥名，大雅所以不取也。（明許自昌刻、清惠棟校《唐甫里先生文集二十卷》卷十三批語）

奉和曉起迴文①〔一〕

日休

孤煙曉起初原曲〔二〕，碎樹微分半浪中〔三〕。湖後釣筒移夜雨〔四〕，竹傍眠几側晨風〔五〕。圖梅帶潤輕霑墨〔六〕，畫蘚經蒸半失紅〔七〕。無事有杯持永日〔八〕，共君唯好隱墻東②〔九〕。

（詩六一八）

【校記】

①統籤本無「奉」。　②統籤本此詩末注：「穰嵩起，《姑蘇志》稱秀才，郡人。」衍文，與本詩無涉。

【注釋】

〔一〕此首迴文，倒讀即爲：「東墻隱好唯君共，日永持杯有事無。紅失半蒸經蘚畫，墨霑輕潤帶梅圖。風晨側几眠傍竹，雨夜移筒釣後湖。中浪半分微樹碎，曲原初起曉煙孤。」

〔二〕原曲：原野的一角。

〔三〕碎樹：指遠望中顯得雜亂細碎的樹木。微分：約略看得出。

〔四〕釣筒：一種捕魚的器具。參卷四（序六）注〔一〇〕。

〔五〕眠几：倚几而眠。几是古人席地而坐時供倚靠的器具。《説文・几部》：「几，踞几也。象形。」晨風：清早的風。《文選》（卷一六）潘岳《懷舊賦》：「晨風凄以激冷，夕雪皓以掩路。」

〔六〕圖梅帶潤：好似圖寫的梅花帶有濕潤空氣的潤澤氣息。謂梅雨季節即將到來。指時值初夏。梅潤，參卷一（詩五）一六四。

〔七〕畫蘚：猶如圖畫中的蘚苔。經蒸：謂經過初夏已顯煩溽的天氣的蒸熏。失紅：謂褪去了蘚苔初生時的暗紅色。

〔八〕無事：清閑。白居易《玩新庭樹因咏所懷》：「下有無事人，竟日此幽尋。」永日：終日，整天。

〔九〕隱墻東：謂隱居於市井中。《後漢書》（卷八三）《逢萌傳》：「初，萌與同郡徐房、平原李子雲、王君公相友善，并曉陰陽，懷德穢行。房與子雲養徒各千人，君公遭亂獨不去，儈牛自隱。時人爲之論曰：『避世墻東王君公。』」

【箋評】

「圖梅帶潤輕霑墨」二句：娟娟覺月有香。（項真評、項真刻《項氏瓶笙榭新刻皮襲美詩》卷二）

夏日閑居，作四聲詩寄襲美〔一〕

龜蒙

平聲〔二〕

荒池菰蒲深〔三〕，閑堦莓苔平〔四〕。江邊松篁多，人家簾櫳清〔五〕。爲書凌遺編〔六〕，調絃誇新聲①〔七〕。求歡雖殊途〔八〕，探幽聊怡情〔九〕。（詩六一九）

【校記】

①「絃」原缺「玄」末筆，避宋太祖始祖趙玄朗諱。

【注釋】

〔一〕此組四聲詩四首，當作於咸通十一年（八七〇）夏。四聲詩：謂一首詩的每一句都是按平聲、上聲、去聲、入聲的某一聲調成詩。參本卷（序二〇）注〔四〇〕。

〔二〕平聲：指全詩所有字句皆用平聲字。

〔三〕菰蒲：菰草和蒲草，兩種水生草本植物。菰草生長茭白和菰米，均可食。蒲草柔軟，可編織墊席之類。《文選》（卷二二）謝靈運《從斤竹澗越嶺溪行》：「蘋萍泛沈深，菰蒲冒清淺。」

〔四〕閑堦：荒蕪冷落的臺階。莓苔：蘚苔。參本卷（詩六一七）注〔六〕。

〔五〕簾櫳（lóng）：門簾和窗户。櫳，窗上雕飾的櫺木，泛指窗户。《説文·木部》：「櫳，檻也。」段玉裁《説文解字注》：「櫳，房室之疏也。……門户疏窗也。房室之窗牖曰櫳，謂刻畫玲瓏也。」

〔六〕爲書：作書。凌：超過，逾越。李白《贈張相鎬二首》（其二）：「十五觀奇書，作賦凌相如。」遺編：前人留下的著作。

〔七〕調絃：彈奏琴弦。詩：誇耀。新聲：新的曲調。

〔八〕求歡：追求愉快歡樂的生活。

〔九〕探幽：探尋欣賞幽勝的景致。唐齊己《送僧遊龍門香山寺》：「君到香山寺，探幽莫損神。」

【箋評】

又有古詩，有近體（即律詩也），……有全篇雙聲叠韻者（東坡「經字韻詩」是也），有全篇字皆平聲者（天隨子《夏日詩》四十字皆是平。又有一句全平，一句全仄者。）*

*按此處郭紹虞注引胡鑑《滄浪詩話注》：「陸龜蒙字魯望，吴郡人，自號天隨子。《夏日閒居，作四聲詩寄皮襲美》詩云：『荒池菰蒲深……。』（平聲）『朝煙涵樓臺……。』（平上聲）『新開窗猶偏……。』（平去聲）『端居愁無涯……。』（平入聲）。第一首全平，二、三、四首一句平，一句仄。」（宋嚴羽著、郭紹虞校釋《滄浪詩話校釋·詩體》）

《西清詩話》載晏元獻守汝陰，梅聖俞往見之。置酒潁河上，晏言：「古人章句中全用平聲，製詞穩帖，如『枯桑知天風』是也，恨未見側字耳。」聖俞既引舟，遂作五側體四十字寄公。如云：「月出斷岸口，影照別舸背」云云，固爲佳作，然晏只引一句，而梅賦全篇，已覺辭費。余又嘗觀陶淵明詩「萬族皆有托」，韓文公詩「此日足可惜」，杜工部詩「寂寞白獸門」，皆傑句也。其餘諸家五平五側句甚多。至皮日休、陸龜蒙又有五平五側倡和，在《松陵集》中。籍曰：「餘子紛紛不足數。」而陶、韓、杜之句可忽乎？梅、晏俱號博洽，而俱云恨未之見，何邪？又所賦之詩，果能掩三子之作乎？余疑，於是不得不識之。（史繩祖《學齋占畢》卷二《五平五側體》）

以聲律者，若雙聲疊韻。同音不同韻，如「互、護」同爲脣音，而不同韻，爲雙聲；同音又同韻，如「礉、確」之類爲疊韻。……又如五平，如「枯桑知天風」之類，唐陸龜蒙有《夏日》詩四十字皆平聲。五仄……平仄各押韻……之類，皆詩人波瀾之餘，不足以爲常法。（周叙《詩學梯航·辨格》）

全篇皆平字格，五平體。（謝天瑞《詩法》卷七）

古人詩有全篇用平聲者，天隨子《夏日詩》，四十字皆平聲。有全篇用仄聲者，梅聖俞《酌酒與婦飲》一篇皆仄聲。有通首不用韻者，古《采蓮曲》是也。有平仄各押韻者，唐末章碣，以八句詩平仄各有一韻是也。詩家變體，宋魏菊莊《詩人玉屑》言之最詳。（袁枚《隨園詩話》卷四）

平上聲〔一〕

朝烟涵樓臺〔二〕，晚雨染島嶼。漁童驚狂歌①〔三〕，艇子喜野語〔四〕。山容堪停杯〔五〕，柳影

好隱暑〔六〕。年華如飛鴻〔七〕，斗酒幸且舉〔八〕。（詩六二〇）

【校記】

①「驚」原缺「敬」末筆，避宋太祖祖父趙敬諱。

【注釋】

〔一〕平上聲：謂用平聲字的句子與用上聲字的句子交錯成詩，即第一、三、五、七句皆用平聲字，第二、四、六、八句均用上聲字。

〔二〕涵：包含。此有籠罩之意。

〔三〕狂歌：盡情地放聲高唱。暗用接輿事。《論語·微子》：「楚狂接輿歌而過孔子曰：『鳳兮！鳳兮！何德之衰？往者不可諫，來者猶可追。已而，已而！今之從政者殆爾！』」唐王維《輞川閑居贈裴秀才迪》：「復值接輿醉，狂歌五柳前。」

〔四〕艇子：小船上的人。指漁夫。《方言》（卷九）：「舟自關而西謂之船，自關而東或謂之舟，或謂之航。南楚、江、湘，凡船大者謂之舸，小舸謂之艖，艖謂䑼䑽，小䑼䑽謂之艇。」野語：民間流傳的説法。此指鄉村人的鄉音。《莊子·刻意》：「野語有之曰：『衆人重利，廉士重名，賢人尚志，聖人貴精。』」

〔五〕山容：山峰的美麗姿容。元稹《和樂天重題别東樓》：「山容水態使君知，樓上從容萬狀移。」

〔六〕隱暑：猶言避暑。

〔七〕年華：歲月，年紀。庾信《竹杖賦》：「潘岳《秋興》，嵇生倦游，桓譚不樂，吴質長愁，并皆年華未暮，容貌先秋。」如飛鴻：喻時光像飛翔的鴻雁一樣很快就過去了。

〔八〕斗酒：《文選》（卷四一）楊惲《報孫會宗書》：「田家作苦，歲時伏臘，烹羊炮羔，斗酒自勞。」幸：正。庶幾。

平去聲〔一〕

新開窗猶偏〔二〕，自種蕙未遍〔三〕。書籤風摇聞〔四〕，釣樹霧破見①〔五〕。耕耘閑之資〔六〕，嘯咏性最便〔七〕。希夷全天真〔八〕，詎要問貴賤〔九〕。　（詩六二一）

【校記】

①「釣」陸詩丙本作「鈎」。

【注釋】

〔一〕平去聲：謂用平聲字的句子與用去聲字的句子交錯成詩，即第一、三、五、七句皆用平聲字，第二、四、六、八句皆用去聲字。

〔二〕窗猶偏：謂窗户尚未完全打開。

〔三〕蕙未遍：謂園圃裏還未全部種植上蕙、蘭一類的香草。《楚辭·離騷》：「余既滋蘭之九畹兮，又樹蕙之百畝。」

〔四〕書籤：書籍標籤以及閱讀後的籤紙，都可稱作書籤。此句謂聽到風吹書籤的聲音。表現隱士的閑適之情。可與卷一（詩一一）：「風吹籤牌聲，滿室鏗鏘然」參讀。

〔五〕釣榭：水邊垂釣的亭臺。霧破：謂煙霧飄過，霧散。張相《詩詞曲語辭匯釋》（卷三）：「破，猶過也。」

〔六〕耕耘句：謂種田是閑適的憑藉。耕耘：耕地除草。泛指種田。

〔七〕嘯咏：吟唱歌咏。形容閑逸自得的情態。《晉書》（卷四九）《阮孚傳》：「臣僶勉從事，不敢有言者，竊以今王莅鎮，威風赫然，皇澤遐被，賊寇斂迹，氛祲既澄，日月自朗，臣亦何可爝火不息？正應端拱嘯咏，以樂當年耳。」性最便：最適宜自己的秉性。便，合宜，適合，喜愛。孟浩然《冬至後過吴張二子檀溪别業》：「外事情都遠，中流性所便。」

〔八〕希夷：清静無爲，任其自然。《老子》（第一四章）：「視之不見名曰夷，聽之不聞名曰希。」全天真：保全天真直率，不受拘束的性情。《莊子·漁父》：「禮者，世俗之所爲也；真者，所以受於天也，自然不可易也。故聖人法天貴真，不拘於俗。」

〔九〕詎要：豈要，哪要。

【箋評】

陸龜蒙有句曰：「耕耘閒之資，嘯咏性最便。」二語，大有味在，「閒資」可以顔堂。（茅元儀《暇老齋雜記》卷二十九）

平入聲〔一〕

端居愁無涯〔二〕，一夕髮欲白〔三〕。因爲鸞章吟〔四〕，忽憶鶴骨客〔五〕。手披丹臺文〔六〕，脚著赤玉舄①〔七〕。如蒙清音詶〔八〕，若渴吸月液〔九〕。（詩六二二）

【校記】

①「著」汲古閣本、四庫本、陸詩甲本、陸詩丙本、季寫本作「着」。

【注釋】

〔一〕平入聲：謂用平聲字的句子和入聲字的句子交錯成詩，即第一、三、五、七句皆用平聲字，第二、四、六、八句皆用入聲字。

〔二〕端居：平居，閑居。《梁書》（卷二六）《傅昭傳》：「終日端居，以書記爲樂。」唐孟浩然《望洞庭湖贈張丞相》：「欲濟無舟楫，端居耻聖明。」王維《登裴迪秀才小臺作》：「端居不出户，滿目望雲山。」無涯：無邊無際。《莊子·養生主》：「吾生也有涯，而知也無涯。以有涯隨無涯，殆已。」

〔三〕一夕：一夜。形容時間極短。《左傳·僖公三十三年》：「居則具一日之積，行則備一夕之衛。」

〔四〕鸞章：鸞鳥的羽毛五彩絢麗鮮艷。鸞章吟：喻詞藻華美的詩文。鸞，鸞鳥，古人認爲是鳳凰一類的神鳥。《山海經・西山經》：「(女床之山)有鳥焉，其狀如翟而五采文，名曰鸞鳥，見則天下安寧。」

〔五〕鶴骨客：具有神仙骨相的人。即譽人有神仙般的仙風道骨。此指皮日休。古人將鶴視作仙禽，且是神仙所乘之物，故以鶴骨喻人的神仙之姿。古代神仙家認爲，仙人有成仙的骨相。《太平廣記》(卷六三)《驪山姥》條引《集仙傳》曰：「受此符者，當須名列仙籍，骨相應仙，而後可以語至道之幽妙，啓玄關之鎖鑰耳。」

〔六〕披：披閲，翻開。丹臺文：謂道家登録仙人名籍的文牒。丹臺，道教登録仙人名籍之所。《太平廣記》(卷二一)《司馬承禎》條引《大唐新語》曰：「天台山司馬承禎，名在丹臺，身居赤城，此真良師也。」《藝文類聚》(卷七八)引《真人周君傳》：「紫陽真人周義山，字委通，汝陰人也。……羡門子曰：『子名在丹臺玉室之中，何憂不仙。遠越江河來，登此何索？』」

〔七〕赤玉舄(xì)：仙人所穿以赤玉做成的鞋子。《列仙傳》(卷上)《安期先生》：「安期先生者，琅邪阜鄉人也。賣藥於東海邊，時人皆言千歲翁。秦始皇東遊，請見，與語三日夜，賜金璧度數十萬。出於阜鄉亭，皆置去。留書以赤玉舄一量爲報，曰：『後數年，求我於蓬萊山。』始皇即遣使者徐市、盧生等數百人入海，未至蓬萊山，輒逢風波而還。立祠阜鄉亭海邊十數處云。」

〔八〕清音：清越明朗的音調。此喻皮日休詩歌，呼應題目「寄襲美」。《文選》(卷二二)左思《招隱詩二首》(其一)：「非必絲與竹，山水有清音。」

〔九〕月液：月之精液，道家的一種仙藥。道家常將液體的飲品稱作液、漿、醴等。《雲笈七籤》（卷七二）《内丹·日月第六》：「夫日月者，天地之至精也。藥中即以坎男爲月，離女爲日。日中有烏屬陰，月中有蟾屬陽。白金産於河車中，即陰中有陽；水銀生於朱砂中，即陽中有陰。此二者，聖人相傳，賢人相授，寶訣具明，非凡常術士所能窺也。」《真誥》（卷三）：「啓暉挹丹元，扉景餐月精。」

奉詶夏日四聲四首

日休

平聲〔一〕

塘平芙蓉低①〔二〕，庭閑梧桐高〔三〕。清烟埋陽烏②〔二〕〔四〕，藍空含秋毫〔五〕。冠傾慵移簪〔六〕，杯乾將餔糟〔七〕。翛然非隨時〔八〕，夫君真吾曹〔九〕。（詩六二一三）

【校記】

①「低」原作「仾」，據弘治本、汲古閣本、詩瘦閣本、四庫本、皮詩本、項刻本、統籤本、類苑本、季寫本、全唐詩本改。②「埋」原作「理」，據弘治本、汲古閣本、四庫本、皮詩本、項刻本、統籤本、類苑本、季

寫本、全唐詩本改。

【注釋】

〔一〕平聲：參本卷（詩六一九）注〔二〕。

〔二〕塘平：池塘水滿而不溢。平，形容水盈滿的態勢。隋煬帝楊廣《春江花月夜二首》（其一）：「暮江平不動。」張若虚《春江花月夜》：「春江潮水連海平。」王灣《次北固山下》：「潮平兩岸闊。」白居易《錢塘湖春行》：「水面初平雲脚低。」芙蓉低：謂荷花貼近水面。寫荷花，有秀美潔净之意。

〔三〕庭閑：謂庭院寬敞清净。梧桐高：梧桐樹高大挺拔。此句寫庭院疏爽高潔的景象。《詩經·大雅·卷阿》：「鳳凰鳴矣，于彼高岡。梧桐生矣，于彼朝陽。」《莊子·秋水》：「夫鵷鶵，發於南海而飛於北海，非梧桐不止，非練實不食，非醴泉不飲。」

〔四〕埋：此可解作隱没。陽烏：又稱三足烏，指太陽。參卷九（詩五八四）注〔三〕。

〔五〕含：包含。秋毫：鳥獸在秋天换毛，新生的細毛謂之秋毫。此即指空中的飛鳥。《孟子·梁惠王上》：「明足以察秋毫之末，而不見輿薪，則王許之乎？」

〔六〕冠傾句：謂頭上戴的帽子歪斜了，也懶得整理一下。形容懶散閑適的生活情狀。

〔七〕杯乾句：謂杯子乾了，還要吃酒糟。就是説盡情酣飲。餔（bū）糟：吃酒糟。餔，吃，飲。《楚辭·漁父》：「世人皆濁，何不淈其泥而揚其波？衆人皆醉，何不餔其糟而歠其釃？」

〔八〕倏然：超脱自由貌。参本卷（詩六一三）注〔五〕。隨時：順應時勢。此指與時俯仰，追隨世俗之意。《周易·隨卦》：「隨，大亨，貞無咎，而天下隨時。隨時之義大矣哉！」

〔九〕夫君：對對方的敬稱。参卷六（詩二六三）注〔八〕。吾曹：我輩，我們這一類人。《韓非子·外儲説右上》：「爲公者必利，不爲公者必害，吾曹何愛不爲公？」

平上聲〔一〕

溝渠通疎荷〔二〕，浦嶼隱淺篠〔三〕。舟閑攢輕蘋①〔四〕，槳動起静鳥〔五〕。陰稀餘乘閑②〔六〕，縷盡晚繭小〔七〕。吾徒當斯時〔八〕，此道可以了〔九〕。（詩六二一四）

【校記】

①「攢」項刻本作「撩」。②「乘」四庫本、盧校本、統籤本、全唐詩本作「桑」。

【注釋】

〔一〕平上聲：参本卷（詩六二一〇）注〔一〕。

〔二〕疎荷：疏朗挺立的荷花。

〔三〕浦嶼：水邊的小島。元稹《酬樂天早春閑游西湖，頗多野趣……然亦欲粗爲恬養之贈耳》：「浦嶼崎嶇到，林園次第巡。」白居易《舟行阻風寄李十一舍人》：「扁舟厭泊煙波上，輕策閑尋浦嶼間。」隱：隱没，遮蔽。淺篠：指春天初生的竹子。淺，在此有初、早之義。也有短、矮之義。

〔四〕舟閑：謂停船。攢（cuán）：聚集。輕蘋：謂薄薄的一層浮萍。蘋，浮萍的一種，夏天開白花，故常稱作白蘋。南朝梁柳惲《江南曲》：「汀洲采白蘋，日落江南春。」

〔五〕静鳥：止息幽静的小鳥。

〔六〕餘乘：猶言餘地，其餘的田地。乘，古代土地面積單位。《韓非子·外儲説左上》：「燕王説之，養之以五乘之奉。」《禮記·郊特牲》：「唯社，丘乘共粢盛，所以報本反始也。」鄭玄注：「丘，十六井也。四丘六十四井曰甸，或謂之乘。乘者，以於車賦出長轂一乘。」

〔七〕縷：絲縷，蠶繭繰出的絲綫。晚繭：指春蠶最後成繭的蠶繭。

〔八〕吾徒：我輩。《文選》（卷四五）班固《答賓戲》：「若乃伯夷抗行於首陽，柳惠降志於辱仕，顔潛樂於簞瓢，孔終篇於西狩，聲盈塞於天淵，真吾徒之師表也。」斯時：此時，這時。

〔九〕此道：指隱逸閑適之道。了：明白，理解。

平去聲〔一〕

怡神時高吟〔二〕，快意乍四顧〔三〕。村深啼愁鵑〔四〕，浪霽醒睡鷺〔五〕。書疲行終朝〔六〕，罩困卧至暮①〔七〕。吁哉當今交②〔八〕，暫貴便異路〔九〕。 （詩六二一五）

【校記】

①「暮」詩瘦閣本作「莫」，「莫」是「暮」的本字。②「哉」詩瘦閣本、四庫本、皮詩本、項刻本、類苑本、季寫本、全唐詩本作「嗟」。

【注釋】

〔一〕平去聲：參本卷（詩六二一）注〔一〕。

〔二〕怡神：愉悦精神，心情舒暢。高吟：高聲吟唱。

〔三〕快意：心情爽快。《史記》（卷八七）《李斯列傳》：「快意當前，適觀而已矣。」乍：正。張相《詩詞曲語辭匯釋》（卷一）：「乍，猶恰也；正也。」四顧：環望四周。《莊子·養生主》：「提刀而立，爲之四顧，爲之躊躇滿志。」

〔四〕愁鵑：哀怨的杜鵑鳥。杜鵑，一名杜宇，又名子規。自古被認爲是怨鳥，故詩云。《太平御覽》（卷八八八）引《蜀王本紀》曰：「後有一男子，名曰杜宇，從天墮止。朱提有一女子名利，從江源地井中出，爲杜宇妻。宇自立爲蜀王，號曰望帝，治汶山下邑郫。化民往往復出。望帝積百餘歲，荆有一人名鱉靈，其尸亡去，荆人求之不得。鱉靈尸至蜀復生，蜀王以爲相。時玉山出水，若堯之洪水，望帝不能治水，使鱉靈決玉山，民得陸處。鱉靈治水去後，望帝與其妻通，帝自以薄德，不如鱉靈。委國授鱉靈而去，如堯之禪舜。鱉靈即位，號曰開明。」晋常璩《華陽國志》（卷三）《蜀志》：「（望帝）禪位於開明。帝升西山隱焉。時適二月，子鵑鳥鳴，故蜀人悲子鵑鳥鳴也。」《禽經》引李膺《蜀志》：「望帝稱王於蜀時，……其後巫山龍鬥，壅江不流，蜀民墊溺，鱉靈乃鑿巫山，開三峽，降邱宅，土民得陸居。蜀人住江南，……後數歲，望帝以其功高，禪位於鱉靈，號曰開明氏。望帝修道，處西山而隱，化爲杜鵑鳥，或云化爲杜宇鳥，亦曰子規鳥，至春則啼，聞者淒惻。」

〔五〕浪霽：波浪停息。霽，止息。此句意謂白鷺習慣於水上波浪起伏的生活。

〔六〕書疲句：抄書疲倦了，就行走散步一個早上，驅散疲勞。終朝：早晨。《詩經·小雅·采緑》：「終朝采緑，不盈一匊。」《毛傳》：「自旦及食時爲終朝。」

〔七〕罩困：消除困倦。罩，超越。

〔八〕吁哉：感嘆詞重復使用，强化感情。當今交：當今的世俗交游。

〔九〕暫貴：剛剛富貴。張相《詩詞曲語辭匯釋》（卷二）：「暫，猶初也；纔也；剛也。」

【箋評】

「村深啼愁鵑」二句：爽致。（項真評、項真刻《項氏瓶笙榭新刻皮襲美詩》卷一）

平入聲〔一〕

先生何違時〔二〕，一室習寂歷〔三〕。松聲將飄堂〔四〕，岳色欲壓席〔五〕。彈琴奔玄雲①〔六〕，斸藥折白石②〔七〕。如教題君詩〔八〕，若得札玉册③〔九〕。（詩六二二六）

【校記】

①「玄」原缺末筆，避宋太祖始祖趙玄朗諱。　②「折」蔛宋本作「拆」。　③「札」項刻本作「禮」。

【注釋】

〔一〕平入聲：參本卷（詩六二二）注〔一〕。

〔二〕先生：指陸龜蒙。違時：乖違時俗，不隨波逐流。《孟子·梁惠王上》：「不違農時，穀不可勝食也。」

〔三〕習寂歷：習養寂静恬淡的生活情趣。猶習静。南朝梁何遜《苦熱》：「習静閟衣巾，讀書煩几案。」王維《積雨輞川莊作》：「山中習静觀朝槿，松下清齋折露葵。」《文選》（卷三一）江淹《雜體詩三十首·王徵君微養疾》：「寂歷百草晦，欻吸鵾鷄悲。」李善注：「寂歷，凋疏貌。」又江淹《燈賦》：「冬膏既凝，冬箭未度。悁連冬心，寂歷冬暮。」

〔四〕松聲句：用陶弘景愛聽松濤典故。參卷九（詩六〇八）注〔四〕。

〔五〕岳色：山色。席：席子，如竹席，草席之類。古人席地而坐。故云。

〔六〕彈琴句：謂彈琴的樂聲使天上的濃雲飄飛起來。形容琴聲有極强的感染力。此句當反用「響遏行雲」的典故。《楚辭·九歌·大司命》：「廣開兮天門，紛吾乘兮玄雲。」《列子·湯問篇》：「薛譚學謳於秦青，未窮青之技，自謂盡之，遂辭歸。秦青弗止，餞於郊衢，撫節悲歌，聲振林木，響遏行雲。薛譚乃謝求反，終身不敢言歸。」

〔七〕劚（zhǔ）藥：采挖藥材。折白石：砍斷了白石。此句謂學道。道家認爲服藥以求長生，白石也可作爲學道者之糧。《神仙傳》（卷一）《白石生》：「常煮白石爲糧，因就白石山居，時人號曰白石生。」

〔八〕君：亦指陸龜蒙。題君詩：指陸詩，呼應陸詩中「如蒙清音詶」云云。

〔九〕札玉册：編纂玉書。札，古代用於書寫的木片，此作動詞用，編次，纂集。《説文·木部》：「札，牒也。」《釋名·釋書契》：「札，櫛也，編之如櫛，齒相比也。」玉册：珍貴的秘籍。此稱譽陸龜蒙詩歌。

苦雨中又作四聲詩寄魯望〔一〕

日休

平聲

涔涔將經旬〔二〕，昏昏空迷天〔三〕。鸕鷀成群嬉〔四〕，芙蓉相偎眠①〔五〕。漁通蓑衣城②〔六〕，帆過菱花田〔七〕。秋收吾無望〔八〕，悲之真徒然。（詩六二二七）

【校記】

①「偎」原作「隈」，據四庫本、全唐詩本改。　②「漁」類苑本、全唐詩本作「魚」。

【注釋】

〔一〕此組四首詩當作於咸通十一年（八七〇）夏。參卷一（詩五）、卷三（序五）及本卷（詩六一三）。

苦雨：參卷一（詩五）注〔一〕。

〔二〕涔涔：參本卷（詩六一三）注〔二〕。經旬：歷時十天。

〔三〕昏昏：形容下雨時濃雲密布，光綫暗淡的情形。

〔四〕鸕鷀：水鳥名。又名魚鷹。可潛水捕魚。

〔五〕芙蓉句：形容雨天裏荷花低垂傾斜的姿態。

〔六〕蓑衣城：當指長滿蓑草的水浦，形容其猶如城池一般。

〔七〕菱花田：開着菱花的水面。《史記》（卷一一七）《司馬相如列傳》：「外發芙蓉菱華，内隱鉅石白沙。」《文選》（卷三四）曹植《七啓》：「然後采菱華，擢水蘋。」

〔八〕無望：没有指望。《詩經·陳風·宛丘》：「洵有情兮，而無望兮。」

平上聲

河平州橋危〔一〕，壘晚水鳥上〔二〕。衝崖搜松根〔三〕，點沼寫芡響〔四〕。舟輕通縈紆〔五〕，棧墮阻指掌〔六〕。攜橈將尋君〔七〕，渚滿坐可往〔八〕。（詩六二八）

【注釋】

〔一〕河平：指河水與河岸相平，顯得很盈滿。参本卷（詩六二三）注〔二〕。州橋：通到水中島上的橋。《説文・川部》：「州，水中可居曰州。周遶其旁，从重川。昔堯遭洪水，民居水中高土，或曰九州。《詩》曰：『在河之州。』」

〔二〕壘：壘石，大石頭。《山海經・北山經》：「維龍之山，其上有碧玉，其陽有金，其陰有鐵。肥水出焉，而東流注于皋澤，其中多礨石。」郭璞注：「或作『壘』，磈壘，大石貌。」

〔三〕衝崖句：指雨水衝擊山崖，露出了松樹根。「搜」字形容雨水似乎有意爲之，頗妙。

〔四〕點沼句：謂雨水點點滴滴落到池塘上，傾瀉在芡葉上，發出響聲。「寫」同「瀉」，傾瀉，流淌。芡：一種水生植物，俗名鷄頭。有刺，開紫色單花，葉大而圓，浮于水面，種子可食用，稱芡實。《方言》（卷三）：「芡，鷄頭也。北燕謂之葰，青、徐、淮、泗之間謂之芡，南楚、江、湘之間謂之鷄頭，或謂之雁頭，或謂之烏頭。」晋崔豹《古今注》（卷下）《草木》：「芡，鷄頭也。一名雁頭，一名芰。葉似荷而大，葉上蹙皺如沸。實有芒刺，其中如米，可以度飢也。」

〔五〕縈紆：彎曲貌。此指水路曲折。

〔六〕棧墮：小橋毁壞。指掌：本指容易獲得，此爲眼前義。《三國志・魏書・鍾會傳》：「蜀爲天下作患，使民不得安息，我今伐之如指掌耳。」南朝梁陶弘景《與從兄書》：「宿昔之志，謂言指掌。」

〔七〕攜橈：猶言泛舟。橈，船槳。君：指陸龜蒙。

〔八〕渚滿：謂洲渚都被大水淹没。渚：《爾雅·釋水》：「水中可居者曰洲，小洲曰陼，小陼曰沚，小沚曰坻。」『陼』同『渚』。《楚辭·九歌·湘夫人》：「帝子降兮北渚，目眇眇兮愁予。」坐：正，自。張相《詩詞曲語辭匯釋》（卷四）：「坐，猶自也。」又云：「坐，猶正也；適也。」此二句謂將泛舟訪陸。

平去聲

狂霖昏悲吟①〔一〕，瘦桂對病卧〔二〕。檐虚能影斜〔三〕，舍蠹易漏破〔四〕。宵愁將琴攻〔五〕，晝悶用睡過〔六〕。堆書仍傾觴〔七〕，富貴未换箇〔八〕。（詩六二九）

【校記】

①「吟」項刻本作「冷」。

【注釋】

〔一〕狂霖：久下不停的大雨。霖：久雨不止。參卷一（詩五）注〔一〕。此句謂狂雨發出蕭颯的悲吟聲，攪得天地昏暗。

〔二〕瘦桂句：謂自己卧病對着清瘦的桂樹。有以桂樹的清美挺立暗寓自己獨立不移的品行之意。自《楚辭·招隱士》「桂樹叢生兮山之幽」，「攀援桂枝兮聊淹留」云云，桂樹就成爲隱士超脱世俗的象徵。

〔三〕彯（piāo）斜：飄搖傾斜貌。此句形容空檐下的寂寞蕭條。

〔四〕舍蠹：房屋被蠹蟲蛀蝕。漏破：破舊毀壞而漏雨。

〔五〕宵愁句：謂以彈琴來驅除夜間的愁緒。琴攻：以彈琴攻愁。《文選》（卷二三）阮籍《咏懷詩十七首》（其一）：「夜中不能寐，起坐彈鳴琴。」意境上有相近之處。

〔六〕晝悶：白天的煩悶苦惱。過：度過。《説文・辵部》：「過，度也。」

〔七〕仍：頻，屢。此句謂既讀書問學又嗜酒酣飲，即所謂詩酒生涯。正是古代隱士追求的閑適生活方式。

〔八〕箇：此，這。此句謂富貴換不到這樣閑適瀟灑的生活。

平入聲

羈棲愁霖中〔一〕，缺宅屋木惡〔二〕。荷傾還驚魚①〔三〕，竹滴復觸鶴②〔四〕。閑僧千聲琴③〔五〕，宿客一笈藥〔六〕。悠然思夫君〔七〕，忽憶蠟屐著④〔八〕。（詩六三〇）

【校記】

①「驚」原缺「敬」末筆，避宋太祖祖父趙敬諱。　②「觸」項刻本作「觴」。　③「閑」詩瘦閣本作「聞」。　④「著」汲古閣本、四庫本、項刻本、統籤本作「着」。

【注釋】

〔一〕羈栖：寄居。愁霖：苦雨，連續多日不停止的雨。參卷一（詩五）注〔一〕。

〔二〕缺宅：殘缺破損的宅舍。屋木：指房屋的梁棟等木料。惡：粗劣。

〔三〕荷傾句：謂苦雨中荷花傾斜而驚動了水下的魚。

〔四〕竹滴句：謂從竹子上滴下的雨水使鶴驚詫。活用「鳴鶴戒露」的典故。《藝文類聚》（卷九〇）引《風土記》曰：「鳴鶴戒露。此鳥性警，至八月白露降，流於草上，滴滴有聲，因即高鳴相警，移徙所宿處，慮有變害也。」

〔五〕閑僧句：僧人彈琴，寫其閑適。

〔六〕宿客：指息宿在寺院裏的人。一笈（jí）：一只小箱子。

〔七〕悠然：深長悠遠貌。夫君：你。對對方的敬稱。指陸龜蒙。參卷六（詩二六三）注〔八〕。

〔八〕蠟屐著：用晋阮孚事，表達通脱豁達的生活態度。此以阮孚喻陸龜蒙。參卷六（詩二七九）注〔三〕。

【箋評】

費經虞曰：「此四詩，平聲兼上去入爲詩，故曰四聲。五平亦見，此不更列。」（費經虞《雅倫》卷九上《格式》七）

奉詶苦雨四聲重寄三十二句①〔一〕

龜蒙

平聲

幽栖眠疎窗〔二〕，豪居憑高樓〔三〕。浮漚驚跳丸②〔四〕，寒聲思重裘〔五〕。床前垂文竿〔六〕，巢邊登輕舟〔七〕。雖無東皋田〔八〕，還生魚乎憂〔九〕。

（詩六三二一）

【校記】

①統籤本無「奉」。　②「驚」原缺「敬」末筆，避宋太祖祖父趙敬諱。

【注釋】

〔一〕重寄：再寄。三十二句：總括以下四首詩，每一首詩八句，共四首，故云。

〔二〕幽栖：幽僻清冷的栖息之處。疎窗：棱子稀疏簡陋的窗户。此句寫寒士的隱居之處。

〔三〕豪居：豪華的居室。憑：倚。此句寫富貴人家豪居在高樓上。

〔四〕浮漚：雨打水面泛起的泡沫。張籍《和李僕射雨中寄盧嚴二給事》：「迸點時穿牖，浮漚欲上階。」跳丸：本是古代的百戲之一。此喻落到水面上的雨點濺起的水珠。《文選》（卷二）張衡

《西京賦》：「跳丸劍之揮霍，走索上而相逢。」《三國志·魏書·王粲傳》：「自潁川邯鄲淳……而不在此七人之例。」裴松之注引三國魏魚豢《魏略》曰：「（曹植）遂科頭拍袒，胡舞五椎鍛，跳丸擊劍，誦俳優小説數千言訖。」亦以跳丸喻時間變化之快。韓愈《秋懷詩十一首》（其九）：「憂愁費晷景，日月如跳丸。」

〔五〕寒聲：此指苦雨的雨聲，令人聽來有寒冷之意，故云。重（chóng）裘：厚毛的皮衣。漢賈誼《新書·諭誠》：「重裘而立，猶憯然有寒氣，將奈我元元之百姓何？」

〔六〕文竿：以翠羽爲裝飾的釣魚竿。《文選》（卷一）班固《西都賦》：「揄文竿，出比目。」李善注：「文竿，竿以翠羽爲文飾也。」

〔七〕巢邊：謂禽鳥的巢穴旁。輕舟：小船。《國語·越語下》：「（范蠡）遂乘輕舟以浮於五湖，莫知其所終極。」

〔八〕東皋田：指隱士耕種的田地。《文選》（卷四〇）阮籍《奏記詣蔣公》：「方將耕於東皋之陽，輸黍稷之税，以避當塗者之路。」又（卷一三）潘岳《秋興賦》：「耕東皋之沃壤兮，輸黍稷之餘税。」李善注：「水田曰皋。東者，取其春意。」又（卷四五）陶淵明《歸去來兮辭》：「登東皋以舒嘯，臨清流而賦詩。」《舊唐書》（卷一九二）《王績傳》：「績嘗躬耕於東皋，故時人號東皋子。」王績《野望》：「東皋薄暮望，徙倚欲何依。」

〔九〕魚乎憂：因爲苦雨，擔心變成爲水中魚的憂慮。南朝梁劉峻《辯命論》：「空桑之里，變成洪川。歷陽之都，化爲魚鱉。」

【箋評】

唐陸龜蒙作《苦雨》詩，有純用平聲成篇者；有一句純用平聲字，一句純用上聲字相間成篇者；有一句純用平聲字，一句純用去聲字成篇者；有一句純用平聲字，一句純用入聲字成篇者。并五言律。（馬上巘《詩法火傳》卷十五左編）

平上聲

層雲愁天低①〔一〕，久雨倚檻冷。絲禽藏荷香〔二〕，錦鯉遶島影〔三〕。心將時人乖〔四〕，道與隱者静〔五〕。桐陰無深泉〔六〕，所以逞短綆〔七〕。（詩六三二一）

【校記】

①「低」原作「仾」，據弘治本、汲古閣本、詩瘦閣本、四庫本、陸詩甲本、陸詩丙本、統籤本、類苑本、季寫本、全唐詩本改。

【注釋】

〔一〕層雲：天上積聚着濃密的雲。愁天低：使天空爲之低垂，而使人生愁。

〔二〕絲禽：鷺鷥的别名，即白鷺。《太平御覽》（卷九二五）引《毛詩義疏》曰：「鷺，水鳥，好白而潔，故謂之白鳥。齊、魯之間謂之舂鉏，遼東、樂浪、吴、楊人皆云白鷺。」又引《爾雅》曰：「鷺，春鋤。」并引郭璞注：「白鷺也，頭、翅、背上皆有長翰毛。江東以取爲接離，名之曰白鷺。」正因爲頭、翅、背上的長翰毛，又被稱爲絲禽。《埤雅》（卷七）引《禽經》曰：「鷺啄則絲偃，鷹捕則角弭，藏殺機也。」唐賈島《崔卿池上雙白鷺》：「鷺雛相逐出深籠，頂各有絲莖數同。」顧非熊《崔卿雙白鷺》：「立當風裏絲摇急，步繞池邊字印深。」許渾《鷺鷥》：「西風淡淡水悠悠，雪點絲飄帶雨愁。」雍陶《咏雙白鷺》：「雙鷺應憐水滿池，風飄不動頂絲垂。」荷香：荷花。

〔三〕錦鯉：魚鱗有彩色的鯉魚。即紅鯉魚。

〔四〕將：與。與下句「與」字互文。張相《詩詞曲語辭匯釋》（卷三）：「將，猶與也。」時人：同時的人。此猶世俗之人。《漢書》（卷三〇）《藝文志》：「《論語》者，孔子應答弟子時人及弟子相與言而接聞於夫子之語也。」

〔五〕静：指隱士所尊奉的清静之道，恬適安閑的人生態度。《周易·坤卦》：「坤至柔而動也剛，至静而德方。」《吕氏春秋·審分覽·君守》：「得道者必静，静者無知。」

〔六〕桐陰：梧桐樹的樹陰。古人以梧桐樹爲挺拔疏朗的陽樹，以喻人的端正清廉的品行。無深泉：没有深的泉井。古人多於井旁栽梧桐，此句正寫這一情景。南朝梁庾肩吾《賦得有所思》：「井桐生未合，宫槐卷復稀。」隋元行恭《過故宅詩》：「唯餘一廢井，尚夾兩株桐。」唐白居易《早秋獨夜》：「井桐凉葉動，鄰杵秋聲發。」

〔七〕逞：稱意。短綆（gěng）：汲井水的短繩子。《説文·系部》：「綆，汲井綆也。」《莊子·至樂》：

「綆短者不可以汲深。」成玄英疏：「綆，汲索也。……短促之繩，不可以引深井。」

平去聲

烏蟾俱沉光〔一〕，晝夜恨暗度〔二〕。何當乘雲螭〔三〕，面見上帝訴〔四〕。臣言陰靈欺①〔五〕，詔用利劍付②〔六〕。迴車誅群奸〔七〕，自散萬籟怒〔八〕。（詩六二三）

【校記】

①「臣」原作「巨」，據汲古閣本、詩瘦閣本、四庫本、陸詩甲本、陸詩丙本、統籤本、類苑本、季寫本、全唐詩本改。「靈」汲古閣本、四庫本、季寫本、全唐詩本作「雲」。全唐詩本注：「一作靈。」 ②「付」統籤本作「竹」。

【注釋】

〔一〕烏蟾：太陽和月亮。古代神話傳説，日中有陽烏，又名三足烏。參卷九（詩五八四）注〔三〕。月中有蟾蜍。《酉陽雜俎》（前集卷一）：「舊言月中有桂、有蟾蜍。……或言月中蟾桂，地影也。」沉光：指日月被雲雨所隱没。

〔二〕暗度：謂不見日月，白天和夜晚都在不知不覺中度過。

〔三〕何當：何時。《玉臺新詠》（卷一〇）《古絶句四首》（其一）：「何當大刀頭，破鏡飛上天。」李商隱《夜雨寄北》：「何當共剪西窗燭，却話巴山夜雨時。」雲螭（chī）：雲中的飛龍。古人認爲可以乘龍升天。《文選》（卷二一）郭璞《遊仙詩七首》（其四）：「雖欲騰丹谿，雲螭非我駕。」

〔四〕訴：訴説。上帝：指天帝。《周易·豫卦》：「先王以作樂崇德，殷薦之上帝，以配祖考。」

〔五〕陰靈：指導致苦雨的神怪之類。《初學記》（卷二）《雨》引《纂要》云：「雨師曰屏翳。」原注：「亦曰屏號。《列子傳》：『赤松子，神農時雨師。』《風俗通》云：『玄冥爲雨師。』」

〔六〕用：以。付：給予。此句謂上帝賜予寶劍來誅殺奸佞。

〔七〕迴車：掉轉車頭。謂乘車返回。此句當用「日御」、「月御」的典故。《初學記》（卷一）《日》引《淮南子》云：「爰止羲和，爰息六螭，是謂懸車。」原注：「日乘車駕以六龍，羲和御之。日至此而薄於虞泉，羲和至此而回六螭。」又《月》引《淮南子》云：「月一名夜光。月御曰望舒，亦曰纖阿。」

〔八〕自散句：謂自然就驅散了各種怒吼的聲音。謂苦雨停止。萬籟：泛指自然界的一切聲響。籟，從孔竅中發出的聲音。此指風雨聲。南朝齊謝朓《答王世子》：「蒼雲暗九重，北風吹萬籟。」

平入聲

危檐仍空階〔一〕，十日滴不歇〔二〕。青莎看成狂〔三〕，白菊即欲没〔四〕。吴王荒金樽〔五〕，越妾挾玉瑟〔六〕。當時雖愁霖〔七〕，亦若惜落月〔八〕。　（詩六三四）

【注釋】

〔一〕危檐：高檐。仍：頻仍，連續不斷。空階：寂寞泠落的臺階。

〔二〕十日：具體説明苦雨所歷之時，是實寫。參卷一（詩五）：「自爾凡十日，茫然晦林麓。」本卷（詩六一三）：「吴中十日涔涔雨。」本卷（詩六二七）：「涔涔將經旬。」

〔三〕青莎：碧緑的莎草。唐人庭院裏喜種莎草。盧綸《同柳侍郎題侯釗侍郎新昌里》：「庭莎成野席，闌藥是家蔬。」看：與「看看」義近，有轉眼之意。參張相《詩詞曲語辭匯釋》（卷六）：「看看，估量時間之辭。有轉眼義；有當前義；又由當前義轉而爲剛剛義。」狂：形容雨中莎草生長極快，與口語中「瘋長」義近。

〔四〕白菊：陸龜蒙居處的庭院裏有白菊，亦屬實寫。參卷九（詩五四二）。即欲没：謂白菊就要被莎草所遮蔽。即：便，就。

〔五〕吴王：指春秋時吴國國王夫差。荒金樽：沉溺于酣飲享樂。荒：沉溺，過度。《尚書·五子之歌》：「内作色荒，外作禽荒。」《孔傳》：「迷亂曰荒。」孔穎達疏：「好色好田，則精神迷亂。故迷亂曰荒。」金樽：精美華貴的酒杯。指美酒。李白《行路難三首》（其一）：「金樽清酒斗十千，玉盤珍羞直萬錢。」

〔六〕越妾：指西施。因其是春秋時越國女子，故稱。參卷六（詩三二七）注〔一〕、卷七（詩四二七）注〔五〕。玉瑟：雕飾精美的錦瑟。瑟是古代一種弦樂器，傳説古瑟本爲五十弦，後改爲二十五弦。《漢書》（卷二五上）《郊祀志上》：「泰帝使素女鼓五十絃瑟，悲，帝禁不止，故破其瑟爲二十五弦。」此泛指樂器。即指歌舞而言。此句暗指吴王夫差沉醉於聲色之樂。此二句謂吴王夫差沉溺酒色，寵幸西施，殘害忠臣伍子胥，聽信奸臣宰嚭，最終導致亡國。參《史記》（卷三一）《吴太伯世家》《吴越春秋》（卷五）《夫差内傳》等書。

〔七〕愁霖：久雨不止。參卷一（詩五）注〔一〕。

〔八〕惜落月：慨嘆時間過得快，月亮又要落山了。即愛惜時光之意。此處實諷刺吴王夫差日夜尋歡作樂，還感嘆良宵苦短。據南朝梁任昉《述異記》（卷上），夫差在姑蘇臺上「别立春宵宫，爲長夜之飲。造千石酒鍾，夫差作天池，池中造青龍舟，舟中盛陳妓樂，日與西施爲水嬉。」

疊韻雙聲二首①〔一〕

龜蒙

疊韻山中吟〔二〕

瓊英輕明生〔三〕，石脉滴瀝碧〔四〕。玄鉛仙偏憐②〔五〕，白幘客亦惜〔六〕。（詩六三五）

【校記】

①全唐詩本無此題。②「玄」原缺末筆，避宋太祖始祖趙玄朗諱。

【注釋】

〔一〕疊韻雙聲二首：實指雙聲和疊韻各一首。

〔二〕疊韻：此處的疊韻，是要求詩中各句的每一個字都屬於同一韻部。與習慣上將兩個同韻字組成一個疊韻詞稱作疊韻的説法不同。此詩就是每句五字疊韻。參本卷（序二〇）注〔三〇〕。山中吟：抒寫山中隱士的情懷。

〔三〕瓊英：白石似玉者。喻白色的淡雲。瓊，白玉。《詩經·齊風·著》：「尚之以瓊英乎而。」輕明：淡薄透明。

〔四〕石脉：山中石頭縫隙中流淌的泉水。滴瀝：水滴向下流滴。碧：謂山泉呈現出碧色。

〔五〕玄鉛：紫色的鉛。鉛是道家煉丹的重要原料。仙偏憐：仙人最爲喜愛。偏，劉淇《助字辨略》（卷二）：「偏，畸重之辭也。」憐：愛，喜愛。

〔六〕白幘（zé）：白色的頭巾。《説文·巾部》：「髮有巾曰幘。」《釋名·釋首飾》：「幘，迹也。下齊員迹然也。」此指山中隱士的頭巾。客：指山中隱士。惜：愛，愛惜。

【箋評】

皮日休《雜體詩序》曰：「《詩》云：『蝃蝀在東』，又曰：『鴛鴦在梁』，雙聲起於此也。」陸龜蒙《詩序》曰：「疊韻起自梁武帝云：『後牖有朽柳。』當時侍從之臣皆倡和。劉孝綽云：『梁王長康强。』沈休文云：『偏眠船舷邊。』庾肩吾云：『載碓每礙埭。』」自後用此體作爲小詩者多矣。如王融所謂「園蘅炫紅藹，湖荇曄黄華」，温庭筠所謂「栖息消心象，檐楹溢艷陽」，皆效雙聲而爲之者也。陸龜蒙所謂「瓊英輕明生，竹石滴瀝碧」，皮日休所謂「康莊傷荒凉，主虜部伍苦」，皆效叠韻而爲之者也。南北朝人士多喜作雙聲、叠韻，如謝莊、羊戎、魏收、崔巖輩，戲謔談諧之語，往往載在史册，可得而考焉。（葛立方《韻語陽秋》卷四）

雙聲叠韻體　按《南史·謝莊傳》：「王元謨問莊曰：『何爲雙聲？何爲叠韻？』莊答曰：『「互護」爲雙聲，「磝碻」爲叠韻。』」……雙聲者，同音而不同韻也。……叠韻者，同音而又同韻也。……此二體詩，古集不多載，唯皮、陸有之。又有上句雙聲，下句叠韻者，如李群玉詩云：「方穿詰曲崎嶇路，又聽鈎輈格磔聲」是也。（徐師曾《詩體明辨序説·雜體詩》）

《彈雅》云：「陸龜蒙『瓊陰輕明生，竹石滴瀝碧。』皮日休『康莊傷荒凉，主擄部伍苦。』皆叠韻。」（費經虞《雅倫》卷九上《格式》七）

此二體詩（按指叠韻、雙聲），惟皮、陸有之。（費經虞《雅倫》卷九上《格式》七）

雙聲溪上思〔一〕

溪空唯容雲，木密不隕雨〔二〕。迎漁隱映間〔三〕，安問謳鴉櫓①〔四〕。（詩六三三六）

【校記】

①「安」四庫本、陸詩甲本、陸詩丙本、全唐詩本作「安」，類苑本作「妾」。

【注釋】

〔一〕雙聲：這裏是要求全詩每一個句子都必須運用雙聲詞而形成「雙聲體」的雜體詩。參本卷（序二〇）注〔四〇〕。此詩就用了很多雙聲詞：容雲、木密、隕雨、迎漁、隱映、妄問、謳鴉。溪上思，抒寫溪上漁夫的情懷，實指隱士。

〔二〕木密句：溪上的樹木茂密，使雨水也落不下來。

〔三〕迎漁：逆着溪水泛舟捕魚。隱映：隱隱約約。南朝齊丘巨源《咏七寶扇詩》：「拂眄迎嬌意，隱映含歌人。」隋盧思道《賦得珠簾詩》：「可憐疏復密，隱映當窗人。」

〔四〕妄問句：謂還是向着發出船櫓聲的地方看去，即可知道捕魚者在何處。妄，抑或，還是。選擇連詞。問，向。張相《詩詞曲語辭匯釋》（卷五）：「問，猶向也。」謳鴉櫓：船櫓發出啞啞的響聲。謳鴉，猶嘔啞，船櫓聲。陸龜蒙《北渡》：「江客柴門枕浪花，鳴機寒櫓任謳鴉。」「謳鴉」《全唐詩》本作「嘔啞」，可證。

【箋評】

此體以雙聲成詩。皮日休「疏杉低通難」同。（費經虞《雅倫》卷九上《格式》七）

此二首（按并皮日休《奉和雙聲溪上思・疏杉低通灘》言）雙聲，「容」，餘封切，喉音，二「冬」韻。「雲」，于分切，喉音，十二「文」韻。「隕」，羽敏切，喉音，十一「軫」韻。「雨」，王矩切，喉音，七「麌」韻。「隱」，倚謹切，喉音，十二「吻」韻。「映」，於慶切，喉音，二十四「敬」韻。「謳」，烏侯切，喉音，十二「尤」韻。「雅」同「鴉」，於加切，喉音，六「麻」韻。此雙字俱同音不同韻者。（袁枚《詳注圈點詩學全書》卷四，《袁枚全集》八）

奉和疊韻雙聲二首①

日休②

疊韻山中吟③

穿煙泉潺湲〔一〕，觸竹犢觳觫④〔二〕。荒篁香墻匡〔三〕，熟鹿伏屋曲⑤〔四〕。（詩六三七）

【校記】

①原無此題，據汲古閣本、詩瘦閣本、四庫本、皮詩本、季寫本補。統籤本、全唐詩本作《奉和魯望疊韻雙聲二首》。斠宋本批語：「宋本無此行。」李校本批語：「影宋本此後凡數首者有二、三等字作一行。」　②原無署名，據汲古閣本、詩瘦閣本、四庫本、皮詩本、季寫本補。　③原在此題前有「奉和」，且同行署名「日休」，據汲古閣本、詩瘦閣本、四庫本、皮詩本、類苑本、季寫本、全唐詩本删。　④「觫」原作「穀」，據季寫本、全唐詩本改。類苑本作「觳」。　⑤「屋」季寫本、全唐詩本注：「一作屈。」

【注釋】

〔一〕穿煙句：謂山泉穿過瀰漫的煙霧緩緩地流淌下來。潺湲：水流淌貌。《楚辭·九歌·湘夫人》：「荒忽兮遠望，觀流水兮潺湲。」

〔二〕觸竹：以角頂竹。犢：小牛。觳觫（hú sù）：因恐懼而發抖貌。此句謂小牛以角頂竹感到恐懼。《孟子·梁惠王上》：「有牽牛而過堂下，王見之，曰：『牛何之？』對曰：『將以釁鐘。』王曰：『舍之！吾不忍其觳觫，若無罪而就死地。』」宋黄庭堅《題竹石牧牛》（子瞻畫叢竹怪石，伯時增前坡牧兒騎牛，甚有意態，戲咏）：「石吾甚愛之，勿遣牛礪角。牛礪角尚可，牛鬥殘我竹。」

〔三〕荒篁：雜亂叢生的竹林。墻匡：圍墻，墻垣。北魏賈思勰《齊民要術》（卷六）《養鷄》：「如鶉鷃大，還内墻匡中。其供食者，又别作墻匡，蒸小麥飼之，三七日便肥大矣。」李商隱《昨日》：「平明鐘後更何事，笑倚墻匡梅樹花。」鄭谷《再經南陽》：「寥落墻匡春欲暮，燒殘官樹有花開。」又《長安感興》：「寂寞墻匡裏，春陰挫杏花。」韋莊《長安舊里》：「滿目墻匡春草深，傷時傷事更傷心。」

〔四〕熟鹿：山中與人很熟悉的鹿。古代隱士、仙人常有養鹿、乘鹿的説法。《楚辭·哀時命》：「浮雲霧而入冥兮，騎白鹿而容與。」清張澍輯《三輔決録》（卷一）：「辛繕字公文。少治《春秋》《詩》《易》。隱居弘農華陰，子弟受業者六百餘人。所居旁有白鹿甚馴，不畏人。」《神仙傳》

（卷一〇）《魯女生》：「時故人與女生別後五十年，入華山廟，逢女生乘白鹿。」屋曲：房屋的角落。

【箋評】

此體以叠韻字成詩。陸龜蒙「紅櫳通東風」同。（費經虞《雅倫》卷九上《格式》七）

此叠韻。第一句俱一「先」韻，第二句俱一「屋」韻，第三句俱七「陽」韻，第四句上四字俱一「屋」，下一字二「沃」，古韻「屋」、「沃」通。（袁枚《詳注圈點詩學全書》卷四，《袁枚全集》八）

五平五側詩，宋玉「吐舌萬里唾四海」，《文選》「離袿飛綃垂纖羅」，曹植「羅衣何飄飄」，「輕裾隨風旋」，「枯桑知天風」，「臨川多悲風」等句，已造其端，杜詩「梨花梅花參差開」，「有客有客字子美」斷其後。皮、陸唱和甚多叠韻。梁武帝「後牖有朽柳」，侍臣和「梁王長康强」，沈約「偏眠船舷邊」已造其端；杜詩「業白出石壁，壁色立積鐵」，皮日休「穿烟泉潺湲，觸竹犢觳觫」，陸龜蒙「膚愉吴都姝，眷戀便殿宴」，温庭筠「枯湖無菰蒲」等句，繼其後焉。（袁棟《書隱叢説》卷四《五平五側》）

雙聲溪上思〔一〕

疏杉低通灘①〔二〕，冷鷺立亂浪〔三〕。草彩欲夷猶〔四〕，雲容空澹蕩②〔五〕。（詩六二三八）

【校記】

①「低」原作「仾」，據汲古閣本、詩瘦閣本、四庫本、皮詩本、項刻本、萬絶本、統籤本、類苑本、季寫本、全唐詩本改。　②「澹」萬絶本作「淡」。

【注釋】

〔一〕雙聲：此詩每句都運用雙聲，如踈杉、通灘、泠鷺、亂浪、草彩、夷猶、雲容、澹蕩。

〔二〕踈杉：疏朗高大的杉樹。唐人廣植杉樹，也喜愛在詩中吟咏杉樹。白居易《見蕭侍御憶舊山草堂詩因以繼和》：「秋閑杉桂林，春老芝术叢。」劉言史《瀟湘遊》：「青煙冥冥覆杉桂，崖壁凌天風雨細。」通灘：平坦開闊的水邊灘地。

〔三〕泠鷺：幽静的白鷺。亂浪：飛濺的浪花。

〔四〕草彩：潤澤有光的緑草。《文選》（卷二九）張協《雜詩十首》（其三）：「寒花發黄采，秋草含緑滋。」又（卷三一）江淹《雜體詩三十首·張司空華離情》：「庭樹發紅彩，閨草含碧滋。」夷猶：從容安閑貌。《楚辭·九歌·湘君》：「君不行兮夷猶，蹇誰留兮中洲？」

〔五〕雲容：雲霧的容態。澹蕩：冲澹和暢。南朝宋鮑照《代白紵曲二首》（其二）：「春風澹蕩俠思多，天色净渌氣妍和。」

【箋評】

上古之時，未有詩歌，先有謡諺。然謡諺之音，多循天籟之自然。其所以能諧音律者，一由句各叶韻，二由語句之間多用叠韻、雙聲之字。凡有兩字同母，是爲雙聲；兩字同韻，謂之叠韻。上古歌謡，已有此體。……故兩漢、魏、晋之詩，多沿此例。特斯時韻學未興，未立雙聲、叠韻之名耳。自周容、沈約創四聲切韻，有「前浮聲，後切響」之説，由是偶文韻語之中，多用雙聲、叠韻（或自相爲對，或互相爲對）。律詩始於蕭齊，故雙聲之體，亦始於王融（王融詩曰：「園蘅眩紅葩，湖荇燡黄花。回鶴横淮翰，遠越合雲霞。」此詩見原集中。）。厥後，唐人多用之（如皮日休《溪上思》云：「疏魚低通灘，冷鷺立亂浪。草彩欲夷猶，雲容空淡蕩。」温庭筠詩云：「高閣過空谷，孤竿隔古岡。潭庭空淡蕩，髣髴復芬芳。」此其雙聲也。餘證甚多。）蓋律體盛行，故其法益密。（劉師培《論文雜記》）

叠韻吴宫詞二首〔一〕

龜蒙

膚愉吴都姝①〔二〕，眷戀便殿宴②〔三〕。逡巡新春人〔四〕，轉面見戰箭〔五〕。（詩六三三九）

【校記】

①「膚」四庫本作「膚」。「姝」陸詩丙本黄校注：「空格」，類苑本作「姝」。　②「宴」四庫本作「晏」。

【注釋】

〔一〕叠韻：指全詩每一句的五個字都在同一韻部。參本卷（詩六三三五）注〔二〕。吴宫：指春秋時吴國國王夫差的宫殿。與戰國時春申君所建之吴宫無涉。此二詩感慨越國滅吴，吴宫女子慘遭非命。同情宫女的不幸，本是宫詞的傳統題材内容。此前較著者如盛唐王昌齡的宫怨諸作，如《西宫春怨》《西宫秋怨》《長信秋詞五首》等。

〔二〕膚愉：和悦貌。《玉臺新詠》（卷一）古樂府《隴西行》：「好婦出迎客，顔色正敷愉。」「膚愉」同「敷愉」。吴都姝：吴國都城裏的美女。指吴王夫差宫中西施等人。吴都，即蘇州，春秋時爲吴國國都。

〔三〕眷戀：貪戀，喜愛。三國魏曹植《懷親賦》：「情眷戀而顧懷，魂須臾而九反。」便殿宴：指帝王舉行的宴飲。此指吴王夫差舉行的宴會。便殿：帝王遊宴憩息的别殿。《漢書》（卷六）《武帝紀》：「（建元六年）夏四月壬子，高園便殿火。」顔師古注：「凡言便殿、便室、便坐者，皆非正大之處，所以就便安也。園者，於陵上作之，既有正寢以象平生正殿，又立便殿爲休息閑宴之處耳。」

〔四〕逡（qūn）巡：從容貌。《莊子·秋水》：「東海之鱉，左足未入，而右膝已縶矣。於是逡巡而却。」成玄英疏：「逡巡，從容也。」新春人：謂正在享受初春快樂的人。指「吴都姝」。

〔五〕轉面：猶口語「轉臉」，喻時間極短。戰箭：指越國滅亡吴國的戰鬥而言。

【箋評】

余平生最不喜迴文、雙聲、叠韻等詩。蓋作詩者詞以就意，故能自抒己見。若此等詩，皆以意就詞，則必不能暢所欲言，而性靈晦矣。李、杜大家，非不能爲，乃不肯爲也。梁武帝云「後牖有朽柳」，沈約云「偏眠船舷邊」，少陵云「壁色立積鐵」，雖皆叠韻，乃偶然見於筆下，并無對句也。自劉賓客、皮襲美、陸魯望輩興此體，遂沿襲討巧，皮、陸尤爲擅長。然陸魯望之「膚愉吴都姝，眷戀便殿宴。」是言以美人流連宫讌，作流水對，意本一串，較皮日休「穿烟泉潺湲，觸竹犢觳觫。荒篁香墻匡，熟鹿伏屋曲。」有對句而又截然兩意者稍勝。（陶元藻《鳧亭詩話》卷上）

二①

紅櫳通東風〔一〕，翠珥醉易墜〔二〕。平明兵盈城〔三〕，棄置遂至地②〔四〕。（詩六四〇）

【校記】

①汲古閣本、四庫本無「二」。　②「墜」詩瘦閣本作「墮」。

【注釋】

〔一〕紅櫳：色彩鮮艷華美的紅色窗户。櫳，窗户的櫺木。代指窗。參本卷（詩六一九）注〔五〕。

〔二〕翠珥（ěr）：碧緑的珠玉耳飾。《玉篇·玉部》：「珥，珠在耳。」

〔三〕平明：天剛亮，清晨。兵：指越國的軍隊。據《吴越春秋》（卷一〇）《勾踐伐吴外傳》：「於夜半，使左軍涉江，鳴鼓中水，以待吴發。吴師聞之，中大駭。……吴王大懼，夜遁。」可見越國滅吴之戰，確實是在夜間進行的。

〔四〕棄置：拋棄。三國魏曹植《贈白馬王彪》：「心悲動我神，棄置莫復陳。」此句謂翠珥被丢棄在地上，暗示「吴都姝」在亂戰中死亡。

【箋評】

此疊韻。第一句俱一「東」韻，第二句俱四「寘」韻，第三句俱八「庚」韻，第四句俱四「寘」韻。

（袁枚《詳注圈點詩學全書》卷四，《袁枚全集》八）

奉和疊韻吴宫詞二首①

日休

侵深尋嶔岑②〔一〕，勢厲衛睥睨〔二〕。荒王將鄉亡〔三〕，細麗蔽袂逝〔四〕。（詩六四一）

【校記】

①統籤本無「奉」。「詞」詩瘦閣本作「辭」。②「侵」類苑本作「浸」。

【注釋】

〔一〕侵深：到達幽深之地。侵，到，臨近。尋：尋找，探尋。嶔岑（qīn cén）：山高險貌。此當指蘇州靈巖山。吴王夫差的行宫，西施的館娃宫均在此山上。范成大《吴郡志》（卷一五）：「靈巖山，即古石鼓山，又名硯石山。董監《吴地記》：『案《郡國志》曰：吴王離宫在石鼓山，越王獻西施於此山。』……今按《吴越春秋》《吴地記》等書云：『闔閭城西有山，號硯石山，高三百六十丈，去入煙三里。在吴縣西三十里。上有吴館娃宫、琴臺、響屧廊。山上有西施洞、硯池、玩月池。』」

〔二〕勢厲：山勢高峻。厲，《廣雅》（卷四下）《釋詁》：「厲，高也。」衛：拱衛，護衛。睥睨（pì nì）：城上的小墻。此指靈巖山上的吴宫矮墻。《釋名·釋宫室》：「城上垣曰睥睨，言於其孔中睥睨非常也。亦曰陴，陴，裨也，言裨助城之高也。亦曰女墻，言其卑小，比之於城，若女子之於丈夫也。」

〔三〕荒王：耽於享樂、豪奢無度的君王。指吴王夫差。《逸周書》（卷六）《謚法解》：「外内從亂曰荒，好樂怠政曰荒。」鄉（xiàng）：向，趨向。同「嚮」。將鄉：臨近，接近。

〔四〕細麗：精致美麗。元稹《和樂天重題别東樓》：「日映文章霞細麗，風驅鱗甲浪參差。」蔽袂：掩袂，以衣袖遮面。此指吴王在越軍滅亡吴國時，掩面而死。《吴越春秋》（卷五）：「（吴王曰：）『死必連繄組以罩吾目，恐其不蔽，願復重羅綉三幅，以爲掩明。生不昭我，死勿見我形。吾何可哉！』」逝：死去。《説文·辵部》：「逝，往也。」漢司馬遷《報任安書》：「是僕終已不得舒憤懣以曉左右，則長逝者魂魄私恨無窮。」

二①

柃楷替製曳②〔一〕，康莊傷荒凉〔二〕。主虜部伍苦〔三〕，嬙亡房廊香〔四〕。（詩六四一一）

【校記】

①汲古閣本、四庫本、季寫本無「二」。　②「指」統籤本、類苑本作「指」，季寫本注：「一作指。」

【注釋】

〔一〕枍指(yì yì)：漢代宫殿名。此喻吴宫。《三輔黄圖》(卷三)《建章宫》：「枍詣宫，枍詣，木名，宫中美木茂盛也。」《玉篇·木部》：「枍，枍栺，宫名。」《後漢書》(卷四〇上)《班固傳》：「經駘盪而出馺娑，洞枍詣與天梁。」李賢注：「《關中記》：建章宫有駘盪、馺娑、枍詣殿。天梁亦宫名也。」替：廢。製曳：裁製衣服。製，裁剪。曳，穿着衣服。《詩經·唐風·山有樞》：「子有衣裳，弗曳弗婁。」《毛傳》：「婁，亦曳也。」孔穎達疏：「曳者，衣裳在身，行必曳之。婁與曳連則同爲一事。……曳、婁俱是著衣之事，故云婁亦曳也。」此句謂吴宫廢止製衣之舉，實喻其國傾覆。

〔二〕康莊：四通八達的宫中大道。《爾雅·釋宫》：「一達謂之道路，二達謂之歧旁，三達謂之劇旁，四達謂之衢，五達謂之康，六達謂之莊，七達謂之劇驂，八達謂之崇期，九達謂之逵。」此句謂吴宫的荒凉景象令人哀傷。

〔三〕主虜：指吴王夫差被越軍俘虜。《史記》(卷三一)《吴太伯世家》：「二十三年十一月丁卯，越敗吴。越王勾踐欲遷吴王夫差於甬東，予百家居之。吴王曰：『孤老矣，不能事君王也。吾悔不用子胥之言，自令陷此。』遂自剄死。」吴王在亡國後被俘無疑。部伍：軍隊的編制單位。指部屬、部下。泛指士兵。《史記》(卷一〇九)《李將軍列傳》:「及出擊胡,而廣行無部伍行陳,就善水草屯,舍止,人人自便。」《索隱》:「案:《百官志》云:『將軍領軍皆有部曲。大將軍營五部,部校尉一人,部下有曲,曲有軍候一人』也。」

〔四〕嬙(qiáng):古代帝王後宫姬妾女官名。此指吴王夫差宫中美女。《左傳·昭公三年》:「君若不棄弊邑,而辱使董振擇之,以備嬪嬙,寡人之望也。」杜預注:「嬪嬙,婦官。」房廊:房屋曲廊。此泛指吴宫殿宇房屋。孟郊《和皇甫判官游琅琊溪》:「房廊逐巖壑,道路隨高低。」

閑居雜題五首(原注:以題十五字離合)〔一〕

龜蒙

鳴蜩早〔二〕

閑來倚杖柴門口〔三〕,鳥下深枝啄晚蟲〔四〕。周步一池銷半日〔五〕,十年聽此鬢如蓬〔六〕。

(詩六四三)

【注釋】

〔一〕此組五首詩當作於咸通十一年(八七〇)秋。以題十五字離合:總括五首詩而言,每首詩題三字，共十五字。五首詩均以詩題三字離合，離合而成的詩題則概括了全詩的基本内容。這種以詩題中字離合的方式是陸龜蒙所創。它仍是拆字離合，即將一個字偏旁離合爲二個字，又由這二個字湊合成原字。明徐師曾《文體明辨序説·離合體》：「按離合詩有四體：其一……其二……其三，離一字偏旁於一句之首尾，而首尾相續爲一字，如《松閒斟》《飲巖泉》《砌思步》是也。」所舉三詩，其一、二是陸龜蒙此組詩中的第三、四首，其三是皮日休和作中的第五首。所以皮、陸這一組十首唱和詩，是采用拆字法的離合雜體詩。

〔二〕鳴蜩（tiáo）早：早秋鳴叫的蟬。此詩題中三字以第一二句、第二三句、第三四句的首尾二字，即「口」與「鳥」、「蟲」與「周」、「日」與「十」字分别離合而成，即是以題離合。鳴蜩：鳴蟬。《詩經·大雅·蕩》：「如蜩如螗，如沸如羹。」《毛傳》：「蜩，蟬也。」《爾雅·釋蟲》：「蜩，螂蜩，螗蜩。蚻，蜻蜻。蠽，茅蜩。蝒，馬蜩。蜺，寒蜩。蜓蚞，螇螰。」邢昺疏：「此辨蟬之大小及方言不同之名也。云蜩者，目諸蜩也。」郝懿行《爾雅郭注義疏》（卷下三）：「是蜩爲諸蟬之總名。」

〔三〕倚杖：拄着拐杖。《文選》（卷二八）鮑照《東武吟》：「腰鐮刈葵藿，倚杖牧鷄豚。」柴門：用雜柴做成的簡陋的門。三國魏曹植《梁甫吟》：「柴門何蕭條，狐兔翔我宇。」

〔四〕深枝：枝葉茂密的樹木。猶深林。《荀子·宥坐》：「夫芷蘭生於深林，非以無人而不芳。」晚蟲：此指傍晚時鳴蜩。

〔五〕周步一池：圍繞池塘步行一圈。銷半日：銷磨了半天時間。

〔六〕十年：概數，陸龜蒙自説十年來的隱逸江湖的生活。參卷七（詩三八七）云「翠篷十載伴君行」，亦是此意。鬢如蓬：鬢髮如蓬草般散亂。落拓散誕的形象。《詩經·衛風·伯兮》：「自伯之東，首如飛蓬。」

野態真〔一〕

君如有意耽田里〔二〕，予亦無機向藝能〔三〕。心迹所便唯是直〔四〕，人間聞道最先憎〔五〕。

（詩六四四）

【注釋】

〔一〕野態真：隱逸者的朴野姿態最爲坦率真切。此詩第一二句、第二三句、第三四句首尾二字，分别爲「里」與「予」、「能」與「心」、「直」與「人」，離合成詩題三字。

〔二〕耽：喜好。田里：田地和房舍。指鄉間里巷，喻隱居生活。《周禮·地官·遂人》：「凡治野以下劑，致甿以田里，安甿以樂昏，擾民以土宜。」《孟子·盡心上》：「所謂西伯善養老者，制其田里，教之樹畜，導其妻子使養其老。」

〔三〕無機：没有機智巧詐的心計。藝能：技藝才能。《史記》（卷一二八）《龜策列傳》：「至今上即位，博開藝能之路，悉延百端之學，通一伎之士咸得自效。」

〔四〕心迹句：謂内心裏最爲相適宜的唯有正直坦率。便：適宜，喜愛。孟浩然《冬至後過吴張二子檀溪别業》：「外事情都遠，中流性所便。」杜甫《渼陂西南臺》：「身退豈待官，老來苦便静。」白居易《遊藍田山卜居》：「本性便山寺，應須旁悟真。」

〔五〕人間：人世間。此指世俗。聞道：得知真理，理解領會大道理。《論語·里仁》：「朝聞道，夕死可矣。」憎：憎恨，忌恨。此句謂世俗所最爲忌恨的就是懂得大道理的人。

松閒斟〔一〕

子山園静憐幽木〔二〕，公幹詞清咏蓽門〔三〕。月上風微蕭灑甚①〔四〕，斗醪何惜置盈樽〔五〕。

（詩六四五）

【校記】

①「蕭」陸詩甲本、統籤本、類苑本、季寫本作「瀟」。

【注釋】

〔一〕松閒斟：在松林裏飲酒，表示放縱任誕的生活態度。此「閒」是「間」的古體字。此詩第一二句、第二三句、第三四句首尾二字，分别是「木」與「公」、「門」與「月」、「甚」與「斗」，離合成詩題三字。

〔二〕子山：庾信（五一三—五八一），字子山。北周詩人、辭賦家。生平事迹參《周書》（卷四一）、《北史》(卷八三)本傳。子山園：庾信有《小園賦》，子山園指此。賦中寫了許多樹木花草，如云：「桐間露落，柳下風來。」「鳥多閑暇，花隨四時。」「一寸二寸之魚，三竿兩竿之竹。雲氣蔭於叢蓍，金精養於秋菊。棗酸梨酢，桃榹李薁。落葉半床，狂花滿屋。名爲野人之家，是謂愚公之谷。」

〔三〕公幹：劉楨(？—二一七)，字公幹。東漢末詩人，「建安七子」之一。生平事迹參《三國志·魏書》(卷二一)本傳。詞清：詩文清朗秀美。《文選》(卷四〇)陳琳《答東阿王牋》：「音義既遠，清辭妙句，焱絶焕炳。」又(卷四二)曹植《與楊德祖書》：「公幹振藻於海隅。」南朝梁劉勰《文心雕龍·書記》：「公幹牋記，麗而益規。」可見劉楨詩文清詞麗句是時人及後世的公論。蓽(bì)門：用竹子和荆條之類編成的簡陋的門。《孔叢子·抗志》：「亟臨蓽門，其榮多矣。」咏蓽門：當指劉楨《遂志賦》抒發辭官歸田而言。賦中云：「襲初服之蕪薉，托蓬蘆以游翔。豈放言而云爾，乃旦夕之可忘。」

〔四〕蕭灑：形容景色的蕭散幽雅。「蕭灑」同「瀟灑」。《世説新語·賞譽》：「王子敬語謝公：『公故蕭灑。』謝曰：『身不蕭灑。君道身最得，身正自調暢。』」又云：「謝車騎初見王文度，曰：『見文度，雖蕭灑相遇，其復愔愔竟夕。』」

〔五〕斗醪(láo)：斗酒。醪，濁酒。《説文·酉部》：「醪，汁滓酒也。」《文選》(卷四一)楊惲《報孫會宗書》：「田家作苦，歲時伏臘，烹羊炮羔，斗酒自勞。」何惜：何必吝惜，不必吝惜。置：放，立，備辦。盈樽：滿杯。

【箋評】

迴文有三體：有如蘇若蘭《璇璣圖》，縱横反復成章者；有如梁元帝《後園》詩，全首順逆讀之者；有如梁簡文《咏雪》，先直下二句，後二句倒讀者。離合亦有三體：其一如「魯國孔融文舉」、「思楊容姬難堪」，離一字偏旁爲二句、四句或六句合成一字也；其一如陸龜蒙《松閒斟》云：「子山園静憐幽木，公幹詞清咏華門。月上風微瀟灑甚，斗醪何惜置盈樽。」離合一字偏旁於每句之首尾，木公「松」字，門月「閒」字，甚斗「斟」字也；又小變之，不離拆字形，但以一物二字離於一句之首尾，首尾又自相續，如陸龜蒙《夏日藥名》云：「避暑最須從朴野，葛巾篘席更相當。歸來又好垂涼釣，藤蔓陰陰着雨香。」「野葛」、「當歸」、「釣藤」是也。（馮復京《説詩補遺》卷一）

按離合詩有四體，其一，離一字偏旁爲兩句，而四句凑合爲一字，如「魯國孔融文舉」、「思楊容姬難堪」、「何敬容」、「閑居有樂」、「悲客他方」是也；其二，亦離一字偏旁爲兩句，而六句凑合爲一字如「別」字詩是也；其三，離一字偏旁於一句之首尾，而首尾相續爲一字，如《松閒斟》《飲巖泉》《砌思步》是也；其四，不離偏旁，但以一物二字離於一句之首尾，而首尾相續爲一物，如縣名、藥名離合是也。（徐師曾《詩體明辨序説·离合诗》）

飲巖泉〔一〕

已甘茅洞三君食〔二〕，欠買桐江一朵山〔三〕。嚴子瀨高秋浪白〔四〕，水禽飛盡釣舟還。

（詩六四六）

【注釋】

〔一〕飲巖泉：飲用山中巖崖間的泉水，表現隱逸者的生活。此詩第一二句、第二三句、第三四句首尾二字，分别是「食」與「欠」、「山」與「嚴」、「白」與「水」，離合成詩題三字。

〔二〕茅洞：茅山上的道家洞天。茅山有道教十大洞天之一的華陽洞天。屢見前注。三君：三茅君。指茅盈、茅固、茅衷兄弟三人，相傳爲漢代人，先後在茅山學道成仙。《神仙傳》（卷五）《茅君》：「茅君者，名盈，字叔申，咸陽人也。……時君之弟名固，字季偉；次弟名衷，字思和，……君遂徑之江南，治於句曲山。山有洞室，神仙所居，君治之焉。……時人因呼此山爲『茅山』焉。……後二弟年衰，各七八十歲，棄官委家，過江尋兄。君使服四扇散，却老還嬰，於山下洞中修練四十餘年，亦得成真。太上老君命五帝使者持節，以白玉版黄金刻書，加九錫之命，拜君爲太元真人、東嶽上卿、司命真君，主吴、越生死之籍，方却升天。或治下於潛山。又使使者以紫素策文，拜固爲定録君，衷爲保命君，皆例上真，故號『三茅君』焉。」

〔三〕桐江：桐廬江。參卷七（詩三九〇）注〔一〕。一朵山：一片山，一座山。買山：《世説新語·排調》：「支道林因人就深公買印山，深公答曰：『未聞巢、由買山而隱。』」

〔四〕嚴子瀨：子陵灘。此處有釣魚臺，東漢隱士嚴光垂釣處。參卷三（詩五四）注〔二六〕。此句形容秋天嚴陵灘浪高。李白《横江詞六首》（其一）：「一風三日吹倒山，白浪高於瓦官閣。」

當軒鶴〔一〕

自笑與人乖好尚①〔二〕，田家山客共柴車〔三〕。干時未似栖廬雀②〔四〕，鳥道閑携相爾書③〔五〕。（詩六四七）

【校記】

①「乖」陸詩丙本作「華」。②「干」陸詩甲本作「于」。「栖」陸詩甲本、陸詩丙本作「接」。「栖廬」季寫本作「接廬」，并注：「一作栖廬。」全唐詩本注：「一作接廬。」③「鳥」陸詩丙本作「烏」。

【注釋】

〔一〕當軒鶴：對着乘華麗軒車的鶴。鶴乘軒車，用衛懿公事。《左傳·閔公二年》：「衛懿公好鶴，鶴有乘軒者。將戰，國人受甲者皆曰：『使鶴，鶴實有禄位，余焉能戰！』」此詩活用此事，表達清高脱俗的情致。此詩第一二句、第二三句、第三四句首尾二字，分别是「尚」與「田」、「車」與「干」、「雀」與「鳥」，離合成詩題三字。

〔二〕好尚：愛好與崇尚。《文選》（卷四二）曹植《與楊德祖書》：「人各有好尚。」乖：相違，相異。

〔三〕田家：農家。《文選》（卷四一）楊惲《報孫會宗書》：「田家作苦，歲時伏臘，烹羊炰羔，斗酒自勞。」山客：山野之人，指山中的隱士。晉葛洪《抱朴子·外篇·正郭》：「若不能結踪山客，離群獨往，則當掩景淵洿，韜鱗括囊。」唐韋應物《種藥》：「持縑購山客，移莳羅衆英。」盧仝《觀放魚歌》：「天地好生物，刺史性與天地俱。見山客，狎魚鳥，坐山客，北亭湖。」柴車：簡陋無雕飾的車子。《韓詩外傳》（卷一〇）：「疏食惡肉可得而食也，駑馬柴車可得而乘也，且猶不欲死，而況君乎！」

〔四〕干時：求合於世俗。《管子·小匡》：「寡人欲修政以干時於天下，其可乎？」干，求取。《爾雅·釋言》：「干，求也。」栖廬雀：栖宿於人家房屋上的鳥雀。喻迎合世俗者。以雀反襯出鶴的遠離俗態。係化用「栖蘆鳥」而來。僧肇《寶藏論》：「夫進道之由，中有萬途。困魚止瀝，病鳥栖蘆，其二者不識於大海，不識於叢林。人趨乎小道，其義亦然。」

〔五〕鳥道：只有鳥能飛過的險峻山路。北周庾信《秦州天水郡麥積崖佛龕銘并序》：「鳥道乍窮，羊腸或斷。」李白《蜀道難》：「西當太白有鳥道，可以横絶峨眉巔。」相爾書：指《相鶴經》一書。爾，你，指鶴。《文選》（卷一四）鮑照《舞鶴賦》：「散幽經以驗物，偉胎化之仙禽。」李善注：「《相鶴經》者，出自浮丘公，公以自授王子晉。崔文子者，學仙於子晉，得其文，藏於嵩高山石室。及淮南八公采藥得之，遂傳於世。」《相鶴經》佚文，可參此賦李善注，以及《藝文類聚》（卷九〇）、《初學記》（卷三〇）所引録。

奉和雜題五首①（原注：以題十五字離合②）〔一〕

日休

晚秋吟③〔二〕

東皋烟雨歸耕日〔三〕，免去玄冠手刈禾④〔四〕。火滿酒爐詩在口⑤〔五〕，今人無計奈儂何〔六〕。

（詩六四四八）

【校記】

①皮詩本、統籤本、季寫本、全唐詩本「和」下有「閒居」。統籤本無「奉」。②弘治本、詩瘦閣本、類苑本、季寫本無此注語，全唐詩本則置于《晚秋吟》題下。③季寫本有小注：「以體中三字韻合。《紀事》云：『以題十五字韻合。』」④「玄」季寫本、全唐詩本注：「一作黄。」「玄」原缺末筆，避宋太祖始祖趙玄朗諱。⑤「爐」萬絕本作「壚」。

【注釋】

〔一〕此組五首詩與陸龜蒙原唱同時之作，作於咸通十一年（八七〇）秋。以題十五字離合：參本卷（詩六四四三）注〔一〕。

〔二〕晚秋吟：指隱士在晚秋的吟唱。表現罷官歸隱，詩酒閑適的情懷。此詩第一二句、第二三句、第三四句首尾二字，即「日」與「免」、「禾」與「火」、「口」與「今」，離合成詩題三字。

〔三〕東皋：泛指耕種的田地，一般指隱士躬耕而言。參本卷（詩六三一）注〔八〕。

〔四〕玄冠：古代朝服冠名。《儀禮·士冠禮》：「主人玄冠朝服，緇帶素韠，即位于門東西面。」刈（yì）禾：收割莊稼。此句謂挂官退隱，歸鄉躬耕。

〔五〕酒爐：温酒的火爐。

〔六〕奈儂（nóng）何：謂對我無可奈何。儂，我。《玉篇·人部》：「儂，吴人稱我是也。」

好詩景〔一〕

青盤香露傾荷女〔二〕，子墨風流更不言〔三〕。寺寺雲蘿堪度日〔四〕，京塵到死撲侯門〔五〕。　（詩六四九）

【注釋】

〔一〕好詩景：作詩的好景致。此詩第一二句、第二三句、第三四句首尾二字，即「女」與「子」、「言」與「寺」、「日」與「京」，離合成詩題三字。

〔二〕青盤香露：圓盤般碧荷沾滿潔净的露水，散發出清香的氣息。傾荷女：即采蓮女。傾荷，采蓮而使荷葉傾斜。《樂府詩集》（卷五〇）沈君攸《采蓮曲》：「衣香隨岸遠，荷影向流斜。」

〔三〕子墨：漢代揚雄賦中假設的人物，泛指文士。《漢書》（卷八七下）《揚雄傳下》：「雄從至射熊館，還，上《長楊賦》，聊因筆墨之成文章，故藉翰林以爲主人，子墨爲客卿以風。」風流：風雅瀟灑。《後漢書》（卷八二上）《方術傳》：「論曰：漢世之所謂名士者，其風流可知矣。」更不言：絶不言。張相《詩詞曲語辭匯釋》（卷一）：「更，甚辭，猶云不論怎樣也；雖也；縱也；亦猶云絶也。」

〔四〕雲蘿：山林中蔓生的藤蘿，即山林茂密之意。指隱逸者的居處。南朝宋鮑照《游思賦》：「結中洲之雲蘿，托綿思於遥夕。」唐鄭谷《題嵩高隱者居》：「豈易訪仙踪，雲蘿千萬重。」堪：可。

〔五〕京塵：京城裏的塵埃。喻世俗的功名利禄之事。《文選》（卷二四）陸機《爲顧彦先贈婦二首》（其一）：「京洛多風塵，素衣化爲緇。」撲侯門：形容彌漫於王侯富貴之家。喻世俗利禄之慾望極爲强烈。撲，滿，遍。《方言》（卷三）：「撲，盡也。南楚凡物盡生者曰撲生。」郭璞注：「今種物皆生云撲地生也。」又曰：「撲，聚也。」郭璞注：「撲，屬藂相着貌。」李賀《河南府試十二月樂詞》（三月）：「光風轉蕙百餘里，暖霧驅雲撲天地。」朱放《送魏校書》：「楊花撩亂撲流水，愁殺人行知不知。」

醒聞檜〔一〕

解洗餘醒晨半酉①〔二〕，星星仙吹起雲門〔三〕。耳根莫厭聽佳木②〔四〕，會盡山中寂静

源〔五〕。（詩六五〇）

【校記】

①「酉」項刻本、萬絶本作「酒」，季寫本、全唐詩本注：「一作酒。」②「莫」皮詩本、全唐詩本作「無」。全唐詩本注：「一作莫。」

【注釋】

〔一〕醒聞檜（guì）：酒醒後聆聽檜柏的濤聲。檜：檜柏，又名圓柏。柏科，常緑喬木，樹冠呈圓錐形。《爾雅·釋木》：「檜，柏葉松身。」此詩第一二句、第二三句、第三四句首尾二字，即「酉」與「星」、「門」與「耳」、「木」與「會」，離合成詩題三字。

〔二〕解洗：能够清洗去除。張相《詩詞曲語辭匯釋》（卷一）：「解，猶會也，得也，能也。」餘酲（chéng）：餘醉，指昨夜的醉酒。酲，醉酒。《説文·酉部》：「酲，病酒也。」半酉（yǒu）：半醉。晨半酉，指早晨喝了半醉的解醒酒。酉即酒之義。《説文·酉部》：「酉，就也。八月，黍成可爲酎酒。」

〔三〕星星：天上繁星。此指高空而言。仙吹：猶仙樂。喻檜柏的濤聲。雲門：寺院的山門，也關合古代祭祀天神的《雲門》樂曲。相傳黄帝所作。《周禮·春官·大司樂》：「以樂舞教國子，舞《雲門》《大卷》《大咸》……《大武》。」鄭玄注：「此周所存六代之樂，黄帝曰《雲門》《大卷》。」

〔四〕耳根：佛家所指六根之一，即聽覺器官，能對外界聲音産生感覺，從而認識、瞭解各種聲音。《觀普賢菩薩行法經》：「我從多劫乃至今身，耳根因緣，聞聲惑著，如膠著草。」

〔五〕會盡：當盡，應盡。張相《詩詞曲語辭匯釋》（卷一）：「會，猶當也；應也；有時含有將然語氣。」寂静源：佛教語。指没有聲音，十分安静。佛家謂心中没有煩惱，没有物累，没有牽挂，思想上非常平静爲清净。《百喻經·煮黑石蜜漿喻》：「五熱炙身，而望清凉寂静之道，終無是處。」此句謂山中風吹佳木的聲音，却使人能够完全地瞭解寂静的源頭，乃在于心静。

寺鍾暝①〔一〕

百緣斗藪無塵土〔二〕，寸地章煌欲布金〔三〕。重擊蒲牢唅山日②〔四〕，冥冥煙樹睹栖禽〔五〕。

（詩六五一）

【校記】

①「鍾」詩瘦閣本、皮詩本、項刻本、類苑本、季寫本、全唐詩本作「鐘」。　②「唅」統籤本、全唐詩本作「崡」。

【注釋】

〔一〕寺鍾暝：寺院晚鍾。鍾是佛寺中的懸挂樂器，以打鍾報告時間，召集僧衆，舉行法會。佛教認爲鍾聲可以消除灾厄。晨昏打鍾，也是一種法事。此詩第一二句、第二三句、第三四句首尾二字，即「土」與「寸」、「金」與「重」、「日」與「冥」，離合成詩題三字。

〔二〕百緣：佛教所謂所有的因緣。由百緣而生出森羅萬象。《翻譯名義集》（四）《釋十二支》：「尼陀那，此云因緣。肇曰：『前緣相生，因也；現相助成，緣也。』」斗藪：擺脱，解除。即抖擻。《法苑珠林》（卷八四）《頭陀部第三》：「西云頭陀，此云抖擻。能行此法，即能抖擻煩惱，去離貪著。如衣抖擻，能去塵垢。是故從喻爲名，故名頭陀。」《文選》（卷五九）王屮《頭陀寺碑文》題下李善注：「天竺言頭陀，此言斗藪。斗藪煩惱，故曰頭陀。」白居易《驃國樂》：「珠纓炫轉星宿摇，花鬘斗藪龍蛇動。」又《自覺二首》（其二）：「斗藪垢穢衣，度脱生死輪。」又《答州民》：「宦情抖藪隨塵去，鄉思銷磨逐日無。」

〔三〕寸地：寸土。形容極小之地。漢賈誼《上疏陳政事》：「一寸之地，一人之衆，天子亡所利焉。」章煌：光明輝煌。欲：將。劉淇《助字辨略》（卷五）：「欲，將也。凡云欲者，皆願之而未得，故又得爲將也。」布金：佛教以金布施。《釋氏要覽》（卷上）《住處》：「金地，或云金田，即舍衛國給孤長者側布黄金，買祇陀太子園，建精舍，請佛居之。」

〔四〕重擊：反復敲擊。蒲牢：古代傳説中一種生活在海邊的野獸，其鳴叫聲宏亮，後用以爲鍾的别名。《文選》（卷一）班固《東都賦》：「於是發鯨魚，鏗華鐘。」李善注：「薛綜《西京賦》注曰：『海中有大魚曰鯨，海邊又有獸名蒲牢。蒲牢素畏鯨，鯨魚擊，蒲牢輒大鳴。凡鐘欲令聲大者，故作蒲牢於上，所以撞之者爲鯨魚。鐘有篆刻之文，故曰華也。』」唅（hán）山日：銜山的太陽。

指夕陽落山。「唅」同「含」。《漢書》（卷九一）《貨殖列傳》：「而貧者裋褐不完，唅菽飲水。」顏師古注：「唅亦含字也。」

〔五〕冥冥：昏暗貌。《詩經·小雅·無將大車》：「無將大車，維塵冥冥。」栖禽：傍晚歸巢栖息的禽鳥。

砌思步〔一〕

襹襹古薜繃危石〔二〕，切切陰螿應晚田〔三〕。心事萬端何處止①，少夷峰下舊雲泉②〔四〕。

（詩六五二）

【校記】

①「止」萬絶本作「上」。　②「夷」萬絶本作「姨」。

【注釋】

〔一〕砌思步：觸發起思緒萬端的水邊埠口。砌思，叢集的心事。步，通「埠」，水邊埠口，指可停船處。如南朝宋鮑照《瓜步山楬文》中的「瓜步」。《水經注》（卷三九）《贛水》：「贛水北出，際西北歷度支步，是晉度支校尉立府處。步，即水渚也。」柳宗元《永州鐵爐步志》：「江之滸，凡舟可縻而上下者曰步。永州北郭有步，曰鐵爐步。」南朝梁任昉《述異記》（卷下）：「水際謂之步。瓜步在吴中，吴人賣瓜於江畔，因以名焉。吴江中又有魚步、龜步，湘中有靈妃步。」昉按：吴、楚間謂浦爲步，語之訛耳。」此詩第一二句、第二三句、第三四句首尾二字，即「石」與

「切」、「田」與「心」、「止」與「少」，離合成詩題三字。

〔二〕襹襹（shīshī）：形容羽毛的狀態。此詩形容薜荔的生長形態。古薜（bì）：多年生長的薜荔。《楚辭·九歌·山鬼》：「若有人兮山之阿，被薜荔兮帶女羅。」王逸注：「女羅，兔絲也。……薜荔、兔絲，皆無根，緣物而生。」繃（bēng）：纏繞。《説文·糸部》：「繃，束也。《墨子》曰：『禹葬會稽，桐棺三寸，葛以繃之。』」危石：高峻險峭的巖石。《莊子·田子方》：「嘗與汝登高山，履危石，臨百仞之淵，若能射乎？」

〔三〕切切：形容淒切悲涼的聲音。陰螿（jiāng）：寒蟬。深秋時鳴叫。應：應聲，應答。晚田：指秋收後的田地。

〔四〕少夷峰：未詳。雲泉：山水佳勝之地。指隱士隱逸處。李白《贈盧徵君昆弟》：「明主訪賢逸，雲泉今已空。」劉禹錫《思歸寄山中友人》：「蕭條對秋色，相憶在雲泉。」白居易《自題寫真》：「宜當早罷去，收取雲泉身。」舊雲泉：應指舊隱之地。皮日休曾隱居襄陽鹿門山，參卷一（詩三）注〔一〇〕。緣于此，少夷峰在襄陽歟？俟考。

藥名離合夏日即事三首〔一〕

龜蒙

乘屐著來幽砌滑①〔二〕，石罌煎得遠泉甘〔三〕。草堂祇待新秋景②〔四〕，天色微涼酒半

酣〔五〕。　（詩六五三）

【校記】

①「著」汲古閣本、四庫本、陸詩甲本作「着」。　②「衹」陸詩丙本作「柢」。

【注釋】

〔一〕此組三首詩當作於咸通十一年（八七〇）夏。藥名離合：離合雜體詩的一種。所離合之字組成藥名。其離合方法，正如明徐師曾《文體明辨序説・離合詩》云：「按離合詩有四體：……其四，不離偏旁，但以一物二字離於一句之首尾，而首尾相續爲一物，如縣名、藥名離合是也。」即將一個名詞的兩個字分别用於相鄰兩句詩的首尾，然後再將二字聚合在一起，就是原本的名物。與魏、晉以來將一個字的偏旁部首分拆開來，然後再組成字的離合方法不同。此法爲陸龜蒙所創造，皮日休隨之唱和。此組詩離合而成的是藥名，故稱藥名離合。藥名詩，參本卷（序二〇）注〔四二〕。夏日即事：謂就夏天的眼前景物作詩，故詩的內容則是身邊的景象和情事。此詩第一二句、第二三句、第三四句首尾字，分别離合成「滑石」、「甘草」、「景天」三種藥名。

〔二〕乘屐：穿上木屐。著來：穿着。來，助詞。穿木屐，用謝靈運事。參卷一（詩一一）注〔四二〕。幽砌：僻静的臺階。

〔三〕石罌（yīng）：陶制瓦器。《説文・缶部》：「罌，缶也。」段玉裁《説文解字注》：「罌，缶器之大者。」《玉篇・缶部》：「罌，瓦器也。」此指煎茶的瓦器。遠泉甘：遠處甘甜的泉水。唐人認爲煮茶最好的水是山泉。陸羽《茶經》（卷下）：「其水，用山水上，江水次，井水下。其山水，揀乳泉、石池慢流者上。」

〔四〕祇待：只待，直待。

〔五〕天色：猶天氣。

【箋評】

予於東圃作草堂，欲采唐人詩句書之壁而未暇也，姑録之于此。杜公云「西郊向草堂」，「昔我去草堂」，「草堂少花今欲栽」，「草堂塹西無樹林」。白公有《别草堂三絶句》，又云：「身出草堂心不出。」劉夢得《傷愚溪》云：「草堂無主燕飛回。」元微之《和裴校書》云：「清江見底草堂在。」錢起有《暮春歸故山草堂詩》，又云：「暗歸草堂静，半入花源去。」朱慶餘「稱著朱衣入草堂」，李涉「草堂曾與雪爲鄰」，顧況「不作草堂招遠客」，郎士元「草堂竹徑在何處」，張籍「草堂雪夜携琴宿」，又云：「西峰月猶在，遥憶草堂前。」武元衡「多君能寂寞，共作草堂游。」陸龜蒙「草堂祇待新秋景」，又云：「草堂盡日留僧坐。」司空圖「草堂舊隱猶招我」，韋莊「今來空訝草堂新」，子蘭「策杖吟詩上草堂」。皎然有《題湖上草堂》云：「山居不買剡中山，湖上千峰處處閑。芳草白雲留我住，世人何事得相關。」（洪邁《容齋隨筆》五筆卷十《唐人草堂詩句》）

《西清詩話》云：「藥名詩起自陳亞，非也。東漢已有離合體，至唐始著藥名之號。如張籍《答鄱陽客》詩云：『江皋歲暮相逢地，黄葉霜前半夏枝。子夜吟詩向松桂，心中萬事豈君知』是也。」僕謂此説亦未深考。不知此體已著於六朝，非起於唐也。當時如王融、梁簡文、元帝、庾肩吾、沈約、竟陵王皆有。至唐而是體盛行，如盧受采、權、張、皮、陸之徒多有之。吴曾《漫録》謂藥名詩，庾肩吾、沈約亦各有一者，非始於唐，所見亦未廣也。本朝如錢穆父、黄山谷之輩，亦多此作。（王楙《野客叢書》卷十七《藥名詩》）

權文公多用州縣、日辰之類爲詩，近見人亦有爲藥名詩者，如訶子、縮砂等語，不惟直致，兼是假借，大不工耳。里人史思遠善詩，用藥名則析而用之，如《夜坐》句曰：「坐來夜半天河轉，挑盡寒燈心自知。」此乃魯望離合格也。（王得臣《塵史》卷中《詩話》）

二①〔一〕

避暑最須從朴野②〔二〕，葛巾筠席更相當〔三〕。歸來又好乘凉釣，藤蔓陰陰著雨香③〔四〕。

（詩六五五四）

【校記】

①汲古閣本、四庫本無「二」。　②「最須」類苑本作「醉眠」。　③「著」陸詩甲本作「着」。

【注釋】

〔一〕此詩第一二句、第二三句、第三四句首尾字，分别離合成「野葛」、「當歸」、「釣藤」三種藥名。

〔二〕從：任隨。朴野：質朴。晉葛洪《抱朴子·内篇·勤求》：「然末俗通弊，不崇真信，背典誥而治子書，若不吐反理之巧辨者，則謂之朴野，非老、莊之學。」

〔三〕葛巾：以粗糙的葛布製成的頭巾。古代隱士、學道者常著之物。《宋書》（卷九三）《陶潛傳》：「郡將候潛，值其酒熟，取頭上葛巾漉酒，畢，還復著之。」《神仙傳》（卷八）《左慈》：「及爾，一市中人皆眇一目，葛巾單衣，竟不能分。」筠席：竹席。更相當：最相當，最爲相適宜。

〔四〕藤蔓：女蘿、薜荔等蔓生植物。陰陰：幽暗貌。此指藤蔓生長得茂密成蔭。著雨香：謂沾上雨水的藤蔓散發出清新的香氣。

【箋評】

迴文有三體：有如蘇若蘭《璇璣圖》，縱横反復成章者；有如梁元帝《後園》詩，全首順逆讀之者；有如梁簡文《咏雪》，先直下二句，後二句倒讀者。離合亦有三體：其一如「魯國孔融文舉」、「思楊容姬難堪」，離一字偏旁爲二句、四句或六句合成一字也；其一如陸龜蒙《松閒斟》云：「子山園静憐幽木，公幹詞清咏葦門。月上風微瀟灑甚，斗醪何惜置盈樽。」離合一字偏旁於每句之首尾，木公「松」字，門月「閒」字，甚斗「斟」字也；又小變之，不離拆字形，但以一物二字離於一句之首尾，首尾又自相續，如陸龜蒙《夏日藥名》云：「避暑最須從朴野，葛巾筠席更相當。歸來又好垂凉釣，藤蔓陰陰着雨香。」「野葛」、「當歸」、「釣藤」是也。（馮復京《説詩補遺》卷一）

《本草》：「釣藤有刺若釣鈎，亦名吊藤。」陸魯望《藥名離合夏日即事》詩有云：「歸來又好乘凉

釣，藤蔓陰陰著雨香。」今醫家通呼爲「鈎藤」，無有知爲「釣藤」者矣。（盧文弨《鍾山札記》卷一《釣藤》）

三①〔一〕

窗外曉簾還自卷②，柏烟蘭露思晴空〔二〕。青箱有意終須續〔三〕，斷簡遺編一半通〔四〕。

（詩六五五）

【校記】

①汲古閣本、四庫本無「三」。②「卷」陸詩丙本作「春」。

【注釋】

〔一〕此詩第一二句、第二三句、第三四句首尾字，分别離合成「卷柏」、「空青」、「續斷」三種藥名。

〔二〕柏烟蘭露：松柏籠罩在烟霧中，蘭草上沾滿露水。一種夏天的幽静景色。

〔三〕青箱：本是收藏書籍的小箱子，此指書籍而言。《宋書》（卷六〇）《王准之傳》：「曾祖彪之……博聞多識，練悉朝儀，自是家世相傳，并諳江左舊事，緘之青箱，世人謂之『王氏青箱學』。」終須：終當，應當。

〔四〕斷簡遺編：泛指古代典籍。斷簡，斷裂損壞的書籍。遺編：前人遺留下來的書籍。簡，古時書寫文字的竹片或木片。編，穿簡成册的皮條或繩子。簡、編，即指書籍。

【箋評】

藥名詩創於梁簡文帝。唐張籍《答鄱陽客》詩云：「江皋歲暮相逢地，黄葉霜前半夏枝。」可謂入妙。然本朝曹顧庵《南溪詞》有「遠山平仲緑，幽徑寄奴青」之句，至萬紅友製藥名藏頭詞，賦《續斷令》（即《百字令》），陸魯望《藥名離合詩》：「青箱有意終須續，斷簡遺篇一半通。」詞調實本於此。），精巧絶倫。然陳瑩中詞有《世間藥院》一闋，陳亞有《生查子》三闋，則宋人已導其源矣。（張德瀛《詞徵》卷六《藥名詩詞》）

奉　和〔一〕

日休

季春人病抛芳杜①〔二〕，仲夏溪波遶壞垣〔三〕。衣典濁醪身倚桂〔四〕，心中無事到雲昏〔五〕。

（詩六五六八）

【校記】

①「抛」類苑本作「抱」。「杜」弘治本作「社」。

【注釋】

〔一〕此三首詩也是藥名離合，方法也與陸龜蒙原唱相同。第一首詩第一二句、第二三句、第三四句首尾字，分別離合成「杜仲」、「垣衣」、「桂心」三種藥名。

〔二〕季春：春天最後一個月，農曆三月。《禮記・月令》：「季春之月，日在胃，昏七星中，旦牽牛中。」芳杜：芳香的杜蘅。杜蘅是一種香草。《楚辭・離騷》：「畦留夷與揭車兮，雜杜衡與芳芷。」王逸注：「杜衡、芳芷，皆香草也。」

〔三〕仲夏：夏天第二個月，農曆五月。《禮記・月令》：「仲夏之月，日在東井，昏亢中，旦危中。」壞垣：殘破的庭院圍墻。

〔四〕衣典濁醪：典當衣服買酒。濁醪，濁酒，實爲泛指酒。杜甫《曲江二首》（其二）：「朝回日日典春衣，每日江頭盡醉歸。」身倚桂：身子斜靠在桂樹上，顯現清高脱俗的隱逸閑適之情。《楚辭・招隱士》：「桂樹叢生兮山之幽，偃蹇連蜷兮枝相繚。……攀援桂枝兮聊淹留。」

〔五〕無事：閑散逍遥。杜荀鶴《題道林寺》：「萬般不及僧無事，共水將山過一生。」雲昏：雲霧迷漫的黄昏。

二①〔一〕

數曲急溪衝細竹〔二〕，葉舟來往盡能通〔三〕。草香石冷無辭遠，志在天台一遇中〔四〕。

（詩六五七）

【校記】

①汲古閣本、四庫本、季寫本無「二」。

【注釋】

〔一〕此詩第一二句、第二三句、第三四句首尾字，分别離合成「竹葉」、「通草」、「遠志」三種藥名。

〔二〕數曲：幾個彎曲處。形容小溪蜿蜒曲折。《爾雅·釋水》：「河出崑崙虚，色白。所渠并千七百，一川色黄。百里一小曲，千里一曲一直。」《藝文類聚》（卷八）引《物理論》曰：「河色黄赤。衆川之流，蓋濁之也。百里一小曲，千里一大曲一直。」急溪：流水湍急的小溪。

〔三〕葉舟：小船。猶如一片葉子，故云。《北堂書鈔》（卷一三七）：「《湘州記》云：『繞川行舟，遥望若一樹葉。』」隋薛道衡《敬酬楊僕射山齋獨坐詩》：「葉舟旦旦浮，驚波夜夜流。」唐韓愈《湘中酬張十一功曹》：「休垂絶徼千行淚，共泛清湘一葉舟。」

〔四〕天台：天台山。參卷六（詩三三三）注〔一〕。天台一遇：用劉晨、阮肇在天台山艷遇仙女事。參卷七（詩四三七）注〔五〕。

三①〔一〕

桂葉似茸含露紫②〔二〕，葛花如綬蘸溪黄〔三〕。連雲更入幽深地〔四〕，骨録閑携相獵郎③〔五〕。　（詩六五八）

【校記】

①汲古閣本、季寫本無「三」。　②「桂」項刻本作「挂」。　③「獵」類苑本作「蠟」。

【注釋】

〔一〕此詩第一二句、第二三句、第三四句首尾字，分别離合成「紫葛」、「黄連」、「地骨」三種藥名。

〔二〕桂葉似茸：桂樹葉好像初生的草一樣柔軟蓬松。《説文·艸部》：「茸，草茸茸貌。」含露紫：紫色的丹桂沾着露水。此「紫」字當指丹桂而言。嵇含《南方草木狀》（卷中）：「桂有三種：葉如柏葉，皮赤者，爲丹桂；葉似柿葉者，爲菌桂；其葉似枇杷葉者，爲牡桂。」

〔三〕葛花如綬：形容蔓生的葛藤上開出黄花，猶如是繫官印的黄色綬帶。《漢書》（卷八三）《朱博傳》：「（朱博）使從事明敕告吏民：『欲言縣丞尉者，刺史不察黄綬，各自詣郡。』」顔師古注：「丞尉職卑，皆黄綬。」

〔四〕幽深：幽僻深邃。《周易·繫辭上》：「無有遠近幽深，遂知來物。」

〔五〕骨録：記載仙人的名籍。參卷九（詩五九四）注〔三〕。相獵郎：看狩獵人有無仙人的骨相。獵郎，本官名，此指山中獵人，實喻隱士。《魏書》（卷一一三）《官氏志》：「（天賜二年）置散騎郎，獵郎。」又（卷三〇）《周幾傳》：「幾少以善騎射，爲獵郎。」

懷錫山藥名離合二首〔一〕

日休

暗竇養泉容決決〔二〕，明園護桂放亭亭〔三〕。歷山居處當天半〔四〕，夏裏松風盡足聽①〔五〕。

（詩六五九）

【校記】

①「盡」項刻本作「儘」。

【注釋】

〔一〕此組兩首詩當作於咸通十一年（八七〇）夏。懷錫山：是此二詩的主旨，思念錫山的生活情趣，也就是隱逸之情。錫山，山名，在今江蘇省無錫市西。《讀史方輿紀要》（卷二五）《南直七》：「常州府無錫縣，（慧山）山之東麓出泉，曰慧山泉，陸羽品爲天下第二泉。其東一峰，謂之錫山。」又云：「錫山，亦在縣西五里，與慧山連麓而别爲一峰，相傳縣之主山也。周、秦間，山産鉛錫。古語云：『有錫争，無錫寧。』漢因以無錫名縣。」藥名離合：是此二詩的寫作方式。具體方法與陸龜蒙《藥名離合夏日即事》相同，參本卷（詩六五三）注〔二〕。此詩第一二句、第二三句、第三四句首尾字，分别離合成「決明」、「亭歷」、「半夏」三種藥名。

〔二〕暗竇：暗洞。養泉：生出泉水。指慧山泉（第二泉）。養，培植，助長。容決決：流水的容態。決決：水流貌。《廣雅》（卷六上）《釋訓》：「決決，流也。」盧綸《山店》：「登登山路行時盡，決決溪泉到處聞。」韋應物《縣齋》：「決決水泉動，忻忻衆鳥鳴。」

〔三〕明園：疏朗的園圃。當非專名。放亭亭：使其美好明麗。亭亭：美好貌。放：張相《詩詞曲語辭匯釋》（卷一）：「放，猶教也；使也。」又云：「放，猶有也；具也。」

〔四〕歷山：無錫的山名。《讀史方輿紀要》（卷二五）《南直七》：「常州府無錫縣，《輿地志》：『歷山西北有范蠡城，蠡伐吴時築。亦謂之斗城，故址猶存。』今歷山在縣西北二十里，其西即故斗城云。」居處：居住的處所。當：對。天半：半空中。指高空。

〔五〕盡足聽：隨意地盡情聆聽。張相《詩詞曲語辭匯釋》（卷一）：「盡，猶儘也；任也。」聽松風，當用陶弘景事。參卷九（詩六〇八）注〔四〕。

二①〔一〕

曉景半和山氣白〔二〕，薇香清净雜纖雲②〔三〕。實頭事是眠平石③〔四〕，腦側空林看鹿群〔五〕。

（詩六六〇）

【校記】

①汲古閣本、四庫本、季寫本無「二」。②「薇」項刻本、萬絶本作「微」。③「事」弘治本、汲古閣

本、四庫本、項刻本、統籤本、類苑本、季寫本、全唐詩本作「自」，季寫本、全唐詩本注：「一作事。」

【注釋】

〔一〕此詩第一二句、第二三句、第三四句首尾字，分別離合成「白薇」、「雲實」、「石腦」三種藥名。

〔二〕半和：混和在一起，融匯在一起。山氣：山間的景象。《楚辭·招隱士》：「山氣巃嵸兮石嵯峨，谿谷嶄巖兮水曾波。」陶淵明《飲酒二十首》（其五）：「山氣日夕佳，飛鳥相與還。」

〔三〕薇香：薔薇的清香氣息。清净：清新潔净。纖雲：淡淡的白雲。《文選》（卷二九）傅玄《雜詩》：「纖雲時髣髴，渥露沾我裳。」李善注：「曹植《魏德論》曰：『纖雲不形，陽光赫戲。』」

〔四〕實頭：枕着頭。眠平石：睡在平坦的石頭上。古代常用石枕、石床以示隱逸山野林泉。曹操《秋胡行》：「遨游八極，枕石漱流飲泉。」《三國志·蜀書·彭羕傳》：「伏見處士綿竹秦宓，膺山甫之德，履雋生之直，枕石漱流，吟咏緼袍。偃息於仁義之途，恬惔於浩然之域。」劉長卿《望龍山懷道士許法稜》：「朝入青霄禮玉堂，夜掃白雲眠石床。」

〔五〕腦側：側過頭來。看鹿群：古代隱士和學道者以養鹿、乘鹿示超脱世俗，故此詩如此説，有企向隱逸之意。《神仙傳》（卷二）《衛叔卿》：「忽有一人，乘浮雲，駕白鹿，集於殿前，帝驚問之爲誰？曰：『我中山衛叔卿也。』」《雲笈七籤》（卷一〇五）《清靈真人裴君傳》：「至三月，奄有仙人騎白鹿，從玉童玉女各七人，從天中來下在庭中，他人莫之見。」《藝文類聚》（卷九五）引《三輔决録》：「辛繕字公文。少治《春秋》《詩》《易》。隱居弘農華陰，弟子受業者六百餘人。」

所居旁有白鹿，甚馴，不畏人。」

奉　和〔一〕

龜蒙

鶴伴前溪栽白杏①〔二〕，人來陰洞寫枯松②〔三〕。蘿深境静日欲落〔四〕，石上未眠聞遠鍾③。

（詩六六一）

【校記】

①「栽」原作「裁」，據弘治本、汲古閣本、詩瘦閣本、四庫本、陸詩甲本、陸詩丙本、統籤本、類苑本、季寫本、全唐詩本改。　②「枯松」陸詩丙本作「松枯」。　③「鍾」汲古閣本、詩瘦閣本、陸詩甲本、陸詩丙本、統籤本、類苑本、季寫本、全唐詩本作「鐘」。

【注釋】

〔一〕此詩第一二句、第二三句、第三四句首尾字，分别離合成「杏人（仁）」、「松蘿」、「落石」三種藥名。

〔二〕鶴伴：以鶴爲伴，是古代隱士、學道者的常見現象。如在《列仙傳》中，「（王子喬）乘白鶴駐山頭」（《王子喬》）。蕭史「能致孔雀、白鶴於庭」（《蕭史》）。祝鷄翁「後升吴山，白鶴、孔雀數百，常止其旁」（《祝鷄翁》）。白杏：古代神仙家常食杏，故杏爲仙物。專言白杏，亦與隱士、神仙家崇尚潔净有關。《神仙傳》（卷一〇）《董奉》：「又君異（按董奉字）居山間爲人治病，不取錢物，使人重病愈者，使栽杏五株，輕者一株。如此數年，計得十萬餘株，鬱然成林。而山中百蟲群獸遊戲杏下，竟不生草，有如耘治也。」《藝文類聚》（卷八七）引《述異記》曰：「杏園洲，在南海中。多杏，云仙人種杏處。漢時嘗有人舟行遇風，泊此洲五六月，日食杏，故免死。又云洲中有冬杏。」

〔三〕陰洞：幽僻的洞穴。即道教神仙家洞宫。《真誥》（卷一一）：「（左元放）乃得其門入洞虚、造陰宫，三君亦授以神芝三種。元放周旋洞宫之内經年。」寫：畫也。

〔四〕蘿：女蘿，即兔絲，蔓生植物。詩文中寫女蘿，往往指隱士的居處。蘿深，謂山深林密，草木茂盛。《楚辭·九歌·山鬼》：「若有人兮山之阿，被薜荔兮帶女羅。」王逸注：「女羅，兔絲也。」

二①〔一〕

佳句成來誰不伏〔二〕，神丹偷去亦須防〔三〕。風前莫怪携詩藁，本是吴吟蕩槳郎②〔四〕。

（詩六六二）

【校記】

①汲古閣本、四庫本無「二」。　②「槳」陸詩丙本、類苑本作「漿」。

【注釋】

〔一〕此詩第一二句、第二三句、第三四句首尾字，分別離合成「伏神」、「防風」、「藁本」三種藥名。

〔二〕佳句：此句謂寫出佳句，爲人所佩服。《南史》（卷五五）《曹景宗傳》：「景宗振旅凱入，帝於華光殿宴飲連句，令左僕射沈約賦韻。景宗不得韻，意色不平，啓求賦詩。帝曰：『卿伎能甚多，人才英拔，何必止在一詩。』景宗已醉，求作不已。詔令約賦韻。時韻已盡，唯餘『競』、『病』二字。景宗便操筆，斯須而成。其辭曰：『去時兒女悲，歸來笳鼓競。借問行路人，何如霍去病。』帝嘆不已。約及朝賢驚嗟竟日。」

〔三〕神丹：道家的丹藥。《抱朴子·内篇·金丹》：「復有太清神丹，其法出於元君。元君者，老子之師也。」偷神丹當是活用嫦娥偷靈藥事。《淮南子·覽冥訓》：「譬若羿請不死之藥於西王母，姮娥竊以奔月。悵然有喪，無以續之。」

〔四〕吴吟：吴曲，吴歌。指吴地民歌。《戰國策·秦策二》：「左右曰：『臣不知其思與不思，誠思，則將吴吟。』今軫將爲王吴吟。」東漢高誘注、宋姚宏續注：「吟，歌吟也。」蕩槳郎：劃船的船夫。指漁夫，喻隱士，此處陸龜蒙自喻。蕩槳，猶蕩舟，摇船。《論語·憲問》：「南宫適問於孔子曰：『羿善射，奡蕩舟，俱不得其死然。』」劉禹錫《采菱行》：「蕩舟游女滿中央，采菱不顧馬上郎。」

懷鹿門縣名離合二首〔一〕

日休

山瘦更培秋後桂〔二〕，溪澄閑數晚來魚〔三〕。臺前過雁盈千百〔四〕，泉石無情不寄書〔五〕。

（詩六六三）

【注釋】

〔一〕此二首詩當作於咸通十一年（八七〇）秋。懷鹿門：思念鹿門山。皮日休曾在此隱居，故云。參卷一（詩三）注〔三〇〕。縣名離合：將縣名二字拆開，置於上下兩句詩的首尾，湊合起來就是原來的縣名。其具體方法與上面的藥名離合相同。參本卷（詩六五三）注〔一〕。此詩第一二句、第二三句、第三四句首尾字，離合成「桂溪」、「魚臺」、「百泉」三個縣名。

〔二〕山瘦句：謂山石嶙峋，更顯示秋天桂樹的挺拔高潔。寫山中桂樹，往往與隱逸之情有關。《楚辭·招隱士》：「桂樹叢生兮山之幽，偃蹇連蜷兮枝相繚。」「攀援桂枝兮聊淹留。」

〔三〕溪澄數魚：可見溪水清澈見底。《水經注》（卷三十七）《夷水》：「其水虛映，俯視游魚，如乘空也。」閑數魚：形容閒適生活，其意趣與莊子濠上觀魚相同。《莊子·秋水》：「莊子與惠子遊於濠梁之上。莊子曰：『儵魚出遊從容，是魚之樂也。』」

〔四〕過雁：飛過的大雁，正可以觸發懷歸之思。隋薛道衡《人日思歸詩》：「人歸落雁後，思發在花前。」情境相同。

〔五〕泉石：指鹿門山的山石泉水。不寄書：謂没有舊隱之地鹿門山的書信寄來。呼應詩題「懷鹿門」，又關合第二句「魚」、第三句「雁」，活用魚傳尺素、雁足傳書的故事。《文選》（卷二七）樂府古辭《飲馬長城窟行》：「客從遠方來，遺我雙鯉魚。呼兒烹鯉魚，中有尺素書。」《漢書》（卷五四）《蘇武傳》：「（常惠）教使者謂單于，言天子射上林中，得雁，足有係帛書，言武等在某澤中。使者大喜，如惠語以讓單于。單于視左右而驚，謝漢使曰：『武等實在。』」

【箋評】

詩其昉於邈古之世乎？……皮、陸《鹿門》諸章，往往超勝。……此原集所以繫詞於詩後也，爲之約略其源流如此。（徐師曾《詩體明辯》卷首録沈騏《〈詩體明辯〉序》）

二①〔一〕

十里松蘿陰亂石〔二〕，門前幽事雨來新〔三〕。野霜濃處憐殘菊〔四〕，潭上花開不見人②〔五〕。

（詩六六八四）

【校記】

①汲古閣本、四庫本、季寫本無「二」。　②「開」萬絶本作「閑」。

【注釋】

〔一〕此詩第一二句、第二三句、第三四句首尾字，離合成「石門」、「新野」、「菊潭」三個縣名。

〔二〕松蘿：即女蘿，藤蔓類植物，附着於松樹或其他樹上生長，也有倚石而生。《詩經・小雅・頍弁》：「蔦與女蘿，施于松柏。」《毛傳》：「女蘿、菟絲，松蘿也。」李嶠《劉侍讀見和山邸篇什，重申此贈》：「檐迥松蘿映，窗高石鏡臨。」岑參《上嘉州青衣山中峰，題惠净上人幽居，寄兵部楊郎中》：「猿鳥樂鐘磬，松蘿泛天香。」陰：此作動詞用，遮蔽義，謂遮掩成陰。

〔三〕幽事：幽雅清新的景色。杜甫《秦州雜詩二十首》（其九）：「稠叠多幽事，喧呼閲使星。」雨來新：雨後更加清新美麗。王維《送元二使安西》：「渭城朝雨裛輕塵，客舍青青柳色新。」

〔四〕憐：愛，愛惜。

〔五〕花開不見人：所指爲菊花，故當是活用陶淵明事，謂無人送酒也。《宋書》（卷九三）《陶潛傳》：「嘗九月九日無酒，出宅邊菊叢中坐久，值（王）弘送酒至，即便就酌，醉而後歸。」亦可理解爲菊花已開，而自己却未歸去，呼應題目「懷鹿門」之意。

奉和〔一〕

龜蒙

雲容覆枕無非白①〔二〕，水色侵磯直是藍〔三〕。田種紫芝餐可壽②〔四〕，春來何事戀江南〔五〕。

（詩六六五）

【校記】

①「容」陸詩丙本作「客」。　②「田」陸詩丙本作「曰」。

【注釋】

〔一〕此組兩首詩，奉和皮日休原唱，在題旨上承其「懷鹿門」之意，抒寫隱逸情懷。離合方法也完全相同。此詩第一二句、第二三句、第三四句首尾字，離合成「白水」、「藍田」、「壽春」三個縣名。

〔二〕雲容句：謂隱士與山中的白雲共處在一起。古人常以舒卷自如的雲喻閒適的隱士。陶淵明《歸去來兮辭》：「雲無心以出岫，鳥倦飛而知還。」陶弘景《詔問山中何所有賦詩以答》：「山中何所有？嶺上多白雲。只可自怡悦，不堪持贈君。」

〔三〕侵磯：臨磯，到石磯。磯，凸兀於水邊的大磐石稱作磯。直是：真是，完全是。

〔四〕紫芝：又名木芝，似靈芝。古人以爲是瑞草，道家認爲服食可以益壽。《文選》（卷一一）孫綽《遊天台山賦》：「八桂森挺以凌霜，五芝含秀而晨敷。」李善注：「《神農本草經》曰：『赤芝一名丹芝，黄芝一名金芝，白芝一名玉芝，黑芝一名玄芝，紫芝一名木芝。』」宋唐慎微《證類本草》（卷六）：「紫芝，味甘温，主耳聾，利關節，保神，益精氣，堅筋骨，好顏色。久服輕身，不老延年。一名木芝。」種芝田：《海内十洲記》：「（方丈洲）群仙不欲升天者，皆往來此洲，受太玄生籙，仙家數十萬。耕田種芝草，課計頃畝，如種稻狀。」《文選》（卷一九）曹植《洛神賦》：「爾乃税駕乎蘅皋，秣駟乎芝田。」晉王嘉《拾遺記》（卷一〇）《崑崙山》：「第九層，山形漸小狹，下有芝田、蕙圃，皆數百頃，群仙種耨焉。」

〔五〕何事：爲何。江南：指長江下游的江南地區。此詩即指蘇州。《文選》（卷二八）謝朓《鼓吹曲》：「江南佳麗地，金陵帝王州。」李善注：「《爾雅》曰：『江南曰揚州。』」

二①〔一〕

竹溪深處猿同宿〔二〕，松閣秋來客共登②〔三〕。封逕古苔侵石鹿〔四〕，城中誰解訪山僧〔五〕。

（詩六六六）

【校記】

①汲古閣本、四庫本無「二」。　②「閣」萬絕本作「閤」。

【注釋】

〔一〕此詩第一二句、第二三句、第三四句首尾字，離合成「宿松」、「登封」、「鹿城」三個縣名。

〔二〕猿同宿：隱士在竹溪深處與猿猴同宿，謂其與異類已無嫌猜，慣於山中隱逸生活。《文選》（卷四四）孔稚珪《北山移文》：「蕙帳空兮夜鵠怨，山人去兮曉猿驚。」此詩反其意。

〔三〕客共登：與客人共登松閣，欣賞山景，亦謂其樂於閑適生活。

〔四〕封逕：封蓋了山間小路。古苔：多年累積下來的蘚苔。石鹿：指鹿門山上的二石鹿。參卷一

（詩三）注〔三〕。

〔五〕城中：城中人。指世俗中人。誰解：誰能，誰會。謂不能、不會也。

寒日古人名一絶①〔一〕

龜蒙

初寒朗咏徘徊立②〔二〕，欲謝玄關早晚開③〔三〕。昨日登樓望江色④〔四〕，魚梁鴻雁幾多來〔五〕。（詩六六六七）

【校記】

①統籤本、類苑本、季寫本、全唐詩本無「一絶」。②「徘徊」四庫本、全唐詩本作「裵回」。③「玄」原缺末筆，避宋太祖始祖趙玄朗諱。④「日」類苑本作「夜」。「江」陸詩丙本作「秋」。

【注釋】

〔一〕此詩當作於咸通十一年（八七〇）秋末。寒日：寒冷時節的情景。本詩主旨所在。古人名：雜體詩一種，其方法是在詩句中自然地嵌入古代的人名。陸龜蒙、皮日休唱和創作了人名雜體詩，但皮氏《雜體詩序》并未將其列目，專列其名目的，主要有宋嚴羽《滄浪詩話》、吕祖謙《宋文鑑》、明徐師曾《文體明辨》。《滄浪詩話·詩體》：「論雜體，則有風人……至於建除、字謎、人名……州名之詩，只成戲謔，不足法也。」《文體明辨序説·雜名詩》：「按詩有用建除名者……有用古人名者……古集所載，僅見數端。」現存《古人名詩》，當以唐權德輿較早。其詩云：「藩宣秉戎寄，衡石崇勢位。年紀信不留，弛張良自愧。……從此直不疑，支離疏世事。」

〔二〕寒朗：東漢人。《後漢書》（卷四一）《寒朗傳》：「寒朗字伯奇，魯國薛人也。……及長，好經學，博通書傳，以《尚書》教授。舉孝廉。」朗咏：高聲吟誦。《文選》（卷一一）孫綽《遊天台山賦》：「凝思幽巖，朗咏長川。」

〔三〕謝玄：東晋人，指揮肥水大戰，取得勝利。《晋書》（卷七九）《謝玄傳》：「玄字幼度。少穎悟，與從兄朗俱爲叔父安所器重。」玄關：門户。《文選》（卷五九）王屮《頭陀寺碑文》：「於是玄關幽揵，感而遂通。」李善注：「玄關幽揵，喻法藏也。謝靈運《金剛般若經注》曰：『玄關難啓，善揵易開。』」欲謝：將語，將讓。張相《詩詞曲語辭匯釋》（卷五）：「謝，猶讓也。」又云：「謝，猶語也。」早晚：何日。張相《詩詞曲語辭匯釋》（卷六）：「早晚，猶云何日也，此多指將來而言。」

〔四〕樓望：東漢人。《後漢書》（卷七九下）《樓望傳》：「樓望字次子，陳留雍丘人也。少習《嚴氏春秋》。操節清白，有稱鄉閭。……教授不倦，世稱儒宗，諸生著録九千餘人。」江色：江上的景象物色。

〔五〕魚梁：一種捕魚設施。參卷四（序六）注〔三〕。梁鴻：東漢人，著名隱士。生平事迹參《後漢書》（卷八三）《梁鴻傳》。參卷五（詩二三六）注〔六〕。鴻雁：大雁。《詩經·小雅·鴻雁》：「鴻雁于飛，肅肅其羽。」幾多：多少。幾，何。張相《詩詞曲語辭匯釋》（卷一）：「幾，猶何也；那也；怎也。」

【箋評】

《石林詩話》曰：「荆公詩：『莫嫌柳渾青，終恨李太白。』以古人姓名藏句中。或謂前無此體，自公始見。余讀《權德輿集》，見其一篇，知德輿有此體。」僕謂此體其源流亦出於六朝，至唐而著。不但德輿也，如皮日休、陸龜蒙等皆有此作。（王楙《野客叢書》卷十七《古人名詩》）

奉和

日休

北顧歡遊悲沈宋（原注：梁武改爲北顧①。）〔一〕，南徐陵寢嘆齊梁②〔二〕。水邊韶景無窮柳〔三〕，寒被江淹一半黄③〔四〕。（詩六六八）

【校記】

①類苑本無此注語。②「嘆」項刻本作「難」。③「寒」類苑本作「色」。

【注釋】

〔一〕北顧：北顧山。一作北固山。在今江蘇省鎮江市。《元和郡縣圖志》（卷二五）《江南道一》：

「潤州丹徒縣，北固山，在縣北一里。下臨長江，其勢險固，因以爲名。蔡謨、謝安作鎮，并於山上作府庫，儲軍實。宋高祖云：『作鎮作固，誠有其緒。然北望海口，實爲壯觀。以理而推，固宜爲顧。』江今闊一十八里，春秋朔望有奔濤。魏文帝東征孫氏，臨江嘆曰：『固天所以限南北也。』」《梁書》（卷三）《武帝紀下》：「（大同十年三月）己酉，幸京口城北固樓，改名北顧。」顧歡：字景怡。南朝宋、齊間文人、學者。生平事迹參《南齊書》（卷五四）、《南史》（卷七五）本傳。沈宋：當指沈約、宋玉。沈約，南朝齊、梁間詩人、史學家。生平事迹參《宋書》（卷一〇〇）《自序》《梁書》（卷一三）、《南史》（卷五七）本傳。宋玉，戰國時楚人，辭賦家，屈原弟子，并稱「屈宋」。生平事迹散見於《史記》（卷八四）《屈原賈生列傳》《韓詩外傳》《新序》《襄陽耆舊傳》等書。梁武：蕭衍，字叔達，南朝梁開國皇帝，也是齊、梁重要詩人，史稱「梁武帝」。生平事迹參《梁書》（卷一—三）、《南史》（卷六—七）本紀。

〔二〕南徐：南徐州，南朝僑郡，治所在潤州（今江蘇省鎮江市）。《元和郡縣圖志》（卷二五）《江南道一》：「潤州……即吴時或稱京城，或稱徐陵，或稱丹徒，其實一也。……晉咸和中，郗鑒自廣陵鎮於此，爲僑徐州理所。昇平二年，徐州刺史北鎮下邳，京口常有留局。後徐州寄理建業，又爲南兖州，後又爲南徐州。」徐陵：字孝穆。南朝陳詩人、駢文家。生平事迹參《陳書》（卷二六）、《南史》（卷六二）本傳。陵寢：古代帝王陵墓的宫殿寢廟，即指帝王陵墓。齊梁：南朝的兩個朝代名。齊代（四八〇—五〇二），梁代（五〇三—五五七）。齊、梁二代的帝王陵寢，多在丹陽（今江蘇省市名）。丹陽在唐代屬潤州，故詩云「南徐陵寢」。

〔三〕邊韶：東漢文人、學者。《後漢書》（卷八〇上）《邊韶傳》：「邊韶字孝先，陳留浚儀人也。以文章知名，教授數百人。」韶景：美好的景色。唐盧綸《送從叔牧永州》：「彼方韶景無時節，山水諸花恣開發。」

〔四〕江淹：字文通。南朝齊、梁間詩人、辭賦家。生平事迹參《梁書》（卷一四）、《南史》（卷五九）本傳。被江：遮掩在江面上。

胥口即事六言二首①〔一〕

日休

波光杳杳不極〔二〕，霽景澹澹初斜〔三〕。黑蛺蝶粘蓮蕊〔四〕，紅蜻蜓裊菱花〔五〕。鴛鴦一處兩處〔六〕，舴艋三家五家〔七〕。會把酒舡隈荻②〔八〕，共君作（原注：去③。）箇生涯〔九〕。（詩六六九）

【校記】

①「口」項刻本作「中」。　②「舡」弘治本、汲古閣本、詩瘦閣本、四庫本、皮詩本、類苑本、季寫本、全唐詩本作「船」。「隈」四庫本、全唐詩本作「偎」。　③「去」後詩瘦閣本、統籤本有二「聲」，類苑本、

季寫本、全唐詩本無「去」。

【注釋】

〔一〕此二詩當作於咸通十一年（八七〇）夏。胥口：地名，在今江蘇省蘇州市太湖邊。宋朱長文《吴郡圖經續記》（卷下）：「胥口，在姑蘇山西北十二里，因胥山得名。」《讀史方輿紀要》（卷二四）《南直六》：「蘇州府長洲縣，石湖，在府西南二十里。……《志》云：太湖自三江導流而外，其支流東出香山、胥山間曰胥口。又東至吴山南曰白洋灣，稍折而北匯於楞伽山下曰石湖。」六言：六言詩，雜體詩的一種體式。古代傳統詩學以四言、五言、七言結體的詩歌體裁爲正體，其餘均可視作雜體詩。唐以前六言詩屬古體，篇幅從短小的四句到比較宏大的數十句不等。到了唐代，隨着詩歌格律化，六言詩則主要以六言絶句、六言律詩爲主，其餘各體很少。此處皮、陸唱和的屬六言律詩。南朝梁任昉《文章緣起》：「三言詩，晉散騎常侍夏侯湛所作；四言詩，前漢楚王傅韋孟諫楚夷王戊詩；五言詩，李陵漢騎都尉與蘇武詩；六言詩，漢大司農谷永作。」清趙翼《陔餘叢考》（卷二三）《六言》條：「任昉云：六言始於谷永。然劉勰云：六言、七言，雜出《詩》《騷》。今按《毛詩》：『謂爾遷于王都』，『曰予未有室家』等句，已開其端，則不始於谷永矣。或谷永本此體創爲全篇，遂自成一家。」

〔二〕杳杳：幽遠渺茫貌。《楚辭·九章·哀郢》：「堯舜之抗行兮，瞭杳杳而薄天。」洪興祖補注：「杳杳，遠貌。」不極：無極，無邊無際。

〔三〕霽景：雨後天晴的麗景。澮澮：水波摇曳蕩漾貌。《文選》（卷一九）宋玉《高唐賦》：「水澮澮而盤紆兮，洪波淫淫之溶㵧。」李善注：「《説文》曰：『澮澮，水摇也。』」

〔四〕蛺（jiá）蝶：蝴蝶的一種。昆蟲名。晋崔豹《古今注·魚蟲》：「蛺蝶，一名野蛾，一名風蝶。江東呼爲撻末。色白背青者是也。其大如蝙蝠者，或黑色，或青斑，名爲鳳子，一名鳳車，一名鬼車，生江南柑橘園中。」蓮蕊：荷花的蓓蕾。

〔五〕蜻蜓：昆蟲名。晋崔豹《古今注·魚蟲》：「蜻蛉，一名青亭，一名胡蝶。色青而大者是也。小而黄者曰胡梨，一曰胡離。小而赤者曰赤卒，一名絳騶，一名赤衣使者。好集水上，亦名赤弁丈人。」裊（niǎo）：顫動。

〔六〕鴛鴦：水鳥名。参卷六（詩三四四）注〔四〕。

〔七〕舴艋：小船。《玉篇·舟部》：「舴，舴艋，小舟。」此二句可能受到北周庾信《小園賦》：「一寸二寸之魚，三竿兩竿之竹」的啓發。

〔八〕會把：應將。張相《詩詞曲語辭匯釋》（卷一）：「會，猶當也，應也。有時含有將然語氣。」酒舡（chuán）：酒船。《玉篇·舟部》：「舡，船也。」《晋書》（卷四九）《畢卓傳》：「卓嘗謂人曰：『得酒滿數百斛船，四時甘味置兩頭，右手持酒杯，左手持蟹螯，拍浮酒船中，便足了一生矣。』」隈荻（wēi dí）：隱蔽在蘆葦叢中。隈：隱蔽，作動詞用。慧琳《一切經音義》（卷五九）：「隈處：於迴反。《説文》一由反，水曲隩也。隈，隱蔽之處也。又作㢜，烏輩反。《字林》：㢜，翳也。《通俗文》：奥内曰庡。今言庡處，并是也。」柳宗元《重贈二首》（其一）：「如今試遣隈墻問，已道世人那得知。」段成式詩句：「隨樵劫猿藏，隈石覷熊緣。」杜荀鶴《途中春》：「牧童向日眠春草，漁父隈巖避晚風。」荻，多年生水生植物，與蘆葦同屬一類。

〔九〕作箇：作此。「箇」在此詩中爲指示代詞，即指上數句所寫隱逸生活狀態，故「箇」爲「此」義。生涯：生計。韓愈《方橋》：「君欲問方橋，方橋如此作。」錢仲聯《韓昌黎詩繫年集釋》引《韓詩舉正》：「唐人詩多用作爲佐音。白樂天詩：『不知楊九逢寒食，作底歡娱過此辰？』皮日休六言詩：『會把酒船隈荻，共君作箇生涯。』皆自注曰：『作，音佐。』」又引《考異》：「《廣韻》：『作，造也，將祚切。』」

【箋評】

張文濳《明道雜志》：「韓退之作《方橋》詩云：『可居兼可過』，後乃云：『方橋如此作』，是讀『作』作『佐』也。」余考唐文，不止退之。皮日休《松陵集》有《胥口即事》六言詩：「鴛鴦一處兩處，舴艋三家五家。會把酒船隈荻，共君作箇生涯。」注：「作，去音。」乃知唐以「作」音「佐」，舊矣。《廣韻》「佐」字下有「作」字，并子賀切，造也。（吴曾《能改齋漫録》卷六《事實·作音佐》）

《蔡寛夫詩話》曰：「詩人用事，有乘語意到，輒從其方言爲之者，亦自一體，但不可爲常耳。吴人以『作』爲『佐』音。退之詩：『非閣復非船，可居兼可過。君欲問方橋，方橋如此作。』乃用『佐』音。不知當時所呼通爾，或是戲語也。」僕按《廣韻》：「作」字有三音：一則洛切，二臧路切，三則邏切。退之詩韻正叶則邏切，音「佐」耳。……《明道雜志》引皮日休詩「共君作箇生涯」之語，謂「作」讀爲「佐」，不止退之一詩。僕謂張右史亦失記杜、岑之作爾。權德輿詩「小婦無所作」，自注：「音佐。」僕考「小婦無所作」，乃《古樂府》中語，以「作」爲「佐」，知自古已然矣。（王楙《野客叢書》卷六《作字》）

二①

拂釣清風細麗〔一〕，飄蓑暑雨霏微〔二〕。湖雲欲散未散〔三〕，嶼鳥將飛不飛〔四〕。換酒帩頭把看②〔五〕，載蓮艇子撐歸③〔六〕。斯人到死還樂〔七〕，誰道剛須用機〔八〕。（詩六七〇）

【校記】

①汲古閣本、四庫本、季寫本無「二」。②「把」皮詩本、統籤本作「怕」。③「蓮」項刻本作「逢」。「蓮艇」類苑本作「艇蓮」。

【注釋】

〔一〕拂釣：謂微風吹拂釣絲。細麗：精細美麗。此形容微風吹拂貌。唐元稹《和樂天重題别東樓》：「日映文章霞細麗，風驅鱗甲浪參差。」

〔二〕飄蓑：飄灑在蓑衣上。暑雨：夏天的雨。《尚書·君牙》：「夏暑雨，小民惟曰怨咨。」《孔傳》：「夏月暑雨，天之常道。」霏微：細雨迷濛貌。南朝梁何遜《七召》：「雨散漫以霑服，雲霏微而襲宇。」

〔三〕湖雲：指太湖上的雲霧。

〔四〕嶼鳥：太湖島嶼洲渚上的禽鳥。

〔五〕帩(qiào)頭：古人裹髮的頭巾。「帩頭」即「綃頭。」漢樂府《陌上桑》：「少年見羅敷，脱帽著帩頭。」《釋名·釋首飾》：「綃頭，綃，鈔也。鈔髮使上從也。或曰陌頭，言其從後橫陌而前也。」把看：手握細看。

〔六〕艇子：輕便的小船。

〔七〕斯人：此人。此指江湖上的漁夫。《論語·雍也》：「斯人也而有斯疾也！」

〔八〕剛須：偏須，頗須。張相《詩詞曲語辭匯釋》(卷二)：「剛，猶偏也；硬也；亦猶云只也。」用機：存有機巧奸詐之心。《莊子·天地》：「吾聞之吾師，有機械者必有機事，有機事者必有機心。機心存於胸中，則存白不備；純白不備，則神生不定；神生不定者，道之所不載也。吾非不知，羞而不爲也。」

【箋評】

「拂釣清風細麗」二句：如畫。(項真評、項真刻《項氏瓶笙榭新刻皮襲美詩》卷二)

奉和

龜蒙

雨後山容若動，天寒樹色如消。目送迴汀隱隱〔一〕，心隨挂鹿摇摇①〔二〕。白蔣知秋露裛②〔三〕，青楓欲暮烟饒③〔四〕。莫問《吴趨》行樂④〔五〕，酒旗竿倚河橋〔六〕。（詩六七一）

【校記】

①「鹿」盧校本作「席」。②「白」原作「曰」，據弘治本、汲古閣本、四庫本、陸詩甲本、陸詩丙本、統籤本、類苑本、季寫本、全唐詩本改。③「楓」類苑本作「風」。④「莫」陸詩丙本黄校作「又」。

【注釋】

〔一〕迴汀：蜿蜒曲折的水邊洲渚。汀，水邊平地。《楚辭·九歌·湘夫人》：「搴汀洲兮杜若，將以遺兮遠者。」隱隱：隱約不分明貌。

〔二〕摇摇：摇曳貌。此形容心情恬淡閑適。《大戴禮記》（卷六）《武王踐阼》：「若風將至，必先摇摇。」

〔三〕白蔣：茭白的别名，即菰菜。《文選》（卷四）左思《蜀都賦》：「其沃瀛則有攢蔣叢蒲，緑菱紅蓮。」李善注：「蔣，菰名也。」露裛（yè）：霑濕露水。

〔四〕青楓：青緑色的楓樹。唐人喜愛種楓賞楓。岑參《崔倉曹席上送殷寅充右相判官赴淮南》：「清淮無底緑江深，宿處津亭楓樹林。」賈島《題張博士新居》：「青楓何不種，林在洞庭村。」杜牧《山行》：「停車坐愛楓林晚，霜葉紅於二月花。」烟饒：烟霧彌漫，景色美麗。周壽昌《思益堂日札》（卷八）《饒》：「饒之訓富也，沃也，裕也，多也，餘也，益也。」

〔五〕莫問：莫向。張相《詩詞曲語辭匯釋》（卷五）：「問，猶向也。」《吴趨》：《吴趨行》，吴地歌曲名。晋崔豹《古今注·音樂》：「《吴趨曲》，吴人以歌其地也。」宋郭茂倩《樂府詩集》（卷六四）：「崔豹《古今注》曰：『《吴趨行》，吴人以歌其地。』陸機《吴趨行》曰：『聽我歌《吴趨》。』趨，步也。」

〔六〕酒旗：酒家懸挂在酒店門外的標幟旗，上面寫有「酒」字。

二①

把釣絲隨浪遠〔一〕，采蓮衣染香濃〔二〕。緑倒紅飄欲盡〔三〕，風斜雨細相逢〔四〕。斷岸沉漁罻罯②〔五〕（原注：約略二音③，魚網也④。），鄰村送客朧舼〔六〕。即是清霜刮野，乘閑莫厭來重〔七〕。　（詩六七二一）

【校記】

①汲古閣本、四庫本無「二」。　②「沉漁」陸詩丙本作「沈魚」。「罯」季寫本作「略」。　③「音」陸詩丙本作「首」。　④「網」原作「綱」，據弘治本、汲古閣本、四庫本、陸詩甲本、陸詩丙本、統籤本、季

寫本、全唐詩本改。

【注釋】

〔一〕把釣：手持魚竿垂釣。絲：釣絲，魚竿上的長綫。

〔二〕衣染香濃：謂采蓮人的衣服沾上了濃濃的荷花的清香。《樂府詩集》（卷五〇）梁元帝《采蓮曲》：「蓮花亂臉色，荷葉雜衣香。」又（同卷）陳後主《采蓮曲》：「低荷亂翠影，采袖新蓮香。」

〔三〕綠倒紅飄：指綠色荷葉倒伏枯萎，紅色荷花飄零。謂夏天將盡。

〔四〕風斜雨細：唐張志和《漁父歌》：「青箬笠，綠蓑衣，斜風細雨不須歸。」

〔五〕斷岸：陡峭的岸邊。《文選》（卷一一）鮑照《蕪城賦》：「崪若斷岸，矗似長雲。」沉漁：沉下魚網捕魚。⿱罒勺⿱罒各（yuē lüè）：據原注，魚網。

〔六〕⿰舟龍⿰舟邛（lóng qióng）：一種較深的小船。《玉篇·舟部》：「⿰舟龍，音籠。」又云：「⿰舟邛，船也。」《方言》（卷九）：「小艒⿰舟宿謂之艇。艇……小而深者謂之樑。」郭璞注：「即長舼也。音邛竹。」

〔七〕乘閑：趁着空閑。來重：反復多次前來。

風人詩三首①〔一〕

龜蒙

十萬全師出，遥知正憶君〔二〕。一心如瑞麥②，唯作兩岐分③〔三〕。（詩六七三）

【校記】

①「三」統籤本作「四」。其第三首《松陵集》各本均無，乃見于《唐甫里先生文集》。故季寫本、全唐詩本收録。但與《松陵集》無關。　②「瑞」陸詩丙本作「端」。「麥」原作「麦」，據弘治本、汲古閣本、詩瘦閣本、四庫本、陸詩甲本、陸詩丙本、萬絶本、統籤本、類苑本、季寫本、全唐詩本改。　③「唯」陸詩丙本、萬絶本、季寫本、全唐詩本作「長」，季寫本、全唐詩本注：「一作惟。」

【注釋】

〔一〕此組三首詩當作於咸通十一年（八七〇）秋冬。風人詩：雜體詩一種。其特點是兩句詩一意貫串，上句的意思引而未申，而下句串釋完成上句的旨意。參本卷（序二〇）注〔三七〕。

〔二〕十萬二句：謂十萬大軍全部出征，正是思念征人之時。全師：完整的軍隊。

〔三〕一心二句：謂我的心猶如一莖兩穗的麥子，常常分蘖出兩個叉頭。瑞麥：一株兩穗的麥子。古人以爲是吉祥的徵兆。《後漢書》（卷三一）《張堪傳》：「乃於狐奴開稻田八千餘頃，勸民耕種，以致殷富。百姓歌曰：『桑無附枝，麥穗兩岐。張君爲政，樂不可支。』」唐白居易《新樂府五十首·牡丹芳》：「今年瑞麥分兩岐，君心獨喜無人知。」張聿《餘瑞麥》詩云：「瑞麥生堯日，芃芃雨露偏。兩岐分更合，異畝穎仍連。」

【箋評】

自齊、梁以來，詩人作樂府《子夜四時歌》之類，每以前句比興引喻，而後句實言以證之。至唐張祜、李商隱、温庭筠、陸龜蒙亦多此體。或四句皆然。今略書十數聯于策。其四句者，如「高山種芙蓉，復經黄檗塢。未得一蓮時，流離嬰辛苦。」「空織無經緯，求匹理自難。」「圍棊燒敗襖，著子故依然。」……其兩句者，如「風吹荷葉動，無夜不摇蓮。」……龜蒙又有《風人詩》四首，云：「十萬全師出，遥知正憶君。一心如瑞麥，長作兩歧分。」「破檗供朝爨，須知是苦心。曉天窺落宿，誰識獨醒人。」「旦日思雙屨，明時願早諧。丹青傳四瀆，難寫是秋懷。」「聞道更新幟，多應廢舊期。征衣無伴搗，獨處自然悲。」皮日休和其三章，云：「刻石書離恨，因成别後悲。莫言春繭薄，猶有萬重思。」「鏤出容刀飾，親逢巧笑難。日中騷客珮，争奈即闌干。」「江上秋聲起，從來浪得名。逆風猶挂席，苦不會凡情。」……尤爲明白。（洪邁《容齋隨筆》三筆卷十六《樂府詩引喻》）

二①

破檗供朝爨②〔一〕，須知是苦辛③〔二〕。曉天窺落宿〔三〕，誰識獨醒人〔四〕。（詩六七四）

【校記】

①汲古閣本、四庫本無「二」。②「供」四庫本作「共」。③「知」盧校本、陸詩丙本、萬絶本、統籤本、季寫本、全唐詩本作「憐」。

【注釋】

〔一〕破檗（bò）：劈開檗木。檗，黄檗，木名，又名黄柏，落葉喬木，樹皮味苦。朝爨（cuàn）：燒火做早飯。爨，燒火做飯。

〔二〕須知：必知，應知。苦辛：即苦心。「辛」與「心」，雙關諧音。《樂府詩集》（卷四四）《子夜四時歌·春歌》：「黄檗向春生，苦心隨日長。」

〔三〕曉天：拂曉的天空。落宿：將要落山隱没的星星。《文選》（卷三一）劉鑠《擬明月何皎皎》：「落宿半遥城，浮雲藹曾闕。」吕向注：「宿謂星也。」

〔四〕獨醒人：唯一清醒的人。《楚辭·漁父》：「舉世皆濁我獨清，衆人皆醉我獨醒。」

三①

聞道更新幟②〔一〕，多應廢舊期③〔二〕。征衣無伴搗〔三〕，獨處自然悲〔四〕。　（詩六七五）

【校記】

①汲古閣本、四庫本無「三」。　②「幟」陸詩丙本作「㦽」。　③「期」陸詩甲本、陸詩丙本、萬絶本、統籤本、季寫本、全唐詩本作「旗」。

【注釋】

〔一〕聞道：聽説。李頎《古從軍行》：「聞道玉門猶被遮，應將性命逐輕車。」李白《聞王昌齡左遷龍標遥有此寄》：「楊花落盡子規啼，聞道龍標過五溪。」更：更换。

〔二〕多應句：謂由于换了新旗，征人原來的歸期當然也就廢止了。慨嘆征夫不能按時歸來。

〔三〕擣：擣衣。古人以麻織物等製衣，先要執杵在木砧上將布帛捶擊得比較柔軟，再裁製成衣，稱之爲擣衣。《文選》（卷三〇）謝惠連《擣衣》：「櫚高砧響發，楹長杵聲哀。微芳起兩袖，輕汗染雙題。執素既已成，君子行未歸。裁用笥中刀，縫爲萬里衣。」李善注：「郭璞注：『砧，木質也。』然此砧爲擣帛之質也。」

〔四〕獨處：指男女無偶獨居。此指征夫未歸，擣衣女獨居。《詩經·唐風·葛生》：「予美亡此，誰與獨處。」漢司馬相如《美人賦》：「獨處室兮廓無依，思佳人兮情傷悲。」

奉和

日休

刻石書離恨〔一〕，因成別後悲〔二〕。莫言春繭薄〔三〕，猶有萬重思①〔四〕。（詩六七六）

【校記】

①「思」四庫本作「絲」。

【注釋】

〔一〕書：書寫。離恨：因別離而産生的愁苦。《玉臺新詠》（卷六）吴均《陌上桑》：「故人寧知此，離恨煎人腸。」

〔二〕悲：與「碑」相諧。上句「刻石」即是「碑」。「悲」由「碑」諧音雙關而來。

〔三〕春繭：春天的蠶繭。《文選》（卷五）左思《吴都賦》：「鄉貢八蠶之綿。」李善注：「劉欣期《交州記》曰：『一歲八蠶繭，出日南也。』」北魏賈思勰《齊民要術》（卷五）《養蠶》：「俞益期箋曰：『日南蠶八熟，繭軟而薄，椹采少多。』」又曰：「《永嘉記》曰：『永嘉有八輩蠶：蚖珍蠶，三月績；柘蠶，四月初績；蚖蠶，四月初績；愛珍，五月績；愛蠶，六月末績；寒珍，七月末績；四出蠶，九月初績；寒蠶，十月績。凡蠶再熟者，前輩皆謂之珍。養珍者，少養之。』」

〔四〕萬重思：猶言「萬重絲」。「思」與「絲」雙關諧音。《樂府詩集》（卷四四）《子夜四時歌七十五首·春歌二十首》：「誰能不相思，獨在機中織。」又（卷四九）《作蠶絲》：「春蠶不應老，晝夜常懷絲。何惜微軀盡，纏綿自有時。」

【箋評】

《古辭》云：「藁砧今何在？山上復有山。何當大刀頭，破鏡飛上天。」藁砧，砆也，謂夫也。山上有山，出也。大刀頭，刀上鐶也。破鏡，言半月當還也。此詩格非當時有釋之者，後人豈能曉哉？《古辭》又云：「圍棋燒敗襖，著子故衣然。」陸龜蒙、皮日休間嘗擬之。陸云：「旦日思雙履，明時願早諧。」皮云：「莫言春繭薄，猶有萬重思。」是皆以下句釋上句，與藁砧異矣。《樂府解題》以此爲「風人詩」，取陳詩以觀民風，示不顯言之意。至東坡《無題詩》云：「蓮子劈開須見薏，楸枰著盡更無棋。破衫却有重縫處，一飯何曾忘却匙。」是文與釋并見於一句中，與「風人詩」又小異矣。（葛立

方《韻語陽秋》卷四）

老杜「盤渦鷺浴」、「獨樹花發」二句，公自注曰：「戲爲吴體。」徐文長解謂即「墻頭栽菜姊無園」，上四字謎，而下三字破謎語也。杜言巫峽非人所居，而己居之，自知之而已矣，與「盤渦」不宜「鷺浴」而浴之者，鷺亦自知之也。此所謂「獨樹花發自分明」也。予竊有説焉。以下句釋上句意，如《古詞》云：「圍棋燒敗襖，着子故衣然。」陸龜蒙云：「旦日思雙履，明時願早諧。」皮日休云：「莫言春藕薄，猶有萬重思」是也。今細味杜此句，與東坡詩云：「蓮子劈開須見薏，秋（楸？）枰着盡更無棋。破衫却有重縫處，一飯何曾忘却匙。」是文與釋并見一句中，又與古體小異矣。（葉矯然《龍性堂詩話·續集》）

二①

鏤出容刀飾②〔一〕，親逢巧笑難〔二〕。日中騷客佩〔三〕，争奈即闌干〔四〕。（詩六七七）

【校記】

①汲古閣本、四庫本、季寫本無「二」。②「鏤」詩瘦閣本作「僂」。

【注釋】

〔一〕鏤（lòu）：鎸刻、雕飾。《説文·金部》：「鏤，剛鐵，可以刻鏤。」容刀：佩刀。《詩經·大雅·公劉》：「維玉及瑶，鞞琫容刀。」鄭玄箋：「民亦愛公劉之如是，故進玉瑶容刀之佩。」飾：指容刀上雕刻的裝飾花紋。

〔二〕巧笑：美好的笑貌。《詩經·衛風·碩人》：「巧笑倩兮，美目盼兮。」

〔三〕騷客：文人。此語由屈原《離騷》而來。唐劉知幾《史通·叙事》：「昔文章既作，比興由生，鳥獸以媲賢愚，草木以方男女。詩人騷客，言之備矣。」

〔四〕争奈：怎奈。闌干：横斜貌。《樂府詩集》（卷三六）古辭《善哉行》：「月没參横，北斗闌干。」

三①

江上秋聲起，從來浪得名〔一〕。逆風猶挂席〔二〕，苦不會帆情②〔三〕。（詩六七八）

【校記】

①汲古閣本、四庫本、季寫本無「三」。②「帆」萬絶本、統籤本、季寫本、全唐詩本作「凡」。季寫本、全唐詩本注：「一作帆。」

【注釋】

〔一〕浪得名：「浪」字雙關，既指江面上的浪花；也是副詞，即徒然之意，徒有其名。《資治通鑑》（卷一八一）：「（隋煬帝大業七年）又作《無向遼東浪死歌》以相感勸。」胡三省注：「浪死，猶言徒死也。」韓愈《秋懷詩十一首》（其一）：「胡爲浪自苦，得酒且歡喜。」

〔二〕逆風：迎風，頂着風。《世説新語·文學》：「有北來道人好才理，與林公相遇於瓦官寺，講《小品》。于時竺法深、孫興公悉共聽。此道人語，屢設疑難，林公辯答清析，辭氣俱爽。此道人每輒摧屈。孫問深公：『上人當是逆風家，向來何以都不言？』深公笑而不答。林公曰：『白旃檀非不馥，焉能逆風？』深公得此義，夷然不屑。」劉孝標注：「《成實論》曰：『波利質多天樹，其香則逆風而聞。』」挂席：揚帆。《文選》（卷一二）木華《海賦》：「於是候勁風，揭百尺，維長綃，挂帆席。」李善注：「劉熙《釋名》曰：『隨風張幔曰帆。』或以席爲之，故曰帆席也。《海賦》：『維長綃，挂帆席。』」《文選》（卷二二）謝靈運《遊赤石進帆海》：「揚帆采石華，挂席拾海月。」李善注：「揚帆、挂席，其義一也。」

〔三〕苦不會：極不領會，完全没有領悟。張相《詩詞曲語辭匯釋》（卷二）：「苦，甚辭。又猶偏也；極也；多或久也。」帆情：謂揚帆要隨風而動的實情。

【箋評】

自元、白及皮、陸諸人，以和韻爲能事，至宋而始盛，至今踵之。而皮日休、陸龜蒙更有《藥名》《古人名》《縣名》諸詩。又有離合體，謂以字相拆合成文也。有反覆體，謂反復讀之，皆成文也。有叠韻體，如皮詩所謂「穿煙水潺湲，觸竹犢觳觫」是也。有雙聲體，皮詩所謂「疏杉低通灘」之類是也。有風人體，皮詩所謂「江上秋聲起，從來浪得名。逆風猶挂席，苦不會帆情」是也。……皮、陸二子，清才絶倫，其所爲詩，自有可傳，必欲炫才鬥巧，以駭俗人，則亦過矣！鮑明遠有《建除詩》，又有《數名詩》，然明遠所謂俊逸者，終在彼不在此也。然則學皮、陸者，亦學其可傳者而已，無炫聰明以争一

時伎倆，自失千秋也。（賀貽孫《詩筏》）

寄題天台國清寺齊梁體〔一〕

日休

十里松門國清路〔二〕，飯猿臺上菩提樹〔三〕。怪來煙雨落晴天①〔四〕，元是海風吹瀑布〔五〕。

（詩六七九）

【校記】

①「晴」萬絶本作「暗」。

【注釋】

〔一〕天台：天台山。參卷六（詩三三三）注〔一〕。國清寺：參卷八（詩四九四）注〔七〕。齊梁體：詩體名，又稱齊梁格。參本卷（詩六一五）注〔一〕。

〔二〕十里句：謂國清寺前有十里長蕭森的松柏排列在山路的兩旁。十里：指由唐時的唐興縣至國清寺的十里路程。《元和郡縣圖志》（卷二六）《江南道二》：「台州唐興縣，天台山，在縣北一十里。」松門：殿宇房舍門前的路兩邊種植松樹，儼如門廡。《文選》）卷一一）孫綽《遊天台山賦》：「既克隮於九折，路威夷而修通。恣心目之寥朗，任緩步之從容。藉萋萋之纖草，蔭落落之長松。」宋祝穆《方輿勝覽》（卷八）：「台州，國清寺，唐崔尚碑：『連山峨峨，四野皆碧。茂木鬱鬱，四時并青。雙峰如闕，中天豁開。一道瀑布，洞門長松夾道。』」

〔三〕飯猿臺：當在天台山華頂峰。未詳。菩提樹：樹木名，常緑喬木，葉色光潤，原産于印度，隨佛教傳入我國。原譯爲多羅樹或娑羅樹。據説釋迦牟尼在樹下成道，後佛教多以此樹指修道證果達到最高境界。天台山華頂峰有此木，故詩云。明釋無盡《天台山方外志》（卷一三）《娑羅樹花》：「一名鶴翎，出華頂峰。以多經風霜，樹不高大。樹數百枝，枝數百頭，頭六七葉，經冬不凋。花如芍藥，香如茉莉。按《蜀都賦》：雅州瓦屋山産娑羅花，有五色，照映山谷。與此相類。」

〔四〕怪來：怪不得，難怪。來，助詞。韋應物《休暇日訪王侍御不遇》：「怪來詩思清人骨，門對寒流雪滿山。」

〔五〕元是：原是。元，原來，原本，唐人皆用「元」字。顧炎武《日知録》（卷三二）《元》：「元者，本也。本官曰元官，本籍曰元籍，本來曰元來。唐、宋人多此語。後人以『原』字代之，不知何解。……或以爲洪武中臣下有稱元任官者，嫌於元朝之官，故改此字。」寒山《有人畏白首》：「獵師披袈裟，元非汝使物。」李賀《馬詩二十三首》（其十九）：「蕭寺馱經馬，元從竺國來。」瀑布：天台山有瀑布，爲一大勝景。《文選》（卷一一）孫綽《遊天台山賦》：「赤城霞起而建標，瀑布飛流以界道。」李善注：「孔靈符《會稽記》曰：『赤城，山名，色皆赤，狀似雲霞。懸霤千仞，謂之瀑布，飛流灑散，冬夏不竭。』《天台山圖》曰：『赤城山，天台之南門也。瀑布山，天台之西南峰。水從南巖懸注，望之如曳布。』」唐崔尚《唐天台山新桐柏觀頌并序》：「大巖之前，横嶺之上，雙峰如闕，中天豁開。長澗南瀉，諸泉合漱。一道瀑布，百丈懸流。望之雪飛，聽之風起。」

同前

龜蒙

峰帶樓臺天外立〔一〕，明河色近罘罳濕〔二〕。松間石上定僧寒〔三〕，半夜楢溪水聲急〔四〕。

（詩六八〇）

【注釋】

〔一〕峰帶樓臺：天台山國清寺的殿宇樓臺建於山峰上，顯得高聳壯麗。天外：極言高遠。戰國楚宋玉《大言賦》：「方地爲車，圓天爲蓋，長劍耿耿倚天外。」此句當寫天台山瓊臺雙闕。《文選》（卷一一）孫綽《遊天台山賦》：「陟降信宿，迄于仙都。雙闕雲竦以夾路，瓊臺中天而懸居。」李善注：「顧愷之《啓蒙記注》曰：『天台山，列雙闕於青霄中，上有瓊樓、瑶林、醴泉，仙物畢具。』」

〔二〕明河：天上的星河。唐宋之問《明河篇》：「八月涼風天氣清，萬里無雲河漢明。」罘罳(fú sī)：參卷六(詩二八二)注〔二〕。

〔三〕松間石上：謂僧人坐禪的清新幽静的環境。唐王維《山居秋暝》：「明月松間照，清泉石上流。」定僧：坐禪入定的僧人。入定，僧人參禪修道的方法之一。閉目静坐，排除雜念，使思想定於一處。《入定不定印經》：「佛言，有五種之行，……前兩種有退，名爲不定。後三種不退，名爲入定。」《五燈會元》(卷二)《牛頭山智巖禪師》：「牛頭山智巖禪師者，曲阿人也。……嘗在谷中入定，山水暴漲，師怡然不動，其水自退。」

〔四〕楢(yóu)溪：天台山溪名。《文選》(卷一一)孫綽《遊天台山賦》：「披荒榛之蒙蘢，陟峭崿之峥嶸。濟楢溪而直進，落五界而迅征。」李善注：「顧愷之《啓蒙記注》曰：『之天台山，次經油溪。』謝靈運《山居賦》曰：『凌石橋之莓苔，越楢溪之縈紆。』注曰：『所居往來，要經石橋，過楢溪。人迹不復過此。』」

寒夜聯句①〔一〕

静境揖神凝〔二〕，寒華射林缺〔三〕。龜蒙 清知思緒斷〔四〕，爽覺心源澈〔五〕。日休 高唱戛金奏〔六〕，朗咏鏗玉節②〔七〕。龜蒙 我思方泬寥③〔八〕，君詞復凄切〔九〕。日休 況聞風篁上〔一〇〕，擺落殘凍雪〔一一〕。龜蒙寂爾萬籟清〔一二〕，皎然諸靄滅〔一三〕。日休西窗客無夢〔一四〕，南浦波應結〔一五〕。龜蒙河光正如劍〔一六〕，月魄方似玦〔一七〕。日休短燼不禁挑〔一八〕，冷毫看欲折〔一九〕。龜蒙何夕重相期〔二〇〕，濁醪還爲設〔二一〕。日休　（詩六八一）

【校記】

①類苑本題下署陸龜蒙，并注：「與皮日休。」　②「鏗」季寫本作「鑑」。　③「沉」陸詩甲本、陸詩丙本、統籤本作「沈」。

【注釋】

〔一〕此詩當作於咸通十一年（八七〇）冬。聯句：參本卷（序二〇）注〔二〕。

〔二〕靜境：寂靜的境界。指佛寺。聯句當是在蘇州某寺院進行的，故云。靜是佛教所追求的客觀環境和主觀意念上的境界。《祖堂集》（卷一八）《仰山和尚》：「『不知行者離五祖時，有何密意密語，願爲我說？』行者見苦求，便即與說，先教向石上端坐，靜思靜慮。」揖：拱手。此有會聚之義。神凝：神思凝聚專注，心無雜念。

〔三〕寒華：此指寒夜裏的月光。林缺：樹林的縫隙。此句謂月光透過樹林的縫隙照射下來。

〔四〕清知句：清涼中可使各種思慮斷絶。指心緒純一。思緒：南朝梁劉勰《文心雕龍·附會》：「且才分不同，思緒各異。或製首以通尾，或尺接以寸附。然通製者蓋寡，接附者甚衆。」

〔五〕爽覺句：爽快疏朗使內心澄澈。心源：心。指思想、意念。佛教認爲心爲萬法之源。《五燈會元》（卷二）《圭峰宗密禪師》：「源者，是一切衆生本覺真性，亦名佛性，亦名心地。……况此真性，非唯是禪門之源，亦是萬法之源，故名法性。」《菩提心論》：「妄心者起，知而勿隨。妄若息時，心源空寂。萬法斯具，妙因無窮。」

〔六〕戛（jiá）金奏：敲擊金屬的樂器。《周禮・春官・鍾師》：「鍾師，掌金奏。」鄭玄注：「金奏，擊金以爲奏樂之節。金謂鍾及鎛。」

〔七〕朗咏：參本卷（詩六六七）注〔二〕。鏗玉節：玉節發出鏗鏘清脆的節奏。玉節，古代一種玉制的調節樂聲的樂器。北周庾信《北園新齋成應趙王教》：「玉節調笙管，金船代酒卮。」倪璠注：「《漢書音義》曰：『管，漆竹，長一尺，六孔。古以玉作，不但竹也。』……節，竹約也。以玉爲之，故云玉節矣。」

〔八〕泬（xuè）寥：空曠貌。《楚辭・九辯》：「泬寥兮天高而氣清。」王逸注：「泬寥，曠蕩空虛也。」賈島《送田卓入華山》：「壇松涓滴露，嶽月泬寥天。」

〔九〕君：指陸龜蒙。凄切：凄凉悲切。孟郊《有所思》：「古鎮刀攢萬片霜，寒江浪起千堆雪。此時西去定如何，空使南心遠凄切。」

〔一〇〕風篁：在風中颯颯摇曳的竹子。

〔一一〕擺落：擺脱。此有墜落之意。晋陶淵明《飲酒二十首》（其十二）：「擺落悠悠談，請從余所之。」凍雪：冰雪。南朝陳江總《至德二年十一月十二日升德施山齋，三宿決定罪福懺悔詩》：

「池臺聚凍雪，欄牖噪歸禽。」

〔一二〕寂爾：寂静。《文選》（卷一八）嵇康《琴賦》：「安回徐邁，寂爾長浮。」

〔一三〕皎然：潔白貌。《世語新語·任誕》：「王子猷居山陰，夜大雪，眠覺，開室命酌酒。四望皎然，因起仿偟，咏左思《招隱詩》。」諸靄：所有的煙霧。滅：此可作消失解。

〔一四〕西窗客：作者自指。古代以西爲賓位，指座上賓客，故此詩用西窗客指寒夜在寺院中的作者。此句謂寒夜裏明月冰雪下使客宿於寺院的自己無眠。温庭筠《舞衣曲》：「迴嚬笑語西窗客，星斗寥寥波脉脉。」李商隱《夜雨寄北》：「何當共剪西窗燭，却話巴山夜雨時。」

〔一五〕南浦：泛指水邊，多指送别地。《楚辭·九歌·河伯》：「子交手兮東行，送美人兮南浦。」王逸注：「願河伯送己南至江之涯。」《文選》（卷一六）江淹《别賦》：「春草碧色，春水渌波。送君南浦，傷如之何。」波應結：謂水當結冰。

〔一六〕河光：天上銀河的星光。如劍：喻天上長長的銀河猶如一支寒光閃閃的利劍。以星光和水喻劍，前人已見。《越絶書》（卷一一）《越絶外傳記寶劍》：「昔者，越王勾踐有寶劍五，聞於天下。客有能相劍者，名薛燭。王召而問之。……王取純鈎，薛燭聞之，忽如敗。有頃，懼如悟。下階而深惟，簡衣而坐望之。手振拂揚，其華捽如芙蓉始出。觀其釽，爛爛若列星之行；觀其光，渾渾如水之溢於塘；觀其斷，巖巖如瑣石；觀其才，焕焕如冰釋。『此所謂純鈎耶？』」劉叉《姚秀才愛予小劍因贈》：「一條古時水，向我手心流。」白居易《李都尉古劍》：「湛然玉匣中，秋水澄不流。」李賀《勉愛行二首送小季之廬山》（其二）：「荒溝古水光如刀。」

〔一七〕月魄：月初的月亮，稱作魄。此即指明月。《初學記》（卷一）：「《釋名》云：『朏，月未成明也。魄，月始生魄然也。』」原注：「承大月，月生三日謂之魄。承小月，月生三日謂之朏。」玦（jué）：環形而有缺口的佩玉。此喻月初的月亮形似玦。《說文·玉部》：「玦，玉佩也。」《國語·晉語一》：「是故使申生伐東山，衣之偏裻之衣，佩之以金玦。」韋昭注：「玦如環而缺，以金爲之。」

〔一八〕短燼：短小的燈燭芯，指燈草或燭芯。燼，物體燃燒後的剩餘部分。《說文·火部》：「燼，火餘也。」不禁：禁不住，經不起。

〔一九〕冷毫：因爲寒冷而凍結的筆。毫，毛筆的毛。看：預料之義。張相《詩詞曲語辭匯釋》（卷三）：「看，估量之辭。」折：斷。《說文·艸部》：「折，斷也。」

〔二〇〕何夕句：哪天的夜晚重新聚會。《詩經·唐風·綢繆》：「今夕何夕，見此良人。」鄭玄箋：「今夕何夕者，言此夕何月之夕乎？」相期：相約。

〔二一〕濁醪：濁酒。泛指酒。《文選》（卷五）左思《魏都賦》：「清酤如濟，濁醪如河。」

【箋評】

皮、陸聯句詩，勝其自作。蓋兩賢相當，節短勢偪，則反掩其孱弱之狀也。聯句體，自以韓、孟爲極致。然韓、孟太險。皮、陸一種，固是韓、孟後所不可少。（翁方綱《石洲

詩話》卷二）

開元寺樓看雨聯句①〔一〕

海上風雨來〔二〕，掀轟雜飛電②〔三〕。登樓一憑檻〔四〕，滿眼蛟龍戰〔五〕。龜蒙須臾造化慘〔六〕，倏忽堪輿變③〔七〕。萬户響戈鋋〔八〕，千家披組練〔九〕。日休群飛抛輪石〔一〇〕，雜下攻城箭〔一一〕。點急似摧胸〔一二〕，行斜如中面〔一三〕。龜蒙細灑魂空冷〔一四〕，横飄目能眩④〔一五〕。垂檐珂珮喧〔一六〕，擺瓦珠璣濺⑤〔一七〕。日休無言九陔遠⑥〔一八〕，瞬息馳應遍〔一九〕。密處正垂緪〔二〇〕，微時又懸綫〔二一〕。龜蒙寫作玉界破〔二二〕，吹爲羽林旋〔二三〕。翻傷列缺勞〔二四〕，却怕豐隆倦〔二五〕。日休遥瞻山露色，漸覺雲成片。遠樹欲鳴蟬〔二六〕，深檐尚藏燕〔二七〕。龜蒙殘雷隱轔盡〔二八〕，反照依微見〔二九〕。天光潔似磨⑦〔三〇〕，湖彩熟於練⑧〔三一〕。日休疎帆逗前渚⑨〔三二〕，晚磬分凉殿〔三三〕。接思强揮毫〔三四〕，窺詞幾焚硯〔三五〕。龜蒙佶栗烏皮几〔三六〕，輕明白羽扇〔三七〕。畢景好疎吟〔三八〕，餘凉可清宴⑩〔三九〕。日休君携下高登⑪〔四〇〕，僧引還深院〔四一〕。駮蘚净鋪筵〔四二〕，低松濕垂鬋⑫〔四三〕。龜蒙齋明乍虚豁〔四四〕，林霽逾葱蒨〔四五〕。早晚重登臨⑬〔四六〕，欲去多離戀〔四七〕。日休　（詩六八二）

【校記】

①類苑本題下署陸龜蒙，并注：「與皮日休。」②「雜」類苑本作「逐」。③「輿」陸詩丙本作「與」。④「昡」原缺「玄」末筆，避宋太祖始祖趙玄朗諱。⑤「珠璣」皮詩本、季寫本作「璣珠」。⑥「陔」季寫本作「垓」。⑦「潔」原作「絜」，據詩瘦閣本、四庫本、皮詩本、陸詩甲本、陸詩丙本張校、統籤本、類苑本、季寫本、全唐詩本改。⑧「於」統籤本作「于」。⑨「逗」陸詩丙本作「退」。⑩「宴」四庫本作「晏」。⑪「登」四庫本、盧校本、統籤本、類苑本、全唐詩本作「磴」。⑫「低」原作「伭」，據弘治本、汲古閣本、詩瘦閣本、四庫本、全唐詩本改。⑬「重」類苑本作「踈」原作「蹀」，據弘治本、汲古閣本、詩瘦閣本、四庫本、皮詩本、陸詩丙本、統籤本、類苑本、季寫本、全唐詩本改。⑬「重」類苑本作「共」。

【注釋】

〔一〕此詩當作於咸通十一年（八七〇）夏。開元寺：參卷六（詩二八一）注〔一〕。

〔二〕海上風雨來：韋應物《郡齋雨中與諸文士燕集》：「海上風雨至，逍遥池閣涼。」

〔三〕掀轟：形容雷聲巨大。唐人愛用「掀」字來形容翻騰的氣勢。如本卷（詩六一四）陸氏本人《奉詶苦雨見寄》：「慣曾掀攪大筆多。」司空圖《題柳柳州集後》：「愚常覽韓吏部歌詩數百首，其驅駕氣勢，若掀雷抉電，撐抉於天地之間，物狀奇怪，不得不鼓舞而徇其呼吸也。」轟，《説文·車部》：「轟，群車聲也。」唐人也愛用「轟」字形容雷聲或其他巨大的響聲。岑參《招北客文》：「復有高崖墜石兮，聲若雷之軒轟。」韓愈、孟郊《城南聯句》：「蜀雄李、杜拔，嶽力雷車轟。」韓愈《燕河南府秀才》：「怒起簸羽翮，引吭吐鏗轟。」飛電：閃電。

〔四〕憑檻：倚靠着欄杆。

〔五〕蛟龍：古代傳説中的兩種動物，能興風雨。此用以喻正在下雨。

〔六〕須臾：一會兒。極短的時間。《荀子·勸學》：「吾嘗終日而思矣，不如須臾之所學也。」造化：創造化育萬物。指天地大自然。

〔七〕倏忽：忽然。堪輿：天地。《漢書》（卷八七上）《揚雄傳上》：「屬堪輿以壁壘兮，梢夔魖而抶獝狂。」顏師古注：「張晏曰：『堪輿，天地總名也。』孟康曰：『堪輿，神名，造圖宅書者。……』師古曰：『堪輿，張説是也。』」

〔八〕戈鋋（yán）：古代的兩種兵器。此泛指金屬類的武器。戈，長柄横刃的武器。《説文·戈部》：「戈，平頭戟也。从弋，一横之，象形。凡戈之屬皆从戈。」鋋，小矛。《急就篇》（卷三第一七章）：「矛鋋鑲盾刃刀鉤。」顏師古注：「鋋，鐵把小矛也。江、淮、吴、越或謂之鍦。」《方言》（卷九）：「矛，吴、揚、江、淮、南楚、五湖之間謂之鍦，或謂之鋋，或謂之鏦，其柄謂之矜。」

〔九〕組練：組甲被練。比喻從天上落下的雨絲。《左傳·襄公三年》：「（楚子重）使鄧廖帥組甲三百、被練三千以侵吴。」

〔一〇〕輪石：圓形的石頭，比喻雨點。輪，車輪，爲圓形，故取以爲喻。

〔一二〕攻城箭：雨點紛紛落下猶如攻城的箭亂飛。

〔一三〕點急：雨點落下來速度極快。摧胸：損壞心胸。

〔一三〕行斜：指一行行傾斜而下的雨絲。中（zhòng）面：擊中人的臉面。

〔一四〕細灑：輕細飄灑的小雨絲。魂空冷：謂令人感到清冷凄凉。

〔一五〕横飄：横空飄下的雨帶。目能眩：眼睛感到眩暈。能，張相《詩詞曲語辭匯釋》（卷三）：「能，摹擬辭，猶云這樣也。」又云：「能，猶只也；徒也。」

〔一六〕珂珮：珂和珮，兩種玉器飾品。指馬勒上的玉珂和人身上佩戴的環珮。在行走時都可以發出響聲。此比喻屋檐下的雨水聲。《文選》（卷五）左思《吴都賦》：「果布輻凑而常然，致遠流離與珂珹。」劉逵注：「老鵰化西海爲珹，已裁割若馬勒者謂之珂。珹者，珂之本璞也。曰南郡出珂珹。」珮：古人繫在衣帶上的玉飾品。《玉篇·玉部》：「珮，玉珮也，本作佩，或從玉。」

〔一七〕擈（bó）：敲擊。《廣雅》（卷三上）《釋詁》：「擈，擊也。」珠璣：泛指珠玉。珠不圓爲璣。一説，小珠爲璣。此喻晶瑩的雨點。《説文·玉部》：「璣，珠不圜也。」《尚書·禹貢》：「厥篚玄纁、璣組。」陸德明《經典釋文》（卷三）《尚書音義》（上）：「璣……《説文》云：『珠不圜也。』《字書》云：『小珠也。』」

〔一八〕無言：不要説。九陔（gāi）：中央及八極之地。形容極遼闊的地域。一作「九晐」或「九垓」。《説文·土部》：「垓，兼垓八極地也。《國語》曰：『天子居九垓之田。』」《國語·鄭語》：「故王者居九畡之田，收經入以食兆民。」韋昭注：「九畡，九州之極數。《楚語》曰：『天子之田九畡，以食兆民，王取經入焉，以食萬官。』」

〔一九〕瞬息：極短促的時間。瞬，眨眼。晋陶淵明《感士不遇賦》：「悲夫！寓形百年，而瞬息已盡。立行之難，而一城莫賞。」

〔二〇〕密處句：下雨的密集處就像是正在垂下來的粗繩子。緪（gēng）：粗大的繩索。《説文·糸部》：「緪，大索也。」

〔二一〕微時句：細微的小雨，就像是懸挂着的絲綫。

〔二二〕寫：傾瀉。「寫」同「瀉」。玉界：指澄澈的水面。

〔二三〕吹爲句：下雨的嘈雜聲猶如羽林軍凱旋時吹奏的軍樂。羽林：漢代帝王的御林軍。《漢書》（卷一九上）《百官公卿表上》：「羽林掌送從，次期門。武帝太初元年初置，名曰建章營騎，後更名羽林騎。」

〔二四〕翻傷句：反而傷害了閃電，使之更爲勞累。喻閃電一直不停息。列缺：閃電。《漢書》（卷八七上）《揚雄傳上》：「辟歷列缺，吐火施鞭。」顔師古注：「應劭曰：『辟歷，電也。列缺，天隙電照也。』」

〔二五〕豐隆：古代神話傳説中的雲師。《楚辭·離騷》：「吾令豐隆乘雲兮，求宓妃之所在。」王逸注：「豐隆，雲師。一曰雷師。」

〔二六〕欲鳴蟬：蟬要鳴叫，暗示天要轉晴了；秋天也快要到了。

〔二七〕深檐：高大深邃的屋檐。尚藏燕：燕子還栖息于其中，説明仍在夏天。

〔二八〕隱轔（lín）：車輪的轔轔聲。喻雷鳴聲。漢司馬相如《長門賦》：「雷殷殷而響起兮，聲象君之車音。」晋傅玄《雜言詩》：「雷隱隱，感妾心，傾耳清聽非車音。」

〔二九〕反照：夕陽的返光。唐駱賓王《夏日遊山家同夏少府》：「返照下層岑，物外狎招尋。」依微：隱約可見。不甚清晰貌。

〔三〇〕潔似磨：潔净光滑猶如磨洗過一般。

〔三一〕湖彩：湖面上的水光。彩：鮮明而有光澤之謂也。《文選》（卷三一）江淹《雜體詩三十首·張司空華離情》：「庭樹發紅彩，閨草含碧滋。」李善注：「張景陽《雜詩》曰：『寒花發黄彩，秋草含緑滋。』」駱賓王《秋夜送閻五還潤州并序》：「于時壁彩澄虚，漏輕光於雲葉；珪陰散迥，摇碎影於風梧。」熟於練：比素絲還要潔白。熟練，煮煉過的素絹。

〔三二〕疎帆：稀疏的船帆；遠帆。逗前渚：靠近前方的洲渚。張相《詩詞曲語辭匯釋》（卷二）：「逗，猶臨也；到也。與投通。参投字條。」又云：「逗，猶趁也；趕也。」又云：「逗，猶駐也。此爲逗留義。」

〔三三〕晚磬：寺院裏傍晚時的鐘磬聲。分凉殿：謂從凉爽的殿堂裏分散出來。

〔三四〕接思：思緒與客觀的物象連接交融起來。即情以物動之意。劉勰《文心雕龍·神思》：「故寂然凝慮，思接千載；悄焉動容，視通萬里。」强：勉强。揮毫：揮筆，寫作。此句陸氏自謂勉强作詩。杜甫《飲中八仙歌》：「張旭三杯草聖傳，脱帽露頂王公前，揮毫落紙如雲烟。」

〔三五〕窺詞句：陸氏謂窺視皮作，簡直不敢再寫作了。自愧文不如人。幾：庶幾，差不多。焚硯：燒掉硯臺，喻不再作文之意。《晋書》（卷五四）《陸機傳》：「機天才秀逸，辭藻宏麗。張華嘗謂之曰：『人之爲文，常恨才少，而子更患其多。』弟雲嘗與書曰：『君苗見兄文，輒欲燒其筆硯。』」

〔三六〕佶(jí)栗：顫動貌。烏皮几：烏羔皮裹飾的小几案。古人用以倚身而坐。南朝齊謝朓《同咏坐上器玩・烏皮隱几》：「勿言素韋潔，白沙尚推移。」

〔三七〕輕明：輕薄透明。李商隱《石榴》：「榴枝婀娜榴實繁，榴膜輕明榴子鮮。」白羽扇：夏天所用的白色羽毛扇。《藝文類聚》（卷六九）梁簡文帝《賦得白羽扇詩》：「可憐白羽扇，却暑復來氛。終無顧庶子，誰爲一揮軍。」

〔三八〕畢景：傍晚的景象。晋王嘉《拾遺記》（卷六）《前漢下》：「（昭帝）乃命以文梓爲船，木蘭爲柂，刻飛鸞翔鷁，飾於船首，隨風輕漾，畢景忘歸，乃至通夜。」好：劉淇《助字辨略》（卷三）：「好，猶善也。珍重付屬之辭。」疎吟：暢快的高聲吟誦。

〔三九〕餘凉：指傍晚的清凉。可：張相《詩詞曲語辭匯釋》（卷一）：「可，猶當也。」又云：「可，猶稱也；合也。」清宴：清雅的宴集。晋成公綏《延賓賦》（《初學記》卷一四）：「延賓命客，集我友生。高談清宴，講道研精。闇闇侃侃，娱心肆情。」

〔四〇〕君：指皮日休。高登：高臺。

〔四一〕僧：當指開元寺章上人。參卷六（詩三三七）注〔一〕。

〔四二〕駁蘚：斑駁的苔蘚。唐鄭愔《哭郎著作》：「荒階羅駁蘚，虚座網浮埃。」鋪筵：鋪陳展開的筵席。

〔四三〕垂鬋（jiǎn）：下垂的鬢髮。喻被雨水淋濕而低垂下來的松枝。《説文·髟部》：「鬋，女鬢垂貌。」

〔四四〕齋明：寺院的齋室光綫明亮。乍：恰。張相《詩詞曲語辭匯釋》（卷一）：「乍，猶恰也；正也。」虚豁：空闊寬敞。北周庾信《道士步虚詞十首》（其三）：「有象猶虚豁，忘形本自然。」

〔四五〕林霽：樹林映照着晴朗的光色。逾：更加。劉淇《助字辨略》（卷一）：「逾，彌也；愈也。」葱蒨（qiàn）：草木碧緑茂盛貌。南朝宋謝靈運《山居賦》：「當嚴勁而葱倩，承和煦而芬腴。」

〔四六〕早晚：何時。張相《詩詞曲語辭匯釋》（卷六）：「早晚，猶云何日也。此多指將來而言。」

〔四七〕離戀：離去時的留戀之情。

【箋評】

「千家披組練」句：作寧馨語，得非詩妖。（明許自昌刻、清惠棟校《唐甫里先生文集二十卷》卷十三批語）

北禪院避暑聯句（原注：院昔爲戴顒宅，後司勛陸郎中居之。）〔一〕

歊蒸何處避〔二〕，來入戴顒宅。逍遥脱單絞〔三〕，放曠抛輕策〔四〕。爬搔林下風①〔五〕，偃仰

澗中石②〔六〕。日休　殘蟬煙外響〔七〕，野鶴沙中迹〔八〕。到此失煩襟③〔九〕，蕭然揖禪伯④〔一〇〕。

藤懸疊霜蜕〔一一〕，桂倚支雲錫〔一二〕。龜蒙　清陰竪毛髮〔一三〕，爽氣舒筋脉⑤〔一四〕。逐幽隨竹書⑥〔一五〕，

選勝鋪莎席⑦〔一六〕。魚跳上紫芡〔一七〕，蝶化緣青壁〔一八〕。日休　心是玉蓮徒〔一九〕，耳爲金磬敵〔二〇〕。

吾宗昔高尚〔二一〕，志在羲皇《易》⑧〔二二〕。豈獨斷韋編〔二三〕，幾將刓鐵擿⑨〔二四〕。龜蒙　天書既屢

降〔二五〕，野抱難自適〔二六〕。一入承明廬〔二七〕，盱衡論今昔⑩〔二八〕。流光不容寸〔二九〕，斯道甘枉

尺〔三〇〕。日休　既起謝儒玄⑪〔三一〕，亦翻商羽翼〔三二〕。封章帷幄遍⑫〔三三〕，夢寐江湖日⑬〔三四〕。擺落

函谷塵〔三五〕，高欹華陽幘〔三六〕。龜蒙　詔去雲無信⑭〔三七〕，歸來鶴相識〔三八〕。半病奪牛公〔三九〕，全慵

捕魚客〔四〇〕。少微光一點〔四一〕，落此茫礫索⑮〔四二〕。日休　釋子問池塘⑯〔四三〕，門人廢幽賾⑰〔四四〕。

堪悲東序寶〔四五〕，忽變西方籍〔四六〕。不見步兵詩〔四七〕，空懷康樂屐〔四八〕。龜蒙　高名不可效〔四九〕，勝

境徒堪惜〔五〇〕。墨沼轉疎蕪〔五一〕，玄齋踰闃寂⑱〔五二〕。遲遲不能去⑲〔五三〕，凉飈滿杉柏〔五四〕。日

休　日下洲島清〔五五〕，煙生苾蒭碧〔五六〕。俱懷出塵想〔五七〕，共有吟詩癖〔五八〕。終與净名遊〔五九〕，還

來雪山覓〔六〇〕。龜蒙　（詩六八三）

【校記】

①「爬」原作「肥」，據弘治本、汲古閣本、詩瘦閣本、四庫本、皮詩本、陸詩甲本、陸詩丙本、統籤本、類苑本、季寫本、全唐詩本改。②「澗」類苑本作「潤」。③「失」陸詩丙本黄校注：「空格。」④「蕭」陸詩丙本黄校注：「空格。」⑤「筯」原作「箚」，據盧校本、陸詩甲本、陸詩丙本、統籤本、類苑本、全唐詩本改。⑥「書」陸詩丙本作「□」，陸詩丙本黄校注：「空格。」⑦「茁」類苑本作「花」。⑧「昜」季寫本作「易」。⑨「刓」弘治本、季寫本作「利」，類苑本作「折」。「擿」原作「樀」，據弘治本、汲古閣本、詩瘦閣本、四庫本、皮詩本、陸詩甲本、陸詩丙本、統籤本、類苑本、季寫本、全唐詩本改。⑩「盱」季寫本作「旴」。⑪「玄」原缺末筆，避宋太祖始祖趙玄朗諱。⑫「遍」季寫本作「編」。⑬「日」四庫本、陸詩甲本、陸詩丙本、統籤本、全唐詩本作「白」。⑭「信」陸詩丙本黄校注：「空格。」⑮「茫」弘治本、汲古閣本、詩瘦閣本、四庫本、皮詩本、陸詩甲本、陸詩丙本、統籤本、類苑本、季寫本、全唐詩本作「芒」。⑯「池」原作「地」，據弘治本、汲古閣本、詩瘦閣本、四庫本、皮詩本、陸詩甲本、陸詩丙本、統籤本、季寫本、全唐詩本改。「地塘」類苑本作「池碧」。⑰「賾」陸詩丙本作「頤」，陸詩丙本黄校注：「空格。」⑱「玄」原缺末筆，避宋太祖始祖趙玄朗諱。「齋」陸詩丙本作「齊」。⑲「能」統籤本作「可」。

【注釋】

〔一〕此詩當作於咸通十一年（八七〇）夏。北禪院：參卷六（詩二六一）注〔一〕。戴顒（yóng）：

晉、宋間音樂家、雕塑家（三七八—四四一），晚年寓居蘇州。《宋書》（卷九三）《戴顒傳》：「戴顒字仲若，譙郡銍人也。父逵、兄勃，并隱遁有高名。……父善琴書，顒并傳之。凡諸音律，皆能揮手。會稽剡縣多名山，故世居剡下。……桐廬縣又多名山，兄弟復共游之，因留居止。……桐廬僻遠，難以養疾，乃出居吴下。吴下士人共爲築室，聚石引水，植林開澗。少時繁密，有若自然。」司勛陸郎中：參卷六（詩三三一）注〔一〕。

〔二〕歊（xiāo）蒸：潮濕悶熱的暑氣。《漢書》（卷八七下）《揚雄傳下》：「泰山之高不嶕嶢，則不能浡滃雲而散歊烝。」顔師古注：「歊烝，氣上出也。」東漢陳琳《大暑賦》：「土潤溽以歊蒸，時涸涊以溷濁。」

〔三〕逍遥：閑適自在。《莊子·逍遥遊》：「今子有大樹，患其無用，何不樹之於無何有之鄉，廣莫之野，彷徨乎無爲其側，逍遥乎寢卧其下。」成玄英疏：「逍遥，自得之稱。」單絞：暗黄色單衣。《後漢書》（卷八〇下）《禰衡傳》：「於是先解衵衣，次釋餘服，裸身而立，徐取岑牟、單絞而著之，畢，復參撾而去，顔色不怍。」李賢注：「鄭玄注《禮記》曰：『絞，蒼黄之色也。』」

〔四〕放曠：疏放曠達。《文選》（卷一三）潘岳《秋興賦》：「逍遥乎山川之阿，放曠乎人間之世。」輕策：輕便的手杖。

〔五〕爬搔：用爪甲輕輕地爬梳抓撓。此喻微風輕拂。北齊顔之推《顔氏家訓·歸心》：「稍醒而覺體癢，爬搔隱疹，因爾成癩。」《根本説一切有部毗奈耶雜事》（卷六）：「時諸苾芻爲蚊蠅所食，身體患癢，爬搔不息。俗人見時，問言聖者：『何故如是？』以事具答。」林下：指隱士隱逸之處。寒山《我見世間人》：「縱有千斤金，不如林下貧。」靈澈《東林寺酬韋丹刺史》：「相逢盡道休官好，林下何曾見一人。」

〔六〕偃仰：俯仰。悠然自得貌。此形容澗中石頭錯雜紛陳。《詩經·小雅·北山》：「或栖遲偃仰，或王事鞅掌。」

〔七〕殘蟬：指夏天殘存的蟬。詩人亦常以秋蟬爲殘蟬。鄭谷《江際》：「萬頃白波迷宿鷺，一林黄葉送殘蟬。」司空圖《喜王駕小儀重陽相訪》：「幽鶴傍人疑舊識，殘蟬向日噪新晴。」

〔八〕野鶴句：謂野鶴在沙灘上輕盈地徘徊流連，留下了稀疏的足迹。形容其高雅閑逸。

〔九〕失：消失，除去。煩襟：煩悶的情緒。南朝梁沈約《竟陵王解講疏》：「滌盥煩襟，栖情正業。」唐王勃《遊梵宇三學寺》：「遽忻陪妙躅，延賞滌煩襟。」温庭筠《酬友人》：「唯君清露夕，一爲灑煩襟。」

〔一〇〕蕭然：瀟灑悠閑。晋葛洪《抱朴子·外篇·刺驕》：「高蹈獨往，蕭然自得。」禪伯：對僧人的敬稱。此當指北禪院寂上人。參卷六（詩二六一）注〔一〕。李白《答族侄僧中孚贈玉泉仙人掌茶》：「宗英乃禪伯，投贈有佳篇。」孟郊《酬友人見寄新文》：「安閑賴禪伯，復得疏塵蒙。」

〔一一〕藤懸句：謂藤蔓植物上懸挂着層層叠叠蛇蜕下的白色的皮。

〔一二〕桂倚句：謂桂樹上斜靠着僧人的錫杖。支：支撑。雲錫：錫杖。僧人手持錫杖雲遊四方，故云。

〔一三〕清陰：清凉幽暗的境界。毛髮：指人的毛髮。

〔一四〕爽氣：令人心曠神怡的美麗自然景象。《世説新語・簡傲》：「王子猷作桓車騎參軍。桓謂王曰：『卿在府久，比當相料理。』初不答，直高視，以手版拄頰云：『西山朝來，致有爽氣。』」

〔一五〕逐幽：指追尋幽隱深微的歷史往事。竹書：竹簡書。古代在竹簡上書寫記事，編纂成册，稱爲竹書。《晉書》（卷五一）《束晳傳》：「太康二年，汲郡人不準盗發魏襄王墓，或言安釐王冢，得竹書數十車。」

〔一六〕選勝：尋遊賞玩自然名勝的佳麗景象。李商隱《自桂林奉使江陵途中感懷寄獻尚書》：「既載從戎筆，仍披選勝襟。」茵席：參本卷（詩六一三）注〔一二〕。

〔一七〕紫芡：紫色的鷄頭的圓葉。參本卷（詩六二八）注〔四〕。

〔一八〕蝶化句：謂蝴蝶沿着青緑的山崖隨意飛舞。《莊子・齊物論》：「昔者莊周夢爲胡蝶，栩栩然胡蝶也。自喻適志與！不知周也。俄然覺，則蘧蘧然周也。不知周之夢爲胡蝶與，胡蝶之夢爲周與？周與胡蝶，則必有分矣。此之謂物化。」

〔一九〕玉蓮徒：佛教徒，僧人。玉蓮，白色的蓮花。白蓮素雅潔净，佛教常用以喻佛法。佛教稱西方極樂世界爲「蓮華世界」，袈裟則稱作「蓮花服」，寺院稱作「蓮宇」、「蓮宫」，坐於蓮花座上的佛像稱「蓮像」，甚至晉代廬山東林寺高僧慧遠等人結社也稱作「白蓮社」。寺院裏常種植蓮花，此源自古印度佛教。玄奘《大唐西域記》（卷三）《僧訶補羅國》：「四色蓮花，彌漫清潭。百果具繁，同榮異色。林沼交映，誠可遊玩。傍有伽藍，久絶僧侶。」

〔二〇〕金磬：寺院裏銅制的一種打擊樂器。磬是僧人做法事活動常用的器物。

〔二一〕吾宗：陸龜蒙指其同宗的陸湾，即北禪院房舍的原主人。參本詩注〔一〕。

〔二二〕羲皇《易》：指《易經》。羲皇，伏羲氏，傳説中的上古三皇之一。相傳《易經》的八卦爲其所首創，周文王則演化爲六十四卦。《史記》（卷一二七）《日者列傳》：「自伏羲作《八卦》，周文王演三百八十四《爻》而天下治。」《史記》（卷四）《周本紀》：「（西伯）其囚羑里，蓋益《易》之八卦爲六十四卦。」

〔二三〕斷韋編：串竹簡的熟牛皮帶子斷掉了。此處意謂反復閲讀《易經》，精研其義。古代書籍用竹簡寫成，用牛皮繩子編纂成册，故云。《史記》（卷四七）《孔子世家》：「孔子晚而喜《易》，序《彖》《繫》《象》《説卦》《文言》。讀《易》，韋編三絶，曰：『假我數年，若是，我於《易》則彬彬矣。』」

〔二四〕刓（wán）：刻，挖，磨損，損壞。鐵擿（zhì）：鐵針。《太平御覽》（卷六一六）引《史記》曰：「孔子晚善《易》，韋編三絶，鐵擿三折，漆書三滅也。」晋葛洪《抱朴子·内篇·袪惑》：「（古强）常勸我讀《易》云：『此良書也。丘竊好之，韋編三絶，鐵撾三折。』今乃大悟。」王明校釋：「原校『撾』一作『擿』。明案：孔丘讀《易》，韋編三絶，鐵撾三折，見《論語比考讖》。」

〔二五〕天書：指帝王的詔書。此指唐文宗徵召陸洿的詔書。唐文宗開成年間，陸洿確有多次不奉詔做官的舉動。《舊唐書》（卷一七六）《楊嗣復傳》：「（開成三年）八月，紫宸奏事，曰：『聖人在上，野無遺賢。陸洿上疏論兵，雖不中時事，意亦可獎。閒居蘇州累年，宜與一官。』……嗣復曰：『臣深知洵直無邪惡，所奏陸洿官，尚未奉聖旨。』」《新唐書》（卷二〇三）《歐陽詹傳》：「從子秬，字降之，亦工爲文。陸洿自右拾遺除司勛郎中，棄官隱吴中，詔召之，既在道，秬遺書讓出處之遽，洿不至，還。秬名益聞。」

〔二六〕野抱句：謂隱士的懷抱難以適應官場的要求而使自己適意。

〔二七〕承明廬：漢代承明殿的旁室，侍臣值宿之所。此代指朝廷。《漢書》（卷六四上）《嚴助傳》：「君厭承明之廬。」顔師古注：「張晏曰：『承明廬在石渠閣外。直宿所止曰廬。』」《三輔黄圖》（卷三）：「承明殿，未央宫有承明殿，著述之所也。班固《西都賦》云：『又有承明、金馬，著作之庭。』即此也。《漢書》：武帝謂嚴助曰：『君厭承明之廬。』又成帝鴻嘉二年，雉飛集承明殿屋。」三國魏曹植《贈白馬王彪》：「謁帝承明廬，逝將歸舊疆。」此則指魏之承明廬，又作承明門（參《三國志·魏書·文帝紀》裴注）。

〔二八〕盱（xū）衡：揚眉張目。《漢書》（卷九九上）《王莽傳上》：「當此之時，公運獨見之明，奮亡前之威，盱衡厲色，振揚武怒。」顔師古注：「孟康曰：『眉上曰衡。盱衡，舉眉揚目也。』」

〔二九〕流光：如流水一樣易逝的時光。《論語·子罕》：「子在川上，曰：『逝者如斯夫！不舍晝夜。』」寸：指一寸光陰。喻極短的時間。《淮南子·原道訓》：「時之反側，間不容息。先之則太過，後之則不逮。夫日回而月周，時不與人游，故聖人不貴尺之璧，而重寸之陰，時難得而易失也。」此句謂不容許一寸光陰流逝。指珍惜時間。

〔三〇〕斯道：此中的道理。指陸游決意隱逸而堅拒徵召所包含的道理。甘枉尺：甘願屈折一尺而得以伸直八尺。喻失小得大。《孟子·滕文公下》：「且《志》曰：『枉尺而直尋。』宜若可爲也。」

〔三一〕謝儒玄：慚愧于儒玄之道。此句謂既然起復做官就不能精研儒玄之學了。謝：張相《詩詞曲語辭匯釋》（卷五）：「謝，猶慚也。」

〔三二〕亦翻句：用商山四皓護翼漢高祖劉邦的太子事。似喻陸游在朝做官時維護太子儲宮有所建樹。史實不詳。翻：翻飛，飛舞。《文選》（卷二）張衡《西京賦》：「衆鳥翩翻，群獸駓騃。」商：指商山，又名商洛山，在今陝西省商縣。《太平寰宇記》（卷一四一）《山南西道九》：「商州商洛縣，商洛山，在縣南一里，一名楚山，即四皓所隱之處。」《史記》（卷五五）《留侯世家》：「（漢高祖欲易太子）太子侍。四人從太子，年皆八十有餘，鬚眉皓白，衣冠甚偉。上怪之，問曰：『彼何爲者？』四人前對，各言名姓，曰東園公、角里先生、綺里季、夏黄公。上乃大驚，曰：『我求公數歲，公辟逃我，今公何自從吾兒游乎？』四人皆曰：『陛下輕士善罵，臣等義不受辱，故恐而亡匿。竊聞太子爲人仁孝，恭敬愛士，天下莫不延頸欲爲太子死者，故臣等來耳。』上曰：『煩公幸卒調護太子。』四人爲壽已畢，趨去。上目送之，召戚夫人指示四人者曰：

『我欲易之，彼四人輔之，羽翼已成，難動矣。』」

〔三三〕封章：古代臣下向皇帝論機密之事的奏章。用皂囊重封以進，稱封章，又稱封事。《文選》（卷四七）揚雄《趙充國頌》：「天子命我，從之鮮陽。營平守節，屢奏封章。」李善注：「《漢書》曰：『充國封營平侯，屢奏封章，言屯田之便，不從武賢之策。』」帷幄：室内懸挂的幕帳。後喻朝廷、皇宫。《史記》（卷一三〇）《太史公自序》：「運籌帷幄之中，制勝於無形。」《漢書》（卷九七下）《孝成趙皇后傳》：「前皇太后與昭儀俱侍帷幄，姊弟專寵錮寢。」

〔三四〕夢寐：睡夢。《詩經·周南·關雎》：「窈窕淑女，寤寐求之。求之不得，寤寐思服。」《後漢書》（卷三〇下）《郎顗傳》：「此誠臣顗區區之願，夙夜夢寤，盡心所計。」此句謂陸洿即使在朝廷做官，也還是强烈地向往着江湖的隱逸生活。

〔三五〕擺落：擺脱。參本卷（詩六八一）注〔一一〕。函谷塵：函谷關的塵埃。喻世俗的功名利禄。函谷關是進出京城長安的險要關卡，故取以爲喻。函谷關有秦、漢之分。秦關在今河南省靈寶縣，漢關則在新安縣。《元和郡縣圖志》（卷五）《河南道一》：「河南府新安縣，函谷故關，在縣東一里。漢武帝元鼎三年，爲楊僕徙關於新安。按：秦函谷關，在今陝州靈寶縣西南十二里，以其道險隘，其形如函，故曰函谷。」陸機《爲顧彦先贈婦二首》（其一）：「京洛多風塵，素衣化爲緇。」

〔三六〕高歆：高高地傾斜。歆，傾側。華陽幘：古代道士所戴的一種頭巾。參卷九（詩六〇〇）

注〔二〕。

〔三七〕詔去句：謂朝廷多次下詔，要陸汵受詔赴朝，但他却如雲一般飄然而去。

〔三八〕鶴相識：鶴是道家所説的仙禽，古代隱士、學道者多喜愛蓄養鶴，表現高蹈方外、脱略世俗的情趣。《列仙傳》《神仙傳》多有乘鶴飛升成仙之事，即可説明問題。

〔三九〕半病：謂身體有所不適。此爲虚擬詞。奪牛公：用東漢韓康事，喻陸汵决意隱居。《後漢書》（卷八三）《韓康傳》：「韓康字伯休，一名恬休，京兆霸陵人。家世著姓。常采藥名山，賣於長安市，口不二價，三十餘年。……乃遁入霸陵山中。博士公車連徵不至。桓帝乃備玄纁之禮，以安車聘之。使者奉詔造康，康不得已，乃許諾。辭安車，自乘柴車，冒晨先使者發。至亭，亭長以韓徵君當過，方發人牛修道橋。及見康柴車幅巾，以爲田叟也，使奪其牛。康即釋駕與之。有頃，使者至，奪牛翁乃徵君也。使者欲奏殺亭長。康曰：『此自老子與之，亭長何罪！』乃止。康因中道逃遁，以壽終。」

〔四〇〕全慵：很懶散。意謂無意於世俗的功名。張相《詩詞曲語辭匯釋》（卷二）：「全，甚辭。」捕魚客：漁夫。指隱士。《楚辭·漁父》王逸解題曰：「漁父避世隱身，釣魚江濱，欣然自樂。」

〔四一〕少微：星名，處士星。《史記》（卷二七）《天官書》：「廷藩西有隋星五，曰少微，士大夫。」《索隱》：「《春秋合誠圖》云：『少微，處士位。』又《天官占》云：『少微，一名處士星』也。」《正義》：「少微四星，在太微西，南北列：第一星，處士也。……處士憂，宰相易也。」《晉書》（卷九四）《謝敷傳》：「初，月犯少微。少微一名處士星，占者以隱士當之。譙國戴逵有美才，人或憂之。俄而敷死，故會稽人士以嘲吴人云：『吴中高士，便是求死不得死。』」

〔四二〕落此：指少微星隕落於此處。陸洿隱居至死的隱語。茫磔（zhé）索：閃爍微弱迷茫的光芒。磔索：閃光貌。

〔四三〕釋子：僧徒。佛教始祖爲釋迦牟尼，故佛教又稱釋教，僧人則稱釋子。《維摩詰所説經》：「從佛釋師，教化出生，故名釋子。」《增壹阿含經·苦樂品》：「四河入海已，無復本名字，但名爲海。是故諸比丘出家學道，彼當滅彼名字，自稱釋迦弟子，當名沙門釋種子。」問：向。

〔四四〕門人：弟子。《論語·子張》：「子游曰：『子夏之門人小子，當灑掃、應時、進退，則可矣。』」廢：止。此指陸洿死去，其弟子不能在《易》學上更加精進。幽賾：幽微深奥。此指陸洿精通《易》學而言。《周易·繫辭上》：「夫《易》，聖人之所以極深而研幾也。」又云：「探賾索隱，鈎深致遠，以定天下之吉凶，成天下之亹亹者，莫大乎蓍龜。」

〔四五〕東序：夏代的大學名。此指唐代的太學。東序賓：此當指陸洿是太學中的精英。據此，陸洿曾任職太學歟？《禮記·王制》：「夏后氏養國老於東序，養庶老於西序。」鄭玄注：「東序、東膠亦大學，在國中王宫之東。」

〔四六〕西方籍：名籍到了西方。死去的隱語。佛教指人死之後靈魂去西方極樂世界，所以西方也就是佛國。

〔四七〕步兵：魏、晋人阮籍曾任步兵校尉，史稱阮步兵。《晋書》（卷四九）《阮籍傳》：「阮籍字嗣宗，陳留尉氏人也。……籍聞步兵厨營人善釀，有貯酒三百斛，乃求爲步兵校尉。遺落世事，雖去佐職，恒游府内，朝宴必與焉。……籍能屬文，初不留思。作《咏懷詩》八十餘篇，爲世所重。」

〔四八〕康樂屐：南朝宋謝靈運的登山屐。康樂，謝靈運字。參卷一（詩一二）注〔四三〕。

〔四九〕高名：大名，盛名。李白《峨眉山月歌送蜀僧晏入中京》：「一振高名滿帝都，歸時還弄峨眉月。」

〔五〇〕勝境：美好的境界。指陸湾生前的居處，現爲北禪院的美景。

〔五一〕墨沼：墨池。《説文·水部》：「沼，池水。」此指北禪院當年陸湾用來洗筆的池塘。用東漢張芝墨池事。《晋書》（卷八〇）《王羲之傳》：「曾與人書云：『張芝臨池學書，池水盡黑，使人耽之若是，未必後之也。』」轉：漸漸地。劉淇《助字辨略》（卷三）：「轉，猶浸也。」疎蕪：荒蕪蕭條。《文選》（卷三〇）謝朓《始出尚書省》：「邑里向疎蕪，寒流自清泚。」

〔五二〕玄齋：指陸湾居住過的齋室。踰：愈，更加。闃（qù）寂：寂静無聲。南朝梁江淹《泣賦》：「闃寂以思，情緒留連。」

〔五三〕遲遲：徘徊，留連。《詩經·邶風·谷風》：「行道遲遲，中心有違。」《詩經·小雅·采薇》：「行道遲遲，載渴載飢。」

〔五四〕凉飔（sī）：凉風。《文選》（卷二六）謝朓《在郡卧病呈沈尚書》：「珍簟清夏室，輕扇動凉飔。」

〔五五〕日下：太陽落山，黄昏時分。北周庾信《三月三日華林園馬射賦》：「既而日下澤宫，筵闌相圃。悵徙蹕之留歡，眷迴鑾之餘舞。」

〔五六〕苾蒭（bì chú）：即比丘，西域草名。此喻北禪院裏的草木。唐玄奘《大唐西域記》（卷三）《僧訶補羅國》：「大者謂苾芻，小者稱沙彌。」《尊勝陀羅尼經》：「苾蒭生不背日，冬夏常青，體性柔韌，香氣遠騰。」

〔五七〕俱懷句：謂皮、陸二人都抱有超脱世俗的思想。俱懷：李白《宣州謝朓樓餞别校書叔雲》：「俱懷逸興壯思飛，欲上青天攬明月。」出塵想：《文選》（卷四三）孔稚珪《北山移文》：「夫以耿介拔俗之標，蕭灑出塵之想。」

〔五八〕吟詩癖：喜愛作詩的嗜好。《梁書》（卷四）《簡文帝紀》：「雅好題詩，其序云：『余七歲有詩癖，長而不倦。』」

〔五九〕浄名：維摩詰佛的别稱。此指北禪院僧徒。唐玄奘《大唐西域記》（卷七）《吠舍釐國》：「伽藍東北三四里有窣堵波，是毗摩羅詰（唐言無垢稱，舊曰浄名，然浄則無垢，名則是稱，義雖取同，名乃有異。舊曰維摩詰，訛略也。）故宅基趾，多有靈異。」

〔六〇〕雪山：佛教傳説釋迦牟尼成道前，曾在雪山勤苦修行，被稱爲「雪山童子」、「雪山大士」。此處借「雪山」喻北禪院。《大般涅槃經》（卷一四）：「過去之世，佛日未出。我（按：釋迦牟尼自稱）于爾時作婆羅門，修菩薩行，……住於雪山，其山清浄，流泉浴池，樹林藥木，充滿其地。……我于爾時，獨處其中，唯食諸果。」

【箋評】

楊升庵《丹鉛録》云：「齊崔祖思《政事疏》曰：『宋武帝節儉過人，張妃房唯碧綃蚊幬、三齊茌席、五盞盤桃花米飯。』『茌席』不知何物，字書亦無『茌』字。」志祖案：「茌」音仙。《玉篇》：「草名，似莞。」《隋書·禮儀志》：「南郊神座皆用茌席。」皮日休詩：「選勝鋪茌席。」（孫志祖《讀書脞録續編》卷四《茌席》）

孔子讀《易》，韋編三絶，鐵擿三折，漆書三滅。唐人「擿」多作「擿」。陸甫里聯句：「豈獨斷韋編，幾將刓鐵擿。」是其證也。至王洙《談録》云「顔回讀書，鐵鏑三摧」，則且以爲顔子事矣。（蔣超伯《南漘楛語》卷四《記孔子事》）

獨在開元寺避暑〔一〕，頗懷魯望①，因飛箋聯句〔二〕

煩暑雖難避〔三〕，僧家自有期〔四〕。泉甘於馬乳〔五〕，苔滑似龍漦〔六〕。日休任誕襟全散〔七〕，臨幽榻旋移〔八〕。松行將雅拜〔九〕，篁陣欲交麾〔一〇〕。龜蒙望塔青髇識〔一一〕，登樓白鴿知〔一二〕。石經森欲動〔一三〕，珠像儼將怡②〔一四〕。筒簟臨杉穗③〔一五〕，紗巾透雨絲〔一六〕。静譚蟬噪少〔一七〕，凉步鶴隨遲〔一八〕。日休煙重迴蕉扇〔一九〕，風輕拂桂帷④〔二〇〕。對碑吴地説〔二一〕，開卷梵天詞〔二二〕。積

水魚梁壞〔二三〕，殘花病枕欹。懷君蕭灑處⑤〔二四〕，孤夢繞罘罳〔二五〕。龜蒙

（詩六八四）

【校記】

①「頗」原作「煩」，據弘治本、汲古閣本、詩瘦閣本、四庫本、皮詩本、統籤本、類苑本、季寫本、全唐詩本改。陸詩甲本無「煩」。②「像」統籤本作「像」。「怡」陸詩丙本作「恰」。③「筒」陸詩甲本、陸詩丙本、統籤本、全唐詩本作「筠」。④「風輕」全唐詩本作「輕風」。「帷」皮詩本、季寫本作「幃」。⑤「蕭」陸詩甲本、陸詩乙本、統籤本、類苑本、季寫本、全唐詩本作「瀟」。

【注釋】

〔一〕此詩當作於咸通十一年（八七〇）夏。開元寺：參卷六（詩二八一）注〔一〕。

〔二〕頗懷：很思念。飛筆：揮筆疾書。

〔三〕煩暑：悶熱。韋應物《冰賦》：「睹頒冰之適至，喜煩暑之暫清。」劉禹錫《劉駙馬水亭避暑》：「盡日逍遥避煩暑，再三珍重主人翁。」

〔四〕僧家：禪家，指僧人。當指開元寺章上人。「家」用在作爲人稱代詞的「僧」之後，無須具體釋義。參卷六（詩三三七）注〔一〕。僧家有期：當指佛教戒律規定的「夏坐」或「過夏」，即從四月十六日至七月十五日僧人不外出，坐禪修習。參卷八（詩四九四）注〔七〕。

〔五〕馬乳：馬奶。《漢書》（卷二二）《禮樂志》：「師學百四十二人，其七十二人給大官挏馬酒。」顏師古注：「李奇曰：『以馬乳爲酒，撞挏乃成也。』師古曰：『挏音動。馬酪味如酒，而飲之亦可

醉，故呼馬酒也。』」

〔六〕龍漦(lí)：古代傳説龍的涎水。參卷五（詩一九三）注〔二七〕。

〔七〕任誕：放縱，不受拘束。《世説新語》有《任誕篇》。襟全散：把衣襟敞開。形容放縱無拘束的散誕形象。《文選》（卷一三）宋玉《風賦》：「楚襄王游於蘭臺之宫，宋玉、景差侍。有風颯然而至，王乃披襟而當之，曰：『快哉！此風，寡人所與庶人共者邪？』」

〔八〕榻：狹長的坐卧兼用的器具。《後漢書》（卷五三）《徐穉傳》：「（陳）蕃在郡不接賓客，唯穉來特設一榻，去則懸之。」《初學記》（卷二五）引服虔《通俗文》曰：「床三尺五曰榻板，獨坐曰枰，八尺曰床。」旋移：多次地移動。張相《詩詞曲語辭匯釋》（卷二）：「旋，猶屢也；頻也。」又云：「旋，猶漸也。」

〔九〕松行：成行的松樹。雅拜：古代的跪拜禮之一。拜時先屈一膝，再屈一膝。《周禮·春官·大祝》：「七曰奇𢷎（拜）。」鄭玄注引漢杜子春曰：「奇讀爲奇偶之奇，謂先屈一膝，今雅拜是也。」

〔一〇〕篁陣：竹林的竹竿挺立猶如戰陣。交麾：旌旗交錯。此喻竹林的竹子互相碰撞摩擦，好像要交戰似的。麾，指揮軍隊的旗子。《説文·手部》：「摩，旌旗所以指麾也。」

〔一一〕青骹(qiāo)：鷹鳥中的青脛者。骹，脛部近足之處。《説文·骨部》：「骹，脛也。」《文選》（卷二）張衡《西京賦》：「青骹摯於韝下，韓盧噬於紲末。」薛綜注：「青骹，鷹青脛者。」

〔一二〕白鴿：鴿子是温順馴良的鳥，古代寺院多蓄養，故詩中言及。卷六（詩二八一）云「鴿馴多在寶幡中」，亦可證。

〔一三〕石經：石刻佛經，指寺院裏石刻的石經幢，有座有蓋，其狀如塔。森欲動：森嚴挺拔而聳動的樣子。

〔一四〕珠像：飾以珠玉的佛像。參卷六（詩二八一）注〔六〕。儼將怡：謂露出愉悦慈祥的面容。儼，端莊恭敬貌。《爾雅·釋詁》：「儼，敬也。」將，張相《詩詞曲語辭匯釋》（卷三）：「將，猶與也。」

〔一五〕筒簟：竹席。唐張籍《和左司元郎中秋居十首》（其一）：「風前捲筒簟，雨裏脱荷衣。」元稹《景申秋八首》（其三）：「枕傾筒簟滑，幔颭案燈翻。」杉穗：杉樹的枝葉。杉樹的葉子細長稠密如穗狀，故云。

〔一六〕紗巾：紗綃製的頭巾。唐代有白紗巾、烏紗巾之類，參《通典》（卷五七）。頭戴紗巾，言裝束簡樸，曠放閑適之意。唐劉長卿《贈秦系》：「向風長嘯戴紗巾，野鶴由來不可親。」雨絲：細雨如絲。《文選》（卷二九）張協《雜詩十首》（其三）：「騰雲似涌煙，密雨如散絲。」杜甫《雨不絶》：「鳴雨既過漸細微，映空摇颺如絲飛。」

〔一七〕静譚：平静地細聲交談。蟬噪少，很少有蟬鳴聲相伴隨，更顯得寧静。南朝梁王籍《入若邪溪詩》：「蟬噪林逾静，鳥鳴山更幽。」

〔一八〕涼步：在清涼之處安閑地漫步。遲：徐行貌。《詩經·邶風·谷風》：「行道遲遲，中心有違。」《毛傳》：「遲遲，舒行貌。」

〔一九〕煙重句：煙霧濃重，籠罩在芭蕉樹周圍。蕉扇，芭蕉葉可作扇子，故云。古代寺院常植芭蕉，故詩中言及。芭蕉在佛經中常喻虛幻、瞬息即逝的事物。《佛所行贊》（卷二）：「虛僞無堅固，如芭蕉夢幻。」《雜阿含經》（卷七）：「魔邪、魔勢、魔器，如沫如泡，如芭蕉如幻。」

〔二〇〕桂帷：形容寺院的帷幕幔帳。古人常將寺院稱作桂殿。北周庾信《奉和同泰寺浮屠》：「天香下桂殿，仙梵入伊笙。」

〔二一〕對碑句：面對着的寺院古碑，都記述了吴地的歷史地理、人文風俗。

〔二二〕梵天詞：指佛經。梵天，佛經中稱三界中的色界初禪三天爲梵天。喻指佛教而言。《法苑珠林》（卷二）《三界篇·諸天部·辨位部》：「第二色界有十八天者，初禪有三天：一名梵衆天，二名梵輔天，三名大梵天。」

〔二三〕魚梁：一種捕魚設施。參卷四（序六）注〔三〕。

〔二四〕君：指皮日休。蕭灑處：清静涼爽的處所。「蕭灑」同「瀟灑」。孟浩然《宴包二融宅》：「是時方盛夏，風物自蕭灑。」

〔二五〕孤夢：陸龜蒙自指。罘罳：參卷六（詩二八二）注〔一〕。此指開元寺。

寂上人院聯句〔一〕

癭床空默坐①〔二〕，清景不知斜〔三〕。暗數菩提子〔四〕，閒看薜荔花〔五〕。日休 有情唯墨客②〔六〕，無語是禪家〔七〕。背日聊依桂〔八〕，嘗泉欲試茶〔九〕。龜蒙 石形蹲玉虎〔一〇〕，池影閃金蛇〔一一〕。經笥安巖匼〔一二〕，瓶囊挂樹椏〔一三〕。日休 書傳滄海外③〔一四〕，龕寄白雲涯〔一五〕。竹色寒凌箔〔一六〕，燈光靜隔紗〔一七〕。龜蒙 趁幽翻《小品》〔一八〕，逐勝講《南華》〔一九〕。莎彩融黄露④〔二〇〕，蓮衣染素霞〔二一〕。日休 水堪傷聚沫〔二二〕，風合落天葩〔二三〕。若許傳心印〔二四〕，何辭古堞賒〔二五〕。龜蒙

（詩六八五）

【校記】

①斠宋本此句批語：「已下宋本缺，抄補。」②「唯」全唐詩本作「惟」。③「書」章校本批語：「『書』，明本缺。」陸詩丙本黄校注：「傳上空一格。」季寫本作「經」。「海」季寫本作「浪」。④「莎」陸詩丙本黄校注：「空格。」

【注釋】

〔一〕此詩當作於咸通十一年（八七〇）秋。寂上人院：即北禪院。參卷六（詩二六一）注〔一〕。

〔二〕癭床：楠木床。楠木樹根隆起的贅瘤，稱作癭木，用以制作的床叫癭床，制作的杯子叫癭杯等

等。《説文·疒部》：「癭，頸瘤也。」段玉裁《説文解字注》：「凡楠樹樹根贅疣甚大，析之，中有山川花木之文，可爲器械。《吴都賦》所謂『楠瘤之木』，三國張昭作《楠瘤枕賦》，今人謂之癭木是也。」

〔三〕清景：静謐清雅的景象。不知斜：指不知不覺中日光已經西斜。

〔四〕菩提子：菩提樹的果實，僧徒用作念佛的數珠。佛教以菩提樹爲修道證果之物，誦數珠可以求福。《校量數珠功德經》：「若用菩提子爲數珠者，或時掐念，或但手持，誦數一遍，其福無量，不可算計，難可校量。」《佛説木槵子經》：「若欲滅煩惱障、報障者，當貫木槵子一百八以常自隨。若行、若坐、若卧，恒當至心，無分散意，稱佛陀達摩僧伽名號，乃過一木槵子。如是漸次度木槵子，若十，若二十，若百若千，乃至百千萬。若能滿二十萬遍，身心不亂，無諸諂曲者，捨命得生第三焰天，衣食自然，常安樂行。若復能滿一百萬遍者，當得斷除百八結業，始名背生死流，趣向泥洹，永斷煩惱根，獲無上果。」

〔五〕薜荔花：木蓮花。薜荔，又稱木蓮，常緑藤本，蔓生，葉橢圓形，花極小。《楚辭·離騷》：「擥木根以結茝兮，貫薜荔之落蕊。」王逸注：「薜荔，香草也，緣木而生。蕊，實也。」

〔六〕墨客：文人的通稱。《文選》（卷九）揚雄《長楊賦序》：「聊因筆墨之成文章，故籍翰林以爲主人，子墨爲客卿以風。」「墨客」一詞最早見於此。

〔七〕禪家：修持禪定者，泛指僧人。佛教主張禪定入静，不立文字，故云「無語」。《釋氏要覽》（卷下)《禪》：「《僧史略》云：『禪者，即是定慧之通稱，明心達理之趣也。昔者菩提達磨觀此土機緣，一期繫紊，乃曰不立文字者，遣其執文滯相也。直指人心，見性成佛者，明其頓了無生也，其機峻而理深，故漸修者，篤加訕謗焉。』」

〔八〕背日：背朝着太陽。依桂：身子斜靠在桂樹上。表現恬静閑適之意。

〔九〕嘗泉句：嘗一嘗泉水，將要用泉水煎茶。唐人認爲煎茶用山中泉水爲最上。參陸羽《茶經》。屢見前注。

〔一〇〕玉虎：白虎。此句謂大石頭就像是蹲坐的大白虎。《韓詩外傳》（卷六）：「昔者楚熊渠子夜行，見寢石以爲伏虎，彎弓而射之，没金飲羽，下視知其石也。」《史記》（卷一〇九）《李將軍列傳》：「（李）廣出獵，見草中石，以爲虎而射之，中石没鏃，視之，石也。」

〔一一〕池影句：池面上閃耀的粼粼波紋，猶如一條條金黄色的長蛇。

〔一二〕經笥：收藏經籍的箱子。《後漢書》（卷八〇上）《邊韶傳》：「腹便便，《五經》笥。但欲眠，思經事。」安巖匼（kē）：安放在山巖的周圍。匼，匝，周繞。

〔一三〕瓶囊：盛放瓶鉢的布袋。僧人以瓶盛水，以鉢盛飯。瓶鉢則裝入布裝内，便於隨身携帶。瓶即净瓶。

〔一四〕書傳句：當指皮日休《文藪》傳到東瀛、三韓而言。雖無直接證據，但從皮氏爲新羅僧人撰碑銘，參卷八（詩四八三）；曾作詩送日本僧人回國，參卷九（詩五八二）來看，是有很大可能的。

《文藪》在當時頗有影響是不争的事實。參卷二(詩四〇)陸龜蒙《奉和因贈至一百四十言》:「搜得萬古遺,裁成十編書。」滄海:碧海,大海。《海内十洲記》:「滄海島在北海中,地方三千里,去岸二十一萬里。海四面繞島,各廣五千里。水皆蒼色,仙人謂之滄海也。」

〔一五〕龕:供奉佛像的石室。白雲涯:白雲邊。涯,邊際。

〔一六〕箔:竹編簾席。《玉篇·竹部》:「箔,簾也。」《文選》(卷四〇)任昉《奏彈劉整》:「忽至户前,隔箔攘拳大駡。」寒山《莊子説送終》:「吾歸此有時,唯須一番箔。」

〔一七〕紗:指安放燭火的燈籠所蒙的紗布。

〔一八〕趁幽:趁着幽静。趁有趕之義。《小品》:佛經名,全稱爲《小品般若波羅蜜經》。參卷六(詩二八二)注〔八〕。

〔一九〕逐勝:追尋觀賞美好的景物。《南華》:唐玄宗李隆基改《莊子》爲《南華真經》。參卷七(詩三九五)注〔八〕。

〔二〇〕莎彩:莎草的光澤。唐人喜愛在庭院中種植莎草,參卷九(詩五五一)注〔三〕。彩,滋潤有光澤的新鮮物象。參本卷(詩六八二)注〔三〕。黄露:指日光映照的露水。

〔二一〕蓮衣:荷葉。素霞:白色的煙霧。

〔二二〕水堪句:觀水爲聚沫的虚幻不實而傷悲。聚沫,水面上集聚的泡沫,瞬息即滅。《維摩詰所説經·方便品》:「是身如聚沫,不可撮摩。」僧肇注:「撮摩聚沫之無實,以喻觀身之虚僞。」

〔二三〕合：合該，應當。天葩：天上的花卉。喻奇花。

〔二四〕心印：佛教語。佛教禪宗傳授强調不用語言文字，而直接以心相印證，以達到頓悟成佛的境界，叫作「心心相印」。《六祖壇經・頓漸品》：「吾傳佛心印，安敢違於佛經。」

〔二五〕古堞：古舊的老城墻。《文選》（卷一一）鮑照《蕪城賦》：「是以板築雉堞之殷。」李善注：「鄭玄《周禮注》曰：『雉，長三丈，高一丈。』杜預《左氏傳注》曰：『堞，女墻也。』」賒：遠。此句謂不以古堞爲遠，坐禪修煉，以傳佛家心印。參卷六（詩二六一）注〔五〕。

藥名聯句〔一〕

爲待防風餅〔二〕，須添薏苡杯〔三〕。張賁　香燃柏子後①〔四〕，樽泛菊花來〔五〕。日休　石耳泉能洗②〔六〕，垣衣雨爲裁〔七〕。龜蒙　從容犀局静〔八〕，斷續玉琴哀〔九〕。賁　白芷寒猶采〔一〇〕，青箱醉尚開③〔一一〕。日休　馬銜衰草卧〔一二〕，烏啄蠹根迴④〔一三〕。龜蒙　雨過蘭芳好〔一四〕，霜多桂末摧⑤〔一五〕。賁　朱兒應作粉⑥〔一六〕，雲母詎成灰〔一七〕。日休　藝可屠龍膽〔一八〕，家曾近燕胎〔一九〕。龜蒙　墻高牽薜荔⑦〔二〇〕，障軟撼玫瑰⑧〔二一〕。賁　鼴鼠啼書户〔二二〕，蝸牛上硯臺⑨〔二三〕。日休　誰能將藁本⑩〔二四〕，封與玉泉才〔二五〕。龜蒙　（詩六八六）

【校記】

①「燃」全唐詩本作「然」。　②「洗」陸詩丙本作「流」。　③「箱」斠宋本、類苑本作「葙」。　④

「烏」類苑本、季寫本作「鳥」。⑤「末」原作「未」，據弘治本、汲古閣本、詩瘦閣本、四庫本、皮詩本、陸詩甲本、陸詩丙本、類苑本、季寫本、全唐詩本改。⑥「作」皮詩本、季寫本作「乍」。⑦「薜荔」季寫本作「荔薜」。⑧「撼」統籤本作「感」。⑨「硯」全唐詩本作「研」。⑩「本」陸詩丙本作「木」，陸詩丙本張校作「平」。

【注釋】

〔一〕此詩當作於咸通十一年（八七〇）秋冬。此時張賁從學道的茅山游蘇州，與皮、陸過從甚密，唱和頗多。藥名：藥名詩。雜體詩的一種。參本卷（序二〇）注〔四二〕。聯句：也是一種雜體詩。參本卷（序二〇）注〔三〕。故此詩是兩種雜體詩的體式結合在一起的作品。但與本卷前面皮、陸《藥名離合夏日即事三首》《懷錫山藥名離合二首》有所不同，此首聯句只是在詩句中含有藥名的詞匯，而前者則要用離合的方法組成藥名。

〔二〕待：張相《詩詞曲語辭匯釋》（卷一）：「待，擬辭。猶將也；打算也。」防風：傘形科植物的根。《本草綱目》（卷一三）引《神農本草經》曰：「氣味甘温，無毒，主治大風，頭眩痛，惡風，風邪，目盲無所見，風行周身，骨節疼痛，久服輕身。」

〔三〕薏苡：禾本科植物名。薏苡仁和薏苡根均可入藥。《後漢書》（卷二四）《馬援傳》：「初，援在交阯，常餌薏苡實，用能輕身省慾，以勝瘴氣。南方薏苡實大，援欲以爲種，軍還，載之一車。」李賢注：「《神農本草經》曰：『薏苡，味甘，微寒，主風濕痹下氣，除筋骨邪氣，久服輕身益氣。』」

〔四〕柏子：柏科植物的果實，又名柏子仁，可作香料，故詩云「香燃柏子」。《太平廣記》（卷六三）《黄觀福》條引《集仙傳》曰：「黄觀福者，雅州百丈縣民之女也。幼不茹葷血，好清静。家貧無香，以柏葉柏子焚之。」孟郊《游華山雲臺觀》：「敬兹不能寐，焚柏吟道篇。」柏子也是一種藥名，可入藥，《神農本草經》（卷一二）：「柏實，味甘平，無毒。主驚悸，安五藏，益氣，除風濕痺，療恍惚虚損，吸歷節，腰中重痛，益血止汗。久服，令人潤澤美色，耳目聰明，不饑不老，輕身延年。」

〔五〕菊花：有多種菊花，如白菊、祁菊、川菊、滁菊、貢菊、杭菊。古人用菊花釀成菊花酒，故詩有「樽泛」云云。《西京雜記》（卷三）：「九月九日，佩茱萸，食蓬餌，飲菊華酒，令人長壽。菊華舒時，并采莖葉，雜黍米釀之，至來年九月九日始熟，就飲焉，故謂之菊華酒。」作爲藥材，菊花味甘，性微寒，有解熱明目的功能。《神農本草經》（卷六）：「菊花，味苦，甘平，無毒。主風頭眩，腫痛，目欲脱淚出，皮膚死肌，惡風濕痺。療腰痛。去來陶陶。除胸中煩熱，安腸胃。利五脉，調四肢。久服，利血氣，輕身，耐老延年。」樽泛：此指酒杯中浮泛着菊花。《藝文類聚》（卷八一）梁王筠《摘園菊贈謝僕射舉詩》：「泛酌宜長久，聊薦野人誠。」參卷九（詩五四六）注〔五〕。

〔六〕石耳：附在石面上的地衣類植物，可入藥。《吕氏春秋·本味》：「菜之美者，崑崙之蘋，壽木之華。……漢上石耳。」高誘注：「石耳，菜名也。」一説，石耳即靈芝。泉洗耳：用「洗耳翁」許由事。晉皇甫謐《高士傳·許由》：「堯讓天下於許由，……由於是遁耕於中岳潁水之陽，箕山之下，終身無經天下色。堯又召爲九州長，由不欲聞之，洗耳於潁水濱。時其友巢父牽犢欲飲之，見由洗耳，問其故。對曰：『堯欲召我爲九州長，惡聞其聲，是故洗耳。』」

〔七〕垣衣：墻上生長的蘚苔植物，遮蔽墻如人穿衣，故名。陰雨天最易生長，故云「雨爲裁」。亦可入藥，所以也是藥名。南朝齊王融《藥名詩》：「石蠶終未繭，垣衣不可裳。」《本草綱目》（卷二一）引《别録》：「垣衣，生古垣墻陰或屋上。三月三日采，陰乾。恭曰：『此即古墻北陰青苔衣也。』」

〔八〕從容：雙關肉蓯蓉，肉質，一種藥材，味甘性温，具有壯陽補腎功能，《太平御覽》（卷九八九）引《本草經》曰：「肉蓯蓉，味甘，微温，生山谷。治五勞七傷，補中。除莖，中寒熱，養五藏，强陰，益精氣，多子，婦人癥瘕。久服輕身。生河西。」犀局：犀牛角做裝飾的圍棋棋盤。此句字面義爲鎮定從容地下圍棋。

〔九〕斷續：顛倒即爲「續斷」，多年生草本植物，以根入藥。《急就篇》（卷四第二三）：「遠志續斷參土瓜。」顔師古注：「續斷，一名接骨，即今所呼續骨木也。又有草續斷，其葉細而紫色，根亦入藥用。」

〔一〇〕白芷：香草名，夏季開傘形白花，果實長橢圓形，根入藥，有鎮痛作用。《楚辭·招魂》：「菉蘋齊葉兮白芷生。」《楚辭·離騷》：「扈江離與辟芷兮。」洪興祖補注：「白芷，一名白茝，生下澤，春生，葉相對婆娑，紫色，楚人謂之葯。」

〔一一〕青葙：一作青葙，又稱青葙子、草决明、野鷄冠，一年生草木植物，夏秋間開淡紅色花，種子叫青葙子，可入藥，有清熱、明目功能。《三國志·魏書·管寧傳》：「尺牘之迹，動見模楷焉。」裴松之注引魚豢《魏略》：「（青牛先生）常食青葙芫華。年似如五六十者。人或親識之，謂其已有百餘歲矣。」《證類本草》（卷一〇）：「青葙子，味苦，微寒，無毒，主邪氣，皮膚中熱，風瘙身痒。殺三蟲，恶瘡疥。」青箱又是書箱。此句謂醉酒尚要開箱讀書。參本卷（詩六五五）注〔三〕。

〔一二〕衰草：當指夏枯草，草本植物，入夏即漸漸枯萎，故名。有清火、明目、消腫、降壓作用。《本草綱目》（卷一五）引《本經》：「（夏枯草）莖葉氣味苦，辛寒，無毒。主治寒熱瘰癧，鼠瘻頭瘡，破癥散癭，結氣，脚腫，濕痺，輕身。」

〔一三〕蠹根：蠹蝕的樹根。參卷四（詩一二九）注〔二〕。烏啄：論者以爲當是「烏喙」。如此，「烏喙」則是藥草名，可采，參本詩〔箋評〕。《急就篇》（卷四第二三）：「烏喙附子椒芫華。」顔師古注：「烏喙，形似烏之觜也。附子，附大根而旁出也，此與烏頭、側子、天雄本同一種，但以年歲遠近爲殊，采之有異，功用亦别。説者云，一歲爲側子，二歲爲烏喙，三歲爲附子，四歲爲烏頭，五歲爲天雄。」

〔一四〕蘭芳：指蘭香。一年生芳香草木植物，其嫩莖葉可食。北魏賈思勰《齊民要術》（卷三）《種蘭香》：「三月中，候棗葉始生，乃種蘭香。」原注：「蘭香者，羅勒也。中國爲石勒諱，故改，今人因以爲名焉。且蘭香之目，美於羅勒之名，故即而用之。」

〔一五〕桂末：指桂葉，即指桂樹，常緑喬木，品種較多，如肉桂，樹皮含揮發油，可作香料，亦可入藥。晋嵇含《南方草木狀》（卷中）：「桂有三種：葉如柏葉，皮赤者爲丹桂；葉似柿葉者爲菌桂；其葉似枇杷葉者爲牡桂。」《急就篇》（卷四第二三）：「芎藭厚朴桂栝樓。」顔師古注：「桂，謂菌桂、牡桂之屬，百藥之長也。」

〔一六〕朱兒：丹砂，道家煉丹的原料，味甘性寒，有安神解毒的功能。《抱朴子·内篇·金丹》：「若取九轉之丹，内神鼎中，夏至之後，爆之鼎熱，内朱兒一斤於蓋下。」

〔一七〕雲母：雲母石。又稱雲英。有光澤，半透明，有白、黑及深淺不同的緑色和褐色等。白雲母可入藥，道家認爲久服可以成仙。《本草綱目》（卷八）引《本經》：「（雲母），氣味甘平，無毒。主治身皮死肌，中風，寒熱如在車船上，除邪氣，安五臟，益子精，明目。久服，輕身延年。」《列仙傳》（卷上）《方回》：「方回者，堯時隱人也。堯聘以爲閭士。練食雲母，亦與民人有病者，隱於五柞山中。」晋葛洪《神仙傳序》：「方回咀嚼以雲母。」

〔一八〕龍膽：龍膽草，多年生草本植物，根可入藥，味苦性寒，有解熱清火的功能。宋唐慎微《證類本草》（卷六）：「龍膽味苦澀，大寒，無毒。主骨間寒熱，驚癇邪氣，續絶傷，定五藏，殺蠱毒，除胃中伏熱，……益肝膽氣，止驚惕。久服，益智不忘，輕身耐老。」《本草綱目》（卷一三）：「龍膽，葉如龍葵，味苦如膽，因以爲名。」屠龍：連帶用屠龍術的典故。《莊子·列禦寇》：「朱泙漫學屠龍於支離益，單千金之家，三年技成而無所用其巧。」

〔一九〕燕胎：古代道家傳説中的仙芝名，産自茅山。《太平御覽》（卷九八六）引《茅君内傳》：「句曲山上有神芝五種：第一曰龍仙芝，似交龍之相負，服之爲太極仙卿；第二曰參成芝，赤色，有光，扣其枝葉如金石之音，折而續之，即如故，服之爲太極大夫；第三曰燕胎芝，其色紫，形如葵，葉燕象，如欲飛狀，光明洞徹，服一株，拜爲太清龍虎仙君；第四曰夜光芝，其色青，實正白如李，夜視其實，如月光照洞一室，服一株爲太極仙官；第五曰玉芝，色白如玉，剖食，拜三官正真御史也。」

〔二〇〕牽：牽引，拉拽。薜荔：香草名，其草和果實均可入藥，有解毒、活血、鎮痛的作用。參本卷（詩六八五）注〔五〕。

〔二一〕障：行障，步障，古代在郊野游賞時所設的圍擋遮蔽物。玫瑰：灌木名，薔薇科植物。枝密有刺，開紫紅色或白色花，香氣濃郁，有觀賞性，可供藥用。

〔二二〕鸓（lěi）鼠：即鼯鼠，屬鳥類。《説文·鳥部》：「鸓，鼠形，飛走且乳之鳥也。」《山海經·西山經》：「（翠山）其鳥多鸓，其狀如鵲，赤黑而兩首四足，可以禦火。」宋唐慎微《證類本草》（卷一八）：「鸓鼠，主墮胎，令産易。生山都平谷。」原注：「陶隱居云：鸓是鼯鼠，一句飛生，狀如蝙蝠，大如鴟鳶，毛紫色。」「鸓」同「鸓」。書户：書齋。

〔二三〕蝸牛：軟體動物，有螺旋形的黄褐色硬殼，頭部有兩對觸角，腹部有扁平的角。味咸性寒，有清熱、解毒的作用。晉崔豹《古今注》（卷中）：「蝸牛，陵螺也。形如螔蝓，殼如小螺。熱則自懸於葉下。野人結圓舍，如蝸牛之殼，故曰蝸舍，亦曰蝸牛之舍也。蝸殼宛轉有文章，絞轉爲結，似螺殼文，名曰螺縛。童子結髮，亦爲螺髻，亦謂其形似螺殼。」

〔二四〕藁本：香草名，多年生草本植物。葉呈羽狀，夏季開白花，果實有鋭棱，根紫色，可入藥。《本草綱目》（卷一四）引《本經》：「根氣味辛温，無毒。主治婦人疝瘕，陰中寒腫痛，腹中急除風，頭痛。長肌膚，悦顔色。」《管子·地員》：「五臭疇生，蓮與蘪蕪、藁本、白芷。」藁本，雙關文人著作的草稿之義，故詩下句云云。

〔二五〕封：封緘。玉泉：金石類藥名。《太平御覽》（卷九八八）引《本草經》曰：「玉泉，一名玉醴。味甘平。生山谷。治藏百病，柔筋强骨，安魂，長肌肉。久服，能忍寒暑。不飢渴，不老神仙。人臨死，服五斤，死三年，色不變。生藍田。」《本草綱目》（卷八）：「今仙經三十六水法中，化玉爲玉漿，稱爲玉泉，服之長生不老。然功劣於自然泉液也。」玉泉才：仙才，此喻文學上的才華，與上句「藁本」呼應。

【箋評】

晚唐士人專以小詩著名，而讀書滅裂，如白樂天《題座隅》詩云「俱化爲餓殍」，作孚字押韻。杜牧《杜秋娘》詩云「厭飫不能飴」，飴乃餳耳，若作飲食，當音飤。又陸龜蒙作《藥名》詩云「烏啄蠹根回」，乃是「烏喙」非「烏啄」也；又「斷續玉琴哀」，藥名止有「續斷」，無「斷續」。此類極多。（沈括《夢溪筆談》卷十四《藝文一》）

陸龜蒙《藥名詩》云「烏啄蠹根回」，乃是「烏喙」，非「烏啄」也。又「斷續玉琴哀」，藥名止有「續斷」，無「斷續」。（胡震亨《唐音癸籤》卷二十三《詁箋八》）

寒夜文宴聯句①〔一〕

文星今夜聚〔二〕，應在斗牛間〔三〕。日休 載石人方至②〔四〕，乘槎客未還〔五〕。賁 送觴繁露曲〔六〕，徵句白雲顔③〔七〕。龜蒙 節奏唯聽竹④〔八〕，從容只話山〔九〕。日休 理窮傾秘藏〔一〇〕，論猛折玄關⑤〔一一〕。賁 酃酒分中綠〔一二〕，巴牋擘處殷〔一三〕。龜蒙 清言聞後醒〔一四〕，强韻壓來閒⑥〔一五〕。日休 犀柄當風揖⑦〔一六〕，瓊枝向月攀〔一七〕。賁 松吟方嘹嘹〔一八〕，泉夢憶潺潺〔一九〕。龜蒙 一會文章草⑧〔二〇〕，昭明不可删〔二一〕。日休 （詩六八七）

【校記】

①「宴」四庫本作「晏」。②「載」季寫本作「戴」。③「徵」陸詩甲本、陸詩丙本作「微」。④「唯」陸詩甲本、統籤本、全唐詩本作「惟」。⑤「玄」原缺末筆，避宋太祖始祖趙玄朗諱。「猛」陸詩丙本黃校注：「空格。」⑥「閒」四庫本、陸詩甲本、陸詩丙本、統籤本、全唐詩本作「艱」。⑦「揖」

盧校本作「挹」。⑧「章」陸詩丙本黄校注：「空格。」

【注釋】

〔一〕此詩當作於咸通十一年（八七〇）冬。文宴：飲酒而有詩歌酬唱的宴會。

〔二〕文星：文曲星，亦作文昌星。古人認爲是主持文運的星宿。喻有文才的人。此指參與文宴聯句的諸位詩友。數位文人相聚，故云「文星聚」。孫逖《送張補闕歸鄴序》：「昔聞七子，今在一門。北州爲營，當有聚星之會；西垣贈別，請陳『零雨』之詩。」韋莊《新正日商南道中作寄李明府》：「踏雪偶因尋戴客，論文還比聚星人。」

〔三〕斗牛：二十八星宿中的斗星和牛星，爲吴地的分野。文宴的地點是蘇州，故云「斗牛間」。《晋書》（卷三六）《張華傳》：「初，吴之未滅也，斗、牛之間常有紫氣。」

〔四〕載石人：借指陸龜蒙。《新唐書》（卷一九六）《陸龜蒙傳》：「陸氏在姑蘇，其門有巨石。遠祖績嘗事吴爲鬱林太守，罷歸無裝，舟輕不可越海，取石爲重，人稱其廉，號『鬱林石』，世保其居云。」

〔五〕乘槎客：張賁自喻。此句謂自己正游歷蘇州，未歸學道的茅山。乘槎：參卷八（詩四九一）注〔一〕。

〔六〕送觴：傳杯，勸酒。繁露曲：應是古曲名。繁露：早晨的露水。

〔七〕徵句：搜索詩句。白雲顔（yá）：白雲繚繞的山崖邊。參卷四（序六）注〔一〕。南朝梁陶弘景

《詔問山中何所有賦詩以答》：「山中何所有？嶺上多白雲。只可自怡悦，不堪持贈君。」

〔八〕節奏：謂追求的節拍韻律。聽竹：聆聽竹子疏朗蕭散的颯颯響聲。

〔九〕從容：悠閑舒緩貌。話：説，談。孟浩然《過故人莊》：「開筵面場圃，把酒話桑麻。」

〔一〇〕理窮：窮盡道理，盡力探尋道理的含義。傾：傾盡，所有。秘藏（zàng）：奥秘深邃的典籍。此當指佛教經典。

〔一一〕論猛：議論説理深刻强烈。折：折服。玄關：佛教稱入道的法門。參本卷（詩六六七）注〔二〕。

〔一二〕酃酒：古代的一種美酒。泛指酒。北魏酈道元《水經注》（卷三九）：「（耒水）又北過酃縣東。」注云：「縣有酃湖，湖中有洲，洲上民居，彼人資以結釀，酒甚醇美，謂之酃酒，歲常貢之。」分中緑：謂分酒而仍然可以是緑色的。中，張相《詩詞曲語辭匯釋》（卷四）：「中，猶堪也；合也。」

〔一三〕巴牋：巴蜀所産的牋紙。唐時的巴蜀，産牋紙頗多。李肇《唐國史補》（卷下）：「紙則有越之剡藤苔箋，蜀之麻面、屑末、滑石、金花、長麻、魚子、十色箋；楊之六合箋；韶之竹箋；蒲之白薄、重抄；臨川之滑薄。」中唐以來，成都盛行「紅箋」。薛濤《十離詩・筆離手》：「越管宣毫始稱情，紅箋紙上撒花瓊。」何兆《贈兄》：「洛陽紙價因兄貴，蜀地紅箋爲弟貧。」鮑溶《寄王璠侍御求蜀箋》：「蜀川箋紙綵雲初，聞説王家最有餘。」擘（bāi）處：分開之處。殷：殷紅色。

〔一四〕清言：高雅通達的言論。《世説新語·文學》：「殷中軍嘗至劉尹所清言。良久，殷理小屈，遊辭不已，劉亦不復答。殷去後，乃云：『田舍兒强學人作爾馨語。』」晋陶淵明《咏二疏》：「問金終寄心，清言曉未悟。」此句謂清言可以醒酒。

〔一五〕强韻：險韻，指字少而又生僻的韻字。《梁書》（卷三三）《王筠傳》：「筠爲文能厭强韻，每公宴并作，辭必妍美。」壓來閒：謂壓險韻也很嫻熟自如。

〔一六〕犀柄：以犀牛角裝飾手柄的麈尾。魏、晋人清談喜手持麈尾。《世説新語·傷逝》：「王長史病篤，寢卧鐙下，轉麈尾視之，嘆曰：『如此人，曾不得四十！』及亡，劉尹臨殯，以犀柄麈尾著柩中，因慟絶。」當風揖：面對着清風拱手拜揖。

〔一七〕瓊枝：玉樹枝。此指桂樹枝。《楚辭·離騷》：「溘吾遊此春宫兮，折瓊枝以繼佩。」「折瓊枝以爲羞兮。」向月攀：向月中攀摘。此句當指該年陸龜蒙曾有應舉之事而言。唐人稱進士及第爲「折桂」。參卷八（詩四五三）、（詩四五四）。

〔一八〕松吟：松濤聲。嚓嚓（qiè qiè）：象聲詞。細碎的低吟聲。《玉篇·口部》：「嚓，小語。」此句似活用陶弘景在茅山隱居，極喜松風，而在庭院植松事，喻張賁曾在茅山學道。參卷九（詩六〇八）注〔三〕、〔四〕。

〔一九〕泉夢：夢中夢到山泉，實謂懷念隱逸的閑適生活。似指皮日休曾隱居鹿門山而言。參卷一（詩三）注〔三〇〕。潺潺：此指流水聲。曹丕《丹霞蔽日行》：「谷水潺潺，木落翩翩。」孟郊《吊盧殷十首》(其一):「百泉空相吊，日久哀潺潺。」

〔二〇〕一會：一次聚會。指本次文宴而言。《左傳·僖公十九年》:「今一會而虐二國之君，又用諸淫昏之鬼，將以求霸，不亦難乎？」文章草：詩文的草稿。即此次文宴上的聯句。

〔二一〕昭明：昭明太子蕭統，參卷八(詩四七〇)注〔一〇〕。不可刪：不能刪，無法刪。贊譽文宴上諸詩友的詩歌高妙。蕭統《文選序》:「余監撫餘閑，居多暇日，歷觀文囿，泛覽辭林，未嘗不心遊目想，移晷忘倦。自姬漢以來，眇焉悠邈，時更七代，數逾千祀，詞人才子，則名溢於縹囊；飛文染翰，則卷盈乎緗帙。自非略其蕪穢，集其清英，蓋欲兼功太半，難矣。」

【箋評】

松陵《夜宴聯句》云：「清言聞後醒，强韻壓來閒。」「强」猶「險」也。《梁書》謂王筠善押强韻。(宋長白《柳亭詩話》卷三〇《險韻》)

報恩寺南池聯句①〔一〕

古岸涵碧落〔二〕，龜蒙虛軒明素波〔三〕。坐來魚陣變〔四〕，日休吟久菊□多②。秋草分杉露〔五〕，嵩起③〔六〕危橋下竹坡〔七〕。遠峰青髻并〔八〕，龜蒙□□□鬅和④。《肇論》寒仍講⑤〔九〕，日休支硎僻亦過〔一〇〕。齋心曾養鶴〔一一〕，嵩起揮翰好邀鵝〔一二〕(原注：南峰院即故相國裴公書額⑥〔一三〕。)。

倚石收奇藥〔一四〕，龜蒙　臨溪藉淺莎〔一五〕。桂花晴似拭〔一六〕，日休　荷鏡曉如磨〔一七〕。翠出牛頭聳〔一八〕，嵩起　苔深馬迹跛〔一九〕（原注：石上有支公馬迹。）〔二〇〕。傘欹從野醉〔二一〕，龜蒙　巾側任田歌〔二二〕。跁跒松形矮⑦〔二三〕，日休　般跚檜樾矬⑧〔二四〕。香飛僧印火〔二五〕，嵩起　泉急使鑣珂〔二六〕。菱鈿真堪帖⑨〔二七〕，龜蒙　蓴絲亦好拖〔二八〕。幾時無一事〔二九〕，日休　相伴著煙蘿⑩〔三〇〕。嵩起

（詩六八八）

【校記】

①陸詩甲本題下小注：「時穰秀才嵩起同作。」　②「□」盧校本、類苑本作「英」，章校本批語：「□，明本同缺。」皮詩本作「吟久菊多」，陸詩丙本作「□」，陸詩丙本黄校注：「空格，同。」全唐詩本在詩題下注：「第四句缺一字。」　③全唐詩本注：「失姓。」　④「□□□」盧校本、類苑本作「古蘚緑」，章校本批語：「□□□，明本同缺。」陸詩丙本黄校注：「髯上空三格。」全唐詩本在詩題下注：「第八句缺三字。」　⑤「肇」原作「趙」，據盧校本改。　⑥類苑本無此注語。　⑦「形」陸詩丙本張校作「影」。　⑧「般」類苑本作「媻」。　⑨「帖」弘治本作「怗」。　⑩「著」陸詩甲本、統籤本作「着」。

【注釋】

〔一〕此詩當作於咸通十一年（八七〇）秋。報恩寺：參卷七（詩四〇三）注〔一〕。南池：宋朱長文《吴郡圖經續記》（卷中）：「天峰院，在吴縣西二十五里，報恩山之南峰。……又有碧琳泉、待月嶺、南池、新泉之類，自昔著名。」卷七（詩四〇三）頷聯：「池文帶月鋪金簟，蓮朵含風動玉

杯。」（詩四〇四）首聯：「峰抱池光曲岸平，月臨虚檻夜何清。」亦可參證。

〔二〕古岸：指南池岸。涵：包含，容納。碧落：道教語，所謂天界，即碧空、天空。《度人經》：「昔于始青天中碧落高歌。」注：「始青天，乃東方第一天，有碧霞遍滿，是云碧落。」武三思《仙鶴篇》：「經隨羽客步丹丘，曾逐仙人遊碧落。」白居易《長恨歌》：「上窮碧落下黄泉，兩處茫茫皆不見。」

〔三〕虚軒：寬敞的臺閣，指報恩寺水閣。參卷七（詩四〇三）題目《宿報恩寺水閣》，可證。素波：秋天澄澈的池水。漢武帝劉徹《秋風辭》：「泛樓船兮濟汾河，横中流兮揚素波。」

〔四〕坐來：一會兒。張相《詩詞曲語辭匯釋》（卷四）：「坐來，猶云移時也，少頃也。」魚陣：水中游魚的隊形，即魚群。劉恂《嶺表録異》（卷下）：「跳鯅，乃海味之小魚鯅也。……魚兒來如陣雲，闊二三百步，厚亦相似者。既見，報魚師，遂將船争前而迎之。船衝魚陣，不施罟網，但魚兒自驚跳入船，逡巡而滿，以此爲鯅，故名之『跳』。」

〔五〕秋草句：謂秋草和杉樹都霑滿露水。意謂秋色正濃。

〔六〕嵩起：穰嵩起，蘇州人。此詩是其在《松陵集》裏唯一一次參與皮、陸等人的唱和。《唐音統籤》在皮日休《奉和曉起迴文》詩（按即本卷（詩六一八））末注：「穰嵩起，《姑蘇志》稱秀才，郡人。」明王鏊《姑蘇志》（卷三八）：「皮日休字襲美，襄陽人。咸通八年進士。十年，崔璞守蘇，日休爲軍事判官，與進士陸龜蒙友善，……郡人與之遊者有恩王府參軍徐修矩……秀才穰嵩起。」

〔七〕危橋：高聳的拱橋。《國語・晉語八》：「拱木不生危，松柏不生埤。」韋昭注：「拱木，大木也。危，高險也。」

〔八〕遠峰：指支硎山的兩座山峰，故云「并」。參卷七（詩四〇三）注〔三〕。青髻：青螺髻。緑色的山峰似女子螺形的髮髻一樣美麗。參卷三（詩四八）注〔三〇〕。

〔九〕《肇論》：僧肇的佛學論文。僧肇（三八四—四一四），十六國後秦時高僧，佛學理論家。曾注《維摩詰經》。其所著《般若無知論》《不真空論》《物不遷論》《答劉遺民書》等，後人輯爲《肇論》，論證深刻，文字優美，是佛學論文中的精品。

〔一〇〕支硎：山名，即報恩山，報恩寺之所在。參卷七（詩四〇三）注〔一〕、〔九〕。僻：幽静深邃。過：探訪，尋訪。

〔一一〕齋心：此指佛家護物的慈愛之心。養鶴：東晉高僧支遁養鶴事。《世説新語・言語》：「支公好鶴，住剡東岇山，有人遺其雙鶴。少時翅長欲飛，支意惜之，乃鎩其翮。鶴軒翥不復能飛，乃反顧翅，垂頭視之，如有懊喪意。林曰：『既有凌霄之姿，何肯爲人作耳目近玩？』養令翮成置，使飛去。」宋范成大《吴郡志》（卷九）：「支遁庵，在南峰。古號支硎山，晉高僧支遁常居此，剜山爲龕，甚寬敞。相傳有村婦生子於中，庵頂遂中裂。道林又嘗放鶴於此，今有亭基。」

〔一二〕揮翰：運筆。翰，筆毫，毛筆。邀鵝：求鵝。邀，《文選》（卷五五）劉峻《廣絶交論》：「冀宵燭之末光，邀潤屋之微澤。」李善注：「賈逵《國語注》曰：『邀，求也。』」《晋書》（卷八〇）《王羲之傳》：「性愛鵝，會稽有孤居姥養一鵝，善鳴，求市未能得，遂携親友命駕就觀。姥聞羲之將至，烹以待之，羲之嘆惜彌日。又山陰有一道士，養好鵝，羲之往觀焉，意甚悦，固求市之。道士云：『爲寫《道德經》，當舉群相贈耳。』羲之欣然寫畢，籠鵝而歸，甚以爲樂。」

〔一三〕南峰院：即支硎山（報恩山）之報恩寺，宋時改名爲天峰院。宋朱長文《吴郡圖經續記》（卷中）：「天峰院，在吴縣西二十五里，報恩山之南峰。東晋時，高僧支遁者嘗居於此，故有支硎之號。……所謂『南峰』者，乃古之報恩之屬院耳。院枕巖腹，躋攀幽峻。自報恩寖衰，而南峰乃興。大中五年，號爲『支山』。……故傳裴休書額，已亡矣。」范成大《吴郡志》（卷三二）：「天峰院，在吴縣西二十五里南峰山，亦名支硎山。即東晋高僧支遁別庵也。皇朝祥符五年，刺史秦羲奏賜今名。」并考證云：「又言南峰院額，故相國裴休所書也。休乃大中宰相。於是一時而報恩、支山、南峰三名并存。」裴公：裴休（七九一—八六四），字公美。宣宗大中六年，以禮部尚書同中書門下平章事。咸通五年卒。精於行楷書法。生平事迹參《舊唐書》（卷一七七）、《新唐書》（卷一八二）本傳。

〔一四〕倚石：倚靠在險峻的山間巖石上。收：收集，采集。奇藥：功效極好的草藥。

〔一五〕藉淺莎：坐在短短的莎草上。藉，坐於草上。《文選》（卷一一）孫綽《遊天台山賦》：「藉萋萋之纖草，蔭落落之長松。」李善注：「以草薦地而坐曰藉。」

〔一六〕桂花：喻明月。古代神話傳説，月中有桂樹。屢見前注。晴似拭：晴朗天氣裏的明月猶如被擦洗過的一樣晶瑩明亮。

〔一七〕荷鏡：有圓形荷葉的南池池面猶如鏡子。曉如磨：謂早上的南池水面猶如鏡子被磨洗過似的平静明潔。

〔一八〕牛頭：牛頭山，又稱牛頭峰，在支硎山南。宋朱長文《吴郡圖經續記》（卷中）：「天峰院，在吴縣西二十五里，報恩山之南峰。……山中危壁竦立，石門夾道，前對牛頭山，旁作西庵。」劉禹錫《題報恩寺》：「石文留馬迹，峰勢聳牛頭。」《吴都文粹續集》（卷二〇）：「支硎山，……又有放鶴亭、馬迹石，以遁得名。山有南峰寺，……南峰一名天峰，即唐支山院也。……又有牛頭峰，在寺門之下。」

〔一九〕馬迹跛：馬跳躍的足迹。跛，一脚落地的足迹。《世説新語·言語》：「支道林常養數匹馬。或言道人畜馬不韻，支曰：『貧道重其神駿。』」范成大《吴郡志》（卷九）：「支遁庵，在南峰。古號支硎山，晋高僧支遁常居此。……道林喜養駿馬，今有白馬澗，云飲馬處也。庵傍石上有馬足四，云是道林飛步馬迹也。」

〔二〇〕支公：支遁。參卷一（詩一二）注〔二九〕。

〔二一〕傘攲（qī）：傾斜的傘。從：任，任隨。野醉：在野外酣飲而醉酒。

〔二二〕巾側：斜戴的頭巾。田歌：農歌，農人田野間勞作之歌。温庭筠《寄河南杜少尹》：「夕陽亭畔山如畫，應念田歌正寂寥。」

〔二三〕 跁跒（pá qiǎ）：蹲貌。《集韻·麻韻》：「跒，跁跒，蹲也。」

〔二四〕 般跚（pán shān）：盤旋曲折貌。檜樾（guì yuè）：檜柏的枝杈虬結交錯。樾，兩樹交聚生長而成蔭。《玉篇·木部》：「樾，楚謂兩樹交陰之下曰樾。」矬（cuó）：短，矮小。

〔二五〕 香飛：僧人燒香的香煙飛散。印火：燒香時的香火。蓋因香有制成篆字形或其他圖案者，如有印文，稱爲篆香或篆印。温庭筠《訪知玄上人遇暴經因有贈》：「風飈檀煙銷篆印，日移松影過禪床。」

〔二六〕 泉急：迅急流淌的山泉。報恩寺有碧琳泉、新泉。參本詩注〔一〕。使鑣（biāo）珂：喻泉水聲猶如使者馬銜上的鈴聲般的急促清脆。《説文·金部》：「鑣，馬銜也。」段玉裁《説文解字注》：「馬銜橫毌口中，其兩耑外出者，繫以鑾鈴。」又《説文·金部》：「銜，馬勒口中。」段玉裁《説文解字注》：「革部曰：『勒，馬頭落銜也。』落謂絡其頭，銜謂關其口，統謂之勒也。其在口中者謂之銜。落以駱爲之。駱，生革也。銜以鐵爲之，故其字從金。引申爲凡口含之用。」珂：馬銜上似鈴的裝飾，馬行走時發出響聲。《初學記》（卷二二）《鞍》引服虔《通俗文》曰：「凡勒飾曰珂。」

〔二七〕 菱鈿：形狀似釵鈿的菱葉菱花。帖：黏帖，塗抹。《木蘭詩》：「當窗理雲鬢，對鏡帖花黃。」此句謂水面上的菱葉菱花，精美如可使婦女黏帖的釵鈿一樣。

〔二八〕蒓(chún)絲：蒓菜，多年生水草，嫩葉柔滑，可食用。有莖細長，故云蒓絲。吴人特喜用以制作蒓羹，是古代吴中的一道美味菜肴。《世説新語・言語》：「有千里蒓羹，但未下鹽豉耳。」《晉書》(卷九二)《張翰傳》：「翰因見秋風起，乃思吴中菰菜、蒓羹、鱸魚膾。」拖：拉，引。此有采擷義。《説文・手部》：「拕，曳也。」《玉篇・手部》：「拕，曳也。」又云：「拖，同上。俗。」意謂「拖」是「拕」的俗體字。

〔二九〕幾時：何時。

〔三〇〕著：穿，披戴。煙蘿：煙霧籠罩的女蘿。形容山林茂密幽深。喻隱逸山中的閑適生活。《楚辭・九歌・山鬼》：「若有人兮山之阿，被薜荔兮帶女羅。」唐胡騈《經費拾遺舊隱》：「不將冠劍爲榮事，只向煙蘿寄此生。」王繼勛《贈和龍妙空禪師》：「只栖雲樹兩三畝，不下煙蘿四五年。」

【箋評】

携李諸襄七太史《謝友人寄參》詩云：「虎穴探深得，羊頭絶頂劚。異名傳鬼蓋，上藥合人銜。有客憐多病，輕郵政密緘。文場遲跁跒，明日好抽帆。」皮襲美聯句：「跁跒松形矮，般跚檜樾矬。」又詩「襬褷風聲疣，跁跒地力痑。」「般跚」、「襬褷」與「跁跒」，俱叠韻對格。按：「跁」音部下切，「跒」音苦下切。《玉篇》云：「跁跒，行不肯前也。」李建勛有「跁跒爲詩跁跒書」之句。（吴騫《拜經樓詩話》卷一）

夜會問答十首①〔一〕

寒夜清，日休問魯望簾外迢迢星斗明〔二〕。況有蕭閒洞中客②〔三〕，吟爲紫鳳呼皇聲〔四〕（原注：時華陽廣文先生在焉③。）。（詩六八八九）

【校記】

①全唐詩本無「首」。　②「蕭」統籤本作「簫」。　③統籤本無此注語。

【注釋】

〔一〕此組十首問答體雜體詩，當作於咸通十一年（八七〇）秋。夜會：夜晚文會。參與者有皮、陸及張賁。問答：問答體雜體詩。此體源於民歌。早在《詩經》《楚辭》中已運用這種體式，如《詩經·齊風·南山》，《楚辭》中的《卜居》《漁父》等即是。漢樂府，特别是漢賦中，問答體被廣泛使用，後世詩詞文賦中也都屢見不鮮。皮、陸等人將其獨立成章，形成比較固定的問答方式，使之成爲雜體詩的一種，是有拓展之功的。

〔二〕迢迢星斗明：高空中星星明亮。迢迢：遥遠高深貌。《文選》（卷二九）《古詩十九首》（其一〇）：「迢迢牽牛星，皎皎河漢女。」

〔三〕蕭閒洞中客：指張賁，即原注中的「華陽廣文先生」。曾在茅山學道，時正游歷蘇州。前已屢注。蕭閒洞：在茅山，又稱蕭閒堂、蕭閒宮。參卷七（詩三七七）注〔二〕。

〔四〕紫鳳呼皇聲：鳳呼喚凰的聲音。指仙人吹簫，用蕭史、弄玉事。《列仙傳》（卷上）：「蕭史者，秦穆公時人也。善吹簫，能致孔雀、白鶴於庭。穆公有女字弄玉好之，公遂以女妻焉。日教弄玉作鳳鳴，居數年，吹似鳳聲，鳳凰來止其屋，公爲作鳳臺，夫婦止其上，不下數年。一日，皆隨鳳凰飛去，故秦人爲作鳳女祠於雍宮中，時有簫聲而已。」

【箋評】

寒夜清，簾外迢迢星斗明。况有蕭閒洞中客，吟爲紫鳳呼皇聲。（皮日休）

問春桂：桃李正芬華，年光隨處滿，何事獨無花？

春桂答：春華詎能久，風霜摇落時，獨秀君知否？（王績）

費經虞曰：「此體，一問一答也。陸龜蒙《問瘿杯》，張賁《問蓮花燭》，皆同日休，有問無答。」（費經虞《雅倫》卷九上《格式》七《問答》）

（問答體）徐師曾曰：起句三字，用韻（是某人問某人）；下三句皆七言，中一句不用韻。如《夜問答》云「寒夜清」，是皮日休問陸龜蒙；「簾外迢迢星斗明，况有蕭閒洞中客，吟爲紫鳳求凰聲」，是龜蒙答。（馬上巘《詩法火傳》卷十五左編）

俗講俗文學對後世文體之影響有：……⑥「老少問答」影響中晚唐詩體裁甚大，如盧仝《蕭氏二三子贈答》是民間風格爲詩人所借用者，香山亦有《池鶴》八絶句，晚唐皮、陸集中此體益多矣。（羅

庸《唐宋文學》第三講《中唐文學之創新與復古》，載《笳吹弦誦傳薪録》）

癭木杯〔一〕，龜蒙問襲美山贅楠瘤刳得來①〔二〕。莫怪家人畔邊笑〔三〕，渠心祇愛黄金罍②〔四〕。

（詩六九〇）

【校記】

①「山」汲古閣本、四庫本、皮詩本、陸詩甲本、陸詩丙本、統籤本、季寫本、全唐詩本作「杉」。②「祇」汲古閣本、四庫本、全唐詩本作「祗」。

【注釋】

〔一〕癭木杯：楠木樹根制成的酒杯。參本卷（詩六八五）注〔二〕。《文選》（卷五）左思《吴都賦》：「楠榴之木，相思之樹。」劉逵注：「南榴木之盤結者，其盤結文尤好，可以作器，建安所出最大長也。」「南榴」即「楠瘤」。《新唐書》（卷一九六）《武攸緒傳》：「盤桓龍門、少室間，冬蔽茅椒，夏居石室，所賜金銀鐺鬲、野服，王公所遺鹿裘、素障、癭杯，塵皆流積，不御也。」宋竇苹《酒譜·飲器》：「《松陵唱和》有『癭木杯』詩，蓋用木節爲之。」

〔二〕山贅楠瘤：山中生長的楠木贅瘤。刳（kū）得來：謂癭木杯是將楠木癭瘤用刀剖開鐫刻而成的。來，句末助詞。

〔三〕畔邊：旁邊。畔，邊，旁邊。《楚辭·漁父》：「屈原既放，游於江潭，行吟澤畔。」

〔四〕渠：他。第三人稱代詞。黄金罍：黄金制成的酒器。《詩經·周南·卷耳》：「我姑酌彼金罍，維以不永懷。」

（詩六九一）

落霞琴〔一〕，日休問潤卿①寥寥山水揚清音〔二〕。玉皇仙馭碧雲遠〔三〕，空使松風終日吟〔四〕。

【校記】

①「潤卿」全唐詩本作「賁」。

【注釋】

〔一〕落霞琴：古代的琴名。《太平御覽》（卷五七八）引漢郭憲《洞冥記》：「帝恒夕望，東邊有青雲，俄見雙白鵠集於臺上。倏忽變爲二神女舞於樓下，握鳳管之簫，舞（撫？）落霞之琴，歌《清吴》《春波》之曲也。」

〔二〕寥寥：清越疏朗。山水揚清音：謂飛揚起山水般的清音，喻琴聲優美如天籟。《文選》（卷二二）左思《招隱詩二首》（其一）：「非必絲與竹，山水有清音。」

〔三〕玉皇：玉皇大帝，道教所稱的天帝。仙馭：神仙所乘者。此當指仙鶴。古代道家認爲仙人乘鶴而飛升。《初學記》（卷三〇）引《相鶴經》：「蓋羽族之宗長，仙人之騏驥也。」碧雲：青雲，指高遠的天空。《文選》（卷三一）江淹《雜體詩三十首·休上人怨别》：「日暮碧雲合，佳人殊未來。」此句謂玉皇乘鶴遠飛碧空而去。暗寓張賁此時離開學道的茅山，正在游歷蘇州。

〔四〕空使：徒使，只使。松風吟：松樹在風中吟唱。指松濤聲。終日：整天。此句當指張賁游歷蘇州，茅山上只有松濤聲依然如故。暗用陶弘景隱居茅山，愛聽松濤聲，在庭院廣植松樹事。參卷九（詩六〇八）注〔四〕。

蓮花燭〔一〕，賁問襲美①亭亭嫩蕊生紅玉〔二〕。不知含淚怨何人〔三〕，欲問無由得心曲②〔四〕。

（詩六九二）

【校記】

①「襲美」全唐詩本作「日休」。　②「由」汲古閣本、四庫本作「繇」。

【注釋】

〔一〕蓮花燭：蓮花形狀的燭炬。張束之《大堤曲》（《樂府詩集》卷四八）：「玉床翠羽帳，寶襪蓮花炬。」《新唐書》（卷一六六）《令狐綯傳》：「還爲翰林承旨。夜對禁中，燭盡，帝以乘輿、金蓮華炬送還。」

〔二〕亭亭：明亮美好貌。沈約《麗人賦》：「亭亭似月，嬿婉如春。」温庭筠《夜宴謡》：「亭亭蠟淚香珠殘，暗露曉風羅幕寒。」嫩蕊：初開的花朵。喻點燃的蓮花燭的燭焰。紅玉：喻紅色的蓮花燭。

〔三〕淚：蠟淚，點燃的蠟燭所流下的液態蠟。陳後主《自君之出矣六首》（其五）：「思君如夜燭，垂淚著鷄鳴。」杜牧《贈别二首》（其二）：「蠟燭有心還惜别，替人垂淚到天明。」

〔四〕無由：無法。心曲：内心深處。此處人之「心」與燭之「芯」雙關諧音。《詩經·秦風·小戎》：「言念君子，温其如玉。在其板屋，亂我心曲。」鄭玄箋：「心曲，心之委曲也。」

金火障〔一〕，日休問魯望① 紅獸飛光射羅幌②〔二〕。夜來斜展掩深爐③〔三〕，半睡芙蓉香蕩漾〔四〕。　（詩六九三）

【校記】

①「魯望」全唐詩本作「龜蒙」。②「光」陸詩甲本、陸詩丙本、統籤本、全唐詩本作「來」。③「爐」詩瘦閣本作「鑪」。

【注釋】

〔一〕金火障：銅制的火障，當爲取暖器具。

〔二〕紅獸：形如怪獸的紅色炭火。《晋書》（卷九三）《羊琇傳》：「琇性豪侈，費用無復齊限，而屑炭和作獸形以温酒，洛下豪貴咸競效之。」射：照射。羅幌：羅綺的帳幔。《樂府詩集》（卷四四）《子夜四時歌七十五首·秋歌十八首》（其八）：「中宵無人語，羅幌有雙笑。」

〔三〕夜來：夜晚。「來」爲句中襯字。

〔四〕芙蓉：荷花的别名。此喻美女。崔豹《古今注》（卷下）：「芙蓉，一名荷華。生池澤中，實曰蓮，花之最秀異者。」《西京雜記》（卷二）：「文君姣好，眉色如望遠山，臉際常若芙蓉，肌膚柔滑如脂。」蕩漾：飄散，散發。

憶山月〔一〕，龜蒙問潤卿①

前溪後溪清復絶〔二〕。看看又及桂花時②〔三〕，空寄子規啼處血③〔四〕。（詩六九四）

【校記】

①「潤卿」全唐詩本作「賁」。②「及」類苑本、季寫本作「是」。③「寄」陸詩丙本黄校注：「空格」，季寫本作「記」。

【注釋】

〔一〕憶山月：此首問張賁，因其在茅山學道，此時正游歷蘇州，故山月當指茅山月色。

〔二〕前溪後溪：似指茅山的柳谷和陽谷兩條溪水。陶弘景《華陽頌·區别》：「左帶柳汧水，右浚陽谷川。」《真誥》（卷一三）：「（雷平山）其山北有柳汧水，或名曰田公泉，以其人曾居此山取此水故也。」又（卷一一）：「陵之西有源汧，名陽谷。」原注：「陽谷汧者，今無復其名，而長隱山岡後有小汧，西流南折，亦會述墟首。又父老云：陽谷汧源乃出中茅前、大茅後，數川注合爲一汧，出山直西行北轉，亦會大汧。」元劉大彬《茅山志》（卷四）《括神區》：「金陵之左右有汧谷溪源，陵之左有山，右有源汧名柳谷，陵之西有源汧名陽谷。」清復絶：清雅美麗至極。

〔三〕看看：轉眼。張相《詩詞曲語辭匯釋》（卷六）：「看看，估量時間之辭。有轉眼義；有當前義；又由當前義轉而爲剛剛義。」桂花時：桂花開放的秋天。

〔四〕空寄：徒然地寄托。子規：杜鵑鳥的别名。子規啼血，用有關望帝化爲杜鵑，至春則啼，傷心不已的傳説衍化而來。參本卷（詩六二五）注〔四〕。此二句謂山中桂花將開，但張賁仍在蘇州，尚未歸山。反用《楚辭·招隱士》：「攀援桂枝兮聊淹留，王孫遊兮不歸」之意。

錦鯨薦〔一〕，賁問襲美①碧香紅膩承君宴②〔二〕。幾度閑眠却覺來〔三〕，彩鱗飛出雲濤面〔四〕。

（詩六九五）

【校記】

①「襲美」全唐詩本作「日休」。②「宴」四庫本作「晏」。

【注釋】

〔一〕錦鯨薦：繪有鯨魚圖案的華美錦褥。《玉臺新詠》（卷六）徐悱《贈内》：「網蟲生錦薦，遊塵掩玉床。」杜甫《太子張舍人遺織成褥段》：「開緘風濤涌，中有掉尾鯨。……錦鯨卷還客，始覺心和平。」仇兆鰲注：「胡夏客曰：『劉禹錫詩「華茵織鬥鯨」，知唐時錦樣多織鯨也。』」

〔二〕碧香：美酒名。當即「重碧」一類。杜甫《宴戎州楊使君東樓》：「重碧拈春酒，輕紅擘荔枝。」

仇兆鰲注：「《杜臆》引《藝海洞酌》云：『叙州官醞名重碧。』」碧香酒在宋代仍很有名。宋蘇軾《與錢濟明十六首》（五）：「嶺南家家造酒，近得一桂香酒法，釀成不減王晉卿家碧香，亦謫居一喜事也。」劉子翬《有懷十首》（其八）：「未饒赤壁風流在，且向何家醉碧香。」宋葛立方《韻語陽秋》（卷一九）：「酒之種類多矣。有以緑爲貴者，白樂天所謂『傾如竹葉盈尊緑』是也；有以黄爲貴者，老杜所謂『鵝兒黄似酒』是也；有以白爲貴者，樂天所謂『玉液黄金巵』是也；有以碧爲貴者，老杜所謂『重碧酤新酒』是也；有以紅爲貴者，李賀所謂『小槽酒滴珍珠紅』是也。」紅膩：形容酒的顔色是紅色，口感則很綿軟爽口。但「碧香」何以是紅色，不解。

〔三〕幾度：幾次，多次。

〔四〕彩鱗：指鱗爲彩色的魚。呼應首句鯨。此喻「閑眠」者。謂「閑眠覺來」，躍身而起，似鯨魚卷起海上波瀾。雲濤：巨大的波浪。晉崔豹《古今注》（卷中）：「鯨魚者，海魚也。大者長千里，小者數十丈。一生數萬子，常以五月、六月就岸邊生子。至七八月，導從其子還大海中，鼓浪成雷，噴沫成雨，水族驚畏，皆逃匿莫敢當者。」《文選》（卷一二）木華《海賦》：「魚則横海之鯨，突扤孤遊，戛巖嶅，偃高濤，茹鱗甲，吞龍舟。噏波則洪漣踧蹜，吹澇則百川倒流。」杜甫《三韻三篇》（其一）：「辱馬馬毛焦，困魚魚有神。」仇兆鰲注：「雷雨大作，鯉魚空中飛去，是其神也。」

懷溪雲〔一〕，日休問魯望①漠漠閒籠鷗鷺群〔二〕。有時日暮碧將合〔三〕，還被漁舟來觸分②〔四〕。

（詩六九九六）

【校記】

①「魯望」全唐詩本作「龜蒙」。②「漁」全唐詩本作「魚」。

【注釋】

〔一〕懷溪雲：喻懷念隱居的閑適生活。溪雲：溪水上舒卷自如的白雲。

〔二〕漠漠：迷蒙淡薄貌。《楚辭·九思·疾世》：「時昢昢兮旦旦，塵莫莫兮未晞。」「莫莫」同「漠漠」。閒籠：籠罩。鷗鷺群：成群的鷗鳥和白鷺，古人常以鷗鷺相諧，自由自在，喻隱士在江湖上恬淡的生活，没有機巧之心。

〔三〕碧將合：謂日暮時碧雲彌漫。碧雲合，參本卷（詩六九一一）注〔三〕。

〔四〕觸分：碰觸而分開。

霜中笛〔一〕，龜蒙問襲美①《落梅》一曲瑤華滴〔二〕。不知青女是何人〔三〕，三奏未終頭已白〔四〕。

（詩六九九七）

【校記】

①「襲美」全唐詩本作「日休」。

【注釋】

〔一〕霜中笛：寒冷的夜晚傳來吹奏笛子的樂曲。

〔二〕《落梅》：《落梅花》，一作《梅花落》，古笛曲。段安節《樂府雜録·笛》：「笛，羌樂也。古有《落梅花曲》。開元中，有李謨獨步於當時，後禄山亂，流落江東。」宋胡仔《苕溪漁隱叢話》（後集卷四）：「《樂府雜録》云：『笛者，羌樂也。古曲有《折楊柳》《落梅花》。』」駱賓王《代女道士王靈妃贈道士李榮》：「鸚鵡盃中浮竹葉，鳳凰琴裏《落梅花》。」李白《與史郎中欽聽黄鶴樓上吹笛》：「黄鶴樓中吹玉笛，江城五月《落梅花》。」瑶華：白花。此喻白霜，霜花。《楚辭·九歌·大司命》：「折疏麻兮瑶華，將以遺兮離居。」張九齡《立春日晨起對積雪》：「忽對林亭雪，瑶華處處開。」此句謂笛曲《落梅花》的樂曲聲使白霜爲之融化了，其感染力極强。

〔三〕青女：古代神話傳説中掌管霜雪的女神。《淮南子·天文訓》：「至秋三月，地氣不藏，乃收其殺，百蟲蟄伏，静居閉户，青女乃出，以降霜雪，行十二時之氣。」高誘注：「青女，天神，青霄玉女，主降霜雪也。」

〔四〕三奏：三弄。一只樂曲連續演奏三遍。此句謂《落梅花》曲調太令人悲傷，未能聽完三遍，已使人頭髮變白而衰老了。《世説新語·任誕》：「王子猷出都，尚在渚下。舊聞桓子野（伊）善吹笛，而不相識。遇桓於岸上過，王在船中，客有識之者云：『是桓子野。』王便令人與相聞云：『聞君善吹笛，試爲我一奏。』桓時已貴顯，素聞王名，即便回下車，踞胡床，爲作三調。弄畢，便上車去，客主不交一言。」

月下橋，日休問魯望①風外拂殘衰柳條。倚欄干處獨自立②〔一〕，青翰何人吹玉簫③〔二〕。

（詩六九八）

【校記】

①「魯望」全唐詩本作「龜蒙」。　②「欄干」詩瘦閣本、季寫本作「闌干」，皮詩本作「闌于」，陸詩甲本、全唐詩本作「欄杆」。　③「青」陸詩丙本黃校注：「空格。」

【注釋】

〔一〕欄干：此指橋上欄杆。

〔二〕青翰：青翰舟，船名。參卷三（詩四一）注〔一○〕。玉簫：玉制的簫。吹玉簫：用蕭史、弄玉事。參本卷（詩六八九）注〔四〕。

附録　史志書目著録及各本序跋

一　史志書目著録

宋王洙、王堯臣《崇文總目》(卷二一)《松陵集》十卷,闕。

宋歐陽修、宋祁《新唐書·藝文志四》《松陵集》十卷,皮日休、陸龜蒙唱和。

宋尤袤《遂初堂書目》《松陵唱和集》。

宋晁公武《郡齋讀書志》(卷二〇)《松陵集》十卷,右唐皮日休與陸龜蒙酬唱詩,凡六百五十八首。龜蒙編次之,日休爲序。松陵者,平江地名也。

宋陳振孫《直齋書録解題》(卷一五)《松陵集》十卷,唐皮日休、陸龜蒙吴淞倡和詩也。

宋鄭樵《通志》(卷七〇)《藝文略·詩總集》《松陵集》十卷,皮日休與陸龜蒙酬唱。松陵乃吴江地名。

元脱脱《宋史·藝文志八·集類》皮日休《松陵集》十卷。

元馬端臨《文獻通考》(卷二四八)《經籍考》(七五)《松陵集》十卷。晁氏曰:唐皮日休與陸龜蒙酬唱詩,凡六百五十八首。龜蒙編次之,日休爲序。松陵者,平江地名也。

明孫能傳、張萱等撰《内閣藏書目録》(卷三) 《松陵集》一册,不全。唐陸龜蒙、皮日休唱和詩。闕上册。

明高儒《百川書志》(卷一四) 《松陵集》十卷。前進士皮日休、鄉貢進士陸龜蒙一歲之中唱和聯句及時賢之作也。通載詩六百八十五首。

明葉盛《菉竹堂書目》(卷四) 皮日休《松陵集》,二册。

明楊士奇《文淵閣書目》(卷二) 皮日休《松陵集》,一部二册。

明范欽藏、清范邦甸撰《天一閣書目》(卷四之一) 《松陵集》十卷,刊本。唐陸龜蒙著,皮日休序云:咸通十年,大司諫清河公出牧於吴,日休爲部從事。居一月,有進士陸龜蒙字魯望者,以其業見造,凡數編。近代稱温飛卿、李義山,以陸生參之,烏知其孰爲之後先也。予以詞誘之,復之不移刻。凡一年,爲往體各九十三首,今體各一百九十三首,雜體各三十八首,聯句、問答十有八篇在其外,合之凡六百五十八首。南陽廣文潤卿、隴西侍御德師,或旅泊之際,善其所爲,皆以詞致。其詞之不多,去之速也。大司諫清河公有作,或命之和,亦著焉。其餘則吴中名士,又得三十首。除詩外,有序十九首。總録之得十通。生既編其詞,請予序。松江,吴之望也,别名曰松陵,請目之曰《松陵集》。

明晁瑮《晁氏寶文堂書目》《松陵集》。

明焦竑《國史經籍志》（卷五）《松陵集》十卷，皮日休、陸龜蒙酬唱。

明趙用賢《趙定宇書目》《松陵集》，二本。

明徐㶿《徐氏家藏書目》（卷六）皮陸《松陵唱和集》十卷。

清乾隆中敕撰《各省進呈書目》（不分卷）《江蘇省第一次書目》《松陵集》，二本。

清朱彝尊《潛采堂竹垞行笈書目》《松陵集》，一本。

清錢謙益《絳雲樓書目》（卷四）《松陵集》。

清錢曾《也是園藏書目》（卷七）《松陵唱和集》十卷。

清錢曾藏并撰《錢遵王述古堂藏書目録》（卷七）皮、陸《松陵倡和集》十卷。

清錢曾撰、瞿鳳起編《虞山錢遵王藏書目録彙編》（卷七）《松陵唱和集》十卷。《述》（按：指《述古堂藏書目録》）詩集：皮、陸《松陵唱和集》十卷。《敏》（按：指《讀書敏求記》）總集：《松陵集》十卷，北宋刊殘本配鈔本。

清徐乾學藏《傳是樓書目》（卷四）《松陵集》十卷，皮日休、陸龜蒙，五本。

清曹寅《楝亭書目》《松陵集》，唐皮日休、陸龜蒙唱和詩十卷，一函六册。

清永瑢《四庫全書簡明目録》（卷一九集部八總集類）《松陵集》十卷，唐陸龜蒙編，其名則皮日休所題。蓋崔璞爲蘇州刺史時，皮日休爲從事，適龜蒙亦往謁璞，因相倡和，遂録爲此集。其中龜蒙、日休之作三百四十二首，璞及顔萱、張賁、鄭璧、司馬都、李縠、崔璐、魏朴、羊昭業等，僅詩三十一首，特附見而已。

清邵懿辰撰、邵章續録《增訂四庫簡明目録標注》　《松陵集》十卷，唐陸龜蒙編。明弘治壬戌劉濟民刊本、崇禎丙寅刊本、汲古閣刊本。〔續録〕弘治本，十行十八字，都元敬爲之校。明顧凝遠詩瘦閣刊本、清初因樹樓重修汲古閣本、湖北先正遺書本。

清彭元瑞《知聖道齋書目》（卷四）　《松陵集》，皮日休、陸龜蒙。

清孫星衍《孫氏祠堂書目》（内編卷四）　《松陵集》十卷，唐皮日休、陸龜蒙撰。

清陳揆編《稽瑞樓書目》　《松陵集》，舊刻，二册。

清楊立誠《四庫目略》（下）　《松陵集》，唐陸龜蒙編，十卷。明弘治壬戌劉濟民刊本、崇禎丙寅刊本、汲古閣本。　按崔璞爲蘇州刺史時，皮日休爲從事，適龜蒙亦往謁璞，因相倡和，遂録爲此集。

清朱修伯批本《四庫簡明目録》（卷一九）　《松陵集》十卷，唐陸龜蒙編。　宏治中劉濟民刊，都元敬爲之校正。古雅可愛，惜非宋本行次耳。　崇禎丙寅刊。　汲古刊。

清鄭德懋輯《汲古閣校刻書目》　《松陵集》十卷，二百九十七葉。

清朱學勤《結一廬書目》（卷四）　《松陵集》十卷，計二本，唐陸龜蒙編。明宏治中刊本。

清瞿鏞編纂《鐵琴銅劍樓藏書目録》（卷二三）　《松陵集》十卷，明刊本。唐陸龜蒙編，集名則皮日休所題也。二人唱和之作爲多。其古體稱「往體」，僅見斯集。前有皮日休序。宋時有刊本。此本爲明吴江令濟寧劉濟民所刻，後有弘治壬戌都穆跋。世所行者，惟汲古毛氏本，是本流傳亦稀。

清丁丙藏、丁仁撰《八千卷樓書目》（卷一九）　《松陵集》十卷，唐陸龜蒙編。汲古閣本。盧校汲古本。

清沈復粲編、潘景鄭校訂《鳴野山房書目》（卷四）　《松陵集》十卷，唐陸龜蒙、皮日休著。

清繆荃蓀《藝風藏書續記》（卷六）　《松陵集》十卷，毛鈔影宋本，皮日休、陸龜蒙同撰。每半葉十二行，行二十二字，高六寸五分，廣四寸四分，白口。首葉有「子晋」朱文兩聯珠小方印，又有「義門藏書」朱文長方印。近時重毛鈔過于麻沙舊刻，荃蓀止存此種，真工絶也。〇《皮陸從事唱和集》十卷，明許自昌刻本，唐陸龜蒙編。末有萬曆丁巳錢允治序，首葉有「文登于氏小觴館藏本」白文長印。

清莫友芝撰、傅增湘訂補、傅熹年整理《藏園訂補郘亭知見傳本書目》（卷一六上集部八總集類）《松陵集》十卷，唐陸龜蒙編。○汲古閣刊 ○崇禎丙寅刊 ○弘治中劉濟民刊，都元敬爲之校，古色可愛，惜非宋本行次耳。〔補〕○明弘治十五年劉濟民刊本，十行十八字，細黑口，左右雙闌。有弘治壬戌都穆跋。○明末毛氏汲古閣刊本，何焯臨毛扆校宋本，并自校，改正頗多。○明末毛氏汲古閣影寫宋刊本，十二行，二十二字，即自毛扆、何焯所據校之宋本影出。近陶湘涉園已覆刻行世，余爲之作序。○明崇禎九年顧氏詩瘦閣刊本，九行十九字，白口，左右雙闌。

清馬瀛撰、潘景鄭校訂《唫香僊館書目》（卷四）《松陵集》十卷，唐皮日休撰。

清吴引孫《揚州吴氏測海樓藏書目録》《松陵集》十卷，唐陸龜蒙編。汲古閣刊本，太史連紙初印。

甘鵬雲《崇雅堂書録》（下）《松陵集》十卷，唐皮日休、陸龜蒙倡和詩。汲古閣刻本，四庫著録。

傅增湘《藏園群書經眼録》（卷一八）《松陵集》十卷，唐皮日休、陸龜蒙撰。明弘治十五年劉濟民刊本，十行十八字。前皮日休序。正文首行題「松陵集卷第一」，旁注「往體詩一十二首」，各卷同。後有弘治壬戌都穆跋。據跋知是吴江令劉君濟民授儒士盧雍校

勘，捐俸刻之者。（余藏）

《北京圖書館善本書目》（卷八）《松陵集》十卷，唐皮日休、陸龜蒙撰。明弘治十五年劉濟民刻本，四册。○《松陵集》十卷，唐皮日休、陸龜蒙撰。清初影宋鈔本，四册。○《松陵集》十卷，唐皮日休、陸龜蒙撰。明末毛氏汲古閣刻本，傅增湘校并跋，二册。傅捐。

趙萬里編《西諦書目》（卷四）《松陵集》十卷，唐陸龜蒙、皮日休撰。明刊本，二册。○《松陵集》十卷，唐陸龜蒙、皮日休撰。明崇禎九年詩瘦閣刊本，四册。○《松陵集》十卷，唐陸龜蒙、皮日休撰。明末毛氏汲古閣刊本，五册。西諦跋。

顧廷龍編《章氏四當齋藏書目》（卷上）《松陵集》十卷，唐甫里陸龜蒙編。明毛氏汲古閣刊本，四册。全書朱筆校讀。函籤題毛刊《松陵集》校明弘治本。辛亥後辟地津門，展此不勝鄉思。

顧廷龍編《章氏四當齋藏書目》（卷中）《松陵集》四卷，唐甫里陸龜蒙、襄陽皮日休撰。明汲古閣刊本，二册。

顧廷龍編《章氏四當齋藏書目》（卷下）《松陵集》十卷，唐甫里陸龜蒙、襄陽皮日休撰。民國二十一年雙鑑樓影宋刊藍印本，二册。

《中國古籍善本書目》（集部·總集類）《松陵集》十卷　唐皮日休、陸龜蒙撰。○清初影宋鈔本。○明弘治十五年劉濟民刻本。○明崇禎九年顧氏詩瘦閣刻本。○明末毛氏汲古閣刻本。○明末毛氏汲古閣刻本。清陸貽典校并跋。○明末毛氏汲古閣刻本。清盧文弨校。清丁丙跋。○明末毛氏汲古閣刻本。傅增湘校并跋。○明末毛氏汲古閣刻本。鄭振鐸跋。○明末毛氏汲古閣刻清因樹樓印本。李盛鐸批校。○明末毛氏汲古閣刻清因樹樓印本。章鈺校。○明鈔本。清錢孫保校。

《中國古籍善本總目》（集部·總集）《松陵集》，唐皮日休、陸龜蒙撰○明弘治十五年劉濟民刻本，十行十八字，細黑口，左右雙邊。○清初影宋刻本，十二行二十二字，白口，左右雙邊。○明崇禎九年顧氏詩瘦閣刻本，九行十九字，白口，左右雙邊，版心下鐫「詩瘦閣」。○明末毛氏汲古閣刻本，八行十九字，白口，左右雙邊，版心下鐫「汲古閣」。○明末毛氏汲古閣刻本，清陸貽典校并跋。○明末毛氏汲古閣刻本，清盧文弨校，丁丙跋。○明末毛氏汲古閣刻本，傅增湘校并跋。○明末毛氏汲古閣刻本，鄭振鐸跋。○明末毛氏汲古閣刻清因樹樓印本，李盛鐸批校。○明末毛氏汲古閣刻清因樹樓印本，章鈺校。○明鈔本，清錢求赤校，十行十八字，黑口，左右雙邊。

二 各本序跋

宋陸游《渭南文集》(卷二十七) 跋《松陵集》三 淳熙十六年四月二十六日，車駕幸景靈宫。予以禮部郎兼膳部檢察，賜公卿食，訖事作假。會陵陽韓籍寄此集來，云東都舊本也。欣然讀之，時寓磚街巷街南小宅之南樓。山陰陸某務觀手識。

此集，蔡景繁舊物，復嘗歸韓子蒼。子蒼之孫籍以遺予，蓋百年前本也。景繁元豐中嘗爲開封推官，此所題開封南司者是也。景繁二子，居厚、居易。此題居厚者，其長也。景繁，臨川人，而韓子蒼居臨川，故得此書。務觀手記。

宋陸游《渭南文集》(卷三十) 跋《松陵倡和集》 皮襲美當唐末遁于吴、越，死焉。有子光業爲吴越相，子孫業文，不墜家聲。至襲美四世孫公弼，以進士起家，仕慶曆、嘉祐間，爲韓魏公所知，雖不甚貴顯，亦當世名士也。方吴越時，中原隔絶，乃有妄人造謗，以謂襲美隳節於巢賊，爲其翰林學士。《新唐書》喜取小説，亦載之。豈有是哉！比《唐書》成時，公弼已死，莫與辨者。可嘆也！開禧元年九月十四日，山陰陸某務觀書于《松陵倡和集》之後。

明徐𤊹《紅雨樓題跋》(卷下) 《松陵集》跋 去歲過吴門，范東生以陸魯望《甫里集》爲贈，蓋淞人新刻。此乃皮、陸倡和之作，名《松陵集》。爲吾鄉先輩郭文學家藏，實宋板也，紙色蒼古可愛。郭公久作泉下客，子孫不文，此書流落市肆，余收得之。每卷首尾俱損壞，余令豚子抄補成書，置之齋中。宋板書不易得，後之子孫毋若郭氏幸耳。萬曆丙午除夕前三日，徐惟起題於梅花樹下。

明弘治劉濟民刻本《松陵集》都穆跋　古松陵，即今之吴江。予同年濟寧劉君濟民來爲邑令，謂是集爲其邑故物，而人未之見，授儒士盧雍校勘，捐俸刻之。予觀唐詩人多尚次韻，至元、白而益盛。其萃而成編，則有《漢上題襟》《斷金》及是三集。按皮氏自序謂一歲之中，詩凡六百五十八首，其富如此，則又《題襟》《斷金》之所無者。况其遊燕題咏，類多吴中之作，後之希賢懷古者，將於是乎考，固吴人之所當寶也。劉君爲政不減古人，其刻是集，豈直私於一邑，蓋將公之天下者也。弘治壬戌九月二日，前進士吴都穆記。

明汲古閣本《松陵集》毛晋跋　嘗考皮襲美《文藪》及陸魯望《笠澤叢書》，俱不載唱和詩。蓋因襲美從事郡牧，與魯望酬贈，積成十通，别爲一册，名曰《松陵》，爲吴中一時佳話爾。千百年後，僅弘治間重梓，又漫滅不可得，使海内慕皮、陸之風而願見兹集者，謂吾吴好事何。予特購宋刻而副諸棗，不特松陵爲吾吴之望也，道義志氣，窮通是非，如兩公者，可以相感矣。海虞毛晋識。

清顧廣圻傳録、明末毛扆斠宋本《松陵集》識語　余得宋彫本《松陵集》，凡有異同，校入行間。客見而笑曰：「吾聞讀書觀大意，魯魚必讎，猶之可也。乃字同體異，豪髮必校，毋乃刻舟求劍耶？」余曰：「有説焉。若字體異而音義同，如『謌、歌』、『逕、徑』，勿改可矣。若『余、予』、『煙、烟』，異體異音；『苗、苖』、『紙、紙』，分毫增減，截然兩字，豈可不改？至于『閒』字，自古從『月』，唐碑、宋槧絶無『間』字，傳寫之誤，以『月』爲『日』，舉世沿習，莫知其非，烏得不正？其有以『謚』爲『諡』、『濕』爲『溼』、『泒』爲『派』、『朽』爲『杇』，郭恕先已早辨之，則宋刻之失也。」客曰：「有是哉！子盍識之，毋更貽後人之惑也。」因略疏於左。汲古後人毛扆

余以諸切。我也。平聲讀。予余吕切。推予也。象相予之形。郭璞云：「予猶與也。」上聲讀。本取予字，借用爲余。郭忠恕云：「本無余音。」泛孚劍切。流貌。汎扶弓切。音馮，與渢同。借爲氾濫字。《玉篇》。煙於賢切。火氣也。烟音因。通作煙。筭蘇亂切。計筭也，數也。去聲讀。算桑管切。數也，擇也。上聲讀。凋丁聊切。力盡也。雕丁夕切。鷙也，能食草。彫東堯切。琢文也。《書》：「峻宇彫墻。」僭子念切。擬也。从朁，且感切。曾也。朁，又音潛，从兓，子林切。鋭意也。兓，从旡。旡，側琴切。首笄也。从人匕，象簪形。借他迭切。借，侻（他滑切）也。从替，他計切。代也，廢也，衰也，委靡也。本作朁，从竝从白，俗作替。縛附博切。纏也。从尃，芳夫切。布也。縳升眷、而眷二切。鮮色也。从專，之沿切，擅也。苗靡驕切。田禾也。又獵名。从田。苖徒歷切。音笛。蓨草也。从由。羨似面切。慕也。从次，叙連切。次，液也。次从水。羡以脂切。江夏地名。从次，且利切。叙也，第

也，近也。次，从一二之二。須思臾切。面毛也，斯須也。从彡，先廉切。又所御切。湏火外切。湏，爛也。又洗面也。从水。船士緣切。舡古容切。帆舡也。諂丑冉切。从臽，臽，胡減切。淊，胡感切。淤淊也。謟土高切。从舀，舀，弋沼切。滔同滔天也。紙之氏切。繭紙也。从氏。紙丁禮切。絲滓也。从氏。場音長。治穀處。塲音傷。耕壟，佩觹。蠶在含切。吐絲蟲也。蚕天殄切。蜸（口殄切）蚕，蜿（於阮、於元二切）蟺（市衍切）也，即蚯蚓也。閒古閑切。隙也。从月。徐鍇曰：「夫門夜閉，閉而見月光，是有閒隙也。」《玉篇》云：「又居莧切。近也。」「又音諫，厠也。」戴侗《六書故》云：「兩門之中爲閒（居閑切）。」因之，爲閒厠，爲閒隙，爲閒諜。并去聲。閑户閒切。从門中有木闌也。《玉篇》云：「遮也，暇也。」《廣韻》云：「防也，禦也，大也，法也，習也，暇也。」宬按：唐碑宋槧俱以『閒』爲『中閒』字，以『閑』爲『閑暇』字。及至近時，乃以從『月』者爲『閒暇』，以从『日』者爲『中間』。遍考古今字書，并無從『日』字。毛晃云：「從日月之『月』，俗从『日』，誤。」方始曉然。著即着字。絜即潔字。景即影字。華即花字。古本俱如此，不可輕改。謚時志切。行之迹也。《説文》作謚。謚伊昔切。笑貌。溼深立切。水溼。濕他帀切。水名。泒音孤。水名。派匹賣切。水源。朽虚又切。腐也。杇乙孤切。秦谓之杇，關東謂之槾。

顧廣圻傳録、毛宬斠宋本《松陵集》跋　《松陵集》，弘治間有劉濟民刻本，都玄敬跋之詳矣。先君子得古本重刊之。是時，宬尚未生也。失怙以來，撿藏本不得，深用悵怏。甲寅歲，吴興賈人持宋刻四册求售，不惜重價購之。閲第三卷有「都睦」及「虎山樵人」二印。其第八卷《天竺寺桂子》诗已下，板有刓缺，副葉有「深柳讀書堂補抄。」第十卷自《寂上人院聯句》至末，亦係抄補。大約都本缺謁處，劉本略同。劉與都爲同年友，意此即其原本也。字體整密，款式古雅。凡北宋廟諱俱缺一筆。高宗御名嫌名，或左或右，鑿去半字。其爲北宋本無疑。隨用比校家刻，多所是正。但間有補板，亦有謁字。後五年，從錢氏借得宋槧殘本。第二卷其首番尚屬原刻，更用比校，又正三字。宣、騷、灞。夫書得宋刻亦可矣，尚有原板、補板之不同，因知先輩讀書，必訪求古本，良非無謂。今有云讀書何必宋板者，請以此相質。　己未六月朔日，隱湖毛扆識

顧廣圻傳録、毛扆斠宋本《松陵集》陸貽典跋　黼季用宋版校，余又校一過。時乙卯仲春十六日也。陸貽典記。改正約六十字。　乙卯七夕後六日，時介于勘一過，正七字。　丙辰春分後三日，陳在之勘過。

明崇禎丙子（九年）吴郡顧氏詩瘦閣刊本《松陵集》　陳宗之序　皮、陸故有稿行世。其唱和者别爲《松陵集》，大都登臨眺矚，寢食戲謔，與其率爾酬酢之詞，去綏佩揖遜絶遠，而又非薈翳自封，荒塗横古今者，故其詩蕩戛斑剥，貌風雲之遐悰，則涉樂必笑；討魚鳥之幽性，則言愁必泣。當詩運衰颯時，以後勁殿之，不至如許渾輩作奄奄泉壤氣，豈非湖山之助與？唐人自王裴、元白暨昌黎、東野，遞有唱和，然亦間爲之，要未有無言不酬，靡境不賡，如箅虡之諧鳴、而刁調之并奏如斯集者。其篇卷所積至六百餘首，斯已夥矣。時

當李唐末季，干戈遍方國，兩人幸居嬴蛤之區，偷安一隅，又踪迹介吏隱間，故得以其閑情蕭致寄諸蠟屐、鳴榔，與浪婆、山鬼胥疏汩屑，此其遇不可謂幸，而亦不可謂不幸。余衡茅爲戴顒故宅，與皮、陸里相近。兩年讀書湖濱，往來縹緲具區，俱兩人游陟之地。循覽遺迹，慨然興懷。每遇高巖大澤，真氣冥合，覺世事擾擾，真如蜂房蟻國，了不足置胸界睫界。采林屋之石，披笠江之蓑，余蓋有志焉而無徒也。適渡湖時，友人顧青霞寄余是編，從板桐中快讀一過，覺浩落之概有與昔人相近者。顧子家多藏書，將復刻諸其家詩瘦閣，因次數語，俾綴簡末。其人不具論，就詩言詩，固晚中錚錚。就吴言吴，則采風異代，其前人名能詩者，固將存厥風指，以備論世，其於邑乘將毋小補乎哉！崇禎丙子春仲，茂苑陳宗之書于友石軒。

明崇禎丙子（九年）吴郡顧氏詩瘦閣刊本《松陵集》　顧凝遠跋　古人以朋友爲性命，其心期甚遠，故發乎聲詩，亦若合符節。如唐皮、陸兩先生者，鄉里出處頗不齊軌，而裁一定交，遽侔昆弟，相與溷迹龍蛇，肆情幽討，舟車杖履，形影必俱，舊雨連床，晨昏斯在，殆終其身焉。故資材氣體，式穀似之。試取松陵雜咏，糊名默識，莫定其爲皮爲陸也。間與同調賡聯問答，雜杜蘅與芳芷，益見兩公風流餘韻，襲襲感人，豈若一一鶴聲飛上天，恨人竊句，而甚則洛陽名篇，露刃以奪，人謂復有朋友之道哉？是刻刓而載新，非直推其唱和之盛，即兩公相許，道義志氣，窮達是非，莫不在是。俟後之君子讀其微言，以喻其志，蓋以别賢不肖，其心期固甚遠矣，安得不鄭重其事！崇禎丙子歲五月，吴郡學人顧凝遠題《松陵集》後。友人孫房月在較，王咸與公書。

清永瑢《四庫全書總目》（卷一八六）《松陵集提要》編修汪如藻家藏本　唐皮日休、陸龜蒙等倡和之詩。考卷端日休之序，則編而成集者龜蒙，題集名者日休也。龜蒙有《耒耜經》，日休有《文藪》，皆已著録。依韻倡和，始於北魏王肅夫婦，至唐代，盛於元、白，而極於皮、陸。蓋其時崔璞以諫議大夫爲蘇州刺史，辟日休爲從事，而龜蒙適以所業謁璞，因得與日休相贈答。同時進士顔萱、前廣文博士張賁、進士鄭璧、司馬都、浙東觀察推官李縠、前進士崔璐及處士魏朴、羊昭業等，亦相隨有作。裒爲此集，序稱共詩六百八十五首。今考集中日休、龜蒙各得往體詩九十三首，今體詩一百九十三首，雜體詩三十八首，又聯句及問答十有八首。外顔萱得詩三首，張賁得詩十四首，鄭璧得詩四首，司馬都得詩二首，李縠得詩三首，崔璐、魏朴、羊昭業各得詩一首，崔璞亦得詩二首。其他如清遠道士、顔真卿、李德裕、幽獨君等五首，皆以追録舊作，不在數内，尚得詩六百九十八首，與序中所列之數不符，豈序以傳寫誤歟？明宏治壬戌，吴江知縣濟南劉濟民以舊本重刊，都穆爲之跋尾。歲久漫漶，毛晋又得宋槧本重校刻之。今所行者皆毛本。唐人倡和裒爲集者凡三：《斷金集》久佚；王士禎記湖廣莫進士有《漢上題襟集》，求之不獲，今亦未見傳本；其存者惟此一集。録而存之，尚可想見一時文雅之盛也。

清錢曾《讀書敏求記》（卷四之下） 《松陵集》十卷。從來唱和之作，無有如魯望、襲美驚心動魄，富有日新者，真所謂凌轢波濤，穿穴險固，囚鎖怪異，破碎陣敵，卒造平淡而後已。此從宋刻影録，前二卷猶是絳雲燼餘北宋槧本。洪治中，劉濟民刻是集，都玄敬爲之校讎，初視之甚古雅，惜非宋本行次。

清顧廣圻《思適齋書跋》（卷四） 《松陵集》十卷，毛斧季、陸敕先校汲古閣本。蕘圃借此書於家抱冲，及還時，抱冲已下世半載矣。語余曰：「所校精妙處，當細爲摘出。俾抱冲遺孤成立，讀之益加明瞭。」余嘗謂卷一「誰可征弄楝」，「弄楝」，漢縣，許叔重謂之「梇楝」者，誤爲「梁楝」。卷二「王樂成虛言」，「王樂」是《莊子·至樂篇》語，譌爲「三樂」。卷四「君看杖製者」，此用《左》哀廿七年《傳》而微誤耳，譌爲「荷製」者。卷五「遠帆投何處」，「帆」字本去聲讀，譌爲「棹」。卷八「箬下斬新醒月處」，「斬新」，唐人習用語，譌爲「漸新」。又「斥候」之「候」、「嗤妍」之「嗤」、「彫龍」之「彫」、「遂古」之「遂」、「苞羅」之「苞」、「底下」之「底」、「鈴閣」之「閣」、「步綱」之「綱」、「負檐」之「檐」、「蕭灑」之「蕭」、「楊州」之「楊」、「楊雄」之「楊」、「三茆」之「茆」、「查頭」之「查」、「飡霞」之「飡」、巷之士禮居，廣圻。

正。爰承蕘圃命，舉出之於此，其已修改者，悉弗復論。嘉慶九月廿有三日，書於王洗馬

皆有明證也。斧季曾修改此書，自言已精，何仲子亦以爲更無譌誤，以上皆未依宋刻更

「常娥」之「常」、「戟支」之「支」，用字皆極古雅。「遂古」出《天問》，「戟支」出《吕布傳》，

清顧廣圻《思適齋書跋》（卷四）　《松陵集》十卷，校本。斧季手校此書，極爲精細，

此本予甲寅九月所摹也。原本藏小讀書堆中，有抱冲記録何仲子跋語一紙，有云「毛十丈

有小字殘本十一紙，取校所刊之本，更無譌誤。老人恒言此集校修爲精，信也。」今此正其

已校修之本，依宋刻者加圈别之。其餘如「誰可征弄棟」（卷二），「弄棟」，漢縣，許叔重作

「梇棟」者，而「征弄」刻作「作梁」。「莊生問枯骨，王樂成虚言」（卷二），「王樂」即見《莊

子・至樂篇》，而「王」刻作「三」。「君看杖製者」（卷四），此用《左氏》哀廿七年《傳》而微

誤耳，而刻作「荷製」。「遠帆投何處」（卷五），「帆」字宋本去聲讀，而刻作「棹」。「簮下

斬新醒處月」（卷八），「斬新」，唐人詩多有之，而刻作「漸新」。又宋本用字最古雅者，若

以「斥候」爲「斥堠」，「嗤妍」爲「媸妍」，「彫龍」爲「雕龍」，「遂古」爲「邃古」，「苞羅」爲

「包羅」，「底下」爲「低下」，「鈴閣」爲「鈴閤」，「步綱」爲「步罡」，「負檐」爲「負擔」，「蕭

灑」爲「瀟灑」，「楊州」爲「揚州」，「楊雄」爲「揚雄」，「三茆」爲「三泖」，「査頭」爲「楂頭」，

「飧霞」爲「餐霞」，「常娥」爲「嫦娥」，「戟支」爲「戟枝」。蓋「遂古」出《楚詞·天問》，「戟支」出《三國志·吕布傳》，字皆如宋刻。而皮、陸時恐未必有「罡」、「嫦」等字也。卷内皆未經更正，僅藉校得見而已。仲子所跋，殊弗爲確。蕘圃插架未具此書，檢以歸之，而識其厓略如此。嘉慶改元，歲在丁巳，九月廿有一日鐙下書。時在王洗馬巷之士禮居中，澗蕢顧廣圻。

清黄丕烈《黄丕烈書目題跋·蕘圃藏書題識再續録》（卷三集類） 《松陵集》十卷，校本。斧季手校此書，極爲精細，此本予甲寅九月所摹也。原本藏小讀書堆中，有抱冲記録何仲子跋語一紙，有云：「毛十丈有小字殘本十一紙，取校所刊之本，更無譌誤。老人恒言此集校修爲精，信也。」今此正其已校修之本，依宋刻者加圈别之。其餘如「誰可征弄棟」（卷一），「弄棟」，漢縣，許叔重作「梇棟」者，而「征弄」刻作「作梁」。「莊生問枯骨，王樂成虚言」（卷二），「王樂」即見《莊子·至樂篇》，而「王」刻作「三」。「君看杖製者」（卷四），此用《左氏》哀廿七年《傳》而微誤耳，而刻作「荷製」。「遠帆投何處」（卷五），「帆」宋本去聲讀，而刻作「棹」。「箬下斬新醒處月」（卷八），「斬新」，唐人詩多有之，而刻作「漸新」。又宋本用字最古雅者，若以「斥候」爲「斥堠」，「嗤妍」爲「媸妍」，「彫龍」爲「雕龍」，「遂古」爲「邃古」，「苞羅」爲「包羅」，「底下」爲「低下」，「鈴閤」爲「鈴閣」，

「步綱」爲「步罡」，「負檐」爲「負擔」，「蕭灑」爲「瀟灑」，「楊州」爲「揚州」，「楊雄」爲「揚雄」，「三茚」爲「三泖」，「查頭」爲「槎頭」，「飡霞」爲「餐霞」，「常娥」爲「嫦娥」，「戟支」爲「戟枝」。蓋「遂古」出《楚詞·天問》，「戟支」出《三國志·吕布傳》，字皆如宋刻，而皮、陸時恐未必有「罡」、「嫦」等字也。卷内皆未經更正，僅藉校得見而已。仲子所跋殊弗爲確。蕘圃插架未具此書，檢以歸之，而識其崖略如此。嘉慶改元，歲在丁巳，九月廿有一日燈下書。時在王洗馬巷之士禮居中，澗蘋顧廣圻。

毛斧季校本《松陵集》，余于數年前從邵書友處見之而未及購買。後聞其歸於顧抱冲，遂從借歸，擬傳録一本。因循不獲從事，而抱冲已作古人，書猶未還，心殊怏怏。抱冲從弟澗蘋適館余家塾，出其所傳録本爲贈。凡書中佳處，悉悉載于後跋，與斧季手校真本無毫髮之異矣。而抱冲藏本有手鈔何小山跋語一紙，余又傳録于此，一以見昔人校書之勤，一以見故友藏書之善。今而後校本《松陵集》之可寶，不僅以斧季手迹爲重也。至抱冲之本所校宋刻精妙處，澗蘋當細爲摘出，俾抱冲遺孤成立，讀之益加明瞭，豈不快乎！嘉慶二年秋九月二十二日，書于讀未見書齋。黄丕烈。

毛十丈有小字殘本十一紙，不忍捐棄，于故簏撿出，僅一卷之半，費三日工裝褫。此壬辰歲事也。去年九月，毛丈作古。今月望日，其孫持書售人。余感老人愛重宋槧意，以三星銀買之，取校所刊之本，更無譌誤。老人恒言此集校修爲精，信也。康熙甲午，萬壽太歲年夏六月十七日，何仲子識於語古東軒。溽暑亢旱，焦灼土田，余得于軒中把卷納凉，爲樂何如！宋本十二行，廿二字。遇「苒」俱虚，唯存左傍，似是高宗時刻本。而「通」字中缺竪畫，又仁宗未親政時所刊，爲不可解。

清丁丙《善本書室藏書志》（卷三八）《松陵集》十卷，汲古閣刊本，盧抱經校藏　唐崔璞以諫議大夫爲蘇州刺史，辟皮日休爲從事，而陸龜蒙以所業謁璞，因與日休相贈答。同時顔萱、張賁、鄭璧、司馬都、李縠、崔璐、魏朴、羊昭業各有附詩。龜蒙編而成集，日休題名兼序之也。明宏治壬戌，吴江令濟南（按應作寧）劉濟民得舊本，授儒士盧雍校刻，都穆爲跋。而毛子晋别得宋刻重刊，卷端題汲古閣正本，吴門寒松堂藏版，又鈐「詩卷長留天地間」一印。此本有「存心」之印，「玉巖數間草堂藏書」及「盧文弨讀過」諸印，蓋盧氏父子世藏者也。

傅增湘《藏園群書經眼録》（卷一八）《松陵集》十卷，唐皮日休、陸龜蒙等撰。明末毛氏汲古閣刊本。顧千里廣圻依宋本詳校，凡字體之不同者均照改。宋本半葉十二行，行字不等，序後連本文，無目録。卷末朱筆跋云：

「黼季用宋板校，余又校一過，時乙卯仲春十六日也。陸貽典記。改正約六十字。」

「乙卯七夕後三日時介于勘一過，正七字。」「丙辰春分後三日陳在之勘過。」

有顧廣圻傳録毛扆跋一首，黄丕烈手跋二則，顧廣圻手跋一則，録如後方：

「余得宋彫本《松陵集》，凡有異同，校入行間。客見而笑曰：『吾聞讀書觀大意，魯魚必讎，猶之可也，乃字同體異，毫髮必校，毋乃刻舟求劍耶！』余曰：『有説焉。若字體異而音義同，如謌歌、逕徑，勿改可矣。若余予、煙烟，異體異音，苗苗、紙紙，分毫增減，截然兩字，豈可不改？至于閒字，自古從月，唐碑宋槧絶無間字。傳寫之誤，以月爲日，舉世沿習，莫知其非，烏得不正？其有以謚爲謚、濕爲溼、泒爲派、朽爲朽，郭恕先已早辨之，則宋刻之失也。』客曰：『有是哉！子盍識之，毋更貽後人之惑也。』因略疏於左。汲古後人毛扆。乾隆甲寅九月，澗薲顧廣圻傳録。」

「《松陵集》，弘治間有劉濟民刻本，都玄敬跋之詳矣。先君子得古本重刊之，是時扆尚未生也。失怙以來，檢藏本不得，深入悵怏。甲寅歲，吴興賈人持宋刻四册求售，不惜重價購之。閲第三卷有『都睦』及『虎山樵人』二印。其第八卷《天竺寺桂子詩》以下，板有刓缺，副葉有『深柳讀書堂補鈔』。第十卷自《寂上人院聯句》至末，亦係抄補。大約都本缺譌處，劉本略同。劉與都爲同年友，意此即其原本也。字體整密，款式古雅。凡北宋廟諱俱缺一筆，高宗御名嫌名，或左或右，鑿去半字。其爲北宋本無疑。隨用比校家刻，多所是正。但間有補版，亦有譌字。後五年，從錢氏借得宋槧殘本第二卷，其首番尚屬原刻，更用比校，又正三字：『宣』、『騷』、『瀰』。夫書得宋刻亦可矣，尚有原板、補板之不同，因知先輩讀書，必訪求古本，良非無謂。今有云讀書何必宋板者，請以此相質。己未六月朔日，隱湖毛扆識。」

「毛斧季校本《松陵集》，余于數年前從邵書友處見之，而未及購買。後聞其歸于顧抱冲，遂從借歸，擬傳録一本。因循不獲從事，而抱冲已作故人，書猶未還，心殊快快。抱冲從弟澗薲適館余家塾，出其所傳録本爲贈。凡書中佳處，悉一載于後跋，與斧季手校真本無毫髮之異矣。而抱冲藏本有手抄何小山跋語一紙，余又傳録于此，一以見昔人校書之勤，一以見故友藏書之善。今而後校本《松陵集》之可寶，不僅以斧季手迹爲重也。至抱冲之本所校宋刻精妙處，澗薲當細爲摘出，俾抱冲遺孤成立，讀之益加明了，豈不快乎！嘉慶二年秋九月二十二日，書于讀未見書齋。黄丕烈。」

「毛十丈有小字殘本十一紙，不忍捐棄，于故簏檢出，僅一卷之半，費三日工裝褫。此壬辰歲事也。去年九月，毛丈作古。今月望日，其孫持書售人。余感老人愛重宋槧意，以三星銀買之，取校所刊之本，更無譌誤。老人恒言此集修校爲精，信也！康熙甲午，萬壽太歲年夏六月十七日，何仲子識于語古東軒。溽暑亢旱，焦灼土田，余得于軒中抱卷納涼，爲樂何如！宋本十二行，廿二字，遇『冓』俱虛，唯存左傍，似是高宗時刻本。而『通』字中缺竪畫，又仁宗未親政時所刊，爲不可解。」

「斧季手校此書，極爲精細，此本予甲寅九月所摹也。原本藏小讀書堆中，有抱冲記録何仲子跋語一紙，有云：『毛十丈有小字殘本十一紙，取校所刊之本，更無譌誤。老人恒言此集校修爲精，信也。』今此正其已校之本，依宋刻者加圈別之。其餘如『誰可征弄棟』（卷一），『弄棟』，漢縣，許叔重作『梇棟』者，而『征弄』刻作『作梁』。『莊生問枯骨，王樂成虛言』（卷二），『王樂』即見《莊子·至樂篇》，而『王』刻作『三』。『君看杖製者』（卷四），此用《左氏》哀廿七年《傳》而微誤耳，而刻作『荷製』。『遠帆投何處』（卷五），『帆』宋本去聲讀，而刻作『棹』。『箬下斬新醒處月』（卷八），『斬新』，唐人詩多有之，而刻作『漸新』。又宋本用字最古雅者，若以『斥候』爲『斥堠』，『嗤妍』爲『媸妍』，『彫龍』爲『雕龍』，『遂古』爲『邃古』，『苞羅』爲『包羅』，『底下』爲『低下』，『鈴閤』爲『鈴閣』，『步綱』爲『步罡』，『負檐』爲『負擔』，『蕭灑』爲『瀟灑』，『楊州』爲『揚州』，『楊雄』爲『揚雄』，『三茆』爲『三泖』，『查頭』爲『槎頭』，『飧霞』爲『餐霞』，『常娥』爲『嫦娥』，『戟支』爲『戟枝』。蓋『遂古』出《楚詞·天問》，『戟支』出《三國志·吕布傳》，字皆如宋刻，而皮、陸時恐未必有『罡』、『嫦』等字也。卷内皆未經更正，僅藉校得見而已。仲子此跋殊弗爲確。蕘圃插架未具此書，檢以歸之，而識其崖略如此。嘉慶改元，歲在丁巳，九月廿有一日燈下書，時在王洗馬巷之士禮居中。澗蘋顧廣圻。」（癸酉）

傅增湘《藏園群書題記》（卷一九） 弘治本《松陵集》跋 此弘治劉濟民刊本，爲李中耆舊藏，余得之武林書肆，置之篋笥，殆二十餘年矣。日前檢書及之，令工去其襯紙，裝爲二巨册，古意盎然可觀。此帙曾經章君式之假校，卷首有其跋語。毛子晋刻此書，識語謂特購宋刻而副諸墨，式之不信其説，謂所刻即出於此本。然余曾見毛氏影宋本，行格迥不相同，文字亦復小異，嗣爲陶君蘭泉得之，精寫付刊，余爲之序以傳之。是汲古閣實藏有宋刊，特其付梓時未必據以勘定耳。原本十行，行十八字，黑口，左右雙闌，楮墨清朗。昔子晋謂弘治重梓多漫滅，則似此初印精善，固子晋所渴慕而不得見，斯亦足珍矣！

傅增湘《藏園群書題記》（卷一九） 影宋本《松陵集》序 《松陵集》世行本以劉濟民弘治壬戌刊本爲最舊，都元敬爲之序，未言出於何本也。汲古閣本據子晋識語，言特購宋刻而副諸棗，第亦未言宋本爲何式也。且文字舛訛，時復不免，故後學之士，恒以未得親睹宋刻爲憾焉。昨歲北平圖書館新收顧千里手校本，筆墨精細，凡字體點畫，悉爲刊正。顧氏所臨爲毛黼季所校宋本，且有初刻與補版二帙，然三百年來，兵戈水火，文籍散亡，其原本已無可追尋矣。憶辛、壬之交，曾覯影宋本於藝風老人齋中，摹寫妙麗，鈐有「子晋」

小印，知爲黼季所校原本，第當日祇粗記其梗概於《藏園瞥録》中，未遑致力丹鉛，懷思至今，輒爲悵惘。

頃陶君蘭泉自津門走訪，以新刊《松陵集》相贈，欣然展誦，考詢源流，乃知所翻雕影宋者，即藝風舊物，從董授經大理展轉而得之者也。余夙喜誦唐人詩集，席刻百家，悉已校定，因亟取毛本，從事斠讀，并假顧校參閲，於是此書荆榛塵穢，爲之廓然一清，因嘆黼季、澗蘋先後致力之勤，其自詡爲校修精細，固有由然矣。

兹舉其佳勝之字言之：如卷一，「相望如斥候」不誤「斤堠」；陸《寄皮五百言》。「誰可征弄棟」不誤「作梁棟」。陸《和皮五百言》。卷二，「王樂成虚言」不誤「三樂」；陸《和幽獨君》。「如神語鈞天」不誤「鉤天」。《新竹》。卷三，「由天柱抵霍嶽」不誤「天社」；「干者千數候」，「干」不誤「師」；《太湖詩序》。「凝碧融人睛」不誤「人情」。《入林屋洞》。卷四，「年置一神守之」不脱「年」字；《漁具詩序注》。「君看杖製者」不誤「荷製」；《蓑衣詩》。「一一輸膏粱」不誤「膏梁」。《茶竈詩》。卷五，「遠帆投何處」不誤「遠棹」。陸《和憶洞庭》。卷六，「不待群芳應有意」不誤「不得」。陸《和辛夷花》。卷七，「茸各有名」，「茸」不誤「石」；陸《和吴中書事》注。「湖目，石蓮子也」不誤「茸蓮子」。皮《夏景冲澹詩》注。卷八，「日斜還有白衣來」不誤「日殘」。陸《走筆酬皮》。卷九，「爲勸常娥作意栽」不誤「嫦娥」；陸《白菊詩》。「義帝城中望戟支」不誤

「戟枝」。陸《送羊振文》。卷十，「臣言陰靈欺」不誤「陰雲」。陸《平去聲詩》。詞意咸以宋本爲長。其中如「弄棟」出《説文》，「王樂」出《莊子》。顧氏皆歷舉確證以明之。他若雅言古訓，爲俗刻所沿失尤不可憚述，然則宋本之足貴，豈徒惟版刻精雅之足尚乎。

余嘗謂毛氏刻書，富踰萬葉，然其校勘，咸未精審。且有家藏宋板，而付梓多沿俗本者，殊難索解。今以此書考之，子晋既云購得宋刻，黼季又親校宋本，而核其文字，謬失乃與劉濟民本曾無以過，更不得謂録木在先，獲宋本在後，爲毛氏左袒也。蘭泉嗜古耽奇，收藏宏富，傳刻之書，流行遍海内外，世皆以汲古閣推之。第其督校精勤，實有突過毛氏者。謂余不信，試舉涉園此本與汲古書比案而觀，當知余言之非妄許矣！　壬申人日，江安傅增湘。

王重民《中國善本書提要》（集部·總集類）《松陵集》十卷，二册（《四庫總目》卷一百八十六），（北圖）汲古閣刻本（八行十九字（一九×一二·六））。

唐陸龜蒙編，與皮日休唱和之集。按此本爲顧廣圻手迻毛扆校宋本，其原委具詳諸家題記。毛扆辨字體一跋，開盧抱經、黄蕘圃之先聲，在校勘學上頗爲重要，特爲刊布。至於毛校原本，則恐久已不在人間矣。顧、黄題記，後人亦未爲輯録刊行，亦附録於後。卷内有「平陽汪氏藏書印」、「士鐘」、「閬源父」、「石湖張子」、「茮坡潘介繁珍藏之印」等印記。

「余得宋彫本《松陵集》，凡有異同，校入行間。客見而笑曰：『吾聞讀書觀大意，魯魚必讎，猶之可也，乃字同體異，毫髮必校，毋乃刻舟求劍耶？』余曰：『有說焉。若字體異而音義同，如謌歌、逕徑，勿改可矣。若余予、煙烟，異體異音，苗茁、紙紙，分毫增減，截然兩字，豈可不改？至于閒字，自古從月，唐碑宋槧絶無間字。傳寫之誤，以月爲日，舉世沿習，莫知其非，烏得不正？其有以謚爲諡、濕爲溼、泒爲派、杇爲朽，郭恕先已早辨之，則宋刻之失也。』客曰：『有是哉，子盍識之，毋更貽後人之惑也。』因略疏於左。汲古後人毛扆。」〔在卷端墨筆書，又朱筆記云：「乾隆甲寅九月，澗蘋顧廣圻傳録。」〕

「《松陵集》，弘治間有劉濟民刻本，都玄敬跋之詳矣。先君子得古本重刊之，是時扆尚未生也。失怙以來，檢藏本不得，深用悵怏。甲寅歲，吴興賈人持宋刻四册求售，不惜重價購之。閲第三卷有『都睦』及『虎山樵人』二印，其第八卷《天竺寺桂子詩》以下，板有刓缺，副葉有『深柳讀書堂補抄』，第十卷自《寂上人院聯句》至末，亦係抄補。大約都本缺譌處，劉本略同。劉與都爲同年友，意此即其原本也。字體整密，款式古雅。凡北宋廟諱俱缺一筆，高宗御名嫌名，或左或右，鑿去半字，其爲北宋本無疑。隨用比校家刻，多所是正。但間有補版，亦有譌字。後五年，從錢氏借得宋槧殘本第一卷，其首番尚屬原刻，更用比校，又正三字：『宣』、『騷』、『瀰』。夫書得宋刻亦可矣，尚有原板、補板之不同，因知先輩讀書，必訪求古本，良非無謂。今有云讀書何必宋板者，請以此相質。己未六月朔日，隱湖毛扆識。」（在卷二末）

「黼季用宋板校，余又校一過，時乙卯仲春十六日也，陸貽典記。（改正約六十字。）」

「乙卯七夕後三日，時介于勘正一過，正七字。」

「丙辰春分後三日陳在之勘過。」（并在毛晋跋後。）

「斧季手校此書，極爲精細，此本予甲寅九月所摹也。原本藏小讀書堆中，有抱冲記録何仲子跋語一紙，有云：『毛十丈有小字殘本十一紙，取校所刊之本，更無譌誤。老人恒言此集校修爲精，信也。』今此正其已校修之本，依宋刻者加圈别之。其餘如『誰可征弄楝』（卷一），『弄楝』，漢縣，許叔重作『梇楝』者，而『征弄』刻作『作梁』。『莊生問枯骨，王樂成虛言』（卷二），『王樂』即見《莊子·至樂篇》，而『王』刻作『三』。『君看杖製者』（卷四），此用《左氏》哀二十七年《傳》而微誤耳，而刻作『荷製』。『遠帆投何處』（卷五），『帆』宋本去聲讀，而刻作『棹』。『箬下斬新醒處月』（卷八），『斬新』，唐人詩多有之，而刻作『漸新』。又宋本用字最古雅者，若以『斥候』爲『斥堠』，『嗤妍』爲『媸妍』，『彫龍』爲『雕龍』，『遂古』爲『邃古』，『苞羅』爲『包羅』，『底下』爲『低下』，『鈴閤』爲『鈴閣』，『步綱』爲『步罡』,『負檐』爲『負擔』,『蕭灑』爲『瀟灑』,『楊州』爲『揚州』,『楊雄』爲『揚雄』,『三茆』爲『三泖』,『查頭』爲『槎頭』,『飧霞』爲『餐霞』,『常娥』爲『嫦娥』,『戟支』爲『戟枝』。蓋『遂古』出《楚詞・天問》,『戟支』出《三國志・吕布傳》,字皆如宋刻,而皮、陸時恐未必有『罡』、『嫦』等字也。卷内皆未經更正,僅藉校得見而已。仲子所跋殊弗爲確。蕘圃插架未具此書,檢以歸之,而識其崖略如此。嘉慶改元,歲在丁巳,九月廿有一日燈下書,時在王洗馬巷之士禮居中。澗蘋顧廣圻。」

「毛斧季校本《松陵集》,余于數年前從邵書友處見之,而未及購買。後聞其歸於顧抱冲,遂從借歸,擬傳録一本。因循不獲從事,而抱冲已作故人,書猶未還,心殊怏怏。抱冲從弟澗蘋適館余家塾,出其所傳録本爲贈。凡書中佳處,悉載于後跋,與斧季手校真本無毫髮之異矣。而抱冲藏本有手抄何小山跋語一紙,余又傳録于此,一以見昔人校書之勤,一以見故友藏書之善。今而後校本《松陵集》之可寶,不僅以斧季手迹爲重也。至抱冲之本所校宋刻精妙處,澗蘋當細爲摘出,俾抱冲遺孤成立讀之,益加明瞭,豈不快乎? 嘉慶二年九月二十二日,書于讀未見書齋,黄丕烈。

『毛十丈有小字殘本十一紙,不忍捐棄,于故簏撿出,僅一卷之半,費三日工裝褫。此壬辰歲事也。去年九月毛丈作古,今月望日其孫持書售人,余感老人愛重宋槧意,以三星銀買之，取校所刊之本，更無譌誤。老人恒言此集校修爲精，信也。康熙甲午萬壽太歲年，夏六月十七日，何仲子識於語古東軒。溽暑亢旱，焦灼土田，余得于軒中把卷納凉，爲樂何如。宋本十二行，廿二字，遇『苒』俱虚，唯存左傍，似是高宗時刻本，而『通』字中缺竪畫，又仁宗未親政時所刊，爲不可解。』」

耿文光《萬卷精華樓藏書記》（卷一三四）《松陵集》十卷，陸龜蒙編。汲古閣本。毛晋購宋板重刊。首前進士皮日休序，次目録，次皮、陸二家唱和詩，百體俱備，末有弘治壬戌都穆跋，毛晋跋。

皮氏序曰：「詩有六義，其一曰比。比者，定物之情狀也。則必謂之才，才之備者，於聖爲六藝，在賢爲聲詩。噫！《春秋》之後，《頌》聲亡寢，降及漢氏，詩道若作，然二《雅》之風委而不興矣。在《詩》有三言、四言、五言、六言、七言、八言、九言之作。三言者，曰『振振鷺，鷺于飛』是也。五言者，曰『誰謂雀無角，何以穿我屋』是也。六言者，曰『我姑酌彼金罍』是也。七言者，曰『交交黄鳥止于桑』是也。九言者，曰『洞酌彼行潦挹彼注兹』是也。蓋古詩率以四言爲本，而漢氏方以五言、七言爲之也。其句亦出於《毛詩》。五言者，李陵曰『携手上河梁』是也；七言者，漢武曰『日月星辰和四時』是也。爾後盛於建安，建安以降，江左君臣得之浮艷之聲，然《詩》之六義微矣。逮及吾唐開元之世，易其體爲律焉，始切於儷偶，拘於聲勢。然《詩》云：『見憫既多，受侮不少。』其對也工矣。《堯典》曰：『聲依永，律和聲。』其爲律也甚矣。由漢及唐，詩之道盡矣。吾又不知千祀之後，詩之道止於斯而已，即後有變而作者，余不得以知之。夫才之備者，猶天地之氣乎？氣者止乎一也，分而爲四時。其爲春，則煦枯發枿，如育如護，百鷸融洽，酣人肌骨。其爲夏，則赫曦朝升，天地如窑，草焦木渴，若燎毛髮。其爲秋，則凉飂高瞥，若露天骨，景爽夕清，神不蔽形。其爲冬，則霜陣一凄，萬物昔瘁，雲沮日慘，若憚天責。夫如是，豈拘於一哉？亦變之而已。人之有才者，不變則已，苟變之，豈異於是乎？故才之用也，廣之爲滄溟，細之爲溝竇；高之爲山岳，碎之爲瓦礫；美之爲西施，惡之爲敦洽；壯之爲武賁，弱之爲處女。大則八荒之外不可窮，小則一毫之末不可見。苟其才如是，復能善用之，則庖丁之牛，扁之輪，郢之斤，不足謂其神解也。噫！古之士窮達必形於歌咏，苟欲見乎志，非文不能宣也，于是乎爲其詞。詞之作，固不能獨善，必須人以成之。昔周公爲詩，以貽成王。吉甫作頌，以贈申伯。詩之酬贈，其來尚矣。後每爲詩，必多以斯爲事。咸通七年，今兵部令狐員外在淮南，今中書舍人弘農公守毗陵，日休皆以詞獲幸。悉蒙以所制命之和，各盈編軸，亦有名其首者。十年，大司諫清河公出牧於吴，日休爲郡從事。居一月，有進士陸龜蒙字魯望者，以其業見造，凡數編。其才之變，真天地之氣也。近代稱温飛卿、李義山爲之最，俾陸生參之，未知其孰爲之後先也。《太玄》曰：『稽其門，闢其户，眼其鍵，然後乃應，况其下者乎？』余遂以詞誘之，果復之不移刻。由是，風雨晦冥，蓬蒿翳薈，未嘗不以其應爲事。苟其詞之來，食則輟之而自飫，寢則聞之而必驚。凡一年，爲往體各九十三首，今體各一百九十三首，雜體各三十八首，聯句問答十有八篇在其外，合之凡六百五十八首。南陽廣文潤卿、隴西侍御德師，或旅泊之際，善其所爲，皆以詞致。師詞之不多，去之速也。大司諫清河公有作，或命之和，亦著焉。其餘則吴中名士，又得三十首。除詩外，有序十九首。總録之得十通，載詩六百八十五首。《漢書》曰：『古者，諸侯、卿大夫交以鄰國，以微言相感，當揖讓之時，必稱詩，以喻其志。蓋以别賢不肖也。』余之與生，道義志氣，窮達是非，莫不見於是。士君子或爲之覽，賢不肖可不别乎哉？噫！古之將有交綏而退者，今生之與於余豈是耶？生既編其詞，請於余曰：『爾有文，當爲我序。詩道兼十通以名之。』日休曰：『諾。』由是爲之序。松江，吴之望也，别名曰松陵，請目之曰《松陵集》。」

都氏跋曰：「古松陵，即今之吴江。予同年濟寧劉君濟民來爲邑令，謂是集爲其邑故物，而人未之見，授儒士盧雍校勘，捐俸刻之。予觀唐詩人多尚次韻，至元、白而益盛。其萃而成編，則有《漢上題襟》《斷金》及是三集。按皮氏自序謂一歲之中，詩凡六百五十八首，其富如此，則又《題襟》《斷金》之所無者。况其遊燕題咏，類多吴中之作，後之希賢懷古者，將於是乎考，固吴人之所當寶也。」

毛氏跋曰：「嘗考皮襲美《文藪》及陸魯望《笠澤叢書》，俱不載唱和詩卷。因襲美從事郡牧，與魯望酬贈，積成十通，别爲一册，名曰《松陵》，爲吴中一時佳話爾。千百年後，僅弘治有重梓，又漫滅不可得，使海内慕皮、陸之風而願見兹集者，謂吾吴好事何殊。特購宋刻而副諸棗，不特松陵爲吾吴之望也，道義志氣，窮通是非，如兩公者，可以相感矣。」

錢氏曰：「從來唱和之作，無有如魯望、襲美驚心動魄，富有日新者，真所謂凌轢波濤，穿穴險固，囚瑣怪異，破碎陣敵，卒造平淡而後已。此從宋刻影録，前二卷猶是絳雲燼餘北宋槧本。弘治中，劉濟民刻是集，都玄敬爲之校讎，初視之甚古雅，惜非宋本行次。」録于《讀書敏求記》

陸氏曰：「皮襲美當唐末遊於吴、越，死焉。有子光業，爲吴越相。子孫業文，不墜家聲。求襲美四世孫公弼，以進士起家，仕慶曆、嘉祐間，爲韓魏公所知，雖不甚貴顯，亦當世名士也。方吴越時，中原隔絶，乃有妄人造謗，以謂襲美隳節於巢賊，爲其翰林學士。《新唐書》喜取小説，亦載之。豈有是哉！」録于《渭南集》

繆荃蓀、吴昌綬、董康撰，吴格整理點校《嘉業堂藏書志》（卷四集部）

《松陵集》

十卷，鈔本

（皮日休序曰：）「詩有六義，其一曰比。比者，定物之情狀也，則必謂之才。才之備者，於聖爲六藝，在賢爲聲詩。噫！《春秋》之後，《頌》聲亡寢，降及漢氏，詩道若作，然二《雅》之風委而不興矣。在《詩》有三言、四言、五言、六言、七言、八言、九言之作。三言者，曰『振振鷺，鷺于飛』是也。五言者，曰『誰謂雀無角，何以穿我屋』是也。六言者，曰『我姑酌彼金罍』是也。七言者，曰『交交黄鳥止于桑』是也。九言者，曰『泂酌彼行潦挹彼注兹』是也。蓋古詩率以四言爲本，而漢氏方以五言、七言爲之也。其句亦出於《毛詩》。五言者，李陵曰『携手上河梁』是也；七言者，漢武曰『日月星辰和四時』是也。爾後盛於建安。建安以降，江左君臣得之浮艷之，然《詩》之六義微矣。逮及吾唐開元之世，易其體爲律焉，始切於儷偶，拘於聲勢。然《詩》云：『見憫既多，受侮不少。』其對也工矣。《堯典》曰：『聲依永，律和聲。』其爲律也甚矣。由漢及唐，詩之道盡矣。吾又不知千祀之後，詩之道止於斯而已耶？後有變而作者，余不得以知之。夫才之備者，猶天地之氣乎？氣者止乎一也，分而爲四時。其爲春則煦枯發枿，如育如護，百藹融冶，酣人肌骨。其爲夏則赫曦朝升，天地如窑，草焦木渴，若燎毛髮。其爲秋則凉飔高瞥，若露天骨，景爽夕清，神不蔽形。其爲冬則霜陣一捷，萬物昔率，雲沮日慘，若憚天責。夫如是，豈拘於一哉？

亦變之而已。人之有才者，不變則已，苟變之，豈異於是乎？故才之用也，廣之爲滄溟，細之爲溝竇，高之爲山嶽，碎之爲瓦礫，美之爲西施，惡之爲敦洽，壯之爲武賁，弱之爲處女。大則八荒之外不可窮，小則一毫之末不可見。苟其才如是，復能善用之，則庖丁之牛、扁之輪、郢之斤，不足謂其神解也。意古之士，窮達必形於歌咏，苟欲見乎志，非文不能宣也，於是爲其詞。詞之作，固不能獨善，必須人以成之。昔周公爲詩，以貽成王。吉甫作頌，以贈申伯。詩之詶贈，其來尚矣。後每爲詩，必多以斯爲事。咸通七年，今兵部令狐員外在淮南，今中書舍人弘農公守毗陵，日休皆以詞獲幸。悉蒙以所制命之和，各盈編軸，亦有名其首者。十年，大司諫清河公出牧於吴，日休爲部從事。居一月，有進士陸龜蒙字魯望者，以其業見造，凡數編。其才之變，真天地之氣也。近代稱温飛卿、李義山爲之最，□陸生參之，於知其孰爲之後先也。《太玄》曰：『稽其門，闢其户，眼其鍵，然後乃應。况其不者乎？』余遂以詞誘之，果復之不移刻。由是，風雨晦冥，蓬蒿翳薈，未嘗不以其應而爲事。苟其詞之來，食則輟之而自飫，寢則聞之而必驚。凡一年，爲往體各九十三首，今體各一百九十三首，雜體各三十八首，聯句、問答十有八篇在其外，合之凡六百五十八首。南陽廣文潤卿、隴西侍御德師，或旅泊之際，善其所爲，皆以詞致。師詞之不多，去之速也。大司諫清河公有作，或命之和，亦著焉。其餘則吴中名士，又得三十首。除詩外，有序十九首。總録之得十通，載詩六百八十五首。《漢書》曰：『古者，諸侯、卿大夫交以鄰國，以微言相感，當揖讓之時，必稱詩以喻其志。蓋以別賢不肖也。』余之與生，道義志氣，窮達是非，莫不見於是。士君子或爲之覽，賢不肖可不別乎哉？噫！古之將有交綏而退者，今生之於余豈是耶？生既編其詞，請於余曰：『爾有文，當爲我序。』詩道兼十通以名之。』日休曰：『諾。』由是爲之序。松江，吴之望也，別名曰松陵，請目之曰《松陵集》。」

集中皆皮日休、陸龜蒙倡和之詩，兼及進士顔萱，前廣文博士張賁，進士鄭璧、司馬都，浙東觀察推官李縠，前進士崔璐，及處士魏朴、羊昭業。明弘治時，吴江知縣劉濟民以舊本重刊，頗希覯。通行本惟毛氏汲古閣所刻。是本每半葉十二行，每行二十二字，間有增至廿五字者，小字隨大字，或量增。序與集銜接，「往體詩」、「今體詩」等字側注「卷第幾」之下。題俱空四格，次行亦同。避宋諱，間有缺半字者，與他本稍異。「通」字缺筆，作「逌」，蓋家諱也。書法雅與汪氏藝芸書舍、黄氏士禮居影宋本相近，其爲乾、嘉間影録本無疑。卷端有「子晋」僞章，或以爲汲古抄本，非也。序稱得詩六百五十八首。《提要》作六百八十五首，誤。各卷分計之數，惟卷三作「往體詩二十首」，按是卷爲太湖詩，皮、陸各二十首，殆僅舉一人之詩而言。其餘各卷，亦尚相符合之。清遠道士、顔真卿、李德裕、幽獨君五首，《提要》稱追録舊作，不在數内，亦誤。通得詩六百九十八首，與序不合，蓋序誤「九」爲「五」也。宋本雖亦有訛誤，足以校正毛本之謬甚多，兹除兩通者不録外，約舉其誤如後：

卷一　應從宋者注下

讀《襄陽耆舊傳》云云　陸龜蒙。「陸」上增「鄉貢進士」。

又詩　遂起麟閣鬥。閣作角。悲如哭霜犹。犹作狖。

陸魯望讀襄陽耆舊傳云云次韻　嫉者或將后。后作詬。得作升木犹。犹作狖。如醨如醇酹。下如作和。

陸魯望昨以五百言見貽云云　并駕或争騈。或作戒。丑專反。丑作止。

襲美先輩以龜蒙所獻五百言云云　迨至夫子遐。遐作没。鴻生方鋠攙。鋠攙作鈲襯。豁如抽戾𢇆。𢇆下注：上惔下移。

吴中苦雨因書一百韻寄魯望　蛻蝓將入甑。蛻作螔。

奉詶襲美先輩吴中苦雨一百韻見寄　焚香同稿秸。香作燒。

初夏即事寄魯望　泉爲葛天咏。咏作味。薄我皆爲伧。伧作傖。倒屣欣逢迎。屣作屧。

二游詩　□者能詁讘　□右旁存「后」，或詬字，避嫌名缺其半。

卷二

往體詩一十一首　一十一作二十八。

清遠道士同沈恭子游武丘寺有作　名山盡出竄。出作幽。

追和太師魯公刻清遠道士詩　迴斡資奇玩。斡作斡。綵篠夏凝陰。綵作緑。

讀《黄帝陰符經》寄鹿門子　不肯匡淫昏。淫作浮。

奉和初夏游楞伽精舍次韻　高夢挂天笮。夢作蘿。到迴解風襟。迴作迥。

公齋四咏小松　題下增「日休」。

又新竹　如神語鈎天。鈎作鈞。音福，譜嘖竹實。「福」下增「竹」，「實」下增「也」。

又鶴屏　骴則毻耳則聽響遠。則毻作剌毻。

奉和公齋四咏次韻　鶴屏　叢毛分分彩。上分作練。

覽皮先輩盛製因作十韻以寄用伸嘆仰　與國作貞符。貞作禎。

奉和因贈至一百四十言　首爲閑闢鋤。閑作開。裁成千編書。千作十。唱既野芳柝。柝作坼。

卷三

太湖詩序　迴觀敫淺源。敫作敷。

初入太湖　連空淡無類。類作纇。

雨中游包山精舍　渴興石榴羹。興作與。

游毛公壇　如何開大口。開大作大開。

三宿神景宫　客林蟠且奇。林作床。

以毛公泉一瓶獻上諫議因寄　因思清泠汲。泠作泠。

桃花塢　敲竹鬥箏摐。箏作錚。

銷夏灣　小舸謂之艖。舸作舠。

聖姑廟　荒夢繞梁梠。夢作蘿。

太湖石　難甚□珊瑚。□作網。

奉和太湖詩　曉次神景宫　香母來垂纓。來作未。肯信林鰲傾。林作抃。

入林屋洞　藤根時來肘。來作束。初爲大齒怖。齒作幽。

以毛公泉獻大司諫清河公　「司」去。又詩　隱軫清泠存。泠作泠。早挂水雪痕。水作冰。

投龍潭　因之絢前志。絢作徇。

包山祠　真君貝瓊斝。貝作具。

卷四

漁具詩序　總謂之網罟網罟之流。「罟網」去。

網　大罟網目繁。網作綱。

添漁具詩序　余昔之漁所在洞上。洞作洞。

漁庵　上洞有楊顒。洞作洞。

樵人十咏　樵子　纔穿遠林志。志作去。

樵風　向背得清飈。飈作飆。

奉和樵人十咏　樵斧　除寄誰如此。寄作害。

樵風　縱横清飈吹。飈作飆。

樵火　鬧疑彗孛飛。彗孛作孛彗。

酒中十咏序　苟沈而亂狂而□禍而族。□右旁存后。

奉和酒中十咏　酒星　降爲稽院徒。稽院作嵇阮。

酒床　自疑陶請節。請作静。

添酒中六咏序　稽叔夜有酒杯。稽作嵇。

奉和添酒中六咏　酒鎗　偏宜旋樵火。偏作徧。

茶中雜咏序　辯四飲之物。辯作辨。

茶塢　石窪泉似掏。掏作掬。

茶竈　一一輪膏梁。梁作粱。
茶鼎　此時勻複苔。勻作勺。苔作茗。
煮茶　燕作連珠沸。燕作煎。
奉和茶具十咏　茶塢　遥盤雲髻慢。髻作髺。
茶甌　從來未常識。常作嘗。

卷五

潺湲洞　皮　陰宫何處淵。淵作源。
訶陵樽　皮　買須能紫貝。能作饒。
奉和新秋言懷三十韻次韻　蕙轉風前帶。轉作展。
江南書情二十韻云云　清齋飲水巖。巖作嚴。
秋晚留題魯望郊居二首　竹樹泠濩落。泠作冷。
奉詶秋晚見題二首　無風蚛葉凋。蚛作艸。

卷六

江南道中懷茅山廣文云云奉和　玲重雙雙玉條脱。玲作珍。
早春雪中作吴體寄襲美奉和　溪光冷射獨鸘瑪。獨作觸。

吴中言情寄魯望　除詩無計似膏盲。盲作肓。

又和韻　閒披左氏得膏盲。盲作肓。

楊州看辛夷花奉和次韻　不得群芳應有意。得作待。

暇日獨處寄魯望　廪粟先教鶴算糧。鶴算作算鶴。

獨夜有懷因作吴體寄襲美　笑撫肉枅音磬眠酒壚。磬作馨。

病中有人惠海蟹轉寄魯望　瑑珐似中蛙。中蛙作小蛘。

奉詶病中見寄　早晚却還巖下電。下作上。

魯望以花翁之作云云奉和次韻　丹華乞曙先侵日。曙作曙。侵作陵。

病中書情寄上崔諌議奉和次韻　曾爲題詩到半紅。到作刻。

病中孔雀　細毫金縷一星星。細作鈿。

上元日道室焚修寄襲美　皆仙之貴侶。「侶」下增「矣」。

又奉和次韻　玉籍求天拜首難。天作添。

正月十五日惜春寄襲美　花匠凝寒應束手。凝作礙。

聞魯望遊顔家林園病中有寄　分明不得同君賞。不作記。

偶掇野蔬寄襲美　「美」下增「有作」。

徐方平後云云奉和次韻　腐骨生花戰後村。生花作花生。

襲美以紗巾見惠云云　女臧反。臧作減。

薔薇奉和次韻　翠蔓飄飄欲挂人。次飄作飖。

重題薔薇　照得深紅似淺紅。似作作。

又奉和次韻　況是倚春春色空。色作已。

卷七

所居首夏水木尤清適然有作　盡日枕書傭起得。傭作慵。

又奉和次韻　却憶相江下釣筒。相作桐。

懷華陽潤卿博士三首　逸冲常事隱居。常注嘗。

以竹夾膝寄贈襲美　好向松窗卧跋風。跋作跂。醉吟偏稱碧荷筒。偏作徧。

魯望以竹夾膝見寄因次韻詶謝　圓於玉樹滑於龍。樹作柱。

夏景無事云云奉和次韻　月泠風微宿上方。泠作冷。

魯望以輪鈎相示。釣作鈎。頃自桐江得一釣車。「頃」上增「龜蒙」，題末人名去。

吴中書事寄漢南裴尚書　柳如行障儷遮橋。儷作儼。

又奉和　草各有名。草作茸。

夏景冲澹偶然作二首　書按經時剥瓦花。按作桉。

送李明府之任南海奉和　寶税盡應輸紫貝。寶作賓。

宿報恩寺水閣　往往竹稍摇翡翠。稍作梢。

吴中言懷寄南海二同年奉和　江客漁歌衡白苻。衡作衝。

戲題襲美書印囊奉和次韻　可憐銀殳未思渠。殳作艾。

卷八

南陽潤卿將歸雷平云云奉和　半盎清醪客酹乾。酹作醉。

訪寂上人不遇　石泠空消洗鉢泉。泠作冷。

顧道士三　三作亡。

寄毗陵魏處士朴　醉少最因吟月泠。泠作冷。

寒日書齋即事三首　注□□别名。□□作雲母。合向煙波爲五魚。注：松江有五魚。五均作玉。

南陽廣文博士還雷平後寄　幾遍侍晨官欲降。晨作辰。

題支硎山南峰僧　鴨脚花中樀廢泉。樀作擿。

卷九

過張祐處士丹陽故居。祐作祜。　顏萱。「顏」上增「進士」。

序　萱與故張處士祐。祐作祜。

和張處士詩序　張祐字承吉。祐作祜。

和張處士詩　并序。「序」後有「詩」字，作一行。

旅泊吴門一二同志　張賁「門」下增「呈」。「張」上增「前廣文博士」。

酬襲美先輩見寄來韻「寄」下增「倒」。

幽居有白菊云云奉和　張賁　自令終古清香在。令作知。

奉和襲美見留小讌次韻　羊昭業。「羊」上增「前進士」。

送羊振文云云同前　皮　見風輒活。見作向。

又同前　司馬都　鳴掉曉衝蒼靄發。掉作棹。

文讌招潤卿博士辭以道侣將至因書一絶寄之　下增「龜蒙」。

酒病偶作奉和次韻　陸　解散，主儉髻名。主作王。

玩金鸂鶒戲贈襲美　張　從倩沉檀十里聞。倩作惜。

友人許惠酒以詩徵之奉和　鄭　便栽詩句乞榴花。栽作裁。

卷十

奉訓苦雨見寄　横眠木榻忘華薦。木作大。

奉和疊韻雙聲二首　疊韻山中吟。「疊韻雙聲二首」六字去。

風人　長作兩岐分。岐作歧。

寒夜聯句　高唱曳金奏。曳作戞。

北禪院避暑聯句　幾將利鐵擿。利作刓。　終與浄明遊。明作名。

寂上人院聯句　瓶囊桂樹椏。桂作挂。　經傳滄海外。經作書。

趙萬里編《西諦書目》(附題跋一卷)　《松陵集》十卷，唐陸龜蒙、皮日休撰，明末汲古閣刊本，五册。《松陵集》，予有明弘治本、明顧凝遠詩瘦閣本，今復得此汲古閣本，則共有三本矣。魯望、襲美爲唐末有獨創風格的詩人。此皮、陸倡和集，不僅卷帙之富爲古今冠，即詩意亦妙極也。　一九五八年六月四日西諦記。

黄裳題跋　明鈔本《松陵集》，錢求赤校。（按：現藏上海圖書館）　此《松陵集》十卷，明人舊抄。寫手精雅，極可愛玩。復有錢求赤收藏圖記累累，真尤物也。前日余聞石麒自即訪之，於其所居未晤，請其少君取所買書出而觀之，得萬曆刊《嘉靖大政類編》，明抄《歐陽詹集》，明抄殘本《廣漢志》及此書，歸四明故家收儲。以明刻地志及晚明史料書爲大宗，似此名校者却不多覯，遂更覺其可珍矣。此書有剜補痕，求赤諸印即鈐于其上。

又牧齋印記二方，亦不似僞作，豈爲絳雲之劫遺乎？未見著録，亦無從考定也。壬辰九月廿三日鐙下記　黄裳

錢謙貞字履之，牧翁從祖弟。懷古堂，其奉母所闢也。年五十餘遭世亂，坎壈以卒。其孤孫保能讀父書。錢純興祖，其本名，字孝修，遵王從子。此本有三世圖記，由來舊矣。卷尾割去半葉接補，乃在求赤時，頗疑其爲牧翁手跋。又卷中印記，亦有割去者，求赤補鈐於其上，亦當爲牧翁圖書。此本在虞山錢家流轉凡數十年，皆可於藏印中見之，爰爲拈出。　壬辰十月十六日海上初寒，此本裝畢寄至，重展卷題。

此書卷尾有「天啓甲子」及「錢氏校本」二印。「甲子」爲天啓四年。更記得此後一年，更收錢孫保手訂藏書七種，卷尾皆有朱筆手跋，鈐「匪庵」，朱記皆題「鷄鴨里人」，正本其藏記。不見此本者凡六七方。後又得孝修手稿《窮愁漫語》一卷，詩話之屬也。緣格板匡外有「懷古堂藏書」六（五？）字。已重裝矣，當與此并儲之。　甲午十月杪，來燕榭四跋。